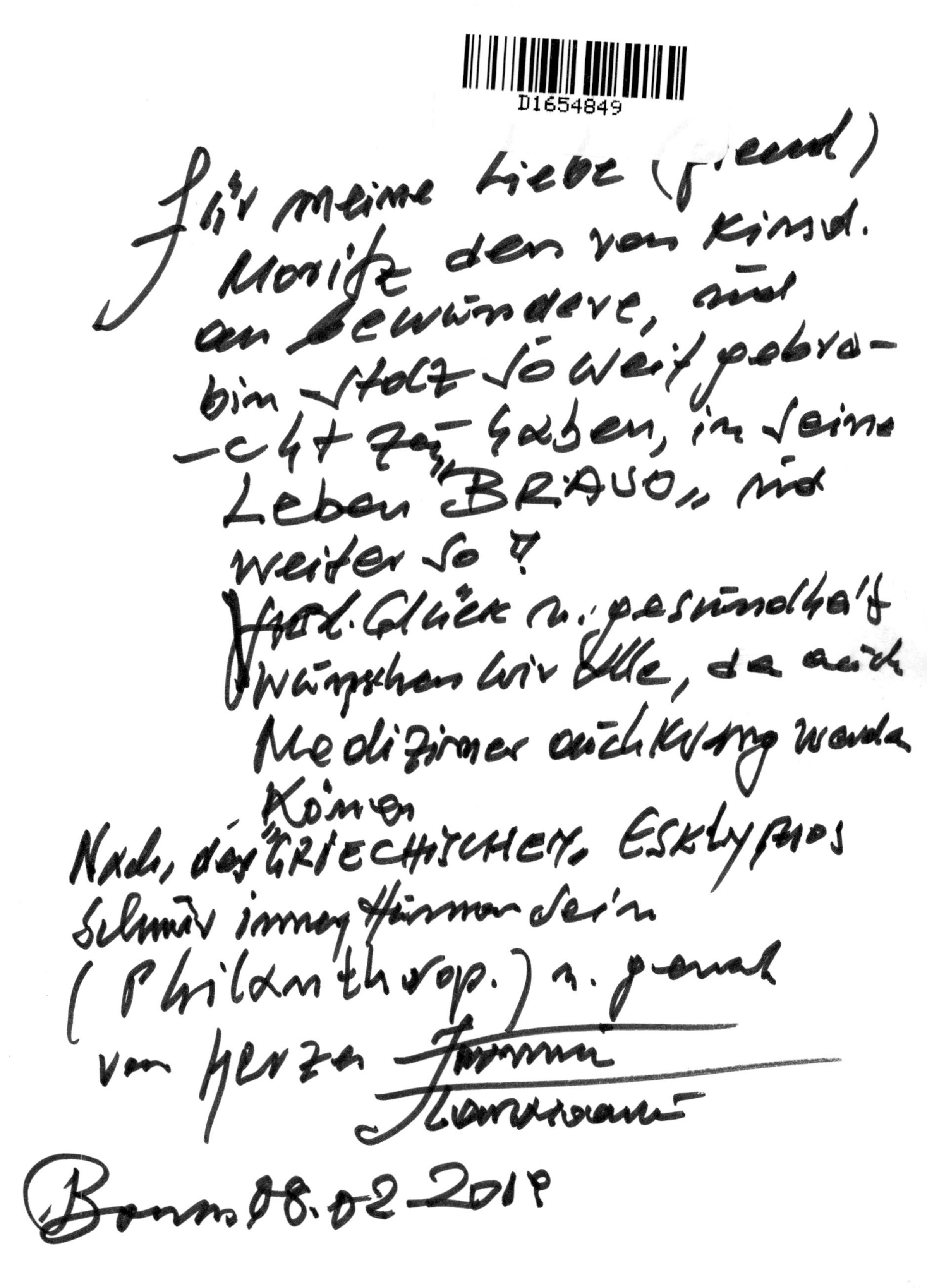
Für meine liebe (Freund)
Moritz den von Kind.
an Bewundere, und
bin stolz so weit gebra-
-cht zu haben, in seinem
Leben „BRAVO" und
weiter so!
Viel Glück u. Gesundheit
wünschen wir alle, da auch
Medizinner auch krank werden
können
Nach der GRIECHISCHEN Esklypios
Schwör immer Humaner sein
(Philanthrop.) u. gemal
von Herzen [signature]

Bonn 08.02.2018

Jaeger · Luckey
Schmerzensgeld
7. Auflage

Jaeger · Luckey

Schmerzensgeld

- Systematische Erläuterungen
- Tabelle
- Übersicht Arzthaftung und Verkehrsunfall
- Muster und Sterbetafeln
- Medizinisches Lexikon
- Schmerzensgelddatenbank online

von

Lothar Jaeger
Vors. Richter am Oberlandesgericht a.D.

und

Dr. Jan Luckey, LL.M., LL.M.
Richter am Landgericht

7. Auflage

Luchterhand Verlag 2014

Zitiervorschlag: Jaeger/Luckey, Schmerzensgeld, 7. Aufl. 2014, Rdn.

Bibliografische Information der Deutschen Nationalbibliothek

Die Deutsche Nationalbibliothek verzeichnet diese Publikation in der Deutschen Nationalbibliografie; detaillierte bibliografische Daten sind im Internet über http://dnb.d-nb.de abrufbar.

ISBN: 978-3-472-08562-1

www.wolterskluwer.de
www.luchterhand-fachverlag.de

Umschlagkonzeption: Martina Busch, Grafikdesign, Homburg-Kirrberg
Druck und Weiterverarbeitung: Druckerei Skleniarz, Krakau, Polen

Gedruckt auf säurefreiem, alterungsbeständigem und chlorfreiem Papier.

Vorwort zur 7. Auflage

Im mittlerweile eingespielten »Zweijahresrhythmus« können wir nun die 7. Auflage unseres Werkes vorlegen. Die Optimierungen der letzten Auflage wurden fortgeführt: die gesondert geführten Tabellen zu den Bereichen »Arzthaftung« und »Verkehrsunfall« sind auf die aktuellen Entscheidungen im Urteilsteil angepasst und ermöglichen eine schnelle Übersicht und den direkten Zugriff auf die »passende« Entscheidung.

Bei der Heranziehung von »Vergleichsentscheidungen« war und ist es stets unser besonderes Anliegen gewesen, dem Anwender ein Werkzeug an die Hand zu geben, mit dem er Besonderheiten »seines« Falls schnell erkennen und »in Euro« umsetzen kann. Hierfür bleibt der bekannte und bewährte Urteilsteil im Aufbau weiterhin nach Körperteilen bzw. besonderen Verletzungen und innerhalb dieser Stichworte nach zuerkanntem Betrag und Datum sortiert. Die Entscheidungs- und Randnummern sind im Interesse erleichterter Handhabung durchweg neu gesetzt worden.

Das Anliegen des Buches, eine umfassende und aktuelle Darstellung des Schmerzensgeldrechts zu bieten, bleibt unverändert. Hierfür haben wir, wie schon in den Vorauflagen, im Urteilsteil erneut ältere Entscheidungen entfernt und aktuelle ergänzt. Das Werk ist nun auf dem Stand von Juli 2013, und Entscheidungen vor 2003 sind nur noch in begründeten Ausnahmen enthalten.

Zur richtigen Einordnung einer gerichtlichen Bezifferung ist aber unumgänglich, die Entscheidungsgründe darzustellen, die prozessuale Situation – haben etwa nur die Beklagten Berufung eingelegt, ist einer Bemessung »nach oben« schon durch den erstinstanzlich zuerkannten Betrag Grenzen gesetzt – zu kennen und Informationen zu Betragsvorstellung, Verletzungsbild und Alter des Geschädigten zu erhalten. Diese Informationen finden sich daher, soweit bekannt, in jeder unserer Entscheidungswiedergaben und verhindern, dass bei der Heranziehung eines Präjudizes »Äpfel mit Birnen« verglichen werden.

Der Kommentarteil ist durchgängig aktualisiert und nicht nur um die Kodifizierung der Arzthaftung im Patientenrechtegesetz, sondern beispielsweise auch um die »Kehrwende« des BGH in der Frage der entschädigungslos hinzunehmenden Rentenneurose ergänzt worden.

Wir haben erneut und ausdrücklich einer Vielzahl richterlicher und anwaltlicher Kolleginnen und Kollegen zu danken, die uns Entscheidungen zum Schmerzensgeld haben zukommen lassen; für solche sind wir, ebenso wie für Anregungen, Kritik und Vorschläge, auch weiterhin dankbar (jaeger-luckey@gmx.de).

Köln, im Oktober 2013

Lothar Jaeger
Jan Luckey

Vorwort zur 1. Auflage

Das Schmerzensgeld ist ein seit Jahrzehnten in Rechtsprechung und Literatur vernachlässigtes Rechtsgebiet. Zwar sind in großem zeitlichen Abstand Monographien, Aufsätze und Festschriftbeiträge zum Schmerzensgeld erschienen; das Buch »Das Schmerzensgeld« von Lieberwirth erreichte zwischen 1960 und 1965 sogar drei Auflagen. Die Rechtsprechung hielt sich aber seltsamerweise zurück. Der BGH bildete die Rechtsprechung gelegentlich fort, die Instanzgerichte dagegen übten eine nicht zu überbietende Zurückhaltung bei der Höhe der zuerkannten Schmerzensgelder. Diese Zurückhaltung – seit Jahrzehnten beklagt und als unerträglich empfunden – beruhte und beruht nicht zuletzt darauf, dass alle Kommentare zu § 847 BGB a. F. auf Tabellen zum Schmerzensgeld verzichten und – wenn überhaupt – in Gerichtsbibliotheken eine verstaubte, veraltete, nur alle paar Jahre erscheinende Schmerzensgeldtabelle greifbar war.

Die bisher erschienenen Schmerzensgeldtabellen werden anscheinend zwangsläufig immer umfangreicher und werben für die Neuauflage damit, dass schon wieder einige neue Schmerzensgeldentscheidungen aufgenommen werden konnten. Dadurch werden die Tabellen auch dann immer unübersichtlicher, wenn auf die Aufnahme von Entscheidungen vor 1975 oder 1980 weitgehend verzichtet wird; denn es werden von Auflage zu Auflage zu viele Entscheidungen mitgezogen, deren Schmerzensgeldbeträge heute nicht mehr repräsentativ sein können. Dem Leser ist nicht damit gedient, wenn mehr als 160 Entscheidungen zu Gehirnverletzungen »ab 25.000 DM« oder mehr als 320 Entscheidungen zum HWS-Syndrom mitgeteilt werden.

Kein Wunder, dass die Instanzgerichte lange Zeit nur auf alte Entscheidungen zurückgreifen konnten, die wiederum Erkenntnisse verwerteten, die viele Jahre vor dem Erscheinungsjahr lagen. Auf diese Weise mussten Erkenntnisse zur Schmerzensgeldhöhe stets Jahre, oft Jahrzehnte, hinter der wirtschaftlichen Entwicklung herhinken, eine Dynamik konnte sich nicht einstellen. Was weiter auffällt, ist die Tatsache, dass der größte Teil der Entscheidungen zum Schmerzensgeld zur Begründung der Schmerzensgeldhöhe oft nur wenige Worte sagt und sich meist damit begnügt, zu erklären, dass ein Schmerzensgeld in Höhe von X-tausend DM/EUR »angemessen erscheint«. Selbst wenn – angeblich – vergleichbare Entscheidungen zitiert werden, fehlt in der Regel jede Auseinandersetzung dazu, dass und warum jenes Schmerzensgeld angemessen und warum nicht etwa infolge der inflationären Entwicklung ein höheres Schmerzensgeld zu zahlen sei.

Damit muss Schluss sein!

Es ist das Anliegen der Autoren, eine Plattform für höhere Schmerzensgelder zu schaffen.

Dies soll dadurch erreicht werden, dass Anwälten und Richtern nahezu ausschließlich Schmerzensgeldentscheidungen zum Vergleich angeboten werden,

- die nicht älter als 10 Jahre sind,
- die eine Begründung für die Höhe des Schmerzensgeldes enthalten,
- die möglichst eine abgrenzbare Körperverletzung betreffen, die für die Höhe des Schmerzensgeldes dominant war,
- bei denen – soweit möglich – der Klageantrag mitgeteilt wird, denn die früheren und teilweise auch die neueren Entscheidungen gehen über den Klageantrag nicht oder nur geringfügig hinaus, weil dies als unzulässig angesehen wurde und in Unkenntnis der Rechtslage und der neueren Rechtsprechung mehr als nur gelegentlich noch angesehen wird,
- die veröffentlicht sind, weil unveröffentlichte Entscheidungen erst bei den Gerichten angefordert werden müssen, und erst nach deren Eingang festgestellt werden kann, ob sie wirklich einen vergleichbaren Fall betreffen. Von diesem Grundsatz wird abgewi-

chen bei Verletzungen, die Bagatellfälle und Fälle mit sehr geringen Verletzungen und minimalen Schmerzensgeldern betreffen, weil die dazu ergangenen Entscheidungen in der Regel ohnehin keine Begründung zur Höhe des Schmerzensgeldes enthalten.

Im Erläuterungsteil, der den Entscheidungen vorgeschaltet ist, sollen aber auch Begründungen angeboten werden dafür,
- welche Bemessungskriterien bisher oft unterbewertet wurden,
- welche besonderen Bemessungskriterien im Einzelfall heranzuziehen sind und
- wie verlangtes – oder zuerkanntes – Schmerzensgeld zu begründen ist.

Ein weiteres Anliegen der Autoren ist es,
- dem neuen Schadensersatzrecht zum Durchbruch zu verhelfen, soweit es um höhere Schmerzensgelder für alle Verletzungen geht, die nicht gerade Bagatellverletzungen sind und
- Anwälten und Richtern deutlich zu machen, dass und was sich geändert hat und künftig ändern sollte.

Bisher vernachlässigte Verletzungen und Schmerzensgeldkriterien werden besonders herausgestellt, etwa die Höhe des Schmerzensgeldes
- bei Verletzung des Rechts auf sexuelle Selbstbestimmung,
- bei Dauerschäden,
- bei Narben als Dauerschäden,
- bei ungewollter Schwangerschaft,
- bei langem Krankenhausaufenthalt und
- bei verzögerlichem Regulierungsverhalten der Versicherer.

Zu all diesen Fragen werden Praxistipps mit Begründungen gegeben, die der Anwalt in die Klageschrift, der Richter in die Begründung seiner Entscheidung einfließen lassen kann.

Von Zeit zu Zeit hat der BGH dafür gesorgt, dass die Zurückhaltung der Instanzrichter bei der Höhe des Schmerzensgeldes nicht nachließ, indem er eingriff, wenn ihm das zuerkannte Schmerzensgeld als »allzu reichlich« erschien. Damit wollte der BGH die Versichertengemeinschaft schützen, die eines solchen Schutzes aber gar nicht bedarf. Klar ist, dass die durch § 253 Abs. 2 BGB n. F. geschützten Rechtsgüter Verfassungsrang haben, die finanziellen Interessen der Versichertengemeinschaft dagegen nicht.

Von besonderer Bedeutung bei der Anwendung von Tabellen ist der Umstand, dass vielfach Schmerzensgelder mitgeteilt werden, die multiple Verletzungen betreffen und deshalb nicht zum Vergleich geeignet sind, wenn eine isolierte Verletzung gegeben ist. Natürlich gibt es Verletzungen, die wegen ihres Mischcharakters überhaupt nicht typenbildend sind; daraus folgt aber nicht, dass Schädigungskombinationen für die Aufnahme in eine Schmerzensgeldtabelle ungeeignet sind.

Die Ablehnung einer Tabelle mit der Begründung, eine »identische Verletzung« sei darin nicht enthalten, ist vordergründig. Wird jemand bei einem Verkehrsunfall schwer verletzt, so stimmen die Verletzungen vielfach weitgehend überein, wenn auf die schwersten Schäden abgestellt wird. Ob ein Verletzter neben einer schweren Hirnschädigung z. B. noch eine Fraktur erlitten hat, ist für die Bemessung des Schmerzensgeldes meist gleichgültig. Die Praxis der Unfallmedizin zeigt, dass in der Wirklichkeit typische Unfälle mit typischen Folgen überwiegen.

Entscheidend für den Erfolg oder Misserfolg einer Tabelle ist das Auffinden richtiger »Typen« als Präjudizien. Dazu bedarf es nicht unbedingt der Mithilfe eines Unfallmediziners, auch ein Richter, der einige Jahre mit Arzthaftungssachen oder Ansprüchen auf Zahlung von Schmerzensgeld beschäftigt war, verfügt über ausreichende medizinische Kenntnisse, um solche »Typen« festzustellen und die einschlägigen Entscheidungen auszuwerten.

Die zuerkannten Schmerzensgeldbeträge werden in diesem Buch im Verhältnis 2:1 umgerechnet. Die exakte Umrechnung wäre unpraktikabel. Der sich dabei ergebende geringere EUR-Betrag wird dabei in Kauf genommen in der Erwartung, dass auch bei der Zuerkennung von Schmerzensgeldern der Euro (= Teuro) eine Rolle spielen wird.

Köln, im August 2003

Lothar Jaeger
Jan Luckey

Inhaltsverzeichnis

Abkürzungsverzeichnis

a. A.	andere Ansicht
a. a. O.	am angegebenen Ort
a. E.	am Ende
a. F.	alte Fassung
abl.	ablehnend
Abs.	Absatz
AcP	Archiv für die civilistische Praxis (Zs.)
ADAC	Allgemeiner Deutscher Automobil Club
ADAJUR	Verkehrsrechtsdatenbank des ADAC
AE	Arbeitsgerichtliche Entscheidungen (Zs.)
AG	Amtsgericht/Aktiengesellschaft
AGB	Allgemeine Geschäftsbedingungen
AGG	Allgemeines Gleichbehandlungsgesetz
AHRS	Arzthaftpflicht-Rechtsprechung (Zs.)
AiB	Arbeitsrecht im Betrieb (Zs.)
AKB	Allgemeine Versicherungsbedingungen für die Kraftfahrtversicherung
Alt.	Alternative
AMG	Arzneimittelgesetz
Anm.	Anmerkung
AnwBl.	Anwaltsblatt
AR-Blattei	Arbeitsrechts-Blattei (Zs.)
ArbG	Arbeitsgericht
ArbGG	Arbeitsgerichtsgesetz
ArbN	Arbeitnehmer (Zs.)
ArbuR	Arbeit und Recht (Zs.)
arg. e	Argument aus
Art.	Artikel
ASS	Acetylsalicylsäure
AsylbLG	Asylbewerberleistungsgesetz
AtomG	Gesetz über die friedliche Verwendung der Kernenergie und den Schutz gegen ihre Gefahren (Atomgesetz)
AuA	Arbeit und Arbeitsrecht (Zs.)
Aufl.	Auflage
AVR	Arbeitsvertragsrichtlinien
Az.	Aktenzeichen
BAG	Bundesarbeitsgericht
BAT	Bundesangestelltentarifvertrag
BauR	Baurecht (Zs.)
BayBG	Bayerisches Beamtengesetz
BaySchlG	Bayerisches Schlichtungsgesetz
BB	Betriebs-Berater (Zs.)
BBergG	Bundesberggesetz
BBG	Bundesbeamtengesetz
BC	Bilanzbuchhalter und Controlling (Zs.)
Bd.	Band
BDSG	Bundesdatenschutzgesetz
BdbSchlG	Brandenburgisches Schlichtungsgesetz
BEG	Bundesentschädigungsgesetz
BesatzungsSchG	Gesetz über die Abgeltung von Besatzungsschäden
Beschl.	Beschluss
BetrVG	Betriebsverfassungsgesetz
BFH	Bundesfinanzhof
BG	Bezirksgericht (Österreich)
BGB	Bürgerliches Gesetzbuch

BGBl.	Bundesgesetzblatt
BGH	Bundesgerichtshof
BGHR	BGH-Report (Zs.)
BGHZ	Entscheidungen des BGH in Zivilsachen
BGJ	Berufsgrundbildungsjahr
BGSG	Bundesgrenzschutzgesetz
BImSchG	Bundes-Immissionsschutzgesetz
BImSchV	Verordnung zur Durchführung des Bundes-Immissionsschutzgesetzes
BMJ	Bundesministerium der Justiz
BNS	Blitz-Nick-Salaam
BRD	Bundesrepublik Deutschland
BSG	Bundessozialgericht
BSHG	Bundessozialhilfegesetz (außer Kraft)
bspw.	beispielsweise
BT-Drucks.	Bundestagsdrucksache
Buchst.	Buchstabe
BVerfG	Bundesverfassungsgericht
BVerfGE	Entscheidungen des Bundesverfassungsgerichts
BVerwG	Bundesverwaltungsgericht
BVG	Bundesversorgungsgesetz
BWGZ	Die Gemeinde (Verbandszeitschrift des Gemeindetags Baden-Württemberg)
BWS	Brustwirbelsäule
bzgl.	bezüglich
bzw.	beziehungsweise
c.i.c.	culpa in contrahendo
ca.	circa
CEA	Comite europeen des Assurances
CR	Computer und Recht (Zs.)
d. h.	das heißt
DAR	Deutsches Autorecht (Zs.)
DB	Der Betrieb (Zs.)
DEKRA	Deutscher Kraftfahrzeug-Überwachungsverein
ders.	derselbe
DFB	Deutscher Fußballbund
DfS	Datei für Schmerzensgeld
DIN	Deutsches Institut für Normung
DM	Deutsche Mark
DÖD	Der öffentliche Dienst (Zs.)
DRiZ	Deutsche Richterzeitung (Zs.)
DSB	Datenschutzberater (Zs.)
DStR	Deutsches Steuerrecht (Zs.)
DVBl.	Deutsches Verwaltungsblatt (Zs.)
DVP	Fachzeitschrift deutsche Verwaltungspraxis
e. V.	eingetragener Verein
EDV	elektronische Datenverarbeitung
EFZG	Entgeltfortzahlungsgesetz
EG	Europäische Gemeinschaft
EGMR	Europäischer Gerichtshof für Menschenrechte
EGZPO	Einführungsgesetz zur Zivilprozessordnung
EheschlRG	Gesetz zur Neuordnung des Eheschließungsrechts (Eheschließungsrechtsgesetz)
EMRK	Europäische Menschenrechtskonvention
erg.	ergänzt
EStG	Einkommensteuergesetz

etc. et cetera
EU Europäische Union
EuGHMR Europäischer Gerichtshof für Menschenrechte
evtl. eventuell
EzA Entscheidungssammlung zum Arbeitsrecht

f. folgende
FamRZ Zeitschrift für das gesamte Familienrecht
FAZ Frankfurter Allgemeine Zeitung
ff. fortfolgende
FEVS Fürsorgerechtliche Entscheidungen der Verwaltungs- und Sozialgerichte
Fn. Fußnote
FS Festschrift

GbR Gesellschaft bürgerlichen Rechts
GE Das Grundeigentum (Zs.)
gem. gemäß
GenTG Gentechnikgesetz
GesR GesundheitsRecht (Zs.)
GewSchG Gewaltschutzgesetz
GG Grundgesetz
ggf. gegebenenfalls
GKG Gerichtskostengesetz
GmbHR GmbH-Rundschau (Zs.)
GoA Geschäftsführung ohne Auftrag
GüSchlG Hess Hessisches Gütestellen- und Schlichtungsgesetz
GüSchlG NW Gütestellen- und Schlichtungsgesetz Nordrhein-Westfalen
grds. grundsätzlich
GVG Gerichtsverfassungsgesetz
GSZ Großer Senat für Zivilsachen

HaftPflG Haftpflichtgesetz
Halbs. Halbsatz
HGB Handelsgesetzbuch
h.L. herrschende Lehre
h. M. herrschende Meinung
HNO Hals-Nasen-Ohren
Hrsg. Herausgeber
HVBG-INFO Aktueller Informationsdienst für die berufsgenossenschaftliche Sachbearbeitung (Zs.)
HWS Halswirbelsäule

i. d. F. in der Fassung
i. d. R. in der Regel
i. d. S. in diesem Sinne
i. H. d. in Höhe der/des
Iherjb. Iherings Jahrbücher für die Dogmatik des bürgerlichen Rechts
i. H. v. in Höhe von
i. R. d. im Rahmen der/s
insbes. insbesondere
i. S. d. im Sinne der/s
i. Ü. im Übrigen
i. V. m. in Verbindung mit

JModG Justizmodernisierungsgesetz
JR Juristische Rundschau (Zs.)
Jura Juristische Ausbildung (Zs.)
JurBüro Das juristische Büro (Zs.)

JVA	Justizvollzugsanstalt
JW	Juristische Wochenschrift (Zs.)
JZ	Juristenzeitung (Zs.)
Kap.	Kapitel
Kfz	Kraftfahrzeug
KG	Kammergericht
KGR	Kammergerichts-Report (Zs.)
KH	Das Krankenhaus (Zs.)
KHR	Krankenhaus Recht (Zs.)
krit.	Kritisch
KStA	Kölner Stadtanzeiger
KunstUrhG	Kunsturhebergesetz
LAG	Landesarbeitsgericht
LAGE	Entscheidungen der Landesarbeitsgerichte (Zs.)
LASIK	Laser-in-Situ-Keratomileusis
LG	Landgericht
Lit.	Literatur
Lkw	Lastkraftwagen
LPartG	Lebenspartnerschaftsgesetz
LS	Leitsatz
LGS	Landessozialgericht
LuftVG	Luftverkehrsgesetz
LuftVZO	Luftverkehrs-Zulassungs-Ordnung
LWK	Lendenwirbelkörper
LWS	Lendenwirbelsäule
m. Anm.	mit Anmerkung
m. w. N.	mit weiteren Nachweisen
max.	maximal
MdE	Minderung der Erwerbsfähigkeit
MDR	Monatszeitschrift für Deutsches Recht
m. E.	meines Erachtens
MedR	Medizinrecht (Zs.)
MietRB	Der Mietrechtsberater (Zs.)
Mio	Million
MM	Mietrechtliche Mitteilungen (Zs.)
MMR	Multimedia und Recht (Zs.)
MünchKomm	Münchener Kommentar
n. F.	neue Fassung
NdsRpfl	Der niedersächsische Rechtspfleger (Zs.)
NJOZ	Neue juristische Online-Zeitschrift
NJW	Neue Juristische Wochenschrift (Zs.)
NJW-RR	NJW-Rechtsprechungsreport Zivilrecht (Zs.)
NJWE-VHR	NJW-Entscheidungsdienst Versicherungs-/Haftungsrecht (Zs.)
Nr.	Nummer
NStZ	Neue Zeitschrift für Strafrecht
NStZ-RR	NStZ-Rechtsprechungsreport Strafrecht (Zs.)
NW	Nordrhein-Westfalen
NVersZ	Neue Zeitschrift für Versicherung und Recht
NVwZ	Neue Zeitschrift für Verwaltungsrecht
NVwZ-RR	NVwZ-Rechtsprechungsreport Verwaltungsrecht
NWVBl	Nordrhein-Westfälische Verwaltungsblätter (Zs.)
NZA	Neue Zeitschrift für Arbeitsrecht
NZA-RR	NZA-Rechtsprechungsreport (Zs.)
NZBau	Neue Zeitschrift für Baurecht und Vergaberecht

NZM	Neue Zeitschrift für Miet- und Wohnungsrecht
NZV	Neue Zeitschrift für Verkehrsrecht
o. Ä.	oder Ähnliches
o. g.	oben genannte/r/s
OBG	Ordnungsbehördengesetz
OEG	Gesetz über die Entschädigung für Opfer von Gewalttaten
OFI	Orthopädisches Forschungsinstitut
OGH	Oberster Gerichtshof (Österreich)
OLG	Oberlandesgericht
OLG-NL	OLG-Rechtsprechung Neue Länder
OLGR	OLG-Report (Zs.)
ooP	out of Position
PaPkG	Preisangaben- und Preisklauselgesetz
PatR	Patent- und Musterrecht (Zs.)
PC	personal computer
PersV	Die Personalvertretung (Zs.)
PflR	PflegeRecht (Zs.)
PflVG	Pflichtversicherungsgesetz
PKH	Prozesskostenhilfe
Pkw	Personenkraftwagen
PolG	Polizeigesetz
ProdHaftG	Produkthaftungsgesetz
ProzRB	Prozess-Rechts-Berater (Zs.)
PTBS	Posttraumatische Belastungsstörung
PTCA	perkutane transluminale koronale Angioplastie
PVR	Praxis Verkehrsrecht (Zs.)
qcm	Quadratzentimeter
r+s	Recht und Schaden (Zs.)
rd.	rund
RdA	Recht der Arbeit (Zs.)
RDV	Recht der Datenverarbeitung (Zs.)
RDG	Rechtsdepesche für das Gesundheitswesen (Zs.)
RefE	Referentenentwurf
Reha	Rehabilitation
RG	Reichsgericht
RGBl.	Reichsgesetzblatt
RGRK	Reichsgerichtsräte-Kommentar BGB
RGZ	Entscheidungen des Reichsgerichts in Zivilsachen
RM	Reichsmark
Rn.	Randnummer
Rpfleger	Der Deutsche Rechtspfleger (Zs.)
RRa	ReiseRecht aktuell (Zs.)
Rspr.	Rechtsprechung
RuP	Rechtsprechung und Politik (Zs.)
RVG	Rechtsanwaltsvergütungsgesetz
RVO	Reichsversicherungsordnung
s.	siehe
S.	Seite
s. a.	siehe auch
s. o.	siehe oben
s. u.	siehe unten/unter
Saar LSchlG	Saarländisches Landesschlichtungsgesetz
SchErsRÄndG	Schadensersatzrechtsänderungs-Gesetz

SchStG	LSA Schiedsstellen- und Schlichtungsgesetz des Landes Sachsen-Anhalt
SchlG BW	Schlichtungsgesetz Baden-Württemberg
SchlHA	Schleswig-Holsteinische Anzeigen
SeemannsG	Seemannsgesetz
SEK	Sondereinsatzkommando
SGB	Sozialgesetzbuch
SH	LSchliG Landesschlichtungsgesetz Schleswig-Holstein
sog.	sogenannte/r/s
SP	Schaden-Praxis (Zs.)
SpuRt	Zeitschrift für Sport und Recht
SSW	Schwangerschaftswoche
st. Rspr.	ständige Rechtsprechung
StBT	Der Steuerberater (Zs.)
Std	Stunde
StoffR	Zeitschrift für Stoffrecht
StGB	Strafgesetzbuch
StPO	Strafprozessordnung
StraFo	Strafverteidiger Forum (Zs.)
StrEG	Gesetz über die Entschädigung für Strafverfolgungsmaßnahmen
StRR	StrafRechtsReport (Zs.)
StV	Der Strafverteidiger (Zs.)
StVG	Straßenverkehrsgesetz
StVO	Straßenverkehrsordnung
StVZO	Straßenverkehrs-Zulassungs-Ordnung
SVR	Straßenverkehrsrecht (Zs.)
SVT	Sozialversicherungsträger
TVÖD	Tarifvertrag für den öffentlichen Dienst
türk. OR	türkisches Obligationsrecht
Tz.	Textziffer
u. a.	unter anderem/und anderen/m
u. U.	unter Umständen
u. v. m.	und vieles mehr
UmweltHaftG	Umwelthaftungsgesetz
UrhG	Gesetz über Urheberrecht und Verwandte Schutzrechte
Urt.	Urteil
USt	Umsatzsteuer
usw.	und so weiter
UVollzO	Untersuchungshaftvollzugsordnung
UR-R	aktuell Unfallversicherungsrecht aktuell (Zs.)
v.	vom
v. a.	vor allem
VA	Verkehrsrecht aktuell (Zs.)
VD	Verkehrsdienst (Zs.)
VersMed	Versicherungsmedizin (Zs.)
VersorgVerw	Die Versorgungsverwaltung (Zs., ab 2007: Die Sozialverwaltung)
VersR	Versicherungsrecht (Zs.)
vgl.	vergleiche
VM	Verwaltung und Management (Zs.)
Vorb.	Vorbemerkung
VRR	VerkehrsRechtsReport (Zs.)
VRS	Verkehrsrechtssammlung (Zs.)
VuR	Verbraucher und Recht (Zs.)
VV	Vergütungsverzeichnis
VVG	Versicherungsvertragsgesetz

WHG	Wasserhaushaltsgesetz
WRP	Wettbewerb in Recht und Praxis (Zs.)
WRV	Weimarer Reichsverfassung
WuM	Zeitschrift für Wohnungswirtschaft und Mietrecht
z. B.	zum Beispiel
z. T.	zum Teil
ZAP	Zeitschrift für die Anwaltspraxis
ZFE	Zeitschrift für Familien- und Erbrecht
ZfS	Zeitschrift für Schadensrecht
ZGS	Zeitschrift für das gesamte Schuldrecht
ZIP	Zeitschrift für Wirtschaftsrecht und Insolvenzpraxis
ZLR	Zeitschrift für das gesamte Lebensmittelrecht
ZLW	Zeitschrift für Luft- und Weltraumrecht
ZPO	Zivilprozessordnung
ZRP	Zeitschrift für Rechtspolitik
Zs.	Zeitschrift
ZTR	Zeitschrift für Tarifrecht
ZUM-RD	Zeitschrift für Urheber- und Medienrecht (Rechtsprechungsdienst)
zust.	zustimmend
ZVI	Zeitschrift für Verbraucher- und Privat-Insolvenzrecht
zzt.	zurzeit
z. Zt.	zur Zeit
zzgl.	zuzüglich
ZZP	Zeitschrift für Zivilprozess

Literaturverzeichnis

Auer/Krumbholz	Das HWS-Trauma – Kausalzusammenhang aus biomechanischer und juristischer Sicht, NZV 2007, 273;
Bachmeier	Die aktuelle Entwicklung bei der HWS-Schleudertrauma-Problematik, DAR 2004, 421;
Backu	Schmerzensgeld bei Verkehrsunfallschäden in Frankreich, Spanien und Portugal, DAR 2001, 587;
ders.	Schmerzensgeld bei Verkehrsunfallschäden in Frankreich, DAR 2006, 541
Bamberger/Roth	Kommentar zum Bürgerlichen Gesetzbuch, 3. Aufl. München 2012, zit.: Bamberger/Roth/Bearbeiter, § und Rn.;
von Bar	Gemeineuropäisches Deliktsrecht, Band II, 1999, zit.: von Bar, Rn.;
ders.	Das Schadensersatzrecht nach dem zweiten Schadensrechtsänderungsgesetz Karlsruher Forum 2003 (VersR-Schriftenreihe), zit.: von Bar, Karlsruher Forum 2003, S.;
Baumgärtel/Laumen/Prütting	Handbuch der Beweislast im Privatrecht, 2. Aufl. 2009, zit.: Baumgärtel, Bd. 1, § und Rn.;
Becke/Castro/Hein/Schimmelpfennig	»HWS-Schleudertrauma« 2000 – Standortbestimmung und Vorausblick, NZV 2000, 225;
Benecke	»Mobbing« im Arbeitsrecht, NZA-RR 2003, 225;
Berg	Teilschmerzensgeldklagen, NZV 2010, 63;
Berger	Tendenzen bei der Bemessung des Schmerzensgeldes, VersR 1977, 877;
Bernau	Fährt die Haftungsprivilegierung des Kindes in § 828 II BGB zu einer Verschärfung der elterlichen Aufsichtshaftung aus § 832 I BGB?, NZV 2005, 234;
ders.	Die Aufsichtshaftung der Eltern nach § 832 BGB – im Wandel!, 2005;
Bernzen	Zu den Anforderungen an die Aufklärung beim Piercing – Anmerkung zu LG Koblenz, Urt. vom 24.01.2006 – 10 O 176/04, MedR 2007, 739;
Bieszk/Stadtler	Mobbing und Stalking: Phänomene der modernen (Arbeits-)Welt und ihre Gegenüberstellung, NJW 2007, 3382;
Bischoff	Schmerzensgeld für Angehörige von Verbrechensopfern, MDR 2004, 557;
Bloemertz	Die Schmerzensgeldbegutachtung, 4. Aufl. 1984, zit.: Bloemertz, Seite;
Böhme/Biela	Kraftverkehrs-Haftpflicht-Schäden, Handbuch für die Praxis, 25. Aufl. 2013, zit.: Böhme/Biela, Rn.;
Bollweg	Neue Höchstgrenzen in der Straßenverkehrshaftung, NZV 2007, 599;
Born	Lohnt es sich, verrückt zu werden? – Neue Entwicklungen beim psychischen Folgeschaden OLGReportKommentar 2003, Kommentar Heft 4;
Born/Rudolf/Becke	Die Ermittlung des psychischen Folgeschadens – der »BoRuBeck-Faktor«, NZV 2008, 1;

Brams	Mobbing am Arbeitsplatz – in dubio pro Arbeitgeber?, VersR 2010, 880;
ders.	Zum vertraglichen Schmerzensgeldanspruch des Geschädigten infolge Mobbings am Arbeitsplatz – Ein Überblick bisher zugesprochener Schmerzemsgeldbeträge, ZfS 2009, 546;
Brandt	Die Behandlung von psychischen Folgeschäden im Schadensersatzrecht, VersR 2005, 616;
Brox/Walker	Allgemeines Schuldrecht, 37. Aufl. München 2013, zit.: Brox/Walker, Seite;
Brüseken/Krumbholz/Thiermann	Typische Haftungsquoten bei Verkehrsunfällen – Münchner Quotentabelle, NZV 2000, 441;
Budewig/Gehrlein	Haftpflichtrecht nach der Reform, München 2003, zit.: Budewig/Gehrlein, Seite;
van Bühren (Hrsg.)	Anwalts-Handbuch Verkehrsrecht, 2. Aufl. Köln 2011, zit.: v. Bühren/Bearbeiter, Teil und Rn.;
ders.	Unfallregulierung, 6. Aufl. Bonn 2012, zit.: v. Bühren, Unfallregulierung, § und Rn.;
Burmann/Heß	Das »Kreuz« mit der (Hals-)Wirbelsäule, Gedanken zu den BGH-Urteilen vom 03.06.2008 (- VI ZR 235/07) und 08.07.2008 (- VI ZR 274/01), NZV 2008, 481;
Canaris	Die Reform des Rechts der Leistungsstörungen, JZ 2001, 499;
Castro	HWS-Distorsion und Erforderlichkeit eines Sachverständigengutachtens, SVR 2007, 451;
Claussen	Medizinische neurootologische Wege zum Lösen von Beweisfragen beim HWS-Schleudertrauma, DAR 2001, 337;
Clemens/Hack/Schottmann/Schwab	Psychische Störungen nach Verkehrsunfällen – Implikationen für das Personenschadenmanagement, DAR 2008, 9;
Creutz	Mobbing: Für Anwälte ein lukratives Geschäftsfeld?, Anwaltsreport 2002, 14;
Dahm	Die Behandlung von Schockschäden in der höchstrichterlichen Rechtsprechung, NZV 2008, 187;
Dahm	Das Haftungsprivileg des § 828 II 1 BGB und seine Bedeutung für den Anspruch des Unfallversicherungsträgers aus übergangenem Recht, NZV 2009, 378;
Dannert	Rechtsprobleme bei der Feststellung und Beurteilung unfallbedingter Verletzungen der Halswirbelsäule, NZV 1999, 453;
Danzl/Gutiérrez-Lobos/Müller	Das Schmerzensgeld in medizinischer und juristischer Sicht, 8. Aufl. 2004, zit.: Danzl/Gutiérrez-Lobos/Müller, Seite;
Däubler	Die Reform des Schadensersatzrechts, JuS 2002, 625;
ders.	Sachen und Menschen im Schadensrecht, NJW 1999, 1611;
Dauner-Lieb	Die Schuldrechtsreform – das große juristische Abenteuer, DStR 2001, 1572;
Dauner-Lieb/Heidel/Lepa/Ring	Das neue Schuldrecht in der anwaltlichen Praxis, 2002, zit.: Dauner-Lieb/Heidel/Lepa/Ring/Bearbeiter, § und Rn.;
Dauner-Lieb/Langen	Anwaltskommentar Schuldrecht, Band 2, Teilband 1, 2005, zit.: Dauner-Lieb/Langen/Bearbeiter, AK-Schuldrecht, § und Rn.;
Deutsch	Rechtsprobleme von AIDS – HIV-Test – Infektion – Behandlung – Versicherung, VersR 1988, 533;
ders.	Schmerzensgeld für Vertragsverletzungen und bei Gefährdungshaftung, ZRP 2001, 351;

Deutsch/Ahrens Deliktsrecht, 4. Aufl. 2002, zit.: Deutsch/Ahrens, Rn.;

Diederichsen Die Rechtsprechung des BGH zum Haftpflichtrecht, DAR 2003, 241;

dies. Die Rechtsprechung des BGH zum Haftpflichtrecht, DAR 2004, 301;

dies. Die Rechtsprechung des BGH zum Haftpflichtrecht, DAR 2005, 301;

dies. Die Rechtsprechung des BGH zum Haftpflichtrecht, DAR 2006, 301;

dies. Die Rechtsprechung des BGH zum Haftpflichtrecht, DAR 2008, 301;

dies. Neues Schadensersatzrecht: Fragen der Bemessung des Schmerzensgeldes und seiner prozessualen Durchsetzung, VersR 2005, 433;

Diehl Aktuelle Probleme des Schmerzensgeldes im Verkehrsrecht, ZfS 2007, 10;

ders. Unfälle von Kindern im Straßenverkehr, DAR 2007, 451;

Dieterich/Müller-Glöye/Preis Erfurter Kommentar zum Arbeitsrecht, 4. Aufl. 2004, zit.: Erfurter Kommentar zum Arbeitsrecht/Bearbeiter, § und Rn.;

Diller/Grote Die Mobbingklage des Arbeitnehmers, MDR 2004, 984;

Dötsch Öffentlichrechtliche Schmerzensgeldansprüche?, NVwZ 2003, 185;

Donaldson Zum Problem der sicheren Bemessung des Schmerzensgeldes, AcP 166 (1966), 462;

Dressing/Foerster Die Bedeutung des »Psychopathy-Konzeptes« in der Begutachtung von psychischen Unfallschäden, VersMed 2009, 59;

Ebbing Ausgleich immaterieller Schäden, ZGS 2003, 223;

Eggert HWS-Verletzungen in der aktuellen gerichtlichen Praxis Verkehrsrecht aktuell 2004, 204;

Eilers Psychische Schäden als Unfallfolgen, ZfS 2009, 248;

Emberger/Zerlauth/Sattler Das ärztliche Gutachten, Verlag der österreichischen Ärztekammer, 1998, zit.: Emberger/Zerlauth/Sattler, Seite;

Erdmann Die Begutachtung der verletzten Wirbelsäule, 1968, Die Wirbelsäule in Forschung und Praxis, Bd. 40;

Erm Vorteilsanrechnung beim Schmerzensgeld- ein Beitrag zur Fortentwicklung des Schadens(ersatz)rechts, Karlsruhe 2013

Erman Kommentar zum Bürgerlichen Gesetzbuch, Band 1 (§§ 1 – 853), 13. Aufl. 2011, zit.: Erman/Bearbeiter, BGB, § und Rn.;

Eschelbach/Geipel Beweis- und Zurechnungsfragen bei der Verletzung des Körpers oder der Gesundheit durch Verkehrsunfälle mit Blick auf HWS-Distorsionen, NZV 2010, 481;

Ferber Das Opferrechtsreformgesetz, NJW 2004, 2562;

Ferner/Bachmeier (Hrsg.) Fachanwaltskommentar Verkehrsrecht, 2003, zit.: Ferner/Bachmeier, Seite;

Fey Ist das Adhäsionsverfahren endlich tot?, AnwBl. 1986, 491;

Filthaut Haftpflichtgesetz, 8. Aufl. 2010, zit.: Filthaut, Haftpflichtgesetz, § und Rn.;

Fischer Strafgesetzbuch und Nebengesetze, 60. Aufl. 2013, zit.: Tröndle/Fischer, § und Rn.;

Fischer/Lilie	ärztliche Verantwortung im europäischen Rechtsvergleich, 1999, zit.: Fischer/Lilie, Seite;
Fischinger	Zur Hemmung der Verjährung durch Verhandlungen nach § 203 BGB, VersR 2005, 1641;
Foerste	Schmerzensgeldbemessung bei brutalen Verbrechen, NJW 1999, 2951;
Foerster	Psychoreaktive Störungen bei Unfall- und Katastrophenhelfern, VersMed 2007, 88;
Frahm/Nixdorf	Arzthaftungsrecht, 3. Aufl. 2005, zit.: Frahm/Nixdorf, Rn.;
Freise	Überlegungen zur Änderung des Schadensersatzrechts, VersR 2001, 539;
Garbe/Hagedorn	Die zivilrechtliche Haftung beim Verkehrsunfall, JuS 2004, 287;
Geigel	Der Haftpflichtprozess, 26. Aufl. 2011, zit.: Geigel/Bearbeiter, Kapitel und Rn.;
Gelhaar	Zur Bemessung des Schmerzensgeldes, NJW 1953, 1281;
Gerken	Probleme der Anschlussberufung nach § 524 ZPO, NJW 2002, 1095;
von Gerlach	Gewinnherausgabe bei Persönlichkeitsrechtsverletzungen nach schweizerischem Vorbild?, VersR 2002, 917;
ders.	Die Rechtsprechung des BGH zum Haftpflichtrecht, DAR 2002, 241;
ders.	Die prozessuale Behandlung von Schmerzensgeldansprüchen, VersR 2000, 525;
ders.	Rechtsprechungsbericht, DAR 2002, 241;
Giesen	Aktuelle Probleme des Arzthaftungsrechts, MedR 1997, 17;
Gleßgen	Schmerzensgeld für Krankenhauskost, ZAP-Kolummne, S. 1257, ZAP-Nr. 24 vom 20.12.1995;
Gödicke/Purnhagen	Haftungsgrundlagen für Schmerzensgeld bei der klinischen Prüfung von Arzneimitteln, MedR 2007, 139;
Götting/Schertz/Seitz	Handbuch des Persönlichkeitsrechts, 2008, zit.: Bearbeiter in Handbuch des Persönlichkeitsrechts, Seite;
Grote	Aushebelung der dreijährigen Verjährungsfrist bei Forderungen aus unerlaubter Handlung durch den BGH?, NJW 2011, 1121;
Gruber	Das französische Gesetz gegen Mobbing, RdA 2002, 250;
Grüneberg	Haftungsquoten bei Verkehrsunfällen, 13. Aufl., München 2013, zit.: Grüneberg, Haftungsquoten bei Verkehrsunfällen, Seite;
Grünwald/Hille	Mobbing im Betrieb, 2003, zit.: Grünwald/Hille, Seite;
Grunsky	Zum Tatsachenstoff im Berufungsverfahren nach der Reform der ZPO, NJW 2002, 800;
Haas/Horcher	Überblick über das 2. Gesetz zur Änderung schadensersatzrechtlicher Vorschriften, DStR 2001, 2118;
von Hadeln/Zuleger	Die HWS-Verletzung im Niedriggeschwindigkeitsbereich, NZV 2004, 273;
Hager	Das Mitverschulden von Hilfspersonen und gesetzlichen Vertretern des Gesamtschuldners, NJW 1989, 1640;
Haller	Das »kränkelnde« Adhäsionsverfahren – Indikator struktureller Probleme der Strafjustiz?, NJW 2011, 970;

Halm	Überschreitung der 1 Millionen-Schmerzensgeldgrenze, DAR 2001, 430;
ders.	Versicherungs-Verkehrsrecht, PVR 2003, 145;
Halm/Scheffler	Schmerzensgeldrente und Abänderungsklage nach § 323 ZPO, DAR 2004, 71;
Halm/Staab	Posttraumatische Belastungsstörungen nach einem Unfallereignis, DAR 2009, 677;
Haupfleisch	Forderung aus der Praxis für menschengerechten Schadensersatz, DAR 2003, 403;
Hart	Diagnosefehler, Seine Verortung als Behandlungsfehler und die Verpflichtung zur Aufklärung, in FS für Eike Schmidt, 2005, S. 143;
Hecker/Weimann	Transfusionsassoziierte HIV-Infektion, VersR 1997, 532;
Heinrichs	Entwurf eines Schuldrechtsmodernisierungsgesetzes: Neuregelung des Verjährungsrechts, BB 2001, 1417;
Helms/Neumann/Caspers/Sailer/Schmidt-Kessel (Hrsg.)	Jahrbuch Junger Zivilrechtswissenschaftler: Das neue Schuldrecht, 2001, zit.: Helms/Neumann/Caspers/Sailer/Schmidt-Kessel/Bearbeiter, Seite;
Henke	Die Schmerzensgeldtabelle, 1969, zit.: Henke, Seite;
Hentsche/König/Dauer	Straßenverkehrsrecht, 42. Aufl. 2013, zit.: Hentschel/König/Dauer, § und Rn.;
Hering	Der Verkehrsunfall in Polen, SVR 2008, 99;
Hernig/Schwab	Kinder als Unfallopfer – Schutz vor finanziellen Spätfolgen nach der Abfindung, SP 2005, 8;
Herr	Das Schmerzensgeld im Zugewinnausgleich, NJW 2008, 262;
Heß	Das Schmerzensgeld, ZfS 2001, 532;
ders.	Das (Teil-) Schmerzensgeld, NJW-Spezial 2004, 63;
Hille	Rechte und Pflichten beim Mobbing, BC 2003, 81;
Himmelreich/Klimke/Bücken	Kfz-Schadensregulierung, 90. Ergänzungslieferung, Stand 2007, zit.: Himmelreich/Klimke/Bücken, Rn.;
Hoffmann	Wie die Kostenentwicklung bei Personenschäden in den Griff bekommen?, Versicherungswirtschaft 2008, 1298;
Hoffmann/Schwab/Tolksdorf	Abfindungsregelungen nach Unfällen von Kindern sowie angepasste Lösungen für ältere oder andere besonders schutzbedürftige Menschen. Nachhaltige Sicherung der Geldsummen, DAR 2006, 666;
Hohloch	Allgemeines Schadenrecht: Empfiehlt sich eine Neufassung der gesetzlichen Regelung des Schadensrecht (§§ 249 – 255 BGB)? in: Gutachten und Vorschläge zur Überarbeitung des Schuldrechts, Bd. I, 1981, S. 375, zit.: Hohloch, Bd. I, 1981, Seite;
Hollenbach	Die Anwendung der Fußballregeln des DFB auf Freizeitfußballspiele Minderjähriger, VersR 2003, 1091;
Holtz	Aus der Rechtsprechung des Bundesgerichtshofs in Strafsachen, MDR 1993, 405;
Honsell	Die Funktion des Schmerzensgeldes, VersR 1974, 205;
Horst	Auswirkungen der Schadensersatzrechtsreform auf das Mietrecht, NZM 2003, 537;
Huber, C.	Das neue Schadensersatzrecht, 2003, zit.: Huber, Das neue Schadensersatzrecht, § und Rn.;

ders. Schmerzensgeld ohne Schmerzen bei nur kurzzeitigem Überleben der Verletzung im Koma – eine sachlich gerechtfertigte Transferierung von Vermögenswerten an die Erben, NZV 1998, 345;

ders. Antithesen zum Schmerzensgeld ohne Schmerzen – Bemerkungen zur objektiv-abstrakten und subjektiv-konkreten Schadensberechnung, ZVR 2000, 218;

ders. Behinderungsbedingter Umbau – hat es der Schlossherr besser?, NZV 2005, 620;

ders. Höhe des Schmerzensgeldes und ausländischer Wohnsitz des Verletzten, NZV 2006, 169;

Huber, M. Psychische Unfallfolgen, SVR 2008, 1;

Huber/Faust Schuldrechtsmodernisierung, 2002,
zit.: Huber/Faust, Kapitel;

Hüske-Wagner/Wagner Mobbing – was tun?, AiB 2004, 89;

von Ihering Ein Rechtsgutachten betreffend die Gäubahn in: Jherjb. 18, 1880, S. 1,
zit.: Jherjb./Ihering 18, 1879, Seite;

Itzel Neuere Entwicklungen im Amts- und Staatshaftungsrecht, MDR 2005, 545;

Jaeger Höhe des Schmerzensgeldes bei tödlichen Verletzungen im Lichte der neueren Rechtsprechung des BGH, VersR 1996, 1177;

ders. Klageantrag bei der Geltendmachung von Schmerzensgeld, MDR 1996, 888;

ders. Schmerzensgeldbemessung bei Zerstörung der Persönlichkeit und bei alsbaldigem Tod, MDR 1998, 450;

ders. Schmerzensgeld – Die Genugtuungsfunktion hat ausgedient in: FS für Lorenz 2004, S. 377 ff.;

ders. Bemessung des Schmerzensgeldes bei der Haftung aus Gefährdungshaftungstatbeständen, ZGS 2004, 217;

ders. Sachverständigenhaftung nach Vertrags- und Deliktsrecht, ZAP Fach 2, S. 441;

ders. Schmerzensgeld bei der Verletzung des Rechts auf sexuelle Selbstbestimmung gem. § 253 Abs. 2 BGB n. F., VersR 2003, 1372;

ders. Kapitalisierung von Renten im Abfindungsvergleich, VersR 2006, 597 und 1328;

ders. Entwicklung der Rechtsprechung zum HWS-Schleudertrauma, VersR 2006, 1611;

ders. Bemessung des Schmerzensgeldes nach den wirtschaftlichen Verhältnissen des Schädigers VRR 2011, 404

ders. Entwicklung der Rechtsprechung zu hohen Schmerzensgeldern, VersR 2013, 134 ff.

ders. Kommentar zum Patientenrechtegesetz 2013

ders. Höchstes Schmerzensgeld – ist der Gipfel erreicht?, VersR 2009, 159; Jaeger/Luckey, Das neue Schadensersatzrecht, 2002,
zit.: Jaeger/Luckey, Rn.;

dies. Schmerzensgeld, 4. Aufl. 2008,
zit.: Jaeger/Luckey, Schmerzensgeld, 4. Aufl. 2008, Rn.;

dies. Das Zweite Schadensersatzrechtsänderungsgesetz – Ein Überblick über das neue Recht, MDR 2002, 1168;

dies. Schmerzensgeld aus Gefährdungshaftung – nur »neuer Wein in alten Schläuchen«?, OLGR 2004, K1;

dies.	Schmerzensgeldansprüche bei Mobbing, ZAP Fach 17, S. 785;
dies.	Besonderheiten des Prozesskostenhilfeverfahrens bei Schmerzensgeldansprüchen, ProzRB 2004, 14;
dies.	Vorteile und Fallstricke des neuen Adhäsionsverfahrens, VRR 2005, 287;
Jahnke	Auswirkungen des Schuldrechtsmodernisierungsgesetzes und des (geplanten) 2. Schadensrechtsänderungsgesetzes auf die Regulierung von Personenschadenansprüchen, ZfS 2002, 105;
ders.	Schadensminderungspflicht und medizinische Maßnahmen, NJW-Spezial 2011, 137;
Janda	Mehrheit von Schuldnern und unterschiedliche Haftungsmaßstäbe-ein Beitrag zur Überwindung des »gestörten Gesamtschuldnerausgleichs«, VersR 2012,1078
Janssen	Das Angehörigenschmerzensgeld in Europa und dessen Entwicklung, ZRP 2003, 156;
von Jeinsen	Das Angehörigenschmerzensgeld – Systembruch oder Fortentwicklung?, ZfS 2008, 61;
Jiao	Immaterieller Schaden und Schadensersatz im deutschen und chinesischen Recht, Schriften zum Internationalen Privatrecht und zur Rechtsvergleichung, Band 26, S. 299, 300, zit.: Jiao, Seite;
Joachim	Haftungsfreizeichnung im modernen Mietrecht, NZM 2003, 387;
Karczewski	Der Referentenentwurf eines Zweiten Gesetzes zur Änderung schadensersatzrechtlicher Vorschriften, VersR 2001, 1070;
Katzenmeier	Schuldrechtsmodernisierung und Schadensersatzrechtsänderung – Umbruch in der Arzthaftung, VersR 2002, 1066;
ders.	Arzthaftung, 2002
ders.	Die Neuregelung des Anspruchs auf Schmerzensgeld, JZ 2002, 1029;
ders.	Entwicklungen des Produkthaftungsrechts, JuS 2003, 943;
Keiser	Schadensersatz und Schmerzensgeld bei Stalking?, NJW 2007, 3387;
Kern, B.-R.	Die Genugtuungsfunktion des Schmerzensgeldes – ein pönales Element im Schadensrecht, AcP 191 (1991), 247;
ders.	Schmerzensgeld bei totalem Ausfall aller geistigen Fähigkeiten und Sinnesempfindungen in: FS für Wolfgang Gitter, 1995, S. 454;
Kern, C.	Rechte und Pflichten des Mieters bei Gesundheitsgefährdungen auf Grund der Beschaffenheit der Mietsache, NZM 2007, 634;
Kilian	Schadensersatz bei Verletzung des Rechts auf sexuelle Selbstbestimmung: Der reformierte § 825 BGB, JR 2004, 309;
Klinger	Schmerzensgeld für Hinterbliebene von Verkehrsopfern?, NZV 2005, 290;
Klumpp	Die Privatstrafe – eine Untersuchung privater Strafzwecke, 2002, zit.: Klumpp, Seite;
Klutinius/Karwatzki	Aktuelle Entwicklung im Bereich der Personenschäden, MDR 2006, 667;
Knappmann	Die Absicherung der Risiken bei Betrieb und Gebrauch eines Kraftfahrzeugs aus versicherungsrechtlicher Sicht, VRR 2010, 11;
Knochel/Biersack	Abänderungsklagen nach § 323 ZPO aufgrund geänderter Rechtsprechung, MDR 2005, 12;
Knöpfel	Billigkeit und Schmerzensgeld, AcP 155 (1956), 135;

Köckerbauer Die Geltendmachung zivilrechtlicher Ansprüche im Strafverfahren – der Adhäsionsprozess, NStZ 1994, 305;

Kornes Der Regress des Sozialversicherungsträgers, der zivilrechtliche Schaden und das Schmerzensgeld, r+s 2002, 309;

Koziol Die Bedeutung des Zeitfaktors bei der Bemessung ideeller Schäden in: FS für Hausheer, 2002, S. 597;

Kramer Trauerschmerz und Schockschäden ind er aktuellen Judikatur, Zivilrecht 2008,44

Krumm Das Adhäsionsverfahren in Verkehrsstrafsachen, SVR 2007, 41;

Kuhn HWS-Verletzungen in der Schadensregulierung, DAR 2001, 344;

Kullmann Immaterieller Schadensersatzanspruch des Patienten bei Diagnosemitteilung des Arztes an Abrechnungsstellen, Krankenkassen und Versicherungen trotz Widerspruch des Patienten, MedR 2001, 343;

Küppersbusch Probleme bei der Regulierung von Personenschäden, r+s 2002, 221;

Lang Der Abfindungsvergleich beim Personenschaden, VersR 2005, 894;

Lang/Stahl/Suchomel Die Unfallregulierung nach neuem Schadensersatzrecht, NZV 2003, 441;

Laufs Arztrecht, 5. Aufl. 1993, zit.: Laufs, Rn.;

Laufs/Uhlenbruck Handbuch des Arztrechts, 4. Aufl. 2010, zit.: Laufs/Uhlenbrock/Bearbeiter, § und Rn.;

Laum/Smentkowski ärztliche Behandlungsfehler – Statut der Gutachterkommission, Kurzkommentar, Deutscher Ärzteverlag, Ärztekammer Nordrhein, 2006, zit.: Laum/Smentkowski, Seite;

Leenen Die Neugestaltung des Verjährungsrechts durch das Schuldrechtsmodernisierungsgesetz, DStR 2002, 34;

ders. Die Neuregelung der Verjährung, JZ 2001, 552;

Leibholz/Rinck/Hesselberger Grundgesetz für die Bundesrepublik Deutschland, Loseblattwerk, aktueller Stand, zit.: Leibholz/Rinck/Hesselberger, GG. Artikel und Rn.;

Lemcke Schmerzensgeld für Zukunftsschäden und zeitliche Begrenzung, r+s 2000, 309;

ders. Unfallbedingte HWS-Beschwerden und Haftung, r+s 2003, 177;

Lemor Haftungsrecht und Schadensregulierung in der Schweiz, SVR 2006, 290;

ders. Haftungsrecht und Schadenregulierung in Italien, SVR 2007, 372;

ders. Haftungsrecht und Schadenregulierung in Frankreich, SVR 2008, 206;

Lepa Die Wandlungen des Schmerzensgeldanspruchs und ihre Folgen, FS für Müller 2009, S. 113 ff.;

Lieberwirth Das Schmerzensgeld, 3. Aufl. 1965, zit.: Lieberwirth, Seite;

Löhle HWS-Problematik, ZfS 1997, 441;

ders. Verletzung der HWS – neuester Stand, ZfS 2000, 524;

Loren »Immaterieller Schaden und billige Entschädigung in Geld«, Eine Untersuchung auf der Grundlage des § 847 BGB, 1981, zit.: Lorenz, Seite;

ders.	Schmerzensgeld für die durch eine unerlaubte Handlung wahrnehmungs- und empfindungsunfähig gewordenen Verletzten? in: FS für Günther Wiese, 1998, Neuwied und Kriftel, S. 261;
Lorenz, S./Riehm	Lehrbuch zum neuen Schuldrecht, 1. Aufl. 2002, zit.: Lorenz/Riehm, Seite;
Luckey, B.	Gestörtes Gesamtschuldverhältnis – Arbeitsrechtlicher Freistellungsanspruch, JA 2004, 587;
Luckey, J.	Baby, you can drive my car – Sektorale Deliktsfähigkeit von Kindern im Straßenverkehr, ZFE 2002, 268;
ders.	Die Haftungserleichterung und Konsequenzen für den Gesamtschuldnerregress, VersR 2002, 1213;
ders.	Die Regressbehinderung durch Haftungsbeschränkung – Hunde stören die Gesamtschuld, Jura 2002, 477;
ders.	Die Widerklage gegen Dritte – Zeugen zum Abschuss freigegeben?, MDR 2002, 743;
ders.	Zeugenbeweis und Prozesstaktik, ProzRB 2003, 19;
ders.	Neues Schadensersatzrecht – neue Probleme?, PVR 2003, 302;
ders.	Der Schmerzensgeldprozess im Verkehrsunfallrecht, VRR 2005, 44;
ders.	Personenschaden, Luchterhand, 2013
ders.	Talking `bout my generation- der Einfluss des Alters des Verletzten auf die Schmerzensgeldbemessung VRR 2011, 406
Ludolph	Die Bedeutung des ersten Verletzungserfolgs für das sog. Schleudertrauma, SP 2005, 86;
ders.	Das »Schmerzgutachten« im Haftpflichtrecht, SP 2006, 92;
Ludovisy/Eggert/Burhoff (Hrsg.)	Praxis des Straßenverkehrsrechts, 5. Aufl. 2011,
ders.	Rechtsprechungsübersicht zum Straßenverkehrsrecht 2003, ZAP Fach 9 R, S. 245;
Mansel	Die Neuregelung des Verjährungsrechts, NJW 2002, 89;
Mansel/Budzikiewicz	Das neue Verjährungsrecht, 2002, zit.: Mansel/Budzikiewicz;
Martis/Enslin	Aktuelle Entwicklungen im Verkehrszivilrecht – typische Verkehrsunfallsituationen, Mehrwertsteuer und verschwiegene Vorschäden, MDR 2008, 117;
ders.	Arzthaftungsrecht aktuell, Fallgruppenkommentar, 2. Aufl. 2007, zit.: Martis/Winkhart, Seite;
von Mayenburg	Nur Bagatellen? – Einige Bemerkungen zur Einführung von Schmerzensgeld bei Gefährdungshaftung im Regierungsentwurf eines Zweiten Gesetzes zur Änderung schadensersatzrechtlicher Vorschriften, VersR 2002, 278;
Mazotti/Castro	Bedarf es zur Beurteilung des HWS-Schleudertraumas eines medizinischen Sachverständigen?, NZV 2002, 499;
dies.	Die Belastbarkeit des Fahrzeugführers, NZV 2008, 16;
dies.	Das »HWS-Schleudertrauma« aus orthopädischer Sicht – Stand 2008, NZV 2008, 113;
Mazzotti/Kandaouroff/Castro	»Out of Position« – ein verletzungsfördernder Faktor für die HWS bei der Heckkollision? Gibt es neue Erkenntnisse?, NZV 2004, 561;
Medicus/Petersen	Bürgerliches Recht, 24. Aufl. 2013, zit.: Medicus, Rn.;
Merten	Zigaretten – ein fehlerhaftes Produkt, VersR 2005, 465;

Meyer-Goßner StPO, 56. Aufl. 2013,
zit.: Meyer-Goßner, StPO, § und Rn.;

Meyer-Mews Zivilrechtliche Entschädigungsansprüche des Beschuldigten im Strafverfahren, MDR 2004, 1218;

Michel Schmerzensgeldanspruch nach heimlichem Aids-Test, NJW 1988, 2271;

Motzer Geltendmachung und Verwendung von Schadensersatz wegen Gesundheitsschäden als Aspekt elterlicher Vermögenssorge, FamRZ 1996, 844;

Müller, Gerda Aktuelle Fragen des Haftungsrechts, ZfS 2005, 54;

dies. Neue Perspektiven beim Schadensersatz, VersR 2006, 1289;

dies. Alles oder nichts?, VersR 2005, 1461;

dies. Das neue Schadensersatzrecht, DRiZ 2003, 167;

dies. Das reformierte Schadensersatzrecht, VersR 2003, 1;

dies. Spielregeln für den Arzthaftungsprozess, DRiZ 2000, 259;

dies. Spätschäden im Haftpflichtrecht, VersR 1998, 129;

dies. Zum Entwurf eines Zweiten Gesetzes zur Änderung schadensersatzrechtlicher Vorschriften, ZRP 1998, 258;

dies. Beweislast und Beweisführung im Arzthaftungsprozess, NJW 1997, 3049;

dies. Besonderheiten der Gefährdungshaftung nach dem StVG, VersR 1995, 489;

dies. Zum Ausgleich des immateriellen Schadens nach § 847 BGB, VersR 1993, 909;

dies. Grundprinzipien und Gestaltungsspielräume beim Schadensersatz, Teil 1, ZfS 2009, 62 und Teil 2, ZfS 2009, 124;

dies. Der Schutzbereich des Persönlichkeitsrechts im Zivilrecht, VersR 2008, 1141;

Müller, Stefan Zur Reichweite der Schmerzensgeldhaftung, ZGS 2010, 538;

Münchener Handbuch zum Arbeitsrecht 3. Aufl. 2009,
zit.: Münchener Handbuch zum Arbeitsrecht/Bearbeiter, § und Rn.;

Münchener Kommentar zum Bürgerlichen Gesetzbuch 6. Aufl. 2012,,
zit.: MünchKomm/Bearbeiter, BGB, Aufl., § und Rn.;

Münchener Kommentar zur Zivilprozessordnung Band 1, 4. Aufl., 2012,
zit.: MünchKomm/Bearbeiter, ZPO, § und Rn.;

Muscheler Die Störung der Gesamtschuld: Lösung zu Lasten des Zweitschädigers?, JR 1994, 441;

Muschner Die haftungsrechtliche Stellung ausländischer Patienten und Medizinalpersonen in Fällen sprachbedingter Missverständnisse, 2002,
zit.: Muschner, Seite;

Musielak ZPO Kommentar, 10. Aufl. 2013,
zit.: Musielak, § und Rn.;

Nehls Kapitalisierung und Verrentung von Schadensersatzforderungen, ZfS 2004, 193;

ders. Der Abfindungsvergleich beim Personenschaden, SVR 2005, 161;

Nehlsen-v. Stryk Schmerzensgeld ohne Genugtuung, JZ 1987, 119;

Neugebauer Privilegierte Zwangsvollstreckung gem. § 850f Abs. 2 ZPO – Ansprüche aus vorsätzlich begangener unerlaubter Handlung, MDR 2004, 1223;

Nixdorf Befunderhebungspflicht und vollbeherrschbare Risiken in der Arzthaftung: Beweislastverteilung im Fluß?, VersR 1996, 160;

ders. Mysterium Schmerzensgeld, NZV 1996, 89;

Noethen Parteivernehmung oder Parteianhörung bei einem allein zwischen Parteien geführten »Vier-Augen-Gespräch«?, NJW 2008, 334;

Noll Die Apothekerin, 1994,
zit.: Ingrid Noll, Seite;

Notthoff Voraussetzungen der Schmerzensgeldzahlungen in Form einer Geldrente, VersR 2003, 966;

Nugel Der Abfindungsvergleich in der außergerichtlichen Schadensregulierung, ZfS 2006, 190;

ders. Die Quotenbildung beim Verkehrsunfall und der Anscheinsbeweis, DAR 2008, 548;

Odersky Schmerzensgeld bei Tötung naher Angehöriger, 1989,
zit.: Odersky, Seite;

Oechsler Die Unzurechnungsfähigkeit von Kindern in Verkehrssituationen, NJW 2009, 3185;

Oppel Medizinische Komponente beim HWS, DAR 2003, 400;

Palandt Kommentar zum Bürgerlichen Gesetzbuch, 72. Aufl. 2013;
zit.: Palandt/Bearbeiter, § und Rn.;

Pauge Vorteilsausgleich bei Sach- und Personenschäden, VersR 2007, 569;

Pauker Die Berücksichtigung des Verschuldens bei der Bemessung des »Schmerzensgeldes«, VersR 2004, 1391;

Pawlowski Schmerzensgeld für fehlgeschlagene Ehestörung, NJW 1983, 2809;

Pfeiffer StPO, 5. Aufl. 2005,
zit.: Pfeiffer, StPO, Auflage, § und Rn.;

Pichler Schadensersatz bei Unfällen mit Personenschaden in Italien, mit speziellem Bezug auf Verkehrsunfälle, DAR 2006, 549;

Picker Die Naturalrestitution durch den Geschädigten, 2003,
zit.: Picker, Seite;

Prechtel Das Adhäsionsverfahren, ZAP 2005, Fach 22, S. 399;

Prütting/Wegen/Weinreich BGB-Kommentar, 8. Aufl. 2013,
zit.: PWW/Bearbeiter, § und Rn.;

Rauscher Die Schadensrechtsreform, Jura 2002, 577;

Rehborn Aktuelle Entwicklungen im Arzthaftungsrecht, MDR 2000, 1101;

ders. Aktuelle Entwicklung im Arzthaftungsrecht, MDR 2004, 371;

ders. Aktuelle Entwicklungen im Arzthaftungsrecht, MDR 1999, 1169;

Reinecke Lexikon des Unterhaltsrechts, 2. Aufl. 2008,
zit.: Reinecke, Rn.;

RGR-Kommentar zum Bürgerlichen Gesetzbuch 12. Aufl. 1989 und 13. Aufl. 1997,
zit.: RGRK/Kreft, BGB, Auflage, § und Rn.;

Reisinger Die Bedeutung des Schmerzensgeldes für die Versicherungswirtschaft, Zivilrecht 2008,49;

Rieble/Klumpp Mobbing und die Folgen, ZIP 2002, 369;

Riedel Die Haftung für Verbrennungen bei Anwendung von Elektro-Chirurgie-Geräten, MedR 2009, 83;

Riemer Geburtsschadensrecht ist »good money« für Rechtsanwälte, Der Gynäkologe 2008, 471;

Rinke/Balzer	Extraktion erhaltungswürdiger Zähne, Perforation unbeteiligter Kronen, Schnellprothetik statt konservierender und prophylaktischer Therapie – ein neuer Sorgfaltsmaßstab in der kassenzahnärztlichen Versorgung, VersR 2001, 423;
Rosenberg/Schwab/Gottwald	Zivilprozessrecht, 17. Aufl. 2010, zit.: Rosenberg/Schwab/Gottwald, §;
Roth	Unterhaltspflicht für ein Kind als Schaden?, NJW 1994, 2402;
Roxin	Strafverfahrensrecht, 25. Aufl. 1998;
Ruttloff	Die Angabe des Mindestbetrags bei unbeziffertem Klageantrag und das sofortige Anerkenntnis, VersR 2008, 50;
Saenger	Sachliche Zuständigkeit für den Antrag auf Prozeßkostenhilfe, MDR 1999, 850;
Schauseil	Die Abwägung der Verursachungsbeiträge nach einem Kfz-Unfall, MDR 2008, 360;
Scheffen	Tendenzen bei der Bemessung des Schmerzensgeldes für Verletzungen aus Verkehrsunfällen, ärztlichen Kunstfehlern und Produzentenhaftung, ZRP 1999, 189;
Scheffen/Pardey	Schadensersatz bei Unfällen mit Minderjährigen, 2. Aufl. 2003, zit.: Scheffen/Pardey, Rn.;
Schellenberg	Regulierungsverhalten als Schmerzensgeldfaktor, VersR 2006, 878;
ders.	Aufklärungsmängel, hypothetische Einwilligung und der echte Entscheidungskonflikt im Arzthaftungsrechtsstreit, VersR 2008, 1298;
Schiemann	Schmerzensgeld bei fehlgeschlagener Sterilisation, NJW 1980, 643;
ders.	Der freie Dienstvertrag, JuS 1983, 649;
ders.	Schmerzensgeld für fehlgeschlagene Sterilisation, JuS 1980, 709;
Schinnenburg	Besonderheiten des Arzthaftungsrechts bei zahnärztlicher Behandlung, MedR 2000, 185
Schirmer	Neues Schadensersatzrecht in der Praxis, Haftung, Schmerzensgeld, Sachschaden, DAR 2004, 21;
ders.	Das Adhäsionsverfahren nach neuem Recht – die Stellung der Unfallbeteiligten und deren Versicherer, DAR 1988, 121;
Schmid	*R.*, Neue Haftungsrisiken bei Personenschäden im Luftfahrtbereich, VersR 2002, 26;
Schmid, H.	Verfahrensregeln für Arzthaftungsprozesse, NJW 1994, 767;
Schmidt, E.	Schockschäden Dritter und adäquate Kausalität, MDR 1971, 538;
Schmitt, R.	Vorsätzliche Tötung und vorsätzliche Körperverletzung, JZ 1962, 389;
Schmitz/Reischauser	Haftungsausschluss des Vermieters für leichte Fahrlässigkeit bei der Gewerberaummiete, NZM 2002, 1019;
Schneider, E.	Praxis der neuen Zivilprozessordnung, 2. Aufl. 2003, zit.: Schneider, Rn.;
ders.	Die Klage im Zivilprozess, 2. Aufl. 2004, zit.: Schneider, Klage, Rn.;
Schneider, R.	Kapitalisierung und Verrentung von Schadensersatzforderungen – Erwiderung auf Nehls, ZfS 2004, 193, ZfS 2004, 541;
Schneider/Wolf	Anwaltskommentar-Rechtsanwaltsvergütungsgesetz, 6. Aufl. 2012, zit.: AnwK-RVG/Bearbeiter, VV und Rn.;
Scholtissek	Einige Gedanken zum Persönlichkeitsrecht in der Werbung und in den Medien, WRP 1992, 612;
Scholz	Zur Beweislast im Arzthaftungsprozess, ZfS 1997, 1 und 41;

Schönke/Schröder	Strafgesetzbuch, Kommentar, 28. Aufl. 2010, zit.: Schönke/Schröder/Bearbeiter, § und Rn.;
Schulze/Ebers	Streitfragen im neuen Schuldrecht, JuS 2004, 366;
Schulze/Schulte-Nölke	Die Schuldrechtsreform vor dem Hintergrund des Gemeinschaftsrechts, 200, 1, zit.:Schulze/Schulte-Nölke, Seite;
Schwarz	Hinweispflicht des Arztes auf eigene Behandlungsfehler?, JZ 2008, 89;
Schwerdtner	Persönlichkeitsschutz im Zivilrecht, Karlsruher Forum 1996 (VersR-Schriftenreihe 2), 27;
Schwintowski	Der Anspruch auf taggenaue Berechnung des Schmerzensgeldes, VuR 2011, 117;
Selb	Mehrheiten von Gläubigern und Schuldnern, 1984, zit.: Selb, Seite:
Slizyk	Beck‹sche Schmerzensgeldtabelle – Von Kopf bis Fuß, 9. Aufl. 2012, zit.: Slizyk, Seite;
Soergel	Kommentar zum Bürgerlichen Gesetzbuch, 13. Aufl. 2002 ff; zit.: Soegel/Bearbeiter, BGB, § und Rn.;
Sommerfeld/Guhra	Zur »Entschädigung des Verletzten« im »Verfahren bei Strafbefehlen«, NStZ 2004, 420;
Spickhoff	Medizin und Recht zu Beginn des neuen Jahrhunderts, NJW 2001, 1757;
Spindler/Rieckers	Die Auswirkungen der Schuld- und Schadensrechtsreform auf die Arzthaftung, JuS 2004, 272;
Staab	Psychisch vermittelte und überlagerte Schäden, VersR 2003, 1216;
Stamm	»Die Bewältigung der gestörten Gesamtschuld« – Ein Beitrag zum Konkurrenzverhältnis zwischen § 426 I BGB und § 426 II BGB, NJW 2004, 811;
Staudinger	Schadensersatzrecht – Wettbewerb der Ideen und Rechtsordnungen, NJW 2006, 2433;
von Staudinger	Kommentar zum Bürgerlichen Gesetzbuch, 12. Aufl. und 13. Bearb. 1998 und Neubearbeitung 2004, zit.: Staudinger/Bearbeiter, BGB, Auflage, § und Rn.;
Steffen	Das Schmerzensgeld im Wandel eines Jahrhunderts, DAR 2003, 201;
ders.	Die Aushilfeaufgaben des Schmerzensgeldes in: FS für Odersky 1996, S. 723 ff.;
ders.	Schmerzensgeld bei Persönlichkeitsverletzung durch Medien – Ein Plädoyer gegen formelhafte Berechnungsmethoden bei der Geldentschädigung, NJW 1997, 10;
Steffen/Pauge	Arzthaftungsrecht, 12. Aufl. 2012, zit.: Steffen/Pauge, Rn.;
Steffen/Dressler	Arzthaftungsrecht. Neue Entwicklungslinien der BGH-Rechtsprechung, 9. Aufl. 2002, zit.: Steffen/Dressler, Rn.;
Stegers	Das arzthaftungsrechtliche Mandat in der anwaltlichen Praxis, 2. Aufl. 1989, zit.: Stegers, Rn.;
Stein/Jonas	Kommentar zur Zivilprozeßordnung, 22. Aufl. 2013, zit.: Stein/Jonas/Bearbeiter, ZPO, § und Rn.;

Stöhr Psychische Gesundheitsschäden und Regress, NZV 2009, 161;

Stoll Die Beweislastverteilung bei positiven Forderungsverletzungen in: FS für Fritz v. Hippel, 1967, 517;

ders. Empfiehlt sich eine Neuregelung der Verpflichtung zum Schadensersatz für immaterielle Schäden?, Verhandlungen des 45. DJT, Band I, 1964,
zit.: Stoll, Seite;

Stowasser Kinderfahrradhelmpflicht und Haftung im Zivil- und Strafrecht, Zivilrecht 2011, 322

Strücker-Pitz Ausweitung der Arzthaftung für Schmerzensgeld bei Schwerstschäden, VersR 2007, 1466;

dies. Verschärfung der ärztlichen Aufklärungspflicht durch den BGH, VersR 2008, 752;

Stürner Der Unfall im Straßenverkehr und der Umfang des Schadensersatzes unter besonderer Berücksichtigung des Nichtvermögensschadens, DAR 1986, 7;

Sundermann Schadensausgleich bei Mitschädigung Minderjähriger durch Vernachlässigung der Aufsichtspflicht und elterliches Haftungsprivileg (§ 1644 I BGB), JZ 1989, 927;

Tamm Der Haftungsumfang bei ärztlichem Fehlverhalten und Rechtsdurchsetzungsfragen im Arzthaftungsrecht, Jura 2009, 81;

Taupitz Prozessuale Folgen der »vorzeitigen« Vernichtung von Krankenunterlagen, ZZP 100 (1987), 287;

Teplitzky Die unzureichende Schmerzensgeldbemessung, NJW 1966, 388;

Ternig Kinder im Straßenverkehr und das Schadensersatzrecht, SVR 2008, 250;

ders. Fahrradhelm erforderlich, ja oder nein?, ZfS 2008, 69;

Thomas/Putzo Zivilprozessordnung, 34. Aufl. 2013,
zit.: Thomas/Putzo, ZPO, § und Rn.;

Vise Die Bewertung der Anknüpfungstatsachen bei HWS-Verletzungen, SP 2003, 196;

Vogeler Anschein und Vermutung, MedR 2011, 81;

Vorndran Schmerzensgeld für Hinterbliebene bei Tötung naher Angehöriger, ZRP 1988, 293;

Vorwerk Prozessformularbuch, 9. Aufl. 2010,

Wagner, C. Das behinderte Kind als Schaden, NJW 2002, 3379;

Wagner, G. Das neue Schadensersatzrecht, 2002,
zit.: Wagner, Seite;

ders. Das Zweite Schadensersatzrechtsänderungsgesetz, NJW 2002, 2049;

ders. Prominente und Normalbürger im Recht der Persönlichkeitsrechtsverletzung, VersR 2000, 1305;

ders. Ersatz immaterieller Schäden: Bestandsaufnahme und europäische Perspektiven, JZ 2004, 319;

ders. Neue Perspektiven im Schadensersatzrecht: Kommerzialisierung, Strafschadensersatz, Kollektivschaden, NJW 2006, Beilage zu Heft 22, 5;

Wagner, J./Bergmann Aktuelle arbeitsgerichtliche Rechtsprechungsübersicht zum Thema Mobbing, AiB 2004, 103;

Waltermann Änderungen im Schadensrecht durch das neue SGB VII, NJW 1997, 3401;

ders. Aktuelle Fragen der Haftungsbeschränkung bei Personenschäden, NJW 2002, 1225;

Weber Der Entschädigungsanspruch gegen den Verein »Verkehrsopferhilfe«, DAR 1987, 333;

ders. Muss im Arzthaftungsprozess der Arzt seine Schuldlosigkeit beweisen?, NJW 1997, 761;

Weidinger Die Auswirkungen der Schuldrechts- und Schadensersatzrechtsreform auf die Haftpflicht von Ärzten und Krankenhäusern, VersR 2004, 35;

Wendlandt Handeln gesetzlicher Vertreter »als Vertreter« gem. §§ 254 Abs. 2 S. 2, 278 BGB, VersR 2004, 433;

Wertenbruch Haftung des Unfallverursachers für Zweitschädigung durch ärztliche Behandlung, NJW 2008, 2962;

Wessels/Castro Ein Dauerbrenner: das »HWS-Schleudertrauma« – Haftungsfragen im Zusammenhang mit psychisch vermittelten Gesundheitsbeeinträchtigungen, VersR 2000, 284;

Wickler Ausgleich von immateriellen Schäden bei mobbingbedingten Persönlichkeits- und Gesundheitsverletzungen, ArbuR 2004, 87;

Wiese Kein Anspruch auf Entschädigung des immateriellen Schadens in Geld wegen Verletzung eines Persönlichkeitsrechts bei gleichzeitiger Vertragsverletzung, DB 1975, 2309;

ders. Der Ersatz des immateriellen Schadens, 1964,
zit.: Wiese, Seite;

Wille Einführung in die Straßenverkehrshaftung, JA 2008, 210;

Wussow/Kürschner Unfallhaftpflichtrecht, 15. Aufl. 2002,
zit.: Wussow/Kürschner, Rn.;

Ziegler/Ehl Bein ab – arm dran, Eine Lanze für höhere Schmerzensgelder in Deutschland, JR 2009, 1;

dies.; Eine Lanze für höhere Schmerzensgelder in Deutschland, JR 2009, 1;

Ziegler/Rektorschek Impotenz durch Behandlungsfehler – geht der Partner leer aus?, VersR 2009, 181;

Zimmer Das neue Recht der Leistungsstörungen, NJW 2002, 1;

Zimmermann ZPO, 7. Aufl. 2006,
zit.: Zimmermann, ZPO, Auflage, § und Rn.;

Zimmermann/Leenen/Mansel/Ernst Finis Litium? Zum Verjährungsrecht nach dem Regierungsentwurf eines Schuldrechtsmodernisierungsgesetzes, JZ 2001, 684;

Zöller Kommentar zur Zivilprozessordnung, 29. Aufl. 2013,
zit.: Zöller/Bearbeiter, § und Rn.

Teil 1 Geltendmachung von Schmerzensgeldansprüchen

A. Entwicklung des Schmerzensgeldes

Als richtungsweisende Entscheidung i. S. d. **Ersatzcharakters des Schmerzensgeldes** wird das Urteil des RG v. 15.11.1882[1] gewürdigt[2]. Das ausschlagende Moment bei der Bemessung sollten Größe, Heftigkeit und Dauer der Schmerzen sein, i. Ü. richte sich die Höhe des Schmerzensgeldes nach den Umständen des konkreten Falles. Das Geldäquivalent für die erlittenen Schmerzen könne als solches nicht als Privatstrafe[3] im technischen Sinne erklärt werden.[4] Neben dieser **Ausgleichsfunktion** wurde aber auch die Ansicht vertreten, dass eine Entschädigung für verletzte immaterielle Güter nur im Wege der **Genugtuung** stattfinden könne.[5] Aber auch von Vertretern der Genugtuungslehre ist stets der Ausgleichsgedanke der Genugtuung betont worden. Dennoch hat die in starkem Maße am Schuldmoment orientierte Genugtuungslehre pönalisierende Tendenzen gefördert.[6] 1

Nach dem Zweiten Weltkrieg fand in der Rechtsprechung die erste große Auseinandersetzung zum Schmerzensgeldrecht im Beschl. des großen Zivilsenats v. 06.07.1955[7] statt. Im ersten der drei LS dieses Beschlusses heißt es: 2

»Der Anspruch auf Schmerzensgeld nach § 847[8] BGB ist kein gewöhnlicher Schadensersatzanspruch, sondern ein Anspruch eigener Art mit einer doppelten Funktion: Er soll dem Geschädigten einen angemessenen Ausgleich für diejenigen Schäden bieten, die nicht vermögensrechtlicher Art sind und zugleich dem Gedanken Rechnung tragen, dass der Schädiger dem Geschädigten Genugtuung schuldet für das, was er ihm angetan hat.«

Besonders bedeutsam ist der ausdrückliche Hinweis des BGH, dass Ziel und Inhalt des Anspruchs in erster Linie ein **Ausgleich des Nichtvermögensschadens** sind, dass der Anspruch aber auch der Genugtuung dienen soll. Diese **Genugtuungsfunktion** weist auf die rechtsgeschichtliche Herkunft des Anspruchs aus dem Strafrecht hin, so wenig auch ein strafrechtlicher Inhalt damals und erst recht heute noch angenommen wird. Die Einbeziehung der Genugtuungsfunktion in den Schmerzensgeldanspruch durch die Rechtsprechung war neu. Bis 3

1 RG, Urt. v. 17.11.1882 – III 321/82, RGZ 8, 117.

2 RGRK/Kreft, BGB, 12. Aufl. 1989, § 847 Rn. 4, weist in einer eingehenden Darstellung darauf hin, dass bei Schaffung des BGB zunächst die allgemeine Tendenz bestanden habe, dem Zivilrecht ausschließlich den Schutz vermögenswerter Interessen zuzuweisen; dies habe zur Folge, dass die Zurückhaltung ggü. der Entschädigung für immaterielle Schäden bis heute nicht überwunden sei. MünchKomm/Stein, BGB, 3. Aufl. 1997, § 847 Rn. 2, wendet sich ebenfalls gegen die Zurückhaltung bei der Bemessung des Schmerzensgeldes und führt aus: »Im Gegenteil, Art. 1 und 2 GG gebieten, der Persönlichkeitseinbuße höheres Gewicht einzuräumen als dem Verlust von Geld und Gut.«.

3 Kern, AcP 191 (1991), 247 (268): Der Begriff Genugtuung hat sich als Synonym für Vertragsstrafe erwiesen.

4 Nehlsen-v. Stryk, JZ 1987, 119 (122).

5 Jherjb./Ihering 18, 1879, S. 51.

6 Nehlsen-v. Stryk, JZ 1987, 119 (123).

7 BGH, Beschl. v. 06.07.1955 – GSZ 1/55, BGHZ 18, 149 = VersR 1955, 615 = NJW 1955, 1675 = MDR 1956, 19 m. Anm. Pohle.

8 § 847 BGB in der bis zum 31.07.2002 geltenden Fassung. Durch das 2. Gesetz zur Änderung schadensersatzrechtlicher Vorschriften, das am 01.08.2002 in Kraft getreten ist, wurde § 847 BGB aufgehoben. Das Schmerzensgeld ist seither in § 253 Abs. 2 BGB geregelt.

zu dieser Entscheidung des großen Zivilsenats war die herrschende Meinung in Lehre und Rechtsprechung, dass der Schmerzensgeldanspruch ausschließlich Ausgleichsfunktion hatte.[9]

4 Im Anschluss an die Entscheidung des großen Zivilsenats des BGH sind mehrere Monografien zum Schmerzensgeld erschienen.[10] Lieberwirth, der auch schon früher auf die Reformbedürftigkeit des Schmerzensgeldrechts hingewiesen hatte,[11] führt in der Einleitung aus, welche Bedeutung dem Anspruch auf Schmerzensgeld in der Praxis zukommt.[12] Er kritisiert, dass viel zu niedrige Schmerzensgeldbeträge ausgeurteilt wurden und werden und fordert, der Anregung des 45. Deutschen Juristentages (1964) zu der Frage zu folgen: Empfiehlt sich eine Neuregelung der Verpflichtung zum Geldersatz für immateriellen Schaden?

5 Lieberwirth[13] weist zur vom BGH angesprochenen Genugtuungsfunktion ausdrücklich darauf hin, dass diese schon in den 60er Jahren als fragwürdig erschienen sei, weil sie in den meisten Fällen gar nicht zur Geltung kommen könne, weil nicht der Schädiger, sondern dessen Versicherer das Schmerzensgeld bezahle. Lieberwirth konnte damals in diesem Zusammenhang die Entwicklung der Rechtsprechung in der Folgezeit nicht erahnen, dass nämlich unter Führung des BGH von den Gerichten das höchste Schmerzensgeld in Fällen schwerster Hirnschädigungen zuerkannt werden würde, in Fällen also, in denen jede Genugtuung für den Verletzten ausscheidet.

6 Nach der Entscheidung des großen Zivilsenats aus dem Jahr 1955 hat sich jahrzehntelang zunächst nicht allzu viel in der Rechtsprechung zum Schmerzensgeld getan. Insb. sind die zuerkannten Beträge insgesamt, aber auch im Einzelfall **zu gering** geblieben und auch die zum Schmerzensgeld aufgekommenen **Fragen prozessualer Art** blieben viel zu lange unbeantwortet.[14]

7 Schon bald beklagte Gelhaar,[15] dass die Instanzgerichte die Vorgaben des BGH ignorierten, der habe erkennen lassen, dass im Allgemeinen ganz erheblich höhere Beträge als Schmerzensgeld zugebilligt werden müssten, als es bis 1955 geschah, um dem Zweck des Schmerzensgeldes gerecht zu werden. Er machte deutlich, dass Schmerzensgeldbeträge von 300,00 RM oder 800,00 RM, die vor dem 2. Weltkrieg für eine Beinamputation zuerkannt worden waren, zweifellos unzureichend seien. Er musste sogar darauf hinweisen, dass der BGH in einem Fall das Schmerzensgeld von 7.000,00 DM auf 15.000,00 DM heraufgesetzt hatte, weil das OLG das Alter des Verletzten und damit den Zeitraum, für den er das Leid zu ertragen hatte, nicht ausreichend berücksichtigt hatte.

8 Auch viele Jahre später beklagte Teplitzky,[16] dass die einhellig adaptierte, schöne und richtige These des BGB von den Gerichten aller Instanzenzüge im praktischen Ergebnis nicht um-

9 Steffen, DAR 2003, 201 (203), weist darauf hin, dass vor der Entscheidung des großen Zivilsenats der III. Zivilsenat des BGH die generelle Ausgleichsaufgabe des Schadensersatzes bemühte mit der Folge, dass dann auch die Vermögensverhältnisse des Schädigers bei der Bemessung des Schmerzensgeldes keine Rolle spielen dürften, während der VI. Zivilsenat sich der bisherigen Rspr. des RG anschließen und mindestens das Bestehen einer Haftpflichtversicherung aufseiten des Schädigers berücksichtigen wollte. Dieser Streit führte zur Entscheidung des großen Zivilsenats, der die Doppelfunktion des Schmerzensgeldes bejahte: Ausgleichsfunktion und Genugtuungsfunktion.

10 U. a.: Wiese; Lieberwirth; Lorenz.

11 Versicherungswirtschaft 1962, S. 738.

12 Lieberwirth, S. 15.

13 Lieberwirth, S. 19. Auch andere Stimmen der Lehre haben gegen die Genugtuungsfunktion Bedenken erhoben, vgl. RGRK/Kreft, BGB, 12. Aufl. 1989, § 847 Rn. 8 m. w. N.

14 Teplitzky, NJW 1966, 388; Donaldson, AcP 166 (1966), 462; vgl. dazu Rdn. 15 und 1485 ff.

15 Gelhaar, NJW 1953, 1281 (1282).

16 Teplitzky, NJW 1966, 388.

gesetzt worden sei. Er verweist darauf, dass schwere Dauerschäden immer noch mit einem Schmerzensgeld i. H. v. max. 10.000,00 DM ausgeglichen sein sollten.

9 Steffen[17] bezeichnet das Schmerzensgeld für jeden Haftungsrichter als eine besondere Herausforderung, was mit der einzigartigen Spannung zu tun habe zwischen der Weite des BGB-Konzepts, was das Schadensfeld betreffe, und der Enge seiner Schmerzensgeldberechtigung. Steffen[18] fährt fort:

»Was das Schmerzensgeld kompensieren soll, haben die BGB-Väter nur negativ umschreiben können. Diese Konturlosigkeit beflügelt nicht nur die Kreativität des Richters bei der Umsetzung seines Rechtsgefühls für das Entschädigungsbedürftige in justiziable, kontrollierbare Schadensmuster; sie kann ihn auch dazu veranlassen, das Schmerzensgeld für einen anderswo nicht zureichend zu befriedigenden Ausgleichs-, Sühne- oder Präventionsbedarf einzusetzen.«

10 Die **Kreativität der Richter des BGH** bei der »*Umsetzung eines Rechtsgefühls*« lässt sich zwar vereinzelt belegen,[19] u. a. wenn es um Schmerzensgeld im Grenzbereich zum Schadensersatz bei schweren Persönlichkeitsrechtsverletzungen geht; sie wird jedoch schmerzlich vermisst, wenn sie bzgl. der Höhe des Schmerzensgeldes gefordert ist. In dieser Hinsicht ist der BGH zwar nur bedingt gefragt, denn die Bemessung des Schmerzensgeldes ist Sache des Tatrichters, was aber nicht bedeutet, dass der BGH nicht seine schützende Hand über Opfer halten könnte, wenn Schmerzensgelder allzu niedrig ausgefallen sind.[20]

11 Mit der Kreativität des BGH ist es auch nicht weit her, was die **Bemessungskriterien** betrifft. Grundlegend hat der große Zivilsenat[21] Kriterien zur Bemessung des Schmerzensgeldes genannt. Seither vermisst man weitgehend eine Fortschreibung dieser Kriterien mit Ausnahme der Rechtsfortbildung durch den BGH in der Rechtsprechung zum Schmerzensgeld für schwerst hirngeschädigt geborene Kinder und für Verletzte, die infolge eines Verkehrsunfalls alle geistigen Fähigkeiten und die wesentlichen Sinnesempfindungen verloren haben, obwohl sie das Schmerzensgeld weder als Ausgleich noch als Genugtuung empfinden können,[22] wodurch das Schmerzensgeld in die – trotz aller gegenteiligen Beteuerungen – unmittelbare Nachbarschaft eines Anspruchs auf Strafe rückt, im Sinne freilich eines nicht notwendig pönalen, verfeinerten Sühnegedankens.[23]

17 FS für Odersky/Steffen, S. 723.

18 Steffen war v. 29.06.1984 bis 31.05.1995, also fast 11 Jahre, Vorsitzender des VI. Zivilsenats des BGH, der u. a. für Schmerzensgeld-Entscheidungen zuständig ist.

19 BGH, Urt. v. 08.06.1976 – VI ZR 216/74, VersR 1976, 967; BGH, Urt. v. 01.10.1985 – VI ZR 195/84, VersR 1986, 59; BGH, Urt. v. 15.01.1991 – VI ZR 163/90, VersR 1991, 350.

20 Vgl. hierzu z. B. die Ausführungen zum Schmerzensgeld bei ungewollter Schwangerschaft, Rdn. 1257 ff. In einem Fall – Vergewaltigung (12.500,00 € statt der beantragten 30.000,00 €) – hat der BGH, Urt. v. 16.01.1996 – VI ZR 109/95, ZfS 1996, 132, zugunsten des Opfers eingegriffen.

21 BGH, Beschl. v. 06.07.1955 – GSZ 1/55, BGHZ 18, 149 = VersR 1955, 615 = NJW 1955, 1675 = MDR 1956, 19 m. Anm. Pohle.

22 BGH, Urt. v. 16.12.1975 – VI ZR 175/74, VersR 1976, 660 = NJW 1976, 1147; FS für Odersky/Steffen, S. 723, (728). In den Fällen der völligen Zerstörung der Persönlichkeit, in denen die personale Qualität nicht mehr gefühlt werden kann, besteht die besondere Schwere der Verletzung im Eingriff in den »inneren«, den immateriellen Wert der Persönlichkeit und ist aufgrund einer eigenständigen Bewertung durch das Schmerzensgeld zu kompensieren, BGH, Urt. v. 13.10.1992 – VI ZR 201/91, BGHZ 120, 1. Dieses revidierte Verständnis von der Aufgabe des Schmerzensgeldes, so wie sie der große Zivilsenat beschrieben hat, hat es dem VI. Zivilsenat dann u. a. erlaubt, einer Auffassung entgegenzutreten, die das Schmerzensgeld in Abhängigkeit zu einer strafrechtlichen Verurteilung des Schädigers sieht, BGH, Urt. v. 29.11.1994 – VI ZR 93/94, VersR 1995, 351 = NJW 1995, 781.

23 BGH, Urt. v. 16.12.1975 – VI ZR 175/74, VersR 1976, 660 = NJW 1976, 1147; FS für Odersky/Steffen, S. 723 (728).

12 Entgegen Steffen[24] kann sich der BGH auch nicht (mehr) darauf berufen, er habe rechtsfortbildend die Erstreckung der Schmerzensgeldberechtigung auf das allgemeine Persönlichkeitsrecht in der Herrenreiterentscheidung[25] herbeigeführt. Das RG hatte – wie die Väter des BGB – einen Schmerzensgeldanspruch für Ehrverletzungen abgelehnt und ein Schmerzensgeld sogar dort versagt, wo die Rufschädigung zu einem Gesundheitsschaden geführt hatte, es sei denn, dieser war vom Vorsatz des Schädigers erfasst.[26]

13 In der Folgezeit hat der BGH allerdings erkannt, dass die Rechtsfortbildungssperre des § 253 BGB a. F. mit einer Analogie zu § 847 BGB a. F. selbst unter Zuhilfenahme von Art. 1 und 2 GG kaum zu überwinden war. Die weitere Entwicklung der Rechtsprechung des BGH gewährt deshalb für die **Verletzung des Persönlichkeitsrechts** kein Schmerzensgeld mehr, sondern Geldersatz. Dieser Geldersatzanspruch ist zu einem Rechtsinstitut neben dem Schmerzensgeld geworden mit eigenständigen Voraussetzungen und Bemessungskategorien.[27]

14 In der Mehrzahl der Schmerzensgeld-Fälle schweigt der BGH sowohl zu **Schmerzensgeldkriterien** als auch zur **Höhe des Schmerzensgeldes**. Lang ist die Reihe der Entscheidungen, in denen er betont, dass dem Revisionsgericht bei der Nachprüfung der Schmerzensgeldbemessung besondere Zurückhaltung auferlegt ist.[28] Wie oft schon hatte er Gelegenheit, für Frauen, die infolge eines ärztlichen Behandlungsfehlers ungewollt schwanger wurden, seiner Kreativität und seinem Rechtsgefühl freien Lauf zu lassen![29]

15 **In zahlreichen Fällen ungewollt schwangerer Frauen** hatten LG und OLG ein Schmerzensgeld i. H. v. bis zu 1.500,00 € zuerkannt.[30] Ein solcher **Bagatellbetrag** ist auch für eine normale – ohne Komplikationen verlaufende – Schwangerschaft indiskutabel niedrig. Der BGH entwickelte und entwickelt in diesen Fällen aber deshalb keine Kreativität, weil die Bemessung des Schmerzensgeldes dem Tatrichter obliegt, insb. aber auch deshalb, weil die klagenden Frauen kein höheres Schmerzensgeld beantragt oder keinen höheren Mindestbetrag für das Schmerzensgeld genannt hatten (**ne ultra petita**), was wiederum darauf beruhte, dass die **Schmerzensgeldtabellen** (meist) nur alte Entscheidungen referieren (konnten), und weil der BGH die Entscheidung, dass das **Schmerzensgeld (beliebig) über die Vorstellung einer Klägerin hinaus zuerkannt** werden kann, bis 1996[31] hinausgezögert hat.

16 Seit dieser Entscheidung und seit den **Entscheidungen zur »Konversionsneurose«**, die unter Federführung von Müller[32] zustande kamen, könnte Bewegung in diese Rechtsprechung des

24 FS für Odersky/Steffen, S. 723 (726).

25 BGH, Urt. v. 14.02.1958 – I ZR 151/56, BGHZ 26, 349.

26 Steffen, DAR 2003, 201 (204).

27 FS für Odersky/Steffen, S. 723 (727): »Und wenn der BGH hier ausnahmsweise einmal von Schmerzensgeld spricht, dann empfindet er das selbst als lapsus linguae«. Vgl. BGH, Urt. v. 15.11.1994 – VI ZR 56/94, VersR 1995, 305 = NJW 1995, 861 – Caroline v. Monaco; vgl. dazu Rdn. 487 ff. Aber nicht nur der VI. Zivilsenat vergreift sich in der Wortwahl. Der vorwiegend mit Amtshaftungssachen befasste III. Zivilsenat – Urt. v. 23.10.2003 – III ZR 9/03, VersR 2004, 332 m. Anm. Jaeger, S. 336 – wechselt die Begriffe »immaterieller Schadensersatz (Schmerzensgeld)«, »Anspruch auf Geldentschädigung« und »Schmerzensgeld«.

28 BGH, Urt. v. 08.06.1976 – VI ZR 216/74, VersR 1976, 967; BGH, Urt. v. 14.04.1981 – VI ZR 39/80, VersR 1981, 677.

29 S. u. Rdn. 302 und 1257 ff.

30 Vgl. E 2240 ff.

31 BGH, Urt. v. 30.04.1996 – VI ZR 55/95, BGHZ 132, 341 = VersR 1996, 990 = NJW 1996, 2425.

32 Die Richterin Dr. Gerda Müller, die zuletzt Vizepräsidentin des BGH war, hat Steffen im Jahr 1995 bis zu ihrem Ruhestand im Juni 2009 im Senatsvorsitz abgelöst und schon 1993 mit dem Beitrag »Zum Ausgleich des immateriellen Schadens nach § 847 BGB«, VersR 1993, 909, Aufsehen erregt. Vgl. auch Müller, VersR 1998, 129.

BGH kommen (gekommen sein?).[33] Inzwischen hat der BGH auch eine »Tendenz der Rechtsprechung zu höherem Schmerzensgeld«[34] gebilligt. Zudem hat der BGH sich mit der Gewährung von Schmerzensgeld für Schockschäden von Unfallhelfern beschäftigt und hat diesen Sonderfall dem allgemeinen Lebensrisiko zugeordnet.[35]

17 Bewegung in die Rechtsprechung zum Schmerzensgeld ist durch das **2. Gesetz zur Änderung schadensersatzrechtlicher Vorschriften** gekommen, das am 01.08.2002 in Kraft getreten ist. Nach dieser gesetzlichen Neuregelung wird Schmerzensgeld einheitlich für Delikt und Vertragsverletzungen und in allen Fällen der Gefährdungshaftung gewährt.[36] Diese Erweiterung der Haftung für Nichtvermögensschäden auf die Bereiche der **Vertrags- und Gefährdungshaftung** entspricht einer seit Langem im Schrifttum und in der Praxis erhobenen Forderung.[37] Allerdings war der Ausschluss des Schmerzensgeldes bei der vertraglichen Haftung nie ganz unumstritten. Beanstandet wurde er bereits vom RG[38] in einem Urteil aus dem Jahr 1906, weil ein innerer Grund für diese Verschiedenheit bei der Haftung aus Vertrag und aus unerlaubter Handlung vielleicht nicht zu finden sei.[39]

18 Die Verlagerung des Schmerzensgeldanspruchs durch das 2. Gesetz zur Änderung schadensersatzrechtlicher Vorschriften aus dem Deliktsrecht in das Schadensrecht des allgemeinen

33 v. Gerlach, VersR 2000, 525.

34 OLG Köln, Urt. v. 05.06.1992 – 19 U 13/92 = ZfS 1992, 405: Zur Bemessung des angemessenen Schmerzensgeldes ist bei der Heranziehung von durch die Rspr. entschiedenen Vergleichsfällen der Zeitablauf seit diesen Entscheidungen zu berücksichtigen. Zugunsten des Verletzten ist die seit früheren Entscheidungen eingetretene Geldentwertung ebenso in Rechnung zu stellen, wie die in der Rspr. zu beobachtende Tendenz zu höherem Schmerzensgeld und die Entwicklung, nach gravierenden Verletzungen großzügiger zu verfahren als früher. Vgl. ferner OLG Köln, Urt. v. 03.03.1995 – 19 U 126/94, VersR 1995, 549 m. Anm. Jaeger; Heß, ZfS 2001, 532 m. w. N.; der 3. Zivilsenat des OLG Frankfurt am Main, Urt. v. 16.08.2001 – 3 U 160/00, VersR 2002, 1568 (1569), will dieser Tendenz der Rspr. zu höherem Schmerzensgeld nur in maßvoller Weise Rechnung tragen. Sehr deutlich hat dagegen der 23. Zivilsenat des OLG Frankfurt am Main, Urt. v. 21.02.1996 – 23 U 171/95, VersR 1996, 1509 = ZfS 1996, 131 = E 117 das Schmerzensgeld angehoben. Für die Erblindung eines 3 Jahre alten Jungen durch eine berstende Limonadenflasche billigte das Gericht insgesamt 334.000,00 € = 250.000,00 € Kapital zzgl. 250,00 € monatliche Rente zu. Nachdem der 3 Jahre alte Kläger eine Limoflasche aus einem Kasten genommen hatte, zerbarst diese. Der Kläger wurde am rechten Auge verletzt. Bis zu seinem siebten Lebensjahr büßte der Kläger schadensbedingt auch die Sehkraft auf dem linken Auge ein. Nach Ansicht des Gerichts sprengt das zuerkannte Schmerzensgeld das Entschädigungssystem nicht, sondern schreibt es lediglich fort. Eine weitere Entscheidung trieb das bisher höchste Schmerzensgeld auf rund 614.000,00 €: LG Kiel, Urt. v. 11.07.2003 – 6 O 13/03, VersR 2006, 279 m. Anm. Jaeger = E 2181. Zuletzt gewährte das OLG Zweibrücken, Urt. v. 22.04.2008 – 5 U 6/07, MedR 2009, 88 m. Anm. Jaeger, MedR 2009, 90, einen geringfügig höheren Betrag von rund 619.000,00 € für ein schwerst hirngeschädigtes Kind. Der neue Höchstbetrag von 700.000 € ergibt sich aus dem Urteil des LG Aachen v. 30.11.2011, unveröffentlicht; vgl. auch Jaeger, VersR 2009, 159; Jaeger, VersR 2013, 134.

35 BGH, Urt. v. 22.05.2007 – VI ZR 17/06, VersR 2007, 1093 = NZV 2007, 510 = DAR 2007, 515.

36 Vgl. zu dieser gesetzlichen Neuregelung insgesamt: Jaeger/Luckey, Das neue Schadensersatzrecht; Huber, Das neue Schadensersatzrecht; Wagner, S. 42 f.

37 Krit. dazu Deutsch, ZRP 2001, 351: Die Einführung von Schmerzensgeld in der Ausgleichsfunktion bei den Tatbeständen der Gefährdungshaftung sei zu begrüßen. Die Gewährung von Schmerzensgeld für alle anderen Anspruchsgrundlagen, auch solche, die ein Verschulden nicht voraussetzen, sei eher abzulehnen. Damit werde ein Schritt ins Ungewisse getan, Pandoras Büchse werde geöffnet. Mit Besorgnis erfülle einen die Möglichkeit von Schmerzensgeld im Zusammenhang mit objektiven Haftungen des Vertragsrechts.

38 RG, Urt. v. 13.12.1906 – VI 130/06, RGZ 65, 17 (21).

39 Katzenmeier, JZ 2002, 1029 (1032) m. w. N.

Schuldrechts ist ein geschickter Schachzug[40] des Gesetzgebers, durch den zwei Neuregelungen getroffen werden.

19 Einmal ist Schmerzensgeld auch aus anderen Anspruchsgrundlagen als aus Delikt geschuldet. Sodann wird der Grund dafür gelegt, dass in Sondergesetzen Schmerzensgeld durch Verweisung auf § 253 Abs. 2 BGB gewährt werden kann.

20 Schon hier sei darauf hingewiesen: Auch § 253 BGB gewährt **kein Schmerzensgeld für die Verletzung des Lebens**, worin er sich mit § 847 BGB a. F. deckt. Nach deutschem Recht wird also auch künftig kein Schmerzensgeld für die Tötung eines Menschen geschuldet. Das gilt nicht für den Fall, dass der Verletzte noch (kurze Zeit) gelebt hat und (mittelbar) nicht, wenn ein naher Angehöriger infolge eines Schocks einen erheblichen Gesundheitsschaden erlitten hat.[41]

21 Die im Entwurf noch vorgesehene Einschränkung, dass eine Geldentschädigung nur gefordert werden könne, wenn

– die Verletzung vorsätzlich herbeigeführt wurde oder
– der Schaden unter Berücksichtigung seiner Art und Dauer nicht unerheblich ist,[42]

ist auf Anraten des Rechtsausschusses erst in der abschließenden Beratung gestrichen und daher letztlich im Gesetz nicht umgesetzt worden. Eine derartige Vorgabe, insb. die **Festschreibung einer Bagatellgrenze**, hielt der Rechtsausschuss nicht für erforderlich, da die Rechtsprechung auch bislang schon in Bagatellfällen zu angemessenen Ergebnissen gelangt sei.[43] In der Tat hatte der BGH[44] bereits für § 847 a. F. BGB festgehalten, dass der Mensch, v. a. im Zusammenleben mit anderen, vielfältigen Beeinträchtigungen seiner Befindlichkeit ausgesetzt sei und daran gewöhnt werde, sich von ihnen möglichst nicht nachhaltig beeindrucken zu lassen. Werde diese Schwelle, so der BGH weiter, im konkreten Fall von der erlittenen Beeinträchtigung vornehmlich wegen ihres geringen, nur vorübergehenden Einflusses auf das Allgemeinbefinden nicht überschritten, dann könne es schon an einer Grundlage für die geldliche Bewertung eines Ausgleichsbedürfnisses fehlen. Auch in solchen Fällen ein Schmerzensgeld festzusetzen, das in den immateriellen Nachteilen keine Entsprechung fände, verlange § 847 a. F. BGB nicht.[45]

22 Der Grundgedanke der geplanten Neuregelung zum Bagatellschmerzensgeld beruhte darauf, die Versichertengemeinschaft vor einer extensiven Praxis der Schmerzensgeldforderungen zu schützen.[46] Wann allerdings ein »nicht unerheblicher Schaden« vorliegen sollte, wurde im Gesetzentwurf nicht angegeben. Die Rechtsprechung hätte dies an dem Grundgedanken messen sollen, dass für Bagatellschäden und geringfügige Verletzungen grds. kein Schmerzensgeld zuerkannt werden sollte.

---

40 Deutsch, ZRP 2001, 351 (352).

41 Dazu Rdn. 825 ff., 903 ff.

42 BT-Drucks. 14/8780, 21. Vgl. zum RefE Deutsch, ZRP 2001, 351 ff., der die Einführung einer Bagatellgrenze für Schmerzensgeld ablehnt: Weniger erfreulich ist die Beschränkung der Gewährung von Schmerzensgeld nach unten; es ist zu unklar, wann der Schaden »unerheblich« ist.

43 OLG Celle, Urt. v. 22.03.1973 – 5 U 154/72, VersR 1973, 717; OLG Hamm, Urt. v. 17.01.2000 – 13 U 124/99, OLGR 2001, 277.

44 BGH, Urt. v. 14.01.1992 – VI ZR 120/91, VersR 1992, 504 = NJW 1992, 1043 = MDR 1992, 349.

45 BGH, Urt. v. 14.01.1992 – VI ZR 120/91, VersR 1992, 504 = NJW 1992, 1043 = MDR 1992, 349; vgl. dazu auch Müller, VersR 2003, 1 (3 f.).

46 BT-Drucks. 14/7752, 25; vgl. auch BGH, Urt. v. 08.06.1976 – VI ZR 216/74, VersR 1976, 967 (969); BGH, Urt. v. 01.10.1985 – VI ZR 195/84, VersR 1986, 59.

23 Der Rechtsausschuss war gut beraten, die Bagatellklausel zu streichen,[47] denn es wäre jedenfalls nicht überzeugend gewesen, eine Bagatellgrenze nur für das Recht der Haftung für Nichtvermögensschäden, nicht aber auch für das Recht der Haftung für Vermögensschäden einzufügen. Dadurch hätte der Gesetzgeber ohne Not die Auffassung festgeschrieben, die der große Zivilsenat 1955 in die Worte gefasst hat, dass der Anspruch auf Schmerzensgeld kein gewöhnlicher Schadensersatzanspruch, sondern ein Anspruch eigener Art sei. Genau das ist er nicht; es liegt viel näher, ihn als Anspruch auf Schadensersatz in Fällen zu begreifen, in denen eine Naturalrestitution nicht möglich oder unzureichend ist und deshalb nur eine Entschädigung in Geld i. S. d. § 251 BGB in Betracht kommt.[48]

24 Unabhängig davon, welche Verletzungen als Bagatellverletzungen anzusehen sind und in welchen Fällen ein Schmerzensgeld zu verneinen sein soll, muss ein Schmerzensgeld immer dann zugesprochen werden, wenn der Tatbestand des § 847 BGB a. F., § 253 BGB erfüllt ist, wenn eine Körper- oder Gesundheitsverletzung vorliegt und es der Billigkeit entspricht, ein Schmerzensgeld zu gewähren.[49]

25 Da die Bagatellgrenze für Schmerzensgelder nicht eingeführt worden ist, ist aber de lege lata in der Rechtsprechung darauf zu achten, die Bagatellgrenze nicht allzu sehr »nach oben« zu verschieben. Körper und Gesundheit sind hohe Güter, ihr Schutz darf nicht geschmälert werden. Gerade weil auch kleinste materielle Schäden reguliert werden (Delle in einer Stoßstange,[50] obwohl diese dazu dienen soll, kleinere Stöße abzufangen), dürfen wirtschaftliche

---

47 Der geplanten Regelung hätte aus mehreren Gründen widersprochen werden müssen: Der Ausschluss des Schmerzensgeldes in sog. Bagatellfällen hätte keinen Ausgleich für die neu geschaffenen Schmerzensgeldfelder in der Gefährdungshaftung und der Vertragshaftung gebracht. Bagatellfälle sind selten. Nach der Rspr. fallen darunter Schürfwunden, leichte Hautverletzungen, kleinere Hämatome oder leichtestes HWS-Schleudertrauma. Die Bundesregierung sprach auf ihrer Internetseite von einem 1 cm großen blauen Fleck an einem Finger (ein im politischen Raum erzeugtes Beispiel), also einer Verletzung, die so lächerlich geringfügig ist, dass es dazu (natürlich) keine Rspr. gibt, weil wegen einer solchen Verletzung bisher keine Ansprüche gerichtlich geltend gemacht wurden. Nur in echten Bagatellfällen wurde von der Rechtsprechung ein Schmerzensgeldanspruch verneint. Diese Verletzungen sind entweder sehr gering oder sie waren nicht einmal nachzuweisen, sodass sie eine billige Entschädigung in Geld nicht auslösen konnten. Aus diesem Grund erscheint auch der Vorschlag von Huber (Das neue Schadensersatzrecht, § 2 Rn. 93 ff.) sachgerecht, zur Ermittlung der Grenzen des Bagatellbetrages nicht an den output, die Höhe des Schmerzensgeldes, anzuknüpfen, sondern an den input, die Art der Verletzung. Nach der Vorstellung des Gesetzentwurfs sollte die Bagatellgrenze angehoben werden.

48 Vgl. v. Bar, Karlsruher Forum 2003, S. 24; so zutreffend auch FS für Wiese/E. Lorenz, S. 261 (270).

49 BGH, Urt. v. 14.01.1992 – VI ZR 120/91, VersR 1992, 504 = MDR 1992, 349 = NJW 1992, 1043; vgl. Henke, S. 2: Die Billigkeit, nach der sich die Höhe des Schmerzensgeldes bestimmt, ist wirklich als ganz freie Gerechtigkeit des Einzelfalles aufzufassen, sie entspricht dem lateinischen Begriff der aequitas und dem deutschen Sprichwort: Was dem einen recht ist, ist dem anderen billig. Billigkeit erfordert in gleichen Sachen gleiches Recht.

50 Palandt/Grüneberg, § 249 Rn. 11 f.

Überlegungen – wie der **Schutz der Versichertengemeinschaft** – nicht herangezogen werden, um Schmerzensgeldansprüche für kleinere Körperverletzungen gänzlich abzuwehren.[51]

26 Die Rechtsprechung sollte darauf achten, dass die Bagatellgrenze nicht in Richtung 500,00 € verschoben wird, andernfalls könnte sie Wegbereiter für einen neuen Anlauf des Gesetzgebers werden.

B. Haftungstatbestände

I. Grundregel: § 253 Abs. 2 BGB

27 Nach § 249 BGB hat derjenige, der zum Schadensersatz verpflichtet ist, zunächst den Zustand herzustellen (§ 249 Satz 1 BGB), der bestehen würde, wenn der zum Ersatz verpflichtende Umstand nicht eingetreten wäre, oder der Geschädigte kann den dafür (also für die mögliche Herstellung) erforderlichen Geldbetrag verlangen (§ 249 Satz 2 BGB).[52] Dieser **Grundsatz der Naturalrestitution** gilt grds. für vermögensrechtliche und für nicht vermögensrechtliche – immaterielle – Schäden.[53]

28 Für zwar notwendige, aber nicht versuchte Heilungsmaßnahmen kann kein Ersatz verlangt werden,[54] obwohl die Kosten jeder Heilbehandlung einen materiellen Schaden darstellen, der an sich auch als fiktiver Schaden zu ersetzen wäre.

29 Die fiktive Schadensregulierung für Heilbehandlungsmaßnahmen wird meist ohne nähere Begründung abgelehnt.[55] Diskutiert wird die Frage kaum. Allenfalls wird behauptet, mit der körperlichen Unversehrtheit und der Gesundheit, solle/dürfe kein Geschäft gemacht werden. Das OLG Köln[56] meint, dass die zur Wiederherstellung der Gesundheit erforderlichen Kosten zweckgebunden seien und nicht der Dispositionsfreiheit des Geschädigten unterlägen. Auch eine Vorschusszahlung sei dem Schadensersatzrecht fremd, eine Auffassung, die nicht nachvollziehbar ist, weil bei materiellen Schäden gem. § 242 BGB eine Vorschussklage ohne Weiteres möglich ist. Es gibt aber sicher Fälle, in denen der Geschädigte auf die medizinisch für erforderlich gehaltene »Reparatur« verzichten und sich mit einer »Billigreparatur« begnügen möchte.

---

51 Der Versicherungswirtschaft und der Versichertengemeinschaft sollte eher bei materiellen Bagatellschäden ein Verzicht auf Schadensersatz (wie z. B. die inzwischen normierte Streichung des Anspruchs auf Ersatz der USt (§ 249 Abs. 2 BGB), die tatsächlich nicht angefallen ist, aber auch darüber hinaus) zugemutet werden. Eine Beule in der Stoßstange schmerzt weniger (wenn auch ohne Reparatur etwas länger) als eine Prellung oder Verstauchung. Es ist dem Gesetzgeber aber nicht in den Sinn gekommen, in diesem Bereich vorhandenes Sparpotenzial auszunutzen. Dabei hätte es nahe gelegen, solche Schäden von der Ersatzpflicht auszunehmen, die der BGH als Bagatellverletzungen beschreibt, die keinen Anspruch auf Schmerzensgeld auslösen: Es muss sich um Schäden handeln, die im Alltagsleben typisch sind und auch aus einem anderen als einem Haftpflichtfall vorkommen können, um Schäden, die im Zusammenleben mit Menschen unvermeidlich sind und im alltäglichen Leben immer wieder vorkommen. Übertragen auf materielle Schäden sind dies kleine Dellen, Kratzer und Lackschäden oder ein verbogenes Nummernschild.

52 Lorenz, S. 26.

53 Deutsch/Ahrens, Rn. 432.

54 BGH, Urt. v. 14.01.1986 – VI ZR 48/85, NJW 1986, 1538; AG Seligenstadt, Urt. v. 02.07.2003 – 313/03, SP 2003, 346.

55 Dauner-Lieb/Langen/Huber, AK-Schuldrecht, § 253 Rn. 5. Zur Naturalrestitution durch den Geschädigten vgl. Picker, S. 62 ff.

56 OLG Köln, Urt. v. 12.01.2005 – 5 U 96/03, OLGR 2005, 159 (160).

Es kann vertretbar sein, eine Fraktur nicht operativ behandeln zu lassen. Gibt sich der Verletzte mit dem Ergebnis einer konservativen Behandlung zufrieden, könnte ihm ein Anspruch auf die sonst notwendigen Kosten der stationären Behandlung zustehen.

Der Verletzte kann auf die Entfernung einer Metallplatte verzichten. Dann kann ihm ein Anspruch auf die ersparten Kosten für Operation und stationäre Behandlung zustehen.

Der Verletzte versorgt Schürf- und Schnittwunden und Prellungen selbst und verlangt Ersatz der bei ärztlicher Versorgung angefallenen Behandlungskosten.

Der Verletzte verzichtet auf ein Zahnimplantat und verlangt stattdessen die dafür erforderlichen Kosten.

Der Verletzte verzichtet auf mehrere Operationen zur Beseitigung von Narben – mögliche Ersparnis z. B. 30.000,00 € – und gibt sich mit einem etwas geringeren Schmerzensgeld zufrieden, bei dem die Narben nicht bewertet werden.

Der Verletzte verzichtet auf eine teure Beinprothese und bewegt sich künftig mit Gehhilfen.

Der Verletzte verzichtet auf eine Operation, bei der ihm nach Verlust eines Hodens eine Hodenprothese eingesetzt werden soll – mögliche Ersparnis z. B. 10.000,00 €.

Der Verletzte verzichtet auf eine Hauttransplantation (nach Verbrennungen) – mögliche Ersparnis z. B. 100.000,00 €.

30 In all diesen Fällen würde bei materiellen Schäden problemlos eine fiktive Schadensberechnung (seit dem Gesetz zur Modernisierung des Schuldrechts, das am 01.01.2002 in Kraft getreten ist, bei fehlendem Nachweis ohne USt) zugelassen. Die Tendenz geht sogar soweit, dass bei Pflege durch Angehörige nur der für diese angemessene Stundensatz vergütet wird, nicht aber der objektive Wert der Pflegeleistung, was nicht zu billigen ist. Der Stundenlohn hat sich regelmäßig an den Nettobezügen einer Fremdkraft zu orientieren. Dabei ist für die Bemessung des konkreten Vergütungssatzes das jeweilige Anforderungs- und Leistungsprofil des konkreten Falles maßgeblich. Dazu dürfen nicht willkürliche pauschale Stundensätze herangezogen werden, weil diese i. d. R. den Erfordernissen einer möglichst konkreten und an den tatsächlichen Verhältnissen ausgerichteten Schadensermittlung nicht ausreichend Rechnung tragen. Vorzuziehen ist deshalb die Orientierung an den Vergütungssätzen der jeweils einschlägigen Tarifbestimmungen des BAT VII, jetzt TVöD bzw. KR III, je nach Tätigkeitsschwerpunkt.[57] Von der Bruttovergütung kann ein pauschaler Abschlag für – nicht angefallene – Steuern und Sozialabgaben vorgenommen werden, der i. d. R. mit 30 % zu bemessen sein soll.[58]

31 Insgesamt ist zu beachten: Weil immaterielle Schäden, jedenfalls soweit es sich um Dauerschäden handelt, nicht durch »Herstellung in Natur« i. S. d. § 249 BGB ausgeglichen werden können, hat der Ersatzpflichtige den Geschädigten durch Zahlung eines Schmerzensgeldes in Geld zu entschädigen.[59] Dabei ist jedoch darauf zu achten, dass die Schmerzensgeldbeträge nicht – wie in der Vergangenheit – allzu niedrig ausfallen.[60]

32 Ersatz immateriellen Schadens wurde und wird nach § 253 Abs. 1 BGB nur in den durch das Gesetz bestimmten Fällen gewährt. Als solchen Fall kannte das BGB neben dem zwischenzeitlich aufgehobenen § 1300 BGB[61] nur die Bestimmung des § 847 BGB a. F., der einen Schmerzensgeldanspruch für die Verletzung von Körper, Gesundheit und Freiheit vorsah,

57 OLG Stuttgart, Urt. v. 13.12.2005 – 1 U 51/05, MedR 2006, 719.

58 OLG Stuttgart, Urt. v. 13.12.2005 – 1 U 51/05, MedR 2006, 719.

59 Staudinger/Schäfer, BGB, 12. Aufl. 1986, § 847 Rn. 3.

60 Teplitzky, NJW 1966, 388 ff.; Donaldson, AcP 166 (1966), 462 ff.

61 Aufgehoben durch Art. 1 Nr. 1 EheschlRG v. 01.07.1998, BGBl. I 1998, S. 833.

während heute in § 253 Abs. 2 die geschützten Rechtsgüter aufgeführt sind, bei deren Verletzung Schmerzensgeld zu gewähren ist.

33 Mit Inkrafttreten des 2. Gesetzes zur Änderung schadensersatzrechtlicher Vorschriften am 01.08.2002 ist das Schmerzensgeld im BGB in § 253 Abs. 2 angesiedelt, § 253 Abs. 1 BGB blieb unverändert, § 847 BGB a. F. wurde gestrichen.

34 **§ 253 Abs. 2 BGB** lautet nun: »*Ist wegen einer Verletzung des Körpers, der Gesundheit, der Freiheit oder der sexuellen Selbstbestimmung Schadensersatz zu leisten, kann auch wegen des Schadens, der nicht Vermögensschaden ist, eine billige Entschädigung in Geld gefordert werden.*«

35 Die bisherige Regelung des § 847 BGB a. F. setzte für die Gewährung von Schmerzensgeld den objektiven und subjektiven Tatbestand einer **unerlaubten Handlung** voraus. Dazu rechnen alle Anspruchsgrundlagen aus §§ 823 ff. BGB, also bspw. auch die Billigkeitshaftung nach § 832 BGB, das Einstehen für Verrichtungsgehilfen gem. § 831 BGB oder die Tierhalterhaftung nach § 833 BGB.

36 I. d. R. setzen diese Haftungstatbestände **Verschulden** voraus, sei es auch nur vermutetes Verschulden wie in § 832 Abs. 1 BGB. Die Haftung kann jedoch auch unabhängig von einem Verschulden eintreten, so in §§ 829, 833 BGB[62] und in Fällen der Gefährdungshaftung. Auf § 831 BGB braucht in Fällen der Körperverletzung im Straßenverkehr künftig nicht mehr zurückgegriffen werden,[63] weil die Gefährdungshaftung nach dem StVG seit dem 2. Gesetz zur Änderung schadensersatzrechtlicher Vorschriften auch Ansprüche auf Zahlung von Schmerzensgeld umfasst.[64]

37 Auch nach dem neuen Recht gilt das Prinzip des ehemaligen und jetzigen § 253 Abs. 1 BGB fort, wonach »wegen eines Schadens, der nicht Vermögensschaden ist, ... eine Entschädigung in Geld nur in den durch das Gesetz bestimmten Fällen gefordert werden kann«. Der Gesetzgeber hat also nicht nur an der grds. Trennung zwischen Vermögens- und Nichtvermögensschäden festgehalten, sondern auch daran, dass die Letzteren nur ausnahmsweise ersatzfähig sein sollen. Daran, nicht nur den § 847 BGB, sondern auch den § 253 BGB a. F. ganz einfach ersatzlos zu streichen und von dem Prinzip auszugehen, dass grds. jeder Schaden zu ersetzen sei, ist offenbar nie gedacht worden.[65]

38 Da §§ 253, 847 BGB a. F. schon immer als Ausnahmevorschriften angesehen wurden, schied eine analoge Anwendung aus.

Das **Analogieverbot**[66] stand insb. der Anwendung des § 847 BGB a. F. bei bloßer Verletzung von Vertragspflichten entgegen.[67] Das galt natürlich nicht, wenn die Vertragsverletzung zugleich den Tatbestand einer unerlaubten Handlung erfüllte, was insb. beim **ärztlichen Behandlungsfehler im Rahmen eines ärztlichen Behandlungsvertrages** vorkommt.[68]

---

62 BGH, Urt. v. 18.12.1979 – VI ZR 27/78, BGHZ 76, 279 (282) = VersR 1980, 625 (626). Eine Übersicht über die Anspruchsgrundlagen findet sich bei RGRK/Kreft, BGB, § 847 Rn. 10.

63 OLG Hamm, Urt. v. 23.03.1998 – 6 U 210/97, NZV 1998, 409 f.; OLG Hamm, Urt. v. 02.02.2000 – 13 U 155/99, NZV 2001, 171; KG, Urt. v. 21.05.2001 – 12 U 3372/00, KGR 2002, 5.

64 Vgl. auch Rdn. 92 ff.; 1343 ff.

65 Vgl. v. Bar, Karlsruher Forum 2003, S. 9.

66 Müller, VersR 2003, 1 (2).

67 Staudinger/Schiemann, BGB, 2005, § 253 Rn. 34, 56; so bereits RG, Urt. v. 13.12.1906 – VI 130/06, RGZ 65, 17 (21) und seitdem st. Rspr. und h.L.: MünchKomm/Oetker, BGB, 5. Aufl. 2007, § 253 Rn. 7 m. w. N.; Wiese, DB 1975, 2309 (2310); Hohloch, Bd. I, 1981, S. 375.

68 AG Jever, Urt. v. 06.12.1990 – C 697/90, NJW 1991, 760; Staudinger/Schiemann, BGB, 2005, § 254 Rn. 4 ff.

39 Konsequent wurde gegen den Auftragnehmer ein Schmerzensgeld aus Vertrag z. B. auch nicht gewährt, im Fall eines Körperschadens bei Erfüllung eines Werkvertrages, bei Durchführung eines Auftrages, bei der Geschäftsführung ohne Auftrag[69] oder wenn ein Mieter infolge eines Mangels der Mietsache einen Körperschaden erlitt, sofern nicht der Auftragnehmer selbst handelte oder zugleich eine schuldhafte Verletzung der Verkehrssicherungspflicht und damit eine unerlaubte Handlung gegeben war.

Nach § 253 Abs. 2 BGB ist nun – bei Vorliegen der dortigen Voraussetzungen – aus jedem Schadensersatzanspruch auch Schmerzensgeld geschuldet. Weil aber (aufgrund der systematischen Stellung des § 253 BGB) gleichwohl ein **Schadensersatz**anspruch erforderlich ist, gibt es etwa kein Schmerzensgeld im Rahmen von **§ 906 Abs. 2 Satz 2 BGB.** Dieser Anspruch gewährt einen Ausgleich für vermögenswerte Nachteile aufgrund der Eigentums- oder Besitzstörung, aber keinen Schadensersatz.[70]

II. Schmerzensgeld aus Vertrag

1. Nach altem Recht: Schmerzensgeld nur bei vertraglicher Vereinbarung und aus Delikt

40 I. R. d. Vertragshaftung wurde ein Schmerzensgeld bisher nur bei vertraglicher Vereinbarung geschuldet. Diese ist möglich,[71] sogar in der Weise, dass ein Anspruch auf Ersatz immateriellen Schadens vertraglich vereinbart werden kann auch für den Fall, dass ein solcher Anspruch nach dem Gesetz gar nicht besteht. Dies gilt jedenfalls für den Fall, dass die Gewährung immateriellen Schadensersatzes im Einzelfall nicht sittenwidrig ist. Der Ersatz immateriellen Schadens kann auch durch Vereinbarung einer **Vertragsstrafe** geregelt werden. Andere Versuche, nach bisherigem Recht ein Schmerzensgeld im Fall einer Vertragsverletzung zu erhalten, mussten am eindeutigen Wortlaut des § 253 Abs. 1 BGB a. F. scheitern, wonach bei immateriellem Schaden eine Entschädigung nur aufgrund gesetzlicher Regelung gefordert werden konnte.[72]

41 Die Beschränkung des Schmerzensgeldanspruchs auf das Deliktsrecht wurde als wenig einsichtig angesehen, zumal zu bedenken ist, dass bei ein und derselben Verletzung der immaterielle Schaden je nach dem Haftungsgrund mal durch die Gewährung von Schmerzensgeld ausgeglichen wurde und mal nicht und dass die vertragliche Haftung im Vergleich zur deliktischen strenger ausgestaltet ist, was sich nicht zuletzt in den §§ 278, 282 BGB a. F. und jetzt bei § 280 Abs. 1 Satz 2 BGB zeigt.[73]

---

69 BGH, Urt. v. 19.05.1969 – VII ZR 9/67, BGHZ 52, 115 = NJW 1969, 1665; vgl. dazu aber: Staudinger/Schiemann, BGB, 2005, § 253 Rn. 1.

70 BGH, Urt. v. 23.07.2010 – V ZR 142/09, NJW 2010, 3160. Dort hatten Eigentümer geklagt, auf deren Grundstück es wegen eines benachbarten Steinkohlebergbaus zu Erschütterungen kam; sie begehrten Schmerzensgeld für eine hierdurch verursachte Phobie und psychosomatische Beschwerden.

71 BGH, Urt. v. 12.07.1955 – V ZR 209/54, JZ 1955, 581; Staudinger/Schiemann, BGB, 2005, § 253 Rn. 9; von Bar, Karlsruher Forum 2003, S. 19 f.

72 Solche Regelungen finden sich z. B. in § 611a Abs. 2 BGB, wonach ein Arbeitnehmer vom Arbeitgeber eine angemessene Entschädigung in Geld verlangen konnte, wenn der Arbeitgeber gegen das Benachteiligungsverbot des § 611a Abs. 1 BGB verstoßen hatte; § 651f Abs. 2 BGB, wonach dem Reisenden wegen nutzlos aufgewendeter Urlaubszeit eine angemessene Entschädigung in Geld zusteht; § 97 Abs. 2 UrhG, wonach bei schuldhafter Rechtsverletzung eine Entschädigung in Geld verlangt werden kann; § 7 Abs. 3 StrEG; § 40 Abs. 3 SeemannsG.

73 Haas/Horcher, DStR 2001, 2118 (2120); Rauscher, Jura 2002, 577 (579).

42 Nach der bisherigen Ansiedlung des Schmerzensgeldes im Deliktsrecht war stets zu prüfen, ob die Verletzung von Körper, Gesundheit oder Freiheit **rechtswidrig**[74] war. Zusätzliche Voraussetzung war, dass den Schädiger ein **Verschulden**[75] traf. Hatte er nicht selbst gehandelt, sondern war der Schaden auf eine widerrechtliche, nicht notwendig schuldhafte[76] Handlung seines Verrichtungsgehilfen zurückzuführen, bedeutete dies zugleich, dass sich der meist wirtschaftlich stärkere Schuldner gem. § 831 BGB entlasten konnte – ein Ausweg, der ihm nicht mehr zur Verfügung steht, wenn das Einstehenmüssen für fremdes Verschulden nach § 278 BGB beurteilt wird, soweit der Handelnde im Bereich der Vertragshaftung als Erfüllungsgehilfe anzusehen ist.

2. Nach neuem Recht: Schmerzensgeld einheitlich aus Delikt und Vertrag

43 Nunmehr wird nach § 253 BGB Schmerzensgeld einheitlich für Delikt und Vertragsverletzung gewährt, womit der Gesetzgeber in das Recht der unerlaubten Handlung und des Schadensersatzes eingreift, das seit dem Inkrafttreten des BGB am 01.01.1900 im Wesentlichen unverändert geblieben war. Mit dieser Bestimmung hat der Gesetzgeber eine **zentrale Anspruchsgrundlage**[77] **für die Zahlung von Schmerzensgeld** geschaffen.[78] Mit der Verlagerung der Schmerzensgeldregelung vom Deliktsrecht in das Schuldrecht musste § 847 BGB a. F. am alten Standort aufgegeben werden.

44 Besteht gegen den Schädiger wegen Verletzung eines der in § 253 Abs. 2 BGB genannten Rechtsgüter ein vertraglicher Schadensersatzanspruch, umfasst seine Ersatzpflicht auch Schmerzensgeld. Das bedeutet zugleich, dass der Schmerzensgeldanspruch jedenfalls heute als »gewöhnlicher« Schadensersatzanspruch anzusehen ist. Das Wort des großen Zivilsenats,[79] der Anspruch auf Schmerzensgeld sei »kein gewöhnlicher Schadensersatzanspruch«, gilt nicht mehr.

45 Für den vertraglichen Anspruch auf Zahlung von Schmerzensgeld ist es gleichgültig, ob der Schuldner eine **Haupt- oder Nebenpflicht (Schutz- oder Aufklärungspflicht)** verletzt hat. Die bei vertraglichen Ansprüchen für den Verletzten bestehenden Vergünstigungen, Zurechnung von Gehilfenverschulden, § 278 BGB, und Umkehr der Beweislast, § 280 Abs. 1 Satz 2 BGB gelten auch für den Schmerzensgeldanspruch.

46 Mit der Einführung des Schmerzensgeldes aufgrund einer Vertragsverletzung sind ggü. der früheren Rechtslage wesentliche Änderungen verbunden:

---

74 Zwar ist bei einer Körperverletzung die Rechtswidrigkeit indiziert, das gilt im Arzthaftungsrecht aber nur dann, wenn der ärztliche Eingriff ohne wirksame Einwilligung erfolgt, deshalb rechtswidrig ist und tatbestandlich eine Körperverletzung darstellt.

75 Ausnahme: § 833 Abs. 1 BGB Tierhalterhaftung, weil diese zufällig im Kontext der deliktischen Verschuldenshaftung geregelt war, vgl. Freise, VersR 2001, 539 (540 f.).

76 Palandt/Sprau, § 831 Rn. 1.

77 Haas/Horcher, DStR 2001, 2118 (2120). Richtigerweise ist § 253 Abs. 2 BGB aber wohl als Klarstellung der Rechtsfolgen anzusehen; vgl. auch Wagner, NJW 2002, 2049 (2055).

78 BT-Drucks. 14/7752, S. 24.

79 BGH, Beschl. v. 06.07.1955 – GSZ 1/55, BGHZ 18, 149 = VersR 1955, 615 = NJW 1955, 1675 = MDR 1956, 19 m. Anm. Pohle.

Übersicht 1: Schmerzensgeldansprüche aus Vertragsverhältnissen

47

Die Betreiber von Supermärkten, Einrichtungshäusern, Schwimmbädern und Musikhallen und Reiseveranstalter haften ihren Kunden auch vertragsrechtlich auf Schmerzensgeld, wenn diese z. B. auf einem Gemüseblatt oder einer Bananenschale ausgleiten, von einer umfallenden Linoleumrolle verletzt werden, durch einen Kopfsprung vor eine unter Wasser befindliche Mauer verletzt werden, durch ein Rockkonzert einen Hörschaden erleiden oder als Gast eines Hotels über eine zu niedrige Brüstung vom Balkon stürzen (OLG Köln, Urt. v. 18.12.2006 – 16 U 40/06, RRa 2007, 65 = E 1957). Die bisherigen Lösungen, die dem Verletzten wegen Verletzung der Verkehrssicherungspflicht einen deliktsrechtlichen Anspruch gaben, resultierten daraus, dass praktisch sämtliche Sorgfaltspflichten des Deliktsrechts in das Vertragsrecht gespiegelt worden sind, um dem Vertragsschuldner die Berufung auf § 831 BGB abzuschneiden. Bedenklich ist insoweit nicht die Gewährung von Schmerzensgeld in Fällen der Vertragsverletzung, sondern die das deutsche Recht kennzeichnende Ausdehnung der Schutzpflichtenlehre.

Auch die Gemeinden werden umdenken müssen. Sie sind entweder unmittelbar oder über ausgegliederte Kapitalgesellschaften in der vertraglichen Haftung für Körperschäden im Zusammenhang mit Bus- oder Bahnfahrten, in Schwimmbädern, Theatern, Konzerthallen, Sportstadien usw.

Die Änderungen durch das neue Recht werden besonders deutlich, wenn man einen Schmerzensgeldanspruch aus Arzthaftung prüft (vgl. unten Rdn. 1202 ff.).

Nach **§ 618 Abs. 1 BGB** ist der **Dienstberechtigte** (Dienstherr) verpflichtet, den Verpflichteten gegen Gefahren für Leben und Gesundheit zu schützen. Eine Verletzung dieser Pflichten stellt eine positive Vertragsverletzung dar. Der Schadensersatzanspruch ist vertraglicher Natur, obwohl das Gesetz die §§ 842 bis 846 BGB der unerlaubten Handlung für anwendbar erklärt. Der Dienstverpflichtete hatte bisher keinen Anspruch auf Schmerzensgeld (Palandt/Weidenkaff, § 618 Rn. 8), wenn nicht die **Verletzungshandlung** zugleich den Tatbestand der unerlaubten Handlung erfüllte (zu beachten ist das in §§ 104 ff. SGB VII normierte Haftungsprivileg für Arbeitgeber, Arbeitskollegen und sog. »Wie-Beschäftigte«, vgl. dazu näher Rdn. 174 ff.).

§ 651f Abs. 1 BGB gibt einen vertraglichen Anspruch auf Schadensersatz wegen Nichterfüllung bei einem **Reisemangel**, der bisher keinen Anspruch auf Schmerzensgeld begründete (anders OLG Düsseldorf, Urt. v. 28.05.2002 – 20 U 30/02, NJW-RR 2003, 59 (62), das allerdings den Anspruch auf §§ 831, 847 BGB a. F. stützt und einen Hotelier bei der Erfüllung der Verkehrssicherungspflicht als Verrichtungsgehilfen des Reiseveranstalters ansieht.). Zwar wird in den eng umgrenzten Fällen des § 651f Abs. 2 BGB eine angemessene Entschädigung in Geld gewährt, diese Entschädigung war und ist aber kein Schmerzensgeld.

Sogar aus Versicherungsvertrag ist ein Schmerzensgeldanspruch denkbar (Das LG München I, Urt. v. 16.05.2007 – 6 S 20960/06, RRa 2008, 148 f. sprach Schmerzensgeld aus einer Krankenrücktransportversicherung zu, weil die beklagte Versicherung den Rücktransport des Klägers abgelehnt hatte. Vgl. Jaeger, RRa 2010, 58 ff.).

Nach **§ 670 BGB** steht dem Beauftragten ein Anspruch auf Ersatz von Aufwendungen zu, die er zum Zwecke der Ausführung des Auftrages gemacht hat. Zu den Aufwendungen können auch die Kosten für die Behebung von Körperschäden gehören, die der Beauftragte bei der Ausführung des Auftrages erleidet, wenn er freiwillig bestimmte Risiken eingeht. Ersetzt wird nunmehr auch der **immaterielle** (BGH, Urt. v. 19.05.1969 – VII ZR 9/67, BGHZ 52, 115 ff.; Palandt/Sprau, § 670 Rn. 2, 13). **Schaden.**

- Auch im Rahmen eines Anwaltsvertrages nach §§ 675, 253 BGB ist ein Schmerzensgeld nach fehlerhafter Beratung denkbar.
- Ein Mandant machte geltend, er sei aufgrund einer ihn belastenden gänzlich unvertretbaren Rechtsauskunft in eine Dauerpanik und seelische Auflösung i. S. e. posttraumatischen Belastungsstörung geraten. Wegen der dadurch hervorgerufenen Gesundheitsbeeinträchtigung sei ein Schmerzensgeld i. H. v. 4.000,00 € zu zahlen.

Der BGH, Urt. v. 09.07.2009 – IX ZR 88/08, NJW 2009, 3025 war anderer Meinung: Die Schlechterfüllung eines Anwaltsvertrages, der nicht den Schutz der Rechtsgüter des § 253 Abs. 2 BGB zum Gegenstand hat, begründet i. d. R. keinen Schmerzensgeldanspruch.

Für **Sach- und Werkmängel** (§§ 437 Nr. 3, 634 Nr. 4 i. V. m. § 280 Abs. 1 BGB) gilt: Sind der Kaufgegenstand (Sache) oder das Werk mangelhaft, kann der Käufer/Besteller Schadensersatz verlangen. Der Anspruch umfasst nun auch einen Schmerzensgeldanspruch, wenn infolge eines Mangels des Kaufgegenstandes oder eines Mangels des Werkes Körper oder Gesundheit des Käufers/Bestellers verletzt wird.

Die Rechtsänderung wird besonders deutlich bei einem **Beförderungsvertrag**, wenn der Fahrgast z. B. im Pkw oder im Zug verletzt wird. Zwar greifen hier auch Tatbestände der Gefährdungshaftung ein, aber der Fahrgast hat nunmehr zusätzlich aus dem Beförderungsvertrag einen eigenständigen Schmerzensgeldanspruch.

I. R. d. verschuldensunabhängigen Haftung des Vermieters für anfängliche Mängel (§ 536a Abs. 1 BGB), kann der **Mieter** Schadensersatz verlangen. Der Anspruch umfasst nun auch einen Schmerzensgeldanspruch (so auch Diederichsen, VersR 2005, 433 (436); vgl. auch Staudinger/Schiemann, BGB, § 253 Rn. 5; Kern, NZM 2007, 634.).

Im Rahmen von **Schadensersatzansprüchen aus c.i.c.**, also nach neuem Recht aus § 311 Abs. 2 und 3 i. V. m. § 280 Abs. 1 BGB umfasst der vertragliche Schadensersatzanspruch nun auch einen Schmerzensgeldanspruch. Dasselbe gilt für:

Ansprüche aus öffentlich-rechtlichen Sonderverbindungen,

Ansprüche wegen Verletzung nachvertraglicher Pflichten,

Ansprüche aus GoA.

48 ► **Praxistipp:**

Nicht in eingefahrenen Bahnen denken!

► **Beispiel:**

Der vom RG[80] entschiedene Fall, dass ein Kaufhaus auch ohne Vertragsschluss auf Ersatz materiellen Schadens haftet (c.i.c.), wenn ein Kunde oder eine Begleitperson verletzt wird, ist nach neuem Recht nicht zu Ende. Der Umstand, dass der potenzielle Kunde verletzt wurde, weil ihm eine Teppichrolle auf den Fuß gefallen war, bedeutet heute, dass auch ein Anspruch auf Zahlung von Schmerzensgeld begründet ist.

Bei der Verletzung der in § 253 Abs. 2 BGB genannten Rechtsgüter immer den Anspruch auf Schmerzensgeld prüfen und die Beweislast für fehlendes Verschulden (beim Schädiger) nicht verkennen!

3. Beispiele

49 Die Auswirkungen dieser neuen Regelung sollen anhand einiger Beispiele dargestellt werden. Rechtsprechung zu diesem Problemkreis gibt es nur vereinzelt. Die Beispiele sind aus früheren Entscheidungen abgeleitet, in denen entweder kein Schmerzensgeld zuerkannt wurde oder in denen neben die Vertragsverletzung eine Verletzung der Verkehrssicherungspflicht trat, die dann über §§ 823, 847 BGB a. F. die Zuerkennung eines Schmerzensgeldes ermöglichte.

Für die einzelnen **Vertragstypen** bedeutet dies Folgendes:

a) Kaufvertrag

50 In aller Regel ergibt sich aus einem einfachen Kaufvertrag gegen den Vertragspartner kein Schadensersatz- oder Schmerzensgeldanspruch. Der Grund dafür liegt darin, dass bei einem Kaufvertrag i. d. R. keine Hauptpflichten bestehen, deren Verletzung einen Körperschaden

80 RG, Urt. v. 07.12.1911 – VI 240/11, RGZ 78, 239.

verursachen kann,[81] es sei denn, ein für den Verkäufer erkennbarer Mangel der Kaufsache führt zu Körperschäden.[82] So haftet der Verkäufer eines Neufahrzeugs, dessen Bremsen versagen, nicht, weil ihn kein Verschulden trifft. Dem Verkäufer eines Neufahrzeugs obliegt keine Untersuchungspflicht und damit auch keine Hinweis- oder Warnpflicht. Ansprüche, auch auf Schmerzensgeld (§ 8 ProdHaftG), können sich aber aus § 1 ProdHaftG gegen den Hersteller ergeben.

b) Dienstvertrag

51 Im Dienstvertrag ist bei Verletzung der in § 241 Abs. 2 BGB normierten allgemeinen Rücksichtnahmepflicht auf die Rechtsgüter des Vertragspartners ein Schadensersatzanspruch denkbar, der auf Schmerzensgeld gerichtet sein kann, §§ 280 Abs. 1, 253 Abs. 2 BGB. Dies betrifft neben den Arzthaftungsfällen, die an anderer Stelle vertieft behandelt werden, auch den Anwaltsvertrag. Allerdings ist die **Kündigung** etwa eines zahnärztlichen Behandlungsvertrages regelmäßig nicht geeignet, Schmerzensgeldansprüche zu begründen. Arzt- wie Anwaltsverträge können als Dienstverträge höherer Art grds. jederzeit gekündigt werden. Eine Ersatzpflicht besteht nach § 627 BGB nur bei einer Kündigung »zu Unzeit«, was allenfalls angenommen werden kann, wenn die von dem Patient benötigten Dienste nicht anderweitig beschafft werden können.[83]

52 Das KG[84] hatte einen Fall zu entscheiden, in welchem es der beklagte Strafverteidiger entgegen entsprechender Absprache mit seinem Mandanten versäumt hatte, einen Antrag auf Terminsverlegung zur Hauptverhandlung zu stellen. Ebenso unterließ er es, den Mandanten, der kurz vor einer Reise in sein Heimatland zu seiner Hochzeit stand, über das Risiko seiner Verhaftung bei Terminsversäumung aufzuklären. Der Mandant wurde nach seiner Rückkehr verhaftet und blieb ca. 3 Monate in Haft. Er begehrte 20.000,00 € Schmerzensgeld (250,00 €/ Tag). Das KG machte keine Ausführungen zu der Frage, ob das Schmerzensgeld solcherart nach Tagen zu berechnen sei, sondern sprach insgesamt 7.000,00 € zu, wobei es auch auf ein »erhebliches Mitverschulden« des Klägers verwies. Anspruchsgrundlage gegen den RA wären nach neuem Recht die §§ 280 Abs. 1, 241 Abs. 2, 611 BGB.

53 Jedoch hat der BGH[85] eine Haftung des Anwalts für Gesundheitsschäden einer Mandantin nach einem anwaltlichen Beratungsfehler (»Dauerpanik« nach der falschen Rechtsauskunft, die private Haftpflicht decke die verursachten Schäden von 600.000,00 € nicht) abgelehnt, weil die psychische Fehlverarbeitung von fehlerhaften Informationen außerhalb des Schutzzwecks des Anwaltsvertrages liege.

c) Arbeitsrecht

54 Im Arbeitsrecht löst die Verletzung der **Fürsorgepflicht** nach § 618 Abs. 1 BGB Schadensersatzansprüche aus, zu denen nunmehr auch ein Anspruch auf Schmerzensgeld gehört. Allerdings ist zu beachten, dass auch weiterhin ein Schmerzensgeldanspruch des Arbeitnehmers

---

81 Anders kann dies sein, wenn der Verkäufer eine vertragliche Nebenpflicht (§§ 311 Abs. 2, 280 BGB) verletzt oder neben dem Kauf- ein selbstständiger Beratervertrag zustande kommt. Ohne diese Besonderheit bejaht Diederichsen, VersR 2005, 433 (436) eine Haftung von Verkäufer oder Werkunternehmer, die die Lieferung einer mangelfreien Sache schuldeten.

82 So im Fall AG Zittau, Urt. v. 30.03.2005 – 5 C 389/04, NJW-RR 2006, 168, in welchem eine verkaufte Katze eine Sporeninfektion hatte, die zu Pilzinfektionen in der Familie des Käufers führte; das AG lehnte allerdings nach sachverständiger Begutachtung einen Mangel ab, da der Befall mit microsporum canis als »katzentypisch« gewertet worden war.

83 KG, Urt. v. 04.06.2009 – 20 U 49/07, MedR 2010, 35, etwa bei »Monopolstellung« des Arztes.

84 KG, Urt. v. 17.01.2005 – 12 U 302/03, NJW 2005, 1284 = VersR 2005, 698 = E 1374.

85 BGH, Urt. v. 09.07.2009 – IX ZR 88/08, NJW 2009, 3025.

bei vom Dienstherrn lediglich fahrlässig verursachten Arbeits- und Dienstunfällen ausgeschlossen ist (§§ 104 ff. SGB VII), ein Ausschluss, der nicht gegen das GG verstößt.[86] Lediglich bei einer **vorsätzlichen Schädigung des Arbeitnehmers** durch den Dienstherrn besteht daher neben dem deliktischen nunmehr auch ein vertraglicher Anspruch auf Zahlung von Schmerzensgeld.[87]

55 Denkbar ist auch eine Haftung auf Schmerzensgeld nach dem AGG, wonach Verstöße gegen das Benachteiligungsverbot ein Schmerzensgeld nach sich ziehen können (Arbeitsrecht: § 15 Abs. 2 AGG; sonstiges Zivilrecht: § 21 Abs. 2 AGG); so hat in einer der ersten Entscheidungen hierzu das AG Hagen[88] einem Mann, der nicht in ein Fitnessstudio aufgenommen wurde, weil »man unterhalb der wünschenswerten Quote an weiblichen Mitgliedern liege«, wegen Verstoßes gegen § 21 Abs. 2 Satz 3 AGG die (allerdings überschaubare) Summe von 50,00 € Schmerzensgeld zuerkannt. Das AG Bremen[89] sprach einem farbigen Kläger 300,00 € dafür zu, dass er wegen seiner Hautfarbe nicht in eine Diskothek eingelassen wurde, das OLG Stuttgart hielt in einem vergleichbaren Fall 900,00 € für angemessen.[90]

56 ▶ Hinweis:

Eine neue Frage auf dem Gebiet des Arbeitsrechts ist dadurch entstanden, dass der Arbeitgeber nunmehr in Anspruch genommen werden kann, wenn Arbeitnehmer von diesem oder anderen Arbeitnehmern »gemobbt« werden.[91] Die Rechtsprechung ist jedoch noch zurückhaltend mit der Zubilligung von Schmerzensgeld.

d) Haftung des Werkunternehmers

57 Der Werkvertrag dürfte in Zukunft ein besonderes Anwendungsgebiet für vertragliche Schmerzensgeldansprüche darstellen. Das liegt daran, dass gerade im Werkvertragsrecht der Werkunternehmer i. d. R. nicht selbst handelt, sondern seine Mitarbeiter einsetzt. Für Verschulden seiner Mitarbeiter hat der Werkunternehmer nach altem Recht nur auf Schmerzensgeld gehaftet, wenn er sich nicht nach § 831 BGB exkulpieren konnte. Heute ist die Rechtslage anders, weil der Unternehmer aus Vertrag für Fehler seiner Erfüllungsgehilfen haftet (§ 278 BGB) und sich nicht exkulpieren kann. Dabei geht es nicht um die Verletzung von Körper und Gesundheit bei Gelegenheit der Ausführung werkvertraglicher Arbeiten, etwa um einen Exzess eines Gesellen anlässlich der Ausführung der Arbeiten, z. B. Vergewaltigung der Ehefrau oder Prügelei mit dem Sohn des Auftraggebers; das wären Fälle der unerlaubten Handlung »bei Gelegenheit« der Durchführung des Vertrages, für die § 278 BGB ausscheidet.[92] Einschlägig sind vielmehr die Fälle, in denen ein **Mangel der Werkleistung** zu einem **Körperschaden** führt. Das ist z. B. die fehlerhaft angeschlossene elektrische Anlage, an der sich jemand verletzt, der Kamin, der die Abgase nicht vollständig abführt, sodass die Bewohner

86 BVerfG, Beschl. v. 07.11.1972 – 1 BvL 4/71, u. a. NJW 1973, 502; BVerfG, Beschl. v. 08.02.1995 – 1 BvR 753/94, NJW 1995, 1607; BGH, Urt. v. 04.06.2009 – III ZR 229/07, ZGS 2009, 344 = FamRZ 2009, 1323.

87 Diederichsen, VersR 2005, 433 (436).

88 AG Hagen, Urt. v. 09.06.2008 – 140 C 26/08, unveröffentlicht.

89 AG Bremen, Urt. v. 20.01.2011 – 25 C 278/10, NJW-RR 2011, 675.

90 OLG Stuttgart, Urt. v. 12.12.2011 – 10 U 106/11, VersR 2012, 329: Entschädigung nach § 21 Abs. 2 S. 3 AGG für die nicht gerechtfertigte Diskriminierung (Verweigerung des Einlasses in Disko aufgrund Hautfarbe). Bei der Bemessung stellte der Senat zum einen auf den Aspekt der Abschreckung ab, weil die zuerkannte Entschädigung wirtschaftlich einem Eintritt von 150,00 € pro abgewiesener Person gleichstand; zum anderen aber auch darauf, dass andere männliche Personen dunkler Hautfarbe in der Disko waren, so dass Farbige nicht generell ausgeschlossen wurden.

91 Vgl. Rdn. 356 ff. und E 1683 ff.

92 Palandt/Grüneberg, § 278 Rn. 20; krit. allerdings Brox/Walker, S. 300.

des Hauses Vergiftungen erleiden oder das fehlerhaft errichtete Gerüst, das bei einem leichten Windstoß umstürzt.

▶ **Hinweis:** 58

Werden der Auftraggeber oder der in den Schutzbereich des Vertrages einbezogene Dritte[93] durch Mängel des Werkes verletzt, haftet der Werkunternehmer diesen nach neuem Recht nicht nur auf Ersatz des materiellen, sondern auch des immateriellen Schadens.

59 Schmerzensgeldansprüche können auch gegen Handwerker in Betracht kommen, die im Auftrag des Vermieters in der vom Mieter gemieteten Wohnung Arbeiten verrichten. Der Werkvertrag zwischen dem Vermieter und dem Handwerker entfaltet nämlich vertragliche Schutzpflichten zugunsten des Mieters, seiner Familienangehörigen und Besucher.[94]

▶ **Hinweis:** 60

Verwendet der Handwerker z. B. zum Ausschäumen ein Material, das giftige Dämpfe entweichen lässt, oder versiegelt er den Parkettfußboden mit einem Material, das giftige Lösungsmittel enthält, und lüftet er nicht ausreichend oder unterlässt er einen Hinweis auf die von ihm geschaffenen Gefahren, sodass es zu einer Gesundheitsverletzung einer der vertraglich geschützten Personen kommt, können diese nach neuem Recht vertragliche Schmerzensgeldansprüche aus Werkvertrag unmittelbar gegen den Handwerker haben.[95]

61 Eine neuere Entscheidung führt in die Problematik ein: Das AG Heidelberg[96] erkannte, dass ein Tätowierer, der eine Tätowierung unsachgemäß ausgeführt hatte, keinen Anspruch auf den vereinbarten Werklohn hat und zum Ersatz der Kosten für die Beseitigung der unbrauchbaren Tätowierung verpflichtet ist. Über Schmerzensgeldansprüche verhält sich das Urteil nicht, wohl deshalb, weil kein Schmerzensgeldanspruch geltend gemacht wurde. Aus diesem Grund trifft das Gericht auch keine Feststellungen zum Verschulden des Tätowierers. Es kann nicht unterstellt werden, dass jede nicht sachgerecht ausgeführte Tätowierung eine rechtswidrige und schuldhafte Körperverletzung darstellt.[97]

62 Wäre das neue Schadensersatzrecht auf diesen Fall bereits anwendbar gewesen, wäre vom Verschulden des Tätowierers auszugehen und dieser hätte sich entlasten müssen. Ohne **Entlastungsbeweis** hätte er neben dem materiellen Schaden auch Schmerzensgeld zahlen müssen. So hat bspw. das AG Bocholt[98] ein Tätowierstudio zu einer Schmerzensgeldzahlung verurteilt, weil Fehler beim Tätowieren gemacht wurden.

63 Ebenso eine Entscheidung des LG Köln:[99] Die Klägerin warf dem Kosmetikstudio vor, im Jahr 2001 statt eines Time-Tattoos, das sich nach einem Zeitraum von 3 – 5 Jahren abschuppe, ein

---

93 Beispielsfall hierfür (Schmerzensgeld aus Werkvertrag mit Schutzwirkung zugunsten Dritter) etwa OLG Saarbrücken, Urt. v. 18.03.2010 – 8 U 3/09, MDR 2010, 919.

94 Gelegentliche Besucher des Mieters fallen nicht in den Schutzbereich des Mietvertrages, OLG Köln, Urt. v. 08.11.2000 – 11 U 41/00, OLGR 2001, 66.

95 OLG Braunschweig, Urt. v. 29.03.2000 – 3 U 148/95, OLGR 2001, 163.

96 AG Heidelberg, Urt. v. 21.02.2002 – 23 C 506/01, NJW-RR 2003, 19.

97 Vgl. OLG Karlsruhe, Urt. v. 22.10.2008 – 7 U 125/08, VersR 2009, 407, wo in einem Fall vor Inkrafttreten des 2. SchErsRÄndG eine rechtswidrige Körperverletzung jedenfalls dann angenommen wurde, in dem entgegen der Werbung ein »Bio-Tattoo« sich nicht nach 7 Jahren auflöst, sondern dauerhaft verbleibt. Die Einwilligung des Geschädigten deckte dies nicht.

98 AG Bocholt, Urt. v. 24.02.2006 – 4 C 121/04, unveröffentlicht.

99 LG Köln, Urt. v. 19.03.2003 – 16 O 143/02, unveröffentlicht. Der Rechtsstreit wurde vor dem OLG auf 7.500,00 € verglichen, weil die Beklagte zur Auswahl und Überwachung der Mitarbeiterin nichts vorgetragen hatte.

Permanent-Tattoo aufgebracht zu haben, das allenfalls durch einen ärztlichen Eingriff entfernt werden könne. Zusätzlich warf die Klägerin dem Inhaber des Kosmetikstudios vor, das Tattoo 1,2 cm verschoben, nicht mittig, sondern seitlich zur Wirbelsäule aufgebracht zu haben. Das LG hatte die Klage abgewiesen, weil die Beklagte sich nach § 831 BGB exkulpiert habe.

64 Die Begründung überzeugt nicht. Die Einwilligung der Klägerin ist nur auf ein Time-Tattoo gerichtet; das Aufbringen eines Permanent-Tattoos ist deshalb eine rechtswidrige Körperverletzung. Der Inhaber des Kosmetikstudios haftet für die ausführende Mitarbeiterin als Verrichtungsgehilfin auch dann nach § 831 BGB, wenn diese kein Verschulden treffen sollte.[100] Zur Auswahl und zur Überwachung der Mitarbeiterin hatte die Beklagte nichts vorgetragen.

65 ▶ **Praxistipp:**

Bei Werkverträgen, bei deren Ausführung ein Körperschaden entsteht, sollten immer Schmerzensgeldansprüche aus Vertrag erwogen und an die Beweislastumkehr gedacht werden.

e) Haftung des Auftragnehmers/Geschäftsführung ohne Auftrag

66 Vergleichbares gilt auch für das Auftragsrecht; nach § 670 BGB steht dem Beauftragten ein Anspruch auf Ersatz von Aufwendungen zu, die er zum Zwecke der Ausführung des Auftrages gemacht hat. Zu den Aufwendungen können auch die Kosten für die Beseitigung von Körperschäden gehören, die der Beauftragte bei der Ausführung des Auftrages erleidet, wenn er freiwillig Risiken eingeht.[101] Ersetzt werden hiernach nun der materielle und der immaterielle Schaden.[102]

67 ▶ **Hinweis:**

Die Bestimmung des § 670 BGB findet mitsamt der Möglichkeit des Schmerzensgeldes auch i. R. d. GoA Anwendung, vgl. §§ 677, 683 BGB, und zwar unter Einschluss derjenigen Ersatzansprüche, welche die Rechtsprechung sich selbst aufopfernden Rettern zuerkennt.[103] Eine neuere grundlegende Entscheidung dazu erließ das LG Dortmund.[104] Eine Zwillingsschwester sah sich zu einer großflächigen Hautspende veranlasst (herausgefordert), um das Leben ihrer Schwester zu retten, die umfangreiche schwere Verbrennungen erlitten hatte.

---

100 Palandt/Sprau, § 831 Rn. 1.

101 Allgemeine Ansicht, vgl. BGH, Urt. v. 19.05.1969 – VII ZR 9/67, BGHZ 52, 115; Palandt/Sprau, § 670 Rn. 9 bis 12. Gestritten wird lediglich um die dogmatische Begründung des Ergebnisses.

102 Dies bestreitet Stefan Müller, ZGS 2010, 538 (540) u. E. zu Unrecht: er verweist darauf, es handele sich nicht um eine originäre Schadensersatzhaftung, sondern um einen aufopferungsnahen Anspruch. Dagegen spricht aber, dass die Anwendung von § 670 BGB gerade auch auf Schadensersatz ausgedehnt wird.

103 Schulze/Ebers, JuS 2004, 366 (367). Däubler, JuS 2002, 625 (626), nennt in diesem Zusammenhang noch Ansprüche aus § 231 BGB (unberechtigte Selbsthilfe), § 904 Satz 2 BGB (Notstand) und § 906 Abs. 2 Satz 2 BGB (nachbarrechtlicher Ausgleichsanspruch). Bei Letzterem ist allerdings die Verwurzelung im Eigentumsrecht zu bedenken, sodass § 253 Abs. 2 BGB n. F. Schmerzensgeldansprüche insoweit gerade sperrt: die Norm gewährt Ausgleich für vermögenswerte Nachteile nach Eigentums- oder Besitzstörung, aber gerade keinen Schadensersatz, BGH, Urt. v. 23.07.2010 – V ZR 142/09, NJW 2010, 3160. Vgl. hierzu von Bar, Karlsruher Forum 2003, S. 10, der den sich selbst aufopfernden Rettern ausdrücklich einen Anspruch aus GoA zuerkennt.

104 LG Dortmund, Urt. v. 17.05.2000 – 21 O 22/00, ZfS 2000, 437.

Der BGH[105] sah die Spende einer Niere durch eine Mutter an ihr Kind als einen Fall der Herausforderung an, ließ aber ausdrücklich die Frage offen, ob in diesen Rettungsfällen nicht auch ein Anspruch des Organspenders nach §§ 683, 670 BGB in Betracht kommt.

Insoweit stimmt auch Diederichsen zu,[106] meint aber i. Ü., dass für den immateriellen Schaden ein Aufwendungsersatzanspruch nach §§ 670, 683 BGB von der Rechtsprechung abgelehnt worden sei.

68 Die Rechtsprechung geht sehr weit und bejaht eine Herausforderung schnell. Selbst einem Polizeibeamten, der einen vermutlich angetrunkenen Radfahrer bei Dunkelheit und bei winterlichen Straßenverhältnissen zu Fuß verfolgt und dabei auf schneeglatter Straße stürzt und sich verletzt, wird ein Schadensersatzanspruch nach der »Herausforderungsformel« zuerkannt.[107]

f) Reisevertragsrecht[108]

69 Eine erhebliche Rolle kommt der strengen Haftung für Erfüllungsgehilfen i. R. d. Reisevertrages zu. Die Norm des § 651f Abs. 2 BGB regelt nur einen eng begrenzten Sonderfall, nämlich den Ersatz entgangener Urlaubsfreuden. Darüber hinaus ist nun auch bei Körperschäden eines Urlaubsreisenden ein vertraglicher Anspruch gegen den Veranstalter möglich, wenn das Personal vor Ort schuldhaft gehandelt hat, § 651f Abs. 1 BGB. Die Zurechnung des Verschuldens von Erfüllungsgehilfen erfolgt über § 278 BGB. Dieses Verschulden wird vermutet. Auf die außervertragliche Haftung braucht nicht mehr zurückgegriffen werden;[109] nach § 847 a. F. BGB wäre auch eine Zurechnung nach § 278 BGB, der nur im vertraglichen Bereich gilt, nicht möglich gewesen.[110]

70 Der Reiseveranstalter schuldet also ein Schmerzensgeld wegen Vertragsverletzung, wenn der Hotelier vor Ort sein Gebäude schuldhaft nicht in Ordnung hält oder ein von ihm beauftragter Handwerker den Warmwasserboiler schuldhaft nicht richtig angebracht hat,[111] aber auch dann, wenn der Reisende zu Schaden kommt, weil im Rahmen eines Ausflugs eine Pferdekutsche umstürzt, ein Jeep verunglückt[112] oder die Planken eines Fischerbootes nicht ausreichend gegen Holzabsplitterungen gesichert sind. Er haftet auch, wenn der Gast eines Hotels

105 BGH, Urt. v. 30.06.1987 – VI ZR 257/86, BGHZ 101, 215 = VersR 1987, 1040 = NJW-RR 1987, 1507.

106 Diederichsen, VersR 2005, 433 (437).

107 AG Kempten, Urt. v. 24.07.2007 – 2 C 211/07, DAR 2009, 276 m. krit. Anm. von Nettesheim, DAR 2009, 277.

108 Jaeger, RRa 2010, 58 ff.

109 Wagner, S. 39; Diederichsen, VersR 2005, 433 (436).

110 Insofern zumindest missverständlich AG Charlottenburg, Urt. v. 10.03.2004 – 231 C 701/03, VersR 2005, 1088, in welchem – da ein Altfall vorlag – zwar § 847 a. F. BGB angewandt wurde, gleichwohl aber das Verschulden des Hotelpersonals nach § 278 BGB dem Reiseveranstalter zugerechnet worden war (Unfall bei einer Feuerzangenbowle-Show im Urlaubshotel). Das Gericht verweist auf die nach neuem Recht einschlägige Anspruchsgrundlage (§§ 280 Abs. 1, 253 Abs. 2 BGB), zieht aber irrtümlich den Schluss, hierbei handele es sich um den »gleichen Regelungszustand« wie nach altem Recht. Dies ist, da im deliktischen Bereich eine Zurechnung von Drittverschulden nach § 278 BGB ausscheidet, nicht richtig.

111 Diederichsen, VersR 2005, 433 ff.

112 OLG Köln, Urt. v. 27.05.2002 – 5 U 202/01, RRa 2005, 161 (zum alten Recht); OLG Köln, Beschl. v. 07.07.2010 – 16 U 3/10, RRa 2011, 112 (Verkehrsunfall bei Reisedurchführung und Zurechnung fremden Verschuldens der Mitarbeiter vor Ort über § 278 BGB zulasten des Veranstalters).

über eine zu niedrige Brüstung vom Balkon stürzt,[113] über eine unzureichend gesicherte Stufe zwischen Hotelzimmer und Flur stolpert[114] und nach § 278 BGB für das Verschulden des Hotelpersonals, welches eine Wasserrutsche zeitweilig ohne Wasser betreibt, ohne diese abzusperren.[115] Ebenso wird gehaftet, wenn nicht hinreichend vor einem derart flachen Hallenbad gewarnt wird, dass ein Sprung vom Sprungbrett Verletzungsgefahren birgt.[116] Eine Haftung wegen Verletzung von Warn- und Informationspflichten besteht allerdings nur, soweit dem Veranstalter konkrete Informationen vorliegen. So muss vor der allgemeinen Gefahr von Terroranschlägen nicht gewarnt werden.[117]

71 Einen exemplarischen Fall hatte das LG Köln[118] zu entscheiden: Je 20.000,00 € erhielten die Eltern und zwei Geschwister eines 11 Jahre alten Jungen, der im Schwimmbecken eines Hotels in Griechenland ertrank, als er unterhalb einer Wasserrutsche mit dem Arm in ein Ansaugrohr geriet und sich nicht mehr befreien konnte. Die Eltern des Jungen leiden u. a. unter schweren depressiven Störungen, Angst- und Panikattacken, erheblichen Selbstwertstörungen und Schuldgefühlen sowie Schlafstörungen, Alpträumen und suizidalen Gedanken. Bei beiden Geschwistern, dem Bruder und Zwillingsbruder, die unter posttraumatischen Belastungsstörungen mit depressiver Begleitsymptomatik und psychovegetativen Beschwerden leiden, war ein erheblicher schulischer Leistungsabfall zu verzeichnen. Anspruchsgrundlage war § 823 BGB und nicht der mit dem Reiseveranstalter geschlossene Reisevertrag, weil sich der Vorfall bereits 2001 ereignete. Auf einen von den Eltern als Erben des ertrunkenen Jungen geltend gemachten Schmerzensgeldanspruch zahlte der Reiseveranstalter vorprozessual 7.500,00 €.

72 ▶ **Hinweis:**

Im Unterschied zur Rechtslage vor dem 01.08.2002 kommt es auf ein Auswahl- oder Überwachungsverschulden des Reiseveranstalters nicht mehr an.

g) Haftung des Vermieters[119]

73 Die Bestimmung des § 536a Abs. 1 BGB gibt dem Mieter die Möglichkeit, bei Schäden des Mietobjekts – unbeschadet des Rechts auf Minderung der Miete – vom Vermieter Schadensersatz zu verlangen. Für einen Mangel, der bei Vertragsschluss vorhanden ist, haftet der Vermieter auch ohne Verschulden, für später entstandene Mängel nur dann, wenn er diese Mängel zu vertreten hat oder wenn er mit der Beseitigung der Mängel in Verzug ist. Dieses Schadensersatzverlangen des Mieters war bisher auf den materiellen Schaden begrenzt, Schmerzensgeld konnte der Mieter bisher nur dann verlangen, wenn der Vermieter zugleich den Tatbestand der unerlaubten Handlung verwirklicht hatte, was i. d. R. nicht der Fall war.

74 Wird eine Klage auf Zahlung von Schmerzensgeld auf die Verletzung einer Verkehrssicherungspflicht aus einem (Wohnraum-) Mietverhältnis (§§ 535, 280 Abs. 1, 276, 278, 253

---

113 OLG Köln, Urt. v. 18.12.2006 – 16 U 40/06, RRa 2007, 65.

114 OLG Hamm, Urt. v. 23.06.2009 – 9 U 192/08, NJW-RR 2010, 129.

115 AG Frankfurt am Main, Urt. v. 01.06.2006 – 31 C 3491/05, RRa 2006, 165. Grundlegend zu diesen Fällen: Jaeger, RRa 2010, 58.

116 OLG Köln, Urt. v. 30.03.2009 – 16 U 71/08, RRa 2009, 133.

117 LG Hannover, Urt. v. 27.10.2004 – 13 O 114/09, unveröffentlicht (Djerba-Attentat).

118 LG Köln, Urt. v. 17.03.2005 – 8 O 264/04, NJW-RR 2005, 704 = RRa 2005, 124 = E 1968; das OLG Köln, Urt. v. 12.09.2005 – 16 U 25/05 bestätigte ein Schmerzensgeld »mindestens im zuerkannten Rahmen«; der BGH, Urt. v. 18.07.2006 – X ZR 142/05, VersR 2006, 1653 = ZGS 2006, 283, hat die Revision des beklagten Reiseveranstalters zurückgewiesen und die Bemessung als »frei von Rechtsfehlern« bezeichnet.

119 Vgl. zu diesen Fragen Horst, NZM 2003, 537.

Abs. 2 BGB) gestützt, ist gem. § 29a ZPO, § 23 Nr. 2a GVG ausschließlich das AG zuständig, in dessen Bezirk sich der Wohnraum befindet.[120]

75 Nach neuem Recht hat der Mieter einen Schmerzensgeldanspruch, etwa wenn er auf einer ohne Kenntnis des Vermieters fehlerhaft errichteten Treppe zu Fall kommt oder wenn es durch eine (vom Vermieter unerkannt) fehlerhaft angeschlossene Elektroheizung zu Körperschäden wie Verbrennungen kommt, sofern es sich um **anfängliche Mängel** handelt. Bei nachträglichen Mängeln kann sich aus § 536a BGB eine Haftung aus vermutetem Verschulden ergeben, etwa wegen einer Legionellenpneumonie nach Legionellenbefall der Wasseranlage des Mietshauses.[121] Ansprüche sind hier auch denkbar auf Seiten Dritter, die in den Schutzbereich des Mietvertrages einbezogen sind, etwa die Angestellten des Mieters.[122]

76 Ein häufiger Fall ist auch die **baubedingte Feuchtigkeit**, die nicht auf fehlerhafter Lüftung beruht. Entsteht durch die Feuchtigkeit Schimmel, wird es nicht lange dauern, bis Mieter – zu Recht oder zu Unrecht – Allergien auf die Schimmelbildung zurückführen und deshalb neben dem Ersatz materieller Schäden auch Schmerzensgeldansprüche geltend machen werden.[123] Denkbar sind auch Ersatzansprüche wegen Asbestbelastung.[124]

77 Ansprüche auf Schadensersatz und Schmerzensgeld ließ die Rechtsprechung in diesen Fällen dadurch scheitern, dass versucht wurde, die Ansprüche aus einer an sich gegebenen Verletzung der Verkehrssicherungspflicht im Ergebnis zu verneinen, wenn dem Mieter der bauliche Zustand längere Zeit bekannt war und er sich den Schaden deshalb selbst zuzuschreiben hatte.

78 Die Rechtsprechung hat die Vermieter bisher auch dann geschützt, wenn zunächst eine Verletzung der Verkehrssicherungspflicht bejaht wurde. Im Anschluss daran wurde nämlich geprüft, ob den Mieter nicht ein (erhebliches) **Mitverschulden** traf.

79 So hat das OLG Düsseldorf[125] entschieden, dass eine Schadensersatzverpflichtung des Vermieters ggü. dem Mieter nicht bestehe, wenn dieser auf einer bauordnungswidrig errichteten Treppe innerhalb des Mietobjekts zu Fall komme, die er seit annähernd 2 Jahren täglich mehrmals benutzt habe, ohne jemals Beanstandungen wegen des bauordnungswidrigen Zustands zu erheben. Das wird auch weiterhin gelten, wenn das Mitverschulden des Mieters besonders schwer wiegt.

80 Ein solch schwerwiegendes Mitverschulden des Mieters hat auch das OLG Köln[126] angenommen und im LS ausgeführt: Ist in einer Mietwohnung ein Flachheizkörper eingebaut, der aus zwei parallelen Heizplatten ohne Zwischenlamellen besteht und der nach oben nicht

120 OLG Düsseldorf, Urt. v. 04.07.2005 – I-24 W 20/05, MDR 2006, 327.

121 LG Saarbrücken, Urt. v. 11.12.2009 – 10 S 26/08, MietRB 2010, 132.

122 BGH, Urt. v. 21.07.2010 – XII ZR 189/08, NJW 2010, 3152 = MDR 2010, 1103.

123 So etwa KG, Urt. v. 09.03.2006 – 22 W 33/05, OLGR 2006, 559: Asthmatische Erkrankung der Kinder des Mieters wegen Schimmelbefalls. Die Kinder sind in den Schutzbereich des Mietvertrages einbezogen; allerdings weist das KG darauf hin, dass auch nach neuem Recht noch ein bau- (und nicht verhaltens-) bedingter Schimmelbefall für einen Ersatzanspruch nötig ist und hält es ferner für möglich, ein nach § 278 BGB zurechenbares Mitverschulden der Eltern darin zu sehen, trotz Kenntnis von dem Schimmelbefall in der Wohnung verblieben zu sein. Ebenso LG Arnsberg, Urt. v. 27.03.2007 – 5 S 148/07, unveröffentlicht.

124 Sehr weitgehend indes LG Dresden, Urt. v. 25.02.2011 – 4 S 73/10, NJW 2011, 3106: 20.000,00 € für die psychische Beeinträchtigung eines Mieters, der jahrelang in einem mit Asbestexposition belasteten Umfeld wohnen musste, und zwar nicht für die Risikoerhöhung, sondern für die psychische Beeinträchtigung des Klägers wegen des »ständigen Bewusstseins der Möglichkeit, fremdverursacht zu einem ungewissen Zeitpunkt bösartig zu erkranken und deshalb verfrüht zu sterben«.

125 OLG Düsseldorf, Urt. v. 07.06.2001 – 10 U 64/00, OLGR 2001, 449.

126 OLG Köln, Urt. v. 19.08.1992 – 19 U 56/92, OLGR 1992, 270.

abgedeckt ist, haftet der Vermieter nicht wegen Verletzung der Verkehrssicherungspflicht, wenn das 4 Jahre alte Kind der Mieter auf den Heizkörper klettert, dabei mit einem Fuß zwischen die Heizplatten gerät und sich verletzt. Das OLG Köln hat weiter ausgeführt, dass die Mieter, die die Mietsache täglich benutzen, solche Gefahren viel eher erkennen können als ein Vermieter, der mit der Mietsache während der Mietzeit im Grunde nicht in Berührung kommt.

81 ▶ **Hinweis:**

Allzu sicher sollten Vermieter aber nicht sein und nicht darauf vertrauen, dass alle Gerichte entsprechend streng mit einem Mieter umgehen.

82 Der Einwand des Mitverschuldens kam insb. dann zum Tragen, wenn die Überlassung eines Objekts unentgeltlich oder aus Gefälligkeit erfolgt war.[127]

83 Aber auch bei entgeltlicher Überlassung einer in Spanien gelegenen Ferienwohnung an Bekannte half das OLG Köln[128] dem Vermieter dadurch, dass es die **Anforderungen an die Verkehrssicherungspflicht für Wohnungen in Spanien** herabsetzte. Zur Begründung ist u. a. ausgeführt: Ebenso wenig wie ein deutscher Erwerber einer spanischen Wohnung deutschen Sicherheitsstandard als vertragsgemäße Erfüllung erwarten dürfe, dürfe ein deutscher Urlauber erwarten, dass ihm dieser in Spanien geboten werde. Dies zumal angesichts der Tatsache, dass selbst in Deutschland in älteren Häusern zweiadrige Elektroanschlüsse heute noch vorzufinden seien, und jeder wisse, dass dies einen Gefahr erhöhenden Zustand darstelle, auf den man sich aber ohne Weiteres, vor allen Dingen ohne Eigengefährdung, einrichten könne.

84 In einem anderen Fall hat das OLG Düsseldorf[129] entschieden, dass ein Hauseigentümer und Vermieter, der auf seinem Grundstück das Abstellen von Fahrzeugen der Mieter gestattet, i. R. d. Verkehrssicherungspflicht dafür Sorge zu tragen hat, dass von einem alten Baum, dessen Astwerk den Parkplatz überragt, keine Gefahren für die abgestellten Fahrzeuge und ihre Benutzer ausgehen. Allerdings soll den Benutzer des Parkplatzes im Schadensfall ein Mitverschulden treffen, wenn der Baum auch für einen Laien bei nur flüchtiger Betrachtung deutlich sichtbare Astabbrüche und Anzeichen der Fäulnis zeigt. Nach neuem Recht besteht bei einer Verletzung des Mieters ein Schmerzensgeldanspruch auch ohne Verschulden des Vermieters, wenn der marode Zustand des Baumes bei Abschluss des Mietvertrages bereits vorhanden war oder wenn der Vermieter mit der Beseitigung des (später entstandenen) Mangels in Verzug war. Der Mitverschuldenseinwand bleibt dem Vermieter aber erhalten.

85 Ebenso haftet ein Vermieter aus Vertrag auf Zahlung von Schmerzensgeld, wenn er bei für ihn erkennbarer Gefahrenlage, die sich aus der Verglasung einer Treppenhausaußenwand mit gewöhnlichem Fensterglas ergibt, keine Abhilfe schafft.[130] Der Mieter hatte sich an der zerbrochenen Verglasung schwere Schnittverletzungen an beiden Armen zugezogen.

86 Bei einem vor Beginn des Mietverhältnisses nicht kippsicher aufgestellten Nachtstromspeicherofen haftet der Vermieter nunmehr aus Vertrag auch auf Zahlung von Schmerzensgeld.[131]

87 Es besteht die Möglichkeit, die für das Haftungssystem des BGB atypische verschuldensunabhängige **Garantiehaftung** nach § 536a Abs. 1, 1. Alt. BGB (§ 538 Abs. 1, 1. Alt. BGB a. F.) für bei Abschluss des Vertrages bereits vorhandene Mängel formularvertraglich wirksam auf

127 OLG Düsseldorf, Urt. v. 25.11.1993 – 13 U 8/93, OLGR 1994, 120.

128 OLG Köln, Urt. v. 03.09.1999 – 19 U 68/99, OLGR 2000, 50.

129 OLG Düsseldorf, Urt. v. 10.12.1993 – 22 U 172/93, VersR 1995, 551 = NJW-RR 1994, 1181.

130 BGH, Urt. v. 31.05.1994 – VI ZR 233/93, MDR 1994, 889.

131 OLG Hamm, Beschl. v. 17.11.1992 – 9 W 41/92, OLGR 1993, 211.

Vorsatz und grobe Fahrlässigkeit zu beschränken,[132] selbst wenn sie vertragswesentliche Pflichten berührt.[133] Auch ein Haftungsausschluss für nicht wenigstens durch leichte Fahrlässigkeit verursachte Körperschäden ist durch AGB weiterhin möglich.

► **Hinweis:** 88

Allerdings ist jeder Haftungsausschluss für leichte Fahrlässigkeit bei Verletzung des Körpers, des Lebens und der Gesundheit durch den Verwender selbst – nicht aber seines Vertreters oder Erfüllungsgehilfen – unwirksam.[134] Diese Einschränkung ist seit der Schuldrechtsreform sogar ausdrücklich im Gesetz enthalten (§ 309 Nr. 7 BGB). Sie gilt auch unter Kaufleuten (§§ 307 Abs. 2, 310 Abs. 1 BGB).

Bei einem **gewerblichen Mietverhältnis** hat der BGH[135] einen Haftungsausschluss in AGB für bei Abschluss des Mietvertrages vorhandene, aber nicht erkennbare Mängel für zulässig gehalten. 89

► **Praxistipp:** 90

Für Vermieter gilt:

Überprüfen Sie ihre Haftpflichtversicherung darauf, ob der Versicherer auch für Schmerzensgeldansprüche Deckungsschutz selbst dann gewährt, wenn ein Fall der Haftung ohne Verschulden vorliegt.

Ein Haftungsausschluss für Mängel, die bei Abschluss des Mietvertrages vorhanden waren und für die der Vermieter ohne Verschulden haftet, sind auch in Formularmietverträgen mit folgenden Einschränkungen zulässig:

Der Vermieter selbst kann seine Haftung nicht ausschließen.

Für Mängel aufgrund leichter Fahrlässigkeit des Vertreters des Vermieters oder seines Erfüllungsgehilfen kann die Haftung ausgeschlossen werden, wenn die Haftung bei grober Fahrlässigkeit bestehen bleibt.

Für Mieter gilt:

Nicht in eingefahrenen Bahnen denken und nur materielle Ansprüche geltend machen, sondern den Anspruch auf Ersatz des immateriellen Schadens bei Schäden, die durch die Benutzung der Wohnung verursacht sein können, stets bedenken.

III. Delikt

Natürlich ist der Schmerzensgeldanspruch aus Delikt (§§ 253 Abs. 2, 823 BGB) erhalten geblieben.[136] Der Anspruch setzt rechtswidriges und schuldhaftes Verhalten des Schädigers voraus. So scheidet ein Schmerzensgeldanspruch aus, wenn die Geschädigte einem Hausverbot zuwiderhandelt und dann vom Eigentümer herausgeschubst wird.[137] Die Exkulpation des 91

132 BGH, Urt. v. 03.07.2002 – XII ZR 327/00, NZM 2002, 784 = NJW 2002, 3232; Wagner, S. 40; Joachim, NZM 2003, 387 (388).

133 Schmitz/Reischauser, NZM 2002, 1019 (1020).

134 Wagner, S. 42.

135 BGH, Urt. v. 03.07.2002 – XII ZR 327/00, NZM 2002, 784 = NJW 2002, 3232.

136 So ist auch ein Anspruch auf Schmerzensgeld aus Amtshaftung denkbar, so BGH, Urt. v. 21.10.2004 – III ZR 254/03, BGHR 2005, 237, für den Fall der Haftung des Jugendamtes bei der Misshandlung eines Pflegekindes durch eine unzureichend beaufsichtigte Pflegefamilie.

137 OLG Nürnberg, Urt. v. 13.02.2012 – 4 U 2003/11, NJW-RR 2012, 1373.

Schädigers nach § 831 BGB bei Einsatz von Verrichtungsgehilfen ist wie bisher möglich.[138] Auch ein Anspruch aus § 839 BGB ist denkbar.[139] Wegen der Einzelheiten kann auf die früheren Kommentierungen zu § 847 BGB a. F. verwiesen werden.

IV. Gefährdungshaftung

1. Einführung

92 Schmerzensgeld aus Gefährdungshaftung kam bisher nur in Ausnahmefällen in Betracht, etwa bei der Tierhalterhaftung gem. § 833 BGB und der Haftung des Halters eines Luftfahrzeuges nach § 53 Abs. 3 LuftVG und nach § 29 AtomG.

93 Wegen des Analogieverbotes waren insb. bei den praktisch häufigen Fällen einer Gefährdungshaftung z. B. nach dem HaftPflG, dem StVG oder dem ProdHaftG[140] keine Schmerzensgeldansprüche begründet, sofern nicht zugleich der Tatbestand einer unerlaubten Handlung nach §§ 823 ff. BGB erfüllt war. Das Versagen von Schmerzensgeld in diesen Fällen hat das BVerfG als verfassungsgemäß angesehen.[141] Aus der Sicht des Verletzten waren diese Unterschiede zwischen einer Haftung aus unerlaubter Handlung einerseits und Gefährdungshaftung andererseits unverständlich, wurde doch bei ein und derselben Verletzung der immaterielle Schaden je nach dem Haftungsgrund mal durch die Gewährung von Schmerzensgeld ausgeglichen und mal nicht.[142]

94 Nunmehr ist **in allen Fällen der Gefährdungshaftung** ein **Schmerzensgeldanspruch** gegeben. Gesetzessystematisch ist dies bereits durch die Stellung des neuen § 253 Abs. 2 BGB im allgemeinen Schadensrecht der §§ 249 ff. BGB klargestellt. Während aufgrund der Stellung des § 847 BGB im Deliktsrecht für die Zubilligung eines Schmerzensgeldes das Vorliegen einer unerlaubten Handlung i. S. d. §§ 823 ff. BGB erforderlich war, stellt sich nun das Schmerzensgeld als Schadensersatz für immaterielle Beeinträchtigungen bereits als ein Teil des nach §§ 249 ff. BGB ersatzfähigen Schadens dar und ist daher überall dort gegeben, wo – gleich, aus welchem Rechtsgrund – ein Schadensersatzanspruch dem Grunde nach besteht.

95 Die Gefährdungshaftung setzt **kein Verschulden** voraus. Da in zahlreichen europäischen Rechtsordnungen für die Zuerkennung von Schmerzensgeld ebenfalls kein Verschulden gefordert wird, trägt die Neuregelung des § 253 Abs. 2 BGB dem Bedürfnis nach einer Harmonisierung des europäischen Rechts Rechnung.[143]

96 Mit der Verlagerung des Schmerzensgeldanspruchs aus dem Deliktsrecht in das Schadensrecht des allgemeinen Schuldrechts ist zwar systematisch bereits klargestellt, dass auch bei Schadensersatzansprüchen nach Sondergesetzen Schmerzensgeld gewährt werden kann. Der Gesetzgeber hat dennoch bei den Gefährdungshaftungstatbeständen weitgehend nicht nur auf § 253 BGB verwiesen, sondern zusätzlich jeweils bestimmt, dass »wegen eines Schadens, der nicht Vermögensschaden ist«, dem Geschädigten eine »billige Entschädigung in Geld« zu gewähren sei. Dies ist etwa der Fall in den – durch das **2. Schadensersatzrechtsänderungsgesetz** ebenfalls geänderten – § 87 Satz 2 AMG, § 11 Satz 2 StVG, § 6 Satz 2 HaftPflG, § 36 Satz 2

---

138 Hierzu etwa OLG Köln, Urt. v. 30.01.2004 – 19 U 74/03, VersR 2005, 851 (Schmerzensgeldanspruch gegen Geschäftsherrn).

139 Etwa LG Berlin, Urt. v. 18.08.2010 – 86 O 652/09, unveröffentlicht: Schmerzensgeld für eine akute Belastungsstörung nach rechtswidriger Durchsuchung eines am Strafverfahren unbeteiligten Dritten.

140 Palandt/Grüneberg, § 253 Rn. 10.

141 BVerfG, 07.11.1972 – 1 BvL 4/71, 1 BvL 17/71, 1 BvL 10/72, 1 BvR 355/71, NJW 1973, 502.

142 Vgl. Jaeger/Luckey, Rn. 93; dem folgend auch Huber, Das neue Schadensersatzrecht, § 2 Rn. 25.

143 Müller, VersR 2003, 1 (2).

LuftVG, § 32 Satz 2 GenTG, § 8 Satz 2 ProdHaftG, § 13 Satz 2 UmweltHaftG, § 52 Abs. 2 BGSG, § 20 BesatzungsSchG und § 29 Abs. 2 AtomG. Es fällt allerdings auf, dass im Bereich des Umwelthaftungsrechts die Haftung nach § 22 WHG als fast einziger der praxisrelevanten Gefährdungshaftungstatbestände nicht im Zuge des 2. Schadensersatzrechtsänderungsgesetzes geändert worden ist. Hier fehlt es an einer ausdrücklichen Inbezugnahme des § 253 BGB, was gleichwohl am Ergebnis nichts ändern dürfte: Die Anwendung des allgemeinen Schadensrechts der §§ 249 bis 254 BGB auf das WHG ist anerkannt.[144] Etwas inkonsequent hat der Gesetzgeber es zudem bei dem geänderten § 117 BBergG für ausreichend erachtet, das Wort »Vermögensschaden« durch »Schaden« zu ersetzen und die Anwendung von § 253 Abs. 2 BGB (Schmerzensgeld als immaterieller Schadensersatz) so letztlich nur zu implizieren.[145] Das Prinzip der – zusätzlichen – deklaratorischen Verweisung[146] in den Spezialgesetzen ist daher bereits gegenwärtig nicht ganz durchgehalten.

97 Anders als in den Bereichen des Vertragsrechts, in denen ein »Umdenken« des beratenden Anwalts gefordert ist, um die Möglichkeit eines Schmerzensgeldanspruchs nicht zu übersehen,[147] sind die nachfolgend dargestellten Sonderhaftungstatbestände der Gefährdungshaftung sämtlich der Sache nach deliktische Ansprüche, in denen auch bislang schon der »Gedanke« an Schmerzensgeldansprüche nahe lag. Der maßgebliche Unterschied liegt nunmehr in der **grds. erleichterten Klagbarkeit von Schmerzensgeldansprüchen**, die bislang nur über den »Umweg« einer Verschuldenshaftung erreicht werden konnte. Während mithin früher in Haftungsprozessen neben Ansprüchen aus Gefährdungshaftung für das Schmerzensgeld zusätzlich noch verschuldensabhängige Ansprüche erörtert werden mussten, kann dies – innerhalb der Haftungsgrenzen der Gefährdungshaftung – nunmehr entfallen.

98 ▶ Hinweis:

Werden schon mit dem Gefährdungshaftungsanspruch alle gewünschten Rechtsfolgen erreicht, führt dies zu einer Vereinfachung von Prozessen, sowohl was die Darlegungslast als auch, was die Notwendigkeit von Beweisaufnahmen anbetrifft.

2. Einzelne Haftungsnormen

a) Arzneimittelrecht

99 Das Arzneimittelgesetz (AMG)[148] hält vorrangig Regeln für die Zulassung und Prüfung von Arzneimitteln bereit. Der Begriff des Arzneimittels ist legaldefiniert in § 2 Abs. 1 AMG. Danach sind Arzneimittel solche Stoffe und Zubereitungen aus Stoffen, die dazu bestimmt sind, durch Anwendung am oder im menschlichen oder tierischen Körper

(1) Krankheiten, Leiden, Körperschäden oder krankhafte Beschwerden zu heilen, zu lindern, zu verhüten oder zu erkennen,
(2) die Beschaffenheit, den Zustand oder die Funktionen des Körpers oder seelische Zustände erkennen zu lassen,
(3) vom menschlichen oder tierischen Körper erzeugte Wirkstoffe oder Körperflüssigkeiten zu ersetzen,

144 Erläuterungen zu § 22 WHG in: Das deutsche Bundesrecht – systematische Sammlung der Gesetze und Verordnungen mit Erläuterungen, Bd. IV C 30.

145 Vgl. Jaeger/Luckey, Rn. 145, 103.

146 Plastisch Huber, Das neue Schadensersatzrecht, § 2 Rn. 9: »Doppelt genäht hält besser«.

147 Vgl. Jaeger/Luckey, MDR 2002, 1168 (1169).

148 AMG i. d. F. der Bekanntmachung v. 12.12.2005 (BGBl. I, S. 3394), zuletzt geändert durch Gesetz v. 19.07.2011 (BGBl. I, S. 1398).

(4) Krankheitserreger, Parasiten oder körperfremde Stoffe abzuwehren, zu beseitigen oder unschädlich zu machen oder
(5) die Beschaffenheit, den Zustand oder die Funktionen des Körpers oder seelische Zustände zu beeinflussen.

Der Anspruch auf Ersatz bei Schädigungen durch Arzneimittel folgt aus § 84 AMG. Danach ist der pharmazeutische Unternehmer, der das Arzneimittel in Deutschland in den Verkehr brachte,[149] zum Ersatz verpflichtet, wenn das Arzneimittel schädliche Wirkungen aufweist.

Der Schadensersatzanspruch aus AMG ist durch zusätzliche flankierende Maßnahmen des 2. Schadensersatzrechtsänderungsgesetzes noch »verbraucherfreundlicher« geworden.[150] Zum Ersten normiert der neue § 84a AMG einen **vorbereitenden Auskunftsanspruch**. Wenn Tatsachen vorliegen, die die Annahme begründen, dass ein Arzneimittel einen Schaden verursacht hat, kann der Geschädigte nunmehr vom pharmazeutischen Unternehmer Auskunft über die diesem bekannten Wirkungen, Nebenwirkungen und Wechselwirkungen des Arzneimittels verlangen, es sei denn, diese Feststellung ist zur Begründung eines Ersatzanspruchs nach § 84 AMG nicht erforderlich, vgl. § 84a Abs. 1 Satz 1 AMG. Dieser Auskunftsanspruch richtet sich auch auf dem pharmazeutischen Unternehmer bekannt gewordene Verdachtsfälle von Nebenwirkungen und Wechselwirkungen sowie auf sämtliche weiteren Erkenntnisse, die für die Bewertung der Vertretbarkeit schädlicher Wirkungen von Bedeutung sein können, vgl. § 84a Abs. 1 Satz 2 AMG. Eine Ausnahme macht das Gesetz in § 84a Abs. 1 Satz 4 AMG nur für den Fall, dass die Angaben aufgrund gesetzlicher Vorschriften geheim zu halten sind oder die Geheimhaltung einem überwiegenden Interesse des pharmazeutischen Unternehmens oder eines Dritten entspricht. Der Auskunftsanspruch setzt nicht voraus, dass das Mittel »bestimmungsgemäß« angewendet worden ist[151]; ohnehin dürfen die Anforderung an die schlüssige Darlegung der Schadensversursachung nicht überspannt werden, da es gerade Zweck des Auskunftsanspruchs ist, dem Geschädigten die erforderlichen Kenntnisse für die Substantiierung des Schadensersatzbegehrens zu verschaffen.[152] Allerdings ist der Auskunftsanspruch ausgeschlossen, wenn ein Anspruch aus § 84 AMG ersichtlich ausscheidet, etwa wegen Verjährung, fehlender Kausalität oder fehlendem Schaden.[153]

In § 84a Abs. 2 AMG wird dieser Auskunftsanspruch auf Behörden ausgedehnt, die für die Zulassung und Überwachung von Arzneimitteln zuständig sind. Der Geschädigte hat mithin nun zwei Anspruchsgegner für Auskünfte, die der effektiven Prozessvorbereitung eines Schadensersatzanspruchs nach § 84 AMG dienen. Allerdings ist eine **analoge Anwendung** des Auskunftsanspruchs nach § 84a AMG auf Fälle der Produkthaftung (hier: mutmaßlich fehlerhafter Defibrillator) **nicht** geboten.[154]

Der Auskunftsanspruch nach § 84a AMG verjährt in der Regelverjährung des § 195 BGB; schädliche Kenntnis oder Kennenmüssen liegt aber nicht schon dann vor, wenn der Geschädigte Kenntnis von seinen eigenen Beschwerden und Kenntnis einer möglichen Verursachung durch das Medikament hat, nachdem dieses wegen solcher Risiken vom Markt genommen worden war; vielmehr ist weiterhin als wesentliches Indiz im Rahmen der Auskunft zu werten,

149 Zum Sonderfall von Schmerzensgeldansprüchen bei der klinischen Prüfung von Arzneimitteln vor Inverkehrbringen vgl. Gödicke/Purnhagen, MedR 2007, 139.

150 Ausführlich hierzu Jaeger/Luckey, Rn. 181 bis 201.

151 OLG Köln, Urt. v. 26.01.2011 – 5 U 81/10, NJW-RR 2011, 1319.

152 OLG Brandenburg, Urt. v. 11.11.2009 – 13 U 73/07, MedR 2010, 789.

153 BGH, Urt. v. 26.03.2013 – VI ZR 109/12, EBE/BGH 2013, BGH-Ls 406/13.

154 OLG Frankfurt, Urt. v. 21.06.2012 – 22 U 89/10, MPR 2012, 169.

ob es Parallelerkrankungen anderer Verbraucher gab. Erst wenn diese bekannt hätten sein können, beginnt die Verjährung.[155]

Hinweis:

Da der Auskunftsanspruch aber, anders als sonstige Auskunftsansprüche etwa des Erbrechts, nicht der näheren Bestimmung eines noch nicht bestimmten Leistungsbegehrens dient, ist er nicht im Wege der Stufenklage geltend zu machen; vielmehr handelt es sich bei der Kombination von Auskunfts- und Schadensersatzbegehren um eine Klagehäufung nach § 260 ZPO, von der das Auskunftsbegehren durch Teilurteil entschieden werden kann.[156]

Weiterhin sind zugunsten des Arzneimittelanwenders eine Reihe von Beweiserleichterungen durch Einfügen von Abs. 2 und Abs. 3 des § 84 AMG geschaffen worden. So wird in Übereinstimmung mit der Produkthaftungsrichtlinie im neuen § 84 Abs. 3 AMG die Beweislast dafür umgekehrt, dass die schädlichen Wirkungen des Arzneimittels ihre Ursache im Bereich der Entwicklung oder Herstellung haben. Es obliegt mithin dem in Anspruch genommenen pharmazeutischen Unternehmen, vorzutragen und ggf. unter Beweis zu stellen, dass die schädlichen Wirkungen, deren Folgen eingeklagt sind, ihre Ursache nicht im Bereich der Entwicklung oder Herstellung haben. Misslingt dieser »Entlastungsbeweis« des Unternehmens, wird gehaftet. Ferner ist, um die Schwierigkeiten des Arzneimittelanwenders beim Nachweis der Kausalität zu erleichtern, in Anlehnung an § 6 UmweltHaftG eine **Kausalitätsvermutung** eingeführt worden. Ist das angewendete Arzneimittel nach den Gegebenheiten des Einzelfalles geeignet, den Schaden zu verursachen, wird nach § 84 Abs. 2 AMG nunmehr vermutet, dass der Schaden durch dieses Arzneimittel verursacht worden ist. Die Vermutung gilt nicht, wenn – wofür wiederum das Unternehmen darlegungs- und beweisbelastet ist – ein anderer Umstand nach den Gegebenheiten des Einzelfalles geeignet ist, den Schaden zu verursachen, vgl. § 84 Abs. 2 Satz 3 AMG.[157] Sonstige Beweiserleichterungen wie etwa die Beweislastumkehr im Fall eines groben Behandlungsfehlers bei der Arzthaftung (§ 630h Abs. 5 BGB) sind aber nicht analog anwendbar.[158]

Der BGH[159] hat zu § 84 AMG ausgeführt, dass an die Darlegungslast des Klägers für § 84 Abs. 1 Satz 2, Abs. 2 AMG keine »überhöhten Anforderungen« gestellt werden dürften, um ein Leerlaufen dieser Vorschriften zu vermeiden. So genügt i. d. R. die Darlegung der Dosierung und der Dauer der Anwendung und die unter Sachverständigenbeweis gestellte Behauptung der Schädlichkeit bzw. der eingetretenen Nebenwirkungen. Auch ist das Gericht gehalten, ohne Verstoß gegen das Verbot von Ausforschungsbeweisen einem Antrag auf Beiziehung der Krankenunterlagen stattzugeben und medizinische Fragen – gerade hinsichtlich der Auswirkungen des Medikaments und persönlicher Risikofaktoren – nicht ohne sachverständige Beratung zu beurteilen.[160] Ebenso wie beim Anspruch aus § 84 AMG dürfen auch an den **Auskunftsanspruch** keine überhöhten Anforderungen gestellt werden; die Anforderungen an den Auskunftsanspruch können nicht strenger sein als an den Schadensersatzanspruch.[161]

---

155 OLG Köln, Urt. v. 26.01.2011 – 5 U 81/10, NJW-RR 2011, 1319.

156 BGH, Urt. v. 29.03.2011 – VI ZR 117/10, NJW 2011, 1815.

157 Etwa BGH, Beschl. v. 26.01.2010 – VI ZR 72/09, unveröffentlicht; ferner auch Vogeler, MedR 2011, 81.

158 BGH, Urt. v. 16.03.2010 – VI ZR 64/09, VersR 2010, 627; BGH, Urt. v. 26.03.2013 – VI ZR 109/12, EBE/BGH 2013, BGH-Ls 406/13.

159 BGH, Beschl. v. 01.07.2008 – VI ZR 287/07, NJW 2008, 2994 (»VIOXX«).

160 OLG Zweibrücken, Urt. v. 14.09.2010 – 5 U 18/09, NJW-RR 2011, 534.

161 OLG Köln, Urt. v. 26.01.2011 – 5 U 81/10, NJW-RR 2011, 1319.

b) Bergschäden

100 Das Bundesberggesetz (BBergG) v. 13.08.1980[162] trifft in seinen §§ 114 ff. Regelungen über den Ersatz von Bergschäden. Bergschäden (§ 114 BBergG) sind die Verletzung oder Tötung eines Menschen oder eine Sachbeschädigung, wenn diese sich beim Bergbaubetrieb (§ 2 Abs. 1 BBergG – also bei Bergbautätigkeiten oder durch Bergbaueinrichtungen) ereignen. Bergbautätigkeiten sind hierbei insb. die Suche nach Bodenschätzen (§ 2 Abs. 1 Nr. 1 BBergG). Erforderlich ist ein **Kausalzusammenhang** i. S. d. Adäquanztheorie.[163] Ausgeschlossen ist bei dieser Formulierung, die sich an andere Bundesgesetze im technisch-wirtschaftlichen Bereich anlehnt, der Ersatz reiner Vermögensschäden.

Der Umstand, dass § 117 BBergG den Zusatz »Bei einer Verletzung des Körpers, der Gesundheit oder der Freiheit ist auch der Schaden, der nicht Vermögensschaden ist, durch eine billige Entschädigung auszugleichen«, nicht enthält, beruht darauf, dass der Gesetzgeber den Zusatz hier nicht für erforderlich gehalten hat. Die Ersetzung der »Vermögensschäden« durch den Ersatz des »Schadens« schien zu genügen. Ein sachlicher Grund hierfür fehlt.

Hinzuweisen ist im Bereich der Bergschäden noch auf die wichtige Norm des § 120 BBergG, wonach vermutet wird, dass der Schaden durch einen Bergbaubetrieb verursacht wurde, wenn im Einwirkungsbereich der untertägigen Aufsuchung oder Gewinnung eines Bergbaubetriebs durch Senkungen, Pressungen oder Zerrungen der Oberfläche oder durch Erdrisse ein Schaden entsteht, der seiner Art nach ein Bergschaden sein kann. Der »Einwirkungsbereich« ist vom Unternehmer nach Maßgabe der »Einwirkungsbereich-Bergverordnung« v. 11.11.1982 festzulegen und zeichnerisch darzustellen; diese Darstellungen befinden sich dann bei der Bergbehörde.

101 ► Hinweis:

Die Bergschadensvermutung gilt allerdings nicht, vgl. § 120 Abs. 1 Satz 2 Nr. 1, 2 BBergG, wenn der Schaden auch durch offensichtliche Baumängel oder baurechtswidrige Nutzung oder durch natürliche oder drittverursachte Einwirkungen zustande gekommen sein kann (es genügt also die bloße Möglichkeit!).

c) Straßenverkehr

102 Durch den in § 11 StVG angefügten Satz 2 wird dem Verletzten ausdrücklich ein Anspruch auf **Ersatz immaterieller Schäden** zugebilligt; im Fall einer Haftung nach § 7 StVG umfasst der Schadensersatz mithin auch das Schmerzensgeld. Dies gilt nach einer gleichzeitig vorgenommenen Änderung des § 8a StVG auch in weitem Umfang ggü. **Fahrzeuginsassen**.

103 ► Hinweis:

Die Ausdehnung des Schmerzensgeldanspruchs auf den Bereich der Gefährdungshaftung wirkt sich gerade im Bereich des Straßenverkehrsrechts maßgeblich aus; bislang konnte nur eine Schmerzensgeldhaftung des Fahrers allein erreicht werden, und auch dort nur dann, wenn ein Verschulden nachgewiesen werden konnte. Der Halter, und erst recht seine Versicherung, waren nur aus Gefährdungshaftung verpflichtet. Nun haftet der Halter in

162 BGBl. I, S. 1310, zuletzt geändert am 31.07.2009 (BGBl. I, S. 2585).

163 Dazu Palandt/Grüneberg, Vorb. § 249 Rn. 24 (26 ff.).

größerem Umfang, zumal wenn bedacht wird, dass mit der gleichzeitigen Änderung des § 7 Abs. 2 StVG eine Haftung nur noch in Fällen »höherer Gewalt« entfällt.[164]

Gelegentlich gab es aber schon nach »altem Recht« Fälle, in denen Halter und Versicherer über § 831 BGB dennoch mit Erfolg in Anspruch genommen werden konnten: Der Versicherer des Halters haftet nämlich gem. § 831 BGB i. V. m. § 115 Abs. 1 Nr. 1 VVG unter der Voraussetzung, dass der Fahrer Verrichtungsgehilfe des Halters war und der Halter sich nicht exkulpieren kann.[165] Der Geschäftsherr haftet nämlich auch dann aus § 831 BGB, wenn den Verrichtungsgehilfen kein Verschulden trifft. Nur in diesen – seltenen – Fällen konnte mit Erfolg gegen den Halter auf Schmerzensgeld vorgegangen werden.

d) Haftpflichtgesetz

104

Das Haftpflichtgesetz (HaftpflG) v. 04.01.1978[166] regelt als Sondergesetz ein wichtiges Teilgebiet des Haftpflichtrechts, nämlich die Haftung des Betriebsunternehmers einer Schienen- oder Schwebebahn (§ 1), des Inhabers bestimmter gefährlicher Anlagen (§ 2)[167] und des Betreibers eines Bergwerkes, eines Steinbruchs, einer Gräberei oder einer Fabrik (§ 3). Während die zuletzt genannte Regelung kaum noch praktisch wird und zu erwarten steht, dass sie im Zuge künftiger Reformen entfallen dürfte,[168] ist von der bereits 1871[169] eingeführten besonderen Bahnhaftung festzustellen, dass sie sich in der Vergangenheit bereits bewährt und auch heute – gerade und trotz des technologischen Fortschritts der letzten 100 Jahre – unverzichtbar erscheint. Bahnhaftung und Straßenverkehrshaftung verliefen in ihrer Entwicklung zumeist parallel; im Zuge der Novellierung durch das 2. Schadensersatzrechtsänderungsgesetz wurde unter ausdrücklicher Bezugnahme auf das HaftpflG[170] der Begriff der höheren Gewalt nunmehr auch in das StVG übernommen. Dieser Begriff ist enger als der des unabwendbaren Ereignisses. Es muss sich, kurzgefasst, um eine Einwirkung von außen handeln, die außergewöhnlich und nicht abwendbar ist.[171]

105

▶ **Hinweis:**

Dem Begriff des unabwendbaren Ereignisses fehlt es an der »Außergewöhnlichkeit«; unabwendbar können auch Unfälle sein, die sich verhältnismäßig häufig ereignen und als dem Betrieb eigentümliche, typische Gefahren anzusehen sind.[172]

---

164 Diese gesetzliche Änderung sollte insb. verhindern, dass ein Unfall mit Kindern als »unabwendbar« eingestuft wurde, sodass ein Anspruch des geschädigten Kindes entfallen wäre. Plastisch hierzu OLG Celle, Urt. v. 08.07.2004 – 14 U 125/03, NZV 2005, 261 (zum alten Recht: Kinderunfall als unabwendbares Ereignis) und OLG Oldenburg, Urt. v. 04.11.2004 – 1 U 73/04, ZGS 2005, 33 (zum neuen Recht: keine höhere Gewalt bei Kinderunfall).

165 OLG Hamm, Urt. v. 23.03.1998 – 6 U 210/97, NZV 1998, 409; OLG Hamm, Urt. v. 02.02.2000 – 13 U 155/99, NZV 2001, 171; KG, Urt. v. 21.05.2001 – 12 U 3372/00, KGR 2002, 5; OLG Köln, Urt. v. 30.01.2004 – 19 U 74/03, VersR 2005, 851.

166 BGBl. I, S. 145 zuletzt geändert am 19.07.2002 (BGBl. I, S. 2674).

167 So hat OLG Karlsruhe, Urt. v. 01.02.2010 – 1 U 137/09, MDR 2010, 747 eine Haftung nach § 2 HaftPflG für einen hochgeschleuderten Gullydeckel bejaht.

168 Filthaut, Haftpflichtgesetz, Einl. Rn. 1.

169 Gesetz betreffend die Verbindlichkeit zum Schadensersatz für die bei Betrieb von Eisenbahnen, Bergwerken usw. herbeigeführten Tötungen und Körperverletzungen (RHG) v. 07.06.1871 (RGBl., S. 207).

170 BT-Drucks. 14/7752, S. 30.

171 Filthaut, Haftpflichtgesetz, § 1 Rn. 158. S. a. OLG Hamm, Urt. v. 06.10.2003 – 6 U 102/03, NZV 2005, 41: höhere Gewalt bejaht für die Deutsche Bahn AG bei Verletzung eines Fahrgastes auf einem Bahnsteig durch einen durch die Luft geschleuderten leblosen Körper eines Selbstmörders.

172 Filthaut, Haftpflichtgesetz, § 1 Rn. 160.

Ebenso wie im Straßenverkehrsrecht hat man es im Zuge der durch das 2. Schadensersatzrechtsänderungsgesetz erfolgten Anpassungen für sachgerecht gehalten, den Ausschlussgrund des unabwendbaren Ereignisses auch im Haftpflichtrecht jedenfalls für den Innenausgleich mehrerer Schädiger fortbestehen zu lassen. Um die schon nach der alten Gesetzesfassung angestrebte haftungsrechtliche Gleichbehandlung von Kfz und Bahnen, die im Verkehrsraum einer öffentlichen Straße betrieben werden, beizubehalten, wurde daher § 13 HaftpflG parallel zum neuen § 17 StVG neu gefasst.

e) Luftverkehr

106 Schäden, die durch den Luftverkehr entstehen, werden nach dem Luftverkehrsgesetz (LuftVG) v. 27.03.1999[173] ersetzt. Das LuftVG unterscheidet hierbei zwischen der Haftung für Personen und Sachen, die nicht im Luftfahrzeug transportiert wurden (§§ 33 bis 43 LuftVG) und der Haftung aus dem Beförderungsvertrag (§§ 44 bis 52 LuftVG). Im ersteren Fall besteht nach § 33 LuftVG eine Gefährdungshaftung des Halters. Diese ist ähnlich der Halterhaftung nach dem StVG ausgestaltet; insb. gilt die Haftung für alle Schäden »bei dem Betrieb« des Luftfahrzeuges, und die Haftung für die Nutzung durch einen unberechtigten Dritten ist auf den Fall beschränkt, dass die Benutzung durch Verschulden des Halters ermöglicht wurde (§ 33 Abs. 2 LuftVG). Eine wichtige Sondernorm findet sich in § 40 LuftVG, wonach der Ersatzberechtigte die sich nach dem LuftVG ergebenden Rechte verliert, wenn er dem Ersatzpflichtigen den Unfall nicht spätestens 3 Monate, nachdem er von dem Schaden und der Person des Ersatzpflichtigen Kenntnis erlangt hat, anzeigt. Daneben bleibt eine Haftung nach allgemeinem Deliktsrecht bestehen, vgl. § 42 LuftVG. Nach § 36 LuftVG ist nunmehr auch hier eine Haftung für immaterielle Schäden möglich.

Für Schäden, die **Fluggästen** entstehen, gilt § 33 LuftVG nicht (§ 33 Abs. 1 Satz 2 LuftVG). Vielmehr ergibt sich die Haftung des Luftfrachtführers aus § 44 LuftVG. **Der Haftungsumfang** ist ebenfalls durch § 36 LuftVG geregelt, auf den § 47 LuftVG verweist.

Allerdings handelt es sich systematisch nicht um einen Fall der Gefährdungshaftung, sondern lediglich um eine **Haftung für vermutetes Eigenverschulden**; nach § 45 LuftVG tritt nämlich die Haftung nach § 44 LuftVG nicht ein, wenn der Luftfrachtführer beweist, dass er und seine Leute alle erforderlichen Maßnahmen zur Verhütung des Schadens getroffen haben oder dass sie diese Maßnahmen nicht treffen konnten. Eine Haftung nach allgemeinen Vorschriften ist nach § 48 LuftVG nur möglich, wenn der Luftfrachtführer oder einer seiner Leute den Schaden in Ausführung ihrer Verrichtungen vorsätzlich oder grob fahrlässig verursacht hat.

Diese Vorschriften, mitsamt ihrer Unterscheidung in Passagier- und sonstige Schäden, gelten im Wesentlichen auch für militärische Luftfahrzeuge (§§ 53, 54 LuftVG). Für alle Klagen aus dem LuftVG ist auch das Gericht des Unfallorts zuständig, sowie – im Fall des § 44 LuftVG – das Gericht des Zielorts, vgl. § 56 Abs. 1, 2 LuftVG. Für den (häufigen) internationalen Flugverkehr gelten Sonderregeln durch internationale Verträge (§ 51 LuftVG).[174] Hier sind insb. zu nennen das Montrealer Übereinkommen, die EG-Verordnung Nr. 889/2002 und das Gesetz zur Harmonisierung des Haftungsrechts im Luftverkehr, die zum 28.06.2004 in Kraft getreten sind. Ab dem 30.04.2005 traten die EG-Verordnung Nr. 785/2004 über Versicherungsanforderungen an Luftfahrtunternehmen und Luftfahrzeugbetreiber und das Gesetz zur Anpassung luftversicherungsrechtlicher Vorschriften in Kraft. Die EG-Verordnung vereinheitlicht die Anforderungen an die Versicherung für die Haftung von Luftfahrtunternehmen und Luftfahrzeugbetreibern europaweit; das Gesetz schließt einzelne Deckungs- und

173 Neugefasst durch Bekanntmachung vom 10.05.2007 (BGBl. I, S. 698), zuletzt geändert am 05.08.2010 (BGBl. I, S. 1126).

174 Im Bereich vertraglicher Haftung des Luftfrachtführers in der Hauptsache das sog. Warschauer Abkommen (WA), aber neuerdings auch das Montrealer Übereinkommen (MÜ).

Regelungslücken, die die Verordnung offenlässt. Außerdem wurden die Haftungshöchstgrenzen angepasst. Nach der Rechtsprechung des EuGH ist zudem der Ersatz eines immateriellen Nachteiles auch als »weitergehender Schadensersatz« nach Art. 12 VO 261/2004 über Ausgleichs- und Unterstützungsleistungen für Fluggäste im Fall der **Nichtbeförderung** und bei **Annullierung** oder großer Verspätung von Flügen möglich, wenn internationales oder nationales Recht einen solchen Schadensersatz vorsehen.[175]

f) Gentechnik

107 Wegen der mit besonderen Risiken behafteten Gentechnik wurde auch in diesem Bereich die herkömmliche Verschuldenshaftung durch eine **verschuldensunabhängige Gefährdungshaftung** ersetzt. Nach § 32 Abs. 1 des Gesetzes zur Regelung der Gentechnik (GenTG) v. 16.12.1993[176] ist der Betreiber einer gentechnischen Anlage zum Schadensersatz verpflichtet, wenn infolge der Eigenschaften eines Organismus, die auf gentechnischen Arbeiten beruhen, jemand verletzt oder getötet oder eine Sache beschädigt wird. Diese Begriffe sind legaldefiniert (§ 3 GenTG). Nach der entsprechenden Klarstellung in § 32 Abs. 5 GenTG kann wiederum auch »wegen des Schadens, der nicht Vermögensschaden ist, ... eine billige Entschädigung in Geld gefordert werden«.

Wegen der Besonderheiten im Umgang mit lebendem Material ist in § 34 GenTG eine Beweiserleichterung für die Kausalität vorgesehen: Ist der Schaden durch gentechnisch veränderte Organismen verursacht worden, wird vermutet, dass er durch Eigenschaften dieser Organismen verursacht wurde, die auf gentechnischen Arbeiten beruhen. Der Betreiber der Anlage kann diese Vermutung allerdings entkräften, wenn »wahrscheinlich« ist, dass der Schaden auf anderen Eigenschaften dieser Organismen beruht; auf eine überwiegende Wahrscheinlichkeit oder gar Gewissheit kommt es nicht an, vgl. § 34 Abs. 2 GenTG.

Interessant ist – gerade vor dem Hintergrund dessen, dass eine wesentliche Reform durch das 2. Schadensersatzrechtsänderungsgesetz darin bestand, einen Auskunftsanspruch im AMG zu begründen – § 35 GenTG. Nach dieser Norm hatte der Geschädigte nämlich schon nach bisherigem Recht im Bereich der Genschäden einen Auskunftsanspruch gegen den Anlagenbetreiber, wenn Tatsachen vorlagen, die die Annahme begründeten, dass ein Personen- oder Sachschaden auf gentechnischen Arbeiten eines Betreibers beruht. § 35 Abs. 2 GenTG dehnt diesen Anspruch auf Behörden und ihre Unterlagen aus dem Genehmigungsverfahren aus. Schon die amtliche Begründung des GenTG verwies auf die Beweisführung des Geschädigten, die anderenfalls schwer bis unmöglich sei.

Beide Varianten eines solchen Auskunftsanspruchs sind nunmehr nahezu wortgleich in den neuen § 84a AMG aufgenommen worden.[177] Auch die Begründung – schwere Beweislage des Geschädigten – ähnelt der aus dem GenTG. Es steht zu erwarten, dass – wenn ihr Gefahrenpotenzial ähnlich hoch eingeschätzt wird – auch noch andere Spezialgesetze um ähnliche Haftungs-, Auskunfts- und Beweislastregeln ergänzt werden dürften.

g) Produkthaftung

108 Das Produkthaftungsgesetz (ProdHaftG),[178] welches auf der EG-Produkthaftungsrichtlinie von 1985 beruht, trat am 01.01.1990 in Kraft und schuf erstmals eine verschuldensunabhängige Haftung für Schäden durch fehlerhafte Produkte. Vor Inkrafttreten dieses Gesetzes

175 EuGH, Urt. v. 13.10.2011 – C-83/10, NJW 2011, 3776.

176 BGBl. I, S. 2066, zuletzt geändert am 09.12.2010 (BGBl. I, S. 1934).

177 Dazu ausführlich Jaeger/Luckey, Rn. 376.

178 Gesetz v. 15.12.1989 (BGBl. I, S. 2198), zuletzt geändert am 19.07.2002 (BGBl. I, S. 2674).

behalf man sich mit Beweiserleichterungen bei der verschuldensabhängigen Haftung nach § 823 BGB (Produzentenhaftung).[179]

Auch nach Inkrafttreten des ProdHaftG blieb die richterrechtlich geprägte **Produzentenhaftung** aktuell. Die Unterschiede in der Anwendung, insb. die Eigenbeteiligung nach § 11 ProdHaftG, die Haftungshöchstbegrenzung nach § 10 ProdHaftG sowie die nach altem Recht fehlende Möglichkeit, über das ProdHaftG Schmerzensgeldansprüche zu begründen, führten in den meisten Fällen zu einer Prüfung beider Anspruchsgrundlagen in Produkthaftungsfällen, was nach dem Gesetz ausdrücklich zugelassen war (§ 15 Abs. 2 ProdHaftG).

Das ProdHaftG ersetzt Schäden, die durch fehlerhafte Produkte an Leib, Leben, Gesundheit und fremden Sachen entstehen, vgl. § 1 Abs. 1 ProdHaftG. Das »Produkt« ist legaldefiniert in § 2 ProdHaftG als jede bewegliche Sache, auch wenn sie einen Teil einer anderen beweglichen oder unbeweglichen Sache bildet, sowie Elektrizität. Ein Fehler, § 3 ProdHaftG, liegt vor, wenn das Produkt unter Berücksichtigung aller Umstände, insb. Darbietung und bestimmungsgemäßen Gebrauchs, nicht die Gewähr für die erforderliche Sicherheit bietet.[180] Damit haftet der Hersteller, anders als bei Delikt, auch für unvorhersehbare »Ausreißer«. Eine der ersten Entscheidungen, die nach neuem Recht einen Schmerzensgeldanspruch aus §§ 1, 8 ProdHaftG annahm, befasste sich mit einem solchem Ausreißer, nämlich einem Spaten, der bei erstmaligem Gebrauch am Stiel durchbrach und absplitterte, wodurch sich der Kläger am Auge verletzte.[181] Ähnliche Fallgruppen können Verletzungen durch unzureichende Absicherungen des Produktes[182] oder Fabrikationsfehler[183] betreffen, etwa ein Schmerzensgeld wegen der Verwendung eines bruchgefährdeten Hüftimplantats bei einer Hüftoperation.[184] Ebenfalls zu Schmerzensgeldansprüchen führen Verletzungen aufgrund fehlerhafter Airbags.[185] Bloß veraltete Produkte sind allerdings nicht allein schon deshalb fehlerhaft, vgl. § 3 Abs. 2 ProdHaftG. Auch ist ein von der Bäckerei verkaufter »Kirschtaler« nicht schon produktfehlerhaft, wenn er einen Kirschkern enthält, an welchem sich der Kunde einen Zahn abbeißt; der BGH[186] verweist darauf, dass es sich nicht mit zumutbarem Aufwand vermeiden ließe, dass Steinobstprodukte auch Rest der Steine enthielten. Eine völlige Gefahrlosigkeit könne der Kunde daher nicht erwarten.

---

179 Hierzu ausführlich Jaeger/Luckey, Rn. 125 bis 128; vgl. die Übersicht von Katzenmeier, JuS 2003, 943 ff.

180 Zur oft diskutierten Haftung für Lebensmittel oder Zigaretten vgl. OLG Hamm, Beschl. v. 14.02.2001 – 9 W 23/00, MDR 2001, 690 = NJW 2001, 1654 (Alkohol); OLG Hamm, Beschl. v. 04.06.2004 – 3 U 16/04, NJW 2005, 295 (Zigaretten); LG Bonn, Urt. v. 19.04.2004 – 9 O 603/03, StoffR 2004, 142 (Süßigkeiten, bestätigt durch OLG Köln, Urt. v. 07.09.2005 – 27 U 12/04, NJW 2005, 3292); Merten, VersR 2005, 465 (Zigaretten).

181 LG Dortmund, Urt. v. 15.10.2004 – 3 O 292/03, NJW-RR 2005, 678 = NZV 2005, 375. Der Einwand des Herstellers, die DIN-Vorschriften seien beachtet worden, war daher unbeachtlich. Vergleichbar auch OLG München, Urt. v. 11.01.2011 – 5 U 3158/10, MDR 2011, 540: Haftung für Explosion einer Piccolo-Flasche.

182 BGH, Urt. v. 28.03.2006 – VI ZR 46/05, NJW 2006, 1589 = VersR 2006, 710: Keine Absicherungen des Schneideblattes einer Tapetenkleistermaschine.

183 Etwa LG Wiesbaden, Urt. v. 20.03.2006 – 7 O 55/05, unveröffentlicht: Rückschlag des Pistolenschlittens einer Waffe verletzt den Schießenden im Gesicht.

184 LG Berlin, Urt. v. 09.12.2008 – 5 O 467/07, unveröffentlicht.

185 BGH, Urt. v. 16.06.2009 – VI ZR 107/08, VersR 2009, 1125 = NJW 2009, 2952.

186 BGH, Urt. v. 17.03.2009 – VI ZR 176/08, VersR 2009, 649 = NJW 2009, 1669 = MDR 2009, 627.

109

► Praxistipp:

Folgende Punkte sind allerdings vom ProdHaftG auch weiterhin nicht erfasst und können nur über die deliktische Produzentenhaftung aus § 823 BGB entschädigt werden:[187]
- Ersatzansprüche generell für die ersten 500,00 € (ausgeschlossen nach § 11 ProdHaftG) und
- Ansprüche oberhalb der Haftungshöchstgrenzen sowie
- Ersatzansprüche wegen Verletzung der Produktbeobachtungspflicht (nicht geregelt im ProdHaftG).

Die Ansprüche aus Produkthaftung (§ 1 ProdHaftG) und die allgemeine deliktische Haftung nach § 823 BGB können zudem ein unterschiedliches Verjährungsschicksal erleiden. Zwar ist die allgemeine Produzentenhaftung, die maßgeblich von richterrechtlich entwickelten Beweiserleichterungen geprägt war, seit Inkrafttreten des Produkthaftungsgesetzes etwas in den Hintergrund gerückt, und die Verjährung ist auf den ersten Blick vergleichbar (§ 12 ProdHaftG ordnet ebenfalls eine dreijährige Verjährung an, für die »im übrigen« (Absatz 3) die Vorschriften des BGB gelten). Gleichwohl bestehen gravierende Unterschiede:

So beginnt die Regelverjährung des BGB (neben weiteren Voraussetzungen) erst im Schluss des Jahres, in dem der Anspruch entstanden ist, § 199 Abs. 1 BGB. Die Verjährung nach § 12 ProdHaftG beginnt aber »taggenau«. Zudem genügt leicht fahrlässige Unkenntnis für den Verjährungsbeginn nach § 12 ProdHaftG – anders § 199 BGB, bei dem erst grobe Fahrlässigkeit schadet.

Auch die Hemmung durch Verhandlungen, die in beiden Fällen denkbar ist (§ 203 BGB, § 12 Abs. 2 ProdHaftG), unterscheidet sich im Zeitpunkt der Beendigung, die nach § 12 Abs. 2 ProdHaftG wieder »taggenau« eintritt, wohingegen § 203 BGB noch eine »Ablauffrist« von drei Monaten gewährt.

h) Umweltrecht

110

Das Umwelthaftungsgesetz (UmweltHaftG) v. 10.12.1990[188] enthält, anders als der Name es nahe legt, nicht ein umfassendes Restitutionssystem für Schäden, die durch beeinträchtigende Umwelteinwirkungen herbeigeführt werden, sondern normiert in § 1 einen bereichsspezifischen Haftungstatbestand für bestimmte, für die Umwelt besonders gefährliche Anlagen, die in einer Anlage zum Gesetz aufgeführt sind.

Diese Anlage orientiert sich an den Anlagen des Anhanges 1 der Verordnung über genehmigungsbedürftige Anlagen (4. BImSchV v. 24.07.1985, i. d. F. der Neubekanntmachung v. 14.03.1997). Insoweit kann das UmweltHaftG als Ausweitung und Differenzierung der Haftung nach § 14 Satz 2 BImSchG verstanden werden. Es bestehen jedoch auch Abweichungen; so sind die meisten Anlagen der Spalte 2 der 4. BImSchV nicht erfasst, weil diese »nicht das erforderliche Gefährdungspotenzial«[189] haben. Dies betrifft v. a. Anlagen, die wegen Geräusch- und Geruchsimmissionen dem immissionsschutzrechtlichen Genehmigungserfordernis unterworfen sind, da von diesen i. d. R. zwar (z. T. erhebliche) Belästigungen, aber eben nicht erhebliche Nachteile oder gar Gefahren ausgehen. Zusätzlich aufgenommen in die Anlage zum UmweltHaftG sind hingegen bestimmte Abfallanlagen und Atomanlagen hinsichtlich der nicht nuklearen Risiken (ansonsten gilt das AtomG). Zu den Ansprüchen aus dem UmweltHaftG gehört, auch hier wiederum ausdrücklich klargestellt, das Schmerzensgeld (§ 13 UmweltHaftG).

187 Zu den Lücken eines Sachschadensersatzes nach ProdHaftG vgl. Jaeger/Luckey, Rn. 130.

188 BGBl. I, S. 2634, zuletzt geändert am 23.11.2007 (BGBl. I, S. 2631).

189 So die Gesetzesbegründung, BT-Drucks. 1/7104, S. 16.

Gleiches regelt § 29 AtomG für Ansprüche nach dem AtomG. Im Bereich dieser Spezialmaterie gilt es allerdings zu beachten, dass das AtomG v. 15.07.1985[190] in seinen §§ 25 ff. AtomG die Haftung für atomare Schädigung nur unvollständig regelt. Die enge internationale Verflechtung bei der technischen und wirtschaftlichen Entwicklung der Kernenergienutzung sowie die Möglichkeit grenzüberschreitender Wirkungen potenzieller Schadensereignisse haben frühzeitig zu internationalen Lösungsansätzen in der Haftungsfrage geführt. Grundlegend hierbei ist das Pariser Übereinkommen v. 01.04.1968, in Kraft in Deutschland seit dem 30.09.1975.[191] Bedingt dadurch, dass das Atomhaftungsrecht naturgemäß mit dem allgemeinen Haftungsrecht der Mitgliedstaaten verflochten ist, konnte das Übereinkommen nur ein Gerüst von Grundsätzen der materiellen Haftungs- und Entschädigungsregelung sowie den Gerichtsstand und das anzuwendende materielle Recht vereinheitlichen. Die Ergänzung und Ausführung bleibt dem nationalen Recht vorbehalten, in Deutschland den ergänzend zum Pariser Übereinkommen geltenden §§ 25 ff. AtomG. I. R. d. EG wurde darüber hinaus das sog. Brüsseler Zusatzübereinkommen abgeschlossen, welches, ohne unmittelbar in die Rechtsbeziehungen zwischen Geschädigtem und Haftpflichtigem einzugreifen, zusätzliche völkerrechtliche Rechte und Pflichten für die Vertragsstaaten begründet.

i) Sonstiges

111 Weitere, in der Praxis seltenere Bereiche für Schmerzensgeldansprüche betreffen Ersatzansprüche des Bürgers in den Fällen des § 51 BGSG (Inanspruchnahme als Nichtstörer bei Aktionen des Bundesgrenzschutzes bzw. Schadensersatz bei rechtswidrigen Aktionen oder für »Unbeteiligte«), wofür § 52 Abs. 2 BGSG wiederum auf die Möglichkeit von »billiger Entschädigung« für immaterielle Beeinträchtigungen verweist, sowie Ansprüche nach dem damaligen Gesetz über die Abgeltung von Besatzungsschäden[192] (dort § 20).

V. Öffentlich-rechtliche Ersatzansprüche

112 Schmerzensgeldansprüche des Bürgers gegen den Staat sind nicht nur i. R. d. Amtshaftung, vgl. Art. 34 GG i. V. m. § 839 BGB, denkbar. So bejaht die Rechtsprechung etwa Amtshaftungsansprüche gegen das Jugendamt, wenn das Pflegekind in der Pflegefamilie misshandelt wird und das Amt seine Kontrollpflicht verletzt.[193] Durch die Stellung von § 253 Abs. 2 BGB im allgemeinen Schadensrecht können nun auch sonstige Schadensersatzansprüche aus dem Bereich öffentlich-rechtlicher Staatshaftung auf Schmerzensgeld gerichtet sein.

113 So ist im Bereich öffentlich-rechtlicher Sonderbeziehungen nunmehr ein Schmerzensgeldanspruch grds. denkbar.[194] Entsprechend der Beurteilung zu § 906 BGB[195] scheidet aber ein Schmerzensgeld aus § 14 Satz 2 BImSchG aus, da es sich hier nicht um einen echten Schadensersatzanspruch handelt.[196] Entsprechend dürfte auch aus allgemeiner Aufopferung kein Schmerzensgeld geschuldet sein.[197]

---

190 BGBl. I, S. 1565, zuletzt geändert am 31.07.2011 (BGBl. I, S. 1704).

191 Ratifizierungsgesetz v. 08.07.1975, BGBl. II, S. 957.

192 Gesetz v. 01.12.1955, BGBl. III, S. 624-1, aufgehoben durch Gesetz vom 08.05.2008 (BGBl. I, S. 810).

193 BGH, Urt. v. 21.10.2004 – III ZR 254/03.

194 Aus einer öffentlich-rechtlichen Sonderbeziehung können Ansprüche analog §§ 280 Abs. 1, 311a BGB hergeleitet werden.

195 S. o. Rdn. 39 und BGH, Urt. v. 23.07.2010 – V ZR 142/09, NJW 2010, 3160.

196 Müller, ZGS 2010, 538 (540).

197 Anders Dötsch, NVwZ 2003, 185 (186).

114 Die praktische Relevanz solcher Rechtsfiguren dürfte sich allerdings in Grenzen halten, zum einen, weil etwa im (denkbaren) Sonderbeziehungsverhältnis der Schule eine Haftung in aller Regel wegen §§ 104, 106 SGB VII ausgeschlossen ist,[198] zum anderen, weil die Aufopferung, soweit spezialgesetzlich normiert, Immaterialschadensersatz überwiegend ausschließt und damit die Anwendung des § 253 Abs. 2 BGB verhindert.[199]

C. Schmerzensgeldanspruch

I. Grundsatz: Kein Schmerzensgeld bei Bagatellverletzungen

115 Bei den in § 847 BGB a. F. beschriebenen Rechtsverletzungen kann der Verletzte eine *billige* Entschädigung in Geld verlangen. Die hier dem Richter aufgetragene Entscheidung bezieht sich also nur darauf, ob das begehrte Schmerzensgeld dem Umfang nach angemessen ist. Was den **Grund des Schmerzensgeldanspruchs** angeht, kommt es nicht auf die Schwere des Eingriffs und das Ausmaß des Körperschadens an; diese beiden Faktoren sind vielmehr nur für die **Bemessung des Schmerzensgeldes** von Bedeutung. Daraus wurde zunächst mit Recht gefolgert, dass ein Schmerzensgeld auch bei einem geringfügigen Eingriff gefordert werden könne, sofern dieser überhaupt zu einem immateriellen Schaden geführt hatte. Der Schmerzensgeldanspruch ist eben ein »gewöhnlicher Schadensersatzanspruch«.

116 Allerdings gibt es Fälle, in denen bereits eine Verletzung der in § 253 BGB genannten Rechtsgüter verneint werden muss. So hat das OLG Hamm[200] eine Haftung des Krankenhauses für eine ohne Einwilligung durchgeführte Obduktion ggü. Angehörigen verneint, weil die Angehörigen nicht in eigenen Rechten verletzt worden seien.

117 Für entgangene Hochzeitsfreuden gibt es ebenfalls kein Schmerzensgeld, wenn die Hochzeitsfeier unterbrochen werden muss, weil durch ein Feuerwerk mehrere Hochzeitsgäste verletzt wurden.[201]

118 Auch das Kitzeln unter Kindern stellt grds. keine Körperverletzung dar.[202] Reagiert ein Kind durch das Kitzeln eines anderen derart heftig, dass es sich beim Stoß gegen eine scharfe Kante eine Risswunde im Gesicht zuzieht und einen Unfallschock erleidet, gehört die Reaktion als solche zum kindlichen Spiel.

119 Getreu dem Grundsatz »*minima non curat praetor*« (der Richter kümmert sich nicht um Kleinigkeiten) hat die Rechtsprechung eine Einschränkung für sog. **Bagatellschäden**[203] gemacht und aus dem Anwendungsbereich der Körper- und Gesundheitsverletzungen diejenigen ausgenommen, die als völlig unerheblich zu werten sind, d. h. solche, die das körperliche Wohlbefinden nur ganz vorübergehend und in ganz unbedeutendem Umfang beeinträchtigen. Nicht zu Unrecht weist Müller[204] aber darauf hin, dass de lege lata auch leichte Verletzungen nicht von der Entschädigungspflicht ausgenommen werden können.[205] Auch das 2. Gesetz zur Änderung schadensersatzrechtlicher Vorschriften hat die geplante Regelung, ein Schmerzensgeld für Bagatellschäden gesetzlich zu versagen, nicht verwirklicht. Der Rechtsausschuss hat diese Regelung in der letzten Beratung gestrichen, weil die Rechtsprechung für

198 Dötsch, NVwZ 2003, 185 (186).
199 Etwa §§ 40 Abs. 1 OBG NW, 67 PolG NW.
200 OLG Hamm, Urt. v. 14.01.2004 – 3 U 158/03, unveröffentlicht.
201 OLG Brandenburg, Hinweisbeschl. v. 15.03.2004 – 7 U 8/04, NJW-RR 2005, 253.
202 AG Prüm, Urt. v. 19.01.2005 – 6 C 381/04, NZV 2005, 373 = NJW-RR 2005, 534.
203 Vgl. oben Einleitung Rdn. 21 und Fn. 42.
204 Müller, VersR 1993, 909 (910); vgl. aber auch Müller, VersR 2003, 1 (3 f.).
205 BGH, Urt. v. 14.01.1992 – VI ZR 120/91, VersR 1992, 504 = NJW 1992, 1043.

Bagatellverletzungen ohnehin kein Schmerzensgeld zuerkenne, sodass es einer gesetzlichen Regelung nicht bedürfe. Es bleibt daher dabei, dass Rechtsprechung und Rechtslehre für eine Abgrenzung sorgen müssen.

120 Soergel/Zeuner[206] formulieren dies so, dass sie ein Schmerzensgeld versagen wollen, wenn die Beeinträchtigungen nicht über das im Zusammenleben Alltägliche und Übliche hinausgehen.

121 Der BGH[207] hat für § 847 a. F. BGB die Auffassung vertreten, dass der Mensch, v. a. im Zusammenleben mit anderen, vielfältigen Beeinträchtigungen seiner Befindlichkeit ausgesetzt sei und daran gewöhnt werde, sich von ihnen möglichst nicht nachhaltig beeindrucken zu lassen. Werde diese Schwelle im konkreten Fall von der erlittenen Beeinträchtigung, vornehmlich wegen ihres geringen, nur vorübergehenden Einflusses auf das Allgemeinbefinden, nicht überschritten, dann könne es schon an einer Grundlage für die geldliche Bewertung eines Ausgleichsbedürfnisses fehlen. Auch in solchen Fällen ein Schmerzensgeld festzusetzen, das in den immateriellen Nachteilen keine Entsprechung fände, verlange § 847 BGB a. F. nicht.

122 Das kann allerdings zu **schwierigen Abgrenzungsfragen** führen.[208] Reichen bspw. drei Ohrfeigen ggü. einem undisziplinierten Schüler für einen Schmerzensgeldanspruch aus?[209] Ist das Spucken in das Gesicht eines Polizisten eine Körperverletzung, die einen Schmerzensgeldanspruch auslöst?[210] Das LG Oldenburg[211] hat die Ansicht vertreten, dass die Beleidigung eines Polizeibeamten durch einen alkoholisierten Radfahrer (1,49%0) nicht die Verurteilung zur Zahlung eines Schmerzensgeldes gebiete, insbesondere wenn eine Genugtuung durch einen Strafbefehl erfolgt sei.

123 Verneint wurde ein Schmerzensgeld[212] bei:

– einer 1 cm langen Platzwunde, die die Klägerin erlitt, als sie sich in einer unwillkürlichen Schreckreaktion auf NATO-Tiefflieger auf die Wiese warf,[213]
– einer geringfügigen Hautabschürfungen am Unterarm,[214]
– Schürfverletzungen am Kopf,[215]
– Prellungen und Stauchung des Oberarms mit Arbeitsunfähigkeit für 2 Wochen,[216]
– Prellung an der Wange,[217]

---

206 Soergel/Siebert/Zeuner, BGB, § 847 Rn. 27.

207 BGH, Urt. v. 14.01.1992 – VI ZR 120/91, VersR 1992, 504 = NJW 1992, 1043.

208 S. dazu RGRK/Kreft, BGB, 12. Aufl. 1989, § 847 Rn. 22; einige Beispiele dazu auch bei Palandt/Grüneberg, § 253 Rn. 14.

209 Verneinend LG Hanau, Urt. v. 12.12.1990 – 4 O 1184/90, NJW 1991, 2028 bei Mitverschulden des Verletzten; vgl. RGRK/Kreft, BGB, 12. Aufl. 1989, § 847 Rn. 22.

210 Das LG Münster, Urt. v. 29.08.2002 – 8 S 210/02, NJW-RR 2002, 1677, hat ein Schmerzensgeld i. H. v. 250,00 € zuerkannt. Das Gericht wertete das Anspucken als Körperverletzung, die – wenngleich mehr als eine Bagatelle – nicht schwerwiegend gewesen sei. Die zusätzlich erfolgten Beleidigungen blieben entschädigungslos, da es sich nicht um einen schwerwiegenden Eingriff in die Persönlichkeit gehandelt habe und der Geschädigte zudem im Wesentlichen in seiner Funktion als Polizist und nicht persönlich beleidigt worden sei.

211 LG Oldenburg, Hinweisbeschl. v. 07.02.2013 – 5 S 595/12, NJW-RR 2013, 927.

212 RGRK/Kreft, BGB, 12. Aufl. 1989, § 847 Rn. 22 m. w. N.

213 BGH, Urt. v. 27.05.1993 – III ZR 59/92, NJW 1993, 2173; der BGH bezeichnete die Verletzung sehr plastisch als eine entschädigungslos hinzunehmende Bagatellverletzung.

214 OLG Celle, Urt. v. 22.03.1973 – 5 U 154/72, VersR 1973, 717; KG, Urt. v. 04.07.1974 – 12 U 371/74, VersR 1975, 51; KG, Urt. v. 21.11.1977 – 12 U 2094/77, VersR 1978, 569; OLG Celle, Urt. v. 24.01.1980 – 5 U 279/78, VersR 1980, 358.

215 OLG München, Urt. v. 16.03.1978 – 24 U 934/77, VersR 1979, 726.

216 LG Aachen, Urt. v. 26.11.1976 – 3 S 27/76, VersR 1977, 1059 (1060).

217 AG München, Urt. v. 09.10.1979 – 27 C 2171/79, VersR 1980, 567.

- Übelkeit für einen Tag mit mehrfachem Erbrechen nach einem Auffahrunfall,[218]
- einer Woche Kopfschmerzen, Angstzuständen, Schlaflosigkeit,[219]
- leichter Zerrung der Nackenmuskulatur, eine Woche Beschwerden,[220]
- einem geringen Druckschmerz im Bereich einer Hand und einer oberflächlichen Schürfung am Oberschenkel ohne Bewegungseinschränkung des Kniegelenks.[221]

124 Andererseits wurden auch für Hautabschürfungen und Prellungen Schmerzensgelder zuerkannt, deren Höhe nur schwer nachvollziehbar ist. So sprach das OLG Hamm[222] einer Frau, der nur eine Quote von 25 % zustand, ein Schmerzensgeld i. H. v. 100,00 € zu, weil diese Hautabschürfungen und Prellungen erlitten hatte, über deren Umfang keine Feststellungen mitgeteilt werden. Das OLG Naumburg[223] gewährte ein Schmerzensgeld von 250,00 € für eine bei einem Verkehrsunfall erlittene Schädelprellung eines 3 Jahre alten Kindes. Eine Schädelprellung sei von der Intensität her keine ganz unbedeutende Verletzung und löse nicht unerhebliche Schmerzen aus, die durch Angst und Schrecken nach einem Verkehrsunfall noch verstärkt würden.

125 Für einen Schlag mit der flachen Hand ins Gesicht gab es ein Schmerzensgeld von 250,00 €,[224] obwohl mit einer solche Ohrfeige eher die Ehre gekränkt, als der Körper verletzt wird.

126 Nicht als Bagatelle wurde eine Körperverletzung angesehen, die dadurch verursacht wurde, dass ein Bahnreisender auf einer längeren ICE-Fahrt 2 Std. lang die Toilette nicht benutzen konnte,[225] was mit den davon ausgehenden präventiven Wirkungen zulasten eines Großunternehmens zu erklären sein dürfte und ein Schmerzensgeld i. H. v. 300,00 € auslöste.[226]

127 Unabhängig davon, welche Verletzungen als Bagatellverletzungen anzusehen sind und in welchen Fällen ein Schmerzensgeld zu verneinen sein soll, muss ein Schmerzensgeld immer dann zugesprochen werden, wenn der Tatbestand des § 253 BGB erfüllt ist, wenn eine Körper- oder Gesundheitsverletzung vorliegt und es der Billigkeit entspricht, ein Schmerzensgeld zu gewähren.[227]

II. Kapital oder Rente

128 Nach der Rechtsprechung ist regelmäßig ein Kapitalbetrag geschuldet. Daneben kann – aber nur bei entsprechendem **Antrag des Klägers** – ein Teil des Schmerzensgeldes als Rente gewährt werden. Der BGH hat es jedenfalls im Berufungsrechtszug für nicht zulässig erachtet, ohne entsprechenden Antrag des Klägers eine Aufteilung des Schmerzensgeldes in Kapital und Rente vorzunehmen.[228]

---

218 OLG Hamm, Urt. v. 30.08.2000 – 13 U 8/00, SP 2001, 14.

219 AG Frankfurt an der Oder, Urt. v. 05.04.2002 – 2.5 C 1492/01, SP 2002, 385, denn unter Kopfschmerzen leide ein großer Teil der Bevölkerung, dies seien Alltagsleiden.

220 AG Schwerin, Urt. v. 08.11.2000 – 13 C 2145/99, SP 2001, 414.

221 OLG Frankfurt am Main, Urt. v. 07.02.2005 – 1 U 223/04, OLGR 2006, 13 (14).

222 OLG Hamm, Urt. v. 10.11.1992 – 9 U 17/92, VersR 1994, 18 (19).

223 OLG Naumburg, Urt. v. 12.12.2008 – 6 U 106/08, VersR 2009, 373.

224 AG Eisenhüttenstadt, Urt. v. 18.06.2001 – 6 C 49/01, unveröffentlicht.

225 AG Frankfurt an der Oder, Urt. v. 25.04.2002 – 32 C 261/01, NJW 2002, 2253 = RRa 2002, 181.

226 Dauner-Lieb/Langen/Huber, AK-Schuldrecht, § 253 Rn. 62.

227 BGH, Urt. v. 14.01.1992 – VI ZR 120/91, VersR 1992, 504 = MDR 1992, 349 = NJW 1992, 1043; vgl. Henke, S. 2: Die Billigkeit, nach der sich die Höhe des Schmerzensgeldes bestimmt, ist wirklich als ganz freie Gerechtigkeit des Einzelfalles aufzufassen, sie entspricht dem lateinischen Begriff der aequitas und dem deutschen Sprichwort: Was dem einen recht ist, ist dem anderen billig. Billigkeit erfordert in gleichen Sachen gleiches Recht.

228 Diederichsen, VersR 2005, 433 (441).

129 Eine **Schmerzensgeldrente kommt neben einem Kapitalbetrag i. d. R. nur bei schweren**[229] **oder schwersten Dauerschäden** in Betracht.[230] Eine Schmerzensgeldrente wird nur gewährt, wenn die Beeinträchtigungen des Verletzten sich immer wieder erneuern und immer wieder als schmerzlich empfunden werden.[231] Eine Rente entspricht dem »Zeitmoment des Leidens« am ehesten. Solange der Verletzte unter den Verletzungen leidet, soll er eine immer wiederkehrende Entschädigung für immer wiederkehrende Lebensbeeinträchtigungen erhalten.[232]

130 Was unter schweren und schwersten Dauerschäden zu verstehen ist, wird nicht recht deutlich. Der BGH hat den Verlust des Geruchs- und Geschmacksinns genügen lassen,[233] was angesichts der vom BGH als nicht angemessen bezeichneten Höhe des Schmerzensgeldes von 46.000,00 € (zu reichlich) für eine 16 Jahre junge Frau nicht recht nachvollziehbar ist.

131 Die Gewährung von Schmerzensgeldrenten i. H. v. **25,00 € – 50,00 € monatlich** wird von der Rechtsprechung mehrheitlich abgelehnt und dürfte auch dem Zweck des Schmerzensgeldes, einen spürbaren Ausgleich für entgangene Lebensfreude zu ermöglichen, nicht gerecht werden.[234] Monatliche Renten von 50,00 € widersprechen der Grunderwägung für die Zubilligung einer Rente überhaupt.[235] Die Auszahlung des vollen Kapitalbetrages ist dann vorzuziehen.

132 Eine gewisse Richtgröße, von der an eine Rente anzusetzen sein kann, kann der kapitalisierte Betrag von 100.000,00 € sein.[236] Es kann auch an eine Grenze bei einer dauerhaften MdE von mindestens 40 % gedacht werden.

133 Eine Rente ist zu versagen, wenn der Verletzte während des Rechtsstreits stirbt. Dann steht den Erben nur ein Kapitalbetrag zu.[237]

134 Wiederholt wurde eine Schmerzensgeldrente verneint, weil als Voraussetzung **schwerste Schäden** gefordert würden[238] oder weil der Verletzte sich an die Verletzung gewöhnt habe.[239]

---

229 BGH, Urt. v. 08.06.1976 – VI ZR 216/74, MDR 1976, 1012 = VersR 1976, 967 (769); OLG Frankfurt am Main, Urt. v. 21.02.1991 – 12 U 42/90, VersR 1992, 621.

230 BGH, Urt. v. 15.03.1994 – VI ZR 44/93, NJW 1994, 1592; OLG Hamm, Urt. v. 09.02.1986 – 6 U 451/86, VersR 1990, 865; Scheffen-Pardey, Rn. 960; Diederichsen, VersR 2005, 433 (441).

231 BGH, Beschl. v. 06.07.1955 – GSZ 1/55, BGHZ 18, 149 (167) = VersR 1955, 615 = NJW 1955, 1675 = MDR 1956, 19 m. Anm. Pohle; BGH, Urt. v. 13.03.1959 – VI ZR 72/58, MDR 1959, 568; OLG Frankfurt am Main, Urt. v. 11.11.1982 – 3 U 13/80, VersR 1983, 545; OLG Frankfurt am Main, Urt. v. 21.02.1991 – 12 U 42/90, VersR 1992, 621. So auch: OLG Stuttgart, Urt. v. 04.01.2000 – 14 U 31/98, VersR 2001, 1560.

232 KG, Urt. v. 24.01.1978 – 9 U 2592/76, VersR 1979, 624.

233 BGH, Urt. v. 08.06.1976 – VI ZR 216/74, VersR 1976, 967 (968) = MDR 1976, 1012.

234 OLG Jena, Urt. v. 15.10.2002 – 8 U 164/02, SP 2002, 415; OLG Brandenburg, Urt. v. 09.02.2006 – 12 U 116/05, r+s 2006, 260; Slizyk, S. 111. Das OLG Nürnberg, Urt. v. 19.12.1996 – 8 U 1795/96, VersR 1997, 1540, sprach allerdings einem 16-jährigen Jungen ein Schmerzensgeld i. H. v. 22.500,00 € und zusätzlich eine monatliche Rente von 50,00 € zu.

235 Geigel/Pardey, 7. Kap. Rn. 20.

236 Geigel/Pardey, 7. Kap. Rn. 20.

237 OLG Köln, Urt. v. 09.01.2002 – 5 U 91/01, NJW-RR 2003, 308.

238 OLG Düsseldorf, Urt. v. 13.11.2000 – 1 U 12/00, SP 2001, 200; OLG Hamm, Urt. v. 12.02.2001 – 13 U 147/00, SP 2001, 267.

239 OLG Düsseldorf, Urt. v. 13.11.2000 – 1 U 12/00, SP 2001, 200. Sehr zweifelhaft auch OLG Brandenburg, Urt. v. 04.11.2010 – 12 U 35/10, NJW 2011, 2219, welches bei einer Vielzahl von neuropsychologischen Störungen nach einer Schädelverletzung eine Rente abgelehnt hat, weil der Kläger – zu 70 % schwerbehindert und unter Betreuung – »die Verrichtungen des täglichen Lebens ohne fremde Hilfe« bewältige und die Einschränkungen nicht »in einem Maß gravierend« empfände, was eine Rente rechtfertigte.

Diese Einschränkung ist nicht gerechtfertigt. Auch weniger extreme Verletzungen können immer wieder als schmerzlich empfunden werden. Möglicherweise beruht die Forderung nach »schwerster Verletzung« auf der Entscheidung des BGH v. 04.06.1996.[240] In dem dieser Entscheidung zugrunde liegenden Fall hatte die 10 Jahre alte Klägerin, die bei einem Unfall schwer verletzt worden war, neben einem Schmerzensgeldkapital eine Schmerzensgeldrente eingeklagt. Das LG hatte die Beklagten zur Zahlung von Kapital und Rente verurteilt, das OLG hatte der Klägerin lediglich ein Schmerzensgeldkapital zugesprochen, aber nicht auf eine Rente erkannt. Der BGH führt dann aus, dass die einmalige Kapitalzahlung der Normalfall sei; bei schwersten Dauerschäden komme indes eine Schmerzensgeldrente neben einem Kapitalbetrag in Betracht.[241] Möglicherweise handelt es sich um ein obiter dictum, weil die Klägerin ja schwerste Verletzungen erlitten hatte.

135 Eine Schmerzensgeldrente kann nicht mit der Begründung abgelehnt werden, der **Verletzte sei zu alt.**

In einem vom OLG Hamm[242] entschiedenen Fall wurde der Antrag der Klägerin, einen Teil des Schmerzensgeldes als Rente zuzuerkennen, wegen des Alters der Klägerin abgewiesen. Die 70 Jahre alte Klägerin erlitt bei einem Unfall, bei dem ihr Ehemann ums Leben kam (dadurch schwere Depressionen), ein Bauchtrauma, ein Thoraxtrauma, eine Lungenquetschung, Oberschenkel- und Gelenkfrakturen und -quetschungen. Als Dauerschaden verblieb eine starke Gehbehinderung. Ein solches Geschehen ist geradezu prädestiniert, eine Schmerzensgeldrente zuzubilligen. Die Entscheidung des OLG Hamm ist insoweit (und in der Höhe des Schmerzensgeldes von [nur] 45.000,00 €) unverständlich.

136 Die Rente neben einem Schmerzensgeldkapital darf auch nicht zu niedrig ausfallen.

Das OLG Oldenburg[243] griff daneben, als es einem 33 Jahre alten Mann neben einem Schmerzensgeldkapital von 120.000,00 € eine monatliche Schmerzensgeldrente von nur 150,00 € zubilligte, die einen Kapitalwert von rund 30.000,00 € hat.

Der Kläger hatte bei einem Verkehrsunfall schwere Schädelverletzungen davongetragen. Aus einem jungen Mann, der voll im Leben stand, Fußball spielte, jung verheiratet war und gerade erst ein Haus gebaut hatte, war ein Proband geworden, der der ständigen Beaufsichtigung und Pflege bedurfte. Potenz und Libido waren erloschen, sodass er ständig fürchtete, seine Frau werde ihn verlassen. Er litt unter Wortfindungsstörungen und rannte mit dem Kopf gegen die Wand, schlug mit den Fäusten gegen den Kopf, um die Worte, die er nicht fand, herauszuprügeln.

Ein Gesamtschmerzensgeld i. H. v. 150.000,00 € ist ebenso unangemessen wie die sehr geringe Rente.

Zwei noch deutlichere Beispiele sind dargestellt unter E 2085 und E 2178.

137 Für junge Menschen kann eine Rente günstiger sein, wenn die Möglichkeit der **Abänderungsklage** nach § 323 ZPO bejaht wird.[244] Nach einhelliger Meinung in Rechtsprechung und Schrifttum ist die Schmerzensgeldrente grds. abänderbar.[245] Der BGH[246] hat dies (obiter dictum) als selbstverständlich vorausgesetzt, indem er einem jungen Geschädigten im Hinblick

240 BGH, Urt. v. 04.06.1996 – VI ZR 227/94, NJWE-VHR 1996, 141.

241 So auch BGH, Urt. v. 15.03.1994 – VI ZR 44/93, NJW 1994, 1592 (1594).

242 OLG Hamm, Urt. v. 12.02.2001 – 13 U 147/00, VersR 2002, 499.

243 Vgl. OLG Oldenburg, Urt. v. 07.05.2001 – 15 U 6/01, SP 2002, 56.

244 Vgl. unten Rdn. 1657 ff. und Vorwerk, Kap. 84, Rn. 184 und Kap. 86 Rn. 42.

245 Diederichsen, VersR 2005, 433 (442).

246 BGH, Urt. v. 08.06.1976 – VI ZR 216/74, VersR 1976, 967 (969).

auf die Laufzeit der Rente die Möglichkeit zur Anpassung an die veränderten Verhältnisse nach § 323 ZPO zugebilligt hat. Auch die Verschlimmerung des Leidens, eine bedeutsame Verbesserung der wirtschaftlichen Verhältnisse aufseiten des Schädigers, eine exorbitante Änderung der in der Praxis vorgestellten Wertgrößen zum Schmerzensgeld oder gravierende Veränderungen des Lebenshaltungskostenindexes sollen im Wege der Abänderungsklage geltend gemacht werden können.[247]

138 Zur Änderung des Lebenshaltungskostenindexes besteht jedoch keine Einigkeit,[248] dies gilt insb. für die Frage, ob im Fall einer (wesentlichen) Erhöhung der Lebenshaltungskosten die Abänderung verlangt werden kann, wie das für Unterhaltsrenten angenommen wird. Der BGH hatte diese Frage bis zum Jahr 2007 eigentlich noch nicht entschieden. Er hatte lediglich die Dynamisierung einer Schmerzensgeldrente abgelehnt.[249] In der dritten Auflage haben wir die Prognose gewagt, er werde wohl auch eine auf gestiegene Lebenshaltungskosten gestützte Abänderungsklage kaum zulassen. Noch stehe der Begriff der Einheitlichkeit des Schmerzensgeldanspruchs im Raum, obwohl bei einer Schmerzensgeldrente eine solche endgültige Festlegung des Schmerzensgeldes niemals erreicht werden könne.[250] Es sei zu bedenken, dass nur das Schmerzensgeld, das als Kapital gezahlt wird, der Höhe nach feststeht und nach Rechtskraft unabänderlich bleibe. Allein unter dem Gesichtspunkt der gestiegenen Lebenshaltungskosten könne eine Abänderungsklage keinen Erfolg haben. Das klinge auch in einem obiter dictum des BGH[251] an und werde auch von Hess[252] so gesehen.

139 Nunmehr hat der BGH[253] die Frage entschieden:

»Eine Schmerzensgeldrente kann im Hinblick auf den gestiegenen Lebenshaltungskostenindex abgeändert werden, wenn eine Abwägung aller Umstände des Einzelfalles ergibt, dass die bisher gezahlte Rente ihre Funktion eines billigen Schadensausgleichs nicht mehr erfüllt.«

140 In diesem LS verbergen sich für die Rechtsprechung in mehrfacher Hinsicht Ausweichmöglichkeiten, die der BGH im nächsten LS auch andeutet:

»Falls nicht besondere zusätzliche Umstände vorliegen, ist eine Abänderung einer Schmerzensgeldrente bei einer unter 25 % liegenden Steigerung des Lebenshaltungskostenindexes i. d. R. nicht gerechtfertigt.«

141 Daraus folgt aber noch nicht, dass damit die Grenze aufgezeigt ist, oberhalb derer eine Abänderungsklage Erfolg haben wird. Zusätzlich müssen alle Umstände abgewogen werden und die Funktion des Schmerzensgeldes als Schadensausgleich darf nicht mehr gegeben sein.

142 Zu diesen Umständen sollen bspw. die Rentenhöhe, der zugrunde liegende Kapitalbetrag und die bereits gezahlten und voraussichtlich noch zu zahlenden Beträge gehören. Was damit genau gemeint ist, wird nicht deutlich, zumal der BGH (zu Recht) in dieser Entscheidung auch herausgestellt hat, dass die Summe der gezahlten Rentenbeträge völlig unerheblich ist. Maßgebend für die Belastung des Schädigers ist nämlich nicht die Summe der gezahlten Rentenbeträge, sondern allein der Kapitalwert der Rente, denn die Zahlungen fließen aus den mit 5 % pauschal angenommenen Zinsen und dem danach ermittelten Kapitalwert. Nur wenn der Geschädigte vortragen kann, dass die Rentenzahlungen aus den Erträgen nicht mehr

247 Halm/Scheffler, DAR 2004, 71 (72) m. w. N.

248 Diederichsen, VersR 2005, 433 (438).

249 BGH, Urt. v. 03.07.1973 – VI ZR 60/72, VersR 1973, 1067. Dagegen: Dauner-Lieb/Langen/Huber, AK-Schuldrecht, § 253 Rn. 120 und Berz/Burmann/Hess, Kap. 6 F Rn. 47.

250 Dauner-Lieb/Langen/Huber, AK-Schuldrecht, § 253 Rn. 120.

251 BGH, Urt. v. 03.07.1973 – VI ZR 60/72, VersR 1973, 1067 (1068).

252 Berz/Burmann/Hess, Kap. 6 F Rn. 47.

253 BGH, Urt. v. 15.05.2007 – VI ZR 150/06, VersR 2007, 961 = DAR 2007, 513.

aufgebracht werden könnten, weil die Gewinne aus der Kapitalanlage hinter den Erwartungen zurückgeblieben seien, können die Rentenzahlungen eine Rolle spielen. Dafür kann die Versicherungswirtschaft aber nicht vortragen, weil sie auch in der Vergangenheit Zinsen i. H. v. durchschnittlich 5 % erwirtschaftet hat. Natürlich spielt es für die Zukunft eine Rolle, wie lange die Schmerzensgeldrente noch gezahlt werden muss, denn für den Erhöhungsbetrag muss ein neuer Kapitalwert – wieder nach einem Zinsertrag von 5 % – ermittelt werden.

143 Hier zeigt sich der Widerspruch zum angeblich einheitlichen Schmerzensgeld. Wurde der Verletzte mit einem Kapitalbetrag abgefunden, kommt eine Erhöhung aus Gründen der Rechtskraft nicht in Betracht. Wurde dagegen zum Kapitalbetrag eine Schmerzensgeldrente zuerkannt, kann das insgesamt zu zahlende Schmerzensgeld über den Weg der Abänderungsklage nachträglich erhöht werden. Diese Gefahr hat der BGH (natürlich) gesehen und will ihr insoweit Rechnung tragen, als zu prüfen ist, ob dem Schädiger billigerweise zugemutet werden kann, eine erhöhte Rente zu zahlen, etwa weil die Haftungshöchstsumme erschöpft sei. Eine solche Erschöpfung der Haftungshöchstsumme kann aber nicht mit der Summe der bisher gezahlten Rentenbeträge begründet werden.

144 Der Argumentation, dass das Schmerzensgeld nicht dynamisiert werden könne, sondern nach ständiger Rechtsprechung einheitlich festgesetzt werden müsse, entzieht sich der BGH dadurch, dass er die mit der Steigerung des Lebenshaltungskostenindexes begründete Erhöhung der Schmerzensgeldrente nicht mit der von »vornherein dynamisierten« Schmerzensgeldrente gleichsetzt. Völlig zu Recht stellt er darauf ab, dass die Funktion des Schmerzensgeldes durch eine erhebliche Steigerung des Lebenshaltungskostenindexes gemindert oder aufgehoben werden kann, wenn der Geldwert in erheblichem Maße gesunken ist.

145 Schaut man auf die seit vielen Jahren niedrige Inflationsrate von rund 2 %, bedeutet dies, dass eine Abänderungsklage erst nach mehr als 12 Jahren mit Aussicht auf Erfolg erhoben werden kann. Bevor das Gericht dann rechtskräftig entschieden hat, gehen mehrere Jahre ins Land, sodass die Summe der Inflationsraten bis zur Entscheidung schließlich mehr als 30 % betragen wird. Die Anpassung wird aber nicht so hoch ausfallen, weil diese nicht mathematisch vorgenommen wird. Der Verletzte wird dann allenfalls mit einer Erhöhung der Schmerzensgeldrente um rund 15 – 20 % rechnen können.

146 Anders ist die Rechtslage, wenn die Abänderungsklage auf eine Veränderung der wirtschaftlichen Verhältnisse des Schädigers oder auf Verletzungsfolgen, die bisher keine Berücksichtigung gefunden haben, gestützt wird. Ob eine Abänderungsklage auch auf eine geänderte Rechtsprechung zur Höhe von Schmerzensgeldern überhaupt gestützt werden kann, ist bisher nicht entschieden.[254]

147 Nicht alle Entscheidungen zur Schmerzensgeldrente können unwidersprochen bleiben:

Das LG Hannover[255] hat entschieden: Hat allerdings das Gericht bei der Bestimmung der Schmerzensgeldrente deren Kapitalbetrag errechnet und ist der Gesamtbetrag, bestehend aus

254 Vgl. hierzu: Knoche/Biersack, MDR 2005, 12.

255 LG Hannover, Urt. v. 03.07.2002 – 7 S 1820/01, NJW-RR 2002, 1253 = VersR 2004, 528. Über die Kosten der Revision hat der BGH, Beschl. v. 28.11.2002 – VI ZR 283/02, unveröffentlicht, entschieden, woraus Notthoff, VersR 2003, 966 (970), der die Entscheidung des LG Hannover kritiklos billigt, zu Unrecht folgert, der BGH habe auch die Argumentation des LG Hannover gebilligt. Dies hat der BGH, Urt. v. 15.05.2007 – VI ZR 150/06, VersR 2007, 961 = DAR 2007, 513, ausdrücklich verneint und ausgeführt, dass der Umstand, dass die Summe der Rentenzahlungen (immer in spätestens rund 20 Jahren) den Kapitalwert (Barwert der Rente) erreicht, einer Abänderungsklage nicht entgegen stehen kann; krit. Halm/Scheffler, DAR 2004, 71 (76), die die Entscheidung des LG Hannover letztlich billigen, ohne dass die Begründung der Entscheidung etwas für die Höhe des Zinsanteils in der monatlichen Rente hergibt.

Kapital und laufender Rente, an den Geschädigten ausbezahlt worden, scheidet ab diesem Zeitpunkt eine Abänderungsklage aus, weil der Schmerzensgeldanspruch erfüllt ist. Diese Begründung ist nicht haltbar. Es geht nicht an, die Summe der Rentenzahlungen zu addieren, weil die monatlichen Zahlungen auch einen Zinsbetrag enthalten, der anfangs den Kapitalanteil ganz erheblich übersteigt. Das Gericht hätte allenfalls darauf abstellen dürfen, dass die Klägerin die statistische Lebenserwartung überschritten habe, was nicht der Fall war. Auch das wäre aber unerheblich. Die **Verurteilung zu einer Rente** ist **für beide Seiten ein Risiko**. Stirbt der Berechtigte früher, als nach der Statistik anzunehmen war, erhält er nicht den vollen Kapitalbetrag, der – zzgl. Zinsen – für die Rente errechnet wurde; stirbt er später, muss der Schädiger (Versicherer) über diesen Betrag hinaus leisten.

148 Auch die weitere Begründung der Kammer, bei einer Abänderung der Rente wäre die Klägerin besser gestellt als ein Geschädigter, dem nur ein Kapitalbetrag zugesprochen worden sei, stimmt so nicht. Die Klägerin hatte das volle Schmerzensgeld noch nicht erhalten, und das LG hat nicht berücksichtigt, dass gerade bei Unfallopfern, die noch jung sind, ein Teil des Schmerzensgeldes als Rente zugesprochen wird, gerade um dem Verletzten die Möglichkeit der Abänderungsklage offenzuhalten. Genau dagegen wendet sich Notthoff,[256] der eine gewisse Besserstellung des Verletzten, der einen Teil des Schmerzensgeldes als Schmerzensgeldrente bezieht, nicht hinnehmen will.

149 ▶ **Hinweis:**

Ob die Abänderungsklage alleine auf den Kaufkraftschwund gestützt werden kann, ist fraglich, erscheint aber möglich, wenn die Rente über ein oder zwei Jahrzehnte unverändert geblieben ist.[257] Aussichtsreicher ist eine Abänderungsklage, mit der geltend gemacht werden kann, dass die Bemessungsfaktoren sich verändert haben, insb. wenn sich die Verletzungen verschlimmert oder die wirtschaftlichen Verhältnisse des Schädigers sich verbessert haben.[258] Völlig offen ist, ob eine Abänderungsklage auch damit begründet werden kann, dass die Gerichte heute höhere Schmerzensgeldbeträge zuerkennen.

150 Die **Gewährung einer »dynamischen« Schmerzensgeldrente**, z. B. durch Koppelung mit dem amtlichen Lebenshaltungskostenindex, hat der BGH[259] verneint.[260] Eine solche dynamische Rente würde die Funktion der Rente als eines billigen Ausgleichs in Geld nicht gewährleisten.[261] Auf eine »dynamische« Schmerzensgeldrente habe der Verletzte schon deshalb keinen Anspruch, weil es im pflichtgemäßen Ermessen des Tatrichters stehe, ob er die Zubilligung einer Rente überhaupt für angemessen halte. Gegen eine »dynamische« Schmerzensgeldrente spreche auch, dass das Urteil das Schmerzensgeld im Grundsatz endgültig feststellen solle. Genau das wäre das Argument gegen die Zulässigkeit einer Abänderungsklage überhaupt gewesen, die der BGH aber letztlich als zulässig ansieht.

---

256 Notthoff, VersR 2003, 966 (970).

257 A. A. Diederichsen, VersR 2005, 433 (442), die zu bedenken gibt, dass weder der Kaufpreis für das Erkaufen von Annehmlichkeiten die geschuldete billige Entschädigung ist noch dass sich der Ausgleich durch das Schmerzensgeld in diesen Möglichkeiten erschöpft.

258 Diederichsen, VersR 2005, 433 (442).

259 BGH, Urt. v. 03.07.1973 – VI ZR 60/72, VersR 1973, 1067 = NJW 1973, 1653.

260 Daher erscheint auch eine außergerichtliche Vereinbarung einer dynamischen Rente, etwa gekoppelt an den Lebenshaltungskostenindex durch Wertsicherungsklausel, als problematisch, da unzulässig nach § 2 PaPkG (vgl. Jahnke, r+s 2006, 228 [230]).

261 So auch Notthoff, VersR 2003, 966 (969), der sich vehement (... darf keinesfalls dynamisiert werden ...) gegen jeden Dynamisierungsgedanken wendet.

151 Der BGH und andere Gegner der Dynamisierung[262] machen ferner geltend, eine Dynamisierung könne dem Schädiger unter Berücksichtigung volkswirtschaftlicher Argumente nicht zugemutet werden. Die Geldentwertung wirke sich auch auf die wirtschaftlichen Verhältnisse des Schädigers aus und mit zunehmender Geldentwertung bestehe die Gefahr, dass die Haftungshöchstgrenzen erreicht würden. Dem Schädiger könne nicht zugemutet werden, sein Einkommen noch nach Jahren aufgrund der monatlichen Schmerzensgeldrente nunmehr etwa auf die Pfändungsgrenzen zu beschränken.

152 Dem ist entgegenzuhalten, dass die inflatorische Entwicklung im Jahr der BGH-Entscheidung 1973 einen Höchststand erreicht hatte und heute nur noch einen Bruchteil beträgt und dass die Haftungshöchstgrenzen heute ein Vielfaches von den damals Üblichen betragen. Die Rücksichtnahme auf den Schädiger ist verfehlt, sie missachtet die Interessen des Verletzten. Der Schädiger soll seine Schuld bezahlen. Er ist nicht zu bedauern, weil ihm die Flucht in die Pfändungsgrenze lästig sein könnte. I. Ü. stellt es doch die Ausnahme dar, dass der Schädiger aus eigenem Vermögen zahlt, fast immer steht ein Haftpflichtversicherer im Hintergrund.

153 Die Argumente gegen eine Abänderungsklage und erst recht gegen eine dynamisierte Schmerzensgeldrente, wenn sie denn je zutreffend waren, überzeugen also (heute) nicht (mehr). Oft ist abzusehen, dass Schmerzensgeldrenten über Jahrzehnte hinweg gezahlt werden müssen. Mit einer Abänderungsklage mag der Geschädigte zwar eine gewisse Steigerung erreichen können, dies aber nur in großen zeitlichen Abständen und mit Sicherheit nicht i. H. d. Steigerung der Lebenshaltungskosten. Das weitere Argument des BGH,[263] eine dynamische Schmerzensgeldrente könne dem Schädiger wirtschaftlich unter Berücksichtigung allgemeiner volkswirtschaftlicher Gesichtspunkte nicht zugemutet werden, ist heute ebenfalls nicht mehr gültig.

154 Vom Ausgangspunkt her ist schon nicht einzusehen, weshalb die Schmerzensgeldrente nicht als dynamische Rente ausgestaltet werden soll.[264] Die Überlegung des BGH,[265] dass Wohlbefinden und Gesundheit »nicht mit Gold aufzuwägen« seien, weshalb sich bei schweren und schwersten Verletzungen aus dem Ausgleichsbedürfnis des Geschädigten allein oft kaum eine Begrenzung nach oben ergebe und ein brauchbarer Maßstab für die »billige Entschädigung« erst aus dem Spannungsverhältnis gewonnen werden könne, das zwischen dem für den Geschädigten Wünschenswerten einerseits und dem besteht, was dem Schädiger noch zugemutet werden kann, müssen überdacht werden. Die Funktionen des Schmerzensgeldes, insb. die Ausgleichs- und Genugtuungsfunktion haben in der Rechtsprechung eine neue Bedeutung erfahren. Gerade schwerste Schäden werden heute mit dem höchsten Schmerzensgeld ausgeglichen. Es kann nicht oft genug betont werden, dass volkswirtschaftliche Gesichtspunkte bei der Bemessung des Schmerzensgeldes keinen Raum haben. Die Versicherungswirtschaft beruft sich beim Sachschaden nicht auf dieses Argument, obwohl in diesem Bereich über das vernünftige Maß hinaus entschädigt wird.

155 Natürlich ist es richtig, dass das Schmerzensgeld auch andere Ziele verfolgt, als dem Verletzten einen stets gleichbleibenden Wert als Ausgleich zur Verfügung zu stellen. Letztlich hat es aber die Funktion, dem Verletzten Erleichterungen und Annehmlichkeiten zu verschaffen, die Geld kosten und somit der inflationären Entwicklung unterworfen sind. Genau das wird bei der Kaufkraftparität ausländischer Verletzter und bei den hohen Schmerzensgeldern bei schwersten Verletzungen berücksichtigt. Deshalb sollte der Lebenshaltungskostenindex als ein Indikator zur Dynamisierung herangezogen werden.

262 BGH, Urt. v. 03.07.1973 – VI ZR 60/72, VersR 1973, 1067 (1068); Notthoff, VersR 2003, 966 (969).

263 BGH, Urt. v. 03.07.1973 – VI ZR 60/72, VersR 1973, 1067 = NJW 1973, 1653.

264 Dauner-Lieb/Langen/Huber, AK-Schuldrecht, § 253 Rn. 119.

265 BGH, Urt. v. 03.07.1973 – VI ZR 60/72, VersR 1973, 1067 (1068).

156 Allerdings achtet der BGH darauf, dass Kapital und (Kapitalwert der) Rente in einem ausgewogenen Verhältnis stehen und insgesamt die bisher in der Rechtsprechung zuerkannten Kapitalbeträge nicht übersteigen.[266] Die in dieser Entscheidung angestellten **Berechnungen** dürften jedoch einen **Denkfehler** enthalten, soweit der BGH beanstandet, dass das einer 16-Jährigen zuerkannte Schmerzensgeld (Rente von 150,00 € monatlich = rund 33.500,00 € plus Kapital 12.500,00 €) »zu reichlich« und deshalb durch das Revisionsgericht korrekturfähig sei. Das Schmerzensgeld für einen jungen Menschen, der schwere Dauerschäden erlitten hat (u. a. Verlust des Geruchs- und des Geschmackssinns) ist notwendigerweise um ein Mehrfaches höher als für einen alten Menschen, bei dem sich die Kapitalisierung der Rente weitaus weniger auswirkt und der die Beeinträchtigungen (nur noch) wenige Jahre zu (er-) tragen hat.[267] Hinzu kommt, dass der BGH das Schmerzensgeld insgesamt als viel zu hoch angesehen hat, obwohl die Verletzte neben dem Verlust des Geruchs- und Geschmackssinns ein schweres Schädelhirntrauma und einen Gehörschaden erlitten hatte. Das Schädelhirntrauma hatte eine Änderung der Gehirnfunktion und eine Wesensänderung zur Folge.[268] Man kann nur vermuten, dass der Schmerzensgeldbetrag von insgesamt rund 100.000,00 DM den BGH zur Beanstandung der Entscheidung verleitet und er dabei übersehen hat, dass die Verletzte mit der schweren Behinderung auch aus damaliger Sicht bei rund 65 Jahren Lebenserwartung viel länger zu leiden haben würde, als ein älterer Mensch mit derselben Verletzung.

157 Dass die hier vertretene Auffassung richtig ist, zeigt ein Vergleich mit den **Beträgen**, die **zum Ausgleich des materiellen Schadens** gezahlt werden müssen. Ein junger Mensch, der unfallbedingt arbeitsunfähig wird, hat ein Leben lang Anspruch auf Ersatz des Verdienstausfalls. Ist er für den Rest seines Lebens pflegebedürftig, müssen die dafür erforderlichen Aufwendungen jahrzehntelang ersetzt werden. Solche Leistungen erreichen und übersteigen leicht mehrere Mio. €, ohne dass dies beanstandet wird. Bereits 2008 reichten Deckungssummen von 7,5 bzw. 8 Mio. € je Einzelgeschädigtem nicht mehr aus; die höchste Rückstellung musste für einen prognostizierten Personenschaden von 11 Mio. € gebildet werden.[269] Diese Personenschäden werden auch nicht durch monatliche oder vierteljährliche gleich bleibende Beträge ausgeglichen. Die Leistungen steigen dynamisch mit der Lohn- und der Preisentwicklung.

158 Die Notwendigkeit eines hohen Schmerzensgeldes und einer Rente hat auch das OLG Frankfurt am Main[270] gesehen und einem 3 Jahre alten Kläger, der durch Glassplitter einer zerberstenden Limonadenflasche erblindete, 250.000,00 € und eine monatliche Rente von 250,00 € zuerkannt. Kapital und Rente ergaben einen Betrag von 344.000,00 €. Das OLG führte zur

---

266 BGH, Urt. v. 08.06.1976 – VI ZR 216/74, VersR 1976, 967 (969); BGH, Urt. v. 01.10.1985 – VI ZR 195/84, VersR 1986, 59; BGH, Urt. v. 15.05.2007 – VI ZR 150/06, NJW 2007, 2475 (2476) = VersR 2007, 961: Bei einer Gesamtentschädigung aus Schmerzensgeldkapital und Schmerzensgeldrente muss der monatliche Rentenbetrag so bemessen werden, dass er kapitalisiert zusammen mit dem zuerkannten Kapitalbetrag einen Gesamtbetrag ergibt, der in seiner Größenordnung einem ausschließlich in Kapitalform zuerkannten Betrag zumindest annähernd entspricht; OLG Jena, Urt. v. 12.08.1999 – 1 U 1622/98, ZfS 1999, 419; Diederichsen, VersR 2005, 433 (441); vgl. unten Rdn. 1059 ff.

267 So z. B. BGH, Urt. v. 15.01.1991 – VI ZR 163/90, VersR 1991, 350; Diederichsen, VersR 2005, 433 (441).

268 Hierauf weist Dauner-Lieb/Langen/Huber, AK-Schuldrecht, § 253 Rn. 110, Fn. 404, zu Recht hin.

269 Hoffmann, Versicherungswirtschaft 2008, 1298.

270 OLG Frankfurt am Main, Urt. v. 21.02.1996 – 23 U 171/95, VersR 1996, 1509; das OLG Frankfurt am Main, Urt. v. 03.05.1990 – 1 U 65/89, VersR 1992, 329 hatte sich zuvor trotz schwerwiegenderer weiterer Verletzungen (u. a. Augen- und Hirnschädigung – Erblindung) allerdings bei einem Mitverschulden des Verletzten von 1/3 mit einem Schmerzensgeld von 165.000,00 € (Kapital 100.000,00 €, Rente 65.000,00 €) begnügt.

Begründung der Entscheidung aus, dass dieses Schmerzensgeld das **Entschädigungssystem** nicht sprenge, sondern lediglich **fortschreibe.**

► Hinweis:

159

Daraus folgt, dass es kein einheitliches Schmerzensgeld gibt, wenn für die Bemessung das Zeitmoment eine (nicht nur untergeordnete) Rolle spielt.

Der Auffassung der Rechtsprechung, die Schmerzensgeldrente sei auf schwerste Verletzungen beschränkt, da der sich bei einer Kapitalisierung ergebende Betrag dem sonst festgesetzten Schmerzensgeldkapitalbetrag für vergleichbare Verletzungen entsprechen müsse,[271] ist deshalb nicht zu folgen, dies umso mehr, als für Menschen mit geringerer Lebenserwartung ein geringeres Schmerzensgeld angemessen sein soll. Gerade dann, wenn die Lebenserwartung nicht mehr hoch ist, kann eine Schmerzensgeldrente den angemessenen Ausgleich darstellen. In der Entscheidung aus dem Jahr 1991[272] hält der BGH für einen 73 Jahre alten Kläger, der keinen so langen Leidensweg mehr vor sich habe wie ein jüngerer Mensch, ein geringeres Schmerzensgeld für angemessen. Er verweist darauf, dass wegen der geringeren Lebenserwartung des Klägers eine Schmerzensgeldrente die angemessene Entschädigung darstellen könnte.

160

Es werden auch andere Argumente gegen die Zubilligung einer Rente vorgebracht:

– Die **Versicherungswirtschaft** hat am Abschluss der Schadensfälle ein durchaus anzuerkennendes enormes wirtschaftliches Interesse und ist schon deshalb gegen eine Rentenzahlung neben Schmerzensgeldkapital. Das ermöglicht es dem Richter, einen für den Verletzten günstigen Vergleich herbeizuführen, wenn der Versicherer dadurch den Fall abschließen kann.

► Hinweis:

161

Aber Achtung: Wenn Zukunftsschäden, die auch einen weiteren Schmerzensgeldanspruch begründen können, nicht auszuschließen sind, sollte nicht zu einem Vergleich zum Ausgleich aller gegenseitigen Ansprüche geraten werden.[273]

162

– Es wird der Einwand erhoben, dass durch die Rentenzahlung die **Störung des Rechtsfriedens** aufrechterhalten werde, weil sowohl der Schädiger als auch der Geschädigte fortlaufend an das schädigende Ereignis erinnert würden. Für den Schädiger sei dies eine unnötige Härte. Es ist fraglich, ob dieser Einwand zieht. Er überzeugt jedenfalls nicht, wenn ein Versicherer zahlt. Für den Geschädigten gilt dies schon deshalb nicht, weil dieser nicht durch die monatliche Überweisung, sondern durch die fortdauernde Beeinträchtigung an das schädigende Ereignis erinnert wird.
– Auf den **Schutz der Versichertengemeinschaft** hat der BGH[274] abgestellt, als er sich gegen die Festsetzung eines unter Berücksichtigung des Kapitalwertes der Rente zu reichlich bemessenen Schmerzensgeldes aussprach. Er befürchtete, dass solche Entscheidungen

271 BGH, Urt. v. 08.06.1976 – VI ZR 216/74, VersR 1976, 967 (969); OLG Düsseldorf, Urt. v. 28.06.1984 – 8 U 37/83, VersR 1985, 291 (293); OLG Frankfurt am Main, Urt. v. 25.02.1986 – 8 U 87/85, VersR 1987, 1140 (1142); OLG Bamberg, Urt. v. 15.12.1992 – 5 U 55/92, unveröffentlicht; OLG Hamm, Urt. v. 07.11.1996 – 27 U 104/96, NZV 1997, 182.

272 BGH, Urt. v. 15.01.1991 – VI ZR 163/90, VersR 1991, 350.

273 S. Rdn. 294 ff. und 1579 ff.

274 BGH, Urt. v. 08.06.1976 – VI ZR 216/74, VersR 1976, 967; vgl. auch BGH, Urt. v. 01.10.1985 – VI ZR 195/84, VersR 1986, 59: Bei deutlichem Überschreiten der Beträge, die von der Rspr. bisher in vergleichbaren Fällen zuerkannt worden sind, bedarf das einer ausreichenden Begründung, die u. a. erkennen lässt, dass (der Tatrichter) sich der Bedeutung seiner Entscheidung und seiner Verantwortung ggü. der Gemeinschaft aller Versicherten bewusst ist.

Eingang in Tabellen finden könnten, an denen die Praxis sich orientiert; dies würde zu einer **Aufblähung des allgemeinen Schmerzensgeldgefüges** beitragen, die der Versichertengemeinschaft nicht zugemutet werden dürfe.

- Als völlig verfehlt wird das Argument des **Vorsterblichkeitsrisikos bei Schwerstverletzten** – insb. Gehirngeschädigten – gegen eine Rente neben dem Kapitalbetrag abgelehnt.[275] Zwar trifft es zu, dass sich z. B. das bei der Geburt geschädigte Kind der schweren Dauerschäden nicht immer wieder neu und schmerzlich bewusst werden kann. Weil aber ein erhebliches Vorsterblichkeitsrisiko besteht, ist **gerade eine Rentenzahlung** neben dem Schmerzensgeldkapital **geboten**, damit das verletzte Kind nicht nach Rechtskraft des Urteils in ein Pflegeheim abgeschoben wird, dort alsbald verstirbt und die Erben das volle Schmerzensgeldkapital »kassieren«.[276] Da aber nur der Kläger den Antrag auf Zahlung einer Schmerzensgeldrente neben dem Schmerzensgeldkapital stellen kann, sind den Versicherern und dem Gericht die Hände gebunden, wenn die Eltern des schwerst hirngeschädigt geborenen Kindes keinen Rentenantrag stellen.

163 Es gibt aber auch andere Fälle, in denen eine Schmerzensgeldrente geradezu geboten ist. Ertaubt z. B. ein Säugling infolge eines Behandlungsfehlers, ist überhaupt nicht abzusehen, wie die **Geldwertentwicklung** sein wird. Neben einem Schmerzensgeldkapital muss ihm eine Schmerzensgeldrente mit der Möglichkeit der Abänderungsklage zugebilligt werden, damit er auch mit fortschreitendem Alter überhaupt noch eine angemessene Entschädigung erhält.

164 Ganz allgemein gilt bei schweren Verletzungen, die Kinder erlitten haben, dass bei einer reinen Kapitalentschädigung nicht sichergestellt ist, dass die Eltern das Kapital im Interesse des Kindes vernünftig anlegen und verwalten. Das Kind ist der Vermögensverwaltung durch die Eltern ausgesetzt.[277]

165 Bei der Schmerzensgeldrente wird der Kapitalwert mit einem Zinsfuß von 5 % oder 5,5 % ermittelt, was für den Berechtigten bei der heute am Kapitalmarkt erzielbaren Rendite äußerst günstig ist; denn je höher der Zinsfuß, umso geringer der Kapitalwert.[278] Das hat zur Folge,

---

275 OLG Celle, Urt. v. 23.02.1998 – 1 U 1/97, unveröffentlicht.

276 OLG Köln, Urt. v. 23.07.1997 – 5 U 44/97, VersR 1998, 244 hält eine Aufteilung 1/3 Kapital und 2/3 Rente für angemessen. Dabei ist zu berücksichtigen, dass der 5. Zivilsenat des OLG Köln einen hohen Rentenanteil insb. dann befürwortet, wenn das Schmerzensgeld schwerst hirngeschädigt geborenen Kindern zu zahlen ist. Dadurch wird vermieden, dass diese Kinder nach der Rechtskraft des Urteils in ein Heim abgeschoben werden, wo das Sterblichkeitsrisiko wesentlich erhöht ist. Durch die hohe Rente besteht für die Angehörigen ein besonderes Interesse, den Rentenberechtigten möglichst lange am Leben zu erhalten. Diesem Gedanken widmet sich auch Huber, NZV 1998, 345 (351); vgl. auch Notthoff, VersR 2003, 966 (967), der eine Bereicherung der Erben als dem Billigkeitscharakter des Schmerzensgeldes zuwiderlaufend ansieht.

277 Dauner-Lieb/Langen/Huber, AK-Schuldrecht, § 253 Rn. 111, 113; Hernig/Schwab, SP 2005, 8 f.

278 Soweit ersichtlich errechnet nur der 9. Zivilsenat des OLG Hamm den Kapitalwert der Schmerzensgeldrente nach einem Zinssatz von 4 %, was für den Verletzten ungünstig ist, vgl. OLG Hamm, Beschl. v. 11.09.2002 – 9 W 7/02, VersR 2003, 780.

dass das Schmerzensgeldkapital verhältnismäßig geringfügig gekürzt wird,[279] bzw. die Rente bei relativ geringer Kürzung des Schmerzensgeldkapitals relativ hoch ausfällt.

► Praxistipp: 166

Eine Schmerzensgeldrente neben einem Schmerzensgeldkapital wird nur zuerkannt, wenn sie vom Kläger **beantragt**[280] wird.

Ob ein Antrag auch auf Schmerzensgeldrente gestellt werden soll, lässt sich nicht allgemeinverbindlich beantworten, das hängt vom Einzelfall ab. Ein Antrag auf Schmerzensgeldrente kann sinnvoll sein,

– um die Vergleichsbereitschaft des hinter dem Schädiger stehenden Haftpflichtversicherers zu erhöhen. Kommt es nicht zu dem angestrebten Vergleich, kann der Kläger den Antrag immer noch auf Zahlung eines Schmerzensgeldkapitals (ohne Rente) umstellen, wenn der Kapitalbetrag der Rente relativ hoch ist;
– wenn der Verletzte schon älter ist, der Kapitalbetrag der Rente also relativ gering ist.

Riskant ist ein Antrag auf Schmerzensgeldrente,

– wenn der Verletzte jung ist. Zwar mag nach längerer Zeit eine Abänderungsklage möglich sein, zunächst aber fällt die Rente (meist) niedrig aus, weil der Kapitalbetrag der Rente relativ hoch ist,
– bei schwerst hirngeschädigt geborenen Kindern, weil auch hier der Kapitalbetrag der Rente relativ hoch ist und die Lebenserwartung vermutlich nur wenige Jahre beträgt.[281]

167 Um eine angemessene Rente zusprechen zu können, ist es vielfach geboten, die zuerkannte Rente zu kapitalisieren. Hierfür ist die Zeitdauer maßgeblich, für die der Geschädigte die Rente erhalten wird, vereinfacht gesagt also für den Rest seines Lebens. Um einen Kapitalbetrag errechnen zu können, wird daher auf die vom Statistischen Bundesamt herausgegebenen Sterbetabellen[282] zurückgegriffen, mithilfe derer die Restlebenszeit prognostiziert werden kann.

168 Es ist die durchschnittliche Lebenserwartung zugrunde zu legen, es sei denn, dass aufgrund der Verletzung oder aus anderen Gründen mit einer kürzeren Lebensdauer des Verletzten zu rechnen ist.[283] Das kann insb. dann der Fall sein, wenn der Verletzte so schwer geschädigt ist,

---

279 Umgekehrt wird von der Versicherungswirtschaft die Kapitalabfindung bei Renten (§ 843 Abs. 3 BGB und Erwerbsschaden) durchgeführt. Auch in diesen Fällen wird ein Zinssatz von 5 % zugrunde gelegt. Wie falsch das ist, zeigt Nehls, ZfS 2004, 193 und SVR 2005, 161 auf. Zwar unterlaufen Nehls (in ZfS 2004, 193) einige Fehler, diese hat er aber später korrigiert. Zur Problematik vgl. auch Lang, VersR 2005, 894 und grundlegend: Jaeger, VersR 2006, 597. Die einzige gerichtliche Entscheidung zur Berechnung des Kapitals statt Rente stammt vom LG Stuttgart, Urt. v. 26.01.2005 – 14 O 542/01, DAR 2007, 467 = SVR 2005, 186, in dieser Entscheidung wird ein Zinssatz von 3,75 % angenommen, der aber immer noch viel zu hoch ist, weil wichtige Parameter vom Gericht nicht gesehen wurden. Den Anwalt treffen beim Abschluss eines Abfindungsvergleichs erhebliche Beratungspflichten, auf deren Inhalt und Umfang hier nicht eingegangen werden kann, vgl. nur BGH, Urt. v. 08.11.2001 – IX ZR 64/01, NJW 2002, 292 und Nehls, ZfS 2004, 193 und SVR 2005, 161.

280 BGH, Urt. v. 21.07.1998 – VI ZR 276/97, NJW 1998, 3411; Geigel/Pardey, 7. Kap. Rn. 19 und 26; Haupfleisch, DAR 2003, 403 (405), schlägt vor, dass eine Schmerzensgeldrente nicht nur vom Antrag des Klägers abhängen dürfe, sondern auch auf Antrag des Beklagten zuerkannt werden können soll.

281 Vgl. hierzu Rdn. 162.

282 Im Internet erhältlich unter http://www.destatis.de. Die derzeit maßgebliche Sterbetabelle datiert von 2005/2007; s. a. Rdn. 1706 und 1707.

283 Diederichsen, VersR 2005, 433 (441); abweichend OLG Hamm, Urt. v. 11.09.2002 – 9 W 7/02, VersR 2003, 780 = DAR 2003, 172.

dass er kein normales Leben führen kann, wie z. B. schwerst hirngeschädigt geborene Kinder oder Unfallopfer die vom Halswirbel abwärts gelähmt sind und künstlich beatmet und/oder ernährt werden müssen. Dennoch ist das LG Kiel,[284] ohne ein Sachverständigengutachten einzuholen, davon ausgegangen, dass der dreieinhalb Jahre alte Kläger, der bei einem Verkehrsunfall eine hohe Querschnittslähmung erlitt und ab dem ersten Halswirbel abwärts gelähmt ist und aufgrund einer Atemlähmung beatmet werden muss, eine Lebenserwartung von 70 Jahren haben soll. Danach hat das Gericht den Kapitalwert der Rente ermittelt.

III. Übertragbarkeit – Vererblichkeit

169 Durch Gesetz v. 14.03.1990[285] – in Kraft seit dem 01.07.1990 – wurde die Regelung des § 847 Abs. 1 Satz 2 BGB a. F. gestrichen. Nach dieser Bestimmung ging der Schmerzensgeldanspruch nur dann auf die Erben des Verletzten über, wenn er rechtshängig gemacht oder durch Vertrag anerkannt worden war. In Fällen schwerster Verletzungen, bei Bewusstlosigkeit des Verletzten oder bei Lebensgefahr konnte diese Rechtslage zu einem makabren Wettlauf mit der Zeit führen.

170 Diese Rechtslage erklärt auch, warum es zu Fällen, die vor dem 01.07.1990 alsbald zum Tod des Verletzten führten, nur wenige Entscheidungen zu Schmerzensgeld bei baldigem Tod gibt, weil der Verletzte oder ein Pfleger aus Zeitgründen wegen seines alsbaldigen Todes oder wegen der Verletzungsfolgen – Bewusstlosigkeit, Koma – und des bald danach eintretenden Todes die Rechtshängigkeit[286] oder ein Anerkenntnis des Schädigers nicht herbeiführen konnte.[287]

171 Die Vererblichkeit des Schmerzensgeldanspruchs rückt ihn weiter von der Vertragsstrafe ab, nimmt ihm seinen pönalen Charakter und führt ihn hin zu einem echten Schadensersatzanspruch, einem Entschädigungsanspruch.[288] Die Gesetzesänderung bewirkte auch, dass das Schmerzensgeld insoweit den höchstpersönlichen Charakter eingebüßt hat, als es vom Verletzten selbst gerichtlich geltend gemacht werden musste und nicht übertragbar oder vererblich war. Von der Rechtsprechung ist inzwischen einhellig anerkannt,[289] dass der Schmerzensgeldanspruch – auch bei alsbaldigem Tod des Verletzten – auf die Erben übergeht und von diesen gerichtlich geltend gemacht werden kann. Die **Vererbung des Schmerzensgeldanspruchs** setzt keine Willensbekundung des Verletzten zu Lebzeiten voraus, ein Schmerzensgeld fordern zu wollen. Mit der vom Gesetzgeber vorgenommenen ersatzlosen Streichung des § 847 Abs. 1 Satz 2 BGB a. F. sind alle Erfordernisse für die Vererblichkeit und Übertragbarkeit des Schmerzensgeldanspruchs entfallen, die ihre Grundlage und Rechtfertigung in dieser Vorschrift hatten. Dies gilt in vollem Umfang für die Voraussetzungen, die für den Eintritt der Rechtshängigkeit i. d. S. sowohl als »verfahrensrechtliche Komponente« wie auch als »materiell-rechtliche Komponente« aufgestellt waren. Im Sonderfall der urheberrechtlichen

---

284 LG Kiel, Urt. v. 11.07.2003 – 6 O 13/03, VersR 2006, 279 m. Anm. Jaeger = DAR 2006, 396; vgl. auch E 2181.

285 BGBl. I, 1990, S. 478.

286 Der BGH, Urt. v. 04.10.1977 – VI ZR 5/77 – BGHZ 69, 323 = NJW 1978, 214, ließ Rechtshängigkeit allein nicht genügen, wenn sie nicht auf eine darauf abzielende persönliche Erklärung des Verletzten nach dem Schadensereignis zurückging; vgl. auch MünchKomm/Mertens, BGB, 2. Aufl. 1986, § 847 Rn. 51.

287 Grundlegend: Jaeger, VersR 1996, 1177 ff.; ders., MDR 1998, 450 ff.

288 Kern, AcP 191 (1991), 247 (261).

289 BGH, Urt. v. 06.12.1994 – VI ZR 80/94, VersR 1995, 353 = r+s 1995, 92; s. a. KG, Urt. v. 25.04.1994 – 22 U 2282/93, NJW-RR 1995, 91; LG Heilbronn, Urt. v. 16.11.1993 – 2 O 2499/92, MDR 1994, 1193; LG Augsburg, Urt. v. 23.03.1994 – 7 S 3483/93, r+s 1994, 419.

immateriellen Entschädigung nach § 97 Abs. 2 Satz 4 UrhG geht die Rechtsprechung[290] indes weiterhin davon aus, dass dieser Anspruch höchstpersönlich und nicht vererblich ist.

172 Ob allerdings Huber[291] zu folgen ist, der den Verletzten als Vehikel, allenfalls als Subjekt ansieht, um einen Vermögenswert an die Erben zu transferieren, auch an solche, die sich niemals um den Verletzten gekümmert haben, sodass es dafür weder ein volkswirtschaftliches noch ein sittliches Bedürfnis gebe, erscheint in dieser Allgemeinheit zweifelhaft.

173 ▶ **Hinweis:**

> Die Vererblichkeit des Schmerzensgeldanspruchs setzt nach der Neuregelung weder die Anerkennung durch Vertrag oder die Rechtshängigkeit noch die einer derartigen Manifestation der Geltendmachung nach außen zugrunde liegende und sie tragende höchstpersönliche Willensbekundung des Verletzten selbst voraus. Nur eine solche Beurteilung wird dem Anliegen gerecht, das der Gesetzgeber mit der Streichung des Satz 2 in § 847 Abs. 1 BGB a. F. verfolgte.[292]

IV. Haftungsausschluss/Haftungsbegrenzung

1. Arbeitsunfälle nach §§ 104 ff. SGB VII

174 Die früher in der RVO geregelte **gesetzliche Unfallversicherung** ist seit dem 01.01.1997 mit dem Gesetz zur Einordnung des Rechts der gesetzlichen Unfallversicherung in das Sozialgesetzbuch[293] eingeordnet worden. Die §§ 636 bis 642 RVO sind durch die §§ 104 bis 113 SGB VII abgelöst worden.[294]

175 Der Unternehmer ist den in § 104 Abs. 1 SGB VII näher beschriebenen Versicherten sowie deren Angehörigen und Hinterbliebenen nach privatrechtlichem Vertrags- und Deliktsrecht wegen eines Personenschadens nur dann schadensersatzpflichtig, wenn er den Versicherungsfall vorsätzlich herbeigeführt hat oder wenn dieser auf einem gem. § 8 Abs. 2 Nr. 1 bis 4 SGB VII versicherten Weg eingetreten ist. Ansonsten ist er von der Haftung durch § 104 Abs. 1 SGB VII freigestellt. Es wird jedoch zunehmend infrage gestellt, ob in Zukunft im Anwendungsbereich der gesetzlichen Unfallversicherung nach den §§ 104, 105 SGB VII Schmerzensgeld versagt werden darf, obwohl i. Ü. bei Unfällen ohne Verschulden gehaftet wird. Dies erscheint in Anbetracht der Tatsache überprüfenswert, dass die Haftung für betriebliche Unfallschäden eigentlich als Gefährdungshaftung mit Unfallversicherungsschutz angesehen werden kann.[295] Insb. ist zweifelhaft, ob die dem Verletzten gezahlte Rente derzeit und künftig einen Teil des Schmerzensgeldes kompensieren wird, das bei Schwerstverletzten ohnehin so deutlich gestiegen ist, dass insoweit durch die Rente in manchen Fällen nicht einmal ein Bruchteil des Kapitalbetrages gewährt wird, der als Schmerzensgeld zu zahlen wäre. Lediglich die Liquidität der Unfallversicherung gibt dem Verletzten zusätzlichen Schutz.

176 Soweit es sich um einen Arbeitsunfall handelt, führen die §§ 104 ff. SGB VII dazu, dass eine Haftungsersetzung durch Leistungen des Unfallversicherers stattfindet. Der Gleichlauf sozial- und zivilrechtlicher Entscheidungen zur Frage des Vorliegens eines Arbeitsunfalls wird von § 108 SGB VII erreicht. Letztlich führt der gegenwärtige Rechtszustand zu einem

---

290 OLG Düsseldorf, Urt. v. 19.02.2013 – 20 U 48/12, NJW-Spezial 2013, 205 m. w. N.

291 Huber, NZV 1998, 345, 347 (348).

292 BGH, Urt. v. 06.12.1994 – VI ZR 80/94, VersR 1995, 353.

293 BGBl. I, 1996, S. 1254.

294 Grundlegend zur neuen und früheren Rechtslage: Waltermann, NJW 2002, 1225 und Kornes, r+s 2002, 309.

295 Vertiefend: Diederichsen, VersR 2005, 433 (436).

Missverhältnis zwischen dem Ersatz von Personen- und Sachschäden. Während die Personenschadenhaftung des Arbeitgebers beschränkt ist, wird die Sachschadenhaftung des Arbeitgebers über die Verschuldenshaftung des BGB hinaus ausgedehnt.[296]

Obwohl die Leistungen des Unfallversicherers kein Schmerzensgeld vorsehen, wird diese Regelung derzeit nicht als verfassungswidrig angesehen.[297]

Es spricht vieles dafür, den Haftungsausschluss für Schmerzensgeldansprüche aufzuheben. Das hätte zur Folge, dass meist der Kfz-Haftpflichtversicherer oder der Betriebs-Haftpflichtversicherer für das Schmerzensgeld einspringen müssten, ohne dass der Betriebsfrieden ernsthaft gestört würde[298]

177 ▶ Hinweis:

Bei der Möglichkeit des Sozialversicherers, nach § 110 SGB VII im Umfang des (fiktiven) zivilrechtlichen Schadens gegen den Verursacher vorzugehen, ist auch eine Geltendmachung des Schmerzensgeldes möglich.[299] Wenn der Geschädigte (etwa wegen Vorsatzes, der die Haftungsprivilegierung entsperrt) selbst Schmerzensgeld geltend machen kann, ist der SVT gehalten, nach §§ 110 Abs. 2 SGB VII auf die Geltendmachung zu **verzichten**.[300]

Trotz der missverständlichen Formulierung in § 110 Abs. 1 Satz 3 SGB VII fordert der BGH[301] Vorsatz oder grobe Fahrlässigkeit auch bezogen auf den rechtswidrigen Erfolg, also die **Rechtsgutverletzung**. (Nur) der Eintritt des Schadens muss nicht umfasst sein, die Rechtsgutverletzung gehört aber zum die Haftung begründenden Tatbestand.[302]

Der Anspruch nach § 110 SGB VII ist vor den **Zivilgerichten** geltend zu machen, der SVT kann ihn nicht mit Bescheid durchsetzen.

Der BGH[303] hat entschieden, dass trotz des erneut missverständlichen Wortlauts (»jedoch nur ...«) die **Beweislast** für die Höhe des (fiktiven) zivilrechtlichen Schadensersatzanspruchs nicht beim Schädiger liegt (so die Gegenauffassung, die diesem haftungsbegrenzende Wirkung zuschreibt), sondern nach allgemeinen Regeln – da Teil der Anspruchsbegründung – beim Sozialversicherungsträger.

Die in § 105 SGB VII geregelte Haftungsbegrenzung erfasst nicht die Schmerzensgeldansprüche von Angehörigen oder Hinterbliebenen eines Versicherten aufgrund sog. Schockschäden infolge eines Arbeitsunfalls des Versicherten.[304]

---

296 Griese, in: FS für Küttner S. 165 (170).

297 BGH, Urt. v. 04.06.2009 – III ZR 229/07, ZGS 2009, 344;LAG Köln, Urt. v. 03.08.2011 – 9 Sa 1469/10, unveröffentlicht, mit Hinweis auf die weitgehenden materiellen Leistungen im Falle eines Arbeitsunfalls. Krit. zu dieser Rechtslage Griese, in: FS für Küttner S. 165 (170 f.).

298 S. dazu ausführlich: Griese, in: FS für Küttner S. 165 (177.).

299 Hierzu Rdn. 218 f.

300 BGH, Urt. v. 27.06.2006 – VI ZR 143/05, NJW 2006, 3563.

301 BGH, Urt. v. 15.07.2008 – VI ZR 212/07, VersR 2008, 1407 (1409) = NJW 2009, 681; er begründet dies mit der weiteren Überlegung, dass ansonsten jedes bewusste Handeln als »vorsätzlich« qualifiziert werden müsse. Dem folgend etwa OLG Brandenburg, Urt. v. 22.12.2009 – 6 U 22/09, NJOZ 2011, 349, welches einen (absichtlichen!) Tritt eines 10 Jahre alten Schülers gegen das Bein der Lehrerin als »unvorsätzlich« gewertet hat, weil Vorsatz hinsichtlich der Verletzungsfolgen (Schädigung des durch Knorpeldefekte vorgeschädigten Knies) ausschied.

302 BGH, Urt. v. 15.07.2008 – VI ZR 212/07, VersR 2008, 1407 (1409) = NJW 2009, 681.

303 BGH, Urt. v. 29.01.2008 – VI ZR 70/07, NJW 2008, 2033. Dem folgend OLG Rostock, Urt. v. 26.09.2008 – 5 U 115/08, OLGR 2009, 115.

304 BGH, Urt. v. 06.02.2007 – VI ZR 55/06, VersR 2007, 803; Dahm, NZV 2008, 187.

Im Straßenverkehrsrecht spielt die Haftungsfreistellung eine besondere Rolle. 178

Der Unternehmer ist bei Arbeitsunfällen von der Haftung freigestellt, nicht aber, wenn es sich um einen versicherten Weg i. S. d. § 8 Abs. 2 SGB VII handelt. Die Haftungsfreistellung greift nur, wenn die Unfallfahrt betriebsbezogen ist.[305]

Der BGH[306] und das BAG[307] verwenden für diese Fälle die Terminologie »**Betriebsweg**«, § 8 Abs. 1 SGB VII. Es ist zwischen Betriebswegen und anderen Wegen nach § 8 Abs. 2 Nr. 1 bis 4 SGB VII zu unterscheiden. Ein Betriebsweg ist nicht schon dann anzunehmen, wenn die Fahrt (auch) im Interesse des Betriebs liegt, sondern erst dann, wenn sie maßgeblich durch die betriebliche Organisation geprägt ist und sich als Teil des innerbetrieblichen Organisations- und Funktionsbereichs darstellt.[308] So kann eine vom Arbeitgeber organisierte Fahrgelegenheit zwischen Wohnort und Werk einen Betriebsweg darstellen mit der Folge, dass der Haftungsausschluss eingreift.[309] Indes stellt eine gemeinsame Fahrt zu einem Prüfungsort keinen Betriebsweg – sondern einen Wegeunfall – dar, da die Prüflinge auch getrennt und mit öffentlichen Verkehrsmitteln hätten anreisen können, die Fahrt also nicht als Teil eines innerbetrieblichen Organisations- und Funktionsbereichs erscheint.[310] 179

Betriebsbezogenheit ist z. B. gegeben, wenn der Unternehmer die im Betrieb mitarbeitende Ehefrau, die also versichert ist, im Auto auf eine Fahrt mitnimmt, die dem Warenaustausch mit einem kooperierenden Betrieb und Kundenbesuchen dient.[311] Nimmt ein Unternehmer einen Betriebsangehörigen auf eine solche Fahrt mit, liegt regelmäßig keine Teilnahme am allgemeinen Verkehr vor. Der betriebsbezogene Charakter einer solchen Fahrt ändert sich auch nicht dadurch, dass sie durch eine private oder familienrechtliche Beziehung zum Unternehmer mitveranlasst ist. Um einen Betriebsweg handelt es sich auch, wenn ein Geschäftsführer gemeinsam mit einem Außendienstmitarbeiter im Fahrzeug des Geschäftsführers Kundenbesuche durchführt. Verursacht der Geschäftsführer als Fahrer einen Unfall, steht dem Mitarbeiter kein Schmerzensgeldanspruch zu, weil das Haftungsprivileg der §§ 104, 105 SGB VII greift.[312] 180

Diese Unterscheidung der Rechtsprechung beruht darauf, dass die betrieblichen Risiken bei der Teilnahme am allgemeinen Verkehr keine Rolle spielen, während bei einem Betriebsweg die Fahrt selbst als Teil des innerbetrieblichen Organisations- und Funktionsbereichs erscheint.[313] 181

305 Diederichsen, DAR 2005, 301 (304).

306 BGH, Urt. v. 02.12.2003 – VI ZR 349/02, VersR 2004, 379 = ZfS 2004, 209 m. Anm. Gaul; BGH, Urt. v. 09.03.2004 – VI ZR 439/02, VersR 2004, 788 = ZfS 2004, 312; BGH, Urt. v. 14.09.2004 – VI ZR 32/04, VersR 2004, 1604 = ZfS 2005, 73.

307 BAG, Urt. v. 24.06.2004 – 8 AZR 2922/03, ZfS 2004, 555.

308 BGH, Urt. v. 09.03.2004 – VI ZR 439/02, VersR 2004, 788 (789); BGH, Urt. v. 07.11.2006 – VI ZR 211/05, VersR 2007, 64 = NJW 2007, 1754.

309 OLG München, Urt. vom 21.03.2012 – 10 U 3927/11, r+s 2012, 257.

310 OLG Celle, Urt. v. 12.05.2010 – 14 U 166/09, r+s 2010, 483 (484).

311 OLG Bamberg, Urt. v. 15.06.2004 – 5 U 186/03, OLGR 2005, 68.

312 LG Aachen, Urt. v. 05.11.2004 – 7 S 206/04, SP 2005, 232.

313 BGH, Urt. v. 02.12.2003 – VI ZR 349/02, ZfS 2004, 209 (211).

182 Diese Rechtsprechung geht sogar soweit, auch den Betriebsparkplatz in jedem Fall zum Betriebsgelände zu zählen[314] und dadurch das Haftungsprivileg des Unternehmers auch für Unfälle zu gewähren, die sich nach dem Verlassen des Betriebs ereignen, obwohl manches dafür spricht, hier eine Teilnahme am allgemeinen Verkehr anzunehmen.

183 Die tatbestandlichen Grundvoraussetzungen des § 104 Abs. 1 SGB VII bleiben ggü. § 636 RVO unverändert. Die Vorschrift ist aber unter Berücksichtigung der in Rechtsprechung und Lehre gewonnenen Erkenntnisse fortentwickelt worden. Die Bestimmung des § 104 Abs. 1 SGB VII regelt die Haftungsfreistellung nun ggü. denjenigen Versicherten, die für ihre Unternehmen tätig sind oder zu ihren Unternehmen in einer sonstigen, die Versicherung begründenden Beziehung stehen. Die ggü. § 636 Abs. 1 RVO weitere Fassung des § 104 Abs. 1 SGB VII hat v. a. Bedeutung für die Haftungsfreistellung des Unternehmers ggü. den sog. »Wie-Beschäftigten« – § 2 Abs. 2 SGB VII.[315]

184 Nach § 105 Abs. 1 Satz 1 SGB VII sind auch Personen, die durch eine betriebliche Tätigkeit einen Versicherungsfall von Versicherten desselben Betriebs verursachen, diesen nach anderen gesetzlichen Vorschriften zum Ersatz eines Personenschadens nur verpflichtet, wenn sie den Versicherungsfall vorsätzlich herbeigeführt haben.

185 Nach § 106 Abs. 3, 3. Alt. SGB VII gilt dies auch für die Ersatzpflicht der für die beteiligten Unternehmen Tätigen, wenn Versicherte mehrerer Unternehmen vorübergehend betriebliche Tätigkeiten auf einer gemeinsamen Betriebsstätte verrichten.[316]

186 Eine gemeinsame Betriebsstätte wird verneint, wenn der Fahrer eines Lkw an die Rampe fährt und ein Gabelstaplerfahrer, der zum Be- oder Entladen den Auflieger des Lkw befährt, dabei zu Schaden kommt.[317] Es handelt sich nicht um eine gemeinsame Betriebsstätte, weil die Tätigkeitsbereiche des Lkw-Fahrers und des Gabelstaplerfahrers deutlich voneinander getrennt sind. Ebenso hat der BGH[318] eine gemeinsame Betriebsstätte eines Baumarktmitarbeiters, der beim Übergeben der Ware mit einem Gabelstapler den Käufer, der für seinen Arbeitgeber tätig war, angefahren hatte, verneint: es fehle an der Gefahr, dass sich die beteiligten Arbeitnehmer »ablaufbedingt in die Quere kämen«. Andererseits ist eine gemeinsame Betriebsstätte in einem Fall angenommen worden, in welchem ein Fuhrunternehmer sich anlässlich der Beladung seines Fahrzeugs in einem Warenlager von der Hebevorrichtung eines Gabelstaplers in die Höhe heben ließ und hierbei abstürzte,[319] ebenso, wenn ein Spediteur beim Ausladen vor einer Lagerhalle von einem Gabelstapler des Lageristen angefahren wird[320], umgekehrt der

---

314 LG Dresden, Urt. v. 16.04.2004 – 10 O 5837/03, NZV 2004, 469; LG Bochum, Urt. v. 31.08.2004 – 2 O 222/04, NJW-RR 2005, 29. Beachte hierzu BGH, Urt. v. 25.10.2005 – VI ZR 334/04, DAR 2006, 201 = ZfS 2006, 203, der überzeugend ausführt, dass es in dem von den Vorinstanzen über den »Betriebsweg« entschiedenen Fall auf diese Frage nicht ankam. Vgl. dazu auch Diederichsen, DAR 2006, 301 (303).

315 LG Aschaffenburg, Urt. v. 09.12.2004 – 2 S 174/04, SP 2005, 266.

316 Nicht unter die §§ 104 ff. SGB VII fällt z. B. der Tritt in das Gesäß einer Mitarbeiterin, der zu einer Steißbeinfraktur führt, weil dieser Tritt nicht zur »betrieblichen Tätigkeit« einer Maschinenführerin ggü. einer Packerin gehört. § 105 Abs. 1 SGB VII sperrt daher nicht Ansprüche auf Schadensersatz und Schmerzensgeld, LAG Düsseldorf, Urt. v. 27.05.1998 – 12 (18) Sa 196/98, BB 1998, 1694.

317 Zur Unterscheidung zwischen »derselben« und der »gemeinsamen« Betriebsstätte vgl. BGH, Urt. v. 14.09.2004 – VI ZR 32/04, VersR 2004, 1604 = NJW 2005, 288.

318 BGH, Urt. v. 10.05.2011 – VI ZR 152/10, VersR 2011, 882 = MDR 2011, 786.

319 OLG Frankfurt am Main, Urt. v. 05.12.2008 – 15 U 110/08, r+s 2010, 485.

320 OLG Hamm, Urt. v. 14.03.2011 – 6 U 186/10, NJW-Spezial 2011, 426. Dass der Lagerarbeiter den Spediteur vor dem Unfall gar nicht bemerkt hatte, steht dem erforderlichen »bewussten Miteinander« nicht entgegen; da sich der Schädiger in diesem Fall gar nicht auf Dritte einstellen konnte, muss die Haftungsprivilegierung erst recht eingreifen.

Gabelstaplerfahrer beim Versuch des Beladens sich selbst verletzt[321], beim Abladen vom LKW geholfen wird[322] oder ein Mitarbeiter einer Firma, die Maschinen liefert und aufbaut, in Erfüllung eines Kaufvertrages beim Kunden die Maschine aufbaut und einen dort angestellten Mitarbeiter um Hilfe beim Aufbau bittet, wenn durch dessen Nachlässigkeit der andere verletzt wird,[323] ferner auch, wenn ein Arbeitgeber für eine Fahrgelegenheit von Wohnort zum Werk, die er für seine Arbeitnehmer organisiert hat, einen Drittunternehmer anstellt und dann ein Arbeitnehmer beim Ausstieg aus dem Bus verletzt wird.[324]

187 Der BGH[325] führte die Rechtsprechung zur Haftungsprivilegierung des Unternehmers fort, die er zu § 539 Abs. 1 Nr. 1 und Abs. 2 RVO entwickelt hatte.[326] Danach ist Versicherungsschutz Voraussetzung für die Haftungsprivilegierung des Unternehmers nach § 106 Abs. 3, 3. Alt. SGB VII, der selbst auf einer gemeinsamen Betriebsstätte tätig wird. I. d. R. sei davon auszugehen, dass der Unternehmer, der Aufgaben wahrnimmt, die sowohl in den Aufgabenbereich seines Unternehmens, als auch in denjenigen eines fremden Unternehmens fielen, allein zur Förderung seines Unternehmens tätig werde. Erst wenn die Tätigkeit nicht mehr als Wahrnehmung einer Aufgabe seines Unternehmens bewertet werden könne, könne ein Versicherungsschutz gem. § 2 Abs. 2 Satz 1 SGB VII aufgrund der Zuordnung der Tätigkeit zu dem fremden Unternehmen in diesem gegeben sein.

188 Die Bestimmung des § 105 SGB VII zieht den Kreis der **von der Haftung freigestellten Personen** weiter als § 637 RVO. Es kommt nicht mehr darauf an, ob der Schädiger Betriebsangehöriger des Unfallbetriebs ist. Von der Haftung freigestellt sind jetzt alle Personen, die durch eine betriebliche Tätigkeit einen Versicherungsfall von Versicherten desselben Betriebs verursachen. **Betriebliche Tätigkeit** i. S. d. § 105 SGB VII kann jetzt namentlich eine sog. »Wie-Beschäftigung« sein, die nach altem Recht nicht zur Haftungsfreistellung des Schädigers führte. Im Ergebnis bestehen damit jetzt gleiche Voraussetzungen für die Haftungsfreistellung des Schädigers und für den Versicherungsschutz der Geschädigten.[327]

189 Eine zusätzliche Erweiterung der Haftungsfreistellung erreicht § 105 SGB VII dadurch, dass der so erweiterte Personenkreis der betrieblich Tätigen ggü. einem ebenfalls vergrößerten Kreis Geschädigter privilegiert ist. Hinzugekommen sind zum einen versicherte und nichtversicherte Unternehmer, zum anderen die gem. § 4 Abs. 1 Nr. 1 SGB VII versicherungsfreien Personen, insb. also Beamte.[328]

190 So hat der BGH[329] alle mit der Vorbereitung und Durchführung des Sportunterrichts auf einer vom Schulträger betriebenen Sportstätte (Skipiste) befassten Mitarbeiter i. R. d. Haftungsprivilegierung des § 106 Abs. 1 Nr. 3 SGB VII als in den Schulbetrieb eingegliederte Betriebsangehörige betrachtet.

191 Eine besondere Rolle spielen in diesem Zusammenhang **Schulunfälle**, d. h. Unfälle, die sich während des Schulbesuchs ereignen. Der Weg von und zur Schule ist i. d. R. Teilname am

321 OLG Hamm, Beschl. v. 02.11.2011 – 9 W 37/11, NJOZ 2012, 1435.
322 OLG Jena, Urt. v. 30.10.2012 – 5 U 573/11, r+s 2013, 150.
323 OLG Schleswig, Urt. v. 28.08.2009 – 4 U 24/09, NJOZ 2011, 614.
324 OLG München, Urt. vom 21.03.2012 – 10 U 3927/11, r+s 2012, 257.
325 BGH, Urt. v. 23.03.2004 – VI ZR 160/03, VersR 2004, 1045 = NZV 2004, 349.
326 Diederichsen, DAR 2005, 301 (303) m. w. N.
327 Waltermann, NJW 1997, 3401 (3402) m. w. N. und Diederichsen, DAR 2005, 301 (304).
328 Eingehend hierzu: Waltermann, NJW 1997, 3401 (3402) m. w. N.; vgl. auch OLG Naumburg, Urt. v. 08.08.2002 – 4 U 91/02, OLGR 2003, 206.
329 BGH, Urt. v. 26.11.2002 – VI ZR 449/01, NJW 2003, 1121.

allgemeinen Straßenverkehr und als Wegeunfall zwar versichert, aber nicht haftungsprivilegiert, weil der Weg i. d. R. nicht »schulbezogen« ist.[330]

192 Zu diesen Schulunfällen gehören Schäden, die ein Schüler einem Mitschüler zufügt. Die Rechtsprechung legt die Schulbezogenheit recht weit aus und bejaht diese z. B. auch bei Unfällen, die sich **außerhalb des Schulgebäudes** ereignen, wenn sie auf die Vor- oder Nachwirkungen des Schulbetriebs zurückzuführen sind.[331] Zweifelhaft ist daher, dass das OLG Köln in einer Situation, in welcher das verletzte Schulkind aufgrund des Gedränges an der Bushaltestelle nach vorn gedrängt und von hinten gestoßen wurde und dadurch unter den ankommenden Schulbus geriet, die Schulbezogenheit des Unfalls abgelehnt hat.[332]

Wird also ein Schüler durch einen Mitschüler während des Schulbesuchs, z. B. bei einer Rauferei[333] verletzt, die i. d. R. als schulbezogen zu werten ist, ist dieser zum Ersatz des Personenschadens nach dem Recht der unerlaubten Handlung nur verpflichtet, wenn er den Unfall vorsätzlich herbeigeführt hat. Ist der eingetretene Schaden jedoch nicht auch von seinem Vorsatz umfasst (sog. doppelter Vorsatz),[334] kann sich der Schädiger auf das **Haftungsprivileg** des § 105 SGB VII berufen. Eine Entsperrung der Haftung tritt in diesem Fall – wie schon unter der Geltung der §§ 636, 637 RVO – nicht ein. Die Ablösung der §§ 636 ff. RVO durch die §§ 104 ff. SGB VII mit dem Gesetz zur Einordnung des Rechts der gesetzlichen Unfallversicherung in das Sozialgesetzbuch[335] hat an diesem Verständnis des Vorsatzbegriffs nichts geändert.

193 Diese rechtliche Beurteilung ist nicht unumstritten, jedoch hat der BGH an der früheren Beurteilung mit der h. M. am Erfordernis des »doppelten Vorsatzes« auch nach der Gesetzesänderung festgehalten.[336] Für Schüler hat das OLG Nürnberg[337] dazu ausgeführt:

»Eine Entsperrung des Haftungsprivilegs käme deshalb nur dann in Betracht, wenn sich der Vorsatz des Beklagten auch auf die eingetretene Schadensfolge bezogen hätte.

Bei Verletzungshandlungen eines Schülers, die durch aufgestaute Aggressionen und bedenkenloses Verhalten geprägt sind, kann die Annahme eines qualifizierten Vorsatzes nur anhand besonderer Indizien bejaht werden.«

194 Zu einer Haftungsfreistellung und damit zum Ausschluss eines Anspruchs auf Zahlung von Schmerzensgeld kommt es dann nicht, wenn jemand als **Nothelfer** i. S. d. § 2 Abs. 1 Nr. 13a SGB VII tätig wird. Nothilfe ist keine »die Versicherung begründende Beziehung« i. S. d.

330 Anders OLG Koblenz, Urt. v. 29.05.2006 – 12 U 1459/04, NJW-RR 2006, 1174; krit. zu dieser Entscheidung u. a. Heß/Burmann, NJW 2007, 486 (489).

331 OLG Hamm, Urt. v. 20.01.2004 – 9 U 151/03, VersR 2005, 369: Knallkörperwurf an Schulbushaltestelle; OLG Koblenz, Urt. v. 29.05.2006 – 12 U 1459/04, NZV 2006, 578: Rangelei im Bus; BGH, Urt. v. 15.07.2008 – VI ZR 212/07, VersR 2008, 1407 (1409): Schneeballschlacht nach Schulende an der 100 Meter von der Schule entfernten Bushaltestelle.

332 OLG Köln, Beschl. v. 12.01.2011 – 11 U 290/10, MDR 2011, 594. Ergebnisorientiert mag eine Rolle gespielt haben, dass die Klage gegen den Halter des Busses gerichtet war und die Annahme eines schulbezogenen Unfalls zu einer faktischen Kürzung des Anspruchs des verletzten Kindes nach den Grundsätzen der gestörten Gesamtschuld geführt hätte.

333 OLG Hamm, Urt. v. 28.01.2002 – 6 U 63/01, NJW-RR 2002, 1321.

334 BGH, Urt. v. 30.03.2004 – VI ZR 163/03, BGHR 2004, 1012.

335 BGBl. I 1996, S. 1254.

336 BGH, Urt. v. 11.02.2003 – VI ZR 34/02, VersR 2003, 595; so auch OLG Nürnberg, Urt. v. 20.12.2001 – 8 U 2749/01, NJW-RR 2003, 160; OLG Hamm, Urt. v. 28.01.2002 – 6 U 63/01, NJW-RR 2002, 1321; OLG Hamm, Urt. v. 06.05.2002 – 13 U 224/01, OLGR 2002, 354; Waltermann, NJW 1997, 3401 (3402) m. w. N.

337 OLG Nürnberg, Urt. v. 20.12.2001 – 8 U 2749/01, NJW-RR 2003, 160.

§ 104 SGB VII. Vielmehr wird der Versicherungsschutz des Nothelfers durch die Leistung der Nothilfe begründet und folgt unmittelbar aus § 2 Abs. 1 Nr. 13a SGB VII, wird also gerade nicht durch die Beziehung zu einem Unternehmen begründet, wie § 104 SGB VII voraussetzt.[338] Das gilt auch dann, wenn die Hilfeleistung einem Unternehmer zugute kommt. Bei einer Hilfeleistung i. S. d. § 2 Abs. 1 Nr. 13a SGB VII ergibt sich also die Unfallversicherung kraft Gesetzes und nicht etwa daraus, dass der Versicherte einem Unternehmen zu Hilfe kommt, sondern weil er Nothilfe i. S. d. Vorschrift leistet und somit der Allgemeinheit hilft. Der Unfallversicherungsschutz wird für den Dienst an der Allgemeinheit gewährt und soll die Bereitschaft zur Hilfeleistung durch eine soziale Existenzsicherung fördern, nicht aber einen Unternehmer privilegieren, dem möglicherweise die Hilfeleistung zugute kommt.

195 Der **Versicherungsschutz für Hilfeleistung** i. S. d. § 2 Abs. 1 Nr. 13a SGB VII passt nicht zur Struktur der Unfallversicherung, weil er nicht von Unternehmen, sondern von der Allgemeinheit finanziert wird. Als öffentlich-rechtliche Unfallfürsorge ist der Versicherungsschutz darauf gerichtet, die Schäden des Hilfeleistenden zu kompensieren, er soll aber nicht einen zivilrechtlich Verantwortlichen von seiner Haftung befreien.[339]

2. Dienstunfälle bei Beamten

196 Ebenso wie bei Arbeitsunfällen verhält es sich bei Dienstunfällen von **Beamten**,[340] vgl. § 46 BVG. Nach dieser Bestimmung sind Unfallfürsorgeansprüche für Beamte und Hinterbliebene begrenzt. Weitergehende Ansprüche nach allgemeinen gesetzlichen Vorschriften, insb. Schmerzensgeldansprüche, können gegen einen öffentlich-rechtlichen Dienstherrn nur geltend gemacht werden, wenn der Dienstunfall durch eine vorsätzliche unerlaubte Handlung verursacht worden ist oder sich bei Teilnahme am allgemeinen Verkehr ereignet hat.

197 Beamte unterliegen nicht den sozialrechtlichen Bestimmungen, nicht dem SGB VII. Sie haben gegen den Dienstherrn aber Ansprüche auf Unfallfürsorge, vgl. § 87 BBG, § 46 BVG.

3. Haftungsbegrenzungen – Haftungshöchstgrenzen

198 Die Gefährdungshaftungstatbestände sehen zumeist, quasi als Ausgleich für die verschuldensunabhängige Haftung, eine Begrenzung dieser Haftung auf Haftungshöchstbeträge vor. Üblich ist hierbei die Differenzierung in globale (auf alle Geschädigte eines Unfallereignisses bezogene) und individuelle (auf den einzelnen Geschädigten bezogene) Haftungshöchstgrenzen. Die Haftungshöchstgrenzen, welche sinnvollerweise an dem typischen Ausmaß der Gefährdungsrisiken orientiert sein sollten, erreichten in den Gesetzesfassungen vor dem 01.08.2002 höchst unterschiedliche Beträge. Hierfür war zum einen maßgeblich, dass die Gefährdungspotenziale vom damaligen Gesetzgeber unterschiedlich eingeschätzt worden waren; noch entscheidender war jedoch, dass die Anpassungen in den Gesetzen nicht immer zeitgleich vorgenommen worden waren. So war im Arzneimittelrecht erst 1994 die individuelle Haftungshöchstgrenze auf 1 Mio. DM heraufgesetzt worden. Demgegenüber lag die letzte Änderung der in der Praxis höchst bedeutsamen Höchstgrenzen des Straßenverkehrsrechts 25 Jahre zurück.[341]

199 Die **betragsmäßige Festlegung der Haftungshöchstgrenzen** bedingt, dass diese von Zeit zu Zeit an die geänderten wirtschaftlichen Verhältnisse angepasst werden müssen, um im Regelfall ausreichende Schadensdeckung zu gewährleisten. Allerdings hat, gerade im Bereich der

338 BGH, Urt. v. 24.01.2006 – VI ZR 290/04, VersR 2006, 548 = DAR 2006, 321; vgl. auch Diederichsen, DAR 2006, 301 (304).

339 BGH, Urt. v. 24.01.2006 – VI ZR 290/04, DAR 2006, 321 (322).

340 S. dazu Palandt/Grüneberg, § 253 Rn. 9.

341 BT-Drucks. 14/7752, S. 17, Müller, ZRP 1998, 258.

Straßenverkehrshaftung, die Festlegung einer Haftungsgrenze zwei Seiten: da für den Schädiger eine Versicherung eintritt und mit ihr letztlich die Gemeinschaft der Versicherten, sind die Bürger nicht nur in der Rolle als Geschädigte, sondern auch als Schädiger bzw. Versicherungsnehmer über das »Band der Beitragszahlung« wirtschaftlich fühlbar mit der allgemeinen Schadensentwicklung verbunden.[342] Es handelt sich also um ein System, das größtmöglicher Ausgewogenheit bedarf; eine zu einseitige Besserstellung des Geschädigten durch übergroße Anhebung der Haftungshöchstgrenzen wäre nicht angeraten gewesen.

200 Diese **Anpassung der Haftungshöchstgrenzen** ist zunächst mit dem 2. Gesetz zur Änderung schadensersatzrechtlicher Vorschriften mit Wirkung zum 01.08.2002 vorgenommen worden. Gerade die teilweise seit 20 Jahren unveränderten Haftungshöchstgrenzen aus so wichtigen Bereichen wie dem Straßenverkehrsrecht, dem HaftPflG oder dem LuftVG seien, so wurde in der Gesetzesbegründung ausgeführt, angesichts der zwischenzeitlich erheblich gestiegenen Lebenserhaltungs- und Heilbehandlungskosten nicht mehr angemessen. Ebenso war eine Vereinheitlichung der Haftungshöchstgrenzen angestrebt: der gleiche Schaden sollte grds. auch der gleichen Haftungshöchstgrenze unterliegen, gleichgültig, aus welchem Tatbestand er ersatzfähig ist.[343] Dies war nach »altem Recht« nicht durchgängig der Fall gewesen.

201 Um den gleichen Schaden, gleichwohl aus welchem Tatbestand er zu ersetzen ist, auch der **gleichen Höchstgrenze** zu unterwerfen, ist der **individuelle Haftungshöchstbetrag** einheitlich auf einen Kapitalbetrag von 600.000,00 € und eine Jahresrente von 36.000,00 € festgesetzt worden. Dies galt für die Straßenverkehrshaftung (§ 12 Abs. 1 Nr. 1 StVG) ebenso wie für die Bahnverkehrshaftung (§ 9 HaftPflG), die Luftverkehrshaftung (§§ 37 Abs. 2, 46 LuftVG), die Arzneimittelhaftung (§ 88 Abs. 1 AMG) und die Bergschadenshaftung (BBergG).

202 Die **globalen Haftungshöchstgrenzen** sind weiterhin individuell auf das jeweilige Gesetz zugeschnitten: Da sie risikoabhängig sind, entziehen sie sich einer Harmonisierung.

203 Zwei weitere **Änderungen des StVG** im Zuge des 2. Gesetzes zur Änderung schadensersatzrechtlicher Vorschriften waren die Festlegung besonderer Höchstgrenzen für Gefahrguttransporte und die Einführung eines § 12b StVG, der für Schäden bei dem Betrieb eines gepanzerten Gleiskettenfahrzeuges keine Begrenzung der Haftung in der Höhe mehr vorsieht. Grund hierfür war die Gleichstellung von militärischen Land- und Luftfahrzeugen, was ihre haftungsrechtliche Situation anbetrifft. Der Gesetzgeber hatte dies, gerade vor dem Hintergrund der Flugunglücke in Ramstein und Remscheid, für eine sinnvolle Maßnahme gehalten.[344] Der Begriff des Gleiskettenfahrzeugs entspricht § 34b Abs. 1 StVZO.

204 Während § 12 StVG i. d. F. vor dem 18.12.2007 zwischen individuellen (pro Geschädigtem) und globalen (pro Schadensfall) Haftungshöchstgrenzen unterschieden hatte, ist die Norm aufgrund europarechtlicher Vorgaben durch die 5. Kfz-Haftpflicht-Richtlinie[345] geändert worden und beinhaltet nun lediglich noch eine globale Haftungshöchstgrenze von **5 Mio. € für die Personenschäden nach einem Unfall und 1 Mio. € für die Sachschäden.**[346] Fällen mit einer Vielzahl Geschädigter wird dadurch Rechnung getragen, dass sich im Fall einer **entgeltlichen, geschäftsmäßigen Personenbeförderung** bei der Tötung oder Verletzung von mehr als **acht beförderten Personen** dieser Betrag um **600.000,00 €** für jede weitere getötete oder verletzte beförderte Person erhöht.

342 Müller, ZRP 1998, 258.

343 BT-Drucks. 14/7752, S. 18.

344 BT-Drucks. 14/7752, S. 32.

345 Abl. EG Nr. L 149 v. 11.06.2005 (S. 14).

346 2. Gesetz zur Änderung des Pflichtversicherungsgesetzes, Gesetz v. 10.12.2007, BGBl. I 2007, S. 2833. Hierzu Bollweg, NZV 2007, 599.

Im Fall von Rentenleistungen ist deren Kapitalwert für die Beurteilung entscheidend, vgl. § 12 Abs. 1 Satz 2 StVG.

205 Nach § 12a StVG sind diese Grenzen nochmals erhöht, wenn es sich um einen **Gefahrguttransport** handelte; dann haftet der Ersatzpflichtige, sofern der Schaden durch die die Gefährlichkeit der beförderten Güter begründenden Eigenschaften verursacht wurde,

- im Fall der Tötung oder Verletzung mehrerer Menschen durch dasselbe Ereignis bis zu einem Betrag von 10 Mio. €,
- im Fall der Sachbeschädigung an unbeweglichen Sachen, auch wenn durch dasselbe Ereignis mehrere Sachen beschädigt werden, bis zu einem Betrag von 10 Mio. €.

206 Reichen die Haftungshöchstgrenzen nicht aus, um alle Unfallgeschädigten zu befriedigen, erfolgt eine **anteilige Verteilung** nach § 12 Abs. 2 StVG, wobei sich die einzelnen Entschädigungen in dem Verhältnis verringern, in welchem ihr Gesamtbetrag zu dem Höchstbetrag steht.[347]

207 **Änderungen** erfolgten auch im Bereich des **HaftPflG**. Dieses kannte bislang keine generellen Haftungshöchstsummen für Personenschäden. Lediglich für den nach § 8 HaftPflG in Form einer Geldrente zu entrichtenden Schadensersatz wegen Aufhebung oder Minderung der Erwerbsfähigkeit und wegen Vermehrung der Bedürfnisse des Geschädigten sah § 9 HaftPflG eine Höchstgrenze vor. Durch die Umformulierung des § 9 HaftPflG ist seit 2002 eine individuelle Haftungshöchstgrenze von den bekannten 600.000,00 € (bzw. 36.000,00 € jährliche Rente) festgelegt worden. Auch die globale Haftungshöchstgrenze bei Sachschäden ist von 100.000,00 DM auf 300.000,00 € angehoben worden.

208 Die **Haftung nach dem Luftverkehrsgesetz (LuftVG)** differenziert danach, ob die Schädigungen bei unbeteiligten Dritten oder bei Fluggästen eintreten. Werden Dritte geschädigt, gilt § 37 LuftVG, der den Höchstbetrag nach dem Gewicht des Flugzeugs staffelt. 2/3 hiervon sind für Personenschäden bestimmt. Wenn sie hierfür ausreichen, bleibt das restliche Drittel für die Sachschäden; ansonsten ist das restliche Drittel anteilsmäßig für die ungedeckten Personenschäden und die Sachschäden zu verwenden (§ 37 Abs. 4 LuftVG). Abgesichert wird der Anspruch durch eine Deckungsvorsorge in Form einer Haftpflichtversicherung oder Sicherheitsleistung (§ 43 LuftVG, §§ 102 ff. LuftVZO), auch ist die Haftung nach allgemeinem Deliktsrecht nicht ausgeschlossen, vgl. § 42 LuftVG.

209 Die Grenzen des § 37 Abs. 1 LuftVG sind anlässlich der **Euro-Umstellung** noch einmal angehoben worden. Die individuelle Haftungshöchstgrenze aus § 37 Abs. 2 LuftVG ist auf den (Regel-) Betrag von 600.000,00 € angehoben und damit mehr als verdoppelt worden.

Für die **Haftung ggü. Fluggästen** ist keine globale Höchstgrenze vorgesehen. Die individuelle Höchstgrenze für Personenschäden ist wiederum auf 600.000,00 € angehoben. Unter den Einschränkungen des § 48 LuftVG bleibt auch hier eine unbeschränkte Haftung aus Delikt möglich.

210 Im **Umwelthaftungsrecht** sieht § 15 UmweltHaftG eine neue Höchstgrenze von 85 Mio. € vor, die auch für das ProdHaftG (§ 10 Abs. 1) und das GenTG (§ 33 Satz 1) eingeführt worden ist.

---

347 Vgl. hierzu BGH, Urt. v. 10.10.2006 – VI ZR 44/05, NJW 2007, 370 = VersR 2006, 1679.

211 **Übersicht 3: Aktuelle Haftungshöchstgrenzen**

Gesetz	Alt	Neu
§ 12 StVG		
Tötung oder Verletzung einer Person	600.000,00 €	5.000.000,00 €
	36.000,00 €/Jahr	
Tötung/Verletzung mehrerer Personen	3.000.000,00 €	5.000.000,00 € und Erhöhung bei geschäftsmäßiger Beförderung
	180.000,00 €/Jahr	
Sachschäden	300.000,00 €	1.000.000,00 €
§ 12a StVG (Gefahrgüter)		
Tötung/Verletzung einer Person	600.000,00 €	10.000.000,00 €
	36.000,00 €/Jahr	
Tötung/Verletzung mehrerer Personen	6.000.000,00 €	10.000.000,00 €
	360.000,00 €/Jahr	
Sachschaden an Immobilie	6.000.000,00 €	10.000.000,00 €
Sonstiger Sachschaden	300.000,00 €	wie § 12 StVG
§ 12b StVG (Militärfahrzeug)	Keine Begrenzung.	Keine Begrenzung
§ 9 HaftPflG		
Tötung/Verletzung je Person	(keine Begrenzung)	600.000,00 €
	30.000,00 DM/Jahr	36.000,00 €/Jahr
§ 10 HaftPflG		
Sachschaden (außer Grundstücke)	100.000,00 DM	300.000,00 €
§ 88 AMG	-	
Tötung/Verletzung einer Person	1.000.000,00 DM	600.000,00 €
	60.000,00 DM/Jahr	36.000,00 €/Jahr
Tötung/Verletzung mehrerer Personen	200.000.000,00 DM	120.000.000,00 €
	12.000.000,00 DM/Jahr	7.200.000,00 €/Jahr
§ 37 LuftVG		
Tötung/Verletzung einer Person	500.000,00 DM	600.000,00 €
		36.000,00 €/Jahr
§ 48 Abs. 3 LuftVG		
Tötung/Verletzung einer Person	320.000,00 DM	600.000,00 €
		36.000,00 €/Jahr

Gesetz	Alt	Neu
§ 8 BDSG		
Schadensersatz und Schmerzensgeld	250.000,00 DM	130.000,00 €
§ 33 GenTG		
Schadensersatz – und Schmerzensgeld	160.000.000,00 DM	85.000.000,00 €
§ 10 ProdHaftG		
Schadensersatz – und Schmerzensgeld	160.000.000,00 DM	85.000.000,00 €
§ 15 UmweltHaftG		
Tötung/Verletzung	160.000.000,00 DM	85.000.000,00 €
Sachbeschädigung	160.000.000,00 DM	85.000.000,00 €
§ 451c HGB		
Frachtschäden	1.200,00 DM/m3 Laderaum	620,00 €/m3 Laderaum
§ 451e HGB		
Frachtschäden	1.200,00 DM/m3 Laderaum	620,00 €/m3 Laderaum

Anmerkungen:

1) Zeile 1 jeweils: Kapital, Zeile 2 jeweils: Jahresrente.

212 Im Hinblick auf die Haftungshöchstgrenzen nach § 12 StVG und in allen Fällen der Gefährdungshaftung darf nicht übersehen werden, dass diese Haftungsbegrenzung – jedenfalls auf Antrag des Beklagten – in einem **Feststellungsurteil** auszusprechen ist, wenn die Schadensersatzansprüche nur auf eine Anspruchsgrundlage aus dem Bereich der Gefährdungshaftung gestützt sind. Das gilt nur dann nicht, wenn der Schaden offensichtlich diese Höchstgrenze nicht erreichen kann. Fehlt eine solche Begrenzung im Urteilstenor, reicht es allerdings aus, wenn sie sich aus den Gründen des Urteils ergibt.

4. Handeln auf eigene Gefahr

213 In verschiedenen Fallgestaltungen wird ein Schmerzensgeldanspruch ganz oder teilweise ausgeschlossen, weil der Verletzte auf eigene Gefahr gehandelt hat.

214 Der Haftungsausschluss wegen des Handelns auf eigene Gefahr beruht auf dem Gedanken, dass es widersprüchlich sein kann, wenn der Geschädigte den Schädiger für Risiken in Anspruch nimmt, die er bewusst oder leichtfertig eingegangen ist. Die Rechtsprechung nimmt die Grundsätze der §§ 242, 254 BGB zum Ausgangspunkt der Wertung.[348] Die Anwendung dieser Grundsätze führt aber nicht immer dazu, dass eine **bewusste Selbstgefährdung** von vornherein die Haftung ausschließt; es hat vielmehr – wie auch sonst i. R. d. § 254 BGB – eine **Abwägung** stattzufinden, bei der alle Umstände zu würdigen sind, insb. die Beziehungen der Beteiligten, Art und Ursprung der Gefahrenlage, die Kalkulierbarkeit des Risikos, der Anlass für die Übernahme des Risikos und die Möglichkeit seiner Beherrschung. Das OLG Hamm[349] hat eine Schadensteilung vorgenommen in einem Fall, in dem der Verletzte einen vom Schädiger selbst gebastelten Knallkörper in die Hand genommen hatte, der explodierte

348 BGH, Urt. v. 14.03.1961 – VI ZR 189/59, BGHZ 34, 355.

349 OLG Hamm, Beschl. v. 22.08.1994 – 6 U 203/93, OLGR 1994, 257 f.

und die Hand des 19 Jahre alten Klägers schwer verletzte. Das Schmerzensgeld betrug dadurch 10.000,00 € statt der verlangten und angemessenen 20.000,00 €.[350]

V. Verkehrsopferhilfe

215 Kann der Geschädigte seine Ansprüche nicht durchsetzen, besteht unter bestimmten Voraussetzungen gem. § 12 PflVG ein Anspruch des Geschädigten gegen die Verkehrsopferhilfe e. V.[351] Die Verkehrsopferhilfe haftet allerdings nur subsidiär, wenn Ansprüche gegen Dritte (Arbeitgeber, Kranken- oder Rentenversicherung) nicht bestehen und wenn keine Kaskoversicherung abgeschlossen ist.

216 Sie haftet insb., wenn:
- das Schädigerfahrzeug (Kfz oder Anhänger) nicht zu ermitteln ist oder pflichtwidrig nicht oder nicht mehr versichert ist,
- der Schaden vorsätzlich und widerrechtlich durch ein Kfz oder einen Anhänger verursacht wurde (§ 103 VVG) oder
- der Kfz-Haftpflichtversicherer des Verursachers zahlungsunfähig ist.

217 Begeht der den Unfall verursachende Fahrer **Verkehrsunfallflucht** (Fahrerflucht), beschränkt sich die Leistung der Verkehrsopferhilfe auf den 500,00 € übersteigenden Betrag. Sachschäden am eigenen Fahrzeug werden zudem nur ersetzt, wenn aufgrund desselben Unfalls Personenschadensersatz wegen erheblicher Verletzung oder Tötung einer Person zu leisten ist. **Schmerzensgeldzahlungen** erfolgen nur, wenn diese wegen der besonderen Schwere der Verletzung zur Vermeidung einer groben Unbilligkeit erforderlich sind.[352]

VI. Anrechenbarkeit des Schmerzensgeldes

1. Sozialrecht

218 Schmerzensgeld gehört grds. zum **Schonvermögen i. S. d. Sozialhilferechts** und ist nicht als Einkommen i. R. d. SGB XII zu berücksichtigen, vgl. § 83 Abs. 2 SGB XII,[353] weil sein Einsatz zur Deckung sozialhilferechtlichen Bedarfs angesichts der Ausgleichs- und Genugtuungsfunktion des Schmerzensgeldes eine Härte i. S. d. § 90 Abs. 3 SGB XII bedeuten würde.[354] Ebenso gilt, dass sich Arbeitslose Vermögen aus einer Schmerzensgeldzahlung nicht auf das **Arbeitslosengeld II** anrechnen lassen müssen. Diese Verwertung wäre gleichfalls eine »besondere Härte« und ist daher ausgeschlossen.[355] Bei der Berechnung von **Wohngeld** sind

350 Vgl. i. Ü. zu diesem Problem die Ausführungen unter Rdn. 1293 ff., zu Verletzungen, die innerhalb einer Gefahrengemeinschaft oder bei Spiel und Sport entstehen.

351 Glockengießerwall 1, 20095 Hamburg, Tel.: 040/30180-0, Fax: 040/30180-7070, Internet: www.verkehrsopferhilfe.de.; vgl. hierzu auch van Bühren, Unfallregulierung, § 15 Rn. 7 und Anhang III; Vorwerk, Kap. 84 Rn. 60 ff.; Weber, DAR 1987, 333; Knappmann, VRR 2010, 11. Die Verkehrsopferhilfe trat vor Inkrafttreten des 2. Gesetzes zur Änderung schadensersatzrechtlicher Vorschriften am 01.08.2002 auch bei Schäden ein, die durch einen Anhänger verursacht wurden, wenn der Halter der Zugmaschine nicht ermittelt werden konnte. In diesem Gesetz ist die Haftung des Halters eines Anhängers neu geregelt; dieser haftet neben dem Halter der Zugmaschine gesamtschuldnerisch (§§ 7, 18 StVG).

352 V. Bühren, Unfallregulierung, Anhang III.

353 SG Karlsruhe, Urt. v. 27.01.2010 – S 4 SO 1302/09, ZFSH/SGB 2010, 188.

354 BVerwG, Urt. v. 19.05.2005 – 5 B 106/04, FEVS 57, 212; auch BVerwG, Urt. v. 18.05.1995 – 5 C 22/93, NJW 1995, 3001, jeweils zur Vorgängernorm des § 88 Abs. 3 BSHG (außer Kraft seit 01.01.2005).

355 BSG, Urt. v. 15.04.2008 – 14/7b AS 6/07 R, FEVS 60, 1.

allerdings Zinseinkünfte auch dann als Einkommen zu berücksichtigen, wenn sie aus angelegtem Schmerzensgeld hervorgehen.[356]

219 Nach § 116 SGB X gehen Ansprüche des Verletzten auf Ersatz des Erwerbsschadens i. H. d. geleisteten Sozialhilfe nachrangig auf den Sozialhilfeträger über. Dieser **Anspruchsübergang** schließt nicht aus, dass der Sozialhilfeempfänger den Anspruch auf Ersatz des Erwerbsschadens selbst verfolgt, denn dadurch kann er erreichen, dass ihm, soweit seine Klage Erfolg hat, Sozialhilfe nicht mehr gewährt werden muss.[357]

220 Grds. ist das Schmerzensgeld aber, da keine kongruente Sozialleistung besteht, nicht übergangsfähig i. S. d. § 116 SGB X. Wohl aber hat der BGH[358] entschieden, dass es vom Aufwendungsersatzanspruch des Sozialversicherungsträgers nach § 110 SGB VII umfasst ist: hier handelt es sich nämlich nicht um den Übergang eines Anspruchs, sondern um die Möglichkeit des Sozialversicherers den – wegen der Privilegierung nach §§ 104 ff. SGB VII entfallenden – fiktiven Schadensersatz geltend zu machen. Zu diesem Schadensersatz gehört auch das Schmerzensgeld. Bei einem solchen Rückgriff gem. § 110 SGB VII trägt der Sozialversicherungsträger die Darlegungs- und Beweislast hinsichtlich der Höhe des fiktiven zivilrechtlichen Schadensersatzanspruchs des Geschädigten gegen den nach §§ 104 ff. SGB VII haftungsprivilegierten Schädiger.[359]

221 Das BVerwG[360] entschied, dass das Schmerzensgeld zum Einkommen bzw. Vermögen i. S. v. § 7 Abs. 1 Satz 1 **AsylbLG** gehörte, das vor Leistungsbezug aufzubrauchen sei. Die §§ 77 Abs. 2 und 88 Abs. 3 Satz 1 BSHG a. F.[361] fänden keine – entsprechende – Anwendung.

Diese Auffassung hielt der Überprüfung durch das BVerfG[362] nicht stand.

Folgerichtig entschied das OLG Frankfurt am Main[363] dass ein dem Betreuten nach Abschluss eines Vergleichs wegen einer durch einen Unfall erlittenen Verletzung (Erblindung) gezahltes Schmerzensgeld i. H. v. 120.000,00 € i. R. d. Betreuervergütung bei der Prüfung der

356 BVerwG, Urt. v. 09.02.2012 – 5 C 10/11, NJW 2012, 1305.

357 BGH, Urt. v. 10.10.2002 – III ZR 205/01, NJW 2002, 3769 m. w. N. = VersR 2002, 1521.

358 BGH, Urt. v. 27.06.2006 – VI ZR 143/05, VersR 2006, 1429 = NJW 2006, 3563. So auch OLG Rostock, Urt. v. 26.09.2008 – 5 U 115/08, OLGR 2009, 115.

359 BGH, Urt. v. 29.01.2008 – VI ZR 70/07, VersR 2008, 659 = NJW 2008, 2033. Dies war zuvor wegen der Formulierung des § 110 SGB VII (»jedoch nur bis zur Höhe«), die eine vom Beklagten zu beweisende Einrede nahe legte, bezweifelt worden.

360 BVerwG, Beschl. v. 02.12.2004 – 5 B 108/04, NVwZ 2005, 463.

361 Das BSHG ist mit Wirkung zum 31.12.2004 durch das SGB XII abgelöst worden, die genannten Regeln finden sich in §§ 83 Abs. 2, 90 Abs. 3 SGB XII.

362 BVerfG, Beschl. v. 11.07.2006 – 1 BvR 293/05, FamRZ 2006, 1824 = DVBl. 2007, 123. In dieser Entscheidung heißt es u. a.: Im August 1997, noch während des Bezugs von Leistungen nach dem Asylbewerberleistungsgesetz, wurden die Ehefrau und ein Kind des Beschwerdeführers Opfer eines Verkehrsunfalls. Die Opfer erhielten zur Abgeltung aller Ansprüche aus dem Schadensereignis Schmerzensgeld i. H. v. insgesamt 25.000,00 DM. Die mit der Verfassungsbeschwerde angegriffene Regelung bewirkt, dass Asylbewerber anders behandelt werden als Personen, die Sozialhilfe erhalten. Sie haben Schmerzensgeld für ihren Lebensunterhalt einzusetzen, bevor sie Leistungen auf asylrechtlicher Grundlage erhalten. Für Empfänger von Leistungen der Sozialhilfe gilt dies nicht. Asylbewerber werden im Hinblick auf das Schmerzensgeld durch § 7 Abs. 1 Satz 1 AsylbLG aber auch – soweit ersichtlich – im Vergleich zu allen anderen Personengruppen benachteiligt, die einkommens- und vermögensabhängige staatliche Fürsorgeleistungen erhalten. Diese unterschiedliche Behandlung ist nicht hinreichend gerechtfertigt.

363 OLG Frankfurt am Main, Beschl. v. 16.05.2008 – 20 W 128/08, NJW-RR 2009, 11 = FamRZ 2008, 2152.

Mittellosigkeit nicht zu berücksichtigen sei und deshalb auch keinen späteren Regress der Staatskasse begründen könne.

2. Kapitalertrag

222 Die Zinsen aus dem angelegten Schmerzensgeldkapital sind jedenfalls dann nicht als Einkommen zu berücksichtigen, wenn sie die Grundrente nach § 31 BVG nicht überschreiten.[364]

223 Bei Sozialleistungen, die auf die Bedürftigkeit abstellen, gehen das BSG und das BVerwG davon aus, dass Zinseinkünfte aus Schmerzensgeld wie alle anderen Zuflüsse in Geld auch als Einkommen zu berücksichtigen sind.[365]

3. Zugewinnausgleich

224 Ein an einen Ehegatten gezahltes Schmerzensgeld fließt vorbehaltlich der Härteregelung des § 1381 BGB in den Zugewinn ein.[366] Der Gesetzgeber sieht sich derzeit zu einer grundlegenden Änderung der Rechtslage nicht veranlasst.[367]

4. Unterhalt

225 Da das Schmerzensgeld selbst höchstpersönlich ist, stellt es kein für Unterhaltszwecke einsetzbares Einkommen dar. Die Erträge sind nach den Umständen des Einzelfalles einzusetzen.[368]

226 Bei Erträgen aus Schmerzensgeld ist zu berücksichtigen, dass dem Schmerzensgeld u. a. eine Funktion zum Ausgleich von immateriellen Schäden zukommt. Es kann daher eine Korrektur der Zinsanrechnung nur unter Billigkeitsgesichtspunkten in Betracht kommen. Ein Teil hiervon hat dann anrechnungsfrei dem Geschädigten zu verbleiben. Beim Mindestbedarf von minderjährigen Kindern wird dieses Prinzip aber zu durchbrechen sein.[369]

VII. Verzinsung des Schmerzensgeldanspruchs

227 Zinsen auf Schmerzensgeld werden geschuldet mit **Verzug des Schädigers**, jedenfalls mit **Rechtshängigkeit**. Verzug tritt jedoch nur ein, wenn der geforderte Schmerzensgeldbetrag realistisch und nicht (erheblich) überzogen ist. Die Zinspflicht gilt für das gesamte Schmerzensgeld auch dann, wenn die Höhe in das Ermessen des Gerichts gestellt wird und das Gericht über den genannten Mindestbetrag hinausgeht.

228 ▶ **Hinweis:**

Wird bzgl. der Zinsen eine (verdeckte) Teilklage erhoben, können die restlichen Zinsen noch nachträglich geltend gemacht werden, sofern sie nicht verjährt sind.[370]

---

364 V. Bühren/Jahnke, Teil 4 Rn. 262.

365 BSG, Urt. vom 22.08.2012 – B 14 AS 103/11 Recht; BVerwG, Urt. vom 09.02.2012 5 C 10/11, NJW 2012, 1305.

366 BGH, Urt. v. 27.05.1981 – IVb ZR 577/80, VersR 1981, 838; v. Bühren/Jahnke, Teil 4 Rn. 262.

367 BMJ in Beantwortung einer parlamentarischen Anfrage, BT-Drucks. 14/144 v. 04.12.1998, zitiert nach v. Bühren/Jahnke, Teil 4 Rn. 262 Fn. 4. Krit. hierzu mit verschiedenen Vorschlägen de lege lata und ferenda: Herr, NJW 2008, 262.

368 BGH, Urt. v. 02.11.1988 – IVb ZR 7/88, NJW 1989, 524.

369 Reinecke, Rn. 176.

370 Vgl. hierzu Vorwerk, Kap. 84 Rn. 186.

Entgegen einer auf eine Entscheidung des OLG Köln[371] gestützten Ansicht[372] muss das **Gericht** (heute) selbstverständlich nach **§ 139 ZPO** einen **Hinweis** erteilen, wenn kein Zinsantrag gestellt wurde. Das Unterlassen der Zinsforderung beruht ersichtlich auf einem Versehen; das gilt jedenfalls und erst recht dann, wenn der Zinsrückstand wie in der Entscheidung des OLG Köln wegen der langen Dauer des Prozesses an die Höhe des Schmerzensgeldes fast heranreicht (Schmerzensgeld 50.000,00 DM, Zinsrückstand 30.000,00 DM). 229

VIII. Besteuerung des Schmerzensgeldes

Zinsen, die auf den Schmerzensgeldbetrag gezahlt werden, sind ebenso steuerpflichtig wie die nach Zahlung laufend erwirtschafteten Zinsen. 230

Als Kapitalbetrag gezahlte Schmerzensgelder sind kein Einkommen und daher weder einkommen- noch lohnsteuerpflichtig.[373] 231

Nach der Rechtsprechung des BFH[374] zur Steuerfreiheit der Mehrbedarfsrente dürfte auch die Schmerzensgeldrente nicht steuerpflichtig sein.[375] 232

IX. Verjährung

1. Beginn der Verjährungsfrist

Das Verjährungsrecht ist durch das **Schuldrechtsmodernisierungsgesetz** grundlegend reformiert worden.[376] Die regelmäßige Verjährungsfrist beträgt nach § 195 BGB 3 Jahre. 233

Die Verjährungsfrist beginnt am Schluss des Jahres, 234
- in dem der Anspruch entstanden ist und
- der Gläubiger Kenntnis hatte oder
- ohne grobe Fahrlässigkeit hätte haben müssen
- von den anspruchbegründenden Umständen und
- der Person des Schuldners.

Die Verjährungsfrist eines Schadensersatzanspruchs wegen eines ärztlichen Behandlungsfehlers beginnt gemäß § 199 Abs. 1 Ziff. 2 BGB erst dann, wenn dem Geschädigten Umstände bekannt geworden sind, aus denen sich auch für einen medizinischen Laien erkennen lässt, dass der behandelnde Arzt von dem üblichen medizinischen Vorgehen abgewichen ist oder Maßnahmen unterlassen hat, die gemäß dem ärztlichen Standard zur Vermeidung oder Beherrschung von Komplikationen erforderlich waren. In diesem Sinne muss allein aus dem zeitlichen Zusammenhang zwischen einer Krankenhausbehandlung und dem Auftreten von Infektionssymptomen für einen Laien noch nicht die Kenntnis einer diesbezüglichen Kausalität folgen. 235

Nach der Rechtsprechung des BGH kann die Kenntnis vom Schaden im Sinne des § 852 Abs. 2 BGB, 199 Abs. 2 Nr. 2 n. F. nicht schon dann bejaht werden, wenn dem Patienten lediglich der negative Ausgang der ärztlichen Behandlung bekannt ist. Denn das Ausbleiben des Erfolgs ärztlicher Maßnahmen kann in der Eigenart der Erkrankung oder in der 236

---

371 OLG Köln, Urt. v. 03.05.1972 – 2 U 137/71, VersR 1972, 1150 (1152).

372 Geiger/Pardey, 7. Kap. Rn. 28 (S. 226).

373 MünchKomm/Oetker, BGB, 5. Aufl. 2009 § 253 Rn. 64; Böhme/Biela, Kap. 7 unter Hinweis auf BFH, Urt. v. 29.10.1963 – VI 290/62 U, NJW 1964, 744; Heß, ZfS 2001, 532 (534).

374 BFH, Urt. v. 25.10.1994 – VIII R 79/91, NJW 1995, 1238.

375 Heß, ZfS 2001, 532 (534).

376 Zum Ablauf der allgemeinen Verjährungsfrist nach intertemporalem Verjährungsrecht vgl. Kandelhard, NJW 2005, 630.

Unzulänglichkeit ärztlicher Bemühungen seinen Grund haben. Deshalb gehört zur Kenntnis der den Anspruch begründenden Tatsachen das Wissen, dass sich in dem Misslingen der ärztlichen Tätigkeit das Behandlungs- und nicht das Krankheitsrisiko verwirklicht hat, wobei es hierzu nicht schon genügt, dass der Patient Einzelheiten des ärztlichen Tuns oder Unterlassens kennt. Vielmehr muss ihm aus seiner Laiensicht der Stellenwert des ärztlichen Vorgehens für den Behandlungserfolg bewusst sein. Deshalb beginnt die Verjährungsfrist nicht zu laufen, bevor nicht der Patient als medizinischer Laie Kenntnis von Tatsachen erlangt hat, aus denen sich ergibt, dass der Arzt von dem üblichen ärztlichen Vorgehen abgewichen ist oder Maßnahme nicht getroffen hat, die nach ärztlichem Standard zur Vermeidung oder Beherrschung von Komplikationen erforderlich waren. Diese Kenntnis ist erst vorhanden, wenn die dem Anspruchsteller bekannten Tatsachen ausreichen, um den Schluss auf ein schuldhaftes Fehlverhalten des Anspruchsgegners und auf die Ursache dieses Verhaltens für den Schaden möglich erscheinen lassen. Denn nur dann ist dem Geschädigten die Erhebung einer Schadensersatzklage, sei es auch nur in Form der Feststellungsklage, erfolgversprechend möglich.[377]

237 So hat auch das OLG Koblenz[378] entschieden. Wenn ein Patient davon ausgehen darf, dass eine Harninkontinenz nach Prostataresektion schicksalhafte Folge einer sachgemäß durchgeführten Operation ist, erlangt er die für den Verjährungsbeginn maßgebliche Kenntnis erst dann, wenn ihm ein Arzt später mitteilt, dass eine vorwerfbare Sphinkterläsion als Ursache der Beschwerden in Betracht kommt. Dies gilt insbesondere dann, wenn ein Schlichtungsgutachten zu dem Ergebnis kommt, die Inkontinenz sei schicksalhafte Folge einer lege artis durchgeführten Operation.

Kenntnis von Schadensumfang und Schadenshöhe ist nicht erforderlich. Die §§ 195, 199 BGB haben einen grundsätzlichen Wechsel in der legislativen Konzeption herbeigeführt: von einer langen, objektiven (allein an die Entstehung des Anspruchs anknüpfenden) zu einer kurzen, subjektiven (nämlich außerdem Kenntnis oder grob fahrlässige Unkenntnis voraussetzenden) Verjährung.[379]

238 Grobe Fahrlässigkeit steht also der Kenntnis gleich. In Schadensfällen vor diesem Stichtag reichte dagegen grob fahrlässige Unkenntnis nicht aus, um die Verjährung in Gang zu setzen. Lediglich in Ausnahmefällen, wenn der Verletzte eine sich aufdrängende Kenntnis willkürlich nicht ausnutzte, wurde dies der Kenntnis gleichgesetzt. Dem Verletzten wurde dagegen nicht zugemutet, eigene Initiative zu entfalten und Erkundigungen einzuziehen, um die für den Verjährungsbeginn erforderliche Kenntnis zu erlangen.[380]

239 Wird zeitnah mit dem Unfall eine Verletzung festgestellt, die Spätschäden nach sich ziehen kann, beginnt auch insoweit die Verjährungsfrist zu laufen,[381] auch dann, wenn der Verletzte selbst erst später von den medizinischen Feststellungen zu möglichen Spätschäden Kenntnis nimmt.

240 Die Verjährungsfrist eines Schadensersatzanspruchs beginnt im Hinblick auf objektiv vorhersehbare Spätfolgen auch dann mit der allgemeinen Schadenskenntnis zu laufen, wenn der

377 OLG München, Urt. v. 23.12.2011 – 1 U 3410/09, unveröffentlicht.

378 OLG Koblenz, Urt. v. 25.03.2010 – 5 U 1514/07, VersR 2011, 403.

379 Zu diesem subjektiven System vgl. Helms/Neumann/Caspers/Sailer/Schmidt-Kessel/Piebenbrock, S. 309, 313; Mansel/Budzikiewicz; Schulze/Schulte-Nölke/Eidenmüller, S. 405 (408 f.); Dauner-Lieb, DStR 2001, 1572 (1573); Heinrichs, BB 2001, 1417; Leenen, JZ 2001, 552; ders., DStR 2002, 34; Zimmermann/Leenen/Mansel/Ernst, JZ 2001, 684; Mansel, NJW 2002, 89.

380 Vgl. BGH, Urt. v. 06.02.1990 – VI ZR 75/89, VersR 1990, 539; BGH, Urt. v. 16.12.1997 – VI ZR 408/96, VersR 1998, 378 (380); BGH, Urt. v. 18.01.2000 – VI ZR 375/98, VersR 2000, 503 (504); von Gerlach, DAR 2002, 241 (246); Diederichsen, DAR 2003, 241 (243).

381 OLG Frankfurt am Main, Urt. v. 23.05.2003 – 2 U 40/02, SP 2003, 379.

Geschädigte wegen unrichtiger Beratung durch einen beigezogenen Arzt die Erhebung einer Feststellungsklage unterlassen hat.[382]

Bei der Prüfung der Frage, wann eine Kenntnis in diesem Sinne erlangt worden ist, unterscheidet die Rechtsprechung zwischen der Kenntnis des Schadens und der Kenntnis des Schadensumfangs. Kenntnis des Schadens, wie sie § 852 Abs. 1 BGB meint, bedeutet danach nicht Kenntnis des Schadensumfangs und der Schadenshöhe. Die Verjährung beginnt vielmehr schon dann zu laufen, wenn der Geschädigte davon Kenntnis erlangt, dass eine unerlaubte Handlung zu einem Schaden geführt hat. Es ist nicht erforderlich, dass er den Schaden in seinen einzelnen Elementen und Ausprägungen voll überschaut. Die Rechtsprechung versteht den Schaden im Sinne von § 852 Abs. 1 BGB als Schadenseinheit.[383]

Bei einer Körperverletzung kommt es darauf an, ob aus objektiver medizinischer Sicht, nach dem Erkenntnisstand im Zeitpunkt des Schadenseintritts ein Spätschaden als mögliche Folge voraussehbar ist.

241

Für die Kenntnis ist maßgebend, dass der »Richtige« Kenntnis hat.[384] Das ist
– bei Geschäftsunfähigen und Minderjährigen der gesetzliche Vertreter,
– bei Vertretung durch einen Anwalt auch die Kenntnis des Anwalts,[385]
– bei juristischen Personen die Kenntnis des gesetzlichen Vertreters,
– im Todesfall der Rechtsnachfolger, es sei denn, der Getötete hatte bereits Kenntnis.

Macht der Sozialversicherungsträger, eine Behörde oder eine sonstige öffentliche Körperschaft gegen einen Arzt Schadensersatzansprüche aus übergegangenem Recht geltend, so kommt es für die Kenntnis, die die Verjährungsfrist in Gang setzt, darauf an, dass der zuständige Bedienstete der verfügungsberechtigten Behörde Kenntnis vom Schaden und der Person des Ersatzpflichtigen erlangt. Verfügungsberechtigt in diesem Sinne sind dabei solche Behörden, denen die Entscheidungskompetenz für die zivilrechtliche Verfolgung von Schadensersatzansprüchen zukommt, wobei die behördliche Zuständigkeitsverteilung zu respektieren ist.[386]

Sind innerhalb einer regressbefugten Berufsgenossenschaft (Körperschaft des öffentlichen Rechts) mehrere Stellen für die Bearbeitung eines Schadensfalles zuständig, so kommt es für den Beginn der Verjährung von Regressansprüchen grds. auf den Kenntnisstand der Bediensteten der Regressabteilung an.

242

Freilich gibt es **Maximalfristen**:
– § 199 Abs. 2 BGB: bei Verletzung des Lebens, des Körpers, der Gesundheit oder Freiheit verjähren Schadensersatzansprüche ohne Rücksicht auf Entstehung und Kenntnis in 30 Jahren von dem den Schaden auslösenden Ereignis an,
– § 199 Abs. 3 BGB: sonstige Schadensersatzansprüche verjähren ohne Rücksicht auf Kenntnis in 10 Jahren von ihrer Entstehung an bzw. in 30 Jahren von dem den Schaden auslösenden Ereignis an.
– § 199 Abs. 4 BGB: andere Ansprüche als Schadensersatzansprüche verjähren ohne Rücksicht auf Kenntnis in max. 10 Jahren. Das sind z. B. vertragliche Ansprüche, Ansprüche aus Vertragsstrafe, ungerechtfertigter Bereicherung oder auf Zahlung von Nutzungsentschädigung.

---

382 OLG Frankfurt, Urt. v. 30.11.2011 – 4 U 63/11, unveröffentlicht.

383 BGH NJW 1994, 2448; OLG Köln, Beschl. v. 25.06.2012 – 19 U 69/12, VRR 2013, 105 = NJW Spezial 2012, 681.

384 Vgl. BGH, Urt. v. 23.04.1991 – VI ZR 161/90, VersR 1991, 815 = NJW 1991, 2350 f.; OLG München, Urt. v. 27.10.1994 – 24 U 364/89, VersR 1996, 63 (64).

385 BGH, Urt.v. 10.10.2006 – VI ZR 74/05, VersR 2007, 66.

386 BGH, Urt. v. 12.05.2009 – VI ZR 294/08, VersR 2009, 989; BGH, Urt. v. 09.03.2000 – III ZR 198/99, VersR 2000, 1277.

243 Für Schmerzensgeldansprüche, die aufgrund einer **Verletzung des Rechts auf sexuelle Selbstbestimmung** (in § 199 Abs. 2 BGB nicht genannt) gefordert werden können, gilt zwar grds. die Regelverjährungsfrist des § 195 BGB von 3 Jahren; die Bestimmung des § 208 BGB enthält dazu aber einen besonderen Hemmungstatbestand, wenn der Gläubiger das 21. Lebensjahr noch nicht vollendet hat oder wenn er mit dem Schuldner in häuslicher Gemeinschaft lebt oder gelebt hat. Verhindert werden soll, dass Ersatzansprüche noch während der Minderjährigkeit des Verletzten verjähren, während der es hinsichtlich der Umstände i. S. d. § 199 BGB auf die Kenntnis der Erziehungsberechtigten ankäme und der Minderjährige sich zur Durchsetzung seiner Ansprüche eben dieser bedienen müsste.

Bei sexuell missbrauchten Opfern wird die Frage der Kenntnis im Sinne des § 199 BGB abweichend beurteilt. Die für den Beginn der Verjährung erforderliche Kenntnis des Geschädigten kann fehlen, wenn dieser infolge einer durch die Verletzung erlittenen retrograden Amnesie keine Erinnerung an das Geschehen hat.[387] Die Kenntnis des Geschädigten fehlt nach Ansicht des LG Osnabrück[388] auch dann, wenn der Geschädigte den Missbrauch vollständig verdrängt hat. Das gilt auch dann, wenn der Geschädigte inzwischen volljährig geworden ist, wenn er die erlebte Traumatisierung auch danach weiter verdrängt hat.

244 Am 30.06.2013 ist das Gesetz zur Stärkung der Rechte von Opfern sexuellen Missbrauchs (STORMG)[389] in Kraft getreten. Darin ist u. a. geregelt, dass die Verjährungsfrist für die Strafverfolgung erst mit Vollendung des 21. Lebensjahres des Opfers beginnt und frühestens nach 20 Jahren endet. Für Schadenersatzansprüche gilt eine Verjährungsfrist von 30 Jahren. In einem weiteren Sonderfall sexuellen Missbrauchs hat der BGH eine Kenntnis des Missbrauchs und damit die Verjährung des Anspruchs jedoch verneint, weil der Geschädigte – nach dem Ergebnis einer Begutachtung – das Geschehen völlig verdrängt und daher keine Kenntnis (mehr) gehabt habe.[390]

245 Während bei **Arzthaftungssachen** die früher für vertragliche Schadensersatzansprüche geltende 30-jährige Verjährungsfrist in der Praxis kaum jemals relevant wurde, weil Schmerzensgeld aus Vertragsverletzung nicht geschuldet wurde, ergaben sich im Zusammenhang mit § 852 BGB a. F. häufig Probleme.[391] Viele **Klagen** wurden **ausschließlich zur Verhinderung des Verjährungsablaufs** erhoben. Besonders dann, wenn die Ursachen eines Gesundheitsschadens bei einer medizinischen Behandlung unklar sind, und erst recht, wenn zunächst das Ergebnis eines Strafverfahrens abgewartet wird, ist eine Frist von 3 Jahren nicht lang. Einer gesetzlichen Sonderregelung bedarf es deshalb jedoch nicht. Vielmehr führt eine angemessene Anwendung des Tatbestandsmerkmals »Kenntnis oder grob fahrlässige Unkenntnis von den den Anspruch begründenden Umständen und der Person des Schuldners« zu befriedigenden Ergebnissen. Trotz der Neuregelung, dass Schmerzensgeld auch aus Vertrag geschuldet wird, gilt auch für diese Ansprüche nicht die 30-jährige Verjährungsfrist, sondern die Regelverjährungsfrist von 3 Jahren.

---

387 BGH, Urt. vom 04.12.2012 – VI ZR 217/11, VersR 2013, 246 = ZfS 2013, 254 = NJW 2013, 939.

388 LG Osnabrück, Urt. vom 29.12.2010 – 12 O 2381/10, unveröffentlicht.

389 Gesetz vom 26.06.2013, BGBl. I S. 1805.

390 BGH, Urt. v. 04.12.2012 – VI ZR 217/11, VersR 2013, 246. Im Ergebnis ebenso OLG Schleswig, Urt. v. 20.12.2012 – 16 U 108/11, unveröffentlicht: Der Geschädigte ist durch höhere Gewalt an der Rechtsverfolgung gehindert, wenn und solange er psychisch außer Stande gewesen ist, sich sachgemäß für oder gegen die Durchsetzung von Ansprüchen gegen den Schädiger zu entscheiden (hier aufgrund posttraumatischer Belastungsstörung wegen in der Kindheit erlittenen sexuellen Missbrauchs).

391 Grundlegend dazu Frahm/Nixdorf, Rn. 210; Stegers, Rn. 31 f.; Giesen, MedR 1997, 17 (24); Spickhoff, NJW 2001, 1757 (1762); Katzenmeier, VersR 2002, 1066 (1070).

246 Die **für den Verjährungsbeginn notwendige Kenntnis des Patienten** umfasst bei Behandlungsfehlern das laienhafte Wissen um ein Abweichen vom medizinischen Standard und bei Aufklärungsfehlern das Wissen um aufklärungsbedürftige Tatsachen. Für die Kenntnis reicht es nicht aus, dass der Patient seine gesundheitlichen Beeinträchtigungen kennt, da diese ihren Grund in diversen Ursachen haben können. Er muss vielmehr auch auf einen ärztlichen Behandlungsfehler für diesen Ausgang schließen können[392]. Die Frist des § 199 Abs. 1 Nr. 2 BGB beginnt nicht zu laufen, bevor nicht der Patient als medizinischer Laie Kenntnis von Tatsachen erlangt, aus denen sich ergibt, dass der Arzt von dem üblichen medizinischen Vorgehen abgewichen ist oder Maßnahmen nicht getroffen hat, die nach ärztlichem Standard zur Vermeidung oder Beherrschung von Komplikationen erforderlich gewesen wären[393]. Die Kenntnis von der Existenz, Anwendbarkeit und Zuverlässigkeit alternativer Untersuchungsmethoden verbunden mit der Kenntnis des sich schließlich daraus ergebenden Befundes (Tumor) sind indes nach Ansicht des OLG Brandenburg hinreichend, um auch bei laienhafter Würdigung den Schluss zu ziehen, dass der Tumor bei frühzeitigerer Anwendung der Methoden auch eher hätte erkannt und behandelt werden können.[394]

Wie so oft war zu entscheiden, ob ein Patient, der den äußeren Ablauf einer Behandlung kennt, deshalb weiß oder wissen muss, dass und warum die Behandlung gegen den medizinischen Standard verstieß und deshalb behandlungsfehlerhaft war. Die Besonderheit des Falles lag zudem darin, dass der fehlerhaft handelnde Arzt auf Rückfrage erklärt hatte, nicht er habe die Schadensursache gesetzt, der Schaden sei vielmehr als eine Folge der späteren Behandlung im Krankenhaus entstanden. Diese Frage hätte der Arzt nach § 630c Abs. 2 S. 2 BGB (PatRG) wahrheitsgemäß beantworten müssen.

Die wertende Kenntnis der Art und des Ausmaßes der Abweichung vom ärztlichen Standard sind demgegenüber für die Frage der Kenntnis im Sinne von § 199 Abs. 1 Nr. 2 BGB unerheblich.[395]

Auch einem Verstoß gegen Hygiene-Leitlinien muss der Patient nicht (er-)kennen.[396] Dasselbe gilt, wenn eine Mutter nicht erkennt, dass ein Zahnarzt eine falsche praktische Lösung für ihr Kind wählt.

Kommen mehrere Ersatzpflichtige in Betracht, hat der Patient Kenntnis vom Schuldner erst in dem Zeitpunkt, in dem begründete Zweifel über die Person des Ersatzpflichtigen nicht mehr bestehen.[397] Auch die beiläufige ärztliche Mitteilung, eine Krankheit liege schon länger vor und es sei irgendetwas komplett schiefgelaufen, versetzt den Patienten weder in die Kenntnis, dass er unter Verstoß gegen fachärztliche Standards behandelt worden sein kann, noch begründet dies fahrlässige Unkenntnis von diesem Umstand.[398] **Grob fahrlässige** Unkenntnis des Patienten liegt erst vor, wenn das Unterlassen einer Nachfrage nach den Gründen eines möglichen ärztlichen Fehlverhaltens als Ursache für Beschwerden nach einer Behandlung aus der Sicht eines verständigen und auf seine Interessen bedachten Patienten unverständlich erscheint. Hierbei besteht keine generelle Obliegenheit des Geschädigten, im Interesse des Schädigers an einem möglichst frühzeitigen Beginn der Verjährungsfrist Initiative zur Klärung

---

392 BGH, Urt. v. 31.10.2000 – VI ZR 198/99, VersR 2001, 108.

393 BGH, Urt. v. 31.10.2000 – VI ZR 198/99, VersR 2001, 108; OLG Koblenz, Beschl. v. 08.11.2010 – 5 U 601/10, VersR 2011, 759; OLG Hamm, Beschl. v. 29.11.2012 – 3 W 46/12, ZMGR 2013, 41.

394 OLG Brandenburg, Urt. v. 28.10.2010 – 12 U 30/10, MedR 2012, 673 m. krit. Anm. Jaeger.

395 OLG Brandenburg, Urt. v. 28.10.2010 – 12 U 30/10, MedR 2012, 673 m. krit. Anm. Jaeger.

396 OLG Köln, Beschl. v. 20.04.2012 – 5 U 215/11, MedR 2013, 446; OLG Koblenz, Urt. v. 14.02.2011 –5 U 223/11, MedR 2013, 400, jedoch mit Anm. Jaeger.

397 Weidinger, VersR 2004, 35 (35, 36).

398 OLG Frankfurt am Main, Urt. v. 30.11.2010 – 8 U 88/10, ZM 2011, 132.

eines Schadenshergangs zu entfalten. Ob der Geschädigte aktiv ermitteln muss, hängt nach dem BGH von den Umständen des Einzelfalles ab.[399]

247 In Arzthaftungsfällen soll von einer Kenntnis des Patienten von einem Aufklärungsmangel nicht nur dann ausgegangen werden, wenn er konkret weiß, über welche Risiken er nicht aufgeklärt wurde, sondern auch dann, wenn er es unterlassen hat, sich darüber zu informieren, auf welche Risiken sich die (unvollständige) Aufklärung zusätzlich hätte erstrecken müssen. Anders als bei Behandlungsfehlern trifft den Patienten bei einer unvollständigen Aufklärung also stets eine Erkundigungspflicht zum Umfang der Aufklärungsbedürftigkeit. Erleidet ein Patient z. B. infolge einer Bestrahlung Folgeschäden, hat er bei einem Fachmann entsprechende Nachfragen über die Aufklärungsbedürftigkeit zu stellen. Versäumt er dies nach Auftreten der Dauerschäden, beginnt die Verjährungsfrist zu laufen.[400]

2. Regressfalle

248 Die Verjährungsvorschrift des § 852 BGB a. F., die Schadensersatzansprüche aus unerlaubter Handlung betraf, gibt es nicht mehr. Früher schadete dem Verletzten (nur) positive Kenntnis vom Schaden und der Person des Ersatzpflichtigen; heute schadet bereits eine auf **grobe Fahrlässigkeit beruhende Unkenntnis**, vgl. § 199 Abs. 1 BGB.

3. Hemmung der Verjährung

a) Hemmung durch Verhandlungen (§ 203 BGB)[401]

249 Die Verjährung wird gehemmt, solange zwischen dem Schuldner und dem Gläubiger Verhandlungen über den Anspruch oder die den Anspruch begründenden Umstände schweben. Die Hemmung dauert an, bis eine Seite die Fortsetzung der Verhandlungen verweigert. Das entspricht dem früheren § 852 Abs. 2 BGB, wobei ergänzend normiert wurde, dass die Verjährung frühestens 3 Monate nach dem Ende der Hemmung eintritt.

250 Das bedeutet:

Da die Verjährungsfrist grds. erst am Schluss des Jahres beginnt, in dem der Anspruch entstanden ist, wirken sich Hemmungstatbestände, die bereits vor dem Beginn der Verjährungsfrist wieder enden (z. B. Verhandlungen), auf die Verjährungsfrist nicht aus. Hemmungstatbestände, die 3 Monate vor dem Ende der Verjährungsfrist enden, verlängern zwar die Verjährungsfrist um die Dauer der Hemmung, die 3-Monats-Frist des § 203 BGB kommt in diesen Fällen jedoch nicht zur Anwendung.

251 Offen gehalten wurde, wann und ab wann Verhandlungen vorliegen. Verhandlungen beginnen, wenn der Berechtigte Ansprüche stellt und der Gegner sich auf Verhandlungen einlässt. Der Begriff ist weit auszulegen. Es zählt jeder Meinungsaustausch zwischen den Parteien über den Anspruch und seine tatsächlichen Grundlagen, sofern der in Anspruch Genommene nicht sofort erkennbar macht, dass er jeden Schadensersatz ablehnt. Dies ist schon dann der Fall, wenn der in Anspruch Genommene Erklärungen abgibt, die dem Geschädigten die Annahme gestatten, der Verpflichtete lasse sich auf Erörterungen über die Berechtigung seiner Ansprüche ein.[402] Hierbei ist streitig, ob die Hemmungswirkung bereits mit dem Datum der

399 BGH, Urt. v. 10.11.2009 – VI ZR 247/08, VersR 2010, 214.

400 OLG München, Urt. v. 30.09.2004 – 1 U 3940/03, VersR 2006, 705 m. w. N.

401 Grundlegend zu dieser Thematik: Fischinger, VersR 2005, 1641.

402 BGH, Urt. v. 26.10.2006 – VII ZR 194/05, NJW 2007, 587; BGH, Urt. v. 14.07.2009 – XI ZR 18/08, NJW-RR 2010, 975; BGH, Urt. v. 03.02.2011 – IX ZR 105/10, NJW 2011, 1594.

Anspruchstellung eintritt[403] (wie überwiegend angenommen) oder erst mit dem Zeitpunkt beginnt, in dem sich die Gegenseite auf Verhandlungen einlässt.[404]

Der Anspruchsteller muss zumindest im Kern mitteilen, welche Ansprüche er geltend machen will.[405] Vonseiten des Anspruchsgegners zählt jeder Meinungsaustausch zwischen den Parteien, sofern der in Anspruch genommene nicht sofort unmissverständlich zu erkennen gibt, dass er jeden Schadensersatz ablehnt.[406] Schon die Frage des Schuldners ob und ggf. welche Ansprüche geltend gemacht werden sollen, lässt einen Meinungsaustausch beginnen. Die Mitteilung, man habe seine **Versicherung** eingeschaltet, begründet indes nicht stets ein »Verhandeln«. Der BGH[407] hat dies in einem baurechtlichen Fall angenommen, in welchem der Bauträger, nachdem gegen ihn Ansprüche angemeldet worden waren, auf eine Nachfrage hin mitgeteilt habe, er habe bereits mehrfach seine Versicherung angeschrieben. Dies wertete der BGH als Erklärung, der Bauträger sei verhandlungsbereit, wolle aber (berechtigterweise) die Prüfung durch die Versicherung abwarten. Andererseits hält der BGH[408] die Mitteilung eines RA, er werde »zur Haftungssituation dem Grunde und der Höhe nach keinerlei Erklärungen« abgeben und habe die Angelegenheit seiner Versicherung übergeben, nicht als Verhandeln. Vor dem versicherungsrechtlichen Hintergrund müsse klar sein, dass der Anwalt über die Ansprüche nicht verhandeln wolle.

Kein Verhandeln i. S. v. § 203 BGB liegt aber vor, wenn nur einseitig Forderungen geltend gemacht werden und die Gegenseite darauf nicht reagiert.[409] Lässt sich der Schuldner nach vorangegangener unmissverständlicher Ablehnung des Anspruchs in der Folgezeit auf einen Schriftwechsel ein, hängt es von den Umständen des Einzelfalles ab, ob darin die Aufnahme von Verhandlungen zu sehen ist, oder ob er unverändert bei seiner ablehnenden Haltung bleibt.[410]

252 Die Verhandlungen müssen zwischen Schuldner und Gläubiger stattfinden. Wird mit einem Dritten verhandelt, hemmt dies die Verjährung nur, wenn der Dritte eine Verhandlungsvollmacht hatte.[411]

253 Wann das Schweben der Verhandlungen endet, wann also eine Partei deren Fortsetzung verweigert, ist Tatfrage. Die bloße Ablehnung des letzten Vorschlags ist noch nicht als Verweigerung der Fortsetzung der Verhandlungen zu deuten. Vielmehr muss eindeutig zum Ausdruck kommen, dass die Fortsetzung der Verhandlungen abgelehnt wird.

254 Die Verhandlungen enden auch, wenn der Versicherer auf das Schmerzensgeld einen Betrag zahlt und weitere Zahlungen auf den Schmerzensgeldanspruch ablehnt. Das ist z. B. dann der

403 BGH, Urt. v. 11.11.1958 – VI ZR 231/57, VersR 1959, 34; BGH, Urt. v. 13.02.1962 – VI ZR 195/61, VersR 1962, 615; OLG Frankfurt, Urt. v. 04.02.1966 – 3 U 233/65, VersR 1966, 1056; OLG Hamburg, Urt v. 02.03.1990 – 14 U 9/89, VersR 1991, 1263; OLG Hamm, Urt. v. 19.03.1997 – 13 U 190/96, VersR 1997, 1112.

404 OLG Brandenburg, Urt. v. 22.11.2006 – 4 U 58/06, unveröffentlicht; LG München I, Urt. v. 19.01.2011 – 9 O 13128/10, MedR 2011, 514 (unbeanstandet von OLG München, Urt. v. 15.09.2011 – 1 U 909/11, unveröffentlicht).

405 OLG München, Urt. v. 06.10.2004 – 7 U 3009/04, DB 2005, 884.

406 OLG Koblenz, Urt. v. 30.03.2006 – 6 U 1474/05, OLGR 2006, 569.

407 BGH, Urt. v. 07.10.1982 – VII ZR 334/80, NJW 1983, 162.

408 BGH, Urt. v. 03.02.2011 – IX ZR 105/10, NJW 2011, 1594 (1595).

409 OLG Düsseldorf, Urt. v. 25.09.2007 – I-21 U 163/06, BauR 2008, 1466.

410 OLG Koblenz, Urt. v. 30.03.2006 – 6 U 1474/05, OLGR 2006, 569.

411 LG Nürnberg-Fürth, Urt. v. 28.08.2008 – 4 O 3675/07, MedR 2008, 744.

Fall, wenn ein Versicherer mitteilt, er halte das (bisher gezahlte) Schmerzensgeld für angemessen, ein höheres Schmerzensgeld halte er nicht für begründet.[412]

255 Die Hemmung für den Schmerzensgeldanspruch endet auch dann, wenn nur die Verhandlungen über den materiellen Schaden weitergehen.[413]

256 Das Einschlafen der Verhandlungen kann i. d. S. gedeutet werden, wenn bis zu dem Zeitpunkt, zu dem eine Antwort des Gegners spätestens zu erwarten gewesen wäre, keine Antwort mehr erfolgt. Die von der Rechtsprechung zu § 852 Abs. 2 BGB a. F. entwickelten Grundsätze sind auf das Verjährungsrecht nach der Schuldrechtsmodernisierung zu übertragen.[414] Pauschalierend und im Interesse der Rechtsklarheit zwar sinnvoll, aber wohl doch den Besonderheiten des Einzelfalls zu wenig Rechnung tragend nimmt das OLG Dresden ein »Einschlafen« der Verhandlungen nach einer einmonatigen Untätigkeit gleich welcher Seite an.[415]

257 ▶ **Praxistipp:**

Der Beginn von Verhandlungen wird schnell bejaht, das Ende der Verhandlungen nur, wenn es deutlich/unmissverständlich erklärt wurde.

Beweislast:

Für den Beginn der Verhandlungen trägt der Anspruchsteller die Beweislast. Der Schädiger muss alles daransetzen, den Anspruch eindeutig zurückzuweisen. Ansonsten gelingt es dem Gläubiger, die Verjährungshemmung einseitig durchzusetzen.

Bzgl. des Endes der Verhandlungen trägt der Schuldner die Beweislast. Er sollte deshalb die Verhandlungen nicht einfach einschlafen lassen, weil dann nicht eindeutig feststeht, wann die Hemmung endet. Das bedeutet Rechtsunsicherheit.

258 Trotz eines befristeten Verzichts auf die Verjährungseinrede kann eine durch Verhandlungen bewirkte Hemmung über das Ende des vereinbarten Zeitraums fortwirken. Die sich aus den gesetzlichen Vorschriften ergebende Hemmung der Verjährungsfrist wird durch einen solchen befristeten Verzicht nicht berührt.[416]

259 Bisher ging man allgemein davon aus, dass in Arzthaftungsfällen eine Hemmung der Verjährung dadurch erreicht werden konnte, dass der Patient die **Gutachterkommission bei der zuständigen Ärztekammer** einschaltete[417] und der Arzt sich in diesem Verfahren zu den gegen ihn erhobenen Vorwürfen äußerte, sich also am Verfahren beteiligte. Dies hat das LG Duisburg[418] mit eingehender Begründung anders gesehen, obwohl der belastete Arzt sich im Verfahren vor der Gutachterkommission der Ärztekammer Nordrhein geäußert hatte. Das LG Duisburg vertritt hierzu jedoch die Auffassung, Verhandlungen fänden nur statt, wenn ein Meinungsaustausch zwischen den Parteien stattfänden, nicht aber dann, wenn beide (Patient und Arzt) sich ggü. der Gutachterkommission äußern würden. Das OLG Hamm hat sich dieser Auffassung nicht angeschlossenen und über das Vorliegen eines Behandlungsfehlers Beweis

412 OLG Celle, Urt. v. 16.07.2008 – 14 U 64/08, SP 2009, 9.

413 OLG Düsseldorf, Urt. v. 20.12.2004 – 1 U 116/04, NJW-RR 2005, 819.

414 BGH, Urt. v. 06.11.2008 – IX ZR 158/07, VersR 2009, 945 = NJW 2009, 1806 = MDR 2009, 275.

415 OLG Dresden, Urt. v. 23.02.2010 – 9 U 2043/08, BauR 2011, 151 = VersR 2011, 894 m. Anm. Luckey.

416 Diederichsen, DAR 2005 301 (302); BGH, Urt. v. 17.02.2004 – VI ZR 429/02, VersR 2004, 656 = NJW 2004, 1654 = MDR 2004, 809.

417 BGH, 10.05.1983 – VI ZR 173/81, NJW 1983, 2075 (2076); Laum/Smentkowski, S. 120 f.

418 LG Duisburg, Urt. v. 24.01.2007 – 3 O 244/06, unveröffentlicht.

erhoben. Die Beweisaufnahme ging zulasten des klagenden Patienten aus, sodass dieser die Berufung zurückgenommen hat.

260 Die Ansicht des LG Duisburg ist ersichtlich falsch, denn der Arzt muss sich nicht am Verfahren beteiligen. Äußert er sich jedoch zu den gegen ihn erhobenen Vorwürfen, bedeutet dies zugleich, dass er sich am Verfahren beteiligt. Da der Begriff der Verhandlungen sehr weit zu fassen ist, kann das Verfahren vor der Gutachterkommission, an dem Arzt und Patient sich beteiligen, nur als Verhandeln i. S. d. Rechtsprechung des BGH verstanden werden, durch das die Verjährung gehemmt wird.

b) Hemmung durch Rechtsverfolgung (§ 204 BGB)

261 Neben Verhandlungen hemmen Rechtsverfolgungsmaßnahmen die Verjährung, § 204 BGB. Hierbei tritt die Hemmungswirkung auch ein, wenn z. B. die Klage **vor Verjährungsbeginn** eingereicht worden ist; die Hemmung beginnt dann zugleich mit dem Beginn der Verjährung.[419]

262 Wegen der rechtlichen Selbstständigkeit des Schmerzensgeldanspruchs im Verhältnis zu den auf Ersatz des materiellen Schadens gerichteten Ansprüchen, wird die Verjährung durch Erhebung einer Klage auf Ersatz des Vermögensschadens nicht gehemmt (§ 204 Abs. 1 Nr. 1 BGB). Dies ist anders, wenn die Leistungsklage den Ersatz von Vermögens- und Nichtvermögensschaden umfasst.

263 Die Verjährung wird durch Erhebung einer Klage auf Zahlung eines **unbezifferten Schmerzensgeldanspruchs** gehemmt. Im Urt. v. 10.10.2002 hat der BGH[420] bei einem nicht bestimmt bezifferten Schmerzensgeldanspruch die Angabe einer höheren Größenordnung in zweiter Instanz nicht als Änderung des Streitgegenstandes i. S. d. § 253 Abs. 2 Nr. 2 ZPO angesehen. Der Kläger hatte erstinstanzlich ein Schmerzensgeld von 15.000,00 DM verlangt. Das LG sprach ihm 10.000,00 DM zu. In der Berufungsinstanz forderte der Kläger ein Schmerzensgeld von mindestens 60.000,00 DM. Das Berufungsgericht sprach dem Kläger 15.000,00 DM zu und hielt den weiteren Schmerzensgeldanspruch zu Unrecht für verjährt.

264 Zwar muss der Kläger nach der Rechtsprechung des BGH, um dem Bestimmtheitserfordernis des § 253 Abs. 2 BGB zu genügen, auch bei unbezifferten Leistungsanträgen nicht nur die tatsächlichen Grundlagen, sondern auch die Größenordnung des geltend gemachten Betrages so genau wie möglich angeben.[421] Die Ausübung des richterlichen Ermessens wird allerdings durch die Angabe des Mindestbetrages nach oben nicht begrenzt, solange der Kläger für sein Begehren keine feste Obergrenze setzt.[422] Deshalb ist der den Streitgegenstand bildende prozessuale Anspruch nicht durch die Angabe der Größenordnung begrenzt. Hätte der Kläger den Antrag in zweiter Instanz unverändert weiterverfolgt, wäre der Richter nicht gehindert gewesen, ihm ein beliebig über den genannten Betrag hinausgehendes Schmerzensgeld zuzusprechen.

265 Ähnlich entschied das OLG Hamm[423] zugunsten eines Klägers, der in erster Instanz ein Schmerzensgeld in einer Größenordnung von 50.000,00 – 60.000,00 DM verlangt und Nebenkosten, die den damals geltenden Beschwerdewert überstiegen, geltend gemacht hatte.

---

419 BGH, Urt. v. 31.03.1969 – VII ZR 35/67, BGHZ 52, 47 (48) zum alten Recht; BGH, Urt. v. 04.11.2010 – III ZR 275/09, NJW-RR 2011, 305.

420 BGH, Urt. v. 10.10.2002 – III ZR 205/01, BGHR 2003, 64.

421 Vgl. zu dieser Problematik Rdn. 1459 ff.

422 BGH, Urt. v. 30.04.1996 – VI ZR 55/95, BGHZ 132, 341 = NJW 1996, 2425; Diederichsen, DAR 2003, 241 (245).

423 Vgl. OLG Hamm, Urt. v. 12.09.2003 – 9 U 50/99, ZfS 2005, 122.

Das LG hatte dem Schmerzensgeldbegehren i. H. v. 150.000,00 DM stattgegeben, den Anspruch auf Zahlung der Nebenkosten jedoch abgewiesen. Der Kläger verfolgte in der Berufung den Anspruch auf Zahlung der Nebenkosten weiter und begehrte über das Schmerzensgeldkapital hinaus zusätzlich eine Schmerzensgeldrente i. H. v. 200,00 € monatlich.

266 Die Berufung war zulässig, weil der Kläger bzgl. der Nebenkosten beschwert war. Ein weiteres Schmerzensgeld konnte er daneben in der zweiten Instanz geltend machen, weil er den Klageantrag in der Hauptsache erweiterte, ohne dass eine Klageänderung vorlag. Eine solche Klageerweiterung aufgrund des bisherigen Vortrages ist ohne Weiteres zulässig.

267 ▶ Praxistipp:

Spricht das Gericht den vom Kläger als Mindestbetrag geltend gemachten Schmerzensgeldanspruch in voller Höhe zu, ist der Kläger nicht beschwert und kann deshalb nicht mit dem alleinigen Ziel in die Berufung gehen, ein höheres Schmerzensgeld zu erlangen.

Hat der Anwalt Zweifel, ob er mit dem geltend gemachten Schmerzensgeldbetrag richtig liegt, kann er daneben einen weiteren – unschlüssigen – Anspruch geltend machen, der mindestens etwas mehr als den 2-fachen Betrag der Beschwer ausmacht. Lehnt das Gericht diesen Antrag ganz oder teilweise ab, verbleibt die Möglichkeit der Berufung und der Klageerweiterung bzgl. des Schmerzensgeldes.

Dennoch machte der Anwalt in der oben zitierten Entscheidung des OLG Hamm in zweiter Instanz einen Fehler, denn er hätte beantragen müssen, dem Kläger eine Schmerzensgeldrente zuzusprechen, deren Höhe in das Ermessen des Gerichts gestellt wird, die aber mindestens 200,00 € monatlich betragen soll. Möglicherweise hätte das OLG Hamm dem Kläger dann eine höhere Rente als die beantragte von 200,00 € zuerkannt.

268 Auch das **Prozesskostenhilfeverfahren** hemmt die Verjährung, nach dem eindeutigen und insoweit auch nicht auslegungsfähigem[424] Wortlaut des Gesetzes aber nur, wenn der Antrag dem Gegner **bekannt** gegeben wird (Zustellung ist prozessual nicht zwingend!). Die Einreichung des Antrages ohne Bekanntgabe genügt also **nicht** zur Hemmung der Verjährung;[425] da teilweise vertreten wird, bei erfolglosen PKH-Gesuchen bedürfe es einer Bekanntgabe an den Gegner nicht, sollte der Anwalt in diesem Fall zugleich ausdrücklich die Bekanntgabe des Antrages **beantragen** und hierzu auf § 204 Abs. 1 Nr. 14 BGB verweisen. Einem solchem Antrag darf sich das Gericht nicht verschließen.[426]

Das OLG Oldenburg[427] hat ferner eine Verjährungshemmung nach § 204 Abs. 1 Nr. 14 BGB verneint, wenn der Prozesskostenhilfeantrag **missbräuchlich** – weil in Kenntnis fehlender Bedürftigkeit – gestellt ist.

Andererseits hemmt ein fristgerecht eingereichter und demnächst (hier: 12 Tage später) bekannt gegebener Antrag auch dann die Verjährung, wenn der Kläger die Erklärung zu seinen **persönlichen und wirtschaftlichen Verhältnissen** erst später nachreicht.[428]

269 Die Zustellung eines **Mahnbescheids** hemmt ebenfalls die Verjährung, § 204 Abs. 1 Nr. 3 BGB. Diese Wirkung tritt bereits mit dem Eingang des Mahnantrages ein, wenn die

---

424 BGH, Urt. v. 24.01.2008 – IX ZR 195/06, VersR 2008, 1119 (1120).

425 BGH, Urt. v. 24.01.2008 – IX ZR 195/06, VersR 2008, 1119 (1120).

426 BGH, Urt. v. 24.01.2008 – IX ZR 195/06, VersR 2008, 1119 (1120).

427 OLG Oldenburg, Urt. v. 03.04.2009 – 6 U 149/08, FamRZ 2010, 1098.

428 OLG Nürnberg, Beschl. v. 06.04.2010 – 4 W 535/10, VersR 2010, 1468: Grund ist u. a., dass diese Erklärung dem Gegner ohnehin nicht zugeleitet wird.

Zustellung demnächst erfolgt, § 167 ZPO. Der BGH[429] hat – darüber hinausgehend – eine Verjährungshemmung trotz unwirksamer Zustellung des Mahnbescheids (Umzug, Ummeldung, aber noch Namensschilder an altem Wohnsitz und Zustellung dort) angenommen, wenn der Anspruchsinhaber für die wirksame Zustellung alles aus seiner Sicht erforderliche getan hat, der Anspruchsgegner in unverjährter Zeit von dem Erlass des Mahnbescheids und seinem Inhalt Kenntnis erlangt hat und die Wirksamkeit der Zustellung ebenfalls in unverjährter Zeit in einem Rechtsstreit geprüft wird (hier: Einspruchsverfahren gegen Vollstreckungsbescheid, von welchem der Schuldner i. R. d. Vollstreckung erstmalig Kenntnis erlangte, in unverjährter Zeit).

▶ Hinweis:

Hier liegt noch das weitere Risiko, dass die Zustellung eines **Mahnbescheids**, mit dem ein Teilbetrag aus mehreren Einzelforderungen geltend gemacht wird, die Verjährung **nicht hemmt**, wenn eine genaue Aufschlüsselung der Einzelforderungen unterblieben ist und die Individualisierung erst nach Ablauf der Verjährungsfrist im anschließenden Streitverfahren nachgeholt wird.[430]

270 Die Einleitung des selbstständigen Beweisverfahrens, § 204 Abs. 1 Nr. 7 BGB, wird erst hemmend, wenn sie **förmlich** zugestellt wird (Wortlaut!); allerdings kommt eine Hemmung nach § 189 ZPO in Betracht, wenn der Gegner den Antrag aufgrund einer formlosen Übersendung erhalten hat.[431]

271 Die Zustellung einer **Streitverkündung** wirkt nach § 204 Abs. 1 Nr. 6 BGB verjährungshemmend. Nach der Rechtsprechung des BGH[432] ist für diese Wirkung aber erforderlich, dass die Streitverkündung **zulässig** ist. Dies gilt selbst dann, wenn der Streitverkündete dem Rechtsstreit beitritt! Zwar treten in diesem Fall die prozessualen Wirkungen des § 68 ZPO ein, ohne dass im Folgeprozess die Zulässigkeit der Streitverkündung geprüft werden müsste. Für die verjährungshemmende Wirkung gilt die aber nicht. Der Beitritt des Streitverkündeten entbindet das Gericht des Folgeprozesses nicht von der Prüfung der Zulässigkeit der Streitverkündung.[433]

Durch Erhebung einer **Teilklage** wird die Verjährung für den nicht eingeklagten Teil des Anspruchs nicht gehemmt.

Im Grundsatz gilt zudem, dass mit einer unbeschränkten Schmerzensgeldklage alle Schadensfolgen abgegolten sind,[434]
– die bereits eingetreten und objektiv erkennbar sind oder
– deren Eintritt vorhersehbar war und bei der Entscheidung berücksichtigt werden konnten.

272 Andererseits werden nur mögliche Spätfolgen bei der Bemessung des Schmerzensgeldes unzureichend berücksichtigt, weil ihr Eintreten ungewiss ist. Diesem Dilemma kann der Verletzte mit einer offenen Teilklage begegnen, die der BGH als zulässig erachtet.[435] Mit der Zulässig-

429 BGH, Urt. v. 26.02.2010 – V ZR 98/09, NJW-RR 2010, 1438: weil Sinn und Zweck des § 204 Abs. 1 Nr. 3 – nämlich die Information des Schuldners in unverjährter Zeit – gewahrt sei und eine erneute Zustellung eine »unnötige Förmelei« bedeuten würde.
430 BGH, Urt. v. 21.10.2008 – XI ZR 466/07, NJW 2009, 56 = VersR 2010, 223.
431 BGH, Urt. v. 27.01.2011 – VII ZR 186/09, MDR 2011, 417.
432 BGH, Urt. v. 06.12.2007 – IX ZR 143/06, NJW 2008, 519.
433 BGH, Urt. v. 06.12.2007 – IX ZR 143/06, NJW 2008, 519 (520).
434 S. u. Rdn. 1490 ff.
435 BGH, Urt. v. 20.01.2004 – VI ZR 70/03, NJW 2004, 1243.

keit einer solchen Teilklage ist der Verletzte aber keinesfalls gesichert. Er läuft Gefahr, dass einer späteren Klage auf Zahlung eines weiteren Schmerzensgeldes zwar nicht die Rechtskraft der früheren Entscheidung entgegensteht, ein weiter gehender Anspruch aber verjährt ist.[436]

273 ▶ Praxistipp:

Deshalb ist dem Anwalt dringend zu empfehlen, bei inhaltlich begrenzter Leistungsklage (Teilklage) zugleich eine Feststellungsklage zu erheben, oder die Verjährung möglicher Spätfolgen durch Vereinbarung zu verhindern.

Mit den »rechtskräftig festgestellten Ansprüchen« nach § 197 Abs. 1 Nr. 3 BGB ist insbesondere auch das Feststellungsurteil gemeint[437].

Hierbei muss aber auch die Regelung des **§ 197 Abs. 2 BGB** beachtet werden, wonach »regelmäßig wiederkehrende Leistungen« weiterhin – auch bei Existenz eines Feststellungstitels – in der Regelverjährung (§ 195 BGB) verjähren, beginnend mit dem Schluss des Jahres, in welchem der konkrete Anspruch entstand. Dies kann Erwerbsschadens- und Mehrbedarfsrenten betreffen. Ob auch die **Schmerzensgeldrente** unter § 197 Abs. 2 BGB fällt, ist offen. Die Kommentarliteratur ist divergent[438]. Der BGH[439] hat eine (obiter) Feststellung des Berufungsgerichts, das Schmerzensgeld sei ein einheitlicher Anspruch auch dann, wenn dieser durch Rente erfüllt werde, und falle daher nicht unter § 197 Abs. 2 BGB, unbeanstandet gelassen. Für die (insoweit aber artähnliche) Rente aus Ausopferung hat er ausgeführt[440]:

»Wenn die Summe entweder durch Einmalzahlung oder durch wiederkehrende Zahlungen geleistet werden kann, handelt es sich nur um eine besondere Form der Erfüllung eines einheitlichen Anspruchs, nicht um wiederkehrende Leistungen nach § 197 Abs. 2 BGB.«

Diese Überlegungen gelten gleichermaßen für die Schmerzensgeldrente.

Zäsur für die Anwendung des § 197 Abs. 2 BGB ist die Rechtskraft des Feststellungstitels: Alle Leistungen, die bis zum Eintritt der formellen Rechtskraft des Feststellungsurteils fällig werden, sind von der 30-jährigen Verjährung umfasst, alle erst danach fällig werdenden (man begründet dies aus dem Wortlaut, »künftig«) verjähren ihrerseits trotz rechtskräftigen Feststellungstitels[441] in der kurzen Verjährung[442].

---

436 S. u. Rdn. 1465 ff.

437 »Es wird festgestellt, dass die Beklagten gesamtschuldnerisch verpflichtet sind, dem Kläger allen weiteren Schäden aus dem Unfallereignis vom ... zu ersetzen.«.

438 Müko-Grothe, § 197, Rn. 26: gegen Anwendbarkeit von § 197 Abs. 2 BGB; Staudinger-Peters/Jacoby, § 197, Rn. 66: für § 197 Abs. 2 BGB, da die Rente für den Ausgleich der in dieser Periode erlittenen Schmerzen diene.

439 BGH, Urt. v. 19.12.2000 – X ZR 128/99, NJW 2001, 1063.

440 BGH, Urt. v. 06.05.1957 – III ZR 12/56, VersR 1957, 450.

441 Ohne diesen Titel wären aber z. B. Erwerbsschadensansprüche 5 Jahre nach dem Unfall ohnehin bereits deshalb verjährt, weil das Stammrecht verjährt wäre.

442 BGH, Urt. v. 03.11.1988 – IX ZR 203/87, NJW-RR 1989, 215.

c) Hemmung nach § 115 Abs. 2 Satz 3 VVG

274 Nach § 115 Abs. 2 VVG n. F.[443] ist die Verjährungsfrist nach Anmeldung des Anspruchs an den Versicherer bis zum Zugang von dessen **Entscheidung in Textform** gehemmt. Die Vorgängernorm des § 3 Nr. 3 PflVG sprach noch von einer »schriftlichen« Entscheidung; dies wurde im Zuge der Änderung des VVG an die neuen Medienformen angepasst. An die Anmeldung des Ersatzanspruchs sind nur geringe inhaltliche Anforderungen zu stellen; es reicht aus, wenn nur ein Anspruch von mehreren geltend gemacht wird.[444] Wenn aber von verschiedenen Schadenspositionen nur einzelne »beschieden« werden, ist die Verjährung hinsichtlich der nicht von der Versicherung erwähnten weiterhin gehemmt.[445] Einer solchen Entscheidung bedarf es nach dem Gesetzeswortlauf nur nach der ersten Anmeldung, um die Hemmung der Verjährung zu beenden. Zu beachten ist, dass nicht nur die schriftliche Ablehnung, sondern auch die positive Entscheidung des Versicherers, Ansprüche regulieren zu wollen, die Hemmung beendet und die Verjährung wieder in Gang setzt.[446]

275 In Ausnahmefällen kann auf eine Entscheidung auch verzichtet werden. Wird z. B. zeitnah mit dem Unfall eine Verletzung festgestellt, die Spätschäden nach sich ziehen kann, beginnt auch insoweit die Verjährungsfrist zu laufen.[447] Nach einem Verkehrsunfall im Jahr 1990 wurden in einem ärztlichen Gutachten als vorläufige Diagnose ein schweres HWS-Schleudertrauma und ein dringender Verdacht auf eine Hirnstammkontusion festgestellt. Noch 1990 reichte der Verletzte Klage auf Zahlung eines Schmerzensgeldes i. H. v. 1.500,00 DM ein. Die Beklagte zahlte daraufhin einen Betrag und der Kläger nahm die Klage zurück. Mit seiner Behauptung, er habe erst Ende Oktober 1998 von der 1990 festgestellten Hirnstammkontusion erfahren, wurde er nicht gehört. Die Hemmung der (drei Jahre dauernden) Verjährungsfrist gem. § 3 Nr. 3 Satz 3 PflVG a. F. endete mit der Klagerücknahme; eine schriftliche Entscheidung des Versicherers[448] wurde als »leere Förmelei« nicht mehr gefordert.

276 Beim Wiederaufleben der Verhandlungen kann der Lauf der Verjährungsfrist erneut gehemmt werden (§ 14 StVG, § 852 Abs. 2 BGB a. F., § 203 BGB). Diese Hemmung endet aber durch die Verweigerung des Versicherers, die Verhandlungen fortzusetzen oder dadurch, dass der Anspruchsteller selbst die Verhandlungen einschlafen lässt.[449]

277 Andererseits bleibt die Verjährung wegen **schwebender Vergleichsverhandlungen** gehemmt, wenn der in Anspruch Genommene erklärt hat, bis zu einem bestimmten Zeitpunkt auf die

443 Die Regelung entspricht weitgehend der alten Fassung des § 3 Nr. 3 Satz 3 PflVG, der im Zuge der VVG-Novelle 2008 (BGBl. I 2631 v. 21.09.2007) aufgehoben wurde. Das neue VVG ist zum 01.01.2008 in Kraft getreten und ist auf ab diesem Zeitpunkt abgeschlossene Verträge anwendbar. Auf Altverträge findet das neue Recht grds. erst ein Jahr später, also ab dem 01.01.2009 Anwendung. Ausnahme: Bei Eintritt eines Versicherungsfalles bis zum 31.12.2008 bestimmen sich die daraus ergebenden Rechte und Pflichten weiterhin nach dem alten VVG.

444 BGH, Urt. v. 25.06.1985 – VI ZR 60/84, VersR 1985, 1141; OLG Frankfurt am Main, Urt. v. 03.01.2011 – 22 W 68/10, MDR 2011, 538.

445 OLG Celle, Urt. v. 16.07.2008 – 14 U 64/08, SP 2009, 9 (geltend gemacht wurde Schmerzensgeld und materielle Schäden; die Versicherung antwortete mit dem Hinweis, ein Schmerzensgeld von 7.500,00 € werde gezahlt, der darüber hinausgehende Betrag sei »nicht begründet«; materielle Ansprüche wurden nicht erwähnt. Damit waren diese nicht verjährt, da keine Entscheidung hierüber ergangen war.). Ebenso OLG Düsseldorf, Urt. v. 20.12.2004 – I-1 U 116/04, NJW-RR 2005, 819.

446 BGH, Urt. v. 30.04.1991 – VI ZR 229/90, VersR 1991, 878; OLG Rostock, Urt. v. 09.08.2001 – 1 U 219/99, ZfS 2001, 548 = VersR 2003, 363.

447 OLG Frankfurt am Main, Urt. v. 23.05.2003 – 2 U 40/02, SP 2003, 379.

448 Die Vorgängerregelung zu § 115 Abs. 2 Satz 3 VVG, § 3 Nr. 3 Satz 3 PflVG a. F., forderte noch eine »schriftliche« Entscheidung.

449 Diederichsen, DAR 2003, 241 (243).

Einrede der Verjährung zu verzichten.[450] Die Verhandlungen der Parteien wurden über diesen Zeitpunkt hinaus fortgesetzt. Der BGH entschied, dass ein **Verjährungsverzicht** eine sich aus den gesetzlichen Vorschriften ergebende Hemmung der Verjährung nicht berührt. Sinn und Zweck des Verjährungsverzichts sei es, die Möglichkeit einer gerichtlichen Auseinandersetzung offenzuhalten, was aber auf die sich aus dem Gesetz ergebende Hemmung keine Auswirkungen habe. Der Begriff des Verhandelns sei weit zu fassen, ein Abbruch der Verhandlungen müsse wegen des damit verbundenen Endes der Hemmung klar und eindeutig erklärt werden. Eine bloße Verneinung der Einstandspflicht genüge diesen strengen Anforderungen nicht.

278 Besonders trickreich versuchte ein Schuldner sich in die Verjährung zu retten. Er verhandelte im Dezember 2004 mit dem Gläubiger über einen Verzicht auf die Einrede der Verjährung und gab schließlich am 28.12.2004 die Verzichtserklärung ab, behielt sich jedoch einen Widerruf dieser Erklärung vor und machte im Januar 2005 von dem Widerrufsrecht Gebrauch. Ohne Erfolg, denn hier war zum einen während der Verhandlungen über eine Erklärung zum Verjährungsverzicht die Verjährungsfrist gehemmt, zum andern griff aber § 203 BGB ein mit der Folge, dass nach dem Ende der Hemmung jedenfalls eine 3-Monats-Frist lief.[451]

279 Ähnlich der BGH,[452] der ausdrücklich festgestellt hat, dass bei einem Widerrufsvergleich die von dem Vergleich erfassten Ansprüche gem. § 203 Satz 1 BGB bis zur Erklärung des Widerrufs gehemmt sind.

d) Hemmung der Verjährung im Adhäsionsverfahren[453]

280 Eine Hemmung der Verjährung tritt im (bisher praktisch seltenen) **Adhäsionsverfahren,**[454] also der Geltendmachung von zivilrechtlichen Ansprüchen als »Annex« eines Strafprozesses bereits dadurch ein, dass der Antrag gem. § 404 Abs. 1 StPO angebracht wird. Der Zustellung des Antrages an den Schädiger gem. § 404 Abs. 1 Satz 3 StPO und der Anordnung und Durchführung einer Hauptverhandlung bedarf es für die verjährungshemmende Wirkung nicht. Dies ergibt sich aus dem eindeutigen Wortlaut des § 404 Abs. 2 StPO, wonach bereits die Antragstellung »dieselbe Wirkung wie die Erhebung der Klage im bürgerlichen Rechtsstreit« hat.[455]

281 ▶ **Hinweis:**

Soweit mithin – trotz der Schutzvorschrift des § 167 ZPO – Bedenken an einer rechtzeitigen Zustellung der zivilrechtlichen Klage (§§ 253 Abs. 1, 261 Abs. 1 ZPO, § 204 Nr. 1 BGB) bestehen, mag es angeraten sein, die Hemmung der Verjährung mittels einer Antragstellung in einem laufenden Strafprozess zu erreichen.

e) Andere Fälle der Hemmung der Verjährung

282 Andere Fälle der Hemmung der Verjährung ergeben sich aus § 204 Abs. 1 BGB. Der Rechtsgedanke des § 204 Abs. 1 BGB findet Anwendung, wenn der Stiefvater seine minderjährige Stieftochter sexuell missbraucht. Solange die Mutter, auch wenn sie als gesetzliche Vertreterin von der Tat Kenntnis hat, die Ehe mit dem Stiefvater aufrechterhält, ist die Verjährung der Schadensersatzansprüche der Stieftochter gehemmt.[456]

---

450 BGH, Urt. v. 17.02.2004 – VI ZR 429/02, VersR 2004, 656 f. = NJW 2004, 1654.

451 Vgl. zu diesem Fall OLG Karlsruhe, Beschl. v. 16.01.2006 – 17 U 344/05, MDR 2006, 1392.

452 Vgl. BGH, Urt. v. 04.05.2005 – VIII ZR 93/04, MDR 2005, 1153 = NJW 2005, 2004.

453 Vgl. dazu grundlegend Jaeger, VRR 2005, 287.

454 Das Adhäsionsverfahren ist in einem besonderen Abschnitt behandelt, vgl. unter Rdn. 1390 ff.

455 OLG Rostock, Urt. v. 03.06.1999 – 1 U 308/97, OLGR 2000, 47 (zum alten Verjährungsrecht).

456 OLG Hamm, Beschl. v. 28.03.2000 – 6 W 5/00, VersR 2002, 626.

f) Neubeginn der Verjährung

Die Verjährung wird nicht nur gehemmt, sondern beginnt neu (drei Jahre), wenn der Schuldner den Anspruch des Gläubigers anerkennt (§ 212 BGB). 283

Es gibt, anders als nach dem Verjährungsrecht bis 2001, nur noch zwei Fälle des Neubeginns, nämlich das **Anerkenntnis** (§ 212 Abs. 1 Nr. 1 BGB) und die Vornahme einer **Vollstreckungshandlung** (§ 212 Abs. 1 Nr. 2 BGB). Hierbei ist zu beachten, dass (vergleichbar der Hemmung) der Neubeginn nicht eintritt, wenn zum Zeitpunkt der Abgabe des Anerkenntnisses die Verjährung noch gar nicht zu laufen begonnen hatte.[457] 284

▶ Praxistipp: 285

Das bedeutet aber nur, dass die kurze Verjährungsfrist von 3 Jahren neu zu laufen beginnt.

Zu beachten ist, dass **jede Zahlung** eines Versicherers grds. ein **Anerkenntnis** darstellt, das einen Neubeginn der Verjährung auslöst. Dieses Anerkenntnis erfasst zulasten des Versicherungsnehmers (§ 10 Abs. 5 AKB) auch den Teil der Ansprüche, für den der Versicherer nicht einzustehen hat, weil er die Deckungssumme übersteigt.[458] Das kann auch dadurch geschehen, dass der Versicherer laufend auf die Ansprüche des Verletzten zahlt und damit zulasten seines Versicherungsnehmers zum Ausdruck bringt, dass der Anspruch des Verletzten anerkannt wird.[459] Verkennt der Geschädigte die Bedeutung des Verhaltens des Versicherers, schadet dies nicht, denn ein Vertrauen, zu dem der Schuldner keinen Anlass gegeben hat, ist ebenso unbeachtlich wie im umgekehrten Fall des Misstrauens. 286

Anders ist die Rechtslage, wenn der **Versicherer** die (auch) **künftigen Ansprüche des Geschädigten nicht nur schriftlich anerkennt**, sondern wenn **beide Parteien** eine **Vereinbarung** treffen, dass der Geschädigte die Stellung erhalten soll, die er bei einem rechtskräftigen Feststellungsurteil hätte.[460] Erteilt der Haftpflichtversicherer des Schädigers dem Geschädigten ein **schriftliches Anerkenntnis**, mit dem er dessen materiellen Zukunftsschaden dem Grunde nach anerkennt, »um ihm eine Feststellungsklage zu ersparen«, kann das Anerkenntnis u. U. ein Feststellungsurteil über die Schadensersatzpflicht mit der Folge »ersetzen«, dass sich die Verjährung der Ersatzansprüche des Geschädigten für den Zukunftsschaden nach § 218 BGB a. F. richtet.[461] 287

▶ Hinweis: 288

Auch dieser sehr vorsichtig formulierte LS zeigt, dass das Vertrauen auf ein Anerkenntnis nicht risikolos ist.

▶ Formulierungsbeispiel: 289

Mit Wirkung eines heute rechtskräftigen Urteils stellen die Parteien fest, dass der Versicherer verpflichtet ist, einen hier nicht abgefundenen weiteren Schmerzensgeldbetrag zu zahlen, wenn es zu einer unfallbedingten ..... (z. B. Amputation) kommen sollte.

---

457 BGH, Beschl. v. 08.01.2013 – VIII ZR 344/12, NJW 2013, 1430. Das macht aber auch Sinn – ansonsten würde das (ja an sich gläubigerfreundliche) Anerkenntnis zu einer Verkürzung der Verjährung führen, die an sich ja erst zum Schluss des Jahres begönne, dann aber bereits mit Zugang des Anerkenntnisses zu laufen anfinge.

458 Vgl. BGH, Urt. v. 22.07.2004 – IX ZR 175/99, MDR 2005, 90.

459 BGH, Urt. v. 22.07.2004 – IX ZR 482/00, VersR 2004, 1278 = NJW-RR 2004, 1475 = MDR 2005, 90; Diederichsen, DAR 2005, 301 (302).

460 BGH, Urt. v. 23.10.1984 – VI ZR 30/83, VersR 1985, 62; BGH, Urt. v. 04.02.1986 – VI ZR 82/85, VersR 1986, 684; Küppersbusch, r+s 2002, 221 (225).

461 BGH, Urt. v. 23.10.1984 – VI ZR 30/83, VersR 1985, 62.

290 ▶ **Praxistipp:**

Spielen der Schädiger und sein Versicherer nicht mit, muss rechtzeitig Feststellungsklage erhoben werden. Die Vereinbarung eines Vorbehalts bedeutet nicht, dass gleichzeitig eine Verjährungsvereinbarung getroffen worden wäre![462]

291 Liegt ein **solches Anerkenntnis** vor, dann gilt auch ohne Feststellungsurteil die **30-jährige Verjährungsfrist** des § 218 Abs. 1 BGB a. F. Die Rechtslage ist im Wesentlichen durch das Schuldrechtsmodernisierungsgesetz unverändert geblieben, vgl. §§ 197, 212 BGB. Nach § 202 Abs. 2 BGB sind solche Absprachen problemlos möglich.[463]

292 Hat allerdings der Haftpflichtversicherer des Schädigers vorprozessual seine Verpflichtung anerkannt, den immateriellen Schaden des Geschädigten unter Berücksichtigung einer bestimmten Quote zu ersetzen, und hat er erklärt, den Geschädigten so zu stellen, als wäre ein Feststellungsurteil mit einem dem Anerkenntnis entsprechenden Inhalt ergangen, unterliegt das Recht des Geschädigten, einen darüber hinausgehenden Anteil des Schädigers bei der Bemessung des Schmerzensgeldes geltend zu machen, der Verjährung.[464]

g) Vereinbarungen zur Verjährung

293 Nach § 202 BGB sind im Gegensatz zum bisherigen § 225 a. F. BGB sowohl Erleichterungen, als auch Erschwerungen der Verjährung zulässig. So kann z. B. die Verjährung durch Rechtsgeschäft auf 30 Jahre ausgedehnt werden.

4. Sicherung von Spätfolgen durch Feststellungsklage

294 Für die Frage der Verjährung ist es wichtig zu sehen, dass der Schmerzensgeldanspruch als Einheit begriffen wird. Das gilt sowohl für die Höhe als auch für die künftige Entwicklung, also auch für Schäden, die noch gar nicht eingetreten sind und deren Eintritt ungewiss ist. Der Schmerzensgeldanspruch umfasst also auch Spätschäden, deren Eintritt möglich und vorhersehbar ist. **Vorhersehbarkeit** liegt allerdings dann nicht vor, wenn sich aus ganz leichten Verletzungen, bei denen generell keine Folgeschäden zu erwarten sind,[465] schwere Folgezustände ergeben oder wenn atypische Verletzungsfolgen auftreten, mit denen nach dem Verletzungsbild nicht gerechnet werden konnte.[466]

295 Dabei kommt es nicht darauf an, ob der Verletzte selbst die Spätfolgen als möglich vorausgesehen hat oder hätte voraussehen können. Maßgeblich ist die **Sicht eines Mediziners**. Dies gilt auch dann, wenn der Geschädigte nach der Verletzung aufgrund damaliger medizinischer

---

462 Das OLG Hamm, Urt. v. 16.06.1998 – 28 U 237/97, VersR 1999, 1495, hat einen Anwaltshaftungsfall angenommen, weil eine Klausel nur »Offen bleibt der materielle Zukunftsschaden ab 01.01.1990, soweit kein Übergang auf Sozialversicherungsträger vorliegt, außerdem immaterieller Zukunftsschaden bei Kniegelenkversteifung.« gefasst war. Dass möglicherweise im Wege der Auslegung erreicht werden könnte, einen konkludenten Verzicht auf die Verjährungseinrede »hineinzuinterpretieren« (so in einem Ausnahmefall OLG Hamm, Urt. v. 09.12.1994 – 32 U 114/94, VersR 1996, 78; dagegen BGH, Urt. v. 26.05.1992 – VI ZR 253/91, VersR 1992, 1091; BGH, Urt. v. 29.01.2002 – VI ZR 230/01, VersR 2002, 474 = NJW 2002, 1878; KG, Urt. v. 22.12.1998 – 6 U 307/97, VersR 2000, 1145), genügte nicht, da nach Ansicht des OLG das Gebot des sichersten Weges bedeutet hätte, eine klare (!) Klausel zur Verjährung zu vereinbaren.

463 Küppersbusch, r+s 2002, 221 (225), Fn. 41.

464 OLG Naumburg, Urt. v. 04.11.2004 – 2 U 69/04, OLGR 2005, 416.

465 BGH, Urt. v. 11.07.1967 – VI ZR 115/66, VersR 1967, 1092 (1094); BGH, Urt. v. 30.01.1973 – VI ZR 4/72, VersR 1973, 371.

466 OLG Hamburg, Urt. v. 07.10.1977 – 14 U 43/76, VersR 1978, 546; OLG Köln, Beschl. v. 02.11.1992 – 2 W 111/92, NJW-RR 1993, 601.

Falschberatung über die Möglichkeit von Spätschäden eine Feststellungsklage unterließ – stellt sich dann später deren objektive Vorhersehbarkeit ex ante heraus, sind Ansprüche verjährt und der Geschädigte bleibt darauf verwiesen, seinen damaligen Arzt in Regress zu nehmen.[467] Sind Spätfolgen aus medizinischer Sicht nicht auszuschließen, können nur die Feststellungsklage oder ein Anerkenntnis in Form einer Vereinbarung zwischen dem Verletzten und dem Versicherer die Verjährung verhindern. Bei der Beurteilung der Vorhersehbarkeit ist die Rechtsprechung streng.[468] So wird vertreten, dass schwere Verletzungen fast immer die Befürchtung von Spätschäden nach sich ziehen mit der Folge, dass die Verjährung ab dem ersten Schaden beginne.[469] Wächst die Kenntnis späterer Schadensfolgen jedoch in den beteiligten Fachkreisen erst heran, dann kommt es für den Beginn der Verjährung darauf an, wann der Verletzte selbst von der Schadensfolge Kenntnis erlangt hat, hingegen ist ohne Bedeutung, in welchem Zeitpunkt sich diese Kenntnis in den beteiligten Fachkreisen durchgesetzt hat.[470]

296 Wird aber ein Antrag auf Feststellung der Verpflichtung der Beklagten zum Ersatz sämtlicher weiterer immaterieller Schäden abgewiesen, weil mit einer Verschlimmerung der unfallbedingten Schädigungen nicht zu rechnen sei, erfasst die Rechtskraft der Abweisung des sog. immateriellen Vorbehalts nicht die selbst in Fachkreisen unbekannten künftigen Folgeschäden.[471] Andererseits wirkt die Rechtskraft einer im Vorprozess ergangenen Klageabweisung der Feststellungsklage auch dann, wenn das Gericht verfahrensfehlerhaft dahinstehen lassen hat, ob diese unzulässig oder unbegründet ist.[472]

297 ▶ **Hinweis:**

> Aus diesem Grund muss in allen Fällen, in denen Spätfolgen nicht von vornherein ausgeschlossen werden können, neben der Leistungsklage zugleich eine Feststellungsklage erhoben werden, durch die festgestellt werden soll, dass sich die Haftung des Schädigers auch auf künftige immaterielle Schäden erstreckt.[473]

298 Ein besonderes Problem stellt insoweit der **Abfindungsvergleich** dar. Grds. ist der Geschädigte an die Vereinbarung gebunden und kann keine weiteren Ansprüche geltend machen. Das gilt i. d. R. auch dann, wenn zu einem viel späteren Zeitpunkt Folgeschäden eintreten, mit denen der Verletzte bei Abschluss des Abfindungsvergleichs nicht gerechnet hat. Nur in besonderen Ausnahmefällen ist in der Rechtsprechung anerkannt, dass die Schädigerseite treuwidrig handelt, wenn sie sich auf die abschließende Regelung des Vergleichs beruft. Eine solche unzulässige Rechtsausübung ist an zwei Voraussetzungen geknüpft, die nur in eng begrenzten Ausnahmefällen bejaht werden: Es muss sich um unvorhergesehene Spätschäden handeln und es muss eine krasse Äquivalenzstörung vorliegen.[474]

Sind diese Voraussetzungen erfüllt, kann der Schädiger sich nicht auf Verjährung berufen.

---

467 OLG Frankfurt, Urt. v. 30.11.2011 – 4 U 63/11, unveröffentlicht.

468 BGH, Urt. v. 20.04.1982 – VI ZR 197/80, VersR 1982, 703; BGH, Urt. v. 07.06.1983 – VI ZR 171/81, VersR 1983, 735.

469 LAG Rheinland-Pfalz, Beschl. v. 02.04.2012 – 8 Ta 60/12, unveröffentlicht, unter Hinweis auf OLG Zweibrücken, Urt. v. 30.03.1994 – 1 U 252/92, VersR 1994, 1439.

470 Diederichsen, VersR 2005, 433 (440).

471 BGH, Urt. v. 14.02.2006 – VI ZR 322/04, VersR 2006, 1090 = NJW-RR 2006, 712 = VRR 2006, 223 = SP 2006, 202 = MDR 2006, 987.

472 BGH, Urt. v. 16.01.2008 – XII ZR 216/05, NJW 2008, 1227.

473 RGRK/Kreft, BGB, 12. Aufl. 1989, § 847 Rn. 19; Deutsch/Ahrens, Rn. 512 ff.; vgl. unten Rdn. 1518 ff.

474 Nugel, ZfS 2006, 190 (190, 191); eingehend auch OLG Düsseldorf, Urt. v. 22.01.2007 – 1 U 166/06, ZfS 2008, 140 = NZV 2008, 151.

299 Ein Abfindungsvergleich, in dem eindeutig zum Ausdruck kommt, dass die Schadensregulierung endgültig abgeschlossen sein soll, beendet die Hemmung der Verjährung gem. § 115 Abs. 2 Satz 3 VVG n. F. auch für etwaige im Abfindungsvergleich vorbehaltenen Ansprüche auf Ersatz erst in Zukunft als möglich angesehener Schäden. Ein solcher Vorbehalt bedeutet keinen Verzicht auf die Einrede der Verjährung.[475] Solche als möglich angesehenen Zukunftsschäden müssen gegen Verjährung gesichert werden.

D. Schutzumfang

I. Geschützte Rechtsgüter

300 Im Gesetz sind als **Schutzobjekte**

- Körper,
- Gesundheit,
- Freiheit und
- sexuelle Selbstbestimmung

genannt. Im Gegensatz zur früheren Regelung in § 847 BGB a. F., wonach ein Schmerzensgeld nur bei Verletzung des Körpers und der Gesundheit und bei Freiheitsentziehung zu zahlen war, ist nun das Recht auf sexuelle Selbstbestimmung als Schutzobjekt hinzugekommen.

1. Körper

301 Eine Körperverletzung setzt die Beeinträchtigung der körperlichen Integrität voraus.[476] Sie stellt auch dann einen Eingriff in die äußerliche Unversehrtheit dar, wenn damit keine gesundheitlichen Nachteile verbunden sind, wie bspw. beim Abrasieren oder der Beschädigung des Kopfhaares oder beim Anspucken.[477]

302 Der BGH[478] sieht in der Herbeiführung einer **Schwangerschaft gegen den Willen der betroffenen Frau** (z. B. nach fehlgeschlagener Sterilisation) und in der **Geburt** des Kindes eine Körperverletzung – nicht etwa eine Gesundheitsverletzung –, die einen Schmerzensgeldanspruch auslösen könne, da eine Körperverletzung in jedem unbefugten Eingriff in die körperliche Integrität (Befindlichkeit) zu erblicken sei. Der BGH ist der Ansicht, dass die Herbeiführung von Schwangerschaft und Geburt gegen den Willen der betroffenen Frau, auch wenn es sich um einen normalen physiologischen Ablauf ohne Komplikationen handele, als Körperverletzung ein Schmerzensgeld rechtfertigen könne. Eine Verletzung des Körpers, die § 823 Abs. 1 BGB ausdrücklich neben der Verletzung der Gesundheit erwähnt, müsse nämlich im zivilrechtlichen Sinn schon in jedem unbefugten Eingriff in die Integrität der körperlichen Befindlichkeit erblickt werden, da anderenfalls das Recht am eigenen Körper als gesetzlich ausgeformter Teil des allgemeinen Persönlichkeitsrechts nicht angemessen geschützt wäre. Dass möglicherweise aus strafrechtlicher Sicht etwas anderes gelte, stehe dem nicht entgegen.

303 Adäquate Folge einer Körperverletzung kann auch eine durch einen Unfall hervorgerufene **Renten- oder Konversionsneurose**[479] sein, die auf Wunsch- oder Zweckvorstellungen des Verletzten beruht. Der Geschädigte nimmt im ersten Fall den Unfall in dem neurotischen

---

475 BGH, Urt. v. 29.01.2002 – VI ZR 230/01, NJW 2002, 1878.

476 Dabei ist offensichtlich, dass nur der Körper des Menschen gemeint ist. Eine Verletzung eines Hundes löst daher trotz § 90a BGB keinen Schmerzensgeldanspruch des Hundes aus, AG Wiesbaden, Urt. v. 18.08.2011 – 93 C 2691/11, NJW-RR 2012, 227 für mangelhafte Pflege im Hundesalon.

477 LG Münster, Urt. v. 29.08.2002 – 8 S 210/02, NJW-RR 2002, 1677, hat ein Schmerzensgeld i. H. v. 250,00 € zuerkannt.

478 BGH, Urt. v. 18.03.1980 – VI ZR 247/78, VersR 1980, 558 = NJW 1980, 1452 (1453). Vgl. auch unten Rdn. 1257 ff.

479 Staudinger/Schäfer, BGB, 12. Aufl. 1986, § 847 Rn. 36; vgl. auch unten Rdn. 874 ff.

Bestreben nach Versorgung und Sicherheit lediglich zum Anlass, den Schwierigkeiten und Belastungen des Erwerbslebens auszuweichen.[480] In solchen Fällen kann ein Schmerzensgeld verneint werden, wenn die seelische Störung erst durch eine Begehrensvorstellung ihr Gepräge erhält, weil ein Unfall nur zum Anlass genommen wird, z. B. den Schwierigkeiten des Arbeitslebens auszuweichen. Fälle von Renten- oder Begehrensneurosen sind in der höchstrichterlichen Rechtsprechung des BGH[481] seit Langem (1979) nicht mehr vorgekommen. Dagegen haben sich in der Rechtsprechung des BGH die Fälle der Konversionsneurosedeutlich vermehrt, die eine Entschädigung auslösen kann.[482] Jedoch soll beim Vorliegen einer sog. Borderline-Störung kein Anspruch des Verletzten gegeben sein, weil bei dieser Erkrankung ein beliebiges Ereignis früher oder später dieselben psychischen Folgen ausgelöst hätte.[483]

Nunmehr hat der BGH[484] seine frühere Rechtsprechung zur Begehrensneurose wieder aufgegriffen und ausgeführt:

Für die Verneinung des Zurechnungszusammenhangs zwischen unfallbedingten Verletzungen und Folgeschäden wegen einer Begehrensneurose ist es erforderlich, aber auch ausreichend, dass die Beschwerden entscheidend durch eine neurotische Begehrenshaltung geprägt sind.

2. Gesundheit

304 Demgegenüber ist die **Gesundheitsverletzung** ein Vorgang, bei dem körperliche oder geistige Lebensvorgänge eines Menschen gestört werden; das ist jedes Hervorrufen oder Steigern eines von den normalen körperlichen Funktionen nachteilig abweichenden Zustandes, auch ohne Schmerzen oder tief greifende Veränderung der Befindlichkeit.[485] Da Gesundheit ein relativer Begriff ist, wird (natürlich) darüber gestritten, welche Intensität der Beeinträchtigung zu fordern ist.[486] Es soll am Krankheitsbegriff der Medizin festgehalten werden, der aber weder die Behandlungsfähigkeit noch Behandlungsbedürftigkeit, wohl aber die Erheblichkeit der Störung voraussetzt.[487] Nach anderer Auffassung soll Indiz für eine Gesundheitsverletzung i. d. R. die Behandlungsbedürftigkeit durch einen Arzt sein. Im Unterschied zur Körperverletzung ist ein Gesundheitsschaden die Störung innerer Funktionen des Organismus, z. B. eine Infektion.[488]

480 Böhme/Biela, Kap. 1 Rn. 17.

481 Anders die OLG: Das OLG Düsseldorf, Urt. v. 08.01.2001 – 1 U 87/99, SP 2001, 412, hat zwar eine Rentenneurose erwogen, aber letztlich verneint; ebenso OLG Köln, Urt. v. 26.07.2001 – 7 U 188/99, SP 2001, 343 (345). Das OLG Stuttgart, Urt. v. 20.07.1999 – 12 U 231/98, SP 2001, 198 entschied: Der Geschädigte, der psychisch vorgeschädigt war (ängstlicher, depressiver Hypochonder) erlitt nach HWS-Syndrom 2. Grades einen psychischen Folgeschaden, infolgedessen er arbeitsunfähig wurde; es bejahte die Kausalität des Unfalls, lehnte aber eine Haftung ab, da eine Rentenneurose vorliege, der Geschädigte den Unfall daher nur zum Vorwand nehme, sich und seine Familie zu versorgen und zu sichern.

482 BGH, Urt. v. 08.05.1979 – VI ZR 58/78, VersR 1979, 718 (719); OLG Schleswig, Urt. v. 19.12.2002 – 7 U 163/01, OLGR 2003, 155; Müller, VersR 1998, 129 (133); s. hierzu auch Rdn. 878 f.

483 Näher dazu Rdn. 806 f. und 881 f.; vgl. auch Burmann/Heß, NZV 2008, 481 (484).

484 BGH, Urt. vom 10.07.2012 – VI ZR 127/11, VersR 2012, 1133 = NJW 2012, 2964 = DAR 2013, 137.

485 BGH, Urt. v. 20.12.1952 – II ZR 141/51, BGHZ 8, 243 (245) = NJW 1953, 417 (418); BGH, Urt. v. 04.11.1988 – 1 StR 262/88, NJW 1989, 781; BGH, Urt. v. 12.10.1989 – 4 StR 318/89, NJW 1990, 129 = MDR 1990, 65; Palandt/Sprau, § 823 Rn. 4.

486 MünchKomm/Wagner, BGB, 5. Aufl. 2009, § 823 Rn. 71.

487 MünchKomm/Wagner, BGB, 5. Aufl. 2009, § 823 Rn. 71 m. w. N.

488 Vgl. Henke, S. 3.

305 So hat der BGH[489] die Infizierung mit dem HI-Virus tatbestandlich als Gesundheitsverletzung i. S. d. § 823 Abs. 1 BGB angesehen. Die Übertragung des HIV ist selbst dann eine Gesundheitsbeeinträchtigung, wenn es zum Ausbruch der Immunschwächekrankheit noch nicht gekommen ist.

306 Der Begriff der Gesundheit ist nicht auf die Physis beschränkt, er schließt die Psyche ein. Die schuldhafte Verursachung seelischen Leidens löst deshalb ebenfalls Schadensersatzansprüche aus. Allerdings ist die Feststellung psychischer Beeinträchtigungen mit großen Unsicherheiten behaftet. Eine Einstandspflicht soll für psychische Beeinträchtigungen nur bestehen, wenn das psychische Leiden keine »normale« Reaktion ist, die dem allgemeinen Lebensrisiko zugerechnet wird, sondern eine Fehlverarbeitung gravierender Ereignisse.[490] Die Rechtsprechung fordert, dass die Gesundheitsverletzung, um restitutionsfähig zu sein, eine Erheblichkeitsschwelle überschreitet, sie muss Krankheitswert erreichen. Ob sie Krankheitswert erreicht, entscheidet sich nicht nach medizinischer Diagnose, sondern nach der Verkehrsauffassung.[491] Dabei misst der BGH mit zweierlei Maß, je nachdem, ob die psychischen Beeinträchtigungen einen bei einem Unfall Verletzten unmittelbar treffen, oder ob es sich um einen Fernwirkungsschaden handelt. Im ersten Fall ist die Rechtsprechung durchaus großzügig, während bei Drittgeschädigten die Erheblichkeitsschwelle derart hochgeschraubt wird, dass rein psychische Gesundheitsverletzungen i. d. R. darunter bleiben. Beide Fälle sind gleichzubehandeln. Die medizinische Diagnose und nicht die Verkehrsauffassung,[492] das Bauchgefühl, sollte entscheidend sein. Das gilt umso mehr, als der BGH zur Bagatellverletzung die Schwelle recht niedrig angesetzt und die Auffassung vertreten hat, dass der Mensch, v. a. im Zusammenleben mit Anderen, vielfältigen Beeinträchtigungen seiner Befindlichkeit ausgesetzt sei und daran gewöhnt werde, sich von ihnen möglichst nicht nachhaltig beeindrucken zu lassen. Werde diese Schwelle im konkreten Fall von der erlittenen Beeinträchtigung vornehmlich wegen ihres geringen, nur vorübergehenden Einflusses auf das Allgemeinbefinden nicht überschritten, dann könne es schon an einer Grundlage für die geldliche Bewertung eines Ausgleichsbedürfnisses fehlen. Auch in solchen Fällen ein Schmerzensgeld festzusetzen, das in den immateriellen Nachteilen keine Entsprechung fände, verlange § 847 BGB a. F. nicht. Auch wenn diese Aussage sich (nur) auf die Körperverletzung bezieht, wird daraus deutlich, dass bei der Beurteilung psychischer Schäden strengere Maßstäbe angelegt werden. Ein sachlicher Grund dafür besteht nicht.

307 Besondere Bedeutung kommt der Gesundheitsverletzung beim sog. **HWS-Syndrom** zu, wenn keine Verletzung des Körpers feststellbar ist, das Unfallopfer aber dennoch unter erheblichen gesundheitlichen Beeinträchtigungen leidet.[493] Eine solche Gesundheitsverletzung kann auf einer psychischen Störung beruhen.[494]

3. Freiheit

308 **Freiheitsentziehung** ist die Beschränkung der körperlichen Bewegungsfreiheit, etwa das Einsperren oder Fesseln.[495] Auch hier gilt aber die Einschränkung, dass unerhebliche Beschränkungen keinen Schmerzensgeldanspruch auslösen, etwa das Einsperren für einige Minuten.

---

489 BGH, Urt. v. 30.04.1991 – VI ZR 178/90, NJW 1991, 1948 (1949).

490 MünchKomm/Oetker, BGB, 5. Aufl. (2007), § 253 Rn. 38 ff.; Staudinger/Schiemann, BGB, 2005, § 253 Rn. 39.

491 MünchKomm/Oetker, BGB, 5. Aufl. (2007), § 253 Rn. 38.

492 MünchKomm/Oetker, BGB, 5. Aufl. (2007), § 253 Rn. 29 ff.

493 Vgl. unten Rdn. 699 ff.

494 MünchKomm/Oetker, BGB, 5. Aufl. (2007), § 253 Rn. 40.

495 Es fällt auf, dass es so gut wie keine Rspr. zum Schmerzensgeld nach Verletzung des Rechts auf körperliche Bewegungsfreiheit gibt. Vgl. Budewig/Gehrlein, S. 440.

Es kommen drei Fallgestaltungen in Betracht: 309
- gewaltsame Entführung,
- Gefangennahme durch eine Privatperson und
- vorsätzlich veranlasste rechtswidrige Freiheitsentziehung durch Hoheitsakt.

Entscheidungen, die sich mit Schmerzensgeldansprüchen nach einer gewaltsamen Entführung von Menschen befassen, sind bisher n. v. worden. Generell gilt, dass Schmerzensgelder für Freiheitsentziehung nur selten judiziert wurden.

Fälle der Freiheitsentziehung, die einen Schmerzensgeldanspruch auslösen können, sind z. B. die (rechtswidrige) Freiheitsentziehung durch einen Kaufhausdetektiv, der einen Kunden zu Unrecht am Weggehen hindert. Auch wenn ein Patient widerrechtlich in der Psychiatrie festgehalten wird,[496] liegt eine Freiheitsentziehung i. S. d. § 253 Abs. 2 BGB vor. 310

Der unfreiwillige **Aufenthalt auf einer Polizeidienststelle** zur Feststellung der Personalien und einer Alkoholkontrolle soll (nur) eine Bagatellbeeinträchtigung sein, die keinen Schmerzensgeldanspruch rechtfertigt.[497] Anders dagegen: Erleidet jemand aufgrund einer Razzia eine rechtswidrige Freiheitsentziehung, bei der Polizeibeamte ohne gesetzliche Grundlage Maßnahmen der Identitätsfeststellung, erkennungsdienstlichen Behandlung und körperlichen Durchsuchung durchgeführt haben, hat er Anspruch auf Schmerzensgeld i. H. v. 100,00 €.[498] 311

Einen Sonderfall stellt die vorschriftswidrige Unterbringung von Untersuchungs- oder Strafgefangenen in zu kleinen oder überbelegten Haftzellen dar. 312

Eine gegen den Willen des Gefangenen vorgenommene gemeinsame Unterbringung in einer kleinen Zelle ohne Sichtschutz für den Wasch- und Toilettenbereich – fünf Personen in 16 m² großem Haftraum[499] oder die Unterbringung von drei Gefangenen in einer 11,54 m² großen Zelle[500] – kann gegen die Menschenwürde verstoßen. Eine entschädigungspflichtige Verletzung des allgemeinen Persönlichkeitsrechts (Art. 1 und 2 Abs. 1 GG) wurde verneint, wenn bloße Belästigungen und Unannehmlichkeiten vorlagen.[501] Der Gefangene muss geringfügige Beeinträchtigungen der Lebensführung ohne Dauerfolgen – sog. Bagatellschäden – u. U. entschädigungslos hinnehmen.[502] In anderen Fällen löste dagegen der rechtswidrige Vollzug einer Freiheitsstrafe oder der Untersuchungshaft einen Entschädigungsanspruch des Gefangenen aus.[503]

496 OLG Nürnberg, Urt. v. 02.03.1988 – 9 U 779/85, NJW-RR 1988, 791; OLG Frankfurt am Main, Urt. v. 25.05.1988 – 9 U 92/87, VersR 1989, 260. Natürlich ist der Krankenhausaufenthalt des Verletzten »freiwillig« im Rechtssinn, er wird aber durch die Verletzung »erzwungen«.

497 OLG Koblenz, Urt. v. 30.06.1999 – 1 U 1285/96, NJW 2000, 963.

498 LG Göttingen, Urt. v. 30.01.1990 – 2 O 322/89, NJW 1991, 236.

499 BGH, Urt. v. 04.11.2004 – III ZR 361/03, VersR 2005, 507 = NJW 2005, 58 = MDR 2005, 447.

500 OLG Frankfurt am Main, 15.08.1985 – 3 Ws 447/85, StV 1986, 27; OLG Hamburg, Urt. v. 14.01.2005 – 1 U 43/04, OLGR 2005, 306.

501 Vgl. Itzel, MDR 2005, 545 (546).

502 BVerfG, Beschl. v. 26.08.2003 – 1 BvR 1338/00, NJW 2004, 591; BGH, Urt. v. 11.04.1989 – VI ZR 293/88, MDR 1989, 981 = NJW 1989, 2941; OLG Celle, Beschl. v. 05.11.1998 – 1 Ws 200/98, NStZ 1999, 216.

503 Vgl. dazu die Entscheidungen unter dem Stichwort »Freiheitsentziehung« = E 1342 ff.

313 Soweit durch die Art der Inhaftierung die Rechte des Gefangenen verletzt werden, liegt eine Amtspflichtverletzung vor (Art. 34 GG i. V. m. §§ 839, 253 Abs. 2 BGB), die auch Entschädigungsansprüche nach Art. 5 Abs. 5 EMRK auslöst.[504]

314 Die Dauer der Untersuchungshaft kann im Laufe der Zeit rechtswidrig werden und Entschädigungsansprüche auslösen, wenn das Verfahren nicht mit der gebotenen Beschleunigung gefördert wird. Auch wenn diese rechtswidrige Untersuchungshaft auf die spätere Strafhaft angerechnet wird, beseitigt die Anrechnung den Entschädigungsanspruch des Gefangenen wegen der Freiheitsentziehung nicht.[505] Nimmt man jedoch an, es sei Schmerzensgeld zu zahlen – die dogmatische Einordnung, ob Schmerzensgeld oder Schadensersatz, ist noch nicht geklärt[506] – wird vorgeschlagen, die Höhe des Schmerzensgeldes an § 7 Abs. 3 StrEG zu orientieren (11,00 € pro Tag) oder gerichtliche Entscheidungen zur rechtswidrigen kurzfristigen Inhaftierung und Unterbringung (rund 500,00 €/Tag) zugrunde zu legen.[507] Das OLG Hamburg[508] stellte fest, dass eine Entschädigung von 25,00 € pro Tag jedenfalls nicht übersetzt sei. Das OLG Karlsruhe[509] bestätigte die Entscheidung des LG, das für eine menschenunwürdige Unterbringung von rund einem halben Jahr einen Betrag von 3.000,00 € (das sind 16,00 – 17,00 €/Tag) zuerkannt hatte. Mit welchem Betrag die Entschädigung bei einer Unterbringung unter Verstoß gegen die Haftbedingungen nach dem Strafvollzugsgesetz oder der Vollzugsordnungen anzusetzen ist, ist bisher ungeklärt. Weder dürfte der Betrag von 11,00 € noch von 500,00 € pro Tag angemessen sein. Auch die Ablehnung jeder Entschädigung unter Berufung auf eine Bagatellgrenze (insb. bei hafterprobten Langzeithäftlingen) erscheint nicht gerechtfertigt.

Die Höhe der Entschädigung muss sich am Einzelfall orientieren und dürfte je nach Sensibilität des Betroffenen schwanken können. Die Frage, wo bei menschenunwürdiger Unterbringung die Erheblichkeitsschwelle liegt, lässt sich nicht abstrakt-generell klären, sondern ist der tatrichterlichen Beurteilung überlassen.[510]

315 Das OLG Naumburg[511] bejahte im Fall einer Unterbringung eines Gefangenen in einer 9,49 m^2 großen Zelle mit einem Mitgefangenen einen Verstoß gegen die Menschenwürde;[512] einen Schadensersatzanspruch gegen das Land ließ es aber daran scheitern, dass der Betroffene gegen die Unterbringung nicht nach dem Strafvollzugsgesetz vorgegangen war. Ob der Betroffene den Schaden durch Einlegung eines Rechtsmittels hätte abwehren können, richtet sich danach, ob eine Verlegung in eine größere Zelle überhaupt möglich gewesen wäre. Die Darlegungs- und Beweislast dafür trägt das beklagte Land.[513]

316 Bei Belegung und Ausgestaltung der Hafträume sind dem insoweit grundsätzlich bestehenden Ermessen der Justizvollzugsanstalt durch das Recht des Gefangenen auf Achtung seiner

504 BGH, Urt. v. 29.04.1993 – III ZR 3/92, BGHZ 122, 268 (270) = MDR 1993, 740; KG, Urt. v. 24.09.1991 – 9 U 1960/90, StV 1992, 584; OLG Celle, Beschl. v. 05.11.1998 – 1 Ws 200/98, NStZ 1999, 216.

505 Itzel, MDR 2005, 545 (546).

506 Itzel, MDR 2005, 545 (546).

507 OLG Koblenz, Urt. v. 05.11.2003 – 1 U 611/03, OLGR 2004, 226; OLG Oldenburg, Beschl. v. 12.01.2004 – 6 W 112/03, unveröffentlicht (Schmerzensgeld in Anlehnung an § 7 StrEG); Meyer-Mews, MDR 2004, 1218 (1222); Itzel, MDR 2005, 545 (546).

508 OLG Hamburg, Urt. v. 14.01.2005 – 1 U 43/04, OLGR 2005, 306.

509 OLG Karlsruhe, Urt. v. 16.12.2008 – 12 U 38/08, VersR 2009, 360.

510 BGH, Urt. v. 11.03.2010 – III ZR 124/09 – NJW-RR 2010, 1465.

511 OLG Naumburg, Beschl. v. 03.08.2004 – 4 W 20/04, NJW 2005, 514.

512 BVerfG, Beschl. v. 27.02.2002 – 2 BvR 553/01, NJW 2002, 2699 (2700 f.).

513 OLG Hamm, Beschl. v. 13.06.2008 – 11 W 54/08, StRR 2009, 36.

Menschenwürde nach Art. 1 Abs. 1 S. 1 GG Grenzen gesetzt.[514] Als Faktoren, die die aus den räumlichen Haftbedingungen resultierende Verletzung der Menschenwürde indizieren, kommen in erster Linie die Bodenfläche pro Gefangenen und die Situation der sanitären Anlagen, namentlich die Abtrennung und Belüftung der Toilette, in Betracht.

317 So wird nach der Rechtsprechung der Oberlandesgerichte die Unterbringung in einem mehrfach belegten Haftraum ohne das Hinzutreten weiterer Umstände als Verstoß gegen die Menschenwürde angesehen, wenn eine Mindestfläche von 6 und 7 qm pro Gefangenen nicht eingehalten wird und die Toilette nicht abgetrennt bzw. nicht gesondert entlüftet ist.[515]

Das BVerfG[516] stellt zudem klar, dass Strafgefangene auf die Menschenwürde nicht verzichten können, weil diese kein disponibles Recht sei und dass die Menschenwürde gesetzlich nicht eingeschränkt werden könne.

318 Gegen einen Anspruch auf Entschädigung wegen menschenunwürdiger Unterbringung eines Gefangenen in einer Haftanstalt kann das beklagte Land **nicht** mit einem Anspruch gegen den Gefangenen wegen der offenen **Gerichtskosten** des Strafverfahrens **aufrechnen**.[517]

319 Zudem kann der Anspruch auf eine Entschädigung wegen menschenunwürdiger Haftbedingungen durch den Staat nicht gepfändet werden.[518] Dagegen genießt ein Insolvenzschuldner, dem wegen rechtsstaatswidriger Strafverurteilung und zu Unrecht in der DDR erlittener Haft eine Entschädigung zuerkannt wurde, keinen Pfändungsschutz.[519]

320 Auch eine Pflichtverletzung eines Strafverteidigers kann zu einer Freiheitsentziehung führen, die durch Schmerzensgeld auszugleichen ist. Versäumt es ein Strafverteidiger trotz entsprechender Absprache mit dem angeklagten Mandanten, einen Antrag auf Verlegung des Termins zur Hauptverhandlung zu stellen und den Mandanten kurz vor dessen Reiseantritt zur Hochzeit in seinem Heimatland über das Risiko einer Verhaftung bei Versäumung des Termins aufzuklären und gerät der Mandant daraufhin in Haft, steht dem Mandanten gegen den Anwalt ein Schmerzensgeld wegen erlittener Freiheitsentziehung zu.[520]

321 Einen Sonderfall hatte das OLG Stuttgart[521] zu beurteilen, der allerdings keine Freiheitsentziehung darstellt, sondern eine Vernachlässigung eines Kindes durch Pflegeeltern. Ein eineinhalb Jahre alter Junge wurde vom Kreisjugendamt bei **Pflegeeltern** untergebracht, deren Auswahl unter Verletzung von Amtspflichten fehlerhaft erfolgt war. Notwendige Kontrollen unterblieben über einen Zeitraum von fast 7 Jahren. Infolgedessen starb ein Kind an Unterernährung, der Kläger blieb in der Entwicklung zurück und war extrem unterernährt. Das Schmerzensgeld betrug 25.000,00 €.

322 Wenn auch ein durch einen Körperschaden bedingter **Krankenhausaufenthalt** als »Freiheitsentziehung« mit allen damit verbundenen Nachteilen empfunden werden kann, reicht dies jedoch nicht aus, das Schmerzensgeld auch unter das Tatbestandsmerkmal Freiheit zu subsumieren.

---

514 BVerfG, Beschl. v. 07.11.2011 – 1 BvR 1403/09, GuT 2011, 499 = StV 2012, 354.

515 OLG Frankfurt, Beschl. v. 18.07.2003 – 3 Ws 578/03, NJW 2003, 2842; OLG Karlsruhe, Urt. vom 19.07.2005 – 12 U 300/04, NJW-RR 2005, 1267; OLG Hamm, Urt. v. 19.02.2009 – 11 U 88/08, VersR 2009, 1666.

516 BVerfG, Beschl. v. 07.11.2011 – 1 BvR 1403/09, GuT 2011, 499 = StV 2012, 354.

517 OLG Karlsruhe, Urt. v. 16.12.2008 – 12 U 38/08, VersR 2009, 360.

518 BGH, Beschl. v. 05.05.2011 – VII ZB 17/10, NJW-RR 2011, 959.

519 BGH, Beschl. v. 10.11.2011 – IX ZA 99/11, WM 2011, 2376.

520 KG, Urt. v. 17.01.2005 – 12 U 302/03, VersR 2005, 698 = NJW 2005, 1284.

521 OLG Stuttgart, Urt. v. 23.07.2003 – 4 U 42/03, NJW 2003, 3419 Die Entscheidung wurde bestätigt durch BGH, Urt. v. 21.10.2004 – III ZR 254/03, NJW 2005, 68.

4. Recht auf sexuelle Selbstbestimmung

323 Als neues geschütztes Rechtsgut ist das Recht auf sexuelle Selbstbestimmung[522] in § 253 BGB als Schutzobjekt hinzugekommen. Insoweit bestand nach altem Recht nur bedingt ein Anspruch auf Zahlung von Schmerzensgeld, denn der in § 847 Abs. 2 BGB weiter erwähnte erzwungene außereheliche Geschlechtsverkehr hatte praktisch keine eigene Bedeutung, da in solchen Fällen tatbestandsmäßig auch eine Körper- oder Gesundheitsverletzung bejaht wurde, auf die ein Schmerzensgeldanspruch gestützt werden konnte. Erfreulicherweise hat der Gesetzgeber geradezu biblische Formulierungen[523] aus dem Gesetz verschwinden lassen, wonach einer »Frauensperson« für den ihr durch eine außereheliche »Beiwohnung« entstandenen Schaden materieller und immaterieller Schadensersatz zu gewähren war.

324 Der nunmehr gegebene Schutz des Rechts auf sexuelle Selbstbestimmung gilt nicht nur
- für Frauen, sondern auch
- für Männer und
- für Kinder,[524]

ist also ausdrücklich weiter gefasst und stellt trotz der Ankündigung des Gesetzgebers, die Verletzung des allgemeinen Persönlichkeitsrechts vorerst nicht zu regeln, eine partielle Regelung dieser Rechte dar.[525] Es gab und gibt aber keinen Grund, innerhalb des allgemeinen Persönlichkeitsrechts zwischen einer weiblichen und einer männlichen Geschlechtsehre zu unterscheiden.

325 Rechtsprechung, welche in solchen Fällen auf das allgemeine Persönlichkeitsrecht zurückgegriffen hätte, ist nicht bekannt.[526]

a) Verletzung des sexuellen Selbstbestimmungsrechts von Frauen

aa) Entwicklung der Rechtsprechung

326 Dies ist ein Thema, das bei Juristen und Nicht-Juristen Emotionen weckt, die bei Frauen oder Männern unterschiedlich heftig ausfallen können.

327 Betrachtet man die **zu Vergewaltigungsfällen ergangenen Entscheidungen**, fällt auf, dass ein Schmerzensgeld i. H. v. 10.000,00 € (20.000,00 DM) erstmals 1986 zuerkannt wurde, allerdings in einem Fall mit der Besonderheit, dass ein 15 Jahre altes Mädchen mehrfach vergewaltigt wurde.[527]

328
- In einem weiteren Fall aus dem Jahr 1986 wurden **15.000,00 €** bei versuchter Vergewaltigung, gefährlicher Körperverletzung und versuchtem Mord an einer 25 Jahre alten Frau[528] zuerkannt.
- Aus dem Jahr 1990 stammt eine Verurteilung in gleicher Höhe durch Versäumnisurteil, ohne dass Einzelheiten bekannt sind.[529]

522 Vgl. hierzu auch Jaeger, VersR 2003, 1372.

523 Müller, VersR 2003, 1 (7).

524 Kilian, JR 2004, 309 (309) weist zu Recht darauf hin, dass auch nach altem Recht Kinder geschützt waren, sofern sie denn weiblichen Geschlechts waren.

525 OLG Köln, Beschl. v. 30.09.2002 – 19 W 38/02, VersR 2003, 652 = NJW-RR 2003, 743; Müller, VersR 2003, 1 (7).

526 Vgl. v. Bar, Karlsruher Forum 2003, S. 13 Fn. 23.

527 LG Oldenburg, Urt. v. 03.11.1986 – 13 O 2337/86, unveröffentlicht.

528 LG Darmstadt, Urt. v. 19.02.1986 – 9 O 135/85, unveröffentlicht.

529 LG Koblenz, Urt. v. 13.07.1990 – 2 O 522/87, unveröffentlicht.

– Im Jahr 1992 folgte eine Verurteilung i. H. v. **30.000,00 €**,[530] auch dieser Fall mit erheblichen Besonderheiten: Das Opfer, ein 17 Jahre altes Mädchen, wurde defloriert und wiederholt vergewaltigt und leidet seitdem unter erheblichen psychischen Störungen.
– Eine weitere Entscheidung aus dem Jahr 1992[531] erkannte auf **12.500,00 €** Schmerzensgeld für fortgesetzte (über ein Jahr dauernde) sexuelle Nötigung eines 12 Jahre alten Mädchens durch den Stiefvater.

329 In früheren Jahren hat es auch bei schlimmen Taten stets nur Schmerzensgelder in einer Größenordnung von meist **6.000,00 € – 7.500,00 €** gegeben.[532] Vielfach fielen die Schmerzensgeldbeträge noch geringer aus, insb. dann, wenn der zuerkannte Betrag dem Klageantrag entsprach.[533] Erst in jüngster Zeit werden diese Beträge deutlich überschritten.

Nun ist Bewegung in die Rechtsprechung bei schweren Vergewaltigungen gekommen. Das LG Wuppertal[534] entschied: Wird eine 16 Jahre alte Frau, die im 4. Monat schwanger ist, von einem jungen Mann gekidnappt, in dessen Wohnung verschleppt, dort gefesselt und 72 Stunden lang immer wieder mit dem Tode bedroht und vielfach, oft stundenlang brutal vergewaltigt – die Klägerin schilderte datailliert fünf sexuelle Übergriffe –, rechtfertigt dies ein Schmerzensgeld in Höhe von 100.000,00 €.

330 Womit kann die **Zurückhaltung der Gerichte** bei der Zuerkennung angemessener Schmerzensgelder begründet werden?

bb) Gründe für die Fehlentwicklung bei Zuerkennung von Schmerzensgeld

331 Es dürften mehrere Gründe in Betracht kommen.
– Zunächst fällt auf, dass es nur wenige Entscheidungen zum Schmerzensgeld bei Vergewaltigung gibt. Ein Grund dafür liegt darin, dass aufgrund früher herrschender Moralvorstellungen sich viele Opfer gescheut[535] haben, die Taten zu offenbaren und das traumatische Erlebnis im Rechtsstreit vor dem Zivilgericht erneut durchleben zu müssen. Die **Zurückhaltung der Opfer im Hinblick auf die Möglichkeit von Klagen** beruht aber z. T. auch darauf, dass die **Mehrzahl der Täter vermögenslos**[536] sein dürfte, ein obsiegendes Urteil also zunächst wertlos wäre.
– Höhere Schmerzensgelder wurden vor ein bis zwei Jahrzehnten aber auch deshalb nicht zuerkannt, weil dafür Bemessungsgrundlagen fehlten. Als größere **Entscheidungssammlung** gab es nur die sog. Hacks-Tabelle,[537] die naturgemäß Jahre hinter der Entwicklung herhinkte. Im Palandt (dem oft einzigen Hilfsmittel für den erstinstanzlichen Richter)

530 OLG Hamm, Urt. v. 03.02.1992 – 6 U 9/91, ZfS 1992, 156.

531 LG Augsburg, Urt. v. 21.08.1992 – 3 O 4463/90, unveröffentlicht.

532 LG Kempten, Urt. v. 29.08.1983 – 1 O 324/83, DRsp-ROM Nr. 1996, 2295; LG Braunschweig, Urt. v. 26.02.1986 – 5 O 181/85, DRsp-ROM Nr. 1996, 1763; LG Heilbronn, Urt. v. 21.12.1987 – 4 O 2145/87, unveröffentlicht; LG Hagen, Urt. v. 25.05.1990 – 14 O 117/90, ZfS 1990, 301.

533 So z. B. LG Heilbronn, Urt. v. 21.12.1987 – 4 O 2145/87, unveröffentlicht: 7.500,00 € nach stundenlanger Vergewaltigung, körperlicher Misshandlung, schwerwiegende psychische Beeinträchtigungen; LG Mosbach, Urt. v. 05.11.1991 – 1 O 145/91, unveröffentlicht: 5.000,00 €; LG Braunschweig, Urt. v. 26.02.1986 – 5 O 181/85, unveröffentlicht = DfS Nr. 1993, 1004: 6.000,00 € nach Vergewaltigung mit Todesdrohungen und Todesangst sowie zusätzlich herabwürdigender Behandlung des Opfers.

534 LG Wuppertal, Urt. v. 05.02.2013 – 16 O 95/12, VersR 2013, 591 mit Anm. Jaeger.

535 Staudinger/Schäfer, BGB, 12. Aufl. 1986, § 847 Rn. 51.

536 Staudinger/Schäfer, BGB, 12. Aufl. 1986, § 847 Rn. 51.

537 Henke, S. 128 f. bezeichnet den Aufbau einer Schmerzensgeldtabelle nach Schmerzensgeldbeträgen als methodisch verfehlt.

und in anderen Kommentaren zum BGB waren und sind Schmerzensgelder zu einzelnen Verletzungen nicht aufgeführt.

- Die Rechtsprechung des BGH und der Obergerichte forderte bis 1996 zu Unrecht im Klageantrag die **Angabe eines bestimmten Schmerzensgeldbetrages.**[538] **PKH** wurde nur für den im Antrag genannten Betrag bewilligt, der sich naturgemäß auf ältere Vergleichsfälle beziehen musste.
- Die **Richterbank** war – jedenfalls bis etwa 1990 – überwiegend mit Männern besetzt, insb. bei den Obergerichten waren Richterinnen eher selten beteiligt.
- Der Wert von **Gesundheit, Ehre und Persönlichkeit** wurde ggü. dem des Eigentums und Vermögens geringer bewertet.
- Foerste[539] sieht die Erklärung in verschiedenen Komponenten, u. a. in der traditionellen Zurückhaltung unseres Rechts und der deutschen Gerichte ggü. einer **Kommerzialisierung** von Nichtvermögensschäden, in der Anlehnung an die Schmerzensgeld-Tabellen und darin, dass die Modalitäten der Tatausführung nur eine Art Zuschlag zum Schmerzensgeld auslösen und dass mehrere Verletzungsakte und die Dauerfolgen nach Art einer Gesamtstrafe zusammengefasst werden.

332 Bedrückend ist dabei, dass in den Entscheidungen die **Kriterien zur Bemessung des Schmerzensgeldes** durchweg gesehen, aber dann grob missachtet werden. Es kann nicht sein, dass das LG Flensburg[540] bei der Bemessung des Schmerzensgeldes berücksichtigt hat, dass das Opfer der Vergewaltigung erst 16 1/2 Jahre alt war, sich noch voll in der pubertären Entwicklung befunden hat, das Vorgehen des Täters besonders brutal war, das Opfer in Todesangst versetzt wurde, im Ermittlungsverfahren wiederholt mit dem Geschehen konfrontiert wurde, dieses noch nicht voll verarbeitet hatte und deshalb statt der geforderten 12.500,00 € ein Schmerzensgeld i. H. v. 2.500,00 € ausurteilte.[541] Dabei hielt das LG der Klägerin noch vor, sie habe nicht substanziiert vorgetragen, »dass sie über das in solchen Fällen – leider – übliche Maß an psychischer Beeinträchtigung hinaus Dauerschäden behalten habe«. Der Vortrag der Klägerin, die Folgen der Tat seien »katastrophal« und »sie habe sie noch nicht verarbeitet«, reichte dem LG nicht aus. Kein Wunder, dass das LG dann auch noch die strafrechtliche Verurteilung des Täters i. R. d. Genugtuungsfunktion unter Berufung auf durchweg mehr als 15 Jahre zurückliegende Rechtsprechung und in Kenntnis der abweichenden neueren Rechtsprechung[542] zugunsten des Täters berücksichtigte. Bei solchen Entscheidungen fällt ferner auf, dass in Tatbestand und Entscheidungsgründen sämtliche Folgen der Tat aufgelistet werden, auch kleinste Verletzungen, wie z. B. oberflächliche Hautverletzungen, die durch Klebeband verursacht wurden. Damit wird eine (nicht existierende) Dokumentationspflicht erfüllt, die nur scheinbar auf eine sorgfältige Arbeit der Richter hinweist, in Wirklichkeit aber beweist, dass nur dokumentiert und nicht nachgedacht wurde. Das, was Richter der Klagepartei oft vorwerfen, nämlich das Vorbringen sei nicht schlüssig, trifft auf diese Entscheidungen zu: Die Bemessung des Schmerzensgeldes ist nicht schlüssig, weil die aufgeführten Verletzungen, Leiden und Spätschäden ein weit höheres Schmerzensgeld erfordern als tatsächlich zuerkannt.

---

538 BGH, Urt. v. 30.04.1996 – VI ZR 55/95, BGHZ 132, 341, 351 = NJW 1996, 2425 = MDR 1996, 886 m. Anm. Jaeger: Klageantrag bei der Geltendmachung von Schmerzensgeld. Der LS des BGH zu diesem Punkt lautete: Bei der Festsetzung des für angemessen gehaltenen Schmerzensgeldes sind dem Richter i. R. d. § 308 ZPO durch die Angabe eines Mindestbetrages oder einer Größenordnung nach oben keine Grenzen gezogen.

539 Foerste, NJW 1999, 2951.

540 LG Flensburg, Urt. v. 07.05.1992 – 2 O 21/92, VersR 1993, 979.

541 Ähnlich AG Radolfzell, Urt. v. 25.04.1996 – 2 C 84/96, NJW 1996, 2874, das für eine sexuelle Nötigung, bei der das Opfer Todesangst ausgestanden hat, ein Schmerzensgeld i. H. v. 2.500,00 € für angemessen gehalten hat.

542 BGH, Urt. v. 16.01.1996 – VI ZR 109/95, ZfS 1996, 132; OLG Köln, Beschl. v. 14.11.1991 – 2 W 186/91, NJW-RR 1992, 221.

Unschlüssig ist auch das vom OLG Koblenz[543] mit 20.000,00 € bemessene Schmerzensgeld, wenn es dort heißt: »Im Hinblick auf die der Klägerin zugefügten Schmerzen und die von dem Beklagten ausgeführten bestialischen Tathandlungen folgt auch der Senat der neuesten Rechtsprechung, die bei derartigen Taten weitaus höhere Beträge an Schmerzensgeld zuerkennt, als dies in der Vergangenheit geschehen ist«.[544] Angesichts der multiplen Verletzungen und der psychischen Dauerschäden der Klägerin ist es nicht verständlich, dass das OLG Koblenz den vom LG zuerkannten Betrag von 15.000,00 € nicht deutlicher überschritten hat. Selbst die Entscheidung des LG Frankfurt am Main,[545] in der ein Schmerzensgeld von 50.000,00 € zuerkannt wurde, leidet an gewissen Begründungsmängeln; der Sachverhalt ist doppelt so lang wie die Entscheidungsgründe und wie das Gericht zu einem Betrag gekommen ist, der die bisher zuerkannten Schmerzensgeldbeträge deutlich überschreitet, wird nicht klar. 333

cc) Neuere Entwicklung zu höherem Schmerzensgeld

Erst vor einiger Zeit sind die Autoren wach geworden, die diese Tendenz erkannt haben und aufbereiten. Ein Anlass für die Erörterungen zu diesen unhaltbaren Entscheidungen war der Fall der **Caroline von Monaco**, in dem das OLG Hamburg für den **Eingriff in das allgemeine Persönlichkeitsrecht** einen Geldbetrag von 90.000,00 € zuerkannt hatte.[546] Weiterer Anlass waren aber auch mehrere Entscheidungen, in denen deutlich höhere Schmerzensgelder als früher zuerkannt wurden. Nach der soeben besprochenen Entscheidung des OLG Koblenz[547] führte eine unglaubliche Brutalität der Vergewaltigung immerhin zu einem Schmerzensgeld von 20.000,00 €, bei einem noch schlimmeren Verbrechen hatte das LG Frankfurt am Main[548] – wie erwähnt – 50.000,00 € zugesprochen und das OLG Stuttgart[549] erkannte auf ein Schmerzensgeld i. H. v. 35.000,00 € nach brutal ausgeführter Vergewaltigung mit Defloration, schwerer, lebensgefährlicher Körperverletzung, psychischen Schäden und weiteren Spätfolgen. Das OLG Hamm[550] erkannte auf 30.000,00 € in einem Fall, in dem das 17 Jahre alte Opfer mehrere Tage entführt, defloriert, wiederholt vergewaltigt und körperlich verletzt wurde und erheblich unter psychischen Folgen leidet. Schließlich hat im Jahre 2013 das LG Wuppertal[551] ein Schmerzengeld von 100.000,00 € zuerkannt. 334

Nach Däubler[552] ist das »stundenlange« Martyrium des Opfers für die Höhe des Schmerzensgeldes maßgebend. Die **Langzeitfolgen der Tat** dürften nicht völlig in den Hintergrund treten. Dies sei und bleibe unverständlich, denn nach § 847 BGB a. F. sei eine Entschädigung zu leisten »im Falle der Verletzung des Körpers oder der Gesundheit« und im Fall der Freiheitsentziehung. Wenn es deshalb nach brutaler Vergewaltigung zu starken psychischen Auffälligkeiten bis zur Suizidgefährdung komme, sei das ohne jeden Zweifel ein Fall der Verletzung der 335

543 OLG Koblenz, Urt. v. 02.10.1998 – 8 U 1682/97, NJW 1999, 1639.

544 Dabei übersieht das OLG Koblenz, dass bereits das LG Baden-Baden mit Urt. v. 26.09.1986 – 1 O 181/86, unveröffentlicht, einer Frau für eine mehr als 15-stündige Fesselung und Knebelung mit Todesangst und mehrfachen Vergewaltigungen sowie drohendem Erstickungstod ein Schmerzensgeld i. H. v. 15.000,00 € zuerkannt hat.

545 LG Frankfurt am Main, Urt. v. 24.02.1998 – 2/26 O 564/96, NJW 1998, 2294 = VersR 1999, 729.

546 OLG Hamburg, Urt. v. 25.07.1996 – 3 U 60/93, NJW 1996, 2870.

547 OLG Koblenz, Urt. v. 02.10.1998 – 8 U 1682/97, NJW 1999, 1639: 20.000,00 € für stundenlanges Martyrium einer äußerst brutal vergewaltigten, gefesselten 17-jährigen; vgl. auch OLG Koblenz, Beschl. v. 23.03.1998 – 5 W 208/98, NJW 1999, 1640 = VersR 1999, 728.

548 LG Frankfurt am Main, Urt. v. 24.02.1998 – 2/26 O 564/96, NJW 1998, 2294 = VersR 1999, 729.

549 OLG Stuttgart, Urt. v. 01.08.1997 – 2 U 75/97, NJW-RR 1998, 534.

550 OLG Hamm, Urt. v. 03.02.1992 – 6 U 9/91, unveröffentlicht.

551 LG Wuppertal, Urt. v. 05.02.2013 – 16 O 95/12, VersR 2013, 591 mit Anm. Jaeger.

552 Däubler, NJW 1999, 1611.

Gesundheit. Dies sei auch der Fall, wenn als Folge der Tat festgestellt werde, dass es bei dem Betroffenen zu massiven Verhaltensauffälligkeiten gekommen sei, die u. U. lebenslange nicht mehr zu beseitigende Folgen haben können. Däubler[553] beschreibt dies dahin, dass Langzeitfolgen darin bestehen könnten, dass das Opfer sein Leben als sozialer Außenseiter verbringen müsse, immer behandlungsbedürftig und immer dem Unverständnis der Umgebung ausgesetzt sei. Das sei eine Verletzung des Körpers und der Gesundheit und sei auch im strafrechtlichen Sinn eine Schädigung der Gesundheit i. S. d. § 223 Abs. 1 StGB.

336 ▶ Praxistipp:

Die Konsequenz dieser Erkenntnis muss darin bestehen, dass bei der Bemessung des Schmerzensgeldes nach Vergewaltigung immer geprüft werden muss, welche seelischen Schäden zurückgeblieben sind.[554] Geschieht dies nicht, werden Schmerzensgelder immer absolut unzulänglich sein, teilweise sogar als in der Dimension verfehlt erscheinen.

337 Auch Foerste[555] will zu »sehr hohen Schmerzensgeldern« ermutigen. Nach seiner – zutreffenden – Auffassung erscheint die Judikatur tendenziell verfehlt, weil sie zu stark schematisiert, nämlich die Umstände des Einzelfalles insofern übergeht, als § 847 BGB a. F. zur vollständigen Erfassung und Bewertung immaterieller Schäden nach Intensität und Dauer verpflichtet und dazu gehören Schmerzen, Schock, Ängste, Spätfolgen usw. Es könne nicht sein, dass bei der Bemessung des Schmerzensgeldes zunächst der Grundtatbestand der Vergewaltigung festgestellt und danach je nach Schwere der Begleitumstände und Folgen »aufgesattelt« werde. Eine derartige Gesamtschau möge bei fahrlässiger Körperverletzung im Einzelfall zulässig sein. Bei vorsätzlicher Tat – und das sei die Vergewaltigung immer – müsse das Schadensbild insgesamt betrachtet und vollständig entschädigt werden. Möge für eine brutale Vergewaltigung ein bestimmter Schmerzensgeldbetrag angemessen sein, müsse dieser bei mehrfacher Vergewaltigung vervielfacht und z. B. bei Ausführung der Tat durch mehrere Täter abermals ganz wesentlich erhöht werden. Es könne doch nicht sein, dass das Schmerzensgeld bei mehrfacher Vergewaltigung »nur« erhöht werde, wenn der Täter dieselbe Frau mehrfach vergewaltigt. Würde er jeweils eine andere Frau vergewaltigen, käme niemand auf den Gedanken, das (erhöhte) Schmerzensgeld auf diese Frauen zu verteilen.

338 Auch die Genugtuung spielt bei der Bemessung des Schmerzensgeldes i. R. d. Ausgleichs für die Verletzung des sexuellen Selbstbestimmungsrechts eine Rolle. Dabei kann nicht nachdrücklich genug darauf hingewiesen werden, dass die strafrechtliche Verurteilung des Täters nicht Schmerzensgeld mindernd zu berücksichtigen ist,[556] wie es das LG Flensburg[557] noch getan hat.[558]

339 Mit Foerste[559] sind wir der Auffassung, dass in **Folter-Fällen**, in denen der Schmerz gezielt herbeigeführt wird, die bisher erschienenen **Schmerzensgeldtabellen** nichts hergeben. Es war deshalb verfehlt, dass das OLG Stuttgart,[560] das von einem besonders abscheulichen Verbrechen spricht, darauf abstellt, dass das LG das Schmerzensgeld zutreffend auf der Grundlage

553 Däubler, NJW 1999, 1611.

554 Das gilt nicht nur für Fälle der Vergewaltigung oder des sexuellen Missbrauchs, sondern für alle Fälle schwerer Verletzungen, die einen psychischen Folgeschaden hinterlassen haben können.

555 Foerste, NJW 1999, 2951 (2952).

556 Vgl. OLG Celle, Urt. v. 26.11.1992 – 5 U 245/91, VersR 1993, 976; LG Frankfurt am Main, Urt. v. 24.02.1998 – 2/26 O 564/96, NJW 1998, 2294 = VersR 1999, 729.

557 LG Flensburg, Urt. v. 07.05.1992 – 2 O 21/92, VersR 1993, 979.

558 Diese Auffassung hat die 2. Zivilkammer später aufgegeben, vgl. LG Flensburg, Urt. v. 29.01.1999 – 2 O 459/98, NJW 1999, 1640.

559 Foerste, NJW 1999, 2951 (2952).

560 OLG Stuttgart, Urt. v. 01.08.1997 – 2 U 75/97, NJW-RR 1998, 534.

der bisherigen Rechtsprechung bemessen habe und dass der Betrag von 35.000,00 € über die in vergleichbaren Fällen zuerkannten Schmerzensgelder hinausgehe.

340 In diesen Fällen brutalster Vergewaltigung muss der Genugtuung[561] i. R. d. zu gewährenden Ausgleichs noch eine Bedeutung zukommen. Wenn der Täter Schmerz und Angst des Opfers anstrebt, zumindest aber billigend in Kauf nimmt, wenn er sich daran weidet, wenn er das Opfer in Todesangst versetzt, muss in solchen Fällen das Schmerzensgeld über den bisher üblichen Rahmen hinaus allein deshalb verdoppelt werden. Foerste[562] schlägt vor, bei einer 3-stündigen Folterung wie im Fall des OLG Koblenz[563] mehrere 50.000,00 € Schmerzensgeld anzusetzen, bei gravierenden Spätschäden noch mehr. In dem »grauenhaften Fall« des LG Frankfurt am Main[564] schlägt er ein Schmerzensgeld von 300.000,00 € vor.

dd) »Quantensprung« bei der Schmerzensgeldbemessung

341 Einen solchen »Quantensprung« bei der Schmerzensgeldbemessung werden deutsche Richter mit Rücksicht auf die Rechtsprechung des BGH kaum wagen. Natürlich kann der Richter ein höheres Schmerzensgeld zuerkennen und die bisherige Praxis als unbefriedigend verwerfen. Dann muss er sich aber zum Bruch mit der Tradition bekennen und die Revisionsinstanz muss sich mit seinen Argumenten auseinandersetzen.[565] Auch in der Literatur wird nun eindeutig für ein höheres Schmerzensgeld bei Verletzung des Rechts auf sexuelle Selbstbestimmung plädiert[566] und eine drastische Anhebung der Beträge, gestützt auf das Ausgleichsprinzip, gefordert.

342 Wenn auch der BGH immer wieder betont, dass die Bemessung des Schmerzensgeldes dem Tatrichter obliegt, hat er doch dann eine Korrekturmöglichkeit, wenn das ausgeurteilte Schmerzensgeld den Rahmen der bisher zuerkannten Schmerzensgelder sprengt.

343 In diesem Punkt besteht in Vergewaltigungsfällen jedoch die Hoffnung, dass der BGH eine deutliche Steigerung der Schmerzensgeldbeträge akzeptieren wird. Im Jahr 1996[567] hat der BGH nämlich eine OLG-Entscheidung aufgehoben, die den vom LG zuerkannten Betrag von 30.000,00 € auf 12.500,00 € herabgesetzt hatte, weil der Täter strafrechtlich verurteilt worden war. Die Besonderheit dieser BGH-Entscheidung liegt darin, dass die Sache an einen anderen Senat zurückverwiesen wurde mit dem Hinweis, dass mehrere Gerichte in vergleichbaren Fällen Schmerzensgelder i. H. v. 30.000,00 € zugesprochen hätten, ein Betrag, der auch »im konkreten Fall nicht aus dem Rahmen« fallen würde. Dies ist ein deutlicher Hinweis darauf, dass in Vergewaltigungsfällen auch deutlich höhere Schmerzensgeldbeträge vom BGH akzeptiert würden.

344 Betrachtet man die Entscheidung des LG Frankfurt am Main (50.000,00 €), erscheint es deshalb möglich, dass der BGH auch dieses Schmerzensgeld billigen und nicht mit kleinbürgerlicher Betrachtung korrigieren würde. Der BGH akzeptiert die neueren Tabellenwerte.[568] Die früheren Tabellenwerte betreffen Entscheidungen, in denen sich die Richter mit den Besonderheiten des Einzelfalles gar nicht oder völlig unzureichend auseinandergesetzt haben.

561 BGH, Urt. v. 16.01.1996 – VI ZR 109/95, NJW 1996, 1591; Kern, AcP 191 (1991), 247 (262 ff.); Foerste, NJW 1999, 2951 (2952).

562 Foerste, NJW 1999, 2951 (2952).

563 OLG Koblenz, Urt. v. 02.10.1998 – 8 U 1682/97, NJW 1999, 1639 – stundenlanges Martyrium, 40.000,00 DM.

564 LG Frankfurt am Main, Urt. v. 24.02.1998 – 2/26 O 564/96, NJW 1998, 2294 = VersR 1999, 729.

565 Vgl. Henke, S. 85.

566 Dauner-Lieb/Langen/Huber, AK-Schuldrecht, § 253 Rn. 47 ff.

567 BGH, Urt. v. 16.01.1996 – VI ZR 109/95, ZfS 1996, 132.

568 BGH, Urt. v. 16.01.1996 – VI ZR 109/95, ZfS 1996, 132.

Sobald diese Auseinandersetzung stattfindet, die Besonderheiten der Tat und ihrer Folgen aufgearbeitet werden und die Richter die Schmerzensgeldbemessung transparent machen, ist die Höhe des Schmerzensgeldes »revisionsfest«.[569]

345 Zum Quantensprung angesetzt hat immerhin das LG Wuppertal[570], das einer brutal vergewaltigten 16 Jahre alten schwangeren Frau ein Schmerzensgeld in Höhe von 100.000,00 € zuerkannte. Durch diese Entscheidung ist unsere bereits in der 1. Aufl. dieses Buches unter Rn. 202 geäußerte Vermutung, einen solchen »Quantensprung« bei der Schmerzensgeldbemessung werden deutsche Richter mit Rücksicht auf die Rechtsprechung des BGH kaum wagen, im Ansatz widerlegt worden. Weitere Entscheidungen dieser Art müssen folgen.

346 Schmerzensgeldentscheidungen, die älter als zehn Jahre sind, sind häufig schon wegen der Geldentwertung nicht mehr aussagekräftig[571]. Hinzu tritt, dass in solchen Entscheidungen vielfach noch (irrig) der Antrag als Obergrenze des vom Gericht zuzusprechenden Betrages angesehen wurde, der Antrag aber seinerseits sich i. d. R. schon aus Gründen anwaltlicher Vorsicht an Präjudizien orientiert, die wiederum noch älter waren – und die wegen des Kostenrisikos bei Teilunterliegen nicht überschritten wurden[572].

347 All dies hat die Kammer des LG Wuppertal bei der Entscheidung beachtet. Sie hat sehr sorgfältig vergleichbare Entscheidungen ausgewertet und dabei besonders berücksichtigt, dass frühere Entscheidungen der Höhe nach fortzuschreiben sind, so dass der zuerkannte Betrag keineswegs »weit außerhalb des Rahmens der bisherigen Rechtsprechung liegt«, was das OLG Hamm[573] einmal ausdrücklich beanstandet hat. So setzt sich die Kammer mit wirklich vergleichbaren Entscheidungen auseinander und bewertet das jeweils zuerkannte Schmerzensgeld als vertretbar oder völlig zu recht als »unerklärlich niedrig«. Dabei setzt sie die Taten und die Tatfolgen jeweils in Relation zu den zuerkannten Beträgen und zum zu entscheidenden Fall.

348 Dabei ist es auch zutreffend, das Schmerzensgeld in Fällen, die fast einer Zerstörung der Persönlichkeit gleichkommen, im Vergleich mit anderen Fällen schwerer und schwerster Beeinträchtigung zu sehen. Die Auswirkungen einer brutalen Vergewaltigung auf die Psyche einer jungen Frau können ebenso gravierend sein, wie schwere körperliche Behinderungen (Querschnittslähmung), die einen 6-stelligen Schmerzensgeldbetrag rechtfertigen.

349 ▶ **Hinweis:**

Beim LG und beim OLG sind mutige Richter gefordert (Richterinnen werden es ohnehin sein), die bereits im PKH-Verfahren deutlich machen können, dass sie gewillt sind, die bisherigen Grenzen der Schmerzensgeldbemessung zu sprengen, indem sie alle Kriterien zur Bemessung heranziehen. Sie können dem Opfer Mut machen und ihm durch PKH-Bewilligung einen Teil des Prozessrisikos nehmen. Ein solches Prozessrisiko bei Klagen auf Zahlung von Schmerzensgeld nach Vergewaltigung ist insb. deshalb gegeben, weil die ausgeurteilten Beträge und die Kosten des Verfahrens wahrscheinlich nur selten beigetrieben

---

569 Steffen, DAR 2003, 201 (205), weist darauf unter Bezug auf die alte Entscheidung des BGH, 08.06.1976 – VI ZR 216/74, MDR 1976, 1012 = DB 1976, 1520 hin und fordert auch heute noch, dass bei der Bemessung des Schmerzensgeldes eingehend zu begründen ist, warum der Richter »zu neuen Ufern aufbrechen« wolle.

570 LG Wuppertal, Urt. v. 05.02.2013 – 16 O 95/12, VersR 2013, 591 mit Anm. Jaeger, s. o. Rdn, 329, 334.

571 KG OLGReport 2006, 749 (751).

572 Obgleich § 92 Abs. 2 Nr. 2 ZPO eine volle Kostentragung des Beklagten ermöglicht, wenn der vorgestellte Betrag bis ca. 25% abweicht; eine Norm, die leider oft übersehen wird.

573 OLG Hamm, Urt. v. 11.07.1991 – 6 U 9/91, ZfS 1992, 156.

werden können. Zwar weist Foerste[574] zu Recht darauf hin, dass diese Frage im Erkenntnisverfahren offenbleiben muss.[575] Er gibt zu bedenken, dass Kriminelle je nach Milieu (z. B. Zuhälter) und im Erbenzeitalter nicht notwendig vermögenslos sein oder bleiben müssen und dass es für Schulden aus Vorsatztaten keine RSB gibt.[576]

b) Verletzung des sexuellen Selbstbestimmungsrechts von Männern

350 Das OLG Bamberg[577] entschied den ersten Fall einer Vergewaltigung eines Mannes durch einen Mann und sprach dem Kläger ein Schmerzensgeld i. H. v. 15.000,00 € zu. Die Vorstellung des Opfers lag bei 35.000,00 €.

351 Der Kläger wurde von einem Bekannten, der bereits vorher sexuell aufdringlich geworden war, anal vergewaltigt. Er trug bleibende psychische Schäden davon. Das Gericht berücksichtigte bei der Bemessung des Schmerzensgeldes die psychische Belastung des Klägers und die Genugtuungsfunktion, die auch durch strafrechtliche Verurteilung nicht erloschen sei.

c) Verletzung des sexuellen Selbstbestimmungsrechts von Kindern

352 Schließlich nehmen die Fälle sexuellen Missbrauchs Minderjähriger – oft durch Angehörige – dadurch eine Sonderstellung ein, dass die zuerkannten Schmerzensgelder auffallend niedrig ausfallen.

Die Kritik an der Höhe des Schmerzensgeldes gilt auch für die Entschädigung von Missbrauchsopfern, die in Heimen, Internaten und kirchlichen Einrichtungen seit mehreren Jahrzehnten zu beklagen sind. Die katholische Kirche will an jeden Betroffenen Entschädigungen pauschal i. H. v. 5.000,00 € leisten. Dieser Betrag ist generell, jedenfalls aber im Einzelfall völlig unzureichend.

353 Das OLG Koblenz[578] hat 1998 einem Kind (Jungen), der durch einen Mann über einen längeren Zeitraum sexuell missbraucht wurde, PKH für eine auf Zahlung von 10.000,00 € gerichtete Klage bewilligt und es für möglich gehalten, dass dieser Betrag im Hauptverfahren geringer ausfallen könnte.

354 Das LG Köln[579] hat 1992 einer Frau, die von ihrem Vater 9 Jahre lang, beginnend im Alter der Klägerin von achteinhalb Jahren, sexuell missbraucht, vergewaltigt und in große Angst versetzt wurde, ein Schmerzensgeld von 15.000,00 € zugesprochen. Der Täter wurde zu einer Freiheitsstrafe von fünfeinhalb Jahren verurteilt, was die Kammer bei der Bemessung des Schmerzensgeldes berücksichtigt hat. Das LG stellt fest, dass die Persönlichkeit des Opfers schwersten Schaden erlitten hat und dass die psychischen Beeinträchtigungen offen zutage liegen.

355 Einem zur Tatzeit 12 Jahre alten Mädchen, das von seinem Stiefvater über ein Jahr lang sexuell missbraucht und dazu durch Schläge gefügig gemacht wurde, wurde ein Schmerzensgeld i. H. v. 12.500,00 € zugesprochen. Die Klägerin wollte aus dem Leben scheiden, ist in der persönlichen Entwicklung dauerhaft getroffen und leidet unter erheblichen psychischen Beeinträchtigungen.

---

574 Foerste, NJW 1999, 2951 (2952).

575 Die Frage spielt aber bei Vergleichsgesprächen eine herausragende Rolle, wenn die Parteien sich auf ein an sich viel zu niedriges Schmerzensgeld einigen, das der Täter innerhalb bestimmter Frist zahlen soll. Geschieht dies nicht, muss für diesen Fall eine Verfallklausel auf das »volle« Schmerzensgeld vorgesehen werden.

576 Vgl. auch LG Flensburg, Urt. v. 29.01.1999 – 2 O 459/98, VersR 1999, 1378 = NJW 1999, 1640.

577 OLG Bamberg, Urt. v. 04.04.2001 – 8 U 141/00, NJW-RR 2001, 1316.

578 OLG Koblenz, Beschl. v. 23.03.1998 – 5 W 208/98, NJW 1999, 1640 = VersR 1999, 728.

579 LG Köln, Urt. v. 05.10.1992 – 32 O 155/92, Streit 1993, 109.

5. Verletzung mehrerer Rechtsgüter durch Mobbing

356 Mobbing ist ein »Phänomen unserer Zeit«,[580] das inzwischen auch in die Rechtsprechung Eingang gefunden hat.[581] Schikanöses Verhalten am Arbeitsplatz ggü. Kollegen, Arbeitnehmern oder unterstellten Mitarbeitern gibt es seit jeher. In den letzten Jahren hat dieses Verhalten die Bezeichnung »Mobbing« erhalten und insb. die ArbG beschäftigt.[582] Ein »Mobbing-Bekämpfungsgesetz« gibt es jedoch in Deutschland derzeit nicht; daher musste die Rechtsprechung einen Mobbingtatbestand definieren und unter die Anspruchsgrundlagen des Zivilrechts subsumieren.[583] Dies wird dadurch erschwert, dass »Mobbing« ein recht konturenloser, weiter, ja nebulöser Begriff ist, der sich rechtlich schwer fassen lässt. Am ehesten kann er – kurzgefasst – als Schikane verstanden werden.[584] Mobbing kann mithin zu Gesundheitsbeeinträchtigungen (§ 823 Abs. 1 BGB) führen, insb. zu psychischen und psychosomatischen Erkrankungen; allerdings ist die Kausalität der Ereignisse am Arbeitsplatz für die **Gesundheitsbeeinträchtigung**, für die der **Arbeitnehmer beweisbelastet** ist, schwer nachzuweisen.[585]

357 Praktischer ist es deshalb, auf die **Verletzung des allgemeinen Persönlichkeitsrechts** abzustellen. Aus den im Zusammenhang gesehenen einzelnen Maßnahmen muss sich eine **schikanöse Systematik** ergeben, die gerade darauf gerichtet ist, den Arbeitnehmer in seinem sozialen Geltungsanspruch herabzuwürdigen. Denkbar ist auch, dass beide – Persönlichkeitsverletzung und Gesundheitsbeeinträchtigung – kumulativ auftreten,[586] wobei dies gleichwohl zu nur einem einheitlichen Entschädigungsbetrag führen kann; die Ansicht des ArbG Dresden,[587] welches denselben Mobbingfall in die Persönlichkeitsverletzung (Entschädigung: 25.000,00 €) und die Gesundheitsbeeinträchtigung (15.000,00 €) aufspaltete, ist daher abzulehnen.

a) Begriff

358 Creutz[588] definiert Mobbing als längerfristiges, mindestens 6 Monate andauerndes Entstehen und Austragen eines Konflikts am Arbeitsplatz mit der Folge, dass das beteiligte Opfer als Ergebnis dieses Konflikts erkrankt. Er kritisiert, dass praktisch jede einzelne Handlung, jeder einzelne Konflikt zwischen Arbeitskollegen mittlerweile als Mobbing bezeichnet werde, was dazu führe, dass der Begriff inflationär gebraucht und dadurch missbraucht werde. Hieran ist

---

580 So zu Recht Benecke, NZA-RR 2003, 225. Vgl. insgesamt auch Jaeger/Luckey, ZAP Fach 17, S. 785.

581 Übersicht bis 2004 z. B. bei Wagner/Bergmann, AiB 2004, 103.

582 Rieble/Klumpp, ZIP 2002, 369 (369).

583 Benecke, NZA-RR 2003, 225; Hille, BC 2003, 81. Rechtspolitisch lohnt ein Blick über die Grenze, da das französische Arbeitsgesetzbuch seit dem 20.01.2002 einen Abschnitt »Kampf gegen Mobbing« (Lutte contre le harcèlement moral au travail) enthält. Dem Mobbingopfer stehen nun arbeitsgerichtliche und sogar strafrechtliche Sanktionen gegen den Verursacher zur Verfügung. Ausführlich hierzu Gruber, RdA 2002, 250.

584 Münchener Handbuch zum Arbeitsrecht/Berkowsky, § 137 Rn. 233.

585 Hille, BC 2003, 81 (83, 84).

586 Dies verkennt LAG Köln, Urt. v. 25.03.2010 – 7 Sa 1127/09, PersV 2011, 74, welches den – zu Recht – auf »Entschädigung« gerichteten Antrag wegen Persönlichkeitsrechtsverletzung erst mühsam in einen »Schmerzensgeldantrag« undeutet. Tatsächlich ist bei Verletzung von Persönlichkeitsrechten kein »Schmerzensgeld«, sondern eine Geldentschädigung geschuldet, die sich aus dem grundrechtlichen Schutzgehalt des Persönlichkeitsrechts legitimiert.

587 ArbG Dresden, Urt. v. 07.07.2003 – 5 Ca 5954/02, ArbN 2003, Nr. 6, 38; aufgehoben durch LAG Sachsen, Urt. v. 17.02.2005 – 2 Sa 751/03, unveröffentlicht.

588 Creutz, Anwaltsreport 2002, 14 (15).

richtig, dass Mobbing typischerweise auf eine Art betrieben wird, die eher das Gefühl als den Verstand des Gemobbten anspricht,[589] was eine Typologisierung erschwert.

359 Das LAG Thüringen[590] hatte über die Klage eines Zweigstellenleiters einer Sparkasse zu entscheiden, der monatelang einer Kette außergewöhnlicher Maßregelungen seines Arbeitgebers ausgesetzt war. Das LAG definierte in einer von vielen als richtungsweisend empfundenen Entscheidung den Begriff Mobbing als einen eigenständigen Tatbestand. Darunter seien Verhaltensweisen zu verstehen, die bei isolierter Betrachtung der einzelnen Handlungen die tatbestandlichen Voraussetzungen von Anspruchs-, Gestaltungs- und Abwehrrechten nicht oder nicht in einem der Tragweite des Falles angemessenen Umfang erfüllen können. Es sei eine Abgrenzung zu dem im gesellschaftlichen Umgang im Allgemeinen üblichen oder rechtlich erlaubten und deshalb hinzunehmenden Verhalten erforderlich. Im arbeitsrechtlichen Verständnis erfasse der Begriff des Mobbing fortgesetzte, aufeinander aufbauende oder ineinander übergreifende, der Anfeindung, Schikane oder Diskriminierung dienende Verhaltensweisen, die nach Art und Ablauf im Regelfall einer übergeordneten, von der Rechtsordnung nicht gedeckten Zielsetzung förderlich seien und jedenfalls in ihrer Gesamtheit das allgemeine Persönlichkeitsrecht oder andere ebenso geschützte Rechte, wie Ehre oder die Gesundheit des Betroffenen verletzten.[591] Das BAG[592] hat darauf hingewiesen, dass das systematische Vorgehen, wobei die unerwünschten Verhaltensweisen bezwecken, dass die Würde des Arbeitgebers verletzt und ein durch Einschüchterungen, Anfeindungen, Erniedrigungen, Entwürdigungen oder Beleidigungen gekennzeichnetes Umfeld geschaffen wird, dem Begriff des nunmehr in § 3 Abs. 3 AGG definierten Belästigens entsprechen.

360 Zu dieser Verletzung des Persönlichkeitsrechts kam beim Kläger eine Gesundheitsverletzung hinzu. Es ist anerkannt, dass ein Ausgrenzungsprozess am Arbeitsplatz zur Gesundheitsbeeinträchtigung bis hin zum Suizid führen kann.[593] Infolge der beruflichen Konflikte erkrankte der Kläger und klagte über Schlafstörungen, innere Unruhe, Verstimmungen und Magenbeschwerden. Eine Psychotherapeutin war der Auffassung, dass diese gesundheitlichen Störungen durch schlechtes Arbeitsklima verursacht worden seien.

361 Soweit »nur« typische arbeitsrechtliche Konfliktsituationen vorliegen, die Teil des – hinzunehmenden – »Arbeitsalltags« sind, scheidet ein Schmerzensgeldanspruch wegen Mobbings aus. Nicht jede Auseinandersetzung oder jede Meinungsverschiedenheit zwischen Kollegen, Mitarbeitern, Untergebenen und/oder Vorgesetzten stellt bereits eine schmerzensgeldrelevante unerlaubte Handlung dar. Vielmehr ist es dem Zusammenarbeiten mit anderen Menschen immanent, dass sich Reibungen und Konflikte ergeben, ohne dass diese, selbst wenn es dabei zu Kraftausdrücken, verbalen Entgleisungen und ähnlichen zu missbilligenden Verhaltensweisen kommt, als Ausdruck des Ziels anzusehen sind, den anderen **systematisch** in seiner Wertigkeit ggü. Dritten oder sich selbst zu verletzen.[594] Übliche Konfliktsituationen sind grds. nicht geeignet, die Tatbestandsvoraussetzungen einer Vertragspflichtverletzung oder einer un-

---

589 So richtig Münchener Handbuch zum Arbeitsrecht/Berkowsky, § 137 Rn. 236.

590 LAG Thüringen, Urt. v. 10.04.2001 – 5 Sa 403/00, NZA-RR 2001, 347.

591 So nachfolgend auch LAG Rheinland-Pfalz, Urt. v. 16.08.2001 – 6 Sa 415/01, ZIP 2001, 2298; LAG Hamm, Urt. v. 25.06.2002 – 18 (11) Sa 1295/01, LAGReport 2002, 293; LAG Rheinland-Pfalz, Urt. v. 10.03.2004 – 9 Sa 1125/03, unveröffentlicht.

592 BAG, Urt. v. 22.07.2010 – 8 AZR 1012/08, NZA 2011, 93; BAG, Urt. v. 28.10.2010 – 8 AZR 546/09, ArbR 2011, 168. So auch LAG Köln, Urt. v. 03.05.2010 – 5 Sa 1343/09, unveröffentlicht; LAG Berlin, Urt. v. 21.05.2010 – 6 Sa 350/10, DB 2010, 1533.

593 Rieble/Klumpp, ZIP 2002, 369 (370).

594 LAG Rheinland-Pfalz, Urt. v. 04.10.2005 – 5 Sa 140/05, unveröffentlicht; LAG Rheinland-Pfalz, Urt. v. 27.02.2008 – 8 Sa 558/07, unveröffentlicht; LAG Rheinland-Pfalz, Urt. v. 30.10.2008 – 10 Sa 340/08, unveröffentlicht; LAG Köln, Urt. v. 25.03.2010 – 7 Sa 1127/09, PersV 2011, 74.

erlaubten Handlung zu erfüllen,[595] auch wenn sie sich über einen längeren Zeitraum erstrecken.[596] Ein Mobbing-Tatbestand unterscheidet sich hierbei von sozialadäquaten Arbeitsplatzkonflikten dadurch, dass er eine Kette von einseitigen Persönlichkeitsrechtsverletzungen aufweist, die systematisch und zielgenau gegen eine oder mehrere bestimmte Personen gerichtet ist.[597] Die Gerichte sind indes recht schnell bereit, auch längere Überforderungs- und Konfliktsituationen als »sozialadäquat« und »reine Missverständnisse«[598] bzw. »unberechtigte Vorhaltungen über die Grenzen der Höflichkeit«[599] und im »Einzelfall deplatzierte Äußerung«[600] zu qualifizieren und so einen Anspruch aus Mobbing zu verneinen. Mobbing ist etwa verneint worden, wenn es auch positive Würdigungen der Tätigkeit des Klägers (hier: Beförderung zum Serviceleiter und Erteilung der Handlungsvollmacht) sowie einen »langen Zeitraum von eineinhalb Jahren ohne schikanöses oder diskriminierendes Verhalten gegenüber dem Kläger« gab.[601] Ebenso kann Mobbing ausscheiden, wenn die inkriminierten Verhaltensweisen von Vorgesetzten nur Reaktionen auf Provokationen des vermeintlich gemobbten Arbeitnehmers darstellen.[602]

362 In Weisungen, die sich i. R. d. dem Arbeitgeber zustehenden **Direktionsrechts** bewegen und bei denen sich nicht eindeutig eine schikanöse Tendenz entnehmen lässt, kann nur in

595 BAG, Urt. v. 16.05.2007 – 8 AZR 709/06, NZA 2007, 1154 = AP Nr. 5 zu § 611 BGB Mobbing; LAG Mecklenburg-Vorpommern, Urt. v. 29.03.2007 – 1 Sa 187/06, unveröffentlicht; LAG Mecklenburg-Vorpommern, Urt. v. 13.01.2009 – 5 Sa 86/08, unveröffentlicht; LAG Niedersachsen, Urt. v. 09.03.2009 – 9 Sa 378/08, unveröffentlicht; LAG Berlin, Urt. v. 21.05.2010 – 6 Sa 350/10, DB 2010, 1533; LAG Köln, Urt. v. 29.02.2012 – 9 Sa 1221/11, AE 2013, 17 (Konflikte zwischen Lehrerin und Schulleiter mit unterschiedlichen pädagogischen Vorstellungen); OLG München, Beschl. v. 31.07.2012 – 1 U 899/12, unveröffentlicht.

596 LAG Koblenz, Urt. v. 09.12.2009 – 8 Sa 445/09, unveröffentlicht; die Nichtzulassungsbeschwerde (BAG 8 AZN 462/10) wurde zurückgenommen.

597 LAG Köln, Urt. v. 21.07.2011 – 7 Sa 1570/10, AE 2013, 17 (dort verneint).

598 Etwa LAG Frankfurt, Urt. v. 14.09.2010 – 12 Sa 1115/09, unveröffentlicht; das BAG hat die Nichtzulassungsbeschwerde hiergegen mit Beschl. v. 26.05.2011 – 8 AZN 199/11, unveröffentlicht, verworfen.

599 LAG Koblenz, Urt. v. 09.12.2009 – 8 Sa 445/09, unveröffentlicht; die Nichtzulassungsbeschwerde (BAG 8 AZN 462/10) wurde zurückgenommen.

600 LAG Köln, Urt. v. 25.03.2010 – 7 Sa 1127/09, PersV 2011, 74.

601 LAG Niedersachsen, Urt. v. 04.12.2008 – 7 Sa 866/08, unveröffentlicht. Ähnlich LAG Hessen, Urt. v. 25.10.2011 – 12 Sa 527/10, unveröffentlicht: drei Mobbingbehauptungen im Zeitraum eines Jahres, zugleich aber Unterstützung des Klägers durch den Vorgesetzten bei dem Versuch einer Höhergruppierung.

602 LAG Düsseldorf, Urt. v. 26.03.2013 – 17 Sa 602/12, BB 2013, 948.

Ausnahmefällen eine Verletzung des Persönlichkeitsrechts gesehen werden.[603] Ebenso stellen **arbeitsrechtliche Maßnahmen** des Arbeitgebers, die dieser im Rahmen eines arbeitsrechtlichen Konflikts ergreifen darf, i. d. R. kein »Mobbing« dar, wenn der Arbeitgeber auf die Wirksamkeit der Maßnahme vertrauen durfte, selbst wenn die arbeitsrechtliche Sanktion einer gerichtlichen Überprüfung nicht standhält.[604] So sind eine Vielzahl von Abmahnungen und Kontrollbesuchen am Arbeitsplatz nicht schon per se Mobbing, auch wenn sich die Abmahnungen überwiegend als nicht haltbar herausstellen.[605] Auch der Wunsch, den Gesundheitszustand eines städtischen Arbeitnehmers durch das Gesundheitsamt überprüfen zu lassen, ist bei einer Vielzahl streitiger Fehl- bzw. Anwesenheitszeiten legitim und keine »Mobbingmaßnahme«.[606] Zuletzt stellt zwar die **nicht vertragsgemäße Beschäftigung** des Arbeitnehmers regelmäßig eine Persönlichkeitsrechtsverletzung dar. Eine solche Persönlichkeitsrechtsverletzung begründet aber nicht regelmäßig einen Anspruch auf Entschädigung gemäß § 823 Abs. 1 BGB i. V. mit Art. 1 und 2 Abs. 1 GG. Es ist vielmehr im Einzelfall zu prüfen, ob es sich bei der nicht vertragsgemäßen Beschäftigung um einen schwerwiegenden Eingriff in das Persönlichkeitsrecht handelt, der nicht anders als durch eine Entschädigung ausgeglichen werden kann.[607]

363 Daher ist in der Gesamtschau der Mobbing-Bewertung das zwar belastende, aber als sozialadäquat hinzunehmende Handeln ggü. schikanösem und diskriminierendem Verhalten abzugrenzen, wobei vom Leitbild des einsichtig handelnden Durchschnittsarbeitnehmers

---

603 LAG Mecklenburg-Vorpommern, Urt. v. 29.03.2007 – 1 Sa 187/06, unveröffentlicht; LAG Mecklenburg-Vorpommern, Urt. v. 13.01.2009 – 5 Sa 86/08, unveröffentlicht; LAG Niedersachsen, Urt. v. 09.03.2009 – 9 Sa 378/08, unveröffentlicht; LAG Koblenz, Urt. v. 04.06.2009 – 11 Sa 66/09, unveröffentlicht; LAG Koblenz, Urt. v. 09.12.2009 – 8 Sa 445/09, unveröffentlicht; die Nichtzulassungsbeschwerde (BAG 8 AZN 462/10) wurde zurückgenommen: Leitung einer Kindergartengruppe wurde entzogen und die Klägerin musste Hilfstätigkeiten (Bastelabend, Grillabende, Kinder umziehen und aufräumen) erledigen – das Gericht werte dies als »zweifellos zum Aufgabenbereich einer Erzieherin« gehörig und vom Direktionsrecht gedeckt; LAG Köln, Urt. v. 03.05.2010 – 5 Sa 1343/09, unveröffentlicht; LAG Berlin-Brandenburg, Urt. v. 18.06.2010 – 6 Sa 271/10, ArbR 2010, 563 (Infragestellen des häuslichen Arbeitsplatzes der Klägerin als alleinerziehender Mutter mit drei Kindern; das Gericht wies darauf hin, dass dies [nur] für sie unerlässlich gewesen sei und die familiäre Situation seitens des AG letztlich immer respektiert wurde); LAG Berlin-Brandenburg, Urt. v. 15.02.2012 – 15 Sa 1758/11, unveröffentlicht: Ein Servicetechniker wurde über Monate mit Reinigungsarbeiten auch der Toilette betraut: Das Gericht wertete dies als Überschreitung des Direktionsrechts, aber aus »sachlich nachvollziehbaren Gründen«, da aufgrund von Differenzen zur Arbeitsleistung ein Interesse bestanden habe, »kontrollierbare« Arbeiten zuzuweisen. ArbG Dortmund, Urt. v. 25.11.2008 – 9 Ca 4081/08, AE 2009, 281 (Umsetzen eines Kassierers aus dem Kassenbereich als vom Direktionsrecht gedeckt).

604 LAG Baden-Württemberg, Urt. v. 28.06.2007 – 6 Sa 93/06, unveröffentlicht; LAG Rheinland-Pfalz, Urt. v. 19.03.2012 – 5 Sa 701/11, unveröffentlicht: Aussprechen dreier Abmahnungen.

605 LAG Hamm, Urt. v. 16.07.2009 – 17 Sa 619/09, unveröffentlicht, in welchem auch darauf hingewiesen wird, dass es für den Arbeitgeber ungünstig ist, Abmahnungen zu »bündeln«: eine solche Abmahnung mit mehreren Vorwürfen muss nämlich schon bei Nichterweislichkeit eines Vorwurfs **insgesamt** aus der Personalakte entfernt werden. Eine Vielzahl von Einzelabmahnungen kann auch auf dem (berechtigten) Interesse des Arbeitgebers beruhen, dies zu vermeiden. Ähnlich auch LAG Niedersachsen, Urt. v. 09.02.2010 – 13 Sa 896/09, ArbR 2010, 611: »Abmahnungen, erst recht Abmahnungen in Serie, wie sie hier im Zeitraum November 2005 bis Ende 2007 erfolgt sind, sind für Arbeitnehmer psychisch belastend, sie begründen Ängste um den Arbeitsplatz. Weil die entsprechenden Schreiben sachlich formuliert sind, schikanöse Tendenzen nicht erkennbar sind und letztlich der Beklagte überwiegend Pflichtverletzungen der Klägerin zu Recht beanstandet hat, ist auch auf Grund der Vielzahl der Abmahnungen und Verweise nicht von einer pflichtwidrigen Verletzung des Persönlichkeitsrechts oder der Gesundheit auszugehen.«.

606 LAG Düsseldorf, Urt. v. 26.03.2013 – 17 Sa 602/12, BB 2013, 948.

607 LAG Baden-Württemberg, Urt. v. 17.06.2011 – 12 Sa 1/10, unveröffentlicht.

ausgegangen werden kann.[608] Dass diese Gesamtschau in der Rechtspraxis schwierig zu treffen ist, liegt auf der Hand.[609]

364 Relativ weitgehend und in der Sache angreifbar hat das LAG Schleswig-Holstein[610] einen Ersatzanspruch in einem Fall verneint, in welchem der Kläger, der Mitglied eines bei dem Beklagten neu geschaffenen Betriebsrats war, wiederholt unberechtigt abgemahnt wurde und zu spät seinen Lohn erhalten hatte. Obwohl die Fülle der einzelnen, gegen ihn gerichteten Maßnahmen ersichtlich auch den Zweck einer »Schikane« hatte und das Gericht selbst ausführte, der beklagte Arbeitgeber sei gerichtsbekannt »intolerant und impulsiv«, verneinte es einen Mobbingfall. Das Gericht verwies – grds. zu Recht – darauf, dass es dem Zusammenarbeiten mit anderen Menschen immanent sei, dass sich Reibungen und Konflikte ergäben.[611] Wohl zu Unrecht zog das Gericht aber hieraus die Folge, die streitgegenständlichen Auseinandersetzungen seien solche rechtlicher Art (und daher keine Schikane), gegen die sich der Kläger »mit der gebotenen Distanz zu den ihm gegenüber erhobenen Vorwürfen« auch nicht immer rechtlich hätte wehren müssen (sondern, so wird impliziert, sie hätte hinnehmen sollen). Gerade angesichts dessen – so das LAG –, dass es wegen der Einrichtung des Betriebsrats zu einem »Machtkampf« gekommen sei, sei der Kläger als Betriebsratsmitglied eher der Gefahr ausgesetzt, vom Arbeitgeber anlässlich der Erfüllung seiner Betriebsratspflichten angegriffen zu werden als Arbeitnehmer ohne solche Funktionen, da das Amt eine Reibungsfläche schaffe.[612] Diese Idee greift auch das LAG Rheinland-Pfalz[613] auf, welches festhält, die Zusammenarbeit zwischen Betriebsrat und Geschäftsleitung könne zu Konflikten führen, die auch teilweise auf einer emotionalen Ebene ausgetragen werden, aber hingenommen werden müssten.

365 Dies mag in der Tat die **Begründung** dafür liefern, warum der Beklagte den Kläger mehrfach angegangen war; als **Rechtfertigung** taugt es nicht. Das Gericht führt nichts dazu aus, warum sich ein Betriebsratsmitglied mehr »gefallen lassen« sollte als andere Arbeitnehmer; auch der – unausgesprochene – Vorwurf gegen den Kläger, sich gegen die (teils erkennbar absurden) Abmahnungen gerichtlich zur Wehr gesetzt zu haben, geht fehl. Es ist nicht einzusehen, warum ein solches rechtlich erlaubtes und sogar sinnvolles (Entfernen der Abmahnungen aus Zeugnissen und Personalakte!) Vorgehen jetzt dem Kläger so zur Last gelegt wird, als impliziere dies, er sei »überempfindlich«. Richtigerweise hätte man gerade aus der vor diesem Hintergrund naheliegenden Motivation des Einsatzes unzulässiger Schikanemethoden in diesem »Machtkampf« einen Mobbingfall bejahen sollen. Gleichwohl und kaum mehr nachvollziehbar hat auch das LAG Rheinland-Pfalz[614] bei der Bemessung der Entschädigung für »Schreiattacken« des Vorgesetzten mindernd berücksichtigt, dass die Klägerin, die Betriebsratsmitglied war, sich diese Behandlung nicht stärker verbeten hatte. Das Gericht sprach 2.000,00 € zu, einen Betrag, den man manchmal schon durch Prellungen und Quetschungen nach einem Unfall erreichen kann.

---

608 ArbG Gelsenkirchen, Urt. v. 15.07.2005 – 1 Ca 1603/02, unveröffentlicht.

609 Vgl. daher inbes. auch Rdn. 381 ff. zu den Anforderungen an die Substantiierung des Prozessvortrages.

610 LAG Schleswig-Holstein, Urt. v. 01.04.2004 – 3 Sa 542/03, NZA-RR 2005, 15.

611 LAG Schleswig-Holstein, Urt. v. 01.04.2004 – 3 Sa 542/03, NZA-RR 2005, 15 (17).

612 LAG Schleswig-Holstein, Urt. v. 01.04.2004 – 3 Sa 542/03, NZA-RR 2005, 15 (17).

613 LAG Rheinland-Pfalz, Urt. v. 26.05.2008 – 5 Sa 72/08, unveröffentlicht.

614 LAG Rheinland-Pfalz, Urt. v. 30.08.2007 – 4 Sa 522/05 – unveröffentlicht.

366 Das LAG München[615] verneint einen Anspruch wegen Mobbings, wenn die Schikanen am Arbeitsplatz sich als wechselseitiges »Geben und Nehmen« darstellen, also beide Arbeitsvertragsparteien sowohl Täter wie auch Opfer sind. Das LAG Mecklenburg-Vorpommern[616] bejaht zwar persönlichkeitsrechtsverletzende Handlungen des Vorgesetzten, der den Kläger von wesentlichen Konferenzen und Vorträgen zu von ihm selbst erarbeiteten Statistiken ferngehalten hatte, verneint aber in ähnlicher Weise eine Kausalität zu den psychischen Beeinträchtigungen des Klägers, da dieser selbst zur Eskalation der Situation mit beigetragen hatte. Generell wird ausgeführt, ein allgemein schlechtes Betriebsklima mit gegenseitigen Unfreundlichkeiten oder negativen Reaktionen von Vorgesetzen und Kollegen auf mangelhafte Arbeitsleistung sei grds. noch kein Mobbing, denn keiner der Beteiligten überschreite dabei die Schwelle zu einer Täter-Opfer-Beziehung.[617] Ähnlich hat das LAG Rheinland-Pfalz festgehalten, wenn das Betriebsklima generell von Einschüchterungen, Entgleisungen und Benachteiligungen sowie geschmacklosen Scherzen, fehlender Höflichkeit und Häme geprägt sei, sei dies zwar »nicht gutzuheißen«, es fehle aber an einer speziell gegen die Klägerin gerichtete persönliche Ausgrenzung.[618]

367 Das LAG Berlin[619] sieht keinen Fall des Mobbings darin, dass sich Maßnahmen nur gegen Inhalt und Bestand des Arbeitsverhältnisses, nicht aber gegen die Person des Arbeitnehmers selbst gerichtet haben. Ähnlich hat das LAG Rheinland-Pfalz[620] in der Behauptung, eine Arbeitsunfä-

---

615 LAG München, Urt. v. 21.07.2005 – 3 Sa 13/05, unveröffentlicht. Vergleichbar LAG Rheinland-Pfalz. Urt. v. 02.08.2007 – 11 Sa 302/07, unveröffentlicht: »Ein wechselseitiger Eskalationsprozess, der keine klare Täter-Opfer-Beziehung erkennen lässt, steht regelmäßig der Annahme eines Mobbing-Sachverhalts entgegen.«.

616 LAG Mecklenburg-Vorpommern, Urt. v. 13.01.2009 – 5 Sa 112/08, unveröffentlicht.

617 ArbG Frankfurt am Main, Urt. v. 24.01.2007 – 7 Ca 5101/06, DÖD 2008, 43.

618 LAG Rheinland-Pfalz, Urt. v. 30.04.2009 – 11 Sa 677/08, unveröffentlicht. Das BAG hat die Nichtzulassungsbeschwerde mit Beschl. v. 24.09.2009 – 8 AZN 617/09, unveröffentlicht, zurückgewiesen. Vergleichbar auch LAG Rheinland-Pfalz, Urt. v. 12.01.2012 – 10 Sa 419/11, unveröffentlicht: ständiges Nichtgrüßen, fehlende gute Wünsche zu Feiertagen und die Äußerungen »ich ziehe Dir den Hals zu« und »Das Problem (d. h. der Kläger) hat sich hier bald erledigt« als »Einzelfälle« von »Entgleisungen« und »Unhöflichkeiten«, die den Schluss auf Mobbing nicht zuließen.

619 LAG Berlin, Urt. v. 17.01.2003 – 6 Sa 1735/02, DSB 2003, Nr. 5, 18 = AiB 2004, 109: obwohl natürlich auch und gerade Mobbing das Ziel haben kann, den Gemobbten aus seiner Stelle zu drängen.

620 LAG Rheinland-Pfalz, Urt. v. 30.10.2008 – 10 Sa 340/08, unveröffentlicht. Das Gericht verwies inzident auch darauf, die »Monokausalität« der behaupteten Verhaltensweisen der Vorgesetzten für die behaupteten Gesundheitsschäden sei »zweifelhaft«, weil auch Cannabiskonsum zu den psychischen Folgen beigetragen habe. Hierbei übersieht es, dass für eine Haftung die Mitursächlichkeit der Tathandlung zum schädigenden Erfolg ausreicht und »niemand einen Anspruch darauf hat, so gestellt zu werden, als habe er einen Gesunden verletzt«, vgl. BGH, Urt. v. 10.05.1990 – IX ZR 113/89, NJW 1990, 2882 (2883) und Rdn. 550, 597. Gleichwohl stellen Gerichte hier gerne darauf ab, dass die Prädisposition des Gemobbten die psychischen Folgen begünstigt habe und arbeiten so unterschwellig mit dem »Selbst schuld, Du Mimose«-Argument, so etwa das LAG Baden-Württemberg, Urt. v. 28.06.2007 – 6 Sa 93/06, unveröffentlicht: »Die Begründungen der ärztlichen Atteste beruhen alle auf den vom Kläger geschilderten Umständen am Arbeitsplatz, die er subjektiv so empfunden hat, die aber nicht auf einer eigenen Untersuchung der Ärzte beruhen. Das sagt aber noch nichts darüber aus, ob bei dem Kläger nicht auch eine Disposition zu einer solchen Erkrankung vorliegt, denn es ist auffallend, dass er bereits die erste vom Gericht bestätigte Mobbinghandlung als so stark empfunden hat, dass er sich in ärztliche Behandlung wegen psychischer Beschwerden begeben musste. In diesem Zusammenhang ist auch zu beachten, dass der Kläger bereits die Streichung des Essenszuschusses im August 2002 als eine ihn in hohem Maße diskriminierende Maßnahme ansah, sodass er daraufhin Herrn F. schon des schweren Mobbings beschuldigte. Das weist, wie schon das Arbeitsgericht ausgeführt hat, auf eine besondere Veranlagung des Klägers hin, sich in unerfreuliche Situationen hineinsteigern und auch weniger belastende Vorkommnisse nur schwer oder gar nicht verarbeiten zu können.«.

higkeit nach Rippenbruch habe zu dem Vorwurf geführt, man habe »nicht krankmachen« dürfen, und Aufforderung an den Kläger trotz Erkrankung zur Arbeit zu kommen; es sei »5 vor 12« und er stehe auf der »Abschussliste«, noch keine Umstände gesehen, die bei einem »verständigen Arbeitnehmer« zu einer Erkrankung hätten führen dürfen. Und das ArbG Heilbronn[621] hat die Erhebung einer Entschädigungsklage durch den Arbeitnehmer wegen angeblicher vielfacher Diskriminierungen sogar als einen Auflösungsgrund nach § 9 Abs. 1 S. 2 KSchG ausreichen lassen, da diese auf haltlosen Behauptungen fußte und die begehrte Entschädigung »jedes vernünftige Maß« übersteigt (240.000,00 € beantragte Entschädigung für eine ins Blaue behauptete und nicht unter Beweis gestellte Benachteiligung als alkoholkranker Homosexueller).

b) Typische Verhaltensweisen beim Mobbing

368 Für die Aufbereitung eines Mobbingsachverhalts kann es sinnvoll sein, die Beeinträchtigungen zu systematisieren. Grünwald/Hille[622] unterscheiden beim Mobbing:
- Angriffe mit kommunikativem Bezug, also auf die Möglichkeit der Mitteilung, s. u. Rdn. 369,
- Angriffe auf die sozialen Beziehungen, s. u. Rdn. 370,
- Schädigung des sozialen Ansehens, s. u. Rdn. 371,
- Angriffe auf die Qualität der Berufs- und/oder Lebenssituation, s. u. Rdn. 372 und schließlich
- Angriffe auf die Gesundheit, s. u. Rdn. 373.

aa) Angriffe auf die Kommunikation

369 Gemeint ist hiermit nicht nur die direkte Kommunikation mit dem Mobbingopfer, sondern insb. auch die Einschränkung seiner Kommunikationsmöglichkeiten mit der Folge, dass sich das Opfer nicht mehr ggü. Kollegen oder Vorgesetzten artikulieren kann und sich außerstande fühlt, das Problem »Mobbing« anzusprechen. Damit fällt hierunter:
- Einschränkung der Bereitschaft zum Gespräch (Vorgesetzte und Kollegen),
- ständiges Unterbrechen des Gemobbten im Gespräch,
- Anschreien, lautes Schimpfen,
- ständige Kritik,
- Telefonterror,
- mündliche Drohungen,
- Kontaktverweigerung durch Andeutungen/Anspielungen (ohne etwas direkt anzusprechen),
- Kontaktverweigerung durch schlüssiges Verhalten (abschätzige Blicke, abwertende Gesten).

bb) Angriffe auf die sozialen Beziehungen

370 Ist die Kommunikation mit dem Mobbingopfer gestört, geraten auch seine sozialen Beziehungen zwangsläufig in ein Ungleichgewicht. Die Isolation des Gemobbten und die Ausgrenzung aus dem kollegialen und sozialen Miteinander am Arbeitsplatz sind ein bedeutender Stressfaktor. Typische Angriffe insoweit sind:
- keine Gespräche mit dem Gemobbten,[623]
- »aus-dem-Weg-Gehen«,
- räumliche Trennung von den engeren Kollegen,[624]

621 ArbG Heilbronn, Urt. v. 18.10.2012 – 2 Ca 71/12, unveröffentlicht.

622 Grünwald/Hille, S. 42 bis 45.

623 LAG Rheinland-Pfalz, Urt. v. 10.03.2004 – 9 Sa 1125/03, unveröffentlicht, hat aber eine systematische Schikane abgelehnt, wenn ein Gesprächsverbot nur über »einige Wochen« andauerte und nicht »rigoros« durchgesetzt wurde.

624 LAG Rheinland-Pfalz, Urt. v. 10.03.2004 – 9 Sa 1125/03, unveröffentlicht.

- »Schlechtmachen« des Gemobbten bei den entfernteren Kollegen (»Rufmord«), vgl. auch Rdn. 370,
- »wie Luft behandeln«.

cc) Schädigung des sozialen Ansehens

371 Dieser Punkt korrespondiert weitgehend mit oben Rdn. 370. Ein Mensch mit intakten sozialen Beziehungen genießt in seinem Umfeld auch soziales Ansehen, welches eine wichtige Quelle für das subjektiv empfundene Selbstwertgefühl ist. Das soziale Ansehen kann insb. durch folgende Handlungen geschädigt werden:
- Hinter dem Rücken des Gemobbten wird schlecht über ihn gesprochen,
- Gerüchte werden verbreitet (etwa: Verdächtigung einer psychischen Erkrankung),
- man macht jemanden lächerlich (Imitation/Parodie von Gang, Stimme, Gesten),
- man macht sich über etwaige Behinderungen lustig,
- Angriffe auf politische oder religiöse Einstellung, Nationalität oder Privatleben,[625]
- Arbeiten werden zugewiesen, die das Selbstbewusstsein verletzen,[626]
- Beurteilungen von Arbeitseinsatz oder -ergebnis in kränkender oder falscher Weise,[627]
- Infragestellen jedweder Entscheidung des Mobbingopfers,[628]
- Schimpfworte (häufig obszönen Inhalts),
- Unterstellungen sexueller Art,
- sexuelle Annäherungen, verbale sexuelle Angebote.

dd) Angriffe auf die Qualität der Berufs- und/oder Lebenssituation

372 Das Berufsleben hat für das Selbstverständnis i. d. R. eine wichtige Funktion. Kommt es hier zu Problemen, besteht die Gefahr, dass diese auch das private Umfeld des Gemobbten dominieren und auch hier zu Spannungen führen. Solche Verletzungen können juristisch als Verletzung der Menschenwürde (Persönlichkeitsrecht) erfasst werden und beinhalten z. B.:
- Dem Gemobbten werden keine, demütigende oder nur sinnlose Aufgaben zugeteilt,[629]
- Zuteilung von Aufgaben unter seinem Können,
- Zuteilung von Aufgaben, die seine Qualifikation übersteigen, um ihn anschließend zu diskreditieren,
- Zuteilung von Aufgaben mit derart knappen Erledigungsfristen, dass die Aufgabe realistisch nicht bewältigt werden kann,

---

625 Etwa ArbG Berlin, Urt. v. 16.11.2012 – 28 Ca 14858/12, unveröffentlicht: Der ehemalige Arbeitgeber wandte sich anwaltlich nicht nur an den Arbeitnehmer, sondern auch an dessen Ehefrau mit der (falschen) Behauptung, dieser verletzte ein nachvertragliches Wettbewerbsverbot. Das Gericht wertete dies als entschädigungspflichtige Persönlichkeitsverletzung (1.000,00 €).

626 Vgl. etwa LAG Rheinland-Pfalz, Urt. v. 16.08.2001 – 6 Sa 415/01, ZIP 2001, 2298: Vorstandsmitglied einer Bank wird in den Schalterdienst versetzt.

627 Auch hier sind die Grenzen zu dem, was Gerichte noch für zulässig halten, fließend: das LAG Chemnitz (Urt. v. 17.02.2005 – 2 Sa 751/03, unveröffentlicht) hat eine Äußerung, die Klägerin würde »ihre Arbeitszeit nur zu 50 % auslasten«, für so lange zulässig gehalten, wie sie nicht falsch sei und das Arbeitsverhältnis gefährdete.

628 Im Fall LAG Sachsen, Urt. v. 17.02.2005 – 2 Sa 751/03, unveröffentlicht, war der Klägerin mitgeteilt worden, sie könne zwar Vorschläge unterbreiten, diese würden aber nicht beachtet (Mobbing wurde gleichwohl abgelehnt, da es am systematischen Vorgehen fehle). Die schlichte Nichtbeurteilung von erledigten Aufgaben wurde aber nicht als Fall unzulässiger Behandlung angesehen, da außerhalb des Zeugnisrechts ein »Beurteilungsanspruch« nicht bestehe.

629 Hier wieder LAG Rheinland-Pfalz, Urt. v. 16.08.2001 – 6 Sa 415/01, ZIP 2001, 2298: Der Gemobbte bekam über mehrere Monate keine Aufgaben zugewiesen, er musste Tätigkeitsnachweise abgeben, seine Arbeit wurde als »Katastrophe« bezeichnet.

– Zuteilung ständig neuer, wechselnder Aufgaben.[630]

ee) Angriffe auf die Gesundheit

373 Tätliche physische Angriffe auf das Opfer erfüllen den Tatbestand einer Körperverletzung, sind aber in den eher subtilen Angriffsvarianten des Mobbings oft die Ausnahme. Zumeist bleibt es bei Andeutungen oder üblen »Scherzen«, soll doch das Opfer auf eine Weise mürbe gemacht werden, die juristisch nicht verfolgt werden kann.[631] Beispiele solcher Angriffe sind:
- Zwang zu gesundheitsschädlichen oder -gefährdenden Arbeiten,
- Androhung körperlicher Gewalt,
- Anwendung leichter Gewalt (»Denkzettel«),
- körperliche Misshandlung,
- »Gewalt gegen Sachen« am Arbeitsplatz des Gemobbten/Zerstörung von Eigentum oder Arbeitsmitteln,
- sexuelle Handgreiflichkeiten.

374 Wenn Gesundheitsverletzungen vorgetragen werden, besteht zudem die praktische Schwierigkeit, die Ursächlichkeit der Mobbinghandlungen für die zumeist erst später auftretenden und häufig psychosomatischen Beschwerden zu beweisen. Recht hohe Hürden legt hier das LAG Hamm[632] an, welches den Nachweis eines Ursachenzusammenhangs zwischen konkret zurechenbaren Verhaltensweisen zu bestimmten Schädigungen fordert und zudem mehrere ärztliche Bescheinigungen nicht ausreichen ließ, weil diese »sehr allgemein und wenig aussagekräftig« den schlechten Gesundheitszustand auf eine belastende Arbeitsplatzsituation zurückführten. Das LAG Thüringen[633] hat ärztliche Begutachtungen unter Hinweis darauf, dass es sich um den behandelnden Arzt handelte und dieser einen Prozess empfohlen hatte, als untauglich angesehen. Hier stößt ein Mobbingopfer oft an die Grenzen dessen, was er darlegen und beweisen kann.

c) Rechtsfolgen

375 Dem durch Mobbing Geschädigten haftet der »Mobber« wegen Verletzung des allgemeinen Persönlichkeitsrechts sowie aus unerlaubter Handlung und zwar auf Zahlung einer Geldentschädigung, auf Widerruf, Unterlassung, Abgabe einer Ehrenerklärung und bei Gesundheitsverletzung zusätzlich auf Schmerzensgeld.[634] Aufgrund dieser Rechtsgrundlage ist allerdings ein Anspruch auf Erwerbsschaden (hier: des entgangenen Verdienstes nach »aufgezwungenem« Aufhebungsvertrag) ausgeschlossen, da dieser nicht vom Schutzbereich des Persönlichkeitsrechts umfasst ist.[635] Hierbei ist »Mobbing« aber kein Rechtsbegriff[636] und damit auch keine Anspruchsgrundlage, sondern es ist jeweils zu prüfen, ob das Persönlichkeitsrecht oder die in § 253 Abs. 2 BGB genannten Rechtsgüter verletzt wurden. Dabei besteht die Besonderheit darin, dass einzelne Verhaltensweisen oder Handlungen der Vorgesetzten oder Kollegen zwar für sich genommen noch keine Rechtsgutverletzung darstellen würden, die Gesamtschau

630 Vgl. auch LAG Thüringen, Urt. v. 10.04.2001 – 5 Sa 403/00, NZA-RR 2001, 347.

631 Grünwald/Hille, S. 45.

632 LAG Hamm, Urt. v. 21.12.2004 – 13 (5) Sa 256/05, unveröffentlicht.

633 LAG Thüringen, Urt. v. 10.06.2004 – 1 Sa 148/01, ZTR 2004, 596 (598) = ArbuR 2004, 473 (474).

634 Rieble/Klumpp, ZIP 2002, 369 (376, 377). Allgemein zu dem möglichen Ansprüchen in Mobbingfällen: Hüske-Wagner/Wagner, AiB 2004, 89 ff.

635 LAG Hessen, Urt. v. 12.10.2011 – 18 Sa 502/11, unveröffentlicht.

636 Wenngleich der Begriff daher für einen Klageantrag zu unbestimmt ist, kann er für die Umschreibung der Zuständigkeit einer Einigungsstelle ausreichen, LAG München, Beschl. v. 27.02.2007 – 8 TaBV 56/06, unveröffentlicht.

der Handlungen und Verhaltensweisen aber zu einer Rechtsgutverletzung führt, weil deren Zusammenfassung aufgrund der ihnen zugrunde liegenden Zielrichtung zu einer Beeinträchtigung geschützter Rechte führt.[637]

▶ Hinweis: 376

Besteht das Mobbing (auch) in einer Verletzung der Gesundheit oder des Rechts auf sexuelle Selbstbestimmung, folgt der Schmerzensgeldanspruch ohnehin unmittelbar aus § 253 Abs. 2 BGB. Zu beachten ist, dass der Arbeitgeber für vertragswidriges, also mobbendes Verhalten seiner Mitarbeiter unabhängig von eigenem Verschulden nach §§ 280 Abs. 1, 278 BGB haftet;[638] er haftet auch persönlich wegen Verletzung der Fürsorgepflicht, wenn er trotz Kenntnis keine geeigneten Maßnahmen ergreift, um die Mobbinghandlung zu unterbinden.[639]

377 Fehlt es an einer Gesundheitsverletzung, liegt also »nur« eine Verletzung des allgemeinen Persönlichkeitsrechts vor,[640] ist zu beachten, dass der Entschädigungsanspruch, anders als der Schmerzensgeldanspruch, nicht schon bei jeder Rechtsgutverletzung entsteht. Vielmehr setzt eine Geldentschädigung voraus, dass es sich um einen **schwerwiegenden Eingriff** handelt und die Beeinträchtigung nicht in anderer Weise – etwa durch Widerruf – befriedigend ausgeglichen werden kann.[641] Ob sie schwerwiegend ist, hängt insb. von der Bedeutung und Tragweite des Eingriffs ab, ferner von seinem Anlass und dem Beweggrund des Handelnden sowie vom Grad seines Verschuldens.[642]

378 Aus den Folgen der Angriffe des Mobbers wird sich i. d. R. die Bedeutung und Tragweite des Eingriffs ableiten lassen. Beweggrund und Verschulden dürften häufig miteinander korrespondieren.

379 Mobbing kann auch, soweit körperliche Beeinträchtigungen hervorgerufen werden, strafrechtlich als Körperverletzung i. S. d. § 223 StGB gewertet werden. Für eine Strafanzeige ist dann aber erforderlich, dass die einzelnen Verhaltensweisen nach Zeit, Ort, beteiligten Personen und sonstigen Umständen konkret dargelegt werden.[643] Allerding sollen weder das Mobbing selbst noch seine gesundheitlichen Folgen eine Berufskrankheit oder eine »Wie-Berufskrankheit« darstellen. Das LSG Hessen[644] hat die Klage einer Schreibkraft zurückgewiesen, welche geltend gemacht hatte, es sei aufgrund Mobbings zu einer psychischen Erkrankung gekommen, die in die Arbeitsunfähigkeit geführt habe. Das LSG urteilte, eine Berufskrankheit scheide aus, da keine entsprechende Listenerkrankung vorliege; auch eine »Wie-Berufskrank-

---

637 BAG, Urt. v. 16.05.2007 – 8 AZR 709/06, NZA 2007, 1154 = AP Nr. 5 zu § 611 BGB Mobbing; BAG, Urt. v. 25.10.2007 – 8 AZR 593/06, VersR 2008, 1654 (1654) = MDR 2008, 511 (511); BAG, Urt. v. 24.04.2008 – 8 AZR 347/07, NJW 2009, 251 (252).

638 BAG, Urt. v. 25.10.2007 – 8 AZR 593/06, VersR 2008, 1654 = MDR 2008, 511; LAG Baden-Württemberg, Urt. v. 12.06.2006 – 4 Sa 68/05, AuA 2007, 122.

639 Bieszk/Sadtler, NJW 2007, 3382 (3383).

640 Instruktiv hierzu Wickler, ArbuR 2004, 87 ff.

641 So hat das LAG Mecklenburg-Vorpommern, Urt. v. 13.01.2009 – 5 Sa 112/08, unveröffentlicht, einen Anspruch auf Entschädigung verneint, weil dem Kläger schon durch die im Urteil getroffene Feststellung, er sei 8 Monate lang »schofelig« behandelt worden, hinreichend Genugtuung wiederfahren sei.

642 BGH, Urt. v. 15.11.1994 – VI ZR 56/94, VersR 1995, 305 (308); Steffen, NJW 1997, 10 (12); Kullmann, MedR 2001, 343 ff.; Müller, VersR 2003, 1 (5).

643 OLG Celle, Beschl. v. 17.03.2008 – 1 Ws 105/08, NJW 2008, 2202 (2203), wo der Vortrag, der Verletzte sei »über längere Zeit systematisch angefeindet, schikaniert und diskriminiert« worden, nicht für ein erfolgreiches Klageerzwingungsverfahren ausreichte.

644 LSG Hessen, Urt. v. 23.10.2012 – L 3 U 199/11, UV-Recht Aktuell 2013, 55.

heit« liege nicht vor, weil es keinerlei Erkenntnisse gebe, dass eine Berufsgruppe in weitaus höherem Maß dem Mobbing ausgesetzt sei als die restliche Bevölkerung.

380 Zu beachten ist, dass der Arbeitnehmer, der wegen Mobbings durch die Kollegen ein Arbeitsverhältnis kündigt, regelmäßig keine materiellen Schadensersatzansprüche gegen die Kollegen hat: das BAG[645] hat hierfür festgehalten, dass diese Schäden nicht in den Schutzbereich der verletzten Normen (Beleidigung, Nötigung) fallen und auch nicht das (sonstige, § 823 Abs. 1 BGB) Recht des Arbeitnehmers am Arbeitsplatz verletzen.

d) Prozesspflicht: Substanziierung des mobbenden Verhaltens

381 Aufgrund der für Mobbingfälle geradezu typischen Situation einer kumulierten Wirkung mehrerer, für sich genommen möglicherweise sogar harmloser Maßnahmen über einen längeren Zeitraum ist es höchst bedeutsam, eine Schmerzensgeldklage sorgfältig zu substanziieren. Zum Wesen der Mobbingfälle gehört, dass es nicht um im Einzelnen isolierbare Vorfälle geht (die meist für sich genommen auch noch keine Ansprüche auslösen), sondern um eine Gesamtheit von aneinandergereihten Maßnahmen über einen langen Zeitraum hinweg, die erst in dieser Gesamtheit die Fülle dessen überschreiten, was am Arbeitsplatz tolerierbar ist.[646] Zusätzlich zur substanziierten Darlegung der einzelnen »Mobbingfälle« fordert die Rechtsprechung daher den Vortrag einer »Gesamtwürdigung« der Einzelfallumstände in ihrer Gesamtheit.[647] Die Beweislast für das Vorliegen von Mobbinghandlungen trägt nach allgemeinen Grundsätzen der Arbeitnehmer.[648] **Beweiserleichterungen** werden von der Rechtsprechung

645 BAG, Urt. v. 18.01.2007 – 8 AZR 234/06, AP Nr. 17 zu § 823 BGB. S. bereits Rn. 375.

646 Diller/Grote, MDR 2004, 984 (984). Gleichwohl verneinen die Gerichte häufig einen Anspruch wegen Mobbings deshalb, weil die Handlungen – jeweils einzeln für sich genommen – nicht hinreichend »schikanös« seien, etwa LAG Rheinland-Pfalz, Urt. v. 17.03.2005 – 4 Sa 771/04, unveröffentlicht.

647 LAG Rheinland-Pfalz, Urt. v. 03.05.2006 – 9 Sa 43/06, unveröffentlicht.

648 BAG, Urt. v. 16.05.2007 – 8 AZR 709/06, NZA 2007, 1154 = AP Nr. 5 zu § 611 BGB Mobbing; BAG, Urt. v. 24.04.2008 – 8 AZR 347/07, NJW 2009, 251 (254); LAG Schleswig-Holstein, Urt. v. 15.10.2008 – 3 Sa 196/08, SchlHA 2009, 166; LAG Rheinland-Pfalz, Urt. v. 30.04.2009 – 11 Sa 677/08, unveröffentlicht. Das BAG hat die Nichtzulassungsbeschwerde mit Beschl. v. 24.09.2009 – 8 AZN 617/09, unveröffentlicht, zurückgewiesen.

nur sehr zurückhaltend angenommen,[649] selbst die Anhörung des Klägers wird abgelehnt, da es an einer »Vier-Augen-Situation«[650] fehle.[651]

382 ▶ **Vorsicht Haftungsfalle:**

Viele Klagen sind allein deshalb gescheitert, weil der Kläger den Umstand jahrelangen Mobbings nicht näher hat präzisieren können!

383 So fordert die Rechtsprechung, dass bei Mobbing-Vorwürfen die einzelnen **Vorwürfe nach Zeitpunkt, Intensität und Häufigkeit detailliert vorgetragen** werden.[652] Pauschale Äußerungen ohne eine wenigstens ungefähre zeitliche Festlegung der behaupteten einzelnen Mobbing-Vorfälle genügen nicht.[653] So wurde der Vortrag von »ständig«, »immer wieder«, »mehrfach« und »oft« geübtem Fehlverhalten ebenso für unzureichend gehalten wie die Behauptung, »ignoriert, belächelt und nicht ernst genommen« worden zu sein[654], oder die zeitliche Festlegung auf »September 2007« bzw. »Herbst 2007«.[655] Der Vortrag, der Arbeitgeber habe gesagt, der

649 Vgl. nur BAG, Urt. v. 28.10.2010 – 8 AZR 546/09, ArbR 2011, 168: Beweiserleichterungen für den AN sind nicht anzunehmen, weil es keine unwiderlegbare Vermutung für die Kausalität zwischen »mobbing-typischen« Befund und den behaupteten Mobbinghandlungen gibt; LAG Schleswig-Holstein, Urt. v. 19.03.2002 – 3 Sa 1/02, NZA-RR 2002, 457; LAG Bremen, Urt. v. 17.10.2002 – 3 Sa 78/02 u. a., MDR 2003, 158; LAG Köln, Urt. v. 21.04.2006 – 12 (7) Sa 64/06, PflR 2006, 515; LAG Rheinland-Pfalz, Urt. v. 30.04.2009 – 11 Sa 677/08, unveröffentlicht. Das BAG hat die Nichtzulassungsbeschwerde mit Beschl. v. 24.09.2009 – 8 AZN 617/09, unveröffentlicht, zurückgewiesen; ArbG München, Urt. v. 25.09.2001 – 8 Ca 1562/01, NZA-RR 2002, 123.Anders etwa ArbG Eisenach, Urt. v. 30.08.2005 – 3 Ca 1226/03, unveröffentlicht, wo eine Vermutung der Kausalität von kontinuierlichen Beleidigungen für nachfolgende Gesundheitsbeeinträchtigungen angenommen wird. Brams, VersR 2010, 880 plädiert für Beweiserleichterungen entsprechend denen des Versicherungsrechts: der AN braucht also nur mittels des äußeren Bilds substantiiert darlegen, dass und in welcher Weise gemobbt wurde.

650 Ausgehend von einer Entscheidung des EuGHMR, Urt, v. 27.10.1993 – 37/1992/382/460, NJW 1995, 1413 ist auch im deutschen Prozessrecht (BVerfG, Beschl. v. 21.02.2001 – 2 BvR 140/00, NJW 2001, 2531; BGH, Urt. v. 16.07.1998 – I ZR 32/96, NJW 1999, 363 = MDR 1999, 699) anerkannt, dass wegen der Beweisnot der einen Partei die Situation eines Vier-Augen-Gespräches, bei welchem nur eine Seite als Zeuge infrage kommt, einer besonderen Behandlung bedarf. Aufgrund des Gebots prozessualer Waffengleichheit ist diese Partei nach § 141 ZPO anzuhören. Ihrem Vortrag kann dann i. R. d. Beweiswürdigung nach § 286 ZPO ggü. der Zeugenaussage des Gegners der Vorzug gegeben werden. Sehr weitgehend BAG, Urt. v. 22.05.2007 – 3 AZN 1155/06, NJW 2007, 2427, welches eine Vier-Augen-Situation mit der Pflicht des Gerichts zur Parteivernehmung bzw. -anhörung auch dann annimmt, wenn es sich um ein Vier-Augengespräch **zwischen den Parteien selbst** handelt. Krit. – weil es ja an einer »Waffenungleichheit« fehlt, wenn **keine** der beiden Seiten einen Zeugen aufbieten kann – Noethen, NJW 2008, 334.

651 LAG Rheinland-Pfalz, Urt. v. 06.09.2005 – 5 Sa 323/05, unveröffentlicht.

652 LAG Mecklenburg-Vorpommern, Urt. v. 30.03.2006 – 1 Sa 461/05, unveröffentlicht; ArbG München, Urt. v. 25.09.2001 – 8 Ca 1562/01, NZA-RR 2002, 123; auch LAG Berlin, Urt. v. 15.07.2004 – 16 Sa 2280/03, NZA-RR 2005, 13.

653 LAG Köln, Urt. v. 21.04.2006 – 12 (7) Sa 64/06, PflR 2006, 515. Damit reicht ein Vortrag mit Worten wie z. B. »gängeln«, »beschimpft«, »verbalen Übergriffen, Beleidigungen und massiven Drohungen« nicht aus, so LAG Schleswig, Urt. v. 15.10.2008 – 3 Sa 196/08, SchlHA 2009, 166. Wie sonst auch, ersetzt eine tabellarische Auflistung nicht einen konkreten und unter Beweis gestellten Sachvortrag, vgl. LAG Schleswig-Holstein, Beschl. v. 25.07.2008 – 2 Ta 106/08, unveröffentlicht.

654 LAG Rheinland-Pfalz, Urt. v. 09.08.2012 – 11 Sa 731/11, PflR 2013, 14.

655 LAG Rheinland-Pfalz, Urt. v. 04.06.2009 – 11 Sa 66/09, unveröffentlicht; ebenso LAG Rheinland-Pfalz, Urt. v. 30.04.2009 – 11 Sa 677/08, unveröffentlicht: »immer wieder«; »bei jeder Gelegenheit«; »häufig«). Das BAG hat die Nichtzulassungsbeschwerde mit Beschl. v. 24.09.2009 – 8 AZN 617/09, unveröffentlicht, zurückgewiesen.

Kläger sei »doof«, »gefährde die Firma«, ihm sei »wohl alles egal«, ist nicht hinreichend dargetan, da erforderlich gewesen wäre vorzutragen, wann, bei welcher Gelegenheit und in welchem Zusammenhang eine Äußerung gefallen sei; die solcherart isolierte Wiedergabe lässt ohne nähere Darstellung des konkreten Geschehens und Gesamtzusammenhangs kein »Mobbing«verhalten erkennen.[656] Das LAG Mecklenburg-Vorpommern[657] hat hierzu zwar konzediert, es erkenne, dass es schwer sei, solche Ereignisse und Eindrücke in einer gerichtlich verwertbaren Weise vorzutragen. Gleichwohl müsse der Sachvortrag wenigstens so konkret sein, dass der Arbeitgeber sich zu ihm erklären kann. Dazu kann es nach Ansicht des LAG zunächst ausreichen, wenn der Kläger eine oder wenige markante Ereignisse schildert, von denen aus man dann u. U. auf weitere gleich gelagerte Ereignisse hätte schließen können.

384 In manchen Prozessen hat diese Pflicht zur substanziierten Darlegung zur Folge, dass für Zeiträume von 10 Jahren 34 Mobbing-Sachverhalte bzw. für 3 Jahre 76 Mobbing-Sachverhalte vorgetragen wurden.[658] Behauptet – wie in einem Fall des LAG Berlin[659] – eine Klägerin allein, sie sei durch »despotisches Führungsverhalten« ihrer Arbeitgeberin seelisch krank geworden, genügt es nicht, wenn dargelegt wird, diese habe »fast jeden zweiten Tag herumgebrüllt« und »diese oder jene oder eine dritte Beleidigung« ausgesprochen. Das LAG wies die Klage ab und schrieb der Klägerin ins Stammbuch, sie müsste im Prozess eine größere Anzahl einzelner »Tathandlungen« nach Zeit, Situation und sonstigen Umständen darlegen und unter Beweis stellen, was vorliegend nicht geschehen sei. Wenn eine Klägerin also behauptet, sie sei durch fortgesetzte Herabsetzungen und Schikanen seelisch krank geworden, muss sie diese Verhaltensweisen so konkret darlegen und beweisen, dass in jedem Einzelfall beurteilt werden kann, ob diese rechtswidrig erfolgten. Die generelle Bezeichnung als »Mobbing« genügt hierfür nicht.[660] Exemplarisch führt das LAG Koblenz[661] aus:

»Der Kläger behauptet, er sei vonseiten der Kollegen gedemütigt, beleidigt und diffamiert worden und Unwahrheiten über ihn seien verbreitet worden. Der Beklagte sei seiner Verpflichtung als Personalchef nicht nachgekommen, ihn vor den Angriffen der Kollegen zu schützen und einzugreifen. Er legt jedoch noch nicht einmal im Ansatz dar, durch welches konkrete Verhalten welcher namentlich zu bezeichnende Kollege wann sich demütigend, beleidigend oder diffamierend ihm gegenüber verhielt und welche Unwahrheiten verbreitet wurden. Der Kläger hätte Daten und Fakten nennen müssen. Nur dann wäre das Gericht in der Lage gewesen, festzustellen, ob der Beklagte aufgrund des jeweiligen Verhaltens in der konkreten Situation verpflichtet gewesen wäre, einzugreifen und sich schützend vor den Kläger zu stellen.«

385 Auch das ArbG Cottbus[662] hielt fest, die Darlegungs- und Beweislast dürfe »nicht herabgesetzt« werden; da nur gravierende Verletzungshandlungen überhaupt für einen Mobbing-

---

656 LAG Rheinland-Pfalz, Urt. v. 23.08.2011 – 3 Sa 125/11, unveröffentlicht.

657 LAG Mecklenburg-Vorpommern, Urt. v. 13.01.2009 – 5 Sa 112/08, unveröffentlicht.

658 ArbG Gelsenkirchen, Urt. v. 15.07.2005 – 1 Ca 1603/02, unveröffentlicht. Das Gericht hatte die Klage gleichwohl abgewiesen, da es »kein systematisch, zielgerichtetes und lang andauerndes« Verhalten erkennen konnte, angesichts dessen eher fraglich.

659 LAG Berlin, Urt. v. 07.11.2002 – 16 Sa 938/02, unveröffentlicht.

660 LAG Berlin, Urt. v. 15.07.2004 – 16 Sa 2280/03, NZA-RR 2005, 13, welches zudem darauf hinweist, dass »Mobbing« kein juristisch verwertbarer Begriff sei.

661 LAG Koblenz, Urt. v. 23.10.2008 – 11 Sa 407/08, unveröffentlicht.

662 ArbG Cottbus, Urt. v. 04.01.2006 – 5 Ca 1899/05, AE 2006, 184; das Gericht übersieht, dass gerade die Anfänge eines Mobbingverhaltens häufig unerkannt oder jedenfalls in ihrer Wirkung nicht gleich richtig eingeschätzt werden können; auch erstaunt, dass der seitenlange Klagevortrag mit ausführlichen Beschimpfungslisten, die der Kläger hatte erdulden müssen, zur Substanziierung nicht hingereicht hatte.

vorwurf taugen würden, hätten sich diese ja auch nachhaltig im Gedächtnis des Gemobbten niederschlagen müssen (offenbar gilt das Motto, »wer verdrängt, verliert«). Von einem Arbeitnehmer, der eine Klage plane, könne verlangt werden, dass er sich – um einen späteren Erinnerungsverlust wissend – Aufzeichnungen mache, sodass der Kläger nicht »überstrapaziert« werde durch die Substanziierungsanforderungen des Gerichts.

386 Ähnlich urteilte das LAG Baden-Württemberg,[663] wonach die pauschale Behauptung von Auseinandersetzungen, abfälligen Äußerungen ggü. Dritten und »Entgleisungen«, welche eine »immer unerträglichere« Arbeitsplatzsituation hervorgerufen hätten, nicht ausreiche, um einen Mobbingfall darzutun. Hieraus folge nämlich noch nicht, dass sich diese Handlungen gegen die Klägerin gerichtet hätten. Erforderlich ist der Vortrag konkreter Vorkommnisse bzgl. deren Inhalts und des Anlasses der Auseinandersetzung. So hat das LAG Hamm[664] den Vortrag, der Geschäftsführer der Beklagten habe den Kläger regelmäßig drangsaliert, beleidigt, als »Drückeberger« bezeichnet und bedroht sowie ständig angefeindet; man habe ihm erklärt, er solle sich einen neuen Arbeitsplatz suchen, abhauen, den Betriebsratsvorsitz aufgeben und den Betriebsrat auflösen; der Geschäftsführer habe erklärt, er wolle sich mit ihm, dem Kläger, nicht an einen Tisch setzen, für unsubstantiiert erachtet. Trotz Benennung genauer Daten und Uhrzeiten der Gespräche fehle es an Vortrag zu »den näheren Umständen des Zustandekommens«, des »genauen Gesprächsverlaufs« und zur Dauer.

Auch das LAG Bremen[665] legt strenge Maßstäbe der Substanziierung an:

»Der Vortrag, im Sommer 1998 habe die Kollegin Frau M in Umlauf gebracht, die Klägerin sei nicht glaubwürdig, weil sie ihrer geistigen Kräfte nicht mächtig sei, ist ... unsubstanziiert. Hier hätte der Zeitraum zumindest nach dem Vorfallsmonat eingegrenzt werden müssen. War der Vorfall zu Beginn des Sommers, war er am Ende des Sommers, war er im Juni, war er im Juli, war er im August? ... Der Vortrag zum Telefonterror ist wieder gänzlich unsubstanziiert. Dass in einem Zeitraum von ... ca. einem Jahr zu Hause sieben Telefonanrufe bei der Klägerin aufliefen, bei denen sich keiner meldete, spricht nicht für »Terror«-Handlungen der Kollegen. Es fehlt jeder Anhaltspunkt dafür, dass es sich um gezielte Anrufe von Kollegen .... handelte. Der Vortrag ... ist weder zeitlich eingeschränkt ... noch sind die Tage, an denen die Telefonanrufe erfolgten, dargelegt.«.

387 Nicht übersehen werden darf zudem, dass zur Begründung eines Ersatzanspruchs ein systematisches – fortgesetztes und aufeinander aufbauendes – Handeln des Mobbenden erforderlich ist, welches von manchen Gerichten bereits dann verneint wird, wenn Gesprächs- und Kontaktverbote nur über einige Wochen andauern und nicht »rigoros« durchgesetzt werden[666] oder nur Einzelfälle schlechter Behandlung mit großen zeitlichen Zwischenräumen vorgetragen werden.[667] So wurde ein zusammenhängendes und zielgerichtetes Vorgehen bereits dann verneint, wenn an nur 10 % der Arbeitstage des behaupteten Mobbingzeitraumes »Mobbing«-Handlungen vorgetragen wurden.[668] Auch bei zum Teil Jahre auseinanderliegenden Vorgängen ist ein innerer Zusammenhang verneint worden.[669] Ebenso mangelt es nur

---

663 LAG Baden-Württemberg, Urt. v. 05.03.2001 – 15 Sa 106/00, PflR 2003, 348.

664 LAG Hamm, Urt. v. 02.09.2011 – 7 Sa 724/11, unveröffentlicht.

665 LAG Bremen, Urt. v. 17.10.2002 – 3 Sa 78/02 u. a., MDR 2003, 158.

666 LAG Rheinland-Pfalz, Urt. v. 10.03.2004 – 9 Sa 1125/03, unveröffentlicht.

667 Etwa LAG Berlin, Urt. v. 06.03.2003 – 18 Sa 2299/02, MDR 2003, 881 (882). Auch das LAG Bremen, Urt. v. 17.10.2002 – 3 Sa 78/02 u. a., MDR 2003, 158 verneinte eine fortgesetzte Schikane bei neun Vorfällen in dreieinhalb Jahren.

668 LAG Koblenz, Urt. v. 04.06.2009 – 11 Sa 66/09, unveröffentlicht.

669 LAG Berlin-Brandenburg, Urt. v. 18.06.2010 – 6 Sa 271/10, ArbR 2010, 563.

kurzen Konfliktsituationen mit Vorgesetzten oder Kollegen regelmäßig am systematischen Vorgehen.[670] Auch hinsichtlich der Frage der Darlegung des Verschuldens des Arbeitgebers, nicht nur bezogen auf die einzelnen Tathandlungen, sondern auf das systematisch schädigende Handeln, sind die Gerichte relativ streng.[671]

388 ▶ Praxistipp:

Dem Mandanten sollte empfohlen werden, aus rechtlichen Erwägungen ein »Mobbing-Tagebuch« zu führen, um seine Chancen im Schmerzensgeldprozess zu wahren[672] (ungeachtet des Umstandes, dass psychologisch gesehen diese Art der Aufarbeitung nicht hilfreich sein mag). Nach Möglichkeit sollte nachgehalten werden, welcher Kollege in welcher Weise gehandelt hat, warum dies als eine schikanös gemeinte Handlung erkenntlich war und welche Beweismittel vorhanden sind. Hierfür bietet sich neben Gedächtnisprotokollen von Vier-Augen-Situationen auch an, Zeugen bei zu erwartenden Konfliktsituationen hinzuzuziehen.[673]

Für die substanziierte Darlegung kann man sich an der Auflistung einzelner Mobbinghandlungen nach Grünwald/Hille orientieren, die eingangs (oben Buchst. b), Rdn. 368 f.) dargestellt worden sind. Die Übersendung eines womöglich nur tabellarischen »Mobbing-Tagebuchs« entbindet nicht von der Verpflichtung prozessualer Substantiierung.[674]

389 Allerdings darf ein sorgfältiger Sachvortrag nicht in parteiische Stellungnahme zugunsten des Mandanten ausarten; der bloße Anschein einer allzu empfindlichen Wahrnehmung des Mandanten sollte gerade im schwierigen Bereich zwischenmenschlichen Miteinanders während der Arbeit nicht erweckt werden. Sonst kann es passieren, dass Gerichte vom Kläger einen Eindruck gewinnen, den allerdings wohl nur wenige so dezidiert in Worte fassen würden wie das nachfolgend wiedergegebene LAG Berlin:[675]

»Die Schriftsätze des Klägers ... zeigen, dass, soweit es sich überhaupt um klare Äußerungen handelt, der Kläger ein vollkommen übersteigertes Bewusstsein seiner vermeintlichen Rechte als Arbeitnehmer hat[676] und dabei ... starke querulatorische Züge aufweist. Einen solchen Arbeitnehmer während der täglichen Arbeit stets (objektiv) rechtlich fehlerfrei zu behandeln, ist einem durchschnittlichen Vorgesetzten kaum möglich, wenn nicht ständig ein arbeitsrechtlich (und womöglich psychologisch) besonders geschulter Mitarbeiter zur Verfügung steht und um Rat gefragt werden kann. Dies kann der Kläger billigerweise .... nicht erwarten.«.

390 Ganz generell besteht die Schwierigkeit von Mobbingklagen im »Spagat« zwischen der von den Gerichten geforderten Substanziierung der für sich genommen möglicherweise sogar harmlosen Einzelvorfälle und der Gefahr, den Mandant als allzu empfindlich erscheinen zu

---

670 LAG Hamm, Urt. v. 25.06.2002 – 18 (11) Sa 1295/01, NZA-RR 2003, 8; LAG Rheinland-Pfalz, Urt. v. 10.03.2004 – 9 Sa 1125/03, unveröffentlicht; LAG Köln, Urt. v. 07.05.2008 – 7 Sa 1404/07, AE 2009, 153 (Streit der Piloten während eines Fluges). Sehr weitgehend hat das LAG Niedersachsen, Urt. v. 09.03.2009 – 9 Sa 378/08, unveröffentlicht, für jede noch dienst- oder besprechungsbezogene Beleidigung den Schikanecharakter verneint, da es sich hier um »normale« Reibereien, die arbeitsbezogen seien, gehandelt habe.

671 LAG Berlin, Urt. v. 15.07.2004 – 16 Sa 2280/03, NZA-RR 2005, 13; LAG Niedersachsen, Urt. v. 09.03.2009 – 9 Sa 378/08, unveröffentlicht; ArbG Gelsenkirchen, Urt. v. 15.07.2005 – 1 Ca 1603/02, unveröffentlicht.

672 Dies legt das ArbG Cottbus, Urt. v. 04.01.2006 – 5 Ca 1899/05, AE 2006, 184, seinem Kläger ausdrücklich nahe.

673 Bieszk/Sadtler, NJW 2007, 3382 (3383).

674 LAG Koblenz, Urt. v. 14.08.2009 – 9 Sa 199/09, unveröffentlicht.

675 LAG Berlin, Urt. v. 14.11.2002 – 16 Sa 970/02, NZA-RR 2003, 523 (525).

676 Ein Antrag war bspw. darauf gerichtet, die Übersendung von Glückwünschen zu unterlassen.

lassen. Richtig ist zwar, dass der Vorwurf des Mobbings sich inflationär zur »gängigen Münze« in der Verteidigungsstrategie von Arbeitnehmern entwickelt hat, die sich Kritik an ihren Leistungen ausgesetzt sehen.[677] Dies darf aber nicht zu einer allzu restriktiven Tendenz bei der Begutachtung von Mobbingklagen führen, wie sie in der Rechtsprechung beobachtet werden kann.[678]

391 Bspw. hat das LAG Thüringen[679] Mobbingvorwürfe mit der Begründung zurückgewiesen, das dem Arbeitgeber unterstellte Motiv des »Hinausdrängens« von freigestellten Arbeitnehmern sei nur plausibel dargetan, wenn der Arbeitgeber – was nicht der Fall war – sich ggü. jedem freigestellten Arbeitnehmer identisch »mobbend« verhalten hätte; das ArbG Gelsenkirchen[680] hat umgekehrt gerade den Vortrag beleidigenden Führungsstils eines Arbeitgebers ggü. allen seinen Arbeitnehmern zum Anlass genommen, Mobbing zu verneinen, da es dann an der zielgerichteten Anfeindung (nur) des Klägers fehle.

392 Das ArbG Gelsenkirchen[681] hat im gleichen Fall den Umstand, dass der Kläger während seiner Arbeitsunfähigkeit aufgefordert wurde, an einer Besprechung teilzunehmen, zwar als »erheblichen Druck erzeugend« gewürdigt, aber darauf verwiesen, dass kein Rechtszwang bestand, dem Folge zu leisten. Verbale Auseinandersetzungen (Bezeichnung als »Querulant«) stufte es wegen des wechselseitig eskalierenden Sachverhalts als »Retourkutschen« ein; an anderer Stelle würdigte es die Äußerung »ich will Ihren Kopf« als zwar »wenig geschmackvoll«, aber nicht die Grenze einer Pflichtverletzung übersteigend. Das LAG Thüringen[682] wertete das Anbrüllen einer Arbeitnehmerin als (entschuldigten) »Ausdruck der Hilflosigkeit« des Arbeitgebers. Wenn solcherart – was nahe liegen mag – auf jeden Einzelfall abgestellt wird, übersieht doch die »Addition« der Subsumtionen, dass es gerade im Wesen des Mobbings liegt, dass eine Fülle von für sich genommenen Bagatellen in der Gesamtheit »das Fass zum Überlaufen« bringt. Hier ist verstärktes Augenmerk darauf zu richten, ob die Vorgänge zwar nicht jeder für sich genommen, sondern gerade in ihrer Gesamtheit Mobbingcharakter annehmen.

393 Hierbei treffen Gerichte oftmals nicht den richtigen Ton, gerade angesichts dessen, dass es sich – jedenfalls i. d. R. – um Parteien handelt, die zumindest subjektiv in der »Mobbingopferrolle« sind.

394 Das LAG Chemnitz[683] hat den Umstand, dass die Klägerin ein »Mobbingtagebuch« führte, wie folgt qualifiziert:

»Die sofort nach Dienstantritt begonnene und über mehr als ein Jahr praktizierte Auflistung einzelner Vorkommnisse, Verhaltensweisen und Gesprächsfetzen in buchhalterischer Manier deutet eher darauf hin, dass die Klägerin selbst keine sonderlich friedfertige Einstellung hatte. Sie hat von vornherein Munition gesammelt, um sie gegen diejenigen zu verschießen, mit denen sie zusammenzuarbeiten hatte. Dabei greift sie auf überwiegend völlig untergeordnete Vorkommnisse aus einem im Zweifel allein fachlich ereignisreichen Arbeitsalltag zurück, an die sich der Beklagte in der Tat selbst im Lichte des § 138 Abs. 4 ZPO nach der Lebenserfahrung nicht mehr erinnern können muss. Insoweit ist sein Bestreiten mit Nichtwissen hier übrigens gerade deshalb ausnahmsweise auch zulässig. Die penible Dokumentation von

677 So auch Diller/Grote, MDR 2004, 984 (984): »Mancher Arbeitnehmer scheint mittlerweile die Meinung zu vertreten, jede Kritik an seiner Person oder seiner Leistung sei »unzulässiges Mobbing«, egal ob die Kritik berechtigt ist oder nicht«.

678 Krit. daher auch Brams, ZfS 2009, 546 (551).

679 LAG Thüringen, Urt. v. 10.06.2004 – 1 Sa 148/01, ZTR 2004, 596 = ArbuR 2004, 473.

680 ArbG Gelsenkirchen, Urt. v. 15.07.2005 – 1 Ca 1603/02, unveröffentlicht.

681 ArbG Gelsenkirchen, Urt. v. 15.07.2005 – 1 Ca 1603/02, unveröffentlicht.

682 LAG Thüringen, Urt. v. 10.06.2004 – 1 Sa 148/01, ZTR 2004, 596 = ArbuR 2004, 473.

683 LAG Sachsen, Urt. v. 17.02.2005 – 2 Sa 751/03, unveröffentlicht.

Belanglosigkeiten streitet für eine Überempfindlichkeit im Umgang mit Vorgesetzten und damit für eine lediglich »gefühlte« Opferrolle.«

395 Würden diese Ausführungen zutreffen, bräuchte man keine Mobbingklage mehr erheben: sie würde entweder abgewiesen wegen unzureichender Substanziierung oder wegen durch gerade ausreichende Substanziierung nachgewiesene »Mimosenhaftigkeit«.[684] Das kann nicht richtig sein.[685] Auch verwundert, dass dem Beklagten zugestanden wird, sich hinsichtlich selbst erlebter Vorgänge (!) ausnahmsweise (!!) auf § 138 Abs. 4 ZPO zu berufen, was die Darlegungsnot der Klägerin noch weiter erhöht (wobei das LAG die Frage nicht beantwortet, wie man einerseits näher vortragen soll, ohne andererseits als »Buchhalter seiner eigenen Opferrolle« abgestempelt zu werden). Neben die rechtliche Angreifbarkeit tritt aber die schon als erstaunlich zu bezeichnende Wortwahl des Gerichts, die selbst und gerade eine unterliegende Partei nicht verdient hat. Dies sollte sich nicht nur zur Wahrung der erforderlichen Distanz und Neutralität des Gerichts von selbst verstehen; insb. in (behaupteten) Mobbingfällen kann eine rechtlich nicht gebotene »oberlehrerhafte Maßregelung« einen stark kontraproduktiven Effekt auf eben die Partei haben, die es mit der Urteilsbegründung zu überzeugen gilt.

396 Auch das LAG Thüringen[686] nutzt die Urteilsgründe in bemerkenswerter Form als Forum für Überlegungen eher allgemeiner Art, in denen die erkennende 1. Kammer eine Fehde mit der 5. Kammer des LAG beginnt:

»Nicht von ungefähr hat sich die Klägerin nahezu ausschließlich auf die Entscheidungen (erg.: der 5. Kammer) des Thüringer LAG vom 15.02.2001 und 10.04.2001 bezogen. Diese Entscheidungen waren sehr öffentlichkeitswirksam und wurden als bahnbrechend empfunden. Die erkennende Kammer kann sich daran kein Beispiel nehmen, denn an den Urteilen war falsch, dass sie sich überhaupt mit dem Thema Mobbing befasst haben. Die Entscheidungen sind lediglich insoweit exemplarisch, als sich an ihnen zeigen lässt, welche Grenzen richterlichen Handelns hätten beachtet werden sollen: Nachdem das Gericht die prozessuale Hürde durch eine eher eigenwillige Argumentation überwunden hatte, hat es in einer weit ausgreifenden Begründung Mobbing bejaht. Ein Rückgriff auf das allgemeine Persönlichkeitsrecht war (erg. im dortigen Fall) aber nicht veranlasst, erst recht nicht die breit angelegten Ausführungen zu dieser Anspruchsgrundlage. Ebenso wenig hatte die ausführliche Erörterung der Mobbingproblematik etwas mit dem Streitgegenstand zu tun. Daraus kann nur geschlossen werden, dass die Kammer – wohl eher aber der Autor des Urteils – um jeden Preis eine spektakuläre Entscheidung zum Thema »Mobbing« in die Welt setzen wollte. Das Ergebnis sind allerdings Rechtsausführungen, die lediglich formell in die Gestalt eines Urteils gegossen sind und mit denen eine rechtliche Auseinandersetzung nicht möglich ist. Nach allem stellt die Entscheidung der 5. Kammer eher eine – hier nicht einschlägige – gutachterliche Äußerung verbunden mit rechtspolitischen Appellen zum Thema Mobbing dar. Immerhin ergab sich die günstige Konstellation, dass die Urteile von ihrem Autor für die eigene publizistische Tätigkeit als unverfängliche und mit der Autorität eines Berufungsgerichts versehenen Beiträge herangezogen werden konnten.«

---

684 Geradezu anklagend verweist das LAG Thüringen, Urt. v. 10.06.2004 – 1 Sa 148/01, ZTR 2004, 596 = ArbuR 2004, 473 gleich mehrfach darauf, dass die Anwälte der Klägerin einen »136-seitigen Schriftsatz (ohne Anlagen)« eingereicht hätten. Dass sie damit nur substanziiert haben, was ansonsten als unsubstanziiert zurückgewiesen worden wäre, wird nicht gesagt. Auch das LAG Rheinland-Pfalz, Urt. v. 03.05.2006 – 9 Sa 43/06, unveröffentlicht, führt zwar aus, es komme maßgeblich auf die Gesamtbetrachtung der Einzelfallumstände an, um dann doch die Klage abzuweisen, weil die jeweiligen Einzelfälle für sich betrachtet nicht angreifbar waren. Ebenso entschieden das LAG Niedersachsen, Urt. v. 09.03.2009 – 9 Sa 378/08, unveröffentlicht; LAG Mecklenburg-Vorpommern, Urt. v. 13.01.2009 – 5 Sa 86/08, unveröffentlicht.

685 Ebenso Brams, VersR 2010, 880 (883).

686 LAG Thüringen, Urt. v. 10.06.2004 – 1 Sa 148/01, ZTR 2004, 596 = ArbuR 2004, 473.

Noch weiter gehend fordert das LAG Schleswig-Holstein,[687] dass der Arbeitnehmer nicht nur 397
- die beanstandeten Verhaltensweisen so konkret darlegt und unter Beweis stellt, dass in jedem Einzelfall beurteilt werden kann, ob es sich um rechtswidrige, diskriminierende Verhaltensweisen gehandelt hat und ob diese eine Erkrankung des Arbeitnehmers verursacht haben, sondern auch
- darlegt, dass der Arbeitgeber zumindest damit rechnen musste, dass seine rechtswidrigen Handlungen geeignet waren, bei dem Arbeitnehmer Gesundheitsschäden auszulösen, da sich das vom Kläger darzulegende Verschulden des Arbeitgebers nicht nur auf die »Tathandlungen«, sondern auch auf die hierdurch verursachte Erkrankung des Mobbingopfers beziehen müsse.[688]

Hierbei hat aber das BAG[689] klargestellt, dass nicht stets eine genaue Datumsangabe der Mobbingvorwürfe erforderlich ist, sondern eine Substanziierung gefordert wird, die auch die Schilderung der konkreten Situation mit ungefährer Zeitangabe genügen lassen kann. 398

e) Sonderfälle

Mobbing ggü. Frauen bedeutet nicht selten eine **Verletzung des Rechts auf sexuelle Selbstbestimmung**. Auch ggü. Männern sind solche Übergriffe möglich. Dieses Rechtsgut ist in § 253 BGB als neues Schutzobjekt neben Körper, Gesundheit und Freiheit hinzugekommen. Insoweit bestand nach altem Recht nur für Frauen und nur bedingt ein Anspruch auf Zahlung von Schmerzensgeld, denn der in § 847 Abs. 2 BGB a. F. weiter erwähnte erzwungene außereheliche Geschlechtsverkehr hatte praktisch keine eigene Bedeutung, da in solchen Fällen tatbestandsmäßig auch eine Körper- oder Gesundheitsverletzung bejaht wurde, auf die ein Schmerzensgeldanspruch gestützt werden konnte. Erfreulicherweise hat der Gesetzgeber geradezu biblische Formulierungen[690] aus dem Gesetz verschwinden lassen, wonach einer »Frauensperson« für den ihr durch eine außereheliche »Beiwohnung« entstandenen Schaden materieller und immaterieller Schadensersatz zu gewähren waren. 399

Der nunmehr gegebene Schutz des Rechts auf sexuelle Selbstbestimmung gilt nicht nur für Frauen, sondern auch für Männer, ist also ausdrücklich weiter gefasst und stellt trotz der Ankündigung des Gesetzgebers, die Verletzung des allgemeinen Persönlichkeitsrechts vorerst nicht zu regeln, eine **partielle Regelung des allgemeinen Persönlichkeitsrechts** dar.[691] Es gab und gibt aber keinen Grund, innerhalb des allgemeinen Persönlichkeitsrechts zwischen einer weiblichen und einer männlichen Geschlechtsehre zu unterscheiden; auch Rechtsprechung, welche in solchen Fällen auf das allgemeine Persönlichkeitsrecht zurückgegriffen hätte, ist nicht bekannt.[692] 400

Bei Verletzung des Rechts auf sexuelle Selbstbestimmung ist ein **Schmerzensgeldanspruch** unproblematisch gegeben. Liegen die Voraussetzungen nicht vor und ist der Eingriff nicht so schwerwiegend, dass eine Verletzung des allgemeinen Persönlichkeitsrechts bejaht werden 401

---

687 LAG Schleswig-Holstein, Urt. v. 28.03.2006 – 5 Sa 595/05, NZA-RR 2006, 402.

688 Ebenso LAG Berlin, Urt. v. 15.07.2004 – 16 Sa 2280/03, NZA-RR 2005, 13.

689 BAG, Beschl. v. 20.03.2003 – 8 AZN 27/03, JR 2004, 218. Ebenso LAG Bremen, Urt. v. 17.10.2002 – 3 Sa 232/02, MDR 2003, 158 = NZA-RR 2003, 234: Es muss für den Gegner (nur) möglich sein zu erkennen, auf welche konkreten – nach Zeit und Ort identifizierbaren – Tatsachen sich bezogen wird. Zurückhaltender bereits BAG, Urt. v. 24.04.2008 – 8 AZR 347/07, NJW 2009, 251 (253): »... die einzelnen Handlungen oder Maßnahmen, aus denen er die angeblichen Pflichtverletzungen herleitet, konkret unter Angabe deren zeitlicher Lage zu bezeichnen«.

690 Müller, VersR 2003, 1 (7); vgl. auch Rdn. 323 ff.

691 OLG Köln, Beschl. v. 30.09.2002 – 19 W 38/02, VersR 2003, 652 ff. = NJW-RR 2003, 741; Müller, VersR 2003, 1 (7).

692 Vgl. Rdn. 323 ff.

kann, kommt ein Schmerzensgeldanspruch nur in Betracht, wenn eine Gesundheitsverletzung eingetreten ist, für die aus dem Arbeitsvertrag gehaftet wird.

f) Haftungsmaßstab und arbeitsrechtliche Besonderheiten

402 Die Haftungsbeschränkungen der §§ 104 ff. SGB VII[693] greifen nicht, denn Mobbing geschieht vorsätzlich und der Vorsatz erstreckt sich i. d. R. auch auf die Verletzung der Gesundheit des Opfers, weil diese vom Täter angestrebt wird, sie ist Ziel seines Handelns. Weitergehend hält das BAG[694] § 105 SGB VII in Mobbingfällen schon deshalb für unanwendbar, weil es sich dann nicht um einen »Versicherungsfall« handele. Nach § 7 Abs. 1 SGB VII sind nur Arbeitsunfälle und Berufskrankheiten »Versicherungsfälle«; Mobbingschäden seien aber i. d. R. weder zeitlich begrenzte Ereignisse (wie dies für einen Unfall i. S. d. § 8 Abs. 1 SGB VII Voraussetzung ist) noch Berufskrankheiten nach § 9 SGB VII.

403 ▶ Hinweis:

Es haftet dem Arbeitnehmer nicht nur der Handelnde (das kann auch der Arbeitgeber in Person oder als Organ – § 31 BGB – sein,[695] sog. »Bossing«), sondern über § 278 BGB neben dem Handelnden auch der Arbeitgeber aus Vertrag, denn der Arbeitgeber ist aufgrund des Arbeitsvertrages verpflichtet, die Gesundheit der bei ihm beschäftigten Arbeitnehmer nicht selbst zu verletzen und zusätzlich, die Arbeitnehmer vor Belästigungen durch Mitarbeiter oder Dritte, auf die er Einfluss hat, zu schützen (Fürsorgepflicht als vertragliche Nebenpflicht).[696]

404 Der Arbeitgeber haftet aus § 280 BGB, wenn er es unterlässt, Maßnahmen zu ergreifen oder seinen Betrieb so zu organisieren, dass eine Verletzung dieser Rechte ausgeschlossen wird. Diese Haftung umfasst (anders als nach altem Recht) seit dem 01.08.2002[697] nach § 253 Abs. 2 BGB auch Schmerzensgeldansprüche.[698] Dies gilt jedenfalls dann, wenn ein Vorgesetzter (z. B. Schichtführer) mobbt, weil dieser **Erfüllungsgehilfe des Arbeitgebers** ist.[699] Hierbei muss allerdings vorgetragen werden, welche Funktion der Vorgesetzte konkret im Betrieb hat, denn eine Zurechnung nach § 278 BGB setzt voraus, dass der Erfüllungsgehilfe die

693 Ausführlich hierzu Rdn. 174 ff.

694 BAG, Urt. v. 13.12.2001 – 8 AZR 131/01, DB 2002, 1508.

695 LAG Baden-Württemberg, Urt. v. 12.06.2006 – 4 Sa 68/05, AuA 2007, 122; Rieble/Klumpp, ZIP 2002, 369 (379).

696 BAG, Urt. v. 25.10.2007 – 8 AZR 593/06, VersR 2008, 1654 = MDR 2008, 511; BAG, Urt. v. 28.10.2010 – 8 AZR 546/09, ArbR 2011, 168; Hille, BC 2003, 81 (84). Ohne nachvollziehbare Begründung a. A. ist Wagner, JZ 2004, 319 (329), der eine Zurechnung nach § 278 BGB nur bejahen will, wenn dem Mobber einzelne Arbeitgeber- oder Vorgesetztenfunktionen übertragen worden sind.

697 Inkrafttreten des 2. Schadensersatzrechtsänderungsgesetzes (BGBl. I v. 25.07.2002, S. 2674), hierzu Jaeger/Luckey, MDR 2002, 1168.

698 Die Ausführungen des LAG Baden-Württemberg, Urt. v. 05.03.2001 – 15 Sa 106/00, PflR 2003, 348: »Da Fürsorgepflichten vertragliche Pflichten sind, ist ein Schmerzensgeldanspruch nicht gegeben« sind also nach neuem Recht nicht mehr richtig. Anders daher nun auch LAG Baden-Württemberg, Urt. v. 12.06.2006 – 4 Sa 68/05, AuA 2007, 122.

699 BAG, Urt. v. 25.10.2007 – 8 AZR 593/06, VersR 2008, 1654 = MDR 2008, 511; Rieble/Klumpp, ZIP 2002, 369 (379); Bieszk/Sadtler, NJW 2007, 3382 (3383).

Fürsorgepflicht des Arbeitgebers konkretisiert, etwa, indem er Weisungsrechte wahrnimmt.[700] Andererseits kann auch ein **Arbeitskollege** Erfüllungsgehilfe des Arbeitgebers sein, wenn er über einen Zeitraum von mehreren Wochen mit der Einarbeitung des Arbeitnehmers betraut ist.[701]

▶ Praxistipp: 405

Beschwerden beim Arbeitgeber bei Mobbing durch Kollegen lohnen sich daher jedenfalls aus Rechtsgründen, da (spätestens) so eine Verpflichtung des Arbeitgebers zum Einschreiten begründet wird und dieser zudem nun Kenntnis, § 276 BGB, von den Vorgängen hat.[702] Das BAG hat es in einem Fall[703] als »Sache der Klägerin« angesehen, durch Vorlage entsprechender Atteste auf eine drohende Erkrankung hinzuweisen! Auch das LAG Schleswig-Holstein ist der Auffassung, dass die Schadensminderungspflicht des Gemobbten es gebiete, dass dieser sich zuerst beschwert und i. R. d. arbeitsrechtlich Möglichen Abhilfe fordert.[704]

Ist der handelnde Mitarbeiter i. R. d. Arbeitsvertrages Erfüllungsgehilfe des Arbeitgebers, haftet dieser selbst (Vorsatz) und kann sich nicht auf einen Haftungsausschluss gem. § 104 Abs. 1 SGB VII berufen. Allerdings ist ein **Regress des Arbeitgebers** nach den allgemeinen Regeln der Arbeitnehmerhaftung denkbar; dieser Regress muss sich nicht nur auf die Zahlungen an den gemobbten Kollegen beziehen, sondern umfasst etwa auch die Schäden durch krankheitsbedingte Fehlzeiten.[705] 406

▶ Hinweis: 407

Das bedeutet aber nicht, dass der Arbeitgeber für Mitarbeiter bei »bloßer« Verletzung des allgemeinen Persönlichkeitsrechts auf Zahlung von Schmerzensgeld haftet. Dieses allgemeine Persönlichkeitsrecht ist in § 253 Abs. 2 BGB gerade nicht geschützt, sodass eine Haftung des Arbeitgebers für Mitarbeiter nur bei einer Gesundheitsverletzung in Betracht kommt.[706]

Die Frage, ob hinsichtlich des Themas »Mobbing« eine Zuständigkeit der **Einigungsstelle** nach **§ 87 Abs. 1 Nr. 1 BetrVG** begründet ist, wird unterschiedlich beantwortet.[707] Jedenfalls für Zwecke des **§ 98 Abs. 1 Satz 2 ArbGG** sollte man aber nicht von einer »offensichtlichen Unzuständigkeit« des Betriebsrats für solche Fragen ausgehen.[708] 408

---

700 So LAG Hamm, Urt. v. 16.07.2009 – 17 Sa 619/09, unveröffentlicht; LAG Koblenz, Urt. v. 14.08.2009 – 9 Sa 199/09, unveröffentlicht; LAG Köln, Urt. v. 21.07.2011 – 7 Sa 1570/10, AE 2013, 17. Weitergehend LAG Niedersachsen, Urt. v. 09.11.2009 – 9 Sa 1573/08, AE 2010, 199: Ein Vorgesetzter konkretisiert immer die Fürsorgepflicht des Arbeitgebers und ist daher stets Erfüllungsgehilfe.

701 LAG Niedersachsen, Urt. v. 09.11.2009 – 9 Sa 1573/08, AE 2010, 199.

702 Die Pflicht zum Tätigwerden setzt Kenntnis/Kennenmüssen voraus, vgl. LAG Thüringen, Urt. v. 10.06.2004 – 1 Sa 148/01, ZTR 2004, 596 = ArbuR 2004, 473.

703 BAG, Urt. v. 13.12.2001 – 8 AZR 131/01, DB 2002, 1508.

704 LAG Schleswig-Holstein, Urt. v. 28.03.2006 – 5 Sa 595/05, NZA-RR 2006, 402.

705 Benecke, NZA-RR 2003, 225 (228).

706 ArbG Gelsenkirchen, Urt. v. 15.07.2005 – 1 Ca 1603/02, unveröffentlicht.

707 Dafür: ArbG Köln, Beschl. v. 21.11.2000 – 12 BV 227/00, AiB 2002, 374; differenzierend LAG Hamburg, Beschl. v. 15.07.1998 – 5 TaBV 4/98, NZA 1998, 1245.

708 So auch LAG Düsseldorf, Beschl. v. 22.07.2004 – 5 TaBV 38/04, AiB 2005, 122.

409 Eine unberechtigte **Abmahnung** allein stellt nicht schon eine Verletzung des Persönlichkeitsrechts des Arbeitnehmers dar, sodass hieraus nicht schon Ersatzansprüche hergeleitet werden können.[709]

410 Ansprüche auf Schmerzensgeld wegen Gesundheitsverletzung können der **Ausschlussfrist** des **§ 70 BAT/§ 37 TVöD-AT** unterliegen; danach verfallen Ansprüche aus dem Arbeitsverhältnis, wenn sie nicht innerhalb einer Frist von 6 Monaten nach Fälligkeit schriftlich geltend gemacht werden, soweit tarifvertraglich nichts anderes bestimmt ist. Als »Ansprüche« i. d. S. gelten auch deliktische Ansprüche,[710] sodass Schadensersatzansprüche wegen Mobbings unter § 70 BAT fallen können[711]: Dies soll allerdings für eine zwischen den Parteien vereinbarte Ausschlussfrist nicht gelten[712]: anders als bei einer tarifvertraglichen Ausschlussfrist könnten die Parteien eines Arbeitsvertrages weder die Verjährung bei Haftung wegen Vorsatzes im Voraus durch Rechtsgeschäft erleichtern noch die Haftung wegen Vorsatzes dem Schuldner im Voraus erlassen. Zudem hafte der Arbeitgeber bei Arbeitsunfällen und Berufsunfähigkeit ausschließlich bei Vorsatz, § 104 Abs. 1 SGB VII. Bei dieser klaren Gesetzeslage sei ohne besondere Anzeichen regelmäßig davon auszugehen, dass die Parteien des Arbeitsvertrages mit der Ausschlussklausel nicht auch Fragen der Vorsatzhaftung regeln wollten. Im Übrigen wäre auch bei anderem Auslegungsergebnis eine solche arbeitsvertragliche Klausel, anders als eine tarifvertragliche Normativbestimmung, unwirksam.[713]

411 Dies gilt aber nicht nur für die Schmerzensgeldansprüche, die auf Gesundheitsverletzung gestützt werden;[714] auch Ansprüche wegen Verletzung des allgemeinen Persönlichkeitsrechts werden von der Ausschlussklausel umfasst.[715] In der Erhebung einer Kündigungsschutzklage allein liegt nicht schon eine solche »schriftliche Geltendmachung« von Ansprüchen.[716] Allerdings ist zu beachten, dass § 202 Abs. 1 BGB die Verkürzung von Verjährungsfristen für Vorsatztaten verbietet; entsprechende Ausschlussklauseln umfassen daher nicht vorsätzliche Mobbingverstöße.[717]

---

709 LAG Köln, Urt. v. 07.01.1998 – 2 Sa 1014/97, MDR 1998, 1036.

710 BAG, Urt. v. 27.04.1995 – 8 AZR 582/94, ZTR 1995, 520.

711 BAG, Urt. v. 16.05.2007 – 8 AZR 709/06, NZA 2007, 1154 = AP Nr. 5 zu § 611 BGB Mobbing (für eine wortgleiche Tarifvertragsklausel); LAG Köln, Urt. v. 03.06.2004 – 5 Sa 241/04, ZTR 2004, 643; LAG Sachsen, Urt. v. 17.02.2005 – 2 Sa 751/03, unveröffentlicht; LAG Köln, Beschl. v. 02.03.2011 – 1 Ta 375/10, unveröffentlicht; ArbG Frankfurt am Main, Urt. v. 24.01.2007 – 7 Ca 5101/06, DÖD 2008, 43. Für eine inhaltsgleiche Regelung in den AVR hat das BAG, Urt. v. 25.10.2007 – 8 AZR 593/06, VersR 2008, 1654 = MDR 2008, 511 die Frage offengelassen, aber darauf verwiesen, der Anspruch sei noch in der Frist geltend gemacht, wenn er nach Beendigung der mobbingbedingten Erkrankung erhoben würde, vorher ließe sich das Schmerzensgeld nicht abschließend beurteilen.

712 BAG, Urt. v. 20.06.2013 – 8 AZR 280/12, unveröffentlicht.

713 BAG, Urt. v. 20.06.2013 – 8 AZR 280/12, unveröffentlicht.

714 LAG Sachsen, Urt. v. 17.02.2005 – 2 Sa 751/03, BB 2005, 1576 = Bibliothek BAG.

715 BAG, Urt. v. 16.05.2007 – 8 AZR 709/06, NZA 2007, 1154 = AP Nr. 5 zu § 611 BGB Mobbing (weil es keinen Grund für eine Privilegierung von Ansprüchen aus Persönlichkeitsverletzung gebe); LAG Hamm, Urt. v. 01.06.2012 – 18 Sa 683/11, unveröffentlicht (für die wortgleiche Regelung des § 33 Abs. 1 Satz 1 TV-Ärzte-KF); ArbG Stendal, Urt. v. 14.12.2007 – 1 Ca 1965/05, unveröffentlicht. A. A. BAG, Urt. v. 25.04.1972 – 1 AZR 322/71, NJW 1972, 2016; LAG Sachsen, Urt. v. 17.02.2005 – 2 Sa 751/03, BB 2005, 1576 = Bibliothek BAG.

716 LAG Köln, Beschl. v. 02.03.2011 – 1 Ta 375/10, unveröffentlicht.

717 LAG Frankfurt, Urt. v. 14.09.2010 – 12 Sa 1115/09, unveröffentlicht; das BAG hat die Nichtzulassungsbeschwerde hiergegen mit Beschl. v. 26.05.2011 – 8 AZN 199/11, unveröffentlicht, verworfen.

412 Andererseits kann eine Regelung in einem **Aufhebungsvertrag**, wonach »sämtliche Ansprüche des Arbeitnehmers aus seinem Arbeitsverhältnis und aus Anlass von dessen Beendigung – gleich aus welchem Rechtsgrund – abgegolten« sein sollen, auch Schadensersatz- und Entschädigungsansprüche wegen Mobbings umfassen.[718] Falls in einem Arbeitsvertrag aber eine **Ausschlussfrist** für die Geltendmachung von Ansprüchen gesetzt ist, ist eine »Gesamtschau« der Verletzungen vorzunehmen: Da Mobbing ein übergreifendes systematisches Vorgehen darstellt, können auch Vorfälle, die vor der Frist geschehen sind, berücksichtigt werden, wenn sie in einem Zusammenhang mit den späteren Mobbinghandlungen stehen.[719] Sehr weitgehend hat das LAG Hamm[720] hieraus den Schluss gezogen, eine zusammenfassende Beurteilung sämtlicher Schädigungshandlungen als einheitliches schadensstiftendes Gesamtgeschehen komme nur unter der Voraussetzung in Betracht, dass sich ein zeitabschnitts- und personenübergreifendes systematisches Handeln der Beteiligten feststellen lässt. Fehle es an Anhaltspunkten für eine entsprechende Unrechtsabrede und/oder ein gemeinsames Motiv der Beteiligten, beginne mit Abschluss des jeweils täterbezogenen Mobbing-Komplexes eigenständig der Beginn der tariflichen Ausschlussfrist hinsichtlich der hierauf gestützten Ansprüche. Diese Sicht führt dazu, dass gerade bei detailreichem Sachvortrag zu Mobbingumständen eine Zurückweisung als verfristet droht.

413 Wenn ein Arbeitnehmer in einem ärztlichen Attest »Mobbing-Probleme« attestiert bekommt, hat der Arbeitgeber – auch wenn er dies für falsch hält – keinen Unterlassungsanspruch gegen den Arzt. Zum einen berührt die Äußerung – wenngleich durch den Patienten »nach außen« getragen – das geschützte Vertrauensverhältnis zwischen Arzt und Patient, zum anderen stellt die Diagnose ein Werturteil dar, welches einem Widerrufs- und Unterlassungsanspruch nicht zugänglich ist.[721]

g) Bemessungsmaßstäbe für das Schmerzensgeld bei Mobbing

414 Für die Bemessung des Schmerzensgeldes für eine durch Mobbing herbeigeführte **Gesundheitsverletzung** ist auf die allgemeinen Kriterien abzustellen. Maßgebend sind nach wie vor die bekannten Kriterien der Entscheidung des Großen Zivilsenats des BGH,[722] nämlich im Wesentlichen

- die Schwere der Verletzungen,
- das durch diese bedingte Leiden,
- dessen Dauer,
- der Grad des Verschuldens des Schädigers.

415 Die Gesundheitsverletzungen sind durchweg psychisch bedingt und bestimmen dadurch auch das Ausmaß des seelischen Leidens. Die Beeinträchtigungen sind durchweg von längerer Dauer. Sie beruhen auf vorsätzlichem Verhalten des Mobbers.

416 Jeder einzelne Gesichtspunkt ist bei der Bemessung des Schmerzensgeldes zu berücksichtigen. Dies gilt auch für den **Vorsatz** des Täters. Dazu muss nicht die Genugtuungsfunktion bemüht werden, denn es ist heute zweifelhaft, ob diese noch eine eigenständige Bemessungsgrundlage

718 LAG Berlin, Urt.v. 26.08.2005 – 6 Sa 633/05, NZA-RR 2006, 67.

719 BAG, Urt. v. 16.05.2007 – 8 AZR 709/06, NZA 2007, 1154 = AP Nr. 5 zu § 611 BGB Mobbing; LAG Köln. Beschl. v. 02.03.2011 – 1 Ta 375/10, unveröffentlicht: »Fälligkeit der Ansprüche tritt jedenfalls mit Abschluss der letzten Mobbinghandlung ein«.

720 LAG Hamm, Urt. v. 11.02.2008 – 8 Sa 188/08, NZA-RR 2009, 7.

721 LG Köln, Urt. v. 29.10.2009 – 8 O 365/08, MedR 2010, 575.

722 BGH, Beschl. v. 06.07.1955 – GSZ 1/55, BGHZ 18, 149 = VersR 1955, 615 = NJW 1955, 1675 = MDR 1956, 19 m. Anm. Pohle.

darstellt.[723] Dem Verletzten ist ein Ausgleich zu gewähren. Bei der Höhe des Ausgleichs kann der Umstand, dass der Täter vorsätzlich gehandelt hat, angemessen berücksichtigt werden.

417 Darüber hinausgehend ist teilweise – unter Berufung auf die Rechtsprechung zur Entschädigung bei Persönlichkeitsrechtsverletzungen – berücksichtigt worden, dass das Schmerzensgeld eine »Hemmwirkung« für den Beklagten haben müsse, um weiteren Taten vorzubeugen.[724]

418 Entsprechend des allgemeinen Grundsatzes, dass eine Verurteilung des Täters bei der Bemessung des Schmerzensgeldes nicht zu berücksichtigen ist, sollte auch bei der Schmerzensgeldbemessung **unberücksichtigt** bleiben, ob Arbeitsgerichtsprozesse gegen den Täter gewonnen wurden.[725]

419 Fraglich ist, ob – wie es das LAG Köln[726] getan hat – eine »außergewöhnlich hohe« Abfindung, die der Geschädigte bei der Auflösung seines Arbeitsverhältnisses erhalten hat, dazu führen darf, dass ein Schmerzensgeldanspruch wegen Mobbings aus dem Gedanken der »Überkompensation« abgelehnt wird. Uns erscheint das nicht richtig, denn die Frage der Abfindungshöhe hat zunächst einmal nichts mit der Frage einer Entschädigung für die – neben die Auflösung des Arbeitsverhältnisses tretenden – Mobbinghandlungen zu tun. Auch maßt sich das Gericht eine ihm nicht zustehende Sachkunde bei der Frage an, wann der (nicht streitgegenständliche, sondern vertraglich vereinbarte) Abfindungsanspruch »außergewöhnlich hoch« sein soll. Die Parteien jedenfalls hatten ihn einvernehmlich vereinbart.

420 Instruktiv zur Bemessung ist eine Entscheidung des LAG Rheinland-Pfalz,[727] welches einem gemobbten Bankdirektor, der durch schikanöse Weisungen eines Vorstandsmitglieds systematisch gequält worden war, wegen Persönlichkeitsrechtsverletzung 7.500,00 € Entschädigung zuerkannt hatte. Dem Kläger waren von seinem beklagten Vorgesetzten mehrere Monate lang keine Aufgaben zugewiesen worden. Als er seine Arbeit wieder aufnehmen konnte, teilte man ihm mit, man »gehe davon aus«, dass er keinen Erholungsurlaub mehr nehme. Er musste bei der Sekretärin des Beklagten Tätigkeitsnachweise abgeben und wurde zur Teilnahme an Schulungen mit einem Vermerk aufgefordert, in welchem es hieß, es sei zu befürchten, dass der Kläger »nun endgültig den Anschluss an die schnelllebigen Entwicklungen im Bankenbereich verloren« habe. Das Verhalten gipfelte in einem Schreiben an den Kläger, in welchem seine Ausarbeitung als »einzige Katastrophe« bezeichnet wurde, welche zeige, dass er »restlos überfordert« sei; er sei daher zu einer »beachtlichen Gefahr« für das Unternehmen geworden, da er »in keinster Weise mehr« für seine Position qualifiziert sei.

421 Das Gericht qualifizierte dies als **Ehrverletzungen**, für die ein Schadensersatzanspruch zu leisten sei. Maßgeblich hierfür seien

- das »Herausdrängen« des Klägers aus seiner Arbeit durch monatelange Nichtbeschäftigung,
- die »schikanöse« Kontrolle durch Tätigkeitsberichte,
- die Zuweisung eines Arbeitsplatzes im Schalterraum,
- die Umsetzung aller Maßnahmen durch schriftliche Weisung und nicht in einem Gespräch.

---

723 Ausführlich Rdn. 996 ff.; FS Lorenz/Jaeger, S. 377.

724 LAG Baden-Württemberg, Urt. v. 12.06.2006 – 4 Sa 68/05, AuA 2007, 122.

725 Anders aber LAG Rheinland-Pfalz, Urt. v. 16.08.2001 – 6 Sa 415/01, ZIP 2001, 2298; LAG Köln, Urt. v. 13.01.2005 – 6 Sa 1154/04, unveröffentlicht.

726 LAG Köln, Urt. v. 13.01.2005 – 6 Sa 1154/04, unveröffentlicht. Ebenso auch LAG Rheinland-Pfalz, Beschl. v. 19.02.2004 – 2 Ta 12/04, unveröffentlicht.

727 LAG Rheinland-Pfalz, Urt. v. 16.08.2001 – 6 Sa 415/01, ZIP 2001, 2298.

422 Bei der Bemessung orientierte es sich an der erlittenen Beeinträchtigung, wobei eine »gewisse Genugtuungsfunktion« bereits gewonnener Prozesse berücksichtigt wurde. Beachtenswert ist, dass die Vorinstanz eine Entschädigung von nahezu 26.000,00 € zuerkannte, da es das Monatseinkommen des Klägers zur Grundlage einer Bemessung machte. Das LAG erteilte dieser Rechnung eine Absage: Die Funktion des Entschädigungsbetrages sei rein symbolisch, und ein Abstellen auf das Einkommen diskriminiere die Mitarbeiter, die weniger verdienten. Generell aber scheinen sich ArbG, die sonst mit Schmerzensgeldbemessungen nicht befasst sind, an »gewohnten« Kriterien zu orientieren; so hat das LAG Niedersachsen[728] ein Schmerzensgeld für einen aufgrund des Mobbingverhaltens zweieinhalb Jahre erkrankten Kläger mit einem monatlichen Schmerzensgeld bemessen und dann hochgerechnet.

423 Zur Bemessung von Mobbingfällen sind insgesamt wenige Entscheidungen vorhanden, was auch daran liegen mag, dass Klagen wegen Mobbings generell sehr restriktiv gehandhabt werden und oft scheitern. Daher sind Abschätzungen der »richtigen« Bemessung schwierig. Auch ist offen, inwieweit der Aspekt vorsätzlichen Handelns zu einem höheren Schmerzensgeld führt, da gerade bei der Entschädigung wegen Persönlichkeitsverletzung ein »pönaler Aspekt« einschlagen kann. Diese Überlegung dürfte auch den beantragten Summen zugrunde liegen, die etwa 25.000,00 €,[729] 40.000,00 €[730] oder 50.000,00 €[731] bis hin zu 215.000,00 €[732] betragen.

424 Der Schädiger kann sich nicht darauf berufen, dass das Opfer psychisch labil gewesen sei und daher auf seine Angriffe überreagiert habe. Es ist typisch, dass labile Menschen eher ein Mobbingopfer werden als robuste Persönlichkeiten. Gerade weil das Opfer angreifbar erschien, wird es zum Mobbing ausgesucht. Zudem gilt auch hier der allgemeine Grundsatz, dass derjenige, der einen gesundheitlich vorgeschädigten Menschen verletzt, nicht verlangen kann, so gestellt zu werden, als hätte er einen Gesunden geschädigt;[733] der **Zurechnungszusammenhang zwischen Handlung und Verletzung** ist auch dann zu bejahen, wenn der Gesundheitsschaden auf einem Zusammenwirken der psychischen Veranlagung und der Schädigung beruht.[734]

425 Zwar hat der BGH von diesem Grundsatz früher Ausnahmen gemacht,[735] wenn es sich bei der besonderen Schadensanfälligkeit um eine Begehrensvorstellung des Geschädigten handelte.[736] Allein die Tatsache, dass der Verletzte durch frühere Vorkommnisse in seiner seelischen

---

728 LAG Niedersachsen, Urt. v. 12.10.2005 – 6 Sa 2131/03, AE 2006, 258.

729 Abgewiesen in beiden Instanzen von LAG Thüringen, Urt. v. 10.06.2004 – 1 Sa 148/01, ZTR 2004, 347 = ArbuR 2004, 473.

730 LAG Sachsen, Urt. v. 17.02.2005 – 2 Sa 751/03, unveröffentlicht. Von der Vorinstanz noch antragsgemäß zuerkannt.

731 Abgewiesen von ArbG Gelsenkirchen, Urt. v. 15.07.2005 – 1 Ca 1603/02, unveröffentlicht. Ebenfalls abgewiesen in LAG Hamm, Urt. v. 21.12.2004 – 13 (5) Sa 256/05, unveröffentlicht; die Vorinstanz dort hatte hiervon 10.000,00 € zugesprochen.

732 Zu Unrecht aufgesplittet in 150.000,00 € für die Persönlichkeits- und 65.000,00 € für die Gesundheitsverletzung; abgewiesen von LAG Thüringen, Urt. v. 10.06.2004 – 1 Sa 148/01, ZTR 2004, 347 = ArbuR 2004, 473.

733 BGH, Urt. v. 29.02.1956 – VI ZR 352/54, NJW 1956, 1108; BGH, Urt. v. 11.03.1986 – VI ZR 64/85, NJW 1986, 2762 (2763); BGH, Urt. v. 30.04.1996 – VI ZR 55/95, NJW 1996, 2426; eingehend dazu Born, OLGR 2003, K 4.

734 KG, Urt. v. 02.09.2002 – 12 U 107/99, OLGR 2003, 27; LAG Niedersachsen, Urt. v. 12.10.2005 – 6 Sa 2131/03, AE 2006, 258.

735 BGH, Urt. v. 22.09.1981 – VI ZR 144/79, VersR 1981, 1178; BGH, Urt. v. 24.01.1984 – VI ZR 61/82, VersR 1984, 286 (Glasknochen).

736 Müller, VersR 1998, 129 (134).

Widerstandskraft soweit vorgeschädigt war, dass ein geringer Anlass genügt hat, um psychische Fehlreaktionen auszulösen, kann den Schädiger aber nicht entlasten. Zudem sind solche Tendenzen bei Mobbingopfern bisher nicht bekannt geworden.

426 Soweit **Dauerschäden** beim Verletzten verbleiben, muss der Ausgleich besonders hoch ausfallen. Dauerschäden sollten generell nicht mit einem Betrag abgefunden werden, der unter 10.000,00 € liegt. Hinzu kommt, dass die wirtschaftlichen Verhältnisse des Schädigers i. d. R. ein hohes Schmerzensgeld rechtfertigen.

h) Prozessuales

aa) Rechtsweg

427 Schmerzensgeldklagen wegen Mobbings sind grds. vor den ArbG auszutragen. Nach § 2 Abs. 1 Nr. 3 ArbGG sind die **ArbG** zuständig für bürgerliche Rechtsstreitigkeiten zwischen Arbeitnehmern und Arbeitgebern, sowohl, wenn diese aus dem Arbeitsverhältnis (§ 2 Abs. 1 Nr. 3a ArbGG), als auch, wenn diese aus unerlaubter Handlung herrühren, soweit diese mit dem Arbeitsverhältnis »in Zusammenhang« steht.

428 Dies meint, dass die **unerlaubte Handlung** nicht nur anlässlich des Arbeitsverhältnisses begangen worden sein darf. Vielmehr muss sie in einer inneren Beziehung zu einem Arbeitsverhältnis der Parteien stehen. Dies ist der Fall, wenn sie in der Eigenart des Arbeitsverhältnisses und den ihm eigentümlichen Berührungspunkten und Reibungen ihre Ursache findet.[737] Damit sind sowohl für vertragliche wie für deliktische Anspruchsgrundlagen, sei es wegen Verletzung eines der Schutzgüter des § 253 Abs. 2 BGB, sei es wegen Verletzung des allgemeinen Persönlichkeitsrechts, die ArbG zuständig, wenn die Verletzung in einem Arbeitsverhältnis begangen worden ist.

429 Auch für **Schmerzensgeldansprüche gegen Kollegen** sind die ArbG zuständig; § 2 Abs. 1 Nr. 9 ArbGG weist ihnen für bürgerliche Rechtsstreitigkeiten zwischen Arbeitnehmern aus gemeinsamer Arbeit und aus unerlaubten Handlungen, soweit diese mit dem Arbeitsverhältnis im Zusammenhang stehen, die ausschließliche Zuständigkeit zu. Von § 2 Abs. 1 Nr. 9 ArbGG erfasst werden ebenfalls die häufig mit dem Schmerzensgeldanspruch wegen Mobbings einhergehenden Ansprüche auf Schadensersatz, Unterlassung von Ehrverletzungen usw.,[738] nicht aber Ansprüche wegen Tätlichkeiten oder Mobbings unter Arbeitskollegen auf dem Weg zur Arbeitsstätte, wenn die Arbeitsleistung oder die Umstände, unter denen sie zu leisten ist, nicht hierfür zumindest mitursächlich war.[739] Der Begriff der unerlaubten Handlung ist weit zu fassen; auch der »Zusammenhang mit dem Arbeitsverhältnis« setzt nicht etwa notwendig voraus, dass beide Arbeitnehmer beim gleichen Arbeitgeber beschäftigt sind.[740]

430 Zuletzt ist zu beachten, dass der Arbeitsgerichtszweig einen **besonderen Rechtsweg** darstellt, sodass eine arbeitsrechtliche Klage auf Schmerzensgeld wegen Mobbings, wenn sie vor einem Zivilgericht geltend gemacht wird, unzulässig ist; das Gericht wird von Amts wegen die Unzulässigkeit des Rechtsweges aussprechen und durch Beschluss an die ArbG verweisen.

431 ► **Praxistipp:**

Ein solcher Verweisungsbeschluss führt zwar, jedenfalls im Ergebnis, vor das »richtige Gericht«, jedoch sollte bereits bei Einreichung der Klage genau geprüft werden, ob ein Arbeitsverhältnis i. S. d. § 2 ArbGG vorliegt, welches eine Zuständigkeit der ArbG begründet, oder

737 BAG, Beschl. v. 11.07.1995 – 5 AS 13/95, AP ArbGG 1979 § 2 Nr. 32 = NZA 1996, 951.

738 Erfurter Kommentar zum Arbeitsrecht/Koch, § 2 ArbGG Rn. 30.

739 BAG, Beschl. v. 11.07.1995 – 5 AS 13/95, AP ArbGG 1979 § 2 Nr. 32 = NZA 1996, 951.

740 Münchener Handbuch zum Arbeitsrecht/Brehm, § 389 Rn. 46.

ob für die Klage (etwa, wenn sie sich auf Mobbing im Rahmen einer Tätigkeit i. S. v. § 627 BGB bezieht) die ordentlichen Gerichte zuständig sind. Die Kosten der Verweisung hat nämlich der Kläger auch dann zu tragen, wenn er ansonsten obsiegt, vgl. § 17b Abs. 2 Satz 2 GVG.

bb) Klageart

Wie schon für Klagen im Bereich der ordentlichen Gerichtsbarkeit anerkannt, gilt auch für Schmerzensgeldklagen vor den ArbG, dass ein **unbezifferter Antrag** zulässig ist und das Gericht befugt ist, auch Größenvorstellungen, die der Kläger nennt, zu überschreiten.[741] 432

Als besonders problematisch hat sich der Feststellungsantrag herausgestellt, der die unbezifferte Schmerzensgeldklage regelmäßig flankiert.[742] Dieser Antrag hat präzise zu umschreiben, aus welchen Handlungen sich die Ersatzpflicht ergeben soll, stößt aber aus diesem Grund an das Problem, dass es hier nicht ein (singulärer) ärztlicher Behandlungsfehler oder Verkehrsunfall ist, der die Grundlage der Haftung bildet, sondern eine Summe von Verhaltensweisen. Aus diesem Grund hat das LAG Rheinland-Pfalz einen Antrag auf Feststellung der Ersatzpflicht »wegen Mobbing-Aktionen in den Jahren 1998 bis 2000« für unzulässig erachtet.[743] Sehr formalistisch und auch in der Sache angreifbar hat das LAG Chemnitz[744] den Antrag festzustellen, »*dass die Beklagten der Klägerin auch hinsichtlich der dieser zukünftig wegen der beim Vollzug ihres Arbeitsverhältnisses erfolgten systematischen Verletzung ihres allgemeinen Persönlichkeitsrechts und ihrer Gesundheit (Mobbing) zum Schadensersatz als Gesamtschuldner verpflichtet sind*«, für unzulässig schon deshalb gehalten, weil die Gerichtssprache deutsch sei (§ 184 GVG) und das englische Wort »Mobbing« daher nicht Teil des Tenors werden dürfe. 433

Die geschilderte Antragstellung ist jedoch kritisch, weil 434

- die Formulierung von »systematischer« Rechtsverletzung ohne Angabe der Umstände, aus denen sich die Systematik erschließen lässt, zu **unbestimmt** ist; hier bedarf es der Angabe der Verletzungshandlung(en), und
- auch der Begriff »Mobbing« zu **konturlos** ist, als dass er erläuternd oder präzisierend wirken könnte.

Ein Feststellungsantrag muss daher die Verletzungshandlungen, die in der Summe den Mobbingvorwurf begründen, im Einzelnen auflisten, und zwar sowohl hinsichtlich der Verletzung des allgemeinen Persönlichkeitsrechts wie auch der Gesundheitsverletzung.[745] 435

▶ Formulierungsbeispiel:[746] 436

»Es wird festgestellt, dass die Beklagte zum Ersatz aller weiteren Schäden und Nachteile verpflichtet ist, die dem Kläger durch die nachfolgend aufgezählten Mobbing[747] -Aktivitäten der Mitarbeiter der Beklagten X, Y und Z entstanden sind (Aufzählung folgt).«[748]

---

741 Vgl. ausführlich hierzu Rdn. 1484 ff.

742 Hierzu vgl. allgemein Rdn. 1518 f.

743 LAG Rheinland-Pfalz, Urt. v. 28.08.2001 – 5 Sa 521/01, unveröffentlicht.

744 LAG Sachsen, Urt. v. 17.02.2005 – 2 Sa 751/03, unveröffentlicht.

745 Insoweit durchaus richtig LAG Sachsen, Urt. v. 17.02.2005 – 2 Sa 751/03, unveröffentlicht.

746 Nach Diller/Grote, MDR 2004, 984 (985).

747 Wenn entsprechend des in Rdn. 433 Ausgeführten das angerufene Gericht Schwierigkeiten mit dem Wort »Mobbing« hat, sollte man es weglassen.

748 Diller/Grote, MDR 2004, 984 (985) schlagen vor, auf »die in der Klagebegründung dargestellten« Mobbingfälle zu verweisen; dies erscheint aber angreifbar, da dann der Klageantrag nicht aus sich heraus verständlich ist, weswegen Gerichte dies möglicherweise unter Verweis auf § 253 ZPO für unzulässig halten könnten.

437 Zusammenfassend muss aber festgehalten werden, dass die Rechtslage zum erforderlichen Feststellungsantrag offen ist und von Gericht zu Gericht variieren kann. Der Anwalt muss daher insb. die Judikatur »seines« Gerichts zu dieser Frage studieren, will er nicht (Teil-) Klageabweisung riskieren. Als sicherster Weg erscheint, unter Vermeidung von »Allgemeinplätzen« die den Vorwurf des Mobbings begründenden Umstände ausführlich bereits im Feststellungstenor zu bezeichnen, selbst um den Preis einer schon optisch unschönen »Kopflastigkeit« der Klage.

438 Das BAG[749] hat z. B. klargestellt, dass ein Feststellungsantrag, der auf ein Zurückbehaltungsrecht der Arbeitsleistung wegen Mobbings der Kollegen gerichtet ist, zeitlich begrenzt ist (nämlich auf die Zeit, in welcher eine »Mobbing-Situation« besteht); der Kläger muss dann konkret die Tatsachen angeben, aus denen sich die Mobbing-Situation ergibt, also, welche Umstände seiner Arbeit oder welche Handlungen der Kollegen als Mobbing betrachtet werden, anderenfalls ist die Feststellungsklage unzulässig.

439 ▶ Praxistipp:

Die Gerichte verfahren häufig unzulässigerweise nach der Maxime »Nebenanträge sind Nebensachen«, und weisen diese ohne vorigen Hinweis im Urteil ab. Aus diesem Grund sollte bereits in der Klage dringend zur Formulierung des Feststellungsantrags ausgeführt werden. Es empfiehlt sich zudem die Bitte um einen ausdrücklichen richterlichen Hinweis zur Formulierung des Feststellungsantrags, sollte das Gericht dort Bedenken haben. Selbst ein »Ausweichen« des Gerichts im Termin kann dann noch Indizwirkung haben.

440 In der bereits dargestellten Entscheidung des LAG Thüringen[750] hatte der Betroffene ein **einstweiliges Verfügungsverfahren** u. a. mit dem Inhalt eingeleitet, dass der Arbeitgeber es zu unterlassen habe, ihm Aufgaben unterhalb seiner Qualifikation zuzuweisen. Das Gericht bejahte den für eine Entscheidung im Eilverfahren erforderlichen Verfügungsgrund der besonderen Dringlichkeit. Dieser liege bei einer auf Unterlassung gerichteten einstweiligen Verfügung dann vor, wenn die Ablehnung der beantragten einstweiligen Verfügung auf eine Rechtsschutzverweigerung hinauslaufen würde.

441 ▶ Hinweis:

Die Eilbedürftigkeit und damit der Verfügungsgrund scheiterte auch nicht daran, dass der Verfügungskläger zunächst monatelang die sein Persönlichkeitsrecht verletzenden Maßregelungen des Beklagten hingenommen hatte. Dies ist nur folgerichtig, da Mobbing ja durch eine fortgesetzt andauernde Beeinträchtigung gekennzeichnet ist und somit die reine zeitliche Dauer, die eine Fülle von Einzel-«schikanen« erst zum Mobbing machen kann, nicht dazu führen darf, jedweden Eilrechtsschutz für Mobbingopfer zu versagen.

442 Wird das allgemeine Persönlichkeitsrecht also durch fortgesetzt andauernde Handlungen verletzt, ist für die Beurteilung der Eilbedürftigkeit auf den Zeitpunkt der letzten, unmittelbar vor dem Antrag auf Gewährung vorläufigen Rechtsschutzes liegenden Verletzungshandlung abzustellen. Wenn sich der Betroffene in einer i. S. d. Verfügungsgrundes ausreichenden Rechtzeitigkeit gegen diese Handlung wehrt, kann er zur Begründung seines Verfügungsantrages auch die weiter zurückliegenden Handlungen mit einbeziehen.[751] Nach dem LAG ist hierfür allerdings Voraussetzung, dass die mit dem Verfügungsantrag konkret angegriffene Maßnahme im Fortsetzungszusammenhang mit den anderen Persönlichkeitsverletzungen steht.

749 BAG, Urt. v. 23.01.2007 – 9 AZR 557/06, NZA 2007, 1166 = AP Nr. 4 zu § 611 BGB Mobbing.
750 LAG Thüringen, Urt. v. 10.04.2001 – 5 Sa 403/00, NZA-RR 2001, 347.
751 Grünwald/Hille, S. 148.

i) Beamtenrecht und Mobbing

443 Der BGH[752] hat im öffentlich-rechtlichen Bereich (**Polizeidienst**) eine gesetzliche Haftung des Dienstherrn eines Polizisten, der dem Vorwurf des Mobbing ausgesetzt war, angenommen und die gegen den Bediensteten gerichtete Klage der Eltern des Mobbingopfers unter Hinweis auf Art. 34 GG i. V. m. § 839 BGB abgewiesen. »Der Polizist haftet nicht selbst, weil nach Art. 34 GG anstelle des Beamten die Anstellungskörperschaft haftet.« Im LS hat der BGH formuliert: *»Für Schäden, die dadurch entstehen, dass ein Polizeibeamter i. R. d. gemeinsamen Dienstausübung durch seinen Vorgesetzten (Art. 4 Abs. 2 BayBG) systematisch und fortgesetzt schikaniert und beleidigt wird (Mobbing), haftet der Dienstherr des Schädigers nach Amtshaftungsgrundsätzen«*. Der Rückgriff des Dienstherrn gegen den vorsätzlich handelnden Beamten ist nicht ausgeschlossen.

444 In einem anderen Fall fühlte sich ein Polizeibeamter gemobbt, der in fortgesetzten, aufeinanderfolgenden Beurteilungen eine Dauerverletzung sah. Das OLG Stuttgart[753] teilte diese Auffassung nicht. Dienstliche Beurteilungen seien keine Dauerverletzungen, weil es sich um auf einen Stichtag bezogene Werturteile handele, die der Beamte hinzunehmen habe, wenn sie sich innerhalb des Beurteilungsspielraums hielten.

445 Der Erlass einer Disziplinarverfügung gegen einen Beamten kann aber eine Amtspflichtverletzung, die zum Schadensersatz verpflichtet, darstellen, wenn ein Dienstvergehen schon aus Rechtsgründen nicht in Betracht kommt oder die Dienstvorgesetzten sich die Überzeugung über das Vorliegen eines Dienstvergehens auf einer unzureichenden Grundlage gebildet haben.[754] Gelegentliche Streitigkeiten und Unhöflichkeiten sollen indes nicht als »Mobbing« in der Universität ausreichen, zumal der Vorgesetzte erst dann nach § 839 BGB haftet, wenn er Kenntnis von den Vorgängen hat.[755]

446 Weil es sich beim Mobbing schon der Definition nach nicht um einzelne Handlungen, sondern um fortgesetzte, aufeinander aufbauende oder ineinander übergreifende Verhaltensweisen handelt, ist ein vorrangiges Rechtsmittel nach § 839 Abs. 3 BGB nicht gegeben. Beim Mobbing kann nämlich das Vorgehen gegen Einzelakte durch Einlegung eines Rechtsmittels sogar erfolglos bleiben, weil erst in der Gesamtschau der rechtsverletzende Charakter der Vorgehensweise von Dienstvorgesetzten erkennbar wird. Ein Rechtsmittel gegen Handlungsweisen, die in ihrer Gesamtheit darauf gerichtet sind, den Betroffenen zu zermürben, wäre darüber hinaus nicht Erfolg versprechend.[756]

6. Schmerzensgeld nach § 15 Abs. 2 AGG

447 Am 18.08.2006 ist das Allgemeine Gleichbehandlungsgesetz (AGG)[757] in Kraft getreten, welches europäische Richtlinien zur Verwirklichung des Grundsatzes der Gleichbehandlung umsetzt. Ziel des Gesetzes ist es, Benachteiligungen aus Gründen von Rasse, ethnischer Herkunft, Geschlecht, Religion, Weltanschauung, Behinderung, Alter oder sexueller Identität zu verhindern oder zu beseitigen (§ 1 AGG). Das Gesetz gilt auch im allgemeinen Zivilrecht (§ 19 AGG), maßgebend aber im Arbeitsrecht.

---

752 BGH, Beschl. v. 01.08.2002 – III ZR 277/01, VersR 2003, 67 = MDR 2002, 1368.

753 OLG Stuttgart, Urt. v. 28.07.2003 – 4 U 51/03, VersR 2004, 786.

754 OLG Schleswig, Urt. v. 24.02.2000 – 11 U 135/98, NVwZ-RR 2001, 494 (im Fall verneint).

755 OLG München, Beschl. v. 15.02.2007 – 1 U 5361/06, unveröffentlicht.

756 OLG Stuttgart, Urt. v. 28.07.2003 – 4 U 51/03, OLGR 2003, 416 (418).

757 BGBl. I, S. 1897 v. 14.08.2006, zuletzt geändert am 05.02.2009 (BGBl. I, S. 160).

a) Anwendungsbereich und Rechtsfolgen

448 Bei einem Verstoß gegen ein Benachteiligungsverbot ist der Arbeitgeber verpflichtet, den hierdurch entstandenen Schaden zu ersetzen; sein Verschulden wird vermutet, § 15 Abs. 1 AGG. Nach § 15 Abs. 2 kann der Geschädigte auch »wegen eines Schadens, der nicht Vermögensschaden ist«, eine »angemessene Entschädigung in Geld« verlangen. Die Norm ist also Sonderregel zu § 253 BGB, der sprachlich ähnlich ist. Die Benachteiligungen sind nach AGG aufgezählt; es kann ausreichen, ein »feindliches Umfeld« zu schaffen, etwa durch ausländerfeindliche Schmierereien auf der Toilette, um eine Belästigung nach § 3 Abs. 3 AGG anzunehmen.[758]

449 Die Entschädigung nach § 15 Abs. 2 AGG ist bei einer Nichteinstellung auf drei Monatsgehälter beschränkt, wenn der Geschädigte auch bei benachteiligungsfreier Auswahl nicht eingestellt worden wäre.

Schadensersatz- und Schmerzensgeldansprüche müssen innerhalb von 2 Monaten ab Kenntnis von der Benachteiligung geltend gemacht werden, im Fall eine Bewerbung ab dem Zugang der Ablehnung, § 15 Abs. 4 AGG. Bei Ablehnung einer Bewerbung beginnt die Frist nach einem Urteil des BAG erst in dem Moment zu laufen, in dem der Bewerber von der Benachteiligung Kenntnis erlangt, da die Ablehnung allein nicht zwingend impliziert, dass der Betroffene auch von der Benachteiligung erfahren habe.[759] Die Frist ist wirksam und begegnet nach europäischem Recht keinen Bedenken.[760]

Sonstige Rechte bleiben unberührt (§ 15 Abs. 5 AGG).

b) Schmerzensgeld nach AGG

450 Aus der Regelung des § 15 Abs. 5 AGG hat das BAG den Schluss gezogen, dass für einen Entschädigungsanspruch nach § 15 Abs. 2 AGG nicht erforderlich ist, dass der Arbeitnehmer (auch) in Persönlichkeitsrechten verletzt wäre.[761] Die Norm stellt vielmehr eine eigene Anspruchsgrundlage dar, die voraussetzt, dass eine benachteiligende Behandlung verletzend war, ohne dass dies noch gesondert als Tatbestandskriterium geprüft werden müsste. Der Anspruch ist verschuldensunabhängig.[762]

Da der Anspruch, wie in § 253 BGB, auf »billige Entschädigung in Geld« gerichtet ist, lässt das BAG[763] eine unbezifferte Klage ebenso wie im sonstigen Schmerzensgeldbereich zu.

451 Hinsichtlich der Bemessungsfaktoren führt das BAG[764] aus:

»15 Abs. 2 AGG entspricht § 253 BGB, Dies bedeutet, dass dem Gericht ein Beurteilungsspielraum bzg. der Höhe der Entschädigung eingeräumt wird, um bei der Prüfung der Angemessenheit der Entschädigung die Besonderheiten jedes einzelnen Falles berücksichtigen zu können. Hängt die Höhe des Entschädigungsanspruchs von einem Beurteilungsspielraum ab, ist die Bemessung des Enschädigungsanspruchs grundsätzlich Aufgabe des Tatrichters. Bei der Festsetzung der angemessenen

758 BAG, Urt. v. 24.09.2009 – 8 AZR 705/08, NZA 2010, 387 (»Scheiß Ausländer, Ihr Hurensöhne, Ausländer raus, Ihr Kanaken« sowie Hakenkreuze; die Klage scheiterte an Verfristung).

759 BAG v. 15.03.2012 – 8 AZR 160/11, BB 2012, 831.

760 BAG v. 15.03.2012 – 8 AZR 160/11, BB 2012, 831.

761 BAG, Urt. v. 22.01.2009 – 8 AZR 906/07, NZA 2009, 945 = MDR 2009, 1399.

762 BAG, Urt. v. 22.01.2009 – 8 AZR 906/07, NZA 2009, 945 = MDR 2009, 1399; BAG, Urt. v. 18.03.2010 – 8 AZR 1044/08, NJW 2010, 2970 = NZA 2010, 1129.

763 BAG, Urt. v. 18.03.2010 – 8 AZR 1044/08, NJW 2010, 2970 = NZA 2010, 1129.

764 BAG, Urt. v. 22.01.2009 – 8 AZR 906/07, NZA 2009, 945 = MDR 2009, 1399. Ebenso BAG, Urt. v. 18.03.2010 – 8 AZR 1044/08, NJW 2010, 2970 = NZA 2010, 1129.

Entschädigung durch das Tatgericht sind alle Umstände des Einzelfalles zu berücksichtigen. Zu diesen zählen etwa die Art und Schwere der Benachteiligung, ihre Dauer und Folgen, der Anlass und der Beweggrund des Handelns, der Grad der Verantwortlichkeit des Arbeitgebers, etwa geleistete Wiedergutmachung oder erhaltene Genugtuung und das Vorliegen eines Wiederholungsfalles. Ferner ist der Sanktionszweck der Norm zu berücksichtigen, so dass die Höhe auch danach zu bemessen ist, was zur Erzielung einer abschreckenden Wirkung erforderlich ist. Dabei ist beachten, dass die Entschädigung geeignet sein muss, eine wirklich abschreckende Wirkung gegenüber dem Arbeitgeber zu haben und in jedem Fall in einem angemessenen Verhältnis zum erlittenen Schaden stehen muss.«.

7. Verletzung mehrerer Rechtsgüter durch Stalking

452 Vor gar nicht langer Zeit waren der Begriff Stalking und seine Bedeutung in Deutschland weitgehend unbekannt. Mit dem Gesetz zur Strafbarkeit beharrlicher Nachstellungen ist Stalking ab dem 31.03.2007 zum Straftatbestand des § 238 StGB geworden.

a) Begriffsbestimmung

453 Wer nun einem Menschen unbefugt nachstellt, indem er beharrlich seine räumliche Nähe aufsucht, unter Verwendung von Telekommunikationsmitteln oder sonstigen Mitteln der Kommunikation oder über Dritte Kontakt zu ihm herzustellen versucht, unter missbräuchlicher Verwendung von dessen personenbezogenen Daten Bestellungen von Waren oder Dienstleistungen für ihn aufgibt oder Dritte veranlasst, mit diesem Kontakt aufzunehmen, ihn mit der Verletzung von Leben, körperlicher Unversehrtheit, Gesundheit oder Freiheit seiner selbst oder einer ihm nahestehenden Person bedroht oder eine andere vergleichbare Handlung vornimmt und dadurch seine Lebensgestaltung schwerwiegend beeinträchtigt, wird mit Freiheitsstrafe bis zu 3 Jahren oder mit Geldstrafe bestraft. Die Abs. 2 und 3 sehen Qualifikationen vor; Stalking ist Antragsdelikt (§ 238 Abs. 4 StGB).

454 Stalking ist damit mehr als – was allerdings in der Öffentlichkeit verstärkt darunter gefasst wird – Fan-Gehabe oder der zwanghafte Wunsch nach der (Wieder-) Herstellung einer Beziehung, obwohl Stalking in der Tat oft unter Ex-Partnern stattfindet. Stalking ist ein komplexes psychologisches und soziales Verhaltensmuster, hinter dem sich viele Emotionen, Psychopathologien und zwischenmenschliche Interaktionen verbergen. Es beinhaltet die Kontaktaufnahme des Täters zu dem Opfer, wobei dieses die Annäherung als unerwünscht oder belästigend wahrnimmt. Dabei zeichnet sich Stalking primär dadurch aus, dass erst die Wiederholung, die Häufigkeit, die Kontinuität und die Kombination bestimmter – separat betrachtet sogar eher harmloser und sozialadäquater – Handlungen sowie deren innere Verknüpfung das Täterverhalten zu einer unzumutbaren Beeinträchtigung, zu einem Gefühl der Bedrohung machen.[765] V. a. kann es entgegen landläufiger Meinung jeden treffen.[766]

b) Erscheinungsformen

455 Stalking kann in zwei Komplexe[767] eingeteilt werden: Das milde und das schwere Stalking.

456 Zum **milden Stalking** zählen:

- Telefonanrufe, auch das Besprechen des Anrufbeantworters,
- Briefe, Postkarten, Faxe,
- SMS, MMS,
- Cyber-Stalking per Internet,

---

765 Bieszk/Sadtler, NJW 2007, 3382 (3384).

766 Bieszk/Sadtler, NJW 2007, 3382 (3384).

767 Typologie und Beispiele sind entnommen aus Bieszk/Sadtler, NJW 2007, 3382 (3384).

- Mitteilungen an Windschutzscheiben,
- Beobachten und Verfolgen,
- Ausspionieren,
- Warten vor dem Haus oder dem Arbeitsplatz des Opfers sowie
- das Zusenden von Gegenständen.

Umfasst sind also v. a. die Verhaltensweisen, mit denen der Täter Kontakt zu dem Opfer sucht und die – für sich betrachtet – als alltägliche Verhaltensweisen erscheinen können.

457 Zu der Kategorie des **schweren Stalkings** zählen

- Beschimpfungen, Drohungen,
- Gewalt, Angriffe,
- das Eindringen in die Wohnung sowie
- Sachbeschädigung oder gar
- schwere Körperverletzung und Tötung.

458 Hierbei existieren weder typische »Opfer«- noch Tätergruppen.[768] Wurzel des Stalkings sind indes oft besondere Sympathien oder umgekehrt starke Abneigung, so Hass, Rache, Eifersucht, amouröse Gefühle oder Besitzansprüche.

c) Rechtsfolgen

459 Neben straf- und öffentlich-rechtlichen Folgen kann Stalking Schmerzensgeldansprüche auslösen, wenn die Schwelle zur Gesundheitsbeeinträchtigung[769] überschritten ist. In prozessualer Sicht ist die Stellung des Opfers durch das »Gesetz zur Stärkung der Rechte von Verletzten und Zeugen im Strafverfahren« (2. Opferrechtsreformgesetz)[770] gestärkt worden, nach dem etwa i. R. d. Nebenklage die Beiordnung eines Anwalts für das Stalkingopfer möglich ist (§ 397a Abs. 1 Nr. 3 StPO).

460 Die deliktische Tragweite von Stalking wird hierbei, wie bei Mobbing auch, v. a. quantitativ zu beurteilen sein. Bei isolierter Betrachtung sind die einzelnen Nachstellungen fast immer Bagatellen. Die Eingriffsintensität ergibt sich nicht zuletzt aus der Anzahl der vorgenommenen Handlungen, die nur in einer größeren Summe psychische Folgewirkungen auslösen. Hier wird man eine sinnvolle Untergrenze finden müssen, um der unterschiedlichen seelischen Disposition von Betroffenen Rechnung zu tragen und gleichzeitig die Zurechnung von Verletzungserfolgen nicht ausufern zu lassen.[771]

Zu dieser »Gesamtbetrachtung« hat der BGH[772] ausgeführt:

»Beharrliches Handeln i. S. d. 238 setzt wiederholtes Tätigwerden voraus. Darüber hinaus ist erforderlich, dass der Täter aus Missachtung des entgegenstehenden Willens oder aus Gleichgültigkeit gegenüber den Wünschen des Opfers in der Absicht handelt, sich auch in Zukunft entsprechend zu verhalten. Eine in jedem Einzelfall Gültigkeit beanspruchende, zur Begründung der Beharrlichkeit erforderliche (Mindest-)Anzahl von Angriffen des Täters kann nicht festgelegt werden.

Die Lebensgestaltung des Opfers wird schwerwiegend beeinträchtigt, wenn es zu einem Verhalten veranlasst wird, das es ohne Zutun des Täters nicht gezeigt hätte und das zu gravierenden, ernst zu

---

768 Bieszk/Sadtler, NJW 2007, 3382 (3384).

769 Keiser, NJW 2007, 3387 (3388/3389) lehnt einen denkbaren Schmerzensgeldanspruch wegen Freiheitsverletzung ebenso ab wie eine Entschädigung wegen Verletzung des allgemeinen Persönlichkeitsrechts.

770 Gesetz v. 29.07.2009 (BGBl. I S. 2280).

771 Keiser, NJW 2007, 3387 (3388).

772 BGH, Beschl. v. 19.11.2009 – 3 StR 244/09, NJW 2010, 1680.

nehmenden Folgen führt, die über durchschnittliche, regelmäßig hinzunehmende Beeinträchtigungen der Lebensgestaltung erheblich und objektivierbar hinausgehen.

§238 ist kein Dauerdelikt. Einzelne Handlungen des Täters, die erst in ihrer Gesamtheit zu der erforderlichen Beeinträchtigung des Opfers führen, werden jedoch zu einer tatbestandlichen Handlungseinheit zusammengefasst, wenn sie einen ausreichenden räumlichen und zeitlichen Zusammenhang aufweisen und von einem fortbestehenden einheitlichen Willen des Täters getragen sind.«.

461 Häufig auftretende Folgen von Stalking sind posttraumatische Belastungsstörungen, Schlafstörungen und Depressionen bei den Opfern, die einem permanenten »Verfolgungsdruck« ausgesetzt sind. Wenn solcherart Gesundheitsverletzungen vorliegen, führt dies zu einem Schmerzensgeldanspruch, bei dem indes nicht nur die Art und Weise der erlittenen Beeinträchtigungen, sondern maßgeblich auch die Art der Rechtsgutsverletzung durch eine Straftat bei der Bemessung (Genugtuungsfunktion) berücksichtigt werden muss.

462 Das BSG[773] hat indes zu §1 OEG entschieden, dass ein sich über Jahre erstreckendes Stalking, das aus einer Vielzahl einzelner, für sich abgeschlossener Sachverhalte besteht, nicht als einheitlicher schädigender Vorgang gewertet werden kann. Voraussetzung für die Anwendbarkeit von §1 OEG sei vielmehr ein konkreter tätlicher Angriff und das unmittelbar folgende gewaltgeprägte Geschehen. Die Verwirklichung eines Straftatbestandes genügt hierfür nicht, vielmehr ist eine körperliche Einwirkung auf das Opfer erforderlich, wofür zwar psychisch vermittelte Gewalt ausreichen kann, bei der aber nicht die »Gesamtschau« von Stalkinghandlungen über einen längeren Zeitraum zulässig ist.

II. Nicht geschützte Rechtsgüter

1. Leben

a) Kein Schmerzensgeld für Tod

463 Auch §253 BGB gewährt kein Schmerzensgeld für die Verletzung des Lebens, worin er sich mit §847 BGB a. F. deckt.

464 Anders als in §823 Abs. 1 BGB wird in §253 Abs. 2 BGB »das Leben« nicht genannt. Das ist richtig, denn derjenige, dem das Leben genommen wird, erleidet selbst keinen ersatzfähigen Schaden. Die Bestimmung des §823 Abs. 1 BGB ist insoweit offenkundig unrichtig, als sie davon spricht, dass derjenige, der vorsätzlich oder fahrlässig das Leben eines anderen rechtswidrig verletzt, »dem anderen« zum Ersatz des daraus entstehenden Schadens verpflichtet ist.[774]

465 Für den **Tod** und für die **Verkürzung des Lebens** sieht das Gesetz kein Schmerzensgeld und keine Entschädigung vor.[775] Die Bestimmung des §253 Abs. 2 BGB nennt das Leben als Rechtsgut nicht, sodass der Eintritt des Todes keinen Schmerzensgeldanspruch begründet.[776] Eine Gesetzeslücke liegt nicht vor.

466 So hat das OLG Karlsruhe[777] (zum alten Recht) im Jahr 2000 entschieden, dass die Erben einer Frau, die bei einer Bootsfahrt über Bord gegangen, gegen einen Dalben geschleudert,

---

773 BSG, Urt. v. 07.04.2011 – B 9 VG 2/10 R, SuP 2011, 332.

774 Vgl. v. Bar, Karlsruher Forum 2003, S. 11 Fn. 14.

775 BGH, Urt. v. 12.05.1998 – VI ZR 182/97, MDR 1998, 1029 (m. Anm. Jaeger) = NZV 1998, 370 = VersR 1998, 1034 = r+s 1998, 332; MünchKomm/Oetker, 5. Aufl. (2007), §253 Rn. 28.

776 OLG Karlsruhe, Urt. v. 25.01.2000 – U 5/99 BSch, VersR 2001, 1123; OLG München, Urt. v. 11.05.2000 – 1 U 1564/00, OLGR 2000, 352; Deutsch/Ahrens, Rn. 483; Müller, VersR 2006, 1289 (1290).

777 OLG Karlsruhe, Urt. v. 25.01.2000 – U 5/99 BSch, VersR 2001, 1123.

dabei verletzt worden war und ertrank, keinen Anspruch auf Schmerzensgeld haben. Das Gericht war davon überzeugt, dass die Verletzte unmittelbar, nachdem sie über Bord geschleudert wurde, im Wasser verstorben ist.

467 Schon zuvor wurde in der Rechtsprechung in den Fällen ein Schmerzensgeldanspruch verneint, in denen der Tod infolge der Verletzung sofort oder sehr schnell eintrat.[778] Kaum zu lösen sind dabei die Fälle, in denen der Tod durch Ertrinken eintritt. Handelt es sich dabei um sofort eintretenden Tod, um den eigentlichen Sterbevorgang oder steht dem Ertrunkenen ein eigener – vererblicher – Schmerzensgeldanspruch zu? Das OLG Karlsruhe[779] hat einen solchen Schmerzensgeldanspruch verneint mit der Begründung, dass eine Frau von einem Boot aus gegen einen Dalben geschleudert wurde, ins Wasser fiel und sofort ertrank. Dagegen hat der Haftpflichtversicherer den Eltern eines Jungen, der in Griechenland unter Wasser von einer Pumpe angesaugt wurde und nicht befreit werden konnte, vorprozessual ein Schmerzensgeld i. H. v. 7.500,00 € gezahlt.[780] Auch das LG Stade[781] hat ein Schmerzensgeld i. H. v. 500,00 € (bei einem Mitverschulden von 50 %) zuerkannt, obwohl das Unfallopfer Sekunden nach dem Unfall bewusstlos wurde und noch an der Unfallstelle verstarb.

468 Einem Ertrunkenen sollte ein Schmerzensgeldanspruch zuerkannt werden, zumal eine »Rettung in letzter Sekunde« gerade nicht zum Tod oder zum Hirnschaden führt, sondern nahezu folgenlos bleibt. Die Phase davor kann aber höchst qualvoll sein.

b) Kein Schmerzensgeld beim Tod naher Angehöriger – Regelungsbedarf bei Unfalltod

469 Im Gegensatz zu anderen europäischen Ländern kennt das deutsche Recht keinen gesetzlich geregelten Anspruch für eine immaterielle Entschädigung beim Tod oder bei schwerer Verletzung eines nahen Angehörigen. Der historische Gesetzgeber hat dem Anspruch auf Geldersatz enge Grenzen gezogen. Er hat es als anstößig betrachtet, einen immateriellen Schaden in Geld aufwiegen zu lassen. Dieser Ansatz hat von Anfang an Kritik erfahren. Die Schutzbedürftigkeit immaterieller Güter ist heute allgemein anerkannt. Selbst im 6. Zivilsenat wird der Anspruch auf Nutzungsausfallentschädigung bei entgangener Nutzung des eigenen Pkw inzwischen als Grenzfall zum immateriellen Schadensersatz bezeichnet.[782] Da der Gesetzgeber einen Schadensersatzanspruch nur für unmittelbare Schäden vorgesehen hat, das Leben aber in § 253 BGB nicht genannt ist, gibt es für den Verlust des Lebens weder Schmerzensgeld noch sonstigen Schadensersatz. Andererseits ist in § 823 Abs. 1 BGB die Gesundheit geschützt, sodass ein Angehöriger nur bei einer relevanten Gesundheitsverletzung einen Schmerzensgeldanspruch geltend machen kann. Die Schaffung eines Schmerzensgeldanspruchs beim Tod einer Person erfordert deshalb die Änderung der Regelung des § 253 Abs. 2 BGB.[783] Dagegen aber argumentiert Diederichsen[784] sehr kritisch. Sie fragt u. a., ob es wünschenswert sei,

---

778 OLG Düsseldorf, Urt. v. 11.03.1996 – 1 U 52/95, ZfS 1996, 253; OLG Düsseldorf, Urt. v. 15.11.1996 – 14 U 25/96, r+s 1997, 159; OLG München, Urt. v. 11.05.2000 – 1 U 1564/00, OLGR 2000, 352; OLG Koblenz, Urt. v. 22.11.2000 – 1 U 1645/97, OLGR 2001, 50; LG Nürnberg-Fürth, Urt. v. 12.01.1994 – 2 S 7142/93, r+s 1994, 418; Deutsch/Ahrens, Rn. 483; Heß, ZfS 2001, 532 (533).

779 OLG Karlsruhe, Urt. v. 12.09.1997 – 10 U 121/97, r+s 1998, 375.

780 Vgl. LG Köln, Urt. v. 17.03.2005 – 8 O 264/04, NJW-RR 2005, 704 = RRa 2005, 124. Das OLG Köln, Urt. v. 22.09.2005 – 16 U 25/05, VersR 2006, 941 = NJW 2005, 3674 bestätigte ein Schmerzensgeld – mindestens im zuerkannten Rahmen; der BGH, Urt. v. 14.12.1999 – X ZR 142/05, VersR 2006, 1653 = NJW 2006, 2268 hat die Revision zurückgewiesen.

781 LG Stade, Urt. v. 04.01.2007 – 4 O 434/04, unveröffentlicht.

782 Diederichsen, DAR 2011, 122 ff. (122).

783 Diederichsen, DAR 2011, 122 ff. (122).

784 Diederichsen, DAR 2011, 122 ff. (124).

wenn sich die Hinterbliebenen einen Wertgegenstand leisten könnten, auf den sie im Fall des Fortlebens ihres Verstorbenen hätten verzichten müssen. Die Frage ist aber zu bejahen, denn es fragt auch niemand, ob die Hinterbliebenen zu Recht vorzeitig das Erbe antreten können, unabhängig davon, ob sie sich jemals um den Verstorbenen gekümmert haben. Auf diese Weise erben sie auch den Schmerzensgeldanspruch, den der Geschädigte, der das Schadensereignis noch (kurze Zeit) überlebt hat. Auch insoweit ist der Erbfall dann zum »Glücksfall« geworden.

470 Diese Fälle meinen die Kritiker der heutigen gesetzlichen Regelung nicht, sondern sie stellen darauf ab, dass durch den (Unfall-) Tod ein geliebter Mensch genommen wurde und die Leere und Verzweiflung im Leben danach entschädigungslos bleiben soll, während der Verzicht auf den Pkw für einige Tage problemlos entschädigt wird. De lege ferrenda schreien diese Fälle geradezu nach einer Entschädigungsregelung.

471 Schmid[785] weist am Beispiel des Absturzes der Concorde am 25.07.2000 darauf hin, wie veraltet das deutsche Schadensersatzrecht ist: Weil die Opfer dieses Flugzeugunglücks mehrheitlich in der sog. zweiten Lebenshälfte standen, d. h. von wenigen Ausnahmen abgesehen keine unterhaltsberechtigten Kinder hinterließen, wäre aus dem Blickwinkel deutschen Rechts nahezu kein Schaden auszugleichen gewesen.[786] Das ist zweifellos nicht befriedigend. Die Bevölkerung hat wenig Verständnis dafür gezeigt, dass Eltern, Kinder und Ehepartner die schreckliche seelische Leere, die bei ihnen der Verlust des Nächsten bewirkt hat, entschädigungslos hinzunehmen hatten.

472 Im Vergleichswege wurde die überwiegende Anzahl der **Hinterbliebenen entschädigt**, weil durch den **vereinbarten Zielflughafen New York** in den Verhandlungen ein **sog. »American-Risk-Faktor«** ins Spiel gebracht, d. h. eine Haftungssumme erreicht werden konnte, die über den in Europa zu erreichenden Haftungsbeiträgen liegt[787] und für die in Deutschland keine Anspruchsgrundlage besteht.

473 Das Thema eines Angehörigenschmerzensgeldes war Thema beim Verkehrsgerichtstag 2012 in Goslar. Hierzu haben sich Huber[788], Schintowski/Schah[789] und Luckey[790] geäußert. Auch in Österreich sind Trauerschmerz und Schockschäden durch Zahlung eines Schmerzensgeldes auszugleichen.[791]

474 Dass ein Bedürfnis besteht, auch für den (Unfall-) Tod ein Schmerzensgeld zu zahlen, zeigt sich auch daran, dass die **Deutsche Bahn AG** den Erben der Opfer des ICE-Unglücks bei Eschede (unter Betonung der Freiwilligkeit der Leistung) je 15.000,00 € gezahlt hat.[792]

---

785 Schmid, VersR 2002, 26 (28).

786 Tötung zum Nulltarif: Wagner, JZ 2004, 319 (325).

787 Schmid, VersR 2002, 26 (28); vgl. Berger, VersR 1977, 877 ff., der darauf hinweist, dass die in Amerika gezahlten Schmerzensgeldbeträge Globalentschädigungen sind und dass Kosten der Rechtsverfolgung nicht erstattet werden. Angesichts der Tatsache, dass die Erfolgshonorare der Anwälte bis zu 50 % betragen und dass der gesamte materielle Schaden einschließlich Krankheitskosten, vermehrter Bedürfnisse, behindertengerecht umgestalteter Wohnung, Verdienstausfall und anderes mit abgegolten ist, relativieren sich die Unterschiede zwischen den in den USA und den in der BRD gezahlten Schmerzensgeldern erheblich.

788 Huber, Kein Angehörigenschmerzensgeld de lege lata, NZV 2012, 5.

789 Schwintowski, Schah, Angehörigenschmerzensgeld – Überwindung eines zivilrechtlichen Dogmas, ZfS 2012, 6.

790 Luckey, He blew his mind out in a car ... Ansprüche naher **Angehöriger** beim Unfalltod, Sachverständiger 2012, 1.

791 Kramer, Trauerschmerz und Schockschäden in der aktuellen Judikatur, Zivilrecht 2008, 44.

792 Schmid, VersR 2002, 26 (28); von Mayenburg, VersR 2002, 278 (282).

475 Die durchschnittliche Entschädigung für die Opfer von Eschede lag bei 125.000,00 € und im Fall Brühl (ebenfalls ein ICE-Unglück) bei 50.000,00 €. Dagegen zahlte der EU-Staat Italien (mit Rechtsanspruch auf Kapital) je Opfer des Seilbahnunglücks von Cavalese 1,9 Mio. €.[793]

476 Auch ein europaweiter Vergleich zeigt, dass Deutschland den Anschluss an die **internationale Entwicklung**[794] verpasst hat, weil der Gesetzgeber im 2. Gesetz zur Änderung schadensersatzrechtlicher Vorschriften zum **Angehörigenschmerzensgeld** geschwiegen hat. Gelegentlich wurde erwogen, bei einer Neuregelung des Schmerzensgeldes einen Anspruch wegen des Verlustes eines Angehörigen zu gewähren.[795]

477 Der Gesetzgeber hat jedoch diesen Gedanken nicht aufgegriffen. Ein besonderes Problem würde dabei auch die Definition der Anspruchsberechtigten darstellen, worauf u. a. Huber[796] hingewiesen hat.

478 Für ein Angehörigenschmerzensgeld tritt Staudinger[797] ein. Er sieht ein dringendes Bedürfnis für die Einführung durch den Gesetzgeber, weil die Einführung im Wege des Richterrechts – sei es durch Lockerung der bislang eher restriktiv gehandhabten Tatbestandserfordernisse[798] oder durch Anknüpfung an einen Eingriff in das allgemeine Persönlichkeitsrecht des Angehörigen – kaum möglich sein dürfte, nachdem der Gesetzgeber bewusst nicht tätig geworden ist.

479 Auch v. Jeinsen[799] spricht sich für ein Angehörigenschmerzensgeld aus. Wer einen nahestehenden Menschen verliere, erlebe eine unmittelbare Beeinträchtigung der eigenen Lebensführung. Das sei kein systemfremder Außenfaktor, der es rechtfertigen würde, von einem lediglich mittelbaren Schaden zu sprechen.

480 Gegen ein Angehörigenschmerzensgeld spricht sich Wagner[800] aus, weil ein Ausgleich des immateriellen Schadens beim Verlust eines nahen Angehörigen unmöglich sei. Eine solche Zahlung könne in erster Linie der Erleichterung für den Start in ein neues Leben dienen und entspreche dem europäischen Standard. Ein dringendes Bedürfnis für die Einführung eines Angehörigenschmerzensgeldes bestehe jedoch nicht.

481 Ein Angehörigenschmerzensgeld wird auch von Müller[801] nicht befürwortet, weil sie die Bemessungsschwierigkeiten für unüberwindlich hält. Das Recht müsse hier die Waffen strecken, weil die Bewertung von Trauer bzw. die Abgeltung eines so höchstpersönlichen Verlustes die Möglichkeiten richterlicher Schadensschätzung übersteige und weil für die Bewertung des menschlichen Lebens im Rahmen privatrechtlicher Schadensansprüche kein Raum sei.

---

793 Zitiert nach Nehls, ZfS 2004, 193.

794 Vgl. aber Scheffen, ZRP 1999, 189 (190), die darlegt, im Vergleich mit anderen europäischen Staaten liege die BRD bei der Zubilligung von Schmerzensgeldern mit an führender Stelle.

795 Staudinger/Schiemann, § 253 Rn. 57; Stürner, DAR 1986, 7 (11); Vorndran, ZRP 1988, 293; Müller, VersR 1995, 489 (494) m. w. N.; Katzenmeier, JZ 2002, 1029 (1035); Müller, ZfS 2009, 62 (64).

796 Huber, NZV 1998, 345 (352).

797 Staudinger, NJW 2006, 2433 (2435).

798 So etwa Katzenmeier, JZ 2002, 1029 (1035).

799 V. Jeinsen, ZfS 2008, 61 (63).

800 Wagner, Beilage zur NJW 2006, 5 (7).

801 Müller, VersR 2006 1289 (1290).

482 Zwar sind die **gesetzlichen Regelungen innerhalb Europas** keineswegs einheitlich[802] und es bestehen zahlreiche Besonderheiten im Einzelnen. Hinterbliebenenschmerzensgeld wird aber gewährt in der Schweiz, in Frankreich, in Belgien, in Spanien, in Italien, in Griechenland und in Großbritannien.[803] Auch in Polen erhalten die Angehörigen bei Tötung wegen der Verschlechterung ihrer eigenen Lebensqualität ein Schmerzensgeld.[804] Auch in China können Angehörige ein Schmerzensgeld beanspruchen, dessen Höhe sich nach der persönlichen Beziehung des mittelbar Geschädigten zum Verletzten richtet.[805] Aus dem Lager derjenigen, die das Angehörigenschmerzensgeld grds. ablehnen, sind mit Österreich und Schweden bereits zwei maßgebliche Vertreter zum Lager derjenigen gewechselt, die einen Ersatz für Trauerschäden anerkennen.

483 Nach deutschem Recht wird also auch künftig ein Schmerzensgeld für die Tötung eines Menschen nicht geschuldet.[806] Der Ausschluss für Schmerzensgeld gilt aber nicht für den Fall, dass **der Verletzte noch (kurze) Zeit gelebt hat**[807] und (mittelbar) nicht, wenn ein naher **Angehöriger** infolge eines Schocks einen erheblichen Gesundheitsschaden erlitten hat.[808] Hinterbliebene selbst haben nur dann einen eigenen Anspruch auf Schmerzensgeld, wenn bei ihnen durch den Verlust des Angehörigen eine Beeinträchtigung mit Krankheitswert aufgetreten ist, nämlich eine Störung der Gesundheit i. S. d. § 847 BGB a. F., § 253 BGB.

c) Ereignisschäden oder Schäden per se

484 Es ist offenbar auch gar nicht erst erwogen worden, wenigstens im Bereich der Körper- und Gesundheitsschäden neben den Vermögens- und Nichtvermögensschäden noch eine dritte Schadenskategorie zu akzeptieren, nämlich die in einigen europäischen Rechtsordnungen lange schon anerkannten Ereignisschäden oder Schäden per se. Die führende Rechtsordnung ist insoweit die italienische. Sie hat den »danno biologico«, den »biologischen Schaden«, aus der Taufe gehoben.[809] Sie operiert inzwischen noch mit weiteren Schadenskategorien, insb. dem »danno esistenziale«. Die Figur des biologischen Schadens beruht auf der Überzeugung, dass schon die Verletzung der körperlichen Integrität als solche, unabhängig von vermögensrechtlichen und immateriellen Folgeschäden, einen Schaden darstelle, der zusätzlich zu und unabhängig von den beiden anderen Schadensformen ersetzt werden müsse.[810]

---

802 Vgl. Backu, DAR 2001, 587; in Österreich sieht der OGH Wien, Urt. v. 16.05.2001 – 2 0 6 84/01v, NZV 2002, 26, zugunsten der trauernden Angehörigen den Anspruch auf Schmerzensgeld wegen ihrer seelischen Beeinträchtigungen auch ohne eigene Gesundheitsschädigung als begründet an, wenn der Schädiger vorsätzlich oder grob fahrlässig gehandelt hat.

803 Ebbing, ZGS 2003, 223 (227); für Frankreich vgl. Lemor, SVR 2008, 206 (208); für Italien vgl. Lemor, SVR 2007, 372; für die Schweiz vgl. Lemor, SVR 2006, 290.

804 Hering, SVR 2008, 99 (100).

805 Vgl. Jiao, S. 299, 300.

806 Müller, DRiZ 2003, 167 (168).

807 Vgl. Rdn. 825 ff.; BGH, Urt. v. 12.05.1998 – VI ZR 182/97, MDR 1998, 1029 (m. Anm. Jaeger) = NZV 1998, 370 = VersR 1998, 1034 = r+s 1998, 332. Diese Entscheidung und die dazu ergangenen Besprechungen, vgl. Huber, NZV 1998, 345; Jaeger, MDR 1998, 450 und Jaeger, VersR 1996, 1177 dürften dazu beigetragen haben, die Grundlagen für die Schmerzensgeldbemessung dieser eigenständigen Fallgruppe zu klären und Bemessungskriterien herauszuarbeiten.

808 Vgl. Rdn. 883 ff.; Odersky, S. 19 (28); Nixdorf, NZV 1996, 89 (94); Müller, VersR 2003, 1 (4 f.) unter Hinweis auf die Rspr. des BGH.

809 Vgl. v. Bar, Karlsruher Forum 2003, S. 17, 18; sehr eingehend zu den Fragen des Schmerzensgeldes in Frankreich: Backu, DAR 2006, 541 (545 ff.) und Wagner, JZ 2004, 319 (323 f.) und zu Fragen des Schmerzensgeldes in Italien Pichler, DAR 2006, 549 (552 ff.). Zu Fragen des Schmerzensgeldes in der Schweiz vgl. Lemor, SVR 2006, 290 ff.

810 Vgl. v. Bar, Karlsruher Forum 2003, S. 18.

485 Weil § 253 Abs. 2 BGB sich an § 847 BGB a. F. anlehnt, gibt es auch **keinen Ersatz immaterieller Schäden infolge einer Eigentumsverletzung**. Auch hierin unterscheidet sich das deutsche Recht von mehreren Rechtsordnungen der EU.[811] Eine rechtspolitisch sinnvolle Regelung ist nicht einfach. Bei einem Tätigwerden des Gesetzgebers auf diesem Gebiet wird wohl zugleich eine **Regelung zum Nutzungsausfallrecht** getroffen werden müssen. In den Ländern, in denen in Fällen einer Sachbeschädigung ein Ausgleich immaterieller Unbill vorgesehen ist, ist dieser so gering, dass man sich fragen kann, ob sich ein Streit in dieser Frage überhaupt lohnt. Andererseits sollte aber wenigstens in den Fällen ein fühlbarer immaterieller Ausgleich gewährt werden, in denen der Schädiger den anderen durch vorsätzliche Eigentumsverletzung kränken wollte.[812]

2. Allgemeines Persönlichkeitsrecht

a) Kein Schmerzensgeld für Ehrverletzung

486 Aus der Sicht des Deliktsrechts fällt zunächst auf, dass § 253 Abs. 2 BGB nur körperliche Persönlichkeitsrechte nennt.[813] Eine Regelung für das allgemeine Persönlichkeitsrecht und für die von ihm kaum noch abtrennbare Ehre hat der Gesetzgeber nicht getroffen. Der neue § 253 Abs. 2 BGB hat an der Rechtslage zum allgemeinen Persönlichkeitsrecht nichts geändert.

b) Geldentschädigung bei Verletzung des allgemeinen Persönlichkeitsrechts

487 Nicht geschützt ist die Ehre.[814] Eine Ehrverletzung kann einen **Entschädigungsanspruch** nur auslösen, wenn sie einen schweren Eingriff in das allgemeine Persönlichkeitsrecht darstellt. Einen **Schmerzensgeldanspruch** begründet eine Ehrverletzung oder eine Beeinträchtigung der gesellschaftlichen Stellung nur dann, wenn sie eine **Gesundheitsbeschädigung zur Folge** hat. Dasselbe gilt für den Anspruch des hintergangenen Ehegatten gegen den anderen Ehegatten oder einen Dritten.[815] Auch Ehrverletzungen in Anwaltsschriftsätzen kommen vor. Sie können grds. nur anspruchsbegründend sein, wenn sie nicht der Wahrung der Rechtsposition in einem laufenden Verfahren dienen.[816]

488 Einen besonderen Fall der Verletzung der Ehre und des Persönlichkeitsrechts entschied das LG Hanau.[817] Es wies die auf Zahlung von 200,00 € gerichtete Klage eines Schülers gegen einen Oberstudienrat ab, der den Schüler vor Klassenkameraden als »Du blöder Hammel, Du elender« beschimpft und mit mindestens einer Ohrfeige bedacht hatte. Dies sei kein ausreichend schwerer Eingriff, der zudem vom Schüler zumindest mit veranlasst war und für den sich der Oberstudienrat ausdrücklich entschuldigt hatte.

Das LG Oldenburg[818] gewährte einem Polizisten kein Schmerzensgeld und keine Entschädigung, der von einem betrunkenen Autofahrer mit »Wichser«, »Bullenschwein« und »Arschwichser« beleidigt worden war. Die Beschimpfungen hätten sich nicht gegen den Kläger als Person gerichtet.

---

811 Vgl. v. Bar, Rn. 150 bis 154.

812 Vgl. v. Bar, Karlsruher Forum 2003, S. 13, 14.

813 Vgl. v. Bar, Karlsruher Forum 2003, S. 11.

814 Müller, VersR 1993, 909 (909) (OLG Nürnberg, 22.05.1992 – 8 U 2539/91).

815 RGRK/Kreft, BGB, 12. Aufl. 1989, § 847 Rn. 20; Pawlowski, NJW 1983, 2809 entgegen OLG Hamm, Urt. v. 30.09.1981 – 8 U 186/79, NJW 1983, 1436.

816 Ein Anspruch könnte gerichtet sein auf Unterlassung oder Widerruf.

817 LG Hanau, Urt. v. 12.12.1990 – 4 O 1184/90, NJW 1991, 2028.

818 Beschl. v. 07.02.2013 – 5 S 595/12, unveröffentlicht.

489 Eine Verletzung des allgemeinen Persönlichkeitsrechts, die darin liegt, dass ein wegen behandlungsfehlerhaften Vorgehens verklagter Arzt sich zu seiner Verteidigung im Rechtsstreit von einem Vorbehandler Informationen und Behandlungsunterlagen beschafft, stellt zwar eine Verletzung des allgemeinen Persönlichkeitsrechts dar, löst aber keinen Anspruch auf eine Geldentschädigung aus, weil es sich nicht um einen schwerwiegenden Eingriff handeln soll.[819]

490 Verletzt ein Arzt die ihm obliegende Pflicht zur Aufklärung des Patienten, liegt darin zugleich eine Verletzung des allgemeinen Persönlichkeitsrechts des Patienten. Die Rechtsprechung hat es aber seit jeher abgelehnt, daraus einen Schadensersatzanspruch für den Patienten abzuleiten.

491 Obwohl weder in § 823 Abs. 1 BGB noch in § 847 BGB a. F. genannt, hat die Rechtsprechung das aus Art. 1 und 2 GG folgende allgemeine Persönlichkeitsrecht auch zivilrechtlich als absolutes Recht herausgearbeitet und folgerichtig den gegen unerlaubte Handlungen geschützten absoluten Rechtsgütern gleichgestellt. Persönlichkeitsverletzungen können daher nicht nur Abwehransprüche, sondern auch auf Zahlung von Geld gerichtete Ansprüche auslösen.

492 Mögliche Beispiele für die Verletzung des allgemeinen Persönlichkeitsrechts sind:[820]
- unwahre Presseveröffentlichungen,
- unautorisierte personenbezogene Werbung,
- Mobbing,
- unautorisierte Weitergabe ärztlicher (Intim-) Diagnosen,
- Einwerfen von Werbung in einen Briefkasten mit entgegenstehendem Verbotsaufkleber,
- ungenehmigte Rundfunksendung eines aufgezeichneten Interviews eines Strafgefangenen,
- rechtswidrig angeordnete Untersuchungshaft,[821]
- rechtswidrig angeordnete und über einen längeren Zeitraum durchgeführte Abhörmaßnahmen.[822]
- Androhung von Folter durch polizeiliche Vernehmungsbeamte.

493 Allerdings ist zu beachten, dass der Entschädigungsanspruch bei Verletzung des allgemeinen Persönlichkeitsrechts, anders als der Schmerzensgeldanspruch, nicht schon bei jeder Rechtsgutverletzung entsteht. Vielmehr setzt eine Geldentschädigung voraus, dass es sich um einen **schwerwiegenden Eingriff** handelt und die Beeinträchtigung nicht in anderer Weise – etwa durch Widerruf – befriedigend ausgeglichen werden kann.[823] Ob sie schwerwiegend ist, hängt insb. von der Bedeutung und Tragweite des Eingriffs ab, ferner von seinem Anlass und dem Beweggrund des Handelnden sowie vom Grad seines Verschuldens.[824] Diese zusätzlichen Kriterien sind aus den Besonderheiten des allgemeinen Persönlichkeitsrechts unter Berücksichtigung besonderer Abwehransprüche entwickelt worden und eignen sich schon deshalb nicht zur Übertragung auf das eigentliche Schmerzensgeld.

494 Grundlegend hat der BGH[825] dargelegt, dass die Darstellung des Leichnams eines nahen Angehörigen in einer TV-Berichterstattung zwar den postmortalen Schutzbereich des

819 OLG Köln, Urt. v. 13.01.2010 – 5 U 41/09, VersR 2010, 1454.

820 Ebbing, ZGS 2003, 223 (226).

821 BGH, Urt. v. 23.10.2003 – III ZR 9/03, VersR 2004, 332 m. Anm. Jaeger, 336.

822 BGH, Urt. v. 23.10.2003 – III ZR 9/03, VersR 2004, 332 m. Anm. Jaeger, 336.

823 Müller, VersR 2005, 1461 (1470).

824 BGH, Urt. v. 15.11.1994 – VI ZR 56/94, VersR 1995, 305 (308); Steffen, NJW 1997, 10 ff., 12; Kullmann, MedR 2001, 343; Müller, VersR 2003, 1 (5). Diese Rspr. hat das BVerfG, Beschl. v. 26.08.2003 – 1 BvR 1338/00, NJW 2004, 591, ausdrücklich als mit dem GG vereinbar angesehen.

825 BGH, Urt. v. 06.12.2005 – VI ZR 265/04, VersR 2006, 276; eingehend zu dieser Entscheidung: Müller, VersR 2006 1289 (1291).

Verstorbenen verletzen kann, was aber für sich genommen nicht bedeutet, dass dadurch auch Hinterbliebene in ihrem eigenen Persönlichkeitsrecht verletzt werden.[826]

495 Eine Verletzung des allgemeinen Persönlichkeitsrechts kann auch darin liegen, wenn ein Patient nicht in die Warteliste für eine Organvermittlung aufgenommen wird. Das BVerfG[827] hat die Verfassungsbeschwerde eines der deutschen Sprache nur unzureichend mächtigen Patienten angenommen, um ihm die Durchsetzung seiner Grundrechte zu ermöglichen. Die Grundrechtsverletzung habe besonderes Gewicht, weil der Beschwerdeführer durch die angegriffene Entscheidung in existenzieller Weise betroffen sei.

496 Eingeleitet wurde die Rechtsprechung zur Verletzung des allgemeinen Persönlichkeitsrechts durch das sog. **Herrenreiterurteil**,[828] welches einen Anspruch allerdings noch aus § 847 BGB abgeleitet hat. Diese Rechtsprechung ist dann später durch zahlreiche weitere Entscheidungen ausgebaut und gefestigt worden. Dabei wird immer wieder deutlich gemacht, dass der Anspruch seiner Rechtsnatur nach auf eine Geldentschädigung gerichtet ist und nicht auf ein Schmerzensgeld.[829]

497 Das BverfG hat diese Rechtsprechung als verfassungsgemäß bestätigt.[830]

c) Einzelfälle

498 In der Rechtsprechung sind u. a. folgende Entscheidungen zur Verletzung des Persönlichkeitsrechts durch unerwünschte Berichterstattung[831] bekannt geworden:

Übersicht 4: Entscheidungen zur Verletzung des Persönlichkeitsrechts

499

•	»Caterina Valente« (BGH, Urt. v. 18.03.1959 – IV ZR 182/58, BGHZ 30, 7 ff. = JR 1959, 379 m. Anm. Werner = NJW 1959, 1269),
•	»Luxemburger Wort« (BGH, Urt. v. 08.03.1966 – VI ZR 176/64, NJW 1966, 1213 = VersR 1966, 591),
•	»Mephisto« (BGH, Urt. v. 20.03.1968 – I ZR 44/66, BGHZ 50, 133 ff. = JZ 1968, 697 ff. (m. Anm. Neumann-Duesberg: JZ 1968, 705 f.) = NJW 1968, 1773 ff. – »Mephisto«. Zahlreiche weitere Nachweise finden sich in BGH, Urt. v. 26.01.1971 – VI ZR 95/70, VersR 1971, 465 = LM § 847 BGB Nr. 41 = NJW 1971, 698),
•	Pressebericht über die Scheidung eines Prinzen (BGH, Urt. v. 29.06.1999 – VI ZR 264/98, VersR 1999, 1250 ff.),
•	Ministerpräsident Stolpe unter Stasiverdacht (BGH, Urt. v. 16.06.1998 – VI ZR 205/97, BGHZ 139, 95 ff.),
•	Polizeichef unter Rotlichtverdacht (BGH, Urt. v. 30.01.1996 – VI ZR 386/94, BGHZ 132, 13 ff.),
•	Kommunalpolitikerin (Angestellte) unter Korruptionsverdacht (BGH, Urt. v. 29.06.1999 – VI ZR 264/98, VersR 1999, 1250 ff.),

826 Vgl. dazu auch Müller, VersR 2008, 1141 (1154).

827 BVerfG, Beschl. v. 28.01.2013 – 1 BvR 274/12, GesR 2013, 308.

828 BGH, Urt. v. 14.02.1958 – I ZR 151/56, BGHZ 26, 349. Inzwischen ist die Begründung für eine Entscheidung eine andere, vgl. Rdn. 12 f., 487.

829 Müller in Handbuch des Persönlichkeitsrechts, S. 819.

830 BVerfG, Beschl. v. 14.02.1973 – 1 BvR 112/65, BVerfGE 34, 269. Ausführlich zur Entwicklungsgeschichte: Staudinger/Schiemann, BGB, 2005, § 2153 Rn. 51 ff.; zu Schmerzensgeldansprüchen wegen Verletzung des Persönlichkeitsrechts in der Werbung und in den Medien s. Scholtissek, WRP 1992, 612 ff.

831 Müller, VersR 2008, 1141 (1142).

- kritische Presseberichterstattung über Arztfehler eines Gynäkologen (BGH, Urt. v. 26.11.1996 – VI ZR 323/95, VersR 1997, 325 ff.),
- erfundenes Interview mit einer Prinzessin, erfundene Brustkrebserkrankung und Paparazzifotografien (BGH, Urt. v. 15.11.1994 – VI ZR 56/94, BGHZ 128, 1 ff.; BGH, Urt. v. 05.12.1995 – VI ZR 332/94, VersR 1996, 339; BGH, Urt. v. 19.12.1995 – VI ZR 15/95, BGHZ 131, 332 ff.),
- kommerzielle Nutzung eines Fotos von Bob Dylan (BGH, Urt. v. 01.10.1996 – VI ZR 206/95, NJW 1997, 1152 ff.),
- kommerzielle Nutzung eines Fotos von Joachim Fuchsberger als Brillenträger (BGH, Urt. v. 14.04.1992 – VI ZR 285/91, VersR 1993, 66 ff.),
- kommerzielle Nutzung eines Fotos eines Schauspielers (BGH, Urt. v. 14.03.1995 – VI ZR 52/94, VersR 1995, 667 ff.),
- kommerzielle Nutzung eines Fotos der Sängerin Nena (BGH, Urt. v. 14.10.1986 – VI ZR 10/86, JZ 1987, 158 f.),
- kommerzielle Verwertung von Bild und Namen von Marlene Dietrich (Bei dieser Entscheidung [BGH, Urt. v. 01.12.1999 – I ZR 226/97, VersR 2000, 1160 ff.] ging es um das postmortale Persönlichkeitsrecht; ebenso bei den Entscheidungen des BGH v. 01.12.1999 – I ZR 49/97, BGHZ 143, 214 ff. = NJW 2000, 2195 ff. = VersR 2000, 1154 ff. und v. 14.05.2002 – VI ZR 220/01, BGHZ 151, 26 ff. = NJW 2002, 2317 ff. = VersR 2002, 903 ff.),
- ins Internet eingestelltes Computerspiel, in welchem eine intime Beziehung der Betroffenen zu einem weltbekannten Tennisspieler in besonders herabwürdigender Weise nachgestellt werden soll (Fall Ermakova) (LG München I, Urt. v. 14.11.2001 – 9 O 11617/01, NJW-RR 2002, 689 ff.),
- **eine Vielzahl unwahrer Presseveröffentlichungen über ein Mitglied eines Königshauses** (OLG Hamburg, Urt. v. 30.07.2009 – 7 U 4/08, AfP 2009, 509 = GRUR-RR 2009, 438 = NJW-RR 2010, 624 = ZUM-RD 2010, 670).

  Das LG Frankfurt sprach Markus Gäfken, einem Kindesentführer und Kindesmörder eine Geldentschädigung wegen Verletzung des allg. Persönlichkeitsrechts von 3.000,00 € zu. Die Polizei hatte ihm im Verhör mit Gewalt gedroht, um zu erreichen, dass er den Aufenthalt des Kindes preisgebe, von dem die Beamten annahmen, dass es noch lebe. Der Antrag auf Zahlung von Schmerzensgeld wurde zurückgewiesen. Der EUGH für Menschenrechte (Urt. v. 01.06.2010 – 22978/05, NJW 2010, 3145) hatte die Drohung mit körperlicher Gewalt als verbotene Folter angesehen.

500 In all diesen Fällen ist der BGH von der ursprünglichen Begründung im »Herrenreiterfall«[832] abgerückt und hat klargestellt, dass für die Verletzung des allgemeinen Persönlichkeitsrechts **kein Schmerzensgeld** zu zahlen ist, sondern eine **Geldentschädigung**. Der Entschädigungsanspruch ist ein besonderer Anspruch, der auf den Schutzauftrag aus Art. 1 und 2 GG zurückgeht.[833] Die Zubilligung einer Geldentschädigung wegen einer schweren Persönlichkeitsrechtsverletzung hat ihre Wurzeln im Verfassungsrecht und Zivilrecht und stellt keine strafrechtliche Sanktion dar.[834] Änderungen der §§ 847, 253 BGB können die Rechtslage demnach nicht beeinflussen. Bei Körper- und Gesundheitsverletzungen geht es um eine andere Art von Persönlichkeitsverletzungen als bei Verletzungen bzw. Verschiebungen des sozialen Profils einer Person.[835]

832 BGH, Urt. v. 14.02.1958 – I ZR 151/56, BGHZ 26, 349 (Herrenreiter) wurde insoweit aufgegeben, zuerst mit BGH, Urt. v. 19.09.1961 – VI ZR 259/60, BGHZ 35, 363 = VersR 1962, 562 (Ginsengwurzel).

833 Schwerdtner, S. 27 ff.; Müller, VersR 2003, 1 (2 f.).

834 BGH, Urt. v. 05.10.2004 – VI ZR 255/03, BGHZ 160, 298 = VersR 2005, 125 = NJW 2005, 215.

835 Vgl. v. Bar, Karlsruher Forum 2003, S. 11.

501 Einen Anspruch verneint hat das AG Pinneberg[836] in einem Fall, in dem ein Autofahrer einem anderen den ausgestreckten Mittelfinger gezeigt hatte. Abgesehen davon, dass das Gericht trotz einschlägiger Zitate nicht erkennt, dass die Verletzung des Persönlichkeitsrechts keinen Schmerzensgeldanspruch gibt, sondern einen Anspruch auf Geldentschädigung, sieht es zutreffend in dem »Stinkefinger« keinen schwerwiegenden Eingriff.

502 Auch das heimliche Einholen eines DNA-Gutachtens zur Feststellung der Vaterschaft soll trotz des rechtswidrigen Eingriffs in das Persönlichkeitsrecht keinen Anspruch auf Schmerzensgeld (gemeint ist wohl: eine Geldentschädigung) auslösen. Dies gelte insb. dann, wenn es bei der Einholung des Gutachtens an einem schweren Verschulden fehle und die Tragweite des Gutachtenergebnisses im Wesentlichen auf den engeren Familienkreis beschränkt geblieben sei.[837]

503 Ehrenkränkende Äußerungen in einem Zivilprozess oder gegenüber Strafverfolgungsbehörden werden dagegen nicht sanktioniert, weil sie der Rechtsverfolgung oder Rechtsverteidigung dienen oder in Wahrnehmung staatsbürgerlicher Rechte und Pflichten gemacht werden.[838]

504 Die **Abgrenzung zu vermögensrechtlichen Streitigkeiten** wird oft schwierig, wenn es sich um Presseveröffentlichungen handelt. Der BGH[839] hat folgende **Unterscheidungsformel** entwickelt:

»Unterlassungsansprüche, die den sozialen Geltungsanspruch des Betroffenen in der Öffentlichkeit schützen sollen, sind grundsätzlich als nichtvermögensrechtlich einzuordnen, sofern sich nicht aus dem Klagevorbringen oder offenkundigen Umständen ergibt, dass es dem Kläger im Wesentlichen auch um die Wahrung wirtschaftlicher Belange geht; bloße vermögensrechtliche Reflexwirkungen bleiben außer Betracht.«

505 ► **Hinweis:**

Die jeweiligen Nachteile für eine Person aus einer solchen Presseveröffentlichung müssen schadensrechtlich für sich bewertet werden, auch wenn sie durch ein und dieselbe Handlung bewirkt wurden. Wer z. B. infolge eines kränkenden Zeitungsartikels und darin enthaltenen frei erfundenen Behauptungen einen psychischen Gesundheitsschaden erleidet, hat wegen des Letzteren einen Schmerzensgeldanspruch und ggf. einen zusätzlichen Anspruch auf Geldentschädigung wegen Verletzung des allgemeinen Persönlichkeitsrechts.

506 Noch wichtiger ist es aber, i. R. d. Schadensrechts dem Geschädigten wenigstens alternativ zu seinem Anspruch auf Verlustkompensation einen allgemeinen Anspruch auf Gewinnherausgabe auch und gerade bei Verletzung des Persönlichkeitsrechts einzuräumen. Auf diese Frage hat v. Gerlach aufmerksam gemacht.[840]

507 Der BGH hat es mit Billigung des BVerfG[841] zugelassen, mit der **Geldentschädigung zur Prävention gegen besonders rücksichtslose Vermarktung der Persönlichkeit** in einem Presseorgan zwar nicht den Gewinn des Herausgebers abzuschöpfen, bei der Bemessung der Geldentschädigung aber seinem rücksichtslosen Gewinnstreben Rechnung zu tragen.[842] Zuletzt

836 AG Pinneberg, Urt. v. 30.10.2002 – 63 C 124/02, ZfS 2003, 73.

837 AG Wettern, Urt. v. 29.08.2005 – 8 C 132/05, FamRZ 2006, 552 f.

838 BGH, Urt. v. 28.12.2012 – VI ZR 79/11, VersR 2012, 502 = MDR 2012, 518.

839 BGH, Urt. v. 16.02.1993 – VI ZR 127/92, VersR 1993, 614 (615).

840 Vgl. v. Gerlach, VersR 2002, 917.

841 BVerfG, Beschl. v. 08.03.2000 – 1 BvR 1127/96, NJW 2000, 2187.

842 Steffen, DAR 2003, 201 (203).

formulierte der BGH:[843] *»Bei der Bemessung der Geldentschädigung stellen der Gesichtspunkt der Genugtuung des Opfers, der Präventionsgedanke und die Intensität der Persönlichkeitsrechtsverletzung Bemessungsfaktoren dar, die sich je nach Lage des Falles unterschiedlich auswirken können«*. Für eine wiederholte und hartnäckige Verletzung des Rechts am eigenen Bild, die um des wirtschaftlichen Vorteils willen erfolgte, hat der BGH eine Geldentschädigung i. H. v. 75.000,00 € gebilligt, aber darauf hingewiesen, dass die Geldentschädigung zwar auch der Gewinnabschöpfung diene,[844] aber nicht eine Höhe erreichen dürfe, die die Pressefreiheit unverhältnismäßig einschränke.

508 Viel zu niedrig fiel eine Geldentschädigung aus, die einem jungen Strafgefangenen gewährt wurde, dessen allgemeines Persönlichkeitsrecht in einer von ihm nicht genehmigten Rundfunksendung verletzt wurde. Das OLG Karlsruhe[845] erkannte auf einen Betrag von 3.000,00 €, obwohl es die Verletzung des Persönlichkeitsrechts als schwerwiegend ansah; die Persönlichkeit des Klägers sei an ihrer Basis betroffen gewesen und der Intimbereich der Persönlichkeitssphäre sei verletzt worden. Obwohl das Gericht den Vorfall zum Anlass nahm, den Vorgang um die psychischen Befindlichkeiten des Klägers als Straftäter in der Resozialisierung dem Intimbereich zuzuordnen und ggü. der »zunehmenden Rücksichtslosigkeit der Medien vor Tabuzonen« zu schützen, erkannte es nur auf einen Betrag von 3.000,00 €, fand zur Bemessung dieses Betrages keinerlei Begründung und meinte lapidar, der Betrag »ist zum Ausgleich der Persönlichkeitsverletzung angemessen«.

509 Der III. Zivilsenat des BGH[846] hat dem Grunde nach eine Geldentschädigung zuerkannt für rechtswidrig erlittene Untersuchungshaft und für rechtswidrig angeordnete und über einen Zeitraum von 20 Monaten durchgeführte Abhörmaßnahmen. Leider verwendet der – vorwiegend mit Amtshaftungssachen befasste – Senat die Termini Schmerzensgeld und Geldentschädigung synonym. Das Beispiel des BGH macht Schule. Auch das OLG Frankfurt am Main[847] spricht einem Kläger (Urheber) wegen unrechtmäßig kopierter Texte einen Schadensersatz- und einen Schmerzensgeldanspruch aus § 97 Abs. 2 UrhG zu, um ihm eine anders nicht mögliche Genugtuung zu verschaffen.

510 Anscheinend besteht aber auch eine **Tendenz zur Ausweitung des Schutzes** des allgemeinen Persönlichkeitsrechts. So ist es wohl zu erklären, dass das LAG München[848] sogar einer Stellenbewerberin wegen Verstoßes gegen das Benachteiligungsverbot des § 611a BGB ein »Schmerzensgeld« zuerkannt hat.

3. Wrongful life

511 Ein **Ersatzanspruch des behindert geborenen Kindes** gegen den Arzt besteht nicht, wenn eine Schädigung des Ungeborenen, die den Wunsch der Mutter auf Unterbrechung der Schwangerschaft gerechtfertigt hätte, von dem die Mutter beratenden Arzt nicht erkannt worden ist.[849]

843 BGH, Urt. v. 12.12.1995 – VI ZR 223/94, NJW 1996, 985 = VersR 1996, 341; BGH, Urt. v. 05.10.2004 – VI ZR 255/03, VersR 2005, 125 = NJW 2005, 215 unter Hinweis auf BGH, Urt. v. 15.11.1994 – VI ZR 56/94, BGHZ 128, 1 = VersR 1995, 305 = NJW 1995, 861.

844 Diederichsen, VersR 2005, 433 (437).

845 OLG Karlsruhe, Urt. v. 11.12.2002 – 6 U 135/02, OLGR 2003, 222.

846 BGH, Urt. v. 23.10.2003 – III ZR 9/03, VersR 2004, 332 m. Anm. Jaeger, 336.

847 OLG Frankfurt am Main, Urt. v. 04.05.2002 – 11 U 6/02 und 11 U 11/03, CR 2004, 617.

848 LAG München, Urt. v. 10.04.1992 – 3 Sa 800/91, BB 1992, 1285.

849 BGH, Urt. v. 18.01.1983 – VI ZR 114/81, VersR 1983, 396 (398) = NJW 1983, 1371 (1373).

512 Der **BGH** hat dazu ausgeführt:

»Hier stellt sich für die inländische höchstrichterliche Rechtsprechung erstmalig unmittelbar das Problem, das im angelsächsischen Sprachbereich als »wrongful life« bezeichnet wird. Der Beklagte hat den bedauernswerten Zustand des Kindes nicht verursacht ... Er hat jedoch unter Verstoß gegen seine gegenüber der Mutter übernommene Behandlungspflicht nicht ermöglicht, dass die Geburt eines gesundheitlich erheblich gefährdeten Kindes, bei dem sich diese Gefährdung dann auch in schwerer Form verwirklicht hat, nicht durch den Abbruch der Schwangerschaft verhindert wurde. Insoweit in Übereinstimmung mit dem Berufungsgericht ist der Senat der Ansicht, dass das Kind hieraus Ansprüche nicht herleiten kann.

... Ausländische Entscheidungen, die aber schon wegen der verschiedenen Rechtsgrundlagen nur beschränkt für das inländische Recht Bedeutung haben können, sind – soweit ersichtlich – in England und in den Vereinigten Staaten ergangen. In England ist ein Anspruch des Kindes unlängst verneint worden (Urteil des [London] Court of Appeal vom 19.02.1982 in Sachen McKay v. Essex Health Authority and Another – Bericht in Law Report February 22, 1982, Court of Appeal; vgl. auch den Abdruck der Richter-«opinions« in dieser Sache in: The Weekly Law Reports 82, 890 ff.). Die in der Zwischenzeit dort in Kraft getretene gesetzliche Regelung schließt Ansprüche des Kindes ohnehin aus (vgl. Finch New Law Journal 82, 235, 236). Auch in den Vereinigten Staaten ist diese Auffassung seit längerer Zeit ganz herrschend; Ansprüche des Kindes sind nur in einem einzigen Fall (Court of Appeal in California i. s. Curlender v. Bio-Science 1980) rechtskräftig bejaht worden (zitiert nach der Übersicht im »Opinion« von L. J. Stephenson, in: The Weekly Law Reports, a. a. O., S. 904) ...

In dem das Recht der Bundesrepublik Deutschland betreffenden Schrifttum sind die Ansichten geteilt, wobei die Ablehnung eines Anspruchs des Kindes überwiegt ...

Der Senat folgt bei seiner Ablehnung eines kindlichen Schadensersatzanspruchs aus dem Rechtsgrund »wrongful life« bzw. »wrongful birth« folgenden Erwägungen:

a) Eine unmittelbare deliktsrechtliche Pflicht, die Geburt einer Leibesfrucht deshalb zu verhindern, weil das Kind voraussichtlich mit Gebrechen behaftet sein wird, die sein Leben aus der Sicht der Gesellschaft oder aus seiner unterstellten eigenen Sicht (für die naturgemäß nicht der geringste Anhalt besteht) »unwert« erscheinen lässt, müsste innerhalb des allgemein auf Integritätsschutz ausgerichteten Kreises der deliktischen Verhaltensnormen einen Fremdkörper bilden. Es gibt sie nicht. Das gilt selbst für Fälle, in denen – anders als hier – nicht nur die Gefahr einer Schädigung besteht, sondern z. B. im Wege der heute in verdächtigen Fällen weitgehend üblichen Amniocentese (Fruchtwasseruntersuchung) ein schwerer genetischer Mangel – etwa beim Mongolismus – einigermaßen sicher zu prognostizieren ist.
Und das gilt auch, obgleich nach vielleicht überwiegender Meinung und wohl auch rechtstatsächlicher Praxis die Geburt jedenfalls solcher Kinder verhindert werden sollte. Das menschliche Leben, das nach Abschluss der Nidation auch den Nasciturus umfasst (BVerfGE 39, 1 (37), ist ein höchstrangiges Rechtsgut und absolut erhaltungswürdig. Das Urteil über seinen Wert steht keinem Dritten zu. Daher ist auch anerkannt, dass die Pflicht, das Leben eines Erkrankten oder schwer Verletzten zu erhalten, nicht von dem Urteil über den Wert des erhaltbaren Lebenszustandes abhängig gemacht werden darf. Nur bei der Frage, inwieweit nur noch einzelne Lebensfunktionen durch künstliche Maßnahmen ohne Hoffnung auf Besserung aufrechtzuerhalten sind, mag dieser Grundsatz eine gewisse Grenze finden (vgl. Sax, JZ 1975, 137, 149). Darum aber geht es hier nicht. Allgemein erlaubt gerade die durch die Erfahrung mit der nationalsozialistischen Unrechtsherrschaft beeinflusste Rechtsprechung der Bundesrepublik Deutschland aus gutem Grund kein rechtlich relevantes Urteil über den Lebenswert fremden Lebens (vgl. etwa Hagen, a. a. O., S. 7).

b) Darum könnte sich die eine Ersatzpflicht begründende Pflichtwidrigkeit des Beklagten ohnehin nur aus dem Behandlungsverhältnis zur Mutter ergeben.
   aa) Einerseits können allerdings auch Vertragspflichten, selbst wenn sie einem Dritten gegenüber bestehen, gleichzeitig eine deliktische Einstandspflicht begründen (Nachweise etwa bei Palandt/Thomas, Anm. 2 der Übersicht vor § 823). Insoweit aber gilt das bereits Gesagte. Weder die Ermöglichung noch die Nichtverhinderung von Leben verletzt (anders, soweit die

Qualität dieses Lebens durch Tun oder Unterlassen erst beeinträchtigt wird) ein nach § 823 Abs. 1 BGB geschütztes Rechtsgut. Das ist nicht nur eine dogmatische Erwägung. Sie wird vielmehr auch dadurch gestützt, dass schon die ethische Wertung des erlaubten Schwangerschaftsabbruchs in der allgemeinen Meinung keine einheitliche ist (wobei sich der Beklagte hier allerdings nie auf ethische Bedenken berufen hat; er hätte sonst auch die Beratung und Behandlung der Mutter ablehnen müssen).

Vor allem nämlich entzieht es sich, eben weil es nicht um ein Integritätsinteresse geht, den Möglichkeiten einer allgemeinverbindlichen Beurteilung, ob Leben mit schweren Behinderungen gegenüber der Alternative des Nichtlebens überhaupt im Rechtssinne einen Schaden oder aber eine immer noch günstigere Lage darstellt (vgl. dazu die Stellungnahme von L. J. Stephenson, in: The Weekly Law Reports, a. a. O., S. 90: »Man, who knows nothing of death or nothingness, cannot possibly know, wether that is so.«).

Damit bleibt nur eine unmittelbare Vertragspflicht des Beklagten zu prüfen, die dieser vermöge einer (gegebenenfalls nur sinngemäß) vereinbarten Schutzwirkung zugunsten des noch ungeborenen Kindes diesem gegenüber zu erfüllen gehabt hätte. Auch das vermag der Senat indessen nicht zu bejahen, obwohl ein solcher Behandlungsvertrag in anderer Richtung sehr wohl Schutzwirkungen für das Kind entfalten kann, wie auch das Berufungsgericht erkennt.

Es stünde dem allerdings nicht entgegen, dass das Kind im Zeitpunkt des haftungsbegründenden Verhaltens des Beklagten noch nicht rechtsfähig war (§ 1 BGB). Auch für das Deliktsrecht ist (s. o.) anerkannt, dass eine haftungsbegründende Handlung vor der Geburt des Geschädigten (BGHZ 58, 48 [BGH 11.01.1972 – VI ZR 46/71] = VersR 1972, 372), ja sogar vor der Erzeugung liegen kann (BGHZ 8, 243).«

513 Erst in jüngster Zeit ist in den Niederlanden eine Entscheidung eines OLG ergangen, die dem behindert geborenen Kläger einen Schmerzensgeldanspruch für seine Existenz zubilligt. Das Urteil ist noch n.rk. Das Gericht hat die Verantwortung für diese Situation dem Gesetzgeber zugeschoben.

514 Von diesem Fall zu unterscheiden ist der Anspruch eines schwerst hirngeschädigt geborenen Kindes, dessen Behinderung darauf beruht, dass der behandelnde Arzt die Leibesfrucht durch die Gabe von Medikamenten geschädigt und anschließend einen rechtmäßigen Schwangerschaftsabbruch fehlerhaft unterlassen hat.[850] In einem solchen Fall hat das **Kind** einen **Anspruch auf Ersatz des behinderungsbedingten Mehraufwands**; dessen Eltern sind insoweit lediglich mittelbar Geschädigte, ohne eigenen Anspruch, denn der Schutz des Vermögens der Eltern fällt i. d. R. nicht in den Schutzbereich des Behandlungsvertrages. Wenn aufgrund der Schädigung der Leibesfrucht ein Schwangerschaftsabbruch rechtmäßig vorgenommen werden darf, kommt jedoch zusätzlich eine Haftung des Arztes ggü. den Eltern in Betracht.

515 Hiervon zu unterscheiden ist auch der Fall, dass der die Mutter beratende Arzt die Gefahr der Schädigung eines Ungeborenen (hier: durch Röteln-Erkrankung der Mutter während der Frühschwangerschaft), die den Wunsch der Mutter auf Unterbrechung der Schwangerschaft gerechtfertigt hätte, schuldhaft nicht erkannt hat. Der Arzt haftet den **Eltern auf Ersatz der durch die Behinderung bedingten Mehraufwendungen**. Ein Ersatzanspruch des Kindes gegen den Arzt besteht nicht.[851] Nachdrücklich weist der BGH aber darauf hin, dass für die Prüfung der Voraussetzungen einer medizinischen Indikation i. S. d. § 218a Abs. 2 StGB für einen rechtmäßigen Schwangerschaftsabbruch die nach »ärztlicher Erkenntnis« gebotene Prognose regelmäßig die Einholung eines Sachverständigengutachtens erforderlich macht.[852]

---

850 OLG Karlsruhe, Urt. v. 13.06.2003 – 7 W 20/03, OLGR 2003, 439.

851 Grundsatzentscheidung des BGH, Urt. v. 18.01.1983 – VI ZR 114/81, VersR 1983, 396; vgl. auch BGH, Urt. v. 16.11.1993 – VI ZR 105/92, VersR 1994, 425; zu dieser Problematik auch Wagner, NJW 2002, 3379.

852 BGH, Urt. v. 15.07.2003 – VI ZR 203/02, VersR 2003, 1541 = NJW 2003, 3411 = MDR 2004, 32.

E. Haftung

I. Ersatzpflichtige

1. Mehrere Täter

516 Mehrere deliktisch Handelnde haften als **Gesamtschuldner**, vgl. § 840 Abs. 1 BGB.[853] Zahlungen eines Gesamtschuldners auf den Schmerzensgeldanspruch wirken daher auch zugunsten der anderen Schädiger, vgl. § 422 Abs. 1 BGB. Eine solche Gesamtschuldnerschaft mit wechselseitiger Tilgungswirkung hat die Rechtsprechung[854] bspw. auch in einem Fall angenommen, in welchem der durch einen Unfall Verletzte bei der späteren ärztlichen Behandlung weitere Verletzungen aufgrund von Behandlungsverschulden des Mediziners erlitten hatte. Die Zahlung des Unfallverursachers war daher auf den Schmerzensgeldanspruch gegen den Arzt, der die Unfallverletzung behandlungsfehlerhaft behandelt hat, anzurechnen.

517 Der **Innenausgleich** mehrerer Gesamtschuldner richtet sich nach § 426 Abs. 1, Abs. 2 BGB, wonach die Gesamtschuldner im Verhältnis zueinander zu gleichen Teilen verpflichtet sind, sofern nicht »etwas anderes bestimmt« ist. Die Gesamtschuldner haften mithin nach Kopfteilen. Eine andere Regelung kann sich insb. aus Vertrag ergeben. Im Bereich des Deliktsrechts richtet sich die Verteilung des Schadens nach dem Maß der jeweiligen Verursachungsquoten, vgl. § 254 BGB.[855] So wird bspw. eine Ausgleichspflicht des nur aus Ingerenz Haftenden neben dem eigentlichen Verursacher der Gefahr abgelehnt.[856]

518 ► Hinweis:

Haftungsträchtig ist § 423 BGB, wonach ein Vergleich eines Gesamtschuldners mit dem Gläubiger i. d. R. nicht für die übrigen Gesamtschuldner gilt. Es tritt daher nur i. H. d. tatsächlich gezahlten Beträge (§ 422 BGB!) Erfüllung ein, der Geschädigte könnte die übrigen Gesamtschuldner also in der den Vergleich übersteigenden Höhe in Anspruch nehmen. Um dieses Ergebnis zu vermeiden, muss im Fall möglicher Gesamtschuldnerschaft der Vergleich gut durchdacht und abgesichert werden, üblicherweise durch Abtretungserklärungen.[857]

519 Das Zusammentreten mehrerer Schädiger kann noch weitere Fragen aufwerfen. Relativ leicht wird übersehen, dass im Fall der **Nichtfeststellbarkeit einer Ursächlichkeit mehrerer Beteiligter** nach § 830 Abs. 1 Satz 2 BGB jeder der Beteiligten für den Schaden einzustehen hat, auch und gerade wenn ihm eine konkrete Kausalität nicht nachgewiesen werden kann. Dies gilt aber nicht, wenn nur tatsächliche Ermittlungsschwierigkeiten (etwa der Person eines unfallflüchtigen Beteiligten) bestehen.[858] Ebenso wenig ist § 830 Abs. 1 Satz 2 BGB anwendbar, wenn die Unfallverursachung eines der Beteiligten sicher feststeht.

520 ► Beispiel:

Der Fußgänger F wird von A angefahren, als er einen Zebrastreifen überquert. Der hinter A fahrende B überrollt den F auch noch. Es kann nicht geklärt werden, ob die Verletzungen des F durch das Anfahren oder das Überrollen verursacht wurden.

853 Vgl. hierzu unter Rdn. 639 ff. das Sonderproblem der Regressbehinderung durch Haftungsbeschränkung.

854 OLG Braunschweig, Urt. v. 11.03.2004 – 1 U 77/03, GesR 2004, 238 = SP 2004, 334.

855 Luckey, Jura 2002, 477 (478).

856 BGH, Urt. v. 22.04.1980 – VI ZR 134/78, NJW 1980, 2348.

857 Vgl. daher hierzu die Schriftsatzmuster unter Rdn. 1704 ff.

858 Vgl. OLG Celle, Urt. v. 02.11.2000 – 14 U 277/99, VersR 2002, 1300 = ZfS 2001, 308.

Hätte A den F nicht zu Fall gebracht, hätte B ihn nicht überfahren können; das Verhalten des A ist daher in jedem Fall kausal für die Verletzungen, da auch das Überfahren durch B nicht den Kausalzusammenhang unterbricht. Folglich haftet A; eine Haftung des B scheidet mangels bewiesener Kausalität aus. § 830 Abs. 1 Satz 2 BGB wird mangels Kausalitätsungewissheit nicht angewandt.

521 Eine zwar seltene, aber doch schwierige Konstellation ergibt sich, wenn für **einen Schaden mehrere Unfälle** in Betracht kommen.

522 Das **OLG Celle**,[859] das über eine **Schädigung** der HWS des Klägers zu entscheiden hatte, die dieser bei vier unverschuldeten Unfällen erlitten hatte, hat dazu im LS ausgeführt:

»Kommen zwei Unfälle als selbstständige Ursachen für Beschwerden in Betracht, lässt sich aber das Ausmaß des jeweiligen Schadensumfangs nicht sicher feststellen, kommt § 830 Abs. 1 Satz 2 BGB zur Anwendung. Es muss aber versucht werden, gem. § 287 ZPO die Anteile der Schädiger an der Verursachung des Gesamtschadens im Wege der Schätzung zu ermitteln. Nur soweit dies nicht möglich ist, führt § 830 Abs. 1 Satz 2 BGB bei Anteilszweifeln zu einer gesamtschuldnerischen Haftung.«

523 Diese besondere Fallgestaltung liegt vor, wenn es infolge zeitlich einander folgender selbstständiger Unfälle jeweils zu einer Schädigung der HWS kommt.

524 Entsteht in einem solchen Fall ein Dauerschaden des Verletzten, haftet der Erstschädiger mangels abgrenzbarer Schadensteile grds. auch für den Dauerschaden, wenn die Folgen des Erstunfalls erst durch den Zweitunfall verstärkt worden sind. Der Zweitschädiger haftet für den Dauerschaden mangels abgrenzbarer Schadensteile schon dann, wenn der Zweitunfall lediglich mitursächlich für den Dauerschaden war.[860]

525 Der BGH hat am **haftungsrechtlichen Zurechnungszusammenhang** (haftungsausfüllende Kausalität) nicht gezweifelt, weil zwischen den beiden Unfällen nicht nur ein äußerlicher, gleichsam zufälliger Zusammenhang bestanden habe, weil der erste Unfall noch eine Schadensanfälligkeit hinterlassen habe, auf die die zweite Verletzungshandlung getroffen sei, mag auch erst Letztere zu einer besonderen Schwere der Gesundheitsbeschädigung geführt haben. In einem solchen Fall ist der **Erstschädiger** für den **Folgeschaden**, den endgültigen Schaden, mitverantwortlich. Nur wenn die Verletzungsfolgen des Erstunfalls im Zeitpunkt des zweiten Unfalls bereits ausgeheilt waren und deshalb der **zweite Unfall** allein zu den nunmehr vorhandenen Schäden geführt hat, scheidet eine **Mithaftung des Erstschädigers** aus. Ist dies nicht der Fall, können die Folgen des ersten Unfalls durch den zweiten Unfall (möglicherweise) nur (richtungsweisend) verstärkt worden sein, sodass die Mitursächlichkeit des ersten Unfalls nicht verneint werden kann.

526 In Ergänzung des Urteils v. 20.11.2001[861] hat der BGH die Haftung des Erstschädigers verneint, wenn der Beitrag des Erstunfalls zum endgültigen Schadensbild nur darin bestehe, dass eine anlagebedingte **Neigung des Geschädigten zu psychischer Fehlverarbeitung** geringfügig verstärkt werde;[862] dies reiche nicht aus, um eine Haftung des Erstschädigers für die Folgen des Zweitunfalls zu begründen. In einem solchen Fall habe der Unfall die Schadensanfälligkeit

859 OLG Celle, Urt. v. 02.11.2000 – 14 U 277/99, VersR 2002, 1300 = ZfS 2001, 308.

860 BGH, Urt. v. 20.11.2001 – VI ZR 77/00, VersR 2002, 200 = SP 2002, 89; Müller, ZfS 2005, 54 (60).

861 BGH, Urt. v. 20.11.2001 – VI ZR 77/00, VersR 2002, 200 = SP 2002, 89; Müller, ZfS 2009, 62 (65).

862 BGH, Urt. v. 10.02.2004 – VI ZR 218/03, NJW 2004, 1375 = VersR 2004, 529; BGH, Urt. v. 16.03.2004 – VI ZR 138/03, VersR 2004, 874 = NJW 2004, 1945; Diederichsen, DAR 2005, 301 (302); Müller, ZfS 2005, 54 (61).

des Verletzten nicht erst geschaffen, sondern nur die allgemeine Anfälligkeit für neurotische Fehlentwicklungen verstärkt. Das reiche nicht aus, um den erforderlichen haftungsrechtlichen Zusammenhang zwischen dem Erstunfall und den Folgen des Zweitunfalls zu begründen. Ein derart geringfügiger Beitrag zum endgültigen Schadensbild könne es bei der für die Beurteilung des Zurechnungszusammenhangs gebotenen wertenden Betrachtungsweise nicht rechtfertigen, den Erstschädiger auch für die Folgen des Zweitunfalls haften zu lassen.

527 Auch für den **Zweitschädiger** gilt das Beweismaß des § 287 ZPO. Mangels abgrenzbarer Schadensteile haftet auch der Zweitschädiger, auch dann, wenn eine besondere Schadensanfälligkeit des Verletzten anzunehmen wäre.

2. Minderjährige

528 Minderjährige können Schuldner eines Schmerzensgeldanspruchs sein. Nach § 828 Abs. 2 BGB besteht eine nur »sektorale« Deliktsfähigkeit ab 10 Jahren im Straßenverkehr. Bei einem »Unfall mit einem Kraftfahrzeug« sind Kinder unterhalb dieser Altersgrenze mithin weder Anspruchsgegner, noch kann ihnen ein Mitverschulden entgegengehalten werden.[863] Dahinter steht der Gedanke, dass Kinder bis zur Vollendung des zehnten Lebensjahres regelmäßig überfordert sind, die besonderen Gefahren des motorisierten Straßenverkehrs zu erkennen, insb. die Entfernungen und Geschwindigkeiten von anderen Verkehrsteilnehmern richtig einzuschätzen und sich diesen Gefahren entsprechend zu verhalten. Ein besonderes Problem stellen Zusammenstöße von Kindern mit parkenden Fahrzeugen dar. Bei verkehrsbedingt haltenden Fahrzeugen ist § 828 Abs. 2 BGB nach Auffassung des BGH einschlägig.[864] Allerdings wird eine einschränkende Auslegung, eine teleologische Reduktion des Merkmals »Unfall mit einem Kraftfahrzeug« vorgenommen,[865] sodass ein Unfall eines Kindes mit einem parkenden Auto i. d. R. nicht mehr von § 828 Abs. 2 BGB erfasst ist, da es hier an der typischen Überforderungssituation des fließenden Verkehrs fehlt. Anders hat dies der BGH[866] gesehen, wenn ein 9 Jahre alter Junge mit dem Fahrrad gegen ein mit geöffneten hinteren Türen am Fahrbahnrand stehendes Fahrzeug fährt. In diesem Fall ist der BGH von einer typischen Überforderungssituation ausgegangen, weil der Fahrer des Fahrzeuges eine besondere Gefahrenlage geschaffen habe, der das Kind, das zudem erst ca. 20 m vor dem parkenden Fahrzeug aus einer anderen Straße eingebogen sei, nicht gewachsen gewesen sei. Das Kind sei überfordert gewesen, die Gefahr richtig einzuschätzen und sich entsprechend zu verhalten.[867] Während die Beweislast für die Voraussetzungen des § 828 Abs. 2 BGB, inbes. hinsichtlich des Alters, beim Kind liegt, ist der Geschädigte beweisbelastet für die Voraussetzungen einer teleologischen Reduktion i. S. d. BGH bei Beschädigung eines parkenden Kfz.[868]

---

863 BGH, Urt. v. 14.03.1961 – VI ZR 189/59, NJW 1961, 655; BGH, Urt. v. 30.11.2004 – VI ZR 335/03, NJW 2005, 354 = VersR 2005, 376; OLG Köln, Beschl. v. 02.04.2007 – 24 W 13/07, MDR 2008, 22 = NJOZ 2008, 276; vgl. dazu Diederichsen, DAR 2008, 301 (303).

864 BGH Urt. v. 17.04.2007 – VI ZR 109/06, VersR 2007, 855; ebenso OLG Köln, Beschl. v. 02.04.2007 – 24 W 13/07, MDR 2008, 22 = NJOZ 2008, 276.

865 BGH Urt. v. 30.09.2004 – VI ZR 335/03, NJW 2005, 354 = VersR 2005, 376; BGH, Urt. v. 30.11.2004 – VI ZR 365/03, NJW 2005, 356 = VersR 2005, 380 = MDR 2005, 390; Diederichsen DAR 2008, 301; Oechsler, NJW 2009, 3185 (3188), der weiter gehend immer dann für eine teleologische Reduktion plädiert, wenn eine Verbindung zum »Motorenbetrieb« des Kfz fehlt; gegen eine teleologische Reduktion und für eine Einschränkung des Wortlauts plädierte der V. Arbeitskreis des 42. Verkehrsgerichtstages DAR 2004, 133 und SVR 2004, 78.

866 BGH, Urt. v. 11.03.2008 – VI ZR 75/07, VersR 2008, 701.

867 Vgl. zur Problematik auch Ternig, SVR 2008, 250.

868 BGH, Urt. v. 30.06.2009 – VI ZR 310/08, VersR 2009, 1136.

529 Die flankierende gesetzliche Änderung des § 7 Abs. 2 StVG sollte zudem verhindern, dass ein Unfall mit Kindern als »unabwendbar« eingestuft wurde, sodass ein Anspruch des geschädigten Kindes entfallen wäre.[869]

530 Verfassungsrechtliche Bedenken gegen die volle und uneingeschränkte Haftung Minderjähriger werden unter dem Gesichtspunkt geltend gemacht, dass Kinder, die leicht fahrlässig einen für sie existenzvernichtend hohen Schaden verursacht haben, deswegen von dem eintrittspflichtigen Versicherer in Regress genommen werden können.[870]

531 Einen solchen Fall hat das OLG Celle[871] verneint und einen im Zeitpunkt der Tat 14 Jahre alten Jungen zur Zahlung eines Schmerzensgeldes i. H. v. 37.500,00 € verurteilt, der dem ebenfalls 14 Jahre alten Kläger mit einer Schreckschusspistole ins Gesicht geschossen und dadurch schwer verletzt hatte (Verlust des linken Auges und Hirnverletzung). Das OLG Celle hatte jedenfalls deshalb keine verfassungsrechtlichen Bedenken, weil der Geschädigte ebenfalls minderjährig war, Zahlungen von dritter Seite nicht zu erwarten waren und weil das Verschulden des Schädigers als erheblich angesehen wurde.

532 In diesem Zusammenhang hat der Senat auch erörtert, dass der Beklagte grds. ein **Restschuldbefreiungsverfahren** einleiten könne, weil er nicht vorsätzlich gehandelt habe.

533 ► Hinweis:

Die Inanspruchnahme Minderjähriger auf Zahlung von Schmerzensgeld wegen einer Verletzung, die diese z. B. einem Mitschüler auf dem Schulhof zugefügt haben, scheidet regelmäßig aus, vgl. §§ 104 ff. SGB VII.[872]

534 Das OLG Frankfurt am Main[873] hat – vor Inkrafttreten des 2. Schadensersatzrechtsänderungsgesetzes – das jugendliche Alter des 8 Jahre alten Beklagten, der einen Verkehrsunfall verursacht hatte, bei der Bemessung Schmerzensgeld mindernd berücksichtigt. Der Schuldvorwurf sei, da Kinder dieses Alters von »Spieltrieb und großer Bewegungsfreude« beherrscht seien, derart gering, dass er sich »stark anspruchsmindernd« auf Schmerzensgeldansprüche auswirke. Letztlich hat das OLG Frankfurt am Main hier die Wertungen des § 828 Abs. 2 BGB auf einen »Altfall« übertragen und bei der Bemessung einfließen lassen. Umgekehrt und in der Sache fraglich hat das LG Oldenburg[874] die Wertung des § 828 Abs. 2 BGB auch für einen nicht motorisierten Unfall auf § 828 Abs. 3 BGB übertragen.

869 Plastisch hierzu OLG Celle, Urt. v. 08.07.2004 – 14 U 125/03, SVR 2004, 384 = NZV 2005, 261 (zum alten Recht: Kinderunfall als unabwendbares Ereignis) und OLG Oldenburg, Urt. v. 04.11.2004 – 1 U 73/04, ZGS 2005, 33 (zum neuen Recht: keine höhere Gewalt bei Kinderunfall).

870 OLG Celle, »Vorlagebeschluss« v. 26.05.1989 – 4 U 53/88, NJW-RR 1989, 791.

871 OLG Celle, Urt. v. 17.10.2001 – 9 U 159/01, NJW-RR 2002, 674.

872 S. o. Rdn. 174 ff.

873 OLG Frankfurt am Main, Urt. v. 06.06.2004 – 24 U 165/03, NZV 2005, 260 = NJW-RR 2004, 1167.

874 LG Oldenburg, Urt. v. 22.10.2008 – 5 O 1466/08, NZV 2009, 36.

535 Für die Bewertung des (Mit-) Verschuldens eines Kindes, was bereits **älter als 10 Jahre** ist, gelten keine Besonderheit mehr,[875] die Sorgfaltsanforderungen werden hier also nicht heruntergeschraubt.

So hat das OLG Hamm[876] ausdrücklich festgehalten, dass durch die gesetzliche Neuregelung des § 828 Abs. 2 BGB die Anforderungen an die Sorgfaltspflichten von Verkehrsteilnehmern ab dem beginnenden 10. Lebensjahr nicht geringer anzusetzen sind als nach der bisherigen Rechtslage. Eine Abwägung dahin, dass der Jugendliche allein haftet, ist weiterhin möglich, wenn ihm objektiv und subjektiv ein erhebliches Verschulden zur Last fällt, welches die Betriebsgefahr des Kfz als völlig untergeordnet erscheinen lässt, und zwar auch dann, wenn (wie im Fall des OLG Hamm) der Junge im Unfallzeitpunkt erst 10 Jahre und 7 Tage alt war.

3. Aufsichtspflichtige

536 Scheidet die Haftung eines Kindes wegen § 828 BGB aus, kann sich ein Schadensersatzanspruch und damit auch ein Schmerzensgeldanspruch aus § 832 BGB gegen den oder die Aufsichtspflichtigen ergeben. Allerdings lässt sich hier ein erhöhtes Maß an Aufsichtsbedürftigkeit nicht schon aus der Neuregelung des § 828 BGB unter Hinweis darauf begründen, die nach § 828 BGB im Straßenverkehr verschuldensunfähigen Kinder bedürften nun bereits qua lege wegen »erwiesener« und gesetzlich festgeschriebener Unfähigkeit, sich im Straßenverkehr angemessen zu verhalten, verstärkter Aufsicht. Erste Urteile zum neuen Recht lehnen eine – solcherart dem § 828 Abs. 2 BGB korrespondierende – automatisch verstärkte Aufsichtspflicht der Eltern ab.[877] Auch die Literatur stimmt dem weitgehend zu.[878] Kann von diesen kein Ersatz erlangt werden, ist eine Billigkeitshaftung nach § 829 BGB möglich. Daran kann insb. gedacht werden, wenn das Kind haftpflichtversichert ist. Allerdings ist das Bestehen einer Haftpflichtversicherung nicht schon ein Grund, eine Billigkeitshaftung anzunehmen.[879]

---

875 Auch nach der Neufassung ist es mithin möglich, einem 13 Jahre alten Unfallverursacher i. R. d. Mitverschuldensabwägung die Alleinschuld an einem Unfall zuzusprechen, wenn sein Verschulden erheblich ist und die Betriebsgefahr des gegnerischen Kfz als untergeordnet erscheinen lässt, vgl. OLG Nürnberg, Urt. v. 14.07.2005 – 13 U 901/05, r+s 2006, 430 (431). A. A. AG Essen, Urt. v. 24.08.2010 – 11 C 98/10, SVR 2010, 422: »Bei der Beurteilung der Haftungsanteile ist die gesetzgeberisch gewollte Privilegierung von jüngeren Kindern im Straßenverkehr zu beachten«; daher hat das Gericht kein alleiniges Verschulden des auf die Straße laufenden, 10 Jahre alten Kindes angenommen, welches »noch sehr nah an der Grenze der Nichtverantwortlichkeit« gewesen sei und bei dem sich auch »altersgemäße Defizite der Integrierung in den Straßenverkehr« verwirklicht hätten. In diese Richtung auch LG Kleve, Urt. v. 16.04.2010 – 5 S 135/09, UV-Recht Aktuell 2010, 924: Auch die Haftung des 13 Jahre alten Kindes orientiere sich am Entwicklungsstand und sei daher wegen der immer noch vorhandenen kindlichen Defizite im Straßenverkehr faktisch ausgeschlossen.

876 OLG Hamm, Urt. v. 13.07.2009 – 13 U 179/08, NZV 2010, 464. Der BGH hat die Nichtzulassungsbeschwerde zurückgewiesen (Beschl. v. 09.03.2010 – VI ZR 296/09). Zurückhaltender formuliert das OLG Celle, Beschl. v. 08.06.2011 – 14 W 13/11, UV-Recht aktuell 2011, 901: Mitverschulden »grundsätzlich« geringer als das des Erwachsenen.

877 OLG Oldenburg, Urt. v. 04.11.2004 – 1 U 73/04, VersR 2005, 807 = MDR 2005, 631 = ZGS 2005, 33; OLG Koblenz, Beschl. v. 21.01.2009 – 12 U 1299/08, SP 2009, 280 f.

878 So Bernau, S. 305 ff.; ders., NZV 2005, 234; Oechsler, NJW 2009, 3185 (3189) weist zu Recht darauf hin, dass die schrittweise Heranführung von Kindern an den Straßenverkehr die elterliche Erziehungsaufgabe sei; wenn Eltern also ein Kind am Straßenverkehr teilnehmen lassen, kann darin für sich genommen noch keine Aufsichtspflichtverletzung gesehen werden; vgl. schon Jaeger/Luckey, Rn. 304. Krit. Diehl, DAR 2007, 451, der von einem »Sonderopfer« der durch ein Kind Geschädigten spricht.

879 BGH, Urt. v. 27.10.2009 – VI ZR 296/08, VersR 2009, 1677; so zu Recht auch LG Heilbronn, Urt. v. 05.05.2004 – 7 S 1/04 Wa, NZV 2004, 464 = NJW 2004, 2399; LG Duisburg, 31.08.2004 – 6 O 99/04, VersR 2006, 223.

II. Kausalität

1. Allgemeines

Jede Ersatzpflicht setzt voraus, dass der Schaden durch das die Schadensersatzpflicht auslösende Ereignis verursacht worden ist. Diese Kausalität ist »Grund und Grenze« der zivilrechtlichen Haftung. Hierbei muss unterschieden werden zwischen haftungsbegründender und haftungsausfüllender Kausalität: 537

- Bei der **haftungsbegründenden Kausalität** geht es darum, ob zwischen dem Verhalten des Schädigers und der Rechtsgutsverletzung ein Ursachenzusammenhang besteht. Streng genommen ist dies noch keine Frage des Schadens-, sondern erst des Haftungsrechts.[880] Die haftungsbegründende Kausalität bedeutet daher die Verwirklichung eines Haftungstatbestandes, der einen Verletzungserfolg voraussetzt.[881] Zu ihrem Nachweis bedarf es der vollen Beweisführung nach § 286 ZPO, also eines für das praktische Leben brauchbaren Grades von Gewissheit, der vernünftigen Zweifeln Schweigen gebietet.[882] 538
- Die **haftungsausfüllende Kausalität** ist der Ursachenzusammenhang zwischen Haftungsgrund, also regelmäßig der Rechtsgutsverletzung, und dem eingetretenen Schaden. Der Beweis der haftungsausfüllenden Kausalität richtet sich nach § 287 ZPO, wonach der Nachweis einer gewissen Wahrscheinlichkeit genügt. Der erleichterte Maßstab des § 287 ZPO gilt hierbei auch für weitere, der Primärverletzung nachfolgende Rechtsgutverletzungen. Wenn also nach unterlassener Diagnose einer Fingerfraktur ein Morbus Sudeck als Folge behauptet wird, unterliegt dies dem Maßstab des 287 ZPO; die Primärverletzung ist die durch die unsachgemäße Behandlung der Fraktur eingetretene gesundheitliche Befindlichkeit.[883] 539

▶ **Hinweis:** 540

> Setzt die Schadensersatzpflicht ein Verschulden voraus, gilt dieses Erfordernis nur für die haftungsbegründende Kausalität. Auf den eingetretenen Schaden muss sich das Verschulden daher nicht beziehen.

Im Rechtssinne »ursächlich« ist jeder Umstand, der nicht hinweggedacht werden kann, ohne dass der Erfolg entfiele. Geht es um die Zurechnung eines Unterlassens, ist umgekehrt zu fragen, ob bei pflichtgemäßem Handeln der Erfolg mit an Sicherheit grenzender Wahrscheinlichkeit vermieden worden wäre. Es ist also für eine Zurechnung stets (mindestens) erforderlich, dass das Verhalten des Schädigers in diesem Sinne (sog. »conditio sine qua non«-Formel) ursächlich geworden ist.[884] 541

▶ **Hinweis:** 542

> Maßgebender Zeitpunkt für diese Beurteilung ist der Eintritt der konkreten kritischen Lage, die unmittelbar zum Schaden führt. Eine Geschwindigkeitsüberschreitung ist daher nicht schon deshalb für einen Unfall kausal, weil der Unfallverursacher bei angepasster Geschwindigkeit den Unfallort später erreicht hätte. Entscheidend ist vielmehr, wie der

---

880 Vgl. Palandt/Grüneberg, Vorb. v. § 249 Rn. 24.

881 Geigel/Knerr, Kap. 1 Rn. 15 ff.

882 Der BGH, Urt. v. 04.11.2003 – VI ZR 28/03, NJW 2004, 777 hat für den Fall einer HWS-Verletzung noch einmal klargestellt, dass auch bei Beweisproblemen der haftungsbegründenden Kausalität – also der Rechtsgutsverletzung – gleichwohl nicht § 287 ZPO (analog) angewandt werden kann.

883 BGH, Urt. v. 12.02.2008 – VI ZR 221/06, VersR 2008, 644 = MDR 2008, 624.

884 Vgl. BGH, Urt. v. 11.05.1951 – I ZR 106/50, NJW 1951, 711; BGH, Urt. v. 02.07.1957 – VI ZR 305/56, NJW 1957, 1475.

Vorgang von der Erkennbarkeit der Gefahr an bei verkehrsgerechtem Verhalten verlaufen wäre.[885]

543 Diese Zurechnung an jede im naturwissenschaftlichen bzw. logischen Sinne kausale Bedingung eines schädigenden Ereignisses, die sog. **Äquivalenzlehre**, bedarf jedoch einer wertenden Einschränkung. Anderenfalls käme es zu einer konturenlosen Haftungsausweitung in Ursachengeschichte und Adressatenkreis.[886] Die Äquivalenzlehre legt daher nur das **Mindestkausalitätserfordernis** einer Zurechnung fest.

544 Zu einer Haftungsbegrenzung unter dem Gesichtspunkt des rechtlichen Ursachenzusammenhangs werden die **Adäquanzlehre** und die **Lehre vom Schutzzweck der Norm** herangezogen.

545 Die **Adäquanzlehre**[887] zielt darauf ab, gänzlich unwahrscheinliche Kausalverläufe aus der Zurechnung auszuscheiden. Zur Umschreibung der Adäquanz wird – ohne wesentlichen Unterschied im Inhalt – von der Rechtsprechung bspw. formuliert,

- die Möglichkeit des Schadenseintritts dürfe **nicht so entfernt** sein, dass sie nach den Erfahrungen des Lebens vernünftigerweise nicht in Betracht gezogen werden könne;[888]
- die Möglichkeit eines Schadenseintritts dürfe **nicht außerhalb aller Wahrscheinlichkeit** liegen;[889]
- das Ereignis müsse die Möglichkeit eines Erfolges der eingetretenen Art **generell nicht unerheblich erhöht** haben;[890]
- das Ereignis müsse **im Allgemeinen** und nicht nur unter besonders eigenartigen, unwahrscheinlichen und nach dem gewöhnlichen Verlauf der Dinge außer Betracht zu lassenden Umständen **geeignet** sein, einen Erfolg der eingetretenen Art herbeizuführen.[891]

546 Zur Beurteilung der Adäquanz kommt es auf eine **objektiv nachträgliche Prognose** an, bei der alle dem optimalen Betrachter z. Zt. des Schadenseintritts erkennbaren Umstände zu berücksichtigen sind.[892] Speziell bei der Haftung aus § 7 StVG ist entscheidend, ob der eingetretene

885 BGH, Urt. v. 06.11.1984 – 4 StR 72/84, NJW 1985, 1350 (1351); BGH, Urt. v. 07.04.1987 – VI ZR 30/86, NJW 1988, 58.; BGH, Urt. v. 25.03.2003 – VI ZR 161/02, NJW 2003, 1929 (1930).

886 BGH, Urt. v. 16.04.2002 – VI ZR 227/01, NJW 2002, 2232 (2233) m. w. N. Paradebeispiel ist die »Verantwortlichkeit« der Eltern des Schädigers für den Schadenseintritt: hätten sie kein Kind gezeugt, wäre es nicht zum Schaden gekommen. Allerdings ist im Zivilrecht nicht erforderlich, dass eine Schadensursache »richtungsgebend« oder »maßgeblich« für den Schadenseintritt war; anders im Sozialrecht, vgl. BGH, Urt. v. 19.04.2005 – VI ZR 175/04, VersR 2005, 945. Dies kann z. B. bei der Verwertbarkeit eines sozialgerichtlichen Gutachtens nach § 411a ZPO entscheidend sein.

887 Ursprünglich von v. Bar (1871) und v. Kries (1888) begründet; seit 1902 vom RG (RG, Urt. v. 20.02.1902 – VI 399/01, RGZ 50, 219 [222]) aufgegriffen.

888 RG, Urt. v. 07.02.1912 – I 58/11, RGZ 78, 270 (272).

889 RG, Urt. v. 23.11.1936 – VI 199/36, RGZ 152, 397 (401); RG, Urt. v. 04.07.1938 – V 17/38, RGZ 158, 34 (38); BGH, Urt. v. 07.03.2001 – X ZR 160/99, NJW-RR 2001, 887 (888).

890 Vgl. BGH, Urt. v. 23.10.1951 – I ZR 31/51, BGHZ 3, 261 (266); BGH, Urt. v. 19.11.1971 – V ZR 100/69, NJW 1972, 195 ff.

891 Diese Formulierung verbindet die Negativ- wie Positivabgrenzungen der übrigen Formulierungen, verwendet etwa von BGH, Urt. v. 14.10.1971 – VII ZR 313/69, NJW 1972, 36; BGH, Urt. v. 04.07.1994 – II ZR 126/93, NJW 1995, 126 (127); BGH, Urt. v. 09.10.1997 – III ZR 4/97, NJW 1998, 138 (140).

892 So schon BGH, Urt. v. 23.10.1951 – I ZR 31/51, BGHZ 3, 261 (266).

Schaden eine spezifische Auswirkung der Gefahr ist, wegen derer nach dem Sinn der Haftungsvorschrift ein Ersatzanspruch gewährt werden soll.[893]

547 Die auf eine Wahrscheinlichkeitsbetrachtung ausgerichtete Adäquanztheorie wird durch die wertende Beurteilung, die nach dem **Schutzzweck der Norm** fragt, ergänzt. Eine Zurechnung ist hiernach nur anzunehmen, wenn der geltend gemachte Schaden nach Art und Entstehungsweise unter den Schutzzweck der verletzten Norm fällt; es muss sich also um Nachteile handeln, die aus dem Bereich der Gefahren stammen, zu deren Abwendung die verletzte Norm erlassen worden ist.[894] Der entstandene Schaden muss also in einem inneren Zusammenhang mit der vom Schädiger zu verantwortenden Gefahrenlage stehen, eine bloß zufällige äußere Verbindung genügt nicht.

548 ▶ Praxistipp:

Erleidet der durch eine frühere Verletzung Vorgeschädigte einen Zweitunfall, haftet auch der Erstschädiger für diese weiteren Schäden, wenn die Erstverletzung die Schadensanfälligkeit geschaffen oder wesentlich erhöht hat.[895]

2. Besondere Fallgruppen

a) Allgemeines Lebensrisiko

549 Ein Schaden, der sich bei wertender Betrachtung als Verwirklichung eines **allgemeinen Lebensrisikos** darstellt, fällt **nicht** unter den Schutzzweck einer verletzten Norm; eine bloß zufällige äußere Verbindung zu der vom Schädiger geschaffenen Gefahrenlage genügt nicht, um eine Zurechnung annehmen zu können.[896] Eine Zurechnung wurde daher verneint bei der Entdeckung einer anderen, zu einer vorzeitigen Pensionierung führenden Erkrankung anlässlich der Behandlung einer Unfallverletzung.[897] Ebenso haftet ein Unfallverursacher nicht, wenn sich der Unfallgegner – ohne aufgrund des Unfalls nachweisbar verletzt zu sein – in ärztliche Behandlung begibt und aufgrund einer dort falschen Diagnose (HWK-Fraktur mit Gefahr der Querschnittslähmung) eine Schmerzverarbeitungsstörung entwickelt,[898] oder wenn eine Geschädigte zwei Bandscheibenvorfälle erleidet, weil sie sich in einer Apotheke »ruckartig umdreht« – aufgrund der Mitteilung einer anderen Kundin, jemand sei in ihr geparktes Fahrzeug gefahren.[899] Gleichermaßen hat das OLG Frankfurt am Main[900] eine Haftung des Anwalts für Gesundheitsschäden einer Mandantin nach einem anwaltlichen Beratungsfehler (»Dauerpanik« nach der falschen Rechtsauskunft, die private Haftpflicht decke die ver-

---

893 BGH, Urt. v. 27.01.1981 – VI ZR 204/79, NJW 1981, 983; BGH, Urt. v. 01.12.1981 – VI ZR 111/80, NJW 1982, 1046. Hier zeigt sich erneut, dass für die wertende Zurechnung eines Schadens nicht stets trennscharf unterschieden werden kann, ob das Merkmal »beim Betrieb« restriktiv ausgelegt wird oder über die adäquate Zurechnung bzw. den Schutzzweck der Norm die Haftungsfolgen eingegrenzt werden.

894 BGH, Urt. v. 22.04.1958 – VI ZR 65/57, NJW 1958, 1041 (1042); BGH, Urt. v. 28.06.1961 – V ZR 29/60, NJW 1961, 1817 (1818); BGH, Urt. v. 19.11.1971 – V ZR 100/69, NJW 1972, 195 (198); BGH, Urt. v. 06.05.1999 – III ZR 89/97, NJW 1999, 3203; BGH, Urt. v. 13.02.2003 – IX ZR 62/02, NJW-RR 2003, 1035 (1036).

895 BGH, Urt. v. 20.11.2001 – VI ZR 77/00, NJW 2002, 504.

896 Vgl. Palandt/Grüneberg, Einf. v. § 249 Rn. 48, 54; s. a. die Ausführungen zum Schutzzweck der Norm (Rdn. 547).

897 BGH, Urt. v. 07.06.1968 – VI ZR 1/67, NJW 1968, 2287; OLG Düsseldorf, Urt. v. 30.11.1987 – 1 U 196/86, DAR 1991, 147 (148).

898 OLG Hamm, Urt. v. 08.09.2005 – 6 U 185/04, r+s 2006, 394.

899 OLG Stuttgart, Beschl. v. 07.08.2012 – 13 U 78/12, NJW-Spezial 2012, 553.

900 OLG Frankfurt am Main, Urt. v. 30.04.2008 – 4 U 176/07, VersR 2008, 1396.

ursachten Schäden i. H. v. 600.000,00 € nicht) abgelehnt, weil die psychische Fehlverarbeitung von fehlerhaften Informationen (die die Mandantin auch von anderen Personen hätte erhalten können) ein Risiko des Empfängers sei (und zudem der Anwaltsvertrag nur auf die Wahrung der Vermögensinteressen, nicht des gesundheitlichen Zustandes der Mandanten gerichtet sei und es daher am Zurechnungszusammenhang zwischen verletzter Pflicht und eingetretenem Schaden fehle). Zuletzt schuldet eine Versicherung kein Schmerzensgeld für einen körperlichen und seelischen Zusammenbruch, den der Verhandlungsgegner erleidet, weil der Regulierungsbeauftrage ihm mitteilt, dass der Versicherer nur zur Zahlung einer erheblich geringeren Abfindungssumme (30.000,00 € anstatt 480.000,00 €) bereit sei als aufgrund der Vorverhandlungen erwartet.[901]

b) Schadensanlage

550 Eine Konstitution des Geschädigten, die den Schaden ermöglicht oder wesentlich erhöht hat, schließt den Zurechnungszusammenhang dagegen **nicht** aus. Wer einen Kranken verletzt, kann, so formuliert die Rechtsprechung plastisch, nicht verlangen, so gestellt zu werden, als habe er einen Gesunden verletzt.[902] Der Zurechnungszusammenhang wird erst unterbrochen, wenn das Geschehen einen ungewöhnlichen und keinesfalls zu erwartenden Verlauf nimmt.[903]

551 Den Zurechnungszusammenhang hat das OLG Nürnberg[904] in einem Fall verneint, in dem ein Vater aus Aufregung über einen Motorradunfall seiner Tochter Gehirnblutungen erlitten hatte. Der durch den Schock erlittene Schlaganfall war zwar Folge der Aufregung des Vaters am Unfallort. Das Gericht war jedoch der Auffassung, dass in diesem Fall der psychisch vermittelten Kausalität die Betrachtungsweise einschränkend korrigiert werden müsse. Weil sich dem Vater an der Unfallstelle kein Bild außergewöhnlicher Dramatik oder schwerer Gefahrenlage geboten habe, das Anlass zur außergewöhnlichen Beunruhigung gegeben habe, sei der Schock im Hinblick auf den Anlass nicht mehr verständlich und müsse dem allgemeinen Lebensrisiko zugerechnet werden. Gleiches gilt, wenn ein leichter Auffahrunfall ohne körperliche Verletzungsfolgen aufgrund der schweren Psychose des Geschädigten dazu führt, dass dieser 6 Tage später einen Selbstmordversuch unternimmt, weil er in Unfallgegner, Sachverständigem und Werkstatt eine »verschworene Bande« vermutet, die ihn um seine Ansprüche »betrügen« wolle.[905]

552 Ein ähnlicher Sachverhalt lag einer Entscheidung des OLG Celle[906] zugrunde. Der Zurechnungszusammenhang sei zu verneinen, wenn ein Geschädigter sich über einen Verkehrsunfall und das anschließende Verhalten des Schädigers derart aufregt, dass es dadurch bei dem Geschädigten zu einer Gehirnblutung mit einem Schlaganfall komme.[907]

553 Das OLG Köln[908] hat dem Schädiger einen Schaden nicht zugerechnet, weil dieser nicht vorhersehbar gewesen sei, sodass den Schädiger kein Verschulden treffe. Der Schädiger hatte eine Lehrerin tätlich angegriffen und geringfügig verletzt. Infolge von Anpassungsstörungen kam

901 OLG Hamm, Urt. v. 24.06.2005 – 9 U 201/04, VersR 2006, 415.

902 BGH, Urt. v. 29.02.1956 – VI ZR 352/54, NJW 1956, 1108; BGH, Urt. v. 30.04.1996 – VI ZR 55/95, NJW 1996, 2425 (2426).

903 Ein solch ungewöhnlicher Verlauf wurde etwa angenommen, wenn eine geringfügige Ehrverletzung zu einer Gehirnblutung führt (BGH, Urt. v. 03.02.1976 – VI ZR 235/74, NJW 1976, 1143).

904 OLG Nürnberg, Urt. v. 24.05.2005 – 1 U 558/05, DAR 2006, 635 = NZV 2008, 38.

905 OLG Nürnberg, Urt. v. 16.06.1998 – 11 U 3943/95, VersR 1999, 1117.

906 OLG Celle, Urt. v. 13.04.2011 – 14 U 137/09, SP 2011, § 287 ZPO.

907 OLG Naumburg, Urt. v. 20.01.2011 – 1 U 72/10, MDR 2011, 537 = VersR 2012, 202.

908 OLG Köln, Urt. v. 12.12.2006 – 3 U 48/06, NJW 2007, 1757.

es zu einer Fehlverarbeitung des Geschehens, die zur Dienstunfähigkeit der Lehrerin führte. Das OLG Köln führte aus, dass das Verschulden eine Vorhersehbarkeit des Erfolges voraussetze. Hier sei ein psychisch vermittelter Gesundheitsschaden eingetreten, der mangels Vorhersehbarkeit nicht zurechenbar sei. Bei einer geringfügigen Beleidigung und geringfügigen Prellungen liege die Möglichkeit der eingetretenen Schädigung ganz fern.

c) Seelische Reaktionen

554 Der Zurechnungszusammenhang erstreckt sich ferner regelmäßig auch auf die seelischen Reaktionen des Verletzten selbst, auch wenn diese durch eine psychische Labilität wesentlich mitbestimmt sind.[909]

Bei der Frage, ob dies noch kausal zurechenbar ist, unterscheidet die Rechtsprechung zwei Fallgruppen:

555 Für eine beim Verletzten auftretende **Renten-** oder **Begehrensneurose** haftet der Schädiger nicht, weil es dem Zweck des Schadensersatzes widerspricht, wenn gerade durch die Tatsache, dass ein anderer Schadensersatz zu leisten hat, die Wiedereingliederung des Verletzten in den sozialen Lebens- oder Pflichtenkreis erschwert oder unmöglich gemacht wird.[910] Hiervon sind extrem gelagerte Fälle umfasst, in denen die psychische Reaktion in einem groben Missverhältnis zum Anlass stand und daher schlechterdings nicht mehr verständlich war. Der BGH ist sehr zurückhaltend in der Annahme einer Rentenneurose, die er zuletzt 1979 ernstlich in Betracht gezogen hat.[911]

Nunmehr hat der BGH[912] seine frühere Rechtsprechung zur Begehrensneurose jedoch wieder aufgegriffen und ausgeführt:

Für die Verneinung des Zurechnungszusammenhangs zwischen unfallbedingten Verletzungen und Folgeschäden wegen einer Begehrensneurose ist es erforderlich, aber auch ausreichend, dass die Beschwerden entscheidend durch eine neurotische Begehrenshaltung geprägt sind.

556 Nunmehr hat der BGH[913] das Problem der Begehrensneurose wieder aufgegriffen und festgestellt, dass es für die Verneinung des Zurechnungszusammenhangs zwischen unfallbedingten Verletzungen und Folgeschäden wegen einer Begehrensneurose erforderlich, aber auch ausreichend sei, dass die Beschwerden entscheidend durch eine neurotische Begehrenshaltung geprägt seien.

557 Nach den heutigen Erkenntnissen der Medizin gibt es keine **reine** Renten- und Begehrensneurose; sie stellt lediglich einen Bestandteil der Neurosenbildung des Geschädigten nach einem Unfall dar.[914]

558 Im Gegensatz zur Rentenneurose löst die sog. **Konversionsneurose** eine Entschädigungspflicht aus. Sie ist zu bejahen, wenn sich die ursprüngliche körperliche Schädigung in eine seelische Störung umwandelt und der Geschädigte infolge dieser psychischen Fehlverarbeitung nicht

909 BGH, Urt. v. 29.02.1956 – VI ZR 352/54, NJW 1956, 1108.; BGH, Urt. v. 30.04.1996 – VI ZR 55/95, NJW 1996, 2425; BGH, Urt. v. 16.11.1999 – VI ZR 257/98, NJW 2000, 862.

910 BGH, Urt. v. 29.02.1956 – VI ZR 352/54, NJW 1956, 1108; BGH, Urt. v. 30.04.1996 – VI ZR 55/95, NJW 1996, 2425; BGH, Urt. v. 11.11.1997 – VI ZR 376/96, NJW 1998, 810.

911 BGH, Urt. v. 08.05.1979 – VI ZR 58/78, VersR 1979, 718 (719); dazu auch Rdn. 600; krit. Palandt/Grüneberg, Vorb. v. § 249 Rn. 39.

912 BGH, Urt. vom 10.07.2012 – VI ZR 127/11, VersR 2012, 1133 = NJW 2012, 2964 = DAR 2013, 137.

913 BGH, Urt. v. 10.07.2012 – VI ZR 127/11. GesR 2012, 678 = VersR 2012, 1133 = NJW 2012, 2964 = ZfS 2012, 562.

914 Brandt, VersR 2005, 616.

mehr arbeiten kann.[915] Eine Grenze wird nur bei reinen Bagatellverletzungen gezogen, wobei der BGH bereits ein leichtes HWS-Schleudertrauma nicht mehr als Bagatelle ansieht.[916]

d) Mittelbare Schäden

559 Auch mittelbare Schäden sind vom Zurechnungszusammenhang noch umfasst. So wurde etwa eine Verletzung, die bei einem Sturz über ein Warndreieck nach der Unfallaufnahme entstand, noch dem Unfallverursacher zugerechnet.[917] Ausgeschlossen ist eine Schadensersatzpflicht erst, wenn das Risiko, das sich im Schadenseintritt verwirklicht hat, dem Schädiger nicht mehr zugerechnet werden kann,[918] etwa ein Bestohlenwerden bei der Unfallhilfe.[919]

560 Auch einem Vater, der aus Aufregung über einen nicht allzu gravierenden Verkehrsunfall seiner Tochter eine Gehirnblutung erleidet, hat keinen Anspruch auf Schmerzensgeld gegen den für den Unfall Verantwortlichen, weil der Zurechnungszusammenhang zwischen dem Unfall und dem Schaden fehlt.[920]

e) Dazwischentreten Dritter

561 Ein Fehlverhalten Dritter unterbricht den Kausalzusammenhang i. d. R. nicht; dem Schädiger werden daher auch Fehler dritter Personen zugerechnet, die der Geschädigte zur Abwicklung oder Beseitigung des Schadens hinzuzieht. Wer eine **gesteigerte Gefahrenlage** schafft, in der ein Fehlverhalten Anderer erfahrungsgemäß vorkommen kann, hat für den durch ein tatsächlich eintretendes Fehlverhalten Dritter entstehenden Schaden daher auch selbst zu haften.

562 Der Erstschädiger haftet also für das gesamte adäquat aus seinem Eingreifen resultierende Geschehen, damit etwa bei einem Unfall auch für Schäden, die dadurch entstehen, dass weitere Fahrzeuge in die Unfallfahrzeuge fahren.[921] Ebenso haftet er für **ärztliche Behandlungsfehler** bei der Behandlung des verunfallten Verletzten, soweit es sich nicht um grobe Behandlungsfehler handelt, die auf einer völlig unsachgemäßen Behandlung beruhen.[922]

---

915 Vgl. Rdn. 874 ff.

916 BGH, Urt. v. 11.11.1997 – VI ZR 146/96, VersR 1998, 200 (201); ebenso OLG Celle, Urt. v. 10.06.2004 – 14 U 37/01, NJW-RR 2004, 1252 (1253).

917 LG Konstanz, Urt. v. 01.09.1989 – 6 S 166/88, NJW-RR 1990, 43.

918 Palandt/Grüneberg, Vorb. v. § 249 Rn. 52.

919 OLG Frankfurt am Main, Urt. v. 09.10.1980 – 9 U 31/80, VersR 1981, 786.

920 OLG Nürnberg, Urt. v. 24.05.2005 – 1 U 558/05, DAR 2006, 635; s. o. Rdn. 551.

921 BGH, Urt. v. 07.11.1978 – VI ZR 128/76, VersR 1979, 226 = NJW 1979, 544. So auch für Schäden an weiteren Fahrzeugen infolge Ladungsverlustes, vgl. OLG Koblenz, Urt. v. 07.03.2005 – 12 U 1262/03, NJW-RR 2005, 970.

922 Schon BGH, VersR 1967, 381; zuletzt etwa OLG Braunschweig, Urt. v. 11.03.2004 – 1 U 77/03, SP 2004, 334 = SVR 2004, 305 (m. Anm. Luckey). So hat bspw. das OLG Karlsruhe, Urt. v. 15.06.1998 – 10 U 65/97, OLGR 1998, 431 auch die Zurechnung eines Erwerbsschadens bejaht, wenn dieser aufgrund einer unfallbedingten Frühpensionierung entsteht, selbst wenn das zur Pensionierung führende amtsärztliche Gutachten evtl. unrichtig war: solange der Arzt nicht grob fahrlässig falsch begutachtet, hat der Unfall kausal zu der Situation der amtsärztlichen Untersuchung geführt und bleibt daher kausal für den Schaden aufgrund der Frühpensionierung, auch dann, wenn diese an sich nicht unfallbedingt geboten gewesen wäre. Ebenso hat das OLG Düsseldorf, Urt. v. 11.05.2000 – 8 U 105/99, VersR 2002, 54, entschieden, der Verursacher eines Verkehrsunfalls hafte auch für den nachfolgenden Arztfehler (wegen vergessener Mullbinde in OP-Wunde).

563 Hierbei rechtfertigt jedoch das Vorliegen eines groben Behandlungsfehlers allein nicht schon die Unterbrechung des Zurechnungszusammenhangs;[923] der BGH[924] führt aus:

»Steht ein Schaden zwar bei rein naturwissenschaftlicher Betrachtung mit der Handlung des Schädigers in einem kausalen Zusammenhang, ist dieser Schaden jedoch entscheidend durch ein völlig ungewöhnliches und unsachgemäßes Verhalten einer anderen Person ausgelöst worden, dann kann die Grenze überschritten sein, bis zu der dem Erstschädiger der Zweiteingriff und dessen Auswirkungen als haftungsausfüllender Folgeschaden seines Verhaltens zugerechnet werden können.«

564 Der Arzt muss also in so **außergewöhnlich hohem Maß die Sorgfalt außer Acht** gelassen haben, dass der Schaden bei wertender Betrachtung haftungsrechtlich ihm allein zuzurechnen ist.[925]

565 So haftet der Unfallverursacher etwa, wenn weitere Schäden (erst) dadurch entstehen, dass die behandelnden Ärzte auf den Röntgenbildern eine unfallbedingte Lendenwirbelsäulenfraktur übersehen;[926] er hat auch für einen irreversiblen Hirnschaden einzustehen, der (erst) dadurch entsteht, dass der Notarzt noch am Unfallort eine fehlerhafte Intubation beim Geschädigten vornahm.[927] Der Behandlungsfehler des Notarztes unterbricht nicht den Zurechnungszusammenhang.

566 Der Zurechnungszusammenhang entfällt nur ausnahmsweise bei ungewöhnlich grobem Fehlverhalten des Dritten, da in diesem Fall von einem ungewöhnlichen und bei wertender Betrachtung nicht mehr dem Verhalten des Schädigers zurechenbaren Umstand ausgegangen wird.[928]

Das OLG Hamm[929] hat das Fehlen des Zurechnungszusammenhangs zwischen einem Unfall und der psychischen Verletzung in einem Fall angenommen, in dem ein Arzt in Fehldeutung von Röntgenaufnahmen einem Unfallopfer mitteilt, es habe eine Wirbelfraktur erlitten, die zur Querschnittslähmung führen könne. Infolgedessen kam es zu einer Schmerzverarbeitungsstörung und einer Anpassungsstörung mit somatoformen Schmerzstörungen auf dem Boden einer asthenisch-labilen Persönlichkeitsstruktur. Nach Ansicht des OLG Hamm haftet der Schädiger nicht für therapiebedingte Primärschäden, die dadurch entstehen, dass das Unfallopfer durch Fehlbehandlung einen Gesundheitsschaden erleidet. Unfall und Gesundheitsverletzung stünden gleichsam in zufälligem Zusammenhang.

567 Mit dieser Rechtsprechung verlässt das OLG Hamm die Rechtsprechung des BGH[930] und anderer OLG, die den Zurechnungszusammenhang nur verneinen, wenn ein grober Behandlungsfehler vorliegt, wenn das ärztliche Handeln nicht mehr verständlich erscheint. Hier lag

---

923 OLG Hamm, Urt. v. 05.12.1990 – 3 U 179/87, VersR 1992, 610 (612) und OLG Köln, Urt. v. 28.04.1993 – 27 U 144/92, VersR 1994, 987 (989) bejahten eine Zurechnung trotz groben Behandlungsfehlers.

924 BGH, Urt. v. 20.09.1988 – VI ZR 37/88, NJW 1989, 767.

925 BGH, Urt. v. 20.09.1988 – VI ZR 37/88, NJW 1989, 767; Wertenbruch, NJW 2008, 2962.

926 OLG Koblenz, Urt. v. 24.04.2008 – 5 U 1236/07, NJW 2008, 3006. Haftpflichtversicherer und Ärzte sind dann bzgl. des Behandlungsschadens Gesamtschulder; allerdings ist nach § 366 Abs. 2 BGB davon auszugehen, dass Teilzahlungen des Haftpflichtversicherers nicht zunächst auf die Gesamtschuld, sondern auch auf den nur vom Unfallverursacher zu zahlenden Schadensteil verrechnet werden, OLG Koblenz, Urt. v. 24.04.2008 – 5 U 1236/07, NJW 2008, 3006 (3008).

927 OLG München, Urt. v. 27.03.2003 – 1 U 4449/02, VersR 2005, 89; BGH, Beschl. v. 08.07.2003 – VI ZA 9/03, VersR 2003, 1295, ZfS 2003, 589.

928 Vgl. Geigel/Knerr, Kap. 1 Rn. 31.

929 OLG Hamm, Urt. v. 08.09.2005 – 6 U 185/04, r+s 2006, 394.

930 BGH, Urt. v. 30.04.2008 – III ZR 262/07, NJW-RR 2008, 1377 = MDR 2008, 834.

aber nur ein (einfacher) Diagnosefehler vor, der die Schlussfolgerung des OLG Hamm nicht rechtfertigt.

568 Jedoch weist der 6. Zivilsenat des OLG Hamm seit vielen Jahren Klagen von Unfallopfern ab, weil er den Strengbeweis des § 286 ZPO zum Nachweis des HWS-Schleudertraumas als nicht geführt ansieht und sieht alleine den Arzt in der Verantwortung, weil dieser bei dem Patienten in völlig unverständlicher Weise ein HWS-Schleudertrauma diagnostiziert habe. Die Entscheidung dieses Senats zum fehlenden Zurechnungszusammenhang ist zurückzuführen auf eine Idee des früheren Vorsitzenden dieses Senats, der die Auffassung vertreten hat, ein Arzt, der ohne objektive Befunde ein HWS-Schleudertrauma attestiere, mache sich ggü. dem Patienten schadensersatzpflichtig.[931] Nun gibt es sicher Fälle, in denen der Zurechnungszusammenhang zwischen einem Unfall und dem Gesundheitsschaden verneint werden kann. Voraussetzung dafür ist aber, dass es sich um einen groben Behandlungsfehler handelt. Einen solchen hat das OLG Hamm nicht festgestellt. Zu beachten ist nämlich, dass ein einfacher Diagnosefehler i. d. R. – wenn überhaupt – nur ein einfacher Behandlungsfehler ist. Nur der unvertretbare oder fundamentale Diagnosefehler ist ein grober Behandlungsfehler.[932] Ob es bei der der Entscheidung des OLG Hamm zugrunde liegenden ärztlichen Diagnose auf Grund der Röntgenaufnahmen zu einem fundamentalen oder unvertretbaren Diagnosefehler gekommen ist, wird vom OLG Hamm nicht geprüft. Ein solcher ist auch nicht ohne Weiteres zu bejahen, sondern nur, wenn die gefertigten Bilder eindeutig waren, sodass das Fehlen einer Fraktur nicht verkannt werden durfte.

569 ▶ **Praxistipp:**

Diese Grundsätze finden häufig bei sog. Kettenauffahrunfällen im Verkehrsunfallrecht Anwendung: Wer einen Unfall verursacht, haftet demnach auch für Schäden, die durch das Auffahren weiterer Kfz entstehen.[933] Seine Ersatzpflicht erstreckt sich auf Schäden, die ausgestiegene Beifahrer,[934] der Unfallgegner[935] oder Kfz auf der Gegenfahrbahn[936] durch das Auffahren eines weiteren Kfz auf die Unfallstelle erleiden. Die Haftung entfällt nach obigen Kriterien erst dann, wenn das durch den Erstunfall gesetzte Risiko für den Zweitunfall von völlig untergeordneter Bedeutung ist. In der Rechtsprechung ist diese Ausnahme angenommen worden in einem Fall, in welchem ein Kfz trotz ordnungsgemäßer und ausreichender Absicherungsmaßnahmen ungebremst auf ein wegen des Erstunfalls haltendes weiteres Kfz aufgefahren war.[937]

570 Selbst Schäden, die aus vorsätzlichem Verhalten Dritter resultieren, können dem Erstschädiger nach dem Schutzzweck der verletzten Norm noch zuzurechnen sein.[938]

571 Den Zurechnungszusammenhang verneint das LG Darmstadt,[939] wenn die »neurotische Fehlhaltung« in einem groben Missverhältnis zum schädigenden Ereignis steht, weil sie dann Ausdruck einer unangemessenen Erlebnisverarbeitung ist. Die Klägerin hatte einen Unfall erlitten, bei dem eine von einem Lkw herabgefallene Gitterbox gegen die Beifahrerseite des Pkw geprallt war und lediglich einen Blechschaden verursacht hatte. Die Klägerin verspürte einige

---

931 So z. B. das OLG Hamm, Urt. v. 30.10.2000 – 6 U 61/00, r+s 2001, 62 (64, 65).

932 FS für Eike Schmidt/Hart, 2005, S. 143.

933 BGH, Urt. v. 09.03.1965 – VI ZR 218/63, NJW 1965, 1177.

934 OLG Saarbrücken, Urt. v. 27.08.1998 – 3 U 1018/97, NZV 1999, 510.

935 BGH, Urt. v. 11.07.1972 – VI ZR 79/71, NJW 1972, 1804 (1805).

936 OLG Köln, Urt. v. 10.12.1970 – 10 U 73/70, VersR 1971, 574.

937 Vgl. BGH, Urt. v. 10.02.2004 – VI ZR 218/03, NJW 2004, 1375.

938 Vgl. BGH, Urt. v. 26.01.1989 – III ZR 192/87, VersR 1989, 753 = NJW 1989, 2127.

939 LG Darmstadt, Urt. v. 12.08.2005 – 2 O 94/03, ZfS 2005, 542.

Zeit nach dem Unfall Kribbelparästhesien, die der behandelnde Arzt jedoch nicht zu objektivieren vermochte. Obwohl das Gericht die gesamte Problematik der Neurosen in dieser Entscheidung behandelt, kommt es zu dem Schluss, dass die neurotische Fehlhaltung in einem groben Missverhältnis zum schädigenden Ereignis stehe, zu dem sie keinen inneren Bezug mehr habe, also Ausdruck einer offensichtlich unangemessenen Erlebnisverarbeitung sei. Der Zurechnungszusammenhang entfalle, wenn eine Bagatellsache vorliege, wenn das Unfallereignis selbst oder die Körperverletzung so geringfügig gewesen seien, dass sie üblicherweise den Verletzten nicht nachhaltig beeindruckten, weil er schon aufgrund des Zusammenlebens mit anderen Menschen daran gewöhnt sei, vergleichbaren Störungen seiner Befindlichkeit ausgesetzt zu sein und deshalb die psychische Reaktion in einem groben Missverhältnis stehe und schlechterdings nicht mehr verständlich sei.

572 All diese Überlegungen sind nachvollziehbar und haben auch in der Rechtsprechung des BGH einen gewissen Niederschlag gefunden. Die Frage ist jedoch, ob es richtig ist, psychische Fehlreaktionen an »normalen« Maßstäben zu messen. Bei psychischer Fehlreaktion, bei unangemessener Erlebnisverarbeitung reicht es zur Begründung nicht aus, auf die Reaktion eines gesunden Menschen zu verweisen und nur das zu akzeptieren, was der Richter selbst als noch verständlich ansieht.[940]

573 Ähnlich beurteilt das LG Berlin[941] einen harmlosen Auffahrunfall. Die Kammer »würdigt die ihr bekannten Umstände« als eine nicht angemessene Überreaktion der Klägerin, da der Anlass für das Erleiden eines psychischen Schadens zu geringfügig gewesen sei.

574 Dagegen hat der BGH[942] den Zurechnungszusammenhang zwischen einem Unfall und der schweren Gesundheitsstörung eines Dritten in einem Fall verneint, in dem der Geschädigte als am Unfall Unbeteiligter – eher wie ein zufällig anwesender Zeuge – das Geschehen beobachtete. Maßgeblich für die Zurechnung sei in diesen Fällen, dass der Schädiger dem Geschädigten die Rolle eines unmittelbaren Unfallbeteiligten aufgezwungen habe und dieser das Unfallgeschehen psychisch nicht habe verkraften können. Für die an einem Unfall nicht unmittelbar Beteiligten gelte, dass deren Rolle als »zufällige Zeugen« nicht ausreiche, den Schädiger in Haftung zu nehmen. Das Ereignis sei vielmehr dem allgemeinen Lebensrisiko zuzurechnen.

575 Im vom BGH entschiedenen Fall waren Polizisten zufällig Augenzeugen eines Unfalls geworden, bei welchem sie mit ansehen mussten, wie die PKWs Feuer fingen und alle Insassen verbrannten. Sie wurden aufgrund einer posttraumatischen Belastungsstörung dienstunfähig, und der klagende Versorgungsträger wollte bei der Versicherung der Unfallbeteiligten regressieren. Der BGH ließ die Frage einer berufsbedingt »besonderen Schmerzschwelle« der Polizisten offen, sondern verneinte eine Haftung mit dem Argument des »Zufallszeugen«.

576 Dies löste zwar den Einzelfall, ließ aber die Frage offen, was gegolten hätte, wenn die Polizisten zu dem Unfallort im Rahmen eines Einsatzes hinzugerufen worden wären, und ob dieses Moment wirklich den Unterschied einer Kausalverknüpfung solle ausmachen müssen. Weitergehend plädiert daher etwa Stöhr[943] – selbst Mitglied des 6. Zivilsenats des BGH – dafür, bei Rettungskräften oder sonst hauptberuflich Tätigen (Polizisten, Feuerwehrleute, Notärzte) die psychische Fehlverarbeitung von Erlebnissen bei Einsätzen generell als allgemeines Lebensrisiko einzuordnen. Für diese gehöre es zu Ausbildung und Beruf, solche Einsätze nicht nur

---

940 So auch das AG Rudolstadt, Urt. v. 30.03.2005 – 1 C 181/04, SP 2005, 192, das sachverständig beraten darauf abstellt, dass das Verhalten der dortigen Klägerin nur dann als normal anzusehen sein soll, wenn mehr als 50 % aller Menschen ähnlich reagiert hätten. So auch Klutinius/Karwatzki, MDR 2006, 667 (668).

941 LG Berlin, Urt. v. 04.04.2005 – 58 S 54/05, SP 2005, 29 (230).

942 BGH, Urt. v. 22.05.2007 – VI ZR 17/06, NJW 2007, 2764 = VersR 2007, 1093.

943 Stöhr, NZV 2009, 161 (164).

zu bewältigen, sondern auch zu verarbeiten. Es sei in erster Linie Aufgabe der Dienststellen, die »Berufshelfer« auf solche Aufgaben vorzubereiten und für die notwendige Betreuung nach dem Einsatz zu sorgen. In diese Richtung geht auch eine Entscheidung des OLG Celle,[944] welche einem bei einem Unglücksfall eingesetzten Berufsretter, der eine PTBS erlitt, einen Anspruch mit dem Argument versagte, es habe sich ein Berufsrisiko verwirklicht. Andererseits sieht das OLG Koblenz[945] keinen Grund für ein besonderes »Berufswahlrisiko« von Polizisten und sprach den Beamten, die nach einem tätlichen Angriff bei der Dienstausübung eine posttraumatische Belastungsstörung erlitten, Schadensersatz zu.

577 Der »Zufallszeugen«-Rechtsprechung hat sich das LG Bochum[946] angeschlossen.: Hat ein Lkw-Fahrer den Tod eines anderen Lkw-Fahrers miterleben müssen, als er diesem, der (infolge einer Bewusstseinsstörung) die Kontrolle über sein Fahrzeug verloren und einen (leichten) Auffahrunfall verursacht hatte, erste Hilfe leistete, und behauptet der Lkw-Fahrer aufgrund des miterlebten Todes des anderen habe er eine schwere Depression und eine posttraumatische Belastungsstörung erlitten, derentwegen er arbeitsunfähig sei und seine Beruf als Kraftfahrer nicht mehr ausüben könne, sodass er eine Rente wegen voller Erwerbsminderung beziehe, kann er kein Schmerzensgeld beanspruchen.

f) Dazwischentreten des Verletzten

578 Eine Zurechnung kommt auch in Betracht, wenn der Schaden durch eine Handlung verursacht wird, die auf einem Willensentschluss des Verletzten selbst beruht. Voraussetzung hierfür ist allein, dass der Schaden nach Art und Entstehung nicht außerhalb der Wahrscheinlichkeit liegt und unter den Schutzzweck der Norm fällt. Dies wird angenommen, wenn die Handlung des Verletzten durch das haftungsbegründende Ereignis **herausgefordert** worden ist und eine nicht ungewöhnliche Reaktion auf dieses darstellt. Der Schädiger haftet auch dann, wenn er eine gesteigerte Gefahrenlage geschaffen hat,[947] bei der Fehlleistungen erfahrungsgemäß vorkommen.[948]

579 Eine Zurechnung scheidet erst aus, wenn sich die Entscheidung des Verletzten als gänzlich eigenständige Unterbrechung des Kausalverlaufs darstellt, so etwa, wenn nach einer behaupteten verspäteten Diagnose von Brustkrebs in einer Brust die Geschädigte aus (allerdings verständlicher) Angst auch die zweite, nicht befallene Brust amputieren lässt, obgleich dies medizinisch in keiner Weise indiziert ist.[949]

g) Mehrere Ursachen – mehrere Verursacher

580 Die Zurechnung wird nicht dadurch ausgeschlossen, dass außer dem zum Schadensersatz verpflichtenden Ereignis noch andere Ursachen zur Entstehung des Schadens beigetragen haben.

---

944 OLG Celle, Urt. v. 28.04.2005 – 9 U 242/04, VersR 2006, 1376. Die Nichtzulassungsbeschwerde hiergegen hat der BGH (Beschl. v. 16.05.2006 – VI ZR 108/05) zurückgewiesen.

945 OLG Koblenz, Urt. v. 08.03.2010 – 1 U 1137/06, VersR 2011, 938 m. Anm. Luckey.

946 LG Bochum, Urt. v. 21.07.2009 – 8 O 775/08, SP 2009, 400.

947 Verneint z. B. bei OLG Bremen, Beschl. v. 10.10.2008 – 1 U 45/08, NJOZ 2009, 564: Ein Polizist führte einen alkoholisierten Straftäter zu den Gewahrsamszellen die Treppe herunter, ohne ihn festzuhalten. Als der Mann zu stürzen drohte, griff der Polizist nach ihm und verletzte sich bei der Ausholbewegung am Daumen. Das Gericht verneinte eine Zurechnung: das Verletzungsrisiko hatte nichts mehr mit der Straftat des Beklagten zu tun, sondern seine Ursache darin, dass die Beamten den erkennbar alkoholisierten Straftäter beim Absteigen auf der steilen Treppe nicht festhielten.

948 Vgl. Palandt/Grüneberg, Vorb. v. § 249 Rn. 48.

949 OLG Köln, Urt. v. 26.05.2008 – 5 U 175/07, OLGR 2008, 798.

Ebenso wenig muss das zum Schadensersatz verpflichtende Ereignis die überwiegende oder wesentliche Ursache sein.[950]

581 Gleiches gilt im Grundsatz, wenn **mehrere Verursacher** für ein Schadensereignis verantwortlich sind. Zur Haftungsbegründung genügt die Mitursächlichkeit.[951] Bei Mittätern, Anstiftern oder Gehilfen ist nach § 830 BGB jeder für den Schaden verantwortlich. Im Einzelnen können folgende Fallgruppen unterschieden werden:

582 – **Kumulative Kausalität:** Die Handlung des Schädigers konnte den Schaden nicht allein, sondern nur im Zusammenwirken mit dem Handeln eines Anderen herbeiführen (auch **Gesamtkausalität** genannt). Ein Zurechnungszusammenhang zu beiden Schädigern liegt vor.[952]

583 – **Konkurrierende Kausalität:** Zwei Ereignisse haben den Schaden herbeigeführt, von denen jedes auch allein den Schaden hätte verursachen können. Es sind dann beide im Rechtssinne kausal (auch **Doppelkausalität** genannt);[953] die conditio-sine-qua-non-Formel bedarf insoweit einer Korrektur,[954] denn bei ihrer strengen Anwendung könnte jedes Ereignis hinweggedacht werden, ohne dass – da das jeweils andere Ereignis genügt hätte, um den Erfolg herbeizuführen – der Erfolg entfallen würde.

584 – **Alternative Kausalität:** Eine solche liegt vor, wenn sich nicht ermitteln lässt, welcher von mehreren Beteiligten den Schaden durch seine Handlung verursacht hat. Hier erleichtert § 830 Abs. 1 Satz 2 BGB die Beweisführung, da er es ausreichen lässt, dass jedenfalls einer der beiden Beteiligten haften würde; über die keinem der beiden nachweisbare, aber gleichwohl jedenfalls einem der beiden vorwerfbare Kausalitätsungewissheit hilft § 830 Abs. 1 Satz 2 BGB hinweg.[955]

– Doppelkausalität: **Der BGH[956] hat hierzu ausgeführt, dass** ein Fall sog. »Doppelkausalität« für den Schaden vorliegen kann. Ist ein bestimmter Schaden durch mehrere gleichzeitig wirkende Umstände verursacht worden und hätte jede dieser Ursachen für sich allein ausgereicht, um den gesamten Schaden herbeizuführen, dann sind sämtliche Umstände als rechtlich ursächlich zu behandeln, obwohl keiner von ihnen als »conditio sine qua non« qualifiziert werden kann. In diesen Fällen bedarf es einer entsprechenden Modifikation der Äquivalenztheorie, weil der eingetretene Schadenserfolg ansonsten auf keine der tatsächlich wirksam gewordenen Ursachen zurückgeführt werden könnte.

585 – **Teilweise Kausalität:** Ist der Schaden teilweise durch das eine und teilweise durch das andere Ereignis verursacht worden, besteht lediglich eine (nach § 287 ZPO) voneinander abzugrenzende **Teilverantwortlichkeit**.[957]

---

950 Vgl. BGH, Urt. v. 10.05.1990 – IX ZR 113/89, NJW 1990, 2882 (2883); vgl. auch BGH, Urt. v. 09.02.1988 – VI ZR 168/87, NJW-RR 1988, 731: Keine Unterbrechung des Kausalzusammenhangs, wenn zum Schadenseintritt ein im Kfz des Unfallverursachers mitbefördertes Tier beigetragen hat.

951 Vgl. BGH, Urt. v. 27.06.2000 – VI ZR 201/99, NJW 2000, 3423; BGH, Urt. v. 16.05.2002 – VII ZR 81/00, NJW 2002, 2708 (2709).

952 Vgl. BGH, Urt. v. 10.05.1990 – IX ZR 113/89, NJW 1990, 2882 (2883 f.); BGH, Urt. v. 20.11.2001 – VI ZR 77/00, NJW 2002, 504 (505); BGH, Urt. v. 16.05.2002 – VII ZR 81/00, NJW 2002, 2708 (2709).

953 Vgl. BGH, Urt. v. 06.05.1971 – VII ZR 302/69, VersR 1971, 818 (819 f.); BGH, Urt. v. 10.05.1983 – VI ZR 270/81, VersR 1983, 729 (731); BGH, Urt. v. 02.04.1992 – III ZR 103/91, NJW 1992, 2691 (2692); BGH, Urt. v. 30.03.1993 – 5 StR 720/92, NJW 1993, 1723; BGH, Urt. v. 07.05.2004 – V ZR 77/03, NJW 2004, 2526 (2528).

954 Vgl. Palandt/Grüneberg, Vorb. v. § 249 Rn. 55 ff.

955 Vgl. dazu Rdn. 519 ff.; eingehend Brand, S. 29 f.

956 BGH, Urt. v. 10.02.2011 – VII ZR 8/10, Nachschlagewerk BGB §§ 254, 631, 633 (BGH-Intern); BGH, Urt. v. 07.05.2004 – V ZR 77/03, BauR 2004, 1772 m. w. N.

957 Vgl. BGH, Urt. v. 22.10.1963 – VI ZR 187/62, VersR 1964, 49 (51).

586 ▶ Praxistipp:

Häufiger ist allerdings der Fall, dass jedenfalls einem der beiden Schädiger der volle Schaden zurechenbar ist. Verursachen z. B. zwei selbstständige Unfälle einen Dauerschaden, haftet der Erstschädiger für diesen auch dann, wenn die Folgen des Erstunfalls erst durch den Zweitunfall zum Dauerschaden verstärkt worden sind; der Zweitunfall und seine Folgen sind ihm nämlich, da insoweit adäquat kausal (auch) auf den Erstunfall zurückführbar, ebenfalls zurechenbar. Der Zweitschädiger haftet dann allerdings, wenn das Schadensbild abgrenzbar ist, nur für den Teil des Schadens, den er verursacht hat.[958] Liegt kein abgrenzbares Schadensbild vor, haftet auch der Zweitschädiger bereits bei Mitursächlichkeit für den vollen Schaden.[959]

h) Hypothetische Kausalursachen

587 Eine hypothetische Kausalität liegt vor, wenn der Schädiger sich darauf berufen kann, dass der tatsächlich von ihm verursachte Schaden aufgrund eines anderen Ereignisses ohnehin eingetreten wäre. Systematisch handelt es sich daher nicht um eine Frage der Kausalität – der Schaden ist real eindeutig auf das schädigende Ereignis zurückführbar, die Reserveursache hat sich tatsächlich nicht ausgewirkt –, sondern um eine Frage der wertenden Schadenszurechnung. Das Problem liegt darin, ob und wann der Schädiger sich durch Hinweis auf eine Reserveursache entlasten kann. Rechtsprechung[960] und Lehre behandeln diese Frage kontrovers, in folgenden Punkten besteht aber weitgehende Einigkeit:[961]

588 – Bestand bei Eintritt des schädigenden Ereignisses eine der geschädigten Person oder der geschädigten Sache innewohnende Schadensanlage, die zu dem gleichen Schaden geführt hätte, beschränkt sich die Ersatzpflicht auf die durch den früheren Schadenseintritt bedingten Nachteile (»**Anlagefälle**«). Beispiele sind etwa die Verletzung einer Person, die infolge von Krankheit ohnehin in Kürze erwerbsunfähig geworden wäre[962] oder die Versteifung eines Knies durch einen Behandlungsfehler, wenn aufgrund arthrotischer Vorbeschwerden gleichfalls eine Versteifung eingetreten wäre.[963]

589 – Hätte die Reserveursache die Haftung eines **Dritten** begründet, kann sich der Schädiger **nicht** auf sie berufen. Der Geschädigte soll nicht mit doppeltem Insolvenzrisiko belastet werden.[964]

590 – Der Schädiger trägt die volle **Beweislast** für die Behauptung, der Schaden wäre auch aufgrund der Reserveursache eingetreten.[965] Im Bereich haftungsausfüllender Kausalität kann

---

958 OLG Koblenz, Urt. v. 20.12.2004 – 12 U 1365/03, OLGR 2005, 712.

959 Vgl. BGH, Urt. v. 20.11.2001 – VI ZR 77/00, NJW 2002, 504; BGH, Urt. v. 19.04.2005 – VI ZR 175/04, NJW-RR 2005, 897: Die Annahme eines Ursachenzusammenhangs im Zivilrecht erfordert nämlich, anders als etwa im Sozialrecht, nicht die Feststellung einer richtungsgebenden Veränderung, vielmehr reicht schon die bloße Mitverursachung aus, um einen Ursachenzusammenhang zu bejahen.

960 Schon das RG hat grds. die Berücksichtigung von Reserveursachen abgelehnt, aber wichtige Ausnahmen zugelassen (RG, Urt. v. 13.07.1933 – VIII 106/33, RGZ 141, 365; RG, Urt. v. 29.04.1942 – VIII 12/42, RGZ 169, 117). Die Lit. tritt demgegenüber z. T. für eine grundsätzliche Beachtlichkeit hypothetischer Ursachen ein (Nachweise bei Palandt/Grüneberg, Vorb. v. § 249 Rn. 55 ff.).

961 Vgl. ausführlich Palandt/Grüneberg, Vorb. v. § 249 Rn. 55 ff.

962 BGH, Urt. v. 05.02.1965 – VI ZR 239/63, VersR 1965, 491 (493); OLG Frankfurt am Main, Urt. v. 07.07.1983 – 1 U 192/82, NJW 1984, 1409 (1411).

963 BGH, Urt. v. 23.10.1984 – VI ZR 24/83, NJW 1985, 676 (677).

964 BGH, Urt. v. 13.02.1958 – VII ZR 108/57, NJW 1958, 705; BGH, Urt. v. 13.10.1966 – II ZR 173/64, NJW 1967, 551 (552); Palandt/Grüneberg, Vorb. v. § 249 Rn. 55 ff.

965 BGH, Urt. v. 07.10.1980 – VI ZR 176/79, NJW 1981, 628 (630); BGH, Urt. v. 29.09.1982 – IVa ZR 309/80, NJW 1983, 1053.

aber § 287 ZPO anwendbar sein. Abzugrenzen ist die Situation von der, dass bereits unklar ist, welches von zwei realen Ereignissen einen Schaden verursacht hat (Beispiel: Hirnschädigung aufgrund Unfalls oder Schlaganfalls); hier – da Teil der anspruchsbegründenden Kausalität – ist nach allgemeinen Grundsätzen der Geschädigte beweispflichtig.[966]

591 Ansonsten ist sinnvollerweise zu unterscheiden:[967] bei einem reinen **Objektschaden** (Beispiel: das bei einem Verkehrsunfall beschädigte Fahrzeug wäre bei einem Garagenbrand 4 Tage später ohnehin zerstört worden) bleibt die Reserveursache außer Betracht. Der einmal entstandene Schadensersatzanspruch kann durch nachträgliche Ereignisse grds. nicht mehr berührt werden; anderenfalls käme es zu dem kaum einsichtigen Ergebnis, dass der bloße Zufall, ob die Reserveursache vor oder nach rechtskräftigem Abschluss des Schadensersatzprozesses eintrat, für den Prozesserfolg maßgeblich wäre. Bei **Dauerschäden**, also Nachteilen, die sich im Laufe der Zeit entwickeln, ist die Reserveursache jedoch beachtlich. Beispiele wären der Anspruch auf Nutzungsausfallentschädigung, der durch die hypothetische Zerstörung des Unfallwagens begrenzt ist, aber auch Ersatzansprüche wegen entgangenen Unterhalts nach § 844 Abs. 2 BGB, die regelmäßig auf die Zeit des Erwerbslebens bzw. des mutmaßlichen Überlebens des Getöteten begrenzt werden.[968]

i) Rechtmäßiges Alternativverhalten

592 Das »rechtmäßige Alternativverhalten« bedeutet den Einwand des Schädigers, auch ein rechtmäßiges Verhalten hätte in gleicher Weise zu dem (tatsächlich aufgrund rechtswidrigen Verhaltens entstandenen) Schaden geführt.[969] Dieser Einwand, für den der Schädiger die volle Beweislast trägt,[970] ist grds. **beachtlich**.[971] Schäden, die auch bei einem rechtmäßigen Verhalten des Schädigers entstanden wären, werden vom Schutzzweck der Haftungsnormen regelmäßig nicht erfasst.[972] Nur ausnahmsweise kann sich aus dem Schutzzweck der verletzten Norm ergeben, dass die Berufung auf ein rechtmäßiges Alternativverhalten ausgeschlossen ist.[973]

593 ▶ Checkliste: Kausalität

Haftungsbegründende Kausalität (§ 286 ZPO)
☐ Handlung → Rechtsgutverletzung

Haftungsausfüllende Kausalität (§ 287 ZPO)
☐ Rechtsgutverletzung → Schaden

---

966 BGH, Urt. v. 23.09.1986 – VI ZR 261/85, VersR 1987, 179.

967 Palandt/Grüneberg, Vorb. v. § 249 Rn. 55 ff.

968 BGH, Urt. v. 27.01.2004 – VI ZR 842/02, SVR 2004, 339.

969 Diese Rechtsfigur kommt daher auch erst dann zum Tragen, wenn die Haftung des Schädigers grundsätzlich unstreitig oder bewiesen ist: BGH, Urt. v. 07.02.2012 – VI ZR 63/11, NJW 2012, 850.

970 Es genügt daher nicht, dass der Schaden bei rechtmäßigem Vorgehen möglicherweise entstanden wäre, vgl.: BGH, Urt. v. 30.04.1959 – III ZR 4/58, NJW 1959, 1316 (1317); BGH, Urt. v. 27.04.1995 – X ZR 60/93, NJW-RR 1995, 935 (937). Ebenso unzulässig ist die Berufung auf ein rechtswidriges und nur schuldloses Alternativverhalten, vgl. OLG Köln, Urt. v. 20.10.1994 – 7 U 68/94, VersR 1996, 456.

971 Vgl. BGH, Urt. v. 07.02.1984 – VI ZR 174/82, NJW 1984, 1397 (1399); BGH, Urt. v. 26.10.1999 – X ZR 30/98, NJW 2000, 661 (663); Palandt/Grüneberg, Vorb. v. § 249 Rn. 64.

972 BGH, Urt. v. 26.10.1999 – X ZR 30/98, NJW 2000, 661 (663).

973 BGH, Urt. v. 24.10.1985 – IX ZR 91/84, NJW 1986, 576; Palandt/Grüneberg, Vorb. v. § 249 Rn. 29 f., 64 f. m. w. N.

Zurechnung setzt voraus
☐ Äquivalenz (conditio sine qua non)
☐ Adäquanz (nicht außerhalb der Wahrscheinlichkeit)
☐ Schutzzweck der Norm

Kein Fall des
☐ allgemeinen Lebensrisikos
☐ rechtmäßigen Alternativverhaltens

Sonderprobleme:
☐ mehrere Schädiger?
☐ hypothetische Kausalität?

III. Schadensumfang

1. Vorschäden

a) Vorhandene Schadensdisposition

594 Wie oben[974] gezeigt, liegt eine besondere Fallgestaltung vor, wenn es infolge zeitlich einander folgender selbstständiger Unfälle jeweils zu einer Schädigung der HWS kommt.

595 Entsteht in einem solchen Fall ein **Dauerschaden des Verletzten**, haftet der Erstschädiger mangels abgrenzbarer Schadensteile grds. auch für den Dauerschaden, wenn die Folgen des Erstunfalls erst durch den Zweitunfall verstärkt worden sind. Der Zweitschädiger haftet für den Dauerschaden mangels abgrenzbarer Schadensteile schon dann, wenn der Zweitunfall lediglich mitursächlich für den Dauerschaden war.[975]

596 Der BGH hat den **haftungsrechtlichen Zurechnungszusammenhang** (haftungsausfüllende Kausalität) bejaht, weil der erste Unfall noch eine Schadensanfälligkeit hinterlassen habe, auf die die zweite Verletzungshandlung getroffen ist. In einem solchen Fall ist der Erstschädiger für den Folgeschaden, den endgültigen Schaden, mitverantwortlich.

597 ▶ **Hinweis:**

Wer einen gesundheitlich vorgeschädigten Menschen verletzt, kann nicht verlangen, so gestellt zu werden, als hätte er einen Gesunden geschädigt;[976] der Zurechnungszusammenhang zwischen Handlung und Verletzung ist auch dann zu bejahen, wenn der Schaden auf einem Zusammenwirken von Vorschäden und Unfallverletzung beruht.[977]

598 Allerdings hat der BGH von diesem Grundsatz früher Ausnahmen gemacht,[978] wenn es sich bei der besonderen Schadensanfälligkeit um eine Begehrensvorstellung des Geschädigten handelte.[979] Allein die Tatsache, dass der Verletzte durch frühere Unfälle in seiner seelischen Widerstandskraft soweit vorgeschädigt war, dass ein geringer Anlass genügt hat, um psychische Fehlreaktionen auszulösen, kann den Schädiger aber nicht entlasten. Das gilt selbst dann,

---

974 S. Rdn. 499 ff.

975 BGH, Urt. v. 20.11.2001 – VI ZR 77/00, SP 2002, 89.

976 Vgl. schon Rdn. 550 ff.; ferner BGH, Urt. v. 11.03.1986 – VI ZR 64/85, NJW 1986, 2762 (2763); BGH, Urt. v. 30.04.1996 – VI ZR 55/95, NJW 1996, 2425 (2426); eingehend dazu Born, OLGR 2003, K 4.

977 KG, Urt. v. 02.09.2002 – 12 U 10719/99, KGR 2003, 27.

978 BGH, Urt. v. 22.09.1981 – VI ZR 144/79, VersR 1981, 1178; BGH, Urt. v. 24.01.1984 – VI ZR 61/82, VersR 1984, 286(Glasknochen).

979 Müller, VersR 1998, 129 (134).

wenn die Ursache, die psychische Fehlreaktion, z. B. auf einer »prämorbiden Persönlichkeit« des Geschädigten beruht.[980]

599 In zwei Entscheidungen v. 11.11.1997 hat der BGH[981] eine **deutliche Ausweitung der Haftung des Schädigers trotz vorhandener Schadensdisposition** vorgenommen. Eine sog. Bagatelle, bei der eine Haftung für den psychischen Folgeschaden ausscheiden soll, wird bereits dann abgelehnt, wenn »nur« eine Schädelprellung mit HWS-Schleudertrauma vorliegt. Geringfügigkeit des auslösenden Ereignisses scheidet immer schon dann aus, wenn dafür ein – wenn auch geringes – Schmerzensgeld zu zahlen wäre.[982]

600 Nur relativ selten wird angenommen, dass die neurotische Fehlhaltung des Geschädigten in einem groben Missverhältnis zum schädigenden Ereignis steht, also Ausdruck einer offensichtlich unangemessenen Erlebnisverarbeitung ist mit der Folge, dass keine Haftung besteht. Die Beweislast dafür, dass sich hier nur das allgemeine Lebensrisiko des Geschädigten verwirklicht hat, der sich in eine **Neurose** flüchtet, trägt der Schädiger.[983] Ansonsten bleibt es bei der – für den Geschädigten günstigen – Situation, dass eine Haftung auch dann nicht entfällt, wenn an dem Ausbruch der psychischen Krankheit eine vorbestehende latente Disposition wesentlich mitgewirkt hat, die ohne den Unfall nicht ausgebrochen wäre. Hat schon vor dem Unfall eine fortschreitende psychische Erkrankung vorgelegen, die sich bis zum Unfall kontinuierlich verstärkt hat, kann als »Anteil« des Unfalls allenfalls vorübergehend eine Überlagerung der Grunderkrankung durch unfallbedingte Folgen angenommen, ansonsten aber unterstellt werden, dass die später festgestellte Beeinträchtigung einige Zeit später auch ohne den Unfall eingetreten wäre.[984]

601 ► Hinweis:

> Möglicherweise kommt eine Schadensteilung unter dem Gesichtspunkt der überholenden Kausalität in Betracht, was bedeutet, dass zu prüfen ist, ob die Prädisposition des Geschädigten nicht über kurz oder lang ohnehin zur Erwerbsunfähigkeit geführt hätte.[985] Insoweit könnten sich auch überhöhte Begehrensvorstellungen des Geschädigten haftungsmindernd auswirken. Zur Beantwortung dieser Frage muss das Gericht auf Sachverständigengutachten zurückgreifen.

602 Ein ähnliches Problem bei der Prädisposition des Verletzten stellt sich im Arzthaftungsrecht. Sowohl bei HWS-Schäden, als auch bei anderen Schäden, die auf einem Behandlungsfehler beruhen, kann es zu der Feststellung kommen, dass der Gesundheitsschaden des Patienten durch seine körperliche Verfassung nur »zu 50%« auf einem Behandlungsfehler beruht. Die Rechtsprechung ist in einem solchen Fall eindeutig. Das OLG Rostock[986] hat dazu ausgeführt, dass die Mitursächlichkeit, sei es auch nur als »Auslöser« neben erheblichen anderen

---

980 OLG Hamm, Urt. v. 02.04.2001 – 6 U 231/99, NZV 2002, 36 = NJW-RR 2001, 1676.

981 BGH, Urt. v. 11.11.1997 – VI ZR 376/96, MDR 1998, 157 = VersR 1998, 201; BGH, Urt. v. 11.11.1997 – VI ZR 146/96, MDR 1998, 159 = VersR 1998, 200; Diederichsen, DAR 2005, 301 (301 f.).

982 BGH, Urt. v. 28.01.2003 – VI ZR 139/02, VersR 2003, 274.

983 KG, Urt. v. 15.05.2000 – 12 U 3645/98, NZV 2002, 172 (174).

984 OLG Hamm, Urt. v. 21.08.2000 – 6 U 149/99, r+s 2002, 16; OLG Hamm, Urt. v. 27.08.2001 – 6 U 252/99, r+s 2002, 113; s. aber OLG Hamm, Urt. v. 20.06.2001 – 13 U 136/99, NZV 2002, 37, wonach konkrete Anhaltspunkte für Fehlentwicklungen vergleichbaren Ausmaßes vorliegen müssen.

985 OLG Hamm, Urt. v. 20.06.2001 – 13 U 136/99, NZV 2002, 37.

986 OLG Rostock, Urt. v. 21.12.2012 – 5 U 170/11, VersR 2013, 465.

Umständen, der Alleinursächlichkeit haftungsrechtlich in vollem Umfang gleichsteht.[987] Sie führt zur Zurechnung des gesamten Schadens.[988]

b) Schadensteilung (50 %) bei Prädisposition

603 Immer häufiger wird der Schmerzensgeldanspruch des Verletzten mit der Begründung auf 50 % gekürzt, der Gesundheitsschaden beruhe u. a. darauf, dass beim Verletzten eine gewisse Prädisposition für den psychischen Schaden vorgelegen habe.

604 Das OLG Schleswig,[989] das in ständiger Rechtsprechung der BGH-Entscheidung v. 28.01.2003 folgt,[990] hat sich auch bzgl. der Prädisposition der BGH-Entscheidung angeschlossenen und bemisst den Schaden bei einer auf der Prädisposition beruhenden Fehlverarbeitung des Unfallgeschehens wegen dieses gesundheitlichen Vorschadens auf 50 %. Nach den Ausführungen des Sachverständigen handelte es sich bei dem Kläger um eine schadensveranlagte Persönlichkeit, er war schon vor dem Unfall krank. Er hatte sich aufgrund innerseelischer Gebote und Schranken in hohem Maße erschöpft; in seiner Kindheit und Jugend war er starken seelischen Belastungsfaktoren ausgesetzt gewesen. Sein seelisches Gleichgewicht hatte er stets durch überdurchschnittliche Leistungen im beruflichen Bereich aufrechtzuerhalten versucht. Bei dieser vorgeschädigten Persönlichkeit hält das OLG Schleswig eine Anspruchskürzung um 50 % für gerechtfertigt. Das Gericht sieht zwar, dass der Schädiger auch für seelisch bedingte Folgeschäden grds. voll haftet, meint aber, dass der Schaden aufgrund der psychischen Vorschädigung des Verletzten auch ohne den Unfall früher oder später eingetreten wäre.

605 Hätte das OLG Schleswig den Sachverständigen gefragt, wann denn in etwa bei dem Verletzten ein ähnlicher Schaden eingetreten wäre, hätte der Sachverständige diese Frage nicht beantworten können. Die einzig mögliche Antwort wäre gewesen:

»Ich bin doch kein Prophet«.

So sehr eine prozentuale Kürzung auch gerechtfertigt erscheinen mag, sie lässt sich i. d. R. nicht begründen.

606 Auch das OLG Köln[991] kürzte einen Schmerzensgeldanspruch wegen somatoformer Verarbeitung um eine nicht näher angegebene Quote, während es dem Feststellungsantrag für künftige materielle Schäden in vollem Umfang stattgab. Darin liegt ein gewisser Widerspruch. Bei der Bemessung des Schmerzensgeldes könne eine besondere Schadensanfälligkeit der Klägerin Berücksichtigung finden, was auch für eine psychische Veranlagung und die damit verbundenen gesundheitlichen Risiken gelte.

607 Ein anderer Senat des OLG Köln[992] ist ebenfalls der Auffassung, dass eine besondere Schadensanfälligkeit des Verletzten bei der Bemessung des Schmerzensgeldes Berücksichtigung finden könne. Es gehe darum, den Schaden zu ermitteln, wie er sich voraussichtlich in Zukunft dargestellt hätte. Eine nähere Begründung zur Ermittlung des Schmerzensgeldes enthält die Entscheidung nicht.

987 Martis/Winkhart, Arzthaftungsrecht, 3. Aufl., Rdn. K 35 m. w. N.

988 Martis/Winkhart, Arzthaftungsrecht, 3. Aufl., Rdn. K 36 m. w. N.

989 Vgl. OLG Schleswig, Urt. v. 06.07.2006 – 7 U 148/01, NJW-RR 2007, 171 = NZV 2007, 203.

990 Vgl. auch OLG Schleswig, Urt. v. 06.07.2006 – 7 U 148/01, OLGR 2006, 821 = NJW-RR 2007, 171 = NZV 2007, 203.

991 Vgl. OLG Köln, Urt. v. 25.10.2005 – 4 U 19/04, DAR 2006, 325.

992 Vgl. OLG Köln, Urt. v. 25.10.2005 – 4 U 19/04, DAR 2006, 325.

608 Allerdings billigt es der BGH,[993] bei der Bemessung des Schmerzensgeldes zu berücksichtigen, wenn die zum Schaden führende Handlung des Schädigers auf eine bereits vorhandene Schadensbereitschaft in der Konstitution des Verletzten trifft und so den Schaden ausgelöst hat und die Gesundheitsbeeinträchtigungen Auswirkungen dieser Schadensanfälligkeit sind.[994] In einem solchen Fall trifft der Unfall zwar keinen gesunden, aber doch einen – im Vergleich zum derzeitigen Zustand – beschwerdefreien Menschen. I. R. d. **schadensausfüllenden Kausalität** ist nach § 287 ZPO die wahrscheinliche Entwicklung maßgebend. Gelingt es dem Schädiger, konkrete Anhaltspunkte dafür aufzuzeigen, dass Fehlentwicklungen gleichen Ausmaßes auch ohne den Unfall eingetreten wären, können **Abschläge aufgrund der besonderen Schadensanfälligkeit** gemacht werden.[995]

Dies hat das OLG Celle[996] aufgegriffen und die Auffassung vertreten, dass bei der Bemessung des Schmerzensgeldes bestehende erhebliche Vorschädigungen und die darauf beruhenden Risiken bei einem Herzinfarkt mit anschließenden Angstgefühlen Berücksichtigung finden müssten; die Vorschäden würden das Schmerzensgeld mindern.

609 Ausdrücklich aber weist der BGH[997] darauf hin, dass die **Schadensanfälligkeit nicht ohne Weiteres** dazu führe, dass der Verletzte nicht das einem gesunden Menschen zustehende Schmerzensgeld verlangen könne. Sei der Verletzte vor dem Unfall für einen längeren Zeitraum beschwerdefrei gewesen, dann habe der Unfall zwar keinen gesunden, aber doch einen beschwerdefreien Menschen getroffen und eine Kürzung des Schmerzensgeldes müsse ausscheiden.

610 ▶ Hinweis:

Ergeben sich keine konkreten Anhaltspunkte für einen negativen Verlauf, muss der Richter i. R. d. Wahrscheinlichkeitsprognose einen gleichbleibenden Zustand zugrunde legen. Die verbleibende Unsicherheit, die jeder gesundheitlichen Prognose innewohnt, darf sich nicht Schmerzensgeld mindernd auswirken.

611 Ein Ausweg aus dieser unerfreulichen Beweissituation ergibt sich für den Schädiger dadurch, dass ein Sachverständiger i. d. R. schon angeben kann, wann – auch ohne den Unfall – spätestens eine Verschlimmerung der Beschwerden eingetreten wäre. Ähnlich wie sich bei schweren Erkrankungen die Lebenserwartung in etwa eingrenzen lässt, ist auch bei feststehender Vorerkrankung der Wirbelsäule i. d. R. absehbar, wann Beschwerden auftreten werden, die dem Beschwerdebild des Verletzten nach dem Unfall entsprechen. Fehlen allerdings hierzu Anhaltspunkte, bleibt der Schädiger beweisfällig. Nach Einholung eines Sachverständigengutachtens ist der Verletzte jedenfalls nicht der Willkür des Richters ausgeliefert.

612 Der einmal festgestellte Kausalzusammenhang zwischen dem Unfall und bestimmten Beschwerden entfällt grds. nicht durch bloßen Zeitablauf. Der Schädiger kann aber ggf. nachweisen, dass ab einem bestimmten Zeitpunkt tatsächlich eine überholende Kausalität eingetreten wäre, aber: alle Unsicherheiten insoweit gehen zulasten des Schädigers.

---

993 Vgl. BGH, Urt. v. 05.11.1996 – VI ZR 275/95, VersR 1997, 122; so auch OLG Saarbrücken, Urt. v. 14.03.2006 – 4 U 326/03-5/05, OLGR 2006, 761; OLG Hamm, Urt. v. 02.04.2001 – 6 U 231/99, NJW-RR 2001, 1676 m. w. N.

994 Vgl. BGH, Urt. v. 16.11.1961 – III ZR 189/60, NJW 1962, 243; BGH, Urt. v. 02.04.1968 – VI ZR 156/66, VersR 1968, 648 (650); BGH, Urt. v. 19.12.1969 – VI ZR 111/68, VersR 1970, 281 (284); BGH, Urt. v. 29.09.1970 – VI ZR 74/69, VersR 1970, 1110 (1111); BGH, Urt. v. 22.09.1981 – VI ZR 144/79, VersR 1981, 1178 (1180); Born, OLGR, alle Hefte Nr. 4.

995 Vgl. Born, OLGR, alle Hefte Nr. 4.

996 OLG Celle, Beschl. v. 01.02.2011 – 14 W 47/10, unveröffentlicht.

997 Vgl. BGH, Urt. v. 05.11.1996 – VI ZR 275/95, VersR 1997, 122.

613 ▶ Praxistipp:

Der Verletzte beruft sich darauf, dass nur ein Prophet sagen könnte, dass dieselben Beschwerden auch ohne den Unfall zeitnah eingetreten wären.

Der Schädiger (Haftpflichtversicherer) macht geltend, dass aufgrund der Vorschäden auch ohne den Unfall das Schadensbild jedenfalls in absehbarer Zeit demjenigen entsprochen hätte, welches nach dem Unfall vorliegt.

2. Mitverschulden

614 Die Berücksichtigung des Mitverschuldens des Geschädigten wird schon durch § 254 BGB nahe gelegt und ist deshalb unumstritten.[998] Das Mitverschulden des Verletzten bestimmt sich nach allgemeinen Regeln. Dies hat auch der große Zivilsenat in der Entscheidung aus dem Jahr 1955 ausdrücklich festgelegt. Das Mitverschulden ist ein den Schadensfall mitprägender Umstand, der in die Schmerzensgeldbemessung einzubeziehen ist.

615 Da das Mitverschulden nur ein Bemessungskriterium ist, ergibt sich daraus zugleich, dass das Schmerzensgeld nicht abstrakt ohne Mitverschulden festgestellt werden darf, um es sodann um eine dem Mitverschulden entsprechende Quote zu kürzen; vielmehr ist das Schmerzensgeld unter Berücksichtigung des Mitverschuldens festzustellen. Diese Auffassung vertritt der BGH[999] unverändert. Er begründet diese Auffassung damit, dass der Schädiger nicht die Quote eines angemessenen Schmerzensgeldes schuldet, sondern ein **Schmerzensgeld, das unter Berücksichtigung des Mitverschuldens angemessen ist.**[1000]

616 Dies wird in der Praxis kaum beachtet. Streng genommen ist es dogmatisch unsauber, wenn das Gericht ein Schmerzensgeld feststellt und daraus unter Berücksichtigung des Mitverschuldens eine Quote ableitet. Diese Vorgehensweise hat sich aber seit Langem eingebürgert und hat sogar dazu geführt, dass in Schmerzensgeldtabellen das zuerkannte Schmerzensgeld unter Berücksichtigung der Quote auf den vollen Betrag »hochgerechnet« wird.[1001]

617 Das **Mitverschulden des Verletzten** führt zu einer **Minderung des Schmerzensgeldanspruchs**, vgl. § 9 StVG, § 254 BGB. Allerdings führt ein Mitverschuldensanteil des Verletzten von 80 % nicht dazu, dass dessen Anspruch auf Schmerzensgeld gänzlich ausgeschlossen ist. Dies wäre nur dann der Fall, wenn das Schmerzensgeld wegen des Mitverschuldens unter die Geringfügigkeitsgrenze fiele. Jedenfalls ist ein absoluter Schmerzensgeldbetrag von 7.000,00 € (hier: 20 % von 35.000,00 €) eindeutig nicht als geringwertig anzusehen.[1002]

Das Mitverschulden wird nur berücksichtigt, wenn der Schädiger sich darauf beruft und wenn er es beweisen kann.

618 Aus dem Grundsatz, dass sich eine Verursachung tatsächlich auf den Unfall ausgewirkt haben muss, folgt z. B. auch, dass sich ein Fahren ohne Fahrerlaubnis nicht auf die Haftungsquote auswirkt, wenn sie sich nicht ausgewirkt hat. Dass der Unfall als solcher sich gar nicht erst ereignet hätte, wenn der Unfallverursacher, der keine Fahrerlaubnis (mehr) besitzt, die Fahrt schon nicht angetreten hätte, bleibt für diese Verursachung außer Betracht. Ebenso kann die

---

998 OLG Nürnberg Urt. v. 22.05.1992 – 8 U 2539/91, VersR 1993, 565; Müller, VersR 1993, 909 (915).

999 BGH, Urt. v. 12.03.1991 – VI ZR 173/90, NZV 1991, 305.

1000 Dauner-Lieb/Langen/Huber, AK-Schuldrecht, § 253 Rn. 33, hält dies für bedenkenswert, weil sich die Praxis über diese Ansicht des BGH längst hinweggesetzt habe.

1001 Vorwerk, Kap. 84 Rn. 188.

1002 OLG Hamburg, Urt. v. 23.07.2004 – 14 W 52/04, OLGR 2005, 133.

Alkoholisierung eines Fahrers bei der Haftungsabwägung nicht berücksichtigt werden, wenn diese sich nicht auf den Unfall ausgewirkt hat.[1003]

619 Die Mitwirkung an der Schadensentstehung kann sowohl in einem positiven Tun (Fehlverhalten) bestehen (etwa wenn der Geschädigte gegen vertragliche Pflichten des Arztvertrages oder Verkehrsvorschriften der StVO verstoßen hat) als auch in einem Unterlassen (etwa wenn er bei Verkehrsunfällen Sicherheitseinrichtungen wie Helm, Sicherheitsgurte etc. nicht genutzt hat).[1004] Es handelt sich um ein Verschulden »in eigener Sache«, das sich gegen den Geschädigten selbst richtet. Er lässt die nach Lage der Sache im eigenen Interesse gebotene Sorgfalt außer Acht, mit der ein verständiger Mensch handeln würde, um sich selbst vor Schaden zu bewahren.[1005]

620 Auch im Arzthaftungsrecht kommt ein Mitverschulden des Patienten in Betracht. Wer als Patient auf Empfehlung einer »Geisterheilerin« notwendige und ärztlich verordnete Medikamente zur Abwehr eines neuen Schubs einer schweren Autoimmunerkrankung unter Missachtung der Warnung Dritter absetzt, wirkt an der Entstehung des daraus folgenden Schadens in gleichem Maße wie die »Geisterheilerin« mit.[1006]

621 Das gilt auch bei fehlender Compliance des Patienten. Muss eine Patientin für eine Untersuchung aus dem Rollstuhl auf eine Untersuchungsliege verbracht werden, darf sie den Umstand, dass der Arzt den Rollstuhl nach der Untersuchung an die Liege schiebt, nicht als Aufforderung verstehen, sich nunmehr ohne fremde Hilfe wieder in den Rollstuhl zu setzen. Ist dieser erwachsenen und orientierten Patientin gesagt worden, sie dürfe nicht selbstständig aufstehen, darf das Klinikpersonal grds. darauf vertrauen, dass diese Anweisung beachtet wird. Folgt sie der Anweisung nicht und zieht sie sich bei einem Sturz eine Verletzung zu, die operativ behandelt werden muss, kann sie keine Schadensersatzansprüche geltend machen.[1007]

622 Jedenfalls derzeit sind Radfahrer nicht verpflichtet, einen Schutzhelm zu tragen. Dazu besteht keine gesetzliche Pflicht und das Tragen eines Schutzhelmes entspricht auch (noch nicht) der Verkehrsanschauung. Das OLG Düsseldorf[1008] hat ein Mitverschulden eines 10 Jahre alten Jungen verneint, zumal dieser nicht im öffentlichen Straßenverkehr, sondern auf einem Privatgelände/Garagenhof mit dem Fahrrad gefahren war. Dagegen hat das OLG Düsseldorf in einer anderen Entscheidung einem Rennradfahrer die Alleinschuld an seinen Verletzungen gegeben (Mitverschulden 100 %), weil dieser ohne Schutzhelm gefahren war.[1009]

623 Bei der Zurechnung von Mitverschulden muss stets unterschieden werden, ob ein Anspruch aus Verschulden vorliegt (dann Zurechnung über § 254 BGB) oder – wie in Verkehrsunfällen typisch – eine Haftung aus StVG.

624 I. R. d. Haftung aus StVG ist nämlich weiter zu unterscheiden, ob am Unfall ein weiteres Kfz beteiligt war. (Nur) in diesem Fall wird die Unfall(mit)verursachung des Gegners über § 17 StVG zugerechnet, ansonsten (etwa bei Fußgängern oder Radfahrern) erfolgt eine Zurechnung nach § 9 StVG, § 254 BGB.

1003 BGH, Urt. v. 21.11.2006 – VI ZR 115/05, NJW 2007, 506 (507).

1004 Vgl. ausführlich Himmelreich/Halm/Bücken, Rn. 57 ff.; Ludovisy/Morgenstern, Teil 4 Rn. 190, 208 f.

1005 Vgl. Ludovisy/Morgenstern, Teil 4 Rn. 168.

1006 OLG Frankfurt am Main, Urt. v. 14.12.2010 – 8 U 108/07, GesR 2011, 187.

1007 OLG Koblenz, Urt. v. 21.07.2010 – 5 U 761/10, VersR 2011, 225 = MDR 2010, 1323.

1008 OLG Düsseldorf, Urt. v. 14.08.2006 – 1 U 9/06, NJW-RR 2006, 1616 = NZV 2007, 38 = MDR 2007, 460.

1009 OLG Düsseldorf, Urt. v. 12.02.2007 – 1 U 182/06, ZGS 2007, 166 = NJW 2007, 3075; weitergehend OLG Schleswig, Urt. v. 17.06.2013 – 7 U 11/12, NJW Spezial 2013, 427, s. u. Rdn. 535.

a) § 9 StVG

625 Fälle von § 9 StVG sind etwa:
- Fahrradfahrer oder Fußgänger gegen Kfz,
- Halter eines **gestohlenen** Kfz (keine Zurechnung der Betriebsgefahr wegen § 7 Abs. 3 StVG!) gegen »normales« Kfz. Dann erfolgt aber nach wohl herrschender Meinung **Zurechnung** des Verschuldens des Fahrers (Diebes) an den bestohlenen Halter über § 9 a. E. StVG (»tatsächliche Gewalt«) i. V. m. § 254 Abs. 1 BGB.[1010]

626 § 9 StVG erweitert die Möglichkeit der Zurechnung eines Mitverschuldens an den Geschädigten, der selbst nicht als Halter oder Fahrzeugführer beteiligt war, für den Fall, dass der Schädiger aus §§ 7, 18 StVG in Anspruch genommen wird. Es findet dann § 254 BGB mit der Maßgabe Anwendung, dass im Fall der Beschädigung einer Sache das Verschulden desjenigen, welcher die tatsächliche Gewalt über die Sache ausübt, dem Verschulden des Verletzten gleichsteht.[1011]

b) § 254 BGB

627 An § 254 BGB muss auch gedacht werden, wenn ein Kfz-Halter als Geschädigter Ansprüche gegen nicht motorisierte Verkehrsteilnehmer geltend macht. Für die hier denkbaren Anspruchsgrundlagen (insb. § 823 BGB) sind die §§ 9, 17 StVG nicht anwendbar. Gleichwohl ist anerkannt, dass sich der Geschädigte auch eine Mitverursachung nach § 254 BGB entgegenhalten lassen muss, wenn ihn nur eine Gefährdungshaftung trifft.[1012] Über den Wortlaut hinaus ist § 254 BGB daher so zu verstehen, dass der Geschädigte für jeden Schaden mitverantwortlich ist, bei dessen Entstehung er in zurechenbarer Weise (sei es aufgrund Gefährdung, sei es aufgrund Verschuldens) mitgewirkt hat.[1013] So muss sich der Halter, auch im Rahmen von Schmerzensgeldansprüchen, die Betriebsgefahr seines Wagens anrechnen lassen.[1014]

Auch hier wäre aber wieder Voraussetzung, dass sich die Unterlassung schadenserhöhend ausgewirkt hat; wären die gleichen Verletzungen auch mit Helm entstanden (etwa: Beinbruch), so ist der Verstoß folgenlos und daher irrelevant.

c) Zurechnung nach § 17 Abs. 2 StVG

628 § 17 Abs. 2 StVG verdrängt als speziellere Regelung den § 9 StVG. Er ist immer dann anzuwenden, wenn es um die Abwägung von Betriebsgefahr gegen Betriebsgefahr geht und gilt auch bei Fahrern, § 18 StVG. Fälle von § 9 StVG sind dagegen etwa Fahrradfahrer oder Fußgänger gegen Kfz.

1010 Etwa OLG Hamm, Urt. v. 19.01.1995 – 6 U 98/94, NJW-RR 1996, 282 (283).

1011 Beispiel wäre ein Fußgänger, der angefahren wird und den ein Mitverschulden trifft. Wird eine im Gewahrsam des Fußgängers befindliche Sache eines Dritten beschädigt, muss sich der Eigentümer (anders als nach § 823 BGB) das Verschulden des Fußgängers anspruchsmindernd entgegenhalten lassen.

1012 BGH, Urt. v. 09.02.1952 – III ZR 297/51, NJW 1952, 1015; OLG Frankfurt am Main, Urt. v. 04.04.2006 – 9 U 118/00, OLGR 2006, 673.

1013 BGH, Urt. v. 02.06.1969 – II ZR 182/67, NJW 1969, 1899.

1014 BGH, Urt. v. 20.12.2963 – III ZR 191/61, VersR 1963, 359; KG, Urt. v. 09.07.2001 – 12 U 3372/00, NZV 2002, 34.

Aufzubauen ist die Prüfung sinnvollerweise wie folgt:

aa) Haftungsausschluss

für Anspruchsteller *oder* Anspruchsgegner wegen eines unabwendbaren Ereignisses gem. § 17 **Abs. 3 StVG**? 629

Definition in § 17 Abs. 3 Satz 2 StVG: Sowohl Fahrer als auch Halter haben »jede nach den Umständen des Falles gebotene Sorgfalt« beachtet (sog. Maßstab eines Idealfahrers). Ein unabwendbares Ereignis kann u. U. auch zu verneinen sein, ohne dass ein Verschulden i. S. d. § 276 Abs. 1 BGB vorliegt.[1015] 630

> **Beispiele**: technisches Versagen des Fahrzeugs (vgl. Wortlaut des § 17 Abs. 3 Satz 1 StVG), auch unerwartete Gesundheitsprobleme (epileptischer Anfall, Herzinfarkt)[1016] schließen Haftung nicht aus.

Für das Vorliegen eines unabwendbaren Ereignisses gem. § 17 Abs. 3 StVG trägt derjenige die **Darlegungs- und Beweislast**, der sich zu seinen Gunsten auf einen solchen Fall beruft. Grund: Es handelt sich um die *Ausnahme* von der grds. angeordneten Haftung[1017] (»ist ausgeschlossen«).

> ▶ Hinweis:
>
> Ein (wohl rein **akademisches**)[1018] Problem ergibt sich beim Aufeinandertreffen zweier Idealfahrer, die einen Dritten schädigen. Nach § 7 Abs. 2 n. F. StVG haften beide im Außenverhältnis (keine höhere Gewalt!), im Innenverhältnis ist der Idealfahrer nach § 17 Abs. 3 StVG von der Haftung freigestellt. Es scheint also, dass der zunächst in Anspruch genommene Idealfahrer mit seinem Regress ausfällt – da beide aber Idealfahrer sind, hinge es von dem bloßen Zufall der ersten Inanspruchnahme ab, wer den Schaden endgültig zu tragen hätte. Ein vergleichbares Problem ergibt sich bei dem sog. »Wettlauf der Sicherungsgeber«, dessen Ergebnisse man hier wohl wird heranziehen dürfen. Ähnliches gilt, wenn ein Unfall für beide Teile unabwendbar war (denkbar etwa: Fahrzeug, welches ausreichenden Sicherheitsabstand hielt, wird durch vom vorausfahrenden Fahrzeug hochgeschleuderte Steine beschädigt. Hier ist vertretbar, für beide Seiten ein unabwendbares Ereignis anzunehmen, was zu einer Haftungsteilung 50/50 führen sollte.).

bb) Prüfung der Abwägung nach § 17 Abs. 1, 2 StVG

Wenn kein Fall des Abs. 3 vorliegt, findet eine **umfassende Abwägung der Verursachungsbeiträge** statt. Dabei ist Verursachung nicht identisch mit Verschulden. Vielmehr sind alle Umstände zu berücksichtigen, die die erfolgsmäßige Zurechnung des Schadenseintritts beeinflussen.[1019] 631

Aus dem Grundsatz, dass sich eine Verursachung auch tatsächlich auf den Unfall ausgewirkt haben muss, folgt z. B. auch, dass ein Fahren ohne Fahrerlaubnis **nicht** die Haftungsquote 632

1015 BGH, Urt. v. 13.02.1990 – VI ZR 128/89, NJW 1990, 1483.

1016 Vgl. Hentschel, § 17, Rn. 29.

1017 Vgl. Hentschel, § 17, Rn. 23.

1018 Aufgeworfen von Huber, Das neue Schadensersatzrecht, S. 186.

1019 In diesem Punkt hat sich ggü. der alten Rechtslage gar nichts geändert, sodass die alte Rspr. unverändert weiter gilt. Die vorgenommene Umformulierung ggü. § 17 Abs. 1 Satz 2 StVG a. F. ist rein redaktionell: Der Gesetzgeber hat endlich die kaum verständliche alte Formulierung beseitigt und so gefasst, wie sie schon immer gemeint war. Natürlich sind nur bewiesene oder unstreitige Umstände in die Abwägung einzubeziehen, vgl. OLG Celle, Urt. v. 17.01.2006 – 14 U 169/05, OLGR 2006, 240.

beeinflusst, wenn sich dieses nicht gefahrerhöhend ausgewirkt hat. Dass der Unfall als solcher sich gar nicht erst ereignet hätte, wenn der Unfallverursacher, der keine Fahrerlaubnis (mehr) besitzt, die Fahrt schon nicht angetreten hätte, bleibt für diese Verursachung außer Betracht.[1020] Ebenso kann die Alkoholisierung eines Fahrers bei der Haftungsabwägung nicht berücksichtigt werden, wenn diese sich nicht auf den Unfall ausgewirkt hat.[1021] Auch der Vorwurf überhöhter Geschwindigkeit[1022] oder ein Gurtverstoß[1023] muss als ursächlich für den Unfall vom Schädiger bewiesen werden, will er sich hierauf i. R. d. Mitverschuldens berufen.

633 Zu berücksichtigen ist v. a. die **Betriebsgefahr.** Es gibt keine abstrakte Betriebsgefahr eines bestimmten Fahrzeuges, sondern diese richtet sich nach den Umständen des konkreten Falles. Die Betriebsgefahr ist die Gesamtheit aller Umstände, welche, durch die Eigenheit des Kfz begründet, Gefahr in den Verkehr tragen.

▶ **Wichtig:**

Durch ein unfallursächliches Mitverschulden *eines Fahrers* erhöht sich die Betriebsgefahr *seines Fahrzeugs*. Da es hierbei auch nicht darauf ankommt, ob der Fahrer selbst der Halter ist, erfolgt auf diese Weise eine **Zurechnung des Verschuldens des Fahrers auf den Halter**, ohne dass es auf den – regelmäßig mangels schuldrechtlicher Sonderverbindung nicht erfüllten – § 254 Abs. 2 Satz 2 BGB oder auf einen Exkulpationsbeweis gem. § 831 Abs. 1 Satz 2 BGB ankäme.[1024] Ebenso muss sich der Halter, auch im Rahmen von Schmerzensgeldansprüchen, die **Betriebsgefahr** seines Wagens anrechnen lassen.[1025]

Wird jedoch der Halter als **Insasse** seines Wagens verletzt, so hat er gegen den Fahrer **seines** Kfz einen unquotierten Ersatzanspruch; die Betriebsgefahr wirkt sich nämlich auch zulasten des Fahrers nicht haftungsbegründend aus.[1026]

Anders herum muss sich der **geschädigte Fahrer**, der **nicht** zugleich Halter ist, bei Ansprüchen gegen andere Unfallbeteiligte die einfache Betriebsgefahr seines Fahrzeugs nur dann zurechnen lassen, wenn er seinerseits für Verschulden (§ 823 BGB) oder vermutetes Verschulden (§ 18 StVG) haftet. Ansonsten unterbleibt eine Kürzung des Anspruchs des Fahrers, der sich – anders als der Halter – die reine Betriebsgefahr nicht anspruchsmindernd entgegenhalten lassen muss.[1027]

1020 Vgl. BGH, Urt. v. 21.11.2006 – VI ZR 115/05, NJW 2007, 506 (507).

1021 OLG Frankfurt am Main, Urt. v. 03.02.2010 – 12 U 47/08, SP 2010, 279; OLG Hamm, Urt. v. 28.01.2010 – 6 U 159/09, NJW-Spezial 2010, 362 (aber: Anscheinsbeweis für eine Ursächlichkeit, wenn sich der Unfall u. U. ereignet hat, die ein nüchterner Fahrer hätte meistern können).

1022 OLG Celle, Urt. v. 27.05.2009 – 14 U 2/09, NJOZ 2010, 658.

1023 OLG Karlsruhe, Urt. v. 06.11.2009 – 14 U 42/08, NZV 2010, 26; OLG Naumburg, Urt. v. 27.02.2008 – 6 U 71/07, MDR 2008, 1031 = SP 2008, 317 lehnt auch einen Anscheinsbeweis hierfür bei schweren Frontalkollisionen ab.

1024 Palandt/Grüneberg, § 254, Rn. 10; vgl. auch die Wertung von § 17 Abs. 3 Satz 2 StVG.

1025 BGH, Urt. v. 20.12.1962 – III ZR 191/61, VersR 1963, 359; KG, Urt. v. 21.05.2001 – 12 U 3372/00, NZV 2002, 34.

1026 BGH, Urt. v. 30.05.1972 – VI ZR 38/71, NJW 1972, 1415.

1027 BGH, Urt. v. 17.11.2009 – VI ZR 64/08, VersR 2010, 268; BGH, Urt. v. 17.11.2009 – VI ZR 58/08, VersR 2010, 270.

Generell haben **Insassen** regelmäßig einen quotenmäßig **ungekürzten** Anspruch gegen den Fahrer des Unfallwagens, da sie sich die Betriebsgefahr nicht anrechnen lassen müssen[1028] und es auch für eine Zurechnung etwaigen Fahrerverschuldens keine Zurechnungsnorm gibt.[1029] Lediglich für eigenes Verschulden haben sie einzustehen, § 254 BGB. Zu beachten ist allerdings, dass ein Anspruchsausschluss nach § 8 Nr. 2 StVG (Tätigwerden bei Betrieb) in Betracht kommt, nach der Rechtsprechung[1030] z. B. schon dann, wenn der verletzte Beifahrer dem Fahrer den Wagen zur Verfügung stellte und Einfluss auf den Fahrtweg nahm!

cc) Kriterien für die Aufteilung der Verursachungsbeiträge

634 Vom gedanklichen Ausgangspunkt einer 50/50-Quotelung[1031] aus sind folgende Überlegungen anzustellen:

(1) Erhöhung der Betriebsgefahr durch besondere **atypische Gefahrenmomente des/der Kfz**? Hier wäre etwa dann eine Verschiebung gegeben, wenn einer der Wagen schlechte Bremsen hätte oder wenn etwa ein »normaler« Wagen mit einem wesentlich *schwerer beherrschbaren* Pkw oder gar einem LKW oder Panzer zusammenstößt.[1032] Ebenso kann die Instabilität und die daraus resultierende Sturzgefahr eines **Motorrads** die Betriebsgefahr erhöhen, wenn sie sich als Unfallursache ausgewirkt hat.[1033] Auch die **Provokation** eines Unfalls durch den (vom Halter personenverschiedenen) Fahrer kann die Betriebsgefahr so erhöhen, dass eine alleinige Haftung des »unfallprovozierenden« Fahrzeugs selbst dann besteht, wenn der Halter selbst von der Unfallprovokation nichts wusste. Dieser hat dann also keinen Ersatzanspruch mehr, da die ihm zuzurechnende Betriebsgefahr seines Wagens die des Gegners konsumiert.[1034]

(2) Erhöhung der Betriebsgefahr des Fahrzeuges durch das Verhalten, also v. a. **(Mit)-Verschulden des Fahrers**?

1028 OLG Naumburg, Urt. v. 12.12.2008 – 6 U 106/08, VersR 2009, 373 (374): Die Zurechnungsnorm des § 17 StVG ist nicht anwendbar ggü. dem Insassen, der weder Halter noch Fahrer ist; auch eine Zurechnung nach §§ 254, 278 BGB scheitert jedenfalls am Fehlen einer Sonderverbindung. Ebenso Wille, JA 2008, 210 (217). Auch KG, Urt. v. 13.10.2008 – 12 U 61/07, NZV 2009, 458: »Ein Mitfahrer braucht sich ein unfallursächliches Verschulden des Fahrzeugführers im Verhältnis zum Unfallgegner nicht anspruchsmindernd anrechnen zu lassen, weil es dafür keine Zurechnungsnorm gibt.«.

1029 KG, Urt. v. 03.05.2010 – 12 U 119/09, MDR 2010, 1318: Ein Mitfahrer braucht sich ein unfallursächliches Verschulden des Fahrzeugführers im Verhältnis zum Unfallgegner (Kraftfahrer) nicht anspruchsmindernd anrechnen zu lassen, weil es dafür keine Zurechnungsnorm gibt.

1030 OLG Saarbrücken, Urt. v. 21.04.2009 – 4 U 395/08, SP 2009, 389.

1031 Da beide Fahrzeuge jeweils ihre einfache Betriebsgefahr »einbringen«, vgl. Nugel, DAR 2008, 548 (549). Damit ist die 50/50-Lösung z. B. auch bei einer ungeklärten Ampelstellung der Regelfall, vgl. KG, Urt. v. 31.05.2010 – 12 U 105/09, NJOZ 2011, 401.

1032 Im Fall OLG Celle, Urt. v. 21.02.2006 – 14 U 121/05, OLGR 2006, 274 wurde daher bei einer Kollision zwischen Straßenbahn und Pkw (bei ansonsten ungeklärtem Unfallverlauf) wegen der größeren Betriebsgefahr der Straßenbahn eine Haftungsverteilung von 40:60 zulasten des Straßenbahnbetreibers vorgenommen.

1033 BGH, Urt. v. 01.12.2009 – VI ZR 221/08, VersR 2010, 642. Der BGH stellt aber klar, dass bei der Bewertung der Betriebsgefahr nicht etwa ganz allgemein schon dem Umstand, dass der Fahrer selbst nicht durch eine Karosserie geschützt ist, wesentliche Bedeutung zukomme. Vielmehr bestimme sich die allgemeine Betriebsgefahr eines Fahrzeugs v. a. durch die Schäden, die dadurch Dritten drohen. Dem Fahrer eines zugelassenen und verkehrstüchtigen Fahrzeugs kann nicht schon zur Last gelegt werden, wegen Bauart und geringerer Eigensicherung in höherem Maße Verletzungen ausgesetzt zu sein.

1034 KG, Beschl. v. 30.06.2010 – 12 U 151/09, VRR 2011, 107.

▶ Praxistipp:

Hier sollte eine enge Orientierung an den Vorschriften der StVO erfolgen. Unprofessionell wirkt, mit Vorfahrtsmissachtungen oder zu hoher Geschwindigkeit argumentieren, ohne dies anhand der konkret einschlägigen Bestimmungen zu belegen.

(3) **Völliges Zurücktreten** der anzurechnenden Betriebsgefahr (100-zu-Null-Quotelung), wenn es der Billigkeit entspricht, eine nicht erheblich ins Gewicht fallende Betriebsgefahr bei der Abwägung außer Betracht zu lassen.
Dies nämlich dann, wenn die *einfache* Betriebsgefahr mit einem *grob* leichtfertigen Handeln des Schädigers in Beziehung zu setzen ist. Dann kann sie völlig in den Hintergrund gedrängt werden.

Die Praxis behilft sich mit der Orientierung an Präjudizien.[1035]

635 Neben diesen **allgemeinen Erkenntnissen zum Mitverschulden** werden beim Schmerzensgeld insb. folgende Kriterien genannt:

Das **Nichtanlegen des Sicherheitsgurtes** bzw. die Benutzung eines nicht funktionsfähigen Gurtes führt zu einer Minderung um 1/4 oder 1/3.[1036] Das gilt entsprechend bei einer Fahrt im Reisebus. Wer hier nicht angeschnallt fährt, trägt ein Mitverschulden von 30%.[1037]

– Das gilt auch für einen Verletzten, der sich auf dem Rücksitz nicht angeschnallt hat.[1038]
– Das **Nichtanlegen des Sicherheitsgurtes** führt nach anderen Entscheidungen zu einem Mitverschulden von 1/5.[1039] Die Kürzung des Schmerzensgeldes um eine Quote setzt natürlich voraus, dass der Geschädigte Verletzungen erlitten hat, die typischerweise durch das Anlegen eines Sicherheitsgurtes vermieden worden wären.
– Trägt ein Motorradfahrer zwar einen Helm, jedoch keine oder nur z. T. eine Schutzkleidung, ist dies auch ohne eine entsprechende gesetzliche Verpflichtung mindernd im Wege des Mitverschuldens in Form des sog. Verschuldens gegen sich selbst zu berücksichtigen. Das gilt jedenfalls dann, wenn er nur eine Stoffhose trägt und an den Beinen schwere Verletzungen erleidet.[1040]
– Trägt ein Motorradfahrer unter anderem einen Motorradhelm, eine Motorradjacke, Motorradhandschuhe, eine Arbeitshose und Sportschuhe, und wird er bei einem Verkehrsunfall am Fuß so schwer verletzt, dass der Unterschenkel amputiert werden muss, trifft ihn kein Mitverschulden. Das Tragen von Motorradschuhen war im Jahre 2010 nach dem allgemeinen Verkehrsbewusstsein zum eigenen Schutz nicht erforderlich.[1041]
– Das **Nichttragen eines Fahrradhelmes** begründet einen Mitverschuldensvorwurf, wenn sich der Radfahrer als sportlich ambitionierter Fahrer besonderen Risiken aussetzt oder

1035 Etwa das Werk von Grüneberg, Haftungsquoten bei Verkehrsunfällen; Übersichten von Haftungsquoten bieten auch Brüseken/Krumbholz/Thiermann, NZV 2000, 441, Schauseil, MDR 2008, 360, Nugel, DAR 2008, 548 oder Martis/Enslin, MDR 2008, 117.

1036 AG Osnabrück, Urt. v. 11.09.1996 – 15 C 708/95, SP 1997, 10; soweit Budewig/Gehrlein, S. 91, Quoten von 1/5 – 1/2 nennen, können sie zum Beleg nur Rspr. aus den Jahren 1980 – 1991 angeben.

1037 OLG Hamm, Urt. vom 14.05.2012 – 6 U 187/11, VRR 2012, 423.

1038 OLG Köln, Urt. v. 01.06.2001 – 19 U 158/00, OLGR 2002, 169.

1039 OLG München, Urt. v. 13.01.1999 – 7 U 4576/98, VersR 2000, 900; AG Ibbenbühren, Urt. v. 11.09.1997 – 3 C 57/97, ZfS 1998, 130.

1040 OLG Brandenburg, Urt. v. 30.07.2009 – 12 U 29/09, VersR 2009, 1284 = DAR 2009, 649 = SP 2009, 430.

1041 OLG Nürnberg, Urt. vom 09.04.2013 – 3 U 1897/12, MDR 2013, 649 = DAR 2013, 332; entgegen OLG Düsseldorf, Urt. vom 20.02.2006 – I-1 U 137/05, NZV 2006, 415.

wenn in seiner persönlichen Disposition ein gesteigertes Gefahrenpotenzial besteht. Das gilt nicht für Kinder, die beim Fahrradfahren keinen Schutzhelm tragen.[1042]

Grundsätzlich wurde dem »normalen« Fahrradfahrer kein Mitverschulden vorgeworfen, wenn er ohne Fahrradhelm gefahren ist, weil das Tragen eines Fahrradhelms nicht vorgeschrieben ist.[1043] Als normaler Fahrradfahrer gilt danach jemand, der nicht zu schnell und völlig unauffällig gefahren ist, ohne besondere Risiken einzugehen. Davon ist nun das OLG Schleswig[1044] abgewichen und hat entschieden, dass ein Radfahrer, der im öffentlichen Straßenverkehr mit einem anderen – sich verkehrswidrig verhaltenden – Verkehrsteilnehmer kollidiert und infolge des unfallbedingten Sturzes Kopfverletzungen erleidet, die ein Fahrradhelm verhindert oder gemindert hätte, sich grundsätzlich ein Mitverschulden wegen Nichttragens eines Fahrradhelms anrechnen lassen muss. Den Fahrradfahrer soll ein Mitverschulden an den erlittenen Schädelverletzungen treffen, weil er keinen Helm getragen und damit Schutzmaßnahmen zu seiner eigenen Sicherheit unterlassen habe (sog. Verschulden gegen sich selbst). Der Mitverschuldensanteil sei im konkreten Fall mit 20% zu bemessen. Hierbei werde zum einen berücksichtigt, dass ein Helm nach den Feststellungen des gerichtlichen Sachverständigen die Kopfverletzung des Fahrradfahrers zwar in einem gewissen Umfang hätte verringern, aber nicht verhindern können, und zum anderen, dass das grob fahrlässige Verhalten der Halterin des PKW den Mitverschuldensanteil des Fahrradfahrers deutlich überwiege. Zwar bestehe für Fahrradfahrer nach dem Gesetz keine allgemeine Helmpflicht. Fahrradfahrer seien heutzutage jedoch im täglichen Straßenverkehr einem besonderen Verletzungsrisiko ausgesetzt. Der gegenwärtige Straßenverkehr sei besonders dicht, wobei motorisierte Fahrzeuge dominierten und Radfahrer von Kraftfahrern oftmals nur als störende Hindernisse im frei fließenden Verkehr empfunden würden. Aufgrund der Fallhöhe, der fehlenden Möglichkeit, sich abzustützen (die Hände stützten sich auf den Lenker, der keinen Halt biete) und ihrer höheren Geschwindigkeit, z. B. gegenüber Fußgängern, seien Radfahrer besonders gefährdet, Kopfverletzungen zu erleiden. Gerade dagegen solle der Helm schützen. Dass der Helm diesen Schutz auch bewirke, entspreche der einmütigen Einschätzung der Sicherheitsexperten und werde auch nicht ernsthaft angezweifelt. Die Anschaffung eines Schutzhelms sei darüber hinaus wirtschaftlich zumutbar. Daher könne nach dem heutigen Erkenntnisstand grundsätzlich davon ausgegangen werden, dass ein verständiger Mensch zur Vermeidung eigenen Schadens beim Radfahren einen Helm tragen werde, soweit er sich in den öffentlichen Straßenverkehr begebe. Dieser Entscheidung ist Born[1045] entgegen getreten und resümiert: Das Urteil (des OLG Schleswig) gehört vom BGH aufgehoben, schon weil die unvorsichtige Autofahrerin den Unfall allein verursacht hat, aber auch wegen des nicht gerechtfertigten »indirekten Zwangs« zu Benutzung des Helms. Hier sollte man die Kirche im Dorf lassen, damit man im selbigen auch ohne Helm weiter angstfrei Rad fahren kann.

– Das Nichttragen eines Reithelmes beim Ausritt einer 16 Jahre alte Reiterin begründet ein Mitverschulden.[1046]

1042 OLG Düsseldorf, Urt. v. 14.08.2006 – 1 U 9/06, NJW-RR 2006, 1616 = DAR 2007, 458 = MDR 2007, 460 = NZV 2007, 38 m. Anm. Kettler, NZV 2007, 39; OLG Düsseldorf, Urt. v. 12.02.2007 – 1 U 182/06, NJW 2007, 3075 = DAR 2007, 458; vgl. dazu auch Ternig, ZfS 2008, 69; OLG Saarbrücken, Urt. v. 09.10.2007 – 4 U 80/07, VersR 2008 982 = MDR 2008, 503 = NJW-RR 2008, 266 = DAR 2008, 210 m. Anm. Schubert.

1043 Vgl. z. B. LG Koblenz, Urt. vom 04.10.2010 – 5O 340/09, DAR 2011, 395. Zu beachten ist jedoch, dass in Österreich für Kinder unter 12 Jahren eine Helmpflicht vorgeschrieben ist, Stowasser, Kinderfahrradhelmpflicht und Haftung im Zivil- und Strafrecht, Zivilrecht 2011, 322.

1044 OLG Schleswig, Urt. vom 17.06.2013 – 7 U 11/12, NJW-Spezial 2013, 427.

1045 Born, »Indirekter Zwang« – Helmpflicht für Radfahrer, NJW-Editorial 2013, Heft 31.

1046 LG Erfurt, Urt. v. 23.02.2007 – 3 O 1529/06, unveröffentlicht.

- Beim **Sturz auf nicht gestreutem Weg**[1047] kann ein Mitverschulden von 1/3 gegeben sein.
- Den **Beifahrer eines alkoholbedingt fahruntüchtigen Fahrers** trifft nur dann der Vorwurf des Mitverschuldens, wenn er die Fahruntüchtigkeit bei gehöriger Sorgfalt hätte erkennen können.[1048] An die Sorgfalt des Mitfahrers dürfen keine überhöhten Anforderungen gestellt werden. Allerdings kann auch einen Jugendlichen der Vorwurf des Mitverschuldens (1/4) treffen, wenn er zu einem erkennbar alkoholisierten Fahrer als Beifahrer einsteigt.[1049] Allein die Kenntnis, dass der Fahrer alkoholische Getränke zu sich genommen hat, reicht hierzu nicht aus. Nur wenn der Fahrgast weiß, dass der Fahrer erhebliche Mengen Alkohol getrunken hat, oder wenn Ausfallerscheinungen wahrzunehmen sind, ist eine Mitverantwortung zu bejahen.[1050] Für eine Mitverantwortung ist indes weiter erforderlich, dass der Beifahrer in Kenntnis der Alkoholisierung auch die Möglichkeit hatte, das Fahrzeug noch zu verlassen.[1051] In der Teilnahme eines Beifahrers an einer Autofahrt trotz erkennbarer Trunkenheit des Fahrers liegt ein Verstoß gegen die eigene Interessen.[1052]
- Verabreden der später verletzte Beifahrer und der alkoholisierte Fahrer eines Unfallfahrzeuges zunächst, dass der Beifahrer am Abend fahren solle, wird dies aber bei der Unfallfahrt aus ungeklärtem Grund doch nicht so gehandhabt, trifft den Beifahrer ggü. dem mit 1,87 % alkoholisierten Fahrer ein Mitverschulden, welches ggü. dem Verschulden des Fahrers gleich schwer wiegt.[1053]

636 Mitverschulden des Verletzten bei besonderen Fallgestaltungen:

- Hat ein in besonderem Maße alkoholisierter Geschädigter einen Verkehrsunfall in erheblichem Umfang mitverschuldet, kann ein Schmerzensgeld jedenfalls dann nicht völlig versagt werden, wenn er schwer verletzt wurde. So hat das OLG Köln[1054] einem gravierend und folgenschwer Verletzten ein Schmerzensgeld von 1.500,00 € zugebilligt, obwohl sein Verschulden um ein Vielfaches schwerer wog als das des Unfallgegners.

Auch das OLG Hamm[1055] erkannte, dass der Anspruch auf Schmerzensgeld nicht deshalb entfällt, weil den Geschädigten ein **überwiegendes Eigenverschulden** trifft. So auch das LG Köln,[1056] das ein Mitverschulden der Klägerin von 90% bejahte, weil sie einen groben Verkehrsverstoß beging, indem sie auf dem Gehweg auf der linken Seite in der falschen Richtung fuhr.

- Bei schweren Verletzungen, die ein hohes Schmerzensgeld auslösen, hält das OLG München[1057] eine Quote für zu schematisch und findet das angemessene Schmerzensgeld – wie der BGH es zu Recht immer fordert – durch eine Gesamtabwägung. Die Kürzung kann dann geringer ausfallen als durch Abzug einer Quote.

1047 OLG Düsseldorf, Urt. v. 20.03.1998 – 22 U 154/97, VersR 2000, 63.

1048 OLG Hamm, Urt. v. 19.03.1992 – 6 U 294/91, OLGR 1992, 378; OLG Hamm, Urt. v. 27.01.1997 – 6 U 172/96, OLGR 1997, 243; OLG Koblenz, Urt. v. 09.01.2006 – 12 U 958/04, OLGR 2006, 531 (Mitverschuldens-Quote: 1/3); KG, Beschl. v. 12.01.2006 – 12 U 261/04, KGR 2006, 885 (Mitverschuldens-Quote: 1/4).

1049 OLG Schleswig, Urt. v. 07.12.1994 – 9 U 17/94, NZV 1995, 357.

1050 OLG Hamm, Urt. v. 14.03.2005 – 13 U 194/04, ZfS 2006, 256 (257).

1051 OLG Naumburg, Urt. v. 20.01.2011 – 1 U 72/10, MDR 2011, 537.

1052 OLG Karlsruhe, Urt. v. 30.01.2009 – 1 U 192/08, NZV 2009, 226.

1053 OLG Celle, Urt. v. 10.02.2005 – 14 U 132/04, NJW-RR 2005, 752 = NZV 2005, 423.

1054 OLG Köln, Urt. v. 29.07.1992 – 11 U 94/92, VersR 1993, 114.

1055 OLG Hamm, Urt. v. 18.09.2000 – 6 U 65/00, OLGR 2002, 172.

1056 LG Köln, Urt. v. 08.05.2012 – 4 O 403/09, unveröffentlicht.

1057 OLG München, Urt. v. 13.01.1999 – 7 U 4576/98, DAR 1999, 264 = VersR 2000, 900 f.

Wie der (Mit-) Verursachungs- und -Verschuldensbeitrag von Fußgängern und Radfahrern abzuwägen ist, hat der BGH[1058] näher dargelegt. Kommt es bei lediglich farblich getrennten Rad- und Fußwegen zu einem Unfall, ist das Mitverschulden des Fußgängers, der lediglich eine kleine Bewegung in Richtung Radweg macht, jedenfalls deutlich geringer als das Mitverschulden des Radfahrers, der daraufhin mit einer Vollbremsung reagiert und »über den Lenker absteigt«. 637

Übersicht 5: Kein Mitverschulden des Geschädigten

638

•	Der Umstand allein, dass ein Bluter als Sozius auf einem Mokick am Straßenverkehr teilnimmt, begründet ggü. einem die Vorfahrt missachtenden und ihn verletzenden Kraftfahrer kein Mitverschulden (OLG Koblenz, Urt. v. 05.05.1986 – 12 U 894/85, VersR 1987, 1225); die Teilnahme am Straßenverkehr ist sozialadäquat.
•	Radfahrer, die das Fahrrad als gewöhnliches Fortbewegungsmittel ohne sportliche Ambitionen benutzen, trifft kein Mitverschulden, wenn sie ohne Helm fahren, weil in diesen Fällen keine Helmpflicht besteht (OLG Düsseldorf, Urt. v. 18.06.2007 – I 1 U 278/06, NZV 2007, 614 ff.).
•	Kein Mitverschulden, wenn der Verletzte eine Psychotherapie verweigert, weil er wegen seiner psychischen und intellektuellen Anlage die Notwendigkeit einer Therapie nicht erkennt (OLG Hamm, Urt. v. 01.10.1996 – 27 U 25/95, VersR 1997, 374 f.).
•	Ein Mitverschulden eines Patienten bei ärztlichen Behandlungsfehlern scheidet i. d. R. aus. Einen Patienten, der einem ärztlichen Rat folgt, trifft nur dann ein Mitverschulden, wenn sich die Unvollständigkeit der Beratung schon jedem medizinischen Laien hätte aufdrängen oder wegen eines weiter gehenden persönlichen Wissensvorsprungs hätte klar sein müssen. Von einem solchen Wissensvorsprung kann aber z. B. bei einer Tierärztin ggü. einem Facharzt für Chirurgie nicht ausgegangen werden (OLG Stuttgart, Urt. v. 09.04.2002 – 1 (14) U 84/01, VersR 2002, 1563 f.), der den Abriss einer tiefen Beugesehne der Hand fehlerhaft behandelt hatte.
•	Ist der Patient ein Fachzahnarzt, darf der behandelnde Facharzt für Chirurgie darauf vertrauen, dass die anamnestischen Angaben des Patienten (hier: schlechte Blutzuckereinstellung und langjähriger Alkoholabusus) wahrheitsgemäß und vollständig sind; mit einem aus medizinischer Sicht völlig unverständlichem Verhalten muss der behandelnde Arzt nicht rechnen. Verweigert der um das Gefahrenpotenzial wissende Patient diese Angaben, findet zum Nachweis der Kausalität eines Behandlungsfehlers für einen Gesundheitsschaden keine Beweislastumkehr statt (LG Dresden, Urt. v. 30.11.2007 – 6 O 0266/06, MedR 2008, 223; vgl. dazu auch Tamm, Jura 2009, 81 (85)).
•	Eine kontraindizierte Behandlung darf der Arzt auch nicht auf nachdrücklichen Wunsch des Patienten vornehmen; tut er es dennoch, kann dies bei Eintritt eines Gesundheitsschadens kein Mitverschulden des Patienten begründen (OLG Düsseldorf, Urt. v. 16.11.2000 – 8 U 101/99, VersR 2002, 611 ff.).
•	Ein Mitverschulden ist bei Kindern nicht deshalb zu berücksichtigen, weil die aufsichtspflichtigen Eltern ihre Aufsichtspflicht verletzt haben.
•	Ein Mitverschulden des Verletzten kann zwar darin liegen, dass er sich einer Operation nicht unterziehen will, die seine Beschwerden ganz oder teilweise beseitigen würde. Ob ihm dies entgegengehalten werden kann, hängt aber davon ab, ob die Operation zumutbar ist. Dies ist nicht schon dann zu bejahen, wenn die Operation medizinisch indiziert und dem Verletzten unter Abwägung ihrer Chancen und Risiken von mehreren Ärzten empfohlen worden ist. Voraussetzung ist vielmehr, dass eine solche Operation einfach und gefahrlos und nicht mit besonderen Schmerzen verbunden ist und dass sie die sichere Aussicht auf Heilung oder wesentliche Besserung bietet (BGH, Urt. v. 15.03.1994 – VI ZR 44/93, NJW 1994, 1592 ff.; OLG Nürnberg, Urt. v. 25.01.2000 – 3 U 3596/99, OLGR 2000, 171; eine OP-Verzögerung kann auf billigenswerter Entscheidungsnot beruhen und stellt daher kein Mitverschulden dar.).

1058 BGH, Urt. v. 04.11.2008 – VI ZR 171/07, VersR 2009, 234.

- Der Einwand des Mitverschuldens ist ebenfalls ausgeschlossen, wenn der Schädiger den Schmerzensgeldanspruch vorprozessual (uneingeschränkt) anerkannt hat (LG Oldenburg, Urt. v. 11.10.1994 – 7 O 1451/94, VersR 1995, 1495 f.).

3. Sonderproblem: Regressbehinderung durch Haftungsbeschränkung

639 Einen Sonderfall, der aber zumindest im Ergebnis einer Anrechnung mitwirkenden Verschuldens gleichkommen kann, stellt die sog. »**gestörte Gesamtschuld**«[1059] dar. Ein solcher Fall einer Regressbehinderung mehrerer Schädiger untereinander kann unter besonderen Umständen ebenfalls zu einer **Anspruchskürzung des Geschädigten** führen.

640 Sind mehrere Schädiger für ein schädigendes Ereignis verantwortlich, kann dies für den Geschädigten zwar zunächst »Glück im Unglück« bedeuten;[1060] nach der Regel des § 840 Abs. 1 BGB kann er den wirtschaftlich Leistungsfähigsten in Anspruch nehmen, während der »vorleistende« Schädiger seinerseits auf den **Regress bei den anderen Gesamtschuldnern** angewiesen ist. Zu diesem (Regress-) Zweck ordnet § 426 Abs. 2 BGB eine Zession des Schadensersatzanspruchs insoweit an, wie der Schädiger Ausgleich verlangen kann; daneben besteht noch ein selbstständiger Ausgleichsanspruch nach § 426 Abs. 1 BGB. Die **Gesamtschuldner haften nach Kopfteilen**, soweit »nichts anderes bestimmt« ist; eine andere Regelung ergibt sich insb. aus **Vertrag**, im Bereich des **Delikts- und Schadensrechts** richtet sich die Verteilung des Schadens nach dem Maß der jeweiligen **Verursachungsquoten**, vgl. § 254 BGB.

641 Die Haftung eines der beteiligten Schädiger kann aber aufgrund einer gesetzlichen Haftungserleichterung ausgeschlossen sein. In diesem Fall besteht, so scheint es, kein Gesamtschuldverhältnis (im Ergebnis »schuldet« ja nur einer der beiden) und damit – prima facie – auch keine Regressmöglichkeit für den in Anspruch genommenen Schuldner. Es sind dies die Fälle, in denen man von einer »**gestörten Gesamtschuld**« spricht.

642 Eine **Haftungserleichterung für den Schuldner** ist hierbei auf mehrere Arten denkbar. Zum einen kann er erst ab einem bestimmten Grad des Verschuldens haften; zum anderen kann auch der Maßstab der Fahrlässigkeit, der im Grundsatz nach § 276 Abs. 2 BGB nach objektiven Kriterien bestimmt wird, auf seine individuellen Verhältnisse hin modifiziert werden. Beide Gestaltungen finden sich im BGB. In einer Reihe von Vertragstypen wird der Haftungsmaßstab auf Vorsatz und grobe Fahrlässigkeit beschränkt: Dies gilt für den Schenker (§ 521 BGB), den Verleiher (§ 599 BGB), den Finder (§ 968 BGB), den Schuldner bei Annahmeverzug des Gläubigers (§ 300 Abs. 1 BGB) sowie den Geschäftsführer ohne Auftrag im Fall der Gefahrenabwehr (§ 680 BGB). Diesen Fällen ist gemeinsam, dass der Schuldner altruistisch oder jedenfalls ohne Eigeninteresse tätig wird; die Haftungserleichterung ist die »Belohnung« für das Tätigwerden. Es erschiene auch unbillig, den Schuldner, der sich uneigennützig um andere bemüht, mit der Gefahr voller Haftung zu belasten. Umgekehrt kann auch der Gläubiger nicht eine reguläre Haftung erwarten, wenn er schon, etwa als Beschenkter, Entleiher oder Geschäftsherr von dem Eingreifen des Schuldners profitiert. Außerhalb des BGB ist insb. § 105 SGB VII[1061] (Arbeitnehmer) zu nennen.

1059 Hierzu etwa Lemcke, r+s 2006, 52; Luckey, Jura 2002, 477; Luckey, VersR 2002, 1213; für eine Zurechnung der Haftungsprivilegierung nach §§ 254 Abs. 2 S. 2, 278 BGB plädierend Janda, VersR 2012, 1078.

1060 Luckey, VersR 2002, 1213.

1061 Einen Fall gestörter Gesamtschuld wegen § 105 SGB VII (früher: §§ 636, 637 RVO) behandelte das OLG Karlsruhe, Urt. v. 23.03.2001 – 14 U 154/99, VersR 2003, 80.

► **Hinweis:** 643

Solche gesetzlichen Haftungsbegrenzungen gelten gleichermaßen für vertragliche wie für deliktische Ansprüche; die Privilegierung liefe weitgehend leer, würde sie nicht auch auf den zumeist gleichfalls verwirklichten Deliktsanspruch durchschlagen.[1062]

Für bestimmte Arten von Verträgen hält das Gesetz eine andere Möglichkeit der Haftungserleichterung bereit, die sog. »**diligentia quam in suis**« oder eigenübliche Sorgfalt, vgl. § 277 BGB. Danach haften unentgeltliche Verwahrer (§ 690 BGB), die BGB-Gesellschafter (§ 708 BGB), Ehegatten, (§ 1359 BGB) sowie Lebenspartner (§ 4 LPartG), Eltern (§ 1664 BGB), und Vorerben (§ 2131 BGB), nur für die **Sorgfalt, die sie in eigenen Angelegenheiten anzuwenden** pflegen. Es gilt also ein subjektiver Maßstab, der die Berücksichtigung der Veranlagung und des gewohnheitsmäßigen Verhaltens des Handelnden ermöglicht. Der Grund hierfür ist zum einen, bestimmte Rechtsverhältnisse, die durch ein nahes Miteinander der Parteien gekennzeichnet sind, von Rechtsstreitigkeiten freizuhalten (»Friedensfunktion«).[1063] Ebenso wird als Begründung angeführt, dass die enge persönliche Beziehung der Beteiligten auch die Gefahr gegenseitiger Schädigung erhöht. 644

Letztlich besteht vielfach auch die Wertung, dass man – zumal in Rechtsverhältnissen wie der Ehe oder der GbR – den Partner ebenso nehmen müsse wie er ist; dies beinhaltet die Akzeptanz besonderer Sorglosigkeit.[1064] Zu beachten ist allerdings, dass auch die Sorgfalt in eigenen Angelegenheiten nicht von der Haftung für Vorsatz und grobe Fahrlässigkeit befreit, vgl. § 277 BGB. Der besonders Nachlässige wird also nicht privilegiert.[1065] Umgekehrt bedeutet § 277 BGB auch nicht etwa eine Verschärfung der Haftung für denjenigen, der stets besonders sorgfältig ist. Für ihn verbleibt es bei dem allgemeinen Maßstab[1066] (arg. e § 277 »wer nur ...«). 645

Eine wichtige Ausnahme macht die Rechtsprechung allerdings für den Bereich des Straßenverkehrs.[1067] Die Risiken, die der **Straßenverkehr** mit sich bringt, geben ihrer Natur nach keinen Raum für individuelle Sorglosigkeit: Die Verkehrsregeln sind immer zu beachten und müssen daher auch in gleicher Weise im Umgang mit Ehegatten oder Kindern befolgt werden. Mit anderen Worten: Fahrgäste müssen ihre Rechtsgüter vom Fahrer nicht schon deshalb mit geringerer Sorgfalt behandeln lassen als dies nach objektiven Maßstäben nötig wäre, nur weil sie mit diesem verbunden sind.[1068] Nach Sinn und Zweck sind also die §§ 690, 708, 1359, 1664 BGB auf die gemeinsame Teilnahme am Straßenverkehr unanwendbar.[1069] 646

Treffen bei einem Schadensereignis **mehrere Schädiger** zusammen, von denen einer nach den soeben dargestellten Grundsätzen **haftungsprivilegiert** ist, entsteht **kein Gesamtschuldverhältnis** (im Ergebnis »schuldet« ja nur einer der beiden) und damit – prima facie – auch keine 647

1062 So schon BGH, Urt. v. 20.12.1966 – VI ZR 53/65, BGHZ 46, 313 (318); ferner BGH, Urt. v. 20.11.1984 – IVa ZR 104/83, NJW 1985, 794 (796).

1063 Luckey, Jura 2002, 477 (479).

1064 KG, Urt. v. 06.04.2001 – 9 U 2200/99, KGR 2001, 319.

1065 Staudinger/Löwisch/Caspers, BGB, 2009, § 277 Rn. 3.

1066 Staudinger/Löwisch/Caspers, BGB, 2009, § 277 Rn. 3.

1067 BGH, Urt. v. 11.03.1970 – IV ZR 772/68, BGHZ 53, 352 (355); BGH, Urt. v. 18.06.1973 – III ZR 207/71, BGHZ 61, 101 (105); BGH, Urt. v. 10.07.1974 – IV ZR 212/72, BGHZ 63, 51 (57); BGH, Urt. v. 10.02.2009 – VI ZR 28/08, VersR 2009, 558.

1068 Staudinger/Caspers, BGB 2009, § 277 Rn. 5.

1069 Interessanterweise wurde ausweislich der Gesetzesbegründung zu § 4 LPartG (BT-Drucks. 14/3751, S. 37) auf eine ausdrückliche Regelung zur Nichtanwendbarkeit dieser Norm im Straßenverkehr gerade deshalb verzichtet, weil dies sich bereits aus der st. Rspr. ergebe.

Regressmöglichkeit für den in Anspruch genommenen Schuldner. Es sind dies die Fälle, in denen man von einer »gestörten Gesamtschuld« spricht.[1070]

648 Die **Regressprobleme der gestörten Gesamtschuld** spielen sich mithin in einem 3-Personenverhältnis ab, das aus dem Geschädigten, dem haftungsprivilegierten Schädiger und einem dritten Schädiger besteht. Bei der **Schadensabwicklung** kann es daher auch nur drei Varianten einer Lösung geben, in denen jeweils einer der drei wirtschaftlich auf dem Schaden »sitzen bleibt«. Entweder, man verwehrt dem Drittschädiger den Regress; dann setzt sich die Haftungsprivilegierung des Mitschädigers auch ggü. einem Dritten durch. Oder man lässt den Regress zu; dann läuft die Haftungsbeschränkung des hierdurch Privilegierten leer, wenn ein Mitschädiger beteiligt ist. Zuletzt besteht auch die Möglichkeit, dem Geschädigten nur einen von vornherein gekürzten Anspruch gegen den Drittschädiger zu gewähren.

649 Die Rechtsprechung hat in früheren Entscheidungen angenommen, der rechtlich verantwortliche Schädiger könne trotz der Haftungsbeschränkung beim Mitschädiger aufgrund eines »fingierten Gesamtschuldverhältnisses« Rückgriff nehmen.[1071] Diese Lösung stieß indes bald auf Widerspruch; in der Tat ist auch aus Sicht des Haftungsprivilegierten nicht ganz einzusehen, warum er nun (teilweise) für einen Schaden aufkommen soll, den er gar nicht zu ersetzen hätte, hätte er ihn allein verursacht. In diesem Fall stünde nämlich seine Haftungsprivilegierung einer Inanspruchnahme entgegen.[1072]

650 Daher wird teilweise eine Regressmöglichkeit gänzlich abgelehnt mit der Folge, dass der **ganze Schaden zulasten des nicht privilegierten Schädigers** geht.[1073] Auch dies erscheint aber im Regelfall unbillig; der Mitverursachungsbeitrag des anderen Schädigers bliebe, obwohl doch vorliegend, gleichwohl unberücksichtigt. Dennoch hat der BGH diese Lösung für § 1664 BGB mit dem recht formellen Argument vertreten, dass bei Eingreifen einer Haftungsbeschränkung ein Gesamtschuldverhältnis mangels zurechenbarer Mitbeteiligung der Eltern gar nicht erst entstehe. Die haftungsprivilegierten Eltern sind nämlich, obwohl Schädiger, nicht ersatzverpflichtet. Daher bestehe von vornherein kein Gesamtschuldverhältnis, das »gestört« werden könne.[1074] Für die gesetzliche, zumindest die im Familienrecht wurzelnde Haftungsbeschränkung ist die Rechtsprechung mithin inzwischen eindeutig: Ein Regress gegen den privilegierten Schädiger wird nicht gewährt.

651 Diese Lösung stieß auf heftige Kritik.[1075] Die überwiegend im Schrifttum vertretene Auffassung vertritt daher eine Lösung dieses Konflikts zulasten des Geschädigten, indem sie dessen **Ersatzanspruch gegen den haftenden Schädiger** von vornherein um den **Mit-**

1070 Sehr empfehlenswert hierzu MünchKomm/Bydlinski, BGB, 5. Aufl. 2007, Bd. 2, § 426 Rn. 54 – 69. Ferner ausführlich Selb, S. 132 – 136; Muscheler, JR 1994, 441. Mit einem anderen Lösungsansatz auch Stamm, NJW 2004, 811.

1071 Etwa BGH, Urt. v. 03.02.1954 – VI ZR 153/52, BGHZ 12, 213 (217); BGH, Urt. v. 27.06.1961 – VI ZR 205/60, BGHZ 35, 317 (323); BGH, Urt. v. 09.03.1972 – VII ZR 178/70, BGHZ 58, 216 (219). So auch Muscheler, JR 1994, 441 (447).

1072 Luckey, VersR 2002, 1213 (1215).

1073 So wurde BGH, Urt. v. 01.03.1988 – VI ZR 190/87, BGHZ 103, 338 (346) gelöst. Ebenso OLG Nürnberg, Urt. v. 27.02.2008 – 4 U 863/08, ZfS 2008, 317 (318 f.) für die eheliche Privilegierung des § 1359 BGB.

1074 BGH, Urt. v. 01.03.1988 – VI ZR 190/87, BGHZ 103, 338 (347); zuletzt auch BGH, Urt. v. 15.06.2004 – VI ZR 60/03, VersR 2004, 1147 = NJW 2004, 2892. Dieser Judikatur folgend etwa auch OLG Saarbrücken, Urt. v. 20.11.2001 – 4 U 31/01-6, NZV 2002, 511: Keine Kürzung des Ersatzanspruchs des Kindes, da mangels Haftung der Mutter gar kein Gesamtschuldverhältnis vorliege, was gestört sein könne. Zustimmend Hager, NJW 1989, 1640 (1647, 1649): Sinn der Norm sei der Schutz der Familie auch im Außenverhältnis.

1075 Sundermann, JZ 1989, 927 (932); Muscheler, JR 1994, 441 (446).

verschuldensanteil des freigestellten Mitschädigers kürzt.[1076] Diese Lösung erscheint aus Wertungsgesichtspunkten sinnvoll, denn belastet wird nunmehr derjenige, dessen Interessen durch den gesetzlichen Haftungsausschluss ohnehin schon abgewertet sind.[1077]

652 Dass sie zu angemessenen Ergebnissen führt, zeigt auch ein Vergleich mit dem System vertraglicher Haftung. Besteht neben einem deliktischen Anspruch auch ein vertraglicher oder quasivertraglicher (denkbar: Schutzpflichten bei der Anbahnung von Vertragsverhältnissen – Gemüseblattfall!)[1078] Anspruch auf Schmerzensgeld (§§ 253 Abs. 2, 280 Abs. 1, 241 Abs. 2, 311 Abs. 2 BGB), wäre einem geschädigten Kind etwa ein mitwirkendes Aufsichtsverschulden der Mutter über die §§ 254 Abs. 2 Satz 2, 278 BGB unproblematisch zurechenbar. Die Vorschrift des § 1664 BGB würde dem nicht entgegenstehen; der BGH hat diese Lösung explizit nicht beanstandet.[1079] Da aber im rein deliktischen Bereich die Zurechnung über § 278 BGB nicht zulässig ist,[1080] hängt es, folgt man der Auffassung des BGH, für den Bereich mithaftender privilegierter Schädiger allein von der Anspruchsgrundlage (vertraglich oder deliktisch) ab, ob der dritte Schädiger vollen oder nur anteiligen Schadensersatz leisten muss.[1081] Hierfür eine Rechtfertigung zu finden, erscheint schwierig. Soweit der BGH für die volle Haftung des Drittschädigers darauf verweist, dass die gesetzgeberische Würdigung und Bewertung der Familiengemeinschaft auch »außenstehende« Rechtsverhältnisse etwas angehe,[1082] müsste dies ja dann gleichermaßen für deliktische wie auch für vertragliche Ansprüche gelten. Die Lösung einer (deliktischen) gestörten Gesamtschuld zulasten des Geschädigten führt hingegen zu einem **Gleichlauf vertraglicher und deliktischer Haftung.**

653 Dieses Ergebnis ist dem BGH jedoch nicht fremd. Derselbe Senat, der bei familienrechtlichen Privilegierungen zulasten des Schädigers urteilt, entscheidet – in ständiger Rechtsprechung[1083] – für die Privilegierung nach §§ 636, 637 RVO (nunmehr §§ 104, 105 SGB VII) anders. In Fällen, in denen Kläger von Kollegen, denen nach § 636 RVO der Regress verwehrt war, Schadensersatz verlangten, gewährte der BGH lediglich einen um den Mitver-

1076 Palandt/Grüneberg, § 426 Rn. 18 ff.

1077 Medicus, Rn. 933.

1078 BGH, Urt. v. 28.01.1976 – VIII ZR 246/74, BGHZ 66, 51: Kind rutscht beim Kaufhausbummel der Mutter auf einem Gemüseblatt aus; der BGH bejahte eine Haftung des Kaufhauses nach § 278 BGB, da durch den Bummel ein vorvertragliches Schutzverhältnis (damals: c.i.c.) begründet worden sei, in welches auch das Kind einbezogen sei. Innerhalb der c.i.c. konnte § 278 BGB für das Verschulden der Mitarbeiter angewandt werden; ein Anspruch aus § 831 BGB wäre an der Exkulpation gescheitert. Nach geltendem Recht kann, wie aufgezeigt, der Anspruch auf Schadensersatz und sogar Schmerzensgeld unproblematisch aus §§ 280 Abs. 1, 241 Abs. 2, 311 Abs. 2 BGB begründet werden.

1079 BGH, Urt. v. 01.03.1988 – VI ZR 190/87, VersR 1988, 632 (633).

1080 »Zur Erfüllung seiner Verbindlichkeit«, vgl. schon RG, Urt. v. 09.05.1939 – VII 251/38, RGZ 160, 310 (315); BGH, Urt. v. 07.03.1972 – VI ZR 158/70, BGHZ 58, 207 (212); OLG Köln, Beschl. v. 02.04.2007 – 24 W 13/07, MDR 2008, 22 = NJOZ 2008, 276. Für eine einschränkende Zurechnung nach § 278 BGB über eine funktionsdifferente Auslegung des Vertreterbegriffs Wendlandt, VersR 2004, 433.

1081 Der BGH hat für konkurrierende deliktische und (im Fall quasi-) vertragliche Ansprüche entschieden, dass die Anrechnung des Mitverschuldens über §§ 254 Abs. 2 Satz 2, 278 BGB auch zu einer Kürzung deliktischer Ansprüche führt, BGH, Urt. v. 18.01.1968 – VII ZR 101/65, NJW 1968, 1323 (1324); ablehnend hierzu Medicus, Rn. 871.

1082 BGH, Urt. v. 01.03.1988 – VI ZR 190/87, VersR 1988, 632 (634).

1083 BGH, Urt. v. 12.06.1973 – VI ZR 163/71, BGHZ 61, 51 ff.; BGH, Urt. v. 02.04.1974 – VI ZR 193/72, VersR 1974, 888; BGH, Urt. v. 23.04.1985 – VI ZR 91/83, BGHZ 94, 173; BGH, Urt. v. 17.02.1987 – VI ZR 81/86, NJW 1987, 2669; BGH, Urt. v. 23.01.1990 – VI ZR 209/89, BGHZ 110, 114. Dem folgend etwa OLG Frankfurt am Main, Urt. v. 05.12.2008 – 15 U 110/08, r+s 2010, 485.

schuldensanteil des haftungsprivilegierten Schädigers gekürzten Anspruch. Die Begründung hierfür deckt sich mit den Argumenten, die in der Literatur vorgebracht werden: Eine Lösung des gestörten Gesamtschuldnerausgleichs könne nicht darin gefunden werden, dass der nach §§ 636, 637 RVO von einer Haftung freigestellte Mitschädiger gleichwohl im Wege des Regresses in Anspruch genommen werde. Vielmehr sehe der Schutzzweck der Privilegierung vor, diese Personen endgültig von einer Zahlungspflicht freizustellen.[1084] Hieraus folge aber nicht, dass nunmehr der Zweitschädiger den Gesamtschaden allein zu tragen habe: Soweit sollen Sinn und Zweck der Haftungsprivilegierung nicht reichen. Dem Gesetz sei nicht zu entnehmen, dass die Auswirkungen des versicherungsrechtlichen Haftungsvorrechts über den Kreis der am Versicherungsverhältnis Beteiligten hinausreichen und die Rechte eines zweiten Schädigers, der außerhalb des Versicherungsverhältnisses steht, beeinträchtigen sollen.[1085]

654 Zwingend ist nach diesen Prämissen der Schluss, den der BGH zieht, nämlich dass in diesem Fall die allein noch mögliche Lösung darin besteht, den Schadensersatzanspruch des Geschädigten auf das zu beschränken, was auf den Zweitschädiger im Innenverhältnis entfiele, wenn diese Schadensverteilung nicht durch die Haftungsprivilegierung gestört wäre.[1086]

655 Es wäre wünschenswert, diesen Schluss auf sämtliche Fälle einer gestörten Gesamtschuld zu übertragen.[1087]

656 Der BGH[1088] hat seine Rechtsprechung zur gestörten Gesamtschuld bei **sozialversicherungsrechtlichen Haftungsprivilegierungen** noch weiter präzisiert und das Verhältnis zu internen Freistellungsansprüchen unter den Schädigern klargestellt. Im dort entschiedenen Fall war die Klägerin als Reinigungskraft bei einem Tochterunternehmen der Beklagten beschäftigt, welches beauftragt war, den in den Krankenhäusern der Beklagten anfallenden Müll zu entsorgen. Als die Klägerin auf der Intensivstation einen Müllsack aus einem Behälter zog, stach sie sich an einer gebrauchten Injektionsnadel in den rechten Oberschenkel und in den rechten Daumen; hierbei infizierte sie sich mit Hepatitis C. Die Nadel befand sich samt Spritze in dem Müllsack, obwohl sie in einem hierfür vorgesehenen gesonderten Gefäß hätte gelagert und entsorgt werden müssen.

657 Der BGH stellte fest, dass eine Haftung der Beklagten nach den Grundsätzen der gestörten Gesamtschuld ausgeschlossen sei, da der Mitarbeiter, der die Spritze weggeworfen hatte, nach § 106 Abs. 3 SGB VII nicht haftete. Die Beklagte hätte für ihn nur nach § 831 BGB gehaftet; im Verhältnis desjenigen, welcher nach § 831 BGB zum Ersatz des von einem anderen verursachten Schadens verpflichtet ist, und des anderen ist nämlich nach § 840 Abs. 2 BGB der andere allein verpflichtet,[1089] sodass eine Kürzung um 100 % und damit ein Ausschluss eines Anspruchs gegen die Beklagte geboten sei.

1084 BGH, Urt. v. 12.06.1973 – VI ZR 163/71, VersR 1973, 836 (838).

1085 BGH, Urt. v. 12.06.1973 – VI ZR 163/71, VersR 1973, 836 (838); BGH, Urt. v. 23.04.1985 – VI ZR 91/83, VersR 1985, 763: »unbillig«. Dem folgend ausdrücklich auch OLG Karlsruhe, Urt. v. 23.03.2001 – 14 U 154/99, VersR 2003, 80 (81); OLG Dresden, Beschl. v. 21.05.2003 – 1 U 324/03, NJOZ 2003, 3419 (3420); OLG Düsseldorf, Urt. v. 22.09.2005 – I-1 U 170/04, r+s 2006, 85; OLG Koblenz, Urt. v. 29.05.2006 – 12 U 1459/04, OLGR 2006, 870.

1086 BGH, Urt. v. 12.06.1973 – VI ZR 163/71, VersR 1973, 836 (838); BGH, Urt. v. 23.01.1990 – VI ZR 209/89, BGHZ 110, 114; BGH, Urt. v. 24.06.2003 – VI ZR 434/01, VersR 2003, 1260; BGH, Urt. v. 11.11.2003 – VI ZR 13/03, NJW 2004, 951 (952); hierzu Luckey, JA 2004, 587.

1087 Hierzu ausführlich Luckey, VersR 2002, 1213 (1216, 1217); ders., PVR 2003, 302 (305, 306). Der BGH hat diese Meinung berücksichtigt, sah aber keinen Anlass zur Korrektur seiner Rspr. in BGH, Urt. v. 15.06.2004 – VI ZR 60/03, VersR 2004, 147 = NJW 2004, 2892.

1088 BGH, Urt. v. 11.11.2003 – VI ZR 13/03, NJW 2004, 951.

1089 Luckey, JA 2004, 587 (588). In gleicher Weise auch BGH, Urt. v. 10.05.2005 – VI ZR 366/03, NZV 2005, 456 (457); BGH, Urt. v. 14.06.2005 – VI ZR 25/04, VersR 2005, 1397 (1398).

Ein etwaiger **arbeitsrechtlicher Freistellungsanspruch** des Mitarbeiters änderte nach Auffassung des BGH[1090] an diesem Ergebnis nichts. Zwar würde dieser dazu führen, dass wirtschaftlich gesehen die Beklagte den Schaden zu tragen hätte, den ein leicht fahrlässig handelnder Mitarbeiter bei einem Dritten verursacht hat.[1091] Dies sei jedoch eine Besonderheit des Innenverhältnisses der Arbeitsvertragsparteien, welche außenstehende Dritte nichts angehe. 658

Zudem hätte eine Berücksichtigung des Freistellungsanspruchs (und eine Bejahung eines Anspruchs gegen die Beklagte) zur Folge, dass der Geschädigte in Fällen leichter Fahrlässigkeit des Erstschädigers gegen den Arbeitgeber weiter gehende Ansprüche geltend machen könnte als bei grob fahrlässiger Begehung: da bei Letzterer kein Freistellungsanspruch besteht, bliebe es jedenfalls dort bei der Verteilung nach § 840 Abs. 2 BGB, und der Geschädigte ginge »leer aus«. Um dieses unbillige Ergebnis zu vermeiden, könne, so der BGH abschließend, ein Freistellungsanspruch im Rahmen einer gestörten Gesamtschuld nicht berücksichtigt werden. 659

Das bislang üblicherweise nur für Examensarbeiten aufgeworfene Problem einer Regressbehinderung durch Haftungsbeschränkung mag u. a. auch durch die Neuregelung der **Kinderhaftung** in § 828 Abs. 2 BGB im Zusammenwirken mit der ebenfalls durch das 2. Schadensersatzrechtsänderungsgesetz erfolgten Ausweitung des Schmerzensgeldes nach § 253 Abs. 2 BGB verstärkt in das Blickfeld auch der Praxis geraten.[1092] Ohne Verschuldensfähigkeit scheidet nämlich auch die Zurechnung von Mitverschulden aus.[1093] Wo der Einwand des kindlichen Mitverschuldens aufgrund der Schuldunfähigkeit des kindlichen Anspruchstellers versagt, liegt es nahe, auf eine Mitverursachung des Unfalls durch eine Aufsichtspflichtverletzung der Eltern zu verweisen. Dies führt im »Gemüseblatt«-Fall auch zum Erfolg. Anders wäre dies bei einem Unfall ohne vertragliche Haftung: Da der BGH, wie dargestellt, die Haftungserleichterung des § 1664 BGB nicht zulasten des Kindes anwendet, müsste ein Schädiger dem Kind vollen Ersatz leisten und schuldete Schmerzensgeld ohne Berücksichtigung einer Mitverursachung durch Aufsichtspflichtverletzung, obgleich er bei den Eltern keinen Regress nehmen kann. Dieses Ergebnis deckt sich mit der gesetzgeberischen Intention bei Einführung der sektoralen Deliktsfähigkeit für den Straßenverkehr, wonach ein Kind unter 10 Jahren von »jeglichen Ansprüchen«[1094] befreit werden sollte, mithin weder ein Regress noch eine Anspruchskürzung infrage zu kommen scheint.[1095] 660

So hat das OLG Hamm[1096] in einem Fall, in welchem ein schuldunfähiges und ungenügend beaufsichtigtes Kind durch einen Sturz vom Dach (Verletzung der Verkehrssicherungspflicht) zu Schaden kam, ausdrücklich eine Anrechnung der Aufsichtspflichtverletzung abgelehnt: Das Kind müsse sich dieses weder unter dem Gesichtspunkt einer Sonderbeziehung (da §§ 254, 278 BGB keine Anwendung fanden) noch unter dem Gesichtspunkt einer »gestörten 661

1090 BGH, Urt. v. 14.06.2005 – VI ZR 25/04, VersR 2005, 1397 (1398).

1091 Da der Arbeitnehmer fremdbestimmt für den Arbeitgeber tätig wird, haftet er diesem ggü. nur abgestuft nach seinem Verschuldensgrad, sodass er für leicht fahrlässige Schäden nicht einstehen muss. Bei Vorsatz und grober Fahrlässigkeit haftet er grds. allein, ansonsten wird eine Quote gebildet. Diese Grundsätze des sog. »innerbetrieblichen Schadensausgleichs« gelten zwar nicht ggü. geschädigten Dritten; hier besteht aber ein Freistellungsanspruch des in Anspruch genommenen Arbeitnehmers gegen den Arbeitgeber; vgl. Luckey, JA 2004, 587 (588).

1092 Hierzu Luckey, ZFE 2002, 268 (271).

1093 BGH, Urt. v. 14.03.1961 – VI ZR 189/59, NJW 1961, 655; BGH, Urt. v. 30.11.2004 – VI ZR 335/03, NJW 2005, 354 = VersR 2005, 376, 357; BGH, Urt. v. 30.06.2009 – VI ZR 310/08, VersR 2009, 1136; OLG Köln, Beschl. v. 02.04.2007 – 24 W 13/07, MDR 2008, 22 = NJOZ 2008, 276; Dahm, NZV 2009, 378 (379).

1094 BT-Drucks. 14/7752, S. 26.

1095 Jaeger/Luckey, MDR 2002, 1168 (1172).

1096 OLG Hamm, Urt. v. 23.05.1995 – 27 U 30/93, r+s 1995, 455.

Gesamtschuld« zurechnen lassen. Das OLG rekurriert auf den BGH und führt aus, aufgrund der Haftungsbefreiung der Mutter nach § 1664 BGB fehle es bereits an einer Schadenszurechnung zu ihren Lasten und damit bereits an den Voraussetzungen eines Gesamtschuldverhältnisses. Ebenso entschied das OLG Hamm in einem Fall, in welchem nach einer Brandverletzung eines Babies der Hersteller einer Grillpaste verklagt wurde, hinsichtlich des Verschuldens des mit der Grillpaste hantierenden Vaters[1097].

662 In gleicher Weise hat das OLG Köln bei einem Spielplatzunfall der beklagten Gemeinde versagt, sich auf eine unzureichende Beaufsichtigung des verletzten Kindes zu berufen.[1098] Dieses Aufsichtsverschulden könne dem Kind »unter keinem rechtlichen Gesichtspunkt« zugerechnet werden.

663 Für die – in der Praxis häufigen – Fälle von Straßenverkehrsunfällen mit »Elternbeteiligung« (Paradefall: unbeaufsichtigtes Kind läuft auf die Straße) ist die Konstellation allerdings durch die »Gegenausnahme« der Rechtsprechung entschärft, die sämtliche Haftungserleichterungen, mithin auch § 1664 BGB, im Straßenverkehr nicht anwendet (»Kein Raum für individuelle Sorgfalt«).[1099] Trefflich streiten kann man allerdings, wann ein Fall der »Teilnahme am allgemeinen Straßenverkehr« vorliegt. So sind bspw. die Eltern, die – auf ihrer Terrasse im Garten sitzend – ihre Aufsichtspflicht vernachlässigen, während ihr Kind auf die Straße läuft, nicht unmittelbar am »Verkehr« beteiligt.[1100] Noch weiter gehend und in der Sache zweifelhaft hat das OLG Schleswig in einem Fall der Mitfahrt in einem betrieblichen Lkw eine »Teilnahme am allgemeinen Straßenverkehr« für die Beifahrerin (!) verneint, damit §§ 636, 637 RVO für anwendbar gehalten und nach den Grundsätzen des BGH den Anspruch der Beifahrerin um den Mitverursachungsanteil des Lkw-Fahrers gekürzt.[1101]

664 Schließlich hat das OLG Hamm[1102] ausgesprochen, auch bei der Vermeidung von Gefahren für bzw. durch das Kind im Zusammenhang mit dem Straßenverkehr sei die Haftungsprivilegierung der Eltern aus § 1664 BGB anwendbar; offenbar will der Senat diese Norm erst dann nicht anwenden, wenn die Eltern tatsächlich am Steuer sitzen. Im entschiedenen Fall hatten die Eltern das Kind unbeaufsichtigt auf der Straße spielen lassen, wo es angefahren wurde; das OLG verneinte eine Anspruchskürzung nach den Grundsätzen der gestörten Gesamtschuld, da die Haftungsprivilegierung des § 1664 BGB trotz eines »Verkehrsunfalls« anwendbar sei und daher eine »Gesamtschuld« schon gar nicht vorliege.[1103]

665 Offen bleibt auch die Lösung bspw. des Falles, dass ein Hund ein unbeaufsichtigtes Kind angreift: Hier ergibt sich die verschuldensunabhängige Haftung des Halters auf Schmerzensgeld aus §§ 833, 253 Abs. 2 BGB.[1104] Eine Anrechnung der Aufsichtspflichtverletzung der

---

1097 OLG Hamm, Urt. v. 21.12.2010 – 21 U 14/08, VersR 2011, 1195 m. Anm. Luckey.

1098 OLG Köln, Urt. v. 25.05.2000 – 7 U 185/99, OLGR 2001, 150.

1099 Vgl. nur BGH, 10.02.2009 – VI ZR 28/08, VersR 2009, 558 und Rdn. 645.

1100 Ähnlich BGH, Urt. v. 16.01.1979 – VI ZR 243/76, VersR 1979, 421: Kind spielt auf Bürgersteig, während Mutter einkauft. Der BGH hatte hier grobe Fahrlässigkeit angenommen; ein Regress etwa eines Sozialversicherungsträgers wäre gleichwohl an § 116 Abs. 6 SGB X gescheitert, vgl. Lemcke, r+s 2006, 52 (58).

1101 OLG Schleswig, Urt. v. 15.04.1992 – 9 U 176/90, VersR 1993, 983.

1102 OLG Hamm, Urt. v. 17.08.1993 – 27 U 144/92, NJW-RR 1994, 415.

1103 Dieser Schluss wiederum entspricht der dargestellten BGH-Rspr.

1104 Interessanterweise war in der Tat auch nach »altem Recht« des § 847 BGB anerkannt, dass – obgleich in der Sache Gefährdungshaftung – der Hundehalter auf Schmerzensgeld haften würde, weil sich die Norm des § 833 BGB im Kap. über das Deliktsrecht befand und § 847 BGB für alle deliktischen Handlungen (dieses Kap.) Schmerzensgeld gewährte. Eine andere als diese gesetzeshistorische Erklärung für diese Ausnahme des nach altem Recht geltenden Prinzips »Schmerzensgeld nur bei Verschulden« ließe sich auch schwerlich finden.

Eltern entfällt, da § 254 BGB im außervertraglichen Bereich nicht eingreift; ein Regress des Hundehalters gegen die Eltern scheitert am, wegen § 1664 BGB, fehlenden Anspruch. Hier entscheidet die Rechtsprechung bislang zulasten des Haftenden, der in voller Höhe für den Schaden einstehen muss.[1105]

▶ **Hinweis:** 666

Stets ist aber zu beachten, dass im Fall eines schuldfähigen Kindes eine Zurechnung des Mitverschuldens eines Aufsichtspflichtigen nach den Grundsätzen der sog. »Haftungs- und Zurechnungseinheit« erfolgen kann: I. R. d. Abwägung eines Mitverschuldens bei der Schadensentstehung sind nämlich die Verursachungsbeiträge miteinander verbundener Beteiligter (hier: Eltern-Kind), die sich nur in ein und demselben unfallbedingten Umstand auswirken, eine Einheit. Diese Verursachungsbeiträge werden mithin von vornherein nur einheitlich i. R. d. Mitverschuldens gewertet, genauso, als wenn das geschädigte Kind selbst ein Mitverschulden getroffen hätte.[1106]

667 Hierbei bezeichnet der Begriff der »**Zurechnungseinheit**«[1107] die Einheit des Geschädigten und des Schädigers, als »**Haftungseinheit**«[1108] wird die Einheit mehrerer Schädiger angesehen. Das entscheidende Kriterium der Abgrenzung bildet die Art der Kausalkette unter dem Blickwinkel des Anspruchstellers.[1109] Der **BGH**[1110] hat hierzu ausgeführt:

»... im Rahmen der Abwägung der Verursachungsanteile unter mehreren Unfallbeteiligten (erg.: bilden) diejenigen für die Feststellung der auf sie entfallenden Quote eine Einheit, deren Verhalten sich im wesentlichen in ein und demselben zum Unfall führenden Ursachenbeitrag ausgewirkt hat, bevor der von einem oder mehreren anderen Beteiligten zu vertretende Kausalverlauf hinzugetreten ist.«

668 Eine Zurechnung über die Figur der Zurechnungseinheit scheidet allerdings aus, wenn das geschädigte Kind schuldunfähig ist; das schuldunfähige Kind muss sich daher (außerhalb der vertraglichen Zurechnung nach § 278 BGB) auch eine grob fahrlässige (und damit nach §§ 1664, 277 BGB relevante!) Mitverursachung des Unfalls durch die Eltern nicht zurechnen lassen.[1111]

669 Dies gilt sowohl in Fällen der **Haftungseinheit**, wenn also das Verhalten mehrerer Schädiger zu einem einheitlichen schadensursächlichen Umstand geführt hat, als auch in den Fällen der **Zurechnungseinheit**, wenn im Wesentlichen deckungsgleiche Verursachungsbeiträge (eines Erstschädigers – Eltern und des geschädigten Kindes – ggü. einem »Zweitschädiger«) durch Schaffung einer gefahrdrohenden Lage vorliegen. Daraus folgt, dass bei der Bemessung des Schmerzensgeldes der Mitverschuldensanteil der beaufsichtigenden Person zu berücksichtigen ist und eben kein Gesamtschuldnerinnenausgleich mehr stattfindet, da die Aufsichtsperson nicht »Dritte« ist, sondern mit dem verletzten Kind eine Einheit bildet.

1105 So – für einen Fall von Hundehalterhaftung und Ehegattenprivilegierung, § 1359 BGB – zuletzt KG, Urt. v. 06.04.2001 – 9 U 2200/99, KGR 2001, 319. Hierzu Luckey, Jura 2002, 477.

1106 Vgl. BGH, Urt. v. 05.10.1982 – VI ZR 72/80, VersR 1983, 131.

1107 Z. B. BGH, Urt. v. 11.06.1974 – VI ZR 210/72, VersR 1974, 1127 (1129); BGH, Urt. v. 18.04.1978 – VI ZR 81/76, VersR 1978, 735 (736); BGH, Urt. v. 05.10.1982 – VI ZR 72/80, VersR 1983, 131.

1108 Etwa BGH, Urt. v. 25.04.1989 – VI ZR 146/88, VersR 1989, 730 (731); BGH, Urt. v. 13.12.1994 – VI ZR 283/93, VersR 1995, 427 (428).

1109 Vgl. Ferner/Bachmeier, S. 431, mit ausführlichen Beispielen und Berechnungen.

1110 BGH, Urt. v. 16.04.1996 – VI ZR 79/95, VersR 1996, 856 (867).

1111 So OLG Frankfurt am Main, Urt. v. 17.09.2003 – 17 U 73/03, OLGR 2004, 66 (67).

4. Schadensminderungspflicht

670 Nach § 254 Abs. 2 BGB ist der Geschädigte verpflichtet, im Rahmen von Treu und Glauben sämtliche Maßnahmen zu ergreifen, die zur **Abwendung** oder **Minderung** des Schadens erforderlich sind. Dies bedeutet nicht nur eine Verpflichtung, die Entstehung des Schadens, soweit möglich zu verhindern oder eine Ausweitung des Schadens zu vermeiden. Die Schadensminderungspflicht beinhaltet das allgemeine Gebot an den Geschädigten, den Schaden nach Kräften so gering wie möglich zu halten.

671 Folge der Schadensminderungspflicht ist auch, dass – wenn nicht schon das Ausmaß des eingetretenen Schadens verhindert werden konnte – unter mehreren, in gleicher Weise Erfolg versprechenden Mitteln zur Schadensbeseitigung dasjenige zu wählen ist, das den **deutlich geringsten Aufwand** erfordert.[1112] Nur dieser Aufwand ist »erforderlich« i. S. d. § 249 Abs. 2 BGB. Das bedeutet aber andererseits nicht, dass sich der Geschädigte im Interesse des Schädigers stets so verhalten müsste, als hätte er den Schaden selbst zu tragen.[1113] Zumutbar sind (lediglich) die Maßnahmen zur Schadensminderung, die ein »ordentlicher Mensch« ergriffen hätte,[1114] wobei auch dem berechtigten Interesse des Geschädigten an einer raschen Schadensbehebung Rechnung getragen werden muss.[1115]

672 Die Verletzung der Schadensminderungspflicht reduziert den Ersatzanspruch in entsprechendem Umfang.[1116] Beweisbelastet ist der Schädiger, der die Verletzung der Schadensminderungspflicht behauptet.

673 Auf der anderen Seite sind Aufwendungen, die der Geschädigte zur Schadensminderung erbringt, zu ersetzen, wenn er sie für erforderlich halten durfte, und zwar selbst dann, wenn diese Maßnahmen unverschuldet erfolglos geblieben sind.[1117]

674 Für die Schadensminderungspflicht im Schmerzensgeldbereich gelten keine Besonderheiten. Der Verletzte ist zwar gehalten, den Schaden gering zu halten, soweit er dazu Möglichkeiten hat. Da aber schon beim materiellen Schaden ein Anspruch auf vollwertige Naturalrestitution besteht, ist der Verletzte bei der Wiederherstellung seiner Gesundheit letztlich keinen Beschränkungen unterworfen, ganz abgesehen davon, dass Heilbehandlungskosten dem materiellen Schaden zuzuordnen sind.

675 Folgende **Einzelfälle** sind aber bedeutsam:[1118]

– Der Verletzte muss **ärztliche Hilfe** in Anspruch nehmen, soweit sie gefahrlos und Erfolg versprechend ist. Er ist verpflichtet, ärztliche Verordnungen, Therapie- und Kontrollanweisungen zu befolgen.[1119] Insoweit muss auch eine Operation geduldet werden. Keine Duldungspflicht besteht aber, wenn die Operation risikoreich und mit erheblichen Schmerzen verbunden ist oder wenn wenig Aussicht auf Besserung besteht.[1120]

1112 BGH, Urt. v. 30.11.1999 – VI ZR 219/98, NZV 2000, 162; BGH, Urt. v. 29.04.2003 – VI ZR 393/02, NJW 2003, 2085; OLG Düsseldorf, Urt. v. 07.06.2004 – I-1 U 12/04, NJW-RR 2004, 1470 (1471).

1113 BGH, Urt. v. 15.10.1991 – VI ZR 314/90, NJW 1992, 302 (303); BGH, Urt. v. 07.05.1996 – VI ZR 138/95, NZV 1996, 357.

1114 KG, Urt. v. 11.10.1976 – 12 U 884/76, DAR 1977, 185.

1115 BGH, Urt. v. 30.11.1999 – VI ZR 219/98, NZV 2000, 162.

1116 Hentschel, § 12 Rn. 8.

1117 Luckey, Rn. 578.

1118 Ausführlich auch Hentschel, § 9 Rn. 8 ff.

1119 BGH, Urt. v. 17.12.1996 – VI ZR 133/95, NJW 1997, 1635.

1120 Palandt/Grüneberg, § 254 Rn. 38; Jahnke, NJW-Spezial 2011, 137.

- Das OLG Hamm[1121] hat einen im Beinbereich Verletzten im Wege der Schadensminderung für verpflichtet gehalten, durch Diätkost und Bewegungsübungen einer erheblichen **Gewichtszunahme** (50 Jahre alter Mann, von 80 kg auf 102 kg in 2 1/2 Jahren) vorzubeugen, die auch Kreislaufstörungen und Herzbeschwerden mit sich brachte. Da dies unterlassen worden war, verweigerte das OLG den Ersatz von durch die Fettleibigkeit verursachten weiteren Kosten. Dies kann – allenfalls – dann richtig sein, wenn der Geschädigte nicht schon vorher zur Fettleibigkeit neigte, denn der Schädiger hat keinen Anspruch darauf, so gestellt zu werden, als habe er einen Gesunden (bzw.: Normalgewichtigen) verletzt.
- Ebenso muss der Verletzte – wenn seine Arbeitsfähigkeit wieder hergestellt ist – sich i. R. d. Zumutbaren um die Abwendung oder Minderung eines Erwerbsschadens bemühen, etwa einen **Berufswechsel** oder eine **Umschulung** vornehmen.[1122]
- Auch die Anschaffung eines Fahrzeuges kann i. R. d. Schadensminderungspflicht beim Erwerbsschaden verlangt werden, wenn der Geschädigte einen ihm angebotenen Arbeitsplatz unter zumutbaren Bedingungen zwar mit dem Fahrzeug, nicht aber mit öffentlichen Verkehrsmitteln erreichen kann.[1123]

5. Betriebsgefahr

676 Im Verkehrsunfallrecht haben sich einige Besonderheiten herausgebildet.[1124] Zunächst ist festzuhalten, dass die Teilnahme am allgemeinen Straßenverkehr zwar die Konkretisierung eines typischen Zivilisationsrisikos darstellt. Der Umstand, dass sich jemand in eine solche risikobehaftete Situation begeben hat, ist aber weder geeignet, ein Mitverschulden zu begründen, noch kann er dem Verletzten unter Billigkeitsgesichtspunkten Schmerzensgeld mindernd angelastet werden.[1125] Das Führen eines Kfz stellt ein **sozialadäquates Verhalten** dar.

677 Kann der verletzte Halter eines Fahrzeuges sich nicht auf höhere Gewalt berufen und auch den Nachweis der Unabwendbarkeit nicht führen, muss er sich auf seine Ansprüche grds. die Betriebsgefahr seines Fahrzeuges anrechnen lassen, vgl. §§ 7, 17 Abs. 3 StVG.

678 Wird der Schmerzensgeldanspruch nur auf den Gefährdungshaftungstatbestand, § 11 Satz 2 StVG, gestützt, folgt daraus allerdings nicht, dass dieser Anspruch deshalb zu einem geringeren Schmerzensgeld führt als bisher. Zwar spielt bei einem Schmerzensgeldanspruch aus Gefährdungshaftung die Genugtuungsfunktion keine Rolle. Aber daraus, dass für Unfallfolgen »nur« ein Ausgleich zu gewähren ist, folgt nicht, dass der Anspruch dadurch gemindert werden könnte.[1126]

679 Unter Hinweis auf die Vorstellung des Gesetzgebers, der neben der Verbesserung des Opferschutzes v. a. eine Vereinfachung der Schadensabwicklung angestrebt hat, wird darauf hingewiesen, dass gerade bei der Verwirklichung von Gefährdungshaftungstatbeständen die Notwendigkeit entfallen sollte, kumulativ die Voraussetzungen des Deliktsanspruchs prüfen zu müssen, nur um dem Geschädigten zu einem (höheren) Schmerzensgeld zu verhelfen. Der für die Praxis angestrebte Rationalisierungseffekt wäre dahin.[1127] Allenfalls bei einem gro-

---

1121 OLG Hamm, Urt. v. 15.06.1959 – 3 U 92/58, VersR 1960, 859.

1122 Palandt/Grüneberg, § 254 Rn. 40.

1123 BGH, Urt. v. 29.09.1998 – VI ZR 292/97, unveröffentlicht.

1124 Vgl. auch Rdn. 1352 ff.

1125 BGH, Urt. v. 05.11.1996 – VI ZR 275/95, VersR 1997, 122.

1126 So aber Rauscher, Jura 2002, 577 (579); ablehnend mit eingehender Begründung: Jaeger, ZGS 2004, 217; wie hier: Steffen, DAR 2003, 201 (206); ablehnend auch Staudinger/Schiemann, BGB, 2005, § 253 Rn. 31.

1127 Wagner, JZ 2004, 319 (321); Diederichsen, VersR 2005, 433 (435).

ben Verkehrsverstoß sollte das Schmerzensgeld verschuldensabhängig erhöht werden. Allein der Umstand, dass die Rechtsprechung diesem Gedanken noch nicht einheitlich folgt, sollte nicht zu dem Schluss verleiten, die Rechtspraxis würde dem Gesetzgeber nicht (doch noch) folgen.[1128] Dazu muss der Gedanke, Genugtuung für erlittenes Unrecht durch Zahlung eines Schmerzensgeldes zu gewähren, nicht aufgegeben werden, vielmehr ist aus ganz anderen Gründen zu fragen, ob die Genugtuungsfunktion nicht ausgedient hat. Die Höhe des Schmerzensgeldes, also des Schadens, nach dem Grad des Verschuldens zu bemessen, widerspricht ohnehin dem System des deutschen Schadensersatzrechts, sodass eine dem Ziel des Gesetzgebers entsprechende Entwicklung dogmatisch richtig wäre.[1129] Auch die Frage nach Auswirkungen einer strafrechtlichen Verurteilung auf die Schmerzensgeldhöhe stellte sich nicht mehr, würde dem Anspruch keine Sühnefunktion mehr beigemessen.[1130]

680 Inzwischen geht auch die Rechtsprechung in diese Richtung. Das OLG Celle[1131] sieht in Verkehrsunfallsachen die Ausgleichsfunktion des immateriellen Schadens als im Vordergrund stehend mit der Folge, dass das Schmerzensgeld bei Ansprüchen aus Gefährdungshaftung nicht niedriger zu bemessen sei, als bei einer Haftung aus fahrlässigem Verhalten. Für die Schmerzensgeldbemessung sei es ohne Bedeutung, ob dem haftenden Fahrer ein einfaches Verschulden unterlaufen sei oder ob er sich nur nicht entlasten könne.

681 Zu Recht weist das OLG Celle[1132] auch darauf hin, dass der mit der Gesetzesänderung beabsichtigte Vereinfachungszweck zunichtegemacht würde, wenn die Höhe des Schmerzensgeldes von der konkreten Form des schädigenden Verhaltens abhinge; denn dann müsste die Verschuldensfrage doch wieder in jedem Einzelfall geklärt werden.

Gegenteiligen Bestrebungen wäre energisch entgegen zu treten, weil jede abweichende Auffassung dazu führt, dass das neue Schadensersatzrecht die angestrebte Vereinfachung nicht erreichen kann.[1133]

682 Ein solches gegenteiliges Bestreben lässt sich allerdings noch nicht herleiten aus einer Entscheidung des OLG Koblenz,[1134] das PKH bewilligt hat mit der Erwägung, dass es nach dem neu geregelten Schmerzensgeldrecht, das nun auch im Fall der Gefährdungshaftung eingreife, für die Bemessung der Anspruchshöhe auf die Ausgleichsfunktion des Schmerzensgeldanspruchs ankomme; die Genugtuungsfunktion trete zumindest weiter als bisher zurück. In der Rechtsprechung ungeklärt sei danach die Frage, ob und mit welcher Gewichtung die bisherigen Faktoren der Schmerzensgeldbemessung weiter gelten. Die Beantwortung dieser Rechtsfrage dürfe nicht im Verfahren über die Bewilligung von PKH mit weitreichender Wirkung vorweggenommen werden. Komme eine Beweisaufnahme in Betracht und lägen keine ausreichenden Anhaltspunkte dafür vor, dass sie mit hoher Wahrscheinlichkeit zum Nachteil des Antragstellers ausgehen werde, laufe es dem Gebot der Rechtsschutzgleichheit zuwider, diesem wegen fehlender Erfolgsaussichten seines Begehrens in tatsächlicher Hinsicht die PKH zu verweigern.

1128 Diederichsen, VersR 2005, 433 (435); vgl. dazu auch Müller, VersR 2006, 1289 (1292).

1129 Diederichsen, VersR 2005, 433 (435).

1130 Diederichsen, VersR 2005, 433 (435).

1131 OLG Celle, Beschl. v. 23.01.2004 – 14 W 51/03, VersR 2005, 91 = SP 2004, 119 = NJW 2004, 1185.

1132 OLG Celle, Beschl. v. 23.01.2004 – 14 W 51/03, VersR 2005, 91 = SP 2004, 119 = NJW 2004, 1185: Wegen der in Verkehrsunfallsachen im Vordergrund stehenden Ausgleichsfunktion des immateriellen Schadensersatzanspruchs ist das Schmerzensgeld, das nur auf Gefährdungshaftung gestützt werden kann, nicht niedriger zu bemessen als bei einer Haftung aus (einfach) fahrlässigem Verhalten.

1133 So auch Pauker, VersR 2004, 1391 (1395).

1134 OLG Koblenz, Beschl. v. 17.02.2005 – 12 W 34/05, VRR 2005, 349.

683 Dagegen ist auf dem Verkehrsgerichtstag 2004 in Goslar die Auffassung vertreten worden, die Ansichten zu der Frage, ob Abschläge vorgenommen werden sollten, wenn kein Verschulden gegeben sei, seien unterschiedlich.[1135] Die herrschende Meinung in der Literatur bejahe dies,[1136] weil die Genugtuungsfunktion nicht gegeben sei. Die Rechtsprechung stelle zwischenzeitlich auch beim Verschulden hauptsächlich auf die Ausgleichsfunktion des Schmerzensgeldes ab. Die Genugtuungsfunktion spiele nahezu ausschließlich in Fällen groben Verschuldens noch eine Rolle. In der Praxis werde auf alle Fälle auf die Frage des Verschuldens einzugehen sein – ein aus der Sicht des Verbrauchers unerfreulicher Standpunkt des ADAC.

684 Der Sinn der Gewährung von Schmerzensgeld in allen Fällen der Gefährdungshaftung liegt gerade darin, dass Ansprüche aus unerlaubter Handlung nicht mehr neben diesen Tatbeständen geprüft werden sollen. Dieses Ziel würde vereitelt, wenn das Schmerzensgeld aus Gefährdungshaftung geringer ausfallen würde als bei zweifelhafter oder leichter Fahrlässigkeit des Schädigers. Auch die **Versicherungswirtschaft** sollte sich dieser Auffassung anschließen, denn etwaige Einsparungen durch geringfügig niedrigere Schmerzensgelder würden durch höhere Verfahrenskosten wieder aufgezehrt.[1137]

6. Vorteilsausgleichung

685 Nach dem Sinn des Schadensersatzes soll der Geschädigte den erlittenen Schaden ersetzt bekommen, aber nicht besser gestellt werden, als er ohne das schädigende Ereignis stehen würde. Vorteile, die kausal auf dem Schaden beruhen, müssen daher berücksichtigt werden: hat das Schadensereignis neben dem Vermögensschaden auch finanzielle Vorteile für den Verletzten gebracht, kommt unter bestimmten Umständen eine **Anrechnung** auf den Schadensersatzanspruch in Betracht.

686 Der Grundsatz der Vorteilsausgleichung beruht auf dem Gedanken, dass dem Geschädigten in gewissem Umfang diejenigen Vorteile zuzurechnen sind, die ihm im adäquaten Zusammenhang mit dem Schadensereignis zufließen. Es soll ein gerechter Ausgleich zwischen den bei einem Schadensfall widerstreitenden Interessen herbeigeführt werden. Die Anrechnung von Vorteilen muss dem Zweck des Schadensersatzes entsprechen und darf weder den Geschädigten unzumutbar belasten noch den Schädiger unbillig entlasten.[1138] Vor- und Nachteile müssen bei wertender Betrachtung gleichsam zu einer Rechnungseinheit verbunden sein.[1139] Das bedeutet, dass zwischen dem Schaden und dem Vorteil ein innerer Zusammenhang bestehen muss.[1140]

687 Wird ein Vorteil bejaht, wird der Schaden um die Höhe des anzurechnenden Vorteils gekürzt.

688 Voraussetzung für eine Vorteilsanrechnung ist, dass
– das Schadensereignis den Vorteil adäquat **verursacht** hat (mittelbarer Ursachenzusammenhang genügt),[1141]
– zwischen dem schädigenden und dem vorteilverursachenden Ereignis **Identität** besteht und

1135 Bericht der ADAC-Zentrale in DAR 2004, 133 (135).

1136 Zitate werden nicht genannt.

1137 Vgl. unten Rdn. 1342 ff.

1138 St. Rspr. BGH, Urt. v. 12.03.2007 – II ZR 315/05, NJW 2007, 3130, (3132); BGH, Urt. v. 19.06.2008 – VII ZR 215/06, NJW 2008, 2773, (2774), jeweils m. w. N.

1139 BGH, Urt. v. 12.03.2007 – II ZR 315/05, NJW 2007, 3130, (3132).

1140 BGH, Urt. v. 22.01.2009 – III 172/08, VersR 2009, 931 = NJW-RR 2009, 601.

1141 BGH, Urt. v. 15.11.1967 – VIII ZR 150/65, BGHZ 49, 56 (61).

– die **Anrechnung** des Vorteils für den Geschädigten **zumutbar** ist – sie muss dem Zweck des Schadensersatzrechts entsprechen und darf den Schädiger nicht unbillig entlasten.[1142]

689 Am letzten Prüfungspunkt – einer Ausprägung des Grundsatzes von Treu und Glauben[1143] – scheitert i. d. R. eine Vorteilsanrechnung.[1144] Meist würde sie eine unbillige Entlastung des Schädigers bedeuten, der nicht rein zufällig durch Vorteile privilegiert werden soll, die dem Geschädigten zustehen.

690 So sind gesetzliche Unterhaltsleistungen **nicht** anzurechnen (§ 843 Abs. 4 BGB). Dem wird der **allgemeine Rechtsgrundsatz** entnommen, dass auf den Schaden keine Leistungen Anderer anzurechnen sind, die ihrer Natur nach dem Schädiger nicht zugutekommen sollen.[1145] Dies gilt auch für freiwillige Leistungen Dritter (Sammlung für den Geschädigten o. Ä.).[1146]

691 ▶ Hinweis:

Leistungen von Sozialversicherungsträgern oder Leistungen des Arbeitgebers, des Dienstherrn oder der privaten Versicherungen werden zumeist schon deshalb nicht als Vorteil angerechnet, weil ein Übergang des Schadensersatzanspruchs gesetzlich angeordnet ist. Eine Anrechnung der Leistung hätte zur Folge, dass ein Schadensersatzanspruch nicht bestünde, sodass der Regress leer liefe (normativer Schaden).

692 Ebenso wenig kann ein Schaden mit der Begründung verneint werden, dass ein anderer Schadensersatzanspruch gegen einen Dritten besteht, durch dessen Realisierung der vom Schädiger verursachte Vermögensverlust ausgeglichen werden könnte. Dem Gläubiger steht es frei, sich von mehreren Schädigern denjenigen auszuwählen, von dem er Ersatz fordert.[1147]

693 Anzurechnen sind beim materiellen Schadensersatz i. d. R. **ersparte Aufwendungen** wie

– Steuern,[1148]
– Unterhaltszahlungen,
– Werbungskosten (Fahrtkosten, Berufsbekleidung bei Berufsaufgabe),
– Eigenaufwendungen bei der Miete eines Ersatzfahrzeuges,
– Verpflegungsaufwendungen bei stationärem Aufenthalt, z. T. sogar
– normale Kleidung bei der Verwendung von Trauerkleidung bis 50 %.

694 Die Vorteilsausgleichung wird durchgeführt, indem der Vorteil vom Ersatzanspruch abgezogen wird. Es handelt sich um eine von Amts wegen zu berücksichtigende **Anrechnung**, nicht um eine Aufrechnung, sodass es auch einer Gestaltungserklärung des Schädigers nicht bedarf. Der Schädiger trägt allerdings die **Beweislast** für das Vorliegen einer Vorteilsausgleichung.[1149] Der Vorteil wird bei der Schadensposition abgesetzt, der er sachlich entspricht; es kommt also,

1142 BGH, Urt. v. 15.01.1953 – VI ZR 46/62, BGHZ 8, 325 (329); BGH, Urt. v. 24.03.1959 – VI ZR 90/58, BGHZ 30, 29 (33); BGH, Urt. v. 17.05.1984 – VII ZR 169/82, BGHZ 91, 206 (210); BGH, Urt. v. 19.06.1984 – VI ZR 301/82, BGHZ 91, 357 (361).

1143 OLG München, Urt. v. 18.09.1998 – 21 U 3247/97, OLGR 1999, 18.

1144 Plastisch OLG Schleswig, Urt. v. 18.06.2004 – 4 U 117/03, NJW 2005, 439: Die Anrechnung ersparter ärztlicher Behandlungskosten (im Fall wurden aufgrund des Todes des fehlerhaft behandelten Krebspatienten die Kosten der an sich gebotenen Chemotherapie erspart) ist nicht zumutbar.

1145 BGH, Urt. v. 05.02.1963 – VI ZR 33/62, NJW 1963, 1051 (1052); OLG Frankfurt am Main, Urt. v. 17.06.1994 – 19 U 104/93, VersR 1995, 1450.

1146 BGH, Urt. v. 07.11.2000 – VI ZR 400/99, NJW 2001, 1274.

1147 BGH, Urt. v. 24.01.1997 – V ZR 294/95, NJW-RR 1997, 654 (655).

1148 Vgl. Hentschel, § 11 Rn. 3 m. w. N.

1149 BGH, Urt. v. 24.04.1985 – VIII ZR 95/84, NJW 1985, 1539 (1544); BGH, Urt. v. 23.06.1992 – XI ZR 247/91, NJW-RR 1992, 1397.

vergleichbar den Fällen gesetzlichen Forderungsübergangs beim Regress, auf die **Kongruenz** von Schaden und Vorteil an.[1150]

695 Im Fall einer nur **quotenmäßigen Haftung** des Schädigers darf auch der Vorteil nur quotenmäßig berücksichtigt werden. Weder darf der Schädiger bei nur quotaler Haftung den vollen Betrag des Vorteils absetzen noch kann der Geschädigte den Vorteil vorweg mit seiner Mithaftungsquote verrechnen.[1151]

696 Speziell für den Bereich des Schmerzensgeldes gelten ähnliche Überlegungen wie bei der Schadensminderungspflicht: Fälle der Vorteilsausgleichung sind selten. Sie mögen vorkommen bei unfallbedingten Operationen, durch die ein vor einem Unfall bestehendes Leiden mit beseitigt wird. Die durch die ersparte Operation ebenfalls »ersparten Schmerzen« könnten dann bei der Schmerzensgeldbemessung zwar nicht saldiert, aber doch Schmerzensgeld mindernd berücksichtigt werden.

697 Eine solche Saldierung des Schmerzensgeldanspruchs mit gesundheitlichen Vorteilen hat jedoch das OLG Köln[1152] vorgenommen. Der Arzt hatte im Zuge einer vereinbarten Operation (Antirefluxolastik) im Wege einer von der Einwilligung nicht gedeckten und damit rechtswidrigen Eingriffserweiterung einen krankhaften potenziell schadensträchtigen Zustand (Entfernung einer doppelten Nierenanlage) beseitigt. Nach einem rechtswidrigen Eingriff kommt es danach nur zum Schadensersatz, soweit das »Tauschrisiko« der Behandlung das »Krankheitsrisiko« übersteigt. Hier standen sich ggü. die verlängerte Operationsdauer einerseits und beachtliche gesundheitliche Risiken andererseits. Insgesamt 19 Beispiele einer denkbaren Vorteilsausgleichung hat Erm[1153] aufgezeigt, die er in der Rechtsprechung seit mehr als 100 Jahren »ausgegraben« hat.

698 Pauge[1154] ist ein anderes Beispiel für eine Vorteilsausgleichung beim Schmerzensgeld eingefallen: Er meint, dass es denkbar sei, dass der ins Krankenhaus eingelieferte Schwerverletzte dort in der Krankenschwester die Frau seines Lebens findet, die ihm die Klinikzeit versüßt. Er werde deshalb nicht dasselbe Schmerzensgeld beanspruchen können wie derjenige, der bei gleichen Verletzungen im Krankenhaus nur Schmerzen und Unlustgefühle empfindet. Vermögenswerte Vorteile sollten dagegen nicht auf das Schmerzensgeld anzurechnen sein.

IV. Schadensumfang in besonderen Fällen

1. Verletzungen der Halswirbelsäule

a) Einleitung

699 Verletzungen der Halswirbelsäule (HWS) nach einem Autounfall (meist Auffahrunfall) sind in Rechtsprechung und Lehre ausufernd diskutiert worden.

700 Dem Schweregrad nach werden i. d. R.[1155] **drei Gruppen** unterschieden.[1156]

1150 So werden ersparte Verpflegungsaufwendungen von den Heilbehandlungskosten, nicht vom Erwerbsausfallschaden abgezogen, vgl. Palandt/Grüneberg, Vorb. v. § 249 Rn. 73.

1151 BGH, Urt. v. 28.04.1992 – VI ZR 360/91, NJW-RR 1992, 1050; Palandt/Grüneberg, Vorb. v. § 249 Rn. 73.

1152 OLG Köln, Beschl. v. 01.12.2009 – 5 U 86/08, OLGR 2009, 382.

1153 Erstmals, Vorteilsanrechnung beim Schmerzensgeld, S. 204 ff.

1154 Pauge, VersR 2007, 569 (576). Ähnlich Müko/Oetker, 5. Aufl. (2007), § 249 Rn. 232. Ausführlich zur Vorteilausgleichung bei Schmerzensgeldansprüchen das Werk von Erm.

1155 In Anlehnung an Erdmann, S. 72 ff.

1156 Ausführlich dazu auch Dannert, NZV 1999, 453 (456) m. w. N.

Übersicht 6: Schweregrade der Halswirbelsäulenverletzungen

701

Grad I: Leichte Fälle mit Nacken-Hinterkopfschmerz und geringer Bewegungseinschränkung der HWS, kein röntgenologisch oder neurologisch abnormer Befund, u. U. längere Latenzzeit.
Grad II: Mittelschwere Fälle mit röntgenologisch feststellbaren Veränderungen der HWS (z. B. Gefäßverletzungen oder Gelenkkapseleinrissen), Latenzzeit max. eine Stunde.
Grad III: Schwere Fälle mit Rissen, Frakturen, Verrenkungen, Lähmungen und ähnlich schweren Folgen, keine Latenzzeit.
Eggert (Verkehrsrecht aktuell 2004, 204 ff.) ergänzt:
Grad I: Dauer der Beschwerden ca. 2 – 3 Wochen
Grad II: Dauer 4 Wochen bis ein Jahr
Grad III: Dauer über ein Jahr

702 (unbelegt)

703 HWS-Verletzungen entstehen typischerweise, aber nicht nur, bei Unfällen mit Heckaufprall; Auslöser können auch Frontal-, Seiten- oder Mischkollisionen sein. Gleichzeitig oder posttraumatisch kann es zu Verletzungen der BWS und der LWS kommen (Kombinationsfälle).[1157]

704 Bestreitet der Schädiger/Versicherer die Existenz der behaupteten HWS-Verletzung und/oder den ursächlichen Zusammenhang mit dem Unfall, trifft den Anspruchsteller in beiden Punkten die Beweisführungspflicht und die Beweislast. Es gilt das strenge Beweismaß des § 286 ZPO. Erst wenn eine HWS-Verletzung als Folge des Unfalls nach § 286 ZPO bewiesen ist, kommt hinsichtlich der Schadensfolgen (haftungsausfüllende Kausalität) die weniger strenge Beweisführung des § 287 ZPO zum Zuge. Hier genügt eine – nicht exakt definierbare – höhere Wahrscheinlichkeit, Gewissheit wie bei § 286 ZPO ist nicht erforderlich.

705 Es liegt auf der Hand, dass bei Verletzungen der HWS mit dem Schweregrad I die Diagnosemöglichkeit erheblich eingeschränkt ist, weil bildgebende Verfahren keine Erkenntnisse liefern. Deshalb werden insb. leichte Verletzungen der HWS in der Rechtsprechung unterschiedlich behandelt.

706 (unbelegt)

707 Zu Unrecht wird die wirtschaftliche Bedeutung der HWS-Verletzungen als ungemein groß bezeichnet. Dies soll auch erklären, dass die Versicherungswirtschaft bei sog. Bagatellunfällen häufig bestreitet, dass eine solche Verletzung vorliegt. Es ist natürlich nicht zu bestreiten, dass HWS-Schäden in großer Zahl geltend gemacht werden und dass die Aufwendungen der Versicherungswirtschaft zur Regulierung enorm sind.[1158] Mit dieser Begründung lässt sich die Regulierung aber ebenso wenig verweigern wie bei leichten Karosserieschäden. Hier werden für Kratzer und daumennagelgroße Dellen ebenfalls im Einzelfall mehr als 1.000,00 € aufgewendet, ohne dass der Gesamtaufwand von der Versicherungswirtschaft beklagt wird. Der Unterschied liegt einfach darin, dass Kratzer und Dellen objektiv feststellbar sind, während das HWS-Syndrom Schweregrad I per definitionem weder röntgenologisch noch neurologisch nachzuweisen ist.[1159]

1157 Eggert, Verkehrsrecht aktuell 2004, 204.

1158 Dannert, NZV 1999, 453 (460).

1159 Vgl. Castro, SVR 2007, 451.

b) Harmlosigkeitsgrenze

Um der Nachweisschwierigkeiten Herr zu werden, hatte sich die These entwickelt, bei kollisionsbedingten Geschwindigkeitsänderungen von bis zu 10 km/h[1160] – z. T. auch bis zu 15 km/h – könne allein unter biomechanischen Aspekten normalerweise keine Körperverletzung eintreten (sog. **Harmlosigkeitsgrenze**).[1161] 708

(unbelegt) 709

Die Schmerzensgeldprozesse führten dann regelmäßig zur Einholung eines Unfallrekonstruktionsgutachtens und zur Klageabweisung, falls das Ergebnis unter der »Harmlosigkeitsgrenze« lag. Erst 2003 hat der BGH in einer Grundsatzentscheidung festgehalten, dass die Unfallursächlichkeit für HWS-Verletzungen auch bei einer **Geschwindigkeitsänderung unterhalb der Harmlosigkeitsgrenze** nicht schlechthin ausgeschlossen ist.[1162] 710

Insb. spielen dabei 711
- die Körpergröße,
- die Sitzposition und
- vorhandene Gesundheitsstörungen des Verletzten

eine Rolle.[1163]

(unbelegt) 712

In der Literatur hat die BGH-Entscheidung nicht nur Zustimmung gefunden.[1164] Von verschiedenen Autoren[1165] wird die Auffassung vertreten, dass sich aufgrund der BGH-Entscheidung keine grundsätzlichen Änderungen bei der Beurteilung von HWS-Verletzungen im Niedriggeschwindigkeitsbereich ergeben haben. Klargestellt habe der BGH nur, dass sich in diesen Fällen eine schematische Betrachtungsweise verbiete und somit immer der Einzelfall mit seinen individuellen Besonderheiten zu würdigen sei. 713

(unbelegt) 714

1160 Andere Gerichte verneinen die Möglichkeit eines HWS-Syndroms bei Geschwindigkeiten < 10 km/h: OLG Hamburg, Urt. v. 03.04.2002 – 14 U 168/01, OLGR 2003, 6; < 11 km/h bei einem Frontaufprall: OLG Hamm, Urt. v. 13.05.2002 – 6 U 197/01, SP 2002, 383 – dieser 6. Zivilsenat des OLG Hamm sieht im Unfallereignis auch keinen Anlass, psychische Reaktionen mit Krankheitswert hervorzurufen; anders der 13. Zivilsenat des OLG Hamm, Urt. v. 20.06.2001 – 13 U 136/99, SP 2002, 381; AG Wetzlar, Urt. v. 31.05.2001 – 32 C 46/01, SP 2002, 384 (Harmlosigkeitsgrenze); AG Bielefeld, Urt. v. 09.11.2001 – 5 C 915/00, SP 2002, 418; < 13 km/h AG Hamburg-Wandsbek, Urt. v. 20.10.1999 – 714A C 178/99, SP 2001, 14, 15; < 15 km/h LG Aachen, Urt. v. 15.11.2000 – 7 S 217/00, SP 2001, 92. Weitere Nachweise bei Halm, PVR 2003, 145 (146); Eggert, Verkehrsrecht aktuell, 2004, 204 (206).

1161 OLG Hamm, Urt. v. 04.06.1998 – 6 U 200/96, DAR 1998, 392 = VersR 1999, 990; AG Köln, Urt. v. 13.08.2001 – 264 C 236/00, SP 2002, 383 unter Berufung auf Löhle, ZfS 1997, 441; Löhle, ZfS 2000, 524; Becke/Castro/Hein/Schimmelpfennig, NZV 2000, 225.

1162 BGH, Urt. v. 28.01.2003 – VI ZR 139/02, VersR 2003, 474 m. eingehender Anm. von Jaeger = NJW 2003, 1116.

1163 Vgl. AG Norderstedt, Urt. v. 19.05.1998 – 42 C 20/97, DAR 1998, 396.

1164 Vgl. die eingehende Besprechung Diederichsen, DAR 2004, 301; vgl. auch Staab, VersR 2003, 1216 in einer sehr eingehenden Analyse der BGH-Entscheidung und von Hadeln/Zuleger, NZV 2004, 273 (274).

1165 V. Staab, VersR 2003, 1216; Lemcke, r+s 2003, 177 ff., 185; von Hadeln/Zuleger, NZV 2004, 273 (277); Eggert, Verkehrsrecht aktuell, 2004, 204 (205) unten; Bachmeier, DAR 2004, 421.

715 Die Bedeutung des **Δv-Wertes:**

Trotz all dieser Erkenntnisse bleibt es aber dabei, dass zzt. als Beurteilungsmaßstab für die Belastung des Fahrzeuginsassen der sog. Δv-Wert, also die kollisionsbedingte Geschwindigkeitsänderung, anerkannt ist.[1166] Wird ein Fahrzeug verzögert oder beschleunigt, handelt es sich um eine kollisionsbedingte Geschwindigkeitsänderung des Fahrzeuges. Dies ist jedoch nur eine sehr grobe Beschreibung der Belastung eines Fahrzeuginsassen, weil es sich nicht etwa um einen Messwert handelt, der am Fahrzeuginsassen selbst ermittelt wird, sondern um einen Wert, der letztlich nur die Belastung des Fahrzeuges beschreibt. Für die Belastung der HWS ist nicht der Δv-Wert der Fahrgastzelle maßgeblich, sondern Beschleunigungen im Bereich des Kopfes, der Brustwirbelsäule, die Zugkräfte im Hals und dergleichen mehr.[1167] Für die Messung der Belastung des Fahrzeuginsassen ist ferner die Einwirkungsrichtung von besonderer Bedeutung, da es nicht gleichgültig ist, ob die Geschwindigkeitsänderung direkt von hinten oder möglicherweise unter einem bestimmten Winkel von hinten oder von der Seite oder schräg von vorn einwirkt. In all diesen Fällen ist die Belastung der Fahrzeuginsassen grundverschieden.[1168] Schließlich spielt auch die Kollisionsdauer eine Rolle, ohne dass diese bisher in der Literatur und in der Rechtsprechung problematisiert worden ist.

716 Bedeutung der **Körpergröße**: Bleibt man bei der Heckkollision, spielt zunächst die Körpergröße der Fahrzeuginsassen eine Rolle. Sie ist unbestritten ein Faktor, der für die Beurteilung einer möglichen HWS-Verletzung von Bedeutung ist. Hier spielen aber auch die Größe des Innenraums des Fahrzeuges, die Art und Einstellung der Sitze (Lehnen), die Art und Einstellung der Kopfstützen und die Körperhaltung des Insassen eine große Rolle.[1169] Das gilt in besonderem Maß für die Seitenkollision,[1170] wenn das Fahrzeug flach gestaltet ist und schon bei sehr geringer Belastung in Querrichtung ein Kopfanstoß erfolgen kann mit der Folge einer seitlichen Abknickung der Halswirbelsäule.

717 Bedeutung der **Sitzposition**: Auf besonderen Widerstand ist in der Literatur die Aussage des BGH gestoßen, die Sitzposition des Verletzten spiele für die Entscheidung, ob bei einem Heckaufprall im Harmlosigkeitsbereich eine HWS-Verletzung eintreten könne, eine besondere Rolle. Dabei liegt es auf der Hand, dass in Zukunft die Sitzposition zur Beurteilung der biomechanischen Belastung der Fahrzeuginsassen herangezogen werden wird.[1171] Die Sitzposition kann für den Fahrzeuginsassen ungünstig, aber auch günstig sein. So hat eine Untersuchung ergeben, dass bei stark vorgebeugter Sitzposition die Belastung der HWS des Fahrzeuginsassen besonders gering sein kann.[1172]

718 Eine ablehnende Haltung zur Bedeutung der Sitzposition nimmt v. a. das Orthopädische Forschungsinstitut (OFI) ein. Eine retrospektive Untersuchung dieses Instituts ist der Bedeutung

---

1166 Born/Rudolf/Becke, NZV 2008, 1 (3) m. w. N. Auch Eschelbach/Geipel, NZV 2010, 481 (484) sprechen dem biomechanischen Ablauf Indizwirkung zu.

1167 Born/Rudolf/Becke, NZV 2008, 1 (4).

1168 Born/Rudolf/Becke, NZV 2008, 1 (4) m. w. N.

1169 Born/Rudolf/Becke, NZV 2008, 1 (4).

1170 Das LG Dortmund, Urt. v. 06.11.2012 – 4 S 8/11, zfs 2013, 142 hat – sachverständig beraten – hierzu festgehalten, dass es sich bei einer Seitenkollision nicht um eine Standardsituation handle. Insoweit seien aus der Literatur keine Grenzwerte bekannt, die das Vorliegen einer Verletzung wahrscheinlich machten, denn zur Seitenkollision gebe es keine entsprechend durchgeführten Versuche, die eine Aussage hierzu erlauben würden. Vielmehr sei gerade die seitlich verletzte HWS verletzungsanfälliger, da eine seitliche Ausgleichsbewegung die symmetrisch aufgebaute Haltemuskulatur, die dazu diene die Wirbelsäule gerade zu halten, stärker belaste.

1171 Born/Rudolf/Becke, NZV 2008, 1 (4).

1172 Born/Rudolf/Becke, NZV 2008, 1 (4) m. w. N.

der Sitzposition von Fahrzeuginsassen gewidmet.[1173] Das Institut weist einleitend darauf hin, dass bereits 2002 festgestellt worden sei, dass die zur Verfügung stehende Literatur zur These der verletzungsfördernden Wirkung der »out of Position« (ooP) eher Zweifel begründe, obwohl keine neueren Publikationen zu diesem speziellen Thema vorlägen. Dies sei auch zu vereinbaren mit den Erkenntnissen aus dem Autoscooter; abweichende bzw. verdrehte Kopfhaltungen seien im Autoscooter sicherlich keine Ausnahme, dennoch werde auch nach Teilnahme im Autoscooterbetrieb nicht gehäuft über HWS-Beschwerden berichtet.

719 Das OFI hat seine Erkenntnisse auf bereits vorliegende eigene interdisziplinäre Gutachten über jeweils 55 Personen – vergleichbar nach Alter und Geschlecht – mit und ohne Kopfhaltung ooP gestützt. Als ooP werden folgende Körperhaltungen genannt:
– Beobachtung des Querverkehrs mit deutlicher Kopfdrehung,
– Blick auf einen Insassen in gleicher Reihe,
– Blick durch die Heckscheibe,
– Blick in den toten Winkel,
– Blick auf die seitlich vom Auto befindliche Ampel und
– Blick in den fernen Fußraum in derselben Reihe.

Dagegen soll der Blick in den Innenspiegel keine »out of position« darstellen.[1174]

720 Das OFI ist zu dem Ergebnis gekommen, dass die beiden Personengruppen keine signifikanten Unterschiede aufwiesen. In nahezu allen Fällen klagten die Probanden über Nackenschmerzen (93 % bzw. 98 %) und über Kopfschmerzen (75 % bzw. 71 %). Die Differenzgeschwindigkeit betrug in der Gruppe ooP 2 – 21 km/h, bei der Vergleichsgruppe 3 – 19 km/h. Die Autoren wollen keine signifikanten Unterschiede festgestellt haben. Selbst wenn man dieses Ergebnis respektiert, fällt doch auf, dass weit über 90 % der begutachteten Personen über Nackenschmerzen, Kopfschmerzen und/oder Bewegungsbeeinträchtigungen geklagt haben. Man hätte erwarten müssen, dass bis zu 20 % der untersuchten Personen keine Beschwerden gehabt hätten, nämlich die, bei deren Fahrzeug eine ganz geringe Differenzgeschwindigkeit von 2 oder 3 km/h oder eine nur geringfügig höhere vorgelegen hat, vertreten die Verfasser doch auch die These, dass bei geringer Differenzgeschwindigkeit ein HWS-Schleudertrauma nicht auftreten kann. Diesen Widerspruch haben sie nicht erkannt.

721 Es fällt auch auf, dass Mazzotti/Castro[1175] 2 Jahre zuvor eine gegenteilige Auffassung vertreten haben, nämlich dass bei Unfällen eine abnormale Sitzposition ebenso berücksichtigt werden müsse, wie die Tatsache, dass ein Anstoß aufgrund einer überlagerten Querkomponente stattgefunden habe. Auch sonstige, potenziell die Verletzung fördernden Faktoren, die ggf. die Belastbarkeit der Halswirbelsäule im Einzelfall verringern könnten, wie z. B. Voroperationen, angeborene Anomalien, die darüber hinaus nur von einem medizinischen Sachverständigen beurteilt werden könnten, müssten berücksichtigt werden. Die Autoren kommen 2002 – im Gegensatz zur Studie aus dem Jahr 2004 – zu dem Ergebnis, dass bei herabgesetzter Belastbarkeit des Betroffenen eine Verletzung auch bereits bei geringer Differenzgeschwindigkeit möglich sei. Um im Einzelfall überhaupt beurteilen zu können, ob verletzungsfördernde Faktoren insb. vonseiten der Konstitution des Betroffenen vorliegen würden, bedürfe es immer einer medizinischen Begutachtung, da sich diese Beurteilung eindeutig dem technischen und juristischen Sachverstand entziehe.

1173 Mazzotti/Kandaouroff/Castro, NZV 2004, 561. A.A etwa Auer/Krumbolz, NZV 2007, 273 (276).

1174 KG, Urt. v. 09.05.2005 – 12 U 14/04, NZV 2005, 470.

1175 Mazzotti/Castro, NZV 2002, 499.

722 Wenn aber der BGH Recht hat, dann kann das Ergebnis der retrospektiven Betrachtung der jeweils 55 bereits vorliegenden Gutachten so nicht zutreffen, weil in dieser Studie zu etwaigen verletzungsfördernden Faktoren der Untersuchten keine Feststellungen getroffen wurden.

Als Ergebnis bleibt: Wissenschaftlich verwertbare Untersuchungen zur Frage ooP fehlen.

723 Ludovisy[1176] misst der Sitzposition eine erhebliche Bedeutung zu und gibt folgenden

▶ **Praxistipp:**

Bei geringer Differenzgeschwindigkeit sollte beim Sachverständigen hinterfragt werden, ob bei der Beurteilung der Verletzungsmöglichkeiten auch der Sitzposition des Verletzten Rechnung getragen worden sei, wie es der BGH (schräg nach rechts oben gewendeter Kopf, um eine Ampel zu beobachten) vorgegeben hat.

724 (unbelegt)

725 Als weitere Einflussparameter für die Verletzungswahrscheinlichkeit werden genannt:[1177]

– Art des Aufpralls: Heckanstoß oder Seitenkollision, Streifenberührung,
– Größe der kollisionsbedingten Geschwindigkeitsänderung – je größer, desto größer die Verletzungswahrscheinlichkeit – bei von-bis-Werten ist der untere Wert maßgeblich,[1178]
– Sitzposition z. Zt. des Unfalls – vorgelehnt, zur Seite verdreht, »out of Position«,
– Kopfdrehung z. Zt. der Kollisionen – z. B. Blick zur Ampel,[1179]
– Sitz- und Kopfstützenkonstruktion, Einstellung der Kopfstütze,
– Konstitution und Alter des Verletzten,
– Vorerkrankungen und Vorschädigung der HWS, z. B. durch einen früheren Unfall oder infolge degenerativer Veränderungen, Verschleißerscheinungen,
– überraschende oder erwartete Kollision,
– zeitlicher Zusammenhang zwischen Kollision und erstmaligem Auftreten von Beschwerden – je kürzer das beschwerdefreie Intervall, desto größer die Verletzungsfolgen.

726 **Heckaufprall**: Kein Gutachten über kollisionsbedingte Geschwindigkeitsänderung nötig.

Der BGH[1180] hat zugleich entschieden, dass das OLG zu Recht kein Gutachten über die kollisionsbedingte Geschwindigkeitsänderung eingeholt hat, weil der Beweis des HWS-Schleudertraumas durch das medizinische Sachverständigengutachten als geführt angesehen worden sei. Wenn dieser Beweis geführt ist, kann es nicht darauf ankommen, zu welchem Δv-Wert ein unfallanalytisches oder biomechanisches Gutachten kommt. Nach der Rechtsprechung des BGH ist ein solcher – niedriger – Δv-Wert nur ein Indiz für die Beurteilung der Frage, ob der Verletzte ein Schleudertrauma erlitten hat. Dieses Indiz ist durch das medizinische Sachverständigengutachten widerlegt, sodass ein solches Gutachten den bereits geführten Beweis nicht mehr erschüttern kann.

727 Diese Rechtsprechung hat der BGH[1181] bestätigt und zur Frage der tatrichterlichen Überzeugungsbildung über die Kausalität für eine HWS-Verletzung bei einer Frontalkollision innerhalb der Harmlosigkeitsgrenze ergänzt. Erneut hat er die sog. Harmlosigkeitsgrenze als ungeeignet bezeichnet, um eine Verletzung der HWS trotz entgegenstehender konkreter Hinweise auf eine

1176 Ludovisy, ZAP, Fach 9 R, S. 245 (249).

1177 Vgl. dazu auch Burmann/Heß, NZV 2008, 481(482).

1178 OLG Köln, Urt. v. 02.03.2004 – 9 U 188/00, SP 2004, 261.

1179 BGH, Urt. v. 28.01.2003 – VI ZR 139/02, VersR 2003, 474 = NJW 2003, 1116.

1180 BGH, Urt. v. 08.07.2008 – VI ZR 274/07, VersR 2008, 1126.

1181 BGH, Urt. v. 08.07.2008 – VI ZR 274/07, VersR 2008, 1126; zu dieser Entscheidung: Burmann/Heß, NZV 2008, 481.

entsprechende Verletzung generell auszuschließen. Dass bei einem Zusammenstoß im Frontbereich andere Erkenntnisse gelten müssten, als bei einem Heckanstoß, hat er nicht gesehen und erneut betont, dass gesicherte medizinische Erkenntnisse dahin gehend fehlten, dass HWS-Verletzungen bei Unfällen mit niedriger Anstoßgeschwindigkeit bei einem Frontalzusammenstoß sehr unwahrscheinlich oder gänzlich unmöglich seien. Die kollisionsbedingte Geschwindigkeitsänderung durch den Zusammenstoß zweier Fahrzeuge sei nicht die einzige Ursache eines HWS-Syndroms, vielmehr seien hierfür eine Reihe weiterer gewichtiger Faktoren ausschlaggebend, etwa die konkrete Sitzposition des Fahrzeuginsassen oder auch die unbewusste Drehung des Kopfes. Gleiches dürfte daher auch für die Seitenkollision gelten.[1182]

728 **Frontalaufprall**: Auch in dieser Entscheidung hat er nicht gefordert, ein unfallanalytisches oder biomechanisches Gutachten einzuholen, weil bereits bewiesen war, dass der Unfall geeignet war, eine HWS-Verletzung herbeizuführen. Diesen Beweis hatte das Berufungsgericht durch Bekundungen der verletzten Zeugin und des behandelnden Arztes als geführt angesehen. Erneut hat er betont, dass ein Sachverständiger für Unfallanalyse und Biomechanik nicht über die medizinische Fachkompetenz verfügt, auf die es letztlich für die Frage der Ursächlichkeit des Unfalls für die geklagten Beschwerden ankommt.

729 Die Entscheidungen des BGH lassen sich wie folgt zusammenfassen:
- Es gibt keine Harmlosigkeitsgrenze, die das Entstehen eines HWS-Schleudertraumas ausschließt.
- Es gibt keine kollisionsbedingte Geschwindigkeitsänderung, unter der eine HWS-Verletzung absolut auszuschließen ist.
- Wichtige internationale Literatur wird von den Befürwortern einer Harmlosigkeitsgrenze schlicht ignoriert.
- Es wird übersehen, dass die Frage, ob jemand durch einen Unfall (an der HWS) verletzt worden ist oder nicht, von ganz anderen Parametern abhängt, als nur von der kollisionsbedingten Geschwindigkeitsänderung.

730 Bei Beantwortung der Frage nach der haftungsbegründenden Kausalität können folgende Umstände Berücksichtigung finden:
- Befunde des erstbehandelnden Arztes,
- der enge zeitliche Zusammenhang zwischen dem Unfall und den Beschwerden,[1183]
- Vorhandensein oder Fehlen von Vorerkrankungen,[1184]
- der Ausschluss anderer Ursachen.[1185]

1182 Das LG Dortmund zfs 2013, 142 (4 S 8/11) hat – sachverständig beraten – hierzu festgehalten, dass es sich bei einer Seitenkollision nicht um eine Standardsituation handle. Insoweit seien aus der Literatur keine Grenzwerte bekannt, die das Vorliegen einer Verletzung wahrscheinlich machten, denn zur Seitenkollision gebe es keine entsprechend durchgeführten Versuche, die eine Aussage hierzu erlauben würden. Vielmehr sei gerade die seitlich verletzte HWS verletzungsanfälliger, da eine seitliche Ausgleichsbewegung die symmetrisch aufgebaute Haltemuskulatur, die dazu diene die Wirbelsäule gerade zu halten, stärker belaste.

1183 OLG Düsseldorf, Urt. v. 30.11.2010 – 1 U 99/09, unveröffentlicht: »Die Bedenken des Landgerichts, die Beschwerden seien unspezifisch, sie könnten auch nicht unfallbedingt aufgetreten sein, sind angesichts dieser Umstände wenig überzeugend, zumal das Landgericht offen lässt, weshalb sonst solche Beschwerden erstmals einen Tag nach dem Unfall aufgetreten sind. Eine andere plausible Ursache als eine Folge des Unfalls ist nicht ersichtlich.«.

1184 OLG Düsseldorf, Urt. v. 30.11.2010 – 1 U 99/09, unveröffentlicht: »Für die Annahme einer unfallbedingten Verletzung spricht zunächst deutlich, dass die Klägerin vor dem Unfall keine Beschwerden ... hatte«.

1185 Beim »Ausschlussverfahren« durch Ausschalten sonstiger denkbarer Ursachen für die beklagten Beschwerden ist aber wegen der Vielzahl denkbarer Alternativursachen Vorsicht geboten, Eschelbach/Geipel, NZV 2010, 481 (484).

731 ▶ **Hinweis:**

> Daraus folgt: Der BGH hat entschieden, dass medizinische Fragen auch medizinisch beantwortet werden müssen. Entsprechend hat das BSG[1186] festgehalten, dass ein Gericht regelmäßig wissenschaftliche Publikationen nicht zur eigenen Beurteilung, sondern zur kritischen Überprüfung von Gutachten nutzen kann und es, will es (ausnahmsweise) eigene Sachkunde bei der Beurteilung eines medizinischen Sachverhalts berücksichtigen, den Beteiligten darlegen muss, worauf diese Sachkunde beruht und was sie beinhaltet, damit diese Stellung nehmen und ihre Prozessführung darauf einrichten können.
>
> Nachdem nun feststeht, dass sich bei der Kausalitätsfrage eine pauschale Anwendung der Harmlosigkeitsgrenze verbietet, werden die Tatsacheninstanzen diese Frage künftig mit medizinischen Gutachten unter Berücksichtigung aller medizinischen Anknüpfungstatsachen zu klären haben. Der Einholung von Gutachten, die die kollisionsbedingte Geschwindigkeitsänderung bestimmen, bedarf es dazu nicht. Sollten derartige Gutachten vorliegen, können sie nicht den Vorzug vor medizinischen Gutachten erhalten.

732 (unbelegt)

733 Symptome eines HWS-Schleudertraumas:

Es entspricht medizinischer Erkenntnis, dass viele Betroffene in zeitlicher Nähe auch zu einem milden Schleudertrauma erstmals eine Vielzahl unspezifischer Symptome entwickeln, die zudem im zeitlichen Verlauf individuell ausgeprägt und kombiniert sind. Beispielhaft sind:
- Muskelhartspann in der Schulter-Nacken-Region,
- diffuse Schmerzausstrahlung in Hinterhaupt, BWS und Schulter-Arm-Bereich,
- Schluckbeschwerden, »Kloßgefühl«,
- Sehstörungen,
- Schwindelgefühl,
- Hirnstörungen (einschließlich Rauschen und »Wattegefühl«), Tinnitus,
- Übelkeit,
- Schlafstörungen,
- Vigilanzstörungen, Konzentrationsschwierigkeiten.

734 Ein allgemein akzeptiertes, medizinisch-inhaltliches Verständnis für diese unbestrittene Symptombildung und ihre variable Dauer und Intensität fehlt bisher.

aa) Gegen den BGH: Abwehrhaltung in Literatur und Rechtsprechung

735 Auch nach diesen BGH-Entscheidungen und vielfacher Anerkennung in der Literatur ist nicht zu erwarten, dass die Rechtsprechung generell die Theorie der Harmlosigkeitsgrenze aufgeben wird. Zu bequem ist doch der Weg, der u. a. v. 6. Zivilsenat des OLG Hamm[1187] seit vielen Jahren extensiv beschritten wurde.

736 Liest man die nach der BGH-Entscheidung ergangenen instanzgerichtlichen Entscheidungen, stellt man fest, dass der BGH die Betrachtungsweise und den Umgang der Richter mit HWS-Verletzungen nicht verändert, sondern – wie Eggert[1188] bereits vermutet hat – nur verfeinert hat. Viele Gerichte bleiben dabei, dass alleine dem unfallanalytischen Gutachten Bedeutung beigemessen wird. Weist es eine kollisionsbedingte Geschwindigkeitsänderung Δv </= 15 km/h aus, wird pro forma ein medizinisches Gutachten eingeholt, um sodann zu entscheiden,

---

1186 BSG, Urt. v. 18.01.2011 – B 2 U 5/10 R, UR-Recht aktuell 2011, 493.

1187 Nach dem Ausscheiden des früheren Vorsitzenden des 6. Zivilsenats des OLG Hamm hat der Senat unter neuem Vorsitz diese Rspr. unverändert beibehalten.

1188 Eggert, Verkehrsrecht aktuell 2004, 204 (205).

dass wegen der festgestellten geringen Geschwindigkeitsänderung ein Schleudertrauma mit an Sicherheit grenzender Wahrscheinlichkeit ausgeschlossen werden kann.

Nur beispielhaft seien zwei Entscheidungen genannt, die vorgeben, dem BGH zu folgen: **737**

(1) Logikfehler werden in Kauf genommen

Liegt ein unfallanalytisches Gutachten vor, wird der Mediziner nur noch eingeschaltet, um dem Anspruch des BGH Genüge zu tun. Der Logikfehler, der darin liegt, dass der Mediziner seine medizinische Beurteilung mit dem Ergebnis des unfallanalytischen Gutachtens begründet, wird nicht erkannt. **738**

Wozu soll dann das medizinische Gutachten dienen? Wenn für das Gericht und den (ständig vom Gericht beauftragten) Sachverständigen (vielfach DEKRA) klar ist, dass bei geringer Differenzgeschwindigkeit ein HWS-Schleudertrauma nicht auftreten kann, bedarf es des medizinischen Gutachtens nicht, dann reicht (wie bisher) ein unfallanalytisches Gutachten.

Die BGH-Entscheidung hat die Rechtsprechung zum Schleudertrauma vielfach nicht geändert, sondern nur die Begründungen. **739**

(2) Atteste des erstbehandelnden Arztes sind meist unbeachtlich – notfalls: Flucht in die Bagatelle

Nur wenige Gerichte messen einem ärztlichen Attest ernsthaft Bedeutung zu.[1189] Das OLG Brandenburg[1190] misst der ärztlichen Diagnose einen gewissen Beweiswert zu, wenn diese unverzüglich nach dem Unfall getroffen wurde und wenn der Verletzte zuvor beschwerdefrei war. **740**

Noch einfacher lassen sich Klagen von Unfallopfern abweisen, wenn die medizinischen Erkenntnisse insb. des erstbehandelnden Arztes unberücksichtigt bleiben. **741**

Der Beweiswert ärztlicher Bescheinigungen über HWS-Verletzungen ist gering, wenn es sich bei den dokumentierten Befunden lediglich um subjektive Beschwerden des Unfallgeschädigten wie Übelkeit, Kopfschmerzen und Bewegungseinschränkungen handelt.[1191]

Das gilt z. B. auch für das AG Böblingen,[1192] das festgestellt hat, dass die Diagnose des behandelnden Arztes allein auf den Angaben der Klägerin beruhe. Angesichts der festgestellten Beschleunigungswerte von 5 – 7 km/h könne die Klägerin bei dem Unfall nur geringfügig verletzt worden sein, sodass ihr Wohlbefinden allenfalls nur kurzfristig unerheblich beeinträchtigt gewesen sei. In diesen Fällen, in denen eine Bagatellschwelle nicht überschritten sei, entfalle ein Anspruch auf Schmerzensgeld. **742**

In einer anderen Entscheidung befindet das AG Böblingen,[1193] dass die subjektiven Befunde zwar nicht von vornherein ungeeignet seien, als Folge eines HWS-Schleudertraumas angesehen zu werden. Für sich alleine seien sie jedoch bei geringer Differenzgeschwindigkeit nicht geeignet, den dem Kläger obliegenden Beweis zu führen. **743**

1189 Beispielhaft KG, Beschl. v. 03.12.2009 – 12 U 232/08, NZV 2010, 624: Ärztliche Atteste haben keinen Beweiswert.

1190 OLG Brandenburg, Urt. v. 15.01.2004 – 12 U 117/03, VersR 2005, 237.

1191 AG Berlin-Mitte, Urt. v. 01.02.2009 – 25 C 3062/09, SP 2010, 114.

1192 AG Böblingen, Urt. v. 27.07.2004 – 11 C 1450/04, SP 2005, 272.

1193 AG Böblingen, Urt. v. 10.01.2005 – 19 C 2735/04, SP 2005, 412.

744 Das LG Berlin[1194] wertet dagegen einen Auffahrunfall wegen einer nur geringen Differenzgeschwindigkeit der Einfachheit halber als Bagatelle, mit der Folge, dass eine Belastungsreaktion des Unfallopfers als unangemessene Überreaktion anzusehen sei. Der Anlass sei für das Erleiden eines psychischen Schadens zu geringfügig gewesen. Damit ist es aller Sorgen um eine vertiefte Begründung enthoben. Und wenn sich eine Bagatelle nicht begründen lässt, weist ein Gericht die Klage ab, weil doch einiges dafür spreche, dass für die Beschwerden nicht der Verkehrsunfall verantwortlich war, sondern eine der **leider nicht ganz unüblichen Schwindeleien** mit einer HWS-Verletzung nach einem Unfall.[1195]

Dennoch kann Attesten und Berichten von erstbehandelnden Ärzten nicht pauschal jeglicher Beweiswert abgesprochen werden. Auch wenn sie insb. vor dem Hintergrund, dass der Arzt nicht primär als Gutachter, sondern als Therapeut tätig geworden ist, grds. einer kritischen Prüfung unterliegen,[1196] muss der Tatrichter aufklären, ob das Attest auf eigenen objektivierbaren Feststellungen beruht und ob der Arzt die Angaben des Patienten für glaubhaft gehalten hat oder, ob er lediglich die Angaben des Geschädigten ungeprüft übernommen hat.

745 Auch der BGH[1197] sieht in einem ärztlichen Attest kein Standardbeweismittel, mit dem sich in jedem Fall eine HWS-Verletzung beweisen lasse. Er erkennt aber an, dass mit dem Zusammenspiel von Zeitablauf, Zeugenaussagen und ärztlichen Untersuchungen der Beweis der HWS-Verletzung durchaus geführt werden kann. Beweiswert kommt einmal dem engen zeitlichen Zusammenhang zwischen dem Unfall und dem Auftreten der Beschwerden zu, erst recht, wenn das Unfallopfer bis zum Unfall beschwerdefrei gewesen ist, was i. d. R. leicht bewiesen werden kann. Auch den Angaben des Verletzten ggü. dem erstbehandelnden Arzt kann Beweiswert zukommen. Der Arzt muss dies alles nur sorgfältig dokumentieren, insb. die Feststellungen – etwa eine eingeschränkte Rotation der HWS oder zur Beweglichkeit des Halses –, die er aufgrund eigener medizinischer Untersuchungen getroffen hat. Dies gilt auch für Tastbefunde von Verspannungen im Nackenbereich. Liegen solche Erkenntnisse vor, kann der Nachweis der HWS-Verletzung ohne Weiteres als geführt angesehen werden.

(3) Vorhandene Gesundheitsstörungen des Verletzten

746 Betrachtet man das dritte Argument des BGH, dass auch vorhandene Gesundheitsstörungen des Verletzten eine Rolle spielen können, wird dieses in der Rechtsprechung teilweise positiv aufgenommen.

Beispielhaft ist insoweit eine Entscheidung des OLG Stuttgart,[1198] das nach Anhörung eines medizinischen Sachverständigen und des Unfallopfers zu dem Ergebnis kommt, dass eine beim Verletzten vorhandene unfallunabhängige Schadensanlage im LWS-Bereich ausreichen kann, durch eine bloße Schonhaltung eine muskuläre Dysbalance auszulösen, die zu Beschwerden führt.

747 Auch das OLG Schleswig,[1199] das herausstellt, die BGH-Rechtsprechung zu befolgen, berücksichtigt eine beim Verletzten vorhandene Schadensanlage, meint aber, dass die auf einer Prädisposition beruhende, endgültige Fehlverarbeitung eines relativ harmlosen Unfallgeschehens

1194 Vgl. LG Berlin, Beschl. v. 04.04.2005 – 58 S 54/05, SP 2005, 229.; so auch AG Böblingen, Urt. v. 27.07.2004 – 11 C 1450/04, SP 2005, 272.

1195 AG Berlin-Mitte, Urt. v. 16.08.2004 – 113 C 3366/02, SP 2005, 122.

1196 Vgl. Lemcke, NZV 1996, 337; Mazotti/Castro, NZV 2002, 499; Jaeger, VersR 2006, 1611; Mazzotti/Castro, NZV 2008, 113.

1197 BGH, Urt. v. 08.07.2008 – VI ZR 274/07, VersR 2008, 1126 (1128); krit. zum Beweiswert eines ärztlichen Attestes auch Mazotti/Castro, NZV 2008, 113 (114).

1198 OLG Stuttgart, Urt. v. 05.10.2004 – 1 U 59/04, NZV 2004, 582.

1199 OLG Schleswig, Urt. v. 02.06.2005 – 7 U 124/01, OLGR 2006, 5.

eine Kürzung der Ansprüche um 50 % rechtfertige. Dabei sieht das OLG Schleswig, dass nach der ständigen Rechtsprechung des BGH den Schädiger die volle Haftung für seelisch bedingte Folgeschäden trifft, wenn der Unfall der Auslöser für die pathologische Entwicklung war. Die Kürzung beruht auf der durch nichts belegbaren Feststellung, dass eine psychische Fehlentwicklung früher oder später auch ohne den Unfall aufgetreten wäre.

748 Das OLG Düsseldorf[1200] kürzt bei erwiesener Distorsion der HWS das Schmerzensgeld von an sich für berechtigt gehaltenen 3.800,00 € auf 2.000,00 €, weil bei der Klägerin unfallunabhängig ein degenerativer Verschleiß der HWS vorgelegen habe. Der 1. Zivilsenat des OLG Düsseldorf weiß, dass nach der ständigen Rechtsprechung des BGH der Schädiger in vollem Umfang schadensersatzpflichtig ist, wenn der Unfall für den Folgeschaden kausal ist. Unter dem Gesichtspunkt, dass die Klägerin nur Anspruch auf ein angemessenes Schmerzensgeld habe, das zudem nach Billigkeitsgesichtspunkten zu bemessen sei, sei es gerechtfertigt, das Schmerzensgeld auf einen Betrag zu kürzen, der etwas mehr als die Hälfte dessen ausmache, was der Klägerin ohne Vorschäden zugestanden hätte.

749 Das OLG Saarbrücken[1201] billigt dem Verletzten trotz vorgeschädigter Wirbelsäule das volle Schmerzensgeld zu. Das Gericht stellte fest, dass der Kläger unfallbedingt ein HWS-Schleudertrauma 1. Grades erlitt und dass vor dem Unfall bereits degenerative Veränderungen der Wirbelsäule vorlagen. Die Beweisaufnahme ergab, dass der Kläger vor dem Unfall keine Beschwerden hatte, dass die Veränderungen der Wirbelsäule »klinisch stumm« waren. Der Senat verneinte eine Herabsetzung des Schmerzensgeldes, weil eine sichere Aussage darüber, ob und wann der stumme Bandscheibenvorfall ohne das Unfallereignis aktiviert worden wäre, nicht möglich sei. Der 4. Senat des OLG Saarbrücken hält es auch für möglich, die Überzeugung von der Wahrheit des Vorbringens des Klägers aus der Glaubhaftigkeit und Plausibilität des Klagevortrages zu gewinnen.[1202]

750 So schließt sich der Kreis. Der BGH hat den Instanzgerichten Vorgaben gemacht, die diese scheinbar beachten, in Wirklichkeit aber häufig unterlaufen. Ob die Argumente der Instanzgerichte logisch sind, spielt gelegentlich keine Rolle. Die Feststellungen des erstbehandelnden Arztes werden häufig im Wege vorweggenommener Beweiswürdigung als allein auf den Angaben des Verletzten beruhend abgetan. Eggert[1203] hat Recht: Von der Rechtsprechung wird eine Hürde aufgebaut, die der Verletzte jedenfalls in den Fällen niedriger Differenzgeschwindigkeit nicht überwinden kann.

bb) Indizwirkung der Differenzgeschwindigkeit

751 Dabei soll nicht geleugnet werden, dass bei geringer Differenzgeschwindigkeit durchaus bezweifelt werden kann, dass beim Verletzten ein HWS-Schleudertrauma aufgetreten ist. Es darf nicht der Eindruck entstehen, als sei die Differenzgeschwindigkeit bedeutungslos für die Beurteilung der Frage, ob ein HWS-Schleudertrauma vorliegt.

752 Die Indizwirkung der Differenzgeschwindigkeit kann in zwei Richtungen gehen:

Ist die Differenzgeschwindigkeit > 15 km/h, kann dies ein Indiz für eine unfallbedingte Verletzung sein,[1204] dann greift u. U. sogar ein Anscheinsbeweis zugunsten des Verletzten ein.

1200 OLG Düsseldorf, Urt. v. 29.03.2005 – I-1 U 176/03, unveröffentlicht.

1201 Vgl. OLG Saarbrücken, Urt. v. 25.01.2005 – 4 U 72/04, SP 2005, 268.

1202 OLG Saarbrücken, Urt. v. 08.06.2010 – 4 U 468/09, NJW-RR 2011, 178.

1203 Vgl. Eggert, Verkehrsrecht aktuell, 2004, 204 (205).

1204 KG, Urt. v. 12.02.2004 – 12 U 219/02, NZV 2004, 460.

Umgekehrt kann eine geringe Differenzgeschwindigkeit indiziell gegen eine Verletzung sprechen.[1205]

753 Das bedeutet aber nicht, dass der Verletzte nicht die Möglichkeit hätte, diese indizielle Wirkung durch Zeugnis des behandelnden Arztes und durch Zeugen aus seinem Umfeld zu widerlegen.

754 (unbelegt)

755 Nach Eggert[1206] gibt es keinen Anscheinsbeweis dahin, dass unter bestimmten Umständen eine HWS-Verletzung ursächlich auf einen Unfall zurückzuführen ist.[1207] Umgekehrt könne eine HWS-Verletzung als Unfallfolge nicht qua Anscheinsbeweis ausgeschlossen werden, etwa bei einer Kollision im Harmlosigkeitsbereich. Für Heckkollisionen soll nach Eggert aber der Satz gelten: Ein gesunder Erwachsener, normale Sitzhaltung im Zeitpunkt der Kollision vorausgesetzt, könne eine kollisionsbedingte Geschwindigkeitsänderung bis zu 10 km/h problemlos ohne Verletzungsfolgen tolerieren. Mithilfe dieser Erkenntnis werde in der Rechtsprechung eine Hürde aufgebaut, die der Kläger nur bei nachgewiesenen Sonderfaktoren – Schadensanlage, atypische Sitz-/Kopfposition – überwinden könne, ihn zumeist aber scheitern lasse.

756 Eggert[1208] sieht folgende Nachweismöglichkeiten für den Verletzten, wenn es keinen sichtbaren, objektiven Befund einer HWS-Verletzung gibt:
- unfallanalytisches Gutachten zur biomechanischen Belastung,
- ärztliches Gutachten – Orthopädie, Unfallchirurgie, Neurologie, Psychologie,
- Zeugenaussagen – Fahrzeuginsassen, Angehörige/Bekannte/Kollegen,
- Feststellungen des Hausarztes bzw. behandelnder Ärzte – Atteste und Arztberichte,
- Hausarzt bzw. behandelnde Ärzte als sachverständige Zeugen,
- Fotos vom Unfallfahrzeug,
- Parteianhörung nach den §§ 141, 287 ZPO – Parteivernehmung nach § 448 ZPO.

757 Der Verletzte ist auch bei entsprechenden Bekundungen der Zeugen und des behandelnden Arztes dennoch nicht auf der sicheren Seite.

758 **Die entscheidende Frage für den Nachweis eines HWS-Syndroms ist, ob der ärztliche Befund ausreichend in einem Attest objektiviert worden ist**. Das Attest darf sich (natürlich) nicht in einer ungeprüften Übernahme der Angaben des Patienten erschöpfen, sondern muss eigenständige Feststellungen enthalten. Mit einem solchen Attest kann der Nachweis des HWS-Syndroms geführt werden.[1209]

759 Diese Auffassung vertritt auch Müller,[1210] die das Ergebnis einer medizinischen Erstuntersuchung durchaus für bedeutsam hält, allerdings nur als eines von mehreren Indizien, das regelmäßig allein zum Nachweis des Ursachenzusammenhangs zwischen Unfall und HWS-Schaden nicht ausreichen wird, zumal eine solche Verletzung erfahrungsgemäß oft nur vorsorglich bescheinigt wird.

1205 In diese Richtung OLG Düsseldorf, Urt. v. 12.04.2011 – I U 151/10, NJW-Spezial 2011, 331, welches bei einer Geschwindigkeitsänderung von bis zu 5 km/h das Hinzutreten weiterer Indizien fordert, die auf eine Verletzung hindeuten.

1206 Eggert, Verkehrsrecht aktuell, 2004, 204 (205).

1207 A. A. KG, Urt. v. 12.02.2004 – 12 U 219/02, NZV 2004, 460: ab > 15 km/h.

1208 Eggert, Verkehrsrecht aktuell, 2004, 204 (206).

1209 Diel in Anm. zu LG Lüneburg, Urt. v. 22.10.2002 – 6 S 119/02, ZfS 2003, 123.

1210 Müller, ZfS 2005, 54 (59).

760 Dennoch wird der BGH bei einer Überzeugungsbildung des Tatrichters aufgrund eines ärztlichen Attestes diese Feststellung zu akzeptieren haben. Erforderlich ist nur, dass der erstbehandelnde Arzt sorgfältig begründet und sich mit den Angaben des Verletzten kritisch auseinandersetzt. So hat das OLG Düsseldorf[1211] ausdrücklich festgestellt, dass die bei der Erstuntersuchung des Verletzten erhobenen medizinischen Befunde nicht einfach als nicht objektivierbare Angaben marginalisiert werden dürften. Eine leichte Distorsionsbeeinträchtigung der HWS dürfe differenzialdiagnostisch nicht allein aufgrund der Tatsache ausgeschlossen werden, weil sich in einem bildgebenden Verfahren kein morphologisches Korrelat für eine Verletzung finde. Druckschmerzangaben des Verletzten dürften nicht unberücksichtigt bleiben, weil ein Facharzt unterscheiden könne, ob es sich lediglich um eine subjektive Angabe des Untersuchten handele oder um die in der klinischen Untersuchung feststellbare Befundkonstellation eines HWS-Schleudertraumas, wenn kein Verdacht in Richtung einer Simulation oder Aggravation besteht.

c) Einzelne Entscheidungen

761 Dennoch versuchen zahlreiche Gerichte den Beweiswert eines ärztlichen Attestes auszuhebeln. Soweit sie Schmerzensgeldansprüche mit der Begründung ablehnen, dem Geschädigten obliege die Beweislast für das HWS-Schleudertrauma, verweisen sie darauf, dass ein **ärztliches Attest**, das die Diagnose »HWS-Schleudertrauma« enthält, allein nicht ausreiche. Ein solches Attest verschaffe keine Gewissheit über das Vorliegen einer solchen Verletzung, wenn es auf der Schilderung des Verletzten beruhe, die behaupteten Schäden nicht objektivierbar seien und die Umstände des Falles und der Unfallablauf (leichter Auffahrunfall, Geschwindigkeitsänderung zwischen < 11 – > 5 km/h) eher gegen eine solche Verletzung sprächen.[1212]

762 Das **OLG Hamburg**[1213] meinte, es erschließe sich dem erkennenden Einzelrichter nicht, wie ein Arzt aufgrund bloßer Mitteilungen des Patienten »sowie dessen Untersuchung« solle feststellen können, ob beklagte Beschwerden und festgestellte Diagnosen ggf. unfallbedingt, bzw. auf »einen bestimmten« Unfall zurückzuführen seien. Dieser Richter hätte den Arzt anhören sollen, vielleicht hätte es sich ihm dann erschlossen.

763 Weiterführend ist die Entscheidung des LG Lübeck,[1214] das ausdrücklich feststellt, dass eine Verletzung im medizinischen Sinn nicht gegeben sein müsse, um nach einem Auffahrunfall

1211 OLG Düsseldorf, Urt. v. 29.08.2005 – I-1 U 11/05, unveröffentlicht.

1212 Die Attestierung einer HWS-Verletzung und die Einleitung der Behandlung durch den Hausarzt reichen nicht: AG Bielefeld, Urt. v. 09.11.2001 – 5 C 915/00, SP 2002, 418 f.; ein ärztliches Attest, das nur die vom Patienten geschilderten Beschwerden wiedergibt, ist ohne Beweiswert: OLG Stuttgart, Urt. v. 19.03.1999 – 2 U 150/98, SP 1999, 232; OLG Hamm, Urt. v. 13.01.2000 – 6 U 39/99, SP 2000, 338; LG Berlin, Urt. v. 29.04.2002 – 58 S 315/01, SP 2002, 272; AG Berlin-Mitte, Urt. v. 09.11.1998 – 103 C 266/98, SP 2000, 49; ärztliche Atteste sind als Beleg für eine Gesundheitsbeschädigung i. S. e. strukturellen Veränderung wertlos: OLG Frankfurt am Main, Urt. v. 16.12.1998 – 23 U 55/98, ZfS 1999, 516; ebenso LG Berlin, Urt. v. 20.11.2000 – 58 S 7/00, ZfS 2001, 108; LG Stralsund, Urt. v. 30.06.2000 – 5 O 72/99, DAR 2001, 368; AG Gummersbach, Urt. v. 16.08.2001 – 2 C 724/00, SP 2002, 15; AG Düsseldorf, Urt. v. 09.07.2001 – 58 C 17116/00, SP 2002, 14; geradezu prophetische Gaben hatte das OLG Hamm, Urt. v. 18.10.1994 – 27 U 101/94, DAR 1995, 76; ebenso nach sachverständiger Beratung der 9. Zivilsenat des OLG Hamm, Urt. v. 21.10.1994 – 9 U 85/94, DAR 1995, 74 = OLGR 1995, 15; OLG Frankfurt am Main, Urt. v. 22.01.1999 – 24 U 61/97, r+s 2001, 65; ähnlich OLG Hamm, Urt. v. 02.07.2001 – 13 U 224/00, SP 2002, 11 = r+s 2002, 371; demgegenüber reicht demselben 13. Zivilsenat das ärztliche Attest bei einer Schulterverletzung aus, OLG Hamm, Urt. v. 28.02.2001 – 13 U 191/00, SP 2001, 377. Sämtliche Beweisantritte blockte das AG Oberhausen ab: AG Oberhausen, Urt. v. 28.04.2004 – 31 C 3176/03, SP 2005, 50.

1213 OLG Hamburg, Urt. v. 03.04.2002 – 14 U 168/01, OLGR 2003, 6.

1214 LG Lübeck, Urt. v. 08.06.2000 – 1 S 19/00, ZfS 2000, 436.

einen Eingriff in die körperliche Befindlichkeit anzunehmen. Es sieht den Nachweis des HWS-Syndroms als geführt, wenn der Geschädigte den Arzt aufsucht, dieser
– eine eingeschränkte Beweglichkeit der HWS, Muskelverspannungen und Druckschmerz feststellt und wenn
– sich der Geschädigte zwölf krankengymnastischen Anwendungen unterzogen und
– vier Arztbesuche auf sich genommen hat.

Dabei kann es durchaus ausreichen, wenn der Verletzte erst binnen 24 Std. einen Arzt aufsucht, denn ein erst nach Stunden auftretender Bewegungsschmerz bzw. eine erst dann auftretende Bewegungsbeeinträchtigung oder -unfähigkeit kann typisch sein für das Vorliegen eines HWS-Syndroms.[1215]

764 Das **KG**[1216] verneint einen Anscheinsbeweis für ein HWS-Schleudertrauma bei einer Geschwindigkeit < 15 km/h und folgt einem Sachverständigen, der unter Berücksichtigung der Sitzposition der Verletzten die vorliegenden Informationen umfassend ausgewertet und neue fachwissenschaftliche Erkenntnisse und Veröffentlichungen zum HWS-Syndrom berücksichtigt habe. Dass diese Erkenntnis nicht richtig ist, hat Müller[1217] im Einzelnen ausgeführt.

765 Vorzuziehen ist die Auffassung der Gerichte, die die Diskussion über die zur Auslösung eines HWS-Traumas erforderliche Aufprallgeschwindigkeit als derzeit noch nicht abgeschlossen bezeichnen, da es naturwissenschaftlich nicht feststehe, dass ein Aufprall mit einem Geschwindigkeitsunterschied von unter 10 oder 15 km/h nie ein HWS-Trauma hervorrufen könne.[1218]

766 Zugunsten einer Verletzten entschied das OLG Hamm,[1219] das den Lebensgefährten der Klägerin und diese selbst anhörte, die Aussagen als glaubhaft ansah und einige ärztliche Feststellungen ausreichen ließ, um den Nachweis der Beschwerden als geführt anzusehen. Insb. ließ es sich nicht dadurch beeindrucken, dass ein direkter Nachweis knöcherner oder ligamentärer Verletzungen der HWS fehlte, weil es nicht gesichert erscheine, dass die Folgen eines HWS-Beschleunigungstraumas sich binnen einer Frist von wenigen Monaten bis zu einem Jahr zurückgebildet haben müssten und dass darüber hinausgehende Schäden nur dann als Unfallfolgen zu akzeptieren seien, wenn es sich um ein Trauma 3. Grades handele, d. h. um solche Verletzungen, die auf normalen Röntgenaufnahmen sichtbar seien.

767 In jüngerer Zeit wird die Frage diskutiert, ob Unfallopfer mithilfe eines **neurootologischen Gutachtens**[1220] den Nachweis führen können, dass infolge des Unfalls eine Verletzung eingetreten ist. Mit einem solchen Beweisantrag wird ein Unfallopfer künftig kaum Erfolg haben, nachdem das OLG Hamm[1221] ein solches Gutachten vollmundig als ungeeignetes Beweismittel bezeichnet hat. Der vom OLG Hamm angehörte Orthopäde hatte dem Gericht erläutert, dass es sich bei der Neurootologie »bestenfalls um einen medizinischen Wissenschaftszweig handele, der noch in den Kinderschuhen und am Beginn der Forschung stecke«, eine Meinung, die von Neurologen und HNO-Ärzten auf Fachkongressen geteilt werde. Das OLG

1215 LG Braunschweig, Urt. v. 18.11.1998 – 2 S 64/98, DAR 1999, 218.

1216 KG, Urt. v. 27.02.2003 – 12 U 8408/00, KGR 2003, 156.

1217 Müller, VersR 2003, 1 (4).

1218 LG Offenburg, Urt. v. 16.07.2002 – 1 S 169/01, ADAJUR-Archiv Dok. 51921; LG Bonn, Urt. v. 01.08.2002 – 6 S 408/00, DAR 2003, 72; AG Hanau, Urt. v. 19.03.1998 – 34 C 3401/97 – 14, ZfS 1998, 376; AG Köln, Urt. v. 11.06.2001 – 262 C 310/99, ADAJUR-Archiv Dok. 46260; AG Passau, Urt. v. 30.10.2002 – 18 C 1547/01, ADAJUR-Archiv Dok. 52619.

1219 OLG Hamm, Urt. v. 09.09.1993 – 6 U 58/89, NZV 1994, 189.

1220 Otologie: Ohrenheilkunde; neuro: Wortteil mit der Bedeutung Nerv, Sehne, Muskelband.

1221 OLG Hamm, Urt. v. 25.02.2003 – 27 U 211/01, NZV 2003, 331 m. abl. Anm. von Forster, NZV 2004, 314, der m. zahlreichen Nachweisen belegt, dass die Neurootologie weltweit anerkannt ist.

München[1222] verneint die Tauglichkeit eines neurootologischen Gutachtens für den Nachweis der Ursächlichkeit eines Unfalls für einen Tinnitus, und das OLG Schleswig verneint die Eignung eines neurootologischen Gutachtens für den Nachweis einer Primärverletzung, weil die Neurootologie bereits eine Verletzung voraussetze.[1223]

768 Andere AG, die einen Schmerzensgeldanspruch zusprechen, argumentieren im Wesentlichen dahin gehend, dass nach einem Auffahrunfall durch einen Arzt Beschwerden festgestellt werden müssen, z. B.

– Nackenmuskulatur druckschmerzhaft,
– endgradige Bewegungseinschränkung der HWS.

769 Ist dies der Fall, kann von der Ursächlichkeit des Auffahrunfalls für die Gesundheitsbeeinträchtigung ausgegangen werden.[1224]

770 Das OLG Bamberg[1225] führt im LS aus: Die Kausalität eines Unfalls für ein ärztlich diagnostiziertes HWS-Schleudertrauma steht fest, wenn im ärztlichen Attest des Durchgangsarztes vom Unfalltag unter Diagnose »HWS-Distorsion« eingetragen wird sowie ein verschreibungspflichtiges Medikament als auch das Tragen einer Schanz'schen Halskrause verordnet wird und bei einer Nachuntersuchung tastbare Verspannungen im Bereich der BWS festgestellt werden.

771 Diese Richter lehnen es ab, die Ersatzpflicht von der Aufprallgeschwindigkeit (richtig: Differenzgeschwindigkeit) abhängig zu machen, solange die wissenschaftliche Diskussion über die zur Auslösung eines HWS-Traumas erforderliche Differenzgeschwindigkeit noch nicht abgeschlossen sei. Es stehe naturwissenschaftlich derzeit nicht fest, dass ein Aufprall mit einem Geschwindigkeitsunterschied von z. B. unter 10 oder 15 km/h nie ein HWS-Trauma hervorrufen könne.[1226] Selbst bei einer kollisionsbedingten Geschwindigkeitsänderung von 4 km/h können Verletzungen nach dem gegenwärtigen Stand der Wissenschaft nicht ausgeschlossen werden. Völlig zu Recht weist deshalb das **AG Rastatt**[1227] darauf hin, dass die Anzahl der bisher durchgeführten Versuche nicht genüge, um eine sichere Aussage darüber zu treffen, von welcher Differenzgeschwindigkeit an ein HWS-Syndrom – wenn überhaupt – ausgeschlossen werden können.

772 ▶ Hinweis:

Die bisher auf dem Markt befindlichen Schmerzensgeldtabellen widmen sich der Thematik des HWS-Schleudertraumas – jedenfalls was die Zahl der mitgeteilten Entscheidungen angeht – mit völlig übertriebenen Darstellungen, indem sie einige hundert (meist alte) Entscheidungen, zahllose nicht veröffentlichte Entscheidungen und eine Vielzahl von Entscheidungen mitteilen, in denen ein Schmerzensgeldanspruch verneint wurde. Diese Entscheidungen sollen es dem Anwalt offenbar ermöglichen, herauszufinden, wie »sein Richter« im Einzelfall entscheiden wird.

Dazu ist dieses Verfahren völlig ungeeignet.

1222 OLG München, Urt. v. 15.09.2006 – 10 U 3622/99, r+s 2006, 474; erneut meint das OLG München, Urt. v. 29.06.2007 – 10 U 4379/01, unveröffentlicht, dass die Neurootologie keine anerkannte Wissenschaft sei.

1223 OLG Schleswig, Urt. v. 20.01.2010 – 14 U 126/09, NJW-Spezial 2010, 233.

1224 OLG Bamberg, Urt. v. 05.12.2000 – 5 U 195/99, NZV 2001, 470; AG Hanau, Urt. v. 19.03.1998 – 34 C 3401/97 – 14, ZfS 1998, 376.

1225 OLG Bamberg, Urt. v. 05.12.2000 – 5 U 195/99, NZV 2001, 470.

1226 AG Hanau, Urt. v. 19.03.1998 – 34 C 3401/97 – 14, ZfS 1998, 376; AG Göttingen, Urt. v. 25.02.2000 – 26 C 231/99 (1204), SP 2000, 338 (339).

1227 AG Rastatt, Urt. v. 02.12.1999 – 1 C 127/98, ZfS 2000, 147.

Die mitgeteilten Entscheidungen sind durchweg solche der AG. Dort wechseln die Richter der entsprechenden Abteilungen nicht selten, sodass ältere Entscheidungen diese Erkenntnis schon deshalb nicht bringen. Das gilt aber auch für jüngere Entscheidungen, weil die Abteilung schon neu besetzt sein kann, ehe die Entscheidungen veröffentlicht und in die neue Auflage der Schmerzensgeldtabelle aufgenommen sind. Hinzu kommt, dass auch die Spruchpraxis der jeweiligen Richter nur selten konstant ist. Bis auf einige Berufungszivilkammern der LG und einen auf Verkehrsunfallsachen spezialisierten Senat eines OLG, die ein Schmerzensgeld in HWS-Fällen bei einer Differenzgeschwindigkeit im Bereich der Harmlosigkeitsgrenze verneinen, ist nur selten vorhersehbar, welcher Richter wie entscheiden wird. Das gilt erst recht, wenn auch die Berufungszivilkammern von der Möglichkeit der Übertragung der Sachen auf den entscheidenden Einzelrichter vermehrt Gebrauch machen werden oder wenn der obligatorische Einzelrichter zu entscheiden hat.

773 Aus diesem Grund beschränkt sich die Darstellung in der Schmerzensgeldtabelle dieses Buches im Wesentlichen auf einschlägige Entscheidungen, die aussagekräftig sind und Begründungen geben. Auf die Wiedergabe nicht veröffentlichter Entscheidungen wird so weit wie möglich verzichtet.

Dadurch werden dem Anwalt Begründungen an die Hand gegeben, mit denen ein begründeter Schmerzensgeldanspruch in HWS-Fällen durchsetzbar sein sollte. Diese Hinweise können auch für Richter hilfreich sein.

774 ▶ Praxistipp:

Der sichere Weg bei der Geltendmachung von Schmerzensgeldansprüchen wegen eines HWS-Syndroms nach einem Auffahrunfall verlangt es, dass der Verletzte – trotz der gegenteiligen Bestrebungen der Gesundheitsreform – sooft wie möglich zum Arzt geht und jede ihm angebotene Möglichkeit von Heilbehandlungsmaßnahmen wahrnimmt.

Er sollte ferner den Arbeitgeber, Arbeitskollegen, Familie und Freunde über seine Beschwerden informieren, damit er sie als Zeugen benennen kann.

Das Gericht muss unbedingt auf die Beweiserleichterung des § 287 ZPO im Bereich der haftungsausfüllenden Kausalität hingewiesen werden. Steht die Körperverletzung oder Gesundheitsverletzung fest, ist zur Feststellung des Kausalzusammenhangs keine an Sicherheit grenzende Wahrscheinlichkeit (§ 286 ZPO) erforderlich, sondern eine überwiegende (höhere bzw. deutlich höhere) Wahrscheinlichkeit ist ausreichend.[1228] Hierbei kann es für eine unstreitige Erstverletzung ausreichen, dass vorprozessual Zahlungen auf das HWS-Syndrom geleistet worden sind.[1229]

Ganz dringend ist auch ein Hinweis an das Gericht auf den Beitrag von Müller, VersR 2003, 1 ff. und auf die Entscheidung des BGH, Urt. v. 28.01.2003 – VI ZR 139/02, VersR 2003, 474 m. eingehender Anm. von Jaeger = NJW 2003, 1116 = NZV 2003, 167 = BGHR 2003, 487 ff. = SP 2003, 162.

Dringend ist auch ein Hinweis auf den Beitrag von Diederichsen, DAR 2004, 301 ff., in dem diese Entscheidung des BGH mit weiterführenden Hinweisen besprochen worden ist.

775 Von besonderer Bedeutung für die Entscheidung der Frage, ob einem Verkehrsopfer ein Schmerzensgeld für ein HWS-Syndrom zuerkannt wird, ist oft die Vorfrage, ob die Wirbelsäule des Verletzten bei dem Unfall **vorgeschädigt** war. Hier wird die Problematik der Beweislast für die **Kausalität des Unfalls für den Gesundheitsschaden** oft verkannt. Immer wieder

1228 OLG Hamm, Urt. v. 21.10.1994 – 9 U 85/94, DAR 1995, 74.

1229 KG, Beschl. v. 03.12.2009 – 12 U 232/08, NZV 2010, 624, hat in der vorprozessualen Zahlung eines Schmerzensgeldes ein Anerkenntnis einer Erstverletzung gesehen.

heißt es, dass Beschwerden eines Verletzten, der vor dem Unfall bereits z. B. einen stummen Bandscheibenvorfall erlitten hatte, dem Schädiger nur zugerechnet werden könnten, wenn sich ein gesicherter ursächlicher Zusammenhang zwischen dem Unfall und den späteren Beschwerden des Geschädigten feststellen lasse.[1230] Diese Begründung ist schon im Ansatz falsch.

▶ Hinweis: 776

Ein Verletzter, der bis zum Unfall keine akuten Beschwerden hatte, muss lediglich nachweisen, dass er als Folge des Unfalls unter Beschwerden leidet. Für die Feststellung, dass die in der Folgezeit beklagten Beschwerden auf den Unfall zurückzuführen sind, gilt der Beweismaßstab des § 287 ZPO, nicht § 286 ZPO. Es ist Sache des Schädigers, nachzuweisen, dass die nach dem Unfall beklagten Beschwerden genau jetzt oder zu einem bestimmten späteren Zeitpunkt und genau im selben Umfang auch ohne den Unfall eingetreten wären.

777 Ein Sachverständiger hat auf eine entsprechende Frage des 19. Zivilsenats des OLG Köln geantwortet: »Bin ich ein Prophet?« Genauso ist es. Ein Verletzter, der im Zeitpunkt des Unfalls eine vorgeschädigte Wirbelsäule hatte und der ohne oder mit nur geringen Beschwerden gut leben konnte, kann nicht einsehen, dass die nunmehr eingetretenen massiven Beschwerden nicht dem Unfall, sondern seinem bisherigen (früheren) Gesundheitszustand zuzurechnen sein sollen. Mit Recht.

778 (unbelegt)

779 Allerdings will der BGH[1231] bei der Bemessung des Schmerzensgeldes berücksichtigen, dass die zum Schaden führende Handlung des Schädigers nur eine bereits vorhandene Schadensbereitschaft in der Konstitution des Verletzten ausgelöst hat und die Gesundheitsbeeinträchtigungen Auswirkungen dieser Schadensanfälligkeit sind.[1232] In einem solchen Fall trifft der Unfall zwar keinen gesunden, aber doch einen – im Vergleich zum derzeitigen Zustand – beschwerdefreien Menschen. I. R. d. **schadensausfüllenden Kausalität** ist nach § 287 ZPO die wahrscheinliche Entwicklung maßgebend. **Gelingt es dem Schädiger**, konkrete Anhaltspunkte dafür aufzuzeigen, dass Fehlentwicklungen gleichen Ausmaßes zeitgleich auch ohne den Unfall eingetreten wären, können **Abschläge aufgrund der besonderen Schadensanfälligkeit** gemacht werden.[1233]

▶ Hinweis: 780

Ergeben sich keine konkreten Anhaltspunkte für einen negativen Verlauf, muss der Richter i. R. d. Wahrscheinlichkeitsprognose einen gleichbleibenden Zustand zugrunde legen. Die verbleibende Unsicherheit, die jeder gesundheitlichen Prognose innewohnt, darf sich nicht Schmerzensgeld mindernd auswirken.[1234]

781 (unbelegt)

782 Ein Ausweg aus dieser unerfreulichen Beweissituation ergibt sich für den Schädiger dadurch, dass ein Sachverständiger – ohne ein Prophet zu sein – i. d. R. schon angeben kann, wann – auch ohne den Unfall – spätestens eine Verschlimmerung der Beschwerden eingetreten wäre.

1230 LG Paderborn, Urt. v. 30.09.1997 – 2 O 19/96, ZfS 1998, 376.

1231 BGH, Urt. v. 05.11.1996 – VI ZR 275/95, VersR 1997, 122.

1232 BGH, Urt. v. 16.11.1961 – III ZR 189/60, NJW 1962, 243; BGH, Urt. v. 02.04.1968 – VI ZR 156/66, VersR 1968, 648 (650); BGH, Urt. v. 19.12.1969 – VI ZR 111/68, VersR 1970, 281 (284); BGH, Urt. v. 29.09.1970 – VI ZR 74/69, VersR 1970, 1110 (1111); BGH, Urt. v. 22.09.1981 – VI ZR 144/79, VersR 1981, 1178 (1180); Born, OLGR 2003, K 4.

1233 Born, OLGR 2003, K 4.

1234 Anders jedoch OLG Schleswig, Urt. v. 06.07.2006 – 7 U 148/01, NJW-RR 2007, 171 und OLG Köln, Urt. v. 25.10.2005 – 4 U 19/04, DAR 2006, 325.

Ähnlich wie sich bei schweren Erkrankungen z. B. die Lebensdauer in etwa eingrenzen lässt, ist auch bei feststehender Vorerkrankung der Wirbelsäule i. d. R. absehbar, wann Beschwerden auftreten werden, die dem Beschwerdebild des Verletzten nach dem Unfall entsprechen.

783 Der einmal festgestellte Kausalzusammenhang zwischen dem Unfall und bestimmten Beschwerden entfällt also nicht durch bloßen Zeitablauf. Der Schädiger kann aber ggf. nachweisen, dass ab einem bestimmten Zeitpunkt tatsächlich eine überholende Kausalität eingetreten wäre; alle Unsicherheiten insoweit gehen zulasten des Schädigers.

784 ▶ Praxistipp:

Der Verletzte sollte sich darauf berufen, dass auch ein Sachverständiger nicht sicher sagen könnte, dass dieselben Beschwerden auch ohne den Unfall zeitnah eingetreten wären.

Der Schädiger (Haftpflichtversicherer) sollte geltend machen, dass aufgrund der Vorschäden auch ohne den Unfall das Schadensbild jedenfalls in absehbarer Zeit demjenigen entsprochen hätte, welches nach dem Unfall vorliegt.

785 Aufeinanderfolgende Unfälle bereiten in der Schadensabwicklung oft erhebliche Schwierigkeiten. Nach der Rechtsprechung des BGH[1235] ist dem Schädiger ein weiteres Unfallgeschehen i. R. d. haftungsbegründenden Kausalität dann nicht zuzurechnen, wenn die Ursächlichkeit des ersten Umstandes für das zweite Ereignis bei rechtlicher Wertung nach dem Schutzzweck völlig unerheblich war. Die Grenze der Zurechnung liegt dort, wo das schädigende Verhalten nur noch der äußere Anlass für ein Verhalten des Dritten aus freien Stücken gewesen ist.[1236]

d) *Von der Körperverletzung zur Gesundheitsverletzung*

786 Die Richter, die unbeirrt ein Schmerzensgeld auch dann verweigern, wenn Verkehrsopfer zwar erheblich gelitten haben, was durch Zeugenbeweis feststellbar ist, aber die Differenzgeschwindigkeit über 10 km/h nicht beweisen können, sind bisher noch nicht darauf verfallen, die Klageabweisung damit zu begründen, dass die Verkehrsopfer nicht gelitten hätten bzw. nicht noch leiden würden. Wenn feststeht, dass nur ein geringfügiger – im Test sogar kein – Aufprall stattgefunden hat, fehlt zwingend eine objektiv feststellbare Körperverletzung. Die unzweifelhaft vorhandenen Symptome können deshalb nicht auf einer Körperverletzung beruhen.

787 Die damit begründete Klageabweisung übersieht aber, dass zwar keine **Körper**verletzung, aber eine **Gesundheits**verletzung vorliegen kann, die gerade nicht in einem HWS-Syndrom besteht, sondern in den durch den Verkehrsunfall ausgelösten gleichartigen Beschwerden. Diese können in der Tat nicht auf einer **Verletzung** der HWS beruhen (jedenfalls nicht in den crash-Simulationsfällen). Sie beruhen aber auf dem Verkehrsunfall und es ist nur eine Frage der Beweiswürdigung, ob die Schilderungen des Opfers ggü. dem Arzt, den Angehörigen und/oder Freunden und sein Verhalten i. Ü. ausreichen, die **Beschwerden als bewiesen anzusehen.** Unter eine Gesundheitsverletzung fällt nämlich jedes Hervorrufen oder Steigern eines von den normalen körperlichen Funktionen abweichenden Zustandes, wobei es unerheblich ist, ob Schmerzzustände auftreten oder bereits eine tief greifende Veränderung der Befindlichkeit eingetreten ist.[1237]

1235 BGH, Urt. v. 09.02.1988 – VI ZR 168/87, NJW-RR 1988, 731 = VersR 1988, 640 = NZV 1988, 17; Diederichsen, DAR 2005, 301.

1236 Diederichsen, DAR 2005, 301 (301); vgl. BGH, Urt. v. 10.02.2004 – VI ZR 218/03, VersR 2004, 529 = NJW 2004, 1375.

1237 BGH, Urt. v. 20.12.1952 – II ZR 141/51, BGHZ 8, 243 (245) = NJW 1953, 417 (418); BGH, Urt. v. 04.11.1988 – 1 StR 262/88, NJW 1989, 781; BGH, Urt. v. 12.10.1989 – 4 StR 318/89, NJW 1990, 129 = MDR 1990, 65; vgl. zu dieser Frage auch Dauner-Lieb/Langen/Huber, AK-Schuldrecht, § 253 Rn. 39.

788 Um aber nicht in jedem HWS-Syndrom eine Gesundheitsverletzung zu sehen, versucht der BGH,[1238] die Verantwortlichkeit i. R. d. § 823 Abs. 1 BGB durch eine einschränkende Interpretation einer Haftungsvoraussetzung, nämlich des Begriffs der Gesundheitsverletzung, abzubauen. Es ist nämlich allgemein anerkannt, dass eine Gesundheitsbeeinträchtigung auch in psychischen Schäden bestehen kann. Kommt es also nach einem Auffahrunfall zu Beschwerden, können diese ohne Weiteres eine psychische Ursache haben. Als Gesundheitsschaden werden sie aber von der Rechtsprechung nur anerkannt, wenn ein **Gesundheitsschaden im medizinischen Sinne** vorliegt, d. h., wenn die psychischen Befindlichkeitsstörungen **eigenen Krankheitswert haben und nicht auf einer Bagatellverletzung** beruhen.[1239]

789 Unter diesem Gesichtspunkt bleibt abzuwarten, aus welchem Grund der BGH ausdrücklich erwähnt hat, dass ein HWS-Trauma keine Bagatellverletzung sei. Das war in dem der BGH-Entscheidung zugrunde liegenden Fall an sich klar; möglicherweise wird der BGH den Bagatellcharakter einer Gesundheitsverletzung verneinen, wenn die Symptome einer HWS-Verletzung vorliegen. Dann kann er argumentieren, dass ein Gesundheitsschaden im medizinischen Sinne vorliegt, dass die Befindlichkeitsstörung eigenen Krankheitswert hat und nicht auf einer Bagatellverletzung beruht.

790 Besonders eingehend widmet sich Lemcke[1240] psychogenen HWS-Beschwerden und meint, dass aus juristischer Sicht alles dafür spreche, dass es sich bei HWS-Beschwerden nach geringer biomechanischer Belastung häufig nur um psychische Befindlichkeitsstörungen handele. Dann gehe es um unfallbedingte psychische Primärfolgen, die den Tatbestand der Gesundheitsverletzung erfüllen, also Krankheitswert haben müssten. Selbst wenn sie Krankheitswert hätten, könne die Grenze überschritten sein, von der ab eine Belastung des Schädigers mit den Unfallfolgen unbillig wäre und deshalb nicht mehr vertretbar sei. Während bei demselben Unfall die Psyche des einen Betroffenen in der Lage sei, daran mitzuwirken, dass er ihn schnell und folgenlos verkrafte, könne die Psyche eines anderen Betroffenen hier »aus der Mücke einen Elefanten« machen. Dies rechtfertige es, unfallbedingte psychische Primärfolgen eher dem allgemeinen Lebensrisiko zuzurechnen. Es fehle der haftungsrechtliche Zurechnungszusammenhang, weil sich aus einem Bagatellunfall eine psychische Erkrankung entwickelt habe und Unfallerlebnis und Unfallfolge so sehr außer Verhältnis stünden, dass die psychische Reaktion wegen des groben Missverhältnisses zum Anlass nicht mehr nachvollziehbar sei. Also sei ein Erlebnis von hinreichender Schwere und Intensität erforderlich und Erlebnis und Verletzung müssten in einem inneren und nicht nur äußeren Zusammenhang stehen. Auch ein letztlich harmloses Unfallereignis könne für den Betroffenen ein hochdramatisches Unfallerlebnis gewesen sein.

791 Diese Ausführungen Lemckes sind vor dem Hintergrund der BGH-Entscheidung, die er damit bespricht, nicht nachvollziehbar. Er **unterstellt**, dass einzelne von einem Unfall Betroffene »aus einer Mücke einen Elefanten« machen. In dieser Allgemeinheit kann eine etwaige psychische Fehlverarbeitung nicht abgestraft werden. Unfallneurosen aufgrund psychischer Fehlverarbeitung sind nicht wegzudiskutieren; es ist unzulässig, sie pauschal »als vom Anlass her nicht mehr verständlich« zu bezeichnen.

792 Denn in solchen Fällen bedarf es immer der Prüfung, ob die psychischen Folgeschäden auf einer konstitutiven Schwäche des Verletzten beruhen, weil sich der Schädiger nach ständiger Rechtsprechung nicht darauf berufen kann, dass der Schaden nur deshalb eingetreten ist oder ein besonderes Ausmaß erlangt hat, weil der Verletzte infolge körperlicher Anomalien oder Dispositionen für die aufgetretene Krankheit besonders anfällig gewesen ist. Dies gilt

1238 BGH, Urt. v. 11.05.1971 – VI ZR 78/70, MDR 1971, 919 = JuS 1971, 657.

1239 Staab, VersR 2003, 1216 (1223) m. w. N. aus der Rspr.

1240 Lemcke, r+s 2003, 177 (182).

besonders für psychische Schäden, die aus einer besonderen seelischen Labilität des Geschädigten erwachsen.[1241]

aa) Sonderfall: Psychische Schäden aufgrund von psychischen Störungen und von Neurosen

793 Psychische Unfallfolgen rücken vermehrt in das Blickfeld von Medizin[1242] und Rechtsprechung sowie Literatur.[1243] Schon seit Jahren leiden rund 25 % der erwachsenen Durchschnittsbevölkerung in Deutschland unter Beschwerden, die eine seelische Ursache haben oder psychisch mitbestimmt sind.[1244] Bei den Opfern von Verkehrsunfällen mit schweren Personenschäden soll der Anteil derer, die eine klinisch relevante psychische Störung entwickeln, bei einem Drittel liegen.[1245] Nicht von ungefähr hat der 46. Deutsche Verkehrsgerichtstag 2008 in Goslar psychische Folgeschäden von Verkehrsunfällen in verschiedenen Arbeitskreisen thematisiert.[1246] Die besondere Bedeutung von Verletzungshandlungen auf die Psyche wird in diesen Themen deutlich. Insb. die Beiträge von Born/Rudolf/Becke[1247] und von Mazzotti/Castro[1248] zeigen, dass psychische Schäden nicht mehr bagatellisiert werden dürfen. Der Schädiger hat für seelisch bedingte Folgeschäden einer Verletzungshandlung auch dann einzustehen, wenn sie auf einer psychischen Anfälligkeit des Verletzten, der vorher noch nicht manifest seelisch krank war, oder auf einer sonstigen neurotischen Fehlverarbeitung beruhen.[1249] Es können also psychische Schäden aufgrund von psychischen Störungen und aufgrund von Neurosen eintreten, die dem Schädiger zuzurechnen sind.

794 Auch der Mediziner Michael Huber[1250] beschäftigt sich intensiv mit den posttraumatischen Belastungsstörungen nach Verkehrsunfällen.[1251] Diese posttraumatischen Belastungsstörungen werden von der ICD 10[1252] wie folgt definiert:

Die Betroffenen sind einem kurz oder lang anhaltenden Ereignis oder Geschehen von außergewöhnlicher Bedrohung oder katastrophalem Ausmaß ausgesetzt, das nahezu bei jedem Menschen eine tief greifende Verzweiflung auslösen würde.

795 Diese Definition zeigt, dass die ICD 10 das Trauma überindividuell definiert, sodass kein Spielraum für eine individualisierte Abstufung bleibt, etwa in dem Sinne, dass auch ein Auffahrunfall mit HWS-Schleudertrauma, der subjektiv nur ein heftiges Erschrecken ausgelöst hat, Anlass für die Entwicklung einer posttraumatischen Belastungsstörung geben könnte.[1253]

1241 BGH, Urt. v. 11.11.1997 – VI ZR 146/96, VersR 1988, 200 = NJW 1988, 813 = MDR 1998, 159; KG, Urt. v. 12.06.2003 – 22 U 82/02, KGR 2004, 323.

1242 Vgl. Born/Rudolf/Becke, NZV 2008, 1; Dressing/Foerster, VersMed 2009, 59.

1243 Halm/Staab, DAR 2009, 677, plädieren bspw. für eine noch restriktivere Zurechnung psychischer Störungen und zeigen verschiedene rechtliche Möglichkeiten dafür auf.

1244 Born/Rudolf/Becke, NZV 2008, 1 (2).

1245 Clemens/Hack/Schottmann/Schwab, DAR 2008, 9 (9).

1246 Vgl. dazu die Abhandlungen in NZV 2008, 1.

1247 Born/Rudolf/Becke, NZV 2008, 1.

1248 Mazotti/Castro, NZV 2008, 16.

1249 BGH, Urt. v. 30.04.1996 – VI ZR 55/95, VersR 1996, 990 = NZV 1996, 353 = NJW 1996, 2426.

1250 M. Huber, SVR 2008, 1.

1251 Clemens/Hack/Schottmann/Schwab, DAR 2008, 9.

1252 Weltgesundheitsorganisation (WHO): Internationale Klassifikation psychischer Störungen. ICD-10; Internationale Klassifikation der Krankheiten 10. Revision. Ab dem 01.01.2008 ist zur Verschlüsselung von Diagnosen in der ambulanten und stationären Versorgung die ICD-10-GM Version 2008 anzuwenden.

1253 M. Huber, SVR 2008, 1 (2).

Huber zeigt prädikative Faktoren auf, aus denen sich das Risiko einer posttraumatischen Belastungsstörung ableiten lässt. Zu diesen Faktoren gehören aus der Zeit nach einem Unfall u. a. die mangelnde soziale oder therapeutische Unterstützung und die Erwartung schwerer körperlicher oder materieller Dauerfolgen. Daraus leitet Huber die Notwendigkeit ab, i. R. d. Erstversorgung eines Unfallopfers frühzeitig ein qualitativ überzeugendes medizinisch-psychologisches Assessment anzubieten, das helfe, eine Risikoeinschätzung vorzunehmen.

796 Wenn Huber die Auffassung vertritt, dass nach der Definition ICD 10 ein HWS-Schleudertrauma keine posttraumatische Belastungsstörung hervorrufen kann, mag dies zutreffend sein. Bei einer Kollision wird ein Fahrzeuginsasse durch die auf ihn übertragenen mechanischen Kräfte in unterschiedlicher Intensität körperlich irritiert. Das reicht von unbedenklichen, vom Körper tolerierten passiven Bewegungsabläufen bis zu schweren Verletzungen. Der Fahrzeuginsasse reagiert primär seelisch, dann auch körperlich-vegetativ. Grds. erlebt der Insasse sich ungewollt und plötzlich in einer Gefahrensituation, deren Ausmaß er nicht sofort erkennen kann. Seelische unmittelbare Reaktion und ggf. körperliche Traumatisierung führen zu einer Mischung aus psychischen (subjektiven), nicht konkret messbaren und objektiven, d. h. medizinisch und technisch messbaren akuten Traumafolgen. Die meisten Menschen überstehen derartige körperliche und seelische Traumatisierungen ohne seelische Folgeschäden. Es gibt aber auch eine Gruppe von Personen, die ein Unfallgeschehen in nicht adäquater Weise verarbeitet, sodass es zu einem Persistieren der akuten seelischen Unfallfolgen und zur Entwicklung psychiatrischer Krankheitsbilder kommt. Am häufigsten sind sog. somatoforme Störungen (ICD-10: F45) zu beobachten, deren Entstehungsfaktoren komplexer Natur sind.[1254] Dabei soll feststehen, dass die Schmerzwahrnehmung in jedem Fall stark durch psychosoziale Faktoren moderiert wird und dass unverarbeitete traumatische Unfallerfahrungen, eine depressive Stimmungslage, aber auch das Gefühl der Nichtanerkennung des Leidens durch andere die Schmerzintensität verstärken.[1255]

797 Gleichgültig, wie das HWS-Schleudertrauma nach ICD 10 einzuordnen ist, ist die zutreffende Einschätzung und Bewertung des psychischen Folgeschadens, d. h. der akuten seelischen Reaktion und der weiteren (Fehl-) Verarbeitung des Unfallereignisses von erheblicher Bedeutung und zwar nicht nur für den Verletzten, sondern auch für die Gegenseite, den Haftpflichtversicherer, auf den angesichts des deutlich erweiterten Haftungsumfangs durch die BGH-Rechtsprechung erhebliche zusätzliche Belastungen zukommen können. Deshalb ist es für beide Seiten vorteilhaft, wenn frühzeitig »Kurskorrekturen« in Bezug auf psychische Fehlentwicklungen durch baldige therapeutische Intervention vorgenommen werden.[1256]

798 Auch in der Rechtsprechung spielt die Haftung des Schädigers für posttraumatische Belastungsstörungen in jüngster Zeit eine bedeutsame Rolle, ohne dass diese Störung i. S. d. ICD 10 definiert wird. Der BGH[1257] hat sich mit dem Schaden der Kläger nicht näher befassen müssen, weil er die Haftung des Unfallverursachers für posttraumatische Belastungsstörungen von zwei Polizeibeamten verneint hat, die – ohne selbst in den Unfall verwickelt gewesen zu sein – gleichsam nur zufällig Zeugen eines Verkehrsunfalls waren.

Bedauerlicherweise geht der BGH in dieser Entscheidung nicht näher darauf ein, wieso nahen Angehörigen, die nicht einmal »zufällige Zeugen« eines tödlichen Verkehrsunfalls waren, dennoch als »Dritten« ein Schmerzensgeldanspruch wegen eines Schockschadens zustehen kann.

1254 Born/Rudolf/Becke, NZV 2008, 1 (5) m. w. N.

1255 Clemens/Hack/Schottmann/Schwab, DAR 2008, 9 (12).

1256 Born/Rudolf/Becke, NZV 2008, 1 (3); Clemens/Hack/Schottmann/Schwab, DAR 2008, 9 (12).

1257 BGH, Urt. v. 22.05.2007 – VI ZR 17/06, NJW 2007, 2764 = VersR 2007, 1093.

799 Zwischenergebnis:

Gibt ein Unfallbeteiligter also Beschwerden i. S. e. HWS-Schleudertraumas an, die nicht durch einen organischen Schaden zu erklären (zu beweisen) sind, bleiben zwei Möglichkeiten:

Der Unfallbeteiligte leidet infolge seelischer Störungen oder aber er täuscht die Beschwerden nur vor, er simuliert. Letzteres vermuten (widerleglich) einige Richter,[1258] insb. Lemcke. Die psychische Fehlverarbeitung muss dagegen stets als real angesehen werden. Das Gericht muss alle Möglichkeiten zur Klärung ausschöpfen und darf einem Kläger nicht ohne Weiteres Simulation unterstellen.

(1) Simulation und Aktualneurose

800 Von einer unfallbedingten Neurose zu unterscheiden ist die Simulation, das ist die dem Verletzten bewusste und von ihm beabsichtigte Vortäuschung nicht vorhandener Symptome. Bei einer Unfallneurose (auch Aktualneurose genannt) stellt der Verletzte die Folgen des Unfalls und seines Schadens zwar anders (größer) dar, als es der Wirklichkeit entspricht, aber nicht in betrügerischer Absicht, sondern weil er selbst daran glaubt. Es kann auch eine Konversionsneurose vorliegen, für die der Schädiger ebenfalls ersatzpflichtig sein kann.

(2) Psychische Störungen – Fehlverarbeitung

801 Nicht selten stellen medizinische Sachverständige fest, dass das Unfallopfer zur psychischen Fehlverarbeitung des Unfallgeschehens geneigt hat und dass die Krankheitssymptome auf diese Fehlverarbeitung zurückzuführen sind. So in einem Fall, in dem das Fahrzeug einer Frau durch ein Polizeifahrzeug beschädigt wurde. Die Klägerin erlitt jedenfalls eine Ellenbogenprellung (Primärschaden). Dieses Geschehen löste bei der Klägerin eine psychische Störung oder es vertiefte eine bereits vorhandene psychische Störung nachhaltig mit der Folge, dass sie für den Zeitraum von etwa einem Jahr unfallbedingte Verspannungen unterhalb der HWS mit starken Kopfschmerzen, sporadisch auftretendem Schwindel, Nackenschmerzen und Schmerzen im Brustkorbbereich erlitten hat.

802 Das KG[1259] hat den Beweis als geführt angesehen. Es hat ferner eine Renten- oder Begehrensneurose verneint. Es hat das Unfallereignis nicht als Bagatelle gewertet und eine unverhältnismäßige Reaktion der Klägerin verneint. Damit stand die Reaktion der Klägerin nicht in grobem Missverhältnis zum Anlass.

Der Umstand, dass eine bereits vorhandene psychische Störung deutlich vertieft wurde, sei für die Ursächlichkeit des Unfalls für die psychischen Beschwerden als Primärverletzung unerheblich. Ein Sachverständigengutachten habe der Klägerin ein phobisches Syndrom mit Panikattacken und kognitiven Störungen bescheinigt und habe die von der Klägerin beklagten Schmerzen bestätigt.

(3) Konversionsneurose

803 Adäquate Folge einer Körperverletzung kann auch eine durch einen Unfall hervorgerufene **Konversionsneurose**[1260] sein, die auf unbewussten Wunsch- oder Zweckvorstellungen des Verletzten beruht. Der Geschädigte nimmt den Unfall in dem neurotischen Bestreben nach Versorgung und Sicherheit lediglich zum Anlass, den Schwierigkeiten und Belastungen des

1258 AG Berlin-Mitte, Urt. v. 09.11.1998 – 103 C 266/98, SP 2000, 49.

1259 KG, Urt. v. 16.10.2003 – 12 U 58/01, VersR 2004, 1193 = KGR 2004, 159; KG, Urt. v. 15.03.2004 – 12 U 103/01, VersR 2005, 372 = KGR 2004, 403 (406); KG, Urt. v. 09.09.2004 – 12 U 326/01, KGR 2005, 270.

1260 Vgl. auch unten Rdn. 878 ff.

Erwerbslebens auszuweichen.[1261] In solchen Fällen kann ein Schmerzensgeld verneint werden, wenn die seelische Störung erst durch eine Begehrensvorstellung ihr Gepräge erhält, weil ein Unfall nur zum Anlass genommen wird, z. B. den Schwierigkeiten des Arbeitslebens auszuweichen. Solche Fälle von Renten- oder Begehrensneurosen sind in der höchstrichterlichen Rechtsprechung des BGH[1262] seit Langem (1979) nicht mehr vorgekommen, dagegen mehren sich in der Rechtsprechung des BGH die Fälle der Konversionsneurose, die eine Entschädigung auslöst.[1263]

Nunmehr hat der BGH[1264] seine frühere Rechtsprechung zur Begehrensneurose wieder aufgegriffen und ausgeführt:

Für die Verneinung des Zurechnungszusammenhangs zwischen unfallbedingten Verletzungen und Folgeschäden wegen einer Begehrensneurose ist es erforderlich, aber auch ausreichend, dass die Beschwerden entscheidend durch eine neurotische Begehrenshaltung geprägt sind.

804 Da die Sachverständigen oft nicht über die von der Rechtsprechung herausgearbeiteten Differenzierungen informiert sind, ja sogar Fragen der Kausalität danach beurteilen, ob sich eine Vorschädigung **richtungsweisend**[1265] verschlimmert hat, müssen sie durch richtiges Befragen zu brauchbaren Antworten gebracht werden, etwa durch die Frage, ob der Verletzte bei gutem Willen die Beschwerden unterdrücken oder überwinden könnte oder ob es bei einem beliebigen anderen Ereignis ebenfalls (wann?) zur Konversion gekommen wäre.

805 Der BGH[1266] hat mit Nachdruck darauf hingewiesen, dass i. R. d. haftungsausfüllenden Kausalität nicht die Feststellung einer »richtungsweisenden Veränderung« gefordert werden kann, sondern dass eine bloße Mitverursachung ausreicht, um einen Ursachenzusammenhang zu bejahen. Wird deshalb in Gutachten oder Urteilen einer der Begriffe »richtungsweisende Veränderung« oder »richtungsweisend verstärkt« verwendet, ist dies ein krasser Fehler und die das Urteil aufhebende Entscheidung des BGH ist vorprogrammiert.

1261 Böhme/Biela, Kap. 1 Rn. 17.

1262 Anders die OLG: Das OLG Düsseldorf, Urt. v. 08.01.2001 – 1 U 87/99, SP 2001, 412, hat zwar eine Rentenneurose erwogen, aber letztlich verneint; ebenso OLG Köln, Urt. v. 26.07.2001 – 7 U 188/99, SP 2001, 343 (345). Das OLG Stuttgart, Urt. v. 20.07.1999 – 12 U 231/98, SP 2001, 198, hatte den Fall zu entscheiden, dass der Geschädigte, der psychisch vorgeschädigt war (ängstlicher, depressiver Hypochonder) nach einem HWS-Syndrom 2. Grades einen psychischen Folgeschaden erlitt, infolgedessen er arbeitsunfähig wurde. Es bejahte die Kausalität des Unfalls, lehnte aber eine Haftung ab, da eine Rentenneurose vorliege, der Geschädigte den Unfall daher nur zum Vorwand nehme, sich und seine Familie zu versorgen und zu sichern.

1263 BGH, Urt. v. 08.05.1979 – VI ZR 58/78, VersR 1979, 718 (719); OLG Schleswig, Urt. v. 19.12.2002 – 7 U 163/01, OLGR 2003, 155; Müller, VersR 1998, 129 (133); s. a. hierzu Rdn. 878 ff.; zur Renten- und Begehrensneurose vgl. BGH, Urt. v. 10.07.2012 – VI ZR 127/11, VersR 2012, 1183 und oben Rdn. 556.

1264 BGH, Urt. vom 10.07.2012 – VI ZR 127/11, VersR 2012, 1133 = NJW 2012, 2964 = DAR 2013, 137.

1265 Die Verwendung dieses Begriffs in Sachverständigengutachten beanstandet der 12. Zivilsenat des KG, Urt. v. 12.05.2005 – 12 U 187/04, NZV 2005, 469 (470) nicht, verwendet ihn sogar zur Begründung seiner klageabweisenden Entscheidung. Eine »richtungsgebende« Verstärkung wird für die Kausalität nicht gefordert. Der Begriff stammt aus dem Sozialrecht, vgl. Diederichsen, DAR 2006, 301.

1266 BGH, Urt. v. 19.04.2005 – VI ZR 175/04, NZV 2005, 461.

(4) Borderline-Störung

806 Eine **Borderline-Störung** kann jedoch im Einzelfall dazu führen, die Kausalität einer HWS-Verletzung für psychisch bedingte Folgeschäden zu verneinen.[1267] Der psychiatrische Sachverständige hatte bei dem 25 Jahre alten Kläger, einem seit 7 Monaten arbeitslosen Instandhaltungsmechaniker, der bei einem Verkehrsunfall eine leichte bis mittlere Distorsion der HWS erlitten hatte, eine Borderline-Störung festgestellt. Bei einer Borderline-Persönlichkeit sei ein von der Norm abweichendes Erlebens- und Verhaltensmuster vorhanden, das im Laufe des Lebens zwangsläufig weitere Beeinträchtigungen/Erkrankungen nach sich ziehe. Bei einer Borderline-Persönlichkeit könne ein Verkehrsunfall als Auslöser für eine psychische Erkrankung zufälligen Charakter haben. Ein beliebiges anderes Ereignis, welches mit einer zeitweisen Beeinträchtigung der körperlichen Funktionen verbunden sei und welches zum normalen Lebensrisiko gehöre, hätte eben diese Folgen auch auslösen können.

807 All dies mag richtig sein, es fragt sich aber, ob eine zeitweise Beeinträchtigung der körperlichen Funktionen in der heutigen Zeit wirklich zum allgemeinen Lebensrisiko gehört.

808 Diese Argumentation ist vergleichbar mit der des OLG Schleswig[1268] zur Anspruchskürzung und 50 % bei Prädisposition zur Fehlverarbeitung des Unfallgeschehens. Auch bei der Borderline-Störung muss gefragt werden, ob der Verletzte mit (welcher?) Sicherheit irgendwann (wann genau?) eine vergleichbare zeitweise Beeinträchtigung der körperlichen Funktionen erlitten hätte. Ein solider Sachverständiger wird eine entsprechende Frage mit der Gegenfrage beantworten: »Bin ich ein Prophet?«

809 Auch hier gilt: Niemand kann vorhersagen, wann ein Unfallopfer eine vergleichbare zeitweise Beeinträchtigung der körperlichen Funktionen in Zukunft erleiden wird. Eine solche zeitweise Beeinträchtigung der körperlichen Funktionen widerfährt nicht jedem Menschen. Es kann sein, dass man »unfallfrei« durchs Leben geht, dass vergleichbare Folgen nicht ausgelöst werden.

bb) Zusammenfassung

810 Der Anwalt des Verletzten muss möglichst schon in der Klageschrift substanziiert und unter Beweisantritt zur Gesundheitsverletzung vortragen. Dennoch wollen sich aber einige Richter der Frage nicht stellen, ob die vom Unfallopfer beklagten Beschwerden nicht doch eine unfallbedingte Gesundheitsverletzung darstellen. Sie reichen – natürlich ohne rechtzeitigen Hinweis – die Verantwortung an das Verkehrsopfer zurück und werfen ihm und seinem Anwalt vor, es sei nicht hinreichend vorgetragen, um die gem. § 286 ZPO notwendige Überzeugung zu gewinnen.[1269]

811 ▶ **Hinweis:**

Jedenfalls derzeit ist noch größte Zurückhaltung geboten, das HWS-Schleudertrauma oder die HWS-Schleudertrauma-ähnlichen Beschwerden von den angeblich nicht vorhandenen

1267 KG, Urt. v. 12.06.2003 – 22 U 82/02, KGR 2004, 323.

1268 Vgl. OLG Schleswig, Urt. v. 02.06.2005 – 7 U 124/01, OLGR 2006, 5; OLG Schleswig, Urt. v. 06.07.2006 – 7 U 148/01, NJW-RR 2007, 171 = NZV 2007, 203.

1269 Das gilt nicht für eine Entscheidung des LG Augsburg, Urt. v. 12.06.2002 – 7 S 280/02, VersR 2003, 876, das den Kläger vergeblich aufgefordert hatte, den behandelnden Arzt zu benennen und zu erläutern, wie er trotz der beklagten Beschwerden in der Lage war, sein Kfz zu reparieren. Allerdings verbleibt es für die Feststellung einer Primärverletzung stets beim Maßstab des § 286 ZPO; allein der Umstand, dass die haftungsbegründende Kausalität nicht nachgewiesen werden kann, rechtfertigt nicht die Anwendung des § 287 ZPO auf diese Frage, so ausdrücklich BGH, Urt. v. 04.11.2003 – VI ZR 28/03, NJW 2004, 777.

physischen Verletzungsformen in den Bereich der psychischen Verletzungsformen zu verlagern.[1270]

812 Die Gerichte bewegen sich auf sehr dünnem Eis, wenn sie in HWS-Fällen die Frage beantworten, wann eine psychisch vermittelte Reaktion auf einen Bagatellunfall in grobem Missverhältnis zum Anlass steht und schlechterdings nicht mehr verständlich ist. Zu welchen Konstruktionen dies führen kann, zeigt eine Entscheidung des OLG Hamm,[1271] in der eine psychische Fehlverarbeitung in der Zeit von 1992 – 2001 als Unfallfolge anerkannt wird, weil sie noch nicht außer Verhältnis zum Unfallereignis als Anlass steht. Weil bei dem Verletzten nach einer relativ kurzen Zeit der Beschwerdefreiheit erneut Beschwerden auftraten, sollen aber diese neuen Beschwerden schlechterdings nicht mehr verständlich sein.

813 Im Gegensatz zur Auffassung von **Lemcke**[1272] ist es für den Richter schon »bequemer«, eine **Klageabweisung mit der Harmlosigkeitsgrenze zu begründen**, als in eine oft umfangreiche Beweisaufnahme durch Anhörung des Verletzten, seiner Angehörigen und Freunde und des behandelnden Arztes einzutreten. Die Annahme, dass diese Richter (wohl im Gegensatz zu denen, die nicht mit der Harmlosigkeitsgrenze arbeiten) sich mehr Gedanken zur HWS-Problematik gemacht hätten, beruht – wie so vieles in seinem Beitrag – **auf Unterstellungen.**

e) Ersatzfähigkeit von Schadensermittlungskosten

814 Es ist im Schadensersatzrecht allgemein anerkannt, dass auch Schadensermittlungskosten dem Schädiger zur Last fallen. Fest steht, dass es einen Auffahrunfall gegeben hat. Wenn der Verletzte aufgrund der Symptomatik eines HWS-Schleudertraumas einen Arzt aufsucht, stellt dies eine sachgerechte Reaktion dar. Der materiell Geschädigte darf (von Ausnahmefällen abgesehen) z. B. auch einen Sachverständigen einschalten, um feststellen zu lassen, ob an seinem Fahrzeug verborgene Schäden entstanden sind.[1273] Ähnlich ist es im Baurecht, wenn es um die Feststellung von Baumängeln geht. Hat der Verletzte aber Schmerzen, hat er eine Gesundheitsverletzung erlitten. Dann kann es nicht vom Nachweis des HWS-Schleudertraumas abhängen, ob er ärztliche Behandlungskosten ersetzt verlangen kann.

815 Zuzugeben ist, dass eine Anspruchsgrundlage nicht ohne Weiteres ersichtlich ist. Zunächst kann angenommen werden, dass niemand einen Arzt aufsucht, ohne Beschwerden zu haben. Geht aber ein Unfallbeteiligter zum Arzt und klagt über HWS-Beschwerden, hat er in Form der Beschwerden auch einen Gesundheitsschaden erlitten und zwar auch dann, wenn sich ein HWS-Schleudertrauma letztlich nicht feststellen lässt. Diese Beschwerden in Form von HWS-Symptomen reichen für die Annahme einer Gesundheitsverletzung aus, mag diese dann letztlich als so gering angesehen werden, dass sie (als Bagatelle) für ein Schmerzensgeld nicht ausreicht. Die Beschwerden medizinisch ungeprüft zu lassen, kann der Schädiger nicht verlangen, zumal er dem Unfallgegner ein Mitverschulden vorwerfen würde, wenn sich später durch Nichtbehandlung der Gesundheitsschaden verschlimmern würde.

816 Daraus folgt: Geht ein Unfallbeteiligter, der Beschwerden hat, zum Arzt, haftet der Schädiger für die Behandlungskosten und natürlich auch für den Verdienstausfall, den der Arbeitgeber aus übergegangenem Recht geltend macht.

817 Lemcke[1274] will diese Fälle dem allgemeinen Lebensrisiko zurechnen. Der haftungsrechtliche Zurechnungszusammenhang fehle, weil sich aus einem Bagatellunfall eine psychische

1270 Eingehend dazu Wessels/Castro, VersR 2000, 284.

1271 OLG Hamm, Urt. v. 25.02.2003 – 27 U 211/01, OLGR 2003, 213.

1272 Lemcke, r+s 2003, 177 (185).

1273 Geigel/Knerr, Kap. 3 Rn. 118; LG Berlin, Urt. v. 11.03.2004 – 59 S 512/03, SP 2004, 244.

1274 Lemcke, r+s 2003, 177 (185).

Erkrankung entwickele und Unfallerlebnis und Unfallfolge so sehr außer Verhältnis stünden, dass die psychische Reaktion wegen des groben Missverhältnisses zum Anlass nicht mehr nachvollziehbar sei.[1275] Er geht sogar soweit, dass er den erstbehandelnden Ärzten einen Behandlungsfehler vorwirft, der einen therapiebedingten Primärschaden zur Folge habe. Diesen Schaden sieht er darin, dass sich ein nach einem Unfall im juristischen Sinne nicht verletzter Betroffener in ärztliche Behandlung begibt und jetzt durch Falschbehandlung (z. B. durch Verordnung einer Schanz'schen Krawatte) einen Schaden erleidet; dann fehle der haftungsrechtliche Zurechnungszusammenhang, weil Unfall und Körperschaden nur in einem äußeren, nicht inneren Zusammenhang stünden.[1276] Dass die Verordnung einer Schanz?schen Krawatte einen Behandlungsfehler darstellt, ist die Auffassung eines Juristen, nicht eines Mediziners. In der Medizin wird diese Behandlungsmethode immer noch als die Behandlung der Wahl angesehen. Jedoch hat Lemcke nicht Unrecht, wenn er den Stimmen folgt, die von Schonung und Ruhigstellung der HWS abraten und stattdessen dazu raten, sich normal zu bewegen; nach einigen Tagen würden dann die Beschwerden verschwinden.[1277]

f) Ersatz von Kosten der Heilbehandlung und Verdienstausfall

818 Ein Anspruch auf Ersatz von Behandlungskosten und/oder Verdienstausfall setzt eine Anspruchsgrundlage voraus. Wird eine Körper- und Gesundheitsverletzung verneint, fehlt – so scheint es – eine Anspruchsgrundlage. Dennoch muss überlegt werden, ob ein Unfallopfer mit Nacken- und/oder Kopfschmerzen und/oder Bewegungsbeeinträchtigungen nicht auch dann zulasten des Schädigers einen Arzt aufsuchen darf, wenn sich herausstellt, dass ein HWS-Schleudertrauma letztlich zu verneinen ist.

819 Der Umstand, dass eine vom Schädiger adäquat verursachte **Gesundheitsverletzung** auch dann vorliegen kann, wenn den Beschwerden kein eigener Krankheitswert i. S. d. Rechtsprechung zukommt, folgt auch daraus, dass dem Verletzten i. d. R. jedenfalls Verdienstausfall und die Kosten der ärztlichen Heilbehandlung erstattet werden, auch dann, wenn er den Nachweis eines HWS-Schleudertraumas letztlich nicht führen kann.

820 Das LG Verden[1278] führt dazu aus, dass es für die Annahme des ursächlichen Zusammenhangs zwischen dem Unfallereignis und dem Verdienstausfall ausreiche, dass der Arztbesuch durch den Unfall veranlasst worden sei und dass die Krankschreibung durch den Arzt adäquat kausal für den Verdienstausfall geworden sei. Dazu brauche der volle Beweis für das behauptete HWS-Schleudertrauma nicht geführt werden. Der Anspruch entfalle nicht deshalb, weil sich nach Beweisaufnahme im Rechtsstreit ergeben habe, dass der Verletzte die behaupteten und zunächst als unfallbedingt diagnostizierten Beschwerden nicht wegen des Unfalls erlitten habe. Es stelle eine sachgerechte Reaktion und damit einen adäquat kausalen Schaden dar, dass er aufgrund von Beschwerden infolge des Unfalls ärztlichen Rat gesucht habe.[1279] Das AG Brandenburg[1280] meint: Wenn nach einem Verkehrsunfall das Unfallopfer Schmerzen,

---

1275 Eingehend dazu auch Born, OLGR 2003, K 4.

1276 Dieser Auffassung hat das AG Idar-Oberstein, Urt. v. 08.07.2004 – 3 C 155/01, SP 2005, 121, eine Absage erteilt. Es hat unterstellt, dass der Heilungsverlauf durch das Tragen einer Schanz'schen Krawatte negativ beeinflusst wurde, hat aber die falsche Therapie dem Beklagten als Ersatzpflichtigem zugerechnet und die dadurch verursachten zusätzlichen Schmerzen in ein Gesamt-Schmerzensgeld von 2.000,00 € einfließen lassen.

1277 Lenzen-Schulte, FAZ v. 27.12.2001, Schleichender Abschied von der Halskrause.

1278 LG Verden, Urt. v. 29.10.2003 – 2 S 222/03, ZfS 2004, 207 (208). Auch das KG, Urt. v. 27.02.2003 – 12 U 8408/00, KGR 2003, 156 = NZV 2003, 281 hat den Anspruch auf Kostenerstattung für Attest- und Fahrtkosten für ärztlich verordnete Behandlungen bejaht.

1279 KG, Urt. v. 27.02.2003 – 12 U 8408/00, KGR 2003, 156 = NZV 2003, 281.

1280 AG Brandenburg, Urt. v. 27.08.2010 – 34 C 28/08, NZV 2011, 91.

Unwohlsein empfindet, daraufhin sofort ärztlich untersucht wird und für die Befunderhebung und Diagnose durch den Arzt berechtigterweise zur medizinischen Abklärung und zum Ausschluss möglicher Verletzungsfolgen stationär für zwei Nächte in ein Klinikum untergebracht wird, sind die hierfür entstandenen Kosten dann auch durch den Unfallgegner und seine Haftpflichtversicherung zu ersetzen, selbst wenn sich dann herausstellt, dass das Unfallopfer tatsächlich keine (wesentlichen) Verletzungen durch den Unfall erlitten hat. Ähnlich das KG,[1281] das die Kosten für Fahrten zu Ärzten und für Massagebehandlungen aufgrund (unzutreffender) ärztlicher Diagnosen für erstattungsfähig hält, auch wenn der Beweis für eine HWS-Verletzung nicht geführt werden kann.

821 Dagegen meint das AG Dresden,[1282] Schadensersatzansprüche wegen Aufwendungen für Medikamente, Physiotherapie und Krankentransport wären nicht erstattungsfähig. Denn wenn die geklagten Beschwerden nicht auf den Unfall zurückgeführt werden könnten, könne auch nicht davon ausgegangen werden, dass die Aufwendungen zur Beseitigung der Beschwerden unfallkausal sein könnten. Ähnlich das OLG Hamm:[1283] Kein Ersatz von Behandlungskosten bei nicht bewiesener HWS-Verletzung.

822 In diesem Sinne haben zwei weitere AG geurteilt, die über Ansprüche von Berufsgenossenschaften aus übergegangenem Recht zu entscheiden hatten.[1284] In beiden Fällen musste die Berufsgenossenschaft nachweisen, dass ihr Mitglied ein HWS-Schleudertrauma erlitten hatte, das die Heilbehandlungskosten ausgelöst hatte. Beide Gerichte sahen den Nachweis nicht als geführt, weil die Differenzgeschwindigkeit jeweils 8 – 9 km/h, bzw. 5 – 6 km/h betragen hatte. Beide Gerichte argumentierten damit, dass in jüngerer Zeit Versuchsreihen stattgefunden hätten, in denen festgestellt worden sei, dass die Wahrscheinlichkeit des Eintritts einer HWS-Distorsion bis zu einer Geschwindigkeitsänderung von 10 km/h statistisch als sehr gering einzustufen sei. Der jeweilige Kläger wurde deshalb bei der non-liquet-Situation als beweisfällig angesehen. Das AG Annaberg hielt eine Vernehmung der behandelnden Ärzte für nicht erforderlich, weil die klagende Berufsgenossenschaft nicht vorgetragen hatte, dass diese Ärzte den Unfall selbst beobachtet hätten (?!).

823 Beide Entscheidungen sind zumindest unzutreffend begründet. Die Mitglieder der Berufsgenossenschaft hatten sich nach einem Verkehrsunfall in ärztliche Behandlung begeben, weil sie Beschwerden hatten. Solche Beschwerden sind eine Gesundheitsverletzung i. S. d. § 823 Abs. 1 BGB und verpflichten den Verursacher zum Schadensersatz. Ob die Beschwerden auf ein HWS-Schleudertrauma zurückzuführen waren oder ob sie milderer Natur waren, spielt keine Rolle, sie waren Anlass für die ärztliche Behandlung, die damit kausal auf dem Unfall beruhte. Der den Verletzten zustehende Schadensersatzanspruch, der kraft Gesetzes auf die Berufsgenossenschaften übergegangen war, wurde deshalb zu Recht geltend gemacht.

824 (unbelegt)

2. Baldiger Tod

a) Kein Schmerzensgeld für Tod

825 Bei einem Unfall kann der Tod sehr schnell oder gar »sofort« eintreten. Wird bspw. die Verbindung des Gehirns zum Körper getrennt oder reißen die Gefäße zum Herzen, tritt der Tod »sofort« ein, die Hirnströme erlöschen alsbald.

1281 KG, Urt. v. 27.02.2003 – 1 U 8408/00, NZV 2003, 281.

1282 AG Dresden, Urt. v. 14.11.2003 – 112 C 5359/02, SP 2004, 122.

1283 OLG Hamm, Urt. v. 23.06.2003 – 6 U 99/02, r + s 2003, 434.

1284 AG Annaberg, Urt. v. 12.06.2002 – 4 C 281/00, SP 2005, 377; AG Köln, Urt. v. 27.12.2002 – 261 C 393/01, SP 2005, 377.

826 Für den Tod und für die Verkürzung des Lebens sieht das Gesetz kein Schmerzensgeld und keine Entschädigung vor.[1285] Die Bestimmungen des § 847 BGB a. F. und des § 253 Abs. 2 BGB nennen das Leben als Rechtsgut nicht, sodass der Eintritt des Todes keinen Schmerzensgeldanspruch begründet.[1286] Aus diesem Grund wird auch den Angehörigen für den Verlust des Getöteten kein Schmerzensgeld gewährt. Die Rechtsprechung lehnt die Anerkennung eines Schmerzensgeldanspruchs des hinterbliebenen Angehörigen aus eigenem Recht grds. ab. Ein solcher Anspruch wird nur gewährt, wenn es zu gewichtigen psycho-pathologischen Ausfällen von einiger Dauer kommt, die die Beeinträchtigungen durch das normale Trauererlebnis erheblich übersteigen.[1287]

827 Zwar wollte der Gesetzgeber mit dem 2. Gesetz zur Änderung schadensersatzrechtlicher Vorschriften, das am 01.08.2002 in Kraft getreten ist, das Deutsche Recht dem in Europa üblichen Standard annähern, was auch weitgehend gelungen ist. Die Aufgabe einer angemessenen schadensrechtlichen Erfassung des menschlichen Todes und des dadurch bei Angehörigen verursachten Leids bleibt hingegen auf der Tagesordnung.[1288]

b) Schmerzensgeld bei tödlichen Verletzungen

828 Anders ist die Rechtslage, wenn der Verletzte noch eine gewisse – wenn auch nur kurze – Zeit gelebt hat[1289]. Die Todesangst und/oder die Erkenntnis einer deutlich verkürzten Lebenserwartung können einen Schmerzensgeldanspruch begründen oder deutlich erhöhen.[1290] Insofern ist mit den Rechtsgütern Körper und Gesundheit auch das durch beide repräsentierte Leben mittelbar geschützt.[1291]

829 Durch Gesetz v. 14.03.1990 – in Kraft seit dem 01.07.1990 – wurde die Regelung des § 847 Abs. 1 Satz 2 BGB gestrichen. Nach dieser Bestimmung ging der Schmerzensgeldanspruch nur dann auf die Erben des Verletzten über, wenn er rechtshängig gemacht oder durch Vertrag anerkannt worden war.

830 Unberührt von der Gesetzesänderung ist dagegen die Kernaussage des § 847 BGB a. F., wonach Schmerzensgeld für Körperverletzung und Gesundheitsbeschädigung zu leisten ist, nicht aber für Tod, weil der Verletzte die durch den Tod bewirkte Zerstörung der Persönlichkeit entschädigungslos hinzunehmen hat. Verletzungsfolge bei Tod des Verletzten ist nicht die Zerstörung der Persönlichkeit als Durchgangsstadium bis zum Tod, sondern der Tod.[1292]

831 Schon in der Vergangenheit wurde beim Eintritt des Todes innerhalb eines Monats nach einem Unfall ein Schmerzensgeld zwischen 400,00 € und 2.500,00 € gewährt.[1293]

1285 BGH, Urt. v. 12.05.1998 – VI ZR 182/97, MDR 1998, 1029 (m. Anm. Jaeger) = NZV 1998, 370 = VersR 1998, 1034 = r+s 1998, 332; s. o. Rdn. 463 ff.

1286 OLG München, Urt. v. 11.05.2000 – 1 U 1564/00, OLGR 2000, 352; OLG Karlsruhe, Urt. v. 25.01.2000 – U 5/99 BSch, VersR 2001, 1123; Deutsch/Ahrens, Rn. 483. Krit. dazu Wagner, JZ 2004, 319 (325), der anmerkt, dass die Tötung in Deutschland gleichsam zum haftungsrechtlichen »Nulltarif« erfolgt, wenn keine unterhaltsberechtigten Angehörigen zurückbleiben und wenn man von den vergleichsweise trivialen Beerdigungskosten absieht.

1287 Klinger, NZV 2005, 290 (290); vgl. ausführlich Rdn. 903 ff.

1288 Wagner, JZ 2004, 319 (331).

1289 Eingehend dazu Wagner, JZ 2004, 319 (325).

1290 Huber, NZV 1998, 345 (353).

1291 Deutsch/Ahrens, Rn. 483.

1292 Vgl. oben Rdn. 463 ff.

1293 Lieberwirth, S. 73; Henke, S. 17.

Die **Zahl der veröffentlichten Entscheidungen**, die sich mit der Zuerkennung von Schmerzensgeld bei tödlichen Verletzungen befassen, ist seit der grundlegenden Darstellung von Jaeger im Jahr 1996[1294] und zur weiteren Entwicklung dieser Rechtsprechung bis 1998[1295] doch recht gering geblieben. Dabei fällt auf, dass ab 1996 Entscheidungen fehlen, in denen es um **Schmerzensgelder für längere Überlebenszeiten** geht. Es hat den Anschein, als ob die Versicherer diese Fälle auf der Basis früherer Entscheidungen erledigen und nicht daran interessiert sind, eine Rechtsprechung mit »der Tendenz zu höherem Schmerzensgeld«[1296] zuzulassen. 832

Es kommt hinzu, dass es nicht einmal bei Juristen – erst recht nicht bei Journalisten – zum Allgemeinwissen gehört, dass der Schmerzensgeldanspruch seit mehr als zwanzig Jahren vererblich ist, sodass veröffentlichte Entscheidungen hier nur Begehrlichkeiten wecken können, wenn sie in juristischen Fachzeitschriften und/oder der Regenbogenpresse erscheinen. 833

c) Deutlich höheres Schmerzensgeld bei »baldigem Tod«

Eine fast extrem zu nennende Steigerung weisen die Schmerzensgelder aus, die den Erben eines Verkehrsunfallopfers oder eines falsch behandelten Patienten zugesprochen werden[1297]. 834

Das LG Potsdam[1298] sprach den Erben einer Patientin einen Betrag von 15.000 € zu. Die Patientin litt infolge eines ärztlichen Behandlungsfehlers ganz kurze Zeit unter Luftnot, erlitt ein hochgradiges Hirnödem und verstarb nach zwei Tagen an der Hirnschädigung. 835

Auf ein Schmerzensgeld von 15.000 € erkannte auch das LG Dortmund[1299] zu Gunsten der Erben des Patienten eines Zahnarztes, der einen deutlichen Hinweis auf den Verdacht einer Tumorerkrankung übersah, so dass eine umfangreiche Anamnese und nachfolgende Behandlung unterblieben. Zur Feststellung des Tumors kam es nach 4 Monaten. Wäre der Patient ordnungsgemäß behandelt worden, wären ihm erhebliche Beeinträchtigungen und Schmerzen und sogar der Tod erspart geblieben. Infolge der Behandlungsverzögerung verstarb der Patient ein Jahr und 4 Monate nach dem schwerwiegenden Behandlungsfehler. 836

Das Schmerzensgeld für den Tod eines grob fehlerhaft behandelten Patienten nach 5 Monaten dauernder Leidenszeit bemaß das OLG Köln[1300] abweichend vom LG Köln, das auf 100.000 € erkannt hatte, in einem Berufungsverfahren mit 40.000 €, nachdem die Beklagten in der Berufungsbegründung auf eine Entscheidung des OLG Hamm hingewiesen hatten, das diesen Betrag bei Tod nach einem Jahr zuerkannt hatte. Die Entscheidung des OLG Köln beruht auf einem fehlerhaften Verständnis der Entscheidung des OLG Hamm. 837

Das OLG Bremen[1301] musste ein Schmerzensgeld für eine 28 Jahre alte Frau bemessen, die von ihrem Lebensgefährten derart misshandelt und gewürgt wurde, dass sie rd. 30 Minuten nach Beginn der Tat an den Verletzungen verstarb. Der Beklagte hat die Frau während dieser Zeit misshandelt und dabei mindestens 5 Minuten gewürgt. Er brachte ihr – wahrscheinlich mittels einer Flasche – eine schwere Afterverletzung bei, die zum Zerreißen des Schließmuskels führte und die sie mindestens 20 Minuten überlebt hat. Die Leiche wies zahlreiche 838

1294 Jaeger, VersR 1996, 1177.

1295 Jaeger, MDR 1998, 450.

1296 Vgl. nur OLG Köln, Urt. v. 03.03.1995 – 19 U 126/94, VersR 1995, 549.

1297 Vgl. hierzu Jaeger, Entwicklung der Rechtsprechung zu hohen Schmerzensgeldern, VersR 2013, 134 ff.

1298 LG Potsdam, Urt. v. 05.05.2011 – 11 O 187/08, RDG 2012, 78 ff.

1299 LG Dortmund, Urt. v. 09.02.2011 – 4 O 124/08, unveröffentlicht.

1300 OLG Köln, Urt. v. 21.09.2011 – 5 U 8/11, VersR 2012, 1044 mit Anm. Jaeger; Vorentscheidung LG Köln Urt. v. 14.12.2010 – 3 O 257/08 – 100.000,00 €.

1301 OLG Bremen, Beschl. v. 16.03.2012 – 3 U 6/12, VersR 2012, 1046 = NJWRR 2012, 858.

Hämatome und Schürfwunden am ganzen Körper, insbesondere im Gesicht auf. Ferner wurden massive Einblutungen in die Zungenmuskulatur und den Gaumen wahrscheinlich durch Einführung eines Gegenstandes und eine Fraktur des Zungenbeins festgestellt.

839 Angesichts der Brutalität des Beklagten musste die Getötete davon ausgehen, dass der nun von der Mutter als Alleinerbin verklagte Täter sie auf jeden Fall töten würde, so dass sie in den letzten Minuten ihres Lebens nicht nur körperliche und seelische Schmerzen, sondern auch schwerste Todesängste erlitt.

840 Das OLG Düsseldorf[1302] hat das Schmerzensgeld für eine Frau, die zwei Jahre nach einem Verkehrsunfall starb, mit 75.000 € bemessen. Die Mutter der klagenden Erben wurde als Fußgängerin schwer verletzt. Sie stürzte und erlitt ein Schädel-Hirn-Trauma 3. Grades. Sie musste künstlich beatmet und ernährt werden. Der Unfall führte zu einem fast zweijährigen Leidensweg mit wiederholter Todesgefahr und zahlreichen Folgeerkrankungen und Komplikationen, was die Verletzte nur anfänglich bewusst miterlebte.

aa) Die Entscheidung des BGH v. 12.05.1998

841 Die Entscheidung des BGH v. 12.05.1998 zum Schmerzensgeld bei baldigem Tod[1303] und die dazu ergangenen Besprechungen[1304] dürften dazu beigetragen haben, die Grundlagen für die Schmerzensgeldbemessung dieser eigenständigen Fallgruppe zu klären und Bemessungskriterien herauszuarbeiten.

842 Die Entscheidung beruht auf folgendem Sachverhalt: Die Eltern des Klägers verunglückten mit dem Pkw. Der Vater erlitt u. a. ein Schädelhirntrauma 1. Grades. Er war unmittelbar nach dem Unfall bei Bewusstsein und ansprechbar, erhielt nach etwa 20 Minuten ein schmerzstillendes Medikament und wurde kurz darauf in ein künstliches Koma versetzt. Er starb 9 Tage nach dem Unfall. Die Mutter des Klägers erlitt so schwere Verletzungen, dass sie etwa eine Stunde nach dem Unfall verstarb.

843 Das OLG bestätigte für den Vater ein Gesamtschmerzensgeld von 14.000,00 € und für die Mutter ein Schmerzensgeld i. H. v. 1.500,00 €.

844 Der BGH hat die auf Zahlung weiteren Schmerzensgeldes gerichtete Revision zurückgewiesen.

845 In den Leitsätzen der Entscheidung heißt es, dass die Bemessung des Schmerzensgeldes bei einer Körperverletzung, an deren Folgen der Verletzte alsbald verstirbt, eine Gesamtbetrachtung der immateriellen Beeinträchtigung unter besonderer Berücksichtigung von Art und Schwere der Verletzungen, des hierdurch bewirkten Leidens und dessen Wahrnehmung durch den Verletzten wie auch des Zeitraums zwischen Verletzung und Eintritt des Todes erfordert und dass ein Anspruch auf Schmerzensgeld zu verneinen sein kann, wenn die Körperverletzung nach den Umständen des Falles ggü. dem alsbald eintretenden Tod keine abgrenzbare immaterielle Beeinträchtigung darstellt, die aus Billigkeitsgesichtspunkten einen Ausgleich in Geld erforderlich macht.

846 Dies hat das OLG Düsseldorf[1305] angenommen, das den Erben eines Unfallopfers kein Schmerzensgeld zugesprochen hat, das bei einem Verkehrsunfall das Bewusstsein verloren hatte und bei dem nach zweieinhalb Stunden der Tod eingetreten war.

1302 OLG Düsseldorf, Urt. v. 25.05.2009 – I-1 U 130/08, SP 2009, 396.

1303 BGH, Urt. v. 12.05.1998 – VI ZR 182/97, MDR 1998, 1029 (m. Anm. Jaeger) = NZV 1998, 370 = VersR 1998, 1034 = r+s 1998, 332.

1304 Huber, NZV 1998, 345; Jaeger, MDR 1998, 450.

1305 OLG Düsseldorf, Urt. v. 14.01.2008 – I-1 U 79/06, unveröffentlicht.

847 Dagegen hat das OLG Brandenburg[1306] den Erben eines bei einem Verkehrsunfall tödlich verunglückten Fußgängers PKH für eine Schmerzensgeldklage i. H. v. 500,00 € bewilligt, obwohl das Verkehrsopfer 2 Std. nach dem Unfall verstarb. Über die Wahrnehmungsfähigkeit des Opfers wird in der Entscheidung nichts mitgeteilt.

bb) Tod nach 10 Tagen im Koma – Schmerzensgeld 14.000,00 €

848 Der erste Leitsatz des BGH betrifft den Tod des Vaters. Hierzu führt der BGH in den Gründen u. a. aus, dass für die Höhe des Schmerzensgeldes nach wie vor die bekannten Kriterien der Entscheidung des Großen Zivilsenats des BGH[1307] maßgebend sind, nämlich im Wesentlichen
- die Schwere der Verletzungen,
- das durch diese bedingte Leiden,
- dessen Dauer,[1308]
- das Ausmaß der Wahrnehmung der Beeinträchtigung durch den Verletzten und
- der Grad des Verschuldens des Schädigers.

849 Der Umstand, dass die Verletzungen so schwer waren, dass der Verletzte nur kurze Zeit überlebt hat, sei selbst dann Schmerzensgeld mindernd zu berücksichtigen, wenn der Tod gerade durch das Schadensereignis verursacht worden sei.[1309] Eine abweichende Betrachtungsweise sei nicht gerechtfertigt, falls sich der Verletzte bis zu seinem Tod durchgehend oder überwiegend in einem Zustand der Empfindungsunfähigkeit oder Bewusstlosigkeit befunden habe. Die fehlende Empfindungsfähigkeit des Vaters des Klägers sei die Folge des künstlichen Komas als einer Heilmaßnahme, die mit einer Zerstörung der Persönlichkeit nichts zu tun habe.

850 Mit Rücksicht darauf, dass nach der ständigen Rechtsprechung des BGH keine gesonderten Schmerzensgeldbeträge für die unterschiedlichen Bewusstseinsphasen des Verletzten angesetzt werden dürfen, vielmehr die Leidenszeit einer Gesamtbetrachtung zu unterziehen und auf dieser Grundlage eine einheitliche Entschädigung für das sich insgesamt darbietende Schadensbild festzusetzen ist, darf die Zeit, in der sich der Vater des Klägers im künstlichen Koma befand, nicht nur symbolisch in die Bemessung des Schmerzensgeldes einbezogen werden. Auch diese Zeit ist bei der Bemessung des Schmerzensgeldes berücksichtigt worden, führte aber nicht zur Zuerkennung eines höheren Schmerzensgeldes als 14.000,00 €.

cc) Tod nach einer Stunde – Schmerzensgeld nicht mehr als 1.500,00 €

851 Im zweiten Leitsatz des BGH, der den Tod der Mutter betrifft, ist in den Gründen u. a. ausgeführt, dass die Zubilligung eines Schmerzensgeldes nicht stets voraussetze, dass der Geschädigte die ihm zugefügten Verletzungen empfunden habe. Vielmehr könne nach den Grundsätzen des Senatsurt. v. 13.10.1992[1310] in den Fällen schwerster Schädigung eine ausgleichspflichtige immaterielle Beeinträchtigung gerade darin liegen, dass die Persönlichkeit ganz oder weitgehend zerstört und hiervon auch die Empfindungsfähigkeit des Verletzten betroffen sei.

852 Der Fall hat aber mit den Fällen, in denen die immaterielle Beeinträchtigung gerade darin besteht, dass der Geschädigte mit ihr weiterleben muss, nichts zu tun. Hier geht es nämlich

1306 OLG Brandenburg, Beschl. v. 27.09.2007 – 12 W 2/07, VRR 2007, 442.

1307 BGH, Beschl. v. 06.07.1955 – GSZ 1/55, BGHZ 18, 149 = VersR 1955, 615 = NJW 1955, 1675 = MDR 1956, 19 m. Anm. Pohle.

1308 Vgl. dazu Wagner, JZ 2004, 319 (325).

1309 BGH, Urt. v. 12.05.1998 – VI ZR 182/97, MDR 1998, 1029 (m. Anm. Jaeger) = NZV 1998, 370 = VersR 1998, 1034 = r+s 1998, 332; BGH, Urt. v. 16.12.1975 – VI ZR 175/74, MDR 1976, 752 = VersR 1976, 660 (662) m. w. N.

1310 BGH, Urt. v. 13.10.1992 – VI ZR 201/91, BGHZ 120, 1 (8 f.) = MDR 1993, 123; vgl. hierzu ausführlich Rdn. 943 ff.

darum, ob der das Bewusstsein des Verletzten auslöschenden Körperverletzung ggü. dem alsbald und ohne zwischenzeitliche Wiedererlangung der Wahrnehmungsfähigkeit eintretenden Tod überhaupt noch die Bedeutung einer abgrenzbaren immateriellen Beeinträchtigung zukommt. Dies ist jedoch nach Ansicht des BGH für einen Anspruch auf Schmerzensgeld vorauszusetzen, weil § 847 BGB a. F. weder für den Tod noch für die Verkürzung der Lebenserwartung (wohl aber für die Erkenntnis, dass der Tod bald eintreten wird und/oder dass die Lebenserwartung verkürzt ist) eine Entschädigung vorsieht. Es kommt deshalb darauf an, ob die Körperverletzung ggü. dem nachfolgenden Tod eine immaterielle Beeinträchtigung darstellt, die nach Billigkeitsgrundsätzen einen Ausgleich in Geld erforderlich macht. Das kann ebenso wie in Fällen, in denen die Verletzung sofort zum Tod führt, selbst bei schwersten Verletzungen dann zu verneinen sein, wenn diese bei durchgehender Empfindungslosigkeit des Geschädigten alsbald den Tod zur Folge haben, und der Tod nach den konkreten Umständen des Falles, insb. wegen der Kürze der Zeit zwischen Verletzung und Tod sowie nach dem Ablauf des Sterbevorgangs derart im Vordergrund steht, dass eine immaterielle Beeinträchtigung durch die Körperverletzung als solche nicht fassbar ist und folglich auch die Billigkeit keinen Ausgleich in Geld gebietet.[1311]

853 Der BGH hat damit – wenn auch nicht abschließend – erkennen lassen, dass eine Überlebenszeit von einer Stunde eher dem Sterbevorgang zuzurechnen ist mit der Folge, dass eine immaterielle Beeinträchtigung durch die Körperverletzung als solche nicht fassbar ist und folglich auch die Billigkeit keinen Ausgleich in Geld gebietet.

854 Nur in Fällen, in denen der Verletzte noch eine gewisse Zeit gelebt hat, kann ein Schmerzensgeldanspruch entstehen.[1312]

855 ▶ **Praxistipp:**

Kläger waren die Erben der tödlich verunglückten Eltern. Diese hatten Revision eingelegt mit dem Ziel, ein höheres Schmerzensgeld zu erhalten. Der BGH war nur berufen, über eine Erhöhung des Schmerzensgeldes zu entscheiden. Es stand ihm nicht zu, das Schmerzensgeld herabzusetzen.

In der Begründung der Entscheidung macht der BGH allerdings deutlich, dass er den Betrag von 14.000,00 € als zu hoch ansieht und dass er der Mutter des Klägers kein Schmerzensgeld zugebilligt hätte. Beides hätte er allerdings auch bei einer Revision der Beklagten auf der Grundlage seiner bisherigen Rechtsprechung kaum ändern können, weil die Bemessung des Schmerzensgeldes Aufgabe des Tatrichters ist. Nur in Ausnahmefällen, wenn der Tatrichter »daneben« gegriffen hat, kann der BGH korrigieren.

Deshalb sind BGH-Entscheidungen immer unter diesem Gesichtspunkt zu lesen und auszuwerten. Die Tatsache, dass der BGH ein zuerkanntes Schmerzensgeld »bestätigt« hat, bedeutet nicht, dass es der Höhe nach »richtig« ist.

1311 Diederichsen, VersR 2005, 433 (438).

1312 Vgl. Wussow/Kürschner, Tz. 18336.

d) Dauer des Sterbevorgangs – Sekundentod

856 Ist diese Entscheidung des BGH nun das »letzte Wort«? Dauert der Sterbevorgang eine Stunde? Oder gibt es gar den »Sekundentod«[1313] mit der Folge, dass auch für ganz kurze Zeiträume des Überlebens bis zum Tod ein Schmerzensgeld zu zahlen ist?

857 Die bisherige Rechtsprechung bietet dazu folgende Entscheidungen an:
- Unmittelbar eintretender Tod – kein Schmerzensgeld,[1314]
- Überlebenszeit 7 Minuten – Schmerzensgeld 1.000,00 €,[1315]
- Überlebenszeit 3 1/2 Std. – Schmerzensgeld,[1316]
- Überlebenszeit 1 Tag – Schmerzensgeld 5.000,00 €,[1317]
- Überlebenszeit 5 Tage bzw. 8 Tage im Koma – Schmerzensgeld 5.000,00 €,[1318]
- Überlebenszeit 32 Tage – Schmerzensgeld 15.000,00 €,[1319]
- 5 Wochen Koma – Schmerzensgeld 67.500,00 €,[1320]

1313 Lemcke, Anm. zu OLG Düsseldorf, Urt. v. 11.03.1996 – 1 U 52/95, r+s 1996, 228 (230), führt dazu aus, dass jeder bei einem Unfall Getötete zwischenzeitlich, mindestens eine juristische Sekunde, ein »Verletzter« ist. Mit einer Tötung konkurriert deshalb auch immer eine Körperverletzung, die jedoch hinter jener als subsidiär zurücktritt, weil und soweit ihr Unrechtsgehalt in dem der Tötung bereits mitenthalten ist; so auch Schönke/Schröder/Eser, § 212 Rn. 18; für den Regelfall so auch Tröndle/Fischer, § 211 Rn. 50; Schmitt, JZ 1962, 389. Würde man in jedem Fall der Tötung für die vorangegangene Körperverletzung einen Schmerzensgeldanspruch zubilligen, wäre das mit dem Willen des Gesetzgebers nicht vereinbar, wie sich aus der unterschiedlichen Fassung der §§ 823 und 253 BGB ergibt. Stirbt der Verletzte sofort, sind Verletzung und Tod ein einheitlicher Vorgang, wobei der Tod im Vordergrund steht; Huber, NZV 1998, 345 (348).

1314 OLG Karlsruhe, Urt. v. 25.01.2000 – U 5/99 BSch, VersR 2001, 1123.

1315 OLG Rostock, Beschl. v. 23.04.1999 – 1 W 86/98, OLGR 2000, 67.

1316 OLG Hamburg, Urt. v. 08.12.1998 – 9 U 111/98, OLGR 1999, 206.

1317 KG, Urt. v. 20.11.1998 – 25 U 8244/97, VersR 2000, 734 = NJW-RR 2000, 242.

1318 OLG Schleswig, Urt. v. 14.05.1998 – 7 U 87/96, VersR 1999, 632 = NJW-RR 1998, 1404; OLG Köln, Urt. v. 28.04.1999 – 5 U 15/99, VersR 2000, 974.

1319 Vgl.: OLG Düsseldorf, Urt. v. 11.03.1996 – 1 U 52/95, OLGR 1996, 170 = MDR 1996, 915 = NJW 1997, 806: 750,00 € bei einer Überlebenszeit von 3 Std.; KG, Urt. v. 25.04.1994 – 22 U 2282/93, KGR 1994, 126 = NJW-RR 1995, 91: 2.400,00 € bei Überlebenszeit von einem Tag. Dabei spielt das Wissen um das bevorstehende Ende ebenso wie die Furcht des Verletzten vor dem Tod eine für die Bemessung des Schmerzensgeldes bedeutsame Rolle.

1320 OLG Düsseldorf, Urt. v. 24.04.1997 – 8 U 173/96, OLGR 1998, 31.

Übersicht 8: Schmerzensgeld bei baldigem Tod

858

Unmittelbar eintretender Tod – kein Schmerzensgeld

Das OLG Karlsruhe (Urt. v. 25.01.2000 – U 5/99 BSch, VersR 2001, 1123 f. = OLGR 2000, 192) nimmt unter Hinweis auf eine Entscheidung eines anderen Senats des OLG Karlsruhe (Urt. v. 12.09.1997 – 10 U 121/97, OLGR 1997, 20 ff. = r+s 1998, 375 ff.) die Abgrenzung danach vor, ob die Körperverletzung nach den Umständen des Falles ggü. dem alsbald eintretenden Tod eine abgrenzbare immaterielle Beeinträchtigung darstellt, die aus Billigkeitsgesichtspunkten einen Ausgleich in Geld erforderlich macht. Es hat einen Schmerzensgeldanspruch verneint, weil die Mutter der Kläger, unmittelbar nachdem sie von Bord einer Motoryacht gegen einen Dalben geschleudert wurde und dabei Verletzungen erlitten hatte, im Wasser verstarb.

Tod nach 45 Minuten – kein Schmerzensgeld LG Erfurt, Urt. v. 07.06.2010 – 2066/09, RuS 2010, 532

Überlebenszeit 7 Minuten – Schmerzensgeld 1.000,00 €

Das OLG Rostock (Beschl. v. 23.04.1999 – 1 W 86/98, OLGR 2000, 67 ff.) hält im Rahmen einer PKH-Entscheidung die Verletzung, die nach 7 Minuten zum Tod führt, für entschädigungspflichtig, wenn auch »nur« mit einem Betrag von 1.000,00 €. Die Entscheidung des BGH (Urt. v. 12.05.1998 – VI ZR 182/97, MDR 1998, 1029 f. (m. Anm. Jaeger) = NZV 1998, 370 f. = VersR 1998, 1034 ff. = r+s 1998, 332 f.) wird dabei nicht angesprochen. Eine Zeitspanne von 7 Minuten muss wohl dem Sterbevorgang zugerechnet werden, denn dieser dauert immer eine gewisse Zeit (OLG Düsseldorf, Urt. v. 11.03.1995 – 1 U 52/95, r+s 1996, 228 ff.).

Tod nach 2 Std., Schmerzensgeld 6.000,00 € (*OLG Frankfurt am Main, Urt. v. 14.09.2009 – 1 U 309/08, VRR 2009, 402)*

Ein Motorradfahrer überlebte einen Verkehrsunfall knapp 2 Std., hatte starke Schmerzen und war nicht gleich bewusstlos geworden.

Überlebenszeit 3 1/2 Std. – Schmerzensgeld

Wie lange der Sterbevorgang wirklich dauert, kann wohl kaum generell beantwortet werden. Eine Überlebenszeit von 3 1/2 Std. dürfte aber nicht allein dem Sterbevorgang zugerechnet werden können. Dementsprechend hat das OLG Hamburg (Urt. v. 08.12.1998 – 9 U 111/98, OLGR 1999, 206 ff.) ein Schmerzensgeld zuerkannt.

Überlebenszeit 1 Tag – Schmerzensgeld 5.000,00 €

Ein Schüler, Nichtschwimmer, wurde bewusstlos auf dem Boden eines Schwimmbades gefunden. Er starb am nächsten Tag (KG, Urt. v. 20.11.1998 – 25 U 8244/97, VersR 2000, 734 ff. = NJW-RR 2000, 242 ff.).

Tod nach 3 Tagen, Schmerzensgeld 5.000,00 € (OLG Köln, Beschl. v. 16.09.2010 – 5 Werden 30/10, GesR 2011, 156)

Überlebenszeit 5 Tage bzw. 8 Tage im Koma – Schmerzensgeld 5.000,00 €

Für 5 Tage und für 8 Tage Koma ist ein Schmerzensgeld i. H. v. jeweils 5.000,00 € zuerkannt worden (OLG Köln, Urt. v. 28.04.1999 – 5 U 15/99, OLGR 2000, 256 ff. = VersR 2000, 974 ff. und OLG Schleswig, Urt. v. 14.05.1998 – 7 U 87/96, OLGR 1999, 46 f. = VersR 1999, 632 = NJW-RR 1998, 1404 f.). Das OLG Köln, Arzthaftungssenat, hat zur Bemessung des Schmerzensgeldes darauf hingewiesen, dass nach der jüngeren Rechtsprechung bei schwerster Beeinträchtigung gerade für die weitgehende Zerstörung der Persönlichkeit des Patienten ein Schmerzensgeld zu leisten ist; es wäre vom Ergebnis her in höchstem Maße unbefriedigend, einen Anspruch auf Zahlung eines Schmerzensgeldes zu versagen, weil der Verletzte so schwer verletzt ist, dass er den Verfall seiner Persönlichkeit nicht mehr bewusst wahrnehmen kann. Zusätzlich hat das OLG Köln berücksichtigt, dass nicht ausgeschlossen werden konnte, dass der Patient trotz seines Zustandes gelitten hat, und i. R. d. Genugtuungsfunktion, dass das beklagte Krankenhaus versucht hatte, die wahre Todesursache zu verschleiern.

Tod nach 10 Tagen Schmerzensgeld 20.000,00 € (LG Bochum, Urt. v. 27.01.2010 – 6 O 78/08, unveröffentlicht)

Überlebenszeit 32 Tage – Schmerzensgeld 15.000,00 €
In Kenntnis der BGH-Entscheidung (BGH, Urt. v. 12.05.1998 – VI ZR 182/97, MDR 1998, 1029 f. (m. Anm. Jaeger) = NZV 1998, 370 f. = VersR 1998, 1034 ff. = r+s 1998, 332 f.) und unter Berufung auf Jaeger (VersR 1996, 1177 (1180) und MDR 1998, 450 ff.) hält das OLG Hamm (Urt. v. 20.03.2000 – 6 U 184/99, OLGR 2000, 226 f. = r+s 2000, 458 f. = MDR 2000, 1190 f.) ein Schmerzensgeld i. H. v. 15.000,00 € für einen Verletzten für angemessen, der 32 Tage nach dem Unfall verstarb. Die Besonderheit des Falles lag darin, dass das schwer verletzte Unfallopfer 32 Tage auf der Intensivstation verbringen musste und während dieser Zeit ansprechbar und über seinen Zustand orientiert war (vgl. OLG Düsseldorf, Urt. v. 11.03.1996 – 1 U 52/95, OLGR 1996, 170 ff. = MDR 1996, 915 f. = NJW 1997, 806 f.: 750,00 € bei einer Überlebenszeit von 3 Std.; KG, Urt. v. 25.04.1994 – 22 U 2282/93, NJW-RR 1995, 91 f.: 2.400,00 € bei Überlebenszeit von einem Tag. Dabei spielt das Wissen um das bevorstehende Ende ebenso wie die Furcht des Verletzten vor dem Tod eine für die Bemessung des Schmerzensgeldes bedeutsame Rolle, vgl. Staudinger/Schäfer, BGB, 12. Aufl. 1986, § 847 Rn. 80. Ebenso MünchKomm/Stein, BGB, 3. Aufl. 1997, § 847 Rn. 8 und 31, der zusätzlich die Verkürzung der Lebensaussichten bei der Bemessung des Schmerzensgeldes berücksichtigt wissen will.). Ein anderer Senat des OLG Hamm (Urt. v. 09.08.2000 – 13 U 58/00, SP 2001, 268 f.) hat den Betrag von 15.000,00 € bei Tod nach Organversagen 8 Tage nach dem Unfall zuerkannt, dessen Opfer zumindest phasenweise Schmerzempfindungen hatte.
5 Wochen Koma – Schmerzensgeld 67.500,00 €
Das OLG Düsseldorf (OLG Düsseldorf, Urt. v. 24.04.1997 – 8 U 173/96, OLGR 1998, 31) hielt diesen Betrag für einen 5 1/2 Jahre alten Jungen für ausreichend, der infolge eines ärztlichen Behandlungsfehlers nach einer Injektion das Bewusstsein verlor und ins Koma fiel. Der Haftpflichtversicherer hatte vorprozessual diesen Betrag von 67.500,00 € gezahlt. Die Klage der Eltern auf Zahlung eines weiteren Schmerzensgeldes i. H. v. mindestens 57.500,00 € wurde abgewiesen.

e) Bemessungskriterien für Schmerzensgeld bei baldigem Tod

859 Es stellt sich die Frage, welche Bemessungskriterien für die Höhe des Schmerzensgeldes in den Fällen des baldigen Todes des Verletzten heranzuziehen sind. Erneut hat der BGH[1321] formelhaft herausgestellt, dass für die Höhe des Schmerzensgeldes im Wesentlichen maßgebend sind:

- Schwere der Verletzungen,
- Leiden (Schmerzen) und deren Dauer,
- das Ausmaß der Wahrnehmung der Beeinträchtigung durch den Verletzten und
- das Verschulden des Schädigers.

860 In den Fällen des baldigen Todes des Verletzten nach einem Verkehrsunfall ergibt die Anwendung dieser Kriterien Folgendes:

Übersicht 9: Anwendung der Bemessungskriterien bei baldigem Tod des Verletzten nach einem Verkehrsunfall

861

•	Schwere der Verletzungen: Verletzungen, die alsbald, sei es in Minuten, Stunden oder Tagen zum Tod führen, dürften kaum unterschiedlich zu gewichten sein (BGH, Urt. v. 12.05.1998 – VI ZR 182/97, VersR 1998, 1034).
•	Die durch die Verletzungen bedingten Schmerzen sind i. d. R. zu vernachlässigen, weil die schwer Verletzten entweder sofort sediert werden oder nach sehr kurzer Zeit bewusstlos sind oder in ein künstliches Koma versetzt werden (BGH, Urt. v. 12.05.1998 – VI ZR 182/97, VersR 1998, 1034, nach 20 Minuten Schmerzstillung, 15 Minuten später künstliches Koma; OLG Rostock, Beschl. v. 23.04.1999 – 1 W 86/98, OLGR 2000, 67 ff., Tod nach 7 Minuten).

1321 BGH, Urt. v. 12.05.1998 – VI ZR 182/97, VersR 1998, 1034 und schon in der Entscheidung des großen Zivilsenats, BGH, Urt. v. 06.07.1955 – GSZ 1/55, BGHZ 18, 149 = VersR 1955, 615 = NJW 1955, 1675 = MDR 1956, 19 m. Anm. Pohle.

- Ausschlaggebend für die Höhe des Schmerzensgeldes ist bisher die Dauer der Schmerzen und des Leidens. Die Schmerzensgeldbeträge liegen danach für 5 oder 8 Tage Koma bei 5.000,00 € und für 9 Tage Koma bei 14.000,00 € (ein Betrag, den der BGH als zu hoch ansieht).
- Dagegen kann der Verletzte – auch ohne Schmerzen – erheblich leiden, wenn er (sediert) bei Bewusstsein ist und über seinen Zustand, insb. den baldigen Tod, informiert wurde. Dieses Leid(en) muss in die Schmerzensgeldbemessung einfließen.
- Ob und in welchem Umfang die **Wahrnehmung der Beeinträchtigung durch den Verletzten**, sein Leiden die Höhe des Schmerzensgeldes beeinflussen, ist nach der Entscheidung des BGH (Urt. v. 12.05.1998 – VI ZR 182/97, MDR 1998, 1029 f. (m. Anm. Jaeger) = NZV 1998, 370 f. = VersR 1998, 1034 ff. = r+s 1998, 332 f.) jedoch völlig offen. Obwohl er die Wahrnehmung als maßgebend für die Höhe des Schmerzensgeldes bezeichnet, führt er später aus, es dürften keine gesonderten Schmerzensgeldbeträge für die unterschiedlichen Bewusstseinsphasen des Verletzten angesetzt werden, vielmehr sei die Leidenszeit einer Gesamtbetrachtung zu unterziehen und auf dieser Grundlage eine einheitliche Entschädigung für das sich insgesamt anbietende Schadensbild festzusetzen. In diesem Fall war die fehlende Wahrnehmung des Verletzten nicht unmittelbare Unfallfolge, sondern beruhte darauf, dass der Verletzte durch die behandelnden Ärzte in ein »künstliches Koma« versetzt worden war. Es erscheint selbstverständlich, dass dies dem Schädiger nicht zugutekommen darf, zumal das Koma, in das der Verletzte versetzt wurde, eine »Heilmaßnahme« war und nicht auf der Zerstörung seiner Persönlichkeit beruhte. Richtig ist auch, dass das Schmerzensgeld in jeder Entscheidung nur für den zu beurteilenden Sachverhalt ermittelt werden kann und nicht etwa Beträge »mit« und »ohne« Koma vorgerechnet werden dürfen. Dennoch müssen die Wahrnehmung der Schmerzen und die Situation des bevorstehenden Todes durch den Verletzten sich in der Höhe des Schmerzensgeldes widerspiegeln. So ist denn auch die Entscheidung des OLG Hamm (Urt. v. 20.03.2000 – 6 U 184/99, OLGR 2000, 226 f. = MDR 2000, 1190 f.) zu verstehen, die sich ausdrücklich auf die zuvor genannte Entscheidung des BGH beruft und bei der Bemessung des Schmerzensgeldes hervorhebt, dass der Verletzte bis zu seinem Tod ansprechbar und über seinen Zustand orientiert war. Abgesehen davon, dass seine Leidenszeit mehr als dreimal solange dauerte wie im Fall des BGH und ca. fünf- bis siebenmal solange wie in den Fällen OLG Köln (Urt. v. 28.04.1999 – 5 U 15/99, OLGR 2000, 256 ff. = VersR 2000, 974 ff.) und OLG Schleswig (Urt. v. 14.05.1998 – 7 U 87/96, VersR 1999, 632 = NJW-RR 1998, 1404 f.), ist der Betrag von 15.000,00 € unter Berücksichtigung des Kriteriums der Wahrnehmung angemessen (vgl. dazu OLG Karlsruhe, Urt. v. 25.01.2000 – U 5/99 BSch, OLGR 2000, 192 = VersR 2001, 1123 f.).
- Das OLG München (Beschl. v. 04.10.1995 – 24 U 265/95, ZfS 1996, 370 f. = OLGR 1996, 111) betont, dass es nicht darauf ankommen dürfe, dass der Verletzte nur noch wenige Wochen gelebt habe. Es will der Rechtsprechung des BGH entnehmen, dass die Verkürzung der Lebenszeit dem Schädiger nicht zugutekommen dürfe. Zur Begründung führt das Gericht aus, wenn es dem Verletzten noch vor seinem Tod gelänge, selbst auf Schmerzensgeld zu klagen, könne ihm grds. nicht entgegengehalten werden, dass er nur noch kurze Zeit zu leben habe und deshalb nur ein besonders niedriges Schmerzensgeld zu beanspruchen habe.

▶ Hinweis:

Dieser Ansatz ist falsch; selbstverständlich richtet sich die Bemessung des Schmerzensgeldes immer auch danach, wie lange der Verletzte zu leiden haben wird. Das Alter des Verletzten – und damit seine Lebenserwartung – spielt bei der Bemessung des Schmerzensgeldes eine besondere Rolle.

- Verschulden des Schädigers: Nur vereinzelt wird in den Entscheidungen ein besonders schweres Verschulden des Schädigers erwähnt. I. d. R. werden Verkehrsunfälle im Straßenverkehr fahrlässig herbeigeführt, grobes Verschulden – etwa Trunkenheit – ist in den entschiedenen Fällen eher die Ausnahme.

f) Auswertung der Rechtsprechung zur Höhe des Schmerzensgeldes

862 Bei der früheren Auswertung der Rechtsprechung musste vornehmlich auf Entscheidungen zurückgegriffen werden, die vor der Gesetzesänderung (Vererblichkeit des Schmerzensgeldanspruchs) lagen.[1322] In den Entscheidungen, die vor diesem Zeitpunkt ergingen, betrug die Zeitspanne des Überlebens mindestens einige Wochen, keinesfalls nur Stunden, weil i. d. R. nur in Fällen längerer Überlebenszeit der Schmerzensgeldanspruch rechtshängig gemacht oder vom Schädiger anerkannt werden konnte, was nach § 847 BGB a. F. Voraussetzung für die Vererblichkeit des Schmerzensgeldanspruchs war. Binnen weniger Stunden konnten diese Voraussetzungen nicht erfüllt werden. Dennoch gibt es Entscheidungen, nach deren Sachverhalt der Verletzte nur einige Tage überlebte. Wie es in diesen Fällen zur Rechtshängigkeit oder zu einem Anerkenntnis gekommen ist, wird nicht mitgeteilt.

863 Erst nach der Gesetzesänderung ergingen erstmals Entscheidungen zu Fällen, in denen der Verletzte sofort oder nach sehr kurzer Zeit verstarb.[1323]

g) Bewusstlosigkeit bis zum Tod

864 In Fällen der Bewusstlosigkeit bis zum Tod (z. B. nach Schädelhirntrauma) oder in Fällen einer kurzen Zeitspanne bis zum Tod war das Schmerzensgeld meist relativ gering, überwiegend unter oder bis 5.000,00 €.

865 Die Entscheidungen sind nach Entscheidungsjahren geordnet, um dadurch die Entwicklung der Rechtsprechung aufzuzeigen. Diese Ordnung belegt, dass die Entscheidungen durchweg auf übereinstimmenden Erwägungen beruhen und zu vergleichbaren Schmerzensgeldern kommen.

Übersicht 10: Schmerzensgeld bei Bewusstlosigkeit

866

Jahr der Entscheidung und Fundstelle	Art der Verletzung	Zuerkanntes Schmerzensgeld
1977: OLG Schleswig, Urt. v. 26.04.1977 – 9 U 92/75, VersR 1978, 353	Tod nach 6 Wochen Bewusstlosigkeit	2.500,00 €
1978: OLG Koblenz, Urt. v. 16.10.1978 – 12 U 2/77, VersR 1979, 873	Tod eines 18 Jahre alten Mädchens nach 3 Monaten, Schädelhirntrauma	10.000,00 €
1980: LG Saarbrücken, Urt. v. 12.02.1980 – 3 O 417/79, ZfS 1980, 330	Tod einer jungen Frau nach 18 Tagen nach schwerem Schädelhirntrauma	2.500,00 €
1980: LG München II, Urt. v. 28.05.1980 – 4 O 3770/79, VersR 1981, 69	Tod nach 12 Tagen ohne Bewusstsein	5.000,00 €
1981: LG Kaiserslautern, Urt. v. 27.05.1981 – 4 O 5/81, ZfS 1982, 261	Tod nach 11 Tagen ohne Bewusstsein	10.000,00 €
1981: BGH, Urt. v. 03.01.1981 – VI ZR 180/79, BGHZ 80, 8 ff.	Tod eines Schwerstverletzten nach Verkehrsunfall	1.750,00 €

1322 Gesetz v. 14.03.1990, in Kraft seit dem 01.07.1990, BGBl. I 1990, S. 478.

1323 BGH, Urt. v. 06.12.1994 – VI ZR 80/94, MDR 1995, 265 = VersR 1995, 353; KG, Urt. v. 25.04.1994 – 22 U 2282/93, KGR 1994, 126 = NJW-RR 1995, 91.

1984: OLG Koblenz, Urt. v. 22.10.1984 – 12 U 290/84, VRS 67 (1984), 409	Tod eines 17 Jahre alten Jungen nach Hirnverletzung mit 19 Tage dauernder Bewusstlosigkeit, kein erhebliches Verschulden des Schädigers	2.500,00 €
1985: LG Saarbrücken, Urt. v. 25.10.1985 – 10 O 379/84, unveröffentlicht	Tod eines jungen Mannes nach 3 Wochen bei dauernder Bewusstlosigkeit	5.000,00 €
1987: OLG Schleswig, Urt. v. 22.10.1987 – 5 U 88/86, VersR 1988, 523	Tod nach 16 Tagen ohne Bewusstsein	3.750,00 €
1988: OLG Hamm, Urt. v. 19.04.1988 – 27 U 279/87, NJW-RR 1988, 1301	Tod einer Frau nach 3 Tagen an den Folgen einer Schädel- und Hirnverletzung	2.500,00 €
1989: LG Aachen, Urt. v. 03.08.1989 – 2 O 97/89, r+s 1990, 121 = DfS Nr. 1993/858	Tod nach 11 Tagen, Schädelhirntrauma, 1/3 Mitverschulden: 4.000,00 €	bei Vollhaftung rechnerisch 6.000,00 €
1993: AG Aurich, Urt. v. 18.05.1993 – 12 C 45/93, SP 1993, 315	Tod eines Mädchens durch Ertrinken in einem Pkw bei Bewusstlosigkeit	500,00 €
1993: LG Münster, Urt. v. 20.10.1993, unveröffentlicht	Tod durch Verkehrsunfall nach 1 1/2 Std. tiefer Bewusstlosigkeit	900,00 €
1993: LG Heilbronn, Urt. v. 16.11.1993 – 2 O 2499/92, VersR 1994, 443	Tod wenige Minuten nach einem Herzstich	5.500,00 €
1994: KG, Urt. v. 25.04.1994 – 22 U 2282/93, NJW-RR 1995, 91	Kurzzeitiges Überleben nach einem Verkehrsunfall bei Bewusstlosigkeit bei 1/4 Mitverschulden	2.400,00 €, bei Vollhaftung: 3.200,00 €
1994: OLG Stuttgart, Urt. v. 02.05.1994 – 20 U 69/94, VersR 1994, 736 = NJW 1994, 3016	Tod nach 3 1/2 Std.	1.250,00 €
1997: OLG Karlsruhe, Urt. v. 12.09.1997 – 10 U 121/97, OLGR 1997, 20	Überlebenszeit für einen bewusstlosen Mann von 10 Minuten	jedenfalls nicht mehr als LG: 1.500,00 €
1997: OLG Hamm, Urt. v. 21.01.1997 – 9 U 161/96, NZV 1997, 233	Tod nach ein Stunde Bewusstlosigkeit, Mitverschulden 50 %	1.250,00 €
1998: BGH, Urt. v. 12.05.1998 – VI ZR 182/97, VersR 1998, 1034	Tod nach einer Std. Bewusstlosigkeit	1.500,00 €
1998: LG Gera, Urt. v. 29.05.1998 – 6 O 303/97, NZV 1999, 473	Tod nach 12 Tagen (2 Tage bei Bewusstsein)	3.500,00 €
1998: OLG Schleswig, Urt. v. 14.05.1998 – 7 U 87/96, VersR 1999, 632 = NJW-RR 1998, 1404	Tod nach 7 Tagen ohne Bewusstsein	5.000,00 €
1999: OLG Braunschweig, Urt. v. 27.05.1999 – 8 U 45/99, DAR 1999, 404	Tod nach 23 Tagen nach einem Verkehrsunfall im künstlichen Koma	10.000,00 €

1999: AG Spandau, Urt. v. 15.04.1999 – 9 C 613/98, SP 2000, 87 f.	Tod nach Körperverletzung und 4 Tagen Koma	2.500,00 €
2002: OLG Bremen, Urt. v. 26.03.2002 – 3 U 84/01, VersR 2003, 779	Tod 3 Tage nach der Geburt infolge eines ärztlichen Behandlungsfehlers	5.112,92 €
2005: LG Dortmund, Urt. v. 24.06.2005 – 3 O 170/04, unveröffentlicht	Tod eines 14 Jahre alten Jungen durch Ertrinken im Freibad	10.000,00 €
2006: OLG Stuttgart, Urt. v. 26.07.2006 – 3 U 65/06, NJW 2007, 1367 = OLGR 2007, 264	Tod nach 25 Tagen bei Bewusstlosigkeit	10.000,00 €

867 Diese Entscheidungen zeigen, dass auch bei sehr kurzer Überlebenszeit ein Schmerzensgeldanspruch nicht generell verneint wurde, wenn auch die Beträge z. T. in einem niedrigen Bereich liegen.

h) Tod nach mindestens einigen Wochen mit Bewusstsein des Verletzten

868 Bei einer anderen Gruppe von Entscheidungen fällt auf, dass Schmerzensgelder von mindestens 5.000,00 € – eher 10.000,00 € – 15.000,00 € –, gelegentlich aber auch mehr zuerkannt wurden und werden, wenn der Verletzte mindestens noch einige Wochen bei Bewusstsein war und oft unter erheblichen Schmerzen gelitten hat. Wenn im Folgenden nichts zu Schmerzen gesagt ist, dürfte davon ausgegangen werden können, dass die moderne Medizin die Schmerzen des Verletzten weitgehend ausgeschaltet hatte. Die Beeinträchtigung des Verletzten bestand in diesen Fällen eher darin, dass er sein Schicksal kannte und über den baldigen Tod informiert war.

Übersicht 11: Tod des Verletzten nach einigen Wochen

869

Jahr der Entscheidung und Fundstelle	Art der Verletzung	Zuerkanntes Schmerzensgeld
1978: LG München, Urt. v. 26.06.1978, unveröffentlicht	Tod nach 10 Wochen, nach 2 Wochen schwerer Schmerzen und Kenntnis der Todesgefahr	15.000,00 €
1978: OLG Saarbrücken, Urt. v. 22.12.1978 – 3 U 191/77, VersR 1980, 242	Tod nach 7 Wochen, phasenweise starke Schmerzen, qualvoller Todeskampf	10.000,00 €
1980: OLG München, Urt. v. 04.07.1980 – 10 U 1923/80, unveröffentlicht	Tod eines 40 Jahre alten Mannes nach 16 Tagen, erhebliche Schmerzen, Bewusstsein, sterben zu müssen, 1/4 Mitverschulden	6.000,00 €
1982: OLG Nürnberg, Urt. v. 02.03.1982 – 11 U 2998/81, VersR 1983, 469	Tod einer Frau nach 2 1/2 Monaten, Schmerzen und seelischen Belastungen	5.000,00 €
1983: OLG Düsseldorf, Urt. v. 24.04.1983, unveröffentlicht	Tod eines Mannes nach 7 1/2 Wochen, bis zum Tod wach und ansprechbar, grobes Verschulden	10.000,00 €
1985: LG Koblenz, Urt. v. 20.02.1985 – 5 O 97/84, ZfS 1987, 262	Tod einer Frau nach 5 1/2 Wochen, war sich der Situation voll bewusst	3.000,00 €.

1985: OLG Koblenz, Urt. v. 09.12.1985 – 12 U 394/85, unveröffentlicht	Tod einer 57 Jahre alten Frau nach 4 Wochen, Kenntnis der Situation	3.000,00 €
1987: OLG Karlsruhe, Urt. v. 24.04.1987 – 10 U 219/84, VersR 1988, 59	Tod 4 Wochen nach Verkehrsunfall, bewusstes Erleben des Zustandes, 40 % Mitverschulden	5.000,00 €, rechnerisch 12.500,00 €
1989: LG Münster, Urt. v. 11.10.1989 – 16 O 279/89, unveröffentlicht	Tod einer 27 Jahre alten Frau nach 13 Monaten schweren Leidens	25.000,00 €
1990: KG, Urt. v. 03.12.1990 – 12 U 5356/89, unveröffentlicht	Tod einer 66 Jahre alten Frau nach 24 Tagen, sediert, aber nicht komatös	7.500,00 €
1990: OLG Schleswig, Urt. v. 05.12.1990 – 9 U 165/88, VersR 1992, 714	Unfallursächlicher Tod eines 82 Jahre alten Mannes nach knapp 2 Jahren bewussten Leidens	25.000,00 €
1991: OLG Frankfurt am Main, Urt. v. 15.01.1991 – 8 U 178/89, ZfS 1991, 150	Tod eines jungen Mannes nach 1 3/4 Jahren, Koma bis zum Tod	12.500,00 €
1991: LG Ellwangen, Urt. v. 08.01.1991 – 4 O 192/90, unveröffentlicht	Tod nach 98 Tagen Intensivstation mit Bewusstsein	15.000,00 €
1991: OLG Köln, Beschl. v. 14.11.1991 – 2 W 186/91, VersR 1992, 197	Tod nach 1/2 Jahr, vorsätzliche Tötung einer Frau, Verurteilung des Täters wegen Mordes	20.000,00 €
1993: OLG Köln, Urt. v. 02.06.1993 – 13 U 18/93, r+s 1994, 13	Tod eines 5 1/2 Jahre alten Kindes nach 1 1/4 Jahr an den Folgen eines apallischen Syndroms (Funktionsausfall des Gehirns)	30.000,00 €
1993: LG Dortmund, Urt. v. 22.07.1993 – 15 O 157/92, unveröffentlicht	Unfall, Tod nach 18 Monaten bei Bewusstlosigkeit	60.000,00 €
1993: OLG Saarbrücken, unveröffentlicht	Tod nach 7 Wochen Leidensweg auf Intensivstation	10.000,00 €
1993: OLG Saarbrücken, Urt. v. 30.07.1993, unveröffentlicht	Tod eines Mannes nach 9 Minuten im brennenden Fahrzeug, volles Bewusstsein	7.500,00 €
1994: LG Augsburg, Urt. v. 23.03.1994 – 7 S 3483/93, r+s 1994, 419	Unfalltod nach 30 Minuten, Verletzter war bei Bewusstsein und hat vor Schmerzen geschrien, Mitverschulden 30 %	1.500,00 €

870 Nur zu zwei Entscheidungen soll kritisch Stellung genommen werden, zum Schmerzensgeld von 7.500,00 € beim Tod eines Mannes, der nach 9 Minuten im brennenden Fahrzeug starb (s. o. OLG Saarbrücken – 1993) und zum Schmerzensgeld von 1.500,00 € für einen Verletzten, der nach 30 Minuten starb, in denen er vor Schmerzen geschrien hat (s. o. LG Augsburg – 1994).

871 Mag das Schmerzensgeld von 7.500,00 € im ersten Fall noch annähernd vertretbar sein (für einen derart grauenvollen Tod ist auch ein sehr viel höheres Schmerzensgeld vorstellbar), im zweiten Fall ist der Betrag sicher falsch. Solche Entscheidungen sind nur vor dem Hintergrund verständlich, dass das Gericht den Tod des Verletzten für die Erben nicht zum »Glücksfall«

machen will. Dieser Gesichtspunkt ist aber falsch,[1324] nachdem der Gesetzgeber die Vererblichkeit des Schmerzensgeldes normiert hat.

▶ Praxistipp: 872

Um in Fällen extremer Schmerzen solchen Fehlentscheidungen vorzubeugen, muss das Gericht auf neueste Entscheidungen hingewiesen werden und darauf, dass solche Schmerzensgelder dem Leiden des Verletzten nicht entsprechen. Das Ausmaß des Leidens ist nach der BGH-Rechtsprechung ein Bemessungskriterium, das sich in solchen Extremfällen deutlich auf die Höhe des Schmerzensgeldes auswirken muss.

i) Sonderfall: 67.500,00 € Schmerzensgeld bei Tod nach 5 Wochen durch ärztlichen Behandlungsfehler

Ein Fall fällt in der Gegenrichtung völlig aus diesem Rahmen:[1325] 873

An die Eltern eines fünfeinhalb Jahre alten Jungen, der infolge eines ärztlichen Behandlungsfehlers nach einer Injektion das Bewusstsein verlor, ins Koma fiel und nach 5 Wochen verstarb, wurden vom Haftpflichtversicherer vorprozessual 67.500,00 € gezahlt. Die Klage der Eltern auf Zahlung eines weiteren Schmerzensgeldes i. H. v. mindestens 57.500,00 € wurde allerdings abgewiesen, das Gericht wies jedoch nicht darauf hin, dass das freiwillig gezahlte Schmerzensgeld weit über dem angemessenen Betrag lag.

3. Unfallneurosen

a) Rentenneurose

874 Häufig kommt es bei einem Schadensereignis zu einer leichten Körperverletzung – in der Praxis oft ein HWS-Syndrom –, die in der Folgezeit ohne organische Folgen ausheilt. Dennoch klagt der Betroffene über Beschwerden und leitet hieraus seine **Erwerbsunfähigkeit** ab. Der Grund für die Erwerbsunfähigkeit ist nicht die Körperverletzung, die ja folgenlos ausgeheilt ist, sondern ihre Übersteigerung bzw. Fehlverarbeitung durch den Geschädigten, die sich zu der Vorstellung ausweitet, nicht mehr arbeiten zu können und deshalb einen Anspruch auf Schadensersatz oder Rente zu haben. Bei dieser Fallgruppe ist zu fragen, wem es zuzurechnen ist, dass ein Unfallbeteiligter eine Körperverletzung psychisch derart fehlverarbeitet, dass er dadurch erwerbsunfähig wird.[1326]

875 Dieser neurotische Zustand ist haftungsrechtlich keineswegs immer dem Schädiger im vollen Umfang zuzurechnen. So hat die Rechtsprechung seit jeher in Fällen sog. **Renten- oder Begehrensneurosen** eine Haftung verneint.

876 In mehreren Entscheidungen hat der BGH[1327] festgestellt, dass eine Haftung nur dann verneint werden kann, wenn das schädigende Ereignis nur ganz geringfügig war (Bagatelle) und

1324 Huber, NZV 1998, 345 (351).

1325 OLG Düsseldorf, Urt. v. 24.04.1997 – 8 U 173/96, MDR 1998, 470.

1326 Vgl. dazu die eingehende Darstellung von Müller, VersR 1998, 129 (132 ff.) und BGH, Urt. v. 30.04.1996 – VI ZR 55/95, BGHZ 132, 341 (351 f.) = VersR 1996, 990 = NJW 1996, 2425; BGH, Urt. v. 05.11.1996 – VI ZR 275/95, VersR 1997, 122; OLG Hamm, Urt. v. 28.05.1998 – 6 U 97/93, r+s 1999, 62; eingehend dazu auch OLG Hamm, Urt. v. 30.10.2000 – 6 U 61/00, r+s 2001, 62.

1327 BGH, Urt. v. 30.04.1996 – VI ZR 55/95, BGHZ 132, 341 = VersR 1996, 990 = NJW 1996, 2425; vgl. auch BGH, Urt. v. 25.02.1997 – VI ZR 101/96, VersR 1997, 752 = r+s 1997, 370; BGH, Urt. v. 11.11.1997 – VI ZR 376/96, MDR 1998, 157 = VersR 1998, 201; BGH, Urt. v. 11.11.1997 – VI ZR 146/96, MDR 1998, 159 = VersR 1998, 200. So auch OLG Frankfurt am Main, Urt. v. 06.11.1991 – 17 U 72/88, VersR 1993, 853.

nicht speziell auf eine Schadensanlage des Verletzten traf, sodass die psychische Reaktion in einem grobem Missverhältnis zum Anlass stand und deshalb schlechterdings nicht mehr verständlich war. Daraus folgt, dass extrem gelagerte Fälle von einer Haftung ausgenommen werden.[1328] Dagegen ist auch eine Rentenneurose entschädigungspflichtig, wenn sie auf übertriebene Begehrensvorstellungen zurückzuführen ist, denen der Verletzte aufgrund seiner psychischen Abnormität erliegt und die er gerade auch aus der Erwartungshaltung bzgl. der ihm zustehenden Schadensersatzansprüche nicht zu überwinden vermag.[1329]

877 Insgesamt kann man aber feststellen, dass die reine Begehrensneurose vom BGH zuletzt im Jahr 1979 ernstlich in Betracht gezogen worden ist.[1330] In der Rechtsprechung der OLG[1331] ist sie noch erörtert, vom OLG Stuttgart[1332] im Jahr 1999 in einem Fall bejaht worden.

Nunmehr hat der BGH[1333] seine frühere Rechtsprechung zur Begehrensneurose wieder aufgegriffen und ausgeführt:

Für die Verneinung des Zurechnungszusammenhangs zwischen unfallbedingten Verletzungen und Folgeschäden wegen einer Begehrensneurose ist es erforderlich, aber auch ausreichend, dass die Beschwerden entscheidend durch eine neurotische Begehrenshaltung geprägt sind.

b) Konversionsneurose

878 In zwei Entscheidungen v. 11.11.1997 hat der BGH[1334] eine deutliche Ausweitung der Haftung des Schädigers vorgenommen[1335]. Eine sog. Bagatelle, bei der eine Haftung für den psychischen Folgeschaden ausscheiden soll, wird bereits dann abgelehnt, wenn »nur« eine Schädelprellung mit HWS-Schleudertrauma vorliegt. Geringfügigkeit des auslösenden Ereignisses scheidet immer schon dann aus, wenn dafür ein – wenn auch geringes – Schmerzensgeld zu zahlen wäre.[1336]

1328 So auch OLG Hamm, Urt. v. 02.04.2001 – 13 U 148/00, DAR 2001, 360 = VRS 100 (2001), 414 zu einem Unfall auf einem Parkplatz bei geringer Geschwindigkeit; zu beachten ist jedoch, dass auch der 13. Zivilsenat des OLG Hamm für den Nachweis eines HWS-Syndroms eine Differenzgeschwindigkeit > 10 km/h fordert. Ähnlich auch AG Miesbach, Urt. v. 02.12.2004 – 2 C 555/04, SP 2005, 121.

1329 Dressing/Foerster, VersMed 2009, 59 (60).

1330 BGH, Urt. v. 08.05.1979 – VI ZR 58/78, VersR 1979, 718 (719); ähnlich auch AG Miesbach, Urt. v. 02.12.2004 – 2 C 555/04, SP 2005, 121; Müller, VersR 1998, 129 (133).

1331 Das OLG Düsseldorf, Urt. v. 08.01.2001 – 1 U 87/99, SP 2001, 412, hat zwar eine Rentenneurose erwogen, aber letztlich verneint; ebenso OLG Köln, Urt. v. 26.07.2001 – 7 U 188/99, SP 2001, 343 (345).

1332 Das OLG Stuttgart, Urt. v. 20.07.1999 – 12 U 231/98, SP 2001, 198, entschied: Der Geschädigte, der psychisch vorgeschädigt war (ängstlicher, depressiver Hypochonder) erlitt nach HWS-Syndrom 2. Grades einen psychischen Folgeschaden, infolgedessen er arbeitsunfähig wurde; es bejahte die Kausalität des Unfalls, lehnte aber eine Haftung ab, da eine Rentenneurose vorliege, der Geschädigte den Unfall daher nur zum Vorwand nehme, sich und seine Familie zu versorgen und zu sichern.

1333 BGH, Urt. vom 10.07.2012 – VI ZR 127/11, VersR 2012, 1133 = NJW 2012, 2964 = DAR 2013, 137.

1334 BGH, Urt. v. 11.11.1997 – VI ZR 376/96, MDR 1998, 157 = VersR 1998, 201; BGH, Urt. v. 11.11.1997 – VI ZR 146/96, MDR 1998, 159 = VersR 1998, 200.

1335 Vgl. hierzu Born, OLGR 2003, K 4.

1336 Diesen Ansatz stellt Brandt, VersR 2005, 616 (617), infrage, weil sich eine Bagatellverletzung nicht danach definieren lasse, ob ein Schmerzensgeld zu zahlen sei oder nicht. Es gebe auch rein psychische Gesundheitsverletzungen ohne Primärschaden, für die ein Zurechnungszusammenhang nicht über den »Bagatellschaden« auszuschließen sei.

879 Nur relativ selten wird angenommen, dass die neurotische Fehlhaltung des Geschädigten in einem groben Missverhältnis zum schädigenden Ereignis steht, also Ausdruck einer offensichtlich unangemessenen Erlebnisverarbeitung ist mit der Folge, dass keine Haftung besteht. Die Beweislast dafür, dass sich hier nur das allgemeine Lebensrisiko des Geschädigten verwirklicht hat, der sich in eine Neurose flüchtet, trägt der Schädiger.[1337] Ansonsten bleibt es bei der – für den Geschädigten günstigen – Situation, dass eine Haftung auch dann nicht entfällt, wenn an dem Ausbruch der psychischen Krankheit eine vorbestehende latente Disposition wesentlich mitgewirkt hat, die ohne den Unfall nicht ausgebrochen wäre. Hat allerdings schon vor dem Unfall eine fortschreitende psychische Erkrankung vorgelegen, die sich bis zum Unfall kontinuierlich verstärkt hat, kann als »Anteil« des Unfalls allenfalls vorübergehend eine Überlagerung der Grunderkrankung durch unfallbedingte Folgen angenommen, ansonsten aber unterstellt werden, dass die später festgestellte Beeinträchtigung einige Zeit später auch ohne den Unfall eingetreten wäre.[1338]

880 ▶ Hinweis:

Die Konversionsneurose ist zu entschädigen, wenn sich die ursprüngliche körperliche Schädigung in eine seelische Störung umwandelt und der Geschädigte infolge dieser psychischen Fehlverarbeitung zu der Vorstellung kommt, nicht mehr arbeiten zu können. In diesen Fällen wird die Haftung nicht ausgeschlossen, wenn die Begehrensvorstellung nicht im Vordergrund steht.

c) Borderline-Störung

881 Auch eine der Konversionsneurose vergleichbare Borderline-Störung kann im Einzelfall dazu führen, die Kausalität einer HWS-Verletzung für psychisch bedingte Folgeschäden zu verneinen.[1339] Bei einer Borderline-Persönlichkeit ist ein von der Norm abweichendes Erlebens- und Verhaltensmuster vorhanden, das im Laufe des Lebens zwangsläufig weitere Beeinträchtigungen/Erkrankungen nach sich zieht. Ein Verkehrsunfall kann als Auslöser für eine psychische Erkrankung zufälligen Charakter haben. Ein beliebiges anderes Ereignis, welches mit einer zeitweisen Beeinträchtigung der körperlichen Funktionen verbunden ist und welches zum normalen Lebensrisiko gehört, hätte eben diese Folgen auch auslösen können.

882 Fraglich ist allerdings, ob das **Alles-oder-Nichts-Prinzip** in diesen Fällen die angemessene Lösung ist oder ob nicht doch die psychische Prädisposition des Geschädigten dessen Anspruch mindern kann. Unter dem Gesichtspunkt der Billigkeit hat es der VI. Zivilsenat des BGH als möglich angesehen, eine erhöhte Schadensanfälligkeit durchaus zulasten des Geschädigten zu berücksichtigen,[1340] allerdings nur dann, wenn sich feststellen lasse, dass diese Anlage auch ohne das schädigende Ereignis zu dem eingetretenen Schaden geführt hätte. Auch das OLG Hamm[1341] ist der Ansicht, dass eine in der Struktur des Geschädigten angelegte Neurose die Höhe des Schmerzensgeldes beeinflussen kann, wenn konkrete Anhaltspunkte dafür bestehen, dass früher oder später auch ohne das Unfallereignis Fehlentwicklungen vergleichbaren

1337 KG, Urt. v. 15.05.2000 – 12 U 3645/98, NZV 2002, 172 (174).

1338 OLG Hamm, Urt. v. 21.08.2000 – 6 U 149/99, r+s 2002, 16; OLG Hamm, Urt. v. 27.08.2001 – 6 U 252/99, r+s 2002, 113; s. aber OLG Hamm, Urt. v. 20.06.2001 – 13 U 136/99, NZV 2002, 37 = VersR 2002, 491, wonach konkrete Anhaltspunkte für Fehlentwicklungen vergleichbaren Ausmaßes vorliegen müssen.

1339 KG, Urt. v. 12.06.2003 – 22 U 82/02, KGR 2004, 323.

1340 BGH, Urt. v. 05.11.1996 – VI ZR 275/95, VersR 1997, 122.; OLG Frankfurt am Main, Urt. v. 06.11.1991 – 17 U 72/88, VersR 1993, 853.

1341 OLG Hamm, Urt. v. 20.06.2001 – 13 U 136/99, NZV 2002, 37 = VersR 2002, 491.

Ausmaßes aufgetreten wären. Ähnlich das OLG Schleswig[1342] in einem Fall, in dem der Kläger eine Schädelprellung und eine HWS-Distorsion erlitten hatte und fortan unter Schmerzen, Beschwerden und Beeinträchtigungen litt. Bei der Bemessung des Schmerzensgeldes trug das OLG der psychischen Veranlagung des Klägers und den auf ihr beruhenden Risiken Rechnung und setzte ein ermäßigtes Schmerzensgeld von 10.000,00 € fest.

4. Schockschaden

a) Einleitung

883 Unter einem Schockschaden, vom Reichsgericht auch Fernwirkungsschaden genannt, versteht man im Allgemeinen die seelische Erschütterung, die ein bei einem Unfall selbst nicht Verletzter erleidet, durch

- das Miterleben des Unfalls,
- den Anblick von Unfallfolgen oder
- die Nachricht von einem Unfall und seinen Folgen.

884 Ein **Schockschaden** ist ein psychischer Schaden, der durch eine Konfrontation mit einem plötzlichen, lebensbedrohlichen oder angsteinjagenden Geschehnis entsteht und eine Person dadurch so erschreckt, dass die psychischen Folgen das Leben des Opfers negativ beeinflussen.[1343]

885 ▶ Hinweis:

Bei den **typischen psychischen Störungen** nach einem Verkehrsunfall kann unterschieden werden zwischen folgenden Beschwerdebildern:[1344]

Posttraumatische Belastungsstörung (PTBS)[1345]

Intrusionen (eindringlich wiederkehrende, sich aufdrängende und stark belastende Erinnerungen an das Erlebte auf allen Sinneskanälen; »Flashbacks« und Alpträume); physiologische Übererregtheit, Angespanntheit, Schlaf-, Konzentrations- und Gedächtnisstörungen, übermäßige Schreckhaftigkeit, schnelle Gereiztheit und Muskelverspannung; Einschätzung des Straßenverkehrs als bedrohlich, gestörte Wahrnehmung im Straßenverkehr (Gefühl von Beinaheunfällen); Vermeidung von Dingen, Aktivitäten und Gedanken, die an das Trauma erinnern, etwa von Autofahrten.

1342 OLG Schleswig, Urt. v. 19.12.2002 – 7 U 163/01, OLGR 2003, 155.

1343 Janssen, ZRP 2003, 156.

1344 Nach Clemens/Hack/Schottmann/Schwab, DAR 2008, 9.

1345 Neben unfallbedingten Faktoren für eine PTBS (schweres Trauma, Tod einer beteiligten Person, anhaltende Lebensgefahr, gravierende Schmerzen) ist weitgehend anerkannt, dass es auch allgemeine Faktoren (niedriger sozioökonomischer Status, aktuelle psychosoziale Belastungsfaktoren, frühere traumatische Erfahrungen, manifeste psychische Störungen wie Angst, Depression oder Somatisierung, Alkohol- oder Drogenabhängigkeit) und Faktoren aus der Zeit nach dem Unfall (mangelnde soziale oder therapeutische Unterstützung, subjektive Befürchtung schwerer Dauerschäden) gibt, die das Risiko einer PTBS erheblich erhöhen, vgl. Huber, SVR 2008, 1 (4).

Angststörungen

Unangemessene Angst, einen neuerlichen Unfall zu erleiden oder überhaupt am Verkehr teilzunehmen; körperliche Angstreaktionen (Zittern, Schweißausbrüche, Verkrampfungen, Panik); Vermeidungstendenzen.[1346]

Depressive Störungen

Gedrückte Stimmung; Interesseverlust, Antriebsmangel; schnelle Ermüdbarkeit; Schlafstörungen, Appetitmangel; Schuldgefühle, Gefühle der Wertlosigkeit; Suizidgedanken.

Somatoforme Störungen

Körperliche Beschwerden werden beklagt, deren Symptome aber nach ärztlicher Einschätzung nicht oder nicht ausreichend körperlich begründbar sind.

886 Ein so definierter Schockschaden kann unterschiedliche Personen treffen. Dabei ist zu unterscheiden, welches Ereignis den Schockschaden ausgelöst hat. In der Vergangenheit wurde ein Schockschaden i. d. R. nur in Zusammenhang mit der Tötung oder schwerwiegenden Verletzung eines nahen Angehörigen diskutiert, z. B. nach dem Absturz der Concorde in Paris, dem Bundesbahnunglück bei Eschede oder dem Seilbahnunglück von Cavalese. Die deutsche Rechtsprechung gewährt beim Ersatz von Kraftfahrzeugschäden europaweit die großzügigste Regelung, bei Schockschäden die europaweit restriktivste.[1347]

887 In jüngerer Zeit werden aber auch Menschen als Opfer eines Schockschadens gesehen, die bei schweren und schwersten Katastrophen durch seelische Erschütterungen schwer betroffen sind. Nach terroristischen Anschlägen, Naturkatastrophen (Tsunami) oder Unfällen mit zahlreichen Toten und Verletzten wird immer wieder davon berichtet, dass auch nicht (körperlich) Verletzte psychologisch und seelsorgerisch betreut werden. Auf diese Personen ist die Betreuung jedoch nicht beschränkt, sie wird erstreckt auf die Helfer vor Ort, die nicht selten nach geleisteter Hilfe an die unmittelbaren Unfallopfer selbst der psychologischen Betreuung bedürfen.

888 Ein Schockschaden kann deshalb eintreten:

- bei Unfallbeteiligten, die selbst körperlich nicht verletzt wurden,
- bei Unfallhelfern und Betreuern, die nach dem Ende der unmittelbaren Anspannung auf das Geschehene/Erlebte reagieren,
- bei Angehörigen, die durch den Tod oder die Verletzung des (nahen) Angehörigen mit einem psychischen Schaden reagieren.

889 Für die drei Fallgruppen gilt:

- Die seelische und nervliche Belastung durch und infolge eines Schocks hängt u. a. davon ab, wie sensibel der betroffene Dritte reagiert. Erst eine gewisse Schadensanfälligkeit kann überhaupt zu einem Schaden führen.[1348]

1346 Hier besteht eine Symptomähnlichkeit mit der PTBS; bei den phobischen Ängsten ist jedoch die massive situationsbezogene Angst und die damit verbundene Vermeidung vorherrschend, während bei der PTBS weitere Symptome wie Intrusionen oder eine physiologische Übererregtheit auch in nicht unfallassoziierten Situationen hinzutreten, vgl. Clemens/Hack/Schottmann/Schwab, DAR 2008, 9 (11).

1347 Palandt/Grüneberg, vor § 249 Rn. 40.

1348 Diese Schadensanfälligkeit darf nicht Anlass sein, das Schmerzensgeld niedriger anzusetzen, als es ohne Prädisposition ausfallen würde. Dennoch hat das OLG Köln (E 1957) bei der Bemessung des Schmerzensgeldes bei einem Schock nach dem Tod eines Ehemannes berücksichtigt, dass der Schock die Ehefrau zu einer Zeit traf, in der sie sich bereits in einer instabilen psychischen Verfassung befunden habe.

– Derjenige, der einen Schock erlitten hat, macht keinen Drittschaden, sondern grds. einen eigenen Gesundheitsschaden geltend.[1349] Zum Schadensausgleich gehört wie bei allen Gesundheitsverletzungen ein Schmerzensgeld.[1350]

890 Das Schmerzensgeld für Schockschäden ist dogmatisch und rechtspolitisch unbedenklich, da die Gewährung von Schmerzensgeld auch sonst nicht davon abhängt, wie die Gesundheitsverletzung herbeigeführt worden ist.[1351] Hinzu kommt, dass der Schmerzensgeldanspruch nicht mehr auf die unerlaubte Handlung begrenzt ist, sondern dass § 253 BGB auch in Fällen der Gefährdungshaftung, z. B. nach §§ 7, 11 StVG, eingreift.

b) Vom Schockschaden Betroffene

aa) Schockschaden für Unfallopfer

891 Die Verletzten dieser Fallgruppe erhalten nach ständiger Rechtsprechung immer dann ein Schmerzensgeld, wenn sie – auch ohne Primärschaden – psychische Schäden erlitten haben, die Krankheitswert besitzen.

bb) Schockschaden bei Helfern und Betreuern

892 Unfallhelfer und Katastrophenhelfer werden als Risikogruppe für die Entwicklung psychoreaktiver Störungen nach belastenden Einsätzen angesehen. Es existieren sowohl prätraumatische wie ereignisbezogene Risikofaktoren. Unter den prätraumatischen Faktoren am wichtigsten sind vorgegebene Persönlichkeitseigenschaften, die Länge der bisherigen Berufstätigkeit sowie die Häufigkeit belastender Einsätze. Bei den ereignisbezogenen Faktoren stellen die objektive Schwere und das subjektive Erleben Risikofaktoren dar. Präventiv wichtig ist eine gute Schulung, das Erlernen von Bewältigungsstrategien, Selbstsicherheitstraining, eine klare Struktur der Einsätze und die Möglichkeit von konstruktiven, entlastenden Gesprächen nach dem Einsatz je nach den subjektiven Bedürfnissen des Betroffenen.[1352]

893 Die äußeren belastenden Ereignisse werden häufig als »Trauma« bezeichnet bzw. als »traumatisch« beschrieben. Das Trauma bedeutet:
– Das äußere belastende Ereignis in seiner phänomenologischen Beschreibung,
– das psychische Erleben dieses äußeren Ereignisses,
– die – potenzielle – psychopathologische Symptomatik, die als Folge dem äußeren Ereignis zugeschrieben wird.[1353]

894 Besonders hervorzuheben ist, dass die posttraumatische Belastungsstörung keineswegs die einzige mögliche psychopathologische Reaktion ist, sondern dass vielfältige Störungen Folge äußerer Belastungsereignisse sein können, wobei v. a. Anpassungsstörungen und somatoforme Störungen zu nennen sind.[1354]

895 Auch Unfallhelfern und Betreuern kann ein Schmerzensgeld im Grunde nicht versagt werden.

1349 Vgl. Schmidt, MDR 1971, 538 (538, 541); so auch für das österreichische Recht: Danzl/Gutiérrez-Lobos/Müller, S. 142.

1350 Vgl. Staudinger/Schiemann, BGB, 2005, § 249 Rn. 39 ff.

1351 Vgl. Staudinger/Schiemann, BGB 2005, § 249 Rn. 39.

1352 Foerster, VersMed 2007, 88.

1353 Foerster, VersMed 2007, 88.

1354 Foerster, VersMed 2007, 88 (89).

896 Der BGH[1355] hatte zu entscheiden, ob Schadensersatzansprüche von zwei Polizeibeamten, die eine posttraumatische Belastungsstörung, einen Schockschaden, erlitten hatten, auf das klagende Land übergegangen waren. Diese Polizeibeamten waren zufällig zu einer Unfallstelle gekommen, als in einem Fahrzeug mehrere Menschen verbrannten. Sie sicherten die Unfallstelle ab, griffen aber nicht selbst als Retter ein, sodass kein Fall der Herausforderung vorlag. Zur Frage des Zurechnungszusammenhangs zwischen dem Unfall und den psychischen Schäden der Polizeibeamten hat der BGH danach differenziert, ob der Geschädigte unmittelbar oder mittelbar am Unfall beteiligt war. Als unmittelbar beteiligt sieht der BGH nur denjenigen an, dem der Schädiger die Rolle eines Unfallopfers aufgezwungen hat und nicht schon denjenigen der mehr oder weniger zufällig am Unfallort anwesend ist oder gar später dorthin kommt. Dementsprechend hat der BGH den Zurechnungszusammenhang verneint, weil die Polizeibeamten als am Unfall Unbeteiligte – eher wie zufällig anwesende Zeugen – das Geschehen beobachtet hatten. Die Zurechnung scheitere in diesem Fall, daran, dass der Schädiger den Geschädigten die Rolle eines unmittelbaren Unfallbeteiligten nicht aufgezwungen habe und diese das Unfallgeschehen psychisch nicht hätten verkraften können. Für die an einem Unfall nicht unmittelbar Beteiligten gelte, dass deren Rolle als »zufällige Zeugen« nicht ausreiche, den Schädiger in Haftung zu nehmen. Das Ereignis sei vielmehr dem allgemeinen Lebensrisiko zuzurechnen.

Auf die Frage, ob der Unfall den Polizeibeamten nicht doch aufgezwungen wurde, weil sie sich von der Unfallstelle tatsächlich nicht entfernen konnten, geht der BGH nicht ein.

897 Bedauerlicherweise geht der BGH in dieser Entscheidung nicht näher darauf ein, wieso nahen Angehörigen, die nicht einmal »zufällige Zeugen« eines tödlichen Verkehrsunfalls waren, dennoch als »Dritten« ein Schmerzensgeldanspruch wegen eines Schockschadens zustehen kann.

898 Mit dem Schockschaden eines **hauptberuflichen Retters** hat sich das OLG Celle[1356] befasst, die Revision gegen das Urteil hat der BGH zurückgewiesen.[1357] Ein Bundesgrenzschutzbeamter leitete einen Einsatz und nahm eine Unfallstelle aus kurzer Entfernung in Augenschein. Es handelte sich um einen explodierten Kesselwagen, der mit Chemikalien beladen gewesen und in Brand geraten war. Das OLG Celle entschied: Dem mittelbar geschädigten Retter (hier: psychische Erkrankung aufgrund eines beruflichen Einsatzes als Rettungskraft) kann nur dann ein eigener Schadensersatzanspruch gegen den Haftpflichtigen zustehen, wenn ein haftungsrechtlicher Zurechnungszusammenhang zwischen dem Unglück und dem eingetretenen Schaden anzunehmen ist. Hieran fehlt es, wenn sich der Retter erst nachträglich von Berufs wegen zu dem Unfallort begibt und die eigentliche Rechtsgutverletzung bereits geschehen ist.

899 Stöhr[1358] fragt, ob die Rechtsprechung zur Herausforderung auf Rettungskräfte angewandt werden kann, die bei einem Unfall hinzugezogen werden. Er verneint dies eindeutig für **hauptberuflich Tätige**, wie **Polizeibeamte, Feuerwehrleute** und **Notärzte**, die sich mit ihrer **Berufswahl** bewusst einem beruflichen Umfeld ausgesetzt hätten, das bestimmte, psychisch mitunter schwer zu verarbeitende Erfahrungen mit sich bringen würde. Zu ihrer **Ausbildung** gehöre es, diese Erlebnisse zu verarbeiten, psychische Risiken gehörten insoweit zu deren allgemeinen Lebensrisiken.

900 Anders kann diese Frage für **ehrenamtliche Helfer** zu beurteilen sein, ohne dass gesagt werden kann, dass die Rechtsprechung zur **Herausforderung** auf diese Personengruppe anwendbar wäre.

1355 BGH, Urt. v. 22.05.2007 – VI ZR 17/06, NJW 2007, 2764 = VersR 2007, 1093; vgl. auch Eilers, ZfS 2009, 248 (249, 250).

1356 OLG Celle, Urt. v. 28.04.2005 – 9 U 242/04, VersR 2006, 1356.

1357 BGH, Beschl. v. 16.05.2006 – VI ZR 108/05, unveröffentlicht.

1358 Stöhr, NZV 2009, 161 (164).

901 In einer der wenigen hierzu ergangenen Entscheidungen hat indes das **OLG Koblenz**[1359] es abgelehnt, die Zurechnung wegen eines »Berufswahlrisikos« zu beschränken. Im dortigen Fall erlitten Polizeibeamte, die eine aggressive Auseinandersetzung nur durch Schusswaffengebrauch beenden konnten, nachfolgend eine Belastungsstörung (»post-shooting-Syndrom«, welches hier ja immerhin den Schützen und nicht etwa den Angeschossenen betraf!). Die angeschossenen Störenfriede wurden zum Ersatz verurteilt; das OLG verwies zur Begründung darauf, dass Polizeibeamte sich nicht etwa »mehr bieten lassen« müssten als Private und ja für körperliche Schäden auch und gerade dann Ersatz geschuldet sei, wenn diese den Polizeibeamten bei Ausübung ihres Dienstes zugefügt wurden.

902 Die Fallgruppen aa) und bb) bieten noch eine weitere Besonderheit: Während es bei der Gruppe cc) um die Verletzung oder den Verlust eines nahen Angehörigen geht, sodass Trauer und Mitleid eine Rolle spielen, sind Menschen der Gruppe aa) in der eigenen Person betroffen und die der Gruppe bb) sind zunächst nur mittelbar betroffen, weil bei dem Unfall unmittelbar nur Dritte (Fremde) verletzt wurden.

cc) Schockschaden aufgrund von Verletzung/Tod naher Angehöriger

903 Für Angehörige, die einen psychischen Schaden erleiden, gilt die bisherige Rechtsprechung.

Im Grundsatz gilt: Kein Schmerzensgeld für Angehörige von Geschädigten.[1360] Einen indirekten Schmerzensgeldanspruch kennt das Gesetz nicht. Ist ein Kind von einem Behandlungsfehler betroffen, steht der Mutter des Kindes, die gleichsam als Reflex mit dem Kind gelitten hat, kein Schmerzensgeld zu. Ein Dritter, der mit dem fehlerhaft behandelten Patienten mitleidet, kann daraus keinen Schmerzensgeldanspruch herleiten, auch wenn er große eigene Ängste ausstehen muss.[1361] Allerdings kann sich die Entschädigung für den Schockschaden wie ein Schmerzensgeld für den Verlust des nahen Angehörigen auswirken. Bis auf gesetzlich geregelte Ausnahmen (§ 844 BGB) sollen aber nur unmittelbare Schäden des Opfers ausgeglichen werden. Das bedeutet: Ein Schockschaden, den jemand durch den Tod oder die Verletzung eines anderen erleidet, d. h. psychosomatische Beschwerden, die sich im Rahmen der Erlebnisverarbeitung halten, sind grundsätzlich dem allgemeinen Lebensrisiko zuzuordnen.

Dies gilt auch für psychische Schäden aufgrund der Tötung des Haustieres. Der BGH[1362] führt aus:

»Derartige Beeinträchtigungen bei der Verletzung oder Tötung von Tieren, mögen sie auch als schwerwiegend empfunden werden und menschlich noch so verständlich erscheinen, gehören zum allgemeinen Lebensrisiko und vermögen damit Schmerzensgeldansprüche nicht zu begründen.«.

Erleidet jedoch jemandnach einem schweren Unfall eines **Angehörigen** einen nachvollziehbaren Schock oder psychische Beeinträchtigungen, kann dies eine Verletzung der Gesundheit sein, die einen Schmerzensgeldanspruch auslöst.

1359 OLG Koblenz, Urt. v. 08.03.2010 – 1 U 1137/06, VersR 2011, 938 m. Anm. Luckey.

1360 Diederichsen, VersR 2005, 433, 438. Allerdings wird auch für die deutsche Rechtsordnung ein sog. Trauergeld bei Verlust eines nahen Angehörigen gefordert, ohne dass eine Gesundheitsbeeinträchtigung vorliegen muss: Haupfleisch, DAR 2003, 403.

1361 OLG Naumburg, Urt. v. 11.12.2008 – 1 U 12/08, MDR 2009, 867.

1362 BGH, Urt. v. 20.03.2012 – VI ZR 114/11, VersR 2012, 634.

904 Ein Schockschaden wird nach nahezu allen europäischen Rechtsordnungen ersetzt.[1363] Zwar sind die gesetzlichen Regelungen innerhalb Europas keineswegs einheitlich[1364] und es bestehen zahlreiche Besonderheiten im Einzelnen. Hinterbliebenenschmerzensgeld wird aber gewährt in der Schweiz,[1365] in Frankreich, in Belgien, in Spanien, in Italien, in Griechenland und in Großbritannien.[1366] Aus dem Lager derjenigen, die das Angehörigenschmerzensgeld grds. ablehnen, sind mit Österreich und Schweden bereits zwei maßgebliche Vertreter zum Lager derjenigen gewechselt, die einen Ersatz für Trauerschaden anerkennen.[1367] In Österreich gilt aber wie in Deutschland, dass der nahe Angehörige ein Schmerzensgeld nur verlangen kann, wenn er einen eigenen Schaden erlitten hat, einen echten Schockschaden.[1368]

905 Der Versuch, den Angehörigen schon jetzt ohne Gesetzesänderung ein Schmerzensgeld für den Verlust eines geliebten Menschen zuzuerkennen, muss scheitern.[1369] Auch wenn man annimmt, dass durch die Tötung eine Verletzung des allgemeinen Persönlichkeitsrechts des Angehörigen verursacht wird, etwa weil der Bestand von Ehe und Familie oder die Freiheit der Familienplanung verletzt worden ist, lässt sich daraus über Art. 1 und 2 des GG i. V. m. § 823 BGB kein Schmerzensgeldanspruch herleiten.[1370]

906 Der **BGH** und die **OLG** machen die Ersatzfähigkeit von Schockschäden von mehreren **Voraussetzungen** abhängig:

- Eine die Haftung auslösende Gesundheitsverletzung soll nicht schon immer dann vorliegen, wenn medizinisch fassbare Auswirkungen gegeben sind; es müssen vielmehr Gesundheitsschäden vorliegen, die nach Art und Schwere den Rahmen dessen überschreiten, was an Beschwerden bei einem solchen Erlebnis aufzutreten pflegt.
- Es genügt also nicht, dass aus medizinischer Sicht eine Verletzung der Gesundheit gegeben ist, vielmehr müssen die Beeinträchtigungen nach der allgemeinen Verkehrsauffassung als ernsthafte Erkrankung betrachtet werden.[1371]

1363 Janssen, ZRP 2003, 156; vgl. auch Danzl/Gutiérrez-Lobos/Müller, S. 130 mit Fn. 346 und S. 138 mit Fn. 364 und 365.

1364 Vgl. Backu, DAR 2001, 587; in Österreich sieht der OGH Wien, Urt. v. 16.05.2001, ZVR 2001, 73 = NZV 2002, 26, zugunsten der trauernden Angehörigen den Anspruch auf Schmerzensgeld wegen ihrer seelischen Beeinträchtigungen auch ohne eigene Gesundheitsschädigung als begründet an, wenn der Schädiger vorsätzlich oder grob fahrlässig gehandelt hat.

1365 Vgl. Lemor, SVR 2006, 290 (290). In der Schweiz bewegt sich die Genugtuung für Hinterbliebene zzt. zwischen 5.000,00 CHF und 40.000,00 CHF.

1366 Ebbing, ZGS 2003, 223 (227).

1367 OGH, Urt. v. 08.06.2010 – 4 Ob 71/10k, Zivilrecht 2011, 13 m. Anm. Kathrein; Haupfleisch, DAR 2003, 403 ff., verweist darauf, dass die Rspr. des OGH in Österreich das »Trauergeld für nahe Angehörige« bei schwerem Verschulden des Schädigers (Vorsatz und grobe Fahrlässigkeit) begründet hat. Die Frage der Höhe und zum Begriff »nahe Angehörige« solle ebenfalls der Rspr. überlassen bleiben; vgl. auch Geigel/Pardey, 7. Kap. Rn. 16; Kramer, Trauerschmerz und Schockschäden in der aktuellen Judikatur, Zivilrecht 2008, 44.

1368 OGH, Urt. v. 08.06.2010 – 4 Ob 71/10k, ZVR 2011, 13 ff. m. Anm. Kathrein.

1369 So aber: Klinger, NZV 2005, 290 (290).

1370 So aber: Klinger, NZV 2005, 290 (290).

1371 Diederichsen, VersR 2005, 433 (438).

- Der Anlass für den Schock muss verständlich erscheinen, d. h. der Anlass muss geeignet sein, bei einem durchschnittlich Empfindenden eine entsprechende Reaktion auszulösen.[1372]
- Der Ersatzanspruch wird auf nahe Angehörige des Opfers beschränkt.

907 Das bedeutet: ein Schockschaden, den jemand durch den Tod oder die Verletzung eines anderen erleidet, d. h. psychosomatische Beschwerden, die sich i. R. d. Erlebnisverarbeitung halten, sind grds. dem allgemeinen Lebensrisiko zuzuordnen.[1373] Ein Schmerzensgeldanspruch naher Angehöriger ist i. d. R. ausgeschlossen, wenn deren Trauer (nur) dem entspricht, was normalerweise beim Tod eines nahen Angehörigen empfunden wird. Diese Betrachtungsweise dürfte von der Vorstellung geprägt sein, dass seelische Erkrankungen ein Zeichen mangelnder Selbstbeherrschung und deshalb dem Betroffenen selbst zuzurechnen sind. Für die Haftungsbegründung nach § 823 Abs. 1 BGB kommt es aber allein auf die Gesundheitsverletzung an, darauf, dass die Gesundheit des Dritten verletzt worden ist. Warum für psychische Erkrankungen etwas anderes gelten soll, ist nie recht begründet worden.[1374] Die Rechtsprechung fordert also für eine Haftung **mehr als die medizinische Qualifizierung eines Schocks**, damit Ersatzansprüche das Haftungssystem nicht sprengen. Ansprüche bestehen nur, wenn ein **echter Schockschaden** eingetreten ist. Dagegen hat der BGH[1375] die Gesundheitsverletzung auch schon anders definiert: Unter Gesundheitsverletzung fällt jedes Hervorrufen oder Steigern eines von den normalen körperlichen Funktionen nachteilig abweichenden Zustandes, wobei es unerheblich ist, ob Schmerzzustände auftreten oder bereits eine tief greifende Veränderung der Befindlichkeit eingetreten ist.[1376]

908 Es sieht nicht so aus, als ob die Rechtsprechung des BGH sich in diesem Punkt ändern könnte. Diederichsen[1377] hebt unter Hinweis auf die bisherige Rechtsprechung des BGH nochmals hervor, dass ein Anspruch nur für nahe Angehörige bestehen könne, die einen nachvollziehbaren Schock oder eine psychische Beeinträchtigungen erlitten, deren Ausmaß eine eigene schwerwiegende Gesundheitsverletzung des Angehörigen erreiche. Da ein starkes negatives Erlebnis, das Empfindungen wie Schmerz, Trauer und Schrecken hervorruft, regelmäßig physiologische Abläufe und seelische Funktionen in oft sehr empfindlicher Weise störe, würden solche Störungen des körperlichen Wohlbefindens regelmäßig nicht als Gesundheitsbeschädigungen i. S. d. § 253 BGB anerkannt. Vielmehr sei eine Verletzung des Körpers oder der Gesundheit erforderlich, die nicht nur in medizinischer Sicht, sondern auch nach der allgemeinen Verkehrsauffassung als ernsthafte Erkrankung betrachtet werde. Beeinträchtigungen,

---

1372 Daher hat das OLG Nürnberg, Urt. v. 24.05.2005 – 1 U 558/05, r+s 2006, 395, einen Ersatzanspruch in einem Fall abgelehnt, in welchem der Vater einer nicht schwer verletzten (HWS-Distorsion und Prellungen) Tochter von dieser selbst zur Unfallstelle gerufen worden war und dort einen Schlaganfall erlitt. Hier fehle es an einem Zurechnungszusammenhang, da die Schäden nicht im Verhältnis zum Anlass stünden. Plastisch auch OLG Hamm, Urt. v. 24.06.2005 – 9 U 201/04, OLGR 2006, 350: kein Schmerzensgeld für den Zusammenbruch, den ein potenzieller Abfindungsgläubiger erleidet, weil der Versicherer nur eine Abfindung zahlen will, die den vorgestellten Betrag um ein Vielfaches unterschreitet.

1373 Palandt/Grüneberg, Vorb. § 249 Rn. 40, 54; Dauner-Lieb/Langen/Huber, AK-Schuldrecht, § 253 Rn. 51 ff.

1374 Staudinger/Schiemann, BGB, 2005, § 249 Rn. 43 (46).

1375 BGH, Urt. v. 20.12.1952 – II ZR 141/51, BGHZ 8, 243 (245) = NJW 1953, 417 (418); BGH, Urt. v. 04.11.1988 – 1 StR 262/88, NJW 1989, 781; BGH, Urt. v. 12.10.1989 – 4 StR 318/89, NJW 1990, 129 = MDR 1990, 65.

1376 BGH, Urt. v. 20.12.1952 – II ZR 141/51, BGHZ 8, 243 (245) = NJW 1953, 417 (418); BGH, Urt. v. 04.11.1988 – 1 StR 262/88, NJW 1989, 781; BGH, Urt. v. 12.10.1989 – 4 StR 318/89, NJW 1990, 129 = MDR 1990, 65; vgl. oben Rdn. 786 ff.

1377 Diederichsen, VersR 2005, 433 (438).

die zwar medizinisch erfassbar seien, aber nicht den Charakter eines »schockartigen« Eingriffs in die Gesundheit trügen, hätten außer Betracht zu bleiben und bildeten regelmäßig keine selbstständige Grundlage für einen Schadensersatzanspruch des Angehörigen.

909 Diese Auffassung vom »echten Schockschaden« hat in der Vergangenheit schon Schmidt[1378] angegriffen. Er kommt zu dem Ergebnis, dass der BGH[1379] versucht, die Verantwortlichkeit i. R. d. § 823 Abs. 1 BGB durch eine einschränkende Interpretation einer Haftungsvoraussetzung, nämlich des Begriffs der Gesundheitsverletzung, abzubauen. Er geht davon aus, dass jemand, der psychisch geschädigt ist, selbst und unmittelbar eine Gesundheitsverletzung erlitten hat, dass die unmittelbare Verletzung zu einem originären Anspruch des Verletzten führt und dass es für die Frage der Haftung und die Zahlung eines Schmerzensgeldes nur darauf ankommen kann, ob den Schädiger ein Verschulden trifft.[1380]

910 Ein **Schockschaden** ist ein psychischer Schaden, der durch eine Konfrontation mit einem plötzlichen, lebensbedrohlichen oder angsteinjagenden Geschehnis entsteht und eine Person dadurch so erschreckt, dass die psychischen Folgen das Leben des Opfers negativ beeinflussen.[1381] Im Gegensatz zum **Angehörigenschmerzensgeld**, soweit dieses in anderen Rechtsordnungen anerkannt ist und wegen der bloßen Schmerzen bzw. Trauer über fremdes Leid gewährt wird, muss nach der Rechtsprechung des BGH der Schockschaden selbst die Schwelle zur vom BGH für diese Fälle neu definierten Gesundheitsverletzung überschreiten. Ob diese sehr hohen Anforderungen gerechtfertigt sind, erscheint mehr als zweifelhaft.[1382] Eine weiter gehende Entschädigung Angehöriger eines Getöteten wäre durch die Lockerung der restriktiv gehandhabten Voraussetzungen ohne Preisgabe des grundsätzlichen Erfordernisses einer Verletzung in eigenen Rechten möglich.[1383]

911 Soweit das Angehörigenschmerzensgeld nicht gewährt wird, ist Voraussetzung für ein Schmerzensgeld, dass die **Trauer** nach Art und Schwere deutlich über das hinausgeht, was Angehörige als mittelbar Betroffene in derartigen Fällen erfahrungsgemäß an Beeinträchtigungen erleiden;[1384] erst wenn die Trauer **über das normale Maß hinausgeht**, erreicht sie Krankheitswert,[1385] erst dann liegt darin eine Verletzung der Gesundheit, die einen Schmerzensgeldanspruch auslöst. Das ist z. B. dann der Fall, wenn die **seelische Erschütterung** zu **nachhaltigen traumatischen Schädigungen** führt, zu **psychopathologischen Zuständen**, die in der Medizin als traumatische Neurosen, Psychosen oder Depressionen eingeordnet werden. Ferner zählen dazu Angstzustände, schreckhafte Träume oder Panikattacken, oder seelische Erschütterungen,[1386] die zu anderen massiven Folgen führen, wie z. B. zur Verschlimmerung

1378 Schmidt, MDR 1971, 538.

1379 BGH, Urt. v. 11.05.1971 – VI ZR 78/70, BGHZ 56, 163 = NJW 1971, 1883.

1380 Schmidt, MDR 1971, 538 (539).

1381 Janssen, ZRP 2003, 156 ff.

1382 Eingehend Bischoff, MDR 2004, 557.

1383 Katzenmeier, JZ 2002, 1029 (1035).

1384 BGH, Urt. v. 11.05.1971 – VI ZR 78/70, BGHZ 56, 163 = NJW 1971, 1883; BGH, Urt. v. 04.04.1989 – VI ZR 97/88, NJW 1989, 2317; OLG Nürnberg, Urt. v. 27.02.1998 – 6 U 3913/97, NJW 1998, 2293; KG, Urt. v. 10.06.2004 – 12 U 315/02, NZV 2005, 315 = KGR 2004, 576; Ebbing, ZGS 2003, 223 (227).

1385 BGH, Urt. v. 30.04.1996 – VI ZR 55/95, BGHZ 132, 351 = VersR 1996, 990 = NJW 1996, 2425.

1386 S. o. Rdn. 799 ff.; Danzl/Gutiérrez-Lobos/Müller, S. 121 (122).

eines Herzleidens oder zu einem Schlaganfall.[1387] Selbst als pathologisch zu verifizierende Beeinträchtigungen, wie Depressionen, Verzweiflung und andauernde Leistungsminderung, sollen dem allgemeinen Lebensrisiko zuzurechnen sein und ein Schmerzensgeld nicht rechtfertigen.[1388] Hinzu kommt, dass der Angehörige als Anspruchsteller die psychischen Beeinträchtigungen substanziiert darlegen und zu Beweis stellen muss. Hier kann das Gericht die Anforderungen beliebig steigern und im Ergebnis immer feststellen, dass zeitnahe medizinische Feststellungen oder andere vom Gericht als erforderlich angesehene Anknüpfungstatsachen fehlen.[1389] Dagegen lässt das OLG Koblenz[1390] es genügen, wenn der Kläger behauptet, er leide unter einem posttraumatischen Belastungssyndrom, dem Krankheitswert beizumessen sei. Ein solches Vorbringen sei einer Beweisaufnahme zugänglich.

912 Die Frage, ob dem **Trauerschmerz** ein eigener Krankheitswert zukommt, ist medizinisch nicht ohne Weiteres zu beantworten. Aus psychiatrischer Sicht gilt beim Verlust eines nahen Angehörigen zumindest ein Zeitraum von 6 Monaten als »natürliche« Trauer und nicht als Krankheit. Ende des 19. Jh. und bis nach dem 2. Weltkrieg hielt man allgemein ein Trauerjahr ein. Erst wenn sich die Dauer der Depression über diese Zeitspanne hinaus erstreckt, spricht man von einer krankhaften Reaktion.[1391] Diese Betrachtung zeigt, dass der von der Rechtsprechung geforderte eigenständige Krankheitswert willkürlich ist.

913 Born[1392] führt aus prozesstaktischer Sicht dazu aus: »Zusätzlich notwendig ist die Feststellung, dass die psychische Reaktion einen **eigenständigen Krankheitswert** hat. Der Schädiger wird hier in erster Linie zu überprüfen haben, ob die Reaktion überhaupt ärztlich dokumentiert ist; falls nein, bestehen Bedenken, sie im Nachhinein allein aufgrund behaupteter Schilderungen von Verwandten anzunehmen (wobei angesichts der Entscheidung des BGH[1393] eine Beweiserleichterung zugunsten des Geschädigten besteht)«. So hat das KG[1394] dennoch die bloße Behauptung, die Eltern hätten infolge der Nachricht vom Tod ihres einzigen Sohnes mit gesundheitlichen Problemen zu kämpfen gehabt und an einer geistig-seelischen Gesundheitsbeschädigung gelitten, der Krankheitswert zukomme, nicht genügen lassen, weil die Eltern nicht konkretisiert hätten, wie oft sie sich deswegen in ärztlicher Behandlung befunden hätten, was der behandelnde Arzt diagnostiziert hätte und welche Therapiemaßnahmen durchgeführt worden seien. Die allgemeinen Angaben der Eltern seien einer Beweisaufnahme durch Sachverständigengutachten nicht zugänglich.[1395]

914 Däubler[1396] fragt zu Recht: Warum ist »kaputte Lebensqualität« kein ernsthaft in Betracht zu ziehender Schaden? Einige Tage auf das Auto verzichten zu müssen, stellt einen ersatzfähigen Schaden dar, auf Dauer ohne die Mutter oder den Partner leben zu müssen, soll ohne Bedeutung sein.

1387 BGH, Urt. v. 11.05.1971 – VI ZR 78/70, NJW 1971, 1883 = BGHZ 56, 163 (167); OLG Nürnberg, Urt. v. 01.08.1995 – 3 U 468/95, DAR 1995, 447 ff.: 45.000,00 € nach dem Tod aller drei Kinder; OLG Nürnberg, Urt. v. 27.02.1998 – 6 U 3913/97, VersR 1999, 1501 f.: 5.000,00 € für Kinder, die den Unfalltod der Mutter mit angesehen haben und dadurch einen Schockschaden erlitten.; FS für Odersky/Steffen, S. 723 (731).

1388 OLG Düsseldorf, Urt. v. 19.01.1995 – 8 U 17/94, ZfS 1996, 176 = NJW-RR 1996, 214.

1389 KG, Urt. v. 10.06.2004 – 12 U 315/02, NZV 2005, 315 = DAR 2005, 25 = KGR 2004, 576.

1390 OLG Koblenz, Urt. v. 03.03.2005 – 5 U 12/05, MDR 205, 1167.

1391 Danzl/Gutiérrez-Lobos/Müller, S. 143.

1392 Born, OLGR 2003, K 4.

1393 BGH, Urt. v. 01.10.1985 – VI ZR 19/84, NJW 1986, 1541 (1542).

1394 KG, Urt. v. 30.10.2000 – 12 U 5120/99, NZV 2002, 38 = KGR 2001, 245.

1395 Ähnlich OLG Hamm, Urt. v. 22.02.2001 – 6 U 29/00, NZV 2002, 234.

1396 Däubler, NJW 1999, 1611 (1612).

915 Die Rechtsprechung soll an einigen Beispielen verdeutlicht werden:

916 Das **OLG Koblenz**[1397] kam zu dem Ergebnis, dass der Tod eines 9 Jahre alten Jungen durch Ertrinken im Freibad weder bei den Eltern noch bei der Schwester des Jungen bewirkt hatte, dass die Schwelle zum Gesundheitsschaden überschritten wurde. Schwere Träume, psychosomatische Störungen bzw. Konzentrationsschwäche erreichten noch keinen Krankheitswert, der einen Ausgleich durch Schmerzensgeld möglich mache.

917 Ähnlich das **OLG Hamm,**[1398] das einer Ehefrau, die die Nachricht vom Tod ihres Mannes erhalten hatte und danach unter Schweißausbrüchen, beschleunigtem Puls und zitternden Beinen litt, kein Schmerzensgeld zubilligte.

918 Auch das Leid eines Angehörigen, der mit ansehen muss, wie ein Patient unter dem Verfall der Persönlichkeitsstruktur dahinsiecht und bei dem sich zusätzlich wegen unzureichender Pflege ein Dekubitus entwickelt hat, ist nicht durch ein Schmerzensgeld zu entschädigen, weil es regelmäßig nicht möglich ist, einen Teil der **pathologisch fassbaren Missempfindungen** auf Mängel der medizinischen Versorgung zurückzuführen und das hierfür verantwortliche Krankenhauspersonal zur Zahlung von Schmerzensgeld heranzuziehen.[1399]

919 Ebenso wenig steht einer Ehefrau ggü. einer Krankenschwester ein Schmerzensgeldanspruch zu, weil diese vor der Polizei wahrheitswidrig erklärt hatte, den Ehemann umgebracht zu haben.[1400]

920 Auch ein Vater, der aus Aufregung über einen nicht allzu gravierenden Verkehrsunfall seiner Tochter eine Gehirnblutung erleidet, hat keinen Anspruch auf Schmerzensgeld gegen den für den Unfall Verantwortlichen, weil der Zurechnungszusammenhang zwischen dem Unfall und dem Schaden fehlt. Bei der Bewertung, ob ein Schock in einem adäquaten Zusammenhang zum Anlass steht, kommt es nicht nur auf die Schwere des Unfalls und seine konkreten Folgen (Verletzungen, Unfallsituation etc. an, ergänzend sind auch die äußeren Begleitumstände, insb. die Art und Weise der Übermittlung der Unfallnachricht zu berücksichtigen, die im Einzelfall zu erheblichen und überdurchschnittlichen Belastungen führen kann. Unter Berücksichtigung dieser Grundsätze kann der Schlaganfall des Vaters dem Unfallverursacher nicht zugerechnet werden.[1401]

921 Auch wenn Ehefrau und Kinder eines Mannes es nicht verkraften, dass dieser infolge einer Behandlungsverzögerung an Leberzirrhose verstorben ist, soll es für ein Angehörigenschmerzensgeld nicht ausreichen, dass die Ehefrau unter Herzrhythmusstörungen, Bluthochdruck und Depressionen leidet und beim Kind die schulischen Leistungen abgefallen sind. Dies seien noch typische Folgen des Verlustes eines nahen Angehörigen, nicht aber Grundlage für ein eigenes Schmerzensgeld.[1402]

922 In der Öffentlichkeit bekannt geworden ist ein Unfall, bei dem Eltern ihre drei Kinder verloren haben. Das LG billigte dem Vater ein Schmerzensgeld i. H. v. insgesamt 35.000,00 € zu, der Mutter insgesamt 20.000,00 €. Das **OLG Nürnberg**[1403] hat diese Beträge als ausreichend und angemessen bestätigt, der BGH hat die Revision der Kläger, die ein wesentlich höheres Schmerzensgeld begehrten, nicht angenommen.

1397 OLG Koblenz, Urt. v. 22.11.2000 – 1 U 1645/97, NJW-RR 2001, 318 (319).

1398 OLG Hamm, Urt. v. 22.02.2001 – 6 U 29/00, OLGR 2002, 169.

1399 OLG Düsseldorf, Urt. v. 19.01.1995 – 8 U 17/94, NJW-RR 1996, 214.

1400 OLG Düsseldorf, Urt. v. 13.01.1994 – 13 U 78/93, NJW-RR 1995, 159.

1401 OLG Nürnberg, Urt. v. 24.05.2005 – 1 U 558/05, DAR 2006, 635.

1402 OLG Hamm, Urt. v. 06.11.2002 – 3 U 50/02, VersR 2004, 1321.

1403 OLG Nürnberg, Urt. v. 01.08.1995 – 3 U 468/95, DAR 1995, 447 = NZV 1996, 367 = ZfS 1995, 370.

923 Das OLG Nürnberg[1404] hält die Zurückhaltung der Rechtsprechung bei der Höhe des Schmerzensgeldes für »wohlbegründet«, sie liege im wohlverstandenen Interesse der Betroffenen. Solche zynischen Bemerkungen in dem »einmaligen Fall« des gleichzeitigen Verlustes von drei Kindern haben in obergerichtlichen Urteilen nichts zu suchen.

Die Entscheidung ist wiederholt zu Fällen der Persönlichkeitsrechtsverletzung (Fall: Caroline von Monaco) in Beziehung gesetzt und kritisiert worden.[1405]

924 Das BVerfG hat die Verfassungsbeschwerde der Eltern nicht angenommen.[1406] Es hat (völlig zu Recht) den Vergleich mit Fällen der Verletzung des allgemeinen Persönlichkeitsrechts nicht gelten lassen und die Auffassung des BGH bestätigt, dass der geltend gemachte Anspruch aus § 847 BGB a. F. von dem besonderen Entschädigungsanspruch wegen Verletzung des Persönlichkeitsrechts zu unterscheiden sei, und dass zwischen den beiden Fallkonstellationen sachlich begründete Unterschiede bestünden, die eine unterschiedliche Behandlung rechtfertigten.[1407] Die Entscheidung des BVerfG enthält jedoch einen deutlichen Hinweis, die Entschädigungssummen für beide Fallgruppen nicht zu sehr auseinander laufen zu lassen. Das kann natürlich nur gelten, soweit die Entschädigung für den immateriellen Schaden gewährt wird, nicht aber, soweit kommerzielle Aspekte (Gewinnabschöpfung aus der Vermarktung des Persönlichkeitsrechts) darin enthalten sind.[1408]

925 Ein Schockschaden kann auch durch das unmittelbare Miterleben der Tötung eines nahen Angehörigen eintreten. Einer Mutter, die die Tötung ihrer 17 Jahre alten Tochter durch Messerstiche teilweise miterlebte, hat das **LG Heilbronn**[1409] ein Schmerzensgeld i. H. v. 2.500,00 € zugesprochen, weil sie in erheblichem Ausmaß aus dem seelischen Gleichgewicht gebracht worden sei und erheblich länger und intensiver als üblich unter den Folgewirkungen gelitten habe.

926 Großzügiger war da schon das LG Münster,[1410] das in einem ähnlichen Fall der Mutter einer missbrauchten und anschließend ermordeten Tochter wegen eines Nervenschocks und weiter andauernder schwerer psychischer Beeinträchtigungen ein Schmerzensgeld i. H. v. 10.000,00 € zugesprochen hat.

927 In einer ebenfalls großzügigen Entscheidung billigte das LG Köln[1411] den Eltern und den beiden Brüdern eines in Griechenland in einer Hotelanlage ertrunkenen 11 Jahre alten Jungen ein Schmerzensgeld i. H. v. jeweils 20.000,00 € zu. Alle Familienangehörigen haben massive psychische Schäden und leiden seit 4 Jahren unter Depressionen und Belastungsstörungen.

928 Der Tod einer Bürgerin der USA, die vor den Augen ihres Mannes von einem Zug überrollt und »halbiert« wurde, löste bei dem Ehemann und den drei Kindern einen Schock aus. Unter Berücksichtigung eines Mitverschuldens von 50 % sprach das OLG Frankfurt am Main[1412] dem Ehemann ein Schmerzensgeld i. H. v. 15.000,00 € zu, zwei Kinder erhielten 2.500,00 €,

---

1404 OLG Nürnberg, Urt. v. 01.08.1995 – 3 U 368/95, DAR 1995, 447 = NZV 1996, 367 = ZfS 1995, 370.

1405 Vgl. Wagner, VersR 2000, 1305.

1406 BVerfG, Beschl. v. 08.03.2000 – 1 BvR 1127/96, VersR 2000, 897 = NJW 2000, 2187.

1407 So auch Steffen, NJW 1997, 10 (11).

1408 Müller, VersR 2003, 1 (5).

1409 LG Heilbronn, Urt. v. 16.11.1993 – 2 O 2499/92, VersR 1994, 443.

1410 LG Münster, Urt. v. 10.04.2003 – 12 O 620/02, unveröffentlicht.

1411 LG Köln, Urt. v. 17.03.2005 – 8 O 264/04, NJW-RR 2005, 704 = RRa 2005, 124. Das OLG Köln, Urt. v. 22.09.2005 – 16 U 25/05, VersR 2006, 941 = NJW 2005, 3674, bestätigte ein Schmerzensgeld – mindestens im zuerkannten Rahmen; der BGH, Urt. v. 14.12.1999 – X ZR 142/05, VersR 2006, 1653 = NJW 2006, 2268, hat die Revision zurückgewiesen.

1412 OLG Frankfurt am Main, Urt. v. 11.03.2002 – 26 U 28/98, ZfS 2004, 452.

ein Junge, der infolge des Ereignisses alkohol- und drogenabhängig geworden war, erhielt 5.000,00 €.

929 Weitere Voraussetzung der Rechtsprechung ist, dass der **Anlass** für den Schock **verständlich**[1413] erscheinen muss, d. h. der Anlass muss geeignet sein, bei einem durchschnittlich Empfindenden eine entsprechende Reaktion auszulösen. Hier werden gewichtige psychopathologische Ausfälle von einiger Dauer gefordert,[1414] die bei **tödlicher**[1415] oder **schwerer Verletzung** des Unfallopfers[1416] angenommen worden sind. An die Darlegung eines psychisch vermittelten Schadens sind maßvolle Anforderungen zu stellen.[1417]

930 Allerdings kann sich der Schädiger auch in diesem Rahmen nicht dadurch entlasten, dass er sich auf **besondere Schadensanfälligkeit des Geschädigten** beruft. Auch bei einem – ohne vorhergehende körperliche Verletzung eintretenden – Schockschaden des Verletzten muss der Schädiger das Risiko einer Verschlechterung des Gesundheitszustandes des Geschädigten tragen, wenn dieser – wie etwa im Lokführer-Fall[1418] – durch mehrere Vorunfälle psychisch bereits so geschwächt ist, dass ein erneuter – weniger schwerer – Unfall sozusagen »das Fass zum Überlaufen« bringt und beim Geschädigten zum endgültigen psychischen Zusammenbruch und zur Berufsunfähigkeit führt.

931 Innerhalb der psychischen Gesundheitsverletzungen nach Art der Verursachung und der Nähe zum körperlich Verletzten zu differenzieren, ist dagegen in keiner Weise gesetzlich vorgesehen. Der allgemeine Grundsatz, dass der Ersatzpflichtige den Geschädigten so nehmen muss, wie er ist, gilt für psychische Schäden ebenso, wie für somatische. Die Herkunft des Schocks kann daran ebenso wenig ändern, wie die **labile Verfassung des Verletzten**.

932 Für den Verletzten ist eine **zeitnahe Untersuchung** wichtig; ohne diese wird man psychische Schäden später kaum zuordnen können. Der Geschädigte, der eher verschlossen ist, nicht zum Arzt geht und sich auch seinen Angehörigen nicht mitteilt, dürfte später Beweisprobleme bekommen.[1419]

933 Allerdings darf der Dritte das Geschehen nicht als Freibrief begreifen und sich in seiner Depression hemmungslos gehen lassen.[1420] Auch für ihn gilt, dass er zur **Schadensminderung** verpflichtet ist und ggf. psychiatrischen oder geistlichen Beistand einholen muss.

934 Als Angehöriger wird wohl auch der **Lebensgefährte** und der **Partner einer Liebesbeziehung**[1421] anzusehen sein, nicht aber eine sonstige Bezugsperson. Einzusehen ist das nicht.

Bischoff[1422] weist ausdrücklich darauf hin, dass sich aus § 823 Abs. 1 BGB eine Beschränkung des Kreises der Anspruchsberechtigten nicht herleiten lässt. Für diese Beschränkung fehle es an einer rechtlichen Grundlage. Dies muss für Dritte gelten, sofern sie dem Getöteten nicht,

---

1413 Vorwerk, Kap. 84 Rn. 249; Palandt/Grüneberg, Vorb. § 249 Rn. 40.

1414 KG, Urt. v. 30.10.2000 – 12 U 5120/99, NZV 2002, 38 = KGR 2001, 245.

1415 BGH, Urt. v. 12.11.1985 – VI ZR 103/84, VersR 1986, 448.

1416 OLG Hamm, Urt. v. 05.03.1998 – 27 U 59/97, NZV 1998, 413.

1417 OLG Köln, Beschl. v. 16.09.2010 – 5 W 30/10, GesR 2011, 156.

1418 OLG Hamm, Urt. v. 02.04.2001 – 6 U 231/99, NZV 2002, 36 = OLGR 2001, 362 = NJW-RR 2001, 1676: Psychische Vorschädigung eines Lokführers aufgrund mehrerer schuldlos während des Dienstes erlittener Unfälle mit teilweise tödlichem Ausgang.

1419 Vgl. OLG Hamm, Urt. v. 18.08.2003 – 6 U 198/02, VersR 2004, 36.

1420 Staudinger/Schiemann, BGB, 2005, § 249 Rn. 43 (46).

1421 OLG Köln, Beschl. v. 16.09.2010 – 5 W 30/10, GesR 2011, 156; Palandt/Grüneberg, Vorb. § 249 Rn. 40.

1422 Bischoff, MDR 2004, 557 (558).

aus welchen Gründen auch immer, besonders nahe gestanden haben. Richtig ist nur, dass eine Gesundheitsbeschädigung entfernter Angehöriger oder Dritter weniger wahrscheinlich sein wird.

935 Schließlich ist zu berücksichtigen, dass der Getötete aus Verschulden oder Gefährdung mitverantwortlich gewesen sein kann; dies muss sich der Angehörige entgegen halten lassen. Sieht man genauer hin, haften für den Schockschaden offenbar beide, Verletzter und Getöteter, für den Schockschaden.[1423] Auch dieser Rechtsprechung des BGH tritt Schmidt[1424] entgegen, denn der unmittelbar verletzte Angehörige muss sich ein **Mitverschulden des Opfers** nicht zurechnen lassen. Die Bestimmung des § 846 BGB bietet keine hinreichende der Analogie fähige Basis für ein solches Vorgehen. Das BGB kennt keine Sippenverantwortlichkeit. Allerdings hat der BGH[1425] das Mitverschulden des Ehemannes einer Frau, die nach einem Arbeitsunfall des Mannes einen Schockschaden erlitten hatte, zwar nicht über § 846 BGB, sondern über § 254 BGB[1426] mit 50 % bewertet.

936 ▶ **Hinweis:**

Als Ergebnis bleibt: Keine der drei Einschränkungen der Rechtsprechung für den Ersatz der Schockschäden ist berechtigt. Entscheidend ist nicht die allgemeine Verständlichkeit der Reaktion des nahen Angehörigen, sondern die medizinisch fachliche Beurteilung. Auch die Zugehörigkeit zum Kreis der nahen Angehörigen – wer immer dazugehören mag – ist keine für dieses medizinische Urteil taugliche Kategorie.[1427]

937 ▶ **Praxistipp:**

Im streitigen Verfahren dient eine sachlich richtige Einschätzung des Schockschadens, auch in Form des psychischen Folgeschadens, der gerechten Urteilsfindung. Anerkannt ist seit Langem, dass die individuellen Verhältnisse des Geschädigten besonders zu berücksichtigen sind;[1428] bei der Beurteilung des psychischen Folgeschadens wird man das nicht anders sehen können.

Was sich i. R. d. Haftungsgrundes in Gestalt einer erweiterten Zurechnung auf den ersten Blick dramatisch anhören mag, wird i. R. d. Höhe deutlich relativiert, denn der BGH lässt sowohl beim materiellen[1429] als auch beim immateriellen Schaden[1430] Abschläge aufgrund besonderer Schadensanfälligkeit zu. Hier kann der Geschädigte nur versuchen, im Fall der Vorschädigung (i. S. e. Reaktionsdisposition ohne aktuelle Auffälligkeiten) entgegenzuhalten, dass vor dem Unfall Beschwerdefreiheit vorgelegen hat;[1431] der Schädiger muss dann

1423 Palandt/Grüneberg, § 254 Rn. 56.

1424 Schmidt, MDR 1971, 540.

1425 BGH, Urt. v. 06.02.2007 – VI ZR 55/06, NJW-RR 2007, 1395.

1426 So bereits BGH, Urt. v. 11.05.1971 – VI ZR 78/70, VersR 1971, 905 = NJW 1971, 1883: Zurechnung des Mitveschuldens des Getöteten beim Schockschaden naher Angehöriger nicht nach § 846 BGB, sondern nach §§ 254, 242 BGB.

1427 Staudinger/Schiemann, BGB, 2005, § 249 Rn. 43, 46.

1428 BGH, Urt. v. 24.05.1988 – VI ZR 159/87, VersR 1988, 943; OLG Düsseldorf, Urt. v. 09.05.1994 – 1 U 87/93, DAR 1995, 159 = VersR 1995, 449.

1429 BGH, Urt. v. 11.11.1997 – VI ZR 376/96, BGHZ 137, 142 = NJW 1998, 810 = VersR 1998, 201.

1430 BGH, Urt. v. 30.04.1996 – VI ZR 55/95, BGHZ 132, 341 = NZV 1996, 353 (354); BGH, Urt. v. 05.11.1996 – VI ZR 275/95, VersR 1997, 122.

1431 BGH, Urt. v. 05.11.1996 – VI ZR 275/95, NJW 1997, 455 = VersR 1997, 122; OLG Hamm, Urt. v. 31.01.2000 – 13 U 90/99, OLGR 2000, 232.

konkrete Anhaltspunkte dafür darlegen, dass Fehlentwicklungen vergleichbaren Ausmaßes auch ohne den Unfall aufgetreten wären.[1432]

938 Zu der Frage, ob ein Angehörigenschmerzensgeld de lege lata möglich ist, ist vieles im Fluss.[1433] Der VI. Zivilsenat des BGH hat ein solches Angehörigenschmerzensgeld nicht über das allgemeine Persönlichkeitsrecht eingeführt. Huber[1434] favorisiert unter Berufung auf Kern[1435] die Lösung, dass die Rechtsprechung zu Schockschäden gelockert wird und von einer pathologisch fassbaren Beeinträchtigung absieht.

939 ▶ **Anregung für die Rechtsprechung:**

Immer wieder war in diesem Kapitel die Rede davon, dass die seelische Reaktion des nahen Angehörigen über das hinausgehen müsse, was normalerweise beim Tod eines nahen Angehörigen empfunden werde. Diese Forderung wird stereotyp wiederholt, nachgebetet; darüber nachgedacht hat vermutlich niemand.

Was hätte denn
- eine Mutter, deren kleines Kind von einem Pkw erfasst und getötet wird,
- eine Ehefrau, deren Ehemann tödlich verunglückt,
- ein Ehemann, dessen Ehefrau tödlich verunglückt,
- ein Kind, dessen Vater/Mutter ermordet wird,

»normalerweise beim Tod des nahen Angehörigen empfunden«?

Wer diese Frage stellt, kann darauf keine Antwort erwarten, denn
- normalerweise wären all diese Opfer im Zeitpunkt des Unglücks nicht gestorben,
- normalerweise wären sie alt/älter geworden und
- normalerweise wären sie eines natürlichen Todes gestorben.
- Normalerweise hätten Kinder ihre Eltern überlebt und es wäre für die Eltern nicht zum Trauerfall gekommen.
- Normalerweise wären die Angehörigen auch auf den Tod des nahen Angehörigen vorbereitet gewesen, denn ein plötzlicher Tod ist doch seltener als ein Tod im Alter oder nach (oft längerer) Krankheit.

Die Frage, was normalerweise beim Tod eines nahen Angehörigen empfunden wird, darf also »normalerweise« gar nicht gestellt werden, sie ist zynisch und muss die nahen Angehörigen zusätzlich kränken.

Jede stärkere seelische Reaktion nach dem Tod eines nahen Angehörigen stellt deshalb eine Gesundheitsverletzung dar, es sei denn, der Schädiger weist nach, dass ein naher Angehöriger den Tod des Opfers »emotionslos weggesteckt« hat.

Weil der Gesetzgeber nicht bereit ist, dieses heiße Eisen anzufassen, sollte die Rechtsprechung das Problem behutsam aufgreifen und auf den Einzelfall bezogene angemessene Schmerzensgelder zuerkennen.

c) *Aufgrund eigener Verletzung*

940 Auch der Verletzte selbst kann einen Schock erleiden, der aber dann als Teil seines Körperschadens anzusehen ist. Liegt eine Körperverletzung vor, muss dem zusätzlich eingetretenen Schock kein eigenständiger Krankheitswert zukommen; er ist vielmehr als ein Kriterium bei der Bemessung des Schmerzensgeldes zu berücksichtigen.

1432 OLG Hamm, Urt. v. 20.06.2001 – 13 U 136/99, VersR 2002, 491.

1433 Ablehnend Müller, DRiZ 2003, 167 (168).

1434 Huber, NZV 1998, 345 (353).

1435 FS für Gitter/Kern, 447 (454).

941 So entschied etwa der 6. Zivilsenat des OLG Hamm,[1436] der einem Verkehrsunfallopfer ein höheres Schmerzensgeld zubilligte, weil die beste Freundin bei dem Unfall ums Leben gekommen war. Das Unfallopfer litt darunter, ohne dass die psychische Beeinträchtigung einen selbstständigen Krankheitswert erreichte. Weil das Unfallopfer aber selbst verletzt worden sei, sei es nicht Voraussetzung für ein Schmerzensgeld wegen der zusätzlichen Beeinträchtigung, dass diese selbstständigen Krankheitswert haben.[1437]

942 In anderen Fällen wird seelisches Leid bspw. bei der Bemessung des Schmerzensgeldes berücksichtigt, wenn verzögerliches Regulierungsverhalten vorliegt.[1438]

5. Besonders hohes Schmerzensgeld[1439]

a) Geschichtliche Entwicklung

943 Jahrzehntelang hat das Schmerzensgeld ein Schattendasein geführt und Geschädigte wurden mit minimalen Beträgen abgespeist. Unvorstellbar niedrig waren die vor dem 2. Weltkrieg ausgeurteilten Schmerzensgelder. Zitiert wird eine Entscheidung des OLG Breslau,[1440] das noch kurz vor dem Krieg für eine schwere Beinverletzung mit nachfolgender Amputation ein Schmerzensgeld von nur 300,00 RM zubilligte. Ebenso unbefriedigend ist eine Entscheidung des LG Göttingen[1441] aus dem Jahr 1958, in der einem 34 Jahre alten Mann für eine gleichartige Verletzung bei grobem Verschulden des Schädigers nur ein Betrag von 6.500,00 DM zugesprochen wurde.

944 In einer nicht veröffentlichten Entscheidung, die vor rund 50 Jahren erging, hat der BGH eine Entscheidung des OLG Köln gebilligt, das einem im Jahr 1950 ertaubten Säugling anstelle eines Schmerzensgeldkapitals nur eine monatliche Schmerzensgeldrente i. H. v. 50,00 DM zugebilligt hatte (Kapitalwert der Rente <= 12.000,00 DM). Ebenso entschied das OLG Karlsruhe[1442] nur auf eine Rentenzahlung i. H. v. monatlich 50,00 DM (Kapitalwert der Rente rund 10.000,00 DM) auf Klage eines 24 Jahre alten Bundesbahnbediensteten, der mehrere Verletzungen erlitt und dem ein Unterschenkel amputiert werden musste. Dabei hat das OLG Karlsruhe bei der »Höhe« der Schmerzensgeldrente »zugunsten des Klägers« berücksichtigt, dass dessen Heiratschancen »außerordentlich gemindert« seien.

945 Auch andere gravierende Verletzungen wurden in der Vergangenheit mit Schmerzensgeldern entschädigt, deren Höhe heute schlechterdings unverständlich ist.

946 Bis zum Jahr 1979 lag die Grenze der Schmerzensgelder bei **50.000,00 €**.[1443] Sodann stiegen die Schmerzensgeldbeträge recht schnell, im Jahr 1981 auf **100.000,00 €**. Seit 1985 wurden **150.000,00 €** und mehr zuerkannt.[1444] Später lag eine unsichtbare Grenze bei **250.000,00 €**

1436 OLG Hamm, Urt. v. 23.03.1998 – 6 U 191/97, r+s 1999, 21.

1437 Diese Einstellung erinnert an die Rspr. zum Nachweis eines HWS-Schleudertraumas, §§ 286, 287 ZPO. Gelingt dem Verletzten der Nachweis der Primärverletzung, werden durch den Unfall ausgelöste psychische Schäden bei der Bemessung des Schmerzensgeldes auch dann berücksichtigt, wenn sie keinen selbstständigen Krankheitswert erreichen.

1438 Danzl/Gutiérrez-Lobos/Müller, S. 122.

1439 Vgl. Jaeger, Entwicklung der Rspr. zu hohen Schmerzensgeldern, VersR 2013, 134.

1440 OLG Breslau – 4 U 247/36 – ohne Verkündungsdatum, zitiert nach Lieberwirth, S. 15.

1441 LG Göttingen, Urt. v. 02.08.1958 – 3 O 51/58, VersR 1958, 732.

1442 OLG Karlsruhe, Urt. v. 14.01.1959 – 2 U 134/58, VersR 1959, 540.

1443 Staudinger/Schiemann, BGB, 2005, § 253 Rn. 47.

1444 Scheffen, ZRP 1999, 189 (190).

und im Jahr 2001 hat das **LG München** I[1445] die Schallmauer von 1 Mio. DM = **500.000,00 €** durchbrochen. Es hat in einem Fall von Querschnittslähmung einem 48 Jahre alten Mann ein Schmerzensgeld i. H. v. etwa 500.000,00 € (375.000,00 € Kapital und 750,00 € monatliche Rente) zugesprochen.

947 In der Folgezeit lag der höchste bekannt gewordene Schmerzensgeldbetrag im Jahr 2005 bei **520.000,00 €**.[1446] Das gilt nicht mehr. Im Jahr 2006 wurde eine Entscheidung des LG Kiel[1447] aus dem Jahr 2003 veröffentlicht, in der ein Schmerzensgeld i. H. v. 500.000,00 € zzgl. einer monatlichen Rente von 500,00 € zuerkannt worden war, sodass sich ein Kapitalbetrag von rund **614.000,00 €** ergab. Ein dreieinhalb Jahre alter Junge hatte infolge eines Verkehrsunfalls eine Querschnittslähmung ab dem 1. Halswirbel erlitten. Er konnte nicht sprechen, kaum Schlucken und musste immer wieder beatmet werden. Er weinte häufig, insb., wenn er seine Spielkameraden draußen spielen hörte.

Und auch dieser Betrag wurde, wenn auch nur geringfügig, durch das OLG Zweibrücken[1448] überboten, das einem schwerst hirngeschädigt geborenen Kind 500.000,00 € Schmerzensgeldkapital zzgl. einer Schmerzensgeldrente von inzwischen monatlich 500,00 € mit einem Kapitalwert von rund 119.000,00 €, also insgesamt **619.000,00 €** zubilligte.

b) Zerstörung der Persönlichkeit

948 Bis zur Entscheidung v. 13.10.1992 vertrat der BGH[1449] die Auffassung, dass bei Zerstörung der Persönlichkeit des Verletzten, bei weitgehendem Verlust der Wahrnehmungs- und Empfindungsfähigkeit, nur ein symbolisches Schmerzensgeld geschuldet werde.[1450]

949 Bei einer **Zerstörung der Persönlichkeit** infolge schwerster Hirnverletzung hat der BGH ursprünglich nur den Sühne-Charakter des Schmerzensgeldes berücksichtigt und sich darauf beschränkt, dem Schädiger ein fühlbares Geldopfer aufzuerlegen.[1451] Fehlendes Leiden nach körperlicher oder seelischer Beeinträchtigung ist also bei der Bemessung der Höhe des Schmerzensgeldes mindernd berücksichtigt worden.

950 Diese Auffassung hat der BGH 1992 aufgegeben[1452] und dazu ausgeführt:

»Das Berufungsgericht verkürzt die Funktion des Schmerzensgeldes, wenn es selbst in Fällen, in denen die Persönlichkeit fast vollständig zerstört oder ihr, wie hier, durch ein Verschulden des Geburtshelfers die Basis für ihre Entfaltung genommen worden ist, dem Empfinden dieses Schicksals die zentrale Bedeutung für die Bemessung des Schmerzensgeldes beilegt und gerade diesen Zustand, der die besondere Schwere der zu entschädigenden Beeinträchtigung für den Betroffenen ausmacht, zum Anlass für eine entscheidende Minderung des Schmerzensgeldes nimmt. Fälle, in denen der Verletzte durch den weitgehenden Verlust der Sinne in

---

1445 LG München I, Urt. v. 29.03.2001 – 19 O 8647/00, VersR 2001, 1124 = NJW-RR 2001, 1246 = ZfS 2001, 356.

1446 LG Kleve, Urt. v. 09.02.2005 – 2 O 370/01, ZfS 2005, 235 ff.

1447 LG Kiel, Urt. v. 11.07.2003 – 6 O 13/03, VersR 2006, 279 m. Anm. Jaeger = DAR 2006, 396.

1448 OLG Zweibrücken, Urt. v. 22.04.2008 – 5 U 6/07; MedR 2009, 88 m. Anm. Jaeger.

1449 BGH, Urt. v. 13.10.1992 – VI ZR 201/91, BGHZ 120, 1 = VersR 1993, 327 = NJW 1993, 781; vgl. auch die bald danach ergangene BGH-Entscheidung, Urt. v. 16.02.1993 – VI ZR 29/92, VersR 1993, 585 und im Anschluss an die BGH-Entscheidung OLG Nürnberg, Urt. v. 18.06.1993 – 8 U 569/91, VersR 1994, 735; vgl. auch Müller, VersR 1993, 909 (911); krit. zu der neuen Rspr.: Dauner-Lieb/Langen/Huber, AK-Schuldrecht, § 253 Rn. 91 ff.

1450 BGH, Urt. v. 16.12.1975 – VI ZR 175/74, VersR 1976, 660 = NJW 1976, 1147; BGH, Urt. v. 22.06.1982 – VI ZR 247/80, VersR 1982, 880.

1451 Beispiele bei Staudinger/Schäfer, BGB, 12. Aufl. 1986, § 847 Rn. 40.

1452 BGH, Urt. v. 13.10.1992 – VI ZR 201/91, BGHZ 120, 1 = VersR 1993, 327 = NJW 1993, 781.

der Wurzel seiner Persönlichkeit getroffen worden ist, verlangen nach einer eigenständigen Bewertung. Eine Reduzierung des Schmerzensgeldes auf eine lediglich symbolhafte Entschädigung hält der Senat nach erneuter Prüfung nicht mehr für gerechtfertigt und gibt seine bisherige Rechtsprechung auf.«

951 Nunmehr soll in Fällen, in denen die Zerstörung der Persönlichkeit durch den **Fortfall der Empfindungsfähigkeit** geradezu im Mittelpunkt steht, ein Schmerzensgeld nicht nur als symbolischer Akt der Wiedergutmachung gerechtfertigt sein; die Einbuße der Persönlichkeit, der **Verlust an personaler Qualität** infolge der Verletzung stellt schon für sich einen auszugleichenden immateriellen Schaden dar, **unabhängig davon, ob der Betroffene die Beeinträchtigung empfindet**, und muss deshalb bei der Bemessung der Entschädigung nach § 847 BGB a. F. einer eigenständigen Bewertung zugeführt werden, die der zentralen Bedeutung dieser Einbuße für die Person gerecht wird.

952 Das wirft die Frage nach der Funktion des Schmerzensgeldes bei Zerstörung der Persönlichkeit, bei Verlust personaler Qualität auf.

953 Der BGH ging vor der Änderung seiner Rechtsprechung davon aus, dass das herkömmliche Verständnis von der Ausgleichsfunktion bedeutet, dass bei Empfindungsunfähigkeit des Verletzten ein Ausgleich nicht empfunden werden kann, denn in diesen Fällen kann die Ausgleichsfunktion die erlittenen Schmerzen und insb. die entgangene Lebensfreude nicht kompensieren.[1453] Dieses Verständnis vom Ausgleich geht zurück auf die Kompensationsformel von Windscheid: Ausgleich von Unlustgefühlen durch Verschaffung von Lustgefühlen[1454] oder anders ausgedrückt, die Ausgleichsfunktion soll die erlittenen Schmerzen und entgangene Lebensfreude kompensieren. Dem Verletzten sollen für seine immateriellen Einbußen anderweit Annehmlichkeiten geboten werden.

954 In dieser bisherigen Rechtsprechung hatte der BGH in solchen Fällen, in denen er gleichwohl die Zahlung eines Schmerzensgeldes für notwendig hielt, dieses (aufgrund der Genugtuungsfunktion) aus der Erwägung heraus zuerkannt, dass dem Verletzten als zeichenhafte Sühne wenigstens eine symbolische Wiedergutmachung zugebilligt werden müsse. In dieser früheren Rechtsprechung des BGH[1455] ist von dem die Geldentschädigung tragenden »verfeinerten Sühnegedanken« und der Sühne des Schädigers die Rede. Nach Lorenz[1456] unternimmt der BGH dort gleichzeitig den (untauglichen) Versuch, die sühneorientierte Geldentschädigung von der Strafe abzurücken, indem er den »**verfeinerten Sühnegedanken**« als »nicht notwendig pönal« bezeichnet. Wiese[1457] meint, durch die Berücksichtigung des Genugtuungsgedankens werde »die Grenze zur Strafe« nicht verwischt, es solle »dem Schädiger kein Übel im Sinne einer Sühne für den Bruch der Rechtsordnung auferlegt, sondern der entstandene Schaden wieder gutgemacht werden«; denn die Genugtuung nehme dem Geschädigten das Gefühl der Verletzung und stelle so das gestörte Gleichgewicht in seiner Persönlichkeit wieder her.[1458]

1453 Ob eine Geldentschädigung überhaupt in der Lage sein kann, in dem Geschädigten dauerhaft Lustgefühle und Lebensfreude hervorzurufen und ihn dadurch in die Seelenlage versetzen kann, die ohne die Verletzung bestehen würde, wird von Lorenz, FS für Wiese, S. 116 ff., mit eingehender Begründung infrage gestellt. Die Unmöglichkeit, mithilfe einer Geldzahlung in dem Geschädigten eine bestimmte Gefühlslage zu erzeugen, ist einer der Gründe, aus denen Lorenz ein Schmerzensgeld für den Gefühlsschaden des Geschädigten ablehnt, vgl. S. 92 (116 ff.).

1454 Nehlsen-v. Stryk, JZ 1987, 119 (125).

1455 BGH, Urt. v. 16.12.1975 – VI ZR 175/74, NJW 1976, 1447.

1456 Lorenz, FS für Wiese, S. 96.

1457 Wiese, S. 55 ff.

1458 Vgl. auch Lorenz, FS für Wiese, S. 98.

Klumpp[1459] bezeichnet die Genugtuung als die Besänftigung des verletzten Rechtsgefühls des Opfers; seine Emotionen sollen gebändigt werden. Der Verletzte soll merken, dass die Rechtsordnung nicht tatenlos zusieht, wenn rechtswidrig in seine Rechte eingegriffen wird. **955**

Diese Überlegungen zeigen, dass auch der **Gefühlsschaden** vom BGH als zum entschädigungspflichtigen immateriellen Schaden gehörend angesehen wurde. Dem hat Lorenz[1460] schon 1981 mit guten Gründen widersprochen. Andererseits zeigt die Rückblende auf die Entscheidung des großen Zivilsenats,[1461] dass der Gefühlsschaden nicht angemessen sanktioniert wird, wenn der **Geldentschädigung** lediglich eine **Ausgleichsfunktion** (Kompensationsfunktion) zugemessen wird.[1462] Zu Recht hat Stoll[1463] seinerzeit zudem erkannt, dass das Genugtuungsprinzip hier ohne Sühnegedanken nicht lebensfähig ist. Wenn dennoch der VI. Zivilsenat des BGH[1464] dem Verletzten, der weder eine Störung seines Gefühlslebens noch die mit der Geldentschädigung bezweckte Genugtuung empfinden kann,[1465] ein Schmerzensgeld aus der Genugtuungsfunktion zuerkannt hat, musste er, um der Inkonsequenz zu entgehen, auf den Sühnegedanken zurückgreifen. Er führt aus: **956**

»Es liegt nicht fern, dass sich die beiden Zweckrichtungen des Schmerzensgeldes in derartigen besonderen Fällen in einem beiden gemeinsamen Bereich überschneiden ... in dem ein nicht notwendig pönaler, verfeinerter Sühnegedanke i. S. d. grundsätzlichen Regelung fordert, dass die schwere Beeinträchtigung des Menschseins nicht ohne eine wenigstens zeichenhafte Wiedergutmachung bleibe. Diese Wiedergutmachung kann hier allerdings nicht auf die konkret oder abstrakt für den Betroffenen fühlbare Korrektur einer empfundenen Verletzung bezogen sein, sondern nur in symbolhafter Weise die Beeinträchtigung der in der Rechtsordnung bedingungslos geschützten Person sühnen. Dieser sich aufdrängende Gedanke dürfte der Grund dafür sein, dass sich die Rechtsprechung bisher .... nicht entschließen konnte, wenigstens in solchen Fällen ein Schmerzensgeld überhaupt zu versagen, in denen der Verletzte mit Wahrscheinlichkeit keine Schmerzen und mit Sicherheit keine Genugtuung empfinden konnte ... Deshalb sieht sich der erkennende Senat ungeachtet der Folgerichtigkeit, die der von den Beklagten .... vertretenen Auffassung nicht abgesprochen werden kann, nicht veranlasst, ... nunmehr ein Schmerzensgeld grundsätzlich zu versagen, zumal auch die Beklagten sich nicht dagegen wehren, einen Betrag von 10.000,00 € zahlen zu müssen.«

Der Senat hielt schließlich den vom Berufungsgericht festgesetzten Betrag von 15.000,00 € nicht für »rechtsfehlerhaft«.[1466] **957**

Nunmehr wird die Funktion des Schmerzensgeldes auch vom BGH anders verstanden: **958**

Der BGH hat diese frühere Rechtsprechung aufgegeben, aufgeben müssen,[1467] weil er erkannt hat, dass dem für das zivilrechtliche Haftungs- und Schadensersatzrecht allgemein nicht

1459 Klumpp, S. 152 m. w. N.

1460 Lorenz, FS für Wiese, S. 92.

1461 BGH, Urt. v. 06.07.1955 – GSZ 1/55, BGHZ 18, 149 (156 f.) = VersR 1955, 615 = NJW 1955, 1675 = MDR 1956, 19 m. Anm. Pohle.

1462 Lorenz, FS für Wiese, S. 100.

1463 Stoll, S. 152.

1464 BGH, Urt. v. 16.12.1975 – VI ZR 175/74, NJW 1976, 1147.

1465 Vgl. Wiese, S. 57.

1466 Hierzu Lorenz, FS für Wiese, S. 102.

1467 Vgl. hierzu Jaeger, VersR 1996, 1177 (1180).

tragfähigen Gedanken der Sühne, der bei Fahrlässigkeitstaten ohnehin nur eine untergeordnete Rolle spielen kann, weniger Bedeutung zukommt.[1468]

959 Kommt nun der Genugtuungsfunktion jedenfalls insoweit keine Bedeutung zu, als der Verletzte keine Genugtuung empfinden kann, und ist der Sühnegedanke im Zivilrecht nicht tragfähig, **bleibt** als Begründung für das Schmerzensgeld bei Verlust der Empfindungsfähigkeit zunächst **nur die Ausgleichsfunktion**, obwohl dem Verletzten ein Ausgleich ebenso wenig zu vermitteln ist wie eine Genugtuung. Der BGH[1469] führt dazu aus:

»Anzuknüpfen ist vielmehr an den immateriellen Schaden, den jemand durch eine Körperverletzung oder Gesundheitsschädigung erleidet und der nach § 847 BGB durch eine Geldzahlung zu ersetzen ist. Ein solcher Schaden besteht nicht nur in körperlichen oder seelischen Schmerzen, also in Missempfindungen oder Unlustgefühlen als Reaktion auf die Verletzung des Körpers oder die Beschädigung der Gesundheit. Vielmehr stellt die Einbuße der Persönlichkeit, der Verlust an personaler Qualität infolge schwerer Hirnschädigung, schon für sich einen auszugleichenden immateriellen Schaden dar, unabhängig davon, ob der Betroffene die Beeinträchtigung empfindet. Das bedeutet nicht, dass der immaterielle Schaden generell nur in der körperlichen Beeinträchtigung zu sehen ist. Eine wesentliche Ausprägung des immateriellen Schadens kann darin bestehen, dass der Verletzte sich seiner Beeinträchtigung bewusst ist und deshalb in besonderem Maß unter ihr leidet. Dieser Gesichtspunkt kann daher für die Bemessung des Schmerzensgeldes durchaus von Bedeutung sein.

Dementsprechend erschöpft sich auch die Ausgleichsfunktion des Schmerzensgeldes nicht in der Förderung des psychischen Wohlbefindens zur Kompensation seelischen Leids oder sonstiger psychischer Missempfindungen. Es wird dem Wesen des Schmerzensgeldes daher nicht ausreichend gerecht, wenn das Berufungsgericht lediglich darauf abstellt, dass das Leben der Klägerin in gewissem Umfang erleichtert und ihr insbesondere durch menschliche Zuwendungen Freude bereitet werden könne. Über das bloße Zuteilwerdenlassen von Annehmlichkeiten hinaus ist vielmehr der in der mehr oder weniger weitgehenden Zerstörung der Persönlichkeit bestehende Verlust, der für sich einen immateriellen Schaden darstellt, durch eine billige Entschädigung in Geld auszugleichen«.[1470]

960 Auch wenn der BGH davon spricht, der immaterielle Schaden sei durch eine Entschädigung in Geld auszugleichen, ist damit nicht (nur) die Ausgleichsfunktion i. S. e. Kompensation angesprochen. Da der Verletzte die Schmerzensgeldzahlung nicht als Ausgleich empfinden kann,

---

1468 Es ist deshalb angesichts dieser Darlegung des BGH nicht richtig, wenn andere Gerichte in diesen Fällen immer noch und ohne sich mit der Begründung des BGH auseinander zu setzen, die Genugtuungsfunktion in Gestalt einer Sühnefunktion in den Vordergrund stellen, weil die Ausgleichsfunktion entfalle; OLG Stuttgart, Urt. v. 02.05.1994 – 20 U 69/94, VersR 1994, 736 = NJW 1994, 3016; in den Fällen, in denen der Schädiger schuldhaft gehandelt habe, stehe die Sühnefunktion des Schmerzensgeldes im Vordergrund, die eine Buße für die Beeinträchtigung der in der Rechtsordnung bedingungslos geschützten Person darstelle; vgl. zu der gesamten Thematik: Jaeger, VersR 1996, 1177.

1469 BGH, Urt. v. 13.10.1992 – VI ZR 201/91, BGHZ 120, 1 = VersR 1993, 327 = NJW 1993, 781; die Entscheidung des BGH wird auszugsweise wörtlich wiedergegeben, weil es auf den Wortlaut entscheidend ankommt.

1470 FS für Gitter/Kern, S. 447 (454), hält diese neue Rspr. sowohl in methodischer Hinsicht als auch inhaltlich für noch weniger überzeugend als die ältere. Er stellt die Frage, ob die Menschenwürde einem Schwerstbehinderten überhaupt zukommt, ob sie konkret verletzt ist und ob die Versagung eines Schmerzensgeldes eine Verletzung der Menschenwürde darstellt; er meint, der BGH hätte eher den Gleichheitssatz aus Art. 3 Abs. 3 GG als Argumentationshilfe heranziehen sollen, stellt jedoch sogleich fest, dass es sich im Verhältnis zu einem empfindungsfähigen Verletzten um einen bedeutenden Unterschied handelt, der die Anwendung des Gleichheitssatzes nur in der Form zulasse, dass Ungleiches ungleich zu behandeln sei.

stellt der Ausgleich des Schadens in den Fällen der Zerstörung der Persönlichkeit eine zusätzliche Komponente innerhalb der Ausgleichsfunktion des Schmerzensgeldes dar.

961 Ob der BGH an der weiteren Aussage in dieser Entscheidung festhalten wird, dass dem Verschulden des Täters bei der Schmerzensgeldbemessung keine Bedeutung zukomme, weil beim Verletzten ein Empfinden der Genugtuung durch eine Schmerzensgeldzahlung nicht vorhanden sei,[1471] und ob er damit sagen wollte, die Genugtuungsfunktion entfalle völlig, erscheint angesichts der Erweiterung des Begriffs der Ausgleichsfunktion nicht sicher. Kern[1472] hat die wenig später ergangene Entscheidung des BGH[1473] problemlos dahin gehend interpretiert, dass der BGH seinen Standpunkt »schon im nachfolgenden Urteil wieder aufgegeben« habe; dies werde zwar nicht ausgesprochen, jedoch inzidenter erwähnt; die darin vom BGH aufgezählten, bei der Schmerzensgeldbemessung zu berücksichtigenden Faktoren (Grad des Verschuldens, wirtschaftliche Leistungsfähigkeit des Schädigers) seien bislang der Genugtuungsfunktion zugeordnet worden. Diese erschöpften sich nämlich nicht im Empfinden der Genugtuung durch den Verletzten. Die Genugtuungsfunktion soll zwar zum einen beim Verletzten das Gefühl der Genugtuung hervorrufen und sein gekränktes Rechtsempfinden besänftigen, zum anderen solle sie aber auch den Grad des Verschuldens des Schädigers berücksichtigen und dem Schädiger ein fühlbares Vermögensopfer[1474] auferlegen und schließlich soll sie damit, aber auch darüber hinaus, präventiv wirken.[1475]

962 Da der BGH die Fälle der Zerstörung der Persönlichkeit, den Verlust personaler Qualität, als eigenständige Fallgruppe ansieht, liegt es nahe, dass für die Zerstörung der Persönlichkeit als solche einerseits ein **eigenständig zu bemessender Ausgleich** zu gewähren ist, der nicht auf die Empfindung des Verletzten abstellt. Diesen Schritt hat der BGH in der ersten Entscheidung des Jahres 1992 vollzogen. Die zweite Entscheidung könnte ein Hinweis darauf sein, dass die Verletzung als solche – wegen ihrer Schwere – eine Genugtuung erfordert, auch wenn der Verletzte keine Genugtuung empfinden kann. Beide Zweckrichtungen des Schmerzensgeldes, Ausgleich und Genugtuung, haben dann eine teils neue, aber eigenständige Bedeutung.

963 In den Fällen der völligen Zerstörung der Persönlichkeit, in denen die personale Qualität nicht mehr gefühlt werden kann, besteht die besondere Schwere des Eingriffs darin, dass der »innere«, der **immaterielle Wert der Persönlichkeit verletzt** wird. Dieser Eingriff ist aufgrund einer eigenständigen Bewertung durch Schmerzensgeld zu kompensieren, auszugleichen.[1476] Dieses revidierte Verständnis von der Aufgabe des Schmerzensgeldes hat es dem VI. Zivilsenat dann auch erlaubt, einer Auffassung entgegenzutreten, die das Schmerzensgeld in Abhängigkeit zu einer strafrechtlichen Verurteilung des Schädigers sieht.[1477] Fällt das Schmerzensgeld

---

1471 BGH, Urt. v. 13.10.1992 – VI ZR 201/91, BGHZ 120, 1 = VersR 1993, 327 = NJW 1993, 781. Zumindest sind die kurzen Ausführungen missverständlich, denn sowohl FS für Gitter/Kern, S. 447 (456), als auch LG Nürnberg-Fürth, Urt. v. 12.01.1994 – 2 S 7142/93, r+s 1994, 418 (419), haben den BGH dahin (miss-) verstanden, dass in Fällen der Zerstörung der Persönlichkeit, bei Verlust personaler Qualität letztendlich die Genugtuungsfunktion des Schmerzensgeldes überhaupt in Wegfall käme. So aber hat der BGH das nicht gesagt. Mit der Formulierung des BGH, dass dem Verschulden des Täters bei der Schmerzensgeldbemessung keine Bedeutung zukomme, ist nur ein Teil der Genugtuungsfunktion angesprochen.

1472 FS für Gitter/Kern, S. 447 (456).

1473 BGH, Urt. v. 16.02.1993 – VI ZR 29/92, VersR 1993, 585.

1474 Ist der Schädiger aber versichert – in Arzthaftungsfällen und bei Verkehrsunfällen ist dies die Regel – ist der »Büßende« die Haftpflichtversicherung; vgl. Kern, AcP 191 (1991), 247, m. w. N.

1475 FS für Gitter/Kern, S. 447 (458).

1476 BGH, Urt. v. 13.10.1992 – VI ZR 201/91, BGHZ 120, 1.

1477 BGH, Urt. v. 16.02.1993 – VI ZR 29/92, VersR 1993, 585; BGH, Urt. v. 29.11.1994 – VI ZR 93/94, VersR 1995, 351 = NJW 1995, 781; OLG Köln, Beschl. v. 14.11.1991 – 2 W 186/91, VersR 1992, 197; Celle, Urt. v. 26.11.1992 – 5 U 245/91, VersR 1993, 976.

deshalb höher aus, weil der Verletzte (noch) eine Genugtuung empfinden kann, hat die Erhöhung nichts mit Strafe zu tun, insb. nicht mit dem Bedürfnis der Allgemeinheit nach Sühne und Prävention. Deshalb beeinflusst eine Bestrafung des Schädigers das Schmerzensgeld nicht.[1478]

964 Steffen[1479] leitet aus dieser neueren Rechtsprechung ab, dass der BGH das Schmerzensgeld nicht nur zum Ausgleich für die gefühlten Verluste gewährt, sondern primär für die **Verluste am objektiven Wert des Schutzgutes.** Die immateriellen Einbußen seien nicht wegen der Zerstörung aller Empfindungen geringer, sondern die Zerstörung der Persönlichkeit mache den Verlust besonders schwer. Ausgleich ist nach Steffen auch die Bestätigung, die das verletzte Recht in der Entschädigung findet. Wenn der Verletzte Genugtuung darüber empfinden könne, diente selbst das im weiteren Sinne dem Ausgleich und könne deshalb ein höheres Schmerzensgeld rechtfertigen.

aa) Entwicklung der Rechtsprechung zur Höhe des Schmerzensgeldes für schwerst hirngeschädigt geborene Kinder

965 Das Schmerzensgeld fällt in diesen Fällen besonders hoch aus.

966 Riemer[1480] hat das Geburtsschadensrecht als ein überdurchschnittlich lukratives Rechtsgebiet für Anwälte bezeichnet (»lawyers are friends of money«). Die Überschrift seines Aufsatzes lautet bezeichnenderweise: Geburtsschadensrecht ist »good money« für RA. Nach seiner Auffassung sind Geburtsschäden für alle Beteiligten unerfreulich, nur nicht für RA.

967 Nun dürfen diese Entscheidungen mit den bisher höchsten Schmerzensgeldsummen und den doch deutlichen Steigerungen nicht darüber hinwegtäuschen, dass ein Schmerzensgeld i. H. v. 500.000,00 € und mehr in Fällen schwerster Schädigung noch immer nicht die Regel ist. Zwar hat sich in den letzten 25 Jahren eine »Tendenz der Rechtsprechung zu höherem Schmerzensgeld« jedenfalls bei schweren Verletzungen herausgebildet.[1481] Tatsache ist jedoch, dass Richter und Anwälte noch immer in alten Vorstellungen verharren und nur zögernd höhere Schmerzensgeldbeträge zusprechen bzw. fordern. Zwar wird in Fällen schwerster Schädigung durch ärztliche Behandlungsfehler bei der Geburt schon von vielen Gerichten durchweg ein Schmerzensgeld von 500.000,00 € zugesprochen. Der 3. Senat des OLG Hamm bemisst das Schmerzensgeld seit mehreren Jahren in diesen Fällen mit 500.000,00 €.[1482] Das LG Kleve[1483] erkannte auf ein Schmerzensgeld von 400.000,00 € zzgl. 500,00 € monatliche Rente, was einem Gesamtschmerzensgeld von rund 520.000,00 € entspricht. Dieser Größenordnung haben sich das OLG Köln[1484] und das OLG Stuttgart[1485] angeschlossen. Immer wieder heißt es in diesen Entscheidungen, dass es sich um die »denkbar schwerste Schädigung« eines Menschen handele.

1478 Steffen, DAR 2003, 201 (203).

1479 Steffen, DAR 2003, 201 (203).

1480 Riemer, Der Gynäkologe 2008, 471.

1481 Vgl. Scheffen, ZRP 1999, 189 (190).

1482 OLG Hamm, Urt. v. 16.01.2002 – 3 U 156/00, VersR 2002, 1163 = NJW-RR 2002, 1604; OLG Hamm, Urt. v. 21.05.2003 – 3 U 122/02, VersR 2004, 386 = MDR 2003, 1291; LG Berlin, Urt. v. 20.11.2003 – 6 O 272/01, VersR 2005, 1247: Das KG hat die Berufung durch Beschl. v. 11.04.2005 – 20 U 23/04, GesR 2005, 499, gem. § 522 ZPO zurückgewiesen und dabei ausdrücklich offengelassen, ob der Senat auf die hinfällig gewordene Anschlussberufung ein höheres Schmerzensgeld zuerkannt haben würde.

1483 LG Kleve, Urt. v. 09.02.2005 – 2 O 370/05, ZfS 2005, 235.

1484 OLG Köln, Urt. v. 20.12.2006 – 5 U 130/01, VersR 2007, 219.

1485 OLG Stuttgart, Urt. v. 09.09.2008 – 1 U 152/07, MDR 2009, 326.

968 Allerdings muss auch darauf hingewiesen werden, dass andere Gerichte diesen Betrag auch in diesen Fällen für überhöht halten und ihn teils deutlich unterschreiten.[1486]

So entschied im Jahr 2002 der 9. Senat des OLG Hamm[1487] ggü. einem knapp 2 Jahre alten Mädchen, das bei einem Verkehrsunfall eine Querschnittslähmung zwischen dem letzten Hals- und Brustwirbel erlitt, weniger großzügig. Neben einem Schmerzensgeldkapital von 250.000,00 € hielt das Gericht eine monatliche Schmerzensgeldrente von 500,00 € für angemessen, woraus sich ein Kapitalbetrag von insgesamt rund 395.000,00 € errechnete.[1488]

969 Das OLG Naumburg[1489] billigte – wie schon das LG –, dem Kläger, der unter einer Cerebralparese i. S. e. schweren beinbetonten Tetraparese leidet, der geistig schwer behindert ist und bei dem eine statomotorische Entwicklungsstörung und eine zentrale Sehbehinderung vorliegt, lediglich ein Schmerzensgeld i. H. v. 200.000,00 € nebst 4 % Zinsen seit Ende 1997[1490] zu. Es mag sein, dass das Schmerzensgeld in diesem Fall den Betrag von 500.000,00 € nicht erreichen musste, aber der zuerkannte Betrag ist deutlich zu niedrig. Das gilt insb., weil das OLG Naumburg auf eine Entscheidung des OLG Hamm[1491] Bezug nimmt, das 1997, also 10 Jahre vor der Entscheidung des OLG Naumburg, einen höheren Betrag, nämlich

---

1486 OLG Braunschweig, Urt. v. 22.04.2004 – 1 U 55/03, VersR 2004, 924 = MDR 2004, 1185 (350.000,00 €); OLG München, Urt. v. 19.09.2005 – 1 U 2640/05, MedR 2006, 211 (LS) – 350.000,00 € zzgl. 500,00 € monatliche Rente = rund 470.000,00 €; weiterhin OLG München, Urt. v. 20.06.2002 – 1 U 3930/96, OLGR 2003, 269 – 350.000,00 €.

1487 OLG Hamm, Beschl. v. 11.09.2002 – 9 W 7/02, VersR 2003, 780; dieser Senat weicht von der Schmerzensgeldrechtsprechung des 3. Zivilsenats des OLG Hamm deutlich nach unten ab. Er bewilligt nicht nur erheblich niedrigere Schmerzensgelder als der 3. Zivilsenat, er berechnet – abweichend von der allgemeinen bundesweiten Handhabung – den Kapitalwert einer Schmerzensgeldrente nach einem Zinssatz von 4 %. Auch dies geht zulasten der Geschädigten, weil der Kapitalwert dadurch 20 % höher ausfällt, als bei der Ermittlung des Kapitalwertes nach einem Zinssatz von 5 %. Das zeigt sich deutlich an dem vom Senat in der zuvor zitierten Entscheidung mitgeteilten Kapitalwert von 145.000,00 €. Bei einer Jahresrente von 6.000,00 € ist der Multiplikator bei 4 %iger Verzinsung > 24, bei einer 5 %igen wäre er < 20.

1488 Das Argument der Klägerin, ihre Lebenserwartung sei infolge der schweren körperlichen Schäden wesentlich geringer als die statistische Lebenserwartung, sodass der Kapitalbetrag nur bei einer höheren Rente erreicht würde, ließ das Gericht nicht gelten. Fehler in der Prognose der Lebenserwartung könnten sich zugunsten oder zulasten der Klägerin auswirken. Der Senat hat sich insoweit bei der Berechnung des Kapitalwertes der Rente eine nicht vorhandene Sachkunde angemaßt, denn die Frage, ob die Lebenserwartung eines im Alter von 2 Jahren querschnittsgelähmten Mädchens auch nur annähernd der eines gesunden Kindes entsprechen kann, kann nur ein medizinischer Sachverständiger beantworten. Bei den schweren Verletzungen des Kindes, das unfallbedingt äußerst anfallgefährdet immer wieder unter schweren Lungenerkrankungen litt und künstlich beatmet werden musste, liegt es auf der Hand, dass ein Sachverständigengutachten eingeholt werden muss zu der Frage, ob dieses Kind voraussichtlich keine hohe Lebenserwartung hat und schon in jungen Jahren sterben wird. Wenn das OLG Hamm der Klägerin also ein Schmerzensgeld i. H. v. 395.000,00 € zukommen lassen wollte, hätte es entweder diesen Betrag als Schmerzensgeldkapital (ohne Rente) zusprechen sollen oder über die konkrete Lebenserwartung Beweis erheben müssen oder es hätte eine nach seinem Ermessen angemessene monatliche Rente ohne Rücksicht auf die Höhe des kapitalisierten Betrages festsetzen sollen. Der Klägerin wäre dann für die Dauer des Leidens der Ausgleich gewährt worden.

1489 OLG Naumburg, Urt. v. 20.12.2007 – 1 U 95/06, MedR 2008, 442 = MDR 2008, 745 = OLGR 2008, 376.

1490 Der Zinsantrag ist vom Anwalt des Klägers nicht an die geänderte Gesetzeslage (§ 288 BGB) angepasst worden und das Gericht sah sich offenbar nicht veranlasst, in dem seit 2000 anhängigen Rechtsstreit einen Hinweis bzgl. des Zinsantrages zu geben.

1491 OLG Hamm, Urt. v. 23.04.1997 – 3 U 10/96, VersR 1999, 488 m. Anm. Stegers.

250.000,00 € zugesprochen hatte. Auch insoweit ist die Entscheidung des OLG Naumburg wenig überzeugend.

970 Das OLG Bremen[1492] hielt ein vom LG zuerkanntes Schmerzensgeld von 300.000,00 € als Ausgleich für eine schwerwiegende, irreversible Gesundheitsbeschädigung, die der Kläger erlitten hatte, für zu hoch. Es stellt als Schädigung des Klägers fest, dass dieser in seiner Mobilität, in seinen Wahrnehmungs- und Äußerungsfähigkeiten äußerst eingeschränkt sei, und dass er ohne jede Möglichkeit eigener Lebensgestaltung ständig auf umfassende Pflege angewiesen sein wird. Dabei sei er, wenn auch mühsam, in der Lage, Kontakt zu seiner Umwelt aufzunehmen und durch Weinen oder Lachen Affekte zu äußern. Er leide unter Sehstörungen, gelegentlichen Aspirationspneunonien und bedürfe teilweise der Ernährung durch eine Magensonde. Eine bestehende erhöhte Krampfbereitschaft werde medikamentös beherrscht. Aus der Schilderung dieser Leiden und Behinderungen wird nicht deutlich, warum der Schmerzensgeldanspruch des Klägers unter 500.000,00 € liegen soll und erst recht nicht, warum das vom LG zuerkannte Schmerzensgeld noch herabgesetzt werden musste. Es kann doch nicht sein, dass der Anspruch deshalb geringer sein soll, weil der Kläger noch eine gewisse Beziehung zur Umwelt aufnehmen und minimale Affekte äußern kann. Das wäre allenfalls ein Grund, das Schmerzensgeld über den Betrag von 500.000,00 € hinaus deutlich anzuheben.

971 Immer wieder ist auch zu beobachten, dass OLG-Entscheidungen zitiert werden, die zur Höhe des Schmerzensgeldes selbst nichts Entscheidendes gesagt haben, weil das Urteil eines LG lediglich von der Beklagtenseite angefochten wurde. Das OLG entscheidet dann nur, dass das zuerkannte Schmerzensgeld »nicht übersetzt« ist, was aber nicht gleichbedeutend ist mit »der Höhe nach angemessen«.[1493]

972 Wenig großzügig und über den Stand der Rechtsprechung unzureichend informiert entschied Anfang 2008 das OLG Nürnberg:[1494]

LS: Erleidet ein Kind bei der Geburt eine Halsmarkläsion mit der Folge einer hohen Querschnittslähmung, sodass es lediglich in der Lage ist, die Arme zu bewegen, ist ein Schmerzensgeld von 300.000,00 € und eine Schmerzensgeldrente von monatlich 600,00 € (Kapitalwert: 160.000,00 €) angemessen.

Der Senat hat in der Entscheidung ausgeführt, das Gesamtschmerzensgeld erscheine auch unter Berücksichtigung der Entscheidungen anderer Gerichte in vergleichbaren Fällen angemessen, auch der Senat sehe eine Tendenz der Rechtsprechung, in Schwerstschadensfällen Beträge zuzusprechen, die sich an 500.000,00 € annäherten.

973 Der Senat irrte zulasten des Klägers. Der Schmerzensgeldbetrag von 500.000,00 € wird in der Rechtsprechung nicht etwa nur annähernd erreicht, er ist – wie oben gezeigt – in Schwerstschadensfällen längst überschritten. Alleine die hier zitierten Entscheidungen hätten den Senat – so er sie denn gekannt hat – nachdenklich stimmen müssen, insb. hätte es nahe gelegen, zu prüfen, ob einem Kläger, der bei der Geburt eine hohe Querschnittslähmung erleidet, nicht sogar ein höheres Schmerzensgeld zugebilligt werden muss, als einem schwerst hirngeschädigt geborenen Kind, dessen Persönlichkeit zerstört wurde, das aber im Gegensatz zum Kläger keine Qualen leidet.

974 Zwar hat der Senat zur Begründung der Höhe des Schmerzensgeldes die medizinischen Folgen der Halsmarkläsion dargestellt, er hat es aber versäumt, auf die psychischen Beeinträchtigungen

---

1492 OLG Bremen, Urt. v. 26.11.2002 – 3 U 23/02, GesR 2003, 270 = NJW-RR 2003, 1255.

1493 Vgl. insoweit OLG Düsseldorf, Urt. v. 26.03.2007 – I-8 U 37/05, VersR 2008, 534 unter Hinweis auf u. a. OLG Celle, Urt. v. 27.02.2006 – 1 U 68/05, VersR 2007, 543.

1494 OLG Nürnberg, Urt. v. 15.02.2008 – 5 U 103/07, MedR 2008, 674, m. Anm. Jaeger = VersR 2009, 71.

durch die Schädigung für den Kläger näher einzugehen. Nichts von dem, was einem Menschen Freude macht, Freude am Leben beschert, ist für den Kläger geblieben. Keine Kindheit, kein Spiel, kein Herumtollen, keine Jugend, kein Sport, keine Sexualität, keine Familie und vieles andere mehr. All das empfinden auch schwerst hirngeschädigt geborene Kinder nicht, sie vermissen es aber auch nicht. Der Kläger dagegen erlebt in jeder Phase seines möglicherweise langen Lebens, was ihm alles genommen wurde.

Unabhängig davon, ob der Anwalt des Klägers hierzu vorgetragen hat, waren all diese psychischen Folgen gerichtsbekannt und hätten – nach einem entsprechenden Hinweis – von Amts wegen berücksichtigt werden müssen.

975 Es soll dem Senat nicht vorgeworfen werden, mit dem zuerkannten Schmerzensgeldbetrag unter 500.000,00 € geblieben zu sein, es wäre aber wünschenswert und notwendig gewesen, die Frage der Höhe des Schmerzensgeldes zu diskutieren und nicht nur vage auf eine Tendenz der Rechtsprechung zu höherem Schmerzensgeld hinzuweisen, wobei die Höhe – ohne überhaupt eine Entscheidung zu zitieren – unzutreffend angegeben wird.

976 Es wird in Entscheidungen auch argumentiert, dass gesundheitliche Beeinträchtigungen, seien sie auch noch so gravierend, sich auch mit höheren Schmerzensgeldbeträgen nicht ausgleichen ließen. Das mag richtig sein, ein Argument gegen angemessene Schmerzensgeldbeträge ist dies jedoch nicht.

bb) Höchstes Schmerzensgeld – keine amerikanischen Verhältnisse

977 Der Hinweis des Senats auf höhere Schmerzensgeldbeträge (amerikanische Verhältnisse) liegt neben der Sache. Der Senat verkennt, dass die in den USA zuerkannten Beträge neben dem eigentlichen Schmerzensgeld auch den gesamten materiellen Schaden erfassen sowie die Anwaltskosten (heute durchweg bis 50 % des gezahlten Betrages). Der gesamte materielle Schaden ist in Deutschland vom Schädiger zusätzlich zum Schmerzensgeld zu zahlen und es sollte gerichtsbekannt sein,[1495] dass bei hoher Querschnittslähmung Deckungssummen von 5 Mio. € und mehr oft für den Gesamtschaden nicht ausreichen.

978 In der Zeitschrift Versicherungswirtschaft legt Hoffmann[1496] eingehend dar, wie sich die von der Versicherungswirtschaft zu tragenden Kosten bei schwersten Personenschäden in einem Zeitraum von 20 Jahren entwickelt haben. Bei einer Querschnittslähmung betrug der Gesamtaufwand

- 1985 rund 1,1 Mio. €,
- 1996 rund 1,8 Mio. € und
- 2006 rund 3,6 Mio. €.

In diesen Beträgen ist ein durchschnittliches Schmerzensgeld

- 1985 i. H. v. 125.000,00 €,
- 1996 i. H. v. 200.000,00 € und
- 2006 i. H. v. 300.000,00 €

enthalten. Weiter weist Hoffmann[1497] darauf hin, dass bereits 2008 Deckungssummen von 7,5 bzw. 8 Mio. € je Einzelgeschädigtem nicht mehr ausreichen und dass die höchste Rückstellung derzeit für einen prognostizierten Schaden von 11 Mio. € gebildet wurde. Dass diese

1495 Auch wenn wohl kaum eine Gerichtsbibliothek z. B. die Zeitschrift Versicherungswirtschaft anbieten dürfte, hat doch jeder Richter Zugriff auf Datenbanken und kann diese Erkenntnisse durch geschicktes Suchen ohne Weiteres gewinnen; vgl. auch Staudinger/Schiemann, 2005, § 253 Rn. 13: Der Vergleich mit amerikanischen Verhältnissen ist schief.

1496 Hoffmann, Versicherungswirtschaft 2008, 1298.

1497 Hoffmann, Versicherungswirtschaft 2008, 1298.

Zahlen durchaus zu relativieren sind, ist eine Frage, die hier nicht vertieft werden kann, sie machen aber deutlich, dass der Anteil des Schmerzensgeldes am Gesamtpersonenschaden trotz steigender Schmerzensgeldbeträge kleiner geworden ist.

979 Gerade diese Zahlen, die die Versicherungswirtschaft in ihrer Fachpresse nennt, belegen, dass die Versichertengemeinschaft durch höhere Schmerzensgelder nicht über Gebühr belastet wird, zumal solch schwere Schädigungen relativ selten vorkommen. Sie machen aber auch deutlich, dass hohe Schmerzensgelder der Versichertengemeinschaft durchaus zuzumuten sind. Dies hat schon Katzenmeier[1498] überzeugend belegt und nachdrücklich darauf hingewiesen, dass von einer Haftungsexplosion nicht gesprochen werden könne.

980 Es ist doch zu fragen, was dem Verletzten von den von Hoffmann[1499] genannten 11 Mio. € Aufwand für den Gesamtschaden bleibt. Leistungen des Versicherers für Heilbehandlungskosten und für vermehrte Bedürfnisse fließen ihm nicht unmittelbar zu. Ihm bleibt ggf. der Ersatz des Verdienstausfalls anstelle des Einkommens, das er vor dem Schadensereignis hatte oder das er demnächst hätte erzielen können, und das Schmerzensgeld. Kann er keinen Verdienstausfall geltend machen, bleibt ihm nur das Schmerzensgeld zu seiner (freien) Verfügung. Schmerzensgeldkapital und Schmerzensgeldrente müssen oft über Jahrzehnte verwaltet und eingeteilt werden. Der Wert verfällt, ohne dass der Geschädigte Einfluss darauf hat. Selbst wenn ein Teil des Schmerzensgeldes als Rente gezahlt wird, kann der Verletzte nach der Rechtsprechung des BGH[1500] erst dann eine Abänderungsklage erheben, wenn die Inflation mindestens 25 % des Wertes der Rente aufgezehrt hat und wenn zusätzlich keine Argumente einer Rentenerhöhung entgegenstehen.

981 Zu prüfen ist deshalb, ob für schwerst hirngeschädigt geborene Kinder nicht de lege ferrenda der aus der Sicht von Eltern, die den Umgang mit solchen Summen nicht gewohnt sind, hohe Kapitalbetrag wenigstens teilweise durch eine monatliche Rente ersetzt werden sollte. Dann würde dem geschädigten Kind auf Dauer ein Teil des Schmerzensgeldes sicher zufließen und die Abänderungsklage könnte wenigstens einen – wenn auch mäßigen – Schutz vor der Inflation bieten.

c) Ausgeprägte Hirnleistungsstörung und Lähmung

982 Für die Sicherung des Kapitals wäre gesetzlich zu regeln, dass die Zahlung eines Teils des Schmerzensgeldes unter der Auflage erfolgen sollte, es »mündelsicher anzulegen«.[1501]

Diese Problematik sieht auch Reisinger,[1502] der zu Recht darauf hinweist, dass Apalliker, denen höchste Schmerzensgeldbeträge zugesprochen werden, diese Beträge nicht selbst ausgeben können und sie nach dem Tod vererben. Dabei hängt es von den Zufälligkeiten der Verwandtschaft ab, wer in den Genuss des beträchtlichen Geldbetrages kommt. Dies können auch die Falschen sein, nämlich nicht immer die Verwandten, die sich aufopfernd um den Geschädigten gekümmert haben. Selbst nahe Angehörige können den Geldbetrag »unverdient« erben, wenn der Geschädigte zu Lasten des Schädigers in ein Pflegeheim verbracht wird und dort möglicherweise alsbald verstirbt.

1498 Katzenmeier, Arzthaftung, 2002, S. 40 (43); deshalb liegt Staudinger/Schiemann, BGB, 2005, § 253 Rn. 13 schief, wenn er meint, die Prämienbelastungen für Versicherte könnten bei höheren Schmerzensgeldern steigen.

1499 Hoffmann, Versicherungswirtschaft 2008, 1298.

1500 BGH, Urt. v. 15.05.2007 – VI ZR 150/06, VersR 2007, 961 = DAR 2007, 513; Müller, ZfS 2009, 62 (68).

1501 Strücker-Pitz, VersR 2007, 1466 (1469).

1502 Reisinger, Die Bedeutung des Schmerzensgeldes für die Versicherungswirtschaft, Zivilrecht 2008, 49 (53).

983 Erleidet ein Verkehrsteilnehmer infolge eines Verkehrsunfalls ein offenes Schädelhirntrauma, leidet er infolgedessen an ausgeprägten Hirnleistungsstörungen und spastischer Lähmung aller Glieder, ist dies ein Zustand, der ein besonders hohes Schmerzensgeld rechtfertigt. Für diesen Fall hat das OLG Düsseldorf[1503] ein Schmerzensgeld von 204.000,00 € (Kapital 150.000,00 € und monatliche Rente 250,00 €) zuerkannt.

984 Ähnlich entschied das OLG Hamm,[1504] das einem jungen Mann bei einer Haftungsquote von 75 % ein Schmerzensgeld von 187.500,00 € (Kapital 100.000,00 € und monatliche Rente 400,00 €) zuerkannt hat.

d) Hohe Querschnittslähmung

985 Es fällt auf, dass das Schmerzensgeld »bei unfallbedingter Reduktion auf primitivste Existenzzustände«, bei Verlust der Persönlichkeit, u. U. höher ausfallen kann als das Schmerzensgeld bei hoher Querschnittslähmung. Bei hoher Querschnittslähmung gibt es Zustände, in denen der Verletzte nur noch den Kopf bewegen kann und auf Unterstützung bei der Atmung angewiesen ist. Er kann in Panik geraten und häufig unter extremer Existenzangst leiden. Unter diesen Gesichtspunkten muss das Schmerzensgeld in diesen Fällen an sich höher ausfallen als bei Verlust der Persönlichkeit.

986 Schon 1992 hat das OLG Düsseldorf[1505] bei schwerster Querschnittslähmung eines 36 Jahre alten Mannes unterhalb des Halswirbels C 3 ein Schmerzensgeld (Kapital und Rente) von rund 300.000,00 € zugesprochen (Kapital 225.000,00 €, Rente 375,00 €), ohne dass der aus der Rechtsprechung ersichtliche Rahmen gesprengt werde.

987 Im Jahr 2001 hat das **LG München I**[1506] die Schallmauer von 500.000,00 € durchbrochen. Es hat in einem Fall von Querschnittslähmung ein Schmerzensgeld i. H. v. etwa 500.000,00 € (375.000,00 € Kapital und 750,00 € monatliche Rente für einen 48 Jahre alten Mann) zugesprochen. Dabei hat die Kammer erkannt, dass sie mit dieser Entscheidung der Höhe nach über die bisher bekannte Rechtsprechung bei der Bemessung des Schmerzensgeldes hinausgeht und sie erwähnt auch Fälle der Querschnittslähmung und der Erblindung, in denen die Schmerzensgelder deutlich niedriger lagen. Die Kammer »wolle aber weder einen Markstein setzen noch Rechtspolitik betreiben«.

988 Das LG begründet den hohen Betrag mit folgenden **Erwägungen:**
– Es ist der schwerste Fall, den die Kammer seit 16 Jahren zu entscheiden hatte.
– Schmerzensgelder müssen in gewisser Weise mit der inflationären[1507] Entwicklung Schritt halten.
– Ein höheres Schmerzensgeld wird in Fällen schwerster Verletzungen allgemein befürwortet.

989 Dieser Entscheidung des LG München I ist Halm[1508] mit wenig überzeugenden Argumenten entgegengetreten. Letztlich beruft er sich auf die 15 und 25 Jahre zurückliegenden Entscheidungen des BGH,[1509] in denen dieser vor einer Aufblähung der Schmerzensgeldzahlungen

---

1503 OLG Düsseldorf, Urt. v. 27.06.1994 – 1 U 276/90, r+s 1995, 293.

1504 OLG Hamm, Urt. v. 25.09.1995 – 6 U 231/92, r+s 1996, 349.

1505 OLG Düsseldorf, Urt. v. 10.02.1992 – 1 U 218/90, VersR 1993, 113.

1506 LG München I, Urt. v. 29.03.2001 – 19 O 8647/00, VersR 2001, 1124 = NJW-RR 2001, 1246 = ZfS 2001, 356; das Verfahren wurde durch Vergleich beendet.

1507 Vgl. dazu auch Deutsch/Ahrens, Rn. 495: Bei Urteilen, die älter als 5 Jahre sind, ist auf den ausgeurteilten Betrag regelmäßig ein Zuschlag zum Ausgleich der inflationären Entwicklung zu machen.

1508 Halm, DAR 2001, 430.

1509 BGH, Urt. v. 08.06.1976 – VI ZR 216/74, VersR 1976, 967 (968); BGH, Beschl. v. 01.10.1985 – VI ZR 195/84, VersR 1986, 59.

zulasten der Versichertengemeinschaft gewarnt hat. Dieses Argument verwendet der BGH aber schon lange nicht mehr und es ist auch falsch.

e) Kosten der Wiederherstellung der Mobilität: materieller oder immaterieller Schaden?

990 Besondere Bedeutung kommt der Frage zu, ob Aufwendungen, die dem Verletzten entstehen, um ein vor dem Schadensfall ausgeübtes Hobby trotz der Behinderung wieder ausüben zu können, dem materiellen oder immateriellen Schaden zuzuordnen sind.

991 Die bloße Wiederherstellung der Mobilität des Verletzten, etwa die behinderungsgerechte Ausstattung eines Kfz, stellt einen **materiellen Schaden** dar. Begehrt der Verletzte zusätzlich einen behindertengerechten Umbau eines Motorrades, so soll dieser Schaden nicht als materieller Schaden ersatzfähig sein.[1510]

Der BGH fasst unter »vermehrte Bedürfnisse« (also materiellen Schaden) alle **unfallbedingten Mehraufwendungen**, die den Zweck haben, diejenigen Nachteile auszugleichen, die dem Verletzten infolge dauernder Beeinträchtigung seines körperlichen Wohlbefindens entstehen. Es muss sich grds. um Mehraufwendungen handeln, die dauernd und regelmäßig erforderlich sind und die dem Geschädigten im Vergleich zu einem gesunden Menschen erwachsen und sich daher von den allgemeinen Lebenshaltungskosten unterscheiden, die in gleicher Weise vor und nach dem Unfall anfallen.

992 Mehraufwendungen sind immer dann zu ersetzen, wenn die Schädigung zu gesteigerten Bedürfnissen des Geschädigten geführt hat. Das ist verletzungsbedingter Mehrbedarf. Dieser **Mehrbedarf** wird aber nur anerkannt, wenn der Verletzte unfallbedingt z. B. auf einen Pkw angewiesen ist, um seinen Arbeitsplatz zu erreichen. In diesem Fall beruhen die vermehrten Bedürfnisse auf dem Mobilitätsbedürfnis des Geschädigten. Hat der Verletzte aber bereits einen behindertengerecht ausgerüsteten Pkw, verschafft ihm ein zusätzliches Gefährt, ein behindertengerecht ausgerüstetes Motorrad, keinen zusätzlichen Mobilitätsvorteil.

993 Wenn der BGH auch anerkennt, dass der Geschädigte im Grundsatz so zu stellen ist, dass ein dem früheren möglichst gleichwertiger Zustand erreicht wird und dass der Schädiger dafür zu sorgen hat, dass die Lebensqualität des Geschädigten nicht unter den früheren Standard sinkt, soll dies keinen Anspruch auf Ersatz materiellen Schadens auslösen. Die mit der Querschnittslähmung verbundenen Beeinträchtigungen und Benachteiligungen, zu denen auch die entgangene Freude am Motorradfahren gehört, sollen mit dem Schmerzensgeld ausgeglichen sein.[1511]

994 ► **Hinweis:**

Diese Überlegungen mögen abstrakt richtig sein, es ist aber kaum vorstellbar, dass die (lebenslang) wiederholt entstehenden Kosten der Umrüstung eines Motorrades tatsächlich bei der Bemessung des Schmerzensgeldes berücksichtigt worden sind.

1510 BGH, Urt. v. 20.01.2004 – VI ZR 46/03, VersR 2004, 482 = NJW-RR 2004, 671.

1511 So ausdrücklich Diederichsen, DAR 2005, 301 (310); diese Begründung halten auch Klutenius/Karwatzki, MDR 2006, 667 (669) letztlich für überzeugend, obwohl sie sehen, dass der Verletzte grds. verlangen kann, seine frühere Mobilität wieder zu erlangen.

995 In einer späteren Entscheidung hat der BGH[1512] diese Rechtsprechung geändert, ohne dies allerdings ausdrücklich zu sagen. Er hat einer durch einen Unfall querschnittsgelähmten Frau den Ersatz der Umbaukosten für den Familienwohnsitz als Mehrbedarf für behindertengerechten Wohnraum i. H. v. rund 380.000,00 € zugebilligt und zusätzlich den Anspruch auf Ersatz entsprechender Umbaukosten für einen Zweitwohnsitz (ein Schloss) als Mehrbedarf anerkannt.

Dieser Entscheidung ist zuzustimmen, allerdings wirft Huber[1513] die Frage auf, wie diese Entscheidung in Einklang zu bringen ist mit der »Motorradentscheidung«, die den doppelten Mehrbedarf nicht anerkennt. Man kann die Problematik noch auf die Spitze treiben und fragen, ob der verletzten (wohlhabenden) Klägerin nicht auch noch die Umbaukosten für eine Luxusyacht in Nizza zu ersetzen wären. Die von Huber[1514] aufgeworfene Frage: »Hat es der Schlossherr besser?« ist also berechtigt.

F. Die wichtigsten Bemessungsumstände

I. Ausgleichsfunktion

996 Der **Umfang des Schadens**, das **Ausmaß der konkreten Beeinträchtigung** sind für die Bemessung des Schmerzensgeldes in erster Linie ausschlaggebend. Diesen Gesichtspunkt hat der BGH in einer Entscheidung von 1952[1515] hervorgehoben. Beeinträchtigungen sind nicht nur Körperschäden im eigentlichen Sinne – etwa der Verlust des Augenlichtes oder die Unfähigkeit zum Springen und Laufen nach einer Amputation. Es sind auch **subjektive Empfindungen**, die **soziale und berufliche Stellung**, die nicht selbstständigen Krankheitswert erreichen müssen, wenn eine Verletzung von Körper und/oder Gesundheit vorliegt. In der Erkenntnis, dass es sich bei dem Entschädigungsanspruch nach § 847 BGB a. F. um einen echten Schadensersatzanspruch handelt, macht die Entscheidung deutlich, dass wie bei dem Vermögensschaden auch bei der Bemessung des Schmerzensgeldes nur derjenige Betrag ausreichen könne, der zur Beseitigung der verursachten Nachteile nötig sei. Die Entschädigung könne wegen der Unmöglichkeit der tatsächlichen Wiedergutmachung nur in einem Ausgleich der erlittenen Beeinträchtigung bestehen.[1516] Auch der Beschluss des großen Senats v. 06.07.1955[1517] sieht im Ausgleich eine wesentliche, wenn auch nicht die einzige Funktion des Schmerzensgeldes. Das **Ausmaß der Lebensbeeinträchtigung** stehe bei der Bemessung

1512 BGH, Urt. v. 12.07.2005 – VI ZR 83/04, VersR 2005, 1559 = NZV 2005, 629 m. eingehender und sehr lesenswerter Anm. von Huber, NZV 2005, 620. Der BGH hat noch folgende Fragen mitentschieden: Der Verletzte könne von einer Kapitalgesellschaft (juristische Person) Sicherheit für eine Mehrbedarfsrente verlangen, weil deren Existenz bei Vermögensverfall erheblich gefährdet sei; es stehe dem wohlhabenden jedoch gesetzlich versicherten Unfallopfer ein Anspruch auf Ersatz privater Behandlungskosten jedenfalls dann zu, wenn es sich um einen nicht allzu hohen Betrag handelt, rund 3.700,00 € und der Anspruch auf Ersatz der Mehrbedarfskosten für den Umbau von Haus und Zweitwohnsitz können auf der Basis von Sachverständigengutachten beziffert und im Wege der Leistungsklage geltend gemacht werden.

1513 Huber, NZV 2005, 620.

1514 Huber, NZV 2005, 620.

1515 BGH, Urt. v. 29.09.1952 – III ZR 340/51, BGHZ 7, 223 (225).

1516 Vgl. Henke, S. 3, der herausstellt, dass der Gedanke der Kompensation bis in die jüngste Zeit (also bis 1969) vorherrschte. Der Gedanke erwachse aus der Auffassung, dass man auch das Schmerzensgeld als eine Schadensersatzleistung im gewöhnlichen Sinne zu betrachten habe.

1517 BGH, Beschl. v. 06.07.1955 – GSZ 1/55, BGHZ 18, 149 = VersR 1955, 615 = NJW 1955, 1675 = MDR 1956, 19 m. Anm. Pohle.

des Ausgleichs an erster Stelle; die **Größe, Heftigkeit und Dauer der Schmerzen** blieben vor der Genugtuung die wirtschaftlichen Grundlagen für die Bemessung der Entschädigung.[1518]

997 Eine Geldsumme, die als Ausgleich gezahlt wird, soll es nach dem historischen Verständnis der **Ausgleichsfunktion** dem Verletzten ermöglichen, sich Annehmlichkeiten und Erleichterungen zu verschaffen[1519] oder einer Liebhaberei nachzugehen, die ihm bisher nicht zugänglich war (Kompensation). Es soll nicht einmal ausgeschlossen sein, dass der Verletzte einfach durch den Besitz der Geldsumme Befriedigung empfindet und dadurch von seinen Schmerzen abgelenkt wird. Die Entschädigung soll ihm die Möglichkeit geben, sein seelisches Gleichgewicht wiederzufinden, soweit die Schwere seiner Verletzung und seines Leidens dies überhaupt gestatten.[1520]

998 In der Entscheidung v. 06.07.1955[1521] hat der BGH zwar die Bedeutung der Ausgleichsfunktion deutlich herausgestellt, er hat aber dann doch wieder auf den Gesichtspunkt der **Buße** oder **Genugtuung** zurückgegriffen. Insoweit kann die Entscheidung des großen Zivilsenats als Rückschritt ggü. der Entscheidung aus dem Jahr 1952[1522] angesehen werden. Hierzu heißt es, das alleinige Abstellen auf den Ausgleichsgedanken sei unmöglich, weil immaterielle Schäden sich nie und Ausgleichsmöglichkeiten nur beschränkt in Geld ausdrücken ließen. In Fällen weitgehender Zerstörung der Persönlichkeit sei ein Ausgleich in dem Sinne nicht möglich, weil der Verletzte subjektiv das Bewusstsein seiner Schädigung nicht besitze. Aus diesem Grund ist die Entscheidung allgemein so verstanden worden, dass die Ausgleichsfunktion des Schmerzensgeldes das Bewusstsein des Geschädigten von der Beeinträchtigung voraussetzt.[1523] Dabei wurde übersehen, dass in diesen Fällen vom Verletzten eine Genugtuung erst recht nicht empfunden werden konnte. In den Fällen der völligen Zerstörung der Persönlichkeit mussten folglich die Ausgleichsfunktion und die Genugtuungsfunktion nach damaligem Verständnis gleichermaßen ins Leere laufen.

999 In späteren Entscheidungen des BGH wird die Ausgleichsfunktion wesentlich weiter verstanden.[1524] Er lässt das Erfordernis fallen, dass von einem Ausgleich nur die Rede sein könne, wenn der Verletzte die Beeinträchtigung auch empfinde. Die Beeinträchtigung bestehe in diesen Fällen nämlich gerade in der mehr oder weniger vollständigen Zerstörung der Persönlichkeit, was bei der Bemessung des Ausgleichs zu berücksichtigen sei.[1525] Diese objektive Betrachtungsweise der Ausgleichsfunktion hat sich jedenfalls bei den sog. Bagatellschäden durchgesetzt. In diesen Fällen kann ein Ausgleich nur dann versagt werden, wenn die Beeinträchtigungen derart gering sind, dass ein Ausgleich in Geld nicht mehr billig erscheint.

II. Genugtuungsfunktion

1000 Möglicherweise kann sich bei einem solchen erweiterten Verständnis der Ausgleichsfunktion die Genugtuungsfunktion als entbehrlich erweisen.[1526] Im Urteil des BGH aus dem

1518 Vgl. Henke, S. 16.

1519 RG, Urt. v. 14.06.1934 – VI 126/34, zitiert nach Bloemertz, S. 86.

1520 Vgl. Henke, S. 4.

1521 BGH, Beschl. v. 06.07.1955 – GSZ 1/55, BGHZ 18, 149 = VersR 1955, 615 = NJW 1955, 1675 = MDR 1956, 19 m. Anm. Pohle.

1522 BGH, Urt. v. 29.09.1952 – III ZR 340/51, BGHZ 7, 223 (225).

1523 Müller, VersR 1993, 909 (912) m. w. N.

1524 BGH, Urt. v. 13.10.1992 – VI ZR 201/91, BGHZ 120, 1 = VersR 1993, 327 = NJW 1993, 781; eingehend zu dieser Entscheidung oben Rdn. 943 ff., insb. Rdn. 948 ff.

1525 S. o. Rdn. 959 ff.

1526 Müller, VersR 1993, 909 (913). So steht bei Verkehrsunfällen in aller Regel die Ausgleichsfunktion im Vordergrund, vgl. KG, Urt. v. 04.05.2006 – 12 U 42/05, OLGR 2006, 749.

Jahr 1992[1527] wird sie nur noch unter dem Blickpunkt erwähnt, dass sie bei der die Empfindungsfähigkeit ausschließenden Schwerstschäden keine Rolle spielen könne. Ob die Genugtuungsfunktion bei anderen Fallgruppen, in denen der Schadensausgleich ohnehin im Vordergrund steht, noch eine eigenständige Bedeutung hat, erscheint jedenfalls bei fahrlässigen Rechtsverletzungen fraglich.[1528]

1001 Die geschichtliche Entwicklung des Schmerzensgeldes zeigt, dass lange vor dem Inkrafttreten des BGB die herrschende Meinung für einen reinen Entschädigungscharakter des Schmerzensgeldes eintrat.[1529] Moralisierende oder strafrechtliche Gesichtspunkte sollten bei der Bestimmung der zivilrechtlichen Folgen unerlaubten Handelns unberücksichtigt bleiben.[1530]

1002 Bis zur Entscheidung des großen Zivilsenats v. 06.07.1955[1531] war es einhellige Auffassung, dass ein Schmerzensgeldanspruch ausschließlich Ausgleichsfunktion haben sollte.[1532] Die Einführung der Genugtuungsfunktion war nur erforderlich, um bei entsprechendem Verschuldensgrad eine Heraufsetzung des Schmerzensgeldes über die durch das Ausmaß des immateriellen Schadens vorgegebene Höhe hinweg zu ermöglichen, obwohl an sich nichts näher liegt, als das Verschulden des Schädigers durch ein höheres Schmerzensgeld auszugleichen.

1003 Die Genugtuungsfunktion rückt das Schmerzensgeld in die Nähe der Strafe, sodass es eine irrationale Funktion erhält. Das Schmerzensgeld soll nach dieser Lehre die Verbitterung des Verletzten über das ihm angetane Unrecht besänftigen und seine Gefühle von Hass und dem Wunsch nach Vergeltung entlasten. Allerdings geht auch die Genugtuungslehre nicht davon aus, dass das Schmerzensgeld allein der Genugtuung dienen soll, es soll die Kompensation nur erleichtern; denn Verbitterung oder Hass sind keine ausschlaggebenden rechtlichen Argumente.[1533]

1. Genugtuungsfunktion in der Rechtsprechung

1004 In der Rechtsprechung hat die Genugtuungsfunktion eine Rolle gespielt:
- bei Straftaten, insb. Sexualdelikten,
- bei schwerstem Hirnschaden,
- bei verzögerlichem Regulierungsverhalten (Tripelfunktion).[1534]

1005 Der große Zivilsenat hat festgestellt, dass der **Verschuldensgrad als Einzelumstand** berücksichtigt werden muss. Er hat insoweit den Sühnecharakter des Schmerzensgeldes herausgestellt. Schuldhaftes Verhalten kann sich verbitternd auf den Verletzten auswirken und es entspricht der Billigkeit und der Genugtuung, wenn Vorsatz und grobe Fahrlässigkeit zulasten, leichte Fahrlässigkeit dagegen zugunsten des Schädigers berücksichtigt werden. Damit durchbricht der BGH für den Ausgleich immaterieller Schäden das für Vermögensschäden geltende »Alles-oder-Nichts«-Prinzip, nach dem der geringste Grad der Fahrlässigkeit die gleiche Ersatzleistung zur Folge hat wie der Vorsatz.[1535]

1527 BGH, Urt. v. 13.10.1992 – VI ZR 201/91, VersR 1993, 327, 329 = NJW 1993, 781, 783.

1528 Müller, VersR 1993, 909 (913).

1529 RG, Urt. v. 17.11.1882 – III. 321/82, RGZ 8, 117.

1530 Motive, Bd. II. 17, 18.

1531 BGH, Beschl. v. 06.07.1955 – GSZ 1/55, BGHZ 18, 149 = VersR 1955, 615 = NJW 1955, 1675 = MDR 1956, 19 m. Anm. Pohle.

1532 Vgl. Henke, S. 3.

1533 Vgl. Henke, S. 6.

1534 Honsell, VersR 1974, 205; s. Rdn. 1013 ff.

1535 Kern, AcP 191 (1991), 247 (249).

a) Straftaten

1006 Ein Genugtuungsbedürfnis kann für den Verletzten bestehen, wenn der Schädiger **vorsätzlich** gehandelt hat. Es kann bei Minderjährigen, die vorsätzlich verletzt wurden,[1536] besonders ausgeprägt sein. Vorsatz ist immer zu bejahen bei Sexualdelikten, versuchter Tötung und bei nicht nur fahrlässig begangener Körperverletzung. Die Verletzungsfolgen sind in diesen Fällen oft schwerwiegend und dem Verletzten, der darunter oft ein Leben lang zu leiden hat, kann ein Genugtuungsbedürfnis nicht abgesprochen werden. So hat denn auch die Rechtsprechung in diesen Fällen ein Genugtuungsbedürfnis anerkannt. Allerdings hat sie es bis 1994 als befriedigt angesehen, wenn der Schädiger strafrechtlich verurteilt worden war. Seit der Entscheidung des BGH v. 29.11.1994[1537] kommt es hierauf für die Bemessung des Schmerzensgeldes jedoch nicht mehr an. In dieser Entscheidung hat der BGH die Trennung zwischen dem staatlichen Strafanspruch und dem Genugtuungsbedürfnis des Verletzten hervorgehoben.

1007 Er führt dazu aus, dass die Bemessung des zivilrechtlichen Ausgleichsanspruchs schon im Ansatz nicht vom Ausgang des Strafverfahrens abhängen könne,[1538] weil der Schädiger die Pflicht, den immateriellen Schaden des Geschädigten tat- und schuldangemessen voll auszugleichen, als zivilrechtliche Folge seiner Tat ebenso hinnehmen müsse wie deren strafrechtliche Folge, also etwa den Freiheitsentzug. Gerade weil das Schmerzensgeld keine Privatstrafe,[1539] sondern auf Schadensausgleich gerichtet sei, könne die Höhe der Entschädigung nur am immateriellen Schaden ausgerichtet werden, nicht aber an der Überlegung, ob daneben auch der staatliche Strafanspruch verwirklicht worden sei.[1540]

1008 Diese Auffassung hat der BGH bis in die jüngste Zeit aufrechterhalten und festgestellt, dass jedenfalls bei vorsätzlichen Taten ein Genugtuungsbedürfnis des Verletzten bestehen kann, für fahrlässig zugefügte Verletzungen hat er die Frage jedoch offengelassen.

1009 ▶ **Hinweis:**

Es ist jedoch eine andere Frage, ob und inwieweit **Zahlungen**, die im Strafverfahren etwa als Bewährungsauflage oder als Einstellungsvoraussetzung an den Geschädigten geleistet werden, auf den Schmerzensgeldanspruch angerechnet werden können. Hier empfiehlt sich, insb. bei der Beteiligung als Neben- oder Adhäsionskläger, eine ausdrückliche Regelung, um späteren Streit zu vermeiden. Das OLG Saarbrücken[1541] hat die Zahlungen im Rahmen einer Bewährungsauflage auf den Schmerzensgeldanspruch angerechnet.

b) Schwerste Hirnschäden

1010 Bei **schwersten Hirnschäden**, die auf einem ärztlichen Behandlungsfehler oder auf einem Verkehrsunfall beruhen können, infolgedessen der Verletzte nichts mehr empfinden kann, kann ihm auch keine Genugtuung gewährt werden. Das in diesen Fällen zuerkannte

---

1536 Scheffen/Pardey, Rn. 945.

1537 BGH, Urt. v. 29.11.1994 – VI ZR 93/94, VersR 1995, 351 = NJW 1995, 781. Dem folgend etwa OLG Saarbrücken, Urt. v. 27.11.2007 – 4 U 276/07, NJW 2008, 1166 = SP 2008, 257.

1538 Ansonsten käme es zu einem »Wettlauf« zwischen Zivil- und Strafverfahren.

1539 Kern, AcP 191 (1991), 247 (268): Der Begriff Genugtuung hat sich als Synonym für Vertragsstrafe erwiesen.

1540 BGH, Urt. v. 29.11.1994 – VI ZR 93/94, VersR 1995, 351 = NJW 1995, 781; vgl. hierzu auch OLG Frankfurt am Main, Urt. v. 30.04.1998 – 15 U 129/97, OLGR 1998, 257: Selbst die »Selbstjustiz« von Freunden des Opfers einer Schlägerei, die sich danach den Täter »vornehmen«, führt nicht zum Entfallen der Genugtuungsfunktion.

1541 OLG Saarbrücken, Urt. v. 27.11.2007 – 4 U 276/07, NJW 2008, 1166 = SP 2008, 257.

Schmerzensgeld – inzwischen rund 614.000,00 €[1542] und 619.000,00 €[1543] – kann deshalb nicht zur Befriedigung eines Genugtuungsbedürfnisses gezahlt werden, sondern nur dem Ausgleich des Schadens dienen.

1011 Erstaunlicherweise wird schwerst hirngeschädigt geborenen Kindern, die keine oder so gut wie keine Empfindungen haben, ein höheres Schmerzensgeld zugebilligt als Kindern, die noch Empfindungen haben und Reaktionen zeigen. Bei Letzteren wird dann ein deutlich niedrigeres Schmerzensgeld zuerkannt, z. B. 250.000,00 €,[1544] weil sich das Kind, das Kontakte zu seiner Umwelt aufnehmen und durch Lachen und Weinen Affekte äußern konnte, seiner Beeinträchtigung nicht bewusst war. Würde festgestellt, dass es unter den Beeinträchtigungen leidet, müsste das Schmerzensgeld höher ausgefallen.

c) Arzthaftungsfälle

1012 In **Arzthaftungsfällen** hat das Schmerzensgeld i. d. R. sicher nicht die Funktion, dem Patienten Genugtuung zu verschaffen. Ärztliche Behandlungsfehler werden i. d. R. nicht vorsätzlich, sondern fahrlässig begangen.[1545] Sterilisiert ein Arzt allerdings eigenmächtig eine Frau[1546] oder entfernt er ohne deren Zustimmung deren Gebärmutter, weil er der Meinung ist, die Frau habe genug Kinder geboren, kann ein Genugtuungsbedürfnis der Frau nicht ohne Weiteres verneint werden.

d) Verzögerliches Regulierungsverhalten der Versicherung

1013 Die Genugtuungsfunktion könnte auch Pate gestanden haben bei der von der Rechtsprechung praktizierten Erhöhung des Schmerzensgeldes wegen **verzögerlichen Regulierungsverhaltens.**[1547] In diesen Fällen wird die Ausnutzung der wirtschaftlichen Machtstellung durch den Ersatzpflichtigen, die Herabwürdigung des Verletzten, die Nichtberücksichtigung seiner durch die Verletzung herbeigeführten existenzbedrohenden Situation usw. durch einen Zuschlag zu dem an sich geschuldeten Schmerzensgeld »bestraft«, um dem Geschädigten einen Ausgleich dafür zu verschaffen, dass der Ersatzpflichtige den Ausgleich insgesamt verzögert. Honsell[1548] spricht sogar von einer Tripelfunktion des Schmerzensgeldes, weil er den Zuschlag – zu Unrecht – als weitere Funktion des Schmerzensgeldes sieht, neben der Ausgleichsfunktion und der Genugtuungsfunktion. In Wirklichkeit wird ein solcher Zuschlag gewährt,

---

1542 LG Kiel, Urt. v. 11.07.2003 – 6 O 13/03, VersR 2006, 279 = E 2181; OLG Köln, Urt. v. 20.12.2006 – 5 U 130/01, VersR 2007, 219, spricht in st. Rspr. im Gleichklang mit dem OLG Hamm 500.000,00 € zu.

1543 OLG Zweibrücken, Urt. v. 22.04.2008 – 5 U 6/07, MedR 2008, 88, m. Anm. Jaeger.

1544 OLG Bremen, Urt. v. 26.11.2002 – 3 U 23/02, NJW-RR 2003, 1255.

1545 Zweifelhaft daher OLG Oldenburg, Urt. v. 16.09.2008 – 5 U 3/07, NJW-RR 2009, 1110, in welchem i. R. d. Genugtuungsfunktion berücksichtigt wurde, dass der Patient, dem nach einer Operation ein Kirschnerdraht im Rücken verblieb, der letztlich herausstach und -eiterte, (gelinde gesagt) hiervon »überrascht« wurde – diese psychische Begleitkomponente ist eher der Ausgleichsfunktion zuzuordnen.

1546 OLG Koblenz, Urt. v. 13.07.2006 – 5 U 290/06, VersR 2007, 796 = MedR 2009, 93.

1547 Krit. zu dieser Figur insgesamt Schellenberg, VersR 2006, 878; ebenso ablehnende Lepa, FS für Müller, S. 113 (125); bejahend: Müller, ZfS 2009, 124 (127).

1548 Honsell, VersR 1974, 205; gegen einen Präventionsgedanken bei der Schadensregulierung spricht sich ebenfalls aus Staudinger/Schiemann, 2005, BGB, § 253 Rn. 33, weil eine Verselbstständigung dieses Gedankens mit der Rechtslage nicht zu vereinbaren sei. Denn die zögerliche Erfüllung berechtigter Ansprüche und sogar mutwilliger Bruch bestehender Verpflichtungen sei keine Angelegenheit von Schadensersatzverpflichtungen wegen Verletzung der in § 253 Abs. 2 BGB genannten Rechtsgüter. Allerdings müssten (weitere) Gesundheitsschäden, die durch das Regulierungsverhalten mitverursacht worden seien, unter Berücksichtigung des § 253 BGB entschädigt werden.

weil die Rechtsprechung anerkennt, dass durch ein verzögerliches Regulierungsverhalten das Leid des Verletzten erhöht wird, sodass diese zusätzlich entstandene Beeinträchtigung auch zusätzlich zu entschädigen ist, ein zusätzlicher Ausgleich zu gewähren ist.[1549] So leitet das OLG Hamm[1550] bei verzögerlichem Regulierungsverhalten eine Erhöhung des Schmerzensgeldes aus der Ausgleichsfunktion ab. Recht weitgehend zulasten des Geschädigten verlangt das OLG Saarbrücken[1551] für den Prozessvortrag einer zögerlichen Regulierung daher auch Darlegungen dazu, wie und warum die verzögerte Zahlung schutzwürdige Interessen des Geschädigten beeinträchtigt hat (im Fall verneint, da der Geschädigte selbst erst verzögert geklagt hatte).

Anders ist die Situation allerdings, wenn der Versicherer von seinem prozessualen Recht Gebrauch macht, das Vorbringen des Klägers zu bestreiten, solange er berechtigte Zweifel haben darf, ob einzelne Tatsachen zutreffen.[1552] Solange der Haftpflichtversicherer berechtigte Zweifel an einer Haftung hegen darf, scheidet verzögerte Regulierung aus.[1553] Das Prozessverhalten des Haftpflichtversicherers kann bei Unvertretbarkeit des Vortrags, bei evident sachwidrigem Prozessverhalten, zu einer Schmerzensgelderhöhung führen.[1554]

Das ist auch der Fall, wenn ein Unternehmen des öffentlichen Nahverkehrs die Unfallursache vor Gericht wider besseres Wissen bestritten hat. Der Richter erhöhte deshalb das Schmerzensgeld um 500,00 € auf 5.500,00 €.[1555]

1014 Dabei muss dieser zusätzliche Ausgleich nicht soweit gehen wie in einem Fall, den das OLG München[1556] zu entscheiden hatte. Bei der verletzten 79 Jahre alten Frau hatte sich infolge der lang andauernden Ungewissheit ihrer finanziellen Situation ein ausgeprägtes psychopathologisches Krankheitsbild gezeigt, was bei der Bemessung des Schmerzensgeldes »erheblich« ins Gewicht fiel.

1015 Eine durch nichts gerechtfertigte Leistungsverweigerung über 4 Jahre hin hat das OLG Köln[1557] mit einem Strafzuschlag von 15.000,00 € belegt. Insgesamt sollte das unkooperative Verhalten des Schädigers bzw. des Versicherers wohl nicht mit mehr als 20 % Zuschlag geahndet werden.[1558] Das sieht auch das LG Saarbrücken[1559] so, das einer Schülerin, die ein offenes Schädelhirntrauma erlitten hatte, ein Schmerzensgeld i. H. v. 125.000,00 € zubilligte, dieses aber wegen verzögerlichen Regulierungsverhaltens um 25.000,00 € (20 %) erhöhte.

1549 Das LG Berlin, Urt. v. 06.12.2005 – 10 O 415/05, NZV 2006, 206 = VersR 2006, 499 = NJW 2006, 702 nahm eine Erhöhung des Schmerzensgelds (um 3.000,00 € auf insgesamt 22.000,00 €) auch in einem Fall vor, in dem die Versicherung unter Umgehung des Anwalts des Geschädigten versucht hatte, diesem eine »Erlassfalle« zu stellen; sie hegte die Erwartung, dass die Einlösung des Schecks als Annahme des (allzu niedrigen) Vergleichsangebots über dieses Summe gewertet würde.

1550 OLG Hamm, Beschl. v. 11.09.2002 – 9 W 7/02, VersR 2003, 780.

1551 OLG Saarbrücken, Urt. v. 27.07.2010 – 4 U 585/09, NJW 2011, 933.

1552 OLG Brandenburg, Urt. v. 17.09.2009 – 12 U 26/09, zFs 2010, 141 m. Anm. Diehl = NZV 2010, 154.

1553 OLG Saarbrücken, Urt. v. 27.07.2010 – 4 U 585/09, NJW 2011, 933.

1554 Etwa LG Coburg, Urt. v. 14.04.2009 – 14 O 402/05, VersR 2011, 534: Die Geschädigte hatte 10 Jahre nach der haftungsbegründenden Operation nur 30.000,00 € erhalten, obwohl ein schwerer Behandlungsfehler feststand. Die Kammer verurteilte zu 130.000,00 € und führte wörtlich aus: »Die Kammer kann dieses Regulierungsverhalten nur mit Unverständnis zur Kenntnis nehmen«.

1555 OLG Schleswig, Urt. v. 18.09.2012 – 7 U 15/12, SP 2013, 72.

1556 OLG München, Urt. v. 24.11.1992 – 5 U 2599/91, NZV 1993, 434.

1557 OLG Köln, Urt. v. 16.11.2000 – 7 U 64/00, VersR 2001, 1396; vgl. auch Scheffen/Pardey, S. 506, Rn. 942.

1558 Geigel/Pardey, 7. Kap. Rn. 51.

1559 LG Saarbrücken, Urt. v. 31.08.2000 – 15 O 121/97, ZfS 2001, 255.

1016 Der 19. Zivilsenat des OLG Köln[1560] entschied, dass ein Schädiger, der seine Verantwortung über einen Zeitraum von 5 Jahren geleugnet hatte, wegen dieses Verhaltens ein höheres Schmerzensgeld zu zahlen habe. Ebenso hielt das OLG Naumburg[1561] den Umstand, dass auch 4 1/4 Jahre nach Rechtskraft eines Grundurteils keinerlei Zahlungen geleistet wurden und nur Verhandlungsangebote »ohne Substanz« abgegeben worden waren, für einen Fall der verzögerten Regulierung. Das OLG Jena[1562] bejahte eine verzögerte Regulierung in einem Fall erkennbarer Zahlungspflicht, in dem die Versicherung einen 5 Jahre langen Rechtsstreit mit mehreren Gutachtern in Kenntnis der Zahlungspflicht diese bestritten und vorprozessual nur die Hälfte des judizierten Betrages »ohne Anerkennung einer Verpflichtung« angeboten hatte.

1017 Ein zusätzliches Schmerzensgeld i.H.v. 10.000,00 € gewährte das LG Frankfurt an der Oder,[1563] ohne dass es darauf ankommen soll, ob den Haftpflichtversicherer ein Verschulden treffe, weil dieser das Risiko seines Regulierungsverhaltens trage. Ebenso mit weiteren 10.000,00 € bedachte das OLG Schleswig[1564] den Umstand, dass »nicht nachvollziehbar und hartnäckig« die Regulierung verweigert und 7 Jahre lang trotz Streit der Beklagten nur über den Innenausgleich keinerlei Zahlungen an das Opfer geflossen waren.

1018 Honsell[1565] verkennt, dass es bei der Bemessung des Schmerzensgeldes in einem derartigen Fall nicht unmittelbar um die Auswirkung auf andere potenzielle Schädiger bzw. Versicherer geht, sondern es für den individuellen Schadensfall neben anderen Umständen durchaus eine Rolle spielen kann, ob – etwa bei geklärter Sachlage oder bei einfacher Rechtslage – die Zahlung des Schmerzensgeldes grundlos besonders lange hinausgezögert worden ist.[1566]

1019 Dabei kann davon ausgegangen werden, dass gerade **Versicherer** sorgfältig beobachten, wie sie den zu leistenden Schadensersatz möglichst gering halten können. Gerade wenn ein **hoher Zinsschaden** oder wenn hohe Kosten der Rechtsverfolgung drohen, werden sie diese Positionen durch hohe Teilzahlungen zu reduzieren suchen. Auch das Regulierungsverhalten wird sich – jedenfalls auf Dauer – bei konsequenter Rechtsprechung entsprechend ändern.

1020 So hat auch das OLG Naumburg[1567] das Regulierungsverhalten eines Versicherers bei der Bemessung des Schmerzensgeldes berücksichtigt, weil dieser vorprozessual ein Schmerzensgeld in ersichtlich unzureichender Höhe angeboten und im Prozess verfahrensverzögernde unzutreffende Einwände gegen die Schmerzensgeldhöhe erhoben hatte.[1568] Das OLG Nürnberg[1569] bejahte einen Fall verzögerter Regulierung, als in einem »Zermürbungsversuch« der Versicherung trotz einer Haftung von 35.000,00 € nur 2.000,00 € gezahlt worden waren. Das OLG München[1570] hielt – bei »eindeutigem Unfallgeschehen« und einer Vielzahl schwerer

1560 OLG Köln, Urt. v. 11.04.2003 – 19 U 102/02, OLGR 2003, 214.

1561 OLG Naumburg, Urt. v. 15.10.2007 – 1 U 46/07, NJW-RR 2008, 693.

1562 OLG Jena, Urt. v. 23.10.2007 – 5 U 146/06, VersR 2008, 1553 (1554) = NJW-RR 2008, 831 (832).

1563 LG Frankfurt an der Oder, Urt. v. 19.10.2004 – 12 O 404/02, SP 2005, 376.

1564 OLG Schleswig, Urt. v. 23.02.2011 – 7 U 106/09, unveröffentlicht: von »an sich« angemessenen 60.000,00 € auf 70.000,00 €.

1565 Honsell, VersR 1974, 205.

1566 Müller, VersR 1993, 909 (916).

1567 OLG Naumburg, Urt. v. 25.09.2001 – 9 U 121/00, VersR 2002, 1569; so auch OLG Naumburg, Urt. v. 28.11.2001 – 1 U 161/99, NJW-RR 2002, 672.

1568 Ähnlich – verzögerte Regulierung bereits dann, wenn sich die verfahrensverzögernden Einwände im Nachhinein als unzutreffend erweisen – schon OLG Nürnberg, Urt. v. 25.04.1997 – 6 U 4215/96, VersR 1998, 731.

1569 OLG Nürnberg, Urt. v. 22.12.2006 – 5 U 1921/06, VersR 2007, 1137.

1570 OLG München, Urt. v. 13.08.2010 – 10 U 3928/09, NJW-Spezial 2010, 617.

Verletzungen, die vom Senat mit 100.000,00 € Schmerzensgeld bemessen wurden – den vorprozessual gezahlten Betrag von (immerhin) 35.000,00 € für »offensichtlich zu niedrig« und nahm ein »kleinliches Regulierungsverhalten« an.

1021 In einer weiteren Entscheidung hat das OLG Naumburg[1571] einen Versicherer gerügt, der darauf spekuliert hatte, dass der Geschädigte, der über die Rechtslage offenbar nicht richtig informiert war, die Ablehnung des Versicherungsschutzes hinnehmen würde. Diese Haltung des Versicherers hatte zu einer erheblichen Verzögerung zulasten des Geschädigten geführt. Hinzu kam, dass der Versicherer dem Kläger ohne hinreichende Anhaltspunkte vorwarf, entgegen der behaupteten Arbeitsunfähigkeit zu arbeiten und Schwarzarbeit zu leisten.

1022 Das OLG Nürnberg[1572] hat dem Verletzten eine zusätzliche Genugtuung gewährt, weil die Beklagte dem Kläger grundlos entgegengehalten hatte, er sei bei dem Unfall mit 0,5 – 0,8 ‰ alkoholisiert gewesen. Eine solche Prozessführung gehe über eine verständliche Rechtsverteidigung hinaus.

1023 Ebenso überzeugt die Begründung des OLG Nürnberg[1573] für ein höheres Schmerzensgeld infolge verzögerlichen Regulierungsverhaltens mit einem den Geschädigten psychisch belastenden Verhalten des Versicherers. Auch Lemcke sieht in der Anmerkung zu dieser Entscheidung den Grund für das höhere Schmerzensgeld in einer Verschlimmerung der Gesundheitsverletzung. Selbst wenn es sich um eine fehlerhafte psychische Verarbeitung der Unfallfolgen handelt, haftet der Schädiger auf der Grundlage der BGH-Rechtsprechung für psychische Folgeschäden.[1574]

1024 Ähnlich entschied ein anderer Senat des OLG Nürnberg[1575] und rügte das kleinliche Regulierungsverhalten des Versicherers, das »der Senat bisher nicht erlebt« habe.

1025 Zur Schmerzensgeldbemessung bei verzögerlichem Regulierungsverhalten vgl. auch OLG Köln,[1576] das das Schmerzensgeld deutlich erhöht hat.

1026 Verfehlt ist es allerdings, das verzögerliche Regulierungsverhalten dann Schmerzensgeld erhöhend zu berücksichtigen, wenn ein Versicherer auf ein Schmerzensgeld i. H. v. 2.000,00 € vorprozessual lediglich in zwei Teilbeträgen insgesamt 600,00 € gezahlt hat.[1577] In dieser Größenordnung wirkt sich die wirtschaftliche Machtstellung des Schuldners nicht aus. So urteilte das OLG Brandenburg,[1578] eine Zahlungsverzögerung von knapp 4 Monaten reiche für eine signifikant relevante Erhöhung des Schmerzensgeldes nicht aus, zumal, wenn eine Summe von 5.000,00 € vorenthalten wurde, sodass es »nicht um eine Existenzbedrohung« der Klägerin gehe, aufgrund derer sie auf eine unverzügliche Zahlung angewiesen sei. Ebenso urteilte das OLG Saarbrücken[1579] bei fehlender Regulierung eines Betrags von 7.500,00 €. Andererseits hat das LG Leipzig[1580] ein »an sich« angemessenes Schmerzensgeld von 3.500,00 € um

1571 OLG Naumburg, Urt. v. 13.11.2003 – 4 U 136/03, VersR 2004, 1423.

1572 OLG Nürnberg, Urt. v. 30.04.1997 – 6 U 3535/96, VersR 1997, 1108 (1109).

1573 OLG Nürnberg, Urt. v. 30.10.1997 – 8 U 1741/97, r+s 1999, 23 m. Anm. Lemcke.

1574 Diederichsen, DAR 2005, 301 (302).

1575 OLG Nürnberg, Urt. v. 11.07.1995 – 11 U 267/95, ZfS 1995, 452.

1576 OLG Köln, Urt. v. 29.09.2006 – 19 U 193/05, VersR 2007, 259.

1577 OLG Frankfurt am Main, Urt. v. 03.12.2001 – 23 U 181/00, SP 2002, 163.

1578 OLG Brandenburg, Urt. v. 11.11.2010 – 12 U 33/10, SP 2011, 141.

1579 OLG Saarbrücken, Urt. v. 07.06.2011 – 4 U 451/10, unveröffentlicht: »Die Schwere der Verletzungen und die Höhe des zuzuerkennenden Schmerzensgeldes sind zu gering, um eine psychische Beeinträchtigung des Klägers durch den verzögerten Ausgleich der vollen Schadensersatzleistung plausibel erscheinen zu lassen«.

1580 LG Leipzig, Urt. v. 16.09.2010 – 8 S 573/09, NJOZ 2012, 802.

500,00 € erhöht, weil die Versicherung trotz aktenkundiger Kenntnis von Dauerschäden eine weitere Entschädigung von einer umfassenden Abfindungserklärung abhängig gemacht hatte.

1027 Ähnlich judizierte auch das OLG Frankfurt am Main,[1581] das verzögerliches Regulierungsverhalten verneint, wenn der Geschädigte anwaltlich vertreten ist und sich der Versicherer bei Passivität des Anwalts nicht schnell und aktiv um eine Aufklärung bemüht. Dieses Verhalten kann dem Versicherer ebenso wenig als kleinliches und verzögerliches Regulierungsverhalten angelastet werden wie das Gebrauchmachen von prozessualen Rechten.

1028 Das verzögerliche Regulierungsverhalten des Versicherers muss auch außer Betracht bleiben, wenn der Anspruchsteller kurze Zeit nach einer fehlerhaften ärztlichen Behandlung verstorben ist, weil das Regulierungsverhalten die Höhe des Anspruchs in einem solchen Fall nicht beeinflusst haben kann.[1582]

1029 Der BGH[1583] hat zwar die Frage offengelassen, ob ein verzögerliches Regulierungsverhalten bei der Bemessung des Schmerzensgeldes Berücksichtigung finden kann, er hat die Frage aber ausdrücklich nicht verneint.

1030 Zu beachten ist jedoch, dass in den Entscheidungen die Erhöhung nicht betragsmäßig angegeben werden sollte, weil das Schmerzensgeld einheitlich und nicht für jedes Bemessungskriterium einzeln beziffert werden darf.

1031 Besonders verübelt hat das LG Berlin[1584] einem Versicherer den Versuch, einen Verletzten in eine sog. »Erlassfalle« zu locken. Ein 7 Jahre alter Junge war durch einen Hundebiss im Gesicht schwer verletzt worden und auf Dauer entstellt. Nach einem ersten Angebot über 2.500,00 € übersandte der Versicherer einen Scheck über 7.200,00 € zur Klaglosstellung, nachdem das Gericht das vom Kläger geforderte Schmerzensgeld von 20.000,00 € als nicht unangemessen bezeichnet hatte. Dem Kläger wurden sodann 22.000,00 € zugesprochen.

1032 Ähnlich sah das LG Leipzig[1585] das Verhalten eines Haftpflichtversicherers, der dem Geschädigten ein offensichtlich geschuldetes weiteres Schmerzensgeld nur zahlen wollte, wenn dieser eine endgültige Abfindungserklärung abgeben würde, obwohl die Möglichkeit von Spätschäden ärztlich attestiert war. Dieses Verhalten führte zu einer »angemessenen Erhöhung« des Schmerzensgeldes.

2. Entwicklung in Rechtsprechung und Gesetzgebung

1033 Auf die veränderte Bewertung der vom Schmerzensgeld auszugleichenden Einbußen weist Steffen[1586] überzeugend hin, indem er nachweist, dass die **Rechtsprechung** die Funktion des Schmerzensgeldes auf den **umfassenden Ausgleichszweck** zurückgeführt hat, was eine befriedigendere Aufarbeitung der besonders schweren Fälle von Personenschäden erlaube und die Einbeziehung des Schmerzensgeldes in die Vertrags- und Gefährdungshaftung 10 Jahre später erleichtert habe.

1034 Möglicherweise hat der Gesetzgeber durch das 2. Gesetz zur Änderung schadensersatzrechtlicher Vorschriften einen Beitrag dazu geleistet, den Gesichtspunkt der Genugtuung bei der

1581 OLG Frankfurt am Main, Urt. v. 02.09.2003 – 14 U 178/02, NZV 2004, 39.

1582 OLG Koblenz, Urt. v. 10.01.2008 – 5 U 1508/07, NJW-RR 2008, 1055.

1583 BGH, Urt. v. 12.07.2005 – VI ZR 83/04, BGHZ 163, 351 = VersR 2005, 1559 = NZV 2005, 629 = r+s 2005, 528; diese Entscheidung wird von Huber besprochen: NZV 2005, 620 ff.

1584 LG Berlin, Urt. v. 06.12.2005 – 10 O 415/05, NZV 2006, 206 = VersR 2006, 499 = NJW 2006, 702.

1585 LG Leipzig, Urt. v. 16.09.2010 – 8 S 573/09, NZV 2011,41.

1586 Steffen, DAR 2003, 201 (203).

Schmerzensgeldbemessung zurückzudrängen oder gar fallen zu lassen. Die Gewährung von Schmerzensgeld in allen Fällen der Gefährdungshaftung, also ohne Verschulden, und Schmerzensgeld im Rahmen vertraglicher Haftung (Umkehr der Beweislast) betrifft Fälle, in denen i. d. R. kein Genugtuungsbedürfnis besteht. In all diesen Fällen soll dem Verletzten ein Ausgleich gewährt werden. Besteht ausnahmsweise beim Verletzten zusätzlich Verbitterung über die ihm zugefügten Verletzungen, weil der Schädiger vorsätzlich gehandelt hat, kann diese Verbitterung bei der Bewertung der Gesundheitsverletzung berücksichtigt werden und der Ausgleich danach bemessen werden. Das Schmerzensgeld dient dann zugleich dem Ausgleich dieses zusätzlichen Schadens.[1587]

3. Die Genugtuungsfunktion als Auslaufmodell

1035 Sieht man die Funktion des Schmerzensgeldes so, hat die Genugtuungsfunktion weitgehend ausgedient.[1588]

1036 Immer wieder stellt sich die Frage, ob es überhaupt gerechtfertigt ist, den Anspruch auf Schmerzensgeld und/oder dessen Höhe davon abhängig zu machen, dass der Verletzte einen Ausgleich oder eine Genugtuung empfindet oder empfinden kann.

1037 Das gilt nicht mehr für schwerst hirngeschädigte Verletzte, bei denen dann ein Schmerzensgeldanspruch – wie es der BGH in seiner Rechtsprechung bis 1992 getan hat – grds. verneint werden müsste.

1038 Es gibt auch Fälle, in denen geistig intakte Personen ein Schmerzensgeld nicht als Ausgleich oder Genugtuung empfinden. Gedacht ist dabei an (Super-) Reiche, die derart im Geld schwimmen, dass sie kein noch so hohes Schmerzensgeld als Ausgleich für einen Körperschaden empfinden/empfinden können. Auch diesem Personenkreis wird Schmerzensgeld zugesprochen, und zwar ein objektiv angemessenes und nicht etwa ein besonders hohes Schmerzensgeld.

1039 In einer vergleichbaren Situation ist dieser Personenkreis auch bei manchen materiellen Schäden. Werden einige Einrichtungsgegenstände – z. B. Unikate – zerstört, stellt die Überweisung des Erstattungsbetrages keinen wirklichen Ausgleich für die Gegenstände dar. Natürlich können die Geschädigten diese, soweit sie am Markt vorhanden sind, wiederbeschaffen, aber sie könnten sich auch ohne den Schaden beliebig viele Gegenstände kaufen. Der Ausgleich des materiellen Schadens besteht für sie letztlich nur in einer »Ziffer auf dem Kontoauszug«.

1040 Aber niemand käme auf den Gedanken, diesem Personenkreis bei materiellen Schäden einen Ersatzanspruch abzuerkennen. D. h., auch beim Schmerzensgeld muss es letztlich einen objektiven Ausgleich geben, völlig unabhängig davon, ob der Verletzte das Geld verwenden kann und ob er damit »zufrieden« ist oder nicht.

1041 Ein solches **objektiv an der Schwere der Verletzungen ausgerichtetes Schmerzensgeld** entspricht dem gesteigerten Bedürfnis nach **Transparenz und Überprüfbarkeit der Bemessungsgrundlagen**, wobei durchaus die schadensbezogenen Umstände des Einzelfalles, insb. in der Person des Verletzten, zu beachten sind.[1589] Solche Umstände sind u. a. die Vermögensverhältnisse und das Verschulden des Schädigers.

1587 Ebbing, ZGS 2003, 223 (231), beklagt, dass das 2. Gesetz zur Änderung schadensersatzrechtlicher Vorschriften die bestehenden Unsicherheiten und Wertungswidersprüche bei der Bemessung des Ausgleichsanspruchs für immaterielle Schäden nicht beseitigt hat.

1588 Vgl. dazu auch Müller, VersR 2006, 1289 (1292).

1589 Nehlsen-v. Stryk, JZ 1987, 119 (126).

1042 Ob daneben ein Bedürfnis des Verletzten nach Genugtuung eine (gewisse) Rolle spielen kann, ist für die grundsätzliche Beantwortung der Ausgangsfrage ohne Bedeutung.[1590]

1043 Es bleibt festzuhalten, dass sich die dem Genugtuungsgedanken zugewiesenen Funktionen weitgehend und z. T. wesentlich leichter dem **Ausgleichsgedanken** zuordnen lassen, sodass sich die Genugtuungsfunktion insoweit als überflüssig erweisen könnte. Sobald der Genugtuungsgedanke bei der Begründung von Schmerzensgeldbeträgen die Oberhand gewinnt, zeigen sich Pönalisierungstendenzen, die heute anachronistisch wirken.[1591]

1044 Achtet man aber heute einmal darauf, was Lorenz schon 1981 und erneut 1998 in der Festschrift für Günther Wiese gegen die Berechtigung der Genugtuungsfunktion für die Bemessung des Schmerzensgeldes gesagt hat und folgt man der Formulierung von von Bar[1592] zum Kerngedanken des Schmerzensgeldes als »Ausgleich erlittener Unbill«, lässt sich ein objektives Genugtuungsbedürfnis ohne Weiteres als Einzelumstand bei der Bemessung des Schmerzensgeldes berücksichtigen, um den Schaden auszugleichen. Einer Genugtuungsfunktion als besondere Säule des Schmerzensgeldes bedarf es nicht mehr. Und auch dem Einwand von Lorenz, ein übersteigertes Genugtuungsbedürfnis dürfe nicht berücksichtigt werden, kann Genüge getan werden, wenn man das Genugtuungsbedürfnis gewissermaßen objektiviert und – wie z. B. bei den Neurosen – nur in einem (objektiv) noch nachvollziehbarem Umfang berücksichtigt.

1045 ▶ Hinweis:

Es gibt nur noch wenige Fälle, in denen dem Schmerzensgeld eine Genugtuungsfunktion zukommt. In der ganz überwiegenden Zahl der Fälle der Verletzung von Körper und Gesundheit, im Straßenverkehr und in der Arzthaftung fehlt es an einem Verhalten des Schädigers, das beim Verletzten ein Genugtuungsbedürfnis erweckt. Hinzu kommt, dass Verletzte insoweit unterschiedlich empfinden. Auf diesen Gesichtspunkt hat Lorenz[1593] hingewiesen.

III. Maßstäbe für die Bemessung des Schmerzensgeldes

1046 In der grundlegenden Entscheidung aus dem Jahr 1976 hat der BGH[1594] zur Schmerzensgeldbemessung ausgeführt, dass dem **Revisionsgericht** bei der **Nachprüfung der Schmerzensgeldbemessung** besondere Zurückhaltung auferlegt sei. Das beruhe v. a. darauf, dass es eine an sich angemessene Entschädigung für nichtvermögensrechtliche Nachteile nicht gebe, da diese in Geld nicht unmittelbar messbar seien. Der Maßstab für die billige Entschädigung müsse deshalb für jeden einzelnen Fall durch Würdigung und Wägung aller ihn prägenden Umstände neu gewonnen werden, wobei dem Spannungsverhältnis zwischen den Interessen des Geschädigten und dem – auch nach allgemeinen volkswirtschaftlichen Gesichtspunkten – für den Schädiger wirtschaftlich Zumutbaren Rechnung zu tragen sei. Danach sei die Ermittlung des Schmerzensgeldes – nach Höhe und Art – grds. dem Tatrichter vorbehalten, der hier durch § 287 ZPO besonders freigestellt sei. Seine Bemessung könne in aller Regel nicht schon deshalb beanstandet werden, weil sie als zu dürftig oder als zu reichlich erscheine.[1595] Doch seien dem Ermessen des Tatrichters Grenzen gesetzt; er dürfe das Schmerzensgeld nicht willkürlich festsetzen, sondern müsse zu erkennen geben, dass er sich um eine dem

1590 FS für Wiese/Lorenz, S. 261 (270).

1591 Nehlsen-v. Stryk, JZ 1987, 119 (126).

1592 V. Bar, Karlsruher Forum 2003, S. 25 f.

1593 FS für Wiese/Lorenz, S. 261 (270); vgl. dazu auch Staudinger/Schiemann, BGB, 2005, § 253 Rn. 32.

1594 BGH, Urt. v. 08.06.1976 – VI ZR 216/74, VersR 1976, 967.

1595 BGH, Urt. v. 08.06.1976 – VI ZR 216/74, VersR 1976, 967.

Schadensfall gerecht werdende Entschädigung bemüht habe. Er müsse alle für die Höhe des Schmerzensgeldes maßgebenden Umstände vollständig berücksichtigen und dürfe bei seiner Abwägung nicht gegen Rechtssätze, Denkgesetze und Erfahrungssätze verstoßen. Er müsse die Entschädigung zu Art und Dauer der erlittenen Schäden in eine angemessene Beziehung setzen. Zwar sei er nicht gehindert, die von der Rechtsprechung in vergleichbaren Fällen bisher gewährten Beträge zu unterschreiten oder über sie hinaus zu gehen, wenn ihm dies nach Lage des Falles – v. a. in Anbetracht der wirtschaftlichen Entwicklung oder veränderter allgemeiner Wertvorstellungen – geboten erscheine. Doch müsse er das dann begründen. Dabei dürfe er die wirtschaftlichen Belange des Ersatzpflichtigen nicht aus den Augen verlieren und müsse bedenken, dass es letztlich die **Gemeinschaft aller Versicherten** sei, die mit einer Ausweitung belastet werde. Die Festsetzung eines zu reichlichen Schmerzensgeldes könne zu einer Aufblähung des Schmerzensgeldgefüges beitragen, die der Versichertengemeinschaft nicht zugemutet werden dürfe.[1596]

1047 Das Kapitel dürfte abgeschlossen sein, haben wir in der 2. Aufl. gedacht. Aufgegriffen wurde der Gedanke jedoch erneut vom LG Landshut,[1597] das die Floskel formelhaft verwandte und auch die Richter des VI. Zivilsenats des BGH dürften dazu neigen, diesem Gedanken wieder näher zu treten.

1048 Gegen solche Überlegungen wendet sich Stein[1598] zu Recht mit Nachdruck. Weder der Gesichtspunkt, dass Geld letztlich ohnehin ein unzureichender Ersatz für Persönlichkeitseinbußen sei noch die Erwägung, dass die Versicherungsprämien nicht mit einem zu hohen Betrag für Schmerzensgelder belastet werden sollten, vermögen ein derartiges Ungleichgewicht zu rechtfertigen. Insb. seien durchschlagende volkswirtschaftliche Argumente gegen Haftpflichtprämien, die den Opfern eines »mörderischen« Verkehrs mehr als ein Spottgeld gewähren, nicht ersichtlich. Es sollte nicht das Anliegen der Richter sein, volkswirtschaftliche Fragen zum Maßstab für die Persönlichkeit zu erheben, deren Einbuße er zu würdigen habe.

1049 Die in dieser Entscheidung des BGH[1599] angesprochenen verschiedenen Gesichtspunkte zur Ermittlung des Schmerzensgeldes wurden in der Folgezeit immer wieder aufgegriffen, teilweise verschwanden sie aber auch im Laufe der Zeit, so z. B. das Argument des notwendigen Schutzes der Versichertengemeinschaft.

1050 Der ausdrückliche Hinweis des BGH, dass der Tatrichter **besonders freigestellt sei** und nur das Schmerzensgeld nicht willkürlich festsetzen dürfe, hat aber ebenso wenig dazu geführt, dass höhere Schmerzensgelder zugesprochen wurden wie der weitere Hinweis, dass die Schmerzensgelder i. R. d. **wirtschaftlichen Entwicklung** oder **veränderter wirtschaftlicher**

1596 Vgl. auch BGH, Urt. v. 24.05.1988 – VI ZR 159/87, VersR 1988, 943; BGH, Urt. v. 15.01.1991 – VI ZR 163/90, VersR 1991, 350.

1597 LG Landshut, Urt. v. 03.02.2004 – 72 O 402/00, unveröffentlicht.

1598 MünchKomm/Stein, BGB, 3. Aufl. 1997, § 847 Rn. 2.

1599 BGH, Urt. v. 08.06.1976 – VI ZR 216/74, VersR 1976, 967.

Wertvorstellungen steigen dürften.[1600] Nimmt man den BGH beim Wort, hat er eine Tendenz der Rechtsprechung zu höherem Schmerzensgeld schon 1976 gebilligt.

1051 In der Rechtsprechung beachtet wurde dagegen leider die Warnung des BGH, dass die Festsetzung eines zu reichlichen Schmerzensgeldes zu einer Aufblähung des Schmerzensgeldgefüges beitragen könne, die der Versichertengemeinschaft nicht zugemutet werden dürfe.[1601] Dieses Argument wurde und wird von den Versicherern immer wieder ins Feld geführt, obwohl es falsch ist und in BGH-Entscheidungen seit Langem nicht mehr auftaucht. Das Argument ist falsch, weil es »zu reichlich bemessene Schmerzensgelder« in rechtskräftigen Entscheidungen bisher »kaum einmal gegeben« hat und weil die Versicherer dieses Argument bei materiellen Schäden nicht vorbringen. Die Maßlosigkeit von Anspruchstellern und Gerichten beim Ersatz materieller Schäden wird deutlich in einer Entscheidung des OLG Jena,[1602] das einem Geschädigten für die Reparatur eines Ferrari F 50 Reparaturkosten i. H. v. rund 435.000,00 € und eine Wertminderung von 65.500,00 € zuerkannte, obwohl das Fahrzeug im Herstellerwerk makellos repariert worden war.

IV. Vergleichbare Fälle – vergleichbare Kriterien

1052 Grds. ist es Sache des **Tatrichters**, alle für die Höhe des Schmerzensgeldes maßgeblichen Umstände zu erfassen und zu berücksichtigen. Er muss jedoch darlegen, dass er sich bei der **Ausübung seines Ermessens** um ein angemessenes Verhältnis der Entschädigung zu Art und Dauer der Verletzung bemüht hat. Der BGH fordert, dass der Tatrichter sich mit den für die Bemessung des Schmerzensgeldes maßgeblichen Umständen auseinandersetzt und die tatsächlichen Grundlagen seiner Schätzung und ihre Auswirkungen darlegt.[1603] Diesen Anforderungen wird **nicht** genügt, wenn **lediglich abstrakt** allgemeine Beurteilungskriterien aufgezählt und im Tatbestand die Verletzungen festgestellt werden, ohne dass ausgeführt wird, wie diese Verletzungen und die sonstigen tatsächlichen Fallumstände i. R. d. Schmerzensgeldbemessung zu bewerten sind.[1604]

Wenngleich für bestimmte Verletzungen grds. keine **festen Bewertungskategorien** (»**Gliedertaxe**«) zugrunde zu legen sind, muss der Tatrichter doch jedenfalls dann, wenn er von den üblichen Bemessungssätzen abweichen will, den besonderen Grund hierfür darlegen.[1605]

1600 Vgl. dazu die Rspr. des 19. Zivilsenats des OLG Köln: Tendenz der Rspr. zu höherem Schmerzensgeld, Urt. v. 03.03.1995 – 19 U 126/94, VersR 1995, 549 = ZfS 1995, 252. Im LS zu dieser Entscheidung heißt es: Bei der Bewertung von Vergleichsentscheidungen anderer Gerichte in Schmerzensgeldverfahren ist zu berücksichtigen, dass in den letzten Jahren eine höhere Bewertung von Körperschäden gerade im Hinblick auf hoch bewertete Sach- und Vermögensschäden stattgefunden hat. Nicht selten wird ein zu geringes Schmerzensgeld beantragt und dann als angemessen zugesprochen, sodass der Kläger nicht beschwert ist und im Berufungswege eine höhere Festsetzung nicht erreichen kann; vgl. ferner OLG Köln, Urt. v. 05.06.1992 – 19 U 13/92, VersR 1992, 1013 = ZfS 1992, 405; OLG Düsseldorf, Urt. v. 10.02.1992 – 1 U 218/90, NJW-RR 1993, 156; vgl. auch BGH, Urt. v. 16.02.1993 – VI ZR 29/92, NJW 1993, 1531 = ZfS 1993, 189: Abschied vom symbolischen Schmerzensgeld.

1601 BGH, Urt. v. 08.06.1976 – VI ZR 216/74, VersR 1976, 967 (968).

1602 OLG Jena, Urt. v. 28.04.2004 – 3 U 221/03, NZV 2004, 476.

1603 BGH, Urt. v. 24.05.1988 – VI ZR 159/87, VersR 1988, 943; BGH, Urt. v. 16.06.1992 – VI ZR 264/91, VersR 1992, 1410.

1604 BGH, Urt. v. 16.06.1992 – VI ZR 264/91, VersR 1992, 1410.

1605 Müller, VersR 1993, 909 (916).

1053 Während einerseits vom Richter verlangt wird, den Schmerzensgeldbetrag durch Bezug auf vergleichbare Fälle transparent zu machen,[1606] wendet der BGH sich in anderen Entscheidungen gegen die **Verwertung von Präjudizien** und betont, dass das Gesetz den Richter bei der Bemessung des Schmerzensgeldes in keiner Richtung einengt.[1607] Richtig ist daran, dass das Gesetz dem Richter freies Ermessen einräumt.

1054 Das OLG München[1608] beachtet dies nicht, behauptet vielmehr, ein Schmerzensgeldbetrag müsse sich im Rahmen der sonstigen Schmerzensgeldjudikatur halten, die wegen des Gleichheitsgebots zu beachten sei. Diesen Gedanken hat das OLG Bremen[1609] sogleich aufgegriffen und zitiert, jedoch mit dem Zusatz, vergleichbare Fälle stellten keine verbindlichen Präjudizien dar. Wäre die Auffassung des OLG München zutreffend, würden die Schmerzensgeldbeträge künftig auf derzeitigem Niveau verharren.

1055 **Die Schranken bei der Höhe des Schmerzensgeldes hat die Rechtsprechung errichtet.**

1056 Natürlich kann der Richter ein höheres Schmerzensgeld zuerkennen und die bisherige Praxis als unbefriedigend verwerfen. Dann muss er sich aber zum Bruch mit der Tradition bekennen und die Revisionsinstanz muss sich mit seinen Argumenten auseinandersetzen.[1610] Wird die Argumentation anerkannt, gibt es einen neuen »Rahmen«, der künftig Geltung hat.

1057 Nicht richtig ist dagegen die Auffassung, dass die Vorentscheidungen für die Bemessung des Schmerzensgeldes eine obere und untere Grenze bilden und dass die **Schmerzensgeldtabellen** mit den zitierten Präjudizien einen Rahmen festlegen, der das richterliche Ermessen begrenzt.[1611] Schmerzensgeldtabellen sind Mittel der Information und der Rechtsfindung, haben nur informativen Charakter und erlauben es dem Richter, die Präjudizien zu verwerfen und den aus der Tabelle ersichtlichen Rahmen zu verlassen.[1612] Ob die Entscheidung anerkannt wird, hängt von der Überzeugungskraft der Argumente ab. Tabellen können ein vorzügliches Hilfsmittel sein, ein Präjudiz zu finden. Ein solches ist aber nicht mehr als ein Anhaltspunkt, insb. gibt es keine Gliedertaxen, eine mechanische Anwendung hat zu unterbleiben.[1613]

1058 Nach den Grundsätzen der Entscheidung des großen Zivilsenats[1614] sind bei der Bemessung des Schmerzensgeldes **alle Begleitumstände aufseiten des Schädigers und des Geschädigten** zu berücksichtigen. Für die Höhe ist der Grad der Beeinträchtigung bzw. Verletzung (wie Größe, Heftigkeit, Dauer der Schmerzen, Leiden und Entstellungen) maßgebend, die im

---

1606 BGH, Urt. v. 08.06.1976 – VI ZR 216/74, VersR 1976, 967; BGH, Beschl. v. 01.10.1985 – VI ZR 195/84, VersR 1986, 59; OLG Düsseldorf, Urt. v. 13.11.2000 – 1 U 12/00, SP 2001, 200.

1607 BGH, Urt. v. 20.01.1961 – VI ZR 91/60, VersR 1961, 460 (461); BGH, Urt. v. 13.02.1964 – III ZR 124/63, VersR 1964, 842 (843); BGH, Urt. v. 02.12.1966 – VI ZR 88/66, VersR 1967, 256 (257); vgl. auch LG Neubrandenburg, Urt. v. 22.06.2001 – 5 O 280/99, SP 2001, 413: Schmerzensgeldbeträge aus Tabellen sind lediglich als Anhaltspunkte und Vergleichsmaterial heranzuziehen und dürfen nicht zur Festlegung eines gleichsam katalogmäßigen Ansatzes führen. Vielmehr ist anhand der konkreten Umstände des Einzelfalles jeweils die billige Höhe des Schmerzensgeldes festzulegen.

1608 OLG München, Urt. v. 26.05.2010 – 20 U 5620, unveröffentlicht.

1609 OLG Bremen, Beschl. v. 16.03.2012 – 3 U 6/12, VersR 2012, 1046 = NJW-RR 2012, 858.

1610 Vgl. Henke, S. 85.

1611 Vgl. Henke, S. 134.

1612 KG, Urt. v. 10.02.2003 – 22 U 49/02, KGR 2003, 140 (142).

1613 Dauner-Lieb/Langen/Huber, AK-Schuldrecht, § 253 Rn. 66.

1614 BGH, Beschl. v. 06.07.1955 – GSZ 1/55, BGHZ 18, 149 = VersR 1955, 615 = NJW 1955, 1675 = MDR 1956, 19 m. Anm. Pohle.

Vordergrund steht. Ferner müssen berücksichtigt werden das Maß des Verschuldens und die wirtschaftlichen Verhältnisse der Beteiligten.

1059 Für die Beeinträchtigungen des Verletzten ist diesem ein Ausgleich zu gewähren, soweit dies überhaupt möglich ist.[1615]

1060 ▶ Hinweis:

Was unter der Schwere der Verletzungen und unter der Dauer des verletzungsbedingten Leidens genau zu verstehen ist, bleibt in vielen Entscheidungen offen. Ebenso wenig wird darin erläutert, ob unter »Leiden« der körperliche und/oder der seelische Schmerz verstanden werden.

1061 Es ist bemerkenswert, wie dürftig die Begründungen fast aller Entscheidungen zum Schmerzensgeld ausfallen, soweit es um die Höhe des Schmerzensgeldes geht. I. d. R. werden die Verletzungen und deren Folgen emotionslos dargestellt. Dabei werden schwerste Schädigungen neben Bagatellverletzungen (Schädelhirntrauma neben multiplen Prellungen oder Hautabschürfungen) genannt. Es folgt sodann die »Summe« und der Spruch, »dass dem Gericht ein Schmerzensgeld i. H. v. x-tausend DM/€ **angemessen erscheint**«. Die Aussage, dass das ausgeurteilte Schmerzensgeld »**angemessen ist**«, findet sich fast nie.

1062 Wie bei der Berücksichtigung von Vergleichsfällen zu verfahren ist, ergibt sich aus einer Entscheidung des 19. Zivilsenats des OLG Köln.[1616] Danach ist bei der Ermittlung des angemessenen Schmerzensgeldes unter Heranziehung der durch die Rechtsprechung entschiedenen Vergleichsfälle der **Zeitablauf** seit diesen Entscheidungen zu berücksichtigen; zugunsten des Geschädigten ist die seit früheren Entscheidungen eingetretene **Geldentwertung** ebenso in Rechnung zu stellen wie die in der Rechtsprechung zu beobachtende Tendenz, bei der Bemessung des Schmerzensgeldes nach gravierenden Verletzungen großzügiger zu verfahren als früher.[1617]

1063 Das OLG Celle[1618] hat eine Bindung an die Tabelle im LS genannt, um das LG überhaupt auf den Weg zu einem annähernd angemessenen höheren Schmerzensgeld zu bringen.

1064 Die bei vergleichbaren Verletzungen und Verletzungskombinationen gezahlten Schmerzensgelder sind für den Richter ein unverzichtbarer Anhaltspunkt, an dem er sich bei der Entwicklung der eigenen Angemessenheitsvorstellungen nicht nur **orientieren kann**, sondern **muss.**[1619] In den Entscheidungsgründen heißt es weiter:

»Die praktisch weitgehende Anlehnung der Rechtsprechung an die auf der Zusammenstellung von Entscheidungen beruhenden **Schmerzensgeldtabellen** ist deshalb unumgänglich. Das

---

1615 Ziegler/Ehl, JR 2009, 1 (5) plädieren daher dafür, das Schmerzensgeld anhand von Tagessätzen zu berechnen, die die Beeinträchtigung ausgleichen sollen (etwa: das Geld, was man braucht, um sich Wein, Zigaretten und Bezahlfernsehen leisten zu können). Ihre Berechnungen in den Fn. 73 und 74 sind jedoch insoweit ungenau, als dass sie sich um eine Zehnerstelle verrechnen (20.000,00 € führen bei einem 25 Jahre alten Verletzten zu einer Summe von 1,00 €/Tag, nicht nur 0,10 €) und v. a. den Faktor der Abzinsung übersehen, der auch sonst bei der Kapitalisierung von Renten zu berücksichtigen ist. Ebenso für eine taggenaue Berechnung von Schmerzensgeldern bei Schwerstverletzungen Schwintowski, VuR 2011, 117.

1616 OLG Köln, Urt. v. 05.06.1992 – 19 U 13/92, VersR 1992, 1013.

1617 So auch OLG Frankfurt am Main, Urt. v. 19.08.2009 – 7 U 23/08, NJW-RR 2009, 1684; KG, Urt. v. 15.03.2004 – 12 U 333/02, KGR 2004, 356 (357); KG, Urt. v. 10.02.2003 – 22 U 49/02, KGR 2003, 140 (142); OLG München, Urt. v. 21.05.2010 – 10 U 1748/07, unveröffentlicht.

1618 OLG Celle, Beschl. v. 01.02.2001 – 9 W 21/01, OLGR 2001, 162.

1619 So auch MünchKomm/Stein, BGB, 3. Aufl. 1997, § 847 Rn. 18.

Schmerzensgeld muss sich am **allgemeinen Schmerzensgeldniveau** orientieren und vergleichbare Verletzungen müssen annähernd gleiche Schmerzensgelder zur Folge haben.«

1065 Zu dieser Entscheidung sah sich das OLG Celle veranlasst, weil das LG Verden (Aller)[1620] einer Klägerin PKH für den Antrag auf Zahlung eines angemessenen Schmerzensgeldes nur für einen Betrag i. H. v. 250,00 € gewährt hatte; die Klägerin hatte eine Außenbandruptur erlitten, die zunächst (vier Wochen) mit einem Unterschenkelliegegips und anschließend (acht Wochen) mit einer Schiene versorgt wurde. Die Klägerin hatte behauptet, anschließend sei sie zu 10 – 20 % erwerbsunfähig und monatelang auf Gehhilfen angewiesen gewesen. Das OLG Celle bewilligte der Klägerin PKH für einen Antrag auf Zahlung von 2.500,00 €, also des 10-fachen Betrages. Das Gericht muss bei der Bewilligung von PKH darauf achten, dass diese in so weitem Rahmen bewilligt werden muss, dass dem Kläger kein Nachteil entsteht, den eine nicht auf PKH angewiesene Partei nicht hinzunehmen hätte.[1621]

1066 ► **Hinweis:**

Entscheidend für den Erfolg oder Misserfolg bei der Anwendung einer Tabelle ist das Auffinden richtiger »Typen« als Präjudizien. Dazu bedarf es nicht unbedingt der Mithilfe eines Unfallmediziners.[1622] Auch ein Richter, der einige Jahre mit Arzthaftungssachen und/oder mit Ansprüchen auf Zahlung von Schmerzensgeld aus anderen Lebenssachverhalten beschäftigt war, verfügt über ausreichende medizinische Kenntnisse, um solche »Typen« festzustellen und die einschlägigen Entscheidungen auszuwerten.

1067 Es ist auch nicht zu übersehen, dass »in der Tradition befangene« Richter sich an die gefestigte Rechtsprechung halten, wie sie ihnen durch die Tabellen vorgegeben ist. Ein einmal in eine Tabelle eingegangenes Urteil setzt sich deshalb mit all seinen Unzulänglichkeiten in der Praxis fort und verewigt sich gewissermaßen, weil es vielen Richtern an Mut fehlt, die Schallmauer der Tabellenwerte zu durchbrechen, obwohl sie kraft ihrer Unabhängigkeit dazu aufgerufen sind.

1068 ► **Hinweis:**

Den Autoren anderer Schmerzensgeldtabellen fehlt die Bereitschaft, ältere Entscheidungen aus den Tabellen zu streichen. Stattdessen werben sie mit dem Argument, die neue Auflage enthalte wiederum einige Entscheidungen mehr. Das geschieht in diesem Schmerzensgeldbuch nicht, die Autoren sind bestrebt, alle Entscheidungen herauszunehmen, die älter als 10 Jahre sind.[1623]

Der Schaden eines solchen Präjudizienkults ist auch deshalb so groß, weil oft vorgebracht wird, dass der Versicherungswirtschaft daran gelegen sein soll, der Öffentlichkeit höhere Schmerzensgelder vorzuenthalten.[1624] Ein solcher Vorwurf an die Versicherungswirtschaft ist in dieser Allgemeinheit unbegründet; richtig ist aber aus der Erfahrung im Gerichtsalltag, dass die Versicherer nach Erörterung über die Höhe des Schmerzensgeldes bei einem Senat, der für seine Tendenz zu höherem Schmerzensgeld bekannt ist, sehr oft vergleichsbereit sind, um Präjudizien zu vermeiden.

1620 LG Verden, in einer nicht veröffentlichten Entscheidung.

1621 Geigel/Pardey, 7. Kap. Rn. 32.

1622 Vgl. Henke, S. 131.

1623 Denn diese sind schon wegen der Geldentwertung und der gestiegenen Lebenskosten nicht mehr aussagekräftig, KG, Urt. v. 04.05.2006 – 12 U 42/05, KGR 2006, 749 (751).

1624 Vgl. Henke, S. 50.

V. Kriterien zur Bemessung des Schmerzensgeldes

1069 Die Kriterien zur Bemessung des Schmerzensgeldes hat der BGH[1625] unverändert wie folgt umrissen:

Übersicht 12: Bemessungskriterien des BGH für das Schmerzensgeld

1070

•	Schmerzen
•	Schwere der Verletzungen
•	verletzungsbedingtes Leiden Alter des Verletzten Wissen um Schwere der Verletzung, Sorge um das Schicksal der Familie und Ausmaß der Wahrnehmung der Beeinträchtigung durch den Verletzten (Dieses Kriterium wird ausführlich behandelt in den Kap. »Besonders hohes Schmerzensgeld«, Rdn. 943 ff. und »baldiger Tod«, Rdn. 825 ff.) Verlauf des Heilungsprozesses
•	Dauer des Leidens – Dauerschäde (KG, Urt. v. 10.02.2003 – 22 U 49/02, KGR 2003, 140 (142)
•	Grad des Verschuldens des Schädigers (KG, Urt. v. 10.02.2003 – 22 U 49/02, KGR 2003, 140 (142). Dieses Kriterium wird ausführlich behandelt in dem Kap. »Verschulden des Schädigers«, Rdn. 1198 ff.)

1. Schmerzen

1071 Eine Aufgabe des **Anwalts** zur **Begründung einer Schmerzensgeldklage** liegt darin, dem Richter die Fakten an die Hand zu geben, die dieser für die Bemessung des Schmerzensgeldes benötigt. Zu schildern sind nicht nur **körperliche**, sondern auch **seelische Schmerzen**, zu denen man in Urteilen kaum einmal Ausführungen findet. Zum **immateriellen Schaden** gehören auch **Missempfindungen** und **Unlustgefühle** als Reaktion auf die Verletzung. Um diesen »inneren« immateriellen Schaden (»Gefühlsschaden«) geht es, wenn der BGH[1626] meint, eine wesentliche Ausprägung des immateriellen Schadens könne darin bestehen, dass sich der Verletzte seiner Schädigung bewusst sei und deshalb in besonderem Maße unter ihr leide.[1627]

1072 Zu seelischen Schmerzen wird von Klägerseite viel zu wenig vorgetragen, wie sich aus den Begründungen der Entscheidungen ergibt; denn die Richter setzen sich stets nur mit den Fakten auseinander, die vom Klägeranwalt vorgetragen wurden. Sobald Anwälte dazu übergehen, den Schmerzensgeldanspruch bis ins Einzelne zu begründen, ist der Richter gezwungen, sich mit den Argumenten auseinanderzusetzen.

1073 Die **Darstellung der körperlichen Schmerzen** erfolgt regelmäßig durch Wiedergabe medizinischer Gutachten, Vorlage von Lichtbildern und ggf. durch Augenschein, wenn es z. B. um die Bewertung von Narben oder Entstellungen geht.

1074 Mit Rücksicht darauf, dass es sehr unterschiedliche Schmerzen und Schmerzempfindungen gibt, lassen sich Schmerzen nicht leicht objektivieren. Mitunter bietet es sich an, ein medizinisches Schmerzgutachten einzuholen oder einholen zu lassen. Schmerzen spielen nämlich in der Begutachtung und in der Therapie eine unterschiedliche Rolle.[1628]

1625 BGH, Urt. v. 12.05.1998 – VI ZR 182/97, NZV 1998, 370 (371).

1626 BGH, Urt. v. 13.10.1992 – VI ZR 201/01, BGHZ 120, 1 = VersR 1993, 327 = NJW 1993, 781.

1627 FS für Wiese/Lorenz, S. 261 (268).

1628 Ludolph, SP 2006, 92 ff.

1075 ▶ **Anregung für die Rechtsprechung:**

Damit darf sich das Gericht nicht begnügen. Der Verletzte muss zu Wort kommen und selbst die erlittenen Schmerzen schildern. Vielleicht hat er vor Schmerzen geschrien oder ist mehrfach schmerzbedingt bewusstlos geworden. Verbrennungen, das Einrenken einer ausgekugelten Schulter oder eine Hodentorsion lösen höllische Schmerzen aus. Wann hat man jemals in Urteilen dazu etwas gelesen?

Häufig leidet der Verletzte ein Leben lang unter Schmerzen. Dazu gehört z. B. auch ein Tinnitus, für den ein hohes Schmerzensgeld zuerkannt wird. Trägt der Verletzte aber nur vor, er habe Schmerzen beim Gehen, Stehen oder Liegen oder er leide häufig unter Kopfschmerzen, gibt es dafür allenfalls einen (kleinen) Zuschlag.

Auch wenn der Verletzte in der Klageschrift nicht konkret zu körperlichen oder seelischen Schmerzen vorträgt, sollte der Richter Hinweise erteilen und den Verletzten befragen.

1076 Ebenso problematisch ist aus der Sicht des **Anwalts die Beschreibung und Bewertung seelischer Schmerzen**. Dies soll an einem Verkehrsunfall beispielhaft gezeigt werden.[1629]

1077 **Übersicht 13: Kriterien für die Beschreibung und Bewertung seelischer Schmerzen**[1630]

1. Zunächst geht es um die seelische Beeinträchtigung im Zusammenhang mit der **Entstehung des Schadens**. Dabei können folgende Situationen vorliegen:
- Schrecksituation beim Erkennen des nahenden Ereignisses,
- Entsetzen oder Angst beim Eintritt dieses Ereignisses,
- Erlebnis der Verletzung,
- Hilflosigkeit und Verzweiflung über die Situation,
- Bewusstlosigkeit infolge von Verletzungen, Schock oder großer Schmerzen.

2. **Während der ärztlichen Behandlung** können folgende Situationen entstehen:
- Narkosen, operative Behandlung, Injektionen, Wundversorgung, Anschluss an medizinische Apparate (dadurch können erhebliche Ängste ausgelöst werden),
- Krankenhausaufenthalt als »Freiheitsentziehung« mit allen damit verbundenen Nachteilen,[1631]

1629 Beispiel entnommen aus Bloemertz, S. 33 f.

1630 Danzl/Guitiérrez-Lobos/Müller, S. 114 ff. beschreiben die Kriterien für den seelischen Schmerz wie folgt: Begleiterscheinungen einer Körperverletzung sind seelische Schmerzen, die als Reaktion auf die Körperverletzung und die dadurch bedingte Situation auftreten. Sie sind ein weiterer Nachteil für den Verletzten, ohne dass es darauf ankommt, ob es sich um einen Leidenszustand von Krankheitswert handelt, oder ob eine Behandlungsbedürftigkeit durch einen Arzt besteht. Als Folge der Körperverletzung bilden die seelischen Beeinträchtigungen nicht die Körperverletzung oder Gesundheitsbeschädigung selbst. Ängste und Beschwerdekreise können insb. in folgenden Fällen auftreten: Seelische Belastung durch längere Unterbringung in einer Intensivstation, Zukunftssorgen und Existenzängste, Störungen des seelischen Gleichgewichts bei zu erwartender Hilflosigkeit bis ans Lebensende, Angewiesensein auf dauernde fremde Hilfe bei Pflege und täglichen Verrichtungen, ausgestandene Todesangst, bewusst erlebte akute Lebensgefahr, Ungewissheit über den Heilungsverlauf, Gefahr von Komplikationen und Verschlimmerungen, Angst vor einer Verkürzung der Lebenserwartung, Isolierung und Verlust des Selbstbewusstseins bei Verstümmelungen; bleibende Verunstaltung, Entstellung, Narben, Verlust eines Sinnesorgans, Dauerfolgen: Beeinträchtigungen beim Sport, Spiel, Freizeitaktivitäten, Autofahren, bei Schülern und Studenten: Verlust eines Schuljahres oder Semesters, schulische Misserfolge, erzwungener Wechsel des Berufs, Ausbildungsweges oder Berufsziels, Verlust des Arbeitsplatzes, Ausscheiden aus dem Berufsleben, Enttäuschungen bei der Partnerwahl, Zerbrechen der Ehe, der Bindung (Verlobung), Verschieben der Hochzeitsfeier, Beeinträchtigungen im Sexualleben, bei Frauen: Fehlgeburt, Sorge um das ungeborene Kind, Sterilität.

1631 S. u. Rdn. 1124 ff.

- Depressionen aus Sorge um den Heilungsverlauf,
- Angst vor weiteren medizinischen Eingriffen,
- Suchtgefahr durch schmerzstillende Mittel,
- Todesangst bei Zwischenfällen wie Embolie oder Herzbeschwerden,
- Sorgen um die berufliche Zukunft.

3. **Nach der Behandlung schwerer Verletzungen** bleibt körperliches und seelisches Leid bei
- Verlust oder Beeinträchtigung der Sinnesorgane, der Fortbewegungsmöglichkeiten usw.,
- Körperbehinderung mit Verlust früher vorhandener Fähigkeiten,
- Berufs- und Arbeitsunfähigkeit,
- dauernden Entstellungen und ihren Folgen,
- Störung zwischenmenschlicher Beziehungen,
- verminderten Heiratschancen für Frauen und Männer,
- Schamgefühlen,
- Depressionen,
- Beeinträchtigung der Lebensfreude,
- Suizidgedanken.

▶ Praxistipp: 1078

Liegen derartige Beeinträchtigungen vor – und danach muss der Anwalt den Mandanten eindringlich fragen –, muss schon in der Klageschrift entsprechend vorgetragen werden und dieser Vortrag muss, wenn der Richter nicht zu erkennen gibt, dass er die seelischen Schmerzen bei der Bemessung des Schmerzensgeldes angemessen berücksichtigen wird, durch Sachverständigengutachten unter Beweis gestellt werden. Dabei ist es auch von erheblicher Bedeutung, z. B. die Schwere der Verunstaltung und ihre Sichtbarkeit, aber auch die Empfindsamkeit des Verletzten festzustellen, vorzutragen und unter Beweis zu stellen. Auf diesen Punkt wird viel zu wenig geachtet.

Narben, die i. d. R. durch die Kleidung verdeckt sind, werden oft nur erwähnt, aber nicht wirklich in die Schmerzensgeldbemessung einbezogen; sie sind dennoch Dauerschäden, wenn der Verletzte sie selbst als Störung empfindet. Sie beeinflussen die Höhe des Schmerzensgeldes auch dann, wenn sie im Alltag keine kosmetische Beeinträchtigung darstellen[1632] und zwar nicht nur dann, wenn sie angeblich »nur« in Intimsituationen einen Einfluss haben sollen. Der Verletzte selbst hat ein Recht auf Empfindsamkeit in Bezug auf körperliche Unversehrtheit.

1079 Ein entsprechendes Vorbringen des Klägers hat das OLG Saarbrücken[1633] damit kommentiert, den Kläger als »nicht mehr fabrikneu, sondern repariert« zu bezeichnen, sei nicht nur von der Diktion her abzulehnen, sondern betreffe auch rechtlich die falschen Kategorien. Ursache dieser Formulierungen dürfte der Sachvortrag des Anwalts des Klägers gewesen sein, der zum eigenen Schutz besser dieses Werk (s. a. Rdn. 1193) zitiert hätte, dann hätte das OLG Saarbrücken wenigstens gewusst, »woher der Wind weht«.

2. Schwere der Verletzungen

1080 Die Schwere der Verletzungen ist **objektiv festzustellen.** Dazu gehören die medizinischen Feststellungen über Körperschäden und die sich daraus üblicherweise ergebenden Schmerzen, Heilbehandlungsmaßnahmen und Dauerfolgen.

1632 Anders: Bloemertz, S. 39 f.; anders auch Staudinger/Schiemann, BGB, 2005, § 253 Rn. 38.

1633 OLG Saarbrücken, Urt. v. 21.05.2005 – 4 U 221/04, SP 2006, 205.

1081 Alles, was über diese **üblichen Beeinträchtigungen** hinausgeht, ist zusätzlich bei der Bemessung des Schmerzensgeldes zu berücksichtigen. Nähere Einzelheiten ergeben sich aus dem folgenden Abschnitt zum Verlauf des Heilungsprozesses (vgl. Rdn. 1124).

3. Verletzungsbedingtes Leiden

1082 Hierzu wird zunächst auf den vorangehenden Abschnitt »Schmerzen« (vgl. Rdn. 1071 ff.) verwiesen. Dort ist eingehend beschrieben, in welchen unterschiedlichen Formen verletzungsbedingtes Leiden vorliegen kann, weil die Verletzten unterschiedlich empfinden und ganz unterschiedlich reagieren und verkraften. Es gibt aber eine Reihe spezieller Kriterien, die das verletzungsbedingte Leiden beeinflussen, wie die folgenden Unterpunkte zeigen sollen.

a) Einfluss des Alters des Verletzten auf das verletzungsbedingte Leiden

aa) Allgemeine Grundsätze

1083 Das Alter des Verletzten kann sowohl auf die Höhe des Schmerzensgeldes, als auch auf die Höhe der Schmerzensgeldrente und den sich daraus zu errechnenden Kapitalwert Einfluss haben.[1634]

1084 Die **Schmerzempfindlichkeit** des Verletzten ist von dessen Alter durchweg unabhängig. Es kann nicht gesagt werden, dass jugendliche Personen Schmerzen weniger empfinden, als ältere und umgekehrt kann nicht gesagt werden, dass Erwachsene und ältere Personen weniger schmerzempfindlich sind. Auch bei einem Kleinkind, bei dem das Schmerzerlebnis (angeblich) nicht so in der Erinnerung haften bleiben soll wie bei einem Erwachsenen, ist das Schmerzensgeld nach herrschender Meinung nicht geringer zu bemessen, als bei einem Erwachsenen.[1635] Gleichwohl wird ein und dieselbe Beeinträchtigung nicht in jedem Lebensalter als gleich gravierend empfunden.[1636]

1085 So werden Krankenhausbehandlungen zumindest von Kindern, Jugendlichen und betagten Personen häufig als besonders belastend empfunden. Bei Älteren bestehen zusätzliche Belastungen besonders für die Gewöhnung bei der Benutzung von Hilfsmitteln, Gehhilfen, Rollstuhl u. a. Manche seelischen Belastungen – z. B. Heiratschancen, Familienplanung, berufliche Aufstiegschancen – treten bei älteren Menschen in den Hintergrund.

1086 Bei Kindern können scheinbar harmlose Belastungen gravierende Auswirkungen haben, z. B. wenn ein Kleinkind von 3 Jahren ein Jahr lang eine Art Sturzhelm tragen muss und dadurch auf Fremde abstoßend wirkt.[1637]

1087 Nicht zu folgen ist allerdings der Einstellung von Huber[1638] und Koziol,[1639] die meinen, bei der Bemessung des Schmerzensgeldes für junge Menschen müsse ein Dämpfungsfaktor eingebaut werden, weil mit der Zeit eine gewisse Gewöhnung eintrete, die dazu führe, dass die Beeinträchtigung nicht mehr als so gravierend empfunden werde, weil sich der Verletzte irgendwann einmal in sein Schicksal füge oder sich gar damit abfinde. Künftige Nachteile sollen weniger schwer wiegen, als gegenwärtige und es sei ungewiss, ob der Verletzte die Schmerzen in der Zukunft überhaupt noch erlebe. Würde man darauf verzichten, müsste

---

1634 Hierzu allgemein Luckey, VRR 2011, 406.

1635 Scheffen/Pardey, Rn. 631.

1636 OLG Köln, Urt. v. 07.12.2010 – 4 U 9/09, ZfS 2011, 259.

1637 Danzl/Gutiérrez-Lobos/Müller, S. 76.

1638 Huber, ZVR 2000, 218 (231) und Dauner-Lieb/Langen/Huber, AK-Schuldrecht, §§ 253 ff. BGB Rn. 75.

1639 Koziol, FS Hausheer (2002) 597 (599).

das Schmerzensgeld bei einem jungen Menschen ein Vielfaches von dem für einen betagten Menschen betragen.

1088 Letztlich wollen aber auch Koziol[1640] und insb. Danzl[1641] eine Abhängigkeit der Höhe des Schmerzensgeldes von der restlichen Lebenszeit des Verletzten herstellen, sodass im Ergebnis das Schmerzensgeld für einen jungen Menschen erheblich höher ausfallen müsse, als für einen alten Menschen, aber sicher nicht ein Vielfaches erreichen könne. Damit besteht insgesamt Einigkeit darüber, dass das durch eine lebenslange (irreparable) Behinderung zugefügte körperliche und seelische Leid zwischen einem jungen Menschen einerseits und einem betagten Menschen andererseits nicht schlechterdings gleich, sondern durchaus unterschiedlich zu gewichten sein kann.

1089 Dem folgt jetzt auch Huber.[1642] Er sieht die restliche Schmerzdauer als zentrale Bemessungsdeterminante. Bei der Zuerkennung einer Rente werde das schon durch die Form des Ersatzes berücksichtigt, sei doch der Ersatzumfang von der (Über-) Lebensdauer des Geschädigten abhängig. Weshalb bei Kapitalabfindungen etwas grds. anderes gelten solle, wäre überhaupt nicht einzusehen. Eine rationale Bemessung des Schmerzensgeldes müsse an die Summe der vom Geschädigten zu erduldenden Schmerzen anknüpfen. Und diese Summe sei naturgemäß umso höher, je länger das Leiden sei, das der Verletzte noch vor sich habe. Warum ein solcher Umstand nur bei einem besonders jungen Menschen zu berücksichtigen sein solle, aber ein Mensch in der Lebensmitte mit einem im fortgeschrittenen Alter gleichbehandelt werden solle, sei in keiner Weise einzusehen. Das wird besonders deutlich, wenn bei einem 28 Jahre alten Patienten durch einen ärztlichen Behandlungsfehler Erektionsstörungen auftreten. Bei der Bemessung des Schmerzensgeldes muss das Alter des Verletzten berücksichtigt werden, weil diese Verletzungsfolgen einen jungen Mann sicher länger und nachhaltiger treffen, als einen älteren/alten Mann.

1090 Zusätzlich wird die Forderung erhoben, dass bei Kindern für die im Unterschied zu Erwachsenen vorhandenen Entwicklungsstörungen und bei Dauerschäden für die größere Länge der Dauerfolge ein Zuschlag zum Schmerzensgeld zugestanden werden müsse. Bis zum zehnten Lebensjahr, mindestens aber bis zum sechsten Lebensjahr müsse dem besonderen Schmerzerlebnis der Kinder Rechnung getragen und ein Zuschlag zuerkannt werden.[1643]

1091 Einer solchen Zuschlagsautomatik bedarf es jedoch nicht, wenn das **Alter des Verletzten** als **besonderes Bemessungskriterium** anerkannt und berücksichtigt wird. Dabei ist darauf zu achten, dass **Früh- und Neugeborene und Säuglinge** keineswegs weniger schmerzempfindlich sind. Heute weiß man, dass die früher vertretene Ansicht, die Unreife des kindlichen Nervensystems sei als Ursache für die Unfähigkeit einer adäquaten Schmerzempfindung anzusehen, unrichtig ist.[1644]

bb) Kinder

1092 Das OLG Celle[1645] hatte über die Berufung des Klägers gegen ein wahrlich fehlerhaftes Urteil des LG Lüneburg zu entscheiden.

1640 Koziol, FS Hausheer (2002) 597 (600 f.).

1641 Danzl/Gutiérrez-Lobos/Müller, S. 78.

1642 Dauner-Lieb/Langen/Huber, AK-Schuldrecht, §§ 253 ff. BGB Rn. 78, 79.

1643 Emberger/Zerlauth/Sattler, S. 259 ff., 264, zitiert nach Danzl/Gutiérrez-Lobos/Müller, S. 78 Fn. 104.

1644 Danzl/Gutiérrez-Lobos/Müller, S. 79 m. w. N.

1645 OLG Celle, Urt. v. 05.02.2004 – 14 U 163/03, VersR 2004, 526 mit kritischer Anm. Jaeger = NJW-RR 2004, 827 = SP 2004, 191.

Die Argumentation des Einzelrichters des LG ging dahin, dass ein Krankenhausaufenthalt für ein Kleinkind unverständlich sei und dass das Kind den Ursachenzusammenhang zwischen Verletzung und Krankenhausaufenthalt nicht begreifen könne. Diese Argumentation ist Folge der ZPO-Reform, die den obligatorischen Einzelrichter vorsieht; eine Kammer eines LG hätte so (wohl) nicht entschieden.

1093 Nicht einmal die Rechtsprechung des BGH zum Schmerzensgeld für schwer hirngeschädigt geborene Kinder ist vom LG Lüneburg gesehen worden. Diese Kinder, die oft nahezu keine geistigen Regungen haben, verspüren und begreifen nichts, dennoch erhalten sie einen Ausgleich für den erlittenen Schaden in Form eines hohen Geldbetrages.

1094 In der Rechtsprechung finden sich zur Schmerzensgeldfähigkeit von Kindern ähnliche Argumente – soweit ersichtlich – nur in einer Entscheidung des AG Bochum,[1646] das ausgeführt hat, die dem Schmerzensgeld beigemessenen Funktionen seien bei Kleinkindern nicht erfüllt, ihnen fehle die Schmerzensgeldfähigkeit. Diesem unhaltbaren Gedanken sind schon Scheffen/Pardey[1647] entgegengetreten. Das AG Bochum verkennt den Ausgleichsgedanken; es geht um den Ausgleich von Beeinträchtigungen, der unabhängig vom Verständnis für wirtschaftliche Größenordnungen und unabhängig von der Empfindungsfähigkeit zu leisten ist.

1095 Zu Recht hat das OLG Celle den Krankenhausaufenthalt des 3 Jahre alten Jungen als »Tortur« bezeichnet, dies aber nicht nur, weil der Kläger 4 Wochen getrennt von seinen Eltern in einer für Kleinkinder unerträglichen Umgebung verbringen musste, sondern weil der Aufenthalt für den Kläger mit dauerhaftem Liegen im Streckverband mit nach oben gerichteten Beinen verbunden war. Diese Betrachtung erfasst die Beeinträchtigungen des Klägers nicht hinreichend. Ein Krankenhausaufenthalt beeinträchtigt die Lebensqualität des Verletzten erheblich und muss bei der Bemessung des Schmerzensgeldes berücksichtigt werden. Dies gilt erst recht für Kleinkinder. Jedermann weiß – oder sollte wissen –, dass Kleinkinder entsetzlich leiden, wenn sie aus der häuslichen Umgebung herausgenommen werden. Dies kann zu schweren psychischen Störungen führen, sodass die Krankenkassen oft die Unterkunft eines Elternteils im Krankenzimmer eines Kleinkindes, das sog. Rooming-in, bezahlen. Allein dieser Umstand zeigt, dass Kleinkinder erheblich unter einem Krankenhausaufenthalt leiden und dass dies möglichst vermieden werden soll.

1096 Bei der Suche nach vergleichbaren Entscheidungen ist das OLG Celle nicht fündig geworden. Das ist kein Wunder, denn veröffentlichte Entscheidungen, in denen einem 3 Jahre alten Jungen wegen einer Oberschenkelverletzung bei 4 Wochen dauernder stationärer Behandlung ein Schmerzensgeld zuerkannt wurde, finden sich isoliert nicht. Die zum Vergleich herangezogene Entscheidung des LG Ravensburg[1648] aus dem Jahr 1985, die einen sechseinhalb Jahre alten Jungen betraf, dem ein Schmerzensgeld i. H. v. 40.000,00 DM zugebilligt wurde, ist zwar in gewissem Umfang vergleichbar, trifft den Fall aber in mehrfacher Hinsicht nicht:

- Der Junge war doppelt so alt und
- die Entscheidung liegt fast 20 Jahre zurück, stammt also aus einer Zeit, in der ein anderes Verständnis vom Schmerzensgeld herrschte als heute.

1097 Entscheidungen zum Schmerzensgeld, die älter sind als einige Jahre, jedenfalls, wenn sie länger als 10 Jahre zurückliegen, können heute zum Vergleich nicht oder nur noch sehr zurückhaltend herangezogen werden.

1098 Das OLG Celle hat bei der Suche nach einer vergleichbaren Entscheidung zu sehr auf das Alter des Jungen abgestellt und weitere Umstände, die das Schmerzensgeld erhöhen sollen,

1646 AG Bochum, Urt. v. 15.09.1993 – 43 C 386/93, VersR 1994, 1483.

1647 Scheffen/Pardey, Rn. 993 ff.

1648 LG Ravensburg, Urt. v. 08.02.1985 – 4 O 50/84, ZfS 1985, 103 und ZfS 1986, 98.

sodann nur noch halbherzig zur Begründung herangezogen. Dieses Vorgehen schränkt die Suche zu sehr ein und kann nur zufällig zu einem vertretbaren Ergebnis führen. Es gibt keine Schmerzensgeldtabelle, die eine Suche vergleichbarer Entscheidungen nach dem Lebensalter des Verletzten ermöglicht. Es gibt auch keine hinreichende Anzahl von Entscheidungen zu bestimmten Verletzungen, die zusätzlich nach dem Alter des Verletzten geordnet werden könnten. Aus diesem Grund ist für die Bemessung des Schmerzensgeldes zunächst die Verletzung maßgebend. Das war hier im Wesentlichen:
– die Oberschenkelfraktur, ohne dass die durch die operative Versorgung bedingte
– sehr große Narbe und die zusätzlich erlittene
– große Skalpierungsverletzung und
– die großflächige Hautabschürfung vernachlässigt werden dürfen.

1099 Ausweislich der Tabelle »Körperteile von A – Z« zum Stichwort Bein/Oberschenkel[1649] beträgt das Schmerzensgeld für derartige Verletzungen mindestens 17.500,00 €. Nimmt man das Alter des Kleinkindes und das eingangs geschilderte, durch das Alter bedingte Leiden hinzu, muss ein Schmerzensgeld von 25.000,00 € – 30.000,00 € angesetzt werden, erst recht, wenn das erhebliche Verschulden des Schädigers und sein uneinsichtiges Verhalten mitberücksichtigt werden, beides Kriterien, die das OLG Celle zu Recht bei der Bemessung des Schmerzensgeldes berücksichtigt hat. Dabei klingt an, dass das Schmerzensgeld wegen der ihm innewohnenden Genugtuungsfunktion erhöht worden sein soll.

1100 Wie aber ist das OLG Celle trotz der Erkenntnis, dass die zur Begründung herangezogene Entscheidung des LG Ravensburg fast 20 Jahre zurücklag, zu einem »angemessenen« Schmerzensgeld von 20.000,00 €, zu dem in der Klage genannten Mindestbetrag, gekommen? Es ist unwahrscheinlich, dass ein Kläger und ein Gericht bei der Schmerzensgeldbemessung »zufällig« auf denselben Betrag kommen. In der Vergangenheit kam es oft vor, dass das Gericht das als Mindestbetrag genannte Schmerzensgeld zuerkannt hat. Das hatte seinen Grund darin, dass die Rechtsprechung vieler Instanzgerichte meinte, über den vom Kläger genannten Mindestbetrag nicht hinausgehen zu dürfen. Seit der Entscheidung des BGH v. 30.04.1996[1650] sollte aber allgemein bekannt sein, dass das Gericht an diese Vorstellung des Klägers nicht mehr gebunden ist und den genannten Mindestbetrag beliebig – auch um ein Mehrfaches – überschreiten darf. Es spricht vieles dafür, dass das OLG Celle sich der neueren Rechtsprechung des BGH nicht bewusst war und dem Kläger anderenfalls oder wenn dieser einen höheren Mindestbetrag genannt hätte, auch ein höheres Schmerzensgeld zugesprochen hätte. Dies kann man aus der Begründung des Gerichts entnehmen, das die Verletzungen des sechseinhalb Jahre alten Jungen zwar als noch gravierender als die des Klägers angesehen hat, dieses »Plus« aber mit dem Zeitablauf von fast 20 Jahren als ausgeglichen ansah. Das ist als Begründung für den Ausgleich nicht haltbar, denn ein Schmerzensgeld muss nach einem Zeitablauf von fast 20 Jahren mindestens um 100 % erhöht werden. Hätte das OLG Celle dies getan, wäre es unter Berücksichtigung des unterschiedlichen Schweregrades der Verletzungen auf den o. g. Betrag von bis zu 30.000,00 € gekommen. Einen solchen Betrag hätte das Gericht also ohne Weiteres zusprechen können (und müssen).

1101 ▶ **Hinweis:**

Die Entscheidung des OLG Celle[1651] hat deutlich gemacht, dass es für den Richter, der die vergleichbaren Entscheidungen in einer Schmerzensgeldtabelle sucht, nahezu unmöglich

1649 Vgl. E 181 ff.

1650 BGH, Urt. v. 30.04.1996 – VI ZR 55/95, BGHZ 132, 351 = VersR 1996, 990 = NJW 1996, 2425; vgl. dazu die Besprechung von Jaeger, MDR 1996, 888.

1651 OLG Celle, Urt. v. 05.02.2004 – 14 U 163/03, VersR 2004, 526 = NJW-RR 2004, 827 = SP 2004, 191.

ist, einschlägige Entscheidungen zu finden, die dem Alter des Verletzten gerecht werden. Das OLG Celle hatte eine Oberschenkelfraktur eines 3 Jahre alten Kindes zu beurteilen und stützte sich für die Bemessung des Schmerzensgeldes auf eine einzige Entscheidung, die die Verletzung eines 6 Jahre alten Jungen betraf und die das Gericht für vergleichbar hielt.

Diese Vorgehensweise ist nicht sachgerecht. Entscheidungen zu Oberschenkelfrakturen gibt es in einer Bandbreite von 1.500,00 € bis mindestens 35.000,00 €. Was fehlt, sind – mit einer Ausnahme – Entscheidungen zu einer Oberschenkelfraktur, die ein Kind erlitten hat. Es liegt auf der Hand, dass es Entscheidungen zu bestimmten Verletzungen, die Kinder im unterschiedlichen Alter erlitten haben, eigentlich kaum geben kann.

Deshalb muss für die Bemessung des Schmerzensgeldes anders vorgegangen werden.

Ausgangspunkt ist zunächst die Verletzung. Steht hierzu die Bandbreite des Schmerzensgeldes fest, sind – wie immer – die Besonderheiten des Falles zu berücksichtigen. Die Besonderheit des vom OLG Celle entschiedenen Falles bestand darin, dass ein Kind im Alter von 3 Jahren verletzt wurde.

Das Vorgehen zur Bemessung des Schmerzensgeldes für schwere Verletzungen bei Kindern ist dennoch recht simpel:

- Schwerst hirngeschädigt geborene Kinder erhalten nach der Rechtsprechung des BGH auch dann, wenn sie nichts empfinden, die höchsten Schmerzensgelder, die i. d. R. noch über den Betrag hinausgehen, den ein Jugendlicher oder Erwachsener erhält, der extrem unter der nahezu vollständigen Vernichtung seiner Persönlichkeit leidet.
- Kleine und kleinste Kinder, die aus der häuslichen Umgebung gerissen werden, erhalten ein deutlich höheres Schmerzensgeld als Erwachsene, weil sie unter einem stationären Aufenthalt deutlich stärker leiden.[1652] Der Anschluss an Schläuche und Apparate und die Angst vor schmerzhaften medizinischen Eingriffen kann für sie verheerend sein. Das Schmerzensgeld muss aber auch deshalb deutlich höher ausfallen, weil Kinder unter Dauerfolgen ein Leben lang zu leiden haben, also im Vergleich zu Erwachsenen 20, 30 oder gar 50 Jahre länger. Je nach Verletzung wird ihnen die Kindheit und Jugend genommen, sie werden in ihrer Entwicklung gehemmt oder gar unterbrochen. Der noch nicht abgeschlossene Wachstumsprozess bedingt vielfach die Notwendigkeit weiterer Revisions-OPs oder engmaschiger nachoperativer Kontrollen.[1653] Ein unbeschwertes Leben lernen sie oft nicht kennen, ein Umstand, der sich ganz besonders auf die Höhe des Schmerzensgeldes auswirken muss.
- Für Kinder im Grundschulalter gilt nicht unbedingt, dass sie unter einem Krankenhausaufenthalt mehr leiden als Erwachsene, dennoch können Angst und Hilflosigkeit sie psychisch stark beeinträchtigen. Auch die Dauer des Leidens ist bei ihnen bei einem Dauerschaden erheblich länger als bei einem Erwachsenen. Ebenso ist zu prüfen, ob Ihnen ein wichtiger Lebensabschnitt geraubt wurde, ob sie jemals ein normales Leben führen können.
- Jugendliche leiden unter einem Krankenhausaufenthalt ebenso wie Erwachsene. Für die Dauer des Leidens und den Verlust eines Lebensabschnitts gilt das zuvor Gesagte.

1652 Vgl. OLG Saarbrücken, Urt. v. 16.05.2006 – 4 UH 711/04-196, OLGR 2006, 819: ein Krankenhausaufenthalt im kindlichen Alter, der notwendig mit einer Trennung von Familie und vertrauter Umgebung verbunden ist, wird als besonders belastend empfunden.

1653 OLG Hamm, Urt. v. 21.12.2010 – 21 U 14/08, VersR 2011, 1195 m. Anm. Luckey verweist bei schweren Brandverletzungen eines 1 ½ Jahre alten Kindes zu Recht darauf, dass das Wachstum bis zum Erwachsenenalter und die fehlende Beweglichkeit und Dehnbahrkeit der Haut durch die Narben sehr wahrscheinlich Folgeoperationen nötig machen, die allein durch die Besonderheit eines kindlichen Verletzten begründet sind.

Daraus folgt: Bei Dauerschäden kann das Alter des Verletzten ein besonderes Gewicht gewinnen, weil ein junger Mensch den Schicksalsschlag länger als ein alter Mensch zu ertragen hat und weil bei ihm das **körperliche Wohlbefinden von größerer Bedeutung** sein kann als bei einem alten Menschen.[1654] Huber[1655] weist ausdrücklich darauf hin, dass die Dauer der Schmerzen ein zentraler Bemessungsfaktor ist. Je länger die Schmerzen zu erdulden sind, **umso höher** muss **das Schmerzensgeld** ausfallen. In den **Schmerzensgeldtabellen** wird daher nach Möglichkeit und nicht nur bei Dauerschäden nicht nur die Schwere der Verletzung, sondern konsequenterweise auch das Alter des Verletzten ausgewiesen. Das Schmerzensgeld müsste mit der Anzahl der Jahre, die der Verletzte noch vor sich hat, nahezu linear steigen. **1102**

Künftige Schmerzen wären nach Auffassung von Huber abzuzinsen, weil das künftige Unlustgefühl weniger wiegt als das aktuelle.[1656] Diese Abzinsung werde allerdings aufgewogen durch die zwischenzeitlich eintretende Inflation und werde dadurch wieder aufgehoben. **1103**

Dieser These, künftige Schmerzen wären abzuzinsen, ist nicht zu folgen. Immerhin vertritt Huber nicht die Ansicht, dass der Verletzte sich so an die Schmerzen gewöhne, dass diesem Faktor eine messbare Bedeutung zukomme. **1104**

Inzwischen werden auch andere Stimmen laut, die neben der Schwere der Behinderung dem Alter des Verletzten ein besonderes Gewicht beimessen.[1657] Auf diese Weise werde erreicht, dass die Höhe des Schmerzensgeldes sowohl die Schwere der Behinderung reflektiere, und dies in progressiv ansteigender Weise, als auch die Länge der Zeit, während der der Geschädigte mit der Behinderung leben müsse. Je jünger der Geschädigte und je schwerer die Behinderung, desto höher müsse das Schmerzensgeld ausfallen.[1658] **1105**

▶ **Hinweis:** **1106**

Das hat allerdings nicht zur Konsequenz, dass das Schmerzensgeld bei einem alten Menschen sozusagen um eine Abschreibungsquote sinkt. Im Gegenteil: Das Schmerzensgeld für den alten Menschen muss auf dem Niveau bleiben, das als allgemein angemessen angesehen wird, die begrenzte Leidenszeit muss nicht zwangsläufig, sondern kann allenfalls in Ausnahmefällen zu einer Anspruchsminderung führen.[1659]

Fraglich ist, ob es gerechtfertigt ist, einem alten Menschen eine Schmerzensgeldrente zu versagen, wie es das OLG Hamm[1660] und das OLG Oldenburg[1661] getan haben. Danach soll eine Schmerzensgeldrente in erster Linie für junge Menschen gerechtfertigt sein. Dabei lässt sich die Lebenserwartung alter Menschen kaum vorhersehen. Die Gewährung von Kapital und Rente ist deshalb als Entschädigungsform vorzuziehen.[1662] **1107**

1654 OLG Frankfurt am Main, Urt. v. 21.02.1996 – 23 U 171/95, VersR 1996, 1509 = ZfS 1996, 131. Das AG Mayen, Urt. v. 29.07.2008 – 2 C 492/07, NZV 2008, 624 hat bspw. bei der Verletzung eines 15 Jahre alten Jungen berücksichtigt, dass der Kläger als Jugendlicher noch einem grds. erhöhten Bewegungsdrang unterliegt, sodass eine längere Schonphase (hier: 6 Wochen) für ihn deutlich belastender sei als für Erwachsene.

1655 Huber, NZV 1998, 345.

1656 Huber, NZV 1998, 345, eine Auffassung, der sich die Verfasser nicht anschließen können.

1657 Wagner, JZ 2004, 319 (323).

1658 Wagner, JZ 2004, 319 (323).

1659 OLG Köln, Urt. v. 09.01.2002 – 5 U 91/01, NJW-RR 2003, 308.

1660 OLG Hamm, Urt. v. 12.02.2001 – 13 U 147/00, SP 2001, 267.

1661 OLG Oldenburg, Urt. v. 07.05.2001 – 15 U 6/01, SP 2002, 56.

1662 S. o. Rdn. 128 ff.

1108 Das Schmerzensgeld für den **jungen Menschen** ist wegen der zu erwartenden langen Dauer der Leidenszeit deutlich zu erhöhen. Es kann keinem Zweifel unterliegen, dass Kindern und Jugendlichen bei Dauerschäden grds. das Mehrfache an Schmerzensgeld zugebilligt werden muss als alten Menschen.[1663] Eine Rente darf keinesfalls mit der Begründung niedrig angesetzt werden, dass sie kapitalisiert einen zu hohen Betrag ergäbe. Das ist die notwendige Folge der langen Leidenszeit = Laufzeit der Rente.

1109 ▶ Hinweis:

Es ist falsch, bei der Suche nach vergleichbaren Entscheidungen für einen jungen Menschen Schmerzensgeldbeträge heranzuziehen, die älteren Verletzten zugesprochen wurden. Diese Fälle sind nicht vergleichbar. Ein Leiden, das Jahrzehnte ertragen werden muss, ist mit einem viel höheren Schmerzensgeld zu entschädigen als ein Leiden, das wegen des Alters des Verletzten (nur noch) wenige Jahre getragen werden muss.

1110 Eine **Schmerzensgeldrente** ist **besonders bei jungen Menschen gerechtfertigt**, deren weitere gesundheitliche Entwicklung aufgrund schwerer Verletzungen noch nicht überschaubar ist, und bei denen die Verletzungen oft tief in den weiteren Ablauf des Lebens eingreifen.[1664] Der bei jungen Menschen hohe Kapitalwert der Rente darf nicht abschrecken.

1111 Das hat das OLG Frankfurt am Main[1665] so gesehen und hat einem 3 Jahre alten Kläger, der durch Glassplitter einer zerberstenden Limonadenflasche erblindete, 250.000,00 € und eine monatliche Rente von 250,00 € zuerkannt. Kapital und Rente ergaben einen Betrag von 344.000,00 €. Das Gericht führte zur Begründung der Entscheidung aus, dass dieses Schmerzensgeld das Entschädigungssystem nicht sprenge, sondern lediglich fortschreibe.

1112 Dass diese Auffassung richtig ist, zeigt ein Vergleich mit den **Beträgen**, die **zum Ausgleich des materiellen Schadens** gezahlt werden müssen. Ein junger Mensch, der unfallbedingt arbeitsunfähig wird, hat ein Leben lang Anspruch auf Ersatz des Verdienstausfalls. Ist er für den Rest seines Lebens pflegebedürftig, müssen jahrzehntelang die dafür erforderlichen Aufwendungen ersetzt werden. Solche Leistungen erreichen und übersteigen leicht mehrere Mio. €, ohne dass dies beanstandet wird.

1113 Dieser Vergleich zeigt zwingend, dass auch das Schmerzensgeld für jahrzehntelanges Leiden ein Vielfaches von dem Schmerzensgeldbetrag erreichen kann und muss, der an einen älteren Menschen zu zahlen ist.

1114 Legt man diesen Maßstab an, ist es vertretbar, die Querschnittslähmung eines 71 Jahre alten Mannes (Wirbel C 5) mit Harnblasen- und Mastdarmlähmung sowie Inkontinenz und Impotenz mit einem Schmerzensgeld i. H. v. 150.000,00 € auszugleichen.[1666]

1115 Unter diesem Gesichtspunkt ist hingegen eine Entscheidung des OLG Nürnberg[1667] Ende 1993 nahezu unverständlich, das einer erst 18 Jahre alten Frau, die eine Schlüsselbeinfraktur erlitt, die zu einer Fehlstellung der rechten Schulter und der rechten Brust um jeweils 5 cm sowie zu einer Erwerbsunfähigkeit von fast 2 Jahren und einer MdE von 20 % führte, ein viel zu niedriges Schmerzensgeld von 7.500,00 € zubilligte. Die Klägerin ist bei sportlichen Aktivitäten dauerhaft behindert und die Schnittverletzungen im Gesicht (!) sind, was das Gericht bei der Bemessung des Schmerzensgeldes ausdrücklich erwähnte, kaum noch sichtbar.

1663 Vgl. Henke, S. 20; Lieberwirth, S. 70; Knöpfel, AcP 155 (1956), 135 (147); Wagner, Beilage zur NJW 2006, 5.

1664 OLG Hamm, Urt. v. 12.02.2001 – 13 U 147/00, SP 2001, 267.

1665 OLG Frankfurt am Main, Urt. v. 21.02.1996 – 23 U 171/95, VersR 1996, 1509 = ZfS 1996, 131.

1666 OLG Bremen, Urt. v. 11.02.1997 – 3 U 69/96, VersR 1997, 765 = DAR 1997, 272.

1667 OLG Nürnberg, Urt. v. 07.12.1993 – 3 U 2067/93, DAR 1994, 157.

1116 Wenig besser erging es einer jungen Frau, die durch einen Unfall im Gesicht entstellt wurde. Sie musste mehrere Operationen über sich ergehen lassen und ist seit Jahren dadurch entstellt, dass ihre Nase bisher nicht wieder aufgebaut werden konnte. Obwohl die Klägerin inzwischen unter Depressionen leidet und den betrunkenen Unfallverursacher ein erhebliches Verschulden traf, erkannte das OLG Frankfurt am Main[1668] nur ein Schmerzensgeld i. H. v. 10.000,00 € zu.

1117 Der **Auffassung von Slizyk,**[1669] bei der Bemessung des Schmerzensgeldes sei zu berücksichtigen, dass eine Verletzung zwar in den ersten Monaten besonders stark empfunden werde, im Laufe der Zeit aber eine relative **Gewöhnung an die Behinderung** eintrete,[1670] ein Gedanke, der bspw. bei Erblindung oder Querschnittslähmung als Gedankenanstoß dienen solle, können wir nicht folgen. Die Tatsache, dass ein **Verletzter sich mit seiner Schädigung abfindet,** bedeutet nicht, dass sie nicht mehr (ganz) vorhanden ist und auf längere Sicht abgeschrieben werden kann. Diese Argumentation kann nur als **zynisch** empfunden werden.

1118 Folgerichtig haben das OLG Hamm[1671] und das KG[1672] das jugendliche Alter der Geschädigten Schmerzensgeld erhöhend berücksichtigt.

1119 Auch **kleine und kleinste Kinder** haben einen Anspruch auf Schmerzensgeld.[1673] Der Meinung des AG Bochum,[1674] die dem Schmerzensgeld beigemessenen Funktionen seien bei Kleinkindern nicht erfüllt, ihnen fehle die Schmerzensgeldfähigkeit, kann nicht gefolgt werden. Diese Ansicht verkennt den Ausgleichsgedanken. Es geht um den Ausgleich für die der Person zugefügten Beeinträchtigungen. Der Ausgleich ist unabhängig von dem Bewusstsein der betroffenen Person, unabhängig vom Verständnis für wirtschaftliche Größenordnungen und unabhängig von Empfindungsfähigkeiten.[1675]

cc) Alte Menschen

1120 Auch die Verletzungen älterer Menschen verdienen eine besondere Beachtung bei der Bemessung des Schmerzensgeldes. So kann eine an sich banale Verletzung eines »wackeligen«, aber rüstigen Rentners der Umstand sein, der ihn – nach stationärem Aufenthalt, entsprechenden Muskelschwund, evtl. Infektionen etc. – dauerhaft »aus der Bahn« wirft und zum Pflegefall werden lässt. Jedenfalls die Furcht davor, dass Verwirrtheitszustände nach Operationen oder Komplikationen eintreten, dass die Unabhängigkeit verloren geht, man nicht mehr nach Hause kann und ins Heim muss, ist stets präsent.

Statistisch stürzen im Krankenhaus dreimal so viele Senioren wie die Gleichaltrigen zuhause: Grund sind Beeinträchtigungen durch Medikamente und die ungewohnte Umgebung beim

---

1668 OLG Frankfurt am Main, Urt. v. 11.11.1993 – 12 U 162/92, DAR 1994, 119.

1669 Slizyk, S. 10. Der Gedanke wird aufgegriffen vom OLG Düsseldorf, Urt. v. 10.02.1992 – 1 U 218/90, VersR 1993, 113. Ähnlich argumentieren auch Geigel/Pardey, 7. Kap. Rn. 38, wenn sie meinen, bei Dauerfolgen trete im Laufe der Zeit eine gewisse Gewöhnung ein, sodass diese nicht mehr so stark empfunden würden wie anfänglich, selbst dann, wenn die Gewöhnung nur auf einer besonderen Willensanstrengung des Verletzten beruhe.

1670 So auch Geigel/Pardey, 7. Kap. Rn. 20, die unter diesem Gesichtspunkt erwägen, eine Schmerzensgeldrente »abzustufen«.

1671 OLG Hamm, Urt. v. 08.01.1996 – 6 U 146/95, OLGR 1996, 64; OLG Hamm, Urt. v. 24.01.2001 – 3 U 107/00, OLGR 2001, 142; OLG Hamm, Urt. v. 24.10.2001 – 3 U 123/00, OLGR 2002, 286.

1672 KG, Beschl. v. 13.04.1995 – 11 U 663/95, KGR 1995, 148.

1673 Bloemertz, S. 86; vgl. auch Rdn. 1083 ff.

1674 AG Bochum, Urt. v. 15.09.1993 – 43 C 386/93, VersR 1994, 1483. Dazu vgl. Slizyk, S. 12.

1675 Scheffen/Pardey, Rn. 938.

nächtlichen (Auf-) Suchen der Toilette, ferner Kreislaufschwächen wegen längeren Liegens. Stürze beeinträchtigen indes massiv das Selbstvertrauen älterer Patienten.

Gerade das sog. Durchgangssyndrom, ein i. d. R. vorübergehender Zustand der Verwirrtheit nach einer OP, ist für ältere Menschen gefährlich: oft wird dies mit Demenz verwechselt und falsch behandelt, auch drohen Stürze mit längeren Liegezeiten und Infektionen.

Nachoperativ müssten ältere Patienten »so schnell wie möglich« wieder auf die Beine, weil der Muskelschwund viel rapider ist als bei jüngeren Patienten; gleichwohl fällt Senioren oft ein ständiges Mobilisieren schwer, gerade wenn sie (endlich) wieder in der gewohnten Umgebung zuhause sind.

Alte Menschen sollten zudem – eher als junge Menschen – neben dem Schmerzensgeldkapital eine Schmerzensgeldrente beantragen. Es geht nicht an, diese nur deshalb zu verweigern, weil der Verletzte alt ist, wie es das OLG Hamm[1676] getan hat. Der Kapitalwert der Schmerzensgeldrente ist relativ niedrig und wenn der alte Mensch gesund ist, kann seine Lebenserwartung durchaus höher sein, als sie sich aus der Sterbetafel ergibt. In jedem Fall ist eine Schmerzensgeldrente bei alten Menschen gerecht. Leben sie länger als prognostiziert, haben sie länger zu leiden und die Rente steht ihnen zu. Sterben sie früher, fehlt ihnen zwar ein Teil des Schmerzensgeldkapitals, aber das Leiden war kürzer als ursprünglich angenommen.[1677]

1121 Erfreulicherweise wird bei **Schmerzensgeldrenten** mit einem **Kapitalisierungszinssatz** von 5 %[1678] gerechnet und nicht mit einem der derzeitigen Zinslage entsprechenden Zinssatz von max. rund 3 %. Dies hat zur Folge, dass der Kapitalwert der Rente deutlich niedriger ausfällt als bei einem niedrigeren Zinssatz. Denn vom »an sich« angemessenen Gesamtkapital wird der (rein rechnerisch) auf die Rente entfallende Teil abgezogen. Bei der Kapitalisierung mit einem höheren Zinssatz wird davon ausgegangen, dass ein niedriger Kapitalbetrag nötig ist, um den monatlichen Rentenbetrag aus der (fiktiven) Kombination von Zinserträgen und Verwertung des Kapitalstocks zu erwirtschaften. Durch den Ansatz hoher Zinsen wird daher »für die Rente« ein niedrigerer Kapitalbetrag abgezogen. Diese Praxis wird angegriffen, wenn es darum geht, eine Rente zu kapitalisieren und in einem Betrag auszuzahlen; hier wirkt sich der hohe Zinssatz so aus, dass der auszuzahlende Betrag viel zu niedrig ausfällt. Bei der Verrentung des Schmerzensgeldes wird der umgekehrte Weg beschritten, sodass die Geschädigten einen bisher nicht erkannten – jedenfalls nicht diskutierten – Vorteil erfahren.[1679]

b) Schmerzensgeldkapital für Kinder und ältere oder andere besonders schutzbedürftige Menschen – nachhaltige Sicherung der Geldsummen

1122 Sofern die Vermögenssorge zum Wohle des Verletzten rechtlich nicht hinreichend gesichert ist, muss nach der ethischen Verantwortung aller Beteiligten, also der Eltern oder rechtlichen Vertreter von verletzten Kindern, der RA und Versicherungen gefragt werden. Sie müssen abwägen, was zur Wahrung des Wohles des/der Betroffenen letztlich sittlich geboten scheint. Durch einen Abfindungsbetrag (Schmerzensgeldkapital) muss sicher gestellt werden, dass die unfallbedingten Nachteile durch den Kapitalbetrag für die gesamte Lebenszeit ausgeglichen werden müssen. Dieses Problem stellt sich für die Eltern schwerst hirngeschädigt geborener Kinder ebenso, wie für diejenigen, die ältere oder andere schutzbedürftige Menschen

1676 OLG Hamm, Urt. v. 12.02.2001 – 13 U 147/00, VersR 2002, 499.

1677 Notthoff, VersR 2003, 966 (967).

1678 Soweit ersichtlich weicht nur der 9. Zivilsenat des OLG Hamm, Beschl. v. 11.09.2002 – 9 W 7/02, VersR 2003, 780 von diesem Zinssatz ab und kapitalisiert mit 4 %, was den Kapitalwert der Schmerzensgeldrente um 20 % erhöht, also für den Verletzten um diesen Prozentsatz ungünstiger ist.

1679 Vgl. zu dieser Problematik Nehls, ZfS 2004, 193 und SVR 2005, 161; Schneider, ZfS 2004, 541.

vertreten. Dieses Problem soll hier nicht näher behandelt werden, es sei verwiesen auf die Abhandlung von Hoffmann/Schwab/Tolksdorf.[1680]

c) Wissen um die Schwere der Verletzung und Sorge um das Schicksal der Familie

1123 Zu diesem Punkt kann auf Lorenz[1681] verwiesen werden, der von »innerem« immateriellem Schaden, von »Gefühlsschaden« spricht. Eine solche Sorge des Verletzten wird in einzelnen Entscheidungen erwähnt, z. B. bei Schwerstverletzten, die wissen, dass sie bald sterben müssen oder dass sie die Familie nicht mehr werden ernähren können.[1682] Ebenso können die psychischen Beeinträchtigungen einer schwangeren Geschädigten (19. SSW) nach leichten Beckenverletzungen wegen der Sorge um das ungeborene Kind Berücksichtigung beim Schmerzensgeld finden.[1683]

d) Verlauf des Heilungsprozesses

aa) Lange Dauer des Krankenhausaufenthalts

1124 Neben den medizinischen Problemen und den damit verbundenen Schmerzen wird die Lebensqualität des Verletzten zusätzlich durch den Zwang beeinträchtigt, eine beträchtliche Zeitspanne in einer Umgebung zu verbringen, die alles andere als häuslich oder als familiär bezeichnet werden kann.[1684]

1125 Ingrid Noll[1685] führt in ihrem Roman »Die Apothekerin« dazu aus:

»Man hat wenig Ruhe in diesem Krankenhaus, wo man selbst in der ersten Klasse wider Willen im Doppelzimmer liegt. Ich kann hier nichts Vernünftiges lesen. Die permanenten Störungen durch das Pflegepersonal, das ständige Fiebermessen, Tablettenschlucken, mangels anderer sinnlicher Freuden das Warten auf schlechtes Essen, das mehr oder weniger unfreiwillige Belauschen fremder Besucher – das alles presst die Tage in ein strenges Korsett. Früh lösche ich das Licht ...«

1126 Diese Beeinträchtigungen, die hier noch sehr zurückhaltend dargestellt sind, sollte man nicht bagatellisieren. Es mag sein, dass es manchen Menschen im Krankenhaus besser geht als außerhalb, dies dürfte aber nur eine kleine Minderheit sein. I. d. R. ist jeder heilfroh, wenn er (endlich) das Krankenhaus wieder verlassen kann.

1127 Es ist deshalb berechtigt, die **Dauer der stationären und/oder ambulanten Behandlung** bei der Bemessung des Schmerzensgeldes angemessen zu berücksichtigen. Dies sieht auch Nixdorf,[1686] der deutlich macht, dass bei der Bemessung des Schmerzensgeldes sämtliche nachteiligen Folgen für den physischen und psychischen Zustand des Geschädigten, alle Störungen des körperlichen und geistigen Wohlbefindens, ja gar Beeinträchtigungen seines Lebensgefühls und seiner Lebensfreude wie Kummer, Unbehagen, Bedrückung, Sorgen, Ärger und Unbequemlichkeiten berücksichtigt werden müssen.

1128 Zu bedenken ist nämlich, dass z. B. auch die (allerdings rechtswidrige) Freiheitsentziehung in anderen Fällen ein Schmerzensgeld auslöst, wenn etwa ein Kaufhausdetektiv einen Kunden zu

---

1680 Hoffmann/Schwab/Tolksdorf, DAR 2006, 666.

1681 FS für Wiese/Lorenz, S. 261, 268.

1682 OLG Düsseldorf, Urt. v. 09.05.1994 – 1 U 87/93, VersR 1995, 1449.

1683 LG Bochum, Urt. v. 11.02.2010 – 3 O 454/07, NJOZ 2011, 33.

1684 Bloemertz, S. 36 f., nennt den Krankenhausaufenthalt »Stationierung«, die immer einen – wenn auch notgedrungenen – Freiheitsentzug bedeutet.

1685 Ingrid Noll, S. 12, 13.

1686 Nixdorf, NZV 1996, 89 (90).

Unrecht am Weggehen hindert oder wenn ein Patient widerrechtlich in der Psychiatrie festgehalten wird.[1687] Es kommt hinzu: **In der Zeit des Krankenhausaufenthalts** hat der Verletzte z. B. auf Alkohol, Nikotin, Sex, Urlaub, Sport, Tanz, Ausflüge, Kino, Theater u. v. m. verzichten müssen. Ist es nicht so, dass ihm z. B. ein Jahr seines Lebens verloren gegangen ist, gestohlen wird? Dabei geht es nicht darum, dass er – nach Wiederherstellung seiner Gesundheit – nicht mehr alle bisherigen Sportarten ausüben kann, sondern auf einige andere beschränkt ist, nein, es geht darum, dass er z. B. ein Jahr (und evtl. länger) **in seiner Lebensgestaltung beschränkt** war. Vieles, was er gerne getan hätte, war ihm verwehrt. Der stationär untergebrachte Patient kann nicht besuchen, wen er will, er kann nicht einmal (gut gemeinten, aber unerwünschten) Besuch verhindern. Ist er nicht in einem Einzelzimmer untergebracht, muss er einen Fremden Tag und Nacht und dessen Besucher über Tag ertragen. Huber[1688] weist zu Recht darauf hin, dass manche dieser nicht ausübbaren Lustbarkeiten Folge der Erkrankung und nicht allein des Krankenhausaufenthalts seien.

1129 ▶ Hinweis:

Solche Beeinträchtigungen werden in Entscheidungen zum Schmerzensgeld bisher allerdings allenfalls am Rande erwähnt. Bedenkt man, in welcher Höhe Schadensersatz für vertane Urlaubszeit gewährt wird, wird deutlich, welches Potenzial an Schmerzensgeld hier schlummert. Da hilft es auch nicht, dass der Verletzte für diese Zeit Verdienstausfall erhält und sein Konto infolgedessen bei der Entlassung ein mehr oder weniger hohes Guthaben aufweist; die meisten Kosten laufen weiter und manche Aufwendungen, die nicht erstattet werden, kommen hinzu, z. B. Lesestoff jeder Art.

1130 Diesen Überlegungen kann auch nicht entgegengehalten werden, auch der frühere Wehr- und Zivildienst habe – jedenfalls einige – dieser Beschränkungen mit sich gebracht. Gerade die frühere Diskussion um Wehrgerechtigkeit habe gezeigt, dass solche Beschränkungen junger Menschen nicht nur als lästig, sondern auch als einschneidend empfunden wurden.

1131 Die **Dauer der stationären und der ambulanten Behandlung** hat das OLG Celle,[1689] allerdings unzureichend, bei der Bemessung des Schmerzensgeldes berücksichtigt. Der Verletzte, der multiple Verletzungen und Frakturen erlitten hatte, war 8 Monate krankgeschrieben und musste sich mehreren Operationen unterziehen. Diese Umstände, insb. der langwierige Heilungsverlauf, die Alkoholbeeinflussung des Schädigers und die restriktive Regulierungspraxis des Versicherers rechtfertigten unter Berücksichtigung »aller Bemessungskriterien« ein Schmerzensgeld i. H. v. 15.000,00 €.

1132 Ob es andererseits gerechtfertigt ist, einen Zeitraum von zweieinhalb Monaten, die ein 9 Jahre altes Kind nach der Entlassung aus dem Krankenhaus im Rollstuhl verbringen muss, einem Krankenhausaufenthalt gleichzustellen,[1690] erscheint zweifelhaft. Immerhin lebt das Kind in häuslicher Umgebung, ein Umstand, dem besonders bei Kindern ein hoher Wert zukommt.[1691]

1687 OLG Frankfurt am Main, Urt. v. 25.05.1988 – 9 U 92/87, VersR 1989, 260; OLG Nürnberg, Urt. v. 02.03.1988 – 9 U 779/85, NJW-RR 1988, 791. Natürlich ist der Krankenhausaufenthalt des Verletzten »freiwillig« im Rechtssinn, er wird aber durch die Verletzung »erzwungen«.

1688 Dauner-Lieb/Langen/Huber, AK-Schuldrecht, §§ 253 ff. BGB Rn. 76.

1689 OLG Celle, Urt. v. 30.03.2000 – 14 U 195/99, OLGR 2000, 266.

1690 OLG Celle, Urt. v. 08.07.1999 – 14 U 197/98, OLGR 2000, 19.

1691 S. o. Rdn. 1101.

1133 Wenig sinnvoll ist es aber, eine Tabelle zu entwickeln, aus der sich ergibt, welches Schmerzensgeld je Tag oder Monat Krankenhausaufenthalt zu zahlen ist.[1692] Die Schwere der Verletzung und die Dauer des Krankenhausaufenthalts korrespondieren i. d. R. miteinander.

1134 **Aber:** Nicht jeder Verletzte empfindet einen Krankenhausaufenthalt gleich. Das dadurch bedingte Leiden kann für Kinder, Jugendliche oder Erwachsene durchaus unterschiedlich zu beurteilen sein. Die Art der Unterbringung, Verpflegung, Zwang oder Verzicht beim Fernsehen usw. werden unterschiedlich empfunden.

bb) Vergrößerung der Beeinträchtigungen des Krankenhausaufenthalts durch Krankenhauskost

1135 Nicht ohne Bedeutung für die Summe der Beeinträchtigungen im Krankenhaus ist auch die von Ingrid Noll[1693] angesprochene Krankenhauskost. Sie bildet eine zusätzliche Art zugefügten Leidens. In einem Beitrag von Gleßgen[1694] wird anschaulich geschildert, dass und wie es der Küche des Krankenhauses gelingt, »ungenießbaren Abfall« zu produzieren oder zu servieren. Er resümiert:

»Die miserable Qualität der Krankenhauskost ist allgemein bekannt. Ihr kann man nicht entgehen. Es liegt ein adäquater Schaden vor, der sich in der Höhe des Schmerzensgeldes niederschlagen muss. Ich schlage vor, für die Qualen des Patienten beim Verzehr von Krankenhauskost einen Tagesschmerzensgeldsatz von 100 DM zugrunde zu legen, die man auch für einen Schlag auf die Nase bekommt.«[1695]

1136 Ob diesem Vorschlag uneingeschränkt zu folgen ist, mag dahinstehen. Der Ansatz ist richtig, weil der Patient **der Krankenhauskost ausgeliefert** ist. Ähnliche Situationen des Ausgeliefertseins gibt es zwar auch in anderen Fällen, z. B. bei Pauschalreisen oder gar bei Einladungen. Der Unterschied besteht aber darin, dass man die Qualität dieser Essen über den Preis bzw. über die Auswahl seiner Freunde steuern kann.

1137 Die Unannehmlichkeiten des Krankenhausaufenthalts durch ständige Untersuchungen und Behandlungen, Zimmergenossen und deren Besuch und andere Umstände, wie den erzwungenen Verzicht auf Lebensgenuss vermittelnde Aktivitäten, berücksichtigt das OLG Saarbrücken[1696] als ein Kriterium bei der Bemessung des Schmerzensgeldes.

1138 Ob die Folgerung von Gleßgen[1697] zutrifft, Schmerzensgeld für Krankenhauskost werde nicht lange gewährt werden müssen, weil Versicherungen, Minister und Krankenhausträger dafür sorgen würden, dass die »Herrschaften Krankenhausköche« zu denken beginnen, erscheint sehr zweifelhaft, denn für ein solches zusätzliches Schmerzensgeld kommen allein die Schädiger und deren Haftpflichtversicherer auf, die auf die »Herrschaften Krankenhausköche« keinen Einfluss haben.

1139 Als Ergebnis bleibt: Die Krankenhauskost ist adäquat kausal vom Schädiger verursacht; erhöht sie das Leiden, ist Schmerzensgeld zu gewähren, um dieses zusätzliche Leid auszugleichen – und nicht, um die Kost zu verbessern.

1692 Berger, VersR 1977, 877 (878).

1693 Ingrid Noll, S. 12, 13.

1694 Gleßgen, ZAP-Kolumne, 1257, ZAP-Nr. 24 v. 20.12.1995.

1695 AG Köln, Urt. v. 02.08.1985 – 266 C 97/85, ZfS 1985, 295.

1696 OLG Saarbrücken, Urt. v. 31.05.2005 – 4 U 221/04, SP 2006, 205.

1697 Gleßgen, ZAP-Kolumne, 1257, ZAP-Nr. 24 v. 20.12.1995.

4. Dauer des Leidens – Dauerschäden

a) *Berufliche Nachteile – Minderung der Erwerbsfähigkeit – Berufswunschvereitelung*[1698]

1140 Das LG Berlin[1699] hat für die Bemessung des Schmerzensgeldes die psychischen Probleme, das **Gefühl der Nutzlosigkeit bei Erwerbsunfähigkeit in jungen Jahren**[1700] sowie den Umstand berücksichtigt, dass kein Freizeitsport mehr betrieben werden konnte und ein Schmerzensgeld i. H. v. 37.500,00 € zugesprochen. Auch das OLG Köln[1701] hat die Berufsaufgabe Schmerzensgeld erhöhend berücksichtigt. Ebenso hat das OLG München[1702] in die Bemessung einbezogen, dass die 46 Jahre alte Klägerin unfallbedingt den von ihr geführten Hof aufgeben, an den Sohn übergeben und den Verdienst fortan mit Zeitungsauftragen bestreiten musste, was »einen ihrem Alter nicht entsprechenden« Einschnitt bedeute. Dieses Kriterium findet auch Anwendung, wenn der Verletzte sich noch in der Berufsausbildung befindet.[1703] Das OLG Brandenburg[1704] will die Berufswunschvereitelung allerdings nur bei der Bemessung berücksichtigen, wenn der Wunschberuf bereits »prognostizierbar« sei; bloße »Favoriten« einer künftigen Berufswahl sollen, da zu unspezifisch, nicht genügen.

1141 Interessant und ohne Weiteres zutreffend ist ein Gedanke des OLG Frankfurt am Main,[1705] wonach das **Schmerzensgeld** bei Berufswunschvereitelung zu **erhöhen** sei, weil der Mensch so viel Zeit in der Ausübung des Berufs verbringe, dass eine ungeliebte Tätigkeit die Lebensfreude erheblich beeinträchtigen könne.

1142 Ähnlich der BGH,[1706] der einen **immateriellen Nachteil** darin gesehen hat, dass eine verletzte Frau einen nicht so gehobenen und nicht so angesehenen Beruf ergreifen konnte, wie es ohne die Schädigung möglich gewesen wäre und dass diese Tätigkeit ihr eine geringere Befriedigung vermittelt.

b) *Einschränkung bei Freizeitaktivitäten*

1143 Auch der Umstand, dass die Verletzung »zur Unzeit« erfolgte, kann den Schmerzensgeldanspruch erhöhen. Kann der Verletzte z. B. seinen 80. Geburtstag nicht feiern oder kann er Weihnachten nicht mit der Familie verbringen, kann dies u. U. Schmerzensgeld erhöhend wirken,[1707] z. B. dann, wenn der Verletzte ohnehin nur noch eine kurze Lebenserwartung hatte und dieses Weihnachtsfest das Letzte war, das er – relativ – ungetrübt in der Familie hätte feiern können.[1708]

1144 Dagegen kann ein Geschädigter, der durch einen Verkehrsunfall querschnittsgelähmt ist, als materiellen Schadensersatz vom Schädiger die Kosten für den behindertengerechten Umbau seines Pkw erhalten, nicht aber zusätzlich die Kosten für den Umbau seines Motorrades,

---

1698 Vgl. auch Rdn. 1077.

1699 LG Berlin, Urt. v. 04.12.2000 – 6 O 385/99, VersR 2002, 1029.

1700 S. o.: Alter des Verletzten, Rdn. 1083 ff.

1701 OLG Köln, Urt. v. 27.02.2002 – 11 U 116/01, OLGR 2002, 290.

1702 OLG München, Urt. v. 29.10.2010 – 10 U 3249/10, unveröffentlicht.

1703 OLG Köln, Urt. v. 23.01.1991 – 11 U 146/90, RuS 1991, 416 = VersR 1992, 714.

1704 OLG Brandenburg, Urt. v. 14.06.2007 – 12 U 244/06, SP 2008, 105.

1705 OLG Frankfurt am Main, Urt. v. 21.02.1991 – 12 U 42/90, DAR 1992, 62 (63).

1706 BGH, Urt. v. 08.06.1976 – VI ZR 216/74, VersR 1976, 967 (969).

1707 LG Itzehohe, Urt. v. 29.06.1983 – 7 O 238/81, ZfS 1983, 261.

1708 Slizyk, S. 18 ff.

damit er seinem früheren Hobby, dem Motorradfahren, wieder nachgehen kann.[1709] Insoweit wird der Geschädigte auf das Schmerzensgeld verwiesen, das auch dazu dient, diesen (an sich materiellen) Schaden auszugleichen.[1710] Man sollte jedoch nicht verkennen, dass es keine bekannt gewordene Entscheidung gibt, in der insoweit bei der Schmerzensgeldbemessung Ausführungen gemacht wurden. Hinzu kommt, dass solche teuren Umbauten (in der BGH-Entscheidung rund 23.600,00 €) im Leben der oft jungen Geschädigten mehrfach bezahlt werden müssen. Würden sie berücksichtigt, müsste das Schmerzensgeld signifikant höher ausfallen.

1145 Ein Sonderproblem, nämlich die Frage, ob den Eltern eines gesundheitlich dauerhaft geschädigten Kindes für dessen Pflege und dem damit verbundenen Verlust von Freizeit ein Schmerzensgeld zusteht, behandelt das OLG Frankfurt am Main.[1711] Es verneint diese Frage, kommt aber zu dem Ergebnis, dass der mit derartigen Einbußen (an Freizeit) zwangsläufig verbundene Verlust an Normalität des Familienlebens, insb. an fruchtbarer elterlicher Zuwendung, in der Bemessung des Schmerzensgeldes zugunsten des geschädigten Kindes zu berücksichtigen sei. **Einbußen an Freizeit** seien zwar nicht als Vermögensschaden zu bewerten, sie seien jedoch fühlbare Belastungen. Im **Freizeitverlust der Eltern** manifestierten sich **Störungen des Familienlebens** und damit zwangsläufig Verluste an sinnvoller elterlicher Zuwendung zum Kind, die sich auf dessen Lebensumstände negativ auswirken müssten.

1146 Der Fall, dass ein **gebuchter Urlaub nicht angetreten werden kann**, ist zu unterscheiden von dem Fall, dass infolge einer Verletzung erhebliche **Beeinträchtigungen im Urlaub** hingenommen werden müssen. Im letzteren Fall kann dies zwar zu einer Erhöhung des Schmerzensgeldes führen.[1712] Aber wenn jemand am Urlaubsort verletzt wird, ist der entgangene Urlaubsgenuss i. d. R. – auch – ein materieller Schaden. Verlorene Urlaubszeit ist ebenfalls als materieller Schaden zu ersetzen.

1147 Ein auf einer Körper- oder Gesundheitsverletzung beruhender Verlust des Urlaubs selbst führt nicht zu einem Anspruch auf Ersatz eines Vermögensschadens aufgrund einer »Kommerzialisierung« des Urlaubsgenusses, er kann aber ausnahmsweise einen höheren Schmerzensgeldanspruch auslösen, etwa wenn ein Arzt unfallbedingt einen 3-wöchigen Urlaub nicht antreten kann.[1713] Dagegen kann dieser Arzt die Kosten für einen Vertreter in der Praxis nicht als Schmerzensgeld, wohl aber als materiellen Schaden geltend machen. Muss auf den Urlaubsantritt selbst verzichtet werden, ist dies ebenfalls kein Kriterium der Schmerzensgeldbemessung, weil der Urlaub im Allgemeinen nachgeholt werden kann. Holt der Verletzte den Urlaub nicht nach, kann er nicht fiktiv als Schmerzensgeld die Kosten einer Urlaubsvertretung verlangen, weil dies ein materieller Schaden ist, sondern er kann allenfalls ein – in Grenzen erhöhtes – Schmerzensgeld verlangen.[1714]

c) Einschränkungen im Sexualleben

1148 Nicht nur durch Unfälle, sondern auch durch ärztliche Behandlungsfehler kann das Sexualleben auf Zeit oder auf Dauer gestört sein. Es fällt auf, dass das Schmerzensgeld bei solchen Störungen kaum einmal niedrig ausfällt. Das gilt insb. dann, wenn der Patient dem Arzt vor einem Eingriff deutlich gemacht hat, welche Bedeutung die Funktionsfähigkeit seines Organs für die private Lebensgestaltung hat. So hatte ein Patient, dem eine Phimoseoperation

1709 S. o. Rdn. 990 ff.

1710 BGH, Urt. v. 20.01.2004 – VI ZR 46/03, VersR 2004, 482 = NZV 2004, 195 = ZfS 2004, 258.

1711 OLG Frankfurt am Main, Urt. v. 21.05.1999 – 24 U 150/97, VersR 2000, 607.

1712 AG Bad Segeberg, Urt. v. 03.05.1985 – 9 C 590/84, ZfS 1986, 135: Schürfwunden, Schwimmen nicht möglich.

1713 BGH, Urt. v. 11.01.1983 – VI ZR 222/80, NJW 1983, 1107.

1714 BGH, Urt. v. 11.01.1983 – VI ZR 222/80, NJW 1983, 1107 (1108).

bevorstand, den Arzt darauf hingewiesen, dass bis zum Besuch seiner Freundin an einem bestimmten Tag »die volle Funktionsfähigkeit des Genitalorgans« (wieder) bestehen müsse.[1715] Es kam zu Wundheilungsstörungen und zu einer Nachoperation. Das zuerkannte Schmerzensgeld betrug 5.000,00 €.

1149 Relativ gering und damit »normal« ist ein Schmerzensgeld i. H. v. 4.500,00 €, die das LG Limburg[1716] für Prellungen und Schürfungen zuerkannte, die eine Phimoseoperation erforderlich machten. Die Folgen waren Narben und Beeinträchtigungen des Sexuallebens.

1150 Ein deutlich höheres Schmerzensgeld von 20.000,00 € erhielt ein Patient, der vor einer operativen Penisverlängerung nicht darüber aufgeklärt worden war, dass er über einen Zeitraum von 4 Monaten einen Extender tragen müsse, der die Narbenextraktionskräfte ausgleichen solle. Welche weiteren Beeinträchtigungen oder gar Folgeschäden der Patient erlitten hat, wird in der Entscheidung nicht mitgeteilt.[1717]

1151 Ein Schmerzensgeld i. H. v. 50.000,00 € sprach der 1. Zivilsenat des OLG Celle[1718] einem Kläger zu, der sich aufgrund eines Diagnoseirrtums einer Prostataektomie unterzog und seither unter Inkontinenz, Ejakulations- und Erektionsunfähigkeit leidet. Das OLG Celle hat dazu ausgeführt, dass sich der Kläger nicht nur völlig unnötig einem schweren operativen Eingriff unterziehen musste, sondern auch der psychischen Ausnahmesituation, die mit der Eröffnung einer Krebsdiagnose verbunden ist, ausgesetzt gewesen sei. Gravierender aber seien die durch die unnötige Operation bedingten Folgen für den Kläger, der unter dem völligen Verlust der sexuellen Aktivität leide. Dies sei unter Berücksichtigung des Lebensalters des Klägers (dieses wird leider nicht mitgeteilt) eine essenzielle Einbuße an Lebensqualität, die auch nicht dadurch relativiert werden könne, dass die Familienplanung abgeschlossen sei.

1152 Wenig Einfluss hatte offenbar der Verlust von Libido und Potenz eines 33 Jahre alten Mannes auf das vom OLG Oldenburg[1719] zuerkannte Schmerzensgeld. Zwar beträgt dieses in der Summe 120.000,00 €, der Kläger hatte jedoch infolge einer Schädelhirnverletzung ein massives hirnorganisches Psychosyndrom erlitten, das seine intellektuellen Fähigkeiten so beeinträchtigte, dass er ständiger Betreuung bedurfte. Dabei war er sich seines Zustandes bewusst. Der Senat beschreibt den Kläger als einen jungen Mann, der voll im Leben stand, Fußball spielte, jung verheiratet war und gerade erst ein Haus gebaut hatte. Das allein rechtfertigte mindestens das zuerkannte Schmerzensgeld. Welchen Anteil dann der Verlust von Libido und Potenz einnimmt, ist unerfindlich.

1153 Ein weiterer Fall:[1720] Der Kläger litt an einer angeborenen Erbkrankheit, die schließlich durch Zerstörung aller Organe durch Histiozyten und Lymphozyten charakterisiert wurde. Nachdem der Kläger 20 Jahre alt geworden war, wies ihn der Beklagte (Arzt) nicht darauf hin, dass die Krankheit durch eine Knochenmarkstransplantation geheilt werden konnte. Im Alter von 23 Jahren kam es beim Kläger zu einer Gehirnblutung, die zu Lähmungen, Sprachstörungen und Krampfanfällen führte. Diese Folgen konnten durch eine sodann erfolgreich durchgeführte Knochenmarkstransplantation nicht mehr rückgängig gemacht werden. Der Kläger leidet seither u. a. an Epilepsie, unter Einschränkung der Sehfähigkeit und einem Hirnsubstanzverlust. Er ist impotent und nicht in der Lage, eine Beziehung zu einer Frau aufzubauen und auf herkömmlichem Wege Kinder zu zeugen. Das OLG hat ein geringeres Schmerzensgeld (100.00,00 € zzgl. 375,00 € monatliche Rente) als das LG (150.000,00 € zzgl. 500,00 €

1715 OLG Oldenburg, Urt. v. 02.07.1991 – 5 U 23/91, VersR 1992, 1005.

1716 LG Limburg, Urt. v. 23.11.1993 – 2 O 260/93 – 8/4, VersR 1995, 472.

1717 KG, Urt. v. 13.03.2000 – 20 U 1186/98, KGR 2001, 142 (143).

1718 OLG Celle, Urt. v. 09.07.2001 – 1 U 64/00, OLGR 2001, 250.

1719 OLG Oldenburg, Urt. v. 07.05.2001 – 15 U 6/01, SP 2002, 56.

1720 OLG Nürnberg, Urt. v. 12.12.2008 – 5 U 953/04, VersR 2009, 1079 mit Anm. Jaeger = E 2085.

monatliche Rente) für angemessen gehalten. Es hat, so ist in der Entscheidung mitgeteilt, jahrelange extreme Schmerzen, Todesangst, Epilepsie, die gravierende Sehbeeinträchtigung, derzeitige und künftige Dauerschmerzen und eine Angsterkrankung bei der Bemessung des Schmerzensgeldes ausdrücklich berücksichtigt und das Regulierungsverhalten des Beklagten als Schmerzensgeld erhöhend angesehen. Unerwähnt blieb bei der Begründung zur Schmerzensgeldhöhe u. a. die erektile Dysfunktion (Impotenz) des Klägers.

1154 Gegenüber Männern werden Frauen in vergleichbaren Fällen mit deutlich geringerem Schmerzensgeld abgefunden.

1155 Eine junge Frau, die durch unfallbedingte Anorgasmie und Algopareunie an nachhaltigen Störungen der sexuellen Erlebnisfähigkeit litt, musste sich mit einem Schmerzensgeld i. H. v. 10.000,00 € zufriedengeben.[1721]

Inwieweit dem Partner eines in seiner sexuellen Betätigung eingeschränkten Patienten eigene Ersatzansprüche zukommen, ist kaum Gegenstand von Rechtsprechung gewesen. Hiergegen spricht, dass die Ehefrau als solcherart nur mittelbar Betroffene keine eigenen Ersatzansprüche hat.[1722] Dagegen wird eingewandt,[1723] dass bereits die freie Ausübung körperlicher Funktionen unter den Begriff des Körpers falle, sodass auch der Partner eine »Körper-«Verletzung erleide, wenn infolge der Impotenz des Patienten nun auch im die sexuelle Betätigung in der Partnerschaft vereitelt wird.

d) Verlust von Gliedern, Organen, Funktionen

1156 Der Verlust von Gliedern, Organen, Funktionen und Entstellungen sind bei der Bemessung des Schmerzensgeldes stets deutlich zu berücksichtigen.

1157 Während das Schmerzensgeld bei Verletzungen, die mehr oder weniger folgenlos ausheilen, ohne Weiteres moderat sein kann, müssen **Dauerschäden zu ganz wesentlich höheren Schmerzensgeldern** führen. Besonders **Amputationen** an der Hand, an Armen und an Beinen müssen hohe Schmerzensgelder auslösen. Hinzu kommt, dass nach Amputationen immer entstellende Narben zurückbleiben, die auch dann zu entschädigen sind, wenn sie keine zusätzlichen Schmerzen verursachen. Dies geschieht inzwischen auch, auf die Darstellung der Entscheidungen zu Amputationen wird verwiesen.[1724]

1158 Eine auffallend eingehend begründete Entscheidung zu Unfallfolgen mit erheblichen Dauerschäden hat schon 1972 das **OLG Karlsruhe**[1725] gefällt. Darin sind auch einige Punkte zur Bemessung des Schmerzensgeldes herausgearbeitet. Schon im Leitsatz heißt es:

»... bei schweren Körperverletzungen mit nachfolgenden Dauerschäden (ist) dem Geschädigten ein Schmerzensgeld in beträchtlicher Höhe, namentlich auch in Gestalt einer Rente zuzusprechen.«

1159 Die Schwere der Verletzungen eines jungen Mannes wird in der Entscheidung wie folgt beschrieben:

»Der Kläger hatte neben der Unterschenkelfraktur eine Gehirnerschütterung, eine schwere Fleischwunde im Gesicht sowie Prellungen erlitten. V. a. war der Unterschenkelbruch nicht

1721 OLG Köln, Urt. v. 20.09.1990 – 18 U 23/89, VersR 1992, 888 = ZfS 1992, 406.

1722 LG Frankenthal, Urt. v. 19.12.1996 – 8 O 105/06, AHRS 0455/104 = MedR 1998, 130 (LS).

1723 Ziegler/Rektorschek, VersR 2009, 181, die zudem Rechte des Partners aus einem Arztvertrag mit Schutzwirkung für Dritte begründen wollen und für ein Schmerzensgeld bei Verletzung des Partners von bis zu 100.000,00 € plädieren.

1724 Amputationen in der Tabelle besondere Verletzungen, E 1223 ff.

1725 OLG Karlsruhe, Urt. v. 01.11.1972 – 4 U 149/71, NJW 1973, 851.

von geringer oder durchschnittlicher Schwere, sondern einschneidender Natur, weil er den Kläger so sehr in Lebensgefahr brachte, dass das ganze Bein einschließlich des Oberschenkels abgenommen werden musste. Diese Oberschenkelamputation ist schon an sich ein schwerer Eingriff und zusätzlich belastend wirkt hierbei, dass sie zu weiteren schweren und dauernden (nie mehr behebbaren) Gesundheitsschäden führte: Die Gehfähigkeit des Klägers wird immer stark beeinträchtigt bleiben und ebenso sind schmerzhafte Knotenbildungen am Beinstumpf immer wieder zu erwarten.

...

Dementsprechend waren auch die körperlichen Schmerzen, die der Kläger erleiden musste, sehr empfindlich gewesen; und da solche Schmerzen am Gliedstumpf auch zukünftig nicht zu vermeiden sind, fällt insgesamt dieser Gesichtspunkt zugunsten des Schmerzensgeldanspruchs ins Gewicht.«

1160 Daraus folgt, dass sich der körperliche Zustand des Klägers dramatisch verändert hatte und dass der Kläger künftig kein schmerzfreies Leben führen kann. Für einen jungen Menschen, der infolge eines Unfalls oberschenkelamputiert ist, ist nichts mehr wie früher, über ihn ist eine Katastrophe hereingebrochen. Ob es in einem solchen Fall sinnvoll ist, neben der Oberschenkelamputation mit all ihren Folgen noch die Gehirnerschütterung und die Prellungen als Verletzungsfolgen zu erwähnen, erscheint fraglich, da diese Verletzungen bei den Erwägungen zur Bemessung des Schmerzensgeldes (zu Recht) keine Erwähnung finden. Wenn solche – im Verhältnis zu schwersten Schäden – Bagatellverletzungen »gewissenhaft« aufgelistet werden, erinnert dies an buchhalterische Gründlichkeit, die den Blick auf das Wesentliche eher verstellen kann.

1161 Erwähnenswert bei der Schmerzensgeldbemessung wäre dagegen eher die schwere Fleischwunde im Gesicht gewesen, die mit Sicherheit eine (evtl. sogar entstellende) Narbe zurückgelassen hat. Auch eine solche Narbe ist ein Dauerschaden, verändert sie doch das Aussehen des Verletzten nachhaltig negativ.

1162 Die seelischen Folgen des Unfalls für den Verletzten werden vom OLG Karlsruhe zutreffend als Dauerschaden angesehen. Als **Dauerschäden** werden genannt:

- Der Kläger hat nach der Amputation einen seelischen Zusammenbruch erlitten.
- Die Anpassung der Prothesen hat ihn seelisch schwer bedrückt.
- Dasselbe galt, weil die Beeinträchtigung der Bewegungsfähigkeit ihm berufliche Schranken gesetzt hat und
- weil er sein bisheriges Berufsziel aufgeben musste.
- Sehr wesentlich ist auch die Einschränkung der Heiratsaussichten des Klägers, der den Unfall in jungen Jahren erlitten hat.

1163 Diese Dauerschäden sind insgesamt **überaus schwere Unfallfolgen**, die ein Schmerzensgeld in beträchtlicher Höhe rechtfertigen. Unter Berücksichtigung dieser besonders schweren Dauerschäden hat das OLG Karlsruhe unter Beachtung der »unkontrolliert« fortgehenden »inflationären Entwicklung« bei mittelschwerem Verschulden des Schädigers ein Schmerzensgeld i. H. v. 20.000,00 € und eine monatliche Rente i. H. v. 100,00 € für angemessen gehalten. Geht man davon aus, dass der Kläger etwa 25 Jahre alt war (das Alter wird in der Entscheidung nicht mitgeteilt und die Lebenserwartung eines jungen Mannes im Jahr 1972 ist ohne aufwendige Recherche heute kaum feststellbar), ergibt die Rente je nach Zinssatz einen Kapitalwert (Barwert) von 20.000,00 € – 25.000,00 €.

1164 Das vom OLG Karlsruhe zuerkannte Schmerzensgeld betrug demnach rund 40.000,00 € – 45.000,00 €, ein Betrag, der im Jahr 1972 außerordentlich hoch war. Heute, 30 Jahre nach dem Unfall, betrüge das Schmerzensgeld bei einer Steigerung von jährlich 6 % für Inflation und wegen der Tendenz der Rechtsprechung zu höherem Schmerzensgeld 180 % mehr, also rund 125.000,00 €, ein durchaus üblicher Betrag.

Mit dem zuerkannten Schmerzensgeld hat das OLG Karlsruhe sich ausdrücklich von den herangezogenen »vergleichbaren Fällen« (mit geringeren Schmerzensgeldbeträgen) gelöst, weil diese keine »hinreichenden Vergleichsmaßstäbe« mehr liefern könnten. 1165

Zusätzlich – und das relativiert (leider) den ausgeurteilten Betrag – hat das OLG Karlsruhe bei der Bemessung das **Regulierungsverhalten des Haftpflichtversicherers** berücksichtigt. Leider lässt sich der Entscheidung, die auch im weiteren Text sehr lesenswert ist, nicht entnehmen, wie diese Erhöhung ausgefallen ist. Es fehlt jede Andeutung zu einem Betrag oder einem Prozentsatz. Das Regulierungsverhalten hat das Gericht in nicht nachprüfbarer Weise dazu veranlasst, dem verletzten Kläger ein »beträchtliches Schmerzensgeld« zuzusprechen. Diese Verfahrensweise ist grds. nicht zu beanstanden, weil das Schmerzensgeld in einem Betrag zu bemessen ist. Das Gericht wäre jedoch nicht gehindert, das an sich angemessene Schmerzensgeld und das durch verzögerliches Regulierungsverhalten letztlich zu gewährende erhöhte Schmerzensgeld in beiden Beträgen zu nennen. 1166

Die bisherigen Ausführungen zeigen, dass das OLG Karlsruhe in ganz unüblicher Gründlichkeit Erwägungen zur Bemessung des Schmerzensgeldes angestellt und zahlreiche Argumente für ein besonders hohes Schmerzensgeld dargelegt hat. Wie oben gezeigt, hat es ein für die damalige Zeit hohes Schmerzensgeld zuerkannt, in das u. a. die Erwägungen zum verzögerlichen Regulierungsverhalten Eingang gefunden haben müssen. 1167

Unerörtert bleibt in der Entscheidung des OLG Karlsruhe, ob der Verletzte einen Ausgleich dafür erhält, dass sein Alltag für viele Monate – hier eher für ein bis 2 Jahre – durch Krankenhausaufenthalte und Arztbesuche bestimmt war. 1168

Das Urteil ist auch deshalb bemerkenswert, weil es der bisherigen Rechtsprechung zur Höhe des Schmerzensgeldes bei Oberschenkelamputationen eine Absage erteilte. Vor dem 2. Weltkrieg in den Jahren 1935 und 1936 wurde ein solcher Verletzter mit einem Schmerzensgeldbetrag i. H. v. 300,00 RM oder 800,00 RM abgefunden.[1726] Nach dem Krieg gab es nur wenig mehr, so z. B. noch im Jahr 1958 einen Betrag von 1.625,00 €[1727] für einen 34 Jahre alten Mann, der lange Zeit erhebliche Schmerzen gehabt hat und »dauernd an den Folgen des Unfalls zu leiden haben wird«; auch wog die dauernde Beeinträchtigung der Lebensfreude des Klägers schwer. 1169

Wie wenig angemessen dieser Schmerzensgeldbetrag ist, zeigt eine 4 Jahre später ergangene Entscheidung des LG Hechingen,[1728] das dem Opfer einer Schlägerei, das die Verletzung nur 3 Tage überlebt hatte, ein Schmerzensgeld i. H. v. 2.500,00 € zuerkannte. Abgesehen davon, dass dieser Schmerzensgeldbetrag deutlich über den damaligen Schmerzensgeldern bei baldigem Tod lag,[1729] und weil es kein Schmerzensgeld für Tod gibt, steht dieser Betrag in keinem Verhältnis zu den 1.625,00 €, die der 34 Jahre alte oberschenkelamputierte Mann 4 Jahre zuvor für die Beeinträchtigungen seines weiteren Lebens erhalten hat. 1170

e) Behinderungen

Gerade nach Amputationen treten Behinderungen auf, die im Alltag zu Erschwernissen führen. Aber auch jede andere Art einer Behinderung ist ein **Dauerschaden**, der ein besonders hohes Schmerzensgeld rechtfertigt. So sind denn in den Entscheidungen zu den verschiedenen Verletzungen Behinderungen stets aufgeführt, weil sie die Höhe des Schmerzensgeldes beeinflusst haben oder hätten beeinflussen müssen. 1171

1726 Zitiert nach Gelhaar, NJW 1953, 1281 (1282).

1727 LG Göttingen, Urt. v. 02.05.1958 – 3 O 51/58, VersR 1958, 732.

1728 LG Hechingen, Urt. v. 13.02.1962 – 2 O 79/60, VersR 1964, 251.

1729 Vgl. nur OLG Karlsruhe, Urt. v. 13.01.1961 – 7 U 150/60, VersR 1961, 287.: Für eine Überlebenszeit von 18 Tagen wurden 750,00 € zuerkannt.

f) Entstellungen

1172 **Besonders hohe Schmerzensgelder** müssen bei Entstellungen zuerkannt werden. Auch hier ist auf Lorenz[1730] zu verweisen, der den bei Entstellungen vorliegenden inneren immateriellen Schaden, den Gefühlsschaden, ausdrücklich betont. Zu Entstellungen zählen auch Narben, die stets das Erscheinungsbild des Körpers verändern und für die eine zusätzliche Entschädigung gezahlt werden muss.

g) Narben

1173 **Narben sind Dauerschäden.** Diese Aussage mag überraschen, sie kann aber nicht ernsthaft in Zweifel gezogen werden. Ob Narben als solche einen Schmerzensgeldanspruch begründen oder ob sie Schmerzensgeld erhöhend wirken, bedarf näherer Prüfung.

1174 Bei der Auswertung von Entscheidungen scheint es, als seien Narben für die Bemessung des Schmerzensgeldes nur ausnahmsweise von Bedeutung, etwa

- entstellende Narben oder
- Narben, die Schmerzen bereiten, wozu auch der sog. Phantomschmerz zählt.

1175 Klar ist, dass z. B. nach einer Beinamputation[1731] die dadurch entstehenden Narben bei den Erwägungen zur Höhe des Schmerzensgeldes keine besondere Rolle spielen können. Solchen Narben kommt kein eigenständiges Gewicht zu, weil der Schwerpunkt der Verletzung, des Leidens im Verlust einer wichtigen Gliedmaße liegt, bei dem notwendigerweise eine erhebliche Narbe zurückbleibt. Der Verlust des Beines ist für das weitere Leben des Verletzten prägend, während die Narbe insoweit nahezu bedeutungslos ist, soweit diese nicht über alle Maßen entstellend ist und Beschwerden und/oder Phantomschmerzen verursacht.

1176 Wendet man sich Entscheidungen zu Verletzungen zu, die weniger schwer waren, etwa Frakturen von Armen und Beinen, dürfen die nach – regelmäßig – zwei Operationen (wenn der Bruch geschient und die Schiene später entfernt wird) zurückbleibenden Narben bei der Bemessung des Schmerzensgeldes nicht unerwähnt bleiben. So haben denn auch das OLG Köln[1732] und das OLG Nürnberg[1733] Narben (Köln: sehr lange Narben im Bereich des Oberarms und des Oberschenkels und eine quer verlaufende Narbe von 12 cm Länge sowie fünf Narben, die gut sichtbar sind und eine gravierende ästhetische Beeinträchtigung darstellen bzw. Nürnberg: 7 cm an der Hüfte und 20 cm im Nacken) ausdrücklich erwähnt und als »Dauerschaden« in die Bemessung des Schmerzensgeldes einbezogen.

1177 Demgegenüber legt das OLG Celle[1734] der Bemessung des Schmerzensgeldes i. H. v. 15.000,00 € zwar u. a. folgende Verletzungen und Verletzungsfolgen zugrunde, ohne allerdings die dadurch zurückgebliebenen Narben als Schmerzensgeld erhöhend zu bewerten: Oberschenkelfraktur, offene Ellenbogenluxationsfraktur, Bruch eines großen Zehs, Bruch einer Hand, Riss der Unterlippe und Platzwunde am Oberschenkel.

1178 Diese Verletzungen sollen insb. wegen des langwierigen Heilungsverlaufs »unter Berücksichtigung aller Bemessungskriterien« ein Schmerzensgeld i. H. v. 15.000,00 € rechtfertigen. Das OLG Celle führt in der Begründung zur Höhe des Schmerzensgeldes zum Vergleich andere Entscheidungen an, bei denen der Verletzte schwerere Dauerfolgen erlitten hatte, während »vorliegend nur geringe Dauerfolgen verblieben sind«. Als Dauerfolgen kann das OLG Celle

1730 FS für Wiese/Lorenz, S. 261 (268).

1731 OLG Karlsruhe, Urt. v. 01.11.1972 – 4 U 149/71, NJW 1973, 851.

1732 OLG Köln, Urt. v. 10.09.1999 – 19 U 202/98, OLGR 2000, 192; OLG Köln, Urt. v. 18.02.2000 – 19 U 87/99, OLGR 2000, 274.

1733 OLG Nürnberg, Urt. v. 25.01.2000 – 3 U 3596/99, OLGR 2000, 171.

1734 OLG Celle, Urt. v. 30.03.2000 – 14 U 195/99, OLGR 2000, 266.

nur die dokumentierten Dauerfolgen – leichte Funktionsdefizite im Knie- und Ellenbogengelenk – angesehen haben, nicht aber die mindestens vier Narben, die aufgrund der Oberschenkelfraktur, der Ellenbogenluxationsfraktur, des Risses der Unterlippe und der Platzwunde am Oberschenkel zurückgeblieben sein müssen. Gerade die Narben aufgrund der Oberschenkelfraktur und nach der »Entfernung von Platten und Zugschraubenversorgung« sind lange Narben, die den Verletzten auf Dauer entstellen, unabhängig davon, ob er jung (hier: 30 Jahre) oder alt, Frau (wie hier) oder Mann ist.

1179 Als besonders hoch bezeichnet das OLG Celle[1735] im Jahr 1996 ein Schmerzensgeld von 10.000,00 € für ein 6 Jahre altes Mädchen, das als Folge eines Hundebisses auf Dauer sichtbare Narben im Gesicht zurückbehielt.

1180 Gemessen an einer (sogar noch späteren) Entscheidung des OLG Düsseldorf[1736] aus dem Jahr 1997 war die Einschätzung des OLG Celle berechtigt, hat doch das OLG Düsseldorf nur 7.500,00 € Schmerzensgeld für eine fahrlässig verursachte Risswunde in der Wange einer 32 Jahre alten Frau mit entstellender Narbenbildung und darauf beruhenden psychischen Belastungen zuerkannt.

1181 Dagegen sprach das OLG Hamm[1737] schon 1992 einer Patientin ein Schmerzensgeld von 4.000,00 € zu, die nach fehlerhafter Injektion Narben an beiden Gesäßhälften zurückbehielt. Gemessen an dieser Entscheidung kann das Schmerzensgeld für das 6 Jahre alte Mädchen nur als bescheiden und nicht als besonders hoch bezeichnet werden. Das gilt auch für eine Entscheidung des OLG Düsseldorf,[1738] das einem fast 8 Jahre alten Schüler ein Schmerzensgeld i. H. v. nur 3.000,00 € zuerkannte, der durch einen Feuerwerkskörper eine 20 × 20 cm große Verbrennung am Oberschenkel erlitt und nach Hauttransplantation an beiden Oberschenkeln Narben zurückbehielt.

1182 Von der kleinlichen Rechtsprechung hebt sich das AG Paderborn[1739] ab, das Narben an den Sprunggelenken nach Verbrennungen durch eine Reizstrommassage bei der Höhe des Schmerzensgeldes berücksichtigt hat.

1183 Etwas großzügiger urteilte das OLG Oldenburg,[1740] das einem neuneinhalb Jahre alten Mädchen ein Schmerzensgeld i. H. v. 12.500,00 € zugesprochen hat, das durch den Huftritt eines Pferdes im Gesicht schwer verletzt wurde. Das Kind erlitt neben einem Schädeltrauma Weichteilverletzungen von Augenbraue und Wange und verlor drei Zähne. Allerdings ist in dem Urteil i. R. d. Erwägungen zum Schmerzensgeld von Dauerschäden durch Narben keine Rede.

1184 Dagegen hat das OLG München[1741] bereits 1984 einer Kosmetikerin, die bei einem Verkehrsunfall Glassplitterverletzungen im Gesicht erlitt, ein Schmerzensgeld i. H. v. 9.000,00 € (hochgerechnet auf die volle Haftung) zuerkannt, weil die Klägerin in ihrem Beruf ein schönes, makelloses und v. a. narbenloses Gesicht haben solle, um dem Ideal und den Vorstellungen ihrer Kundschaft möglichst nahe zu kommen. Die Klägerin werde zeitlebens zumindest auf nähere Entfernung deutlich sichtbare Entstellungen tragen müssen, was für sie psychisch eine gewisse Belastung sei.

1735 OLG Celle, Urt. v. 16.10.1996 – 20 U 17/96, OLGR 1997, 5.

1736 OLG Düsseldorf, Urt. v. 28.02.1997 – 22 U 180/96, MDR 1997, 1124.

1737 OLG Hamm, Urt. v. 19.02.1992 – 3 U 219/91, OLGR 1992, 216.

1738 OLG Düsseldorf, Urt. v. 23.06.1995 – 22 U 220/94, NJW-RR 1995, 1490.

1739 AG Paderborn, Urt. v. 25.05.1998 – 55 C 46/98, ZfS 1998, 290.

1740 OLG Oldenburg, Urt. v. 09.11.2000 – 8 U 120/00, OLGR 2000, 337.

1741 OLG München, Urt. v. 30.11.1984 – 10 U 2344/84, VersR 1985, 868.

1185 Das LG Köln[1742] hat einer 22 Jahre alten Frau 50.000,00 € zugesprochen, die bei einem Verkehrsunfall schwere Beinverletzungen erlitt. Erhebliche Dauerschäden hat es u. a. darin gesehen, dass ein großes Narbenfeld an der Außenseite eines Oberschenkels und an der Rückseite eines Unterschenkels verblieb.

1186 Es ist an derzeit, die Tatsache, dass Narben Dauerschäden sind, **bei der Schmerzensgeldbemessung zu berücksichtigen**, und zwar auch dann, wenn die Verletzte keine junge Frau ist. Die zitierten Entscheidungen könnten den Eindruck erwecken, dass gerade junge Frauen, bei denen infolge einer Verletzung entstellende Narben zurückbleiben, besonders hohe Schmerzensgelder erhalten. Eine solche Sonderbehandlung wäre nicht gerechtfertigt, auch junge und alte Männer und ebenso alte Frauen haben ein Recht darauf, dass sie für Narben, die ihnen zugefügt worden sind, angemessen entschädigt werden. Darauf weist nunmehr auch Huber[1743] hin: Bei Entstellungen und Narben hat das Schmerzensgeld höher auszufallen. Für eine Beeinträchtigung des Aussehens gebühre unabhängig vom Geschlecht eine Entschädigung.

1187 Grds. darf das Geschlecht des Verletzten keinen Unterschied bei der Bemessung des Schmerzensgeldes machen. Mit Blick auf die Erduldung rein körperlicher, physischer Schmerzen erscheint dies selbstverständlich. Hinsichtlich seelischer und psychischer Faktoren können **geschlechtsspezifische Unterschiede** dennoch eine (kleine) Rolle spielen. Jedenfalls ist im Einzelfall zu prüfen, ob Mädchen und jüngere Frauen unter Entstellungen (Narben) im Gesicht stärker leiden als dies bei Männern der Fall ist. In einem solch eingeschränkten Bereich mögen deshalb Differenzierungen gerechtfertigt sein.

1188 ► Hinweis:

Der Umstand, dass Narben in der Naturheilkunde (in der Schulmedizin nicht immer) als Störfaktoren angesehen werden, die das Wohlbefinden und die Gesundheit erheblich beeinträchtigen können, findet in der Rechtsprechung bisher keinen Niederschlag. Ein Verletzter müsste dies substanziiert vortragen und durch Sachverständigengutachten unter Beweis stellen.

Es gilt, das Bewusstsein der die Geschädigten vertretenden RA und der entscheidenden Richter entsprechend zu schärfen.

1189 Während jede Delle an der Stoßstange eines Fahrzeuges deren Erneuerung rechtfertigt – bei einem Mercedes Benz kostet dies leicht 1.000,00 € – oder gar noch mehr werden Narben nach Frakturen mit sog. komplikationslosem Heilungsverlauf immer noch mit geringen Schmerzensgeldern abgefunden.[1744]

1190 Es kommt hinzu: Lässt der Geschädigte die Delle an der Stoßstange nicht entfernen, sondern rechnet er nach Kostenvoranschlag (ohne USt) ab, behält er die Entschädigung »als Schmerzensgeld«, während bleibende Narben nach einer Fraktur oft nicht besonders entschädigt werden. Auch hier ist Kreativität gefordert.

1191 Däubler[1745] bringt die Sache auf den Punkt: Lässt der Verletzte eine Narbe nicht operativ mit einem Kostenaufwand von 2.500,00 € beseitigen, kann er diesen Betrag auch nicht ersetzt verlangen. **Entschädigungspflichtig** sind nur die **Kosten einer tatsächlich durchgeführten**

1742 LG Köln, Urt. v. 01.12.1992 – 22 O 83/90, VersR 1993, 1539 = r+s 1994, 256.

1743 Dauner-Lieb/Langen/Huber, AK-Schuldrecht, § 253 Rn. 77.

1744 Eine Parallele zum merkantilen Minderwert zieht Dauner-Lieb/Langen/Huber, AK-Schuldrecht, § 253 Rn. 1, 10.

1745 Däubler, NJW 1999, 1611.

Operation.[1746] Anderenfalls werde ein Persönlichkeitsgut, das äußere Erscheinungsbild, kommerzialisiert, was nicht akzeptabel sei.

Deshalb sind nicht nur die mit dem Unfall und nach Frakturen mit i. d. R. zwei Operationen verbundenen körperlichen Schmerzen und der (2-fache) stationäre Aufenthalt zu entschädigen. Es ist auch für das dauerhaft veränderte Erscheinungsbild des Verletzten, selbst wenn die Narben nicht stets sichtbar sind, ein Ausgleich zu gewähren. Solche Operationsnarben sind über Jahre hinweg zumindest subjektiv Entstellungen, die ein deutliches Schmerzensgeld rechtfertigen. **1192**

Wenn man bedenkt, dass der Eigentümer eines **neuwertigen Luxusfahrzeuges**, das schwer beschädigt, aber technisch einwandfrei wiederhergestellt wurde und makellos aussieht, allein für das Bewusstsein, mit einem neuen, aber reparierten Fahrzeug herumfahren zu müssen, dem niemand aber seine »Verletzungen« ansieht, einen **merkantilen Minderwert** i. H. v. vielen Tausend € erhält,[1747] dann ist nicht einzusehen, warum ein Verletzter allein zum Ausgleich für die Entstellung durch Narben nicht wenigstens zwei- oder dreimal auf Kosten des Schädigers mit seinem Partner 2 Wochen in den Urlaub fahren kann. 10.000,00 € fallen dafür ohne Weiteres an. Damit sind **normale Narben** gemeint. **Entstellende Narben** und Narben, die schmerzen, sind wesentlich höher zu entschädigen. **1193**

Ein Mensch, dessen Gesundheit wiederhergestellt ist, bekommt nichts dafür, dass er künftig mit dem Bewusstsein leben muss, »repariert« zu sein. Selbst wenn seine Narben beseitigt wurden, ist er nicht mehr unversehrt. Was dem Eigentümer eines Kfz Recht ist, sollte dem Verletzten billig sein. **1194**

Es ist nicht so, wie Steffen[1748] es darstellt, dass bei einem reparierten Kfz das Risiko möglicher verborgener Mängel ausgeglichen wird; nein, der Ausgleich wird gewährt, weil der Geschädigte sein Fahrzeug in dem Bewusstsein weiterbenutzt bzw. benutzen muss, dass es nicht mehr neu, sondern dass es repariert ist. Das ist »Schmerzensgeld für die Verletzung einer Sache«. **1195**

Eine weitere Frage ist die, ob nicht bei **Dauerschäden** ein **Mindestbetrag an Schmerzensgeld** angenommen werden sollte. Schon 1953 hat Gelhaar[1749] die Auffassung vertreten, dass bei schweren Verletzungen mit Dauerfolgen keinesfalls ein Schmerzensgeld unter 500,00 € zugesprochen werden sollte. Ende der 70er Jahre betrug dieser Mindestbetrag schon 5.000,00 €; im Jahr 2004 sollte er mindestens 12.000,00 € betragen und im Jahr 2010 sicher nicht weniger als 15.000,00 €. **1196**

1746 Luckey, Personenschaden, Rn. 891 ff. Vgl. zur Frage der Ersatzfähigkeit von Heilbehandlungskosten bei selbst oder durch Angehörige durchgeführte Behandlung oder Pflege auch a. a. O., Rn. 969 ff.

1747 OLG Köln, Urt. v. 05.06.1992 – 19 U 253/91, MDR 1992, 646; OLG Jena, Urt. v. 28.04.2004 – 3 U 221/03, NZV 2004, 476 (Ferrari); MünchKomm/Oetker, BGB, 5. Aufl. 2007, § 249 Rn. 52 ff.

1748 FS für Odersky, S. 723 (732), führt dazu aus: »So ist der merkantile Minderwert, den der Markt dem reparierten Unfallwagen wegen des Risikos nur möglicher verborgener Mängel zumisst, ein auch in der Differenzrechnung ausgewiesener Vermögensschaden, ungeachtet, dass sich hierin Irrationales wiederspiegelt ... Allerdings ist der merkantile Minderwert transitorisch ... Dass der Schädiger den merkantilen Minderwert gleichwohl auch dann zu ersetzen hat, wenn der Geschädigte das Fahrzeug weiter benutzt, den Minderwert also nicht »kapitalisiert«, bedeutet kein Schmerzensgeld für die Mängelfurcht des Geschädigten. Vielmehr soll die sein Vermögen betreffende Entscheidung des Geschädigten, den materiellen Minderwert auf sich zu nehmen, den Schädiger nicht entlasten«.

1749 Gelhaar, NJW 1953, 1281 (1282).

1197 ▶ Praxistipp:

Zur Begründung der Schmerzensgeldforderung unter Berücksichtigung des Verlustes von Gliedern, Organen, Funktionen, bei Behinderungen und Entstellungen sowie bei Narben sollte der Anwalt:
- Die Tendenz der Rechtsprechung zu höherem Schmerzensgeld[1750] geltend machen,
- auf die Bedeutung der o. g. Beschädigungen besonders hinweisen,
- Art und Umfang genau und plastisch beschreiben,
- ggf. die auf der Beschädigung beruhenden psychischen Beeinträchtigungen schildern,
- die passenden Beispiele aus der jüngeren (und **nur** aus dieser) Rechtsprechung zitieren,
- ausdrücklich darauf hinweisen, dass das äußere Erscheinungsbild des Menschen Teil des allgemeinen Persönlichkeitsrechts ist und darauf, dass der Gesetzgeber das Recht auf sexuelle Selbstbestimmung als Tatbestandsmerkmal in § 253 BGB eingefügt hat, um dem gewandelten Verständnis vom Wert des allgemeinen Persönlichkeitsrechts besser Geltung zu verschaffen,[1751]
- von Narben ausgehende Störfelder behaupten und durch Sachverständigengutachten unter Beweis stellen.

VI. Verschulden des Schädigers

1198 Ob der **Grad des Verschuldens des Schädigers** bei der Bemessung der Höhe des Schmerzensgeldes zu berücksichtigen ist, ist in der Entscheidung des BGH aus dem Jahr 1952[1752] noch offengelassen.

1199 Gelhaar[1753] vertritt die Auffassung, dass der Grad des Verschuldens nicht berücksichtigt werden könne, was sich aus der Überlegung ergebe, dass das **Schmerzensgeld keinen Strafcharakter** habe, sondern **echter Schadensersatz** sei. Die Stärke der Schmerzen und die Verminderung der Lebensfreude seien nicht davon abhängig, ob das Verschulden des Schädigers schwer oder minder schwer sei. Ebenso, wie der Schädiger auch dann zum vollen Ersatz des materiellen Schadens verpflichtet sei, wenn ihm nur leichte Fahrlässigkeit zur Last falle, müsse er auch bei vorsätzlicher Schadenszufügung nicht mehr als den vollen Schadensersatz leisten. Gelhaar[1754] folgert daraus, dass die Höhe des Schmerzensgeldes völlig unabhängig von der Schwere des Verschuldens des Schädigers sei und auch nicht i. R. d. Billigkeit berücksichtigt werden könne.

1200 Damit steht Gelhaar aber weitgehend allein da. In der Entscheidung des großen Zivilsenats hebt der BGH[1755] hervor, dass es im Einzelfall der **Billigkeit** entsprechen könne, bei der Festsetzung der Entschädigung Vorsatz und grobe Fahrlässigkeit zuungunsten des Schädigers, besonders leichte Fahrlässigkeit zu seinen Gunsten zu berücksichtigen. In der **Rechtsprechung** ist jedenfalls **unumstritten, dass sich der Grad des Verschuldens auf die Bemessung des Schmerzensgeldes auswirken kann.**[1756]

1750 OLG Köln, Urt. v. 03.03.1995 – 19 U 126/94, VersR 1995, 549 m. Anm. Jaeger = ZfS 1995, 252; vgl. aber auch Anm. Jaeger zu OLG Stuttgart, Urt. v. 10.11.1998 – 14 U 34/98, VersR 1999, 1018; für maßvolle Anhebung auch OLG Frankfurt am Main, Urt. v. 16.08.2001 – 3 U 160/00, VersR 2002, 1568; vgl. auch Berger, VersR 1977, 877 (879).

1751 OLG Köln, Beschl. v. 30.09.2002 – 19 W 38/02, VersR 2003, 652 = NJW-RR 2003, 743.

1752 BGH, Urt. v. 29.09.1952 – III ZR 340/51, BGHZ 7, 223 (225) = VersR 1952, 397 (398).

1753 Gelhaar, NJW 1953, 1281; so auch Kern, AcP 191 (1991), 247 (249).

1754 Gelhaar, NJW 1953, 1281.

1755 BGH, Beschl. v. 06.07.1955 – GSZ 1/55, BGHZ 18, 149 = VersR 1955, 615 = NJW 1955, 1675 = MDR 1956, 19 m. Anm. Pohle.

1756 Müller, VersR 1993, 909 (914) m. w. N.

▶ **Hinweis:** 1201

Auch wenn es keinen Rechtssatz gibt, dass bei besonders geringer Schuld ein besonders geringes Schmerzensgeld zu zahlen ist,[1757] kann im Einzelfall sowohl ein besonders leichtes als auch ein besonders schweres Verschulden dem Schadensfall ein besonderes Gepräge geben und damit die Höhe des Schmerzensgeldes beeinflussen. Zwar dürfte das Verschulden bei der Mehrzahl der Verkehrsunfälle und in Arzthaftungsfällen keine besondere Rolle spielen, und bei der Gefährdungshaftung wird das Verschulden nicht geprüft; es gibt jedoch immer wieder Fälle mit besonderer Ausprägung des Verschuldens, etwa bei Trunkenheit im Straßenverkehr, besonders brutalem Verhalten,[1758] Vorsatz des Arztes oder besonderer Verantwortungslosigkeit des Schädigers. Ein solcher Verschuldensgrad kann durch ein höheres Schmerzensgeld ausgeglichen werden.

Dagegen sollten fehlendes Verschulden oder leichte Fahrlässigkeit nicht zu einem geringeren Schmerzensgeld führen. Der Schaden des Verletzten ist auszugleichen, der Schmerz, dessen Umfang i. d. R. nicht vom Verschulden des Schädigers abhängt.

Dies gilt jedenfalls seit dem Inkrafttreten des 2. Gesetzes zur Änderung schadensersatzrechtlicher Vorschriften, durch das auch Gefährdungshaftungstatbestände einen Schmerzensgeldanspruch auslösen.[1759]

1. Arzthaftung

a) Anspruchsgrundlagen für Ersatzansprüche gegen Ärzte wegen ärztlicher Behandlungsfehler

1202 Schadensersatzansprüche gegen Ärzte wegen ärztlicher Behandlungsfehler können sich ergeben aus

– Vertrag – und zwar ab dem 26.02.2013 aus dem Patientenrechtegesetz und aus
– unerlaubter Handlung.

1203 Seit der 1. Auflage haben wir darauf hingewiesen, dass die Arzthaftung weitgehend aus dem Deliktsrecht verschwinden könnte. Wir haben deutlich gemacht, dass der Schwerpunkt der Arzthaftung ganz im Deliktsrecht gelegen habe und dass sich das mit dem Inkrafttreten des 2. Gesetz zur Änderung schadensersatzrechtlicher Vorschriften ändern könne. Die vom Gesetzgeber seinerzeit geäußerte Erwartung, künftig werde es nicht mehr notwendig sein, ihrer Natur nach vertragliche Ansprüche wegen eines Behandlungs- oder Aufklärungsfehlers über das Deliktsrecht abzuwickeln, erschien aus unserer Sicht jedoch allzu optimistisch. Sie sollte sich erst dann hegen lassen, wenn die Rechtsprechung von ihrer nach wie vor verfehlten Körperverletzungsdoktrin Abstand nähme

1204 Nunmehr hat der Gesetzgeber einen neuen Versuch unternommen, das Deliktsrecht als Sitz des Arzthaftungsrechts zu verdrängen, indem er das Patientenrechtegesetz beschlossen hat. Dieses Gesetz regelt in den §§ 630a bis 630h BGB den Behandlungsvertrag und hätte statt Patientenrechtegesetz besser Behandlungsvertragsgesetz genannt werden sollen. In diesem Gesetz ist die Rechtsprechung des BGH und der OLG weitgehend übernommen, einzelne von der Rechtsprechung abweichende Geeignetelungen spielen für das Schmerzensgeld und für seine Bemessung keine entscheidende Rolle.

1757 Anders wohl Knöpfel, AcP 155 (1956), 135 (157).

1758 OLG Köln, Beschl. v. 14.11.1991 – 2 W 186/91, VersR 1992, 197 und Fälle besonders brutaler Vergewaltigung, s. dort Rdn. 323 ff.

1759 Jaeger, ZGS 2004, 217.

b) Umbruch im Arzthaftungsrecht durch Schuldrechtsmodernisierung und Schadensersatzrechtsänderungsgesetz[1760]

1205 Durch das **Schuldrechtsmodernisierungsgesetz** wurde das Leistungsstörungsrecht neu geregelt.[1761] **Zentrale Anspruchsgrundlage für Schadensersatz** aufgrund eines Vertrages oder eines anderen Schuldverhältnisses ist nunmehr § 280 BGB.[1762] Nach Abs. 1 Satz 1 dieser Bestimmung kann der Gläubiger von dem Schuldner Schadensersatz verlangen, wenn dieser eine Pflicht aus dem Schuldverhältnis verletzt hat. Darunter sind auch die Fälle der bislang sog. positiven Forderungsverletzung einzuordnen.

1206 Zum Schadensersatz verpflichtet ist der Schuldner wie bisher nur dann, wenn er für die Pflichtverletzung i. S. d. §§ 276 bis 278 BGB verantwortlich ist. Insofern ist die Beweislast umgekehrt: Gem. § 280 Abs. 1 Satz 2 BGB hat der Schuldner darzulegen und im Fall des Bestreitens zu beweisen, dass er die Pflichtverletzung nicht zu vertreten hat. Die Regelung entspricht dem früheren § 282 BGB. Diese Bestimmung, die unmittelbar nur für die Unmöglichkeit der Leistung galt, wurde auf eine Vielzahl weiterer Fälle von Leistungsstörungen entsprechend angewandt. Dies greift das Gesetz zur Modernisierung des Schuldrechts auf, indem es durch die Formulierung des § 280 BGB im allgemeinen Haftungstatbestand bereits eine für alle Leistungsstörungen geltende **Beweislastregelung** schafft.

1207 Das neue Recht differenziert dabei nicht nach einzelnen Vertragsarten. Und so fragt sich, ob ein **Arzt**, der die ihm obliegende Pflicht zu sorgfältiger Behandlung des Patienten objektiv verletzt, künftig eine **Verschuldensvermutung zu entkräften** hat.[1763]

1208 Eine allgemeine Verschuldensvermutung bedeutete eine Abkehr von dem bislang vorherrschenden Meinungsstand. Der BGH hat in Fortführung der Rechtsprechung des RG[1764] eine grundsätzliche entsprechende Anwendung des vormaligen § 282 BGB auf den Arztvertrag stets verneint.[1765] In seiner ablehnenden Haltung erfuhr er Zustimmung durch den überwiegenden Teil des Schrifttums,[1766] gerade auch in jüngerer Zeit.[1767] Zur Begründung wurde vorgetragen, nicht nur der Patient, auch der Arzt stehe im Haftpflichtprozess vor Beweisschwierigkeiten.[1768] Da Zwischenfälle bei einer medizinischen Behandlung wegen der

---

1760 Grundlegend dazu Katzenmeier, VersR 2002, 1066; Spindler/Rieckers, JuS 2004, 272.

1761 Vgl. dazu etwa Huber/Faust, Kap. 1; Canaris, JZ 2001, 499; Zimmer, NJW 2002, 1.

1762 Weidinger, VersR 2004, 35 (36 f., 37).

1763 Die Pflicht zu sorgfältiger Behandlung ist Hauptleistungs- und nicht lediglich Schutzpflicht i. S. d. § 241 Abs. 2 BGB; Katzenmeier, VersR 2002, 1066 (1074).

1764 Vgl. RG, Urt. v. 01.03.1912 – III. 231/11, RGZ 78, 432 (435).

1765 Vgl. etwa BGH, Urt. v. 17.12.1968 – VI ZR 212/67, VersR 1969, 310 (312) = NJW 1969, 553 (554); BGH, Urt. v. 15.03.1977 – V1 ZR 201/75, VersR 1977, 546 (547) = NJW 1977, 1102 (1103); BGH, Urt. v. 14.03.1978 – VI ZR 213/76, VersR 1978, 542 = NJW 1978, 1681; BGH, Urt. v. 22.01.1980 – VI ZR 263/78, VersR 1980, 428 = NJW 1980, 1333; BGH, Urt. v. 10.03.1981 – VI ZR 202/79, VersR 1981, 730 (732) = NJW 1981, 2002 (2004); BGH, Urt. v. 18.12.1990 – VI ZR 169/90, VersR 1991, 310 = NJW 1991, 1540 (1541); BGH, Urt. v. 08.01.1991 – VI ZR 102/90, VersR 1991, 467 (468) = NJW 1991, 1541 (1542); BGH, Urt. v. 06.10.1998 – VI ZR 239/97, VersR 1999, 60 f. = NJW 1999, 860 (861).

1766 Laufs, Rn. 619; Baumgärtel, Bd. 1, § 282 Anh. Rn. 46 und § 823 Anh. C II Rn. 2 und 85; RGRK/Anders/Gehle, BGB, 12. Aufl. 1997, § 611 Rn. 364; RGRK/Nüßgens, BGB, 12. Aufl. 1989, § 823 Anh. II Rn. 312; Staudinger/Schiemann, BGB, 2005, Vorb. zu §§ 249 ff. Rn. 94; Stein/Jonas/Leipold, ZPO, § 286 Rn. 86 b, 126.

1767 Schmid, NJW 1994, 767 (771); Nixdorf, VersR 1996, 160 (162); Scholz, ZfS 1997, 1 und 41; Weber, NJW 1997, 761; Müller, NJW 1997, 3049; dies., DRiZ 2000, 259 (262).

1768 BGH, Urt. v. 14.03.1978 – VI ZR 213/76, VersR 1978, 542 = NJW 1978, 1681; RGRK/Nüßgens, BGB, 12. Aufl. 1989, § 823 Anh. II Rn. 312.

Unberechenbarkeiten des lebenden Organismus auch schicksalhaft eintreten könnten,[1769] dürfe nicht schon von einem ausbleibenden Erfolg oder einem Fehlschlag auf ein Verschulden des Arztes geschlossen werden.[1770] Die **für den Patienten ungünstige Beweislage** rechtfertige sich aus dem Gedanken, dass das Eingriffsrisiko zunächst krankheitsbedingt sei und damit aus der Sphäre des Patienten komme.[1771] Risiken, die sich medizinisch nicht ausschließen ließen, weil sie sich aus dem letztlich nicht durch die ärztliche Kunst steuerbaren menschlichen Schicksal ergäben, blieben als Anlass für Beweiserleichterungen zum Vorteil des klagenden Patienten ganz ungeeignet.[1772]

1209 Anderes soll nach ständiger Rechtsprechung,[1773] die im Schrifttum ungeteilte Zustimmung erfuhr,[1774] nur dann gelten, wenn feststeht, dass die Schädigung des Patienten aus einem Bereich stammt, dessen **Gefahren von der Behandlungsseite voll beherrscht** werden können und deshalb vermieden werden müssen. Das ist der Fall, wenn sich Gefahren aus der Organisation und Koordination des Behandlungsgeschehens und insb. aus dem technisch-apparativen Sektor verwirklichen.[1775] Auch ein Belegarzt muss durch geeignete Maßnahmen sicherstellen, dass erforderliche Geräte und Apparaturen vom Klinikträger beschafft und bereitgehalten werden. Dem Belegarzt ist ein Behandlungsfehler anzulasten, wenn diese nicht vorgehalten werden.[1776]

1210 ▶ Hinweis:

Die Haftung der Behandlungsseite für einen Gesundheitsschaden des Patienten durch ein voll beherrschbares Risiko ist nun in § 630h Absatz 1 BGB (PatRG) geregelt. Danach wird ein Fehler des Behandelnden (Arzt) vermutet, wenn sich ein allgemeines Behandlungsrisiko verwirklicht hat, das für den Behandelnden voll beherrschbar war.[1777]

1211 **Anknüpfungspunkt für eine Verschuldensvermutung** kann deshalb nicht der ausbleibende Heilungserfolg sein, sondern nur ein feststehender Behandlungsfehler des Arztes. Diesen

---

1769 Betont u.a. von BGH, Urt. v. 22.01.1980 – VI ZR 263/78, VersR 1980, 428 = NJW 1980, 1333; BGH, Urt. v. 24.06.1980 – VI ZR 7/79, VersR 1980, 940 (941) = NJW 1980, 2751 (2752).

1770 BGH, Urt. v. 15.03.1977 – V1 ZR 201/75, VersR 1977, 546 (547) = NJW 1977, 1102 (1103); BGH, Urt. v. 18.12.1990 – VI ZR 169/90, VersR 1991, 310 = NJW 1991, 1540 (1541); BGH, Urt. v. 08.01.1991 – VI ZR 102/90, VersR 1991, 467 (468) = NJW 1991, 1541 (1542); OLG Karlsruhe, Urt. v. 02.08.1995 – 13 U 44/94, VersR 1997, 241; MünchKomm/Wagner, BGB, 5. Aufl. 2009, § 823 Rn. 840; Nixdorf, VersR 1996, 160 (162); Weber, NJW 1997, 761 (767); Müller, NJW 1997, 3049 ff.; dies., DRiZ 2000, 259 (262).

1771 BGH, Urt. v. 22.01.1980 – VI ZR 263/78, VersR 1980, 428 = NJW 1980, 1333; Weber, NJW 1997, 761 (767); Laufs, Rn. 619; Staudinger/Schiemann, BGB, 2005, Vorb. §§ 249 ff. Rn. 94.

1772 Katzenmeier, VersR 2002, 1066 (1067).

1773 Vgl. BGH, Urt. v. 11.10.1977 – VI ZR 110/75, VersR 1978, 82 = NJW 1978, 584; BGH, Urt. v. 03.11.1981 – VI ZR 119/80, VersR 1982, 161 = NJW 1982, 699; BGH, Urt. v. 24.01.1984 – VI ZR 203/82, VersR 1984, 386 (387) = NJW 1984, 1403 (1404); BGH, Urt. v. 18.12.1990 – VI ZR 169/90, VersR 1991, 310 = NJW 1991, 1540; BGH, Urt. v. 08.01.1991 – VI ZR 102/90, VersR 1991, 467 = NJW 1991, 1541; BGH, Urt. v. 01.02.1994 – VI ZR 65/93, VersR 1994, 562 = NJW 1994, 1594; BGH, Urt. v. 24.01.1995 – VI ZR 60/94, VersR 1995, 539 = NJW 1995, 1618; OLG Köln, Urt. v. 28.04.1999 – 5 U 15/99, VersR 2000, 974.

1774 Vgl. Frahm/Nixdorf, Rn. 137 ff.; Laufs, Rn. 621 ff.; MünchKomm/Wagner, BGB, 5. Aufl. 2009, § 823 Rn. 820 ff.; Staudinger/Hager, BGB, 2009, § 823 Rn. I 46, 70; Taupitz, ZZP 100 (1987), 287 (292 f.); Schmid, NJW 1994, 767 (773); Nixdorf, VersR 1996, 160 (162 f.); Müller, NJW 1997, 3049 (3050).

1775 Laum/Smentkowski, S. 113.

1776 OLG München, Urt. v. 21.02.2006 – 1 U 2161/06, VersR 2007, 797.

1777 Jaeger, PatRG § 630h Rdn. 339 ff.

Fehler hat der Geschädigte nach allgemeinen Grundsätzen darzulegen und zu beweisen. Insofern helfen § 282 BGB a. F. und auch § 280 Abs. 1 Satz 2 BGB beim medizinischen Behandlungsvertrag nicht. Gelingt dem **Patienten** der **Nachweis eines objektiven Pflichtverstoßes** – was ihm regelmäßig genug Schwierigkeiten bereitet –, dann erscheint es sachgerecht, dass der Arzt die Umstände darlegen und beweisen muss, unter denen er die festgestellte objektive Pflichtverletzung (ausnahmsweise) nicht zu vertreten hat, mithin die **Beweislast hinsichtlich des Arztverschuldens umzukehren.**[1778]

1212 I. d. R. ist allein die **Behandlungsseite** im **Haftpflichtprozess** zu **hinreichend substanziierten Ausführungen hinsichtlich Voraussehbarkeit und Vermeidbarkeit eines eingetretenen Medizinschadens** in der Lage. Der Patient, der weder über das nötige Fachwissen verfügt noch über einen Einblick in den Bereich, aus dem die Schadensursache stammt, kann hierzu typischerweise nichts vortragen. Und es ist kein Grund ersichtlich, weshalb der Arzt ggü. anderen Vertragsschuldnern, die ebenfalls beweisbelastet sind, wenn sie sich bei einer festgestellten Pflichtverletzung auf mangelndes Verschulden berufen, zu privilegieren wäre.[1779] Die **Unberechenbarkeiten des menschlichen Organismus** lassen sich insoweit jedenfalls nicht anführen. Dass ein Gesundheitsschaden aufgrund der Unwägbarkeiten des lebenden Körpers auch schicksalhaft eingetreten sein kann, spricht gegen eine Kausalitätsvermutung, nicht gegen die Annahme, dass der Handelnde sein objektives Fehlverhalten auch zu vertreten hat.[1780]

1213 Die **haftungsbegründende Kausalität** bleibt wie das Vorliegen einer Pflichtverletzung nach allgemeinen Grundsätzen vom Patienten zu beweisen. Stehen Behandlungsfehler des Arztes und dessen Ursächlichkeit für den geltend gemachten Schaden jedoch fest, dann lässt sich einer Verschuldensvermutung auch nicht mehr entgegenhalten, dass das Eingriffsrisiko ursprünglich krankheitsbedingt war und damit aus der Sphäre des Patienten kam.[1781] Bei einer sorgfältigen Differenzierung zwischen (grds. vom Patienten darzulegender und zu beweisender) Pflichtverletzung einerseits und Verschulden andererseits[1782] ist gegen die in § 280 Abs. 1 Satz 2 BGB nunmehr allgemein vorgesehene Verschuldensvermutung bei Leistungsstörungen nichts einzuwenden, sie ist vielmehr auch i. R. d. medizinischen Behandlungsvertrages angemessen.[1783]

1778 FS für v. Hippel/Stoll, S. 517 (554 ff.); s. a. Rosenberg/Schwab/Gottwald, § 117 II 4: Soweit ein Vertrag nicht erfolgsbezogen ist, rechtfertigt ein Schaden des Gläubigers bei Gelegenheit der Vertragsdurchführung noch nicht die Vermutung, dass ein pflichtwidriges Verhalten des Schuldners vorliegt. Der Gläubiger muss also, z. B. beim Arztvertrag, grds. eine objektive Pflichtverletzung nachweisen, bevor analog § 282 BGB das subjektive Verschulden vermutet wird. Häufig spricht man in diesen Fällen verkürzt davon, dass § 282 BGB in solchen Fällen nicht anwendbar sei; rechtsvergleichend Fischer/Lilie, S. 21; Weidinger, VersR 2004, 35 (36 f., 37).

1779 Ebenso Palandt/Grüneberg, § 280 Rn. 42.

1780 Katzenmeier, VersR 2002, 1066 (1069); deutlich Soergel/Wiedemann, 12. Aufl. 1990, vor § 275 Rn. 559.

1781 Ähnlich Schiemann, JuS 1983, 649 (658): Vordergründig gehört der eigene Körper in der Tat in den Gefahrenbereich des Patienten. Betrachtet man hingegen die objektive Sorgfalt als Teil der von dem Arzt geschuldeten Primärpflicht, ist § 282 BGB ohne Weiteres anwendbar, wobei freilich die objektive Pflichtwidrigkeit selbst als Teil des Tatbestandes der Nichterfüllung vom Patienten zu beweisen ist.

1782 Auch betont von Spickhoff, NJW 2001, 1757 (1759).

1783 Laum/Smentkowski, S. 112, 113.

▶ Hinweis: 1214

Für den Arzthaftungsprozess bleibt also festzuhalten:[1784]

Eine Verschuldensvermutung erscheint nicht schon bei Vorliegen eines Behandlungsschadens angezeigt, wohl aber bei festgestelltem ärztlichem Fehlverhalten, es gibt keinen Grund, den medizinischen Behandlungsvertrag vom Anwendungsbereich des § 280 Abs. 1 Satz 2 BGB auszunehmen. Die praktische Bedeutung und die Auswirkungen dieser Beweiserleichterung dürfen jedoch nicht überbewertet werden.

c) Bemessung des Schmerzensgeldes für ärztliche Behandlungsfehler[1785]

1215 Die Bemessung des Schmerzensgeldes für ärztliche Behandlungsfehler unterliegt einigen Besonderheiten: I. d. R. ist das **Verschulden des Arztes gering.**

1216 Bei der **Feststellung des Verschuldens** ist das Verschulden des Arztes
– bei der Erfüllung des Behandlungsvertrages und
– bei der unerlaubten Handlung, insb. bei der Verwirklichung eines Straftatbestandes[1786]
zu unterscheiden.

1217 Unterläuft einem Arzt bei Erfüllung des Behandlungsvertrages[1787] ein **grober Behandlungsfehler**, lässt das nicht ohne Weiteres auf ein erhebliches Verschulden des Arztes schließen. Der grobe Behandlungsfehler wird aufgrund objektiver Umstände ermittelt. Er ist gegeben, wenn das Verhalten des Arztes **aus objektiver ärztlicher Sicht nicht mehr verständlich erscheint, weil ein solcher Fehler dem behandelnden Arzt »schlechterdings« nicht unterlaufen darf.**[1788]

Nach § 630h Absatz 5 BGB (PatRG) wird vermutet, dass ein grober Behandlungsfehler, der grundsätzlich geeignet ist, den eingetretenen Gesundheitsschaden des Patienten herbeizuführen, für diesen Schaden auch ursächlich war. Der Gesetzgeber hat es jedoch versäumt, den groben Behandlungsfehler im Patientenrechtegesetz zu definieren, weil das Gesetz an die umfangreiche Rechtsprechung anschließen soll.

1218 Das bedeutet aber noch nicht, dass dem Arzt, dem ein grober Behandlungsfehler vorzuwerfen ist, in gleicher Weise auch **subjektiv ein schweres Verschulden** vorgeworfen werden kann. Auch wenn der **grobe Behandlungsfehler feststeht**, bedarf es **in subjektiver Hinsicht noch besonderer Feststellungen,**[1789] d. h., dass das ärztlichen Verhalten gegen gesicherte und bewährte medizinische Erkenntnisse und Einführungen verstößt.[1790] Ähnlichen Regeln unterliegt der grobe Diagnosirrtum.[1791] Auch mehrere Einzelfehler, die für sich genommen nicht besonders schwer wiegen, können in der Gesamtwürdigung die Annahme eines groben Behandlungsfehlers begründen.[1792] Die Gutachterkommission für ärztliche Behandlungsfehler bei der Ärztekammer Düsseldorf verwendet statt des Begriffs »grober Behandlungsfehler« den Begriff »schwerwiegender Behandlungsfehler«.

1784 Katzenmeier, VersR 2002, 1066 (1069).

1785 Vgl. zu den Folgen, die sich aus dem PatRG (§§630a–630h BGB) ergeben, Jaeger, Kommentar zum PatRG, Verlag Versicherungswissenschaft, 2013.

1786 Vgl. hierzu Müller, VersR 1993, 909 (915 f.).

1787 BGH, Urt. v. 16.02.1993 – VI ZR 29/92, VersR 1993, 585.

1788 Laum/Smentkowski, S. 88.

1789 Müller, VersR 1993, 909 (915). Ein grober Behandlungsfehler rechtfertigt allerdings nicht schon eine Erhöhung des Schmerzengeldes, vgl. OLG Düsseldorf, Urt. v. 29.08.2002 – 8 U 190/01, VersR 2004, 120; OLG Schleswig, Urt. v. 11.04.2003 – 4 U 160/01, OLGR 2003, 430.

1790 Steffen/Dressler, Rn. 522.

1791 Müller, NJW 1997, 3049 (3053).

1792 Steffen/Dressler, Rn. 523 m. w. N.

1219 Für die **schuldhafte Vertragsverletzung** gilt jedoch ein **objektiver Verschuldensmaßstab.**[1793]

1220 Vertraglich schuldet der Arzt den **Standard der Medizin.**[1794] Die einem Arzt bei der Behandlung eines Patienten obliegenden vertraglichen und deliktischen Sorgfaltspflichten sind identisch.[1795] Die ihn aus dem Behandlungsvertrag treffenden Sorgfaltsanforderungen und die ihm aufgrund seiner Garantenstellung für die übernommene Behandlungsaufgabe deliktisch obliegenden Sorgfaltspflichten richten sich auf eine den Regeln der ärztlichen Kunst entsprechende Versorgung des Patienten mit dem Ziel der Wiederherstellung seiner körperlichen und gesundheitlichen Integrität. Auf die subjektiven Fähigkeiten des behandelnden Arztes kommt es insoweit nicht an.[1796] Der Arzt hat für sein dem medizinischen Standard zuwiderlaufendes Vorgehen grds. auch dann haftungsrechtlich einzustehen, wenn dies aus seiner persönlichen Lage heraus subjektiv als entschuldbar erscheinen mag.[1797]

Diese von der Rechtsprechung herausgearbeitete Regelung hat auch der Gesetzgeber des Patientenrechtegesetzes übernommen. In § 630a Absatz 2 BGB heißt es dazu, dass die Behandlung nach den zum Zeitpunkt der Behandlung bestehenden allgemein anerkannten fachlichen Standards zu erfolgen hat, soweit nicht ein anderes bestimmt ist. Definiert wurde der Begriff des fachlichen (medizinischen) Standards nicht.

1221 Leistet er diesen Standard nicht, gleichgültig aus welchem Grund – etwa wegen unzureichender Ausbildung oder mangelnder Vertrautheit im Umgang mit medizinischem Gerät –, haftet er vertraglich wegen **schuldhafter Verletzung des Behandlungsvertrages.** Soweit der Patient Ansprüche gegen die Behandlungsseite auf den Arztvertrag gestützt hat, galt jedenfalls bis zum Inkrafttreten des 2. Gesetzes zur Änderung schadensersatzrechtlicher Vorschriften am 01.08.2002[1798] für vertragliche Ansprüche im Arzthaftungsrecht der objektivierte zivilrechtliche Fahrlässigkeitsbegriff i. S. d. § 276 Abs. 1 Satz 2 BGB a. F.[1799] Wenn ein Krankenhaus über ein technisches Gerät verfügt, muss dieses bei Bestehen einer entsprechenden Indikation eingesetzt werden.[1800] Das Absehen von einer medizinischen Vorgehensweise bedeutet eine Abweichung von dem haftungsrechtlich maßgeblichen Standard eines Facharztes und begründet einen ärztlichen Behandlungsfehler.

1222 Ein Arzt begeht ggü. einem Patienten eine **unerlaubte Handlung**, wenn sein medizinisches Handeln den Tatbestand der Körperverletzung verwirklicht, vgl. § 823 Abs. 1 BGB und/oder § 823 Abs. 2 i. V. m. § 229 StGB.

1223 Zur Bejahung einer unerlaubten Handlung muss hinzukommen, dass der Arzt – anders als bei vertraglicher Haftung – subjektiv versagt hat, also auch **subjektiv** imstande war, sich rechtmäßig zu verhalten. Deshalb ist der Tenor einiger BGH-Entscheidungen, dass bei der Arzthaftung ein objektiver Fahrlässigkeitsbegriff gelte, zumindest irreführend.

1224 Die Unterscheidung zwischen vertraglichen und deliktischen Ansprüchen ist – jedenfalls nach dem bis zum 31.07.2002 geltenden Schadensersatzrecht – bedeutsam, weil der Patient früher

---

1793 Müller, DRiZ 2000, 259 (261).

1794 So jetzt ausdrücklich § 630a BGB (PatRG).

1795 BGH, Urt. v. 20.09.1988 – VI ZR 37/88, VersR 1988, 1273.

1796 BGH, Urt. v. 13.02.2001 – VI ZR 34/00, VersR 2001, 646; BGH, Urt. v. 06.05.2003 – VI ZR 259/02, MDR 2003, 989 = VersR 2003, 1128.

1797 BGH, Urt. v. 13.02.2001 – VI ZR 34/00, VersR 2001, 646.

1798 Eingehend zu dieser Gesetzesänderung: Jaeger/Luckey, Das neue Schadensersatzrecht, 2002.

1799 BGH, Urt. v. 29.01.1991 – VI ZR 206/90, BGHZ 113, 297 = VersR 1991, 469 = MDR 1991, 519; BGH, Urt. v. 06.05.2003 – VI ZR 259/02, MDR 2003, 989 = VersR 2003, 1128.

1800 BGH, Urt. v. 28.06.1988 – VI ZR 217/87, VersR 1989, 80 = MDR 1988, 1045; BGH, Urt. v. 30.05.1989 – VI ZR 200/88, VersR 1989, 851 = MDR 1989, 983.

einen Schmerzensgeldanspruch nicht aus Vertrag, sondern nur aus Delikt herleiten konnte. Aus den §§ 823, 847 BGB a. F. ergab sich ein Schmerzensgeldanspruch aber nur, wenn den Arzt ein Verschulden traf. Das war bei einigen Fallgestaltungen zweifelhaft, die in der Literatur zum Arzthaftungsrecht unter dem Stichwort »**Übernahmeverschulden**« behandelt werden.

Der Fall des Übernahmeverschuldens ist nun gesetzlich geregelt in § 630h Absatz 4 BGB (PatRG). Danach wird vermutet, dass die mangelnde Befähigung des Arztes für die von ihm vorgenommene Behandlung und den dadurch verursachten Gesundheitsschaden ursächlich war. Nicht nur für Berufsanfänger (früher: Arzt im Praktikum), für junge oder für unerfahrene Ärzte kann ein Übernahmeverschulden in Betracht kommen, auch einen Facharzt kann dieser Vorwurf treffen, wenn er eine Operation durchführt, fie er (noch) nicht beherrscht.

1225 Ausgangspunkt für die bisherige Rechtsprechung des BGH zu dieser Problematik waren die Fälle, in denen ein in der Facharztausbildung stehender Arzt ohne Aufsicht und Assistenz eine Lymphknotenexstirpation vorgenommen hatte, bei der es zu einer Schädigung des nervus accessorius gekommen war.[1801]

1226 Jeder Arzt hat bei Übernahme einer Behandlung oder Operation zu prüfen, ob er die notwendigen praktischen und theoretischen Fähigkeiten und Kenntnisse besitzt, die Behandlung oder den Eingriff entsprechend dem jeweiligen Standard durchzuführen. Von einem Arzt muss erwartet werden, dass er seine Kenntnisse und Fähigkeiten bei Übernahme einer Behandlung oder Operation sorgfältig prüft und einschätzt.

1227 Krankheit, Sucht, Müdigkeit, Altersschwäche oder körperliche Gebrechen können dazu führen, dass dem Arzt die Kompetenz für eine bestimmte Behandlung fehlt, sodass die Therapie nicht zuverlässig durchgeführt werden kann.[1802] Dies gilt auch für fehlende Spezialkenntnisse oder mangelnde Erfahrung. Er muss auch mit der neuesten Literatur zu der übernommenen Tätigkeit vertraut sein. Wer als Arzt an die Grenzen seines Fachbereichs oder seiner persönlichen Fähigkeiten gelangt, muss den Eingriff unterlassen. Ein **Übernahmeverschulden** kann auch darin liegen, dass in der ärztlichen Praxis oder im Krankenhaus die sachlichen und/ oder räumlichen Verhältnisse nicht vorhanden sind. Übernahmeverschulden ist immer dann gegeben, wenn der Arzt den objektiven Standard medizinischer Versorgung nicht mehr gewährleistet.[1803]

1228 Ein Übernahmeverschulden kann auch darin liegen, dass ein **Berufsanfänger** (damals Arzt im Praktikum) oder ein Assistenzarzt oder ein nicht ausreichend qualifizierter Arzt eine Behandlung übernimmt.[1804] Ein Arzt im Praktikum ist kein Student im praktischen Jahr oder Medizinalassistent. Er ist bereits Arzt, darf sich aber nur unter Aufsicht eines approbierten Arztes betätigen. Nimmt ein Berufsanfänger einen chirurgischen Eingriff vor, muss immer ein Facharzt assistieren,[1805] ihm dürfen aber Aufgaben übertragen werden, die er schon beherrscht. Davon muss sich der Ausbilder überzeugen und er muss den Anfänger eng überwachen.[1806]

1229 Nun ist nach ständiger Rechtsprechung grds. jeder Eingriff in den Körper (ggf. auch das Unterlassen einer gebotenen medizinischen Behandlung) eine unerlaubte Handlung, auch dann, wenn ein Arzt den Eingriff vornimmt. I. d. R. ist das Tun (oder Unterlassen) eines Arztes

---

1801 BGH, Urt. v. 27.09.1983 – VI ZR 230/81, VersR 1984, 60 = NJW 1984, 655; BGH, Urt. v. 07.05.1985 – VI ZR 224/83, VersR 1985, 782; vgl. dazu auch Laufs/Laufs/Kern, § 00 Rn. 22 ff.

1802 Laufs/Laufs/Kern, § 93 Rn. 4 ff.

1803 Laufs/Laufs/Kern, § 93 Rn. 4 ff.

1804 Laufs/Laufs/Kern, § 93 Rn. 4 ff.

1805 Laufs/Laufs/Kern, § 100 Rn. 22.

1806 Laufs/Laufs/Kern, § 100 Rn. 22.

aber nicht rechtswidrig, weil der Patient eingewilligt hat oder weil ausnahmsweise von einer mutmaßlichen Einwilligung des Patienten ausgegangen werden kann.

1230 Allerdings muss die **Einwilligung des Patienten** wirksam sein, um den Eingriff zu rechtfertigen. Ist sie es nicht, bleibt der Eingriff rechtswidrig.

Das Erfordernis der Einwilligung im Rahmen eines Arztvertrages ist nun gesetzlich vorgeschrieben in §630d BGB (PatRG). Danach setzt die Wirksamkeit der Einwilligung voraus, dass der zur Einwilligung Berechtigte vor der Einwilligung nach Maßgabe des Patientenrechtegesetzes aufgeklärt worden ist, §630d Absatz 2 BGB.

Das bedeutet vor allen Dingen, dass die Aufklärung mündlich erfolgt ist, §630e Absatz 2 Ziff. 1 BGB. Bei empfohlenen Schutzimpfungen erfolgt die Aufklärung in der Regel in Textform, d.h. dem Sorgeberechtigten wird ein Merkblatt ausgehändigt und der Arzt fragt (allenfalls) nach, ob er noch Fragen beantworten soll. Diese Form der Aufklärung wird künftig kaum noch als wirksam angesehen werden.

1231 Wirksam ist die Einwilligung, wenn der Arzt den Patienten rechtzeitig vor dem Eingriff **hinreichend aufgeklärt** hat, wenn der Patient weiß, worin er einwilligt.[1807]

1232 Der Patient muss zur Wahrung seines Selbstbestimmungsrechts über die mit dem ordnungsgemäß durchgeführten Eingriff verbundenen spezifischen Risiken im Großen und Ganzen aufgeklärt werden. Die **gebotene Grundaufklärung** hat dem Patienten einen zutreffenden allgemeinen **Eindruck von der Schwere des Eingriffs und der Art der Belastung** zu vermitteln, die für seine körperliche Integrität und seine Lebensführung unter Berücksichtigung auch des schwersten in Betracht kommenden Risikos möglicherweise zu befürchten ist. Dabei sind keine Detailangaben nötig.[1808]

1233 Die Aufklärungspflicht erstreckt sich grds. nur auf die **spezifischen Risiken des Eingriffs**; der Arzt braucht – ungefragt – nicht über alle denkbaren Risiken aufzuklären, insb. nicht über allgemeine Gefahren, die jeder Operation anhaften, z.B. Wundinfektion.[1809] Auf **mögliche Behandlungsalternativen** braucht nur dann hingewiesen zu werden, wenn im konkreten Fall mehrere gleichermaßen medizinisch indizierte und übliche Behandlungsmethoden in Betracht kommen, die über einigermaßen gleiche Erfolgschancen verfügen und unterschiedliche Vorteile und Risiken aufweisen, sodass für den Patienten eine echte Wahlmöglichkeit besteht; i.Ü. bleibt die Wahl der Behandlungsmethode Sache (und Verantwortung) des Arztes.[1810]

1234 Über **neue Behandlungsmethoden** (Neulandverfahren) ist besonders sorgfältig aufzuklären. Dabei sind die Risiken und die Vor- und Nachteile der herkömmlichen Standardmethode

---

1807 OLG München, Urt. v. 30.09.1993 – 24U 566/90, VersR 1993, 1529ff.; Schinnenburg, MedR 2000, 185 (186); Laum/Smentkowski, S.99ff.

1808 Vgl. BGH, Urt. v. 03.04.1984 – VIZR 195/82, NJW 1984, 2629.; BGH, Urt. v. 19.03.1985 – VIZR 227/83, NJW 1985, 2193; BGH, Urt. v. 19.11.1985 – VIZR 134/84, NJW 1986, 780; BGH, Urt. v. 12.03.1991 – VIZR 232/90, NJW 1991, 2346; BGH, Urt. v. 07.04.1992 – VIZR 192/91, NJW 1992, 2351; BGH, Urt. v. 14.11.1995 – VIZR 359/94, NJW 1996, 777 (779); MünchKomm/Wagner, BGB, 5. Aufl. 2009, §823 Rn.770ff. (774).

1809 Vgl. BGH, Urt. v. 19.11.1985 – VIZR 134/84, NJW 1986, 780; BGH, Urt. v. 14.06.1994 – VIZR 260/93, NJW 1994, 2414; BGH, Urt. v. 14.11.1995 – VIZR 359/94, NJW 1996, 777 (779); MünchKomm/Wagner, BGB, 5. Aufl. 2009, §823 Rn.775.

1810 BGH, Urt. v. 06.12.1988 – VIZR 132/88, BGHZ 106, 153 (157); BGH, Urt. v. 19.11.1985 – VIZR 134/84, NJW 1986, 780; BGH, Urt. v. 22.09.1987 – VIZR 238/86, NJW 1988, 763 (764); BGH, Urt. v. 24.11.1987 – VIZR 65/87, NJW 1988, 765 (766); BGH, Urt. v. 07.04.1992 – VIZR 224/91, NJW 1992, 2353 (2354);MünchKomm/Wagner, BGB, 5. Aufl. 2009, §823 Rn.757.

und der Neulandmethode unmissverständlich darzustellen.[1811] Dieser Grundsatz ist auch auf **Außenseitermethoden** anzuwenden.[1812]

Auch die Aufklärung über Behandlungsalternativen und über neue Behandlungsmethoden ist nun gesetzlich geregelt, § 630e Absatz 1 BGB (PatRG).

1235 Über das **Misserfolgsrisiko einer Operation** ist selbst dann aufzuklären, wenn der konkrete Eingriff in diesem Krankenhaus noch nie misslungen ist. Die Aufklärung muss sich insb. auf die Gefahr erstrecken, dass die Operation sogar zu einer Verschlimmerung der Beschwerden führen kann. Kommt das Gericht allerdings zu der Überzeugung, dass der Patient sich bei richtiger Aufklärung nicht in einem Entscheidungskonflikt befunden, also der Operation zugestimmt hätte, steht ihm wegen des Aufklärungsmangels kein (Teil-) Schmerzensgeld zu.[1813]

1236 Die Aufklärung wird nicht nur deutschsprachigen Patienten geschuldet, sondern jedem Patienten.[1814] Daraus folgt, dass ein der deutschen Sprache nicht mächtiger Patient in seiner Heimatsprache oder in einer anderen vom ihm beherrschten Fremdsprache aufzuklären ist. Die **Gefahr sprachlicher Missverständnisse** muss ausgeschlossen werden.[1815] Besteht der Eindruck, dass der Patient offenbar ausreichend deutsch spricht und versteht, kann erwartet werden, dass er sich äußert, wenn er etwas nicht verstanden hat.[1816]

1237 Bei unzureichenden Sprachkenntnissen einer Patientin kann es auch hilfreich sein, den Ehemann zu befragen, ob seine Frau z. B. eine Sterilisation wirklich wünsche. Die Klägerin, eine türkische Staatsangehörige und Mutter einer Tochter, erklärte dem Arzt kurz vor der erneuten Entbindung »nix Baby mehr«. Sie war in gewisser Weise der deutschen Sprache mächtig. Der Arzt hat sie jedenfalls unvollständig und nicht in Anwesenheit ihres Ehemannes aufgeklärt (was guter ärztlicher Brauch gewesen wäre).[1817]

1238 Bei einem nur relativ indizierten Eingriff steht einem **Minderjährigen** ein Vetorecht zu, wenn der Eingriff das Risiko erheblicher Folgen für die künftige Lebensgestaltung wie z. B. eine Querschnittslähmung in sich birgt.[1818]

Im Patientenrechtegesetz ist nun ausdrücklich geregelt, wie zu verfahren ist, wenn der Patient einwilligungsunfähig ist, vgl. § 630d Absatz 1 BGB.

1239 Dagegen trifft den Arzt keine Pflicht zum Hinweis auf einen eigenen Behandlungsfehler. Auch das Selbstbestimmungsrecht des Patienten gebietet keine Selbstanzeigepflicht. Eine

1811 BGH, Urt. v. 13.06.2006 – VI ZR 323/04, VersR 2006, 1073 = NJW 2006, 2477; Strücker-Pitz, VersR 2008, 752 (754).

1812 BGH, Urt. v. 22.05.2007 – VI ZR 35/06, VersR 2007, 1273 = NJW 2007, 2774; Strücker-Pitz, VersR 2008, 752 (754).

1813 OLG Koblenz, Urt. v. 01.04.2004 – 5 U 844/03, OLGR 2004, 511; a. A. OLG Jena, Urt. v. 03.12.1997 – 4 U 687/97, MDR 1998, 536 = VersR 1998, 586, das wegen Verletzung der Rechte auf Wahrung der körperlichen Integrität und Persönlichkeit als solche der Klägerin ein Schmerzensgeld von 7.500,00 € zusprach, die nicht über das Risiko des Verlustes der Gebärmutter aufgeklärt worden war.

1814 Rehborn, MDR 2004, 371 (373); Muschner, S. 50 ff.

1815 OLG München, Urt. v. 14.04.2002 – 1 U 3495/01, GesR 2003, 239 m. Anm. Kern = VersR 2002, 717.

1816 OLG München, Urt. v. 31.05.1990 – 24 U 961/89, AHRS 5350, 21; OLG München, Urt. v. 14.04.2002 – 1 U 3495/01, GesR 2003, 239 m. Anm. Kern = VersR 2002, 717.

1817 OLG München, Urt. v. 14.02.2002 – 1 U 3495/01, GesR 2003, 239 m. Anm. Kern = VersR 2002, 717. Die Auffassung des Gerichts wird nicht geteilt von Rehborn, MDR 2004, 371 (373).

1818 BGH, Urt. v. 10.10.2006 – VI ZR 74/05, VersR 2007, 66 = NJW 2007, 217; vgl. auch Strücker-Pitz, VersR 2008, 752 (754).

ergänzende Auslegung des Behandlungsvertrages kann jedoch dazu führen, den Patienten zum Schutz seiner Gesundheitsinteressen über einen Behandlungsfehler unaufgefordert informieren zu müssen.[1819]

Das war die bisherige Rechtslage.

Nunmehr ist im Patientenrechtegesetz ausdrücklich vorgesehen, dass der Arzt Informationspflichten erfüllen muss. Nach § 630c Absatz 2 BGB ist der Arzt verpflichtet, auf Nachfrage des Patienten oder zur Abwendung gesundheitlicher Gefahren, den Patienten zu informieren, wenn für den Arzt Umstände erkennbar sind, die die Annahme eines Behandlungsfehlers begründen. Diese Regelung bereitet der Ärzteschaft erhebliches Kopfzerbrechen. Es bleibt jedoch abzuwarten, inwieweit die Norm praktisch relevant werden wird.

1240 Die **Aufklärung** muss »rechtzeitig« erfolgen, mindestens am Tag vor der Operation, je nach Schwere und Dringlichkeit des Eingriffs auch deutlich früher.[1820] Der Patient soll Gelegenheit haben, sich in Ruhe zu entscheiden.

1241 Bei ambulanten Eingriffen sieht die Rechtsprechung eine Aufklärung am Operationstag noch als rechtzeitig an, weil der Patient nicht in den Krankenhausbetrieb eingegliedert ist und deshalb freier entscheiden kann als der stationär behandelte Patient. Ihm muss aber bei der Aufklärung deutlich werden, dass er die Entscheidung noch in der Hand hat und ihm muss ausreichend Zeit bleiben, seinen Entschluss noch einmal zu überdenken.[1821]

1242 Daraus folgt, dass ein Arzt für eine eigenmächtige Sterilisation einer Frau ohne Weiteres haftet.[1822] Das gilt auch dann, wenn sich im Rahmen einer Sectio ein Befund zeigt, den der Arzt bei weiteren Schwangerschaften für gefährlich hält. In einem solchen Fall ist die ungefragt vorgenommene Sterilisation weder von einer hypothetischen noch von einer mutmaßlichen Einwilligung gedeckt.

1243 Fehlt es an einer wirksamen Aufklärung, kann sich der Arzt möglicherweise auf eine hypothetische Entwicklung berufen. Allerdings muss der Arzt ausdrücklich geltend machen, dass sich der Patient bei umfassender Aufklärung dem Eingriff unterzogen hätte. Dazu muss er zureichende Anhaltspunkte zur Begründung seiner Behauptung liefern und zugleich darlegen, dass bei genügender Aufklärung derselbe Eingriff stattgefunden hätte nach Ort, Zeit, Art des Eingriffs und den daran Beteiligten.[1823]

Das Recht des Arztes, der die wirksame Einwilligung und Aufklärung nicht beweisen kann, sich darauf zu berufen, dass der Patient auch im Falle einer ordnungsgemäßen Aufklärung in die Maßnahme eingewilligt hätte, ist nun in § 630h Absatz 2 BGB (PatRG) geregelt.

Nach der Rechtsprechung muss der Arzt sich auf die hypothetische Einwilligung in erster Instanz berufen. Macht er den Einwand erst in zweiter Instanz geltend, ist das Vorbringen verspätet, wenn der Patient es bestreitet. Es ist nicht erforderlich, dass der Arzt den Begriff der hypothetischen Einwilligung verwendet. Es genügt, wenn er geltend macht, das normwidrige Verhalten habe nicht zum Schaden geführt.[1824] Nach Auffassung des OLG Kölnkann

---

1819 Schwarz, JR 2008, 89 (92 ff.).

1820 OLG München, Urt. v. 30.09.1993 – 24 U 566/90, VersR 1993, 1529; OLG Karlsruhe, Urt. v. 18.12.2002 – 7 U 143/01, OLGR 2003, 313.

1821 BGH, Urt. v. 14.11.1995 – VI ZR 359/94, NJW 1996, 777; Laum/Smentkowski, S. 102.

1822 OLG Koblenz, Urt. v. 13.07.2006 – 5 U 290/06, MedR 2009, 93.

1823 Vgl. BGH, Urt. v. 09.07.1996 – VI ZR 101/95, VersR 1996, 1239; Schellenberg, VersR 2008, 1298 (1300).

1824 OLG Braunschweig, Urt. v. 10.11.2011 – 1 U 29/09, ZM 2012, 96.

der Einwand der hypothetischen Einwilligung in erster Instanz auch konkludent erhoben worden sein.

Der Patient kann dem Einwand der hypothetischen Einwilligung damit begegnen, dass er sich auf einen erheblichen Entscheidungskonflikt beruft. Dies ist einem Patienten gelungen, der selbst Arzt war, und geltend gemacht hat, bei Aufklärung über ein erhöhtes Infektionsrisiko bei epiduraler Injektion hätte er um eine Verschiebung des Termins gebeten und einen ihm bekannten Neurochirurgen befragt.

▶ Hinweis: 1244

Die **Beweislast** für eine rechtzeitige und ordnungsgemäße **Aufklärung** des Patienten sowie für die (fehlende) **Kausalität** eines Aufklärungsmangels für die Erteilung der Einwilligung in die Operation trägt der Arzt (bzw. das Krankenhaus). Allerdings muss der Patient seinerseits i. R. d. ihm Möglichen und Zumutbaren substanziiert darlegen, ob, wann und inwieweit eine Aufklärung erfolgt bzw. unterblieben ist und dass er sich im Fall ordnungsgemäßer Aufklärung in einem echten Entscheidungskonflikt befunden und möglicherweise gegen den operativen Eingriff entschieden hätte.[1825]

1245 Grds. gelten die von der Rechtsprechung entwickelten Grundsätze über die ärztliche Aufklärung auch im **zahnärztlichen Bereich**. Besonderer Aufklärung bedarf es im zahnärztlichen Bereich ggf. zusätzlich über die Gefahr von Nervverletzungen, die Verwendung von Amalgam und über die entstehenden Kosten.

▶ Hinweis: 1246

Ist der Eingriff des Arztes mangels wirksamer Aufklärung nicht gerechtfertigt, begeht der Arzt eine unerlaubte Handlung und haftet dem Patienten für deren Folgen, auch wenn die Behandlung i. Ü. fehlerfrei erfolgt,[1826] und ist zur Zahlung von Schmerzensgeld verpflichtet. Im Grunde genommen haftet der Arzt bei unzureichender Aufklärung trotz lege artis durchgeführter Behandlung für einen Eingriff in das allgemeine Persönlichkeitsrecht des Patienten.[1827]

Fehlt es allerdings an einem Gesundheitsschaden des Patienten, kann ein Schmerzensgeldanspruch bei unterbliebener Aufklärung nicht allein auf die Verletzung des allgemeinen Persönlichkeitsrechts gestützt werden.[1828]

1825 Vgl. BGH, Urt. v. 01.10.1985 – VI ZR 19/84, NJW 1986, 1541 (1542); BGH, Urt. v. 13.01.1987 – VI ZR 82/86, NJW 1987, 1481; BGH, Urt. v. 07.04.1992 – VI ZR 224/91, NJW 1992, 2351 (2353); BGH, Urt. v. 14.06.1994 – VI ZR 260/93, NJW 1994, 2414 (2415); BGH, Urt. v. 17.03.1998 – VI ZR 74/97, NJW 1998, 2734; MünchKomm/Wagner, BGB, 5. Aufl. 2009, § 823 Rn. 826.

1826 OLG Oldenburg, Urt. v. 02.07.1991 – 5 U 23/91, VersR 1992, 1005; Steffen, S. 82.

1827 Vgl. v. Bar, Karlsruher Forum 2003, S. 21. Das sieht das KG, Urt. v. 27.01.2003 – 20 U 285 5/01, VersR 2004, 1320, anders: Eine standardgemäße ärztliche Behandlung, über deren Risiken zwar nicht ordnungsgemäß aufgeklärt worden ist, die aber infolge einer hypothetischen Einwilligung nicht rechtswidrig ist, begründet i. d. R. nicht ohne weitere Umstände einen Anspruch auf eine immaterielle Entschädigung wegen Verletzung des Selbstbestimmungsrechts des Patienten. Das Unterlassen der Aufklärung sei kein Eingriff und für sich belanglos, weil die Aufklärung kein Selbstzweck sei. Das mag auf den vom KG entschiedenen Fall zutreffen; es gibt aber auch Fälle, in denen der Arzt nicht aufklärt, weil er es nicht für nötig hält, den Patienten selbst entscheiden zu lassen. Ein solches Verhalten stellt schon eher einen schwerwiegenden Eingriff in das allgemeine Persönlichkeitsrecht dar, der eine Entschädigung erfordert.

1828 BGH, Beschl. v. 23.09.2003 – VI ZR 82/03, unveröffentlicht; OLG Naumburg, Urt. v. 23.08.2004 – 1 U 18/04, OLGR 2004, 404.

1247 Verletzt der Arzt seine Aufklärungspflicht und hätte der Patient bei ordnungsgemäßer Aufklärung nicht in die Behandlung eingewilligt, entfällt der Honoraranspruch des Arztes, wenn die ärztliche Leistung für den Patienten völlig unbrauchbar ist.[1829]

1248 Kann der Patient den Arzt nicht schon wegen unwirksamer Aufklärung in Anspruch nehmen, muss er darlegen und beweisen, dass sein **Zustand durch einen Fehler des Arztes verursacht** wurde. Dieser **Nachweis** ist oft sehr schwer zu führen, denn ein sog. schicksalhafter Verlauf oder die Verwirklichung eines unvermeidbaren Behandlungsrisikos ist oft nicht von der Hand zu weisen. Dann wird die Klage des Patienten abgewiesen, weil er die **Kausalität des ärztlichen Handelns für die erlittene Gesundheitsbeeinträchtigung** nicht beweisen kann.

1249 Hier wird der Gedanke der Proportionalhaftung[1830] ins Spiel gebracht. Danach soll vom Standpunkt des Schädigers aus gefragt werden, um welche Quote er die Schadenswahrscheinlichkeit beim Patienten erhöht hat. Gegen einen solch vollständigen Systemwechsel hat sich mit überzeugender Begründung Müller[1831] ausgesprochen, u. a. weil nicht nur die Alleinursächlichkeit, sondern bereits eine bloße Mitursächlichkeit den Schädiger zu vollem Schadensersatz verpflichtet. Dieser Grundsatz ist für das gesamte Haftungsrecht unentbehrlich. Auch der Gesetzgeber hat im Rahmen der Verabschiedung des Patientenrechtegesetzes die Proportionalhaftung diskutiert, sie ist aber im Gesetz nicht geregelt worden.

1250 Grds. würde dies auch bei einem sog. groben Behandlungsfehler des Arztes gelten, hätte nicht die Rechtsprechung **Beweiserleichterungen** für den Patienten gewährt, wenn dem Arzt ein **grober Behandlungsfehler** nachgewiesen werden kann.

1251 Der **grobe Behandlungsfehler**[1832] muss als solcher geeignet sein, den eingetretenen Schaden zumindest mitursächlich herbeizuführen. In diesem Fall ist es Sache des Arztes (Krankenhausträgers) zu beweisen, dass es an der Kausalität zwischen der Pflichtverletzung und dem Schaden fehlt.[1833]

1252 ▶ **Hinweis:**

Handelt der Arzt dagegen ausnahmsweise vorsätzlich, kann das in besonderer Weise Schmerzensgeld erhöhend wirken, weil der Patient dem Arzt ein besonderes Vertrauen entgegengebracht hat. Wird dieses Vertrauen enttäuscht, kann das Schmerzensgeld höher ausfallen.

Vorstellbar ist auch, dass das Handeln des Arztes (Zahnarztes) auf Gewinnstreben beruht, was grds. Schmerzensgeld erhöhend wirken muss.

Möglicherweise wirkt die Grunderkrankung Schmerzensgeld mindernd, wenn die Kausalität des Behandlungsfehlers zwar feststeht, der Arzt aber beweist, dass der Patient von

---

1829 OLG Nürnberg, Urt. v. 08.02.2008 – 5 U 1795/05, MDR 2008, 554.

1830 Müller, VersR 2006, 1289 (1296).

1831 Müller, VersR 2006, 1289 (1296).

1832 Zur Definition s. o. Rdn. 1217.

1833 Beweislastumkehr, s. etwa BGH, Urt. v. 21.09.1982 – VI ZR 302/80, BGHZ 85, 212 (215 ff.); BGH, Urt. v. 24.06.1986 – VI ZR 21/85, NJW 1987, 705; BGH, Urt. v. 29.03.1988 – VI ZR 185/87, NJW 1988, 2303 (2304); BGH, Urt. v. 28.06.1988 – VI ZR 210/87, NJW 1988, 2948; BGH, Urt. v. 23.03.1993 – VI ZR 26/92, NJW 1993, 2375 (2376 f.); BGH, Urt. v. 14.02.1995 – VI ZR 272/93, NJW 1995, 1611 (1612 f.); BGH, Urt. v. 13.02.1996 – VI ZR 402/94, NJW 1996, 1589 (1590 f.); BGH, Urt. v. 16.04.1996 – VI ZR 190/95, NJW 1996, 2429; BGH, Urt. v. 01.10.1996 – VI ZR 10/96, NJW 1997, 796 (797); BGH, Urt. v. 02.12.1997 – VI ZR 386/96, NJW 1998, 814 (815); BGH, Urt. v. 27.01.1998 – VI ZR 339/96, NJW 1998, 1782 (1783); BGH, Urt. v. 03.11.1998 – VI ZR 253/97, NJW 1999, 861 (862).

einem bestimmten Zeitpunkt an auch ohne den Behandlungsfehler ähnliche Beschwerden gehabt hätte.[1834]

d) Einzelfälle

1253 Die Rechtsprechung zum Arzthaftungsrecht und zum Schmerzensgeld nach Behandlungsfehlern betrifft die medizinischen Fachrichtungen sehr unterschiedlich. Besonders häufig sehen sich **Gynäkologen** dem Vorwurf eines Behandlungsfehlers ausgesetzt, sei es, dass ihnen Fehler bei

- der Entbindung oder bei
- der Sterilisation einer Frau vorgeworfen werden.

1254 Häufig sind in früheren Jahren Behandlungsfehler vorgeworfen worden bei

- Strumaoperationen,
- Lymphknotenexstirpationen und
- Hodentorsionen.

1255 Diese Behandlungsfehler sind seltener geworden und kaum noch Gegenstand gerichtlicher Entscheidungen.

1256 Gerade der Vorwurf, eine Hodentorsion nicht oder nicht rechtzeitig erkannt zu haben, war vielfach Gegenstand von Prozessen. Hier hat die Rechtsprechung zum Arzthaftungsrecht segensreich gewirkt. Die Angst der Urologen vor der Haftung in diesen Fällen hat unter ihnen allgemein zu der Erkenntnis geführt, dass bei erheblichen Schmerzen eines Hodens immer eine Hodentorsion als Diagnose in Betracht gezogen werden muss. Infolgedessen sind jedenfalls Entscheidungen zu diesem Behandlungsfehler deutlich zurückgegangen.

aa) Unerwünschte Schwangerschaft

1257 Eine ungewollte Schwangerschaft stellt nach Auffassung des BGH[1835] auch bei komplikationslosem Verlauf eine **Körperverletzung der Mutter** dar,[1836] weil sie einen unbefugten Eingriff in das körperliche Befinden bzw. die Integrität der körperlichen Befindlichkeit darstellt. Bei anderer Sichtweise würde das Recht am eigenen Körper als gesetzlich ausgeformter Teil des allgemeinen Persönlichkeitsrechts nicht hinreichend und angemessen geschützt.[1837]

1258 Der VI. Senat des **BGH** bejaht einen Anspruch inzwischen in **ständiger Rechtsprechung**, weil die Herbeiführung einer Schwangerschaft gegen den Willen der betroffenen Frau eine Körperverletzung darstelle. Auch wenn es sich bei einer Schwangerschaft um einen normalen physiologischen Vorgang handele, stelle doch jeglicher unbefugte Eingriff in das körperliche

---

1834 OLG Düsseldorf, Urt. v. 15.05.1997 – 8 U 115/96, VersR 1998, 1155; OLG Köln, Urt. v. 26.11.1997 – 5 U 226/96, VersR 1999, 366; OLG Hamm, Urt. v. 02.04.2001 – 3 U 160/00, OLGR 2002, 217 = VersR 2002, 578.

1835 BGH, Urt. v. 18.03.1980 – VI ZR 247/78, VersR 1980, 558 (559); BGH, Urt. v. 27.11.1984 – VI ZR 43/83, NJW 1985, 671 (673). Im Urt. v. 25.06.1985 – VI ZR 270/83, VersR 1985, 1068 (1069) lässt der BGH unter Hinweis auf BGH, Urt. v. 18.01.1983 – VI ZR 114/81, BGHZ 86, 240 (248 f.) = VersR 1983, 396 (397) in einem Nebensatz anklingen, dass gegen die Gewährung eines Schmerzensgeldes im Fall einer komplikationslosen, nicht durch zusätzliche psychische Schwierigkeiten belasteten Schwangerschaft Bedenken bestehen können; vgl. auch FS für Odersky/Steffen, 723 (729 f.). Anders Dauner-Lieb/Langen/Huber, AK-Schuldrecht, § 253 Rn. 39, 44, der in einer ungewollten Schwangerschaft eine Gesundheitsbeeinträchtigung sieht, jedenfalls werde die ungewollte Schwangerschaft als solche behandelt.

1836 In diesem Fall eine Mutter von sechs Kindern.

1837 BGH, Urt. v. 27.06.1995 – VI ZR 32/94, VersR 1995, 1099 (1100) = MDR 1995, 1015; so auch OLG München, Urt. v. 20.02.1992 – 1 U 2278/91, VersR 1992, 1413; vgl. auch Martis/Martis-Winkhart, S. 472, 491, 732 f., 743.

Befinden eine Körperverletzung dar.[1838] Es mache auch keinen grundlegenden Unterschied, dass der Eingriff am Ehemann vorgenommen worden sei, eine Körperverletzung der Ehefrau könne auch dann nicht verneint werden, wenn die Schwangerschaft infolge **fehlgeschlagener Sterilisation ihres Ehemannes** eintrete.[1839] Der **Zurechnungszusammenhang** zwischen der Pflichtwidrigkeit des Arztes und dem Eintritt der Körperverletzung werde nicht deshalb unterbrochen, weil der Verletzungserfolg beim schließlich Verletzten erst durch eine zusätzliche Ursache eintrete, nämlich den Geschlechtsverkehr mit dem fehlerhaft behandelten Patienten.[1840] Ebenso wie eine dem Arzt zuzurechnende schmerzensgeldfähige Gesundheitsbeeinträchtigung des Ehegatten angenommen werde, wenn der Patient unter Verletzung ärztlicher Sorgfaltspflichten mit dem HI-Virus infiziert wurde und diesen auf den Ehegatten übertragen habe,[1841] beruhe eine Schwangerschaft auf dem pflichtwidrigen Verhalten des Arztes bei der Sterilisation des Ehemannes. Deshalb wäre es widersprüchlich, den Zurechnungszusammenhang zwischen Arztfehler und Körperverletzung wegen des dazwischen geschalteten Geschlechtsverkehrs entfallen zu lassen, wenn die Sterilisation gerade dessen folgenlose Ausübung und damit die Unterbrechung des Funktionszusammenhangs zwischen Geschlechtsverkehr und Zeugung ermöglichen solle.[1842]

1259 Auch der Umstand, dass die Sterilisation des Ehemannes nicht darauf gerichtet sein konnte, eine Schwangerschaft der Klägerin aus rein körperlicher Sicht auszuschließen, rechtfertige keine andere Beurteilung. Die Arztleistung sei von ihrer Schutzrichtung her auf die wirtschaftliche Familienplanung der Eheleute und damit darauf gerichtet gewesen, dass diese keine gemeinsamen Kinder mehr bekommen sollten. Die Sterilisation des Ehemannes sei dazu bestimmt gewesen, weitere Schwangerschaften der Klägerin von ihrem Ehemann zu verhindern. Gegen diesen Schutzzweck der ärztlichen Pflichten sei durch das ärztliche Fehlverhalten verstoßen worden.[1843]

1260 Gegen diese Begründung wendet sich Slizyk,[1844] der in der Schwangerschaft keine Verletzung des Körpers sieht, sondern das Ent- oder Fortbestehen eines natürlichen Zustandes (hier: Schwangerschaft) gegen oder ohne den Willen der Frau.[1845] Er sieht darin einen gravierenden Eingriff in das Recht der Frau am eigenen Körper und meint, auch der BGH könne dahin gehend zu verstehen sein, dass er Körperverletzung sage, aber Persönlichkeitsverletzung sowie »Lebensplanungsverletzung« meine. Dabei übersieht Slizyk aber, dass ein gravierender Eingriff in das Persönlichkeitsrecht der Frau unmöglich mit einem Schmerzensgeld von i. d. R. nur

1838 BGH, Urt. v. 18.03.1980 – VI ZR 247/78, VersR 1980, 558 (559), insoweit in BGHZ 76, 259 ff. nicht abgedruckt; BGH, Urt. v. 10.03.1981 – VI ZR 202/79, VersR 1981, 730; BGH, Urt. v. 27.11.1984 – VI ZR 43/83, VersR 1985, 240 (243); vgl. auch BGH, Urt. v. 18.01.1983 – VI ZR 114/81, BGHZ 86, 240 (248) = VersR 1983, 396 (397); vgl. dazu auch Martis/Winkhart, S. 732 und 743.

1839 Vgl. OLG Braunschweig, Beschl. v. 11.09.1979 – 2 W 82/79, NJW 1980, 643 = VersR 1980, 534.

1840 Diese Bedenken erörtert Schiemann, NJW 1980, 643; ders., JuS 1980, 709 (710); vgl. auch Roth, NJW 1994, 2402 (2404).

1841 BGH, Urt. v. 30.04.1991 – VI ZR 178/90, BGHZ 114, 284 (290 ff.) = VersR 1991, 816 (818).

1842 OLG Braunschweig, Beschl. v. 11.09.1979 – 2 W 82/79, NJW 1980, 643 = VersR 1980, 534.

1843 Vgl. BGH, Urt. v. 18.03.1980 – VI ZR 247/78, BGHZ 76, 259 (262) = VersR 1980, 558 (559); BGH, Urt. v. 18.01.1983 – VI ZR 114/81, VersR 1983, 396 (398); BGH, Urt. v. 22.11.1983 – VI ZR 85/82, VersR 1984, 186, 187; BGH, Urt. v. 12.11.1985 – VI ZR 103/84, VersR 1986, 240 (249).

1844 Slizyk, S. 61 f. in der 4. Aufl. In der 5. Aufl. (S. 86, f.) löst Slizyk die Frage kumulativ. Bei einer Schwangerschaft gegen den Willen der Frau soll der Anspruch der Frau sowohl aus Verletzung des Körpers, als auch aus Verletzung des Persönlichkeitsrechts (kumulativ) herzuleiten sein.

1845 So übrigens auch der BGH, Urt. v. 27.06.1995 – VI ZR 32/94, VersR 1995, 1099 (1100): Bei der Schwangerschaft handele es sich um einen normalen physiologischen Vorgang.

500,00 € oder 1.000,00 € geahndet werden kann, der BGH aber genau diese Schmerzensgeldbeträge als tatrichterliche Entscheidung unbeanstandet lässt. Eine schwerwiegende Persönlichkeitsrechtsverletzung wird heute mit nicht geringen Beträgen geahndet, die kaum unter 12.500,00 € liegen dürften und als Entschädigung und nicht als Schmerzensgeld bezeichnet werden.[1846] Dies war einer der Gründe dafür, dass der BGH[1847] die versehentliche – aber fahrlässige – Vernichtung männlichen Samens als Körperverletzung und damit Schmerzensgeld auslösend und nicht als Persönlichkeitsrechtsverletzung angesehen hat, die eine wesentlich höhere Entschädigung ausgelöst hätte.

1261 Der Deutungsversuch von Slizyk, der BGH habe statt Körperverletzung in Wirklichkeit Persönlichkeitsrechtsverletzung gemeint, muss auch deshalb fehlschlagen, weil der BGH im amtlichen LS formuliert hat:

»Wenn Sperma ... durch Verschulden eines anderen vernichtet (wird), dann steht dem Spender unter dem Gesichtspunkt der Körperverletzung ein Anspruch auf Schmerzensgeld zu.«

1262 Dabei kann nicht zweifelhaft sein, dass vom menschlichen Körper abgetrennte Teile zur Sache werden mit der Folge, dass sich das Recht des Betroffenen am Körper in Sacheigentum am abgetrennten Körperteil umwandelt, wenn es sich um vom menschlichen Wesen gelöstes Material handelt, dem für den Menschen, dem es entstammt, keine Funktion innewohnt bzw. innewohnen soll.[1848]

1263 Auch in der Entscheidung selbst wird trotz einiger Überlegungen zur Verletzung des Persönlichkeitsrechts deutlich, dass dem Kläger ein Schmerzensgeld für eine Körperverletzung zugebilligt wird.[1849]

1264 Das **OLG Zweibrücken**[1850] hat die Frage, ob der Arzt für das Misslingen einer ausschließlich medizinisch indizierten Sterilisation haftet, danach entschieden, ob die Ansprüche unter den Schutzzweck des § 823 BGB oder einer positiven Vertragsverletzung fallen, und ob der Arzt im Behandlungsvertrag, wenigstens als Nebenpflicht, derartige Vermögensinteressen der Eltern eines ungewollten Kindes übernommen hat. Der Anspruchsteller habe vorzutragen und zu beweisen, dass der Arzt erkennen konnte, dass im Fall des Misslingens des Eingriffs auch das Vertrauen der Eltern eines unerwünschten Kindes in ihre Familienplanung enttäuscht werde.

1265 Gehe es bei einer Sterilisation – entsprechend bei einem Schwangerschaftsabbruch – nicht um die Abwendung einer wirtschaftlichen Notlage, dürfe auch nicht angenommen werden, dass die Bewahrung vor den belastenden Unterhaltsaufwendungen, die freilich nach einem erfolgreichen ärztlichen Eingriff aus medizinischer Indikation zwangsläufig ebenfalls entfallen wären, zum Schutzumfang des Arztvertrages gehörten.[1851] Bei einer solchen aus ausschließlich medizinischer Indikation durchgeführten Maßnahme seien weiter gehende Wünsche und Absichten, auch über die gesundheitliche Gefährdung hinaus kein Kind mehr zu wollen, grds. unerheblich.

1846 BGH, Urt. v. 23.10.2003 – III ZR 9/03, VersR 2004, 332 m. Anm. Jaeger.

1847 BGH, Urt. v. 09.11.1993 – VI ZR 62/93, VersR 1994, 55: Es ist schon bemerkenswert, wie der BGH in dieser Entscheidung einerseits bekennt, dass die Vorschrift des § 823 Abs. 1 BGB den Körper als Basis der Persönlichkeit schützt, andererseits aber den Grundsatz aufrechterhält, dass die Vernichtung des Spermas unter besonderen, für die Fälle einer Verletzung des allgemeinen Persönlichkeitsrechts entwickelten, einschränkenden Voraussetzungen einen Entschädigungsanspruch auslöst.

1848 Geigel/Pardey, 7. Kap., Rn. 18.

1849 Was von Steffen, DAR 2003, 201 (204), letztlich anerkannt wird.

1850 OLG Zweibrücken, Urt. v. 18.02.1997 – 5 U 46/95, VersR 1997, 1009.

1851 Vgl. BGH, Urt. v. 25.06.1985 – VI ZR 270/83, VersR 1985, 1068 = NJW 1985, 2749.

1266 Bei der **Bemessung des Schmerzensgeldes** für eine ungewollte Schwangerschaft ist neben der Schwangerschaft als solcher der Verlauf der Schwangerschaft zu berücksichtigen, insb., wenn hierbei Probleme auftreten, die die Frau zusätzlich zum normalen Verlauf der Schwangerschaft (was immer das sein mag) und bei der Geburt belasten.

1267 Die schmerzensgeldfähigen Beeinträchtigungen der Mutter sind nach Auffassung des BGH[1852] grds. mit der Geburt abgeschlossen.

1268 ▶ **Hinweis:**

Bei der Auswertung der BGH-Entscheidungen zur Höhe des Schmerzensgeldes bei einer ungewollten Schwangerschaft ist zu berücksichtigen, dass es dem BGH grds. verwehrt ist, die tatrichterlichen Entscheidungen zur Höhe des Schmerzensgeldes zu überprüfen. Hier darf er nur eingreifen, wenn die Vorinstanzen »krass daneben gegriffen« haben. Hinzu kommt, dass die Instanzgerichte bis zur Entscheidung des BGH aus dem Jahr 1996 durchweg kein höheres Schmerzensgeld zuerkannt haben, als von der Klägerin beantragt worden war (ne ultra petita), vgl. § 308 ZPO.[1853]

Übersicht 14: Schmerzensgeldkriterien bei unerwünschter Schwangerschaft

1269

Bei unerwünschter Schwangerschaft infolge eines ärztlichen Behandlungsfehlers wird das Schmerzensgeld gewährt für:	
•	Die Belastung mit dem Austragen und der Geburt des Kindes,
•	eine besondere Schmerzbelastung, die die mit einer natürlichen, komplikationslosen Geburt verbundenen Beschwerden übersteigt (BGH, Urt. v. 30.05.1995 – VI ZR 68/94, VersR 1995, 1060 f.; BGH, Urt. v. 18.01.1983 – VI ZR 114/81, VersR 1983, 396 (398) = NJW 1983, 1371 (1373); so auch Staudinger/Schiemann, BGB, § 253 Rn. 21).
Kein Schmerzensgeld wird gewährt für:	
•	Ein schweres psychisches Überlastungssyndrom nach der Geburt des Kindes, weil die ausgleichspflichtige Beeinträchtigung mit der Geburt des Kindes abgeschlossen ist und weil diese Belastungen außerhalb des Zurechnungszusammenhangs stehen.
•	Beeinträchtigung der Lebensführung und Lebensplanung durch das Großziehen des Kindes, weil es sich dabei nicht um körperliche oder gesundheitliche Beeinträchtigungen handelt.

1270 ▶ **Praxistipp:**

Gerade weil eine unerwünschte Schwangerschaft einen unbefugten Eingriff in das körperliche Befinden, also eine Körperverletzung darstellt und weil bei anderer Sichtweise das Recht am eigenen Körper als gesetzlich ausgeformter Teil des allgemeinen Persönlichkeitsrechts nicht hinreichend geschützt wäre, muss das Schmerzensgeld in eine Größenordnung vordringen, die bei schweren Persönlichkeitsrechtsverletzungen gewährt wird. Dann beginnt der Schmerzensgeldbetrag in einfach gelagerten Fällen bei 12.500,00 € und muss für Schwangerschaften mit Komplikationen deutlich höher ausfallen.

1852 BGH, Urt. v. 30.05.1995 – VI ZR 68/94, VersR 1995, 1060.

1853 BGH, Urt. v. 30.04.1996 – VI ZR 55/95, BGHZ 132, 341 = VersR 1996, 990 = NJW 1996, 2425; vgl. dazu die Besprechung dieser Entscheidung: Jaeger, MDR 1996, 888.

Übersicht 15: Schmerzensgeldentscheidungen bei ungewollter Schwangerschaft

1271

•	Mit **1.500,00 €** hatte das LG eine Klägerin für die ungewollte Schwangerschaft abgespeist, das OLG Karlsruhe wies die Klage insoweit ganz ab, der BGH (Urt. v. 18.03.1980 – VI ZR 247/78, VersR 1980, 558 ff.) stellte das landgerichtliche Urteil wieder her.
•	Nicht besser erging es der Klägerin mit einer späteren BGH-Entscheidung (Urt. v. 27.06.1995 – VI ZR 32/94, VersR 1995, 1099 (1100). Zur Ehrenrettung der Instanzgerichte muss allerdings gesagt werden, dass die Klägerin, die sich sogar auf Beschwerden während der Schwangerschaft und der Geburt berufen hatte, nicht mehr als 500,00 € beantragt hatte. Der BGH wiederum hat die Höhe des Schmerzensgeldes nicht beanstandet, weil er in dem zuerkannten Betrag von **500,00 €** offenbar keinen krassen Missgriff gesehen hat.
•	Auch ein Schmerzensgeld von **1.000,00 €** hat der BGH (Urt. v. 25.02.1992 – VI ZR 44/91, VersR 1992, 829 ff.) durchgehen lassen und die Revision nicht angenommen, obwohl ein »angemessenes Schmerzensgeld« begehrt worden war.
•	In einer früheren Entscheidung (BGH, Urt. v. 25.06.1985 – VI ZR 270/83, VersR 1985, 1068 (1069). Ein Schmerzensgeld i. H. v. 1.000,00 € hat der BGH ferner gebilligt im Urt. v. 18.03.1980 – VI ZR 15/78, VersR 1980, 719) hat er das landgerichtliche Urteil wiederhergestellt, das ein Schmerzensgeld i. H. v. **1.500,00 €** zugebilligt, ein darüber hinausgehendes Schmerzensgeld aber abgewiesen hatte. Auch hier sah der BGH keine Möglichkeit oder keine Veranlassung, ein höheres Schmerzensgeld zuzuerkennen.
•	Recht vorsichtig war auch das OLG Köln (Urt. v. 25.02.1985 – 7 U 50/82, VersR 1988, 43 f. = IMMDAT Nr. 434 und OLG Köln, Urt. v. 18.03.1985 – 7 U 219/83, VersR 1987, 187 f. = IMMDAT Nr. 382) mit Schmerzensgeldern von **1.500,00 €** und **2.000,00 €** für eine komplikationslose Schwangerschaft, bevor der 13. und später der 19. Zivilsenat des OLG Köln höhere Schmerzensgelder u. a. auch wegen der »Tendenz der Rechtsprechung zu höherem Schmerzensgeld« zuerkannten. Aus heutiger Sicht waren diese Schmerzensgelder auch schon damals eindeutig zu niedrig, zumal der Senat in der zweiten Entscheidung zusätzlich berücksichtigt hat, dass bei der Klägerin ein psychischer Schock eingetreten war, weil sie nach der Geburt von sieben Kindern darauf vertraut hatte, keine weiteren Kinder mehr gebären zu müssen.
•	Etwas großzügiger verfuhren im Jahr 1992 das OLG Düsseldorf mit **2.000,00 €** (OLG Düsseldorf, Urt. v. 09.07.1992 – 8 U 196/90, VersR 1993, 883 ff. = OLGR 1992, 354 ff.) und das OLG München mit **3.000,00 €** (OLG München, Urt. v. 20.02.1992 – 1 U 2278/91, VersR 1992, 1413 = OLGR 1992, 68 ff.).Dieser Betrag von 3.000,00 € ist aber deshalb zu relativieren, weil die Klägerin aufgrund der Schwangerschaft mehrfach stationär behandelt werden musste und weil das OLG München den Betrag als »obere Grenze« des Angemessenen bezeichnet hat.
	Es gibt aber auch Entscheidungen, die höhere Schmerzensgelder zuerkennen und deutlich machen, dass wesentlich höhere Beträge für eine ungewollte Schwangerschaft angemessen sind.
•	Das OLG Frankfurt am Main (Urt. v. 13.02.1987 – 10 U 83/86, VersR 1988, 637 f.) hat ein vom LG zuerkanntes Schmerzensgeld i. H. v. **3.500,00 €**, über das das OLG mangels Berufung der Klägerin nicht hinausgehen konnte, »angesichts der erlittenen Unbill« als mäßig bezeichnet.
•	Das OLG Oldenburg (Beschl. v. 03.03.1993 – 5 W 20/93, VersR 1993, 1357 f.) sah dann im Jahr 1993 bei regelgerecht verlaufender Schwangerschaft und Geburt ein Schmerzensgeld von bis zu **5.000,00 €** als angemessen an. Im Jahr 1996 wich derselbe Senat des OLG Oldenburg (Urt. v. 21.05.1996 – 5 U 7/96, OLGR 1996, 160 f.) von dieser großzügigen Betrachtung ab und hielt ein Schmerzensgeld von **4.000,00 €** für angemessen, obwohl offenkundige psychische Belastungen zur »normalen« Schwangerschaft hinzukamen und das »Schmerzensgeld daher deutlich über den in der Vergangenheit zuerkannten Beträgen liegen müsse.«
•	Das OLG Hamm (Urt. v. 27.01.1999 – 3 U 127/97, VersR 1999, 1111 ff.) hat für eine komplikationslos verlaufene Zwillingsschwangerschaft ein Schmerzensgeld von **5.000,00 €** als angemessen bezeichnet.

- Unangetastet ließ der BGH (Urt. v. 16.11.1993 – VI ZR 105/92, VersR 1994, 425 ff.) ein Schmerzensgeld i. H. v. **5.000,00 €** und nahm die dagegen gerichtete Revision der Beklagten nicht an. Einzelheiten über den Verlauf der Schwangerschaft werden in der Entscheidung nicht mitgeteilt.
- PKH hat der BGH für eine Klage auf Schmerzensgeld der Frau bewilligt und den Streitwert für den Antrag auf **1.500,00 €** festgesetzt (BGH, Beschl. v. 20.01.1981 – VI ZR 202/79, VersR 1981, 481). Damit hat der BGH den Schmerzensgeldbetrag unmittelbar selbst – anstelle des Tatrichters – bemessen.

1272 ▶ **Hinweis:**

Die Höhe des Schmerzensgeldes für eine ungewollte Schwangerschaft ist dringend klärungsbedürftig. In der Vergangenheit spielte dieser Schmerzensgeldbetrag i. d. R. eine Nebenrolle neben dem wirtschaftlich wesentlich bedeutsameren Anspruch auf Unterhalt für das infolge der ungewollten Schwangerschaft geborene Kind. Möglicherweise wollten die jeweiligen Kläger das Gericht auch nicht durch übersteigerte Begehrensvorstellungen verärgern und nicht den Eindruck erwecken, es ginge »nur ums Geld«.

Die Höhe des Schmerzensgeldes sollte einmal ausgereizt werden. Der BGH muss irgendwann »Farbe bekennen«, wenn die Instanzgerichte die indiskutablen Beträge von 500,00 € – 5.000,00 € einmal deutlich überschreiten.

1273 ▶ **Praxistipp:**

Bei der Höhe eines geltend zu machenden Schmerzensgeldes kann u. U. auch das Argument der Leihmutter eingebracht werden.

Zunächst ist die unerwünschte Schwangerschaft eine Persönlichkeitsrechtsverletzung, die ein Schmerzensgeld von mindestens 12.500,00 € auslösen sollte.

Man kann auch überlegen, ob die Unbill einer ungewollten Schwangerschaft danach zu entschädigen ist, was eine Leihmutter (oder besser Mietmutter –«rent-a-mother«) als Vergütung für das Austragen eines Kindes fordern und erhalten würde. Hier sollte eine Auseinandersetzung mit folgenden Fragen stattfinden:

Was kostet es, wenn eine Frau ein Kind nach einer In-Vitro-Fertilisation für eine andere Frau austrägt?

Kann eine ungewollt schwangere Frau z. B. die Mietforderung der eigenen Mutter oder Schwester ins Spiel bringen und diese Personen für die Bereitschaft, das Kind auszutragen und für ihr »Honorar« als Zeugen benennen?

Ist es für die Bemessung des Schmerzensgeldes von Bedeutung, dass Frauen in der Dritten Welt oder Ausländerinnen in der BRD (Asylanwärterinnen) das Kind ggf. »billiger« austragen würden als eine deutsche Frau?

bb) Dekubitus

1274 Ein schwerer Dekubitus (Druckgeschwür) ist (fast) **immer vermeidbar.** Auch bei Schwerstkranken im Krankenhaus oder bei Alzheimerpatienten im Altersheim ist das Auftreten eines **umfangreichen Druckgeschwürs immer vermeidbar.** Ein solcher Dekubitus beruht erfahrungsgemäß auf **groben Pflege- und Lagerungsmängeln.**

1275 Ein Dekubitus 4. Grades rechtfertigt ein Schmerzensgeld i. H. v. 12.500,00 € – 17.500,00 €.

1276 Das **OLG Köln**[1854] hat einem im Zeitpunkt der Behandlung 70 Jahre alten Kläger ein Schmerzensgeld i. H. v. **12.500,00 €** zugesprochen. Bei diesem Kläger war es zu einem Dekubitus mit einem Durchmesser von 17 cm und einer Tiefe von 6 cm gekommen, sodass die Wirbelsäule sichtbar wurde, weil er nach akutem Herzversagen als moribund (im Sterben liegend) angesehen wurde. Der Sachverständige hatte ausgeführt, dass auch bei Schwerkranken Dekubiti – jedenfalls solche des vorliegenden Ausmaßes – ohne Weiteres vermeidbar seien, wenn häufige Lageänderungen durchgeführt oder Spezialmatratzen eingesetzt würden. Das OLG Köln hat auf dem Sachverständigengutachten aufbauend dazu ausgeführt, dass ein moribunder Patient die Ärzte und das Pflegepersonal nicht von der Anwendung der gebotenen pflegerischen Sorgfalt entbinde.

1277 Dem Kläger war nach Genesung das Sitzen und Gehen nur unter Schmerzen möglich. Das Schmerzensgeld i. H. v. 12.500,00 € ist – wie so oft – nicht ausreichend, aber das OLG Köln konnte den Betrag mangels Anschlussberufung des Klägers nicht erhöhen. Es hat jedoch ausgeführt, dass er eher an der unteren Grenze des Angemessenen liege.

1278 Ein höheres Schmerzensgeld von **17.500,00 €** hat das **OLG Oldenburg**[1855] für einen vergleichbaren Fall zuerkannt. Eine an Morbus Alzheimer erkrankte Patientin eines Pflegeheims litt infolge grober Pflegefehler an einem Dekubitus in einer Größe von 10 x 5 cm. Um eine Ausheilung des Geschwürs zu erreichen, musste ein Anus praeter gelegt werden, der aus medizinischen Gründen nicht zurückverlegt werden konnte. Trotz der Alzheimererkrankung der 65 Jahre alten Klägerin hielt das OLG Oldenburg ein Schmerzensgeld i. H. v. 17.500,00 € für angemessen, weil die Klägerin imstande war, die Schmerzen und Bewegungsbeeinträchtigungen wahrzunehmen, diese allerdings infolge des Morbus Alzheimer »sofort vergessen« hat.

1279 ▶ **Hinweis:**

Dekubiti im Altersheim treten sehr häufig auf. Es gibt Alters- und Pflegeheime, in denen bei beginnenden Druckgeschwüren das Erforderliche veranlasst wird. Aber: Die gesetzlichen Krankenkassen sparen häufig am falschen Ende und verweigern Anti-Dekubitus-Auflagen oder bewilligen sie erst mit großer zeitlicher Verzögerung. Dann kann der schwere Dekubitus bereits entstanden sein.

Die zu Dekubiti ergangenen Entscheidungen sind eindeutig: Ein schwerer Dekubitus (Druckgeschwür) ist immer vermeidbar. Tritt ein schwerer Dekubitus auf, beruht dies immer auf schweren Versäumnissen in der Pflege. Die Beweislast dreht sich um. Das zu zahlende Schmerzensgeld ist hoch. Es muss eher über die hier ausgeurteilten Beträge hinaus gehen.

Die Folge vermehrter Prozesse wird sein, dass die Pflegeleistungen verbessert werden und die Fälle schwerer Dekubiti abnehmen.

cc) Morbus Sudeck

1280 Die Verletzung der Extremitäten (Arm, Hand, Finger – aber auch Bein und Fuß) kann als typische Komplikation einen Morbus Sudeck zur Folge haben, dessen Ursache letztlich nicht eindeutig geklärt ist.[1856] Der Erkrankung geht durchweg eine grobe Gewalteinwirkung (Trauma) und ein hierdurch hervorgerufenes akutes, schmerzhaftes Ödem voraus. Allerdings können auch Bagatellverletzungen, wie bspw. Prellungen oder Verstauchungen eine Sudeck'sche Dystrophie verursachen. Das bloße Abstützen mit der Hand bei einem Verkehrsunfall reicht nicht aus, wenn sich unmittelbar nach dem Unfall keinerlei Beschwerden zeigen. Tritt erst nach

1854 OLG Köln, Urt. v. 04.08.1999 – 5 U 19/99, VersR 2000, 767 = NJW-RR 2000, 1267.

1855 OLG Oldenburg, Urt. v. 14.10.1999 – 1 U 121/98, NJW-RR 2000, 762.

1856 LG Mainz, Urt. v. 22.01.1998 – 1 O 547/96, VersR 1999, 863.

2 Wochen ein Kribbeln in der Hand auf, kann eine Primärverletzung nicht festgestellt werden, die als Ursache für den Morbus Sudeck anzusehen sein könnte.[1857] Der Verletzte muss den **Vollbeweis** dafür führen, dass eine Primärverletzung vorliegt, auf der die weiteren Beschwerden beruhen können. Beweiserleichterungen kommen ihm hierbei nicht zugute.

1281 Als **mögliche Ursache** des Morbus Sudeck werden Rezeptorenstörungen der vegetativen Nerven an den Extremitäten diskutiert. Eine solche Heilentgleisung kann bei jeder Form der Verletzung auftreten und verläuft typischerweise in verschiedenen Stadien. Bei nicht adäquater Therapie kann es zur vollständigen Funktionseinschränkung mit bindegewebiger Verhärtung der Extremitäten kommen. **Arzthaftungsansprüche** lassen sich i. d. R. aus einem Morbus Sudeck dennoch nicht herleiten,[1858] weil der Heilungsverlauf nicht beherrschbar ist.

dd) Zahnarzthaftung

1282 Gerade bei der Serienextraktion von Zähnen bei jugendlichen Patienten mehren sich Vorwürfe gegen Zahnärzte und hier insb. der Vorwurf, bei jungen Menschen zu wenig für den Zahnerhalt getan zu haben. Dabei fallen zwei Entscheidungen auf:

– OLG Hamm, Urt. v. 24.01.2001 – 3 U 107/00, OLGR 2001, 142 f. und
– OLG Oldenburg, Urt. v. 02.03.1999 – 5 U 176/98, VersR 1999, 1499 f.

1283 Das OLG Hamm verlangt vor der Extraktion einer Vielzahl von Zähnen bei Jugendlichen (16 Jahre alt) eine sorgfältige Prüfung und Unterscheidung von Erhaltungsfähigkeit und -würdigkeit. **Erhaltungsfähige Zähne** sind **bei Jugendlichen** nach Möglichkeit zu erhalten, um diese davor zu bewahren, schon in jungen Jahren zu Prothesenträgern zu werden.

1284 Das OLG Oldenburg führte im Jahr 1999 dazu aus:

»Es mag dem vor 20 Jahren geltenden Standard entsprochen haben, nach dem es in Grenzen für zulässig gehalten wurde, bei einer Behandlung in Narkose, ›alt bewährte Grundregeln‹ der Zahnmedizin im Interesse einer möglichst schnellen, endgültigen Sanierung eines Problempatienten in einer Sitzung zu vernachlässigen, was häufig auf radikale Extraktionstherapien hinauslief. Von dieser rein palliativen, d. h. Symptome, aber nicht Ursachen beseitigenden Behandlungsmaxime wurde jedoch bereits 1981 zunächst bei Kindern und Jugendlichen zugunsten von restaurativen und schließlich präventiven Therapien abgewichen. Eine rein palliative Zahnsanierung durch Reihenextraktion gilt – so der Sachverständige ausdrücklich – nicht einmal mehr bei schwerstbehinderten, völlig unkooperativen Patienten als adäquates Behandlungskonzept. Dagegen hat der Beklagte verstoßen, als er ohne vorherige Erhaltungsdiagnostik und Erhaltungstherapieversuche sich zur Extraktion von 18 Zähnen entschloss.«

1285 Diese **medizinische Beurteilung** teilen Rinke/Balzer:[1859]

»In der Zahnmedizin gilt der Erhaltungsgrundsatz: Eine Zahnextraktion ist erst als letzte Behandlungsmöglichkeit indiziert, wenn konservierende, chirurgische und prophylaktische Behandlungen zu keiner Beseitigung geführt haben oder wenn – ausnahmsweise – ein hoffnungsloser Fall vorliegt, in dem Zähne von vornherein nicht zu erhalten sind oder ihre Erhaltung im Hinblick auf den Allgemeinbefund, den erweiterten Lokalbefund und die lokale Situation sinnlos ist. Das Ziehen erhaltungswürdiger Zähne ist demgegenüber behandlungsfehlerhaft. Auch bei mäßigem Lockerungsgrad besteht die Extraktionsindikation nicht, solange Zähne noch über Jahre hinweg beschwerdefrei im Mund belassen werden können.«

1857 OLG Celle, Urt. v. 19.12.2002 – 14 U 259/01, OLGR 2004, 330; bestätigt durch BGH, Urt. v. 04.11.2003 – VI ZR 28/03, NJW 2004, 777.

1858 OLG Oldenburg, Urt. v. 11.08.1998 – 5 U 23/98, OLGR 1998, 320.

1859 Rinke/Balzer, VersR 2001, 423 (424).

Das **OLG Oldenburg** sah ein Schmerzensgeld i. H. v. 9.000,00 € als ausreichend an (beantragt waren 13.500,00 €) und verneinte ein höheres Schmerzensgeld wegen der Vorschädigung der Zähne der Klägerin. Es führt dazu aus:[1860] 1286

»Muss aber zugunsten der Klägerin von einer Teilerhaltung auch im Sichtbereich ausgegangen werden und zugleich von wesentlich günstigeren Prothetikbedingungen, ist das ausgeurteilte Schmerzensgeldvolumen durchaus gerechtfertigt, aber v. a. wegen der Vorschädigung auch nicht zu gering angesetzt.«

Auch das OLG Hamm sieht das Problem, dass die Erhaltungsfähigkeit auch davon abhängt, ob der Patient zur Mund- und Zahnhygiene motiviert werden kann. Die Klärung dieser Frage ist aber gerade die Aufgabe des Zahnarztes, bevor er sich zur **Reihen-/Serienextraktion** entschließt. 1287

Das OLG Hamm hielt ein Schmerzensgeld i. H. v. 15.000,00 € für gerechtfertigt, weil ein jugendlicher Patient infolge der nicht indizierten Entfernung von acht Zähnen eine herausnehmbare Oberkieferprothese tragen muss. 1288

Ob die fehlerhafte Behandlung auf **Unfähigkeit und/oder Gewinnstreben der Zahnärzte** beruhte, wird nicht erörtert. Rinke/Balzer[1861] lassen anklingen, dass die Extraktion der für den Zahnarzt einfachere Weg ist: 1289

»Die jenem in der Praxis zur Verfügung stehende Zeit reiche bei Weitem nicht immer aus, um Qualitätsarbeit zu leisten.«

Das OLG Oldenburg sah das Vorgehen des Zahnarztes auch deshalb als rechtswidrig an, weil dieser den Patienten **nicht ordnungsgemäß aufgeklärt** hatte: 1290

»Denn diese Aufklärung hätte umfassend auch die Gesamtheit der konservativ orientierten Diagnostik und sonstigen erhaltenden Behandlungsmaßnahmen mit einbeziehen müssen, die der Beklagte nach seinem eigenen Vorbringen gerade nicht vorgenommen hat, weil er sie nicht für geboten hielt. Ein etwaiges Einverständnis ohne diese umfassende Unterrichtung wäre aber – unabhängig von der Frage, inwieweit Extraktionen auf Wunsch von Patienten trotz zahnmedizinisch sinnvoller Zahnerhaltung vorgenommen werden dürfen – nicht wirksam.«

Aufklärung wird nicht nur über das beabsichtigte medizinische Vorgehen und über den Eingriff des Arztes in den Körper des Patienten geschuldet. Der Zahnarzt ist auch verpflichtet, über medizinisch gleichermaßen indizierte Alternativen einer prothetischen Versorgung der Oberkieferbezahnung aufzuklären (z. B. teleskopierende bügelfreie Brückenprothese statt Gaumenplatte). Wird die Versorgung mittels Gaumenplatte nicht toleriert, entfällt der Vergütungsanspruch, wenn der Patient plausibel darlegt, dass er in Kenntnis der Behandlungsalternative der getroffenen Maßnahme nicht zugestimmt hätte.[1862] 1291

Der Patient hatte sich aber nicht nur dagegen gewehrt, die Vergütung für die unerwünschte prothetische Lösung zu zahlen; er forderte zudem ein Schmerzensgeld. Es ist einleuchtend, dass ein Schmerzensgeld in diesem Fall nur gering ausfallen konnte. Ob dem Patienten überhaupt ein Schmerzensgeld zusteht, wird vom OLG Köln nicht problematisiert. Der Eingriff war mangels wirksamer Einwilligung rechtswidrig, die körperlichen Beeinträchtigungen des Patienten durch die überflüssige Behandlung als solche sowie die sich an die nicht von der Einwilligung gedeckte prothetische Versorgung anschließenden und zu erduldenden Beschwerden waren auszugleichen. Ein Betrag von 1.000,00 € sei ausreichend; dabei sei zu berücksichtigen, dass nach zahnmedizinischer Erfahrung bei der Versorgung mit einer Teilprothese 1292

1860 OLG Oldenburg, Urt. v. 02.03.1999 – 5 U 176/98, VersR 1999, 1499 (1500).

1861 Rinke/Balzer, VersR 2001, 423.

1862 OLG Köln, Urt. v. 30.09.1998 – 5 U 122/97, VersR 1999, 1498.

mit Transversalbügel gewöhnlich nicht mit Geschmacksstörungen, Übelkeit, Schwindel und einer Beeinträchtigung der Magenfunktion zu rechnen ist, weil im Allgemeinen ein solcher Zahnersatz schnell adaptiert wird. Auch in der Entscheidung wird nicht klar, wofür genau das Schmerzensgeld geschuldet wird, insb. wird nicht deutlich, ob die Teile der Behandlung aus der Bemessung herausgenommen wurden, die auch bei einer Teilprothese mit Transversalbügel ohnehin erforderlich waren. Wie dem auch sei, ein Betrag von 1.000,00 € liegt ohnehin an der untersten Grenze dessen, was von einem Zahnarzt für rechtswidriges Vorgehen zu zahlen ist.

2. Gefahrengemeinschaft

1293 **Persönliche Beziehungen zwischen Schädiger und Geschädigtem** können bei der Bemessung des Schmerzensgeldes eine Rolle spielen.[1863] Das gilt einmal zwischen Familienangehörigen, aber auch bei Sport und Spiel. Ganz allgemein wird von einem geringeren Schmerzensgeld ausgegangen, wenn ein Schaden z. B. auf einer gemeinsamen Zechtour[1864] oder bei der gemeinsamen Jagdausübung[1865] eintritt.

1294 An eine Gefahrengemeinschaft kann man auch bei **Gefälligkeitsfahrten** denken. Kommt es zu einem Unfall, bestehen heute nicht nur deliktische Ansprüche, sondern auch Ansprüche aus Gefährdungshaftung. Für solche Gefälligkeitsfahrten sollte ein Haftungsausschluss vereinbart werden, was allerdings zur Folge hat, dass der Verletzte sämtliche Ansprüche gegen den Versicherer einbüßt. Huber[1866] bezeichnet einen solchen Haftungsausschluss nicht zu Unrecht als »überschießend« und typischerweise nicht im Interesse des Halters.

3. Sport und Spiel

a) Sport

1295 Verletzungen, die jemand beim Sport oder beim Spiel erleidet, sind rechtlich unter verschiedenen Gesichtspunkten besonders zu betrachten. Sie sind nicht selten und haben die Gerichte in jüngerer Zeit zunehmend beschäftigt.

1296 Für die wohl verbeiteste Sportart, das Fußballspiel, gilt:[1867]

Eine Haftung für Verletzungen bei einem Fußballspiel ist erst bei vorsätzlicher oder grob fahrlässiger Regelwidrigkeit und bei Überschreiten der Grenze zwischen noch gerechtfertigter Härte und unfairem Regelverstoß zu bejahen.[1868] Wurde ein Angriff jedenfalls nicht von hinten geführt, hat selbst der verletzte Spieler für möglich gehalten, dass der Angriff, der zu Verletzungen führte, nicht dem Mann, sondern dem Ball galt und gibt es keine weiteren Anknüpfungstatsachen, haftet der angreifende Spieler nicht.

Der Nachweis für ein grob fahrlässiges Verhalten ist nicht erbracht, wenn sich eine subjektiv unentschuldbare Pflichtverletzung nicht feststellen lässt. Auch in einem Freundschaftsspiel im »Altherrenbereich« muss ein Spieler mit energischen und bissigen Verteidigungsspielern rechnen.[1869]

1863 Bamberger/Roth/Spindler, § 253 Rn. 41.

1864 OLG Karlsruhe, Urt. v. 11.02.1977 – 14 U 52/75, VersR 1977, 936.

1865 OLG Frankfurt am Main, Urt. v. 15.05.1975 – 14 U 246/74, VersR 1975, 1053 (1054).

1866 Huber, § 4 Rn. 168 ff.

1867 OLG Köln, Beschl. v. 16.08.2010 – 11 U 96/10, MDR 2011, 225.

1868 OLG Düsseldorf, Urt. v. 02.04.2004 – 14 U 230/03, RuS 2005, 435.

1869 OLG Saarbrücken, Urt. v. 02.08.2010 – 5 U 492/09, NJW-RR 2011, 109.

1297 Der BGH[1870] hatte über die Haftung zweier **Autorennfahrer** zu entscheiden, die an einem Rennen teilnahmen, bei dem Höchstgeschwindigkeiten erzielt werden sollten. Dabei kam es zu einem Sachschaden. Die Frage, ob und in welchem Umfang bei Sportveranstaltungen die Haftung der Teilnehmer untereinander im Hinblick auf die spezifischen von den Teilnehmern hingenommenen Gefahren eingeschränkt oder ausgeschlossen ist, wird unter dem rechtlichen Gesichtspunkt einer sportspezifischen Definition der im Verkehr erforderlichen Sorgfalt (eingeschränkter Fahrlässigkeitsmaßstab) oder einer Einwilligung, eines (stillschweigenden) Haftungsverzichts oder -ausschlusses, eines Handelns auf eigene Gefahr oder einer treuwidrigen Inanspruchnahme des Mitbewerbers diskutiert.[1871] Der Teilnehmer an einem sportlichen Kampfspiel, der grds. Verletzungen in Kauf nimmt, die auch bei regelgerechtem Spiel nicht zu vermeiden sind, kann einen Schadensersatzanspruch gegen einen Mitspieler nur durchsetzen, wenn er den Nachweis führt, dass dieser sich nicht regelgerecht verhalten hat.[1872] Unabhängig davon, ob eine Haftung an der Tatbestandsmäßigkeit oder an der Rechtswidrigkeit scheitert, läuft ein Anspruch des Geschädigten dem Verbot des treuwidrigen Selbstwiderspruchs (venire contra factum proprium) zuwider, weil der Geschädigte selbst in die Lage hätte kommen können, in der sich nun der Schädiger befindet. Dieser Grundsatz über die Auswirkungen des widersprüchlichen Verhaltens reicht über den Bereich der sportlichen Kampfspiele hinaus.[1873] Sie gelten allgemein für Wettkämpfe mit nicht unerheblichem Gefahrenpotenzial, bei denen typischerweise auch bei Einhaltung der Wettkampfregeln oder geringfügiger Verletzung der Regeln die Gefahr gegenseitiger Schadenszufügung besteht.

1298 Diese Überlegungen sind auf Rennveranstaltungen übertragbar, denn ein Autorennen ist eine besonders gefährliche Veranstaltung.[1874] Die Teilnehmer sind von den typischen Risiken, durch das Verhalten anderer Teilnehmer zu Schaden zu kommen, in gleicher Weise betroffen. Wer zu Schaden kommt, hängt mehr oder weniger vom Zufall ab. Die Teilnehmer an dem Rennen nehmen die erheblichen Risiken wegen des sportlichen Vergnügens, der Spannung oder auch der Freude an der Gefahr in Kauf. Die Geltendmachung von Schadensersatzansprüchen steht damit in erkennbarem Widerspruch und muss nach Treu und Glauben nicht hingenommen werden.

1299 Bei sportlichen Kampfspielen und Wettkämpfen mit erheblichem Gefahrenpotenzial ist die Haftung auf Vorsatz und grobe Fahrlässigkeit beschränkt.[1875] Das gilt auch für Motocrossfahrten im Trainingsbetrieb. Diese Auffassung steht in Einklang mit einer neueren Entscheidung des erkennenden Senats,[1876] wonach eine solche Haftungsbeschränkung grds. auch dann in Betracht kommt, wenn es im Rahmen eines Sicherheitstrainings zu einem Fahrzeugunfall kommt.

1300 Von einem stillschweigenden Haftungsverzicht ist auszugehen, wenn ein im Pulk fahrender Motorradfahrer deshalb stürzt, weil ein vorausfahrendes Mitglied des Pulks unerwartet abbremst und der nachfolgende Motorradfahrer zu Schaden kommt und nicht festgestellt werden kann, dass eine gewichtige Regelverletzung im Sinne grober Fahrlässigkeit vorliegt.[1877]

1870 BGH, Urt. v. 01.04.2003 – VI ZR 321/02, VersR 2003, 775 = NJW 2003, 2018 = DAR 2003, 410.

1871 Diederichsen, DAR 2004, 301 (309) m. w. N.

1872 BGH, Urt. v. 05.11.1974 – VI ZR 100/73, BGHZ 63, 140 (Fußballspiel).

1873 BGH, Urt. v. 21.02.1995 – VI ZR 19/94, VersR 1995, 583 = NJW-RR 1995, 857.

1874 Diederichsen, DAR 2004, 301 (309).

1875 BGH, Urt. v. 17.02.2009 – VI ZR 86/08, VersR 2009, 839 = NJW-RR 2009, 812.

1876 BGH, Urt. v. 29.01.2008 – VI ZR 98/07, VersR 2008, 540.

1877 OLG Brandenburg, Urt. v. 28.06.2007 – 12 U 209/06, DAR 2008, 148.

1301 Diese Grundsätze sollen auch für ein illegales Fahrzeugrennen unter Jugendlichen gelten. Nur bei grob unsportlichem und regelwidrigem Verhalten soll eine Haftung infrage kommen,[1878] also erst wenn das »Nebeneinander« im Wettkampf zu einem »Gegeneinander« mit bewussten Regelverstößen werde.

1302 Bei verbotenen Kraftfahrzeugrennen im öffentlichen Straßenverkehr kommt ein Haftungsausschluss nach den für gefährliche Sportarten entwickelten Grundsätzen jedenfalls dann nicht in Betracht, wenn der Schädiger grob fahrlässig gehandelt hat oder haftpflichtversichert ist.[1879]

1303 Dagegen hat das OLG Dresden[1880] das wechselseitige Schießen mit einer sog. »Soft-air«-Waffe unter befreundeten Schülern nicht als Teilnahme an einem sportlichen Kampfspiel angesehen und der Feststellungsklage eines der Schüler, der eine Augenverletzung erlitt, dem Grunde nach stattgegeben.

1304 So hat das OLG München[1881] die Haftung eines etwa 12 Jahre alten Jungen bejaht, der einem befreundeten Spielgefährten bei einem »Stockkampf« einen Schneidezahn ausgeschlagen hatte. Für diesen Kampf gilt: Kämpfen zwei zwölfjährige Kinder mit 1,5 m langen Holzstöcken gegeneinander und haben lediglich vereinbart, dass Schläge gegen den Kopf nicht zulässig sind, kommt eine völlige Haftungsfreistellung des Schädigers nach § 242 BGB, wie sie der Bundesgerichtshof für Teilnehmer sportlicher Kampfspiele unter Umständen annimmt, nicht in Betracht, da es an einem festen und anerkannten Regelwerk fehlt. Allerdings muss sich der Kläger ein Mitverschulden in Höhe von 50% anrechnen lassen.

1305 Auch bei Sportarten, bei denen der Ausübende sich selbst gefährdet, kann die Gefährlichkeit des Sports bei der Beurteilung des Mitverschuldens oder der Höhe des Schmerzensgeldes eine Rolle spielen. Ein 37 Jahre alter Mann turnte auf einer Trampolinanlage in einem Freizeitpark. Bei einem Salto vorwärts landete er nicht auf den Beinen, sondern auf dem Rücken. Beim Aufprall brach er sich das Genick und ist querschnittsgelähmt. Das OLG Köln hatte zunächst in einem Grundurteil ein Mitverschulden des Klägers von 50 % angenommen. Nachdem der BGH[1882] das Urteil aufgehoben und die Sache an das OLG Köln zurückverwiesen hatte, reduzierte das OLG Köln[1883] die Quote auf 30 %. Der BGH hatte die Warnungen des Veranstalters vor den Salti unerfahrener Benutzer als unzureichend betrachtet.

1306 Der **Anlass der Verletzungshandlung** kann in **die Bemessung des Schmerzensgeldes** einfließen. Die Schädigung während einer **gemeinschaftlichen gefährlichen Betätigung** oder beim gemeinsamen Sport und Spiel oder nach einer Provokation kann weniger schwer zu gewichten sein.[1884] Sportverletzungen kommen i. d. R. beim Mannschaftssport vor. Dabei kann eine Haftung für eine Sportverletzung ausgeschlossen sein, weil alle Beteiligten **bewusst ein gewisses Risiko** eingehen.

1307 Grds. ist die Haftung eines Sportlers für Verletzungen, die er einem Mit- oder Gegenspieler zufügt, ausgeschlossen, wenn die Verletzung auf Spieleifer, Ungeübtheit, technischem Versagen, Übermüdung oder Ähnlichem beruht; auch dann, wenn das Verhalten eine Regelwidrigkeit darstellt.

1878 LG Duisburg, Urt. v. 22.10.2004 – 7 S 129/04, NZV 2005, 262.

1879 OLG Karlsruhe, Urt. v. 23.02.2012 – 9 U 97/11, DAR 2012, 519.

1880 OLG Dresden, Urt. v. 09.09.2008 – 5 U 762/08, MDR 2009, 206.

1881 OLG München, Urt. v. 22.11.2012 – 23 U 3830/12, NJW-RR 2013, 800.

1882 BGH, Urt. v. 03.06.2008 – VI ZR 223/07, MDR 2008, 971.

1883 OLG Köln, Urt. v. 27.02.2009 – 20 U 175/06, unveröffentlicht.

1884 Scheffen/Pardey, Rn. 939.

1308 Dieser Grundsatz kann auch zu einem Haftungsausschluss bei einem Tennisdoppelspiel führen.[1885] Danach gelten die für sportliche Kampfspiele entwickelten Grundsätze zum Haftungsausschluss auch dann, wenn bei einem Tennisdoppelspiel einer der Partner den anderen verletzt und die Verletzung auf einem nicht mehr als nur geringfügigen Regelverstoß beruht.

1309 Führen drei Männer bei einem Tanz anlässlich einer Geburtstagsfeier einen sog. »Pogo« (Rempeltanz) auf und kommt dabei einer der Beteiligten zu Schaden, ist der Schaden nach den Verursachungsteilen zu verteilen. Allgemein gültige Regeln für diesen Tanz gibt es nicht.[1886]

1310 Das gilt auch – und erst recht – beim **Spiel von Kindern**.

Dabei sind Besonderheiten zu beachten. Das Kitzeln unter Kindern stellt grds. keine Körperverletzung dar. Reagiert ein Kind durch das Kitzeln eines anderen derart heftig, dass es sich beim Stoß gegen eine scharfe Kante eine Risswunde im Gesicht zuzieht und einen Unfallschock erleidet, gehört diese Reaktion als solche zum kindlichen Spiel. Die Verletzung dagegen beruht auf einem Unglücksfall, der nicht durch eine Körperverletzung (Kitzeln) verursacht wurde.[1887]

1311 Treffen sich Kinder zum Fußballspielen auf einer Wiese, sollen mangels abweichender Absprachen die Regeln des DFB gelten.[1888] Deshalb wurde die Klage eines 9-jährigen Jungen (20 kg) gegen einen 15 Jahre alten Jungen (50 kg) abgewiesen, der aufgrund des Körpereinsatzes des älteren Jungen eine Unterschenkelfraktur erlitten hatte. Entsprechend hatte schon das OLG Hamm[1889] einen Fall entschieden, der eine Verletzung beim Fußballspiel zwischen einer jüngeren und älteren Gruppe Jugendlicher betraf. Der 16 Jahre alte Beklagte hatte beim Hineingrätschen nur das Schienbein des 9-jährigen Klägers getroffen. Trotz dieses objektiven Regelverstoßes scheiterte eine Haftung des älteren Spielers am fehlenden Verschulden, das trotz des Regelverstoßes nicht indiziert werde. Es komme hinzu, dass Unfairness ggü. kampfbetonter Härte abzugrenzen sei.[1890]

1312 Zu Recht stellt Hollenbach[1891] die Geltung der Regeln des DFB für Spiele zwischen Kindern infrage. Nichts spricht dafür, die Regeln des organisierten Wettkampffußballs und Kampfsports i. R. d. Spiel- und Freizeitbeschäftigung auch nur analog anzuwenden.

1313 Um ein Spiel von Kindern handelt es sich auch noch, wenn 14-jährige sich freundschaftlich und wechselseitig auf Glatteis herumschubsen. Kommt dabei ein Teilnehmer zu Fall und verletzt sich am Knie, steht der Geltendmachung von Schadensersatz- und Schmerzensgeldansprüchen das Verbot entgegen, sich mit eigenem Verhalten treuwidrig in Widerspruch zu setzen.[1892]

1314 Diese Nachsicht wird nicht geübt, wenn ein Erwachsener an einem Trainingsspiel der E-Jugend teilnimmt und die gebotene Zurückhaltung und Rücksichtnahme vermissen lässt.[1893]

1315 Überschreitet das Verhalten des Spielers die Grenze zwischen kampfbedingter Härte und zulässiger Fairness deutlich, werden die **zum Schutz der Gegenspieler erlassenen Wettkampfregeln**

1885 OLG Düsseldorf, Urt. v. 11.02.2005 – I-15 U 78/04, OLGR 2005, 227.

1886 BGH, Urt. v. 07.02.2006 – VI ZR 20/05, VersR 2006, 663 = NJW-RR 2006, 672.

1887 AG Prüm, Urt. v. 19.01.2005 – 6 C 381/04, NZV 2005, 373 = NJW-RR 2005, 534.

1888 OLG Düsseldorf, Urt. v. 17.12.1999 – 22 U 115/99, VersR 2001, 345 = NJW-RR 2000, 1116; eingehend dazu Hollenbach, VersR 2003, 1091.

1889 OLG Hamm, Urt. v. 22.10.1997 – 13 U 62/97, VersR 1999, 461.

1890 OLG Hamm, Urt. v. 22.10.1997 – 13 U 62/97, VersR 1999, 461.

1891 Hollenbach, VersR 2003, 1091 (1094).

1892 AG Bremen, Urt. v. 27.05.2004 – 16 C 174/03, NJW-RR 2004, 1473 = NZV 2005, 374.

1893 OLG Stuttgart, Urt. v. 25.05.2000 – 13 U 157/99, OLGR 2000, 360.

grob verletzt, was der Verletzte zu beweisen hat, haftet der Schädiger auch für die Folgen einer Sportverletzung.[1894] Das ist z. B. dann der Fall, wenn schuldhaft gegen die Regeln des DFB verstoßen wird, wenn ein Abwehrspieler von schräg hinten in die Beine eines Gegenspielers grätscht, ohne eine realistische Chance zu haben, den Ball spielen zu können.[1895]

1316 Das OLG Köln[1896] hat einen Regelverstoß beim Squashspiel darin gesehen, dass ein Spieler nach einem misslungenen Schlag diesen »trocken« wiederholte und dabei den Mitspieler am Auge verletzte. Bei der Festsetzung des Schmerzensgeldes hat das OLG Köln zwar kein **Mitverschulden des Verletzten** angenommen, es hat aber i. R. d. Billigkeit die grundsätzliche Risikobereitschaft des Squashspielers bei der Bemessung des Schmerzensgeldes berücksichtigt, ohne eine »Quote« mitzuteilen.

1317 Das LG München II[1897] sprach einem Karatesportler ein Schmerzensgeld von 3.000,00 € zu, der durch einen schweren Regelverstoß seines Gegners eine Schädelverletzung erlitt, die zu Sehstörungen und einer Dauer-MdE von 30 % sowie dazu führte, dass der Verletzte seine sportlichen Betätigungen einschränken musste.

1318 Dem Teilnehmer einer Schleppjagd steht dann kein Schmerzensgeld zu, wenn er wesentliche Kernregeln zur Vermeidung der Irritation von Pferden selbst verletzt und durch dieses reiterliche Fehlverhalten die Schadensursache ausgelöst wird.[1898]

1319 Eine besondere Kategorie stellen **Unfälle in gefährlichen Sportarten** dar, wie z. B. Fallschirmspringen, Bungee-Springen, Drachenflug, Segelfliegen, Felsklettern, Motorsport, Gotcha-Spiel[1899] u. a. Bei diesen **Extremsportarten** wird diskutiert, ob die Haftung des Veranstalters oder Vereins für Unfälle durch eine **Verzichtserklärung** ausgeschlossen werden kann. Eine Verzichtserklärung auf alle Ansprüche, egal aus welchem Rechtsgrund, unterliegt der Überprüfung nach den Vorschriften der §§ 305 ff. BGB. Die Unwirksamkeit einer solchen Verzichtserklärung kann sich aus § 309 Nr. 7 BGB ergeben, wenn der **Haftungsausschluss** alle Ansprüche umfassen soll, also auch aus Vorsatz und grober Fahrlässigkeit.

1320 Auch ein **konkludenter Haftungsausschluss** unter Vereinsmitgliedern kommt nicht in Betracht, weil nicht ohne Weiteres unterstellt werden kann, dass Teilnehmer sich stillschweigend dem Ansinnen des Veranstalters unterwerfen, auf jeglichen Schadensersatzanspruch zu verzichten.

1321 Auch unter Sportkameraden dürfte ein stillschweigender Haftungsausschluss i. d. R. zu verneinen sein. So entschied auch das LG Aschaffenburg[1900] bei einem 34-jährigen Kläger, der bei einer Klettertour, die er mit seinem Freund unternahm, 3 m tief auf ein sog. Band des Kletterfelsens und von dort 10 m bis zum Fuß des Kletterfelsens hinabstürzte, nachdem das Seil, mit dem der Kläger gesichert war, durch die Hände des Freundes und den von diesem verwendeten Achter rutschte. Der Kläger erlitt eine Fraktur des 1. und 2. Lendenwirbels, zahlreiche weitere Frakturen und eine Querschnittslähmung unterhalb des 12. Brustwirbels. Es besteht Blasen- und Darmlähmung. Das LG Aschaffenburg hat einen (stillschweigenden) Haftungsausschluss und ein Handeln des Klägers auf eigene Gefahr verneint. Das beantragte und ohne jede Begründung zuerkannte Schmerzensgeld i. H. v. 100.000,00 € ist viel

---

1894 OLG Köln, Urt. v. 23.01.2002 – 17 U 29/01, OLGR 2003, 23.

1895 OLG Hamm, Urt. v. 23.03.1998 – 13 U 187/97, OLGR 1998, 154; OLG Frankfurt am Main, Urt. v. 22.03.2000 – 9 U 107/99, OLGR 2000, 271.

1896 OLG Köln, Urt. v. 13.07.1994 – 11 U 20/94, VersR 1995, 57.

1897 LG München II, Urt. v. 20.03.1995 – 10 O 5784/93, unveröffentlicht.

1898 OLG Hamm, Urt. v. 11.12.1998 – 9 U 170/98, OLGR 1999, 123.

1899 OLG Hamm, Urt. v. 04.11.1996 – 13 U 41/96, VersR 1998, 249.

1900 LG Aschaffenburg, Urt. v. 09.08.2000 – 3 O 199/00, SpuRt 2002, 69.

zu niedrig. Unterschwellig dürfte sowohl beim Kläger (im Antrag), als auch beim Gericht die »Gefahrengemeinschaft« eine Rolle gespielt haben.

1322 Darüber hinaus wird diskutiert, ob nicht das **Schmerzensgeld bei gefährlichen Sportarten entfallen oder begrenzt** werden kann. Immerhin muss sich der Halter eines Kfz die von dem Fahrzeug ausgehende Betriebsgefahr auch dann entgegen halten lassen, wenn ihm kein Verschulden anzulasten ist. Ob Gleiches für eine Mitverursachung durch Teilnahme an einer gefährlichen Sportart gilt, ist **bisher nicht entschieden**. Da eine Mitverschuldens- oder Mitverursachungsquote bei der Bemessung des Schmerzensgeldes nicht gesondert auszuwerfen ist, sondern als einer von mehreren Bewertungsfaktoren unmittelbar in die Ermittlung des angemessenen Schmerzensgeldbetrages einfließt,[1901] kann bei Verletzungen, die bei einer gefährlichen Sportart auftreten, ohne Weiteres ein geringeres Schmerzensgeld ausgeurteilt werden. Möglicherweise hat das OLG Nürnberg[1902] dies getan, als es einem Fallschirmspringer, dessen Persönlichkeit infolge einer bei einem Unfall erlittenen hochgradigen Hirnschädigung nahezu völlig zerstört war, einen Schmerzensgeldbetrag i. H. v. 125.000,00 € und eine monatliche Schmerzensgeldrente von 300,00 € zuerkannt hat (Gesamtbetrag – nur – 185.000,00 €), ein Betrag, der keineswegs im Bereich vergleichbarer Fälle liegt, die sich bei etwa 250.000,00 € – 300.000,00 € bewegen.

1323 Wenn Scheffen zu der BGH-Entscheidung[1903] anmerkt, der BGH solle baldmöglichst die Gelegenheit wahrnehmen, diese interessante Frage zu bescheiden, bleibt natürlich die Frage, warum der BGH diese Gelegenheit in dieser Entscheidung nicht wahrgenommen hat.

1324 Eine Verletzung kann zu einem **höheren Schmerzensgeld** führen, wenn als deren Folge eine **Ausübung der Sportart oder sportlicher Betätigung für die Zukunft ausscheidet.**

1325 So hat das OLG Hamm[1904] erkannt, dass der weitgehende Verlust der Möglichkeit, Laufsport zu betreiben, insb. bei einem jungen Menschen sogar dann nicht als geringfügig zu bewerten sei, wenn er bisher keinen Sport ausgeübt hat.

1326 Von besonderer Bedeutung ist der Sport für einen **Leistungs**- oder gar **Spitzensportler.**

Bei einem Verkehrsunfall wurde ein Langstreckengeher (50 km), der für die Teilnahme an den olympischen Sommerspielen vorgesehen war, so erheblich verletzt, dass er den Spitzensport aufgeben musste. Darunter litt er psychisch und physisch, denn er musste täglich mehrere Stunden »abtrainieren«. Der Kläger hielt ein Schmerzensgeld i. H. v. 75.000,00 € für angemessen. Das OLG Jena[1905] sprach ihm unter Berücksichtigung eines 1/4 Mitverschuldens 15.000,00 € zu.

b) Spiel

1327 Zu Verletzungen beim Spiel gehören Unfälle zwischen Kindern, die z. B. gefährliche Wurfspiele veranstalten. Das OLG Köln[1906] hat einen 10-jährigen Jungen, der einen 15 Jahre alten Spielkameraden beim wechselseitigen Werfen mit Kleiderbügeln erheblich am Auge verletzte, bei einem Mitverschulden des Verletzten von 75 % zur Zahlung von Schmerzensgeld i. H. v. 2.500,00 € verurteilt. Dem Verletzten wurde eine künstliche Linse eingesetzt, sodass die Sehkraft zu 80 % wiederhergestellt wurde.

1901 Vorwerk, Kap. 84, Rn. 188; Geigel/Pardey, 7. Kap. Rn. 47.

1902 OLG Nürnberg, Urt. v. 18.06.1993 – 8 U 569/91, SpuRt 1995, 274 m. Anm. Scheffen.

1903 OLG Nürnberg, Urt. v. 18.06.1993 – 8 U 569/91, SpuRt 1995, 274 m. Anm. Scheffen: Der BGH hat die Revision nicht angenommen, Beschl. v. 17.05.1994 – VI ZR 259/93.

1904 OLG Hamm, Urt. v. 03.03.1998 – 27 U 185/97, r+s 1998, 236.

1905 OLG Jena, Urt. v. 24.11.1998 – 8 U 621/98, NJW-RR 2000, 103 = SpuRt 2000, 254.

1906 OLG Köln, Urt. v. 27.10.1995 – 19 U 19/95, VersR 1996, 588.

1328 Relativ etwas höher fiel das Schmerzensgeld aus, das das OLG Düsseldorf[1907] einem 16 Jahre alten Jungen zuerkannte. Für die Erblindung eines Auges durch ein aus einer Luftpistole abgeschossenes Diabologeschoss erhielt der Kläger 15.000,00 €.

1329 Für den Verlust eines Auges eines 3-jährigen Kindes hielt das OLG Düsseldorf[1908] ein Schmerzensgeld i. H. v. 20.000,00 € für angemessen, zumal das Kind über einen Zeitraum von fast 3 Jahren wiederholt stationär behandelt werden musste.

1330 Für die Erblindung eines 5-jährigen Kindes auf einem Auge durch eine Verletzung, die ein anderes Kind ihm zugefügt hatte, hielt das OLG Hamm[1909] ein Schmerzensgeld von 25.000,00 € für angemessen, das durch den Haftpflichtversicherer der Mutter des schädigenden Kindes zu zahlen war. Hier zeigt sich deutlich eine Tendenz der Rechtsprechung zu höherem Schmerzensgeld.

4. Gefälligkeitsverhältnis

1331 Freundschaft zwischen dem Verletzten und dem Schädiger und/oder der Umstand, dass ein Unfall bei einer Gefälligkeitsfahrt stattgefunden hat, führen **nicht zwangsläufig zu einer Kürzung des Schmerzensgeldanspruchs.**[1910]

Bei einer Gefälligkeitsfahrt, die unentgeltlich durchgeführt wird, ist von einer Beschränkung der Haftung des Schädigers auf Vorsatz und grobe Fahrlässigkeit jedenfalls im Wege der ergänzenden Vertragsauslegung auszugehen, wenn die realisierte Gefahr für den Verletzten erkennbar und voraussehbar war, ein Versicherungsschutz des Schädigers nicht bestand und deshalb davon auszugehen ist, dass, hätten die Beteiligten die Risiken und Haftungsprobleme bedacht und erörtert, ein Ausschluss der Haftung für leichte Fahrlässigkeit verlangt worden wäre und redlicherweise nicht hätte abgelehnt werden dürfen.[1911]

5. Familienangehörige oder Freunde[1912]

1332 Die familienrechtlichen Beziehungen zwischen der Verletzten (Ehefrau) und dem den Unfall verursachenden Fahrer (Ehemann) hat das OLG Schleswig[1913] in die Schmerzensgeldbemessung einfließen lassen. Diese familienrechtliche Beziehung rechtfertige ein geringeres **Schmerzensgeld**, weil der Ehemann – bei intakter Ehe – der Ehefrau auf andere Weise einen Ausgleich zukommen lassen werde.

1333 Eine Verminderung des Schmerzensgeldanspruchs bei bestehenden familiären Beziehungen zwischen dem Schädiger und dem Verletzten (Vater/Sohn) kommt auch dem **Haftpflichtversicherer** des Vaters zugute.[1914]

1907 OLG Düsseldorf, Urt. v. 06.07.1990 – 22 U 61/90, VersR 1992, 462.

1908 OLG Düsseldorf, Urt. v. 18.07.1997 – 22 U 5/97, NJW-RR 1998, 98.

1909 OLG Hamm, Urt. v. 01.10.1998 – 6 U 92/98, r+s 1999, 371.

1910 OLG Hamm, Urt. v. 03.03.1998 – 27 U 185/97, r+s 1998, 236; Scheffen/Pardey, Rn. 940.

1911 OLG Hamm, Urt. v. 14.05.2007 – 13 U 34/07, VersR 2008, 1219.

1912 Vgl. hierzu unter Rdn. 639 ff. das Sonderproblem: Regressbehinderung durch Haftungsbeschränkung.

1913 OLG Schleswig, Urt. v. 09.01.1991 – 9 U 40/89, VersR 1992, 462 (463).

1914 OLG Hamm, Urt. v. 17.12.1997 – 13 U 202/96, VersR 1998, 1392.

VII. Schmerzensgeld ohne Verschulden des Schädigers

1. Billigkeitshaftung

1334 Die Billigkeitshaftung nach § 829 BGB stellt im Deliktsrecht eine **Ausnahme vom Verschuldensprinzip** dar; sie greift subsidiär in den Fällen, in denen der Anspruchsgegner wegen einer unerlaubten Handlung nach §§ 823 bis 826 BGB schadensersatzpflichtig wäre, würde es ihm nicht aufgrund der §§ 827, 828 BGB an der Verschuldensfähigkeit fehlen. Voraussetzung ist zunächst, dass der Geschädigte den Ersatz des Schadens nicht anderweitig (etwa bei dem aufsichtspflichtigen Dritten) erlangen kann. Ein Anspruch gegen den Schädiger besteht darüber hinaus nur insoweit, als die Billigkeit nach den Umständen, insb. nach den Verhältnissen der Beteiligten, eine Schadloshaltung erfordert und ihm nicht die Mittel entzogen werden, derer er zum angemessenen Unterhalt sowie zur Erfüllung seiner gesetzlichen Unterhaltspflichten bedarf. Zu berücksichtigen sind hierbei die gesamten **Umstände des Einzelfalles**, etwa die Verhältnisse der Beteiligten, ihre wirtschaftliche Lage und ihre Bedürfnisse, ferner die Besonderheiten der die Schadensersatzpflicht auslösenden Handlung. Die Billigkeit muss den Ersatz »fordern«, nicht nur »erlauben«.[1915]

1335 Unklar und eine Frage des Einzelfalles ist, inwieweit das **Bestehen einer Versicherung** Einfluss auf diese Billigkeitsentscheidung haben kann. Nach der Rechtsprechung kann das Bestehen einer Pflichtversicherung oder einer Berufshaftpflichtversicherung die Billigkeitsentscheidung zumindest beeinflussen,[1916] in der Literatur werden teilweise Stimmen laut, die bei Bestehen einer Haftpflichtversicherung generell eine Billigkeitshaftung bejahen wollen. So verständlich allerdings der Wunsch eines »diving into deep pockets« sein mag, eine hinreichende Stütze im geltenden Recht findet er nicht.

1336 Der BGH hat lediglich in einem Sonderfall – bei Bestehen einer Kfz-Pflichtversicherung – den Umstand, dass eine Versicherung bestand, i. R. d. § 829 BGB berücksichtigt.[1917] Der BGH führte aus, dass die Pflichtversicherung (anders als privat abgeschlossene Haftpflichtversicherungen) primär den Schutz des Geschädigten im Sinn habe, weswegen es gerechtfertigt sei, ihr Bestehen bei der Entscheidung, ob ein Anspruch nach § 829 BGB gewährt werde, zu berücksichtigen. Gleichwohl müsse auch in diesem Fall geprüft werden, ob die Billigkeit einen Ersatzanspruch erfordere, da der Geschädigte den materiellen Schaden bereits über § 7 StVG verschuldensunabhängig ersetzt erhalte, insoweit also der »Billigkeit« immerhin dahin gehend Rechnung getragen worden sei, dass jedenfalls der materielle Schaden ersetzt wurde. Ein Schmerzensgeldanspruch komme daher eher bei Schwerstschäden in Betracht.

1337 Diese Rechtsprechung dürfte sich durch die Neufassung des § 253 BGB, wonach Schmerzensgeld auch verschuldensunabhängig gewährt wird – eine Divergenz beider Schadensposten also nicht eintreten kann – allerdings erledigt haben, da die Pflichtversicherung nunmehr ohnehin Schmerzensgeld umfasst (bei Bestehen einer Pflichtversicherung also Schmerzensgeld schon aus Gefährdungshaftung geschuldet ist), andererseits bei Fehlen einer Pflichtversicherung die BGH-Erwägungen ohnehin nicht eingreifen.

1338 Eine ähnliche Tendenz zur Ausweitung der Billigkeitshaftung kann sich allerdings aus der gesetzlichen Neuregelung der **Deliktsfähigkeit von Kindern im Straßenverkehr**, vgl. § 828

1915 Vgl. Palandt/Sprau, § 829 Rn. 4.

1916 Vgl. etwa BGH, Urt. v. 24.04.1979 – VI ZR 8/78, NJW 1979, 2096; vgl. auch LG Heilbronn, Urt. v. 05.05.2004 – 7 S 1/04 Wa, NZV 2004, 464 = NJW 2004, 2391: Auch nach neuem Recht reicht allein das Bestehen einer freiwilligen Haftpflichtversicherung nicht aus, um die Haftung eines verschuldensunfähigen Kindes im Straßenverkehr über § 829 BGB zu begründen. Ebenso LG Duisburg, Urt. v. 31.08.2004 – 6 O 99/04, VersR 2006, 223.

1917 BGH, Urt. v. 11.10.1994 – VI ZR 303/93, VersR 1995, 96.

Abs. 2 BGB, ergeben. Durch diese Norm ist eine »sektorale« Deliktsfähigkeit für den Bereich des Straßenverkehrs eingeführt worden, die ab dem 01.08.2002 gilt.[1918] Diese Regelung hat bei Verkehrsunfällen, bei denen Kinder involviert sind, eine vermehrte Kostentragung der anderen Unfallbeteiligten zur Folge. Der von einem Kind Geschädigte muss im Regelfall seinen Schaden selbst tragen, einen Anspruch gegen das Kind hat er jedenfalls nicht; spiegelbildlich muss für Schäden eines Kindes Ersatz geleistet werden, ohne dass ein kindliches Mitverschulden Berücksichtigung fände[1919] oder gar als Fall »höherer Gewalt« der Fahrzeughalter aus der Haftung entlassen würde.[1920]

1339 Um einer zu extensiven Haftung des Halters vorzubeugen, hat die Rechtsprechung in ersten Urteilen zum neuen Recht gleichwohl eine einschränkende Auslegung des Merkmals »Unfall mit einem Kfz« vorgenommen, sodass ein Unfall eines Kindes mit einem parkenden Auto nicht mehr von § 828 Abs. 2 BGB erfasst sein soll.[1921]

1340 Expressis verbis schlägt der RegE des 2. Schadensersatzrechtsänderungsgesetzes daher vor, zur Vermeidung unbilliger Ergebnisse die Haftung des § 829 BGB verstärkt ins Blickfeld zu nehmen, wenn es zu einer Haftungsfreistellung Minderjähriger gekommen ist.[1922] Dies würde dann nicht nur für das Kind als Anspruchsgegner gelten, sondern in gleicher Weise bei der Berücksichtigung von »Mitverschulden«[1923] des Kindes; § 829 BGB ist insoweit auch im Rahmen von § 254 BGB anwendbar.[1924]

1341 Die Frage muss allerdings erlaubt sein, ob dies der richtige Weg ist. Die Billigkeitshaftung darf nicht dazu benutzt werden, »durch die Hintertür« die gesetzgeberische Wertung einer Heraufsetzung des Deliktsalters rückgängig zu machen.[1925] Letztlich soll eben derjenige, der unverschuldet einen Unfall mit einem noch nicht deliktsfähigen Kind erleidet, seinen Schaden als Teil des allgemeinen Lebensrisikos selbst tragen müssen.[1926] Der Gesetzgeber hat bewusst davon abgesehen, eine – im Vorfeld der Reform gleichfalls diskutierte –«Kinderhaftpflichtversicherung«

1918 Inkrafttreten des 2. Schadensersatzrechtsänderungsgesetzes; eine Anwendung dieser Grundsätze auf »Altfälle« ist nicht zulässig, BGH, Urt. v. 14.06.2005 – VI ZR 181/04, ZGS 2005, 314, auch wenn natürlich die Kinder bereits vor dem 01.08.2002 nicht »verkehrssicherer« waren als danach.

1919 Denn § 828 BGB ist auch für die Frage des Mitverschuldens nach § 254 BGB maßgeblich, vgl. BGH, Urt. v. 14.03.1961 – VI ZR 189/59, NJW 1961, 655 = BGHZ 34, 355; ausdrücklich für § 828 Abs. 2 BGB: BGH, Urt. v. 30.11.2004 – VI ZR 335/03, VersR 2005, 376 = NJW 2005, 354; OLG Köln, Beschl. v. 02.04.2007 – 24 W 13/07, MDR 2008, 22; OLG Karlsruhe, Urt. v. 11.08.2008 – 1 U 65/08, NZV 2008, 511 = SP 2009, 108.

1920 So wurde der Entlastungsgrund des § 7 Abs. 2 StVG a. F. (»unabwendbares Ereignis«) u. a. auch deshalb in »höhere Gewalt« geändert, um die Berufung auf ein kindliches Fehlverhalten zur eigenen Entlastung unmöglich zu machen; »höhere Gewalt« wird ein kindliches Verhalten ganz regelmäßig nicht sein; vgl. im Einzelnen Jaeger/Luckey, Rn. 285.

1921 BGH, Urt. v. 30.11.2004 – VI ZR 335/03, NJW 2005, 354 = VersR 2005, 376; BGH, Urt. v. 30.11.2004 – VI ZR 365/03, NJW 2005, 356 = VersR 2005, 380 = MDR 2005, 390. Davor schon LG Trier, Urt. v. 28.10.2003 – 1 S 104/03, SP 2004, 3; LG Koblenz, Urt. v. 30.10.2003 – 14 S 153/03, NJW 2004, 858; AG Sinsheim, Urt. v. 30.10.2003 – 4 C 196/03, NJW 2004, 453; a. A. AG Wermelskirchen, Urt. v. 23.07.2003 – 2a C 87/03, IVH 2004, 130. Wohl aber fällt ein Unfall mit einem nur verkehrsbedingt haltenden Kfz unter die Privilegierung, vgl. BGH, Urt. v. 17.04.2007 – VI ZR 209/06, VersR 2007, 851 und Rdn. 528.

1922 BT-Drucks. 14/7752, 16.

1923 Der Satz ist streng genommen oxymoronisch, da es ein »Verschulden« des Kindes wegen § 828 BGB ja gerade nicht gibt.

1924 Vgl. Palandt/Sprau, § 829 Rn. 1.

1925 Vgl. Luckey, ZFE 2002, 268 (270).

1926 So zu Recht Jahnke, ZfS 2002, 105 (106); Karczewski, VersR 2001, 1070 (1074).

einzuführen. Es ist nicht einzusehen, warum nunmehr, über den Umweg des § 829 BGB, die allgemeinen Haftpflichtversicherungen dieses Risiko abfedern sollten.[1927]

2. Gefährdungshaftung[1928]

1342 Erst seit Inkrafttreten des 2. Gesetzes zur Änderung schadensersatzrechtlicher Vorschriften ist Schmerzensgeld auch aus Gefährdungshaftung ersatzfähig. Die bislang in der Judikatur genannten Fälle, in denen etwa Verkehrsunfälle oder Produktfehler zu einem Schmerzensgeldanspruch führten, mussten sich auf Verschuldensansprüche stützen (etwa: § 18 StVG bzw. die Grundsätze der Produzentenhaftung).

1343 Aus der Perspektive des Opfers ist es gleichgültig, ob ein Schaden nach einem Tatbestand der Verschuldens- oder Gefährdungshaftung ersatzfähig ist. Die verletzte Person ist in beiden Fällen gleich schutzbedürftig. Gerade beim **Personenschaden** ist das Schmerzensgeld auch der Schadensposten, der für das Opfer am bedeutsamsten sein wird; die materiellen Einbußen werden durch Leistungen des Arbeitgebers und des Sozialversicherungsträgers überlagert, sodass es hier häufig »nur« zu Regressfragen kommt. Das Schmerzensgeld aber bleibt so gut wie immer dem Verletzten.[1929] Da u. a. auch aus diesen Erwägungen nun bei der Gefährdungshaftung ein Schmerzensgeldanspruch eingeführt worden ist, stellt sich die Frage, ob für diesen die **gleichen Bemessungsdeterminanten** gelten **wie bei der Verschuldenshaftung**.

1344 Stimmen aus dem Schrifttum tendieren dahin, die allein auf der Basis der Gefährdungshaftung auszuurteilenden Beträge wegen des Wegfalls der Genugtuungsfunktion ein Stück weit unterhalb derer festzulegen, die bislang i. R. d. Fahrlässigkeitshaftung üblich waren.[1930] Dem ist zu widersprechen.[1931]

1345 Bisher bestand bei **geringem Verschulden des Schädigers** grds. kein Anlass, das Schmerzensgeld zu vermindern.[1932] Auch die **strafrechtliche Verurteilung des Täters**, die früher zu einem geringeren Schmerzensgeld führen konnte, weil die Argumentation dahin ging, dem Genugtuungsbedürfnis des Verletzten sei bereits Genüge getan, führt heute nicht mehr zu einer Verminderung des Schmerzensgeldes. Umgekehrt kann ein besonders schweres Verschulden des Schädigers zu einer Erhöhung des Schmerzensgeldes führen, weil das Schmerzensgeld aus allen den Schadensfall prägenden Umständen zu generieren ist. Das bedeutet, dass das übliche Schmerzensgeld höher ausfallen kann, wenn den Schädiger ein besonders schweres Verschulden trifft. Dem steht nicht entgegen, dass der Schädiger (nur) den Nachteil zu ersetzen hat, den er dem Verletzten zugefügt hat, unabhängig davon, ob er leicht fahrlässig, grob fahrlässig oder vorsätzlich gehandelt hat.[1933] Ein Abschlag der Höhe nach ist bei fehlendem oder geringem Verschulden aber eindeutig abzulehnen.

1346 Ein solcher Automatismus sollte sich erst gar nicht einschleichen. Es würde auf diese Weise die frühere Unterscheidung zwischen Verschuldens- und Gefährdungshaftung wieder eingeführt mit all den Problemen, die diese Unterscheidung bei den, gerade im gegenständlichen

1927 So allerdings Huber, § 3 Rn. 76. Richtig daher AG Ahaus, Urt. v. 11.06.2003 – 15 C 87/03, NJW-RR 2003, 1184: § 829 BGB ist nicht schon deshalb einschlägig, weil eine Haftpflichtversicherung eintritt. Ebenso LG Heilbronn, Urt. v. 05.05.2004 – 7 S 1/04 Wa, NJW 2004, 2391.

1928 Vgl. hierzu auch Rdn. 92 ff.

1929 Huber, § 2 Rn. 26.

1930 Rauscher, Jura 2002, 579 ff.; ähnlich auch Däubler, JuS 2002, 625 ff. Nachdrücklich zuletzt Lang/Stahl/Suchomel, NZV 2003, 441 (445): Abschlag oder jedenfalls Schmerzensgeldbemessung »am unteren Rand des Vertretbaren«.

1931 Vgl. Jaeger, ZGS 2004, 217; FS für Lorenz/Jaeger, S. 377; Müller, ZfS 2005, 54 (54).

1932 Palandt/Grüneberg, § 253 Rn. 20; a. A. MünchKomm/Oetker, BGB, 5. Aufl. 2009, § 253 Rn. 48.

1933 Huber, § 2 Rn. 47.

Anwendungsbereich der Gefährdungshaftungstatbestände ohnehin schon besonders scharfen Sorgfaltsanforderungen, mit sich bringt. Wenn man der Genugtuungsfunktion überhaupt noch einen Platz einräumen will, dann liegt er nicht bei der Gefährdungshaftung, sondern auf dem Gebiet der Haftung für Vorsatz.[1934] Selbst in diesem Zusammenhang würde von Bar[1935] den Kerngedanken anders formulieren. Im Schadensersatzrecht gehe es um den Ausgleich erlittener Unbill, nicht um Genugtuung und auch nicht um Strafe. Viel zu leicht werde übersehen, dass die Intensität der erlittenen Unbill oder anders formuliert: das Vorhandensein eines rechtlich relevanten und deshalb ersatzfähigen Schadens – nicht zuletzt auch von der Willensrichtung des Täters abhinge. Eine Vielzahl äußerlich ganz gleich ablaufender Ereignisse nähmen wir nur deshalb als Schaden im Rechtssinne wahr, weil der Täter vorsätzlich gehandelt und auch das Opfer so empfunden habe. Es sei deshalb zwar gut vertretbar, bei vorsätzlichen Handlungen einen höheren Betrag festzulegen; zwischen leichter bzw. normaler Fahrlässigkeit und Haftung aus Gefährdungshaftung zu unterscheiden, scheine schmerzensgeldrechtlich nicht mehr haltbar zu sein.

1347 Ähnlich argumentiert Wagner,[1936] der bei der Frage, ob leichte Fahrlässigkeit bei der Bemessung des Schmerzensgeldes zu berücksichtigen ist, von einer ungelösten Frage spricht. Unter dem **neuen Recht** stehe aber **außer Zweifel**, dass dem Geschädigten auch bei fehlendem Verschulden des Schädigers ein Schmerzensgeld zu gewähren sei, doch die Frage, ob es bei bloßer Gefährdungshaftung in demselben Umfang zu gewähren sei wie bei der Verschuldenshaftung, sei damit nicht geklärt. Zwar streite für eine Abstufung das Rechtsgefühl bzw. die Billigkeit, doch bei konsequenter Durchführung würde eine solche Lösung den Vereinfachungszweck des Gesetzes völlig zunichtemachen. Hinge die Höhe des Schmerzensgeldes von der konkreten Form schuldhaften Verhaltens ab, müsste die Verschuldensfrage doch wieder in jedem Rechtsstreit geklärt werden. Die Berücksichtigung des Verschuldens ließe sich auch nicht auf diejenigen Fälle beschränken, in denen das Vorliegen und die Intensität der Pflichtwidrigkeit unstreitig oder offenkundig sind, denn entsprechende Beweisanträge des Geschädigten, mit denen er eine höhere Entschädigung zu erstreiten hofft, ließen sich kaum zurückweisen. Werde aber die in der neueren Rechtsprechung des VI. Zivilsenats erkennbare Vorrangstellung der Ausgleichsfunktion des Schmerzensgeldes in das neue Recht fortgeschrieben, dann könne als gesichert gelten, dass eine Beweisaufnahme über die Frage leicht fahrlässigen Verhaltens nicht mehr infrage komme. Der Vorwurf leicht fahrlässigen Verhaltens sei so stark objektiviert, dass sich eine Abstufung des Schmerzensgeldes je nachdem, ob der Schädiger noch sorgfaltsmäßig oder schon leicht fahrlässig gehandelt habe, verbiete.

1348 Die **Genugtuungsfunktion** dürfte in solchen Fällen zu vernachlässigen sein. Gerade bei Schmerzensgeldansprüchen aus Verkehrsunfällen stand schon bislang die Ausgleichsfunktion deutlich im Vordergrund. Maßgebliche Berücksichtigung fanden weniger das (zumeist ohnehin geringe) Verschulden des Unfallgegners, sondern vielmehr Umstände wie die unmittelbaren Unfallfolgen, der Heilungsverlauf, Dauerschäden oder Einschränkungen der Lebensgestaltung.[1937] Auch die Rechtsprechung neigte bereits nach der alten Rechtslage dazu, die Genugtuungsfunktion jedenfalls für den (häufigen) Fall fahrlässiger Begehung für weitgehend unbeachtlich zu halten.[1938]

1934 Vgl. v. Bar, Karlsruher Forum 2003, S. 25; BGH, Urt. v. 16.01.1996 – VI ZR 109/95, VersR 1996, 382 mit der Aussage: »Jedenfalls bei vorsätzlichen Straftaten sei auch ein Genugtuungsbedürfnis bei der Bemessung des Schmerzensgeldes zu berücksichtigen«.

1935 V. Bar, Karlsruher Forum 2003, S. 25 f.

1936 Wagner, S. 30 f.

1937 Vgl. Jaeger/Luckey, Rn. 86.

1938 Palandt/Grüneberg, § 253 Rn. 4 m. w. N.; dazu ausführlich Jaeger/Luckey, Rn. 83 f.

1349 Es steht zu erwarten, dass bei einer verschuldensunabhängigen Haftung die Genugtuungsfunktion deutlich an Gewicht verlieren wird. Es würde auch den ausdrücklichen **Gesetzeszweck einer Vereinfachung der Regulierung** weitgehend konterkarieren, verzichtete man auf ein Verschuldenselement zwar bei der Haftungsfrage, ließe dieses aber »durch die Hintertür« bei der Bemessung des Schmerzensgeldes wieder prozesserheblich werden. Der angestrebte Rationalisierungseffekt ließe sich, außergerichtlich wie prozessual, am besten dadurch erreichen, dass auf die Genugtuungskomponente gänzlich verzichtet wird,[1939] und zwar auch bei Vorsatzdelikten.[1940]

1350 Nach dem Willen des Gesetzgebers ist die Funktion des Schmerzensgeldes (primär) auf Ausgleich gerichtet. Die »billige Entschädigung« ist schadensbezogen. Sie hat neben der **Ausgleichsfunktion** zunächst keine weiteren Funktionen. Das zum Ausgleich der Beeinträchtigung ermittelte Schmerzensgeld kann auch dann die angemessene Sanktion für den immateriellen Schaden sein, wenn beim Verletzten ein Genugtuungsbedürfnis aufgekommen ist. Es besteht kein Anlass, dem Verletzten mit Genugtuungsbedürfnis allein deswegen ein höheres Schmerzensgeld zu gewähren.[1941]

1351 Gerade bei Schmerzensgeldansprüchen aus Verkehrsunfällen steht die Ausgleichsfunktion im Vordergrund. Hierbei sind zunächst die unmittelbaren Unfallfolgen (Verletzungen, körperliche und seelische Schmerzen, Ängste, Dauer des Krankenhausaufenthalts, Operationen) bis zum Abschluss des Heilungsprozesses zu berücksichtigen. Dauerfolgen können körperlicher (Behinderungen, Entstellungen, Narben, Schmerzen) oder psychischer Art (Neurosen, Psychosen, Depressionen u. a.) sein. Sie können die Lebensgestaltung (Beruf, Freizeit, Sport, Ehe und Familie) mehr oder weniger stark beeinträchtigen.

1352 Im **Verkehrsunfallrecht** haben sich einige **Besonderheiten** herausgebildet.[1942] Kann der Halter eines Fahrzeuges den Nachweis der höheren Gewalt (Unabwendbarkeit) nicht führen, muss er sich auf seine Ansprüche grds. die Betriebsgefahr seines Fahrzeuges anrechnen lassen, vgl. §§ 7, 17 Abs. 3 StVG.

1353 Wird der Schmerzensgeldanspruch nur auf den Gefährdungshaftungstatbestand, § 11 Satz 2 StVG gestützt, folgt daraus allerdings nicht, dass dieser Schmerzensgeldanspruch deshalb zu einem geringeren Schmerzensgeld führt als bisher.[1943] Zwar spielt bei einem Schmerzensgeldanspruch aus Gefährdungshaftung die Genugtuungsfunktion keine Rolle, aber daraus, dass für Unfallfolgen »nur« ein Ausgleich zu gewähren ist, folgt nicht, dass der Anspruch dadurch gemindert werden könnte.[1944]

1354 Nunmehr hat diese Intention des Gesetzgebers Eingang in die Rechtsprechung gefunden.[1945]

1939 So etwa auch Huber, § 2 Rn. 47 unter Berufung auf Jaeger/Luckey, Rn. 85, 96; Palandt/Grüneberg, § 253 Rn. 4.

1940 Jaeger/Luckey, Rn. 85, nachfolgend auch Huber, § 2 Rn. 48.

1941 Lorenz, S. 261 (276) führt völlig zu Recht aus, dass die gegenteilige Annahme dazu führen würde, dass einem Verletzten, bei dem schon infolge kleinerer Verletzungen ein erhebliches Genugtuungsbedürfnis entsteht, ein exorbitant hohes Schmerzensgeld gewährt werden müsste. Einem solchen »Subjektivismus« könne die Rechtsordnung nicht nachgeben. Ihre besondere Reaktion auf Körper- und Gesundheitsverletzungen bestehe deshalb allein darin, dass sie wegen der immateriellen Schäden eine allein schadensbezogene Geldentschädigung vorsehe.

1942 S. o. Rdn. 102 ff., 676 ff.

1943 So auch Steffen, DAR 2003, 201 (206); Garbe/Hagedorn, JuS 2004, 287 (294).

1944 So aber v. Bühren/Jahnke, Teil 4 Rn. 193 f. und wohl auch Schirmer, DAR 2004, 21, der eine große Zahl Einzelfallentscheidungen befürchtet.

1945 Grundlegend zu dieser Problematik Jaeger, ZGS 2004, 217.

1355 Das OLG Celle[1946] hatte über die sofortige Beschwerde eines Klägers gegen die Verweigerung der Bewilligung von PKH zu entscheiden. Das LG hatte für eine auf Zahlung von Schmerzensgeld gerichtete Klage teilweise PKH verweigert mit der Begründung, dass einem Verkehrsunfallopfer bei einer bloßen Gefährdungshaftung aus §§ 7 Abs. 1, 11 Satz 2 StVG von vornherein ein deutlich geringeres Schmerzensgeld zustehe, wie wenn dem Schädiger (auch) ein Verschuldensvorwurf zu machen sei. Dieser Auffassung hat das OLG Celle eine klare Absage erteilt.

1356 Die Ansicht des LG dürfte auf die Stimmen in der Literatur zurückzuführen sein, die diese Meinung mit dem 2. Gesetz zur Änderung schadensersatzrechtlicher Vorschriften begründen.[1947] Aufgrund dieses Gesetzes, das am 01.08.2002 in Kraft getreten ist, kann Schmerzensgeld in allen Fällen gefordert werden, in denen eine Körper- oder Gesundheitsverletzung durch Verwirklichung eines Gefährdungshaftungstatbestandes herbeigeführt wurde. Die Folgerung, dass in Fällen der Haftung allein aus der Gefährdungshaftung das Schmerzensgeld geringer ausfallen **müsse** als bisher, soll deshalb gerechtfertigt sein, weil das Schmerzensgeld zwei Funktionen habe, nämlich die Ausgleichs- und Genugtuungsfunktion. Da ein Schmerzensgeldanspruch bisher immer ein Verschulden des Schädigers vorausgesetzt habe, habe in der Vergangenheit immer – auch – die Genugtuungsfunktion eine Rolle gespielt. Falle aber bei der reinen Gefährdungshaftung die Genugtuungsfunktion weg, solle das Schmerzensgeld zwingend niedriger sein als bisher.

1357 Dieser Ausgangspunkt, dass bei der reinen Gefährdungshaftung die Genugtuungsfunktion wegfalle und dass deshalb das Schmerzensgeld zwingend niedriger als bisher sein solle, ist falsch. Auch vor Inkrafttreten des 2. Gesetzes zur Änderung schadensersatzrechtlicher Vorschriften spielte die Genugtuungsfunktion bei der Bemessung des Schmerzensgeldes nur selten eine Rolle. In den Fällen, z. B. des Straßenverkehrsrechts, in denen der Fahrer eines Kfz durch einfache Fahrlässigkeit einen Verkehrsunfall verschuldete, ist nur ein Ausgleich zu gewähren. Auch in fast allen Fällen des Arzthaftungsrechts schuldet der Arzt, dem ein Fehler unterlaufen ist, dem Patienten einen Ausgleich, nicht aber zugleich Genugtuung. Nach der Ausgleichsfunktion wurde und wird das Schmerzensgeld bemessen, wegen eines Genugtuungsbedürfnisses wurde und wird es bei geringem Verschulden nicht erhöht. Ein solches Genugtuungsbedürfnis wäre nicht subjektiv, sondern objektiv festzustellen[1948] und könnte dann ggf. als besonderes Kriterium der Schmerzensgeldbemessung i. R. d. Ausgleichsfunktion bewertet werden.

1358 Folgerichtig hat das OLG Celle deshalb völlig zu Recht festgestellt, dass bei Verletzungen infolge eines Verkehrsunfalls die Genugtuungsfunktion ggü. der Ausgleichsfunktion weitgehend in den Hintergrund trete, dass also bei Verkehrsunfällen die Ausgleichsfunktion i. d. R. derart im Vordergrund stehe, dass auch in Fällen, in denen der Schmerzensgeldanspruch nur auf einen Gefährdungshaftungstatbestand gestützt werden könne, das Schmerzensgeld nicht geringer zu bemessen sei, als bei einfach fahrlässigem Verhalten; denn auch vor dem Inkrafttreten des 2. Gesetzes zur Änderung schadensersatzrechtlicher Vorschriften sei der Schmerzensgeldanspruch aus Gefährdungshaftungstatbeständen nicht etwa mit der Begründung gekürzt worden, dass eine verschuldensunabhängige Haftung vorliege. Zwar sei die Genugtuungsfunktion bei Straßenverkehrsdelikten nicht bedeutungslos, wenn dem Schädiger ein grober Verkehrsverstoß vorzuwerfen sei, ein solcher wirke weiterhin Schmerzensgeld erhöhend.

1359 Es ist eine Frage der **Folgenabschätzung**, ob man aufgrund der Festschreibung von Haftungshöchstbeträgen für die Gefährdungshaftung prognostiziert, dass es gleichwohl noch (eben

1946 OLG Celle, Beschl. v. 23.01.2004 – 14 W 51/03, NJW 2004, 1185 = SP 2004, 119 = DAR 2004, 225.

1947 Vgl. zu dieser Frage zusammenfassend Jaeger/Luckey, Rn. 81 ff.; Huber, § 2 Rn. 30 ff.

1948 FS für Wiese/Lorenz, 1998, S. 261 (272).

bei Ansprüchen über diese Beträge hinaus) zu einer »Fortwirkung« der Verschuldenshaftung kommen kann, die dann wiederum der Beschleunigung und Vereinfachung der Regulierung entgegenwirken könnte. Jedenfalls würde es sich hier um Einzelfälle handeln, die ohnehin schon aufgrund ihres finanziellen Volumens (so sie denn die Haftungshöchstgrenzen sprengen) nicht mehr als »einfacher Regulierungsfall« prozessiert werden können, ohne dass sich hier die noch mögliche Frage einer Verschuldenshaftung als darüber hinausgehender »Bremsklotz« erweisen müsste.[1949]

VIII. Wirtschaftliche Verhältnisse der Beteiligten

1360 Eine weitere Frage ist, ob für die Bemessung des Schmerzensgeldes auch die wirtschaftlichen Verhältnisse des Verletzten und des Schädigers maßgebend sind.[1950] Dies war zunächst unumstritten.[1951] Von Anfang an berücksichtigte die Rechtsprechung die Vermögensverhältnisse beider Seiten.[1952] Jedenfalls seit der Entscheidung des großen Zivilsenats im Jahr 1955 ist anerkannt, dass die wirtschaftlichen Verhältnisse der Beteiligten als **eine der möglichen Grundlagen der Bemessung des Schmerzensgeldes** berücksichtigt werden können.[1953] Diederichsen[1954] hält es auch heute noch für geboten, i. R. d. Billigkeit die wirtschaftlichen Verhältnisse des Schädigers und des Verletzten zu berücksichtigen. Zur Begründung verweist sie auf die BGH-Entscheidung aus dem Jahr 1955 und auf die die frühere Bedeutung der §§ 829 und 1300 BGB.[1955]

1. Wirtschaftliche Verhältnisse des Schädigers

1361 Die wirtschaftliche Leistungsfähigkeit des Schädigers kann zu berücksichtigen sein.[1956] Das OLG Bremen[1957] vertritt die Auffassung, dass schlechte wirtschaftliche Verhältnisse des Schädigers eine maßvolle Reduzierung des Schmerzensgeldes rechtfertigen können, damit der Schädiger nicht in schwere nachhaltige finanzielle Not gerate. Fehlende finanzielle Leistungsfähigkeit dürfe aber nicht dazu führen, dass dem Geschädigten lediglich ein »symbolisches« Schmerzensgeld zuerkannt werde.

1949 So aber Huber, § 2 Rn. 56.

1950 Dazu zusammenfassend Jaeger, VRR 2011, 404.

1951 Müller, VersR 1993, 909 (916).

1952 RG, Urt. v. 27.03.1906 – III 578/05, RGZ 63, 104 (105); Steffen, DAR 2003, 201 (203).

1953 BGH, Beschl. v. 06.07.1955 – GSZ 1/55, NJW 1955, 1675; Müller, VersR 1993, 909 (916); a. A. Knöpfel, AcP 155 (1956), 135 (149), weil bei Berücksichtigung der wirtschaftlichen Verhältnisse des Schädigers die Höhe des Schmerzensgeldes vom Zufall abhängen würde.

1954 Diederichsen, VersR 2005, 433.

1955 A. A. Knöpfel, AcP 155 (1956), 135 (149), weil bei Berücksichtigung der wirtschaftlichen Verhältnisse des Schädigers die Höhe des Schmerzensgeldes vom Zufall abhängen würde.

1956 BGH, Urt. v. 16.02.1993 – VI ZR 29/92, VersR 1993, 585 = r+s 1993, 180 (181); in der Entscheidung v. 29.09.1952 – III ZR 340/51, BGHZ 7, 223 (225) = VersR 1952, 397 = NJW 1953, 99 m. Anm. Geigel, hatte der BGH noch ausgeführt, dass bei der Bemessung der Höhe des Schmerzensgeldes die Vermögensverhältnisse des Verpflichteten nicht zu berücksichtigen seien und dass es auf das Bestehen einer Haftpflichtversicherung zugunsten des Verpflichteten nicht ankomme. Diese Auffassung des BGH hat der große Zivilsenat in der Entscheidung v. 06.07.1955 – GSZ 1/55, NJW 1955, 1675 aufgegeben und ausdrücklich ausgeführt, dass die wirtschaftlichen Verhältnisse des Schädigers, insb. eine Haftpflichtversicherung, zu berücksichtigen seien.

1957 OLG Bremen, Beschl. v. 16.03.2012 – 3 U 6/12, VersR 2012, 1046 = NJW-RR 2012, 858.

1362 Auch das LG Dresden[1958] ist der Ansicht, dass es sich bei der Bemessung der angemessenen Schmerzensgeldhöhe des Geschädigten anspruchsmindernd auswirkt, wenn der Schädiger keine Haftpflichtversicherung hat und nur über eine geringe finanzielle Leistungsfähigkeit verfügt. In dem Fall hatte ein Fahrradfahrer bei einem Sturzunfall eine Ausrenkung des Mittelfingers erlitten, was starke und lang anhaltende Schmerzen verursachte, außerdem eine Schultergelenksprengung sowie eine Knieprellung. Er befand sich nahezu ein Jahr lang in ambulanter Behandlung. Von dem verlangten Schmerzensgeld in Höhe von 7.700 Euro musste er in Anbetracht der schlechten wirtschaftlichen Verhältnisse des Schädigers erhebliche Abstriche machen. Verfügt der Schädiger nur über ein monatliches Nettoeinkommen von 800 Euro, so dass ihn jede Auferlegung von Zahlungen in hohem Maße belastet, ist (nur) ein Schmerzensgeld in Höhe von 1.800 Euro angemessen.

1363 Das KG[1959] ist der Ansicht, dass besonders günstige oder ungünstige Vermögensverhältnisse des Verletzten kein Grund seien das Schmerzensgeld zu erhöhen oder zu mindern; auch die wirtschaftlichen Verhältnisse des Schädigers seien nicht zu berücksichtigen, das gelte auch für das Vorliegen einer Haftpflichtversicherung.

1364 Hat der Schädiger **keinen Haftpflichtversicherungsschutz**, kann nach anderer Ansicht seine finanzielle Leistungsfähigkeit die Höhe des Schmerzensgeldes beeinflussen.[1960] Zu Recht weist Nixdorf[1961] darauf hin, dass die (schlechten) wirtschaftlichen Verhältnisse des Schädigers aber nicht zu einer Kürzung des Schmerzensgeldes führen dürfen, und dass das Bestehen einer Haftpflichtversicherung nicht bedeuten kann, dass der Schmerzensgeldanspruch überhaupt erst entsteht oder höher ausfällt. Bei dieser Betrachtung geriete man – ginge es um den Ausgleich reiner Vermögensschäden – in einen kaum auflösbaren Widerspruch zum **versicherungsrechtlichen Trennungsprinzip.**[1962] Dieses besagt, dass die Eintrittspflicht des Versicherers dem jeweiligen Schadensersatzanspruch zu folgen hat und nicht umgekehrt.

1365 In diesem Zusammenhang ist ein anderer Gesichtspunkt bisher nicht kommentiert worden, den der BGH (früher) wiederholt ins Spiel gebracht hat. Wenn es um die Frage geht, ob der Tatrichter die Grenzen seines Ermessens bei der Bemessung des Schmerzensgeldes überschritten hat, wenn er das Schmerzensgeld zu dürftig oder allzu reichlich bemessen hat, darf der BGH regulierend eingreifen. Dabei wies der BGH wiederholt darauf hin, dass die Bemessung des Schmerzensgeldes nicht zu einer Aufblähung des Schmerzensgeldgefüges führen dürfe, die der Versichertengemeinschaft nicht zugemutet werden dürfe.[1963] Der BGH hat allerdings

---

1958 LG Dresden, Urt. v. 12.12.2009 – 7 O 1942/09, VersR 2011, 641 mit Anm. Teumer/Stamm, VersR 2011, 642.

1959 KG, Urt. v. 17.12.2012 – 20 U 290/10, GesR 2013, 229.

1960 OLG Hamburg, Urt. v. 20.02.1980 – 5 U 18/80, VersR 1980, 1029 (1030); OLG Celle, Urt. v. 21.11.2002 – 14 U 32/02, OLGR 2003, 62; Budewig/Gehrlein, 446; v. Bühren/Jahnke, Teil 4 Rn. 222; a. A. OLG Hamm, Urt. v. 17.12.1997 – 13 U 202/96, VersR 1998, 1392: Eine Verminderung des Schmerzensgeldanspruchs bei bestehenden familiären Beziehungen zwischen dem Schädiger und dem Verletzten (Vater/Sohn) kommt auch dem Haftpflichtversicherer des Vaters zugute; vgl. auch OLG Köln, Beschl. v. 23.06.2000 – 22 W 19/00, VersR 2002, 65; OLG Stuttgart, Urt. v. 01.08.1997 – 2 U 75/97, NJW-RR 1998, 534. Das Fehlen einer Haftpflichtversicherung kann zu einem niedrigeren Schmerzensgeld führen, OLG Hamm, Urt. v. 19.11.2001 – 13 U 136/98, r+s 2002, 501; Freundschaft des Verletzten zum Schädiger und der Umstand, dass ein Unfall auf einer Gefälligkeitsfahrt stattgefunden hat, führen nicht zu einer Kürzung des Schmerzensgeldanspruchs, OLG Hamm, Urt. v. 03.03.1998 – 27 U 185/97, r+s 1998, 236.

1961 Nixdorf, NZV 1996, 89 (90) m. w. N.

1962 BGH, Urt. v. 01.10.2008 – IV ZR 285/06, VersR 2008, 1560 = NJW-RR 2009, 36.

1963 BGH, Urt. v. 24.05.1988 – VI ZR 159/87, VersR 1988, 943; vgl. auch BGH, Urt. v. 15.01.1991 – VI ZR 163/90, VersR 1991, 350.

auch schon das Schmerzensgeld von 3.500,00 € auf 7.500,00 € heraufgesetzt, weil das OLG das Alter des Verletzten nicht ausreichend berücksichtigt habe[1964]

1366 Einem solchen Einwand ist das OLG Frankfurt am Main[1965] begegnet und hat einem 3-jährigen Kläger, der durch Glassplitter einer zerberstenden Limonadenflasche erblindete, 250.000,00 € und eine monatliche Rente von 250,00 € zuerkannt. Kapital und Rente ergaben einen Betrag von 344.000,00 €. Das OLG Frankfurt am Main führte zur Begründung der Entscheidung aus, dass dieses Schmerzensgeld das Entschädigungssystem nicht sprenge, sondern lediglich fortschreibe.

1367 Ebenso lehnte das OLG Düsseldorf,[1966] das bei schwerster Querschnittslähmung eines 36 Jahre alten Mannes unterhalb des Halswirbels C 3 ein Schmerzensgeld von rund 300.000,00 € (Kapital 225.000,00 €, monatliche Rente 375,00 €) zugesprochen hat, eine Rücksichtnahme auf die Versichertengemeinschaft mit der Begründung ab, dass durch das zuerkannte Schmerzensgeld der aus der Rechtsprechung ersichtliche Rahmen nicht gesprengt werde.

1368 Auch das OLG Köln[1967] erkannte: Bei der Bemessung des Schmerzensgeldes darf die Berücksichtigung der wirtschaftlichen Verhältnisse des Schädigers, der derzeit einkommens- und vermögenslos ist, nicht dazu führen, dass von der Verhängung eines Schmerzensgeldes entweder ganz abgesehen oder ein nur symbolisches, der Tat und ihren Folgen unangemessenes Schmerzensgeld zugesprochen wird.

1369 Das LG hatte in der angegriffenen Entscheidung einem 12-jährigen Mädchen ein Schmerzensgeld i. H. v. 25.000,00 € zugesprochen, weil sie das Opfer einer von dem 15 Jahre alten Beklagten an ihr begangenen Vergewaltigung in Tateinheit mit sexuellem Missbrauch von Kindern, gefährlicher Körperverletzung und Freiheitsberaubung wurde und weil der Beklagte nach der Tat versucht hatte, sie auf verschiedene Weise zu töten, solange, bis ihn die Kraft verließ. Die Klägerin konnte monatelang nicht mehr richtig schlafen und leidet unter sehr starken psychischen Beeinträchtigungen.

1370 Anders allerdings noch 1997 das OLG Stuttgart,[1968] das einem 11-jährigen Mädchen nach Vergewaltigung mit schweren Genitalverletzungen, psychischen Schäden, Verätzungen, Vergiftungen und einer lebensgefährlichen Leberentzündung und dadurch resultierendem schweren Leberschaden ein Schmerzensgeld von (nur) 35.000,00 € zubilligte, »weil die Vermögenslosigkeit des Täters als ermäßigender Umstand angesetzt werden könne«.

1371 ▶ **Hinweis:**

> Heute gilt, dass Schmerzensgeld Schadensersatz ist; es ist dazu bestimmt, dem Verletzten für die erlittenen körperlichen und seelischen Leiden einen Ausgleich zu geben. Mögen die wirtschaftlichen Verhältnisse des Schädigers dazu führen, dass es im unteren Bereich des Angemessenen angesiedelt wird, bei Vorsatztaten darf es auf die wirtschaftlichen Verhältnisse des Schädigers i. d. R. nicht ankommen.

1372 Im Adhäsionsverfahren spielen die wirtschaftlichen Verhältnisse des Verletzten jedoch eine besondere Rolle. Die Strafsenate des BGH berücksichtigen im Gegensatz zu den Zivilgerichten

1964 Zitiert nach Gelhaar, NJW 1953, 1281 (1282).

1965 OLG Frankfurt am Main, Urt. v. 21.02.1996 – 23 U 171/95, VersR 1996, 1509.

1966 OLG Düsseldorf, Urt. v. 10.02.1992 – 1 U 218/90, VersR 1993, 113.

1967 OLG Köln, Beschl. v. 23.06.2000 – 22 W 19/00, VersR 2002, 65.

1968 OLG Stuttgart, Urt. v. 01.08.1997 – 2 U 75/97, NJW-RR 1998, 534.

die wirtschaftlichen Verhältnisse von Täter und Opfer sehr stark,[1969] obwohl die Verurteilung zur Zahlung von Schmerzensgeld nicht in jedem Fall die ausdrückliche Erörterung der wirtschaftlichen Verhältnisse von Schädiger und Geschädigtem verlangt.[1970]

1373 Es mutet schon seltsam an, dass der 2. Strafsenat des BGH[1971] fehlende Feststellungen zu den wirtschaftlichen Verhältnissen des Angeklagten mit der Begründung beanstandete, die finanzielle Lage des Täters solle verhindern, dass die Verpflichtung zur Zahlung eines Schmerzensgeldes zu einer **unbilligen Härte** für den Täter werde. Zwar ist es richtig, dass die wirtschaftlichen Verhältnisse von Täter und Opfer für die Höhe des Schmerzensgeldes nicht völlig gleichgültig sind,[1972] es erscheint aber ungewöhnlich, dass diese im Rahmen eines Strafverfahrens nicht jedenfalls in den Grundzügen offenbar geworden sein sollen, sodass i. d. R. eine Aufhebung und Zurückverweisung deswegen kaum einmal wirklich gerechtfertigt sein dürfte.[1973]

1374 Die Befürchtung, die Höhe des vom Vergewaltiger zu zahlenden Schmerzensgeldes (i. d. R. viel zu gering bemessen) könne für diesen eine unbillige Härte bedeuten, zeigt eine verkehrte Denkweise. Das Mitleid mit dem Täter verhöhnt das Opfer.

2. Wirtschaftliche Verhältnisse des Verletzten

1375 Es ist auch die Frage zu stellen, ob für die Bemessung des Schmerzensgeldes auf die wirtschaftlichen Verhältnisse des Verletzten abzustellen ist, ob die Höhe des Schmerzensgeldes sich am **bisherigen Lebensstandard des Verletzten** zu orientieren hat. Eine solche Auffassung hätte in zwei Richtungen Konsequenzen: Das Schmerzensgeld fällt umso höher aus, je höher der Lebensstandard des Verletzten ist oder andererseits, das Schmerzensgeld fällt niedrig aus, wenn der Verletzte bisher keinen hohen Lebensstandard hatte. Dass die erste Konsequenz »höheres Schmerzensgeld bei höherem Einkommen«[1974] nicht richtig sein kann, folgt schon daraus, dass einem vielfachen Millionär durch ein noch so hohes Schmerzensgeld kein Ausgleich gewährt werden könnte.[1975] Ein Schmerzensgeld kann aber auch nicht völlig versagt werden, nur weil der Reiche ggü. einem Zuwachs an materiellen Gütern so abgestumpft ist, dass ihm ein

---

1969 BGH, Beschl. v. 14.10.1998 – 2 StR 436/98, NJW 1999, 437 = NStZ 1999, 155; BGH, Beschl. v. 07.07.2010 – 2 StR 100/10, NStZ 2010, 344; BGH, Urt. v. 27.02.2013 – 2 StR 206/12, unveröffentlicht: »Ausführungen zu den wirtschaftlichen Verhältnissen des Schädigers« seien bei der Bemessung »regelmäßig erforderlich«. So auch LG Mainz, Beschl. v. 25.06.1997 – 301 Js 24.998/96 – 1 Ks, StV 1997, 627.

1970 Pfeiffer, StPO, 5. Aufl. 2005, § 403 Rn. 3; BGH, Urt. v. 07.02.1995 – 1 StR 668/94, NJW 1995, 1438.

1971 BGH, Beschl. v. 14.10.1998 – 2 StR 436/98, NJW 199, 437 = NStZ 1999, 155.

1972 OLG Köln, Urt. v. 01.02.1991 – 19 U 118/90, VersR 1992, 330; in dieser Entscheidung trat die Genugtuungsfunktion in den Hintergrund, weil der Schädiger nur über geringes Einkommen verfügte und erheblichen Regressforderungen des Krankenversicherers des Verletzten ausgesetzt war.

1973 Weitere Einzelheiten hierzu bei Rdn. 1390 ff. (Adhäsionsverfahren).

1974 Vgl. schon RG, Urt. v. 28.05.1925 – IV 69/25, JW 1925, 2599 m. zust. Anm. von Blume. Das RG meint, die guten Vermögensverhältnisse der Familie der Geschädigten dürften allenfalls zu deren Nachteil, zu deren Ungunsten, berücksichtigt werden; OLG Karlsruhe, Urt. v. 11.07.1997 – 10 U 15/97, VersR 1998, 1256 ff. = NZV 1999, 210 ff.; das OLG Karlsruhe stellt insb. darauf ab, dass die berufliche und gesellschaftliche Stellung des Verletzten nicht zu höherem Schmerzensgeld führen darf; allerdings dürfe ggü. einem Millionär nicht derselbe Geldbetrag als billige Entschädigung angesetzt werden, wie ggü. einem Sozialhilfeempfänger; ebenso OLG Schleswig, Urt. v. 29.06.1989 – 16 U 201/88, NJW-RR 1990, 470 (471); Berger, VersR 1977, 877 (879); vgl. zu dieser Problematik auch Staudinger/Schiemann, BGB, 2005, § 253 Rn. 42.

1975 S. o. zur Ausgleichs- und Genugtuungsfunktion, Rdn. 996 ff.

Vermögenszuwachs nicht die geringste Freude bereiten könnte.[1976] Nicht gefolgt werden kann Budewig/Gehrlein,[1977] die die Auffassung vertreten, »besonders günstige Vermögensverhältnisse« des Geschädigten könnten etwa die Ausgleichsfunktion zurücktreten lassen und seine »**schlechte wirtschaftliche Lage**« könne zu einer **Erhöhung des Schmerzensgeldes** führen.

1376 Diesem Thema hat sich schon das OLG Schleswig[1978] gewidmet und mit Nachdruck den Standpunkt vertreten, bei der Bemessung des Schmerzensgeldes dürfe nicht auf die »außerordentlich günstigen Lebensverhältnisse« des Schädigers abgestellt und kein höheres Schmerzensgeld zugebilligt werden. Mit Rücksicht darauf, dass alle Menschen die gleiche Würde und das gleiche Recht auf körperliche Unversehrtheit hätten, dürfe beim Schmerzensgeld kein Zwei-Klassen-System eingeführt werden. Dem widerspricht Egon Schneider,[1979] der meint, diese Rechtsprechung beruhe auf einem Denkfehler. Beim Schmerzensgeld gehe es nicht um das Recht auf Leben oder körperliche Unversehrtheit, sondern um den Ausgleich für dessen Verletzung. Es sei nicht darum herumzukommen, dass der Genugtuungsausgleich für die Verletzung eines Sozialhilfeempfängers anders ausfallen müsse, als für einen Spitzenverdiener. Gleichmacherei sei kein Ausgleichsprinzip.

1377 Dieser Auffassung von Schneider ist nicht zuzustimmen. Abgesehen davon, dass er so ganz nebenbei ein neues Kriterium für die Bemessung des Schmerzensgeldes gefunden hat, nämlich den Genugtuungsausgleich, muss das Schmerzensgeld auf der Grundlage der heutigen Wertvorstellungen nach einem Rahmen bemessen werden, der keinesfalls zugunsten der Besserverdienenden ausgeweitet werden darf. Ebenso wenig wie einem sensiblen Menschen mit einem extrem ausgeprägten Genugtuungsbedürfnis ein höheres Schmerzensgeld zuerkannt wird, kann die pralle Börse hierfür einen Grund abgeben.

1378 Was die zuletzt genannte Konsequenz angeht, hat die Rechtsprechung in dieser Richtung einen Sonderfall schon entschieden. Ist der Verletzte z. B. Ausländer und beabsichtigt er, in sein Heimatland (Polen) mit geringem Standard zurückzukehren, genügt z. B. auch bei schweren Verletzungen ein verhältnismäßig geringes Schmerzensgeld, um ihm dort den Aufbau einer Existenz zu ermöglichen und den erlittenen Schaden auszugleichen.[1980] Billigkeit soll Verhältnismäßigkeit sein.[1981]

1379 Ein anderer Gesichtspunkt, nämlich das (hohe) Preisniveau am Wohnort des Verletzten (hier: im Raum Frankfurt am Main), ist bei der Bemessung des Schmerzensgeldes bisher nur vom OLG Frankfurt am Main[1982] herangezogen worden. Unter Berufung auf den **Ausgleichsgedanken** führt das OLG aus, ein Schmerzensgeldbetrag müsse jedenfalls so bemessen sein, dass er dem Geschädigten auf Dauer die Möglichkeit gebe, materielle Bedürfnisse, wenn auch nicht in uneingeschränktem Maße, so doch so weit zu befriedigen, dass er wenigstens in diesem Bereich keine Entbehrungen auf sich nehmen müsse und in dem Bewusstsein einer materiell gesicherten Existenz leben könne, um die Entbehrungen, die sich für die Dauer des Lebens aufgrund der Querschnittslähmung einstellten, wenigstens auf diese Weise »auszugleichen«. Das zuerkannte Schmerzensgeld von 200.000,00 € sei zu einem solchen Ausgleich in

1976 Knöpfel, AcP 155 (1956), 135 (145 f.).

1977 Budewig/Gehrlein, S. 446, mit Nachweisen aus der Rspr. vergangener Tage.

1978 OLG Schleswig, Urt. v. 29.06.1989 – 16 U 201/89, NJW-RR 1990, 470.

1979 Besprechung von Geigel, Der Haftpflichtprozess, 24. Aufl. 2004 in Beilage zu ZAP 12/2004, S. 7.

1980 OLG Köln, Urt. v. 30.04.1993 – 20 U 236/92, ZfS 1994, 47; van Bühren/Jahnke, Teil 4 Rn. 219.

1981 RG, Urt. v. 28.05.1925 – IV 69/25, JW 1925, 2599 m. zust. Anm. von Blume; so auch Dauner-Lieb/Langen/Huber, AK-Schuldrecht, § 253 Rn. 82.

1982 OLG Frankfurt am Main, Urt. v. 22.09.1993 – 9 U 75/92, OLGR 1994, 29. Ähnlich auch LG München I, Urt. v. 29.03.2001 – 19 O 8647/00, NJW-RR 2001, 1246 = VersR 2001, 1124, was auf den Preis eines Einfamilienhauses abstellt.

jedem Fall erforderlich. Hierbei sei auch das (hohe) Preisniveau im Raum Frankfurt am Main, in dem der Kläger wohne, zu berücksichtigen.

1380 Eine Besonderheit bildet ein Schmerzensgeldanspruch, der nach ausländischem Recht zu beurteilen ist. So findet das türkische Recht Anwendung auf einen Unfall, der sich in der Türkei ereignet und an dem dortige Staatsangehörige mit in Deutschland haftpflichtversicherten Fahrzeugen beteiligt sind. Hat der Schädiger seinen ständigen Aufenthalt in der Türkei, findet das türkische Recht Anwendung mit der Folge, dass auch die soziale Stellung des Verletzten für die Bemessung des Schmerzensgeldes eine Rolle spielt.[1983]

1381 Eine besondere Fallgestaltung ist bei der Verletzung eines Ausländers gegeben, der nicht in Deutschland bleiben, sondern in sein Heimatland zurückkehren will. Dieses Heimatland kann ein Land mit sehr niedrigem oder sehr hohem Lebensstandard sein. Es kann sich auch dadurch von Deutschland unterscheiden, dass im Heimatland des Verletzten sehr hohe oder sehr niedrige Schmerzensgelder gezahlt werden.

1382 Bei dieser Fallgestaltung kann sich die Frage stellen, ob für das zu zahlende Schmerzensgeld die Maßstäbe Deutschlands oder die Maßstäbe des Heimatlandes des Verletzten maßgebend sind. Ein Türke aus Anatolien würde dann z. B. ein geringeres Schmerzensgeld erhalten, ein US-Bürger dagegen ein wesentlich höheres als in Deutschland üblich.

1383 In diesem Sinne argumentiert auch Huber,[1984] wenn Personen eine Verletzung erleiden, die aus Staaten mit einem deutlich geringeren Kaufkraftniveau als in Deutschland stammen. Würde man ihnen das gleiche Schmerzensgeld zubilligen wie Personen mit einem Wohnsitz im Inland, würde dies bewirken, dass nicht nur die erlittene Einbuße ausgeglichen wird, sondern im Extremfall jeweils die gesamte Sippe des Verletzten für Jahrzehnte miternährt werden kann. Das Schmerzensgeld wäre – in seinen Worten – ein »Geschenk des Himmels und ein – insoweit – unverdienter Glücksfall.«

1384 Jedenfalls für einen Bürger der USA hat das KG[1985] ein höheres Schmerzensgeld mit der Begründung abgelehnt, dass bei der Bemessung von Schmerzensgeldansprüchen, die deutschem Recht unterliegen, der Umstand nicht zu berücksichtigen ist, dass es nach dem Recht seines Heimatlandes einen nach hiesigem Verständnis besonders hohen Ausgleich gibt. Auch das OLG Koblenz[1986] hat einem in Deutschland lebenden US-Amerikaner ein höheres Schmerzensgeld verweigert und ihm nicht das Gefühl erspart, er werde durch das im Vergleich zu dem in den USA weitaus höheren Schmerzensgeldniveau »rückständige« deutsche Rechtssystem benachteiligt.

1385 Dagegen hat das OLG Köln[1987] für einen in Polen lebenden Geschädigten ein Schmerzensgeld von 15.000,00 DM statt 20.000,00 DM bei Zugrundelegung der Lebensverhältnisse in Deutschland als angemessen bezeichnet, weil das Kaufkraftniveau in Polen geringer sei. Ein weiterer Ansatzpunkt waren die Einkommensverhältnisse.

1983 OLG Köln, Urt. v. 27.05.1993 – 12 U 230/92, NJW-RR 1994, 95.

1984 Huber, NZV 2006, 169 (173).

1985 KG, Urt. v. 23.04.2001 – 12 U 971/00, VersR 2002, 1567, der BGH hat die Revision durch Beschl. v. 09.04.2002 – VI ZR 280/01, unveröffentlicht, nicht angenommen.

1986 OLG Koblenz, Urt. v. 15.10.2001 – 12 U 2123/98, NJW-RR 2002, 1030 (1031) = SP 2002, 238 (239).

1987 OLG Köln, Urt. v. 30.04.1993 – 20 U 236/92, ZfS 1994, 47. Allerdings hat das OLG Düsseldorf, Urt. v. 05.11.2007 – I-1 U 64/07, NJW 2008, 530, einem polnischen Geschädigten die fiktive (!) Sachschadensabrechnung nach deutschen Preisen zuerkannt. Und der BGH, Beschl. v. 10.06.2008 – VI ZB 56/07, VersR 2008, 1514 = NJW-RR 2008, 1453 sieht in den niedrigeren Lebenshaltungskosten in Polen keinen Grund, die nach § 115 Abs. 3 ZPO maßgebenden Vermögensfreibeträge herabzusetzen.

1386 Nähme man also wirklich an, die wirtschaftlichen Verhältnisse des Verletzten könnten für die Bemessung des Schmerzensgeldes eine ausschlaggebende Rolle spielen, würde die Leistung zwischen Reich und Arm doch sehr unterschiedlich ausfallen können. Das Schmerzensgeld eines verwöhnten Menschen müsste vervielfältigt werden, um ihm das Gefühl der Kompensation zu verschaffen. Lebt der Verletzte dagegen in bescheidenen Verhältnissen, würde ein geringer Schmerzensgeldbetrag ausreichen, weil er keine hohen Ansprüche an das Leben stellt.[1988] So hat das **RG**[1989] herausgestellt, dass das Gericht den Grundsatz der Gleichheit und Billigkeit verletzt, wenn es wegen einer entstellenden Augenverletzung ein Schmerzensgeld i. H. v. 125.000,00 Mark mit der Begründung zuspricht, »die Klägerin hätte als Tochter eines reichen Mannes bei ihrer guten körperlichen und geistigen Veranlagung ohne die Schädigung die größten Anforderungen an das Leben stellen können«.

1387 Grundsätzlich ist die finanzielle Situation des Geschädigten nach deutschem und österreichischem Recht nicht zu berücksichtigen,[1990] wenn auch die Frage der Abhängigkeit des Schmerzensgeldes von der finanziellen Situation des Geschädigten, seinen Vermögensverhältnissen, kulturellen Bedürfnissen oder sonstigen persönlichen Verhältnissen letztlich nicht zu berücksichtigen sind. Es ist nicht zulässig, auf diese Gesichtspunkte abzustellen, weil nur so das »unterschiedliche Wohlgefühl der Äquivalenz einer angemessenen Schmerzensgeldzahlung zwischen Millionär und Durchschnittsbürger bzw. Habenichts ausgelöst werden könne«.

IX. Haftpflichtversicherung

1388 Wie gezeigt,[1991] spielen die wirtschaftlichen Verhältnisse des Schädigers für die Bemessung des Schmerzensgeldes **i. d. R. keine entscheidende Rolle**. Deshalb kommt es auch nicht entscheidend darauf an, ob für ihn eine Haftpflichtversicherung eintritt, wenn auch nicht zu verhehlen ist, dass dieser Gesichtspunkt im Rahmen von Vergleichsgesprächen gelegentlich eine Rolle spielt. Jedenfalls die frühere Argumentation des BGH, bei der Bemessung des Schmerzensgeldes sei zu berücksichtigen, dass die Versichertengemeinschaft nicht überfordert werden dürfe, ist heute nicht mehr tragfähig.

X. Checkliste für die Schmerzensgeldbemessung

1389

1. Schmerzen

a) Körperliche Schmerzen
- ☐ Schilderung der Schmerzen durch den Verletzten
- ☐ Art, Dauer und Heftigkeit der Schmerzen
- ☐ Bei Dauerschmerz: Einfluss auf die Lebensgestaltung
- ☐ Wiedergabe medizinischer Gutachten
- ☐ Vorlage von Lichtbildern
- ☐ Augenscheineinnahme

b) Seelische Schmerzen

aa) im Zusammenhang mit der Entstehung des Schadens
- ☐ Schrecksituation beim Erkennen des nahenden Ereignisses
- ☐ Entsetzen oder Angst beim Eintritt des Ereignisses
- ☐ Erlebnis der Verletzung
- ☐ Hilflosigkeit und Verzweiflung über die Situation
- ☐ Bewusstlosigkeit infolge von Verletzungen, Schock oder großen Schmerzen

---

1988 Vgl. Henke, S. 12.

1989 RG, Urt. v. 28.05.1925 – IV 69/25, JW 1925, 2599.

1990 Reisinger, Die Bedeutung des Schmerzensgeldes für die Versicherungswirtschaft, Zivilrecht 2008, 49 (53).

1991 S. o. Rdn. 1360 ff.

- ☐ während der ärztlichen Behandlung
- ☐ Auslösung erheblicher Ängste durch Narkosen, operative Behandlung, Injektionen, Wundversorgung
- ☐ Anschluss an medizinische Apparate
- ☐ Krankenhausaufenthalt als »Freiheitsentziehung« mit allen damit verbundenen Nachteilen
- ☐ Depressionen aus Sorge um den Heilungsverlauf
- ☐ Angst vor weiteren medizinischen Eingriffen
- ☐ Suchtgefahr durch schmerzstillende Mittel
- ☐ Todesangst bei Zwischenfällen wie Embolie oder Herzbeschwerden
- ☐ Sorgen um die berufliche Zukunft
- ☐ nach der Behandlung schwerer Verletzungen
- ☐ Verlust oder Beeinträchtigung der Sinnesorgane, der Fortbewegungsmöglichkeiten usw.
- ☐ Körperbehinderung mit Verlust früher vorhandener Fähigkeiten
- ☐ Berufs- und Arbeitsunfähigkeit
- ☐ Dauernde Entstellungen und ihre Folgen
- ☐ Störung zwischenmenschlicher Beziehungen
- ☐ Verminderte Heiratschancen für Frauen und Männer
- ☐ Schamgefühle
- ☐ Depressionen
- ☐ Beeinträchtigung der Lebensfreude
- ☐ Suizidgedanken

2. Schwere der Verletzungen

- ☐ Körperschäden
- ☐ Daraus üblicherweise sich ergebende Schmerzen
- ☐ Heilbehandlungsmaßnahmen
- ☐ Dauerfolgen

3. Verletzungsbedingtes Leiden

- ☐ Einfluss des Alters des Verletzten
- ☐ Wissen um Schwere der Verletzung
- ☐ Sorge um das Schicksal der Familie
- ☐ Verlauf des Heilungsprozesses
- ☐ Lange Dauer des Krankenhausaufenthalts
- ☐ Vergrößerung der Beeinträchtigung des Krankenhausaufenthalts durch Krankenhauskost

4. Dauer des Leidens/Dauerschäden

- ☐ Berufliche Nachteile
- ☐ Minderung der Erwerbsfähigkeit
- ☐ Berufswunschvereitelung
- ☐ Einschränkungen bei Freizeitaktivitäten
- ☐ Einschränkungen im Sexualleben
- ☐ Verlust von Gliedern, Organen und Funktionen
- ☐ Behinderungen
- ☐ Entstellungen
- ☐ Narben

5. Verschulden des Schädigers

- ☐ Arzthaftung
- ☐ Gefahrengemeinschaft
- ☐ Sport
- ☐ Spiel

- ☐ Gefälligkeitsverhältnis
- ☐ Familienangehörige/Freunde
- ☐ Billigkeitshaftung
- ☐ Gefährdungshaftung

6. Wirtschaftliche Verhältnisse der Beteiligten

- ☐ des Schädigers
- ☐ des Verletzten

7. Eintreten einer Haftpflichtversicherung

- ☐ Ja
- ☐ Nein

G. Gerichtliches Verfahren

I. Geltendmachung von Schmerzensgeldansprüchen im Adhäsionsverfahren

Das Adhäsionsverfahren[1992] gibt dem Opfer einer Straftat die Möglichkeit, seine zivilrechtlichen vermögensrechtlichen Ansprüche gegen den Täter schon im Strafverfahren geltend zu machen, vgl. § 403 StPO. Der Adhäsionsprozess beruht auf dem Gedanken des Sachzusammenhangs, der Sinn der Verbindung von Straf- und Zivilklage liegt darin, dem durch eine Straftat Verletzten möglichst schnell und einfach zu seinem Recht zu verhelfen.[1993] Zudem sollen aus Gründen der Prozessökonomie nicht verschiedene Gerichte in derselben Sache tätig werden und zueinander widersprechenden Ergebnissen gelangen.[1994] 1390

Die Regeln über das Adhäsionsverfahren waren jedoch »totes Recht«. Von den Anwälten wurde das Verfahren nicht betrieben. Die Richter blockten ab und verweigerten eine Entscheidung mit der Begründung, die Anträge eigneten sich nicht für die Erledigung im Strafverfahren. 1391

1. Geschichtliche Entwicklung

a) Opferschutzgesetz 1986

Schon mit dem Opferschutzgesetz v. 18.12.1986[1995] hatte der Gesetzgeber den Versuch unternommen, die mangelnde Akzeptanz des Adhäsionsverfahrens zu beseitigen, letztlich jedoch ohne Erfolg. 1392

b) Opferrechtsreformgesetz 2004

Nochmals wurde das Adhäsionsverfahren, vgl. §§ 403 ff. StPO, durch das Opferrechtsreformgesetz[1996] v. 24.06.2004, das am 01.09.2004 in Kraft getreten ist, grundlegend neu geregelt. Der Änderung ging ein Beschluss der Justizministerkonferenz aus dem Jahr 2003 voraus, durch den Schutz und Hilfe für Opfer von Straftaten verbessert werden sollten. Die Entschädigung des Verletzten sollte zum wiederholten Male neu und besser gestaltet werden. Es war offensichtlich, dass die Regeln über das Adhäsionsverfahren »totes Recht« waren und nur 1393

1992 Vgl. hierzu auch Luckey, VRR 2005, 44.

1993 Roxin, Strafverfahrensrecht, 22. Aufl. 1991, § 63 A I; Köckerbauer, NStZ 1994, 305 (305).

1994 Kleinknecht/Meyer, StPO, 40. Aufl. 1991, vor § 403 Rn. 1; Meyer-Goßner, StPO, Vorbem. 1 vor § 403; Pfeiffer, StPO, 5. Aufl. 2005, Rn. 1 vor § 403; Köckerbauer, NStZ 1994, 305 (305).

1995 BGBl. I 1986, S. 2496.

1996 BGBl. I 2004, S. 1354.

eine »Scheinexistenz« führten.[1997] Als Ursache hierfür wurden u. a. genannt, die regelmäßig unzureichende Unterrichtung des Verletzten über das Ermittlungsverfahren, die Befürchtung größeren Arbeitsaufwands bei Staatsanwälten und Richtern und die unzureichende Gebührenregelung für RA.[1998]

1394 Die gesetzliche Neuregelung soll dem Adhäsionsverfahren eine höhere Praxisrelevanz verleihen und will es aus seinem »Dornröschen-Schlaf«[1999] und »Dämmerzustand«[2000] befreien, es soll aus seiner Bedeutungslosigkeit herausgeholt werden. Insoweit dürfte das Ziel des Gesetzgebers erreicht worden sein. Das neu geregelte Adhäsionsverfahren bietet dem Geschädigten ein einfaches und kostengünstiges Verfahren, einen vollstreckbaren Titel zu erlangen; er kann im Strafverfahren seine zivilrechtlichen (vermögensrechtlichen) Ansprüche, insb. Schadensersatzansprüche wegen Beschädigung des Kfz, Ansprüche aus Personenschaden und Schmerzensgeldansprüche durchsetzen, vgl. § 403 StPO. Was allerdings bleiben wird, ist die Feststellung, dass diese Ansprüche von Strafverteidigern i. d. R. nicht optimal geltend gemacht werden können und dass der oder die entscheidenden Strafrichter sich in der oft kaum ausreichend bekannten zivilrechtlichen Materie betätigen müssen.[2001] Auch führt die Regelung, wonach es im – praktisch bedeutsamen – Strafbefehlsverfahren keine Adhäsion gibt, zu einer »Achillesferse« der Novelle.[2002] Insgesamt zeigt sich für den Zeitraum 2002 bis 2009, dass nur in ca. 5 % der Strafverfahren, die durch Urteil entschieden werden, eine Adhäsionsentscheidung ergangen ist.[2003] Nach neuem Recht muss das Gericht aber i. d. R. zumindest über das Schmerzensgeld entscheiden und kann hierüber eine Entscheidung nicht wie früher nahezu problemlos verweigern.

1395 Nicht behoben ist durch die Neuregelung ferner ein weiterer Grund für die mangelnde Akzeptanz des Adhäsionsverfahrens, dass nämlich weder der Versicherer des Schädigers noch der des Verletzten am Adhäsionsverfahren unmittelbar beteiligt werden können.[2004] Deshalb ist das Adhäsionsverfahren insb. für Verkehrsdelikte nicht immer geeignet, zumal eine Verurteilung ohne Verschulden allein aus dem Gesichtspunkt der Gefährdungshaftung i. d. R. nicht in Betracht kommt. Der Geschädigte kann im Adhäsionsverfahren seinen Direktanspruch gegen den Haftpflichtversicherer nicht durchsetzen, sodass ihm schon deshalb zu diesem Verfahren nicht geraten werden kann,[2005] es sei denn, der Schädiger ist finanziell ohne Weiteres in der Lage, seine Ansprüche zu befriedigen oder der Fahrer ist ohne Haftpflichtversicherungsschutz gefahren.[2006] Zu bedenken ist auch, dass der Schädiger nach Rechtskraft des Urteils im Strafverfahren im Zivilprozess nicht mehr Partei ist und als Zeuge des beklagten Versicherers

---

1997 Sommerfeld/Guhra, NStZ 2004, 420 (420).

1998 Sommerfeld/Guhra, NStZ 2004, 420 (420) m. w. N.

1999 Fey, AnwBl. 1986, 491.

2000 Schirmer, DAR 1988, 121; geringe Akzeptanz erfährt das Adhäsionsverfahren auch in der Schweiz; dort ist Voraussetzung, dass die Sach- und Rechtslage in Bezug auf die Entschädigung des Unfallopfers klar ist, vgl. Lemor, SVR 2006, 290 (291).

2001 Meyer-Goßner, StPO, Vorbem. 2 vor § 403: Einer verstärkten Anwendung steht die forensische Verschiedenheit der Aufgaben von Straf- und Zivilrichtern entgegen.

2002 Haller, NJW 2011, 970 (971).

2003 Haller, NJW 2011, 970 (971); Angaben von www.destatis.de.

2004 OLG Karlsruhe, Beschl. v. 25.11.1983 – 3 Ws 169/83, MDR 1984, 336; Pfeiffer, StPO, 5. Aufl. 2005, § 403 Rn. 1; Schirmer, DAR 1988, 121 (126); Köckerbauer, NStZ 1994, 305 (306). Es besteht auch keine Bindungswirkung der Entscheidung zu Lasten des Haftpflichtversicherers, vgl. BGH, Urt. v. 18.12.2012 -VI ZR 55/12, NJW 2013, 1163.

2005 Prechtel, ZAP, Fach 22, S. 399.

2006 Krumm, SVR 2007, 41 (43).

zur Verfügung steht. Bei dünner Beweislage kann dies im Zivilprozess für den Geschädigten nachteilig sein.

1396 Allerdings kann der Geschädigte aufgrund des vollstreckbaren Adhäsionsurteils dessen Ansprüche gegen den Haftpflichtversicherer pfänden und sich überweisen lassen.[2007]

1397 Umgekehrt hat der Versicherer nur wenige Möglichkeiten, auf das Strafverfahren und damit auf das Adhäsionsverfahren Einfluss zu nehmen. Er kann den Angeklagten weder vertreten noch kann er die Art und Weise der Verteidigung bestimmen.[2008] Der Versicherungsnehmer hat die üblichen Obliegenheiten zu beachten. Er kann nicht ohne Weiteres die im Adhäsionsverfahren geltend gemachten Ansprüche anerkennen oder sich darüber vergleichen. Tut er es dennoch, kann diese Obliegenheitsverletzung zur teilweisen Leistungsfreiheit des Versicherers führen.[2009]

2. Vermögensrechtliche Ansprüche als Gegenstand des Verfahrens

1398 Alle aus einer Straftat erwachsenen vermögensrechtlichen Ansprüche, insb. Ansprüche auf Leistung von Schadensersatz und Zahlung von Schmerzensgeld,[2010] können im Rahmen eines gegen den Täter laufenden Strafverfahrens Gegenstand des Adhäsionsverfahrens sein, soweit sie noch nicht anderweitig gerichtlich anhängig sind, vgl. § 403 StPO, und soweit sie zur Zuständigkeit der ordentlichen Gerichte gehören. Das gilt ohne Rücksicht auf den Wert des Streitgegenstandes auch für das Strafverfahren vor dem AG. Im Strafbefehlsverfahren ist ein Antrag des Verletzten auf Entschädigung dagegen nicht zulässig.[2011]

1399 Neben Schadensersatz- und Schmerzensgeldansprüchen können auch Herausgabe-, Bereicherungs- und Unterlassungsansprüche im Adhäsionsverfahren geltend gemacht werden. Soweit Ansprüche (auch) auf Gefährdungshaftung gestützt werden, können sie nur zuerkannt werden, wenn der Beschuldigte verurteilt oder wenn eine Maßregel der Besserung und Sicherung gem. § 71 StGB angeordnet wird, da ein Schuldspruch im Strafverfahren Voraussetzung für den Erfolg im Adhäsionsverfahren ist, vgl. § 406 Abs. 1 Satz 1 StPO.

1400 Gerade im Verkehrsrecht spielen für den Geschädigten Schmerzensgeldansprüche eine besonders wichtige Rolle. Der Verletzte muss daher sorgfältig abwägen, ob er sich einer Entscheidung durch Richter aussetzen will, die vom Zivilrecht, insb. aber vom Schmerzensgeldrecht, nichts oder nur wenig verstehen. Er muss auch bedenken, dass sich die Richter mit den geltend gemachten zivilrechtlichen Ansprüchen erst nach Abschluss der Beweisaufnahme befassen, weil diese Ansprüche nur zu bescheiden sind, wenn es zu einem Schuldspruch gegen den Angeklagten kommt. Viel Zeit zum Nachdenken bleibt den Richtern dann nicht. Zwar können sie im Adhäsionsverfahren gem. § 287 ZPO den Schaden schätzen, die vereinzelt gehegte Hoffnung, die Strafrichter könnten dadurch verleitet werden, einem überzeugend begründeten Adhäsionsantrag mehr oder weniger ungeprüft stattzugeben, und wegen fehlender Vergleichsmaßstäbe könne das Schmerzensgeld höher ausfallen als in einem Zivilprozess, erscheint nicht zutreffend.[2012]

2007 Schirmer, DAR 1988, 121 (126); Köckerbauer, NStZ 1994, 305 (306).

2008 Schirmer, DAR 1988, 121 (127).

2009 Eingehend zu dieser Frage: Schirmer, DAR 1988, 121 (127).

2010 Vgl. Holtz, MDR 1993, 405 (408).

2011 Pfeiffer, StPO, 5. Aufl. 2005, § 403 Rn. 5; Köckerbauer, NStZ 1994, 305 (309); a. A. Sommerfeld/Guhra, NStZ 2004, 420 (421, 424), die zum Ergebnis kommen, dass eine Entschädigung des Verletzten nach geltendem Recht auch im Verfahren bei Strafbefehlen zweckmäßig, sachgerecht und zulässig sei.

2012 Prechtel, ZAP, Fach 22, S. 399 (401).

3. Verfahrensbeteiligte

1401 Am Verfahren beteiligt ist als Antragsteller i. d. R. der Verletzte oder sein Erbe. Damit sind v. a. der private Versicherer des Verletzten und der Sozialversicherungsträger, auf die die Schadensersatzansprüche übergegangen sind, vom Adhäsionsverfahren ausgeschlossen.

1402 Der Beschuldigte ist Antragsgegner, nicht auch andere Mithaftende, wie z. B. der Versicherer des Beschuldigten.[2013] Entsprechend entfaltet das Adhäsionsurteil auch keine Bindungswirkung zu Lasten des Haftpflichtversicherers des Schädigers.[2014] Der Antragsgegner muss lediglich verhandlungsfähig, nicht auch prozessfähig sein.[2015] Gegen die Zulassung Dritter im Adhäsionsverfahren, etwa des Versicherers, hat sich schon 1994 eindeutig Köckerbauer[2016] ausgesprochen.

1403 Wurde die Tat von mehreren begangen und richtet sich das Strafverfahren gegen die Mittäter, muss sich der Antrag im Adhäsionsverfahren auf alle Beteiligten erstrecken, die Gesamtschuldner sind. Nur ein solcher Antrag führt zu einem Titel gegen alle (Gesamt-) Schuldner.

4. Antragstellung

a) Antrag

1404 Das Adhäsionsverfahren wird durch einen Antrag eingeleitet, vgl. § 404 Abs. 1 StPO. Der Antrag ist eine besondere Verfahrensvoraussetzung. Es besteht kein Anwaltszwang. Der Antrag kann im Ermittlungsverfahren oder gleichzeitig mit einer Strafanzeige gestellt werden, in der Hauptverhandlung aber nur bis zum Beginn der Schlussvorträge, vgl. § 404 Abs. 1 StPO. Der Antrag kann schriftlich oder mündlich zur Niederschrift des Urkundsbeamten, in der Hauptverhandlung auch mündlich gestellt werden, vgl. § 404 Abs. 1 Satz 1 StPO. Wird der Antrag außerhalb der Hauptverhandlung gestellt, jedoch nicht zugestellt, fehlt es an einem von Amts wegen zu prüfenden wirksamen Adhäsionsantrag. Wird dieser Antrag nach Beginn des Schlussantrages der StA mündlich gestellt, tritt keine Heilung ein, weil die Antragstellung nicht in der mündlichen Verhandlung erfolgt ist.[2017] Der Antrag muss den Gegenstand und den Grund des Anspruchs bestimmt bezeichnen und soll die Beweismittel enthalten, vgl. § 404 Abs. 1 Satz 2 StPO. Nach Form und Inhalt entspricht der Antrag dem Klageantrag im Zivilprozess (§ 253 ZPO). Ein Schmerzensgeldanspruch muss auch in diesem Verfahren nicht beziffert werden.[2018] Die sich aus § 139 ZPO ergebende Hinweispflicht gilt auch im Adhäsionsverfahren.

Nach der Rechtsprechung des BGH begegnet ein Feststellungsantrag im Adhäsionsverfahren höheren Hürden als im Zivilverfahren. In einem Verfahren wegen des sexuellen Missbrauchs eines Kindes, bei welchem die Möglichkeit weiterer (auch psychischer!) Schäden ja ausreichen würde, um einem Feststellungsantrag zum Erfolg zu verhelfen, hat der BGH[2019] »eingehende Ausführungen« zu der Frage von Spät- und Folgeschäden gefordert, weil ansonsten die

---

2013 Pfeiffer, StPO, 5. Aufl. 2005, § 403 Rn. 2.

2014 BGH, Urt. v. 18.12.2012 – VI ZR 55/12, NJW 2013, 1163.

2015 Krumm, SVR 2007, 41 (43).

2016 Köckerbauer, NStZ 1994, 305 (306).

2017 BGH, Beschl. v. 09.07.2004 – 2 StR 37/04, NStZ-RR 2006, 66.

2018 BGH, Urt. v. 30.04.1996 – VI ZR 55/95, BGHZ 132, 341 = VersR 1996, 990 = NJW 1996, 2425; dazu Anm. Jaeger, MDR 1996, 888; Krumm, SVR 2007, 41 (42).

2019 BGH, Beschl. v. 29.07.2003 – 4 StR 222/03, unveröffentlicht. Vergleichbar auch BGH, Beschl. v. 07.07.2010 – 2 StR 100/10, NStZ 2010, 344; BGH, Urt. v. 27.02.2013 – 2 StR 206/12, unveröffentlicht.

Begründung eines Feststellungstitels nicht ausreichend sei – es sei nämlich bei der schon 2 ½ Jahre zurückliegenden Tat nicht klar, warum noch Schäden bestehen sollten.

1405 Die Rechtzeitigkeit des Antrages ist als Verfahrensvoraussetzung von Amts wegen zu beachten.[2020] Der Antrag hat dieselbe Wirkung wie die Erhebung der Klage im Zivilprozess, er bewirkt also insb. die Hemmung der Verjährung. Diese tritt mit Eingang des Antrages bei Gericht ein und nicht erst mit der Zustellung der Antragsschrift beim Antragsgegner, vgl. § 404 Abs. 2 StPO. Der Zustellung des Antrages an den Schädiger gem. § 404 Abs. 1 Satz 3 StPO und der Anordnung und Durchführung einer Hauptverhandlung bedarf es für die verjährungshemmende Wirkung nicht. Allerdings wird ein Adhäsionsantrag, der außerhalb der Hauptverhandlung gestellt wird, gem. § 404 Abs. 1 Satz 3 StPO erst mit Zustellung wirksam.[2021]

1406 **▶ Hinweis:**

Soweit mithin – trotz der Schutzvorschrift des § 167 ZPO – Bedenken an einer rechtzeitigen Zustellung der zivilrechtlichen Klage, vgl. §§ 253 Abs. 1, 261 Abs. 1 ZPO, § 204 Nr. 1 BGB, bestehen, kann es angeraten sein, die Hemmung der Verjährung mittels einer Antragstellung in einem laufenden Strafprozess zu erreichen.

1407 Der Antrag kann auch ohne Zustimmung des Angeklagten bis zur Urteilsverkündung zurückgenommen werden, vgl. § 404 Abs. 4 StPO, eine erneute Antragstellung im selben Verfahren ist zulässig. Dies kann dazu führen, dass der Beschuldigte im Unklaren gelassen wird, ob nun Ansprüche gegen ihn geltend gemacht werden oder nicht.[2022]

1408 **▶ Praxistipp:**

Ein Grund für die fehlende Akzeptanz des Adhäsionsverfahrens sind unzureichende Rechtskenntnisse von (Straf-) Richtern und Staatsanwälten im Zivilrecht, besonders aber in der Rechtsprechung zum Schmerzensgeldrecht. Für alle im Adhäsionsverfahren geltend gemachten Ansprüche sollte daher gelten:

Antrag so früh wie möglich stellen, um allen Prozessbeteiligten die Möglichkeit zu geben, sich auch mit den zivilrechtlichen Auswirkungen dieses Verfahrens vertraut zu machen. Dann kann das Gericht wegen der Ansprüche, die nicht Schmerzensgeldansprüche sind, eine Verzögerung des Verfahrens vermeiden und wegen dieser Ansprüche die Entscheidung auch nicht wegen wesentlicher Verzögerung des Verfahrens ablehnen. I. Ü. kann das Gericht durch Erlass eines Grund- und/oder Teilurteils ggf. eine Verzögerung vermeiden.[2023]

b) Rechtsstellung des Antragstellers

1409 Bis zur gesetzlichen Neuregelung hatte der Antragsteller nur unzureichende prozessuale Befugnisse, weil verhindert werden sollte, dass der Verletzte das Strafverfahren verzögerte. Nach Inkrafttreten des Opferrechtsreformgesetzes stehen ihm jedoch zahlreiche Rechte zu:

– Er kann – ebenso wie der Angeschuldigte – PKH beantragen, § 404 Abs. 5 StPO; PKH kann jedoch erst bewilligt werden, wenn die Anklageschrift eingereicht ist.[2024] Die Entscheidung über den Antrag ist nicht anfechtbar, § 404 Abs. 5 StPO; § 127 ZPO gilt nicht.

2020 OLG Rostock, Urt. v. 03.06.1999 – 1 U 308/97, OLGR 2000, 47 ff. (zum alten Verjährungsrecht); Pfeiffer, StPO, 5. Aufl. 2005, § 404 Rn. 3.

2021 BGH, Beschl. v. 26.08.2005 – 3 StR 272/05, NStZ-RR 2005, 380.

2022 Meyer-Goßner, StPO, § 403 Rn. 13; Köckerbauer, NStZ 1994, 305 (307).

2023 Pfeiffer, StPO, 5. Aufl. 2005, § 406 Rn. 3.

2024 Was Köckerbauer, NStZ 1994, 305 (311) schon für das bisher geltende Recht mit Recht kritisiert hat.

- Dem Antragsteller, der sich im Hauptverfahren des Beistandes eines Anwalts bedient, soll dieser Anwalt beigeordnet werden, § 404 Abs. 5 Satz 2 StPO.
- Er kann einen Richter wegen Befangenheit ablehnen,[2025] ebenso einen Sachverständigen.
- Durch einen Anwalt kann er Akteneinsicht nehmen, § 406e Abs. 1 StPO.
- Von Ort und Zeit der Hauptverhandlung muss er benachrichtigt werden, § 404 Abs. 3 Satz 1 StPO.
- In der Hauptverhandlung hat er das Recht anwesend zu sein und angehört zu werden, § 404 Abs. 3 Satz 2 StPO. Er kann Fragen und Beweisanträge stellen. Auch als (noch) nicht vernommener Zeuge hat er während der Beweisaufnahme das Recht, anwesend zu sein.
- Er kann zur Schuldfrage Beweisanträge stellen,[2026] soweit dies für die Begründung des zivilrechtlichen Anspruchs von Bedeutung ist und unter dieser Voraussetzung auch zur strafrechtlichen Beurteilung des Sachverhalts Stellung nehmen.[2027]
- Ihm steht das Beanstandungsrecht nach § 238 Abs. 2 StPO zu, sodass er auf einen sachgerechten Verfahrensablauf hinwirken kann.
- Der Antragsteller kann mit dem Angeklagten einen Vergleich abschließen, § 405 Abs. 1 StPO, der zu Protokoll des (Straf-) Gerichts genommen wird.

1410 Leider kann der Geschädigte auch nach der Neuregelung nur eine Entscheidung über seinen Schmerzensgeldantrag erzwingen. Das führt dazu, dass dem Adhäsionsverfahren immer noch kaum praktische Bedeutung zugesprochen wird.[2028] Erhebungen darüber, ob die gesetzliche Neuregelung zu einer Zunahme von Adhäsionsverfahren geführt hat, sind nicht bekannt.

5. Entscheidung des Gerichts

a) Die (positive) Sachentscheidung

1411 § 406 Abs. 1 Satz 1 StPO stellt den Grundsatz voran, dass die Entscheidung über den geltend gemachten Anspruch die Regel ist. Das Gericht gibt dem Antrag im Urteil statt, wenn der Angeklagte wegen der Straftat schuldig gesprochen oder gegen ihn eine Maßregel der Besserung oder Sicherung angeordnet wird.

1412 Eine positive Sachentscheidung (Anerkenntnisurteil) ergeht auch, wenn der Angeklagte den vom Antragsteller geltend gemachten Anspruch ganz oder teilweise anerkennt, vgl. § 307 ZPO, § 406 Abs. 2 StPO. Die frühere Rechtsprechung des BGH,[2029] der ein Anerkenntnisurteil im Adhäsionsverfahren als unzulässig angesehen hatte, ist damit obsolet.

1413 Die Entscheidung kann sich auf den Grund und/oder auf einen Teil des geltend gemachten Anspruchs beschränken.[2030]

1414 Gegenüber der bisherigen Rechtslage bedeutet die Neuregelung eine Umkehrung des bisherigen Verhältnisses, nach dem de facto das Absehen von einer Entscheidung über den geltend gemachten Anspruch – wegen Nichteignung zur Erledigung im Strafverfahren – die Regel und die Entscheidung über den Anspruch die Ausnahme war.[2031]

2025 Str.: Prechtel, ZAP, Fach 22, S. 399; Köckerbauer, NStZ 1994, 305 (307).

2026 BGH, Urt. v. 21.09.1956 – 2 StR 68/55, NJW 1956, 1767.

2027 Köckerbauer, NStZ 1994, 305 (308).

2028 Pfeiffer, StPO, 5. Aufl. 2005, § 403 Vorbem. Rn. 2.

2029 BGH, Beschl. v. 18.12.1990 – 4 StR 532/90, NStZ 1991, 198; Pfeiffer, StPO, 5. Aufl. 2005, § 404 Rn. 6 hat die Rechtsänderung in § 406 Abs. 2 StPO – an dieser Stelle – offenbar übersehen.

2030 BGH, Beschl. v. 14.10.1998 – 2 StR 436/98, NJW 1999, 437 = NStZ 1999, 155; BGH, Beschl. v. 21.08.2002 – 5 StR 291/02, NStZ 2003, 46.

2031 Pfeiffer, StPO, 5. Aufl. 2005, § 406 Rn. 3.

1415 Dennoch kann eine Sachentscheidung im Adhäsionsverfahren auch nach der Neuregelung nicht immer erzwungen[2032] werden. Ist der Antrag zur Erledigung im Strafverfahren nicht geeignet, würde seine Erledigung insb. zu einer erheblichen Verzögerung des Verfahrens führen, kann von einer Entscheidung abgesehen werden. Das OLG Hamburg billigt in den Fällen, in denen materieller Schadensersatz verlangt wird, dem Gericht einen Ermessensspielraum bei der Beurteilung der Frage zu, ob der Adhäsionsantrag zur Entscheidung geeignet ist. I. R. d. Ermessensentscheidung ist eine Abwägung zwischen den Interessen des Geschädigten, den Anspruch im Adhäsionsverfahren durchzusetzen und den Interessen des Staates, seinen Strafanspruch möglichst effektiv zu verfolgen, sowie dem Interesse des Angeklagten an einem schnellen und fairen Verfahrensfortgang vorzunehmen. Den Opferinteressen kommt dabei nach Ansicht des OLG Hamburg ein hohes, aber nicht von vornherein überwiegendes Gewicht zu.[2033]

1416 Macht der Antragsteller jedoch einen Anspruch auf Zuerkennung eines Schmerzensgeldes geltend; ist in diesem speziell geregelten Fall das Absehen von einer Entscheidung nur zulässig, wenn der Antrag unzulässig ist, also insb. dann, wenn Verfahrensvoraussetzungen fehlen,[2034] oder soweit er unbegründet erscheint. Es genügt, wenn der Anspruch **unbegründet erscheint**, nicht erforderlich ist, dass er **unbegründet ist.**[2035] Zweifel an der Begründetheit reichen also aus, um von einer Entscheidung absehen zu dürfen. Bei zulässigem und begründetem Schmerzensgeldantrag steht dem Gericht jedoch ein Ermessensspielraum nicht zu, weil es auf eine denkbare Verzögerung des Abschlusses des Verfahrens bei diesem Anspruch nicht ankommt. Das bedeutet, dass zum Schmerzensgeldanspruch zumindest ein Grundurteil ergehen muss,[2036] in dem das Gericht auch eine Verzinsung des Schmerzensgeldanspruchs aussprechen kann.[2037]

1417 Demgegenüber hat der 3. Strafsenat des BGH von einer Entscheidung über einen Adhäsionsantrag abgesehen, ohne die oben genannten Voraussetzungen auch nur zu erwähnen[2038]. Er hat ausgeführt, dass unter Umständen schwierige zivilrechtliche Zurechnungsfragen zu klären seien, die das Strafverfahren nicht unerheblich verzögern könnten.

1418 Der 3. Strafsenat vermeidet auch sonst eine Entscheidung im Adhäsionsverfahren.[2039] Soweit der Tatrichter in einem solchen Verfahren ein Schmerzensgeld zuerkannt hat, wird die Entscheidung aufgehoben, weil der Strafsenat die Entscheidung für rechtsfehlerhaft hält, weil »die Strafkammer, wie es regelmäßig erforderlich ist, die persönlichen und wirtschaftlichen Verhältnisse des Angeklagten nicht erörtert« hat. Die Höhe des von der Strafkammer ausgeurteilten Schmerzensgeldes wird in der Entscheidung nicht mitgeteilt.

1419 Kommt ein Mitverschulden des Antragstellers in Betracht, ist dies beim Grund[2040]- und/oder Feststellungsurteil in der Weise zu berücksichtigen, dass dem Anspruch unter Berücksichtigung

---

2032 AnwK-RVG/Schneider, VV 4143, 4144 Rn. 1, hat wohl nicht erkannt, dass jedenfalls für den Antrag auf Zahlung eines Schmerzensgeldes i. d. R. eine Entscheidung erzwungen werden kann.

2033 OLG Hamburg, Beschl. v. 29.07.2005 – 1 Ws 92/05, NStZ-RR 2006, 347.

2034 Köckerbauer, NStZ 1994, 305 (308).

2035 Köckerbauer, NStZ 1994, 305 (309); dagegen vertritt Krumm, SVR 2007, 41 (44) die Auffassung, dass das Gericht nachvollziehbar erhebliche Zweifel an der Begründetheit darlegen muss, damit das Absehen von der Entscheidung nicht gegen die gesetzgeberische Intention zum Regelfall wird.

2036 Ferber, NJW 2004, 2562 (2565).

2037 Krumm, SVR 2007, 41 (46).

2038 BGH, Beschl. v. 07.02.2013 – 3 StR 468/12, unveröffentlicht.

2039 BGH, Urt. v. 27.02.2013 – 2 StR 206/12, unveröffentlicht.

2040 BGH, Beschl. v. 21.08.2002 – 5 StR 291/02, NJW 2002, 3560.

des Mitverschuldens mit einer bestimmten Quote stattzugeben ist. Die stattgebende Entscheidung sieht damit zugleich teilweise von einer Entscheidung ab.[2041]

► Hinweis:

Wenn also umgekehrt das rechtskräftige Strafurteil eine Haftung dem Grunde nach bejaht hat, ohne auf die Frage mitwirkenden Verschuldens einzugehen, ist die Berücksichtigung eines Mitverschuldens im nachfolgenden Zivilprozess nach §§ 406 Abs. 3 Satz 1 StPO, 318 ZPO nicht mehr zulässig.[2042]

1420 Das Strafurteil steht einem im Zivilrechtsweg erstrittenen Urteil gleich.[2043] Die rechtskräftige Entscheidung des Strafgerichts bindet das Zivilgericht aber nur insoweit, als dem Antrag stattgegeben wurde. Das Urteil stellt einen Vollstreckungstitel dar, vgl. § 406b StPO; deshalb hat das Strafgericht das Urteil entsprechend den Vorschriften der ZPO für vorläufig vollstreckbar zu erklären, vgl. § 406 Abs. 3 Satz 4 StPO. Ohnehin entfaltet das Strafurteil keine Bindungswirkung für den (am Adhäsionsverfahren ja nicht beteiligten) Haftpflichtversicherer des Schädigers.[2044]

1421 Gegen den zivilrechtlichen Teil des Strafurteils können weder der Antragsteller, noch die StA noch der Privat- oder der Nebenkläger ein Rechtsmittel einlegen, vgl. § 406a Abs. 1 Satz 2 StPO, da sie nicht beschwert sind. Das ist nur dann anders, wenn der Antrag des Klägers im Adhäsionsverfahren vor Beginn der Hauptverhandlung gestellt worden ist und noch keine den Rechtszug abschließende Entscheidung ergangen ist. Dieser Fall wird nicht eintreten, denn welcher Richter wird vor Abschluss des Strafverfahrens über einen Antrag im Adhäsionsverfahren entscheiden und dadurch dem Kläger im Adhäsionsverfahren die Möglichkeit geben, ein Rechtsmittel einzulegen?

1422 Eine Revision des Verletzten ist unzulässig, soweit er als Nebenkläger beanstandet, dass das LG davon abgesehen hat, auch über die Höhe des Schmerzensgeldes zu entscheiden und lediglich festgestellt hat, dass der Schmerzensgeldanspruch dem Grunde nach gerechtfertigt ist. Dem Verletzten steht im Adhäsionsverfahren ein Rechtsmittel auch insoweit nicht zu, als das Gericht von einer Entscheidung absieht. Über den Betrag findet die Verhandlung vor dem Zivilgericht statt.[2045]

1423 Dagegen kann der Angeklagte gegen ein stattgebendes Urteil mit den strafprozessualen Rechtsmitteln – Berufung und Revision – vorgehen. Dabei muss er den strafrechtlichen Teil des Urteils nicht anfechten.

1424 Wird dagegen der Angeklagte in der Rechtsmittelinstanz freigesprochen, muss die dem Antrag stattgebende Entscheidung der Vorinstanz aufgehoben werden; dies gilt auch, wenn das Urteil insoweit nicht angefochten worden ist, vgl. § 406a StPO.

2041 Vgl. auch BGH, Beschl. v. 27.01.2005 – 1 StR 549/04, NStZ-RR 2006, 261.

2042 OLG Karlsruhe, Beschl. v. 26.05.2011 – 7 W 8/11, unveröffentlicht. Da nicht von der Hand zu weisen ist, dass ein in Zivilsachen nicht gleichermaßen kundiger Strafrichter aus schlichter Unkenntnis die Tenorierung eines Mitverschuldens im Adhäsionsprozess übersieht, kann es hierzu einer ungerechtfertigten Besserstellung des Geschädigten kommen. Es ist also bereits im Adhäsionsverfahren darauf hinzuwirken, dass das Mitverschulden des Geschädigten berücksichtigt wird.

2043 Pfeiffer, StPO, 5. Aufl. 2005, Rn. 1 vor § 403.

2044 BGH, Urt. v. 18.12.2012 – VI ZR 55/12, NJW 2013, 1163.

2045 BGH, Urt. v. 17.03.2004 – 2 StR 474/03, NStZ 2005, 262 = NStZ-RR 2004, 233.

▶ **Praxistipp:** 1425

Der Verteidiger des Angeklagten wird immer zu berücksichtigen haben, dass den Strafgerichten eine revisionsfeste Begründung des Schmerzensgeldanspruchs i. d. R. nicht gelingt.[2046]

1426 Besonders die Strafsenate des BGH heben die Verurteilung des Täters zur Zahlung eines Schmerzensgeldes häufig auf, u. a. mit der – oft zutreffenden – Begründung, die Tatsacheninstanz habe nicht alle notwendigen tatsächlichen Feststellungen zu den Einkommens- und Vermögensverhältnissen des Täters getroffen; diese seien aber »regelmäßig erforderlich«.[2047] Zudem berücksichtigen die Strafsenate des BGH im Gegensatz zu den Zivilgerichten die wirtschaftlichen Verhältnisse von Täter und Opfer sehr stark,[2048] obwohl die Verurteilung zur Zahlung von Schmerzensgeld nicht in jedem Fall die ausdrückliche Erörterung der wirtschaftlichen Verhältnisse von Schädiger und Geschädigtem verlangt.[2049]

1427 So hat der 2. Strafsenat des BGH[2050] fehlende Feststellungen zu den wirtschaftlichen Verhältnissen des Angeklagten mit der Begründung beanstandet, die finanzielle Lage des Täters solle verhindern, dass die Verpflichtung zur Zahlung eines Schmerzensgeldes zu einer unbilligen Härte für den Täter werde. Hieran ist zutreffend, dass die wirtschaftlichen Verhältnisse von Täter und Opfer für die Höhe des Schmerzensgeldes nicht völlig gleichgültig sind,[2051] es erscheint aber ungewöhnlich, dass diese im Rahmen eines Strafverfahrens nicht jedenfalls in den Grundzügen offenbar geworden sein sollen, sodass i. d. R. eine Aufhebung und Zurückverweisung deswegen kaum einmal wirklich gerechtfertigt sein dürfte.

1428 Besonders nachteilig für den Antragsteller ist aber, dass die von den Strafgerichten im Adhäsionsverfahren ausgeurteilten Schmerzensgelder der Höhe nach meist völlig unzureichend sind.

– Das LG Landau verurteilte den Angeklagten wegen Vergewaltigung in zwei Fällen, davon in einem Fall in Tateinheit mit sexuellem Missbrauch eines Kindes, zu einer Gesamtfreiheitsstrafe von 6 Jahren und 6 Monaten und sprach der Adhäsionsklägerin ein Schmerzensgeld i. H. v. nur 5.000,00 € zu, was der BGH[2052] nicht beanstandete.
– Das LG Wiesbaden verurteilte den Angeklagten wegen Vergewaltigung in zwei Fällen und zur Zahlung eines Schmerzensgeldes i. H. v. 2.500,00 €. Der BGH[2053] meint dazu vollmundig: Da die Höhe des Schmerzensgeldes durch den Antrag, »ein angemessenes Schmerzensgeld« zuzusprechen, in das Ermessen des Gerichts gestellt wurde, ist in der Zuerkennung eines Betrages von 2.500,00 € von einem vollen Erfolg der Antragstellerin im Adhäsionsverfahren auszugehen, eine Auffassung, die der Rechtsprechung des VI. Zivilsenats des BGH krass widerspricht und die belegt, dass Strafrichter vom Zivilrecht – Schmerzensgeldrecht – nicht genügend verstehen.

2046 Prechtel, ZAP, Fach 22, S. 399 (404).

2047 BGH, Beschl. v. 07.07.2010 – 2 StR 100/10, NStZ 2010, 344; BGH, Urt. v. 27.02.2013 – 2 StR 206/12, unveröffentlicht.

2048 BGH, Beschl. v. 14.10.1998 – 2 StR 436/98, NJW 1999, 437 = NStZ 1999, 155; so auch LG Mainz, Beschl. v. 25.06.1997 – 301 Js 24.998/96 – 1 Ks, StV 1997, 627.

2049 BGH, Urt. v. 07.02.1995 – 1 StR 668/94, NJW 1995, 1438; Pfeiffer, StPO, 5. Aufl. 2005, § 403 Rn. 3.

2050 BGH, Beschl. v. 14.10.1998 – 2 StR 436/98, NJW 1999, 437 = NStZ 1999, 155.

2051 OLG Köln, Urt. v. 01.02.1991 – 19 U 118/90, VersR 1992, 330; in dieser Entscheidung trat die Genugtuungsfunktion in den Hintergrund, weil der Schädiger nur über geringes Einkommen verfügte und erheblichen Regressforderungen des Krankenversicherers des Verletzten ausgesetzt war.

2052 BGH, Urt. v. 29.07.2003 – 4 StR 222/03, unveröffentlicht.

2053 BGH, Urt. v. 03.07.2003 – 4 StR 173/03, unveröffentlicht.

- Das LG Erfurt verurteilte den Angeklagten wegen Vergewaltigung und wegen versuchter Nötigung zu einer Gesamtfreiheitsstrafe von 5 Jahren und 6 Monaten sowie zur Zahlung eines Schmerzensgeldes von 10.000,00 € an die Nebenklägerin. Der BGH[2054] hob das Urteil (nur) wegen einer Verfahrensrüge auf.
- Das LG Wuppertal verurteilte den Angeklagten u. a. wegen Vergewaltigung zu einer Gesamtfreiheitsstrafe von 4 Jahren und sprach im Adhäsionsverfahren der Nebenklägerin ein Schmerzensgeld von 5.000,00 € zu. Auch diese Entscheidung bestätigte der BGH.[2055]

1429 Wie wenig von der Tendenz der Rechtsprechung zu höherem Schmerzensgeld bei den Strafgerichten angekommen ist, zeigen zwei Beispiele der Kölner Gerichtsbarkeit zum Schmerzensgeld, das im Adhäsionsverfahren geltend gemacht wurde:[2056]

Der Angeklagte attackierte den Adhäsionskläger mit einem Fleischerbeil. Dieser zog sich bei diesem brutalen Vorgehen des Angeklagten Schnittwunden an zwei Fingern der Hand zu. Statt der geltend gemachten 2.000,00 € erkannte der Amtsrichter auf 400,00 €. Das noch nach einem Jahr vorhandene ziehende Stechen im Endglied eines Fingers bei Wetterwechsel sah der Richter als gerichtsbekanntes Symptom im Verlauf des Heilungsprozesses an.

1430 Im zweiten Fall verurteilte die große Strafkammer des LG Bonn acht Männer, die eine 20 Jahre alte Frau 7 Std. mehrfach vergewaltigt, geschlagen, getreten und mit dem Tod bedroht hatten, zu Freiheitsstrafen von bis zu 11 Jahren und – man glaubt es kaum – zu einem Schmerzensgeld i. H. v. 20.000,00 €. Damit entfallen auf jeden Mittäter 2.500,00 €, ein lächerlich geringer Betrag. In der Literatur wird die Auffassung vertreten, dass in solchen Fällen ein Schmerzensgeld i. H. v. mehreren 100.000,00 € geschuldet wird.[2057]

1431 Auch das LG Essen[2058] sprach einem Adhäsionskläger ein viel zu niedriges Schmerzensgeld zu. Ein Polizeibeamter verfolgte einen Straftäter und stürzte bei dem Versuch, diesen festzunehmen. Dabei erlitt er eine Trümmerfraktur am Ringfinger der linken Hand, die operativ versorgt werden musste. Der Verletzte wurde 6 Tage stationär behandelt und musste weitere 11 Tage Gips tragen. Die vollständige Beweglichkeit des Fingers konnte nicht wieder hergestellt werden. Das zuerkannte Schmerzensgeld i. H. v. 2.000,00 € ist wegen des Dauerschadens deutlich zu niedrig.

1432 Die Zahl der Entscheidungen, die im Adhäsionsverfahren viel zu niedrige Schmerzensgelder aussprechen, ließe sich fortsetzen. Entscheidungen mit auch nur als vertretbar zu bezeichnenden angemessenen Schmerzensgeldern gibt es nicht. Das gilt insb. im Verkehrsrecht; hier kamen in der Vergangenheit Adhäsionsverfahren kaum vor, weil die Gerichte die Entscheidung mühelos ablehnen konnten und weil der Versicherer nicht in das Verfahren einbezogen werden kann. Nach der Neuregelung des Adhäsionsverfahrens war damit gerechnet worden, dass nun auch im Verkehrsrecht das Adhäsionsverfahren an Bedeutung gewinnen wird, zumal der **Fachanwalt für Verkehrsrecht** auch in der Geltendmachung von Körperschäden geschult ist; dies ist bislang aber nicht in erheblichem Umfang geschehen.

1433 Bemüht sich der Angeklagte um Schadensausgleich, ist vom Gericht zu prüfen, ob von der Strafmilderungsmöglichkeit des § 46a Nr. 1 StGB Gebrauch zu machen ist. Das gilt selbst dann, wenn diese Ausgleichsbemühungen erst sehr spät – 10 Jahre nach Beginn der Taten und 3 Jahre nach Anzeigenerstattung – beginnen.[2059]

2054 BGH, Urt. v. 21.05.2003 – 2 StR 112/03, unveröffentlicht.

2055 BGH, Urt. v. 27.03.2003 – 3 StR 435/02, NJW 2003, 2394 = NStZ 2003, 480.

2056 Zitiert nach KStA v. 05.01.2007 und v. 01.02.2007.

2057 Vgl. Rdn. 323 ff.

2058 LG Essen, Urt. v. 22.11.2006 – 30 Ns 202/06/6 Js 462/05, unveröffentlicht.

2059 BGH, Beschl. v. 21.09.2006 – 4 StR 386/06, NStZ-RR 2006, 373.

▶ Praxistipp: 1434

Von der Möglichkeit, nach einem Verkehrsunfall den Schmerzensgeldanspruch im Adhäsionsverfahren geltend zu machen, ist deshalb nicht mehr grds. abzuraten.[2060]

Obwohl der Anwalt des Geschädigten nicht immer davon ausgehen kann, dass Strafrichter sich mit der Rechtsprechung zum Schmerzensgeld hinreichend befasst haben und die Gefahr besteht, dass sie sich mit diesen Fragen erst beschäftigen werden, wenn alle Feststellungen zur Schuld des Täters getroffen sind, was häufig erst unmittelbar vor den Plädoyers der Fall ist, sind sie doch gezwungen, den Schmerzensgeldanspruch zu entscheiden. Sie können die Entscheidung nicht mit der Begründung verweigern, das Adhäsionsverfahren eigne sich nicht.

Sollte der Urteilsausspruch zugunsten des Verletzten ausfallen und in Rechtskraft erwachsen, hat sich das Adhäsionsverfahren jedenfalls dann gelohnt, wenn der Schädiger zahlungsfähig ist, zumal ein etwaiger Freistellungsanspruch des Angeklagten gegen den Haftpflichtversicherer gepfändet werden kann.

b) Vergleich zwischen dem Verletzten und dem Angeklagten, § 405 StPO

1435 Auf Antrag des Verletzten und des Angeklagten nimmt das Gericht einen Vergleich über die aus der Straftat erwachsenen Ansprüche in das Protokoll auf. Diese Bestimmung schafft die Möglichkeit eines vollstreckbaren Titels in Form eines gerichtlich protokollierten Vergleichs. Sein Abschluss ist möglich, unabhängig davon, ob der Angeklagte verurteilt wird oder nicht. Der Vergleich muss nicht auf vermögensrechtliche Ansprüche begrenzt werden; er kann z. B. auch eine Ehrenerklärung zugunsten des Geschädigten enthalten.[2061]

▶ Praxistipp: 1436

Die Vollstreckung des Vergleichs und/oder des Urteils im Adhäsionsverfahren richtet sich nach den Vorschriften, die für die Vollstreckung von Urteilen und Prozessvergleichen in bürgerlichen Rechtsstreitigkeiten gelten, § 406b StPO.

Die Zuständigkeit für die Entscheidung über Abänderungsklagen wird mit einem Verweis auf § 323 ZPO ausdrücklich geregelt.

c) Das Absehen von einer Entscheidung

1437 Eine wesentliche Änderung hat das Opferrechtsreformgesetz dadurch gebracht, dass es für das Gericht die Möglichkeiten beschränkt hat, von einer Entscheidung abzusehen, sodass das Gericht gehalten ist, über die im Adhäsionsverfahren gestellten Anträge zu entscheiden. Es kann von einer Entscheidung über den Schmerzensgeldanspruch zunächst absehen, wenn ein Antrag unzulässig ist oder soweit er unbegründet erscheint; i. Ü. kann es von einer Entscheidung über materielle Ansprüche nur absehen, wenn sich der Antrag auch unter Berücksichtigung der berechtigten Belange des Antragstellers zur Erledigung im Strafverfahren nicht eignet, vgl. § 406 Abs. 1 Satz 3, 4 StPO. Nach dem Gesetz ist der Antrag insb. dann zur Erledigung im Strafverfahren nicht geeignet, wenn seine weitere Prüfung, auch soweit eine Entscheidung nur über den Grund oder einen Teil des Anspruchs in Betracht kommt, das Verfahren erheblich verzögern würde. Eine nur geringfügige Verzögerung der Verfahrensdauer kann deshalb – im Gegensatz zum früheren Recht – keine Verzögerung i. S. d. § 405 Satz 2 StPO sein.[2062]

2060 So noch auf der Grundlage des früheren Rechts in der zweiten Aufl., dort Rn. 926.

2061 Pfeiffer, StPO, 5. Aufl. 2005, § 405 Rn. 2.

2062 Köckerbauer, NStZ 1994, 305 (309); Pfeiffer, StPO, 5. Aufl. 2005, § 406 Rn. 3.

1438 Die Forderung des Gesetzes, dass nunmehr eine etwaige Verzögerung des Verfahrens »erheblich« sein muss, bedeutet zwar eine wesentliche Einschränkung der Ablehnungsmöglichkeit durch das Gericht. Man kann aber sicher sein, dass es dem Strafrichter nicht schwerfallen wird, diese Voraussetzungen zu begründen, zumal die mangelnde Eignung des geltend gemachten Anspruchs für das Strafverfahren insb. schon gegeben sein kann, wenn die zu entscheidende zivilrechtliche Frage schwierig ist oder eine besondere Sachkunde des Gerichts erfordert. Das konnte nach altem Recht z. B. dann der Fall sein, wenn die Aufteilung des Schmerzensgeldes in Kapital und Rente gefordert wurde[2063] oder wenn der Schadensersatzanspruch außergewöhnlich hoch war,[2064] wenn die wirtschaftlichen Verhältnisse des Antragstellers von Bedeutung sein konnten, wenn Ersatz aller künftigen materiellen und immateriellen Schäden aus einer Verletzung verlangt wurde, wenn die abschließende Beurteilung der Verletzungsfolgen durch Sachverständigengutachten zu klären war oder wenn der Antragsteller die Feststellung der Haftung des Antragsgegners zu 100 % anstrebte, wodurch über die schwierige bürgerlich-rechtliche Rechtsfrage des Umfangs eines Mitverschuldens des Verletzten zu entscheiden war, was nicht Sache der Strafkammer sein soll.[2065]

1439 Eine erhebliche Verzögerung liegt aber dann vor, wenn die Entscheidung des Strafverfahrens vertagt werden müsste, oder wenn ein neuer Termin für eine zusätzliche Beweisaufnahme allein für den zivilrechtlichen Anspruch erforderlich wäre.[2066] Da aber über den Schmerzensgeldanspruch regelmäßig ein Grundurteil ergehen kann, dürfte i. d. R. eine unvertretbare Verfahrensverzögerung kaum zu begründen sein.[2067] Ob dem Verletzten mit einem Grundurteil geholfen ist, erscheint aber fraglich. Das Betragsverfahren muss anschließend vor dem Zivilgericht stattfinden. Immerhin kann durch das Grundurteil rechtskräftig festgestellt sein, dass den Verletzten kein Mitverschulden trifft.

1440 Eine (rechtskräftige) Klageabweisung kommt im Adhäsionsverfahren nicht in Betracht, es gibt keine negative Sachentscheidung.[2068] Ist der Anspruch nicht begründet oder wird der Angeklagte freigesprochen, sieht das Gericht von einer Entscheidung ab. Nachteilig für den Antragsteller kann dann nur eine für ihn ungünstige Kostenentscheidung sein.

1441 Erwägt das Gericht, aus welchem Grund auch immer, von einer Entscheidung über den Antrag abzusehen, weist es die Verfahrensbeteiligten so früh wie möglich darauf hin, § 406 Abs. 5 StPO.

1442 ▶ **Praxistipp:**

Es ist kaum damit zu rechnen, dass das Gericht dieser Hinweispflicht rechtzeitig nachkommen wird. Der Anwalt hat dann die Möglichkeit, diesen Verfahrensfehler zu rügen und energisch auf eine Entscheidung im Adhäsionsverfahren zu drängen und darauf hinzuweisen, dass die Entscheidung und nicht das Absehen von der Entscheidung der Regelfall ist.

1443 Das Gericht kann jedoch auch teilweise von einer Entscheidung absehen. Stellt der Verletzte den Antrag, den Angeklagten zur Zahlung eines Schmerzensgeldes i. H. v. 12.000,00 € zu verurteilen, entspricht das Gericht diesem Antrag aber nur i. H. v. 10.000,00 €, darf es die weiter

2063 BGH, Urt. v. 15.05.2003 – 3 StR 119/03, unveröffentlicht.

2064 LG Mainz, Beschl. v. 25.06.1997 – 301 Js 24. 998/96 – 1 Ks, StV 1997, 627.

2065 In dieser Kumulation wohl einmalig: LG Mainz, Beschl. v. 25.06.1997 – 301 Js 24. 998/96 – 1 Ks, StV 1997, 627.

2066 Köckerbauer, NStZ 1994, 305 (309).

2067 Pfeiffer, StPO, 5. Aufl. 2005, § 406 Rn. 4.

2068 BGH, Urt. v. 13.05.2003 – 1 StR 529/02, NStZ 2003, 565; Köckerbauer, NStZ 1994, 305 (308).

gehende Klage nicht etwa abweisen. Das Gericht muss vielmehr das teilweise Absehen von einer Entscheidung im Tenor des Teilendurteils zum Ausdruck bringen.[2069]

d) Rechtsmittel

1444 Ein nach § 406 Abs. 5 Satz 2 StPO ergehender Beschluss, mit dem von einer Entscheidung über den Antrag abgesehen wird, kann vom Antragsteller mit der **sofortigen Beschwerde** angefochten werden, wenn der Antrag vor Beginn der Hauptverhandlung gestellt worden ist und (noch) keine den Rechtszug abschließende Entscheidung ergangen ist. I. Ü. steht dem Antragsteller kein Rechtsmittel zu, § 406a Abs. 1 StPO.

1445 Soweit das Gericht dem Antrag stattgibt, kann der Angeklagte die Entscheidung auch ohne den strafrechtlichen Teil des Urteils mit dem sonst zulässigen Rechtsmittel anfechten, § 406a Abs. 2 StPO.

1446 Die dem Antrag stattgebende Entscheidung ist aufzuheben, wenn der Angeklagte unter Aufhebung der Verurteilung wegen der Straftat, auf welche die Entscheidung über den Antrag gestützt worden ist, weder schuldig gesprochen noch gegen ihn eine Maßregel der Besserung und Sicherung ausgesprochen wird. Das gilt auch, wenn das Urteil insoweit nicht angefochten ist, § 406a Abs. 3 StPO.

1447 Allerdings führt eine Aufhebung und Zurückverweisung – da es eben noch an einer endgültigen Sachentscheidung fehlt – nicht dazu, dass die Entscheidung über den Adhäsionsantrag automatisch aufgehoben wird. Zwar deckt der Wortlaut des § 406a Abs. 3 StPO auch die Aufhebung durch eine zurückweisende Entscheidung des Revisionsgerichts, der BGH[2070] legt die Norm aber nach Sinn und Zweck dahin aus, dass die nicht angefochtene Entscheidung über den Adhäsionsantrag von der Aufhebung des Urteils i. Ü. unberührt bleibt, wenn die Sache zur neuen Verhandlung und Entscheidung zurückverwiesen wird. Über eine Aufhebung ist dann vom Tatrichter auf der Grundlage des Ergebnisses der neuen Hauptverhandlung zu entscheiden.[2071]

6. Ergebnis der Neuregelung

1448 Für den Geschädigten und für den Anwalt ergeben sich zahlreiche Vorteile aus der gesetzlichen Neuregelung:

- Zur Geltendmachung der Ansprüche bedarf es keiner eingehenden Klageschrift, es existiert kein Anwaltszwang.
- Die Gebühren für den Anwalt sind attraktiv, insb., wenn er zugleich den Antragsteller und die Nebenklage vertritt oder wenn er als Strafverteidiger und für den Antragsgegner auftritt.
- Es kommt (jedenfalls zunächst) nicht zu einem Zivilprozess mit Güteverhandlung neben dem Strafverfahren.
- I. d. R. wird das Strafverfahren zeitnah durchgeführt.
- Der Anwalt braucht keine umfangreiche Recherche anzustellen, der Sachverhalt wird von Amts wegen ermittelt, Beweisanträge sind nicht erforderlich.
- Zeugenstellung des Verletzten in eigener Sache.

2069 OLG Frankfurt am Main, Beschl. v. 10.06.2003 – 2 Ws 01/03, NStZ 2003, 565; Meyer-Goßner, StPO, § 405 Rn. 5.

2070 BGH, Urt. v. 28.11.2007 – 2 StR 477/07, NJW 2008, 1239; ebenso zum alten Recht BGH, Urt. v. 23.09.1952 – 1 StR 16/50, NJW 1952, 1347 und BGH, Beschl. v. 02.02.2006 – 4 StR 570/05, NJW 2006, 1890 (1891).

2071 BGH, Urt. v. 28.11.2007 – 2 StR 477/07, NJW 2008, 1239.

- Zeugen werden von Amts wegen geladen; es muss kein Auslagenvorschuss gezahlt werden; voraussichtlich sind freimütige Aussagen der Zeugen zu erwarten.
- Es muss kein Gerichtskostenvorschuss eingezahlt werden.
- Das Kostenrisiko in Bezug auf die Verfahrenskosten ist erheblich verringert.
- Eine Widerklage des Angeklagten ist nicht möglich; eine Aufrechnung ist zwar zulässig, aber nicht gegen Ansprüche aus vorsätzlich begangener unerlaubter Handlung.
- Verjährungshemmung tritt mit Antragstellung ein.
- Keine negative Rechtskraftwirkung bei einem Absehen von der Entscheidung oder teilweiser Klageabweisung. Die Zivilklage für nicht zuerkannte Ansprüche ist noch möglich.
- Die Entscheidung wird oft sofort durch Rechtsmittelverzicht der Beteiligten rechtskräftig. Es besteht eine Chance auf Abschluss eines günstigen Prozessvergleichs.
- Bei einer Einstellung des Verfahrens kommt die Schadenswiedergutmachung als Auflage in Betracht, § 56 StGB.

7. Kosten und Gebühren

a) Die Kostenentscheidung

1449 Gem. § 472a StPO trägt der Angeklagte die durch den Adhäsionsantrag entstandenen besonderen Kosten und Auslagen des Antragstellers, wenn der Antrag vollen Erfolg hatte.

1450 Sieht das Gericht dagegen von einer Entscheidung ab oder wird ein Teil des Anspruchs nicht zuerkannt, entscheidet das Gericht nach pflichtgemäßem Ermessen darüber, wer die entstandenen gerichtlichen Auslagen und die den Beteiligten erwachsenen notwendigen Auslagen trägt. Die gerichtlichen Auslagen können auch der Staatskasse auferlegt werden, wenn es unbillig wäre, die Beteiligten damit zu belasten.

b) Die Anwaltsvergütung

1451 Die Gebühren des Anwalts ergeben sich aus VV 4143 bis 4144 RVG. Sie entstehen neben allen Gebühren der VV 4100 ff.[2072] In der Praxis herrscht nach der gesetzlichen Neuregelung weiterhin (zu Unrecht) die Befürchtung, dass mit diesem Verfahren Gebührenverluste verbunden seien.[2073] Für die Tätigkeit im Adhäsionsverfahren erhält der Anwalt, der für den Geschädigten tätig wird, ebenso zwei Gebühren wie der Anwalt, der den Antragsgegner (Angeklagten) im Adhäsionsverfahren vertritt.[2074] Sie gelten auch für den Anwalt, der ausschließlich damit beauftragt ist, die erhobenen Ansprüche abzuwehren, ohne gleichzeitig Verteidiger zu sein.

1452 VV 4143 regelt die Vergütung des Anwalts, wenn vermögensrechtliche Ansprüche im erstinstanzlichen Verfahren geltend gemacht werden; die Vorschrift gilt aber auch dann, wenn die Ansprüche erstmals im Berufungsverfahren erhoben werden. Wird derselbe Anwalt anschließend wegen desselben Anspruchs[2075] im bürgerlichen Rechtsstreit tätig, wird die Gebühr zu 1/3 auf die Verfahrensgebühr angerechnet, VV 4143 Abs. 2. Wird die Berufung auch über die im Adhäsionsverfahren geltend gemachten Ansprüche geführt, richtet sich die Vergütung nach VV 4144, eine Anrechnung dieser Gebühren im Zivilprozess ist nicht vorgesehen.[2076] Das gilt auch dann, wenn die strafrechtliche Verurteilung nicht angefochten wird,

---

2072 AnwK-RVG/Schneider, VV 4143, 4144 Rn. 19.

2073 AnwK-RVG/Schneider, VV 4143, 4144 Rn. 1.

2074 AnwK-RVG/Schneider, VV 4143, 4144 Rn. 5.

2075 Vgl. hierzu im Einzelnen: AnwK-RVG/Schneider, VV 4143, 4144 Rn. 26 ff.

2076 AnwK-RVG/Schneider, VV 4143, 4144 Rn. 3.

dann betrifft die Tätigkeit im Rechtsmittelverfahren nur noch die vermögensrechtlichen Ansprüche.[2077]

1453 Im vorbereitenden Verfahren kann eine Gebühr nach VV 4143 nicht entstehen.[2078] Im Berufungs- und Revisionsverfahren erhält der Anwalt nach VV 4144 eine 2,5-Gebühr, aber nur, wenn die vermögensrechtlichen Ansprüche bereits erstinstanzlich anhängig waren. Ist dies nicht der Fall, entsteht nur die Gebühr nach VV 4143. Darauf, ob der Berufungsanwalt bereits erstinstanzlich tätig war, kommt es nicht an. Es kommt nicht darauf an, ob der Anwalt ausschließlich hinsichtlich der im Adhäsionsverfahren erhobenen Ansprüche tätig wird, also nicht auch in der Strafsache selbst, oder ob er zusätzlich als Verteidiger oder Vertreter des Nebenklägers oder eines anderen Beteiligten ist.[2079] Da eine Verweisung auf die Einigungsgebühr fehlt, entsteht diese im Fall eines Vergleichs.[2080] Erfasst dieser auch nicht anhängige Ansprüche, erhöht sich die Gebühr der VV 4143, 4144 entsprechend um den Wert dieser Ansprüche.[2081]

1454 Die Gebühren entstehen mit der ersten Tätigkeit, also i. d. R. mit der Entgegennahme der Information, und nicht erst, wenn der Anwalt ggü. dem Gericht tätig wird.[2082]

II. Geltendmachung von Schmerzensgeldansprüchen im Zivilprozess

1. Gerichtsstand

1455 Es ist zu überlegen, aus welchem **Rechtsgrund** der Schmerzensgeldanspruch hergeleitet wird, aus Vertrag, unerlaubter Handlung oder Gefährdungshaftung. Überlegungen zum Gerichtsstand sind insb. dann angebracht, wenn **mehrere Beklagte als Gesamtschuldner** in Anspruch genommen werden sollen.

1456 Der Kläger hat z. B. die Wahl, einen Beklagten am **allgemeinen Gerichtsstand**, § 12 ZPO, oder am **besonderen Gerichtsstand der unerlaubten Handlung**, § 32 ZPO, zu verklagen. Nach Einfügung des § 17 Abs. 2 GVG ist in der Rechtsprechung allgemein anerkannt, dass der Rechtsstreit an dem gewählten Gerichtsstand unter allen in Betracht kommenden rechtlichen Gesichtspunkten zu entscheiden ist.[2083]

2. Kläger

1457 Kläger ist i. d. R. der **Verletzte** selbst. Natürlich kann auch ein **Dritter aus abgetretenem Recht** klagen, insoweit bestehen keine Besonderheiten.

1458 Kläger kann aber auch der **Erbe** des Verletzten sein, denn seit 1990 ist der Schmerzensgeldanspruch abtretbar und vererblich. Bei einer Klage des Erben ist zugleich zu prüfen, ob dem Erben ein eigener Schmerzensgeldanspruch zusteht, wenn er durch den Tod des nahen Angehörigen einen Schock erlitten hat, dem Krankheitswert zukommt.

1459 Die **gesetzlichen Krankenkassen** können – neben dem Regress aus übergegangenem Recht aus § 116 SGB X – den Geschädigten bei der Durchsetzung seiner **Ersatzansprüche wegen**

2077 AnwK-RVG/Schneider, VV 4143, 4144 Rn. 8.

2078 AnwK-RVG/Schneider, VV 4143, 4144 Rn. 12.

2079 AnwK-RVG/Schneider, VV 4143, 4144 Rn. 2.

2080 AnwK-RVG/Schneider, VV 4143, 4144 Rn. 4.

2081 AnwK-RVG/Schneider, VV 4143, 4144 Rn. 18, 23 ff.

2082 AnwK-RVG/Schneider, VV 4143, 4144 Rn. 17.

2083 Zöller/Vollkommer, § 12 Rn. 21 und § 32 Rn. 20. Der BGH hat dies mit Beschl. v. 10.12.2002 – ARZ 208/02, BGHZ 153, 173 ff. = NJW 2003, 828 ausdrücklich bestätigt; s. a. Luckey, VRR 2005, 44 (45).

Behandlungsfehlern gegen den Arzt unterstützen, § 66 SGB V, und machen dies auch oft, schon um ihrem eigenen Regressprozess aus § 116 SGB X bereits frühzeitig den »Boden zu bereiten«. Darüber hinaus haben sie aber nach Meinung des OLG Koblenz[2084] **kein Recht zur Nebenintervention** im Ersatzprozess des Versicherten: das rein wirtschaftliche Interesse reiche nicht aus und ein rechtliches Interesse bestehe nicht, da der Prozess des Geschädigten nur Ansprüche umfassen könne, die gerade nicht auf die Krankenkasse übergegangen sind, § 116 SGB X. Die Entscheidung ist fragwürdig: dass die Gutachten dieses Prozesses nach § 411a ZPO gleichwohl im Regressprozess verwertbar wären, war für das OLG Koblenz kein Grund, eine Nebenintervention für zulässig zu erachten: die Krankenkasse könne ebenso gut den Regressprozess bereits jetzt führen und dort Gutachten einholen lassen.

3. Klagegegner – Beklagter

1460 Die Klage ist gegen den **Schädiger** zu richten. Beruht der Körperschaden auf einem Verkehrsunfall, müssen i. d. R. **Fahrer, Halter und Versicherer als Gesamtschuldner** verklagt werden. Das gilt auch dann, wenn die Haftung ausschließlich aus dem StVG hergeleitet wird, denn seit dem 01.08.2002 wird Schmerzensgeld auch aus den Tatbeständen der Gefährdungshaftung geschuldet.

4. Inhalt des Anspruchs

1461 Der Schmerzensgeldanspruch ist **unteilbar**. Der Anspruch ist i. d. R. für Vergangenheit und Zukunft geltend zu machen. Es ist nicht zulässig, den Schmerzensgeldanspruch auf bestimmte Körperteile, bestimmte Verletzungen oder auf Zeitabschnitte gegenständlich zu beschränken. Deshalb umfasst der **Klageantrag** grds. das **gesamte Schmerzensgeld.**[2085] Insb. ist es i. d. R. nicht möglich, den Schmerzensgeldanspruch auf den in der Vergangenheit liegenden Zeitraum zu beschränken.[2086] Die **Zuerkennung eines zeitlich begrenzten Teilschmerzensgeldes** würde die Gefahr einer sukzessiven Geltendmachung bedeuten. Der Geschädigte wäre schon aufgrund bloßen Zeitablaufs zur Geltendmachung von Nachforderungen berechtigt.

1462 ▶ Hinweis:

Grds. gilt: Durch den zuerkannten Betrag werden all diejenigen Schadensfolgen abgegolten, die entweder bereits eingetreten und objektiv erkennbar waren oder deren Eintritt jedenfalls vorhergesehen und bei der Entscheidung berücksichtigt werden konnte.[2087] Die Schnittlinie zwischen Vergangenheit und Zukunft bildet i. d. R. der Zeitpunkt der letzten mündlichen Verhandlung, jedenfalls nicht ein vom Geschädigten wählbarer früherer Zeitpunkt.[2088]

Können die künftigen Beeinträchtigungen oder die Grundlagen der endgültigen Bemessung noch nicht übersehen werden, kann der Geschädigte für den Zeitabschnitt, der eine Bemessung des Schmerzensgeldes gestattet, auf Leistung und daneben auf Feststellung der Ersatzpflicht des Schädigers klagen, etwa dergestalt, dass das Schmerzensgeld auf den

---

2084 OLG Koblenz, Beschl. v. 14.04.2009 – 5 U 309/09, VersR 2009, 994.

2085 OLG Hamm, Urt. v. 11.02.2000 – 9 U 204/99, ZfS 2000, 247 = NJW-RR 2000, 1623; vgl. Henke, S. 48.

2086 OLG Düsseldorf, Urt. v. 03.07.1995 – 1 U 134/94, NJW-RR 1996, 927.

2087 BGH, Urt. v. 20.01.2004 – VI ZR 70/03, VersR 2004, 1334.

2088 OLG Oldenburg, Urt. v. 20.10.1987 – 12 U 36/87, NJW-RR 1988, 615; OLG Düsseldorf, Urt. v. 03.07.1995 – 1 U 134/94, NJW-RR 1996, 927; OLG Stuttgart, Urt. v. 12.02.2003 – 3 U 176/02, NJW-RR 2003, 969.

Zeitpunkt der letzten mündlichen Verhandlung begrenzt wird und i. Ü. die Einstandspflicht für die Zukunft festgestellt wird.[2089]

1463 In einem solchen Fall hat der Geschädigte auch die Wahl, ob er hinsichtlich etwaiger Zukunftsschäden einen immateriellen Vorbehalt geltend machen will (aufgedeckte Teilklage) oder ob er einen alle immateriellen Zukunftsschäden umfassenden Schmerzensgeldantrag stellen will.[2090] Dieser deckt dann, quasi als »Risikozuschlag«, die Möglichkeit späterer Schäden ab.[2091] Nur im Fall gänzlich unvorhergesehener weiterer Schäden – die von der Rechtskraft des Vorprozesses nicht umfasst sind – bleibt dann eine Nachforderung möglich. Der Umfang dessen, was das Schmerzensgeld des Erstprozesses abdeckt und was daher rechtskräftig beschieden ist, beurteilt sich nicht nach dem, was Kläger und damaliges Gericht meinten, sondern objektiv.[2092]

1464 Zur offenen oder aufgedeckten Teilklage hat sich die Rechtsprechung, insb. die des BGH, weiterentwickelt:

Ein Schmerzensgeld kann zeitlich begrenzt bis zur letzten mündlichen Verhandlung gefordert werden, wenn die Schadensentwicklung zu diesem Zeitpunkt noch nicht abgeschlossen und überschaubar ist.[2093] Sie ist also zulässig für solche Verletzungsfolgen, die im Zeitpunkt der letzten mündlichen Verhandlung noch nicht eingetreten waren und deren Eintritt objektiv nicht vorhersehbar war, d. h. mit denen nicht oder nicht ernstlich zu rechnen war.[2094] Dem Geschädigten muss in einem solchen Fall für den bisher überschaubaren Zeitraum ein Schmerzensgeld zugesprochen werden, sodass dieses zuerkannte Schmerzensgeld sich ggü. einer durch die spätere Entwicklung bedingten weiteren Schmerzensgeldforderung als Teilschmerzensgeld darstellt. In einem solchen Fall kann der Geschädigte über den ausgeurteilten Betrag hinaus einen weiteren Schmerzensgeldanspruch nur geltend machen, wenn nach Schluss der mündlichen Verhandlung Schäden auftreten, die vom Streit- und Entscheidungsgegenstand des vorausgegangenen Schmerzensgeldprozesses nicht erfasst sind, sodass dessen Rechtskraft der Geltendmachung nicht entgegensteht.

1465 Es ist nicht ganz klar, was der BGH meint, wenn er sagt, die Schadensentwicklung »darf nicht abgeschlossen und überschaubar sein und Verletzungsfolgen waren im Zeitpunkt der letzten mündlichen Verhandlung noch nicht eingetreten und ihr Eintritt war objektiv nicht vorhersehbar, mit dem Eintritt war nicht oder nicht ernstlich zu rechnen«.[2095]

Andererseits wird nämlich auch darauf abgestellt, dass die Rechtskraft einer späteren Zubilligung von Schmerzensgeld nicht entgegenstehen dürfe.

2089 BGH, Urt. v. 22.04.1975 – VI ZR 50/74, NJW 1975, 1463; OLG Hamm, Urt. v. 23.03.2000 – 6 U 205/99, SP 2000, 376; OLG Celle, Urt. v. 29.09.2010 – 14 U 9/10, unveröffentlicht; krit. aber letztlich zustimmend, Lemcke, r+s 2000, 309; Müller, VersR 1998, 129 (138).

2090 So schon OLG Saarbrücken, Urt. v. 18.11.2003 – 3 U 804/01-27, ZfS 2005, 287; eingehend dazu Diederichsen, VersR 2005, 433 (440) und DAR 2005, 301 (312); eher ablehnend dazu Klutenius/Karwatzki, MDR 2006, 667 (668).

2091 OLG Karlsruhe, Beschl. v. 15.12.2009 – 7 U 145/08, VersR 2010, 924.

2092 OLG Karlsruhe, Beschl. v. 15.12.2009 – 7 U 145/08, VersR 2010, 924.

2093 So bereits OLG Stuttgart, Urt. v. 12.02.2003 – 3 U 176/02, NZV 2003, 330 = NJW-RR 2003, 969; aufgehoben allerdings durch BGH, Urt. v. 20.01.2004 – VI ZR 70/03, NJW 2004, 1243 = VersR 2004, 1334; OLG Brandenburg, Urt. v. 30.08.2007 – 12 U 55/07, VRR 2007, 468; OLG Düsseldorf, Urt. v. 21.02.2008 – I-8 U 82/06, VersR 2009, 403.

2094 BGH, Urt. v. 20.03.2001 – VI ZR 325/99, VersR 2001, 876 (877); BGH, Urt. v. 20.01.2004 – VI ZR 70/03, NJW 2004, 1243 (1244) = VersR 2004, 1334 (1335).

2095 So ausdrücklich auch Diederichsen, DAR 2005, 301 (312).

1466 Die Formulierung spiegelt die Rechtslage zur Frage der Verjährung[2096] wieder, d. h. Verletzungsfolgen, die aus medizinischer Sicht möglich sind, müssen – wenn keine Teilklage erhoben wird – durch einen Feststellungsausspruch gesichert werden. Das setzt aber voraus, dass im Zeitpunkt der letzten mündlichen Verhandlung der Eintritt weiterer gesundheitlicher Beeinträchtigungen medizinisch für möglich gehalten wird, lediglich nicht sicher ist, ob sie eintreten werden. Solche möglicherweise, aber nicht sicher eintretenden Spätschäden können und dürfen im Schmerzensgeldprozess nicht bei der Bemessung des Schmerzensgeldes berücksichtigt werden.

1467 Von der Rechtskraft erfasst werden dagegen alle Verletzungsfolgen, die im Zeitpunkt der letzten mündlichen Verhandlung bereits eingetreten waren oder mit deren Eintritt so sicher zu rechnen war, dass sie bei der Bemessung des Schmerzensgeldes **berücksichtigt** werden konnten. Das ist z. B. nicht eine Arthrose, selbst wenn sie aus medizinischer Sicht wahrscheinlich eintreten wird – sie darf nicht berücksichtigt werden, bevor sie eingetreten ist –, wohl aber nach einer Fraktur die Folgeoperation zur Materialentfernung. Ansprüche wegen einer Arthrose können in nicht verjährter Zeit noch geltend gemacht werden, Ansprüche aus einer Folgeoperation nach einer Fraktur werden von der Rechtskraft erfasst, weil sie bei der ersten Entscheidung hätten berücksichtigt werden können. Werden sie nicht berücksichtigt, gibt es dagegen nur das Rechtsmittel.[2097]

1468 Soweit im Zeitpunkt der letzten mündlichen Verhandlung die Schadensentwicklung nicht abgeschlossen und überschaubar ist, soweit Verletzungsfolgen noch nicht eingetreten und deren Eintritt objektiv nicht vorhersehbar ist, soweit mit dem Eintritt weiterer Verletzungsfolgen nicht oder nicht ernstlich zu rechnen ist, können die Verletzungsfolgen bei der Entscheidung nicht berücksichtigt werden, sodass sie von der Rechtskraft eines Urteils nicht erfasst werden.

1469 Das bedeutet, dass eine Teilklage immer dann möglich ist, wenn auch eine Feststellungsklage erhoben werden kann. Huber[2098] bezeichnet eine Leistungsklage verbunden mit einer Feststellungsklage sogar als verdeckte Teilklage, was aus dem Feststellungsantrag geschlossen werden könne. Damit einher geht, dass über den Feststellungsantrag nicht durch Teilurteil gesondert entschieden werden darf, weil die Gefahr widerstreitender Entscheidungen droht; dies gilt selbst dann, wenn die erste Instanz den Feststellungsantrag für unzulässig hält, da auch diese Beurteilung möglicherweise von der Berufungsinstanz nicht geteilt werden könnte.[2099]

1470 Das aber sagt der BGH nicht. In der neuesten Entscheidung des BGH[2100] sieht Huber gar eine Abkehr von der bisherigen Rechtsprechung, wonach eine Teilklage im Hinblick auf die mit ausreichender Wahrscheinlichkeit vorhersehbaren künftigen Schmerzen gerade nicht zulässig gewesen sei. Folgt man diesem Gedanken, hätte ein Schmerzensgeld auch für Verletzungsfolgen zuerkannt werden müssen, deren Eintritt im Zeitpunkt der letzten mündlichen Verhandlung nur möglich, keineswegs aber sicher war. Eine solche (fehlerhafte) Rechtsprechung gibt es aber nur vereinzelt.[2101]

2096 OLG Stuttgart, Urt. v. 12.02.2003 – 3 U 176/02, NZV 2003, 330 = NJW-RR 2003, 969; KG, Urt. v. 10.06.2004 – 12 U 315/02, NZV 2005, 315.

2097 Vgl. dazu auch OLG Koblenz, Beschl. v. 28.05.2004 – 5 W 367/04, OLGR 2005, 120.

2098 Dauner-Lieb/Langen/Huber, AK-Schuldrecht, § 253 Rn. 134.

2099 OLG Naumburg, Urt. v. 08.12.2011 – 1 U 8/11, unveröffentlicht.

2100 BGH, Urt. v. 20.01.2004 – VI ZR 70/03, NJW 2004, 1243 (1244) = VersR 2004, 1334 (1335).

2101 OLG Köln, Urt. v. 20.05.1992 – 2 U 191/91, VersR 1992, 975.

Huber[2102] fasst die unterschiedlichen Kategorien künftiger Schäden zusammen: **1471**

- Die sicher vorhersehbaren sind bei der Schmerzensgeldbemessung zu berücksichtigen, somit durch das Leistungsbegehren abgedeckt und spielen – jedenfalls im Regelfall – keine Rolle mehr.
- Die bloß möglichen künftigen Schäden werden typischerweise vom Leistungsbegehren nicht erfasst, in Bezug auf diese läuft aber die Verjährungsfrist ab Kenntnis von Schaden und Schädiger in Bezug auf den Primärschaden.
- Für die Zukunftsschäden, die von einem Sachverständigen ex ante nicht als möglich angesehen wurden, läuft auch keine Verjährungsfrist, solange ihr Eintritt nicht als möglich erkannt wurde.

Diese Unterscheidung ist bedeutsam, weil sich daraus unterschiedliche Rechtsfolgen in Bezug auf Verjährung und Rechtskraft ergeben: **1472**

- Die sicher vorhersehbaren Zukunftsschäden sind bei der Bemessung des Schmerzensgeldes zu berücksichtigen, somit durch das Leistungsbegehren abgedeckt und spielen – jedenfalls im Regelfall – keine Rolle mehr. Für diese Zukunftsschäden kann keine Teilklage erhoben werden.
- Die bloß möglichen künftigen Schäden werden typischerweise vom Leistungsbegehren nicht erfasst, in Bezug auf diese läuft aber die Verjährungsfrist ab Kenntnis von Schaden und Schädiger in Bezug auf den Primärschaden. Dies sind künftige Schäden, die durch eine Teilklage offengehalten werden können, um später bei Eintritt eines Gesundheitsschadens das Schmerzensgeld unter Berücksichtigung der früheren Schäden und des zuerkannten Schmerzensgeldes neu und einheitlich festzusetzen. Für die Zukunftsschäden, die von einem Sachverständigen ex ante nicht als möglich angesehen wurden, läuft keine Verjährungsfrist, solange ihr möglicher Eintritt nicht erkannt wird. Diese Zukunftsschäden werden unabhängig davon, ob für das Schmerzensgeld nur eine Teilklage erhoben wurde, bei ihrem Eintritt neu bewertet.

Die Abgeltung bloß möglicher Zukunftsschäden, die das OLG Köln[2103] durch einen Zuschlag von 25 % auf das im Zeitpunkt der letzten mündlichen Verhandlung als angemessen angesehene Schmerzensgeld vorgenommen hat, wurde vom BGH-Richter von Gerlach[2104] ausdrücklich gebilligt. **1473**

In diesem Sinne könnte auch Diederichsen[2105] zu verstehen sein, wenn sie zur Erläuterung der BGH-Entscheidung ausführt: **1474**

»Besteht aber die Möglichkeit eines weiteren Schadenseintritts, so hat der Kläger ein berechtigtes Interesse daran, eine rechtskräftige Zuerkennung des gesamten Schmerzensgeldes, dessen Höhe sich noch nicht absehen lässt, durch die Geltendmachung lediglich eines Teilbetrages zu vermeiden. Eine solche Gefahr besteht nicht, weil nur mögliche Schadensfolgen in die Bemessung des Schmerzensgeldes nicht einfließen dürfen.«

Möglicherweise meint der BGH[2106] unter Berücksichtigung der Erläuterungen durch Diederichsen,[2107] dass die erkennbaren und objektiv vorhersehbaren künftigen Unfallfolgen insoweit nicht als abgegolten anzusehen sind, als sich der Schaden im Zeitpunkt der letzten mündlichen Verhandlung aufgrund einer noch nicht abgeschlossenen Schadensentwicklung **1475**

2102 Dauner-Lieb/Langen/Huber, AK-Schuldrecht, § 253 Rn. 129.

2103 OLG Köln, Urt. v. 20.05.1992 – 2 U 191/91, VersR 1992, 975.

2104 Von Gerlach, VersR 2000, 525 (530).

2105 Diederichsen, DAR 2005, 301 (312); dieselbe: VersR 2005, 433 (440).

2106 BGH, Urt. v. 20.01.2004 – VI ZR 70/03, NJW 2004, 1243 (1244) = VersR 2004, 1334 (1335).

2107 Diederichsen, DAR 2005, 301 (312).

zwar abgezeichnet hatte, letztlich in seinem Umfang aber noch nicht feststand, das Schadensbild also noch nicht abgeschlossen erschien.

1476 Einen besonderen Fall eines durch Feststellungsurteil gesicherten Zukunftsschadens hatte das OLG Koblenz[2108] zu beurteilen. Ein 17 Jahre alter Verletzter geriet an Drogen, deren Konsum ihm eine subjektive Entlastung seiner psychischen Probleme brachte. Die Drogenabhängigkeit wurde als unfallbedingt angesehen und mit einem weiteren Schmerzensgeld von 10.000,00 € entschädigt.

1477 Wird allerdings – abweichend von diesen Grundsätzen – das Schmerzensgeld z. B. für die ersten beiden Jahre nach der Verletzung eingeklagt und zuerkannt, ist diese Entscheidung auf die Berufung des Beklagten nicht deshalb abzuändern, weil der Kläger nach Eintritt der Verjährung mit einer neuen Klage nicht mehr das volle Schmerzensgeld fordern kann.[2109]

1478 Das **OLG Schleswig**[2110] hat die Begrenzung des Schmerzensgeldes auf einen **Zeitraum von 2 Jahren** nach der letzten mündlichen Verhandlung in einem Fall als zulässig angesehen, in dem der Kläger unfallbedingt unter erheblichen Kopfschmerzen litt, aber nicht abzusehen war, ob und ggf. wann eine Schmerztherapie zum Erfolg führen würde.

1479 Das **OLG Hamm**[2111] sieht auch in einem solchen Fall eine **zeitliche Begrenzung des Schmerzensgeldes** als **unzulässig** an und verweist den Kläger wegen der Zukunftsschäden auf die Feststellungsklage; diese hielt das OLG Hamm allerdings im entschiedenen Fall für unzulässig, weil der Haftpflichtversicherer des Beklagten den Klageanspruch schriftlich anerkannt hatte; es bezeichnete die Wirkung des Anerkenntnisses und des erstrebten Feststellungsurteils als gleich. Das wäre nur dann richtig, wenn der Versicherer bei Abgabe des Anerkenntnisses zugleich erklärt hätte, dass das Anerkenntnis das Feststellungsurteil ersetzen solle. Fehlt dieser Zusatz, die Entscheidung erwähnt ihn nicht, ist die Rechtsauffassung des OLG Hamm falsch, weil mit dem Anerkenntnis die Verjährungsfrist nur neu beginnt, während ein Feststellungsausspruch gem. § 218 Abs. 1 BGB a. F. erst in 30 Jahren verjährte. Wenn der Verletzte zum Schutz gegen die Verjährung möglicher Spätfolgen eine Feststellungsklage erhebt, tut er genau das, was der BGH von ihm verlangt.[2112]

1480 Anders ist die Rechtslage, wenn der **Versicherer** die (auch) **künftigen Ansprüche des Geschädigten nicht nur schriftlich anerkennt**, sondern wenn **beide Parteien** eine **Vereinbarung** treffen, dass der Geschädigte die Stellung erhalten soll, die er bei einem rechtskräftigen Feststellungsurteil hätte.[2113] Erteilt der Haftpflichtversicherer des Schädigers dem Geschädigten ein **schriftliches Anerkenntnis**, mit dem er dessen materiellen Zukunftsschaden dem Grunde nach anerkennt, »um ihm eine Feststellungsklage zu ersparen«, kann das Anerkenntnis u. U. ein Feststellungsurteil über die Schadensersatzpflicht mit der Folge »ersetzen«, dass sich die Verjährung der Ersatzansprüche des Geschädigten für den Zukunftsschaden nach § 218 BGB a. F. richtet.[2114]

1481 Liegt ein **solches Anerkenntnis** vor, dann gilt auch ohne Feststellungsurteil die **30-jährige Verjährungsfrist** des § 218 Abs. 1 BGB a. F. Die Rechtslage ist im Wesentlichen durch das

2108 OLG Koblenz, Urt. v. 11.10.2004 – 12 U 621/03, NJW 2004, 3567 = NZV 2005, 317.

2109 OLG Hamm, Urt. v. 23.03.2000 – 6 U 205/99, SP 2000, 376.

2110 OLG Schleswig, Urt. v. 11.03.1999 – 7 U 70/98, SP 2000, 196.

2111 OLG Hamm, Urt. v. 11.02.2000 – 9 U 204/99, ZfS 2000, 247 = NJW-RR 2000, 1623.

2112 BGH, Urt. v. 27.11.1990 – VI ZR 2/90, VersR 1991, 115 = NJW 1991, 973 f.; Lemcke, r+s 2000, 309 (310); vgl. auch oben Rdn. 263 und 294 ff.

2113 BGH, Urt. v. 23.10.1984 – VI ZR 30/83, VersR 1985, 62; BGH, Urt. v. 04.02.1986 – VI ZR 82/85, VersR 1986, 684; Küppersbusch, r+s 2002, 221 (225).

2114 BGH, Urt. v. 23.10.1984 – VI ZR 30/83, VersR 1985, 62.

Schuldrechtsmodernisierungsgesetz unverändert geblieben, vgl. §§ 197, 212 BGB. Nach § 202 Abs. 2 BGB sind solche Absprachen problemlos möglich.[2115]

1482 Lieberwirth[2116] hat schon 1965 darauf hingewiesen, dass an der Forderung der **Einheitlichkeit des Schmerzensgeldanspruchs** trotz der im Beschluss des großen Zivilsenats[2117] herausgestellten doppelten Funktion des Schmerzensgeldes festzuhalten ist. Es geht daher von jeher nicht an, die Entschädigung aufzugliedern, etwa in einen Betrag zum Ausgleich für die eigentlichen Schmerzen und in einen weiteren Betrag, der der Genugtuung dient. Wie der BGH im Urt. v. 06.12.1960[2118] hervorgehoben hat, stellen sich Ausgleich und Genugtuung als bloße Funktionen, d. h. Wirkungsweisen des einen Schmerzensgeldes dar und können nicht für sich gesondert festgesetzt und dann zusammengezogen werden.

1483 Wegen der Einheitlichkeit der Entschädigung darf auch bei mehreren Verletzungen nicht für jede einzelne Verletzung ein besonderer Betrag beantragt und/oder ausgeurteilt und die einzelnen Beträge addiert werden, wie in einem Urteil des LG Weiden[2119] für eine leichte Gehirnerschütterung 17,50 €, für Brust- und Rippenquetschungen 60,00 € und für einen komplizierten Knöchelbruch 1.000,00 €, zusammen 1.077,50 €.

5. Klageantrag

1484 Der Klageantrag bei der Geltendmachung von Schmerzensgeldansprüchen hat Rechtsprechung und Literatur jahrzehntelang beschäftigt. Dabei ging es einmal darum, ob ein **unbezifferter Klageantrag** dem Bestimmtheitserfordernis des § 253 Abs. 2 Nr. 2 ZPO gerecht wird, zum anderen aber auch darum, ob und wie aufgrund eines unbezifferten Klageantrages der **Streitwert** beziffert werden konnte. Diese beiden Fragen und die in der Diskussion dazu vorgetragenen Argumente sind im Laufe der Entwicklung auf die weitere Frage erstreckt worden, ob dem Kläger, der außerhalb des Klageantrages (der auf Zahlung eines angemessenen, in das Ermessen des Gerichts gestellten Betrages lautet) in der Klagebegründung oder in der Angabe des Streitwertes einen bestimmten Schmerzensgeldbetrag nennt, wegen der Bindung des Gerichts an den Antrag, vgl. § 308 ZPO, auch ein **darüber hinausgehender Betrag** zuerkannt werden dürfe.

2115 Küppersbusch, r+s 2002, 221 (225), Fn. 41.

2116 Lieberwirth, S. 20; RGRK/Kreft, BGB, 12. Aufl. 1989, § 847 Rn. 19.

2117 BGH, Urt. v. 06.07.1955 – GSZ 1/55, BGHZ 18, 149 ff. = VersR 1955, 615 ff. = NJW 1955, 1675 ff. = MDR 1956, 19 ff. m. Anm. Pohle.

2118 Diederichsen, DAR 2005, 301 (312); BGH, Urt. v. 06.12.1960 – VI ZR 73/60, VersR 1961, 164 f. = VRS 20 (1961), 95.

2119 LG Weiden, Urt. v. 03.12.1952, zitiert nach Lieberwirth, S. 20.

1485 Auf diese Frage hat der BGH[2120] im Jahr 1996 die Antwort gegeben,

- dass der Kläger eine Größenordnung[2121] für das Schmerzensgeld nennen muss, damit die Zuständigkeit des Gerichts und nach dessen Entscheidung die Höhe der Beschwer des Klägers festgestellt werden können,
- dass der Kläger dem Gericht die tatsächlichen Grundlagen vortragen muss, die die Feststellung der Höhe des Klageanspruchs ermöglichen, um den Streitwert zu schätzen, und
- dass der Kläger nicht verpflichtet ist, die Größenordnung des Schmerzensgeldes nach oben zu begrenzen, weil der Beklagte seine Interessen durch Antrag auf Streitwertfestsetzung selbst wahren kann.

1486 Hält der Kläger den Antrag nicht nach oben offen, indem er die Höhe des Schmerzensgeldes in das Ermessen des Gerichts stellt, wird ihm auch nur der im Antrag genannte Betrag zugesprochen. Ausdrücklich hat das LG Stuttgart[2122] ausgeführt, es könne dem Kläger nicht mehr als die beantragten 20.000,00 € zuerkennen, weil es daran durch den bestimmten Klageantrag (§ 308 ZPO) gehindert sei.

1487 ▶ **Praxistipp:**

Hier lauern vielfältige Gefahren wie Verjährung, Präklusion durch Rechtskraft oder Verlust von Rechtsmitteln.[2123]

Es genügt, wenn der Kläger eine Größenordnung für das Schmerzensgeld nennt, damit die Zuständigkeit des Gerichts und nach dessen Entscheidung die Höhe der Beschwer des Klägers festgestellt werden können.

Es genügt, dass der Kläger dem Gericht die tatsächlichen Grundlagen vorträgt, die für die Bemessung des Schmerzensgeldes von Bedeutung sind.

Der Kläger ist nicht verpflichtet, die Größenordnung des Schmerzensgeldes nach oben zu begrenzen, weil das Gericht bei einem Klageantrag, der die Höhe des Schmerzensgeldes in das Ermessen des Gerichts stellt, die vom Kläger genannte Größenordnung überschreiten darf.[2124] Auf diese Weise lässt sich das Kostenrisiko für den Kläger begrenzen, ohne dass er einen Teil seines Anspruchs aufgibt.

Bei bestimmtem Klageantrag, der die Höhe des Schmerzensgeldes nicht in das Ermessen des Gerichts stellt, besteht die Gefahr, dass ein Teil des begründeten Anspruchs verloren geht.

2120 BGH, Urt. v. 30.04.1996 – VI ZR 55/95, BGHZ 132, 341 = VersR 1996, 990 = NJW 1996, 2425; vgl. dazu die Besprechung: Jaeger, MDR 1996, 888. Für Steffen, DAR 2003, 201 (205), gibt es keinen Grund darauf hinzuweisen, dass der BGH dem Richter heute »sogar gestatte«, ein wesentlich höheres Schmerzensgeld zuzuerkennen als den genannten Mindestbetrag; der BGH folgte damit (endlich) einer seit Langem von – allerdings nur wenigen – OLG vertretenen Rechtsauffassung. Ruttloff, VersR 2008, 50 (52), hält den Kläger in jedem Fall für verpflichtet, einen Mindestbetrag zu nennen und hält eine Klage, die nur eine Streitwertangabe enthält, für unzulässig.

2121 Krit. Ruttloff, VersR 2008, 50, der eine konkrete (Mindest-) Bezifferung für nötig hält, damit der Beklagte privilegiert nach § 93 ZPO anerkennen kann; er übersieht, dass auch bei einem unbezifferten Antrag der Beklagte stets den ihm »genehmen« Betrag beziffern und insoweit anerkennen kann.

2122 LG Stuttgart, Urt. v. 04.12.2003 – 27 O 388/03, NJW-RR 2004, 888 = NZV 2004, 409, insoweit aber jeweils nicht abgedruckt.

2123 Von Gerlach, VersR 2000, 525.

2124 Vgl. dazu Jaeger, MDR 1996, 888.

Durch die Angabe der Größenordnung läuft der Kläger andererseits Gefahr, das erstinstanzliche Urteil mangels Beschwer nicht mit der Berufung angreifen zu können, wenn ihm ein der angegebenen Größenordnung entsprechender Betrag zugesprochen worden ist.

1488 Der Anwalt wird zu beachten haben, dass in zahlreichen Entscheidungen noch (irrig) der im Antrag des Klägers als Obergrenze genannte Betrag vom Gericht als das »beantragte Schmerzensgeld« angesehen wird. Obwohl der BGH eindeutig klargestellt hat, dass das Gericht bei einem unbezifferten Schmerzensgeldantrag auch einen über die Klägervorstellung hinausgehenden Schmerzensgeldbetrag zuerkennen kann, machen die Gerichte von dieser Möglichkeit nicht immer Gebrauch.[2125] So hat z. B. das KG[2126] ausgeführt, dass der Klägerin der geltend gemachte Schmerzensgeldanspruch i. H. v. 50.000,00 € zustehe. Die Klägerin hatte aber nicht beantragt, ihr ein Schmerzensgeld von 50.000,00 € zuzuerkennen, sondern sie hatte ein Schmerzensgeld begehrt, das 50.000,00 € nicht unterschreiten sollte, sodass das KG »nach oben« freie Hand hatte. In den Entscheidungsgründen des KG kommt das Wort Ermessen nicht vor, und es fehlt jede Darstellung vergleichbarer Entscheidungen.

1489 ▶ Praxistipp:

Da die Gerichte die Rechtsprechung des BGH aus dem Jahr 1996 nicht immer umsetzen, muss der Anwalt mit der Klage auf Zahlung des Schmerzensgeldes den Antrag auf Streitwertfestsetzung verbinden. Dann kann er erkennen, ob das Gericht sich der Möglichkeit bewusst ist, den in der Klage genannten Mindestbetrag beliebig zu überschreiten. Fehlt diese Erkenntnis, kann ein höherer Streitwert mit der Beschwerde durchgesetzt werden.

6. Zulässigkeit einer Teilklage

1490 Die Frage der Zulässigkeit einer Teilklage auf Zahlung von Schmerzensgeld korrespondiert mit den Voraussetzungen der Feststellungsklage. Im Grundsatz gilt, dass das Schmerzensgeld aufgrund einer ganzheitlichen Betrachtung der den Schadensfall prägenden Umstände unter Einbeziehung der absehbaren künftigen Entwicklung des Schadensbildes zu bemessen ist.[2127] Mit dem auf eine unbeschränkte Klage insgesamt zuzuerkennenden Schmerzensgeld werden nicht nur alle bereits eingetretenen, sondern auch alle erkennbaren und objektiv vorhersehbaren künftigen unfallbedingten Verletzungsfolgen abgegolten.[2128] Lässt sich jedoch nicht endgültig sagen, welche Änderungen des gesundheitlichen Zustandes noch eintreten können, hat es schon das RG[2129] für zulässig erachtet, den Betrag des Schmerzensgeldes zuzusprechen, der dem Verletzten zum Zeitpunkt der Entscheidung mindestens zusteht und später den zuzuerkennenden Betrag auf die volle Summe zu erhöhen, die der Verletzte aufgrund einer ganzheitlichen Betrachtung der für den immateriellen Schaden maßgeblichen Umstände beanspruchen kann, wenn sich nicht endgültig sagen lässt, welche Änderungen des gesundheitlichen Zustandes noch eintreten können. Dieser Auffassung des RG hat sich der BGH angeschlossen. Er hat für den Fall, dass mit dem Eintritt weiterer Schäden zu rechnen ist, die letztlich noch nicht absehbar sind, das Feststellungsinteresse für die Feststellung der Ersatzpflicht zukünftiger immaterieller Schäden bejaht, wenn aus der Sicht des Geschädigten

2125 Ausnahme: OLG Hamm, Urt. v. 12.09.2003 – 9 U 50/99, ZfS 2005, 122, das dem Kläger über den genannten Mindestbetrag von 50.000,00 DM bis 60.000,00 DM hinaus ein Schmerzensgeld i. H. v. insgesamt 150.000,00 DM zubilligte.

2126 KG, Urt. v. 20.01.2005 – 20 U 401/01, VersR 2006, 1366 m. Anm. Jaeger, S. 1368.

2127 Grds. ist daher eine Aufteilung des Schmerzensgeldes in Zeitabschnitte unzulässig, vgl. OLG Jena, Urt. v. 16.01.2008 – 4 U 318/06, SVR 2008, 464 = NJW-Spezial 2008, 426.

2128 BGH, Urt. v. 20.01.2004 – VI ZR 70/03, BGHR 2004, 683 m. w. N. und Anm. Jaeger = NJW 2004, 1243; Diederichsen, VersR 2005, 433 (439).

2129 RG, Urt. v. 04.12.1916 – IV 328/16, Warn Rspr. 1917 Nr. 99, 143 (144).

bei verständiger Würdigung Grund besteht, mit dem Eintritt eines weiteren Schadens wenigstens zu rechnen.[2130] In einem solchen Fall bedarf es der (offenen) Teilklage nicht, weil der Geschädigte seinen (weiteren) Anspruch auch durch eine Feststellungsklage für die künftig zu erwartenden Beeinträchtigungen sichern kann.

1491 Gegen die **Zulässigkeit einer (offenen) Teilklage** bestehen allerdings keine rechtlichen Bedenken. Ist die Höhe des Anspruchs im Streit, kann grds. ein ziffernmäßig oder sonst **individualisierter Teil** davon Gegenstand einer Teilklage sein, sofern erkennbar ist, um welchen Teil des Gesamtanspruchs es sich handelt. Macht der Kläger nur einen Teilbetrag eines Schmerzensgeldes geltend und verlangt er bei der Bemessung der Anspruchshöhe nur die Berücksichtigung der Verletzungsfolgen, die bereits im Zeitpunkt der letzten mündlichen Verhandlung eingetreten sind, ist eine hinreichende Individualisierbarkeit gewährleistet.[2131]

1492 ► Praxistipp:

Macht der Verletzte keinen Teilbetrag geltend und sichert er künftig mögliche Ansprüche nicht durch einen Feststellungsantrag, läuft er Gefahr, mit Ansprüchen aus der künftigen Entwicklung seiner Gesundheit ausgeschlossen zu sein. Weitere Ansprüche kann er in einem solchen Fall nur geltend machen, wenn später Schäden auftreten, die vom Streit- und Entscheidungsgegenstand des vorausgegangenen Schmerzensgeldprozesses nicht erfasst sind und deren Geltendmachung daher dessen Rechtskraft nicht entgegensteht.[2132]

Aber auch wenn der Kläger eine offene Teilklage erhebt, kann weiteren Ansprüchen zwar nicht die Rechtskraft, wohl aber die Verjährung entgegenstehen. Deshalb muss der Anwalt bei der inhaltlich begrenzten Leistungsklage neben dieser zugleich Feststellungsklage erheben.

7. Beschwer des Klägers

1493 Konsequenzen hat die Angabe der Größenordnung für die Beschwer des Klägers: Hat der Kläger ein angemessenes Schmerzensgeld unter Angabe einer Betragsvorstellung verlangt und hat das Gericht ihm ein Schmerzensgeld in eben dieser Höhe zuerkannt, ist er durch dieses Urteil nicht beschwert und kann es nicht mit dem alleinigen Ziel eines höheren Schmerzensgeldes anfechten. Spricht also das Gericht den Betrag zu, den der Kläger als der Größenordnung nach angemessen oder als Mindestbetrag genannt hat, ist der Kläger nicht beschwert.[2133] Er ist nur beschwert, wenn das Gericht einen Schmerzensgeldbetrag zuerkennt, der unter diesem Betrag liegt. Die **Angabe eines Mindestbetrages** hat nicht zur Folge, dass das nach der Vorstellung des Klägers in Wirklichkeit angemessene Schmerzensgeld diesen Betrag immer überschreiten müsste. Eine klagende Partei ist durch eine gerichtliche Entscheidung nur insoweit beschwert, als diese von dem in der unteren Instanz gestellten Antrag zum Nachteil der Partei abweicht, ihrem Begehren also nicht voll entsprochen worden ist. Erhält der Kläger das zugesprochen, was er mindestens verlangt hat, besteht kein Anlass, den Zugang zur Rechtsmittelinstanz mit dem Ziel der Durchsetzung einer höheren Klageforderung zu eröffnen.[2134]

2130 BGH, Urt. v. 16.01.2001 – VI ZR 381/99, VersR 2001, 874 = MDR 2001, 448; BGH, Urt. v. 20.03.2001 – VI ZR 325/99, VersR 2001, 876 (877). Zur Zulässigkeit von Teilklagen auch Berg, NZV 2010, 63 ff.

2131 Diederichsen, VersR 2005, 433 (439).

2132 BGH, Urt. v. 20.01.2004 – VI ZR 70/03, BGHR 2004, 683 m.w.N. und Anm. Jaeger = NJW 2004, 1243.

2133 BGH, Beschl. v. 25.01.1996 – III ZR 218/95, NZV 1996, 194; BGH, Urt. v. 30.03.2004 – VI ZR 25/03, VersR 2004, 1018 = NJW-RR 2004, 863.

2134 BGH, Beschl. v. 30.09.2003 – VI ZR 78/03, VersR 2004, 70 = NJW-RR 2004, 102; Diederichsen, DAR 2004, 301 (318) m.w.N.

1494 Nennt der Geschädigte in der Klagebegründung jedoch einen bestimmten Betrag und wird dieser Betrag zuerkannt, kann er gleichwohl beschwert sein, wenn sich aus dem sonstigen Klagevortrag eine erkennbar höhere Mindestvorstellung des verlangten Schmerzensgeldes ergibt.[2135]

1495 ▶ Hinweis:

Der Kläger ist aber dann nicht beschwert, wenn das Gericht den Betrag zuspricht, den der Kläger als Mindestbetrag genannt hat, dabei aber – anders als der Kläger selbst – von einem Mitverschulden des Klägers ausgeht.[2136]

Eine Beschwer des Klägers liegt selbst dann nicht vor, wenn das objektiv Angemessene um ein Vielfaches höher liegt als vom Kläger angegeben, z. B. 75.000,00 € oder mehr statt der vom Kläger genannten und vom Gericht zuerkannten 20.000,00 €.[2137] Das bedeutet, dass eine Beschwer selbst dann zu verneinen ist, wenn der Kläger und das Instanzgericht das Angemessene verfehlen, das Gericht also von seinem Ermessen einen unrichtigen Gebrauch macht. Der Fehler des Gerichts kann nach Auffassung des BGH ohne Vorliegen einer Beschwer nicht durch ein Rechtsmittelverfahren korrigiert werden.

1496 Auf diesen Missstand hat das OLG Köln[2138] im LS hingewiesen: Nicht selten wird ein zu geringes Schmerzensgeld beantragt und dann als angemessen zugesprochen, sodass der Kläger nicht beschwert ist und im Berufungswege eine höhere Festsetzung nicht erreichen kann.

1497 ▶ Hinweis:

Will sich der Kläger die Möglichkeit der Berufung oder der Revision erhalten, muss er die Größenordnung so präzise wie möglich angeben und deutlich machen, dass er mit einer Unterschreitung nicht einverstanden sein wird.[2139]

1498 Ist der Kläger aber beschwert, kann er in der Berufungsinstanz das Schmerzensgeldbegehren beliebig erweitern.[2140] Nennt der Kläger in erster Instanz eine Schmerzensgeldvorstellung von 15.000,00 DM und werden ihm nur 10.000,00 DM zuerkannt, kann er zulässigerweise in zweiter Instanz einen Mindestbetrag von bspw. 60.000,00 DM nennen. Das Berufungsgericht kann, wenn denn die Vorstellung des Klägers von der Höhe des Schmerzensgeldes richtig ist, über den in erster Instanz genannten Mindestbetrag hinaus ein Schmerzensgeld zusprechen. Insoweit ist der Anspruch auch nicht verjährt, weil der gesamte Schmerzensgeldanspruch mit der Klage rechtshängig gemacht wurde.[2141]

1499 ▶ Praxistipp:

Der Kläger kann all diese Probleme aber dadurch umgehen, dass er neben der Schmerzensgeldforderung einen weiteren materiellen Schadensersatzanspruch geltend macht, der unschlüssig ist. Wird ihm nun ein Schmerzensgeld i. H. d. genannten Mindestbetrages zugesprochen und wird der (unschlüssige) materielle Anspruch aber erwartungsgemäß

2135 OLG Hamm, Urt. v. 17.12.1997 – 13 U 202/96, VersR 1998, 1392.

2136 BGH, Urt. v. 02.10.2001 – VI ZR 356/00, NJW 2002, 212 = MDR 2002, 49.

2137 BGH, Urt. v. 20.09.1983 – VI ZR 111/82, VersR 1983, 1160 m. w. N.; BGH, Urt. v. 24.09.1991 – VI ZR 60/91, NJW 1992, 311 = VersR 1992, 374.

2138 OLG Köln, Urt. v. 03.03.1995 – 19 U 126/94, VersR 1995, 549.

2139 BGH, Urt. v. 02.02.1999 – VI ZR 25/98, BGHZ 140, 335 = VersR 1999, 902; v. Gerlach, VersR 2000, 525 (527).

2140 Diederichsen, VersR 2005, 433 (43).

2141 BGH, Urt. v. 10.10.2002 – III ZR 205/01, VersR 2002, 1521 (1522).

abgewiesen, ist er insoweit beschwert und kann in die Berufung gehen. I. R. d. zulässigen Berufung kann der Kläger die Klage erweitern und ein höheres Schmerzensgeld fordern.[2142]

1500 Hat der Kläger aber in erster Instanz eine Größenordnung genannt, die im Urteil unterschritten wurde, ist er insoweit beschwert.[2143] Der Kläger ist in einem solchen Fall nicht gehindert, in der Berufungsinstanz neben dem ursprünglich verlangten Betrag im Wege der Klageerweiterung einen höheren Betrag geltend zu machen. Das ist nicht einmal eine Änderung des Streitgegenstandes i. S. d. § 253 Abs. 2 ZPO, sodass daran auch keine selbstständigen verjährungsrechtlichen Folgen geknüpft werden können,[2144] weil die Klage den vollen Schmerzensgeldanspruch umfasst hat.[2145]

1501 ▶ Hinweis:

Ist nämlich der Anspruch durch die Angabe einer Größenordnung nicht begrenzt, weil das Gericht diese Größenordnung im Urteil überschreiten darf, ist auch der Streitgegenstand durch die Angabe der Größenordnung nicht begrenzt und es liegt keine (verdeckte) Teilklage vor.

1502 Eine **Ausnahme von diesem Grundsatz** macht das OLG Nürnberg.[2146] Es ist der Auffassung, der Kläger sei auch dann beschwert, wenn zwar im Urteil auf ein Schmerzensgeld in Höhe seiner Vorstellung erkannt worden sei, aber nach der Verkündung des Urteils infolge einer Änderung der Rechtsprechung des BGH[2147] neue Beurteilungskriterien ein höheres Schmerzensgeld begründen können. Die Beschwer des Klägers liege darin, dass die nunmehr vom BGH als anspruchserhöhend anerkannten Umstände in der anzufechtenden Entscheidung – entsprechend der bisherigen Rechtsprechung des BGH – anspruchsmindernd berücksichtigt worden seien.

1503 Auf der früheren Rechtsprechung, dass eine vom Kläger angegebene Größenordnung nur um bis zu 20 % überschritten werden dürfe,[2148] beruht die heute gestellte Frage, ob eine Beschwer vorliegt, wenn das Gericht nur geringfügig unter der vom Kläger genannten Größenordnung bleibt, also etwa statt der genannten 50.000,00 € ein Schmerzensgeld von 45.000,00 € zuspricht. Die Unterschreitung von 10 % bewegt sich in der früher tolerierten Schwankungsbreite, und man hatte eine teilweise Klageabweisung nicht für erforderlich gehalten.

1504 Diese Übertragung der früheren (unzutreffenden) Rechtsprechung ist nicht vertretbar. Jede Unterschreitung des vom Kläger genannten Mindestbetrages ist eine teilweise Klageabweisung, die den Kläger beschwert.

2142 Vgl. OLG Hamm, Urt. v. 12.09.2003 – 9 U 50/99, ZfS 2005, 122; OLG Stuttgart, Urt. v. 11.07.2006 – 1 U 3/06, OLGR 2006, 737 (738); OLG Naumburg, Urt. v. 12.12.2008 – 6 U 106/08, VersR 2009, 373 (374): Schmerzensgeld allein erreichte nicht die Beschwergrenze, nur der Sachschaden.

2143 BGH, Urt. v. 10.10.2002 – III ZR 205/01, NJW 2002, 3769 m. w. N. = VersR 2002, 1521 = ZfS 2003, 14. Wird die Berufung gegen ein solches Urteil als unzulässig verworfen, ist diese Entscheidung zwar krass falsch, aber unanfechtbar, auch nicht mit einem im Gesetz nicht vorgesehenen Rechtsmittel wegen greifbarer Gesetzwidrigkeit, OLG Hamm, Beschl. v. 30.12.1999 – 6 W 20/99, r+s 2000, 286, eine Entscheidung, gegen deren Verfassungsmäßigkeit ernsthafte Zweifel bestehen.

2144 BGH, Urt. v. 10.10.2002 – III ZR 205/01, NJW 2002, 3769 m. w. N. = VersR 2002, 1521 = ZfS 2003, 14 (15); Diederichsen, VersR 2005, 433 (439).

2145 Diederichsen, VersR 2005, 433 (439).

2146 OLG Nürnberg, Urt. v. 18.06.1993 – 8 U 569/91, VersR 1994, 735.

2147 BGH, Urt. v. 13.10.1992 – VI ZR 201/91, BGHZ 120, 1 = NJW 1993, 781.

2148 Vgl. die Nachweise bei v. Gerlach, VersR 2000, 525 (527).

▶ **Hinweis:**

1505

Dies hat andererseits nicht notwendig zur Folge, dass der Kläger einen Teil der Kosten tragen muss, denn hier hilft § 92 Abs. 2 Nr. 2 ZPO: Stellt der Kläger das Schmerzensgeld in das Ermessen des Gerichts und weicht dieses nur unwesentlich von der Vorstellung des Klägers ab, erlaubt es das Gesetz, trotz teilweiser Klageabweisung dem Beklagten die gesamten Kosten des Rechtsstreits aufzuerlegen.[2149]

Darauf muss das Gericht hingewiesen werden, weil die Norm des § 92 Abs. 2 ZPO allzu vielen Richtern und Anwälten nicht geläufig ist.

1506

Das LG Gießen[2150] hat dies richtig gesehen. Die Vorstellung des Klägers war ein Schmerzensgeld i. H. v. 5.000,00 €, zuerkannt wurden 2.250,00 €. Diesem Kläger war mit § 92 Abs. 2 ZPO nicht zu helfen. Seine Vorstellung ging zu deutlich über den als angemessen angesehenen Betrag hinaus, sodass er einen Teil der Kosten des Rechtsstreits zu tragen hatte.

8. Checkliste für Klageantrag und Beschwer

1507

▶ **Checkliste für Klageantrag und Beschwer**

- ☐ Vorprozessual muss der Schmerzensgeldanspruch frühzeitig in Verzug begründender Weise geltend gemacht, d. h. auch beziffert werden.
- ☐ Der Schmerzensgeldanspruch kann als einheitlicher Anspruch grds. nicht im Wege der Teilklage geltend gemacht werden.[2151]
- ☐ Im Prozess ist ein angemessenes Schmerzensgeld (nebst Zinsen)[2152] unter Angabe eines Mindestbetrages zu fordern.
- ☐ Das Gericht sollte unbedingt darauf hingewiesen werden, dass es über diesen Mindestbetrag (auch ganz erheblich) hinausgehen darf.
- ☐ Das Gericht sollte auch auf die Bestimmung des § 92 Abs. 2 ZPO hingewiesen werden, also darauf, dass bei einer Unterschreitung des vom Kläger genannten Mindestbetrages in gewissen Grenzen der Beklagte die gesamten Kosten des Rechtsstreits zu tragen hat.
- ☐ Weil bei dieser Verfahrensweise die Beschwer fehlt, wenn der Mindestbetrag zugesprochen wird, muss der Kläger ein gewisses Prozessrisiko eingehen, indem er einen hohen Betrag fordert, dessen Unterschreitung ihm die Möglichkeit eines Rechtsmittels gibt.[2153]

2149 Scheffen/Pardey, Rn. 980; v. Gerlach, VersR 2000, 525 (528).

2150 LG Gießen, Urt. v. 01.11.1995 – 1 S 253/95, ZfS 1996, 133.

2151 Eine Ausnahme hat der BGH, Urt. v. 20.01.2004 – VI ZR 70/03, NJW 2004, 1243 = VersR 2004, 1334, in einem Fall zugelassen, in dem sich nicht endgültig sagen ließ, welche Änderungen des gesundheitlichen Zustandes noch eintreten könnten. In einem solchen Fall ist es zulässig, den Betrag des Schmerzensgeldes zuzusprechen, der dem Verletzten zum Zeitpunkt der Entscheidung mindestens zusteht. Daneben besteht die Möglichkeit der Klage auf Schmerzensgeld und auf Feststellung der Verpflichtung des Schädigers, für Zukunftsschäden einzustehen; vgl. dazu Heß, NJW Spezial 2004, 63 und Rdn. 1461 ff.

2152 Zinsen auf Schmerzensgeld werden mit Verzug des Schädigers geschuldet, jedenfalls mit Rechtshängigkeit und zwar i. H. v. 5 Prozentpunkten über dem Basiszinssatz (§ 247 BGB). Verzug tritt jedoch nur ein, wenn der geforderte Schmerzensgeldbetrag realistisch und nicht (erheblich) überzogen ist. Das gilt für das gesamte Schmerzensgeld, auch dann, wenn die Höhe in das Ermessen des Gerichts gestellt wird und das Gericht über den genannten Mindestbetrag hinausgeht. Wird bzgl. der Zinsen eine (verdeckte) Teilklage erhoben, können die restlichen Zinsen verjähren; vgl. hierzu Vorwerk, Kap. 84 Rn. 186.

2153 BGH, Urt. v. 02.02.1999 – VI ZR 25/98, BGHZ 140, 335 = VersR 1999, 902.; BGH, Urt. v. 02.10.2001 – VI ZR 356/00, NJW 2002, 212 f. = MDR 2002, 49 f.

☐ Ist die zukünftige Entwicklung des immateriellen Schadens ungewiss, muss die Leistungsklage mit einer Feststellungsklage verbunden werden. Das gilt auch dann, wenn der Schmerzensgeldanspruch bereits dem Grunde nach anerkannt ist.[2154]

9. Kapital und/oder Rente[2155]

1508 Schmerzensgeld kann nicht nur in Form eines Kapitalbetrages begehrt werden. Es kann auch nur eine Rente verlangt werden oder eine Rente neben einem Kapitalbetrag.

1509 Die »billige Entschädigung in Geld« wird normalerweise als einmaliger Kapitalbetrag zugesprochen. Das Schmerzensgeld in einer Summe ist die Regel. Sie greift insb. dann ein, wenn es sich um Verletzungen ohne Dauerfolgen oder um solche mit Dauerfolgen handelt, deren künftige Auswirkung überschaubar ist. Lässt sich die **künftige Entwicklung des immateriellen Schadens noch nicht genau bestimmen**, kann im Urteil neben dem Kapitalbetrag die Feststellung der Ersatzpflicht künftigen Nichtvermögensschadens ausgesprochen werden oder neben dem Kapitalbetrag eine Rente zuerkannt werden.[2156]

1510 ▶ **Hinweis:**

Verlangt der Verletzte neben einem Kapitalbetrag eine Rente, ist zu beachten, dass die Gerichte i. d. R. nur ein Schmerzensgeld zusprechen, dessen Gesamthöhe einen vergleichbaren Kapitalbetrag nicht überschreitet. Das bedeutet, dass der Kapitalwert der Rente ermittelt wird, der in der Summe mit dem Schmerzensgeldkapital den Gesamtbetrag des Schmerzensgeldes bildet.[2157]

Üblich ist es auch, dass die Gerichte zunächst das als angemessen angesehene Schmerzensgeld ermitteln, sodann die Schmerzensgeldrente kapitalisieren und diesen Renten-Kapitalwert vom Schmerzensgeldbetrag abziehen.

Unter diesem Gesichtspunkt muss der Anwalt prüfen, ob es für den Mandanten überhaupt günstig ist, eine Schmerzensgeldrente zu beantragen.

1511 **Aber:** Auch bei Vorliegen eines schweren Dauerschadens mit fortlaufender Beeinträchtigung ist es dem Schädiger und/oder dem Gericht nicht gestattet, dem Verletzten gegen dessen Willen anstelle oder neben dem Schmerzensgeldkapital eine Schmerzensgeldrente aufzudrängen.[2158] Das gilt auch für den Fall, dass das LG antragsgemäß einen Kapitalbetrag zuerkannt hat; auch dann darf das OLG diesen Betrag nicht in Kapital und Rente aufteilen, wenn der Verletzte dies nicht beantragt und das Urteil im Berufungsverfahren verteidigt. So hält das OLG Koblenz[2159] ausdrücklich fest: »Dem Kläger kann nicht ein wesentlicher Teil des Kapitalbetrages genommen und stattdessen eine Rente aufgedrängt werden, die keineswegs zwangsläufig seinem Interesse entsprechen muss«.

1512 Deshalb sieht sich der für Arzthaftungssachen zuständige 5. Zivilsenat des OLG Köln auch häufig daran gehindert, eine Lösung zugunsten schwerst hirngeschädigt geborener Kinder zu treffen und anstelle eines hohen Kapitalbetrages neben einem Kapital eine Schmerzensgeldrente zuzuerkennen. Damit könnte der Gefahr entgegengewirkt werden, dass in Anbetracht

---

2154 BGH, Urt. v. 20.03.2001 – VI ZR 325/99, NJW 2001, 3414 = MDR 2001, 764.

2155 S.o. Rdn. 128 ff.

2156 Deutsch/Ahrens, Rn. 493 ff.; Dauner-Lieb/Langen/Huber, AK-Schuldrecht, § 253 Rn. 108 ff.

2157 Vgl. BGH, Urt. v. 21.07.1998 – VI ZR 276/97, VersR 1998, 1565 = NJW 1998, 3411; BGH, Urt. v. 15.05.2007 – VI ZR 150/06, VersR 2007, 961 = NJW 2007, 2475.

2158 BGH, Urt. v. 21.07.1998 – VI ZR 276/97, NJW 1998, 3411 = VersR 1998, 1565; OLG Schleswig, Urt. v. 09.01.1991 – 9 U 40/89, VersR 1992, 462.

2159 OLG Koblenz, Urt. v. 26.02.2009 – 5 U 1212/07, VersR 2010, 1452 (1454).

der oft nur geringen Lebenserwartung der Kinder diese alsbald nach Rechtskraft des Urteils in ein Pflegeheim abgeschoben werden, in dem die Betreuung nicht so intensiv sein kann wie in der Familie. Sterben diese Kinder alsbald, verbleibt den Eltern (Erben) das gesamte Schmerzensgeldkapital, das für ein »kurzes Leben« deutlich zu hoch ausgefallen ist.

1513 Ist der Verletzte bereits älter, kann die Rente relativ hoch ausfallen, weil sich der Kapitalwert nach der (verbleibenden) Lebenserwartung richtet. Genau umgekehrt ist es bei jungen Menschen oder gar bei Kleinkindern. Diese haben noch eine hohe Lebenserwartung, sodass der Kapitalwert auch einer relativ niedrigen Rente erheblich zu Buche schlägt. Das Gesamtschmerzensgeld wird dann durch den Kapitalwert der Rente sehr hoch sein, und der BGH kann das Gesamtschmerzensgeld dann ohne Weiteres als »zu reichlich« bemessen beanstanden. Dass diese Betrachtung falsch ist, wurde oben[2160] nachgewiesen. Stirbt der Berechtigte im Verlauf des Rechtsstreits, kommt eine Rente zusätzlich zu einem Kapitalbetrag auch für die Vergangenheit nicht mehr in Betracht.

1514 Dass eine zuerkannte Schmerzensgeldrente im Wege der **Abänderungsklage** nach § 323 ZPO später erhöht werden kann, ist inzwischen unbestritten.[2161] Diederichsen[2162] hält die Höhe der Rente »nach einhelliger Meinung« in Rechtsprechung und Schrifttum grds. für abänderbar. Der BGH[2163] hatte dies (obiter dictum) als selbstverständlich vorausgesetzt, indem er einem jungen Geschädigten im Hinblick auf die Laufzeit der Rente die Möglichkeit zur Anpassung an die veränderten Verhältnisse nach § 323 ZPO zubilligt.

1515 Nach Ansicht des BGH[2164] ist die Abänderungsklage aber erst möglich, wenn der Lebenshaltungskostenindex um mindestens 25 % gestiegen ist und wenn die Schmerzensgeldrente unter Abwägung aller Umstände des Einzelfalles die Funktion eines billigen Schadensausgleichs nicht mehr erfüllt.

1516 ► Praxistipp:

Eine Forderung des Verletzten nach Kapital und Rente ggü. einer Versicherung kann unter dem Gesichtspunkt vorteilhaft sein, dass die Versicherer einen Schadensfall abschließen möchten, was bei einer auf Lebenszeit gewährten Rente nicht möglich ist. Im Interesse einer abschließenden Regelung kann die Versicherung bereit sein, einen höheren Kapitalbetrag zu zahlen. Eine Kapitalzahlung kann die Versicherung nämlich gegen den Willen des Geschädigten prozessual nicht durchsetzen.

Regressfalle:

Richter sollten nur sehr zurückhaltend zu einem Abfindungsvergleich raten, aber auch für Anwälte ist höchste Vorsicht geboten.[2165]

2160 Rdn. 156.

2161 Vorwerk, Kap. 84 Rn. 184 und Kap. 86 Rn. 42.

2162 Diederichsen, VersR 2005, 433 (442) m. w. N.

2163 BGH, Urt. v. 08.06.1976 – VI ZR 216/74, VersR 1976, 967 (969).

2164 BGH, Urt. v. 15.05.2007 – VI ZR 150/06, VersR 2007, 961 = DAR 2007, 513.

2165 Vgl. Rdn. 1590 ff., insb. Rdn. 1628 ff.

1517 ▶ **Formulierungsbeispiel: Klageantrag[2166] einer Klage auf Zahlung von Kapital und Rente**

Der/die Beklagte(n) werden/wird (als Gesamtschuldner) verurteilt,

an den Kläger ein angemessenes Schmerzensgeld, mindestens aber ..... € (Kapital) nebst Zinsen i. H. v. 5 Prozentpunkten über dem Basiszinssatz seit dem ..... (Verzugsbeginn) zu zahlen,

weiterhin ..... € (Summe der rückständigen Rentenzahlungen – vom Schadenstag bis zur Klagezustellung) rückständige Schmerzensgeldraten für die Zeit vom ..... bis zum ..... nebst Zinsen i. H. v. 5 Prozentpunkten über dem Basiszinssatz aus ..... (damals angemahnte Summe der Rentenbeträge) seit dem ..... (Verzugsbeginn) sowie jeweils aus ..... (Rente) seit dem ..... (Daten der Folgemonate bis zur Klagezustellung, in denen ebenfalls keine Rentenzahlungen erfolgten),

zuletzt ab Klagezustellung eine monatliche Schmerzensgeldrente i. H. v. ..... € (Rente), zahlbar monatlich im Voraus, zu zahlen.

10. Feststellungsklage

1518 Bei noch nicht abgeschlossenem Schadensbild hat der Anwalt zwei Probleme: das der Verjährung und das der Rechtskraft.

1519 ▶ **Hinweis:**

Daran muss der Anwalt immer denken, wenn überhaupt mit Spätfolgen zu rechnen ist. Die Leistungsklage betrifft nur den bereits eingetretenen Schaden und hemmt die Verjährung nicht hinsichtlich der künftigen materiellen und immateriellen Ansprüche, § 204 Abs. 1 Nr. 1 BGB. Um die Verjährung künftiger Ansprüche zu verhindern, muss der Anwalt also Feststellungsklage erheben. Dann greift § 197 Abs. 1 Nr. 3 BGB ein, wonach rechtskräftig festgestellte Ansprüche in 30 Jahren verjähren.

1520 Künftige Ansprüche verjähren nämlich nach neuem Schuldrecht grds. in 3 Jahren, wenn Schädiger und Schaden dem Geschädigten bekannt sind. Die 30-jährige Verjährungsfrist des § 199 Abs. 2 BGB gilt nur für den Fall, dass dem Geschädigten diese Kenntnis fehlt oder dass er die Kenntnis ohne grobe Fahrlässigkeit nicht erlangt hat.

1521 Deshalb hat der Verletzte auch nach neuem Verjährungsrecht ein berechtigtes Interesse an der alsbaldigen Feststellung der Ersatzpflicht, wenn die Möglichkeit bzw. die Gefahr künftiger Schäden besteht, die derzeit mit der Gewährung eines einheitlichen Schmerzensgeldes nicht ausgeglichen werden können. Das nach § 256 ZPO geforderte Feststellungsinteresse und die Verjährung stehen in einem engen inneren Zusammenhang.[2167]

1522 Etwas anderes galt **bis zur Schuldrechtsreform** nur dann, wenn der Schädiger den Anspruch dem Grunde nach anerkannt und der Verletzte dieses Anerkenntnis angenommen hatte. Ein solches Anerkenntnis i. S. d. § 780 BGB verjährte gem. § 195 BGB a. F. in 30 Jahren;[2168] es war nicht nur ein Anerkenntnis i. S. d. § 208 BGB a. F., das lediglich die – 3-jährige – Verjährung unterbrochen hat. Nun ist eine Feststellungsklage lediglich entbehrlich, wenn die Parteien eine Vereinbarung getroffen haben, die die Wirkungen eines Feststellungstitels er-

---

2166 Bei sehr schwerwiegenden Schäden durch einen Verkehrunfall ist zu bedenken, dass die Höchstgrenzen der Haftung nach dem StVG und dem vom Halter abgeschlossenen Vertrag möglicherweise nicht ausreichen, den Gesamtschaden abzudecken. Dann ist im Antrag des/der Beklagten auszudrücken, dass der Halter nur i. R. d. Haftungshöchstgrenzen des § 12 StVG und der Versicherer nur i. R. d. (möglicherweise höheren) Deckungssumme des Versicherungsvertrages verurteilt wird.

2167 Müller, VersR 1998, 129 (136).

2168 Palandt/Sprau, § 780 Rn. 8 a. E.

zielt.[2169] Wird die Einstandspflicht nicht in der erforderlichen vorbehaltlosen Art und Weise erklärt, kann dem Geschädigten das Feststellungsinteresse nicht abgesprochen werden. Die Formulierung etwa, dass eine »Feststellungsklage ausdrücklich für nicht erforderlich« gehalten wird, reicht nicht aus, zumal wenn »kein weiterer Verjährungsverzicht« erklärt wird.[2170]

► Hinweis: 1523

Der ausgeurteilte Schmerzensgeldbetrag umfasst die in der Vergangenheit liegenden und die vorhersehbaren und zwangsläufigen künftigen Beeinträchtigungen. Die künftige Entwicklung, insb. Verschlechterungen des Gesundheitszustandes werden nur dann nicht erfasst, wenn sie nicht – auch nicht durch einen Mediziner – vorhersehbar sind. Für Spätfolgen, auch soweit sie nicht sicher vorhersehbar, aber auch nicht völlig ausgeschlossen sind, kann der Verletzte nur durch einen Feststellungsausspruch oder ein diesem gleichstehendes Anerkenntnis erreichen, dass diese Ansprüche 30 Jahre lang nicht verjähren. Treten später Folgeschäden tatsächlich ein, kann – verjährungssicher aufgrund des vorangegangenen Feststellungsurteils – hierfür nun ein **weiteres Schmerzensgeld** verlangt werden. Jetzt wird aber im Folgeprozess nicht etwa die spätere und im Erstprozess nicht berücksichtigte Schadensfolge isoliert betrachtet, sondern es ist zu fragen, welches **Gesamtschmerzensgeld** zu zahlen gewesen wäre, wenn die spätere Verletzungsfolge von vornherein in die ursprüngliche Schadensberechnung Eingang gefunden hätte; die Differenz dieser Summe zur Urteilssumme des Erstprozesses ist dann zuzusprechen[2171].

1524 Das OLG Oldenburg[2172] geht noch weiter und meint, dass bei der Schätzung des angemessenen Schmerzensgeldes die denkbaren zukünftigen immateriellen Beeinträchtigungen unberücksichtigt zu bleiben hätten, wenn der Kläger einen Feststellungsantrag für zukünftige immaterielle Beeinträchtigungen gestellt habe; denn aus der Antragstellung ergebe sich, dass er keinen alle immateriellen Zukunftsschäden umfassenden Schmerzensgeldantrag stelle. Dem ist nicht zuzustimmen, denn dadurch wird die Bemessung des Schmerzensgeldes weiter unnötig kompliziert. Der Grundsatz, dass das Schmerzensgeld einheitlich zu bemessen ist, sollte auch in Fällen mit möglichen Zukunftsschäden nicht aufgegeben werden. In die Bemessung fließt ja nur das Risiko künftiger Schäden ein.[2173]

1525 So hat das OLG Köln[2174] wegen der Wahrscheinlichkeit zukünftiger immaterieller Beeinträchtigungen eine Erhöhung des ohne Berücksichtigung dieser Zukunftsschäden geschuldeten Schmerzensgeldes um 25 % für angemessen gehalten. Eine solche pauschalierte Erhöhung ist nicht zulässig. Erst wenn sich Zukunftsschäden verwirklichen, muss ein zusätzliches Schmerzensgeld gezahlt werden.

1526 Das OLG Celle[2175] hat ein Feststellungsinteresse bei einer Bänderruptur im Fußgelenk bejaht, weil selbst dann, wenn das Behandlungsergebnis gut sei, ein rupttiertes Band erfahrungsgemäß eine »Schwachstelle« bleibe mit der Folge der erhöhten Verletzungsanfälligkeit, sodass die Gefahr weiterer Schäden bestehe.

2169 Eine dennoch erhobene Feststellungsklage wäre unzulässig, OLG Hamm, Urt. v. 07.06.2010 – 6 U 195/09, r+s 2010, 481.

2170 OLG München, Urt. v. 18.01.2008 – 10 U 4024/07, NJW-Spezial 2008, 171.

2171 OLG Saarbrücken, Urt. v. 07.06.2011 – 4 U 451/10, NJW 2011, 3169.

2172 OLG Oldenburg, Urt. v. 10.10.1996 – 1 U 83/96, VersR 1997, 1109.

2173 OLG Köln, Urt. v. 20.05.1992 – 2 U 191/91, VersR 1992, 975; OLG Oldenburg, Urt. v. 18.03.1997 – 5 U 141/95, VersR 1997, 1541.

2174 OLG Köln, Urt. v. 20.05.1992 – 2 U 191/91, VersR 1992, 975.

2175 OLG Celle, Beschl. v. 01.02.2001 – 9 W 21/01, OLGR 2001, 162.

1527 Das rechtliche Interesse i. S. d. § 256 ZPO kann nur dann verneint werden, wenn aus der Sicht des Geschädigten bei vernünftiger Betrachtung kein Grund ersichtlich ist, mit Spätfolgen wenigstens zu rechnen.[2176]

1528 ▶ Hinweis:

Begründet ist der Feststellungsantrag schon dann, wenn Spätschäden mit einer gewissen Wahrscheinlichkeit entstehen können, wenn mit dem späteren Eintritt von Schadensfolgen überhaupt, wenn auch nur entfernt, gerechnet werden kann. Dabei kommt es nicht darauf an, ob der Verletzte selbst diese Spätschäden vorhersehen kann; entscheidend ist vielmehr, ob ein Mediziner, also ein Fachmann, aufgrund des Schadensbildes mögliche Spätschäden nicht ausschließen kann.[2177] Lediglich wenn z. B. ein Sachverständiger an später eintretende Folgen nicht einmal zu denken brauchte, werden diese von der Rechtskraft nicht erfasst.[2178]

1529 Ist die Feststellungsklage zulässig, dann ist sie auch begründet, denn die Argumente, die für die Zulässigkeit sprechen, müssen auch zur Begründetheit führen.[2179] Umgekehrt wirkt die Rechtskraft einer im Vorprozess ergangenen Klageabweisung der Feststellungsklage auch dann, wenn das Gericht verfahrensfehlerhaft dahinstehen lassen hat, ob diese unzulässig oder unbegründet ist.[2180]

1530 ▶ Hinweis:

Kann der Kläger mit der Klage überhaupt noch keinen auf Leistung gerichteten Antrag stellen, muss er zur Hemmung der Verjährung eine Feststellungsklage erheben. Er ist bei **zulässig erhobener Feststellungsklage nicht zum Übergang zur Leistungsklage verpflichtet**, auch dann nicht, wenn er den Anspruch im Laufe des Rechtsstreits beziffern kann.[2181] Allerdings ist es dem Kläger unbenommen, im Laufe des Verfahrens von der Feststellungsklage zur Leistungsklage überzugehen, wenn die Voraussetzungen gegeben sind. Übersieht er dabei Spätfolgen, sind sie von der ursprünglichen Feststellungsklage nicht mehr erfasst.

1531 Eine **Berufung trotz obsiegenden Urteils** allein zum Zweck der Klageerweiterung oder des Übergangs vom Feststellungs- auf einen Leistungsantrag ist unzulässig.[2182] Erweist sich die Leistungsklage als unbegründet, entspricht aber der Erlass eines Feststellungsurteils dem Interesse des Klägers, kann das Gericht dem **im Leistungsbegehren enthaltenen** Antrag auf Feststellung auch dann stattgeben, wenn er nicht ausdrücklich hilfsweise gestellt worden ist.[2183]

1532 ▶ Praxistipp:

Der zusätzliche Feststellungsantrag ist der sicherste Weg, den der Anwalt beschreiten muss, will er sich nicht einem Regress aussetzen.

2176 BGH, Urt. v. 16.01.2001 – VI ZR 381/99, NJW 2001, 1431 = MDR 2001, 448; BGH, Beschl. v. 09.01.2007 – VI ZR 133/06, NJW-RR 2007, 601 = VersR 2007, 708.

2177 Vgl. dazu v. Gerlach, VersR 2000, 525 (531 f.); OLG Celle, Urt. v. 25.04.2002 – 14 U 28/01, OLGR 2003, 264 f.

2178 OLG Schleswig, Urt. v. 23.01.2002 – 9 U 4/01, MDR 2002, 1068.

2179 v. Gerlach, VersR 2000, 525 (532).

2180 BGH, Urt. v. 16.01.2008 – XII ZR 216/05, NJW 2008, 1227.

2181 BGH, Urt. v. 15.11.1977 – VI ZR 101/76, NJW 1978, 210; OLG Koblenz, Urt. v. 18.12.2008 – 5 U 546/08, MedR 2010, 507.

2182 BGH, Urt. v. 12.05.1992 – VI ZR 118/91, NJW 1992, 2296 = VersR 1992, 1110; Müller, VersR 1998, 129 (136).

2183 BGH, Urt. v. 21.11.2007 – VI ZR 115/05, NJW 2007, 506 = VersR 2007, 263; Müller, VersR 1998, 129 (136).

Hier muss auf die Tendenz der Gerichte hingewiesen werden, mit der Zulässigkeit der Feststellungsklage engherzig zu verfahren, was aber nicht die Billigung des BGH findet.[2184] Dem muss der Anwalt vorsorglich energisch entgegentreten. Dem Antrag wird das erstinstanzliche Gericht stattgeben, wenn der Anwalt Spätschäden nennt und diese durch Sachverständigengutachten unter Beweis stellt. Kein Richter wird diesem Beweisantritt nachgehen, sondern er wird sogleich das Feststellungsinteresse bejahen und der Feststellungsklage stattgeben.

1533 Ein weiterer Anwendungsbereich für eine Feststellungsklage ist der Bereich des § 850f Abs. 2 ZPO, wonach das Vollstreckungsgericht auf Antrag des Gläubigers den pfändbaren Teil des Arbeitseinkommens ohne Rücksicht auf die in § 850c ZPO vorgesehenen Beschränkungen bestimmen kann, wenn aus vorsätzlich begangener unerlaubter Handlung vorgegangen wird. Dem Schuldner ist nur so viel zu belassen, wie er für seinen notwendigen Unterhalt und zur Erfüllung seiner laufenden gesetzlichen Unterhaltspflichten bedarf.[2185] Bei der Forderungspfändung als Vollstreckung eines solchen deliktischen Titels ist der Gläubiger mithin besser gestellt, weil er in weiterem Umfang als sonst möglich Arbeitseinkommen des Schuldners pfänden kann, wobei die Privilegierung auch die Ansprüche auf Verzugszinsen und Erstattung von Prozess- und Vollstreckungskosten umfasst[2186]. Gleiches gilt für die Privilegierung von Forderungen aus vorsätzlicher unerlaubter Handlung im Insolvenzverfahren, wo diese von der RSB ausgenommen sind.[2187]

1534 Der Umstand, dass aus vorsätzlich begangener unerlaubter Handlung vorgegangen wird, muss sich jedoch aus dem Titel selbst ergeben (Formalisierung des Vollstreckungsverfahrens).[2188] Hier entstehen Probleme, wenn etwa aus **Vollstreckungsbescheiden**[2189] oder Versäumnisurteilen (i. d. R. ohne Tatbestand und Entscheidungsgründe, vgl. § 313b ZPO) vorgegangen wird.

2184 v. Gerlach, VersR 2000, 525 (529).

2185 Zu den hieraus resultierenden Schwierigkeiten bei der Vollstreckung s. ausführlich Neugebauer, MDR 2004, 1223.

2186 BGH, Beschl. v. 10.03.2011 – VII ZB 70/08, NJW 2011, 3106.

2187 Es ist dann auf Feststellung zu klagen, die zur Insolvenztabelle angemeldete Forderung beruhe auf einer vorsätzlichen unerlaubten Handlung des Schuldners. Streitwert für diese Klage ist dann nicht die Forderungshöhe, sondern nur die späteren Vollstreckungsaussichten des Insolvenzgläubigers nach Beendigung des Insolvenzverfahrens und Erteilung der RSB. Wenn diese als nur zu gering anzusehen sind, kann ein Abschlag von 75 % des Nennwertes der Forderung angemessen sein, BGH, Beschl. v. 22.01.2009 – IX ZR 235/08, NJW 2009, 920.

2188 Die Rspr. nimmt dies noch nicht einmal dann an, wenn das Urteil sich auf einen Anspruch stützt, der nur in vorsätzlicher Begehung verwirklicht werden kann. Auch wenn der Anspruch materiellrechtlich eine Vorsatztat erfordere, erstreckt sich die Rechtskraft des Urteils nicht auf den Umstand einer vorsätzlichen unerlaubten Handlung, da ansonsten das Insolvenzgericht den Sachverhalt des Erstgerichts auf Vorsatz untersuchen müsste und die Urteilsgründe auch »lückenhaft« sein oder »überschießende Feststellungen« enthalten könnten, BGH, Urt. v. 02.12.2010 – IX ZR 41/10, MDR 2011, 130 = DB 2011, 293. Auch in diesen Fällen ist also eine Feststellungsklage zwingend.

2189 Wenngleich die frühere Rspr. überwiegend die formularmäßige Angabe »Anspruch aus vorsätzlich begangener unerlaubter Handlung« im Mahn-/Vollstreckungsbescheid für § 850f Abs. 2 ZPO genügen ließ, vgl. LG Düsseldorf, Beschl. v. 10.02.1987 – 19 T 291/86, NJW-RR 1987, 758; LG Bonn, Beschl. v. 23.11.1993 – 4 T 607/93, Rpfleger 1994, 264; LG Münster, Beschl. v. 07.12.1995 – 5 T 1024/95, JurBüro 1996, 385 LG Karlsruhe, Beschl. v. 19.03.2002 – 11 T 314/01, ZVI 2002, 364, hat der BGH nunmehr ausdrücklich festgehalten, dass durch die Vorlage eines Vollstreckungsbescheides der Nachweis einer Forderung aus vorsätzlich begangener unerlaubter Handlung nicht geführt werden kann, BGH, Beschl. v. 05.04.2005 – VII ZB 17/05, NJW 2005, 1663.

1535 ▶ **Vorsicht Haftungsfalle:**

Nach Ansicht des BGH[2190] ist die Angabe einer Hauptforderung »aus vorsätzlich strafbarer unerlaubter Handlung« im Vollstreckungsbescheid **nicht** ausreichend, um den Nachweis nach § 850f ZPO zu führen. Begründung hierfür ist, dass eine Prüfung der materiellen Voraussetzungen im Mahnverfahren gerade nicht stattfindet.

1536 Die Rechtsprechung hilft durch Zulassung einer **nachträglichen Feststellungsklage**, gerichtet darauf, dass eine unerlaubte Handlung vorgelegen hat.[2191] Diese Feststellungsklage ist im Interesse des Gläubigers zulässig, unabhängig davon, ob die Tatbestandsmerkmale der unerlaubten Handlung vor oder nach Rechtskraft des Leistungstitels bekannt geworden sind. Der Anspruch auf Feststellung des Rechtsgrundes einer Forderung aus vorsätzlich begangener unerlaubter Handlung verjährt (anders als der Antrag auf Feststellung der Ersatzpflicht!) nach Ansicht des BGH[2192] **nicht** nach den Vorschriften, die für die Verjährung des Leistungsanspruchs gelten! Er ist also »**unverjährbar**« und kann (natürlich mit Sinnhaftigkeit nur, wenn der Zahlungsantrag seinerseits noch nicht verjährt, etwa weil durch Vollstreckungsbescheid tituliert, ist) stets geltend gemacht werden.

1537 ▶ **Formulierungsbeispiel: Feststellungsantrag**

»Es wird beantragt, festzustellen, dass die Beklagte dem Kläger wegen des im Urteil des ..... vom ..... (Az.: .....) titulierten Anspruchs aus vorsätzlich begangener unerlaubter Handlung haftet.«

1538 Auch schon bei der Leistungsklage kann ein solcher, parallel gestellter Feststellungsantrag Sinn machen, etwa wenn ansonsten die Gefahr bestünde, dass sich das Gericht für den Klagezuspruch allein auf einen ebenfalls erfolgreichen Anspruch aus Vertrag stützen könnte.[2193] Der Feststellungsantrag macht zudem Sinn, wenn ein Versäumnisurteil erwartet wird, da dann auch dort (im Tenor) der Nachweis nach § 850f ZPO geführt werden kann.

11. Streitwert

1539 Nennt der Kläger keinen Mindestbetrag, der den Streitwert nach unten begrenzt,[2194] ist für die Instanz letztlich maßgebend, was das angerufene Gericht für angemessen hält. Das Gericht ist (nach oben) nicht an die **Größenordnung** gebunden, die der Kläger nennt. Maßgebend ist allein das angemessene Schmerzensgeld, das sich aus der Sachverhaltsschilderung des Klägers ergibt.[2195] Die gegenteilige Auffassung,[2196] wonach das Gericht bei der Streitwertfestsetzung über den vom Kläger genannten Mindestbetrag nicht hinausgehen dürfe, weil Streitgegenstand dieser vom Kläger genannte Betrag sei, ist unzutreffend. Die zur Begründung

---

2190 BGH, Beschl. v. 05.04.2005 – VII ZB 17/05, NJW 2005, 1663.

2191 BGH, Beschl. v. 14.03.2003 – IXa ZB 52/03, ZVI 2003, 301; BGH, Beschl. v. 26.09.2002 – IX ZB 208/02, ZVI 2002, 422. Ausführlich hierzu Schneider, Klage, Rn. 1709 bis 1725, insb. 1718 ff.

2192 BGH, Urt. v. 02.12.2010 – IX ZR 247/09, NJW 2011, 1133 = MDR 2011, 122. Krit. hiergegen Grote, NJW 2011, 1121.

2193 Schneider, Klage, Rn. 1725.

2194 KG, Beschl. v. 15.03.2010 – 12 W 9/10, unveröffentlicht; v. Gerlach, VersR 2000, 525 (529).

2195 BGH, Urt. v. 30.04.1996 – VI ZR 55/95, BGHZ 132, 341 = VersR 1996, 990 = NJW 1996, 2425; BGH, Urt. v. 02.02.1999 – VI ZR 25/98, BGHZ 140, 335 = VersR 1999, 902; von Gerlach, VersR 2000, 525 (527). KG, Beschl. v. 15.03.2010 – 12 W 9/10, unveröffentlicht, hat klargestellt, dass daher das gerichtsseits für angemessen erachtete Schmerzensgeld den Streitwert bildet, mindestens aber die Mindestvorstellung. Hält das Gericht also weniger als die Mindestvorstellung für angemessen, ist gleichwohl diese Mindestvorstellung der Streitwert.

2196 Vorwerk, Kap. 86 Rn. 21.

zitierte BGH-Entscheidung[2197] enthält diese Aussage gerade nicht. Im Gegenteil, schon in der grundlegenden Entscheidung v. 30.04.1996 hatte der BGH[2198] ausdrücklich betont, dass sich der Streitwert am angemessenen Schmerzensgeld auszurichten hat und dass er ggf. höher festzusetzen ist, als dies der Größenvorstellung des Klägers entspricht. Erhebt der Kläger eine bezifferte Schmerzensgeldklage, ist für die Bestimmung des Zuständigkeitsstreitwertes die Höhe des vom Kläger genannten Betrages maßgeblich, nicht das Ergebnis der – möglicherweise hiervon abweichenden – Schlüssigkeitsprüfung des Gerichts bei Klageeinreichung.[2199]

► Hinweis: 1540

Die Angabe einer Größenordnung durch den Kläger ist nützlich und ratsam, zumal höchstrichterlich nicht eindeutig geklärt ist, ob die Zulässigkeit der Klage nicht schon an der fehlenden Angabe einer Größenordnung scheitern kann.[2200] Die in der Literatur geäußerte Auffassung, die Angabe einer Größenordnung sei für die Zulässigkeit der Klage irrelevant,[2201] ist in dieser Klarheit vom BGH noch nicht bestätigt worden. Schon aus Gründen anwaltlicher Vorsicht erscheint daher die Angabe der Größenordnung geboten.[2202]

1541 Bei einer **auf Kapital und Rente gerichteten Klage** berechnet sich der für die Zuständigkeit und die Beschwer **maßgebende Streitwert** gem. § 9 ZPO nach dem
– geforderten Schmerzensgeldkapital,
– der Summe der bis zur mündlichen Verhandlung fällig gewordenen monatlichen Rentenbeträge und
– dem 3 1/2-fachen Jahresbetrag der Rente.

1542 Für die Kosten gelten – nach Änderung des § 42 GKG durch das 2. KostRMoG und Aufhebung der alten Sonderregel – keine Besonderheiten, § 48 GKG.

1543 Für die **Feststellungsklage** gilt der übliche **Abschlag von 20 %**.

► Checkliste: Aufbau einer auf Zahlung von Schmerzensgeld gerichteten Klage 1544

☐ Nach möglichst genauer Schilderung des Lebenssachverhalts, der zur Verletzung geführt hat, sind die unmittelbaren und mittelbaren Verletzungen genau zu beschreiben. Insb. sind Schmerzen, deren Heftigkeit und Dauer anschaulich zu schildern.
☐ Daran schließt sich die möglichst genaue Schilderung des Krankheitsverlaufs (Behandlungsgang) an. Von besonderer Bedeutung ist dabei die Mitteilung über einen Krankenhausaufenthalt und dessen Dauer, ausgeschmückt mit etwaigen besonderen Belastungen des Klägers durch den Krankenhausaufenthalt.
☐ Sofern der Verletzte Dauerfolgen davongetragen hat, sind diese genau zu beschreiben. Die privaten und beruflichen Folgen der Dauerschäden müssen angegeben werden. Narben und andere sichtbare »Dauerschäden« sollten fotografiert werden.

2197 BGH, Urt. v. 02.02.1999 – VI ZR 25/98, BGHZ 140, 335 = VersR 1999, 902.

2198 BGH, Urt. v. 30.04.1996 – VI ZR 55/95, BGHZ 132, 341 = VersR 1996, 990 = NJW 1996, 2425.

2199 KG, Urt. v. 17.04.2008 – 2 AR 19/08, VersR 2008, 1234.

2200 Der BGH hat vielmehr in – wenngleich schon älteren – Urteilen eine Klage, der eine Größenvorstellung fehlte, ausdrücklich für unzulässig gehalten, vgl. BGH, Urt. v. 24.04.1975 – III ZR 7/73, VersR 1975, 856; BGH, Urt. v. 13.10.1981 – VI ZR 162/80, VersR 1982, 96; BGH, Urt. v. 09.11.1982 – VI ZR 23/81, VersR 1983, 151 = NJW 1983, 332; BGH, Urt. v. 28.02.1984 – VI ZR 70/82, VersR 1984, 538 (540). Zuletzt ausdrücklich BAG, Urt. v. 20.11.2003 – 8 AZR 608/02, EzA § 628 BGB 2002 Nr. 3 = DB 2004, 1272 (LS).

2201 v. Gerlach, VersR 2000, 525 (527).

2202 Schneider, Klage, Rn. 509.

- ☐ Weitere Schmerzensgeldkriterien sind möglichst genau und vollständig vorzutragen, wie etwa schweres Verschulden des Schädigers, das Bestehen einer Haftpflichtversicherung des Schädigers, verzögerliches Regulierungsverhalten des Versicherers und natürlich auch ein Mitverschulden/Mitverursachung des Verletzten, soweit der Einwand zu erwarten ist und nicht wegzudiskutieren ist.
- ☐ Schließlich ist die Höhe des Schmerzensgeldes anzugeben, unter Hinweis auf vergleichbare Fälle, deren Entscheidungsdatum und auf die Tendenz der Rechtsprechung zu höherem Schmerzensgeld.
- ☐ Soll das Gericht von dem in vergleichbaren Fällen üblichen Beträgen nach oben abweichen oder den von der ersten Instanz zuerkannten Betrag deutlich überschreiten, ist Argumentationshilfe zu leisten und genau zu begründen, warum das »übliche« oder das zuerkannte Schmerzensgeld zu niedrig ist.

III. Urteil

1. Endurteil

1545 Geht man davon aus, dass die Quotierung des Schmerzensgeldes bei Mitverschulden des Geschädigten nicht zulässig ist,[2203] kann auch kein Grundurteil mit dem Inhalt ergehen, dass der Schädiger dem Geschädigten für den immateriellen Schaden mit einer Quote haftet. Mit Rücksicht darauf, dass der Schmerzensgeldanspruch nur einheitlich festgestellt werden kann, nicht aber ein gedachter Schmerzensgeldbetrag um die Mitverschuldensquote gekürzt werden darf, tenoriert die Praxis, dass der/die Beklagte/n zur Zahlung eines Schmerzensgeldes unter Berücksichtigung einer Mitverschuldensquote des Klägers verurteilt wird/werden.

2. Teilurteil

1546 Ein Teilurteil über den Schmerzensgeldanspruch darf (im Arzthaftungsprozess)[2204] nicht ergehen, wenn nicht gleichzeitig ein Grundurteil über die Schadensersatzfrage hinsichtlich weiterer Ansprüche ergeht. Die materielle Schadensersatzfrage und der Schmerzensgeldantrag sind untrennbar miteinander verknüpft. Von einem Teilurteil geht bzgl. der Haftungsfrage keine Bindungswirkung aus, sodass der Anspruch auf Ersatz des materiellen Schadens mit der Begründung verneint werden könnte, dass eine entsprechende Haftung des Beklagten ausscheide. Nur ein Grundurteil neben dem Teilurteil könnte diesem Widerspruch wirksam begegnen.

3. Feststellungsurteil

1547 Im Feststellungsurteil wird ausgesprochen, dass der/die Beklagte/n verurteilt wird/werden, künftigen immateriellen Schaden zu ersetzen. Damit ist der Schaden umfasst, der bei der letzten mündlichen Verhandlung als mögliche Schadensfolge gesehen wurde, dessen Eintritt möglich, aber keineswegs sicher ist und der die Höhe des Schmerzensgeldes nicht beeinflusst hat.[2205]

1548 ▶ **Hinweis:**

Der Anwalt des Beklagten muss auch hier darauf achten, den Antrag zu stellen, die Haftung von Halter und Versicherer auf die Haftungshöchstgrenzen zu begrenzen.

2203 Dauner-Lieb/Langen/Huber, AK-Schuldrecht, § 253 Rn. 33, hält dies für änderungswürdig, weil die Praxis sich über die vor 50 Jahren geäußerte Ansicht des BGH hinweggesetzt habe.

2204 OLG Koblenz, Urt. v. 05.06.2003 – 5 U 219/03, ZfS 2003, 449.

2205 Zu weiteren Einzelheiten vgl. auch Rdn. 1518 ff.

IV. Rechtskraft

1549 Ist das Urteil zum Schmerzensgeld rechtskräftig geworden, sind i. d. R. **Nachforderungen des Verletzten** ausgeschlossen. Das gilt i. d. R. auch für **Spätschäden**, denn mit dem Schmerzensgeld werden grds. alle objektiv vorhersehbaren unfallbedingten Verletzungsfolgen abgegolten. Das folgt aus dem **Prinzip der Gesamtbetrachtung des Schadens**, bei der für die Festsetzung des angemessenen Schmerzensgeldes eine umfassende Würdigung des gesamten Schadensbildes vorzunehmen ist und bei der infolgedessen alle gegenwärtigen und künftigen Umstände, mit denen gerechnet werden muss, zu berücksichtigen sind. Nur solche Verletzungsfolgen werden nicht erfasst, mit denen ernstlich nicht zu rechnen war.[2206]

1550 ▶ Hinweis:

Ist die Einstandspflicht des Schädigers für Spätschäden nicht festgestellt, neigen die Gerichte dazu, die frühere Entscheidung über das Schmerzensgeld als endgültig anzusehen, sodass auch etwaige Spätschäden erfasst sind. Hier wird dem Anwalt entgegengehalten, er hätte eben **Feststellungsklage** erheben müssen, um die Rechtskraft zu vermeiden.

Rechtskraft ist aber nicht eingetreten, wenn der Geschädigte vortragen kann, auch ein Mediziner hätte die eingetretenen Gesundheitsbeeinträchtigungen nicht vorhersehen können.[2207]

Um diese Folge zu vermeiden, muss der Anwalt versuchen, die in der Zukunft liegenden ungewissen Schäden auszuklammern und insoweit diese Ansprüche durch eine Feststellungsklage vor der Verjährung und Rechtskraft schützen. Dass dies nicht leicht ist, zeigen die Ausführungen zur Feststellungsklage.[2208]

1551 Kaum vertretbar ist die Meinung des OLG Hamm,[2209] dass weiteres Schmerzensgeld auch dann nicht verlangt werden könne, wenn im Zeitpunkt des Ersturteils eine Kreuzbandruptur vom Arzt nicht festgestellt worden sei, aber bei sorgfältiger Untersuchung hätte festgestellt werden können.

1552 ▶ Hinweis:

Es ist zwar richtig, dass es für Zukunftsschäden nicht auf den Kenntnisstand des Verletzten (Laien) ankommt, sondern darauf, ob sie durch einen Arzt hätten festgestellt werden können. Wird aber zeitnah eine Verletzung überhaupt übersehen, fehlt es an der Kenntnis des Verletzten vom Schaden, sodass die Verjährungsfrist nach altem und neuem Recht nicht zu laufen beginnt.

2206 v. Gerlach, VersR 2000, 525 (530); Müller, VersR 1993, 909 (915); vgl. die Ausführungen zur Verjährung unter Rdn. 233 ff.

2207 OLG Köln, Urt. v. 09.01.1991 – 13 U 219/90, ZfS 1992, 82; OLG Frankfurt am Main, Urt. v. 18.03.1992 – 23 U 68/91, ZfS 1992, 225 f.

2208 Vgl. dazu BGH, Urt. v. 07.02.1995 – VI ZR 201/94, MDR 1995, 357; OLG Köln, Urt. v. 27.06.1996 – 1 U 2/96, VersR 1997, 1551; v. Gerlach, VersR 2000, 525 (531 f.) und oben Rdn. 1518 ff.

2209 OLG Hamm, Urt. v. 27.02.1996 – 9 U 192/94, OLGR 1996, 91.

V. Kosten und PKH

1. Kosten

1553 Stellt der Kläger die Höhe des Schmerzensgeldes in das Ermessen des Gerichts, kommt § 92 Abs. 2 ZPO zur Anwendung, wenn die Urteilssumme nach unten nicht wesentlich von der Vorstellung des Klägers abweicht.[2210]

1554 ▶ Hinweis:

Es muss dem Kläger aber auch ohne Kostennachteile gestattet sein, in einem weiten Rahmen einen Schmerzensgeldbetrag zu nennen, den er für angemessen hält; er darf ihn nur nicht als Mindestbetrag fordern.

Wenn der Kläger einen bestimmten Schmerzensgeldbetrag fordert, das Gericht allerdings nur einen Teilbetrag zuspricht, ist zu berücksichtigen, dass der Kläger auf eine Schätzung des angemessenen Schmerzensgeldbetrages angewiesen war und dass ihm nicht jede Fehleinschätzung kostenmäßig angelastet werden kann.

2. PKH[2211]

1555 PKH für eine Schmerzensgeldklage kann nach **allgemeinen Grundsätzen** beantragt werden, wenn Bedürftigkeit besteht, die Rechtsverfolgung hinreichende Aussicht auf Erfolg bietet und nicht mutwillig erscheint, § 114 ZPO. Eine beabsichtigte Rechtsverfolgung ist auch dann nicht als mutwillig anzusehen, wenn keine Aussicht besteht, dass eine titulierte Forderung jemals beim Gegner realisiert werden kann. Die Ausgleichs- und Genugtuungsfunktion eines Schmerzensgeldanspruchs aus einer vorsätzlichen Körperverletzung hat ggü. den wirtschaftlichen Erwägungen Vorrang.[2212]

1556 Etwas kritischer das OLG Karlsruhe:[2213] Vom Schädiger gezahltes Schmerzensgeld kann für die Verfahrenskosten eines Haftpflichtprozesses dann einzusetzen sein, wenn die Kosten relativ gering sind und dem Geschädigten der wesentliche Teil des Schmerzensgeldes verbleibt.

Umgekehrt ist dem Beklagten PKH zu bewilligen, wenn die Schmerzensgeldforderung überhöht ist. Das Gericht muss dies i. R. d. Schlüssigkeitsprüfung erkennen, der Beklagte muss sich nicht darauf berufen«.[2214]

1557 Die Verfolgung von Schmerzensgeldansprüchen stellt eine »persönliche Angelegenheit« i. S. v. **§ 1360a Abs. 4 BGB** dar, sodass ein **Ehegatte** einen Anspruch gegen den Partner hat, die Kosten eines solchen Rechtsstreits zu tragen.[2215] PKH scheidet in diesen Fällen aus, da die Verwertung eigener Einkünfte – wozu auch der Anspruch nach § 1360a BGB gehört – vorrangig ist.

2210 v. Gerlach, VersR 2000, 525 (528). v. Gerlach spricht von einem vertretbaren Rahmen; vgl. auch Vorwerk, Kap. 86 Rn. 20 f.

2211 Hierzu auch Jaeger/Luckey, ProzRB 2004, 14.

2212 LG Osnabrück, Beschl. v. 12.10.2009 – 7 T 615/09, JurBüro 2010, 40.

2213 OLG Karlsruhe, Beschl. v. 05.03.2010 – 14 W 85/09, VersR 2011, 88 = MDR 2010, 1345.

2214 OLG Frankfurt am Main, Beschl. v. 16.07.2010 – 4 W 24/10, MDR 2011, 65.

2215 OLG München, Beschl. v. 06.09.2006 – 1 W 2126/06, NJW-RR 2007, 657; OLG Frankfurt am Main, Beschl. v. 15.02.2010 – 4 W 85/09, NJW-RR 2010, 1689; LG Koblenz, Beschl. v. 17.09.1999 – 6 T 129/99, MDR 1999, 1410.

1558 Wenngleich auch die (eher theoretische)[2216] Möglichkeit besteht, einen Schmerzensgeldanspruch im Adhäsionsverfahren des Strafprozesses geltend zu machen, ist es z. B. nicht mutwillig i. S. v. § 114 ZPO, wenn der Antragsteller sich stattdessen für die Verfolgung seiner Rechte im Zivilprozess entscheidet und entsprechend PKH beantragt.[2217]

1559 Der Weg über einen vorgeschalteten PKH-Antrag macht zudem, wie stets, Sinn, um die **Rechtsauffassung des Gerichts**, insb. in Bezug auf einen angemessenen Schmerzensgeldbetrag, ohne großes Kostenrisiko »auszutesten«. Ganz sicher ist dieses Verfahren dennoch nicht, denn wenn der Abteilungsrichter, der Berichterstatter oder der (dominante) Vorsitzende einer Kammer oder eines Senats wechseln, kann die Höhe des Schmerzensgeldes unvorhergesehen anders beurteilt werden, sodass der Kläger – auch bei bewilligter PKH – jedenfalls mit einem Teil der Kosten des Beklagten belastet werden kann.

1560 Ein solches »Austesten« kann auch Sinn machen, wenn ein unbezifferter Antrag im Hauptsacheverfahren zunächst nicht gestellt werden kann. So ist in den Fällen des Art. 15a EGZPO (Gütestellen) bzw. der entsprechenden Landesgesetze[2218] ein Schlichtungsverfahren erforderlich, welches (u. a.) durch die Einleitung und Durchführung eines Mahnverfahrens vermieden werden kann. Im Mahnverfahren allerdings muss ein betragsmäßig bestimmter Anspruch gestellt werden, § 690 Abs. 1 Nr. 3 ZPO. Hier stellt sich – schon zur Vermeidung eines teilweisen Unterliegens – die Frage nach dem »richtigen« Betrag, zumal die Mahnsache nach Widerspruch in dem Umfang rechtshängig wird, den der Mahnbescheid vorgibt, § 696 ZPO.[2219] Allerdings bleibt auch bei »Vorschalten« des PKH-Verfahrens die Festlegung eines genauen Schmerzensgeldbetrages dem Hauptsacheverfahren vorbehalten.[2220]

1561 Für eine bezifferte Schmerzensgeldklage ist daher bereits dann PKH in voller Höhe zu bewilligen, wenn sich der geltend gemachte Betrag des Schmerzensgelds innerhalb eines gedachten Rahmens (noch) in einer vertretbaren Größenordnung bewegt. Die endgültige Festlegung des als angemessen erachteten Schmerzensgeldes durch das Gericht erfolgt dann im Hauptverfahren.[2221] Dies gründet letztlich auch auf der Überlegung, dass die Klärung schwieriger Rechtsfragen dem Hauptverfahren vorbehalten ist.[2222]

Das OLG Karlsruhe[2223] führt hierzu aus:

> »PKH setzt voraus, dass die beabsichtigte Rechtsverfolgung hinreichende Aussicht auf Erfolg bietet (§ 114 Satz 1 ZPO). Erfolgsaussicht besteht, wenn das Gericht den Rechtsstandpunkt der Prozesskostenhilfe begehrenden Partei aufgrund ihrer Sachdarstellung und der vorhanden Unterlagen mindestens für vertretbar hält, und von der Möglichkeit einer Beweisführung überzeugt ist. Hierbei findet grundsätzlich nur eine summarische Prüfung der Sach- und Rechtslage statt, und keine vollständige Prüfung und Abwägung sämtlicher für die Entscheidung maßgeblichen Gesichtspunkte. Schwierige Fragen sind nicht im Prozesskostenhilfeverfahren sondern im Hauptverfahren zu klären.

2216 Schon weil der Strafrichter auf diesem Wege eine Zivilsache »begleitend« bearbeiten muss, die nicht als Erledigung gezählt wird, hält sich die Bereitschaft zur Durchführung von Adhäsionsverfahren in Grenzen. Diese sind ohnehin für Schmerzensgeldprozesse aus mehreren Gründen problematisch; vgl. ausführlich Rdn. 1390 ff.

2217 LG Itzehoe, Urt. v. 02.07.2001 – 1 T 48/01, SchlHA 2001, 260.

2218 Etwa Art. 1 BaySchlG; § 1 BdbSchlG; § 1 GüSchlG Hess; § 53 JustG NRW; § 37a Saar LSchlG; § 34a SchStG LSA; § 1 SHLSchliG.

2219 Z. T. wird daher auch vertreten, die Durchführung eines Mahnverfahrens sei nicht möglich und es müsste ein Schlichtungsversuch durchgeführt werden.

2220 OLG Celle, Beschl. v. 01.02.2001 – 9 W 21/01, OLGR 2001, 162.

2221 OLG Karlsruhe, Beschl. v. 16.02.2011 – 4 W 108/10, NZV 2011, 258.

2222 BVerfG, Beschl. v. 28.01.2013 – 1 BvR 274/12, NJW 2013, 1727.

2223 OLG Karlsruhe, Beschl. v. 16.02.2011 – 4 W 108/10, NZV 2011, 258 (259).

Allerdings ist die Frage, welcher Schmerzensgeldbetrag letztlich »richtig« oder »angemessen« erscheint, für die Prozesskostenhilfeprüfung nicht entscheidend. Bei der Prozesskostenhilfe ist vielmehr ein etwas großzügigerer Maßstab anzulegen. Es reicht aus, dass sich der vom Kläger geltend gemachte Betrag (noch) in einer vertretbaren Größenordnung befindet. Für die Prozesskostenhilfe kommt es nicht darauf an, welchen konkreten Betrag das Landgericht als angemessen erachtet, sondern es ist ein gedachter Rahmen zu bilden, in dem sich die richterliche Ermessensausübung im konkreten Fall bewegen kann.

Bei der Prozesskostenhilfebewilligung für eine Schmerzensgeldklage ist die Besonderheit bei der endgültigen Festlegung der Höhe zu berücksichtigen: Die ziffernmäßige Festlegung eines Schmerzensgeldes hängt immer entscheidend von der Ausübung des richterlichen Ermessens ab. Das heißt: Kein Kläger kann vorhersehen, welches Schmerzensgeld das Gericht in seinem Fall für angemessen erachten wird. Es muss daher dem Kläger – im Rahmen von § 114 Satz 1 ZPO – gestattet sein, einen Betrag zu verlangen, den das Gericht letztlich möglicherweise für überhöht erachtet, jedenfalls solange sich der Antrag des Klägers noch in einem vertretbaren Rahmen bewegt. Würde man dem Kläger diese Möglichkeit nicht einräumen, müsste er vor Antragstellung zunächst das Gericht fragen, zu welchem Ergebnis das Gericht bei der erforderlichen Ermessensausübung für das Schmerzensgeld kommen wird. Dies kann nach Auffassung des Senats nicht Sinn der Prüfung im Rahmen von § 114 Satz 1 ZPO sein.

Es kommt ein weiterer – für den Kläger wichtiger – Gesichtspunkt hinzu: Erfahrene Rechtsanwälte machen bei Schmerzensgeldklagen – auch bei nicht mittellosen Klägern – in der Regel einen Betrag geltend, der sich im oberen Bereich des Vertretbaren bewegt. Mit der Betragsangabe beim Schmerzensgeld wird ein psychologischer Einfluss auf das Gericht ausgeübt. Wer einen Schmerzensgeldbetrag von 2.000,- Euro einklagt, hat eine – statistisch betrachtet – deutlich größere Chance, letztlich einen Betrag von 1.000,- Euro zugesprochen zu bekommen, als derjenige Kläger, der – bei identischem Sachverhalt – von vornherein einen niedrigeren Betrag einklagt. Anders ausgedrückt: Hätte der Kläger nur 1.000,- Euro Schmerzensgeld verlangt, müsste er aus der Betrachtung ex ante mit deutlich größerer Wahrscheinlichkeit damit rechnen, dass das Gericht einen Betrag von weniger als 1.000,- Euro für angemessen erachtet. Der Zweck der Prozesskostenhilfe besteht darin, dem Unbemittelten – aus verfassungsrechtlichen Gründen – den weitgehend gleichen Zugang zum Gericht zu ermöglichen, wie dem Bemittelten. Da ein bemittelter Kläger – der die Prozesskosten gegebenenfalls selbst bezahlen muss – aus vernünftigen Gründen (siehe oben) vielfach versuchen muss, einen möglichst hohen Schmerzensgeldantrag zu stellen, muss der mittellose Kläger im Rahmen von § 114 Satz 1 ZPO grundsätzlich die gleiche Möglichkeit haben; dies gilt jedenfalls so lange, wie sich das verlangte Schmerzensgeld noch in einer vertretbaren Größenordnung bewegt. Der empirisch feststellbare Zusammenhang zwischen der Bezifferung im Klageantrag einerseits und dem gerichtlich als angemessen erachteten Schmerzensgeld andererseits beruht auf dem sogenannten »Ankereffekt«. Bei Entscheidungen von Experten, die scheinbar nur auf rationalen Erwägungen beruhen, spielen regelmäßig auch intuitive Prozesse eine Rolle. Bei richterlichen Entscheidungen ist in der psychologischen Wissenschaft anerkannt, dass der sogenannte »Ankereffekt« nicht zu unterschätzen ist (vgl. beispielsweise Geipel/Nill, Erkenntnisse der Wirtschaftswissenschaften als Taktik der Vergleichsverhandlung, ZfS 2007, 6; Schweizer, Urteilen zwischen Intuition und Reflexion, Betrifft Justiz 2010, 239, 240). Der Ankereffekt besagt, dass Richter bei ihrer Entscheidung nicht nur rational abwägen, sondern gleichzeitig intuitiv (unbewusst) psychologische »Anker« berücksichtigen. Ein solcher »Anker« ist für einen Richter, der darüber entscheiden soll, in welcher Höhe eine Forderung berechtigt ist, insbesondere der vom Kläger geforderte Betrag (vgl. Geipel/Nill, aaO; Schweizer aaO). Durch den Ankereffekt kann ein Kläger, der Schmerzensgeld geltend macht, seine Chancen signifikant verbessern, wenn er einen relativ hohen Betrag mit der Klage geltend macht (vgl. Schweizer aaO; vgl. im Übrigen zu dem in diesem Zusammenhang ebenfalls relevanten psychologischen »Kompromisseffekt« Schweizer aaO, Seite 241).«.

a) Schmerzensgeld und PKH

1562 Schmerzensgeldzahlungen sind grds. **kein einzusetzendes Vermögen** i. R. d. PKH.[2224]

1563 Bereits erhaltene Schmerzensgeldzahlungen müssen also i. d. R. nicht zur Finanzierung eines Rechtsstreits eingesetzt werden. Eine **Ausnahme** von diesem Grundsatz gilt allenfalls, wenn der Einsatz unter Berücksichtigung des Streitwertes des zu führenden Rechtsstreits und des Anteils des Schmerzensgeldes, der dem Verletzten verbleibt, **zumutbar** ist.[2225] Dies ist erst dann der Fall, wenn die Kosten des Prozesses relativ gering sind und dem Geschädigten der wesentliche Teil des Schmerzensgeldes verbleibt, was bereits verneint wird, wenn er 12 % der Schmerzensgeldsumme einsetzen müsste.[2226]

1564 Möglicherweise sind Zahlungen einer Geldentschädigung wegen Verletzung des Persönlichkeitsrechts anders zu beurteilen. Der BGH[2227] will die Frage, ob das aus Zahlungen einer Geldentschädigung wegen Verletzung des Persönlichkeitsrechts stammende Vermögen zur Deckung von Prozesskosten einzusetzen ist, unter Berücksichtigung der Umstände des Einzelfalles entscheiden.

1565 Das BVerwG[2228] entschied, dass das Schmerzensgeld zum Einkommen bzw. Vermögen i. S. v. § 7 Abs. 1 Satz 1 AsylbLG gehört, das vor Leistungsbezug aufzubrauchen sei. Die §§ 77 Abs. 2 und 88 Abs. 3 Satz 1 BSHG[2229] fänden keine – entsprechende – Anwendung.

2224 BVerwG, Beschl. v. 26.05.2011 – 5 B 26.11, ZfS 2011, 584: Ein Guthaben aus einer Schmerzensgeldzahlung steht einer PKH nicht entgegen. Der Einsatz ist als nach §§ 115 Abs. 3 ZPO, 90 Abs. 3 SGB XII unzumutbar anzusehen, da die Funktion des Ausgleichs nicht gewährleistet wird, wenn das Geld nicht mehr zur freien Verfügung steht (so auch OLG Koblenz, Beschl. v. 10.02.1999 – 12 W 64/99, NJW-RR 1999, 1228). Das gilt nach Meinung des BVerwG auch für hohe Schmerzensgelder (hier: 97.000,00 €) und geringe Prozesskosten. Ebenso OLG Düsseldorf, Beschl. v. 17.05.1991 – 1 W 18/91, NJW-RR 1992, 221 = VersR 1992, 514; OLG Oldenburg, Beschl. v. 27.01.1995 – 8 W 10/95, ZfS 1995, 332. Etwas anderes gilt aber für Entschädigungen für Verletzung des Persönlichkeitsrechts; da hier auch andere Bemessungsumstände, u. a. die Sanktion an die Presse, relevant werden, beurteilt die Rspr. im Einzelfall, ob eine Verwertung der Entschädigung zumutbar ist, vgl. BGH, Beschl. v. 10.01.2006 – VI ZB 26/05, NJW 2006, 1068. Zinsen aus Schmerzensgeldkapital sind nicht im Rahmen einer Betreuervergütung bei der Prüfung der Mittellosigkeit zu berücksichtigen, vgl. OLG Frankfurt am Main, Beschl. v. 02.07.2009 – 20 W 491/08, BtPrax 2009, 305. Dagegen ist bei der Jugendhilfe die Verletztenrente in die Einkommensberechnung einzubeziehen, VG Arnsberg, Urt. v. 03.08.2010 – 11 Kläger 1655/09.

2225 OLG Köln, Beschl. v. 08.11.1993 – 27 W 20/93, MDR 1994, 406: Ein gezahltes Schmerzensgeld von 30.000,00 DM ist nicht für die weitere Prozessführung über materiellen Schadensersatz mit einem Streitwert von rund 40.000,00 DM einzusetzen; auch etwa OLG Hamm, Beschl. v. 16.06.1987 – 10 WF 278/87, FamRZ 1987, 1283.

2226 OLG Karlsruhe, Beschl. v. 05.03.2010 – 14 W 85/09, VersR 2011, 88.

2227 BGH, Beschl. v. 10.01.2006 – VI ZB 26/05, VersR 2006, 673 = MDR 2006, 827.

2228 BVerwG, Beschl. v. 02.12.2004 – 5 B 108.04, ZAP, Fach 1, S. 68, Eilnachrichten v. 04.05.2005.

2229 Das BSHG ist mit Wirkung zum 31.12.2004 durch das SGB XII abgelöst worden, die genannten Regeln finden sich nun in §§ 83 Abs. 2, 90 Abs. 3 SGB XII.

1566 Diese Auffassung hielt der Überprüfung durch das BVerfG[2230] nicht stand.

1567 ▶ **Hinweis:**

Der Einsatz des Schmerzensgeldkapitals zur Zahlung von Gerichts- und Anwaltskosten ist aber z. B. nicht zumutbar, wenn die Partei Verletzungen mit ganz erheblichen Dauerfolgen erlitten und sie den Betrag erhalten hat, um hiermit einen gewissen Ausgleich für berufsbedingte, sie existenziell betreffende Nachteile zu schaffen.[2231]

b) Sonderproblem: Negative Zuständigkeitskonflikte

1568 Der in Schmerzensgeldklagen zulässige unbezifferte Antrag, der regelmäßig eine Erleichterung für den Anwalt bei der Hauptsacheklage bedeutet, kann auch zum Problem werden. Zunächst ist festzustellen, dass sich der Zuständigkeitsstreitwert bei einer bezifferten Schmerzensgeldklage nach dem Klageantrag richtet. Der vom Kläger genannte Betrag ist maßgeblich, nicht das Ergebnis der möglicherweise hiervon abweichenden Schlüssigkeitsprüfung des Gerichts bei Klageeinreichung. Verkennt das Gericht, dass ein bezifferter Klageantrag gestellt wurde, und stellt es fälschlich auf das Ergebnis der Schlüssigkeitsprüfung bei der Bestimmung des Streitwertes ab, entfaltet der Verweisungsbeschluss wegen objektiver Willkür ausnahmsweise keine Bindungswirkung gem. § 281 Abs. 2 Satz 4 ZPO.[2232]

1569 I. R. d. PKH-Entscheidung beurteilt das Gericht nämlich die Erfolgsaussichten der Rechtsverfolgung (§ 114 ZPO), prüft also die Zulässigkeit und Begründetheit der beabsichtigten Klage. Siedelt der Richter hier die angemessene Schmerzensgeldsumme derart abweichend vom Antrag an, dass die sachliche Zuständigkeit des angerufenen Gerichts verlassen wird, droht eine Zurückweisung des PKH-Gesuchs oder jedenfalls ein Verweisungsbeschluss.

1570 ▶ **Hinweis:**

Nicht selten etwa verneinen LG einen Anspruch auf Bewilligung von PKH mit der Begründung, dass die Zuständigkeit des Gerichts nicht gegeben sei, weil das zu erwartende Schmerzensgeld unterhalb der Zuständigkeit des Gerichts liege. So auch das LG Itzehoe, das einem Kläger, der im Krankenhaus aus dem Bett gefallen war und sich einen Oberschenkelhalsbruch zugezogen hatte, PKH verweigerte, weil es die Zuständigkeit des LG nicht für gegeben hielt. Das OLG Schleswig[2233] hielt dagegen und stellte fest, dass über die Höhe des Schmerzensgeldes im Arzthaftungsprozess erst entschieden werden könne, wenn alle Umstände, die zur Verletzung geführt haben und alle Folgen der Verletzung feststehen. PKH muss in einem so weiten Rahmen gewährt werden, dass dem Verletzten kein Nachteil

---

2230 BVerfG, Beschl. v. 11.07.2006 – 1 BvR 293/05, FamRZ 2006, 1824 = DVBl. 2007, 123. In dieser Entscheidung heißt es u. a.: Im August 1997, noch während des Bezugs von Leistungen nach dem Asylbewerberleistungsgesetz, wurden die Ehefrau und ein Kind des Beschwerdeführers Opfer eines Verkehrsunfalls. Die Opfer erhielten zur Abgeltung aller Ansprüche aus dem Schadensereignis Schmerzensgeld i. H. v. insgesamt 25.000,00 DM. Die mit der Verfassungsbeschwerde angegriffene Regelung bewirkt, dass Asylbewerber anders behandelt werden als Personen, die Sozialhilfe erhalten. Sie haben Schmerzensgeld für ihren Lebensunterhalt einzusetzen, bevor sie Leistungen auf asylrechtlicher Grundlage erhalten. Für Empfänger von Leistungen der Sozialhilfe gilt dies nicht. Asylbewerber werden im Hinblick auf das Schmerzensgeld durch § 7 Abs. 1 Satz 1 AsylbLG aber auch – soweit ersichtlich – im Vergleich zu allen anderen Personengruppen benachteiligt, die einkommens- und vermögensabhängige staatliche Fürsorgeleistungen erhalten. Diese unterschiedliche Behandlung ist nicht hinreichend gerechtfertigt.

2231 OLG Zweibrücken, Beschl. v. 17.07.2001 – 5 W 1/01, VersR 2003, 526 m. w. N.

2232 KG, Urt. v. 17.04.2008 – 2 AR 19/08, VersR 2008, 281 m. Anm. Jaeger.

2233 OLG Schleswig, Beschl. v. 19.08.1998 – 4 W 33/98, NJW-RR 1999, 1667.

entsteht, den eine nicht auf PKH angewiesene Partei nicht hinzunehmen hätte.[2234] Das OLG Schleswig[2235] bewilligte PKH für eine Klage auf Zahlung von 5.000,00 €. In diesem Sinne entschied jüngst auch das OLG Jena.[2236]

Im Arzthaftungsprozess ist diese Begründung zutreffend, weil wegen des Grundsatzes der Waffengleichheit in gewissem Umfang Amtsermittlung stattfindet. Das gilt nicht in anderen Verfahren, in denen der Klägervortrag für die Streitwertfestsetzung und damit für die Zuständigkeit als richtig unterstellt wird.

1571 Abgesehen von den Besonderheiten des Arzthaftungsprozesses gilt daher: Gerät man mit dem Schmerzensgeldbetrag in den »Dunstkreis« der amtsgerichtlichen Zuständigkeitsgrenze von 5.000,00 €, besteht die Gefahr, dass das PKH-Gesuch bereits deswegen abgelehnt wird, weil es an der Zuständigkeit des erkennenden Gerichts fehlt. Die Zuständigkeit im PKH-Verfahren richtet sich nach dem Hauptprozess. Hält sich das erkennende Gericht für unzuständig, hat es daher konsequenterweise die Erfolgsaussichten der Klage zu verneinen und PKH abzulehnen.

1572 Folgende Konstellationen kommen hierbei in Betracht:
- Ein PKH-Antrag wird vom AG unter Hinweis darauf abgelehnt, dass das Schmerzensgeld 5.000,00 € übersteigen werde und daher das AG sachlich unzuständig sei.
- Ein PKH-Antrag wird vom LG unter Hinweis darauf abgelehnt, dass das Schmerzensgeld keinesfalls 5.000,00 € übersteigen werde und daher das AG zuständig sei.

1573 Um der Gefahr einer Ablehnung zu begegnen, bieten sich zwei Möglichkeiten an:[2237]
- Der **hilfsweise gestellte Verweisungsantrag**
  Ganz überwiegend wird vertreten, dass die Sache auf einen solchen Verweisungsantrag hin analog § 281 ZPO an das zuständige Gericht verwiesen werden kann. Dieses Gericht ist dann (aber nur für das PKH-Verfahren!)[2238] an den Verweisungsbeschluss gebunden.[2239] Ein solcher Verweisungsbeschluss sollte daher dringend angestrebt werden; wird nämlich nur durch schlichte Verfügung (ohne Bindungswirkung) die Sache an ein anderes Gericht »weitergeschickt« und hält dieses sich seinerseits für unzuständig, entsteht ein Zuständigkeitskonflikt, der nötigenfalls über § 36 Abs. 1 Nr. 6 ZPO analog gelöst werden muss.[2240]
- Die **»Bindung« der (zumeist: land-) gerichtlichen Zuständigkeit**
  Eine solche kann nach ganz überwiegender Auffassung nur dadurch erreicht werden, dass gleichzeitig Klage eingereicht wird; dann ist (und bleibt) das LG zuständig, weil der Klageantrag die Zuständigkeitsgrenze überschreitet.[2241] Ist das Begehren aus Sicht des LG teilweise aussichtslos, darf PKH nicht mit der Begründung gänzlich verweigert werden, dass der aussichtsreiche Teil die Zuständigkeitsgrenze unterschreite: auch nach

---

2234 Vgl. OLG Köln, Beschl. v. 12.10.1988 – 27 W 36/88, VersR 1989, 519; Geigel/Pardey, 7. Kap. Rn. 32.

2235 OLG Schleswig, Beschl. v. 19.08.1998 – 4 W 33/98, OLGR 1998, 401.

2236 OLG Jena, Beschl. v. 21.01.2003 – 4 W 699/02, OLG-NL 2003, 102.

2237 Vgl. auch Jaeger/Luckey, ProzRB 2004, 14.

2238 KG, Beschl. v. 27.12.1996 – 16 WF 8230/96, KGR 1997, 118. Es ist daher denkmöglich, dass nach Klageeinreichung beim »PKH-Gericht« dieses sich dann erneut für unzuständig erklärt und nach § 281 ZPO verweist.

2239 Zöller/Geimer, § 114 Rn. 22a; MünchKomm/Motzer, ZPO, § 127 Rn. 6.

2240 OLG Brandenburg, Beschl. v. 09.08.2000 – 1 AR 44/00, OLGR 2001, 20; vgl. ferner BGH, Beschl. v. 26.09.1979 – IV ARZ 23/79, NJW 1980, 192; BGH, Beschl. v. 09.03.1994 – XII ARZ 2/94, NJW-RR 1994, 706; OLG Stuttgart, Beschl. v. 19.03.1996 – 17 AR 5/96, FamRZ 1997, 1085.

2241 OLG München, Beschl. v. 22.01.1998 – 10 W 3433/97, OLGR 1998, 119; Saenger, MDR 1999, 850 (853).

Teilklagerücknahme des aussichtslosen Teils (diese wäre zur Vermeidung weiterer Kostennachteile geboten)[2242] bleibt das LG zuständig.[2243]

1574 Die Angabe eines Mindestbetrages von über 5.000,00 € im (isolierten) PKH-Antrag genügt nicht, um eine Entscheidung des LG zu erzwingen. Der BGH[2244] nimmt nämlich an, dass das LG für die Entscheidung nicht zuständig ist, wenn es zu der Auffassung gelangt, dass die Rechtsverfolgung nur z. T. aussichtsreich und das LG für diesen aussichtsreichen Teil der beabsichtigten Klage unzuständig ist. Diese Frage war bislang unter den Obergerichten streitig[2245] Überwiegend wurde allerdings auch hier angenommen, in diesem Fall könne das LG keine PKH bewilligen, sondern müsse insgesamt ablehnen oder – auf Antrag – verweisen:[2246] das Gericht habe nämlich die Erfolgsaussichten der beabsichtigten Klage in vollem Umfang zu prüfen. Dazu gehöre nicht nur die sachliche Erfolgsaussicht, sondern auch seine Zuständigkeit für die nach Bewilligung von PKH zu erhebende Klage. Es bestehe kein Unterschied zu der Situation, dass der Zuständigkeitsstreitwert aufgrund des beabsichtigten Antrages schon von vornherein nicht erreicht werde.[2247]

1575 Bei Anwendung dieser Grundsätze gilt: Besteht sachliche Erfolgsaussicht nur für einen solchen Teil der beabsichtigten Klage, der die landgerichtliche Zuständigkeitsgrenze nicht erreicht, hat die Klage vor dem LG insgesamt keine Erfolgsaussicht. Anderenfalls müsste das LG nämlich, wenn es nur wegen des in der Sache aussichtsreichen Teils PKH bewilligen würde, die anschließend zu entsprechender Höhe erhobene Klage bei einer Zuständigkeitsrüge des Gegners (mit der regelmäßig zu rechnen ist) mangels Zuständigkeit abweisen. Eine Fortdauer seiner Zuständigkeit aus dem PKH-Verfahren, welche sich auf den höheren Klageantrag für die ursprünglich beabsichtigte Klage gründete, ließe sich dann auch nicht aus § 261 Abs. 3 Nr. 2 ZPO herleiten, denn die dort angeordnete perpetuatio fori gilt nur für die rechtshängige Klage, nicht aber für die im PKH-Verfahren als beabsichtigt bezeichnete Klage.[2248]

1576 ▶ **Vertiefung:**

Einen misslichen Sonderfall behandelt BGH, Urt. v. 13.07.2004 – VI ZB 12/04, VersR 2005, 245 = NJW-RR 2004, 1437: Die Antragstellerin forderte PKH für einen Schmerzensgeldantrag i. H. v. 25.000,00 €. Vor dem AG wurde nach entsprechendem richterlichen

---

2242 Gerade im Fall einer solchen Teilklagerücknahme muss das Gericht dringlich an die Vorschrift des § 92 Abs. 2 Nr. 2 ZPO erinnert werden, um sich nicht die Möglichkeit zu nehmen, trotz Teilklagerücknahme gar nicht in die Kosten verurteilt zu werden!

2243 Zöller/Geimer, § 114 Rn. 23.

2244 BGH, Urt. v. 13.07.2004 – VI ZB 12/04, VersR 2005, 245 = NJW-RR 2004, 1437. Dem folgend nun OLG Schleswig, Beschl. v. 09.09.2008 – 14 W 54/08, MDR 2009, 346.

2245 Für eine Zuständigkeit des LG auch hier: KG, Beschl. v. 03.05.1996 – 9 W 2830/96, KGR 1996, 192; OLG Dresden, Beschl. v. 22.02.1994 – 5 W 403/93, MDR 1995, 202: PKH-Zuständigkeit nach dem Wert des beabsichtigten Klageantrages, nicht des Erfolg versprechenden Teils; ebenso Stein/Jonas-Bork, § 117, Rn. 10.

2246 Vgl. OLG Hamm, Beschl. v. 21.03.1995 – 6 W 3/95, MDR 1995, 1065. Mit gleicher Argumentation OLG Brandenburg, Beschl. v. 23.03.2001 – 1 W 7/01, MDR 2001, 769. Ebenso KG, Beschl. v. 04.12.1997 – 20 W 8459/97, KGR 1998, 234; OLG Köln, Beschl. v. 06.05.1998 – 13 W 52/97, OLGR 1998, 389; OLG Köln, Beschl. v. 05.08.1998 – 19 W 23/98, NZM 1999, 710; OLG Koblenz, Beschl. v. 11.01.1999 – 9 W 916/98, OLGR 1999, 387; OLG Koblenz, Beschl. v. 28.05.2004 – 5 W 367/04, NJOZ 2005, 170; Jaeger, VersR 1993, 1024 ff.: das LG darf nicht PKH für eine in die Zuständigkeit des AG gehörende Klage gewähren.

2247 OLG Saarbrücken, Beschl. v. 26.06.1989 – 2 W 18/89, NJW-RR 1990, 575; Saenger, MDR 1999, 850 (852).

2248 OLG Hamm, Beschl. v. 21.03.1995 – 6 W 3/95, MDR 1995, 1065.

Hinweis Verweisung an das LG beantragt. Folge war, dass das LG an die Zuständigkeit zur Entscheidung über diesen Antrag gebunden war.

Dies bedeutete aber noch nicht den Erfolg des Antrages in der Sache. Das LG hielt nämlich ein Schmerzensgeld für allenfalls in den Grenzen amtsrichterlicher Zuständigkeit für angemessen. Der »Weg zurück« ans AG war durch den bindenden Verweisungsbeschluss indes verstellt. Da eine teilweise Gewährung von PKH außerhalb der sachlichen Zuständigkeitsgrenzen des LG nicht möglich war, musste das LG den Antrag zur Gänze ablehnen. Die Antragstellerin musste also erneut vor dem AG beginnen (insoweit bestand keine Bindung an die ablehnende Entscheidung des LG).

Sinnvoller wäre es gewesen, den Antrag vor dem AG unbeziffert aufrechtzuerhalten und bloß hilfsweise (für den Fall, dass der Richter ein Schmerzensgeld über 5.000,00 € für angemessen hält) Verweisung an das LG zu beantragen.

1577 Einen anderen Weg schlägt der 10. Senat des OLG Koblenz[2249] ein: Unter Hinweis darauf, dass das Gericht eine bindende Verweisung analog § 281 ZPO im PKH-Verfahren nicht für möglich hält, stellt es weiterhin fest, dass es zu einer Rechtsverweigerung kommen kann, wenn das LG die Erfolgsaussichten insgesamt unter Hinweis auf die fehlende sachliche Zuständigkeit ablehne. Auch das AG hätte dann nämlich, wie oben gezeigt, grds. die Möglichkeit, PKH mit der Begründung abzulehnen, die Grenze amtsgerichtlicher Zuständigkeit sei überschritten. Der Antragsteller müsste, wie ausgeführt, Klage erheben, um eine Zuständigkeitsbindung zu erreichen.

1578 Nach der Ansicht des OLG Koblenz sei daher bei der Bewilligung von PKH durch das LG allein zu prüfen, ob der Anspruch in der Sache bei **ex-ante Lage** Aussicht auf Erfolg hat; die Erfolgsaussichten könnten dann nur verneint werden, wenn von vornherein nur eine Verurteilung zu einem Betrag in Betracht kommt, der deutlich »sichtbar« unterhalb der Zuständigkeitsgrenze liege.[2250]

VI. Abfindungsvergleich

1579 Vorweg muss klargestellt werden, dass ein **Abfindungsvergleich** natürlich nicht nur bei einem Anspruch des Verletzten auf Zahlung von Schmerzensgeld möglich ist, sondern hinsichtlich aller Positionen des Personenschadens, also insb. auch für Verdienstausfall und Ansprüche wegen vermehrter Bedürfnisse. Bei allen Positionen können Unsicherheiten bestehen, die in die Vergleichssumme einfließen müssen.

1580 ▶ Hinweis:

Welche Bedeutung dem Abfindungsvergleich in der Praxis zukommt, ergibt sich auch daraus, dass seine Probleme im Arbeitskreis III auf dem 43. Deutschen Verkehrsgerichtstag (2005) in Goslar zu folgender Empfehlung geführt haben:

- Der Arbeitskreis hält eine Änderung des § 843 Abs. 3 BGB nicht für erforderlich.
- Beim Abfindungsvergleich bleibt es grds. der Vereinbarung der Parteien überlassen, mit welchen Rechenparametern der Kapitalbetrag errechnet wird.
- Der Abfindungsvergleich betrifft regelmäßig alle zu erwartenden Ansprüche des Geschädigten auf Ersatz materiellen und immateriellen Schadens.
- Sollen bestimmte Ansprüche nicht vom Vergleich erfasst sein, sondern einer späteren Regelung vorbehalten bleiben, müssen sie so genau wie möglich bezeichnet werden.

2249 OLG Koblenz, Beschl. v. 07.07.2003 – 10 W 377/03, NJOZ 2003, 3011. Der 5. Senat des OLG entscheidet anders, vgl. OLG Koblenz, Beschl. v. 28.05.2004 – 5 W 367/04, NJOZ 2005, 170.

2250 OLG Koblenz, Beschl. v. 07.07.2003 – 10 W 377/03, NJOZ 2003, 3011 (3012).

- Im Hinblick auf die kurze Verjährung empfiehlt es sich, eine Verlängerung der Verjährungsfrist für die vorbehaltenen Ansprüche ausdrücklich zu vereinbaren.
- In den Abfindungsvergleich sollte ein Vorbehalt hinsichtlich des gesetzlichen Anspruchsübergangs auf Dritte aufgenommen werden.
- Der Anwalt des Geschädigten hat seinen Mandanten vor Abschluss des Vergleichs über den Inhalt sowie über die Vor- und Nachteile des vorgesehenen Abfindungsvergleichs und über die alternative Rentenzahlung aufzuklären.

1581 Die folgende Darstellung geht vornehmlich auf einen Abfindungsvergleich bzgl. des Anspruchs auf Zahlung von Schmerzensgeld ein.

1. Auswirkung einer rechtskräftigen Entscheidung auf Spätschäden

1582 Die **Rechtskraft** bewirkt, dass durch das zuerkannte Schmerzensgeld all diejenigen Folgen abgegolten worden sind, die bereits eingetreten waren oder deren Eintritt vorhergesehen und bei der Entscheidung **berücksichtigt werden konnte.** Die Vorhersehbarkeit bestimmt sich nach objektiven Gesichtspunkten, aus medizinischer Sicht. Dafür genügt nicht bereits, dass die Möglichkeit des Eintritts bestimmter Spätschäden nicht ausgeschlossen werden konnte, maßgebend ist vielmehr, ob sich bereits im früheren Verfahren die jetzt zur Entscheidung anstehende Verletzungsfolge als derart naheliegend dargestellt hat, dass sie schon damals bei der Schmerzensgeldbemessung berücksichtigt werden konnte und durfte.[2251]

1583 Auch wenn eine hohe Wahrscheinlichkeit für eine Spätfolge besteht, kann sich dies auf die Schmerzensgeldbemessung nicht auswirken. Schmerzensgeld wird nur für die effektiv eingetretenen Beschwerden gewährt, nicht aber für nur mögliche, wenn auch vielleicht hochwahrscheinliche, künftige Leiden.

1584 Eine Schmerzensgeldklage wegen eines bislang ausgebliebenen, jedoch sehr wahrscheinlichen Leidens kann keinen Erfolg haben. Für solche Fälle besteht allein die Möglichkeit der Feststellungsklage.

1585 Nichts anderes kann gelten, wenn bereits ein Schmerzensgeldanspruch besteht, dieser sich aber in Zukunft durch ein weiteres Leiden wahrscheinlich erhöht. Hier kann ein Schmerzensgeld nur auf der Grundlage des bereits Eingetretenen zuerkannt werden, ohne dass es eine Art Wahrscheinlichkeitszuschlag für künftige Leiden gibt. Damit erweist sich aber die Wahrscheinlichkeitsbetrachtung als unerheblich und nur die Frage der Berücksichtigungsfähigkeit als das maßgebliche Kriterium.

1586 Von der Rechtskraft erfasst werden daher nur solche künftigen Beschwerden, deren **Eintritt sicher** ist; nur sie können bereits gegenwärtig berücksichtigt werden (z. B. eine sicher notwendige Nachoperation). Alle bloß mehr oder weniger wahrscheinlichen Folgen können nicht von der Rechtskraft erfasst sein.

1587 Dem entspricht es, dass nach der Rechtsprechung des BGH der Einwand der Rechtskraft eine Schmerzensgeldnachforderung für damals nicht berücksichtigte Folgen nur dann hindert, wenn die Verletzungsfolgen bei der früheren Bemessung entweder bereits eingetreten oder objektiv erkennbar waren oder ihr Eintritt vorhergesehen und bei der Entscheidung berücksichtigt werden konnte.[2252]

1588 All das ist für die Frage, was bei einem Abfindungsvergleich zu beachten ist, nur von mittelbarer Bedeutung. Ebenso wie bei der Verjährung ist beim Abfindungsvergleich zu beachten, dass es hier nicht darauf ankommt, ob die Spätfolgen sicher vorhersehbar sind, sondern nur darauf,

2251 OLG Stuttgart, Urt. v. 25.06.1999 – 2 U 50/99, OLGR 1999, 349 (350).

2252 Vgl. Rdn. 1549 ff. und BGH, Urt. v. 14.02.2006 – VI ZR 322/04, NJW-RR 2006, 712 = VersR 2006, 1090; OLG Stuttgart, Urt. v. 25.06.1999 – 2 U 50/99, OLGR 1999, 349 (350).

ob die Möglichkeit von Spätfolgen besteht. Solche objektiv möglichen Spätfolgen müssen im Rechtsstreit und beim Abfindungsvergleich vor der Verjährung geschützt werden.[2253]

1589 Beim Abfindungsvergleich werden Spätfolgen vor der Verjährung geschützt, indem der Vergleich so formuliert wird, dass er einem Feststellungsurteil gleichgestellt wird oder dadurch, dass ein nach neuem Recht zulässiger Verjährungsverzicht im Vergleich erklärt wird. Fehlt ein ausdrücklich erklärter Verjährungsverzicht, kann nur ganz ausnahmsweise eine Auslegung des Vergleichs ergeben, dass die Parteien einen Verjährungsverzicht gewollt und konkludent vereinbart haben.[2254]

2. Die Rechtsnatur des Abfindungsvergleichs

1590 Der Vergleich ist ein gegenseitiger **Vertrag** i. S. d. §779 BGB.

Nicht nur der **außergerichtliche Vergleich**, auch der **Prozessvergleich** des §794 Abs. 1 Nr. 1 ZPO ist ein bürgerlich-rechtlicher Vertrag i. S. d. §779 BGB. Daneben ist der Prozessvergleich auch Prozesshandlung, was prozessuale Folgen hat.

1591 Auf den Vergleich finden neben §779 BGB die allgemeinen Vorschriften über Rechtsgeschäfte Anwendung. Danach bestimmt sich auch, ob ein Vergleich wirksam ist oder nicht.

a) Nichtigkeit eines Vergleichs

1592 Vielfach wird geltend gemacht, ein Vergleich sei nichtig.
- Nichtig ist ein Vergleich, der mit einem Geschäftsunfähigen abgeschlossen wird.
- Ein für einen beschränkt Geschäftsfähigen durch dessen Vertreter abgeschlossener Vergleich ist nicht ohne Weiteres wirksam.[2255]

1593 Sind die Eltern selbst an der Schadensentstehung beteiligt, gelten die §§ 1629 Abs. 2 Satz 1, 1795 BGB, die Eltern können das Kind insoweit nicht vertreten.

1594 Es liegt auf der Hand, dass ein Abfindungsvergleich im Interesse des hinter dem Geschädigten stehenden Haftpflichtversicherers ist. Aber auch der Verletzte selbst – mag er Jugendlicher oder Erwachsener sein – kann ein elementares Interesse am Abschluss eines Vergleichs haben, denn damit kann er sich von dem Geschehenen innerlich lösen. Das psychologische und zusätzlich das wirtschaftliche Argument sollte nicht unterschätzt werden. Gerade Jugendliche müssen noch ein Leben lang mit den Schadensfolgen zurechtkommen; dennoch ist auch bei schweren Verletzungen ein Abfindungsvergleich sinnvoll. Zu beachten ist jedoch, dass ein Vergleich mit Minderjährigen in Einzelfällen der **vormundschaftsgerichtlichen Genehmigung** bedarf, wenn der Geschädigte Minderjährige unter Vormundschaft (nicht schon im Fall der gesetzlichen Vertretung der Eltern nach §§ 1626, 1629 BGB!) steht und der Vergleich den Wert von 3.000,00 € übersteigt. Im letzteren Fall entfällt die Genehmigungspflicht, wenn das Gericht den Vergleich vorgeschlagen hat;[2256] vgl. hierzu im Einzelnen §§ 1643, 1822 BGB. Denkbar ist auch, dass ein Vergleichsschluss für die Eltern genehmigungsbedürftig ist, wenn

---

2253 Vgl. bereits Rdn. 294 ff.

2254 So OLG Hamm, Urt. v. 09.12.1994 – 32 U 114/94, VersR 1996, 78; dagegen BGH, Urt. v. 26.05.1992 – VI ZR 253/91, VersR 1992, 1091; BGH, Urt. v. 29.01.2002 – VI ZR 230/01, VersR 2002, 474 = NJW 2002, 1878; KG, Urt. v. 22.12.1998 – 6 U 307/97, VersR 2000, 1145.

2255 Vgl. zu dem Sonderfall von Abfindungsregelungen für Kinder Hoffmann/Schwab/Tolksdorf, DAR 2006, 666.

2256 Euler, SVR 2005, 10 (13).

er nach §§ 1643, 1822 Nr. 1 BGB als Verfügung über das Vermögen im Ganzen anzusehen ist.[2257]

1595 **Nichtig** ist ein Vergleich, der gegen ein gesetzliches Verbot oder gegen die guten Sitten (§ 138 BGB) verstößt, was bei Vergleichen zwischen einem Versicherer und dem anwaltlich vertretenen Geschädigten kaum vorkommen dürfte.

1596 Auch wegen zu geringer Abfindung kann Sittenwidrigkeit behauptet werden.

In diesem Fall ist auf den Zeitpunkt des Abschlusses des Vergleichs abzustellen. Maßgebend ist, welche Vorstellungen die Parteien zu diesem Zeitpunkt von den Erfolgsaussichten und Risiken hatten. Danach bestimmt sich der Umfang des gegenseitigen Nachgebens. Auch wenn die Ausgangsposition des Geschädigten objektiv gut war, er aber subjektiv die Rechtslage zu ungünstig beurteilt hat, kann die Abfindung als ausreichend anzusehen sein. Hat der Geschädigte z. B. mit einer Klageabweisung gerechnet, dann ist auch bei hohem Schaden eine geringe Abfindung nicht sittenwidrig.

1597 Einen seltsamen Weg geht Nehls,[2258] der einen Abfindungsvergleich über eine nach § 843 Abs. 3 BGB oder nach § 844 Abs. 2 Halbs. 2 BGB zu zahlende Rente für unwirksam hält, weil die Vereinbarung gegen ein gesetzliches Verbot verstoße. Dieses gesetzliche Verbot sieht er in der Regelung, dass eine Kapitalisierung der Rente nur bei Vorliegen eines wichtigen Grundes verlangt werden kann. Liege ein solcher wichtiger Grund nicht vor, habe der Verletzte keinen Anspruch auf den Kapitalbetrag mit der Folge, dass ein entsprechender Vergleich unwirksam sei. Diese Rechtsauffassung ist nicht haltbar, der BGH geht in zahlreichen Entscheidungen selbstverständlich von der Wirksamkeit solcher Abfindungsvergleiche aus.[2259]

b) Anfechtbarkeit eines Vergleichs

1598 Wird ein Vergleich durch **arglistige Täuschung** oder **widerrechtliche Drohung** erreicht, dann ist er nach § 123 BGB anfechtbar. Eine solche Drohung kann sogar vom Vorsitzenden des Gerichts ausgehen, wenn er bei einem Prozessbeteiligten unzutreffend den Eindruck erweckt, das Urteil sei bereits unabänderlich beraten und werde verkündet, wenn die Partei den gerichtlichen Vergleichsvorschlag nicht annehme.[2260]

1599 Eine **Irrtumsanfechtung** nach § 119 BGB kommt wohl kaum einmal in Betracht. Ein Irrtum über die künftige Entwicklung des Gesundheitszustandes oder der Verdienstmöglichkeiten ist allenfalls ein unbeachtlicher Motivirrtum; hinzu kommt, dass man über künftige Entwicklungen nicht irren, sondern nur mutmaßen kann.

c) Unwirksamkeit eines Vergleichs nach § 779 Abs. 1 BGB

1600 Auch hier ist ein Irrtum über die künftige Entwicklung des Gesundheitszustandes oder der Verdienstmöglichkeiten unerheblich, denn die Ungewissheit darüber bildet den Gegenstand des Streits und damit des Vergleichs. Diese künftige Entwicklung kann jedoch für die Auslegung des Vergleichs eine Rolle spielen. Liegt der nach Abschluss des Vergleichs eingetretene weitere Schaden des Verletzten (Gesundheitsverschlechterung) völlig außerhalb dessen, was die Parteien sich bei Vergleichsabschluss vorgestellt haben und war die negative Entwicklung für die Parteien unvorhersehbar und ist zusätzlich der nach Vergleichsabschluss eingetretene Schaden so erheblich, dass beide Parteien bei Kenntnis hiervon nach den Grundsätzen des

2257 Euler, SVR 2005, 10 (13); aus Schutzgesichtspunkten für eine weite Auslegung des »Vermögens im Ganzen« auch Motzer, FamRZ 1996, 844.

2258 Nehls, SVR 2005, 161 (167 f.).

2259 Jaeger, VersR 2006, 597; ders., VersR 2006, 1328.

2260 BGH, Urt. v. 06.07.1966 – Ib ZR 83/64, NJW 1966, 2399.

redlichen Verkehrs den Vergleich nicht abgeschlossen hätten und der Schädiger dem Verletzten den Abschluss eines solchen Vergleichs nicht zugemutet hätte, dann kann der Vergleich so auszulegen sein, dass sich der in dem Abfindungsvergleich enthaltene Verzicht des Verletzten nicht auf diese Spätfolgen erstreckt. Dann ist der Verletzte durch den Abfindungsvergleich nicht gehindert, über die Vergleichssumme hinaus Spätschäden geltend zu machen. Das Festhalten des Versicherers an dem Vergleich kann dann gegen Treu und Glauben verstoßen.

1601 Eine solche Auslegung ist aber nur ausnahmsweise möglich, denn bei Abfindungsvergleichen ist es die Regel, dass ein Verzicht für alle künftigen Schäden verlangt und ausgesprochen wird. Es ist nicht anstößig, wenn der Versicherer den Versicherungsnehmer zur Unterzeichnung eines Abfindungsvertrages dadurch bewegt, dass er im Fall der Nichtunterzeichnung keinerlei Zahlungen leisten werde.[2261]

1602 ▶ Hinweis:

Die Abgeltung sämtlicher Ansprüche, welcher Art auch immer, umfasst keine Ansprüche, die die Parteien bei Abschluss des Vergleichs in so großem Ausmaß nicht für möglich gehalten haben und zur Abfindungssumme in einem krassen, unzumutbaren Missverhältnis stehen.

d) Störung der Geschäftsgrundlage

1603 Treten unvorhergesehene Spätschäden auf, können diese unter dem Gesichtspunkt der **Störung der Geschäftsgrundlage** (§ 313 BGB) zu behandeln sein. Bei einem **Vergleich** führt die Störung der Geschäftsgrundlage in aller Regel nicht zur Nichtigkeit des Vergleichs, sondern zu einem Anspruch auf **Anpassung**. Deshalb kann sich ein Festhalten am Vergleich nur dann als unzulässige Rechtsausübung darstellen, wenn sich später schwerwiegende Spätschäden herausstellen, die im Vergleich nicht berücksichtigt sind.

1604 Wird Anpassung verlangt, geht dies ggf. nur im Wege einer Klage. In solchen Fällen ist zunächst nach Sinn und Wortlaut zu ermitteln, ob die Schadensersatzansprüche endgültig erledigt und auch unvorhergesehene Schäden mit bereinigt werden sollten. Das ist z. B. dann der Fall, wenn der Abfindungsvergleich die Klausel enthält, dass die Abgeltung alle künftigen Schäden umfasst, seien sie **vorhersehbar** oder unvorhersehbar, **erwartet** oder unerwartet. Will der Geschädigte vom Vergleich abrücken und Nachforderungen stellen, muss er darlegen, dass ihm ein Festhalten am Vergleich nach Treu und Glauben trotz der Klausel nicht zumutbar ist, weil entweder die Geschäftsgrundlage für den Vergleich gestört ist oder sich geändert hat, sodass eine Anpassung an die geänderten Verhältnisse erforderlich geworden ist, oder dass eine erhebliche Äquivalenzstörung in den Leistungen der Parteien eingetreten ist, die für den Geschädigten eine ungewöhnliche Härte bedeutet.[2262]

1605 Das ist dann der Fall, wenn die seinerzeit **vereinbarte Abfindungssumme** in **krassem Missverhältnis** zum **tatsächlich entstandenen Schaden** steht.[2263] An eine solche »krasse Äquivalenzstörung« werden strenge Anforderungen gestellt. Teilweise wird gefordert, dass der tatsächliche Schaden die Vergleichssumme um ein 10-faches übersteigen muss,[2264] damit für den Geschädigten ein Festhalten am Abfindungsvergleich eine unzumutbare Härte darstellt.

2261 LG Bremen, Urt. v. 07.02.1991 – 2 S 1026/90, VersR 1992, 230.

2262 BGH, Urt. v. 19.06.1990 – VI ZR 255/89, VersR 1990, 984; Müller, VersR 1998, 129 (137).

2263 OLG Celle, Urt. v. 25.04.2002 – 14 U 28/01, OLGR 2003, 264; so auch OLG Koblenz, Urt. v. 29.09.2003 – 12 U 854/02, NZV 2004, 197 = NJW 2004, 782.

2264 OLG Frankfurt am Main, Beschl. v. 14.08.2003 – 1 W 52/03, ZfS 2004, 16 = NJW 2004, 522; Diehl, ZfS 2007, 10 (14); vgl. auch LG Kaiserslautern, Urt. v. 21.01.2005 – 2 O 233/02, ZfS 2005, 336 m. Anm. Diehl: Anpassungsanspruch verneint bei (umgerechnet) 109.000,00 DM Vergleichssumme und jetziger Vorstellung von 120.000,00 DM.

Teilweise werden noch krassere Faktoren gefordert. Der BGH hat einen Anstieg um das 5-fache ausreichen lassen, um eine unzumutbare Härte anzunehmen.[2265] Eine Verdoppelung des tatsächlichen Schadens genügt indes nicht.[2266]

1606 Aber selbst wenn eine Abfindungserklärung bzgl. des immateriellen Schadens einen Vorbehalt enthält, bedeutet dies nicht, dass immaterielle Folgeschäden unbegrenzt geltend gemacht werden können. Wenn alle Ansprüche aus einem Unfallereignis abgegolten sein sollen, kann auch bei immateriellem Vorbehalt nur wegen solcher Folgen noch nachgebessert werden, die bei Abgabe der Erklärung **nicht vorhersehbar** waren. Alles, was vorhersehbar war und einer normalen Entwicklung des Schadens entspricht, ist von der Abfindungserklärung erfasst.[2267]

1607 Dem entspricht eine Entscheidung des OLG Frankfurt am Main:[2268] Wird nach einem Unfall ein Abfindungsvergleich geschlossen, in dem auch nicht absehbare Schäden abgegolten werden sollen, können nur krasse Äquivalenzstörungen (um den Faktor 10) eine Nachforderungen von Schmerzensgeld rechtfertigen. In diesem Fall hatte der Verletzte im Alter von 10 Jahren eine inkomplette Querschnittslähmung erlitten und im Alter von 18 Jahren im Jahr 1993 einen Abfindungsvergleich über 660.000,00 DM geschlossen.

1608 Das OLG Frankfurt am Main geht in dieser Entscheidung davon aus, dass der Berechtigte in einem Abfindungsvergleich das Risiko übernimmt, dass die für die Berechnung der Kapitalabfindung maßgebenden Faktoren auf Unsicherheiten beruhen, eine Auffassung, die so nicht geteilt werden kann. Den Abfindungsvergleich wünschen i. d. R. die Versicherer und zwar ausschließlich aus wirtschaftlichen Erwägungen. Wenn sie dann einen Abfindungsvergleich erreichen, sollten sie darin ausweisen, mit welchem (Teil-) Betrag sie den Verletzten für das Risiko von **Spätschäden** abgefunden haben.

1609 Regelmäßig setzen sich die Richter im Prozess nicht genügend für einen angemessenen Zuschlag ein, sodass dieser zu gering ausfällt. Nach Erledigung des Rechtsstreits durch Vergleich verweigern sie dann im Folgeprozess ein weiteres Schmerzensgeld mit der Begründung, es fehle an einer Äquivalenzstörung mit dem Faktor 10. So ist auch das OLG Düsseldorf[2269] – allerdings ohne nähere Angaben – davon ausgegangen, dass die Klägerin in einem Abfindungsvergleich das Risiko übernommen habe, etwa 20 Jahre nach dem Unfall ein neues Hüftgelenk zu benötigen. Nach den Umständen sei davon auszugehen, dass bei der Bestimmung der Höhe des Abfindungsbetrages auch Unwägbarkeiten im Zusammenhang mit dem Umfang des Gesundheitsschadens eine wesentliche Rolle gespielt hätten.

1610 Das OLG Köln[2270] hat ein krasses Missverhältnis zwischen Schaden und Abfindungssumme angenommen, weil der Zukunftsschaden bei der Festlegung der Abfindungssumme nur eine untergeordnete Rolle gespielt hatte. Im Interesse der Aufrechterhaltung solcher Vergleiche – insoweit ist das Interesse des Schädigers an einer abschließenden Regelung zu berücksichtigen – werden strenge Anforderungen gestellt,[2271] ein »krasses Missverhältnis« wird nicht schnell bejaht.[2272]

2265 BGH, Urt. v. 03.07.1984 – VI ZR 238/82, VersR 1984, 871.

2266 OLG Nürnberg, Urt. v. 01.07.1999 – 2 U 531/99, VersR 2001, 982.

2267 OLG Hamm, Urt. v. 18.10.2000 – 13 U 115/00, r+s 2001, 505; LG Hannover, Urt. v. 10.12.2001 – 20 O 2450/01, SP 2002, 126.

2268 OLG Frankfurt am Main, Beschl. v. 14.08.2003 – 1 W 52/03, ZfS 2004, 16 = NJW 2004, 522.

2269 OLG Düsseldorf, Urt. v. 22.01.2007 – 1 U 166/06, ZfS 2008, 140 = NZV 2008, 151.

2270 OLG Köln, Urt. v. 03.07.1987 – 13 U 230/86, NJW-RR 1988, 924: 6.000,00 DM Vergleich, 25.000,00 DM angemessene Summe.

2271 Müller, VersR 1998, 129 (138).

2272 OLG Hamm, Urt. v. 20.02.1997 – 27 U 216/96, VersR 1998, 631.

1611 Einen Sonderfall hatte das OLG Oldenburg[2273] zu beurteilen. Der Geschädigte hatte einen Abfindungsvergleich geschlossen, in dem der Vorbehalt enthalten war, dass der Kläger »einen Anspruch auf zukünftigen Ersatz des immateriellen Schadens unter Zugrundelegung der Rechtsprechung des BGH (Urt. v. 08.07.1980 – VI ZR 72/79, VersR 1980, 975) besitzt«.[2274] In jener Entscheidung hat der BGH ausgeführt, dass weiteres Schmerzensgeld nur für solche Verletzungsfolgen verlangt werden könne, »die bei der ursprünglichen Bemessung des immateriellen Schadens noch nicht eingetreten waren oder mit deren Eintritt nicht oder nicht ernstlich zu rechnen war«. Nun hatten sich beim Kläger eine Arthrose und Hüftkopfnekrose entwickelt, die das Implantieren eines künstlichen Hüftgelenks erforderlich machten. Das OLG Oldenburg half dem Kläger mit der Feststellung, dass die Hüftkopfnekrose bereits bei Abschluss des Vergleichs vorgelegen habe, ein Fall der künftigen Entwicklung gar nicht vorliege. Vielmehr hätten die Parteien bei Abschluss des Vergleichs eine bereits vorhandene Verletzungsfolge nicht bedacht, sodass die Vergleichssumme in krassem Missverhältnis zum Schaden liege. Deshalb könne sich die Beklagte nach dem Einwand des Klägers auf unzulässige Rechtsausübung nicht auf ein Festhalten am Vergleich berufen.

1612 So großzügig der 6. Zivilsenat des OLG Oldenburg in der zuvor referierten Entscheidung war, so kleinlich entschied es eine Klage auf Anpassung eines Abfindungsvergleichs, den eine im Jahr 1979 erblindete 27 Jahre alte Frau im Jahr 1982 abgeschlossen hatte.[2275] In diesem Vergleich wurde das vom Land Niedersachsen gezahlte Blindengeld auf die Haushaltshilfekosten angerechnet, weil es mit diesen kongruent sei. Seit 2005 wird das Blindengeld, das zuletzt monatlich 409,00 € betrug, nicht mehr gezahlt, weil das Land alle freiwilligen Sozialleistungen gestrichen hatte.

1613 Das OLG Oldenburg sah hier keinen Fall des **Wegfalls der Geschäftsgrundlage**, weil der mögliche Eintritt fiskalischer Zwänge bereits bei Abschluss des Vergleichs voraussehbar gewesen sei; bereits im Jahr 1982 sei abzusehen gewesen, dass das Landesblindengeld nicht mit einer »Ewigkeitsgarantie« ausgestattet sein konnte, sondern an die wechselnden wirtschaftlichen Rahmenbedingungen angepasst war. Zudem verneinte das OLG Oldenburg eine Überschreitung der Opfergrenze, weil die Klägerin das Blindengeld über einen langen Zeitraum bezogen habe und von der mehrfachen Erhöhung des Blindengeldes profitiert habe.

1614 Die Ausführungen zum Wegfall der Geschäftsgrundlage sind nicht überzeugend. Niemand kann ernstlich behaupten, dass bereits 1982 fiskalische Zwänge in dem Ausmaß erkennbar gewesen seien, wie sie im Jahr 2005 eingetreten waren. Gerade weil die Parteien für die (mit dem Blindengeld kongruenten) Haushaltshilfekosten keine Entschädigung vorgesehen haben, wurde die Zahlung des Blindengeldes zur Voraussetzung, zur Geschäftsgrundlage, des Vergleichs. Die Überlegungen zur Höhe helfen ebenfalls nicht, denn die Klage war auf **Anpassung** gerichtet. Dabei hätte der Senat die in der Vergangenheit eingetretenen Steigerungen beim Blindengeld zu den (ebenfalls) gestiegenen Haushaltshilfekosten in Beziehung setzen können.

1615 Eine weitere Entscheidung des OLG Oldenburg[2276] zu dieser Problematik wurde vom BGH[2277] bestätigt. Allerdings war diese zweite Entscheidung insoweit anders gelagert, als der erblindete Kläger den Abfindungsvergleich erst rund 2 Jahre vor dem Wegfall des Landesblindengeldes

2273 OLG Oldenburg, Urt. v. 28.02.2003 – 6 U 231/01, ZfS 2003, 590 = VersR 2004, 64.

2274 Einen identischen Fall hatte auch das OLG Jena, Urt. v. 09.08.2006 – 7 U 289/06, NJW-RR 2007, 605 zu beurteilen. Bei einer solchen Klausel kann Schmerzensgeld nur für solche Verletzungsfolgen verlangt werden, die nicht objektiv vorhersehbar waren.

2275 OLG Oldenburg, Urt. v. 30.06.2006 – 6 U 38/06, MDR 2007, 273.

2276 OLG Oldenburg, Urt. v. 22.05.2007 – 9 U 49/06, r+s 2007, 522.

2277 BGH, Urt. v. 12.02.2008 – VI ZR 154/07, VersR 2008, 686 = NJW-RR 2008, 649 = DAR 2008, 333.

abgeschlossen hatte und dieses bei der Entscheidung des OLG Oldenburg bereits – wenn auch deutlich gekürzt – wieder gezahlt wurde.[2278]

1616 ▶ **Praxistipp:**

Für Anwälte ist beim Abschluss eines Abfindungsvergleichs höchste Vorsicht geboten. Im »Blindengeldfall« wäre es sinnvoll gewesen, bei der »Anrechnung« von Drittleistungen in einen Abfindungsvergleich eine Klausel des Inhalts aufzunehmen, dass Änderungen in der Leistungshöhe (bspw.) eine entsprechende (prozentuale?) Anpassung der Vergleichssumme zur Folge haben sollen, um darzulegen, dass der Leistungsbezug Geschäftsgrundlage geworden ist.

Es besteht eine umfassende Beratungspflicht und der Anwalt kann verpflichtet sein, von einem Abfindungsvergleich abzuraten.

Richter sollten nur sehr zurückhaltend zu einem Abfindungsvergleich raten.

1617 Diese rigide Linie zur Anpassung von Abfindungsvergleichen hat der BGH[2279] wenig später »aufgeweicht«:

Nach einem Verkehrsunfall hatten die Parteien einen Abfindungsvergleich geschlossen, in welchem »Schadensersatzansprüche aus dem Schaden, seien sie bekannt oder nicht bekannt, vorhersehbar oder nicht vorhersehbar, nach Erhalt des genannten Betrages« abgefunden seien. Ferner verzichtete der Kläger auf jede weitere Forderung, »gleich aus welchen Gründen, auch aus noch nicht erkennbaren Unfallfolgen«. Weitere Regelungen betrafen die Erstattung von Verletzten- und Erwerbsunfähigkeitsrente durch den Kläger und die Erstattung der ESt durch die Beklagte.

In den Verhandlungen stellten die Parteien für die Abgeltung des Verdienstausfalls u. a. eine von der Berufsgenossenschaft an den Kläger für die Berufsunfähigkeit gezahlte Rente i. H. v. 1.081,65 € in ihre Berechnungen ein. Nach Abschluss des Vergleichs zahlte die Berufsgenossenschaft dem Kläger indes eine monatliche Rente i. H. v. nur noch 755,79 € mit der Begründung, ein Schreibfehler in der Mitteilung des Arbeitgebers des Klägers habe zu einer falschen Rentenberechnung geführt; das Bruttoentgelt sei seinerzeit unrichtig mit 88.836,00 DM statt 58.836,00 DM angegeben worden.

Der Kläger verlangte nun von der Beklagten die Anpassung des Vergleichs dergestalt, dass er sie auf die gekürzte Summe der Rentenzahlung der Berufsgenossenschaft in Anspruch nimmt.

1618 Das Berufungsgericht hatte die Klage abgewiesen, weil die Geschäftsgrundlage nicht entfallen sei; kalkulatorische Irrtümer fielen in die Risikosphäre des Klägers, der auch deren Folgen zu tragen habe. Der BGH hat diese Entscheidung aufgehoben und zurückverwiesen.

1619 Der BGH stellt zunächst klar, dass es im Streitfall nicht um einen Wegfall oder eine Änderung der Geschäftsgrundlage (§ 313 Abs. 1 BGB) im Hinblick auf die reduzierte Zahlung der Berufsgenossenschaft geht, sondern um ein Fehlen der Geschäftsgrundlage von Anfang an, weil wesentliche Vorstellungen, die zur Grundlage des Vertrages geworden sind, sich als falsch herausgestellt haben (§ 313 Abs. 2 BGB).

Er führt weiter aus:

»Denn beide Parteien sind bei Abschluss des Abfindungsvergleichs davon ausgegangen, der Kläger erhalte von der Berufsgenossenschaft eine – von dem der Kapitalisierung zugrunde

2278 Vgl. zu diesen Entscheidungen des OLG Oldenburg und des BGH die eingehende Anm. von Jaeger, DAR 2008, 354.

2279 BGH, Urt. v. 16.09.2008 – VI ZR 296/07, VersR 2008, 1648 = NJW-RR 2008, 1716.

zu legenden Verdienstausfall abzuziehende – Rente in Höhe von 1.081,65 €, während dieser Betrag in Wahrheit auf einem Schreibfehler in der Gehaltsmitteilung des Arbeitgebers des Klägers beruhte und die Rente bei Zugrundelegung des richtigen Bruttoeinkommens nur 755,79 € betrug.

Bei einem solchen gemeinsamen Irrtum über die Berechnungsgrundlagen geht es nicht darum, dass der Geschädigte das Risiko in Kauf nimmt, dass die für die Berechnung des Ausgleichsbetrages maßgebenden Faktoren auf Schätzungen und unsicheren Prognosen beruhen und sie sich demgemäß unvorhersehbar positiv oder negativ verändern können. Vielmehr spielt eine spezifische Risikobetrachtung hier für die Parteien überhaupt keine Rolle, denn beide gehen davon aus, sich auf einer vermeintlich sicheren Grundlage zu bewegen. Eine einseitige Risikozuweisung ist auch hier denkbar, wird aber nur unter besonderen Umständen in Betracht kommen, etwa wenn eine der Vertragsparteien eine Gewähr für die Richtigkeit der Berechnungsgrundlagen übernommen hat.

Wenn die Parteien den Irrtum seinerzeit nicht bemerkt haben, müssen Anhaltspunkte dafür, wie sie den Vergleich in Kenntnis der wahren Umstände abgeschlossen hätten, naturgemäß fehlen und es kann dazu auch nicht konkret vorgetragen werden. Die Anpassung ist dann unter wertender Berücksichtigung aller sonstigen Umstände vorzunehmen.«

e) Prozessuale Fragen

1620 Der Prozessvergleich beendet den materiellen Streit der Parteien und den Prozess. Er ist durch Aufnahme in das Protokoll festzustellen, **§ 160 Abs. 3 Nr. 1 ZPO**. Wird nicht ordnungsgemäß protokolliert, ist der Vergleich (nur) materiell-rechtlich wirksam, denn insoweit bedarf er keiner Form. Der Prozess ist dann allerdings nicht beendet. Um einen Vollstreckungstitel zu erlangen, muss der Kläger den Prozess fortsetzen mit einem Antrag, der dem Vergleichsinhalt entspricht.[2280] Anspruchsgrundlage ist dann der materiell wirksame Vergleich.

1621 Bei einem Prozessvergleich mit **Widerrufsvorbehalt** ist der Vergleich aufschiebend bedingt.[2281] Es ist eine Frage des Einzelfalles, ob ein Widerruf eines von mehreren Beteiligten auf Beklagtenseite den Prozessvergleich insgesamt beendet; dies hängt davon ab, ob der Vergleich auch die Streitfragen im Innenverhältnis der Gesamtschuldner mitregeln soll. In diesem Fall bringt der Widerruf eines der Beteiligten den ganzen Vergleich zu Fall,[2282] ansonsten hat der Widerruf nur Wirkungen für den Beklagten, der widerruft.[2283] Bei Streit über die Wirksamkeit des Vergleichs, über seinen Umfang und Inhalt, wird der bisherige Prozess fortgesetzt.

1622 Soll ein Dritter in den Vergleich einbezogen werden, tritt er dem Rechtsstreit bei. Insoweit besteht kein Anwaltszwang. Bzgl. der Kosten gilt die gesetzliche Auslegungsregel des § 98 ZPO (gegeneinander aufgehoben).

1623 War im Verfahren ein **gerichtlicher Sachverständiger** eingeschaltet und ist dessen Gutachten Grundlage für den Prozessvergleich, ist zu beachten, dass mögliche Schadensersatzansprüche gegen den Sachverständigen wegen eines vorsätzlich oder grob fahrlässig erstatteten

2280 Alternativ wird oft auch eine erneute Vergleichsfassung i. d. F. des § 278 Abs. 6 ZPO (Vergleichsfeststellung im Beschlusswege) sinnvoll sein.

2281 Der Prozessvergleich kann in einem Widerrufsvorbehalt aber nicht von weiteren Bedingungen (Nichtinanspruchnahme durch Dritte) abhängig gemacht werden. Prozesshandlungen wie Vergleich oder Widerruf sind nämlich bedingungsfeindlich: Aber es ist eine Auslegung dahin gehend möglich, dass der materiell-rechtliche Vergleich von dieser Bedingung abhängt, sodass bei Nichteintritt der Bedingung der materiell-rechtliche Vergleich wirksam bleibt, vgl. OLG Oldenburg, Urt. v. 15.05.2007 – 12 U 5/07, OLGR 2008, 435.

2282 BGH, Urt. v. 20.10.1961 – VI ZR 39/61, VersR 1962, 155.

2283 OLG Koblenz, Urt. v. 17.02.2005 – 5 U 349/04, VersR 2005, 655.

unrichtigen Gutachtens mit Abschluss des Vergleichs verloren gehen. Denn mit Abschluss des Vergleichs beruht der Schaden der Partei, zu deren Ungunsten das Gutachten ausgefallen ist, auf dem Vergleich und nicht auf einer gerichtlichen Entscheidung (§ 839a BGB). Umgekehrt ist der Vergleich nicht deshalb nach §§ 779, 313 BGB unwirksam oder wegen Irrtums anfechtbar, weil die Parteien eine falsche sachverständige Begutachtung zugrunde gelegt haben![2284]

1624 ▶ **Hinweis:**

Auf diese Rechtsfolge muss der Anwalt die Partei hinweisen. Besteht nur die geringste Möglichkeit, dass der Sachverständige (vorsätzlich oder grob fahrlässig) ein falsches Gutachten erstattet hat, darf der Prozess nicht durch Vergleich beendet werden.

1625 Der außergerichtliche Vergleich beendet den materiell-rechtlichen Streit, nicht aber den Prozess. Dazu ist die Rücknahme der Klage oder der Berufung erforderlich. Wird im außergerichtlichen Vergleich vereinbart, dass der Kläger die Klage zurücknimmt, muss der Kläger dies auch tun. Erfolgt die Klagerücknahme nicht, wird die Klage als unzulässig abgewiesen.

1626 ▶ **Hinweis:**

Die Bestimmung des § 323 ZPO ist auf außergerichtliche Vergleiche nicht anwendbar. Jedoch gelangt man über § 242 BGB und clausula rebus sic stantibus zu einer angemessenen Änderung des Vergleichs.

1627 Der **Anwaltsvergleich** wird von den RA in Vollmacht der Parteien abgeschlossen und enthält eine Unterwerfung des Schuldners unter die sofortige Zwangsvollstreckung (vgl. §§ 796a ff. ZPO).

3. Haftungsfallen beim Abfindungsvergleich

1628 Grds. muss ein Anwalt den Mandanten vor Abschluss eines Abfindungsvergleichs über dessen Folgen und Risiken beraten. Dies gilt auch ggü. geschäftserfahrenen Mandanten.[2285] Die generell sehr hohen Ansprüche des BGH an die Rechtsberatung führen dazu, dass ein Anwalt bereits dann haftet, wenn er den Mandantenwillen nicht in eine hinreichend klare, sondern nur auslegungsbedürftige Formulierung des Vergleichs gefasst hat.[2286] Einem »einfach strukturierten« Mandanten muss erforderlichenfalls verständlich erklärt werden, welchen Umfang ein Abfindungsvergleich hat.[2287] Die Rechtsprechung legt einem RA, der bei einem Abfindungsvergleich mitwirkt, die Pflicht auf, »bei der Abfassung des Textes für eine richtige und vollständige Niederlegung des Willens seines Mandanten und für einen möglichst eindeutigen und nicht erst der Auslegung bedürftigen Wortlaut zu sorgen«.[2288] Umso wichtiger sind klare Formulierungen im personenschadensrechtlichen Abfindungsvergleich.

2284 OLG Hamm, Urt. v. 21.02.2005 – 13 U 25/04, VersR 2006, 562 = NJW-RR 2006, 65.

2285 OLG Koblenz, Urt. v. 06.04.2006 – 5 U 531/05, OLGR 2006, 847; s. a. Urteilsbesprechung v. Hansens, JurBüro 2006, 392.

2286 So haftete der beklagte Anwalt in BGH, Urt. v. 17.01.2002 – IX ZR 182/00, NJW 2002, 1048 dafür, dass er eine Abänderungsklausel bei »wesentlichen« Änderungen der Verhältnisse aufgenommen hatte, ohne zu präzisieren, wann »Wesentlichkeit« vorlag.

2287 BGH, Urt. v. 08.11.2001 – IX ZR 64/01, NJW 2002, 292 hat die Verständlichkeit verneint, als ggü. einer Sozialhilfeempfängerin erklärt worden war, »Ansprüche auf Verdienstausfall stehen nicht im Raum«, ohne klarzustellen, dass hiervon auch der Haushaltsführungsschaden erfasst ist.

2288 BGH, Urt. v. 17.01.2002 – IX ZR 182/00, NJW 2002, 1048 (1049).

a) Aktivlegitimation/Passivlegitimation

1629 Zu beachten ist, dass gerade im Personenschadensbereich eine sozial- und privatversicherungsrechtliche »Überlagerung« besteht: nach § **116 SGB X** geht ein Anspruch, für den ein Sozialversicherungsträger eintrittspflichtig ist, bereits im **Unfallzeitpunkt** auf den Sozialversicherungsträger über.[2289] Es fehlt also von vornherein (bis auf die »logische Sekunde« im Unfall) die Aktivlegitimation des Geschädigten, sich über diese Ansprüche zu vergleichen.

1630 Im Sozialhilferecht, wo ein Anspruch erst bei Bedürftigkeit überhaupt besteht, kann es indes – da der Sozialhilfeträger nicht schon im Unfallzeitpunkt, sondern erst bei Eintritt der Bedürftigkeit »Leistungen zu erbringen hat« – zu einer späteren Zession (bei Bedürftigkeit) kommen.[2290]

1631 Dies zu beachten, liegt im Interesse des Schädigers bzw. seiner Versicherung, die regelmäßig durch die Zahlung an den Geschädigten nicht nach §§ 407, 412 BGB frei wird. Der BGH[2291] stellt nur sehr »maßvolle« Anforderungen an die Kenntnis eines solchen gesetzlichen Forderungsübergangs.

1632 Eine häufige **Haftungsfalle** ist die Norm des § 86 VVG, wonach im Privatversicherungsrecht (also: der privaten Kranken- und Pflegeversicherung) eine Zession erst dann stattfindet, wenn geleistet wird.[2292] Dies hat zur Folge, dass der Geschädigte z. Zt. des Abfindungsvergleichs noch aktivlegitimiert ist, sich also über seine Heilbehandlungs- und Aufwendungskosten vergleichen kann. Weil aber – durch den Vergleich – seine Ansprüche auf Schadensersatz erloschen sind, kann auch der Anspruch gegen den Versicherer ganz (§ 86 Abs. 2 Satz 2 VVG: bei Vorsatz) oder teilweise (§ 86 Abs. 2 Satz 3 VVG: bei grober Fahrlässigkeit) erlöschen.[2293]

1633 Ähnlich wie nach § 86 VVG n. F. ist der Arbeitgeber von der Leistung einer Entgeltfortzahlung frei, wenn der Arbeitnehmer den Übergang des Schadensersatzanspruchs gegen den Dritten auf den Arbeitgeber verhindert. Dies gilt nur dann nicht, wenn der Arbeitnehmer nicht schuldhaft gehandelt hat, § 7 Abs. 1 Nr. 2, Abs. 2 EFZG.

2289 Dieser Übergang setzt voraus, dass der Sozialversicherungsträger »kongruente«, also – kurz gesagt – entsprechende Leistungen zu dem Ersatzanspruch erbringt, also z. B.: Krankengeld führt zum Übergang des Erwerbsschadensanspruchs; Pflegeleistungen zum Übergang des Anspruchs auf Ausgleich vermehrter Bedürfnisse usw. Deshalb gehört es zu den anwaltlichen Pflichten, die Kongruenz zu prüfen, um Klarheit über die abgefundenen Ansprüche zu erhalten; anderenfalls wird aus Beratungsfehler gehaftet, so in BGH, Urt. v. 08.11.2001 – IX ZR 64/01, NJW 2002, 292: Aktivlegitimation für Erwerbsschaden war noch bei der Sozialhilfeempfängerin, da keine kongruenten Leistungen erbracht worden waren; dass deswegen (auch) diese Ansprüche (insb. Haushaltsführungsschaden) »wegverglichen« wurden, hatte der Anwalt übersehen. Für das Schmerzensgeld fehlt es indes an kongruenten Leistungen, sodass keine cessio legis besteht.

2290 Vgl. BGH, Urt. v. 08.11.2001 – IX ZR 64/01, NJW 2002, 292 (293); ein Abfindungsvergleich kann daher auch Forderungen umfassen, die später erst auf den Sozialhilfeträger übergehen würden; der BGH hat zur Vermeidung von Unklarheiten eine Auslegung eines solchen Abfindungsvergleichs angedacht, nach der unter die vom Vergleich ausgenommenen »Ansprüche, die kraft Gesetzes auf einen Sozialversicherungsträger übergegangen sind«, auch die fallen sollen, die erst künftig übergehen: BGH, Urt. v. 12.12.1995 – VI ZR 271/94, VersR 1996, 349.

2291 BGH, Urt. v. 12.12.1995 – VI ZR 271/94, VersR 1996, 349.

2292 Vgl. Luckey, Rn. 1782; Euler, SVR 2005, 10 (17).

2293 Die Norm stellt darauf ab, ob der Anspruchsverlust vorsätzlich (dann Leistungsausschluss) oder grob fahrlässig (dann Kürzung) erfolgte; ansonsten bleibt der Versicherungsanspruch bestehen. Nach dem Recht bis Ende 2007 führte eine objektiv vereitelte Zession in jedem Fall zur Leistungsfreiheit! (§ 67 Abs. 1 Satz 3 VVG i. d. F. v. 31.12.2007).

1634 In einem Urteil des LAG Schleswig-Holstein[2294] hatte der Arbeitnehmer nach einem Verkehrsunfall wegen seiner Verletzungen (Rippenfrakturen) einen Abfindungsvergleich des Inhalts, dass »alle Ansprüche, die von mir und/oder meinen Rechtsnachfolgern aus Anlass des Schadensereignisses vom ... geltend gemacht werden können, für jetzt und alle Zukunft endgültig abgefunden« sind, mit dem Versicherer des Unfallgegners geschlossen. Als er diesen Vergleich schloss, arbeitete er bereits wieder. Ein halbes Jahr später kam es zu der (vorhersehbaren) Notwendigkeit einer weiteren Operation, die den Arbeitnehmer einen Monat lang arbeitsunfähig erkranken ließ.

1635 Das LAG hat einen Anspruch des Arbeitnehmers auf Entgeltfortzahlung für diesen Zeitraum verneint: der Arbeitnehmer habe schuldhaft – nämlich ohne die erforderliche Rücksprache mit seinem Arbeitgeber und/oder Ärzten – den Anspruchsübergang vereitelt, indem er eine endgültige Abfindung zu einem Zeitpunkt vereinbart habe, in der absehbar gewesen sei, dass es noch einmal zu Arbeitsausfällen kommen werde. Das diesbezügliche Verschulden des RA, der die Folgen einer Regressvereitelung übersehen hatte, wurde dem Arbeitnehmer zugerechnet.

1636 ▶ **Hinweis:**

Hier droht eine **Regressfalle**, wenn zu einem Abfindungsvergleich geraten wird, ohne darüber aufzuklären oder abzuklären, was passieren wird, wenn aufgrund desselben Unfalls (wie häufig nach Revisions-Operationen zur Entfernung von Schrauben, Nägeln etc.) eine erneute Erkrankung des Arbeitnehmers droht. Dieser läuft dann nach der o. g. Entscheidung Gefahr, wegen Vereitelung des Forderungsübergangs auch seinen Anspruch auf Entgeltfortzahlung zu verlieren!

1637 Eine Vorbehaltsklausel – deren Annahme durch die Versicherung natürlich immer schwerer zu verhandeln ist als eine endgültige Beilegung – kann wie folgt lauten:

▶ **Formulierungsbeispiel:**

»Zur Abgeltung ..... soweit die Ansprüche nicht auf Sozialversicherungsträger oder sonstige Dritte übergegangen sind oder noch übergehen werden«.

1638 ▶ **Haftungsfalle:**

Ein Abfindungsvergleich ohne entsprechende Vorbehaltserklärung kann also dazu führen, dass der Geschädigte Leistungsansprüche verliert[2295] und dann im Regressweg gegen den Anwalt vorgeht, der hierüber nicht aufgeklärt bzw. diesen Umstand nicht vermieden hat!

1639 Im Bereich der Passivlegitimation ist insb. daran zu denken, dass möglicherweise weitere Schädiger gesamtschuldnerisch neben dem Haftpflichtversicherer einstehen müssen.

2294 LAG Schleswig-Holstein, Urt. v. 18.07.2006 – 2 Sa 155/06, NZA-RR 2006, 568 (Revision war erfolglos, BAG, Beschl. v. 18.10.2006 – 5 AZN 737/06).

2295 Nur ausnahmsweise kann eine – dann auch sehr wohlwollende – Auslegung dazu führen, die Konsequenzen eines Anspruchsverlustes der privaten Versicherung zum Anlass einer Auslegung zu nehmen, die dahin geht, dass dann nicht gewollt sein sollte, diese mitzuvergleichen, so aber OLG Karlsruhe, Urt. v. 09.11.2005 – 7 U 6/05, OLGR 2006, 47: Der Vergleich regelte (erg.: nur bereits) »entstandene Schäden«, und die privat versicherten Heilbehandlungskosten waren nicht Gegenstand der Klage gewesen. Das OLG entschied, dass bei verständiger Auslegung diese daher auch nicht Gegenstand des Vergleichs hätten sein können, sodass der Krankenversicherer weiterhin leisten musste und regressieren konnte.

Ein Vergleich, der die Forderung des Gläubigers gegen einen Gesamtschuldner erledigt, hat aber im Zweifel keine Wirkung auf den Anspruch des Gläubigers ggü. anderen Gesamtschuldnern; im Zweifel, vgl. §§ 423, 425 BGB, hat dieser Vergleich nur Einzelwirkung.[2296] 1640

Nur im Einzelfall kann die Auslegung ergeben, dass der Wille der Vertragsparteien dahin geht, das Schuldverhältnis insgesamt aufzuheben, etwa, wenn der Erlass gerade mit dem Gesamtschuldner vereinbart wird, der im Innenverhältnis der Gesamtschuldner den Schaden allein zu tragen hätte.[2297] 1641

Greift ein solcher Sonderfall, besteht für den am Vergleich beteiligten Gesamtschuldner die Gefahr, dass er – da der Vergleich keine Wirkung ggü. den anderen Gesamtschuldnern entfaltet – im Regressweg in Anspruch genommen wird, wenn die anderen Gesamtschuldner geleistet haben. Die anderen Gesamtschuldner bleiben dann nämlich in vollem Umfang in der Haftung; und auch ihr Regressanspruch ist vom Vergleich unberührt.[2298] 1642

Auch hier sind entsprechend absichernde Formulierungen[2299] nötig. 1643

▶ Hinweis: 1644

Hier kann es zu wahrlich unvorhergesehenen Folgen kommen: So haftet der Verkehrsunfallverursacher nach den Grundsätzen der mittelbaren Kausalität z. B. auch für die Folgen einer an den Unfall anschließenden ärztlichen Fehlbehandlung.[2300] Ein Abfindungsvergleich mit Wirkung ggü. Dritten, denen etwaige Ausgleichsansprüche gegen den Schädiger zustehen, kann dann auch Ansprüche gegen den falsch behandelnden Arzt ausschließen, da dieser (teilweise) Gesamtschuldner neben dem Verkehrsunfallverursacher ist![2301]

b) Umfang/Steuern

Eine Abfindung ist (nur dann) als **Einkommen** zu versteuern, §§ 24, 34 EStG, soweit damit ein Verdienstausfall entschädigt werden soll. Sonstige Renten, wie Mehrbedarf,[2302] 1645

2296 BGH, Urt. v. 09.03.1972 – VII ZR 178/70, BGHZ 58, 216 (219); BGH, Urt. v. 21.03.2000 – IX ZR 39/99, NJW 2000, 1942; OLG Celle, Urt. v. 23.04.2008 – 14 U 92/07, MDR 2008, 917.

2297 BGH, Urt. v. 21.03.2000 – IX ZR 39/99, NJW 2000, 1942.; OLG Köln, Beschl. v. 18.05.1992 – 19 W 15/92, NJW-RR 1992, 1398; OLG Dresden, Urt. v. 15.09.2004 – 18 U 181/04, BauR 2005, 1954; OLG Karlsruhe, Beschl. v. 15.07.2010 – 8 U 82/09, NJW-RR 2010, 1672. Der Vergleich verlöre nämlich seinen Sinn, wenn der weitere Gesamtschuldner im Fall der Inanspruchnahme vollen Regress bei dem Vergleichspartner nehmen könnte.

2298 Sehr weitgehend und wohl auch entgegen dem BGH (Urt. v. 21.03.2000 – IX ZR 39/99, NJW 2000, 1942) hat das OLG Celle, Urt. v. 27.06.2007 – 14 U 122/05, OLGR 2007, 797 angenommen, dass sich einem Vergleich mit einem der Gesamtschuldner entnehmen lasse, dass der Gläubiger insoweit – also soweit dieser Gesamtschuldner im Innenausgleich hätte haften müssen – nicht mehr gegen die anderen Gesamtschuldner vorgehen könne.

2299 Vgl. hierzu Rdn. 1719 ff. (Formulierungsmuster).

2300 Vgl. dazu im Einzelnen Rdn. 545 ff.

2301 So entschieden in LG Stralsund, Urt. v. 13.01.2005 – 6 O 375/02, MedR 2005, 224. Ebenso hat das OLG Düsseldorf, Urt. v. 11.05.2000 – 8 U 105/99, VersR 2002, 54 für einen Verkehrsunfall-Abfindungsvergleich und eine nachfolgende Arzthaftungsklage wegen vergessener Mullbinde in der OP-Wunde entschieden: die Versicherung habe jegliche Inanspruchnahme sonstiger Gesamtschuldner ausschließen wollen, und es sei denkbar, dass auch der Arzt anteilig – etwa für die ihm anzulastende Verschlechterung von dem Grunde nach unfallbedingten Schäden – Regress nehmen könne.

2302 Vgl. BFH, Urt. v. 25.10.1994 – VIII R 79/91, NJW 1995, 1238.

Haushaltsführungsschaden,[2303] Unterhaltsausfallschaden[2304] oder Schmerzensgeld, sind steuerfrei, sodass sich hier die Frage der Steuerpflicht für die Abfindung nicht stellt.

1646 Die Haftpflichtversicherer tendieren zu **Nettovergleichen**, ohne dass die Frage einer Versteuerung offen thematisiert wird. Selten wird ein Vergleich des Inhalts geschlossen, dass der Geschädigte einen Nettobetrag erhält und diesen versteuert und ihm dann anschließend die Steuerlast ersetzt werden soll.

1647 Allerdings besteht auch in diesem Fall die Gefahr, dass der Zufluss der Summe, die die ESt abdeckt, die auf die Abfindungssumme entfällt, nach dem steuerrechtlichen Zuflussprinzip als Einkommen eingeordnet wird und so eine neue Steuerpflicht auslöst, sodass sich der Ausgleich »auffrisst«.

1648 Wer – wenn die Versicherung zu einer solchen Einigung bereit ist – den vollen Steuernachteil ausgleichen will, wäre daher besser beraten, intern die Nettoabfindung festzulegen und dann mithilfe einer amtlichen Auskunft des FA oder eines Steuerberaters festzulegen, welcher **Bruttobetrag** diesem Nettobetrag entspricht. Gezahlt wird dann diese Summe, die vom Geschädigten nach § 34 EStG versteuert wird.

1649 ► Hinweis:

In all diesen Fällen gilt: Egal, wie man sich letztlich vergleicht, ist eine Dokumentation der entsprechenden Beratung des Mandanten nötig, um haftungsrechtlich später auf der sicheren Seite zu sein! Häufig ist es den Finanzbehörden auch nicht möglich, aus der einheitlichen Abfindungssumme die auf Schmerzensgeld, Mehrbedarf und Erwerbsschaden »entfallenden« Anteile herauszurechnen.

c) Anwaltskosten

1650 Die vom Schädiger zu erstattenden Anwaltskosten werden an sich auch dann von einem Abfindungsvergleich **umfasst**, wenn sie im Text nicht gesondert erwähnt werden.[2305] Zur Sicherheit empfiehlt sich aber stets deren ausdrückliche Erwähnung.

1651 **Gegenstandswert** ist in der außergerichtlichen Regulierung der vom Schädiger bezahlte Betrag.[2306] Häufig wird allerdings auch nach den geltend gemachten Ansprüchen abgerechnet. Auch hier sollte der Mandant – so nicht rechtsschutzversichert – vorab belehrt werden, um nicht nachher bei der Kostennote feststellen zu müssen, dass er infolge einer (aus taktischen Gründen) überhöhten Ersatzforderung einen Teil der tatsächlich erreichten Abfindungssumme an den RA zahlen muss.

d) Spätfolgen

1652 Schließt der Abfindungsvergleich materielle und/oder immaterielle Ansprüche nach einem Körperschaden ein, muss der Anwalt beachten, dass auch Spätfolgen vom Vergleich erfasst werden, wenn deren Geltendmachung nicht **vorbehalten** bleibt.

1653 Von den Versicherungen selten gewünscht, mag es doch sinnvoll sein, bestimmte Spätfolgen von der Abgeltung auszunehmen – sonst kann der Mandant bei späteren Verschlechterungen keine Rechte mehr geltend machen, weil angenommen wird, die Sache sei umfassend verglichen worden. Hier muss – etwa unter Bezugnahme auf ärztliche Protokolle – klargestellt werden, wofür und worauf die Abfindung vereinbart wird und was noch offensteht.

2303 BFH, Urt. v. 26.11.2008 – X R 31/07, DB 2009, 485.

2304 BFH, Urt. v. 26.11.2008 – X R 31/07, DB 2009, 485.

2305 OLG Köln, Urt. v. 26.11.1962 – 10 U 125/62, VersR 1963, 468; Luckey, Rn. 1811.

2306 BGH, Urt. v. 13.04.1970 – III ZR 75/69, NJW 1970, 1122.

1654 Ein solcher Vorbehalt kann lauten:

▶ **Formulierungsbeispiel: Vorbehalt wegen Spätfolgen**

Von der Abgeltung bleiben unberührt und daher vorbehalten künftig auftretende Verschlechterungen, die von dem als Anlage zum Vergleich aufgeführten ärztlich attestierten Verletzungsbild abweichen.

1655 Da aber ein Versicherer i. d. R. nur dann einen Vergleich abschließt, wenn die Akte geschlossen werden kann, sind solche Vorbehalte unerwünscht. Der Versicherer verlangt i. d. R. etwa folgende Formulierung: »*Die Abgeltung umfasst alle künftigen Schäden, seien sie vorhersehbar oder unvorhersehbar, erwartet oder unerwartet.*«

1656 ▶ **Hinweis:**

Die Gefahren, die für den Mandanten des Anwalts in der Vereinbarung einer endgültigen Abgeltung liegen, sind offensichtlich. Die Rechtsprechung[2307] lässt selbst einen Angriff über eine Störung der Geschäftsgrundlage, § 313 BGB, nicht zu, da der Abfindungsvergleich gerade auch die nachträglichen und unvorhergesehenen Spätfolgen abdecken soll. Zu einem solchen Vergleich kann nur geraten werden, wenn die Gefahr von Spätfolgen ernstlich nicht besteht, anderenfalls sind Spätfolgen insb. gegen Verjährung zu sichern,[2308] denn die Vereinbarung eines Vorbehalts impliziert nicht, dass stillschweigend auch Verjährungsabreden getroffen wären.[2309]

VII. Abänderungsklage, § 323 ZPO

1657 Nach Auffassung des OLG Nürnberg[2310] kann die Erhöhung einer **Schmerzensgeldrente** im Wege der Abänderungsklage gem. § 323 ZPO[2311] nur verlangt werden, wenn

- sich die Bemessungsgrundlagen für die Rente, insb. die schweren Dauerschäden verändert haben, oder
- eine wesentliche Erhöhung des Lebenshaltungskostenindexes eingetreten ist; eine Erhöhung um 10 % genügt nicht.[2312]

Noch restriktiver sind die Anforderungen des BGH.[2313]

2307 Bspw. OLG Koblenz, Urt. v. 29.09.2003 – 12 U 854/02, NJW 2004, 782; vgl. schon Rdn. 298 ff.

2308 Insgesamt hierzu Rdn. 294 ff.

2309 Das OLG Hamm, Urt. v. 16.06.1998 – 28 U 237/97, VersR 1999, 1495, hat einen Anwaltshaftungsfall angenommen, weil eine Klausel nur »Offen bleibt der materielle Zukunftsschaden ab 01.01.1990, soweit kein Übergang auf Sozialversicherungsträger vorliegt, außerdem immaterieller Zukunftsschaden bei Kniegelenkversteifung.« gefasst war. Dass möglicherweise im Wege der Auslegung erreicht werden könnte, einen konkludenten Verzicht auf die Verjährungseinrede »hineinzuinterpretieren« (so in einem Ausnahmefall OLG Hamm, Urt. v. 09.12.1994 – 32 U 114/94, VersR 1996, 78; dagegen BGH, Urt. v. 26.05.1992 – VI ZR 253/91, VersR 1992, 1091; BGH, Urt. v. 29.01.2002 – VI ZR 230/01, VersR 2002, 474 = NJW 2002, 1878; KG, Urt. v. 22.12.1998 – 6 U 307/97, VersR 2000, 1145; OLG Rostock, Urt. v. 22.10.2010 – 5 U 225/09, NJW-Spezial 2011, 169), genügte nicht, da nach Ansicht des OLG das Gebot des sichersten Weges bedeutet hätte, eine klare (!) Klausel zur Verjährung zu vereinbaren.

2310 OLG Nürnberg, Urt. v. 16.01.1991 – 9 U 2804/90, VersR 1992, 623; so auch Halm/Scheffler, DAR 2004, 71 ff. mit eingehender Darstellung der Rspr.

2311 S. o. Rdn. 1514 ff.

2312 So jetzt BGH, Urt. v. 15.05.2007 – VI ZR 150/06, VersR 2007, 961 = NJW 2007, 2475.

2313 BGH, Urt. v. 15.05.2007 – VI ZR 150/06, VersR 2007, 961 = NJW 2007, 2475 und Rdn. 1515.

1658 Eine **Verbesserung der Einkommensverhältnisse** des Schädigers kann zur Begründung der Abänderungsklage nur herangezogen werden, wenn diese bei der Bemessung des Schmerzensgeldes eine Rolle gespielt haben.

1659 Die in dieser Entscheidung genannten Voraussetzungen sind nicht vollständig, denn eine Abänderungsklage muss bei einer Schmerzensgeldrente auch dann möglich sein, wenn z. B.

- feststeht, dass die Tendenz der Rechtsprechung zu höherem Schmerzensgeld fortschreitet und das Schmerzensgeldniveau sich deutlich erhöht hat oder
- wenn die technische Entwicklung dem schwer Geschädigten neue Möglichkeiten eröffnet, durch eine höhere monatliche Rente einen besseren Ausgleich zu erlangen.

1660 Dagegen kann eine Abänderungsklage nicht daran scheitern, dass die Summe aller Rentenzahlungen den **Kapitalwert der Rente** erreicht hat.[2314] Angesichts des Umstandes, dass der Kapitalwert der Rente nicht der Summe der monatlichen Rentenzahlungen entspricht und der Schädiger das Risiko (und die Chance) trägt, wie lange die Rentenzahlungen zu leisten sind, ist der gegenteilige Ausgangspunkt falsch.[2315] Mit Rücksicht auf die Geldentwertung fällt es dem Schädiger viele Jahre nach Beginn der Rentenzahlungen wesentlich leichter, die ursprünglich ausgeurteilten Monatsbeträge zu leisten.

VIII. Rechtsmittel

1661 Bei entsprechender Beschwer kann der Kläger ein Rechtsmittel einlegen. Die Berufung setzt eine Beschwer des Klägers i. H. v. über 600,00 € voraus. Nennt der Kläger einen Mindestbetrag für das Schmerzensgeld, ist er nur dann beschwert, wenn das zuerkannte Schmerzensgeld hinter diesem Betrag zurückbleibt.[2316] Eine klagende Partei ist durch eine gerichtliche Entscheidung nur insoweit beschwert, als diese von dem in der unteren Instanz gestellten Antrag **zum Nachteil der Partei** abweicht, ihrem Begehren also nicht voll entsprochen worden ist. Erhält der Kläger das zugesprochen, was er mindestens verlangt hat, besteht kein Anlass, den Zugang zur Rechtsmittelinstanz mit dem Ziel der Durchsetzung einer höheren Klageforderung zu eröffnen.[2317]

1662 Das Berufungsgericht kann und muss nach eigenem Ermessen über den dem Einzelfall angemessenen Schmerzensgeldbetrag befinden.[2318] Auch nach der Reform des Rechtsmittelrechts muss es die erstinstanzliche Schmerzensgeldbemessung auf der Grundlage der nach § 529 ZPO maßgeblichen Tatsachen gem. §§ 513 Abs. 1, 546 ZPO in vollem Umfang darauf überprüfen, ob sie überzeugt. Es darf sich nicht darauf beschränken, die Ermessensausübung

2314 So aber LG Hannover Urt. v. 03.07.2002 – 7 S 1820/01, NJW-RR 2002, 1253 = ZfS 2002, 430. Die hiergegen eingelegte Revision (VI ZR 283/02) wurde zwar zurückgenommen, der BGH hat dies aber mit Urt. v. 15.05.2007 – VI ZR 150/06, VersR 2007, 961 = NJW 2007, 2475 = DAR 2007, 513 klargestellt.

2315 So BGH, Urt. v. 15.05.2007 – VI ZR 150/06, VersR 2007, 961 = NJW 2007, 2475 = DAR 2007, 513.

2316 BGH, Urt. v. 30.04.1996 – VI ZR 55/95, BGHZ 132, 341 = VersR 1996, 990 = NJW 1996, 2425; BGH, Urt. v. 30.03.2004 – VI ZR 25/03, VersR 2004, 1018.

2317 BGH, Beschl. v. 30.09.2003 – VI ZR 78/03, DAR 2004, 29 = VersR 2004, 219; Diederichsen, DAR 2004, 301 (318) m. w. N.

2318 BGH, Urt. v. 14.07.2004 – VIII ZR 164/03, BGHR 2004, 1366 m. abl. Anm. Burgermeister; OLG Brandenburg, Urt. v. 28.09.2004 – 1 U 14/04, VersR 2005, 953; OLG Köln, Urt. v. 09.10.2007 – 15 U 105/07, VersR 2008, 364 m. Anm. Jaeger; OLG Saarbrücken, Urt. v. 27.11.2007 – 4 U 276/07, NJW 2008, 1166 = SP 2008, 257; Diederichsen, DAR 2005, 301 (313).

der Vorinstanz auf Rechtsfehler zu überprüfen.[2319] In § 513 ZPO wird nicht allein auf § 546 ZPO, sondern auch auf § 529 ZPO Bezug genommen. Danach obliegt dem Berufungsgericht neben einer Rechtsfehlerkontrolle auch die Würdigung des nach § 529 Abs. 1 ZPO berücksichtigungsfähigen Tatsachenstoffes. Die Berufung ist keine »Unterrevisionsinstanz«; sie dient der umfassenden Kontrolle der erstinstanzlichen Entscheidung sowohl auf Rechtsfehler, als auch in tatsächlicher Hinsicht. Dabei hat das Berufungsgericht nicht nur die im angefochtenen Urteil wiedergegebenen Tatsachenfeststellungen, sondern den gesamten aus den Akten ersichtlichen Prozessstoff zu beachten. Maßstab für das Berufungsgericht ist die richtige und sachgerechte Entscheidung des Einzelfalles.[2320] Geht es um den nach Ermessen zu bestimmenden Schmerzensgeldbetrag, ist das Berufungsgericht befugt und verpflichtet, die Frage selbst zu entscheiden; es ist (wie bei der Vertragsauslegung) durch das Erstgericht nicht gebunden.[2321]

▶ Praxistipp: **1663**

Kündigt das Berufungsgericht einen Beschluss gem. § 522 ZPO mit der Begründung an, das erstinstanzliche Gericht habe das Schmerzensgeld nach Auswertung vergleichbarer Entscheidungen vertretbar festgesetzt, muss der Anwalt angreifen mit Hinweis darauf, dass
- die Entscheidungen nicht vergleichbar sind,
- die vom erstinstanzlichen Gericht genannten Entscheidungen älteren Datums sind,
- es neuere Entscheidungen gibt, die benannt werden müssen,
- es weitere einschlägige Entscheidungen gibt,
- die Inflation ebenso berücksichtigt werden muss, wie die geänderten Vorstellungen vom Geldwert und ggf.
- nicht alle Schmerzensgeldkriterien wie Alter, Narben und psychische Auswirkungen berücksichtigt wurden.

1664 Der Kläger kann neben der Berufung auch den Weg der **Anschlussberufung** wählen, wenn der Beklagte gegen die Verurteilung zur Zahlung von Schmerzensgeld seinerseits Berufung eingelegt hat. Hier ist er jedoch nach der ZPO-Novelle 2002 vielfältigen Gefahren ausgesetzt.[2322] Es gibt **keine selbstständige Anschlussberufung** und die Anschlussberufung ist befristet, § 524 ZPO.[2323]

1665 Die Anschlussberufung verliert ihre Wirksamkeit, § 524 Abs. 4 ZPO, wenn die Berufung zurückgenommen (§ 516 ZPO), wenn darauf verzichtet (§ 515 ZPO), oder wenn die Berufung durch einstimmigen Beschluss gem. § 522 Abs. 2 ZPO zurückgewiesen wird. Der frühere Schutz des Anschlussberufungsführers, der einer Rücknahme der Berufung nach Stellung der Anträge zustimmen musste oder dessen Anschlussberufung zur Berufung wurde, wenn sie innerhalb der Berufungsfrist eingelegt worden war, ist mit der ZPO-Reform beseitigt worden. Zwar wird die derzeitige Regelung auch als »offenkundiger Unsinn« bezeichnet,[2324] sie ist jedoch Gesetz.

2319 BGH, Urt. v. 28.03.2006 – VI ZR 46/05, VersR 2006, 710 = NJW 2006, 1589 = r+s 2006, 345; OLG Jena, Urt. v. 16.01.2008 – 4 U 318/06, SVR 2008, 464 = NJW-Spezial 2008, 426; Diederichsen, DAR 2006, 301 (312 f.). Falsch daher (nur eingeschränkte Überprüfung der Berufungsinstanz) OLG Koblenz, Beschl. v. 29.06.2010 – 5 U 545/10, VersR 2010, 1323 m. Anm. Jaeger.

2320 Müller, ZfS 2005, 54 (55); Diederichsen, DAR 2005, 301 (313).

2321 OLG Saarbrücken, Urt. v. 27.11.2007 – 4 U 276/07, NJW 2008, 1166 = SP 2008, 257; Müller, ZfS 2005, 54 (54, 55).

2322 Vgl. zu den folgenden Ausführungen Schneider, Rn. 945 ff.

2323 Zum Problem der Befristung der Anschließung s. Gerken, NJW 2002, 1095 (1096). Durch das JModG (BGBl. I, S. 2198 v. 30.08.2004) ist allerdings der Missstand einer unzureichenden Frist behoben worden, vgl. § 524 Abs. 2 Satz 2 ZPO n. F.

2324 Grunsky, NJW 2002, 800 (801).

1666 ▶ Hinweis:

Zur Anschlussberufung kann es im Schmerzensgeldprozess wie folgt kommen:

Der zur Zahlung verurteilte Schädiger legt Berufung ein; ein ärztliches Gutachten ergibt jedoch, dass die Verletzungen des Klägers weit schwerer sind als bisher angenommen. Der Schädiger wird die Berufung zurücknehmen, der Kläger kann dagegen nichts machen. Die Frist für eine eigene Berufung ist abgelaufen und die vor oder nach Ablauf der für ihn geltenden Berufungsfrist eingelegte als Anschlussberufung bezeichnete Berufung verliert ihre Wirkung.

1667 In einem neuen Prozess kann er eine **Schmerzensgeld-Nachforderung** nur durchsetzen, wenn er seine erste Klage als verdeckte Teilklage erhoben hat,[2325] was bei Schmerzensgeldklagen ohne zeitliche Begrenzung im Urteilstenor nicht gelingen kann.[2326] Außerdem müsste ggf. noch das Verjährungshindernis des § 852 BGB a. F., §§ 195, 199 BGB überwunden werden,[2327] was voraussetzt, dass Verschlimmerungen eingetreten sind, mit denen der Verletzte nicht rechnen konnte.[2328]

1668 ▶ Hinweis:

Auch im umgekehrten Fall bietet die Anschlussberufung keine Hilfe.

Legt der Verletzte Berufung ein, um zu einem höheren Schmerzensgeld zu kommen und kommt ein Sachverständigengutachten zu dem Ergebnis, dass die Verletzung des Klägers weniger schlimm ist, könnte der Beklagte mit der Anschlussberufung eine Herabsetzung des Schmerzensgeldes erreichen. Hat der Beklagte fristgerecht Anschlussberufung eingelegt, wird der Kläger seine Berufung zurücknehmen, sodass die Anschlussberufung ihre Wirkung verliert.

H. Arbeitshilfen: Schriftsatzmuster, Klageanträge, Vergleichsformulierungen und Sterbetafeln

I. Vorprozessualer Schriftwechsel

1669 Muster 1: Schadensmeldung an den eigenen Versicherer (Verkehrsunfall)

Haftpflichtschaden

Versicherungsschein-Nr. .....

Sehr geehrte Damen und Herren,

ich vertrete die bei Ihnen haftpflichtversicherte Frau ....., wohnhaft in ......

Eine auf mich lautende Vollmacht liegt bei.

Meine Mandantin war Beteiligte eines Verkehrsunfalls am ..... in ...... Die Schadensmeldung meiner Mandantin dürfte Ihnen zwischenzeitlich vorliegen. Ich bin beauftragt, die Ansprüche von Frau ..... durchzusetzen.

Nach meiner Auffassung liegt das Alleinverschulden bei dem auf der Gegenseite beteiligten Fahrer Herr ...... Namens der Mandantin bitte ich daher, etwaige Ansprüche der Gegenseite abzulehnen und mich über den Ihnen bekanntwerdenden Sachstand zu unterrichten.

2325 S. zu dieser Problematik Musielak, 3. Aufl. 2002, § 322 Rn. 67 ff.

2326 Vgl. Rdn. 1461 ff.

2327 Vgl. Rdn. 233 ff.

2328 Vgl. Rdn. 246 ff.

Mit freundlichen Grüßen,

.....

Rechtsanwalt

Muster 2: Deckungsschutzanfrage bei der Rechtsschutzversicherung 1670

Deckungsschutzanfrage

Versicherungsschein-Nr. .....

Sehr geehrte Damen und Herren,

ich vertrete Ihre Versicherungsnehmerin, Frau ....., wohnhaft in ......

Meine Mandantin begehrt Deckungsschutz in einer Unfallsache, in der sie Schmerzensgeldansprüche geltend machen will. Wegen der Einzelheiten nehme ich Bezug auf das in Ablichtung beiliegende Anspruchsschreiben und bitte, meiner Mandantin Deckungsschutz zunächst für die außergerichtliche Tätigkeit zu gewähren und dies zu bestätigen.

Mit freundlichen Grüßen,

.....

Rechtsanwalt

Muster 3: Aktenanforderung bei der Polizei 1671

Polizeipräsident .....

Verkehrsunfall vom ....., ... Uhr in .....

Unfallbericht-Nr.: .....

Sehr geehrte Damen und Herren,

in der obigen Verkehrsunfallsache hat mich Herr ..... mit der Wahrnehmung seiner Interessen beauftragt. Entsprechende Vollmacht liegt bei. Mein Mandant ist bei dem Verkehrsunfall erheblich verletzt worden. Zur Durchsetzung seiner zivilrechtlichen Ansprüche bin ich dringend auf Akteneinsicht angewiesen, die ich deshalb baldmöglichst zu gewähren bitte. Umgehende Rücksendung wird versichert.

.....

Rechtsanwalt

Muster 4: Schadensmeldung an die Versicherung des Gegners (Verkehrsunfall) 1672

Kfz-Haftpflichtschaden

Ihr Versicherungsnehmer: ..... (*Namen und vollständige Anschrift*)

Versichertes Fahrzeug: ..... (*Fabrikat, Modell, amtliches Kennzeichen*)

Sehr geehrte Damen und Herren,

ich vertrete Frau ....., wohnhaft in ..... . Eine auf mich lautende Vollmacht liegt bei. Am ..... hat Herr ....., Ihr Versicherungsnehmer, mit dem bei Ihnen versicherten Fahrzeug einen Verkehrsunfall verursacht, bei dem meine Mandantin erheblich verletzt worden ist. Der Unfall ereignete sich wie folgt: ..... .

▶ Hinweis:

Hier sollte eine kurze Darstellung des Unfalls folgen, ggf. unter Bezugnahme auf Bußgeld-/Strafakten und die Aussagen von Zeugen, die evtl. in diesem Verfahren bereits

Zeugenbefragungsbögen zu den Akten gereicht haben; anderenfalls Nennung von Zeugen soweit möglich.

Meine Mandantin macht insbesondere einen Anspruch auf Zahlung eines angemessenen Schmerzensgeldes geltend. Diesen Anspruch werde ich in Kürze beziffern und mich dann unaufgefordert erneut melden.

▶ Hinweis:

Die Bezifferung ist unabdingbar, um Verzug zu begründen.

Meine Mandantin ist unmittelbar nach dem Unfall von der ..... (*etwa: chirurgischen Abteilung der Universitätskliniken Bonn*) behandelt worden; ich erwarte eine gutachtliche Stellungnahme der behandelnden Ärzte, die in den nächsten Tagen eingehen soll.

Zunächst fordere ich Sie auf, Ihre Einstandspflicht dem Grunde nach anzuerkennen.

Mit freundlichen Grüßen,

.....

Rechtsanwalt

1673

Muster 5: Informationsschreiben an die Mandantin

Sehr geehrte Frau .....,

in Ihrer Unfallsache habe ich zwischenzeitlich die Rechtsschutzversicherung und Ihre eigene Haftpflichtversicherung entsprechend den in Ablichtung beiliegenden Schreiben unterrichtet. Ferner habe ich Ihre Ansprüche bei der Haftpflichtversicherung des Gegners angemeldet und diese aufgefordert, die Ersatzpflicht dem Grunde nach anzuerkennen.

Wegen der Höhe des Schmerzensgeldes warte ich noch den Eingang des Gutachtens der behandelnden Ärzte ab. Das angemessene Schmerzensgeld dürfte sich aber, soweit es sich derzeit abschätzen lässt, im Bereich von etwa ..... € bewegen. Die Bezifferung muss sich im Rahmen der einschlägigen Rechtsprechung halten, da nur in diesem Größenbereich ein Anerkenntnis des Haftpflichtversicherers des Gegners oder eine entsprechende gerichtliche Entscheidung zu erwarten ist.

Mit freundlichen Grüßen,

.....

Rechtsanwalt

1674

Muster 6: Entbindung von der ärztlichen Verschwiegenheitspflicht[2329]

Ich, der Unterzeichnende, entbinde hiermit alle Ärzte, die mich aus Anlass des Unfallereignisses vom ..... behandelt haben, gegenwärtig behandeln oder noch behandeln werden, von ihrer Verschwiegenheitspflicht gegenüber Herrn Rechtsanwalt ..... und der ..... Haftpflichtversicherung.

....., den .....

.....

(Unterschrift Mandant)

2329 Die Haftpflichtversicherer holen i. d. R. Arztberichte ein, die Grundlage einer Regulierung werden. Diese Maßnahmen setzen aber voraus, dass der Mandant die behandelnden Ärzte von ihrer Verschwiegenheitspflicht entbindet. Diese Entbindung sollte stets auch zugunsten des Rechtsanwalts erklärt werden.

Muster 7: Vorschussanforderung an die Versicherung des Gegners (Verkehrsunfall)

1675

...../..... – **Schaden-Nr.** .....

Mein Schreiben v. .....

Sehr geehrte Damen und Herren,

in oben bezeichneter Angelegenheit komme ich zurück auf mein Schreiben vom

..... .

Es wird ein Vorschuss von ..... € eingefordert, dessen Eingang hier erwartet wird spätestens innerhalb von zwei Wochen ab Datum dieses Schreibens. Meine Geldempfangsermächtigung ergibt sich aus der Ihnen bereits vorliegenden Vollmacht.

Die Angemessenheit der angeforderten Akontozahlung ergibt sich aus dem bereits im letzten Schreiben dargestellten Sachverhalt und den nunmehr in Anlage beigefügten Unterlagen.

Mit freundlichen Grüßen,

.....

Rechtsanwalt

Muster 8: Abschlussschreiben an die Versicherung des Gegners (Verkehrsunfall)

1676

...../.....– **Schaden-Nr.** .....

Mein Schreiben v. .....

Sehr geehrte Damen und Herren,

in oben bezeichneter Angelegenheit wird nunmehr Folgendes ausgeführt:

Wegen der Haftungsvoraussetzungen wird Bezug genommen auf die früheren Darlegungen, aus denen sich die Begründetheit der Ansprüche ergibt.

Mir liegen jetzt alle zur Bezifferung des Schadens erforderlichen Unterlagen und Belege vor, die ich Ihnen in Ablichtung beifüge.

Danach berechnet sich der Sachschaden wie folgt:

.....

.....

.....

(Aufstellung der Schadensposten)

Als Schmerzensgeld fordert meine Mandantin einen Betrag von ..... €. Die Körper- und Gesundheitsschäden, Behandlungsdauer und Nachbehandlungsbedürftigkeit ergeben sich aus dem beiliegenden Gutachten des ..... und der ärztlichen Bescheinigung des behandelnden Arztes ..... .

Ich erlaube mir den Hinweis darauf, dass meine Mandantin, eine begeisterte Freizeitsportlerin, für einen Zeitraum von ..... aufgrund der Verletzung daran gehindert war, Sport zu treiben, ein Umstand, der anerkanntermaßen bei der Bemessung des angemessenen Schmerzensgeldes zu berücksichtigen ist. Als die Mandantin besonders belastende Unfallfolge ist ferner hervorzuheben, ...

Von dem Gesamtschaden i. H. v. ..... € haben Sie bereits gezahlt: ..... €. Somit ist ein weiterer Betrag von ..... € zu zahlen.

Bitte überweisen Sie diese Summe bis zum ..... auf mein Anderkonto. Meine Geldempfangsermächtigung ergibt sich aus der Ihnen bereits vorliegenden Vollmacht.

Ich bin angewiesen, nach fruchtlosem Ablauf der Frist Zahlungsklage einzureichen.

Mit freundlichen Grüßen,

.....

Rechtsanwalt

1677 Muster 9: Erinnerung an die Zahlung

...../..... – **Schaden-Nr.** .....

Mein Schreiben v. .....

Sehr geehrte Damen und Herren,

in oben bezeichneter Angelegenheit komme ich zurück auf mein Schreiben vom .....

In diesem Schreiben hatte ich den Schaden bereits unter Beifügung von Schadensnachweisen spezifiziert. Der hiernach geschuldete Betrag ist nicht innerhalb der gesetzten Frist hier eingegangen.

Es wird nunmehr nochmals dringend an die Zahlung erinnert, deren Eingang spätestens innerhalb einer Woche ab Datum dieses Schreibens hier erwartet wird.

Sollten Sie nicht innerhalb dieser Frist gezahlt haben, betrachte ich diesen letzten Sühneversuch als gescheitert, sodass Sie meine Mandantin zwingen, den Rechtsweg zu beschreiten.

▶ Hinweis:

Über die »übliche« Androhung gerichtlicher Schritte hinaus liegt der Sinn einer solchen Formulierung darin, dass das Gericht angesichts des – schriftsätzlich nachgewiesen – gescheiterten »Sühneversuchs« wegen erkennbarer Aussichtslosigkeit von einer Güteverhandlung absehen kann, vgl. Schneider, Rn. 336.

Für diesen Fall bitte ich bereits jetzt um Mitteilung, ob Einverständnis mit einer Übertragung des Rechtsstreits an die Kammer besteht.

▶ Hinweis:

Der Weg über § 348 Abs. 3 Satz 1 Nr. 3 ZPO ist im Fall einer landgerichtlichen Klage der einzig sichere, um eine Kammerzuständigkeit zu erreichen. Zwar sind auch Arzthaftungssachen Kammersachen, dies gilt aber nur, soweit hierfür auch tatsächlich Spezialkammern eingerichtet sind, § 348 Abs. 1 Satz 2 Nr. 2e ZPO.

Soweit noch Fragen zu klären sein sollten, wird um telefonische Kontaktaufnahme gebeten.

Mit freundlichen Grüßen,

.....

Rechtsanwalt

II. Schriftsätze im Beweisverfahren

1678 Muster: Antrag auf Anordnung eines selbstständigen Beweisverfahrens

In dem selbstständigen Beweisverfahren

des .....

– Antragstellers –

– Verfahrensbevollmächtigte: Rechtsanwalt ..... aus ..... –

gegen

den .....

– Antragsgegner –

Vorläufiger Streitwert: .....

vertreten wir den Antragsteller, namens dessen wir beantragen,

ein selbstständiges Beweisverfahren durch Einholung eines schriftlichen Gutachtens des Sachverständigen Dr. med. .....

über folgende Fragen anzuordnen:
1. *Ist die Knöchelfraktur des Antragstellers nach den Regeln der medizinischen Kunst gerichtet und geschient?*
2. *War bei dieser Art Verletzung eine Operation geboten oder genügte eine konservative Ruhigstellung?*
3. *Falls die Behandlung fehlerhaft erfolgte: Welche weiteren Operationen sind zur medizinisch sachgerechten Wiederherstellung des verletzten Knöchels erforderlich?*
4. *Sind Spätschäden zu befürchten?*

Begründung:

Der Antragsteller war nach einem Skiunfall, bei welchem er mit dem Fuß umknickte, in der Praxis des Antragsgegners in Behandlung. Dieser diagnostizierte eine Fraktur des Knöchels, richtete diese und gipste den Fuß ein. Er empfahl eine Ruhigstellung und ein Verbleiben des Gipses zunächst für eine Woche. Tatsächlich schwoll der Fuß jedoch an und verursachte unerträgliche Schmerzen.

Glaubhaftmachung: Eidesstattliche Versicherung vom .....

Der Gips wurde entfernt, der Antragsteller beabsichtigt, eine seines Erachtens umfangreiche Korrekturoperation des verletzten Knöchels bei einem anderen Arzt vornehmen zu lassen.

Das rechtliche Interesse an einer Beweissicherung ergibt sich aus dem Umstand, dass der Antragsteller naturgemäß an einer baldigen Wiederherstellung seiner Gesundheit interessiert ist, andererseits aber keine Beweisnachteile für ein angestrebtes Schmerzensgeldverfahren gegen den Antragsgegner erleiden möchte.

.....

Rechtsanwalt

▶ Hinweis:

In Arzthaftungssachen wird die Einholung eines Gutachtens im selbstständigen Beweisverfahren grds. für möglich erachtet.[2330] Sehr streitig ist aber, ob in diesen Fällen ein rechtliches Interesse an einer Beweissicherung angenommen werden kann.[2331] Dies wird teilweise unter Hinweis darauf verneint, dass ein selbstständiges Beweisverfahren wegen der meist sehr schwierigen Materie einer Sachaufklärung ohne gleichzeitige prozessordnungsgemäße

2330 Vgl. nur OLG Düsseldorf, Beschl. v. 12.01.2000 – 8 W 53/99, NJW 2000, 3438; OLG Köln, Urt. v. 17.06.2003 – 5 W 73/03, r+s 2003, 528; OLG Düsseldorf, Beschl. v. 11.01.2010 – 1 W 71/09, VersR 2010, 1056.

2331 Grds. bejahend BGH, Beschl. v. 21.01.2003 – VI ZB 51/02, NJW 2003, 1741 = VersR 2003, 794; verneinend OLG Köln, Beschl. v. 29.04.2009 – 5 W 3/09, VersR 2009, 1515: es fehlt das rechtliche Interesse, wenn letztlich die Haftung des Antragsgegners geklärt werden soll, weil umfassend Gegenstand des Antrags ist, ob und ggf. welchem Antragsgegner eine fehlerhafte Behandlung vorzuwerfen sei. Übersicht bei Rehborn, MDR 1999, 1169 ff.

Feststellung der Anknüpfungstatsachen[2332] sowie der Aufklärung und Dokumentation – was Zeugen- und Urkundenbeweis erfordert – in aller Regel keinen Erfolg verspreche. Etwas anderes kann aber gelten, wenn die ärztliche Leistung unabhängig von Anknüpfungstatsachen beurteilt werden kann, z. B. bei zahnprothetischer Behandlung. Nach Ansicht des OLG Köln[2333] ist ein selbständiges Beweisverfahren für die Feststellung, ob die Behandlung »lege artis« gewesen sei, unzulässig, da nur der Zustand einer Person, die Ursache des Personenschadens und der Aufwand für dessen Beseitigung feststellfähig seien. Jedenfalls kann die Aufklärung des Patienten nicht Gegenstand des Beweisverfahrens sein, da sie sich unter keine Fallgruppe des § 485 Abs. 2 ZPO subsumieren lässt.[2334]

Auch wenn ein Beweisverfahren vor Gerichten durchgeführt werden soll, die ein rechtliches Interesse für Arzthaftungssachen ablehnen, kann gleichwohl versucht werden, dieses für den konkreten Fall ausnahmsweise mit der Notwendigkeit von Revisionsuntersuchungen zu begründen, die ein Zuwarten als unzumutbar erscheinen lassen.

III. Schriftsätze zum Rechtsstreit, Klage, Klageerwiderung etc.

1679 Muster 1: Deckungsanfrage an die Rechtsschutzversicherung

Schadenssache: .....

Versicherungsschein-Nr. .....

Sehr geehrte Damen und Herren,

in oben bezeichneter Angelegenheit bin ich für Ihren Versicherungsnehmer anwaltlich tätig und mit der Geltendmachung von Schadensersatzansprüchen befasst. Für die außergerichtliche Verfolgung der Schadensersatzansprüche haben Sie bereits eine Kostenzusage erteilt.

Die Ansprüche wurden bisher nicht im gegebenen Umfang durch die gegnerische Haftpflichtversicherung erledigt. Hierzu wird verwiesen auf die Abrechnungs- bzw. Ablehnungsschreiben der gegnerischen Versicherung.

Es ist daher nunmehr Klage geboten.

Die Rechtsverfolgung bietet Aussicht auf Erfolg. Hierzu wird verwiesen auf den beigefügten Klageentwurf.

Es wird gebeten, für die Durchführung des Prozessverfahrens bedingungsgemäß Kostenschutz zu gewähren und dies nach hier zu bestätigen.

Im Übrigen sind an Gerichts- und Zustellungskosten einzuzahlen: ..... €.

Es wird gebeten, gleichzeitig diesen Betrag zur Verfügung zu stellen. Im Übrigen wird – wie üblich – über den Fortgang der Angelegenheit berichtet.

Mit freundlichen Grüßen,

2332 Etwa OLG Thüringen, Beschl. v. 23.01.2012 – 4 W 32/12, GesR 2012, 308: »Nach der Rechtsprechung des Senats kann im Bereich der Arzthaftung eine Beweisfrage, die die Frage nach einer Verletzung des ärztlichen Standards impliziert, nur im Hauptsacheverfahren geklärt werden; das Beweissicherungsverfahren ist in diesem Bereich der Verletzung einer Person (Gesundheitsschaden) darauf beschränkt, den Zustand der Person (des Patienten), die Ursache des Personenschadens und den Aufwand für dessen Beseitigung festzustellen.« Demgegenüber wird teilweise ein Beweisverfahren auch hinsichtlich der Anknüpfungstatsachen, die zur Beurteilung eines groben Behandlungsfehlers erforderlich sind, für zulässig gehalten, etwa OLG Karlsruhe, Beschl. v. 03.11.2010 – 7 W 25/10, MedR 2012, 261.

2333 OLG Köln, Beschl. v. 28.10.2010 – 5 W 31/10, GesR 2011, 157.

2334 OLG Oldenburg, Beschl. v. 03.12.2009 – 5 W 60/09, VersR 2010, 927.

.....

Rechtsanwalt

Muster 2: Klage (LG)

1680

Klage

der Frau ..... (*Namen und vollständige, ladungsfähige Anschrift*),

– Klägerin –

– Prozessbevollmächtigter: Rechtsanwalt ..... aus ..... –

gegen

1. die ..... Versicherung, ... (*ladungsfähige Anschrift*), gesetzlich vertreten durch den Vorstand, ebenda,

– Beklagte zu 1) –

2. Herrn ..... (*Namen und ladungsfähige Anschrift des Unfallgegners*),

– Beklagten zu 2) –

▶ Hinweis:

Sind Fahrer und Halter personenverschieden, können wegen §§ 7, 18, 11 Satz 2 StVG, 253 BGB auch beide gesamtschuldnerisch auf Zahlung von Schmerzensgeld in Anspruch genommen werden.

Namens und in Vollmacht meiner Mandantin erhebe ich Klage und werde in der mündlichen Verhandlung **beantragen**:

▶ Hinweis:

Für sämtliche gerichtlichen Anträge gilt, dass diese idealerweise am Anfang des Schriftsatzes und drucktechnisch hervorgehoben erscheinen sollen. Die leidvolle Praxis hat gezeigt, dass an das Ende eines Schriftsatzes »ferner« gestellte PKH-Gesuche, Verweisungs- oder Verlegungsanträge häufig übersehen werden, sei es von der Geschäftsstelle, die diese Schriftsätze dann gar nicht erst vorlegt, sei es auch vom Richter selbst.

1. ***Die Beklagten werden als Gesamtschuldner verurteilt, an die Klägerin ein in das Ermessen des Gerichts gestelltes Schmerzensgeld, mindestens aber ..... €, nebst Zinsen von 5 Prozentpunkten über dem Basiszinssatz[2335] seit dem ..... zu zahlen.***
2. ***Es wird festgestellt, dass die Beklagten als Gesamtschuldner verpflichtet sind, der Klägerin allen weiteren immateriellen Schaden zu ersetzen, der ihr aus dem Verkehrsunfall mit dem Beklagten zu 2) am ..... in ..... zukünftig noch entstehen wird.***

▶ Hinweis:

Falls – wie in Verkehrsunfallsachen häufig – nur nach einer Quote gehaftet wird, muss diese bei dem Feststellungsantrag auch berücksichtigt werden (beim Zahlungsantrag ohnehin,

2335 Achtung Regressfalle: Die häufige Formulierung von »5 % über ...« ist streng genommen falsch, da dies nur eine Erhöhung des Basiszinssatzes um 5 % bewirkt, nicht die gewünschte Addition von 5 Prozentpunkten zusätzlich zum Basiszinssatz. Nicht alle Gerichte verfahren so großzügig wie das OLG Hamm, Urt. v. 05.04.2005 – 21 U 149/04, ZGS 2005, 286, welches einen Vergleich »laiengünstig« dahin gehend auslegte, dass auch bei einer solchen Formulierung 5 % über dem Basiszinssatz gewollt seien.

da ja nur der quotale Anteil des Schadens eingeklagt werden sollte). Ansonsten droht ein teilweises Unterliegen. Hierbei ist aber zu beachten, dass die häufigen Formulierungen

»der Klägerin 2/3 aller Schäden zu ersetzen .....«

oder

»der Klägerin allen Schaden nach einer Quote von 2/3 zu ersetzen«

nur für den materiellen Schaden korrekt sind; der Schmerzensgeldanspruch ist ein einheitlicher Anspruch, der nicht zunächst bestimmt und dann quotal gekürzt wird, sondern der eben erst mit Blick auf ein etwaiges Mitverschulden überhaupt beziffert werden kann. Um dieser Besonderheit Rechnung zu tragen, bietet sich folgende **Formulierung** an:

»Es wird festgestellt, dass die Beklagten gesamtschuldnerisch dem Kläger den infolge des Unfalls entstandenen und noch entstehenden immateriellen Schaden zu ersetzen haben, wobei zu berücksichtigen ist, dass den Kläger hinsichtlich der Unfallursache ein Mitverschulden von 1/3 trifft.«

Für den Fall des Vorliegens der gesetzlichen Voraussetzungen **beantrage** ich ferner bereits jetzt

Erlass eines Versäumnisurteils im schriftlichen Verfahren.

In der Sache ist die Zuständigkeit des originären Einzelrichters gegeben, § 348 Abs. 1 Satz 1 ZPO. Ich **beantrage** für den Kläger weiterhin,

den Rechtsstreit der Zivilkammer zur Übernahme vorzulegen.

Die Vorlagevoraussetzungen sind gegeben, weil die Parteien vereinbart haben, dass die Zivilkammer entscheiden soll, § 348 Abs. 3 Satz 1 Nr. 3 ZPO. Die Beklagten werden einen entsprechenden Antrag stellen. Die Kammer sollte den Rechtsstreit zur Entscheidung übernehmen, § 348 Abs. 3 Satz 2 ZPO.

▶ Hinweis:

Sollte der Schmerzensgeldrechtsstreit nicht schon ohnehin, etwa nach § 348 Abs. 1 Satz 2 Nr. 2e ZPO, der Kammer zugewiesen sein (oder keine derartige Spezialkammer geschäftsverteilungsmäßig vorgesehen sein), besteht aber ein Interesse daran, den Rechtsstreit vor die Kammer zu bringen, ist der Weg übereinstimmender Parteierklärungen der einzig sichere (vgl. Schneider, Rn. 553 ff.). Es empfiehlt sich daher, dies vor Klageerhebung mit dem Gegner zu klären. Anderenfalls bietet sich die Formulierung an *»Gegen die Zuständigkeit des Einzelrichters bestehen keine Bedenken«*.

Ich bitte bereits jetzt, von einer Güteverhandlung abzusehen, da diese erkennbar aussichtslos ist. Wie sich aus dem vorprozessualen Schriftwechsel ergibt, hat die Beklagte zu 1) die Zahlung abgelehnt; ein Gütetermin würde nur Verzögerungsmöglichkeiten verschaffen. Die Klägerin lehnt daher jeglichen Güteversuch ab und besteht auf einer vollen Titulierung ihres Anspruchs.

Begründung:

I. Unfallhergang

.....

.....

(*Schilderung des Unfallhergangs mit Beweisanträgen*)

II. Immaterieller Schaden

.....

.....

(*Ausführungen zur Höhe des Schmerzensgeldes mit etwaigen Beweisanträgen*)

▶ **Hinweis:**

Hier empfiehlt sich zunächst eine ausführliche Schilderung der Person des Mandanten (Alter, Konstitution) und der Unfallfolgen (Verletzungen, Art und Dauer der Heilbehandlung, besondere Umstände, besondere Beeinträchtigungen, besondere Unfallfolgen, Dauerschäden etc.). Folgender Aufbau ist sinnvoll:

- Es sind zunächst die unmittelbaren und mittelbaren Verletzungen genau zu beschreiben. Insbes. sind Schmerzen, deren Heftigkeit und Dauer anschaulich zu schildern.
- Daran schließt sich die möglichst genaue Schilderung des Krankheitsverlaufs (Behandlungsgang) an. Von besonderer Bedeutung ist dabei die Mitteilung über einen Krankenhausaufenthalt und dessen Dauer, ausgeschmückt mit etwaigen besonderen Belastungen des Klägers durch den Krankenhausaufenthalt.
- Sofern der Verletzte Dauerfolgen davon getragen hat, sind diese genau zu beschreiben. Die privaten und beruflichen Folgen der Dauerschäden müssen angegeben werden. Narben sollten fotografiert werden.
- Weitere Schmerzensgeldkriterien sind möglichst genau und vollständig vorzutragen, wie etwa schweres Verschulden des Schädigers, das Bestehen einer Haftpflichtversicherung des Schädigers, verzögerliches Regulierungsverhalten des Versicherers und natürlich auch ein Mitverschulden/eine Mitverursachung des Verletzten, soweit dies nicht wegzudiskutieren ist.

III. Zum Rechtlichen

.....

.....

▶ **Hinweis:**

Dieser Punkt ist zwar formaljuristisch – iura novit curia – überflüssig, es empfiehlt sich aber, die gesetzlichen Vorschriften anzuführen, aus denen Ansprüche abgeleitet werden. Das ist das sicherste Mittel der Selbstkontrolle und verhindert »Schlussfolgerungen aus dem Rechtsgefühl«, die sich später als verfehlt erweisen könnten. Hierhin gehören auch:

- die Höhe des Schmerzensgeldes unter Hinweis auf vergleichbare Fälle, deren Entscheidungsdatum und auf die Tendenz der Rechtsprechung zu höherem Schmerzensgeld.
- Soll das Gericht von den in vergleichbaren Fällen üblichen Beträgen nach oben abweichen oder den von der ersten Instanz zuerkannten Betrag deutlich überschreiten, ist Argumentationshilfe zu leisten und genau zu begründen, warum das »übliche« oder das zuerkannte Schmerzensgeld zu niedrig ist.

Mit freundlichen Grüßen,

.....

Rechtsanwalt

1681 Generell gilt zu beachten, dass in § 92 Abs. 2 Nr. 2 ZPO die Möglichkeit vorgesehen ist, auch im Fall eines Teilunterliegens die Kosten in voller Höhe dem Beklagten aufzuerlegen. Da diese Norm häufig übersehen wird, bietet sich ein prophylaktischer Hinweis an.

1682 ▶ **Baustein: Hinweis auf § 92 ZPO**

Soweit das Gericht beabsichtigt, von dem Mindestbetrag nach unten abzuweichen, wird bereits jetzt darauf hingewiesen, dass auch in diesem Fall keine anteilige Kostenhaftung des Klägers veranlasst ist.

Nach § 92 Abs. 2 Nr. 2 ZPO sind auch in diesem Fall, in welchem die Entscheidung über die Höhe des Schmerzensgeldes vom richterlichen Ermessen abhängig ist, die Kosten des Rechtsstreits dem Beklagten aufzuerlegen (vgl. Zimmermann, ZPO, 7. Aufl. 2006, § 92 Rn. 5). Dies gilt jedenfalls dann, wenn die Abweichung nur zwischen 20 % und 33 % des Mindestbetrages liegt (OLG Köln, Urt. v. 12.04.1994 – 22 U 257/93, VersR 1995, 358; OLG Düsseldorf, Urt. v. 22.06.1994 – 22 W 28/94, NJW-RR 1995, 955).

1683 Muster 3: Klage (AG, Kleinverfahren nach § 495a ZPO)

Klage

der Frau ..... (*Namen und vollständige, ladungsfähige Anschrift*),

– Klägerin –

– Prozessbevollmächtigter: Rechtsanwalt ..... aus ..... –

gegen

1. die ..... Versicherung, ... (*ladungsfähige Anschrift*), gesetzlich vertreten durch den Vorstand, ebenda,

– Beklagte zu 1) –

2. Herrn ..... (*Namen und ladungsfähige Anschrift des Unfallgegners*),

– Beklagte zu 2) –

Vorläufiger Streitwert: bis 600,00 €

Namens und in Vollmacht meiner Mandantin erhebe ich Klage und werde in der mündlichen Verhandlung **beantragen**:

1. *Die Beklagten werden als Gesamtschuldner verurteilt, an die Klägerin ein in das Ermessen des Gerichts gestelltes Schmerzensgeld, mindestens aber ..... €, nebst Zinsen von 5 Prozentpunkten über dem Basiszinssatz seit dem ..... zu zahlen.*
2. *Es wird festgestellt, dass die Beklagten als Gesamtschuldner verpflichtet sind, der Klägerin allen weiteren immateriellen Schaden zu ersetzen, der ihr aus dem Verkehrsunfall mit dem Beklagten zu 2) am ..... in ..... zukünftig noch entstehen wird.*

Für den Fall des Vorliegens der gesetzlichen Voraussetzungen beantrage ich ferner bereits jetzt

Erlass eines Versäumnisurteils im schriftlichen Verfahren.

Ich rege an, das Kleinverfahren nach § 495a ZPO anzuordnen. Für den Fall einer Erwiderung der Gegenseite beantrage ich ausdrücklich bereits jetzt,

nicht ohne mündliche Verhandlung zu entscheiden.

▶ **Hinweis:**

Man mag sich fragen, warum dann noch im Kleinverfahren entschieden werden soll. Dies hat mehrere Gründe: Zum einen ordnen Amtsrichter ohnehin gerne das Kleinverfahren an, weil es die Freiheit bietet, den Prozess schriftlich durchzuentscheiden oder – bei Bedarf – mit einem Termin fortzufahren. Auch wird häufig, wenn sich der Beklagte auf entsprechende Aufforderung zur Stellungnahme nicht äußert, nicht ein Versäumnisurteil im schriftlichen Verfahren nach § 331 Abs. 3 ZPO verkündet (mit der Gefahr eines

Einspruchs), sondern gleich ein »streitiges« und unanfechtbares (!) Endurteil, welches in den Entscheidungsgründen nur den Satz enthält, der »Beklagte hat sich im Rechtsstreit nicht geäußert«. Kläger wie Richter haben die Sache damit »schnell vom Tisch«. Die Gefahr für einen Kläger besteht aber darin, dass seine Klage abgewiesen wird, ohne dass er hinreichend Gelegenheit zur Stellungnahme gehabt hätte. Eines Termins bedarf es nicht, und auch ein Verkündungstermin wird häufig nicht gesondert bestimmt (wenngleich streitig ist, ob es eines solchen im Kleinverfahren bedürfte, ist fast unstreitig, dass sein Fehlen jedenfalls sanktionslos bleibt). Für diesen Fall erscheint es sinnvoll, das Gericht zu einer mündlichen Verhandlung zu zwingen (§ 495a Satz 2 ZPO gibt kein Ermessen!). Dies gilt insbes., wenn – bei »Bagatellschmerzensgeldern« und HWS-Schädigungen – die Gefahr besteht, dass das Gericht die Klage wegen Beweisfälligkeiten, »Harmlosigkeitsgrenzen« oder Bagatellverletzungen abweisen wird, ohne vorher darauf hinzuweisen.

Ich bitte ferner, von einer Güteverhandlung abzusehen, da diese erkennbar aussichtslos ist. Wie sich aus dem vorprozessualen Schriftwechsel ergibt, hat die Beklagte zu 1) die Zahlung abgelehnt; ein Gütetermin würde nur Verzögerungsmöglichkeiten verschaffen. Die Klägerin lehnt daher jeglichen Güteversuch ab und besteht auf einer vollen Titulierung ihres Anspruchs.

▶ Hinweis:

Nach Art. 15a EGZPO i. V. m. den jeweiligen Landesgesetzen ist für Bagatellverfahren eine obligatorische Streitschlichtung vorgesehen, die allerdings entbehrlich ist, wenn ein Mahnverfahren vorangegangen ist, Art. 15 Abs. 2 Nr. 5 EGZPO. Die Praxis weicht ganz überwiegend auf das Mahnverfahren aus. Ist allerdings, etwa wegen der Forderung eines »angemessenen« Schmerzensgeldes, eine Bezifferung im Mahnverfahren nicht möglich und wird deshalb erfolglos ein Schlichtungsverfahren durchgeführt, kann man bereits unter Hinweis hierauf das Güteverfahren umgehen:

»Eine Güteverhandlung erscheint erkennbar aussichtslos, da bereits die obligatorische vorgerichtliche Schlichtung nicht zu einer Befriedung der Parteien geführt hat.«

Begründung:

I. Unfallhergang

.....

.....

(Schilderung des Unfallhergangs mit Beweisanträgen)

II. Immaterieller Schaden

.....

.....

(Ausführungen zur Höhe des Schmerzensgeldes mit etwaigen Beweisanträgen)

▶ Hinweis:

Hier empfiehlt sich zunächst eine ausführliche Schilderung der Person des Mandanten (Alter, Konstitution) und der Unfallfolgen (Verletzungen, Art und Dauer der Heilbehandlung, besondere Umstände, besondere Beeinträchtigungen, besondere Unfallfolgen, Dauerschäden etc.). Folgender Aufbau ist sinnvoll:

– Es sind zunächst die unmittelbaren und mittelbaren Verletzungen genau zu beschreiben. Insbes. sind Schmerzen, deren Heftigkeit und Dauer anschaulich zu schildern.

- Daran schließt sich die möglichst genaue Schilderung des Krankheitsverlaufs (Behandlungsgang) an. Von besonderer Bedeutung ist dabei die Mitteilung über einen Krankenhausaufenthalt und dessen Dauer, ausgeschmückt mit etwaigen besonderen Belastungen des Klägers durch den Krankenhausaufenthalt.
- Sofern der Verletzte Dauerfolgen davon getragen hat, sind diese genau zu beschreiben. Die privaten und beruflichen Folgen der Dauerschäden müssen angegeben werden. Narben sollten fotografiert werden.
- Weitere Schmerzensgeldkriterien sind möglichst genau und vollständig vorzutragen, wie etwa schweres Verschulden des Schädigers, das Bestehen einer Haftpflichtversicherung des Schädigers, verzögerliches Regulierungsverhalten des Versicherers und natürlich auch ein Mitverschulden/eine Mitverursachung des Verletzten, soweit dies nicht wegzudiskutieren ist.

III. Zum Rechtlichen

.....

.....

▶ Hinweis:

Dieser Punkt ist zwar formaljuristisch – iura novit curia – überflüssig, es empfiehlt sich aber, die gesetzlichen Vorschriften anzuführen, aus denen Ansprüche abgeleitet werden. Das ist das sicherste Mittel der Selbstkontrolle und verhindert »Schlussfolgerungen aus dem Rechtsgefühl«, die sich später als verfehlt erweisen könnten. Hierhin gehören auch:

- die Höhe des Schmerzensgeldes unter Hinweis auf vergleichbare Fälle, deren Entscheidungsdatum und auf die Tendenz der Rechtsprechung zu höherem Schmerzensgeld.
- Soll das Gericht von den in vergleichbaren Fällen üblichen Beträgen nach oben abweichen oder den von der ersten Instanz zuerkannten Betrag deutlich überschreiten, ist Argumentationshilfe zu leisten und genau zu begründen, warum das »übliche« oder das zuerkannte Schmerzensgeld zu niedrig ist.

.....

Rechtsanwalt

1684 Muster 4: Klage gegen die Verkehrsopferhilfe

Klage

der Frau ..... (*Namen und vollständige, ladungsfähige Anschrift*),

– Klägerin –

– Prozessbevollmächtigter: Rechtsanwalt ..... aus ..... –

gegen

den Verkehrsopferhilfe e.V., vertreten durch den Vorstand, Glockengießerwall 1, 20095 Hamburg,

– Beklagten –

Namens und in Vollmacht meiner Mandantin erhebe ich Klage und werde in der mündlichen Verhandlung **beantragen**:

1. *Der Beklagte wird verurteilt, an die Klägerin ein in das Ermessen des Gerichts gestelltes Schmerzensgeld, mindestens aber ..... €, nebst Zinsen von 5 Prozentpunkten über dem Basiszinssatz seit dem ..... zu zahlen.*

2. *Es wird festgestellt, dass der Beklagte verpflichtet ist, der Klägerin allen weiteren immateriellen Schaden zu ersetzen, der ihr aus dem Verkehrsunfall am ..... in ..... zukünftig noch entstehen wird.*

Für den Fall des Vorliegens der gesetzlichen Voraussetzungen **beantrage** ich ferner bereits jetzt

Erlass eines Versäumnisurteils im schriftlichen Verfahren.

Ich bitte bereits jetzt, von einer Güteverhandlung abzusehen, da diese erkennbar aussichtslos ist. Wie sich aus dem vorprozessualen Schriftwechsel ergibt, hat der Beklagte die Zahlung abgelehnt; ein Gütetermin würde nur Verzögerungsmöglichkeiten verschaffen. Die Klägerin lehnt daher jeglichen Güteversuch ab und besteht auf einer vollen Titulierung ihres Anspruchs.

Begründung:

Mit der vorliegenden Klage macht die Klägerin Ansprüche aus einem Verkehrsunfall geltend, der sich am ..... in ..... ereignete. Beteiligt war neben der Klägerin ein unbekannt gebliebenes Fahrzeug, dessen Fahrer sich unerlaubt vom Unfallort entfernte und der trotz intensiver Bemühungen der Polizei nicht ausfindig gemacht werden konnte.

Der Unfall ereignete sich wie folgt: ..... .

Für die Unfallfolgen ist der Beklagte eintrittspflichtig, da die Klägerin ihre Ersatzansprüche gegen den unbekannten Halter und dessen Versicherung nicht geltend machen kann, § 12 PflVG.

Trotz der einschränkenden Formulierung des § 12 Abs. 2 Satz 1 PflVG steht der Klägerin ein Schmerzensgeld zu. Sie wurde nämlich auf gravierende Weise verletzt: ..... .

Wegen der besonderen Schwere der Verletzung ist daher eine Entschädigungsleistung zur Vermeidung einer groben Unbilligkeit erforderlich.

.....

Rechtsanwalt

Muster 5: Unterrichtung der Mandantin

1685

Sehr geehrte Frau .....,

in Ihrer Unfallsache habe ich die beiliegende Klageschrift entworfen. Bitte lesen Sie den Text sehr sorgfältig durch und teilen Sie mir mit, ob die Klage in dieser Form eingereicht werden soll. Prüfen Sie insbesondere, ob ich den Unfallhergang und die Art und den Verlauf Ihrer Verletzungen korrekt wiedergegeben habe.

▶ Hinweis:

Stets ist es angebracht, dem Mandanten Gelegenheit zur Überprüfung der Klageschrift zu geben, damit etwaige Missverständnisse oder tatsächliche Irrtümer ausgeräumt werden können. Es ist misslich, wenn die Berichtigungen erst nach Einreichung der Klage zu den Gerichtsakten mitgeteilt werden müssen. Außerdem verhindert die vorherige Zustimmung des Mandanten zum Inhalt der Klageschrift, dass dem Prozessbevollmächtigten nachträglich die Versäumnisse seiner Partei angelastet werden.

Mit freundlichen Grüßen,

.....

Rechtsanwalt

1686 Muster 6: PKH

Prozesskostenhilfegesuch

der Frau ..... (*Namen und vollständige, ladungsfähige Anschrift*),

– Antragstellerin –

– Prozessbevollmächtigter: Rechtsanwalt ..... aus ..... –

gegen

1. die ..... Versicherung, ... (*ladungsfähige Anschrift*), gesetzlich vertreten durch den Vorstand, ebenda,

– Antragsgegnerin zu 1) –

2. Herrn ..... (*Namen und ladungsfähige Anschrift des Unfallgegners*),

– Antragsgegner zu 2) –

Ich überreiche

1. den ausgefüllten Vordruck der Antragstellerin zur Erklärung über ihre persönlichen und wirtschaftlichen Verhältnisse einschließlich der Einkommens- und Belastungsbelege,
2. den Entwurf der Klageschrift (3-fach)

und **beantrage**,

der Antragstellerin ratenfreie Prozesskostenhilfe unter meiner Beiordnung zu bewilligen.

Hierbei erlaube ich mir, auf den Beschluss des OLG Karlsruhe vom 16.02.2011 – 4 S 108/10 (NZV 2011, 258 = MDR 2011, 625) hinzuweisen, in welchem zur Frage der Gewährung von Prozesskostenhilfe für Schmerzensgeldklagen auszugsweise ausgeführt wird, was folgt:

»Allerdings ist die Frage, welcher Schmerzensgeldbetrag letztlich »richtig« oder »angemessen« erscheint, für die Prozesskostenhilfeprüfung nicht entscheidend. Bei der Prozesskostenhilfe ist vielmehr ein etwas großzügigerer Maßstab anzulegen. Es reicht aus, dass sich der vom Kläger geltend gemachte Betrag (noch) in einer vertretbaren Größenordnung befindet. Für die Prozesskostenhilfe ...ist ein gedachter Rahmen zu bilden, in dem sich die richterliche Ermessensausübung im konkreten Fall bewegen kann.

Bei der Prozesskostenhilfebewilligung für eine Schmerzensgeldklage ist die Besonderheit bei der endgültigen Festlegung der Höhe zu berücksichtigen: Die ziffernmäßige Festlegung eines Schmerzensgeldes hängt immer entscheidend von der Ausübung des richterlichen Ermessens ab. Das heißt: Kein Kläger kann vorhersehen, welches Schmerzensgeld das Gericht in seinem Fall für angemessen erachten wird. Es muss daher dem Kläger – im Rahmen von § 114 Satz 1 ZPO – gestattet sein, einen Betrag zu verlangen, den das Gericht letztlich möglicherweise für überhöht erachtet, jedenfalls solange sich der Antrag des Klägers noch in einem vertretbaren Rahmen bewegt. Würde man dem Kläger diese Möglichkeit nicht einräumen, müsste er vor Antragstellung zunächst das Gericht fragen, zu welchem Ergebnis das Gericht bei der erforderlichen Ermessensausübung für das Schmerzensgeld kommen wird. Dies kann nach Auffassung des Senats nicht Sinn der Prüfung im Rahmen von § 114 Satz 1 ZPO sein.

Es kommt ein weiterer – für den Kläger wichtiger – Gesichtspunkt hinzu: Erfahrene Rechtsanwälte machen bei Schmerzensgeldklagen – auch bei nicht mittellosen Klägern – in der Regel einen Betrag geltend, der sich im oberen Bereich des Vertretbaren bewegt. Mit der Betragsangabe beim Schmerzensgeld wird ein psychologischer Einfluss auf das Gericht ausgeübt. Wer einen Schmerzensgeldbetrag von 2.000,- Euro einklagt, hat eine – statistisch betrachtet – deutlich größere Chance, letztlich einen Betrag von 1.000,- Euro zugesprochen zu bekommen, als derjenige Kläger, der – bei identischem Sachverhalt – von vornherein einen niedrigeren Betrag einklagt. Anders ausgedrückt: Hätte der Kläger nur 1.000,- Euro Schmerzensgeld verlangt, müsste er aus der Betrachtung ex ante mit deutlich größerer Wahrscheinlichkeit damit rechnen, dass das Gericht einen Betrag von weniger als 1.000,- Euro für angemessen erachtet. Der Zweck der Prozesskostenhilfe besteht darin, dem Unbemittelten – aus verfassungsrechtlichen Gründen – den weitgehend gleichen Zugang zum Gericht zu ermöglichen, wie dem Bemittelten. Da ein bemittelter Kläger – der die Prozesskosten gegebenenfalls selbst bezahlen muss – aus vernünftigen Gründen (siehe oben) vielfach versuchen muss, einen möglichst hohen Schmerzensgeldantrag zu stellen, muss der mittellose Kläger im Rahmen von § 114 Satz 1 ZPO grundsätzlich die gleiche Möglichkeit haben; dies gilt jedenfalls so lange, wie sich das verlangte Schmerzensgeld noch in einer vertretbaren Größenordnung bewegt. Der empirisch feststellbare Zusammenhang zwischen der Bezifferung im Klageantrag einerseits und dem gerichtlich als angemessen erachteten Schmerzensgeld andererseits beruht auf dem sogenannten »Ankereffekt«. Bei Entscheidungen von Experten, die scheinbar nur auf rationalen Erwägungen beruhen, spielen regelmäßig auch intuitive Prozesse eine Rolle. Bei richterlichen Entscheidungen ist in der psychologischen Wissenschaft anerkannt, dass der sogenannte »Ankereffekt« nicht zu unterschätzen ist (vgl. beispielsweise Geipel/Nill, Erkenntnisse der Wirtschaftswissenschaften als Taktik der Vergleichsverhandlung, ZfS 2007, 6; Schweizer, Urteilen zwischen Intuition und Reflexion, Betrifft Justiz 2010, 239, 240). Der Ankereffekt besagt, dass Richter bei ihrer Entscheidung nicht nur rational abwägen, sondern gleichzeitig intuitiv (unbewusst) psychologische »Anker« berücksichtigen. Ein solcher »Anker« ist für einen Richter, der darüber entscheiden soll, in welcher Höhe eine Forderung berechtigt ist, insbesondere der vom Kläger geforderte Betrag (vgl. Geipel/Nill, aaO; Schweizer aaO). Durch den Ankereffekt kann ein Kläger, der Schmerzensgeld geltend macht, seine Chancen signifikant verbessern, wenn er einen relativ hohen Betrag mit der Klage geltend macht (vgl. Schweizer aaO; vgl. im Übrigen zu dem in diesem Zusammenhang ebenfalls relevanten psychologischen »Kompromisseffekt« Schweizer aaO, Seite 241).«.

.....

Rechtsanwalt

Muster 7: PKH-Sonderfall: Unsicherheit bei Erreichen der Zuständigkeitsgrenze

Gerät man mit dem Schmerzensgeldbetrag in den »Dunstkreis« der amtsgerichtlichen Zuständigkeitsgrenze von 5.000,00 €, besteht die Gefahr, dass das PKH-Gesuch bereits deswegen abgelehnt wird, weil es an der Zuständigkeit des erkennenden Gerichts fehle; die Zuständigkeit im PKH-Verfahren richtet sich nämlich nach dem Hauptprozess. Hält sich das erkennende Gericht für unzuständig, hat es daher konsequenterweise die Erfolgsaussichten der Klage zu verneinen und PKH abzulehnen. 1687

▶ **Folgende Konstellationen kommen hierbei in Betracht:** 1688

(1) Ein PKH-Antrag wird vom AG unter Hinweis darauf abgelehnt, dass das Schmerzensgeld 5.000,00 € übersteigen werde und daher das AG sachlich unzuständig sei.
(2) Ein PKH-Antrag wird vom LG unter Hinweis darauf abgelehnt, dass das Schmerzensgeld keinesfalls 5.000,00 € übersteigen werde und daher das AG zuständig sei.

Um der Gefahr einer Ablehnung zu begegnen, bieten sich **zwei Möglichkeiten** an: 1689

– **Der hilfsweise gestellte Verweisungsantrag**
Ganz überwiegend wird vertreten, dass die Sache auf einen solchen Verweisungsantrag hin analog § 281 ZPO an das zuständige Gericht verwiesen werden kann. Dieses Gericht ist dann (aber nur für das PKH-Verfahren!)[2336] an den Verweisungsbeschluss **gebunden.**[2337] Ein solcher Verweisungsbeschluss sollte daher dringend angestrebt werden; wird die Sache nämlich nur durch schlichte Verfügung (ohne Bindungswirkung) an ein anderes Gericht

2336 KG, Beschl. v. 27.12.1996 – 16 WF 8230/96, KGR 1997, 118. Es ist daher denkmöglich, dass nach Klageeinreichung beim »PKH-Gericht« dieses sich dann erneut für unzuständig erklärt und nach § 281 ZPO verweist.

2337 Zöller/Geimer, ZPO, § 114 Rn. 22a; MünchKomm/Motzer, ZPO, § 127 Rn. 6.

»weitergeschickt« und hält dieses sich seinerseits für unzuständig, entsteht ein Zuständigkeitskonflikt, der nötigenfalls über § 36 Abs. 1 Nr. 6 ZPO analog gelöst werden muss.[2338]

– **Die »Bindung« der (zumeist: land-) gerichtlichen Zuständigkeit**
  Eine solche kann nach ganz überwiegender Auffassung nur dadurch erreicht werden, dass **gleichzeitig Klage** eingereicht wird; dann ist (und bleibt) das LG zuständig, weil der Klageantrag die Zulässigkeitsgrenze überschreitet.[2339] Ist das Begehren aus Sicht des LG teilweise aussichtslos, darf die PKH nicht mit der Begründung gänzlich verweigert werden, dass der aussichtsreiche Teil die Zuständigkeitsgrenze unterschreite: Auch nach Teilklagerücknahme des aussichtslosen Teils (diese wäre zur Vermeidung weiterer Kostennachteile geboten)[2340] bleibt das LG zuständig.[2341] Die Angabe eines Mindestbetrages von über 5.000,00 € im (isolierten) PKH-Antrag genügt **nicht**, um eine Entscheidung des LG zu erzwingen. Der BGH[2342] nimmt nämlich an, dass das LG für die Entscheidung nicht zuständig ist, wenn es zu der Auffassung gelangt, dass die Rechtsverfolgung nur z. T. aussichtsreich und das LG für diesen aussichtsreichen Teil der beabsichtigten Klage unzuständig ist. Es bestehe **kein** Unterschied zu der Situation, dass der Zuständigkeitsstreitwert aufgrund des beabsichtigten Antrages schon von vornherein nicht erreicht wird.[2343]

1690 ▶ **Muster 7: Prozesskostenhilfe-Sonderfall: Unsicherheit bei Erreichen der Zuständigkeitsgrenze**

An das
Landgericht .....

Prozesskostenhilfegesuch

der Frau ..... (*Namen und vollständige, ladungsfähige Anschrift*),

– Antragstellerin –

– Prozessbevollmächtigter: Rechtsanwalt ..... aus ..... –

gegen

1. die ..... Versicherung, ... (*ladungsfähige Anschrift*), gesetzlich vertreten durch den Vorstand, ebenda,

– Antragsgegnerin zu 1) –

2. Herrn ..... (*Namen und ladungsfähige Anschrift des Unfallgegners*),

– Antragsgegner zu 2) –

2338 OLG Brandenburg, Beschl. v. 09.08.2000 – 1 AR 44/00, OLGR 2001, 20; vgl. ferner BGH, Beschl. v. 26.09.1979 – IV ARZ 23/79, NJW 1980, 192; BGH, Beschl. v. 09.03.1994 – XII ARZ 2/94, NJW-RR 1994, 706; OLG Stuttgart, Beschl. v. 19.03.1996 – 17 AR 5/96, FamRZ 1997, 1085.

2339 OLG München, Beschl. v. 22.01.1998 – 10 W 3433/97, OLGR 1998, 119; Saenger, MDR 1999, 850 (853).

2340 Gerade im Fall einer solchen Teilklagerücknahme muss das Gericht dringlich an die Vorschrift des § 92 Abs. 2 Nr. 2 ZPO erinnert werden, um sich nicht die Möglichkeit zu nehmen, trotz Teilklagerücknahme gar nicht in die Kosten verurteilt zu werden!

2341 Zöller/Geimer, ZPO, § 114 Rn. 23.

2342 BGH, Beschl. v. 13.07.2004 – VI ZB 12/04, VersR 2005, 245 = NJW-RR 2004, 1437. Dem folgend OLG Schleswig, Beschl. v. 09.09.2008 – 14 W 54/08, MDR 2009, 346.

2343 OLG Saarbrücken, Beschl. v. 26.06.1989 – 2 W 18/89, NJW-RR 1990, 575; Saenger, MDR 1999, 850 (852).

Ich überreiche
1. den ausgefüllten Vordruck der Antragstellerin zur Erklärung über ihre persönlichen und wirtschaftlichen Verhältnisse einschließlich der Einkommens- und Belastungsbelege,
2. den Entwurf der Klageschrift (3-fach)

und **beantrage**,

der Antragstellerin ratenfreie PKH unter meiner Beiordnung zu bewilligen.

Hilfsweise, und unter Hinweis darauf, dass ein entsprechender Beschluss für falsch gehalten werden würde, wird aus anwaltlicher Vorsicht zudem **beantragt**,

das PKH-Verfahren an das zuständige Amtsgericht ..... zu verweisen.

.....

Rechtsanwalt

Muster 8: Klageerwiderung

1691

Bei der Klageerwiderung sind folgende **Sonderkonstellationen** zu beachten:
- Wird nur aus Gefährdungshaftung vorgegangen, ist die Haftung von Halter (§ 7 StVG) und Versicherung (§ 115 Abs. 1 Nr. 1 VVG) auf die gesetzliche Haftungshöchstsumme begrenzt. Hierauf sollte, so der Fall Anlass bietet, bereits in der Erwiderung hingewiesen werden.
- Wird aus § 823 BGB gehaftet (etwa: Fahrer), ist diese Haftung grds. der Höhe nach unbeschränkt. Die mitbeklagte Versicherung haftet aber nur bis zur Höhe der vertraglichen Deckungssumme (§ 115 Abs. 1 Nr. 1 VVG: Haftung »im Rahmen der Leistungspflicht des Versicherers aus dem Versicherungsverhältnis«). Auch hierauf muss ggf. hingewiesen werden.

▶ Muster 8: Klageerwiderung (Variante 1: Haftungshöchstbetrag)

1692

In dem Rechtsstreit .....

melden wir uns für die Beklagten, namens und in deren Vollmacht wir **beantragen** werden,

die Klage abzuweisen,

hilfsweise, für den Fall des Unterliegens,

die Beklagten gesamtschuldnerisch nur bis zu einem Betrag von maximal 5.000.000,00 € zu verurteilen.

Begründung:

..... .

Lediglich hilfsweise wird auf Folgendes hingewiesen:

Die Klage ist allein auf Ansprüche aus Gefährdungshaftung nach StVG gestützt. In diesem Fall ist die Haftung der Beklagten nach § 12 StVG beschränkt auf maximal 5.000.000,00 €. Dieser Beschränkung ist bei einer Verurteilung Rechnung zu tragen.

▶ Hinweis:

Ersichtlich muss diese Ergänzung nur dort eingefügt werden, wo sich absehen lässt, dass der durch den Unfall verursachte Schaden einschließlich Schmerzensgeld in die Nähe der Haftungshöchstgrenze geraten kann. Die Haftungshöchstgrenzen der spezialgesetzlichen Gefährdungshaftungsgesetze sind durch das 2. Schadensersatzrechtsänderungsgesetz angeglichen worden, die Haftung nach StVG ist im Zuge der 5. Kfz-Haftpflicht-Richtlinie geändert und nunmehr so hoch, dass eine Begrenzung nur selten eingreifen wird; eine Darstellung sämtlicher Höchstgrenzen findet sich in Rdn. 211.

.....
Rechtsanwalt

1693 ▶ **Muster 8: Klageerwiderung (Variante 2: Deckungssumme)**

In dem Rechtsstreit .....

melden wir uns für die Beklagten, namens und in deren Vollmacht wir **beantragen** werden,

die Klage abzuweisen,

hilfsweise, für den Fall des Unterliegens,

die Beklagte zu 1) nur bis zu einem Betrag von maximal ..... € (Höhe der Deckungssumme) zu verurteilen.

Begründung:

......

Lediglich hilfsweise wird auf Folgendes hingewiesen:

Die Beklagte zu 1) ist nach dem Versicherungsvertrag mit dem Beklagten zu 2) – Anlage B ..... – nur bis zu einer Höhe von ..... € (*Deckungssumme*) einstandspflichtig. Sie kann daher auch nur bis zu dieser Höhe in Anspruch genommen werden.

Mit freundlichen Grüßen,

.....
Rechtsanwalt

1694 **Muster 9: Klageerwiderung mit Widerklage und Drittwiderklage**

In dem Rechtsstreit

1. des Herrn ..... (*Name und vollständige, ladungsfähige Anschrift*),

– Klägers und Widerbeklagten –

– Prozessbevollmächtigter: Rechtsanwalt ..... aus ..... –

2. des Herrn ..... (*Name und vollständige, ladungsfähige Anschrift des gegnerischen Fahrers*)

– Drittwiderbeklagten zu 1) –

3. der ..... Versicherung (*vollständige, ladungsfähige Anschrift und Bezeichnung der Vertretung*),

– Drittwiderbeklagten zu 2) –

gegen

den Herrn ..... (*Name und vollständige, ladungsfähige Anschrift des Mandanten*)

– Beklagten und Widerkläger –

– Prozessbevollmächtigter: Rechtsanwalt ..... aus ..... –

beantragen wir,

die Klage abzuweisen,

widerklagend weiterhin,

den Kläger und die Drittwiderbeklagten als Gesamtschuldner zu verurteilen, an den Beklagten ..... € zu zahlen.

Begründung:

Zur Klage:

Die Klage ist unbegründet. ..... .

Zur Widerklage:

Mit der Widerklage macht der Beklagte folgenden Anspruch gegen den Kläger als Halter des verunfallten PKW geltend: ..... .

Bei der Drittwiderbeklagten zu 2) handelt es sich um die Haftpflichtversicherung des Klägers, die gemäß § 115 Abs. 1 Nr. 1 VVG gesamtschuldnerisch mit dem Kläger haftet; bei dem Drittwiderbeklagten zu 1) handelt es sich um den Fahrer des Fahrzeuges des Klägers, der wegen eigenen Verschuldens aus § 18 StVG, §§ 823, 840 BGB neben dem Kläger haftet.[2344]

Für die Zustellung an die Drittwiderbeklagten füge ich je eine beglaubigte und einfache Abschrift dieses Schriftsatzes[2345] und einfache Abschriften der Klage anbei.

.....

Rechtsanwalt

Muster 10: Klageerwiderung mit isolierter Drittwiderklage

1695 Oft wird versucht, den am Haftungsereignis Beteiligten durch eine Abtretung in die Zeugenrolle zu bringen. Es klagt dann der Zessionar, und der Zedent wird als Zeuge für den behaupteten Geschehensablauf genannt. Der BGH lässt in diesen Fällen zur Beseitigung dieser prozessualen Schieflage ausnahmsweise die isolierte Drittwiderklage zu, die die Folge hat, dass der Zedent Partei des Rechtsstreits wird und als Zeuge nicht mehr in Betracht kommt.

1696 ▶ Muster 10: Klageerwiderung mit isolierter Drittwiderklage

In dem Rechtsstreit

1. des Herrn ..... (*Name und vollständige, ladungsfähige Anschrift*),

– Klägers und Widerbeklagten –

– Prozessbevollmächtigter: Rechtsanwalt ..... aus ..... –

2. des Herrn ..... (*Name und vollständige, ladungsfähige Anschrift des Zedenten*)

– Drittwiderbeklagten –

gegen

den Herrn ..... (*Name und vollständige, ladungsfähige Anschrift des Mandanten*)

– Beklagten und Widerkläger –

– Prozessbevollmächtigter: Rechtsanwalt ..... aus ..... –

beantragen wir,

die Klage abzuweisen,

widerklagend weiterhin,

2344 Hinweis: Die Drittwiderklage erhöht nicht nur den Kreis der Haftungsschuldner, sie lässt sich auch prozesstaktisch einsetzen. Der klagende Halter beruft sich zum Beweis des Unfallhergangs auf »seinen« Fahrer, den man durch die Drittwiderklage aus der Zeugen- in die Prozessrolle drängt. Ausführlich Luckey, MDR 2002, 743 und ders., ProzRB 2003, 19.

2345 (Auch) die Widerklage ist eine Klage, die eines vollen Rubrums und der Zustellung bedarf. Die Abschriften der Klage sollten zum Verständnis für die Drittwiderbeklagten beigefügt werden.

festzustellen, dass dem Drittwiderbeklagten keine Ansprüche gegen den Beklagten zustehen.

Begründung:

Zur Klage:

Die Klage ist unbegründet. ....

Zur Widerklage:

Der Kläger geht vorliegend aus abgetretenem Recht vor. Der ehemalige Inhaber der behaupteten Forderung ist der Drittwiderbeklagte, den der Kläger als Zeugen für seinen Sachvortrag benannt hat. Der Beklagte stellt dem Gericht anheim, dieses prozessuale Vorgehen eines »Zeugenschaffens« durch Abtretung angemessen zu würdigen. Aus Gründen anwaltlicher Vorsicht wird indes Widerklage (nur) gegen den Zedenten erhoben.

Die isolierte Drittwiderklage gegen den Drittwiderbeklagten als ehemaligen Inhaber der streitigen Forderung ist zulässig, wobei sich die örtliche Zuständigkeit des erkennenden Gerichts bereits aus § 33 ZPO ergibt. Dieser findet im vorliegenden Fall auch gegenüber dem Drittwiderbeklagten Anwendung (BGH, Beschl. v. 30.09.2010 – Xa ARZ 208/10, SVR 2010, 430). Für die Möglichkeit einer isolierten Drittwiderklage wird auf die Entscheidung des BGH vom 13.06.2008 (V ZR 114/07, NJW 2008, 2852) verwiesen, in der es auszugsweise heißt wie folgt:

> *»Eine Widerklage setzt allerdings nach § 33 ZPO begrifflich eine anhängige Klage voraus; der Widerkläger muss ein Beklagter und der Widerbeklagte ein Kläger sein. Daher ist eine Widerklage gegen einen bisher am Prozess nicht beteiligten Dritten grundsätzlich nur zulässig, wenn sie zugleich gegenüber dem Kläger erhoben wird (vgl. BGHZ 40, 185, 187; 147, 220, 221). Daran fehlt es hier.*
>
> *Der Bundesgerichtshof hat allerdings schon bisher unter Berücksichtigung des prozessökonomischen Zwecks der Widerklage, eine Vervielfältigung und Zersplitterung von Prozessen über einen einheitlichen Lebenssachverhalt zu vermeiden und eine gemeinsame Verhandlung und Entscheidung über zusammengehörende Ansprüche zu ermöglichen (vgl. dazu BGHZ 40, 185, 188; 147, 220, 222), Ausnahmen von dem vorstehenden Grundsatz zugelassen, dass eine Widerklage auch gegen den Kläger erhoben worden sein muss. Drittwiderklagen gegen den Zedenten sind als zulässig angesehen worden, wenn die Forderung an eine Verrechnungsstelle zum Inkasso abgetreten war (BGHZ 147, 220, 223) oder es um gegenseitige Ansprüche aus einem Unfallereignis ging und einer der Unfallbeteiligten seine Forderung an den Kläger abgetreten hatte (BGH, Urt. v. 13. März 2007, VI ZR 129/06, NJW 2007, 1753). Ausschlaggebend dafür war stets, dass unabhängig von der Parteistellung des Zessionars eine nur gegen den Zedenten erhobene (sog. isolierte) Widerklage zulässig ist, wenn die zu erörternden Gegenstände der Klage und der Widerklage tatsächlich und rechtlich eng miteinander verknüpft sind und keine schutzwürdigen Interessen des Widerbeklagten durch dessen Einbeziehung in den Rechtsstreit der Parteien verletzt werden (vgl. BGH, Urt. v. 13. März 2007, VI ZR 129/06, NJW 2007, 1753).*
>
> *Gemessen daran, ist die Zulässigkeit der Drittwiderklage gegen den Zedenten zu bejahen. Die geltend gemachten Ansprüche beruhen hier auf einem Vertragsverhältnis, an dem die Klägerin und der Widerbeklagte auf einer Seite in der gleichen Weise beteiligt waren. Die bei der Sachentscheidung zu berücksichtigenden tatsächlichen und rechtlichen Verhältnisse sind in Bezug auf die geltend gemachten Ansprüche dieselben. Die Aufspaltung in zwei Prozesse, nämlich der Klägerin gegen die Beklagte auf Schadensersatz, und der Beklagten gegen den Widerbeklagten auf negative Feststellung, dass diesem keine Ansprüche zustehen, brächte prozessökonomisch dagegen keine Vorteile, sondern nur Mehrbelastungen und zudem das Risiko einander widersprechender gerichtlicher Entscheidungen.«*

Es besteht auch das für § 256 Abs. 1 ZPO erforderliche Feststellungsinteresse. Der Beklagte hat jedoch ein Interesse an der richterlichen Feststellung, dass (auch) dem Widerbeklagten keine Ansprüche zustehen. Hierfür ist es unerheblich, dass sich der Widerbeklagte nach der

Abtretung keiner eigenen Ansprüche mehr berühmt. Erneut wird Bezug genommen auf die o. g. Entscheidung des BGH:

»Bei einer negativen Feststellungsklage ergibt sich das Interesse an einer der Rechtskraft fähigen Entscheidung regelmäßig daraus, dass mit der richterlichen Feststellung die Führung eines neuerlichen Rechtsstreits über einen Anspruch ausgeschlossen wird, der nur teilweise eingeklagt worden ist oder dessen sich der Gegner jedenfalls außergerichtlich berühmt hat (BGH, Urt. v. 1. Februar 1988, II ZR 152/87, NJW 152/87, NJW-RR 1988, 749, 750; BGH, Urt. v. 4. Mai 2006, IX ZR 189/03, NJW 2006, 2780, 2781). Ein solches Interesse besteht auch hier. Die Beklagte kann sich nämlich nur dann sicher sein, dass es nicht zu einem Rechtsstreit zwischen dem Widerbeklagten und ihr kommen wird, wenn das Nichtbestehen der mit der Klage verfolgten Ansprüche in diesem Rechtsstreit mit Rechtskraft auch gegenüber dem Widerbeklagten festgestellt wird.«

Auch die Rechtskrafterstreckung nach § 325 ZPO ändert nichts am Feststellungsinteresse, da sie nur eintritt, wenn die Abtretung wirksam war (BGH, a. a. O.). Vorliegend ist es dem Beklagten aber nicht möglich, die Rechtswirksamkeit der Abtretung sicher zu beurteilen.

Die Begründetheit der Feststellungsklage ergibt sich aus obiger Darlegung, warum der Klageanspruch nicht besteht.

.....
Rechtsanwalt

Muster 11: Mitteilung eines Verhandlungs-/Beweistermins mit Hinweis auf die Möglichkeit persönlichen Erscheinens des Mandanten

1697

Sehr geehrter Herr .....,

in Ihrer Sache gegen ..... hat das Landgericht ..... Termin zur mündlichen Verhandlung (*ggf.: und Beweisaufnahme*) anberaumt auf ..... im Gerichtsgebäude des Landgerichts, Saal ..... .

Ich werde den Termin wahrnehmen und Sie anschließend über den Verlauf der Verhandlung (*ggf.: und der Beweisaufnahme*) unterrichten.

Ihr persönliches Erscheinen ist nicht angeordnet worden; es ist also nicht zwingend, dass Sie im Termin anwesend sind. Ich halte es gleichwohl in Ihrem Interesse für notwendig, dass Sie an der Verhandlung teilnehmen. Ich schließe nicht aus, dass das Gericht Fragen stellt, etwa zu Ihrer Verletzung und dem Heilungsverlauf, die nur Sie in der Verhandlung beantworten können. (*Ggf.: Auch können sich bei der Vernehmung der Zeugen Fragen ergeben, zu denen ich erst nach Rücksprache mit Ihnen einen Vorhalt machen kann.*)

Bringen Sie daher zur Verhandlung bitte sämtliche Unterlagen mit, die Sie in dieser Sache zusammengetragen haben. Sinnvoll erscheint mir zudem, dass Sie sich eine kurze Übersicht Ihrer Krankheitsgeschichte als Gedächtnisstütze anfertigen. Stellen Sie sich auch darauf ein, dass ich das Gericht bitte, die Verhandlung kurz zu unterbrechen, falls ich vor Beantwortung einer Frage noch mit Ihnen sprechen möchte. Bedenken Sie, dass Sie dem Gericht wahrheitsgemäß antworten müssen, was Sie sagen, sollte aber durchdacht sein. Natürlich können Sie unbedachte oder falsche Antworten jederzeit korrigieren, ob das Gericht diese Korrektur aber noch als der Wahrheit entsprechend ansehen wird, ist naturgemäß fraglich.

Wir treffen uns zehn Minuten vor Beginn der Verhandlung vor dem Verhandlungssaal.

Mit freundlichen Grüßen,

.....

Rechtsanwalt

1698 **Muster 12: Ablehnung eines gerichtlichen Sachverständigen**

In Sachen ..... (Kurzrubrum)

wird der Sachverständige Dr. M wegen Besorgnis der Befangenheit vom Beklagten abgelehnt.

Begründung:

Der Sachverständige ist Gehilfe des Gerichts und hat diesem das erforderliche Fachwissen zu vermitteln. Er muss daher ebenfalls unparteiisch und neutral sein (§ 410 Abs. 1 Satz 2 ZPO) und kann daher aus denselben Gründen abgelehnt werden wie ein Richter (§§ 406 Abs. 1, 41, 42 ZPO).

Hier wird der Ablehnungsgrund einer engen Beziehung zur klägerischen Partei geltend gemacht. Der Sachverständige ist Mediziner mit einer fachärztlichen Praxis am Wohnsitz des Klägers. Er ist für diesen, wie dem Beklagten erst kürzlich zur Kenntnis gelangt ist, bereits als Hausarzt tätig geworden.

Beweis: Eidesstattliche Erklärung der .....

Das hierdurch zwangsläufig begründete Vertrauensverhältnis zum Kläger ist geeignet, die Besorgnis der Befangenheit zu begründen und stellt daher einen Ablehnungsgrund dar (vgl. OLG Stuttgart, MDR 1962, 910 [OLG Stuttgart 14.06.1962 – 5 W 36/62]; OLG Köln, NJW 1992, 762 [OLG Köln, 06.05.1991 – 27 W 6/91]).

.....

Rechtsanwalt

Muster 13: Berufung gegen amtsgerichtliche Klageabweisung einer Halswirbelsäulen-Verletzung

1699 Das nachfolgende Muster geht von der Situation einer erstinstanzlichen Klageabweisung etwa wegen »Harmlosigkeitsgrenzen« oder »nachweisbar nicht denkbarer Verletzungen«, trotz entsprechenden erstinstanzlichen Klagevortrages nebst Beweisantritten aus.

1700 Hinzuweisen ist darauf, dass Berufungseinlegung und -begründung nicht notwendig in einem Schriftsatz erfolgen müssen; dies ist vorliegend nur aus Gründen der Vollständigkeit und Übersichtlichkeit geschehen. Ferner ist darauf hinzuweisen, dass das Berufungsgericht nur in den Fällen des § 538 ZPO auf Antrag des Berufungsklägers die Sache **zurückverweisen** darf, ansonsten hat es selbst zu entscheiden. Es ist daher eine Frage der Anwaltstaktik, ob der Zahlungsantrag in der zweiten Instanz gestellt wird oder – wie hier – die Zurückverweisung beantragt wird. Für die Zurückverweisung spricht, dass keine Tatsacheninstanz verloren geht und die Sache nach Zurückverweisung gebührenrechtlich als neue Sache behandelt wird, § 21 RVG.

1701 ▶ **Muster 13: Berufung gegen amtsgerichtliche Klageabweisung einer Halswirbelsäulen-Verletzung**

An das

Landgericht ...

Berufung

In dem Rechtsstreit

des Herrn ..... *(Namen und vollständige, ladungsfähige Anschrift)*,

– Klägers und Berufungsklägers –

– Prozessbevollmächtigter: Rechtsanwalt ..... aus ...... –

gegen

1. die ..... Versicherung ..... (*ladungsfähige Anschrift*), gesetzlich vertreten durch den Vorstand, ebenda,

– Beklagte und Berufungsbeklagte zu 1) –

2. Herrn ..... (*Namen und ladungsfähige Anschrift des Unfallgegners*),

– Beklagter und Berufungsbeklagter zu 2) –

– Prozessbevollmächtigte erster Instanz: Rechtsanwälte ..... aus ..... –

Namens und im Auftrag des Klägers legen wir gegen das Urteil des Amtsgerichts ....., Az. ....., vom ....., zugestellt am .....

Berufung

mit dem Antrag ein,

das angefochtene Urteil des Amtsgerichts ..... vom ..... aufzuheben und die Sache zur erneuten Verhandlung und Entscheidung an das Amtsgericht zurückzuverweisen.

Eine Abschrift des angefochtenen Urteils liegt bei.

Begründung:

I.

Das amtsgerichtliche Urteil legt seiner Beweiswürdigung bereits ein falsches Beweismaß zugrunde.

Zwar ist es im Ausgangspunkt zutreffend davon ausgegangen, dass der Nachweis des Haftungsgrundes, also die Frage, ob sich der Kläger bei dem Unfall die behauptete HWS-Verletzung zugezogen hat (haftungsbegründende Kausalität), den strengen Beweisanforderungen des § 286 ZPO unterliegt. Der Geschädigte muss grundsätzlich den Vollbeweis für die behauptete Primärverletzung erbringen, ohne dass ihm Beweiserleichterungen, etwa das geringere Beweismaß des § 287 ZPO, das nur die haftungsausfüllende Kausalität betrifft, oder gar ein Anscheinsbeweis zugute kommen. Die nach § 286 ZPO erforderliche Überzeugung des Richters erfordert indes keine absolute oder unumstößliche Gewissheit und auch keine »an Sicherheit grenzende Wahrscheinlichkeit«, sondern nur einen für das praktische Leben brauchbaren Grad von Gewissheit, der Zweifeln Schweigen gebietet (st. Rspr. des BGH, vgl. etwa BGH, Urt. v. 28.01.2003 – VI ZR 139/02, NJW 2003, 1116 m. w. N.; OLG Frankfurt am Main, Urt. v. 28.02.2008 – 4 U 238/06, ZfS 2008, 264; KG, Urt. v. 16.11.2006 – 22 U 267/04, VersR 2008, 837).

Das Erstgericht hat indessen ausdrücklich das Beweismaß der »an Sicherheit grenzenden Wahrscheinlichkeit« für die Überzeugungsbildung des Tatrichters für erforderlich erachtet und die Beweisanforderungen damit überspannt.

II.

Daneben leidet die vorgenommene Beweiswürdigung aber auch unter einem wesentlichen Verfahrensfehler im Sinne des § 538 Abs. 2 Nr. 1 ZPO, indem das Erstgericht die vom Kläger für das Vorliegen einer HWS-Distorsion angebotenen Beweise im Wege der vorweggenommenen Beweiswürdigung als nicht ergiebig erachtet und – außer einer (fehlerhaften) sachverständigen Begutachtung und einer (ebenfalls fehlerhaften) Würdigung des ärztlichen Erstbefundes – keinen weiteren Beweis erhoben hat. Denn auch nach dem insoweit als Maßstab ohne Rücksicht auf dessen Richtigkeit zugrunde zu legenden materiell-rechtlichen Standpunkt des Erstrichters (vgl. BGH, Urt. v. 28.10.1999 – IX ZR 341/98, NJW 2000, 142;

BGH, Urt. v. 12.01.1983 – IVa ZR 135/81, NJW 1983, 822) hätte es den vom Kläger angebotenen Beweis erheben müssen.

1. Entgegen der Auffassung des Amtsgerichts spricht der Befund des erstbehandelnden Arztes, der eine »HWS-Zerrung« festgestellt hat, nicht schon gegen eine unfallbedingte HWS-Verletzung. Zwar kann ein ärztliches Attest, das lediglich die Darstellung des Betroffenen wiedergibt oder in der Sache nicht über eine Verdachtsprognose hinausgeht, somit keine eigenen Feststellungen trifft, allein nicht die Überzeugung einer primären Verletzung der Halswirbelsäule rechtfertigen (OLG Frankfurt am Main, Urt. v. 28.02.2008 – 4 U 238/06, ZfS 2008, 264; OLG Hamm, Urt. v. 02.07.1991 – 13 U 224/00, VersR 2002, 992).

   Dennoch kann Attesten und Berichten von erstbehandelnden Ärzten nicht pauschal jeglicher Beweiswert abgesprochen werden (vgl. BGH, Urt. v. 03.06.2008 – VI ZR 235/07, NJW-RR 2008, 1380). Auch wenn sie insbesondere vor dem Hintergrund, dass der Arzt nicht primär als Gutachter, sondern als Therapeut tätig geworden ist, grundsätzlich einer kritischen Prüfung unterliegen (vgl. Lemcke, NZV 1996, 337; Jaeger VersR 2006, 1611; Mazzotti/Castro, NZV 2008, 113), muss der Tatrichter aufklären, ob das Attest auf eigenen objektivierbaren Feststellungen beruht und ob der Arzt die Angaben des Patienten für glaubhaft gehalten hat, oder ob er lediglich die Angaben des Geschädigten ungeprüft übernommen hat.

2. Da gerade leichtere HWS-Verletzungen mit bildgebenden Verfahren regelmäßig nicht nachweisbar sind und ein Anscheinsbeweis für die Ursächlichkeit eines Auffahrunfalls für ein behauptetes HWS-Syndrom wegen fehlender Typizität verneint wird (BGH, Urt. v. 28.01.2003 – VI ZR 139/02, NJW 2003, 1116), kommt es für die Überzeugungsbildung des Tatrichters entscheidend darauf an, ob die Angaben des Klägers und die beklagten Beschwerden insgesamt glaubhaft sind (BGH, Urt. v. 28.01.2003 – VI ZR 139/02, NJW 2003, 1116). Dabei muss sich das Gericht im Rahmen der gebotenen Würdigung aller Gesamtumstände auch über eine persönliche Anhörung des Geschädigten einen Eindruck über dessen Glaubwürdigkeit verschaffen. Daneben wird nach der Rechtsprechung des BGH in aller Regel auch eine medizinische Beratung durch Sachverständige erforderlich sein, deren tatsächliche Grundlagen rechtzeitig zu sichern sind (vgl. OLG Frankfurt am Main, Urt. v. 28.02.2008 – 4 U 238/06, ZfS 2008, 264; OLG Hamm, Urt. v. 02.07.1991 – 13 U 224/00, VersR 2002, 992).

III.

Diesen Grundsätzen ist das Erstgericht nicht gefolgt. Seine Feststellung, die ärztlichen Befunde beruhten ausschließlich auf den Angaben des Patienten, wird nicht von einer Würdigung der Gesamtumstände getragen. Zwar mag es Fälle geben, in denen dies zutrifft und eine reine Verdachtsdiagnose vorliegt. Hierzu hätte das Amtsgericht jedoch eigene Feststellungen treffen und – wie vom Kläger angeboten – eine Zeugenaussage des erstbehandelnden Arztes einholen sowie die Ehefrau des Klägers als Zeugin vernehmen müssen (vgl. hierzu auch Jaeger, VersR 2006, 1611). Die Übergehung der klägerischen Beweisangebote stellt einen wesentlichen Verfahrensfehler dar.

1. Verfahrensfehlerhaft hat das Amtsgericht zudem die Klageabweisung auf ein biomechanisches Gutachten gestützt. Bei der Prüfung, ob ein Unfall eine HWS-Verletzung verursacht hat, sind stets die Umstände des Einzelfalles zu berücksichtigen. Der BGH hat der in der früheren Rechtsprechung angenommenen schematischen Harmlosigkeitsgrenze eine klare Absage erteilt (BGH, Urt. v. 28.01.2003 – VI ZR 139/02, NJW 2003, 1116) und dies nicht nur für Auffahrunfälle, sondern etwa auch für Frontalkollisionen bestätigt (BGH, Urt. v. 08.07.2008 – VI ZR 274/07, NJW 2008, 2845). Hiernach ist es revisionsrechtlich nicht zu beanstanden, wenn der Tatrichter aufgrund eingehender medizinischer Begutachtung und ausführlicher Anhörung des Klägers in tatrichterlicher Würdigung die Überzeugung gewinnt, dass durch den Unfall eine Körperverletzung des Klägers verursacht worden ist (BGH, Urt. v. 28.01.2003 – VI ZR 139/02, NJW 2003, 1116). Ein Beweisangebot, mithilfe eines biomechanischen Gutachtens die kollisionsbedingte Geschwindigkeitsänderung festzustellen, kann daher mangels Erheblichkeit unberücksichtigt bleiben. Diese kollisionsbedingte Geschwindigkeitsänderung kann, da sich der menschliche Körper einer Standardisierung entzieht und es daher keine Grenze gibt, unterhalb derer

schlechterdings keine Verletzung mehr möglich wäre, keine Aussagekraft für die Beweisfrage haben.

2. Verfahrensfehlerhaft hat das Amtsgericht zuletzt auf die Einholung eines medizinischen Gutachtens mit dem Hinweis darauf verzichtet, nach Kenntnis des Gerichts, die sich auf eine Tabelle betreffend die Klassifizierung von HWS-Verletzungen stütze, sei ein symptomfreies Intervall von mehr als einer Stunde typisch. Beim Kläger seien weder Übelkeit, Erbrechen oder Schluckbeschwerden aufgetreten, was ebenfalls gegen eine unfallbedingte HWS-Verletzung spreche. Hier berühmt sich das Erstgericht einer Fachkenntnis, ohne dass nachvollziehbar ist, aus welcher Quelle diese Kenntnis herrührt. Nach den oben dargelegten Grundsätzen steht der Einholung eines medizinischen Gutachtens auch nicht entgegen, dass derzeit keine ausreichenden Anknüpfungstatsachen zur Verfügung stehen; das Gericht muss vielmehr anhand der angebotenen Zeugenbeweise sowie einer persönlichen Anhörung des Klägers zunächst aufklären, ob solche Anknüpfungstatsachen vorliegen.

IV.

Die angefochtene Entscheidung beruht auch auf diesem Verfahrensfehler, denn es kann nicht ausgeschlossen werden, dass das Erstgericht bei richtigem Verständnis des § 286 ZPO zum Ergebnis gelangt wäre, der Kläger habe den Nachweis einer HWS-Verletzung erbracht.

Der Verfahrensfehler macht eine umfangreiche Beweisaufnahme notwendig (§ 538 Abs. 2 Nr. 1 ZPO). Wie bereits dargestellt, ist neben der persönlichen Anhörung des Klägers zumindest die zeugenschaftliche Vernehmung seiner Ehefrau und des erstbehandelnden Arztes, ggf. aber auch die Einholung eines medizinischen Gutachtens geboten.

Die Sache ist daher auf Antrag des Klägers an das Amtsgericht zwecks Nachholung dieser Beweisaufnahme zurückzuverweisen. Die Zurückverweisung des nicht zur Entscheidung reifen Rechtsstreits ist auch sachdienlich, da das Interesse an einer schnelleren Erledigung gegenüber dem Verlust einer Tatsacheninstanz vorliegend nicht überwiegt (vgl. BGH; Urt. v. 15.03.2000 – VIII ZR 31/99, NJW 2000, 2024).

.....

Rechtsanwalt

Muster 14: Gehörsrüge nach § 321a ZPO

1702

In dem Rechtsstreit .....

beantrage ich,

den Rechtsstreit wegen Gehörsverletzung fortzusetzen und neu zu entscheiden.

Angesichts eines nach §§ 708 Nr. 11, 711, 713 ZPO vollstreckbaren Urteils **beantrage** ich ferner,

die Zwangsvollstreckung aus dem Urteil ohne Sicherheitsleistung einzustellen, § 321a Abs. 6, 707 ZPO.

Begründung:

Das nicht berufungsfähige Urteil vom ..... beruht auf einer Verletzung des Anspruchs der Klägerin auf Gewährung rechtlichen Gehörs. Bereits in der Klageschrift vom ..... war beantragt worden, nicht ohne mündliche Verhandlung zu entscheiden, § 495 Satz 2 ZPO. Nach dem klaren Wortlaut der Norm muss in diesem Fall eine mündliche Verhandlung anberaumt werden. Dies ist nicht geschehen, vielmehr hat das Gericht, ohne einen Verkündungstermin anzuberaumen, eine Entscheidung verkündet und den Parteien zugestellt.

Das Urteil ist daher fehlerhaft; der Prozess ist antragsgemäß fortzusetzen.

.....

Rechtsanwalt

1703 **Muster 15: Adhäsionsantrag im Strafprozess**[2346]

In der Strafsache gegen .....

(*Name und vollständige, ladungsfähige Anschrift des Angeklagten*)

wird namens und im Auftrag kraft anliegender Vollmacht für den Geschädigten **beantragt**, im Adhäsionsverfahren neben der strafrechtlichen Verurteilung wie folgt zu erkennen:

Der Angeklagte wird verurteilt, an den (Angaben zum Antragsteller) ein angemessenes Schmerzensgeld, mindestens aber ..... € nebst Zinsen in Höhe von 5 Prozentpunkten über dem Basiszinssatz seit Antragstellung zu zahlen.

Der Angeklagte trägt die Kosten des Adhäsionsverfahrens und die notwendigen Auslagen des Antragstellers.[2347]

Begründung:

(*Sachverhaltsschilderung mit Beweisantritten*)

Der Anspruch auf Schmerzensgeldzahlung aus diesem Tatgeschehen folgt aus §§ 823 Abs. 1, 253 Abs. 2 BGB.

(*wird ausgeführt; zu denken ist auch an § 823 Abs. 2 BGB i. V. m. dem Strafgesetz*)

Es wird darauf hingewiesen, dass die Zinsforderung, die sich aus § 291 BGB ergibt, wegen § 404 Abs. 2 StPO bereits seit Antragseingang verlangt werden kann.

.....

Rechtsanwalt

IV. Vergleich

1704 **Muster 1: Information der Mandantin über einen Vergleichsvorschlag**

Sehr geehrte Frau .....,

in Ihrer Unfallsache hat die Gegenseite nunmehr einen Vergleichsvorschlag unterbreitet. Die Summe, die sie zu zahlen bereit ist, hält sich im Bereich der für Verletzungen der vorliegenden Art ausgeurteilten Beträge; es ist m. E. nicht sicher, dass wir im Prozess tatsächlich eine deutlich höhere Summe erlangen würden.

Die Entscheidung, ob der Vergleich geschlossen wird, liegt natürlich bei Ihnen.

Mit freundlichen Grüßen,

.....

Rechtsanwalt

1705 ▶ **Baustein 1: Regressabsicherung (Spätfolgen)**

Hinweisen möchte ich aber noch darauf, dass – wird der Vergleich geschlossen – Nachforderungen wegen weiterer Schäden regelmäßig nicht mehr in Betracht kommen, da der Vergleich die Sache abschließend und endgültig regelt. Soweit also auch nur die Möglichkeit

---

2346 Hierzu ausführlich Rdn. 1390 ff.

2347 Streng genommen von Amts wegen zu entscheiden; die Kostenentscheidung folgt aus § 472a StPO, der (erforderliche) Ausspruch zur vorläufigen Vollstreckbarkeit im Urteil aus § 406b StPO i. V. m. §§ 708 Nr. 11, 709, 711 ZPO.

von heute noch nicht absehbaren Spätfolgen besteht, sollten wir einen sog. »Vorbehalt« in den Vergleichstext mit aufnehmen, um uns nicht die Möglichkeit einer späteren Nachforderung zu nehmen.

► **Baustein 2: Regressabsicherung (Titulierung)** 1706

Ich muss allerdings darauf hinweisen, dass dieser Vergleich noch keinen sog. »Titel« darstellt. Wenn die Gegenseite also nicht von sich aus zahlt, können wir noch nicht vollstrecken, sondern müssten unseren Anspruch aus dem Vergleich – wie etwa einen Anspruch aus Kaufvertrag – zunächst vor einem Gericht einklagen. Ich rege daher an, einen sog. »Anwaltsvergleich« zu schließen; wenngleich dieser etwas teurer ist, kann aus ihm aber ohne den »Umweg« über ein Gerichtsverfahren vollstreckt werden.

► **Hinweis:** 1707

Der Anwaltsvergleich muss von Rechtsanwälten im Namen und mit Vollmacht der Parteien abgeschlossen werden, die Unterwerfung des Schuldners unter die sofortige Zwangsvollstreckung enthalten und beim AG (Notar) für vollstreckbar erklärt werden; zu den Einzelheiten vgl. §§ 796a ff. ZPO.

► **Baustein 3: Regressabsicherung (gerichtlicher Vergleichsvorschlag nach Sachverständigengutachten)** 1708

Das Gericht hat den o. g. Vergleichsvorschlag unter Hinweis auf das im Prozess eingeholte Sachverständigengutachten übersandt. In diesem Gutachten hatte der Sachverständige ausgeführt, ...

Besteht Ihrerseits nur der geringste Zweifel an der inhaltlichen Richtigkeit des Gutachtens, rate ich dringend von einem Vergleich ab. Die Rechtslage ist nämlich dergestalt, dass wir bei einem unrichtigen Gutachten und einem hierauf basierenden Urteil u. U. Schadensersatzansprüche gegen den Gutachter geltend machen könnten; diese Ansprüche sind uns verwehrt, wenn wir den Prozess durch Vergleich beenden, grundsätzlich auch und gerade dann, wenn der Vergleich auf dem unrichtigen Gutachten beruht.

► **Hinweis:** 1709

Ausführlich zu dieser Regressfalle Jaeger/Luckey, Rn. 428 ff.; Jaeger, ZAP, Fach 2, S. 441 ff.

Muster 2: Vergleichsformulierungen

1710 In der Praxis spielen **Abfindungsvergleiche** eine große Rolle. Für das Schmerzensgeld kommt regelmäßig die Vereinbarung eines Kapitalbetrages in Betracht; die Gewährung einer Schmerzensgeldrente bildet im Vergleich die Ausnahme. Zu beachten ist aber, ob nicht bestimmte Entwicklungen in Betracht kommen, die noch nicht endgültig in ihren Folgen zu übersehen sind, z. B. unvorhersehbare Verschlechterungen der Gesundheit oder risikoreiche Gesundheitsbehandlungen oder Operationen. In diesen Fällen sollte unbedingt ein Vorbehalt hinsichtlich dieser Schäden in den Vergleich aufgenommen werden.

1711 ▶ Muster 2: Vergleichsformulierungen

Einem am ..... rechtskräftigen Feststellungsurteil in seiner Wirkung gleichgestellt,

▶ Hinweis:

Diese Formulierung macht einen etwaigen Vorbehalt »verjährungsfest«.[2348] Um eine exakte Berechnung der Verjährung zu ermöglichen, sollte der Stichtag, der der Rechtskraft des Urteils gleichstehen soll, genannt werden.[2349] Möglich ist auch, ausdrücklich einen Verjährungsverzicht aufzunehmen.

schließen die Parteien heute, ... (*Datum*), folgenden

Abfindungsvergleich.

Zur Abgeltung des Unfallereignisses vom ..... zahlt ..... (Gegner) an ..... (Mandanten) einen Kapitalbetrag von ..... €.

Variante 1:

Damit sind sämtliche immateriellen Ersatzansprüche des ..... (Mandanten) abgegolten und erledigt.

Variante 2:

Hiervon unberührt und daher vorbehalten bleiben künftig auftretende Verschlechterungen,

▶ Hinweis:

Schon bei einem Prozess um die Reichweite des Vorbehalts vorzubeugen, sollte dieser möglichst präzise gefasst werden. Slizyk[2350] empfiehlt wegen der in der Natur der Sache liegenden Unklarheit künftiger Schadensentwicklung, die Abgrenzung dergestalt vorzunehmen, dass der bekannte Schaden möglichst genau definiert und der Vorbehalt in Bezugnahme hierauf gefasst wird. Denkbar ist auch, bereits im Vergleich festzulegen, welcher Arzt/welches Klinikum die Begutachtung von Spätschäden vornehmen soll, wobei hier dann auch klargestellt werden soll, inwieweit eine solche Abrede eine Schiedsgutachtervereinbarung darstellen soll.

die von dem als Anlage zum Vergleich angefügten fachärztlich attestierten Verletzungsbild abweichen.

....., den .....

.....

Unterschriften

2348 Vgl. Rdn. 1652ff. Das OLG Hamm, Urt. v. 16.06.1998 – 28 U 237/97, VersR 1999, 1495, hat einen Anwaltshaftungsfall angenommen, weil eine Klausel nur »Offen bleibt der materielle Zukunftsschaden ab 01.01.1990, soweit kein Übergang auf Sozialversicherungsträger vorliegt, außerdem immaterieller Zukunftsschaden bei Kniegelenkversteifung.« gefasst war. Dass möglicherweise im Wege der Auslegung erreicht werden könnte, einen konkludenten Verzicht auf die Verjährungseinrede »hineinzuinterpretieren« (so in einem Ausnahmefall OLG Hamm, Urt. v. 09.12.1994 – 32 U 114/94, VersR 1996, 78; dagegen BGH, Urt. v. 26.05.1992 – VI ZR 253/91, VersR 1992, 1091; BGH, Urt. v. 29.01.2002 – VI ZR 230/01, VersR 2002, 474 = NJW 2002, 1878; KG, Urt. v. 22.12.1998 – 6 U 307/97, VersR 2000, 1145; OLG Rostock, Urt. v. 22.10.2010 – 5 U 225/09, NJW-Spezial 2011, 169), genügte nicht, da nach Ansicht des OLG das Gebot des sichersten Weges bedeutet hätte, eine klare (!) Klausel zur Verjährung zu vereinbaren.

2349 Nugel, ZfS 2006, 190 (194).

2350 Slizyk, S. 123.

▶ Baustein 1: Endgültige Beilegung 1712

Die Abgeltung umfasst alle künftigen Schäden, seien sie vorhersehbar oder unvorhersehbar, erwartet oder unerwartet.

Soweit steuerliche Konsequenzen einer Kapitalabfindung nicht endgültig beurteilt werden können, sollte auch insoweit ein Vorbehalt in den Abfindungsvergleich aufgenommen werden. 1713

▶ Baustein 2: Vorbehalt bezüglich steuerlicher Konsequenzen 1714

Die Versicherung übernimmt ferner die Erstattung etwaiger steuerlicher Belastungen, die sich aus dieser Kapitalisierungsvereinbarung ergeben.

Der Vergleich muss gedanklich in alle Richtungen »abgesichert« werden. Häufige Fehlerquelle sind **rechtliche Hindernisse auf Mandantenseite.**[2351] 1715

Ist der Mandant etwa im **Güterstand der Gütergemeinschaft** verheiratet, müssen beide Ehegatten einem Vergleich zustimmen, der das Gesamtgut betrifft. Ebenso bedarf ein **Vormund** in den Fällen des § 1822 Nr. 12 BGB der vormundschaftlichen Genehmigung für einen Vergleich, es sei denn, dieser bliebe unter 3.000,00 € oder sei vom Gericht vorgeschlagen. Für die Eltern – gesetzliche Vertreter des minderjährigen Mandanten – gilt diese Beschränkung nicht, da § 1643 Abs. 1 BGB nicht hierauf verweist. Der Haftpflichtversicherer auf der Gegenseite handelt bei Abschluss eines Vergleichs als Bevollmächtigter seines Versicherungsnehmers (§ 10 Abs. 5 AKB), im Hinblick auf einen etwaigen Direktanspruch (§ 115 Abs. 1 Nr. 1 VVG) auch in eigenem Namen. 1716

Bei schweren (insbes.: Gehirn-) Verletzungen kann es auch vorkommen, dass der Mandant im Laufe des Prozesses oder der außergerichtlichen Auseinandersetzung geschäftsunfähig wird. Diese **Geschäftsunfähigkeit** muss nicht immer sofort offen zutage treten. Ein Vergleich, den ein unerkannt Geschäftsunfähiger schließt, ist nichtig. Im Prozess fehlt zudem die Prozessfähigkeit, vgl. § 52 ZPO. Bestehen daher die leisesten Zweifel an der Geschäftsfähigkeit des Mandanten, empfiehlt es sich, vor Abschluss des Vergleichs ein ärztliches Zeugnis über seine Geschäftsfähigkeit einzuholen. Ansonsten bedarf es eines Betreuers sowie evtl. des Vormundschaftsgerichts, §§ 1915, 1822 Nr. 12 BGB. 1717

Zuletzt ist (soweit es um sonstige Schadensersatzansprüche über die immateriellen Schäden hinaus geht) daran zu denken, dass nicht nur dem Mandanten als unmittelbar Geschädigtem, sondern oft auch mittelbar Verletzten Ansprüche zustehen können (§§ 844, 845 BGB); umgekehrt existieren vielleicht neben dem Vergleichsgegner noch **andere Anspruchsgegner**, die gesamtschuldnerisch mit diesem haften. Um diese Dritten sinnvoll in einen Vergleich einzubeziehen, bietet sich folgende Formulierung an:[2352] 1718

▶ Baustein 3: Andere Anspruchsgegner neben dem Vergleichsgegner 1719

Der ..... (*Gegner*) zahlt zur Abfindung aller Ansprüche, die dem ..... (*Mandanten*) aus dem Unfall vom ..... gegen den ..... (*Gegner*) oder gegen irgendwelche dritte Personen, die als Gesamtschuldner in Betracht kommen, zustehen, einen Betrag von ..... €.

Der ..... (*Mandant*) tritt hiermit alle Ansprüche, die ihm aus dem Unfall vom ..... etwa gegen dritte Personen, die als Gesamtschuldner in Betracht kommen, zustehen, an den ..... (*Gegner*) ab; dieser nimmt die Abtretung hiermit an.

2351 Beispiele nach Geigel/Bacher, Kap. 40 Rn. 76 ff.

2352 Nach Geigel/Bacher, Kap. 40 Rn. 86 ff.

▶ **Hinweis:**

Zwar ordnet § 426 BGB eine cessio legis für den Gesamtschuldnerinnenausgleich an, ein Vergleich wirkt aber grds. nicht gegenüber allen Gesamtschuldnern, § 423 BGB. Es tritt daher nur i. H. d. tatsächlich gezahlten Beträge Erfüllung ein; der Geschädigte könnte die anderen Gesamtschuldner in übersteigender Höhe in Anspruch nehmen, und diese könnten möglicherweise den Vergleichsgegner in Regress nehmen. Um dieses ungewünschte Ergebnis zu vermeiden, bietet sich eine rechtsgeschäftlich vereinbarte Abtretung an.

Die Parteien sind sich darüber einig, dass mit diesem Vergleich alle künftig etwa noch entstehenden Ansprüche des ..... (*Mandanten*) abgefunden sind, auch solche, die aus unerwarteten und unvorhergesehenen Folgen des Unfalls entstehen sollten.

Die Rechtswirksamkeit des Vergleichs ist davon abhängig, dass der ..... (*Mandant*) binnen einer Woche eine Erklärung folgender unterhalts- oder dienstberechtigter Personen:

.....

beibringt, dass auch sie gegenüber dem ..... (*Gegner*) auf ihre etwaigen Ansprüche verzichten und an den ..... (*Gegner*) ihre etwaigen Ansprüche gegen dritte Personen, die als Gesamtschuldner in Betracht kommen, abtreten.

1720 Zu beachten ist, dass gerade im Personenschadensbereich eine sozial- und privatversicherungsrechtliche »Überlagerung« besteht: Nach **§ 116 SGB X** geht ein Anspruch, für den ein Sozialversicherungsträger eintrittspflichtig ist, bereits im **Unfallzeitpunkt** auf den Sozialversicherungsträger über.[2353] Es fehlt also von vornherein (bis auf die »logische Sekunde« im Unfall) die Aktivlegitimation des Geschädigten, sich über diese Ansprüche zu vergleichen.

1721 Eine häufige Haftungsfalle ist die Norm des § 86 VVG, wonach im Privatversicherungsrecht (also: der privaten Kranken- und Pflegeversicherung) eine Zession erst dann stattfindet, wenn geleistet wird.[2354] Dies hat zur Folge, dass der Geschädigte z. Zt. des Abfindungsvergleichs noch aktivlegitimiert ist, sich also über seine Heilbehandlungs- und Aufwendungskosten vergleichen kann. Weil aber – durch den Vergleich – seine Ansprüche auf Schadensersatz erloschen sind, kann auch der Anspruch gegen den Versicherer ganz (§ 86 Abs. 2 Satz 2 VVG: bei Vorsatz) oder teilweise (§ 86 Abs. 2 Satz 3 VVG: bei grober Fahrlässigkeit) erlöschen.[2355]

1722 ▶ **Haftungsfalle:**

Ein Abfindungsvergleich ohne entsprechende Vorbehaltserklärung kann also dazu führen, dass der Geschädigte Leistungsansprüche gegen seine Privatversicherung verliert[2356] und

---

2353 Dieser Übergang setzt voraus, dass der Sozialversicherungsträger »kongruente«, also – kurz gesagt – entsprechende Leistungen zu dem Ersatzanspruch erbringt, also z. B.: Krankengeld führt zum Übergang des Erwerbsschadensanspruchs; Pflegeleistungen zum Übergang des Anspruchs auf Ausgleich vermehrter Bedürfnisse usw.

2354 Luckey, Rn. 1782.

2355 Nach der Rechtslage vor der Reform des VVG zum 01.01.2008 kam es gem. § 67 Abs. 1 Satz 3 a. F. VVG zu einem völligen und verschuldensunabhängigen Verlust des Versicherungsschutzes!

2356 Nur ausnahmsweise kann eine – dann auch sehr wohlwollende – Auslegung dazu führen, die Konsequenzen eines Anspruchsverlustes der privaten Versicherung zum Anlass einer Auslegung zu nehmen, die dahin geht, dass dann nicht gewollt sein sollte, diese mitzuvergleichen, so aber OLG Karlsruhe, Urt. v. 09.11.2005 – 7 U 6/05, OLGR 2006, 47: Der Vergleich regelte (erg.: nur bereits) »entstandene Schäden«, und die privat versicherten Heilbehandlungskosten waren nicht Gegenstand der Klage gewesen. Das OLG entschied, dass bei verständiger Auslegung diese daher auch nicht Gegenstand des Vergleichs hätten sein können, sodass der Krankenversicherer weiterhin leisten musste und regressieren konnte.

dann im Regressweg gegen den Anwalt vorgeht, der hierüber nicht aufgeklärt bzw. diesen Umstand nicht vermieden hat!

1723 Eine Vorbehaltsklausel – deren Annahme durch die Versicherung natürlich immer schwerer zu verhandeln ist als eine endgültige Beilegung – kann lauten wie folgt:

▶ Baustein 4: Fehlende Aktivlegitimation

Zur Abgeltung ….., soweit die Ansprüche nicht auf Sozialversicherungsträger oder sonstige Dritte übergegangen sind oder noch übergehen werden.

Muster 3: Anregen eines schriftlichen Vergleichs nach § 278 Abs. 6 ZPO

1724 Ein gerichtlicher Vergleich wird üblicherweise in der mündlichen Verhandlung in das Protokoll aufgenommen, wobei zu seiner Wirksamkeit erforderlich ist, dass er erneut vorgespielt/vorgelesen und von den Parteien genehmigt wird.

Nach der Neufassung des § 278 Abs. 6 ZPO können nunmehr gerichtliche Vergleichsvorschläge auch **schriftlich** geschlossen werden. Aus Praktikabilitätsgründen ist dem der Fall gleichzusetzen, dass die Parteien einen übereinstimmend gewünschten Vergleichsvorschlag an das Gericht senden; auch hier muss es möglich sein, eine Protokollierung per Beschluss zu erreichen, was gerade für auswärtige Anwälte sinnvoll sein mag. Ein **Schriftsatz an das Gericht** sollte wie folgt lauten:

1725 ▶ Muster 3: Anregen eines schriftlichen Vergleichs nach § 278 Abs. 6 ZPO

In Sachen ...../.....

teile ich mit, dass die Parteien sich außergerichtlich verglichen haben wie folgt:

.....

.....

(*Vergleichstext einfügen*)

Es wird angeregt, das Zustandekommen des Vergleichs nach § 278 Abs. 6 ZPO zu beschließen, um dem auswärtigen Prozessbevollmächtigten einen Protokollierungstermin zu ersparen.

Es wird daher **beantragt**, antragsgemäß zu bescheiden.

.....

Rechtsanwalt

Muster 4: Beschluss nach § 278 Abs. 6 ZPO

1726

Beschluss

In ..... (*volles Rubrum*)

wird gemäß § 278 Abs. 6 Satz 2 ZPO festgestellt, dass zwischen den Parteien ein Vergleich folgenden Inhalts zustande gekommen ist:

.....

.....

(*Vergleichstext einfügen*)

Der Streitwert wird wie folgt festgesetzt:

für das Verfahren: ..... €,

für den Vergleich: ..... €.

Muster 5: Korrektur eines fehlerhaften Beschlusses nach § 278 Abs. 6 ZPO

1727 Ist ein Vergleichsbeschluss wegen bloßer **Übertragungsfehler** unrichtig, kann nach §§ 278 Abs. 6, 164 ZPO eine Berichtigung jederzeit, auch von Amts wegen, zulässig sein. **Schreib-** oder **Berechnungsfehler** sind nach § 319 ZPO ebenfalls von Amts wegen zu berichtigen; diese Berichtigung braucht also streng genommen nur angeregt zu werden.[2357]

1728 Anders liegt der Fall, wenn der Beschluss in der Sache fehlerhaft ist, etwa, weil eine Partei gar nicht zugestimmt hat, sondern das Gericht nur irrig von einer Zustimmung ausgegangen ist oder der Feststellungsbeschluss nicht mit der Parteivereinbarung übereinstimmt. Ob in diesem Fall die Beschwerde (analog § 567 Abs. 1 Nr. 2 ZPO) gegen die Ablehnung einer Berichtigung zulässig sein soll[2358] oder eine solche nach § 567 Abs. 1 Nr. 1 ZPO unzulässig ist,[2359] ist offen. Sie einzulegen kann aber jedenfalls nicht schaden; anderenfalls, wenn nämlich das Gericht eine Berichtigung des Beschlusses ablehnt oder sich die Parteien gar selbst uneinig sind, ob der Vergleich wirksam ist, ist wie bei einem gerichtlich protokollierten Vergleich die Frage durch Fortsetzung des laufenden Verfahrens zu klären.

1729 ▶ **Muster 5: Korrektur eines fehlerhaften Beschlusses nach § 278 Abs. 6 ZPO (Variante 1: Anregung der Berichtigung)**

In Sachen .....
beantrage ich die

Berichtigung

des gerichtlichen Vergleichsbeschlusses vom ..... .

Begründung:

Der Beschluss hält fest, dass ..... . Dies ist unrichtig. Ausweislich der Akten hat das Gericht zwar zunächst vorgeschlagen, dass ..... . Dieser Vorschlag ist aber auf übereinstimmenden Wunsch beider Parteien noch geändert worden, sodass (Schriftsätze vom .....) ein Vergleich letztendlich mit folgendem Wortlaut zustande gekommen ist:

..... .

Es wird daher beantragt, nach § 319 ZPO bzw. – für den Fall bloßen Übertragungsversehens – nach §§ 278 Abs. 6, 164 ZPO den Beschluss antragsgemäß zu berichtigen.

.....

Rechtsanwalt

1730 ▶ **Muster 5: Korrektur eines fehlerhaften Beschlusses nach § 278 Abs. 6 ZPO (Variante 2: Sofortige Beschwerde)**

In Sachen .....

lege ich hiermit gegen die Zurückweisung meines Berichtigungsantrages vom ....., mir zugestellt am .....,

sofortige Beschwerde

ein.

2357 Schneider, Rn. 377.
2358 Schneider, Rn. 378.
2359 Thomas/Putzo, ZPO, § 278 Rn. 18.

Begründung:

Das Gericht hat einen Vergleichsbeschluss mit folgendem Wortlaut erlassen: ..... .

Tatsächlich aber haben ..... .

Diesbezüglich wurde daher Berichtigung des unrichtigen Vergleichsbeschlusses beantragt. Nachdem diese Berichtigung nunmehr abgelehnt worden ist, muss – da die Parteien ansonsten keine Möglichkeit der rechtlichen Überprüfung der fehlerhaften Rechtsauffassung des Gerichts hätten – die sofortige Beschwerde analog § 567 Abs. 1 Satz 2 ZPO zulässig sein (vgl. Schneider, Praxis der neuen ZPO, 2. Aufl. 2003, Rn. 378).

.....

Rechtsanwalt

Muster 6: Klage trotz Abfindungsvergleichs

1731

Klage

der Frau ..... (*Namen und vollständige, ladungsfähige Anschrift*),

– Klägerin –

– Prozessbevollmächtigter: Rechtsanwalt ..... aus ..... –

gegen

Herrn Dr. med. ..... (*Namen und ladungsfähige Anschrift*),

– Beklagten –

Namens und in Vollmacht meiner Mandantin erhebe ich Klage und werde in der mündlichen Verhandlung **beantragen**,

1. *Der Beklagte wird verurteilt, an die Klägerin ein in das Ermessen des Gerichts gestelltes Schmerzensgeld, mindestens aber .... .€, nebst Zinsen von 5 Prozentpunkten über dem Basiszinssatz seit dem .... .zu zahlen.*
2. *Es wird festgestellt, dass der Beklagte verpflichtet ist, der Klägerin allen weiteren immateriellen Schaden zu ersetzen, der ihr aus der Behandlung durch den Beklagten) vom ..... bis ..... zukünftig noch entstehen wird.*

Begründung:

Mit der vorliegenden Klage werden Schmerzensgeldansprüche aus Arzthaftung geltend gemacht. Die Klägerin war bei dem Beklagten in Behandlung wegen ..... (*es folgt die Darstellung der Behandlung und des Behandlungs-/Aufklärungsfehlers*).

Zwischen den Parteien besteht Einigkeit über die Haftung des Beklagten. Es wird lediglich um die Reichweite des zwischen den Parteien geschlossenen Abfindungsvergleichs gestritten. Dieser Vergleich sieht für ..... eine einmalige Zahlung von ..... € vor.

Beweis: Abfindungsvergleich vom ....., Anlage 1

Im Rahmen der Schadensregulierungsgespräche, die der Unterzeichner als Bevollmächtigter der Klägerin führte, verhandelten die Parteien über folgende Symptome der Klägerin: ..... . Grundlage des dann am ..... abgeschlossenen Abfindungsvergleichs war maßgeblich ein Attest des behandelnden Arztes Dr. med. ....., welches keine Dauerschäden befürchten ließ. Allein vor diesem Hintergrund ließ sich die Klägerin auf eine einmalige Entschädigung von ..... € ein.

Beweis: Zeugnis des Unterzeichners

Nur drei Jahre später traten bei der Klägerin folgende Komplikationen auf: ..... .

All diese Komplikationen resultieren weiterhin aus den Folgen der damaligen Falschbehandlung.

Beweis: Einholung eines Sachverständigengutachtens

Nach ständiger Rechtsprechung ist dem Geschädigten ein Festhalten an einem Abfindungsvergleich nach Treu und Glauben nicht zumutbar, wenn die Geschäftsgrundlage für den Vergleich entweder ganz weggefallen ist oder sich so geändert hat, dass eine Anpassung an die geänderten Verhältnisse erforderlich erscheint, oder wenn nachträglich erhebliche Äquivalenzstörungen in den Leistungen der Parteien eingetreten sind, die für den Geschädigten nach den gesamten Umständen des Falles eine ungewöhnliche Härte bedeuten würden (BGH, NJW 1984, 115 [BGH 12.07.1983 – VI ZR 176/81]). Zwar ist zuzugeben, dass bei der Annahme einer Äquivalenzstörung Zurückhaltung angebracht ist; sie ist aber einschlägig, wenn ein Festhalten an dem Vergleich trotz der nicht vorhergesehenen Veränderungen bei Berücksichtigung aller Umstände einen Verstoß gegen Treu und Glauben darstellt.

Zu diesen Umständen gehört insbesondere die Höhe des Schadens, den der Geschädigte erlitten hat. Gegenüber einem Abfindungsvergleich kann nämlich der Einwand der unzulässigen Rechtsausübung erhoben werden, wenn sich nach dem Auftreten nicht vorhergesehener Spätfolgen ein so krasses Missverhältnis zwischen der Vergleichssumme und dem Schaden ergibt, dass der Schädiger gegen Treu und Glauben verstieße, wenn er an dem Vergleich festhalten wollte (vgl. BGH, MDR 1961, 491).

Ein solcher Fall ist vorliegend anzunehmen. Beim Abschluss des Vergleichs gingen die Parteien übereinstimmend davon aus, dass ..... .

.....

Rechtsanwalt

V. Schriftsätze nach Abschluss des Rechtsstreits

1732 Muster 1: Abänderungsklage nach § 323 ZPO

Klage

der Frau ..... (*Namen und vollständige, ladungsfähige Anschrift*),

– Klägerin –

– Prozessbevollmächtigter: Rechtsanwalt ..... aus ..... –

gegen

1. Herrn ..... (*Namen und ladungsfähige Anschrift*),

– Beklagten zu 1) –

2. die ..... Versicherung, ... (*ladungsfähige Anschrift*), gesetzlich vertreten durch den Vorstand, ebenda,

– Beklagte zu 2) –

Namens und in Vollmacht meiner Mandantin erhebe ich Klage und werde in der mündlichen Verhandlung **beantragen,**

das Urteil des Landgerichts ..... vom ..... (Az.:.....) zu ändern und die Beklagten als Gesamtschuldner zu verurteilen, an den Kläger anstelle der dort ausgeurteilten Rente von ..... (Nr. 1 des Tenors) ab Rechtshängigkeit dieser Klage[2360] *eine Rente von monatlich ..... €, zahlbar im Voraus zum 3. des jeweiligen Monats, zu zahlen.*

2360 Die Abänderung hat Wirkung erst ab Zustellung der Klage, nicht ab Klageeinreichung, vgl. BGH, Urt. v. 19.12.1989 – IVb ZR 9/89, MDR 1990, 52.

Begründung:

Durch oben genanntes Urteil des Landgerichts sind die Beklagten zur Zahlung einer monatlichen Rente verurteilt worden. Die Klägerin wurde bei einem Verkehrsunfall, an dem der Beklagte zu 1) mit dem bei der Beklagten zu 2) versicherten Fahrzeug beteiligt war, schwer verletzt. Sie erlitt eine Halbseitenlähmung und leidet weiterhin an einer Hirnleistungsschwäche.

Inzwischen sind wesentliche Veränderungen eingetreten, die eine Abänderung der damals zuerkannten Rente erforderlich machen. Die Unfallfolgen haben sich seit dem ..... verschlimmert. Immer stärkere Hirnnervenausfälle bewirken sprachliche, intellektuelle und motorische Ausfallerscheinungen, die mittlerweile fast täglich auftreten. Die unfallbedingte Fehlhaltung der Wirbelsäule hat die Pflegebedürftigkeit der Klägerin weiter erhöht .....

.....

Rechtsanwalt

Muster 2: Erneute Klage nach rechtskräftig entschiedenem Vorprozess 1733

Klage

der Frau ..... (*Namen und vollständige, ladungsfähige Anschrift*),

– Klägerin –

– Prozessbevollmächtigter: Rechtsanwalt ..... aus ..... –

gegen

1. Herrn ..... (*Namen und ladungsfähige Anschrift*),

– Beklagten zu 1) –

2. die ..... Versicherung, ... (*ladungsfähige Anschrift*), gesetzlich vertreten durch den Vorstand, ebenda,

– Beklagte zu 2) –

Namens und in Vollmacht meiner Mandantin erhebe ich Klage und werde in der mündlichen Verhandlung **beantragen**,

1. *Die Beklagten werden als Gesamtschuldner verurteilt, an die Klägerin ein in das Ermessen des Gerichts gestelltes Schmerzensgeld, mindestens aber ..... €, abzüglich bereits aufgrund rechtskräftigen Urteils des ... vom ... gezahlter ... €, nebst Zinsen von 5 Prozentpunkten über dem Basiszinssatz seit dem ..... zu zahlen.*
2. *Es wird festgestellt, dass die Beklagten als Gesamtschuldner verpflichtet sind, der Klägerin allen weiteren immateriellen Schaden zu ersetzen, der ihr aus dem Verkehrsunfall mit dem Beklagten zu 1) am ..... in ..... zukünftig noch entstehen wird.*

▶ Hinweis:

Bei einer erneuten Klage macht dieser Antrag natürlich nur Sinn, wenn er nicht schon im Titel des Vorprozesses ausgesprochen wurde.

Begründung:

Gegenstand der Klage sind weitere Schadensersatzansprüche aus einem Verkehrsunfall, der sich vor ..... Jahren, am ..... ereignete. Der Beklagte zu 1), der damalige Unfallgegner der Klägerin, und seine Haftpflichtversicherung, die Beklagte zu 2), leugneten damals zunächst ihre Einstandspflicht, wurden dann aber durch rechtskräftiges Urteil (Az.: .....) zur Zahlung eines Schmerzensgeldes von ..... € verurteilt. Dabei ging das Gericht davon aus, dass die Armfraktur, die die Klägerin erlitten hatte, folgenlos und stabil verheilt sei.

Beweis: Anliegende Kopie des Urteils des ..... vom .....

Tatsächlich war die Fraktur jedoch schlecht verheilt. Zunächst allerdings verblieb der Klägerin nur ein subjektives Unsicherheitsgefühl, welches ärztliche Untersuchungen nicht bestätigen konnten.

Beweis: Beiziehung der Krankenunterlagen des Dr. med. .....

Am ..... erlitt die Klägerin, als sie einen Getränkekasten hob, plötzlich einen stechenden Schmerz im Arm. Es stellte sich heraus, dass ..... (*genaue Schilderung der neuen Verletzungsfolgen und des Heilungsverlaufs*).

Auch hierfür schulden die Beklagten ein angemessenes Schmerzensgeld.

Die Haftung der Beklagten für die Unfallfolgen ist rechtskräftig festgestellt. Für die hier allein noch offene Frage, ob die erneuten Verletzungen Unfallfolgen darstellen, gilt der Maßstab des § 287 ZPO, da es um die haftungsausfüllende Kausalität zwischen Verletzung und behaupteter Unfallfolge geht (vgl. nur BGH, NJW 1992, 3298). An dieser Kausalität kann nicht gezweifelt werden. Auch die weiteren und oben geschilderten Verletzungen der Klägerin resultieren aus der damaligen Armverletzung bei dem Unfall.

Beweis: Einholung eines Sachverständigengutachtens

Es wird abschließend darauf hingewiesen, dass die damalige rechtskräftige Entscheidung über die Schmerzensgeldklage dem Zuspruch eines weiteren Schmerzensgeldes nicht entgegensteht. Stellt sich bei der Entscheidung über ein Schmerzensgeldbegehren eine später eintretende Verletzungsfolge aus objektiver Sicht noch nicht als so naheliegend dar, dass sie bei der Bemessung des Schmerzensgeldes berücksichtigt werden kann, steht die Rechtskraft jener Entscheidung der Zubilligung eines weiteren Schmerzensgeldes nicht entgegen (BGH, NJW 1995, 1614 [BGH 07.02.1995 – VI ZR 201/94]).

So liegt der Fall hier. Bei der Lektüre des damaligen Urteils tritt zutage, dass die vollständig und komplikationslos verheilte Armfraktur im Mittelpunkt stand. Es wurde nicht daran gedacht, dass die Fraktur noch einmal zu Komplikationen wie den nun geschehenen führen würde.

Das Schmerzensgeld von ..... € ist angemessen. Bei der Nachforderung von Schmerzensgeld wegen von der Rechtskraft des Vorprozesses nicht umfasster Schäden ist ein einheitliches Schmerzensgeld nach aktuellem Kenntnisstand des Verletzungsbildes zu bemessen, von dem dann das bereits titulierte und gezahlte Schmerzensgeld des Vorprozesses abzuziehen ist (OLG Saarbrücken NJW 2011, 3169).

Dazu gilt hier folgendes: (*wird ausgeführt*).

.....

Rechtsanwalt

VI. Sterbetafeln und Kapitalisierungstabellen

1. Sterbetafeln 2009/2011

a) Früheres Bundesgebiet (ohne Berlin-West)

Weiblich)*

1734

Vollendetes Alter		Sterbewahrscheinlichkeit vom Alter x bis x+1	Überlebenswahrscheinlichkeit vom Alter x bis x+1	Überlebende im Alter x	Gestorbene im Alter x bis unter x+1	Von den Überlebenden im Alter x bis zum Alter x+1 durchlebte	Von den Überlebenden im Alter x insgesamt noch zu durchlebende	Durchschnittliche Lebenserwartung im Alter x in Jahren
						Jahre		
	x	q_x	p_x	l_x	d_x	L_x	$e_x l_x$	e_x
0		0.00332634	0.99667366	100 000	333	99 716	8 276 679	82.77
1	.....	0.00025214	0.99974786	99 667	25	99 655	8 176 963	82.04
2	.....	0.00014849	0.99985151	99 642	15	99 635	8 077 308	81.06
3	.....	0.00011425	0.99988575	99 627	11	99 622	7 977 673	80.08
4	.....	0.00011686	0.99988314	99 616	12	99 610	7 878 052	79.08
5	.....	0.00010299	0.99989701	99 604	10	99 599	7 778 441	78.09
6	.....	0.00009287	0.99990713	99 594	9	99 590	7 678 842	77.10
7	.....	0.00008879	0.99991121	99 585	9	99 580	7 579 253	76.11
8	.....	0.00007630	0.99992370	99 576	8	99 572	7 479 672	75.12
9	.....	0.00006959	0.99993041	99 568	7	99 565	7 380 100	74.12
10	.....	0.00006972	0.99993028	99 562	7	99 558	7 280 535	73.13
11	.....	0.00008424	0.99991576	99 555	8	99 550	7 180 977	72.13
12	.....	0.00007733	0.99992267	99 546	8	99 542	7 081 426	71.14
13	.....	0.00009037	0.99990963	99 539	9	99 534	6 981 884	70.14
14	.....	0.00010439	0.99989561	99 530	10	99 524	6 882 350	69.15
15	.....	0.00011872	0.99988128	99 519	12	99 513	6 782 826	68.16

16	.....	0.00015195	0.99984805	99 507	15	99 500	6 683 312	67.16
17	.....	0.00016468	0.99983532	99 492	16	99 484	6 583 813	66.17
18	.....	0.00023463	0.99976537	99 476	23	99 464	6 484 329	65.18
19	.....	0.00018955	0.99981045	99 452	19	99 443	6 384 864	64.20
20	.....	0.00021520	0.99978480	99 434	21	99 423	6 285 421	63.21
21	.....	0.00021378	0.99978622	99 412	21	99 402	6 185 999	62.23
22	.....	0.00023078	0.99976922	99 391	23	99 379	6 086 597	61.24
23	.....	0.00021489	0.99978511	99 368	21	99 357	5 987 217	60.25
24	.....	0.00021130	0.99978870	99 347	21	99 336	5 887 860	59.27
25	.....	0.00021935	0.99978065	99 326	22	99 315	5 788 524	58.28
26	.....	0.00023059	0.99976941	99 304	23	99 292	5 689 209	57.29
27	.....	0.00024597	0.99975403	99 281	24	99 269	5 589 917	56.30
28	.....	0.00024677	0.99975323	99 257	24	99 244	5 490 648	55.32
29	.....	0.00028487	0.99971513	99 232	28	99 218	5 391 404	54.33
30	.....	0.00027621	0.99972379	99 204	27	99 190	5 292 186	53.35
31	.....	0.00030343	0.99969657	99 176	30	99 161	5 192 995	52.36
32	.....	0.00035727	0.99964273	99 146	35	99 129	5 093 834	51.38
33	.....	0.00035991	0.99964009	99 111	36	99 093	4 994 705	50.40
34	.....	0.00042446	0.99957554	99 075	42	99 054	4 895 612	49.41
35	.....	0.00038863	0.99961137	99 033	38	99 014	4 796 558	48.43
36	.....	0.00046504	0.99953496	98 995	46	98 972	4 697 544	47.45
37	.....	0.00052608	0.99947392	98 949	52	98 923	4 598 573	46.47
38	.....	0.00054815	0.99945185	98 897	54	98 869	4 499 650	45.50
39	.....	0.00065383	0.99934617	98 842	65	98 810	4 400 780	44.52
40	.....	0.00069044	0.99930956	98 778	68	98 744	4 301 970	43.55
41	.....	0.00078651	0.99921349	98 710	78	98 671	4 203 227	42.58
42	.....	0.00086271	0.99913729	98 632	85	98 589	4 104 556	41.61
43	.....	0.00102955	0.99897045	98 547	101	98 496	4 005 967	40.65
44	.....	0.00110501	0.99889499	98 445	109	98 391	3 907 471	39.69
45	.....	0.00125757	0.99874243	98 337	124	98 275	3 809 080	38.74
46	.....	0.00138373	0.99861627	98 213	136	98 145	3 710 805	37.78
47	.....	0.00159600	0.99840400	98 077	157	97 999	3 612 660	36.83
48	.....	0.00175535	0.99824465	97 920	172	97 835	3 514 661	35.89
49	.....	0.00203801	0.99796199	97 749	199	97 649	3 416 826	34.96

50	.....	0.00220604	0.99779396	97 549	215	97 442	3 319 177	34.03
51	.....	0.00244239	0.99755761	97 334	238	97 215	3 221 736	33.10
52	.....	0.00277988	0.99722012	97 096	270	96 962	3 124 520	32.18
53	.....	0.00301066	0.99698934	96 827	292	96 681	3 027 559	31.27
54	.....	0.00322450	0.99677550	96 535	311	96 379	2 930 878	30.36
55	.....	0.00359504	0.99640496	96 224	346	96 051	2 834 499	29.46
56	.....	0.00377681	0.99622319	95 878	362	95 697	2 738 448	28.56
57	.....	0.00408376	0.99591624	95 516	390	95 321	2 642 751	27.67
58	.....	0.00451319	0.99548681	95 126	429	94 911	2 547 430	26.78
59	.....	0.00480589	0.99519411	94 696	455	94 469	2 452 519	25.90
60	.....	0.00545460	0.99454540	94 241	514	93 984	2 358 051	25.02
61	.....	0.00578781	0.99421219	93 727	542	93 456	2 264 066	24.16
62	.....	0.00640114	0.99359886	93 185	596	92 886	2 170 610	23.29
63	.....	0.00688944	0.99311056	92 588	638	92 269	2 077 724	22.44
64	.....	0.00739725	0.99260275	91 950	680	91 610	1 985 455	21.59
65	.....	0.00794892	0.99205108	91 270	725	90 907	1 893 844	20.75
66	.....	0.00867026	0.99132974	90 545	785	90 152	1 802 937	19.91
67	.....	0.00919127	0.99080873	89 760	825	89 347	1 712 785	19.08
68	.....	0.00972296	0.99027704	88 935	865	88 502	1 623 438	18.25
69	.....	0.01059849	0.98940151	88 070	933	87 603	1 534 935	17.43
70	.....	0.01157742	0.98842258	87 137	1 009	86 632	1 447 332	16.61
71	.....	0.01279568	0.98720432	86 128	1 102	85 577	1 360 700	15.80
72	.....	0.01434742	0.98565258	85 026	1 220	84 416	1 275 123	15.00
73	.....	0.01608320	0.98391680	83 806	1 348	83 132	1 190 708	14.21
74	.....	0.01828271	0.98171729	82 458	1 508	81 704	1 107 576	13.43
75	.....	0.02113118	0.97886882	80 950	1 711	80 095	1 025 872	12.67
76	.....	0.02409009	0.97590991	79 240	1 909	78 285	945 777	11.94
77	.....	0.02719487	0.97280513	77 331	2 103	76 279	867 492	11.22
78	.....	0.03142996	0.96857004	75 228	2 364	74 046	791 212	10.52
79	.....	0.03575792	0.96424208	72 863	2 605	71 561	717 167	9.84
80	.....	0.04094148	0.95905852	70 258	2 876	68 820	645 606	9.19
81	.....	0.04690978	0.95309022	67 382	3 161	65 801	576 786	8.56
82	.....	0.05437605	0.94562395	64 221	3 492	62 475	510 985	7.96

83	.....	0.06203260	0.93796740	60 729	3 767	58 845	448 510	7.39
84	.....	0.07178501	0.92821499	56 961	4 089	54 917	389 665	6.84
85	.....	0.08201520	0.91798480	52 872	4 336	50 704	334 748	6.33
86	.....	0.09383549	0.90616451	48 536	4 554	46 259	284 044	5.85
87	.....	0.10750609	0.89249391	43 982	4 728	41 618	237 785	5.41
88	.....	0.12174578	0.87825422	39 253	4 779	36 864	196 168	5.00
89	.....	0.14041324	0.85958676	34 474	4 841	32 054	159 304	4.62
90	.....	0.15301167	0.84698833	29 634	4 534	27 367	127 249	4.29
91	.....	0.17563882	0.82436118	25 099	4 408	22 895	99 883	3.98
92	.....	0.18704526	0.81295474	20 691	3 870	18 756	76 988	3.72
93	.....	0.20486420	0.79513580	16 821	3 446	15 098	58 232	3.46
94	.....	0.22327952	0.77672048	13 375	2 986	11 882	43 134	3.22
95	.....	0.24223005	0.75776995	10 389	2 516	9 130	31 252	3.01
96	.....	0.26165405	0.73834595	7 872	2 060	6 842	22 122	2.81
97	.....	0.28148952	0.71851048	5 812	1 636	4 994	15 279	2.63
98	.....	0.30167454	0.69832546	4 176	1 260	3 546	10 285	2.46
99	.....	0.32214758	0.67785242	2 916	940	2 447	6 739	2.31
100	.....	0.34284780	0.65715220	1 977	678	1 638	4 292	2.17

Hinweis: Bei den Sterbewahrscheinlichkeiten ab dem Alter von 90 Jahren wurden die Werte von Deutschland an das Niveau im früheren Bundesgebiet angepasst.

b) Neue Länder (ohne Berlin-Ost)

Weiblich)*

						Von den Überlebenden im Alter x		
Vollendetes Alter		Sterbe-	Überlebens-	Überlebende im Alter x	Gestorbene im Alter x bis unter x+1	bis zum Alter x+1 durchlebte	insgesamt noch zu durchlebende	Durchschnittliche Lebenserwartung im Alter x
		wahrscheinlichkeit vom Alter x bis x+1						
						Jahre		in Jahren
	x	q_x	p_x	l_x	d_x	L_x	$e_x l_x$	e_x
0	.....	0.00237975	0.99762025	100 000	238	99 802	8 258 271	82.58
1	.....	0.00030977	0.99969023	99 762	1	99 747	8 158 469	81.78
2	.....	0.00015648	0.99984352	99 731	16	99 723	8 058 723	80.80
3	.....	0.00010367	0.99989633	99 716	10	99 710	7 958 999	79.82
4	.....	0.00013279	0.99986721	99 705	13	99 699	7 859 289	78.83
	.....							
5	.....	0.00009789	0.99990211	99 692	10	99 687	7 759 591	77.84
6	.....	0.00005594	0.99994406	99 682	6	99 679	7 659 903	76.84
7	.....	0.00006327	0.99993673	99 677	6	99 673	7 560 224	75.85
8	.....	0.00005611	0.99994389	99 670	6	99 668	7 460 551	74.85
9	.....	0.00008395	0.99991605	99 665	8	99 661	7 360 883	73.86
	.....							
10	.....	0.00008479	0.99991521	99 656	8	99 652	7 261 223	72.86
11	.....	0.00005065	0.99994935	99 648	5	99 645	7 161 570	71.87
12	.....	0.00011236	0.99988764	99 643	11	99 637	7 061 925	70.87
13	.....	0.00011001	0.99988999	99 632	11	99 626	6 962 288	69.88
14	.....	0.00015933	0.99984067	99 621	16	99 613	6 862 662	68.89
15	.....	0.00016822	0.99983178	99 605	17	99 596	6 763 049	67.90
16	.....	0.00022272	0.99977728	99 588	22	99 577	6 663 453	66.91
17	.....	0.00014157	0.99985843	99 566	14	99 559	6 563 876	65.92
18	.....	0.00020036	0.99979964	99 552	20	99 542	6 464 317	64.93
19	.....	0.00028662	0.99971338	99 532	29	99 518	6 364 775	63.95
	.....							
20	.....	0.00026918	0.99973082	99 503	27	99 490	6 265 257	62.97
21	.....	0.00020504	0.99979496	99 477	20	99 466	6 165 767	61.98

22	.....	0.00020676	0.99979324	99 456	21	99 446	6 066 301	60.99
23	.....	0.00029834	0.99970166	99 436	30	99 421	5 966 855	60.01
24	.....	0.00018288	0.99981712	99 406	18	99 397	5 867 435	59.03
25	.....	0.00021349	0.99978651	99 388	21	99 377	5 768 038	58.04
26	.....	0.00024809	0.99975191	99 366	25	99 354	5 668 661	57.05
27	.....	0.00036056	0.99963944	99 342	36	99 324	5 569 306	56.06
28	.....	0.00029388	0.99970612	99 306	29	99 291	5 469 983	55.08
29	.....	0.00031434	0.99968566	99 277	31	99 261	5 370 691	54.10
30	.....	0.00030384	0.99969616	99 246	30	99 231	5 271 430	53.11
31	.....	0.00029881	0.99970119	99 215	30	99 201	5 172 199	52.13
32	.....	0.00033813	0.99966187	99 186	34	99 169	5 072 999	51.15
33	.....	0.00036610	0.99963390	99 152	36	99 134	4 973 830	50.16
34	.....	0.00046919	0.99953081	99 116	47	99 093	4 874 695	49.18
35	.....	0.00046585	0.99953415	99 069	46	99 046	4 775 603	48.20
36	.....	0.00052017	0.99947983	99 023	52	98 998	4 676 556	47.23
37	.....	0.00054920	0.99945080	98 972	54	98 945	4 577 559	46.25
38	.....	0.00060225	0.99939775	98 917	60	98 888	4 478 614	45.28
39	.....	0.00067097	0.99932903	98 858	66	98 825	4 379 726	44.30
40	.....	0.00081425	0.99918575	98 792	80	98 751	4 280 902	43.33
41	.....	0.00088487	0.99911513	98 711	87	98 667	4 182 150	42.37
42	.....	0.00101988	0.99898012	98 624	101	98 573	4 083 483	41.40
43	.....	0.00100104	0.99899896	98 523	99	98 474	3 984 909	40.45
44	.....	0.00117789	0.99882211	98 425	116	98 367	3 886 435	39.49
45	.....	0.00135215	0.99864785	98 309	133	98 242	3 788 069	38.53
46	.....	0.00156170	0.99843830	98 176	153	98 099	3 689 827	37.58
47	.....	0.00183134	0.99816866	98 022	180	97 933	3 591 728	36.64
48	.....	0.00182224	0.99817776	97 843	178	97 754	3 493 795	35.71
49	.....	0.00214266	0.99785734	97 665	209	97 560	3 396 041	34.77
50	.....	0.00215844	0.99784156	97 455	210	97 350	3 298 481	33.85
51	.....	0.00237632	0.99762368	97 245	231	97 129	3 201 131	32.92
52	.....	0.00264079	0.99735921	97 014	256	96 886	3 104 002	32.00
53	.....	0.00296003	0.99703997	96 758	286	96 614	3 007 116	31.08
54	.....	0.00298129	0.99701871	96 471	288	96 327	2 910 501	30.17

55	.....	0.00328390	0.99671610	96 184	316	96 026	2 814 174	29.26
56	.....	0.00359955	0.99640045	95 868	345	95 695	2 718 148	28.35
57	.....	0.00357803	0.99642197	95 523	342	95 352	2 622 453	27.45
58	.....	0.00399311	0.99600689	95 181	380	94 991	2 527 101	26.55
59	.....	0.00434849	0.99565151	94 801	412	94 595	2 432 110	25.65
	.....							
60	.....	0.00499767	0.99500233	94 389	472	94 153	2 337 515	24.76
61	.....	0.00536314	0.99463686	93 917	504	93 665	2 243 362	23.89
62	.....	0.00576903	0.99423097	93 413	539	93 144	2 149 697	23.01
63	.....	0.00588983	0.99411017	92 874	547	92 601	2 056 554	22.14
64	.....	0.00677032	0.99322968	92 327	625	92 015	1 963 953	21.27
65	.....	0.00703938	0.99296062	91 702	646	91 379	1 871 938	20.41
66	.....	0.00791287	0.99208713	91 057	721	90 696	1 780 559	19.55
67	.....	0.00856760	0.99143240	90 336	774	89 949	1 689 862	18.71
68	.....	0.00945290	0.99054710	89 562	847	89 139	1 599 913	17.86
69	.....	0.01045137	0.98954863	88 716	927	88 252	1 510 774	17.03
70	.....	0.01142639	0.98857361	87 788	1 003	87 287	1 422 522	16.20
71	.....	0.01303361	0.98696639	86 785	1 131	86 220	1 335 235	15.39
72	.....	0.01470321	0.98529679	85 654	1 259	85 024	1 249 015	14.58
73	.....	0.01683821	0.98316179	84 395	1 421	83 684	1 163 991	13.79
74	.....	0.01957401	0.98042599	82 974	1 624	82 162	1 080 307	13.02
75	.....	0.02275592	0.97724408	81 350	1 851	80 424	998 145	12.27
76	.....	0.02582200	0.97417800	79 498	2 053	78 472	917 721	11.54
77	.....	0.02963958	0.97036042	77 446	2 295	76 298	839 249	10.84
78	.....	0.03466722	0.96533278	75 150	2 605	73 848	762 951	10.15
79	.....	0.03827359	0.96172641	72 545	2 777	71 157	689 104	9.50
80	.....	0.04509623	0.95490377	69 768	3 146	68 195	617 947	8.86
81	.....	0.05081717	0.94918283	66 622	3 386	64 929	549 752	8.25
82	.....	0.05868587	0.94131413	63 237	3 711	61 381	484 822	7.67
83	.....	0.06654132	0.93345868	59 525	3 961	57 545	423 442	7.11
84	.....	0.07505646	0.92494354	55 565	4 170	53 479	365 897	6.59
85	.....	0.08750610	0.91249390	51 394	4 497	49 145	312 417	6.08
86	.....	0.09799643	0.90200357	46 897	4 596	44 599	263 272	5.61
87	.....	0.11399916	0.88600084	42 301	4 822	39 890	218 673	5.17
88	.....	0.12748744	0.87251256	37 479	4 778	35 090	178 783	4.77

89	.....	0.14999202	0.85000798	32 701	4 905	30 248	143 693	4.39
90	.....	0.16239768	0.83760232	27 796	4 514	25 539	113 445	4.08
91	.....	0.18641282	0.81358718	23 282	4 340	21 112	87 906	3.78
92	.....	0.19851894	0.80148106	18 942	3 760	17 062	66 794	3.53
93	.....	0.21743093	0.78256907	15 182	3 301	13 531	49 733	3.28
94	.....	0.23697588	0.76302412	11 881	2 815	10 473	36 202	3.05
95	.....	0.25708887	0.74291113	9 065	2 331	7 900	25 729	2.84
96	.....	0.27770437	0.72229563	6 735	1 870	5 800	17 829	2.65
97	.....	0.29875658	0.70124342	4 864	1 453	4 138	12 029	2.47
98	.....	0.32017978	0.67982022	3 411	1 092	2 865	7 892	2.31
99	.....	0.34190868	0.65809132	2 319	793	1 923	5 027	2.17
100	.....	0.36387868	0.63612132	1 526	555	1 248	3 104	2.03

Hinweis: Bei den Sterbewahrscheinlichkeiten ab dem Alter von 90 Jahren wurden die Werte von Deutschland an das Niveau in den neuen Ländern angepasst.

c) Früheres Bundesgebiet (ohne Berlin-West)

Männlich)*

1735

						Von den Überlebenden im Alter x		
Vollendetes Alter		Sterbe-	Überlebens-	Überlebende im Alter x	Gestorbene im Alter x bis unter x+1	bis zum Alter x+1 durchlebte	insgesamt noch zu durchlebende	Durchschnittliche Lebenserwartung im Alter x in Jahren
		wahrscheinlichkeit vom Alter x bis x+1						
						Jahre		
	x	q_x	p_x	l_x	d_x	L_x	$e_x l_x$	e_x
0	.....	0.00400323	0.99599677	100 000	400	99 659	7 797 086	77.97
1	.....	0.00032858	0.99967142	99 600	33	99 583	7 697 427	77.28
2	.....	0.00019384	0.99980616	99 567	19	99 557	7 597 844	76.31
3	.....	0.00012938	0.99987062	99 548	13	99 541	7 498 286	75.32
4	.....	0.00012352	0.99987648	99 535	12	99 529	7 398 745	74.33
5	.....	0.00011247	0.99988753	99 522	11	99 517	7 299 216	73.34
6	.....	0.00010825	0.99989175	99 511	11	99 506	7 199 700	72.35

7	.....	0.00008650	0.99991350	99 501	9	99 496	7 100 194	71.36
8	.....	0.00007999	0.99992001	99 492	8	99 488	7 000 697	70.36
9	.....	0.00007755	0.99992245	99 484	8	99 480	6 901 210	69.37
10	.....	0.00008935	0.99991065	99 476	9	99 472	6 801 729	68.38
11	.....	0.00008385	0.99991615	99 467	8	99 463	6 702 258	67.38
12	.....	0.00010379	0.99989621	99 459	10	99 454	6 602 794	66.39
13	.....	0.00010645	0.99989355	99 449	11	99 443	6 503 341	65.39
14	.....	0.00014993	0.99985007	99 438	15	99 431	6 403 897	64.40
15	.....	0.00017922	0.99982078	99 423	18	99 414	6 304 467	63.41
16	.....	0.00025623	0.99974377	99 405	25	99 393	6 205 052	62.42
17	.....	0.00033604	0.99966396	99 380	33	99 363	6 105 660	61.44
18	.....	0.00048112	0.99951888	99 346	48	99 323	6 006 296	60.46
19	.....	0.00048637	0.99951363	99 299	48	99 275	5 906 974	59.49
20	.....	0.00051443	0.99948557	99 250	51	99 225	5 807 699	58.52
21	.....	0.00052063	0.99947937	99 199	52	99 174	5 708 474	57.55
22	.....	0.00051528	0.99948472	99 148	51	99 122	5 609 301	56.58
23	.....	0.00048373	0.99951627	99 097	48	99 073	5 510 179	55.60
24	.....	0.00054623	0.99945377	99 049	54	99 022	5 411 106	54.63
25	.....	0.00054453	0.99945547	98 995	54	98 968	5 312 085	53.66
26	.....	0.00056668	0.99943332	98 941	56	98 913	5 213 117	52.69
27	.....	0.00060955	0.99939045	98 885	60	98 854	5 114 204	51.72
28	.....	0.00060119	0.99939881	98 824	59	98 795	5 015 350	50.75
29	.....	0.00061786	0.99938214	98 765	61	98 734	4 916 555	49.78
30	.....	0.00063296	0.99936704	98 704	62	98 673	4 817 821	48.81
31	.....	0.00069360	0.99930640	98 641	68	98 607	4 719 148	47.84
32	.....	0.00072006	0.99927994	98 573	71	98 538	4 620 541	46.87
33	.....	0.00076948	0.99923052	98 502	76	98 464	4 522 003	45.91
34	.....	0.00079058	0.99920942	98 426	78	98 387	4 423 539	44.94
35	.....	0.00082793	0.99917207	98 348	81	98 308	4 325 152	43.98
36	.....	0.00087024	0.99912976	98 267	86	98 224	4 226 844	43.01
37	.....	0.00092437	0.99907563	98 181	91	98 136	4 128 620	42.05
38	.....	0.00105705	0.99894295	98 091	104	98 039	4 030 484	41.09
39	.....	0.00109148	0.99890852	97 987	107	97 934	3 932 445	40.13

40	.....	0.00119554	0.99880446	97 880	117	97 822	3 834 512	39.18
41	.....	0.00128162	0.99871838	97 763	125	97 700	3 736 690	38.22
42	.....	0.00143100	0.99856900	97 638	140	97 568	3 638 990	37.27
43	.....	0.00166167	0.99833833	97 498	162	97 417	3 541 422	36.32
44	.....	0.00184653	0.99815347	97 336	180	97 246	3 444 005	35.38
45	.....	0.00202807	0.99797193	97 156	197	97 058	3 346 758	34.45
46	.....	0.00229915	0.99770085	96 959	223	96 848	3 249 701	33.52
47	.....	0.00268115	0.99731885	96 736	259	96 607	3 152 853	32.59
48	.....	0.00296584	0.99703416	96 477	286	96 334	3 056 246	31.68
49	.....	0.00331492	0.99668508	96 191	319	96 031	2 959 912	30.77
50	.....	0.00374575	0.99625425	95 872	359	95 692	2 863 881	29.87
51	.....	0.00446463	0.99553537	95 513	426	95 300	2 768 189	28.98
52	.....	0.00473777	0.99526223	95 086	450	94 861	2 672 889	28.11
53	.....	0.00521599	0.99478401	94 636	494	94 389	2 578 028	27.24
54	.....	0.00582000	0.99418000	94 142	548	93 868	2 483 639	26.38
55	.....	0.00639325	0.99360675	93 594	598	93 295	2 389 770	25.53
56	.....	0.00700749	0.99299251	92 996	652	92 670	2 296 475	24.69
57	.....	0.00768397	0.99231603	92 344	710	91 990	2 203 805	23.87
58	.....	0.00835693	0.99164307	91 635	766	91 252	2 111 815	23.05
59	.....	0.00910216	0.99089784	90 869	827	90 455	2 020 563	22.24
60	.....	0.01006884	0.98993116	90 042	907	89 589	1 930 108	21.44
61	.....	0.01082845	0.98917155	89 135	965	88 653	1 840 519	20.65
62	.....	0.01176379	0.98823621	88 170	1 037	87 651	1 751 867	19.87
63	.....	0.01242976	0.98757024	87 133	1 083	86 591	1 664 215	19.10
64	.....	0.01392992	0.98607008	86 050	1 199	85 450	1 577 624	18.33
65	.....	0.01494268	0.98505732	84 851	1 268	84 217	1 492 173	17.59
66	.....	0.01629208	0.98370792	83 583	1 362	82 902	1 407 956	16.84
67	.....	0.01754197	0.98245803	82 222	1 442	81 500	1 325 054	16.12
68	.....	0.01889558	0.98110442	80 779	1 526	80 016	1 243 553	15.39
69	.....	0.02072380	0.97927620	79 253	1 642	78 432	1 163 537	14.68
70	.....	0.02245289	0.97754711	77 610	1 743	76 739	1 085 106	13.98
71	.....	0.02449197	0.97550803	75 868	1 858	74 939	1 008 367	13.29
72	.....	0.02677660	0.97322340	74 010	1 982	73 019	933 428	12.61
73	.....	0.02924561	0.97075439	72 028	2 107	70 975	860 409	11.95

74	......	0.03315464	0.96684536	69 921	2 318	68 762	789 435	11.29
75	.....	0.03675809	0.96324191	67 603	2 485	66 361	720 672	10.66
76	.....	0.04090447	0.95909553	65 118	2 664	63 786	654 311	10.05
77	.....	0.04579655	0.95420345	62 455	2 860	61 025	590 525	9.46
78	.....	0.05187792	0.94812208	59 594	3 092	58 049	529 500	8.89
79	.....	0.05778094	0.94221906	56 503	3 265	54 870	471 452	8.34
80	.....	0.06439873	0.93560127	53 238	3 428	51 524	416 581	7.82
81	.....	0.07227104	0.92772896	49 810	3 600	48 010	365 058	7.33
82	.....	0.07969780	0.92030220	46 210	3 683	44 368	317 048	6.86
83	.....	0.08674014	0.91325986	42 527	3 689	40 683	272 680	6.41
84	.....	0.09751032	0.90248968	38 838	3 787	36 945	231 997	5.97
85	.....	0.10769205	0.89230795	35 051	3 775	33 164	195 053	5.56
86	.....	0.12002775	0.87997225	31 276	3 754	29 399	161 889	5.18
87	.....	0.13425422	0.86574578	27 522	3 695	25 675	132 490	4.81
88	.....	0.14579462	0.85420538	23 827	3 474	22 090	106 815	4.48
89	.....	0.16548791	0.83451209	20 353	3 368	18 669	84 724	4.16
90	.....	0.17358914	0.82641086	16 985	2 948	15 511	66 055	3.89
91	.....	0.19708719	0.80291281	14 037	2 766	12 653	50 544	3.60
92	.....	0.21339218	0.78660782	11 270	2 405	10 068	37 891	3.36
93	.....	0.23145174	0.76854826	8 865	2 052	7 839	27 823	3.14
94	.....	0.25007594	0.74992406	6 813	1 704	5 961	19 984	2.93
95	.....	0.26920161	0.73079839	5 110	1 375	4 422	14 022	2.74
96	.....	0.28876520	0.71123480	3 734	1 078	3 195	9 600	2.57
97	.....	0.30870313	0.69129687	2 656	820	2 246	6 405	2.41
98	.....	0.32895208	0.67104792	1 836	604	1 534	4 160	2.27
99	.....	0.34944938	0.65055062	1 232	431	1 017	2 626	2.13
100	.....	0.37013328	0.62986672	801	297	653	1 609	2.01

Hinweis: Bei den Sterbewahrscheinlichkeiten ab dem Alter von 90 Jahren wurden die Werte von Deutschland an das Niveau im früheren Bundesgebiet angepasst.

d) Neue Länder (ohne Berlin-Ost)

Männlich)*

Vollendetes Alter		Sterbe-	Überlebens-	Überlebende im Alter x	Gestorbene im Alter x bis unter x+1	Von den Überlebenden im Alter x bis zum Alter x+1 durchlebte	Von den Überlebenden im Alter x insgesamt noch zu durchlebende	Durchschnittliche Lebenserwartung im Alter x in Jahren
		wahrscheinlichkeit vom Alter x bis x+1						
						Jahre		
	x	q x	p x	l x	d x	L x	e x l x	e x
0	.....	0.00309225	0.99690775	100 000	309	99 750	7 663 790	76.64
1	.....	0.00034026	0.99965974	99 691	34	99 674	7 564 040	75.88
2	.....	0.00016778	0.99983222	99 657	17	99 648	7 464 366	74.90
3	.....	0.00018333	0.99981667	99 640	18	99 631	7 364 718	73.91
4	.....	0.00015912	0.99984088	99 622	16	99 614	7 265 087	72.93
5	.....	0.00008654	0.99991346	99 606	9	99 602	7 165 473	71.94
6	.....	0.00008650	0.99991350	99 597	9	99 593	7 065 871	70.94
7	.....	0.00006676	0.99993324	99 589	7	99 585	6 966 278	69.95
8	.....	0.00009333	0.99990667	99 582	9	99 577	6 866 692	68.96
9	.....	0.00005975	0.99994025	99 573	6	99 570	6 767 115	67.96
10	.....	0.00008714	0.99991286	99 567	9	99 563	6 667 545	66.97
11	.....	0.00008246	0.99991754	99 558	8	99 554	6 567 983	65.97
12	.....	0.00015662	0.99984338	99 550	16	99 542	6 468 428	64.98
13	.....	0.00011949	0.99988051	99 534	12	99 528	6 368 886	63.99
14	.....	0.00015073	0.99984927	99 523	15	99 515	6 269 358	62.99
15	.....	0.00018369	0.99981631	99 508	18	99 498	6 169 843	62.00
16	.....	0.00025176	0.99974824	99 489	25	99 477	6 070 344	61.02
17	.....	0.00039357	0.99960643	99 464	39	99 445	5 970 868	60.03
18	.....	0.00053869	0.99946131	99 425	54	99 398	5 871 423	59.05
19	.....	0.00052681	0.99947319	99 371	52	99 345	5 772 025	58.09
20	.....	0.00066264	0.99933736	99 319	66	99 286	5 672 679	57.12
21	.....	0.00065910	0.99934090	99 253	65	99 221	5 573 393	56.15

22	.....	0.00061372	0.99938628	99 188	61	99 157	5 474 173	55.19
23	.....	0.00067752	0.99932248	99 127	67	99 093	5 375 015	54.22
24	.....	0.00065585	0.99934415	99 060	65	99 027	5 275 922	53.26
25	.....	0.00059555	0.99940445	98 995	59	98 965	5 176 894	52.29
26	.....	0.00069047	0.99930953	98 936	68	98 902	5 077 929	51.33
27	.....	0.00074979	0.99925021	98 868	74	98 831	4 979 027	50.36
28	.....	0.00062329	0.99937671	98 794	62	98 763	4 880 197	49.40
29	.....	0.00077206	0.99922794	98 732	76	98 694	4 781 434	48.43
30	.....	0.00068938	0.99931062	98 656	68	98 622	4 682 740	47.47
31	.....	0.00078414	0.99921586	98 588	77	98 549	4 584 118	46.50
32	.....	0.00081963	0.99918037	98 510	81	98 470	4 485 569	45.53
33	.....	0.00074517	0.99925483	98 430	73	98 393	4 387 099	44.57
34	.....	0.00083259	0.99916741	98 356	82	98 315	4 288 706	43.60
35	.....	0.00093038	0.99906962	98 274	91	98 229	4 190 391	42.64
36	.....	0.00096681	0.99903319	98 183	95	98 136	4 092 162	41.68
37	.....	0.00112613	0.99887387	98 088	110	98 033	3 994 027	40.72
38	.....	0.00126630	0.99873370	97 978	124	97 916	3 895 994	39.76
39	.....	0.00140665	0.99859335	97 854	138	97 785	3 798 078	38.81
40	.....	0.00174374	0.99825626	97 716	170	97 631	3 700 294	37.87
41	.....	0.00179944	0.99820056	97 545	176	97 458	3 602 663	36.93
42	.....	0.00202506	0.99797494	97 370	197	97 271	3 505 205	36.00
43	.....	0.00238711	0.99761289	97 173	232	97 057	3 407 934	35.07
44	.....	0.00272489	0.99727511	96 941	264	96 809	3 310 877	34.15
45	.....	0.00306431	0.99693569	96 677	296	96 529	3 214 068	33.25
46	.....	0.00328745	0.99671255	96 380	317	96 222	3 117 540	32.35
47	.....	0.00377488	0.99622512	96 064	363	95 882	3 021 318	31.45
48	.....	0.00421940	0.99578060	95 701	404	95 499	2 925 436	30.57
49	.....	0.00466569	0.99533431	95 297	445	95 075	2 829 937	29.70
50	.....	0.00507527	0.99492473	94 853	481	94 612	2 734 862	28.83
51	.....	0.00588624	0.99411376	94 371	555	94 093	2 640 250	27.98
52	.....	0.00622891	0.99377109	93 816	584	93 523	2 546 157	27.14
53	.....	0.00669054	0.99330946	93 231	624	92 919	2 452 633	26.31
54	.....	0.00771555	0.99228445	92 607	715	92 250	2 359 714	25.48

55	.....	0.00819703	0.99180297	91 893	753	91 516	2 267 464	24.68
56	.....	0.00824472	0.99175528	91 140	751	90 764	2 175 947	23.87
57	.....	0.00938544	0.99061456	90 388	848	89 964	2 085 183	23.07
58	.....	0.01039763	0.98960237	89 540	931	89 074	1 995 219	22.28
59	.....	0.01115469	0.98884531	88 609	988	88 115	1 906 145	21.51
60	.....	0.01176477	0.98823523	87 621	1 031	87 105	1 818 030	20.75
61	.....	0.01245924	0.98754076	86 590	1 079	86 050	1 730 925	19.99
62	.....	0.01286925	0.98713075	85 511	1 100	84 961	1 644 875	19.24
63	.....	0.01374525	0.98625475	84 410	1 160	83 830	1 559 914	18.48
64	.....	0.01480261	0.98519739	83 250	1 232	82 634	1 476 084	17.73
65	.....	0.01547237	0.98452763	82 018	1 269	81 383	1 393 450	16.99
66	.....	0.01727515	0.98272485	80 749	1 395	80 051	1 312 066	16.25
67	.....	0.01885171	0.98114829	79 354	1 496	78 606	1 232 015	15.53
68	.....	0.01995944	0.98004056	77 858	1 554	77 081	1 153 409	14.81
69	.....	0.02175213	0.97824787	76 304	1 660	75 474	1 076 328	14.11
70	.....	0.02379477	0.97620523	74 644	1 776	73 756	1 000 854	13.41
71	.....	0.02647255	0.97352745	72 868	1 929	71 904	927 098	12.72
72	.....	0.02864942	0.97135058	70 939	2 032	69 923	855 194	12.06
73	.....	0.03253748	0.96746252	68 907	2 242	67 786	785 272	11.40
74	......	0.03689304	0.96310696	66 665	2 459	65 435	717 486	10.76
75	.....	0.04055917	0.95944083	64 205	2 604	62 903	652 051	10.16
76	.....	0.04499827	0.95500173	61 601	2 772	60 215	589 148	9.56
77	.....	0.05115624	0.94884376	58 829	3 009	57 324	528 933	8.99
78	.....	0.05749330	0.94250670	55 820	3 209	54 215	471 609	8.45
79	.....	0.06411240	0.93588760	52 610	3 373	50 924	417 394	7.93
80	.....	0.06864210	0.93135790	49 237	3 380	47 548	366 470	7.44
81	.....	0.07687443	0.92312557	45 858	3 525	44 095	318 922	6.95
82	.....	0.08429689	0.91570311	42 332	3 568	40 548	274 827	6.49
83	.....	0.09532231	0.90467769	38 764	3 695	36 916	234 279	6.04
84	.....	0.10345810	0.89654190	35 069	3 628	33 255	197 363	5.63
85	.....	0.11540217	0.88459783	31 441	3 628	29 626	164 108	5.22
86	.....	0.12816484	0.87183516	27 812	3 565	26 030	134 482	4.84
87	.....	0.14353319	0.85646681	24 248	3 480	22 508	108 451	4.47
88	.....	0.16515903	0.83484097	20 767	3 430	19 052	85 944	4.14

89	.....	0.18243877	0.81756123	17 337	3 163	15 756	66 891	3.86
90	.....	0.18889416	0.81110584	14 174	2 677	12 836	51 135	3.61
91	.....	0.21446398	0.78553602	11 497	2 466	10 264	38 300	3.33
92	.....	0.23220656	0.76779344	9 031	2 097	7 983	28 036	3.10
93	.....	0.25185839	0.74814161	6 934	1 746	6 061	20 053	2.89
94	.....	0.27212465	0.72787535	5 188	1 412	4 482	13 992	2.70
95	.....	0.29293659	0.70706341	3 776	1 106	3 223	9 510	2.52
96	.....	0.31422507	0.68577493	2 670	839	2 250	6 287	2.35
97	.....	0.33592089	0.66407911	1 831	615	1 523	4 037	2.20
98	.....	0.35795515	0.64204485	1 216	435	998	2 513	2.07
99	.....	0.38025966	0.61974034	781	297	632	1 515	1.94
100	.....	0.40276721	0.59723279	484	195	386	883	1.82

Hinweis: Bei den Sterbewahrscheinlichkeiten ab dem Alter von 90 Jahren wurden die Werte von Deutschland an das Niveau in den neuen Ländern angepasst.

2. Kapitalisierungstabelle lebenslängliche Leibrente

Die nachfolgenden Tabellen dienen zur Kapitalisierung von Renten. Zur Berechnung ist zunächst der Monatsbetrag der angemessenen Rente mit 12 (Jahressumme) und dann mit dem sich aus der Tabelle ergebenden Multiplikator zu multiplizieren.

▶ Beispiel:

Ein 25 Jahre alter Schwerstgeschädigter soll eine monatliche Rente von 350,00 € erhalten. Aus der Tabelle (25 Jahre, männlich) ergibt sich ein Multiplikator von 18,530. Berechnet wird mithin 350,00 € x 12 x 18,530 = 77.826,00 € kapitalisiert.

a) Frauen, lebenslängliche Leibrente: **1736**

Alter	2%	3%	4%	5%	6%
0	40.283	30.599	24.298	19.998	16.934
1	40.203	30.597	24.325	20.034	16.972
2	40.008	30.508	24.284	20.015	16.963
3	39.804	30.412	24.238	19.992	16.952
4	39.594	30.312	24.189	19.968	16.939
5	39.380	30.209	24.138	19.942	16.926
6	39.161	30.102	24.084	19.914	16.911
7	38.936	29.991	24.028	19.885	16.895
8	38.708	29.877	23.970	19.854	16.878
9	38.474	29.760	23.909	19.822	16.860
10	38.235	29.639	23.846	19.788	16.841
11	37.992	29.514	23.780	19.752	16.821

Alter	2%	3%	4%	5%	6%
12	37.744	29.386	23.712	19.715	16.800
13	37.491	29.253	23.641	19.675	16.777
14	37.234	29.118	23.567	19.634	16.753
15	36.972	28.978	23.491	19.591	16.729
16	36.706	28.836	23.413	19.547	16.703
17	36.435	28.689	23.332	19.501	16.676
18	36.159	28.539	23.248	19.453	16.647
19	35.880	28.386	23.162	19.403	16.618
20	35.594	28.227	23.072	19.351	16.587
21	35.303	28.064	22.978	19.296	16.554
22	35.006	27.896	22.881	19.238	16.519
23	34.703	27.723	22.780	19.178	16.482

Alter	2%	3%	4%	5%	6%
24	34.395	27.545	22.675	19.115	16.442
25	34.079	27.361	22.566	19.048	16.401
26	33.758	27.173	22.452	18.978	16.357
27	33.431	26.979	22.335	18.906	16.311
28	33.098	26.779	22.213	18.829	16.262
29	32.758	26.574	22.086	18.749	16.210
30	32.411	26.362	21.954	18.665	16.155
31	32.057	26.144	21.817	18.577	16.097
32	31.698	25.920	21.675	18.485	16.036
33	31.332	25.691	21.528	18.389	15.972
34	30.958	25.454	21.375	18.288	15.904
35	30.580	25.213	21.218	18.184	15.833
36	30.194	24.964	21.055	18.074	15.758
37	29.801	24.708	20.885	17.960	15.679
38	29.402	24.447	20.711	17.841	15.597
39	28.997	24.178	20.530	17.716	15.510
40	28.585	23.904	20.343	17.588	15.419
41	28.167	23.622	20.151	17.453	15.324
42	27.742	23.334	19.952	17.314	15.224
43	27.312	23.040	19.747	17.169	15.120
44	26.875	22.738	19.536	17.019	15.011
45	26.433	22.431	19.319	16.863	14.897
46	25.985	22.117	19.095	16.702	14.779
47	25.533	21.797	18.866	16.535	14.656
48	25.076	21.472	18.632	16.364	14.529
49	24.612	21.139	18.390	16.185	14.396
50	24.145	20.802	18.144	16.003	14.259
51	23.672	20.458	17.890	15.813	14.115
52	23.193	20.106	17.629	15.617	13.966
53	22.711	19.750	17.362	15.415	13.812
54	22.223	19.386	17.088	15.207	13.651
55	21.728	19.014	16.805	14.990	13.483
56	21.228	18.636	16.516	14.767	13.309
57	20.721	18.249	16.218	14.534	13.126
58	20.209	17.855	15.912	14.294	12.937
59	19.692	17.454	15.598	14.047	12.740
60	19.168	17.044	15.275	13.790	12.533
61	18.643	16.631	14.948	13.528	12.322
62	18.113	16.211	14.612	13.258	12.103
63	17.579	15.784	14.268	12.979	11.875
64	17.038	15.348	13.915	12.690	11.638
65	16.491	14.904	13.551	12.391	11.390
66	15.938	14.452	13.179	12.082	11.132
67	15.381	13.992	12.797	11.764	10.864
68	14.815	13.521	12.403	11.432	10.584
69	14.245	13.043	12.000	11.090	10.292
70	13.670	12.558	11.588	10.738	9.990
71	13.094	12.067	11.168	10.377	9.678
72	12.515	11.571	10.740	10.006	9.355
73	11.938	11.073	10.308	9.630	9.025
74	11.368	10.577	9.875	9.250	8.691
75	10.798	10.078	9.436	8.863	8.347
76	10.239	9.586	9.002	8.477	8.004
77	9.687	9.096	8.566	8.087	7.654
78	9.144	8.613	8.133	7.699	7.304
79	8.615	8.138	7.706	7.313	6.955
80	8.096	7.669	7.281	6.927	6.604
81	7.591	7.211	6.865	6.547	6.256
82	7.102	6.765	6.456	6.172	5.910
83	6.630	6.332	6.058	5.805	5.572
84	6.181	5.918	5.675	5.451	5.243
85	5.751	5.520	5.306	5.107	4.922
86	5.347	5.144	4.955	4.779	4.615
87	4.966	4.788	4.622	4.467	4.322
88	4.618	4.462	4.316	4.179	4.051
89	4.311	4.174	4.045	3.924	3.810
90	4.013	3.893	3.780	3.673	3.572

1737 *b) Frauen, lebenslängliche Leibrente:*

Alter	2%	3%	4%	5%	6%
0	39.107	30.004	23.985	19.825	16.833
1	39.031	30.006	24.018	19.868	16.879
2	38.813	29.900	23.965	19.842	16.865
3	38.587	29.787	23.907	19.811	16.849
4	38.354	29.669	23.845	19.778	16.830
5	38.115	29.547	23.781	19.743	16.810

Alter	2%	3%	4%	5%	6%
6	37.871	29.421	23.713	19.705	16.789
7	37.621	29.290	23.643	19.666	16.766
8	37.366	29.156	23.570	19.625	16.741
9	37.106	29.017	23.493	19.581	16.715
10	36.841	28.874	23.413	19.535	16.688
11	36.570	28.726	23.330	19.487	16.659
12	36.293	28.574	23.244	19.436	16.628
13	36.013	28.419	23.155	19.383	16.595
14	35.726	28.258	23.062	19.328	16.561
15	35.435	28.094	22.967	19.271	16.526
16	35.141	27.927	22.869	19.212	16.489
17	34.842	27.756	22.769	19.151	16.450
18	34.540	27.582	22.666	19.088	16.411
19	34.238	27.408	22.563	19.026	16.373
20	33.930	27.228	22.456	18.961	16.332
21	33.616	27.044	22.345	18.893	16.289
22	33.296	26.854	22.230	18.821	16.243
23	32.969	26.658	22.110	18.746	16.195
24	32.635	26.456	21.985	18.666	16.143
25	32.295	26.248	21.855	18.583	16.089
26	31.948	26.034	21.721	18.497	16.032
27	31.596	25.815	21.581	18.406	15.972
28	31.238	25.591	21.437	18.312	15.909
29	30.871	25.358	21.287	18.212	15.842
30	30.498	25.120	21.131	18.109	15.771
31	30.117	24.874	20.969	18.000	15.696
32	29.730	24.622	20.802	17.886	15.617
33	29.337	24.363	20.628	17.767	15.535
34	28.935	24.096	20.448	17.643	15.447
35	28.527	23.823	20.261	17.513	15.355
36	28.111	23.542	20.068	17.377	15.258
37	27.688	23.254	19.868	17.236	15.155
38	27.258	22.958	19.661	17.088	15.048
39	26.823	22.657	19.448	16.935	14.936
40	26.380	22.347	19.227	16.775	14.818
41	25.931	22.031	19.001	16.610	14.695
42	25.477	21.708	18.767	16.438	14.567
43	25.016	21.378	18.526	16.260	14.432
44	24.552	21.042	18.281	16.076	14.293

Alter	2%	3%	4%	5%	6%
45	24.082	20.701	18.028	15.887	14.149
46	23.609	20.354	17.770	15.692	14.000
47	23.132	20.002	17.507	15.492	13.845
48	22.654	19.647	17.239	15.287	13.687
49	22.171	19.286	16.965	15.077	13.522
50	21.687	18.921	16.687	14.861	13.354
51	21.200	18.551	16.403	14.640	13.180
52	20.714	18.181	16.117	14.417	13.003
53	20.224	17.804	15.823	14.186	12.819
54	19.731	17.423	15.525	13.950	12.630
55	19.241	17.041	15.225	13.711	12.439
56	18.745	16.652	14.917	13.465	12.239
57	18.249	16.261	14.605	13.213	12.035
58	17.750	15.864	14.286	12.955	11.824
59	17.250	15.464	13.963	12.692	11.608
60	16.749	15.060	13.635	12.424	11.386
61	16.249	14.655	13.304	12.151	11.159
62	15.747	14.245	12.967	11.872	10.927
63	15.240	13.828	12.622	11.583	10.684
64	14.734	13.410	12.273	11.290	10.437
65	14.225	12.985	11.917	10.990	10.181
66	13.716	12.559	11.556	10.684	9.919
67	13.208	12.130	11.192	10.372	9.652
68	12.695	11.693	10.819	10.051	9.374
69	12.184	11.256	10.442	9.725	9.090
70	11.675	10.817	10.062	9.394	8.801
71	11.169	10.378	9.680	9.059	8.506
72	10.663	9.937	9.293	8.718	8.204
73	10.161	9.496	8.903	8.373	7.897
74	9.672	9.064	8.520	8.032	7.592
75	9.194	8.640	8.142	7.694	7.288
76	8.721	8.218	7.764	7.354	6.981
77	8.258	7.802	7.389	7.015	6.673
78	7.814	7.401	7.027	6.686	6.374
79	7.387	7.015	6.676	6.366	6.081
80	6.972	6.637	6.331	6.050	5.792
81	6.572	6.272	5.996	5.742	5.508
82	6.188	5.919	5.671	5.442	5.230
83	5.812	5.572	5.350	5.145	4.954

Alter	2%	3%	4%	5%	6%
84	5.445	5.232	5.034	4.850	4.679
85	5.098	4.909	4.733	4.568	4.415
86	4.774	4.606	4.449	4.303	4.166
87	4.467	4.318	4.179	4.049	3.926
88	4.183	4.051	3.928	3.812	3.702
89	3.933	3.816	3.706	3.602	3.504
90	3.685	3.582	3.484	3.392	3.305

Teil 2. Schmerzensgeldtabelle

Abschnitt 1: Körperteile von A – Z

Arm (Armverletzungen – Armlähmungen – Oberarm – Ellenbogen – Unterarm)

1. Armverletzungen

▶ Hinweis:

Isolierte Verletzungen von Arm, Oberarm, Ellenbogen und Unterarm sowie Armlähmungen sind nicht die Regel, sodass sie unter der Überschrift »Armverletzungen – Armlähmungen – Oberarm – Ellenbogen – Unterarm« zusammengefasst sind. Zudem wäre es lästig, bei alphabetischer Darstellung an mehreren Stellen zu suchen. Ausgeklammert sind oberhalb des Arms die Bereiche Schulter und Schlüsselbein sowie am anderen Ende des Arms die Hand mit Handgelenk und Fingern.

Amputationen des Arms oder eines Teils des Arms sind in → Abschnitt 2: Besondere Verletzungen unter dem Stichwort → Amputation (EE 1223 ff.) dargestellt.

OLG Saarbrücken, Urt. v. 08.06.2010 – 4 U 468/09, SP 2010, 393 = NJW-RR 2011, 178 E 1

600,00 €

Schulter-Arm-Syndrom

Die 43 Jahre alte Klägerin zog sich bei einem Verkehrsunfall eine HWS-Distorsion und ein Schulter-Arm-Syndrom zu. Das Schmerzensgeld liegt aufgrund der geringen Intensität der Verletzung am unteren Rand der Bandbreite, die die Rechtsprechung in vergleichbaren Fällen für angemessen erachtet. Allerdings übersteigt die vom LG festgesetzte Summe von 600,00 € die Untergrenze von 250,00 € für ein Schmerzensgeld nicht wesentlich. Es ist zu berücksichtigen, dass die Klägerin an vegetativen Störungen litt.

OLG Düsseldorf, Urt. v. 30.11.2010 – 1 U 99/09, unveröffentlicht E 2

1.500,00 €

Verletzung des Oberarms – Schulterverspannung – HWS-Distorsion

Die Klägerin erlitt bei einem Verkehrsunfall Verletzungen am linken Oberarm und der linken Schulter, nämlich eine muskuläre Verspannung der Oberarmmuskulatur mit Bewegungseinschränkungen, sowie eine HWS-Distorsion. Die Ausheilungszeit lag bei 6-8 Wochen.

AG Schöneberg, Urt. v. 07.06.2011 – 3 C 37/11, Grundeigentum 2011, 956 E 3

4.000,00 € (Vorstellung: 5.000,00 €)

Radiusfraktur des Unterarms

Der Kläger stürzte auf einem unzureichend vom Schnee gereinigten Treppenabsatz des Gebäudes der Beklagten; hierbei erlitt er eine distale Fraktur des Radius im linken Unterarm. Er war 4 Tage in stationärer Behandlung. Es wurde eine Platte eingesetzt, die ein Jahr später entfernt wurde. Den Kläger als Linkshänder trifft eine eingeschränkte Beweglichkeit der linken Hand über einen längeren Zeitraum besonders.

E 4 **OLG Karlsruhe, Urt. v. 28.03.2012 – 7 U 104/11, unveröffentlicht**

5.000,00 €

Ellenhakenfraktur und Handgelenkfraktur

Der Kläger kam glättebedingt zu Fall und zog sich eine Ellenhakenfraktur und eine Handgelenkfraktur zu. Der Kläger musste operiert werden, der stationäre Aufenthalt dauerte 8 Tage. Der Kläger war rd. 7 Wochen daran gehindert, die wöchentliche mit 24,5 Stunden angenommene Haushaltsführung auszuüben.

E 5 **LG Bochum, Urt. v. 29.07.2004 – 8 O 186/04, SP 2005, 194**

10.000,00 € (Vorstellung: 15.000,00 €)

Oberarmkopf-Mehrfragmentfraktur

Der Kläger erlitt als Motorradfahrer einen Verkehrsunfall, bei dem er sich eine Oberarmkopf-Mehrfragmentfraktur zuzog, die im Wesentlichen komplikationslos verheilte. Als Unfallfolge verblieb eine deutliche Minderung der Beweglichkeit des Schultergelenks. Langfristig ist bei einer derartigen Verletzung häufig mit weiteren Bewegungsdefiziten mit zunehmender Einschränkung der Funktionsfähigkeit des Arms zu rechnen.

Ein Schmerzensgeld in der Größenordnung der Vorstellung des Klägers hat das Gericht mit der Begründung verneint, dass ein höheres Schmerzensgeld erst bei deutlich schwereren dauerhaften Verletzungsfolgen wie etwa Lähmungserscheinungen zuerkannt werden könne.

E 6 **LG Paderborn, Urt. v. 15.02.2008 – 2 O 383/03, unveröffentlicht**

25.000,00 € (Mitverschulden: 50 %; Vorstellung: 75.000,00 €)

Kraft- und Beweglichkeitsverlust eines Armes – Schultersteife – Schädelprellung mit Stirn- und Nasenplatzwunden – Rippenfrakturen – Horner-Syndrom am Auge

Der Kläger wurde bei einem Verkehrsunfall, der sich 1991 ereignet hat, schwer verletzt und leidet noch unter den Verletzungsfolgen. Er erlitt eine Schädelprellung mit Stirn- und Nasenplatzwunden, Frakturen der ersten und zweiten Rippe beidseitig mit Hämatopneumothorax, einen C 8 Wurzelausriss und einen Verdacht auf einen C 7 Wurzelausriss, eine untere Plexus-Läsion, eine Schultersteife und ein Horner-Syndrom am Auge. Er wurde einen Monat lang stationär behandelt, woran sich eine lange Zeit ambulanter Behandlung und ein fünfwöchiger Aufenthalt in einer Reha-Klinik anschlossen.

Der Kläger kann den linken Arm kaum mehr gebrauchen und kaum bewegen. Seine linke Hand ist kraftlos und im Wesentlichen ohne Gefühl. Die Finger der linken Hand kann er kaum bewegen. Die Muskulatur des Armes ist verschmächtigt.

E 7 **OLG Köln, Beschl. v. 26.04.2010 – 5 U 8/10, unveröffentlicht**

25.000,00 € (Vorstellung: höheres Schmerzensgeld)

Nervschädigung und Schmerzstörung im Arm

Bei der Klägerin liegt als Folge der durch die Lagerung während einer Schilddrüsenoperation bedingten Nervenschädigung, für die die Beklagten ihre Verantwortung anerkennen, eine chronische Schmerzstörung des rechten Arms vor, die sie im Haushalt, bei beruflicher Tätigkeit und bei sozialen Aktivitäten beeinträchtigt und die zu einer leichten depressiven Verstimmung sowie einem Reizdarmsyndrom geführt hat.

LG Arnsberg, Urt. v. 19.10.2006 – 4 O 9/02, unveröffentlicht E 8

45.000,00 € (Vorstellung: 80.000,00 €)

Arm fast abgetrennt

Dem 7 Jahre alten Kläger wurde auf einer Sommerrodelbahn durch einen Riss in der Fahrrinne fast der Arm abgetrennt. Der Arm wurde wieder angenäht, wurde aber nicht mehr voll funktionsfähig.

OLG Celle, Urt. v. 07.10.2004 – 14 U 27/04, SP 2004, 407 E 9

70.000,00 € zuzüglich 200,00 € monatliche Rente = ca. 115.000,00 € (gesamt)
(Vorstellung: 70.000,00 € zuzüglich 500,00 € monatliche Rente = ca. 182.500,00 € (gesamt))

Abriss des rechten Arms – Ausriss von Schlüsselbein- und Schulterblattgelenk – Schenkelfrakturen

Der 17 Jahre alte Kläger wurde bei einem Verkehrsunfall schwer verletzt. Er erlitt einen Abriss des rechten Arms, einen Ausriss des oberen Plexus brachialis und der vena subclavia, einen Ausriss von Schlüsselbein- und Schulterblattgelenk sowie eine Fraktur eines Ober- und Unterschenkels.

Der Kläger musste sich mehreren Operationen unterziehen und war 4 Monate in stationärer Behandlung. Er musste die 11. Klasse wiederholen und seinen Berufswunsch aufgeben, Pilot bei der Bundeswehr zu werden. Als Dauerschäden blieben: Funktions-, Kraft- und Gefühlsverlust des rechten Schultergürtels und des rechten Arms und Instabilität des Kniegelenks. Die MdE beträgt 80 %.

Das OLG hat bei der Bemessung des Schmerzensgeldes auf mehrere Entscheidungen zum Schädelhirntrauma und zu Hirnschäden, die sämtlich mit der Verletzung des Klägers nicht vergleichbar sind, zu lange zurückliegen und zu niedrige Schmerzensgelder zusprechen, Bezug genommen. Berücksichtigt hat das Gericht zudem, dass der Kläger nicht auf die Hilfe Dritter angewiesen ist.

LG Lübeck, Urt. v. 09.07.2010 – 9 O 265/09, SP 2010, 431 E 10

75.000,00 € (Vorstellung: 75.000,00 €)

Ausriss des Arms – Amputation – Schädel-Hirn-Trauma 1. Grades

Der Kläger, ein Motorradfahrer, erlitt bei einem Verkehrsunfall einen Ausriss des linken Armes aus der Schulter mit Eröffnung der linksseitigen Achselregion auf ganzer Länge, ein Schädelhirntrauma 1. Grades mit Kopfplatzwunde, ein Thoraxtrauma mit Hämatopneumothorax links sowie eine Fraktur der linken Großzehe. Als Dauerfolgen sind der Verlust des Armes mit noch kurzem Oberarmstumpf verblieben. Der Kläger kann den von ihm erlernten und ausgeübten Beruf des CNC-Drehers nicht mehr ausüben und ist nun als CNC-Programmierer tätig, wobei in seinem täglichen Arbeitsumfeld die Verletzung weiterhin schwerwiegende Nachteile verursacht.

2. Armlähmungen

▶ Hinweis:

Armlähmungen kommen besonders häufig nach ärztlichen Behandlungsfehlern bei Entbindungen vor, während sie nach Unfällen wesentlich seltener sind. Aus diesem Grund werden Armlähmungen nach Behandlungsfehlern und nach Unfällen getrennt dargestellt.

Dabei sind folgende Besonderheiten zu beachten:

Die Möglichkeit einer Schulterdystokie begründet für sich allein keine Indikation zur Schnittentbindung, sodass auch nicht über die alternative Geburtsmethode der Schnittentbindung aufgeklärt werden muss. Die Lösung der Schulterdystokie erfordert rasches und tatkräftiges Handeln, wobei eine Schädigung des Kindes nicht immer vermeidbar ist. Deshalb bedeutet eine Plexusparese für sich allein noch keine Beweiserleichterung zum Nachweis eines ärztlichen Behandlungsfehlers.[1]

E 11 **OLG Köln, Urt. v. 01.06.2005 – 5 U 91/03, VersR 2006, 124**

15.000,00 € (Vorstellung: 25.000,00 €)

Plexuslähmung des Arms nach Operation

Die Beklagten gingen bei der Operation der Klägerin davon aus, dass der bei der Klägerin entdeckte Tumor sowohl bösartig als auch gutartig sein konnte. Es gab zwei Möglichkeiten der Operation.

Die Klägerin wurde über die Möglichkeit einer echten Behandlungsalternative vor Beginn der Operation nicht aufgeklärt. Die Durchführung der Operation war somit rechtswidrig.

Die Durchtrennung von Nerven führte bei der Klägerin zu einer Plexuslähmung des Arms. Inzwischen ließ die Klägerin eine Rekonstruktion der Nerven durchführen.

Sie war über ein halbes Jahr von einer vollständigen bzw. jedenfalls sehr weitgehenden Lähmung des Arms betroffen. Die Durchtrennung des Nervengewebes war mit erheblichen und lang andauernden Schmerzen verbunden. Sie schwebte eine nicht unerhebliche Zeit in Ungewissheit und Angst, ob sich die Lähmung wieder zurückbilden würde. Unmittelbare Folge des Eingriffs war die Notwendigkeit eines weiteren erheblichen operativen Eingriffs (Nervenplastik), verbunden mit einem Krankenhausaufenthalt, entsprechenden Leiden und sonstigen Beeinträchtigungen. Folge waren ferner eine Vielzahl von notwendigen Behandlungsmaßnahmen, insb. regelmäßige Krankengymnastik und schließlich ein sehr lang andauernder Schmerzzustand, der die regelmäßige Einnahme starker Schmerzmittel erforderlich machte. Zu berücksichtigen sind ferner Dauerfolgen insofern, als die Klägerin trotz relativ erfolgreicher Rekonstruktion des betroffenen Nervs nicht wieder die volle Funktionsfähigkeit des Arms erlangt hat und diese wohl auch nicht mehr erlangen wird.

E 12 **OLG Karlsruhe, Urt. v. 22.12.2004 – 7 U 4/03, GesR 2005, 263**

25.000,00 €

Armplexusparese nach vaginaler Geburt eines makrosomen Kindes

Der Kläger erlitt bei seiner Geburt eine Nervschädigung im Arm/Schulterbereich. Die Mutter war über dieses Risiko und die Alternative einer Schnittentbindung nicht aufgeklärt worden. Aufgrund der Schädigung der Armnervenwurzeln in den Segmenten C5 und C6 kam es zu einer inkompletten Lähmung des rechten Arms mit Schwächen besonders beim Heben und

---

1 OLG Zweibrücken, Urt. v. 16.01.1996 – 5 U 45/94, VersR 1997, 1103.

beim Ausdrehen des Arms. Die Beweglichkeit im Schultergelenk ist eingeschränkt, ebenso das Wachstum im Bereich des Arms. Der Schulterbereich weist eine diskrete Asymmetrie auf, der rechte Arm ist etwa 2 cm kürzer, der Oberarm etwas schmächtiger als der linke. Die Kraft ist herabgesetzt. Es besteht eine leichtgradige Einschränkung des Klägers bei den Verrichtungen des täglichen Lebens durch die Bewegungsstörung des rechten Arms.

Der Schaden ist dauerhaft.

Soweit in der Rechtsprechung für eine Schulterdystokie höhere Beträge zugesprochen wurden, sind die Fälle nicht vergleichbar, da in jenen Fällen deutlich stärkere Beeinträchtigungen festgestellt wurden.

OLG Düsseldorf, Urt. v. 30.01.2003 – 8 U 49/02, VersR 2005, 654 E 13

50.000,00 € (Vorstellung: 50.000,00 €)

Plexusparese – Schulterdystokie

Bei der Geburt des Klägers kam es zu einer Schulterdystokie, weil der Kristeller-Handgriff eingesetzt wurde, bevor die verkeilte Schulter des Klägers gelöst war. Dadurch wurde die Schädigung des Plexus brachialis verursacht. Postpartal wurde beim Kläger eine obere und untere Plexusparese mit gleichzeitigem Horner-Syndrom diagnostiziert.

OLG Frankfurt am Main, Urt. v. 11.12.2002 – 13 U 199/98, OLGR 2003, 55 E 14

50.000,00 € (Vorstellung: 50.000,00 €)

Plexusparese – Schulterdystokie

Infolge eines ärztlichen Behandlungsfehlers erlitt der Kläger bei der Geburt eine Plexusparese. Er leidet darunter, dass er am rechten Arm erhebliche Lähmungserscheinungen hat und dass seine Wirbelsäule seitlich verbogen ist (Wirbelsäulenskoliose), wie auch darunter, dass die rechte Hand nicht zum Faustschluss gebracht werden kann. An der gesamten rechten oberen Extremität hat sich eine deutliche Muskelatrophie herausgebildet. Die obere rechte Extremität ist nahezu völlig funktionsunfähig, weshalb das Schmerzensgeld auch die Gefahr einer völligen Lähmung des rechten Arms mit abdeckt. Der Kläger wird lebenslänglich an das Schadensereignis erinnert; er ist lebenslänglich in einer Situation, die es ihm unmöglich macht, sich so wie andere gesunde Menschen zu verhalten. Mit zunehmendem Alter wird dem Kläger immer klarer, dass er ggü. anderen Kindern/Menschen benachteiligt ist und dass er v.a. keine selbstverständlichen Freude bringenden Erlebnisse im Alltag haben kann (vgl. hierzu auch OLG Frankfurt am Main, MedR 1995, 75 = OLGR 1993, 281). Weite Bereiche der in unserer Gesellschaft sozial hoch bewerteten Freizeitaktivitäten werden dem Kläger stets verschlossen bleiben, wie auch letztlich zu befürchten steht, dass er wegen seiner Behinderung in der späteren Partnerschaftssuche Nachteile erleiden wird, mit allen möglichen seelischen Konsequenzen hieraus, im Besonderen in der Pubertät. Letztlich werden ihm auch all die Berufe verschlossen bleiben, bei denen beide Arme annähernd gleichwertig eingesetzt werden müssen. Schlussendlich ist auch noch die dem Kläger fortwährend belastende Krankengymnastik in die Abwägung mit einzubeziehen.

OLG München, Urt. v. 08.07.2010 – 1 U 4550/08, VersR 2012, 111 E 15

60.000,00 € (Vorstellung: 80.000,00 €)

Armplexusparese

Bei der Geburt der Klägerin kam es infolge einer nicht fachgerechten Behandlung der Schulterdystokie zu einer Nervschädigung, die zu einer dauerhaften schweren Einschränkung der Bewegungs- und Funktionsfähigkeit eines Arms und der Hand geführt hat.

Die Gebrauchsfähigkeit des Armes ist ganz erheblich eingeschränkt. Zudem zeigt sich eine optisch nachteilige Verkürzung des Armes (6 cm) und es besteht die Gefahr der Überbelastung der Halswirbelsäule. Die weiterhin bestehende Plexusparese (Lähmung des Armes) behindert bei vielfältigen alltäglichen Verrichtungen. Wegen der fehlenden Innenrotation des Armes kann die Klägerin bspw. auch nicht mit der rechten Hand zur Körpermitte gelangen. Die Hand kann zwar gebeugt werden, ein Strecken der Finger bzw. komplettes Öffnen der Hand ist dagegen nicht möglich, zudem ist die Greiffunktion der Hand durch einen eingeschlagenen Daumen behindert. Der Arm steht damit nur als Hilfsarm zum Festhalten von Gegenständen zur Verfügung. Beidhändige Verrichtungen, wie bspw. das Bedienen einer PC-Tastatur, können nicht ausgeführt werden. Die Klägerin muss zudem laufend mit Krankengymnastik Überlastungstendenzen und weiteren Fehlhaltungen entgegen wirken.

Die Klägerin ist dauerhaft erheblich und erkennbar behindert. Ähnlich einem armamputierten Menschen sind ihr zahlreiche Verrichtungen, die für einen gesunden Menschen selbstverständlich sind, nicht möglich. Dies schränkt sowohl ihre gegenwärtigen als auch künftige Aktivitäten und Betätigungsfelder erheblich ein, wenngleich der Arm bzw. die Hand noch eine gewisse unterstützende Funktion im Alltag übernehmen können. Mit zusätzlichen psychischen Belastungen ab der Pubertät muss gerechnet werden.

E 16 **OLG Hamm, Urt. v. 24.04.2002 – 3 U 8/01, VersR 2003, 1312**

62.500,00 €

Läsion des oberen und unteren Armplexus

Der Kläger erlitt bei der Geburt eine Läsion des oberen und unteren Armplexus links. Der Arzt hat den Beweis, dass die Mutter nach ausreichender Aufklärung eine Schnittentbindung nicht gewollt hat, nicht führen können.

3. Oberarm

E 17 **AG Bonn, Urt. v. 08.03.2006 – 11 C 478/05, NJW-RR 2006, 1457 = NZV 2006, 583**

800,00 €

Fraktur von Oberarmknochen, Elle und Speiche

Ein 7 – 8 Jahre altes Mädchen turnte im Turnverein am Schwebebalken. Dabei stürzte sie und erlitt Frakturen von Oberarm, Elle und Speiche. Der Oberarm sprang aus der Gelenkpfanne. Die Klägerin wurde operiert, die Frakturen mit zwei Nägeln fixiert.

Anspruchsmindernd wirkte sich aus, dass die Klägerin eine Anweisung missachtet hatte.

E 18 **LG Lübeck, Urt. v. 21.08.2007 – 6 O 141/06, unveröffentlicht**

1.000,00 € (Vorstellung: 3.500,00 €)

Narbe am Oberarm – Schnittwunden im Gesicht

Die 20 Jahre alte Klägerin erlitt einen Verkehrsunfall, als ein Dammhirsch anlässlich einer Treibjagd, aus einem Waldstück kommend, von oben auf das Fahrzeug der Klägerin geriet. Er durchschlug die Windschutzscheibe, die zersplitterte. Die Klägerin trug diverse Schnittverletzungen im Gesicht und am Oberkörper davon und musste stationär behandelt werden. Infolge der Verletzungen war sie eine Woche arbeitsunfähig. Die Schnittwunden waren erst nach rund 8 Wochen weitgehend verheilt. Zwischenzeitlich litt die Klägerin noch unter Schmerzen und der optischen Beeinträchtigung.

Als Dauerschaden verblieben eine immer noch gerötete Narbe auf dem Oberarm und zwei Stellen an den Augenbrauen, an denen die Augenbrauen, nicht wieder nachwachsend, fehlen und zu leichten lichten Lücken geführt haben. Hier verblieb eine leichte narbige Veränderung. Eine kleinere fast nicht mehr sichtbare Narbe verblieb in der Mitte der Oberlippe.

AG Halle, Urt. v. 12.01.2007 – 91 C 2990/06, SP 2007, 207 E 19

1.500,00 € (1/2 Mitverschulden; Vorstellung: 3.000,00 €)

Oberarmkopf-Abrissfraktur

Der Kläger erlitt bei einem Verkehrsunfall einen Abrissbruch am rechten Oberarmkopf und musste in der Folge operiert werden. Er befand sich eine Woche in stationärer Behandlung und war 6 – 7 Wochen arbeitsunfähig krankgeschrieben sowie weitere 4 Monate zu 20 % in der Erwerbsfähigkeit gemindert. Der Kläger leidet noch unter Bewegungseinschränkungen und Schmerzen in der rechten Schulter.

OLG Saarbrücken, Urt. v. 01.03.2011 – 4 U 355/10 – 107, NJW-RR 2011, 754 = SP 2011, 355 = NZV 2011, 612 E 20

1.500,00 € (Mitverschulden: 70 %; Vorstellung: 3.000,00 €)

4-Fragmenthumeruskopffraktur – Narben (Humerusfraktur = Oberarmfraktur)

Eine 19 Jahre alte Fahrradfahrerin erlitt bei einem Verkehrsunfall eine subcapitale 4-Fragmenthumeruskopffraktur, die durch eine winkelstabile Philosplattenosteosynthese operativ versorgt wurde. Bei dem Eingriff brach der zum Bohren der insgesamt zehn Schraublöcher der Titanplatte verwendete Bohrer im Knochen der Patientin ab. Das abgebrochene Bohrerstück befindet sich weiter im Oberarmknochen und lässt sich nicht (mehr) entfernen. Die Patientin, die von Beruf Krankenschwester ist, befand sich 5 Tage in stationärer Behandlung. Es schlossen sich Krankengymnastik- und Rehabilitationsmaßnahmen an.

Für die Schmerzensgeldbemessung waren maßgebend die fortdauernden belastungs- und witterungsabhängigen Schmerzen und Funktionseinschränkungen im Bereich der rechten Schulter. Hinzukommt der Folgeeingriff zur Entfernung der Titanplatte und die »sehr unschöne hypertrophe Narbenbildung« im Bereich der rechten Schulter, die nur im Wege operativer Exzision mit plastisch-chirurgischer Deckung behandelbar ist. Die ausgedehnte Narbenbildung im Schulterbereich wird gerade von einer jungen Frau als optisch besonders störend empfunden. Unter Berücksichtigung des Mitverursachungsanteils von 70 % ergibt sich demzufolge ein Schmerzensgeldanspruch von 1.500,00 €.

LG Braunschweig, Urt. v. 29.10.2004 – 4 O 2318/04, unveröffentlicht E 21

2.000,00 € (Mitverschulden)

Oberarmfraktur – multiple Prellungen

Die Klägerin stürzte über einen Gullydeckel, der 6 cm aus der Erde ragte. Sie zog sich eine Oberarmfraktur und multiple Prellungen zu. Der Heilungsverlauf war schwierig, sie konnte sich rund 8 Wochen nicht selbst versorgen.

E 22 **OLG München, Urt. v. 14.03.2013 – 1 U 3769/11, NJW-RR 2013, 856**

2.500,00 € (Mitverschulden: $^{1}/_{2}$)

Humerusfraktur

Die Klägerin erlitt bei einem Fahrradunfall eine Humerusfraktur mit Beteiligung des Oberarmknochens. Sie wurde 1 Woche stationär behandelt und war rd. 7 ½ Monate arbeitsunfähig. Sie leidet nun unter Bewegungseinschränkungen der Schulter.

E 23 **OLG Koblenz, Urt. v. 07.01.2005 – 8 U 659/04, OLGR 2005, 484**

3.000,00 €

Oberarmkopf-Mehrfragmentluxationsfraktur

Die Klägerin erlitt als Radfahrerin einen Unfall und durch den Sturz eine Oberarmkopf-Mehrfragmentluxationsfraktur sowie eine Hüft- und Beckenprellung.

E 24 **OLG Koblenz; Urt. v. 08.04.2011 – 5 U 1354/10, RRa 2012, 9**

3.000,00 €

Oberarmfraktur im Ausland erlitten

Der 72 Jahre alte Kläger nahm an einer Türkeireise teil. Als der Bus mit den Reisenden auf einem Parkplatz vor einem Juweliergeschäft anhielt, begab sich der Kläger an den Randbereich des Parkplatzes. Dort tauchte ein Wachhund auf, dessen Laufkette so lang war, dass er den Kläger fast erreichte. Er schnappte nach dem Fuß des Klägers, der zurückwich und zu Fall kam. Dabei zog er sich erhebliche Verletzungen zu, unter anderem eine Oberarmhalsfraktur. Er musste sofort nach Deutschland zurückfliegen, wo er sich einer plattenosteosynthetischen Versorgung unterzog. Die Verletzung führte zu viermonatigem Dauerschmerz mit Bewegungseinschränkungen.

E 25 **LG Köln, Urt. v. 12.03.2008 – 25 O 123/05, unveröffentlicht**

4.000,00 € (Vorstellung: 30.000,00 €)

Oberarmfraktur – Behandlungsverzögerung

Der 5 Jahre alte Kläger stürzte von der Rutsche eines Kinderspielplatzes und erlitt eine Fraktur des Oberarms. Im Kinderkrankenhaus wurde die Fraktur nicht erkannt. Als Folge der fehlerhaften Behandlung erlitt der Kläger insb. bei dem Versuch des Beklagten, die Fraktur einzurenken, und durch das Unterlassen der gebotenen Ruhigstellung 2 Wochen lang unnötige Schmerzen, zumal eine auf das Vorliegen einer Oberarmfraktur abgestimmte Schmerztherapie unterblieb. Bei einer späteren Röntgenuntersuchung wurde eine subcapitale Humerusfraktur links diagnostiziert, die bereits in 30°-Stellung schief zusammengewachsen war. Eine Korrekturoperation erfolgte nicht.

E 26 **LG Köln, Urt. v. 24.02.2010 – 7 O 363/09, unveröffentlicht**

4.000,00 € (Vorstellung: 5.000,00 €)

Ober- und Unterarmfraktur

Der 6 Jahre alte Kläger spielte im Indoorspielpark des Beklagten. Als er von einem »Softmountain-Springberg«, eine Art Hüpfburg ohne seitliche Begrenzungen, absteigen wollte, wurde er durch das Hüpfen eines anderen Kindes heruntergeschleudert. Er fiel und erlitt eine Ober- und Unterarmfraktur. Um den Softmountain herum lagen keine Fallschutzmatten oder Ähnliches.

Nach Scheitern einer konservativen Behandlung wurde die Fraktur operiert, wobei Kirschnerdrähte verwandt wurden. Der Kläger trug eine Oberarmgipsschiene und war 5 Monate in ärztlicher Behandlung. Hierbei wurde er über vierzigmal behandelt, wobei schwerpunktmäßig krankengymnastische Übungen in überwiegend wöchentlichem Rhythmus stattfanden. Als Dauerschaden verblieb eine Narbe am Ellbogen

Bei der Bemessung stellte das Gericht auf die Notwendigkeit einer Gipsschiene für einen längeren Zeitraum ab, ferner darauf, dass den Besonderheiten eines kindlichen Verletzten Rechnung getragen werden müsse. Diesem sei die Notwendigkeit behandlungsbedingter Beeinträchtigungen und Schmerzen nicht so vermittelbar wie einem Erwachsenen, auch führe das kindliche Zeitempfinden zu einer anderen Wahrnehmung einer langwierigen Behandlung. Zuletzt sei ein Kind in dem dem klägerischen Alter innewohnenden Bewegungsdrang schwerer eingeschränkt als ein Erwachsener.

LG München I, Urt. v. 04.06.2009 – 25 O 9420/08, unveröffentlicht — E 27

4.500,00 € (Mitverschulden: 1/2)

Armfraktur

Der Kläger war nachts auf einem unbeleuchteten Weg auf dem Gelände der Beklagten über einen 30 cm hohen Betonklotz gestürzt. Er bracht sich einen Arm; eine Operation war nötig, und die Gebrauchstauglichkeit des Arms ist dauerhaft um 4/10 gemindert. Das Gericht war der Auffassung, die Betonklötze – die der Blockade der Einfahrt dienen sollten – müssten farblich gekennzeichnet oder beleuchtet werden.

OLG Naumburg, Urt. v. 17.12.2002 – 9 U 187/02, NJW-RR 2003, 677 = VRS 104 (2003), 415 — E 28

5.000,00 €

Oberarmfraktur – Nasenbeinfraktur – Schädelhirntrauma

Bei einem Verkehrsunfall erlitt der Kläger ein Schädelhirntrauma, eine Oberarmfraktur sowie eine Nasenbeinfraktur. Die Frakturen machten eine Operation erforderlich. Für 5 Monate war der Kläger arbeitsunfähig. Bei der Bemessung nahm der Senat eine Entscheidung des LG Braunschweig aus dem Jahr 1990 (Urt. v. 02.05.1990 – 3 S 242/89, unveröffentlicht) in Bezug.

OLG Koblenz, Urt. v. 06.12.2004 – 12 U 1491/03, unveröffentlicht — E 29

5.000,00 € (Vorstellung: 11.000,00 €)

Oberarmfraktur – Handgelenkfraktur

Der Kläger stürzte bei Dunkelheit auf einem Fußweg vom Fußballplatz zum Parkplatz eine Kelleraußentreppe hinab. Dabei zog er sich eine Fraktur des Oberarms (Humerusschaftfraktur) und des Handgelenks (distale Radiusfraktur) zu. Er wurde 13 Tage stationär behandelt und war 5 1/2 Monate arbeitsunfähig. Die Frakturen sind weitgehend verheilt. Der Heilungsverlauf war im Wesentlichen komplikationslos. Verbleibende Bewegungsbeeinträchtigungen beruhen möglicherweise darauf, dass der Kläger sich nach ärztlicher Aufklärung für eine konservative Behandlung entschieden und die mehrfach angeratene operative Versorgung zunächst abgelehnt hatte. Erst nach Auftreten eines Karpaltunnelsyndroms wurde der Kläger operiert. Das Verschulden der Beklagten wurde als nicht erheblich angesehen.

E 30 **LG Magdeburg, Urt. v. 25.02.2011 – 5 O 1813/10, unveröffentlicht**

6.000,00 € (Vorstellung: 6.000,00 €)

Fraktur des Oberarms – Verletzung des Ellenbogens

Die Klägerin erlitt als Fahrgast in einer Straßenbahn eine Fraktur des Oberarms und eine Verletzung des Ellenbogens, als sie bei einer Vollbremsung der Bahn zu Fall kam. Die Fraktur wurde mit einer Osteosynthese versorgt, das Material muss noch entfernt werden. Die Klägerin war 2 Monate arbeitsunfähig, sodann rd. 6 Wochen in der Arbeitsfähigkeit zu 50% eingeschränkt. Auf Dauer besteht auf Grund der Bewegungseinschränkungen im Ellenbogengelenk eine Behinderung von etwa 20%.

E 31 **OLG Zweibrücken, Urt. v. 01.06.2006 – 4 U 68/05, NJW-RR 2006, 1254**

8.000,00 € (Vorstellung: 25.000,00 €)

Oberarmfraktur – Schädelkontusion mit Gesichtsverletzung

Die 75 Jahre alte Erblasserin stürzte in einem Pflegeheim und erlitt eine Oberarmfraktur und eine Schädelkontusion mit Gesichtsverletzung; sie musste sich deshalb im Krankenhaus einer Schädeloperation zur Ausräumung eines beidseitigen subduralen Hämatoms unterziehen, in deren Folge es zu beträchtlichen Komplikationen, Schmerzen und lang anhaltenden Beeinträchtigungen kam, die bis zur ihrem Tod als Folge einer im Krankenhaus zugezogenen Lungenentzündung andauerten.

Die Lungenentzündung machte eine Behandlung durch das Medikament Vancomycin erforderlich, das bei der Erblasserin zu einer Niereninsuffizienz führte. Die Komplikationen bewirkten eine Bettlägerigkeit bis zu ihrem Tod. Die lange Liegezeit von 2 Monaten hatte zur Folge, dass sie einen Dekubitus am Steißbein und beiden Fersen erlitt.

E 32 **OLG Oldenburg, Urt. v. 29.12.2011 – 14 U 30/11, VersR 2012, 1052**

8.500,00 € (Mitverschulden: 3/10; Vorstellung: 15.000,00 €)

Frakturen am Oberarm und an einem Unterschenkel

Der Kläger erlitt als Radfahrer beim Linksabbiegen einen Unfall und zog sich Frakturen am Oberarm und an einem Unterschenkel zu. Er wurde wiederholt stationär und danach ambulant behandelt. Er muss eine regelmäßige Physiotherapie in Anspruch nehmen. Die Beweglichkeit der Schulter ist erheblich eingeschränkt, so dass eine MdE von 20% besteht.

E 33 **LG Paderborn, Urt. v. 24.11.2011 – 3 O 230/11, unveröffentlicht**

9.200,00 € (Vorstellung: weitere 7.500,00 €)

Oberarmfraktur – Frakturen – Narbe – Tod des Lebensgefährten

Die Klägerin erlitt bei einem Verkehrsunfall, bei dem ihr Lebensgefährte getötet wurde, mehrere Frakturen, nämlich eine Humerusschaftfraktur, eine Olecranonfraktur, eine Mittelfußfraktur und eine HWS-Distorsion. Am Oberarm blieb eine 23 cm lange Narbe zurück. Sie befand sich 16 Tage in stationärer Behandlung, an die sich eine 4 Wochen dauernde REHA anschloss.

Dadurch dass die Klägerin den Unfalltod ihres Lebensgefährten miterleben musste, erlitt sie zwar eine posttraumatische Belastungsstörung, ein schwerer Schock wurde jedoch nicht diagnostiziert. Eine fachärztliche Weiterbehandlung lehnte die Klägerin nach der Reha-Behandlung ab.

KG, Urt. v. 26.02.2004 – 12 U 276/02, SP 2004, 299 = VersR 2005, 237 = VRS 108 (2005), 176 E 34

10.000,00 € (Vorstellung: 12.500,00 €)

Humeruskopfluxationsfraktur

Der Kläger erlitt als Motorradfahrer bei einem Verkehrsunfall eine Humeruskopfluxationsfraktur und diverse Prellungen an einer Körperhälfte. Er befand sich dreimal in stationärer Behandlung. Seine haushaltsspezifische Erwerbstätigkeit ist um 20 % gemindert.

Das LG hat dem Kläger ein Schmerzensgeld i. H. v. 10.000,00 € zuerkannt, seine Berufung hatte keinen Erfolg, weil das Schmerzensgeld auch unter Berücksichtigung vergleichbarer Entscheidungen zutreffend bemessen sei.

LG Detmold, Urt.v. 07.10.2010 – 12 O 136/08 – SP 2011, 182 E 35

30.000,00 € (Mitverschulden: ¼)

Oberarmfraktur – Kniescheibenfraktur – Schulterverletzung – Schädel-Hirn-Trauma – Rippenserienfraktur

Die 29 Jahre alte Klägerin und ihr 9 Jahre alter Sohn wurden bei einem Verkehrsunfall verletzt. Die Klägerin erlitt eine Oberarmfraktur, eine Kniescheibenfraktur, eine Schulterverletzung, ein Schädel-Hirn-Trauma, eine Rippenserienfraktur und Weichteilverletzungen im Bereich des Handgelenks und der Hand. Infolge der ärztlichen Behandlungen musste ihr Sohn rd. 9 Monate andernorts betreut werden.

Die Klägerin, die mehrfach operiert werden musste, befand sich rund 6 Monate in stationärer Behandlung und musste anschließend ambulant weiter behandelt werden. Als Dauerschaden bestehen Schmerzen im Arm und Knie. Im Haushalt ist sie auf Hilfe Dritter angewiesen. Der GdB beträgt 30%.

OLG Braunschweig, Urt. v. 18.01.2007 – 1 U 24/06, OLGR 2008, 442 E 36

36.000,00 € (LG: 40.000,00 €)

Oberarm-Mehrfachtrümmerfraktur

Die Klägerin erlitt bei einem Verkehrsunfall eine Mehrfachtrümmerfraktur des Oberarms. Die Fraktur wurde fehlerhaft konservativ statt operativ behandelt. Durch eine operative Behandlung hätten größere Chancen auf eine Funktionsverbesserung bzw. Wiederherstellung der Funktionen des Arms bestanden. Das vom LG mit 40.000,00 € zuerkannte Schmerzensgeld hat der Senat als überhöht angesehen.

LG Köln, Urt. v. 15.04.2010 – 5 O 36/09, unveröffentlicht E 37

50.000,00 € (Vorstellung: 60.000,00 €)

Oberarm- und Ellenbogenfraktur – Beckenringfraktur – Rippenserienfraktu – Schlüsselbeinfraktur – Fraktur Kniescheibe

Die Klägerin erlitt bei einem Verkehrsunfall eine Oberarm- und Ellenbogenfraktur, eine Beckenringfraktur, eine Rippenserienfraktur, eine Fraktur beider Schlüsselbeine und eine Fraktur der Kniescheibe. Sie befand sich zunächst 7 Wochen in stationärer Krankenhausbehandlung. Weitere Krankenhausaufenthalte und Operationen folgten.

Die Frakturen führten dazu, dass eine schlechte Beweglichkeit der Schulter mit den erheblichen Schmerzen beim Erreichen des endgradigen Bewegungsumfangs vorliegt. Die Klägerin kann den Arm nicht höher als in die Waagerechte und nur unter Schmerzen heben. Aufgrund dieser Verletzungen und der Verletzung im Ellenbogenbereich ist die Funktionalität des linken Armes stark beeinträchtigt. Die Beckenringsfraktur führte zu weiteren Beeinträchtigungen.

4. Ellenbogen

E 38 **OLG Naumburg, Urt. v. 25.05.2012 – 10 U 43/11, OLGReport Ost 46, 2012 Anm. 7**

1.000,00 € (Vorstellung: 2.500,00 €)

Luxation des Ellenbogengelenks

Der Kläger stürzte mit seinem Motorrad, als der Beklagte versuchte, ihn zu überholen. Er erlitt eine Luxation (Verrenkung) des linken Ellenbogengelenkes, welche operativ behandelt wurde, sowie eine traumatische Ruptur des Ligamentums collaterale ulnare links (Riss des Kollateralbandes des Ellenbogengelenks) und eine Olecranonfraktur links (Ellenhakenfraktur). Er befand sich 9 Tage in stationärer Behandlung und trug sechs Wochen lang Gips. Anschließend befand er sich in physiotherapeutischer Behandlung. Der Kläger erlitt keinen Dauerschaden.

E 39 **KG, Urt. v. 15.04.2004 – 12 U 103/01, NZV 2005, 311 = VRS 106 (2004), 414 = VersR 2005, 372**

2.000,00 € (Vorstellung: 3.500,00 €)

Ellenbogenprellung – Schock – psychische Folgeschäden

Die Klägerin erlitt infolge der Fahrweise eines Polizeiwagens eine Ellenbogenprellung, als dieser sehenden Auges in eine Engstelle hinein fuhr. Der Fahrer wurde u. a. wegen fahrlässiger Körperverletzung verurteilt.

Das Berührungsgeschehen löste bei der Klägerin eine psychische Störung aus oder vertiefte eine bereits vorhandene psychische Störung mit der Folge, dass sie für einen Zeitraum von etwa einem Jahr unfallbedingt Verspannungen unterhalb der HWS mit starkem Dauerkopfschmerz und sporadisch auftretendem Schwindel sowie Nackenschmerzen und Schmerzen im Brustkorbbereich erlitten hat.

E 40 **OLG München, Urt. v. 12.01.2005 – 7 U 3820/04, MDR 2005, 1050**

2.000,00 €

Radiusköpfchenfraktur

Der Kläger stürzte als Radfahrer und zog sich eine Radiusköpfchenfraktur am Ellenbogen zu. Unter Berücksichtigung der notwendigen Operation (Resektion des Radiusköpfchens) und des langwierigen Heilungsprozesses und der darauf beruhenden fortwirkenden Beeinträchtigungen über einen Zeitraum von 5 Monaten wurde das Schmerzensgeld mit 2.000,00 € bemessen. Der Kläger war 32 Tage arbeitsunfähig und 10 Tage spürbar beeinträchtigt.

E 41 **AG Düsseldorf, Urt. v. 19.05.2006 – 20 C 7062/05, SpuRt 2007, 38**

2.500,00 € (Vorstellung: mindestens 2.500,00 €)

Fraktur von Ellenbogen und Schulter

Der Kläger erlitt beim Eishockeysport durch eine Unsportlichkeit des Beklagten, der ihn mit voller Wucht von hinten gegen die Bande checkte, eine Fraktur des Ellenbogens und der Schulter. Der Beklagte handelte mindestens mit bedingtem Vorsatz. Das AG sah den »vom Kläger begehrten Schmerzensgeldbetrag« als angemessen an.

OLG Hamm, Urt. v. 14.12.2004 – 9 U 32/04, NZV 2006, 35 E 42

3.500,00 € (Vorstellung: 5.000,00 €)

Ellenbogengelenk – Oberarmfraktur

Der 8 Jahre alte Kläger geriet mit einem Reifen seines Fahrrades zwischen zwei Streben eines Gullydeckels, wodurch das Rad abrupt abgebremst wurde und der Kläger seitlich umkippte. Dabei erlitt er eine verschobene Knochenfraktur des Oberarms knapp über dem Ellenbogengelenk. Dabei wurde die Wachstumsfuge beschädigt, was zu einer Fehlstellung von (bislang) 5 Grad geführt hat. Der Kläger wurde eine Woche stationär behandelt, die Drähte wurden bei einer ambulanten Operation entfernt. Der Kläger trug 6 Wochen einen Gipsverband und musste 3 Monate krankengymnastische Übungen ausführen. Die Verletzung des Ellenbogengelenks wird als schwerwiegend gewertet, obwohl beim Kläger bisher nur eine geringfügige Einschränkung der Streckfähigkeit und eine unter starker Belastung auftretende Schmerzhaftigkeit bestehen.

LG Dortmund, Urt. v. 28.03.2012 – 2 O 144/10, NJW-RR 2012, 1118 = ZfS 2013, 40 = NZV 2013, 139 E 43

3.500,00 €

Radiusköpfchenmeißelfraktur am Ellenbogen

Das Gericht entschied in einem Verfahren eines Versicherungsnehmers gegen einen Haftpflichtversicherer. Der Kläger verletzte bei einer Wirtshausschlägerei einen Gast, der eine Radiusköpfchenmeißelfraktur am Ellenbogen erlitt. Der Kläger wurde durch Versäumnisurteil des Amtsgerichts Lingen unter anderem zur Zahlung eines Schmerzensgeldbetrages in Höhe von 3.500,00 € verurteilt.

OLG Saarbrücken, Urt. v. 21.07.2009 – 4 U 649/07 – 216, OLGR 2009, 897[2] E 44

5.500,00 € (Vorstellung: 15.000,00 €)

Prellungen Ellenbogen mit Bursitits-OP – HWS-Schleudertrauma – somatoforme Schmerzstörung

Die Klägerin erlitt bei einem Verkehrsunfall neben einem HWS-Schleudertrauma eine Prellung des Ellenbogens, die zu einer Schleimbeutelentzündung und anschließender Bursitis-Operation führte. Das zuzuerkennende Schmerzensgeld hat das Gericht zunächst als Ausgleich für die erlittenen Primärverletzungen bemessen. Für die HWS-Distorsion und die mit der operativen Entfernung des Schleimbeutels verbundenen immateriellen Einbußen hat der Senat ein Schmerzensgeld von 2.500,00 € für angemessen gehalten. Den darüber hinausgehenden Betrag hat er für ein somatoformes Schmerzgeschehen angesetzt.

2 RGRK/Kreft, BGB, 12. Aufl. 1989, § 847 Rn. 4, weist in einer eingehenden Darstellung darauf hin, dass bei Schaffung des BGB zunächst die allgemeine Tendenz bestanden habe, dem Zivilrecht ausschließlich den Schutz vermögenswerter Interessen zuzuweisen; dies habe zur Folge, dass die Zurückhaltung ggü. der Entschädigung für immaterielle Schäden bis heute nicht überwunden sei. MünchKomm/Stein, BGB, 3. Aufl. 1997, § 847 Rn. 2, wendet sich ebenfalls gegen die Zurückhaltung bei der Bemessung des Schmerzensgeldes und führt aus: »Im Gegenteil, Art. 1 und 2 GG gebieten, der Persönlichkeitseinbuße höheres Gewicht einzuräumen als dem Verlust von Geld und Gut.«.Eine der wenigen Entscheidungen zu Verletzungen mit anschließendem Morbus Sudeck.

E 45 **OLG Saarbrücken, Urt. v. 18.10.2011 – 4 U 400/10, NJW-RR 2012, 152**

7.500,00 € (Mitverschulden: 1/4; Vorstellung: 15.000,00 €)

Fraktur von Ellenbogen und Arm

Die Klägerin kam nach dem Verlassen des PKW auf dem Parkplatz eines Supermarktes zu Fall und zog sich eine Fraktur des Ellenbogens und des Arms zu. Sie wurde 2 Wochen stationär behandelt und trug in dieser Zeit eine Oberarmgipsschiene. Sie war mehrere Monate arbeitsunfähig. Bei einer Folgeoperation wurde die Titanplatte entfernt. Es verblieben eine Beugeeinschränkung des Ellenbogens und Taubheitsgefühle in den Fingern der rechten Hand. Sie muss auf Dauer eine Krankengymnastik durchführen und ist zu 20% in der Erwerbsfähigkeit gemindert.

E 46 **LG Bremen, Urt. v. 13.05.2013 – 7 O 1759/12, Sp 2013, 289**

7.500,00 € (Vorstellung: 12.000,00 €)

Radiusköpfchenfraktur des Ellenbogens – Fraktur des Dreieckbeins am Handgelenk

Der Kläger, ein begeisterter Radsportler, erlitt als Radfahrer eine Radiusköpfchenfraktur des Ellenbogens, eine Fraktur des Dreieckbeins am Handgelenk und eine Distorsion des Oberschenkelgelenks. Er war 2 ½ Monate arbeitsunfähig und weitere 2 ½ Monate zu 40% in der Erwerbsfähigkeit beschränkt. Als Dauerfolgen verblieben ein Streckdefizit, eine Beugebeeinträchtigung, eine endgradige Einschränkung der Unterarmdrehung, eine endgradige Funktionsbeeinträchtigung des Handgelenks und eine Muskelverschmächtigung des Unterarms. Die dauernde MdE beträgt 10%. Bei Belastungen des Arms treten Schmerzen im Arm und im Handgelenk auf.

Die Kammer hat ein Schmerzensgeld in Höhe von 7.000,00 € als angemessen angesehen, dieses aber um 500,00 € erhöht, weil die Körperverletzung des Klägers dazu geführt habe, dass er einen bereits bezahlten Urlaub mit dem Schwerpunkt »Segeln« nicht habe antreten können, so dass der immaterielle Schaden wegen entgangener Urlaubsfreuden und Freizeitgenuss nebst geplanter Erholung zusätzlich entschädigt werden müsse.

E 47 **LG Münster, Urt. v. 24.02.2011 – 12 O 381/08, SP 2011, 326**

9.000,00 €

Ellenbogentrümmerfraktur – Radiusköpfchenfraktur – multiple Prellungen

Die 33 Jahre alte rechtshändige Klägerin erlitt bei einem Unfall eine Ellenbogentrümmerfraktur links, eine Fraktur des Radiusköpfchens und multiple Prellungen. Die Frakturen mussten osteosynthetisch behandelt werden. Die stationäre Behandlung dauerte 12 Tage. Eine zweite Operation war erforderlich. Die ambulante Behandlung mit Krankengymnastik und Lymphdrainage erstreckte sich über ein Jahr. Die volle Arbeitsunfähigkeit dauerte 4 Monate, danach war die Klägerin weitere 5 Monate nur eingeschränkt arbeitsfähig.

Die Klägerin leidet dauerhaft an einer Streckhemmung des linken Ellenbogens und einer endgradig gehemmten Unterarmdrehung sowie an Belastungsschmerzen und einer posttraumatischen Arthrose. Ihre Haushaltsführungsfähigkeit ist um 10% gemindert.

Das Schmerzensgeld wurde bemessen unter Berücksichtigung des Alters der Klägerin und dass sie Rechtshänderin ist.

LG Köln, Urt. v. 18.08.2011 – 5 O 348/09, unveröffentlicht

E 48

10.000,00 € (Vorstellung: 7.440,00 €)

Ausgedehnte Ellenbogenluxationsfraktur

Der Kläger, ein Bildhauer und Maler, zog sich eine ausgedehnte Ellenbogenluxationsfraktur mit proximaler Ulnatrümmerfraktur extraartikularer Radiuskopfmeißelfraktur mit Radiuskopfluxation, Knorpelschaden und Hautabschürfungen zu, als er mit dem Vorderrad seines Fahrrades in einen offenen Gully fuhr und stürzte. Der Kläger wurde 4 Mal operiert und insgesamt länger als 4 Wochen stationär behandelt. Er war rd. 10 Monate arbeitsunfähig und in Rehabehandlung. Der Kläger leidet an Bewegungseinschränkungen und Kraftverlust des linken Arms. Das Defizit für die Streckung des Ellenbogens beträgt 59%, das für die Beugung 49%. Die MdE beträgt bis auf Weiteres 20%, nach drei Jahren 10%. In der Tätigkeit als Bildhauer ist der Kläger dauerhaft erheblich eingeschränkt.

OLG München, Urt. v. 16.02.2012 – 1 U 1030/11, unveröffentlicht

E 49

15.000,00 € (Vorstellung: 30.000,00 €)

Streckdefizit nach Ellenbogentrümmerfraktur

Der Kläger, ein niedergelassener Urologe, zog sich bei einem Sturz eine Ellenbogenfraktur in Form einer Humerusluxationtrümmerfraktur zu. Dabei wurde der nervus ulnaris geschädigt. Vorprozessual wurden 12.000,00 € gezahlt.

Als Folge eines Behandlungsfehlers besteht ein Streckdefizit und eine Gefühlsminderung am kleinen Finger der linken Hand, wofür die intraoperative Schädigung des nervus ulnaris verantwortlich ist.

Das vom Landgericht zuerkannte Schmerzensgeld in Höhe von 15.000,00 € wurde vom Oberlandesgericht als nicht überhöht bezeichnet, so dass die Berufung der Beklagten zurückgewiesen wurde.

KG, Urt. v. 12.09.2002 – 12 U 9590/00, ZfS 2002, 513

E 50

20.000,00 € (Grund- und Teilurteil über ein Teilschmerzensgeld)

Ellenbogentrümmerfraktur und Entfernung des Ellenbogens

Die 22 Jahre alte Klägerin wurde als Radfahrerin bei einem Verkehrsunfall von einem Linienbus angefahren und überrollt. Sie erlitt u. a. eine offene Ellenbogengelenktrümmerfraktur, eine Zerstörung der Unterarmstreckmuskulatur, ein Decollment des gesamten Arms mit offener Ablederung der Haut und ein Decollment am Oberschenkel. Die Klägerin musste sich zahlreichen Operationen unterziehen. Als Dauerfolge blieb der linke Arm nahezu funktionsunfähig, die linke Hand kann nur eingeschränkt benutzt werden.

Das Gericht sprach der Klägerin einen Teil des Schmerzensgeldes zu, das es mit mindestens 20.000,00 € bewertete, zugleich wies es aber darauf hin, dass der Klägerin nach Vorlage eines medizinischen Gutachtens ein höheres Schmerzensgeld zustehen werde.

5. Unterarm

▶ Hinweis:

Morbus Sudeck

Die Verletzung der Extremitäten (Arm, Hand, Finger – aber auch Bein und Fuß) kann als typische Komplikation einen Morbus Sudeck (Synonym: Dystrophie und Algodystrophie) zur Folge haben, dessen Ursache letztlich nicht eindeutig geklärt ist.[3] Es handelt sich um ein sehr komplexes Krankheitsgeschehen, welches in vielen Fällen aus sich heraus entstehen kann.

Der Erkrankung geht durchweg eine grobe Gewalteinwirkung und ein hierdurch hervorgerufenes akutes, schmerzhaftes Ödem voraus. Allerdings können auch Bagatellverletzungen, wie bspw. Prellungen oder Verstauchungen, eine Sudeck'sche Dystrophie verursachen. Es ist bekannt, dass schnürende Verbände, zahlreiche Repositionsmanöver usw. das Auftreten einer Dystrophie ermöglichen können. Das bloße Abstützen mit der Hand bei einem Verkehrsunfall reicht nicht aus, wenn sich unmittelbar nach dem Unfall keinerlei Beschwerden zeigen. Tritt erst nach 2 Wochen ein Kribbeln in der Hand auf, so kann eine Primärverletzung nicht festgestellt werden, die als Ursache für den Morbus Sudeck anzusehen sein könnte.[4]

Der Verletzte muss den Vollbeweis dafür führen, dass eine Primärverletzung vorliegt, auf der die weiteren Beschwerden beruhen können. Beweiserleichterungen kommen ihm hierbei nicht zugute.

Als **mögliche Ursache** des Morbus Sudeck werden Rezeptorenstörungen der vegetativen Nerven an den Extremitäten diskutiert. Eine solche Heilentgleisung kann bei jeder Form der Verletzung auftreten und verläuft typischerweise in verschiedenen Stadien. Bei nicht adäquater Therapie kann es zur vollständigen Funktionseinschränkung mit bindegewebiger Verhärtung der Extremitäten kommen. **Arzthaftungsansprüche** lassen sich i. d. R. aus einem Morbus Sudeck dennoch nicht herleiten, weil der Heilungsverlauf nicht beherrschbar ist.[5]

E 51 OLG Brandenburg, Urt. v. 04.11.2010 – 12 U 87/10, NZV 2011, 253

500,00 € (Vorstellung: 1.200,00 €)

Leichte Verletzungen am Unterarm

Die Klägerin erlitt bei einem Verkehrsunfall Stauchungen, Prellungen und Schürfungen am Unterarm sowie eine Schädelprellung und ein HWS-Schleudertrauma. Der Senat bezeichnete diese Verletzungen als leichte alltägliche Verletzungen.

E 52 AG Bonn, Urt. v. 08.03.2006 – 11 C 478/05, NZV 2006, 583 = NJW-RR 2006, 1457

800,00 €

Fraktur von Elle, Speiche und Oberarmknochen

Ein 7 – 8 Jahre altes Mädchen turnte im Turnverein am Schwebebalken. Dabei stürzte sie und erlitt Frakturen von Oberarm, Elle und Speiche. Der Oberarm sprang aus der Gelenkpfanne.

---

3 LG Mainz, Urt. v. 22.01.1998 – 1 O 547/96, VersR 1999, 863.

4 OLG Celle, Urt. v. 19.12.2002 – 14 U 259/01, OLGR 2004, 330; bestätigt durch BGH, Urt. v. 04.11.2003 – VI ZR 28/03, NJW 2004, 777.

5 OLG Oldenburg, Urt. v. 11.08.1998 – 5 U 23/98, OLGR 1998, 320.

Die Klägerin wurde operiert, die Frakturen mit zwei Nägeln fixiert. Anspruchsmindernd wirkte sich aus, dass die Klägerin eine Anweisung missachtet hatte.

VG Minden, Urt. v. 16.06.2010 – 11 K 835/10, unveröffentlicht E 53

800,00 €

Hundebiss in den Unterarm

Der Geschädigte wurde von einem Schäferhund, der von einem 1 1/2 Jahre alten Kind gehalten wurde, aber nicht angeleint war und keinen Maulkorb trug, in den Unterarm gebissen. Er erlitt zwei 1 cm lange Bisswunden. Der Versicherer des Hundehalters zahlte an den Kläger 800,00 €, sodass die Angelegenheit für den Kläger damit erledigt war.

OLG Celle, Urt. v. 25.01.2007 – 8 U 161/06, VersR 2008, 1553 = BauR 2007, 1463 E 54

3.000,00 € (Mitverschulden: $^{1}/_{4}$)

Unterarmfraktur

Die 63 Jahre alte Klägerin erlitt bei einem Sturz eine distale Unterarmfraktur ohne Dislokation. Nach kürzerer Behandlung im Krankenhaus musste sie mehrere Wochen Gips tragen und es erfolgten Massagebehandlungen. Als Dauerfolge kann sie die Faust nicht mehr richtig schließen, was sie beim Greifen von Sachen und beim Autofahren behindert.

KG, Beschl. v. 26.10.2006 – 12 U 62/06, NZV 2007, 308 E 55

3.500,00 € (Vorstellung: 6.500,00 €)

Fraktur des Speichenköpfchens – Außenknöchelfraktur – multiple Schürfwunden

Der Kläger erlitt als Motorradfahrer einen Verkehrsunfall, bei dem er sich eine Fraktur des Speichenköpfchens, eine Außenknöchelfraktur und multiple Schürfwunden zuzog.

Der Kläger hat nach Ansicht des LG und des Senats nicht rechtzeitig vorgetragen, unter welchen dauerhaften Beeinträchtigungen er gelitten hat, sodass Dauerfolgen beim Schmerzensgeld nicht berücksichtigt wurden.

OLG Brandenburg, Urt. v. 06.09.2007 – 12 U 70/07, SP 2008, 100 E 56

3.500,00 € (Mitverschulden: 2/5)

Unterarm- und Mittelhandfraktur

Bei einem Verkehrsunfall erlitt der Kläger eine offene Unterarmfraktur distal 1. Grades, Basisfrakturen OS metacarpalia IV und V – Fraktur der Mittelhand –, eine radio-ulnare Luxation und einen Morbus Scheuermann. Er befand sich 10 Tage in stationärer ärztlicher Behandlung und wurde dann noch knapp 4 weitere Monate ambulant behandelt. Dauerschäden sind nicht verblieben.

OLG Celle, Urt. v. 21.11.2002 – 14 U 32/02, OLGR 2003, 62 E 57

3.750,00 € (Vorstellung: 7.500,00 €)

Trümmerfraktur der Speiche

Die 47 Jahre alte Klägerin erlitt bei einem Sturz vom Fahrrad eine Trümmerfraktur der Speiche, die folgenlos verheilte. Die Klägerin wurde zweimal operiert.

Der Senat hat ein höheres Schmerzensgeld mit der Begründung verneint, dass die Beklagte, die als 16 Jahre alte Schülerin den Unfall als Fußgängerin verursacht hatte, nur leicht fahrlässig gehandelt habe und in finanziell sehr beengten Verhältnissen lebe.

E 58 **OLG Köln, Urt. v. 23.02.2010 – 3 U 89/08, MDR 2010, 810**

4.500,00 € (Mitverschulden: 1/4; Vorstellung: 6.000,00 €)

Komplizierte Unterarmfraktur – Narben

Die 9 Jahre alte Klägerin erlitt beim Sturz von der Seitenwand einer Hüpfburg eine komplizierte Unterarmfraktur. Die Verletzung hatte einen mehr als 3-wöchigen stationären Krankenhausaufenthalt und drei Operationen zur Folge. Die Operationsnarben sind deutlich sichtbar.

Das Mitverschulden wurde darin gesehen, dass die Klägerin trotz ihres Alters die Gefährlichkeit des Spiels hätte erkennen können.

E 59 **LG Kassel, Urt. v. 09.02.2010 – 9 O 468/07, SP 2010, 325[6]**

5.000,00 € (Vorstellung: 30.000,00 €)

Radiusköpfchenfraktur – Prellungen

Eine Fahrradfahrerin erlitt bei einer Kollision mit einem Pkw eine Fraktur des Armes, eine Radiusköpfchenfraktur und erhebliche Prellungen an Knie, Schulter und Handgelenk. Der stationäre Aufenthalt dauerte 26 Tage. Sie musste für 3 Wochen eine Oberarmgipsschiene tragen und anschließend eine krankengymnastische Therapie sowie Lymphdrainage in Anspruch nehmen. Später wurde bei der Klägerin ein Morbus Sudeck diagnostiziert. Sie befand sich ca. 7 Monate unfallbedingt in Heilbehandlung.

E 60 **OLG München, Urt. v. 16.06.2010 – 20 U 5105/09, RuS 2010, 390**

5.000,00 € (Mitverschulden: $^1/_3$)

Schwere Unterarmfraktur

Die Klägerin erlitt mit dem Pferd des Beklagten einen Reitunfall und zog sich eine schwere Unterarmfraktur zu, die sie weiterhin beeinträchtigt. Bei der Bemessung des Schmerzensgeldes wurde berücksichtigt, dass die Klägerin durch die Verletzungsfolgen in ihrer bisherigen beruflichen Tätigkeit behindert ist und Spätfolgen unkalkulierbar sind.

E 61 **OLG Koblenz, Urt. v. 03.07.2003 – 5 U 27/03, VersR 2004, 1011 = ZfS 2003, 444 = NZV 2004, 33**

5.250,00 € (Mitverschulden: 3/10; Vorstellung: 7.500,00 €)

Fraktur des Handkahnbeines und des Griffelfortsatzes der Speiche

Der Kläger, ein Chirurg, stürzte, als ihm beim Lauftraining ein nicht angeleinter Dackel zwischen die Beine lief. Er zog sich Frakturen des linken Handkahnbeines und des Griffelfortsatzes der Speiche zu.

Das LG hat ein Schmerzensgeld i. H. v. 7.500,00 € für angemessen gehalten, hat es jedoch entsprechend der Haftungsquote auf 5.250,00 € gekürzt. Der Senat ist dieser Bewertung gefolgt, hat aber darauf hingewiesen, dass ein Schmerzensgeld entsprechend der Vorstellung des

6 Nehlsen-v. Stryk, JZ 1987, 119 (123).Eine der wenigen Entscheidungen zu Verletzungen mit anschließendem Morbus Sudeck.

Klägers ganz erhebliche Verletzungen mit nicht unerheblichen Folgen voraussetze, die hier so nicht gegeben seien.

LG Duisburg, Urt. v. 22.03.2005 – 8 O 406/02, unveröffentlicht E 62

5.400,00 € (Mitverschulden: 2/5; Vorstellung: 10.500,00 €)

Hämatom im Stirnbein – Prellung des Unterkiefers – massive Jochbein-Orbitalfraktur – Unterarmfrakturen – Zehenfrakturen – contusio cerebri – Gehirnkontusionen

Der Kläger erlitt mehrere kleinflächige Gehirnkontusionen, eine massive Jochbein-Orbitalfraktur links, ein massives Hämatom im Stirnbein, eine Prellung des linken Unterkiefers mit Haarriss, Okklusions- und Artikulationsstörungen aufgrund einer Lateralverschiebung des Unterkiefers links, eine Contusio cerebri, Unterarm- und Zehenfrakturen sowie eine Ellenbogenfraktur. Die stationäre Behandlung dauerte 3 Tage.

Das Mitverschulden i. H. v. 2/5 ergibt sich daraus, dass der Kläger trotz Kenntnis davon, dass der Beklagte über keine Fahrerlaubnis verfügte, mit dem Beklagten mitfuhr. Das sich daraus ergebende Risiko realisierte sich.

LG Wuppertal, Urt. v. 04.05.2006 – 17 O 98/04, unveröffentlicht E 63

5.500,00 € (Vorstellung: 5.500,00 €)

Unterarmschaftfraktur – Narben

Die 63 Jahre alte Klägerin erlitt bei einem Verkehrsunfall eine offene distale, dislozierte Unterarmschaftfraktur 1. Grades, die mit einer offenen Risswunde über dem ulnarseitigen Unterarm und mit einer knöchernen Fehlstellung im Bereich des Unterarms verbunden war. Aufgrund der Operation sind eine etwa 10 cm lange, schmale Narbe über der rechten innenseitigen Speiche sowie eine etwa 10 cm lange, schmale Narbe über der äußeren Elle verblieben.

OLG Karlsruhe, Urt. v. 25.03.2010 – 9 U 78/09, SP 2010, 325 E 64

6.000,00 € (Vorstellung: 12.000,00 €)

Unterarmfraktur

Der Kläger verletzte sich als Fußgänger bei einem Verkehrsunfall am Arm und zog sich eine Radiusfraktur (Unterarmfraktur, Speichenbruch) und eine Abrissfraktur des processus styloideus ulnae (Griffelfortsatz der Elle) zu. Die Unterarmfraktur wurde operativ versorgt (Osteosynthese). Im Zuge einer zweiten Operation wurde die zum Zwecke der Reposition eingesetzte Metallplatte wieder entfernt. Posttraumatisch entwickelten sich eine Radioulnargelenksarthrose und eine Radiokarpalarthrose. Die Beweglichkeit des Handgelenkes ist leicht eingeschränkt, und es gibt Sensibilitätsstörungen am Handrücken i. H. d. kleinen, des Ring- und des Mittelfingers der Hand. Der Kläger kann die Hand nicht mehr vollständig zur Faust schließen, was einzelne sportliche Betätigungen behindert oder ausschließt. Zuweilen leidet der Kläger unter Schmerzen im Handgelenk, die bis zur Schulter ausstrahlen.

OLG Koblenz, Beschl. v. 19.07.2012 – 2 U 691/11 –NJW-RR 2013, 86 E 65

6.500,00 € Mitverschulden: 50% (Vorstellung: 15.000,00 €)

Fraktur im Bereich der Speiche

Die 76 Jahre alte Klägerin kollidierte als Radfahrerin mit einer anderen Radfahrerin und zog sich eine Fraktur im Bereich der körperfernen Speiche zu. Sie wurde stationär behandelt. Der Haftpflichtversicherer der Beklagten zahlte vorprozessual 6.500,00 €, so dass Klage und Berufung der Klägerin keinen Erfolg hatten.

Der Senat hat zahlreiche angeblich vergleichbare Entscheidungen zitiert, die ganz überwiegend in den 1990er Jahren veröffentlicht wurden. Infolge dessen konnte er unterstellen, dass die Klägerin neben der Fraktur der Speiche auch eine Fraktur des Griffelfortsatzes an der Elle erlitten hat und dass als weitere Unfallfolge ein Morbus Sudeck diagnostiziert wurde. Auch für diese Verletzungen reichte angesichts der alten Entscheidungen der vorprozessual gezahlte Schmerzensgeldbetrag aus.

E 66 **OLG Celle, Urt. v. 09.09.2009 – 14 U 41/09, OLGR 2009, 1003**

7.000,00 € (Mitverschulden: 3/10; Vorstellung: 9.000,00 €)

Radiusköpfchenmeißelfraktur

Der Kläger zog sich als Radfahrer bei einem Verkehrsunfall eine Radiusköpfchenmeißelfraktur im Ellenbogengelenk zu. Die Fraktur wurde konventionell ruhiggestellt. Insgesamt war der Kläger 7 Wochen krankgeschrieben.

E 67 **OLG Oldenburg, Urt. v. 30.06.2010 – 5 U 15/10, VersR 2010, 1654 = GesR 2011, 28**

7.500,00 € (Vorstellung: 10.000,00 €)

Unterarmfraktur – Radiusköpfchenluxation

Die 6 Jahre alte Klägerin stürzte im Kindergarten beim Sprung von der Schaukel und verletzte sich am Arm. Wegen des Verdachts einer Unterarmfraktur wurde auf Veranlassung einer Ärztin eine Röntgenaufnahme gefertigt. Der Durchgangsarzt untersuchte die Klägerin und wertete die Röntgenaufnahme aus. Seine Erstdiagnose lautete »Prellung rechter Unterarm«. Als Röntgenergebnis wurde notiert: »Kein Hinweis auf knöcherne Verletzung«. Es lag ein Behandlungsfehler vor, weil die Radiusköpfchenluxation nicht erkannt und nicht sofort behandelt wurde.

E 68 **LG Traunstein, Urt. v. 10.11.2009 – 8 O 2958/08, SP 2010, 220**

8.000,00 € (Vorstellung: 18.000,00 €)

Radiustrümmerfraktur – Daumengrundgliedfraktur

Der Kläger erlitt als Radfahrer bei einem Verkehrsunfall eine distale Radiustrümmerfraktur an der Hand, eine nicht dislozierte Daumengrundgliedfraktur und eine Ellenbogenprellung. Er befand sich 10 Tage in stationärer Behandlung, in der der Trümmerbruch operativ mit einer Platte versorgt wurde, die ein Jahr später entfernt wurde. Es bestehen Beschwerden in der Hand fort.

E 69 **LG Mainz, Urt. v. 22.01.1998 – 1 O 547/96, VersR 1999, 863**[7]

9.000,00 €

Unterarmfraktur mit anschließendem Morbus Sudeck

Bei einem Verkehrsunfall erlitt der Kläger eine distale Ulnarfraktur und multiple Prellungen und Schürfwunden. Die Gipsruhigstellung des Unterarms dauerte 2 Monate, Erwerbsunfähigkeit bestand für 3 Monate. Verblieben ist eine diskrete Fehlstellung nach ausgeheilter Ellenfraktur.

---

7 BGH, Beschl. v. 06.07.1955 – GSZ 1/55, BGHZ 18, 149 = VersR 1955, 615 = NJW 1955, 1675 = MDR 1956, 19 m. Anm. Pohle.Eine der wenigen Entscheidungen zu Verletzungen mit anschließendem Morbus Sudeck.

Im Unterarm bildete sich ein Morbus Sudeck, wodurch der Kläger ein Jahr lang unter erheblichen Schlafstörungen litt. Die ambulante Behandlung des Morbus Sudeck dauerte mehr als 2 Jahre. Verblieben ist eine Einschränkung der Beweglichkeit des Handgelenks um etwa 1/3 und dadurch eine Beeinträchtigung der Arbeitsfähigkeit von 15 %.

OLG Hamm, Urt. v. 09.01.2009 – I-9 U 144/08, NJW-RR 2010, 31 E 70

10.000,00 € (Vorstellung: 12.500,00 €)

Frakturen von Elle und Speiche – Gehirnerschütterung – Narben

Die Klägerin stürzte von einer Schaukel, die der Beklagte an einem ausladenden Ast eines in exponierter Lage stehenden Baumes am Rande eines Abhanges befestigt hatte. Sie erlitt eine offene Fraktur von Speiche und Elle, eine geschlossene Fraktur der Speiche jeweils mit Beeinträchtigung der Wachstumsfuge, eine Gehirnerschütterung und multiple Prellungen.

Die Klägerin war über einen beachtlichen Zeitraum völlig auf Hilfe Dritter angewiesen. Sie klagt noch über gewisse Belastungsschmerzen. Der externe Fixateur hat **sichtbare Narben** am Arm hinterlassen. Es besteht die Gefahr von Wachstumsstörungen, weil sich die Bruchstellen in der Nähe der Wachstumsfugen befinden. Schließlich kam es zu einer erneuten Fraktur, weil die ursprüngliche Knochenstabilität noch nicht wieder erreicht war.

OLG Naumburg, Urt. v. 20.08.2009 – 1 U 86/08, VersR 2010, 216 = GesR 2010, 73 E 71

10.000,00 €

Absterben des Bindegewebes an beiden Unterarmen – Verwachsungen – Narben

Infolge eines groben Behandlungsfehlers bei einer Injektionsbehandlung kam es zu einer Blutvergiftung (Sepsis) mit einer beatmungspflichtigen Störung der äußeren Atmung und beginnendem Funktionsversagen von Leber und Niere. Es wurde eine sechswöchige stationäre Behandlung, überwiegend intensivmedizinisch, erforderlich. Als Folge des Behandlungsfehlers kam es zum Absterben des Bindegewebes an beiden Unterarmen (sog. nekrotisierende Fascitis), welches mehrfache operative Wundbehandlungen sowie Entfernungen nekrotischen Gewebes (Wunddebridement, Fascienspaltung mit Nekrektomie) an beiden Unterarmen erforderlich machten. Anschließend traten Verwachsungen und Narbenbildung auf.

OLG Frankfurt, Urt. v. 16.12.2011 – 10 U 240/09, unveröffentlicht E 72

10.000,00 € (Mitverschulden: ¼; Vorstellung: nicht unter 13.000,00 €)

Distale Radiusfraktur am Handgelenk – Fibulaköpfchenfraktur und Seitenbandruptur am Knie

Als die Klägerin ein Pferd über eine Straße führte, kam es zum Zusammenstoß mit dem PKW des Beklagten. Die Klägerin erlitt eine distale Radiusfraktur am Handgelenk, eine Fibulaköpfchenfraktur und eine sogenannte bone bruise im Bereich des Tibiakopfes mit medialer Seitenbandruptur am Knie. Die Radiusfraktur wurde im Wege einer Plattenosteosynthese operiert. Am Kniegelenk erfolgte eine konservative Therapie mit einer Orthese. Nach der Entlassung aus der stationären Behandlung unterzog sich die Klägerin einer Physiotherapie, bevor sie eine 3-wöchige Rehabilitation antrat.

Die Klägerin leidet unter Dauerfolgen, sie kann nur deutlich verlangsamt und längere Strecken nur unter Schmerzen gehen. Im Handgelenk ist die Bewegungsfähigkeit leicht eingeschränkt. Reit- und Tanzsport kann sie nicht mehr betreiben.

E 73 **OLG Celle, Urt. v. 02.12.2004 – 14 U 103/04, MDR 2005, 504 = SP 2005, 48**

12.000,00 € (Vorstellung: 25.000,00 €)

Dislozierte Armfraktur – Intubationsgranulom

Der gut 40 Jahre alte Kläger erlitt als Radfahrer einen Unfall, bei dem er sich eine dislozierte Armfraktur (der Speiche) in Gelenksnähe zuzog. Während der vergleichsweise langwierigen Behandlung trat ein Intubationsgranulom auf.

E 74 **OLG Brandenburg, Urt. v. 17.09.2009 – 12 U 26/09, ZfS 2010, 141 = NZV 2010, 154 = VRS 117, 259 (2009)**

15.000,00 € (Mitverschulden: 50 %; Vorstellung: 33.000,00 €)

Radiusextensionsfraktur – Mittelhandknochenfraktur – Oberschenkelfraktur – Unterschenkelfraktur – Ulnafraktur

Der Kläger erlitt als Motorradfahrer bei einem Verkehrsunfall eine Oberschenkelfraktur mit Gelenkbeteiligung im Knie, eine Unterschenkelfraktur, eine Ulnafraktur, eine distale Radiusextensionsfraktur mit Handgelenksbeteiligung, eine Mittelhandknochenfraktur, Thorax- und Pneumothoraxprellungen, eine HWS-Distorsion sowie eine Prellung des Vorderfußes. Er musste sich viermal in stationärer Behandlung begeben und eine Reha-Maßnahme durchführen. Er war knapp ein Jahr arbeitsunfähig und ist dauerhaft in seiner körperlichen Beweglichkeit eingeschränkt. Auch kann er zukünftig weder Motorrad fahren noch Sport treiben. Die Behinderung der Erwerbsfähigkeit beträgt 30 %.

E 75 **LG Essen, Urt. v. 29.01.2010 – 17 O 219/08, unveröffentlicht**

15.000.00 € (Mitverschulden: ¼; Vorstellung: 25.000,00 €)

Fraktur des Unterarms – Trümmerfraktur der Speichengelenkfläche

Der Kläger, der in einer Halle auf einer Tribüne sitzend, mit Freunden ein Fußballspiel anschaute, stürzte beim Torjubel von der Tribüne. Er zog sich eine Fraktur des Unterarms, eine Trümmerfraktur der Speichengelenkfläche und einen Abbruch des Griffelfortsatzes zu. Die Frakturen des Handgelenks mussten operativ versorgt werden. Der Fixateur musste nach Komplikationen entfernt werden. Durch eine Verletzung eines Nervenastes entwickelten sich neuropatische Schmerzen, Schmerzen im Gelenk und Berührungsempfindlichkeiten im Versorgungsgebiet. Verblieben sind Gelenkflächenabweichungen am Speichenende und Bewegungseinschränkungen im Handgelenk, dessen Beweglichkeit um ¼ einschränkt ist. Eine vollständige Genesung ist nicht zu erwarten, eine posttraumatische Arthrose ist zu erwarten.

E 76 **LG Lübeck, Urt. v. 17.11.2011 – 12 O 148/10, SP 2012, 148**

15.000,00 €

Unterarmfraktur – Schädelhirntrauma 2. Grades – Thoraxtrauma – Narben Rippenserienfraktur

Die Klägerin erlitt bei einem Verkehrsunfall lebensgefährliche Verletzungen, musste künstlich beatmet werden und verbrachte 12 Tage auf der Intensivstation. Eine Verletzung am Unterarm musste offen reponiert und mit einer Plattenosteosynthese versorgt werden. Die Verletzungen am Brustkorb waren so schwerwiegend, dass es zu einem beidseitigen Pneumotorax kam. Die Verletzungen im Kopfbereich führten zu einem hirnorganischen Psychosyndrom.

Die Klägerin leidet an eingeschränkter Kraftentwicklung am Unterarm und in der Hand, Schmerzen in den Narben, Blockaden der Wirbelsäule, Atemschwierigkeiten und reduzierter Merkfähigkeit. Das Gericht hat das Schmerzensgeld bemessen nach einer Entscheidung des

KG vom 30.05.1991 – 12 U 2228/90, das für eine weniger schwere Verletzung ein Schmerzensgeld von knapp 6.000,00 € zuerkannt hatte.

Die Entscheidung ist zum Vergleich völlig ungeeignet.

OLG Oldenburg, Urt. v. 20.06.2008 – 11 U 3/08, ZfS 2009, 436 = SVR 2009, 422 E 77

16.000,00 € (Vorstellung: 16.000,00 €)

Unterarmfraktur – Schnittverletzungen an Unterschenkel und Knie – Narben

Die Klägerin erlitt bei einem Unfall mit dem Fahrrad schwere Schäden und Frakturen am Daumen sowie am Unterarm, außerdem multiple Schnittverletzungen am Unterschenkel und am Knie. Nach zwei Operationen wurde sie mit einer Unterarmgipsschiene und einer Daumengipsschiene entlassen. Der Klägerin wurde bei zwei weiteren Operationen Knochenmaterial aus dem Beckenkamm entnommen. Noch im weiteren Verlauf entwickelte sich eine Pseudoarthrose in der rechten körperfernen Speiche. Insgesamt wurde die Klägerin fünfmal stationär behandelt. Sie leidet im Handgelenk an Bewegungseinschränkungen. Beim Faustschluss können der 2. und 5. Finger einer Hand nicht vollständig eingeschlagen werden. Über den Unterarm verläuft eine 16 cm lange Operationsnarbe. Außerdem ist der Unterarm zeitweise nicht zu spüren. Gelegentlich verspürt sie ein sog. Ameisenlaufen.

LG Dortmund, Urt. v. 06.02.2009 – 21 O 473/03, SP 2009, 290 E 78

20.000,00 €

Knöcherner Abbruch am Griffelfortsatz der Elle – Verlust der Sehkraft auf einem Auge

Die Klägerin erlitt bei einem Verkehrsunfall ein Makula-Ödem mit starker Einblutung. Sie büßte an dem Auge die Sehkraft ein, es verblieb nur sehr geringe Sehschärfe, die einem Verlust der Sehkraft entspricht.

Ferner erlitt die Klägerin eine Ausrenkung am Handgelenk sowie einen knöchernen Abbruch am Griffelfortsatz der Elle, der eine Versorgung mit osteosynthetischem Material notwendig machte. Auch insoweit liegt ein Dauerschaden vor, weil eine Einschränkung der Beweglichkeit der Hand mit einer Einschränkung der Arbeitsfähigkeit von 10 % sowie Narben verblieben sind. Zur Bemessung des Schmerzensgeldes griff das Gericht auf zwei Entscheidungen aus 1987 bzw. 1992 zurück!

OLG Celle, Urt. v. 07.11.2006 – 14 U 234/05, NdsRpfl 2007, 155 = SP 2007, 320 E 79

20.451,68 € (Mitverschulden: $^1/_5$; Vorstellung: angemessenes Schmerzensgeld zuzüglich Schmerzensgeldrente)

Unterarmfraktur

Der Kläger erlitt bereits 1982 als Schüler einen Verkehrsunfall mit Unterarmfraktur. Die gesundheitlichen Unfallfolgen haben sich auf das Leben des Klägers erheblich nachteilig ausgewirkt. Er kann keine schweren Sachen mit der Hand und dem Unterarm tragen. Die Greiffunktion der Hand ist v. a. beim Zufassen von schweren Gegenständen eingeschränkt. Insgesamt ist die grobe Kraft der Hand vermindert. Beim festen Faustschluss können Schmerzen im Bereich des Handgelenks entstehen. Ebenso können bei kaltem Wetter Beschwerden im Bereich des Handgelenks und des Unterarms auftreten. Schließlich verblieben eine endgradige geringe Einschränkung der Handgelenksbeweglichkeit sowie Narben am Unterarm. Der Kläger war ferner durch den Unfall selbst sowie durch die operativen Eingriffe beeinträchtigt, z. T. auch in seiner Berufstätigkeit. Er hat durch die depressiven Verstimmungen insgesamt einen Verlust an Lebensqualität erlitten sowie eine Schmälerung seines eigenen Selbstwertgefühls. Die MdE beträgt 20 %.

E 80 **OLG Saarbrücken, Urt. v. 27.11.2007 – 4 U 276/07, NJW 2008, 1166 = SP 2008, 257**

25.000,00 € (Vorstellung: deutlich über 10.000,00 €)

Radiusfraktur – Beckenfraktur – Schädelfraktur – Unterkieferfraktur – Verbrennungen

Der 39 Jahre alte Kläger stürzte mit seinem Mountainbike und geriet unter das Fahrzeug des 77 Jahre alten Beklagten, der den Unfall aus nichtigem Anlass vorsätzlich herbeigeführt hat. Der Kläger zog sich eine distale Radiusfraktur, eine Beckenfraktur, eine Schädelfraktur, eine Orbitabodenfraktur, eine Unterkieferfraktur und Verbrennungen am Oberschenkel zu. Er war 7 Wochen zu 100 % und weitere 3 Monate zu 80 % erwerbsunfähig. Der Kläger leidet weiterhin an Schmerzen im Beckenbereich und im Handgelenk, an Taubheitsgefühlen in der Wade und an den Zähnen im Oberkiefer. Ferner leidet er unter Schlafstörungen und Angstträumen mit Todesangst. Die vielen knöchernen Verletzungen und die Brandverletzung haben zu Narben und dauernden Schmerzen geführt.

E 81 **OLG Rostock, Urt. v. 26.09.2008 – 5 U 115/08, SVR 2008, 468**

100.000,00 €

Ellenbogenfraktur – Oberschenkelfraktur – Schädelhirntrauma – Kalottenmehrfragmentfraktur – Mittelgesichtsfrakturen – Nasenbeinfraktur

Der Kläger erlitt bei einem Verkehrsunfall ein Schädelhirntrauma, eine temporale Kalottenmehrfragmentfraktur mit zentraler Impression, eine temporopolare Kalottenfraktur mit Epiduralhämatom, multiple Mittelgesichtsfrakturen, eine Nasenbein-Mehrfragmentfraktur, eine erstgradig offene Ellenbogenluxationsfraktur, eine offene Grundgliedfraktur des Kleinfingers, eingestauchte körpernahe Femurschaftfraktur und eine isolierte proximale Fibulafraktur. Die stationäre Behandlung dauerte rund 2 1/2 Monate. Der Kläger war länger als 1 Jahr arbeitsunfähig.

Als Verletzungsfolgen verblieben zentral-vegetative Störungen in Form von Kopfschmerzen sowie Störungen des verbalen Gedächtnisses ferner Bewegungseinschränkung des Ellenbogengelenkes, Herabsetzung der groben Kraft des Armes und der Hand, Muskelminderung im Bereich des Ober- und Unterarmes, Taubheitsgefühl im Bereich des Ring- und des kleinen Fingers sowie noch liegende Metallteile. Darüber hinaus bestehen Bewegungseinschränkung des Hüftgelenkes mit Außenrotationsfehlstellung, Beckenschiefstand nach Beinlängenverkürzung um 2 cm nach Oberschenkelschaftbruch, Muskelminderung im Bereich des Oberschenkels.

Auge (Ärztliche Behandlungsfehler/Unzureichende Aufklärung – Unfall)

1. Augenschäden nach ärztlichen Behandlungsfehlern oder unzureichender Aufklärung

a) Minderung der Sehkraft
b) Erblindung auf einem Auge
c) Völlige Erblindung

2. Augenschäden durch Unfall

a) Minderung der Sehkraft
b) Erblindung auf einem Auge/Verlust eines Auges
c) Völlige Erblindung

▶ Hinweis:

Die Schmerzensgelder für den Verlust eines Auges oder die Erblindung auf einem Auge sind in den letzten Jahren deutlich angestiegen, fallen aber sehr unterschiedlich aus. Die zutreffende Bemessung des Schmerzensgeldes darf sich deshalb nur an den Entscheidungen der letzten Jahre – mit steigender Tendenz – orientieren.

Prozesstaktik:

Schmerzensgeld bei völliger Erblindung fällt allenfalls dann nachvollziehbar (hoch) aus, wenn weitere Schäden, meist Hirnschäden, hinzukommen.

Eines darf der Anspruchsteller nicht außer Acht lassen:

Das Auge ist ein paariges Organ. Geht die Sehkraft auf einem Auge verloren oder wird sie erheblich eingeschränkt, muss das Schmerzensgeld deutlich unter 50 % des für völlige Erblindung zuzuerkennenden Betrages liegen.[8]

Andererseits wirkt die Sorge des Verletzten vor völliger Erblindung Schmerzensgeld erhöhend. Auf keinen Fall sollte sich ein Vergleich auf einen etwaigen Zukunftsschaden erstrecken. Ein Anerkenntnisvertrag zwischen dem Versicherer und dem Verletzten, der ausdrücklich ein Feststellungsurteil ersetzen soll, oder ein Feststellungsurteil sind geboten, um die Verjährungsfrist von 30 Jahren zu erreichen.

Der Grundsatz, die Entscheidungen, die älter als 10 Jahre sind, nicht mehr abzudrucken, kann bei dem Stichwort »Auge« nicht beibehalten werden. Seit der Vorauflage wurde nur zwei Entscheidungen zur Schädigung des Auges abgedruckt. Aus diesem Grund werden auch ältere und wichtige Entscheidungen beibehalten, jedoch sind bei der Höhe des Schmerzensgeldes der Zeitablauf, die Geldentwertung und die Tendenz der Rechtsprechung zu höherem Schmerzensgeld seit der Entscheidung zu berücksichtigen.

1. Augenschäden nach ärztlichen Behandlungsfehlern oder unzureichender Aufklärung

a) Minderung der Sehkraft

LG Köln, Urt. v. 16.08.2006 – 25 O 335/03, NJW-RR 2006, 1614 — E 82

1.500,00 € (Vorstellung: 15.000,00 €)

Unzureichende Aufklärung vor LASIK-Operation – verbleibende Altersweitsichtigkeit

Bei der 47 Jahre alten Klägerin bestand eine Fehlsichtigkeit von -1,25 bzw. -1,5 dpt sphärisch, sodass sie für die Ferne eine Brille benötigte. Vor der Operation wurde sie nicht darauf hingewiesen, dass trotz der Operation eine Altersweitsichtigkeit verbleiben würde, sodass sie nun auf eine Lesebrille angewiesen ist.

Das Schmerzensgeld orientiert sich an den Unannehmlichkeiten und Belastungen der Operation, der zunächst bestehenden Angst um eine Beeinträchtigung des Augenlichtes und der Verfehlung des erhofften Lebens ohne Brille.

OLG Düsseldorf, Urt. v. 21.03.2002 – 8 U 117/01, NJW-RR 2003, 89 — E 83

3.000,00 €

Erfolglose Augenoperationen ohne wirksame Aufklärung

Die Klägerin unterzog sich mehreren Augenoperationen mittels Laser, ohne zuvor wirksam aufgeklärt worden zu sein. Die Operationen brachten nicht den gewünschten Erfolg. Zudem blieb bei der Klägerin eine erhöhte Blendempfindlichkeit zurück.

8 Vgl. AK – Schuldrecht 2. Aufl. 2011, § 253 Chr. Huber Rn. 66.

E 84 **LG Magdeburg, Urt. v. 12.12.2007 – 9 O 1257/06, unveröffentlicht**

3.000,00 € (Vorstellung: 2.500,00 €)

LASIK-Operation

Der Beklagte führte bei der Klägerin eine LASIK-Operation am rechten Auge durch, ohne sie über spezielle Risiken der Operation aufzuklären, wenn eine erhebliche Hornhautverkrümmung die Erfolgsaussichten einer LASIK-Operation verschlechtert. Nach dem Eingriff trat eine erhebliche Bildverzerrung auf, die Klägerin wurde nachoperiert.

E 85 **OLG Celle, Urt. v. 09.12.2002 – 1 U 35/02, unveröffentlicht**

4.000,00 €

Abducensparese

Der Kläger, der nicht ausreichend über die Risiken der Myelographie aufgeklärt wurde, musste sich aufgrund eines Liquorverlustes wegen einer Abducensparese am linken Auge in 14-tägigen Abständen augenärztlichen Kontrollen unterziehen. Diese Kontrollen waren später in größeren Abständen erforderlich. Die Abducensparese bildete sich nur allmählich zurück.

Der Kläger litt aufgrund der Abducensparese unter dem Sehen von Doppelbildern.

Dadurch waren ihm über einen längeren Zeitraum viele Verrichtungen des täglichen Lebens wie etwa das Besteigen einer Leiter, die Zubereitung von Mahlzeiten, das Führen eines Kfz usw. nicht möglich.

E 86 **OLG Frankfurt am Main, Urt. v. 13.08.2002 – 8 U 84/02, unveröffentlicht**

5.000,00 € (Vorstellung: 7.500,00 €)

Augenentzündung

Die 75 Jahre alte Klägerin war bei der beklagten Augenärztin in Behandlung. Für einen Eingriff am rechten Auge verwandte die Beklagte das sog. »clear comea incision no-stitch«-Verfahren, bei welchem keine Naht erforderlich ist. 5 Tage später meldete sich die Klägerin wegen Schmerzen am operierten Auge; die Beklagte konnte die Ursache nicht feststellen und verschrieb entzündungshemmende Augentropfen. Die Klägerin suchte die Beklagte noch weitere viermal über einen Zeitraum von 10 Wochen auf, ohne dass Besserung auftrat. Das Auge tränte stark und war stark angeschwollen; es ließ sich kaum öffnen. Im Augenheilklinikum entdeckte man dann einen 2cm langen Nylonfaden. Dieser war bei der OP ins Auge gelangt.

E 87 **OLG Koblenz, Urt. v. 12.01.2010 – 5 U 967/09, unveröffentlicht**

7.000,00 €

Augenverletzung bei endonasalem Siebbeineingriff

Der Kläger erlitt bei einem operativen Eingriff in die Kieferhöhlen (einem endonasalen Siebbeineingriff) eine Augenverletzung. Über dieses zwar seltene aber operationstypische Risiko war er vom behandelnden Arzt nicht aufgeklärt worden.

E 88 **OLG München, Urt. v. 28.06.2013 – 1 U 4539/12, unveröffentlicht**

7.000,00 € (Vorstellung: 10.000,00 €)

Augapfelprellung – Minderung der Qualität des Sehens

Der Kläger wurde von einem Eisbrocken getroffen, der vom Dach eines Hauses herabstürzte. Er erlitt eine Augapfelprellung mit Augeninnendruckanstieg und Blutung in Vorkammer und

Netzhaut. Dadurch wurden Glaskörpertrübungen ausgelöst, die die Arbeit am Bildschirm und das Erkennen kleiner Schriftzeichen mühsamer machen. Der Dauerschaden besteht in der Minderung der Qualität des Sehens, nicht aber der Sehschärfe. Eine künftige Erblindung ist nicht völlig ausgeschlossen.

OLG Köln, Urt. v. 10.02.2010 – 5 U 120/09, VersR 2011, 226 = GesR 2010, 369 E 89

10.000,00 €

Blendempfindlichkeit des Auges

Der 21 Jahre alte Patient erlitt infolge einer rechtswidrigen Laseroperation in einem Maß erhöhte Blendungserscheinungen, dass er ohne unzumutbare Hilfsmittel kein Kfz führen kann.

Durch die Operation und durch zwei Folgeoperationen besteht eine erhöhte Blendempfindlichkeit. Die erhöhte Blendempfindlichkeit besteht insbes. bei Dämmerung und Dunkelheit, sie wird den Kläger voraussichtlich auf Dauer belasten.

OLG Karlsruhe, Urt. v. 11.09.2002 – 7 U 102/01, VersR 2004, 244 = MedR 2003, 104 E 90

25.000,00 € (Vorstellung: 25.000,00 €)

Minimierung der Sehfähigkeit auf beiden Augen durch ärztlichen Behandlungsfehler

Der 20 Jahre alte Kläger, der stark weitsichtig war, begab sich zum Beklagten, um die Weitsichtigkeit durch eine Laserbehandlung beheben zu lassen. Der Beklagte führte eine fotorefraktive Keratektomie (PRK) an beiden Augen des Klägers durch. Diese Methode war damals nicht wissenschaftlich anerkannt, sie wurde klinisch erprobt. Die Operation verlief zunächst erfolgreich, in der Folgezeit kam es aber wiederholt zur Zunahme der Weitsichtigkeit und zu Hornhauttrübungen. Trotz mehrerer Operationen gelang es dem Beklagten nicht, einen Gesundheitsschaden des Klägers zu vermeiden. Nach der letzten Operation war die Sehfähigkeit des Klägers minimiert und kann nicht durch Sehhilfen gebessert werden.

Der Beklagte hat den Kläger schuldhaft mehreren schmerzhaften Operationen unterzogen, obwohl er wusste, dass die Methode nicht anerkannt war. Der Kläger kann den erlernten Beruf eines Kfz-Mechanikers nicht mehr ausüben und ist bei seiner Lebensgestaltung erheblich beeinträchtigt.

OLG Koblenz, Urt. v. 02.03.2006 – 5 U 1052/04, VersR 2006, 978 = NJW-RR 2007, 21 E 91

40.000,00 € (Vorstellung: Klägerin: 50.000,00 €; Beklagter: 10.000,00 €)

Keratokonus verstärkt und Astigmatismus nach kontraindizierter LASIK-Operation

Die Klägerin litt unter Kurzsichtigkeit und unterzog sich einer LASIK-Operation. Weil bei der Klägerin eine Hornhautschwäche in Form eines Keratokonus bestand, war diese Operation kontraindiziert. In der Folge wurde der Keratokonus verstärkt und dies zog einen wachsenden Astigmatismus nach sich. Um dem abzuhelfen, unterzog sich die Klägerin einer Hornhauttransplantation auf einem Auge. Auf dem anderen Auge soll noch eine Hornhauttransplantation vorgenommen werden. Die gesundheitliche Entwicklung ist noch nicht abgeschlossen.

Die Klägerin hatte präoperativ auf beiden Augen ohne Hilfsmittel eine Sehschärfe von 0,1, deren Defizite unter Verwendung einer Brille praktisch vollständig kompensiert werden konnten. Postoperativ verschlechterte sich die Sehschärfe erheblich. So war die Sehfähigkeit auf dem linken Auge ohne Einsatz von Hilfsmitteln praktisch nicht mehr vorhanden. Rechtsseitig kam es im Anschluss an die Hornhauttransplantation zu einer geringfügigen Besserung. Die

Klägerin kann nicht ohne Brille auskommen. Indessen ist deren Wirkung – anders als vor der LASIK-Operation – nur noch begrenzt. Die Sehschärfe lässt sich auf diese Weise praktisch nicht über den Grad hinaus steigern, der präoperativ ohne Hilfsmittel gegeben war.

Die unter Verwendung einer Brille gewährleistete Sehkraft ist auf deutlich weniger als die Hälfte gesunken. Diese Schädigung, die die allgemeine Lebensführung beeinträchtigt und unweigerlich psychische Belastungen nach sich zieht, rechtfertigt das Schmerzensgeld.

b) Erblindung auf einem Auge

E 92 **OLG Brandenburg, Urt. v. 13.12.2006 – 13 U 156/05, GesR 2007, 181**

<u>20.000,00 €</u> (Vorstellung: 22.500,00 €)

Erblindung auf einem Auge nach Hirnhautentzündung durch weiche Kontaktlinsen

Die Klägerin trug von der Beklagten hergestellte weiche Kontaktlinsen, wodurch sie auf einem Auge erblindete. Die Beklagte haftet aus Produzentenhaftung, weil sie ihre Instruktionspflicht verletzt hat. Sie hätte darauf hinweisen müssen, dass beim Tragen weicher Kontaktlinsen eine erheblich größere Gefahr besteht, an einer Hirnhautentzündung zu erkranken, als beim Tragen harter Kontaktlinsen.

Das Schmerzensgeld soll unter Berücksichtigung des Alters der Klägerin, der Dauer der stationären und ambulanten Behandlung, der Arbeitsunfähigkeit, der Heftigkeit und Dauer der Schmerzen, der verbleibenden Folgeschäden und der Lebensbeeinträchtigung durch Erblindung auf einem Auge angemessen sein.

E 93 **OLG München, Urt. v. 17.11.2011 – 1 U 4499/07, unveröffentlicht**

<u>30.000,00 €</u>

Hornhautschädigung durch Laseroperation an einem Auge – Sehbehinderung

Die Klägerin litt an beiden Augen an einer mittelgradigen Myopie (Kurzsichtigkeit) mit einem erheblichen Astigmatismus, die durch das Tragen von Kontaktlinsen problemlos ausgeglichen wurde. Als altersbedingt Probleme mit den Kontaktlinsen auftraten, wollte die Klägerin sich einer Regulierung der Myopie durch eine Laserbehandlung unterziehen. Vor der Operation wurde sie unzureichend aufgeklärt, so dass der Eingriff rechtswidrig war. Das Risiko, über das die Klägerin nicht aufgeklärt worden ist, hat sich verwirklicht. Es kam zu einer Überkorrektur, die zu einer schweren Behinderung des beidäugigen Sehens geführt hat, mit der Folge, dass die Klägerin schwer behindert und als einäugig einzustufen ist. Bei der Bemessung des Schmerzensgeldes sind unter anderem die psychischen und physischen Störungen, die hervorgerufenen Schmerzen und Auswirkungen auf die private und berufliche Lebensgestaltung zu berücksichtigen. Ferner wurde berücksichtigt, dass die durch die Laserbehandlung verursachte Anisometropie durch eine Brille und durch Kontaktlinsen aufgrund der Kontaktlinsenunverträglichkeit optisch nicht korrigierbar ist und dass weiter die unregelmäßige Verformung der Hornhaut zum Auftreten von Aberrationen höherer Ordnung geführt hat. Die erheblichen Auswirkungen und Folgen der Überkorrektur auf das Privat- und Berufsleben (Schwerbehinderung von 70 %, Berufsunfähigkeit) waren weitere gewichtige Kriterien bei der Festsetzung. Es war aber auch zu bewerten, dass die Klägerin sich durch Wechseln von Kontaktlinsen und Brillen behelfen, Lesen und Naharbeiten durchführen, und auf kurzen Strecken einen Pkw führen kann.

OLG Köln, Urt. v. 12.08.2009 – 5 U 47/09, MedR2010, 716 E 94

40.000,00 €

Verlust des Augenlichts auf einem Auge

Eine 65 Jahre alte Patientin, die zuvor auf dem rechten Auge praktisch erblindet war und auf dem linken Auge über eine Sehschärfe von 0,8 p verfügte, verlor durch eine rechtswidrige Operation ihr Augenlicht soweit, dass sie nunmehr nur noch über eine Sehschärfe von 0,2 p verfügt. Die Patientin unterzog sich einer LASIK-Behandlung, ohne ausreichende Aufklärung. Die Verschlechterungsmöglichkeiten und ein Missverhältnis bei dem Tauschrisiko müssen in aller Deutlichkeit angesprochen werden. Dies gilt schon für eine Operation, wenn beide Augen noch prinzipiell funktionstüchtig sind. Es gilt um ein Vielfaches, wenn bereits ein Auge weitestgehend erblindet ist und die Operation am anderen Auge durchgeführt werden soll. Hier stehen das Tauschrisiko eines Verlustes des einzig verbliebenen Auges gegen den möglichen Heilerfolg, nämlich künftig weitgehend, nicht einmal ausnahmslos, auf eine Brille verzichten zu können, in einem besonders krassen Missverhältnis. Das muss zwischen Arzt und Patient umfassend thematisiert sein. Es muss sicher gewährleistet sein, dass dem Patienten die Risiken in aller Konsequenz vor Augen stehen und er sich in vollem Bewusstsein des Tauschrisikos auf den Eingriff einlässt.

OLG Nürnberg, Urt. v. 24.06.2005 – 5 U 1046/04, MedR 2006, 178 E 95

80.000,00 € (Vorstellung: 120.000,00 €)

Erblindung auf einem Auge – Frühgeborenenretinopathie – Verlust der Sehkraft zu 80 % auf dem anderen Auge

Bei der Klägerin, einer Frühgeburt, wurden die erforderlichen engmaschigen Kontrollen auf eine beginnende Frühgeborenenretinopathie nur unzureichend durchgeführt. Infolgedessen ist die Klägerin auf einem Auge vollständig erblindet, auf dem linken Auge besteht nur eine Sehschärfe von 20 % und es sind Gesichtsfeldausfälle von bis zu 30° zu beklagen. Auch wenn der Zustand des linken Auges für sich betrachtet der Beklagten nicht zuzurechnen ist, verschlimmert er doch die von ihr zu verantwortenden Folgen der Nichtbehandlung des rechten Auges. Gerade deshalb, weil das linke Auge geschädigt ist, wäre es umso wichtiger gewesen, das rechte Auge wenigstens teilweise zu erhalten. Die gravierende Beeinträchtigung des Sehvermögens behindert die Klägerin in ihrer gesamten Lebensgestaltung. Ihr fehlt jegliches räumliche Sehvermögen. Sie ist psychisch belastet, sehr unausgeglichen und kommt sich minderwertig vor.

In der Schule wird sie einen speziellen Arbeitsplatz benötigen. Auch hierdurch wird ihr Selbstwertgefühl weiter beeinträchtigt werden.

c) Völlige Erblindung

OLG Karlsruhe, Urt. v. 14.11.2007 – 7 U 251/06, VersR 2008, 545 E 96

90.000,00 € zuzüglich 260,00 € monatliche Rente = insgesamt 151.000,00 €

Erblindung – Entfernung beider Augäpfel

Der Kläger schielte im Alter von 7 Monaten. Er wirft dem beklagten Arzt vor, ihn nicht an einen Augenarzt überwiesen zu haben, denn er litt an beiden Augen an Retinoblastomen (bösartige Tumore), die zu einer Entfernung beider Augäpfel führten.

Das LG hat dem Kläger ein Schmerzensgeld i. H. v. 260.000,00 € und eine Schmerzensgeldrente mit einem Kapitalwert von rund 61.000,00 € zuerkannt.

Der Senat meint, er halte sich bei einem Rentenbetrag mit einem Kapitalwert von ca. 61.000,00 € unter Berücksichtigung des Kapitalbetrages von 90.000,00 € im oberen Rahmen der üblicherweise zuerkannten Entschädigung.

E 97 **OLG Stuttgart, Urt. v. 18.03.2003 – 1 U 81/02, OLGR 2003, 420**

100.000,00 € (Vorstellung: 17.500,00 €)

Erblindung nach fehlerhafter Behandlung eines Gehirntumors

Die fehlerhafte ärztliche Behandlung verursachte beim Kläger den Ausfall des Gesichtsfeldes des linken Auges nach rechts mit einem schmalen Streifen an der Peripherie des oberen Quadranten und einem punktförmigen Bereich mit der Folge, dass der 36 Jahre alte Kläger wegen der zusätzlichen (nicht behandlungsfehlerhaften, sondern krankheitsbedingten) Gesichtsfeldeinschränkung nach links praktisch einem Blinden gleichgestellt werden muss und seiner beruflichen Tätigkeit nicht mehr nachgehen kann.

Bei der Bemessung der Höhe des Schmerzensgeldes hat der Senat berücksichtigt, dass hier der Fehler der Radiologen die Kausalkette für die Schädigung des Klägers ausgelöst hat, die durch das nachfolgende Fehlverhalten der Ärzte der Beklagten wegen Außerachtlassung medizinischer Regeln und Sorgfaltspflichten nicht unterbrochen worden ist, und der fatale Ablauf für den Kläger aber nicht nur in einem, sondern verschiedenen Punkten durch ein fehlerfreies Verhalten der Ärzte hätte vermieden werden können. Infolge dieser Kumulation von Fehlern seitens der Ärzte ist – neben der Notwendigkeit einer 2. Operation mit all ihren Risiken – das Gesichtsfeld des Klägers auf dem linken Auge (nach rechts) eingeschränkt, tumorbedingt zusätzlich auch das Gesichtsfeld des Klägers nach links mit der Folge, dass der Kläger praktisch in seinem Sehvermögen einem Blinden gleichgestellt werden muss und seiner beruflichen Tätigkeit nicht mehr nachgehen kann. Bei fehlerfreier Operation wäre der Kläger in der Lage gewesen, wieder zu lesen und am Straßenverkehr teilzunehmen. Das unangenehme Gefühl des Dunkelseins auf der einen Seite, unter dem der Kläger ebenfalls leide, hätte wegtrainiert werden können. Diese Möglichkeiten blieben dem Kläger nunmehr ganz verschlossen. Neben den rechtsseitigen motorischen und sensiblen Störungen des Klägers, die sich weitgehend zurückgebildet hätten, wiege diese Beeinträchtigung besonders schwer.

E 98 **OLG Bremen, Urt. v. 13.01.2006 – 4 U 23/05, MedR 2007, 660**

100.000,00 €

Erblindung

Der Kläger nimmt die Beklagten aus einem Fehlverhalten bei der Nachsorge nach seiner Geburt in Anspruch. Etwa 2 – 3 Std. nach der Geburt lag eine Unterzuckerung vor. Nach Behandlung wurde der Kläger nach 8 Std. ohne Hinweis auf die Blutzuckerproblematik entlassen. Es kam zu einem Herz-Atemstillstand mit anschließenden Krampfanfällen. Der Kläger ist nahezu blind.

Nur die Beklagten haben Berufung gegen das Urteil des LG Bremen v. 27.04.2005 – 1 O 88/01a eingelegt, die ohne Erfolg blieb.

E 99 **OLG Koblenz, Urt. v. 24.03.2006 – 10 O 244/04, unveröffentlicht**

100.000,00 € (Vorstellung: 150.000,00 € zuzüglich 500,00 € monatliche Rente)

Erblindung

Bei der Erstvorstellung des 53 Jahre alten Klägers beim beklagten Augenarzt lag sehr wahrscheinlich bereits eine diabetische Retinopathie vor. Deshalb hätte eine zeitnahe Untersuchung des Augenhintergrundes bei erweiterter Pupille unbedingt erfolgen müssen.

Der Kläger hat die Sehkraft auf beiden Augen fast vollständig verloren. Aufgrund der verspäteten Diagnosestellung der diabetischen Retinopathie waren die Chancen auf einen bestmöglichen Sehschärfenerhalt allerdings wesentlich gemindert. Heute beschränkt sich die Sehschärfe am rechten Auge auf Fingerzählen und am linken Auge auf Handbewegungen. Der Kläger kann keinen Beruf mehr ausüben. Dies führt zu psychischen Belastungen. Im Vordergrund steht hierbei auch die Abhängigkeit, die ein Mensch empfindet, wenn er nahezu keinen Wunsch, und sei er auch noch so bescheiden, ohne fremde Hilfe verwirklichen kann. Schließlich ist zu berücksichtigen, dass dem Kläger vielfältige Möglichkeiten seiner Freizeitgestaltung, welcher für das geistige, körperliche und v. a. das seelische Wohlbefinden eines Menschen eine hohe Bedeutung zukommt, verloren gegangen sind.

Die Beklagte hat die zeitnahe Schadensregulierung unangemessen verzögert.

OLG Düsseldorf, Urt. v. 22.02.2007 – I-8U 17/05, AHRS 0550/327 und AHRS 2590/310 E 100

100.000,00 € (Vorstellung: 250.000,00 €)

Erblindung

Infolge eines ärztlichen Behandlungsfehlers wurde bei dem Kläger eine Retinopathie nicht erkannt und nicht behandelt, sodass der Kläger alsbald nach der Geburt auf beiden Augen erblindet ist. Das Gericht hielt neben dem Kapitalbetrag einen Anspruch auf eine Schmerzensgeldrente nicht für begründet, da diese nur in Ausnahmefällen zuzuerkennen sei.

2. Augenschäden durch Unfall

a) Minderung der Sehkraft

OLG Hamm, Urt. v. 17.01.2006 – 9U 102/05, NZV 2007, 576 E 101

167,00 € (Mitverschulden: 2/3; Vorstellung: 500,00 €)

Augenverletzung

Die Klägerin kam nachts infolge verletzter Verkehrssicherungspflicht der Gemeinde zu Fall und verletzte sich im Bereich eines Auges und am Auge selbst. Sie traf ein hohes Mitverschulden, sodass ihr nur ein geringes Schmerzensgeld zuerkannt wurde.

OLG Frankfurt am Main, Urt. v. 07.05.2009 – 1 U 264/08, SP 2009, 300 = RuS 2009, 426 = NZV 2010, 77 = MDR 2009, 1337 E 102

8.000,00 € (Vorstellung: 15.000,00 €)

Sehkraftminderung durch Augenverletzung

Ein Auge des Klägers wurde unfallbedingt verletzt, sodass eine künstliche Linse eingesetzt werden musste. Die Operation verlief komplikationslos. Für nicht gänzlich auszuschließende künftige Risiken ist der Kläger durch den Feststellungsantrag abgesichert.

Der Kläger hat auf dem rechten Auge auch beim Tragen einer Brille eine Einbuße der Sehkraft von 60 %, die beidäugige Gesamtsehschärfe beträgt jedoch 1,0, sodass insgesamt keine Sehbeeinträchtigung besteht. Allein aus der Notwendigkeit, eine Fernbrille tragen zu müssen, ergibt sich keine Handhabe für eine zusätzliche Erhöhung des Schmerzensgeldes.

E 103 **OLG Nürnberg, Urt. v. 28.04.2006 – 5 U 130/06, VersR 2006, 1128 = NJW-RR 2006, 1170 = NZV 2006, 580 = MDR 2006, 1110**

10.000,00 €

Perforierte Hornhaut-Irisverletzung durch Glassplitter

Der 7 Jahre alte Kläger wurde verletzt, als andere Kinder Fußball spielten und der Ball eine neben einer Tür angebrachte Außenleuchte traf. Als der Kläger nach dem Geräusch des splitternden Glases schaute, traf ihn ein Glassplitter ins Auge und verletzte dieses schwer. Er erlitt eine perforierte Hornhaut-Irisverletzung und musste in einer Augenklinik operiert werden. Er muss regelmäßig augenärztlich behandelt werden und eine Brille tragen. Ein beginnender Katarakt wurde festgestellt und es besteht die Gefahr einer Netzhautablösung und der Nachtblindheit.

E 104 **LG Dortmund, Urt. v. 06.02.2009 – 21 W 473/03, SP 2009, 290**

20.000,00 €

Verlust der Sehkraft auf einem Auge – knöcherner Abbruch am Griffelfortsatz

Die Klägerin erlitt bei einem Verkehrsunfall ein Makula-Ödem mit starker Einblutung. Sie büßte an dem Auge die Sehkraft ein, es verblieb nur sehr geringe Sehschärfe, die einem Verlust der Sehkraft entspricht.

Ferner erlitt die Klägerin eine Ausrenkung am Handgelenk sowie einen knöchernen Abbruch am Griffelfortsatz der Elle, der eine Versorgung mit osteosynthetischem Material notwendig machte. Auch insoweit liegt ein Dauerschaden vor, weil eine Einschränkung der Beweglichkeit der rechten Hand mit einer Einschränkung der Arbeitsfähigkeit von 10 % sowie Narben verblieben sind. Zur Bemessung des Schmerzensgeldes griff das Gericht auf zwei Entscheidungen aus 1987 bzw. 1992 zurück!

E 105 **OLG Oldenburg, Beschl. v. 04.01.2007 – 15 W 51/06, VersR 2008, 653 = MDR 2007, 886 = NJW-RR 2007, 602**

25.000,00 €

Verlust der Sehfähigkeit eines Auges um 80 %

Der Kläger erhielt vom Beklagten vorsätzlich einen Faustschlag ins Auge. Dadurch wurde die Sehfähigkeit des Auges auf 20 % herabgesetzt. Im angestrebten Beruf als Wirtschaftsinformatiker dürfte er, auf Arbeiten am PC angewiesen, erhebliche Einschränkungen hinnehmen müssen. In Zukunft kann es zu einer Gefäßwucherung und zu einer Netzhautablösung kommen, was zur völligen Erblindung auf dem Auge führen würde. Das Gericht hat eine Vielzahl von Entscheidungen zum Vergleich herangezogen.

E 106 **OLG Celle, Urt. v. 14.07.2005 – 14 U 17/05, VersR 2006, 1085**

30.000,00 € (Mitverschulden: 1/5; Vorstellung: 20.000,00 € zuzüglich 250,00 € monatliche Rente; hilfsweise: höheres Schmerzensgeldkapital)

Bulbusverletzung eines Auges – Visusminderung

Der 11 Jahre alte Kläger zog sich an einem in 1,20 m Höhe im Mauerwerk angebrachten Metallanker von 6 – 10 cm Länge erhebliche Verletzungen seines rechten Auges zu, als er seinen heruntergefallenen Fahrradhelm aufheben wollte. Er erlitt folgende Verletzungen und Dauerschäden: Bulbusverletzung eines Auges, die drei Operationen, jeweils verbunden mit stationären Aufenthalten nach sich zog, dauerhafte Visusminderung des Auges, erhöhte Lichtempfindlichkeit, fehlendes Akkommodationsvermögen, Minderung des Stereosehens.

Der Antrag auf Zahlung einer Schmerzensgeldrente i. H. v. monatlich 250,00 € wurde abgelehnt, weil der Kapitalwert dieser Rente rund 57.500,00 € betragen hätte. Ein Schmerzensgeld i. H. v. insgesamt 77.500,00 € wird als erheblich zu hoch bezeichnet. Stattdessen wurde das Schmerzensgeld auf den Hilfsantrag um 10.000,00 € auf 30.000,00 € erhöht.

b) Erblindung auf einem Auge/Verlust eines Auges

OLG Düsseldorf, Urt. v. 30.04.2003 – 15 U 158/02, OLGR 2003, 344 E 107

17.500,00 € (Vorstellung: 17.500,00 €)

Verletzung durch Feuerwerksrakete – Erblindung auf einem Auge

Die Klägerin und die Beklagten waren zu Gast auf einer Hochzeit. Gegen 23.15 Uhr zündeten die Beklagten vier Silvesterraketen der Klasse II, die funktionsgerecht aufstiegen und explodierten. Die Klägerin zog sich an diesem Abend eine Verletzung an ihrem linken Auge zu, in deren Folge sie auf diesem Auge nur noch eine Sehschärfe von 3 % hat, was vom Funktionsgebrauch praktisch einer Erblindung entspricht.

Das LG hat zutreffend das im Wege der Teilklage beantragte Schmerzensgeld i. H. v. 35.000,00 DM zugesprochen. Eine Erblindung auf einem Auge rechtfertige jedenfalls ein Schmerzensgeld in dieser Größenordnung.

OLG Karlsruhe, Urt. v. 07.04.2004 – 7 U 219/02, OLGR 2004, 398 E 108

23.000,00 € (Mitverschulden: 1/4; Vorstellung: 23.000,00 €)

Nahezu völlige Erblindung auf einem Auge

Bei einer tätlichen Auseinandersetzung verletzte der Beklagte den Kläger durch einen Schlag am Auge, wodurch es zu einer Augapfelzerreißung kam mit der Folge der Visusminderung auf 10 %.

Das LG erkannte auf ein Schmerzensgeld i. H. v. 17.250,00 €. Diesen Betrag hält das OLG für viel zu gering, weil diese Entschädigung nicht mehr in angemessener Beziehung zu Art und Dauer der Verletzungen steht. Der nahezu völlige Verlust der Sehfähigkeit auf einem Auge sei ein so gravierendes Ereignis mit so weitreichenden Folgen, dass der vom Kläger geforderte Mindestbetrag nicht unterschritten werden dürfe.

LG Dortmund, Urt. v. 15.10.2004 – 3 O 292/03, NJW-RR 2005, 678 = NZV 2005, 375 E 109

45.000,00 € (Vorstellung: mindestens 45.000,00 €)

Fast völlige Erblindung auf einem Auge

Der Kläger erlitt eine Augenverletzung, als beim erstmaligen Gebrauch eines Spatens der Stiel durchbrach, absplitterte und sich in das rechte Auge des Klägers bohrte. Die Verletzung ist schwerwiegend und hat den nahezu völligen Ausfall des Auges zur Folge. Der Kläger musste sich vier Operationen unterziehen und war 3 Wochen stationär und 3 Monate ambulant in Behandlung. Seine Behinderung beträgt 30 %, und er leidet psychisch durch die Schiefstellung des Auges und unter Koordinationsbeeinträchtigungen. Trotz des Anspruchs aus bloßer Gefährdungshaftung rechtfertigt sich unter dem Gesichtspunkt der Ausgleichsfunktion die Höhe des Schmerzensgeldes.

E 110 **OLG Karlsruhe, Beschl. v. 26.05.2011 – 7 W 8/11, MDR 2011, 979**

50.000,00 € (Vorstellung: 50.000,00 €)

Fast völlige Erblindung auf einem Auge

Der Antragsteller begehrt PKH für eine Klage gegen die Antragsgegner auf Zahlung eines Schmerzensgeldes i. H. v. 50.000,00 €. Die Antragsgegner wurden durch Urteil des AG rechtskräftig wegen gemeinschaftlicher schwerer Körperverletzung in Tateinheit mit gemeinschaftlicher gefährlicher Körperverletzung verurteilt. Zugleich stellte das AG im Adhäsionsverfahren gem. §§ 403 ff. StPO fest, dass die Antragsgegner als Gesamtschuldner dem Grunde nach verpflichtet seien, dem Antragsteller Schadensersatz zu leisten und ihm ein angemessenes Schmerzensgeld zu zahlen. Der Antragsteller wurde bei der Tat schwer verletzt, insbes. konnte auch durch mehrere Operationen ein Sehverlust auf dem rechten Auge – allenfalls noch 8 % der normalen Sehschärfe – nicht vermieden werden und besteht die Gefahr einer Verschlechterung durch Überbeanspruchung des gesunden linken Auges. Den gelernten Beruf des Konstruktionsmechanikers kann er nicht mehr ausüben, seine gegenwärtige Tätigkeit als Maschinenbediener nur noch eingeschränkt. Er wird aufgrund des Vorfalls wegen schwerer Depressionen nervenärztlich behandelt.

Die beantragte PKH wurde bewilligt.

E 111 **OLG Jena, Urt. v. 12.08.1999 – 1 U 1622/98, ZfS 1999, 419**

72.000,00 € zuzüglich 100,00 € monatliche Rente = 90.000,00 €

Erblindung auf einem Auge

Der Kläger erlitt bei einem Unfall ein hirnorganisches Psychosyndrom, er erblindete auf einem Auge, verlor den Geruchs- und Geschmackssinn und seine Gesichtspartie ist entstellt, er leidet zudem unter gestörter Mundöffnungs- und Schließbewegung und einer Beeinträchtigung des rechten Beines und des linken Fußes. Wegen der dauerhaften Beeinträchtigung durch den Verlust des Auges und des Geruchs-/Geschmackssinnes wurde die Rente gewährt.

Dieses Schmerzensgeld liege im (oberen) Rahmen vergleichbarer Fälle.

E 112 **OLG Köln, Urt. v. 01.06.2001 – 19 U 158/00, VersR 2002, 908**

75.000,00 €

Verlust eines Auges und schwere Kopfverletzungen

Der Kläger wurde bei einem Unfall schwer verletzt. Er verlor ein Auge, erlitt eine Mittelgesichtsfraktur, ein Schädelhirntrauma 1. Grades, eine Felsenbeinfraktur rechts, eine periphere Fazialisparese, eine Surditas rechts, eine Oberarmschaftfraktur sowie eine Oberschenkelfraktur. Bei der Mittelgesichtsfraktur handelte es sich um eine solche vom Typ Le Fort III, d. h. es lag eine vollständige Abtrennung der Mittelgesichtsknochen von der Schädelbasis vor.

E 113 **OLG Celle, Urt. v. 22.05.2003 – 14 U 221/02, unveröffentlicht**

75.000,00 € zuzüglich 200,00 € monatliche Rente

Augenhöhlenfraktur mit Erblindung auf einem Auge – Schädelfraktur – Mittelgesichtsfraktur – Unterkieferfraktur – Oberschenkelfrakturen – Unterarmschaftfraktur – Frakturen an beiden Handgelenken

Der Kläger erlitt u. a. eine Augenhöhlenfraktur mit Erblindung auf einem Auge, eine Schädelfraktur, eine Mittelgesichtsfraktur, eine Unterkieferfraktur, Oberschenkelfrakturen beidseitig, eine Unterarmschaftfraktur und Frakturen an beiden Handgelenken. Es waren mehrere Operationen, Nachoperationen und Anschlussbehandlungen erforderlich.

Der Kläger erlitt als Dauerschaden eine Erblindung auf einem Auge und eine Beinverkürzung um 1,5 cm. Es haben sich schmerzhafte Arthrosen gebildet, die möglicherweise weitere Operationen erforderlich machen.

LG Osnabrück, Urt. v. 21.02.2005 – 1 O 2232/04, unveröffentlicht E 114

100.000,00 €

Verlust eines Auges durch Glassplitterverletzung

Bei einer Auseinandersetzung mit dem Beklagten wurde ein Auge des Klägers durch ein Glas so schwer verletzt, dass es später entfernt werden musste. Im Krankenhaus wurden bei einer Notoperation mehrere Glassplitter aus dem Augenkörper entfernt. Für die Höhe des Schmerzensgeldes war das brutale Vorgehen des Beklagten maßgebend, der sich für die Tat nicht entschuldigt hat und versucht hat, durch eine falsche Sachdarstellung dem Kläger die Verantwortung für das Geschehen aufzubürden. Das Gericht ist bewusst über den bei vergleichbaren Verletzungen üblichen Schmerzensgeldbetrag hinausgegangen, weil die Genugtuungsfunktion hierzu Anlass gegeben habe.

OLG Koblenz, Urt. v. 18.03.2004 – 5 U 1134/03, OLGR 2004, 449 = VersR 2005, 416 = MDR 2004, 997 = NZV 2004, 638 = NJW-RR 2004, 1025 E 115

125.000,00 € (1/3 Mitverschulden)

Erblindung auf einem Auge

Der 12 Jahre alte Kläger hatte gemeinsam mit dem rund 3 Jahre älteren Beklagten Trockeneis im Bereich eines Lebensmittelmarktes entdeckt. Der Beklagte füllte das Eis in eine Getränkeflasche und stellte diese verschlossen auf die Straße. Der Kläger wollte die Flasche zur Seite stellen. Als er sie ergriff, explodierte diese. Der Kläger wurde durch einen Glassplitter am Auge verletzt.

Die Sehfähigkeit des Auges ist vollständig verloren gegangen. Der Kläger muss bereits in jungen Jahren mit einer schwerwiegenden Beeinträchtigung leben. Er ist in der allgemeinen Lebensführung und in der Berufswahl eingeschränkt, weil sein Sehfeld kleiner geworden ist und er die Fähigkeit zum räumlichen Sehen verloren hat. Er muss in ständiger Sorge um den Erhalt des gesunden Auges sein, dessen Verlust eine Erblindung zur Folge hätte.

c) Völlige Erblindung

OLG Hamm, Urt. v. 14.06.1999 – 6 U 116/98, OLGR 1999, 327 E 116

125.000,00 € zuzüglich 250,00 € monatliche Rente = 250.000,00 € (gesamt)

Schwere Schädelhirnverletzung – Erblindung

Der 27 Jahre alte Kläger erlitt bei einem Verkehrsunfall eine schwere Schädelhirnverletzung. Er ist seither erblindet und ein Schwerstpflegefall.

Das LG Detmold – 1 O 116/98 – hat das Schmerzensgeld antragsgemäß zuerkannt, sodass die Berufung des Klägers als unzulässig zurückgewiesen wurde.

E 117 OLG Frankfurt am Main, Urt. v. 21.02.1996 – 23 U 171/95, VersR 1996, 1509 = ZfS 1996, 131[9]

250.000,00 € zuzüglich 250,00 € monatliche Rente = 334.000,00 € (gesamt)

Erblindung eines 3 Jahre alten Jungen durch berstende Limonadenflasche

Ein 3 Jahre alter Junge verlor sein rechtes Auge durch eine zerberstende Limonadenflasche. Infolge einer »sympathischen Ophtalmie« erblindete er im Alter von 7 Jahren auch auf dem anderen Auge. Das Gericht sah für die Bemessung des Schmerzensgeldes die Genugtuungsfunktion als nicht relevant an; wegen des streitigen Haftungsgrundes kam auch eine verzögerte Regulierung nicht in Betracht. Maßgeblich für den Ausgleich durch den »außergewöhnlich hohen« Betrag war das Alter des Geschädigten, der an den schweren Folgen noch 70 Jahre zu tragen habe und als sehr junger Mensch den schleichenden Verlust der Sehkraft habe miterleben müssen. Hinzu traten die Begleitumstände der Verletzung, nämlich die dauernde Notwendigkeit fremder Hilfe, Einschränkungen bei Berufs- und Partnerwahl und der Freizeitgestaltung. Angesichts dessen und der großen seelischen Belastung des Jungen seien die »Nachteile für die Versichertengemeinschaft« demgegenüber hinnehmbar.

Nach Ansicht des Gerichts sprengt das zuerkannte Schmerzensgeld das Entschädigungssystem nicht, sondern schreibt es lediglich fort.

(Die erstinstanzliche Entscheidung des LG Hanau v. 21.03.1995 – 4 O 944/87 ist abgedruckt in ZfS 1995, 211.)

E 118 OLG Frankfurt am Main, Urt. v. 15.02.2007 – 16 U 70/06, SP 2008, 11

250.000,00 € zuzüglich 200,00 € monatliche Rente = 292.576,00 €

Erblindung -Verlust von Geruchs- und Geschmackssinn – erhebliche Gehbehinderung

Die 38 Jahre alte Klägerin wurde bei einem Verkehrsunfall schwer verletzt. Sie ist auf Dauer schwerbehindert (Pflegestufe II), zu 100 % arbeitsunfähig, des Geruchs- und Geschmackssinnes verlustig sowie – bis auf die Unterscheidung hell-dunkel sowie der gelegentlichen schattenhaften Wahrnehmung größerer Gegenstände – blind.

Sie kann nur kurze Strecken auf Krücken gehen und ist i. Ü. auf einen Rollstuhl angewiesen. Sie kann an ihr vor dem Unfall geführtes Leben wenigstens z. T. wieder anknüpfen und in ihrem sozialen Gefüge leben und kommunizieren.

---

9 Steffen, DAR 2003, 201 (203), weist darauf hin, dass vor der Entscheidung des großen Zivilsenats der III. Zivilsenat des BGH die generelle Ausgleichsaufgabe des Schadensersatzes bemühte mit der Folge, dass dann auch die Vermögensverhältnisse des Schädigers bei der Bemessung des Schmerzensgeldes keine Rolle spielen dürften, während der VI. Zivilsenat sich der bisherigen Rspr. des RG anschließen und mindestens das Bestehen einer Haftpflichtversicherung aufseiten des Schädigers berücksichtigen wollte. Dieser Streit führte zur Entscheidung des großen Zivilsenats, der die Doppelfunktion des Schmerzensgeldes bejahte: Ausgleichsfunktion und Genugtuungsfunktion.Eine ältere, aber sehr wichtige Entscheidung.

Bauch (Bauchverletzungen – Innere Verletzungen – Bauchtrauma – Blase/Harnröhre – Darm – Galle/Leber – Magen – Milz – Niere)

1. Bauchverletzungen

OLG Koblenz, Urt. v. 20.06.2012 – 5 U 1450/11, VersR 2012, 1304 = GesR 2012, 502 E 119

1.000,00 € (Vorstellung: mindestens 5.500,00 €)

Dreitägige durch die Anästhesie bedingte Übelkeit

Die Intubationsnarkose bewirkte präoperativ eine heftige Übelkeit mit Erbrechen, die drei Tage andauerte. Die Klägerin hatte darauf hingewiesen, dass sie das verwendete Narkosemittel nicht vertragen würde.

LG Köln, Urt. v. 13.09.2006 – 25 O 713/02, unveröffentlicht E 120

2.000,00 € (Vorstellung: 10.000,00 €)

Bauchschnitt ohne wirksame Einwilligung

Die 34 Jahre alte Klägerin hatte einer Umstellung von der Laparoskopie auf eine Laparotomie vor der Operation nur unter der Bedingung zugestimmt, dass die Laparotomie notfallmäßig erforderlich sei. Der operative Eingriff war zwar notwendig, aber rechtswidrig. Sie beklagt nun einen überflüssigen Bauchschnitt, eingeschränkte Beweglichkeit, Vernarbungen und Hautveränderungen und infolgedessen Depressionen und Niedergeschlagenheit. Sie habe den Haushalt 3 Wochen nicht führen können, schwere Arbeiten seien nur unter Schmerzen möglich. Sportlichen Aktivitäten könne sie nicht nachgehen, soweit die Narbe sichtbar werde.

OLG Hamm, Urt. v. 07.11.2012 – I – 30 U 80/11, NJW-RR 2013, 349 E 121

6.500,00 € (Vorstellung: 10.000,00 bis 15.000,00 €:)

Stichverletzung im Bauch – Schnittverletzung an der Handfläche und an den Oberschenkeln – Prellungen

Der Beklagte betreibt ein Hotel, in dem der Kläger mit einem Bekannten übernachten wollte. Als er gegen 4:00 Uhr stark alkoholisiert zum Hotel zurück kam, klopfte er laut an die Tür, die von einem Mitarbeiter des Hotels geöffnet wurde. Der Mitarbeiter erkannte nicht, dass es sich bei dem Kläger und seinem Begleiter um Hotelgäste handelte. Es kam zu einer Auseinandersetzung, bei der der Mitarbeiter des Hotels den Kläger mit einem Messer erheblich und den Begleiter des Klägers mit dem Messer tödlich verletzte. Der Mitarbeiter des Hotelbetreibers wurde zu einer Freiheitsstrafe von fünf Jahren verurteilt.

Der Kläger erlitt eine Stichverletzung in den Unterbauch, eine Schnittverletzung an der linken Handfläche zwischen Daumen und Zeigefinger und Stichverletzungen an den Oberschenkeln, die genäht werden mussten. Ferner erlitt er diverse Prellungen, Hautunterblutungen und Kratzer in allen Bereichen des Körpers. Der Kläger wurde eine Woche stationär behandelt. Der Heilungsverlauf dauerte vier Monate. Infolge der lebensbedrohlichen Situation litt der Kläger unter psychischen Problemen und musste sich in psychotherapeutische Behandlung begeben. Er leidet auch sieben Jahre nach der Tat gelegentlich noch an Narbenschmerzen. Sein Studium musste er für ein Semester unterbrechen und konnte es erst entsprechend später abschließen.

E 122 **LG Braunschweig, Urt. v. 03.03.2004 – 4 O 2339/02, NJW-RR 2005, 28**

8.000,00 € (Vorstellung: mindestens 8.000,00 €)

Bei Operation im Bauchraum vergessenes Tuchband

Die Klägerin ließ sich 1985 sterilisieren. Dabei wurde ein Tuchband im Bauchraum vergessen. Nach dem Eingriff litt die Klägerin an Bauch- und Unterleibsschmerzen und befand sich deshalb 5 Jahre lang in gynäkologischer Behandlung. Sie wurde mehrfach operiert, bis nach einem Arztwechsel die Ursache der Schmerzen festgestellt wurde. Nach Entfernung des Tuchbandes im Jahr 2002 hörten die Schmerzen der Klägerin auf.

Für die Bemessung des Schmerzensgeldes war u. a. ausschlaggebend, dass die Klägerin fast 2 Jahrzehnte unter starken und stärksten Schmerzen gelitten hat.

E 123 **OLG Koblenz, Urt. v. 12.10.2006 – 12 W 471/06, unveröffentlicht**

10.000,00 €

Stich in den Bauchraum

Der Kläger wurde vom Beklagten, einer psychopathischen Persönlichkeit, mit einem Messer vorsätzlich grundlos unterhalb der letzten Rippe durch einen Stich in den Bauchraum getroffen. Er blutete stark und litt Todesangst. Im Krankenhaus in Ungarn sei er unzureichend narkotisiert worden und habe er unter den unzureichenden hygienischen Verhältnissen gelitten.

E 124 **OLG Düsseldorf, Urt. v. 17.08.2011 – 19 U 6/11, unveröffentlicht**

10.000,00 € (Vorstellung: 20.000,00 €)

Schuss in den Bauch – Verletzung des Dünndarms

Der Sohn des Beklagten, dem der Vorwurf der unterlassenen Hilfeleistung gemacht wird, schoss auf den Oberkörper des Klägers, eines Gerichtsvollziehers, der die Wohnung des Beklagten räumen wollte. Der Kläger musste notoperiert werden. Das Projektil, das unterhalb des Nierenpols stecken geblieben war, wurde entfernt. Die Kugel hatte den Dünndarm verletzt, der teilweise reseziert werden musste. Der Kläger wurde 14 Tage stationär behandelt und verbrachte rd. 3 Monate in der Reha.

E 125 **OLG Karlsruhe, Beschl. v. 24.06.2005 – 7 W 28/05, NJW-RR 2006, 205 = MDR 2006, 332**

35.000,00 €

Peritonitis (Bauchfellentzündung)

Der Antragsteller begehrt PKH. Er wurde wegen einer Sigmadivertikulitis unter Resektion eines Teils des Darms operiert. Wegen einer Insuffizienz der Anastomose erfolgte eine Notoperation, bei der sich eine ausgeprägte Vierquadranten-Peritonitis zeigte. Der Antragsteller lag in der Folge zeitweise im Koma. Es entwickelte sich ein ausgeprägtes septisches Krankheitsbild i. S. e. Systemic Inflammatory Response Syndrome (SIRS) sowie einer Aspergillus-Pneumonie und in der Folge ein komplett infizierter Platzbauch mit sekundärer Wundheilung. Mehrere Revisionsoperationen waren erforderlich. Der Antragsteller behauptet Verlust des Arbeitsplatzes und Schwerbehinderung von 70 %.

2. Innere Verletzungen

OLG Nürnberg, Urt. v. 05.02.2002 – 3 U 3149/01, NJW-RR 2002, 1247 = DAR 2002, 270 = SP 2002, 214 E 126

15.000,00 € (Mitverschulden: 1/2)

Nierenverlust – Milzriss – Magenkontusion – Beckenringfraktur

Die Klägerin, die vom Beklagten Gebrauchtreifen erworben hatte, erlitt aufgrund der Überalterung der Reifen einen Unfall, bei dem sie – unangeschnallt – verletzt wurde. Sie erlitt neben einer Beckenringfraktur eine Nierenruptur, einen Milzriss und eine Magenkontusion. Sie wurde mehrere Wochen in ein künstliches Koma versetzt. Die stationäre Behandlung dauerte mehrere Monate. Eine Niere musste entfernt werden.

OLG Brandenburg, Urt. v. 14.06.2007 – 12 U 244/06, SP 2008, 105 E 127

22.000,00 €

Leberruptur – Nierenruptur – Schädelhirntrauma – Lendenwirbelkörper- und Beckenfraktur

Die Klägerin erlitt bei einem Verkehrsunfall ein Schädelhirntrauma 2. Grades, eine Lungenkontusion mit Mantelpneumothorax rechts, eine Leberruptur, eine Nierenparenchymruptur, eine instabile Lendenwirbelkörper 1-Fraktur sowie eine instabile Typ III-Beckenfraktur. Sie befand sich für einen Monat in stationärer Behandlung und für rund 2 Monate in einer Rehabilitationsmaßnahme. 5 Tage schwebte sie in Lebensgefahr. Zur Behandlung der Unfallfolgen wurde eine Osteosynthese mit Fixateur intern der Lendenwirbelkörper 1-Fraktur sowie eine Osteosynthese der Beckenfraktur durchgeführt. Mehrere Folgeoperationen waren erforderlich.

Im Hüftbereich besteht nur noch eine eingeschränkte Beweglichkeit, zudem lässt sich das rechte Bein nur noch bis zu einem Winkel von ca. 45° abklappen.

Das verzögerliche Regulierungsverhalten des Haftpflichtversicherers erhöhte das Schmerzensgeld.

OLG München, Urt. v. 02.06.2006 – 10 U 1685/06, VersR 2008, 799 E 128

35.000,00 € (Vorstellung: Mindestbetrag 50.000,00 €)

Innere Verletzungen – Oberschenkelfraktur

Der Kläger erlitt als Fußgänger bei einem Unfall u. a. schwere Verletzungen innerer Organe und zahlreiche Knochenbrüche, darunter eine Fraktur des Oberschenkels. Er wurde mehrfach stationär behandelt und musste sich mehreren Operationen unterziehen, das Osteosynthesematerial musste operativ entfernt werden. Es stellte sich ein Narbenbruch ein, der ebenfalls operativ behandelt werden musste. Der Kläger kann nur noch leichtere Arbeiten ausführen. Die Beklagte verzögerte die Regulierung.

3. Bauchtrauma

E 129 **OLG Düsseldorf, Urt. v. 22.09.2005 – I-1 U 170/04, r+s 2006, 85**

16.500,00 € (Mitverschulden: 1/4; Vorstellung: 22.000,00 €)

Bauchtrauma – Leberriss – Pankreaskontusion – Luxationsfraktur des 2. Wirbelkörpers – Rippenserienfraktur

Die 30 Jahre alte Klägerin erlitt bei einem Verkehrsunfall u. a. eine Rippenserienfraktur und eine Luxationsfraktur des 2. Halswirbelkörpers und klagte noch 2 Jahre nach dem Unfall über Schmerzen. Hinweise für Aggravations- oder Simulationstendenzen bestehen nicht.

Die inneren Organe der Klägerin waren von schmerzhaften traumatischen Einwirkungen betroffen. Neben einem stumpfen Bauchtrauma hat sie eine rechtsseitige Lungenkontusion, einen Lebereinriss sowie eine Pankreaskontusion davongetragen. Wegen der ausgedehnten inneren Verletzungen stellte sich bei der Klägerin u. a. eine Atemnot ein, sodass sie bronchoskopisch intubiert werden musste.

Inzwischen wurde eine vollständige Versteifung des Bewegungssegmentes C 2/3 herbeigeführt mit der Folge einer sekundären subtotalen knöchernen Versteifung des Bewegungssegmentes C 3/4 mit schmerzhaft eingeschränkter Linksrotation. Zu diesem Zustandsbild tritt eine zervikale Fehlstatik mit Steilstellung.

E 130 **OLG Brandenburg, Urt. v. 30.08.2007 – 12 U 55/07, VRR 2007, 468**

20.000,00 € **Teilschmerzensgeld** (Vorstellung: 45.000,00 €)

Stumpfes Bauchtrauma mit Milzkapseleinriss – Wirbel-, Olecranon- und Oberschenkelfrakturen – Narben

Der Kläger erlitt auf einer Gefälligkeitsfahrt als Beifahrer, der bei dem Unfall aus dem Fahrzeug herausgeschleudert wurde, Wirbel-, Olecranon- und Oberschenkelfrakturen, ein stumpfes Bauchtrauma mit Milzkapseleinriss und Rissverletzungen mit der Folge posttraumatischer Belastungsstörungen. Es verblieben Narben am Oberbauch und Bewegungseinschränkungen am Ellbogen und am Bein.

Das Schmerzensgeld wird als Teilschmerzensgeld zeitlich begrenzt auf den Schluss der mündlichen Verhandlung gewährt.

E 131 **OLG Celle, Urt. v. 26.04.2001 – 14 U 158/00, OLGR 2001, 185**

25.000,00 €

Stumpfes Bauchtrauma – Querriss eines Leberlappens – multiple innere Verletzungen – Entfernung von Gallenblase und Niere – Armlähmung

Die 24 Jahre alte Klägerin trug bei einem Verkehrsunfall folgende Verletzungen davon: stumpfes Bauchtrauma, Querriss eines Leberlappens und multiple innere Verletzungen, u. a. eine Zwerchfellruptur, ein Thoraxtrauma und eine Kontusion der Lunge. Gallenblase und eine Niere mussten entfernt werden. Ferner erlitt die Klägerin eine Rippenserienfraktur und einen Plexusausriss einer Schulter, der zur Lähmung des Arms führte, und Frakturen des Schulterblattes, des Schlüsselbeines und mehrerer Querfortsätze der Lendenwirbel.

Die Klägerin war 13 Wochen in stationärer Behandlung. Als Dauerfolge bestehen neben der Lähmung des Arms dauerhafte Rückenprobleme, weil die Wirbelsäule schief verwachsen ist. Die Klägerin musste ihren Beruf als Bürokauffrau aufgeben.

Das OLG, das nur über die Berufung der Beklagten zu entscheiden hatte, bezeichnete das Schmerzensgeld als auf jeden Fall berechtigt.

OLG Hamm, Urt. v. 17.01.2001 – 13 U 101/00, SP 2001, 413 E 132

30.000,00 €

Stumpfes Bauchtrauma mit Dünndarmperforation

Der Kläger erlitt neben einem stumpfen Bauchtrauma mit Dünndarmperforation eine 2-seitige Milzruptur sowie verschiedene Prellungen und Zerrungen. Die Verletzungen machten viele Operationen und Krankenhausaufenthalte erforderlich und führten zu Narben und Verwachsungen im Bauchraum. Auch das Gangbild ist verändert.

OLG München, 26.03.2009 – 1 U 4878/07, unveröffentlicht E 133

65.000,00 €

Bauchtrauma – Milz- und Serosaeinriss – Oberschenkelhalsfraktur – LWK I Fraktur – Außenbandruptur des Sprunggelenks – Bandrupturen im Knie – deutliche Narben

Die 17 Jahre alte Klägerin erlitt bei einem Verkehrsunfall erhebliche Verletzungen. Folgen des Autounfalls waren eine LWK I-Chance Fraktur, eine Oberschenkelhalsfraktur, eine Stauchungsfraktur des Schambeins, ein stumpfes Bauchtrauma mit Milz- und Serosaeinriss des Querkolons, eine Thoraxkontusion, eine komplette Außenbandruptur des Sprunggelenks sowie eine Ruptur des hinteren Kreuzbandes am Knie. Die Klägerin musste sich mehreren Operationen unterziehen. Die Verletzung am Knie wurde durch Einsatz einer hinteren Kreuzbandplastik mit Semitendinosus und Gracilis-Sehne operativ versorgt.

Die Klägerin war wiederholt in Rehabilitationsbehandlungen und längere Zeit arbeitsunfähig. Die Frakturen und Verletzungen sind weitgehend komplikationslos verheilt. Als dauerhafte Beeinträchtigung verbleiben teils keloidbedingt verbreiterte Operationsnarben, gewisse Druck- und Bewegungsschmerzen sowie als der wesentlicher Faktor die Instabilität des Knies, die derzeit eine Minderung der Erwerbsfähigkeit von 30 % begründet. Die Klägerin kann ihren Beruf als technische Zeichnerin wieder ausüben. Die Folgen der Verletzung wirken sich auf das weitere Leben der Klägerin aus, sie ist in ihrer Mobilität und in den Möglichkeiten sportlicher Aktivitäten eingeschränkt, je nach Belastung empfindet sie Schmerzen und sie muss als junge Frau mit deutlichen Narben am Körper leben.

OLG München, Urt. v. 13.08.2010 – 10 U 3928/09, AGS 2011, 46 = Sp 2011, 107 E 134

100.000,00 € (Vorstellung: 100.000,00 €)

Bauchtrauma mit Darmverletzungen – Beinfrakturen

Die 45 Jahre alte Klägerin erlitt bei einem Verkehrsunfall eine Vielzahl von Einzelverletzungen, von denen mehrere jeweils für sich gesehen bereits als erheblich einzustufen sind. Hervorzuheben ist ein stumpfes Bauchtrauma mit Darmverletzungen sowie mehrere Frakturen von Oberschenkel bis Fuß.

Die mit den Verletzungen verbundenen Schmerzen und die entstandenen Folgebeschwerden sind außergewöhnlich. Die Lebensführung der Klägerin als Ehefrau und Mutter sowie in ihrer Freizeitgestaltung ist seit dem Unfall massiv beeinträchtigt. Sie kann sich nur noch im Rollstuhl und kurzfristig mit Krücken fortbewegen. Besserungen sind nicht zu erwarten; aufgrund von Arthrosebildungen sind Verschlechterungen wahrscheinlich. Die Klägerin leidet darüber hinaus unter ständigen erheblichen Schmerzen. Aufgrund der ständigen Schmerzen, ihrer Abhängigkeit von der Unterstützung Dritter, dem Verlust des Arbeitsplatzes und der beeinträchtigten Mitwirkungsmöglichkeiten im Haushalt sowie der optischen Beeinträchtigungen durch zahlreiche Narben, ist es zu zusätzlichen erheblichen psychischen Beschwerden (Stresssymptomatik, Nervosität) gekommen, die in ihrem Ausmaß einer leichten Depression entsprechen.

Die Klägerin befand sich mehrfach und teils längerfristig in stationärer Behandlung.

I. R. d. Schmerzensgeldbemessung war auch zu berücksichtigen, dass sich die Beklagte vorwerfen lassen muss, die Schadensregulierung nur zögerlich betrieben zu haben.

4. Blase/Harnröhre

E 135 AG Frankfurt am Main, Urt. v. 25.04.2002 – 32 C 261/01, NJW 2002, 2253

400,00 €

Verhinderte Blasenentleerung

In einem ICE der Deutschen Bahn waren auf einer längeren Fahrt sämtliche Toiletten entweder versperrt oder defekt, sodass der Kläger nicht zur Toilette gehen konnte. Das Gericht wertete dies als schuldhafte Körperverletzung. Der Grad des Verschuldens und die wirtschaftliche Position der Bahn wurden Schmerzensgeld erhöhend berücksichtigt.

E 136 LG Köln, Urt. v. 15.08.2007 – 25 O 177/04, unveröffentlicht

6.000,00 €

Blasen-Scheidenfistel nach abdominaler Hysterektomie mit beidseitiger Adnexektomie

Nach Durchführung einer abdominalen Hysterektomie mit beidseitiger Adnexektomie wegen Uterus Myomatosus war die postoperative Behandlung und die Behandlung bei der Entlassung der Klägerin unzureichend. Zum Standard gehört eine gynäkologische Untersuchung mit obligater Spekulumeinstellung und einer abschließenden vaginalen und abdominellen Sonografie. Insb. bedarf es der Kontrolle, ob die durch den Verschluss der Scheide entstandene Wunde richtig verheilt und ob kein Abgang von Blut und Urin zu sehen ist.

Neben der Schwere des Behandlungsfehlers, der Beeinträchtigung der Klägerin durch die Durchführung der Operation zur Behebung der Harnblasen-Scheidenfistel und deren unmittelbaren Folgen ist für die Bemessung des Schmerzensgeldes auf die körperliche und damit einhergehende psychische Beeinträchtigung der Klägerin durch die Inkontinenz abzustellen.

E 137 OLG Köln, Urt. v. 30.01.2002 – 5 U 106/01, VersR 2003, 1444

7.500,00 € (Vorstellung: 12.500,00 €)

Sepsis nach Blasenspülung mit überaltertem Katheter

Der Patient (Erblasser) wurde u. a. zur Abklärung einer Harninkontinenz stationär aufgenommen. Nach Anlage eines suprapubischen Katheters wurde er nach Hause entlassen. Der Arzt wechselte den Katheter, dessen normale Liegezeit bei einwandfreier Funktion 3 – 4 Wochen beträgt, gegen einen Katheter aus, dessen Verfallsdauer seit rund 3 Jahren überschritten war. Nachdem dieser Katheter im Bereich der Bauchdecke abgebrochen war, brachte der Arzt einen neuen Katheter ein, dessen Verfallsdatum seit rund 2 Jahren abgelaufen war. Es stellte sich ein Harnwegsinfekt ein, der zu einer schweren Sepsis führte. Bei einer späteren Blasenspülung wurden Silikonreste ausgeschwemmt. Zur Wiederherstellung des Patienten und zur Überwindung der Sepsis war eine mehrwöchige Krankenhausbehandlung erforderlich.

Für die Bemessung des Schmerzensgeldes war ausschlaggebend, dass der damals ohnehin schwer kranke 84 Jahre alte Patient durch die Behandlung erhebliche weitere Schmerzen erleiden musste. Die Sepsis hat den Patienten in Todesgefahr gebracht; sie führte zu einer weiteren

Reduzierung seines Allgemeinzustandes und erforderte intensive Krankenhausbehandlung. Erst nach Monaten war seine Mobilität teilweise wiederhergestellt.

OLG Köln, Urt. v. 29.01.2007 – 5 U 85/06, MedR 2007, 599 E 138

10.000,00 € (Vorstellung: 20.000,00 €)

Ureterverletzung nach Operation ohne wirksame Einwilligung

Die bei der Klägerin vorgenommene Operation war nur relativ indiziert. Der beklagte Arzt entfernte ohne entsprechende Aufklärung eine Zyste einschließlich sämtlicher angetroffener Endometrioseherde – auch die in das Bauchwandperitoneum und die Ovalrinde infiltrierten Teile. Das Risiko eines Ovarialkarzinoms war ohne diese Operation äußerst gering. Nicht aufgeklärt war die Klägerin über das Risiko einer Ureterverletzung, das sich verwirklichte.

Das Schmerzensgeld war deshalb für die Operation als solche, die Ureterverletzung und die erforderlichen Nachbehandlungen zu gewähren. Die Beschwerden waren für die Klägerin sehr belastend. Der Krankenhausaufenthalt dauerte 16 Tage, es bestanden über längere Zeit Schmerzen im Unterleib und beim Wasserlassen. Zunächst war die Funktionsfähigkeit der Blase eingeschränkt mit der Folge teilweiser Inkontinenz und verstärktem Harndrang.

OLG Bremen, Urt. v. 12.03.2004 – 4 U 3/04, GesR 2004, 238 (LS) E 139

18.000,00 €

Harnverhalten nach unzureichender Aufklärung über Außenseitermethode bei Prostata-Operation

Der ohne ordnungsgemäße Aufklärung durchgeführte Eingriff unter Anwendung einer sog. Außenseitermethode (spezielles Prostata-Laserverfahren in zwei Operationsschritten) führte zu wiederholtem Harnverhalten und mehreren Krankenhausaufenthalten mit Nachoperationen und einer dauerhaften Stressharninkontinenz. Durch diese ist der Kläger dauerhaft in seiner Lebensführung erheblich beeinträchtigt. Erektionsstörungen fielen bei der Bemessung des Schmerzensgeldes nicht gravierend ins Gewicht, weil der Kläger geäußert hatte, er vermute psychische Ursachen für dieses Problem. Zur Höhe verweist das Gericht auf den Schmerzensgeldrahmen in vergleichbaren Fällen, sämtlich Entscheidungen von Anfang der 90er Jahre oder noch früher.

LG Kleve, Urt. v. 25.07.2012 – 2 O 477/11, unveröffentlicht E 140

20.000,00 € (Vorstellung: 57.500,00 €)

Entfernung der Harnleiter und künstlicher Harnausgang für rd. 5 Monate

Die beklagte Klinik entfernte bei dem an einem Blasenkarzinom leidenden Patienten die Harnblase und die Harnleiter, ohne den Patienten darüber präoperativ aufgeklärt zu haben. Die Inkontinenz und der künstliche Harnausgang belasteten den Patienten bis zu seinem rd. 5 Monate später eintretenden Tod erheblich. Der Haftpflichtversicherer der Klinik zahlte vorprozessual 20.000,00 € Schmerzensgeld, ein Betrag, den die Kammer als angemessen ansah.

E 141 **OLG Brandenburg, Urt. v. 01.09.1999 – 1 U 3/99, VersR 2000, 1283 = NJW-RR 2000, 398**[10]

25.000,00 € zuzüglich 150,00 € monatliche Rente

Blasenlähmung nach Myelographie

Die 36 Jahre alte Klägerin wurde vor einer Myelographie zur Abklärung der Diagnose eines Bandscheibenvorfalls nicht über das Risiko einer vorübergehenden Blasenlähmung aufgeklärt. Der Umstand, dass bei der Klägerin eine dauernde Blasenlähmung eingetreten ist, geht nicht in eine andere Richtung, sodass die Haftung des Arztes auch für dieses Risiko gegeben ist.

Die Klägerin ist auf Dauer auf einen Blasenkatheter angewiesen. Sie leidet unter häufigen Harnweginfektionen verbunden mit hohem Fieber. Aus dem Erwerbsleben musste sie ausscheiden.

5. Darm

E 142 **OLG Düsseldorf, Urt. v. 06.03.2003 – 8 U 105/02, VersR 2004, 1563**

3.100,00 €

Blinddarmperforation

Beim Kläger kam es zu einer Blinddarmperforation, weil die beklagten Ärzte eine genaue Abklärung seines Krankheitsbildes versäumten. Dadurch wurde eine Operation hinausgezögert. Der Kläger musste mehrere Tage vermeidbare Schmerzen erleiden und sich einer schwereren Operation unterziehen, als sie bei einem rechtzeitigen Eingriff notwendig gewesen wäre. Nun besteht eine erhöhte Gefahr von Verwachsungen im Bauchraum.

E 143 **LG Osnabrück, Urt. v. 13.04.2005 – 2 O 3181/02, unveröffentlicht**

3.500,00 €

Iatrogene Dünndarmverletzung

Der Beklagte führte in seiner Praxis bei der Klägerin eine ambulante Laparoskopie durch, in deren Rahmen eine Zyste entfernt werden sollte. Im Operationsbericht ist festgehalten: »Nach Einblick in den Bauch sieht man schließlich Darmschleimhaut. Sichere Perforation.« Im Krankenhaus wurde notfallmäßig eine Laparotomie durchgeführt. Durch den vom Beklagten eingebrachten Trokar war es zu einer durchspießenden Dünndarmverletzung gekommen, die übernäht wurde.

E 144 **OLG Karlsruhe, Urt. v. 24.05.2006 – 7 U 242/05, OLGR 2006, 617**

4.500,00 €

Perforation des Dünndarms bei einer Laparoskopie – Peritonitis zu spät erkannt

Bei einer Laparoskopie, die der beklagte Arzt bei der Klägerin vornahm, wurde der Dünndarm perforiert. Die dadurch eingetretene Peritonitis wurde vom Beklagten 2 Tage zu spät erkannt. Das OLG Karlsruhe hat das Schmerzensgeld hierfür mit 3.000,00 € bemessen. Weitere 1.500,00 € sprach es der Klägerin zu, weil der Beklagte ohne Einwilligung der Klägerin im Vaginalbereich vorhandene Warzen entfernt hatte.

10 U. a.: Wiese; Lieberwirth; Lorenz.Eine ältere, aber wichtige Entscheidung.

OLG Zweibrücken, Urt. v. 24.04.2007 – 5 U 2/06, NJW-RR 2008, 537 E 145

12.000,00 € (Vorstellung: angemessenes Schmerzensgeld)

Darmdurchbruch – Darmverlust – Behandlungsverzögerung

Der 14 Jahre alte Kläger, der an Morbus Crohn litt, wurde in einer Kinderklinik fehlerhaft behandelt. Die Laborauswertungen lagen erst nach 4 Tagen vor. Dadurch kam es zu mehreren Durchbrüchen der Darmwand, zum Verlust eines Teils des Darms und zu einer eitrigen Peritonitis. Es musste ein künstlicher Darmausgang gelegt werden, der einige Monate später zurückverlegt werden konnte.

OLG München, Urt. v. 15.06.2007 – 10 U 5176/06, unveröffentlicht E 146

12.500,00 € (Vorstellung: 15.000,00 €)

Dünndarmruptur – Milzhämatom

Der Kläger erlitt durch den Unfall eine Dünndarmruptur mit Mesenterialeinriss, eine Fraktur des Brustbeines im unteren Drittel sowie eine Thoraxprellung und eine Lungenkontusion. Außerdem fand sich eine 4x3x2 cm große hämatomartige Struktur in der Milz. Er wurde 2 Wochen stationär behandelt, es folgte eine 3-wöchige Anschlussbehandlung in der Reha-Klinik. Das Gericht erhöhte das vom LG zugesprochene Schmerzensgeld um 2.000,00 €, da die Beklagte erst 6 Monate nach der erstinstanzlichen Entscheidung und ohne selbst in nennenswertem Umfang Rechtsmittel eingelegt zu haben, die titulierte Summe beglich.

OLG München, Urt. v. 06.12.2007 – 1 U 4232/07, unveröffentlicht E 147

20.000,00 € (Vorstellung: 20.000,00 €)

Darmdurchbruch – Behandlungsverzögerung – Narben

Infolge unterlassener, aber gebotener Befunderhebung kam es bei der 41 Jahre alten Klägerin zu einem Darmdurchbruch mit Sepsis. Dies führte zu weiteren Eingriffen (Lavagen) mit nur provisorisch vernähtem Abdomen, Behandlung auf der Intensivstation, Langzeitbeatmung über rund 2 Monate und operativer Rückverlagerung des Darms (nebst Nachresektion von 30 cm Dünndarm) nach anus praeter. Die Klägerin leidet seither unter einem schweren Bauchwanddauerschaden. Der lediglich provisorische Verschluss der Bauchdecke hat das Risiko eines Bauchwandschadens erheblich erhöht und ist auch mit erheblichen kosmetischen Beeinträchtigungen verbunden.

LG Köln, Urt. v. 09.04.2008 – 25 O 72/05, unveröffentlicht E 148

20.000,00 € (Vorstellung: 30.000,00 €)

Bauchoperation – Verwachsungsbauch

Die Klägerin musste sich einer Bauchoperation, unterziehen in deren Folge eine mehrmonatige stationäre Krankenhausbehandlung mit Auftreten eines Ileus sowie Anlage eines Tracheostomas und einer PEG-Sonde, zudem weitere operative Eingriffe, darunter eine Re-Laparotomie, erforderlich wurden. Infolge der wegen unzureichender Aufklärung rechtswidrigen Operation ist bei der Klägerin zudem ein Verwachsungsbauch eingetreten. Zudem sind das Fortbestehen einer Lungenfunktionsbeeinträchtigung, eine verminderte Leistungsfähigkeit und die Berufsunfähigkeit mit einem Grad der Behinderung von 100 % belegt.

Bedenken gegen eine für die Klägerin verständliche Aufklärung durch den Beklagten ergeben sich daraus, dass dieser – nach dem in der Anhörung vom LG gewonnenen Eindruck – sehr schnell und undeutlich, gleichsam staccato spricht. Der Beklagte war deshalb kaum zu verstehen. Dieser Sprechstil besserte sich auch nicht nach dem Hinweis des Gerichts auf die

Notwendigkeit einer Protokollierung, konnte also nicht durch Aufregung im Termin erklärt werden. Der so beschriebene Sprechstil begründet erhebliche Zweifel daran, dass die Klägerin den prästationären Erläuterungen des Beklagten überhaupt folgen konnte.

E 149 **OLG Saarbrücken, Urt. v. 09.09.1997 – 4 U 897/96, VersR 1998, 1157**[11]

35.000,00 €

Dickdarmverletzung nach Bauchschuss

Der Kläger verfolgte den Beklagten, der im Zuge einer Auseinandersetzung seinem Gegner ins Bein geschossen hatte. Daraufhin schoss der Beklagte auf den Kläger und traf ihn im Bauchbereich. Beim Kläger musste der Dickdarm entfernt und der Dickdarmausgang zweimal zurückverlegt werden. Es verblieben Schmerzen im Bein beim längeren Sitzen und Stehen. Er kann seinen Beruf als Metzger nur noch eingeschränkt ausüben.

Das LG hatte unter Berücksichtigung eines Mitverschuldens von 1/2 dem Kläger ein Schmerzensgeld von 17.500,00 € zuerkannt. Das OLG verneinte ein Mitverschulden, weil der Beklagte den Kläger »herausgefordert« habe.[12]

E 150 **OLG Zweibrücken, Urt. v. 02.11.1999 – 5 U 3/99, OLGR 2000, 459**[13]

35.000,00 €

Blinddarmdurchbruch

Bei einem 10 Jahre alten Kind wurde – trotz zutreffender Erstdiagnose – ein Blinddarmdurchbruch nicht diagnostiziert. Nachfolgende Operationen brachten einen einmonatigen Aufenthalt auf der Intensivstation und weitere Krankenhausaufenthalte mit sich. Das Kind litt an Darmentleerungsproblemen und Bauchschmerzen, musste sich in Ernährung und Freizeitverhalten umstellen und war erst nach einer weiteren Operation 2 Jahre später wieder beschwerdefrei.

E 151 **OLG Hamm, Urt. v. 19.03.2010 – 9 U 71/09, unveröffentlicht**

40.000,00 € (Vorstellung: 50.000,00 €)

Dickdarm- und Dünndarmriss – Frakturen – Prellungen

Die 53 Jahre alte Klägerin erlitt als Beifahrerin bei einem Frontalzusammenstoß einen Dickdarmriss mit folgender Bauchfellentzündung, einen dreifachen Dünndarmriss, eine Rippenserienfraktur, eine Schlüsselbeinfraktur, eine Brustbeinfraktur, eine Lungenkontusion, einen Pneumotorax, ein cervicales Wurzelreizsyndrom und mehrere Körperprellungen. Sie wurde 4 Wochen stationär behandelt und befand sich danach 5 Wochen in einer Reha. Sie war 6 Monate arbeitsunfähig und danach nur eingeschränkt (50%) arbeitsfähig.

Zurück blieben im Bauchraum Verwachsungen, äußere Narben im Bereich von Bauch und Brust und posttraumatische Belastungsstörungen und eine leichte depressive Störung.

Bei der Bemessung des Schmerzensgeldes wurde auch berücksichtigt, dass die Klägerin unter Todesängsten gelitten hat. Nicht berücksichtigt wurde ein von der Klägerin behaupteter

11 Versicherungswirtschaft 1962, S. 738.Eine ältere, aber wichtige Entscheidung.

12 Dies meint die Herausforderung im Sinne adäquater Kausalität (vgl. Palandt/Heinrichs, vor § 249 Rn. 77), nicht etwa eine »Provokation«.

13 Lieberwirth, S. 19. Auch andere Stimmen der Lehre haben gegen die Genugtuungsfunktion Bedenken erhoben, vgl. RGRK/Kreft, BGB, 12. Aufl. 1989, § 847 Rn. 8 m. w. N.Eine ältere, aber wichtige Entscheidung.

Libidoverlust, weil sie diesen erst mehr als 8 Jahre nach dem Unfall geltend gemacht und folglich nicht nachhaltig darunter gelitten habe.

OLG München, Urt. v. 21.04.2011 – 1 U 2363/10, VersR 2011, 1012 E 152

40.000,00 € (Vorstellung: 50.000,00 €)

Rektumresektion nach grobem Behandlungsfehler; ärztlich verschuldete Zweitoperation

Bei einer Darmoperation trug der Arzt lediglich einen Polypen ab, entfernte einen Tumor jedoch nicht. Dadurch verfehlte er das Operationsziel. Bei einer 10 Monate später durchgeführten Kontrollendoskopie wurde der Fehler bemerkt. Die Operation wurde nachgeholt und ein künstlicher Ausgang gelegt. Es kam zu Wundheilungsstörungen im Bereich der Bauchdecke und zu einer Anastomoseninsuffizienz im Bereich der Darmnaht. Erst rd. zwei Jahre später normalisierte sich der Zustand der Klägerin, wobei das Ileostoma weiter vorhanden war. Der Senat sah das vom LG zuerkannte Schmerzensgeld in Höhe von 5.000,00 € als nicht angemessen an. Nicht nur die zweite Operation sei durch das Schmerzensgeld zu entschädigen, sondern auch die durch die 2. Operation eingetretenen gesundheitlichen Folgen, insbesondere die nicht gelungene Rückverlagerung des Stomas. Zudem seien zahlreiche Kurzkoloskopien und Rektoskopien vorgenommen worden. Hinzu komme auch die psychische Beeinträchtigung der Klägerin durch die Angst vor Metastasen, weil die Operation sich um 10 Monate verzögert hat.

LG Bielefeld, Urt. v. 22.11.2005 – 2 O 23/04, unveröffentlicht E 153

75.000,00 € (Vorstellung: zunächst 75.000,00 €; prozessual: 50.000,00 €)

Innere Verletzungen – Einriss von Dünndarmschlingen – Amputation von Fuß und Zehen

Der Kläger wurde als Lokomotivführer schwer verletzt. Er wurde im Führerstand eingeklemmt und konnte erst nach mehreren Stunden befreit werden, nachdem man ihn in ein künstliches Koma versetzt und den linken Fuß amputiert hatte. Im linken Bein ist die Beweglichkeit des Gelenks aufgehoben. Auch der rechte Fuß wurde erheblich verletzt, zwei Zehen mussten amputiert werden.

Der Kläger erlitt erhebliche innere Verletzungen, weil Dünndarmschlingen einrissen und es zum Einriss von Darmgefäßen kam. Zurückblieben eine verminderte körperliche Leistungsfähigkeit mit der Folge der Dienstunfähigkeit, ferner zahlreiche Narben.

OLG Oldenburg, Urt. v. 16.05.2007 – 5 U 164/04, unveröffentlicht E 154

75.000,00 €

Dünndarmoperation – Darmverlust

Der Kläger musste sich infolge einer ohne rechtswirksame Einwilligung durchgeführten Operation einer schwerwiegenden Revisionsoperation unterziehen, geriet in einen lebensbedrohlichen Zustand und musste sich neun teilweise schwierigsten operativen Eingriffen unterziehen. Neben der dauerhaften 100 %igen Erwerbsunfähigkeit hat der Kläger weitere erhebliche Beeinträchtigungen davongetragen. Zwar besteht kein eigentliches Kurzdarmsyndrom in dem Sinne, dass eine ungenügende Länge des Dünndarms mit der Folge einer ausgeprägten Mangelernährung vorliegt. Durch den Verlust eines bestimmten Teils des Dünndarms (60 cm Ileum) kann die Gallensäure jedoch nicht resorbiert werden, sodass die Nahrungsaufnahme schmerzhaft und die Mobilität des Klägers durch häufige Durchfälle beschränkt ist. Der Kläger ist darüber hinaus körperlichen Belastungen wie Heben, Bücken oder Stehen nur begrenzt gewachsen. Auch ein längeres Stehen ist nur eingeschränkt möglich. Als Folge der schweren Darmerkrankung leidet der Kläger ferner unter einer chronischen Anpassungsstörung mit starkem subjektivem Leiden und emotionaler Beeinträchtigung sowie depressiver Verstimmung.

E 155 **OLG Köln, Urt. v. 09.01.2002 – 5 U 91/01, VersR 2003, 602 = NJW-RR 2003, 308**

150.000,00 € (Vorstellung: 17.500,00 € zuzüglich monatliche Rente bis zum Tod)

Entfernung des gesamten Darms

Einem 6 Jahre alten Mädchen musste wegen verspäteter Diagnose eines Darmverschlusses durch einen Volvulus der gesamte Darm entfernt werden. Es behielt eine große Narbe vom Schambein bis zum Brustkorb und musste fortan in einer sterilen Umgebung total parenteral durch einen implantierten Dauerkatheter ernährt werden. Zur Vermeidung eines ständigen Erbrechens musste das Kind mehrere Stunden des Tages und der Nacht auf einem Topf verbringen, ansonsten Windeln tragen. Schulbesuch und eine sonstige normale Entwicklung waren unmöglich. Infolge weiterer Komplikationen wurden Galle, Leber und Milz geschädigt. Schmerzen und ständiger Juckreiz entwickelten sich; sie starb im Alter von 9 Jahren. Das Gericht sah diese Folgen als überaus gravierend an und wertete insb. die Zerstörung eines normalen Lebens bei vollem Bewusstsein (psychische/seelische Seite) nebst den erheblichen körperlichen Leiden. Andererseits müsse Berücksichtigung finden, dass die Dauer des Leidens – wenn auch durch den Tod des Mädchens – begrenzt war. Aus diesem Grund schied auch eine Rente aus (fehlende dauernde Beeinträchtigung).

E 156 **OLG Hamm, Urt. v. 10.09.2008 – 3 U 199/07, unveröffentlicht**

175.000,00 € (Vorstellung: 225.000,00 € zuzüglich 400,00 € monatliche Rente)

Dünndarmleckage – Amputationen

Eine laparoskopische Hysterektomie führte intraoperativ zu einer Leckage des Dünndarms und zu einer ausgedehnten Peritonitis. Die Läsion wurde operativ behoben. Postoperativ ergaben sich Zeichen eines septischen Schocks. Die Klägerin wurde in eine Universitätsklinik verlegt, wo sie beim Eintreffen reanimiert werden musste. In der Folge ergaben sich Probleme im Bereich der rechten Herzkammer und der Nieren. Es wurden die Teilamputation von sechs Fingern und die Amputation beider Füße oberhalb des Sprunggelenks erforderlich. Bislang sind insgesamt 24 operative Folgeeingriffe durchgeführt worden; weitere Eingriffe sind wahrscheinlich. Die Klägerin ist in Pflegestufe II und mit einem Grad der Behinderung von 100 eingestuft.

Für die Bemessung des Schmerzensgeldes war neben der Vielzahl der Nachoperationen und der lebensbedrohlichen Lage v. a. die schwerwiegende Dauerfolge der Amputationen maßgeblich, die die Lebensführung der Klägerin ebenso wie die ständigen Probleme im Bauchraum nachhaltig beeinträchtigt.

E 157 **OLG Frankfurt am Main, Urt. v. 09.04.2010 – 13 U 128/09, NZV 2011, 39**

250.000,00 €

Dünndarm – Milz – Niere – Narben

Ein 32 Jahre alter Mann erlitt bei einem Verkehrsunfall eine komplette Zerreißung der linken Flanke und der Bauchdecke mit den darunter gelegenen Organen. Von Dünn- und Dickdarm verblieben nach mehreren Operationen nur noch ein 140 cm langer Dünndarm. Die Milz wurde entfernt, eine Niere ist nicht mehr funktionsfähig, die andere Niere weist Funktionsbeeinträchtigungen aus. Es verblieb eine entstellende große rautenförmige Narbenplatte auf dem Bauch. Die gerade Bauchmuskulatur ist bis zu 20 cm auseinander gewichen. Infolge des langen Krankheitsverlaufs ist von einer Verklebung zwischen den verbliebenen Dünndarmschlingen und der Narbenplatte auszugehen. Die operative Lösung der Verwachsungen birgt ein erhöhtes Risiko des weiteren Verlusts von Dünndarmabschnitten. Der Krankheitsverlauf war äußerst kompliziert. Der Kläger leidet unter erheblichen Dauerschäden.

Bei der Schmerzensgeldbemessung wurden der objektiv vorhersehbare Funktionsverlust der zweiten Niere, das Bestreben der Beklagten, die Entschädigung hinauszuzögern und eine Tendenz der Rechtsprechung bei gravierenden Verletzungen bei den Schmerzensgeldbeträgen großzügiger zu verfahren, berücksichtigt.

6. Galle/Leber

OLG Dresden, Urt. v. 20.08.2009 – 1 U 86/08, VersR 2010, 216 = GesR 2010, 73 E 158

10.000,00 €

Leber, Niere, beginnendes Organversagen

Beim Kläger kam es nach einem groben Behandlungsfehler durch eine Notärztin bei einer Injektionsbehandlung – vollständiges Unterlassen einer Desinfektion – zu einer Blutvergiftung (Sepsis) mit einer beatmungspflichtigen Störung der äußeren Atmung und beginnendem Funktionsversagen von Leber und Niere. Die Behandlung der Sepsis machte eine Operation zur Entfernung nekrotischen Gewebes an den Unterarmen erforderlich. Es kam zu einer überwiegend intensivmedizinischen sechswöchigen stationären Behandlung und zum Absterben des Bindegewebes an beiden Unterarmen mit anschließenden Verwachsungen und Narbenbildungen.

OLG Brandenburg, Urt. v. 10.03.1999 – 1 U 54/98, VersR 2000, 489[14] E 159

15.000,00 €

Durchtrennung des Hauptgallengangs

Bei einer Operation der Klägerin kam es zu einer Durchtrennung des Hauptgallengangs, die von den operierenden Ärzten nicht erkannt wurde. Die Klägerin wurde erwerbsunfähig und litt u. a. unter Schlafstörungen, depressiven Verstimmungen und Gewichtsabnahme. Das LG verurteilte zu einem Schmerzensgeld i. H. v. 15.000,00 € »für die bis zum Zeitpunkt der mündlichen Verhandlung« entstandenen immateriellen Nachteile, obwohl die Zubilligung eines zeitlich befristeten Schmerzensgeldes unzulässig ist. Das OLG führte aus, dass im Hinblick auf § 536 ZPO ein höheres Schmerzensgeld nicht zugesprochen werden könne.

OLG Stuttgart, Urt. v. 01.08.1997 – 2 U 75/97, NJW-RR 1998, 534[15] E 160

35.000,00 € (Vorstellung: 60.000,00 €)

Leberentzündung – Genitalverletzungen

Ein 11 Jahre altes Mädchen erlitt eine Organverletzung (schwere Leberverletzung) nach grausamster Vergewaltigung (Täter war 2 m groß und 130 kg schwer). Das Opfer wurde mit Tetrachlorkohlenstoff vergiftet und dabei schwer verletzt. Es erlitt neben Genitalverletzungen und psychischen Schäden insb. aufgrund der Vergiftung Verätzungen und eine lebensgefährliche Leberentzündung. Erst nach knapp 6 Monaten war das Kind wieder »in einem ordentlichen Zustand«. Es bleibt ein Leberschaden, schlimmstenfalls eine Leberzirrhose.

14 Teplitzky, NJW 1966, 388; Donaldson, AcP 166 (1966), 462; vgl. dazu Rdn. 15 und 1485 ff. Eine ältere, aber wichtige Entscheidung.

15 Gelhaar, NJW 1953, 1281 (1282). Eine ältere, aber wichtige Entscheidung.

Das Gericht stellte trotz der Schwere des Falles darauf ab, dass »in vergleichbaren Fällen nach der Tabelle« auch nur Beträge von 12.500,00 € – 25.000,00 € zugesprochen worden seien und zudem die Vermögenslosigkeit des Täters als ermäßigender Umstand angesetzt werden könne.

E 161 **OLG Hamm, Urt. v. 15.03.2000 – 3 U 1/99, OLGR 2000, 322**[16]

35.000,00 € (Vorstellung: 15.000,00 €)

Durchtrennung des Hauptgallengangs

Infolge eines ärztlichen Behandlungsfehlers wurde bei der Klägerin der Hauptgallengang durchtrennt. Die Klägerin war fast ein Jahr arbeitsunfähig, musste ständig Antibiotika nehmen und bedurfte mehrerer Nachoperationen. Es bestand psychische Belastung wegen der Gefahr eine Leberzirrhose.

E 162 **OLG Nürnberg, Urt. v. 22.12.2006 – 5 U 1921/06, SP 2007, 134**

35.000,00 € (Mitverschulden: $^{3}/_{10}$)

Leber- und Bauchspeicheldrüsenruptur – Herzkontusion – Abriss der Trikuspidalklappe – Schlüsselbeinfraktur – Schädelhirntrauma

Der Kläger wurde bei einem Verkehrsunfall schwer verletzt. Er erlitt u. a. eine Leber- und eine Bauchspeicheldrüsenruptur, eine Herzkontusion, einen Abriss der Trikuspidalklappe, eine Schlüsselbeinfraktur und ein Schädelhirntrauma. Er war dreimal 5 Wochen lang in stationärer Behandlung. Als Dauerschaden verblieben die erhöhte Gefahr an einer Endokarditis zu erkranken, Verwachsungen im Bauchraum und eine 40 cm lange Narbe, die über den gesamten Oberkörper verläuft.

Neben den physischen und psychischen Folgen des Unfalls war das Regulierungsverhalten des Versicherers, das der Kläger als Zermürbungsversuch gewertet hat, für die Höhe des Schmerzensgeldes mit ausschlaggebend.

E 163 **OLG Hamm, Urt. v. 06.11.2002 – 3 U 50/02, VersR 2004, 1321**

40.000,00 €

Hepatitis B-Infektion – Leberzirrhose – Tod

Die Kläger, Erben des Ehemannes bzw. Vaters, nehmen die Behandlungsseite in Anspruch, weil bei dem Patienten das Vorliegen einer Hepatitis B-Infektion nicht abgeklärt wurde, was zu einer Leberzirrhose und nach etwas mehr als einem Jahr zum Tod führte.

Die Bemessung des Schmerzensgeldes stellt einmal auf die Kürze der Leidenszeit ab, aber auch darauf, dass der Patient infolge des rapiden Krankheitsverlaufs, der in der Endphase zum rapiden körperlichen Verfall und zum Koma führte, Schmerzen erlitten und schließlich den Tod erfahren habe. Insb. das Wahrnehmen der Leiden, das Bewusstsein des nahen Todes und der Abschied von der Familie waren prägend für das Schmerzensgeld.

E 164 **LG Köln, Urt. v. 11.04.2007 – 25 O 93/05, unveröffentlicht**

42.000,00 € (Vorstellung: 100.000,00 €)

Verletzung des Gallengangs – Gelbsucht – Entzündungen

Bei der 31 Jahre alten Klägerin wurde bei einer Operation nicht erkannt, dass bei ihr keine Gallenblase angelegt war (Agenesie). Das hatte zur Folge, dass i. R. d. Laparoskopie der

16 Teplitzky, NJW 1966, 388.Eine ältere, aber wichtige Entscheidung.

Gallengang durchtrennt wurde und rekonstruiert werden musste. Dadurch wurde der Krankenhausaufenthalt um 3 Wochen verlängert und es trat eine Gelbsucht auf. Weitere Operationen, u. a. eine Hepatico-Jejunostomie, wurden notwendig. Als deren Folge traten bei der Klägerin mehrfach Entzündungen (Cholangitiden) auf, die weitere Krankenhausaufenthalte zur Folge hatten. Wegen möglicher gesundheitlicher Risiken in der Zukunft unterliegt die Klägerin Einschränkungen.

7. Magen

OLG Düsseldorf, Urt. v. 23.05.1996 – 8 U 98/94, OLGR 1996, 253[17] E 165

30.000,00 € zuzüglich 100,00 € monatliche Rente

Entfernung des Magens nach vorwerfbarer Vertauschung von Gewebeproben

Die vorwerfbare Vertauschung von Gewebeproben, die der beklagte Internist verschiedenen Patienten im Rahmen von Gastroskopien entnommen hatte, führte dazu, dass wegen Verdachts auf ein Krebsleiden dem falschen Patienten – dem Kläger – der Magen entfernt wurde.

OLG Düsseldorf, Urt. v. 17.12.1998 – 8 U 73/98, AHRS 0920/134; 2093, 100; 3400, 100[18] E 166

40.000,00 €

Totale Magenresektion aufgrund fehlerhafter histologischer Untersuchung des Pathologen

Bei dem 54 Jahre alten Kläger wurde infolge eines ärztlichen Behandlungsfehlers fehlerhaft ein Magenkarzinom diagnostiziert und eine Magenresektion vorgenommen. Es ergab sich ein tatsächlicher Befund einer Gastritis. Die totale Magenresektion ist ein schädigender Eingriff, der erhebliche Spätfolgen haben kann; es ist nicht auszuschließen, dass der Verlust des Organs in Zukunft operative Eingriffe und andere therapeutische Maßnahmen erforderlich macht.

8. Milz

OLG Brandenburg, Urt. v. 26.06.2008 – 12 U 153/07, unveröffentlicht E 167

7.500,00 € (Vorstellung: 7.000,00 €)

Milzverlust – Schlüsselbeinfraktur

Der Kläger erlitt bei einem Verkehrsunfall eine Milzruptur mit linksseitiger Thorax-Bauchwandkontusion, eine Nierenkontusion sowie eine Schlüsselbeinfraktur. Er befand sich insgesamt mehr als 3 Wochen in stationärer Behandlung. I. R. d. Behandlungen musste dem Kläger die Milz entfernt werden.

17 FS für Odersky/Steffen, S. 723.Eine ältere, aber wichtige Entscheidung.

18 Steffen war v. 29.06.1984 bis 31.05.1995, also fast 11 Jahre, Vorsitzender des VI. Zivilsenats des BGH, der u. a. für Schmerzensgeld-Entscheidungen zuständig ist.Eine ältere, aber wichtige Entscheidung.

E 168 **OLG Brandenburg, Urt. v. 10.07.2007 – 2 U 58/05, unveröffentlicht**

9.000,00 € (Vorstellung: 9.5000,00 €)

Milz – Narben

Die Klägerin erlitt bei einem Verkehrsunfall sehr schmerzhafte innere Verletzungen, die zu einer lebensbedrohlichen Situation führten. Nach einer Operation und 2 Wochen stationärer Behandlung sowie rund 40 Rehabilitationssitzungen litt sie noch mehr als 1/2 Jahr an den Beschwerden, konnte längere Zeit ihrem Beruf nicht nachgehen und trug eine 13 cm lange Narbe davon, sodass sie keinen Bikini und keine kurzen Oberteile mehr tragen kann. Das Gericht hat das Schmerzensgeld mit 9.000,00 € bemessen. Einen Zuschlag wegen der langen Verfahrensdauer und wegen eines verzögerlichen Regulierungsverhaltens i. H. d. dafür begehrten weiteren 500,00 € hat das Gericht nicht gewährt.

E 169 **OLG Köln, Urt. v. 25.06.2012 – 19 U 69/12, VRR 2013, 105 = NJW-Spezial 2012, 681**

13.000,00 €

Milzverlust infolge eines Unfalls

Die 12 Jahre alte Klägerin verlor infolge eines Unfalls die Milz. Der Versicherer des Schädigers zahlte auf das Schmerzensgeld abschließend 13.000,00 € unter besonderer Berücksichtigung des jungen Alters der Klägerin, die künftig unter erhöhter Infektanfälligkeit, möglichen Folgeoperationen und psychischen Belastungen leiden kann. Eine 5 Jahre später erhobene Klage auf Zahlung eines weiteren Schmerzensgeldes von mindestens 5.000,00 € hat das LG Köln abgewiesen, das OLG Köln bewilligte für die Berufung der Klägerin gegen dieses Urteil keine Prozesskostenhilfe.

E 170 **OLG München, Urt. v. 15.06.2007 – 10 U 5176/06, unveröffentlicht**

13.500,00 € (Vorstellung: 15.500,00 €)

Verletzung der Milz – Dünndarmruptur – Fraktur des Brustbeines – verzögerliches Regulierungsverhalten

Der Kläger erlitt durch den Unfall eine Dünndarmruptur mit Mesenterialeinriss, eine Fraktur des Brustbeines im unteren Drittel sowie eine Thoraxprellung und eine Lungenkontusion. Außerdem fand sich eine 4 × 3 × 2 cm große hämatomartige Struktur in der Milz. Der Kläger befand sich 2 Wochen in stationärer Behandlung und anschließend 3 Wochen in der Reha.

Die Beklagte verzögerte eine Regulierung über insgesamt rund 10 Jahre, sodass das OLG das Schmerzensgeld deswegen um 2.000,00 € erhöhte.

E 171 **LG Dortmund, Urt. v. 23.02.2007 – 21 O 323/06, Zfs 2008, 87**

30.000,00 € (Vorstellung: 30.000,00 €)

Milzruptur – innere Verletzungen

Die Klägerin wurde vom Schleppseil eines Flugzeugs erfasst und mitgerissen und lebensgefährlich verletzt. Sie erlitt ein Polytrauma mit Zwerchfellriss, eine Rissverletzung der Leber, eine Milzruptur, eine Nierenparenchymruptur, eine Fraktur des 6. Halswirbels sowie eine Rippenserienfraktur mit Pneumothorax. Als Dauerschäden blieben Narben an den Armen und am Bauch sowie Verwachsungen des Darms. Die Klägerin leidet unter Depressionen und Schlafstörungen und kann keine schweren Lasten tragen.

OLG Hamburg, Urt. v. 19.06.2009 – 1 U 108/08, VersR 2010, 1620 E 172

56.250,00 € (Mitverschulden 1/4)

Milzeinriss – Nierenkontusion – Schädelfraktur – Orbitalfraktur – Mittelgesichtsfraktur – Rippenserienfraktur – Luxationsfraktur mit Trümmerfraktur Ellenbogen – Trümmerfraktur distaler Radius – Radiusmehrfragmentfraktur

Der Kläger erlitt bei einem Arbeitsunfall eine frontale Schädelfraktur und Orbitafraktur mit ausgedehnten Mittelgesichtsfrakturen, ein kleines epidurales Hämatom temporal sowie frontale Kontusionsblutung beidseitig, eine Rippenserienfraktur mit Hämothorax, eine offene Luxationsfraktur des Ellenbogens mit Trümmerfraktur proximale Ultra, eine Trümmerfraktur distaler Radius, eine distale Radiusmehrfragmentfraktur mit Fraktur des Os naviculare, einen Milzeinriss, eine Nierenkontusion, eine Beckenfraktur mit Fraktur Massa lateralis beidseitig und eine Schambeinastfraktur beidseits.

Für den Regressanspruch der Berufsgenossenschaft wurde das Schmerzensgeld fiktiv bemessen.

OLG Celle, Urt. v. 28.05.2001 – 1 U 22/00, VersR 2002, 854[19] E 173

70.000,00 € (Vorstellung: 70.000,00 €)

Verlust der Milz – Unterschenkelamputation rechts

Bei der 26 Jahre alten Klägerin kam es infolge eines ärztlichen Behandlungsfehlers zu Gefäßverschlüssen, die neben der Entfernung der Milz auch die Amputation eines Unterschenkels erforderlich machten. Die Klägerin musste ihre Berufsausbildung zur Reisekauffrau abbrechen und kann nicht mehr wie früher uneingeschränkt körperlichen Aktivitäten wie Sport und Tanzen nachgehen.

9. Niere

▶ Hinweis:

Schmerzensgeldbeträge für den Verlust einer Niere sind im Laufe der letzten beiden Jahrzehnte nicht in dem Maß gestiegen wie Schmerzensgeldbeträge bei anderen Organverlusten. An sich ist jeder Organverlust schwerwiegend und rechtfertigt ein besonders hohes Schmerzensgeld. Dies gilt aber grds. nicht ohne Einschränkungen für sog. paarige Organe wie Augen, Ohren, Nieren, Eierstöcke oder Hoden. Es kommt hinzu, dass der Nierenverlust – wenn er einige Jahre komplikationslos überstanden ist – vom Patienten nicht mehr empfunden wird. Auch in der Lebensversicherung stellt ein Versicherungsnehmer 5 Jahre nach dem Eintritt des Nierenverlustes kein »erhöhtes Risiko« mehr dar. Es ist deshalb vertretbar, einen Nierenverlust mit einem Schmerzensgeld i. H. v. 15.000,00 € – 20.000,00 € zu entschädigen.

19 BGH, Urt. v. 08.06.1976 – VI ZR 216/74, VersR 1976, 967; BGH, Urt. v. 01.10.1985 – VI ZR 195/84, VersR 1986, 59; BGH, Urt. v. 15.01.1991 – VI ZR 163/90, VersR 1991, 350.Eine ältere, aber wichtige Entscheidung.

E 174 **OLG Celle, Urt. v. 19.12.2007 – 14U 97/07, NdsRpfl 2008, 137 = SP 2008, 176 = SVR 2008, 183 = VRR 2008, 184**

6.500,00 € (Mitverschulden: $^1/_2$; Vorstellung: 4.000,00 €)

Nierenverlust – Knie-Kreuzbandriss – Rippenserienfraktur

Der Kläger kollidierte mit seinem Motorrad beim Überholen eines Geländewagens und erlitt erhebliche Verletzungen. Er zog sich eine Zerreißung des vorderen und hinteren Kreuzbandes und einen Riss zweier Bänder im Knie zu. Ferner erlitt er mehrere Prellungen, eine Rippenserienfraktur beidseits und Einblutungen in den Lungenfellraum. Eine bei dem Aufprall zerrissene Niere musste entfernt werden. Der Kläger wurde 6 Wochen stationär behandelt, davon 3 Wochen auf der Intensivstation. Die Rehabilitationsmaßnahme dauerte weitere 3 Wochen. Die MdE beträgt 30 %.

Das Gericht hat das Schmerzensgeld etwa je zur Hälfte für die Knieverletzung und den Nierenverlust bemessen.

E 175 **OLG Rostock, Urt. v. 21.12.2012 – 5U 170/11, VersR 2013, 465**

7.000,00 €

Nierenstauung – Urosepsis

Infolge eines fundamentalen Diagnosefehlers – eine Nierenstauung wurde im Ultraschall nicht gesehen – unterblieb eine weitere Befunderhebung, so dass es zum Harnweginfekt und einer Urosepsis kam, was eine chronische Schädigung der Niere zur Folge hatte. Die Klägerin wurde drei Tage auf der Intensivstation behandelt. Sie litt langjährig psychisch unter der ärztlichen Fehlbehandlung.

E 176 **OLG Saarbrücken, Urt. v. 16.05.2006 – 4 UH 711/04 – 196, NJW-RR 2006, 1165 = NZV 2006, 581**

10.000,00 € (Vorstellung: 10.000,00 €)

Nierenruptur an drei Stellen – Ruptur des Harnleiters

Die 7 Jahre alte Klägerin verunglückte beim Herumturnen unter einer Tribüne und zog sich dabei schwere Verletzungen zu. Sie erlitt eine Nierenruptur an drei Stellen und eine Ruptur des Harnleiters. Noch nach 2 Monaten litt sie unter erheblichen Fieberattacken, die eine wochenlange Medikation mit Antibiotika erforderlich machten. Noch 3 Jahre nach dem Unfall ist die Klägerin in ärztlicher Behandlung. Ob Dauerschäden zurückgeblieben sind, lässt sich noch nicht beurteilen.

E 177 **OLG Koblenz, Urt. v. 02.07.2007 – 12U 1812/05, OLGR 2007, 892**

13.000,00 € (Vorstellung: 15.000,00 €)

Nierenschädigung

Der gesundheitlich erheblich vorgeschädigte Kläger erlitt bei einem Verkehrsunfall Verletzungen, die zur Schädigung einer Niere führten. Es kam zu einer Nierenbeckenentzündung und später zu einer Nierenoperation. Zudem muss der Katheter regelmäßig ersetzt werden. Zuletzt wurde eine »Schrumpfniere« (Nephrozirrhose) festgestellt.

OLG Nürnberg, Urt. v. 05.02.2002 – 3 U 3149/01, MDR 2002, 636 = NJW-RR 2002, 1247 = DAR 2002, 270 E 178

15.000,00 € (Mitverschulden: 1/2; Vorstellung: mindestens 15.000,00 €)

Nierenruptur – Beckenringfraktur – Milzriss – Magenkontusion

Die Klägerin verlangte vom Beklagten, bei dem sie Gebrauchtreifen erworben hatte, Schmerzensgeld, da sie aufgrund der Überalterung der Reifen einen Unfall erlitt, bei dem sie – unangeschnallt – verletzt wurde. Das Gericht bejahte die Produzentenhaftung des Herstellers, da dieser eine Untersuchungspflicht hinsichtlich des Reifens verletzt habe; allerdings sei der Klägerin ein hälftiges Mitverschulden anzulasten. Mehrere Wochen künstliches Koma, Verlust einer Niere, mehrere Monate Behandlung.

▶ **Hinweis:**

Diese Fälle werden nach neuem Schadensrecht bereits über das ProdHaftG lösbar sein, ohne dass es auf ein Verschulden des Herstellers noch ankäme! Eingehend dazu Teil 1 Rdn. 108.

OLG Koblenz, Urt. v. 17.02.2005 – 5 U 349/04, VersR 2005, 655 = MDR 2005, 1302 E 179

25.000,00 €

Nierenverlust durch zögerliches Handeln der Ärzte

Die Beklagte zögerte die gebotene Nierensteinentfernung in vorwerfbarer Weise hinaus. Der seinerzeit 41 Jahre alten Klägerin, durch den morbus Crohn seit Langem nachhaltig beeinträchtigt und mit erheblichen Nierenproblemen belastet, wurde stattdessen zu einer 2-maligen Eigenblutspende vor Durchführung einer Operation geraten. Die Gewinnung der erforderlichen 2. Eigenblutspende war zudem angesichts des durch den morbus Crohn dauerhaft beeinträchtigten Gesundheitszustandes der Klägerin unsicher. Eine weitere Verzögerung der Entfernung des Nierenbeckensteins war nicht mehr vertretbar. Die Niere der Klägerin wäre funktionstüchtig erhalten geblieben, wenn der Nierenstein rechtzeitig entfernt worden wäre.

OLG Hamm, Urt. v. 15.06.2005 – 3 U 289/04, unveröffentlicht E 180

25.000,00 € (Vorstellung: 60.000,00 €)

Nierenversagen – 2 Jahre Dialysepflicht

Die Klägerin klagt aus übergegangenem Recht ihres im Alter von 69 Jahren verstorbenen Mannes. Dieser war vor einer Herzkatheteruntersuchung nicht darüber aufgeklärt worden, dass es in weniger als 1 % der Fälle bei vorbestehender Nierenfunktionsstörung zur Verschlechterung der Nierentätigkeit bis hin zum dialysepflichtigen Nierenversagen kommen kann.

Die Untersuchung ergab eine schwere koronare Gefäßerkrankung. Der beklagte Arzt und der hinzugezogene Kardiochirurg verzichteten auf eine erneute Bypassoperation; der beklagte Arzt sah dafür – im Verhältnis zum Risiko – keine Indikation.

Nach 5 Tagen ließ die Nierenfunktion des Patienten nach. Es kam zu einem dialysepflichtigen Versagen beider Nieren. Nach rund 6 Wochen wurde der Patient aus der stationären Behandlung in der Klinik der Beklagten entlassen und wechselte in eine andere Klinik. 2 Jahre nach der Behandlung war der Patient dialysefrei.

Bein (Beinverletzung – Oberschenkel – Knie – Unterschenkel – Sprunggelenk/Fuß)

▶ Hinweis:

Isolierte Verletzungen von Bein, Oberschenkel, Knie, Unterschenkel und Sprunggelenk/Fuß sind nicht die Regel, sodass sie unter der Überschrift Bein, Oberschenkel, Knie, Unterschenkel und Sprunggelenk/Fuß zusammengefasst sind. Zudem wäre es lästig, bei alphabetischer Darstellung an mehreren Stellen zu suchen.

Dieses Kapitel betrifft nicht die Amputation von Gliedmaßen oder Teilen davon, die als besondere Verletzungen unter dem Stichwort → Amputation (EE 1223 ff.) behandelt werden.

1. Beinverletzung

E 181 **AG Köln, Urt. v. 24.06.2005 – 263 C 579/04, SP 2006, 7**

250,00 € (Mitverschulden: 3/4)

Hämatome an Oberschenkel und Unterschenkel – Läsionen der Finger an beiden Händen

Der Kläger erlitt bei einem Sturzunfall Schwellungen und Hämatome an Unter- und Oberschenkeln sowie blutende Läsionen der Finger an beiden Händen.

E 182 **LG Hannover, Urt. v. 27.05.2008 – 18 O 159/06, unveröffentlicht**

2.000,00 € (erhebliches Mitverschulden (keine Quote genannt); Vorstellung: 10.000,00 €)

Oberschenkelverletzung

Auf einer Ausflugsfahrt verletzte sich der Kläger bei einem Sprung in ein Boot und zog sich eine Quadrizepssehnenruptur zu. Der Höhenunterschied zwischen Boot und Anlegerstelle betrug ca. 1,50 m. Der Kläger war verletzungsbedingt stationär und ambulant für mehr als ein Jahr in ärztlicher Behandlung und leidet weiter unter den Folgen der Verletzungen. Das LG hat ein erhebliches Mitverschulden des Klägers bejaht, ohne eine Quote zu nennen.

E 183 **OLG München, Urt. v. 01.07.2005 – 10 U 2544/05, SVR 2006, 180**

2.500,00 €

Verletzungen an beiden Beinen

Die Klägerin wurde als Radfahrerin durch ein rückwärts ausparkendes Fahrzeug zwischen Fahrzeug und Fahrrad eingeklemmt und erlitt an beiden Beinen schwere, aber folgenlos verheilte Verletzungen. Die nicht unerheblichen Schmerzen dauerten einige Wochen.

E 184 **LG Kassel, Urt. v. 15.02.2005 – 8 O 2358/02, SP 2005, 410**

7.000,00 €

Oberschenkel- und Knieprellungen

Die Klägerin wurde als Fußgängerin von einem Pkw erfasst und zu Boden geschleudert. Sie erlitt stärkere Prellungen im Bereich der linken Oberschenkelregion und des rechten Kniegelenks, eine Schädelprellung mit Kopfschwartenhämatom, Hautabschürfungen und weitere multiple Prellungen. Eine stationäre Behandlung war nicht erforderlich.

OLG Frankfurt am Main, Urt. v. 23.12.2008 – 8 U 93/05, AHRS 2620, 383 E 185

8.000,00 €

Oberschenkeloperation – Wachstumsstörung

Die 1961 geborene Klägerin erlitt 1969 einen Unfall, bei dem ihr linkes Bein in Mitleidenschaft gezogen wurde. Nach Abschluss des Wachstums war das linke Bein 2 cm kürzer als das rechte Bein und es war eine O-förmige Ausbiegung des Oberschenkels (»Varus-Fehlstellung«) mit kompensatorischer Gegenschwingung oberhalb des Kniegelenks (»Valgus-Fehlstellung«) verblieben, sodass eine annähernd S-förmige Fehlstellung vorlag. Die Klägerin wollte im Alter von 36 Jahren die Fehlstellungen operativ beseitigen lassen. Bei der Korrektur der knienahen Valgus-Fehlstellung unterlief dem Beklagten ein Behandlungsfehler mit der Folge, dass mit Blick auf den gesamten Oberschenkel eine deutliche Varus-Fehlstellung verblieb. Diese verbliebene Fehlstellung kann unter Eingehung beherrschbarer Risiken abermals operativ behoben werden. Wird die Klägerin später nicht noch einmal operiert, drohen vermehrte Verschleißerscheinungen, insb. am Innenknie, bis hin zu der Notwendigkeit, ein künstliches Kniegelenk einzusetzen.

OLG Hamburg, Urt. v. 05.08.2005 – 1 U 184/04, OLGR 2006, 199 E 186

15.000,00 € (Vorstellung: 20.000,00 €)

Beinlängendifferenz

Der 32 Jahre alte Kläger wurde über die gesteigerten Risiken einer Beinverlängerung im Rahmen einer Druckscheibenendoprothesenoperation an der Hüfte nicht aufgeklärt. Vor der Operation war die Beweglichkeit beider Hüften extrem eingeschränkt. Es lag eine beidseitige Dysplasiecoxarthrose vor.

Der Kläger ist durch die anlässlich des vom Beklagten durchgeführten Eingriffs eingetretene Nervverletzung in erheblichem Umfang beeinträchtigt. Für die Höhe des Schmerzensgeldes war auch von Bedeutung, dass der Kläger im Fall eines Abwartens mit der Operation starken körperlichen Einschränkungen und Beschwerden ausgesetzt gewesen wäre.

OLG Jena, Urt. v. 23.10.2007 – 5 U 146/06, VersR 2008, 1553 = NJW-RR 2008, 831 = MDR 2008, 975 E 187

15.000,00 € (Mitverschulden: $^{1}/_{2}$; Vorstellung: höheres Schmerzensgeld (in Anschlussberufung))

Verbrennungen 2. und 3. Grades an Oberschenkel, Unterbauch und Genitalbereich

Die 12 Jahre alte Klägerin wurde in der Silvesternacht von einem durch die 16 Jahre alte Beklagte in unzureichendem Abstand angezündeten Feuerwerkskörper (»Bienchen«) getroffen. Sie erlitt Verbrennungen 2. und 3. Grades im Bereich beider Oberschenkelinnenseiten, des Unterbauchs und des Genitalbereichs, wovon insgesamt 10 % der Körperoberfläche betroffen waren. Sie wurde 7 Wochen stationär behandelt. Eine Hautverpflanzung wurde erforderlich, mehrere Ärzte und Krankenhäuser waren an der Nachbehandlung beteiligt. Wegen der erheblichen Schmerzhaftigkeit der Brandverletzungen konnten Verbandswechsel anfangs nur unter Narkose erfolgen. Umfangreiche Narbenbildung verblieb und erforderte u. a. krankengymnastische Maßnahmen. Eine Narbe im Schambereich kann möglicherweise durch eine Haartransplantation kosmetisch verbessert werden; die Entwicklung der Narben an Oberschenkelinnen- und -außenseiten ist nicht absehbar. Es verbleibt eine MdE von 50 %; als Dauerschaden ist weiterhin eine posttraumatische Belastungsstörung in Form einer traumatischen Neurose eingetreten.

Der Senat sah ein Mitverschulden zum einen in der Teilnahme am Feuerwerk, insb. aber im Tragen ungeeigneter – nämlich leicht entzündlicher – synthetischer Kleidung, deren Brennen die besondere Schwere der Verletzungen, die ein »einfacher Feuerwerkskörper« ansonsten nicht hätte verursachen können, begünstigte.

Bei der Bemessung wurde berücksichtigt, dass die Versicherung der Beklagten die Einstandspflicht ablehnte, vorprozessual lediglich 7.500,00 € angeboten hatte und trotz eines »erkennbar begründeten« Anspruchs einen 5-jährigen Rechtsstreit mit mehrfacher Begutachtung der Klägerin führte. Als Vergleichsentscheidungen führte der Senat Urteile an, die überwiegend aus den 80er Jahren bzw. 1991 stammten.

E 188 **LG Itzehoe, Urt. v. 08.01.2004 – 7 O 22/02, unveröffentlicht**

<u>20.000,00 €</u> (Vorstellung: 30.000,00 €)

Intraoperative Läsion des Ischiasnervs

Der Klägerin wurde eine Hüftprothese implantiert.

Unmittelbar nach der Operation sowie auch an den folgenden Tagen klagte sie über Empfindungsstörungen im linken Bein, die auf einer Lähmung des Ischiasnervs beruhten. Sodann wurde eine Revisionsoperation durchgeführt, die eine Kompression des Ischiasnervs durch eine blutstillende Naht ergab, die daraufhin entfernt wurde.

Die Kammer stellte auch ein verzögerliches Regulierungsverhalten der Beklagtenseite fest, weil die Klägerin erst nach rund 5 Jahren zu ihrem Recht kam und erhöhte das an sich angemessene Schmerzensgeld um 2.000,00 € auf 20.000,00 €.

E 189 **OLG Brandenburg, Urt. v. 29.03.2007 – 12 U 128/06, SP 2008, 47**

<u>20.000,00 €</u> (Vorstellung: 35.000,00 €)

Knieverletzung – Fingerfraktur

Der Kläger erlitt bei einem Verkehrsunfall eine Thoraxprellung mit einer Lungenkontusion, eine Oshamatum-Fraktur links, eine Ringfingergrundgliedmehrfragmentfraktur mit Gelenkbeteiligung, eine offene Weichteilverletzung und Fremdkörpereinsprengung im Kniegelenk mit Öffnung des Kniegelenks, eine Patellafraktur rechts, einen Riss im Kniegelenkknorpel rechts, eine Talushalsfraktur mit Trümmerzone im Bereich der Fraktur und Gelenkeinstrahlung rechts sowie eine gering dislozierte Fraktur des Malleolus medialis links.

Diese Verletzungen bedingten wiederholt mehrwöchige Krankenhausbehandlungen, mehrere Operationen mit offener Reposition der Bruchverletzungen und in der Folge längere Arbeitsunfähigkeit und eine nachhaltige Beeinträchtigung der Bewegungsfähigkeit der Extremitäten.

E 190 **KG, Urt. v. 03.06.2004 – 12 U 68/03, VersR 2006, 384 = DAR 2004, 699 = MDR 2004, 1235 = NZV 2005, 92**

<u>25.000,00 €</u> (LG-Urteil: 40.000,00 €)

Beinverkürzung

Die Klägerin erlitt als Radfahrerin einen Unfall, bei dem ihr Bein verletzt wurde. Sie befand sich etwas mehr als 4 Wochen im Krankenhaus. Es blieb eine Beinverkürzung zurück.

Trotz erheblichen Verschuldens des Unfallgegners setzte das KG den zuerkannten Schmerzensgeldbetrag von 40.000,00 € auf 25.000,00 € zurück. Zum Vergleich bezog es sich auf die Entscheidung des OLG Frankfurt am Main v. 06.02.1995 (18 U 81/94), die nach den dort gemachten Angaben mit dem vorliegenden Sachverhalt nicht vergleichbar ist. Die Geldentwertung soll innerhalb von 10 Jahren nur eine Steigerung von rund 10 % erforderlich machen.

OLG Hamm, Urt. v. 12.03.2002 – 27 U 113/01, OLGR 2002, 247 E 191

40.000,00 € (Mitverschulden: 1/3; Vorstellung: 60.000,00 €)

Frakturen an Unterschenkel, Oberschenkel und Unterarm

Der Kläger erlitt als Kraftradfahrer bei einem Verkehrsunfall offene Frakturen an Unterschenkel, Oberschenkel und Unterarm, eine Brustwirbelkörper 7-Fraktur, eine Nierenkontusion und multiple Prellungen. Der linke Unterschenkel musste amputiert und der Stumpf danach auf 10 cm verkürzt werden. Die Prothesenversorgung ist noch nicht abgeschlossen; die derzeitige Prothese verursacht noch schmerzhafte Scheuerstellen. Am Stumpf befinden sich noch zwei Druckgeschwüre mit entsprechenden Beschwerden. Am Unterarm ist es zur Ausbildung einer Pseudoarthrose an beiden Knochen gekommen. Die beiden Implantate zeigen deutliche Lockerungszeichen. Eine Konsolidierung ist nicht zu erwarten. Die Behandlung ist nicht abgeschlossen.

2. Oberschenkel

► Hinweis:

Oberschenkelverletzungen, Oberschenkelfrakturen, insb. Oberschenkelhalsfrakturen werden i. d. R. operativ behandelt und es bleiben sehr **lange Narben** zurück. Die dafür zuerkannten Schmerzensgeldbeträge sind im Laufe des letzten Jahrzehnts erheblich gestiegen und Narben werden bei der Schmerzensgeldbemessung zunehmend berücksichtigt. Vergleichsbeträge sollten nur den zuletzt entschiedenen Fällen entnommen und weiterhin erhöht werden.

OLG Hamm, Urt. v. 13.04.2010 – 9 U 62/08, NZV 2010, 566 E 192

2.000,00 € (Mitverschulden: 2/3; Vorstellung: 7.500,00 €)

Mehrfache Frakturen des Oberschenkelknochens- Schädelprellung – Platzwunde am Hinterkopf – Gehirnerschütterung

Die 17 Jahre alte Klägerin entstieg einem Linienbus. Als sie die Straße überquerte, wurde sie vom Pkw der Beklagten erfasst. Sie erlitt mehrfache Frakturen des Oberschenkelknochens, eine Schädelprellung mit Platzwunde am Hinterkopf, eine Gehirnerschütterung sowie multiple Prellungen. Die Fraktur wurde mittels Marknagelung operativ versorgt. Der stationäre Aufenthalt dauerte rund 2 Wochen, die Arbeitsunfähigkeit rund 6 Monate. Danach wurde der Oberschenkelnagel entfernt. Es verblieb keine dauerhafte Beeinträchtigung der Klägerin (Narben?).

OLG Hamm, Urt. v. 09.12.2005 – 9 U 170/04, NZV 2006, 550 E 193

4.000,00 € (Mitverschulden: 3/5; Vorstellung: höheres Schmerzensgeld)

Mediale Oberschenkelhalsfraktur

Die Klägerin erlitt als Radfahrerin einen Unfall und zog sich eine mediale Oberschenkelhalsfraktur zu. Als Unfallfolge leidet sie unter einer beginnenden Gelenkarthrose und die Beweglichkeit der Hüfte ist leicht eingeschränkt.

E 194 **LG Bonn, Urt. v. 19.10.2012 – 23 KLs 555 Js 199/12 P – 23/12, unveröffentlicht**

4.000,00 €

Messerstich in den Oberschenkel

Der Angeklagte war im Rahmen einer eskalierenden Demonstration um das Zeigen der »Mohammed-Karikaturen« gegen zwei Polizeibeamte vorgegangen. Mit einem zuvor mitgebrachten, 22cm langen Messer versuchte er zunächst erfolglos, einen Beamten zu treffen, und ging auch weiter vor, nachdem der ebenfalls anwesende »Rat der Muslime« per Lautsprecher zur Mäßigung aufrief. Er stach die Nebenklägerin zweifach in die Innenseite der Oberschenkel. Diese erlitt eine 10cm lange sowie eine 3cm lange Schnittwunde; bei der langen Wunde war es zu einer Faszienöffnung gekommen. Bei einem Eindringen um einen weiteren Zentimeter wäre die Oberschenkelarterie verletzt worden. Als Dauerschaden verblieben Narben.

Die Nebenklägerin war einen Monat in stationärer Behandlung und 3 weitere Wochen arbeitsunfähig.

Die Entscheidung erging im Adhäsionsverfahren, welches auf Vergleichsentscheidungen aus dem Jahr 1991 Bezug nahm und die eingeschränkte wirtschaftliche Leistungsfähigkeit des Angeklagten betonte.[20]

E 195 **OLG Celle, Urt. v. 13.10.2011 – 5 U 130/11, VRR 2011, 442**

4.000,00 € (Vorstellung: 8.000,00 €)

Weichteilkontusion am Oberschenkel mit Riss-Quetsch-Wunden – multiple Prellungen – Schädelhirntrauma ersten Grades

Der Kläger erlitt bei einem Verkehrsunfall eine Weichteilkontusion am Oberschenkel mit Riss-Quetsch-Wunden sowie multiple Prellungen und multiple Schürfwunden. Ferner erlitt er ein Schädelhirntrauma 1. Grades. Die Wunde am Oberschenkel musste genäht werden. Der Kläger befand sich vier Tage in stationärer Behandlung. Er litt unter starken Schmerzen am ganzen Körper, insbesondere im Bein. Seine Bewegungsfähigkeit war stark eingeschränkt, sodass er nicht in der Lage war, seinen normalen Arbeitsalltag zu bewältigen. Der Kläger war einen Monat arbeitsunfähig.

E 196 **OLG Karlsruhe, Urt. v. 12.12.2003 – 10 U 254/01, VersR 2004, 664**

5.000,00 €

Oberschenkelfraktur mit unfallbedingten Beschwerden

Für eine Oberschenkelfraktur mit unfallbedingten Beschwerden für die Dauer von ca. 2 1/2 Jahren ist ein Schmerzensgeld i. H. v. 5.000,00 € angemessen.

E 197 **LG Hagen, Urt. v. 07.11.2005 – 6 O 200/04, unveröffentlicht**

5.000,00 € (Vorstellung: 10.000,00 €)

Femurschaftfraktur – Narben

Die 8 1/2 Jahre alte Klägerin, die mit dem »Kickboard« unterwegs war, erlitt bei einem Verkehrsunfall eine Oberschenkelfraktur, die offen reponiert und mit zwei Prevotnägeln fixiert wurde. Die Klägerin wurde insgesamt dreimal operiert und insgesamt 18 Tage stationär

20 Beide Faktoren hätten indes richtigerweise nicht zu einer Verminderung des Schmerzensgeldes führen dürfen, vgl. Rdn. 1390 ff. Es zeigt sich hier wieder die Gefahr von »Fehlbeurteilungen« im strafrechtlichen Adhäsionsverfahren.

behandelt. Am Bein blieben 3 Narben zurück, davon eine 8 cm lang und 2 cm breit. Mehrere Monate nach dem Unfall hatte die Klägerin gelegentlich noch Schmerzen. Abgesehen von den Narben sind die Verletzungen folgenlos verheilt.

LG Freiburg, Urt. v. 09.10.2006 – 6 O 489/04, VersR 2007, 654 = NJW-RR 2007, 534 E 198

5.000,00 € (Vorstellung: höheres Schmerzensgeld)

Desinfektionsmittelverletzung nach Oberschenkeloperation

Der 10 Jahre alte Kläger zog sich bei einem Sturz eine Oberschenkelfraktur zu und wurde operativ behandelt. Nach der Entlassung aus dem Krankenhaus stellte seine Mutter am Damm eine sich verzweigende Wunde fest, die vom Skrotum bis zum Darmausgang reichte. Die Kinderärztin diagnostizierte eine 12 cm × 5 cm große tiefe Hautläsion, die einer Verbrennung 2. – 3. Grades mit massiver bakterieller Superinfektion entsprach. Über 4 Monate erfolgte eine regelmäßige Wundbehandlung mit Desinfektion und täglichem Verbandswechsel. Während dieser Zeit litt der Kläger unter massiven Dauerschmerzen. Die Verätzung wurde durch ein Desinfektionsmittel verursacht und blieb im Krankenhaus unbehandelt.

OLG Schleswig, Urt. v. 25.10.2011 – 11 U 71/10, SchlHA 2012, 137 E 199

5.000,00 €

Femurschaftfraktur

Die Klägerin erlitt eine Fraktur des Oberschenkelknochens, als auf einem öffentlichen Bolzplatz ein mobiles Fußballtor umfiel. Sie musste mehrfach im Krankenhaus wegen einer Weichteilinfektion und an 19 Tagen bei ihrem Kinderarzt ambulant behandelt werden. Eine Korrekturoperation wegen der Narben schloss sich an.

OLG Hamm, Urt. v. 07.11.2012 – I – 30 U 80/11, NJW-RR 2013, 349 E 200

6.500,00 € (Vorstellung: 10.000,00 bis 15.000,00 €:)

Prellungen – Schnittverletzung an den Oberschenkeln, an der Handfläche und im Bauch

Der Beklagte betreibt ein Hotel, in dem der Kläger mit einem Bekannten übernachten wollte. Als er gegen 4:00 Uhr stark alkoholisiert zum Hotel zurück kam, klopfte er laut an die Tür, die von einem Mitarbeiter des Hotels geöffnet wurde. Der Mitarbeiter erkannte nicht, dass es sich bei dem Kläger und seinem Begleiter um Hotelgäste handelte. Es kam zu einer Auseinandersetzung, bei der der Mitarbeiter des Hotels den Kläger mit einem Messer erheblich und den Begleiter des Klägers mit dem Messer tödlich verletzte. Der Mitarbeiter des Hotelbetreibers wurde zu einer Freiheitsstrafe von fünf Jahren verurteilt.

Der Kläger erlitt eine Schnittverletzung an der linken Handfläche zwischen Daumen und Zeigefinger und Stichverletzungen an den Oberschenkeln, die genäht werden mussten. Ferner erlitt er eine Stichverletzung im Unterbauch und diverse Prellungen, Hautunterblutungen und Kratzer in allen Bereichen des Körpers. Der Kläger wurde eine Woche stationär behandelt. Der Heilungsverlauf dauerte vier Monate. Infolge der lebensbedrohlichen Situation litt der Kläger unter psychischen Problemen und musste sich in psychotherapeutische Behandlung begeben. Er leidet auch sieben Jahre nach der Tat gelegentlich noch an Narbenschmerzen. Sein Studium musste er für ein Semester unterbrechen und konnte es erst entsprechend später abschließen.

E 201 **OLG Celle, Urt. v. 30.11.2006 – 14 U 157/05, SVR 2007, 22**

8.000,00 € (Mitverschulden: $^1/_2$)

Oberschenkelhalsfraktur – Schambeinfraktur – Schlüsselbeinfraktur – Schädelhirntrauma – Frontalhirnsyndrom – Thoraxtrauma – Lungenprellung

Der Kläger erlitt bei einem Unfall ein Schädelhirntrauma mit Einblutungen in Form eines ausgeprägten Frontalhirnsyndroms, eine Kopfplatzwunde, eine Schenkelhalsfraktur, eine Schambeinfraktur, eine Schlüsselbeinfraktur sowie ein Thoraxtrauma mit erheblicher Lungenprellung und diversen oberflächlichen Hautabschürfungen. Er lag etwa 2 Wochen im Koma. Die stationäre Behandlung dauerte etwa 4 Monate. Arbeitsunfähig war der Kläger für 6 Monate. Er leidet auf Dauer unter einer leichten bis mäßig ausgeprägten kognitiven Einschränkung im Bereich geteilter Aufmerksamkeit, einer Wesensänderung mit vermehrter Reizbarkeit, verbalen Ausbrüchen, Antriebsminderung und einer Neigung zur Weitschweifigkeit. Körperlich bestehen als Dauerfolgen Bewegungseinschränkungen des Hüftgelenks infolge relativer Verkürzung des Schenkelhalses mit etwas vorangeschrittener Arthrose, Bewegungseinschränkung des Schultergelenks und Schulterschiefstand durch frakturbedingte Verschiebung der anatomischen Strukturen des Schlüsselbeines.

E 202 **LG Osnabrück, Urt. v. 15.04.2011 – 2 O 1265/10, unveröffentlicht**

8.000,00 € (Vorstellung: 20.000,00 €)

Oberschenkeloperation fehlerhaft

Der 20 Jahre alte Kläger, ein angehender Profifußballer, erlitt beim Fußballspielen am vorderen Oberschenkelmuskel eine Zerrung der Leiste mit Sehnenriss. Er wurde deswegen operiert, jedoch an dem gesunden hinteren Oberschenkelmuskel. Dieser Behandlungsfehler beruhte auf eine Verwechslung der Diagnosen im Hause der Beklagten. Nachdem dies erkannt worden war, wurde der Kläger ein zweites Mal operiert, diesmal an dem verletzten vorderen Muskel.

Das Krankenhaus hat im Vorfeld 3.000,00 € gezahlt.

Das Landgericht hat einen schweren Behandlungsfehler des Krankenhauses bejaht. Durch die überflüssige erste Operation habe sich die Dauer des stationären Aufenthalts um vier Tage verlängert und der Kläger habe unnötigerweise eine 13 cm lange Narbe am Oberschenkel davon getragen. Er ist nicht in der Lage, länger als drei Stunden schmerzfrei zu sitzen. Der Kläger wird dennoch Fußball auf hohem Niveau spielen können.

E 203 **OLG Düsseldorf, Urt. v. 24.10.2005 – I-1 U 217/04, unveröffentlicht**

9.000,00 € (1/4 Mitverschulden)

Oberschenkelfraktur – Schädelhirntrauma

Der 50 Jahre alte Kläger erlitt – nicht angeschnallt – bei einem Verkehrsunfall ein Schädelhirntrauma 1. Grades, eine Unfallschockreaktion, Frakturen zweier Rippen, multiple Prellungen und Schürfungen an Hand und Gesicht, ein stumpfes Thoraxtrauma sowie eine Oberschenkelfraktur. Er wurde wegen der Oberschenkelfraktur operiert, befand sich für etwa einen Monat in stationärer Behandlung, erhielt Unterarmgehstützen, durfte das Bein für 6 Monate nicht belasten und hat unter den Folgen der Verletzungen noch lange gelitten.

LG München I, Urt. v. 22.02.2006 – 19 O 5928/04, unveröffentlicht E 204

10.000,00 € (Mitverschulden: 1/2; Vorstellung: 20.000,00 €)

Oberschenkelfraktur

Die Klägerin kam bei einem Unfall zwischen Radfahrern zu Fall und zog sich eine Oberschenkelfraktur zu. Sie wurde zweimal operiert. Sie war 14 Monate arbeitsunfähig und auf Gehhilfen angewiesen. Es besteht eine MdE von 30 %.

OLG Frankfurt am Main, Urt. v. 06.02.2004 – 24 U 165/03, NJW-RR 2004, 1167 = VersR 2005, 379 = NZV 2005, 260 E 205

15.000,00 € (Vorstellung: 50.000,00 €)

Oberschenkelhalsfraktur – Einsatz eines künstlichen Hüftgelenks – Bewegungseinschränkungen

Der 8 Jahre alte Beklagte war gemeinsam mit anderen Kindern auf Inlineskates unterwegs. Als er zwischen geparkten Fahrzeugen hervorkommend die Straße überquerte, brachte er den 65 Jahre alten Kläger, der mit einem Motorroller unterwegs war, zu Fall. Der Kläger erlitt eine Oberschenkelhalsfraktur und in der Folge musste ein künstliches Hüftgelenk eingesetzt werden.

Das Gericht hatte Zweifel daran, dass ein Verschulden des Beklagten bejaht werden könne und verwies auf das am 01.08.2002 in Kraft getretene 2. Gesetz zur Änderung schadensersatzrechtlicher Vorschriften, wonach eine Haftung des Beklagten ausscheiden würde. Bei dieser Gesamtbetrachtung sah das Gericht den vorprozessual gezahlten Betrag von 15.000,00 € als angemessenen Ausgleich an.

OLG Frankfurt am Main, Urt. v. 16.04.2008 – 17 U 270/05, unveröffentlicht E 206

15.000,00 € (Mitverschulden: 2/3; Vorstellung: 30.000,00 €)

Offene Oberschenkelfraktur – Unterschenkelfraktur – Schädelhirntrauma

Der Kläger zog sich bei einem Unfall, den er bei Montagearbeiten erlitt, eine offene Oberschenkelfraktur 3. Grades und ein Schädelhirntrauma 3. Grades zu. Die MdE beträgt 70 %, wobei insb. eine organische Wesensveränderung mit ausgeprägten Schwächen des Wortgedächtnisses und in der Wortflüssigkeit mit Aufmerksamkeitseinbußen sowie Herabsetzung in der Informationsverarbeitungsgeschwindigkeit nach schwerem Schädelhirntrauma mit Einblutungen berücksichtigt wurden, sowie ein Doppelbildersehen nach Lähmung des 3. und 4. Hirnnervs und operativ behandelter Schielstellung der Augen. Bewegungseinschränkungen bestehen im Kniegelenk mit funktioneller Beinverkürzung, unsicherem Gangbild mit rechts betontem Hinken. Schädigung des Wadenbeinnervs rechts, Sensibilitätsstörungen im Bereich des Unterschenkels sowie am Fußrücken und fortgeschrittene Verschleißerscheinungen im Kniegelenk nach Schienbeinkopftrümmerbruch und hohem Wadenbeinbruch mit Weichteilschäden und Hautdefekten.

OLG Brandenburg, Urt. v. 17.09.2009 – 12 U 26/09, ZfS 2010, 141 = NZV 2010, 154 = VRS 117, 259 (2009) E 207

15.000,00 € (Mitverschulden: 1/2; Vorstellung: 33.000,00 €)

Oberschenkel- und Unterschenkelfraktur – Ulnafraktur – Radiusextensionsfraktur

Der Kläger erlitt als Motorradfahrer bei einem Verkehrsunfall eine Oberschenkelfraktur mit Gelenkbeteiligung im Knie, eine Unterschenkelfraktur, eine Ulnafraktur, eine distale Radiusextensionsfraktur mit Handgelenksbeteiligung, eine Mittelhandknochenfraktur, Thorax- und

Pneumothoraxprellungen, eine HWS-Distorsion sowie eine Prellung des Vorderfußes. Er musste sich viermal in stationäre Behandlung begeben und eine Reha-Maßnahme durchführen. Er war knapp ein Jahr arbeitsunfähig und ist dauerhaft in seiner körperlichen Beweglichkeit eingeschränkt. Auch kann er zukünftig weder Motorrad fahren noch Sport treiben. Die Behinderung der Erwerbsfähigkeit beträgt 30 %.

E 208 **OLG Celle, Urt. v. 09.11.2002 – 14 U 124/00, unveröffentlicht**

17.500,00 €

Oberschenkelfraktur – Unterschenkelfraktur – Schädelhirntrauma – Teilskalpierung über der Stirn

Der 20 Jahre alte Kläger erlitt u. a. eine Ober- und Unterschenkelfraktur, ein Schädelhirntrauma 1. und 2. Grades, eine Rissquetschwunde mit Teilskalpierung über der Stirn, ein Thoraxtrauma und Abschürfungen im Beckenbereich. Er lag 2 Tage auf der Intensivstation und war danach 16 Tage in stationärer Behandlung. Später folgte eine weitere stationäre Behandlung von 11 Tagen zur Entfernung der Implantate.

E 209 **OLG Celle, Urt. v. 05.09.2002 – 14 U 86/01, unveröffentlicht**

18.000,00 € (Vorstellung: 30.000,00 €)

Oberschenkelfraktur – Verrenkungsfraktur im Fußgelenk – diverse Frakturen – Narben

Die noch junge Klägerin, eine Schülerin, erlitt eine Oberschenkelfraktur, eine Verrenkungsfraktur im Fußgelenk mit diversen weiteren Frakturen der Mittelfußknochen und der Fußknochenbasis. Diese Verletzungen haben eine vergleichsweise aufwendige und schmerzhafte Heilbehandlung erforderlich gemacht, insb. hat die Klägerin einen Fixateur externa tragen müssen. Dieser wurde nach einem Monat durch Verschraubungen ersetzt. Die Klägerin hat sich zunächst 6 Wochen in stationärer Behandlung befunden und durch die Behandlung ein Schuljahr wiederholen müssen. Außerdem hat sie Narben erheblichen Umfangs am Oberschenkel und auf dem Fußrücken davongetragen. Bei der Bemessung der Schmerzensgeldhöhe hat der Senat zudem eine beginnende Arthrose berücksichtigt, unter der die Klägerin bereits als junge Frau zu leiden hat.

E 210 **OLG Celle, Urt. v. 05.02.2004 – 14 U 163/03, VersR 2004, 526 m. krit. Anm. Jaeger = NZV 2004, 307**

20.000,00 € (Vorstellung: 50.000,00 €)

Oberschenkelfraktur – Prellungen – große Skalpierungsverletzung – große Narben

Der 3 Jahre alte Kläger wurde auf seinem Dreirad vom 87 Jahre alten Beklagten angefahren, als dieser von seinem Grundstück über den Gehweg auf die Fahrbahn fuhr. Er schleifte den Kläger noch 3,5 m mit, ohne etwas zu bemerken.

Das LG hatte nur ein Schmerzensgeld i. H. v. 15.000,00 € zuerkannt mit der Begründung, für den 3 Jahre alten Jungen sei der Aufenthalt im Krankenhaus unverständlich gewesen, er habe die Zusammenhänge nicht begriffen und sei durch die Eltern im Krankenhaus betreut worden. Diese Argumente hat das OLG nicht gelten lassen und die missliche und unbequeme Lage als Tortur bezeichnet. Der Umstand, dass der Junge durch die Eltern betreut worden sei, könne sich nicht Schmerzensgeld mindernd auswirken.

OLG Brandenburg, Urt. v. 30.08.2007 – 12 U 55/07, VRR 2007, 468 E 211

20.000,00 € Teilschmerzensgeld (Vorstellung: 45.000,00 €)

Oberschenkelfrakturen – Stumpfes Bauchtrauma mit Milzkapseleinriss – Wirbel-, Olecranonfraktur – Narben

Der Kläger erlitt auf einer Gefälligkeitsfahrt als Beifahrer, der bei dem Unfall aus dem Fahrzeug herausgeschleudert wurde, Wirbel-, Olecranon- und Oberschenkelfrakturen, ein stumpfes Bauchtrauma mit Milzkapseleinriss und Rissverletzungen mit der Folge posttraumatischer Belastungsstörungen. Es verblieben Narben am Oberbauch und Bewegungseinschränkungen am Ellbogen und am Bein.

Das Schmerzensgeld wird als Teilschmerzensgeld zeitlich begrenzt auf den Schluss der mündlichen Verhandlung gewährt.

OLG Jena, Urt. v. 26.07.2011 – 4 U 13/11, ZMGR 2012, 38 E 212

20.000,00 € (Vorstellung: 20.000,00 €)

Oberschenkel Re-Operation – Narben

Die 10 Jahre alte Klägerin erlitt eine Oberschenkelschaftfraktur, die mittels geschlossener Reposition und Fixateur externe versorgt wurde. Nach dem Entfernen des Fixateurs kam es zu einer erneuten Fraktur des Oberschenkels. Die Refraktur wurde im Krankenhaus mit einer Plattenosteosynthese operativ versorgt. Im Folgenden kam es zu erheblichen Komplikationen, die weitere Operationen und Bluttransfusionen erforderlich machten.

Infolge der komplikationsbehafteten Behandlung der Fraktur blieb eine 25 cm lange und 1 bis 1,5 cm breite wulstige und stark gerötete Narbe zurück.

Die beklagten Ärzte haften, weil sie eine Röntgenaufnahme falsch interpretierten.

Das OLG hielt das vom LG zuerkannte Schmerzensgeld in Höhe von 10.000,00 € für unzureichend. Es sei zu berücksichtigen, dass die 10 Jahre alte Klägerin während des gesamten Behandlungszeitraums von Familie und Freunden getrennt gewesen sei und lange Zeit Angst gehabt habe, ob das Bein jemals wieder gesund werden würde. Einen besonderen Aspekt bei der Bemessung des Schmerzensgeldes stelle auch die als entstellend empfundene Narbe dar, wegen derer sich die im Zeitpunkt der Entscheidung 15 Jahre alte Klägerin als ausnehmend hübsches junges Mädchen sehr schämte. (Der Senat war mit drei Richterinnen besetzt).

OLG Saarbrücken, Urt. v. 27.07.2010 – 4 U 585/09, SP 2011, 13 E 213

25.000,00 € (Mitverschulden: 1/4; Vorstellung: 52.000,00 €)

Oberschenkelhalsfraktur – Subdurales Hämatom – Zerstörung des Großhirns

Ein 77 Jahre alter Fahrradfahrer wurde bei einem Verkehrsunfall schwer verletzt. Er erlitt eine Oberschenkelhalsfraktur und befand sich rund 4 1/2 Monate in stationärer Behandlung. Anschließend wurde er in eine geriatrische Fachklinik eingeliefert. Dort wurde ein subdurales Hämatom festgestellt, welches weite Bereiche des Großhirns zerstört hatte. Er starb nach rund 4 Jahren in vollstationärer Pflege.

Das subdurale Hämatom führte zu einer massiven Halbseitenlähmung mit nahezu vollständiger Aufhebung der Bewegungsfähigkeit. Unter diesem Zustand musste der Verletzte bis zu seinem Tod nahezu 5 Jahre leiden. Dieser lange Zeitraum relativiert den Umstand, dass den Geschädigten aufgrund seines hohen Alters die Beeinträchtigung seiner Lebensführung bei objektiver Betrachtung nicht in gleichem Maße traf wie einen jungen Menschen.

E 214 **OLG Rostock, Urt. v. 23.02.2007 – 8 U 39/06, MDR 2007, 1014 = SP 2007, 206**

28.000,00 € (Mitverschulden: 3/10; Vorstellung: 100.000,00 €)

Oberschenkelfraktur – Schienbeinkopffraktur

Der Kläger erlitt bei einem Verkehrsunfall eine Oberschenkelschafttrümmerfraktur mit Bewegungseinschränkung des Hüft- und Kniegelenks, Muskelminderung am Oberschenkel, eine Schienbeinkopffraktur mit nachfolgender Korrekturosteotomie und deutlicher Arthrose des Kniegelenks, eine laterale Instabilität des Kniegelenks mit der Notwendigkeit einer Kniegelenksorthese. Die Behandlung war langwierig: 7 1/2 Monate stationäre Behandlung einschließlich Rehabilitierungsmaßnahmen. Die damit verbundene Erwerbsunfähigkeit, der Verlust des Arbeitsplatzes sowie die Dauerschäden waren in die Bemessung des Schmerzensgeldes einzubeziehen.

E 215 **OLG Saarbrücken, Urt. v. 11.12.2007 – 4 U 362/07, SP 2008, 364**

30.000,00 €

Oberschenkelfraktur – Kreuzbandruptur – Unterschenkelfraktur – Schädelhirntrauma

Der Kläger erlitt bei einem Verkehrsunfall eine geschlossene Oberschenkelfraktur, eine hintere Kreuzbandruptur, eine geschlossene Unterschenkelfraktur, eine Lungenkontusion, multiple Prellungen und ein Schädelhirntrauma 1. Grades. Er wurde wegen dieser Verletzungen 6 Wochen und in der Folgezeit wiederholt stationär behandelt. Dauerschäden sind in Form eines schmerzhaften Ziehens entlang der Wirbelsäule bis zum Becken, in der linken Hüfte und im linken Kniegelenk sowie durch die Verkürzung eines Beines um ca. 1,5 cm eingetreten. Wegen bestehender Instabilität des Knies besteht die Gefahr einer frühzeitigen Arthrose.

E 216 **OLG München, Urt. v. 02.06.2006 – 10 U 1685/06, VersR 2008, 799**

35.000,00 € (Vorstellung: Mindestbetrag 50.000,00 €)

Oberschenkelfraktur – innere Verletzungen

Der Kläger erlitt bei einem Unfall u. a. schwere Verletzungen innerer Organe und zahlreiche Knochenbrüche, darunter eine Fraktur des Oberschenkels. Er wurde mehrfach stationär behandelt und musste sich mehreren Operationen unterziehen, das Osteosynthesematerial musste operativ entfernt werden. Es stellte sich ein Narbenbruch ein, der ebenfalls operativ behandelt werden musste.

E 217 **OLG Düsseldorf, Urt. v. 14.01.2005 – I-22 U 81/04, VersR 2006, 666 = DAR 2006, 153**

40.000,00 €

Kopffraktur des Oberschenkels – Schulterfraktur – Rippenserienfraktur – Schock – Lendenwirbelfraktur

Die 78 Jahre alte Klägerin stürzte beim Überqueren einer Baugrube infolge unzureichender Absicherung in die Baugrube. Dabei zog sie sich eine Schulterfraktur, eine Rippenserienfraktur, einen Schock und infolge eines ärztlichen Behandlungsfehlers eine erst Monate später erkannte Lendenwirbelfraktur und Kopffraktur des Oberschenkels zu. Sie befand sich 3 1/2 Monate in stationärer Behandlung. Die Klägerin ist nun in der Bewegungsfähigkeit gravierend eingeschränkt. Sie kann nicht mehr wie früher Golfspielen und Reisen, sondern sich nur noch mithilfe eines Rollators innerhalb der Wohnung bewegen. Selbst bei leichten Hausarbeiten und bei der Freizeitgestaltung muss sie erhebliche Einschränkungen hinnehmen.

LG Wiesbaden, Urt. v. 15.04.2010 – 9 O 189/09, unveröffentlicht E 218

40.000,00 € (Vorstellung: 40.000,00 €)

Stichverletzung Oberschenkel – Amputation Unterschenkel

Der 34 Jahre alte drogenabhängige Beklagte verletzte den Kläger, der zu der ehemaligen Lebensgefährtin des Beklagten eine intime Beziehung unterhielt, durch einen tiefen, mit großer Wucht geführten Stich mit einem Finn-Messer mit einer Klingenlänge von gut 15 cm in die Rückseite des Oberschenkels vorsätzlich. Dadurch wurden Muskeln und Nervenfasern durchtrennt.

Später wurde eine Amputation des Unterschenkels erforderlich.

LG Köln, Urt. v. 17.04.2012 – 3 O 467/09, unveröffentlicht E 219

40.000,00 € (Vorstellung: 55.000,00 €)

Verkürzungsosteotomie des Oberschenkels – Hüftkopfnekrose

Die fast 13 Jahre alte Klägerin wurde infolge eines Befunderhebungsfehlers falsch behandelt und musste Behandlungsverzögerungen hinnehmen. Das führte zu aufwendigeren Operationsmethoden und inzwischen zu relevanten Bewegungseinschränkungen. Sie kann längere Gehstrecken nicht bewältigen und die Sportfähigkeit ist deutlich eingeschränkt. Eine Hüftkopfnekrose, eine partielle Zerstörung und eine Arthrose des Hüftgelenks sind eingetreten. Durch eine Verkürzungsosteotomie wurde eine Beinlängendifferenz beseitigt. Die Klägerin leidet unter Schmerzen in der Hüfte, in beiden Knien und im Rücken.

OLG Köln, Urt. v. 27.02.2002 – 11 U 116/01, OLGR 2002, 290 E 220

42.500,00 € (Vorstellung: 70.000,00 €)

Oberschenkelfraktur nach Falschgelenkbildung – Beinverkürzung – posttraumatische Arthrose des Kniegelenks

Der 28 Jahre alte Kläger wurde bei einem Verkehrsunfall verletzt. Er erlitt ein posttraumatisches Kopfschmerzsyndrom nach Schädelhirntrauma, eine knöcherne, nicht vollständig konsolidierte körperferne Oberschenkelfraktur nach Falschgelenkbildung, eine Beinverkürzung links, eine posttraumatische Arthrose des linken Kniegelenks, Bewegungseinschränkungen im linken Hüft-, Knie- und oberen Sprunggelenk, eine Instabilität des linken Kniegelenks, ein gestörtes Gangbild, eine Minderbemuskelung des linken Beines, Gefühlsstörungen des linken Beines, Narbenbildungen im Bereich von Thorax, Becken und linkem Bein und eine Bewegungseinschränkung der Langfinger der linken Hand mit Faustschlussstörung als Dauerschäden. Zum weitgehenden Ausgleich des Gangbildes ist orthopädisch zugerichtetes Schuhwerk erforderlich. Die MdE beträgt 40 %. Der Kläger musste sich einer Vielzahl von operativen Eingriffen am linken Bein mit längeren Krankenhausaufenthalten in verschiedenen Kliniken, einer Knochenübertragung, nachfolgender stationärer Behandlung zur Arthroskopie des Kniegelenks unterziehen. Er musste seinen Beruf aufgeben und eine Umschulung machen, hat aber verletzungsbedingt wenig Aussicht, eine neue Anstellung zu finden.

OLG Hamm, Urt. v. 12.02.2001 – 13 U 147/00, VersR 2002, 499 = SP 2001, 267 E 221

45.000,00 € (Vorstellung: 80.000,00 €)

Oberschenkel- und Gelenkfrakturen – Bauchtrauma – Lungenquetschung – multiple Frakturen

Die 70 Jahre alte Klägerin schwebte nach einem Unfall, bei dem ihr Ehemann ums Leben kam (dadurch schwere Depressionen), einen Monat lang in Lebensgefahr. Sie erlitt ein

Bauchtrauma, ein Thoraxtrauma, eine Lungenquetschung, Oberschenkel- und Gelenkfrakturen und -quetschungen. Sie wurde viermal operiert, war 4 Monate im Krankenhaus und wurde 1 1/2 Monate rehabilitiert. Als Dauerschaden verblieb eine starke Gehbehinderung (bereits vor dem Unfall 70 % schwerbehindert).

E 222 **OLG Nürnberg, Urt. v. 14.01.2002 – 5 U 2628/01, VersR 2003, 333**

50.000,00 €

Weichteilverletzungen am Oberschenkel – auffallende und entstellende Narben

Die Klägerin wurde bei einem Verkehrsunfall, bei dem sie überrollt wurde, verletzt und erlitt Weichteilverletzungen am Oberschenkel. Es verblieben Narben, Sitzbeschwerden und eine posttraumatische Belastungsreaktion (Kopfschmerzen, Konzentrationsdefizite, Angstzustände). Die Narben sind auffallend und entstellend. Die MdE beträgt 30 %. Schmerzensgeld erhöhend wurde das verzögerliche Regulierungsverhalten bewertet.

E 223 **OLG Saarbrücken, Urt. v. 18.11.2003 – 3 U 804/01 – 27, ZfS 2005, 287**

50.000,00 € (Vorstellung: 65.000,00 €)

Quetschung des Oberschenkels mit Fraktur des Oberschenkelschaftes – Schenkelhalsfraktur

Die 26 Jahre alte Klägerin erlitt bei einem Verkehrsunfall eine Quetschung des Oberschenkels mit Fraktur des Oberschenkelschaftes sowie eine Schenkelhalsfraktur. In einem ersten Rechtsstreit wurden ihr auf Teilklage 35.000,00 € zuerkannt. Die seither bestehenden Verletzungsfolgen nach einwandfreier Abheilung der Oberschenkelhalsfraktur bestehen in einer Beinlängendifferenz von 1 cm, einem geringfügigen Muskelminus am gesamten Bein, einer vermehrten Überstreckbarkeit des Knies um ca. 5 Grad, einer leichten X-Beinstellung sowie reizlos abgeheilten Haut- und Weichteildefekten am Oberschenkel. Die verbliebenen Verletzungsfolgen ergeben eine nur geringfügige Gebrauchseinschränkung. Die MdE beträgt 20 %.

E 224 **LG Kleve, Urt. v. 20.05.2005 – 1 O 522/03, SP 2006, 60**

60.000,00 € (Vorstellung: 60.000,00 €)

Oberschenkeltrümmerfraktur – Unterschenkelfraktur – Schädelhirntrauma – Hüftpfannenfraktur

Der Kläger, ein Berufskraftfahrer, wurde bei einem Verkehrsunfall schwer verletzt. Er zog sich u. a. ein Schädelhirntrauma, eine Hüftpfannenfraktur, eine Oberschenkeltrümmerfraktur und eine Unterschenkelfraktur zu. Er verlor seinen Arbeitsplatz, die MdE beträgt auf Dauer 50 %. Der Kläger wurde zunächst 2 Monate stationär behandelt, mehrfach operiert und musste sich auch in der Folgezeit mehreren Operationen unterziehen. Er war 2 Monate auf die Benutzung eines Rollstuhls angewiesen.

Der Kläger leidet dauerhaft unter erheblichen gesundheitlichen Beeinträchtigungen, unter Schmerzen in Knie- und Fußgelenken und in der Hüfte. Ein Bein ist mehrere Zentimeter kürzer. In sportlichen Aktivitäten ist der Kläger erheblich eingeschränkt. Körperlich schwere Arbeiten kann er nicht mehr ausführen, er ist zu 50 % schwerbehindert.

OLG München, 26.03.2009 – 1 U 4878/07, unveröffentlicht E 225

65.000,00 €

Oberschenkelhalsfraktur – LWK I Fraktur – Außenbandruptur des Sprunggelenks – Bandrupturen im Knie – Bauchtrauma – Milz- und Serosaeinriss –

Die 17 Jahre alte Klägerin erlitt bei einem Verkehrsunfall erhebliche Verletzungen. Folgen des Autounfalls waren eine LWK I-Chance Fraktur, eine Oberschenkelhalsfraktur, eine Stauchungsfraktur des Schambeins, ein stumpfes Bauchtrauma mit Milz- und Serosaeinriss des Querkolons, eine Thoraxkontusion, eine komplette Außenbandruptur des Sprunggelenks sowie eine Ruptur des hinteren Kreuzbandes am Knie. Die Klägerin musste sich mehreren Operationen unterziehen. Die Verletzung am Knie wurde durch Einsatz einer hinteren Kreuzbandplastik mit Semitendinosus und Gracilis-Sehne operativ versorgt.

Die Klägerin war wiederholt in Rehabilitationsbehandlungen und längere Zeit arbeitsunfähig. Die Frakturen und Verletzungen sind weitgehend komplikationslos verheilt, als dauerhafte Beeinträchtigung verbleiben teils keloidbedingt verbreiterte Operationsnarben, gewisse Druck- und Bewegungsschmerzen sowie als der wesentlicher Faktor die Instabilität des Knies, die derzeit eine Minderung der Erwerbsfähigkeit von 30 % begründet. Die Klägerin kann ihren Beruf als technische Zeichnerin wieder ausüben. Die Folgen der Verletzung wirken sich auf das weitere Leben der Klägerin aus, sie ist in ihrer Mobilität und in den Möglichkeiten sportlicher Aktivitäten eingeschränkt, je nach Belastung empfindet sie Schmerzen und sie muss als junge Frau mit deutlichen Narben am Körper leben.

LG Bielefeld, Urt. v. 15.04.2008 – 4 O 163/07, unveröffentlicht E 226

80.000,00 €

Muskelteillähmungen des Oberschenkels und des Unterschenkels – Gesichtsnarben

Der 27 Jahre alte Kläger kann aufgrund von Behandlungsfehlern und dadurch entstandener irreversibler Muskelteillähmungen sämtliche Tätigkeiten, die mit Heben und Tragen von Gewichten über 10 kg zu tun haben, nicht mehr ausführen, nicht mehr ständig sitzen. Er wird zeitlebens Krankengymnastik machen müssen.

Infolge einer falschen Lagerung während der Operation kam es zu Weichteilverletzungen im Gesicht des Klägers, wodurch Narben zurückgeblieben sind.

Der Kläger wird sein Leben lang unter den Beeinträchtigungen der Muskelteillähmungen im gesamten linken Bein und im rechten Oberschenkel sowie unter Schmerzen leiden müssen. Er wird, wenn überhaupt, nur eingeschränkt berufstätig sein können, wobei er ständig einen Wechsel zwischen Stehen und Gehen vollziehen und sich in klimatisierten Räumen aufhalten muss. Auch ist nicht auszuschließen, dass er sich in Zukunft weiteren Operationen unterziehen muss, falls die Wirbelsäule nicht stabil bleibt.

OLG Celle, Urt. v. 19.12.2002 – 14 U 73/02, unveröffentlicht E 227

90.000,00 €

Oberschenkelfraktur – Knieinstabilität – Unterschenkelfraktur – Schädelhirntrauma 2. Grades – Hirnödem – Mittelgesichtsfraktur – Pneumothorax – Unterarmfraktur

Der Kläger erlitt u. a. eine Oberschenkelfraktur, eine Zertrümmerung des Conylenmassivs, eine Unterarmfraktur, eine Knieinstabilität und eine Unterschenkelfraktur, ein Schädelhirntrauma 2. Grades, ein Hirnödem und Subarachnoidalblutungen, eine Mittelgesichtsfraktur Le Fort III, Riss- und Quetschwunden an Stirn, Unterkiefer und Hals, eine Scapulacorpusfraktur und einen Pneumothorax.

Die stationäre Behandlung mit mehrerem Operationen erstreckte sich über 4 1/2 Monate, davon 17 Tage im Koma; 4 Wochen in einer Rehabilitationsmaßnahme-Klinik schlossen sich an.

Der Kläger ist zu 100 % erwerbsgemindert. Ein Arm und die Beine sind in der Funktionsfähigkeit herabgesetzt, ein Bein ist erheblich verkürzt. Beide Kniegelenke sind instabil. Erhebliche Narben sind zurückgeblieben. Hirnorganisch bestehen ein depressives Syndrom mit Konzentrationsstörungen, erhebliche kognitive Störungen, Verlust des Geruchs- und Geschmackssinnes und eine Hörminderung. Der Kläger ist auf Gehhilfen und einen Rollstuhl angewiesen.

E 228 OLG München, Urt. v. 13.08.2010 – 10 U 3928/09, AGS 2011, 46

100.000,00 € (Vorstellung: 100.000,00 €)

Beinfrakturen – Oberschenkel bis Fuß – Darmverletzungen

Die 45 Jahre alte Klägerin erlitt bei einem Verkehrsunfall eine Vielzahl von Einzelverletzungen, von denen mehrere jeweils für sich gesehen bereits als erheblich einzustufen sind. Hervorzuheben ist ein stumpfes Bauchtrauma mit Darmverletzungen sowie mehrere Frakturen von Oberschenkel bis Fuß.

Die mit den Verletzungen verbundenen Schmerzen und die entstandenen Folgebeschwerden sind außergewöhnlich. Die Lebensführung der Klägerin als Ehefrau und Mutter sowie in ihrer Freizeitgestaltung ist seit dem Unfall massiv beeinträchtigt. Sie kann sich nur noch im Rollstuhl und kurzfristig mit Krücken fortbewegen. Besserungen sind nicht zu erwarten; aufgrund von Arthrosebildungen sind Verschlechterungen wahrscheinlich. Die Klägerin leidet darüber hinaus unter ständigen erheblichen Schmerzen. Aufgrund der ständigen Schmerzen, ihrer Abhängigkeit von der Unterstützung Dritter, dem Verlust des Arbeitsplatzes und der beeinträchtigten Mitwirkungsmöglichkeiten im Haushalt sowie der optischen Beeinträchtigungen durch zahlreiche Narben, ist es zu zusätzlichen erheblichen psychischen Beschwerden (Stresssymptomatik, Nervosität) gekommen, die in ihrem Ausmaß einer leichten Depression entsprechen.

Die Klägerin befand sich mehrfach und teils längerfristig in stationärer Behandlung.

I. R. d. Schmerzensgeldbemessung war auch zu berücksichtigen, dass sich die Beklagte vorwerfen lassen muss, die Schadensregulierung nur zögerlich betrieben zu haben.

E 229 OLG Rostock, Urt. v. 26.09.2008 – 5 U 115/08, SVR 2008, 468

100.000,00 €

Oberschenkelfraktur – Schädelhirntrauma – Kalottenmehrfragmentfraktur – Mittelgesichtsfrakturen – Nasenbeinfraktur – Ellenbogenfraktur

Der Kläger erlitt bei einem Verkehrsunfall ein Schädelhirntrauma, eine temporale Kalottenmehrfragmentfraktur mit zentraler Impression, eine temporo-polare Kalottenfraktur mit Epiduralhämatom, multiple Mittelgesichtsfrakturen, eine Nasenbein-Mehrfragmentfraktur, eine erstgradig offene Ellenbogenluxationsfraktur, eine offene Grundgliedfraktur des Kleinfingers, eingestauchte körpernahe Femurschaftfraktur und eine isolierte proximale Fibulafraktur. Die stationäre Behandlung dauerte rund 2 1/2 Monate. Der Kläger war länger als 1 Jahr arbeitsunfähig.

Als Verletzungsfolgen verblieben zentral-vegetative Störungen in Form von Kopfschmerzen sowie Störungen des verbalen Gedächtnis ferner Bewegungseinschränkung des Ellenbogengelenkes, Herabsetzung der groben Kraft des Armes und der Hand, Muskelminderung im Bereich des Ober- und Unterarmes, Taubheitsgefühl im Bereich des Ring- und des kleinen Fingers sowie noch liegende Metallteil. Darüber hinaus bestehen Bewegungseinschränkung des

Hüftgelenkes mit Außenrotationsfehlstellung, Beckenschiefstand nach Beinlängenverkürzung um 2 cm nach Oberschenkelschaftbruch, Muskelminderung im Bereich des Oberschenkels sowie noch liegende Metallteile.

3. Knie

OLG Frankfurt am Main, Urt. v. 06.04.2011 – 4 U 249/10, unveröffentlicht

E 230

750,00 € (Mitverschulden: 1/2; Vorstellung: 3.500,00 €)

Knieinnenschaden

Der Kläger kam als Kunde in einem Baumarkt infolge der Verletzung der Verkehrssicherungspflicht zu Fall und zog sich einen Knieinnenschaden zu, der in einer Innenbandteilruptur mit einem geringen Gelenkerguss und einem kleinen horizontalen Einriss des Innenmeniskuses bestand. Das Mitverschulden des Klägers wurde darin gesehen, dass er in dem Baumarkt nicht die gebotene gesteigerte Aufmerksamkeit an den Tag gelegt hatte.

AG Neustadt, Urt. v. 21.12.2004 – 50 C 1593/03, SP 2005, 234

E 231

800,00 €

Distorsion des Kniegelenks

Der Kläger erlitt eine schmerzhafte Distorsion des Kniegelenks und Prellungen, die zu einer über Tage hinweg anhaltenden Schwellung des gesamten linken Beines führten. Er war für 9 Tage zu 100 % arbeitsunfähig. Während dieser Zeit musste das Bein bandagiert, das Knie punktiert und Krankengymnastik betrieben werden.

AG Würzburg, Urt. v. 26.11.2009 – 17 C 3031/07, unveröffentlicht

E 232

800,00 € (Vorstellung: 1.000,00 €)

Knieverletzung

Der Beklagte fuhr mit einem Katamaran von hinten auf den vor ihm surfenden Kläger auf und verletzte diesen am Knie. Dem Kläger war es aufgrund der erlittenen Verletzungen nicht möglich, seinen Resturlaub uneingeschränkt zu genießen.

LG Hamburg, Urt. v. 22.06.2007 – 318 O 213/06, unveröffentlicht

E 233

1.000,00 € (Mitverschulden: 1/4)

Tibiakopffraktur

Der 51 Jahre alte Kläger erlitt eine laterale linksseitige Tibiakonsolenfraktur mit Gelenkbeteiligung, als ein fremder Hund gegen sein Bein lief und er dadurch stürzte. Er erlitt eine Bruchschädigung des Gelenks, einen Spaltbruch, in die Gelenkfläche der lateralen Tibiakonsole reichend mit Impression eines Keilfragments in den Frakturspalt. Bei einer arthroskopischen Gelenkrevision wurde die Fraktur geschlossen reponiert und mit Spongiosaschrauben stabilisiert. Der postoperative Verlauf war bei 6-wöchiger Entlastung und danach aufbauender Mobilisation bei begleitender krankengymnastischer Übungsbehandlung komplikationslos.

E 234 **KG, Beschl. v. 09.10.2008 – 12 U 173/08, NJW 2009, 415**

1.000,00 €

Knieverletzung

Der Kläger erlitt als Motorradfahrer eine HWS-Distorsion 1. Grades mit weiteren relativ geringfügigen Verletzungen, wie Beckenprellung der LWS und BWS sowie eine Knieverletzung, die folgenlos ausgeheilt sind. In solchen Fällen ist regelmäßig ein Schmerzensgeld im Bereich von 1.000,00 € pro Monat der Erwerbsunfähigkeit angemessen, solange Letztere mindestens 50 % betragen hat. Leidet ein Unfallopfer unter den unfallbedingten Verletzungen von BWS und LWS für 2 Wochen und wegen der Knieverletzung an Beschwerden für 4 Wochen und ist es insgesamt 2 Wochen und 2 Tage unfallbedingt arbeitsunfähig, ist ein vom LG zugesprochenes Schmerzensgeld von 1.000,00 € nicht zu beanstanden.

E 235 **LG Hannover, Urt. v. 09.09.2010 – 14 O 38/09, unveröffentlicht**

1.000,00 €

Knieprellung

Der Kläger, der sich als Urlauber in Fuerteventura in einem Hotel aufhielt, spielte dort Beachvolleyball. Er schlug bei einem »Hechtbagger« mit dem Körper auf dem Boden auf und zog sich eine schwere Knieprellung zu. Das Spielfeld war nicht für das Beachvolleyballspiel geeignet, weil sich unter der auf dem Feld befindlichen Sandschicht von ein bis zwei Zentimetern eine Felsplatte in einer Größe von ca. 40 Quadratzentimetern befand. Nach den offiziellen Regeln der Fédération Internationale de Volleyball (FIVB) muss sich, um Verletzungen der Spieler bei typischen Aktionen während eines Beachvolleyballspiels zu vermeiden, auf einem Beachvolleyballfeld jedoch eine Sandschicht von mindestens 40 Zentimetern befinden. Selbst wenn davon auszugehen ist, dass auf diesem Feld nur zu Freizeitzwecken Beachvolleyball gespielt wurde, ist diese Regel zumindest als ungefähre Richtlinie dienlich, da sie nicht der Ausübung professionellen Sports an sich dient, sondern der Sicherheit der Spieler. Eine Sandschicht von ein bis zwei Zentimetern ist danach offensichtlich nicht geeignet, die Spieler vor Verletzungen zu bewahren.

E 236 **AG Essen, Urt. v. 15.04.2008 – 9 C 1/08, SP 2008, 280**

1.333,33 € (Mitverschulden: $^1/_3$; Vorstellung: 2.000,00 €)

Zerrung des Knieinnenbandes – Kniegelenksdistorsion – Prellung

Der bei einem Verkehrsunfall verletzte Kläger erlitt eine Kniegelenksdistorsion mit Zerrung des Innenbandes und eine Prellung. Es waren 17 ambulante Behandlungen und eine Operation erforderlich, die zu einer Arbeitsunfähigkeit von 54 Tagen führte.

E 237 **OLG München, Urt. v. 20.05.2010 – 1 U 3057/09, ArztR 2011, 192**

1.500,00 € (Vorstellung: 80.000,00 €[3])

Instabilität des Kniegelenks

Der Kläger wurde ohne wirksame Einwilligung am Kniegelenk operiert. Bei der Bemessung der Entschädigung wurde berücksichtigt, dass neben den üblichen Beeinträchtigungen durch einen operativen Eingriff der Kläger möglicherweise ein Gefühl der Instabilität des Knies entwickelt hat, anderseits, dass es sich nur um einen Eingriff ohne stationären Aufenthalt gehandelt und die Operation nicht die Arthrose ausgelöst hat.

E 238

OLG Brandenburg, Urt. v. 11.10.2008 – 12 U 167/07, unveröffentlicht

2.000,00 € (Mitverschulden: 1/2)

Fibularköpfchenfraktur

Der Kläger erlitt bei einem Verkehrsunfall eine Fibularköpfchenmehrfragmentfraktur.

E 239

OLG Frankfurt, Urt. v. 08.08.2011 – 2–24 O 126/10, RRa 2012, 51

2.750,00 € (Mitverschulden: 1/5)

Distorsionstrauma Kniegelenk – Patellaluxation

Die Klägerin rutschte bei einer Schiffskreuzfahrt bei Feuchtigkeit/Nässe auf einem Holzboden aus und zog sich ein Distorsionstrauma im Bereich des Kniegelenks zu. Ferner erlitt sie eine Patellaluxation aufgrund derer ein komplett abgerissenes mediales Retinaculum bestand. Zudem war es zu einer Schädigung des Innenbandes gekommen und es bestand ein ausgeprägtes Lymphödem im Bereich des Ober- und Unterschenkels sowie ein Erguss im Bereich des Recessus suprapatellaris. Eine Operation war nicht erforderlich. Die Behandlung an Bord war unzureichend und infolgedessen für die Klägerin mit erheblichen Schmerzen verbunden. Die Klägerin war mehr als zwei Monate völlig und im Anschluss weitere zwei Monate bedingt arbeitsunfähig.

E 240

OLG Karlsruhe, Urt. v. 14.07.2004 – 7 U 18/03, VersR 2005, 420 = MDR 2005, 92

3.000,00 € (Vorstellung: 5.750,00 €)

Kniegelenkserguss mit Patellaunterflurfraktur und Innenmeniskuseinriss

Die Klägerin, eine Fachärztin für Chirurgie, kam vor der Obst- und Gemüsetheke eines Supermarktes zu Fall und verletzte sich am Knie. Sie erlitt einen Kniegelenkserguss mit Patellaunterflurfraktur und einen Innenmeniskuseinriss. Sie war 3 Monate in ärztlicher Behandlung und in dieser Zeit arbeitsunfähig. Für weitere 3 Monate betrug die Arbeitsunfähigkeit schmerzbedingt 20 % und danach bis zu ein Jahr 10 %. Ein Dauerschaden ist nicht eingetreten.

E 241

AG Bergisch-Gladbach, Urt. v. 23.07.2005 – 46 Cs 49 Js 457/04, unveröffentlicht

3.000,00 €

Knieverletzung – Schmerzen im Knie – Prellungen

Die Klägerin im Adhäsionsverfahren wurde vom Angeklagten zweimal angegriffen. Er schlug sie mit der Faust ins Gesicht, sodass Schwellungen der Wange, der Jochbeinaußenkante und des Auges zurückblieben, und trat nach ihr, wobei er sie am Knie traf. Eine Röntgenaufnahme ergab eine Fissurlinie im Bereich des Fibulaköpfchens. Die Klägerin war 3 Wochen krankgeschrieben und litt noch längere Zeit unter Kniebeschwerden.

E 242

LG Düsseldorf, Urt. v. 11.06.2010 – 2b O 159/07, unveröffentlicht

3.000,00 € (Vorstellung: 8.000,00 €)

Kniegelenkdistorsion

Nach einem Sturz auf einem noch nassen, frisch gereinigten Flur zog sich die Klägerin eine Kniegelenksdistorsion mit Innenmeniskusriss zu. Sie musste sich unter Vollnarkose einer ambulanten diagnostischen und operativen Arthroskopie mit Innenmeniskusteilresektion unterziehen. Sie war rund 2 1/2 Monate arbeitsunfähig und litt längere Zeit unter Schmerzen.

E 243 **OLG München, Urt. v. 15.07.2010 – 1 U 2068/10, unveröffentlicht**

3.000,00 € (Vorstellung: 7.000,00 €)

Einblutung unter das laterale Retinaculum

Die Klägerin – unzureichend aufgeklärt – erlitt bei einer intraartikulären Injektion in das Kniegelenk eine Gefäßverletzung nebst Blutung unter das laterale Retinaculum. Die Verletzung ist besonders schmerzhaft.

E 244 **OLG Saarbrücken, Urt. v. 15.11.2011 – 4 U 593/10, SP 2012, 209**

3.300,00 € (Mitverschulden: 2/3; Vorstellung: mindestens 8.000,00 €)

Kreuzbandruptur – Meniskushinterhornriss

Die Klägerin wurde als Fußgängerin, die ein Pferd führte, verletzt, als das Pferd vor dem herannahenden Fahrzeug des Beklagten schreckte, zur Seite sprang und die Klägerin mitriss. Sie verdrehte ihr Knie und erlitt dabei eine vordere Kreuzbandruptur und einen Innen- und Außenmeniskushinterhornriss. Sie musste mehrfach operiert werden und befand sich rd. 5 Wochen in stationärer Behandlung.

Das Schmerzensgeld ist ein Teilschmerzensgeld, zeitlich begrenzt auf den Schluss der mündlichen Verhandlung, weil nicht feststeht, wie sich der Gesundheitszustand der Klägerin in der Zukunft entwickeln wird.

E 245 **OLG Jena, Beschl. v. 24.08.2010 – 4 W 364/10, MDR 2010, 1344**

3.750,00 € (Mitverschulden: 1/4)

Fraktion der medialen Femurkondyle im linken Kniegelenk

Die Klägerin rutschte beim Verlassen einer Arztpraxis auf einer völlig durchnässten Rampe aus und stürzte. Dabei zog sie sich eine Prellung und Fraktion der medialen Femurkondyle im Kniegelenk mit später ausgeprägter Epistaxis und arterieller Hypertonie zu.

Ihr wurde für die Klage PKH bewilligt.

E 246 **OLG Stuttgart, Urt. v. 04.06.2002 – 14 U 86/01, VersR 2003, 253**

4.000,00 € (Vorstellung: 12.500,00 €)

Transplantatversagen aufgrund eines ärztlichen Behandlungsfehlers

Die 45 Jahre alte Klägerin verdrehte sich bei einem Skiunfall und beim Handballspiel jeweils das linke Knie. Der beklagte Arzt führte unter Verwendung eines Zielgerätes eine Kreuzbandersatzplastik mit einem Transplantat aus der Patellasehne durch. Bei einer Revisionsoperation wurde festgestellt, dass das Transplantat völlig locker saß. Das Knie ist instabil. Eine dadurch bedingte Knorpelschädigung ist nicht erwiesen.

E 247 **LG Kassel, Urt. v. 27.09.2006 – 6 O 2740/05, unveröffentlicht**

4.000,00 € (Vorstellung: 8.000,00 €)

Anriss von Kreuzband und Innenband – Riss des hinteren Kreuzbandes

Die Klägerin rutschte auf dem regennassen Boden einer Turnhalle aus und schlug mit dem Knie auf den Hallenboden auf. Dabei wurde das vordere Kreuzband und das Innenband angerissen, das hintere Kreuzband durchgerissen. Die Klägerin musste sich 6 Monate zweimal wöchentlich einer Krankengymnastik unterziehen und durfte 6 Monate keinen Sport betreiben. Verblieben sind Schmerzen im Knie und ein Muskeldefizit im Oberschenkel.

OLG Frankfurt am Main, Urt. v. 12.01.2007 – 19 U 217/06, NJW-RR 2007, 748 = MDR 2007, 1257 E 248

4.000,00 € (Mitverschulden: 1/2; Vorstellung: 10.000,00 €)

Tibiakopffraktur

Die Klägerin wurde von dem Hund des Beklagten, einem Schäferhund, umgerannt und erlitt durch den Sturz eine laterale Tibiakopffraktur, die operativ behandelt wurde. Es folgten unfallbedingt weitere stationäre Aufenthalte. Die postoperative ambulante Behandlung dauerte etwa 12 Wochen.

OLG Zweibrücken, Urt. v. 16.09.2008 – 5 U 3/07, GesR 2009, 88 E 249

4.000,00 € (Vorstellung: 7.000,00 €)

Knie – Infektion

Bei einer Operation des vorderen Kreuzbandes des Knies wurde ein sog. Kirschnerdraht im Körper des Klägers versehentlich nicht entfernt. Der Kläger litt unter Beeinträchtigungen in Form von anhaltenden Schmerzen im Oberschenkel- und Rückenbereich während eines Zeitraums von 4 Monaten. Dabei wurde insb. berücksichtigt, dass sich am Rücken des Klägers infolge des Fremdkörpers eine entzündliche Geschwulst gebildet hatte, die durch einen Arzt entfernt werden musste. Dieses überraschende Austreten eines bei der Folgeoperation versehentlich nicht entfernten Fremdkörpers von 15 cm Länge aus dem Rücken löste beim Kläger einen erheblichen Schrecken aus.

OLG Naumburg, Urt. v. 28.04.2011 – 1 U 5/11, SP 2011, 359 E 250

4.000,00 €

Vorzeitige Arthrose

Der Kläger klagte nach einem Verkehrsunfall über Beeinträchtigungen der Kniegelenke, obwohl bei dem Unfall keine nennenswerten Verletzungen eingetreten waren. Die Beschwerden beruhen auf einer »aktivierten« Arthrose. Auf Grund einer Vorschädigung der Kniegelenke wäre es auch ohne das Unfallgeschehen zeitnah zur Arthrose gekommen, so dass dem Kläger ein Schmerzensgeld nur für den Zeitraum zusteht, der ohne den Unfall bis zum Ausbruch der »angelegten« Krankheit voraussichtlich beschwerdefrei gewesen wäre. Da dieser Zeitpunkt als zeitnah einzustufen war, wurde das Schmerzensgeld auf 4.000,00 € bemessen.

OLG Hamburg, Urt. v. 13.03.2013 – 1 U 13/12, MDR 2013, 654 E 251

4.500,00 € (Mitverschulden: 1/3; Vorstellung: 4.500,00 €)

Riss der Kniescheibensehne im Kniegelenk

Der 48 Jahre alte Kläger erhielt vom Beklagten stundenweise Tennisunterricht. Er trat, rückwärts laufend, auf einen im Spielfeld liegenden Tennisball, stürzte und verletzte sich am Knie. Er erlitt einen Riss der Kniescheibensehne im Kniegelenk, dadurch trug einen anhaltenden, möglicherweise zunehmenden Dauerschaden davon. Das Knie ist dicker und weniger belastbar. Der Kläger leidet unter Einschränkungen und Schmerzen beim Laufen, Fahrradfahren und Treppengehen. Der GdB beträgt 25%. Eine gesundheitliche Besserung ist nicht Zug um Zug zu erwarten.

E 252 **LG Essen, Urt. v. 12.03.2004 – 12 O 170/02, SP 2005, 51**

5.000,00 € (Vorstellung: wesentlich höheres Schmerzensgeld)

Innenmeniskusriss

Der Kläger erlitt als Motorradfahrer einen Verkehrsunfall, bei dem er sich einen Innenmeniskusriss zuzog, der operativ behandelt wurde. Belastungsabhängige Schmerzen im Bereich des Knies sind nicht bewiesen.

E 253 **OLG Saarbrücken, Urt. v. 30.01.2007 – 4 U 409/06, MDR 2007, 1069**

5.000,00 € (Mitverschulden: 7/10; Vorstellung: angemessenes Schmerzensgeld zuzüglich 100,00 € monatliche Rente)

Kreuzband- und Sprunggelenksverrenkung

Ein 30 Jahre alter Motorradfahrer erlitt bei einem Verkehrsunfall eine Kreuzband- und Sprunggelenksverrenkung im Bein und daraus folgend eine Bewegungsbeeinträchtigung mit Bewegungsschmerz, einer beginnenden posttraumatischen Arthrose des oberen Sprunggelenks, einer deutlichen Verschmächtigung der Oberschenkelmuskulatur sowie einer deutlichen Minderung der Berührungsempfindlichkeit der Fußsohle. Es waren vier Krankenhausaufenthalte von rund 10 Wochen und anschließend eine Rehabilitation erforderlich. Für 10 Monate betrug die MdE 100 %.

E 254 **LG Berlin, Urt. v. 30.01.2007 – 36 O 70/05, unveröffentlicht**

5.000,00 € (Vorstellung: 6.000,00 €)

Patellasehnenruptur

Die Klägerin glitt auf einer frisch gereinigten Bodenfläche aus und zog sich einen knöchernen Patellasehnenabriss zu. Sie wurde operiert und 6 Tage stationär behandelt. Sie war 2 Monate arbeitsunfähig. Im Hinblick auf die frühere Beschwerdefreiheit hat die Vorschädigung des Knies der Klägerin keine Berücksichtigung gefunden.

E 255 **AG Dresden, Urt. v. 30.08.2007 – 145 C 2115/07, unveröffentlicht**

5.000,00 € (Vorstellung: angemessenes Schmerzensgeld)

Femurfraktur

Die Klägerin stürzte in einem feuchten Treppenhaus und zog sich eine periprothetische distale Mehrfragment-Femurfraktur bei liegender gelockerter zementfreier Oberflächen-Knie-TEP zu. Es musste ein neues Kniegelenk eingesetzt werden, sodass ein ca. 3-wöchiger Krankenhausaufenthalt und eine ca. einen Monat dauernde Rehabilitationsbehandlung erforderlich wurden. Die Klägerin war insgesamt 12 Wochen auf die Fortbewegung mit Unterarmgehstützen, auf tägliche Injektionen und Verbandswechsel alle 2 – 3 Tage angewiesen. Sie verspürt weiterhin Schmerzen, v. a. im Hüftbereich und ist in ihrer Beweglichkeit schmerzhaft eingeschränkt. Es besteht ein hinkender Gang und es ist nicht absehbar, wann die Behandlung abgeschlossen werden kann und ob ggf. Dauerschäden verbleiben.

E 256 **OLG Brandenburg, Urt. v. 16.04.2008 – 7 U 200/07, MDR 2008, 860**

5.000,00 € (Vorstellung: 6.000,00 €)

Kniegelenksverletzung

Ein Skifahrer erlitt bei einer Kollision eine schwere Kniegelenksverletzung, eine Zerreißung einer im Vorfeld der jetzigen Verletzung eingesetzten Kreuzbandersatzplastik, eine Zerreißung der inneren Gelenkkapsel, einen Riss des inneren Seitenbandapparates, einen Außenmeniskushinterhornriss sowie Knorpelschädigungen an der Kniescheibenrückfläche und an der Kniescheibengleitbahn der Oberschenkelrollen. Er war nach insgesamt acht ambulanten Behandlungsmaßnahmen für 7 Monate arbeitsunfähig und litt noch weitere 3 Monate unter einem hinkenden Gang. Unter Berücksichtigung einer Vorschädigung von 1/14 Invalidität des Beines führte dies zu weiteren 2/7 Invalidität, sodass von einer Gesamtinvalidität von 5/14 des Beines auszugehen ist.

OLG Schleswig, Urt. v. 15.04.2010 – 7 U 17/09, MDR 2010, 1253 = SP 2011, 4 E 257

5.000,00 € (Vorstellung: mindestens 3.000,00 €)

Prellung des Kniegelenks – Schleimbeutelentzündung – Infraktion einer Rippe

Die Klägerin erlitt als Radfahrerin bei einem Sturz infolge eines Verkehrsunfalls eine Infraktion (Anbruch) der 6. Rippe links, zudem eine schwere Prellung des Kniegelenks mit posttraumatischer Ausbildung einer Bursitis präpatellaris (Schleimbeutelentzündung).

Die Klägerin kann nicht mehr Fahrradfahren und hat durchgängig Schmerzen am Knie. Die durch die Verletzung des Knies bedingten Schäden haben dazu beigetragen, dass sie und ihr ohnehin schwerbehinderter Ehemann ihr Haus verkauft haben.

KG, Urt. v. 16.08.2010 – 22 U 15/10, unveröffentlicht E 258

5.000,00 € (Vorstellung: 10.000,00 €)

Ruptur von Kreuzband und Innenband – Oberschenkelprellung

Der Kläger erlitt bei einem Verkehrsunfall eine Ruptur des vorderen Kreuzbandes sowie einer damit verbundenen Innenbandruptur und einer schmerzhaften Prellung des seitlichen Gelenkfortsatzes des Oberschenkels mit Beteiligung des Knochenmarks. Zur Behandlung musste zunächst das Knie mit einer Plastikprothese (Don-Joy-Orthese) versorgt werden, die der Kläger bis zur Heilung des Innenbandes trug, sodann wurde zur Behandlung der Ruptur des Kreuzbandes ein Kreuzbandplastikband operativ eingesetzt, damit das Kreuzband verheilen konnte. Ein Dauerschaden ist nicht zurückgeblieben (Narben?).

OLG Koblenz, Urt. v. 21.06.2012 – 2 U 271/11, MDR 2012, 1035 = SpuRt 2012, 199 E 259

5.000,00 € (Vorinstanz 3.000,00 €)

Fraktur des Schienenbeinkopfes – Knorpelschaden

Der Kläger benutzte ordnungsgemäß eine Wasserrutsche, die so steil verlief, dass der Benutzer nahezu im freien Fall unten ankam. Die 34 und 38 Jahre alten Beklagten waren von unten in die Wasserrutsche geklettert und blockierten den Auslauf. Alle Beteiligten wurden bei dem Unfall verletzt. Der Kläger erlitt erhebliche und dauerhafte Schäden am Knie, nämlich eine Fraktur des äußeren Schienenbeinkopfes und einen Knorpelschaden, was zu einer dauerhaften erheblichen Bewegungsbeeinträchtigung führt.

OLG Bamberg, Urt. v. 26.10.2009 – 4 U 250/08, VersR 2010, 403 = ZfS 2010, 194 = NJW-RR 2010, 902 = MDR 2010, 153 E 260

6.000,00 € (Mitverschulden: 1/3)

Verätzungen der Hautpartien an den Kniegelenken

Der Kläger erlitt durch die Verarbeitung eines Betons mit einem zu hohen ph-Wert – insoweit hatte der Hersteller sein Instruktionspflicht verletzt – Verätzungen an den Beinen, jeweils eine großflächige Hautpartie, die sich schon vom äußeren Umfang her deutlich gravierender darstellen, als die Verbrennungen 3. Grades. Es waren mehrere Hauttransplantationen erforderlich. Die Hautschädigung hat sich in zwei Bereichen bis auf das Muskelgewebe ausgewirkt. Der Dauerschaden umfasst eine eingeschränkte Beweglichkeit beider Kniegelenke beim Beugen, Sensibilitätsstörungen an beiden Unterschenkeln sowie eine Beeinträchtigung der physiologischen Hautfunktion im Bereich des Narbengewebes.

E 261 **LG Bonn, Urt. v. 20.11.2007 – 2 O 367/06, NJW-RR 2008, 1344 = NZV 2009, 347**

6.500,00 €

Kniegelenksverletzung

Die noch sehr junge Klägerin erlitt als Fahrschülerin einen Motorradunfall, bei dem sie auf das Knie stürzte. Nach dem Unfall wurde sie operiert, ohne dass eine stationäre Behandlung erforderlich wurde. Rd. 8 Wochen war sie in der Bewegung erheblich behindert; sie musste sich nach 14 Monaten einem arthroskopischen Eingriff zur Beseitigung der Unfallfolgen unterziehen. Folgeschäden sind nicht auszuschließen.

E 262 **OLG Celle, Urt. v. 19.12.2007 – 14 U 97/07, SP 2008, 176 = VRR 2008, 184 = SVR 2008, 183**

6.500,00 € (Mitverschulden: $^1/_2$; Vorstellung: 4.000,00 €)

Kniegelenksverletzung – Nierenverlust

Der Kläger erlitt bei einem Verkehrsunfall eine Zerreißung des vorderen und hinteren Kreuzbandes sowie einen Riss des Innenbandes und des hinteren Schrägbandes des Kniegelenks, welche operativ versorgt wurden. Ferner kam es zu einem Innenmeniskusriss und einer Innenbandruptur am anderen Kniegelenk. Neben einer Rippenserienfraktur beidseits erlitt der Kläger ein Hämatomthorax (Einblutung in den Lungenfellraum).

Eine Niere musste wegen der unfallbedingten Verletzungen entfernt werden. Der Krankenhausaufenthalt dauerte rund 6 Wochen. Die MdE beträgt 30 %.

Das Gericht hat das Schmerzensgeld etwa je zur Hälfte für die Knieverletzung und den Nierenverlust bemessen.

E 263 **OLG Nürnberg, Urt. v. 03.09.2004 – 5 U 3354/02, AHRS 2745/338**

7.500,00 € (Vorstellung: 17.500,00 €)

Operation am falschen Knie

Bei der Klägerin wurde eine Arthroskopie mit Operation versehentlich am falschen Knie durchgeführt, sodass der ursprünglich geplante Eingriff wenige Tage später nachgeholt werden musste. Der Haftpflichtversicherer zahlte vorprozessual 5.000,00 €, das LG sprach weitere 2.500,00 € zu.

E 264 **LG Münster, Urt. v. 21.07.2003 – 15 O 416/02, SP 2004, 372**

8.000,00 € (Mitverschulden: $^1/_5$)

Kniebänderschaden

Der 16 Jahre alte Kläger erlitt bei einem Verkehrsunfall neben einer Gehirnerschütterung und zahlreichen Prellungen ein Anpralltrauma am rechten Knie, das zu einem Kniebänderschaden führte. Er musste sich einer Kreuzbandersatzoperation und einer weiteren Operation zur Rekonstruktion des Seitenbandkomplexes unterziehen. Verblieben sind u. a. eine Muskelverschmächtigung und Einschränkungen bei sportlicher Betätigung. Neben dem 10-tägigen

Krankenhausaufenthalt und den beiden Operationen hat das Gericht den langwierigen Behandlungsverlauf ebenso berücksichtigt wie die zahlreichen ärztlichen Behandlungen, die Krankengymnastik und die physiotherapeutischen Maßnahmen.

OLG Hamm, Beschl. v. 01.02.2006 – 3 U 250/05, VersR 2006, 1509 m. zust. Anm. Jaeger E 265

8.000,00 € (Vorstellung: höheres Schmerzensgeld)

Misslungene Fettabsaugung (Liposuktion) – Beeinträchtigungen im Bereich der Knieinnenseiten

Nach einer Fettabsaugung (Liposuktion) bestehen bei der 32 Jahre alten Klägerin Beeinträchtigungen im Bereich der Knieinnenseiten, der Oberschenkel, des Bauchs, der Taille und der Flanken. Diese haben dauerhafte psychische Beeinträchtigungen zur Folge. Zudem bestehen v. a. im Kniebereich nicht mehr zu korrigierende Dauerschäden, wobei Bewegungseinschränkungen nicht vorliegen.

OLG Celle, Urt. v. 29.09.2010 – 14 U 9/10, unveröffentlicht E 266

9.000,00 € (Vorstellung: höheres Schmerzensgeld)

Kreuzbandruptur

Der Kläger erlitt bei einem Verkehrsunfall eine hintere Kreuzbandruptur, einen Korbhenkelriss des Innenmeniskushinterhorns, eine Knochenkontusion (d. h. einen Knorpelschaden) am Femurkondylus, eine leichte Innenbandzerrung sowie einen hochgradigen Gelenkerguss. Er musste sich deswegen einer ambulanten Arthroskopie unterziehen. Die Nachbehandlung mit einer hinteren Kreuzband-Orthese dauerte 6 Wochen. Es verblieb ein Dauerschaden.

OLG Düsseldorf, Urt. v. 29.08.2002 – 8 U 190/01, VersR 2004, 120 E 267

10.000,00 €

Infektion des Kniegelenks

Bei dem 65 Jahre alten Kläger kam es aufgrund eines Behandlungsfehlers zu einer Infektion des (durch Verschleiß vorgeschädigten) Kniegelenks mit einer dauerhaften schmerzhaften Bewegungseinschränkung. Der Kläger befand sich 7 Wochen in stationärer Behandlung und musste sich mehreren schmerzhaften Operationen unterziehen. Zukünftig werden die Implantation einer Kniegelenkendoprothese und die Verwendung einer Gehhilfe erforderlich sein.

OLG Frankfurt am Main, Urt. v. 23.05.2006 – 8 U 29/05, unveröffentlicht E 268

10.000,00 € (Vorstellung: 10.000,00 €)

Bänderruptur im Kniegelenk

Bei einem Sportunfall erlitt die 39 Jahre alte Klägerin eine Kreuzbandruptur und eine Außenbandruptur des Kniegelenks. In einer orthopädischen Klinik wurde ihr operativ ein neues Kreuzband eingesetzt (sog. Kreuzbandplastik). Der Austrittspunkt des oberen Endes des Kreuzbandtransplantats war nicht korrekt gewählt, sodass das Befestigungsmaterial des Kreuzbandtransplantats (sog. Suturplate) in die Gelenkfläche unterhalb der Kniescheibe hineinragte und dort einen ständigen Reibungspunkt bzw. Schmerzreiz bildete. Bei der anschließenden arthroskopischen Operation wurde dieses Suturplate (auch genannt Endobutton) entfernt. Maßgeblich für die Bemessung des Schmerzensgeldes sind in erster Linie die erheblichen gesundheitlichen Beeinträchtigungen, die die Klägerin im ersten Jahr nach der Operation erlitten hat, sowie die Dauerschäden, die das Alltags- und Berufsleben der Klägerin beschränken. Die Klägerin hat im ersten Jahr nach der Operation zwei Re-Arthroskopien über sich ergehen lassen müssen. Das Kniegelenk war während des gesamten Zeitraums schmerzbedingt bewegungseingeschränkt. Hinzu kamen zahlreiche krankengymnastische und ähnliche Behandlungen. Der Schaden besteht nicht nur in einer 8-monatigen Verzögerung des Heilungsprozesses, sondern vielmehr in einer dauerhaften Gesundheitsbeeinträchtigung, da im Bereich des Gleitlagers der Kniescheibe bereits eine irreversible Präarthrose aufgetreten ist, sodass noch eine geringgradige Bewegungseinschränkung des Kniegelenks, ein ausgeprägtes retropatellares Reiben, eine Schwellung im Bereich der Kniekehle und eine deutliche Atrophie der Muskulatur des Oberschenkels besteht.

E 269 LG Köln, Urt. v. 26.02.2008 – 7 O 446/04, SP 2008, 395

10.000,00 €

Kniescheibenfraktur

Der Kläger erlitt bei einem Verkehrsunfall eine Kniescheibenfraktur, die eine Operation mit anschließendem 12-tägigem Krankenhausaufenthalt erforderlich machte. Er war aufgrund einer unfallbedingt erheblich verschlimmerten anlagebedingten Gelenkknorpelverschleißerkrankung zunächst 3 Monate arbeitsunfähig (MdE 100 %), danach mit Unterbrechungen insgesamt ca. 6,5 Monate (MdE 50 %). Es waren zwei weitere Krankenhausaufenthalte zwecks Metallentfernung und arthroskopischer Knorpelglättung erforderlich. Der Kläger leidet noch Jahre nach dem Unfall an Kniebeugebelastungsschmerzen.

E 270 OLG Frankfurt, Urt. v. 16.12.2011 – 10 U 240/09, unveröffentlicht

10.000,00 € (Mitverschulden: ¼; Vorstellung: nicht unter 13.000,00 €)

Fibulaköpfchenfraktur und Seitenbandruptur am Knie – distale Radiusfraktur am Handgelenk

Als die Klägerin ein Pferd über eine Straße führte, kam es zum Zusammenstoß mit dem PKW des Beklagten. Die Klägerin erlitt eine Fibulaköpfchenfraktur und eine sogenannte bone bruise im Bereich des Tibiakopfes mit medialer Seitenbandruptur am Knie und eine distale Radiusfraktur am Handgelenk. Am Kniegelenk erfolgte eine konservative Therapie mit einer Orthese. Die Radiusfraktur wurde im Wege einer Plattenosteosynthese operiert. Nach der Entlassung aus der stationären Behandlung unterzog sich die Klägerin einer Physiotherapie, bevor sie eine 3-wöchige Rehabilitation antrat.

Die Klägerin leidet unter Dauerfolgen, sie kann nur deutlich verlangsamt und längere Strecken nur unter Schmerzen gehen. Im Handgelenk ist die Bewegungsfähigkeit leicht eingeschränkt. Reit- und Tanzsport kann sie nicht mehr betreiben.

E 271 OLG Celle, Urt. v. 25.04.2006 – 14 U 230/05, SP 2006, 278

12.000,00 €

Bänderruptur im Knie – tiefe Schnittwunde am Unterschenkel

Der Kläger erlitt bei einem Unfall eine tiefe Schnittwunde am rechten Unterschenkel, eine Kreuzbandruptur im Knie, eine Teilruptur des Außenbandes und des Innenbandes des Kniegelenks, eine Gehirnerschütterung, eine erhebliche Thoraxprellung mit ausgedehnter Ablederung des Rückens und des Gesäßes bei Beckenprellung, eine Steißbeinfraktur, Schäden am Gesäßmuskel, eine erhebliche Narbenbildung und eine Hüftmuskelverletzung.

OLG Köln, Hinweisbeschl. v. 20.04.2012 – 5 U 215/11, MedR 2013, 446 mit kritischer Anm. Jaeger E 272

12.000,00 €

Infektion des Kniegelenks – Knorpelzerstörung

Beim Kläger kam es infolge einer fehlerhaften Kortison-Injektion durch den beklagten Orthopäden zu einer Infektion des Kniegelenks. Die Infektion hatte zur Folge, dass Knorpel des Gelenks zerstört wurden. Das Gelenk ist in seiner Funktion nachhaltig beeinträchtigt. Bei der Bemessung des Schmerzensgeldes hat der Senat berücksichtigt, dass das Knie des Klägers vorgeschädigt war, was aber bis zur ärztlichen Behandlung nur geringfügige Einschränkungen zur Folge hatte. Auch mit Hilfe eines Sachverständigen konnte der Senat zwar feststellen, dass die Knorpelzerstörung nicht ausschließlich durch die Infektion bewirkt worden sei, sondern in gewissem Umfang durch die vorbestehende Arthrose bereits angelegt gewesen sei.

Der Senat hat nicht gesehen, dass der Behandlungsfehler des Arztes ein grober Behandlungsfehler war, so dass es Sache des Beklagten gewesen wäre, den Beweis der Nichtursächlichkeit des Behandlungsfehlers für den Schaden darzulegen und zu beweisen. (Vgl. Anm. Jaeger in MedR 2013, 448).

OLG Celle, Urt. v. 21.09.2002 – 14 U 176/01, unveröffentlicht E 273

12.500,00 €

Tibiakopffraktur – Kontusionsschaden im Knie – Kompressionsfraktur des 12. Brustwirbelkörpers

Die 33 Jahre alte Klägerin erlitt neben einer Tibiakopffraktur einen Kontusionsschaden im Knie, eine Innenmeniskushinterhornläsion und eine Kompressionsfraktur des 12. Brustwirbelkörpers. Hinzu kam noch eine Fraktur einer Rippe und eine Gehirnerschütterung. Sie befand sich fast einen Monat in stationärer Behandlung, der sich für einen weiteren Monat eine Rehabilitationsmaßnahme anschloss. Danach folgte ambulante Behandlung und Krankengymnastik. Als Dauerschaden verblieben eine Einschränkung der Beuge- und Streckfähigkeit des Kniegelenks und Schmerzen.

Der Senat hatte nur über die Berufung der Beklagtenseite zu befinden, d. h. bei Berufung der Klägerin wäre das Schmerzensgeld höher ausgefallen.

OLG Brandenburg, Urt. v. 10.06.2008 – 11 U 32/07, unveröffentlicht E 274

13.000,00 € (Vorstellung: 20.000,00 €)

Frakturen von Kniescheibe, Schienbein und Sprunggelenk

Die Klägerin stürzte in einem Hotel auf fehlerhaftem Fliesenbelag. Sie zog sich Frakturen des Schienbeinkopfes, der Kniescheibe und des Sprunggelenks an einem Bein zu und verletzte sich auch an dem anderen Bein. Sie wurde dreimal operiert. Die Beweglichkeit war infolge der Verletzung beider Beine erheblich verzögert. Wegen der Dauer der Heilung wurde das Schmerzensgeld zum Ausgleich des Verlustes an Lebensfreude auf einen hohen Betrag freigesetzt. Spätfolgen sind möglich.

E 275 **OLG Hamm, Urt. v. 28.01.2010 – 6 U 159/09, NJW-Spezial 2010, 362**

13.500,00 € (Mitverschulden: 2/3)

Komplexer Knieinnenschaden – Schädelhirntrauma

Der Kläger, der unter erheblichem Alkoholeinfluss fuhr, erlitt bei einem Verkehrsunfall, den der Beklagte, der nicht auf Sicht fuhr, erheblich mitverschuldete, u. a. ein axiales Schädelhirntrauma, eine HWK-Dornfortsatzfraktur, eine ISG-Lockerung beidseitig und einen komplexen Knieinnenschaden (drei Bänder gerissen, eine Teilruptur, Knorpelschaden als Folge), sowie eine Hautablederung im Brustbereich. Er wurde rund 5 Wochen stationär behandelt. Der Kläger leidet unter Wasseransammlungen im Oberschenkelbereich und Belastungsschmerzen des Knies. Der Ersatz des Kniegelenks ist zu erwarten. Unter Berücksichtigung dieser Umstände hielt der Senat ein Schmerzensgeld von 40.000,00 € bei einer einhundertprozentigen Haftung der Beklagten für angemessen.

E 276 **OLG Brandenburg, Urt. v. 23.07.2009 – 12 U 29/09, VersR 2009, 1284 = MDR 2009, 1274 = DAR 2009, 649**

14.000,00 € (Vorstellung: 25.000,00 € zuzüglich monatliche Rente 250,00 €)

Kniegelenk – Risswunden – Verletzung des Unterschenkels – Narben

Der Kläger erlitt als Motorradfahrer bei einem unverschuldeten Verkehrsunfall im Bereich des Kniegelenks oberhalb der Kniescheibe eine waagerechte, 5 cm lange Riss-/Quetschwunde und unterhalb der Kniescheibe mehrere kleine Riss-/Quetschwunden mit Hautabschürfungen bis in die Lederhaut im Bereich des Kniegelenks und des Unterschenkels. Im Bereich vor dem Schienbein entstand ein Bluterguss über den gesamten Unterschenkel, eine Schwellung im Bereich des Wadenbeins, eine Druck- und Bewegungsschmerzhaftigkeit im Bereich des Sprunggelenks mit einem leichten Bluterguss, eine leicht herabgesetzte Empfindung von Sinnesreizen im Bereich des Fußrückens, eine nicht dislozierte Avulsionsfraktur der ventralen distalen Tibia. Er wurde ca. 6 Wochen stationär behandelt, war insgesamt ca. 4 Monate arbeitsunfähig und behielt erhebliche Narben am Ober- und Unterschenkel.

Bei der Bemessung des Schmerzensgeldes war zu berücksichtigen, dass er außer dem Schutzhelm an den Beinen keine Schutzkleidung getragen hatte. Der Verzicht auf die Schutzkleidung begründet ein Verschulden gegen sich selbst.

E 277 **LG Duisburg, Urt. v. 30.05.2005 – 4 O 265/01, unveröffentlicht**

15.000,00 € (Vorstellung: 20.000,00 €)

Mehrfragmentfraktur der Patella – Schulterblattfraktur – Schlüsselbeinfraktur – Prellungen – HWS-Schleudertrauma – Zahnschaden

Die Klägerin kam bei einem Verkehrsunfall zu Fall. Sie stürzte und erlitt hierbei mehrere Verletzungen. U. a. waren das rechte Schlüsselbein und Schulterblatt gebrochen, es bestanden Prellungen und ein Schleudertrauma im Halswirbelbereich, die rechte Kniescheibe war zertrümmert, zwei obere Schneidezähne waren herausgebrochen bzw. gelockert und die Klägerin erlitt an der Kinnspitze eine Platzwunde. Es wurde eine Resektion durchgeführt mit anschließender Readaptation der Patellasehne. Zwei Zähne mussten überkront werden.

Als weiterer bleibender Schaden besteht ein Taubheitsgefühl im Bereich der Unterlippe. Für die Bemessung des Schmerzensgeldes spielten insb. die dauerhaft bleibenden Schäden im Bereich des rechten Kniegelenks und im Bereich der rechten Unterlippe die vorrangige Rolle.

OLG Düsseldorf, Urt. v. 10.03.2008 – 1 U 188/07, unveröffentlicht E 278

15.000,00 €

Kniegelenksverletzungen

Der Kläger erlitt als Motorradfahrer einen Verkehrsunfall, als er mit einem aus einer Garageneinfahrt plötzlich rückwärts auf die Fahrbahn einscherenden Pkw zusammenstieß. Der Kläger fuhr mit geringfügig überhöhter Geschwindigkeit und reagierte nicht mit einer angemessenen Notbremsung. Er stürzte und zog sich gravierende Verletzungen am Kniegelenk mit Schienbeinkopf-, Meniskus- sowie Kreuzbandruptur zu.

OLG Düsseldorf, Urt. v. 01.12.2003 – 1 U 65/03, SP 2004, 157 E 279

20.000,00 € (Vorstellung: 20.000,00 €)

Kniescheibe zertrümmert – Bewegungsbeeinträchtigungen – Frakturen

Bei einem Motorrollerunfall erlitt die Klägerin multiple Verletzungen, u. a. wurde eine Kniescheibe zertrümmert, zwei Schneidezähne brachen heraus und sie erlitt Frakturen von Schlüsselbein und Schulterblatt, Prellungen und ein Schleudertrauma. Die Klägerin wurde mehrfach stationär behandelt und auch ambulant operiert.

Prägend für die Bemessung des Schmerzensgeldes war die Knieverletzung und die dadurch verbliebenen Beschwerden beim Treppensteigen, Aufstehen und Sitzen, das beeinträchtigte Gangbild und eine Wetterfühligkeit. Außerdem muss die Klägerin in einem Teilbereich der Unterlippe mit Gefühllosigkeit und wellenartigen Schmerzen leben.

OLG Brandenburg, Urt. v. 29.03.2007 – 12 U 128/06, SP 2008, 47 E 280

20.000,00 € (LG Urteil: 4.500,00 €)

Kniegelenksverletzung – Patellafraktur – Oshamatumfraktur – Ringfingergrundgliedmehrfragmentfraktur mit Gelenkbeteiligung – Talushalsfraktur – Thoraxprellung mit Lungenkontusion beidseitig

Der Kläger wurde bei einem Verkehrsunfall erheblich verletzt. Er erlitt eine Thoraxprellung mit einer Lungenkontusion beidseitig, eine Oshamatum (Handwurzelknochen)-Fraktur links, eine Ringfingergrundgliedmehrfragmentfraktur mit Gelenkbeteiligung, eine offene Weichteilverletzung und Fremdkörpereinsprengung rechts, im rechten Kniegelenk mit Öffnung des Kniegelenks, eine Patellafraktur rechts, einen Riss im Kniegelenkknorpel rechts, eine Talushalsfraktur (Ferse, Sprungbein) mit Trümmerzone im Bereich der Fraktur und Gelenkeinstrahlung rechts sowie eine gering dislozierte Fraktur des Malleolus medialis links. Der Kläger wurde wiederholt stationär behandelt.

Zu berücksichtigen sind Behinderungen des Klägers beim Laufen und Gehen und die Funktionsbeeinträchtigungen des rechten Arms und des rechten Beines. I. R. d. Genugtuungsfunktion des Schmerzensgeldes ist der nicht unerhebliche Verkehrsverstoß des Beklagten zu berücksichtigen.

OLG München, Urt. v. 30.04.2008 – 1 U 4679/07, unveröffentlicht E 281

20.000,00 € (Vorstellung: 20.000,00 €)

Kreuzbandruptur

Die 54 Jahre alte Klägerin hatte sich eine Verletzung am Kniegelenk zugezogen. Wegen des Verdachts einer Ruptur des vorderen Kreuzbandes sowie einer degenerativen Veränderung des Innenmeniskus wurde eine arthroskopische Operation mit Innenmeniskus-Teilresektion vorgenommen. Trotz Infektionszeichen wurde die Klägerin aus der stationären Behandlung entlassen. Nach 10 Tagen wurde in einem anderen Krankenhaus eine fortbestehende bakterielle Infektion des Knies festgestellt. Bei der Klägerin wurde eine operative Gelenkrevision mit arthroskopischer Lavage durchgeführt. Der stationäre Aufenthalt dauerte 5 Wochen.

E 282 **LG Duisburg, Urt. v. 26.05.2008 – 4 O 465/05, SP 2009, 11**

20.000,00 € (Vorstellung: 38.000,00 €)

Knieanfalltrauma – Knorpelfrakturen

Der Kläger wurde als Motorradfahrer auf die Fahrbahn geschleudert, schlug auf den Asphalt auf und rutschte ein Stück über die Fahrbahn. Er hatte starke Schmerzen in den Knien, in der linken Hand, in der linken Schulter, am rechten Unterschenkel, am Knöchel und am Fuß. Er hatte ein Knieanfalltrauma sowie mehrfragmentäre Knorpelfrakturen retropatellar mit lappenartigen Aufbrüchen in der Kniescheibenrückfläche sowie Knorpelkontusionen bis 2. Grades an der medialen und lateralen Oberschenkelrolle erlitten. Das Bein musste für knapp 3 Monate geschient werden. Den Daumen der rechten Hand konnte der Kläger nur eingeschränkt und unter starken Schmerzen bewegen. Bei einer später stationär durchgeführten Arthroskopie wurden erneute Knorpelaufbrüche entfernt.

Dem Kläger wird für die Zukunft mit Ausnahme von stark kniebelastenden Tätigkeiten (etwa Treppensteigen und kniende Tätigkeiten) und Sportarten (wie langes Dauerlaufen oder Fußball) die weitere sportliche Betätigung (etwa durch Schwimmen) und die Ausübung des angestrebten Berufsbildes als Berufsschullehrer ohne Weiteres möglich sein.

E 283 **OLG Brandenburg, Urt. v. 31.07.2002 – 14 U 154/01, unveröffentlicht**

25.000,00 € (Vorstellung: 30.000,00 €)

Knieverletzung mit langwierigem Heilungsverlauf – Schädelhirntrauma 1. Grades – Thoraxkontusion mit Risswunde über der ventralen Thoraxwand – offene Ellenbogengelenks-Luxationstrümmerfraktur 3. Grades

Der 25 Jahre alte Kläger erlitt infolge des Verkehrsunfalls ein Schädelhirntrauma 1. Grades, eine Thoraxkontusion mit Risswunde über der ventralen linken Thoraxwand, eine offene Ellenbogengelenksluxationstrümmerfraktur 3. Grades links, eine Fraktur der proximalen Ulna, eine Abrissfraktur des Trochanter major links, eine anteroposteromediale Komplexinstabilität des linken Kniegelenks mit Zerreißung des vorderen Kreuzbandes, des inneren Seitenbandes und der hinteren medialen Gelenkkapsel, eine Knorpelfraktur am inneren Oberschenkelknochen sowie multiple Prellungen und Schürfungen.

Der Behandlungsverlauf war langwierig und, soweit es die Knieverletzung betrifft, nicht komplikationslos. Der Kläger befand sich dreimal, insgesamt etwa 1 1/2 Monate, in stationärer Behandlung und musste sich mehrfach Operationen unterziehen. Rd. ein Jahr war er arbeitsunfähig.

Diese Verletzungen und Unfallfolgen rechtfertigen ein Schmerzensgeld von mindestens 25.000,00 €. Wegen der weiteren Unfallfolgen hat der Senat die Einholung eines Gutachtens eines medizinischen Sachverständigen angeordnet.

LG Heilbronn, Urt. v. 19.03.2003 – 1 O 131/02, unveröffentlicht E 284

25.000,00 €

Infektion des linken Kniegelenks nach kompletter vorderer Kreuzbandruptur

Bei einer 37 Jahre alten Gärtnerin verblieb postoperativ infolge mehrfachen groben Behandlungsfehlers eine Infektion des linken Kniegelenks nach kompletter vorderer Kreuzbandruptur mit deutlichem Gelenkerguss sowie dem Verdacht auf einen Außenmeniskusschaden. Es waren wiederholt operative Eingriffe erforderlich, und die Patientin litt 14 Monate unter andauernden Schmerzen.

Nach Abschluss der Behandlung blieben zurück: Hinken und deutliche Bewegungseinschränkungen, ein Unsicherheitsgefühl und Schmerzen. Sie kann den erlernten Beruf als Gärtnermeisterin nicht mehr ausüben und keine ihrer früher gerne und häufig betriebenen Sportarten wie Tennis, Squash und Joggen ausüben, sondern nur noch Fahrradfahren oder im Fitnessstudio Muskeltraining betreiben.

OLG Köln, Urt. v. 28.04.2008 – 5 U 192/07, VersR 2009, 1119 E 285

25.000,00 € (Vorstellung: 25.000,00 €)

Läsion des nervus femoralis – Hüft- und Kniegelenksbeeinträchtigung

Die 39 Jahre alte Klägerin wurde bei den Beklagten wegen eines Tumorverdachts operiert, ohne hinreichend über das Risiko von Nervverletzungen belehrt worden zu sein. Hierbei wurde der nervus femoralis verletzt. Die Klägerin ist seitdem in der Bewegungsfähigkeit und Stabilität des Beines, v. a. des Knies, beeinträchtigt. Die anfangs hochgradig ausgeprägten motorisch-sensorischen Defizite haben sich aber teilweise zurückgebildet. Es verblieben gleichwohl Sensibilitätsausfälle und deutliche Einschränkungen der Hüftbewegung und Kniestreckung, die sich beim Treppensteigen besonders auswirken. Die Klägerin trägt eine Knieschiene, die die Instabilitäten aber nur teilweise ausgleicht; die durch die Paresen verursachte höhere Belastung von Knie- und Hüftgelenk führt zu intermittierenden Schmerzen und begründet eine erhöhte Gefahr degenerativer Gelenkveränderungen.

OLG Frankfurt am Main, Urt. v. 08.07.2009 – 1 U 300/08, SP 2010, 66 E 286

25.000,00 €

Komplexe Verletzung des Kniegelenks – Schienenbeinverletzung – Bänderriss

Der Kläger erlitt als Motorradfahrer eine komplexe Verletzung des Kniegelenks und des Schienbeines mit Rissen des vorderen und des hinteren Kreuzbandes sowie des Collateralbandes, verbunden mit einer Knochenkontusion des Schienbeins. Der Kläger wurde rund einen Monat stationär behandelt und musste sich mehrere Monate einer Physiotherapie unter stationären Bedingungen unterziehen. Es bleibt auf Dauer ein Beugeverlust des Knies von 20 %.

Der Kläger ist durch die Verletzungen gehindert, weiterhin in einer derart umfangreichen und vielfältigen Weise täglich körperlich zu trainieren und Sport zu treiben, wie dies vor dem Unfall der Fall gewesen ist. Dazu gehörte ein intensives Krafttraining nach Muskelgruppen im Kraftraum der Polizeischule i. R. d. Dienstsports und ein zeitlich intensives Fahren mit dem Fahrrad oder dem Mountainbike über 40 – 50 km und mehr, sowie regelmäßiges Badminton-Spielen.

Das verzögerliche Regulierungsverhalten der Beklagten führte zu einer Erhöhung des Schmerzensgeldes um 10 %.

E 287 **OLG Köln, Urt. v. 25.08.2008 – 5 U 28/08, GesR 2009, 268**

30.000,00 € (Vorstellung: 30.000,00 €)

Kniegelenksoperation – Geh- und Stehfähigkeit – Peronaeusnervparese

Die 52 Jahre alte Klägerin unterzog sich einem Eingriff am Knie, der von der Einwilligung der Klägerin nicht gedeckt war, weil die Zusage, ein namentlich benannter Arzt werde den Eingriff vornehmen, nicht eingehalten wurde.

Der Eingriff hat eine komplette Parese des nervus peronaeus verursacht, was zu einer Instabilität des Knies und zu einer Fußheberschwäche geführt hat. Normales Stehen und Gehen sind der Klägerin nicht möglich. Die Beweglichkeit des Kniegelenks ist schmerzhaft eingeschränkt.

E 288 **OLG Stuttgart, Urt. v. 21.10.2009 – 3 U 86/09, SP 2010, 150**

30.000,00 € (Vorstellung: 50.000,00 €)

Kniescheibenfraktur – Hüftpfannenfraktur

Der Kläger erlitt bei einem Unfall eine Kniescheibenfraktur und eine Hüftpfannenfraktur. Bei der operativen Erstversorgung wurde eine geschlossene Reposition der Hüftgelenksluxation vorgenommen und das verletzte Kniegelenk durch eine Gipsschiene ruhiggestellt. Der stationäre Aufenthalt dauerte rund 3 1/2 Wochen. Der Kläger war rund 3 Monate arbeitsunfähig.

Als Dauerfolgen verbleiben eine mäßiggradige Bewegungseinschränkung des Hüftgelenkes sowie eine leichtgradige Bewegungseinschränkung des Kniegelenkes, eine Muskelminderung im Ober- und Unterschenkel, eine Schwellneigung und eine Weichteilverformung des Kniegelenkes, eine (reizlose) Narbenbildung am Hüft- und Kniegelenk sowie eine progrediente posttraumatische Arthrose im Hüftgelenk und eine leichtgradige posttraumatische Arthrose retropatellar.

E 289 **KG, Urt. v. 21.01.2010 – 12 U 29/09, MDR 2010, 1049 = VRS 119, 89 (2010)**

30.000,00 € (Mitverschulden: 1/2; Vorstellung: mindestens 30.000,00 € zuzüglich monatliche Rente)

Kniegelenkluxation – Bänderriss – Schädelhirntrauma 1. Grades – Thoraxtrauma – Rippenserienfraktur – Beckenfraktur

Der Kläger erlitt als Fußgänger bei einem Verkehrsunfall eine Kniegelenkluxation mit knöchernen Ausrissen des vorderen Kreuzbandes sowie des Außenbandes, eine Teilruptur des hinteren Kreuzbandes, eine Innenbandruptur am Knie, ein Schädelhirntrauma 1. Grades, ein stumpfes Thoraxtrauma mit beidseitiger Lungenkontusion, eine Rippenserienfraktur Costae 1-5 sowie eine nicht dislozierte Beckenfraktur. Der stationäre Aufenthalt dauerte insgesamt ca. 8 Wochen mit mehreren Operationen. Es schloss sich eine Reha über 4 Wochen und eine weitere über 2 Wochen an. Der Kläger war 13 Monate arbeitsunfähig. Eine Schmerzensgeldrente wurde nicht zuerkannt.

E 290 **OLG München, Urt. v. 07.06.2013 – 10 U 1931/12, unveröffentlicht**

30.000,00 € (Mitverschulden: 1/3)

Verletzung des Kniegelenks – Oberschenkelfraktur – Nasenbeinfraktur

Der nicht angeschnallte Kläger erlitt bei einem Verkehrsunfall bei einem extremen Einschlag des Kniegelenks in das Armaturenbrett eine schwere Verletzung des Kniegelenks, eine Oberschenkelfraktur und weitere Verletzungen im Kopf- und Brustkorbbereich. Gerade die Knieverletzung wäre durch das Anlegen eines Sicherheitsgurtes vermieden worden, während die übrigen Verletzungen ganz oder teilweise auch dann eingetreten wären, wenn der Kläger einen Sicherheitsgurt getragen hätte. Da dem Kläger vor allem die Knieverletzung zu schaffen macht, wurde ihm ein Mitverschulden zur Last gelegt.

LG Amberg, Urt. v. 08.12.2004 – 22 O 1414/02, unveröffentlicht E 291

40.000,00 €

Knorpelschaden im Kniegelenk nach grobem Behandlungsfehler

Der 28 Jahre alte Kläger stürzte beim Skifahren und verdrehte sich das Kniegelenk. Dabei kam es u. a. zu einer Ruptur des Innenbandes, des vorderen Kreuzbandes und zu einem zarten Einriss des Innenmeniskushinterhorns. Der Beklagte führte an einem Donnerstag (Weiberfastnacht) einen endoskopischen Eingriff durch. Am Folgetag und am Wochenende klagte der Kläger über starke Schmerzen. Am Rosenmontag ergab eine Untersuchung den Verdacht auf Wundinfektion. Ein Gelenkempyem wurde behandelt. Durch die Behandlungsverzögerung musste der Kläger sich fünf operativen Eingriffen unterziehen und viele Wochen im Krankenhaus verbringen. Der Kläger erlitt einen Knorpelschaden, der die Gebrauchsfähigkeit und die Belastbarkeit des Kniegelenks hochgradig einschränkt. Sportliche Aktivitäten sind dem Kläger kaum noch möglich. Der Kläger ist erheblich psychisch belastet.

LG Erfurt, Urt. v. 21.07.2006 – 3 O 1672/04, unveröffentlicht E 292

40.000,00 € (Mitverschulden: 1/3; Vorstellung: 50.000,00 €)

Knieverletzung

Der 38 Jahre alte arbeitslose Kläger und der Beklagte nahmen an einer Jagd teil. Ein Schuss des Beklagten verfehlte sein Ziel und traf den Kläger, die Kugel durchschlug dessen beide Knie. Beim Kläger wurde eine MdE von 85 % festgestellt. Er ist so stark gehbehindert, dass er längere Strecken nur noch mit dem Rollstuhl bewältigen kann.

Sämtliche Freizeitaktivitäten wie das Betreiben einer Jagd, Laufen und Wandern wird der Kläger nie mehr ausführen können. Er kann sich nur beschwerlich auf Krücken fortbewegen und muss längere Strecken mittels eines Rollstuhls bewältigen. Er musste sich diversen Operationen unterziehen. Einfluss auf die Höhe des Schmerzensgeldes hat der Umstand, dass die Haftpflichtversicherung des Beklagten bis zur Entscheidung des Gerichts ein deutlich zu gering bemessenes Schmerzensgeld bezahlt hat.

OLG Koblenz, Urt. v. 26.09.2011 – 5 U 776/11, MedR 2012, 465 = KHE 2011, 197 E 293

40.000,00 € (Vergleich der Parteien)

Misslungene Kreuzbandersatzplastik

Der 34 Jahre alte Kläger erlitt einen Riss des Kreuzbandes am Kniegelenk. Infolge einer Fehlplatzierung des Bohrkanals kam es postoperativ zu erheblichen Bewegungseinschränkungen des Kniegelenks. Vorprozessual wurden 30.000,00 € gezahlt, die Parteien einigten sich vergleichsweise auf die Zahlung weiterer 10.000,00 €.

In zweiter Instanz ging es im wesentlichen um die Frage, ob der Kläger verpflichtet gewesen sei, eine Revisionsoperation durchführen zu lassen, um die Folgen des ärztlichen Behandlungsfehlers zu beseitigen – hier bejaht. Die Parteien haben einen Abfindungsvergleich über die Zahlung von insgesamt 40.000,00 € zum Ausgleich aller Ansprüche geschlossen.

E 294 **LG Dortmund, Urt. v. 24.10.2011 – 12 O 415/10, unveröffentlicht**

50.000,00 € (Vorstellung: 50.000,00 €)

Schwerste Verletzungen im Kniegelenk

Der Beklagte foulte den 32 Jahre alten Kläger. Er stieg »ohne Rücksicht auf Verluste« aus vollem Lauf in einen Zweikampf ein und hat dabei besonders brutal zugetreten. Das Foul, das eine zu billigende Härte deutlich überschritt, wurde mit einer gelben Karte geahndet. Der Kläger erlitt ein komplexes Distorsionstrauma und schwere Verletzungen am Knie. Das hintere Kreuzband wurde ruptiert; das vordere Kreuzband mit Knochen abgesprengt. Posttraumatisch bildete sich eine ausgeprägte Schwellung im Bereich des Unterschenkels, weil die Arterie im Kniegelenk zerfetzt worden war. Der Kläger wurde wegen Auftretens eines Kompartmentsyndroms mehrfach stationär behandelt und operiert. Dabei musste eine operative Revascularisation durchgeführt werden, um den linken Unterschenkel vor einer Amputation zu retten. Das Ergebnis der Venenbypassoperation wurde mit einem Fixateur externe gesichert. Es schlossen sich mehrere chirurgische Folgeeingriffe an. Der Kläger kann auch nach 1 ½ Jahren nicht selbständig gehen und ist auf Unterarmstützen angewiesen. Die Muskulatur des Beins wird nie mehr so kraftvoll sein, wie vor der Verletzung. Auf unabsehbare Zeit wird der Kläger auf das Tragen einer stabilisierenden Beinschiene angewiesen sein. Er ist vollständig arbeitsunfähig.

Bei der Bemessung des Schmerzensgeldes hat die Kammer abfällige Äußerungen des Beklagten nach dem Foul, die latente Gefahr der Amputation des Unterschenkels und die äußerst langwierige Behandlung berücksichtigt.

E 295 **OLG München, Urt. v. 24.09.2010 – 10 U 2671/10, unveröffentlicht**

150.000,00 €

Kniegelenk- und Unterbein-Amputation

Der 16 Jahre alte Beifahrer wurde bei einem Verkehrsunfall schwer verletzt. Ihm musste das Bein einschließlich des Kniegelenks amputiert werden.

Der Kläger war zum Unfallzeitpunkt sehr jung und wurde in einem besonderen Entwicklungsabschnitt des Menschen (Pubertät) und in einem gesellschaftlichen Umfeld, das die Jugend, Sportlichkeit und Unversehrtheit zum Credo erhebt, schwerstens getroffen. Er büßte mit einem Schlag viele der gewohnten Lebensumstände und Vorlieben wie Tanzen und Eishockeyspielen ein. Diese Einschränkungen wirken fort. Der Kläger verfügt unfallbedingt über keine abgeschlossene Berufsausbildung.

Die Beklagte trug vor, dass sich der Kläger im Leben doch gut eingerichtet habe (und deshalb ein Schmerzensgeld von 65.000,00 € ausreichend sei), er sogar durch den Kündigungsschutz für Schwerbehinderte durch den Unfall quasi einen Vorteil erlangt hat. Damit verließ die Beklagte den noch akzeptablem Rahmen verständlicher Rechtsverteidigung. Ein derartiges Prozessverhalten muss Schmerzensgeld erhöhend berücksichtigt werden

4. Unterschenkel

LG Saarbrücken, Urt. v. 06.11.2009 – 13 S 166/09, unveröffentlicht E 296

300,00 € (Mitverschulden: 1/4; Vorstellung: 1.200,00 €)

Lymphödem im Unterschenkel- Prellungen Sprunggelenk und Kniegelenk

Der Kläger erlitt als Motorradfahrer bei einem Verkehrsunfall eine Prellung des Sprunggelenks und des Kniegelenks, eine Hämarthrose, eine Bursa Präpatellaris im Kniegelenk und ein Lymphödem im Unterschenkel.

OLG Koblenz, Urt. v. 24.03.2011 – 5 U 167/09, MedR 2012, 653 E 297

500,00 € (Vorstellung: 20.000,00 €)

Taubheitserscheinungen im Bein nach Herzkatheteruntersuchung

Beim Kläger wurde über die rechte Leiste eine Herzkatheteruntersuchung durchgeführt. Nach der Entlassung am Folgetag stellte der Kläger sich mit Taubheitsgefühlen im rechten Bein erneut im Krankenhaus vor. Es wurden Thromben aus der Beinarterie entfernt. Der Kläger wurde 7 Tage später aus dem Krankenhaus entlassen. Der Vorwurf gegen die Behandlungsseite bestand darin, dass der Gefäßverschluss am Tag der Herzkatheteruntersuchung nicht erkannt wurde. Dadurch wurde der Revisionseingriff um einen halben Tag verzögert. Die dadurch bedingten Schmerzen, Taubheitserscheinungen, eine Gehbehinderung und Ängste hätten dem Kläger erspart werden können.

AG Essen, Urt. v. 24.08.2010 – 11 C 98/10, SVR 2010, 422 E 298

650,00 € (Mitverschulden: 3/4; Vorstellung: 1.000,00 €)

Unterschenkelfraktur – Mittelfußfraktur

Die Klägerin prallte als Fußgängerin auf den vorderen Kotflügel des Fahrzeugs des Beklagten, wobei sie sich eine Unterschenkelfraktur, eine Mittelfußfraktur, Quetschungen, Schürfungen und eine Schädelprellung zuzog. Sie befand sich rund 12 Tage in stationärer sowie 1 Woche in ambulanter Behandlung.

LAG Rheinland-Pfalz, Urt. v. 21.02.2005 – 7 Sa 891/04, unveröffentlicht E 299

700,00 €

Abschürfungen und offene Wunde am Unterschenkel

Der Beklagte drückte die Autotür zu, sodass das Bein des Klägers eingeklemmt wurde. Dadurch erlitt der Kläger Hautabschürfungen und eine offene Wunde am Unterschenkel. Er begab sich in ärztliche Behandlung. Das Schmerzensgeld rechtfertigt sich auch deshalb, weil der Beklagte vorsätzlich handelte.

OLG München, Urt. v. 10.01.2002 – 1 U 2373/01, VersR 2002, 985 E 300

1.000,00 €

Abgebrochene Bohrerspitze im Schienbein

Es ist i. d. R. nicht kunstfehlerhaft, bei der Operation einer Fraktur ein abgebrochenes Metallteil einer Bohrerspitze im Knochen (hier: Tibia) zu belassen. Der Patient ist hierüber jedoch aufzuklären.

Dieser Anspruch beruht darauf, dass der Arzt anhand der postoperativen Röntgendiagnostik hätte erkennen können, dass sich im Schienbeinknochen des Klägers ein Metallfragment befand, dieses aber übersah. Aufgrund der unterlassenen Aufklärung des Klägers darüber verursachte das Metallstück für einige Monate Beschwerden, die sich bei einer sofortigen Entfernung nach Auftreten der Schmerzen hätten vermeiden lassen.

E 301 **OLG Hamm, Urt. v. 05.04.2005 – 9 U 41/03, VersR 2006, 713 = MDR 2006, 149**

1.750,00 € (Mitverschulden: 1/2; Vorstellung: 4.000,00 €)

Tibiakopffraktur

Die 26 Jahre alte Klägerin stürzte in der Fahrstunde mit dem Motorrad und erlitt eine Tibiakopffraktur. Diese führte über längere Zeit zu starken Druck- und Bewegungsschmerzen im Knie mit mäßiggradiger Schwellung im Bereich des Knies und des Unterschenkels. Die Klägerin unterzog sich zwei operativen Eingriffen. Die Wundheilung verlief reizlos und komplikationslos.

E 302 **OLG Bamberg, Urt. v. 18.01.2005 – 5 U 207/04, OLGR 2005, 154**

1.800,00 € (Mitverschulden: 1/3)

Knochenabsprengung am Schienbein – große Fleischwunde am Bein – Schulterprellung

Der Kläger trat auf einem verwilderten Gelände in einen Brunnenschacht. Er schlug mit dem Schienbein auf den Betonrand und stürzte rücklings in den Schacht. Dabei zog er sich eine Knochenabsprengung am Schienbein, eine große Fleischwunde am Bein und eine Schulterprellung zu.

E 303 **OLG Köln, Urt. v. 01.11.2005 – 18 U 28/05, unveröffentlicht**

2.000,00 € (Vorstellung: 5.000,00 €)

Distale Radiustrümmerfraktur

Der Kläger erlitt als Motorradfahrer eine distale Radiustrümmerfraktur, die folgenlos verheilte.

E 304 **LG Gießen, Urt. v. 23.02.2006 – 3 O 410/05, SP 2006, 241**

2.000,00 € (Mitverschulden: 2/3)

Tibiakopf-Impressionsfraktur

Die Klägerin erlitt eine laterale Tibiakopf-Impressionsfraktur am Knie. Sie wurde 17 Tage stationär behandelt. Sie war 3 Monate erwerbsunfähig. Seit dem Unfall unterzog sie sich mehrfach längeren Rehabilitationsbehandlungen. Ihre Diplomprüfung im Studienfach Psychologie musste sie verschieben, ihr Jahresurlaub von 6 Wochen ist verfallen. Diese Umstände sind bei der Bemessung des Schmerzensgeldes berücksichtigt worden.

E 305 **OLG Koblenz, Urt. v. 09.02.2004 – 12 U 113/03, OLGR 2004, 405**

2.200,00 € (Vorstellung: 5.000,00 €)

Schienbeinfraktur – Schädelfraktur

Der 7 Jahre alte Kläger fuhr mit seinem Kinderfahrrad eine mit 7 % abschüssige Straße in einer Kurve bergauf und wollte nach links abbiegen, als ihm der Beklagte mit dem Pkw entgegenkam. Es kam zum Zusammenstoß, als der Kläger sich auf der Fahrbahn des Beklagten befand, der sich seinerseits mit einer Fahrzeughälfte auf der Gegenfahrbahn befand. Das LG ging vom alleinigen Verschulden des Beklagten aus, was das OLG als nicht zwingend bezeichnete.

Der Kläger erlitt eine Schienbeinfraktur und eine Schädelfraktur. Er wurde am Kopf operiert, bei dem Entleeren eines Hämatoms handelte es sich nicht um eine objektiv gefährliche Operation. Die Verletzungen des Klägers und die Narben, sind kaum noch erkennbar. Der Kläger ist subjektiv beschwerdefrei.

LG Coburg, Urt. v. 27.08.2002 – 23 O 456/02, NVwZ 2003, 248 E 306

2.500,00 € (Mitverschulden: 2/5; Vorstellung: 7.500,00 €)

Tibiaschaftfraktur

Die Klägerin kam durch ein Loch im Bürgersteig zu Fall und zog sich eine Tibiaschaftfraktur zu, die operativ versorgt wurde. Sie befand sich eine Woche in stationärer Behandlung. Es wurde ein Nagel eingesetzt, der nach ca. einem Jahr wieder entfernt werden musste.

LG Darmstadt, Urt. v. 10.09.2008 – 2 O 114/07, unveröffentlicht E 307

2.500,00 € (Vorstellung: 5.000,00 €)

Fraktur des Wadenbeins nach Huftritt eines Pferdes

Der Kläger, der an einem Jagdausflug teilnahm, erhielt vom Pferd des Beklagten, als dieses auskeilte, einen Huftritt gegen den Unterschenkel. Die Fraktur wurde konservativ versorgt. Infolgedessen war der Kläger rd. zwei Monate in der Beweglichkeit eingeschränkt. Infolge der Schmerzen war der Kläger eine Woche arbeitsunfähig und in den folgenden Wochen nur eingeschränkt arbeitsfähig.

AG Ludwigshafen, Urt. v. 30.08.2012 – 2k C 39/12, unveröffentlicht E 308

2.500,00 € (Vorstellung: 5.000,00 €)

Unterschenkelfraktur – Narben

Die Klägerin rutschte aus dem Rollstuhl heraus, als dieser, von einer Begleiterin geschoben, an einer schlecht erkennbaren Bodenunebenheit abrupt zum Stillstand kam. Sie erlitt eine Unterschenkelfraktur, die 8 Tage stationär behandelt wurde. Die Klägerin litt erhebliche Schmerzen. Am Schienenbein wird eine große Operationsnarbe zurückbleiben.

Das Gericht hat keine Feststellungen zu vergleichbaren Entscheidungen getroffen und die Narbe letztlich nicht bei der Schmerzensgeldbemessung berücksichtigt.

AG Brilon, Urt. v. 04.09.2003 – 8 C 275/03, SP 2004, 156 E 309

3.000,00 € (Vorstellung: 6.000,00 €)

Unterschenkelfraktur bei einem 4 Jahre alten Kind

Der Kläger, ein 4 Jahre alter Junge, wurde bei einem Verkehrsunfall verletzt und erlitt eine Unterschenkelfraktur. Er musste 4 Wochen einen Oberschenkelgips und 2 Wochen einen Unterschenkelgips tragen; ein stationärer Aufenthalt war nicht erforderlich.

Prägend für die Bemessung des Schmerzensgeldes waren die schmerzhafte körperliche Beeinträchtigung und die Einschränkung der Bewegungsfreiheit über einen für ein Kind langen Zeitraum.

E 310 **LG Görlitz, Urt. v. 14.11.2003 – 3 O 22/03, SVR 2004, 231**

3.000,00 € (Mitverschulden: 1/2)

Unterschenkelfraktur

Die Klägerin wurde bei Dunkelheit als Fußgängerin in dunkler Kleidung von einem Pkw angefahren und erlitt eine Unterschenkelfraktur. Sie war 10 Tage in stationärer Behandlung, das Osteosynthesematerial muss noch operativ entfernt werden.

E 311 **LG Bochum, Urt. v. 02.04.2004 – 5 O 66/03, unveröffentlicht**

3.000,00 € (Mitverschulden: 1/3; Vorstellung: 7.500,00 €)

Wadenbeinfraktur – Trümmerfraktur Sprunggelenk – Bänderriss

Die Klägerin stürzte beim Aussteigen aus einem Bus auf einer nicht gestreuten Fläche und zog sich eine Wadenbeinfraktur, eine Trümmerfraktur des Sprunggelenks und einen Bänderriss zu. Sie war 2 Wochen in stationärer Behandlung. Sie war 5 Monate arbeitsunfähig, die Behinderungen dauerten noch länger.

E 312 **OLG Jena, Urt. v. 28.10.2008 – 5 U 596/06, NJW-RR 2009, 1248**

3.000,00 € (Vorstellung: 6.000,00 €)

Offene Wunde am Unterschenkel – Narben

Der schon ältere Kläger erlitt als Radfahrer bei einem Verkehrsunfall eine offene Wunde am Unterschenkel, großflächige Prellungen, Wundheilungsstörungen mit verzögertem Heilungsverlauf und deutlich sichtbare und druckschmerzhafte Narben sowie Hautverfärbungen. Der Kläger war ca. 3 Wochen arbeitsunfähig.

E 313 **OLG Rostock, Urt. v. 13.12.2004 – 3 U 249/03, OLGR 2005, 113**

3.500,00 € (Mitverschulden: 1/5; Vorstellung: 4.000,00 €)

Tibiaschaftfraktur

Der 46 Jahre alte Kläger erlitt beim Entladen von Betonplatten mit einem Kran auf dem Betriebsgelände des Beklagten einen Unfall. Dabei zog er sich eine Tibiaschaftfraktur ohne Dislokation zu. Er befand sich 8 Tage in stationärer Behandlung. Beim Kläger bestanden eine Bewegungseinschränkung mit Streck- und Beugebehinderung, eine diskrete Lockerung des Kniebandapparates sowie eine deutliche Minderung der Oberschenkelmuskulatur als Folge einer schmerzbedingten Schonung. Der Kläger war 3 1/2 Monate arbeitsunfähig.

E 314 **OLG Düsseldorf, Urt. v. 20.02.2006 – I-1 U 137/05, NZV 2006, 415 = SP 2006, 418**

3.500,00 €

Offene Knieverletzung – Schürfwunden – Impressionsfraktur eines Brustwirbels – Thoraxtrauma – HWS-Distorsion

Der Kläger hat als Motorradfahrer bei einem Sturz zahlreiche Schürfwunden, eine offene Knieverletzung sowie eine Impressionsfraktur eines Brustwirbels, ein Thoraxtrauma und eine HWS-Distorsion erlitten. Er trug außer dem Schutzhelm keine Schutzkleidung. Er wurde 10 Tage stationär behandelt und war 3 Wochen arbeitsunfähig. Die fehlende Schutzkleidung – Verschulden gegen sich selbst – hätte die Schürfwunden und die Knieverletzung vermieden.

LG Bonn, Urt. v. 24.03.2006 – 2 O 73/05, unveröffentlicht; bestätigt durch OLG Köln – 7 U 57/06, VuR 2007, 195 E 315

3.500,00 € (Vorstellung: 3.500,00 €)

Spiralfraktur des Tibiaschaftes

Die 58 Jahre alte Klägerin kam im Kassenbereich eines Supermarktes infolge unzureichender Verkehrssicherung zu Fall und zog sich eine Spiralfraktur des Tibiaschaftes zu. Die Verletzung wurde durch Einsetzen eines Tibiamarknagels operativ behandelt. Der stationäre Aufenthalt der Klägerin dauerte 9 Tage. Für 2 Monate war sie auf Gehhilfen angewiesen.

OLG Köln, Urt. v. 13.06.2012 – 5 U 18/11, MedR 2013, 30 E 316

4.000,00 €

Entzündung nach unzureichender Wundrevision

Der Kläger hatte einen Holzsplitter, der unterhalb des Knies in die Wade eingedrungen war, selbst herausgezogen. Der beklagte Arzt unterließ die gebotene Wundrevision, bei der die Reste des Holzsplitters mit einer Wahrscheinlichkeit von über 50% entdeckt worden wären. Es kam zu einem verzögerten Heilungsverlauf um 3 Monate. Die Entzündungen waren mit erheblichen Schmerzen verbunden und der Kläger musste zweimal operiert werden. Der Kläger fürchtete zwischenzeitlich, sein Bein zu verlieren.

LG Bonn, Urt. v. 21.03.2005 – 1 O 484/04, NJW 2005, 1873 E 317

4.500,00 € (Mitverschulden: 2/5)

Drehbruch des Schienbeines

Die Klägerin erlitt auf einer Skipiste in Österreich bei einem Zusammenstoß mit einem Snowboardfahrer einen komplizierten Drehbruch des Schienbeines, der genagelt und geschraubt werden musste. Unter Berücksichtigung der Schwere der Verletzung, des Krankenhausaufenthalts, der Dauer der Arbeitsunfähigkeit von mehr als 3 Monaten, der noch im Körper der Klägerin befindlichen Metallteile und des zeitweiligen (rund 9 Wochen) Erfordernisses, Gehstützen zu benutzen, wurde das Schmerzensgeld bemessen.

OLG Stuttgart, Beschl. v. 29.04.2008 – 5 W 9/08, NJW 2008, 2514 = VersR 2008, 1357 = NZV 2008, 523 E 318

4.500,00 € (Vorstellung: 6.000,00 €)

Schienenbeinprellungen und Schürfungen

Die 18 Jahre alte Klägerin stürzte auf dem Parkplatz einer Diskothek über einen ungesicherten Kanaldeckel. Sie trug Schürfungen und Prellungen an beiden Beinen, insb. den Schienbeinen und eine Beschwerdesymptomatik der tiefen LWS und BWS davon. Durch die Narbenbildung im Beinbereich ist ihr Selbstwertgefühl erheblich gestört. Die körperlichen Beeinträchtigungen dauern an.

LG Wuppertal, Urt. v. 23.11.2009 – 4 O 69/08, unveröffentlicht E 319

4.500,00 € (Mitverschulden: 1/2; Vorstellung: 8.000,00 €)

Unterschenkelfraktur

Der 44 Jahre alte Kläger erlitt als Kradfahrer bei einem Verkehrsunfall eine Unterschenkelfraktur und einen Weichteilschaden 2. Grades. Er wurde 14 Tage stationär behandelt. Bewegungseinschränkungen im Sprunggelenk und im Kniegelenk bleiben als Dauerschaden.

E 320 **OLG Naumburg, Urt. v. 05.08.2010 – 2 U 39/10, unveröffentlicht**

4.500,00 € (Mitverschulden: 1/3)

Hundebiss in die Wade

Die schon ältere Klägerin wurde vom Hund der Beklagten in die Wade gebissen. Der stationäre Aufenthalt dauerte wegen einer Wundinfektion ca. 4 Wochen. Anschließend musste die Klägerin ca. 2 Wochen Gehstützen benutzen. Es traf sie ein Mitverschulden von 1/3.

E 321 **OLG Nürnberg, Urt. v. 25.10.2002 – 6 U 1150/02, ZfS 2003, 230**

5.000,00 € (Mitverschulden: 5/6)

Fraktur beider Unterschenkel

Der betrunkene Kläger lief nachts in dunkler Kleidung auf der Fahrbahn einer Landstraße und wurde von einem Pkw erfasst. Er erlitt eine Fraktur des rechten Unterschenkels und eine offene Fraktur des linken Unterschenkels, verschiedene kleinere Frakturen, Schädelverletzungen und Absprengungen mehrerer Zähne. Er wurde 3 Monate stationär behandelt. Danach konnte er sich nur mit Krücken fortbewegen und ist nach wie vor beeinträchtigt.

E 322 **OLG Brandenburg, Urt. v. 08.03.2007 – 12 U 154/06, unveröffentlicht**

5.000,00 €

Tibiakopffraktur – Meniskusabriss

Die Klägerin erlitt durch einen Unfall eine Tibiakopfdepressionsfraktur links und einen kapselnahen Teilabriss des Meniskus. Sie wurde operiert und 3 Wochen stationär behandelt. Ein rund 6-wöchiger Rehabilitationsaufenthalt schloss sich an. Bei der Klägerin ist eine nur eingeschränkte Belastbarkeit des linken Knies verblieben, wobei es nach längerer Belastung zu einem Anschwellen kommt.

Die Klägerin kann ihren Beruf als Kellnerin nicht mehr ausüben.

E 323 **LG Freiburg, Urt. v. 08.08.2003 – 14 O 245/01, SpuRt 2006, 39**

5.500,00 €

Unterschenkelfraktur

Der Kläger erlitt beim Fußballspiel eine Unterschenkelfraktur, als der Beklagte ihm das Schien- und Wadenbein durchtrat. Der Kläger befand sich in stationärer Behandlung, musste sein Sportabitur verschieben und konnte mehr als 3 1/2 Jahre keinen Sport betreiben.

E 324 **OLG Düsseldorf, Urt. v. 23.02.2010 – I-1 U 156/09, unveröffentlicht**

5.625,00 € (Mitverschulden: 1/4; Vorstellung: LG-Urteil: 12.500,00 €)

Zweietagenfraktur des Unterschenkels

Der Kläger erlitt bei einem Zusammenstoß zweier Fahrzeuge eine Zweietagenfraktur des Unterschenkels, die eine Verriegelungsnagelung erforderlich machte. Er wurde zweimal stationär behandelt. Er war 5 Monate arbeitsunfähig und 1 Jahr lang in der Erwerbsfähigkeit gemindert. Auf Dauer beträgt die MdE weniger als 10%.

Als Dauerschaden verblieb eine Empfindsamkeitsstörung auf einer Seite des Schienenbeinkopfes. Nach 1 ½ Jahren waren funktionelle Einbußen in Hüft-, Knie- und Sprunggelenken und eine gestörte Belastbarkeit der Gelenke nicht mehr feststellbar.

Zur Begründung der Schmerzensgeldbemessung nennt das Gericht als vergleichbar mehrere 10 – 20 Jahre alte Entscheidungen.

LG Neubrandenburg, Urt. v. 02.07.2010 – 3 O 70/09, unveröffentlicht E 325

6.000,00 € (Vorstellung: 10.000,00 €)

Unterschenkelfraktur mit Unterschenkelkomparment-Syndrom

Der Kläger kam infolge von Eisglätte zu Fall. Er zog sich eine komplizierte Unterschenkelfraktur mit Unterschenkelkomparment-Syndrom zu. Die operative Versorgung der Fraktur erfolgte mittels TriGen-Unterschenkelnagel. Die stationäre Versorgung dauerte rund 2 1/2 Wochen. Als Dauerfolge besteht eine posttraumatische Arthrose mit einem Grad der Behinderung von 20 %.

OLG Schleswig, Urt. v. 30.10.2002 – 4 U 150/01, OLGR 2003, 140 E 326

7.575,00 €

Fraktur des Schienbeinkopfes

Der Beklagte fügte der fast 70 Jahre alten Klägerin eine Fraktur des Schienbeinkopfes im rechten Knie zu, dessentwegen sie 12 Tage im Krankenhaus stationär und operativ behandelt werden musste und 3 Monate bettlägerig war. In der Folgezeit musste sie bei einem schief stehenden rechten Bein an Krücken gehen und das Bein immer wieder hochlegen. zwei Schrauben wurden aus dem Knie operativ entfernt. Mehr als 3 Monate war die Verletzte zu 100 % arbeitsunfähig, für weitere 3 Monate zu 30 % und danach auf Dauer zu 20 %. Als dauernde Folge des Unfalls wird eine posttraumatische Arthrose des rechten Kniegelenks zurückbleiben.

Der Beklagte war massiv betrunken. Er hat die Verletzte nach dem Sturz vom Fahrrad an der Unfallstelle nicht ärztlich zu betreuen versucht, sondern ist nach Übergabe seiner Visitenkarte davongefahren. Einsicht des Beklagten in sein Fehlverhalten ist nicht zu erkennen.

OLG München, Urt. v. 14.10.2010 – 1 U 1657/10, unveröffentlicht E 327

7.500,00 €

Kompartmentsandrom – Peronäusschädigung

Nach der sechsstündigen Operation wurde bei dem Kläger im Bereich des Unterschenkels eine Schwellung festgestellt. Am folgenden Tag diagnostizierte der Beklagte ein im Bereich des Unterschenkels liegendes Kompartmentsyndrom, das operativ versorgt wurde. Die verspätete operative Behandlung des Kompartmentsyndroms war zumindest mitursächlich für den Umfang des Dauerschadens, der in einer diskreten Peronäusschädigung liegt.

OLG Frankfurt am Main, Urt. v. 12.01.2007 – 19 U 217/06, NJW-RR 2007, 748 E 328

8.000,00 € (Vorstellung: 10.000,00 €)

Tibiakopffraktur

Die Klägerin wurde von dem Schäferhund des Beklagten umgerannt und erlitt durch den Sturz eine laterale Tibiakopf-depressions-Impressionsfraktur am Bein. Der stationäre Krankenhausaufenthalt dauerte 2 Wochen. Es folgten weitere kurze stationäre Aufenthalte. Die postoperative ambulante Behandlung dauerte etwa 12 Wochen.

E 329 **OLG Frankfurt am Main, Urt. v. 10.09.2008 – 1 U 184/07, MDR 2009, 263 = SpuRt 2009, 35**

8.000,00 €

Unterschenkelfraktur

Der Kläger erlitt einen Skiunfall, weil der Beklagte als Betreiber eines Skiliftes die ihm obliegende Verkehrssicherungspflicht verletzte. Der Kläger zog sich eine 3-fache Fraktur des Unterschenkels und einen Haarriss unter der Kniescheibe zu, worunter der Kläger erheblich zu leiden hatte. Der Heilungsverlauf zog sich über ein Jahr hin und führte nicht vollständig zur Wiederherstellung der Gesundheit des Klägers. Es ist mit nicht absehbaren Spätfolgen zu rechnen.

E 330 **OLG Hamm, Urt. v. 27.11.2012 – 9 U 132/12, unveröffentlicht**

8.000,00 € (Vorstellung: 10.000,00 €)

Tibiakopf- und Wadenbeinfraktur

Der Ehemann der Klägerin, die aus abgetretenem Recht klagt, wurde vom Beklagten, der mit einem Gabelstapler rückwärts fuhr, verletzt. Er erlitt eine Tibiakopffraktur und eine nicht dislozierte Wadenbeinfraktur, eine massive Ergussbildung im Knie sowie Schürfwunden am Innenknöchel. Er wurde 14 Tage stationär behandelt, wobei eine operative Verplattung des Tibiakopfes erfolgte. Das Plattenmaterial muss voraussichtlich noch erfolgen. Für 6 Monate war der Verletzte auf Gehhilfen angewiesen und verletzungsbedingt 7 Monate arbeitsunfähig. Jedenfalls in diesem Zeitraum litt er unter Schmerzen und Bewegungsbeeinträchtigungen.

E 331 **OLG Oldenburg, Urt. v. 29.12.2011 – 14 U 30/11, VersR 2012, 1052 = DAR 2012, 641**

8.500,00 € (Mitverschulden: $^{3}/_{10}$; Vorstellung: 15.000,00 €)

Frakturen an einem Unterschenkel und an einem Oberarm

Der Kläger erlitt als Radfahrer beim Linksabbiegen einen Unfall und zog sich Frakturen an einem Unterschenkel und am Oberarm zu. Er wurde wiederholt stationär und danach ambulant behandelt. Er muss eine regelmäßige Physiotherapie in Anspruch nehmen. Die Beweglichkeit der Schulter ist erheblich eingeschränkt, so dass eine MdE von 20% besteht.

E 332 **LG Köln, Urt. v. 13.12.2006 – 4 O 350/06, Verkehrsrecht aktuell 2007, 81**

9.000,00 € (Vorstellung: 10.000,00 €)

Tibiakopffraktur

Die Klägerin stürzte als Fahrradfahrerin bei einem vom Beklagten verschuldeten Verkehrsunfall und zog sich neben Prellungen eine Tibiakopffraktur zu, die stationär und operativ behandelt wurde.

E 333 **OLG Köln, Beschl. v. 29.07.2005 – 19 U 96/05, VersR 2006, 416**

10.000,00 €

Unterschenkelfraktur – Schock – Prellungen

Die Klägerin wollte mit ihren 3 Jahre alten Kindern die Fahrbahn überqueren. Dabei wurde sie von einem Pkw erfasst. Sie wurde auf die Motorhaube des Pkw »geladen« und fiel anschließend im Zuge eines von der Fahrerin eingeleiteten Bremsmanövers auf die Straße. Sie zog sich eine Unterschenkelfraktur zu, wurde zweimal stationär behandelt, war längere Zeit in der

Gehfähigkeit eingeschränkt und auf die Benutzung von Gehhilfen angewiesen. Die beiden Kinder erlitten unfallbedingt Schock- und Unruhezustände.

OLG Hamm, Urt. v. 20.01.2006 – 9 U 169/04, NZV 2006, 587 = NVwZ-RR 2006, 815 E 334

10.000,00 € (Mitverschulden: 1/2; Vorstellung: 50.000,00 €)

Komplizierte Trümmerfraktur des Unterschenkels und des Sprunggelenks

Der Kläger kam bei Glätte auf einer nicht gestreuten Straße ins Schleudern und prallte gegen eine Straßenlaterne. Er zog sich eine komplizierte Trümmerfraktur des Unterschenkels und des Sprunggelenks zu.

OLG Hamm, Urt. v. 14.03.2007 – 3 U 54/06, unveröffentlicht E 335

10.000,00 € (Vorstellung: 10.000,00 €)

Verletzung des Peronaeusnervs – Fußheberschwäche

Bei dem 46 Jahre alten Kläger bildete sich nach Durchführung einer valgisierenden Umstellungsosteotomie ein Kompartmentsyndrom in seinem rechten Bein, das nicht rechtzeitig erkannt und behandelt wurde, wodurch der Peronaeusnerv in diesem Bein geschädigt wurde. Die Störung der Fußhebung ist dauerhaft und führt zu erheblichen Beeinträchtigungen beim Bewegungsablauf. Dies wirkt sich insb. auch auf die Berufstätigkeit des Klägers aus, der als Koch seine Arbeit überwiegend stehend und gehend verrichtet. Darüber hinaus war zu berücksichtigen, dass durch fehlerhafte Behandlung der negative Verlauf der Wundinfektion im Operationsgebiet der Faszienspaltung wegen der Nekrosen als Sekundärschädigung begünstigt wurde, welcher mit weiteren erheblichen Beschwerden, einer erheblichen Verzögerung der Wundheilung, einem weiteren Krankenhausaufenthalt von fast 6 Wochen und mehreren Revisionsoperationen verbunden war.

Das OLG Hamm hat nicht erkannt, dass es ein Schmerzensgeld hätte zusprechen können, das über die »Vorstellung« des Klägers hinausging.

OLG Naumburg, Urt. v. 01.11.2007 – 1 U 59/07, VersR 2008, 415 m. Anm. Jaeger = NJW-RR 2008, 407 E 336

10.000,00 €

Unterschenkelschafttrümmerfraktur

Der Kläger befand sich aufgrund eines Verkehrsunfalls zweimal in chirurgischer Behandlung. Er hatte im Bereich des Schien- und Wadenbeines eine Unterschenkelschafttrümmerfraktur erlitten. Nach Feststellung eines Plattenbruchs und Entfernung der Platte wurde eine Pseudoarthrose festgestellt und erneut eine Osteosynthese durchgeführt. Die Fraktur heilte aus, der Längenausgleich des Beines trat nicht ein.

Infolge der ärztlichen Fehlbehandlung dauerte der Heilungsprozess nicht 6 – 9 Monate, sondern etwa 2 1/2 Jahre mit ärztlichen Behandlungen, Schmerzen und psychischen Beeinträchtigungen, wie dem Gefühl der Hilflosigkeit und Ohnmacht.

OLG München, Urt. v. 09.10.2008 – 23 U 2253/08, VD 2009, 25 E 337

10.000,00 €

Unterschenkelfraktur

Die Klägerin wurde als Fahrschülerin bei einem Verkehrsunfall verletzt und erlitt eine dislozierte offene Unterschenkelfraktur 2. Grades, die operativ versorgt wurde. Die Klägerin war 6 Monate arbeitsunfähig. Nach verzögerter Knochenbruchheilung wurde die Nagelung operativ entfernt. Im Verletzungsbereich bestand zunächst eine erhebliche Überempfindlichkeit sowie eine belastungsabhängige Beschwerdesymptomatik. Die Klägerin war insoweit in der Bewegung beschränkt, als ihr Knien oder längeres Gehen/Stehen nicht möglich war. Ihr wurde nach 3 Jahren aufgrund der nachwirkenden Beschwerden ein Grad der Behinderung von 20 % bescheinigt.

E 338 **OLG Celle, Urt. vom 14.02.201 – 20 U 35/10, RuS 2011, 270**

10.000,00 € Vorstellung: 10.000,00 €

Tibiakopffraktur mit langwierigem Heilungsverlauf

Die Klägerin, die das Pferd des Beklagten gelegentlich aus Gefälligkeit ausritt, stürzte, als das Pferd plötzlich angaloppierte. Sie erlitt eine Tibiakopfimpressionsfraktur, deren Heilung sich als langwierig erwies. Die Verletzung ist nicht vollständig ausgeheilt, die Klägerin kann das Knie nicht beugen, eine Arthrose ist zu befürchten.

E 339 **LG Schwerin, Urt. v. 14.12.2012 – 1 O 8/12, SVR 2013, 225**

10.000,00 € (Mitverschulden: $^{7}/_{10}$)

Doppelseitige Unterschenkelfraktur – Schädelfraktur – Beckenfraktur

Die Klägerin wurde als Fußgängerin von einem Fahrzeug erfasst. Sie erlitt schwere Kopfverletzungen, einen Beckenbruch und einen doppelseitigen Unterschenkelbruch. Sie wurde zunächst auf der Intensivstation behandelt. Die Diagnosen lauteten auf bilaterale Beckenringfraktur mit Rotationsinstabilität und vertikaler Verschiebung, Tibia-Etagenfraktur mit einem segmentalen Zwischenfragment, epidurale Blutung, Skalpierungsverletzung, Schädeldachfraktur, Gehirnerschütterung und Schädelbasisfraktur. Therapeutisch wurde eine Schädelöffnung vorgenommen, die Frakturen wurden chirurgisch und konservativ behandelt. Die sich anschließende ambulante Behandlung dauerte länger als 1 Jahr.

E 340 **OLG München, Urt. v. 17.03.2006 – 10 U 3782/04, DAR 2006, 394**

11.500,00 € (Vorstellung: 23.500,00 €)

Mehrfach dislozierte Fraktur von Schien- und Wadenbein

Der 2 Jahre alte Kläger wurde beim Überqueren der Straße vom Pkw des Beklagten angefahren und erlitt eine mehrfach dislozierte Fraktur von Schien- und Wadenbein sowie Prellungen und Abschürfungen. Er wurde operiert und musste 10 Wochen einen Fixateur externa tragen. Keine Anspruchsminderung wegen einer möglichen Verletzung der Aufsichtspflicht der Mutter.

E 341 **OLG München, Urt. v. 24.11.2006 – 10 U 2555/06, unveröffentlicht**

12.000,00 € (Vorstellung: 27.000,00 €)

Unterschenkelmehrfragmentfraktur

Der Kläger erlitt bei einem Verkehrsunfall u. a. eine offene Unterschenkelmehrfragmentfraktur 1. Grades rechts bei erheblicher Vorschädigung in diesem Bereich. Wegen der Vorschäden sind beim Kläger Dauerfolgen verblieben.

OLG Brandenburg, Urt. v. 25.08.2009 – 12 W 40/09, SP 2010, 75 E 342

12.500,00 € (Mitverschulden: 1/2; Vorstellung: 30.000,00 €)

Unterschenkelfraktur – Kompartmentsandrom – Decollement

Der 18 Jahre alte Kläger erlitt als Kradfahrer bei einem Verkehrsunfall eine offene Unterschenkelfraktur 3. Grades mit drittgradigem Weichteilschaden und Kompartmentsyndrom, eine Verletzung der Arteria tibialis anterior sowie ein ausgeprägtes Decollement.

Dem Kläger wurde PKH bewilligt.

OLG Frankfurt am Main, Urt. v. 04.04.2006 – 9 U 118/00, OLGR 2006, 673 E 343

13.500,00 € (Betriebsgefahr des Rollers)

Offene Unterschenkelfraktur – stumpfes Thoraxtrauma mit Rippenfraktur – Hirnquetschung

Der 16 Jahre alte Kläger erlitt als Rollerfahrer bei einem Verkehrsunfall eine offene Unterschenkelfraktur rechts 1. – 2. Grades und ein stumpfes Thoraxtrauma mit Fraktur einer Rippe sowie eine Hirnquetschung (contusio cerebri 2. Grades) mit passagerem posttraumatischem hirnorganischem Psychosyndrom (Gedächtnisstörung, vermindertes Hirnleistungsvermögen). Er wurde wegen der Unfallfolgen operiert und kam anschließend für 3 Wochen in stationäre neurologische Behandlung. Der Kläger war mehrere Monate arbeitsunfähig. Infolge des Unfalls leidet der Kläger unter einer dauerhaften Beeinträchtigung am rechten Bein in Form einer Lockerung des Kniebandapparates und des vorderen Kreuzbandes, die sich als Knieinstabilität und mit Schmerzen im Bereich der rechten Kniescheibe bemerkbar macht und für sich genommen eine MdE von 10 % begründet.

Durch die unfallbedingte Hirnverletzung besteht eine Dauereinschränkung in Gestalt einer funktionellen Hirnschädigung. Zudem liegt ein gering ausgeprägtes, anhaltendes Psychosyndrom nach Schädelhirntrauma vor. Der Kläger leidet an Merkfähigkeitsstörungen, impulsiv auftretenden aggressiven Verhaltensdurchbrüchen und verminderter Ausdauer. Diese Unfallfolgen lassen ein Schmerzensgeld von 20.000,00 DM nicht mehr angemessen erscheinen. Schmerzensgeld erhöhend wirkt zudem, dass der Kläger während seiner Behandlung auf der Intensivstation für 4 Tage im Gitterbett angebunden war.

Der Schadensersatzanspruch des Klägers wird allerdings durch die bei dem Unfall mitwirkende Betriebsgefahr des Rollers beschränkt.

OLG München, Beschl. v. 16.12.2005 – 1 W 2878/05, unveröffentlicht E 344

15.000,00 €

Unterschenkelthrombose

Der Antragsteller verlangt PKH zur Geltendmachung eines Anspruchs auf Zahlung von Schmerzensgeld wegen einer behaupteten fehlerhaften ärztlichen Behandlung im Rahmen seiner Inhaftierung in der Justizvollzugsanstalt. Die Anstaltsärzte hätten bei ihm trotz entsprechender anhaltender Beschwerden eine Thromboseerkrankung nicht erkannt. Erst nach 3 Monaten sei die gebotene fachärztliche Untersuchung veranlasst worden, bei der eine Verstopfung von drei Arterien im unteren Teil des rechten Beines diagnostiziert worden sei. Angesichts des fortgeschrittenen Stadiums der Erkrankung seien mehrere Operationen sowie eine nachfolgende Dauermedikation erforderlich gewesen. Hätten die Ärzte zeitgerecht die gebotenen Untersuchungen erhoben, wäre die (drohende) Thrombose früher erkannt worden. Die Erkrankung hätte ohne Operationen allein mit Medikamenten behandelt werden können, auch eine Dauermedikation wäre vermieden worden.

E 345 **KG, Urt. v. 04.05.2006 – 12 U 42/05, VRS 111 (2006), 16**

15.000,00 €

Schienbeinfraktur – Luxation am Daumengelenk

Der Kläger zog sich bei einem Verkehrsunfall eine nicht verschobene, offene, laterale Schienbeinfraktur 1. Grades, eine Luxation am Daumengelenk sowie Prellungen, Hämatome und Schürfwunden an Gesäß und Oberschenkel zu. Die Behandlungsdauer betrug insgesamt ca. 7 Monate stationär. Aufgrund der Verletzungen des Knies und des Daumens ist der Kläger nicht mehr in der Lage, die früher geleistete Hausarbeit voll zu erbringen.

E 346 **OLG Saarbrücken, Urt. v. 10.03.2007 – 4 U 338/06, MDR 2008, 261 = SP 2008, 209**

15.000,00 €

Unterschenkelfraktur

Der 16 Jahre alte Kläger erlitt bei einem Verkehrsunfall eine stark dislozierte Unterschenkelfraktur, die zu ihrer Behandlung über einen Zeitraum von 18 Monaten mehr als zehn Operationen erforderte, weil Komplikationen wegen einer Keiminfektion auftraten. Die schulischen Leistungen des Klägers litten unter der aufwendigen Behandlung. Der Kläger, der vor dem Unfall Leistungssport im Bereich des Ringens ausübte, konnte keinen Sport mehr treiben.

E 347 **OLG Brandenburg, Urt. v. 20.12.2007 – 12 U 141/07, DAR 2008, 620**

15.000,00 € (Mitverschulden: 1/3; Vorstellung: 58.500,00 €)

Offene Unterschenkelfraktur

zuzüglich 250,00 € monatliche Rente

Der 17 Jahre alte Kläger wurde als Fußgänger angefahren und erlitt eine offene Unterschenkelfraktur mit einem beginnenden Kompartmentsyndrom. Er musste mehrfach operiert werden und befand sich 5 Wochen in stationärer Behandlung. Er erhielt für kurze Zeit einen Fixateur externe. Es wurde eine Hauttransplantation vom rechten Oberschenkel vorgenommen. Als Dauerschaden verblieben eine Beeinträchtigung des Gangbildes, Operationsnarben, eine Muskelminderung am rechten Oberschenkel, eine Vergröberung der Umrisszeichnungen der Weichteile des rechten Unterschenkels um 1 cm und eine MdE von 10 %.

E 348 **OLG München, Urt. v. 25.02.2009 – 20 U 3523/08, SpuRt 2010, 256**

15.000,00 € (Vorstellung: 13.000,00 €)

Komplette Unterschenkelfraktur

Der Beklagte beging ein Foul an dem 14 Jahre alten Kläger, wodurch der Kläger im Bereich des Unterschenkels und Sprunggelenks ganz erheblich verletzt wurde. Er erlitt eine komplette Fraktur des Schien- und Wadenbeines, die Wachstumsfuge riss und ein Nervenstrang wurde durchtrennt; der linke Fuß war gefühllos. Die Aktion des Beklagten wurde mit einer gelben Karte und einem Elfmeter bestraft. Der Kläger muss sich seit dem Unfall immer wieder in Behandlung begeben. Die Fraktur ist mit Bewegungseinschränkungen im oberen und unteren Sprunggelenk verheilt. Es bestehen eine Sensibilitätsminderung an der Innenseite des Fußes sowie Kontrakturen und Verdickungen im Bereich der Großzehe mit einer Behinderung in der Abrollbewegung. Das Bein ist auf Dauer zu 2/7 in der Funktionsfähigkeit beeinträchtigt.

OLG Oldenburg, Urt. v. 20.06.2008 – 11 U 3/08, ZfS 2009, 436 = SVR 2009, 422 E 349

16.000,00 € (Vorstellung: 20.000,00 €)

Schnittverletzungen an Unterschenkel und Knie – Unterarmfraktur – Daumenfraktur – Narben

Die Klägerin erlitt bei einem Verkehrsunfall multiple Schnittverletzungen am Unterschenkel und Knie und schwere Schäden und Frakturen am Daumen sowie am Unterarm. Die Heilung der Frakturen verzögerte sich, sodass ein weiterer Krankenhausaufenthalt von einer Woche erforderlich wurde. Bei einer weiteren Operation wurde der Klägerin Knochenmaterial aus dem Beckenkamm entnommen. Insgesamt wurde sie fünfmal stationär behandelt.

Die Klägerin leidet im Handgelenk an Bewegungseinschränkungen. Beim Faustschluss können zwei Finger nicht vollständig eingeschlagen werden. Über den Unterarm verläuft eine 16 cm lange Operationsnarbe und es bestehen Gefühlsstörungen am Unterarm.

OLG Frankfurt am Main, Urt. v. 22.02.2010 – 16 U 146/08, SP 2010, 220 E 350

17.000,00 € Teilschmerzensgeld

Wadenbeinfraktur – Kreuzbandriss – Kniegelenksinnenverletzung – Distorsion im Kniegelenk – commotio ceribri

Der Kläger erlitt bei einem Verkehrsunfall eine Wadenbeinfraktur, einen Kreuzbandriss, eine Kniegelenksinnenverletzung (Gelenkerguss – Schleimbeutelentzündung mit Ödem), eine Prellung und Distorsion im Kniegelenk, einen Muskelfaserriss am Oberschenkel, Hämatome, eine Gehirnerschütterung und einen Zungenbiss. Das Schmerzensgeld erfasst die Beeinträchtigungen, die der Kläger bis zum Schluss der mündlichen Verhandlung erlitten hat.

OLG Naumburg, Urt. v. 23.12.2010 – 2 U 69/10, VersR 2012, 118 = SVR 2012, 304 E 351

19.000,00 €

Tibiakopffraktur – Schädel-Hirn-Trauma 1. Grades

Die Klägerin erlitt bei einem Verkehrsunfall eine Mehrfragment-Tibiakopffraktur bis ins Kniegelenk, eine Komplettruptur des vorderen Kreuzbandes sowie ein Schädelhirntrauma 1. Grades und eine Kopfplatzwunde.

Die Klägerin wurde 13 Tage stationär behandelt. Die Tibiakopffraktur wurde im Wege der Plattenosteosynthese versorgt. Die Klägerin konnte sich 3 Monate nur mit Unterarmstützen fortbewegen. Ihre Erwerbsfähigkeit war 2 Monate aufgehoben und weitere 2 Monate zu 50 % gemindert. Nach einem Jahr wurde das Material aus dem Knie entfernt. Voraussichtlich werden auf Dauer Verletzungsfolgen zurückbleiben.

OLG Düsseldorf, Urt. v. 14.03.2005 – I-1 U 149/04, unveröffentlicht E 352

20.000,00 €

Unterschenkelschaftfraktur – Schienbeinkopffraktur – traumatisches Kompartmentsyndrom – mehrere Schnitt- und Schürfwunden an den Beinen

Der 29 Jahre alte Kläger erlitt bei einem Verkehrsunfall eine Fraktur des linken Unterschenkelschafts, eine Schienbeinkopffraktur, ein traumatisches Kompartmentsyndrom am linken Bein sowie mehrere Schnitt- und Schürfwunden am linken äußeren Oberschenkel und Unterschenkel bis hinab zum Sprunggelenk. Die stationären Behandlungen dauerten 3 Wochen, 3 Tage, 6 Tage und 5 Tage. Danach befand sich der Kläger für rund 6 Monate in ambulanter

Behandlung. Er war 17 Monate arbeitsunfähig. Es besteht eine dauerhafte MdE von 10 %. Beide Beine sind von Narben gekennzeichnet.

E 353 **OLG Hamm, Urt. v. 11.04.2005 – 13 U 133/04, NZV 2006, 151 = ZfS 2006, 17 = DAR 2006, 272**

20.000,00 € (Mitverschulden: 3/5; Vorstellung (unquotiert): 50.000,00 €)

Tibiafraktur – Nasengerüstfraktur – Schädelbasisfraktur

Der 11 Jahre alte Kläger wurde von einem Auto erfasst, als er auf die Straße ging, ohne vorher an der Gehwegkante stehen zu bleiben. Er erlitt erhebliche Kopfverletzungen mit einem schweren Schädelhirntrauma und einer Nasengerüstfraktur. Ebenso erlitt er eine Fraktur des Unterschenkels und musste er sich einer Operation des Fußhebenervs unterziehen sowie mehrwöchige Krankenhausaufenthalte hinnehmen. Wegen Fehlzeiten in der Schule musste er ein Schuljahr wiederholen; es kam zu einem posttraumatischen Psychosyndrom. Es verblieben eine deutliche Narbe am Kopf und die Möglichkeit von Spätschäden aufgrund der Kopfverletzungen.

E 354 **OLG Hamm, Urt. v. 27.04.2010 – 7 U 98/09, unveröffentlicht**

20.000,00 € (Kein Mitverschulden Vorstellung: 20.000,00 €)

Trümmerbrüche an beiden Unterschenkeln

Der 60 Jahre alte Kläger rutschte in einem Schwimmbad eine Wasserrutsche in Rückenlage hinab. Als er unten angelangt war, prallte er in dem leeren Becken mit seinen Füßen gegen die hintere Beckenwand und zog sich hierbei an beiden Unterschenkeln komplizierte Trümmerbrüche zu. Im Einzelnen kam es zu einer Trümmerfraktur der distalen Tibia und Fibula links (Wadenbeinbruch) mit Einstauchung der Fragmente und Absprengung eines großen Volkmannschen Dreiecks (dreieckige Absprengung der hinteren unteren Schienbeinkante), einer Zerreißung des Nervus peronaeus superficialis (Wadenbeinnerv) und einer nicht dislozierten (nicht verschobenen) Innenknöchelfraktur.

Die Frakturen wurden operativ versorgt. Die stationäre Behandlung dauerte 3 Wochen und später noch einmal rund einen Monat. Er war 1/2 Jahr arbeitsunfähig.

E 355 **LG Osnabrück, Urt. v. 20.01.2004 – 10 O 2174/03, unveröffentlicht**

22.000,00 €

Unterschenkelschaftfraktur – Mehretagenunterschenkeltrümmerfraktur – Fraktur der 5. Mittelhandknochenbasis

Der Kläger, ein Feuerwehrmann, wurde vom Fahrzeug des Beklagten erfasst. Er erlitt infolge des Unfalls eine offene, verschobene Unterschenkelschaftfraktur, eine Mehretagenunterschenkeltrümmerfraktur rechts, eine Fraktur der 5. Mittelhandknochenbasis und eine partielle Lähmung des Nervus peronaeus.

Die erheblichen offenen Beinfrakturen stehen eindeutig im Vordergrund. Die Fraktur im Handbereich ist folgenlos ausgeheilt. Infolge der erheblichen Beinverletzungen waren ein 2-monatiger Klinikaufenthalt sowie eine insgesamt 7 1/2 Monate andauernde Arbeitsunfähigkeit gegeben. Die Dauer-MdE bemisst sich auf 30 %. Zwar kann der Kläger in seinem Beruf nach wie vor tätig sein. Er leidet aber unter ganz erheblichen Dauerschäden, die sowohl seine private als auch seine berufliche Lebensführung stark beeinträchtigen. Der Kläger hat beim Gehen starke Schmerzen.

OLG Köln, Urt. v. 08.03.2004 – 16 U 70/03, RRa 2005, 270; bestätigt durch BGH, Urt. v. 18.07.2006 – X ZR 44/04, VersR 2006, 1504 = NJW 2006, 2918 E 356

25.000,00 € (Vorstellung: 75.000,00 €)

Verletzung der Unterschenkel durch zersplitternde Glasscheibe

Die 8 Jahre alte Klägerin erlitt auf einer Auslandsferienreise im gebuchten Hotel einen Unfall. Sie lief gegen eine Glasschiebetür des von ihrer Familie bewohnten Appartements, die dabei zersplitterte. Durch das zersplitterte Glas erlitt sie erhebliche Verletzungen an beiden Unterschenkeln und Füßen. Es wurden Sehnen und Nerven des linken Fußes durchtrennt. Die primäre Versorgung in einem Krankenhaus auf Menorca war unzureichend, sodass nach der Rückkehr der Klägerin eine erneute operative Wundversorgung mit Sehnennähten und Nervennähten sowie plastischer Rekonstruktion zerschnittener Gewebsanteile notwendig wurde. Die anschließende Wundverheilung war verzögert und gestört. Die Klägerin musste für ca. 1 1/2 Jahre nach dem Unfall einen Rollstuhl benutzen. Die anfangs bestehenden Bewegungseinschränkungen haben sich verbessert. Dennoch ist die Klägerin in ihrer Mobilität nach wie vor stark eingeschränkt. Eine Korrektur der Narben kann erst erfolgen, wenn sie ausgewachsen ist. Der linke Fuß muss jeden Abend massiert werden, um das Narbengewebe geschmeidig zu halten. Es besteht weiterhin ein Taubheitsgefühl auf dem Rücken des Fußes. Die Beweglichkeit der Zehen des Fußes ist noch eingeschränkt. Psychische Folgen des Unfalls bestehen insoweit, als die Klägerin weiterhin unter den deutlich sichtbaren Narben am Fuß leidet und Furcht vor großen Glasflächen hat.

OLG München, Urt. v. 26.05.2010 – 20 U 5620/09, unveröffentlicht E 357

25.000,00 € (Vorstellung: 80.000,00 €, in zweiter Instanz: 50.000,00 €)

Unterschenkelfraktur – Narben

Die Klägerin, eine junge Frau zog sich bei einem Sportunfall eine komplette geschlossene distale Unterschenkelfraktur mit Beteiligung der tibialen Gelenkflächen mit Weichteilschaden Grad II zu. Das Bein ist nicht mehr belastbar, weist erhebliche Operationsnarben auf und schwillt bereits bei geringer Belastung an. Mit Folgebeschwerden wie einer posttraumatischen Arthrose ist zu rechnen.

KG, Urt. v. 15.03.2004 – 12 U 333/02, VRS 106 (2004), 419 E 358

30.000,00 €

Schienbeinkopftrümmerfraktur

Die 32 Jahre alte Klägerin erlitt bei einem Verkehrsunfall eine Schienbeinkopftrümmerfraktur. Sie war dreimal an insgesamt 33 Tagen in stationärer Behandlung, wurde fünfmal operiert und litt teilweise narkosebedingt an postoperativen Beschwerden. Sie war 7 Monate arbeitsunfähig. Infolge der Operation sind am Ober- und Unterschenkel umfängliche Narben verblieben. Sie kann das Kniegelenk nur eingeschränkt beugen und strecken, das Knie ist mittelgradig instabil. Muskeln haben sich zurückgebildet, das Bein ist um 2 cm verkürzt. Der Grad der Behinderung und die MdE betragen 40 %. Mit posttraumatischer Arthrose ist zu rechnen.

Für die Bemessung des Schmerzensgeldes hat das Gericht mehrere vergleichbare Entscheidungen herangezogen und die inzwischen eingetretene Geldentwertung berücksichtigt. Die strafrechtliche Verurteilung des Beklagten wurde nicht Schmerzensgeld mindernd berücksichtigt.

E 359 **OLG Karlsruhe, Beschl. v. 12.06.2013 – 7 W 26/13, unveröffentlicht**

35.000,00 €

Tibiaschaftfraktur

Das OLG Karlsruhe hat dem Kläger Prozesskostenhilfe bewilligt für eine Arzthaftungsklage, gerichtet auf eine Schmerzensgeldzahlung von 35.000,00 €. Der Behandlungsseite wird der Vorwurf gemacht, den stark übergewichtigen Kläger nicht über die Behandlungsalternative einer konservativen Behandlung aufgeklärt zu haben. Demgegenüber hatten die beklagten Ärzte unter widrigen Umständen eine problematische Osteosynthese bei einer proximalen Tibiaschaftfraktur mittels Verriegelungsnagelung bejaht. Es kam zu erheblichen Operationsfolgen, die in der Entscheidung nicht näher beschrieben werden.

E 360 **OLG Frankfurt am Main, Urt. v. 16.09.2004 – 3 U 235/03, NZV 2006, 150 = DAR 2006, 271**

40.000,00 € (Vorstellung: 40.000,00 €)

Abriss des Unterschenkels

Bei der Deutschen Amateur-Meisterschaft im Motocross wurde dem Kläger, einem Schlosser, der Unterschenkel unterhalb des Knies abgerissen, als er gegen einen ungesicherten Metallpfosten prallte. Im Krankenhaus erfolgte eine Exartikulation im Kniegelenk. Der Kläger war etwa 5 Wochen in stationärer Behandlung und unterzog sich danach Rehabilitationsmaßnahmen. Er litt unter Schmerzen am Beinstumpf und Phantomschmerzen.

E 361 **OLG Brandenburg, Urt. v. 09.11.2006 – 12 U 76/06, SP 2007, 140**

40.000,00 € (Vorstellung: 50.000,00 €)

Offene Unterschenkelfraktur – großer Weichteildefekt

Die 34 Jahre alte Klägerin erlitt bei einem Verkehrsunfall eine offene Unterschenkelfraktur 3. Grades, einen großen Weichteildefekt und eine Talushalsfraktur. Es waren im Rahmen einer 70 Tage dauernden Krankenhausbehandlung elf Operationen erforderlich. Es wurde ein Fixateur externe eingesetzt. Die Klägerin war 6 Monate auf einen Rollstuhl angewiesen und musste sich rund 1 1/2 Jahre mit Unterarmstützen fortbewegen. Dadurch waren Lebensqualität und Lebensfreude und das zuvor sportlich ausgestaltete Freizeitverhalten der Klägerin erheblich eingeschränkt. Über Monate hinweg konnte sie keinen sexuellen Kontakt mit ihrem Ehemann haben. Die MdE der Klägerin beträgt auf Dauer 40 %.

Eine Erhöhung des Schmerzensgeldes wegen verzögerlichen Regulierungsverhaltens wurde verneint, weil die Verzögerung des Rechtsstreits in erster Linie von der Klägerin selbst verursacht wurde und weil die Klägerin keine psychischen Beeinträchtigungen durch verzögerliches Regulierungsverhalten vorgetragen hat.

E 362 **OLG Karlsruhe, Urt. v. 06.11.2009 – 14 U 42/08, NZV 2010, 26 = SVR 2010, 180**

40.000,00 € (Vorstellung: 40.000,00 €)

Unterschenkelfraktur – Pfannenbodenfraktur – Luxation des Hüftkopfes – Rippenserienfraktur,

Die 81 Jahre alte, 1,58 m große und 90 kg schwere Klägerin erlitt bei einem Verkehrsunfall zahlreiche Verletzungen, u. a. eine drittgradige offene Unterschenkelfraktur dicht oberhalb des Sprunggelenks, am Hüftgelenk eine Pfannenbodenfraktur mit Luxation des Hüftkopfes in das Beckeninnere, eine Fraktur des oberen Schambeinastes, eine Rippenserienfraktur, einen kleinen Hämatothorax auf beiden Seiten und eine Riß-Quetschwunde an der hohen Stirn. Der Ehemann der Klägerin verstarb 2 Std. nach dem Unfall.

Obwohl bei der Klägerin kein Schock mit eigenem Krankheitswert festgestellt wurde, durfte der Unfalltod des Ehemannes bei der Bemessung des Schmerzensgeldes nicht außer Betracht bleiben, weil er die konkreten Leiden der Klägerin in nicht geringem Maße vergrößerte. Angesichts der mit dem Unfall einhergehenden Belastungen und Beeinträchtigungen hätte die in hohem Alter stehende Klägerin des Beistandes des Ehemannes besonders bedurft. Dass sie diesen Beistand entbehren musste, verschlimmerte die körperlichen und seelischen Belastungen der Klägerin bei der Bewältigung der unfallbedingten Beeinträchtigungen nicht unerheblich.

Ein Mitverschulden der Klägerin, die den Sicherheitsgurt nicht angelegt hatte, wurde verneint, weil sie angesichts der adipositas per magna auch bei angelegtem Sicherheitsgurt mindestens gleich schwere Verletzungen erlitten hätte.

OLG Köln, Urt. v. 26.01.2010 – I-3U 91/09, VerkMitt 2010, Nr. 42 E 363

40.000,00 € (Mitverschulden: 1/2; Vorstellung: 80.000,00 €)

Tibiakopfmehrfragmentfraktur – Tibiaschaftfraktur – Kompartementsyndrom Unterschenkel – Mittelgesichtsfrakturen – Verlust des Geruchsinns

Der Kläger erlitt bei einem Verkehrsunfall ein Polytrauma mit proximaler Tibiakopfmehrfragmentfraktur sowie proximaler Tibiaschaftfraktur mit Kompartementsyndrom Unterschenkel, lateraler Femurkondylenfraktur, multiplen Mittelgesichtsfrakturen unter Beteiligung der medialen Schädelbasis beiderseits, eine traumatische Subarachnoidalblutung, eine HWS-Distorsion 1. Grades und eine Rhabdomyolyse. Er befand sich rund 2 Monate im Krankenhaus. Der Unterschenkel ist in Fehlstellung verheilt, wobei die Knochenbrüche des Beins zu einer Beinverkürzung mit Fehlstellung führten, die zu einem unregelmäßigen Gangbild und einer Fußfehlstellung geführt haben. Hierbei handelt es sich um einen Dauerschaden, der den Verletzten auch in Zukunft in der Lebensführung erheblich beeinträchtigen wird. Darüber hinaus trat eine komplette Riechstörung ein.

LG Wiesbaden, Urt. v. 15.04.2010 – 9 O 189/09, unveröffentlicht E 364

40.000,00 € (Vorstellung: 40.000,00 €)

Amputation Unterschenkel – Stichverletzung Oberschenkel

Der 34 Jahre alte drogenabhängige Beklagte verletzte den Kläger, der zu der ehemaligen Lebensgefährtin des Beklagten eine intime Beziehung unterhielt, durch einen tiefen, mit großer Wucht geführten Stich mit einem Finn-Messer mit einer Klingenlänge von gut 15 cm in die Rückseite des linken Oberschenkels vorsätzlich. Dadurch wurden Muskeln und Nervenfasern durchtrennt.

Später wurde eine Amputation des Unterschenkels erforderlich.

OLG Naumburg, Urt. v. 13.11.2003 – 4 U 136/03, SP 2004, 85 = VersR 2004, 1423 = SVR 2004, 315 E 365

45.000,00 €

Unterschenkeltrümmerfraktur – beidseitige Knieverletzungen – Verletzungen von Muskel- und Nervenbahnen des linken Beines – Handgelenkluxation mit Pfannenausriss – Narben – Schädelhirntrauma – MdE 30 %

Der 33 Jahre alte Kläger erlitt bei einem Verkehrsunfall neben einem schweren Schädelhirntrauma (Zellriss mit Doppelbildsehen) eine offene Unterschenkeltrümmerfraktur, eine

Hüftgelenkluxation mit Pfannenrandausriss, diverse Verletzungen der Muskel- und Nervenbahnen des Beines, beidseitige Knieverletzungen, eine Kontusion des Mittelgesichtsbereichs und großflächige Narben. Er befand sich 3 Monate in stationärer Behandlung und ist zu 30 % in der Erwerbsfähigkeit gemindert.

Mitprägend für die Höhe des Schmerzensgeldes war das verzögerliche Regulierungsverhalten der Beklagten, die dem Kläger zu Unrecht u.a. eine Arbeitsverweigerungshaltung und Schwarzarbeit vorwarfen. Darin sah das Gericht eine den Kläger herabwürdigende Prozessführung.

E 366 **OLG Karlsruhe, Urt. v. 13.04.2002 – 102 U 145/01, unveröffentlicht**

50.000,00 € (Mitverschulden: 1/5)

Offene Unterschenkelfraktur 3. Grades mit erheblichen Dauerfolgen

Der 35 Jahre alte Kläger erlitt eine offene Unterschenkelfraktur 3. Grades und schwere Bein- und Knieverletzungen sowie Nervschädigungen. Er ist auf Dauer geschädigt, das Bein ist nicht mehr funktionsfähig; der Kläger kann sich nur noch mit Unterarmstützen fortbewegen. Er befürchtet, das Bein zu verlieren und leidet darunter psychisch.

E 367 **LG Bückeburg, Urt. v. 23.01.2004 – 2 O 53/03, DAR 2004, 274**

50.000,00 € zuzüglich 50,00 € monatliche Rente (Mitverschulden: 1/5)

Offene Unterschenkelfraktur mit erheblichen Dauerfolgen

Der 17 Jahre alte Kläger erlitt bei einem Motorradunfall eine offene Fraktur eines Unterschenkels. Es wurden zwei Operationen mit Transplantationen erforderlich, es blieben erhebliche Narben zurück. Durch den Unfall ist das Bein dauerhaft nicht mehr voll funktionsfähig. Das Bein ist verkürzt, die Zehen am Fuß verformt, das Gangbild beeinträchtigt. Der Kläger ist in allen Bereichen beeinträchtigt. Er musste die Schulausbildung (BGJ) abbrechen und kann den erwünschten Beruf des Dachdeckers nicht erlernen.

Der Kläger ist psychisch beeinträchtigt. Seine Stimmungslage hat sich verschlechtert; er ist niedergeschlagen und depressiv.

Die Rente hat das Gericht als Schmerzensgeldrente zuerkannt, aber fehlerhaft mit vermehrten Bedürfnissen begründet, u.a. mit der Notwendigkeit, orthopädisches Schuhwerk und Kompressionsstrümpfe zu tragen und die Narben besonders pflegen zu müssen. Das ist materieller Schaden, der im Rahmen einer Schmerzensgeldklage nicht zuerkannt werden kann.

E 368 **OLG Schleswig, Urt. v. 23.02.2011 – 7 U 106/09, SchlHA 2011, 410**

70.000,00 € (Vorstellung: 60.000,00 €)

Schwerste Verletzungen an beiden Unterschenkeln

Die 38 Jahre alte Klägerin wurde, als sie am Strand spazieren ging, bei einer Vorbereitungsfahrt zu einer Strandregatta von dem Strandsegelwagen des Beklagten von hinten angefahren; hierdurch erlitt sie schwerste Verletzungen an beiden Unterschenkeln, die nahezu abgetrennt wurden. Es kam an beiden Beinen zu drittgradigen offenen Unterschenkelfrakturen; die Klägerin wurde unmittelbar nach dem Unfall in die Unfallklinik verbracht, wo sie am Unfalltage und alsbald darauf ein weiteres Mal operiert werden musste. In der Folgezeit konnte sie sich nur im Rollstuhl bzw. mit Gehhilfen fortbewegen, erst 5 Monate nach dem Unfall konnte sie ihre Berufstätigkeit als Richterin in eingeschränktem Umfange (50 %) wieder aufnehmen. Es kam dann zu einem erneuten Bruch des rechten Unterschenkels mit einer weiteren Operation und erneutem stationären Krankenhausaufenthalt. 10 Monate nach dem Unfall war die Klägerin wieder zu 50 % berufstätig, bevor sie sich erneut einer Operation unterziehen musste.

Nach schrittweiser Wiedereingliederung (50 %/90 %) ist sie knapp 2 Jahre nach dem Unfall wieder voll berufstätig. Eine posttraumatische Belastungsstörung musste psychotherapeutisch behandelt werden. Neben einer andauernden, lebenslangen Gehbehinderung sind bei der Klägerin entstellende Narben insb. am linken Bein und am linken Unterarm verblieben. Sie ist dauerhaft zu 50 % schwerbehindert.

Das Gericht urteilte, bereits die schweren Verletzungen infolge des Unfalles, die nicht nur mehrere schwerwiegende Operationen, langfristige Krankenhausaufenthalte und erhebliche lebenslange Folgen für die Klägerin bedeuteten, sondern die auch erhebliche psychische Schädigungen, die mittlerweile weitgehend therapiert worden sind, hervorgerufen hätten, zudem die jetzt schon absehbaren lebenslangen Einschränkungen beim Gehen und Stehen, die mit der Zeit eher noch gravierender würden, rechtfertigten ein Schmerzensgeld i. H. d. Betragsvorstellung. Der Senat erhöhte diesen Betrag ausdrücklich um weitere 10.000,00 €[21] wegen »der nicht nachvollziehbaren hartnäckigen Verweigerungshaltung des Beklagten«, der nicht auch nur einen kleinen Abschlag auf das Schmerzensgeld für den 7 Jahre zurückliegenden Unfall gezahlt hatte.

LG Köln, Urt. v. 19.03.2008 – 25 O 180/05, PflR 2008, 341 E 369

75.000,00 € (Vorstellung: 40.000,00 € zuzüglich monatliche Rente 350,00 €)

Kompartmentsandrom – Unterschenkel – Fuß – lange Narben am Unterschenkel

Die 15 Jahre alte Klägerin erlitt nach einer sehr lange dauernden Nierenoperation infolge grob fehlerhafter Behandlung eines postoperativ aufgetretenen Kompartment-Syndroms funktionelle Schäden und Umfangsveränderungen des Unterschenkels und Fußes und eine ausgeprägte Narbenbildung mit gravierenden gesundheitlichen Folgen, wie z. B. neurologischen Ausfällen und Belastungsschmerzen.

Eine Schmerzensgeldrente wurde nicht bewilligt, weil es an schwersten Beeinträchtigungen fehlen soll.

LG Düsseldorf, Urt. v. 10.05.2010 – 11 O 334/07, unveröffentlicht E 370

75.000,00 € (Vorstellung: 50.000,00 €)

Tibiaschaftfrakturen – Sehnenverletzung Kniekehle – Schnittverletzungen

Die 36 Jahre alte Klägerin, die eine intime Beziehung beenden wollte, wurde von ihrem Partner schwer verletzt. Er der Klägerin mehrfach mit der scharfkantigen Seite eines Hammers auf beide Schienbeine. Außerdem schnitt er ihr mit einem Messer tief in die rechte Kniekehle, um ihr am Bein sämtliche Bänder und Sehnen zu zerstören. Die Klägerin konnte nicht mehr gehen und drohte zu verbluten. Der Beklagte schleppte sie zurück auf den Beifahrersitz des Pkw und fuhr sie zu einem Krankenhaus, stieß sie aus dem Wagen und fuhr davon.

Bei der Bemessung des Schmerzensgeldes sind die bei der Gewalttat erlittenen offenen Tibiaschaftfrakturen an beiden Beinen, stark gequetschten Wunden und multiple tiefe Schnittverletzungen sowie partielle Nerven- und Sehnenverletzungen in der rechten Kniekehle zu berücksichtigen und dass insgesamt ein siebenwöchiger Krankenhausaufenthalt erforderlich war.

---

21 Zwar ist dies Vorgehen dogmatisch nicht korrekt, da ein einheitliches Schmerzensgeld unter Berücksichtigung aller Bemessungsumstände auszuurteilen ist. Es zeigt aber, in welchen Anteilen eine verzögerte Regulierung berücksichtigt werden kann (hier: 15 %). Hinzu kommt, das die Klägerin einen festen Schmerzensgeldbetrag genannt hatte, das Gericht also einen Betrag von 10.000,00 € über den Klageantrag hinaus zugesprochen hat.

Über den Zeitraum von 2 Jahren waren acht operative Eingriffe erforderlich. Noch 3 Jahre später leidet die Klägerin unter den Verletzungsfolgen in Form von Schmerzen, Krämpfen und Taubheitsgefühlen in den Beinen und unter einer posttraumatischen Belastungsstörung.

E 371 **OLG Stuttgart, Urt. v. 21.10.2010 – 7 U 88/09, VRS 120 (2011), 193**

75.000,00 € (Vorstellung: 150.000,00 €)

Unterschenkelfraktur 3. Grades

Der Kläger erlitt bei einem Verkehrsunfall eine schwere Unterschenkelfraktur 3. Grades (offene Unterschenkelfraktur) mit langwierigen Heilbehandlungen von rund 4 Monaten mit stationären Aufenthalten und Rehabilitationsmaßnahmen innerhalb von 2 Jahren. Infolge der Fraktur kam es zur Muskeltransplantation, Hauttransplantation, Knochenstreckung und zum Einsetzen eines Fixateurs.

Es verblieben Dauerschäden, nämlich eine erhebliche Behinderung und Minderung der Erwerbsfähigkeit und Einschränkungen bei früher ausgeübten Hobbies, wie Klettern, Skifahren, Wandern und Schwimmen.

E 372 **LG Köln, Urt. v. 11.06.2008 – 25 O 410/06, unveröffentlicht**

85.000,00 € (Vorstellung: 60.000,00 €)

Kompartmentsandrom – verspätet erkannt und behandelt

Der 4 Jahre alte Kläger musste mehrmals operiert werden. Nach einer Operation in Steilschnittlage, die 6 1/2 Std. dauerte, trat ein Kompartment-Syndrom auf. Am frühen Morgen des folgenden Tages waren beide Waden stark gespannt, prall und berührungsempfindlich. Eine Sonografie erbrachte die Verdachtsdiagnose eines Kompartmentsyndroms. Der Befund führte nicht zu Konsequenzen. Der Kläger wurde aus dem Krankenhaus entlassen. Erst Tage später wurde die Fehlbehandlung festgestellt.

Infolge der Behandlungsfehler leidet der Kläger an Schmerzen und Missempfindungen in beiden Beinen. Anfangs war er auf den Rollstuhl angewiesen. Er ist in seiner Lebensführung durch seine Beschränkungen stark eingeschränkt und muss sich Nachbehandlungen unterziehen. Er leidet unter Albträumen, die psychotherapeutisch behandelt wurden.

Bei der Schmerzensgeldbemessung war zu berücksichtigen, dass der Kläger wegen des unbehandelten Kompartmentsyndroms eine schwere Operation über sich ergehen lassen musste. Allein die Folgen dieser Operation stellen eine beträchtliche Belastung für ein 4-jähriges Kind dar, die wegen der nicht rechtzeitigen Behandlung des Kompartmentsyndroms als besonders schwer zu bewerten sind.

E 373 **OLG München, Urt. v. 21.05.2010 – 10 U 1748/07, unveröffentlicht**

90.000,00 €

Frakturen am Fersenbein, Schienbein und Tibiakopf – Fraktur des Ellenbogengelenks

Die 40 Jahre alte Klägerin wurde bei einem Verkehrsunfall schwer verletzt. Sie erlitt Frakturen am Fersenbein, Schienbein und Tibiakopf sowie eine Ellenbogenverletzung. Sie ist erheblich beeinträchtigt, weil sie aufgrund der Ellbogengelenksschädigung mit deutlicher Bewegungseinschränkung schon beim Tragen von Gegenständen mittlere bis schwere Probleme hat. Längeres Stehen oder Gehen ist ihr wegen der erheblichen Verletzung und posttraumatischen Deformierung der rechten Ferse und der rechtsseitigen Ausbildung von Krallenzehen unmöglich.

Für die Bemessung des Schmerzensgeldes war von erheblicher Bedeutung, dass der Ehemann der Klägerin an den Unfallfolgen verstorben ist.

OLG Jena, Urt. v. 16.01.2008 – 4 U 318/06, SVR 2008, 464 E 374

101.355,03 €

Unterschenkelfraktur – Lähmung des Wadenbeinnervs – Sprunggelenkverletzung – Bauchtrauma – Thoraxtrauma – Unterkiefermehrfragmentsfraktur – Hirnschädigung – Narben

Die 31 Jahre alte Klägerin erlitt bei einem Verkehrsunfall schwere Verletzungen, u. a. eine Unterschenkelfraktur mit Lähmung des Wadenbeinnervs, eine Beschädigung des Sprunggelenks, ein stumpfes Bautrauma, ein stumpfes Thoraxtrauma mit Lungenkontusion beidseitig, einen Unterkiefermehrfachfragmentbruch mit Verrenkung der Kiefergelenke und eine Hirnschädigung. Die stationäre Behandlung dauerte 4 Wochen, die Rehabilitationsmaßnahme 6 Wochen. Die Klägerin war durch die Operationen, den Einsatz von zwei Osteosyntheseplatten in das Bein, das Einlegen einer Osteosytheseplatte wegen Fraktur des Unterkiefers und durch andere Behandlungsmaßnahmen erheblich belastet.

Verblieben ist eine dauernde Behinderung von 60 %. Die Klägerin kann keine feste Nahrung zu sich nehmen, weil sie den Mund nur 1,5 cm weit öffnen kann. Sie muss orthopädische Schuhe tragen. Es bestehen Nervenlähmung der Zehen, Koordinations-, Gedächtnis- und Konzentrationsstörungen und stark erhöhter Ruhebedarf. Sie leidet unter Migräne, Kopfschmerzen, Übelkeit und Nackensteife. Die Beeinträchtigung der Arbeitsfähigkeit beträgt 100 %.

Zudem ist das Erscheinungsbild durch die Operationsnarben, die Verkürzung des linken Beines, eine Unterschenkelfehlstellung mit deutlicher O-Beinverformung und durch deutliches Knacken in Kiefergelenken bei Kieferbewegungen erheblich beeinträchtigt.

OLG Brandenburg, Beschl. v. 01.09.2009 – 12 W 37/09, VersR 2010, 274 = NJW-RR 2010, 245 = MDR 2010, 25 = VRS 117, 267 (2009) E 375

149.000,00 €

Unterschenkelfraktur – Patellamehrfragmentfraktur – Femurschaftfraktur – laterale Tibiakopffraktur – Skalpierungsverletzung der Kopfhaut mit großflächiger Stirnplatzwunde

Die Klägerin begehrt PKH für eine auf Zahlung von Schmerzensgeld gerichtete Klage i. H. v. 149,000,00 €. Sie erlitt bei einem Verkehrsunfall ein Polytrauma u. a. mit einer Femurschaftfraktur, einer lateralen Tibiakopffraktur, einer Skalpierungsverletzung der Kopfhaut mit einer großflächigen frontalen Stirnplatzwunde, eine zweitgradig offene Unterschenkelfraktur, eine Patellamehrfragmentfraktur sowie eine Unterschenkelschaftfraktur.

Das Gericht bewilligte PKH in der beantragten Höhe mit Rücksicht auf das schwere Verschulden des Beklagten.

KG, Urt. v. 29.07.2004 – 8 U 54/04, KGR 2004, 510 E 376

250.000,00 € zuzüglich 500,00 € monatliche Rente = 365.000,00 € (gesamt)

Unterschenkelamputation beidseitig – Schädelfraktur

Der 22 Jahre alte Kläger wurde von einem Unbekannten unvermittelt vor eine einfahrende U-Bahn gestoßen. Beide Unterschenkel und später beide Kniegelenke mussten amputiert werden. Daneben erlitt der Kläger eine Schädelfraktur; er schwebte in akuter Lebensgefahr. Er befand sich 4 Monate in stationärer Behandlung und musste sich umfangreichen Rehabilitationsmaßnahmen unterziehen. Er ist zeitweise auf den Rollstuhl angewiesen. Wegen der ständig wiederkehrenden Leiden hielt das Gericht auch eine Schmerzensgeldrente für angemessen.

Schmerzensgeld erhöhend wirkte sich neben dem Genugtuungsbedürfnis das Alter des Klägers aus, der den Schicksalsschlag länger zu ertragen hat als ein alter Mensch. Die Verurteilung des Täters zu einer Freiheitsstrafe von 13 Jahren bewirkte ebenso wenig ein geringeres Schmerzensgeld wie der Umstand, dass der Täter vermögenslos ist.

5. Sprunggelenk/Fuß

E 377 **AG Gelsenkirchen, Urt. v. 23.06.2005 – 32 C 672/04, NJW-RR 2005, 1388**

400,00 €

Entzündliche Verletzung des Zehs

Der Beklagte verletzte die Klägerin dadurch, dass er sie heftig in den Zeh biss, der sofort blutete. Die Verletzung entzündete sich. Die Klägerin war 10 Tage arbeitsunfähig.

E 378 **OLG Naumburg, Urt. v. 21.12.2004 – 9 U 100/04, OLGR 2005, 620 (LS)**

500,00 € (Vorstellung: 3.500,00 €)

Knochenabsplitterung am Fuß

Die Klägerin verließ mit der Beklagten, ihrer Mutter, eine Bank und kam zu Fall, weil die Beklagte stolperte und sie mitzog. Die Klägerin erlitt bei dem Sturz eine Knochenabsplitterung im Fuß. Sie war 4 Monate arbeitsunfähig.

E 379 **LG Trier, Urt. v. 14.06.2005 – 1 S 36/05, NJW-RR 2006, 525**

600,00 € (Vorstellung: 600,00 €)

Fußverletzung

Die Klägerin wurde verletzt, als sie im Kaufhaus der Beklagten eine Glasflasche aus einem Karton entnahm. Dieser war – was als vorwerfbar instabile Lagerung gewürdigt wurde – auf einem weiteren Karton offen in einer Höhe von 1,90 m gestapelt. Bei der Entnahme fielen zwei Glasflaschen auf die Klägerin und auf ihren rechten Fuß und Unterschenkel. Sie erlitt schwere Prellungen am rechten Sprunggelenk und am Unterschenkel, ferner Hämatome und diverse Schnittwunden. Mehrere ambulante Behandlungen waren erforderlich.

E 380 **OLG Koblenz, Urt. v. 02.12.2002 – 12 U 1027/01, VRS 104 (2003), 241**

625,00 € (Mitverschulden: 3/4; Vorstellung: 1.250,00 €)

Fraktur des Außenknöchels

Der Kläger fuhr mit dem Motorrad in eine Vertiefung, verlor die Kontrolle über das Motorrad und kam von der Fahrbahn ab. Er erlitt eine Außenknöchelfraktur sowie Schürfwunden am Steißbein. Die Verletzungen machten einen 2-tägigen Krankenhausaufenthalt erforderlich. Der Kläger war 4 Wochen krankgeschrieben.

E 381 **LG Darmstadt, Urt. v. 04.05.2011 – 25 S 77/10, unveröffentlicht**

900,00 € (Vorstellung: 2.500,00 €)

Bandruptur Sprunggelenk – Prellungen und Schürfwunden an Schulter und Arm

Der Kläger stürzte auf der Außentreppe eines Einkaufsmarktes, deren Stufen materialbedingt glatt waren, ohne dass Warnhinweise bestanden. Das obere linke Sprunggelenk des Fußes verdrehte sich und es kam zu einer Bandruptur, weswegen der Kläger länger anhaltende Schmerzen hatte. Er war 6 Wochen arbeitsunfähig. Ferner erlitt der Kläger Prellungen und Schürfwunden der linken Schulter und des linken Armes.

OLG Düsseldorf, Urt. v. 28.05.2002 – 20 U 30/02, OLGR 2002, 417 E 382

1.000,00 € (Mitverschulden erheblich)

Verletzung des Sprunggelenks

Als die Klägerin in Trinidad die Rezeption ihres Hotels aufsuchen wollte, stolperte sie in der mit einem glänzenden Steinboden versehenen Hotelhalle über eine einzelne abgehende Stufe. Sie kam zu Fall und zog sich eine Sprunggelenksverletzung zu.

Die Verletzung der Klägerin, die mit einem Unterschenkelgips behandelt wurde, war nicht so schwerwiegend, dass die Klägerin sich permanent in ihrem Hotelzimmer aufhalten und dort ihr Bein ruhigstellen musste; sie konnte sich mit Gehhilfen auf der Terrasse oder am Swimmingpool des Hotels – mit hochgelegtem Bein – sonnen oder dort lesen.

Das Bein war insgesamt 3 Monate nicht belastungsfähig. Die Klägerin trifft ein erhebliches Mitverschulden.

OLG München, Urt. v. 30.12.2004 – 1 U 2367/04, unveröffentlicht E 383

1.000,00 € (Vorstellung: 5.000,00 €)

Komplikationen nach einer Zehenoperation

Der Beklagte führte beim Kläger eine Großzehenendgelenkrevision durch. Postoperativ litt der Kläger an einer schmerzhaften peripheren Durchblutungsstörung beider Beine. Die Beugung des Großzehenendgelenks ist eingeschränkt. Die Beschwerden sind auf eine Entzündung zurückzuführen, die der Beklagte nicht rechtzeitig erkannt und behandelt hat. Bei korrektem Verhalten wären dem Kläger die Knocheninfektion, eine Operation und mehrwöchige Schmerzen erspart geblieben.

AG Duisburg, Urt. v. 05.10.2005 – 53 C 3719/03, RRa 2006, 115 E 384

1000,00 €

Fußverletzung – Fraktur zweier Zehen

Der Kläger betrat ein Hotelschwimmbad. Als er die ins Wasser führende Treppe benutzte, rutschte er auf einer Stufe aus, prallte mit dem Fuß gegen das Geländer und verletzte sich am 4. und 5. Zeh. Er hatte zunächst so starke Schmerzen, dass ein Auftreten mit dem linken Fuß überhaupt nicht mehr möglich war. Im Krankenhaus wurde die Fraktur von zwei Zehen des linken Fußes festgestellt und der Fuß wurde eingegipst.

OLG Brandenburg, Urt. v. 23.04.2009 – 12 U 237/08, VRR 2009, 202 E 385

1.000,00 € (Mitverschulden: $^1/_2$; Vorstellung: 3.000,00 €)

Mehrere Frakturen im Mittelfuß

Der Kläger erlitt bei einem Unfall mehrere Frakturen im linken Mittelfuß. Er wurde operiert, das Bein wurde 3 Wochen ruhiggestellt. Der Kläger war rund 4 Monate arbeitsunfähig.

E 386 **LG Frankfurt am Main, Urt. v. 25.10.2005 – 2/19 O 24/05, RRa 2006, 73 – bestätigt durch OLG Frankfurt am Main, Urt. v. 18.05.2006 – 16 U 153/05, RRa 2006, 217**

1.500,00 € (Vorstellung: 1.500,00 €)

Schnittwunde am Zeh – Prellung am Kniegelenk

Der Kläger erlitt bei einem Unfall in einem Reisebus eine ca. 2 cm lange Schnittwunde am großen Zeh, welche in den folgenden Tagen vereiterte, eine Prellung der unteren LWS und des linken Kniegelenks. Er war 6 Wochen arbeitsunfähig.

E 387 **LG Mühlhausen, Urt. v. 04.03.2008 – 3 O 351/07, unveröffentlicht**

1.500,00 € (Mitverschulden: 1/3; Vorstellung: 3.000,00 €)

Distorsion des Sprunggelenks

Die Klägerin stürzte an einem abgesackten Gullydeckel und zog sich eine schwere Distorsion des Sprunggelenks zu. Sie litt über einen längeren Zeitraum unter erheblichen Schmerzen und konnte sich nur an Unterarmstützen fortbewegen. Später trug sie einen Kompressionsstrumpf. Das verletzte Bein wird dauerhaft eine Schwachstelle des Körpers bleiben. Das Gericht hat das zögerliche Regulierungsverhalten der Beklagten und das prozessuale Bestreiten wider besseren Wissens als erschwerend gewertet.

E 388 **OLG Brandenburg, Urt. v. 21.10.2009 – 3 U 120/08, VersR 2010, 1046**

1.500,00 € (Mitverschulden: 1/2; Vorstellung: 3.000,00 €)

Sprunggelenkfraktur vom Typ Weber B

Die Klägerin, eine erwerbstätige Frau, erlitt bei einem Sturz auf vereistem Boden eine Sprunggelenkfraktur, deren Behandlung einen stationären Aufenthalt von ca. 3 Wochen sowie eine weitere Arbeitsunfähigkeit von 4 Wochen zur Folge hatte.

E 389 **OLG Hamm, Urt. v. 01.12.2003 – 3 U 128/03, OLGR 2004, 131**

2.000,00 €

Anästhesiezwischenfall anlässlich einer Archillessehnenoperation ohne wirksame Einwilligung

Bei dem 45 Jahre alten Kläger wurde eine Archillessehnenruptur operativ behandelt, ohne dass der Kläger zuvor über die Möglichkeit einer konservativen Behandlung aufgeklärt wurde. Die Verletzung des Klägers wurde ordnungsgemäß behandelt. Zum Risiko einer Operation gehören auch Anästhesiezwischenfälle. Bei einem solchen Anästhesiezwischenfall verlor der Kläger, der sich in zahnärztlicher Behandlung befand, einige Zähne.

Das Schmerzensgeld wurde danach bemessen, dass dem Kläger bei ordnungsgemäßer Aufklärung die Operation einschließlich der Anästhesie erspart geblieben wäre, die konservative Behandlung andererseits länger gedauert hätte.

E 390 **LG Köln, Urt. v. 08.03.2005 – 11 S 81/04, RRa 2005, 211**

2.000,00 €

Fraktur des Außenknöchels

Der am Fuß verletzte Reisende kann neben einem Schadensersatz wegen nutzlos aufgewendeter Urlaubszeit (hier: 1.500,00 €) ein Schmerzensgeld verlangen. Der Kläger hatte eine Fraktur des Außenknöchels im Gelenkbereich eines langen Röhrenknochens erlitten, die zunächst am

Urlaubsort mit einem Gipsverband versorgt wurde und nach Rückkehr aus dem Urlaub eine Operation erforderlich machte. Etwaige Spätfolgen sind bei der Bemessung des Schmerzensgeldes berücksichtigt.

LG Kassel, Urt. v. 26.10.2005 – 6 O 1326/05, unveröffentlicht E 391

2.000,00 € (Vorstellung: mindestens 2.500,00 €)

Knöcherne Absprengung über der Außenknöchelspitze

Bei einem Verkehrsunfall erlitt die Klägerin eine knöcherne Absprengung über der Außenknöchelspitze. Das Bein musste für 6 Wochen vom Fuß bis unter das Knie in Gips gelegt werden. Darüber hinaus musste die Klägerin mehrere Tage eine Schanz`sche Krawatte tragen und sie erlitt Gurtprellmarken.

OLG Stuttgart, Urt. v. 26.10.2006 – 13 U 74/06, MDR 2007, 400 = SP 2007, 276 E 392

2.000,00 € (Mitverschulden: $^{4}/_{5}$)

Mittelfußfraktur

Der Kläger erlitt bei dem Unfall im Wesentlichen ein Schädelhirntrauma, eine Mittelfußfraktur und eine Fraktur im ventralen Talusbereich. Der Heilungsprozess war mit Komplikationen verbunden. U. a. musste eine Hauttransplantation erfolgen. Der Kläger wurde 3 Wochen stationär behandelt und musste 2 Monate einen Gips tragen. Er leidet auch danach noch an Schmerzen. Es besteht eine Fußwurzelarthrose sowie eine Sprunggelenksarthrose. Der Kläger war gut 3 Monate arbeitsunfähig. Das Schwergewicht der Verletzungen und Verletzungsfolgen liegt eindeutig auf der Fußverletzung.

LG Köln, Urt. v. 12.11.2008 – 25 O 81/07, unveröffentlicht E 393

2.000,00 € (Vorstellung: 30.000,00 €)

Spreizfußstellung nach Hallux valgus Operation.

Die Klägerin unterzog sich wegen extremer Spreizfußstellung einer Hallux valgus Operation. Die Beklagten versäumten eine frühzeitige Mobilisierung, sodass die Klägerin 4 Wochen in ihrer Beweglichkeit eingeschränkt war.

OLG Naumburg, Urt. v. 16.09.2011 – 10 U 3/11, MDR 2012, 150 = DAR 2012, 131 (Leitsatz) E 394

2.000,00 € (Mitverschulden: $^{1}/_{2}$)

Fraktur des Mittelfußknochens – Supinationstrauma

Die Klägerin kam an einem Gully zu Fall, der infolge von Straßenbauarbeiten 15-20 cm abgesenkt war. Sie zog sich eine Fraktur des Mittelfußknochens und eine knöcherne Absprengung im Bereich des Mittelfußknochens sowie ein Supinationstrauma im oberen Sprunggelenk zu. Der stationäre Aufenthalt betrug eine Woche.

Die Beweglichkeit des Sprunggelenks ist eingeschränkt. Das verletzte Gelenk ist infolge chronischer Schwellneigung deutlich dicker als das andere Fußgelenk. Die Klägerin ist nicht mehr in der Lage, längere Strecken zu laufen. Die Beschwerden im Bereich des Mittelfußes und der Fußwurzelknochen sind bleibend. Das Mitverschulden der Klägerin wurde mit 50 % angenommen. Unter Berücksichtigung der schweren Verletzungen der Klägerin und der eingetretenen Dauerfolgen hielt der Senat dennoch ein Schmerzensgeld von nur 2.000,00.€ für angemessen.

E 395 **AG Bernau, Urt. v. 04.10.2006 – 11 C 191/05, unveröffentlicht**

2.200,00 €

Fraktur des oberen Sprunggelenks

Der Kläger erlitt ein Supinationstrauma und eine Fraktur des oberen Sprunggelenks. Die stationäre Behandlung dauerte 15 Tage. Der Kläger war 3 Monate arbeitsunfähig. Als voraussichtliche Folge wird sich eine posttraumatische Sprunggelenksarthrose links ergeben. Innerhalb der ersten 2 Jahre werden Schwellungszustände nach langem Gehen oder Stehen bestehen. Die Vollbelastbarkeit des operierten Sprunggelenks wird komplikationslos nach 12 Wochen erreicht werden. Schwellungszustände und Minderung des Abrollvermögens können bis zu 24 Monate existieren. Der Kläger musste drei Operationen über sich ergehen lassen.

E 396 **OLG München, Urt. v. 31.10.2007 – 1 U 3776/07, unveröffentlicht**

2.250,00 € (Mitverschulden: 1/2; Vorstellung: 4.500,00 €)

Sprunggelenksfraktur

Eine 67 Jahre alte Friedhofsbesucherin erlitt bei einem Glatteisunfall eine Sprunggelenksfraktur am rechten Bein, die mittels einer Plattenosteosynthese operativ versorgt werden musste, und deretwegen eine Revisionsoperation zur Entfernung der Metallplatte notwendig sein wird.

E 397 **OLG Hamm, Urt. v. 14.01.2005 – 9 U 116/03, OLGR 2005, 437**

2.500,00 € (Mitverschulden: 1/2; Vorstellung: 2.500,00 €)

Sprunggelenksluxationsfraktur

Der Kläger kam beim Aussteigen aus einem Bus auf der unzureichend gestreuten, schneeglatten Straße zu Fall und zog sich insb. eine komplizierte – trimalleoläre – Sprunggelenksluxationsfraktur zu. Der ärztliche Bericht über die künftige Entwicklung der Verletzung ist ungünstig, es muss mit Spätschäden gerechnet werden.

E 398 **AG Düsseldorf, Urt. v. 14.03.2006 – 21 C 4759/05, unveröffentlicht**

2.500,00 € (Vorstellung: 2.500,00 €)

Fraktur des Mittelfußknochens – Distorsion des Fußgelenks

Die 72 Jahre alte Klägerin wurde als Fußgängerin von einem Radfahrer von hinten angefahren und erlitt dabei eine Fraktur des Mittelfußknochens und eine Distorsion des Fußgelenks. Sie musste einen Monat einen Gipsfuß tragen.

E 399 **LG Darmstadt, Urt. v. 28.08.2007 – 13 O 602/05, DAR 2008, 89**

2.500,00 € (Vorstellung: angemessenes Schmerzensgeld)

Fraktur des Mittelfußknochens – Prellungen

Der Kläger erlitt infolge des Unfalls eine Fraktur des Mittelfußknochens und erhebliche Prellungen der Hüfte, eines Knies und eines Unterarms. Bei der Bemessung des Schmerzensgeldes wurden die Frakturen im Fuß, die umfangreichen Prellungen und Schürfwunden und die dadurch erlittenen Schmerzen sowie die damit einhergehenden verletzungsbedingt zu erduldenden Bewegungseinschränkungen und die Beeinträchtigungen der Lebensfreude berücksichtigt.

OLG Nürnberg, Urt. v. 29.08.2008 – 3U 1274/08, r+s 2009, 168 = MDR 2008, 1335 E 400

2.500,00 € (Mitverschulden: $^{2}/_{3}$)

Fersenbeinbruch

Die Klägerin machte bei dem Beklagten auf dessen Hof »Ferien auf dem Bauernhof«. Dort war sie schon im Vorjahr mit ihrer Familie gewesen. Am ersten Urlaubstag wollte sie junge Katzen auf dem Heuboden besichtigen; dieser befand sich mit einem Höhenabstand von 3 m über dem mit einer Betondecke versehenen darunter liegenden Raum und war mit einer Aluminiumleiter frei zugänglich. Diese Leiter war ohne weitere Befestigung lose auf dem Fußboden und an der Eingangsöffnung des Heubodens angelehnt. Die Klägerin stürzte beim Herabsteigen vom Boden von der Leiter, als diese verrutschte, und zog sich einen komplizierten Fersenbeinbruch zu.

Das Gericht nahm eine Sicherungspflicht an, da die Leiter »treppenähnlich« genutzt werde; allerdings überwiege das Mitverschulden der Klägerin, diese hätte die Leiter festhalten oder auf eine Nutzung verzichten können.

Bei der Bemessung wurde berücksichtigt, dass die Klägerin fast 2 Wochen im Krankenhaus stationär behandelt werden musste und über viele Wochen einer deutlichen, mit Schmerzen verbundenen empfindlichen Einschränkung der körperlichen Beweglichkeit ausgesetzt war.

LG Koblenz, Urt. v. 09.12.2005 – 10 O 293/03, unveröffentlicht E 401

3.000,00 €

Fußheberparese

Der beklagte Arzt operierte die Klägerin, die einen Bandscheibenvorfall erlitten hatte. Eine postoperativ erstellte Röntgenaufnahme ließ nicht eindeutig erkennen, ob ein eingesetzter Knochenspan korrekt (ohne Raumforderung) saß. Die Röntgenaufnahme war insoweit als »sehr verdächtig« einzustufen. Der beklagte Arzt unterließ es, die Situation durch weitere bildgebende Verfahren abzuklären. Bei frühzeitiger Revisionsoperation wäre die Fußheberparese möglicherweise vermieden worden.

Das LG Koblenz hat die fehlerhafte Auswertung der Röntgenaufnahme als Diagnosefehler und damit nicht als groben Behandlungsfehler angesehen, sodass der Klägerin keine Beweiserleichterungen zugutekamen.

LG Hagen, Urt. v. 26.06.2008 – 2 O 427/05, SP 2008, 394 E 402

3.000,00 € (Vorstellung: 3.000,00 €)

Mittelfußfraktur

Der Kläger erlitt bei einem Verkehrsunfall eine komplizierte Fraktur des Mittelfußes und eine Platzwunde am Kopf. Er musste 2 Wochen eine Gipsschiene tragen und anschließend mit Gehstützen mobilisiert werden. Er war für die Dauer von 42 Tagen arbeitsunfähig.

OLG Frankfurt, Urt. v. 31.05.2012 – 16U 169/11, NJW-RR 2013, 378 E 403

3.000,00 € (Vorstellung: 3.000,00 €)

Fraktur der Großzehe

Der Klägerin, eine Zahnärztin, die schon vor dem Unfall unter einer inkompletten Querschnittslähmung litt, verletzte sich in einem Hotel im Bad, als eine Granitplatte auf ihren Großzeh stürzte. Das Zehenendglied der Großzehe wurde zertrümmert. Der Nagel der zweiten Zehe löste sich ab. Die Fraktur ist bei eingeschränkter Beweglichkeit der Großzehe verheilt. Die Klägerin hat Schwierigkeiten bei der Bedienung eines Fußschalters. Zudem kam es zu einer Verschlechterung einer bereits vorhandenen Problematik des Karpaltunnels und zu Beschwerden im Bereich der Lendenwirbelsäule.

E 404 **OLG Hamm, Urt. v. 07.02.2006 – 9 U 62/05, NZV 2007, 140**

3.500,00 € (Vorstellung: 5.000,00 €)

Fraktur des Würfelbeines

Die Klägerin trat in ein Loch im Bürgersteig, knickte mit dem Fuß um und zog sich eine Abrissfraktur des Würfelbeines zu.

E 405 **KG, Beschl. v. 26.10.2006 – 12 U 62/06, NZV 2007, 308**

3.500,00 € (Vorstellung: 6.500,00 €)

Außenknöchelfraktur – Fraktur des Speichenköpfchens – multiple Schürfwunden

Der Kläger erlitt als Motorradfahrer einen Verkehrsunfall, bei dem er sich eine Außenknöchelfraktur, eine Fraktur des Speichenköpfchens und multiple Schürfwunden zuzog.

Der Kläger hat nach Ansicht des LG und des Senats nicht rechtzeitig vorgetragen, unter welchen dauerhaften Beeinträchtigungen er gelitten hat, sodass Dauerfolgen beim Schmerzensgeld nicht berücksichtigt wurden.

E 406 **AG Oldenburg, Urt. v. 05.10.2007 – 22 C 17/07, unveröffentlicht**

3.500,00 € (Mitverschulden: $^{3}/_{5}$)

Fraktur zweier Mittelfußknochen

Die fast 10 Jahre alte Klägerin ritt zusammen mit der Tochter der Beklagten aus. Nach einem Reitfehler der Klägerin wurde diese infolge eines Trittes durch das Pony der Beklagten am Fuß verletzt, wobei sie eine Fraktur zweier Mittelfußknochen erlitt.

E 407 **OLG Düsseldorf, Urt. v. 27.10.2004 – I-15 U 26/04, unveröffentlicht**

4.000,00 € (Vorstellung: 7.000,00 €; LG-Urteil: 4.500,00 €)

Außenknöchelfraktur

Die Klägerin zog sich eine Außenknöchelfraktur des Typs Weber C zu, die mit einer Schraube fixiert wurde. Der Heilungsverlauf war zunächst unproblematisch, nach einigen Wochen stellte sich aber eine allergische Reaktion ein, die die Entfernung der Schraube erforderlich machte. Die Klägerin wurde mehrfach stationär und ambulant behandelt.

Als Unfallfolge verblieben eine MdE von 10 %, eine Schwellneigung von Knöchel und Unterschenkel und Narben.

E 408 **LG Kassel, Urt. v. 03.06.2005 – 8 O 1279/03, unveröffentlicht**

4.000,00 €

Fraktur des Innen- und Außenknöchels – erhebliche Schürfungen an Bein und Körper

Die Klägerin wurde beim Einsturz eines Tanzpodestes verletzt und erlitt eine Fraktur des Innen- und Außenknöchels und erhebliche Schürfungen an Bein und Körper. Sie wurde 2 Wochen und später eine Woche stationär behandelt und war 2 1/2 Monate arbeitsunfähig. Ihre Abschlussprüfung als Zahnarzthelferin musste sie um 7 Monate verschieben. Das

Schmerzensgeld wurde wegen des verzögerlichen Regulierungsverhaltens des Haftpflichtversicherers der Beklagten moderat erhöht.

OLG Stuttgart, Urt. v. 06.05.2009 – 3 U 239/07, unveröffentlicht E 409

4.000,00 € (Mitverschulden: 2/3; Vorstellung: 25.000,00 €)

Sprunggelenksverrenkungsfraktur

Der Kläger stürzte auf einem nicht gestreuten und vereisten Gehweg (das Mitverschulden beruht auf dem Tragen von Sommerschuhen mit glatter Sohle).

Er erlitt eine Sprunggelenksverrenkungsfraktur links (Typ Weber B/V). Er wurde während eines 10 Tage langen stationären Aufenthalts operiert, wobei die Fraktur mit interfragmentärer Verschraubung und Stellschraube versorgt wurde. Diese Schraube brach, sodass wegen Komplikationen zwei weitere anfielen. Der Kläger war 9 1/2 Monate arbeitsunfähig; im Nachgang zu der Verletzung kam es unfallbedingt zu einem weiteren Sturz, der erneut 10 Tage stationären Aufenthalt zur Folge hatte. Der Kläger war längere Zeit auf zwei Unterarmgehstützen angewiesen. Als Dauerschaden verbleiben eine eingeschränkte Beweglichkeit im Bereich des linken oberen Sprunggelenks, eine Schwellung am Unterschenkel, eine 11cm lange schmale Narbe mit Hyperpigmentierungen sowie generative Veränderungen, die zu einer posttraumatischen Arthrose führen werden. Der Heilungsverlauf verzögerte sich über 4 Jahre.

KG, Beschl. v. 28.07.2009 – 12 U 169/08, NZV 2010, 254 = VRS 118, 91 (2010) E 410

4.000,00 € (Mitverschulden: 50 %)

Luxationsfraktur des oberen Sprunggelenks

Der Kläger erlitt als Fahrradfahrer bei einem Verkehrsunfall eine offene Luxationsfraktur des oberen Sprunggelenks mit Syndesmosen- und Deltabandruptur sowie Weichteilschaden 2. Grades am rechten oberen Sprunggelenk. Er war ca. ein Jahr arbeitsunfähig.

OLG Koblenz, Urt. v. 16.12.2009 – 2 U 904/09, MDR 2010, 630 E 411

4.000,00 €

Knöchelfraktur

Ein weiblicher Passagier kam auf einem Kreuzfahrtschiff infolge fehlender Hinweis- oder Warnschilder auf eine Rutschgefahr bei einer feuchten Marmortreppe zu Fall und zog sich eine Außenknöchelfraktur zu.

LG Münster, Urt. v. 06.01.2005 – 14 O 257/04, ZfS 2005, 431 E 412

5.000,00 € (Mitverschulden: 2/5)

Sprunggelenksfraktur

Der alkoholisierte Kläger setzte sich auf die Motorhaube des Fahrzeuges des Beklagten. Dieser setzte das Fahrzeug in Bewegung und bremste dann abrupt ab, sodass der Kläger herunterfiel. Dabei zog er sich eine Sprunggelenksfraktur zu. Der Kläger war auch nach längerer Zeit noch nicht schmerzfrei.

E 413 **OLG Brandenburg, Urt. v. 13.11.2008 – 12 U 104/08, MDR 2009, 568**

5.000,00 €

Spreizfußstellung nach Hallux valgus Operation.

Die Klägerin nimmt den beklagten Arzt aus einer ohne wirksame Einwilligung vorgenommenen Operation eines Hammerzehs mittels Laser in Anspruch. Die Aufklärung war unzureichend, weil der Beklagte über die bei einer Operation am Fuß besonders hohe Infektionsgefahr nicht aufgeklärt hatte und weil die Operation nicht indiziert war. Die Klägerin leidet weiterhin unter einem Spreizfuß, muss weiterhin weite Schuhe tragen und einen Schaumstoffkeil, der verhindert, dass sich ihre Zehen überkreuzen.

E 414 **OLG Oldenburg, Urt. v. 06.02.2008 – 5 U 34/07, VersR 2009, 797**

5.000,00 € (Vorstellung: 8.000,00 €)

Großzehenendgliedfraktur mit Gelenkbeteiligung

Bei einem Verkehrsunfall erlitt der Kläger eine offene Großzehenendgliedfraktur 2. Grades mit Gelenkbeteiligung. Nach der Behauptung des Klägers war das Endglied des Großzehs siebenmal gebrochen. Er habe sich drei große Quetschwunden sowie eine schwere Stauchung des rechten Fußes zugezogen, wodurch es zu Hämatomen bis in den Bereich des Schienbeines gekommen und Gewebeteile oberhalb des Fußes in Mitleidenschaft gezogen worden seien. Zudem habe er Prellungen und Hämatome am gesamten Körper, insb. im Bereich der linken Schulter, der beiden Knie und unterhalb des Daumens der linken Hand erlitten. In den ersten 4 Wochen habe er einen bis zur Kniekehle reichenden Gipsverband tragen müssen. Er habe nach wie vor ein zeitweiliges Taubheitsgefühl und »Kribbeln« im Fuß. Nach ärztlicher Einschätzung würden Dauerfolgen im Umfang einer 10 %igen Beeinträchtigung verbleiben. Infolge des Unfalls bzw. der dadurch erlittenen Verletzungen habe er an der kirchlichen Erstkommunionsfeier seines Sohnes nicht teilnehmen können, eine geplante Alpenreise gemeinsam mit seiner Tochter habe sich zerschlagen.

Eine Begründung zur Höhe des Schmerzensgeldes enthält das Urteil nur insofern, als festgestellt wird, dass der Kläger sich weder einer Operation habe unterziehen müssen noch ein Krankenhausaufenthalt notwendig gewesen sei. Die von ihm beklagten Einbußen seien typischerweise mit einer Fußverletzung verbunden, ohne dass sich entscheidende Besonderheiten ergäben, die eine höhere Festsetzung zwingend erforderlich erscheinen ließen.

E 415 **OLG Brandenburg, Urt. v. 13.11.2008 – 12 U 104/08, VersR 2009, 1230 = MDR 2009, 568**

5.000,00 € (Vorstellung: 18.000,00 €)

Hammerzeh – Schmerzhafte Laserbehandlung – Knochenresektion – Entzündung

Der beklagte Arzt nahm bei der Klägerin eine nicht indizierte Behandlung eines Hammerzehs vor und setzte sowohl zur Resektion des Köpfchengrundgelenks des 4. Zehs, als auch zur Nachbehandlung (Biostimulation) ein Lasergerät ein, obwohl dies nicht fachgerecht war. Mangels ordnungsgemäßer Aufklärung sind die Eingriffe des Arztes insgesamt als Verletzung des Behandlungsvertrages und zugleich als rechtswidrige Körperverletzung zu bewerten. Für die Knochenresektion und die Entzündung des Hammerzehs ist die Klägerin zu entschädigen.

LG Aachen, Urt. v. 05.11.2010 – 7 O 127/10, NJW-RR 2011, 752 E 416

5.000,00 € (Vorstellung: 5.000,00 €)

Absplitterung im Bereich des Mittelfußknochens – Hautablederung – Narben

Der 11 Jahre alte Kläger wartete auf den Schulbus. Im Gedränge der Mitschüler kam er zu Fall, wurde durch das Rad der Mittelachse des Busses eingequetscht und vom Reifen ein Stück mitgeschleift, von dem Rad jedoch nicht überrollt. Dabei erlitt der Kläger eine Absplitterung im Bereich des Mittelfußknochens, eine schwere Unterschenkelprellung mit einer Hautablederung sowie eine große Wunde auf dem Spann des Fußes, nach deren Abheilen eine Narbe in Größe einer Handfläche zurückblieb. Der Kläger wurde 5 Tage stationär behandelt. Er versäumte 2 Wochen die Schule und musste 3 Wochen eine Gipsschiene tragen. 3 Monate konnte er keinen Sport treiben. Ein Dauerschaden ist nicht ausgeschlossen (Narben?).

OLG Koblenz, Urt. v. 03.12.2012 – 12 U 1473/11, unveröffentlicht E 417

6.250,00 € (Mitverschulden: $^1/_2$; Vorstellung: 12.500,00 €)

Klaffende Risswunde über dem Fußrücken und über dem Außenknöchel

Der 11 Jahre alte Kläger geriet an der Haltestelle eines Linienbusses durch erhebliches Gedränge anderer Schüler mit einem Fuß unter das Vorderrad des Busses und zog sich eine 5 cm lange klaffende Risswunde über dem Fußrücken und eine weitere 3 cm lange Risswunde über dem Außenknöchel zu. Die stationäre und ambulante Behandlung war langwierig, er musste sich mehrfach einer Wundversorgung unter Vollnarkose unterziehen. Er leidet unter Taubheitsgefühlen am Fuß, der im Wachstum zurückbleibt. Die Mithaftung des Klägers wurde mit einem gestörten Gesamtschuldverhältnis zwischen den drängelnden (Mit-)Schülern und dem Halter des Linienbusses begründet.

OLG Frankfurt am Main, Urt. v. 09.11.2005 – 1 U 119/05, NZBau 2006, 185 E 418

7.000,00 € (Vorstellung: 7.000,00 €)

Erhebliche Fußverletzungen

Der Kläger stürzte beim Abbau eines Gerüstes in die Tiefe und zog sich ganz erhebliche Fußverletzungen zu. Er kann seinen Beruf nicht mehr ausüben.

OLG Frankfurt am Main, Urt. v. 19.08.2009 – 7 U 23/08, NJW-RR 2009, 1684 = NZV 2010, 37 = SP 2010, 114 E 419

7.500,00 €

Knöcherner Ausriss des Innenknöchels

Der 47 Jahre alte Kläger erlitt bei einem Verkehrsunfall einen knöchernen Ausriss des Innenknöchels. I. R. d. Behandlung trat eine Schleimbeutelentzündung auf, die zu einer Reizung und Verkürzung der Sehne am Sprunggelenk führte. Der Kläger war infolge der Verletzung 6 Wochen arbeitsunfähig und weitere 3 Wochen erheblich behindert.

OLG Hamm, Urt. v. 13.09.2002 – 9 U 49/02, NZV 2003, 235 E 420

8.000,00 € (Vorstellung: 8.000,00 €)

Sprunggelenksverrenkungsfraktur und Wadenbeinfraktur

Die Klägerin hatte bei Schneeglätte einen Unfall, bei dem sie eine Sprunggelenksverrenkungsfraktur, eine Wadenbeinfraktur, einen Abbruch des Innenknöchels sowie einen Abbruch eines hinteren Tibiafragments erlitt. Es entwickelte sich eine posttraumatische Arthrose.

E 421 **OLG Saarbrücken, Urt. v. 09.05.2006 – 4 U 175/05 – 114, NJW-RR 2006, 1255**

<u>10.000,00 €</u>

Fersenbeinfraktur – Brustbeinfraktur – Gehirnerschütterung – Platzwunden

Der 16 Jahre alte Kläger stürzte vom Dach einer Garage, deren Geländer durchgerostet war. Dabei zog er sich multiple Verletzungen zu. Er befand sich 5 Tage in stationärer Behandlung und war 6 Wochen auf einen Rollstuhl angewiesen. Arbeitsunfähigkeit bestand für 2 Monate.

Für die Bemessung des Schmerzensgeldes (insoweit nicht abgedruckt) waren u. a. das jugendliche Alter des Klägers und die bei dem Sturz erlittenen schweren Verletzungen, ein elementares und prägendes Erlebnis, ausschlaggebend. Die lange Rollstuhlpflicht wurde ebenfalls als schwere und einschneidende Einbuße an Lebensqualität gesehen.

E 422 **LG Stade, Urt. v. 01.03.2007 – 4 O 177/05, unveröffentlicht**

<u>10.000,00 €</u> (Vorstellung: 45.000,00 € zuzüglich 200,00 € monatliche Rente)

Fehlerhafte Operation des Fußes – Morbus Sudeck

Der beklagte Arzt unterließ die Überprüfung der Diagnose des überweisenden Arztes und dokumentierte ein anderes operatives Vorgehen, als tatsächlich durchgeführt worden war. Mangels einer Diagnose kann die Notwendigkeit der Operation nicht festgestellt werden, sodass die Entscheidung für die Operation dem Beklagten als fehlerhaft vorzuwerfen ist.

Der postoperative Verlauf war unbefriedigend. Es trat ein Morbus Sudeck auf, die Zehen steiften ein und verblieben in Fehlstellung. Das Gehvermögen ist beeinträchtigt. Es besteht eine MdE von 30 %.

E 423 **OLG Karlsruhe, Urt. v. 30.12.2008 – 14 U 107/07, WuM 2009, 256**

<u>10.000,00 €</u>

Knöchelfraktur

Die 68 Jahre alte Klägerin stürzte wegen Glatteises auf der Rampe der Tiefgarage ihres Wohnhauses, weil diese nicht gestreut war. Sie erlitt eine Verletzung des linken Knöchels (bimalleoläre OSG-Luxationsfraktur mit geschlossenem Weichteilschaden 3. Grades).

Sie wurde eine Woche später operiert und befand sich noch eine weitere Woche in stationärer Behandlung. Zu Hause benötigte die Klägerin für rund 4 Wochen einen Rollstuhl, da ihr Gang auch mit zwei Gehstützen unsicher war. Die Wundheilung verzögerte sich um 3 Monate, weil sich ein Ödem im Wundheilungsgebiet gebildet hatte; die Wundnaht zog sich auseinander und es kam zu einer Vereiterung und einer starken Adduktorenreizung.

Noch rund 8 Monate nach dem Unfall benötigte die Klägerin zwei Gehstützen. Als Folgeschaden wird etwa 5 Jahre nach dem Unfall mit Sicherheit eine Arthrose auftreten. Das Gericht stellte bei der Bemessung insb. auf den langwierigen Heilungsverlauf und die rund 8 Monate andauernde gravierende Gehbehinderung ab.

E 424 **KG, Urt. v. 03.05.2010 – 12 U 119/09, ZfS 2010, 552 = MDR 2010, 1318 = SVR 2011, 26**

<u>10.000,00 €</u>

Innenknöchelfraktur des Sprunggelenks – Schädelhirntrauma 1. Grades

Der Kläger erlitt bei einem Verkehrsunfall erhebliche Verletzungen, u. a. eine Innenknöchelfraktur des Sprunggelenks, ein Schädelhirntrauma 1. Grades, eine Thoraxprellung und multiple Schürfwunden und Prellungen. Er musste stationär behandelt werden. Er leidet unter einem Dauerschaden mit Bewegungseinschränkung des Sprunggelenks. Berücksichtigt wurde das grobe Verschulden des Unfallgegners.

OLG Köln, Urt. v. 23.04.2012 – 5 U 144/08, MedR 2012, 798 E 425

10.000,00 € (Vorstellung: 49.000,00 € zuzüglich 230,00 € monatliche Rente)

Überflüssige Operationen nach Sprunggelenkverletzung – Behandlungsverzögerung – Nervenverletzung

Der Kläger erlitt bei einem Arbeitsunfall eine Verletzung am Sprunggelenk, die sich später als schwere Supinationsverletzung herausstellte. Bei der Untersuchung des Klägers im Krankenhaus der Beklagten wurden gebotene Befunde nicht erhoben, so dass der zu diesem Zeitpunkt vorliegende doppelte Sehnenabriss, ein eindeutiges Krankheitsbild, nicht erkannt wurde. Die Differenzialdiagnostik war unzureichend. Eine durchgeführte Arthroskopie und eine Operation zur Bandrekonstruktion waren nicht indiziert, ihre Durchführung war behandlungsfehlerhaft. Bei der Operation kam es zu Nervenverletzungen.

Für die Bemessung des Schmerzensgeldes waren ausschlaggebend die überflüssige Arthroskopie, die zeitliche Verzögerung der Operation, die in diesem Zeitraum überflüssigen Behandlungsmaßnahmen, Schmerzen und Bewegungsbeeinträchtigungen, die bei der Operation entstandenen Nervenverletzungen und deren Folgen, die in einer Sensibilitätsminderung, einer Schwächung der Fußhebung, in Schmerzen und in einem Taubheitsgefühl bestehen. Dabei handelt es sich um bleibende Schäden, die zu einem Grad der Behinderung von 30% geführt haben, was nach Meinung des Senats nicht sehr schwerwiegend ist.

LG Regensburg, Urt. v. 20.07.2005 – 6 O 899/05, SP 2006, 167 E 426

15.000,00 € (Vorstellung: 22.000,00 €)

Luxationstrümmerfraktur des Sprunggelenks

Die Klägerin erlitt bei einem Verkehrsunfall eine Luxationstrümmerfraktur des Sprunggelenks mit Fraktur des Pilontibiale sowie diverse Prellungen. Sie befand sich fast 7 Wochen in stationärer Behandlung und war länger als ein Jahr arbeitsunfähig.

KG Berlin, Urt. v. 17.12.2012 – 20 U 290/10, GesR 2013, 229 E 427

15.000,00 € (Vorstellung: 30.000,00 €)

Schaden nach Hallux-Valgus-Operation

Der Kläger wurde vom beklagten Arzt vor einer Hallux-Valgus-Operation unzureichend aufgeklärt, so dass seine Einwilligung in die Operation unwirksam, die Operation mithin rechtswidrig war. Als Folge der Operation liegen eine leichte Atrophie der Fußmuskulatur, eine motorische Beeinträchtigung und eine Gangunsicherheit vor. Das Landgericht hat ihm ein Schmerzensgeld in Höhe von 15.000,00 € zugesprochen. Der Kläger begehrt ein höheres Schmerzensgeld unter Hinweis auf seinen höheren Lebensstandard und sein Vermögen in Höhe von 1,5 Mio. €. Das zugesprochene Schmerzensgeld betrage nur lächerliche 1,5% dieses Wertes. Dem ist das KG nicht gefolgt.

E 428 **OLG Koblenz, Urt. v. 12.12.2011 – 12 U 1110/10, NJW-RR 2012, 228 = NZV 2012, 177 = SP 2012, 179**

16.800,00 € (Mitverschulden: 1/5; Vorstellung: 30.000,00 €)

Mehrfachfraktur des Fußes

Der Kläger wurde als Fußgänger bei einem Verkehrsunfall erheblich verletzt und erlitt eine komplexe Mehrfachfraktur des Fußes, die einen fünf Wochen dauernden Krankenhausaufenthalt zur Folge hatte. Die Beweglichkeit und Belastbarkeit des Fußes ist deutlich eingeschränkt. Es besteht eine posttraumatische Arthrose in den Tarsometatarsalgelenken, eine Kraftminderung des Beines und eine Sensibilitätsstörung des Fußrückens. Wegen des Mitverschuldens des Klägers wurde der Schmerzensgeldbetrag von 21.000,00 € auf 16.800,00 € reduziert.

E 429 **OLG Celle, Urt. v. 06.11.2003 – 14 U 21/03, unveröffentlicht**

20.000,00 €

Fraktur des Mittelfußknochens

Der Kläger erlitt eine komplizierte Fraktur des Mittelfußknochens, die zu einer deutlichen Bewegungseinschränkung im Sprunggelenk führte. Es besteht ein hinkendes Gangbild; jeder Schritt löst Beschwerden aus, u. a. in der Hüfte; Blutumlaufstörungen und Taubheitsgefühle im Fußrücken.

Es waren mehrere Operationen erforderlich, u. a. eine Spalthauttransplantation, und es kam zu arthrotischen Veränderungen. Der Kläger leidet zusätzlich unter der ständigen Furcht vor einer drohenden Amputation oder einer künstlichen Versteifung des Beines. Der Kläger musste seinen Beruf aufgeben und Einschränkungen in der Freizeitgestaltung hinnehmen.

E 430 **LG Gießen, Urt. v. 17.05.2010 – 2 O 67/07, SP 2010, 394**

20.000,00 € (Vorstellung: 30.000,00 €)

Sprunggelenk-Luxations-Fraktur

Bei dem Verkehrsunfall zog sich der 81 Jahre alte Kläger eine bimalleoläre Sprunggelenk-Luxations-Fraktur zu. Er wurde 5 Tage nach dem Unfall operiert und nach rund 3 1/2 Wochen aus der Klinik entlassen.

In der Folgezeit kam es im Bereich des Operationsfeldes zu erheblichen Wundheilstörungen, die mehrfache operative Revisionen erforderlich machten. So waren eine Entfernung des eingebrachten Osteosynthesematerials aufgrund einer bakteriellen Besiedelung sowie eine mehrwöchige Vakuumokklusionsbehandlung angezeigt. Postoperativ hatte sich zudem ein Lymphödem entwickelt. Im weiteren Verlauf trat als zusätzliche Komplikation ein hochfieberhafter Infekt bei Erysipel des Beines auf, der ebenfalls stationär behandelt werden musste. Der Kläger befand sich letztlich über einen Zeitraum von 2 Jahren immer wieder in ambulanter und stationärer Behandlung. Er hat durch den Unfall einen Dauerschaden erlitten. Eine Rückbildung des Lymphödems ist unwahrscheinlich. Darüber hinaus ist der Kläger in seiner Bewegung und täglichen Aktivität eingeschränkt.

E 431 **LG Nürnberg-Fürth, Urt. v. 25.03.2010 – 8 O 3107/08, SP 2011, 109**

20.000,00 € (Mitverschulden: 1/4)

Luxationsfraktur des Sprunggelenks – Unterschenkelfraktur – Infektionen

Der Kläger, ein Dachdecker, zog sich bei einem Unfall eine Unterschenkelschaftfraktur, eine offene Luxationsfraktur des oberen Sprunggelenks, eine Wundinfektion am Oberschenkel und einen Hautdefekt zu. Er wurde vier Mal operiert und war insgesamt fast 8 Monate erwerbsunfähig. Die Erwerbsunfähigkeit beträgt auf Dauer 20%. Mittelfristig, d.h. innerhalb von 5 Jahren, wird der Kläger berufsunfähig werden. Im Freizeitbereich kann der Kläger nicht mehr Wasserski und Snowboard fahren.

OLG Celle, Urt. v. 21.02.2006 – 13 U 233/04, unveröffentlicht E 432

24.000,00 € (Mitverschulden: 1/5)

Offene Luxationsfraktur des Sprunggelenks

Der 40 Jahre alte Kläger erlitt eine offene Luxationsfraktur 3. Grades des oberen Sprunggelenks, die eine plastische Deckung erforderlich machte. Postoperativ traten Haut- und Weichteildefekte auf. Es kam zu einer septischen Arthrodese des Sprunggelenks und zu einer Beinlängenverkürzung von 2 cm.

Bei bislang drei Operationen dauerte der stationäre Aufenthalt 4 Monate. Für ein Jahr musste der Kläger einen Fixateur tragen, knapp 1 1/2 Jahre konnte er sich nur im Rollstuhl bewegen und kleinere Strecken nur mit Gehhilfen zurücklegen. Der Heilungsverlauf ist nicht absehbar, die Notwendigkeit weiterer Operationen ist möglich. Seinen früheren Beruf kann der Kläger voraussichtlich nicht mehr ausüben.

BGH, Urt. v. 18.07.2006 – X ZR 44/04, NJW 2006, 2918 = VersR 2006, 1504 = NZV 2006, 538 E 433

25.000,00 € (Vorstellung: 75.000,00 €)

Schnittverletzungen beider Sprunggelenke – Dauerschäden

Die 8 Jahre alte Klägerin lief während eines Urlaubs, den ihre Eltern bei der Beklagten gebucht hatten, gegen die Glasschiebetür des von ihrer Familie bewohnten Appartements. Die Glastür zersplitterte; hierdurch erlitt sie erhebliche Schnittverletzungen. Im Bereich beider Sprunggelenke und Unterschenkel wurden Sehnen und Nerven durchgetrennt; die primäre Versorgung in einem Krankenhaus auf Menorca war unzureichend, sodass nach der Rückkehr der Klägerin eine erneute operative Wundversorgung mit Sehnennähten und Nervennähten sowie plastischer Rekonstruktion zerschnittener Gewebsanteile notwendig wurde. Die anschließende Wundverheilung war verzögert und gestört. Die Entfernung der Fadenreste war schwierig, erfolgte ambulant und war z.T. mit erheblichen Schmerzen verbunden; sie ist noch nicht abgeschlossen. Die Klägerin musste ca. 1 1/2 Jahre nach dem Unfall einen Rollstuhl benutzen und befürchtete zunächst, nie wieder laufen zu können. Krankengymnastik und Rehabilitationsmaßnahmen sind weiter nötig; es bestand zunächst eine erhebliche Einschränkung der Beweglichkeit im linken oberen und unteren Sprunggelenk, wobei sich beim Gehen ein deutliches Hinken des linken Beines zeigte. Die Klägerin musste links einen Kompressionsstrumpf tragen. Diese Bewegungseinschränkungen haben sich mittlerweile verbessert. Dennoch ist die Klägerin in ihrer Mobilität nach wie vor stark eingeschränkt. Sie ist vom Schulsportunterricht befreit und kann derzeit ihren sportlichen Aktivitäten – sie spielte Tennis und war in einem Fußballverein – noch immer nicht nachgehen. Eine Korrektur der Narben, insb. die der immer noch deutlich sichtbaren Narbe im Bereich des linken Sprunggelenks und Unterschenkels, kann erst erfolgen, wenn die Klägerin ausgewachsen ist. Der linke Fuß der Klägerin muss jeden Abend massiert werden, um das Narbengewebe geschmeidig zu halten. Es besteht weiterhin ein Taubheitsgefühl auf dem Rücken des linken Fußes. Die Beweglichkeit der Zehen dieses Fußes hat sich verbessert, ist aber immer noch eingeschränkt. Die Klägerin leidet unter den deutlich sichtbaren Narben am linken Fuß und hat Furcht vor großen Glasflächen. Der Senat stellte besonders auf das junge Alter der Klägerin und die Dauerschäden bei Freizeitaktivitäten und Aussehen ab.

E 434 **OLG Oldenburg, Urt. v. 15.11.2006 – 5 U 68/05, AHRS 0550/324 = OLGR 2007, 473**

25.000,00 € (Vorstellung: mindestens 30.000,00 €)

Infektion des Mittelfußknochens

Bei dem Kläger sollte eine Hallux-Valgus-Deformität beseitigt werden. Nach Entfernung der Kirschner- bzw. Spickdrähte entwickelte sich eine Wundinfektion, die auf die Knochen übergriff, sodass weitere operative Eingriffe notwendig wurden.

Als Dauerschäden der Wundinfektion sind ein knöcherner Substanzdefekt und eine chronische Knochenentzündung zurückgeblieben, die den Kläger sein Leben lang begleiten werden. Überdies hat sich im Bereich des 1. Mittelfußknochens eine Sklerose, im Bereich des 2. Mittelfußknochens eine sog. Pseudoarthrose entwickelt.

E 435 **OLG Karlsruhe, Urt. v. 14.02.2007 – 7 U 135/06, OLGR 2007, 300**

25.000,00 €

Sprunggelenksfraktur – Gelenkversteifung

Der Kläger erlitt an der Arbeitsstelle einen Unfall, der durch grobe Fahrlässigkeit des Beklagten herbeigeführt wurde. Er wurde etwa 5 Wochen stationär behandelt und war knapp 8 Monate arbeitsunfähig. Er trug erhebliche Unfallfolgen davon, insb. eine Bewegungseinschränkung im oberen Sprunggelenk, die weitgehende Einsteifung im unteren Sprunggelenk, die aufgehobene Beweglichkeit im unteren Sprunggelenk rechts, die erhebliche Verformung des Fersenbeinkörpers rechts, das veränderte Gangbild und die Notwendigkeit, orthopädische Schuhe tragen zu müssen, was insgesamt zu einer MdE von 40 % führte.

Bei der Bemessung der Höhe des Schmerzensgeldes war ferner zu beachten, dass der Unfall durch ein grob fahrlässiges Verhalten des Beklagten verursacht wurde. Andererseits ist der Kläger trotz seiner gesundheitlichen Einschränkungen nach wie vor vollzeitig beschäftigt.

E 436 **OLG München, 29.10.2010 – 10 U 3249/10, unveröffentlicht**

30.000,00 €

Schmerzen und Beschwerden im Sprunggelenk

Die Klägerin wurde bei einem Unfall verletzt und leidet seither an Schmerzen im Sprunggelenk, die stärker werden und nur mit täglicher Einnahme von 2 – 3 Schmerztabletten zu ertragen sind. Die Klägerin hat den von ihr bewirtschafteten Hof aufgeben müssen und kann ihre früheren sportlichen Betätigungen wie Tennis spielen, Radfahren oder Reiten durch die jetzigen Gelenkbeschwerden nicht mehr ausüben. Die unfallbedingten Beschwerden der Klägerin sind so schwerwiegend, dass die Lebensgestaltung erheblich beeinträchtigt wurde.

E 437 **OLG Düsseldorf, Urt. v. 11.10.2011 – I – 1 U 236/10, unveröffentlicht**

30.000,00 € (Vorstellung: angemessenes Schmerzensgeld und Schmerzensgeldrente)

Frakturen an Fuß, Arm und Hand

Der Kläger erlitt als Fahrer eines Leichtkraftrades bei einem Verkehrsunfall zahlreiche Knochenbrüche an den linken Körperextremitäten, unter anderem eine zweitgradige Trümmerfraktur des Unterarms, Frakturen der Mittelhandknochen 4 und 5, eine Basisfraktur des Mittelhandknochens 5, eine Y-Fraktur der Grundgliedbasis des 5. Fingers, eine Verrenkung im Endgelenk des 5. Fingers mit einer Freilegung der Beugesehne. Der linke Fuß wies Grundgliedfrakturen im Bereich der Glieder D 3 und D 2, eine Grundphalanxfraktur des Gliedes 4 sowie eine Grundgliedtrümmerfraktur der Großzehe auf. Das Sprunggelenk war durch eine bimalleoläre Sprunggelenkfraktur geschädigt. Daneben zog sich der Kläger eine Kopfplatzwunde und diverse Prellungen und Schürfungen zu.

Der Kläger war länger als 7 Wochen in stationärer Behandlung und musste sich 4 Operationen unterziehen.

Für die Bemessung des Schmerzensgeldes war neben den 4 Operationen von Bedeutung, dass die Funktionsfähigkeit des linken Fußes eingeschränkt ist. Es zeigt sich ein hinkendes Gangbild bei einer erheblichen Verkürzung der dritten Zehe und einer Überstreckung der zweiten und dritten Zehe. Wegen einer Dislokation des Grundgliedes der dritten Zehe erweist sich die Fußsohle als druckempfindlich und schmerzhaft. Eine Bewegungseinschränkung des linken oberen Sprunggelenkes für die Fußhebung und -senkung (0°/0°/30°) erklärt ein unharmonisches Abrollen des Fußes. Schließlich sind im Unterschenkel Metallabstützungen verblieben.

Auch die Funktion des Handgelenks und der gesamten Hand ist deutlich herabgesetzt. Die Finger der linken Hand sind in Feinmotorik und Beweglichkeit eingeschränkt; zwei Finger weisen Streckdefizite zwischen 20° und 25 ° auf; die Köpfe des vierten und fünften Mittelhandknochens sind deutlich abgesunken, so dass ein Faustschluss nicht möglich ist. Alle Greifformationen der linken Hand sind nicht kräftig durchführbar. Bei eingeschränkter Handgelenksbeweglichkeit erweist sich das Gelenk beim Durchbewegen als schmerzhaft.

OLG Celle, Urt. v. 06.11.2003 – 14 U 119/03, OLGR 2004, 271 E 438

45.000,00 €

Chronische Schmerzen in Fußgelenken – erhebliche Kieferverletzung

Der Kläger erlitt bei einem Verkehrsunfall eine erhebliche Kieferverletzung und eine Fraktur der Sprunggelenke und der Mittelfußwurzelgelenke. Diese Verletzungen führten zu Dauerschäden, die mit chronischen Schmerzen verbunden sind. Ein Zahn musste durch ein Implantat ersetzt werden. Der Einsatz eines künstlichen Kiefergelenks steht bevor.

Für die Bemessung des Schmerzensgeldes waren das Verschulden des Schädigers und die Entwicklung der allgemeinen Lebenshaltungskosten bedeutsam.

LG Dortmund, Urt. v. 21.01.2010 – 4 O 77/05, unveröffentlicht E 439

50.000,00 €

Amputation des Vorfußes

Bei einer Liposuktion kam es zu groben Behandlungsfehlern, in deren Folge es zu einer Embolie kam, die zu einer Nekrose am Fuß führte. Bei der dann notwendigen Notoperation kam es zur Amputation des Vorfußes.

OLG München, Urt. v. 10.09.2003 – 20 U 2061/03, VersR 2005, 1745 = DAR 2005, 88 = NZV 2005, 143 = VRS 107 (2004), 413 E 440

75.000,00 € (Vorstellung: 100.000,00 € zuzüglich 200,00 € monatliche Rente)

Fersenbeintrümmerfraktur beidseitig mit Versteifung eines Fußgelenks

Die Klägerin zog sich bei einem Verkehrsunfall eine Fersenbeintrümmerfraktur beidseitig zu, die zur Versteifung eines Fußgelenks führte. Ferner erlitt sie Rippenfrakturen und Wunden an Knie, Ellenbogen und Gesäß. Sie war 17 Wochen in stationärer Behandlung. Mit Ausnahme der Fersenbeintrümmerfrakturen sind die Verletzungen ausgeheilt. Beide Füße sind in der Gebrauchs- und Funktionsfähigkeit erheblich eingeschränkt. Die Klägerin ist auf die Benutzung eines Rollstuhls angewiesen. Gehen mit Unterarmstützen und Stehen ist praktisch unmöglich. Sie ist beruflich und bei sportlicher Betätigung erheblich beeinträchtigt.

E 441 **LG Köln, Urt. v. 19.03.2008 – 25 O 180/05, PflR 2008, 341**

75.000,00 € (Vorstellung: 40.000,00 € zuzüglich 350,00 € monatliche Rente)

Fußfehlstellung – Kompartmentsyndrom – neurologische Beeinträchtigungen

Die 15 Jahre alte Klägerin wurde wegen eines Nierentumors operiert und während der 12-stündigen Operation bereits unzureichend gelagert. Trotz heftiger nachoperativer Wadenschmerzen und mehrfacher Untersuchungen wurde das Kompartment-syndrom behandlungsfehlerhaft zunächst nicht diagnostiziert und später dann erneut fehlerhaft behandelt.

Die Klägerin litt daher längere Zeit unter teils massiven Schmerzen, die auch mit Schmerzmitteln nur teilweise reduziert werden konnten. Sie musste mehrfach operiert werden und danach über 6 Wochen mit Gips ruhiggestellt werden. Es bestehen nun Formveränderungen an der Wade und eine deutliche Fehlstellung am Fuß.

Die Klägerin leidet unter neurologischen Ausfällen, etwa Schmerzen in Bein, Fußgelenk und Zeh des rechten Fußes bei längerer Belastung. Schnelles Laufen oder Joggen ist ihr nicht möglich, längeres Gehen bereitet ihr Schmerzen. Jahrelange Physiotherapie ist erforderlich.

Die Kammer stellte besonders auf das jugendliche Alter der Klägerin und die ästhetischen Veränderungen von rechtem Unterschenkel und Fuß ab, die die Klägerin besonders beeinträchtigen und bis an ihr Lebensende begleiten werden. Eine Rente wurde nicht zuerkannt, da kein schwerer Dauerschaden vorliege.

Brust/Rippe

▶ Hinweis:

Bei Brustverletzungen handelt es sich zumeist um Unfallfolgen, die mit Rippenbrüchen (diese sind aufgrund der sachlichen Nähe auch unter diesem Punkt abgehandelt) oder der Verletzung innerer Organe einher gehen können. Soweit es um die weibliche Brust geht, spielt auch die Arzthaftung eine besondere Rolle, etwa in den Fällen von Diagnoseverspätung bei Brustkrebs, vgl. auch die unter → Behandlungsverzögerungen (EE 1249 ff.) erfassten Urteile, aber auch bei misslungenen Schönheitsoperationen. Zu Letzteren vgl. auch die unter → Schönheitsoperation (EE 1994 ff.) erfassten Urteile.

E 442 **OLG Düsseldorf, Urt. v. 15.12.2005 – I-12 U 129/05, RRa 2006, 112**

0,00 €

Rippenbruch

Der Kläger hatte bei der Beklagten eine Pauschalreise in die Türkei gebucht und begehrte Schmerzensgeld, weil er sich bei einem Ausflug in ein türkisches Bad (Hamam) bei der dort stattfindenden Massage einen Rippenbruch zugezogen hatte. Das Gericht verneinte eine Verantwortlichkeit des Reiseveranstalters, da der Haman nicht in dessen Organisationsbereich gelegen habe; die Verletzung von Sorgfaltspflichten hätte vorausgesetzt, dass bedenkliche Zustände oder mangelhafte Ausbildung der Masseure bereits bekannt gewesen wären.

OLG Celle, Urt. v. 20.12.2005 – 14 U 54/05, SVR 2006, 227 E 443

150,00 €

Brustprellung

Der Kläger erlitt aufgrund eines leichten Verkehrsunfalls eine durch Attest nachgewiesene Brustbeinprellung. Es wurde Novalgin verschrieben, woraus das Gericht folgerte, die Verletzung könne »nicht völlig unerheblich« sein.

LG Saarbrücken, Urt. v. 09.04.2010 – 13 S 15/09, unveröffentlicht E 444

250,00 € (1/3 Mitverschulden; Vorstellung: 1.000,00 €)

Rippenprellungen – Kopfplatzwunde

Der Kläger erlitt bei einem Verkehrsunfall eine Kopfplatzwunde sowie schmerzhafte Rippenprellungen. Er war nur kurzfristig krankgeschrieben.

LG Köln, Urt. v. 15.03.2007 – 6 S 324/06, unveröffentlicht E 445

500,00 €

Rippenbrüche

Der Kläger stürzte auf einem von den Beklagten nicht vom Schnee geräumten Gehweg. Er verstauchte sich das rechte Handgelenk, prellte sich den Brustkorb und brach sich einige Rippen. Die Rippenbrüche wurden, nachdem zunächst nur eine starke Brustkorbprellung diagnostiziert worden war, erst einige Monate später festgestellt.

LG Nürnberg-Fürth, Urt. v. 07.04.2011 – 4 O 11065/06, unveröffentlicht E 446

500,00 € (Vorstellung: 150.000,00 €)

Verspätete Drainage eines Pleuraergusses

Bei der 25 Jahre alten Klägerin kam es im Nachgang zu einer Brustoperation zur Korrektur einer asymmetrischen Trichterbrust zu einem Pleuraerguss. Der Beklagte nahm die gebotene Anlage einer Thoraxdrainage einen Tag zu spät vor. Hierdurch kam es zu einem Druckgefühl in der Brust, einer Behinderung der Atmung und einem dadurch bedingten Unwohlsein. Das Gericht berücksichtigte bei der Bemessung, dass die relativ kurze Beeinträchtigung für die ohnehin durch die Operationsfolgen betroffene Klägerin schwerer wog als für einen ansonsten gesunden Menschen, hob aber auch hervor, dass der Fehler »auf unterster Verschuldensebene« anzusiedeln sei. Die Vorstellung beruhte auf der Behauptung umfangreicher weiterer Behandlungsfehler, die sich nicht hatten beweisen lassen.

OLG Frankfurt am Main, Urt. v. 15.05.2007 – 17 U 242/06, OLGR 2007, 932 E 447

700,00 € (3/10 Mitverschulden; Vorstellung: 1.000,00 €)

Rippenfraktur – Thoraxprellung

Der Kläger erlitt bei einem Verkehrsunfall eine Fraktur zweier Rippen und eine Thoraxprellung; auch renkte er sich drei Wirbelkörper aus. Bei der Bemessung wurde die besonders schmerzhafte Verletzung und die Arbeitsunfähigkeit, aber auch die lediglich fahrlässige Begehung berücksichtigt.

E 448 **LG Mannheim, Urt. v. 26.07.2007 – 10 S 5/07, SP 2008, 143**

933,00 € (1/3 Mitverschulden)

Rippenfraktur – Schulterprellung – Platzwunde

Bei einem Verkehrsunfall erlitt der Kläger eine Fraktur der linken 9. Rippe, eine Schulterprellung und eine Platzwunde am Schienbein. Er war 10 Tage arbeitsunfähig, in den folgenden 8 Tagen bestand noch 20 % MdE.

E 449 **LG Hannover, Urt. v. 09.09.2010 – 14 O 38/09, unveröffentlicht**

1.000,00 €

Rippenprellung – Knieprellung – Schürfwunde

Der Kläger hatte bei der Beklagten eine All-Inclusive-Reise nach Fuerteventura gebucht. Beim Beachvolleyballspielen schlug der Kläger auf dem Boden des Spielfeldes auf und zog sich eine Rippenprellung sowie eine schwere Knieprellung mit Schürfwunde zu. Dies hatte seine Ursache darin, dass die Beklagte entgegen der offiziellen Volleyballregeln keine Sandschicht von 40 cm aufgetragen hatte, sondern sich unter 2 cm Sand eine Felsplatte von 40 qcm befand, die optisch nicht erkennbar war.

Der Kläger brach den Urlaub ab. Ein intrapatellares Hämatom wurde bei einem dreitägigen stationären Aufenthalt im Heimatland operativ entlastet. Hiernach benötigte der Kläger Gehstützen, weil die Beweglichkeit und Belastbarkeit des Kniegelenks eingeschränkt war. 1 1/2 Jahre später war der Kläger beschwerdefrei.

E 450 **AG Mayen, Urt. v. 29.07.2008 – 2 C 492/07, NZV 2008, 624**

1.200,00 €

Fraktur von 3 Brustwirbeln

Der 15 Jahre alte Kläger wurde als Radfahrer bei einem Verkehrsunfall verletzt. Er fiel vom Rad, zog sich Frakturen an drei Brustwirbeln zu und lag deshalb 12 Tage im Krankenhaus. Im Anschluss musste er sich noch weitere 4 Wochen schonen. Hierbei berücksichtigte das Gericht, dass der Kläger als Jugendlicher noch einem grds. erhöhten Bewegungsdrang unterliegt, sodass eine längere Schonphase für ihn deutlich belastender sei als für Erwachsene.

E 451 **OLG Saarbrücken, Urt. v. 15.03.2005 – 4 U 102/04, MDR 2005, 1287**

1.500,00 € (1/4 Mitverschulden; Vorstellung: 2.000,00 €)

Brustprellung – HWS-Distorsion – Claviculafraktur – Oberschenkelprellung

Der Kläger erlitt als Motorradfahrer einen Unfall und zog sich dabei eine HWS-Distorsion 1. Grades, eine Claviculafraktur, eine Thoraxprellung und eine Oberschenkelprellung zu. Er litt etwa 6 Wochen unter Schmerzen und Bewegungsbeeinträchtigungen im Bereich der Schulter. Bei der Bemessung des Schmerzensgeldes stand die Fraktur des Schlüsselbeines im Vordergrund.

E 452 **AG Köln, Urt. v. 05.07.2005 – 135 C 497/03, unveröffentlicht**

1.500,00 € (Vorstellung: 2.000,00 €)

Rippenbruch

Die Klägerin hatte bei der Beklagten eine 1-wöchige Reise nach Fuerteventura gebucht. Am Abend des Ankunftstages stolperte die Klägerin in der Hausbar des gebuchten Hotels gegen

22 Uhr über eine nicht erkennbare Treppenstufe, die quer durch den Raum verlief, stürzte und brach sich dadurch die 5. und 6. Rippe. Sie litt – mit abnehmender Tendenz – 6 Wochen unter Schmerzen und musste vom Ehemann versorgt werden.

LG Bielefeld, Urt. v. 04.02.2010 – 2 O 294/09, unveröffentlicht E 453

1.500,00 € (Vorstellung: 1.500,00 €)

Rippenbrüche – Thoraxprellung

Der Kläger erlitt bei einem Verkehrsunfall eine schwere Thoraxprellung sowie Brüche der sechsten und siebten Rippe links. Noch 3 Monate nach dem Unfall litt er unter Schmerzen, insb. beim Husten und bei Bewegungen des Thorax.

OLG Naumburg, Urt. v. 21.07.2011 – 4 U 23/11, NJW 2012, 1232 = MDR 2012, 1232 = NZV 2012, 277 E 454

1.500,00 € (Vorstellung: 1.500,00 €)

Rippenfraktur – Brustkorbtrauma

Der Kläger erlitt ein HWS-Trauma, eine Rippenfraktur und ein Brustkorbtrauma, was Schmerzen, Beeinträchtigungen und 1 ½ Monate Beeinträchtigungen verursachte.

AG Westerstede, Urt. v. 29.06.2006 – 28 C 1188/05, SpuRt 2007, 39 E 455

1.600,00 € (3/5 Mitverschulden; Vorstellung: 1.800,00 €)

Brustverletzung

Die Klägerin war auf einem Sportplatz auf dem Weg zu einer Sportabzeichengruppe, als sie von einem von dem Beklagten geworfenen Speer seitlich im Brustbereich getroffen wurde. Der Speer durchdrang die rechte Brust der Klägerin glatt (Tunnelung) und verletzte ihren Oberbauch; die Wunden mussten genäht werden. Der Trainer des Beklagten wurde ebenfalls erfolgreich in Anspruch genommen; er hatte nach Ansicht des Gerichts seine Verkehrssicherungspflicht verletzt, da das Sportgelände nicht von einem festen Zaun umgeben war und er daher den Wurfsektor hätte kenntlich machen müssen, etwa durch Flatterband. Das Mitverschulden resultierte aus einem unvorsichtigen Durchqueren des Wurfbereichs.

OLG Brandenburg, Urt. v. 05.11.2009 – 12 U 151/08, SP 2010, 173 E 456

1.750,00 € (1/2 Mitverschulden; Vorstellung: 15.000,00 €)

Rippenserienfraktur – Schädelhirntrauma – Pneumothorax

Der Kläger erlitt bei einem Verkehrsunfall eine Rippenserienfraktur, ein Schädelhirntrauma 1. Grades, eine retrograde Amnesie, einen Pneumothorax sowie einen Pleuraerguss. Er war 5 Tage stationär in Behandlung und 6 Wochen arbeitsunfähig.

LG Tübingen, Urt. v. 31.08.2006 – 1 O 195/05, SP 2006, 419 E 457

2.000,00 €

BWS-Distorsion – Brustwirbelquetschung – Rippenprellung – HWS-Distorsion 1. Grades

Die Klägerin erlitt bei einem Verkehrsunfall eine HWS-Distorsion 1. Grades mit Nackenmuskelzerrung, eine BWS-Distorsion, eine Rippenprellung und eine Brustwirbelquetschung. Die Verletzungen führten zu 100 % MdE für eine Woche, 20 % MdE für weitere 2 Wochen und 10 % MdE für einen Monat.

E 458 **OLG Naumburg, Urt. v. 10.06.2010 – 2 U 7/10, NJW-RR 2011, 245 = SP 2011, 17**

2.000,00 € (Vorstellung: 2.750,00 €)

Prellungen an Brustbein, Brustkorb und Rippen

Die Klägerin wurde bei einem Verkehrsunfall verletzt, wobei sie Prellungen erlitten hat, die konservativ behandelt wurden. Die Prellungen erfolgten am Brustbein, am Brustkorb und an den Rippen. Sie war 15 Tage arbeitsunfähig und hatte wochenlang Schmerzen. Sie war in Sorge wegen einer bis dato erfolgreich durchgeführten Behandlung eines Bandscheibenvorfalls, dessen Therapieerfolg sie (allerdings zu Unrecht) durch den Unfall gefährdet sah. Gegen das Urteil des LG (LG Magdeburg, Urt. v. 15.12.2009 – 10 O 1367/09-321, unveröffentlicht) hatte die Klägerin Berufung eingelegt, ihre Klageerweiterung um ein weiteres Schmerzensgeld wurde aber für unzulässig gehalten.

E 459 **AG Oberndorf, Urt. v. 12.11.2009 – 3 C 698/08, unveröffentlicht**

2.300,00 € (Vorstellung: 2.500,00 €)

geringfügig dislozierter Brustbeinbruch – diverse Prellungen

Die Klägerin erlitt bei einem Verkehrsunfall einen geringfügig dislozierten Brustbeinbruch/Sternumfraktur, eine HWS-Distorsion 1. Grades und diverse Prellungen. Sie befand sich 2 Tage stationär im Krankenhaus; der zunächst vorhandene Verdacht einer Herzkontusion bestätigte sich nicht. Sie war einen Monat arbeitsunfähig und litt 3 Wochen lang unter starken Schmerzen, insb. bei Bewegungen. Sie nahm Schmerzmittel nebst Magenschutzmitteln ein und benötigte 2 1/2 Wochen Hilfe beim Hinlegen, Aufstehen, Anziehen und Abtrocknen. Über diese erforderlichen Hilfestellungen hinausgehende Berührungen konnte sie, da diese ihr zusätzliche Schmerzen bereiteten, nicht ertragen. Die Schmerzmedikation wurde nach 3 Wochen schrittweise reduziert. Das Tragen schwerer Lasten und sportliche Betätigungen waren aber weitere 3 Wochen nicht möglich. Erst nach erneut weiteren 2 Wochen waren die Verletzungen gänzlich ausgeheilt.

E 460 **KG, Urt. v. 25.04.2005 – 12 U 123/04, SP 2005, 368 = NZV 2005, 636**

2.500,00 € (Vorstellung: 5.000,00 €)

Rippenfraktur – Prellungen

Der Kläger erlitt bei einem Verkehrsunfall eine Fraktur der 7. Rippe links, eine Prellung mit ausgedehnter Hämatombildung im Bereich des linken Unterschenkels und Fußes sowie Prellungen beider Handgelenke, eine Risswunde der Lippe und eine Schürfverletzung im Nasenbereich. Bei der Bemessung berücksichtigte das Gericht die Rippenfraktur als »erhebliche« Verletzung, hielt indes die klägerische Vorstellung für »völlig überhöht«. Der zuerkannte Betrag entsprach der ursprünglichen Schmerzensgeldvorstellung des Klägers.

E 461 **OLG Köln, Urt. v. 08.11.2012 – 7 U 66/12, unveröffentlicht**

2.800,00 € (1/5 Mitverschulden; Vorstellung: 6.000,00 €)

Rippenbrüche – Schlüsselbeinfraktur

Die 58 Jahre alte Klägerin stürzte im Ladenlokal des Beklagten eine Treppe hinunter, die durch einen Kleiderständer mit Waren verdeckt war. Sie erlitt eine Schlüsselbeinfraktur sowie Brüche der 3.-7. Rippe links. Sie war 13 Tage in stationärer Behandlung. Der Senat erhöhte das landgerichtlich zuerkannte Schmerzensgeld (von 2.000,00 €) unter Hinweis auf die Schmerzen bis zur vollständigen Ausheilung.

OLG Koblenz, Urt. v. 14.03.2011 – 12 U 1529/09, SP 2011, 207 E 462

3.000,00 €

Rippenbruch – Mittelhandfraktur

Der Kläger erlitt bei einem Unfall eine Mittelhandfraktur, einen Bruch der 10. Rippe und eine Hüftgelenksprellung. Die Mittelhandfraktur wurde operativ versorgt und 6 Wochen in Gips gelegt. Die Heilung verlief komplikationslos.

OLG Hamm, Urt. v. 21.07.2008 – 6 U 60/08, NZV 2008, 564 = r+s 2008, 527 E 463

3.500,00 € (Vorstellung: 5.000,00 €)

Brustwirbelkörperfraktur

Die Klägerin stürzte wegen eines nicht an der Leine geführten Hundes vom Rad; sie erlitt einen Bruch des 9. Brustwirbelkörpers. Das Gericht stellte bei der Bemessung auf die Schmerzen und den Krankenhausaufenthalt, insb. aber auf die erheblichen Bewegungseinschränkungen ab, denen die Klägerin aufgrund des Wirbelbruchs für mehrere Monate unterworfen war. Der Bruch verheilte ordnungsgemäß; die Restbeschwerden waren 4 Monate nach dem Unfall abgeklungen.

OLG München, Urt. v. 27.10.2006 – 10 U 3345/06, unveröffentlicht E 464

4.500,00 € (1/4 Mitverschulden; Vorstellung: 6.000,00 €)

Brustbeinfraktur – Fraktur des 12. Brustwirbelkörpers

Der Kläger erlitt bei einem Verkehrsunfall eine Brustbeinfraktur, eine Fraktur des 12. Brustwirbels und eine Verstauchung der HWS. Er wurde eine Woche stationär behandelt und musste anschließend ein Stützkorsett tragen. Er hatte einen Monat lang ganz erhebliche und 2 weitere Monate mittelgradige Schmerzen. Aufgrund der Verletzung an der Wirbelsäule kann der Kläger sich nun nicht mehr aus nach vorn gebeugter Körperhaltung schmerzfrei aufrichten; auch das Anheben schwerer Gegenstände und Erschütterungen der Brust- und Lendenwirbelsäule etwa beim Fahrrad- oder Autofahren führen zu Schmerzen. 2 Monate war er arbeitsunfähig; es verbleibt eine Dauer-MdE von 5 %. Das Gericht stellte für die Bemessung auf Dauer, Heftigkeit und Schwere der Schmerzen und die verbleibende schmerzhafte Bewegungseinschränkung ab.

OLG Nürnberg, Urt. v. 25.07.2008 – 5 U 124/08, VersR 2009, 786 E 465

5.000,00 € (Vorstellung: 7.000,00 €)

Optische Beeinträchtigung nach Brust-OP

Die Klägerin ließ bei den Beklagten zwei Brustvergrößerungsoperationen durchführen, zu denen sie mit Hinweis auf ein »Sonderangebot« und ohne hinreichende Aufklärung gebracht worden war. Die Erstoperation war »durch Täuschung motiviert«, brachte Schmerzen und – nach Einsicht darin – auch psychische Folgen mit sich. Nach der Zweitoperation entstand ein einseitiges »Double Bubble«-Syndrom, sodass die Operationen letztlich eine Verschlechterung der vorigen Situation bewirkt haben.

E 466 **OLG Rostock, Urt. v. 19.11.2004 – 8 U 239/03, MDR 2005, 394**

6.000,00 € (1/2 Mitverschulden; Vorstellung: 8.500,00 €)

Thoraxtrauma – Rippenfrakturen – Lungenkontusion – Nasenbeinfraktur

Der Kläger wurde schwer verletzt, als bei einem Motocrossrennen, bei welchem er Zuschauer war, ein Fahrer von der Bahn abkam, über die unzureichend gesicherte Böschung sprang und in den Kläger prallte. Er erlitt ein Thoraxtrauma mit kleinem Pneumothorax, eine Lungenkontusion, zwei Rippenfrakturen, ein Tossy III rechts, Schädelprellungen, eine Sprengung des Acromio-Claviculagelenks und eine Nasenbeinfraktur. Er wurde einen Tag beatmet und noch 8 Tage stationär behandelt, hierauf war er 3 Monate krankgeschrieben. Als Dauerschäden verblieben Schmerzen und Schnarchen sowie eine Bewegungseinschränkung des Schultergelenks. Ein Liegen auf der rechten Seite ist nicht mehr möglich. Bei der Bemessung berücksichtigte das Gericht die schweren Verletzungen und die Dauerschäden, aber auch das Mitverschulden und das geringe Verschulden der Gegenseite.

E 467 **OLG Koblenz, Urt. v. 14.04.2005 – 5 U 667/03, NJW-RR 2005, 815**

6.000,00 € (Vorstellung: 10.000,00 €)

Zweitoperation an der Brust

Bei der 47 Jahre alten Klägerin wurde eine Gewebeentnahmeoperation durchgeführt, um auf Brustkrebs zu untersuchen. Eine Drahtmarkierung des Befundes schlug fehl, gleichwohl wurde – aufklärungsfehlerhaft – ein Gewebestück entnommen. Da der betroffene Bereich wegen der fehlenden Markierung nur unzureichend exploriert worden war, wurde eine 2. Operation durchgeführt; die 1. Operation war daher »überflüssig« gewesen. Das Schmerzensgeld bezieht sich auf die Durchführung einer unnötigen Operation, wobei aber berücksichtigt wurde, dass der Arzt einen »spontanen Beschluss (erg.: der Fortführung der ersten Operation) pragmatisch umgesetzt« habe.

E 468 **OLG Celle, Beschl. v. 01.02.2011 – 14 W 47/10, unveröffentlicht**

6.000,00 € (Vorstellung: 20.000,00 €)

Brustkorbprellung – HWS-Distorsion – Angstgefühle

Der Antragsteller erlitt bei einem Verkehrsunfall eine Brustkorbprellung mit noch 3 Wochen später sichtbaren Blutergüssen sowie eine HWS-/BWS-Distorsion, die nach 3 Monaten ohne bleibende Schäden ausgeheilt sind. Der Antragsteller macht ferner geltend, es seien durch den Unfall Angstgefühle wegen Thoraxschmerzen hervorgerufen worden, die ihre Ursache darin hätten, dass er 6 Jahre zuvor einen Herzinfarkt erlitten hatte. Das Gericht sah keine Erfolgsaussichten für ein 6.000,00 € übersteigendes Schmerzensgeld: die Angstgefühle seien, da sie auch nach dem Herzinfarkt vorgelegen hatten, als Folgen einer erheblichen Vorschädigung anzusehen, war mindernd zu berücksichtigen sei.

E 469 **OLG Karlsruhe, Urt. v. 23.02.2012 – 9 U 97/11, VersR 2012, 1124 = NJW 2012, 3447 = DAR 2012, 519**

6.000,00 € (3/5 Mitverschulden; Vorstellung: 11.250,00 € (bei 1/5 Mitverschulden))

Rippenbrüche – Nasenbeinbruch – Schlüsselbeinbruch

Der Kläger brach sich bei einem Unfall anlässlich eines illegalen Autorennens, bei welchem er nicht angeschnallt war, das Nasenbein, das Schlüsselbein und drei Rippen. Er renkte sich das Schultergelenk aus und zog sich einen Pneumothorax, eine Nierenkontusion und zahlreiche

Prellungen, Schürfungen, Riss- und Schnittwunden zu. Er wurde viermal operiert und zwei Wochen intensivmedizinisch behandelt und war vier Monate arbeitsunfähig.

OLG Köln, Urt. v. 27.06.2012 – 5 U 38/10, VersR 2013, 113 = MDR 2012, 1463 E 470

6.000,00 € (Vorstellung: 30.500,00 €)

Oberflächliche Verätzungen in der linken Brust

Bei der 35 Jahre alten Klägerin waren rezidivierende Abszesse in der linken Brust im Krankenhaus der Beklagten operativ gespalten worden. Die Wunde wurde täglich gespült, wobei einmal versehentlich mit einem Flächendesinfektionsmittel gespült worden war. Es kam zu einer oberflächlichen Verätzung des Gewebes, was mit starken Schmerzen (massives Brennen) verbunden war. Der Heilungsverlauf wurde um ein halbes Jahr verzögert.

Der Senat berücksichtigte bei der Bemessung die Genugtuungsfunktion, da der Fehler besonders unverständlich und der vorprozessual geleistete Betrag von 500,00 € ersichtlich unzureichend sei.

LG Paderborn, Urt. v. 04.02.2008 – 2 O 384/06, unveröffentlicht E 471

6.500,00 € (Vorstellung: 8.000,00 €)

Rippenbrüche – Beckenringbruch – Prellungen

Die Klägerin passierte das Metalltor zum Großhandel der Beklagten, als das Tor mit so viel Schwung von einem Mitarbeiter geschlossen wurde, dass es über den (nicht für ein Tor dieser Größe ausreichenden) Stopper hinauslief und zur Straßenseite hinüber kippte. Die Klägerin wurde von dem Tor erfasst und blieb darunter liegen. Sie erlitt einen vorderen Beckenringbruch, Brüche der 4. und 5. Rippe links sowie Prellungen. 4 Wochen nach dem Unfall litt sie noch an posttraumatischen Beschwerden in Form von Alpträumen. Die Brüche sind verheilt, allerdings leidet die Klägerin noch unter unfallbedingten Schmerzen in der Leistengegend.

OLG Stuttgart, Urt. v. 28.02.2007 – 3 U 209/06, unveröffentlicht E 472

7.000,00 €

Rippenprellung – Brustquetschung – HWS/BWS-Distorsion – Schmerzsymptomatik

Die 21 Jahre alte Klägerin erlitt bei einem Verkehrsunfall eine HWS-Distorsion 1. Grades, eine BWS-Distorsion, eine Rippenprellung und eine Brustquetschung. Hieraus resultierten Hals/Schulter-Symptome mit einer ausgeprägten Schmerzsymptomatik mit häufig auftretenden und teilweise massiven Kopfschmerzen. Die Klägerin ist immer wieder zur Einnahme höherer Dosen Schmerzmittel gezwungen, um ihre Arbeitsfähigkeit zu erhalten.

LG Paderborn, Urt. v. 29.08.2007 – 4 O 551/05, unveröffentlicht E 473

7.000,00 € (Vorstellung: 7.000,00 €)

Rippenfrakturen – Schädelhirntrauma – Prellungen

Die Widerklägerin wurde als Radfahrerin vom Widerbeklagten angefahren und erlitt unfallbedingt Prellungen und Stauchungen, ein Schädelhirntrauma 1. Grades, eine Zerrung der HWS, eine Fraktur der 5. und 6. Rippe links sowie eine Schulterprellung links. Die körperlichen Beschwerden sind vollständig ausgeheilt und hatten allenfalls 4 Monate körperliche Beschwerden zur Folge; jedoch hat das Unfallgeschehen bei der Widerklägerin eine vorangelegte depressive Störung mit Angstsyndromen und somatischen Syndromen insb. in Form von Schwindel und Kopfschmerzen zum Ausbruch gebracht, die sich trotz dauerhafter medikamentöser Behandlung chronifiziert und zu einer MdE von 80 % geführt hat. Das Gericht betonte, dass dies »faktisch zu einer Erwerbsunfähigkeit« führe, weil »eine Person mit einer derartigen Behinderung keine Chance auf Erlangung eines Arbeitsplatzes« habe.

E 474 **OLG Celle, Urt. v. 06.10.2010 – 14 U 55/10, SP 2011, 215**

8.000,00 € (Vorstellung: 10.000,00 €)

Brustwirbelkörperfraktur

Der Kläger erlitt bei einem Unfall eine Deckplattenimpressionsfraktur des 8. Brustwirbelkörpers, die mit Knickbildung und keilförmiger Deformierung verheilt ist. Eine operative Behandlung wurde nicht durchgeführt. Der Kläger musste sich aber einer 4 Wochen langen stationären Reha-Behandlung mit anschließenden, langwierigen schmerztherapeutischen Behandlungen unterziehen. Er leidet nun unter chronischen Rücken- und Kopfschmerzen, die v. a. belastungsabhängig auftreten. Schwere körperliche Arbeiten kann er nicht mehr verrichten.

E 475 **OLG Düsseldorf, Urt. v. 24.10.2005 – I-1 U 217/04, unveröffentlicht**

9.000,00 € (1/4 Mitverschulden)

Rippenfraktur – Oberschenkelfraktur – Schädelhirntrauma

Der 50 Jahre alte Kläger erlitt bei einem Verkehrsunfall ein Schädelhirntrauma 1. Grades, eine Unfallschockreaktion, Frakturen zweier Rippen, multiple Prellungen und Schürfungen an Hand und Gesicht, ein stumpfes Thoraxtrauma sowie die Oberschenkelfraktur. Er wurde wegen der Oberschenkelfraktur operiert, befand sich für etwa einen Monat in stationärer Behandlung, erhielt Unterarmgehstützen, durfte das Bein für 6 Monate nicht belasten und leidet noch heute unter den Folgen der Verletzungen. Das Mitverschulden resultierte aus einem Gurtverstoß des Klägers. Mindernd wurde berücksichtigt, dass alle Verletzungen bis auf die Oberschenkelfraktur folgenlos ausgeheilt waren, diese aber kausal auf den Gurtverstoß zurückzuführen war.

E 476 **LG Kassel, Urt. v. 15.03.2006 – 4 O 1331/03, SP 2007, 11**

9.000,00 € (Vorstellung: 25.000,00 €)

Rippen- und Brustbeinbruch – Lungenschädigung – Schlüsselbeinbruch

Der Kläger wurde als Insasse eines verunfallten Wagens verletzt; er erlitt einen Schlüsselbeinbruch, einen Bruch der Rippen 1 – 4, 7 und 8, einen Brustbeinbruch, eine Außenbandruptur am rechten Bein sowie Risswunden und Quetschungen des rechten Unterarms und eine Schädigung des Brustraums und der Lunge (Hämatopneumothorax).

Die Vorstellung beruhte auf nicht bewiesenen weiteren Schäden; bei der Bemessung stellte das Gericht darauf ab, dass der Kläger den Unfall als Schüler in einer Phase erlitten hatte, in der er sich Sorgen machen musste, ob er infolge der Verletzungen eine ihm passende Ausbildungsstelle findet.

E 477 **LG Paderborn, Urt. v. 24.11.2011 – 3 O 230/11, unveröffentlicht**

9.200,00 € (Vorstellung: 16.700,00 €)

Rippenserienfraktur – Humerusschaftfraktur

Die Klägerin erlitt bei einem Verkehrsunfall, bei welchem ihr Lebensgefährte verstarb, eine dislozierte distale Humerusschaft-Mehrfachfragmentut links, eine dislozierte Olecranonfraktur links, eine Rippenserienfraktur links 8. bis 10. Rippe, eine Platzwunde am linken Unterschenkel, eine subcapitale Mittelfußfraktur sowie eine Halswirbeldistorsion. Sie befand sich 16 Tage in stationärer Behandlung; eine Reha-Maßnahme von einem Monat schloss sich an.

Die Humerusschaftfraktur wurde operativ therapiert; es folgten weitere ambulante Behandlungen und eine Physiotherapie. Eine Narbe von 23cm am Oberarm und eine MdE von 7% verblieben.

Das Gericht hielt den vorgerichtlich gezahlten Betrag für ausreichend.

LG Koblenz, Urt. v. 24.01.2006 – 10 O 176/04, MedR 2007, 738 E 478

10.000,00 € (Vorstellung: angemessenes Schmerzensgeld)

Brustentzündung

Die Klägerin ließ sich im Piercingstudio ein Brustwarzenpiercing an der linken Brustwarze stechen. Über Risiken wurde sie nicht belehrt. 8 Wochen später kam es zu Abszessen in der linken Brust, weswegen das Piercing entfernt wurde. 3 Monate später, nachdem die Wunde mit Antibiotika behandelt worden und zunächst reizlos war, vergrößerte sich der Abszess, was einen 2-tägigen stationären Aufenthalt erforderlich machte. Dabei wurde der Abszess gespalten und die Abszesshöhle entfernt. Trotz einer weiteren Antibiotikabehandlung kam es zu einer starken Entzündung (massive Mastitis) der linken Brust; eine Woche später wurde die Klägerin erneut eine Woche stationär behandelt, während dessen ein infizierter Bluterguss aus dem Wundgebiet entfernt und die Wunde gespült und drainiert wurde. In den folgenden Monaten wurde die Wunde ambulant gespült und mit Antibiotika behandelt, ein halbes Jahr später erfolgte wegen Zunahme der Beschwerden ein erneuter stationärer Aufenthalt mit der Diagnose eines rezidivierenden therapieresistenten Mamma-Abszesses. Es wurde eine Öffnung des Abszesses hinter dem linken Brustwarzenhof mit Einlegen einer Lasche durchgeführt; die Diagnose war erneut eine Brustentzündung.

Nach anschließender ambulanter Behandlung kam es ein weiteres Jahr später, über 1 1/2 Jahre nach dem Piercing, wieder zu einer Abszessbildung und einer 4. stationären Behandlung, in der erneut eine Abszessöffnung unter Einlegung einer Lasche durchgeführt wurde. Die histologische Untersuchung ergab u. a. Anteile eines floriden, unspezifischen Abszesses, möglicherweise auf dem Boden eines infizierten, zystischen, retromamillären Milchganges. Es kam zu einer mehrmonatigen antibiotischen und entzündungshemmenden Behandlung sowie einer operativen Sanierung des Wundgebietes i. S. e. Keilexzision der linken Brustwarze.

Das Gericht bejahte eine Haftung des Piercers, der seiner Aufklärungspflicht vor dem Eingriff nicht genügt habe.[22] Es berücksichtigte bei der Bemessung die erheblichen Schmerzen und die Notwendigkeit mehrerer stationärer Aufenthalte, andererseits aber auch, dass die Klägerin sich freiwillig einem Eingriff unterworfen hatte, der allein der Mode, nicht aber der Heilung diente.

OLG Hamm, Urt. v. 29.03.2006 – 3 U 263/05, VersR 2006, 1511 E 479

10.000,00 € (Vorstellung: 25.000,00 €)

Fehlgeschlagene Brust-OP – Narben

Die 36 Jahre alte Klägerin wünschte nach der Geburt und dem Stillen zweier Kinder eine Vergrößerung und Straffung der erschlafften Brüste. Sie wurde unzureichend über mögliche Risiken der OP, insb. die Gefahr lebenslanger Schmerzen, aufgeklärt. Ihr wurden jeweils zwei 300 g-Implantate unter die Brustmuskeln eingesetzt. 2 Monate nach der Operation bemerkte sie einen aus der rechten Brustnaht herausstechenden Faden des verwendeten Nahtmaterials, den ihre Frauenärztin abschnitt. Sodann bildete sich an der unteren Nahtstelle eine Eiterblase,

22 Krit. daher Bernzen, MedR 2007, 739, da hier arzthaftungsrechtliche Maßnahmen auf ein Piercingstudio übertragen werden.

die platzte. Weitere Fadenenden mussten entfernt werden. Die Brustwarzenvorhöfe erscheinen vergrößert und asymmetrisch; um sie herum entwickelten sich breite Narben. Die Brustwarzenvorhöfe sind beidseitig so hoch oberhalb der natürlichen Position gelegen, dass sie aus einem Halbschalen-BH herausschauen; zudem zeigt sich auch bei normaler Körperhaltung eine Asymmetrie der Brüste und das auf ein Implantat hinweisende sog. »Double-Bubble-Phänomen«. Wegen dieser optischen Beeinträchtigungen, der (dauerhaften und nicht revisiblen) Berührungsempfindlichkeit der Brustwarzen und vorwiegend im Bereich der rechten Brust auftretender stechender Schmerzen bei Belastung des Brustmuskels sowie psychischer Belastungen durch Beeinträchtigung ihres Sexualerlebens sowie des Selbstwertgefühls infolge der Unförmigkeit ihrer Brüste, erhöhte der Senat das vom LG zuerkannte Schmerzensgeld (dort: 5.000,00 €). Bei der Bemessung wurde auch berücksichtigt, dass zumindest eine Korrekturoperation nötig ist, wobei der Senat ein »Teilschmerzensgeld« bis zur Durchführung dieser Operation auswarf; die hiernach möglichen Schadensfolgen seien nicht objektiv absehbar und könnten daher nicht in die Bemessung einfließen.

E 480 **OLG Saarbrücken, Urt. v. 09.05.2006 – 4 U 175/05-114, NJW-RR 2006, 1255**

10.000,00 €

Brustbeinbruch – Fersenbeinbruch – Gehirnerschütterung

Der 16 Jahre alte Kläger stürzte von einem Garagendach einer Grundschule, welches – als Flachdach ausgestaltet – von der rückwärtigen Seite aufgrund einer Hanglage ebenerdig begehbar war. Am Ende des Daches befand sich ein nur im Boden verankertes Geländer; die Höhe dort waren 3,5 m. Als eine Freundin des Klägers über dieses Geländer kletterte, auf die wenige Zentimeter breite Brüstung trat und verkündete, sie wolle herunterspringen, eilte ihr der Kläger zu Hilfe, um sie vom Sprung abzuhalten; er versuchte, sie wieder über das Geländer zu ziehen, wobei dieses abbrach und beide in die Tiefe stürzten. Ursache war die Durchrostung der Befestigungsschienen.

Der Kläger erlitt hierbei einen Fersenbeinbruch, einen Brustbeinbruch, eine Gehirnerschütterung, eine Platzwunde am Hinterkopf sowie eine weitere Platzwunde am Ellenbogen. Er war 5 Tage in stationärer Behandlung und danach noch 6 Wochen auf einen Rollstuhl angewiesen.

Das Gericht bejahte eine Verkehrssicherungspflichtverletzung, da die Korrosion der Geländersicherung vorhersehbar war, der Verkehrssicherungspflichtige müsse daher der Korrosion vorbeugen oder durch geeignete Kontrollmaßnahmen sicherstellen, dass eine Schwächung des Geländers sofort entdeckt werden könne. Da die Schule nicht nur einen korrosionsfesten Anstrich unterlassen hatte, sondern das Dach auch so mit Kies aufgeschüttet hatte, dass die Einspannstellen verdeckt waren, lag eine Verletzung der Überwachungspflicht vor.

Der Senat stellte bei der Bemessung nicht nur auf die 2-monatige Arbeitsunfähigkeit ab, sondern insb. darauf, dass ein Sturz von einem Dach mit den dabei erlittenen schweren Verletzungen für den jugendlichen Kläger ein elementares und prägendes Ereignis darstelle. Auch sei die Tatsache, dass der Kläger über Wochen hinweg an den Rollstuhl gebunden war, eine schwere und einschneidende Einbuße an Lebensqualität.

E 481 **LG Dortmund, Urt. v. 01.10.2009 – 4 O 189/06, unveröffentlicht**

10.000,00 € (Vorstellung: 80.000,00 €)

Brustmuskeldurchtrennung – Double-Bubble-Effekt – Schmerzsyndrom

Die Klägerin unterzog sich bei dem beklagten Arzt einer Brustaugmentation verbunden mit einer Bruststraffung. Sie wünschte eine bruststraffende und zugleich vergrößernde Operation ihrer nach drei Geburten stark erschlafften Brüste. I. R. d. Operation kam es zu Behandlungsfehlern, so zu der Durchtrennung des Brustmuskels und zur unzureichenden Abdeckung der

Implantate mit Gewebe. Die Implantate waren tastbar und verursachten einen sog. »Double-Bubble-Effect«. Hierdurch kam es zu einer Faltenbildung und einer deutlichen Sichtbarkeit der Implantate. Die Klägerin litt unter Spannungs- und Berührungsschmerzen in den Brüsten. Sie konnte die Arme nicht höher als waagerecht ausgestreckt halten und entwickelte ein chronisches Schmerzsyndrom, das auch im täglichen Leben zu erheblichen Einschränkungen geführt hat. Eine Revisionsoperation war nötig, die die Klägerin 3 1/2 Jahre später vornahm. Bis dahin war sie im Familien- und Eheleben erheblich eingeschränkt; Sexualverkehr war bis zur Nachoperation schmerzbedingt unmöglich.

Die Kammer hielt trotz einer Leidenszeit über 3 1/2 Jahre die klägerische Vorstellung für »übersetzt« und verwies auf die erfolgreiche Behebung der Beschwerden durch die Nachoperation.

LG Konstanz, Urt. v. 16.01.2013 – 6 O 197/12, NJW-RR 2013, 399 = NZV 2013, 294 E 482

10.000,00 € (Vorstellung: 12.000,00 €)

BWK-Berstungsfraktur

Die Klägerin sah sich in der Bilderabteilung des Kaufhauses der Beklagten um, als sie aus der oberen Reihe eines Regales ein kleines Bild entnehmen wollte. Hierbei stürzten die größeren Bilder mittels »Dominoeffekts« auf die Klägerin, die zum Sturz kam. Hierbei erlitt sie eine Berstungsfraktur des 12. Brustwirbelkörpers, die operiert werden musste und einen zweiwöchentlichen Krankenhausaufenthalt nach sich zog. Eine dreiwöchige Reha schloss sich an. Die Klägerin litt unter anhaltenden Schmerzen und nahm noch ein Jahr später Schmerzmittel ein; sie befindet sich in vierteljährlichen Röntgen-Kontrolluntersuchungen.

OLG München, Urt. v. 15.06.2007 – 10 U 5176/06, unveröffentlicht E 483

12.500,00 € (Vorstellung: 14.500,00 €)

Brustbeinfraktur – Dünndarmruptur – Lungenkontusion

Der Kläger erlitt nach einem Verkehrsunfall eine Dünndarmruptur, eine Fraktur des Brustbeines im unteren Drittel sowie eine Lungenkontusion und eine Milz- und Thoraxprellung. Er war 2 Wochen in stationärer Behandlung und 3 Wochen in der Reha. Das Schmerzensgeld wurde erhöht (2.000,00 € mehr als die erste Instanz), weil die beklagte Versicherung auf das teilweise rechtskräftige Urteil erster Instanz 6 Monate nichts gezahlt hat und ihm seit 10 Jahren den angemessenen Betrag vorenthielt.

OLG Brandenburg, Urt. v. 13.03.2008 – 12 U 147/07, SP 2009, 71 E 484

14.000,00 €

Brustwirbelfraktur

Die 34 Jahre alte Klägerin erlitt bei einem Unfall einen Kneifzangenbruch des 10. Brustwirbelknochens, Prellungen im Bereich des Kopfes und der Rippen sowie eine Schnittwunde im Bereich des rechten Handrückens. Eine komplikationslose Operation und ein 2-wöchiger stationärer Aufenthalt schlossen sich an. Die Klägerin war 2 Monate lang zu 100 % erwerbsunfähig; weitere 5 Wochen bestand eine MdE von 50 %, eine Dauer-MdE von 30 % verbleibt. Die Klägerin leidet unter anhaltenden Schmerzzuständen im BWS-Bereich und kann weder durchschlafen noch schwere Lasten heben.

E 485 **OLG Düsseldorf, Urt. v. 07.12.2006 – I-8 U 43/04, unveröffentlicht**

15.000,00 €

Misslungene Bruststraffung und Brustverkleinerung – Narben und Deformierungen

Dem Beklagten unterliefen bei einer Schönheitsoperation (Brustverkleinerung) Ausführungsfehler, die für die Fehlstellung der Brustwarzen und die Deformierungen im Bereich beider Brüste verantwortlich sind. Besonders der Höhenunterschied der Brustwarzen von ca. 2 cm ist auf einen Fehler bei der Ausmessung der Brustwarzenhöhe zurückzuführen. Hinzukommt, dass auf der linken Seite lediglich eine quere Raffung mit senkrecht herunterlaufender Narbe vorgenommen wurde, während auf der rechten Seite ein Y-förmiger Schnitt über der Unterbrustfalte angelegt wurde, der einen Hautüberschuss auch in der Länge verkürzt. Gründe für die unterschiedliche Schnittführung bestanden nicht. Durch den Y-förmigen Schnitt rechts ist darüber hinaus ein unterschiedliches Sackungsverhalten der Brust sehr viel wahrscheinlicher geworden, als bei einer lediglich queren Straffung auch auf der rechten Seite; insgesamt ist durch die unterschiedliche Straffung in der Quere eine Asymmetrie von vornherein möglich gemacht worden.

Im Ergebnis kann von einem schrecklichen Bild mit Verziehung des Mamillen-Areolen-Komplexes und völlig unverständlichen Narbenverläufen im Bereich der intramammären Umschlagsfalte gesprochen werden. Infolge der Fehlbehandlung waren zahlreiche Folgeeingriffe erforderlich, wobei jedenfalls die erste, vom Beklagten selbst vorgenommene Korrekturoperation ebenfalls fehlerhaft durchgeführt wurde. Die Klägerin ist psychisch erheblich beeinträchtigt.

E 486 **OLG Celle, Urt. v. 14.05.2009 – 8 U 191/08, VersR 2009, 1508 = NZV 2010, 86 = SP 2010, 136**

15.000,00 €

Brustwirbelknochenrotationsberstungsfraktur

Die Klägerin, eine Fahrradfahrerin, wurde von einem umstürzenden Baum getroffen, der wegen Kanalarbeiten der Beklagten seine Wurzeln verloren hatte. Sie erlitt eine Rotationsberstungsfraktur am Brustwirbelknochen 12. Der Brustwirbelkörper wurde versteift, was eine endgradige Bewegungseinschränkung und weitere Funktionsstörungen der Wirbelsäule zur Folge hatte. Als weitere Unfallfolge verblieb eine geringfügige Angststörung mit spezifischen Ängsten vor Fahrradfahren bei Wind sowie Schreckhaftigkeit.

E 487 **OLG Köln, Beschl. v. 11.11.2009 – 5 U 49/09, unveröffentlicht**

15.000,00 € (Vorstellung: 25.000,00 €)

Sichtbarkeit eines Impulsgebers

Die 22 Jahre alte Klägerin leidet unter einer Zwangsstörung, deren psychotherapeutische und psychopharmakologische Behandlung zu keiner Besserung geführt hatte. Der Beklagte hatte eine Methode der Tiefenhirn-Stimulation entwickelt, bei der eine Elektrode in das Gehirn des Patienten sowie ein mit dieser verbundener Impulsgeber (Generator), der etwa zigarettenschachtelgroß ist, unterhalb des Schlüsselbeins in die Brust implantiert werden.

Die Klägerin war nicht darüber aufgeklärt worden, dass der Impulsgeber postoperativ zu sehen war; ebenso wenig, dass dieser verrutscht, wenn sich die fixierenden Nähte lösen. Beides passierte ihr. Der Impulsgeber ist sichtbar im Brustbereich, was die Klägerin nachhaltig beeinträchtigt. Er verrutscht und verursacht Schmerzen, seine Beseitigung ist nur mit einem erneuten größeren Eingriff, der mit erheblichen Gefahren verbunden ist, möglich.

LG Lübeck, Urt. v. 17.11.2011 – 12 O 148/10, SP 2012, 148 E 488

15.000,00 €

Rippenserienfraktur – Thoraxtrauma – Unterarmfraktur – Schädelhirntrauma

Die Klägerin erlitt bei einem Verkehrsunfall lebensgefährliche Verletzungen, musste künstlich beatmet werden und verbrachte 12 Tage auf der Intensivstation. Eine Verletzung am Unterarm musste offen reponiert und mit einer Plattenosteosynthese versorgt werden. Die Verletzungen am Brustkorb waren so schwerwiegend, dass es zu einem beidseitigen Pneumotorax kam. Die Verletzungen im Kopfbereich führten zu einem hirnorganischen Psychosyndrom.

Die Klägerin leidet an eingeschränkter Kraftentwicklung am Unterarm und in der Hand, Schmerzen in den Narben, Blockaden der Wirbelsäule, Atemschwierigkeiten und reduzierter Merkfähigkeit. Das Gericht hat das Schmerzensgeld bemessen nach einer Entscheidung des KG vom 30.05.1991 – 12 U 2228/90, das für eine weniger schwere Verletzung ein Schmerzensgeld von knapp 6.000,00 € zuerkannt hatte; diese Entscheidung war zum Vergleich völlig ungeeignet.

OLG Düsseldorf, Urt. v. 22.09.2005 – I-1 U 170/04, r+s 2006, 85 E 489

16.500,00 € (1/4 Mitverschulden; Vorstellung: 22.000,00 €)

Rippenserienfraktur – Bauchtrauma – Pankreaskontusion – Luxationsfraktur 2. Halswirbelkörper

Die 30 Jahre alte Klägerin erlitt bei einem Verkehrsunfall u. a. eine Rippenserienfraktur und eine Luxationsfraktur des 2. Halswirbelkörpers und klagte noch 2 Jahre nach dem Unfall über Schmerzen. Hinweise für Aggravations- oder Simulationstendenzen bestehen nicht.

Die inneren Organe der Klägerin waren von schmerzhaften traumatischen Einwirkungen betroffen. Neben einem stumpfen Bauchtrauma hat sie eine rechtsseitige Lungenkontusion, einen Lebereinriss sowie eine Pankreaskontusion davongetragen. Wegen der ausgedehnten inneren Verletzungen stellte sich bei der Klägerin u. a. eine Atemnot ein, sodass sie bronchoskopisch intubiert werden musste.

Inzwischen wurde eine vollständige Versteifung des Bewegungssegmentes C 2/C 3 herbeigeführt, mit der Folge einer sekundären subtotalen knöchernen Versteifung des Bewegungssegmentes C 3/C 4 mit schmerzhaft eingeschränkter Linksrotation. Zu diesem Zustandsbild tritt eine zervikale Fehlstatik mit Steilstellung.

LG Wiesbaden, Urt. v. 03.05.2007 – 3 O 116/04, SP 2008, 216 E 490

20.000,00 € (Vorstellung: 40.000,00 €)

Rippenserienfraktur – Beckenringfraktur – Skalpierungsverletzung

Der Kläger wurde bei einem Verkehrsunfall verletzt; er erlitt eine Beckenringfraktur links, eine Rippenserienfraktur rechts der 2. – 9. Rippe und links der 3. – 7. Rippe, eine laterale Orbitalfraktur rechts, ein Hämatomsinus der rechten Kieferhöhle, ein Serom der rechten Hüfte sowie eine Skalpierungsverletzung, bei der auch das rechte Oberlid beteiligt war. Die Kopfhaut war bis zur Stirn aufgeschnitten und nach rechts weggeklappt. Der Kläger litt unter einem schweren Schleudertrauma mit erheblicher Einschränkung der Beweglichkeit des Halses und des Kopfes. Die stationäre Behandlung des Klägers dauerte 18 Tage; nach der Entlassung konnte er sich lediglich an Krücken fortbewegen.

Der Kläger litt auch nach der Entlassung aus dem Krankenhaus unter starken Schmerzen im gesamten Brustbereich, die durch die Rippenfraktur hervorgerufen wurden. Er musste sich einer speziellen Atemtherapie unterziehen, die Beweglichkeit des Klägers war erheblich eingeschränkt. Erst 3 Monate nach dem Unfall ließen die Schmerzen nach, eine intensive ärztliche Behandlung war über weitere 4 Monate erforderlich. Es wurden krankengymnastische Behandlungen verordnet und vom Kläger an insgesamt 28 Tagen durchgeführt. Zudem war eine weitere augenärztliche Behandlung erforderlich, ebenfalls eine Zahnarztbehandlung. Es bestehen weitere dauernde Beeinträchtigungen aufgrund der Frakturen und der Skalpierungsverletzung.

E 491 **OLG Saarbrücken, Urt. v. 31.03.2009 – 4 U 26/08, NZV 2010, 77**

22.500,00 €

Rippenfraktur – Beckenschaufelfraktur – Schlüsselbeinfraktur – Gesichtsnarben

Die Klägerin erlitt bei einem Verkehrsunfall eine Beckenschaufelfraktur, eine Fraktur des Schlüsselbeins und der Rippe, erhebliche Prellungen und Schürf- und Schnittwunden, die eine mehrwöchige Krankenhausbehandlung erforderlich machten und Dauerschäden in Form von Bewegungseinschränkungen der Beine und des Arms und ästhetische Beeinträchtigungen im Gesicht durch Narbenbildung sowie eine nachhaltige Traumatisierung zur Folge haben.

E 492 **OLG Köln, Urt. v. 09.01.2008 – 11 U 40/07, SP 2008, 364**

24.000,00 € (Vorstellung: 40.000,00 €)

Brustwirbelfraktur

Der Kläger erlitt bei einem Verkehrsunfall eine Fraktur im Bereich des 12. Brustwirbels. Nach der Operation verblieb eine klinische Instabilität und ein invalidisierender Schmerz, der mit Medikamenten kaum zu beeinflussen war; daher war 3 Jahre später eine weitere Wirbelsäulenoperation erforderlich.

E 493 **OLG Oldenburg, Urt. v. 09.07.2008 – 5 U 32/08, OLGR 2009, 14**

25.000,00 € (Vorstellung: 30.000,00 €)

Brustverkleinerung nach verspäteter Tumorbehandlung

Die Klägerin wurde bei den Beklagten wegen eines Kalkherdes in der linken Brust operiert. Dieser wurde nur unzureichend entfernt; ein halbes Jahr später wurde bei einer Mammografie erneut ein Kalkareal festgestellt, welches operiert wurde. Es zeigten sich eindeutige Anteile eines Karzinoms. Deswegen wurde die Klägerin erneut operiert; 20 Lymphknoten und der Tumor mit einer Größe von 1 cm wurden entnommen. Es schloss sich eine Strahlentherapie der linken Brust und eine 5-jährige Hormontherapie an. Wegen der Lymphdrüsenentfernung leidet die Klägerin an einem Lymphstau und muss zweimal wöchentlich zur Drainage; hierdurch verursachte Entzündungen müssen mit Antibiotika behandelt werden. Die Hormontherapie begründet typische Wechseljahrbeschwerden wie Hitzeschübe, Unruhe und depressive Verstimmungen.

Aufgrund der Behandlungsverzögerung von einem halben Jahr wurde eine weitere Operation erforderlich, ferner hätte die Lymphdrüsenentfernung vermieden werden können. Eine erhebliche Therapieverzögerung führte zu einer zusätzlichen psychischen Belastung der Klägerin, die nun wegen Krebsangst in wöchentlicher psychologischer Behandlung ist. Die 2. Operation und die dort erfolgte Gewebeentfernung hatten eine nach außen sichtbare und dauerhafte Brustverkleinerung zur Folge, die bei fehlerfreier Behandlung geringer ausgefallen wäre.

LG Dortmund, Urt. v. 23.02.2007 – 21 O 323/06, ZfS 2008, 87 E 494

30.000,00 € (Vorstellung: 30.000,00 €)

Rippenfrakturen – Polytrauma – Milz- und Nierenruptur – Lungenkontusion – Pneumothorax

Die Klägerin, eine alleinerziehende Mutter mit einem 5-jährigen Sohn, betrat bei der Besichtigung eines Segelflughafens eine nur unzureichend abgesicherte Flugschneise. Sie wurde von einem von dem Segelflugzeug des Beklagten herabhängenden Schleppseil erfasst und ca. 15 m mitgerissen. Sie befand sich wegen einer schweren Lungenkontusion in Lebensgefahr und musste mehrere Tage auf der Intensivstation bleiben; insgesamt blieb sie einen Monat in stationärer Behandlung. Sie erlitt ein Polytrauma mit Zwerchfellriss, eine Rissverletzung der Leber, eine Milzruptur, eine Nierenparenchymruptur links, einen Bruch des 6. Halswirbels (Dornfortsatz), Rippenserienfrakturen der 7. – 12. Rippe links sowie der 11. und 12. Rippe rechts mit einem traumatischen Pneumothorax. Die Milz musste operativ entfernt werden.

Als Dauerschäden verblieben Narben am rechten Arm und im Bereich des Oberbauchs bis zur Schambeingegend. Weitere fortbestehende Unfallschäden sind Verwachsungen des Darms mit Operationsnarben, Depressionen und Schlafstörungen sowie die Unfähigkeit, größere Lasten zu tragen. Die Klägerin befindet sich seit geraumer Zeit in ständiger psychotherapeutischer Behandlung.

Das Gericht stellte bei der Bemessung auf die lebensbedrohlichen und dauerhaften Folgen ab, insb. den Milzverlust, die Narben und die fortdauernde Anfälligkeit für Erkrankungen der Lunge, Leber und Niere. Die Klägerin, eine junge, alleinerziehende Frau, habe trotz Teilzeittätigkeit eine Position als Abteilungsleiterin eines Einzelhandelsunternehmens erreicht, die ohne das Unfallgeschehen gute Aufstiegschancen aufgewiesen hätte. Die Narbenbildung im Arm- und Thoraxbereich werde v. a. von einer jungen, attraktiven Frau als psychisch besonders belastend empfunden. Über die Schwierigkeit der Verarbeitung des Unfalls hinaus hat das Gericht auch Schmerzensgeld erhöhend berücksichtigt, dass die Klägerin im Umgang mit ihrem Sohn, mit dem sie nun nicht mehr ungehindert toben kann, stark beeinträchtigt ist und diesen nicht einmal in Gefahren- oder Trostsituationen hochheben kann. Auch der Umstand, dass der Beklagte trotz verschuldensunabhängiger (Luftverkehrs-) Haftung 2 Jahre nach dem Unfall keinerlei Leistungen an die finanziell nicht gut gestellte Klägerin erbracht hatte, wurde erhöhend berücksichtigt.

LG Bonn, Urt. v. 15.02.2008 – 1 O 414/03, unveröffentlicht E 495

30.000,00 € (Vorstellung: 100.000,00 €)

Rippenfrakturen – Prellungen – Hautabschürfungen – posttraumatische Belastungsstörung

Der Kläger war Opfer eines polizeilichen SEK-Zugriffs, weil der Verdacht bestand, er lagere Handgranaten in der Wohnung. Bei dem Zugriff wurde der Kläger unverhältnismäßig hart festgenommen, sodass er multiple Prellungen, Hautabschürfungen, Zahnverletzungen und zwei Rippenfrakturen erlitt. Bei dem Zugriff der vermummten und nicht als Polizisten erkennbaren Beamten bestand für den Kläger eine Situation schwerer Verletzung und Bedrohung, auf die er mit Angst, Hilflosigkeit und Entsetzen reagierte; es kam zu einer somatoformen Schmerzstörung, einer Akzentuierung einer allerdings schon vorbestehenden paranoiden Persönlichkeitsstörung und einer posttraumatischen Belastungsstörung. Bei der Bemessung berücksichtigte das Gericht, dass der Kläger mittlerweile 7 Jahre an den psychischen und psychosomatischen Folgen des Zugriffs leidet, eine Besserung nicht abzusehen ist und das beklagte Land durchweg ein Fehlverhalten in Abrede stellte und den Einsatz ggü. dem Kläger bagatellisierte; hierdurch werde dem Kläger die gebotene Genugtuung vorenthalten.

E 496 **KG, Beschl. v. 21.01.2010 – 12 U 29/09, MDR 2010, 1049 = VRS 119 (2010), 89**

30.000,00 € (1/2 Mitverschulden)

Rippenserienfraktur – Knieverletzungen – Beckenfraktur – Thoraxtrauma

Die Klägerin erlitt bei einem Verkehrsunfall eine Kniegelenkluxation rechts mit knöchernen Ausrissen des vorderen Kreuzbandes sowie des Außenbandes, eine Teilruptur des hinteren Kreuzbandes, eine Innenbandruptur am Knie links, ein Schädelhirntrauma 1. Grades, ein stumpfes Thoraxtrauma mit beidseitiger Lungenkontusion, eine Rippenserienfraktur Costae 1-5 links sowie eine nicht dislozierte Beckenfraktur. Sie war insgesamt 8 Wochen in stationärer Behandlung, wobei sie mehrfach operiert wurde. Insgesamt 6 Wochen Rehabilitation schlossen sich an, es folgte noch eine ambulante Physiotherapie. Sie war 13 Monate arbeitsunfähig. Das Gericht stellte maßgeblich auf die erheblichen Verletzungen und Schmerzen im Knie- und Beckenbereich ab.

E 497 **OLG Düsseldorf, Urt. v. 14.01.2005 – I-22 U 81/04, VersR 2006, 666 = DAR 2006, 153**

40.000,00 €

Rippenserienfraktur – Lendenwirbelfraktur – Schulterfraktur – Oberschenkelhalsfraktur

Die 78 Jahre alte Klägerin, die mit Tochter und Enkelkind unterwegs war, überquerte eine Baustelle. An einer Straße wurden Ausschachtungsarbeiten vorgenommen, und ein hierdurch entstehender 90 cm breiter und 3 m tiefer Graben wurde durch Metallplatten überbrückt. Diese waren seitlich mit Absperrbaken, die durch eine Querlatte in Handlaufhöhe verbunden waren, gesichert.

Die Klägerin geriet auf den Metallplatten ins Stolpern, blieb dann an einer Platte hängen und stürzte in die Grube, als die Querlatte bei ihrem Versuch, sich daran festzuhalten, nachgab. Der Senat nahm – anders als das LG – eine Verkehrssicherungspflicht von Bauherr und Bauleitung an, da keine hinreichende Absturzsicherung zur Seite hin bestanden habe.

Bei der Bemessung stellte das Gericht darauf ab, das die Klägerin durch den Sturz in die 3 m tiefe Grube nicht nur einen Schock, sondern auch eine Schulterfraktur, eine Rippenserienfraktur, eine Kopfplatzwunde sowie Blutergüsse und Schürfwunden am ganzen Körper erlitten hatte. Erst weitere 2 – 3 Monate später wurden noch eine Lendenwirbelfraktur und eine Oberschenkelkopffraktur diagnostiziert, die ebenfalls auf dem Unfall beruhten. Diese Verletzungen machten mehrere Operationen sowie stationäre Aufenthalte wegen der Rippen- und Wirbelsäulenverletzungen erforderlich und erzwangen »praktisch ununterbrochene Aufenthalte in Krankenhäusern und Rehabilitationskliniken« über einen Zeitraum von knapp 4 Monaten. Rehabilitationsmaßnahmen schlossen sich an. Die bis dahin aktive Klägerin, deren Hobbys Golf spielen und reisen waren, kann sich nun nur mithilfe eines Rollators innerhalb der Wohnung bewegen und muss erhebliche Beschränkungen bei auch leichtesten Haushaltsarbeiten sowie Einschränkungen im Bereich der Freizeitgestaltung hinnehmen.

E 498 **LG Ravensburg, Urt. v. 23.03.2006 – 4 O 185/05, SpuRt 2008, 41**

40.000,00 € (Vorstellung: 75.000,00 €)

Brust- und Lendenwirbelkörperfrakturen – Rippenserienfrakturen – Rundrückenbildung

Der 54 Jahre alte Kläger erlitt bei einem Skiunfall eine Kompressionsfraktur des 5. und 6. Brustwirbelkörpers, Querfortsatzfrakturen des 1. und 2. Lendenwirbelkörpers sowie eine Rippenserienfraktur rechts (Rippen 4 – 9). Er war 5 Tage auf der Intensivstation und wurde weitere 18 Tage stationär behandelt. Am Schlüsselbein rechts in Schaftmitte im Frakturbereich kam es zu einer Hämatombildung, die sich sekundär infiziert hatte. Mehrmalige

Wundrevisionen mit Anlage von Vakuumverbänden waren notwendig. Ca. 4 Monate befand sich der Kläger in wechselnder ambulanter und stationärer Behandlung. Es liegt eine Asymmetrie der rechten Thoraxhälfte vor, da die Rippenserienfrakturen in Fehlstellung knöchern verheilt sind. Ebenfalls durch den Skiunfall kam es zu einer deutlichen Rundrückenbildung im BWS-Bereich des Klägers. Hierdurch ist auch ein deutliches Tiefertreten der rechten Schulter sowie ein Muskulaturverlust am rechten Ober- und Unterarm verursacht. Dies verursacht Bewegungseinschränkungen an der BWS am rechten Arm, eine Minderung der Muskulatur im Schulterbereich und am Arm sowie deutliche Abnutzungserscheinungen an Schulter und Schlüsselbein. Der Kläger ermüdet schneller und erreicht seine Belastungsgrenze schneller. Mit einer Schultereckgelenksarthrose muss gerechnet werden.

LG München I, Urt. v. 17.05.2006 – 9 O 18419/02, unveröffentlicht — E 499

40.000,00 €

Verspätete Diagnose von Brustkrebs

I. R. d. üblichen Krebsvorsorge wurde bei der Beklagten an zwei aufeinanderfolgenden Terminen (17.06.1996 und 25.09.1997) ein verdächtiger Befund übersehen. Der Knoten in der Brust wurde erst 2 Monate nach der Untersuchung v. 25.09.1997 erkannt. Die Knotenexstirpation (01.12.1997) und die anschließende Chemotherapie konnten die Klägerin nicht mehr retten; sie verstarb am 08.07.2004.

OLG Karlsruhe, Urt. v. 06.11.2009 – 14 U 42/08, NZV 2010, 26 — E 500

40.000,00 € (Vorstellung: 40.000,00 €)

Rippenserienfraktur – diverse Frakturen

Die 81 Jahre alte Klägerin wurde bei einem Verkehrsunfall schwer verletzt, bei dem auch ihr Mann verstarb. Die übergewichtige Klägerin (90 kg bei 158 cm) erlitt eine drittgradig offene Unterschenkelfraktur dicht oberhalb des Sprunggelenks links, am linken Hüftgelenk eine Pfannenbodenfraktur mit Luxation des Hüftkopfes in das Beckeninnere, eine Fraktur des linken oberen Schambeinastes, eine Rippenserienfraktur rechts, jeweils einen kleinen Hämatothorax auf beiden Seiten sowie eine Riss-Quetschwunde an der hohen Stirn.

Zum Zeitpunkt des Unfalls bestanden bei ihr unfallunabhängige degenerative Brust- und Lendenwirbelsäulenveränderungen sowie Diabetes, Bluthochdruck und »außerordentliche Fettleibigkeit«.

Sie wurde einen Monat auf der Intensivstation behandelt und apparativ beatmet. Die Unterschenkelfraktur und die Hüftpfannenluxationsfraktur wurden operativ mit Platten und Schrauben versorgt. Als Komplikationen traten eine Tachyarrhythmie mit mehrfacher cardialer Dekompensation sowie eine globale respiratorische Insuffizienz ein. 2 Monate später wurde die Klägerin in die geriatrische Abteilung verlegt, wo sie 5 Wochen behandelt wurde. Sie ist seit dem Unfall auf Fremdhilfe angewiesen und benutzt zum Gehen einen Rollator.

Das Gericht berücksichtigte zwar das Bestehen von Vorerkrankungen, aber auch, dass die Klägerin im hohen Alter die Verletzungen besonders schwer treffen. Auch der Verlust des Ehemannes fand Berücksichtigung, denn »gerade angesichts der mit dem Unfall einhergehenden Belastungen und Beeinträchtigungen hätte die in hohem Alter stehende Klägerin des Beistandes des ihr vertrauten Ehemannes besonders bedurft. Dass sie auch diesen Beistand infolge des vom Gegner verschuldeten Unfalls entbehren muss, verschlimmert die körperlichen und seelischen Belastungen der Klägerin bei der Bewältigung der unfallbedingten Beeinträchtigungen nicht unerheblich.«.

E 501 **OLG Hamm, Urt. v. 19.03.2010 – 9 U 71/09, unveröffentlicht**

40.000,00 € (Vorstellung: 50.000,00 €)

Rippenserienfraktur – Brustbeinfraktur – Darmrisse – Lungenkontusion

Die Klägerin erlitt bei einem Verkehrsunfall einen Dickdarmriss mit folgender Bauchfellentzündung, einen dreifachen Dünndarmriss, eine Rippenserienfraktur der 7., 8. und 9. Rippe links, einen Schlüsselbeinbruch links, eine Brustbeinfraktur, eine beidseitige Lungenkontusion, einen Hämatopneumothorax, ein cervicales Wurzelreizsyndrom sowie diverse Körperprellungen. Die Verletzungen führten zu erheblicher äußerer Narbenbildung; die Klägerin litt unter Todesangst und entwickelte eine posttraumatische Belastungsstörung. Der Senat berücksichtigte die Haftung aus grobem Fahrfehler, aber auch, dass die Klägerin »nur« einen Monat in stationärer und einen in ambulanter Anschlussheilbehandlung gewesen ist.

E 502 **OLG Düsseldorf, Urt. v. 12.03.2007 – I-1 U 206/06, unveröffentlicht**

45.000,00 € (Vorstellung: 40.000,00 €)

Rippenserienfrakturen – Hämatopneumothorax – Thoraxtrauma – Lungenkontusion

Der Kläger wurde bei einem Verkehrsunfall auf seinem Motorroller lebensgefährlich verletzt. Er erlitt ein stumpfes Thoraxtrauma mit Hämatopneumothorax und beidseitigen Rippenserienfrakturen i. V. m. einer linksseitigen Lungenkontusion. Der Kläger musste einen Monat lang bei zeitweiser künstlicher Beatmung intensivmedizinisch behandelt werden. Ein Luftröhrenschnitt und eine beidseitige Thoraxdrainage waren nötig. Es schloss sich eine 1 – 2 Monate dauernde stationäre Rehabilitationsmaßnahme an. Hierbei litt der Kläger an andauernden Schmerzen als Folge der Rippenfrakturen und der Narbe der Thoraxdrainage. Im nächsten Jahr folgten weitere Krankenhaus- und Rehabilitationsbehandlungen. Eine weitere Operation diente der Beseitigung einer Verschlusserkrankung beidseitiger Beinarterien und dem Einsetzen von Bypässen. Erst 1 1/2 Jahre nach dem Unfall konnte der zuletzt als Maschinist und Vorarbeiter tätig gewesene Kläger die Arbeitstätigkeit in seinem früheren Betrieb wieder aufnehmen.

Es verblieben Narben an Hals und Thorax, eine deutliche Störung der Lungenfunktion, deutliche schmerzhafte Bewegungseinschränkung der linken Schulter mit periartikulärer Verkalkung sowie Schmerzen auch bei Bewegen der rechten Schulter. Eine periphere arterielle Verschlusskrankheit der unteren Extremitäten war teilweise durch das Vorleben als Raucher bedingt, aber auch unfallbedingt. Der Kläger leidet unter einer unfallabhängigen Zwangsstörung und Depressionen und bereits während der stationären Aufenthalte an Schlafstörungen wegen unfallbezogener Alpträume. Wegen der jahrelangen weitgehenden Zahlungsverweigerung der Gegenseite konnte er das Haus für seine 5-köpfige Familie nicht weiter finanzieren. Eine Dauer-MdE von 50 % verbleibt. Das Gericht stellte neben den schweren Unfallfolgen und den psychischen Schäden auch auf den Umstand ab, dass der 6-jährige Rechtsstreit den Kläger nicht nur finanziell schwer getroffen habe.

E 503 **LG Köln, Urt. v. 15.04.2010 – 5 O 36/09, unveröffentlicht**

50.000,00 € (Vorstellung: 60.000,00 €)

Rippenserienfraktur – Beckenringfraktur – Schlüsselbeinfraktur

Die Klägerin erlitt bei einem von der Gegenseite allein verschuldeten Verkehrsunfall eine Beckenringfraktur, Rippenserienfraktur, Oberarm- und Ellenbogenfraktur, Fraktur beider Schlüsselbeine und eine Fraktur der Kniescheibe sowie eine Lungenkontusion. Sie befand sich 6 Wochen in stationärer Krankenhausbehandlung. Weitere Operationen und 2 jeweils

6 Wochen lange Reha-Maßnahmen schlossen sich an. Nach dem Unfall verblieben Probleme beim Hören, weswegen die Klägerin zwei Hörgeräte nutzt.

Die Frakturen führten dazu, dass eine schlechte Beweglichkeit der linken Schulter mit den erheblichen Schmerzen beim Erreichen des endgradigen Bewegungsumfangs vorliegt. Aufgrund der Beckenringfraktur liegt ein Druckschmerz über dem Schambein vor. Am Becken ist in erster Linie die linke Iliosacralgelenksfuge noch druck- und bewegungsschmerzhaft. Langes Gehen oder Stehen ist der Klägerin daher nicht mehr möglich. Wegen einer Fußheberschwäche muss die Klägerin ständig eine Schiene tragen, sodass der Fuß dadurch angehoben wird. Sie hat zudem außen am linken Bein kein Gefühl mehr.

Im rechten Knie kann nach der Patellafraktur eine Präarthrose vorliegen, die zu einem beschleunigten Niedergang des Kniegelenks bis zur Notwendigkeit einer Endoprothese führen kann. Der Zustand des Beckens kann nicht weiter verbessert werden. Der Nervenschaden links ist nicht mehr positiv zu beeinflussen. Auch die Schulter kann nach Fortsetzung der Physiotherapie durch prothetischen Gelenkersatz bzgl. der Schmerzen verbessert werden, nicht jedoch bzgl. der reduzierten Bewegung, die in ähnlichem Umfang auch nach einer Protheseninplantation verbleiben wird.

OLG Köln, Urt. v. 17.03.2010 – 5 U 51/09, VersR 2011, 81 = GesR 2010, 409 E 504

60.000,00 € (Vorstellung: 60.000,00 €)

Entfernung beider Brüste

Die 51 Jahre alte Klägerin war bei dem Beklagten in stationärer Behandlung, um einen Tumorverdacht der Brust abzuklären. Der Beklagten wurden beide Brüste entfernt, wobei sich später herausstellte, dass kein bösartiger Tumor bestand. Der Beklagte haftete wegen unzureichender Aufklärung über die Indikation einer Operation. Dass die Klägerin wegen »irrationaler« Krebsangst selbst auf eine Operation gedrängt hatte, war unbeachtlich; es wäre Aufgabe des Arztes gewesen, diese Angst »in den Bereich des Rationalen zurückzuholen«.

Bei der Bemessung berücksichtigte das Gericht nicht nur die beträchtlichen seelischen Belastungen durch den Verlust der natürlichen Brüste, sondern auch, dass bisherige Versuche, die Brüste künstlich zu rekonstruieren, gescheitert waren. Hierbei war eine Vielzahl von Operationen durchgeführt worden, aber ergebnislos geblieben. Als Komplikation kam es zu einer Faszialislähmung. Das Gericht hielt – bei Berufungseinlegung nur durch den Beklagten – das zuerkannte Schmerzensgeld für »in jedem Fall« gerechtfertigt.

OLG Saarbrücken, Urt. v. 18.03.2010 – 8 U 3/09, MDR 2010, 919 E 505

60.000,00 € (Vorstellung: 100.000,00 €)

Rippenserienfraktur – Beckenringfraktur und Hüftpfannenbruch

Der Kläger wurde bei Bauarbeiten verletzt, als er durch eine nicht ordnungsgemäß abgedeckte Öffnung im 1. UG des Bauobjektes stürzte. Er erlitt eine Rippenserienfraktur, eine Wirbelfraktur des 12. Brustwirbelkörpers, eine Beckenringfraktur, einen Hüftpfannenbruch sowie eine Handgelenksfraktur. Die Unfallfolgen mussten operiert werden, es schloss sich ein Monat Reha an. Der Kläger ist immer noch Bewegungseinschränkungen ausgesetzt; es verblieben Durchblutungsstörungen im verunfallten rechten Bein sowie sensorische und neurologische Beschwerden.

E 506 **OLG Köln, Urt. v. 07.12.2010 – 4 U 9/09, MDR 2011, 290 = SP 2011, 218 = ZfS 2011, 259**

65.000,00 € (Vorstellung: 65.000,00 €)

Rippenserienfraktur – Schulterluxation – Morbus Sudeck -HWS/LWS-Distorsion

Der Kläger zog sich bei einem Unfall eine Schulterluxation, einen Morbus Sudeck, sowie eine Distorsion der HWS und der LWS zu. Ferner erlitt er eine Rippenserienfraktur und eine contusio cordis mit nachfolgenden Herz-Rhythmus-Störungen. Neben diesen Verletzungen waren deren berufliche Folgen und die Folgen für die Freizeitgestaltung des Verletzten zu berücksichtigen.

E 507 **OLG Hamm, Urt. v. 28.11.2001 – 3 U 59/01, VersR 2003, 1259**[23]

70.000,00 € (Vorstellung: 75.000,00 €)

Brustentfernung

Einer 24 Jahre alten Frau wurde ein Brusttumor zu spät diagnostiziert; es kam zu der Entfernung der Brüste binnen eines Jahres und zum Abbruch einer Schwangerschaft, dennoch verstarb die Geschädigte wenige Monate nach der 2. Operation.

E 508 **OLG Jena, Urt. v. 23.05.2007 – 4 U 437/05, VersR 2008, 401 = MedR 2008, 520**

100.000,00 € (Vorstellung: 80.000,00 €)

Verspätete Diagnose eines Brustkarzinoms – Versterben der Patientin

Der Kläger ist Alleinerbe der Geschädigten, die infolge eines Brustkarzinoms verstorben war. Diese war im Alter von 25 Jahren bei dem Beklagten wegen eines Knotens in der Brust in frauenärztlicher Behandlung. Über einen Zeitraum von 2 Jahren wurde der Knoten nur beobachtet und nicht histologisch abgeklärt, obwohl er innerhalb kurzer Zeit auffallend wuchs. Bei der Operation wurde festgestellt, dass es sich um ein bösartiges Mammakarzinom handelte, welches bereits 14 Lymphknoten befallen hatte; zudem wurden Lebermetastasen nachgewiesen. Die Geschädigte verstarb trotz nachfolgender chemotherapeutischer Behandlung im Alter von 31 Jahren an den Folgen der Krebserkrankung.

Das LG hatte noch 200.000,00 € Schmerzensgeld zuerkannt; das OLG reduzierte diese Summe unter Hinweis darauf, dass sich Leid und Schmerz der Geschädigten zwar durch keine Summe entschädigen ließen; die billige Entschädigung müsse aber der Höhe nach die Beeinträchtigung angemessen widerspiegeln. Eine weitere Begründung für die Reduzierung um die Hälfte des vom LG zuerkannten Betrages lieferte das OLG nicht.

Bei der Bemessung stellte der Senat auf die mehrfachen Chemotherapien mit erheblichen Nebenwirkungen (Infektionen im Mundbereich, Haarausfall) ab, die mit großen Schmerzen verbunden waren. Besonders belastend war jedoch die psychische Situation, da die Geschädigte vollständig über die Befunde informiert war, also wusste, dass sie tödlich erkrankt war und sich in diesem Wissen, das zunehmend zur Gewissheit über den baldigen Tod wurde, als 31 Jahre alte Mutter von ihrem erst 9-jährigen Sohn verabschieden musste.

23 BGH, Urt. v. 16.12.1975 – VI ZR 175/74, VersR 1976, 660 = NJW 1976, 1147; FS für Odersky/Steffen, S. 723 (728).Eine ältere, aber wichtige Entscheidung.

OLG Hamm, Urt. v. 12.12.2001 – 3 U 119/00, NJW-RR 2003, 807[24] E 509

125.000,00 € (Vorstellung: 60.000,00 €)

Entfernung beider Brüste

Aufgrund fehlerhafter Diagnosen zu einem Tumorverdacht wurden der 30 Jahre alten Klägerin im Abstand von einem Jahr beide Brüste entfernt. Bei der Bemessung stellte das Gericht auf das junge Alter und die seelische Belastung der Geschädigten durch die Diagnose Krebs ab, ferner auf die lebenslangen Folgen der Entfernung beider Brüste und Lymphknoten.

LG Coburg, Urt. v. 14.04.2009 – 14 O 402/05, VersR 2011, 534 E 510

130.000,00 € (Vorstellung: 100.000,00 €)

Verlust der rechten Brust

Die 52 Jahre alte Klägerin wurde wegen einer Brustkrebserkrankung an beiden Brüsten operiert. Hierbei sollte die rechte, gesunde Brust an die (aufgrund einer Implantierung nach OP nun) kleinere linke angeglichen werden. Aufgrund schwerer Behandlungsfehler verlor die Klägerin die rechte, bis dahin gesunde, Brust und muss nun bis ans Lebensende mit einer Prothese und den dadurch verbundenen gesundheitlichen Risiken leben. Auch den hiermit verbundenen psychischen und physischen Belastungen ist die Klägerin ihr Leben lang ausgesetzt.

Schmerzensgelderhöhend wirkte sich die Vielzahl der Folgeoperationen aus: Es waren über fast zwei Jahre 7 Operationen mit teils mehrwöchentlichen stationären Aufenthalten erforderlich. Ebenso wurde erhöhend berücksichtigt, dass der Haftpflichtversicherer trotz klarer Haftung in einem Zeitraum von 10 Jahren nur 30.000,00 € gezahlt hatte. Die Kammer könne »dieses Regulierungsverhalten nur mit Unverständnis zur Kenntnis nehmen«.

Der Prozess wurde in zweiter Instanz (OLG Bamberg – 4 U 94/09) umfassend gegen Zahlung weiterer 100.000,00 € verglichen.

Gehör-, Geruchs- und Geschmackssinn

▶ Hinweis:

Die Verletzungen in dieser Sparte sind wie folgt katalogisiert worden:

1. Gehör-, Geruchs- und Geschmackssinn
2. Geruchs- und Geschmackssinn
3. Gehörsinn
4. Geruchssinn
5. Geschmackssinn

Die Entscheidungen zu diesen Gesundheitsschäden sind relativ selten. Es sind deshalb auch Entscheidungen in der Tabelle enthalten, die älter als 10 Jahre sind. Die früher ausgeurteilten Schmerzensgeldbeträge müssen deutlich angehoben werden.

24 FS für Odersky/Steffen, S. 723 (726).Eine ältere, aber wichtige Entscheidung.

1. Gehör-, Geruchs- und Geschmackssinn

E 511 **OLG Celle, Urt. v. 10.07.1996 – 20 U 68/95, OLGR 1996, 247**[25]

16.000,00 €

Verlust des Riechvermögens – Beeinträchtigung des Geschmackssinnes – Hörminderung

Die 25 Jahre alte Klägerin erlitt bei einem Reitunfall Kopfverletzungen, die zu einem Verlust des Riechvermögens und einer Beeinträchtigung des Geschmackssinnes, zu Kopfschmerzen und einer Hörminderung führten. Die Klägerin ist zu 30 % behindert.

E 512 **OLG Nürnberg, Urt. v. 30.10.1997 – 8 U 1741/97, NJW-RR 1998, 1040**

32.500,00 €

Tinnitus – Geschmacks- und Gehörstörungen

Der 22 Jahre alte Kläger wurde durch einen unter Drogen stehenden Schädiger bei einem Verkehrsunfall verletzt. Er erlitt eine Nasentrümmerbeinfraktur und Gesichtsfrakturen. Als Dauerschäden verblieben Einschränkungen von Gehör- und Geschmacksvermögen, ein Tinnitus und eine Bissfehlstellung. Die Verletzung erforderte zwei Operationen. Beim Kläger wurden Metallplatten und Schrauben eingesetzt. Die stationäre Behandlung dauerte 7 Wochen. Danach waren zehn ambulante Krankenhausaufenthalte in 8 Monaten erforderlich. Die MdE beträgt 15 %.

E 513 **OLG Oldenburg, Urt. v. 28.01.1998 – 2 U 263/97, OLGR 1998, 256**[26]

40.000,00 € zuzüglich 175,00 € monatliche Rente = 75.000,00 € (gesamt)

Verlust des Geruchsvermögens – Beeinträchtigung des Geschmackssinnes und des Hörvermögens – schwerstes hirnorganisches Psychosyndrom

Der 30 Jahre alte Kläger erlitt als Fußgänger bei einem Verkehrsunfall ein Schädelhirntrauma mit schwerstem hirnorganischem Psychosyndrom, schwerer Sprachstörung und rechtsseitiger Lähmung. Als Dauerschäden verblieben ein mittelschweres hirnorganisches Psychosyndrom mit deutlicher Wesensveränderung, der Verlust des Geruchsvermögens, eine Beeinträchtigung des Geschmackssinnes und des Hörvermögens sowie eine MdE von 50 %.

E 514 **OLG München, Urt. v. 16.12.1993 – 24 U 774/86, ZfS 1994, 403**[27]

45.000,00 €

Tinnitus – Beeinträchtigung des Riech- und Geschmacksvermögens

Der Kläger leidet unfallbedingt unter Doppelsichtigkeit, Tinnitus, einer Beeinträchtigung des Riech- und Geschmacksvermögens in Form einer nicht objektivierbaren »olfaktorischen

---

25 BGH, Urt. v. 14.02.1958 – I ZR 151/56, BGHZ 26, 349.Eine ältere, aber wichtige Entscheidung.

26 Steffen, DAR 2003, 201 (204).Eine ältere, aber wichtige Entscheidung.

27 FS für Odersky/Steffen, S. 723 (727): »Und wenn der BGH hier ausnahmsweise einmal von Schmerzensgeld spricht, dann empfindet er das selbst als lapsus linguae«. Vgl. BGH, Urt. v. 15.11.1994 – VI ZR 56/94, VersR 1995, 305 = NJW 1995, 861 – Caroline v. Monaco; vgl. dazu Rdn. 487 ff. Aber nicht nur der VI. Zivilsenat vergreift sich in der Wortwahl. Der vorwiegend mit Amtshaftungssachen befasste III. Zivilsenat – Urt. v. 23.10.2003 – III ZR 9/03, VersR 2004, 332 m. Anm. Jaeger, S. 336 – wechselt die Begriffe »immaterieller Schadensersatz (Schmerzensgeld)«, »Anspruch auf Geldentschädigung« und »Schmerzensgeld«.Eine ältere, aber wichtige Entscheidung.

Seelenblindheit« und unter Veränderungen des Gesichtsausdrucks nach fehlverheilter Oberkieferfraktur. Möglicherweise sind auch psychische Beeinträchtigungen unfallbedingt.

OLG Celle, Urt. v. 19.12.2002 – 14 U 73/02, unveröffentlicht E 515

90.000,00 €

Schädelhirntrauma 2. Grades – Hirnödem – Verlust des Geruchs- und Geschmackssinnes – Hörminderung – Mittelgesichtsfraktur – Pneumothorax – Unterarmfraktur – Knieinstabilität – Unterschenkelfraktur

Der Kläger erlitt u. a. ein Schädelhirntrauma 2. Grades, ein Hirnödem und Subarachnoidalblutungen, eine Mittelgesichtsfraktur Le Fort III, Riss- und Quetschwunden an Stirn, Unterkiefer und Hals, eine Scapulacorpusfraktur, einen Pneumothorax, eine Oberschenkelfraktur, eine Zertrümmerung des Conylenmassivs, eine Unterarmfraktur, eine Knieinstabilität und eine Unterschenkelfraktur. Hirnorganisch bestehen ein depressives Syndrom mit Konzentrationsstörungen, erhebliche kognitive Störungen, Verlust des Geruchs- und Geschmackssinnes und eine Hörminderung.

Die stationäre Behandlung mit mehreren Operationen erstreckte sich über 4 1/2 Monate, davon 17 Tage im Koma. 4 Wochen in einer Rehabilitationsmaßnahme-Klinik schlossen sich an.

Der Kläger ist zu 100 % erwerbsgemindert. Ein Arm und die Beine sind in der Funktionsfähigkeit herabgesetzt, ein Bein ist erheblich verkürzt. Beide Kniegelenke sind instabil. Erhebliche Narben sind zurückgeblieben. Der Kläger ist auf Gehhilfen und einen Rollstuhl angewiesen.

2. Geruchs- und Geschmackssinn

OLG Brandenburg, Beschl. v. 02.11.2006 – 12 W 30/06, unveröffentlicht E 516

8.250,00 € (Mitverschulden: $^{1}/_{4}$)

Weitgehendes Erlöschen des Geruchs- und Geschmackssinnes – Nasenbeinfraktur – Mittelgesichtsfrakturen – Oberkieferfraktur – Schädelhirntrauma

Der Antragsteller begehrt PKH zur Durchsetzung eines Schmerzensgeldanspruchs. Er stürzte als Radfahrer bei Dunkelheit in eine ungesicherte und unbeleuchtete Baugrube und zog sich schwere Verletzungen im Gesichtsbereich zu, nämlich eine zentrale Mittelgesichtsfraktur, eine Nasenbeinfraktur, eine Oberkieferfraktur sowie ein Schädelhirntrauma 1. Grades. Nach 12-tägigem Krankenhausaufenthalt und 4-monatiger Arbeitsunfähigkeit war er um 15 % erwerbsgemindert. Als Dauerschaden verblieben ein weitgehendes Erlöschen des Geruchs- und Geschmackssinnes, eine deutliche Behinderung der Nasenatmung sowie eine verminderte Sensibilität der Nasenspitze.

E 517 **OLG Schleswig, Urt. v. 04.02.1993 – 7 U 241/91, VersR 1994, 615**[28]

12.500,00 €

Verlust des Geruchs- und Geschmackssinnes

Der Kläger hat bei einem Verkehrsunfall eine Gehirnerschütterung, eine Rippenserienfraktur, eine Kopfplatzwunde sowie Schürfungen und Prellungen erlitten, wurde etwa 3 Wochen stationär und weitere 2 Wochen ambulant behandelt und war für insgesamt etwa einen Monat arbeitsunfähig.

Diese Unfallfolgen stehen bei der Schmerzensgeldbemessung zwar nicht im Vordergrund, haben aber auch durchaus ihre Bedeutung. Das entscheidende Gewicht kommt allerdings dem Umstand zu, dass der Kläger infolge des Unfalls seinen Geruchssinn vollständig und seinen Geschmackssinn weitgehend verloren hat. Der dem Kläger verbliebene Rest seines Geschmackssinnes reicht gerade noch dafür aus, extreme Reize zu registrieren. I. Ü. schmecken dem Kläger alle Speisen und Getränke gleich, so als wenn man auf trockenem Brot herumkaut oder immer nur Wasser trinkt. Die damit einhergehenden Beeinträchtigungen der Lebensqualität des Klägers sind vielfältig und schwerwiegend.

E 518 **OLG Düsseldorf, Urt. v. 10.12.1999 – 22 U 98/99, DRsp 2000, 4011**

15.000,00 €

Verlust des Geschmacks- und Geruchssinnes (Anosmie) nach Schädelfraktur

Der Beklagte streckte den Kläger, einen 33 Jahre alten Mann, beim Verlassen einer Diskothek ohne jeden Anlass vorsätzlich mit einem gezielten Faustschlag ins Gesicht zu Boden. Der Kläger zog sich durch den Aufschlag mit dem Hinterkopf auf den Gehweg eine Schädelfraktur (Bruch des os occipitale rechts) mit Gehirnerschütterung sowie eine Kopfplatzwunde zu und musste ca. 3 Wochen stationär behandelt werden. Er leidet nun häufig unter Kopfschmerzen, Lichtempfindlichkeit und Konzentrationsschwäche als psychischen Folgen. Ferner verlor er auf Dauer das Geschmacks- und Geruchsvermögen (Anosmie).

Der verheilte Schädelbruch ist nicht knöchern überbaut, aber wohl »bindegewebig konsolidiert«. Als Dauerfolge ist ferner eine MdE von 10 % verblieben.

E 519 **OLG Hamm, Urt. v. 23.01.1997 – 6 U 163/96, OLGR 1997, 180**[29]

17.500,00 €

Verlust des Geruchssinnes – Beeinträchtigung des Geschmackssinnes nach Schädelfraktur

Eine 51 Jahre alte Radfahrerin erlitt durch das Verschulden einer ihr entgegenkommenden anderen Radfahrerin einen Unfall. Bei dem Sturz trug sie einen Schädelbasisbruch und ein schweres HWS-Syndrom davon. Sie wurde 2 Wochen stationär behandelt und war 4 Monate arbeitsunfähig. Als Dauerfolge trug sie einen Verlust des Geruchssinnes davon, wodurch auch der Geschmackssinn beeinträchtigt wird. Wegen der erheblichen Beeinträchtigung der Lebensfreude, da sie den »Wohlgeschmack von Speisen und Getränken« nicht mehr wahrnehmen kann, sowie angesichts der deutlichen Steigerung von Schmerzensgeldern für Dauerschäden »in den letzten Jahren« wurde ein hohes Schmerzensgeld zuerkannt.

28 BGH, Urt. v. 08.06.1976 – VI ZR 216/74, VersR 1976, 967; BGH, Urt. v. 14.04.1981 – VI ZR 39/80, VersR 1981, 677.Eine ältere, aber wichtige Entscheidung.

29 S. u. Rdn. 302 und 1257 ff.Eine ältere, aber wichtige Entscheidung.

LG Wuppertal, Urt. v. 10.12.1996 – 1 O 162/96, ZfS 1997, 370 E 520

30.000,00 €

Verlust des Geruchssinnes – Beeinträchtigung des Geschmackssinnes

Die Klägerin erlitt als Fußgängerin bei einem Unfall einen Schädelbasisbruch, Kopffrakturen und -prellungen. Sie hat ihren Geruchssinn verloren, der Geschmackssinn ist beeinträchtigt. Unfallbedingt leidet sie unter Konzentrations- und Gedächtnisstörungen sowie Unruhezuständen. Sie war 5 Monate nur eingeschränkt arbeitsfähig und hat unfallbedingt den Arbeitsplatz verloren. Den Unfallgegner trifft ein erhebliches Verschulden.

OLG Jena, Urt. v. 12.08.1999 – 1 U 1622/98, ZfS 1999, 419 E 521

72.000,00 € zuzüglich 100,00 € monatliche Rente = 90.000,00 € (gesamt)

Verlust von Geruchs- und Geschmackssinn – Erblindung auf einem Auge

Der Kläger erlitt bei einem Unfall ein hirnorganisches Psychosyndrom, er erblindete auf einem Auge, er verlor den Geruchs- und Geschmackssinn und seine Gesichtspartie ist entstellt, er leidet zudem unter gestörter Mundöffnungs- und Schließbewegung und unter einer Beeinträchtigung des rechten Beines und des linken Fußes. Wegen der dauerhaften Beeinträchtigung durch den Verlust des Auges und des Geruchs-/Geschmackssinnes wurde die Rente gewährt.

Dieses Schmerzensgeld liege im (oberen) Rahmen vergleichbarer Fälle.

3. Gehörsinn

▶ Hinweis:

Unfallbedingte Verletzungen des Gehörs treten meist nicht isoliert auf. Das auf die Beeinträchtigung des Hörvermögens entfallende Schmerzensgeld ist deshalb nicht leicht zu ermitteln.

Das Ohr ist ein paariges Organ. Geht auf einem Ohr das Hörvermögen verloren oder wird es erheblich eingeschränkt, muss das Schmerzensgeld deutlich unter 50 % des für völlige Ertaubung zuzuerkennenden Betrages liegen.

▶ Prozesstaktik:

Andererseits wirkt die Sorge des Verletzten vor völliger Ertaubung Schmerzensgeld erhöhend. Auf keinen Fall sollte sich ein Vergleich auf einen etwaigen Zukunftsschaden erstrecken. Ein Anerkenntnisvertrag zwischen dem Versicherer und dem Verletzten, der ausdrücklich ein Feststellungsurteil ersetzen soll, oder ein Feststellungsurteil sind geboten, um die Verjährungsfrist von 30 Jahren zu erreichen.

OLG Schleswig, Urt. v. 02.09.2004 – 7 U 28/04, OLGR 2005, 131 E 522

1.500,00 € (Mitverschulden: $^1/_2$)

Tinnitus

Der Kläger erlitt bei einem Verkehrsunfall Kopfverletzungen und leidet seit dem Unfall unter einem Tinnitus. Durch den Unfall ist er auch psychisch beeinträchtigt. Durch das Mitverschulden des Klägers wurde das an sich geschuldete Schmerzensgeld halbiert.

E 523 LG Osnabrück, Urt. v. 23.03.2012 – 10 KLs 37/11- 1100 – Js 39222/11, unveröffentlicht

2.000,00 € bis 6.500,00 €

Knalltrauma – Innenohrschwerhörigkeit – Hörminderung

Einen eindrucksvollen Fall entschied das LG Osnabrück, das einen 25 Jahre alten »Fußballfan« im Adhäsionsverfahren verurteilte, an 10 Verletzte Schmerzensgeld in Höhe von 2.000,00 € bis 6.500,00 € zu zahlen. Der Angeklagte hatte einen Sprengkörper in Richtung auf den gegnerischen Fanblock geworfen, der Sprengkörper prallte jedoch ab und fiel in den Ausgangsbereich eines Spielertunnels und verletzte dort zahlreiche Personen, von denen 10 wegen der Schwere der Verletzungen Schmerzensgeldansprüche im Adhäsionsverfahren geltend machten. Der Angeklagte wurde antragsgemäß verurteilt, weil er die geltend gemachten Schmerzensgeldansprüche anerkannt hatte.

Die Verletzten erlitten neben Schürf- und Platzwunden auch Prellungen, Stichwunden und kleinere Verletzungen. Als Hörschädigungen wurden genannt: Explosionstrauma, akutes Knalltrauma, Lärmtrauma, Innenohrschwerhörigkeit, irreversible Hörminderung im Hochtonbereich, dauerhaft starker Tinnitus mit permanentem Pfeifton oder Innenohrtonsenke, Hörverlust von 25% und ständiges Rauschen.

E 524 OLG Hamm, Urt. v. 13.07.2010 – I-9 U 89/09, unveröffentlicht

3.500,00 €

Tinnitus

Der Kläger war Fahrgast in einem Nachtzug. Er hatte sich zum Schlafen in das Fahrradabteil des Zuges begeben und war auf dem Boden liegend in seinem Schlafsack eingeschlafen als ihn zwei Zugbegleiter durch Pfiffe mit einer Trillerpfeife aufweckten.

Der Kläger leidet aufgrund der Pfiffe mit der Trillerpfeife unter einem dauerhaften Tinnitus.

E 525 OLG Koblenz, Urt. v. 13.09.2001 – 5 U 1324/00, VersR 2003, 336[30]

3.375,00 € (Vorstellung: 4.500,00 €)

Durch Lärm verursachte Innenohrschädigung mit Tinnitus

Die 14 Jahre alte Klägerin besuchte das Popkonzert einer Boygroup in den Räumen der Beklagten. Sie erlitt eine Innenohrschädigung mit Tinnitus und Schwindel, weil bei dem Konzert ein Spitzenwert von 104 dB(A) länger als zulässig auf sie einwirkte. Die Schädigung machte monatelange Arztbesuche erforderlich. Verblieben sind ein gewisser Hörschaden und beidseitiges Ohrenrauschen.

Das »angemessene« Schmerzensgeld von 4.500,00 € konnte der Senat nicht zusprechen, weil ein höherer als der vom LG als angemessen bezeichnete Betrag verjährt sei.[31]

30 Vgl. E 2240 ff. Eine ältere, aber wichtige Entscheidung.

31 Diese Begründung ist nur dann zutreffend, wenn die Klägerin in erster Instanz einen festen Betrag von 3.375,00 € und nicht ein »angemessenes Schmerzensgeld« beantragt hat.

OLG Hamm, Urt. v. 23.10.2000 – 13 U 76/00, DAR 2001, 166 (LS)[32] E 526

3.500,00 €

Gehörverletzung

Der Kläger erlitt eine Gehörverletzung durch einen platzenden Airbag. Als Dauerschaden bestehen ein Hörverlust (rechts 20 %, links 10 %) und ein Tinnitus.

LG Wiesbaden, Urt. v. 10.10.2003 – 6 O 25/01, NJW-RR 2004, 887 E 527

3.500,00 €

Knalltrauma – Tinnitus

Der Kläger erlitt während einer Theateraufführung, als auf der Bühne mehrfach eine Schreckschusspistole abgeschossen wurde, ein Knalltrauma, bei dem es zu einer Störung des Innenohres und einem Tinnitus kam. Beim Kläger bestand bereits ein Tinnitus, der aber durch das Geschehen deutlich verstärkt wurde. Das Schmerzensgeld wurde für den »geltend gemachten Zeitraum« zugesprochen.

LG Nürnberg-Fürth, Urt. v. 01.12.2004 – 6 O 4537/03, NJW-RR 2005, 464 E 528

4.000,00 €

Lärmtrauma – Tinnitus

Die Klägerin besuchte ein Open-Air-Konzert einer Musikgruppe. Sie hielt sich in der Mitte des Zuschauerfeldes etwa 5 m von den dort aufgestellten Lautsprechern auf. Nach Beendigung des Konzertes hörte sie nur noch dumpf. Der Notarzt stellte ein akutes Lärmtrauma fest mit einer lärmtraumatischen Innenohrschädigung und Tinnitus. Die Klägerin wurde 4 Wochen mit einer Infusionstherapie behandelt und war in dieser Zeit arbeitsunfähig. Sie leidet weiter unter dem Tinnitus und Schwindelgefühlen.

LG Coburg, Urt. v. 03.02.2009 – 23 O 249/06, unveröffentlicht E 529

4.000,00 €

Hörfähigkeit eingeschränkt

Der Kläger legte in einem Fitnessstudio ein Gewicht von 90 kg auf ein Rückenzuggerät. Das Stahlseil riss und der Kläger wurde von einer Metallstange am Kopf getroffen. Neben einer klaffenden Kopfwunde und einer Schädelprellung ist die Hörfähigkeit des Klägers auf Dauer eingeschränkt. Er leidet unter einem Tinnitus und Schwindel.

OLG München, Urt. v. 31.03.2010 – 20 U 4805/09, unveröffentlicht E 530

4.000,00 €

Trommelfellperforation – Tinnitus

Der Kläger erlitt infolge einer schuldhaft und rechtswidrig verabreichten Ohrfeige eine Trommelfellperforation und einen Tinnitus, die ärztliche Behandlung und Rehabilitationsmaßnahmen

32 Die Richterin Dr. Gerda Müller, die zuletzt Vizepräsidentin des BGH war, hat Steffen im Jahr 1995 bis zu ihrem Ruhestand im Juni 2009 im Senatsvorsitz abgelöst und schon 1993 mit dem Beitrag »Zum Ausgleich des immateriellen Schadens nach § 847 BGB«, VersR 1993, 909, Aufsehen erregt. Vgl. auch Müller, VersR 1998, 129.Eine ältere, aber wichtige Entscheidung.

erforderlich machten und andauernde erhebliche Konzentrationsschwächen, Schlafstörungen und sonstige Beeinträchtigungen durch das Ohrgeräusch verursachen.

Die Schwere der Belastungen wird v. a. durch die Stärke, Heftigkeit und Dauer der erlittenen Schmerzen und Funktionsbeeinträchtigungen bestimmt. Der Beklagte handelte vorsätzlich.

E 531 **OLG Naumburg, Urt. vom 28.03.2013 – 1 U 97/12, unveröffentlicht**

12.000,00 € Vorstellung: 10.000,00 €

Tinnitus – HWS-Trauma – Prellungen

Der Kläger erlitt bei einem Verkehrsunfall ein HWS-Distorsionstrauma und verschiedene Prellungen der Wirbelsäule, des Thorax und des Unterschenkels, die zu einer mehrmonatigen Arbeitsunfähigkeit führten. Sie sind im Wesentlichen folgenlos verheilt. Eine Dauerfolge ergab sich in Form eines mittelschweren Tinnitus, der ein erhebliches Störpotential in Form der Beeinträchtigung der Konzentrationsfähigkeit, der Kommunikation, der Dauerbelastbarkeit und der Leistungsfähigkeit bedeutet und zu einer Minderung der Erwerbsfähigkeit von 10 % führte.

Beim Kläger bestehen leichte psychische, sozialer und körperlicher Einschränkungen in Form von Schlafstörungen und Kommunikationsproblemen.

E 532 **OLG Brandenburg, Beschl. v. 18.02.2009 – 12 W 18/08, unveröffentlicht**

15.000,00 € (Vorstellung: 15.000,00 €)

Schädelprellung – Tinnitus – Handprellung – Dauerschäden

Die Antragstellerin erlitt bei einem Verkehrsunfall neben einer Risswunde über dem rechten Ohr, einer Prellung der linken Ohrmuschel und der rechten Hand eine Schädelprellung und Gehirnerschütterung, die zu erheblichen Gesundheitsbeeinträchtigungen, nämlich Tinnitus, Schwindelgefühlen, Angstzuständen, Konzentrationsstörungen, Kopfschmerzen und Schlafstörungen geführt haben, die weiterhin vorliegen.

E 533 **OLG Saarbrücken, Urt. v. 14.03.2006 – 4 U 326/03, OLGR 2006, 761**

25.000,00 €

Tinnitus

Der Kläger wurde bei einem Verkehrsunfall verletzt. Er zog sich u. a. ein HWS-Schleudertrauma zu, das zu einer posttraumatischen Belastungsstörung führte. Infolgedessen leidet der Kläger unter einem chronifizierten Schmerzsyndrom mit Ermüdbarkeit, Reizbarkeit und Schwäche, einer stark eingeschränkten Beweglichkeit im Kopf-Halsbereich, einer Commotio labyrinthi mit Hochtoninnenohrschwerhörigkeit und ständigem Tinnitus sowie Vertigo bei persistierender Schallempfindungsschwerhörigkeit. Ohne den Unfall und ohne HWS-Schleudertrauma als Primärverletzung wären diese Gesundheitsbeeinträchtigungen nicht aufgetreten.

Der Kläger verlor aufgrund der Verletzungen den Arbeitsplatz und ist erheblich in der Lebensgestaltung eingeschränkt.

LG Mönchengladbach, Urt. v. 12.03.2008 – 6 O 134/04, unveröffentlicht E 534

28.000,00 € (Vorstellung: 50.000,00 €)

Angeborene Schwerhörigkeit durch Behandlungsfehler nicht gemildert

Der Kläger wurde mit einer hochgradigen Schwerhörigkeit geboren, die der Kinderarzt infolge unzureichender Anamnese nicht erkannte. Ohne Behandlungsfehler hätte die Schwerhörigkeit erheblich gemindert werden können. Die vom Arzt verursachte Schwerhörigkeit bewertete das Gericht mit 70%. Eine Schmerzensgeldrente neben dem Schmerzensgeldkapital hat das Gericht verneint.

OLG Oldenburg, Urt. v. 02.03.2011 – 5 U 154/08, unveröffentlicht E 535

40.000,00 € (Vorstellung: 50.000,00 €)

Ertaubung auf einem Ohr

Infolge fehlerhafter ärztlicher Behandlung ertaubte der 63 Jahre alte Kläger auf einem Ohr. Die zunächst aufgetretene Gangunsicherheit konnte durch eine Revisionsoperation, die dem Kläger ohne den Behandlungsfehler erspart geblieben wäre, beseitigt werden.

OLG Hamm, Urt. v. 20.02.1997 – 3 U 66/96, NJWE-VHR 1997, 186[33] E 536

45.000,00 €

Hörverlust – Gesichtslähmung

Bei dem 42 Jahre alten Kläger zeigte sich im Operationsverlauf einer Tympanoskopie des rechten Ohres die Indikation einer Petrosektomie, die sodann – aufklärungsfehlerhaft – ohne entsprechende Belehrung des Patienten durchgeführt wurde. Es kam zu einer halbseitigen Gesichtslähmung und zur Taubheit auf dem rechten Ohr.

33 v. Gerlach, VersR 2000, 525.Eine ältere, aber wichtige Entscheidung.

E 537 **OLG Hamm, Urt. v. 29.10.1998 – 6 U 208/96, VersR 2000, 457**[34]

50.000,00 €

Taubheit auf einem Ohr – Schädelhirntrauma 3. Grades mit duralen und subduralen Hämatomen

Der 4 3/4 Jahre alte Kläger fiel aus einem Fenster und stürzte 3,60 m tief auf ein Verbundsteinpflaster. Er zog sich ein Schädelhirntrauma 3. Grades mit duralen und subduralen Hämatomen zu. Als Unfallfolge bestehen Schlafstörungen, Schwerhörigkeit, die auf einem Ohr an Taubheit grenzt, Wahrnehmungsstörungen, zerebrale Bewegungsstörungen mit Koordinationsstörungen, Skoliose u. a. Die schulischen Leistungen des Klägers sind nicht gut. Er ist bei der Teilnahme an Sport und Spiel eingeschränkt.

4. Geruchssinn

► **Hinweis:**

Den Geruchssinn lernen Menschen oft erst schätzen, wenn sie ihn verloren haben. Das gilt insb. für RA und Richter, die das angemessene Schmerzensgeld oft nicht fordern/zusprechen. Der Verlust des Geruchssinnes (Anosmie) bedeutet einen großen Verlust an Lebensfreude. Beim Genuss von Speisen und Getränken spielt der Riechsinn eine große Rolle. Zudem funktioniert bei Verlust ein wichtiges Alarmsystem für verdorbene Speisen, Brandgeruch oder Gas nicht mehr. Der Verletzte kann seinen eigenen Körpergeruch oder das Parfüm nicht mehr wahrnehmen. Die Folgen sind seelisches Leid bis hin zur Depression.

Um für den Mandanten ein angemessenes Schmerzensgeld zu erstreiten, muss der Anwalt auf diese Zusammenhänge hinweisen. Er muss den Mandanten befragen, um eine bis ins Einzelne gehende Schilderung zu erhalten, die er in die Klageschrift einfließen lassen kann und muss.

34 OLG Köln, Urt. v. 05.06.1992 – 19 U 13/92 = ZfS 1992, 405: Zur Bemessung des angemessenen Schmerzensgeldes ist bei der Heranziehung von durch die Rspr. entschiedenen Vergleichsfällen der Zeitablauf seit diesen Entscheidungen zu berücksichtigen. Zugunsten des Verletzten ist die seit früheren Entscheidungen eingetretene Geldentwertung ebenso in Rechnung zu stellen, wie die in der Rspr. zu beobachtende Tendenz zu höherem Schmerzensgeld und die Entwicklung, nach gravierenden Verletzungen großzügiger zu verfahren als früher. Vgl. ferner OLG Köln, Urt. v. 03.03.1995 – 19 U 126/94, VersR 1995, 549 m. Anm. Jaeger; Heß, ZfS 2001, 532 m. w. N.; der 3. Zivilsenat des OLG Frankfurt am Main, Urt. v. 16.08.2001 – 3 U 160/00, VersR 2002, 1568 (1569), will dieser Tendenz der Rspr. zu höherem Schmerzensgeld nur in maßvoller Weise Rechnung tragen. Sehr deutlich hat dagegen der 23. Zivilsenat des OLG Frankfurt am Main, Urt. v. 21.02.1996 – 23 U 171/95, VersR 1996, 1509 = ZfS 1996, 131 = E 117 das Schmerzensgeld angehoben. Für die Erblindung eines 3 Jahre alten Jungen durch eine berstende Limonadenflasche billigte das Gericht insgesamt 334.000,00 € = 250.000,00 € Kapital zzgl. 250,00 € monatliche Rente zu. Nachdem der 3 Jahre alte Kläger eine Limoflasche aus einem Kasten genommen hatte, zerbarst diese. Der Kläger wurde am rechten Auge verletzt. Bis zu seinem siebten Lebensjahr büßte der Kläger schadensbedingt auch die Sehkraft auf dem linken Auge ein. Nach Ansicht des Gerichts sprengt das zuerkannte Schmerzensgeld das Entschädigungssystem nicht, sondern schreibt es lediglich fort. Eine weitere Entscheidung trieb das bisher höchste Schmerzensgeld auf rund 614.000,00 €: LG Kiel, Urt. v. 11.07.2003 – 6 O 13/03, VersR 2006, 279 m. Anm. Jaeger = E 2181. Zuletzt gewährte das OLG Zweibrücken, Urt. v. 22.04.2008 – 5 U 6/07, MedR 2009, 88 m. Anm. Jaeger, MedR 2009, 90, einen geringfügig höheren Betrag von rund 619.000,00 € für ein schwerst hirngeschädigtes Kind. Der neue Höchstbetrag von 700.000 € ergibt sich aus dem Urteil des LG Aachen v. 30.11.2011, unveröffentlicht; vgl. auch Jaeger, VersR 2009, 159; Jaeger, VersR 2013, 134.Eine ältere, aber wichtige Entscheidung.

OLG Celle, Beschl. v. 30.08.2007 – 14 W 19/07, OLGR 2007, 936 E 538

5.000,00 € (Vorstellung: 5.000,00 €)

Verlust des Geruchsinnes nach HWS-Distorsion – posttraumatische Belastungsstörung – somatoforme Schmerzstörung

Die Antragstellerin erlitt bei einem Verkehrsunfall eine HWS-Distorsion. Infolgedessen leidet sie unter Dauerkopfschmerz, einer muskulären Schwächung der rechten Körperseite, einem starken Erschöpfungsgefühl, erheblichen Konzentrationsstörungen, innerer Unruhe und Ängsten, Alpträumen, Einschlaf- und Durchschlafstörungen, erhöhter Reizempfindlichkeit, insb. durch Geräusche sowie unter dem Verlust des Geruchssinnes. Aufgrund dieser Beschwerden ist sie arbeitsunfähig geworden.

LG Düsseldorf, Urt. v. 18.02.2009 – 2b O 213/06, VRR 2009, 162 E 539

12.000,00 € (Vorstellung: 20.000,00 €)

Verlust des Geruchssinnes – Schädelfraktur

Die 54 Jahre alte Klägerin stürzte auf einem unzureichend gestreuten Grundstück der Beklagten. Sie erlitt eine Gehirnerschütterung und eine Schädelfraktur mit nachfolgender traumatischer Subarachnoidalblutung und kurzfristiger retrograder Amnesie sowie Druckschmerz in Projektion auf das Steißbein. Sie war eine Woche in stationärer Behandlung und litt außerdem noch einige Tage unter Kopfschmerzen und an 5 Monate anhaltenden Schwindelanfällen, die die Ausübung ihrer Hobbys – Wandern, Radfahren – vereitelten. Im Vordergrund der die Klägerin treffenden Verletzungsfolgen steht jedoch der irreparable Verlust des Geruchssinnes als Dauerschaden. Zur Einbuße an Lebensqualität berücksichtigte das Gericht ferner, dass der Geruchssinn ein wichtiges Alarmsignal des Körpers vor Gefahren (verdorbene Speisen, Gas, Brand) darstelle, der nun ausfalle. Es verbleibt eine MdE von 15 %. Bei der Bemessung wertete das Gericht die vollständig fehlende Regulierungsbereitschaft der Beklagten schmerzensgeld erhöhend.

LG Braunschweig, Urt. v. 14.03.1996 – 4 O 497/95, unveröffentlicht[35] E 540

12.500,00 €

Geruchssinnverlust – teilweiser Geschmackssinnverlust

Die Klägerin, von Beruf Sekretärin, die bei einem Verkehrsunfall neben einer Gehirnerschütterung verschiedene Prellungen und Abschürfungen erlitt, hat durch den Unfall dauerhaft den Geruchssinn und jedenfalls teilweise den Geschmackssinn verloren. Obwohl die Klägerin vorgetragen hat, dass der Verlust des Geruchssinnes einen gravierenden Dauerschaden darstelle, weil sie z. B. Brandgeruch nicht wahrnehmen und den Haushalt nur eingeschränkt führen könne, und dass eine ständige Beeinträchtigung der Lebensfreude vorliege, bewertete die (mit drei Richtern besetzte) Kammer nicht sachgerecht. Der Verlust des Geruchssinnes beeinträchtige die Heiratschancen der Klägerin nicht, weil die früher typische Hausfrauenehe nicht mehr als gesetzliches Leitbild diene! Den Geschmackssinn habe die Klägerin nicht völlig verloren, der teilweise Verlust beruhe auf dem Verlust des Geruchssinnes. Das Gericht verneinte auch einen Rentenanspruch, weil die Voraussetzungen nicht vorlägen, die lebenslängliche Beeinträchtigung müsse sich immer wieder erneuern und immer wieder schmerzlich empfunden werden. Den Widerspruch zur Rechtsprechung des BGH erkannten die Richter nicht.

35 BGH, Urt. v. 22.05.2007 – VI ZR 17/06, VersR 2007, 1093 = NZV 2007, 510 = DAR 2007, 515. Eine ältere, aber wichtige Entscheidung.

E 541 **OLG München, Urt. v. 26.11.2009 – 24 U 334/08, GesR 2010, 206**

20.000,00 € (Vorstellung: 40.000,00 € zuzüglich monatliche Rente 200,00 €)

Verlust des Geruchsinns

Der beklagte Hals-Nasen-Ohren-Arzt beließ anlässlich einer Operation der Nasenneben- und Stirnhöhle eine zur Blutstillung verwendete Tamponade in der Nase seiner Patientin. Diese litt infolge dieses Behandlungsfehlers über 3 1/2 Jahre an häufigen Fieberzuständen, Kopfschmerzen und Müdigkeit und als Dauerfolge unter weitgehendem Verlust des Geruchssinns. Das OLG hielt das vom LG ausgeurteilte Schmerzensgeld von 30.000,00 € für überhöht, weil ein Schmerzensgeld in der Größenordnung von 30.000,00 € i. d. R. einen gravierenderen Dauerschaden voraussetze.[36]

E 542 **OLG Frankfurt am Main, Urt. v. 18.08.2006 – 19 U 242/05, SP 2007, 275 = NZV 2007, 525**

30.000,00 € (Mitverschulden: $^1/_4$)

Verlust des Geruchssinnes – Schädelverletzungen

Ein 32 Jahre alter lediger Bautischler wurde als Beifahrer eines alkoholisierten Fahrers nach einem Unfall in dem brennenden Fahrzeug zurückgelassen und hatte schwerste Verletzungen an Schädel, Gesicht, Kiefer und Rippen erlitten, die einen epileptischen Anfall auslösten und weitere epileptische Anfälle drohen lassen und Kopfschmerzen und den Verlust des Geruchssinnes zur Folge haben. In den Schädelbereich musste operativ eingegriffen werden und es besteht unfallbedingt eine dauernde MdE.

E 543 **OLG Brandenburg, Urt. v. 17.01.2012 – 6 U 96/10, unveröffentlicht**

30.000,00 € (Vorstellung: 65.000,00 €)

Nicht gänzlicher Verlust des Geruchsinns – Schädel-Hirn-Trauma

Die Klägerin beteiligte sich an einem Workshop der Beklagten zur Absolvierung von Stuntübungen. Die Teilnehmer waren über die Beklagte haftpflicht- und unfallversichert. Nachdem die Klägerin eine Übung mehrfach problemlos durchgeführt hatte, stürzte sie beim nächsten Versuch auf den vor einem Mattenstapel befindlichen Betonboden. Sie erlitt ein Schädel-Hirn-Trauma II. Grades mit Hirnkontusion und subduralem Hämatom mit traumatischer Subarachnoidalblutung. Sie wurde 8 Tage stationär behandelt. Anschließend war sie noch einen Monat arbeitsunfähig.

Der Versicherer zahlte wegen des vollständigen Verlustes des Geruchssinnes und wegen Störungen der Aufmerksamkeitsleistungen und der exekutiven Funktionen eine Invaliditätsentschädigung in Höhe von 20 % der versicherten Invaliditätssumme von 50.000 €, also 10.000 €. Im Rechtsstreit stellte sich heraus, dass die Klägerin den Geruchsinn nicht gänzlich eingebüßt hat. Auf den zuerkannten Betrag von 20.000,00 € muss sich die Klägerin den vom Versicherer gezahlten Betrag nicht anrechnen lassen.

36 Vgl. BGH, Urt. v. 08.06.1976 – VI ZR 216/74, VersR 1976, 967 = MDR 1976, 1012, hat den Verlust des Geschmackssinns als schwersten Dauerschaden bezeichnet.

OLG Köln, Urt. v. 26.01.2010 – I-3U 91/09, VerkMitt 2010, Nr. 42 E 544

40.000,00 € (Mitverschulden: 1/2; Vorstellung: 80.000,00 €)

Verlust des Geruchsinns – Tibiakopfmehrfragmentfraktur – Tibiaschaftfraktur – Kompartementsyndrom Unterschenkel – Mittelgesichtsfrakturen

Der Kläger erlitt bei einem Verkehrsunfall schwere Verletzungen, u. a. eine komplette Riechstörung. Ferner entstanden ein Polytrauma mit proximaler Tibiakopfmehrfragmentfraktur sowie proximaler Tibiaschaftfraktur mit Kompartementsyndrom Unterschenkel, lateraler Femurkondylenfraktur, multiplen Mittelgesichtsfrakturen unter Beteiligung der medialen Schädelbasis beiderseits, eine traumatische Subarachnoidalblutung, eine HWS-Distorsion 1. Grades und eine Rhabdomyolyse. Er befand sich rund 2 Monate im Krankenhaus. Der Unterschenkel ist in Fehlstellung verheilt, wobei die Knochenbrüche des Beins zu einer Beinverkürzung mit Fehlstellung führten, die zu einem unregelmäßigen Gangbild und einer Fußfehlstellung geführt haben. Hierbei handelt es sich um einen Dauerschaden, der den Verletzten auch in Zukunft in der Lebensführung erheblich beeinträchtigen wird.

LG Bielefeld, Urt. v. 13.12.1994 – 8 O 423/90, unveröffentlicht[37] E 545

46.000,00 €

Verlust des Geruchssinnes – offenes Schädelhirntrauma mit Fraktur – stumpfes Bauchtrauma – Platzwunden

Eine junge Frau wurde bei einem Verkehrsunfall schwer verletzt. Sie erlitt ein offenes Schädelhirntrauma mit einer Fraktur bis ins Felsenbein, ein stumpfes Bauchtrauma, Blutungen aus Ohr und Nase sowie zwei Platzwunden. Sie wurde rund 10 Monate stationär behandelt, danach war ihre Arbeitsfähigkeit teilweise wiederhergestellt. Unfallbedingte Dauerschäden bestehen in Form von psycho-pathologischen Störungen, einer Neigung zu Kopfschmerzen und Schwindelgefühlen und eines fast vollständigen Verlustes des Geruchssinnes.

LG Stuttgart, Urt. v. 26.01.2005 – 14 O 542/01, DAR 2007, 467 = SVR 2005, 186 E 546

115.000,00 € (Vorstellung: 140.000,00 €)

Schädelhirntrauma mit kortikalen Läsionen – Anosmie – Thoraxkontusion – 2-seitige Milzruptur – multiple Frakturen – Aortenaneurysma

Der 22 Jahre alte, frisch verheiratete Kläger, Vater von drei Kindern, erlitt 1980 durch einen Unfall schwerste, lebensgefährliche Verletzungen, nämlich insb. ein Schädelhirntrauma mit kortikalen Läsionen, eine Thoraxkontusion, eine 2-seitige Milzruptur, multiple Frakturen, ein Aortenaneurysma. Infolge von Bluttransfusionen trat eine chronische Hepatitis C hinzu. Die Unfallverletzungen führten zur vollständigen Erwerbsunfähigkeit des Klägers, der eine Berufsausbildung zum Informationselektroniker abgeschlossen hatte.

Er leidet noch unter Wortfindungsstörungen, erheblichen Geschmacksbeeinträchtigungen, anhaltenden, bei psychischer Belastung sich stark verstärkenden Kopfschmerzen, Konzentrationsmängeln, erheblich eingeschränkter Merkfähigkeit, erschwertem Auffassungsvermögen bei schneller Ermüdung, Verlangsamung aller Reaktionsabläufe, stark eingeschränktem

37 Krit. dazu Deutsch, ZRP 2001, 351: Die Einführung von Schmerzensgeld in der Ausgleichsfunktion bei den Tatbeständen der Gefährdungshaftung sei zu begrüßen. Die Gewährung von Schmerzensgeld für alle anderen Anspruchsgrundlagen, auch solche, die ein Verschulden nicht voraussetzen, sei eher abzulehnen. Damit werde ein Schritt ins Ungewisse getan, Pandoras Büchse werde geöffnet. Mit Besorgnis erfülle einen die Möglichkeit von Schmerzensgeld im Zusammenhang mit objektiven Haftungen des Vertragsrechts.Eine ältere, aber wichtige Entscheidung.

Orientierungssinn, schneller Erschreckbarkeit, stark übertriebener Geräuschempfindlichkeit, leichter Reizbarkeit mit Aggressionsausbrüchen schon bei geringen Belastungen, Antriebsarmut, unkontrolliertem Verhalten, insb. unmotiviertem Lachen und Weinen, starker innerer Unruhe, Depressionen mit ausgeprägtem Minderwertigkeitsgefühl, Magen-Darm-Schmerzen mit Unverträglichkeit der meisten Speisen, krampfartigen Schmerzen, die sich über den ganzen Oberkörper ausbreiten mit dem Gefühl von Atemnot, Übelkeit schon bei geringer körperlicher Belastung sowie Wetterfühligkeit.

Es besteht eine hirnorganisch bedingte Wesensänderung, die sich in einer Verlangsamung, Ablenkbarkeit, Gereiztheit, Belastungsminderung und einem Antriebsverlust zeigt.

Die Unfallfolgen führten zur vollständigen Arbeitsunfähigkeit des Klägers. Durch den Unfall verlor der Kläger im Alter von 22 Jahren frühzeitig die Möglichkeit, seine privaten und beruflichen Zukunftsperspektiven umzusetzen.

Das Gericht setzte das Schmerzensgeld fast 25 Jahre nach dem Unfall fest und orientierte sich der Höhe nach an einem vergleichbaren Unfall aus dem Jahr 1988.

5. Geschmackssinn

E 547 **OLG Köln, Urt. v. 30.09.1998 – 5 U 122/97, VersR 1999, 1498**[38]

1.000,00 €

Geschmacksstörungen

Der Kläger wurde nicht über eine medizinische Alternative zu der vorgenommenen prothetischen Versorgung der Oberkieferbezahnung aufgeklärt, hier: bügelfreie Brückenprothese statt Gaumenplatte. Für die überflüssige Behandlung sowie die anschließenden Beschwerden hielt das OLG das Schmerzensgeld für angemessen, gerade auch deshalb, weil die vorgenommene Versorgung üblicherweise nicht zu Geschmacksstörungen, Übelkeit oder Schwindel führt.

E 548 **OLG Koblenz, Urt. v. 13.05.2004 – 5 U 41/03, NJW-RR 2004, 1026 = MedR 2004, 502**

6.000,00 €

Verletzung des nervus lingualis

Der Kläger wurde vom Zahnarzt vor einer Leitungsanästhesie nicht über deren Risiko aufgeklärt. Es kam zu einer Beeinträchtigung des nervus lingualis und es stellten sich beim Kläger persistierende Beschwerden und Ausfälle im Bereich der Injektionsstelle und der rechten Zungenhälfte ein. Als Verkaufsleiter muss der Kläger ausgedehnte Kundengespräche führen. Dabei empfindet er die Gefühlsstörung der Zungen- und Mundhöhlenhälfte mit Mundtrockenheit als erhebliche Beeinträchtigung.

Für die Bemessung des Schmerzensgeldes hat das Gericht sich auf eine Entscheidung des LG Kassel bezogen, das bereits Anfang 1992 in einem vergleichbaren Fall ein Schmerzensgeld von 7.500,00 € zuerkannt hatte. Dem Umstand, dass der nervus lingualis durchtrennt war, kommt medizinisch keine ausschlaggebende Bedeutung zu.

38 RG, Urt. v. 13.12.1906 – VI 130/06, RGZ 65, 17 (21).Eine ältere, aber wichtige Entscheidung.

OLG München, Urt. v. 23.06.1994 – 24 U 961/92, VersR 1995, 464 = NJW-RR 1994, 1308[39] E 549

10.000,00 €

Verlust des Geschmackssinnes und des Gefühls auf einer Zungenseite

Der Beklagte behandelte die Klägerin wegen Beschwerden im Bereich eines unteren Weisheitszahns. Bei der operativen Entfernung des Zahns wurde der auf der Innenseite des Unterkiefers verlaufende nervus lingualis durchtrennt. Die Klägerin leidet seit der Operation unter Gefühl- und Geschmacklosigkeit im linken Zungenbereich. Auf dieser Seite der Zunge ist auf Dauer der Gefühls- und Geschmackssinn verloren gegangen.

LG Dortmund, Urt. v. 04.05.2011 – 4 O 55/09, unveröffentlicht E 550

10.000,00 € (Vorstellung: 30.000,00 €)

Teilweiser Geschmacksverlust – Zungentaubheit – Nervverletzung

Der beklagte Zahnarzt verletzte bei einer Leitungsanästhesie mehrere Nerven des Klägers, nämlich den nervus lingualis, den nervus buccalis und den nervus alveolaris inferior.

Das Geschmacksempfinden des Klägers ist auf der rechten Seite dauerhaft verloren.

Der Kläger hat auf Dauer eine taube rechte Zungenhälfte, in der weder ein taktiles, noch ein gustatorisches Empfinden vorhanden ist. Betroffen ist auch die Hälfte der Wangenschleimhaut. Der Kläger kann feste Nahrung nur unter Schmerzen kauen.

LG Tübingen, Urt. v. 29.09.2010 – 8 O 64/08, unveröffentlicht E 551

15.000,00 € (Vorstellung: 10.000,00 €)

Verlust des Geschmackssinns – Schädigung des nervus lingualis

Der 53 Jahre alte Kläger, ein gelernter Koch, erlitt bei einer Lokalanästhesie durch den beklagten Zahnarzt, der über Behandlungsalternativen nicht hinreichend aufgeklärt hatte, eine Hyperästhesie beidseits der Mundschleimhaut und der Zunge. Es kam zum Verlust des Geschmacksinns im Bereich der vorderen zwei Zungendrittel sowie zu einer Schädigung des nervus lingualis links.

Bei der Bemessung des Schmerzensgeldes stellte das Gericht insbesondere darauf ab, dass der Kläger den Geschmackssinn verloren hat mit der Folge, dass er seinen Beruf als Koch nicht mehr ausüben kann.

Genitalien (Frau: Gebärmutter – Sterilisation – Mann: Hoden – Penisverletzung – Impotenz – Zeugungsfähigkeit)

▶ Hinweis:

Anwälte und Richter/innen sollten der unterschiedlichen Behandlung von Männern und Frauen »im Genitalbereich« endlich ein Ende bereiten!

Diese bewusst provokative Aufforderung beruht auf der traurigen Tatsache, dass z. B. für den Verlust der Gebärmutter, der unwiederbringlich die Unfruchtbarkeit der Frau bedeutet, bis vor einigen Jahren ein Schmerzensgeld von etwa 15.000,00 € ausgeurteilt wurde, während das Schmerzensgeld für den Verlust eines Hodens bei 12.500,00 € (ohne

39 Katzenmeier, JZ 2002, 1029 (1032) m. w. N.Eine ältere, aber wichtige Entscheidung.

Mitverschulden) beginnt und bis 18.000,00 € reicht. Bei Verlust eines Hodens bleibt jedoch die Zeugungsfähigkeit des Mannes i. d. R. voll erhalten, wenn auch die Höhe des Schmerzensgeldes mit der unbegründeten Angst des Verletzten vor dem Verlust des 2. Hodens und seiner Sorge um die Entwicklung des Sexuallebens begründet wird. Die optische Beeinträchtigung kann durch eine Hodenprothese ausgeglichen werden. Inzwischen ist das Schmerzensgeld für den Verlust der Gebärmutter deutlich gestiegen, wie die Entscheidungen des OLG Köln aus den Jahren 2003 und 2007 (s. EE 556 und EE 558) und des OLG München aus dem Jahr 2009 (s. EE 559) zeigen.

Beachtlich sind auch die Schmerzensgeldbeträge, die Männer als »Opfer« einer missglückten Penisverlängerung bzw. Penisprothese erstritten haben.

Zum Vergleich mit dem Verlust der Gebärmutter bieten sich Entscheidungen an, die zur Zeugungsunfähigkeit bei Männern ergangen sind. Das Schmerzensgeld reicht hier bis 50.000,00 €, wenn auch zuzugeben ist, dass die gesundheitlichen Beeinträchtigungen nicht voll vergleichbar sind.

Noch Anfang der 80er Jahre war der Verlust eines Hodens nach Hodentorsion wesentlich häufiger Gegenstand gerichtlicher Entscheidungen. Die schon damals rigorosen Schmerzensgelder und Schuldzuweisungen der Gerichte ggü. den Ärzten haben im medizinischen Bereich zu Aufklärung und Problembewusstsein geführt, sodass Hodenverluste nach Hodentorsion einige Jahre überhaupt nicht Gegenstand gerichtlicher Entscheidungen waren.

Da → Geschlechtskrankheiten i. d. R. den gesamten Körper befallen, ist dieser Begriff im Abschnitt → Besondere Verletzungen – Geschlechtskrankheiten – (s. dazu EE 1424 ff.) eingestellt.

1. Frau

a) Gebärmutter

E 552 **OLG Köln, Urt. v. 20.07.2011 – 5 U 206/07, VersR 2012, 109 = GesR 2011, 724**

1.000,00 € (Vorstellung: Deutlich höheres Schmerzensgeld)

Fehlerhafte Behandlung einer Eileiterschwangerschaft

Bei der 31 Jahre alten Klägerin wurde eine Eileiterschwangerschaft nicht erkannt, weil eine Bauchspiegelung unterblieb. Dadurch kam es zu einer Verzögerung der Sanierung der extrauterinen Schwangerschaft, verbunden mit vorübergehenden gesundheitlichen Beeinträchtigungen wie Unterbauchschmerzen und psychischen Beeinträchtigungen.

E 553 **OLG Frankfurt am Main, Urt. v. 30.05.2006 – 8 U 155/03, unveröffentlicht**

3.000,00 €

Rechtswidrige Entfernung von Gebärmutter und Adnexe ohne Aufklärung

Die Beklagten entfernten bei der Klägerin die Gebärmutter und die Eierstöcke, ohne dass die Klägerin zuvor entsprechend aufgeklärt worden war. Dadurch war der Eingriff rechtswidrig. Die indizierte Operation war allerdings für die Klägerin insoweit vorteilhaft, als seither ein wesentlich geringeres Erkrankungsrisiko besteht.

AG Wuppertal, Urt. v. 27.04.2012 – 94 C 28/11, unveröffentlicht E 554

4.000,00 € Vorstellung: 2.000,00 €

Hypopigmentierung im Intimbereich

Die 23 Jahre alte Klägerin ließ bei der Beklagten eine Xenonbehandlung der Intimzone vornehmen, um dort die Haare dauerhaft zu entfernen. Obwohl die Klägerin angegeben hatte, Johanniskraut einzunehmen, und die Behandlung für diesen Fall nicht möglich war, führte die Beklagte mehrfach die Xenonbehandlung durch. Die Haut der Klägerin war nach den Behandlungen gerötet und stark erwärmt. Gleichwohl und ohne Warnungen wurde die Behandlung weiter durchgeführt. Bei der 12. Behandlung trat eine Hypopigmentierung auf; auch auf dieses Risiko war die Klägerin nicht hingewiesen worden.

Bei der Bemessung wurde berücksichtigt, dass die junge Klägerin lange unter den Folgen der derzeit nicht mit Erfolg therapierbaren Hypopigmentierung leiden muss, zumal diese in einem besonders sensiblen Bereich entstanden ist. Hierdurch ist das Intimverhalten beeinflusst, aber auch beim Tragen eines Bikinis bestehen optische Beeinträchtigungen.

OLG Karlsruhe, Urt. v. 24.05.2006 – 7 U 242/05, OLGR 2006, 617 E 555

4.500,00 €

Eigenmächtige Operation im Vaginalbereich – Perforation des Dünndarms bei einer Laparoskopie – Peritonitis zu spät erkannt

Bei einer Laparoskopie, die der beklagte Arzt bei der Klägerin vornahm, wurde der Dünndarm perforiert. Die dadurch eingetretene Peritonitis wurde vom Beklagten 2 Tage zu spät erkannt. Das Gericht hat das Schmerzensgeld hierfür mit 3.000,00 € bemessen. Weitere 1.500,00 € sprach es der Klägerin zu, weil der Beklagte ohne Einwilligung der Klägerin im Vaginalbereich vorhandene Warzen entfernt hatte.

OLG Köln, Urt. v. 19.03.2003 – 5 U 159/02, VersR 2004, 926 E 556

25.000,00 € (Vorstellung: 75.000,00 €)

Verlust der Gebärmutter durch ärztlichen Behandlungsfehler

Bei der 38 Jahre alten Klägerin war von deren Hausarzt ein Myom festgestellt worden. Dieser empfahl dessen Entfernung. Eine vorausgegangene Krebsvorsorgeuntersuchung durch den Frauenarzt hatte keinen krankhaften Befund ergeben. Der Beklagte, Betreiber einer Privatklinik, entfernte den Uterus. In dem untersuchten Material wurden keine Anhaltspunkte für Malignität festgestellt, auch Anzeichen für ein Myom fanden sich nicht.

Der Diagnoseirrtum des Beklagten wiegt schwer. Die Klägerin, die die Familienplanung abgeschlossen hatte, hat die Gebärfähigkeit verloren und durch den Eingriff unnötige Schmerzen erlitten.

LG Berlin, Urt. v. 08.10.2009 – 6 O 568/04, VersR 2010, 482 E 557

25.000,00 € (Vorstellung: 60.000,00 €)

Verlust der Gebärmutter durch ärztlichen Behandlungsfehler

Die 43 Jahre alte Klägerin gab ggü. dem beklagten Gynäkologen keine Beschwerden an und äußerte den Wunsch nach Erhalt der Gebärmutter.

Bei der Klägerin lag keine Indikation für die Entfernung der Gebärmutter vor. Bei einer Patientin, die – bei bestehenden Myomen – nicht über Beschwerden klagt, besteht keine zwingende Indikation zu Entfernung der Gebärmutter. Es bestehen andere Behandlungsoptionen, nämlich die Möglichkeit der konservativen Behandlung.

Bei der Bemessung des Schmerzensgeldes wurde berücksichtigt die Operation, die Narbe und der Organverlust. Eine Operation ist stets ein traumatisierendes Erlebnis, zumal dann, wenn das Selbstverständnis der Frau durch die Entfernung des Uterus betroffen ist. Zu berücksichtigen ist auch, dass es der Klägerin dadurch definitiv unmöglich wurde, Kinder zu bekommen, wobei allerdings ebenfalls zu berücksichtigen ist, dass der Uterus erheblich vorgeschädigt war und die Möglichkeit, Kinder zu bekommen, auch aufgrund ihres Alters eingeschränkt war. Der Schmerzensgeldbetrag berücksichtigt auch die Narbe und die Genesungszeit.

Die Aufklärung der Klägerin war unwirksam, weil sie erst gegen 22 Uhr am Vorabend der Operation erfolgte.

E 558 **OLG Köln, Urt. v. 25.04.2007 – 5 U 180/05, VersR 2008, 1072**

40.000,00 €

Unfruchtbarkeit nach Asherman-Syndrom

Die 28 Jahre alte Klägerin wurde nicht hinreichend über die mit einer Ausschabung der Gebärmutterhöhle verbundenen Risiken, v. a. das Entstehen eines Asherman-Syndroms, aufgeklärt. Sie hätte jedenfalls darüber aufgeklärt werden müssen, dass auch bei regelgerechter Vornahme einer Ausschabung das, wenn auch seltene, Risiko des Entstehens eines Asherman-Syndroms mit der Folge einer kompletten Unfruchtbarkeit besteht.

Die Klägerin ist als Folge des Eingriffs endgültig unfruchtbar. In der Gebärmutter ist keine Schleimhauthöhle mehr vorhanden, sodass keine Möglichkeit mehr gegeben ist, in der Gebärmutter eine Schwangerschaft auszutragen. Im Zeitpunkt der Behandlung war die Klägerin 28 Jahre alt, also in einem Alter, in dem normalerweise eine Familienplanung stattfindet. Sie ist verheiratet und hatte nachvollziehbar einen Kinderwunsch geäußert. Dass dieser nicht mehr erfüllt werden kann, stellt für die Klägerin eine gravierende Beeinträchtigung dar, die auch zu nicht unerheblichen psychischen Belastungen geführt hat.

E 559 **OLG München, Urt. v. 12.03.2009 – 1 U 2709/07, GesR 2009, 324**

40.000,00 €

Verlust der Gebärmutter

Infolge eines Behandlungsfehlers bei der Entbindung wurden die Beschwerden der Klägerin nicht beachtet, eine Antibiosebehandlung unterblieb und Kontraktionsmittel wurden nicht gegeben. Wäre dies geschehen, wäre das Infektionsgeschehen bzw. die Entzündung der Gebärmutter konservativ beherrschbar gewesen. Der wesentliche gesundheitliche Schaden, den die Klägerin erlitten hat, ist der Verlust der Gebärmutter sowie als weitere Konsequenz der Verlust der Möglichkeit, weitere Kinder zu bekommen. Der Klägerin wären auch eine Bauchfellentzündung, eine Laparotomie und die Adhäsiolyse/Lavage erspart geblieben und die Beschwerden wären früher abgeklungen.

Für die Bemessung des Schmerzensgeldes waren neben den physischen auch die psychischen Folgen des Zwischenfalles maßgebend.

OLG Köln, Urt. v. 03.09.2008 – 5 U 51/08, NJW-RR 2009, 960 E 560

100.000,00 € (Grundurteil)

Uterusverlust

Die 1959 geborene Klägerin, die entsprechend ihrem damaligen phänotypischen Erscheinungsbild als Junge aufwuchs, begab sich 1976 zur Behandlung in ein Krankenhaus. Zuvor war im Zusammenhang mit einer Operation ein Kryptorchismus diagnostiziert worden. Bei der anschließenden klinischen Untersuchung waren jedoch weder im Hodensack noch in der Leistengegend Hoden tastbar. Auch bei der operativen Exploration fanden sich rechts weder Samenstrang noch Hoden, stattdessen ein ovarförmiges Gebilde mit Fimbrien. Auf der linken Seite des Unterbauchs wurde der gleiche Tastbefund erhoben. Die histologische Untersuchung einer Probeentnahme ergab Tube, Ovar und Nebenhoden bzw. ein Kanälchensystem, das einem Nebenhoden entspreche. Nebenbefundlich erfolgte die Diagnose einer Hypospadie. Der Klägerin wurde daraufhin der Befund der Eierstöcke mitgeteilt mit der Einschätzung, dass sie »zu 60 %« eine Frau sei. Eine im Krankenhaus im Dezember 1976 erstellte Chromosomenanalyse ergab indessen eine normal weibliche Chromosomenkonstitution (46, XX). Davon erfuhr die Klägerin nichts. Nach weiterer Behandlung und Betreuung entschied sich die Klägerin für eine operative Anpassung an ihr phänotypisch männliches Erscheinungsbild. Der Beklagte nahm in einem laparaskopischen Eingriff eine »Testovarektomie« vor. Ausweislich der histologischen Untersuchung des entfernten Gewebes wurde ein 6x3x2 cm großer rudimentärer atrophischer Uterus mit einem flachen Endometrium, regelrechtem Myometrium und spärlichen Anteilen eines Portioepithels, Ovarialgewebe mit zystischen Follikeln, Primär- und Sekundärfollikeln sowie einzelnen Corpora albicantia entfernt. Männliches Keimdrüsengewebe in Form eines Testovars konnte nicht nachgewiesen werden.

Das LG (die Entscheidung ist noch unveröffentlicht) hat der Klage auf Zahlung eines Schmerzensgeldes i. H. v. 100.000,00 € für den nach Auffassung der Klägerin nicht indizierten und mangels Einwilligung rechtwidrigen Eingriff dem Grunde nach stattgegeben, weil der Beklagte die Klägerin mangels wirksamer Einwilligung rechtswidrig in vorsätzlicher und schuldhafter Weise durch die Entnahme der weiblichen Geschlechtsorgane in ihrer Gesundheit verletzt habe.

LG Köln, Schlussurt. v. 12.08.2009 – 25 O 179/07, unveröffentlicht E 561

100.000,00 € (Vorstellung: 100.000,00 €)

Entfernung der weiblichen Geschlechtsorgane

Bei der Klägerin wurde von der Behandlungsmöglichkeit des adrenogenitalen Syndroms, indem mittels einer bestimmten Behandlungsmethode (Cortisongabe) eine Produktion der weiblichen Geschlechtshormone mit anschließender normaler Entwicklung der weiblichen Geschlechtsorgane, kein Gebrauch gemacht. Stattdessen wurden die weiblichen Geschlechtsorgane entfernt, sodass die Klägerin die Möglichkeit genommen wurde, auf weitgehend natürliche Weise zu einem Leben und zu einer Identifizierung als Frau zu gelangen.

Die Klägerin hatte sich 1978 einer Operation zur Penisaufrichtung unterzogen, die ohne Komplikationen verlief. Hierdurch sollte insb. die Kohabitationsfähigkeit hergestellt werden. 1979 folgte ein weiterer Eingriff zur erneuten Aufrichtung und Harnröhrenrekonstruktion und es wurden beidseits Hodenprothesen implantiert.

Durch den bei der Beklagten vorgenommenen Eingriff sind der Klägerin die normal ausgebildeten und voll funktionsfähigen Geschlechtsorgane entfernt worden. Ohne den Eingriff hätte sie das Leben einer Frau einschließlich einer erfüllten weiblichen Sexualität führen und sich fortpflanzen können. So habe sie ein »Leben im falschen Geschlecht« führen müssen. Ihr Körper habe sich vermännlicht und »Kastratenfett« angesetzt. Hiermit geht eine erhebliche psychische Belastung sowohl während der Zeit des Lebens als Mann als auch im Zusammenhang mit dem Bekanntwerden und der Aufarbeitung des Geschehens einher. Eine solche ist auch für die Zukunft zu erwarten.

b) Sterilisation

▶ **Hinweis:**

In **Arzthaftungsfällen** (s. Teil 1 Rdn. 1012, 1202 ff.) hat das Schmerzensgeld i. d. R. sicher nicht die Funktion, dem Patienten Genugtuung zu verschaffen.

Ärztliche Behandlungsfehler werden i. d. R. nicht vorsätzlich, sondern fahrlässig begangen. Sterilisiert ein Arzt allerdings eigenmächtig (ohne Einwilligung) eine Frau oder entfernt er ohne deren Zustimmung die Gebärmutter, weil er der Meinung ist, die Frau habe genug Kinder geboren, kann ein Genugtuungsbedürfnis der Frau nicht ohne Weiteres verneint werden.

E 562 **OLG Brandenburg, Urt. v. 18.06.2009 – 12 U 213/08, VersR 2009, 1540**

4.000,00 € (Vorstellung: 13.000,00 €)

Verlust eines Eileiters

Der Beklagte unterließ eine Feststellung des ß-HCG Wertes mit der Folge, dass eine Eileiterschwangerschaft zu spät erkannt wurde. Der grobe Behandlungsfehler führte zum Verlust eines Teils des Eileiters und zur Verlängerung der Eileiterschwangerschaft um 13 Tage.

E 563 **LG Nürnberg-Fürth, Urt. v. 08.01.2008 – 11 O 8426/05, GesR 2008, 297**

6.000,00 € (Vorstellung: 6.000,00 €)

Eileiterschwangerschaft zu spät erkannt – Verlust des Eileiters

Der Beklagte hat es unterlassen, eine β-HCG-Bestimmung und weitere Maßnahmen durchzuführen oder zumindest einen Kontrolltermin innerhalb einer Frist von längstens einer Woche zu vereinbaren und dann diese Maßnahmen durchzuführen.

In jedem Fall wäre ein ausdrücklicher Hinweis auf den Verdacht auf eine Eileiterschwangerschaft erforderlich gewesen. Der Beklagte hat deshalb eine gebotene Befunderhebung unterlassen.

Infolge des Behandlungsfehlers kam es bei der Klägerin zu einer Ruptur der Eileiterschwangerschaft (sog. Primärschädigung). Die Ruptur führte zu einem hämorrhagischen Schock. Infolgedessen musste eine Notoperation durchgeführt werden und es trat der Verlust des Eileiters aufgrund der Ruptur ein.

Ferner waren die Operationsnarben bei der Bemessung des Schmerzensgeldes zu berücksichtigen, weil die Operationsnarben durch die Laparotomie im Fall einer rechtzeitigen Befunderhebung durch eine laparoskopische Therapie hätten vermieden werden können. Schmerzensgeld verringernd war hingegen zu berücksichtigen, dass die bestehende Eileiterschwangerschaft auch im Fall einer rechtzeitigen Befunderhebung hätte behandelt werden müssen.

OLG München, Urt. v. 14.02.2002 – 1 U 3495/01, VersR 2002, 717 m. Anm. L. Jaeger E 564

7.669,38 €

Sterilisation ohne Aufklärung

Die Klägerin, eine türkische Staatsangehörige und Mutter einer Tochter, erklärte dem Arzt kurz vor der erneuten Entbindung »nix Baby mehr«. Sie war in gewisser Weise der deutschen Sprache mächtig. Der Arzt hat sie jedenfalls unvollständig und nicht in Anwesenheit ihres Ehemannes aufgeklärt (was guter ärztlicher Brauch gewesen wäre). Die ohne wirksame Aufklärung vorgenommene Sterilisation war somit rechtswidrig.

Das Schmerzensgeld fiel so niedrig aus, weil die Klägerin ggü. dem Arzt im Prozess unwahre Behauptungen aufgestellt hatte, die diesen einem Strafverfahren ausgesetzt hatten.[40]

OLG Koblenz, Urt. v. 13.07.2006 – 5 U 290/06, VersR 2007, 796 = NJW 2006, 2928 = MDR 2007, 32 E 565

15.000,00 € (Vorstellung: 17.000,00 €)

Sterilisation ohne Einwilligung der Frau

Der Gynäkologe, dem die 22 Jahre alte Klägerin zuvor nicht bekannt gewesen war, nahm eine Sectio vor. Er stellte bei der Eröffnung des Bauchraums Verwachsungen am Peritoneum fest, die den Wiederverschluss schwierig gestalteten, sodass zukünftige ähnliche Eingriffe und dabei insb. ein weiterer Kaiserschnitt »deshalb nicht zu empfehlen« (Operationsbericht) seien. Im Hinblick darauf nahm er eine Sterilisation vor, indem er die Eileiter durchtrennte. Das Problem war mit der Klägerin nicht besprochen worden. Der Arzt machte auch keinen Versuch, den damaligen Ehemann der Klägerin zu erreichen.

Die Klägerin, die in den folgenden 20 Jahren verhütete, erfuhr von der Sterilisation erst nach 26 Jahren. Der in 2. Ehe entstandene weitere Kinderwunsch blieb unerfüllt.

Das Gericht hält das Schmerzensgeld für ausreichend und meint mit dem Betrag sei auch das Interesse eines angemessenen Schadensausgleichs insoweit berücksichtigt, als das Selbstbestimmungsrecht der Klägerin in einer essenziellen für die Lebensplanung und das Selbstwertgefühl wichtigen Frage beeinträchtigt wurde.

OLG Jena, Urt. v. 23.10.2007 – 5 U 146/06, VersR 2008, 1553 = NJW-RR 2008, 831 = MDR 2008, 975 E 566

15.000,00 € (Mitverschulden: 1/2; Vorstellung: höheres Schmerzensgeld – Anschlussberufung)

Verbrennungen 2. und 3. Grades an Oberschenkel, Unterbauch und Genitalbereich

Die 12 Jahre alte Klägerin wurde in der Silvesternacht von einem durch die 16 Jahre alte Beklagte in unzureichendem Abstand angezündeten Feuerwerkskörper (»Bienchen«) getroffen. Sie erlitt Verbrennungen 2. und 3. Grades im Bereich beider Oberschenkelinnenseiten, des Unterbauchs und des Genitalbereichs, wovon insgesamt 10 % der Körperoberfläche betroffen waren. Sie wurde 7 Wochen stationär behandelt. Eine Hautverpflanzung wurde erforderlich, mehrere Ärzte und Krankenhäuser waren an der Nachbehandlung beteiligt. Wegen der erheblichen Schmerzhaftigkeit der Brandverletzungen konnten Verbandswechsel anfangs nur unter Narkose erfolgen. Umfangreiche Narbenbildung verblieb und erforderte

40 Das angemessene Schmerzensgeld hätte ca. 25.000,00 € betragen, vgl. die zu diesem Urteil abgedruckte Anm. von *Jaeger*.

u. a. krankengymnastische Maßnahmen. Eine Narbe im Schambereich kann möglicherweise durch eine Haartransplantation kosmetisch verbessert werden; die Entwicklung der Narben an Oberschenkelinnen- und -außenseiten ist nicht absehbar. Es verbleibt eine MdE von 50 %; als Dauerschaden ist weiterhin eine posttraumatische Belastungsstörung in Form einer traumatischen Neurose eingetreten.

Der Senat sah ein Mitverschulden zum einen in der Teilnahme am Feuerwerk, insb. aber im Tragen ungeeigneter – nämlich leicht entzündlicher – synthetischer Kleidung, deren Brennen die besondere Schwere der Verletzungen, die ein »einfacher Feuerwerkskörper« ansonsten nicht hätte verursachen können, begünstigte.

Bei der Bemessung wurde berücksichtigt, dass die Versicherung der Beklagten die Einstandspflicht ablehnte, vorprozessual lediglich 7.500,00 € angeboten hatte und trotz eines »erkennbar begründeten« Anspruchs einen 5-jährigen Rechtsstreit mit mehrfacher Begutachtung der Klägerin führte. Als Vergleichsentscheidungen führte der Senat Urteile an, die überwiegend aus den 80er Jahren bzw. 1991 stammten.

E 567 **OLG Brandenburg, Beschl. v. 21.02.2008 – 12 W 28/07, unveröffentlicht**

25.000,00 € (Vorstellung: 25.000,00 €)

Entfernung der Eileiter

Die Antragstellerin begehrt PKH für eine auf Zahlung zunächst eines Teilbetrages i. H. v. 5.000,00 € gerichteten Klage bei einem i. H. v. 25.000,00 € für angemessen gehaltenen Gesamtschmerzensgeld. Im Zusammenhang mit einer Entbindung und einer Behandlung der diagnostizierten Adnexitis kam es zur Entfernung beider Eileiter und damit zum Verlust der Fortpflanzungsfähigkeit.

E 568 **LG Chemnitz, Urt. v. 26.01.2007 – 4 O 243/04, SP 2008, 11**

30.000,00 € (Mitverschulden: 1/4; Vorstellung: 40.000,00 €)

Verlust der Empfängnisfähigkeit

Die Klägerin wurde bei einem Verkehrsunfall schwer verletzt. Als Unfallfolge ist der Verlust der Empfängnisfähigkeit nicht auszuschließen. Ferner leidet die Klägerin unter orthopädischen Beeinträchtigungen, nämlich unter der Einschränkung der Belastungsfähigkeit und der Beweglichkeit der Wirbelsäule mit schmerzhafter Muskelverspannung und vegetativer Begleitsymptomatik und Schmerzausstrahlung im Kopfbereich und psychischen Folgen, die insb. eine posttraumatische Belastungsstörung verursacht haben und zu einer dauerhaften MdE von 25 % führen.

E 569 **LG Oldenburg, Urt. v. 02.08.2006 – 5 U 16/06, NJW-RR 2007, 1468**

45.000,00 € (Vorstellung: 65.000,00 €)

Eigenmächtige Sterilisation

Bei der Entbindung entdeckten die Ärzte eine ältere Uterusruptur. Im Hinblick auf die mit einer erneuten Schwangerschaft verbundene erhebliche Gefahr einer Wiederholung der Ruptur entschlossen sie sich zu einer Fimbriektomie beidseits, ohne mit der Klägerin Rücksprache gehalten zu haben. Diese erhielt erst 6 Jahre später Kenntnis von der Sterilisation. Der Beklagte zahlte an die Klägerin ein Schmerzensgeld von 35.000,00 €.

Das LG verurteilte ihn, ein weiteres Schmerzensgeld von 30.000,00 € zu zahlen. Das OLG reduzierte de Betrag auf »weitere 10.000,00 €«.

2. Mann

a) Hoden

AG Köln Urteil aus 2010, Datum und Aktenzeichen unbekannt E 570

150,00 €

Tritt in die Genitalien

Nach dem Genuss eines Cocktails aus Schmerzmitteln flippte eine 35 Jahre alte Frau aus, griff einen Sanitäter an und trat ihn sehr kräftig in die Genitalien. Das Strafverfahren wurde unter der Auflage eingestellt, dass die Frau dem Sanitäter 150,00 € Schmerzensgeld zahlt.

LG Osnabrück, Urt. v. 11.02.2004 – 2 S 841/03, NJOZ 2005, 1532 E 571

1.000,00 €

Skrotumsschnittwunde – Skrotumsquetschung

Der 5 Jahre alte Kläger verletzte sich beim Klettern an einem unzureichend abgesicherten Leiterwagen; er rutschte ab und fiel auf einen Metallhaken, wodurch er eine Schnitt- und Quetschwunde des Skrotums mit Blutungen erlitt. Außerdem verlor er ein Stück des Skrotums in der Größe von 2 × 2 cm. Er musste notfallmäßig operiert werden, wobei erschwerend eine Skrotumschwellung und ein leichtes Fieber hinzutraten. Bei der Bemessung verwies das Gericht auf die sehr schmerzhafte Verletzung, die eine operative Behandlung erforderlich machte. Auch sei es in den nachfolgenden Wochen noch zu Schmerzen und Beschwerden gekommen.

LG Dortmund, Urt. v. 12.04.2002 – 21 O 296/01, SP 2002, 414 E 572

2.011,29 €

Hodenprellung – Beckenprellung – Handgelenksfraktur

Der Kläger wurde durch einen Verkehrsunfall verletzt, bei dem er sich die Hand einquetschte mit der Folge fortdauernder belastungs- und bewegungsbedingter Schmerzen im rechten Handgelenk. 5 Wochen arbeitsunfähig. Das Gericht berücksichtigte bei der Bemessung des Schmerzensgeldes, dass es wegen der zudem erlittenen Becken-/Hodenprellung zu einer Beeinträchtigung in der sexuellen Beziehung zur Lebensgefährtin gekommen war.

OLG Köln, Urt. v. 25.04.1997 – 19 U 32/95, VersR 1998, 377[41] E 573

2.500,00 €

Hundebiss ins Skrotum

Der Kläger erlitt durch einen Hundebiss eine schmerzhafte Wunde am Skrotum mit dauerhaftem Taubheitsgefühl im Bereich der linken Skrotalhälfte. Er wurde 10 Tage stationär behandelt und war 4 Wochen arbeitsunfähig.

Der Halter eines als Wachhund eingesetzten Hofhundes muss damit rechnen, dass der Hund Besucher angreift, wenn sie das frei zugängliche Hofgelände betreten. Er muss deshalb geeignete Vorkehrungen treffen, um die Besucher vor Angriffen des Tieres zu schützen.

41 Dazu Rdn. 825 ff., 903 ff. Eine ältere, aber wichtige Entscheidung.

E 574 **AG Wilhelmshaven, Urt. v. 08.05.2001 – 6 C 1016/99, unveröffentlicht**

2.500,00 €

Hodenverletzung beim Fußballspiel

Der Kläger wurde vom Beklagten beim Fußballspiel mit voller Kraft mit dem Stollenschuh in den Unterleib getreten. Dadurch kam es zu einer Hodenprellung (Kontusion), einer schweren Schwellung beider Hoden (Hodentrauma) und zu Blutergüssen an den Hoden. Der Kläger war 8 Tage in stationärer Behandlung.

E 575 **OLG Bamberg, Urt. v. 24.03.2003 – 4 U 172/02, VersR 2004, 198**

2.500,00 € (Vorstellung: 7.500,00 €)

Fehldiagnose Hodenkrebs – ein Monat Krebsangst

Der Kläger ließ bei einem Facharzt für Chirurgie eine Sterilisation durchführen. Nach Untersuchung des entnommenen Gewebes teilte der Pathologe mit, ein Teil des Gewebes weise Tumorformationen und Tumornekrosen auf, woraus sich der ganz dringende Verdacht auf einen malignen Hodentumor ergebe. Nach weiteren Analysen ergab sich, dass das tumorverdächtige Gewebe nicht vom Kläger stammte. Der Kläger macht geltend, er habe einen Monat in Todesangst gelebt.

E 576 **LG Berlin, Urt. v. 19.02.2004 – 67 S 319/03, MM 2004, 168 = Grundeigentum 2004, 626**

2.500,00 €

Anpralltrauma im Genitalbereich

Ein Mieter stolperte wegen defekter Kellerbeleuchtung im Gangbereich über einen Balken und zog sich ein Anpralltrauma im Genitalbereich zu.

E 577 **OLG Düsseldorf, Urt. v. 24.01.2002 – 8 U 86/01, AHRS 2680/308**

4.000,00 €

Teilamputation des Penis – Miktionsschwierigkeiten

Der 74 Jahre alte Kläger litt nach einer früher durchgeführten Circumcision unter einer Verfärbung der Glans Penis (Eichel). Trotz ärztlicher Behandlung trat keine Besserung ein, die massiven entzündlichen Veränderungen hielten an, sodass der Beklagte, der einen bösartigen Prozess befürchtete, ein chirurgisches Vorgehen empfahl.

Die pathologisch-anatomische Begutachtung des Resektats ergab eine »schwere chronische und akute Balanoposthitis mit pseudocarcinomatöser Epidermishyperplasie«; eine regelrecht strukturierte Glans Penis war nicht nachzuweisen; für Malignität bestand kein Anhalt. Der Kläger hatte nach der Teilamputation seines Penis Schwierigkeiten mit der gezielten Miktion; eine Untersuchung ergab, dass die Mündung der Harnröhre bei der Operation in den Penisstumpf eingezogen war; der Kläger unterzog sich deshalb einer Revisionsoperation, bei der eine Verschiebe-Lappen-Plastik angelegt wurde, die die Miktionsprobleme weitgehend beseitigte.

Der Behandlungsfehler lag darin begründet, dass der Beklagte bei dem Eingriff die Mündung der Harnröhre zu weit in den verbliebenen Penisstumpf verlegt hat; infolge dieses vermeidbaren Versäumnisses war dem Kläger etwa 7 Monate bis zur dem Beklagten anzulastenden Revisionsoperation eine gezielte Miktion nicht möglich.

Dagegen haftet der Beklagte nicht für die Teilamputation des Penis, weil nicht erwiesen ist, dass diese unnötigerweise, fehlerhaft oder ohne rechtfertigende Einwilligung des Patienten vorgenommen wurde.

OLG Hamm, Beschl. v. 15.08.2005 – 3 W 22/05, MedR 2006, 43 (LS) E 578

10.000,00 € (Vorstellung: 10.000,00 €)

Hoden- und Katheter – Leistenverletzung durch Katheter

Der Kläger nimmt den beklagten Arzt in Anspruch, weil dieser bei einer ambulant vorgenommenen Blasenspiegelung einen falschen Weg gewählt und dadurch eine Verletzung der Leiste bzw. des Hodens ausgelöst hat. Ferner wurde er über die Gefahren des Eingriffs nicht aufgeklärt.

OLG Hamm, Urt. v. 07.09.2005 – 3 U 37/05, unveröffentlicht E 579

10.000,00 €

Hodenverlust nach ärztlichem Behandlungsfehler

Der 13 Jahre alte Kläger erlitt eine Hodentorsion, die vom Beklagten nicht erkannt wurde. Der Hoden musste entfernt werden. Bereits entstandene und zu erwartende psychische Belastungen sind bei der Bemessung des Schmerzensgeldes zu berücksichtigen. Ob die Zeugungsfähigkeit des Klägers beeinträchtigt sein wird, bleibt offen.

OLG Brandenburg, Urt. v. 14.11.2001 – 1 U 12/01, VersR 2002, 313[42] E 580

13.750,00 €

Verlust eines Hodens bei einem Jugendlichen

Der 13 Jahre alte Kläger erlitt bei einem Fußballspiel einen Tritt in den Unterleib. In der Nacht traten gegen 0.45 Uhr erhebliche Schmerzen im Bereich des rechten Hodens und der Leistengegend auf. Der Notarzt untersuchte den Kläger und wies ihn mit der Verdachtsdiagnose »Hodentorsion« in das Krankenhaus der Beklagten ein. Da die Ärzte den Verdacht auf Hodentorsion nicht ausschließen konnten, veranlassten sie die Vorbereitung eines operativen Eingriffs und verständigten den Beklagten zu 2), der zur damaligen Zeit als diensthabender Facharzt und Leiter der Abteilung für Unfallchirurgie (Rufnotdienst) eingesetzt war. Dieser kam zu der Annahme, dass keine Hodentorsion vorliege, der Hoden nicht akut bedroht sei und ein operativer Eingriff daher zunächst unterbleiben könne. Er ordnete für den folgenden Morgen gegen 7.00 Uhr eine routinemäßige ärztliche Kontrolle an.

Am nächsten Morgen erfolgte eine operative Freilegung des Hodens. Hierbei stellte sich eine Hodentorsion rechts mit makroskopisch kompletter hämorrhagischer Infarzierung heraus, welche auch nach Retorquierung und Hyperthermie nicht rückläufig war. Der rechte Hoden musste entfernt werden.

Für die Bemessung des Schmerzensgeldes war nicht nur der Verlust des Hodens maßgebend, sondern auch die daraus erwachsenen psychischen Folgen, nämlich die psychische Belastung wegen der noch ausstehenden operativen Einbringung eines Implantats, die Ungewissheit

42 BT-Drucks. 14/8780, 21. Vgl. zum RefE Deutsch, ZRP 2001, 351 ff., der die Einführung einer Bagatellgrenze für Schmerzensgeld ablehnt: Weniger erfreulich ist die Beschränkung der Gewährung von Schmerzensgeld nach unten; es ist zu unklar, wann der Schaden »unerheblich« ist.Eine ältere, aber wichtige Entscheidung.

über künftige Fertilitätsstörungen und über Auswirkungen auf das Sexualleben sowie die Furcht vor einem späteren Verlust des verbliebenen Hodens.

E 581 **LG Regensburg, Urt. v. 23.07.2007 – 4 O 2167/06, VersR 2007, 1709**

15.000,00 €

Hodenverlust nach Hodentorsion

Bei dem 14 Jahre alten Kläger wurde bei einer Untersuchung des Hodens der Verdacht auf einen Hodentumor diagnostiziert, dagegen die naheliegende Differentialdiagnose einer Hodentorsion nicht in Betracht gezogen. Darin wurde ein grober Behandlungsfehler gesehen, sodass der Hodenverlust dem Arzt angelastet wurde. Auch wenn der noch junge Kläger keinen psychischen Schaden geltend macht, hat das Gericht eine mögliche Beeinträchtigung i. R. d. späteren Partnersuche nicht ausgeschlossen.

E 582 **OLG Brandenburg, Urt. v. 15.07.2010, – 12 U 232/09, VersR 2011, 267 = GesR 2010, 610**

15.000,00 € (Vorstellung: 15.000,00 €)

Hodenverlust nach Leistenhernieoperation

Bei dem 19 Jahre alten Kläger kam es während einer Leistenbruchoperation in laparoskopischer Technik, die ohne wirksame Einwilligung durchgeführt wurde, zu einer Durchtrennung des Samenleiters eines Hodens. Die beiden Enden des Samenleiters wurden nicht wieder zusammengenäht, sondern mittels Klippverschluss gesichert. Eine Beeinträchtigung der Zeugungsfähigkeit ist nicht nachgewiesen, jedoch verbleibt eine theoretische Vulnerabilität der Zeugungsfähigkeit für den Fall möglicher zukünftiger Beeinträchtigungen des anderen Hodens.

E 583 **OLG Köln, Urt. v. 23.01.2002 – 5 U 85/01, VersR 2003, 860**

18.000,00 € (Vorstellung: 25.000,00 €)

Verlust eines Hodens

Bei einem 15 Jahre alten Jungen wurde eine Hodentorsion zu spät erkannt. Es kam zum (vermeidbaren) Verlust des Hodens. Das Schmerzensgeld wurde festgesetzt mit Blick auf die psychischen Folgereaktionen, Angst um den verbliebenen Hoden und das leichtfertige Verhalten des Arztes. Dieser hatte bei dem Verdacht auf Hodentorsion nicht schnell genug reagiert, obwohl »höchste Eile« geboten war.

E 584 **OLG Koblenz, Urt. v. 15.12.2005 – 5 U 676/05, MDR 2006, 992**

20.000,00 € (Vorstellung: 27.500,00 €)

Hodenverlust nach Leistenhernieoperation – extreme Schmerzen – Impotenz

Der 35 Jahre alte Kläger unterzog sich einer Leistenhernieoperation, als deren Folge sich eine Orchitis entwickelte mit der Folge einer Hodennekrose. Postoperativ litt der Kläger über einen längeren Zeitraum unter erheblichen bis extremen Schmerzen. Er erhielt eine Hodenprothese und leidet seit der Operation an Impotenz.

LG Bielefeld, Urt. v. 15.04.2011 – 2 KLs – 46 Js 599/10, unveröffentlicht E 585

80.000,00 €

Vorsätzliche Entfernung beider Hoden

Der 58 Jahre alte Adhäsionskläger wurde vom ebenfalls schon älteren Angeklagten verdächtigt, dessen Tochter missbraucht zu haben. Der Angeklagte beschloss, den Kläger zu bestrafen und die Angelegenheit selbst zu regeln. Er fesselte den Kläger mit Handschellen. Mit einem scharfen Schneidewerkzeug öffnete der Angeklagte sodann mit einem Längsschnitt den Hodensack des Klägers und schnitt beide Hoden vollständig aus dem Hodensack. Die Amputation der Hoden ist nicht behebbar. Der Kläger hat durch die Verletzung seine bis zur Tat bestehende Zeugungsfähigkeit verloren. Infolge des Verlusts der Hoden muss er auf Dauer, jedenfalls bis ins hohe Alter, mit Testosteron substituiert werden.

Der Angeklagte erkannte den Schmerzensgeldanspruch des Klägers dem Grunde nach an und zahlte auf das Schmerzensgeld einen Betrag von 15.000,00 €. Die Kammer verurteilte ihn zu einer Freiheitsstrafe von 6 Jahren.

Bei der Bemessung des Schmerzensgeldes wurde insb. berücksichtigt, dass der Adhäsionskläger mit dem Verlust der Hoden einen irreparablen Schaden erlitten hat. Er musste sich einer Notfallbehandlung, einem operativen Eingriff zur Versorgung der Wunde unterziehen und wurde 8 Tage stationär behandelt. Zwar befindet sich der Kläger in einem Alter, in dem der Kinderwunsch häufig nicht mehr sehr ausgeprägt ist, zumal er bereits fünf erwachsene Kinder hat. Jedoch ist es nicht ausgeschlossen, dass sich ein Mann im fortgeschrittenen Alter zur Vaterschaft entschließt.

Erhöhend waren die erheblichen psychischen Folgen, die eine rund dreimonatige stationäre Behandlung des Klägers erforderlich machten.

Neben dem Ausmaß und der Schwere der Verletzung hat die Kammer als erhöhenden Faktor gewertet, dass der Angeklagte die schwere Körperverletzung vorsätzlich begangen hat.

b) Penisverletzung

OLG Frankfurt am Main, Beschl. v. 21.08.2007 – 4 W 12/07, NJW 2007, 3580 E 586

10.000,00 €

Beschneidung (Circumcision)

Der von der Mutter des 12 Jahre alten Antragstellers (im PKH-Verfahren) geschiedene Vater, ein streng gläubiger Moslem, veranlasste dessen Beschneidung. Die Mutter, die das alleinige Sorgerecht hat, ist nicht Muslima und hatte die Beschneidung stets abgelehnt. Ohne wirksame Einwilligung in die Vornahme des ärztlichen Eingriffs stellt die Beschneidung eine Verletzung des allgemeinen Persönlichkeitsrechts und eine rechtswidrige Körperverletzung dar. Über die endgültige Höhe des Schmerzensgeldes muss im Klageverfahren entschieden werden, in dem der Antragsteller darlegen muss, worin gerade für ihn in der Beschneidung ein Leiden liege.

E 587 **OLG Köln, Urt. v. 10.03.1994 – 5 U 2/94, unveröffentlicht**[43]

15.000,00 €

Verkürzung des Penis durch ärztlichen Behandlungsfehler

Bei dem 30 Jahre alten Kläger wurde eine Balanoposthitis fehlerhaft behandelt. An eine 10 Wochen dauernde stationäre Behandlung mit fünf Operationen innerhalb von 7 Monaten schloss sich ein Kuraufenthalt von 2 Monaten an. Die MdE betrug für ein Jahr 100 %.

Als Dauerschäden sind eine Verkürzung des Penis und ausgedehnte Vernarbungen der Ersatzvorhaut und der Haut des Penisschaftes verblieben. Die Funktion des Penis an sich ist erhalten geblieben, jedoch bestand anfänglich Angst vor Impotenz.

Schmerzensgeld erhöhend wirkten sich die ungewöhnlichen Schmerzen aus sowie der Umstand, dass ein grober Behandlungsfehler und schwerwiegende Dokumentationsverstöße vorlagen.

E 588 **OLG München, Urt. v. 12.07.2007 – 1 U 1616/07, unveröffentlicht**

15.000,00 €

Verlust eines Neophallus

Der Kläger hatte einen Neophallus in einer Serie tief greifender Operationen erworben. Vor einer weiteren Operation hätte er über das Nekroserisiko aufgeklärt werden müssen. Eine Aufklärung über das Infektionsrisiko allein war nicht ausreichend, weil zum einen nicht allgemein bekannt ist, dass Infektionen eine Nekrose zur Folge haben können. Zum anderen war der Fall hier atypisch gelagert. Eine Nekrose konnte zum Verlust des Neophallus führen, hat also die Gefahr in sich geborgen, dass der Kläger das Glied, das er sich in einer Serie tief greifender Operationen erworben hatte, wieder verliert. Über ein im Hinblick auf das Behandlungsziel derart zentrales, tief greifendes und durchaus nicht völlig fernliegendes Risiko musste der Beklagte den Kläger explizit aufklären.

E 589 **OLG Hamburg, Urt. v. 30.01.2004 – 1 U 25/03, OLGR 2004, 444**

16.000,00 € (Vorstellung: 35.000,00 €)

Penisverlängerung bzw. -vergrößerung – Erektionsstörungen

Der 28 Jahre alte Kläger suchte den Beklagten auf, um seinen nach seiner Ansicht zu kleinen Penis operativ verlängern zu lassen. Nach einer ergebnislosen Hormonbehandlung operierte der Beklagte den Kläger, nachdem dieser ihm einen gefälschten Posteinzahlungsbeleg über einen Vorschuss der Operationskosten i. H. v. 10.300,00 DM vorgelegt hatte.

Der Beklagte führte an dem Kläger eine Venenligatur penil und iliacal, eine Penisverlängerung durch Crura-Plastik am Os pubis und eine Implantation von weichen Silikonschläuchen in die Corpora cavernosa durch. Der Penis des Klägers erigiert nach dieser Operation nicht mehr spontan, der normale Erektionsmechanismus ist durch die nicht indizierte Penisprothese zerstört worden, was nicht revisibel ist. Der Beklagte hätte den noch jungen Kläger schonungslos über die Risiken der Operation aufklären und den nicht indizierten Eingriff ablehnen müssen, weil nach Ansicht des medizinischen Sachverständigen eine Gliedverlängerungsoperation de facto nicht verfügbar und bei einer Gliedlänge von 13 – 14 cm auch nicht erforderlich ist.

43 OLG Celle, Urt. v. 22.03.1973 – 5 U 154/72, VersR 1973, 717; OLG Hamm, Urt. v. 17.01.2000 – 13 U 124/99, OLGR 2001, 277.Eine ältere, aber wichtige Entscheidung.

Bei der Bemessung des Schmerzensgeldes hat das Gericht das Alter des Klägers berücksichtigt, die Genugtuungsfunktion jedoch verneint, weil der Kläger die Operation durch betrügerisches Handeln erschlichen habe.

KG, Urt. v. 13.03.2000 – 20U 1186/98, KGR 2001, 142 E 590

20.000,00€

Aufklärungsmangel bei Penisverlängerung

Der Kläger wurde bei einer Penisverlängerungsoperation nicht darüber aufgeklärt, dass für den Erfolg wesentlich ist, dass ein JES-Extender getragen werden muss, weil anderenfalls die Narbenkontraktion den Operationserfolg wieder zunichtemachen kann.

OLG Nürnberg, Urt. v. 16.09.1986 – 3U 2021/84, VersR 1988, 299[44] E 591

25.000,00€ (Vorstellung: 65.000,00€)

Kontraindizierte Operation – Einsatz einer Penisprothese

Der 45 Jahre alte Kläger, ein türkischer Staatsangehöriger, ließ in einer Privatklinik, die die operative Behandlung der Erektionsimpotenz durchführte, eine Penisprothese einsetzen. Die Operation misslang, der Kläger leidet unter den Folgen durch Gefühllosigkeit des Penis, Schmerzen und totalem Erektionsverlust bei erheblicher Vorschädigung. Die Behandlung durch den Beklagten war kontraindiziert.

OLG Zweibrücken, Urt. v. 20.11.2007 – 5U 16/05, NJW-RR 2008, 539 E 592

35.000,00€ (Vorstellung: 50.000,00€)

Penisschaft von Metastasen befallen

Bei dem 73 Jahre alten Kläger wurde eine gutartige Vergrößerung der Prostata diagnostiziert, ohne das tatsächlich vorliegende Prostatakarzinom auszuschließen. Dadurch wurde bei dem Kläger zunächst eine Teilresektion statt einer Totalresektion der Prostata vorgenommen. Bei korrektem Vorgehen wäre der Kläger von der Krebserkrankung geheilt worden und ihm wäre eine stationäre Strahlentherapie ebenso erspart geblieben, wie eine spätere Teilresektion der von Metastasen befallenen Leber. Auch der Penisschaft wäre nicht von Metastasen befallen worden und die seelischen Beeinträchtigungen nach dem Wissen um die Lebensverkürzung wären dem Kläger erspart geblieben.

c) Impotenz/Zeugungsfähigkeit

OLG Frankfurt am Main, Urt. v. 26.04.2002 – 25U 120/01, MDR 2002, 1192[45] E 593

3.750,00€

Verlust der Möglichkeit der Samenspende

Der Kläger wurde infolge der Behandlung eines Hodentumors durch Chemotherapie unfruchtbar. Der Beklagte versäumte es, ihn auf die Möglichkeit einer Samenspende zur

44 BGH, Urt. v. 14.01.1992 – VIZR 120/91, VersR 1992, 504 = NJW 1992, 1043 = MDR 1992, 349. Eine ältere, aber wichtige Entscheidung.

45 BGH, Urt. v. 14.01.1992 – VIZR 120/91, VersR 1992, 504 = NJW 1992, 1043 = MDR 1992, 349; vgl. dazu auch Müller, VersR 2003, 1 (3f.).Zu beachten ist, dass bereits die Vernichtung von eingefrorenem Sperma eine Körperverletzung darstellt, die Schmerzensgeldansprüche auslöst, BGH, Urt. v. 09.11.1993 – VIZR 62/93, VersR 1994, 55ff.

Kryokonservierung hinzuweisen. Schmerzensgeld mindernd wirken das geringe Verschulden und der Umstand, dass der Geschädigte schon ein Kind hat.

E 594 **OLG Bremen, Urt. v. 12.03.2004 – 4 U 3/04, OLGR 2004, 320**

18.000,00 €

Unzureichende Aufklärung über Außenseitermethode bei Prostataoperation

Der ohne ordnungsgemäße Aufklärung durchgeführte Eingriff unter Anwendung einer sog. Außenseitermethode (spezielles Prostata-Laserverfahren in zwei Operationsschritten) führte zu wiederholtem Harnverhalten und mehreren Krankenhausaufenthalten mit Nachoperationen und einer dauerhaften Stressharninkontinenz. Durch diese ist der Kläger in seiner Lebensführung dauerhaft erheblich beeinträchtigt. Erektionsstörungen fielen bei der Bemessung des Schmerzensgeldes nicht gravierend in Gewicht, weil der Kläger geäußert hatte, er vermute psychische Ursachen für dieses Problem. Zur Höhe verweist das Gericht auf den Schmerzensgeldrahmen in vergleichbaren Fällen, sämtliche Entscheidungen von Anfang der 90er Jahre oder noch früher.

E 595 **BGH, Urt. v. 30.01.2001 – VI ZR 353/99, VersR 2001, 592[46]**

20.000,00 €

Unzureichende Aufklärung über das Risiko der Impotenz

Der Kläger litt seit Anfang der 80er Jahre unter Bandscheibenbeschwerden, die zunächst konservativ behandelt wurden. 1994 begab er sich in die Behandlung des Beklagten, der einen Bandscheibenprolaps mit Nervenwurzeldekompression LS 5/S 1 diagnostizierte und eine Diskographie sowie eine Lasernervenwurzeldekompression empfahl. Nach der Operation wurden bei dem Kläger eine Peronaeusparese (Fußheberschwäche) und Impotenz festgestellt.

E 596 **OLG München, Urt. v. 23.01.1997 – 24 U 804/93, VersR 1997, 577[47]**

25.000,00 €

Zeugungsunfähigkeit durch unbehandelten Hodenhochstand

Der Kläger wurde als Säugling zweimal an einem Leistenbruch operiert, ohne dass dabei ein beidseitiger Hodenhochstand behoben wurde. Ein Hoden ist inzwischen abgestorben, vom

46 BT-Drucks. 14/7752, 25; vgl. auch BGH, Urt. v. 08.06.1976 – VI ZR 216/74, VersR 1976, 967 (969); BGH, Urt. v. 01.10.1985 – VI ZR 195/84, VersR 1986, 59.Eine ältere, aber wichtige Entscheidung.

47 Der geplanten Regelung hätte aus mehreren Gründen widersprochen werden müssen: Der Ausschluss des Schmerzensgeldes in sog. Bagatellfällen hätte keinen Ausgleich für die neu geschaffenen Schmerzensgeldfelder in der Gefährdungshaftung und der Vertragshaftung gebracht. Bagatellfälle sind selten. Nach der Rspr. fallen darunter Schürfwunden, leichte Hautverletzungen, kleinere Hämatome oder leichtestes HWS-Schleudertrauma. Die Bundesregierung sprach auf ihrer Internetseite von einem 1 cm großen blauen Fleck an einem Finger (ein im politischen Raum erzeugtes Beispiel), also einer Verletzung, die so lächerlich geringfügig ist, dass es dazu (natürlich) keine Rspr. gibt, weil wegen einer solchen Verletzung bisher keine Ansprüche gerichtlich geltend gemacht wurden. Nur in echten Bagatellfällen wurde von der Rechtsprechung ein Schmerzensgeldanspruch verneint. Diese Verletzungen sind entweder sehr gering oder sie waren nicht einmal nachzuweisen, sodass sie eine billige Entschädigung in Geld nicht auslösen konnten. Aus diesem Grund erscheint auch der Vorschlag von Huber (Das neue Schadensersatzrecht, § 2 Rn. 93 ff.) sachgerecht, zur Ermittlung der Grenzen des Bagatellbetrages nicht an den output, die Höhe des Schmerzensgeldes, anzuknüpfen, sondern an den input, die Art der Verletzung. Nach der Vorstellung des Gesetzentwurfs sollte die Bagatellgrenze angehoben werden.Eine ältere, aber wichtige Entscheidung.

2. Hoden ist noch Gewebe vorhanden. Die spätere Fähigkeit des Klägers zum Geschlechtsverkehr erscheint ebenso möglich wie die Entwicklung eines männlichen Erscheinungsbildes.

OLG Frankfurt, Urt. v. 23.03.2010 – 8 U 238/10, KHE 2012, 85 E 597

25.000,00 € (Vorstellung: 35.000,00 €)

Retrograde Ejakulation

Der zwischen 30 und 40 Jahre alte Kläger litt unter einer Harnröhrenverengung, die durch eine endoskopische Harnröhrenschlitzung beseitigt wurde. Da der Operationserfolg nicht zufriedenstellend war, entschlossen sich die Ärzte zu einer nochmaligen endoskopischen Operation zur Schlitzung des Blasenhalses. Der Kläger wurde vor dieser Operation darüber aufgeklärt, dass es zu einer retrograden Ejakulation kommen könne, das bedeutet, dass der Samen durch die Änderung der lokalen Druckverhältnisse nach der Blasenhalsoperation nicht mehr nach außen fließt, sondern sich in die Blase ergießt. Dadurch geht die Fähigkeit verloren, auf natürlichem Wege Kinder zu zeugen. Über dieses Risiko hätte der Kläger eindeutig aufgeklärt werden müssen.

OLG Celle, Urt. v. 09.07.2001 – 1 U 64/00, OLGR 2001, 250[48] E 598

50.000,00 €

Falsche Prostatakrebsdiagnose – Impotenz – Harninkontinenz

Der Kläger leidet infolge der Operation, die auf einem Diagnoseirrtum beruhte, weil es sich um eine bloße Verdachtsdiagnose handelte, unter Inkontinenz, Ejakulations- und Erektionsunfähigkeit und unter völligem Verlust der sexuellen Aktivitäten.

Bei der Bemessung des Schmerzensgeldes wurde zusätzlich berücksichtigt, dass sich der Kläger nicht nur – völlig unnötig – einem schweren operativen Eingriff mit allen damit verbundenen Beeinträchtigungen unterziehen musste, sondern auch – ebenfalls ohne tatsächlichen Hintergrund – der psychischen Ausnahmesituation, die mit der Eröffnung einer Krebsdiagnose verbunden ist, ausgesetzt war.

OLG Naumburg, Urt. v. 15.10.2007 – 1 U 46/07, VersR 2008, 652 = NJW-RR 2008, 693 E 599

50.000,00 €

Impotenz – Inkontinenz

Der 44 Jahre alte verheiratete Kläger, Vater von drei Kindern, litt nach einem Arbeitsunfall an einem chronischen Schmerzsyndrom. Der beklagte Arzt empfahl ihm die Implantation einer Morphinpumpe. Er versäumte es, den Kläger über das Risiko einer ggf. partiellen Querschnittslähmung aufzuklären. Infolge der Operation kam es zu einer Einblutung in den Hirnwasserraum der Wirbelsäule – sog. subarachnoidale Blutung. – im mittleren und oberen BWS-Bereich. Der Kläger leidet unter dauerhaften Funktionsstörungen, Blaseninkontinenz, Impotenz und schweren Gehstörungen sowie Empfindungsstörungen und schweren Schmerzen in Rumpf und Beinen. Die MdE beträgt 100 %. Das Regulierungsverhalten des Beklagten wurde Schmerzensgeld erhöhend berücksichtigt, weil dieser 4 1/2 Jahre nach der Rechtskraft des Grundurteils keine Leistungen erbracht hatte.

48 Vgl. v. Bar, Karlsruher Forum 2003, S. 24; so zutreffend auch FS für Wiese/E. Lorenz, S. 261 (270). Eine ältere, aber wichtige Entscheidung.

E 600 **OLG München, Urt. v. 25.09.2008 – 1 U 3198/07, unveröffentlicht**

50.000,00 €

Erektile Dysfunktion – Inkontinenz

Beim 56 Jahre alten Kläger wurde ohne Aufklärung über echte alternative Behandlungsmethoden, wie z. B. eine Strahlentherapie, eine radikale Prostatovesikulektomie vorgenommen, bei der durch die Entfernung von Prostata und Samenblasen zwangsläufig der Verlust der Ejakulationsfähigkeit eintrat. Zudem haben sich 2 gravierende Operationsrisiken verwirklicht. Der Kläger leidet unter einer vollständigen erektilen Dysfunktion. Eine Kohabitation ist ihm nicht mehr möglich. Diese Operationsfolge belastet die Ehe des Klägers mit seiner 8 Jahre jüngeren Frau nachhaltig. Außerdem besteht eine dauerhafte Harnstressinkontinenz 1. Grades, die den Kläger dazu zwingt, Vorlagen zu tragen. Auch dies ist eine bedeutsame Folge der Operation.

E 601 **LG Köln, Urt. v. 06.09.2006 – 25 O 346/02, unveröffentlicht**

100.000,00 € (Vorstellung: 100.000,00 €)

Impotenz – cauda-Syndrom

Bei dem 38 Jahre alten Kläger trat nach einer epiduralen Katheterbehandlung nach Racz, die ohne ausreichende Aufklärung über die Risiken der Behandlung durchgeführt wurde, ein inkomplettes rechtsseitiges cauda-Syndrom auf. Dies führte zu starken Schmerzen in Rücken, Gesäß und Beinen, zu eingeschränkter Blasentätigkeit (Inkontinenz) und erektiler Impotenz. Der Kläger hat sich mehrere Jahre einer psychotherapeutischen Behandlung unterzogen und etwa 4 Jahre Antidepressiva eingenommen.

E 602 **OLG Nürnberg, Urt. v. 12.12.2008 – 5 U 953/04, VersR 2009, 1079 m. Anm. Jaeger VersR 2009, 1084**

100.000,00 € zuzüglich monatliche Rente 375,00 € = Kapitalwert 85.653,00 €

Erektile Dysfunktion, zentrale Hirnschädigung – Epilepsie – Visusminderung auf 0,2 bzw. 0,4, Dysarthrophonie

Der Patient leidet infolge eines ärztlichen Behandlungsfehlers u. a. an einer zerebralen Hirnschädigung (Hirnsubstanzverlust) und einer Hirnleistungsminderung, wodurch die Lernfähigkeit, die Auffassungsgabe und das Gedächtnis beeinträchtigt werden, an einer Epilepsie, die monatlich mit zwei bis drei epileptischen Anfällen und einer ausgeprägten Angststörung einhergeht (schwerste Art der Epilepsie), an anhaltenden Funktionsstörungen der Augen, die sich u. a. in einem Gesichtsfeldausfall und einer Visusminderung auf 0,2 bzw. 0,4 äußern, an einer erektilen Dysfunktion (Impotenz) und der Unfähigkeit, eine Beziehung zu einer Frau aufzubauen und auf herkömmliche Weise Kinder zu zeugen, an chronischen Nervenschmerzen, an Koordinationsstörungen der rechten Hand und des rechten Arms. Er ist nur eingeschränkt in der Lage, Gedanken in Worte zu fassen und der Umwelt mitzuteilen (Dysarthrophonie). Bei der Bemessung des Schmerzensgeldes wurden auch berücksichtigt: jahrelange erhebliche Schmerzen und Todesangst, erlittene Gehirnblutungen und Lähmungen, der Umstand, dass der Patient krankheitsbedingt das Medizinstudium nicht abschließen konnte und ein Jurastudium absolvieren musste und dass das Leben des Patienten zwar schwerst beeinträchtigt, seine Persönlichkeit aber nicht völlig zerstört ist.

Gesicht (Gesichtsverletzungen – Kiefer)

1. Gesichtsverletzungen

LG Köln, Urt. v. 21.04.2008 – 2 O 684/06, NJW-Spezial 2008, 602 = NStZ 2009, 182 E 603

150,00 €

Ohrfeigen ins Gesicht

Die Klägerin lebte mit dem Beklagten in einer Lebensgemeinschaft, aus der eine Tochter hervorging. In dieser Zeit kam es zu mehreren tätlichen Übergriffen. Festgestellt wurde, dass der Beklagte zwei Schläge mit der flachen Hand in das Gesicht der Klägerin führte (»Ohrfeigen«). Dieser Übergriff war nach Ansicht der Kammer nicht nur von solch geringer Intensität, dass immaterieller Schaden nicht zu ersetzen sei; dem Schlagen in das Gesicht komme – neben verhältnismäßig geringen und im Regelfall nur kurzzeitigen Schmerzbelastungen – v. a. ein Moment der Demütigung zu. Gesamtbetrachtend erscheint es auch unter Berücksichtigung der Nähebeziehung zwischen den Beteiligten angemessen, der Geschädigten ein Schmerzensgeld zuzuerkennen. Für eine Verzeihung ist nichts ersichtlich. Unter Berücksichtigung der niederschwelligen Belastung durch die beiden Ohrschläge und ihres bereits längeren Zurückliegens wurde ein Schmerzensgeld i. H. v. 150,00 € als angemessen und ausreichend angesehen.

LG Wuppertal, Urt. v. 11.01.2007 – 16 O 156/06, unveröffentlicht E 604

450,00 € (Vorstellung: 450,00 €)

Gesichtsprellungen – Gehirnerschütterung – HWS-Distorsion

Der Kläger prallte bei einem Auffahrunfall gegen das Armaturenbrett, erlitt eine initiale Bewusstlosigkeit, eine Gehirnerschütterung, eine HWS-Distorsion sowie Gesichtsprellungen. Nach dem Unfall befand er sich 3 Tage in stationärer Behandlung.

Die bei dem Unfall und noch während des stationären Aufenthalts erlittenen Beeinträchtigungen, zu denen auch der stationäre Aufenthalt selbst gehört, rechtfertigen das geltend gemachte moderate Schmerzensgeld. Aus den von dem beklagten Land angeführten Umständen, dass der Kläger keine Knochenbrüche oder sonstige äußerlich sichtbare Verletzungen erlitten hat, er nicht arbeitsunfähig war und eine weitere Behandlung nicht erforderlich war, folgt nicht im Umkehrschluss, dass die unbestritten eingetretenen Beeinträchtigungen völlig unerheblich und deshalb als Bagatelle zu werten waren.

LG Lübeck, Urt. v. 21.08.2007 – 6 O 141/06, unveröffentlicht E 605

1.000,00 € (Vorstellung: 3.500,00 €)

Schnittwunden im Gesicht und am Oberarm

Die 20 Jahre alte Klägerin erlitt einen Verkehrsunfall, als ein Dammhirsch anlässlich einer Treibjagd aus einem Waldstück kommend, von oben auf das Fahrzeug der Klägerin geriet. Er durchschlug die Windschutzscheibe, die zersplitterte. Die Klägerin trug diverse Schnittverletzungen im Gesicht und am Oberkörper davon und musste stationär behandelt werden. Infolge der Verletzungen war sie eine Woche arbeitsunfähig. Die Schnittwunden waren erst nach rund 8 Wochen weitgehend verheilt. Zwischenzeitlich litt die Klägerin noch unter Schmerzen und der optischen Beeinträchtigung.

Als Dauerschäden verblieben eine immer noch gerötete Narbe auf dem Oberarm und zwei Stellen an den Augenbrauen, an denen die Augenbrauen nicht wieder nachwachsend fehlen und zu leichten lichten Lücken geführt haben. Hier verblieb eine leichte narbige Veränderung. Eine kleinere, fast nicht mehr sichtbare Narbe verblieb in der Mitte der Oberlippe.

E 606 **OLG Karlsruhe, Beschl. v. 19.05.2010 – 4 W 23/10, VersR 2011, 122**

1.000,00 € (Vorstellung: 1.000,00 €)

Gesichts- und Kopfverletzung

Dem Kläger näherten sich vier Polizeibeamte in Begleitung eines Hundes, einige mit gezogener Waffe. Die Beamten forderten den Kläger und seine Freunde auf, stehen zu bleiben und sich auf den Boden zu legen. Der Kläger forderte die Polizeibeamten auf, sich auszuweisen. Ein Polizeibeamter gab zunächst dem Hund den Befehl »Fass«, ohne ihn jedoch von der Leine zu lassen. Als der Kläger in der Folge einen Schritt zurückwich, stieß ihm der Polizeibeamte zunächst ein Knie in den Bauch, hielt ihm dann beide Arme auf dem Rücken fest und warf sich derart auf den Kläger, dass dieser mit dem Gesicht voran auf den Boden fiel. Aufgrund der auf dem Rücken fixierten Hände konnte sich der Kläger nicht abfangen und knallte mit dem Kopf mit voller Wucht auf den Betonboden, wodurch Gesichtsverletzungen entstanden. Aufgrund der vorsätzlich begangenen Körperverletzung kann dem Kläger mindestens ein Schmerzensgeld von 1.000,00 € zustehen, sodass ihm PKH zu bewilligen war.

E 607 **OLG Düsseldorf, Urt. v. 15.12.2004 – I-15 U 239/02, unveröffentlicht**

1.500,00 € (Mitverschulden: $^1/_2$; Vorstellung: 8.000,00 €)

Kieferfraktur – Zahnverletzungen

Im Rahmen einer Auseinandersetzung drehte sich der Kläger auf Zuruf des Beklagten zu 1) um und erhielt unmittelbar danach von diesem mehrere Faustschläge. Der Beklagte zu 1) packte den Kläger und hielt ihn von hinten fest. Der Beklagte zu 2) versetzte ihm weitere Fausthiebe ins Gesicht.

Durch die Schläge des Beklagten erlitt der Kläger eine doppelseitige Kieferfraktur, eine Collumfraktur links und eine Querfraktur im Bereich der Zähne 41 – 43; die Zähne 41 und 42 wurden später extrahiert. Infolge der erlittenen Verletzungen hatte der Kläger starke Schmerzen; er war 6 Monate arbeitsunfähig.

E 608 **AG Bremen, Urt. v. 15.10.2007 – 1 C 227/05, unveröffentlicht**

1.500,00 € (Vorstellung: 3.000,00 €)

Nasenbeinfraktur

Der Kläger wurde während einer ärztlichen Behandlung ohnmächtig und fiel von der Liege auf den Metallfuß der Liege, sodass er sich eine Nasenbeinfraktur zuzog, die von einem HNO-Arzt ambulant gerichtet und ruhiggestellt wurde. Nach einer Kontrolluntersuchung musste die Nase erneut gerichtet und für 10 Tage ruhiggestellt werden.

E 609 **AG Aachen, Urt. v. 19.11.2007, 43 Ds – 806 Js 526/07 – 146/07, unveröffentlicht**

1.800,00 €

Blutende Schnittverletzung im Gesicht

Im Rahmen eines Adhäsionsverfahrens wurde der Angeklagte zur Zahlung eines Schmerzensgeldes verurteilt, weil er bei einem Diskothekenbesuch bei einem Streit aus nichtigem Anlass einem anderen Besucher eine Bierflasche ins Gesicht schlug, wodurch dieser eine blutende Schnittverletzung erlitt und zu Boden stürzte. Die Verletzung musste ärztlich behandelt werden, Narben im Gesicht sind zurückgeblieben.

LG Berlin, Urt. v. 08.12.2012 – 86 O 112/10, unveröffentlicht – Das KG Berlin, Urt. v. 30.09.2011 – 9 U 11/11- und der BGH, Urt. v. 05.07.2012 – III ZR 240/11, DAR 2012, 572, haben die Berufung und die Revision des beklagten Landes zurückgewiesen. E 610

1.800,00 € (Mitverschulden: 1/10; Vorstellung: 1.500,00 €)

Schwere Verletzungen im Gesicht und an den Zähnen – Prellungen

Die Klägerin kam als Fußgängerin auf einem mit Betonplatten ausgelegten Weg zu Fall, der sich in einem desolaten Zustand befand. Sie trat in ein 3,5 x 15 cm großes, ca. 2 cm tiefes Loch. Dabei zog sie sich schwere Verletzungen im Gesicht, insbesondere an den Zähnen, eine starke Prellung am Arm und im Brustbereich zu und verstauchte sich ein Handgelenk.

LG Berlin, Urt. v. 01.09.2003 – 58 S 129/03, SP 2003, 418 E 611

2.000,00 € (Mitverschulden: 1/3)

Jochbeinfraktur – Narben

Der 26 Jahre alte Kläger erlitt als Radfahrer einen Verkehrsunfall. Neben einer Jochbeinfraktur, die stationär behandelt wurde, zog er sich eine Verletzung der Schulter mit Narbenbildung zu. Die Narben wurden als nicht psychisch belastende Entstellung bewertet. Eine MdE von 10 % auf Dauer soll durch Gewöhnung auf Dauer ausgeglichen werden können.

Prägend für die Höhe des Schmerzensgeldes waren der stationäre Aufenthalt und die damit verbundene erhebliche Beeinträchtigung der allgemeinen Lebensfreude. Zum Vergleich bezog sich das Gericht auf eine Entscheidung in ZfS 1981, 335 (!), die es selbst für nicht vergleichbar hielt.

OLG Hamm, Urt. v. 04.02.2003 – 9 U 155/02, OLGR 2003, 259 E 612

2.500,00 €

15 cm lange Schnittwunde im Gesicht

Der Beklagte schlug dem Kläger bei einem Schützenfest mit einem Bierglas ins Gesicht und fügte ihm dabei Schnittwunden, insb. eine tiefe und insgesamt etwa 15 cm lange Wunde vom rechten Ohr bis zur Mitte des rechten Unterkieferknochens, zu. Das LG hat nach Inaugenscheinnahme der von den Schnittwunden verbliebenen Narben des Klägers diese ohne weitere tatsächliche Begründung als entstellend bewertet und dem Kläger – neben materiellem Schadensersatz und der Feststellung einer Ersatzpflicht für künftige Schäden – ein Schmerzensgeld i. H. v. 5.000,00 € zugesprochen.

Das Erscheinungsbild des Gesichts des Klägers war für den Senat derart, dass die von dem Beklagten verursachten Narben für den Senat erst bei genauerem Hinsehen überhaupt erkennbar waren und keine auffallende oder gar entstellende optische Wirkung ausübten.

Unter diesen Umständen ist unter Berücksichtigung insb. der besonderen Schmerzhaftigkeit von Gesichtsverletzungen und dem Vorhandensein der – allerdings nicht (mehr) auffallenden – Narben wie auch dem hier Rechnung zu tragenden Genugtuungsinteresse des Klägers ein Schmerzensgeldanspruch i. H. v. 2.500,00 € angemessen und ausreichend.

LG Konstanz, Urt. v. 13.01.2004 – 5 O 358/00, NJW-RR 2004, 459 E 613

4.000,00 €

Wangenverletzung (»Pulvertätowierung«)

Bei einer Party unter Jugendlichen spielten die Beklagten mit einer Gaspistole herum. Hierbei löste sich ein Schuss, der den Kläger an der rechten Wange und am rechten Ohr erheblich verletzte und eine langwierige ärztliche Behandlung erforderlich machte. Auch nach Abschluss der Behandlung sind die Folgen des Unfalls in Form einer Unebenheit der Haut des Klägers auf der rechten Wange in der Größe eines 2-€-Stücks erkennbar. Die Schussverletzung hinterließ zunächst eine sog. Pulvertätowierung, verursacht durch die Einsprengung von Schmauch- und Rußpartikeln. Diese konnte durch eine langwierige ärztliche Behandlung (Laser-Therapie) deutlich reduziert werden.

Bei der Bemessung waren im Wesentlichen die sich über viele Monate hinstreckende Heilbehandlung sowie die dauerhaft verbleibenden Folgen (Unebenheit der Haut) ausschlaggebend. Auch die unmittelbaren Verletzungsfolgen mit Verbrennungen 1. – 2. Grades waren sehr schmerzhaft und erforderten eine notfallärztliche Behandlung. Das Gericht verwies darauf, dass es sich beim Verletzten um einen jungen Menschen handele. Im jugendlichen Alter spielten optische Beeinträchtigungen eine größere Rolle. Auch sei die Dauer, für die mit dieser Beeinträchtigung noch gelebt werden müsse, naturgemäß länger.

E 614 **LG Köln, Urt. v. 27.03.2007 – 16 O 314/04, SP 2008, 108**

4.000,00 € (Vorstellung: 7.000,00 €)

Glassplitterverletzung im Gesicht

Bei einem Verkehrsunfall erlitt der Kläger Prellungen und Glassplitterverletzungen im Gesicht. Glassplitter aus seinem Augenlid wurden nicht vollständig entfernt, weil eine Operation in keinerlei Relation zu den möglichen Komplikationen gestanden hätte.

E 615 **LG München II, Urt. v. 26.06.2008 – 12 O 140/07, SP 2009, 10**

4.500,00 € (Vorstellung: 7.000,00 €)

Glassplitterverletzungen – Gesichtsödem – Narben – Prellungen

Der Kläger erlitt bei einem Verkehrsunfall neben einer schwergradigen Schädelprellung mit HWS-Kontusion zahlreiche Glassplitterverletzungen im Gesicht, ein Gesichtsödem und eine Narbe an der Stirn als Dauerschaden. Ferner zog er sich eine Schulter-Arm-Prellung und Prellungen beider Knie mit Gesäß- und Rückenkontusion zu.

Die Narbe im Gesicht war für die Bemessung des Schmerzensgeldes maßgeblich mitbestimmend.

E 616 **LG Rostock, Urt. v. 28.05.2008 – 4 O 3/08, unveröffentlicht**

5.000,00 € (Vorstellung: 6.000,00 €)

Skalpierung der Kopfschwarte

Die Klägerin kam bei einem Spaziergang durch eine unnötige Stolperfalle auf einem neu angelegten Gehweg zu Fall und zog sich eine Skalpierung der Kopfschwarte zu, die äußerst schmerzhaft war. Die Klägerin litt noch einige Wochen an der durch die Kopfverletzung verursachten Entstellung. Seit dem Unfall leidet sie an anhaltenden abendlichen Kopfschmerzen und klagt über eine Gangunsicherheit beim Treppensteigen. Noch lange Zeit nach dem Unfall hatte sie schockbedingt Angst, ohne Begleitung aus dem Haus zu gehen und litt unter Schwindel sowie lokalen Parästhesien der Kopfhaut und dem Gefühl, als ob sich die Schädeldecke abhebt. Schmerzensgeld erhöhend wurde das unverständliche Regulierungsverhalten des kommunalen Schadensausgleichs berücksichtigt.

LAG Niedersachsen, Urt. v. 20.05.2010 – 9 Sa 1914/08, unveröffentlicht E 617

8.000,00 €

Faustschlag ins Gesicht

Die Parteien waren bei einer Stadt als Museumsaufseher beschäftigt. Im Aufenthaltsraum des Museums kam es zwischen den Parteien zum Streit. Die Klägerin schlug den Beklagten mit der Faust ins Gesicht. Auf Grund dieses Faustschlages trat beim Beklagten eine depressive Reaktion ein, die eine Arbeitsunfähigkeit von ca. 14 Monaten zur Folge hatte. Die Klägerin haftet für diese seelisch bedingten Folgeschäden, auch wenn sie auf einer psychischen Disposition oder sonstigen neurotischen Verarbeitung des Beklagten beruhen. Ein so genannter Bagatellfall liegt nicht vor, weil der Beklagte eine Gesichtsverletzung und ein HWS – Syndrom erlitten hat.

OLG Zweibrücken, Urt. v. 01.06.2006 – 4 U 68/05, NJW-RR 2006, 1254 E 618

8.000,00 € (Vorstellung: 25.000,00 €)

Schädelkontusion mit Gesichtsverletzung – Oberarmfraktur

Die 75 Jahre alte Erblasserin stürzte in einem Pflegeheim und erlitt eine Oberarmfraktur und eine Schädelkontusion mit Gesichtsverletzung; sie musste sich deshalb im Krankenhaus einer Schädeloperation zur Ausräumung eines beidseitigen subduralen Hämatoms unterziehen, in deren Folge es zu beträchtlichen Komplikationen, Schmerzen und lang anhaltenden Beeinträchtigungen kam, die bis zur ihrem Tod als Folge einer im Krankenhaus zugezogenen Lungenentzündung andauerten.

Die Lungenentzündung machte eine Behandlung durch das Medikament Vancomycin erforderlich, das bei der Erblasserin zu einer Niereninsuffizienz führte. Die Komplikationen bewirkten eine Bettlägerigkeit bis zu ihrem Tod. Die lange Liegezeit hatte zur Folge, dass sie einen Dekubitus am Steißbein und an beiden Fersen erlitt.

OLG Brandenburg, Beschl. v. 02.11.2006 – 12 W 30/06, unveröffentlicht E 619

8.250,00 € (1/4 Mitverschulden)

Nasenbeinfraktur – Mittelgesichtsfrakturen – Oberkieferfraktur – Schädelhirntrauma

Der Antragsteller begehrt PKH zur Durchsetzung eines Schmerzensgeldanspruchs. Er stürzte als Radfahrer bei Dunkelheit in eine ungesicherte und unbeleuchtete Baugrube und zog sich schwere Verletzungen im Gesichtsbereich zu, nämlich eine zentrale Mittelgesichtsfraktur, eine Nasenbeinfraktur, eine Oberkieferfraktur sowie ein Schädelhirntrauma 1. Grades. Nach 12-tägigem Krankenhausaufenthalt und 4-monatiger Arbeitsunfähigkeit war er um 15 % erwerbsgemindert. Als Dauerschäden bestehen ein weitgehendes Erlöschen des Geruchs- und Geschmackssinnes, eine deutliche Behinderung der Nasenatmung sowie eine verminderte Sensibilität der Nasenspitze.

OLG Köln, Urt. v. 17.03.2005 – 7 U 126/04, unveröffentlicht E 620

10.000,00 € (Vorstellung: mindestens 20.000,00 €)

Mittelgesichtsfraktur – Frakturen der Schädel- und Gesichtsschädelknochen – Alveolarfortsatzfraktur – Orbitabodenfraktur – Kalottenfraktur – Nasenbeinfraktur – Stirnhöhlenvorderwandfraktur – Zahnfraktur

Bei dem Unfallereignis erlitt der 7 Jahre alte Kläger eine Mittelgesichtsfraktur, verschiedene Frakturen der Schädel- und Gesichtsschädelknochen, eine Alveolarfortsatzfraktur, eine Orbitabodenfraktur, eine Kalottenfraktur, eine Nasenbeinfraktur, eine Stirnhöhlenvorderwandfraktur und eine Zahnfraktur. Er verlor vier Zähne und erlitt eine Platzwunde. Der Kläger befand sich 18 Tage und später noch einmal 4 Tage in stationärer Behandlung. Seit dem Unfall weist das Gesicht des Klägers eine leichte Schiefstellung auf.

E 621 **OLG München, Urt. v. 30.07.2010 – 10 U 2930/10, unveröffentlicht**

10.000,00 €

Kopfverletzung – Narben

Die 18 Jahre alte Klägerin erlitt bei einem Unfall eine Kopfverletzung und behielt als Dauerfolge zwei Narben zurück. Eine Narbe am Körper verursacht dauerhafte Beschwerden, etwa beim Drauflegen während des Einschlafens, eine andere Narbe im Gesicht, die durch die Frisur nicht in allen Situationen, etwa beim Wassersport, verdeckt werden kann, löst bei der Klägerin Angst vor einer Aufdeckung und vor psychischen Problemen aus. Eine weitere dauerhafte Belastung besteht durch eine implantierte Metallplatte im Kopf, die immer wieder Kopfschmerzen auslöst.

E 622 **OLG Braunschweig, Urt. v. 18.12.2002 – 3 U 135/02, OLGR 2003, 185**

10.409,95 € (Mitverschulden: 1/2; Vorstellung: 40.000,00 €)

Mittelgesichtsfrakturen – Orbitabodenfrakturen – Unterkiefer- und Kieferwinkelfrakturen – Schädelhirntrauma – Rippenfrakturen

Der Kläger befuhr als Radfahrer mit 30 km/h eine abschüssige Straße und kam hierbei auf einer – zur Begrenzung der Geschwindigkeit der dort fahrenden Fahrzeuge angebrachten – Aufpflasterung auf der Straße zu Fall. Er wurde bei diesem Unfall erheblich verletzt. Er erlitt ein Polytrauma mit komplexen Mittelgesichtsfrakturen, beidseitigen Orbitaboden-, Unterkiefer und Kieferwinkelfrakturen, eine Collumfraktur rechts, eine Frontobasisfraktur mit Hinterwandbeteiligung, eine Carlottenfraktur, Rippenfrakturen der 5., 6. und 7. Rippe rechts und ein Schädelhirntrauma 2. Grades mit Hirnödem. Der Ober- und Unterkiefer wurde geschient; das Jochbein und der Unterkiefer mussten mittels Plattenosteosynthese repositioniert werden, und ihm wurden zwei Platten neben der Wirbelsäule implantiert. Der Kläger befand sich 19 Tage auf der Intensivstation und einen knappen weiteren Monat in einer Rehaklinik. Er ist seit dem Unfall arbeitsunfähig krank (Schwerbehinderung von 40 % zuerkannt), muss ein Korsett tragen und leidet unter Rückenbeschwerden. Es sind ein Klinikaufenthalt und eine weitere Reha-Maßnahme erforderlich.

Das Gericht bejahte eine Verkehrssicherungspflicht der beklagten Gemeinde als Trägerin der Straßenbaulast. Eine Beschilderung mit 30 km/h genüge nicht; das Gefährdungspotenzial werde durch das Gefälle deutlich unterstützt, und die Beklagte sei entweder verpflichtet gewesen, selbst weitere Warnschilder anzubringen oder darauf bei der zuständigen Behörde hinzuwirken. Wegen der den örtlichen Gegebenheiten unangepassten Geschwindigkeiten wurde dem Kläger ein Mitverschulden angerechnet.

Zur Bemessung führte der Senat aus, er halte »unter Berücksichtigung der erlittenen Verletzungen und der Folgen des Unfalls ... bei einer 10 %igen Haftung 40.000,00 DM Schmerzensgeld für angemessen«. Die klägerische Vorstellung sei überhöht, insb. deshalb, weil die Verletzungen an der Hand des Klägers nicht durch den Unfall verursacht worden seien, sondern es sich um einen »alten Bruch« gehandelt habe. Diesen Betrag rechnete der Senat in Euro um und kürzte um 50 %.[49]

LG Heilbronn, Urt. v. 20.04.2005 – 1 O 155/03, SP 2005, 233 E 623

<u>11.500,00 €</u>

Nasenbeinfraktur – Commotio cerebri – Kopfschmerzen

Der Kläger erlitt bei einem Verkehrsunfall eine Commotio cerebri, eine Thorax/Flankenprellung, eine Beckenprellung, eine Nasenbeinfraktur sowie multiple Schürfungen. Die Kopfschmerzsymptomatik ist auf den Unfall zurückzuführen.

Abzugelten waren außer den Kopfschmerzen auch die fortdauernden Beeinträchtigungen des Klägers, sein weiterer Klinikaufenthalt zur Entlastung, seine Beeinträchtigung durch ein Fahrverbot und das Alkoholverbot, die Notwendigkeit einer laufenden medizinischen Überwachung und die Beeinträchtigung durch regelmäßige Arztbesuche und Einnahme von Medikamenten sowie die eingeschränkte Leistungsfähigkeit gerade in einer Examensphase.

OLG Köln, Urt. v. 11.04.2003 – 19 U 102/02, OLGR 2003, 214 E 624

<u>12.000,00 €</u> (Vorstellung: 12.000,00 €)

Stauchung des Oberkiefers – Schmerzen und Knacken in den Kiefergelenken

Die Klägerin wurde von einem Element des Bauzauns an der von der Beklagten betriebenen Baustelle am Kopf getroffen und verletzt. Ursache des Umsturzes war die – schuldhaft – nicht ausreichende Sicherung des Zaunteils.

Die Klägerin erlitt eine Stauchung des Oberkiefers auf den Unterkiefer mit Luxation der Knorpelscheibe, Schmerzen und Knacken in den Kiefergelenken sowie eine schmerzhafte Bewegungsbeeinträchtigung. Im Anschluss an die Erstbehandlung musste der Klägerin eine Schiene im Unterkiefer zur Herstellung des Bisses eingesetzt sowie eine sehr aufwendige prothetische Maßnahme durchgeführt werden.

Das Schmerzensgeld musste die Mindestvorstellungen der Klägerin deutlich übersteigen. Unmittelbare Folgen des Unfallereignisses waren schmerzhafte Bewegungsbeeinträchtigungen beim Kauen, welche zunächst mittels einer provisorischen Schiene behandelt worden sind. Die sich anschließende Behandlung zog sich bis zur endgültigen prothetischen Korrektur über einen Zeitraum von 2 1/2 Jahren hin. Innerhalb dieses Zeitraums war die Klägerin massiv in ihrer Lebensqualität beeinträchtigt. Sie musste die Schiene dauerhaft tragen und war zu regelmäßigen Arztbesuchen gezwungen, bei denen die Schiene fortlaufend – schmerzhaft – korrigiert worden ist. Außerdem war die ständige Reinigung des Provisoriums erforderlich. Die Klägerin war mit der Schiene nicht in der Lage, wie ein normaler Mensch zu kauen. Hinzu kommt das Ertragen der aufwendigen Zahnersatzbehandlung. Als weiteren das Schmerzensgeld erhöhenden Gesichtspunkt wertete der Senat das vorliegend nicht akzeptable Verhalten der Beklagten ggü. der Klägerin, welche seit nunmehr 5 Jahren (!) keinerlei Ersatzleistungen aus dem Unfallereignis erhalten hat. Die Beklagte, welche zum Zeitpunkt des schädigenden Ereignisses als Bauunternehmerin nicht einmal über eine Haftpflichtversicherung verfügte, hat von Anfang an zu Unrecht jegliche Verantwortlichkeit für das Unfallereignis von sich

49 Streng genommen ist es dogmatisch unsauber, wenn das Gericht ein Schmerzensgeld feststellt und daraus unter Berücksichtigung des Mitverschuldens eine Quote ableitet. Da das Mitverschulden nur ein Bemessungskriterium von mehreren ist, ergibt sich hieraus, dass das Schmerzensgeld nicht abstrakt ohne Mitverschulden festgestellt werden darf, um es sodann um eine dem Mitverschulden entsprechende Quote zu kürzen. Vielmehr ist das (einheitliche) Schmerzensgeld unter Berücksichtigung des Mitverschuldens festzustellen.

gewiesen. Die Beklagte befindet sich nunmehr in Liquidation; es ist daher ungewiss, ob die Klägerin überhaupt noch einen Ausgleich ihres Schadens erlangen wird.

E 625 **OLG Karlsruhe, Urt. v. 22.10.2008 – 9 U 75/07, NJW-RR 2009, 124 = MDR 2009, 31 = SpuRt 2009, 124**

12.000,00 € (Vorstellung: Mindestbetrag 10.000,00 €)

Dauerschaden Oberlippe

Die 13 Jahre alte Klägerin wurde beim Ausreiten von einem Pferd verletzt, das verstört war und sich losreißen und wegrennen wollte. Als sie versuchte, das Pferd daran zu hindern, auf die Straße rennen, wurde sie vom Pferd über eine gewisse Strecke weggeschleift. Dabei trat das Pferd die Klägerin mit einem der Hinterhufe ins Gesicht. Die Klägerin wurde an der Lippe verletzt und musste ihr langjähriges Hobby des Querflötespielens infolge der dauerhaften Verletzung ihrer Oberlippe aufgeben, weil sie für das Flöten keine ausreichende Oberlippenspannung hervorbringen kann. Auch das Aussehen der Klägerin ist nachhaltig beeinträchtigt.

E 626 **LG Berlin, Urt. v. 06.12.2005 – 10 O 415/05, VersR 2006, 499 = NJW 2006, 702**

22.000,00 € (Vorstellung: 20.000,00 €)

Entstelltes Gesicht durch Hundebiss – Versuch einer Erlassfalle

Der unbeaufsichtigt herumlaufende Schäferhund des Beklagten griff den 7 Jahre alten Kläger an und verbiss sich in dessen Gesicht. Hierdurch wurden schwerste Bissverletzungen verursacht. Als Folge der Bissverletzung wurde der Kläger 9 Tage stationär behandelt. Er wurde in der Schule gehänselt und litt unter andauernden Schmerzen.

Der Versicherer des Beklagten bot dem Kläger zur Klaglosstellung einen Betrag von 2.500,00 € an und übersandte, nachdem der Kläger Klage eingereicht hatte und das Gericht unter Hinweis auf einschlägige Rechtsprechung das geforderte Schmerzensgeld von 20.000,00 €, insb. bei schwerwiegenden bleibenden Schäden, als nicht unangemessen bezeichnet hatte, zur Klaglosstellung einen Scheck über 7.200,00 €. Der Kläger löste den Scheck nicht ein.

Als Dauerschaden verblieb eine hypertrophe Narbenbildung mit funktioneller Einschränkung im Bereich der linken Wange/Unterlippe als Folge der ausgedehnten, perforierenden Zerreißung der Wange. Zwar ist es zu einer Abblassung der Rötung und einer Verminderung der narbigen Induration gekommen, jedoch findet sich als Folge der Narbenbildung der linken Wange eine Funktionsstörung der Unterlippenfunktion mit asymmetrischer Mundspaltbildung. Das ästhetische Ergebnis kann durch eine operative Narbenkorrektur noch verbessert werden, die Funktionsstörung der Unterlippenfunktion ist jedoch dauerhaft. Auch die Fehlstellung des Nasenflügels mit konsekutiver Asymmetrie der Nase und die Narben im Bereich der rechten Wange, des rechten Unterlides und der rechten Nase sind dauerhaft. Die Folgen der Zahnverletzungen, insb. von Zahnkeimen, können noch nicht abgesehen werden.

Für derart erhebliche, bleibende, teilweise entstellende Schäden, die den jungen Kläger sein Leben lang begleiten werden und noch nicht abschätzbare Folgen auch für das Selbstwertgefühl des Kindes und des späteren Jugendlichen haben werden, ist ein Schmerzensgeld zwischen 18.000,00 € und 20.000,00 € angemessen, mithin 19.000,00 €.

Das zunächst ermittelte Schmerzensgeld ist im Hinblick auf die verzögerte Schmerzensgeldzahlung durch die Haftpflichtversicherung des Beklagten um 3.000,00 € zu erhöhen, weil das Gericht im Verhalten des Versicherers des Beklagten den Versuch gesehen hat, den Kläger in eine Erlassfalle zu locken.

OLG Saarbrücken, Urt. v. 31.03.2009 – 4U 26/08, NZV 2010, 77 E 627

22.500,00 €

Gesichtsnarben – Frakturen von Beckenschaufel – Schlüsselbein – Rippe

Die Klägerin erlitt bei einem Verkehrsunfall eine Beckenschaufelfraktur, eine Fraktur des Schlüsselbeins und der Rippe, erhebliche Prellungen und Schürf- und Schnittwunden, die eine mehrwöchige Krankenhausbehandlung erforderlich machten und Dauerschäden in Form von Bewegungseinschränkungen der Beine und des Arms und ästhetische Beeinträchtigungen im Gesicht durch Narbenbildung sowie eine nachhaltige Traumatisierung zur Folge haben.

OLG Brandenburg, Urt. v. 02.09.2010 – 12 W 42/10, unveröffentlicht E 628

23.000,00 € (Vorstellung: 23.000,00 €)

Gesichtsfraktur – Nasenbeinfraktur – Fingerfraktur

Die Klägerin erlitt bei einem Überfall im Schlaf und im eigenen Haus unter Anwendung erheblicher körperlicher Gewalt und Todesdrohungen eine Mittelgesichtsfraktur, eine Nasenbeinfraktur eine Fraktur des fünften Fingers der rechten Hand und eine Thoraxprellung.

Die Verletzungen und der Heilungsverlauf waren mit erheblichen Schmerzen verbunden. Während des gesamten Überfalls litt die Klägerin unter Todesangst und leidet seither unter Angstzuständen und Schlafstörungen, begleitet von Kopfschmerzen, Schwindelattacken, Depressionen und Suizidgedanken. Es ist nicht zu erwarten, dass ihre psychische Gesundheit jemals vollständig wiederhergestellt wird. Sie wurde 8 Monate wegen der Tatfolgen ambulant in einer Tagesklinik behandelt.

Dem Beklagten wurde zur Verteidigung gegen die Klage keine PKH bewilligt.

OLG Köln, Urt. v. 26.01.2010 – I-3U 91/09, VerkMitt 2010, Nr. 42 E 629

40.000,00 € (Mitverschulden: 1/2; Vorstellung: 80.000,00 €)

Mittelgesichtsfrakturen – Verlust des Geruchsinns – Tibiakopfmehrfragmentfraktur – Tibiaschaftfraktur – Kompartementsyndrom Unterschenkel

Der Kläger erlitt bei einem Verkehrsunfall ein Polytrauma mit proximaler Tibiakopfmehrfragmentfraktur sowie proximaler Tibiaschaftfraktur mit Kompartementsyndrom Unterschenkel, lateraler Femurkondylenfraktur, multiplen Mittelgesichtsfrakturen unter Beteiligung der medialen Schädelbasis beiderseits, eine traumatische Subarachnoidalblutung, eine HWS-Distorsion 1. Grades und eine Rhabdomyolyse. Er befand sich rund 2 Monate im Krankenhaus. Der Unterschenkel ist in Fehlstellung verheilt, wobei die Knochenbrüche des Beins zu einer Beinverkürzung mit Fehlstellung führten, die zu einem unregelmäßigen Gangbild und einer Fußfehlstellung geführt haben. Hierbei handelt es sich um einen Dauerschaden, der den Verletzten auch in Zukunft in der Lebensführung erheblich beeinträchtigen wird. Eingetreten ist darüber hinaus eine komplette Riechstörung.

OLG Karlsruhe, Urt. v. 01.02.2010 -1 U 137/09, VerkMitt 2010, Nr. 43 = MDR 2010, 747 = NZV 2010, 352 E 630

40.000,00 € (Mitverschulden: 1/2; Vorstellung: 65.000,00 €)

Mittelgesichtsfraktur – Unterkieferfraktur – Verlust von 12 Zähnen – commotio ceribri

Der 23 Jahre alte Kläger wurde erheblich verletzt, als ein Kanaldeckelstück die Windschutzscheibe seines Fahrzeugs zerschlug und auf das Gesicht des Klägers traf.

Er erlitt schwere Gesichtsschädelfrakturen, nämlich eine Mittelgesichtsfraktur in Le Fort II-Ebene, eine paramediane Unterkieferfraktur sowie den Verlust von zwölf Zähnen, Rissquetschwunden im Bereich der Ober- und Unterlippe und eine commotio cerebri. Die Verletzungen erstreckten sich in einem Bereich von ca. 12 x 12 cm (Unterkiefer – Augenhöhlenboden). Nach einem stationären Aufenthalt waren die Folgen des Unfalls nach 8 Monate noch nicht völlig verheilt. Der Kläger war 22 Monate arbeitsunfähig.

Neben den körperlichen Schmerzen während dieser Zeit waren die psychischen Folgewirkungen Schmerzensgeld erhöhend in die Bemessung einzubeziehen. Die Gesichtsverletzungen des Klägers führten mindestens 8 Monate zu einer erheblichen Entstellung des Gesichts. Es fehlten zahlreiche Zähne und das Gesicht war teilweise deformiert. Dem Kläger wurden bisher acht Implantate eingesetzt.

Der Kläger hat vier Narben im Mund-Nasen-Bereich. Diese befinden sich im Gesicht, sind allerdings verhältnismäßig klein und nicht besonders auffallend. Ferner war bei der Bemessung des Schmerzensgelds zu berücksichtigen, dass weitere Korrekturoperationen, die das Weichgewebe betreffen, erfolgen müssen.

Bei der Höhe des Schmerzensgelds fielen auch die langzeitigen Ungelegenheiten durch die vielen Arztbesuche, die zahlreichen Zahnbehandlungen und Operationen, die psychischen Belastungen sowie die Entstellungen ins Gewicht. Darüber hinaus war das Alter des Klägers zu berücksichtigen.

E 631 **OLG Rostock, Urt. v. 26.09.2008 – 5 U 115/08, SVR 2008, 468**

100.000,00 €

Mittelgesichtsfrakturen – Oberschenkelfraktur – Schädelhirntrauma – Kalottenmehrfragmentfraktur — Nasenbeinfraktur – Ellenbogenfraktur

Der Kläger erlitt bei einem Verkehrsunfall ein Schädelhirntrauma, eine temporale Kalottenmehrfragmentfraktur mit zentraler Impression, eine temporo-polare Kalottenfraktur mit Epiduralhämatom, multiple Mittelgesichtsfrakturen, eine Nasenbein-Mehrfragmentfraktur, eine erstgradig offene Ellenbogenluxationsfraktur, eine offene Grundgliedfraktur des Kleinfingers, eingestauchte körpernahe Femurschaftfraktur und eine isolierte proximale Fibulafraktur. Die stationäre Behandlung dauerte rund 2 1/2 Monate. Der Kläger war länger als 1 Jahr arbeitsunfähig.

Als Verletzungsfolgen verblieben zentral-vegetative Störungen in Form von Kopfschmerzen sowie Störungen des verbalen Gedächtnisses, Bewegungseinschränkung des Ellenbogengelenkes, Herabsetzung der groben Kraft des Armes und der Hand, Muskelminderung im Bereich des Ober- und Unterarmes, Taubheitsgefühl im Bereich des Ring- und des kleinen Fingers sowie noch liegende Metallteile. Darüber hinaus bestehen Bewegungseinschränkung des Hüftgelenkes mit Außenrotationsfehlstellung, Beckenschiefstand nach Beinlängenverkürzung um 2 cm nach Oberschenkelschaftbruch, Muskelminderung im Bereich des Oberschenkels sowie auch hier noch liegende Metallteile.

E 632 **OLG Brandenburg, Urt. v. 04.11.2010 – 12 U 35/10, NJW 2011, 2219**

115.000,00 €

Mittelgesichtsfraktur – Unterkieferfraktur – Schädelhirntrauma 3. Grades – Hirnschädigung

Der Kläger erlitt bei einem Verkehrsunfall u. a. ein Schädelhirntrauma 3. Grades sowie eine laterale Mittelgesichtsfraktur und eine Unterkieferfraktur. Diese Verletzungen hatten eine Deformierung der Gesichtskonturen des Klägers zur Folge.

Der Hirnschaden hat dazu geführt, dass beim Kläger gravierende neuropsychologische Störungen verblieben sind in den Bereichen der Lern- und Gedächtnisfunktion, des Handlungs- und Planungsverhaltens, der komplexen Aufmerksamkeitsleistungen sowie des Persönlichkeitsprofils. Ein organisches Psychosyndrom hat dazu geführt, dass der Kläger zu 70 % schwerbeschädigt und nur noch in der Lage ist, in einer abgeschirmten Tätigkeit am Erwerbsleben teilzunehmen, etwa in einer Werkstatt für Behinderte. Daneben ist die Entwicklung des Privatlebens des Klägers beeinträchtigt und es bestehen durch den Hirnschaden motorische Einschränkungen des Klägers. Gleichwohl ist der Kläger durchaus in der Lage, sich selbst zu versorgen und lebt auch allein bzw. zusammen mit seiner Freundin. Er steht zwar infolge des Unfalls unter Betreuung und ist wegen der schweren Defizite im Bereich der kognitiven Leistungs- und Lernfähigkeit an einer Arbeitsausübung weitgehend gehindert, die Verrichtungen des täglichen Lebens bewältigt er jedoch ohne fremde Hilfe.

All dies steht der Bewilligung eine Schmerzensgeldrente entgegen.

2. Kiefer

► **Hinweis:**

Zahlreiche Entscheidungen befassen sich mit Verletzungen, die zum Verlust oder zur Beschädigung von Zähnen geführt haben, wobei auch ein Kiefer betroffen war. Solche Verletzungen, bei denen Zahnschäden für die Bemessung des Schmerzensgeldes ausschlaggebend waren, sind unter → Zahn (EE 1144 ff.) dargestellt.

OLG Düsseldorf, Urt. v. 15.12.2004 – I-15 U 239/02, unveröffentlicht E 633

1.500,00 € (Mitverschulden: 1/2; Vorstellung: 8.000,00 €)

Kieferfraktur – Zahnverletzungen

Im Rahmen einer Auseinandersetzung drehte sich der Kläger auf Zuruf des Beklagten zu 1) um und erhielt unmittelbar danach von diesem mehrere Faustschläge. Der Beklagte zu 1) packte den Kläger und hielt ihn von hinten fest. Der Beklagte zu 2) versetzte ihm weitere Fausthiebe ins Gesicht.

Durch die Schläge der Beklagten erlitt der Kläger eine doppelseitige Kieferfraktur, eine tiefe Collumfraktur links und eine Querfraktur im Bereich der Zähne 41 – 43; die Zähne 41 und 42 wurden später extrahiert. Infolge der erlittenen Verletzungen hatte der Kläger starke Schmerzen; er war 6 Monate arbeitsunfähig.

OLG Köln, Urt. v. 12.03.2003 – 5 U 52/02, VersR 2005, 795 = NJW-RR 2003, 1606 E 634

1.500,00 €

Entfernung des Weisheitszahns – unterbliebene Aufklärung über das Risiko einer Osteomyelitis (Kieferknochenmarkentzündung)

Der Beklagte haftet dem Kläger aus dem Gesichtspunkt unzureichender Aufklärung über die mit der Entfernung des Weisheitszahns verbundenen Risiken. Der Beklagte wäre verpflichtet gewesen, den Kläger darüber aufzuklären, dass die Extraktion eines Weisheitszahns eine Entzündung hervorrufen kann, die sich zu einer Osteomyelitis entwickeln kann. Diese war nach wenigen Wochen folgenlos ausgeheilt.

E 635 **LG Berlin, Urt. v. 09.07.2009 – 5 O 390/07, unveröffentlicht**

2.000,00 € (Mitverschulden: 2/3; Vorstellung: 10.000,00 €)

Kieferbruch – Perforation des Trommelfelles

Der Kläger, ein 45 Jahre alter angetrunkener Mann, entbot dem 17 Jahre alten dunkelhäutigen Beklagten, den Hitler-Gruß. Der Beklagte schlug dem Kläger zunächst mit der Faust ins Gesicht und trat ihm anschließend in die Bauchgegend. Nachdem der Kläger zu Boden gegangen war, trat der Beklagte zumindest noch einmal gegen ihn. Der Kläger erlitt eine Perforation des Trommelfelles und einen Kieferbruch. Er blutete aus dem Mund. Seine rechte Gesichtshälfte war stark gerötet und angeschwollen und er klagte sofort über Taubheit im rechten Ohr.

E 636 **OLG Jena, Urt. v. 04.05.2010 – 4 U 696/09, unveröffentlicht**

15.000,00 €

Oberkieferfraktur – Unterkieferfraktur – Jochbeinzertrümmerung

Der 29 Jahre alte Kläger war vor einer Diskothek in Nordthüringen von einer Gruppe junger Leute zu Boden geschlagen und getreten worden. Auch als er bereits völlig wehrlos am Boden lag, wurde weiter auf ihn eingetreten; und zwar vorwiegend ins Gesicht. Hierdurch wurde er erheblich verletzt. Ober- und Unterkiefer waren gebrochen; der Wangenknochen (das Jochbein) auf der rechten Seite sogar vollständig zertrümmert.

E 637 **OLG Düsseldorf, Urt. v. 13.10.2003 – 1 U 36/03, unveröffentlicht**

25.000,00 €

Schädelhirntrauma – Abtrennung des Oberkiefers vom oberen Gesichtsschädel – Frakturen von Augen- und Kiefernhöhle – Frakturen von Kiefernknochen – Fraktur der Kniescheibe

Der Kläger zog sich bei einem Unfall neben einem Schädelhirntrauma 1. Grades eine Abtrennung des Oberkiefers vom oberen Gesichtsschädel zu. Durch die traumatische Einwirkung haben sich in den Augen- und Kiefernhöhlen sowie in den Kiefernknochen Frakturen ergeben. Ferner kam es zu einer Fraktur der Kniescheibe. Diese Beeinträchtigungen machten eine Reposition des gesamten Mittelgesichts einschließlich einer Ober- und Unterkieferschienung mittels Plattenosteosynthesematerials erforderlich.

Während des Heilverlaufs kam es zu erheblichen Komplikationen.
Die massiven Gesichtsschädelverletzungen betrafen einen besonders schmerzempfindlichen Körperteil des Klägers. Seine körperliche Beweglichkeit war durch die Fraktur der Kniescheibe erheblich beeinträchtigt. Die stationäre Krankenhausbehandlung des Klägers dauerte 2 Monate, die ambulante Weiterbehandlung hat fast 2 Jahre gedauert.

E 638 **OLG Hamm, Beschl. v. 23.05.2006 – 27 W 31/06, OLGR 2006, 787**

35.000,00 €

Kieferfraktur durch vorsätzliche Körperverletzung – posttraumatisches Belastungssyndrom

Der Antragsteller im PKH-Verfahren erlitt nach seiner Darstellung durch eine vom Beklagten begangene vorsätzliche Körperverletzung eine Kieferfraktur, ferner schwerste Prellungen, Blutergüsse und eine Platzwunde im Gesicht und schwere Prellungen der Wirbelsäule. Als Dauerschaden bestehen eine Kiefergelenksverletzung und fehlender Zahnreihenschluss. Der Antragsteller wurde 3 Wochen stationär und 13 Wochen in einer Rehabilitationsmaßnahme behandelt. Zahlreiche ambulante Behandlungen schlossen sich an.

OLG Celle, Urt. v. 06.11.2003 – 14 U 119/03, OLGR 2004, 271 E 639

45.000,00 €

Erhebliche Kieferverletzung – chronische Schmerzen in den Fußgelenken

Der Kläger erlitt bei einem Verkehrsunfall eine erhebliche Kieferverletzung und eine Fraktur der Sprunggelenke und der Mittelfußwurzelgelenke. Diese Verletzungen führten zu Dauerschäden, die mit chronischen Schmerzen verbunden sind. Ein Zahn musste durch ein Implantat ersetzt werden. Der Einsatz eines künstlichen Kiefergelenks steht bevor.

Für die Bemessung des Schmerzensgeldes waren das Verschulden des Schädigers und die Entwicklung der allgemeinen Lebenshaltungskosten bedeutsam.

OLG Nürnberg, Urt. v. 14.03.2006 – 9 U 2087/05, DAR 2006, 395 E 640

75.000,00 € (Vorstellung: 75.000,00 €)

Schwere Verletzungen im Gesicht – Schädelhirntrauma

Der 49 Jahre alte Kläger beauftragte die Firma des Beklagten damit, den Vorderreifen eines Gabelstaplers zu erneuern. Hierbei wurden dort die beiden Felgenhälften falsch miteinander verschraubt, sodass das Rad nicht mehr auf den Bolzen der Radnabe des Gabelstaplers passte. Der Kläger lockerte daher die Verschraubung der Felgenhälften und versuchte, diese gegeneinander zu verdrehen; als dies nicht gelang und er die Schrauben wieder anzog, wurden die Sechskantschrauben durch die zu große Bohrung gezogen; infolge des Reifendrucks wurde die obere Felgenhälfte hochgeschleudert und traf den Kläger im Gesicht. Hierdurch kam es zu einem Schädelhirntrauma 3. Grades; der Kläger befand sich 2 Monate in stationärer Behandlung.

Der Kläger leidet weiterhin unter Konzentrationsschwächen, Spannungsgefühlen im Kopf, Doppelsichtigkeit und Druckgefühlen hinter dem rechten Auge und Anstrengungssymptomen. Er ist reizbar geworden und muss an beiden Ohren Hörgeräte tragen. Eine Dauer-MdE von 80 % verbleibt.

Haare

▶ Hinweis:

Das bloße Abschneiden der Haare gegen den Willen des Betroffenen ist als Körperverletzung anerkannt, obwohl es für sich allein nicht mit körperlichen Schmerzen verbunden ist. Neuerdings wird Schmerzensgeld für eine fehlerhafte Behandlung der Haare durch einen Friseur anerkannt, obwohl hier in erster Linie seelische Unbill (Schmerzen) im Vordergrund steht.[50]

Erfolgt die Haarverletzung rechtswidrig und schuldhaft, stellt sie grds. einen Schaden dar, der durch Zahlung von Schmerzensgeld auszugleichen ist.[51] Sie ist nur ausnahmsweise auch eine Gesundheitsverletzung, wenn psychische Schäden auftreten, die der ärztlichen Behandlung bedürfen.

So hat das OLG Köln mit Urt. v. 07.01.2000 (nicht mehr abgedruckt), MDR 2000, 768 = NJWRR 2000, 1344 (in der 6. Aufl. E 597) ausdrücklich festgestellt, dass sich der Schmerzensgeldanspruch aus § 823 Abs. 1 und 2 BGB i. V. m. § 223 StGB ergibt. Dabei

50 Danzl/Gutiérrez-Lobos/Müller, S. 155.

51 A. A. Slizyk, S. 135.

kommt es nicht darauf an, ob der Verletzte unter der Beschädigung des Haupthaares seelisch besonders leidet, sodass dadurch (zusätzlich) eine Verletzung der Gesundheit gegeben ist. Eine fehlerhafte Behandlung der Haare ist rechtswidrig, weil sie ohne Einwilligung des Kunden erfolgt.

Das AG Hamburg[52] hat zwar eine Verletzung der körperlichen Unversehrtheit darin gesehen, wenn der Friseur weisungswidrig das Haar um 2 cm zu kurz abschneidet, hat einen Schmerzensgeldanspruch aber mit der Begründung verneint, dies sei bei schulterlangem Haar unschädlich.

Zurückhaltend sind die Gerichte allerdings bei der Zuerkennung eines Schmerzensgeldanspruchs bei Fehlbehandlung bei einer Dauerwelle. Aber selbst in einem Fall, in dem die Klägerin durch Verletzung der Kopfhaut auf Dauer entstellt ist, hat das AG Erkelenz (durch Urt. v. 05.01.1994 – 6 C 509/93, VersR 1995, 797 = E 585 in der 5. Aufl. 2010) ein viel zu niedriges Schmerzensgeld zuerkannt.

Zum Stichwort Haare gibt es nur wenige Entscheidungen, sodass auch ältere Entscheidungen in der Tabelle verbleiben; das darin zuerkannte Schmerzensgeld muss heute deutlich höher ausfallen.

E 641 **AG München, Urt. v. 12.07.2006 – 132 C 36019/05, unveröffentlicht**

0,00 € (Vorstellung: 500,00 €)

Brandwunden nach Haarentfernung an den Beinen – Bagatellen

Die Klägerin wollte sich von der Beklagten die Beinhaare dauerhaft entfernen lassen. Sie unterzog sich fünf Behandlungen mit einem Fotosilkgerät. Sie behauptet, nach der 2., insb. jedoch nach der 5. Behandlung hätten sich an ihren Beinen schmerzhafte Brandwunden gebildet, die sich später zu weißen bzw. hellen Flecken und noch später zu Narben auf der Haut zurückgebildet hätten. Aufgrund der Brandwunden habe sich die Klägerin nach der 2. Behandlung im Sommer 2003 über einen Zeitraum von 3 – 4 Monaten gescheut, Kleider oder Röcke zu tragen und zum Baden zu gehen. Die Klägerin ist der Ansicht, dass dafür ein Schmerzensgeld i. H. v. 500,00 € angemessen sei.

Das Gericht sah es als bewiesen an, dass die Klägerin nach der 2. Behandlung für die Dauer von jedenfalls 3 Wochen durch Brandwunden und einige Tage auch durch Schmerzen physisch beeinträchtigt war und dass sie sich zudem wegen des unschönen Eindrucks, den ihre Beine machten, genierte. Dennoch hat es die Körperverletzung als Bagatelle gewertet, weil die Klägerin sich nach der 2. Behandlung noch 3 weiteren Behandlungen unterzogen habe.

E 642 **AG München; Urt. v. 16.04.2012 – 173 C 15875/11, unveröffentlicht**

0,00 €

Zu kurz geschnittenes Haar

Die Klägerin bat die Frisörin, das Deckhaar nur um einen halben Zentimeter zu kürzen, da sie über dünnes und sehr feines Haar verfüge. Sie beobachtete den Schneidevorgang und erhob keine Einwendungen. Zwei Tage später erschien sie wieder und beschwerte sich, die Haare seien zu kurz geschnitten worden. Sie verlangte von der Frisörin Schmerzensgeld.

Das Amtsgericht hat die Klage abgewiesen, weil durch die Haarbehandlung keine dauerhaften Schäden am Haar oder an der Kopfhaut verursacht worden seien. Die bloße Missachtung des Kundenwunsches rechtfertige kein Schmerzensgeld, auch dann nicht, wenn sie mit

52 AG Hamburg, Urt. v. 17.02.1993 – 18 C 294/92, unveröffentlicht.

Verärgerung oder Enttäuschung verbunden sei. Dies gelte umso mehr, als die Klägerin während des Schneidevorganges keine Einwände erhoben habe.

LG Berlin, Urt. v. 12.08.2002 – 23 O 593/01, VersR 2004, 1326 E 643

250,00 € (Vorstellung: 2.500,00 €)

Kürzung langer Haare wegen fehlerhafter Haarbehandlung

Das lange Haar der Klägerin, Assistentin der Leitung einer Fernsehsendung, wurde durch Färben und mehrere Nachbesserungsversuche so erheblich geschädigt, dass es auf Kinnlänge abgeschnitten werden musste. Nach Ansicht der Klägerin soll das Schmerzensgeld ihr einen Ausgleich dafür gewähren, dass die ihr dadurch aufgezwungene Haarlänge nicht zu ihrem Typ passt und zu Nachteilen im beruflichen Fortkommen führt.

Das LG hat die Beeinträchtigungen der Klägerin als geringfügig angesehen, zumal das Haar nachwachsen wird. Den Anspruch der Klägerin, auf Ersatz der Kosten für eine vorübergehende Haarverlängerung hat es als Schikane bezeichnet. Die Entscheidung des OLG Köln (s. o. Hinweis vor E 641, in der 6. Aufl. E 597) hat es als nicht vergleichbar bezeichnet.

LG Mönchengladbach, Urt. v. 09.10.2009 – 5 S 59/09, NJW-RR 2010, 325 – 326 E 644

300,00 €

Rechtswidrige und misslungene Haarfärbung

Ein Friseur färbte bei einer Kundin blonde Strähnchen, worin die Kundin nicht wirksam eingewilligt hatte, weil sie über bestehende Risiken nicht aufklärt worden war. Infolge der Haarfärbung war das äußere Erscheinungsbild durch die misslungene Frisur infolge abgebrochener Haare beeinträchtigt. I. R. d. sozialen Kontakte trat ein allgemeines Unwohlsein auf, das ein Schmerzensgeld i. H. v. 300,00 € rechtfertigen soll. Ferner wurde berücksichtigt, dass Haare nachwachsen, sodass kein Dauerschaden entstanden ist, und dass die Kundin lediglich rein optische Beeinträchtigungen und keine körperlichen Schmerzen erlitten hat.

OLG Köln, Beschl. v. 25.10.2010 – 19 U 75/10, unveröffentlicht E 645

300,00 €

Kopfhautreizungen nach einer Haarbehandlung

Das Erscheinungsbild der Klägerin, die einen Kurzhaarschnitt trug, war nach einer Haarbehandlung optisch beeinträchtigt. Zudem erlitt sie Kopfhautreizungen, die mit Schmerzen verbunden waren. Sie suchte keinen Arzt auf und trat 2 Tage nach dem Geschehen einen Urlaub an.

LG Berlin, Urt. v. 12.08.2002 – 23 O 539/01, VersR 2004, 1326 E 646

500,00 €

Missratener Haarschnitt

Die Haare der Klägerin mussten aufgrund einer fehlerhaften Haarbehandlung gegen ihren Willen bis auf Kinnlänge abgeschnitten werden und wiesen nicht die gewünschte Haarfarbe auf. Das Gericht hat die Beeinträchtigung durch einen missratenen Haarschnitt als geringfügig angesehen.

Die Haarbehandlung wurde als rechtswidrig angesehen, weil die Klägerin nicht über die Risiken einer Blondierwäsche bei Nachbesserung einer misslungenen Haarfärbung aufgeklärt wurde.

Die Klage auf Ersatz einer alle 5 – 6 Monate durchzuführenden teuren Haarverlängerung zum Ausgleich für den zu kurzen Haarschnitt wurde als unverhältnismäßig abgewiesen.

E 647 AG Dortmund, Urt. v. 25.03.2009 – 421 C 12030/08, SchAZtg 2009, 228 ff. = NJOZ 2010, 157

<u>1.000,00 €</u> (Vorstellung: 800,00 €)

Ausreißen eines Haarbüchels

Die 74 Jahre alte Klägerin macht gegen den 88 Jahre alten Beklagten, einen Wohnungsnachbarn, Schadensersatzansprüche aufgrund einer Schlägerei geltend, bei der der Beklagte ihr ein Haarbüschel ausriss und bei der sie zahlreiche Hämatome erlitt. Als Folge litt sie unter Kopfschmerzen. Eine runde kahle Stelle verblieb am Hinterkopf.

Unter Berücksichtigung der Genugtuungs- sowie der Ausgleichsfunktion des Schmerzensgeldes wurde dieses auf 1.000,00 € festgesetzt. Dabei stand die Ausgleichsfunktion, soweit es die Hämatome und Kopfschmerzen betrifft, nicht im Vordergrund. Ins Gewicht fiel die Ausgleichsfunktion allerdings, weil die Klägerin eine runde kahle Stelle an ihrem Hinterkopf hat. Dabei handelt es sich um einen körperlichen Dauerschaden, der sich zulasten des Beklagten ausgewirkt hat. Bei der Bemessung des Schmerzensgeldes wurde auch berücksichtigt, dass beide Parteien nur über Renteneinkünfte verfügen.

E 648 AG Erkelenz, Urt. v. 07.05.2009 – 8 C 351/08, unveröffentlicht

<u>1.000,00 €</u> (Vorstellung: 2.000,00 €)

Misslungene Haarfärbung

Nach der Behandlung der Haare der Klägerin beim Friseur brachen die Haare am Hinterkopf ab, waren verfilzt und fielen aus. Allein das bedeutet, dass die Behandlung nicht fachgerecht durchgeführt worden ist. Ein Zeuge hat ausgesagt, die Klägerin habe nach Rückkehr vom Friseur die Haare geföhnt und gekämmt und es seien sodann große Büschel Haare ausgefallen. Die Haare seien verfilzt und am Hinterkopf ganz kurz und abgebrochen gewesen.

E 649 AG Charlottenburg, Urt. v. 03.04.2012 – 216 C 270/11, unveröffentlicht

<u>1.000,00 €</u> (Vorstellung: 3.000,00 €)

Haarschädigung nach Haarglättung

Die Klägerin ließ ihr 45 cm langes Haar im Friseursalon der Beklagten glätten. Das Haar wurde infolge zu langer Einwirkungszeit des angewendeten Mittels erheblich beschädigt und musste auf 15 cm gekürzt werden. Das Haar war über einen längeren Zeitraum stark strohig, struppelig und geknickt und ließ sich auf normalem Wege nicht mehr glätten.

E 650 LG Arnsberg, Urt. v. 26.10.2010 – 3 S 111/10, unveröffentlicht

<u>3.000,00 €</u>

Misslungene Blondierung

Infolge der falschen Anwendung eines Blondierungsmittels erlitt die Klägerin bei einem Frisörbesuch eine schwerwiegende und schmerzhafte Verletzung der Kopfhaut, verbunden mit einem dreiwöchigen nicht einfachen Heilungsprozess. Die 10 cm langen Haare mussten auf 6 mm gekürzt werden und die Klägerin musste über mehr als ein halbes Jahr eine Perücke tragen. Bei der Bemessung des Schmerzensgeldes wurde berücksichtigt, dass die Klägerin beim Kontakt mit anderen Personen, sei es beruflich oder privat, über ein halbes Jahr lang erhebliche psychische Beeinträchtigungen hinnehmen musste.

OLG Bremen, Urt. v. 11.07.2011 – 3 U 69/10, MDR 2011, 1232 = NJW-RR 2012, 92 E 651

4.000.00 € (Vorstellung in der ersten Instanz: 5.000,00 €; Vorstellung in der Berufungsinstanz: 3.500,00 €)

Verlust des Haupthaares und Hautverätzungen nach Friseurbehandlung

Die Klägerin begab sich in einen Friseursalon, um sich die Haare entkrausen zu lassen. In Folge der fehlerhaften Behandlung durch den Friseur erlitt sie Hautverätzungen und einen kompletten Verlust des Haupthaares.

Die Klägerin litt über einen nicht unerheblichen Zeitraum an Schmerzen durch die akute Verletzung. Wenn diese auch im Folgenden abgeklungen sind, so war sie doch über Monate gezwungen, wegen der Notwendigkeit, die Haare ganz entfernen zu lassen, eine Perücke zu tragen. Auch ein kompletter Haarverlust kann nicht ohne weiteres durch das Tragen einer Perücke ausgeglichen werden. Das Erfordernis, eine Perücke zu tragen, stellt eine erhebliche psychische Belastung dar.

Weil die Beklagte nicht nur zunächst die Zahlung komplett verweigerte, sondern im Verlauf der ersten Instanz der Klägerin zudem unzutreffend unterstellt hatte, die Folgen einer selbst vorgenommenen, unfachmännischen Haarglättung der Beklagten anlasten zu wollen, deren Salon sie tatsächlich gar nicht aufgesucht habe, sei als zusätzliche Kränkung der Klägerin Schmerzensgeld erhöhend zu berücksichtigen.

LG Rostock, Urt. v. 28.05.2008 – 4 O 3/08, unveröffentlicht E 652

5.000,00 € (Vorstellung: 6.000,00 €)

Skalpierung der Kopfschwarte

Die Klägerin kam bei einem Spaziergang durch eine unnötige Stolperfalle auf einem neu angelegten Gehweg zu Fall und zog sich eine Skalpierung der Kopfschwarte zu, die äußerst schmerzhaft war. Die Klägerin litt noch einige Wochen an der durch die Kopfverletzung verursachten Entstellung. Seit dem Unfall leidet sie an anhaltenden abendlichen Kopfschmerzen und klagt über eine Gangunsicherheit beim Treppensteigen. Noch lange Zeit nach dem Unfall hatte sie schockbedingt Angst, ohne Begleitung aus dem Haus zu gehen; sie litt unter Schwindel sowie lokalen Parästhesien der Kopfhaut und dem Gefühl, als ob sich die Schädeldecke abhebt. Schmerzensgeld erhöhend wurde das unverständliche Regulierungsverhalten des kommunalen Schadensausgleichs berücksichtigt.

LG Coburg Urt. v. 22.01.2010 – 21 O 205/09, unveröffentlicht E 653

5.000,00 € (Vorstellung: 20.000,00 €)

Fehlerhafte Blondierung der Haare

Die Klägerin ließ sich in einem Friseursalon die Haare blondieren. Dabei trug eine Mitarbeiterin des Friseursalons das Blondierungsmittel versehentlich auf die Kopfhaut der Klägerin auf. Dadurch wurde die Haut verätzt und verursachte auf dem Hinterkopf der Klägerin eine etwa 5 x 5 cm große kahle Stelle, an der keine Haare mehr wachsen.

Das Gericht nahm zugunsten der Klägerin an, dass sie starke Schmerzen erlitten hatte und vielfach einen Hautarzt aufsuchen musste. Auch sei die Klägerin nicht verpflichtet, sich einer Haarimplantation zu unterziehen, da diese mit Risiken verbunden sei, die die Klägerin nicht eingehen müsse. Die kahle Stelle ist ein Dauerschaden. Das Gericht stellte nach Betrachtung der Kopfhaut der Klägerin fest, dass die kahle Stelle nur dann zu erkennen ist, wenn man mit den Händen die Haare anhebt. Die Klägerin sei daher nicht entstellt. Eine Minderung der Heiratschancen erachtete das Gericht als äußerst fernliegend.

E 654 **OLG Saarbrücken, Urt. v. 02.03.2005 – 1 U 156/04, NJW-RR 2005, 973**

8.000,00 € (Mitverschulden: 1/2; Vorstellung: mindestens 10.000,00 €)

Verlust von Haaren mit einem Stück Kopfhaut – Narben

Die Klägerin besuchte eine Kart-Bahn. Während der Fahrt mit einem Kart wickelten sich die langen Haare der Klägerin, die ihr bis zum unteren Rückenbereich reichten, auf der Hinterachse des Karts auf und rissen der Klägerin ein ca. 12 – 15 cm großes Stück Kopfhaut ab.

Bei der Bemessung des Schmerzensgeldes wurden die erlittenen Schmerzen, die Dauer des Heilungsprozesses, die erhebliche Entstellung und die andauernden Beschwerden der Klägerin berücksichtigt.

Den Beklagten fällt eine Verletzung der Verkehrssicherungspflicht zur Last, die Klägerin trifft ein hälftiges Mitverschulden, weil sie die langen Haare nicht unter dem Helm getragen hat.

E 655 **OLG Koblenz, Urt. vom 22.07.2013 – 12 U 71/13, unveröffentlicht**

18.000,00 € (Vorstellung: 18.000,00 €)

Verlust von Körpergewebe und Haaren in mehreren Bereichen

Die 16 Jahre alte Klägerin ließ ihre Haare im Friseursalon der Beklagten blond färben. Am folgenden Tag schwoll das Gesicht der Klägerin an und in mehreren Bereichen der Kopfhaut starb Gewebe ab mit der Folge des Verlustes sämtlicher dort vorhandenen Haare. In einem Universitätsklinikum wurde eine toxische Kontaktdermatitis diagnostiziert.

Für die Bemessung des Schmerzensgeldes waren die Dauer der Schmerzen, die Dauer der Krankenhausaufenthalte, der sehr wahrscheinlich irreversible Haarverlust und die erhebliche seelische Belastung der Klägerin durch die Entstellung. Die sichtbare Schädigung der Kopfhaut ist entstellend und nicht durch die vorhandenen Haare zu verdecken. Um die Entstellung Arzt uverbergen, muss die Klägerin stets eine Kopfbedeckung tragen. Die Klägerin leidet weiter unter Missempfindungen der Kopfhaut. Durch die Krankenhausaufenthalte hat sich die Schulzeit um 1 Jahr verlängert.

Hals

► **Hinweis:**

Aufgrund der besonderen Probleme bei der Behandlung sog. → HWS-Schleudertraumata sind diese unter einem gesonderten Punkt (EE 1464 ff.,EE 1486 ff.) behandelt.

E 656 **OLG Koblenz, Urt. v. 07.04.2011 – 5 U 1190/10, VersR 2012, 238 = MDR 2011, 1288**

500,00 € (Vorstellung: 12.000,00 €)

Blutverlust bei Mandeloperation

Der 18 Jahre alte Kläger unterzog sich einer Mandeloperation, bei welcher sich die Verbindung zwischen Schlauch und Kanüle des Lokalanästhetikums löste. Es kam bei vollem Bewusstsein des Klägers zu einem für ihn scheinbar von den Ärzten nicht beherrschbaren Blutverlust. Das Schmerzensgeld wurde für die psychische Belastung des Klägers, der die Dinge hilflos mitverfolgen musste, ohne sie richtig einordnen zu können, zuerkannt.

OLG Frankfurt am Main, Urt. v. 18.05.2006 – 16 U 153/05, RRa 2006, 217 E 657

1.000,00 € (Vorstellung: 1.000,00 €)

Schnittwunde am Hals – HWS-Schleudertrauma – Hüft- und Schulterprellung

Der Kläger hatte bei der Beklagten eine Pauschalreise nach Ägypten gebucht. Bei einem Ausflug fuhr der Reisebus mit überhöhter Geschwindigkeit und mit Standlicht auf einen stehenden Lkw auf, wodurch der Kläger verletzt wurde.

Er erlitt eine 4 cm lange Schnittwunde am Hals, eine Prellung des rechten Schultergelenks sowie der rechten Hüfte und ein HWS-Schleudertrauma; er war eine Woche arbeitsunfähig.

OLG Jena, Urt. v. 01.03.2006 – 4 U 719/04, MDR 2007, 1289 = NZV 2007, 573 E 658

2.500,00 € (Vorstellung: 2.500,00 €)

Schmerzen im Halsbereich – Schulterschmerzen – Kopfschmerzen

Der Kläger stürzte auf dem Parkplatz der Beklagten wegen einer dort hohl liegenden Gehwegplatte. Diese zerbrach, weswegen er in den darunter befindlichen Hohlraum trat. Er erlitt durch den Sturz erhebliche und lang anhaltende Kopfschmerzen und Schmerzen im Hals- und Schulterbereich.

OLG Naumburg, Urt. v. 25.04.2007 – 6 U 191/06, VersR 2008, 1505 E 659

3.500,00 € (1/2 Mitverschulden)

Verbrennungen 1. und 2. Grades an Hals und Bauch

Die 39 Jahre alte Klägerin, eine Zahnärztin, war im Hotel des Beklagten zu Gast. Als sie in der Sauna war, fand sie dort einen leeren Holzeimer, der – wie sie richtig erkannte – der Zubereitung von Aufgüssen diente. Darauf hin entnahm sie im Saunavorraum einem offenen Holzregal eine mit Aufgusskonzentrat gefüllte Plastikflasche, die mit Warn- und Benutzungshinweisen versehen war, und goss den Inhalt (hinweiswidrig) unverdünnt auf den erhitzten Saunaofen. Die ätherischen Öle verpufften, was eine Stichflamme hervorrief. Sie erlitt Verbrennungen 1. und 2. Grades und hatte in den Wochen nach dem Unfall erhebliche Schmerzen. Hauttransplantationen waren nicht erforderlich, aber sie darf nicht mehr Sonnenbaden. An Bauch und Hals sind deutlich sichtbare Brandnarben zurückgeblieben, aufgrund derer sie geschlossene Kleidung trägt.

Das Gericht bejahte eine Verkehrssicherungspflicht des Hoteliers, den Saunabetrieb so zu organisieren, dass Saunaaufguss nur von eingewiesenen Mitarbeitern hergestellt und das entsprechende Konzentrat unerreichbar aufbewahrt wird.

LG Oldenburg, Urt. v. 20.02.2006 – 4 O 3620/04, unveröffentlicht E 660

4.000,00 € (Vorstellung: 5.000,00 €)

Halshämatome – Schürfwunden – psychische Folgen

Der 12 Jahre alte Kläger wurde von zwei Mitschülern, den Beklagten, ca. 2 Monate lang täglich jeweils in den großen Pausen misshandelt, wobei er zunächst heftig geschlagen und sodann am Hals gewürgt worden sei. Er bekam regelmäßig keine Luft mehr und fürchtete, dass er sterben könne. Anschließend fand ein sog. »Freischlagen« statt, wobei die Beklagten ihn jeweils an einem Arm festgehalten hatten und sodann die umherstehenden Mitschüler aufforderten, den Kläger zu schlagen, was regelmäßig von bis zu zehn Mitschülern wahrgenommen wurde. Der Kläger erlitt Hämatome an allen Extremitäten und Schürfwunden an den Unterarmen (Griffspuren). Er war mehrfach, teilweise über 2 Wochen, in stationärer

Behandlung und Untersuchung. Es kam zu einer reaktiven depressiven Verstimmung und einer Angsterkrankung sowie einer Harnentleerungsstörung, die eine 2-jährige psychologische Behandlung erforderlich machte. Bei der Bemessung stellte das Gericht auf die Verletzungen, aber auch auf die finanzielle Situation der Beklagten ab.

E 661 **OLG Nürnberg, Urt. v. 14.03.2005 – 8 U 3212/04, unveröffentlicht**

5.000,00 € (Vorstellung: 15.000,00 € (in erster Instanz), 6.500,00 € (in zweiter Instanz))

Verbrennungen an Hals, Schulter und Oberarm – Narben

Die 13 Jahre alte Klägerin und der 10 3/4 Jahre alte Beklagte zündelten mit Feuerwerkskörpern. Der Beklagte warf eine sog. »Biene« nach dem Anzünden weg. Diese fiel in die Kapuze des Mantels der Klägerin, wodurch diese Verbrennungen am Hals und der linken Schulter sowie am linken Oberarm erlitt. Hierdurch entstanden bei der Klägerin irreversible Narben an Oberarm und Schulter. Die Behandlung der Verletzungsfolgen bei der Klägerin dauert an – zum Zeitpunkt der Berufungsentscheidung war die Klägerin 17 Jahre alt – und muss auch noch längere Zeit fortgeführt werden.

Der Senat stellte bei der Bemessung darauf ab, dass künftig eine plastische Operation nicht ausgeschlossen werden könne und es sich bei der Klägerin um eine inzwischen junge Frau handelte, die psychisch durch die von ihr als »Entstellung« empfundenen Narben belastet werde.

E 662 **OLG Oldenburg, Urt. v. 25.06.2008 – 5 U 10/08, VersR 2008, 1496 = NJW-RR 2009, 1106 = MedR 2010, 111**

7.500,00 € (Vorstellung: 15.000,00 €)

Arterienverletzung bei »Einrenken« des Halses – Durchblutungsstörungen

Die 24 Jahre alte Klägerin begab sich wegen Kopfschmerzen und Beschwerden im Halswirbelbereich in die chiropraktische Praxis des Beklagten, der eine Blockierung des Halswirbels diagnostizierte und eine einmalige chiropraktische Manipulation vornahm, ohne über das damit verbundene Risiko einer Arterienverletzung hinzuweisen. Bei dem Einrenken kam es zu einer Verletzung (Dissektion) der arteria vertebralis mit der Folge von Durchblutungsstörungen einzelner Hirnareale. Die Klägerin litt unmittelbar nach der Behandlung an starken Kopfschmerzen, eine Woche später traten Sehstörungen (Doppelbilder, Verschwommensehen), stärkste Kopfschmerzen, Übelkeit und Taubheitsgefühle auf. Sie wurde notfallmäßig stationär aufgenommen, wo sie vorübergehend auf der Schlaganfallstation überwacht und nach 18 Tagen wieder entlassen wurde. 6 Monate musste sie eine Marcumarisierung durchführen, nach einer MRT-Kontrolle ist eine weitere Kontrolle durch einen Neurologen und evtl. eine Umstellung von Marcumar auf ASS erforderlich. Wegen des vollständigen Verschlusses der Arterie ist die regelmäßige und wahrscheinlich dauerhafte Einnahme blutverdünnender Medikamente nötig. Gegen das Urteil des LG, welches auf 7.500,00 € Schmerzensgeld erkannte, hatte nur der Beklagte Berufung eingelegt.

E 663 **KG, Urt. v. 13.11.2003 – 20 U 111/02, KGR 2004, 261**

8.000,00 € (Vorstellung: 7.500,00 €)

Hals-Densfraktur – Pseudarthrose

Der Kläger suchte nach einem Reitunfall – Sturz vom Pferd auf den Kopf – die beklagten Ärzte auf. Diese versäumten es, die Verletzung, eine Densfraktur, auf den Röntgenbildern zu diagnostizieren, obwohl der Kläger unter fortdauernden Beschwerden litt. Es unterblieb die gebotene Ruhigstellung, sodass sich eine Pseudarthrose entwickelte. Der Kläger leidet unter deutlichen Bewegungseinschränkungen der HWS und der Kopfgelenke, dadurch bedingt auch an Schlafstörungen, ständigen Kopfschmerzen, Schmerzen bei schnellem Laufen und ruckartigen Bewegungen sowie beim Auto- und Fahrradfahren, Sporttreiben und schwerem Tragen.

Bei der Bemessung berücksichtigte das Gericht die seit dem 7 Jahre zurückliegenden Unfall anhaltenden Bewegungseinschränkungen und Schmerzen. Berücksichtigung fand dabei auch, dass der Kläger wegen der Beschwerden seinen Beruf als Polizist in der Reiterstaffel nicht mehr ausüben konnte und nunmehr im Innendienst arbeiten musste. Sportliche Aktivitäten sind nur noch eingeschränkt möglich. Ständige ärztliche Behandlungen und Massagen und die Einnahme von Schmerzmitteln sind nötig. Mindernd wurde berücksichtigt, dass der Kläger, nachdem die Densfraktur 2 Jahre nach dem Unfall erkannt wurde, die vorgeschlagenen Therapiemöglichkeiten hinsichtlich einer operativen Stabilisierung der Pseudarthrose nicht wahrgenommen hat.

OLG Köln, Urt. v. 09.10.2007 – 15 U 105/07, VersR 2008, 364 E 664

10.000,00 € (Vorstellung: 10.000,00 €)

Kehlkopfbandabriss – Schluckbeschwerden

Bei einem Verkehrsunfall erlitt der 33 Jahre alte Kläger neben einer HWS-Verletzung einen Larynx-Bandabriss mit bleibender Dehnung oder jedenfalls eine Verletzung der am Kehlkopf ansetzenden Muskulatur. Hieraus resultieren lebenslange Schluckbeschwerden. Zudem ist von außen sichtbar, wie der Kehlkopf bei jedem Schlucken nach links gezogen wird und verzögert wieder absinkt. Bei bestimmten Kopfstellungen, insb. bei extremer Drehung, berührt der Kehlkopf die HWS, was sich gut fühlen und sogar für nahe am Kläger stehende Personen hören lässt. Das führt auch zu Schmerzen und Atembeschwerden. Der Kläger ist bei Sportarten mit ruckartigen Bewegungen, etwa Volleyball, eingeschränkt, da unangenehme Berührungen zwischen Kehlkopf und HWS drohen; das Gleiche passiert bei bestimmten Schlafpositionen, was dazu führt, dass der Kläger aufwacht oder nicht schlafen kann. Eine Therapie ist nicht möglich, allenfalls die Schluckstörungen können durch eine logopädische Schlucktherapie gebessert werden.

OLG Köln, Urt. v. 30.03.2009 – 16 U 71/08, RRa 2009, 133 E 665

10.000,00 € (Vorstellung: 15.000,00 €)

Halswirbelkörperfraktur – Bänderabriss

Der 14 Jahre alte Kläger machte einen bei der Beklagten gebuchten Urlaub. Im Hallenschwimmbad machte er einen Kopfsprung in das nur 1,40 m tiefe Wasser; hierbei zog er sich eine Halswirbelkörperfraktur C5/C6 und einen Bänderabriss C4/C5 zu. Das Gericht bejahte eine Haftung aus Reisevertrag, da das Aufstellen von Sprungstartblöcken – wie im Schwimmbad geschehen – impliziere, dass diese genutzt werden könnten. Ein 3 m entfernter Verbotsaufkleber ändere nichts an der Haftung.

Der Kläger war erst 4 Tage im örtlichen Krankenhaus und wurde dann für weitere 4 Tage in ein anderes Krankenhaus verlegt. Da man den Bänderabriss nicht erkannte, wurde eine Operation nicht durchgeführt und der Kläger mit einer verstärkten Schanzschen Krawatte entlassen. Nach anhaltenden Beschwerden wurde der Kläger 2 Monate später in zwei Operationsgängen operiert; er musste noch 2 Tage nach der Entlassung eine weiche Zervikalstütze tragen und wurde 5 Monate lang ärztlich und physiotherapeutisch versorgt. Die Teilnahme am Sportunterricht war nicht möglich, ein geplanter Tanzkurs musste ausfallen. Bei der Bemessung wurde berücksichtigt, dass die Unfallfolgen bis auf ein »Spannungsgefühl« nach längerer Immobilität des Halses abgeklungen sind, andererseits aber besonders belastend für den jungen Kläger war, dass während der Behandlungsphase die dringende Gefahr einer

Querschnittslähmung bestand, weswegen der Kläger unter erheblichen Ängsten vor einem Leben im Rollstuhl gelitten hatte.

E 666 **LG Bonn, Urt. v. 30.07.2004 – 1 O 119/03, NJW-RR 2005, 534**

25.000,00 € (1/4 Mitverschulden; Vorstellung: 25.000,00 €)

Halswirbelsäulenfraktur – Rückenmarkskontusion – Querschnittssymptomatik

Der 19 Jahre alte Kläger sprang – entsprechend alkoholisiert – bei einer »Beachparty« in einer Diskothek in ein mit Wasser gefülltes Kunststoffbassin. Beschilderungen oder Hinweise zur Wassertiefe wies dieses nicht auf. Hierbei erlitt er eine instabile Fraktur der HWS mit einer Rückenmarkskontusion i. H. d. 6. Halswirbelknochens. Diese Verletzung führte zunächst zu einer vollständigen Querschnittslähmung ab Brusthöhe nach unten. Der Kläger wurde intensivmedizinisch behandelt, zur Stabilisierung des Halswirbels wurde ein Stück aus der Hüfte transplantiert. Ein 4 Monate langes Rehabilitationstraining, insb. mit intensivem Blasen- und Mastdarmtraining, schloss sich an; danach war der Kläger noch weitere 10 Monate krankgeschrieben. Er leidet immer noch an den Folgen der Verletzungen; es bestehen Einschränkungen der Beinmotorik und Empfindungsstörungen sowie eine Neigung zu auffälligen Spasmen nach längerem Sitzen. Darm- und Blasenbereich sind weiterhin unkontrollierbar, es besteht permanente Einkotungsgefahr. Eine Dauer-MdE von 70 % verbleibt.

E 667 **OLG Bremen, Urt. v. 29.04.2003 – 3 U 74/02, OLGR 2004, 59**

75.000,00 €

Hals- und Gesichtsverbrennungen – Narben

Der 9 Jahre alte Kläger wurde bei einem Starkstromschlag schwer verletzt. Auf einem unbebauten Grundstück ragte ein vom beklagten Bauunternehmen unzureichend abgesichertes ca. 1 m langes und 7 cm breites 1-kV-Niederspannungskabel nach oben aus dem Boden, wobei das Kabelende vorschriftswidrig nicht mit einer sog. Schrumpfkappe gesichert, sondern lediglich mit Isolierband umwickelt war. Beim Herumspielen an dem Kabelende mit einer Storchenschnabelzange erlitt der Kläger einen starken Stromschlag, durch den sein gesamter Körper zu brennen begann.

Er erlitt Verbrennungen 2. und 3. Grades an 42 % der Hautoberfläche, v. a. im Oberkörper- und Halsbereich. Ein langer stationärer Aufenthalt war erforderlich, während dessen es zu zahlreichen Hauttransplantationen kam. Es verblieben stark sichtbare Verbrennungsnarben und Hautveränderungen auch im Gesicht und am Hals. Das Kind wird sein ganzes Leben lang an Entstellungen und Beeinträchtigungen in der Berufswahl und seiner sonstigen Lebensführung zu leiden haben. Es besteht die Gefahr von Komplikationen bei späteren Verletzungen im verbrannten Bereich.

Hand (Hand – Handgelenk – Finger)

▶ **Hinweis:**

Die Verletzung der Extremitäten (Arm, Hand, Finger – aber auch Bein und Fuß) kann als typische Komplikation einen Morbus Sudeck zur Folge haben, dessen Ursache letztlich nicht eindeutig geklärt ist.[53] Der Erkrankung geht durchweg eine grobe Gewalteinwirkung und ein hierdurch hervorgerufenes akutes, schmerzhaftes Ödem voraus. Allerdings können auch Bagatellverletzungen, wie bspw. Prellungen oder Verstauchungen eine Sudeck'sche

53 LG Mainz, Urt. v. 22.01.1998 – 1 O 547/96, VersR 1999, 863.

Dystrophie verursachen. Das bloße Abstützen mit der Hand bei einem Verkehrsunfall reicht nicht aus, wenn sich unmittelbar nach dem Unfall keinerlei Beschwerden zeigen. Tritt erst nach 2 Wochen ein Kribbeln in der Hand auf, kann eine Primärverletzung nicht festgestellt werden, die als Ursache für den Morbus Sudeck anzusehen sein könnte.[54] Der Verletzte muss den Vollbeweis dafür führen, dass eine Primärverletzung vorliegt, auf der die weiteren Beschwerden beruhen können. Beweiserleichterungen kommen ihm hierbei weder im Arzthaftungsrecht noch beim groben Behandlungsfehler zugute.

Als **mögliche Ursache** des Morbus Sudeck werden Rezeptorenstörungen der vegetativen Nerven an den Extremitäten diskutiert. Eine solche Heilentgleisung kann bei jeder Form der Verletzung auftreten und verläuft typischerweise in verschiedenen Stadien. Bei nicht adäquater Therapie kann es zur vollständigen Funktionseinschränkung mit bindegewebiger Verhärtung der Extremitäten kommen. **Arzthaftungsansprüche** lassen sich i. d. R. aus einem Morbus Sudeck dennoch nicht herleiten,[55] weil der Heilungsverlauf nicht beherrschbar ist.

1. Hand

OLG Hamm, Urt. v. 04.11.2003 – 9 U 118/03, NJW-RR 2004, 386 E 668

400,00 € (Mitverschulden: 1/2; Vorstellung: höheres Schmerzensgeld)

Mittelhandknochenfraktur

Der Kläger stürzte auf der vereisten Bodenwelle eines unzureichend gestreuten Parkplatzes. Hierbei erlitt er eine Fraktur des Mittelhandknochens. Diese verheilte ohne Komplikationen; auch ein stationärer Aufenthalt war nicht erforderlich. Der Senat hielt daher ein Grundschmerzensgeld von 800,00 € für ausreichend und berücksichtigte das hälftige Mitverschulden entsprechend.

LG Frankfurt, Urt. v. 25.06.2013 – 16 S 251/12, unveröffentlicht E 669

600,00 € (Vorstellung: mindestens 500,00 €)

Einriss des Diskus im Handgelenk – Prellungen/Quetschungen mehrerer Handwurzelknochen

Der Kläger erlitt bei einer Rangelei einen Einriss des Diskus im Handgelenk, Prellungen/Quetschungen mehrerer Handwurzelknochen und eine Gesichtsprellung. Das Handgelenk wurde durch eine Orthese für 4-6 Wochen ruhig gestellt. Der Kläger war mehrere Wochen arbeitsunfähig.

OLG Koblenz, Urt. v. 06.10.2005 – 5 U 1330/04, VersR 2006, 704 = NJW-RR 2006, 393 E 670

1.000,00 € (Vorstellung: 2.500,00 €)

Verletzung der Hand durch Glassplitter – Behandlungsverzögerung 6 Wochen

Der Kläger zog sich eine Schnittwunde an der Handkante zu, als er auf eine Glasscherbe fiel. Der Beklagte ließ keine Röntgenaufnahme fertigen, sodass ein in der Hand eingeschlossener Glassplitter nicht erkannt wurde. Erst nach 6 Wochen, als sich eine eitrige Wunde gebildet

54 OLG Celle, Urt. v. 19.12.2002 – 14 U 259/01, OLGR 2004, 330; bestätigt durch BGH, Urt. v. 04.11.2003 – VI ZR 28/03, NJW 2004, 777.

55 OLG Oldenburg, Urt. v. 11.08.1998 – 5 U 23/98, OLGR 1998, 320.

hatte, wurde der Glassplitter entfernt. Der Kläger konnte nicht beweisen, dass der Kausalverlauf bei früherem Erkennen des Splitters günstiger gewesen, und dass ihm die zusätzliche Operation bei korrektem ärztlichen Vorgehen erspart geblieben wäre. Das Gericht ging von einem einfachen Behandlungsfehler, einem Diagnoseirrtum, aus.

Der Leitsatz dazu: »Ergibt eine sensorische und motorische Prüfung der Hand nach einer Glassplitterverletzung keine Auffälligkeit, kann ein vorwerfbarer Diagnoseirrtum des Unfallchirurgen nicht darin gesehen werden, dass er eine in dieser Form ungewöhnliche Durchtrennung des Nervus ulnaris nicht erkennt«.

Der Behandlungsfehler lag darin, dass der Unfallchirurg die gebotene Röntgenaufnahme unterlassen hat.

E 671 **OLG Hamm, Urt. v. 13.01.2006 – 9 U 143/05, VersR 2007, 518 = NJW-RR 2006, 1100**

1.000,00 € (Vorstellung: 2.500,00 €)

Fraktur der Hand

Die beklagte Stadt hatte auf dem Marktplatz eine umlaufende Stufenablage errichtet, die farblich dunkler gehalten war, als die Plattierung des Markplatzes und mit orangefarbenen passiven Leuchtpünktchen in der Größe einer Euromünze bestückt war. Die Stufenanlage ist in einem Bereich fast ebenerdig und steigt von dort stetig an. An der höchsten Stelle besteht sie aus drei Treppenstufen. An einem Markttag stolperte die Klägerin in einem Bereich, in welchem die Stufe eine 3 cm hohe Kante bildet, und brach sich dabei die rechte Hand.

Das Gericht hielt die Stufen für unzureichend abgesichert, da an Markttagen die Aufmerksamkeit durch die Vielzahl eng stehender Stände abgelenkt sei und der farbliche Absatz und das gestalterische »Große und Ganze« optisch verloren gingen. Ein Mitverschulden der Klägerin wurde verneint.

E 672 **OLG Düsseldorf, Urt. v. 12.03.2007 – I-1 U 192/06, unveröffentlicht**

1.000,00 € (Mitverschulden: $^1/_2$)

Distorsion der Handgelenke – Gehirnerschütterung

Der Kläger erlitt durch einen Unfall eine Gehirnerschütterung, eine Schwellung am rechten Fuß und eine Distorsion beider Handgelenke.

E 673 **LG Köln, Urt. v. 02.10.2006 – 30 O 293/04, unveröffentlicht**

1.500,00 € (Mitverschulden: $^1/_4$; Vorstellung: 5.000,00 €)

Mittelhandknochenspiralfraktur – Mittelhandknochenschrägfraktur – Radiusfraktur – Knieprellung – HWS-Schleudertrauma – Zahnabsplitterung

Der 16 Jahre alte Kläger erlitt als Motorradfahrer einen Unfall, bei dem er u. a. Frakturen von Hand und Unterarm erlitt. Beide Hände und Unterarme wurden eingegipst. Er konnte 2 Wochen die Schule nicht besuchen und 9 Wochen nicht schreiben. Eine Hand blieb für längere Zeit bei Beanspruchungen empfindlich. Der Heilungsverlauf war weitgehend unproblematisch. In der Freizeit – insb. über Weihnachten und Silvester – war der Kläger erheblich eingeschränkt. Die emotionale Belastung des Klägers, sich bei Hygienemaßnahmen jeder Art helfen lassen zu müssen, rechtfertigt ein höheres Schmerzensgeld.

LG Bochum, Urt. v. 21.06.2011 – I-9 S 61/11, unveröffentlicht E 674

1.500,00 €

Fingerfraktur – Oberschenkelprellung – Stauchung und Zerrung der Brustwirbelsäule – HWS-Distorion

Der Kläger erlitt bei einem Verkehrsunfall eine Fraktur des Kleinfingergrundgliedes mit knöchernen Absprengungen und Fissur im Schaftbereich, eine HWS-Distorsion, eine Oberschenkelprellung sowie eine Stauchung und Zerrung der Brustwirbelsäule. Er war sechs Wochen arbeitsunfähig; die Fraktur wurde mit Gipsschiene ruhig gestellt. Drei Monate war eine ambulante Behandlung nötig.

OLG Celle, Urt. v. 03.12.2003 – 9 U 109/03, NJW 2004, 1049 = r+s 2004, 303 E 675

2.000,00 € (Mitverschulden: 3/5; Vorstellung: 6.500,00 €)

Radiusfraktur – Prellungen – posttraumatische Arthrose der Hand

Der Kläger nahm an einem Altakademikertreffen in der Gaststätte des Beklagten teil und war am Ende der Abendveranstaltung vom Podium gestürzt. Hierbei verletzte er sich an der im unzureichenden Abstand zu der Podiumsfläche aufgestellten Stuhlreihe. Er erlitt eine distale Radiusfraktur der Hand mit weiteren Komplikationen, Prellungen von Knie und Schädel sowie eine Außenmeniskusverletzung. Es kam zu einer posttraumatischen Arthrose des rechten Handgelenks.

AG München, Urt. v. 07.09.2011 – 111 C 31658/08, ZMR 2012, 880 = RRa 2012, 258 E 676

2.000,00 €

Schnittverletzungen an Hand, Finger und im Gesicht

Die Klägerin, die als Orthopädin auf funktionsfähige Finger angewiesen ist, erlitt Schnittverletzungen im Gesicht, an der Hand und am Finger, als in einem Hotel beim Öffnen der Glastür der Dusche diese explosionsartig barst. Am Finger blieb eine rosinengroße Verhärtung zurück, die operativ entfernt werden musste, so dass eine Narbe verblieb.

AG Soest, Urt. v. 14.09.2011 – 13 C 202/11, zfs 2012, 141 E 677

2.000,00 € (Vorstellung: mindestens 2.000,00 €)

Seitenbandruptur des Daumens

Die Klägerin erlitt bei einem Verkehrsunfall neben einer Thorax- und Beckenprellung eine ulnare Seitenbandruptur des Daumens. Diese musste operiert werden, was zu einem zweitägigen Krankenhausaufenthalt führte. Anschließend trug die Klägerin 16 Tage – in der Zeit über Weihnachten und Sylvester – einen Gipsverband. Zwei Monate Krankengymnastik schlossen sich an. Es verblieben eine 3 cm lange Narbe und Schmerzen bei bestimmten Bewegungen. Bei der Bemessung wurde auch auf die Schmerzen aufgrund der Prellungen abgestellt, wobei die Thoraxprellung »nahezu bei jedem Atemzug« geschmerzt habe.

OLG Koblenz, Urt. v. 14.03.2011 – 12 U 1529/09, unveröffentlicht E 678

3.000,00 €

Kahnbeinfraktur

Der Kläger wurde als Motorradfahrer bei einem Verkehrsunfall verletzt. Er erlitt eine Skaphoidfraktur (Kahnbeinfraktur, Mittelhandfraktur), einen Bruch der 10. Rippe und eine Hüftgelenksprellung. Die Mittelhandfraktur wurde operativ mittels einer Schraubenosteosynthese versorgt und für 6 Wochen mit einem Gipsverband ruhiggestellt. Der Kläger war während dieser Zeit arbeitsunfähig und musste sich anschließend wegen einer Einschränkung der Handbeweglichkeit in physiotherapeutische Behandlung begeben.

E 679 **LG Köln, Urt. v. 24.06.2010 – 29 O 290/09, SP 2011, 16**

4.000,00 €

Mittelhandfraktur – commotio ceribri – HWS- Distorsion – Prellungen

Der Kläger zog sich als Fahrradfahrer bei einem Verkehrsunfall eine Commotio cerebri, eine HWS-Distorsion und eine Wintersteinfraktur (Mittelhandfraktur) und erhebliche Schwellungen und Prellungen über dem Nasenbein und dem Jochbein beiderseits zu. Die Mittelhandfraktur wurde ambulant operiert. Das Osteosynthesematerial wurde später entfernt.

E 680 **AG Detmold, Urt. v. 07.09.2011 – 6 C 437/09, unveröffentlicht**

4.000,00 € (Vorstellung: 6.000,00 €)

Operation eines schnellenden Fingers an der falschen Hand

Bei schnellendem Finger rechts wurde eine Ringbandspaltung links vorgenommen. Dadurch wurde eine Wiederholungsoperation erforderlich. Der Haftpflichtversicherer der Klinik zahlte vorprozessual ein Schmerzensgeld in Höhe von 1.500,00 € und später weitere 1.000,00 €.

E 681 **OLG Saarbrücken, Urt. v. 07.01.2003 – 3 U 26/02, ZfS 2003, 118**

5.000,00 € (Mitverschulden: $^{1}/_{3}$)

Mittelhandfrakturen – Rippenfrakturen – Bauchtrauma – Nierenquetschung

Der Kläger erlitt durch den Unfall eine Serienfraktur der 9. und 10. Rippe, multiple Schürfungen und Prellungen, insb. im Bereich der linken Schulter und der linken Hand, dislozierte Mittelhandfrakturen des 4. und 5. Mittelhandknochens links sowie ein stumpfes Bauchtrauma mit Nierenkontusion. Er war 11 Tage in stationärer Behandlung. Die Verletzung an der Hand erforderte eine Operation, bei der zwei Metallplatten in die linke Hand eingesetzt wurden. Anschließend befand sich der Kläger in ambulanter ärztlicher sowie krankengymnastischer Behandlung. Er war rund 2 Monate arbeitsunfähig.

Als Unfallfolge ist der Faustschluss der linken Hand eingeschränkt, mit Schwierigkeiten und erheblichen Schmerzen beim Greifen und, da der Kläger Linkshänder ist, auch beim Schreiben verbunden. Der Kläger leidet ferner an Schmerzen am linken Schultergelenk und im Brustbereich, ist bei seiner Arbeit und bei sportlichen Aktivitäten in der Freizeit beeinträchtigt. Zum Entfernen der Metallplatten im Mittelhandbereich war eine erneute Operation erforderlich.

E 682 **BGH, Urt. v. 12.01.2012 – 4 StR 290/11, NstZ 2012, 439**

5.000,00 €

Schnittverletzungen am Mittelfinger und am Handballen

Die Klägerin wehrte sich bei einem Raubüberfall, indem sie versuchte, ein Messer, das der Täter ihr an den Hals drückte, wegzuschieben. Dabei zog sie sich Schnittverletzungen am Mittelfinger und am Handballen zu.

Der Täter verpflichtete sich im Strafverfahren freiwillig, an die Klägerin 5.000,00 € zuzüglich Zinsen zu zahlen.

OLG Koblenz, Urt. v. 03.07.2003 – 5 U 27/03, NZV 2004, 33 = VersR 2004, 1011 = ZfS 2003, 444 E 683

5.250,00 € (Mitverschulden: 3/10; Vorstellung: 7.500,00 €)

Fraktur des Handkahnbeines und des Griffelfortsatzes der Speiche

Der Kläger, ein Chirurg, stürzte beim Joggen über den Hund des Beklagten und zog sich eine Fraktur des Handkahnbeines und des Griffelfortsatzes der Speiche zu.

OLG Saarbrücken, Urt. v. 07.06.2011 – 4 U 451/10, NJW 2011, 3169 = SP 2011, 430 E 684

6.000,00 € (Mitverschulden: 1/5; Vorstellung 10.000,00 €)

Frakturen von Mittelhandknochen – Ruptur der Patellasehne – Knochenmarksödem, Prellungen

Der 27 Jahre alte Kläger erlitt bei einem Verkehrsunfall Frakturen des 4. und 5. Mittelhandknochens, eine Ruptur der Patellasehne, ein Knochenmarksödem, eine HWS-Distorsion und mehrere Prellungen. Er musste sich einer Operation an der Hand und zahlreichen physiotherapeutischen Behandlungen unterziehen und war rd. 2 Monate arbeitsunfähig.

Der Kläger hat ein Teilschmerzensgeld bis zum Schluss der mündlichen Verhandlung begehrt. Der Senat hat bei der Bemessung des Schmerzensgeldes daher nur die bereits eingetretenen arthrotischen Belastungen, nicht dagegen eine mögliche, aber nicht sicher eintretende weitere Arthrose berücksichtigt.

OLG Hamm, Urt. v. 07.11.2012 – I – 30 U 80/11, NJW-RR 2013, 349 E 685

6.500,00 € (Vorstellung: 10.000,00 bis 15.000,00 €:)

Schnittverletzung an der Handfläche, an den Oberschenkeln und im Bauch – Prellungen

Der Beklagte betreibt ein Hotel, in dem der Kläger mit einem Bekannten übernachten wollte. Als er gegen 4:00 Uhr stark alkoholisiert zum Hotel zurück kam, klopfte er laut an die Tür, die von einem Mitarbeiter des Hotels geöffnet wurde. Der Mitarbeiter erkannte nicht, dass es sich bei dem Kläger und seinem Begleiter um Hotelgäste handelte. Es kam zu einer Auseinandersetzung, bei der der Mitarbeiter des Hotels den Kläger mit einem Messer erheblich und den Begleiter des Klägers mit dem Messer tödlich verletzte. Der Mitarbeiter des Hotelbetreibers wurde zu einer Freiheitsstrafe von fünf Jahren verurteilt.

Der Kläger erlitt eine Schnittverletzung an der linken Handfläche zwischen Daumen und Zeigefinger und Stichverletzungen an den Oberschenkeln, die genäht werden mussten. Ferner erlitt er eine Schnittverletzung im Unterbauch und diverse Prellungen, Hautunterblutungen und Kratzer in allen Bereichen des Körpers. Der Kläger wurde eine Woche stationär behandelt. Der Heilungsverlauf dauerte vier Monate. Infolge der lebensbedrohlichen Situation litt der Kläger unter psychischen Problemen und musste sich in psychotherapeutische Behandlung begeben. Er leidet auch sieben Jahre nach der Tat gelegentlich noch an Narbenschmerzen. Sein Studium musste er für ein Semester unterbrechen und konnte das Studium erst entsprechend später abschließen.

OLG München, Urt. v. 08.08.2012 – 20 U 1121/12, unveröffentlicht E 686

7.500,00 € (Mitverschulden: ¼; Vorstellung: 20.000,00 €)

Bisswunden durch einen Eber an Arm, Hand und Mittelfinger

Der Kläger, ein Tierpfleger, wurde durch den Angriff eines Wildschweinebers verletzt, als er versuchte, diesen auf dem Gehege des Beklagten einzufangen. Er wurde mehrfach gebissen und erlitt erhebliche Verletzungen am Arm, der Hand, am Mittelfinger, am Gesäß, am Oberschenkel und an einer Mamilla. Folge der Verletzungen war eine Schädigung des nervus radialis, die zu einer massiv eingeschränkten Beweglichkeit des Handgelenks und der Finger führte.

E 687 **LG Erfurt, Urt. v. 24.06.2005 – 8 O 2633/01, unveröffentlicht**

20.000,00 € (Vorstellung: 30.000,00 €)

Strahlenschäden an beiden Händen – Krebsangst

Die Klägerin unterzog sich einer Strahlentherapiebehandlung beider Hände. Dabei kam es zu einer strahlenbedingten Schädigung der Haut an beiden Händen einschließlich der Finger, die sich später zu einem sekundär chronischen Strahlenschaden der Haut, einem sog. Röntgenödem, entwickelt hat. Dadurch ist die Klägerin in der Gebrauchsfähigkeit der Hände mehrfach behindert durch eine 3-fach wirkende Beeinträchtigung, nämlich eine mechanische, eine physikalische und eine chemische Einwirkung. Es besteht eine ständige Mehrbelastung des Hautgewebes, die schützende Hornschicht ist nicht mehr vorhanden, die Verletzungsgefahr ist deshalb sehr hoch. Ein enger Radienschluss der Hand ist nicht möglich. Die Klägerin ist auch psychisch belastet, weil sie mit der Angst vor einem hohen Krebsrisiko lebt.

E 688 **OLG Brandenburg, Urt. v. 29.03.2007 – 12 U 128/06, SP 2008, 47**

20.000,00 € (LG-Urteil: 4.500,00 €)

Oshamatum-Fraktur – Ringfingergrundgliedmehrfragmentfraktur mit Gelenkbeteiligung – offene Weichteilverletzung im Kniegelenk – Patellafraktur – Talushalsfraktur – Thoraxprellung mit Lungenkontusion beidseitig

Der Kläger wurde bei einem Verkehrsunfall erheblich verletzt. Er erlitt eine Thoraxprellung mit einer Lungenkontusion beidseitig, eine Oshamatum (Handwurzelknochen)-Fraktur links, eine Ringfingergrundgliedmehrfragmentfraktur mit Gelenkbeteiligung, eine offene Weichteilverletzung und Fremdkörpereinsprengung rechts im rechten Kniegelenk mit Öffnung des Kniegelenks, eine Patellafraktur rechts, einen Riss im Kniegelenkknorpel rechts, eine Talushalsfraktur (Ferse, Sprungbein) mit Trümmerzone im Bereich der Fraktur und Gelenkeinstrahlung rechts sowie eine gering dislozierte Fraktur des Malleolus medialis links. Der Kläger wurde wiederholt stationär behandelt.

Zu berücksichtigen sind Behinderungen des Klägers beim Laufen und Gehen und die Funktionsbeeinträchtigungen des rechten Arms und des rechten Beines. I. R. d. Genugtuungsfunktion des Schmerzensgeldes ist der nicht unerhebliche Verkehrsverstoß des Beklagten zu berücksichtigen.

E 689 **OLG Celle, Urt. v. 14.04.2010 – 14 U 38/09, DAR 2011, 136**

25.000,00 € (Vorstellung: 50.000,00 €)

Kahnbeinfraktur – Schädelhirntrauma – HWS-Distorsion

Der Kläger erlitt bei einem Verkehrsunfall eine HWS-Distorsion 1. Grades ohne strukturelle Verletzungen, die für rund 3 Monate eine Schmerzsymptomatik auslöste, und eine Fraktur des Kahnbeins an der Hand, weshalb der Kläger zunächst einen Gips tragen und nach 2 Monaten operiert werden musste (Einsatz einer Schraube in die Hand). Die Hand des Klägers kann fortdauernd bei bestimmten Bewegungen schmerzen, wesentliche Funktionseinschränkungen liegen aber nicht vor. Darüber hinaus erlitt er ein Schädelhirntrauma i. S. e. diffus axonalen Schädigung (Scherverletzung der Nervenbahnen im Gehirn), sowie multiple Mikroblutungen des Gehirns im Stirnlappen. Der Kläger leidet deshalb an einer rechtsseitigen, noch nicht vollständig kompensierten Störung des Gleichgewichtsorgans (vestibuläre Schädigung), einer leichtgradigen Sprechstörung (Dysarthrophonie) sowie einem leichten organischen Psychosyndrom mit mentaler Minderbelastbarkeit, Aufmerksamkeitsstörungen, mittelgradigen Beeinträchtigungen der Gedächtnisfunktion sowie leichtgradigen depressiven Verstimmungen. Auch Schwindelgefühle sind auf das Unfallereignis zurückzuführen als Begleiterscheinung des Schädelhirntraumas. Es wird voraussichtlich eine Minderung der Erwerbsfähigkeit von 30 % als Dauerfolge verbleiben. Eine Wiedereingliederung des Klägers in seine frühere Tätigkeit als Landschaftsgärtner ist unwahrscheinlich.

OLG Düsseldorf, Urt. v. 11.10.2011 – I – 1 U 236/10, unveröffentlicht E 690

30.000,00 € (Vorstellung: angemessenes Schmerzensgeld und Schmerzensgeldrente)

Frakturen an Arm, Hand und Fuß

Der Kläger erlitt als Fahrer eines Leichtkraftrades bei einem Verkehrsunfall zahlreiche Knochenbrüche an den linken Körperextremitäten, unter anderem eine zweitgradige Trümmerfraktur des Unterarms, Frakturen der Mittelhandknochen 4 und 5, eine Basisfraktur des Mittelhandknochens 5, eine Y-Fraktur der Grundgliedbasis des 5. Fingers, eine Verrenkung im Endgelenk des 5. Fingers mit einer Freilegung der Beugesehne. Der linke Fuß wies Grundgliedfrakturen im Bereich der Glieder D 3 und D 2, eine Grundphalanxfraktur des Gliedes 4 sowie eine Grundgliedtrümmerfraktur der Großzehe auf. Das Sprunggelenk war durch eine bimalleoläre Sprunggelenkfraktur geschädigt. Daneben zog sich der Kläger eine Kopfplatzwunde und diverse Prellungen und Schürfungen zu

Der Kläger war länger als 7 Wochen in stationärer Behandlung und musste sich 4 Operationen unterziehen.

Für die Bemessung des Schmerzensgeldes war neben den 4 Operationen von Bedeutung, dass die Funktion des Handgelenks und der gesamten Hand deutlich herabgesetzt ist. Die Finger der linken Hand sind in Feinmotorik und Beweglichkeit eingeschränkt; zwei Finger weisen Streckdefizite zwischen 20° und 25° auf; die Köpfe des vierten und fünften Mittelhandknochens sind deutlich abgesunken, so dass ein Faustschluss nicht möglich ist. Alle Greifformationen der linken Hand sind nicht kräftig durchführbar. Bei eingeschränkter Handgelenksbeweglichkeit erweist sich das Gelenk beim Durchbewegen als schmerzhaft.

Auch die Funktionsfähigkeit des linken Fußes ist eingeschränkt. Es zeigt sich ein hinkendes Gangbild bei einer erheblichen Verkürzung der dritten Zehe und einer Überstreckung der zweiten und dritten Zehe. Wegen einer Dislokation des Grundgliedes der dritten Zehe erweist sich die Fußsohle als druckempfindlich und schmerzhaft. Eine Bewegungseinschränkung des linken oberen Sprunggelenkes für die Fußhebung und -senkung (0°/0°/30°) erklärt ein unharmonisches Abrollen des Fußes. Schließlich sind im Unterschenkel Metallabstützungen verblieben.

2. Handgelenk

OLG Karlsruhe, Urt. v. 30.04.2010 – 4 U 131/09, NZV 2010, 472 = SP 2010, 367 E 691

1.000,00 €

Verletzung des Handgelenks

Bei einem Verkehrsunfall verletzte sich der Kläger am Handgelenk.

E 692 **AG Hanau, Urt. v. 30.09.2005 – 37 C 584/05, SP 2006, 7**

1.250,00 €

Handgelenksfraktur

Ein älterer Mann erlitt bei einem Verkehrsunfall eine Handgelenksfraktur sowie Prellungen. Er musste über mehrere Wochen einen Gipsverband tragen, wobei der Heilungsprozess wegen seines fortgeschrittenen Alters langsamer als bei einer jüngeren Person verlief. Ferner litt er unter Schmerzen und Bewegungseinschränkungen.

E 693 **AG Köln, Urt. v. 05.07.2005 – 135 C 497/03, unveröffentlicht**

1.500,00 € (Vorstellung: 2.000,00 €)

Verstauchung des Handgelenks – Rippenfraktur

Die Klägerin stürzte am Ankunftstag abends in der Hausbar des gebuchten Hotels über eine nicht erkennbare Treppenstufe. Sie erlitt eine Fraktur von zwei Rippen, eine Oberschenkelzerrung und verstauchte die rechte Hand. Infolge der Verletzungen konnte sie sich nur mühsam bewegen. Die Schmerzen dauerten 6 Wochen an, mit abnehmender Tendenz.

E 694 **AG Düsseldorf, Urt. v. 02.06.2006 – 20 C 3552/05, SP 2006, 427 (LS)**

1.500,00 € (Mitverschulden: 1/4; Vorstellung: 2.500,00 €)

Fraktur der Wachstumsfuge

Der 16 Jahre alte Kläger wurde mit seinem Leichtkraftrad in einen Unfall verwickelt. Bei einem Sturz zog er sich eine Ablösung des gelenknahen langen Röhrenknochens im rechten Handgelenk zu. Die Fraktur musste operativ behandelt werden. Infolge der Schmerzen konnte der Kläger nachts nicht durchschlafen. Ein Dauerschaden besteht nicht.

E 695 **LG Karlsruhe, Urt. v. 01.08.2008 – 3 O 381/07, unveröffentlicht**

2.500,00 € (Vorstellung: 2.500,00 €)

Handgelenksfraktur

Der Kläger erlitt als Motorradfahrer bei einem Unfall eine OS Naviculare-Fraktur des linken Handgelenks sowie eine Distorsion des rechten Handgelenks und musste für einige Wochen einen Gips tragen.

E 696 **AG Charlottenburg, Urt. v. 31.10.2012 – 215 C 116/10, unveröffentlicht**

2.625,00 € (Mitverschulden: 1/4 Vorstellung: 3.000,00 €)

Handgelenkfraktur – Prellungen

Die Klägerin kam bei Glatteis auf einer Treppe zu der von der Beklagten betriebenen U-Bahn zu Fall und zog sich Verletzungen am Handgelenk, an der Mittelhand, am Ellenbogen und großflächige Prellungen zu. Sie musste rd. 7 Wochen eine Gipsschiene tragen und war rd. 4 Monate arbeitsunfähig. Als Dauerschaden verblieb eine leichte Bewegungs- und Kraftentwicklungseinschränkung am Handgelenk.

LG Traunstein, Urt. v. 01.06.2006 – 8 O 4303/05, unveröffentlicht E 697

3.000,00 € (Vorstellung: 4.000,00 €)

Handgelenksverletzung – Fehlstellung von zwei Handwurzelknochen

Der Kläger, ein Polizeibeamter, wurde bei einem Einsatz durch eine zumindest bedingt vorsätzlich begangene Tätlichkeit des Beklagten am Handgelenk verletzt. Es kam zu einer Fehlstellung von zwei Handwurzelknochen, die eine eingeschränkte Beugefähigkeit im Handgelenk und eine Verminderung der groben Kraft zur Folge hatte. Der Kläger war 8 Wochen dienstunfähig. Eine Einschränkung der Funktionstauglichkeit der Hand für die normalen Alltagstätigkeiten besteht nicht.

LG Kaiserslautern, Urt. v. 31.10.2005 – 3 O 1/01, unveröffentlicht E 698

3.500,00 € (Vorstellung: 7.500,00 €)

Schnittwunden an Unterarm, Daumen, Hand, Hals und Oberschenkel

Der Kläger wollte ein Flachdach betreten. Er geriet dabei gegen eine Festverglasung, die zerbrach. Durch die herabfallenden Glasscheibenstücke wurde der Kläger verletzt. Er erlitt eine Schnittwunde an der rechten Wange und eine 4 cm lange Schnittwunde am Hals. Des Weiteren zog er sich eine 3 cm lange Schnittwunde am rechten Oberschenkel zu. Darüber hinaus erlitt er eine etwa 10 cm lange Schnittverletzung am Daumen und am Handballen der linken Hand sowie eine 4 cm lange Schnittwunde am rechten Unterarm. Der Kläger war 6 Wochen arbeitsunfähig.

Als Dauerschäden verblieben deutlich sichtbare Narben an der Wange und die Narbenbildung an der Hand.

BGH, Urt. v. 28.03.2006 – VI ZR 46/05, VersR 2006, 710 = NJW 2006, 1589 = MDR 2006, 1123 E 699

4.000,00 €

Sehnen des Handgelenks teilweise durchtrennt – Nerven der Hand durchtrennt

Der Kläger erlitt Schnittverletzungen an der linken Hand, die er sich beim Reinigen der Kleisterwanne einer Tapetenkleistermaschine zuzog. Die Beklagte importierte diese Maschinen aus China und vertrieb sie in Deutschland. Infolge der Verletzung war der Kläger 3 Wochen arbeitsunfähig, weil die Sehnen des linken Handgelenks ebenso teilweise durchtrennt wurden wie Nerven der Hand. An der Daumenwurzel verblieben eine sichtbare Narbe sowie Gefühlsminderungen.

LG Leipzig, Urt. v. 16.09.2010 – 8 S 573/09, NZV 2011, 41 E 700

4.000,00 €

Handgelenkfraktur

Der Kläger zog sich bei einem Unfall eine Handgelenkfraktur zu, deren Behandlung im Gipsverband beschwerdefrei und nach 3 Wochen abgeschlossen war. Eine Funktionsstörung des Handgelenks mit Bewegungseinschränkungen blieb zurück.

E 701 **OLG Koblenz, Urt. v. 06.12.2004 – 12 U 1491/03, OLGR 2005, 528**

5.000,00 € (Vorstellung: 11.000,00 €)

Handgelenksfraktur – Oberarmfraktur

Der Kläger stürzte bei Dunkelheit auf einem Fußweg vom Fußballplatz zum Parkplatz eine Kelleraußentreppe hinab. Dabei zog er sich eine Fraktur des Oberarms (Humerusschaftfraktur) und des Handgelenks (distale Radiusfraktur) zu. Er wurde 13 Tage stationär behandelt und war 5 1/2 Monate arbeitsunfähig. Die Frakturen sind weitgehend verheilt. Der Heilungsverlauf war im Wesentlichen komplikationslos. Verbleibende Bewegungsbeeinträchtigungen beruhen möglicherweise darauf, dass der Kläger sich nach ärztlicher Aufklärung für eine konservative Behandlung entschieden und die mehrfach angeratene operative Versorgung zunächst abgelehnt hatte. Erst nach Auftreten eines Karpaltunnelsyndroms wurde der Kläger operiert. Das Verschulden der Beklagten wurde als nicht erheblich angesehen.

E 702 **LG Köln, Urt. v. 05.03.2008 – 25 O 479/04, unveröffentlicht**

6.000,00 € (Vorstellung: 5.000,00 €)

Schmerzen nach Karpaltunnelsyndrom-Operation

Bei dem 70 Jahre alten Kläger wurde ein Karpaltunnelsyndrom fehlerhaft operiert, sodass die vor der Operation geklagten Schmerzen alsbald wieder auftraten. Bei fehlerfreier Behandlung wären dem Kläger 7 Wochen postoperative Schmerzen sowie ein 2. stationärer Krankenhausaufenthalt mit neurologischer Untersuchung, Diagnostik und Schmerztherapie ebenso erspart geblieben wie die Revisionsoperation. Bei einem regelhaften Normalverlauf wäre der Kläger nach 6 Wochen weitgehend beschwerdefrei gewesen.

Bei der Bemessung wurde auch berücksichtigt, dass der im Zeitpunkt der Entscheidung 77 Jahre alte Kläger in der Gestaltung seines täglichen Lebens nur in sehr geringem Umfang eingeschränkt ist und dem Dauerschaden daher keine hervorgehobene Bedeutung zukomme.

E 703 **LG Wiesbaden, Urt. v. 03.05.2007 – 3 O 116/04, SP 2008, 216**

7.000,00 € (Vorstellung: 15.000,00 €)

Handgelenksfraktur – Nasenbeinfraktur

Die Klägerin erlitt bei einem Verkehrsunfall eine offene Nasenbeinfraktur und eine distale Radiusfraktur (vollständige Durchtrennung des Handgelenks) sowie erhebliche Prellungen, Schnittwunden und eine Gehirnerschütterung. Sie befand sich 6 Tage in stationärer Behandlung. Die Handgelenksfraktur wurde mit Draht fixiert, der später operativ entfernt wurde. Sie war lange Zeit in ihrer Arbeitsfähigkeit beeinträchtigt.

E 704 **OLG Karlsruhe, Urt. v. 03.04.2009 – 14 U 140/07, unveröffentlicht**

7.000,00 € (Vorstellung: 10.000,00 €)

Schnittverletzung im Handgelenk

Der Kläger rutschte in einer Gastwirtschaft auf einer Flüssigkeitslache aus, stürzte und zog sich eine tiefe Schnittwunde im rechten Handgelenk mit einer arteriell spritzenden Blutung zu. Dabei wurde eine Durchtrennung des nervus medianus diagnostiziert. Die Sensibilität blieb im Gebiet des mit einer Nervennaht operativ versorgten Nervs bei gleichzeitigen Parästhesien deutlich herabgesetzt.

OLG Karlsruhe, Urt. v. 14.11.2007 – 7 U 101/06, MedR 2008, 368; vom BGH bestätigt durch Urt. v. 09.12.2008 – VI ZR 277/07, VersR 2009, 401 = GesR 2008, 45 = MDR 2009, 259 E 705

10.000,00 € (Vorstellung: 10.000,00 €)

Handgelenksfraktur

Der Kläger erlitt einen Arbeitsunfall, bei dem er sich eine Fraktur des Handgelenks zuzog. Der beklagte Facharzt für Chirurgie diagnostizierte jedoch lediglich eine Zerrung des Handgelenks mit der Folge, dass eine Reposition der Fraktur unterblieb. Durch den Behandlungsfehler verheilte die Fraktur in einer Fehlstellung und es blieb eine Funktionsbeeinträchtigung zurück. Der Kläger leidet ständig unter Schmerzen und wurde berufsunfähig. Die MdE des Klägers beträgt 30 %.

KG, Urt. v. 07.03.2005 – 20 U 398/01, KGR 2006, 12 E 706

17.500,00 € (Vorstellung: 15.000,00 €)

Kahnbeinfraktur vom Arzt übersehen – Kahnbeinarthrose

Der Kläger zog sich eine Kahnbeinfraktur zu, die der Beklagte nicht erkannte, weil er es unterließ, eine Röntgenaufnahme zu fertigen. Infolge der unterlassenen Befunderhebung kam es zur Behandlungsverzögerung und dadurch zu einer Kahnbeinpseudoarthrose, deren Ausmaß bei ordnungsgemäßem ärztlichen Vorgehen geringer ausgefallen wäre. Die dadurch bedingten Funktionseinschränkungen erschweren die Tätigkeit des Klägers im chirurgischen Bereich, sodass er in der Berufswahl und in der entsprechenden Ausbildung eingeschränkt ist. Bei rechtzeitiger Feststellung der Fraktur wäre eine konservative Behandlung möglich gewesen und die Entnahme eines Beckenkammspans mit dem Verbleib einer 7 cm langen Narbe wäre nicht erforderlich gewesen.

OLG Köln, Urt. v. 25.05.2011 – 5 U 174/08, VersR 2012, 239 E 707

25.000,00 €

Bewegungseinschränkungen des Handgelenks nach fehlerhafter ärztlicher Behandlung

Die (wohl noch junge) Klägerin erlitt bei einem Sportunfall eine komplexe intraartikuläre distale Radiustrümmerfraktur am rechten Handgelenk. Auf Grund einer Nachsinterung der Fraktur wurde eine offene Reposition der Gelenkfläche und eine Spongiosaunterfütterung des zentralen Knochendefektes durchgeführt, ohne dass es zu einer Verbesserung der Beweglichkeit des Handgelenks kam. Die Wahl dieses Operationsverfahrens war fehlerhaft, stattdessen hätte eine Korrektur-Osteotomie des Radius als der mit an Sicherheit grenzender Wahrscheinlichkeit therapeutisch aussichtsreichere Weg eingeschlagen werden müssen.

Für die Bemessung des Schmerzensgeldes waren die Folgeoperationen durch die Beklagten und weitere Folgeoperationen mit stationären und ambulanten Behandlungen über mehrere Jahre und die starken Bewegungseinschränkungen des Handgelenks und die damit verbundenen Schmerzen zu berücksichtigen. Dadurch ist auch künftig die Lebensqualität der Klägerin massiv im Alltagsleben, im Beruf und bei der Freizeitgestaltung beeinträchtigt.

3. Finger

E 708 **LG Frankfurt am Main, Urt. v. 21.05.2008 – 25 C 1090/07, unveröffentlicht**

400,00 € (Mitverschulden: 1/3; Vorstellung: 2.000,00 €)

Schnittverletzung Daumen

Der Kläger nahm in einem Heimwerkermarkt einen Rasenkantenschneider in die Hand, um sich das Gerät näher anzuschauen. Dabei kam er an den Ein-/Ausschalter des Gerätes. Da es sich um ein geladenes Accu-Gerät handelte, ging der Rasenkantenschneider an und der Kläger schnitt sich in die linke Daumenkuppe, wobei eine Wunde von etwa 2 cm Größe entstand. Der Daumennagel wurde nicht geschädigt und die Wunde war vergleichsweise klein. Zur Behandlung wurde ein Verband angelegt. Nach 4 Wochen war die Wunde ohne äußerlich erkennbare Narben vollständig abgeheilt.

E 709 **AG Düren, Urt. v. 06.07.2007 – 45 C 78/06, SP 2007, 209**

1.000,00 € (Vorstellung: 2.200,00 €)

Mittelfingerfraktur

Der Kläger erlitt bei einem Verkehrsunfall eine Mittelfingerfraktur, die folgenlos verheilte.

E 710 **LG Essen, Urt. v. 22.11.2006 – 30 Ns 202/06, unveröffentlicht**

2.000,00 €

Trümmerfraktur des Ringfingers

Der Kläger, ein Polizeibeamter, erlitt bei einer Verfolgung des beklagten Straftäters, zu der er sich herausgefordert fühlen durfte, und bei dessen Festnahme eine Trümmerfraktur des Ringfingers, die operativ behandelt werden musste. Der Kläger kann den Finger nicht strecken, ein vollständiger Faustschluss ist nicht möglich. Den Sport des Mountainbikefahrens kann der Kläger nicht mehr wie früher ausüben.

Das Urteil erging im Adhäsionsverfahren.

E 711 **OLG München, Urt. v. 15.02.2007 – 1 U 5048/06, NJW-RR 2007, 746**

2.000,00 € (Vorstellung: 9.000,00 €)

Quetschung von Hand und Fingern

Der 8 Jahre alte Kläger verletzte sich bei dem Versuch, ein umfallendes schweres Hockeytor aufzufangen und zu sichern. Seine Hand geriet unter das Tor, als dieses auf den Asphalt aufschlug. Dadurch erlitt er eine schwere Quetschung von Mittelfinger und Ringfinger mit dislozierter Fraktur, einer Weichteilverletzung und eine Seitenbandruptur.

E 712 **OLG Koblenz, Urt. v. 31.08.2006 – 5 U 588/06, VersR 2006, 1547 m. Anm. L. Jaeger = NJW-RR 2006, 1612**

3.000,00 € (Vorstellung: 3.000,00 €)

Fraktur und Subluxation des Ringfingers verkannt

Die Klägerin hatte sich bei einem Sturz eine Verletzung am Mittelglied des linken Ringfingers zugezogen. Bei dem Sturz war die palmare Basiskante im Mittelglied des Ringfingers abgesprengt worden und es außerdem zu einer Subluxation des Mittelgliedgelenks gekommen; dieses war nunmehr in einer Weise verrenkt, dass sich die ursprünglich aufeinander stehenden

Gelenkflächen verschoben hatten. Der Beklagte verkannte den Befund, der sich aus einer von ihm erstellten Röntgenaufnahme ergab. Statt eine Operation zur Korrektur der Fehlstellung in den Gelenkflächen zu veranlassen, legte er eine Fingerschiene an, verordnete Ruhigstellung und nachfolgend Krankengymnastik. Später wurde bei einem operativen Eingriff eine Gelenkversteifung vorgenommen. Die damit verbundene Bewegungseinschränkung ist von dauerhaften Schmerzen begleitet.

Das Schmerzensgeld wurde danach bemessen, dass sich die Heilung durch die spätere Fingeroperation um fast 4 Monate verzögerte. Die Gelenkversteifung als Folgeschaden berücksichtigte das OLG nicht, weil es nicht feststellen konnte, dass der Heilungsverlauf bei sofortiger operativer Behandlung günstiger gewesen wäre. Einen groben Behandlungsfehler, bei dessen Vorliegen der Arzt hätte beweisen müssen, dass der Heilungsverlauf auch bei sofortiger Operation nicht günstiger gewesen wäre, hat das OLG (fehlerhaft) verneint.

OLG Hamburg, Urt. v. 25.01.2002 – 1 U 4/01, OLGR 2002, 232 **E 713**

5.000,00 €

Verwechslung von Mittel- und Ringfinger bei Ringbandspaltung

Bei der Klägerin war neben einer Karpaltunneloperation die Ringbandspaltung eines Fingers in Aussicht genommen. Dieser Eingriff wurde nicht, wie zunächst beabsichtigt, am Ringfinger, sondern am Mittelfinger durchgeführt, ohne dass hierfür eine Indikationsstellung dokumentiert ist. Kurze Zeit später erwies sich der nicht operierte Ringfinger als operationsbedürftig, sodass von einer Verwechslung der Finger auszugehen ist.

Der Klägerin ist Ausgleich nicht nur für die mit dem unnötigen Eingriff selbst verbundenen Beschwerden, sondern auch für die infolge dieses Eingriffs entstandenen weiteren entzündlich vernarbenden Reaktionen zu gewähren.

OLG Stuttgart, Urt. v. 09.04.2002 – 1 (14) U 84/01, VersR 2002, 1563 **E 714**

5.000,00 €

Sehnenruptur nach ärztlichem Behandlungsfehler

Die Klägerin, eine Tierärztin, erlitt durch ein Glas eine Schnittverletzung am Grundgelenk des Mittelfingers der linken Hand. Sie suchte die Praxis des Beklagten, eines Facharztes für Chirurgie auf, um die Verletzung versorgen zu lassen. Der Urlaubsvertreter des Beklagten revidierte die Wunde und fand in der Tiefe keine verbliebenen Glassplitter. Die Sehnenscheide fand er unverletzt.

Später stellte der Beklagte eine Schwellung und eine Einschränkung der Beweglichkeit des verletzten Mittelfingers fest. Er überprüfte die oberflächliche wie auch die tiefe Beugesehne und kam zu dem Ergebnis, dass die Funktion beider Sehnen intakt war. Bei der erneuten ärztlichen Untersuchung stellte der Beklagte fest, dass die tiefe Beugesehne gerissen war. Die Gesamtbeweglichkeit der Finger war nicht mehr herzustellen.

Wegen des Informationsvorsprungs des Beklagten als Chirurg ggü. der Klägerin als Tierärztin trifft sie kein Mitverschulden.

E 715 **OLG Celle, Urt. v. 10.06.2004 – 14 U 136/03, OLGR 2004, 609**

6.000,00 € (Mitverschulden: 1/2)

Daumengrundgelenk: offene Luxation mit ulnarer Seitenbandruptur – Rippenserienfraktur – Pneumothorax

Der Kläger erlitt bei einem Verkehrsunfall erhebliche Verletzungen, nämlich eine offene Luxation des Daumengrundgelenks mit ulnarer Seitenbandruptur und eine Rippenserienfraktur mit Hämato- und Pneumothorax.

E 716 **LG Traunstein, Urt. v. 10.11.2009 – 8 O 2958/08, SP 2010, 220**

8.000,00 € (Vorstellung: 15.000,00 €)

Daumengrundgliedfraktur

Der Kläger zog sich als Fahrradfahrer bei einem Verkehrsunfall eine Daumengrundgliedfraktur und eine Ellenbogenprellung zu. Er wurde 10 Tage stationär behandelt. Die Fraktur wurde mit einer Platte versorgt, die nach einem Jahr entfernt wurde. Es bestehen noch Beschwerden in der Hand.

E 717 **OLG Brandenburg, Urt. v. 29.03.2007 – 12 U 128/06, SP 2008, 47**

20.000,00 € (Vorstellung: 35.000,00 €)

Fingerfraktur – Knieverletzung

Der Kläger erlitt bei einem Verkehrsunfall eine Thoraxprellung mit einer Lungenkontusion, eine Oshamatum-Fraktur links, eine Ringfingergrundgliedmehrfragmentfraktur mit Gelenkbeteiligung, eine offene Weichteilverletzung und Fremdkörpereinsprengung im Kniegelenk mit Öffnung des Kniegelenks, eine Patellafraktur rechts, einen Riss im Kniegelenkknorpel rechts, eine Talushalsfraktur mit Trümmerzone im Bereich der Fraktur und Gelenkeinstrahlung rechts sowie eine gering dislozierte Fraktur des Malleolus medialis links.

Diese Verletzungen bedingten wiederholt mehrwöchige Krankenhausbehandlungen, mehrere Operationen und offener Reposition der Bruchverletzungen und in der Folge längerer Arbeitsunfähigkeit und nachhaltiger Beeinträchtigung der Bewegungsfähigkeit der Extremitäten.

E 718 **OLG Köln, Urt. v. 25.05.2011 – 5 U 174/08, VersR 2012, 239**

25.000,00 €

Radiustrümmerfraktur

Der Kläger erlitt bei einem Sportunfall eine komplexe, intraartikuläre distale Radiustrümmerfraktur am Handgelenk.

Die Fraktur wurde fehlerhaft versorgt, der operative Eingriff war mangels ausreichender Aufklärung rechtswidrig. Für die beim Kläger nachfolgend eingetretenen Beschwerden und Beeinträchtigungen sowie die Folgeoperationen war der Eingriff wenigstens mitursächlich.

Bei der Bemessung des Schmerzensgeldes waren die bei den Beklagten durchgeführten Operationen zu berücksichtigen sowie die weiteren andernorts durchgeführten Folgeoperationen, jeweils verbunden mit stationären und zahlreichen ambulanten Behandlungen. Zu berücksichtigen sind weiter die starken Bewegungseinschränkungen des Handgelenks und die damit verbundenen Schmerzen, die sich angesichts der hiermit verbundenen Behandlungsdauer von mehreren Jahren über einen beträchtlichen Zeitraum erstreckten. Die Beschwerden waren und sind geeignet, die Lebensqualität des Klägers massiv zu beeinträchtigen und zu reduzieren. Erschwerend kommt hinzu, dass der Kläger sich im Zeitraum der Behandlung bei den

Beklagten in einer Phase des beruflichen Umbruchs befand, wobei ihn die Beeinträchtigungen im Handgelenk und die zahlreichen ärztlichen Behandlungen behinderten. Die Hand des Klägers ist in der Bewegungsfreiheit eingeschränkt.

Herz

OLG Hamm, Beschl. v. 04.06.2004 – 3 U 16/04, NJW 2005, 295 E 719

0,00 €

Kardiovaskuläre Erkrankung – Lungenschaden

Der Kläger, ein durch übermäßigen Zigarettenkonsum (»Nikotinabusus«) in seiner Gesundheit geschädigter Raucher, verlangte Schmerzensgeld vom Zigarettenhersteller. Das Gericht lehnte die Klage ab; es sei nicht ersichtlich, dass der Zigarettenhersteller durch sein Verhalten (die rechtmäßige Herstellung und den rechtmäßigen Vertrieb seiner Zigaretten) in rechtswidriger Weise eine Erkrankung des aus eigener Entscheidung rauchenden Klägers verursacht hat. Es kämen daher weder Schadensersatzansprüche wegen Körperverletzung aus § 823 Abs. 1 BGB noch solche unter dem Gesichtspunkt der Produzentenhaftung, der Schutzgesetzverletzung oder der sittenwidrigen Schädigung i. S. v. § 826 BGB in Betracht. Selbst wenn man eine Hinweispflicht des Zigarettenherstellers auf den Zusatz suchtfördernder (zulässiger) Stoffe (Acetaldehyd, Ammoniak bzw. Ammoniakderivate) bejahen wollte, sei die Ursächlichkeit eines Verstoßes gegen eine derartige Hinweispflicht für die Gesundheitsbeschädigung nicht nachgewiesen; es könne nicht davon ausgegangen werden, dass der Betroffene durch derartige Warnhinweise vom Rauchen abgehalten worden wäre. Auch Produkt- oder Konstruktionsfehler schieden aus, da die Beifügung gesetzlich zulässiger Stoffe nicht haftungsbegründend sei.

OLG Köln, Urt. v. 07.09.2005 – 27 U 12/04, NJW 2005, 3292 E 720

0,00 € (Vorstellung: 6.000,00 €)

Herzkammerflimmern

Die Klägerin, die unter Bluthochdruck litt, erlitt nach dem Verzehr von Lakritzprodukten der Beklagten einen Zusammenbruch, nach dem sich Herzkammerflimmern einstellte. Sie musste reanimiert werden.

Das Gericht führte aus, bei einer Lakritzmischung, die lediglich Glycyrrhizin-Werte zwischen 0,08 und 0,18 % aufwies, sei ein Warnhinweis auf Gesundheitsschäden nicht erforderlich. Dies sei erst ab 0,2 % geboten.

OLG Koblenz, Urt. v. 24.03.2011 – 5 U 167/09, MedR 2012, 653 = NJOZ 2012, 1083 E 721

500,00 € (Vorstellung: 20.000,00 €)

Schmerzen nach Herzkathederuntersuchung

Der Kläger war aufgrund des Verdachts einer koronaren Erkrankung im Krankenhaus der Beklagten. Bei einer Herzkathederuntersuchung kam es zu einer mehrfachen Perforation der Arteria femoralis superficialis. Dies verursachte Schmerzen, Taubheitsgefühle und eine Gehbehinderung im rechten Bein, ehe – nach erneuter Vorstellung des Patienten, der nach der Entlassung zurückgekehrt war – am Folgetag das thrombotische Material entfernt wurde. Die Ärzte hafteten aufgrund unzureichender Versorgung im Nachgang der Kathederuntersuchung für die Beschwerden und auch Ängste des Patienten aufgrund der Taubheits- und Behinderungsgefühle, die einen halben Tag andauerten. Der Betragsvorstellung lag die Behauptung der Ursächlichkeit weiterer Beschwerden zugrunde.

E 722 **OLG Jena, Urt. v. 18.08.2004 – 2 U 1038/03, OLG-NL 2004, 193**

1.000,00 €

Herzrhythmusänderungen – Anpassungsstörung

Der Kläger, ein Polizeibeamter und Familienvater, wurde wegen Bedrohungen durch einen Straftäter nach Thüringen versetzt. Entgegen seiner Bitte wurde die Telefonnummer nicht geheim gehalten; hierdurch kam es zu Aufregungen beim Kläger, die zu Herzrhythmusänderungen, Konzentrationsschwächen und einer mehrjährigen Anpassungsstörung führten.

E 723 **OLG Frankfurt, Urt. v. 20.05.2008 – 8 U 171/07, unveröffentlicht**

2.000,00 € (Vorstellung: 30.000,00 € (1. Instanz) bzw. 75.000,00 € (2. Instanz))

Verzögerung der Diagnose einer eingeschränkten Pumpfunktion

Die Klägerin suchte 25 Minuten vor dem geplanten Abflug wegen Beschwerden die beklagte Flughafenambulanz auf; dort wurde ein EKG gefertigt. Die Klägerin trat sodann den Flug an und war 10 Tage außer Landes. Die Beklagten hätten indes aufgrund des EKG von der Flugreise abraten und zur Durchführung weiterer ärztlicher Abklärung des Gesundheitszustandes zuraten müssen. Es bestand nämlich – wie die spätere ärztliche Behandlung ergab – eine Einschränkung der linksventrikulären Pumpfunktion. Das Schmerzensgeld wurde nur für die Beschwerden und Beeinträchtigungen zugebilligt, die in dem Zeitraum des Auslandsaufenthalts mit den dortigen Schwierigkeiten medizinischer Versorgung begründet waren, weswegen sich die Klägerin 10 Tage lang nicht in der vertrauten Umgebung des Heimatortes behandeln lassen konnte, sondern die zusätzlichen Strapazen von Reise und Rückreise auf sich nehmen musste.

Der klägerischen Betragsvorstellung lag die – nicht bewiesene – Behauptung zugrunde, es sei zu weiteren Beeinträchtigungen aufgrund der Verzögerung gekommen.

E 724 **OLG Düsseldorf, Urt. v. 10.10.2002 – 8 U 3/02, unveröffentlicht[56]**

2.500,00 € (Vorstellung: 15.000,00 €)

Verspätete Entfernung einer Herzschrittmachersonde

Dem Kläger wurde im Alter von 48 Jahren ein Herzschrittmacher eingesetzt, der 10 Jahre später verlagert und neu fixiert werden musste, nachdem sich ein Dekubitus gebildet hatte. Da ein Staphylokokkenwachstum festgestellt wurde, wurde eine Penizillin-Therapie eingeleitet. Im gleichen Jahr wurde wegen einer Fistelbildung der Schrittmacher rechts entfernt und auf der linken Seite durch einen neuen Schrittmacher einschließlich einer neuen Sonde ersetzt. Die alte Sonde wurde nicht entfernt. 3 Jahre später – der Kläger war inzwischen 61 Jahre alt – kam es durch die Sonde zu einer Reizung der umliegenden Gewebeschichten, weswegen die alte Sonde operativ verkürzt wurde. Da ein massenhafter Befall mit Staphylokokken festgestellt wurde, wurde die Sonde im Folgejahr erneut revidiert und in tiefere Muskelschichten verlegt, wobei wieder der Staphylokokkus Epidermis nachgewiesen wurde.

Weitere 2 Jahre später – der Kläger war nun 63 Jahre alt – bemerkte man eine eitrige Schwellung. Trotz einer weiteren Operation, bei welcher die alte Sonde erneut in tiefere Muskelschichten verlegt wurde, musste diese 2 Jahre später erneut (der Kläger war nun 65 Jahre alt) mittels eines intravaskulären Extraktionsgerätes entfernt werden.

56 OLG Köln, Urt. v. 12.01.2005 – 5 U 96/03, OLGR 2005, 159 (160).Eine ältere, aber wichtige Entscheidung.

Die Bemessung berücksichtigte, dass die Extraktion bereits 3 Jahre früher hätte erfolgen können, und so 2 unnötige Operationen erfolgt waren. Diese waren jedoch »im Rahmen örtlicher Betäubung« möglich und nicht mit »außergewöhnlich starken Schmerzen« verbunden.

OLG Koblenz, Beschl. v. 10.03.2011 – 5 U 1281/10, VersR 2011, 1268 = MedR 2011, 731 E 725

3.000,00 € (Vorstellung: 50.000,00 €)

Einbringen eines neuen Herzrhythmusregulators

Der Geschädigte litt unter Bluthochdruck und weiteren Beschwerden, aufgrund derer ihm ein Herzrhythmusregulator eingesetzt wurde. Infolge einer grob fehlerhaften Magnetresonanztomographie kam es zu einer Beschädigung des Regulators, der ausgetauscht werden musste. Hierfür wurde das Schmerzensgeld zuerkannt; die Vorstellung beruhte auf weiteren Schädigungen, deren Kausalität nicht nachgewiesen wurde.

OLG Bamberg, Urt. v. 04.07.2005 – 4 U 126/03, VersR 2005, 1292 = NJW-RR 2005, 1266 E 726

7.000,00 € (Vorstellung: 30.000,00 €)

Versäumte Diagnose eines drohenden Herzinfarkts

Der Kläger litt seit vielen Jahren an einer koronaren Herzerkrankung. Als er mit einer eindeutigen Beschwerdesymptomatik (enormer Druck in der Brust) bei dem beklagten Arzt vorstellig wurde, versäumte dieser die Diagnose eines unmittelbar bevorstehenden Herzinfarkts (Vorderwandinfarkt), den der Kläger 2 Tage nach dem Arztbesuch erlitt.

Er war 6 Wochen in stationärer Behandlung, während derer diverse Komplikationen auftraten. Seit dem Infarkt lebt er in ständiger Angst, erneut einen Herzinfarkt zu erleiden, wodurch seine Lebensqualität stark beeinträchtigt ist.

LG Arnsberg, Urt. v. 13.05.2008 – 5 O 46/05, unveröffentlicht E 727

10.000,00 € (Vorstellung: 10.000,00 €)

Endokarditis – Zerstörung der Aortenklappe

Der 32 Jahre alte Kläger war bei dem beklagten Arzt in Behandlung. Er klagte über Kopf-, Rücken- und Gliederschmerzen sowie Schmerzen im Bereich des linken Oberarmmuskels. Der Beklagte schrieb ihn mehrfach krank und behandelte auf Grippe. Über einen Monat lang behandelte der Beklagte ihn dann weiter, u. a. wegen Diarrhoe und Fieber sowie Magenverstimmung. Erst nach über einem Monat ging der Kläger ins Krankenhaus, wo bereits der behandelnde Arzt die Diagnose Herzinnenhautentzündung (Endokarditis: floride Aortenklappen-Endokarditis mit Aortenklappeninsuffizienz 4. Grades) stellte. Der Kläger wurde operiert, und es wurde ein Aortenklappenersatz eingesetzt. Eine Rehabilitationsmaßnahme schloss sich an, anschließend eine psychotherapeutische Behandlung. Seinen Beruf als Fleischer musste er aufgeben. Es verbleiben Störungen der Gedächtnisleistungen, eine komplexe Leistungsminderung mit Herabsetzung des Selbstwertgefühls und eine Depression mit suizidaler Komponente. Bei rechtzeitiger Diagnose wäre die Zerstörung der Aortenklappen vermeidbar gewesen.

E 728 **LG Köln, Urt. v. 09.05.2007 – 25 O 294/02, unveröffentlicht**

20.000,00 € (Vorstellung: 30.000,00 €)

Aortenaneurysma – nicht indizierte Operation

Der 68 Jahre alte Kläger war bei den beklagten Ärzten wegen eines Aortenaneurysmas in Behandlung. Trotz einer Indikation für eine konservative Behandlung wurde operiert. Wegen nachfolgender, hieraus resultierender Beschwerden (Embolie an der rechten Unterschenkelschlagader) wurde eine erneute Operation nötig. Das Gericht berücksichtigte diese Folgen, aber auch, dass der Kläger nun beschwerdefrei war.

E 729 **LG Kaiserslautern, Urt. v. 19.05.2006 – 2 O 333/01, unveröffentlicht**

31.500,00 € (Vorstellung: 36.500,00 €)

Herzklappenschädigung

Der 29 Jahre alte Kläger war bei einem Verkehrsunfall verletzt worden, für dessen Verletzungen er bereits insgesamt 11.500,00 € erhalten hatte. In der Folgezeit nach dem Unfall wurde bei dem Kläger ein damals nicht diagnostizierter Abriss an der Herzklappe zwischen rechtem Vorhof und Ventrikel festgestellt, die daher operativ entfernt wurde. Eine stationäre Behandlung über 2 Wochen sowie eine 5-monatige Anschluss-Heilbehandlung wurden nötig. Seit der Operation leidet der Kläger an Heiserkeit sowie bewegungsunabhängigen Schmerzen im Brustkorb und der Clavicula. Er ist sein Leben lang auf die Behandlung mit blutgerinnungshemmenden Mitteln angewiesen und bedarf einer regelmäßigen Bewegungstherapie. Alle 10 Jahre ist der Einsatz einer neuen Herzklappe erforderlich. Es verbleibt eine Dauer-MdE von 5 %. Das Gericht berücksichtigte bei der Bemessung insb. die »psychische Hypothek« des Klägers, der schon in jungen Jahren mit einem technischen Herzklappenersatz limitierter Haltbarkeit leben müsse.

E 730 **OLG Nürnberg, Urt. v. 22.12.2006 – 5 U 1921/06, VersR 2007, 1137 = NZV 2007, 301 = SP 2007, 134**

35.000,00 € (3/10 Mitverschulden)

Herzkontusion mit Herzklappenschädigung – Claviculafraktur – Leber-, Pankreasruptur – Schädelhirntrauma

Der Kläger erlitt bei einem Verkehrsunfall eine Leber- und Pankreasruptur, eine Claviculafraktur rechts, ein Schädel-Hirntrauma mit Blutauflagerung, ein Orbitahämatom mit Risswunde über dem rechtem Augenlid sowie eine Herzkontusion mit Abriss eines Sehnenfadens der sog. dreizipfligen Herzklappe (Trikuspidalklappe). Er war deswegen dreimal in stationärer Behandlung, zunächst 3 Wochen, zuletzt, knapp 1 Jahr später, noch einmal 2 Wochen. Der letztgenannte Klinikaufenthalt diente der Rekonstruktion der Trikuspidalklappe. Als Dauerschaden verblieben ihm die erhöhte Gefahr, an einer Endokarditis zu erkranken, Verwachsungen im Bauchraum und eine sich über den gesamten Oberkörper hinziehende Narbe. Er kann sich daher nicht im gleichen Maße wie vor dem Unfall sportlich betätigen und muss auch bei kleineren invasiven Eingriffen, etwa beim Zahnarzt, vorbeugend Antibiotika nehmen.

Der Senat wies auf die Schmerzensgeld erhöhenden Umstände der 40 cm langen Narbe hin. Schon Verletzungen an Leber, Bauchspeicheldrüse und Schlüsselbein i. V. m. dem Schädelhirntrauma und die deshalb erforderliche medizinische Intensivbehandlung rechtfertigten ein Schmerzensgeld von deutlich über 10.000,00 €. Der Abriss der Trikuspidalklappe müsse zu einer deutlichen Erhöhung des Schmerzensgeldes führen, da diese Verletzung Ursache der andauernden körperlichen und psychischen Beeinträchtigungen des Klägers ist.

Der Senat erhöhte das Schmerzensgeld »spürbar« wegen zögerlicher Regulierung der beklagten Versicherung, die bei unstreitigen Körperschäden und lediglich kleineren Differenzen zur Haftungsquote vorgerichtlich nur 2.000,00 € auf den Schmerzensgeldanspruch geleistet hatte.

LG Hagen, Urt. v. 26.01.2006 – 6 O 368/02, unveröffentlicht E 731

45.000,00 € (Vorstellung: 30.000,00 €)

Unterlassene Diagnose einer Herzklappenentzündung – Verlust beider Herzklappen

Der Kläger ließ sich in das Krankenhaus der Beklagten einliefern, weil er – durch Morbus Bechterew und Bluthochdruck vorbelaste – an Herzrasen und Atemnot litt. Dort wurde behandlungsfehlerhaft eine Herzklappenentzündung (akute Endokarditis) nicht erkannt, sondern eine Bronchitis diagnostiziert. Hierdurch wurde das akute Leiden des Klägers erheblich verlängert; erst über einen Monat später, nachdem der Kläger mehrfach wegen Pulsrasens die Beklagten aufgesucht hatte, erfolgte eine Notoperation, die eine dann schon drohende Lebensgefahr abwenden konnte. Er musste einen Monat auf der Intensivstation liegen. Sämtliche Zähne bis auf 2 mussten wegen einer Blutentzündung gezogen werden. Wegen der Notwendigkeit, sich nur im Rollstuhl fortzubewegen, musste er nach Abschluss der Behandlung erst wieder »atmen und laufen« lernen. Bei rechtzeitiger Diagnose hätten beide Herzklappen erhalten werden können; nun hat der Kläger künstliche Herzklappen erhalten und muss täglich zahlreiche Medikamente nehmen. Dies schränkt die Funktionsfähigkeit der Niere ein.

LG Köln, Urt. v. 19.12.2007 – 25 O 598/03, unveröffentlicht E 732

50.000,00 € (Vorstellung: 75.000,00 €)

Retrograder Fluss einer Herz-Lungen-Maschine in das Herzgefäßsystem – Halbseitenlähmung

Die Klägerin wurde mit Trisomie 21 und einem Herzfehler geboren und im Alter von 4 Monaten von den Beklagten wegen dieses Ventrikelseptumdefekts operiert. Es kam zu einer Fehlfunktion der Herz-Lungen-Maschine, wodurch ein retrograder Fluss eintrat, durch den sich das Gefäßsystem der Klägerin mit Luft füllte und diese über die vorhandenen Defekte in der Herzscheidewand in den Kreislauf der Klägerin übertrat. Hierdurch kam es zu einer dauerhaften, mäßiggradig ausgeprägten spastischen Halbseitenlähmung. Beim Einsatz der Hände wird die rechte bevorzugt, beim Laufen erfolgt ein Nachziehen des linken Beines; beim Stehen wird das linke Bein mehr durchgedrückt, um Stabilität zu erreichen. Hüpfen oder einbeiniges Stehen ist nicht möglich. Bei Toilettengängen und beim Spielen bedarf die Klägerin wegen der ständigen Sturzgefahr der Aufsicht.

OLG Köln, Urt. v. 07.12.2010 – 4 U 9/09, MDR 2011, 290 = SP 2011, 218 = ZfS 2011, 259 E 733

65.000,00 € (Vorstellung: 65.000,00 €)

Herz-Rhythmus-Störungen nach contusio cordis – Rippenserienfraktur – Schulterluxation – Morbus Sudeck – HWS/LWS-Distorsion

Der Kläger zog sich bei einem Unfall eine Schulterluxation, einen Morbus Sudeck, sowie eine Distorsion der HWS und der LWS zu. Ferner erlitt er eine Rippenserienfraktur und eine contusio cordis mit nachfolgenden Herz-Rhythmus-Störungen. Neben diesen Verletzungen waren deren berufliche Folgen und die Folgen für die Freizeitgestaltung des Verletzten zu berücksichtigen.

E 734 **LG Köln, Urt. v. 05.03.2008 – 25 O 197/02, KH 2009, 470**

70.000,00 € (Vorstellung: 125.000,00 €)

Ventrikelseptumdefekt – Fingergliedverluste

Die Klägerin wurde einen Monat nach ihrer Geburt wegen eines angeborenen Herzfehlers, nämlich einem Ventrikelseptumdefekt, in der Klinik der Beklagten operiert. Nach dem Thoraxverschluss wurden eskalierende Kreislaufparameter nicht zum Anlass genauerer Untersuchungen genommen, sodass das Wiederauftreten des Ventrikelseptumdefekts nicht erkannt wurde.

Es kam zu einer ausgeprägten Minderdurchblutung und Blaufärbung am rechten Fuß und an beiden Händen; nach ihrer Verlegung auf die Intensivstation kam es zu einem Kreislaufstillstand. Es verblieben Nekrosen im Bereich der Hände und des rechten Fußes. Der Ventrikelseptumdefekt musste erneut operiert werden.

Die Klägerin verlor an der rechten Hand den kleinen und den Ringfinger, den Mittelfinger bis zum Mittelglied und die Oberglieder zum Beginn der Nagelbetten sowie an der linken Hand die Glieder bis zum Mittelglied von Ring- und Mittelfinger. Alle Zehen am rechten Fuß sind vernarbt und geschwollen. Die Verstümmelungen haben zu einer Schwerbehinderung von 100 % geführt. Bei der Bemessung wurden neben der mit der Verstümmelung einhergehenden Beeinträchtigung das geringe Lebensalter der Klägerin und die vorhersehbaren Einschränkungen bei der schulischen und beruflichen Entwicklung berücksichtigt. Gerade der Verlust zahlreicher Fingerglieder an beiden Händen führe zu Auswirkungen, die der Beeinträchtigung ein Gewicht weit jenseits der bisher veröffentlichten Entscheidungen zugrunde liegenden Sachverhalten gäben, wenn sie auch nicht dem Verlust der Hand gleichkämen.

E 735 **OLG Hamm, Urt. v. 01.09.2008 – 3 U 245/07, unveröffentlicht**

100.000,00 € (Vorstellung: 519.000,00 €)

Vorderwandinfarkt – Herzkreislaufstillstand – hypoxischer Hirnschaden – Versterben

Der damals 41 Jahre alte Kläger begab sich wegen Schmerzen in Brut, Arm und Rücken in die stationäre Behandlung der Beklagten. Bei ihm lagen Diabetes, langjähriger Nikotinabusus und Übergewicht vor. Dort wurde grob fehlerhaft versäumt, die Symptome eines akuten Koronarsyndroms zu diagnostizieren und eine Herzkathederuntersuchung zu veranlassen. Es kam zu einem akuten Myokardinfarkt und – aufgrund weiterer Behandlungsfehler – zu einer akuten Sauerstoffunterversorgung mit nachfolgendem hypoxischem Hirnschaden. Bei dem Kläger lagen ein schweres hirnorganisches Psychosyndrom und eine Tetraparese vor.

Das LG hatte ein Schmerzensgeld von 400.000,00 € zuerkannt, nur die Beklagten hatten Berufung eingelegt. Während des Berufungsrechtszuges war der Kläger – 3 1/2 Jahre nach dem Vorderwandinfarkt und dem Herzkreislaufstillstandes – verstorben. Der Senat nahm wegen der für das LG nicht vorsehbaren Todesfolge eine »neue Gesamtbetrachtung« vor und hielt wegen der Schwere der Verletzungen und der vollständigen Pflegebedürftigkeit im Zeitraum zwischen Verletzung und Tod noch 100.000,00 € für angemessen.

E 736 **OLG Hamm, Urt. v. 23.11.2009 – 3 U 41/09, unveröffentlicht**

100.000,00 € (Vorstellung: 100.000,00 €)

Verschluss der Koronararterie – kardiogener Schock – Verlust des Herzens

Der 45 Jahre alte Kläger wurde bei den Beklagten am Herz ärztlich behandelt. Es sollte eine perkutane transluminale koronale Angioplastie (PTCA) seiner rechten Herzkranzarterie durchgeführt werden. Nach Implantation eines 18 mm-Stens in der rechten Herzkranzarterie erlitt der Kläger einen kardiogenen Schock mit Mediateilinfarkt, wodurch sich die Notwendigkeit einer künstlichen Beatmung und Stimulation mit Schrittmacherdraht ergab. Notfallmäßig musste der Kläger an ein Kunstherz angeschlossen werden. Es kam zu einer rechtsseitigen Hemiparese und einer inkompletten motorischen Aphasie nach mehreren Schlaganfällen. 3 Jahre später erhielt der Kläger nach wiederkehrenden Problemen mit dem Kunstherz ein Spenderherz. Er wurde anschließend noch über ein Jahr teilstationär neurologisch behandelt. Der Kläger, der als Urologe tätig gewesen war, musste seine Praxis aufgeben. Der Kläger ist immer noch in psychotherapeutischer Behandlung, weil sich eine mittelgradige Depression eingestellt hat. Er leidet besonders unter der Aufgabe seines Berufs und darunter, dass er sich im familiären Umfeld unzureichend leistungsfähig fühlt. Wegen der Herztransplantation ist lebenslange Dauermedikation nötig.

LG Bielefeld, Urt. v. 23.12.2008 – 5 O 413/06, unveröffentlicht E 737

150.000,00 € (Vorstellung: 60.000,00 €)

Herzmuskelschäden – Lungengewebsschädigungen – Wachstumsstillstand

Der 6 Jahre alte Kläger litt unter einer Sichelzellkrankheit (einer besonderen Blutkrankheit), die der Beklagte fehlerhaft nicht diagnostizierte und daher über 3 Jahre falsch u. a. mit Transfusionen behandelte. Der Kläger erhielt eine exzessiv erhöhte, toxische Desferaldosis.

Bei dem Kläger traten infolgedessen eine Innenohrschwerhörigkeit, Lungengewebsschädigungen, Gelenkveränderungen und Herzmuskelschäden auf. Es kam zu einem Wachstumsstillstand mit Dystrophie sowie einer erheblichen Sehstörung. Das Gericht berücksichtigte, dass der Kläger lebenslang behandelt und betreut werden muss und durch die fehlerhafte Therapie vermeidbare erhebliche Schmerzen erlitten hatte.

OLG Köln, Urt. v. 06.06.2012 – 5 U 28/10, VersR 2013, 237 E 738

200.000,00 € (Vorstellung: 10.000,00 €)

Absetzen der Herzmedikation – Wachkoma

Der 23 Jahre alte Kläger litt an einer Noncompaction Kardiomyopathie, einer angeborenen Herzerkrankung, die eine Herzmuskelschwäche und schwere Herzrhythmusstörungen zur Folge hat. Er trug einen implantierten Defibrillator und nahm den Betablocker Bisoprolol ein. Nach einer Herzrhythmusstörung wurde er im Krankenhaus der Beklagten aufgenommen, wo der Betablocker abgesetzt wurde. Drei Tage später kam es zu sechs Episoden mit schweren Herzrhythmusstörungen und einem Herz-Kreislauf-Stillstand. Der Kläger, der reanimiert wurde, erlitt eine hypoxische Hirnschädigung mit Tetraparese und befindet sich im Wachkoma.

Hüfte/Becken

▶ Hinweis:

Hüftverletzungen lassen sich, grob nach der Schwere geordnet, unterteilen in Hüft-/Beckenprellungen und -frakturen sowie Beckenringfrakturen (einseitig und beidseitig). Schwere Beckenverletzungen, die zumeist bei (Verkehrs-) Unfällen entstehen, sind i. d. R. nicht alleiniger oder auch nur hauptsächlicher Bemessungsfaktor, sondern fallen mit anderen Verletzungen (Schädelhirntraumata etc.) zusammen, sodass die diesbezüglichen Urteile auch mit Blick hierauf, und nicht nur auf die Hüftverletzung, verstanden werden müssen.

Eine Sonderstellung nehmen Schmerzensgeldentscheidungen ein, die sich mit Hüftprothesen befassen; hier handelt es sich regelmäßig nicht um Unfälle, sondern um Arzthaftung, sodass das Schadensbild meist einheitlicher ist.

E 739 **AG Mannheim, Urt. v. 30.11.2007 – 9 C 437/07, unveröffentlicht**

300,00 € (1/2 Mitverschulden; Vorstellung: 1.400,00 €)

Beckenprellung – LWS-Prellung – Knieprellungen

Der Kläger erlitt bei einem Verkehrsunfall eine beidseitige Knie- und Unterschenkelprellung mit Hämatomen, eine Beckenprellung und eine Prellung der LWS und war 3 Wochen arbeitsunfähig. Letzte Beschwerden waren 2 Monate nach dem Unfall abgeklungen.

E 740 **OLG Frankfurt am Main, Urt. v. 18.05.2006 – 16 U 153/05, RRa 2006, 217**

1.000,00 € (Vorstellung: 1.000,00 €)

Hüft- und Schulterprellung – Schnittwunde am Hals – HWS-Schleudertrauma

Der Kläger hatte bei der Beklagten eine Pauschalreise nach Ägypten gebucht. Bei einem Ausflug fuhr der Reisebus mit überhöhter Geschwindigkeit und mit Standlicht auf einen stehenden Lkw auf, wodurch der Kläger verletzt wurde.

Er erlitt eine 4 cm lange Schnittwunde am Hals, eine Prellung des rechten Schultergelenks sowie der rechten Hüfte und ein HWS-Schleudertrauma; er war eine Woche arbeitsunfähig.

E 741 **OLG Hamm, Urt. v. 10.10.2005 – 13 U 52/05, VersR 2006, 1281 = NJW-RR 2006, 168**

2.000,00 € (Vorstellung: 6.000,00 €)

Beckenverwringung – HWS-Distorsion – LWS-Zerrung – Schulter- und Schienbeinprellung

Nach einem Verkehrsunfall, bei dem die Klägerin, die bei der Bundeswehr tätig war, eine HWS-Distorsion, eine Schulterprellung links, eine Schienbeinprellung rechts, eine Zerrung der LWS und eine Beckenverwringung erlitt, war sie 6 Wochen dienstunfähig. Einen weiteren Monat konnte sie nur halbschichtig eingesetzt werden.

E 742 **LG Bochum, Urt. v. 11.02.2010 – 3 O 454/07, NJOZ 2011, 33**

2.000,00 € (Vorstellung: 2.000,00 €)

Beckenhämatom – Unterbauchschmerzen – Sorge um Schwangerschaft

Die Klägerin wurde bei einem Unfall verletzt; sie war damals in der 19. Schwangerschaftswoche und bereits wegen Übelkeit in der Frühschwangerschaft krankgeschrieben. Ihre beiden vorigen Kinder waren mit Kaiserschnitt entbunden worden, das ungeborene Kind wurde später in der 37. SSW per Kaiserschnitt entbunden. Bei dem Unfall erlitt sie ein Hämatom im Beckenbereich. Hierdurch kam es zu leichten Blutungen und Unterbauchschmerzen. Sie war 10 Tage bettlägerig. Die Klägerin litt bis zur Entbindung, also 4 Monate lang, unter Angst um das ungeborene Kind, wodurch es auch zu Schlafstörungen kam. Eine Kausalität des Unfalls für die frühe Entbindung und die Notwendigkeit der Schnittentbindung bestand nicht.

AG Soest, Urt. v. 14.09.2011 – 13 C 202/11, unveröffentlicht E 743

2.000,00 € (Vorstellung: 2.000,00 €)

Thorax- und Beckenprellung – Seitenbandruptur am Daumen

Die Klägerin erlitt bei einem Verkehrsunfall eine Thorax- und Beckenprellung sowie eine ulnare Seitenbandruptur am rechten Daumen. Diese musste operiert werden, was zu einem zweitägigen Krankenhausaufenthalt führte. Anschließend trug die Klägerin 16 Tage – in der Zeit über Weihnachten und Sylvester – einen Gipsverband. Zwei Monate Krankengymnastik schlossen sich an, es verblieben eine 3 cm lange Narbe und Schmerzen bei bestimmten Bewegungen. Bei der Bemessung wurde auch auf die Schmerzen aufgrund der Prellungen abgestellt, wobei die Thoraxprellung »nahezu bei jedem Atemzug« geschmerzt habe.

LG Köln, Urt. v. 08.07.2008 – 8 O 15/08, unveröffentlicht E 744

2.625,00 € (1/4 Mitverschulden; Vorstellung: 1.200,00 €)

Hüftschmerzen – Rückenschmerzen – Frühgeburt

Der Kläger ging aus abgetretenem Recht seiner 38 Jahre alten Ehefrau vor, die bei einem Verkehrsunfall verletzt wurde, als sie in der 23. Schwangerschaftswoche mit Zwillingen schwanger war. Infolge des Unfalls erlitt die Ehefrau Rücken-, Nacken- und Hüftschmerzen; es kam zu vorzeitigen Wehen und einem Zusammenkrampfen der Kinder im Mutterleib. Sie erhielt die Auskunft, es könne nun »jederzeit« zu einer vorzeitigen Geburtseinleitung kommen, und man könne nur »hoffen«, dass den Zwillingen nichts passiert sei. Die Frau war danach durchgängig in Sorge und Angst um ihre ungeborenen Kinder und litt noch einige Wochen an den Rücken- und Hüftschmerzen. 3 Monate vor dem errechneten Termin kam es zu einer Frühgeburt; die Kinder, ansonsten gesund, wogen 930 g bzw. 990 g und mussten zunächst in stationärer Behandlung bleiben.

Das Gericht stellte nicht nur auf die körperlichen Beschwerden der Frau ab, die schwangerschaftsbedingt nicht medikamentös hatten behandelt werden können, sondern insb. auf die beständige Sorge um die Kinder und den Schockzustand nach dem Unfall. Die Eheleute hatten nach 7 Jahren Ehe ihren Kinderwunsch verwirklichen können.

LG Gießen, Urt. v. 06.03.2009 – 1 S 284/08, NZV 2009, 452 = SP 2010, 4 E 745

3.000,00 € (Vorstellung: 3.000,00 €)

Hüftfraktur

Der Kläger nahm an einem Mountainbike-Rennen teil und verletzte sich in einer Linkskurve an einem mitten auf dem Weg stehenden Pfosten. Er überschlug sich mehrfach und erlitt eine Hüftfraktur rechts. Er war 9 Tage in stationärer Behandlung und konnte die Hüfte 12 Wochen nicht belasten. Er war ein halbes Jahr arbeitsunfähig und musste danach eine Reha durchführen. Das Gericht entschied, der Teilnehmer eines Rennens dürfe darauf vertrauen, dass auf der Strecke keine Absperrpfosten stünden.

OLG Düsseldorf, Urt. v. 20.03.2003 – 8 U 18/02, VersR 2003, 1579 = NJW-RR 2003, 1331 E 746

4.000,00 € (Vorstellung: 12.500,00 €)

Deformierungen an der Hüfte nach Fettabsaugen

Die 48 Jahre alte Klägerin informierte sich bei dem Beklagten, einem niedergelassenen Arzt für kosmetische Chirurgie, über die Möglichkeit einer Fettabsaugung (Liposuktion) im Bereich von Bauch, Hüfte, Taille und Oberschenkeln. Nach einem ersten Gespräch unterzeichnete sie eine schriftliche Erklärung, wonach sie in die von dem Beklagten vorgeschlagene Operation einwilligte. Dieser führte die Liposuktion ambulant durch, wofür die Klägerin 3.000,00 € zahlte; für eine Korrekturliposuktion zur Verbesserung des erzielten Ergebnisses zahlte sie weitere 1.000,00 €. Weil sie mit ihrem Erscheinungsbild unzufrieden war, ließ sie ein Jahr später wegen der Erschlaffung des Hautweichteilmantels im Bereich der Bauchdecke und wegen der Erschlaffung der Bauchmuskulatur eine Bauchdeckenplastik durchführen. Es verblieben Eindellungen in der Haut im Rücken-, Flanken- und Hüftbereich.

Das Gericht bejahte eine Haftung wegen Behandlungsfehlers und unzureichender Aufklärung, da die von der Klägerin gewünschte Verbesserung ihres Erscheinungsbildes im Bauchbereich allein durch die von dem Beklagten durchgeführte Liposuktion nicht hatte erreicht werden können; hierzu hätte es weiterer Maßnahmen (mit ungewissen Erfolgsaussichten) bedurft. Das Gericht führte bei der Bemessung des Schmerzensgeldes neben der Erduldung der rechtswidrigen Eingriffe und ihrer Folgewirkungen in erster Linie die negativen kosmetischen Folgeerscheinungen im Rücken-, Flanken- und Hüftbereich der Klägerin durch unregelmäßige Konturen und starke Eindellungen an. Diese Deformierungen seien Dauerschäden. Andererseits müsse berücksichtigt werden, dass – spätestens durch die Korrekturoperationen – die Bauchdecke der Klägerin »letztlich eine kosmetische Verbesserung erfahren« habe.

E 747 OLG Celle, Urt. v. 30.05.2007 – 14 U 202/06, OLGR 2007, 585

4.000,00 € (1/5 Mitverschulden; Vorstellung: 7.500,00 €)

Hüftpfannenfraktur

Die Klägerin erlitt als Radfahrerin bei einem Verkehrsunfall eine Fraktur der Hüftpfanne links und diverse Prellungen. Sie musste 11 Tage im Krankenhaus behandelt werden.

E 748 OLG Naumburg, Urt. v. 08.12.2011 – 1 U 74/11, NJW-RR 2012, 275 = DAR 2012, 146 = MDR 2012, 401

4.500,00 € (½ Mitverschulden; Vorstellung: 9.000,00 €)

Spaltberstungsbruch des Beckenwirbelknochens

Die Klägerin erlitt bei einem Verkehrsunfall einen Spaltberstungsbruch des Beckenwirbelknochens 12 mit Hinterkantenbeteiligung. Sie wurde 8 Tage stationär behandelt; ein halbes Jahr bestand eine MdE von 50%.

E 749 LG Kleve, Urt. v. 11.11.2009 – 2 O 257/08, unveröffentlicht

5.000,00 € (½ Mitverschulden; Vorstellung: 13.000,00 €)

Beckenringfrakturen – Schlüsselbeinmehrfachfraktur

Die Klägerin, die nach einer Unterschenkelamputation gehbehindert war, wurde beim Überqueren der Fahrbahn angefahren. Sie erlitt Frakturen des vorderen und hinteren rechten Beckenrings und eine Schlüsselbein-Mehrfachfraktur sowie Prellungen, Abschürfungen und Hämatome. Sie wurde 5 Tage stationär behandelt, es verblieben Einschränkungen in der Beweglichkeit der rechten Schulter und eine Verminderung der Kraftentfaltung.

E 750 OLG Naumburg, Beschl. v. 06.06.2012 – 1 W 25/12, GesR 2013, 56

5.000,00 € (Vorstellung: 5.000,00 €)

Hüftgelenknekrose

Der Antragsgegner ging Hüftbeschwerden des Antragstellers nicht ausreichend nach, sondern beschränkte sich auf Akupunktur und die Gabe von Schmerzmitteln. So wurde eine Sepsis verkannt; in der Folge entwickelte sich eine Gelenkkopfnekrose, die nun irreversibel war. Die Entscheidung erging im PKH-Verfahren, weswegen das Gericht lediglich festhielt, die Betragsvorstellung sei »nicht außerhalb des Möglichen«.

LG Paderborn, Urt. v. 04.02.2008 – 2 O 384/06, unveröffentlicht E 751

6.500,00 € (Vorstellung: 8.000,00 €)

Beckenringbruch – Rippenbrüche – Prellungen

Die Klägerin passierte das Metalltor zum Großhandel der Beklagten, als das Tor mit so viel Schwung von einem Mitarbeiter geschlossen wurde, dass es über den (nicht für ein Tor dieser Größe ausreichenden) Stopper hinauslief und zur Straßenseite hinüber kippte. Die Klägerin wurde von dem Tor erfasst und blieb darunter liegen. Sie erlitt einen vorderen Beckenringbruch, Brüche der 4. und 5. Rippe links sowie Prellungen. 4 Wochen nach dem Unfall litt sie noch an posttraumatischen Beschwerden in Form von Alpträumen. Die Brüche sind verheilt, allerdings leidet die Klägerin noch unter unfallbedingten Schmerzen in der Leistengegend.

LG Berlin, Urt. v. 09.12.2008 – 5 O 467/07, unveröffentlicht E 752

7.000,00 € (Vorstellung: 10.000,00 €)

Implantation eines fehlerhaften künstlichen Hüftgelenks

Die Beklagte stellt Hüftendoprothesen her, die sie nach Reklamationen wegen erhöhter Bruchauffälligkeit vom Markt nehmen musste. Bei dem Kläger war eine solche Prothese implantiert worden. Das Gericht sprach Schmerzensgeld aus Produkthaftung bereits dafür zu, dass die Prothese implantiert war. Der Umstand, dass die Hüftprothese fehlerhaft ist und brechen kann, sei geeignet, psychische Belastungen auszulösen.

Der Kläger muss ständig mit der Angst leben, dass infolge eines möglichen Bruchs eine weitere Operation zum Zwecke des Wechsels des Hüftimplantats oder Teilen davon durchgeführt werden muss. Auch beeinträchtigen den Kläger die empfohlenen regelmäßigen Kontrolluntersuchungen und die hierdurch bedingten Strahlenbelastungen.

Der Kläger hat seine Situation dahin beschrieben, man müsse sich vorstellen, »man sitze auf einem Stuhl mit angesägten Beinen. Ebenso wie man auf einem solchen Stuhl nicht unbesorgt Platz nehmen wolle, gehe es ihm beim Gehen, da er aus Angst vor einem Bruch nicht wage, unbeschwert aufzutreten«.

Bei der Bemessung berücksichtigte das Gericht das Bestehen einer Haftpflichtversicherung aufseiten der Beklagten, aber auch, dass der Kläger völlig im Ungewissen darüber ist, wann es zu einem Bruch des Hüftimplantats kommen könne.

LG Kassel, Urt. v. 20.03.2013 – 6 O 1985/12, unveröffentlicht E 753

7.000,00 € (3/10 Mitverschulden; Vorstellung: 15.000,00 €)

Beckenluxation – Lendenwirbelkörperfraktur

Der Kläger erlitt als Radfahrer bei einem Verkehrsunfall eine Lendenwirbelkörperfraktur I (Spaltungsbruch mit Hinterkantenverlängerung), eine Luxation der Lendenwirbelsäule und des Beckens sowie eine Gehirnerschütterung und eine Knieprellung. Die Wirbel wurden mit einem Metallgestänge versteift; in einer weiteren Operation wurde der erste Lendenwirbelkörper mit einem Knochenspan aus dem Beckenkamm ersetzt. Der Kläger war wegen der Entfernung von Osteosynthesematerial mehrfach stationär behandelt worden und musste zwei Reha-Maßnahmen in einer Dauer von 4 bzw. 2 Wochen absolvieren. Erst gute 14 Monate nach dem Unfall war er wieder voll arbeitsfähig.

E 754 **OLG Naumburg, Urt. v. 08.12.2011 – 1 U 74/11, NJW-RR 2012, 275 = MDR 2012, 401 = DAR 2012, 146**

9.000,00 € (Vorstellung: 9.000,00 €)

Beckenwirbelknochenbruch

Die Klägerin erlitt einen Spaltberstungsbruch des Beckenwirbelknochens mit Hinterkantenbeteiligung; sie wurde eine Woche stationär behandelt; fünf Monate betrug die MdE 50%, ein weiteres halbes Jahr noch 20%.

E 755 **OLG Karlsruhe, Urt. v. 18.05.2012 – 9 U 128/11, VersR 2012, 1186 = NJW-RR 2012, 1237 = VRS 123 (2012), 201**

10.000,00 € (Vorstellung: 10.000,00 €)

Hüftprellungen – Angststörung

Die Klägerin erlitt aufgrund eines Verkehrsunfalls erhebliche Prellungen an der rechten Hüfte und am rechten Oberschenkel mit Schmerzen und Ausstrahlungen. Sie war acht Wochen arbeitsunfähig. Außerdem stellte sich bei der Klägerin auf Grund der traumatischen Erfahrung eine Angststörung ein. Monatelange Alpträume und sich aufdrängende Wiedererlebnisse des Unfallereignisses waren die Folge. Diese Beeinträchtigungen sind zwar nach etwa drei Monaten abgeklungen. Es ist aber als dauerhafte Beeinträchtigung eine Störung verblieben, die dazu führt, dass die Klägerin immer wieder Situationen mit Angstzuständen im Straßenverkehr erlebt, sowohl als Autofahrerin als auch als Fußgängerin, insbesondere dann, wenn ein Fahrzeug zu eng an ihr vorbeifährt.

Im Vordergrund der Bemessung standen für den Senat, der auf die Berufung der Klägerin hin das Schmerzensgeld erhöhte, die psychischen Folgen der Angststörung, die weiterhin behandlungsbedürftig ist und eine dauerhafte Beeinträchtigung der Lebensführung hervorgerufen hat.

E 756 **LG Schwerin, Urt. v. 14.12.2012 – 1 O 8/12, SVR 2013, 225**

10.000,00 € (7/10 Mitverschulden)

Beckenfraktur – doppelseitige Unterschenkelfraktur – Schädelfraktur

Die Klägerin wurde als Fußgängerin von einem Fahrzeug erfasst. Sie erlitt schwere Kopfverletzungen, einen Beckenbruch und einen doppelseitigen Unterschenkelbruch. Sie wurde zunächst auf der Intensivstation behandelt. Die Diagnosen lauteten auf bilaterale Beckenringfraktur mit Rotationsinstabilität und vertikaler Verschiebung, Tibia-Etagenfraktur mit einem segmentalen Zwischenfragment, epidurale Blutung, Skalpierungsverletzung, Schädeldachfraktur, Gehirnerschütterung und Schädelbasisfraktur. Therapeutisch wurde eine Schädelöffnung vorgenommen, die Frakturen wurden chirurgisch und konservativ behandelt. Die sich anschließende ambulante Behandlung dauerte länger als 1 Jahr.

E 757 **OLG Celle, Urt. v. 25.04.2006 – 14 U 230/05, SP 2006, 278**

12.000,00 €

Beckenprellung – Steißbeinfraktur – Knieverletzungen

Der Kläger erlitt bei einem Verkehrsunfall multiple Verletzungen, nämlich eine Gehirnerschütterung, eine Thoraxprellung mit ausgedehnter Ablederung des Rückens und des Gesäßes, eine Beckenprellung, eine tiefe Schnittwunde am rechten Unterschenkel, eine Kreuzbandruptur am linken Knie mit Teilruptur des Außenbandes und des Innenbandes, eine Steißbeinfraktur, Schäden am Gesäßmuskel mit erheblicher Narbenbildung und eine Hüftmuskelverletzung.

OLG Hamburg, Urt. v. 05.08.2005 – 1 U 184/04, OLGR 2006, 199 E 758

15.000,00 € (Vorstellung: 20.000,00 €)

Hüftoperation mit Beinverlängerung – Nervschädigung

Der 32 Jahre alte Kläger hatte sich bereits in der Zeit bis zu seinem 12. Lebensjahr zahlreichen Operationen im Bereich der linken Hüfte unterziehen müssen, da bei ihm ursprünglich eine erhebliche Beinverkürzung links bestanden hatte. Er ließ sich von dem beklagten Arzt eine Druckscheibenendoprothese rechts implantieren; nach Durchführung der operativen Versorgung betrug die Beinlängendifferenz nun 5 cm zuungunsten rechts. Über diese Folgen der Beinlängendifferenz war der Kläger nicht hinreichend aufgeklärt worden. Bei der Operation wurde der nervus ischiadicus links geschädigt; es kam zu einem Sensibilitätsausfall. Nachdem die Pfannendachplastik ausgebrochen war, war eine 2. Operation nötig, bei der Anteile des nervus peronaeus schwer und des nervus tibialis mittelgradig betroffen wurden. Der Kläger leidet weiterhin unter Schmerzen und Beschwerden wegen der Nervverletzungen. Bei der Bemessung wurde berücksichtigt, dass zwar auch ein Warten mit der Hüftoperation starke Schmerzen zur Folge gehabt hätte; andererseits hätte die Möglichkeit bestanden, bei einer geringeren Beinverlängerung die Nervverletzung zu vermeiden.

OLG Naumburg, Urt. v. 27.02.2008 – 6 U 71/07, MDR 2008, 1031 = SP 2008, 317 E 759

15.000,00 € (Vorstellung: 15.000,00 €)

Hüftluxation mit Acetabulumfraktur

Der Kläger erlitt bei einem Verkehrsunfall eine Hüftgelenksluxation rechts mit Absprengung eines Fragments aus dem dortigen Pfannenrand. Er befand sich 2 Wochen in stationärer Behandlung – einschließlich operativer Reposition des luxierten Hüftgelenks – und ca. 4 Monate in ambulanter Behandlung. Für die mehr als 4-monatige Dauer seiner Erwerbsunfähigkeit war er bettlägerig. Der als Maurer tätige Kläger leidet immer noch an Schmerzen und Wetterfühligkeit. Es besteht eine Dauer-MdE von 10 %.

LG Dortmund, Urt. v. 29.06.2011 – 21 O 562/09, SP 2012, 73 E 760

15.000,00 € (Vorstellung: 35.000,00 €)

Sprengung der Schambeinfuge – Bruch der Kreuzdarmbeinfuge

Der Kläger erlitt bei einem Verkehrsunfall eine Sprengung der Schambeinfuge sowie einen unvollständigen Bruch der linken Kreuzdarmbeinfuge. Letztere musste nicht operativ behandelt werden, die Sprengung der Schambeinfuge wurde osteosynthetisch versorgt, wobei eine Platte angebracht wurde. Weiterhin erlitt der Kläger eine Verstauchung und Zerrung der Lendenwirbelsäule, zahlreiche Prellungen im Bereich der Beine, ein stumpfes Bauchtrauma und einen Bluterguss mit Lymphansammlung im Oberschenkel. Er war zwei Wochen in stationärer Behandlung und wurde danach noch mit Krankengymnastik betreut. Erst nachdem Folgebeschwerden auftraten, bemerkte man vier Monate nach dem Unfall bei einer weiteren Operation, dass die Knorpellippe der linken Schulter gerissen war. Deswegen wurde eine weitere Operation nötig. Die operativen Eingriffe ließen Narben zurück, der Kläger war erst acht Monate nach dem Unfall wieder arbeitsfähig. Sonstige Dauerschäden bestehen nicht.

E 761 **OLG Koblenz, Urt. v. 07.03.2005 – 12 U 1262/03, NJW-RR 2005, 970 = NZV 2006, 198**

20.000,00 € (7/10 Mitverschulden; Vorstellung: 25.000,00 € zuzüglich 150,00 € monatliche Rente)

Beckenringfraktur – Hüftpfannenbruch – Schädelhirntrauma

Der Kläger wurde bei einem Verkehrsunfall verletzt, als ein vorausfahrender Lkw wegen Übermüdung des Fahrers Holzpaletten, die er geladen hatte, verlor. Der Kläger, der ohne Fahrerlaubnis unterwegs war, fuhr ohne hinreichenden Abstand und war nicht angeschnallt.

Er erlitt einen Bruch des 1. Lendenwirbels, einen Hüftpfannenbruch, eine Beckenringfraktur, einen Schienbeinkopfbruch mit Ausriss des vorderen Kreuzbandes, eine Kniegelenksluxation mit Bänderrissen und ein Schädelhirntrauma. Er kann sich nur mühsam über geringe Strecken mit Gehstützen bewegen und ist ansonsten dauerhaft auf einen Rollstuhl angewiesen.

Trotz grob fahrlässiger Unfallverursachung des LKW-Fahrers entfiel aus Sicht des Senats die Genugtuungsfunktion »weitgehend«, da er Sicherungsmaßnahmen versucht hatte, der Kläger andererseits ohne Fahrerlaubnis gefahren war.[57]

E 762 **OLG Koblenz, Urt. v. 15.12.2005 – 5 U 676/05, MDR 2006, 992**

20.000,00 €

Leistenhernie – Hodennekrose und Impotenz

Bei dem 35 Jahre alten Kläger trat nach zwei Voroperationen, die 3 und 5 Jahre zurücklagen, erneut eine Leistenhernie auf. Er wurde nicht über die Risiken einer 3. Leistenbruchoperation belehrt; es kam zu einer postoperativen ischämischen Orchitis. Der Kläger litt unter erheblichen bis extremen Schmerzen, eine 4. Operation wurde erforderlich, die zu einer Hodennekrose, einer Resektion, der Anlage einer Prothese und Impotenz führte. Bei der Bemessung des Schmerzensgeldes stellte das Gericht auch auf die psychischen Beeinträchtigungen des noch jungen Geschädigten ab.

E 763 **LG Köln, Urt. v. 25.04.2007 – 25 O 552/00, unveröffentlicht**

20.000,00 € (Vorstellung: 50.000,00 €)

Hüftgelenksfehlstellung

Bei dem 35 Jahre alten Kläger, der einen Bauernhof bewirtschaftete, wurde bei einer Umstellungsoperation am rechten Hüftgelenk zur Korrektur einer Hüftdysplasie ein falscher Winkel (25 Grad statt 15 Grad) gewählt; wegen der Fehlstellung der Hüftpfanne kam es 3 Monate später zu einer Spongiosatransplantation sowie 16 Monate darauf zu einer Wiederaufrichtungsoperation des Oberschenkelhalses. Eine weitere Operation im nächsten Jahr folgte.

Als Dauerschaden verblieb eine Beinlängendifferenz von 2,5 – 3 cm, sonstige Folgeschäden existieren nicht. Bei der Bemessung verwies die Kammer darauf, dass auch ohne den Fehler eine Beinlängendifferenz verblieben und eine weitere Operation (zum Entfernen von Metallimplantaten) erforderlich gewesen wäre. Schmerzen bestehen nicht mehr.

---

57 Nach BGH, Urt. v. 21.11.2006 – VI ZR 115/05, NJW 2007, 506 ist allerdings ein Fahren ohne Fahrerlaubnis nur dann beim Mitverschulden zu berücksichtigen, wenn es sich konkret Gefahr erhöhend ausgewirkt hat; dass – wie das OLG hier feststellt – der Kläger »an sich« also gar nicht auf der Straße hätte sein dürfen, darf bei der Quotierung daher keine Rolle spielen!

LG Wiesbaden, Urt. v. 03.05.2007 – 3 O 116/04, SP 2008, 216 E 764

20.000,00 € (Vorstellung: 40.000,00 €)

Beckenringfraktur – Rippenserienfraktur – Skalpierungsverletzung

Der Kläger wurde bei einem Verkehrsunfall verletzt; er erlitt eine Beckenringfraktur links, eine Rippenserienfraktur rechts der 2. – 9. Rippe und links der 3. – 7. Rippe, eine laterale Orbitalfraktur rechts, ein Hämatomsinus der rechten Kieferhöhle, ein Serom der rechten Hüfte sowie eine Skalpierungsverletzung, bei der auch das rechte Oberlid beteiligt war. Die Kopfhaut war bis zur Stirn aufgeschnitten und nach rechts weggeklappt. Der Kläger litt unter einem schweren Schleudertrauma mit erheblicher Einschränkung der Beweglichkeit des Halses und des Kopfes. Die stationäre Behandlung des Klägers dauerte 18 Tage; nach der Entlassung konnte er sich lediglich an Krücken fortbewegen.

Der Kläger litt auch nach der Entlassung aus dem Krankenhaus unter starken Schmerzen im gesamten Brustbereich, die durch die Rippenfraktur hervorgerufen wurden. Er musste sich einer speziellen Atemtherapie unterziehen, die Beweglichkeit des Klägers war erheblich eingeschränkt. Erst 3 Monate nach dem Unfall ließen die Schmerzen nach, eine intensive ärztliche Behandlung war über weitere 4 Monate erforderlich. Es wurden krankengymnastische Behandlungen verordnet und vom Kläger an insgesamt 28 Tagen durchgeführt. Zudem war eine weitere augenärztliche Behandlung erforderlich, ebenfalls eine Zahnarztbehandlung. Es bestehen weitere dauernde Beeinträchtigungen aufgrund der Frakturen und der Skalpierungsverletzung.

OLG Brandenburg, Urt. v. 14.06.2007 – 12 U 244/06, SP 2008, 105 E 765

22.000,00 €

Beckenfraktur – LWS-Fraktur – Schädelhirntrauma – Lungenkontusion

Die Klägerin erlitt bei einem Verkehrsunfall ein Schädelhirntrauma 2. Grades, eine Lungenkontusion mit Mantelpneumothorax, eine Leber- und Nierenparenchymruptur, eine Lendenwirbelkörper- sowie eine instabile Typ III Beckenfraktur. Sie befand sich einen Monat in stationärer Behandlung, während 5 Tagen bestand Lebensgefahr. Eine Osteosynthese und Fixateur extern waren nötig; einen Monat lang musste eine Beatmungstherapie mit Respirator-Therapie durchgeführt werden, zudem wurden operativ Fixateure im Bereich von Becken, Brust- und Lendenwirbelsäule eingebracht. Im Becken mussten zudem Distanzplatten eingesetzt werden. 6 Wochen neurologische Rehabilitation (stationär) schlossen sich an. Mehrere weitere Operationen zur Entfernung des Materials wurden nötig. Das rechte Hüftgelenk ist unfallbedingt präarthrotisch deformiert, was ein frühzeitig eintretendes Verschleißleiden zur Folge hat; die Hüfte ist nur noch eingeschränkt beweglich. Eine Dauer-MdE von 40 % verbleibt.

Bei der Bemessung wurden neben den Unfallfolgen auch die dauerhaft entstellenden Narben im Bereich von Becken, Gesäß und Oberschenkel genannt, die verhärtet und verbreitet sind; auch war die Unfallverursachung grob fahrlässig. Die verzögerte Zahlung (erst nach einem halben Jahr wurden 5.000,00 € gezahlt) bei klarer Haftung dem Grunde nach, führte zu einer weiteren Erhöhung. Zuletzt wurde berücksichtigt, dass die Klägerin unfallbedingt ihr Fachabitur nicht machen konnte.

E 766 **OLG Saarbrücken, Urt. v. 31.03.2009 – 4 U 26/08, NZV 2010, 77**

<u>22.500,00 €</u>

Beckenschaufelfraktur – Rippenfraktur – Schlüsselbeinfraktur – Gesichtsnarben

Die Klägerin erlitt bei einem Verkehrsunfall eine Beckenschaufelfraktur, eine Fraktur des Schlüsselbeins und der Rippe, erhebliche Prellungen und Schürf- und Schnittwunden, die eine mehrwöchige Krankenhausbehandlung erforderlich machten und Dauerschäden in Form von Bewegungseinschränkungen der Beine und des Arms und ästhetische Beeinträchtigungen im Gesicht durch Narbenbildung sowie eine nachhaltige Traumatisierung zur Folge haben.

E 767 **OLG Hamm, Urt. v. 21.06.2006 – 3 U 226/05, unveröffentlicht**

<u>23.000,00 €</u> (Vorstellung: 35.000,00 €)

Hüftnekrose

Die 61 Jahre alte Klägerin war nach einem Sturz wegen eines Blutergusses an der Hüfte in stationärer Behandlung; dort wurde fehlerhaft eine subchondrale Fraktur mit ausgedehntem Knochenmarködem übersehen, sodass sich aus der Verletzung eine Hüftnekrose entwickelte. Diese führte zur Implantation einer Hüfttotalendoprothese. Bei der Bemessung wurde die »nicht unerhebliche« gesundheitliche Beeinträchtigung durch die Implantation berücksichtigt, ferner auch die voraussehbaren Belastungen durch die zu erwartende Wechseloperation.

E 768 **OLG Celle, Urt. v. 16.05.2007 – 14 U 166/06, OLGR 2007, 465**

<u>25.000,00 €</u> (Vorstellung: 25.000,00 €)

Hüftgelenkpfannenvielfragmentfraktur – Ileosacralfugensprengung – Infektion

Die Geschädigte wurde bei einem Verkehrsunfall schwer verletzt; sie erlitt eine Vielfragmentfraktur der Gelenkpfanne des Hüftgelenks, eine Ileosacralfugensprengung rechts sowie eine Sitz- und Schambeinfraktur rechts. Sie wurde neunmal umfangreich operiert und erlitt infolgedessen eine bakterielle Infektion, an der sie 9 Wochen nach dem Unfall verstarb. Bei der Bemessung berücksichtigte das Gericht die schweren Verletzungen und die zahlreichen Folgeoperationen, die die Geschädigte über 2 Monate lang erdulden musste. Sie litt bis zu ihrem Tod an starken Schmerzen und war in der Fortbewegungsfreiheit stark eingeschränkt. Die umfangreichen Operationen wurden von zahlreichen kleinen Wundrevisionen begleitet, und die Geschädigte litt psychisch stark darunter, dass sich ihr Zustand nicht besserte.

E 769 **OLG Saarbrücken, Urt. v. 27.11.2007 – 4 U 276/07, NJW 2008, 1166 = SP 2008, 257**

<u>25.000,00 €</u> (Vorstellung: 10.000,00 €)

Beckenbruch – Schädel- und Kieferverletzungen – Verbrennungen am rechten Oberschenkel

Der 39 Jahre alte Kläger geriet als Radfahrer mit dem 77 Jahre alten Beklagten in seinem Pkw in Streit, nachdem er diesem den Mittelfinger gezeigt hatte. Im Verlaufe dessen überholte der Kläger den Beklagten und schlug ihm auf die Motorhaube. Der Beklagte fuhr den Kläger dann an, nachdem dieser wieder vor den Wagen eingeschert hatte, und überfuhr ihn. Er schleifte diesen noch 20 m mit, ehe er – den Kläger unter dem Wagen eingeklemmt – stehen blieb und mit laufendem Wagen im Auto sitzen blieb, ehe Zeugen intervenierten.

Der Kläger erlitt einen Beckenbruch, eine distale Radiusfraktur, einen Schädelbruch und eine Orbitaboden- sowie Unterkieferfraktur. Es entstanden Verbrennungen am rechten Oberschenkel durch das Festklemmen am heißen Auspuffrohr. Diese Verletzungen machten mehrere Operationen erforderlich, die Stabilisierung des Beckenrings mit externer Fixatur, eine offene Frakturreposition des rechten Jochbeinkörpers, eine Okklusionssicherung der Unterkieferfraktur und aufgrund der Hautnekrose das Abtragen einer handgroßen Fläche verbrannten Gewebes bis zu einer Tiefe von 1 cm sowie das Transplantieren neuen, vom Oberschenkel entnommenen Gewebes. Der Kläger war 2 Monate arbeitsunfähig, weitere 4 Monate MdE zu 70 %; es folgten weitere krankengymnastische Behandlungen. Er leidet nach wie vor an Schmerzen im Beckenbereich und im linken Handgelenk, Taubheitsgefühlen in der Wade und an der Hauttransplantationsstelle und an den Backenzähnen im Oberkiefer. Er konnte 3 1/2 Monate keine feste Nahrung zu sich nehmen. Am Bein sind deutlich sichtbare erhebliche Narben verblieben, und der Kläger leidet an Angstträumen mit Todesangst sowie Ein- und Durchschlafstörungen.

Das Gericht berücksichtigte die Todesangst während des Unfalls und die schweren Folgen, insb. aber auch die Vorsatztat, mindernd indes die Provokation durch den Kläger. Das als Bewährungsauflage im Strafprozess bereits an den Kläger gezahlte Geld wurde auf das Schmerzensgeld angerechnet.

OLG Köln, Urt. v. 28.04.2008 – 5 U 192/07, VersR 2009, 1119 = KH 2009, 470 E 770

25.000,00 € (Vorstellung: 25.000,00 €)

Läsion des nervus femoralis – Hüft- und Kniegelenksbeeinträchtigung

Die 39 Jahre alte Klägerin wurde bei den Beklagten wegen eines Tumorverdachts operiert, ohne hinreichend über das Risiko von Nervverletzungen belehrt worden zu sein. Hierbei wurde der nervus femoralis verletzt. Die Klägerin ist seitdem in der Bewegungsfähigkeit und Stabilität des linken Beines, v. a. des Knies, beeinträchtigt. Die anfangs hochgradig ausgeprägten motorisch-sensorischen Defizite haben sich aber teilweise zurückgebildet. Es verbleiben gleichwohl Sensibilitätsausfälle und deutliche Einschränkungen der Hüftbewegung und Kniestreckung, die sich beim Treppensteigen besonders auswirken. Die Klägerin trägt eine Knieschiene, die die Instabilitäten aber nur teilweise ausgleicht; die durch die Paresen verursachte höhere Belastung von Knie- und Hüftgelenk führt zu intermittierenden Schmerzen und begründet eine erhöhte Gefahr degenerativer Gelenkveränderungen.

OLG Hamm, Urt. v. 22.12.2008 – 13 U 158/07, unveröffentlicht E 771

30.000,00 €

Hüftgelenksverletzung

Der Kläger wurde bei einem Verkehrsunfall verletzt; hierbei erlitt er eine Ruptur des vorderen Kreuzbandes und eine Verletzung des Hüftgelenks (Läsion/Ruptur des labrum acetabulare, einer faserknorpeligen Vergrößerung des Gelenkpfannenrandes) im Bereich der linken Hüfte, ferner eine Schädelprellung mit Schürfwunden an der Stirn, eine Prellung beider Knie und der linken Schulter, eine Prellung des linken Unterarms mit Quetschmarke und Hämatom, ein HWS-Trauma, ein Hämatom an der rechten Hand und eine Bauchprellung. Die Hüftverletzung hatte zur Folge, dass dauerhaft ein Hinken, schmerzhafte Bewegungseinschränkungen, Beschwerden nach ein- bis zweistündigem Sitzen mit Beeinträchtigungen der Konzentration, Instabilitätsbeschwerden, Muskelminderungen und eine beginnende Arthrose entstanden. Die Beschwerden dauerten zum Zeitpunkt der Entscheidung bereits 14 Jahre an und beeinträchtigen den Kläger erheblich bei der Berufsausübung. Es ist zu erwarten, dass sie sich noch verschlechtern.

E 772 **OLG Stuttgart, Urt. v. 21.10.2009 – 3 U 86/09, SP 2010, 150**

<u>**30.000,00 €**</u> (Vorstellung: 50.000,00 €)

Hüftpfannen- und Kniescheibenfraktur links

Der Kläger erlitt eine Hüftpfannenfraktur links sowie eine Kniescheibenfraktur links nebst Schürfungen und Prellungen. Es erfolgte eine operative Erstversorgung mittels geschlossener Reposition der Hüftgelenksluxation links in Narkose und das verletzte Kniegelenk wurde durch eine Gipsschiene ruhiggestellt. Der Kläger wurde 4 Wochen stationär behandelt. Die Acetabulumfraktur wurde mittels einer dorsalen Platten- und Zugschrauben-Osteosynthese stabilisiert und zugleich eine Zuggurtungs-Osteosynthese der linken Patella vorgenommen. Das Osteosynthesematerial wurde bislang noch nicht wieder entnommen. Eine ambulante Behandlung schloss sich an. Der Kläger war 3 Monate arbeitsunfähig. Als Dauerfolgen verbleiben dem Kläger eine mäßiggradige Bewegungseinschränkung des linken Hüftgelenkes sowie eine leichtgradige Bewegungseinschränkung des linken Kniegelenkes, eine Muskelminderung im linken Ober- und Unterschenkel, eine Schwellneigung und eine Weichteilverformung des linken Kniegelenkes, eine (reizlose) Narbenbildung am linken Hüft- und Kniegelenk sowie eine progrediente posttraumatische Arthrose im linken Hüftgelenk und eine leicht-gradige posttraumatische Arthrose retropatellar links. Aufgrund der zunehmenden Arthrose im linken Hüftgelenk wird es möglicherweise erforderlich werden, beim Kläger ein künstliches Hüftgelenk zu implantieren. Eine derartige Operation ist mit Risiken verbunden und die Haltbarkeit einer Hüftprothese möglicherweise begrenzt, was ggf. zu einem Austausch der Prothese führen kann. Eine ähnliche Situation besteht in Bezug auf das linke Kniegelenk. Außerdem steht beim Kläger noch die operative Entfernung des Osteosynthesematerials an, was nur unter Vollnarkose möglich ist.

Bei der Bemessung wurde ferner die Komplikation beachtet, dass beim Transport das linke Hüftgelenk teilweise aus der Gelenkpfanne gesprungen ist und ein Streckverband angelegt werden musste, was nur durch zweimaliges Anbohren des Oberschenkelknochens möglich war. Gleiches gilt für die bestehenden Beeinträchtigungen bei der Sportausübung sowie für die zu beklagenden Schmerzen, die seit dem Unfall andauern und der Grund für die Einnahme von Schmerzmedikamenten sind.

E 773 **KG, Beschl. v. 21.01.2010 – 12 U 29/09, MDR 2010, 1049 = VRS 119 (2010), 89**

<u>**30.000,00 €**</u> (1/2 Mitverschulden)

Rippenserienfraktur – Knieverletzungen – Beckenfraktur – Thoraxtrauma

Die Klägerin erlitt bei einem Verkehrsunfall eine Kniegelenkluxation rechts mit knöchernen Ausrissen des vorderen Kreuzbandes sowie des Außenbandes, eine Teilruptur des hinteren Kreuzbandes, eine Innenbandruptur am Knie links, ein Schädelhirntrauma 1. Grades, ein stumpfes Thoraxtrauma mit beidseitiger Lungenkontusion, eine Rippenserienfraktur Costae 1-5 links sowie eine nicht dislozierte Beckenfraktur. Sie war insgesamt 8 Wochen in stationärer Behandlung, wobei sie mehrfach operiert wurde. Insgesamt 6 Wochen Rehabilitation schlossen sich an, es folgte noch eine ambulante Physiotherapie. Sie war 13 Monate arbeitsunfähig. Das Gericht stellte maßgeblich auf die erheblichen Verletzungen und Scherzen im Knie- und Beckenbereich ab.

LG Bochum, Urt. v. 18.02.2010 – 6 O 368/07, unveröffentlicht E 774

30.000,00 € (Vorstellung: 100.000,00 € zuzüglich 300,00 € mtl. Rente)

Nervverletzungen nach Hüftgelenks-OP

Die 75 Jahre alte Klägerin wurde wegen zunehmender Schmerzen im Hüftgelenk von der Beklagten operiert. Bei der Implantation einer Hüftgelenks-Totalendoprothese wurden mehrere Behandlungsfehler begangen, weswegen es zu einer irreversiblen Nervschädigung in Form einer Parese des nervus femoralis rechts gekommen ist. Die Klägerin ist in ihrer Beweglichkeit erheblich eingeschränkt. Im rechten Bein kann sie lediglich die Zehen bewegen, es sind noch erhebliche Schmerzen vorhanden. Das Gericht berücksichtigte, dass die Klägerin auch vor der Operation schon an erheblichen Bewegungseinschränkungen gelitten hat, da sie bereits seit mehreren Monaten sich nur noch mithilfe von Unterarmgehstützen fortbewegen konnte und das Haus praktisch nicht mehr verlassen hat.

OLG Köln, Beschl. v. 17.12.2012 – 5 U 74/12, unveröffentlicht E 775

40.000,00 € (Vorstellung: 55.000,00 €)

Verspätete Diagnose einer Epiphysiolysis capitis femoris

Die 13 Jahre alte Klägerin begab sich wegen Schmerzen im Bein nach mehreren Stürzen bei der Beklagten in ärztliche Behandlung; erst vier Monate später wurde nach einer Kernspinuntersuchung ein ausgeprägtes Abrutschen der rechten Hüftkopfkalotte durch Verschieben in die Epiphysenfuge (Epiphysiolysis capitis femoris) festgestellt. Sie wurde dann an der rechten und prophylaktisch auch an der linken Hüfte operiert und befindet sich seitdem in ständiger ärztlicher Behandlung – ambulant, aber auch mehrfach stationär –, unter anderem wegen einer Beinlängenverkürzung rechts und erheblicher Nekrotisierungen des Hüftkopfes.

LG Köln, Urt. v. 15.04.2010 – 5 O 36/09, unveröffentlicht E 776

50.000,00 € (Vorstellung: 60.000,00 €)

Beckenringfraktur – Rippenserienfraktur – Schlüsselbeinfraktur

Die Klägerin erlitt bei einem von der Gegenseite allein verschuldeten Verkehrsunfall eine Beckenringfraktur, Rippenserienfraktur, Oberarm- und Ellenbogenfraktur, Fraktur beider Schlüsselbeine und eine Fraktur der Kniescheibe sowie eine Lungenkontusion. Sie befand sich 6 Wochen in stationärer Krankenhausbehandlung. Weitere Operationen und 2 jeweils 6 Wochen lange Reha-Maßnahmen schlossen sich an. Nach dem Unfall verblieben Probleme beim Hören, weswegen die Klägerin zwei Hörgeräte nutzt.

Die Frakturen führten dazu, dass eine schlechte Beweglichkeit der linken Schulter mit den erheblichen Schmerzen beim Erreichen des endgradigen Bewegungsumfangs vorliegt. Aufgrund der Beckenringfraktur liegt ein Druckschmerz über dem Schambein vor. Am Becken ist in erster Linie die linke Iliosacralgelenksfuge noch druck- und bewegungsschmerzhaft. Langes Gehen oder Stehen ist der Klägerin daher nicht mehr möglich. Wegen einer Fußheberschwäche muss die Klägerin ständig eine Schiene tragen, sodass der Fuß dadurch angehoben wird. Sie hat zudem außen am linken Bein kein Gefühl mehr.

Im rechten Knie kann nach der Patellafraktur eine Präarthrose vorliegen, die zu einem beschleunigten Niedergang des Kniegelenks bis zur Notwendigkeit einer Endoprothese führen kann. Der Zustand des Beckens kann nicht weiter verbessert werden. Der Nervenschaden links ist nicht mehr positiv zu beeinflussen. Auch die Schulter kann nach Fortsetzung der Physiotherapie durch prothetischen Gelenkersatz bzgl. der Schmerzen verbessert werden, nicht jedoch bzgl. der reduzierten Bewegung, die in ähnlichem Umfang auch nach einer Protheseninplantation verbleiben wird.

E 777 **OLG München, Urt. v. 05.12.2008 – 10 U 3298/08, unveröffentlicht**

57.000,00 € (Vorstellung: 62.000,00 €)

Beckenbruch – Hüftgelenksbruch – Dauerschäden

Die 21 Jahre alte Klägerin erlitt als Sozia auf einem Motorrad einen schweren Verkehrsunfall, insb. einen komplexen Beckenbruch mit Bruch des linken Hüftgelenks sowie ein Kiefergelenktrauma. Die Klägerin litt mehrere Tage an stärksten Schmerzen.

Die knöchernen Beckenverletzungen sind zwar verheilt, doch konnte der frühere Zustand operativ nicht mehr hergestellt werden. Die linke Beckenschaufel ist höher stehend als die rechte und der Beckeneingang selbst deutlich verschmälert. Das linke Bein ist um 2 cm verkürzt und im Bereich des linken Hüftgelenks besteht eine hochgradige Bewegungseinschränkung. Die Geh- und Stehfähigkeit ist erheblich eingeschränkt und die Beinverkürzung hatte eine kompensatorische Seitverbiegung von Brust- und Lendenwirbelsäule zur Folge. Durch den Unfall ist der Geburtskanal eingeengt, es ist nur noch eine Schnittgeburt möglich. Es bestehen fortdauernde Schmerzen beim Sexualverkehr.

Es bestehen Beeinträchtigungen auf orthopädischem, neurologischem und mundkieferchirurgischem Gebiet. Aufgrund ihrer Arbeit muss sie täglich stehen, was die Schmerzen verstärkt. Sie muss täglich Schmerzmittel nehmen. Es besteht bereits eine fortgeschrittene Hüftgelenksarthrose, die Notwendigkeit eines künstlichen Gelenks ist absehbar. Zudem verwies das Gericht darauf, dass auch Prothesen nicht unbegrenzt halten und daher nach derzeitigem medizinischem Stand nur 2 prothetische Operationen möglich sind, ehe eine Hüftgelenksversteifung erforderlich ist, was praktisch zur Rollstuhlabhängigkeit führt.

E 778 **LG Kleve, Urt. v. 20.05.2005 – 1 O 522/03, SP 2006, 60**

60.000,00 € (Vorstellung: 60.000,00 €)

Hüftpfannenfraktur – Oberschenkeltrümmerfraktur – Unterschenkelfraktur – Schädelhirntrauma

Der Kläger, ein Berufskraftfahrer, wurde bei einem Verkehrsunfall schwer verletzt. Er zog sich u. a. ein Schädelhirntrauma, eine Hüftpfannenfraktur, eine Oberschenkeltrümmerfraktur und eine Unterschenkelfraktur zu. Der Kläger wurde zunächst 2 Monate stationär behandelt, mehrfach operiert und musste sich auch in der Folgezeit mehreren Operationen unterziehen. Er war 2 Monate auf die Benutzung eines Rollstuhls angewiesen.

Der Kläger leidet dauerhaft unter erheblichen gesundheitlichen Beeinträchtigungen, unter Schmerzen in Knie- und Fußgelenken und in der Hüfte. Ein Bein ist mehrere cm kürzer. Bei sportlichen Aktivitäten ist der Kläger erheblich eingeschränkt, seinen Arbeitsplatz hat er verloren. Körperlich schwere Arbeiten kann der Kläger nicht mehr ausführen, es verbleibt eine Dauer-MdE von 50 %.

E 779 **OLG Frankfurt am Main, Urt. v. 18.09.2007 – 8 U 127/03, OLGR 2008, 499**

60.000,00 € (Vorstellung: 100.000,00 €)

Beidseitige Hüftnekrose

Dem damals 40 Jahre alten Kläger wurde von der beklagten Ärztin ohne medizinische Indikation über mehrere Monate ein Cortisonpräparat verordnet, was eine beidseitige Hüftnekrose verursacht hat. Deswegen waren zwei Operationen erforderlich. Er leidet noch unter ständigen Schmerzen und ist im Alter von 43 Jahren frühverrentet worden. Für den Zeitraum von 3 (linkes Hüftgelenk) bzw. 7 Jahren (rechtes Hüftgelenk) kann abgesehen werden, dass keine endoprothetische Behandlung erforderlich werden wird.

Der Kläger wurde so erheblich behindert, dass ihn das beruflich aus der Bahn geworfen und auch sein Privatleben gravierend beeinträchtigt hat, und zwar zu einem Zeitpunkt, als er in beiderlei Hinsicht erstmals seit längerer Zeit eine gewisse Stabilität gefunden hatte. Dies hat zu einer depressiven Reaktion und einer Somatisierung geführt.

OLG Saarbrücken, Urt. v. 18.03.2010 – 8U 3/09, MDR 2010, 919 E 780

60.000,00 € (Vorstellung: 100.000,00 €)

Beckenringfraktur und Hüftpfannenbruch – Rippenserienfraktur

Der Kläger wurde bei Bauarbeiten verletzt, als er durch eine nicht ordnungsgemäß abgedeckte Öffnung im 1. UG des Bauobjektes stürzte. Er erlitt eine Rippenserienfraktur, eine Wirbelfraktur des 12. Brustwirbelkörpers, eine Beckenringfraktur, einen Hüftpfannenbruch sowie eine Handgelenksfraktur. Die Unfallfolgen mussten operiert werden, es schloss sich ein Monat Reha an. Der Kläger ist immer noch Bewegungseinschränkungen ausgesetzt; es verblieben Durchblutungsstörungen im verunfallten, rechten Bein sowie sensorische und neurologische Beschwerden.

LG Duisburg, Urt. v. 07.01.2008 – 2 O 469/04, SP 2008, 362 E 781

90.000,00 € (Vorstellung: Kapital und Rente)

Hüftluxationsfraktur mit Beteiligung der Hüftgelenkspfanne – Beckenverletzung – Milzverlust – diverse Frakturen

Der 19 Jahre alte Kläger erlitt bei einem Verkehrsunfall schwere Verletzungen. Er zog sich einen Schlüsselbeinbruch rechts, eine Lungenkontusion mit Hämato-Pneumothorax rechts, eine Milzruptur, eine komplexe Beckenverletzung, Hüftluxationsfraktur mit Beteiligung der Hüftgelenkspfanne, einen Darmbeinbruch, einen Scham- und Sitzbeinbruch sowie eine Schädigung des lumbosakralen Nervengeflechts rechts zu. Der Kläger befand sich 11 Tage auf der Intensivstation, er wurde notoperiert, es erfolgte notfallmäßig die Laparotomie und eine Entfernung der Milz. Eine verkürzte und verdickte Verheilung des Schlüsselbeines führte zu einem Tiefer- und Bauchwärtstreten der rechten Schulter sowie einer dadurch bedingten Verkürzung der Schultergürtelmuskulatur.

Auch der Hüftpfannenbruch wurde operativ behandelt. Der postoperative Verlauf war durch eine anhaltende Fehlstellung und Subluxation des rechten Hüftkopfes auf der Hüftgelenkspfanne, einen Schaden des rechten lumbosakralen Nervengeflechts sowie aufgrund von Muskelatrophien und Bewegungseinschränkungen angrenzender Gelenke kompliziert.

Im Rahmen einer 3. Operation wurde Flüssigkeit im Gelenk entfernt. Wegen der Flüssigkeit hatte sich eine Hüftluxation entwickelt, weshalb eine Fixierung mit Kirschnerdrähten erfolgte. In der Zeit nach der Operation war der Kläger gezwungen, 4 Wochen auf dem Rücken zu liegen, er durfte sich nicht bewegen.

Ein 1/2 Jahr nach dem Unfall konnte er wieder die Schule besuchen, musste aber von seinen Eltern gefahren werden. Er absolvierte ein intensives krankengymnastisches Programm und Krafttraining. 2 weitere Jahre später musste wegen Verschlechterung der Hüfte ein künstliches Hüftgelenk implantiert werden, woran sich eine Rehabilitation anschloss. Der Kläger musste ein Schuljahr wiederholen; es verbleibt eine MdE von 60%. Intensive, überwiegend selbstständige Maßnahmen zur Erhaltung der Muskulatur und Funktion des Bewegungsapparates sind erforderlich. Mit einer Verschlimmerung der Problematik ist zu rechnen, da davon auszugehen ist, dass sich die Hüfttotalendoprothese im Verlauf lockern wird und wahrscheinlich eine weitere operative Behandlung erforderlich werden wird, aller Voraussicht nach sogar eine erneute Implantation einer Hüftprothese. Aufgrund von Gang- und Haltungsstörungen, im

Wesentlichen verursacht durch den Schaden des Plexus Lumbosakralis, ist mit weiteren Schäden speziell an der Wirbelsäule, am Becken und auch am Schultergürtel zu rechnen.

Bei der Bemessung stellte das Gericht heraus, dass der Kläger bislang viermal operiert und daher 19 Wochen stationär behandelt worden war. Er litt über einen Zeitraum von etwa 20 Monaten unter einem posttraumatischen Belastungssyndrom. Der erst 19 Jahre alte Kläger spürt die körperlichen Beeinträchtigungen des Unfalls jeden Tag beim Heben, Tragen und Gehen, er ist zu intensiven krankengymnastischen Übungen gezwungen, um wenigstens den status quo zu halten. Eine Rente lehnte das Gericht gleichwohl ab, da es sich nicht um eine schwerste Dauerbeeinträchtigung wie einen Hirnschaden, eine Querschnittslähmung oder einen Sinnesverlust handele.

Lunge

▶ **Hinweis:**

Lungenverletzungen treten isoliert fast nur in Fällen der Arzthaftung auf. Hier muss für die Bemessung danach unterschieden werden, ob – etwa im Fall eines Pneumothorax (Luftsammlung im Raum zwischen beiden Brustblättern) – die Verletzung folgenlos ausheilt oder, wie bei der (teilweisen) Entfernung von Lungenflügeln wegen fehlerhafter Diagnosen evident, ein Dauerschaden verbleibt. Insb. in diesem Fall ist darauf hinzuweisen, dass der Verlust eines Teils der Lunge typischerweise Folgebeeinträchtigungen auch für andere Organe (Herz) mit sich bringt, die Schmerzensgeld erhöhend berücksichtigt werden müssen. Je nach Fallgestaltung könnte – jedenfalls nach der Rechtslage vor Inkrafttreten des 2. Schadensersatzrechtsänderungsgesetzes – auch das Vorliegen eines groben Behandlungsfehlers erhöhend ins Gewicht fallen.

Bei Verkehrsunfällen gehen schwerere Lungenverletzungen zumeist mit anderen Verletzungen des Brustkorbes (etwa Rippenserienfrakturen) einher, sodass bei den entsprechenden Urteilen zu berücksichtigen ist, dass – zumindest in gleichem Umfang – auch die übrigen Verletzungen für den ausgeurteilten Schmerzensgeldbetrag maßgeblich waren.

Beachtenswert unter dem Aspekt von Schmerzensgeld und Produkthaftung und im Vergleich zu den teils grotesk ausufernden Entschädigungssummen des amerikanischen Rechts ist das nachfolgende Urteil unterEE 782 ff.

E 782 **OLG Hamm, Beschl. v. 04.06.2004 – 3 U 16/04, NJW 2005, 295**[58]

0,00 €

Lungenschäden – kardiovaskuläre Erkrankung

Der Kläger, ein durch übermäßigen Zigarettenkonsum (»Nikotinabusus«) in seiner Gesundheit geschädigter Raucher, verlangte Schmerzensgeld vom Zigarettenhersteller. Das Gericht lehnte die Klage ab; es sei nicht ersichtlich, dass der Zigarettenhersteller durch sein Verhalten (die rechtmäßige Herstellung und den rechtmäßigen Vertrieb seiner Zigaretten) in rechtswidriger Weise eine Erkrankung des aus eigener Entscheidung rauchenden Klägers verursacht hat. Es kämen daher weder Schadensersatzansprüche wegen Körperverletzung aus § 823 Abs. 1 BGB noch solche unter dem Gesichtspunkt der Produzentenhaftung, der Schutzgesetzverletzung oder der sittenwidrigen Schädigung i. S. v. § 826 BGB in Betracht. Selbst wenn man eine

58 OLG Stuttgart, Urt. v. 13.12.2005 – 1 U 51/05, MedR 2006, 719.Vgl. aber auch BGH, Urt. v. 19.03.2003 – IV ZR 139/01, BGHR 2003, 655: Rechtsschutzversicherungen müssen Schadensersatzklagen von Rauchern gegen Zigarettenhersteller finanzieren.

Hinweispflicht des Zigarettenherstellers auf den Zusatz suchtfördernder (zulässiger) Stoffe (Acetaldehyd, Ammoniak bzw. Ammoniakderivate) bejahen wollte, sei die Ursächlichkeit eines Verstoßes gegen eine derartige Hinweispflicht für die Gesundheitsbeschädigung nicht nachgewiesen; es könne nicht davon ausgegangen werden, dass der Betroffene durch derartige Warnhinweise vom Rauchen abgehalten worden wäre. Auch Produkt- oder Konstruktionsfehler schieden aus, da die Beifügung gesetzlich zulässiger Stoffe nicht haftungsbegründend sei.[59]

LG Nürnberg-Fürth, Urt. v. 07.04.2011 – 4 O 11065/06, unveröffentlicht — E 783

500,00 € (Vorstellung: 150.000,00 €)

Verspätete Drainage eines Pleuraergusses

Bei der 25 Jahre alten Klägerin kam es im Nachgang zu einer Brustoperation zur Korrektur einer asymmetrischen Trichterbrust zu einem Pleuraerguss. Der Beklagte nahm die gebotene Anlage einer Thoraxdrainage einen Tag zu spät vor. Hierdurch kam es zu einem Druckgefühl in der Brust, einer Behinderung der Atmung und einem dadurch bedingten Unwohlsein. Das Gericht berücksichtigte bei der Bemessung, dass die relativ kurze Beeinträchtigung für die ohnehin durch die Operationsfolgen betroffene Klägerin schwerer wog als für einen ansonsten gesunden Menschen, hob aber auch hervor, dass der Fehler »auf unterster Verschuldensebene« anzusiedeln sei. Die Vorstellung beruhte auf der Behauptung umfangreicher weiterer Behandlungsfehler, die sich nicht hatten beweisen lassen.

OLG Koblenz, Urt. v. 19.12.2012 – 5 U 710/12, VersR 2013, 236 — E 784

2.000,00 € (Vorstellung: 10.000,00 €)

Pneumothorax – Hautemphysem

Bei dem Kläger wurde wegen seiner Rückenschmerzen ohne ausreichende Aufklärung eine Nervendekompression durchgeführt. Die Narkose rief einen Pneumothorax und ein Hautemphysem hervor, die einen fünftägigen Krankenhausaufenthalt erforderlich machten, aber folgenlos verheilten. Das eigentliche Operationsziel wurde erreicht.

LG Dortmund, Urt. v. 09.06.2004 – 21 O 454/03, SP 2004, 301 — E 785

2.500,00 €

Lungenkontusion – Rippenserienfraktur

Der Kläger erlitt nach einem Verkehrsunfall eine Rippenserienfraktur mit Lungenkontusion. Es bestand anfangs Lebensgefahr. Der Kläger war 6 Wochen arbeitsunfähig und litt 2 Monate an Schmerzen.

OLG Celle, Urt. v. 10.06.2004 – 14 U 136/03, OLGR 2004, 609 — E 786

6.000,00 € (1/2 Mitverschulden)

Pneumothorax – Daumengrundgelenkluxation – Rippenserienfraktur

Der Kläger erlitt bei einem Verkehrsunfall erhebliche Verletzungen, nämlich eine offene Luxation des Daumengrundgelenks mit ulnarer Seitenbandruptur und eine Rippenserienfraktur mit Hämato- und Pneumothorax.

59 Hierzu auch Merten, VersR 2005, 465.

E 787 **OLG Rostock, Urt. v. 19.11.2004 – 8 U 239/03, MDR 2005, 394**

6.000,00 € (1/2 Mitverschulden; Vorstellung: 8.500,00 €)

Lungenkontusion – Thoraxtrauma – Rippenfrakturen – Nasenbeinfraktur

Der Kläger wurde schwer verletzt, als bei einem Motocrossrennen, bei welchem er Zuschauer war, ein Fahrer von der Bahn abkam, über die unzureichend gesicherte Böschung sprang und in den Kläger prallte. Er erlitt ein Thoraxtrauma mit kleinem Pneumothorax, eine Lungenkontusion, zwei Rippenfrakturen, ein Tossy III rechts, Schädelprellungen, eine Sprengung des Acromio-Claviculagelenks und eine Nasenbeinfraktur. Er wurde einen Tag beatmet und noch 8 Tage stationär behandelt, hierauf war er 3 Monate krankgeschrieben. Als Dauerschäden verblieben Schmerzen und Schnarchen sowie eine Bewegungseinschränkung des Schultergelenks. Ein Liegen auf der rechten Seite ist nicht mehr möglich. Bei der Bemessung berücksichtigte das Gericht die schweren Verletzungen und die Dauerschäden, aber auch das Mitverschulden und das geringe Verschulden der Gegenseite.

E 788 **LG Saarbrücken, Urt. v. 11.12.2009 – 10 S 26/08, MietRB 2010, 132**

6.000,00 € (Vorstellung: 15.000,00 € in zweiter Instanz: 10.000,00 €)

Legionellenpneumonie

Der Kläger hatte eine Wohnung bei dem Beklagten gemietet; er erkrankte an einer schweren beidseitigen Legionellenpneumonie, wegen derer er 2 Monate stationär behandelt wurde. Hierbei wurde er tracheotomiert und für 4 Wochen in ein künstliches Koma versetzt. Er befand sich weitere 3 Wochen in stationärer Rehabilitationsbehandlung, eine ambulante Reha schloss sich an. Der Kläger entwickelte eine ausgeprägte unspezifische bronchiale Hyperreagibilität, die allerdings nach 3 Jahren abklang. Im Warmwassersystem des Hauses waren Legionellen vorhanden gewesen.

Das Gericht befand, nach § 536a BGB hätte der Beklage hinsichtlich seiner Behauptung eines unverschuldeten Befalls die Beweislast gehabt, aber nicht bewiesen, dass die Infektion und der Befall unvorhersehbar gewesen sei. Dies folgte das Gericht insb. daraus, dass die Wasserversorgungsanlage nicht mit einer Zirkulationspumpe ausgestattet war.

E 789 **OLG Zweibrücken, Urt. v. 01.06.2006 – 4 U 68/05, NJW-RR 2006, 1254**

8.000,00 € (Vorstellung: 25.000,00 €)

Lungenentzündung – Niereninsuffizienz nach Oberarmfraktur und Kopfverletzung

Der Kläger ist Alleinerbe seiner an den Folgen eines Sturzes im Altenpflegeheim verstorbenen Ehefrau, deren Schmerzensgeldansprüche er geltend machte. Diese war im Alter von 75 Jahren gestürzt, als die Pflegekraft sie an einem Waschbecken stehend zurückgelassen hatte, um einen Toilettenstuhl zu holen; dies wertete das Gericht als pflichtwidrig, da die sturzgefährdete Ehefrau auch sitzend oder liegend hätte warten können. Aufgrund des Sturzes erlitt sie eine Oberarmfraktur und eine Kopfverletzung. Hierdurch entwickelte sich ein subdurales Hämatom, welches operativ versorgt werden musste. Aufgrund einer Infektion, die sie sich im Krankenhaus zuzog, bekam die Ehefrau eine Lungenentzündung, die mit dem Mittel Vancomycin behandelt wurde. Dies verursachte eine Niereninsuffizienz, an der die Ehefrau letztlich 2 Monate nach dem Sturz starb.

Bei der Bemessung berücksichtigte das Gericht die beträchtlichen Komplikationen der Verletzungen, die zu Schmerzen und lang anhaltenden gesundheitlichen Beeinträchtigungen führten, die bis zum Tod andauerten. Die Komplikationen nach der Einnahme von Vancomycin bewirkten eine Bettlägerigkeit bis zum Tod; die lange Liegezeit hatte einen Dekubitus am Steißbein und beiden Fersen zur Folge.

LG Kassel, Urt. v. 15.03.2006 – 4 O 1331/03, SP 2007, 11 E 790

9.000,00 € (Vorstellung: 25.000,00 €)

Lungenschädigung – Schlüsselbeinbruch – Rippen- und Brustbeinbruch

Der Kläger wurde als Insasse eines verunfallten Wagens verletzt; er erlitt einen Schlüsselbeinbruch, einen Bruch der Rippen 1 – 4, 7 und 8, einen Brustbeinbruch, eine Außenbandruptur am rechten Bein sowie Risswunden und Quetschungen des rechten Unterarms und eine Schädigung des Brustraums und der Lunge (Hämatopneumothorax).

Die Vorstellung beruhte auf nicht bewiesenen weiteren Schäden; bei der Bemessung stellte das Gericht darauf ab, dass der Kläger den Unfall als Schüler in einer Phase erlitten hatte, in der er sich sorgen musste, ob er infolge der Verletzungen eine passende Ausbildungsstelle findet.

LG Detmold, Urt. v. 26.03.2007 – 1 O 266/05, unveröffentlicht E 791

10.000,00 € (Vorstellung: 25.000,00 €)

Lungenentzündung – baldiger Tod

Der 23 Jahre alte Erblasser wurde wegen Fiebers, Hustens und Schwindels in die beklagte Klinik aufgenommen. Dort wurde 6 Tage lange versäumt, seine tatsächliche Erkrankung – eine Lungenentzündung – zu diagnostizieren. Er starb 6 Tage nach der Aufnahme. Die Autopsie ergab eine ausgedehnte doppelseitige Lungenentzündung, links stärker als rechts, eine geringe Entzündung des Lungenfells links, eine akute Erweiterung der rechten Herzkammer, eine weiche zerfließliche Milz und eine nicht vollständige Septierung der Aortenklappe. Als Todesursache wurde ein Rechtsherzversagen bei ausgedehnter doppelseitiger Lungenentzündung festgestellt.

Bei der Bemessung wurde berücksichtigt, dass auch eine beste Behandlung zwar zum Überleben, aber doch zu erheblichen Beeinträchtigungen geführt hätte. Andererseits hätten »dem Erblasser bis zu seinem Ableben Schmerzen und Todesängste bei zunehmender Kurzatmigkeit erspart bleiben können«. Der Erblasser habe sich nun aber trotz seiner erkennbar bedrohlichen Situation nicht angemessen behandelt gefühlt.

Regulierungsverzögerungen ließ das Gericht unberücksichtigt, weil sie erst nach dem Versterben und damit nicht mehr in der Person des Erblassers eingetreten waren.[60]

OLG Düsseldorf, Urt. v. 21.02.2008 – I-8 U 82/06, VersR 2009, 403 E 792

15.000,00 €

Lungenembolien

Der 55 Jahre alte Kläger wurde bei der Beklagten wegen Rückenschmerzen orthopädisch behandelt. Zur Behandlung legte die Beklagte für 2 Wochen einen Gipsverband am rechten Fuß an, ohne dass eine Thromboseprophylaxe erfolgte. Es entwickelte sich auf dem Boden einer Venenthrombose eine Lungenembolie, die stationär behandelt werden musste. 3 Monate und erneut 3 Jahre später kam es zu weiteren tiefen Beinvenenthrombosen mit multiplen Lungenembolien. Der Kläger war durch die Lungenembolien in Lebensgefahr geraten; er muss seitdem Marcumar einnehmen und Stützstümpfe tragen.

60 Ebenso bereits OLG Koblenz, NJW-RR 2008, 1055; vgl. Rdn. 1006 ff.

E 793 **OLG Brandenburg, Urt. v. 14.06.2007 – 12 U 244/06, SP 2008, 105**

22.000,00 €

Lungenkontusion – Beckenfraktur – LWS-Fraktur – Schädelhirntrauma

Die Klägerin erlitt bei einem Verkehrsunfall ein Schädelhirntrauma 2. Grades, eine Lungenkontusion mit Mantelpneumothorax, eine Leber- und Nierenparenchymruptur, eine Lendenwirbelkörper- sowie eine instabile Typ III Beckenfraktur. Sie befand sich einen Monat in stationärer Behandlung, während 5 Tagen bestand Lebensgefahr. Eine Osteosynthese und Fixateur extern waren nötig; einen Monat lang musste eine Beatmungstherapie mit Respirator-Therapie durchgeführt werden, zudem wurden operativ Fixateure im Bereich von Becken, Brust- und Lendenwirbelsäule eingebracht. Im Becken mussten zudem Distanzplatten eingesetzt werden. 6 Wochen neurologische Rehabilitation (stationär) schlossen sich an. Mehrere weitere Operationen zur Entfernung des Materials wurden nötig. Das rechte Hüftgelenk ist unfallbedingt präarthrotisch deformiert, was ein frühzeitig eintretendes Verschleißleiden zur Folge hat; die Hüfte ist nur noch eingeschränkt beweglich. Eine Dauer-MdE von 40 % verbleibt.

Bei der Bemessung wurden neben den Unfallfolgen auch die dauerhaft entstellenden Narben im Bereich von Becken, Gesäß und Oberschenkel genannt, die verhärtet und verbreitet sind; auch war die Unfallverursachung grob fahrlässig. Die verzögerte Zahlung (erst nach einem halben Jahr wurden 5.000,00 € gezahlt) bei klarer Haftung dem Grunde nach, führte zu einer weiteren Erhöhung. Zuletzt wurde berücksichtigt, dass die Klägerin unfallbedingt ihr Fachabitur nicht machen konnte.

E 794 **OLG Brandenburg, Urt. v. 27.08.2009 – 12 U 233/08, unveröffentlicht**

25.000,00 € (Vorstellung: 40.000,00 €)

Verspätete Diagnose eines Lungenkarzinoms – Versterben

Die 57 Jahre alte Geschädigte war bei den Beklagten in ärztlicher Behandlung; auf einem Röntgenbild der Lunge wurde ein Lungenrundherd nicht weiter diagnostisch abgeklärt, sodass ein Lungentumor übersehen wurde. Dieser wurde über ein Jahr nicht erkannt und das Lungenkarzinom daher nicht behandelt; die Geschädigte verstarb 2 1/2 Jahre, nachdem der Tumor erkannt worden war. Bei der Bemessung wurde berücksichtigt, dass die Geschädigte sich mehren Operationen und Chemotherapien unterzogen hatte, krankheitsbedingt in den Ruhestand versetzt wurde und im Alter von 62 Jahren verstorben war. Zwar wären Beschwerden wie Luftnot und Schmerzen auch bei rechtzeitiger Diagnose – die eine Resektion des Lungenflügels in Teilen auch nicht verhindert hätte – entstanden, die Geschädigte hätte aber Chemotherapie und Bestrahlungen vermieden und wäre auch nicht bis zum Tode in dem Gedanken gewesen, dass die Ausbreitung der Krankheit durch eine rechtzeitige Diagnose hätte verhindert werden können. Der BGH (Urt. v. 21.12.2010 – VI ZR 284/09, VersR 2011, 400) hat das Urteil aufgehoben, da die Kausalität nicht nachgewiesen sei.

E 795 **LG Dortmund, Urt. v. 23.02.2007 – 21 O 323/06, ZfS 2008, 87**

30.000,00 € (Vorstellung: 30.000,00 €)

Lungenkontusion – Pneumothorax – Rippenfrakturen – Polytrauma – Milz- und Nierenruptur

Die Klägerin, eine alleinerziehende Mutter mit einem 5-jährigen Sohn, betrat bei der Besichtigung eines Segelflughafens eine nur unzureichend abgesicherte Flugschneise. Sie wurde von einem von dem Segelflugzeug des Beklagten herabhängenden Schleppseil erfasst und ca. 15 m mitgerissen. Sie befand sich wegen einer schweren Lungenkontusion in Lebensgefahr und musste mehrere Tage auf der Intensivstation bleiben; insgesamt blieb sie einen Monat in stationärer Behandlung. Sie erlitt ein Polytrauma mit Zwerchfellriss, eine Rissverletzung der Leber, eine Milzruptur, eine Nierenparenchymruptur links, einen Bruch des 6. Halswirbels (Dornfortsatz), Rippenserienfrakturen der 7. – 12. Rippe links sowie der 11. und 12. Rippe rechts mit einem traumatischen Pneumothorax. Die Milz musste operativ entfernt werden.

Als Dauerschäden verblieben Narben am rechten Arm und im Bereich des Oberbauchs bis zur Schambeingegend. Weitere fortbestehende Unfallschäden sind Verwachsungen des Darms mit Operationsnarben, Depressionen und Schlafstörungen sowie die Unfähigkeit, größere Lasten zu tragen. Die Klägerin befindet sich seit geraumer Zeit in ständiger psychotherapeutischer Behandlung.

Das Gericht stellte bei der Bemessung auf die lebensbedrohlichen und dauerhaften Folgen ab, insb. den Milzverlust, die Narben und die fortdauernde Anfälligkeit für Erkrankungen der Lunge, Leber und Niere. Die Klägerin, eine junge, alleinerziehende Frau, habe trotz Teilzeittätigkeit eine Position als Abteilungsleiterin eines Einzelhandelsunternehmens erreicht, die ohne das Unfallgeschehen gute Aufstiegschancen aufgewiesen hätte. Die Narbenbildung im Arm- und Thoraxbereich werde v. a. von einer jungen, attraktiven Frau als psychisch besonders belastend empfunden. Über die Schwierigkeit der Verarbeitung des Unfalls hinaus hat das Gericht auch Schmerzensgeld erhöhend berücksichtigt, dass die Klägerin im Umgang mit ihrem Sohn, mit dem sie nun nicht mehr ungehindert toben kann, stark beeinträchtigt ist und diesen nicht einmal in Gefahren- oder Trostsituationen hochheben kann. Auch der Umstand, dass der Beklagte trotz verschuldensunabhängiger (Luftverkehrs-) Haftung 2 Jahre nach dem Unfall keinerlei Leistungen an die finanziell nicht gut gestellte Klägerin erbracht hatte, wurde erhöhend berücksichtigt.

OLG Hamm, Urt. v. 19.03.2010 – 9 U 71/09, unveröffentlicht E 796

40.000,00 € (Vorstellung: 50.000,00 €)

Lungenkontusion – Hamatopneumothorax – Rippen- und Brustbeinfrakturen – Darmrisse

Die Klägerin erlitt bei einem Verkehrsunfall einen Dickdarmriss mit folgender Bauchfellentzündung, einen dreifachen Dünndarmriss, eine Rippenserienfraktur der 7., 8. und 9. Rippe links, einen Schlüsselbeinbruch links, eine Brustbeinfraktur, eine beidseitige Lungenkontusion, einen Hämatopneumothorax, ein cervicales Wurzelreizsyndrom sowie diverse Körperprellungen. Die Verletzungen führten zu erheblicher äußerer Narbenbildung; die Klägerin litt unter Todesangst und entwickelte eine posttraumatische Belastungsstörung. Der Senat berücksichtigte die Haftung aus grobem Fahrfehler, aber auch, dass die Klägerin »nur« einen Monat in stationärer und einen in ambulanter Anschlussheilbehandlung gewesen ist.

OLG Düsseldorf, Urt. v. 12.03.2007 – 1 U 206/06, unveröffentlicht E 797

45.000,00 € (Vorstellung: 40.000,00 €)

Lungenkontusion – Hämatopneumothorax – Thoraxtrauma – Rippenserienfrakturen

Der Kläger wurde bei einem Verkehrsunfall auf seinem Motorroller lebensgefährlich verletzt. Er erlitt ein stumpfes Thoraxtrauma mit Hämatopneumothorax und beidseitigen Rippenserienfrakturen i. V. m. einer linksseitigen Lungenkontusion. Der Kläger musste einen Monat lang bei zeitweiser künstlicher Beatmung intensivmedizinisch behandelt werden. Ein Luftröhrenschnitt und eine beidseitige Thoraxdrainage waren nötig. Es schloss sich eine 1 – 2 Monate dauernde stationäre Rehabilitationsmaßnahme an. Hierbei litt der Kläger an andauernden Schmerzen als Folge der Rippenfrakturen und der Narbe der Thoraxdrainage. Im Folgejahr folgten weitere Krankenhaus- und Rehabilitationsbehandlungen. Eine weitere Operation diente der Beseitigung einer Verschlusserkrankung beidseitiger Beinarterien und dem Einsetzen von Bypässen. Erst 1 1/2 Jahre nach dem Unfall konnte der zuletzt als Maschinist und Vorarbeiter tätig gewesene Kläger die Arbeitstätigkeit in seinem früheren Betrieb wieder aufnehmen.

Es verblieben Narben an Hals und Thorax, eine deutliche Störung der Lungenfunktion, eine deutliche schmerzhafte Bewegungseinschränkung der linken Schulter mit periartikulärer Verkalkung sowie Schmerzen auch bei Bewegen der rechten Schulter. Eine periphere arterielle Verschlusskrankheit der unteren Extremitäten war teilweise durch das Vorleben als Raucher, aber auch unfallbedingt. Der Kläger leidet unter einer unfallabhängigen Zwangsstörung und Depressionen und bereits während der stationären Aufenthalte litt er an Schlafstörungen wegen unfallbezogener Alpträume. Wegen der jahrelangen weitgehenden Zahlungsverweigerung der Gegenseite konnte er das Haus für seine 5-köpfige Familie nicht weiter finanzieren. Eine Dauer-MdE von 50 % verbleibt. Das Gericht stellte neben den schweren Unfallfolgen und den psychischen Schäden auch auf den Umstand ab, dass der 6-jährige Rechtsstreit den Kläger nicht nur finanziell schwer getroffen habe.

E 798 OLG Köln, Beschl. v. 05.09.2008 – 5 W 44/08, VersR 2009, 276

75.000,00 €

Lungenbeeinträchtigung – Schädigung des nervus phrenicus und des plexus brachialis – Armlähmung

Die Antragstellerin erlitt bei ihrer Geburt durch die unsachgemäße Behandlung einer Schulterdystokie eine Schädigung des plexus brachialis rechts und des nervus phrenicus, verbunden mit einem Wurzelausriss. Durch die späteren Versuche, die Folgen der Schädigung in Grenzen zu halten, hat die Antragstellerin mehrere schmerzhafte Operationen mit langdauernden Krankenhausaufenthalten durchlitten. Die Nahrungsaufnahme war längerfristig gestört, was zu Entwicklungsverzögerungen führte. Als Dauerfolge verbleibt eine vollständige Funktionsuntüchtigkeit des rechten Arms mit einer nur in ganz geringem Umfang gebrauchstüchtigen Hand. Durch die Schädigung des nervus phrenicus wurde einer Zwerchfellschädigung verursacht, die die Atmung behindert und die Funktion des rechten Lungenflügels um 50 % reduziert.

E 799 OLG Hamm, Urt. v. 29.10.2007 – 3 U 170/06, r+s 2009, 43

100.000,00 €

Undine-Fluch-Syndrom

Infolge eines groben Behandlungsfehlers des Beklagten trat bei dem Kläger ein sog. Undine-Fluch-Syndrom auf (eine Hypoventilation im Schlaf infolge zentraler Schlafapnoe), ein Ausfall der zentralen Atemregulation.

E 800 LG Bielefeld, Urt. v. 23.12.2008 – 5 O 413/06, unveröffentlicht

150.000,00 € (Vorstellung: 60.000,00 €)

Lungengewebsschädigungen – Herzmuskelschäden – Wachstumsstillstand

Der 6 Jahre alte Kläger litt unter einer Sichelzellkrankheit (einer besonderen Blutkrankheit), die der Beklagte fehlerhaft nicht diagnostizierte und daher über 3 Jahre falsch u. a. mit Transfusionen behandelte. Der Kläger erhielt eine exzessiv erhöhte, toxische Desferaldosis.

Bei dem Kläger traten infolgedessen eine Innenohrschwerhörigkeit, Lungengewebsschädigungen, Gelenkveränderungen und Herzmuskelschäden auf. Es kam zu einem Wachstumsstillstand mit Dystrophie sowie einer erheblichen Sehstörung. Das Gericht berücksichtigte, dass der Kläger lebenslang behandelt und betreut werden muss und durch die fehlerhafte Therapie vermeidbare erhebliche Schmerzen erlitten hatte.

OLG Köln, Beschl. v. 13.02.2006 – 5 W 181/05, unveröffentlicht E 801

200.000,00 €

Zwerchfelllähmung – funktionslose Lungenhälfte

Der Antragsteller wurde bei der Geburt verletzt; durch eine Schädigung des nervus phrenicus kam es zu einer Zwerchfelllähmung, die irreparabel ist. Eine Lungenhälfte ist funktionslos, sodass ständige maschinelle Beatmung und künstliche Ernährung erforderlich sind; hierdurch kommt es zu Verwachsungen im Kehlkopfbereich, Hospitalisierungserscheinungen mit Selbstverletzungscharakter und zu einer Vergrößerung des Herzmuskels.

Der Antragsteller ist rund um die Uhr pflege- und betreuungsbedürftig; er kann seine Magensäure nicht auf natürliche Art regulieren, erbricht alle 2 – 3 Std. und muss permanent abgesaugt werden. Er ist schwerst pflegebedürftig und zu einem normalen Leben selbst im Hinblick auf elementarste Bedürfnisse nicht in der Lage. Das Gericht ging von einem Dauerschaden aus; die Möglichkeit, dass spätere Fortschritte oder »glückliche Fügungen« der Medizin evtl. die Reanimation der funktionslosen Lunge ermöglichen könnten, sei für diese Beurteilung nicht von Bedeutung.

Mund/Lippe

▶ **Hinweis:**

Verletzungen im Bereich des Mundes – hierunter werden hier Mund- und Lippenverletzungen verstanden – fallen häufig mit Schädigungen anderer Körperteile, typischerweise etwa Zähnen, Kiefer oder Stimmbändern zusammen (s. insofern auch dort). Maßgeblich bei der Schmerzensgeldbemessung sind bei Verletzungen im Mundbereich zunächst die erhöhte Unbill durch Beeinträchtigungen bei den alltäglichen Erfordernissen des Sprechens und der Nahrungsaufnahme. Verbleiben Narben als Dauerschäden, sind diese, da regelmäßig an optisch herausgehobener Stelle im Gesicht, aufgrund der deutlichen ästhetischen Beeinträchtigung ein wesentlicher Faktor der Bemessung, der zu einer deutlichen Erhöhung des Schmerzensgeldes führen muss.

LG Flensburg, Urt. v. 04.11.2005 – 1 S 62/05, unveröffentlicht E 802

375,00 € (3/4 Mitverschulden)

Oberlippenwunde

Die Klägerin wurde vom Hund des Beklagten in die Oberlippe gebissen; sie hatte sich, obwohl der Hund knurrte, zu diesem heruntergebeugt, um ihn zu streicheln.

OLG Oldenburg, Urt. v. 04.07.2007 – 5 U 31/05, VersR 2007, 1699 = MedR 2008, 296 E 803

1.000,00 € (Vorstellung: 45.000,00 €)

Allergische Mundraum- und Allergische Gesichtserkrankungen

Bei der Klägerin lag eine im Allergiepass dokumentierte Allergie gegen Quecksilber und Palladiumchlorid vor. Der beklagte Zahnarzt setzte Brücken aus einer Legierung mit einem Palladiumanteil von 36,4 % ein, obwohl ihm der Allergiepass übergeben worden war. In der Folge kam es zu einer 2-wöchigen Erkrankung im Mundraum und im Gesicht der Klägerin, während derer sie unter Bläschen an den Lippen, Stippen auf der Schleimhaut, Zahnfleischentzündungen und Hautausschlägen litt.

Die Vorstellung beruhte auf der Behauptung weiterer, nicht nachgewiesener Dauerschäden.

E 804 **AG Meldorf, Urt. v. 31.05.2006 – 82 C 1769/05, unveröffentlicht**

3.500,00 €

Oberlippenplatzwunde – Verlust von zwei Schneidezähnen

Der Kläger wurde von dem Beklagten bei einer Schlägerei in einer Diskothek verletzt; durch einen Faustschlag ins Gesicht verlor er 2 vordere Schneidezähne und erlitt eine klaffende Platzwunde an der Oberlippe. Die fehlenden Zähne sind vorübergehend durch eine Prothese ersetzt worden. Bei der Bemessung berücksichtigte das Gericht auch, dass der Beklagte (wörtlich: »2,02 m groß und 165 kg schwer«) dem Kläger (»1,76 m klein und 65 kg leicht«) körperlich eindeutig und massiv überlegen war und der Kläger »zu keinem Zeitpunkt auch nur den Hauch einer Chance« einer Verteidigung hatte. Ebenso wurde berücksichtigt, dass der Kläger zeitlebens unter den Verletzungsfolgen leiden wird, da die prothetische Versorgung der Weiterbehandlung und Erneuerung bedarf; auch sei damit zu rechnen, dass nach der Versorgung mit Implantaten eine Kieferentzündung oder ein Kieferknochenschwund auftrete.

E 805 **OLG Frankfurt am Main, Urt. v. 13.06.2006 – 8 U 251/05, unveröffentlicht**

4.000,00 € (Vorstellung: 12.000,00 €)

Taubheitsgefühle in der Unterlippe – Verletzung des nervus mandibularis

Der Kläger ließ sich vom beklagten Zahnarzt die Weisheitszähne entfernen. Ohne hinreichend aufgeklärt worden zu sein, wurden beim Kläger Leitungsanästhesien gesetzt, von denen eine den nervus mandibularis verletzte. Wegen der Nervverletzungen verblieben Taubheitsgefühle im rechten Unterkiefer, am dortigen Zahnfleisch und in der Unterlippe.

Die Empfindung von Sinnesreizen im Bereich der Unterlippe ist dauerhaft herabgesetzt; der Zustand behindert ihn, u. a. beim Küssen, und führt mangels funktionierender Sensorik in diesem Bereich dazu, dass er sich auf Lippen- und Gaumenfleisch beißt. Das Gericht wertete dies als »nicht allzu schwerwiegende, aber doch alltäglich spürbare und andauernde« Beeinträchtigung.

E 806 **OLG Frankfurt, Urt. v. 12.05.2009 – 8 U 255/08, unveröffentlicht**

4.000,00 € (Vorstellung: 10.000,00 €)

Schmerzbedingter Abbruch einer Wangenstraffung

Die Klägerin war bei dem beklagten Chirurgen wegen einer Wangenstraffung vorstellig; dieser nahm mehrfache Eingriffe in Lokalanästhesie vor. Sie wurde über Behandlungsalternativen und die Möglichkeit einer Vollnarkose nicht ausreichend aufgeklärt.

Der Senat stellte insbesondere darauf ab, dass die Beklagte nicht darüber informiert wurde, dass die Einbringung der Wangenaugmentation mit Silikonteilen durch den Mund geplant war, so dass zusätzliche Schnitte in einem Bereich erfolgen mussten, in dem die Beklagte bereits umfangreiche Eingriffe mit Narbenfolgen hatte erdulden müssen. Sie musste nun drei Eingriffe in Lokalanästhesie ertragen, von denen der erste wegen schmerzbedingter Erschöpfung abgebrochen wurde.

LG Heidelberg, Urt. v. 11.09.2009 – 3 S 9/09, SP 2010, 112 E 807

4.000,00 €

Mundöffnungsstörung

Die Klägerin erlitt bei einem Unfall eine HWS-Distorsion und Beschwerden im Bereich des rechten Kiefergelenks. Sie hat im Kiefergelenksbereich Schmerzen; das Gelenk knackt bei Bewegung. Sie leidet unter einer anterioren Diskusverlagerung mit eingeschränkter Mundöffnung. Die maximale Mundöffnung, die sie selbst erreichen kann, beträgt 30mm, die maximale Mundöffnung ansonsten 39 mm. Die Klägerin kann ein belegtes Brötchen nicht unzerkleinert essen und auch einen Apfel oder ein ähnliches Stück Obst nicht abbeißen.

OLG Koblenz, Urt. v. 13.05.2004 – 5 U 41/03, VersR 2005, 118 = MDR 2004, 1239 = NJW-RR 2004, 1026 E 808

6.000,00 € (Vorstellung: 6.000,00 €)

Mundtrockenheit – Gefühlsstörungen im Mund – Verletzung des nervus lingualis

Der Patient wurde vom Zahnarzt vor einer Leitungsanästhesie nicht über deren Risiko aufgeklärt. Es kam zu einer Beeinträchtigung des nervus lingualis; es stellten sich beim Kläger persistierende Beschwerden und Ausfälle im Bereich der Injektionsstelle und der rechten Zungenhälfte ein. Als Verkaufsleiter muss der Kläger oft ausgedehnte Kundengespräche führen. Dabei empfindet er die Gefühlsstörung der Zungen- und Mundhöhlenhälfte mit Mundtrockenheit als erhebliche Beeinträchtigung. Auch bei sonstigen Gesprächen stört die irreparable Nervschädigung.

Für die Bemessung des Schmerzensgeldes hat das Gericht sich auf die Entscheidung unter der laufenden Nr. 1687 in der 21. Aufl. der ADAC-Tabelle bezogen. In diesem Fall hatte das LG Kassel bereits Anfang 1992 in einem vergleichbaren Fall ein Schmerzensgeld von 7.500,00 € zuerkannt. Dem Umstand, dass der nervus lingualis durchtrennt war, kommt medizinisch keine ausschlaggebende Bedeutung zu.

OLG Koblenz, Urt. v. 06.12.2007 – 5 U 709/07, GesR 2008, 537 E 809

6.000,00 € (Vorstellung: 8.000,00 €)

Empfindungsstörungen an der Lippe nach Schädigung des nervus alveolaris

Der beklagte Zahnarzt extrahierte ohne ausreichende Röntgenbefunde einen Weisheitszahn; auch in der Nachsorge machte er erhebliche Fehler. Es kam zu einer irreversiblen Nervschädigung im Lippenbereich aufgrund einer erheblichen Schädigung des nervus alveolaris. Der Kläger leidet unter einer bleibenden Beeinträchtigung des Empfindens im Lippenbereich; die Nachbehandlung ist kompliziert und schmerzhaft.

LG Bonn, Urt. v. 01.02.2011 – 7 O 146/10, VersR 2012, 1269 E 810

6.000,00 € (Vorstellung: 18.000,00 €)

Lippenverletzungen – Zahnschäden – Narben

Der 12 Jahre alte Kläger feierte seinen Geburtstag auf dem Zeltplatz des Beklagten. Zur Spannung einer Sonnenmarkise waren dort mehrere Stahlseile zwischen einem Partyraum und dem Boden gespannt, der sich in unmittelbarer Nähe zum Grillplatz befand. Als bei schwindendem Licht die Kinder abends herumtollten, lief der Kläger versehentlich gegen ein gespanntes Seil. Hierbei erlitt er eine Unterlippenprellung, Abschürfungen am Kinn und eine blutende Unterlippe. Ferner entstanden vier sichtbare Narben durch Perforation der Unterkieferfrontzähne an der Unterlippe, Narben an der Lippe und eine Narbe durch den Eckzahn am Mundwinkel.

Acht Zähne, auch Schneidezähne, waren beschädigt und mussten mit Kunststoffaufbauten vorläufig gerichtet werden. Eine endgültige Behandlung mit Kronen und Veneers ist erst mit Volljährigkeit möglich. Der Kläger hatte 2-3 Wochen nach dem Unfall noch starke Schmerzen und konnte zunächst nur flüssige Nahrung aufnehmen. Bei der Bemessung wurde berücksichtigt, dass es zu an sich nur kleineren Beschädigungen, aber an einer Vielzahl von Zähnen gekommen war.

In der Berufung (OLG Köln 17 U 22/11) wurde im Vergleichswege ein Schmerzensgeld von 9.000,00 € gezahlt.

E 811 **LG Münster, Urt. v. 31.05.2007 – 11 O 1097/05, unveröffentlicht**

10.000,00 €

Mundbodenmuskulaturkrämpfe – Unzureichende Behandlung eines Tiefbisses – Zahnverlust

Der jugendliche Kläger war bei dem Beklagten in kieferorthopädischer Behandlung. Ein bestehender Tiefbiss wurde im Stadium der Milchzähne vorwerfbar nicht behandelt, durch die Behandlung wurde vielmehr ein vorhandener leichter Überbiss verstärkt. Erst 4 Jahre verspätet und nach Abschluss des Längenwachstums wurde ein Aktivator verordnet. Es kam zu einem irreversiblen Schwund der Knorpelmasse und einer Dysfunktion des Kauorgans. Der Kläger hat schmerzhafte Krämpfe der Mundbodenmuskulatur, einen erhöhten Druck auf das Ohr bis hin zum Tinnitus, Kopf- und Rückenschmerzen. Die Rücklage des Unterkiefers ist sichtbar. Der Tiefbiss kann nun nur durch eine kombinierte kieferorthopädische und –chirurgische Behandlung mit erheblichen Eingriffen korrigiert werden, wobei 4 Zähne entfernt werden müssen.

E 812 **OLG Karlsruhe, Urt. v. 22.10.2008 – 9 U 75/07, NJW-RR 2009, 453**

12.000,00 € (Vorstellung: 10.000,00 €)

Oberlippenverletzung – Gesichtsverletzungen

Die 13 Jahre alte Klägerin wurde beim Ausreiten verletzt, als das von ihr am Zügel geführt Pferd ausbrach, sie über eine gewisse Strecke mitschleifte und ihr dann mit einem Hinterfuß ins Gesicht trat. Aufgrund der dauerhaften Verletzung ihrer Oberlippe musste sie ihr langjähriges Hobby des Querflötespielens aufgeben, weil sie für das Flöten keine ausreichende Oberlippenspannung mehr hervorbringen kann. Die Klägerin leidet zudem besonders unter der optischen Beeinträchtigung der Oberlippe.

E 813 **LG Duisburg, Urt. v. 30.05.2005 – 4 O 265/01, unveröffentlicht**

15.000,00 € (Vorstellung: 20.000,00 €)

Taubheitsgefühl der Unterlippe – Zahnschaden – Schlüsselbeinfraktur – Schulterblattfraktur

Die Klägerin kam bei einem Verkehrsunfall zu Fall. Sie stürzte und erlitt hierbei eine Mehrzahl an Verletzungen. U. a. waren das rechte Schlüsselbein und Schulterblatt gebrochen, es bestanden Prellungen und ein Schleudertrauma im Halswirbelbereich, die rechte Kniescheibe war zertrümmert, 2 obere Schneidezähne waren herausgebrochen bzw. gelockert und die Klägerin erlitt an der Kinnspitze eine Platzwunde. Es wurde eine Resektion durchgeführt mit anschließender Readaptation der Patellasehne. 2 Zähne mussten überkront werden.

Als weiterer bleibender Schaden besteht ein Taubheitsgefühl im Bereich der Unterlippe. Für die Bemessung des Schmerzensgeldes spielen insb. die dauerhaft bleibenden Schäden im Bereich des rechten Kniegelenks und im Bereich der rechten Unterlippe die vorrangige Rolle.

LG Tübingen, Urt. v. 29.09.2010 – 8 O 64/08, unveröffentlicht
E 814

15.000,00 € (Vorstellung: 10.000,00 €)

Hypästhesie der Mundschleimhaut und Zunge – Schädigung des nervus lingualis

Der 53 Jahre alte Kläger, der gelernter Koch war, erlitt bei einer Lokalanästhesie des beklagten Zahnarztes, der über Behandlungsalternativen nicht hinreichend aufgeklärt hatte, eine Hypästhesie beidseits der Mundschleimhaut und der Zunge. Es kam zum Verlust des Geschmackssinnes im Bereich der vorderen zwei Zungendrittel sowie einer Schädigung des nervus lingualis links.

Bei der Bemessung stellte das Gericht insbesondere darauf ab, dass der Kläger im Ergebnis seinen kompletten Geschmackssinn verloren hat mit der Folge, dass er seinem Beruf als Koch nicht mehr nachgehen kann.

OLG Brandenburg, Urt. v. 19.04.2007 – 12 U 215/06, unveröffentlicht
E 815

20.000,00 € (1/3 Mitverschulden)

Verätzungen in Mund und Speiseröhre

Der Kläger trank bei einer Party, die der Beklagte im gemeinsam bewohnten Lehrlingswohnheim ausrichtete, aus einer dem Beklagten gehörenden Flasche, in welcher dieser eine Reinigungslauge für das Tischlerhandwerk aufbewahrte.

Hierdurch kam es zu schweren Verätzungen des Klägers in Mund, Rachen und Speiseröhre. 5 Tage lang bestand Lebensgefahr; er war 3 Wochen in stationärer Behandlung, wobei er unter ständigen starken Schmerzen im Mund- und Rachenbereich litt und zunächst künstlich ernährt werden musste. Erst nach 10 Tagen konnte er erste flüssige Nahrung aufnehmen, es dauerte ein halbes Jahr, ehe in begrenztem Umfang die Aufnahme fester Nahrung möglich wurde. Nach der Entlassung wurden in zunächst 2-tägigem Abstand ambulante Gastroskopien durchgeführt. Er muss weiterhin in ärztlicher Behandlung bleiben, um Blutwerte und Magengegend zu kontrollieren. Das Gericht bezog sich bei der Bemessung auf Entscheidungen aus 1978 (dort: 7.500,00 DM) und 1974 (!!) (dort: 70.000,00 DM), nahm aber immerhin wegen des »erheblichen Zeitraums« über die inflationsbedingte Anpassung noch einen weiteren Zuschlag aufgrund des »zwischenzeitlich allgemein angehobenen Niveaus von Schmerzensgeldzahlungen« vor.

LG Berlin, Urt. v. 06.12.2005 – 10 O 415/05, VersR 2006, 499 = NJW 2006, 702
E 816

22.000,00 € (Vorstellung: 20.000,00 €)

Narbenbildung an Wange/Lippe

Der unbeaufsichtigt herumlaufende Schäferhund des Beklagten griff den 7 Jahre alten Kläger an und verbiss sich in dessen Gesicht. Hierdurch wurden schwerste Bissverletzungen verursacht. Als Folge der Bissverletzung wurde der Kläger 9 Tage stationär behandelt. Der Kläger wurde in der Schule gehänselt und litt unter andauernden Schmerzen.

Der Versicherer des Beklagten bot dem Kläger zur Klaglosstellung einen Betrag von 2.500,00 € an und übersandte, nachdem der Kläger Klage eingereicht hatte und das Gericht unter Hinweis auf einschlägige Rechtsprechung das geforderte Schmerzensgeld von 20.000,00 €, insb. bei schwerwiegenden bleibenden Schäden, als nicht unangemessen bezeichnet hatte, zur Klaglosstellung einen Scheck über 7.200,00 €. Der Kläger löste den Scheck nicht ein.

Als Dauerschaden verblieb eine hypertrophe Narbenbildung mit funktioneller Einschränkung im Bereich der linken Wange/Unterlippe als Folge der ausgedehnten, perforierenden Zerreißung der Wange. Zwar ist es im postoperativen Verlauf zu einem Ablassen der Rötung und einer Verminderung der narbigen Induration gekommen, jedoch findet sich als Folge der Narbenbildung an der linken Wange eine Funktionsstörung der Unterlippenfunktion mit asymmetrischer Mundspaltbildung. Das ästhetische Ergebnis kann durch eine operative Narbenkorrektur noch verbessert werden, die Funktionsstörung der Unterlippenfunktion ist jedoch dauerhaft. Auch die Fehlstellung des Nasenflügels mit konsekutiver Asymmetrie der Nase und die Narben im Bereich der rechten Wange, des rechten Unterlides und der rechten Nase sind dauerhaft. Die Folgen der Zahnverletzungen, insb. von Zahnkeimen, können noch nicht abgesehen werden.

Das Gericht führte aus, für derart erhebliche, bleibende, teilweise entstellende Schäden, die den jungen Kläger sein Leben lang begleiten werden und noch nicht abschätzbare Folgen auch für das Selbstwertgefühl des Kindes und des späteren Jugendlichen haben werden, sei »ein Schmerzensgeld zwischen 18.000,00 € und 20.000,00 € angemessen, mithin 19.000,00 €«.[61] Unerheblich sei, ob ein Junge oder ein Mädchen betroffen sei, da das äußere Erscheinungsbild in einer von Medien und den dort verbreiteten Schönheitsidealen geprägten Welt für beide Geschlechter gleichermaßen wichtig sei.

Dieses zunächst ermittelte Schmerzensgeld sei im Hinblick auf die verzögerte Schmerzensgeldzahlung durch die Haftpflichtversicherung des Beklagten um 3.000,00 € zu erhöhen, weil das Gericht im Verhalten des Versicherers des Beklagten den Versuch gesehen hat, den Kläger in eine Erlassfalle zu locken.

Nase

► **Hinweis:**

Im Folgenden sind nur die äußerlichen Verletzungen der Nase (Prellungen, Wunden, Brüche) erfasst. Zu der Beeinträchtigung und dem Verlust des Geruchssinnes s. das Stichwort → Geruchssinn (EE 538 ff.).

E 817 **LG München II, Urt. v. 10.01.2008 – 8 S 4416/07, unveröffentlicht**

400,00 € ($^{7}/_{10}$ Mitverschulden; Vorstellung: 1.500,00 €)

Nasenbruch – Zahnverlust

Der Beklagte schlug dem Kläger bei einer wechselseitig eskalierenden Auseinandersetzung einen Zahn aus und brach ihm die Nase.

E 818 **LG Itzehoe, Urt. v. 26.03.2013 –1 S 211/11, unveröffentlicht**

900,00 € (Vorstellung: 1.800,00 €)

Nasenbeinfraktur

Der Kläger wurde nach einem Streit mit seiner Freundin in einer Gaststätte von dem ebenfalls dort anwesenden Beklagten angegriffen. Dieser schlug ihm mehrfach mit der Faust ins Gesicht. Der Kläger erlitt eine Nasenbeinfraktur, die operativ behoben werden musste. Zum Schutz der Nase musste er noch eine Woche eine Schiene tragen.

61 Es ist hier darauf hinzuweisen, dass bei der Bemessung ein Schmerzensgeld für den konkreten Fall zu bilden ist, also nicht erst das »abstrakt« »passende« Schmerzensgeld, welches dann durch – auch noch betragsmäßig genannte – Summen »angepasst« und erhöht wird. Gleichwohl ist dies ein Fehler, der häufig unterläuft.

LG Ellwangen, Urt. v. 14.05.2004 – 1 S 25/04, unveröffentlicht E 819

1.000,00 €

Fremdkörper in der Nase

Der beklagte Kinderarzt übersah bei einem Kleinkind den Verdacht auf einen Fremdkörper in der Nase (hier: Uhrenbatterie). Deshalb kam es zu einem leichten Einwachsen der Batterie in der Nase; diese musste nach dem Auftreten von Beschwerden ca. einen Monat nach der Untersuchung während eines Urlaubs im Rahmen einer schmerzhaften Operation entfernt werden.

AG Bremen, Urt. v. 15.10.2007 – 1 C 227/05, unveröffentlicht E 820

1.500,00 € (Vorstellung: 3.000,00 €)

Nasenbeinbruch

Der Kläger hatte sich in die hausärztliche Praxis der Beklagten begeben, um sich einen Splitter aus dem Finger entfernen zu lassen. Im Behandlungszimmer ließ die Beklagte den Kläger auf einem Behandlungsstuhl Platz nehmen und versuchte, mittels eines Skalpells oder einer Kanüle, den Splitter zu entfernen. Als dies nicht gelang, vielmehr Blut austrat, unterbrach sie die Versuche. Die Beklagte drehte sich um, um Behandlungsmaterial vom Fensterbrett zu holen. In diesem Moment wurde der Kläger ohnmächtig und fiel mitsamt dem Stuhl um. Dabei fiel er auf den Metallfuß der danebenstehenden Liege, sodass er sich einen Nasenbeinbruch zuzog. Dieser wurde im Krankenhaus ambulant gerichtet und ruhiggestellt. Eine Kontrolluntersuchung ergab die Notwendigkeit, die Nase erneut zu richten. Anschließend musste die Nase erneut für 10 Tage ruhiggestellt werden.

Das Gericht nahm eine Pflicht der Ärztin an, den Patienten im Zuge der Behandlung »im Auge« zu halten.

AG Rudolstadt, Urt. v. 07.02.2012 – 380 Js 10174/11 1Ls jug, StV 2013, 43 E 821

1.500,00 €

Nasenbeinbruch

Der Beklagte schlug, entsprechend alkoholisiert, dem Kläger auf dem Weihnachtsmarkt eine Nikolausmütze vom Kopf. Beim anschließenden Gerangel um die Mütze versetzte er dem Kläger einen gezielten und wuchtigen Faustschlag ins Gesicht, wodurch es zu Schürfwunden und einem Nasenbeinbruch kam. Das Schmerzensgeld wurde nach § 15 JGG im Strafverfahren zuerkannt, wobei das Gericht insbesondere auch auf die Einkommensverhältnisse des Beklagten abstellte.

LG Köln, Urt. v. 09.12.2009 – 7 O 13/08, unveröffentlicht E 822

2.200,00 € (Vorstellung: 5.000,00 €)

Nasenbeinbruch

Die Klägerin rutschte auf der unzureichend gereinigten Bowlingbahn des Beklagten aus. Sie fiel auf das Gesicht und erlitt einen Nasenbeinbruch, der eine Operation und eine Krankschreibung von 20 Tagen zur Folge hat. Das Gericht berücksichtigte, dass die Klägerin anlässlich des für sie vergnüglichen Umstandes eines Betriebsausfluges plötzlich und unvermittelt verletzt wurde. Der Vorstellung lagen – unbewiesene – Spätschäden zugrunde.

E 823 **OLG Schleswig, Beschl. v. 09.09.2008 – 14 W 54/08, MDR 2009, 346**

2.500,00 € (Vorstellung: 5.000,00 €)

Nasengerüstfraktur – Septumfraktur

Als der 20 Jahre alte Antragsteller versuchte, in einer Diskothek einen Streit zu schlichten, schlug ihm der Antragsgegner mit der Faust ins Gesicht. Hierdurch erlitt der Antragsteller eine Nasengerüst- und Septumfraktur. Bis zur operativen Wiederherstellung war eine Nasenatmung nicht möglich. Der Antragsteller musste sich zwei Nasenoperationen unterziehen und litt mehrere Wochen lang unter erheblichen Schmerzen der Nase. Als dauerhafte Folge wird durch eine Schiefstellung der Nase nach rechts und durch einen Höcker das äußere Erscheinungsbild des noch jungen Mannes beeinträchtigt sein; außerdem wird die Nasenatmung auf dem rechten Nasenloch auch in Zukunft eingeschränkt sein.

Der Antragsteller war ca. 3 Wochen lang arbeitsunfähig. Er konnte danach seine volle berufliche Tätigkeit, die eine Schutzbrille erfordert hätte, zunächst nicht ausüben, weil er aufgrund der Nasenverletzung die Brille nicht tragen konnte. Er leidet weiterhin unter Alpträumen und Schlafstörungen sowie einer starken Schmerzempfindlichkeit der Nase. In seinem Fußballverein verlor er seinen Stammplatz.

Das Gericht hielt mit Blick auf diese Faktoren und den Umstand einer Vorsatztat gleichwohl ein Schmerzensgeld von 2.000,00 € – allenfalls 2.500,00 € für angemessen.

E 824 **LG Bonn, Urt. v. 04.04.2012 – 1 O 424/11, unveröffentlicht**

3.000,00 € (Vorstellung: 3.000,00 €)

Nasenbeinfraktur

Die Klägerin stürzte in einer Fußgängerzone aufgrund einer unzureichend gekennzeichneten Stufe; sie erlitt eine Nasenbeinfraktur, eine 3cm große oberflächliche Hautabschürfung am Handgelenk sowie eine Schürfwunde am Knie. Sie war in ärztlicher Behandlung und bekam schmerzstillende Medikamente; zwei Monate medizinische Nachbetreuung schlossen sich an.

E 825 **OLG Hamm, Urt. v. 03.02.2009 – 9 U 101/07, NJW-RR 2010, 33**

4.000,00 € (Vorstellung: 4.000,00 €)

Nasenbeinfraktur – Kieferbruch – Prellungen

Der Kläger fuhr mit seinem Fahrrad gegen eine nur unzureichend abgesicherte Kette, die die Fußgängerzone der Innenstadt absperrte. Er erlitt Prellungen an den Knien und Verletzungen im Gesicht, insb. einen komplizierten Kieferbruch und eine Nasenbeinfraktur. Der Sturz ging mit einem Blutverlust und Weichteilschwellungen einher, der Senat bezeichnete die Verletzungen als »naturgemäß äußerst schmerzhaft«.

E 826 **LG Köln, Urt. v. 24.06.2010 – 29 O 290/09, SP 2011, 16**

4.000,00 € (Vorstellung: 5.000,00 €)

Nasenprellung – Wintersteinfraktur – HWS-Distorsion

Der noch schulpflichtige Kläger erlitt bei einem Verkehrsunfall eine Gehirnerschütterung, eine HWS-Distorsion und eine Wintersteinfraktur sowie erhebliche Prellungen und Schwellungen an Nasenbein und Jochbein, die längere Schmerzen auslösten. Er war 2 Tage stationär aufgenommen, die Wintersteinfraktur wurde ambulant operiert. Er musste sich 4 Wochen lang bei Körperpflege und Essen sowie bei Fahrten in die Schule von der Mutter helfen lassen und einen geplanten Radurlaub absagen.

OLG Karlsruhe, Urt. v. 23.02.2012 – 9 U 97/11, VersR 2012, 1124 = NJW 2012, 3447 = DAR 2012, 519 E 827

6.000,00 € (3/5 Mitverschulden; Vorstellung: 11.250,00 € (bei 1/5 Mitverschulden))

Nasenbeinbruch – Schlüsselbeinbruch – Rippenbrüche

Der Kläger brach sich bei einem Unfall anlässlich eines illegalen Autorennens, bei welchem er nicht angeschnallt war, das Nasenbein, das Schlüsselbein und drei Rippen. Er renkte sich das Schultergelenk aus und zog sich einen Pneumothorax, eine Nierenkontusion und zahlreiche Prellungen, Schürfungen, Riss- und Schnittwunden zu. Er wurde viermal operiert und zwei Wochen intensivmedizinisch behandelt und war vier Monate arbeitsunfähig.

LG Köln, Urt. v. 28.02.2008 – 37 O 670/07, unveröffentlicht E 828

6.500,00 € (Vorstellung: 6.000,00 €)

Nasenbeinfraktur – Schneidekantenfrakturen der Zähne – Gehirnerschütterung

Bei einer Schlägerei unter Schulkindern schlug der Beklagte den Kläger so stark (mehrere »Kopfnüsse«), dass er wegen einer Gehirnerschütterung und eines Schädelhämatoms 3 Tage stationär behandelt wurde. Weiterhin erlitt der Kläger eine Nasenbeinfraktur und Verletzungen mehrerer Zähne. Wegen diverser Schneidekantenfrakturen der Zähne wurden insgesamt fünf Zähne mit Kunststoffaufbauten versorgt. An zwei Zähnen trat ein Füllungsverlust auf, bei 2 weiteren Zähnen ist dies noch möglich. Auch eine spätere Devitalisierung zweier Zähne (mit der Folge der Notwendigkeit einer Wurzelbehandlung) kann nicht ausgeschlossen werden.

Durch die Kunststoffaufbauten an den Zähnen ist der Kläger in seiner Lebensqualität beeinträchtigt, da er weit über das normale Maß hinaus im Umgang mit Gleichaltrigen verunsichert ist. Die Aufbauten, die für jedermann sichtbar sind, beeinträchtigen das äußere Erscheinungsbild nachhaltig, was den Kläger psychisch stark belastet.

Das Gericht berücksichtigte auch das prozessuale Verhalten des Beklagten, indem es ausführte: »Es läuft auf eine gewisse Verhöhnung des Opfers hinaus, wenn neben dem Bestreiten der erlittenen Nasenbeinfraktur, was zivilprozessual noch angehen mag, dem Kläger letztlich durch die Ankündigung, eigene strafrechtliche Konsequenzen tragen zu müssen, unterstellt wird, er würde einen versuchten Prozessbetrug begehen. Unter dem Gesichtspunkt der Genugtuungsfunktion des Schmerzensgeldes war hier eine gewisse Erhöhung des dem Kläger zuzubilligenden Schmerzensgeldes angezeigt.«

LG Wiesbaden, Urt. v. 03.05.2007 – 3 O 116/04, SP 2008, 216 E 829

7.000,00 € (Vorstellung: 15.000,00 €)

Nasenbeinfraktur – distale Radiusfraktur

Die Klägerin erlitt durch einen Verkehrsunfall eine offene Nasenbeinfraktur, eine völlige Durchtrennung des Handgelenks (distale Radiusfraktur) links sowie eine Gehirnerschütterung und erhebliche Prellungen und Schnittwunden. Sie war 5 Tage in stationärer und noch 3 weitere Monate in ärztlicher Behandlung. Der Handgelenksbruch wurde mit Draht fixiert und verbunden. 6 Wochen bestand eine MdE von 100 %, weitere 4 Wochen 80 % und weitere 3 Wochen noch 50 %. Trotz des klägerischen Vortrages, es bestünden Narben im Nasenbereich und eine Beeinträchtigung des Geruchssinnes, führte das Gericht bei der Bemessung aus, die Verletzungen seien »normal ausgeheilt«, sodass keine »aktuell vorliegenden Beeinträchtigungen« mehr bestünden.

E 830 **OLG Celle, Urt. v. 24.11.2011 – 5 U 157/11, unveröffentlicht**

8.000,00 € (Vorstellung: 8.000,00 €)

Dreifachbruch der Nase – Verschiebung der Nasenscheidewand

Nach einem Schlag ins Gesicht anlässlich eines Streits in einer Diskothek erlitt die 17 Jahre alte Klägerin einen Dreifachbruch der Nase, eine Septum- und Spinafraktur, eine Verschiebung der Nasenscheidewand und der Nasenmuscheln mit einer Schwellung des Nasenrückens. Der Orbitaboden war gebrochen und die Nasenanatomie beeinträchtigt. Die Klägerin wurde 3 Tage vollstationär aufgenommen und die Nase unter Vollnarkose repositioniert. Sie war 5 Wochen krankgeschrieben. Es verblieb ein deutlich sichtbarer Nasenhöcker, und die Nase ist leicht unsymmetrisch. Zudem leidet die Klägerin unter einer irreversiblen Sensibilitätsstörung der linken Gesichtshälfte, die sich taub anfühlt, sowie unter häufigen Kopfschmerzen, Druckschmerzen am linken Auge, Nasenbluten und Nasenlaufen.

Das Gericht berücksichtigte zum einen, das der Beklagte aus »nichtigem Anlass«, nämlich verletztem männlichen Stolz, eine Schlägerei begonnen habe. Auch sei durch den Schlag das »ebenmäßige Gesicht der Klägerin zwar nicht entstellt, aber doch immer noch so negativ beeinträchtigt worden«, dass »nachvollzogen werden kann, dass die Klägerin unter dieser negativen Veränderung leidet«.

Zuletzt wurde das »völlig unakzeptable Regulierungsverhalten der hinter dem Beklagten stehenden Privathaftpflichtversicherung« berücksichtigt: »Der Klägerin bei der gegebenen Sachlage ein Eigenverschulden anzulasten, ist nur noch schwer mit der Wahrung der Interessen der Versichertengemeinschaft zu rechtfertigen.«.

E 831 **OLG Brandenburg, Beschl. v. 02.11.2006 – 12 W 30/06, unveröffentlicht**

8.250,00 € (1/4 Mitverschulden; Vorstellung: 8.250,00 €)

Nasenbeinfraktur – Oberkieferfraktur – Schädelhirntrauma – Verlust des Geruchs- und Geschmackssinnes

Der Antragsteller verunfallte bei der Rückfahrt von der Arbeit auf seinem Fahrrad. Im Fahrbahnbereich befand sich eine ungesicherte und unbeleuchtete Baugrube. Er fiel mit seinem Fahrrad kopfüber in die Baugrube und zog sich bei diesem Sturz schwere Verletzungen im Gesichtsbereich zu. Er erlitt zentrale Mittelgesichtsfrakturen rechts und links, eine Nasenbeinfraktur, eine Oberkieferfraktur sowie ein Schädelhirntrauma 1. Grades. Nach 12 Tagen Krankenhausaufenthalt und 4-monatiger Arbeitsunfähigkeit verblieb eine Dauer-MdE von 15 %. Als Dauerschaden verblieben ein weitgehendes Erlöschen des Geruchs- und Geschmackssinnes, eine deutliche Behinderung der Nasenatmung sowie eine verminderte Sensibilität der Nasenspitze. Der Senat bejahte (die Entscheidung erging im PKH-Verfahren) hinreichende Erfolgsaussichten für den vorgestellten Schmerzensgeldbetrag und betonte, dass, wenn eine Baustelle in verkehrsunsicherem Zustand verlassen wird, die Verkehrssicherungspflicht so lange fortdauere, bis ein anderer die Sicherung der Gefahrenquelle tatsächlich und ausreichend übernimmt. Dies war vorliegend bei dem Wechsel der Bauunternehmer nicht geschehen, weswegen beide in die Verantwortung genommen wurden.

E 832 **KG, Urt. v. 21.03.2006 – 7 U 95/05, OLGR 2006, 609**

8.500,00 €

Nasenbeinfraktur – Abriss der Rotatorenmanschette im linken Arm

Der Kläger wurde vom Beklagten bei einer Schlägerei verletzt. Hierbei erlitt er eine Fraktur des Nasenbeines, wobei der Beklagte so stark auf den Kläger eintrat, dass bei diesem in der Nase ein Zehennagel zurückblieb (!). Ebenso kam es zu einem Abriss der Rotatorenmanschette im linken Arm. Das Gericht stellte bei der Bemessung insb. auf das Verschulden des vorsätzlich handelnden Beklagten ab, der als Zahnarzt dazu »berufen sei, erkrankten Menschen zu helfen und von Schmerzen zu befreien«. Einen Mediziner, der sich über diesen Auftrag hinwegsetze, treffe besondere Schuld. Ebenfalls fanden ein stationärer Aufenthalt und therapeutische Maßnahmen (wegen des Abrisses) Berücksichtigung. Dass eine Operation zur Behebung der Nasenbeinfraktur nötig war, rechtfertigte nach Ansicht des Gerichts kein höheres Schmerzensgeld, da der Kläger bislang »ohne diesen Eingriff ausgekommen« sei.[62]

OLG München, Urt. v. 21.11.2012 – 3 U 2072/12, NJW-RR 2013, 396 = NZV 2013, 298 E 833

9.000,00 € (Vorstellung: 12.250,00 €)

Nasennarbe

Der Kläger erlitt aufgrund einer Körperverletzung des Beklagten eine vom medialen Augenwinkel links bis zum seitlichen linken Nasenflügel reichende sichtbare Narbe. Auch 2 ¼ Jahre nach der Tag verspürt der Kläger bei Wetterwechsel Schmerzen.

OLG Köln, Urt. v. 17.03.2005 – 7 U 126/04, unveröffentlicht E 834

10.000,00 € (Vorstellung: mindestens 20.000,00 €)

Nasenbeinfraktur – Zahnfraktur – Gesichtsfrakturen

Der 7 Jahre alte Kläger verletzte sich auf einer Skateranlage, die er – obwohl sie nur unzureichend dagegen gesichert war – mit einem Fahrrad benutzte. Hierbei stürzte er, weil eine Abfahrtrampe demontiert worden war.

Bei dem Unfallereignis erlitt der Kläger eine Mittelgesichtsfraktur, verschiedene Frakturen der Schädel- und Gesichtsschädelknochen, eine Alveolarfortsatzfraktur, eine Orbitabodenfraktur, eine Kalottenfraktur, eine Nasenbeinfraktur, eine Stirnhöhlenvorderwandfraktur und eine Zahnfraktur. Er verlor vier Zähne und erlitt eine Platzwunde. Der Kläger befand sich 18 Tage und später noch einmal 4 Tage in stationärer Behandlung. Seit dem Unfall weist das Gesicht des Klägers eine leichte Schiefstellung auf.

LG Heilbronn, Urt. v. 20.04.2005 – 1 O 155/03, SP 2005, 233 E 835

11.500,00 €

Nasenbeinfraktur – Schädelhirntrauma – Kopfschmerzsymptomatik

Der Kläger erlitt bei einem Verkehrsunfall eine Commotio cerebri, eine Thorax/Flankenprellung, eine Beckenprellung, eine Nasenbeinfraktur sowie multiple Schürfungen. Die Kopfschmerzsymptomatik ist auf den Unfall zurückzuführen.

Aufgrund der Nasenbeinfraktur, die mit einer Nasenflügelverletzung einherging, musste der Kläger mehrfach in HNO-Behandlung; bei geistig konzentrierter Arbeit litt er an starken Kopfschmerzen. 3 Monate nach dem Unfall kam es zu einer unfallbedingten Gehirnblutung, die sich durch Lähmungen bemerkbar machte. Als Dauerschaden verblieb ein Kopfschmerz bei Wetterwechsel und ein periodisch auftretender Narbenkopfschmerz, der jeweils 2 – 3 Tage anhält.

62 Dies ist allerdings zweifelhaft, da Operationskosten gerade mit der Begründung nicht als fiktive Heilbehandlungskosten abgerechnet werden können, dass der immaterielle Nachteil durch das Schmerzensgeld abgedeckt werde.

Das Schmerzensgeld berücksichtigte auch etwaige spätere Kopfschmerzen. Abzugelten waren außerdem auch die fortdauernden Beeinträchtigungen des Klägers, sein weiterer Klinikaufenthalt zur Entlastung, seine Beeinträchtigung durch ein Fahrverbot und das Alkoholverbot, die Notwendigkeit einer laufenden medizinischen Überwachung und die Beeinträchtigung durch regelmäßige Arztbesuche und Einnahme von Medikamenten sowie die eingeschränkte Leistungsfähigkeit gerade in einer Examensphase.

E 836 **OLG Hamm, Urt. v. 11.04.2005 – 13 U 133/04, NZV 2006, 151 = ZfS 2006, 17 = DAR 2006, 272**

20.000,00 € (3/5 Mitverschulden; Vorstellung (unquotiert): 50.000,00 €)

Nasengerüstfraktur – Schädelbasisfraktur – Tibiafraktur

Der 11 Jahre alte Kläger wurde von einem Auto erfasst, als er auf die Straße ging, ohne vorher an der Gehwegkante stehen zu bleiben. Er erlitt erhebliche Kopfverletzungen mit einem schweren Schädelhirntrauma und einer Nasengerüstfraktur. Ebenso erlitt er einen Bruch des linken Unterschenkels. Er musste sich einer Operation des Fußhebernervs unterziehen sowie mehrwöchige Krankenhausaufenthalte hinnehmen. Wegen Fehlzeiten in der Schule musste er ein Schuljahr wiederholen; es kam zu einem posttraumatischen Psychosyndrom. Es verblieb eine deutliche Narbe am Kopf und die Möglichkeit von Spätschäden aufgrund der Kopfverletzungen.

E 837 **OLG Celle, Urt. v. 15.04.2009 – 14 U 39/05, unveröffentlicht**

25.000,00 €

Nasenbeinfraktur – Narben auf dem Nasenrücken – Posttraumatisches Belastungssyndrom

Die Klägerin erlitt bei einem Verkehrsunfall eine gering-dislozierte Nasenbeinfraktur, verschiedene Schnittwunden im Bereich beider Kniegelenke, eine Prellung des rechten Kniegelenks mit verbliebener geringer Bandinstabilität des medialen Seitenbandes, eine Luxation (Verrenkung) des rechten Großzehengrundgelenks mit beginnender Arthrose, zwei Narben auf dem Nasenrücken und dem linken Augenlid (die aber das äußere Erscheinungsbild der Klägerin nicht deutlich beeinträchtigen und schon aus einer Entfernung von ca. 1 – 2 m nicht mehr erkennbar sind), eine Prellung des rechten Ellenbogens, Hämatome im Gesicht, eine Gehirnerschütterung und eine HWS-Distorsion.

Nachfolgend kam es zu einer posttraumatischen Belastungsstörung, infolge derer die Klägerin unter Alpträumen litt und sich 9 Monate nicht ins Auto wagte. Depressive Symptome traten auf, die Klägerin hatte Versagensängste, Wutausbrüche und fürchtete, nicht mehr gesund zu werden. Allerdings lag eine erhebliche Prädisposition der Klägerin durch eine narzisstisch geprägte Persönlichkeitsstruktur vor. Das Gericht hielt daher die vorgerichtlich gezahlte Summe von 25.000,00 € für ausreichend.

E 838 **OLG Schleswig, Urt. v. 15.01.2009 – 7 U 76/07, NJW-RR 2009, 1325 = NZV 2010, 96 = SP 2010, 324**

30.000,00 € (Vorstellung: 30.000,00 €)

Nasenbeinfraktur – posttraumatisches Belastungssyndrom

Die Klägerin erlitt bei einem Unfall eine Nasenbeinfraktur, eine HWS-Distorsion, ein Schädelhirntrauma 1. Grades, multiple Prellungen, Schürf- und Schnittwunden, ein Bauchtrauma mit Sternumprellung und Beckenprellungen beiderseits, eine distale Radiusfraktur und erhebliche Schädigungen zweier Zähne. Die psychischen Unfallfolgen sind erheblich, zwar nicht »in schlimmster Weise ausgeprägt«, aber gravierend für die Klägerin. Sie konnte infolge ihrer

Ängste den erlernten Beruf als Arzthelferin nicht mehr ausüben; alles, was mit Straßenverkehr zu tun hat, macht ihr Angst. Sie kann nicht alleine die Wohnung verlassen und ist ggü. ihrem Leben vor dem Unfall stark eingeschränkt. Ebenfalls wurde die zögerliche Regulierung der Versicherung berücksichtigt, die trotz vorgerichtlicher Gutachten zu den psychischen Folgen nur 2.750,00 € auf das Schmerzensgeld gezahlt hatte.

OLG Brandenburg, Beschl. v. 30.09.2010 – 12 W 28/10, unveröffentlicht — E 839

35.000,00 € (Vorstellung: 35.000,00 €)

Nasenbeinbruch – Zungenbeinbruch – diverse Brüche

Die Klägerin, die mit dem Beklagten verheiratet war, wurde von diesem so heftig geschlagen, dass sie einen Jochbeinbruch sowie einen Bruch des Schläfenbeins mit Blutungen unter die harte Hirnhaut erlitt, welcher operativ entfernt werden mussten. Der rechte Unterkiefer und das Nasenbein waren gebrochen. Der Bruch des Nasenbeines führte zu einer massiven Unterblutung der Augenober- und -unterlider beider Seiten. Durch Einwirkungen auf den Hals erlitt sie einen mehrfachen Zungenbeinbruch. Schulter, Oberarm und Rücken waren infolge der Schläge massiv unterblutet. Die Klägerin musste intensivmedizinisch und stationär behandelt werden; eine Reha-Maßnahme schloss sich an. Das Gericht hielt das beantragte Schmerzensgeld mit Blick auf die Vorsatztat für angemessen und verweigerte dem Beklagten PKH.

Nerven

▶ Hinweis:

Nervschädigungen sind, soweit sie Begleiterscheinungen zu anderen Verletzungen bilden, unter diesen aufgeführt, wenn die Nervläsion nicht als »Hauptschädigung« anzusehen ist. Beachten Sie zudem, dass, soweit eine Verletzung eines Körperteils medizinisch auf eine Nervläsion zurückzuführen ist, diese gleichwohl unter dem jeweiligen Körperteil-Stichwort aufgelistet wurde, also Verletzungen des nervus mentalis unter → Kiefer (EE 633 ff.) bzw. → Mund (EE 802 ff.), des nervus lingualis (je nach Schwerpunkt der Beeinträchtigung) unter → Zunge (EE 1215 ff.) oder → Geschmack (EE 511 ff.), des nervus recurrens unter → Stimmband (EE 1084 ff.) etc. Schädigungen des Zentralnervensystems und Fälle von Schwerstverletzungen und Querschnittslähmungen sind in dem so betitelten gesonderten Abschnitt (E 2067 ff.) zusammenfassend behandelt.

LG Bonn, Urt. v. 10.02.2005 – 6 S 242/04, VersR 2006, 710 — E 840

4.000,00 €

Nervdurchtrennung Hand – Sehnendurchtrennung

Der Kläger verletzte sich bei der Reinigung einer Tapetenkleistermaschine der Beklagten. Die Sehnen des linken Handgelenks waren ebenso teilweise durchtrennt wie die Nerven der Hand. An der Daumenwurzel des Klägers sind eine sichtbare Narbe sowie Gefühlsminderungen geblieben. Das Schmerzensgeld bewegt sich nach Auffassung des LG, welches in der Berufungsinstanz entschied, am »oberen Rand des zuzubilligenden Rahmens«, bleibe aber in den Grenzen des zulässigen Ermessens.

E 841 **OLG Frankfurt am Main, Urt. v. 13.06.2006 – 8 U 251/05, unveröffentlicht**

4.000,00 € (Vorstellung: 12.000,00 €)

Verletzung des nervus mandibularis – Taubheitsgefühle in der Unterlippe

Der Kläger ließ sich vom beklagten Zahnarzt die Weisheitszähne entfernen. Ohne hinreichend aufgeklärt worden zu sein, wurden beim Kläger Leitungsanästhesien gesetzt, von denen eine den nervus mandibularis verletzte. Wegen der Nervverletzungen verblieben Taubheitsgefühle im rechten Unterkiefer, am dortigen Zahnfleisch und in der Unterlippe.

Die Empfindung von Sinnesreizen im Bereich der Unterlippe ist dauerhaft herabgesetzt; der Zustand behindert ihn, u. a. beim Küssen, und führt mangels funktionierender Sensorik in diesem Bereich dazu, dass er sich auf Lippen- und Gaumenfleisch beißt. Das Gericht wertete dies als »nicht allzu schwerwiegende, aber doch alltäglich spürbare und andauernde« Beeinträchtigung.

E 842 **OLG Hamm, Urt. v. 23.06.2009 – 9 U 192/08, NJW-RR 2010, 129 = MDR 2010, 137**

4.000,00 € (1/2 Mitverschulden; Vorstellung: 5.000,00 €)

Schädigung des nervus radialis – Oberarmknochenfraktur

Die 71 Jahre alte Klägerin stolperte beim Verlassen ihres Zimmers im Vertragshotel des beklagten Reiseveranstalters über eine mehrere Zentimeter hohe Stufe zwischen Zimmerflur und Hotelzimmer, die nicht auffällig kenntlich gemacht war. Hierbei erlitt sie einen dislozierten Bruch des Oberarmknochens, der operativ gerichtet wurde. Ein knapp zweiwöchiger Krankenhausaufenthalt am Urlaubsort, der Schweiz, schloss sich an. Bei der Operation war der Radialisnerv geschädigt worden, weswegen die Klägerin ihre rechte Hand kaum noch bewegen konnte. Mit großer Wahrscheinlichkeit wird sie die Hand auch künftig nie mehr voll benutzen können. Sie hat die Kraft in sämtlichen Fingern der rechten Hand verloren und kann nur noch Zeige- und Mittelfinger bewusst bewegen. Ein Faustschluss ist nicht mehr komplett möglich (sog. »Fallhand«). Schon der Oberarmbruch hatte belastende krankengymnastische Maßnahmen über mehrere Monate zur Folge, Verbesserungen an der Hand sind auch mit physiotherapeutischer Unterstützung nicht mehr zu erzielen.

Das Gericht bejahte einen Reisemangel, weil eine Absicherungspflicht der Stolperkante bestanden habe, und sprach Schmerzensgeld aus Reisevertrag zu.

E 843 **OLG Frankfurt, Urt. v. 12.05.2009 – 8 U 51/08, unveröffentlicht**

5.000,00 € (Vorstellung: 15.000,00 €)

Schädigung des nervus lingualis – Zahnverlust

Die Klägerin war bei dem beklagten Zahnarzt in Behandlung, der vor der Vornahme einer Weisheitszahnentfernung nicht über das Risiko einer Verletzung des nervus lingualis aufgeklärt hatte. Im Anschluss an die Behandlung kam es zu Komplikationen in Gestalt einer schweren Entzündung, die einen viertägigen Krankenhausaufenthalt erforderlich machte. Zahn Nr. 37 blieb aufgrund einer mechanischen Beschädigung beim Eingriff beschädigt, die erneute prothetische Versorgung zweier weiterer Zähne war nötig.

Die Klägerin ist dauerhaft nervgeschädigt, allerdings »nicht in besonders schwerwiegender Weise«; sie leidet unter einem Taubheitsgefühl der Zunge, bei welchem es sich um eine partielle, lokal begrenzte Sensibilitätsstörung ohne Schmerzsymptomatik handelt, bei der auch nicht das gesamte Ausbreitungsgebiet des nervus lingualis betroffen ist. Ein Rekonstruktionseingriff ist angesichts dessen Risiken nicht indiziert.

OLG Koblenz, Urt. v. 06.12.2007 – 5 U 709/07, GesR 2008, 537 E 844

6.000,00 € (Vorstellung: 8.000,00 €)

Schädigung des nervus alveolaris – Extraktion eines Weisheitszahns

Der beklagte Zahnarzt extrahierte ohne ausreichende Röntgenbefunde einen Weisheitszahn; auch in der Nachsorge machte er erhebliche Fehler. Es kam zu einer irreversiblen Nervschädigung im Lippenbereich aufgrund einer erheblichen Schädigung des nervus alveolaris. Der Kläger leidet unter einer bleibenden Beeinträchtigung des Empfindens im Lippenbereich; die Nachbehandlung ist kompliziert und schmerzhaft.

LG Köln, Urt. v. 05.03.2008 – 25 O 479/04, unveröffentlicht E 845

6.000,00 € (Vorstellung: 5.000,00 €)

Fehlerhaft behandeltes Karpaltunnelsyndrom

Der 70 Jahre alte Kläger war wegen eines Karpaltunnelsyndroms in ärztlicher Behandlung bei den Beklagten. Für eine operative Entlastung des Karpaltunnelsyndroms ist die vollständige Spaltung des Retinaculums erforderlich; diese erfolgte indes nicht. Bei korrektem Vorgehen wären dem Kläger 7 Wochen postoperativer Schmerzen sowie ein 2. stationärer Aufenthalt mit anschließender Schmerztherapie erspart geblieben. Auch die Dauerschäden wären vermieden worden. So leidet der Kläger noch an Bewegungseinschränkungen und einer Kraftminderung rechts um 1/2 – 3/4 der linken Hand, und die Fingerkuppen von Zeigefinger und Daumen der rechten Hand sind flacher und spitzer als auf der linken Seite.

Bei der Bemessung wurde auch berücksichtigt, dass der im Zeitpunkt der Entscheidung 77 Jahre alte Kläger in der Gestaltung seines täglichen Lebens nur in sehr geringem Umfang eingeschränkt ist und dem Dauerschaden daher keine hervorgehobene Bedeutung zukomme.

OLG Karlsruhe, Urt. v. 03.04.2009 – 14 U 140/07, MDR 2009, 1043 E 846

7.000,00 € (Vorstellung: 10.000,00 €)

Durchtrennung des nervus medianus – Schnittverletzung an der rechten Hand

Der 24 Jahre alte Kläger rutschte auf dem nassen Boden in der Diskothek der Beklagten aus. Hierbei fiel er, da auf dem Boden zerbrochenes Glas lag, in die Scherben und erlitt eine tiefe Schnittwunde im rechten Handgelenk mit einer arteriell spritzenden Blutung. Der nervus medianus wurde durchtrennt. Der Kläger wurde operiert und 3 Tage stationär behandelt. Die Sensibilität im Bereich des mit einer Nervennaht operativ versorgten Nervs ist eingeschränkt. Es liegt eine ausgedehnte Medianusschädigung vor, mit einer völligen Herstellung des Nervenverlaufs ist nicht zu rechnen. Die Feinmotorik und die grobe Kraft der rechten Hand sind vermindert, der Daumen kann nur teilweise eingesetzt werden, beim Beugen und Strecken von Handgelenk und Finger entstehen ganz erhebliche Schmerzen. drei Narben am Handgelenk verblieben. Der Kläger ist in seinem Beruf als Heizungsbauer nicht mehr einsetzbar. Das Gericht bejahte eine Verkehrssicherungspflicht, auch in einer vollen Diskothek den Boden von Scherben frei zu halten.

OLG München, Urt. v. 14.10.2010 – 1 U 1657/10, unveröffentlicht E 847

7.500,00 €

Kompartementsyndrom – Peronäusschädigung

Nach der sechsstündigen Operation wurde bei dem Kläger im Bereich des Unterschenkels eine Schwellung festgestellt. Am folgenden Tag diagnostizierte der Beklagte ein im Bereich des Unterschenkels liegendes Kompartmentsyndrom, das operativ versorgt wurde. Die verspätete operative Behandlung des Kompartmentsyndroms war zumindest mitursächlich für den Umfang des Dauerschadens, der in einer diskreten Peronäusschädigung liegt.

E 848 **LG Bonn, Urt. v. 21.10.2011 – 3 O 272/06, unveröffentlicht**

7.500,00 € (½ Mitverschulden; Vorstellung (unquotiert): 12.500,00 €)

Ausfall des nervus cutaneus femoris lateralis – Lendenwirbelkörperkompressionsfraktur – Versteifung zweier Wirbelsäulenelemente

Die 16 Jahre alte Klägerin stürzte vom Pferd der Beklagten; sie erlitt eine Kompressionsfraktur LWK 1 Typ A3. Sie wurde zweimal stationär behandelt, einmal zwei Wochen, einmal 10 Tage, und mehrfach operiert. Ein Fixateur interne kam zum Einsatz. Sie leidet noch heute unter der Versteifung zweier Wirbelsäulensegmente mit 18 Grad Restkyphose. Zudem verbleibt als Dauerschaden ein Defekt am linken Beckenkamm mit eingesunkenem Weichteilgewebe und aufgrund des operationsbedingten Ausfalls des nervus cutaneus femoris lateralis eine Gefühlsstörung im linken Oberschenkel. Es besteht eine Dauer-MdE von 25%.

E 849 **OLG München, Urt. v. 08.08.2012 – 20 U 1121/12, unveröffentlicht**

7.500,00 € (¼ Mitverschulden; Vorstellung: 20.000,00 €)

Schädigung des nervus radialis – Bisswunden an Arm, Hand und Mittelfinger

Der Kläger, ein Tierpfleger, wurde durch den Angriff eines Wildschweinebers verletzt, als er versuchte, diesen auf dem Gehege des Beklagten einzufangen. Er wurde mehrfach gebissen und erlitt erhebliche Verletzungen am Arm, der Hand, am Mittelfinger, am Gesäß, am Oberschenkel und an einer Mamilla. Folge der Verletzungen war eine Schädigung des nervus radialis, die zu einer massiv eingeschränkten Beweglichkeit des Handgelenks und der Finger führte.

E 850 **OLG Hamm, Urt. v. 14.03.2007 – 3 U 54/06, unveröffentlicht**

10.000,00 € (Vorstellung: 10.000,00 €)

Verletzung des Peronaeusnervs – Fußheberschwäche

Bei dem 46 Jahre alten Kläger bildete sich nach Durchführung einer valgisierenden Umstellungsosteotomie ein Kompartmentsyndrom in seinem rechten Bein, das nicht rechtzeitig erkannt und behandelt wurde, wodurch der Peronaeusnerv in diesem Bein geschädigt wurde. Die Störung der Fußhebung ist dauerhaft und führt zu erheblichen Beeinträchtigungen beim Bewegungsablauf. Dies wirkt sich insb. auch auf die Berufstätigkeit des Klägers aus, der als Koch seine Arbeit überwiegend stehend und gehend verrichtet. Darüber hinaus war zu berücksichtigen, dass durch die fehlerhafte Behandlung der negative Verlauf der Wundinfektion im Operationsgebiet der Faszienspaltung wegen der Nekrosen als Sekundärschädigung begünstigt wurde, welche mit weiteren erheblichen Beschwerden, einer erheblichen Verzögerung der Wundheilung, einem weiteren Krankenhausaufenthalt von fast 6 Wochen und mehreren weiteren Revisionsoperationen verbunden war.

Das OLG Hamm hat nicht erkannt, dass es ein Schmerzensgeld hätte zusprechen können, das über die »Vorstellung« des Klägers hinausging.

E 851 **LG Dortmund, Urt. v. 15.08.2007 – 21 O 431/03, unveröffentlicht**

10.000,00 € (Vorstellung: 11.500,00 €)

Läsion des nervus ulnaris – Knieverletzung – psychische Fehlverarbeitung

Der Kläger wurde als Fußgänger bei einem Verkehrsunfall verletzt, bei welchem er neben einer rechtsseitigen Ulnarisläsion multiple Prellungen, Distorsionen beider Kniegelenke mit einer

Zerreißung des Innenbandes am rechten Kniegelenk, eine Außenbandlockerung am linken Kniegelenk und einen Knorpelschaden an der rechten Kniescheibe erlitt. Nachfolgend kam es zu einer psychischen Störung mit der Entwicklung einer Angst-/Panikstörung und rezidivierenden depressiven Entwicklung. Das Gericht hatte – nachdem die körperlichen Verletzungen bereits Gegenstand eines älteren Prozesses gewesen sind, in welchem hierfür 4.000,00 € zugesprochen worden waren – nur über die weitere Spätfolge der psychischen Fehlverarbeitung zu entscheiden, die es mit weiteren 6.000,00 € bemaß.

LG Dortmund, Urt. v. 04.05.2011 – 4 O 55/09, unveröffentlicht E 852

10.000,00 € (Vorstellung: 30.000,00 €)

Nervverletzung – Zungentaubheit – teilweiser Geschmacksverlust

Der beklagte Zahnarzt verletzte bei einer Leitungsanästhesie mehrere Nerven des Klägers, nämlich den nervus lingualis, den nervus buccalis und den nervus alveolaris inferiores.

Der Kläger hat nach wie vor eine taube rechte Zungenhälfte, in der weder ein taktiles noch ein gustatorisches Empfinden vorhanden ist. Betroffen ist auch die Hälfte der Wangenschleimhaut. Der Kläger kann feste Nahrung nur unter Schmerzen kauen und essen. Das Geschmacksempfinden des Klägers auf der rechten Seite ist dauerhaft verloren.

OLG Köln, Urt. v. 23.04.2012 – 5 U 144/08, MedR 2012, 798 E 853

10.000,00 € (Vorstellung: 49.000,00 € zzgl. 230,00 € monatliche Rente)

Verletzung von nervus peronaeus, nervus tibialis und nervus suralis

Der Kläger erlitt aufgrund einer fehlerhaften Behandlung einer Sprunggelenksverletzung Nervverletzungen des nervus peronaeus, nervus tibialis und nervus suralis links. Diese führten zu einer Sensibilitätsminderung, einer Schwächung der Fußhebung, Schmerzen und einem Taubheitsgefühl. Für die Bemessung des Schmerzensgeldes waren ausschlaggebend die überflüssige Arthroskopie, die zeitliche Verzögerung der Operation, die in diesem Zeitraum überflüssigen Behandlungsmaßnahmen, Schmerzen und Bewegungsbeeinträchtigungen, die bei der Operation entstandenen Nervenverletzungen und deren Folgen. Es handelt sich um Dauerschäden; bei der Bemessung verwies der Senat indes darauf, dass es sich bei diesen angesichts der vorbestehenden Funktionsstörungen des Fußes nicht um erheblich ins Gewicht fallende Verschlechterungen handele.

OLG Köln, Urt. v. 23.04.2012 – 5 U 144/08, MedR 2012, 798

OLG Saarbrücken, Urt. v. 31.05.2005 – 4 U 221/04-24/05, SP 2006, 205 E 854

12.500,00 € (1/2 Mitverschulden; Vorstellung (quotiert): 25.000,00 €)

Radikuläre Nervschädigung (Fuß- und Zehenheberparese) – Lendenwirbelkörpertrümmerfraktur

Bei einem Verkehrsunfall erlitt der 30 Jahre alte Kläger eine Trümmerfraktur des 5. Lendenwirbelkörpers mit kompletter Verlegung des Spinalkanals. Er war 23 Tage in stationärer Behandlung, noch in der Unfallnacht wurde eine Revisionsoperation des Spinalkanals durchgeführt. Er musste noch 3 Monate nach der Entlassung ein Korsett tragen und Gehstützen benutzen; danach schlossen sich 5 weitere Tage stationären Aufenthalts an, während derer eine Korsettentwöhnung durchgeführt wurde. Es kam zu ambulanten krankengymnastischen Therapien und Muskelaufbautraining. Eine 3. Operation (Entfernung von Metallteilen) fand 11 Tage lang über die Weihnachtsfeiertage statt. Als Dauerschäden verblieben eine verschmächtigte Muskulatur im Bereich der LWS sowie eine druckempfindliche, 18 cm lange Narbe (Dauer-MdE 30 %). 2 Jahre lang zeigte der Kläger ein hinkendes Gangbild, was auf neurogenen Schädigungen beruhte: eine Fußheberparese 3. Grades und eine Großzehen- und Zehenheberparese 2. Grades waren vorhanden. Bei Beanspruchungen und Belastungen des linken Fußes besteht eine Umknickneigung und es kommt bei Belastungen der unteren LWS noch zu wiederkehrenden Schmerzen im Verletzungsbereich. Das Gericht berücksichtigte die Unannehmlichkeiten der stationären Aufenthalte und die seelischen Beeinträchtigungen (der unfallbedingte Schreck, Angst vor Operationen und Narkosen sowie Folgeschäden). Gewürdigt wurden zudem die Beeinträchtigungen im Freizeitbereich und die Notwendigkeit, längerfristig Schmerzmittel einzunehmen. Auch floss die Narbe in die Bemessung mit ein, allerdings nur maßvoll, da sie lediglich bei freiem Oberkörper, und auch dort nicht besonders gravierend, ins Gewicht fiel.

E 855 **OLG Köln, Urt. v. 01.06.2005 – 5 U 91/03, VersR 2006, 124**

15.000,00 € (Vorstellung: 25.000,00 €)

Durchtrennung von Nerven im Bereich des plexus brachialis – Armplexuslähmung

Bei der Klägerin wurde im Bereich des rechten Halses ein Tumor entdeckt; es war unklar, ob dieser gutartig oder bösartig war, wenngleich eine gewisse Wahrscheinlichkeit für die Bösartigkeit sprach. Die Klägerin wurde nicht hinreichend darüber belehrt, dass die – letztlich durchgeführte – radikale Tumorentfernung zu Nervverletzungen mit Lähmungserscheinungen führen könne. Der Tumor stellte sich als gutartig heraus; bei der Entfernung hatten die beklagten Ärzte bewusst einen Teil des Nervengewebes im Bereich des plexus brachialis durchtrennt, um hinreichenden Zugang zum Tumor zu haben. Hierdurch kam es zu einer Plexuslähmung des rechten Arms. Einen Monat später ließ die Klägerin eine Rekonstruktion der Nerven durchführen.

Bei der Bemessung wurde berücksichtigt, dass die Klägerin über ein halbes Jahr von einer vollständigen bzw. sehr weitgehenden Lähmung des rechten Arms betroffen war. Die Durchtrennung des Nervgewebes hatte zu erheblichen und lang andauernden Schmerzen geführt, und die Klägerin war lange Zeit in Ungewissheit darüber, ob die Lähmung sich wieder zurückbilden würde. Auch war ein weiterer Eingriff (Nervenplastik) nötig geworden mit der Folge entsprechender Beschwerden und einer Vielzahl postoperativer Behandlungsmaßnahmen, etwa regelmäßiger Krankengymnastik. Ein sehr lang andauernder Schmerzzustand erforderte die Einnahme starker Schmerzmittel. Der Arm hat trotz erfolgreicher Rekonstruktion des betroffenen Nervs die volle Funktionsfähigkeit nicht wieder erlangt. Gewisse Bewegungen, die eine bestimmte Geschicklichkeit erfordern, etwa das Schließen von Kleidern auf dem Rücken, sind nicht mehr möglich.

E 856 **OLG Hamburg, Urt. v. 05.08.2005 – 1 U 184/04, OLGR 2006, 199**

15.000,00 € (Vorstellung: 20.000,00 €)

Schädigung des nervus ischiadicus, des nervus tibialis und des nervus peronaeus – Beinverlängerung

Der 32 Jahre alte Kläger hatte sich bereits in der Zeit bis zu seinem 12. Lebensjahr zahlreichen Operationen im Bereich der linken Hüfte unterziehen müssen, da bei ihm ursprünglich eine erhebliche Beinverkürzung links bestanden hatte. Er ließ sich von dem beklagten Arzt eine Druckscheibenendoprothese rechts implantieren; nach Durchführung der operativen Versorgung betrug die Beinlängendifferenz nun 5 cm zuungunsten rechts. Über diese Folgen der Beinlängendifferenz war der Kläger nicht hinreichend aufgeklärt worden. Bei der Operation wurde der nervus ischiadicus links geschädigt; es kam zu einem Sensibilitätsausfall. Nachdem die Pfannendachplastik ausgebrochen war, war eine 2. Operation nötig, bei der Anteile des nervus peronaeus schwer und des nervus tibialis mittelgradig betroffen wurden. Der Kläger leidet weiterhin unter Schmerzen und Beschwerden wegen der Nervverletzungen. Bei der

Bemessung wurde berücksichtigt, dass zwar auch ein Warten mit der Hüftoperation starke Schmerzen zur Folge gehabt hätte; andererseits hätte die Möglichkeit bestanden, bei einer geringeren Beinverlängerung die Nervverletzung zu vermeiden.

E 857

BGH, Urt. v. 14.03.2006 – VI ZR 279/04, VersR 2006, 838 = NJW 2006, 2108 = MDR 2006, 1286[63]

15.000,00 € (Vorstellung: 10.000,00 €)

Traumatisierung des nervus cutaneus antebrachii medialis (Hautnerv)

Als der Kläger Blut spendete, verletzte die Ärztin bei dem Einstich den nervus cutaneus antebrachii medialis (Hautnerv) des linken Unterarms; es entwickelte sich eine Neurom, das zweimal operativ, einschließlich Verlagerung des betroffenen Nervs, behandelt wurde. Der Kläger leidet an fortdauernden Schmerzen im linken Unterarm und ist auf Schmerzmitteleinnahme angewiesen; eine völlige Genesung ist unwahrscheinlich. Seinen Dienst als Polizist kann der Kläger nur noch halbschichtig leisten. Den Hinweis auf »mögliche Nervschädigungen« in einem Infoblatt zur Blutspende hat der BGH für nicht ausreichend gehalten, um eine hinreichende Aufklärung anzunehmen.

E 858

LG Tübingen, Urt. v. 29.09.2010 – 8 O 64/08, unveröffentlicht

15.000,00 € (Vorstellung: 10.000,00 €)

Hypästhesie der Mundschleimhaut und Zunge – Schädigung des nervus lingualis

Der 53 Jahre alte Kläger, der gelernter Koch war, erlitt bei einer Lokalanästhesie des beklagten Zahnarztes, der über Behandlungsalternativen nicht hinreichend aufgeklärt hatte, eine Hypästhesie beidseits der Mundschleimhaut und der Zunge. Es kam zum Verlust des Geschmackssinnes im Bereich der vorderen zwei Zungendrittel sowie einer Schädigung des nervus lingualis links.

Bei der Bemessung stellte das Gericht insbesondere darauf ab, dass der Kläger im Ergebnis seinen kompletten Geschmackssinn verloren hat mit der Folge, dass er seinem Beruf als Koch nicht mehr nachgehen kann.

E 859

OLG München, Urt. v. 16.02.2012 – 1 U 1030/11, unveröffentlicht

15.000,00 € (Vorstellung: 30.000,00 €)

Schädigung des nervus ulnaris links

Der Kläger war bei dem Beklagten wegen einer Ellbogenfraktur in Behandlung. Bei der Operation traten grobe Behandlungsfehler auf, welche die Verletzung des nervus ulnaris links verursachten, weil eine Drittelrohrplatte gebrochen war und die Knochenfragmente sich verschoben hatten. Der Kläger kann infolge der Nervschädigung den linken Arm im Ellbogengelenk nicht mehr richtig beugen, strecken oder stützen. Bei Bewegungen kommt es zu einem lauten Knacken, die Frakturen machen sich bei Wetterumschwüngen weiterhin bemerkbar. Es verblieben Taubheitsgefühle an einzelnen Fingern. Der Kläger, der selbst niedergelassener Urologe ist, ist bei zahlreichen Tätigkeiten seines Berufs eingeschränkt.

63 OLG Hamm, Urt. v. 23.03.1998 – 6 U 210/97, NZV 1998, 409 f.; OLG Hamm, Urt. v. 02.02.2000 – 13 U 155/99, NZV 2001, 171; KG, Urt. v. 21.05.2001 – 12 U 3372/00, KGR 2002, 5. Dazu Spickhoff, NJW 2006, 2075 ff.

E 860 BGH, Urt. v. 18.07.2006 – XZR 44/04, NJW 2006, 2918 = VersR 2006, 1504 = NZV 2006, 538

25.000,00 € (Vorstellung: 75.000,00 €)

Nervdurchtrennung aufgrund Schnittverletzungen beider Sprunggelenke

Die 8 Jahre alte Klägerin lief während eines Urlaubs, den ihre Eltern bei der Beklagten gebucht hatten, gegen die Glasschiebetür des von ihrer Familie bewohnten Appartements, als sie nach draußen zu ihren Eltern wollte. Die Glastür zersplitterte; hierdurch erlitt sie erhebliche Verletzungen an beiden Unterschenkeln und Füßen. Aufgrund schwerer Schnittverletzungen im Bereich beider Sprunggelenke und Unterschenkel wurden Sehnen und Nerven durchtrennt; die primäre Versorgung in einem Krankenhaus auf Menorca war unzureichend, sodass nach der Rückkehr der Klägerin eine erneute operative Wundversorgung mit Sehnennähten und Nervennähten sowie plastischer Rekonstruktion zerschnittener Gewebeanteile notwendig wurde. Die anschließende Wundverheilung war verzögert und gestört, weil über Monate immer wieder Fadenanteile der Wundversorgung vom Krankenhaus auf Menorca die verheilenden Wunden durchbrachen. Die Entfernung der Fadenreste war schwierig, erfolgte ambulant und war z. T. mit erheblichen Schmerzen verbunden; sie ist noch nicht abgeschlossen. Die Klägerin musste ca. ein halbes Jahr nach dem Unfall einen Rollstuhl benutzen und befürchtete zunächst, nie wieder laufen zu können. Krankengymnastik und Rehabilitationsmaßnahmen sind weiter nötig; es bestand zunächst eine erhebliche Einschränkung der Beweglichkeit im linken oberen und unteren Sprunggelenk, wobei sich beim Gehen ein deutliches Hinken des linken Beines zeigte. Die Klägerin musste links einen Kompressionsstrumpf tragen. Diese Bewegungseinschränkungen haben sich mittlerweile verbessert. Dennoch ist die Klägerin in ihrer Mobilität nach wie vor stark eingeschränkt. Sie ist vom Schulsportunterricht befreit und kann derzeit ihren sportlichen Aktivitäten – sie spielte Tennis und war in einem Fußballverein – noch immer nicht nachgehen. Auch wenn eine Besserung eingetreten ist, verbleiben nach wie vor, insb. nach Belastungen des linken Beines, erhebliche Beschwerden. Eine Korrektur der Narben, insb. die der immer noch deutlich sichtbaren Narbe im Bereich des linken Sprunggelenks und Unterschenkels, kann erst erfolgen, wenn die Klägerin ausgewachsen ist. Der linke Fuß der Klägerin muss jeden Abend massiert werden, um das Narbengewebe geschmeidig zu halten. Es besteht weiterhin ein Taubheitsgefühl auf dem Rücken des linken Fußes. Die Beweglichkeit der Zehen dieses Fußes hat sich verbessert, ist aber immer noch eingeschränkt. Die Klägerin leidet unter den deutlich sichtbaren Narben am linken Fuß und hat Furcht vor großen Glasflächen. Der Senat stellte besonders auf das junge Alter der Klägerin und die Dauerschäden bei Freizeitaktivitäten und Aussehen ab.

E 861 OLG Köln, Urt. v. 28.04.2008 – 5 U 192/07, KH 2009, 470

25.000,00 € (Vorstellung: 25.000,00 €)

Läsion des nervus femoralis – Hüft- und Kniegelenksbeeinträchtigung

Die 39 Jahre alte Klägerin wurde bei den Beklagten wegen eines Tumorverdachts operiert, ohne hinreichend über das Risiko von Nervverletzungen belehrt worden zu sein. Hierbei wurde der nervus femoralis verletzt. Die Klägerin ist seitdem in der Bewegungsfähigkeit und Stabilität des linken Beines, v. a. des Knies, beeinträchtigt. Die anfangs hochgradig ausgeprägten motorisch-sensorischen Defizite haben sich aber teilweise zurückgebildet. Es verbleiben gleichwohl Sensibilitätsausfälle und deutliche Einschränkungen der Hüftbewegung und Kniestreckung, die sich beim Treppensteigen besonders auswirken. Die Klägerin trägt eine Knieschiene, die die Instabilitäten aber nur teilweise ausgleicht; die durch die Paresen verursachte höhere Belastung von Knie- und Hüftgelenk führt zu intermittierenden Schmerzen und begründet eine erhöhte Gefahr degenerativer Gelenkveränderungen.

OLG Köln, Beschl. v. 26.04.2010 – 5 U 8/10, unveröffentlicht E 862

<u>25.000,00 €</u>

Nervschädigung am Arm – Schmerzstörung

Durch falsche Lagerung während einer Schilddrüsenoperation entstand bei der Klägerin eine Nervschädigung, die zu einer irreversiblen chronischen Schmerzstörung des rechten Arms führte. Die Klägerin leidet unter Dauerschmerzen, die zu Ein- und Durchschlafstörungen führen und wegen derer sie ständig Schmerzmittel einnimmt. Dies beeinträchtigt die Klägerin in Haushalt, Beruf und bei sozialen Aktivitäten und hat zu einer leichten depressiven Verstimmung und einem Reizdarmsyndrom geführt. Die Beeinträchtigungen haben sich durch Krankengymnastik in gewisser Weise gebessert.

OLG Koblenz, Urt. v. 14.06.2007 – 5 U 1370/06, VersR 2008, 492 = NJW-RR 2007, 1622 = MDR 2008, 84 = MedR 2008, 161 E 863

<u>30.000,00 €</u> (Vorstellung: 75.000,00 €)

Verletzung des nervus supraorbitalis

Die Beklagte ließ sich vom beklagten Arzt plastisch-chirurgisch behandeln, um eine Lidstraffung und eine Nasenkorrektur durchführen zu lassen. Der Arzt diagnostizierte fehlerhaft[64] einen Exophthalmus (pathologisches Hervortreten des Augapfels aus der Augenhöhle) und führte einen Korrektureingriff durch, bei dem er den nervus supraorbitalis am linken Auge fast komplett durchtrennte. Es kam zu einem Taubheitsgefühl in der linken Kopfhälfte, mangelnden Empfindungen, Kopf- und Gesichtsschmerzen und einem Hängen des linken Augenlides. Die Mimik ist verringert; wegen der ausgeprägten Beschwerdesymptomatik ergibt sich ein schweres seelisches Belastungspotenzial mit Schwierigkeiten für Kommunikation, Beruf und Sexualleben.

OLG Köln, Urt. v. 14.04.2008 – 5 U 135/07, VersR 2009, 261 E 864

<u>30.000,00 €</u> (Vorstellung: 60.000,00 €)

Verletzung beider nervi recurrentes – Stimmbandlähmung

Die z. Zt. der Operation 52 Jahre alte Klägerin hatte sich bereits im Alter von 31 Jahren einer subtotalen Schilddrüsenresektion unterzogen. Nachdem es in den folgenden Jahren nach und nach zu einem erneuten Schilddrüsenwachstum gekommen war und sich eine Einengung der Trachea verbunden mit Atemnot bei Belastung einstellte, begab sie sich bei den beklagten Ärzten in Behandlung, die bei der Klägerin eine Rezidivstrum-Ektomie beidseits durchführten; dabei kam es zu einer Schädigung beider nervi recurrentes mit bleibender Stimmbandlähmung. Die Aufklärung war für eine Rezidivoperation mit höherer Schadenswahrscheinlichkeit unzureichend.

---

64 Weller, MedR 2008, 162, unterstellt dass die Parteien evtl. einvernehmlich und wider besseren Wissens, um einen nicht indizierten kosmetischen Eingriff über die Krankenversicherung abwickeln zu können, die Diagnose eines Exophthalmus gestellt haben. Zivilrechtlich hätte dieser Umstand (den keine der Parteien in den Prozess eingeführt hat – was aber Sinn auch und gerade dann macht, wenn es die Abrede tatsächlich gab) schwere Folgen für den Arzt, da die Risikoaufklärung bei Schönheitsoperationen höher ist und, wie der Fall zeigt, Patienten im Misserfolgsfall keineswegs immer bereit sind, den Arzt wegen der aus Kostengründen unzutreffenden Diagnose zu schonen.

E 865 **OLG Köln, Urt. v. 25.08.2008 – 5 U 28/08, GesR 2009, 268**

30.000,00 € (Vorstellung: 30.000,00 €)

Verletzung des nervus peronaeus – Fußheberschwäche

Die 52 Jahre alte Klägerin unterzog sich einem Eingriff am Knie, der von der Einwilligung der Klägerin nicht gedeckt war, weil die Zusage, ein namentlich benannter Arzt werde den Eingriff vornehmen, nicht eingehalten wurde.

Der Eingriff hat eine komplette Parese des nervus peronaeus verursacht, was zu einer Instabilität des Knies und zu einer Fußheberschwäche geführt hat. Normales Stehen und Gehen sind der Klägerin nicht möglich. Die Beweglichkeit des Kniegelenks ist schmerzhaft eingeschränkt.

E 866 **LG Bochum, Urt. v. 18.02.2010 – 6 O 368/07, unveröffentlicht**

30.000,00 € (Vorstellung: 100.000,00 € zuzüglich 300,00 € mtl. Rente)

Parese des nervus femoralis nach Hüftgelenks-OP

Die 75 Jahre alte Klägerin wurde wegen zunehmender Schmerzen im Hüftgelenk von der Beklagten operiert. Bei der Implantation einer Hüftgelenks-Totalendoprothese wurden mehrere Behandlungsfehler begangen, weswegen es zu einer irreversiblen Nervschädigung in Form einer Parese des nervus femoralis rechts gekommen ist. Die Klägerin ist in ihrer Beweglichkeit erheblich eingeschränkt. Im rechten Bein kann sie lediglich die Zehen bewegen, es sind noch erhebliche Schmerzen vorhanden. Das Gericht berücksichtigte, dass die Klägerin auch vor der Operation schon an erheblichen Bewegungseinschränkungen gelitten hat, da sie sich bereits seit mehreren Monaten nur noch mithilfe von Unterarmgehstützen fortbewegen konnte und das Haus praktisch nicht mehr verlassen hat.

E 867 **OLG Naumburg, Urt. v. 29.04.2008 – 1 U 19/07, OLGR 2008, 649**

60.000,00 € (Vorstellung: 75.000,00 €)

Verletzung des nervus phrenicus – Durchtrennung des nervus laryngeus recurrens – Stimmbandlähmung

Die Klägerin wurde im Krankenhaus der Beklagten wegen Verdachts auf Morbus Hodgkin eingewiesen. Im Rahmen einer nicht indizierten Operation wurde neben einem faustgroßen Meidastinaltumor auch der linke Lungenoberlappen entfernt, wobei der linke Stimmbandnerv verletzt wurde. Aufgrund dieser operativen Durchtrennung des nervus laryngeus recurrens und einer Verletzung des nervus phrenius kam es zu einer Stimmbandlähmung und einem Zwerchfellhochstand sowie zu Komplikationen an der Bronchius-Absatzstelle, die zu wiederkehrenden Infektionen führten und zahlreiche weitere Krankenhausaufenthalte und Folgebehandlungen erforderlich machten.

Nach der Operation trat eine Thrombose auf; die Klägerin litt u. a. an einer chronischen Bronchitis und Pilzbefall in Teilen des Oberkörpers, weil Fäden und Metallkörper nach der Operation im Körper zurückgelassen worden waren.

E 868 **OLG München, Urt. v. 16.02.2012 – 1 U 2798/11, unveröffentlicht**

60.000,00 € (Vorstellung: 100.000,00 €)

Entfernung des nervus facialis – periphere Gesichtsnervlähmung

Der 38 Jahre alte Kläger war wegen anhaltenden Schmerzen hinter dem linken Ohr beim beklagten Radiologen in Behandlung. Dieser übersah einen Tumor im Bereich der Ohrspeicheldrüse. Aufgrund der verspäteten Operation wurde die Entfernung auch des inzwischen vom

Tumor infizierten linken Gesichtsnervs (nervus facialis) erforderlich. Der Kläger, der bis zu dieser Operation, die erst zwei Jahre nach der Untersuchung durch den Beklagten erfolgte, unter starken Schmerzen hinter dem linken Ohr litt, die auch durch Schmerzmittel nur eingeschränkt gelindert werden konnten, ist nachoperativ insoweit beschwerdefrei. Er leidet aber nun unter einer kompletten peripheren Gesichtsnervenlähmung der linken Seite. Dadurch kommt es zu Veränderungen in Mimik und Gesichtsausdruck und Erschwernissen beim Essen, Trinken und Sprechen.

LG Köln, Urt. v. 19.03.2008 – 25 O 180/05, PflR 2008, 341 E 869

75.000,00 € (Vorstellung: 40.000,00 € zuzüglich 350,00 € monatliche Rente)

Kompartmentsyndrom – neurologische Beeinträchtigungen

Die 15 Jahre alte Klägerin wurde wegen eines Nierentumors operiert und während der 12-stündigen Operation bereits unzureichend gebettet. Trotz heftiger nachoperativer Wadenschmerzen und mehrfacher Untersuchungen wurde das Kompartment-Syndrom behandlungsfehlerhaft zunächst nicht diagnostiziert und später dann erneut fehlerhaft behandelt.

Die Klägerin litt daher längere Zeit unter teils massiven Schmerzen, die auch mit Schmerzmitteln nur teilweise reduziert werden konnten. Sie musste mehrfach operiert werden und danach über 6 Wochen mit Gips ruhiggestellt werden. Es bestehen nun Formveränderungen an der Wade und eine deutliche Fehlstellung am Fuß.

Die Klägerin leidet unter neurologischen Ausfällen, etwa Schmerzen in Bein, Fußgelenk und Zeh des rechten Fußes bei längerer Belastung. Schnelles Laufen oder Joggen ist ihr nicht möglich, längeres Gehen bereitet ihr Schmerzen. Jahrelange Physiotherapie ist erforderlich.

Die Kammer stellte besonders auf das jugendliche Alter der Klägerin und die ästhetischen Veränderungen von rechtem Unterschenkel und Fuß ab, die die Klägerin besonders beeinträchtigen und bis an ihr Lebensende begleiten werden. Eine Rente wurde nicht zuerkannt, da kein schwerer Dauerschaden vorliege.

OLG Köln, Beschl. v. 05.09.2008 – 5 W 44/08, VersR 2009, 276 E 870

75.000,00 €

Schädigung des nervus phrenicus und des plexus brachialis – Armlähmung – Lungenbeeinträchtigung

Die Antragstellerin erlitt durch die unsachgemäße Behandlung einer Schulterdystokie eine Schädigung des plexus brachialis rechts und des nervus phrenicus, verbunden mit einem Wurzelausriss. Durch die späteren Versuche, die Folgen der Schädigung in Grenzen zu halten, hat die Antragstellerin mehrere schmerzhafte Operationen mit langdauernden Krankenhausaufenthalten durchlitten. Die Nahrungsaufnahme war längerfristig gestört, was zu Entwicklungsverzögerungen führte. Als Dauerfolge verbleibt eine vollständige Funktionsuntüchtigkeit des rechten Arms mit einer nur in ganz geringem Umfang gebrauchstüchtigen Hand. Durch die Schädigung des nervus phrenicus wurde eine Zwerchfellschädigung verursacht, die die Atmung behindert und die Funktion des rechten Lungenflügels um 50 % reduziert.

LG Köln, Urt. v. 11.06.2008 – 25 O 410/06, unveröffentlicht E 871

85.000,00 € (Vorstellung: 60.000,00 €)

Kompartmentsyndrom – Bewegungseinschränkungen

Der 4 Jahre alte Kläger wurde urologisch operiert; am Folgetag waren beide Waden stark gespannt, prall und berührungsempfindlich. Trotz tagelanger Beschwerden unterließen die

Beklagten grob behandlungsfehlerhaft die Diagnose eines Kompartmentsyndroms. Es kam zu einer Schädigung im Bereich der rechten Unterschenkelmuskulatur und einer Spitzfußstellung. Beide Füße mussten operativ korrigiert werden.

Bei der Bemessung wurden die persistierenden Schmerzen des Klägers, die lange unbehandelt blieben, berücksichtigt, ferner die Notwendigkeit einer 2. schweren Operation für den 4 Jahre alten Kläger und die massive Schädigung der Unterschenkel, wodurch der Kläger weder stehen noch gehen konnte. Der Kläger litt monatelang unter Alpträumen, die in Zusammenhang mit seinen Mobilitätseinschränkungen standen. Er hat bis heute Probleme beim Gehen und Laufen; er trägt spezielle Schuhe zur Stützung des Fußgelenks und kann nicht längere Zeit stehen, weil das Wachstum der Füße eingeschränkt ist. Er wird in der Schule gehänselt; diese Belastung führt zu gelegentlichen Aggressionen des Klägers. Er wird kinderpsychologisch und krankengymnastisch behandelt. Eine Besserung ist nicht zu erwarten, vielmehr besteht die Gefahr von Beschwerden auch in höher liegenden Gelenken.

E 872 **LG Köln, Urt. v. 06.09.2006 – 25 O 346/02, MedR 2008, 153**

100.000,00 €

Cauda-Syndrom – Gefühlsstörungen – Inkontinenz – erektile Dysfunktion

Der Kläger ließ wegen eines Bandscheibenvorfalls in dem Krankenhaus der Beklagten eine Operation in Form der epiduralen Katheter-Behandlung nach Racz durchführen. Nach der Behandlung kam es durch eine Nervenschädigung zu einem sog. Cauda-Syndrom mit Gefühlsstörungen, starken Schmerzen, Bewegungseinschränkungen, erektiler Dysfunktion und Inkontinenz. Das Gericht bejahte eine Aufklärungspflichtverletzung: Über die Racz-Methode als neuartige Behandlung mit noch völlig unabsehbaren Risiken hätte umfassend aufgeklärt werden müssen. Bei der Bemessung berücksichtigte das Gericht neben den zahlreichen Beeinträchtigungen durch das Cauda-Syndrom auch die aufgrund dessen eingetretene Erwerbsunfähigkeit und Suizidgedanken des Klägers.

E 873 **OLG Hamm, Urt. v. 19.11.2007 – 3 U 83/07, unveröffentlicht**

100.000,00 € (Vorstellung: 150.000,00 €)

Cauda-equina-Syndrom

Bei der 55 Jahre alten Klägerin traten nach der Rückenoperation wegen eines Tumorverdachts starke Schmerzen und Taubheitsgefühle sowie Sensibilitätsstörungen in beiden Füßen auf. Die verspätete Diagnose eines Epiduralhämatoms aufgrund unterbliebener neurologischer Untersuchungen führte zu einer postoperativen Cauda-equina-Symptomatik. Als Dauerschäden verblieben eine Lähmung beider Beine sowie der Gesäßmuskulatur, Blasen- und Stuhlinkontinenz, ein Dekubitus wegen der Rollstuhlpflichtigkeit und spastische Störungen durch dauerndes Sitzen, ferner Wundheilungsstörungen aufgrund des Bewegungsmangels.

Die Klägerin ist durch den Dauerschaden in nahezu sämtlichen Lebensbereichen körperlich beeinträchtigt. Ihren Beruf als Krankenschwester musste sie wegen der Beinlähmungen aufgeben; im Haushalt, in der Freizeit und bei sonstigen Verpflichtungen ist sie wegen der Rollstuhlpflichtigkeit auf fremde Hilfe angewiesen. Ihr Hobby, die Gartenarbeit, kann sie nicht mehr ausüben.

OLG Köln, Beschl. v. 13.02.2006 – 5 W 181/05, unveröffentlicht E 874

200.000,00 €

Verletzung des nervus phrenicus – funktionslose Lungenhälfte

Der Antragsteller wurde bei der Geburt verletzt; durch eine Schädigung des nervus phrenicus kam es zu einer Zwerchfelllähmung, die irreparabel ist. Eine Lungenhälfte ist funktionslos, sodass ständige maschinelle Beatmung und künstliche Ernährung erforderlich sind; hierdurch kommt es zu Verwachsungen im Kehlkopfbereich, Hospitalisierungserscheinungen mit Selbstverletzungscharakter und zu einer Vergrößerung des Herzmuskels.

Der Antragsteller ist rund um die Uhr pflege- und betreuungsbedürftig; er kann seine Magensäure nicht auf natürliche Art regulieren, erbricht alle 2 – 3 Std. und muss permanent abgesaugt werden. Er ist schwerst pflegebedürftig und zu einem normalen Leben selbst im Hinblick auf elementarste Bedürfnisse nicht in der Lage. Das Gericht ging von einem Dauerschaden aus; die Möglichkeit, dass spätere Fortschritte oder »glückliche Fügungen« der Medizin evtl. die Reanimation der funktionslosen Lunge ermöglichen könnten, sei für diese Beurteilung nicht von Bedeutung.

Ohr

▶ Hinweis:

Im Folgenden sind nur die äußerlichen Verletzungen des Ohres erfasst. Soweit der Schwerpunkt der Verletzung nicht hierin, sondern in der Beeinträchtigung oder dem Verlust des Gehörs, oder Tinnitus und Ohrgeräuschen, liegt, s. Stichwort → Gehörsinn (E 511 ff., E 522 ff.).

LG Köln, Urt. v. 21.04.2008 – 2 O 684/06, NStZ-RR 2009, 182 = NJW-Spezial 2008, 602 E 875

150,00 €

Ohrfeigen

Die Klägerin wurde von ihrem Lebensgefährten im Verlauf eines Streits zweimal geohrfeigt.

LAG Köln, Urt. v. 27.10.2008 – 5 Sa 827/08, ZTR 2009, 222 (LS) E 876

800,00 € (Vorstellung: 2.500,00 €)

Ohrfeige

Der beklagte vorgesetzte Schichtleiter versetzte im Rahmen eines Streits über Arbeitspflichten dem klagenden Mitarbeiter eine Ohrfeige, die ohne weitere Verletzungsfolgen blieb. Bei der Bemessung berücksichtigte das Gericht auch die Vorbildfunktion eines Vorgesetzten, der sich nicht zu einer körperlichen Auseinandersetzung habe hinreißen lassen dürfen. Die Vorstellung beruhte auf nicht nachgewiesenen weiteren Verletzungsfolgen.

OLG Naumburg, Urt. v. 05.06.2008 – 1 U 104/07, PatR 2008, 90 E 877

1.000,00 €

Nadelakupunktur in beiden Ohren

Dem Kläger wurden, ohne dass er hierüber hinreichend aufgeklärt wurde, unter lokaler Betäubung Nadeln dauerhaft in die Ohren akupunktiert. Das Schmerzensgeld berücksichtigt diesen relativ geringfügigen Eingriff, aber auch dauernde postoperative Schmerzen in beiden Ohren, die allerdings eine eher geringe Lebensbeeinträchtigung darstellen. Die Entfernung der Nadeln ist aus medizinischen Gründen nicht nötig und würde auch ambulant und unter lokaler Betäubung ohne große Belastung für den Kläger erfolgen.

E 878 **LG Berlin, Urt. v. 09.07.2009 – 5 O 390/07, unveröffentlicht**

2.000,00 € (2/3 Mitverschulden; Vorstellung: 10.000,00 €)

Trommelfellperforation – Taubheitsgefühle am Ohr – Kieferbruch

Der 45 Jahre alte Kläger geriet mit dem 17 Jahre alten dunkelhäutigen Beklagten an einem S-Bahnhof aneinander. Nachdem der alkoholisierte Kläger dem Beklagten mit »Was guckst Du, Neger?« angesprochen und den Hitlergruß gezeigt hatte, schlug der Beklagte den Kläger zunächst mit der Faust ins Gesicht und trat ihn dann in die Bauchgegend. Auch nachdem der Kläger zu Boden gegangen war, trat der Beklagte ihn erneut.

Hierbei erlitt der Kläger einen Kieferbruch und eine Trommelfellperforation. Er blutete aus dem Mund, seine rechte Gesichtshälfte war stark gerötet und geschwollen und er klagte über Taubheit im rechten Ohr. Die Heilung des Kieferbruchs verlief nicht komplikationsfrei; es kam zu einem mehrwöchigen stationären Aufenthalt, der Kläger leidet noch unter Taubheitsgefühlen in der rechten Gesichtshälfte und Schwerhörigkeit auf dem rechten Ohr.

E 879 **LG Konstanz, Urt. v. 13.01.2004 – 5 O 358/00, NJW-RR 2004, 459**

4.000,00 €

Ohrverletzung (»Pulvertätowierung«)

Bei einer Party unter Jugendlichen spielten die Beklagten mit einer Gaspistole herum. Hierbei löste sich ein Schuss, der den Kläger an der rechten Wange und am rechten Ohr erheblich verletzte und eine langwierige ärztliche Behandlung erforderlich machte. Auch nach Abschluss der Behandlung sind die Folgen des Unfalls in Form einer Unebenheit der Haut des Klägers auf der rechten Wange in der Größe eines 2,00 €-Stücks erkennbar. Die Schussverletzung hinterließ zunächst eine sog. Pulvertätowierung, verursacht durch die Einsprengung von Schmauch- und Rußpartikeln. Diese konnte durch eine langwierige ärztliche Behandlung (Laser-Therapie) deutlich reduziert werden.

Bei der Bemessung waren im Wesentlichen die sich über viele Monate hinstreckende Heilbehandlung sowie die dauerhaft verbleibenden Folgen (Unebenheit der Haut) ausschlaggebend. Auch die unmittelbaren Verletzungsfolgen mit Verbrennungen 1. – 2. Grades waren sehr schmerzhaft und erforderten eine notfallärztliche Behandlung. Das Gericht verwies darauf, dass es sich bei dem Verletzten um einen jungen Menschen handele. Im jugendlichen Alter spielten optische Beeinträchtigungen eine größere Rolle. Auch sei die Dauer, für die mit dieser Beeinträchtigung noch gelebt werden müsse, naturgemäß länger.

E 880 **OLG München, Urt. v. 31.03.2010 – 20 U 4805/09, unveröffentlicht**

4.000,00 €

Ohrfeige – Trommelfellperforation – Tinnitus

Der Beklagte ohrfeigte den Kläger auf das linke Ohr; hierdurch erlitt dieser eine Trommelfellperforation, die operativ versorgt wurde. Es kam zu einer Mittelohrentzündung, die den Heilungsverlauf verzögerte. Folge des Schlages war auch ein linksseitiger Tinnitus. Der Kläger trat einen Monat nach dem Vorfall eine 5 Wochen lange Rehabilitationsmaßnahme an, leidet aber noch an stark störenden Ohrgeräuschen.

Das Gericht berücksichtigte, dass der Kläger nach wie vor unter Konzentrationsschwächen, Schlafstörungen und Beeinträchtigungen im sozialen Bereich leidet und es sich um eine Vorsatztat handelte. Nur der Beklagte hatte Berufung eingelegt, und der Senat sah »keinerlei Anlass, an der Höhe des Schmerzensgeldes Anstoß zu nehmen«.

LG Hagen, Urt. v. 19.12.2002 – 4 O 358/02, unveröffentlicht[65] E 881

7.000,00 €

Missglückte Korrektur von Segelohren

Bei einem 11 Jahre alten Jungen wurden die Segelohren operativ korrigiert. Die 1. Operation hatte zur Folge, dass die Ohren »wie angeklebt« aussahen und der Kläger keine Brille mehr tragen konnte; die 2. Operation misslang dem beklagten Arzt erneut. Da Hautstreifen aus der Lendengegend hinter die Ohren verpflanzt wurden, ist die verpflanzte Haut dauerhaft andersfarbig, und dem Kläger wachsen Schamhaare hinter den Ohren.

LG Aachen, Urt. v. 18.06.2003 – 11 O 72/00, unveröffentlicht E 882

7.500,00 €

Ohrnarben (nach missglückter Korrektur von Segelohren)

Der 10 Jahre alte Kläger wurde wegen abstehender Ohren operiert (Ohranlegeoperation). Die Operation schlug fehl; aufgrund von Behandlungsfehlern kam es zu einer schüsselförmigen Ohrform (»Telefonohr«). Der Junge wurde deswegen gehänselt und fiel in seinen schulischen Leistungen stark ab. Nach einer 2. Operation verblieben Keloidnarben und Wulstnarben an den Nahtstellen.

Schädel (Schädelprellung – Schädelfraktur – Schädelhirntraumen/Hirnschädigungen)

1. Schädelprellung

LG Magdeburg, Urt. v. 28.09.2010 – 10 O 299/10, unveröffentlicht E 883

500,00 € (Vorstellung: 500,00 €)

Kopfplatzwunde

Die Klägerin erlitt bei einem Verkehrsunfall eine Kopfplatzwunde, die genäht werden musste.

Das Gericht hielt das Schmerzensgeld i. H. v. 500,00 € für gerade noch angemessen. Zu berücksichtigen sei zwar, dass die Klägerin eine Kopfplatzwunde davon getragen habe, glücklicherweise aber i. Ü. unverletzt geblieben sei (?). Die Klägerin konnte am Tag des Unfalls das Krankenhaus verlassen.

65 Vgl. v. Bar, Karlsruher Forum 2003, S. 9. Eine ältere, aber wichtige Entscheidung.

E 884 **AG Kassel, Urt. v. 13.03.2012 – 435 C 4225/11, unveröffentlicht**

600,00 € (Vorstellung: 600,00 €)

Schädelprellung – Platzwunde am Kopf

Dem Kläger fiel wegen eines technischen Defekts die Heckklappe eines von einer Werkstatt zur Verfügung gestellten Fahrzeugs auf den Kopf und verursachte eine Schädelprellung und eine Platzwunde am Kopf. Der Kläger war zwei Tage arbeitsunfähig.

E 885 **OLG Düsseldorf, Urt. v. 12.03.2007 – I-1 U 192/06, unveröffentlicht**

1.000,00 € (Mitverschulden: 1/2)

Gehirnerschütterung – Distorsion der Handgelenke

Der Kläger erlitt durch einen Unfall eine Gehirnerschütterung, eine Schwellung am rechten Fuß und eine Distorsion beider Handgelenke.

E 886 **LG Dortmund, Urt. v. 10.06.2011 – 21 O 17/10, DVP 2012, 440**

1.000,00 € (Mitverschulden: 3/5;Vorstellung: 3.000,00 €)

Erhebliche Verletzungen im Gesicht

Die Klägerin zog sich als Radfahrerin erhebliche schmerzhafte Verletzungen im Gesicht zu, als sie gegen ein 4-5mm dickes Seil fuhr, das auf einem Platz von Baum zu Baum gespannt war, um Kindern das Volleyballspiel zu ermöglichen. Während des allmählichen Abheilens der Verletzungen war die Klägerin im Gesicht deutlich entstellt. Obwohl Markierungen am Seil fehlten und die Klägerin vorgetragen hatte, das Seil sei für sie kaum zu erkennen gewesen, ging das Landgericht von einem überwiegenden Mitverschulden der Klägerin aus.

E 887 **AG Kempten, Urt. v. 02.10.2007 – 2 C 241/07, DAR 2008, 271**

1.200,00 € (Vorstellung: 1.200,00 €)

Schädelprellung

Die Klägerin stürzte bei einem Verkehrsunfall und erlitt eine Schädelprellung, oberflächliche Schürfwunden am Unterarm und an einer Hand sowie eine Prellung beider Knie. Sie war 4 Wochen arbeitsunfähig.

E 888 **LG Duisburg, Urt. v. 23.04.2009 – 5 S 140/08, unveröffentlicht**

1.500,00 €

Schädel- und Schulterprellung

Die gehbehinderte Klägerin kam zu Fall, als der Fahrer einer Straßenbahn abfuhr, ohne zu bemerken, dass die Klägerin noch keinen Sitzplatz gefunden hatte. Die Klägerin stürzte und erlitt Prellungen von Schulter, Schädel und Thorax. Eine Woche nach dem Sturz hatte sie noch Schmerzen zumindest in der Schulter. Die Kammer legt der Bemessung des Schmerzensgeldes die schmerzhaften Prellungen und die über eine Woche hinausgehende Beeinträchtigung der Schulter zugrunde. Dabei erscheint angemessen, aber auch ausreichend, die mit jeder Prellung verbunden Schmerzen mit 500,00 € abzugelten, zumal weder das vorprozessuale Verhalten noch die Rechtsverteidigung der Beklagten eine höhere Genugtuung erfordern.

OLG Koblenz, Urt. v. 26.06.2006 – 12U 545/05, unveröffentlicht E 889

2.000,00 € (Vorstellung: 5.000,00 €)

Schädelprellung – Schambeinastfraktur – Prellungen

Der 9 1/2 Jahre alte Kläger wurde beim Überqueren einer Landstraße als Fußgänger von dem Beklagten angefahren. Er erlitt eine Schambeinastfraktur, eine Kopfprellung und Prellungen am linken Ober- und Unterschenkel. Eine Minderung der Leistungsfähigkeit des Klägers ist durch die Schädelprellung nicht eingetreten.

OLG Saarbrücken, Urt. v. 03.11.2009 – 4U 185/09, DAR 2010, 23 = SP 2010, 207 E 890

2.000,00 €

Gehirnerschütterung – Schürfwunden

Die 35 Jahre alte Klägerin erlitt bei einem Verkehrsunfall eine Gehirnerschütterung und Schürfwunden im Gesicht. Die Primärverletzungen waren schmerzhaft und machten einen dreitägigen Krankenhausaufenthalt erforderlich. Hinzukommt, dass die Klägerin die Schürfwunden im Gesicht für einen nicht unerheblichen Zeitraum als Minderung ihres körperlichen Wohlbefindens empfinden musste.

OLG Hamburg, Urt. v. 05.09.2012 – 8U 160/11, NJW-RR 2013, 598 = MDR 2013, 340 E 891

2000,00 € und 1.500,00 €

Kopfverletzung mit und ohne Narbe

Die Kläger, Mutter und Sohn, erlitten jeweils eine Kopfverletzung, als in einem Einkaufszentrum ein Lautsprecher aus dem Obergeschoss herabstürzte. Bei der Klägerin verblieb eine Narbe im Stirnbereich, während bei dem Kläger, der am Hinterkopf verletzt wurde, keine sichtbare Narbe verblieb.

AG Bad Segeberg, Urt. v. 14.02.2013 – 17 C 219/12, unveröffentlicht E 892

2.000,00 € (Vorstellung: 4.000,00 €)

Schädelprellung – stumpfes Bauchtrauma – HWS-Distorsion

Die Klägerin kam in einem Linienbus der Beklagten zu Fall, als der Fahrer eine Vollbremsung machen musste. Dabei zog sie sich eine Schädelprellung, ein stumpfes Bauchtrauma und eine HWS-Distorsion zu. Sie befand sich zu zwei kurzen Terminen in stationärer Behandlung. Bis heute leidet die Klägerin unter massiven und wiederkehrenden Kopfschmerzen.

AG Waldshut-Tiengen, Urt. v. 12.11.2004 – 7 C 163/04, SP 2005, 89 E 893

3.000,00 €

Commotio cerebri – multiple Abschürfungen und Prellungen – HWS-Distorsion

Der 19 Jahre alte Kläger erlitt bei einem Unfall eine Commotio cerebri, multiple Abschürfungen und Prellungen, eine HWS-Distorsion und ein Narbekeloid über der Augenbraue. Die Narbe ist zwar nicht entstellend, für einen jungen Mann jedoch bedeutend.

E 894 **LG Koblenz, Urt. v. 22.08.2007 – 10 O 50/05, KHR 2007, 156**

3.000,00 € (Vorstellung: 20.000,00 €)

Knochendeckelersatzplastik nach Verderb der Schädeldecke

Der Schädel des Klägers musste über die Kalotte eröffnet werden, um ein subdurales Hämatom zu entleeren. Hierbei wurde der große Knochendeckel komplett entnommen und es war vorgesehen, nach abschließender Behandlung des Schädel-Hirntraumas den für die Operation entfernten Teil der Schädeldecke wieder einzusetzen. Mit diesem Hintergrund wurde das Knochenstück in einer Kühltruhe eingelagert. Als es in den Schädel des Klägers eingesetzt werden sollte, wurde festgestellt, dass es nicht mehr in einem brauchbaren Zustand war, sodass es für die behandelnden Ärzte nicht mehr vertretbar erschien, das eingelagerte Knochenstück zu verwenden. Deshalb wurde anstelle des natürlichen Knochens dem Kläger eine Knochendeckelersatzplastik eingesetzt.

Der Kläger macht geltend, infolge des Ersatzes der natürlichen Schädeldecke durch eine künstliche Schädeldecke leide er im Gegensatz zu seinem Befinden vor der Operation regelmäßig unter Kopfschmerzen, Wetterfühligkeit und Gleichgewichtsstörungen. Zudem seien mit dem Einsatz einer künstlichen Schädeldecke erhebliche gesundheitliche Risiken verbunden.

Es ist davon auszugehen, dass durch das Verhalten der Ärzte für den Kläger mit Ausnahme eines Unbehagens und einer verständlichen emotionalen Empfindungsstörung aufgrund der Tatsache, dass er nunmehr nicht mehr über den körpereigenen großen Knochendeckel, sondern über eine Ersatzplastik für den Rest seines Lebens verfügt, keine nachteiligen Folgen eingetreten sind. Der Gesichtspunkt des subjektiven Missempfindens wurde bei der Bemessung des Schmerzensgeldes berücksichtigt.

E 895 **LG Köln, Urt. v. 24.06.2010 – 29 O 290/09, SP 2011, 16**

4.000,00 €

Commotio ceribri – HWS- Distorsion – Prellungen – Mittelhandfraktur

Der Kläger zog sich als Fahrradfahrer bei einem Verkehrsunfall eine Commotio cerebri, eine HWS-Distorsion und eine Wintersteinfraktur (Mittelhandfraktur) und erhebliche Schwellungen und Prellungen über dem Nasenbein und dem Jochbein beiderseits zu. Die Mittelhandfraktur wurde ambulant operiert. Das Osteosynthesematerial wurde später entfernt.

E 896 **OLG Frankfurt, Urt. v. 28.10.2011 – 24 U 134/11, NJW-RR 2012, 276 = NZV 2012, 179 = SP 2012, 209 = RuS 2012, 43**

4.000,00 € (Mitverschulden 50% Vorstellung:10.000,00 €)

Jochbeinfraktur – Augenhöhlenbodenfraktur – Oberkieferfraktur

Der Kläger, der mit einem Rennrad unterwegs war, geriet hinter dem Fahrzeug des Beklagten auf eine von diesem Fahrzeug ausgehende Ölspur und stürzte. Dabei zog er sich Frakturen im Gesicht, eine Jochbeinfraktur, eine Orbitabodenfraktur und eine Oberkieferfraktur zu. Er musste sich zwei Operationen unterziehen und war insgesamt an 10 Tagen in stationärer Behandlung. Als Folgeschaden leidet der Kläger unter einem Taubheitsgefühl in einer Gesichtshälfte. Das Mitverschulden des Klägers wird nicht näher begründet.

LG München II, Urt. v. 26.06.2008 – 12 O 140/07, SP 2009, 10 E 897

4.500,00 € (Mitverschulden: 1/10; Vorstellung: 7.000,00 €)

Schädelprellung – Schulter-Arm-Prellung – Knieprellungen – Schnittverletzungen

Der Kläger erlitt bei einem Verkehrsunfall eine schwere Schädelprellung mit HWS-Kontusion sowie eine Schulter-Arm-Prellung, eine Prellung beider Knie und eine Gesäß- und Rückenkontusion. Es kam zu zahlreichen Glassplitterverletzungen im Gesicht; die Augenbewegungen waren durch das Gesichtsödem sehr schmerzhaft, und die linke äußere Ohrregion war erheblich druckempfindlich. Durch die Schnittverletzungen im Gesicht verblieb eine Narbe.

OLG Koblenz, Urt. v. 03.02.2012 – 10 U 742/11, ZinsO 2012, 1787 E 898

5.000,00 €

Zwei schwere Kopfplatzwunden

In einer Diskothek kam es in den frühen Morgenstunden zu einer Auseinandersetzung zwischen mehreren Personen. Der Beklagte schlug mit einem 18 kg schweren Barhocker um sich und verletzte den nicht an der Auseinandersetzung beteiligten Kläger am Kopf, der bewusstlos zu Boden stürzte. Der Beklagte schlug ihn mehrfach ins Gesicht und trat nach ihm. Der Kläger erlitt zwei schwere Kopfplatzwunden und leidet noch nach rd. 6 Jahren unter wiederkehrenden Kopfschmerzen und Konzentrationsschwierigkeiten.

Der Beklagte wurde zu einer Bewährungsstrafe verurteilt mit der Auflage, an den Kläger ein Schmerzensgeld von 5.000,00 € zu zahlen.

LG Duisburg, Urt. v. 22.03.2005 – 8 O 406/02, unveröffentlicht E 899

5.400,00 € (Mitverschulden: 2/5; Vorstellung: 10.500,00 €)

Hämatom im Stirnbein – Prellung des Unterkiefers – massive Jochbein-Orbitalfraktur – Unterarmfrakturen – Zehenfrakturen – contusio cerebri – Gehirnkontusionen

Der Kläger erlitt mehrere kleinflächige Gehirnkontusionen, eine massive Jochbein-Orbitalfraktur links, ein massives Hämatom im Stirnbein, eine Prellung des linken Unterkiefers mit Haarriss, Okklusions- und Artikulationsstörungen aufgrund einer Lateralverschiebung des Unterkiefers links, eine Contusio cerebri, Unterarm- und Zehenfrakturen und eine Ellenbogenfraktur. Die stationäre Behandlung dauerte 3 Tage.

Das Mitverschulden i. H. v. 2/5 ergibt sich daraus, dass der Kläger trotz Kenntnis davon, dass der Beklagte über keine Fahrerlaubnis verfügte, mit dem Beklagten mitfuhr. Das sich daraus ergebende Risiko realisierte sich.

LG Frankfurt am Main, Urt. v. 25.10.2005 – 2/19 O 24/05, RRa 2006, 73, bestätigt durch OLG Frankfurt am Main, Urt. v. 18.05.2006 – 16 U 153/05, RRa 2006, 217 E 900

6.000,00 € (Vorstellung: 6.000,00 €)

Hämatom am Auge – Risswunde am Schädel – Prellung Kniegelenk

Die Klägerin erlitt als Reisende in einem Bus einen Unfall, bei dem sie verletzt wurde. Sie erlitt eine 12 cm lange Risswunde an der rechten Schädelhälfte, die genäht werden musste und möglicherweise zu einer bleibenden Narbe im Gesicht führt, ein Hämatom am rechten Auge, eine Prellung des linken Kniegelenks sowie ein HWS-Schleudertrauma.

E 901 **OLG Köln, Urt. v. 27.06.2012 – 11 U 33/12, unveröffentlicht**

6.000,00 € (Vorstellung: 6.000,00 €)

Schnittverletzung im Gesicht – Narbe

Die Parteien hielten sich in der Silvesternacht in einer Diskothek auf. Nach erheblichem Alkoholkonsum kam es gegen 4:30 Uhr zu einem Zusammenstoß. Der Beklagte führte mit einem scharfen Gegenstand einen Schlag in das Gesicht des Klägers. Dieser erlitt eine ausgedehnte Weichteilverletzung der Wange sowie kleinere Riss- und Quetschwunden intraorbital und an einer Augenbraue. Zurück blieb eine mehrere Zentimeter lange deutlich sichtbare Narbe.

E 902 **LG Münster, Urt. v. 08.06.2006 – 8 O 58/05, unveröffentlicht**

7.500,00 € (Vorstellung: 15.000,00 €)

Schädelprellung – zwei Platzwunden am Hinterkopf

Der Kläger war als Wachmann im Einsatz, als er mit einer Pistole bedroht, körperlich angegriffen und gefesselt wurde. Anschließend wurde er in den Kofferraum seines Pkw gesperrt, aus dem er sich bei einer Außentemperatur von 7 Grad unter Null erst nach einiger Zeit befreien konnte. Der Kläger erlitt durch den Angriff eine Schädelprellung und zwei Platzwunden am Hinterkopf. Zusätzlich leidet er unter einer posttraumatischen Belastungsstörung.

E 903 **OLG Saarbrücken, Urt. v. 02.03.2005 – 1 U 156/04, NJW-RR 2005, 973**

8.000,00 € (Mitverschulden: $^{1}/_{2}$; Vorstellung: mindestens 10.000,00 €)

Verlust eines Stücks behaarter Kopfhaut – Narben

Die Klägerin besuchte eine Kart-Bahn. Während der Fahrt mit einem Kart wickelten sich die langen Haare der Klägerin, die ihr bis zum unteren Rückenbereich reichten, auf der Hinterachse des Karts auf und rissen der Klägerin ein ca. 12 – 15 cm großes Stück Kopfhaut ab.

Bei der Bemessung des Schmerzensgeldes wurden die erlittenen Schmerzen, die Dauer des Heilungsprozesses, die erhebliche Entstellung und die andauernden Beschwerden der Klägerin berücksichtigt.

Den Beklagten fällt eine Verletzung der Verkehrssicherungspflicht zur Last, die Klägerin trifft ein hälftiges Mitverschulden, weil sie die langen Haare nicht unter dem Helm getragen hat.

E 904 **OLG Hamm, Urt. v. 07.06.2010 – 6 U 195/09, r+s 2010, 481 = SP 2010, 361**

9.000,00 € (Vorstellung: 35.000,00 €)

Gehirnerschütterung – Schlüsselbeinfraktur

Die Klägerin erlitt bei einem Verkehrsunfall eine Schlüsselbeinfraktur sowie eine Gehirnerschütterung und eine Unterschenkelprellung sowie eine Gehörgangsblutung im linken Mittelohr. Nachdem zunächst von einer Operation abgeraten worden war, wurde der Klägerin wegen Durchspießungsgefahr für Lunge und Außenhaut eine Platte eingesetzt, die, nachdem in einem weiteren Krankenhausaufenthalt Massagen und physiotherapeutische Maßnahmen erfolgten, bei einem dritten stationären Aufenthalt operativ wieder entfernt wurde. Dies ergab stationäre Aufenthalte von insgesamt 14 Tagen über einen Zeitraum von 18 Monaten. Die Schlüsselbeinfraktur ist in Fehlstellung verheilt, was zu einer kosmetischen Beeinträchtigung und zu einer Einschränkung beim Heben und Tragen schwerer Lasten führt. Es verblieb eine Narbe im Dekolletébereich. Die Schmerzensgeldvorstellung beruhte auf – nicht bewiesenen-weiteren Dauerschäden.

OLG Schleswig, Urt. v. 19.12.2002 – 7 U 163/01, OLGR 2003, 155 E 905

10.000,00 €

Schädelprellung und HWS-Distorsion – Konversionsneurose

Der Kläger erlitt bei einem Verkehrsunfall als Primärverletzung eine Schädelprellung und eine HWS-Distorsion. Über Jahre hinweg leidet er an einem somatoformen Schmerzzustand. Anders als das LG sah der Senat die Neurose des Klägers nicht als Rentenneurose, sondern als Konversionsneurose an. Bei der Bemessung des Schmerzensgeldes fand diese psychische Veranlagung des Klägers Berücksichtigung.

OLG Frankfurt am Main, Urt. v. 01.10.2004 – 4 U 26/95, unveröffentlicht E 906

10.000,00 € (Vorstellung: 10.000,00 €)

Schädelprellung

Die Klägerin erlitt bei einem Verkehrsunfall eine Schädelprellung, eine Distorsion 2. Grades der HWS, eine Distorsion der LWS, Prellungen am Knie und am Ellenbogengelenk. Für das Unfallereignis besteht eine Amnesie; die MdE betrug für fast 3 Monate 100 %.

Es liegt eine psychische Fehlverarbeitung des Geschehens durch die Klägerin vor, die aber auf die Höhe des Schmerzensgeldes keinen Einfluss hat.

OLG Köln, Urt. v. 17.03.2005 – 7 U 126/04, unveröffentlicht E 907

10.000,00 € (Vorstellung: mindestens 20.000,00 €)

Mittelgesichtsfraktur – Frakturen der Schädel- und Frakturen der Gesichtsschädelknochen – Alveolarfortsatzfraktur – Orbitabodenfraktur – Kalottenfraktur – Nasenbeinfraktur – Stirnhöhlenvorderwandfraktur – Zahnfraktur

Bei dem Unfallereignis erlitt der 7 Jahre alte Kläger eine Mittelgesichtsfraktur, verschiedene Frakturen der Schädel- und Gesichtsschädelknochen, eine Alveolarfortsatzfraktur, eine Orbitabodenfraktur, eine Kalottenfraktur, eine Nasenbeinfraktur, eine Stirnhöhlenvorderwandfraktur und eine Zahnfraktur. Er verlor vier Zähne und erlitt eine Platzwunde. Der Kläger befand sich 18 Tage und später noch einmal 4 Tage in stationärer Behandlung. Seit dem Unfall weist das Gesicht des Klägers eine leichte Schiefstellung auf.

LG Heilbronn, Urt. v. 20.04.2005 – 1 O 155/03, SP 2005, 233 E 908

11.500,00 €

Nasenbeinfraktur – commotio cerebri – Kopfschmerzen

Der Kläger erlitt bei einem Verkehrsunfall eine Commotio cerebri, eine Thorax/Flankenprellung, eine Beckenprellung, eine Nasenbeinfraktur sowie multiple Schürfungen. Die Kopfschmerzsymptomatik ist auf den Unfall zurückzuführen.

Abzugelten waren außer den Kopfschmerzen auch die fortdauernden Beeinträchtigungen des Klägers, sein weiterer Klinikaufenthalt zur Entlastung, seine Beeinträchtigung durch ein Fahrverbot und das Alkoholverbot, die Notwendigkeit einer laufenden medizinischen Überwachung und die Beeinträchtigung durch regelmäßige Arztbesuche und Einnahme von Medikamenten sowie die eingeschränkte Leistungsfähigkeit gerade in einer Examensphase.

E 909 **OLG München, Urt. v. 29.06.2007 – 10 U 4379/01, unveröffentlicht**

14.000,00 € (Vorstellung: 50.000,00 €)

Commotio ceribri – HWS-Schleudertrauma

Der 54 Jahre alte Kläger erlitt bei einem Verkehrsunfall eine leichte Gehirnerschütterung (commotio cerebri) streitiger Stärke und ein HWS-Schleudertrauma. Dabei ist aber keine contusionelle Hirnschädigung bzw. keine bleibende substanzielle Schädigung des Gehirns festzustellen. Die leichtgradige HWS-Distorsion hat beim Kläger eine kurzzeitige MdE hervorgerufen, danach ist aus orthopädischer Sicht keine unfallbedingte MdE mehr feststellbar.

Als Dauerschaden verblieben eine zentrale Gleichgewichtsstörung und eine Konversionsneurose infolge einer posttraumatischen Belastungsstörung, die zu einer Dauer-MdE von 20 % führt und an der der Kläger nun schon 20 Jahre leidet.

E 910 **OLG Düsseldorf, Urt. v. 11.06.2002 – 4 U 207/01, VersR 2003, 870**

15.000,00 €

Schädelprellung – Schulterblatttrümmerfraktur – Rippenfrakturen – Blutergüsse

Der 49 Jahre alte Kläger, der im Alter von 14 Jahren mit dem Reitsport begonnen und diesen 17 Jahre lang intensiv betrieben hatte, meldete sich bei den Beklagten an, um als Wiedereinsteiger durch intensiven Unterricht erneut an den Reitsport herangeführt zu werden. Bei der dritten Unterrichtseinheit kam es zum Unfall, als er aufgrund seines Körpergewichts von über 100 kg Schwierigkeiten hatte, sein rechtes Bein über die Kruppe des Pferdes zu bekommen. Das Pferd begann zu bocken. Der Kläger verlor sein Gleichgewicht und stürzte mit der linken Schulter gegen einen Begrenzungspfahl. Dabei zog er sich eine Schädelprellung, Blutergüsse, drei Rippenbrüche und einen Schulterblatttrümmerbruch links zu.

Die Inhaberin der Reitschule haftet nach § 833 BGB. Ein Mitverschulden des Klägers wurde verneint: Es sei zugunsten des Klägers in Rechnung zu stellen, dass er trotz seiner Erfahrung als Turnierreiter beim Aufsitzen anfängertypische Schwierigkeiten gehabt habe und dass er eben zur Überwindung dieser Probleme die Dienste der Beklagten in Anspruch genommen habe.

E 911 **OLG Brandenburg, Beschl. v. 18.02.2009 – 12 W 18/08, unveröffentlicht**

15.000,00 € (Vorstellung: 15.000,00 €)

Schädelprellung – Tinnitus – Handprellung – Dauerschäden

Die Antragstellerin erlitt bei einem Verkehrsunfall neben einer Risswunde über dem rechten Ohr, einer Prellung der linken Ohrmuschel und der rechten Hand eine Schädelprellung und Gehirnerschütterung, die zu erheblichen Gesundheitsbeeinträchtigungen, nämlich Tinnitus, Schwindelgefühlen, Angstzuständen, Konzentrationsstörungen, Kopfschmerzen und Schlafstörungen geführt hat, die weiterhin vorliegen.

E 912 **OLG Frankfurt am Main, Urt. v. 22.02.2010 – 16 U 146/08, SP 2010, 220**

17.000,00 € **Teilschmerzensgeld**

Commotio ceribri – Wadenbeinfraktur – Kreuzbandriss – Kniegelenksinnenverletzung – Distorsion im Kniegelenk

Der Kläger erlitt bei einem Verkehrsunfall eine Wadenbeinfraktur, einen Kreuzbandriss, eine Kniegelenksinnenverletzung (Gelenkerguss – Schleimbeutelentzündung mit Ödem), eine Prellung und Distorsion im Kniegelenk, einen Muskelfaserriss am Oberschenkel, Hämatome, eine Gehirnerschütterung und einen Zungenbiss. Das Schmerzensgeld erfasst die Beeinträchtigungen, die der Kläger bis zum Schluss der mündlichen Verhandlung erlitten hat.

2. Schädelfraktur

▶ Hinweis:

Eine Schädelfraktur kann mannigfache Folgen haben oder auch (nahezu) folgenlos ausheilen. Es wird versucht, die Schädelfrakturen nach den jeweiligen Folgen darzustellen. Das Schädelhirntrauma ist ein medizinischer Sammelbegriff für eine durch Gewalteinwirkung verursachte Beeinträchtigung und Schädigung des Gehirns. Von diesem Begriff wird die einfache Gehirnerschütterung (commotio) ebenso erfasst wie die irreversible Gehirnschädigung.

OLG Koblenz, Urt. v. 09.02.2004 – 12 U 113/03, OLGR 2004, 405 E 913

2.200,00 € (Vorstellung: 5.000,00 €)

Schädelfraktur – Schienbeinfraktur

Der 7 Jahre alte Kläger fuhr mit seinem Kinderfahrrad eine mit 7 % abschüssige Straße in einer Kurve bergauf und wollte nach links abbiegen, als ihm der Beklagte mit dem Pkw entgegen kam. Es kam zum Zusammenstoß, als der Kläger sich auf der Fahrbahn des Beklagten befand, der sich seinerseits mit einer Fahrzeughälfte auf der Gegenfahrbahn befand. Das LG ging vom alleinigen Verschulden des Beklagten aus, was das OLG als nicht zwingend bezeichnete.

Der Kläger erlitt eine Schädelfraktur und eine Schienbeinfraktur. Er wurde am Kopf operiert, bei dem Entleeren eines Hämatoms handelte es sich nicht um eine objektiv gefährliche Operation. Die Verletzungen des Klägers, die Narben, sind kaum noch erkennbar. Der Kläger ist subjektiv beschwerdefrei.

LG Schwerin, Urt. v. 14.12.2012 – 1 O 8/12, SVR 2013, 225 E 914

10.000,00 € (Mitverschulden: $^{7}/_{10}$)

Doppelseitige Unterschenkelfraktur – Schädelfraktur – Beckenfraktur

Die Klägerin wurde als Fußgängerin von einem Fahrzeug erfasst. Sie erlitt schwere Kopfverletzungen, einen Beckenbruch und einen doppelseitigen Unterschenkelbruch. Sie wurde zunächst auf der Intensivstation behandelt. Die Diagnosen lauteten auf bilaterale Beckenringfraktur mit Rotationsinstabilität und vertikaler Verschiebung, Tibia-Etagenfraktur mit einem segmentalen Zwischenfragment, epidurale Blutung, Skalpierungsverletzung, Schädeldachfraktur, Gehirnerschütterung und Schädelbasisfraktur. Therapeutisch wurde eine Schädelöffnung vorgenommen, die Frakturen wurden chirurgisch und konservativ behandelt. Die sich anschließende ambulante Behandlung dauerte länger als 1 Jahr.

BGH, Beschl. v. 11.07.2012 – 2 StR 60/12, NStZ-RR 200 2012, 340 E 915

15.000,00 €

Gefährliche Körperverletzung und Freiheitsberaubung

Der Angeklagte schlug und trat die Nebenklägerin aus nichtigem Anlass und trat ihr mehrfach gegen den Kopf. Er schlug sie mit dem Kopf gegen Metallverstrebungen eines Bettes und gegen die Wände und riss ihr Haare aus. Er fesselte sie für mehrere Minuten an Händen und Füßen an einen Stuhl.

Das LG verurteilte den Angeklagten wegen gefährlicher Körperverletzung und vorsätzlicher Freiheitsberaubung zu einer Freiheitsstrafe von 5 Jahren. Der BGH hob den Schuldspruch auf.

E 916 **OLG Hamm, Urt. v. 11.04.2005 – 13 U 133/04, NZV 2006, 151 = DAR 2006, 272 = ZfS 2006, 17**

20.000,00 € (Mitverschulden: 3/5)

Schädelbasis- und Kalottenfraktur – Nasengerüstfraktur – Unterschenkelfraktur – deutliche Kopfnarbe

Der 11 Jahre alte Kläger wurde beim Überqueren einer Straße von einem Fahrzeug erfasst und schwer verletzt. Er zog sich u.a. eine Schädelbasis- und Kalottenfraktur, eine Nasengerüstfraktur und eine Unterschenkelfraktur zu. Er wurde mehrere Wochen stationär behandelt und musste sich einer Operation des Fußhebernervs unterziehen. Postoperativ trat ein Psychosyndrom auf. Ein Schuljahr musste der Kläger wiederholen. Am Kopf blieb eine deutliche Narbe zurück.

E 917 **OLG Saarbrücken, Urt. v. 27.11.2007 – 4 U 276/07, NJW 2008, 219 = SP 2008, 257**

25.000,00 €

Schädelfraktur – Jochbeinfraktur – Orbitabodenfraktur – Unterkieferfraktur Beckenfraktur – Verbrennungen – Narben

Der 39 Jahre alte Kläger überholte als Radfahrer den PKW des 77 Jahre alten Beklagten. Da dieser ihn bedrängt hatte, zeigte der Kläger ihm den erhobenen Mittelfinger. Der Beklagte drängte den Kläger ab, der mit der Faust auf die Motorhaube des PKW schlug. Als der Kläger stürzte, überfuhr ihn der Beklagte vorsätzlich und brachte ihm schwere Verletzungen bei.

Der Kläger erlitt unter anderem eine Schädelfraktur, eine Jochbeinfraktur, eine Orbitabodenfraktur, eine Unterkieferfraktur, eine Beckenfraktur und Verbrennungen am Oberschenkel. Er war zwei Monate völlig erwerbsunfähig und weitere 3 Monate zu 70%. Der Beklagte wurde wegen schwerer Körperverletzung zu einer Freiheitsstrafe von 18 Monaten auf Bewährung verurteilt mit der Auflage, an den Kläger 10.000,00 € in monatlichen Raten zu zahlen.

Das Landgericht hat den Beklagten verurteilt, insgesamt ein Schmerzensgeld von 25.000,00 € zu zahlen. Das OLG hat diesen Betrag bestätigt, weil der Kläger schwere und schmerzhafte Verletzungen erlitten hat und mehrfach im Becken- und Jochbeinbereich operiert werden musste. Als er unter den PKW geriet und mitgeschleift wurde, litt er Todesangst und leidet heute noch unter Schlafstörungen und Angstträumen. Der Kläger ist äußerlich entstellt durch Narbenbildungen und Brandwunden und durch schmerzhafte Bewegungsbeeinträchtigung im Handgelenk.

E 918 **OLG Brandenburg, Urt. v. 17.01.2012 – 6 U 96/10, unveröffentlicht**

30.000,00 € (Vorstellung: 65.000,00 €)

Schädelhirntrauma – nicht gänzlicher Verlust des Geruchsinns

Die Klägerin beteiligte sich an einem Workshop der Beklagten zur Absolvierung von Stuntübungen. Die Teilnehmer waren über die Beklagte haftpflicht- und unfallversichert. Nachdem die Klägerin eine Übung mehrfach problemlos durchgeführt hatte, stürzte sie beim nächsten Versuch auf den vor einem Mattenstapel befindlichen Betonboden. Sie erlitt ein Schädel-Hirn-Trauma II. Grades mit Hirnkontusion und subduralem Hämatom mit traumatischer Subarachnoidalblutung. Sie wurde 8 Tage stationär behandelt. Anschließend war sie noch einen Monat arbeitsunfähig.

Der Versicherer zahlte wegen des vollständigen Verlustes des Geruchssinnes und wegen Störungen der Aufmerksamkeitsleistungen und der exekutiven Funktionen eine Invaliditätsentschädigung in Höhe von 20 % der versicherten Invaliditätssumme von 50.000 €, also 10.000 €. Im Rechtsstreit stellte sich heraus, dass die Klägerin den Geruchsinn nicht gänzlich eingebüßt hat. Auf den zuerkannten Betrag von 20.000,00 € muss sich die Klägerin den vom Versicherer gezahlten Betrag nicht anrechnen lassen.

OLG Brandenburg, Urt. v. 30.09.2010 – 12 W 28/10, unveröffentlicht E 919

35.000,00 €

Unterblutung unter die harte Hirnhaut – multiple Verletzungen an Kopf und Rumpf

Die Klägerin ist mit dem Beklagten verheiratet, lebt inzwischen von ihm getrennt. Der Beklagte hat die Klägerin wiederholt misshandelt und schließlich lebensbedrohlich verletzt. Auf den Kopf der Klägerin war eine zweiseitige Gewalteinwirkung erfolgt, es kam zur Fraktur des Jochbeins und des Schläfenbeins mit Blutungen unter die harte Hirnhaut, die operativ entfernt werden musste. Die andere Gesichtshälfte war massiv unterblutet, der Unterkiefer, das Nasenbein und das Zungenbein waren gebrochen. Die Verletzungen des Kopfes und die Unterblutungen begründeten eine akute Lebensgefahr.

Der Antrag des Beklagten, ihm Prozesskostenhilfe zur Verteidigung gegen die auf Zahlung von 35.000,00 € Schmerzensgeld gerichtete Klage hatte in beiden Instanzen keinen Erfolg.

OLG Celle, Urt. v. 22.05.2003 – 14 U 221/02, unveröffentlicht E 920

75.000,00 € zuzüglich 200,00 € monatliche Rente

Schädelfraktur – Mittelgesichtsfraktur – Augenhöhlenfraktur mit Erblindung auf einem Auge – Unterkieferfraktur – Oberschenkelfrakturen – Unterarmschaftfraktur und Frakturen an beiden Handgelenken

Der Kläger erlitt u. a. eine Schädelfraktur, eine Mittelgesichtsfraktur, eine Augenhöhlenfraktur mit Erblindung auf einem Auge, eine Unterkieferfraktur, Oberschenkelfrakturen beidseitig, einen Unterarmschaftbruch und Frakturen an beiden Handgelenken. Es waren mehrere Operationen, Nachoperationen und Anschlussbehandlungen erforderlich.

Der Kläger erlitt als Dauerschaden eine Erblindung auf einem Auge und eine Beinverkürzung um 1,5 cm. Es haben sich schmerzhafte Arthrosen gebildet, die möglicherweise weitere Operationen erforderlich machen.

3. Schädelhirntraumen/Hirnschädigungen

AG Güstrow, Urt. v. 14.05.2004 – 60 C 985/03, unveröffentlicht E 921

1.200,00 € (Vorstellung: 1.200,00 €)

Schädelhirntrauma

Der Kläger erlitt bei einer tätlichen Auseinandersetzung ein Schädelhirntrauma, multiple Prellungen im Gesicht, am Kopf und am Brustkorb sowie eine Kehlkopfprellung. Er war 10 Tage krankgeschrieben und in ärztlicher Behandlung.

E 922 **OLG Saarbrücken, Urt. v. 20.07.2004 – 4 U 644/03 – 116, GmbHR 2004, 1587**

1.267,00 € (Mitverschulden: 1/3)

Schädelhirntrauma 1. – 2. Grades

Der Kläger erlitt bei winterlichem Wetter infolge eines Sturzes auf einem nicht geräumten und nicht gestreuten Privatweg ein Schädelhirntrauma 1. – 2. Grades. Er war über einen Zeitraum von fast 2 Monaten in ärztlicher Behandlung und hatte solche Schmerzen, dass ihm über Wochen ein längeres Sitzen nicht möglich war.

E 923 **AG Hannover, Urt. v. 30.07.2004 – 546 C 13817/03, SP 2004, 372**

1.500,00 €

Schädelhirntrauma 1. Grades – Risswunde am Kinn

Die Klägerin erlitt als Radfahrerin einen Unfall, bei dem sie ein Schädelhirntrauma und eine Risswunde am Kinn davontrug. Sie wurde 5 Tage stationär behandelt und litt etwa 8 Wochen an Beschwerden wie Schmerzen an Armen, an der HWS und Kopfschmerzen. Von der 4 cm langen Risswunde am Kinn blieb eine Narbe zurück.

E 924 **OLG München, Urt. v. 18.09.2008 – 1 U 3081/08, unveröffentlicht**

1.500,00 € (Mitverschulden: 1/4; Vorstellung: 2.000,00 €)

Schädelhirntrauma

Die Klägerin kam mit ihrem Fahrrad infolge eines Schlagloches zu Fall und schlug mit dem Kopf auf der Fahrbahn auf. Sie begab sich in ärztliche Behandlung. Der Arzt stellte ein Schädelhirntrauma 1. Grades mit starken Kopfschmerzen, eine Kontusion des rechten Gesichtsschädels mit einem ausgeprägten Monokelhämatom und großem Hämatom Supraorbital, eine Gelenkskontusion mit Kapselverletzung am linken Daumen und eine Weichteilkontusion mit Hämatom an der linken Brust fest.

E 925 **OLG Brandenburg, Urt. v. 05.11.2009 – 12 U 151/08, unveröffentlicht**

1.750,00 € (Mitverschulden: 1/2; Vorstellung: 15.000,00 €)

Schädelhirntrauma 1. Grades – Rippenserienfraktur – retrograde Amnesie – Pneumothorax

Der Kläger erlitt bei einem Verkehrsunfall ein Schädel-Hirn-Trauma 1. Grades, eine Rippenserienfraktur, eine retrograde Amnesie, einen Pneumothorax sowie einen Pleuraerguss. Er war insgesamt 5 Tage in stationärer Behandlung und für insgesamt 6 Wochen arbeitsunfähig krankgeschrieben. Unter Berücksichtigung eines Mithaftungsanteils von 50 % hielt der Senat ein Schmerzensgeld i. H. v. 1.750,00 € für angemessen. Er orientierte sich dabei an einer Entscheidung des LG Paderborn v. 31.01.1985 (ZfS 1985, 103), das bei einer Fraktur, einem Schädel-Hirn-Trauma 1. Grades, Gesichtsschürfungen und Schürfungen im Bereich der Unterschenkel sowie einem stationären Aufenthalt von 3 Wochen ein Schmerzensgeld von 4.000,00 DM zuerkannt hatte, was unter Berücksichtigung der seit dem eingetretenen Geldentwertung einem Betrag von 3.500,00 € entsprechen soll.

E 926 **AG Hohenstein-Ernstthal, Urt. v. 17.01.2006 – 4 C 1069/06, unveröffentlicht**

3.000,00 € (Vorstellung: 3.000,00 €)

Schädelhirntrauma – Gesichtsverletzungen – Zahnverlust

Der Kläger wurde bei einer Prügelei verletzt. Die Beklagten verprügelten ihn grundlos, überraschend und brutal. Er erlitt ein Schädelhirntrauma, eine Risswunde der Unterlippe, einen

Einriss des Ohres, Verletzungen der Oberlippe und starke Verletzungen des Kieferknochens im Bereich von 2 ausgeschlagenen Zähnen. Erst nach Einsatz von Implantaten wird sein früheres Aussehen wiederhergestellt sein.

KG, Beschl. v. 12.07.2010 – 12 U 193/09, VersR 2011, 274 E 927

3.000,00 € (Vorstellung: 9.000,00 €)

Schädelhirntrauma – Kalottenfraktur

Der 4 Jahre alte Kläger wurde bei einem Verkehrsunfall verletzt. Er war kurz bewusstlos und erlitt ein Schädel-Hirn-Trauma I sowie eine Kalottenfraktur okzipital links und mittelständig. Er wurde 4 Tage stationär behandelt und zur Durchführung einer Traumaspirale intubiert und für ca. 4 Std. beatmet. Die anschließende Behandlung erfolgte ambulant durch die Kinderärztin. Eine später durchgeführte MRT-Untersuchung ergab keine auffälligen Befunde.

LG Köln, Urt. v. 08.05.2012 – 4 O 403/09, unveröffentlicht E 928

3.000,00 € (Vorstellung: 60.000,00 € Mitverschulden: 90%)

Schädel-Hirn-Trauma

Bei der Kollision zweier Radfahrer stürzte die Klägerin und schlug mit dem Kopf auf. Dabei erlitt sie ein Schädel-Hirn-Trauma mit inneren Blutungen. Sie musste 3 ½ Wochen stationär behandelt werden und war anschließend rd. 5 Wochen in einer Rehabilitations-Klinik. Die Klägerin leidet nun unter epileptischen Anfällen, einer retrograden Amnesie, einer Angststörung und einer schweren Traumatisierung.

OLG Brandenburg, Urt. v. 16.11.2006 – 12 U 91/06, unveröffentlicht E 929

3.500,00 €

Schädelhirntrauma – Schädelprellung

Die Klägerin zog sich bei einem Sturz eine Platzwunde, ein schwappendes Hämatom darunter sowie ein großes Hämatom occipital sowie eine schwere Schädelprellung bzw. ein Schädelhirntrauma geringen Grades zu. Sie befand sich 3 Tage zur neurologischen Überwachung in stationärer Behandlung und wurde ohne pathologischen Befund und ohne Restbeschwerden nach unauffälliger neurologischer Abschlussuntersuchung entlassen.

OLG Celle, Urt. v. 13.10.2011 – 5 U 130/11, VRR 2011, 442 E 930

4.000,00 € (Vorstellung: 8.000,00 €)

Schädelhirntrauma ersten Grades – Weichteilkontusion am Oberschenkel mit Riss-Quetsch-Wunden – multiple Prellungen -

Der Kläger erlitt bei einem Verkehrsunfall eine Weichteilkontusion am Oberschenkel mit Riss-Quetsch-Wunden sowie multiple Prellungen und multiple Schürfwunden. Ferner erlitt er ein Schädelhirntrauma 1. Grades. Die Wunde am Oberschenkel musste genäht werden. Der Kläger befand sich vier Tage in stationärer Behandlung. Er litt unter starken Schmerzen am ganzen Körper, insbesondere im Bein. Seine Bewegungsfähigkeit war stark eingeschränkt, sodass er nicht in der Lage war, seinen normalen Arbeitsalltag zu bewältigen. Der Kläger war einen Monat arbeitsunfähig.

E 931 **OLG Hamm, Beschl. v. 24.07.2012 – 32 SA 62/12, MDR 2012, 1367**

< = 4.550,00 € (Vorstellung: mindestens 1.000,00 €)

Gehirnerschütterung – 6 Wochen Kopfschmerzen

Der Kläger begehrt vom Beklagten wegen einer vorsätzlich begangenen Körperverletzung beim Fußballspiel ein angemessenes Schmerzensgeld. Er behauptet, er sei nach einem Angriff des Beklagten bewusstlos geworden, habe eine Gehirnerschütterung erlitten und habe 6 Wochen zunächst unter starken und sodann mittelschweren Kopfschmerzen gelitten. Das Gericht hat den Streitwert entsprechend festgesetzt, so dass das Amtsgericht zuständig blieb.

E 932 **OLG Naumburg, Urt. v. 17.12.2002 – 9 U 187/02, NJW-RR 2003, 677 = VRS 104 (2003), 415**

5.000,00 €

Schädelhirntrauma – Oberarmfraktur – Nasenbeinfraktur

Bei einem Verkehrsunfall erlitt der Kläger ein Schädelhirntrauma, eine Oberarmfraktur sowie eine Nasenbeinfraktur. Die Frakturen machten eine Operation erforderlich. Für 5 Monate war der Kläger arbeitsunfähig. Bei der Bemessung nahm der Senat eine Entscheidung aus dem Jahr 1990 (!) in Bezug.

E 933 **LG Rostock, Urt. v. 28.05.2008 – 4 O 3/08, unveröffentlicht**

5.000,00 € (Vorstellung: 6.000,00 €)

Skalpierungsverletzung am Schädel – Schwindel

Die Klägerin erlitt bei einem Sturz auf einer Straße, für welche die Beklagte verkehrssicherungspflichtig war, eine schwere Kopfverletzung. Aus dem Gehweg ragten 7 cm lange Metallbolzen heraus, die nur teilweise durch weiße Holzleisten abgedeckt waren und die im Sommer zur Befestigung von Parkbänken dienten. Die Klägerin erlitt durch den Aufprall mit dem Kopf auf einem Metallmülleimer eine Skalpierung der Kopfschwarte. Diese verheilte oberflächlich problemlos, die Klägerin litt aber lange Zeit an anfallsweise auftretendem Schwindel, Gangunsicherheiten, Ängstlichkeit und starken Kopfschmerzen. Mehrere Monate traten lokale Parästhesien der Kopfhaut auf.

Das Gericht berücksichtigte die schmerzhafte Verletzung durch die Skalpierung und die anhaltenden Schmerzen, zudem das »unverständliche Regulierungsverhalten« der kommunalen Beklagten und den Umstand, dass eine »absolut unnötige Stolperfalle auf dem neu angelegten Gehweg« von einem »hohen Maß an Sorglosigkeit« zeuge.

E 934 **LG Paderborn, Urt. v. 08.02.2012 – 3 O 83/10, unveröffentlicht**

6.000,00 € (Vorstellung: 10.500,00 €)

Schweres Schädelhirntrauma Typisch III – schwerste Gesichtsverletzungen, Nasenbeinfraktur

Die Beklagte (Ehefrau) schlug dem Kläger mit einem Bierkrug mehrfach ins Gesicht, der Beklagte (Ehemann) schlug ihr darauf hin mehrfach mit der Faust ins Gesicht. Der Kläger erlitt bei der Auseinandersetzung erhebliche Verletzungen, so u. a. ein schweres Schädelhirntrauma mit Bewusstlosigkeit im Typ III, schwerste Gesichtsverletzungen mit Hämatomen beider Augen, eine Nasenbeinfraktur, sowie aufgrund Trittverletzungen Hämatome am Rücken und zahlreiche Prellungen und Schürfwunden am Körper. Aufgrund der erlittenen Verletzungen befand sich der Kläger 10 Tage in stationärer Behandlung. Die Beklagten wurden der gemeinschaftlichen gefährlichen Körperverletzung für schuldig befunden und unter Strafvorbehalt verwarnt.

LG Paderborn, Urt. v. 29.08.2007 – 4 O 551/05, unveröffentlicht E 935

7.000,00 € (Vorstellung: 7.000,00 €)

Schädelhirntrauma – Rippenfrakturen – Prellungen

Die Klägerin wurde als Radfahrerin vom Beklagten angefahren und erlitt unfallbedingt ein Schädelhirntrauma 1. Grades, Prellungen und Stauchungen, eine Zerrung der HWS, eine Fraktur von zwei Rippen sowie eine Schulterprellung. Die körperlichen Beschwerden sind vollständig ausgeheilt und hatten allenfalls 4 Monate körperliche Beschwerden zur Folge; jedoch hat das Unfallgeschehen bei der Klägerin eine vorangelegte depressive Störung mit Angstsyndromen und somatischen Syndromen insb. in Form von Schwindel und Kopfschmerzen zum Ausbruch gebracht, die sich trotz dauerhafter medikamentöser Behandlung chronifiziert und zu einer MdE von 80 % geführt hat. Das Gericht betonte, dass dies »faktisch zu einer Erwerbsunfähigkeit« führe, weil »eine Person mit einer derartigen Behinderung keine Chance auf Erlangung eines Arbeitsplatzes« habe.

OLG Celle, Urt. v. 30.11.2006 – 14 U 157/05, OLGR 2007, 43 E 936

8.000,00 € (Mitverschulden: 1/2)

Schädelhirntrauma – Frontalhirnsyndrom – Thoraxtrauma – Lungenprellung – Oberschenkelhalsfraktur – Schambeinfraktur – Schlüsselbeinfraktur

Der Kläger erlitt bei einem Unfall ein Schädelhirntrauma mit Einblutungen in Form eines ausgeprägten Frontalhirnsyndroms, eine Kopfplatzwunde, eine Schenkelhalsfraktur, eine Schambeinfraktur, eine Schlüsselbeinfraktur sowie ein Thoraxtrauma mit erheblicher Lungenprellung und diversen oberflächlichen Hautabschürfungen. Er lag etwa 2 Wochen im Koma. Die stationäre Behandlung dauerte etwa 4 Monate. Arbeitsunfähig war der Kläger für 6 Monate. Er leidet auf Dauer unter einer leichten bis mäßig ausgeprägten kognitiven Einschränkung im Bereich geteilter Aufmerksamkeit, einer Wesensänderungen mit vermehrter Reizbarkeit, verbalen Ausbrüchen, Antriebsminderung und Neigung zur Weitschweifigkeit. Körperlich bestehen als Dauerfolgen Bewegungseinschränkungen des Hüftgelenks infolge relativer Verkürzung des Schenkelhalses mit etwas vorangeschrittener Arthrose, Bewegungseinschränkung des Schultergelenks und Schulterschiefstand durch frakturbedingte Verschiebung der anatomischen Strukturen des Schlüsselbeines.

OLG Düsseldorf, Urt. v. 24.10.2005 – I-1 U 217/04, unveröffentlicht E 937

9.000,00 € (Mitverschulden: 1/4)

Schädelhirntrauma – Oberschenkelfraktur

Der 50 Jahre alte Kläger erlitt – nicht angeschnallt – bei einem Verkehrsunfall ein Schädelhirntrauma 1. Grades, eine Unfallschockreaktion, Frakturen zweier Rippen, multiple Prellungen und Schürfungen an Hand und Gesicht, ein stumpfes Thoraxtrauma sowie eine Oberschenkelfraktur. Er wurde wegen der Oberschenkelfraktur operiert, befand sich für etwa 1 Monat in stationärer Behandlung, erhielt Unterarmgehstützen, durfte das Bein für 6 Monate nicht belasten und hat unter den Folgen der Verletzungen noch lange gelitten.

E 938 **LG Duisburg, Urt. v. 20.02.2007 – 6 O 434/05, SVR 2007, 181**

9.000,00 €

Schädelhirntrauma

Der Kläger erlitt als Motorradfahrer bei einem Verkehrsunfall ein Thoraxtrauma mit Lungenkontusion rechts, ein Schädelhirntrauma mit traumatischer Subarachnoidalblutung hoch frontal rechts, eine contusio cordis und eine BWS/LWS-Prellung. Die Verletzungen des Klägers waren so schwer, dass er 4 Tage auf der Intensivstation und weitere 7 Tage stationär im Krankenhaus behandelt werden musste und darüber hinaus noch 10 Tage arbeitsunfähig war. Ferner musste sich der Kläger in der Folgezeit weiterer ärztlicher Behandlungen unterziehen. Später stellten sich erneut unfallbedingte Beschwerden ein, der Kläger litt unter Kopfschmerzen und Schwindelanfällen.

E 939 **KG, Urt. v. 03.05.2010 – 12 U 119/09, ZfS 2010, 552 = MDR 2010, 1318 = SVR 2011, 26**

10.000,00 €

Schädelhirntrauma 1. Grades – Innenknöchelfraktur des Sprunggelenks

Der Kläger erlitt bei einem Verkehrsunfall erhebliche Verletzungen, u. a. eine Innenknöchelfraktur des Sprunggelenks, ein Schädelhirntrauma 1. Grades, eine Thoraxprellung und multiple Schürfwunden und Prellungen. Er musste stationär behandelt werden. Er leidet unter einem Dauerschaden mit Bewegungseinschränkung des Sprunggelenks. Berücksichtigt wurde das grobe Verschulden des Unfallgegners.

E 940 **OLG Braunschweig, Urt. v. 18.12.2002 – 3 U 135/02, OLGR 2003, 185**

10.409,95 € (Mitverschulden: 1/2; Vorstellung: 40.000,00 €)

Schädelhirntrauma – Rippenfrakturen – diverse Frakturen

Der Kläger befuhr als Radfahrer mit 30 km/h eine abschüssige Straße und kam hierbei auf einer – zur Begrenzung der Geschwindigkeit der dort fahrenden Fahrzeuge angebrachten – Aufpflasterung auf der Straße zu Fall. Er wurde erheblich verletzt und erlitt ein Polytrauma mit komplexen Mittelgesichtsfrakturen, beidseitigen Orbitaboden-, Unterkiefer- und Kieferwinkelfrakturen, eine Collumfraktur rechts, eine Frontobasisfraktur mit Hinterwandbeteiligung, eine Carlottenfraktur, Rippenfrakturen der 5., 6. und 7. Rippe rechts und ein Schädelhirntrauma 2. Grades mit Hirnödem. Der Ober- und Unterkiefer wurden geschient; das Jochbein und der Unterkiefer mussten mittels Plattenosteosynthese repositioniert werden, und ihm wurden zwei Platten neben der Wirbelsäule implantiert. Der Kläger befand sich 19 Tage auf der Intensivstation und einen knappen weiteren Monat in einer Rehaklinik. Er ist seit dem Unfall arbeitsunfähig krank (Schwerbehinderung von 40 % zuerkannt), muss ein Korsett tragen und leidet unter Rückenbeschwerden. Es sind ein Klinikaufenthalt und eine weitere Reha-Maßnahme erforderlich.

Das Gericht bejahte eine Verkehrssicherungspflicht der beklagten Gemeinde als Trägerin der Straßenbaulast. Wegen der den örtlichen Gegebenheiten unangepassten Geschwindigkeiten wurde dem Kläger ein Mitverschulden angerechnet.

Zur Bemessung des Schmerzensgeldes führte der Senat aus, er halte »unter Berücksichtigung der erlittenen Verletzungen und der Folgen des Unfalls ... bei einer hundertprozentigen Haftung 40.000 DM Schmerzensgeld für angemessen«. Die klägerische Vorstellung sei überhöht, insb. deshalb, weil die Verletzungen an der Hand des Klägers nicht durch den Unfall verursacht worden seien, sondern es sich um einen »alten Bruch« gehandelt habe. Diesen Betrag rechnete der Senat in Euro um und kürzte um 50 %.[66]

LG Heilbronn, Urt. v. 20.04.2005 – 1 O 155/03, SP 2005, 233 E 941

11.500,00 €

Schädelhirntrauma – Gehirnblutungen – commotio cerebri

Der Kläger erlitt bei einem Verkehrsunfall u. a. ein Schädelhirntrauma, eine Commotio cerebri und in deren Folge Gehirnblutungen. Er wurde über längere Zeit ärztlich behandelt und wegen der Gehirnblutungen, die Lähmungen hervorriefen, operiert. Ihm wurde ein Alkohol- und Fahrverbot auf Dauer erteilt und er steht unter laufender ärztlicher Überwachung. Auch nach rund 6 Jahren leidet er noch unter Kopfschmerzen, die insb. bei Wetterwechsel auftreten und gelegentlich für 2 – 3 Tage unter Narbenkopfschmerz.

OLG Frankfurt am Main, Urt. v. 04.04.2006 – 9 U 118/00, OLGR 2006, 673 E 942

13.500,00 € (Mitverschulden: Betriebsgefahr des Rollers)

Hirnquetschung – offene Unterschenkelfraktur – stumpfes Thoraxtrauma mit Rippenfraktur

Der 16 Jahre alte Kläger erlitt als Rollerfahrer bei einem Verkehrsunfall eine offene Unterschenkelfraktur 1. – 2. Grades rechts und ein stumpfes Thoraxtrauma mit Fraktur einer Rippe sowie eine Hirnquetschung (contusio cerebri 2. Grades) mit passagerem posttraumatischem hirnorganischem Psychosyndrom (Gedächtnisstörung, vermindertes Hirnleistungsvermögen). Er wurde wegen der Unfallfolgen operiert und kam anschließend für 3 Wochen in stationäre neurologische Behandlung. Der Kläger war mehrere Monate arbeitsunfähig. Infolge des Unfalls leidet der Kläger unter einer dauerhaften Beeinträchtigung am rechten Bein in Form einer Lockerung des Kniebandapparates und vorderen Kreuzbandes, die sich als Knieinstabilität und mit Schmerzen im Bereich der rechten Kniescheibe bemerkbar macht und für sich genommen eine MdE von 10 % begründet.

Durch die unfallbedingte Hirnverletzung besteht eine Dauereinschränkung in Gestalt einer funktionellen Hirnschädigung. Zudem liegt ein gering ausgeprägtes, anhaltendes Psychosyndrom nach Schädelhirntrauma vor. Der Kläger leidet an Merkfähigkeitsstörungen, impulsiv auftretenden aggressiven Verhaltensdurchbrüchen und verminderter Ausdauer. Diese Unfallfolgen lassen ein Schmerzensgeld von 20.000,00 DM nicht mehr angemessen erscheinen. Schmerzensgeld erhöhend wirkt zudem, dass der Kläger während seiner Behandlung auf der Intensivstation für 4 Tage im Gitterbett angebunden war.

Der Schadensersatzanspruch des Klägers wird allerdings durch bei dem Unfall mitwirkende Betriebsgefahr des Rollers beschränkt.

66 Streng genommen ist es dogmatisch unsauber, wenn das Gericht ein Schmerzensgeld feststellt und daraus unter Berücksichtigung des Mitverschuldens eine Quote ableitet. Da das Mitverschulden nur ein Bemessungskriterium von mehreren ist, ergibt sich hieraus, dass das Schmerzensgeld nicht abstrakt ohne Mitverschulden festgestellt werden darf, um es sodann um eine dem Mitverschulden entsprechende Quote zu kürzen. Vielmehr ist das (einheitliche) Schmerzensgeld unter Berücksichtigung des Mitverschuldens festzustellen.

E 943 **OLG Hamm, Urt. v. 28.01.2010 – 6 U 159/09, NJW-Spezial 2010, 362**

13.500,00 € (Mitverschulden: 2/3)

Schädelhirntrauma – Komplexer Knieinnenschaden

Der Kläger, der unter erheblichem Alkoholeinfluss fuhr, erlitt bei einem Verkehrsunfall, den der Beklagte, der nicht auf Sicht fuhr, erheblich mitverschuldete, u. a. ein axiales Schädelhirntrauma, eine HWK-Dornfortsatzfraktur, eine ISG-Lockerung beidseitig und einen komplexen Knieinnenschaden (drei Bänder gerissen, eine Teilruptur, Knorpelschaden als Folge), sowie eine Hautablederung im Brustbereich. Er wurde rund 5 Wochen stationär behandelt. Der Kläger leidet unter Wasseransammlungen im Oberschenkelbereich und Belastungsschmerz des Knies. Der Ersatz des Kniegelenks ist zu erwarten. Unter Berücksichtigung dieser Umstände hielt der Senat ein Schmerzensgeld von 40.000,00 € bei einer vollen Haftung der Beklagten für angemessen.

E 944 **OLG Celle, Urt. v. 16.05.2002 – 14 U 231/01, SP 2003, 54**

15.000,00 € (Vorstellung: 15.000,00 €)

Schädelhirntrauma – Rippenserienfraktur – diverse Frakturen – Pneumothorax

Der Kläger erlitt als Beifahrer einen Verkehrsunfall, den der Fahrer – sein Bruder – durch überhöhte und unangepasste Geschwindigkeit bei extremer Straßenglätte verursacht hatte. Hierdurch kam es zu einem Schädelhirntrauma 3. Grades mit Kontusionsblutungen, Frakturen der Stirnhöhlenwand und des Felsenbeines sowie einer inkompletten Fazialparese, einer Clavicula- und Beckenkompressionsfraktur mit vorderer Schmetterlingsfraktur sowie einer Rippenserienfraktur mit Pneumothorax.

Diese Unfallfolgen rechtfertigten das zuerkannte Schmerzensgeld, wobei der Senat darauf hinwies, dass der »Betrag ... in Einklang mit der Senatsrechtsprechung in ähnlich gelagerten Fällen stehe und auch die sog. Vergleichsrechtsprechung« berücksichtige. Die Zuerkennung eines höheren Schmerzensgeldbetrages kam für das Gericht nicht in Betracht, weil sich keine zuverlässigen Feststellungen im Hinblick auf etwaige den Kläger dauerhaft beeinträchtigende Unfallfolgen treffen ließen.

E 945 **OLG Frankfurt am Main, Urt. v. 16.04.2008 – 17 U 270/05, unveröffentlicht**

15.000,00 € (Mitverschulden: 2/3; Vorstellung: 30.000,00 €)

Schädelhirntrauma 3. Grades – offene Oberschenkelfraktur – Unterschenkelfraktur

Der Kläger zog sich bei einem Unfall, den er bei Montagearbeiten erlitt, ein Schädelhirntrauma 3. Grades und eine offene Oberschenkelfraktur 3. Grades sowie eine Unterschenkelfraktur zu. Die MdE beträgt 70 %, wobei insb. eine organische Wesensveränderung mit ausgeprägten Schwächen des Wortgedächtnisses und in der Wortflüssigkeit mit Aufmerksamkeitseinbußen sowie eine Herabsetzung in der Informationsverarbeitungsgeschwindigkeit nach schwerem Schädelhirntrauma mit Einblutungen berücksichtigt wurden, sowie ein Doppelbildersehen nach Lähmung des 3. und 4. Hirnnervs und operativ behandelter Schielstellung der Augen; Bewegungseinschränkungen bestehen im Kniegelenk mit funktioneller Beinverkürzung, unsicherem Gangbild mit rechts betontem Hinken, Schädigung des Wadenbeinnervs rechts, Sensibilitätsstörungen im Bereich des Unterschenkels sowie am Fußrücken und fortgeschrittenen Verschleißerscheinungen im Kniegelenk nach Schienbeinkopftrümmerbruch und hohem Wadenbeinbruch mit Weichteilschäden und Hautdefekten.

LG Lübeck, Urt. v. 17.11.2011 – 12 O 148/10, SP 2012, 148 E 946

15.000,00 €

Rippenserienfraktur – Narben – Thoraxtrauma – Unterarmfraktur – Schädelhirntrauma 2. Grades

Die Klägerin erlitt bei einem Verkehrsunfall ein Schädel-Hirn-Trauma 1. Grades, eine Mehrfragment-Tibiakopffraktur bis ins Kniegelenk, eine Komplettruptur des vorderen Kreuzbandes und eine Kopfplatzwunde.

Die Klägerin wurde 13 Tage stationär behandelt. Die Tibiakopffraktur wurde im Wege der Plattenosteosynthese versorgt. Sie konnte sich 3 Monate nur mit Unterarmstützen fortbewegen. Ihre Erwerbsfähigkeit war 2 Monate aufgehoben und weitere 2 Monate zu 50 % gemindert. Nach einem Jahr wurde das Material aus dem Knie entfernt. Voraussichtlich werden auf Dauer Verletzungsfolgen zurückbleiben.

LG Lübeck, Urt. v. 17.11.2011 – 12 O 148/10, SP 2012, 148 E 946

15.000,00 €

Rippenserienfraktur – Narben – Thoraxtrauma – Unterarmfraktur – Schädelhirntrauma 2. Grades

Die Klägerin erlitt bei einem Verkehrsunfall ein Schädel-Hirn-Trauma 1. Grades, eine Mehrfragment-Tibiakopffraktur bis ins Kniegelenk, eine Komplettruptur des vorderen Kreuzbandes und eine Kopfplatzwunde.

Die Klägerin wurde 13 Tage stationär behandelt. Die Tibiakopffraktur wurde im Wege der Plattenosteosynthese versorgt. Sie konnte sich 3 Monate nur mit Unterarmstützen fortbewegen. Ihre Erwerbsfähigkeit war 2 Monate aufgehoben und weitere 2 Monate zu 50 % gemindert. Nach einem Jahr wurde das Material aus dem Knie entfernt. Voraussichtlich werden auf Dauer Verletzungsfolgen zurückbleiben.

OLG Naumburg, Urt. v. 23.12.2010 – 2 U 69/10, VersR 2012, 118 E 947

19.000,00 €

Schädel-Hirn-Trauma 1. Grades – Tibiakopffraktur

Die Klägerin erlitt bei einem Verkehrsunfall ein Schädel-Hirn-Trauma 1. Grades, eine Mehrfragment-Tibiakopffraktur bis ins Kniegelenk, eine Komplettruptur des vorderen Kreuzbandes und eine Kopfplatzwunde.

Die Klägerin wurde 13 Tage stationär behandelt. Die Tibiakopffraktur wurde im Wege der Plattenosteosynthese versorgt. Sie konnte sich 3 Monate nur mit Unterarmstützen fortbewegen. Ihre Erwerbsfähigkeit war 2 Monate aufgehoben und weitere 2 Monate zu 50 % gemindert. Nach einem Jahr wurde das Material aus dem Knie entfernt. Voraussichtlich werden auf Dauer Verletzungsfolgen zurückbleiben.

LG Bonn, Urt. v. 13.03.2002 – 9 O 430/01, SP 2003, 131 E 948

20.000,00 € (Mitverschulden: $^1/_2$)

Hirnschädigung – contusio cerebri – multiple Verletzungen

Der Kläger, ein Arzt und Unfallchirurg, erlitt bei einem Unfall eine Hirnverletzung, eine contusio cerebri, die u. a. zu einer Hirnleistungsschwäche führte. Ferner erlitt er eine Kieferfraktur, eine Sprengung des Schultereckgelenks, eine schwere Kniekontusion mit

Sehnenteildurchtrennung und eine komplexe Handverletzung. Seinen Beruf kann er künftig nicht mehr ausüben. Er leidet physisch und psychisch unter den Verletzungsfolgen.

E 949 **OLG Koblenz, Urt. v. 07.03.2005 – 12 U 1262/03, NJW-RR 2005, 970**

20.000,00 € (Mitverschulden: $^7/_{10}$; Vorstellung: 25.000,00 € zuzüglich 150,00 € monatliche Rente)

Schädelhirntrauma – Lendenwirbelfraktur – Hüftpfannenfraktur – Beckenringfraktur – Schienbeinkopffraktur

Der Kläger befuhr trotz mehrfach erteilten Fahrverbotes eine Autobahnstrecke und wurde in einen Unfall verwickelt. Ihn trifft ein Mitverschulden von 70 %, auch weil er nicht angegurtet war. Er erlitt neben einem Schädelhirntrauma eine Fraktur des 1. Lendenwirbels, eine Hüftpfannenfraktur, eine Beckenringfraktur, eine Schienbeinkopffraktur und mehrere Bänderrisse.

Der Kläger ist auf Gehhilfen und auf einen Rollstuhl angewiesen.

E 950 **OLG Brandenburg, Urt. v. 10.09.2009 – 12 U 49/09, unveröffentlicht**

20.000,00 € (Mitverschulden: $^1/_3$)

Schädelhirntrauma 2. Grades

Bei einem Unfall erlitt der Kläger als Beifahrer auf einem vom Beklagten gesteuerten Quad eine Kalottenfraktur und ein Schädelhirntrauma 2. Grades sowie Gesichtsverletzungen. Das Mitverschulden wird damit begründet, dass der Kläger keinen Schutzhelm trug.

E 951 **OLG Brandenburg, Urt. v. 14.06.2007 – 12 U 244/06, SP 2008, 105**

22.000,00 €

Schädelhirntrauma 2. Grades – innere Verletzungen

Die Klägerin erlitt bei einem Verkehrsunfall ein Schädelhirntrauma 2. Grades, eine Lungenkontusion mit Mantelpneumothorax, eine Leberruptur, eine Nierenparenchymruptur rechts, eine instabile Lendenwirbelkörper 1-Fraktur sowie eine instabile Typ III-Beckenfraktur. Sie befand sich für einen Monat in stationärer Behandlung. Dabei bestand über einen Zeitraum von 5 Tagen Lebensgefahr. Zur Behandlung der Unfallfolgen wurde eine Osteosynthese mit Fixateur interne der Lendenwirbelkörper 1-Fraktur sowie eine Osteosynthese der Beckenfraktur durchgeführt. Zudem wurden operativ Fixateure im Bereich des Beckens, der BWS und der LWS eingebracht. Im Bereich des Beckens mussten zudem Distanzplatten eingesetzt werden. Das im Bereich des Beckens eingebrachte Material musste operativ entfernt werden. Weitere Operationen werden folgen. Der Grad der Behinderung beträgt 40 %.

E 952 **OLG Dresden, Urt. v. 26.07.2002 – 113 U 556/02, DAR 2003, 35**

23.000,00 € (Vorstellung: 23.000,00 €)

Schädelhirntrauma – hirnorganisches Psychosyndrom

Der Kläger erlitt bei einem Verkehrsunfall ein Schädelhirntrauma 1. Grades und multiple Schnittverletzungen im Kopfbereich. Er war fast ein Jahr arbeitslos. Infolge der Verletzung trat eine erhebliche Wesensveränderung ein, die auf einem hirnorganischen Psychosyndrom beruht. Der Kläger ist schnell reizbar, aggressiv und ungeduldig geworden. Neben Orientierungsschwierigkeiten leidet er täglich unter Kopfschmerzen, beidseitigem Tinnitus in Form eines lauten, hohen Pfeiftons, unter Erschöpfung, Müdigkeit und Sprachschwierigkeiten.

OLG München, Urt. v. 21.02.2002 – 24 U 570/01, NZV 2003, 344 E 953

25.000,00 € (Mitverschulden: $^1/_2$)

Schädelhirntrauma – Kopfschwartenablederung – Frakturen – Vorfußamputation

Die 17 Jahre alte Klägerin wurde beim Überqueren von Bahngleisen von einem Zug erfasst. Sie erlitt ein stumpfes Bauchtrauma mit Leberkontusion, eine Fascialparese, ein Schädelhirntrauma, eine Kopfschwartenablederung, verschiedene Frakturen und Zahnbeschädigungen. Der linke Vorfuß musste amputiert werden.

OLG Brandenburg, Urt. v. 28.08.2003 – 14 U 154/01, VRS 106 (2004), 9 E 954

25.000,00 € (Vorstellung: 30.000,00 €)

Schädelhirntrauma 1. Grades – Thoraxkontusion mit Risswunde über der ventralen Thoraxwand – offene Ellenbogengelenks-Luxationstrümmerfraktur 3. Grades – Knieverletzung

Der 25 Jahre alte Kläger erlitt infolge des Verkehrsunfalls ein Schädelhirntrauma 1. Grades, eine Thoraxkontusion mit Risswunde über der ventralen linken Thoraxwand, eine offene Ellenbogengelenks-Luxationstrümmerfraktur 3. Grades links, eine Fraktur der proximalen Ulna, eine Abrissfraktur des Trochanter major links, eine anteroposteromediale Komplexinstabilität des linken Kniegelenks mit Zerreißung des vorderen Kreuzbandes, des inneren Seitenbandes und der hinteren medialen Gelenkkapsel, eine Knorpelfraktur am inneren Oberschenkelknochen sowie multiple Prellungen und Schürfungen. Der Behandlungsverlauf war langwierig und, soweit es die Knieverletzung betrifft, nicht komplikationslos. Der Kläger befand sich dreimal, insgesamt etwa 1 1/2 Monate, in stationärer Behandlung und musste sich mehrfachen Operationen unterziehen. Rund 1 Jahr war er arbeitsunfähig.

Diese Verletzungen und Unfallfolgen rechtfertigen ein Schmerzensgeld von mindestens 25.000,00 € zu. Wegen der weiteren Unfallfolgen hat der Senat die Einholung eines Gutachtens eines medizinischen Sachverständigen angeordnet.

LG Braunschweig, Urt. v. 04.09.2003 – 4 O 898/01, SP 2004, 86 E 955

25.000,00 €

Schädelfraktur – lebensbedrohliche Kopfverletzung – Frakturen

Der Kläger erlitt bei einem Verkehrsunfall multiple Verletzungen, u. a. eine Schädelfraktur, eine Jochbeinfraktur, eine Oberkieferfraktur und Schnittverletzungen im Gesichts- und Mundbereich. Es mussten fünf Zähne entfernt werden, der Mundinnenraum ist linksseitig taub, die linke Oberlippe hängt. Das linke Augenlid kann der Kläger nur zu 1/3 heben. Das Gesicht ist durch erhebliche Narben entstellt. Zudem leidet der Kläger häufig unter Schmerzen.

OLG Düsseldorf, Urt. v. 13.10.2003 – 1 U 36/03, unveröffentlicht E 956

25.000,00 €

Schädelhirntrauma – Abtrennung des Oberkiefers vom oberen Gesichtsschädel – Frakturen von Augen- und Kieferhöhle und Kieferknochen – Fraktur der Kniescheibe

Der Kläger zog sich bei einem Unfall neben einem Schädelhirntrauma 1. Grades eine Abtrennung des Oberkiefers vom oberen Gesichtsschädel zu. Durch die traumatische Einwirkung haben sich in den Augen- und Kieferhöhlen sowie in den Kieferknochen Frakturen ergeben. Ferner kam es zu einer Fraktur der Kniescheibe. Diese Beeinträchtigungen machten eine Reposition des gesamten Mittelgesichts einschließlich einer Ober- und Unterkieferschienung mit Plattenosteosynthesematerial erforderlich. Während des Heilverlaufs kam es zu erheblichen Komplikationen.

Die massiven Gesichtsschädelverletzungen betrafen einen besonders schmerzempfindlichen Körperteil des Klägers. Seine körperliche Beweglichkeit war durch die Fraktur der Kniescheibe erheblich beeinträchtigt. Die stationäre Krankenhausbehandlung des Klägers dauerte 2 Monate, die ambulante Weiterbehandlung hat fast 2 Jahre gedauert.

E 957 **LG Krefeld, Urt. v. 22.12.2005 – 3 O 179/05, NZV 2006, 205**

25.000,00 € (Mitverschulden: 1/2; Vorstellung: 40.000,00 €)

Schädelhirntrauma

Der Kläger erlitt bei einem Unfall mit dem Fahrrad ein Schädelhirntrauma mit subduralem Hämatom. Er musste per Magensonde sowie intravenös ernährt werden und wurde insgesamt dreimal operiert. In der Folgezeit mussten krankengymnastische Behandlungsmaßnahmen und eine neuropädiatrische Rehabilitationsbehandlung durchgeführt werden. Die vorhandenen Bewegungsstörungen waren nach einigen Monaten wieder normal.

E 958 **OLG Oldenburg, Urt. v. 04.07.2007 – 5 U 106/06, VersR 2008, 124**

25.000,00 €

Hirnschädigung

Bei der Klägerin, die sich bereits früher einer Gehirnoperation hatte unterziehen müssen, wurde im Krankenhaus eine zerebrale Angiografie durchgeführt, in deren Verlauf die Klägerin einen weiteren Schlaganfall verbunden mit einem Hirnschaden erlitt. Eine wirksame Einwilligung der Klägerin zu dem Eingriff lag nicht vor. In der Folgezeit kam es zu Lähmungserscheinungen, Gleichgewichtsstörungen, Störungen des Kurzzeitgedächtnisses und zu Ess-, Sprach- und Gedächtnisstörungen.

E 959 **OLG Celle, Urt. v. 14.04.2010 – 14 U 38/09, DAR 2011, 136**

25.000,00 € (Vorstellung: 50.000,00 €)

Schädelhirntrauma – Kahnbeinfraktur – HWS-Distorsion

Der Kläger erlitt bei einem Verkehrsunfall eine HWS-Distorsion 1. Grades ohne strukturelle Verletzungen, die für rund 3 Monate eine Schmerzsymptomatik auslöste, und eine Fraktur des Kahnbeins an der Hand, weshalb der Kläger zunächst einen Gips tragen und nach 2 Monaten operiert werden musste (Einsatz einer Schraube in die Hand). Die Hand des Klägers kann fortdauernd bei bestimmten Bewegungen schmerzen, wesentliche Funktionseinschränkungen liegen aber nicht vor. Darüber hinaus erlitt er ein Schädelhirntrauma i. S. e. diffus axonalen Schädigung (Scherverletzung der Nervenbahnen im Gehirn), sowie multiple Mikroblutungen des Gehirns im Stirnlappen. Der Kläger leidet deshalb an einer rechtsseitigen, noch nicht vollständig kompensierten Störung des Gleichgewichtsorgans (vestibuläre Schädigung), einer leichtgradigen Sprechstörung (Dysarthrophonie) sowie einem leichten organischen Psychosyndrom mit mentaler Minderbelastbarkeit, Aufmerksamkeitsstörungen, mittelgradigen Beeinträchtigungen der Gedächtnisfunktion sowie leichtgradigen depressiven Verstimmungen. Auch Schwindelgefühle sind auf das Unfallereignis zurückzuführen als Begleiterscheinung des Schädelhirntraumas. Es wird voraussichtlich eine Minderung der Erwerbsfähigkeit von 30 % als Dauerfolge verbleiben. Eine Wiedereingliederung des Klägers in seine frühere Tätigkeit als Landschaftsgärtner ist unwahrscheinlich.

KG, Urt. v. 13.09.2012 – 20 U 193/11, VersR 2013, 776 E 960

25.000,00 € Mitverschulden: ¾; Vorstellung: 150.000,00 €

Schädelfraktur – kognitive und sonstige Dauerschäden

Die in der Berufsausbildung befindliche Klägerin ging an einem Bauzaun entlang, der parallel zu Straßenbahnschienen lief. Gegen Ende des Bauzauns lief sie, um ein Taxi zu erreichen, und übersah das Ende des Bauzauns und eine Straße mit Querverkehr – hiervor war nicht ausreichend mit Hinweisschildern gewarnt worden. Sie wurde von einem passierenden LKW angefahren und schwer verletzt.

Die Klägerin erlitt eine Schädeldach- und –basisfraktur, die mehrere Operationen und eine bilaterale Schädeltrepanation zur Hirnentlastung mit Implantation des Knochendeckels in den Bauchraum erforderlich machten. Sie wurde 34 Tage beatmet und erlitt Dauerschäden in Form von Persönlichkeitsveränderungen, einer epileptischer Anfallsneigung, die Dauermedikation erfordert, Störungen der Konzentrationsfähigkeit sowie kognitive und sprachliche Störungen.

OLG Frankfurt am Main, Urt. v. 18.08.2006 – 19 U 242/05, SP 2007, 275 = NZV 2007, 525 E 961

30.000,00 € (Mitverschulden: 1/4)

Schädelverletzungen – Geruchssinn

Ein 32 Jahre alter lediger Bautischler wurde als Beifahrer eines alkoholisierten Fahrers nach einem Unfall in dem brennenden Fahrzeug zurückgelassen und hatte schwerste Verletzungen an Schädel, Gesicht, Kiefer und Rippen erlitten, die einen epileptischen Anfall auslösten und weitere epileptische Anfälle drohen lassen und Kopfschmerzen und den Verlust des Geruchssinnes zur Folge haben. In den Schädelbereich musste operativ eingegriffen werden, und es besteht unfallbedingt eine dauernde MdE.

KG, Urt. v. 21.01.2010 – 12 U 29/09, MDR 2010, 1049 = VRS 119, 89 (2010) E 962

30.000,00 € (Mitverschulden: 1/2; Vorstellung: mindestens 30.000,00 € zuzüglich monatliche Rente)

Schädelhirntrauma 1. Grades – Kniegelenkluxation – Bänderriss – Thoraxtrauma – Rippenserienfraktur – Beckenfraktur

Der Kläger erlitt als Fußgänger bei einem Verkehrsunfall eine Kniegelenkluxation mit knöchernen Ausrissen des vorderen Kreuzbandes sowie des Außenbandes, eine Teilruptur des hinteren Kreuzbandes, eine Innenbandruptur am Knie, ein Schädelhirntrauma 1. Grades, ein stumpfes Thoraxtrauma mit beidseitiger Lungenkontusion, eine Rippenserienfraktur Costae 1-5 sowie eine nicht dislozierte Beckenfraktur. Der stationäre Aufenthalt dauerte insgesamt ca. 8 Wochen mit mehreren Operationen. Es schloss sich eine Reha über 4 Wochen und eine weitere über 2 Wochen an. Der Kläger war 13 Monate arbeitsunfähig. Eine Schmerzensgeldrente wurde nicht zuerkannt.

OLG Nürnberg, Urt. v. 22.12.2006 – 5 U 1921/06, VersR 2007, 1137 = NZV 2007, 301 E 963

35.000,00 € (Mitverschulden: 3/10)

Schädelhirntrauma – Leber- und Pankreasruptur – Herzkontusion – Abriss eines Sehnenfadens der Trikuspidalklappe

Der Kläger erlitt bei einem Verkehrsunfall u. a. ein Schädelhirntrauma, eine Leber- und Pankreasruptur, eine Herzkontusion, den Abriss eines Sehnenfadens der Trikuspidalklappe, ein

Orbitalhämatom mit Risswunde über dem Augenlid und eine Claviculafraktur. Er war zunächst 3 Wochen in stationärer Behandlung. Als Dauerschaden verblieben die erhöhte Gefahr an einer Endokarditis zu erkranken, Verwachsungen im Bauchraum und eine sich über den ganzen Oberkörper hinziehende Narbe. Er ist kurzatmig und das Immunsystem ist geschwächt. Er kann sich nicht mehr wie früher sportlich betätigen. Neben psychischen und physischen Schäden erhöhte das Regulierungsverhalten des Versicherers, der zunächst auf das Schmerzensgeldverlangen nur 2.000,00 € zahlte, das Schmerzensgeld.

E 964 KG, Urt. v. 23.04.2001 – 12 U 971/00, NVZ 2002, 398

37.500,00 € (Vorstellung: 75.000,00 €)

Schädelhirntrauma 1. Grades – Hirnödem

Die zur Unfallzeit 70 Jahre alte Klägerin erlitt ein Schädelhirntrauma 1. Grades, das durch ein Durchgangssyndrom überlagert war. Sie befand sich 19 Tage in stationärer Behandlung. Zudem war eine blutige Hirnkontusion mit einem Begleitödem (Hirnschwellung) ohne raumfordernde Wirkung eingetreten. Unfallbedingt traten etwa 6 Monate später (posttraumatische) epileptische Anfälle auf, die auf eine Narbe zurückzuführen sind, die durch das bei dem Verkehrsunfall erlittene Hirntrauma entstanden war. Deshalb ist eine antiepileptische (medikamentöse) Therapie auf Dauer erforderlich. Gleichzeitig aufgetretene Wortfindungsstörungen und Paraphasien dauern fort. Die zusätzliche ausländische Staatsangehörigkeit (USA) der in Deutschland verletzten Frau hatte keinen Einfluss auf die Höhe des Schmerzensgeldes.

E 965 OLG Brandenburg, Urt. v. 30.09.2010 – 12 W 28/10, unveröffentlicht

35.000,00 € (Vorstellung: 35.000,00 €)

Kopfverletzungen – Jochbein- und Schläfenbeinfraktur – Mittelhandfraktur – Großzehenfraktur – Schlüsselbeinfraktur

Die Klägerin, die mit dem Beklagten verheiratet ist, wurde von diesem so heftig geschlagen, dass sie 3 Tage lang im Krankenhaus wegen einer Mittelhandfraktur, einer Fraktur der Großzehe und eines Schlüsselbeinbruchs behandelt werden musste. Ferner erlitt sie zahlreiche Hämatome am ganzen Körper. Bei einem weiteren Vorfall wurde sie lebensbedrohlich verletzt; sie wies mehrfache Zeichen schwerer, stumpfer Gewalteinwirkung auf Kopf und Rumpf auf. Die Verletzungen des Kopfes mit der Unterblutung unter die harte Hirnhaut begründeten eine akute Lebensgefahr für die Klägerin. Es kam zur Jochbein- und Schläfenbeinfraktur mit Blutung unter die harte Hirnhaut, welche operativ entfernt werden musste. Der Unterkiefer und das Nasenbein waren gebrochen. Durch Einwirkungen auf den Hals erlitt die Klägerin einen mehrfachen Zungenbeinbruch. Die Klägerin wird erheblichen Dauerschäden zurückbehalten.

Der Antrag des Beklagten auf Bewilligung von PKH zur Verteidigung gegen die Klage wurde zurückgewiesen.

E 966 LG Düsseldorf, Urt. v. 10.01.2003 – 13 O 306/00, SP 2003, 235

40.000,00 €

Schädelhirntrauma 3. Grades nach vorsätzlich herbeigeführtem Verkehrsunfall

Der Kläger erlitt bei einem vom Beklagten vorsätzlich herbeigeführten Verkehrsunfall ein Schädelhirntrauma 3. Grades mit schmalem, akutem subduralem Hämatom und eine diffuse axonale Schädigung des Mittelhirns bei persistierendem Mittelhirnsyndrom. Er war mehrere Tage bewusstlos und wurde mehr als 3 Monate stationär behandelt. Zurückgeblieben sind Dauerschäden: Der Kläger leidet an einer deutlichen Verlangsamung der Aufmerksamkeit, einer deutlichen Störung sprachlich vermittelter Gedächtnisinhalte und erheblicher Rechenschwäche.

OLG Karlsruhe, Urt. v. 01.02.2010 – 1 U 137/09, MDR 2010, 747 = NZV 2010, 352 E 967

40.000,00 € (Vorstellung: 65.000,00 €)

Verlust von 12 Zähnen – schwere Schädelfrakturen

Der 23 Jahre alte Kläger wurde als LKW-Fahrer verletzt, als ein vorausfahrendes Fahrzeug einen Kanaldeckel hochschleuderte, der die Windschutzscheibe zerschlug und den Kläger im Gesicht traf.

Er erlitt durch den Unfall schwere Gesichtsschädelfrakturen, insb. eine Mittelgesichtsfraktur in Le Fort II-Ebene und eine paramediane Unterkieferfraktur links. Es kam zum Verlust und der Zerstörung von zwölf Zähnen, Rissquetschwunden im Bereich der Ober- und Unterlippe sowie einer Gehirnerschütterung. Die Verletzungen erstreckten sich in einem Bereich von ca. 12 x 12 cm (Unterkiefer – Augenhöhlenboden).

Diese Verletzungen machten zunächst einen zweiwöchigen Krankenhausaufenthalt notwendig. Der Kläger war bei Einlieferung in das Krankenhaus bei Bewusstsein; er lag eine Woche auf der Intensivstation. Der postoperative Heilungsverlauf war weitgehend unauffällig. Er musste jedoch zahlreiche Kliniken aufsuchen. Die Folgen des Unfalls waren 8 Monate nach dem Vorfall noch nicht völlig verheilt; der Kläger war 22 Monate arbeitsunfähig.

Neben den körperlichen Schmerzen stellte das Gericht auf auch die psychischen Folgewirkungen Schmerzensgeld erhöhend ab. Die Gesichtsverletzungen des Klägers führten über einen längeren Zeitraum – mindestens 8 Monate – zu einer erheblichen Entstellung des Gesichts. Es fehlten zahlreiche Zähne und das Gesicht war teilweise deformiert. Dem Kläger wurden bisher acht Implantate eingesetzt.

Der Kläger hat vier Narben im Mund-Nasen-Bereich. Diese befinden sich im Gesicht, sind allerdings verhältnismäßig klein und nicht besonders auffallend. Ferner wurde bei der Bemessung des Schmerzensgelds berücksichtigt, dass weitere Korrekturoperationen, die das Weichgewebe betreffen, erfolgen müssen. Bei der Höhe des Schmerzensgelds fielen auch die langzeitigen Ungelegenheiten durch die vielen Arztbesuche, die zahlreichen Zahnbehandlungen und Operationen, die psychischen Belastungen sowie die Entstellungen ins Gewicht.

OLG Naumburg, Urt. v. 13.11.2003 – 4 U 136/03, SP 2004, 85 = VersR 2004, 1423 = SVR 2004, 315 E 968

45.000,00 €

Schädelhirntrauma – Unterschenkeltrümmerfraktur – beidseitige Knieverletzungen – Verletzungen von Muskel- und Nervenbahnen des linken Beines – Handgelenkluxation mit Pfannenausriss – Narben

Der 33 Jahre alte Kläger erlitt bei einem Verkehrsunfall ein schweres Schädelhirntrauma (Zellriss mit Doppelbildsehen), eine offene Unterschenkeltrümmerfraktur, eine Hüftgelenkluxation mit Pfannenrandausriss, diverse Verletzungen der Muskel- und Nervenbahnen des Beines, beidseitige Knieverletzungen, eine Kontusion des Mittelgesichtsbereichs und großflächige Narben. Er befand sich 3 Monate in stationärer Behandlung und ist zu 30 % in der Erwerbsfähigkeit gemindert.

Mitprägend für die Höhe des Schmerzensgeldes war das verzögerliche Regulierungsverhalten der Beklagten, die dem Kläger zu Unrecht u. a. eine Arbeitsverweigerungshaltung und Schwarzarbeit vorwarfen. Darin sah das Gericht eine den Kläger herabwürdigende Prozessführung.

E 969 **LG Stralsund, Urt. v. 28.11.2006 – 7 O 354/05, SP 2007, 389**

<u>46.200,00 €</u> (Mitverschulden: $^{3}/_{10}$)

Schädelhirntrauma – ausgedehnte Hirnkontusion

Die Klägerin erlitt als Beifahrerin auf einem Motorrad ein schweres gedecktes Schädelhirntrauma mit ausgedehnter Hirnkontusion mit der Folge einer 80 %igen Erwerbsunfähigkeit und bleibenden gravierenden Lebensbeeinträchtigungen u. a. in Form einer Beeinträchtigung der Erinnerungs- und Konzentrationsfähigkeit. Sie trug keinen Schutzhelm.

Die Klägerin wurde über 6 Monate stationär behandelt. Dauerschäden bestehen in Form neuropsychologischer Defizite mit psychomotorischer Verlangsamung, Verlangsamung der Sprache und Reaktionszeiten, deutlich reduzierter Umstellfähigkeit, Beeinträchtigung der Fähigkeit, von einer Verhaltensweise auf eine andere zu wechseln, d. h. das Verhalten automatisch den Umständen anzupassen, Dyskalkulie, beständigen Minderleistungen im arithmetischen Grundlagenbereich, wie Mächtigkeitsverständnis, Zahlbegriff, Grundrechenarten, Dezimalsystem und mittelschwerer Wernicke-Aphasie, sensorischer Aphasie, bei der in erster Linie das mentale Lexikon beeinträchtigt ist, Bezeichnungen nur schlecht abgerufen und in der korrekten Lautfolge realisiert werden können. Trotz Verbesserung dieser Zustände ist auch mehr als 6 Jahre nach dem Unfall die Gesundheit der Klägerin nicht wiederhergestellt. Die Klägerin ist dauerhaft zu 80 % erwerbsgemindert. Sie kann weder den Beruf der Friseurin noch den der Fitnesstrainerin jemals wieder ausüben.

Äußerlich verblieb bei der Klägerin nach dem durchgeführten Luftröhrenschnitt eine dauerhafte Narbe, die 5 cm lang ist und auf der Brust beginnt.

E 970 **OLG Nürnberg, Urt. v. 11.10.2002 – 6 U 2114/02, NZV 2003, 89 = VRS 104 (2003), 177**

<u>50.000,00 €</u> (Vorstellung: mindestens 50.000,00 €)

Schädelhirntrauma – Rippenserienfraktur – Lungenkontusion

Der Kläger erlitt bei einem Verkehrsunfall ein Schädelhirntrauma mit Einblutungen, multiplen Kontusionsherden, Rippenserienfrakturen und eine beidseitige Lungenkontusion. Er war zweimal für knapp einen Monat, einmal für 8 Tage stationär untergebracht und wurde danach in häusliche Pflege entlassen. Er leidet weiterhin an den Unfallfolgen. Er bleibt auf unabsehbare Zeit erwerbsunfähig, leidet nach wie vor an Gedächtnisstörungen, steht in ständiger ärztlicher Behandlung und muss zweimal wöchentlich zur Bewegungstherapie. Seine Lebensfreude ist auf Dauer durch die gesundheitlichen Folgen des Unfalls gemindert.

E 971 **OLG Celle, Urt. v. 09.11.2006 – 20 U 19/06, VersR 2007, 1661**

<u>50.000,00 €</u> (Vorstellung: angemessenes Schmerzensgeld zuzüglich 400,00 € monatliche Rente)

Kopfverletzungen – Kontusionsblutungen

Eine 21 Jahre alte Reiterin mit 10-jähriger Reiterfahrung erlitt bei einem Reitunfall schwere Kopfverletzungen u. a. eine intracerebrale Kontusionsblutung links frontal mit 3 Tagen intensivmedizinischer Behandlung, weiterer ca. 2-wöchiger Krankenhausbehandlung und anschließender Rehabilitationsbehandlung. Sie leidet vermehrt an Kopfschmerzen, einer eingeschränkten Konzentrationsfähigkeit und Belastbarkeit sowie einer deutlichen Einschränkung des Kurzzeitgedächtnisses, weshalb sie seit dem Unfall arbeitsunfähig ist.

OLG Hamm, Urt. v. 05.02.2007 – 3 U 155/06, AHRS 0550/326 E 972

50.000,00 € (Vorstellung: 50.000,00 € zuzüglich 150,00 € monatliche Rente)

Tumoroperation – Schlaganfall

Der Kläger wurde vor einer Operation zur Entfernung eines Tumors im Schädel nicht über das Risiko eines Schlaganfalls aufgeklärt. Die Beklagten haften dem Kläger deshalb für alle nachteiligen Folgen der Operation. Auch wenn es zu der radikalen Tumoroperation keine wirkliche Behandlungsalternative gab, bedurfte es gleichwohl einer vollständigen und zutreffenden Aufklärung über die Risiken des vorgesehenen Eingriffs. Hierzu gehörte bei der Operation des Klägers auch das Risiko eines Schlaganfalls mit seinen i. d. R. schwerwiegenden Auswirkungen für die weitere Lebensführung.

LG Köln, Urt. v. 18.01.2008 – 21 O 25/07, unveröffentlicht; bestätigt durch OLG Köln, Beschl. v. 07.07.2008 – 4 U 4/08, unveröffentlicht E 973

50.000,00 € (Vorstellung: 50.000,00 €)

Schädelhirntrauma – Fraktur der Gelenkpfanne – Sehnenriss

Der Kläger erlitt bei einem Verkehrsunfall neben einem Schädelhirntrauma 1. – 2. Grades mit Gehirnblutungen einen Abriss aller Sehnen der Schulter, eine Querfraktur der Gelenkpfanne, eine Mehrfragmentfraktur des Schulterblattes, drei Rippenfrakturen, eine Fraktur einer Zehe und weitere kleinere Verletzungen. Er leidet unter Bewegungseinschränkungen der Schulter und beider Arme sowie unter depressiven Anpassungsstörungen und schweren Ein- und Durchschlafstörungen und ist körperlich und psychisch beeinträchtigt. Tätigkeiten, die größere Muskelkraft erfordern und Arbeiten mit angehobenen Armen kann der Kläger nicht mehr ausführen.

KG, Urt. v. 02.09.2002 – 12 U 1969/00, VersR 2003, 606 E 974

50.000,00 € zuzüglich 266,00 € monatliche Rente = 110.000,00 € (gesamt) (Mitverschulden: 1/2)

Schädelhirntrauma – innere Verletzungen – Lähmungen

Die 10 1/2 Jahre alte Klägerin hatte als Fußgängerin einen Unfall, bei dem sie ein Schädelhirntrauma mit zahlreichen Einblutungen (anfangs ein apallisches Syndrom) und erhebliche innere Verletzungen erlitt. Sie befand sich 9 Monate in stationärer Behandlung. Als Dauerfolgen blieben eine spastische Halbseitenlähmung, eine Ataxie des Rumpfes, insb. einer Hand, und eine komplexe Sprachstörung. Die Klägerin ist auf ständige Hilfe und auf einen Rollstuhl angewiesen.

OLG Hamm, Urt. v. 25.09.2002 – 13 U 62/02, OLGR 2003, 70 E 975

60.000,00 € (Mitverschulden: 1/5; Vorstellung: 100.000,00 € zuzüglich monatliche Rente)

Schädelhirntrauma 2. Grades – schwere Hirnschädigungen – Frakturen

Der fast 16 Jahre alte Kläger wurde aus dem Wagen geschleudert und schwer verletzt. Er erlitt ein Schädelhirntrauma 2. Grades mit schweren Hirnschädigungen sowie einer später auftretenden Epilepsie und einer Fußheber- und Zehenheberparese. Er war 11 Monate in stationärer und Rehabilitationsmaßnahme-Behandlung. Nach mehr als einem Jahr konnte er erstmals mit Gehhilfen einige Schritte machen und vorerst weitgehend einen Rollstuhl benutzen. 2 Jahre nach dem Unfall besuchte der Kläger wieder die Realschule und erlangte die mittlere Reife. Er ist in der Lage, seinen eigenen Hausstand zu führen und 80 % – 90 % der alltäglichen Angelegenheiten zu erledigen. Er hat eine Umschulung zum Bauzeichner erfolgreich abgeschlossen.

E 976 LG Kleve, Urt. v. 20.05.2005 – 1 O 522/03, SP 2006, 60

60.000,00 € (Vorstellung: 60.000,00 €)

Schädelhirntrauma – Hüftpfannenfraktur – Oberschenkeltrümmerfraktur – Unterschenkelfraktur

Der Kläger, ein Berufskraftfahrer, wurde bei einem Verkehrsunfall schwer verletzt. Er zog sich u. a. ein Schädelhirntrauma, eine Hüftpfannenfraktur, eine Oberschenkeltrümmerfraktur und eine Unterschenkelfraktur zu. Er verlor seinen Arbeitsplatz, die MdE beträgt auf Dauer 50 %. Der Kläger wurde zunächst 2 Monate stationär behandelt, mehrfach operiert und musste sich auch in der Folgezeit mehreren Operationen unterziehen. Er war 2 Monate auf die Benutzung eines Rollstuhls angewiesen.

Der Kläger leidet dauerhaft unter erheblichen gesundheitlichen Beeinträchtigungen, unter Schmerzen in Knie- und Fußgelenken und in der Hüfte. Ein Bein ist mehrere cm kürzer. In sportlichen Aktivitäten ist der Kläger erheblich eingeschränkt. Körperlich schwere Arbeiten kann er nicht mehr ausführen, er ist zu 50 % schwerbehindert.

E 977 OLG Rostock, Urt. v. 26.09.2008 – 5 U 115/08, SVR 2008, 468

60.000,00 €

Schädelhirntrauma – Kalottenmehrfragmentfraktur – Frakturen

Ein Fahrer wurde bei einem Verkehrsunfall schwerst verletzt. Er erlitt u. a. ein Schädelhirntrauma, eine temporale Kalottenmehrfragmentfraktur mit zentraler Impression, eine temporopolare Kalottenfraktur links mit Epiduralhämatom, multiple Mittelgesichtsfrakturen, eine Nasenbeinmehrfragmentfraktur, eine offene Ellenbogenluxationsfraktur 1. Grades, eine eingestauchte körpernahe Femurschaftfraktur und eine isolierte proximale Fibulafraktur. Die Verletzungen hatten eine Arbeitsunfähigkeit von mehr als einem Jahr zur Folge sowie erhebliche Verletzungsfolgen wie zentral-vegetative Störungen in Form von Kopfschmerzen sowie Störungen des verbalen Gedächtnisses, am Arm: Bewegungseinschränkung des Ellenbogengelenks, Herabsetzung der groben Kraft des Arms und der Hand, Muskelminderung im Bereich des Ober- und Unterarms, Taubheitsgefühl im Bereich des Ring- und kleinen Fingers sowie noch liegende Metallteile und am rechten Bein: Bewegungseinschränkung des Hüftgelenks mit Außenrotationsfehlstellung, Beckenschiefstand nach Beinlängenverkürzung um 2 cm nach Oberschenkelschaftbruch, Muskelminderung im Bereich des Oberschenkels sowie noch liegende Metallteile. Es besteht eine MdE von 50 %.

E 978 OLG Düsseldorf, Urt. v. 21.11.2002 – 8 U 155/02, VersR 2003, 1407

70.000,00 € zuzüglich 200,00 € monatliche Rente

Schädelfraktur – Hirnschädigung

Der Kläger erlitt infolge einer Zangengeburt eine Schädelfraktur und eine Hirnschädigung. Diese wurde zunächst nicht erkannt. Er leidet an einer bleibenden geistigen Behinderung, angesichts derer er im Lebensalter von 11 Jahren der Entwicklung eines etwa 6-Jährigen entspricht. Aufgrund dieser intellektuellen Schwäche wird ihm das Erlernen von Lesen, Schreiben und Rechnen nahezu unmöglich sein und er kann keinen Ausbildungsberuf ergreifen. Ferner ist davon auszugehen, dass er aufgrund seiner Behinderung niemals völlig selbstständig leben können wird und dass er dauerhaft einer Betreuung bedarf. Der Kläger ist jedoch nicht schwerstbehindert und ihm ist eine Teilhabe am täglichen Leben nicht versagt. Er lebt im Haushalt seiner Mutter, besucht eine Schule für geistig Behinderte und nimmt an altersüblichen Freizeitveranstaltungen teil.

Weil die geistige Behinderung des Klägers auch in Zukunft zu immer neuen Beeinträchtigungen seiner Lebensführung führen wird, sollen die künftigen Auswirkungen durch die Zuerkennung einer monatlichen Schmerzensgeldrente ausgeglichen werden.

OLG Koblenz, Urt. v. 05.02.2003 – 7 U 228/00, unveröffentlicht E 979

70.000,00 € (Mitverschulden: 1/4; Vorstellung: 20.000,00 €)

Offenes Schädelhirntrauma – Gehirnquetschung

Die Klägerin erlitt durch den Unfall ein offenes Schädelhirntrauma 2. Grades mit Gehirnquetschung, intracerebrale Blutungen, eine Gehirnschwellung, Schädelknochenfrakturen, eine Felsenbeinfraktur, Blutergüsse der Schädelkalotte sowie Schürfwunden an der Leiste und am Beckenranddorsal. Sie befand sich 2 Wochen in stationärer Behandlung. Sie war bewusstseinsgetrübt in die Kinderintensivstation aufgenommen worden.

Die Klägerin wird im Alltagsleben oft von Bezugspersonen abhängig sein, insb. wenn es um wichtige Lebensentscheidungen geht. Derzeit muss von einer gravierenden Teilleistungsstörung ausgegangen werden, die zu einer Reduzierung der kognitiven Leistungsfähigkeit führt. Dies kann als Lernbehinderung mit hirnorganischer Ursache beschrieben werden. Zusätzlich besteht eine gesteigerte Impulsivität und Labilität im Planen von Handlungen und Entscheidungen im Alltagsleben. Neben den kognitiven Einschränkungen sind ebenfalls Einschränkungen in der psychoemotionalen Entwicklung sowie der zukünftigen beruflichen Perspektive zu erwarten.

OLG Hamm, Urt. v. 15.12.2008 – 6 U 18/05, unveröffentlicht E 980

70.000,00 € (Vorstellung: mindestens 100.000,00 €)

Schädelverletzung – Hirnschädigung

Der Kläger wurde beim Spiel dadurch verletzt, dass ein steinerner Torbogen kippte und auf ihn stürzte. Dabei zog der Kläger sich schwere Verletzungen und Kopfverletzungen zu. Es sind erhebliche Dauerschäden zurückgeblieben, die zu epileptischen Anfällen führen können, was aber bei der Bemessung des Schmerzensgeldes nicht berücksichtigt wurde/werden konnte.

OLG Nürnberg, Urt. v. 14.03.2006 – 9 U 2087/05, DAR 2006, 395 E 981

75.000,00 € (Vorstellung: 75.000,00 €)

Schwere Verletzungen im Gesicht – Schädelhirntrauma

Der 49 Jahre alte Kläger beauftragte die Firma des Beklagten damit, den Vorderreifen eines Gabelstaplers zu erneuern. Dabei wurden die beiden Felgenhälften falsch miteinander verschraubt, sodass das Rad nicht mehr auf den Bolzen der Radnabe des Gabelstaplers passte. Der Kläger lockerte daher die Verschraubung der Felgenhälften und versuchte, diese gegeneinander zu verdrehen; als dies nicht gelang und er die Schrauben wieder anzog, wurden die Sechskantschrauben durch die zu große Bohrung gezogen; infolge des Reifendrucks wurde die obere Felgenhälfte hochgeschleudert und traf den Kläger im Gesicht. Hierdurch kam es zu einem Schädelhirntrauma 3. Grades; der Kläger befand sich 2 Monate in stationärer Behandlung.

Der Kläger leidet weiterhin unter Konzentrationsschwächen, Spannungsgefühlen im Kopf, Doppelsichtigkeit, Druckgefühlen hinter dem rechten Auge und Anstrengungssymptomen.

Er ist reizbar geworden und muss an beiden Ohren Hörgeräte tragen. Eine Dauer-MdE von 80 % verbleibt.

E 982 **OLG Hamm, Urt. v. 12.09.2003 – 9 U 50/99, ZfS 2005, 122**

75.000,00 € zuzüglich 200,00 € monatliche Rente = 120.000,00 € (gesamt) (Vorstellung in erster Instanz: bis 30.000,00 €)

Offenes Schädelhirntrauma mit Subarachnoidalblutungen – frontobasale Fraktur

Der 23 Jahre alte Kläger erlitt bei einem Verkehrsunfall ein schweres offenes Schädelhirntrauma mit Subarachnoidalblutungen, eine frontobasale Fraktur, Nasoliquorrhö sowie einen posttraumatischen Hydrocephalus internus durch Erweiterung des Ventrikelsystems/Gehirnkammersystems.

Diese Verletzungen führten zu einer dauerhaften Schädigung der persönlichkeitsformenden Hirnstrukturen im Bereich des Großhirns mit Störung des Antriebs sowie des Affekts und zu Hirnwerkzeugstörungen. Es besteht hochgradige Sehschwäche und Schwerhörigkeit.

E 983 **LG Flensburg, Urt. v. 23.11.2007 – 3 O 332/06, unveröffentlicht**

75.000,00 €

Schädelfraktur – Orbitalfraktur – Mittelgesichtsfraktur – Rippenserienfraktur – Luxationsfraktur mit Trümmerfraktur Ellenbogen – Trümmerfraktur distaler Radius – Radiusmehrfragmentfraktur – Milzeinriss – Nierenkontusion

Der Kläger erlitt bei einem Arbeitsunfall eine frontale Schädelfraktur und Orbitafraktur mit ausgedehnten Mittelgesichtsfrakturen, ein kleines epidurales Hämatom temporal sowie frontale Kontusionsblutung beidseitig, eine Rippenserienfraktur mit Hämothorax, eine offene Luxationsfraktur des Ellenbogens mit Trümmerfraktur proximale Ultra, eine Trümmerfraktur distaler Radius, eine distale Radiusmehrfragmentfraktur mit Fraktur des Os naviculare, einen Milzeinriss, eine Nierenkontusion, eine Beckenfraktur mit Fraktur Massa lateralis beidseitig und eine Schambeinastfraktur beidseits.

Für den Regressanspruch der Berufsgenossenschaft wurde das Schmerzensgeld fiktiv bemessen.

E 984 **OLG Düsseldorf, Urt. v. 25.05.2009 – I-1 U 130/08, SP 2009, 396**

75.000,00 € (Vorstellung: 92.000,00 €)

Schädel-Hirn-Trauma – Dekubiti – Tod 2 Jahre nach einem Verkehrsunfall

Die Mutter der Klägerin wurde als Fußgängerin bei einem Verkehrsunfall schwer verletzt. Der ehemalige Nachbar setzte in die Garagenzufahrt des Hauses der Mutter zurück, erfasste sie, so dass sie stürzte und ein Schädel-Hirn-Trauma 3. Grades erlitt und sofort einer Nachoperation unterzogen wurde. Es wurde ein Luftröhrenschnitt vorgenommen, die Mutter der Klägerin musste künstlich beatmet und ernährt werden. Infolge der langen Bettlägrigkeit traten verschiedene Dekubituswunden an Kopf, Gesäß, Armen und Beinen auf. Ferner kam es unter anderem zu einer Epilepsie, zu Atemnot durch Verschleimung, zu einer Lungenentzündung, zu einer Wundrose und zur Niereninsuffizienz.

Der Unfall führte zu einem fast zweijährigen Leidensweg mit wiederholter Todesgefahr und zahlreichen Folgeerkrankungen und Komplikationen, was die Verletzte anfänglich bewusst miterlebte. Die Mutter der Klägerin wurde aus einem relativ guten Gesundheits- und Allgemeinzustand, aus einem weitgehend aktiv und sozial reich ausgefüllten Lebensabend herausgerissen und musste erleben, schlagartig zu einem Schwerstpflegefall mit immer weiter abnehmenden Vitalfunktionen und wiederholter konkreter Todesgefahr zu werden. Sie war nach dem Unfall nur noch in stationärer Behandlung, von der Familie getrennt und stand vor einem unübersehbaren Krankheitsverlauf. Dies alles nahm die Mutter der Klägerin für einen Zeitraum von fast zwei Monaten wahr, ehe eine Untersuchung ergab, dass die Hirnleistung aufgehoben, ihre Persönlichkeit zerstört war.

OLG Brandenburg, Urt. v. 23.06.2011 – 12 U 263/08, SP 2011, 361 E 985

75.000,00 € (Mitverschulden: 1/2; Vorstellung: mindestens 250.000,00 €)

Schädel-Hirntrauma – Patellafraktur – Unterschenkelfraktur – Teilamputation des kleinen Fingers

Der Kläger, ein Polizeibeamter, der unfallbedingt den Beruf im Alter von 40 Jahren aufgeben musste, erlitt bei einem Verkehrsunfall ein Schädel-Hirntrauma mit Bewusstlosigkeit, eine Hirnkontusion mit frontaler subarachnoidaler Blutung und subduralem Hämatom, das zu einem hirnorganischen Psychosyndrom und einem versteckten Schielen (dekompensierte Exophorie) führte. Ferner erlitt er eine Läsion des Plexus brachialis mit Wurzelausriss, eine offene suprakondyläre Femurfraktur mit Knochendefekt, geschlossene multiple Frakturen des Unterschenkels, eine geschlossene multiple Patellafraktur, eine Teilamputation des kleinen Fingers, ein Unterschenkelkompartmentsyndrom, hochgradige Atropien der Oberschenkelmuskulatur und eine Rippenfraktur.

Der Kläger wurde vier Mal operiert, musste zeitweise künstlich beatmet werden und litt psychisch unter einer Enuresis noctura. Er musste sich einer Reha-Behandlung unterziehen und anschließend sein Haus behindertengerecht umbauen lassen.

Die Minderung der Erwerbsfähigkeit beträgt 100%. Sie beruht auf einer schlaffen Lähmung des linken Arms und einer fast vollständigen Versteifung des Kniegelenks mit muskulärer Schwäche und Schmerzsyndrom sowie auf Hilfsbedürftigkeit bei bestimmten Verrichtungen des täglichen Lebens.

OLG Celle, Urt. v. 02.10.2003 – 14 U 29/03, unveröffentlicht E 986

85.000,00 € zuzüglich 125,00 € monatliche Rente

Schädelhirntrauma – Gesichtsverletzungen und Frakturen – Oberarmfraktur – Handfrakturen – Brustkorbverletzungen – Lungenprellung – Anosmie

Die 43 Jahre alte Klägerin erlitt bei einem Unfall, bei dem ihr Mann und ihre beiden Söhne getötet wurden, zahlreiche schwere Verletzungen: Gesichtsverletzungen und Schädelfrakturen, ein Schädelhirntrauma, den Verlust des Geruchsvermögens, eine Oberarmfraktur, Handfrakturen, Brustkorbverletzungen und eine Lungenprellung. Ferner erlitt sie eine skalpierende Kopfhautverletzung, ausgedehnte Weichteilverletzungen und multiple Schnittwunden im Gesicht. Hinzu kamen eine Unterarmfraktur und eine Sprungbeinluxation des Sprunggelenks. Die Klägerin leidet unter erheblichen Dauerfolgen: Sie hat zahlreiche Narben davongetragen und hat chronische Schmerzen in Schulter, Arm, Hand und am Fuß. Bewegungseinschränkungen bestehen im Sprunggelenk und im Handgelenk. Neben Kopfschmerzen leidet sie unter Depressionen.

E 987 **OLG Celle, Urt. v. 19.12.2002 – 14 U 73/02, unveröffentlicht**

90.000,00 €

Schädelhirntrauma 2. Grades – Hirnödem – Mittelgesichtsfraktur – Pneumothorax – Unterarmfraktur – Knieinstabilität – Unterschenkelfraktur

Der Kläger erlitt u. a. ein Schädelhirntrauma 2. Grades, ein Hirnödem und Subarachnoidalblutungen, eine Mittelgesichtsfraktur Le Fort III, Riss- und Quetschwunden an Stirn, Unterkiefer und Hals, eine Scapulacorpusfraktur, einen Pneumothorax, eine Oberschenkelfraktur, eine Zertrümmerung des Conylenmassivs, eine Unterarmfraktur, eine Knieinstabilität und eine Unterschenkelfraktur.

Die stationäre Behandlung mit mehreren Operationen erstreckte sich über 4 1/2 Monate, davon 17 Tage im Koma. 4 Wochen in einer Rehabilitationsmaßnahme-Klinik schlossen sich an.

Der Kläger ist zu 100 % erwerbsgemindert. Ein Arm und die Beine sind in der Funktionsfähigkeit herabgesetzt, ein Bein ist erheblich verkürzt. Beide Kniegelenke sind instabil. Erhebliche Narben sind zurückgeblieben. Hirnorganisch bestehen ein depressives Syndrom mit Konzentrationsstörungen, erhebliche kognitive Störungen, Verlust des Geruchs- und Geschmackssinnes und eine Hörminderung. Der Kläger ist auf Gehhilfen und einen Rollstuhl angewiesen.

E 988 **OLG München, Urt. v. 29.12.2006 – 10 U 3815/04, unveröffentlicht**

100.000,00 €

Schädelhirntrauma – Hemispastik – kognitive Verlangsamung

Die Klägerin erlitt bei einem Verkehrsunfall u. a. ein Schädelhirntrauma 2. – 3. Grades, eine leichtgradige rechtsbetonte Hemispastik, eine leichtgradige kognitive Verlangsamung mit Gedächtnisstörungen und vermehrter emotionaler Labilität. Infolgedessen ist sie zu 70 % behindert. Obwohl sie vor dem erfolgreichen Abschluss der 10. Klasse der Realschule mit der mittleren Reife stand, hat sie diesen trotz Wiederholung nicht geschafft. Die Beklagte hat das Schmerzensgeld anerkannt und gezahlt.

E 989 **OLG Jena, Urt. v. 16.01.2008 – 4 U 318/06, SVR 2008, 464**

100.000,00 €

Hirnschädigung – Unterschenkelfraktur – Lähmung des Wadenbeinnervs – Sprunggelenkverletzung – Bauchtrauma – Thoraxtrauma – Unterkiefermehrfragmentsfraktur – Narben

Die 31 Jahre alte Klägerin erlitt bei einem Verkehrsunfall schwere Verletzungen, u. a. eine Unterschenkelfraktur mit Lähmung des Wadenbeinnervs, eine Beschädigung des Sprunggelenks, ein stumpfes Bautrauma, ein stumpfes Thoraxtrauma mit Lungenkontusion beidseitig, einen Unterkiefermehrfachfragmentbruch mit Verrenkung der Kiefergelenke und eine Hirnschädigung. Die stationäre Behandlung dauerte 4 Wochen, die Rehabilitationsmaßnahme 6 Wochen. Die Klägerin war durch die Operationen, den Einsatz von zwei Osteosyntheseplatten in das Bein, das Einlegen einer Osteosytheseplatte wegen Fraktur des Unterkiefers und durch andere Behandlungsmaßnahmen erheblich belastet.

Verblieben ist eine dauernde Behinderungen von 60 %. Die Klägerin kann keine feste Nahrung zu sich nehmen, weil sie Mund nur 1,5 cm weit öffnen kann. Sie muss orthopädische Schuhe tragen. Es besteht eine Nervenlähmung der Zehen, Koordinations-, Gedächtnis- und Konzentrationsstörungen und stark erhöhter Ruhebedarf. Sie leidet unter Migräne,

Kopfschmerzen, Übelkeit und Nackensteife. Die Beeinträchtigung der Arbeitsfähigkeit beträgt 100 %.

Zudem ist das Erscheinungsbild durch die Operationsnarben, die Verkürzung des linken Beines, eine Unterschenkelfehlstellung mit deutlicher O-Beinverformung und durch deutliches Knacken in Kiefergelenken bei Kieferbewegungen erheblich beeinträchtigt.

OLG Rostock, Urt. v. 26.09.2008 – 5 U 115/08, SVR 2008, 468 E 990

100.000,00 €

Schädelhirntrauma – Kalottenmehrfragmentfraktur – Mittelgesichtsfrakturen – Nasenbeinfraktur – Ellenbogenfraktur – Oberschenkelfraktur

Der Kläger erlitt bei einem Verkehrsunfall ein Schädelhirntrauma, eine temporale Kalottenmehrfragmentfraktur mit zentraler Impression, eine temporo-polare Kalottenfraktur mit Epiduralhämatom, multiple Mittelgesichtsfrakturen, eine Nasenbein-Mehrfragmentfraktur, eine erstgradig offene Ellenbogenluxationsfraktur, eine offene Grundgliedfraktur des Kleinfingers, eingestauchte körpernahe Femurschaftfraktur und eine isolierte proximale Fibulafraktur. Die stationäre Behandlung dauerte rund 2 1/2 Monate. Der Kläger war länger als 1 Jahr arbeitsunfähig.

Als Verletzungsfolgen verblieben zentral-vegetative Störungen in Form von Kopfschmerzen sowie Störungen des verbalen Gedächtnisses ferner Bewegungseinschränkung des Ellenbogengelenkes, Herabsetzung der groben Kraft des Armes und der Hand, Muskelminderung im Bereich des Ober- und Unterarmes, Taubheitsgefühl im Bereich des Ring- und des kleinen Fingers sowie noch liegende Metallteil. Darüber hinaus bestehen Bewegungseinschränkung des Hüftgelenkes mit Außenrotationsfehlstellung, Beckenschiefstand nach Beinlängenverkürzung um 2 cm nach Oberschenkelschaftbruch, Muskelminderung im Bereich des Oberschenkels sowie auch hier noch liegende Metallteile.

OLG Hamm, Urt. v. 23.11.2009 – 3 U 41/09, AHRS 2555/302 E 991

100.000,00 € (Vorstellung: 100.000,00 €)

Mediateilinfarkt nach kardiogenem Schock – Hemiparese – Aphasie

Nach der Implantation eines Stents in der Herzkranzarterie erlitt der Kläger einen kardiogenen Schock mit Mediateilinfarkt. In einer Spezialklinik wurde er an ein Kunstherz (Cardio West Total Artificial Heart) angeschlossen. Während der weiteren stationären Behandlung zeigte sich durch eine rechtsseitige Hemiparese sowie eine inkomplette motorische Aphasie. Der Kläger hatte mehrere Schlaganfälle erlitten. Er musste seinen Arztberuf aufgeben und ist erwerbsunfähig.

LG Coburg, Urt. v. 19.01.2011, unveröffentlicht E 992

100.000,00 € (Vorstellung: 175.000,00 €)

Schädelhirntrauma 3. Grades

Der 20 Jahre alte Kläger erlitt bei einem Verkehrsunfall ein schweres Schädelhirntrauma 3. Grades mit einer Impressionsfraktur bis temporal-basal, eine Hirnkontusion sowie eine Obitalwandfraktur. Ferner erlitt er eine Dachfraktur des 7. Wirbelkörpers. Die stationäre Behandlung dauerte mehr als 6 Monate. Weitere stationäre Aufenthalte schlossen sich an.

Es zeichnen sich beim Kläger kognitive Beeinträchtigungen ab, er leidet unter Wortfindungsstörungen, das verbale Gedächtnis ist deutlich beeinträchtigt. Der Kläger ist insgesamt intellektuell verlangsamt. Er ist antriebsgemindert, reizbar und agressiv. Insgesamt leidet er unter einem hirnorganischen Psychosyndrom.

E 993 **LG Köln, Urt. v. 06.05.2010 – 29 O 4/09, unveröffentlicht**

110.000,00 €

Schweres Schädelhirntrauma mit Kontusionsblutung – Bruch der Orbita

Der Beklagte versetzte dem 44 Jahre alten Kläger einen Stoß mit dem geöffneten Handballen bei angezogenen Fingern gegen den Kopf. Der Stoß traf das linke Auge des Klägers und verursachte den Bruch der Orbita (Augenhöhlendach) mit der Folge einer Einblutung in das Gehirn. Bedingt durch den Stoß schlug der Kläger mit dem Kopf gegen eine Scheibe und fiel zu Boden, wo er bewusstlos auf dem Rücken liegen blieb.

Der Kläger erlitt ein schweres Schädelhirntrauma mit Kontusionsblutung bifrontal, Kontusionsblutung rechts temporal, Hirnödem, Orbitaldachfraktur links, Monokelhämatom links, hirnorganisches Psychosyndrom und initial leichte Tetraparese.

Bei der Bemessung des Schmerzensgeldes war zu berücksichtigen, dass es sich um eine Vorsatztat handelt und der Kläger dauerhaft erwerbsunfähig bleiben wird.

E 994 **LG Stuttgart, Urt. v. 26.01.2005 – 14 O 542/01, DAR 2007, 467 = SVR 2005, 186**

115.000,00 € (Vorstellung: 140.000,00 €)

Schädelhirntrauma mit kortikalen Läsionen – Anosmie – Thoraxcontusion – 2-seitige Milzruptur – multiple Frakturen – Aortenaneurysma

Der 22 Jahre alte, frisch verheiratete Kläger, Vater von 3 Kindern, erlitt 1980 durch einen Unfall schwerste, lebensgefährliche Verletzungen, insb. ein Schädelhirntrauma mit kortikalen Läsionen, eine Thoraxcontusion, eine 2-seitige Milzruptur, multiple Frakturen, ein Aortenaneurysma. Infolge von Bluttransfusionen trat eine chronische Hepatitis C hinzu. Die Unfallverletzungen führten zur vollständigen Erwerbsunfähigkeit des Klägers, der eine Berufsausbildung zum Informationselektroniker abgeschlossen hatte.

Er leidet noch unter Wortfindungsstörungen, erheblichen Geschmacksbeeinträchtigungen, anhaltenden, bei psychischer Belastung sich stark verstärkenden Kopfschmerzen, Konzentrationsmängeln, erheblich eingeschränkter Merkfähigkeit, erschwertem Auffassungsvermögen bei schneller Ermüdung, Verlangsamung aller Reaktionsabläufe, stark eingeschränktem Orientierungssinn, schneller Erschreckbarkeit, stark übertriebener Geräuschempfindlichkeit, leichter Reizbarkeit mit Aggressionsausbrüchen schon bei geringen Belastungen, Antriebsarmut, unkontrolliertem Verhalten, insb. unmotiviertem Lachen und Weinen, starker innerer Unruhe, Depressionen mit ausgeprägtem Minderwertigkeitsgefühl, Magen-Darm-Schmerzen mit Unverträglichkeit der meisten Speisen, krampfartigen Schmerzen, die sich über den ganzen Oberkörper ausbreiten mit dem Gefühl von Atemnot, Übelkeit schon bei geringer körperlicher Belastung sowie Wetterfühligkeit.

Es besteht eine hirnorganisch bedingte Wesensänderung, die sich in einer Verlangsamung, Ablenkbarkeit, Gereiztheit, Belastungsminderung und einem Antriebsverlust zeigt.

Die Unfallfolgen führten zur vollständigen Arbeitsunfähigkeit des Klägers. Durch den Unfall verlor der Kläger im Alter von 22 Jahren frühzeitig die Möglichkeit, seine privaten und beruflichen Zukunftsperspektiven umzusetzen.

Das Gericht setzte das Schmerzensgeld fast 25 Jahre nach dem Unfall fest und orientierte sich der Höhe nach an einem vergleichbaren Unfall aus dem Jahr 1988.

OLG Brandenburg, Urt. v. 04.11.2010 – 12 U 35/10, NJW 2011, 2219 E 995

115.000,00 €

Schädelhirntrauma 3. Grades – Hirnschädigung – Mittelgesichtsfraktur – Unterkieferfraktur

Der Kläger erlitt bei einem Verkehrsunfall u. a. ein Schädelhirntrauma 3. Grades sowie eine laterale Mittelgesichtsfraktur und eine Unterkieferfraktur. Diese Verletzungen hatten eine Deformierung der Gesichtskonturen des Klägers zur Folge.

Der Hirnschaden hat dazu geführt, dass beim Kläger gravierende neuropsychologische Störungen verblieben sind in den Bereichen der Lern- und Gedächtnisfunktion, des Handlungs- und Planungsverhaltens, der komplexen Aufmerksamkeitsleistungen sowie des Persönlichkeitsprofils. Ein organisches Psychosyndrom hat dazu geführt, dass der Kläger zu 70 % schwerbeschädigt und nur noch in der Lage ist, in einer abgeschirmten Tätigkeit am Erwerbsleben teilzunehmen, etwa in einer Werkstatt für Behinderte. Daneben ist die Entwicklung des Privatlebens des Klägers beeinträchtigt und es bestehen durch den Hirnschaden motorische Einschränkungen des Klägers. Gleichwohl ist der Kläger durchaus in der Lage, sich selbst zu versorgen und lebt auch allein bzw. zusammen mit seiner Freundin. Er steht zwar infolge des Unfalls unter Betreuung und ist wegen der schweren Defizite im Bereich der kognitiven Leistungs- und Lernfähigkeit an einer Arbeitsausübung weitgehend gehindert, die Verrichtungen des täglichen Lebens bewältigt er jedoch ohne fremde Hilfe.

All dies soll der Bewilligung einer Schmerzensgeldrente entgegen stehen.

OLG Hamburg, Urt. v. 14.02.2003 – 1 U 186/00, OLGR 2003, 267 E 996

125.000,00 € zuzüglich 250,00 € monatliche Rente

Schädelhirntrauma mit Schädelfraktur

Der 20 Jahre alte Kläger stürzte aus dem Fenster eines Behandlungszimmers im 2. Stockwerk der psychiatrischen Abteilung des Beklagten, in der er einstweilen ohne gerichtliche Entscheidung untergebracht war. Es bestand der Verdacht auf eine juvenile Psychose und eine akute Suizidgefahr. Der Kläger öffnete gewaltsam ein Fenster und stürzte hinaus. Der Kläger erlitt u. a. ein Schädelhirntrauma mit Schädelfraktur, eine Subarachnoidalblutung, ein Hirnödem, Verletzungen der Lunge und der Wirbelsäule. Nach einer stationären intensiv-medizinischen Behandlung wurde der Kläger in das Zentrum für Schwerst-Schädelhirnverletzte verlegt und befand sich zu einer stationären Behandlung im neurologischen Rehabilitationszentrum für Kinder und Jugendliche. Danach wird der Kläger zu Hause von seinem Vater betreut.

OLG Celle, Urt. v. 16.09.2009 – 14 U 71/06, MDR 2009, 1273 = NdsRpfl 2010, 27 = SP 2010, 11 E 997

130.000,00 € Teilschmerzensgeld

Multiple Hirnkontusionen – Hirnödem – Milzruptur – hämorrhagischer Schock – Riss im Leberlappen – zweifache Unterkieferfraktur – die Fraktur der rechten Hüftgelenkspfanne

Der Kläger erlitt bei einem Verkehrsunfall ein Polytrauma mit multiplen Hirnkontusionen, ein malignes Hirnödem, eine Milzruptur mit hämorrhagischem Schock, einen Riss in einem Leberlappen, eine zweifache Unterkieferfraktur und eine Fraktur der Hüftgelenkspfanne. Zur Behandlung dieser Unfallfolgen waren bisher zahlreiche Operationen und therapeutische Nachbehandlungen erforderlich. Dabei traten zahlreiche Komplikationen auf.

Das Schmerzensgeld umfasst die vergangenen und künftigen Schmerzen, Leiden und körperlichen Beeinträchtigungen, insb. im Zusammenhang mit der Shunt-Versorgung, und die verbliebenen motorischen Funktionseinschränkungen, Schwierigkeiten im sprachlichen Bereich und kognitiven Beeinträchtigungen, die dem Kläger eine Vielzahl von Freizeitbetätigungen sowie eine normale Berufsausübung verschließen. Auch die notwendige Folgeoperation zur Wiederherstellung der defekten Schädeldecke sowie weitere künftige Operationen zum Austausch des Shunts nach Ablauf der jeweils üblichen Haltbarkeitsdauer dieses Geräts sind als solche – da insoweit schon hinreichend sicher vorhersehbar – mit den damit verbundenen normalen Operationsfolgen (einschließlich Reha-Behandlung im vergleichbaren Umfang wie in der Vergangenheit) bei der Schmerzensgeldbemessung berücksichtigt worden. Nur besondere Komplikationen infolge dieser Operationen bleiben ausgeklammert.

Bei der Bemessung des Schmerzensgeldes war das Alter des Klägers von Bedeutung, weil dieser unter seinen schweren Verletzungen mit den lebenslang fortbestehenden gravierenden Dauerfolgen der Hirnschädigung leiden wird; zudem fehlt ihm jede normale berufliche Perspektive.

E 998 LG Saarbrücken, Urt. v. 31.08.2000 – 15 O 121/97, ZfS 2001, 255[67]

<u>150.000,00 €</u> (Vorstellung: 150.000,00 €)

Offenes Schädelhirntrauma mit Schädelbasisfraktur

Die Klägerin, eine Schülerin, erlitt bei einem Verkehrsunfall ein offenes Schädelhirntrauma mit Schädelbasisfraktur und Pneumencephalus. Sie musste mehrfach stationär behandelt werden. Als Unfallfolge verblieben u. a. eine Fascialparese und ein Diabetes, ferner eine Verminderung der Sehstärke, eine Beeinträchtigung des Hörvermögens und des Gleichgewichtssinnes mit ständigem Erbrechen, eine intellektuelle Leistungsminderung und psychische Beeinträchtigungen mit Wesensveränderung. Die Klägerin musste die Schule wechseln und eine Sonderschule für Lernbehinderte besuchen. Das Schmerzensgeld wurde von 125.000,00 € um 25.000,00 € erhöht, weil der Versicherer des Beklagten ungewöhnlich verzögerlich regulierte.

E 999 OLG Frankfurt am Main, Urt. v. 25.02.2009 – 4 U 210/08, NJW-RR 2009, 894

<u>**150.000,00 €**</u>

Schädelverletzung – Wachkoma

Die 12 Jahre alte Klägerin erlitt bei einem Reitunfall schwerste Verletzungen, insb. des Schädels. Sie befindet sich im Wachkoma, eine Kommunikation ist nicht möglich. Sie wird Zeit ihres Lebens pflegebedürftig sein.

E 1000 OLG Hamm, Urt. v. 24.01.2002 – 6 U 169/01, r+s 2002, 285

<u>**190.000,00 € zuzüglich 225,00 € monatliche Rente = 240.000,00 € (gesamt)**</u> (1/3 Mitverschulden)

Schädelhirntrauma 3. Grades – spastische Teilparese

Der 8 Jahre alte Kläger wurde als Fußgänger von einem Pkw erfasst und erlitt ein schweres axiales Schädelhirntrauma. Als Dauerschaden hat sich ein schweres posttraumatisches hirnorganisches Psychosyndrom entwickelt. Ferner liegen eine Tetraspastik, eine Hemiataxie und caudale Hirnnervstörungen vor.

67 Staudinger/Schiemann, BGB, 2005, § 253 Rn. 34, 56; so bereits RG, Urt. v. 13.12.1906 – VI 130/06, RGZ 65, 17 (21) und seitdem st. Rspr. und h.L.: MünchKomm/Oetker, BGB, 5. Aufl. 2007, § 253 Rn. 7 m. w. N.; Wiese, DB 1975, 2309 (2310); Hohloch, Bd. I, 1981, S. 375.Eine ältere, aber wichtige Entscheidung.

Der Kläger, der sich vor dem Unfall normal entwickelt hatte, steht nun in der geistigen Entwicklung einem 6 – 8 Jahre alten Kind gleich. Es ist ihm möglich, sich sprachlich verständlich zu machen. Er kann im Rollstuhl sitzen und diesen in einen anderen Raum bewegen. Er kann auch mit einem behindertengerechten Computer spielen. Seine sozialen Kontakte sind auf die Schule und das Elternhaus reduziert. Er ist im täglichen Leben auf fremde Hilfe angewiesen.

LG Paderborn, Urt. v. 28.07.2005 – 3 O 33/04, SP 2006, 96 E 1001

200.000,00 € (Vorstellung: 250.000,00 €)

Schädelhirntrauma 3. Grades – Impressionsfraktur occipital – Hemiparese – posttraumatischer Hydrocephalus

Der 21 Jahre alte Kläger erlitt als Beifahrer einen Verkehrsunfall, bei dem er geringfügig verletzt wurde. Noch bevor er das Fahrzeug verlassen hatte, fuhr ein anderes Fahrzeug auf das zunächst verunfallte Fahrzeug auf. Dadurch erlitt der Kläger ein Schädelhirntrauma 3. Grades, eine Impressionsfraktur occipital, eine Hemiparese sowie eine posttraumatischen Hydrocephalus. Er musste am Unfallort reanimiert werden. Der Grad der Behinderung beträgt 100 %. Als Unfallfolge bestehen ferner eine Sehstörung i. S. e. Diplopie und eine dysarthrische Sprechstörung. Der Kläger leidet unter Blasenentleerungsstörungen und täglich auftretenden occipital stechenden Cephalgien. Er ist eingeschränkt belastbar, ermüdet schnell und ist reizbar. Es ist davon auszugehen, dass die Beeinträchtigungen lebenslang bestehen bleiben.

LG Freiburg, Urt. v. 18.05.2007 – 17 O 524/03, DAR 2008, 29 E 1002

200.000,00 € (Vorstellung: 250.000,00 €)

Schädelhirntrauma – apallisches Syndrom

Die Klägerin wurde bei einem Verkehrsunfall schwer verletzt. Sie erlitt u. a. folgende Hirnverletzungen: Kontusionsblutungen mit Einbruch ins Ventrikelsystem (traumatische Subarachnoidalblutung), Stammhirnkontusion mit transientem Mittelhirnsyndrom, danach Übergang ins apallische Syndrom. Ferner erlitt sie eine Rippenserienfraktur beidseits, Pleuraergüsse, ein stumpfes Bauchtrauma mit subcapsulärem Hämatom der Leber und ein Milzhämatom. Bei der Bemessung des Schmerzensgeldes war nicht nur auf die rein körperlichen Beeinträchtigungen abzustellen, vielmehr war ganz maßgeblich der Umstand zu bewerten, dass die Klägerin durch den Unfall in ihrem Lebensweg praktisch »aus der Bahn geworfen« worden ist. Ihr Leben hat eine ganz entscheidende Wende genommen. Vorher zweifellos entwickelte Perspektiven für sich und ihre Familie waren auf einen Schlag überholt.

LG Schwerin, Urt. v. 30.04.2010 – 4 O 161/06, SP 2010, 251 E 1003

200.000,00 € (Vorstellung: 400.000,00 €)

Apallisches Syndrom – Hirnstammkontusion – Polytrauma – Schädelbasisfraktur

Die 18 Jahre alte Klägerin erlitt infolge eines Verkehrsunfalls ein apallisches Syndrom. Sie liegt im Wachkoma. Medizinisch wurde eine Hirnstammkontusion festgestellt worden, daneben ein Polytrauma sowie eine Schädelbasisfraktur, eine offene temporoparatiale Fraktur mit leichter Impremierung und linkshemisphäriellem Ödem ohne Mittellinienverlagerung, eine stabile Fraktur an der Massa lateralis des 1. HWK, ein stumpfes Thoraxtrauma mit Lungenkontusion beidseits sowie eine rezidivierende Oberlappenatalektase. Die Klägerin ist in einer vollstationären Pflegeeinrichtung untergebracht.

Ein höheres Schmerzensgeld komme nicht in Betracht, weil die Klägerin kein Bewusstsein mehr habe, sodass die Ausgleichsfunktion des Schmerzensgeldes entfalle (sic.).

E 1004 **OLG Celle, Urt. v. 13.02.2003 – 14 U 11/01, OLGR 2003, 205**

250.000,00 €

Schädelhirntrauma mit offener Keilbeinfraktur

Der 5 Jahre alte Kläger erlitt mit seinem Kinderfahrrad einen Verkehrsunfall und zog sich dabei zahlreiche Verletzungen zu, insb. ein schweres Schädelhirntrauma mit offener Keilbeinfraktur. Er kann weder sprechen noch laufen und leidet unter einer spastischen linksseitigen Lähmung.

E 1005 **LG Würzburg, Urt. v. 03.12.2001 – 22 O 713/99, DAR 2002, 74**

250.000,00 € zuzüglich 500,00 € monatliche Rente = 365.000,00 € (gesamt)

Schädelhirntrauma – Gehirnschädigung – posttraumatisches Anfallsleiden

Der 17 Jahre alte Kläger wurde als Fußgänger von einem Fahrzeug erfasst, das bei Rotlicht eine Kreuzung überquerte. Er trug ein schweres Schädelhirntrauma (Schädelkalottenfraktur, traumatische Subarachnoidalblutung, Hirnstamm- und Kleinhirnkontusion und ein ausgedehntes Hirnödem) und ein mehrmonatiges apallisches Syndrom davon. Die neurologischen Ausfälle bestehen u. a. in Anarthrie, Dysphagie, spastischer Tetraparese, einem posttraumatischen Anfallsleiden und ausgeprägten neuro-psychologischen Einschränkungen.

Der Kläger ist durch den Unfall körperlich, geistig und seelisch in außerordentlich schwerem Maß geschädigt. Er kann keine körperlichen Verrichtungen führen, ist auf Dauer auf Hilfe und Pflege Dritter angewiesen.

E 1006 **LG Hamburg, Urt. v. 26.07.2011 – 302 O 192/08, NJW-Spezial 2012, 11**

430.000,00 € (Vorstellung: 500.000,00 €)

Schädelhirntrauma – Lähmungen – 24 Stunden täglicher Betreuungsbedarf

Die 19 Jahre alte Klägerin und deren kleiner Sohn wurden bei einem Verkehrsunfall schwer verletzt. Die Klägerin erlitt ein Schädelhirntrauma dritten Grades, ein Hirnödem, ein Thoraxtrauma mit Lungenkontusion sowie einer Unterschenkelfraktur. Als Unfallfolgen verblieben unter anderem eine spastische linksseitige Tetraparese mit schwersten Funktionsbehinderungen des Arms und Gebrauchsunfähigkeit des Beins und hochgradiger Behinderung des Steh- – und Gehvermögens. Die Sprechfähigkeit ist hochgradig behindert und es hat sich ein schweres hirnorganisches Psychosyndrom (Hirnschädigung mit weniger schweren Ausfallerscheinungen und Affektlabilität) entwickelt. Aufgrund der schweren spastischen Lähmung der rechten Seite liegt eine Körperhaltung vor, in der der rechte Arm im Schultergelenk ständig adduziert und im Ellbogengelenk gebeugt und Hand und Finger gekrümmt gehalten werden. Das rechte Bein befindet sich in Streckstellung besonders im Knie und Fußgelenk (Spitzfußstellung), wobei das Bein beim Versuch zu gehen nur in einem seitlich ausholenden Bogen nach vorne geschwungen werden kann. Das Gehen ist nur für wenige Schritte mit Unterstützung von Personen möglich.

Die Klägerin muss 24 Stunden betreut werden und wird aufgrund der Beeinträchtigungen dauerhaft auf Pflege angewiesen sein.

Schilddrüse

LG Dortmund, Urt. v. 03.05.2012 – 4 O 195/09, unveröffentlicht E 1007

600,00 € (Vorstellung: 30.000,00 €)

Atemnot, Heiserkeit und vier Tage Behandlungsverzögerung

Die Klägerin war wegen kalter Knoten in der Schilddrüse bei der Beklagten in Behandlung. Die Schilddrüse wurde operativ entfernt. Im Anschluss an die Operation bestand bei der Klägerin ein Stridor; im weiteren Verlauf des stationären Aufenthalts litt die Klägerin durchweg unter Heiserkeit, weil die Stimmbänder verletzt worden waren. Sie bekam kaum Luft und litt eine Woche unter Atembeschwerden. Die Beklagte haftete dafür, dass sie die Klägerin mit vier Tagen Verzögerung einem HNO-Arzt vorstellte. Der Betragsvorstellung liegt die – nicht bewiesene – Behauptung weiterer Behandlungsfehler und Schäden zugrunde.

OLG Naumburg, Urt. v. 05.11.1996 – 9 U 132/96, unveröffentlicht[68] E 1008

10.000,00 €

Schilddrüsenoperation nach Krebsverdacht

Aufgrund einer Fehldiagnose eines Schilddrüsenkarzinoms wurde das mutmaßliche Krebsgewebe operiert. Die – überflüssige – Operation blieb ansonsten ohne Folgeschäden.

OLG Frankfurt am Main, Urt. v. 14.01.2003 – 8 U 135/01, VersR 2004, 1053 = NJW-RR 2003, 745 E 1009

50.000,00 €

Schilddrüsenoperation – Stimmverlust – Atemnot

Die vor dem Prozess verstorbene Geschädigte wurde im Alter von 38 Jahren erstmals wegen eines Schilddrüsenstrumas operiert. 34 Jahre später hatte sich ein Rezidivstruma gebildet, was ein reduziertes Allgemeinbefinden, Atemnot und Herzrhythmusstörungen zur Folge hatte. Nach einer Folgeoperation im gleichen Jahr (subtotale Nachresektion auf beiden Seiten), die sich wegen der auf der Voroperation beruhenden Vernarbungen schwierig gestaltete, litt die Geschädigte unter Stimmverlust und anhaltender Atemnot. Auch ein starkes Verschleimen wurde im Verlaufsbogen nach der Operation vermerkt. Es stellte sich heraus, dass beide Stimmbandnerven irreversibel gelähmt waren. Ein Luftröhrenschnitt (Tracheotomie) und der Einsatz einer Sprechkanüle in die Luftröhre wurden nötig.

In den folgenden Jahren wurden bei der Geschädigten 8 weitere stationäre Krankenhausaufenthalte mit 7 operativen Nachbehandlungen erforderlich. Es trat Pflegebedürftigkeit ein, weswegen die Geschädigte zu ihrer Tochter, der Klägerin, übersiedelte. Sie verstarb im Alter von 76 Jahren. Unmittelbare Todesursache waren Lungenembolien und Nierenversagen.

Bei der Bemessung wurde berücksichtigt, dass die eingetretenen Komplikationen und der jahrelange Leidensweg der Geschädigten wenn auch nicht im engeren Sinne todesursächlich, so doch bis zu ihrem Tod Folgen falschen operationstaktischen Vorgehens der Beklagten gewesen waren. Ebenfalls wurde berücksichtigt, dass die Geschädigte seit der Operation an Stimmverlust, Atemnot bis hin zu Erstickungsanfällen sowie starker Verschleimung des Bronchialsystems und der Luftröhrenöffnung litt, welche bis zu ihrem Tod anhielten. Sie musste

---

68 AG Jever, Urt. v. 06.12.1990 – C 697/90, NJW 1991, 760; Staudinger/Schiemann, BGB, 2005, § 254 Rn. 4 ff.Eine ältere, aber wichtige Entscheidung zu einem Komplex, zu dem es nur wenige Entscheidungen gibt.

längere Zeit eine Trachealkanüle tragen. Andererseits fiel ins Gewicht, dass nicht wegen Behandlungsfehlers, sondern wegen Aufklärungsverschuldens gehaftet wurde.

Schlüsselbein

E 1010 **AG Eisenach, Urt. v. 16.04.2009 – 54 C 601/08, unveröffentlicht**

325,00 € (1/2 Mitverschulden; Vorstellung: 650,00 €)

Falschbehandlung einer Schlüsselbeinfraktur

Die 19 Monate alte Klägerin war beim beklagten Arzt in Behandlung, nachdem sie aus dem Kinderbett gefallen war. Der Arzt verkannte eine Schlüsselbeinfraktur; die Haftung resultierte jedoch nicht aus diesem Umstand, sondern aus nicht hinreichenden Belehrungen zum weiteren Verhalten nach dem Unfall, insb. im Fall weiterer Auffälligkeiten. Trotz weiterer Schmerzen insb. bei Druck auf die verletzte Stelle ging die Kindesmutter erst 5 Tage später erneut zum Arzt, wo eine Schlüsselbeinfraktur links diagnostiziert wurde. Die Klägerin bekam für 3 Wochen einen Rucksackverband angelegt.

Das Gericht berücksichtigte bei der Bemessung die gesundheitlichen Beeinträchtigungen der Klägerin, die »sich als Kleinkind in einer wehrlosen Situation befand«, aber auch das Mitverschulden der Eltern, die die Klägerin trotz andauernd starker Schmerzen »erst nach 5 Tagen Qualen« erneut zum Arzt brachten.

E 1011 **OLG Dresden, Urt. v. 30.01.2013 – 13 U 956/12, unveröffentlicht**

1.275,00 € (¼ Mitverschulden; Vorstellung: 6.000,00 €)

Schlüsselbeinfraktur

Die Klägerin wurde vom Beklagten beim Skifahren angefahren. Sie war nach dem Unfall kurzzeitig bewusstlos und erlitt eine Schlüsselbeinfraktur, die ambulant behandelt wurde, sowie eine HWS-Kontusion und Blessuren der linken Wange. Die Verletzungen sind folgenlos ausgeheilt. Die Klägerin, die Leistungssportlerin war, konnte ein halbes Jahr aufgrund der Bewegungsbeeinträchtigung ihrer sportlichen Betätigung nicht nachgehen. Das OLG reduzierte den vom Landgericht (unquotiert) zugesprochenen Betrag von 5.000,00 € auf die Berufung des Beklagten hin.

E 1012 **LG Düsseldorf, Urt. v. 06.10.2009 – 2b O 212/08, VRR 2010, 106**

1.500,00 € (Vorstellung: 2.000,00 €)

Schlüsselbeinbruch

Der Kläger verletzte sich auf einem nicht gestreuten, vereisten Gehweg; er stürzte und erlitt einen Schlüsselbeinbruch mit Prellungen. Er musste einen Monat einen Desault-Verband tragen.

Das Gericht berücksichtigte, dass der Kläger einen Monat arbeitsunfähig und wegen des Desault-Verbandes in den Tätigkeiten des täglichen Lebens stark eingeschränkt war.

OLG Köln, Urt. v. 08.11.2012 – 7 U 66/12, unveröffentlicht E 1013

2.800,00 € (1/5 Mitverschulden; Vorstellung: 6.000,00 €)

Schlüsselbeinfraktur – Rippenbrüche

Die 58 Jahre alte Klägerin stürzte im Ladenlokal des Beklagten eine Treppe hinunter, die durch einen Kleiderständer mit Waren verdeckt war. Sie erlitt eine Schlüsselbeinfraktur sowie Brüche der 3.-7. Rippe links. Sie war 13 Tage in stationärer Behandlung. Der Senat erhöhte das landgerichtlich zuerkannte Schmerzensgeld (von 2.000,00 €) unter Hinweis auf die Schmerzen bis zur vollständigen Ausheilung.

OLG Düsseldorf, Urt. v. 24.05.2011 – 1 U 220/10, VersR 2012, 120 = NJW-RR 2012, 30 = DAR 2011, 580 E 1014

3.500,00 €

Schlüsselbeinfraktur – Stirnschnittwunde

Der Kläger erlitt bei einem Verkehrsunfall eine Schlüsselbeinfraktur und eine Schnittwunde an der Stirn; die Verletzungen wurden ambulant versorgt, wobei der Knochenbruch mit einem sogenannten »Rucksackverband« versorgt wurde. Hierdurch konnte der Kläger fünf Wochen weder arbeiten noch Auto fahren; er war mehrfach noch in ärztlicher Behandlung, weil der Bereich der Fraktur noch druck- und bewegungsschmerzhaft war. Deswegen nahm er auch Schmerzmittel ein.

OLG Düsseldorf, Urt. v. 24.05.2011 – 1 U 220/10, VersR 2012, 120 = NJW-RR 2012, 30 = DAR 2011, 580

LG Duisburg, Urt. v. 30.03.2007 – 2 O 522/03, unveröffentlicht E 1015

4.500,00 € (1/5 Mitverschulden)

Fehlstellung des Schlüsselbeins – Schultergelenksprellung

Der Kläger erlitt eine Schultergelenksprellung Tossy II, eine Daumendgliedfraktur und diverse Prellungen, Abschürfungen und Hämatome. Eine Operation war nicht erforderlich, der Kläger trug 2 Wochen einen Rucksackverband und eine Aluminiumschiene am Daumen. Bei der Heilung der Verletzung des linken Schultereckgelenks kam es zu einer Fehlstellung, infolge dessen das körperferne Ende des Schlüsselbeins um etwa eine halbe Schaftbreite aus dem Gelenk hervorgetreten ist und nach kopfseits steht. Sichtbar ist dadurch eine Prominenz im Schultergelenk. Es verblieben Schmerzen bei Arbeiten über Kopf und eine leichte Ermüdbarkeit des Arms, die in einer MdE unter 10 % resultieren.

LG Kleve, Urt. v. 11.11.2009 – 2 O 257/08, unveröffentlicht E 1016

5.000,00 € (½ Mitverschulden Vorstellung: 13.000,00 €)

Schlüsselbeinmehrfachfraktur – Beckenringfrakturen

Die Klägerin, die nach einer Unterschenkelamputation gehbehindert war, wurde beim Überqueren der Fahrbahn angefahren. Sie erlitt Frakturen des vorderen und hinteren rechten Beckenrings und eine Schlüsselbein-Mehrfachfraktur sowie Prellungen, Abschürfungen und Hämatome. Sie wurde 5 Tage stationär behandelt, es verblieben Einschränkungen in der Beweglichkeit der rechten Schulter und eine Verminderung der Kraftentfaltung.

E 1017 **OLG Karlsruhe, Urt. v. 23.02.2012 – 9 U 97/11, VersR 2012, 1124 = NJW 2012, 3447 = DAR 2012, 519**

6.000,00 € (3/5 Mitverschulden; Vorstellung: 11.250,00 € (bei 1/5 Mitverschulden))

Schlüsselbeinbruch – Nasenbeinbruch – Rippenbrüche

Der Kläger brach sich bei einem Unfall anlässlich eines illegalen Autorennens, bei welchem er nicht angeschnallt war, das Nasenbein, das Schlüsselbein und drei Rippen. Er renkte sich das Schultergelenk aus und zog sich einen Pneumothorax, eine Nierenkontusion und zahlreiche Prellungen, Schürfungen, Riss- und Schnittwunden zu. Er wurde viermal operiert und zwei Wochen intensivmedizinisch behandelt und war vier Monate arbeitsunfähig.

E 1018 **OLG Celle, Urt. v. 30.11.2006 – 14 U 157/05, OLGR 2007, 43**

8.000,00 € (1/2 Mitverschulden)

Schlüsselbeinfraktur – Schädelhirntrauma – Schambeinfraktur

Der beklagte Landwirt versäumte es, den durch den Einsatz von Landmaschinen auf einer Kreisstraße entstandenen »groben Dreck« auf der Fahrbahn zu beseitigen. Das Gericht hielt es bei einer in der Erntezeit durch eine Vielzahl von landwirtschaftlichen Betrieben genutzten Kreisstraße zwar für ausreichend, dass unter Einsatz eigener Maschinen die Straße soweit gereinigt wird, dass keine größeren Dreckanhaftungen mehr vorhanden sind; auf Restschmutz müsse der Landwirt aber bspw. durch Warnschilder hinweisen. Der Beklagte hatte allerdings eine dicke, sehr rutschige Matschschicht hinterlassen. Hierauf rutschte der Kläger mit seinem Motorrad aus; ein Mitverschulden ergab sich aus unangemessen hoher Geschwindigkeit.

Der Kläger erlitt ein Schädelhirntrauma mit Einblutungen in Form eines ausgeprägten Frontalhirnsyndroms, eine Kopfplatzwunde an der rechten Stirnseite, eine Schenkelhals- und Schambeinfraktur rechts, eine Schlüsselbeinfraktur rechts sowie ein Thoraxtrauma mit erheblicher Lungenprellung. Er lag 2 Wochen im Koma und wurde 1 1/2 Monate stationär behandelt; eine 4-monatige stationäre neurologische Rehabilitation schloss sich an. Er leidet weiterhin unter kognitiven Einschränkungen (geminderte Aufmerksamkeit) und Wesensänderungen (vermehrte Reizbarkeit, verbale Ausbrüche, Antriebsminderung, Neigung zur Weitschweifigkeit). Als körperliche Dauerschäden verblieben eine Bewegungseinschränkung des rechten Hüftgelenks und des rechten Schultergelenks, ein Schulterschiefstand und das verstärkte Risiko einer Arthrose. Es sei zu befürchten, dass der – im Zeitpunkt der Verhandlung wieder voll erwerbstätige – Kläger seinem Beruf als Maurer und Fassadensanierer langfristig nicht mehr nachgehen kann.

E 1019 **LG Kassel, Urt. v. 15.03.2006 – 4 O 1331/03, SP 2007, 11**

9.000,00 € (Vorstellung: 25.000,00 €)

Schlüsselbeinbruch – Rippen- und Brustbeinbruch – Lungenschädigung

Der Kläger wurde als Insasse eines verunfallten Wagens verletzt; er erlitt einen Schlüsselbeinbruch, einen Bruch der Rippen 1 – 4, 7 und 8, einen Brustbeinbruch, eine Außenbandruptur am rechten Bein sowie Risswunden und Quetschungen des rechten Unterarms und eine Schädigung des Brustraums und der Lunge (Hämatopneumothorax).

Die Vorstellung beruhte auf nicht bewiesenen weiteren Schäden; bei der Bemessung stellte das Gericht darauf ab, dass der Kläger den Unfall als Schüler in einer Phase erlitten hatte, in der er sich sorgen musste, ob er infolge der Verletzungen eine passende Ausbildungsstelle findet.

OLG Hamm, Urt. v. 07.06.2010 – 6 U 195/09, r+s 2010, 481 = SP 2010, 361 E 1020

9.000,00 € (Vorstellung: 35.000,00 €)

Schlüsselbeinfraktur – Gehirnerschütterung

Die Klägerin erlitt bei einem Verkehrsunfall eine Schlüsselbeinfraktur sowie eine Gehirnerschütterung und eine Unterschenkelprellung sowie eine Gehörgangsblutung im linken Mittelohr. Nachdem zunächst von einer Operation abgeraten worden war, wurde der Klägerin wegen Durchspießungsgefahr für Lunge und Außenhaut eine Platte eingesetzt, die, nachdem in einem weiteren Krankenhausaufenthalt Massagen und physiotherapeutische Maßnahmen erfolgten, bei einem dritten stationären Aufenthalt operativ wieder entfernt wurde. Dies ergab stationäre Aufenthalte von insgesamt 14 Tagen über einen Zeitraum von 18 Monaten. Die Schlüsselbeinfraktur ist in Fehlstellung verheilt, was zu einer kosmetischen Beeinträchtigung und zu einer Einschränkung beim Heben und Tragen schwerer Lasten führt. Es verblieb eine Narbe im Dekolletébereich. Die Schmerzensgeldvorstellung beruhte auf – nicht bewiesenen – weiteren Dauerschäden.

LG Köln, Urt. v. 17.12.2009 – 15 O 369/07, unveröffentlicht E 1021

10.000,00 € (Vorstellung: 10.000,00 €)

Schlüsselbeinfraktur – Pseudoarthrose – Schädelhirntrauma – Rippenbrüche

Der Kläger erlitt bei einem Verkehrsunfall auf der von der Beklagten durchgeführten Reise ein Schädelhirntrauma, eine Schlüsselbeinfraktur, Rippenbrüche, eine Schwellung des Sprunggelenks, Schnittwunden im Gesicht und an den Beinen sowie eine Absplitterung an einem Schneidezahn. Es kam nachfolgend zu persistierenden Schmerzen am linken Schlüsselbein aufgrund einer verzögerten Knochenheilung sowie zur Bildung einer Pseudoarthrose; dem Kläger musste schließlich eine künstliche Platte in die Schulter eingesetzt werden. Seitdem leidet er unter erheblichen Bewegungseinschränkungen sowie einer mangelnden Belastbarkeit der Schulter sowie unter Schmerzen in der Hand, im Knöchelbereich, in der Schulter und am Rücken. Er war ein halbes Jahr krankgeschrieben.

Das OLG hat die Berufung der Beklagten einstimmig zurückgewiesen, ohne zur Höhe noch Stellung zu nehmen (OLG Köln, Beschl. v. 07.07.2010 – 16 U 3/10, RRa 2011, 112).

OLG Saarbrücken, Urt. v. 31.03.2009 – 4 U 26/08, NZV 2010, 77 E 1022

22.500,00 €

Schlüsselbeinfraktur – Rippenfraktur – Beckenschaufelfraktur – Gesichtsnarben

Die Klägerin erlitt bei einem Verkehrsunfall eine Beckenschaufelfraktur, eine Fraktur des Schlüsselbeins und der Rippe, erhebliche Prellungen und Schürf- und Schnittwunden, die eine mehrwöchige Krankenhausbehandlung erforderlich machten und Dauerschäden in Form von Bewegungseinschränkungen der Beine und des Arms und ästhetische Beeinträchtigungen im Gesicht durch Narbenbildung sowie eine nachhaltige Traumatisierung zur Folge haben.

LG Köln, Urt. v. 09.03.2011 – 7 O 280/07, unveröffentlicht E 1023

22.500,00 € (½ Mitverschulden)

Schlüsselbeinfraktur – Serienrippenfrakturen

Der Kläger erlitt bei einem Verkehrsunfall eine Schlüsselbeinfraktur links, Serienfrakturen der Rippen 1-6 links mit Einstichen in das Lungenspitzengebiet, was Hämatome verursachte, sowie geschlossene Frakturen der scapula. Er wurde stationär behandelt und operiert. Er hatte im Verlauf des Unfalls und nachoperativ erhebliche Schmerzen im Bereich Schulter und

Brustwirbelsäule, ferner erhebliche Schmerzen bei Bewegungen und Drehen des Kopfes sowie beim Liegen. Es verblieb eine 14cm lange Narbe am oberen Rücken. Es verbleiben deutliche Reizungen der suprakronialen Rotatorenmanschette und eine inituale hypertrophe AC-Gelenkarthrose. Der Geschädigte ist wegen der Gefahr einer posttraumatischen Früharthrose und eines chronischen Schmerzsyndroms in dauernder krankengymnastischer Behandlung.

Das Gericht berücksichtigte erhöhend, dass trotz einer seit 5 Jahren bekannten Haftung der Beklagten zu jedenfalls 50% und einem Schmerzensgeld, welches diese selbst mit 10.000,00 € beziffert hatte, keinerlei Abschlagszahlungen geleistet worden waren.

E 1024 **OLG Nürnberg, Urt. v. 22.12.2006 – 5 U 1921/06, NZV 2007, 301 = SP 2007, 134**

35.000,00 € (3/10 Mitverschulden)

Schlüsselbeinfraktur – Herzkontusion mit Herzklappenschädigung – Leber- und Pankreasruptur – Schädelhirntrauma

Der Kläger erlitt bei einem Verkehrsunfall eine Leber- und Pankreasruptur, Claviculafraktur rechts, ein Schädelhirntrauma mit Blutauflagerung, ein Orbitahämatom mit Risswunde über dem rechtem Augenlid sowie eine Herzkontusion mit Abriss eines Sehnenfadens der sog. dreizipfligen Herzklappe (Trikuspidalklappe). Er war deswegen dreimal in stationärer Behandlung, zunächst 3 Wochen, zuletzt knapp ein Jahr, später noch einmal 2 Wochen. Der letztgenannte Klinikaufenthalt diente der Rekonstruktion der Trikuspidalklappe. Als Dauerschaden verblieben ihm die erhöhte Gefahr, an einer Endokarditis zu erkranken, Verwachsungen im Bauchraum und eine sich über den gesamten Oberkörper hinziehende Narbe. Er kann sich daher nicht im gleichen Maße wie vor dem Unfall sportlich betätigen und muss auch bei kleineren invasiven Eingriffen, etwa beim Zahnarzt, vorbeugend Antibiotika nehmen.

Der Senat wies auf die Schmerzensgeld erhöhenden Umstände der 40 cm langen Narbe hin. Schon Verletzungen an Leber, Bauchspeicheldrüse und Schlüsselbein i. V. m. dem Schädelhirntrauma und die deshalb erforderliche medizinische Intensivbehandlung rechtfertigten ein Schmerzensgeld von deutlich über 10.000,00 €. Der Abriss der Trikuspidalklappe müsse zu einer deutlichen Erhöhung des Schmerzensgeldes führen, da diese Verletzung Ursache der andauernden körperlichen und psychischen Beeinträchtigungen des Klägers ist.

Der Senat erhöhte das Schmerzensgeld »spürbar« wegen zögerlicher Regulierung der beklagten Versicherung, die bei unstreitigen Körperschäden und lediglich kleineren Differenzen zur Haftungsquote vorgerichtlich nur 2.000,00 € auf den Schmerzensgeldanspruch geleistet hatte.

E 1025 **OLG Brandenburg, Urt. v. 30.09.2010 – 12 W 28/10, unveröffentlicht**

35.000,00 € (Vorstellung: 35.000,00 €)

Schlüsselbeinfraktur – Kopfverletzungen – Jochbein- und Schläfenbeinfraktur

Die Klägerin, die mit dem Beklagten verheiratet ist, wurde von diesem so heftig geschlagen, dass sie 3 Tage lang im Krankenhaus wegen einer Mittelhandfraktur, einer Fraktur der Großzehe und eines Schlüsselbeinbruchs behandelt werden musste. Ferner erlitt die Klägerin zahlreiche Hämatome am ganzen Körper. Bei einem weiteren Vorfall wurde die Klägerin lebensbedrohlich verletzt; sie wies mehrfache Zeichen schwerer stumpfer Gewalteinwirkung auf Kopf und Rumpf auf. Die Verletzungen des Kopfes mit der Unterblutung unter die harte Hirnhaut begründeten eine akute Lebensgefahr für die Klägerin. Es kam zur Jochbein- und Schläfenbeinfraktur mit Blutung unter die harte Hirnhaut, welche operativ entfernt werden musste. Der Unterkiefer und das Nasenbein waren gebrochen. Durch Einwirkungen auf den Hals erlitt die Klägerin einen mehrfachen Zungenbeinbruch. Die Klägerin wird erheblichen Dauerschäden zurückbehalten.

Der Antrag des Beklagten auf Bewilligung von PKH zur Verteidigung gegen die Klage wurde zurückgewiesen.

OLG Hamm, Urt. v. 19.03.2010 – 9 U 71/09, unveröffentlicht E 1026

40.000,00 € (Vorstellung: 50.000,00 €)

Schlüsselbeinbruch – Rippen- und Brustbeinfrakturen – Darmrisse – Lungenkontusion

Die Klägerin erlitt bei einem Verkehrsunfall einen Dickdarmriss mit folgender Bauchfellentzündung, einen dreifachen Dünndarmriss, eine Rippenserienfraktur der 7., 8. und 9. Rippe links, einen Schlüsselbeinbruch links, eine Brustbeinfraktur, eine beidseitige Lungenkontusion, einen Hämatopneumothorax, ein cervicales Wurzelreizsyndrom sowie diverse Körperprellungen. Die Verletzungen führten zu erheblicher äußerer Narbenbildung; die Klägerin litt unter Todesangst und entwickelte eine posttraumatische Belastungsstörung. Der Senat berücksichtigte die Haftung aus grobem Fahrfehler, aber auch, dass die Klägerin »nur« einen Monat in stationärer und einen in ambulanter Anschlussheilbehandlung gewesen ist.

LG Köln, Urt. v. 15.04.2010 – 5 O 36/09, unveröffentlicht E 1027

50.000,00 € (Vorstellung: 60.000,00 €)

Schlüsselbeinfraktur – Beckenringfraktur – Rippenserienfraktur

Die Klägerin erlitt bei einem von der Gegenseite allein verschuldeten Verkehrsunfall eine Beckenringfraktur, Rippenserienfraktur, Oberarm- und Ellenbogenfraktur, Fraktur beider Schlüsselbeine und eine Fraktur der Kniescheibe sowie eine Lungenkontusion. Sie befand sich 6 Wochen in stationärer Krankenhausbehandlung. Weitere Operationen und zwei jeweils 6 Wochen lange Reha-Maßnahmen schlossen sich an. Nach dem Unfall verblieben Probleme beim Hören, weswegen die Klägerin zwei Hörgeräte nutzt.

Die Frakturen führten dazu, dass eine schlechte Beweglichkeit der linken Schulter mit den erheblichen Schmerzen beim Erreichen des endgradigen Bewegungsumfangs vorliegt. Aufgrund der Beckenringfraktur liegt ein Druckschmerz über dem Schambein vor. Am Becken ist in erster Linie die linke Iliosacralgelenksfuge noch druck- und bewegungsschmerzhaft. Langes Gehen oder Stehen ist der Klägerin daher nicht mehr möglich. Wegen einer Fußheberschwäche muss die Klägerin ständig eine Schiene tragen, sodass der Fuß dadurch angehoben wird. Sie hat zudem außen am linken Bein kein Gefühl mehr.

Im rechten Knie kann nach der Patellafraktur eine Präarthrose vorliegen, die zu einem beschleunigten Niedergang des Kniegelenks bis zur Notwendigkeit einer Endoprothese führen kann. Der Zustand des Beckens kann nicht weiter verbessert werden. Der Nervenschaden links ist nicht mehr positiv zu beeinflussen. Auch die Schulter kann nach Fortsetzung der Physiotherapie durch prothetischen Gelenkersatz bzgl. der Schmerzen verbessert werden, nicht jedoch bzgl. der reduzierten Bewegung, die in ähnlichem Umfang auch nach einer Protheseimplantation verbleiben wird.

LG Duisburg, Urt. v. 07.01.2008 – 2 O 469/04, SP 2008, 362 E 1028

90.000,00 € (Vorstellung: Kapital und Rente)

Schlüsselbeinbruch – fehlerhafte Verheilung – Hüftluxationsfraktur mit Beteiligung der Hüftgelenkspfanne – Beckenverletzung – Milzverlust – diverse Frakturen

Der 19 Jahre alte Kläger erlitt bei einem Verkehrsunfall schwere Verletzungen. Er zog sich einen Schlüsselbeinbruch rechts, eine Lungenkontusion mit Hämatopneumothorax rechts, eine Milzruptur, eine komplexe Beckenverletzung, eine Hüftluxationsfraktur mit Beteiligung der Hüftgelenkspfanne, einen Darmbeinbruch, einen Scham- und Sitzbeinbruch, sowie eine

Schädigung des lumbosakralen Nervengeflechts rechts zu. Der Kläger befand sich 11 Tage auf der Intensivstation, er wurde notoperiert, es erfolgte notfallmäßig die Laparotomie und eine Entfernung der Milz. Eine verkürzte und verdickte Verheilung des Schlüsselbeines führte zu einem Tiefer- und Bauchwärtstreten der rechten Schulter sowie einer dadurch bedingten Verkürzung der Schultergürtelmuskulatur.

Auch der Hüftpfannenbruch wurde operativ behandelt. Der postoperative Verlauf war durch eine anhaltende Fehlstellung und Subluxation des rechten Hüftkopfes auf der Hüftgelenkspfanne, einen Schaden des rechten lumbosakralen Nervengeflechts sowie aufgrund von Muskelatrophien und Bewegungseinschränkungen angrenzender Gelenke kompliziert.

Im Rahmen einer 3. Operation wurde Flüssigkeit im Gelenk entfernt. Wegen der Flüssigkeit hatte sich eine Hüftluxation entwickelt, weshalb eine Fixierung mit Kirschnerdrähten erfolgte. In der Zeit nach der Operation war der Kläger gezwungen, 4 Wochen auf dem Rücken zu liegen, er durfte sich nicht bewegen.

Ein halbes Jahr nach dem Unfall konnte er wieder die Schule besuchen, musste aber von seinen Eltern gefahren werden. Er absolvierte ein intensives krankengymnastisches Programm und Krafttraining. 2 weitere Jahre später musste wegen Verschlechterung der Hüfte ein künstliches Hüftgelenk implantiert werden, woran sich eine Rehabilitation anschloss. Der Kläger musste ein Schuljahr wiederholen; es verbleibt eine MdE von 60 %. Intensive, überwiegend selbstständige Maßnahmen zur Erhaltung der Muskulatur und Funktion des Bewegungsapparates sind erforderlich. Mit einer Verschlimmerung der Problematik ist zu rechnen, da davon auszugehen ist, dass sich die Hüfttotalendoprothese im Verlauf lockern wird und wahrscheinlich eine weitere operative Behandlung erforderlich werden wird, aller Voraussicht nach sogar eine erneute Implantation einer Hüftprothese. Aufgrund von Gang- und Haltungsstörungen, im Wesentlichen verursacht durch den Schaden des Plexus Lumbosakralis, ist mit weiteren Schäden speziell an der Wirbelsäule, am Becken und auch am Schultergürtel zu rechnen.

Bei der Bemessung stellte das Gericht heraus, dass der Kläger bislang viermal operiert und daher 19 Wochen stationär behandelt worden war. Er litt über einen Zeitraum von etwa 20 Monaten unter einem posttraumatischen Belastungssyndrom. Der erst 19 Jahre alte Kläger spürt die körperlichen Beeinträchtigungen des Unfalls jeden Tag beim Heben, Tragen und Gehen, er ist zu intensiven krankengymnastischen Übungen gezwungen, um wenigstens den status quo zu halten. Eine Rente lehnte das Gericht gleichwohl ab, da es sich nicht um eine schwerste Dauerbeeinträchtigung wie einen Hirnschaden, eine Querschnittslähmung oder einen Sinnesverlust handele.

Schulter

E 1029 **LG Essen, Urt. v. 12.05.2005 – 4 O 370/04, VD 2005, 332**

750,00 € (Vorstellung: 1.500,00 €)

Prellungen an der Schulter – Schürfwunde

Die Klägerin stürzte in einer Fußgängerzone und zog sich multiple Prellungen, insb. eine Prellung der linken Schulter, sowie eine Schürfwunde und Einrisse der Nägel der linken Hand zu. Sie wurde 3 Monate ambulant ärztlich behandelt, konnte über einen Monat ihren Arm nicht bewegen und musste 20 krankengymnastische Anwendungen besuchen.

AG Seesen, Urt. v. 08.10.2004 – 1a C 329/04, SP 2005, 11 E 1030

900,00 € (Vorstellung: 4.900,00 €)

Absprengung/Kapselriss Schulter – Schulter- und Thoraxprellung

Der Kläger wurde bei einem Verkehrsunfall verletzt. Er erlitt eine knöcherne Absprengung/Kapselriss an der linken Schulter, eine Thorax- und eine Schulterprellung. Die Verletzungen waren nicht schwerwiegend.

LG Schwerin, Urt. v. 15.08.2003 – 6 S 144/03, NZV 2004, 581 = SVR 2004, 69 L E 1031

1.000,00 € (Mitverschulden: 1/2)

Schultereckgelenkssprengung Typ Tossy III

Der Kläger erlitt als Radfahrer einen Unfall. Durch einen Sturz zog er sich eine Schultereckgelenkssprengung vom Typ Tossy III zu. Er wurde operiert, 8 Tage stationär behandelt und war unfallbedingt 6 Wochen arbeitsunfähig.

LG Frankfurt am Main, Urt. v. 25.10.2005 – 2/19 O 24/05, RRa 2006, 73, bestätigt durch OLG Frankfurt am Main, Urt. v. 18.05.2006 – 16 U 153/05, RRa 2006, 217 E 1032

1.000,00 € (Vorstellung: 1.000,00 €)

Prellung des Schultergelenks und der Hüfte – Schnittwunde am Hals

Der Kläger erlitt bei einem Unfall in einem Reisebus eine 4 cm lange Schnittwunde am Hals, eine Prellung des Schultergelenks sowie der Hüfte und ein HWS-Schleudertrauma. Er war für 1 Woche arbeitsunfähig.

LG Düsseldorf, Urt. v. 22.10.2007 – 3 O 50/05, unveröffentlicht E 1033

1.000,00 € Vorstellung: 2.500,00 €

Schulterprellung – Schädelprellung – HWS-Distorsion

Der Kläger erlitt bei einem Verkehrsunfall eine HWS-Distorsion, eine Schädelprellung und eine Prellung der linken Schulter. Er war drei Tage arbeitsunfähig.

AG Halle, Urt. v. 12.01.2007 – 91 C 2990/06, SP 2007, 207 E 1034

1.500,00 € (Mitverschulden: 1/2; Vorstellung: 3.000,00 €)

Schmerzen in der Schulter nach Oberarmkopf – Abrissfraktur

Der Kläger erlitt bei einem Verkehrsunfall einen Abrissbruch am rechten Oberarmkopf und musste in der Folge operiert werden. Er befand sich eine Woche in stationärer Behandlung und war 6 – 7 Wochen arbeitsunfähig krankgeschrieben und weitere 4 Monate 20 % in der Erwerbsfähigkeit gemindert. Der Kläger leidet noch unter Bewegungseinschränkungen und Schmerzen in der rechten Schulter.

LG Duisburg, Urt. v. 23.04.2009 – 5 S 140/08, unveröffentlicht E 1035

1.500,00 €

Schulterprellung

Die gehbehinderte Klägerin kam zu Fall, als der Fahrer einer Straßenbahn abfuhr, ohne zu bemerken, dass die Klägerin noch keinen Sitzplatz gefunden hatte. Die Klägerin stürzte und erlitt Prellungen von Schulter, Schädel und Thorax. Eine Woche nach dem Sturz hatte sie noch

Schmerzen zumindest in der Schulter. Die Kammer legt der Bemessung des Schmerzensgeldes die schmerzhaften Prellungen und die über eine Woche hinausgehende Beeinträchtigung der Schulter zugrunde. Dabei erscheint angemessen, aber auch ausreichend, die mit jeder Prellung verbunden Schmerzen mit 500,00 € abzugelten, zumal weder das vorprozessuale Verhalten noch die Rechtsverteidigung der Beklagten eine höhere Genugtuung erfordern.

E 1036 **LG Berlin, Urt. v. 17.03.2005 – 17 O 571/03, unveröffentlicht**

1.750,00 € (Vorstellung: 3.000,00 €)

Schultereckgelenkssprengung Typ Tossy I

Der Kläger erlitt bei einem Verkehrsunfall eine Schultereckgelenkssprengung (Tossy I), die eine stationäre oder operative Versorgung nicht erforderlich machte.

E 1037 **OLG Saarbrücken, Urt. v. 10.11.2010 – 5 U 501/08, unveröffentlicht**

2.000,00 € (Mitverschulden: 1/2; Vorstellung: 4.000,00 €)

Subcapitale Humeruskopfluxationsfraktur der Schulter

Die Klägerin besuchte eine Arztpraxis im Obergeschoss. Als sie diese verließ, war die Treppenhausbeleuchtung eingeschaltet. Sie ging die Treppe hinab, stürzte und zog sich eine subcapitale Humeruskopfluxationsfraktur der Schulter mit Riss der Supraspintussehne mit Pully-Verlust zu. Durch die Verletzung der Schulter ist eine vorzeitige Arthrose im Schultergelenk zu erwarten. Sie musste sich einer neuntägigen stationären Behandlung und einer Operation unterziehen.

Die Klägerin hat eine dauerhafte Einschränkung der Beweglichkeit der Schulter erlitten, die zwar mäßiggradig ist, allerdings zu Problemen im Alltag und auch bei der Berufsausübung führt.

E 1038 **AG Düsseldorf, Urt. v. 19.05.2006 – 20 C 7062/05, SpuRt 2007, 38**

2.500,00 € (Vorstellung: mindestens 2.500,00 €)

Fraktur von Ellenbogen und Schulter

Der Kläger erlitt beim Eishockey durch eine Unsportlichkeit des Beklagten, der ihn mit voller Wucht von hinten gegen die Bande checkte, eine Fraktur des Ellenbogens und der Schulter. Der Beklagte handelte mindestens mit bedingtem Vorsatz. Das AG sah den »vom Kläger begehrten Schmerzensgeldbetrag« als angemessen an.

E 1039 **OLG Jena, Urt. v. 01.03.2006 – 4 U 719/04, NZV 2007, 573**

2.500,00 € (Vorstellung: Mindestbetrag 2.500,00 €)

Schulterverletzung

Der Kläger kam auf einem Parkplatz durch eine gelockerte Gehwegplatte zu Fall und verletzte sich an der Schulter. Er leidet an den erheblichen Unfallfolgen, v. a. heftige und lang anhaltende Kopfschmerzen und Schmerzen im Hals- und Schulterbereich.

OLG Karlsruhe, Urt. v. 22.09.2004 – 7 U 94/03, MDR 2005, 449 E 1040

3.500,00 €

Pfannenrandausriss an der Schulter

Der Kläger erlitt bei einem Sturz auf einem eisglatten Parkplatz einen Pfannenrandausriss an der Schulter, der operativ behandelt werden musste. Die stationäre Behandlung dauerte eine Woche. Über einen Zeitraum von 6 Monaten bestand eine MdE von 10 %. Zurückgeblieben ist eine geringfügige endgradige Bewegungsbeeinträchtigung.

OLG Düsseldorf, Urt. v. 11.06.2007 – I-1 U 227/06, unveröffentlicht E 1041

3.500,00 € (Mitverschulden: 1/3; Vorstellung: 5.000,00 €)

Verletzung Schultergelenk – Knie

Der Kläger erlitt als Kradfahrer bei einem Verkehrsunfall eine Verletzung am Schultergelenk und am Knie. Er hat ein Teilschmerzensgeld eingeklagt. Der erfolgreichen Geltendmachung eines höheren Schmerzensgeldbetrages stand entgegen, dass der Kläger seine Teilschmerzensgeldklage konkret begrenzt hat und die etwaigen Dauerschäden an Knie und Schultergelenk bei der Bemessung des Schmerzensgeldes außer Betracht bleiben.

OLG Brandenburg, Urt. v. 21.12.2007 – 2 U 7/07, unveröffentlicht E 1042

3.600,00 € (Mitverschulden: 2/3; Vorstellung: 15.000,00 €)

Verletzung Schultergelenk

Die Klägerin kam infolge nicht geräumter Schneereste zu Fall und zog sich eine Verletzung des Schultergelenks zu, die einen stationären Aufenthalt erforderlich machte und eine langfristige Arbeitsunfähigkeit verursachte. Die Klägerin leidet unter den Verletzungsfolgen, die eine MdE von 20 % bedingen. Das Mitverschulden wurde mit 2/3 angenommen.

OLG Schleswig, Urt. v. 01.04.2004 – 7 U 115/02, SP 2005, 160 E 1043

4.000,00 € (Mitverschulden: 1/2)

Schultereckgelenkverletzung

Der Kläger erlitt eine Verletzung des Schultereckgelenks (sog. »Tossy-III-Verletzung«), die eine 3-tägige stationäre Behandlung erforderlich machte. Er war 2 Monate arbeitsunfähig und noch länger in ambulanter Behandlung. Es verblieb eine geringe Bewegungsbeeinträchtigung im Bereich des rechten Schultergelenks, zudem bei starker Belastung oder langem Liegen ein Taubheitsgefühl im linken Arm sowie Schmerzen in der Narbe. Dauer-MdE 15 %; der Kläger musste seine Ausbildung zum Bäcker aufgeben und ist nun in einem Einkaufsmarkt beschäftigt.

OLG Celle, Urt. v. 08.07.2004 – 14 U 258/03, SP 2005, 159 E 1044

4.000,00 €

Schulterprellung – Schädelprellung – HWS-Distorsion

Der Kläger erlitt bei einem Verkehrsunfall eine mittelschwere Distorsion der HWS sowie Prellungen von Schädel und linker Schulter. Die HWS-Distorsion hat sich in »außergewöhnlich langfristiger« Form manifestiert und zu einer zeitaufwendigen krankengymnastischen Therapie geführt. 3 Monate war der Kläger arbeitsunfähig, danach ein Jahr nur eingeschränkt erwerbsfähig. Das Gericht erhöhte das Schmerzensgeld, welches das LG noch mit 1.500,00 € beziffert hatte, und verwies nicht nur auf die bei der Berücksichtigung älterer Entscheidungen vorzunehmende Erhöhung zum Zwecke des Kaufkraftausgleichs, sondern auch darauf, dass der Senat bestrebt sei, Schmerzensgelder bei Verkehrsunfällen gemäß der Empfehlung des Verkehrsgerichtstages 2001 angemessen zu erhöhen.

E 1045 **OLG München, Urt. v. 10.06.2005 – 20 U 1760/05, unveröffentlicht**

4.000,00 €

Riss der Rotatorenmanschette

Bei einer tätlichen Auseinandersetzung zwischen den Parteien erlitt der Kläger einen Riss der Rotatorenmanschette, als er auf die Schulter fiel.

E 1046 **LG Mülhausen, Urt. v. 30.10.2007 – 3 O 1170/06, unveröffentlicht**

4.000,00 € (Mitverschulden: 1/2)

Schultergelenkssprengung – Verletzung Tossy III

Der Kläger befuhr mit seinem Fahrrad behelmt verbotswidrig den Bürgersteig auf der linken Fahrbahnseite. Er zog sich an der Schulter eine Tossy III-Verletzung des Acromio-Calvicular-Gelenks zu (Schultergelenkssprengung). Die MdE beträgt 5 %.

E 1047 **OLG Schleswig, Urt. v. 01.03.2012 – 7 U 95/11, SP 2012, 177**

4.000,00 € (Vorstellung: 6.000,00 €)

Schulterluxation – operativ eingerenkt

Der 60 Jahre alte Kläger erlitt bei einem Verkehrsunfall eine Schulterluxation, die operativ eingerenkt und sodann ambulant weiter behandelt wurde. Das Schmerzensgeld von 4.000,00 € »entspricht dem, was der Senat in vergleichbaren Fällen auszuurteilen pflegt«.

E 1048 **OLG Düsseldorf, Urt. v. 02.09.2003 – I-4 U 238/02, unveröffentlicht**

4.500,00 € (Mitverschulden: 1/5)

Bewegungseinschränkungen im Schultergelenk – Verletzungen an Gesicht und Hand

Infolge der Verletzung der Verkehrssicherungspflicht stürzte die Klägerin auf das Gesicht und die rechte Seite und zog sich dabei Verletzungen am Gesicht, am Jochbein und an der rechten Hand zu.

Für die Verletzungen der Klägerin an Gesicht und Hand hat das LG unter Anrechnung des Mitverschuldensanteils bereits ein Schmerzensgeld von 2.000,00 € berücksichtigt. Für die in der Zeit bis zur Operation und nach der Operation erlittenen Schmerzen und Beeinträchtigungen in der rechten Schulter sowie die Bewegungseinschränkungen im Schulterbereich ist die weitere Entschädigung zu leisten.

E 1049 **LG Duisburg, Urt. v. 30.03.2007 – 2 O 522/03, unveröffentlicht**

4.500,00 € (Mitverschulden: 1/5)

Fehlstellung des Schlüsselbeins – Schultergelenksprellung

Der Kläger erlitt eine Schultergelenksprellung Tossy II, eine Daumendgliedfraktur und diverse Prellungen, Abschürfungen und Hämatome. Eine Operation war nicht erforderlich, der Kläger trug 2 Wochen einen Rucksackverband und eine Aluminiumschiene am Daumen. Bei der Heilung der Verletzung des linken Schultereckgelenks kam es zu einer Fehlstellung, infolgedessen das körperferne Ende des Schlüsselbeins um etwa eine halbe Schaftbreite aus dem

Gelenk hervorgetreten ist und nach kopfseits steht. Sichtbar ist dadurch eine Prominenz im Schultergelenk. Es verblieben Schmerzen bei Arbeiten über Kopf und eine leichte Ermüdbarkeit des Arms, die in einer MdE unter 10 % resultieren.

OLG Köln, Urt. v. 04.09.2003 – 12 U 267/00, VersR 2005, 1743 E 1050

5.000,00 €

Schulterprellung – HWS-Distorsion 2. Grades

Die 36 Jahre alte Klägerin erlitt bei einem Auffahrunfall eine Schulterprellung und eine HWS-Distorsion. Diese führten zu 8 Wochen Arbeitsunfähigkeit und einer nachfolgend abgestuften teilweisen MdE für weitere 4 Monate. Als bleibende Beeinträchtigungen trug die Klägerin eine Einschränkung der Linksrotation bei schmerzhaftem Muskelhartspann sowie eine schmerzhafte Bewegungseinschränkung der rechten Schulter davon. Schweres Heben und Tragen ist nicht möglich.

OLG Düsseldorf, Urt. v. 18.02.2008 – I-1 U 98/07, unveröffentlicht E 1051

5.000,00 € (Mitverschulden: 1/3; Vorstellung: 15.000,00 €)

Verletzung Tossy II

Der 41 Jahre alte Kläger erlitt als Motorradfahrer einen Verkehrsunfall und zog sich eine Verletzung des Typs Tossy II mit einer inkompletten Bandzerreißung der Bänder zwischen Schlüsselbein einerseits und Schulterblatt sowie Rabenschnabelfortsatz andererseits. Die Verletzung konnte ohne Operation konservativ behandelt werden. Die Bänder sind vollständig, wenn auch in leichter Verlängerung und mit einer funktionell bedeutungslosen Verkalkung, verheilt. Vollständig ausgeheilt ist auch der unfallbedingte Nagelkranzbruch am linken Daumen. Die Dauer der Arbeitsunfähigkeit war auf gut 3 Monate begrenzt. Krankengymnastik war für 6 1/2 Monate erforderlich. Der Grad der MdE des Klägers auf dem allgemeinen Arbeitsmarkt wegen der Schmerzhaftigkeit von Überkopfarbeiten i. V. m. Ermüdungserscheinungen im Arm und wegen Beschwerden beim »Schultern« von Gegenständen ist auf 10 % beschränkt. Ein unfallbedingter künftiger Verschleiß des Schultergelenks ist möglich.

OLG Köln, Urt. v. 30.06.2008 – 16 U 3/08, NJW-RR 2008, 1448 = RRa 2008, 225 E 1052

6.000,00 € (Mitverschulden: 1/3; Vorstellung: 7.500,00 €)

Schultergelenksfraktur

Die Klägerin stürzte bei einer Safari-Reise auf einer Pirsch zu Fuß über eine im Gelände befindliche Steinstufe und zog sich eine Fraktur des Schultergelenks zu, die erst nach ihrer Rückkehr nach Deutschland diagnostiziert wurde. Im weiteren Verlauf der noch 19 Tage dauernden Reise war sie durch die Verletzung erheblich beeinträchtigt. Auch 2 Jahre nach dem Unfall leidet die Klägerin noch unter Beeinträchtigungen in der Beweglichkeit des Arms, eine Besserung ist nur noch eingeschränkt zu erwarten.

OLG Karlsruhe, Urt. v. 20.12. 2012 – 9 U 38/11, VRR 2013, 202 E 1053

7.500,00 € (Vorstellung: 10.000,00 €)

Schultereckgelenksprengung – Verletzung des Diskus im Schultereckgelenk

Der Kläger stürzte als Radfahrer bei einem Verkehrsunfall und erlitt eine Schultereckgelenksprengung und eine Verletzung des Diskus im Schultereckgelenk. Er war mehrere Minuten nach dem Unfall bewusstlos. Die Schultereckgelenksprengung führte zu erheblichen

Bewegungseinschränkungen und Schmerzen, die den Kläger insbesondere beim Schlafen, beim Autofahren und in der Freizeit im Wintersport und beim Radfahren behindern.

E 1054 **OLG Schleswig, Urt. v. 18.09.2003 – 7 U 107/01, NJW-RR 2004, 238**

8.000,00 €

Schulterverletzung bei erheblichen Vorschäden

Der Kläger, bei dem im Schultergelenk schwere degenerative Veränderungen (erheblicher Verschleiß) vorlagen, leidet seit einem Verkehrsunfall unter erheblichen Schmerzen und Beschwerden. Bis zum Unfall hatte er in der Schulter nichts bemerkt, d. h. er hatte die Beschwerden kompensiert. Dass es ohne den Unfall jemals zu den gleichen Beschwerden gekommen wäre, wurde nicht bewiesen. Dennoch hat das Gericht die erhebliche Vorschädigung und die auf ihr beruhenden Risiken i. R. d. Billigkeit berücksichtigt.

E 1055 **KG, Urt. v. 21.03.2006 – 7 U 95/05, KGR 2006, 609**

8.500,00 € (Vorstellung: 8.500,00 €)

Abriss einer Rotatorenmanschette

Der Kläger erlitt bei einer Schlägerei den Abriss einer Rotatorenmanschette und eine Nasenbeinfraktur. Für die Höhe des Schmerzensgeldes war maßgeblich, dass der Beklagte, ein Zahnarzt, vorsätzlich gehandelt hat. Er trat den Kläger derart ins Gesicht, dass ein Zehennagel in der Nase des Klägers stecken blieb. Hinzu kommt, dass der Kläger durch Krankenhausaufenthalt, Rehabilitationsaufenthalt und Arbeitsunfähigkeit belastet war.

E 1056 **OLG Düsseldorf, Urt. v. 08.07.1993 – 8 U 302/91, VersR 1994, 218**[69]

10.000,00 €

»Wallenberg-Syndrom« nach chiropraktischer Behandlung

Die 41 Jahre alte Klägerin litt unter Schulter- und Nackenschmerzen, die der beklagte Chiropraktiker bereits mehrfach erfolgreich behandelt hatte. Bei einer weiteren Behandlung drehte er den Kopf der Klägerin in einer schnellen Rotation von einer Seite zur anderen, sodass die Klägerin ein Schwindelgefühl und Übelkeit empfand. Außerdem litt sie anschließend an Sehstörungen und einer Gangunsicherheit.

Die neurologischen Ausfallerscheinungen beruhen auf einem sog. »Wallenberg-Syndrom«. Die Klägerin klagt über ein Taubheitsgefühl im Bereich der rechten Gesichtshälfte, Beeinträchtigung des Geruchssinnes und der Funktion eines Auges sowie über Vergesslichkeit und Sprachstörungen. Ferner seien Stuhlgang und Sexualempfinden gestört.

E 1057 **KG, Urt. v. 26.02.2004 – 12 U 276/02, VersR 2005, 237 = SP 2004, 299 = VRS 108 (2005), 176**

10.000,00 € (Vorstellung: 12.500,00 €)

Humeruskopfluxationsfraktur – Prellungen

Der Kläger erlitt bei einem Verkehrsunfall eine Humeruskopfluxationsfraktur an der rechten Schulter sowie diverse Prellungen der rechten Körperhälfte. Er wurde insgesamt 18 Tage stationär behandelt. Die MdE beträgt 20 %.

---

69 BGH, Urt. v. 19.05.1969 – VII ZR 9/67, BGHZ 52, 115 = NJW 1969, 1665; vgl. dazu aber: Staudinger/Schiemann, BGB, 2005, § 253 Rn. 1.Eine ältere, aber wichtige Entscheidung.

LG Köln, Urt. v. 17.12.2009 – 15 O 369/07, unveröffentlicht E 1058

10.000,00 € Vorstellung: 10.000,00 €

Schmerzen in der Schulter – Bewegungseinschränkungen – Schlüsselbeinfraktur – Pseudoarthrose – Schädelhirntrauma – Rippenfrakturen

Der Kläger erlitt bei einem Verkehrsunfall auf der von der Beklagten durchgeführten Reise ein Schädelhirntrauma, eine Schlüsselbeinfraktur, Rippenbrüche, eine Schwellung des Sprunggelenks, Schnittwunden im Gesicht und an den Beinen sowie eine Absplitterung an einem Schneidezahn. Es kam nachfolgend zu persistierenden Schmerzen am linken Schlüsselbein aufgrund einer verzögerten Knochenheilung sowie zur Bildung einer Pseudoarthrose; dem Kläger musste schließlich eine künstliche Platte in die Schulter eingesetzt werden. Seitdem leidet er unter erheblichen Bewegungseinschränkungen sowie einer mangelnden Belastbarkeit der Schulter sowie unter Schmerzen in der Hand, im Knöchelbereich, in der Schulter und am Rücken. Er war ein halbes Jahr krankgeschrieben.

Das OLG hat die Berufung der Beklagten einstimmig zurückgewiesen, ohne zur Höhe noch Stellung zu nehmen (OLG Köln, Beschl. v. 07.07.2010 – 16 U 3/10, RRa 2011, 112).

OLG Düsseldorf, Urt. v. 05.10.2010 – I – 1 U 244/09, NJW 2011, 1152 = SP 2011, 181 = NZV 2011, 305 E 1059

10.000,00 € (Vorstellung: 15.000,00 €)

Schultereckgelenkssprengung Tossy II

Die Klägerin erlitt als Motorradfahrerin bei einem Verkehrsunfall eine Verletzung der Schulter, eine Schultereckgelenkssprengung Tossy II links mit nachfolgender lateraler Clavicula-Resektion sowie ein geringgradiges subacromiales Engpassyndrom. Es verblieb eine mittelgradige Bewegungseinschränkung im Schultergelenk und Schultergürtelbereich mit Bewegungsschmerzhaftigkeit, zu einer Verminderung des Hautgefühls und zu einem Kraftdefizit. Die Folgeschäden haben zu einer Minderung der Erwerbsfähigkeit von 20 % geführt.

OLG Düsseldorf, Urt. v. 11.06.2002 – 4 U 207/01, VersR 2003, 870 E 1060

15.000,00 €

Schulterblatttrümmerfraktur – Rippenfrakturen – Schädelprellung – Blutergüsse

Der 49 Jahre alte Kläger, der im Alter von 14 Jahren mit dem Reitsport begonnen und diesen 17 Jahre lang intensiv betrieben hatte, meldete sich bei den Beklagten, die eine Reitschule betreiben (Beklagte zu 1) bzw. dort als Reitlehrer arbeiteten (Beklagte zu 2), an, um als Wiedereinsteiger durch intensiven Unterricht erneut an den Reitsport herangeführt zu werden. Bei der 3. Unterrichtseinheit kam es zum Unfall, als er – obwohl eine Beklagte durch »Gegenhalten« des Sattels Hilfestellung leistete – aufgrund seines Körpergewichts von über 100 kg Schwierigkeiten hatte, sein rechtes Bein über die Kruppe des Pferdes zu bekommen. Entweder weil er dabei die Kruppe des Tieres berührte oder weil er sich anschließend mit seinem ganzen Gewicht in den Sattel fallen ließ, begann das Pferd zu bocken und bewegte sich mit mehreren Galoppsprüngen in Richtung der Begrenzung des Reitplatzes. Vor der Absperrung drehte es plötzlich ab, sodass der Kläger sein Gleichgewicht verlor und mit der linken Schulter gegen einen Begrenzungspfahl stürzte. Dabei zog er sich eine Schädelprellung, Blutergüsse, drei Rippenbrüche und einen Schulterblatttrümmerbruch links zu.

Der Senat verneinte eine Haftung der Reitlehrerin, da sowohl vertragliche wie deliktische Ansprüche ausschieden (Vertragsbeziehungen bestanden allein zur Reitschule; bzgl. § 823 BGB wurde eine Verkehrssicherungspflicht der Reitlehrerin verneint, und für eine Haftung nach § 834 BGB wäre eine selbstständige Ausübung der tatsächlichen Gewalt über das Tier

Voraussetzung, welche der Senat für einen angestellten Reitlehrer, der auf Anweisung handele, verneinte). Die Inhaberin der Reitschule hafte aber nach § 833 BGB. Ein Mitverschulden des Klägers wurde verneint: Es sei zugunsten des Klägers in Rechnung zu stellen, dass er trotz seiner Erfahrung als Turnierreiter beim Aufsitzen anfängertypische Schwierigkeiten gehabt habe und dass er eben zur Überwindung dieser Probleme die Dienste der Beklagten in Anspruch genommen habe.

E 1061 **OLG Köln, Urt. v. 29.09.2006 – 19 U 193/05, VersR 2007, 259**

15.000,00 €

Fraktur der Schulter

Der 78 Jahre alte Kläger stolperte in einer schlecht beleuchteten Spielhalle über ein dunkles Staubsaugerkabel und erlitt eine Schulterfraktur. Es liegt eine dauerhafte Bewegungsbeeinträchtigung des Arms vor, der Kläger kann seine täglichen Verrichtungen nicht ohne Hilfestellung Dritter ausführen. Da der andere Arm infolge einer Kriegsbeschädigung vorgeschädigt ist, stellt die neue Verletzung eine wesentliche Lebensbeeinträchtigung dar. Das Schmerzensgeld bemisst sich nach den erlittenen Schmerzen und der fortdauernden Pflegebedürftigkeit und wird erhöht wegen des verzögerlichen Regulierungsverhaltens der Beklagten.

E 1062 **OLG Brandenburg, Beschl. v. 18.11.2008 – 12 W 8/07, unveröffentlicht**

15.000,00 € (Vorstellung: 15.000,00 € zzgl. monatliche Rente)

Schultereckgelenkssprengung – Tossy III

Der Kläger erlitt beim Fußballspiel eine Schultereckgelenkssprengung vom Typ Tossy III, die im Haus der Beklagten operiert wurde. Nach der Operation wurde die Schulter des Klägers mittels eines Desaultverbandes ruhig gestellt. In der Folge riss die Bosworthschraube aus dem Schultereckgelenk aus. Nach Entfernung des eingebrachten Materials erfolgte eine erneute Operation, bei der das Schultergelenk durch eine sog. »Kirschner-Draht-Zuggurtung« fixiert wurde. Auch diese Operation verlief nicht erfolgreich, sodass das eingebrachte Material operativ entfernt werden musste. Bei einer erneuten Operation wurde eine Refixation der verbliebenen Bandanteile vorgenommen. Später waren weitere operative Behandlungen des Klägers erforderlich.

Der Kläger begehrt PKH und behauptet, die 2. Operation sei fehlerhaft durchgeführt worden. Bei ordnungsgemäßer Behandlung der Schultereckgelenkssprengung wäre eine Wiederherstellung der vollen funktionalen Leistungsfähigkeit des Schultereckgelenks mit 95 %iger Wahrscheinlichkeit zu erwarten gewesen. Der Kläger behauptet, er leide ständig unter Schmerzen und einer erheblichen schmerzhaften Einschränkung der Schultergelenksbeweglichkeit sowie einer deutlichen Atrophie der Schultermuskulatur und der Oberarmmuskulatur.

E 1063 **LG Freiburg, Urt. v. 30.10.2007 – 2 O 194/06, unveröffentlicht**

20.000,00 € (Vorstellung: 20.000,00 €)

Schulterverletzung nach Operation – Infektion

Die Klägerin befand sich nach einer Schulteroperation in einer Rehabilitationsmaßnahme-Klinik, weil sie unter anhaltenden Schmerzen litt. Nach mehreren intraartikulären Injektionen nahmen die Schmerzen zu und die Situation der Klägerin verschlechterte sich rasch. Es kam zu einer ausgedehnten Schwellung und Rötung der Schulter mit Ausdehnung bis zum Ellenbogen, weil eine Infektion mit dem Staphylococcus aureus eingetreten war. Der Eingriff war rechtswidrig, weil die Klägerin nicht hinreichend aufgeklärt worden war. Zudem wurde der medizinische Hygienestandard nicht eingehalten. Die Klägerin erlitt einen Dauerschaden.

Es kam zu Verklebungen der Gelenkhäute im Schultergelenk. Die Bewegungseinschränkung der Klägerin besteht darin, dass sie einen Arm nicht über die Horizontale heben kann und auf eine Schmerzmedikation angewiesen ist.

OLG Jena, Urt. v. 23.03.2011 – 2 U 567/10, GesR 2011, 508 — E 1064

20.000,00 € (Vorstellung: 10.000,00 € zuzüglich 150,00 € monatliche Rente)

Humerusfraktur – künstliches Schultergelenk

Die 73 Jahre alte demente Klägerin verließ unbemerkt eine Pflegeeinrichtung, in der sie für kurze Zeit untergebracht worden war. Drei Tage später wurde sie verletzt aufgefunden, sie war gestürzt und hatte sich unter anderem eine Humerusfraktur zugezogen, die zu einer Humeruskopfnekrose führte. Das Landgericht hatte die Pflegeeinrichtung antragsgemäß verurteilt, das OLG erkannte nur auf den doppelten Kapitalbetrag und lehnte eine Schmerzensgeldrente ab, weil diese nur bei schwersten Dauerschäden in Betracht komme.

Verfehlt ist die weitere Argumentation des Gerichts, die Summe der Rentenzahlungen würde bereits nach rd. 5 ½ Jahren den Betrag von 10.000,00 € erreichen, so dass die Rentenzahlungen für den Schädiger ungünstiger sei, als eine entsprechende Kapitalleistung. Der Senat hat das Zusammenspiel von Kapital und Rente nicht verstanden.

OLG Karlsruhe, Urt. v. 22.12.2004 – 7 U 4/03, VersR 2006, 515 = GesR 2005, 263 — E 1065

25.000,00 €

Schulterdystokie nach vaginaler Geburt eines makrosomen Kindes

Der Kläger erlitt bei seiner Geburt eine Nervschädigung im Arm/Schulterbereich. Die Mutter war über dieses Risiko und die Alternative einer Schnittentbindung nicht aufgeklärt worden. Aufgrund der Schädigung der Armnervenwurzeln in den Segmenten C5 und C6 kam es zu einer inkompletten Lähmung des rechten Arms mit Schwächen besonders beim Heben und beim Ausdrehen des Arms. Die Beweglichkeit im Schultergelenk ist eingeschränkt, ebenso das Wachstum im Bereich des Arms. Der Schulterbereich weist eine diskrete Asymmetrie auf, der rechte Arm ist etwa 2 cm kürzer, der Oberarm etwas schmächtiger als der linke. Die Kraft ist herabgesetzt. Es besteht eine leichtgradige Einschränkung des Klägers bei den Verrichtungen des täglichen Lebens durch die Bewegungsstörung des rechten Arms.

Der Schaden ist dauerhaft.

Soweit in der Rechtsprechung für eine Schulterdystokie höhere Beträge zugesprochen wurden, sind die Fälle nicht vergleichbar, da in jenen Fällen deutlich stärkere Beeinträchtigungen festgestellt wurden.

OLG München, Urt. v. 09.02.2012 – 1 U 156/11, unveröffentlicht — E 1066

30.000,00 € (Vorstellung: mindestens 40.000,00 €)

Dauerschaden an der Schulter

Mitverursacht durch einen groben Behandlungsfehler erlitt die Klägerin einen Dauerschaden an der Schulter und musste einen längeren Heilungsprozess hinnehmen. Nach einer intensiven postoperativen Leidenszeit leidet die Klägerin nunmehr ihr Leben lang unter Bewegungseinschränkungen. Infolge der Einschränkung der Funktionsfähigkeit der Schulter wurde die Klägerin erwerbsunfähig.

E 1067 LG Hechingen, Urt. v. 15.10.2004 – 2 O 285/02, unveröffentlicht

40.000,00 €

Horner-Syndrom nach Schulterdystokie

Während der Geburt der Klägerin kam es zu einer Schulterdystokie, die eine linksseitige Armplexusparese, einen Schulterschiefstand und einen fehlenden linksseitigen Patella- sowie Bicepssehnenreflex, eine Atrophie der linken Schulter-, Arm- und Handmuskulatur und außerdem ein Horner-Syndrom mit Lidspalten- und Pupillendifferenz sowie einem herabhängenden Oberlid zur Folge hatte.

Der linke Arm weist ein vermindertes Wachstum auf, ist in der Motorik stark beschränkt und die Hand kann nur noch i. S. e. Hilfshand eingesetzt werden. Dadurch ist die Klägerin dauerhaft und erheblich in ihrem Alltagsleben, in der Schule, bei sportlicher Betätigung, z. B. beim Fahrradfahren, sowie in ihrer künftigen Berufswahl beeinträchtigt. Sie wird darauf angewiesen sein, in regelmäßiger krankengymnastischer Behandlung zu bleiben, um ihren Status nicht zu verschlechtern, insb. auch Beschwerden etwa im Bereich der Wirbelsäule zu vermeiden.

Dadurch dass das Horner-Syndrom mit der Lidlähmung eine Entstellung im Gesicht zur Folge hat, die für ein heranwachsendes Mädchen im gesellschaftlichen Bereich nachteilig und belastend ist, ist die Klägerin zusätzlich belastet.

Andererseits hat die Klägerin sich Techniken angeeignet, um sich im Alltag alleine zurechtzufinden, etwa beim An- und Auskleiden. Folgeschäden, etwa an der Wirbelsäule, liegen bisher nicht vor. Nach Darstellung der Eltern hat die jetzt 10-Jährige bisher keine psychischen Probleme. Ihre schulischen Leistungen sind gut.

E 1068 OLG Düsseldorf, Urt. v. 14.01.2005 – I-22 U 81/04, VersR 2006, 666 = DAR 2006, 153

40.000,00 €

Schulterfraktur – Rippenserienfraktur – Schock – Lendenwirbelfraktur – Kopffraktur des Oberschenkels

Die 78 Jahre alte Klägerin stürzte beim Überqueren einer Baugrube infolge unzureichender Absicherung in die Baugrube. Dabei zog sie sich eine Schulterfraktur, eine Rippenserienfraktur, einen Schock und eine infolge eines ärztlichen Behandlungsfehlers erst Monate später erkannte Lendenwirbelfraktur und Kopffraktur des Oberschenkels zu. Sie befand sich 3 1/2 Monate in stationärer Behandlung. Die Klägerin ist nun in der Bewegungsfähigkeit gravierend eingeschränkt. Sie kann nicht mehr wie früher Golf spielen und reisen, sondern sich nur noch mithilfe eines Rollators innerhalb der Wohnung bewegen. Selbst bei leichten Hausarbeiten und bei der Freizeitgestaltung muss sie erhebliche Einschränkungen hinnehmen.

E 1069 LG Ravensburg, Urt. v. 23.03.2006 – 4 O 185/05, SpuRt 2008, 41

40.000,00 € (Vorstellung: 75.000,00 €)

Minderung der Muskulatur im Schulterbereich – Brust- und Lendenwirbelkörperfrakturen – Rippenserienfrakturen – Rundrückenbildung

Der 54 Jahre alte Kläger erlitt bei einem Skiunfall eine Kompressionsfraktur des 5. und 6. Brustwirbelkörpers, Querfortsatzfrakturen des 1. und 2. Lendenwirbelkörpers sowie eine Rippenserienfraktur rechts (Rippen 4 – 9). Er war 5 Tage auf der Intensivstation und wurde weitere 18 Tage stationär behandelt. Am Schlüsselbein rechts in Schaftmitte im Frakturbereich kam es zu einer Hämatombildung, die sich sekundär infiziert hatte. Mehrmalige Wundrevisionen mit Anlage von Vakuumverbänden waren notwendig. Ca. 4 Monate befand sich der

Kläger in wechselnder ambulanter und stationärer Behandlung. Es liegt eine Asymmetrie der rechten Thoraxhälfte vor, da die Rippenserienfrakturen in Fehlstellung knöchern verheilt sind. Ebenfalls durch den Skiunfall kam es zu einer deutlichen Rundrückenbildung im BWS-Bereich des Klägers. Hierdurch ist auch ein deutliches Tiefertreten der rechten Schulter sowie ein Muskulaturverlust am rechten Ober- und Unterarm verursacht. Dies verursacht Bewegungseinschränkungen an der BWS am rechten Arm, eine Minderung der Muskulatur im Schulterbereich und am Arm sowie deutliche Abnutzungserscheinungen an Schulter und Schlüsselbein. Der Kläger ermüdet schneller und erreicht seine Belastungsgrenze schneller. Mit einer Schultereckgelenksarthrose muss gerechnet werden.

OLG Frankfurt am Main, Urt. v. 11.12.2002 – 13 U 199/98, OLGR 2003, 55 E 1070

50.000,00 € (Vorstellung: 50.000,00 €)

Claviculafraktur und Erbsche Lähmung aufgrund vorangegangener Schulterdystokie

Der 1990 geborene Kläger erlitt einen schweren Geburtsschaden: Claviculafraktur und Erbsche Lähmung aufgrund vorangegangener Schulterdystokie. Infolge der Armplexuslähmung ist der Kläger zu 80 % behindert. Das Geburtsgewicht des Klägers betrug 4.230 g, seine Größe 55 cm und sein Schulterumfang 39 cm.

Zur Bemessung beruft sich das Gericht auf Vergleichsfälle und berücksichtigt die seit den früheren Entscheidungen eingetretene Geldentwertung und die Tatsache, dass in den letzten Jahren das Schmerzensgeld, im Besonderen bei gravierenden Verletzungen, großzügiger als früher bemessen wird; mit anderen Worten wird also immer mehr die Ausgleichsfunktion des Schmerzensgeldes in den Vordergrund der Abwägung gestellt. Der Kläger wird lebenslänglich am rechten Arm unter erheblichen Lähmungserscheinungen leiden und seine Wirbelsäule ist seitlich verbogen (Wirbelsäulenskoliose); die rechte Hand kann nicht zum Faustschluss gebracht werden. An der gesamten rechten oberen Extremität hat sich eine deutliche Muskelatrophie herausgebildet. Die obere rechte Extremität ist nahezu völlig funktionsunfähig, weshalb das Schmerzensgeld auch die Gefahr einer völligen Lähmung des rechten Arms mit abdeckt. Trotz des nicht reversiblen Zustandes wird eine ständige Behandlung erforderlich sein, um einer weiteren Verschlechterung (Spastik) vorzubeugen. Der Kläger wird lebenslänglich an das Schadensereignis erinnert; er ist lebenslänglich in einer Situation, die es ihm unmöglich macht, sich so wie andere gesunde Menschen zu verhalten. Mit zunehmendem Alter wird dem Kläger immer klarer, dass er ggü. anderen Kindern/Menschen benachteiligt ist und er v. a. selbstverständliche Freude bringende Erlebnisse im Alltag nicht haben kann. Weite Bereiche der in unserer Gesellschaft sozial hoch bewerteten Freizeitaktivitäten sind ihm verschlossen.

OLG Düsseldorf, Urt. v. 30.01.2003 – 8 U 49/02, VersR 2005, 654 E 1071

50.000,00 € (Vorstellung: 50.000,00 €)

Schulterdystokie – Plexusparese

Bei der Geburt des Klägers kam es zu einer Schulterdystokie, weil der Kristeller-Handgriff eingesetzt wurde, bevor die verkeilte Schulter des Klägers gelöst war. Dadurch wurde die Schädigung des Plexus brachialis verursacht. Postpartal wurde beim Kläger eine obere und untere Plexusparese mit gleichzeitigem Horner-Syndrom diagnostiziert.

E 1072 **LG Köln, Urt. v. 18.01.2008 – 21 O 25/07, unveröffentlicht; bestätigt durch OLG Köln, Beschl. v. 07.07.2008 – 4 U 4/08, unveröffentlicht**

50.000,00 € (Vorstellung: 50.000,00 €)

Fraktur der Gelenkpfanne – Sehnenriss – Schädelhirntrauma

Der Kläger erlitt bei einem Verkehrsunfall neben einem Schädelhirntrauma 1. – 2. Grades mit Gehirnblutungen einen Abriss aller Sehnen der Schulter, eine Querfraktur der Gelenkpfanne, eine Mehrfragmentfraktur des Schulterblattes, drei Rippenfrakturen, eine Fraktur einer Zehe und weitere kleinere Verletzungen. Er leidet unter Bewegungseinschränkungen der Schulter und beider Arme sowie unter depressiven Anpassungsstörungen und schweren Ein- und Durchschlafstörungen und ist körperlich und psychisch beeinträchtigt. Tätigkeiten, die größere Muskelkraft erfordern und Arbeiten mit angehobenen Armen kann der Kläger nicht mehr ausführen.

E 1073 **OLG München, Urt. v. 08.07.2010 – 1 U 4550/08, VersR 2012, 111**

60.000,00 €

Armplexusparese – Schulterdystokie

Bei der Entbindung des Klägers kam es nach der Entwicklung des Kopfes zu einer Schulterdystokie. Die Bewegungs- und Funktionsfähigkeit des Armes und der Hand des Klägers bleiben ganz erheblich eingeschränkt. Der Arm ist um 6 cm verkürzt, so dass die Gefahr einer Überbelastung der HWS besteht. Die Plexusparese behindert den Kläger bei zahlreichen täglichen Verrichtungen.

Der Kläger ist dauerhaft erheblich und erkennbar behindert.

E 1074 **OLG Hamm, Urt. v. 24.04.2002 – 3 U 8/01, VersR 2003, 1312**

62.500,00 €

Schulterdystokie – Läsion des oberen und unteren Armplexus

Der Kläger erlitt bei der Geburt eine Läsion des oberen und unteren Armplexus links. Der Arzt hat den Beweis, dass die Mutter nach ausreichender Aufklärung keine Schnittentbindung wollte, nicht führen können.

E 1075 **LG Bamberg, Urt. v. 07.08.2007 – 1 O 710/04, unveröffentlicht; abgeändert durch OLG Bamberg, Beschl. v. 28.07.2008 – 4 U 115/07, VersR 2009, 259 = GesR 2008, 594**

65.000,00 €

Schulterdystokie – Geburtsschaden

Der Kläger erlitt bei der Entbindung eine Schulterdystokie mit vollständiger Plexusparese, die er auf einen Behandlungsfehler zurückführt. Der Arm ist weitgehend und auf Dauer gelähmt. Das LG hat der Klage stattgegeben, weil es wegen des zu erwartenden Geburtsgewichts und der Risikofaktoren für das Kind eine sectio für geboten gehalten hat. Das OLG hat den Haftungsgrund verneint.

OLG Köln, Urt. v. 07.12.2010 – 4 U 9/09, MDR 2011, 290 E 1076

65.000,00 € (Vorstellung: 65.000,00 €)

Schulterluxation – Morbus Sudeck – Distorsion der HWS und LWS

Der Kläger zog sich bei einem Unfall eine Schulterluxation, einen Morbus Sudeck, eine Distorsion der HWS und der LWS zu. Ferner erlitt er eine Rippenserienfraktur und eine contusio cordis mit nachfolgenden Herz-Rhythmus-Störungen. Neben diesen Verletzungen waren deren berufliche Folgen und die Folgen für die Freizeitgestaltung des Verletzten zu berücksichtigen.

OLG Celle, Urt. v. 07.10.2004 – 14 U 27/04, NZV 2006, 95 = SP 2004, 407 E 1077

70.000,00 € zzgl. 200,00 € monatliche Rente = ca. 115.000,00 € (gesamt)
(Vorstellung: 70.000,00 € zzgl. 500,00 € monatliche Rente = ca. 182.500,00 € (gesamt))

Ausriss von Schlüsselbein- und Schulterblattgelenk – Abriss des rechten Arms – Frakturen

Der 17 Jahre alte Kläger wurde bei einem Verkehrsunfall schwer verletzt. Er erlitt einen Abriss des rechten Arms, Ausriss der oberen Plexus brachialis und vena subclavia, Ausriss von Schlüsselbein und Schulterblattgelenk sowie eine Fraktur eines Ober- und Unterschenkels.

Der Kläger musste sich mehreren Operationen unterziehen und war 4 Monate in stationärer Behandlung. Er musste die 11. Klasse wiederholen und seinen Berufswunsch aufgeben, Pilot bei der Bundeswehr zu werden. Als Dauerschäden blieben: Funktions-, Kraft- und Gefühlsverlust des rechten Schultergürtels und des rechten Arms und Instabilität des Kniegelenks. Die MdE beträgt 80 %.

Das OLG hat bei der Bemessung des Schmerzensgeldes Bezug genommen auf die Entscheidungen Nr. 2864 ff. und 2970 ff. bei Hacks/Ring/Böhm, 22. Aufl., die sämtlich mit der Verletzung des Klägers nicht vergleichbar sind, zu lange zurückliegen und zu niedrige Schmerzensgelder zusprechen. Berücksichtigt hat das Gericht zudem, dass der Kläger nicht auf die Hilfe Dritter angewiesen ist.

OLG Köln, Beschl. v. 05.09.2008 – 5 W 44/08, VersR 2009, 276 E 1078

75.000,00 €

Schulterdystokie – Geburtsschaden

Die Antragstellerin erlitt bei ihrer Geburt infolge der unsachgemäßen Bewältigung einer Schulterdystokie eine Schädigung des Plexusnervs und des nervus phrenicus verbunden mit einem Wurzelausriss. Um die Schädigung in Grenzen zu halten, musste sie sich zahlreichen schmerzhaften Operationen unterziehen. Der Arm ist vollkommen funktionsuntüchtig, die Hand nur in geringem Umfang funktionsfähig. Wegen der Dauer der Entbindung kam es zu einer Behinderung der Atmung und zu einer Lungenschädigung; die Funktion eines Lungenflügels ist um 50 % reduziert.

OLG Koblenz, Urt. v. 17.04.2002 – 7 U 893/98, OLGR 2002, 303 E 1079

285.000,00 €

Schulterdystokie – Querschnittslähmung

Der Kläger erlitt infolge eines Behandlungsfehlers bei der Geburt eine Schulterdystokie. Der Geschädigte ist zeitlebens querschnittsgelähmt, auf fremde Hilfe angewiesen und verstärkt erkältungsgefährdet.

Speiseröhre

E 1080 **OLG Düsseldorf, Urt. v. 01.08.2002 – 8U 198/01, VersR 2003, 601**

7.500,00 €

Verletzung der Speiseröhre

Der 55 Jahre alte Kläger unterzog sich einer Schluckschalluntersuchung, wobei es zu einer als »klein« beschriebenen Verletzung der Speiseröhre kam. Diese wurde, nachdem sich der Kläger noch am gleichen Tag erneut mit Schluck- und Atembeschwerden in der Notaufnahme vorstellte, am Folgetag operativ versorgt. Die postoperative Heilung verlief komplikationslos; nach 12 Tagen war die stationäre Behandlung abgeschlossen. Als Dauerschaden verblieb operationsbedingt eine ca. 15 cm lange Narbe im Halsbereich.

E 1081 **OLG Köln, Urt. v. 09.10.2007 – 15 U 105/07, VersR 2008, 364**

10.000,00 € (Vorstellung: 10.000,00 €)

Kehlkopf-Bandabriss – Schluckbeschwerden

Bei einem Verkehrsunfall erlitt der 33 Jahre alte Kläger neben einer HWS-Verletzung einen Larynx-Bandabriss mit bleibender Dehnung oder jedenfalls eine Verletzung der am Kehlkopf ansetzenden Muskulatur. Hieraus resultieren lebenslange Schluckbeschwerden. Zudem ist von außen sichtbar, wie der Kehlkopf bei jedem Schlucken nach links gezogen wird und verzögert wieder absinkt. Bei bestimmten Kopfstellungen, insb. bei extremer Drehung, berührt der Kehlkopf die HWS, was sich gut fühlen und sogar für nahe am Kläger stehende Personen hören lässt. Das führt auch zu Schmerzen und Atembeschwerden. Der Kläger ist bei Sportarten mit ruckartigen Bewegungen, etwa Volleyball, eingeschränkt, da unangenehme Berührungen zwischen Kehlkopf und HWS drohen; das Gleiche passiert bei bestimmten Schlafpositionen, was dazu führt, das der Kläger aufwacht oder nicht schlafen kann. Eine Therapie ist nicht möglich, allenfalls die Schluckstörungen können durch eine logopädische Schlucktherapie gebessert werden.

E 1082 **OLG Brandenburg, Urt. v. 19.04.2007 – 12 U 215/06, unveröffentlicht**

20.000,00 € (1/3 Mitverschulden)

Verätzungen in Mund und Speiseröhre

Der Kläger trank bei einer Party, die der Beklagte im gemeinsam bewohnten Lehrlingswohnheim ausrichtete, aus einer dem Beklagten gehörenden Flasche, in welcher dieser eine Reinigungslauge für das Tischlerhandwerk aufbewahrte.

Hierdurch kam es zu schweren Verätzungen des Klägers in Mund, Rachen und Speiseröhre. 5 Tage lang bestand Lebensgefahr; er war 3 Wochen in stationärer Behandlung, wobei er unter ständigen starken Schmerzen im Mund- und Rachenbereich litt und zunächst künstlich ernährt werden musste. Erst nach 10 Tagen konnte er erste flüssige Nahrung aufnehmen, es dauerte ein halbes Jahr, ehe in begrenztem Umfang die Aufnahme fester Nahrung möglich wurde. Nach der Entlassung wurden in zunächst 2-tägigem Abstand ambulante Gastroskopien durchgeführt. Er muss weiterhin in ärztlicher Behandlung bleiben, um Blutwerte und Magengegend zu kontrollieren. Das Gericht bezog sich bei der Bemessung auf Entscheidungen aus 1978 (dort: 7.500,00 DM) und 1974 (!!) (dort: 70.000,00 DM), nahm aber immerhin wegen des »erheblichen Zeitraums« über die inflationsbedingte Anpassung hinaus noch einen weiteren Zuschlag aufgrund des »zwischenzeitlich allgemein angehobenen Niveaus von Schmerzensgeldzahlungen« vor.

Stimmband

LG Dortmund, Urt. v. 03.05.2012 – 4 O 195/09, unveröffentlicht — E 1083

600,00 € (Vorstellung: 30.000,00 €)

Atemnot, Heiserkeit und vier Tage Behandlungsverzögerung

Die Klägerin war wegen kalter Knoten in der Schilddrüse bei der Beklagten in Behandlung. Die Schilddrüse wurde operativ entfernt. Im Anschluss an die Operation bestand bei der Klägerin ein Stridor; im weiteren Verlauf des stationären Aufenthalts litt die Klägerin durchweg unter Heiserkeit, weil die Stimmbänder verletzt worden waren. Sie bekam kaum Luft und litt eine Woche unter Atembeschwerden. Die Beklagte haftete dafür, dass sie die Klägerin mit vier Tagen Verzögerung einem HNO-Arzt vorstellte. Der Betragsvorstellung liegt die – nicht bewiesene – Behauptung weiterer Behandlungsfehler und Schäden zugrunde.

OLG Köln, Urt. v. 15.09.1997 – 5 U 43/96, VersR 1998, 1510[70] — E 1084

2.500,00 €

Stimmbandbeeinträchtigung (vorübergehend)

Der Kläger wurde vor einer Strumaoperation nicht ausreichend über die Alternative einer Radio-Jod-Therapie unterrichtet. Es kam bei dem operativen Eingriff zu einer Schädigung des nervus recurrens mit nachfolgender, länger dauernder Stimmbandbeeinträchtigung, die den Kläger im privaten wie im beruflichen (Strafverteidiger) Bereich erheblich beeinträchtigte und erst nach einem Jahr folgenlos ausgeheilt war. Schmerzensgeld erhöhend wurde berücksichtigt, dass der Kläger über einen längeren Zeitraum mit der Befürchtung leben musste, dass seine Stimmbandfunktion möglicherweise überhaupt nicht mehr ordnungsgemäß wiederhergestellt werden könne; »gerade diese Befürchtung ist bei einem im mittleren Lebensalter voll im Berufsleben stehenden Menschen bereits eine beträchtliche Beeinträchtigung seiner privaten und beruflichen Lebensqualität«. Notwendigkeit einer mehrmonatigen logopädischen Behandlung, die aber eine gewisse Besserung bewirkte.

OLG Koblenz, Urt. v. 28.11.2012 – 5 U 420/12, GesR 2013, 120 — E 1085

15.000,00 €

Stimmbandlähmung

Die 49 Jahre alte Klägerin, die als Telefonistin tätig war, wurde vom beklagten Chirurg vor einem diagnostischen Eingriff nicht hinreichend über das Risiko einer Stimmbandlähmung aufgeklärt. Eine solche trat indes ein.

Die Stimmbandlähmung führte zu einer monatelangen Arbeitsunfähigkeit der Klägerin, sie war neben zahlreichen ambulanten Arztbesuchen insbesondere viermal im Zeitraum von zwei Jahren in stationärer Behandlung. Das Sprachvermögen ist weiterhin geringfügig beeinträchtigt; mit einer vollständigen Wiederherstellung ist nicht zu rechnen. Ihren Beruf kann sie nicht mehr ausüben.

---

70 BGH, Urt. v. 23.07.2010 – V ZR 142/09, NJW 2010, 3160. Dort hatten Eigentümer geklagt, auf deren Grundstück es wegen eines benachbarten Steinkohlebergbaus zu Erschütterungen kam; sie begehrten Schmerzensgeld für eine hierdurch verursachte Phobie und psychosomatische Beschwerden. Eine ältere, aber wichtige Entscheidung zu einem Komplex, zu dem es nur wenige Entscheidungen gibt.

E 1086 **OLG Düsseldorf, Beschl. v. 27.05.2010 – 24 U 211/09, VersR 2010, 1503 = DAR 2010, 732**

16.000,00 € (Vorstellung: 30.000,00 €)

Stimmbandbeeinträchtigung

Die Klägerin erlitt nach einer ärztlichen Behandlung eine Stimmbandverletzung, die dazu führte, dass die Stimme teilweise »springt« und sie zum Sprechen mehr Kraft als vorher benötigt. Die Singstimme hält nur 5 – 10 Minuten durch und klingt dünner, weil Frequenzen fehlen. Obwohl noch »weit entfernt vom Normalzustand«, ist die Prognose positiv.

Die Entscheidung erging inzident im Rahmen eines Rechtsanwalts-Honorarprozesses, bei welcher die Schmerzensgeldhöhe für die Frage des Gegenstandswerts Relevanz hatte.

E 1087 **OLG Köln, Urt. v. 14.04.2008 – 5 U 135/07, VersR 2009, 261 = MedR 2009, 591**

30.000,00 € (Vorstellung: 60.000,00 €)

Stimmbandlähmung

Die z. Zt. der Operation 52 Jahre alte Klägerin hatte sich bereits im Alter von 31 Jahren einer subtotalen Schilddrüsenresektion unterzogen. Nachdem es in den folgenden Jahren nach und nach zu einem erneuten Schilddrüsenwachstum gekommen war und sich eine Einengung der Trachea verbunden mit Atemnot bei Belastung einstellte, begab sie sich bei den beklagten Ärzten in Behandlung, die bei der Klägerin eine Rezidivstrum-Ektomie beidseits durchführten; dabei kam es zu einer Schädigung beider nervi recurrentes mit bleibender Stimmbandlähmung. Die Aufklärung war für eine Rezidivoperation mit höherer Schadenswahrscheinlichkeit unzureichend.

E 1088 **OLG Frankfurt am Main, Urt. v. 14.01.2003 – 8 U 135/01, NJW-RR 2003, 745**

50.000,00 €

Stimmverlust (Stimmbandnervschädigung) – Atemnot

Die 72 Jahre alte Klägerin wurde 1961 im Alter von 38 Jahren erstmals wegen eines Schilddrüsenstrumas operiert. Bis 1995 hatte sich ein Rezidivstruma gebildet, was ein reduziertes Allgemeinbefinden, Atemnot und Herzrhythmusstörungen zur Folge hatte. Nach einer Folgeoperation und einem tags darauf vorgenommenen Luftröhrenschnitt litt sie unter Stimmverlust und anhaltender Atemnot. Es stellte sich heraus, dass beide Stimmbandnerven irreversibel gelähmt waren. In den folgenden Jahren wurden bei der Klägerin 8 weitere stationäre Krankenhausaufenthalte mit 7 operativen Nachbehandlungen erforderlich. Es trat Pflegebedürftigkeit ein; die Klägerin verstarb 4 Jahre später. Aufklärungsfehler der behandelnden Ärzte dadurch, dass alternative Eingriffsmöglichkeiten nicht dargestellt wurden. Bei der Bemessung wurden der Stimmverlust, Atemnot bis hin zu Erstickungsanfällen sowie eine starke Verschleimung des Bronchialsystems und der Luftröhrenöffnung berücksichtigt. Diese Beschwerden dauerten bis zum Tod an und waren zumindest mitursächlich für das Versterben der Klägerin. Das Gericht stellte zudem auf die sieben Nachoperationen ab, insb. auf eine Tracheotomie, wobei sie längere Zeit eine Trachealkanüle tragen musste. Andererseits sei bei der Bestimmung der Höhe des Schmerzensgeldes zu beachten, dass den Beklagten kein Behandlungsfehler zur Last gelegt werde.

OLG Naumburg, Urt. v. 29.04.2008 – 1 U 19/07, OLGR 2008, 649 E 1089

60.000,00 € (Vorstellung: 75.000,00 €)

Stimmbandlähmung – Verletzung des nervus phrenicus – Durchtrennung des nervus laryngeus recurrens

Die Klägerin wurde im Krankenhaus der Beklagten wegen Verdachts auf Morbus Hodgkin eingewiesen. Im Rahmen einer nicht indizierten Operation wurde neben einem faustgroßen Meidastinaltumor auch der linke Lungenoberlappen entfernt, wobei der linke Stimmbandnerv verletzt wurde. Aufgrund dieser operativen Durchtrennung des nervus laryngeus recurrens und einer Verletzung des nervus phrenius kam es zu einer Stimmbandlähmung und zu einem Zwerchfellhochstand sowie zu Komplikationen an der Bronchius-Absatzstelle, die zu wiederkehrenden Infektionen führten und zahlreiche weitere Krankenhausaufenthalte und Folgebehandlungen erforderlich machten.

Nach der Operation trat eine Thrombose auf; die Klägerin litt u. a. an einer chronischen Bronchitis und Pilzbefall in Teilen des Oberkörpers, weil Fäden und Metallkörper nach der Operation im Körper zurückgelassen worden waren.

Wirbelsäule

▶ Hinweis:

Verletzungen der Wirbelsäule gehen, soweit es sich um Unfälle handelt, häufig mit weiteren Verletzungen einher. Zu beachten ist insb., dass bei einer durch eine Wirbelsäulenverletzung hervorgerufenen Querschnittslähmung die Bemessung einer solchen Verletzung nicht mehr angesichts der (punktuellen) Verletzung der Wirbelsäule, sondern gerade mit Blick auf die gravierenden Dauerschäden erfolgen wird. Entscheidungen zu Verletzungen solcher Art sind daher unter dem Punkt → Schwerste Verletzungen (E 2067 ff.) gesondert behandelt.

Ebenfalls gesonderte Behandlung erfahren die Verletzungen der HWS, die ein sog. → HWS-Schleudertrauma (E 1464 ff., E 1486 ff.) auslösen. In diesen Fällen steht nicht allein die Bemessung, sondern auch und insb. die Frage der Ersatzfähigkeit überhaupt, wie auch des prozessualen Nachweises solcher Verletzungen im Vordergrund, was eine Einordnung in die Kategorie »sonstiger« Wirbelsäulenverletzungen verbietet.

AG Mannheim, Urt. v. 30.11.2007 – 9 C 437/07, unveröffentlicht E 1090

300,00 € (1/2 Mitverschulden; Vorstellung: 1.400,00 €)

LWS-Prellung – Knieprellung – Beckenprellung

Der Kläger erlitt bei einem Verkehrsunfall eine beidseitige Knie- und Unterschenkelprellung mit Hämatomen, eine Beckenprellung und eine Prellung der LWS und war 3 Wochen arbeitsunfähig. Letzte Beschwerden waren 2 Monate nach dem Unfall abgeklungen.

AG München, Urt. v. 27.04.2007 – 172 C 20800/06, unveröffentlicht E 1091

400,00 € (1/2 Mitverschulden; Vorstellung: 1.500,00 €)

Brust- und Lendenwirbelsäulenprellungen – Prellungen an Knie und Händen – Platzwunden an Unterschenkel und Ohrläppchen

Die 70 Jahre alte Klägerin besuchte den Vortrag eines Heilpraktikers. Haustür und Hausflur waren nicht beleuchtet. Auf der Suche nach einem Lichtschalter tastete sich die Klägerin die

Wand entlang und stürzte kopfüber die Kellertreppe hinunter. Sie erlitt dadurch mehrere Blutergüsse und erhebliche Platzwunden am linken Unterschenkel und am rechten Ohrläppchen, einen Schock sowie Prellungen im Bereich von Brust- und Lendenwirbelsäule sowie an Kniegelenk und Händen. Einen bereits gebuchten Skiurlaub musste sie absagen.

E 1092 **OLG Hamm, Urt. v. 19.02.2010 – 26 U 82/09, unveröffentlicht**

800,00 € (Vorstellung: 9.000,00 €)

Verbleiben von Nadelteilen nach Bandscheibenoperation

Bei dem Kläger wurden nach einer Bandscheibenoperation fehlerhafte Metallteile der Nadelöse nach einem Nadelbruch im Rückenbereich zurückgelassen. Diese führten aber nicht zu den mit der Klage geltend gemachten Schmerzen – hierfür war nach dem Ergebnis der Beweisaufnahme die Grunderkrankung verantwortlich. Die Nadelösen reizen allerdings durch den Druck auf die Knochenhaut zusätzlich und beeinträchtigen ein MRT durch Schattenwurf. Hierfür und für das Gefühl, nun mit Fremdkörpern im Körper leben zu müssen, wurde das Schmerzensgeld zugebilligt.

E 1093 **OLG München, Urt. v. 15.09.2005 – 1 U 2925/05, OLGR 2006, 297**

1.000,00 € (Vorstellung: 25.000,00 €)

Unnötige Bandscheibenoperation

Der 54 Jahre alte Kläger, ein Zimmerer, suchte wegen Rückenbeschwerden den beklagten Arzt auf. Dieser empfahl eine Bandscheibenoperation; auf die beim Kläger bestehende Osteochondrose und darauf, dass die hierauf zurückzuführenden Schmerzen auch mit einer Bandscheibenoperation nicht würden beseitigt werden können, machte der Beklagte nicht aufmerksam. Nach der Operation verschlimmerten sich die Beschwerden; auch einfachste Baumeistertätigkeiten konnte der Kläger nicht mehr ausführen. Für die Bemessung war maßgeblich, dass weder die Beschwerden selbst noch deren Verschlimmerung auf die Operation zurückzuführen waren; das Aufklärungsverschulden des Beklagten beschränkte sich darauf, nicht dargelegt zu haben, dass die Operation die Schmerzen möglicherweise nicht lindern würde. Das Gericht stellte daher für die Bemessung nur auf die unnötige Operation und die hierdurch entstandenen Beschwerden (Narkose und Wundschmerz) ab.

E 1094 **OLG Frankfurt am Main, Urt. v. 18.05.2006 – 16 U 153/05, RRa 2006, 217**

1.500,00 € (Vorstellung: 1.500,00 €)

LWS-Prellung – Knieprellung – Schnittwunde am Zeh

Der Kläger hatte bei der Beklagten eine Pauschalreise nach Ägypten gebucht. Bei einem Ausflug fuhr der Reisebus mit überhöhter Geschwindigkeit und mit Standlicht auf einen stehenden Lkw auf, wodurch der Kläger verletzt wurde.

Er erlitt eine 2 cm lange Schnittwunde am großen Zeh des rechten Fußes, welche in den folgenden Tagen vereiterte, eine Prellung der unteren LWS und des linken Kniegelenks; er war 6 Wochen arbeitsunfähig.

E 1095 **OLG Hamm, Urt. v. 19.03.2009 – 6 U 157/08, DVP 2011, 128**

2.000,00 € (3/5 Mitverschulden; Vorstellung: angemessenes Schmerzensgeld)

Lendenwirbelkörperfraktur

Der 69 Jahre alte Kläger kam der Aufforderung seines 5 Jahre alten Enkels nach, auf dem Spielplatz der Beklagten die Röhrenrutsche zu benutzen. Am Ende der Rutschfläche kam er nicht in den Stand, sondern prallte mit dem Gesäß auf den nur unzureichend mit Sand aufgefüllten Untergrund (Betonkiesfundament). Er erlitt eine Lendenwirbelkörperfraktur. Diese verheilte knöchern nach konservativen therapeutischen Maßnahmen, die Vorderkante des ersten Lendenwirbelkörpers ist aber nun höhengemindert, was zu einer Bewegungsbehinderung und schmerzhaften Bewegungseinschränkungen und hieraus resultierenden Beeinträchtigungen beim Spazieren und Radfahren führt. Es besteht eine MdE von 20 %.

Das Gericht bejahte einen Verstoß gegen Verkehrssicherungspflichten, da bei Rutschen verstärkte Fallgefahr bestehe; die unbefugte Nutzung der Rutsche, die, wie der gesamte Spielplatz, nur für Kinder bis 12 Jahren freigegeben war, ändere nichts an der Verkehrssicherungspflicht für den eröffneten Verkehr, sondern könne nur beim Mitverschulden berücksichtigt werden.

LG Köln, Urt. v. 25.04.2007 – 25 O 668/03, unveröffentlicht — E 1096

2.500,00 € (Vorstellung: 100.000,00 €)

Vornahme einer Epiduralbehandlung ohne ausreichende Aufklärung

Der Kläger war wegen eines Bandscheibenvorfalls bei den Beklagten in Behandlung. Man riet ihm zu einer sog. »Epiduralbehandlung nach Racz«, die nicht zur Beschwerdefreiheit führte. Die Kammer erkannte auf ein Schmerzensgeld nur wegen der unzureichenden Aufklärung über diese neue Behandlungsmethode; da diese aber ansonsten folgenlos geblieben war, wurde nur die Vornahme der Behandlung selbst in die Bemessung einbezogen.

OLG Saarbrücken, Urt. v. 21.10.2008 – 4 U 454/07, OLGR 2009, 126 — E 1097

2.500,00 € (1/2 Mitverschulden; Vorstellung: 25.000,00 €)

LWS-Prellung – Prellungen an Gesäß und Unterarm – HWS-Schleudertrauma – psychische Folgen

Die Klägerin wurde bei einem Verkehrsunfall verletzt und erlitt hierbei ein Schleudertrauma, Prellungen und Distorsionen im Bereich der unteren LWS, des Gesäßes und des Unterarms. Diese Verletzungen waren nach 4 Wochen ausgeheilt. In der Folge litt sie ein halbes Jahr an Kopfschmerzen, Schwindel und Übelkeit sowie an einer generellen Antriebsschwäche und einer Anpassungsstörung (»der Unfall wurde zum Zentrum ihres Denkens«), die allerdings ihre Ursache auch in einer depressiven Vorerkrankung hatte.

Der Vorstellung lagen weitere psychische Beeinträchtigungen zugrunde, deren Unfallursächlichkeit jedoch nicht bewiesen werden konnte.

AG Erkelenz, Urt. v. 10.03.2009 – 6 C 93/07, SP 2009, 221 — E 1098

2.500,00 € (Vorstellung: 2.500,00 €)

Brustwirbelsäulen-Distorsion – HWS-Schleudertrauma – Schädelprellung

Der Kläger erlitt bei einer Seitaufprallkollision ein HWS-Schleudertrauma, eine Distorsion der Brustwirbelsäule und eine schmerzhafte Schädelprellung. Aus Sorge um seinen gerade angetretenen Arbeitsplatz war er nur eine Woche krankgeschrieben und ging danach trotz Schmerzen seiner Arbeit als Müllmann wieder nach. Er konnte nur unter Schmerzen laufen. Erhöhend wurde berücksichtigt, dass die Versicherung 2 Jahre jede Schmerzensgeldzahlung verweigerte.

E 1099 **LG Magdeburg, Urt. v. 16.02.2011 – 9 O 1927/08, unveröffentlicht**

2.500,00 € (Vorstellung: 15.000,00 €)

Unnötige Operation der Bandscheibe

Der Kläger wurde nach Beschwerden der Bandscheibe operiert; der verklagte Arzt haftete allein wegen der fehlerhaften Aufklärung über Behandlungsalternativen für die Durchführung der (unnötigen) Operation, nicht aber für sonstige (behauptete) Beeinträchtigungen, da die Operation an sich lege artis erfolgt war.

E 1100 **LG Köln, Urt. v. 08.07.2008 – 8 O 15/08, unveröffentlicht**

2.625,00 € (1/4 Mitverschulden; Vorstellung: 1.200,00 €)

Rückenschmerzen – Hüftschmerzen – Frühgeburt

Der Kläger ging aus abgetretenem Recht seiner 38 Jahre alten Ehefrau vor, die bei einem Verkehrsunfall verletzt wurde, als sie in der 23. Schwangerschaftswoche mit Zwillingen schwanger war. Infolge des Unfalls erlitt die Ehefrau Rücken-, Nacken- und Hüftschmerzen; es kam zu vorzeitigen Wehen und einem Zusammenkrampfen der Kinder im Mutterleib. Sie erhielt die Auskunft, es könne nun »jederzeit« zu einer vorzeitigen Geburtseinleitung kommen, und man könne nur »hoffen«, dass den Zwillingen nichts passiert sei. Die Frau war danach durchgängig in Sorge und Angst um ihre ungeborenen Kinder und litt noch einige Wochen an den Rücken- und Hüftschmerzen. 3 Monate vor dem errechneten Termin kam es zu einer Frühgeburt; die Kinder, ansonsten gesund, wogen 930 g bzw. 990 g und mussten zunächst in stationärer Behandlung bleiben.

Das Gericht stellte nicht nur auf die körperlichen Beschwerden der Frau ab, die schwangerschaftsbedingt nicht medikamentös hatten behandelt werden können, sondern insb. auf die beständige Sorge um die Kinder und den Schockzustand nach dem Unfall. Die Eheleute hatten nach 7 Jahren Ehe ihren Kinderwunsch verwirklichen können.

E 1101 **OLG Koblenz, Urt. v. 13.07.2006 – 5 U 17/06, MedR 2007, 251**

3.000,00 €

Fehlplatzierung eines Spans bei Wirbelkörperverblockung

Die Klägerin, die bereits 3 Jahre zuvor einen Bandscheibenvorfall erlitten hatte, wurde vom Beklagten an der Wirbelsäule operiert. Er führte eine Radikulolyse und Narbenabtragung L5 linksseitig sowie dorsoventral eine Spondylodese LWK 4/5 durch. Es stellte sich eine Fußhebeschwäche ein; nach einem Revisionseingriff besserte sich die Schmerzsituation, aber eine Fußheberparese blieb. Der Revisionseingriff erfolgte 4 Tage zu spät, weil eine Röntgenaufnahme falsch interpretiert und daher nicht erkannt wurde, dass einer der Spans, die zur Wirbelkörperverblockung eingeführt worden waren, fehlerhaft platziert war. Da das Gericht nicht als bewiesen ansah, dass die Fußheberparese auf der Verzögerung des Eingriffs beruhte, wurde das Schmerzensgeld nur für die kurzzeitige Verzögerung des gebotenen Revisionseingriffs gewährt.

E 1102 **OLG Koblenz, Urt. v. 24.04.2008 – 5 U 1236/07, NJW 2008, 3006 = VersR 2008, 1071**

3.000,00 € (Vorstellung: 15.000,00 €)

Übersehene LWS-Verletzung

Bei der Klägerin wurde eine LWS-Verletzung nach einem Unfall vom beklagten Krankenhaus versehentlich nicht diagnostiziert; es kam zu einer Behandlungsverzögerung von 2 Monaten mit entsprechend längerer Leidenszeit. Es verblieb kein Dauerschaden, andererseits lag grobes Verschulden vor.

OLG Düsseldorf, Urt. v. 20.02.2006 – I-1 U 137/05, NZV 2006, 415 = SP 2006, 418 E 1103

3.500,00 € (2/5 Mitverschulden; Vorstellung: 5.000,00 €)

Impressionsfraktur 6. Brustwirbelkörper – Thoraxtrauma – Schürfwunden an Schulter und Ellbogen

Der Kläger war als Motorradfahrer an einem Unfall beteiligt; hierbei erlitt er tiefe Schürfwunden an der linken Schulter, am linken und rechten Ellbogen und an den Händen sowie eine Impressionsfraktur des 6. Brustwirbels, ein Thoraxtrauma, eine HWS-Distorsion und eine offene Knieverletzung. Er war 10 Tage in stationärer Behandlung und danach noch eine Woche arbeitsunfähig.

OLG Hamm, Urt. v. 21.07.2008 – 6 U 60/08, NZV 2008, 564 = MDR 2009, 146 E 1104

3.500,00 € (Vorstellung: 5.000,00 €)

Brustwirbelkörperfraktur

Die Klägerin stürzte wegen eines nicht an der Leine geführten Hundes vom Rad; sie erlitt einen Bruch des 9. Brustwirbelkörpers. Das Gericht stellte bei der Bemessung auf die Schmerzen und den Krankenhausaufenthalt, insb. aber auf die erheblichen Bewegungseinschränkungen ab, denen die Klägerin aufgrund des Wirbelbruchs für mehrere Monate unterworfen war. Der Bruch verheilte ordnungsgemäß; die Restbeschwerden waren 4 Monate nach dem Unfall abgeklungen.

OLG Karlsruhe, Urt. v. 30.05.2012 – 1 U 193/11, VersR 2012, 1270 = NJW-RR 2012, 1491 E 1105

3.500,00 € (1/5 Mitverschulden)

Wirbelkörperfrakturen

Die Klägerin wurde als Radfahrerin bei einem Verkehrsunfall verletzt. Sie erlitt eine Deckplattenimpressionsfraktur der Lendenwirbelkörper 1 und 2 sowie Prellungen an Schädel und linkem Oberschenkel. Die Wirbelbrüche waren schmerzhaft und machten eine dreiwöchige ambulante Schmerztherapie erforderlich, während derer die Klägerin bettlägerig war. Sie leidet weiterhin unter Schmerzen, die aber zu 50% aus unfallunabhängigen degenerativen Vorschäden resultieren.

OLG Zweibrücken, Urt. v. 16.09.2008 – 5 U 3/07, NJW-RR 2009, 1110 E 1106

4.000,00 € (Vorstellung: 7.000,00 €)

Rückengeschwulst – Schmerzen in Rücken und Oberschenkel

Der Kläger wurde im Krankenhaus der Beklagten am Kreuzband operiert, wobei ein 15 cm langer Kirschnerdraht verwandt wurde. 7 Monate nach der Operation bildete sich am Rücken des Klägers ein Geschwulst, was operativ entfernt wurde; eine Woche später trat aus der Rückenwunde ein metallischer Gegenstand hervor, wobei die Lebensgefährtin des Klägers sodann einen 15 cm langen Kirschnerdraht aus dem Rücken zog.

Es ließ sich ausschließen, dass der Kirschnerdraht vom Knie zum Rücken »gewandert« war; das Gericht bejahte aber eine Haftung des Krankenhauses nach den Grundsätzen des voll beherrschbaren Risikos, weil sich eine andere Ursache als die Operation für den Kirschnerdraht (der sich bspw. während der unter Vollnarkose durchgeführten Operation unbemerkt in den Rücken hätte bohren können) nicht denkbar war.

Das Schmerzensgeld berücksichtigte, dass sich ein entzündliches Geschwulst gebildet hatte, was 2 Wochen nach Entstehung operativ entfernt werden musste, zudem den »erheblichen Schrecken« des Patienten durch das »überraschende Austreten eines im Zusammenhang mit einer Operation versehentlich beigebrachten Fremdkörpers von 15 cm Länge aus dem Rücken«, der bei der Genugtuungsfunktion zu berücksichtigen sei.

E 1107 **OLG München, Urt. v. 27.10.2006 – 10 U 3345/06, unveröffentlicht**

4.500,00 € (1/4 Mitverschulden; Vorstellung: 6.000,00 €)

Brustwirbelkörperfraktur – Brustbeinfraktur

Der Kläger erlitt bei einem Verkehrsunfall eine Brustbeinfraktur, eine Fraktur des 12. Brustwirbels und eine Verstauchung der HWS. Er wurde eine Woche stationär behandelt und musste anschließend ein Stützkorsett tragen. Er hatte einen Monat lang ganz erhebliche und 2 weitere Monate mittelgradige Schmerzen. Aufgrund der Verletzung an der Wirbelsäule kann der Kläger sich nun nicht mehr aus nach vorn gebeugter Körperhaltung schmerzfrei aufrichten; auch das Anheben schwerer Gegenstände und Erschütterungen der Brust- und Lendenwirbelsäule etwa beim Fahrrad- oder Autofahren führen zu Schmerzen. 2 Monate war er arbeitsunfähig; es verblieb eine Dauer-MdE von 5 %. Das Gericht stellte für die Bemessung auf Dauer, Heftigkeit und Schwere der Schmerzen und die verbleibende schmerzhafte Bewegungseinschränkung ab.

E 1108 **OLG Stuttgart, Beschl. v. 29.04.2008 – 5 W 9/08, VersR 2008, 1357 = NJW 2008, 2514 = NZV 2008, 523**

4.500,00 € (Vorstellung: 6.000,00 €)

Beschwerden der unteren LWS – Prellungen – Schürfwunden

Die 18 Jahre alte Klägerin stürzte auf dem Parkplatz der von dem Beklagten betriebenen Diskothek in einen Kanalschacht, weil der marode Kanaldeckel unter der Belastung zu Bruch ging. Sie konnte sich am oberen Rand der Kanalöffnung festhalten, erlitt aber Prellungen und Schürfwunden, wobei Hautverletzungen vernarbten. Auch erlitt sie Beschwerden im Bereich der unteren LWS, die ein Jahr fortdauerten.

Die Entscheidung erging im PKH-Verfahren; das OLG wies darauf hin, dass höhere Schmerzensgelder i. d. R. nur bei Frakturen gewährt würden, aber auch darauf, dass keine Bindung des LG an den im PKH-Verfahren angesetzten Schmerzensgeldbetrag bestehe.

E 1109 **LG Magdeburg, Urt. v. 19.12.2007 – 9 O 906/03, unveröffentlicht**

5.000,00 € (Vorstellung: 10.000,00 €)

Nicht indizierte Bandscheibenoperationen

Bei dem Kläger wurden, ohne dass er hinreichend über konservative Behandlungsvarianten aufgeklärt worden wäre, zwei Operationen an der Bandscheibe durchgeführt. Die Operationen als solche waren fehlerfrei. Das Gericht bemaß die Beeinträchtigung pro Operation mit 2.500,00 €.

OLG Hamm, Urt. v. 18.12.2007 – 9 U 129/06, NJW-RR 2008, 1554 E 1110

7.000,00 € (1/3 Mitverschulden; Vorstellung: 10.000,00 €)

Lendenwirbelkörperbruch

Der Kläger befuhr eine Hallenrodelbahn, als er irrtümlich einen Sprunghügel überfuhr und dann mit seinem Schlitten abhob. Beim Aufsetzen brach er sich den 2. Lendenwirbelkörper. In der Folge wurde u. a. ein überbrückender Fixateur eingebaut, der vom 1. – zum 3. Lendenwirbelkörper reicht. Der Senat bejahte eine Verkehrssicherungspflichtverletzung, da der von Menschenhand geschaffene Hügel eine atypische Pistengefahr dargestellt habe, vor der gewarnt hätte werden müssen. Bei der Bemessung wurden zunächst die aufwendige Operation und eine dauerhafte Teilversteifung im unteren Wirbelsäulenbereich berücksichtigt. Der Kläger leidet unter einem Postfusionssyndrom, einer unangenehmen Folgeerscheinung nach Bandscheibenoperationen, wobei es »kaum ein orthopädisches Krankheitsbild der Wirbelsäule gebe, das mit derart unangenehmen, schmerzhaften und beeinträchtigenden Irritationserscheinungen der Nervenwurzeln einhergehe«. Es besteht lokale Schmerzhaftigkeit, eingeschränkte Beweglichkeit mit Rotationsschmerzen und lokalen Druckschmerzhaftigkeiten.

Bei dem Kläger ist eine Störung der Wirbelsäulenstatik eingetreten, die zu einer vermehrten Kyphorisierung geführt hat. Der Kläger ist infolge des Unfalls Einschränkungen in seinem Alltag, insb. bei seiner Tätigkeit als Elektroinstallateur, ausgesetzt, da er keine Lasten über 20 kg mehr heben oder die Wirbelsäule belastende Tätigkeiten ausüben darf.

LG Kassel, Urt. v. 20.03.2013 – 6 O 1985/12, unveröffentlicht E 1111

7.000,00 € (3/10 Mitverschulden; Vorstellung: 15.000,00 €)

Lendenwirbelkörperfraktur – Beckenluxation

Der Kläger erlitt als Radfahrer bei einem Verkehrsunfall eine Lendenwirbelkörperfraktur I (Spaltungsbruch mit Hinterkantenverlängerung), eine Luxation der Lendenwirbelsäule und des Beckens sowie eine Gehirnerschütterung und eine Knieprellung. Die Wirbel wurden mit einem Metallgestänge versteift; in einer weiteren Operation wurde der erste Lendenwirbelkörper mit einem Knochenspan aus dem Beckenkamm ersetzt. Der Kläger war wegen der Entfernung von Osteosynthesematerial mehrfach stationär behandelt worden und musste zwei Reha-Maßnahmen in einer Dauer von 4 bzw. 2 Wochen absolvieren. Erst gute 14 Monate nach dem Unfall war er wieder voll arbeitsfähig.

OLG Oldenburg, Urt. v. 25.06.2008 – 5 U 10/08, VersR 2008, 1496 = NJW-RR 2009, 1106 E 1112

7.500,00 €

Arterienverletzung am Hals nach Halswirbeleinrenkung – Kopfschmerzen und Sehstörungen sowie Übelkeit

Der 24 Jahre alte Kläger begab sich wegen Kopfschmerzen und Beschwerden im Halswirbelbereich in die Behandlung des beklagten Sportarztes; dieser diagnostizierte eine Halswirbelblockade und nahm eine chiropraktische Manipulation vor, bei der die arteria vertebralis verletzt wurde, was zu Durchblutungsstörungen einzelner Hirnareale führte.

Der Kläger litt unter stärksten Kopfschmerzen; 6 Tage später kam es zu Sehstörungen (verschwommen sehen) und Übelkeit sowie Taubheit der Fingerkuppen. Der Kläger musste sich einer sechsmonatigen Marcumarisierung und anschließender Einnahme von ASS unterziehen.

E 1113 **LG Bonn, Urt. v. 21.10.2011 – 3 O 272/06, unveröffentlicht**

7.500,00 € (½ Mitverschulden; Vorstellung (unquotiert): 12.500,00 €)

Lendenwirbelkörperkompressionsfraktur – Versteifung zweier Wirbelsäulenelemente

Die 16 Jahre alte Klägerin stürzte vom Pferd der Beklagten; sie erlitt eine Kompressionsfraktur LWK 1 Typ A3. Sie wurde zweimal stationär behandelt, einmal zwei Wochen, einmal 10 Tage, und mehrfach operiert. Ein Fixateur interne kam zum Einsatz. Sie leidet noch heute unter der Versteifung zweier Wirbelsäulensegmente mit 18 Grad Restkyphose. Zudem verbleibt als Dauerschaden ein Defekt am linken Beckenkamm mit eingesunkenem Weichteilgewebe und aufgrund des operationsbedingten Ausfalls des nervus cutaneus femoris lateralis eine Gefühlsstörung im linken Oberschenkel. Es besteht eine Dauer-MdE von 25%.

E 1114 **OLG Celle, Urt. v. 06.10.2010 – 14 U 55/10, SP 2011, 215**

8.000,00 € (Vorstellung: 10.000,00 €)

Brustwirbelkörperfraktur

Der Kläger erlitt bei einem Unfall eine Deckplattenimpressionsfraktur des 8. Brustwirbelkörpers, die mit Knickbildung und keilförmiger Deformierung verheilt ist. Eine operative Behandlung wurde nicht durchgeführt. Der Kläger musste sich aber einer 4 Wochen langen stationären Reha-Behandlung mit anschließenden langwierigen schmerztherapeutischen Behandlungen unterziehen. Er leidet nun unter chronischen Rücken- und Kopfschmerzen, die v. a. belastungsabhängig auftreten. Schwere körperliche Arbeiten kann er nicht mehr verrichten.

E 1115 **OLG Hamm, Urt. v. 24.09.2012 – 6 U 16/12, MDR 2013, 31 = r+s 2013, 252**

8.000,00 € (Vorstellung: 10.000,00 €)

Lendenwirbelkörperberstungsbruch

Der Kläger stürzte aufgrund einer geborstenen Treppenstufe im Hause des Beklagten. Er erlitt einen Berstungsbruch eines Lendenwirbelkörpers. Bei dem Kläger mussten operativ Metallplatten zur Stabilisierung des Lendenwirbelkörpers eingebracht werden, die später operativ wieder entfernt wurden. Dafür waren zwei stationäre Aufenthalte von 18 bzw. 4 Tagen Dauer nötig. Der Kläger war sechs Monate arbeitsunfähig und musste an 50 Reha-Maßnahmen teilnehmen. Es kam zu einer posttraumatischen Fehlstellung des Lendenwirbelkörpers, aufgrund dessen der Kläger nicht mehr in der Lage ist, schwer zu heben. Ab einem Gewicht von 10 kg treten Schmerzen im Rücken auf, die nur durch Ruhe oder Gymnastik reduziert werden können.

E 1116 **LG Köln, Urt. v. 16.02.2007 – 17 O 143/04, unveröffentlicht**

9.000,00 € (Vorstellung: 20.000,00 €)

Brustwirbelkörperbruch – Bauchtrauma

Der Kläger wurde bei einem Verkehrsunfall verletzt, wodurch er ein stumpfes Bauchtrauma, eine Prellung der Waden und der Lendenwirbelsäule und einen stabilen Bruch des 12. Brustwirbelkörpers erlitt. Er musste ein halbes Jahr ein Dreipunktmieder tragen und war die ersten 4 Wochen nach dem Unfall ans Bett gefesselt. Über 4 1/2 Monate litt er an großen Schmerzen. Er war durch das Tragen des Mieders erheblich in der Lebensführung eingeschränkt und musste danach durch Schmerzmittelgabe und Krankengymnastik weitere Einschränkungen hinnehmen. Aufgrund der unfallbedingten Deformierung des Brustwirbels bestehen

Belastungsbeschwerden bei dauernder Beanspruchung. Ansonsten sind die Verletzungen folgenlos ausgeheilt.

OLG Celle, Urt. v. 17.01.2007 – 14 U 101/06, SP 2008, 7 = VuR 2007, 158 (LS) E 1117

10.000,00 € (Vorstellung: 15.000,00 €)

Brustwirbelkörperbruch – Fehlstatik der Wirbelsäule

Die Klägerin wurde bei einem Verkehrsunfall vom Fahrrad geschleudert und brach sich den 12. Brustwirbelkörper. Sie musste 15 Tage stationär liegend verbringen und konnte sich 3 Monate nur mit Unterarmstützen fortbewegen. Die Wirbelsäule verheilte mit zurückgebliebener und verstärkter Fehlstatik. Daher kommt es zu Beschwerden bei häufigem Bücken, schwerem Heben und Tragen sowie extrem langen Sitzen, Stehen oder Gehen.

LG Köln, Urt. v. 09.04.2008 – 25 O 526/05, unveröffentlicht E 1118

10.000,00 € (Vorstellung: 30.000,00 €)

Brustwirbelkörperfraktur – Bandscheibenvorfall

Der 56 Jahre alte Kläger war bei dem beklagten Chirurgen wegen eines Fahrradsturzes vorstellig und klagte über Rückenschmerzen. Der Beklagte versäumte es, die Ursachen der Schmerzen abzuklären; dadurch wurde eine Fraktur des 12. Brustwirbelkörpers und ein Bandscheibenvorfall im Bereich des 5. Lendenwirbelkörpers um 3 Wochen verspätet diagnostiziert. Es verblieben Beschwerden mit einer Gesamtinvalidität von 30 %, von denen aber nur 10 % auf die Behandlungsverzögerung zurückzuführen waren; die restliche Beeinträchtigung beruhte auf Vorschäden und Sturzfolgen. Auch bei rechtzeitiger Behandlung wäre eine folgenlose Heilung überaus unwahrscheinlich gewesen.

OLG Hamm, Urt. v. 13.07.2010 – 9 U 11/10, unveröffentlicht E 1119

10.000,00 €

Wirbelkörperfrakturen

Der Kläger erlitt bei einem Verkehrsunfall eine Halswirbelkörperfraktur des 6. Wirbelkörpers mit geringer Infraktion des 7. Halswirbelkörpers. Er war 8 Tage in stationärer Behandlung und musste weitere sechs Wochen eine Halskrawatte tragen. Wegen einer Instabilität im Bereich beider Halswirbelkörper erfolgte eine operative Versteifung durch Einbringen einer Titan-Verriegelungsplatte. Der Kläger absolvierte eine einmonatige stationäre Reha-Maßnahme und war ein halbes Jahr arbeitsunfähig. Er leidet weiterhin unter einer endgradigen Bewegungseinschränkung der Halswirbelsäule. An Hals und Becken sind Narben verblieben. Es besteht eine Dauer-MdE von 20%.

LG Essen, Urt. v. 06.06.2011 – 18 O 307/09, unveröffentlicht E 1120

10.000,00 € (Vorstellung: 10.000,00 €)

Wirbelsäulenstauchung – Folgebeschwerden

Der 66 Jahre alte Kläger erlitt bei einem Verkehrsunfall eine Stauchung der Wirbelsäule, die zu starken Schmerzen führte. Er wurde drei Wochen stationär behandelt; die vormals verknöcherte Wirbelsäule war durch die Stauchung aufgebrochen, so dass nun mehrere Bereiche der Wirbelsäule betroffen waren, was zu chronischen organischen Beschwerden führte. Hierdurch bedingte Fehlhaltungen, die auch auf Vorerkrankungen beruhten, führten zu einer zeitweisen Lähmung des linken Beins. Eine weitere Operation wurde nötig.

Der Kläger wies diverse, überwiegend verschleißbedingte, Vorerkrankungen des Wirbelapparates auf, die aber zuvor beschwerdefrei blieben, und litt zudem unter Bluthochdruck und Zuckerkrankheit. Er war vor dem Unfall zu 60% schwerbehindert und ist dies nun zu 80%. Die Mitursächlichkeit dieser Vorerkrankungen, die zu einem »bereits angelegten Leiden« führten, wurde mindernd berücksichtigt.

E 1121 **OLG Brandenburg, Urt. v. 13.03.2008 – 12 U 147/07, SP 2009, 71**

14.000,00 €

Brustwirbelfraktur

Die 34 Jahre alte Klägerin erlitt bei einem Unfall einen Kneifzangenbruch des 10. Brustwirbelknochens, Prellungen im Bereich des Kopfes und der Rippen sowie eine Schnittwunde im Bereich des rechten Handrückens. Eine komplikationslose Operation und ein 2-wöchiger stationärer Aufenthalt schlossen sich an. Die Klägerin war 2 Monate lang zu 100 % erwerbsunfähig; weitere 5 Wochen bestand eine MdE von 50 %, eine Dauer-MdE von 30 % verbleibt. Die Klägerin leidet unter anhaltenden Schmerzzuständen im BWS-Bereich und kann weder durchschlafen noch schwere Lasten heben.

E 1122 **OLG Köln, Urt. v. 12.09.2012 – 5 U 152/11, unveröffentlicht**

15.000,00 € (Vorstellung: 20.000,00 €)

Duraverletzungen – Schmerzen

Der 56 Jahre alte Kläger war bei den Beklagten wegen Rückenschmerzen in Behandlung. Im Rahmen einer Operation wurde dem Kläger ein Fixateur-interne-System von LWK 4 auf SWK 1 angelegt, welches mit Pedikelschrauben fixiert wurde. Hierbei wurden die Schrauben falsch positioniert, teilweise durch den Spinalkanal und in unmittelbarer Nähe zu den Nervenwurzeln; gleichwohl wurden diese trotz CT-Kontrolle zunächst im Körper belassen und erst einen Monat später in einem anderen Krankenhaus entfernt.

Der Kläger erlitt sehr heftige Schmerzen aufgrund des Liegenlassens des fehlpositionierten und nutzlosen Fixateurs. Es kam zu Duraverletzungen. Als Dauerschaden verblieb eine fortbestehende Taubheit im linken Bein.

Bei der Bemessung berücksichtigte das Gericht neben den beträchtlichen Schmerzen auch die Durchführung zweier rechtswidriger Operationen.

E 1123 **OLG Stuttgart, Urt. v. 11.07.2006 – 1 U 3/06, VersR 2007, 548 = NJW-RR 2006, 1318**

20.000,00 € (Vorstellung: 30.000,00 €)

Brustwirbelkörperfraktur

Die 65 Jahre alte Klägerin erlitt eine Wirbelsäulenverletzung, als sie in der Klinik der Beklagten von einem geplatzten Gymnastikball fiel. Es kam zu einer stabilen Fraktur des 12. Brustwirbelkörpers. Die Beklagte wäre verpflichtet gewesen, die nur unwesentlich teureren berstsicheren Bälle anzuschaffen.

BGH, Urt. v. 22.12.2010 – VI ZR 312/09, VersR 2011, 407 = MDR 2011, 292 = r+s 2011, 135 E 1124

20.000,00 € (Vorstellung: 20.000,00 €)

Lendenwirbelkörperfraktur

Die Klägerin verletzte sich, als sie vom Pferd des Beklagten fiel, und erlitt eine instabile Lendenwirbelfraktur (3. LWK). Sie musste 3 Wochen lang stationär behandelt werden und wurde zweimal operiert. Es wurde eine halbseitige Entfernung des betroffenen Wirbels durchgeführt, die Wirbelkörper wurden versteift. Sie musste längere Zeit ein Stützkorsett tragen und trägt bis heute eine Corsage. Es verblieb eine MdE von 30 %; die Klägerin leidet unter fortdauernden Beschwerden, die regelmäßige orthopädische und krankengymnastische Behandlungen veranlassen. Es wird zu einer rezidivierenden Schmerzverstärkung kommen, weil durch die Bewegungsbeeinträchtigung die Muskulatur nicht mehr so stark belastbar und trainierbar ist. Als Vorschädigung bestand eine Syringomyelitis (Rückenmarkserkrankung mit der Folge neurologischer Symptome bis zu Lähmungen und Ausfallerscheinungen).

OLG Brandenburg, Urt. v. 14.06.2007 – 12 U 244/06, SP 2008, 105 E 1125

22.000,00 €

LWS-Fraktur – Schädelhirntrauma – Lungenkontusion – Beckenfraktur

Die Klägerin erlitt bei einem Verkehrsunfall ein Schädelhirntrauma 2. Grades, eine Lungenkontusion mit Mantelpneumothorax, eine Leber- und Nierenparenchymruptur, eine Lendenwirbelkörper- sowie eine instabile Typ III Beckenfraktur. Sie befand sich einen Monat in stationärer Behandlung, während 5 Tagen bestand Lebensgefahr. Eine Osteosynthese und Fixateur extern waren nötig; einen Monat lang musste eine Beatmungstherapie mit Respirator-Therapie durchgeführt werden, zudem wurden operativ Fixateure im Bereich von Becken, Brust- und Lendenwirbelsäule eingebracht. Im Becken mussten zudem Distanzplatten eingesetzt werden. 6 Wochen neurologische Rehabilitation (stationär) schlossen sich an. Mehrere weitere Operationen zur Entfernung des Materials wurden nötig. Das rechte Hüftgelenk ist unfallbedingt präarthrotisch deformiert, was ein frühzeitig eintretendes Verschleißleiden zur Folge hat; die Hüfte ist nur noch eingeschränkt beweglich. Eine Dauer-MdE von 40 % verbleibt.

Bei der Bemessung wurden neben den Unfallfolgen auch die dauerhaft entstellenden Narben im Bereich von Becken, Gesäß und Oberschenkel genannt, die verhärtet und verbreitet sind; auch war die Unfallverursachung grob fahrlässig. Die verzögerte Zahlung (erst nach einem 1/2 Jahr wurden 5.000,00 € gezahlt) bei klarer Haftung führte dem Grunde nach zu einer weiteren Erhöhung. Zuletzt wurde berücksichtigt, dass die Klägerin unfallbedingt ihr Fachabitur nicht machen konnte.

OLG Brandenburg, Urt. v. 07.06.2007 – 12 U 250/06, unveröffentlicht E 1126

24.000,00 € (Vorstellung: 40.000,00 €)

Riss des Wirbelsäulenlängsbandes – Berstungsbruch des Brustwirbelkörpers

Der Kläger wurde vom Beklagten im Rahmen einer Schlägerei verletzt; er erhielt einen Faustschlag ins Gesicht, nachdem er den Beklagten aufgefordert hatte, die Musik wieder aufzudrehen. Er fiel und erlitt dauerhafte Schäden an der Wirbelsäule. Das Längsband der Wirbelsäule ist zerrissen und ein instabiler Berstungsbruch des 12. Brustwirbelkörpers entstanden. Der Kläger war insgesamt 5 Wochen in stationärem Aufenthalt und musste mehrfach Reha-Kuren antreten. Die nach drei Operationen zurückgebliebene Versteifung zwischen dem 11. und 12. Brustwirbelkörper ist dauerhaft und bewirkt eine Zwischenblockade des Bewegungsablaufs dieses Wirbelsäulenabschnitts. Es besteht das Risiko eines vorzeitigen degenerativen Verschleißes der Nachbarsegmente.

Bandscheibenbedingtes Schmerzerleben ist beim Kläger unfallbedingt ca. 15 Jahre »vorfristig« aufgetreten. Seinen Beruf musste er wechseln. Schwere körperliche Tätigkeiten kann er nicht mehr durchführen; dazu zählen auch mit körperlicher Belastung verbundene Freizeitaktivitäten wie das vom Kläger seit seiner Kindheit intensiv betriebene Fußballspielen. Insb. Letzteres stellt eine spürbare Beeinträchtigung seiner Freizeitgestaltung dar. Auch bestehen verletzungsbedingte Einschränkungen des Sexuallebens. Im Gesäß- und Rückenbereich sind 2 ca. 12 cm und eine ca. 6 cm lange Narben zurückgeblieben. Das Gericht bewertete diese Narben als nicht allzu gewichtig, stellte aber auf die vorsätzliche Tatbegehung und die Vielzahl der Operationen ab.

E 1127 **OLG Köln, Urt. v. 09.01.2008 – 11 U 40/07, SP 2008, 364**

24.000,00 € (Vorstellung: 40.000,00 €)

Brustwirbelfraktur

Der Kläger erlitt bei einem Verkehrsunfall eine Fraktur im Bereich des 12. Brustwirbels. Nach der Operation verblieb eine klinische Instabilität und ein invalidisierender Schmerz, der mit Medikamenten kaum zu beeinflussen war; daher war 3 Jahre später eine weitere Wirbelsäulenoperation erforderlich.

E 1128 **OLG Stuttgart, Beschl. v. 28.02.2008 – 1 W 4/08, VersR 2008, 1373 = GesR 2009, 41**

25.000,00 € (Vorstellung: 100.000,00 €)

LWS-Beschwerden – Bewegungseinschränkungen – neurologische Ausfälle

Die Antragstellerin geht wegen behaupteter ärztlicher Fehlbehandlung gegen die Antragsgegner vor. Bei einer nicht indizierten und behandlungsfehlerhaft durchgeführten Chemonukleolyse zur Behandlung eines Bandscheibenvorfalls ist eine Verschlimmerung der Beschwerden aufgetreten. Die Antragstellerin leidet unter ständigen starken Schmerzen im LWS- und Beinbereich mit Unbeweglichkeit der LWS und einer starken Beeinträchtigung der Beinmotorik. Es bestehen gravierende neurologische Störungen der Blasen- und Darmfunktion; die ununterbrochenen Schmerzen erfordern eine psychologische Behandlung, zumal auch das Sexualleben gestört ist. Die Antragstellerin ist zu 80 % schwerbehindert. Bereits vor dem Eingriff litt die Antragstellerin lange Zeit unter starken und therapieresistenten Schmerzen, die sie extrem belasteten.

E 1129 **OLG Hamm, Urt. v. 02.04.2008 – 13 U 133/07, VersR 2008, 1410**

25.000,00 € (Vorstellung: 25.000,00 €)

Rücken- und Nackenverletzung – Schrotkugeln im Körper

Der 24 Jahre alte Kläger nahm an einer Treibjagd teil, bei der der Beklagte auf den Ruf »Hase, Hase« hin versehentlich den Kläger – der den Hasen zuvor erlegt hatte und sich diesem nun näherte – mit seiner Schrotflinte in den Rücken schoss.

200 Schrotkörner trafen den Kläger im Rücken-, Kopf- und Nackenbereich sowie am rechten Oberarm, von denen 94 in seinen Körper eindrangen. Er litt unter starken Schmerzen, insb. im Rückenbereich, mit starken Bewegungseinschränkungen der Schulter. 13 Tage wurde er stationär behandelt; in 2 mehrstündigen Operationen konnten nur 55 Schrote entfernt werden, die Entfernung der restlichen war zu risikoreich, weil sie sich nah an der Wirbelsäule und weiteren Organen befanden. Verblieben sind Narben im Bereich des Nackens, des Rückens und der rechten Körperflanke. Es besteht die Gefahr einer (wenn auch sehr

unwahrscheinlichen) schleichenden Bleivergiftung durch die im Körper verbliebenen Kugeln. Deswegen muss der Kläger sich regelmäßigen Kontrollen unterziehen.

Der Kläger litt noch einige Zeit nach dem Unfall unter Schreckhaftigkeit bei knallartigen Geräuschen und ist erst nach geraumer Zeit wieder zur Jagd gegangen. 3 1/2 Jahre nach dem Unfall kam es zu einer Verklebung des Schulterblattes auf dem Thorax, die physiotherapeutisch behoben werden musste. Der Kläger leidet unter der Vorstellung, dass es doch noch zu einer Bleivergiftung kommen kann oder auch nur zu einer Wanderung der Schrotkugeln im Körper.

Bei der Bemessung hat das OLG auch berücksichtigt, dass das Schmerzensgeld vom haftpflichtversicherten Beklagten nicht persönlich aufgebracht werden muss, der Kläger lange und hart für die Durchsetzung seiner Ansprüche hatte kämpfen müssen und der Unfall grob fahrlässig unter Verstoß gegen diverse Jagdregeln geschehen war. Andererseits war der Heilungsverlauf relativ unproblematisch, und der Kläger fand schnell ins Berufsleben zurück.

OLG Köln, Urt. v. 21.09.2011 – 5 U 188/10, VersR 2012, 1445 E 1130

25.000,00 € (Vorstellung: 50.000,00 €)

Neuropathische Flankenschmerzen

Der 47 Jahre alte Kläger litt unter Rückenschmerzen, wegen derer er operiert wurde, ohne dass über die Folgen hinreichend aufgeklärt wurde. Infolge dieser Operation traten thorako-lumbale Rückenschmerzen auf, die durch eine Operation 14 Monate später beseitigt wurden, und ein dauerhafter neuropathischer Flankenschmerz links, der sich ziehend und teils stechend in der linken Flanke lokalisiert. Er leidet ständig unter Schmerzen, die aber in wechselnder Intensität wahrgenommen und durch Tragen eines Korsetts und durch Schmerzmittel abgemildert werden, die aber nicht ein solches Ausmaß erreichen, dass sie der Berufstätigkeit des Klägers entgegen stünden.

LG Ravensburg, Urt. v. 23.03.2006 – 4 O 185/05, SpuRt 2008, 41 E 1131

40.000,00 € (Vorstellung: 75.000,00 €)

Brust- und Lendenwirbelkörperfrakturen – Rippenserienfrakturen – Rundrückenbildung

Der 54 Jahre alte Kläger erlitt bei einem Skiunfall eine Kompressionsfraktur des 5. und 6. Brustwirbelkörpers, Querfortsatzfrakturen des 1. und 2. Lendenwirbelkörpers sowie eine Rippenserienfraktur rechts (Rippen 4 – 9). Er war 5 Tage auf der Intensivstation und wurde weitere 18 Tage stationär behandelt. Am Schlüsselbein rechts in Schaftmitte im Frakturbereich kam es zu einer Hämatombildung, die sich sekundär infiziert hatte. Mehrmalige Wundrevisionen mit Anlage von Vakuumverbänden waren notwendig. Ca. 4 Monate befand sich der Kläger in wechselnder ambulanter und stationärer Behandlung. Es liegt eine Asymmetrie der rechten Thoraxhälfte vor, da die Rippenserienfrakturen in Fehlstellung knöchern verheilt sind. Ebenfalls durch den Skiunfall kam es zu einer deutlichen Rundrückenbildung im BWS-Bereich des Klägers. Hierdurch ist auch ein deutliches Tiefertreten der rechten Schulter sowie ein Muskulaturverlust am rechten Ober- und Unterarm verursacht. Dies verursacht Bewegungseinschränkungen an der BWS am rechten Arm, eine Minderung der Muskulatur im Schulterbereich und am Arm sowie deutliche Abnutzungserscheinungen an Schulter und Schlüsselbein. Der Kläger ermüdet schneller und erreicht seine Belastungsgrenze schneller. Mit einer Schultereckgelenksarthrose muss gerechnet werden.

E 1132 **OLG Köln, Urt. v. 30.05.2012 – 5 U 44/06, MedR 2013, 298**

<u>40.000,00 €</u> (Vorstellung: 150.000,00 €)

Durchführung zweier Außenseitermethoden nach Bandscheiben-OP – sechs Jahre Schmerzen

Die 27 Jahre alte Klägerin war nach einer Bandscheibenoperation wegen fortdauernder Rückenschmerzen in der Behandlung der Beklagten. Diese führten, ohne hinreichend darüber aufgeklärt zu haben, zwei sog. »Außenseitermethoden« – Redressements und zwei Fusionsoperationen – durch. Das Gericht bemaß das Schmerzensgeld für die rechtswidrigen Eingriffe und die unmittelbar damit verbundenen Beeinträchtigungen wie Krankenhausaufenthalte, Behandlungsmaßnahmen und hiermit verbundene Schmerzen und Bewegungseinschränkungen sowie mit Blick auf die Notwendigkeit zweier weiterer Versteifungsoperationen. Die Klägerin hatte deswegen in einem Zeitraum von 6 Jahren erheblich gelitten und war massiv in ihrer Lebensführung beeinträchtigt. Maßgebend fiel aber auch die bestehende Grunderkrankung der Wirbelsäule und die psychische Prädisposition der Klägerin mit einem chronischen komplexen Schmerzsyndrom ins Gewicht.

Die höhere Betragsvorstellung resultiert aus Folgeschäden, deren Kausalität sich nicht beweisen ließ.

E 1133 **LG Köln, Urt. v. 03.07.2007 – 27 O 644/04, unveröffentlicht**

<u>50.000,00 €</u> (Vorstellung: 90.000,00 €)

HWS-Wirbelfraktur – neurologische Schäden

Der 36 Jahre alte Kläger erlitt bei einem Verkehrsunfall eine Gehirnerschütterung sowie eine HWS-Wirbelfraktur. Es verblieb eine endgradige Einschränkung des Bewegungssegmentes HW 4/5. Wegen andauernder Beschwerden musste der Kläger mehrfach operiert werden, wodurch wiederholt stationäre Krankenhausaufenthalte erforderlich waren. Der Kläger leidet seit dem Unfall unter ständigen HWS-, Nacken- und Kopfschmerzen und zunehmend unter neurologischen Ausfallerscheinungen, Gefühlsstörungen, Konzentrationsstörungen, Ohrgeräuschen bis hin zu einem subjektiv störenden Tinnitus, Vergesslichkeit und Schlafstörungen. Es verblieben eine nur eingeschränkte Beweglichkeit der HWS und eine Dauer-MdE von 60 %. Das Gericht stellte besonders auf die Dauerschäden und die damit verbundene Einschränkung im alltäglichen Leben ab.

E 1134 **OLG Naumburg, Urt. v. 15.10.2007 – 1 U 46/07, VersR 2008, 652 = NJW-RR 2008, 693**

<u>50.000,00 €</u>

Blutung im Hirnwasserraum der Wirbelsäule – dauerhafte Funktionsstörungen

Der 42 Jahre alte Kläger erlitt bei einem Arbeitsunfall als Trockenbaumonteur ein Schmerzsyndrom. Der beklagte Arzt empfahl wegen des Versagens konservativer Schmerztherapien die Implantation einer Morphinpumpe. Er klärte nicht über das Risiko einer (partiellen) Querschnittslähmung auf, sondern wies verharmlosend auf das »sehr seltene« und »mit sehr hoher Wahrscheinlichkeit vermeidbare« Risiko eines Blutergusses in der Nähe von Nervengewebe hin. Als der Kläger 45 Jahre alt war, legte der Beklagte dem Kläger einen Schlauch in die Rückenmarkshaut (Implantation eines intrathekalen Katheders) zur rückenmarksnahen Morphinapplikation. Infolgedessen kam es zu einer subarachnoidalen Blutung (in den Hirnwasserraum der Wirbelsäule) im mittleren und oberen BWS-Bereich. Bei dem Kläger liegen nun eine Harninkontinenz, eine sexuelle Funktionsstörung (Impotenz) und eine schwere

Gangstörung vor. Weiterhin bestehen Empfindungsstörungen und Schmerzen an Rumpf und Beinen. Es besteht eine Dauer-MdE von 100 %.

Bei der Bemessung wurde berücksichtigt, dass der Kläger zwar gesundheitlich vorgeschädigt war, der Beklagte aber auch nach Rechtskraft eines Grundurteils 4 1/2 Jahre lang keinerlei Zahlungen geleistet hatte. Seine Verhandlungsangebote waren »ohne Substanz«, und er verfolgte auch im Berufungsverfahren trotz eindeutiger Feststellung zur haftungsbegründenden Kausalität das Ziel der Klageabweisung. Das Gericht wertete dies als bloßes Hinhalten des Klägers und als Verzögerung einer Sachentscheidung.

OLG Köln, Urt. v. 26.10.2011 – 5 U 46/11, MedR 2012, 813 E 1135

70.000,00 € (Vorstellung: 100:000,00 €)

Blasen- und Mastdarmlähmung – vorübergehende Lähmung der Beine

Die 13 Jahre alte Klägerin litt seit ihrem siebten Lebensjahr an einer Skoliose. Sie wurde im Krankenhaus der Beklagten zur Korrektur der Wirbelsäulenverkrümmung operiert. Bei der operativen Korrektur des Skoliosewirbels kam es zu einer Querschnittslähmung, die auch nach Revision der Korrektur verblieb. Die Klägerin litt zunächst unter Bein-, Blasen und Mastdarmlähmung. Nach neurologischer Rehabilitation kann die Klägerin ein Jahr später wieder ohne fremde Hilfe gehen und kurze Wegstrecken zurücklegen; die Blasen- und Mastdarmentleerungsstörungen bestehen, wenn auch nicht im ursprünglichen Umfang, fort. So kommt es bei bemerktem Harndrang vor Erreichen der Toilette zur Harnentleerung. Stuhldrang wird bei vorhandenem Verstopfungsgefühl selten bemerkt, was ein manuelles Ausräumen erfordert. Die Skoliose wurde zwei weitere Jahre später erfolgreich operativ korrigiert.

Der Senat ließ die Frage eines Behandlungsfehlers offen, weil dies jedenfalls nicht hinreichend aufgeklärt worden war.

Nur die Beklagten hatten Berufung eingelegt gegen die erstinstanzliche Entscheidung, die 70.000,00 € zuerkannt hatte. Der Senat bestätigte dieses Schmerzensgeld und stellte bei der Bemessung neben der vorübergehend fast vollständigen Lähmung der Beine mit Rollstuhlpflichtigkeit, der zunächst bestehenden Harn- und Stuhlinkontinenz, der mehrmonatigen Krankenhausbehandlung und der Notwendigkeit einer Revisionsoperation insgesamt 3 Jahre nach der ersten OP, die nach dem Misserfolg des Ersteingriffs psychisch sehr belastend sein musste, vor allem auf die Folgen ab, die für die im Operationszeitpunkt erst 13 Jahre alte Klägerin dauerhaft verblieben sind.

LG Hannover, Urt. v. 16.11.2012 – 14 O 141/09, unveröffentlicht E 1136

75.000,00 € (Vorstellung: 75.000,00 €)

Wirbelsäulenbruch – multiple Bein- und multiple Fußfrakturen

Die 27 Jahre alte Klägerin stürzte aufgrund unzureichender Sicherung in der Kletterhalle des Beklagten aus der Höhe von 7 m auf den Hallensteinboden. Sie erlitt ein Polytrauma mit Wirbelsäulenbruch (LWK-1-Berstungsfraktur mit Einengung des Spinalkanals), einen Kreuzbeinbruch, eine Rippenserienfraktur 3. – 5. Rippe rechts mit Brustkorbtrauma, Brüche des Brustbeins, Schienbeins, Wadenbeins, Sprungbeins und beider Fersen sowie multiple Fußwurzelknochenfrakturen beidseits und beidseitige Sprunggelenkfrakturen.

Sie wurde 10 Tage intensivmedizinisch behandelt und erhielt einen implantierten Fixateur interne von der Brust bis zur Lende sowie einen Fixateur externe am rechten Unterschenkel. Multiple Operationen schlossen sich an; ein halbes Jahr nach dem Unfall wurde die Lendenwirbelkörperfraktur ventral stabilisiert. Ein weiteres Jahr später wurde der Fixateur interne entfernt. Eine abgebrochene Schraube ist jedoch in der Wirbelsäule verblieben und konnte nicht mehr entfernt werden. Das von vorne eingebrachte Implantatmaterial muss daher in der Wirbelsäule verbleiben.

Die Füße sind beide verklumpt und weisen eine deutliche Fehlstellung auf. In beiden Füßen befindet sich Implantatmaterial. Aufgrund des Unfalls und der verbliebenen Unregelmäßigkeiten wird sich zwangsläufig in den Fußgelenken eine Arthrose entwickeln mit teilweiser oder vollständiger Versteifung der Sprung- und Fußgelenke. Die Klägerin ist aber schon jetzt im Gehen und Stehen deutlich eingeschränkt. Der Einbeinstand ist beidseits nicht möglich, ebenso der Hackengang. Der Zehenspitzenstand und –gang ist beidseits deutlich eingeschränkt. Die Klägerin kann maximal noch eine Strecke von 600 m gehen. Im Übrigen nutzt sie einen Rollstuhl.

E 1137 **LG Bielefeld, Urt. v. 15.04.2008 – 4 O 163/07, unveröffentlicht**

80.000,00 € (Vorstellung: 100.000,00 €)

Wirbelkörperbogenbruch – Muskelteillähmung in den Beinen

Der 25 Jahre alte Geschädigte war nach einem Bandscheibenvorfall in ärztlicher Behandlung bei der Beklagten. Diese operierte, wobei eine Schraube so falsch positioniert wurde, dass ein Wirbelkörperbogen brach und sich nach innen drehte. Hierdurch kam es zu einer Kompression der Nervenwurzeln, wodurch der Kläger nun unter irreversiblen Taubheitsgefühlen im gesamten linken Bein und im rechten Oberschenkel leidet, die durch Muskelteillähmungen bedingt sind. Ein weiterer Behandlungsfehler lag in einer unzureichenden Lagerung des Gesichts, wodurch es zu Weichteilverletzungen kam; das Gesicht war eine Woche stark angeschwollen.

Der Kläger kann sämtliche Tätigkeiten, die mit Heben und Tragen von Gewichten über 10 kg zu tun haben, nicht mehr ausführen, er kann nicht mehr ständig sitzende Positionen einnehmen und wird zeitlebens Krankengymnastik machen müssen.

Bei der Bemessung berücksichtigte das Gericht, dass der Kläger irreversible Schäden und Schmerzen erlitten hat, die angesichts seines Alters umso schwerer wiegen. Er wird, wenn überhaupt, nur eingeschränkt berufstätig sein können, wobei er ständig einen Wechsel zwischen Stehen und Gehen vollziehen und sich in klimatisierten Räumen aufhalten muss. Auch die Weichteilverletzung wurde in die Bemessung einbezogen.

E 1138 **LG Köln, Urt. v. 06.09.2006 – 25 O 346/02, MedR 2008, 153**

100.000,00 €

Cauda-Syndrom – Gefühlsstörungen – Inkontinenz – erektile Dysfunktion

Der Kläger ließ wegen eines Bandscheibenvorfalls in dem Krankenhaus der Beklagten eine Operation in Form der epiduralen Katheter-Behandlung nach Racz durchführen. Nach der Behandlung kam es durch eine Nervenschädigung zu einem sog. Cauda-Syndrom mit Gefühlsstörungen, starken Schmerzen, Bewegungseinschränkungen, erektiler Dysfunktion und Inkontinenz. Das Gericht bejahte eine Aufklärungspflichtverletzung: Über die Racz-Methode als neuartige Behandlung mit noch völlig unabsehbaren Risiken hätte umfassend aufgeklärt werden müssen. Bei der Bemessung berücksichtigte das Gericht neben den zahlreichen Beeinträchtigungen durch das Cauda-Syndrom auch die aufgrund dessen eingetretene Erwerbsunfähigkeit und die Suizidgedanken des Klägers.

OLG Hamm, Urt. v. 14.05.2012 – 6 U 187/11, SP 2012, 397 = NJOZ 2013, 847 E 1139

100.000,00 € (Vorstellung: 290.000,00 €; 3/10 Mitverschulden)

Lendenwirbelfraktur – Dauerschäden

Die 60 Jahre alte Klägerin erlitt – nicht angeschnallt im Reisebus der Beklagten sitzend – eine Lendenwirbelkörperfraktur, als der Bus über Bahnschienen fuhr. Sie wurde notfallmäßig ins Krankenhaus eingeliefert und dort operiert.

Während sie vor dem Unfall Urlaubsfahrten und Ausflüge unternommen hatte, hat sie durch die LWK-Fraktur und die dadurch erforderlich gewordenen Behandlungsmaßnahmen ihre Mobilität weitgehend eingebüßt. Das Haus kann sie nur noch mittels eines Rollstuhls kurz verlassen, um damit im Hof ein wenig herumzufahren. Innerhalb des Hauses ist sie auf die Benutzung eines Rollators angewiesen, mit dem sie sich einige Schritte selbständig bewegen kann. Um an einem Tisch sitzen zu können, verwendet sie einen Spezialstuhl. Sie ist in der Lage, fernzusehen und auch selbständig zu essen. Ansonsten bedarf sie jedoch der pflegenden Hilfe einer weiteren Person, und zwar auch bei der Körperhygiene.

Der Senat hielt ein höheres Schmerzensgeld für nur bei »deutlich gravierenderen Verletzungsbildern wie zum Beispiel Querschnittslähmungen« für angemessen; die Klägerin verfüge immerhin noch über die Fähigkeit, sich mit Hilfe eines Rollators ohne fremde Hilfe einige Schritte fortzubewegen. Darm- und Blasenfunktionsstörungen bestünden nicht.

OLG Koblenz, Urt. v. 29.10.2009 – 5 U 55/09, VersR 2010, 480 E 1140

180.000,00 € (Vorstellung: 250.000,00 €)

Weitreichende Lähmungserscheinungen der unteren Körperteile – Sexualstörungen – depressive Verstimmungen

Bei dem 56 Jahre alten Kläger, der als selbstständiger Ingenieur tätig war, wurde behandlungsfehlerhaft eine dringend indizierte Bandscheibenoperation aufgeschoben. Während der Operation kam es zu groben Behandlungsfehlern, weil eingedrungene Bandscheibenteile nicht entfernt und die Dura dreifach verletzt wurde. Der Kläger leidet nun dauerhaft unter Blasen- und Darmstörungen, Lähmungserscheinungen der unteren Extremitäten, Kältegefühlen, Erektionsstörungen und Depressionen.

OLG Köln, Urt. 12.01.2011 – 5 U 37/10, VersR 2012, 1565 = MedR 2012, 121 E 1141

200.000,00 € (Vorstellung: 150.000,00 €)

Inkomplettes Querschnittssyndrom

Der 50 Jahre alte Kläger war bei dem beklagten Orthopäden wegen degenerativer Veränderungen der Wirbelsäule in Behandlung; dieser führte eine Lumbalinfiltration durch. Unmittelbar nach der Injektion trat ein inkomplettes Querschnittssyndrom mit hochgradiger Caudalähmung, Paraplegie der Beine und ein Verlust der Blasen- und Mastdarmfunktion ein. Der Zustand hat sich insoweit gebessert, dass der Kläger wenige Schritte am Rollator gehfähig ist; ansonsten ist er auf einen Rollstuhl angewiesen, was Schmerzen am lumbosakralen Übergang verursacht. Er ist in der Pflegestufe I eingestuft; weiterhin sind regelmäßige ambulante und teilweise auch stationäre Kontrollen nötig. Der Kläger benötigt bei zahlreichen alltäglichen Verrichtungen Hilfe, was umso schwerer wiegt, als er alleinstehend ist.

E 1142 **LG Koblenz, Urt. v. 21.01.2008 – 5 O 521/05, unveröffentlicht**

250.000,00 € (Vorstellung: 250.000,00 €)

Komplettes sensomotorisches Querschnittssyndrom

Die 22 Jahre alte und im Unfallzeitpunkt in der 29. SSW schwangere Klägerin, die durch einen umstürzenden Baum (da erkennbare Fäulnis, wertete das Gericht diesen als überwachungsbedürftigen »Gefahrenbaum«) vom Grundstück des Beklagten getroffen wurde, erlitt hierbei ein komplettes sensomotorisches Querschnittssyndrom und instabile Frakturen der Halswirbel. Sie wurde mehrfach operiert, u. a. wegen einer nachfolgenden Thrombose, blieb aber unfallbedingt ab dem Brustbereich querschnittsgelähmt und ist auf die Benutzung eines Rollstuhls angewiesen. Ihr Kind wurde per Kaiserschnitt entbunden. Sie ist nicht in der Lage, selbst einfachste Haushaltstätigkeit auszuführen. Sie leidet an Blasen- und Mastdarmlähmung, Sphinkterspastik, Obstipation sowie einer Becken- und Beinvenenthrombose. Sie befindet sich in einer nicht abgeschlossenen ärztlichen und ca. 3 x pro Woche durchgeführten krankengymnastischen Behandlung und erhält wegen der psychischen Unfallfolgen Antidepressiva.

Das Gericht führte zur Bemessung aus, die zum Unfallzeitpunkt erst 22-jährige Klägerin sei aus ihrem »normalen« Leben herausgerissen, nunmehr an die Benutzung eines Rollstuhles gebunden, musste umziehen, ihr Leben vollkommen neu gestalten, sei ständig auf Hilfe Dritte angewiesen, die ihr derzeit, nachdem sich ihr Ehemann inzwischen von ihr getrennt hat, noch überwiegend durch ihre Mutter zuteil wird, und könne nicht einmal richtig am Leben ihrer nach dem Unfall geborenen Tochter teilnehmen, sondern nur mit den Einschränkungen einer rollstuhlgebundenen Querschnittsgelähmten. Sie sei auf Dauer nicht in der Lage, eine angemessene Arbeit aufzunehmen und könne nicht einmal die normale Haushaltstätigkeit bewältigen: »Simpel ausgedrückt wurden alle von einer jungen Person an ein normales Leben gestellten Erwartungen unfallbedingt zunichte gemacht und die Klägerin in die Position einer Hilfsbedürftigen degradiert. Mit den aufgezeigten Beeinträchtigungen muss sie ihr ganzes Leben lang leben«.

E 1143 **LG Bonn, Urt. v. 20.01.2011 – 9 O 161/09, unveröffentlicht**

300.000,00 €

Inkomplette Tetraparese

Der Kläger wurde wegen chronischer Beschwerden am Rücken operiert; nach Entfernung der Bandscheibe HW6/7 wurden Osteophyten und mehrere freie Sequester entfernt und es wurde ein PEEK-Cage mit der Höhe 6 mm eingesetzt. Postoperativ zeigte sich bei der Narkoseausleitung ein hochgradiges sensomotorisches Querschnittsyndrom mit Lähmung der Beine und teilweiser Lähmung der Arme. Über dieses Risiko war er nicht hinreichend aufgeklärt worden. Die Bemessung berücksichtigte die schweren Folgen einer inkompletten linksbetonten und beinbetonten Tetraparese (Rollstuhl), Spastiken, Sensibilitätsstörungen, Parästhesien sowie eine Blasen- und Mastdarmlähmung.

Zahn

▶ **Hinweis:**

Zahnverletzungen sind typischerweise Arzthaftungsfälle. Hier, gerade auch im Bereich nicht nur der Zahnbehandlung, sondern auch der Extraktion, sind die meisten nachfolgend dargestellten Urteile angesiedelt. Man kann diese Fälle noch einmal unterscheiden, und zwar nach der Art der Verletzung; teilweise steht gerade die behandlungsfehlerhafte Entfernung von Zähnen im Vordergrund, teilweise sind »Begleitschäden« durch behandlungsfehlerhaft ausgeführte Operationen Gegenstand. In jüngster Zeit häuft sich insb. der Vorwurf, bei jungen Menschen zu wenig für den Zahnerhalt getan zu haben. In der Zahnmedizin gilt insoweit der sog. Erhaltungsgrundsatz: Eine Zahnextraktion ist erst als letzte Behandlungsmöglichkeit indiziert, wenn konservierende chirurgische und prophylaktische Behandlungen zu keiner Besserung geführt haben oder wenn – ausnahmsweise – ein hoffnungsloser Fall vorliegt, in dem die Zähne nicht erhaltungsfähig sind bzw. ihre Erhaltung sinnlos[71] ist. Das Ziehen erhaltungswürdiger Zähne ist demgegenüber im Regelfall behandlungsfehlerhaft. Zu diesem Komplex sind einige bemerkenswerte obergerichtliche Entscheidungen ergangen.[72]

In diesem Zusammenhang ist auch auf die angeblichen Gefahren durch Amalgam-Füllungen hinzuweisen. Angesichts von Forschungsergebnissen, die z. T. nahelegen, dass die mit Amalgam in Verbindung gebrachten Beschwerden psychosomatischer Natur sein könnten, wird zwar in Fachkreisen die Verwendung von Amalgam keineswegs ausgeschlossen.[73] Dennoch dürfte ein erheblicher Teil der Patienten angesichts der Verwendung dieses Materials derart verunsichert sein, dass eine entsprechende Aufklärung geboten sein dürfte.[74]

Soweit es sich um »sonstige« Haftungsfälle außerhalb des Zahnarzthaftungsrechts handelt, resultieren diese häufig aus einer vorsätzlichen Körperverletzung (Schläge ins Gesicht o. Ä.); Unfälle, bei denen ausschließlich oder vorrangig die Zähne betroffen sind, sind demgegenüber selten. Vgl. insoweit vertiefend auch die Stichworte → Nerven[75] (E 840 ff.) und → Mund (E 802 ff.).

AG Braunschweig, Urt. v. 18.02.2004 – 114 C 1204/03, unveröffentlicht — E 1144

0,00 €

Zahnentzündung (Wurzelbehandlung)

Dem Patienten eines Zahnarztes steht kein Schadensersatz- und Schmerzensgeldanspruch deshalb zu, weil bei der Zahnbehandlung die Spitze eines Wurzelkanalinstruments abgebrochen und im Zahn verblieben ist und dort zu einem entzündlichen Prozess geführt hat. Der Abbruch des Wurzelkanalinstruments begründet keinen (groben) Behandlungsfehler. Der Zahnarzt war auch nicht verpflichtet, auf das geringe Risiko des Abbruchs vor der Behandlung hinzuweisen.

BGH, Urt. v. 05.04.2006 – VIII ZR 283/05, VersR 2006, 1258 = NJW 2006, 2262 = MDR 2006, 1246 — E 1145

0,00 €

Zahnabbruch

Der Kläger verzehrte im Lokal des Beklagten einen Grillteller, bei dem er u. a. ein Hackfleischröllchen aß. Dabei brach ein Zahn des Klägers ab, was dieser darauf zurückführte, dass sich in dem Röllchen ein harter Fremdkörper befunden habe. Der Beklagte bestritt dies und verwies darauf, dass der Zahn auch nach dem Biss auf ein Knochen- oder Knorpelteilchen

---

71 Rinke/Balser, VersR 2001, 423 (424); OLG Hamburg, 01.10.1999 – 14 U 136/99.

72 Vgl. hierzu Teil 1, Rdn. 1282 ff.

73 »Konsensuspapier: Restaurationsmaterialien in der Zahnheilkunde«, Zahnärztliche Mitteilungen 15/1997, S. 20.

74 Ebenso Schinnenburg, MedR 2000, 185 (187).

75 Zu Nervschädigungen bei zahnärztlichen Leitungsanästhesien vgl. auch Taubenheim/Glockmann, MedR 2006, 323.

abgebrochen sein könne. Das Gericht verneinte eine Haftung, weil kein Anscheinsbeweis dafür spreche, dass der Zahn aufgrund eines Fremdkörpers abgebrochen sei; hierfür fehle es an einem typischen Geschehensablauf, da der Zahn ebenso wahrscheinlich etwa aufgrund eines Knochenteilchens im Fleisch habe abbrechen können. Daher schieden Ansprüche aus § 280 BGB, § 1 ProdHaftG mangels Nachweises einer Pflichtverletzung bzw. eines Produktfehlers aus.

E 1146 **OLG Köln, Beschl. v. 06.04.2006 – 3 U 184/05, NJW 2006, 2272**

0,00 €

Gebissschaden

Der Kläger hatte bei dem Biss in eine schokoladenummantelte Erdnuss in eine überharte Nuss gebissen; hierdurch wurde seine Prothese zerstört. Das Gericht verneinte einen Produktfehler, da die Erdnuss ein Naturprodukt sei und durch die Schokolade lediglich veredelt werde. Bei Naturprodukten müsse der Verbraucher aber mit Abweichungen rechnen. Weil es sich nicht um eine im Verantwortungs- und Gefahrenbereich des Herstellers liegende Gefahr, sondern um eine Verwirklichung des allgemeinen Lebensrisikos handelte, bestehe keine Haftung.

E 1147 **OLG Oldenburg, Urt. v. 28.02.2007 – 5 U 147/05, VersR 2007, 1567**

0,00 € (Vorstellung: 12.500,00 €)

Unterlassene Allergietests – Materialunverträglichkeiten der Prothetik

Die Klägerin nahm den beklagten Zahnarzt in Anspruch, weil sie nach dem Einsatz einer Totalprothese im Kiefer unter Übelkeit litt; hierzu behauptete sie auch, die eingesetzten Materialien harmonierten nicht miteinander.

Neben weiteren behaupteten Mängeln der Prothetik, die die Klägerin nicht hatte beweisen können, hielt das Gericht fest, dass für den Zahnarzt keine Verpflichtung zur Durchführung von Allergietests vor dem Einbringen eines Zahnersatzes besteht, wenn keine konkreten Anhaltspunkte für etwaige Unverträglichkeiten vorliegen. Dass es bei der implantatgetragenen Zahnersatzkonstruktion zu galvanischen Strömungen geringster Stärke im Mund gekommen ist, stelle auch keinen Behandlungsfehler dar, sondern sei regelmäßige Folge der notwendigen Verwendung unterschiedlicher Metalle, ohne dass hiermit medizinisch relevante Auswirkungen verbunden wären.

E 1148 **OLG Düsseldorf, Urt. v. 04.04.2007 – I-8 U 120/06, MedR 2007, 433**

0,00 € (Vorstellung: 10.000,00 €)

Karies und Knochenabbau wegen mangelhafter Mundhygiene

Die Klägerin war 14 Jahre bei dem Beklagten in zahnärztlicher Behandlung. Als dieser eine Gebisssanierung vorschlug, weil wegen mangelhafter Mundhygiene Knochenabbau und Karies vorlag, verklagte sie ihn, weil er sie nie über das Erfordernis von Mundhygiene aufgeklärt habe und auch nicht demonstriert habe, wie sie die Mundhygiene zu betreiben hätte.

Das Gericht verneinte einen Fehler des Zahnarztes; dieser sei nicht verpflichtet, den Patienten nachdrücklich und wiederholt auf die zu wahrende Mundhygiene hinzuweisen und ihn über die Ausführungen einer ordnungsgemäßen Mundhygiene detailliert zu beraten. Sich diese Kenntnisse zu verschaffen, obliege der Eigeninitiative des erwachsenen Patienten.

OLG München, Urt. v. 11.06.2007 – 1 U 4742/06, unveröffentlicht E 1149

0,00 €

Titanimplantate

Die Klägerin macht gegen den Beklagten Ersatzansprüche geltend, weil sie bei dem Einsatz von Implantaten weder über die Möglichkeit einer Titanallergie noch über die Verwendung des Knochenersatzmaterials Bio Oss aufgeklärt worden sei.

Der Senat verneinte eine Aufklärungspflichtverletzung. Da Titan keine Allergien auslöse, habe über Titanallergien nicht aufgeklärt werden müssen. Ob über die tierische Herkunft von Bio Oss (aus Rind) hätte aufgeklärt werden müssen, ließ der Senat offen, da es an einem Entscheidungskonflikt fehle. Die Klägerin hatte in ihrer Anhörung erklärt, sie sei »froh gewesen, wieder Zähne im Mund zu haben«.

OLG Naumburg, Urt. v. 04.10.2007 – 1 U 11/07, VersR 2008, 224 = NJW-RR 2008, 270 E 1150

0,00 €

Entfernung einer Knochenzyste im Bereich der Zahnwurzel

Die Widerklägerin war bei dem widerbeklagten Zahnarzt wegen einer chirurgischen Wurzelspitzenresektion in Behandlung. Intraoperativ entdeckte dieser eine Knochenzyste im Bereich der Zahnwurzel, die er ohne weitere Aufklärung entfernte. Das Gericht wertete dies als von einer mutmaßlichen Einwilligung gedeckt; eine Unterbrechung der OP zur weiteren Aufklärung sei medizinisch zweckwidrig gewesen.

OLG Naumburg, Urt. v. 13.12.2007 – 1 U 10/07, NJW-RR 2008, 1056 E 1151

0,00 € (Vorstellung: angemessenes Schmerzensgeld)

Freiliegende Zahnhälse nach Zahnprothetik

Der Kläger ließ beim Beklagten eine Zahnprothetik erstellen. Eine Brücke wurde fehlerhaft nicht passgenau eingesetzt, wodurch es bei zwei Zähnen zu Empfindlichkeiten auf Temperaturreize und bestimmte Nahrungen kam, weil die Zahnhälse freilagen. Auch bestand ein »Unsicherheitsgefühl« an der Brücke, die »kippelte«.

Das Gericht wertete diese Beeinträchtigungen als »sehr geringfügig« und als unterhalb einer ausgleichspflichtigen Belastung liegend.

OLG Oldenburg, Urt. v. 27.02.2008 – 5 U 22/07, VersR 2008, 781 = MDR 2008, 553 E 1152

0,00 € (Vorstellung: 1.000,00 €)

Unzureichend angepasste Brücke – Sekundärkaries

Die Klägerin machte Schmerzensgeld geltend, wegen einer unzureichend angepassten Brücke über vier Zähne, die herausgefallen war und dann nachbehandelt werden musste. Durch die Brücke war es an zwei Zähnen zu Sekundärkaries gekommen.

Das Gericht verneinte einen Ersatzanspruch, weil nicht vorgetragen war, dass die Erneuerung der Brücken Beschwerden hervorgerufen hatte, die die Geringfügigkeitsgrenze überschritten hätten. Die Sekundärkaries allein löse noch keinen Ersatzanspruch aus.

E 1153 **BGH, Urt. v. 17.03.2009 – VI ZR 176/08, VersR 2009, 649 = NJW 2009, 1669 = MDR 2009, 627**

0,00 € (Vorstellung: 200,00 €)

Zahnverletzung

Der Kläger nimmt die Beklagte, die eine Bäckerei und Konditorei betreibt, in Anspruch, weil er einen »Kirschtaler«, ein Gebäckstück mit Kirschfüllung und Streuselbelag, verzehrt hatte. Zur Herstellung der Füllung verwendet die Beklagte Dunstsauerkirschen, die im eigenen Saft liegen und über einen Durchschlag abgesiebt werden. Beim Verzehr dieses Gebäckstücks biss der Kläger auf einen darin eingebackenen Kirschkern. Dabei brach ein Teil seines oberen linken Eckzahns ab. Der BGH verneinte einen Produktfehler:

Da es sich bei einem Gebäckstück um ein für den Endverbraucher bestimmtes Lebensmittel handelt, muss es zwar grds. erhöhten Sicherheitsanforderungen genügen, selbst dann, wenn es sich um ein Naturprodukt handelt. Der Verbraucher, der ein verarbeitetes Naturprodukt verzehrt, darf davon ausgehen, dass sich der Hersteller i. R. d. Verarbeitungsprozesses eingehend mit dem Naturprodukt befasst und dabei Gelegenheit gehabt hat, von dem Naturprodukt ausgehende Gesundheitsrisiken zu erkennen und zu beseitigen, soweit dies möglich und zumutbar ist. Aus Sicht des Konsumenten kann aber bei einer aus Steinobst bestehenden Füllung eines Gebäckstücks nicht ganz ausgeschlossen werden, dass dieses in seltenen Fällen auch einmal einen kleinen Stein oder Teile davon enthält. Eine vollkommene Sicherheit wäre nur dann zu erreichen, wenn der Hersteller entweder die Kirschen durch ein engmaschiges Sieb drücken würde, wodurch nur Kirschsaft hervorgebracht würde, mit dem die Herstellung eines Kirschtalers nicht möglich wäre, oder wenn er jede einzelne Kirsche auf evtl. noch vorhandene Kirschsteine untersuchen würde. Ein solcher Aufwand ist dem Hersteller nicht zumutbar. Er ist aber auch objektiv nicht erforderlich, da dem Verbraucher, der auf einen eingebackenen Kirschkern beißt, keine schwerwiegende Gesundheitsgefahr droht, die um jeden Preis und mit jedem erdenklichen Aufwand vermieden oder beseitigt werden müsste.

Bei einem als »Kirschtaler« angebotenen Gebäck geht der Verbraucher davon aus, dass es unter Verwendung von Kirschen hergestellt wird. Der Verbraucher weiß auch, dass die Kirsche eine Steinfrucht ist und dass ihr Fruchtfleisch mithin einen Stein (Kirschkern) enthält. Seine Sicherheitserwartung kann deshalb berechtigterweise nicht ohne Weiteres darauf gerichtet sein, dass das Gebäckstück »Kirschtaler« zwar Kirschen, aber keinerlei Kirschkerne enthält.

E 1154 **OLG München, Urt. v. 02.05.2006 – 9 U 5191/05, OLGR 2006, 505 (LS)**

200,00 € (1/2 Mitverschulden)

Zahnausfall

Die Beklagte und der Kläger waren bei einer Kletterpartie in einer Kletterhalle, als die Beklagte beim Ausholen versehentlich mit dem Ellbogen den Kläger am Kopf traf. Hierdurch schlug sie ihm den rechten Frontzahn (Zahn 11) aus. Das Gericht berücksichtigte das Mitverschulden des Klägers (unvorsichtige Haltung) und den Umstand, dass die Genugtuungsfunktion »bei Sportunfällen entfalle«.

E 1155 **OLG München, Urt. v. 18.05.2006 – 1 U 1719/06, unveröffentlicht**

250,00 € (Vorstellung: 10.000,00 €)

Fehlerhafter Stiftaufbau und fehlerhafte Brückenversorgung

Bei einer Wurzelbehandlung bei der Klägerin kam es zu einem Abbruch des Instruments, das zu einem Teil im Zahn verblieb. Nach dem Instrumentenbruch setzte der Beklagte einen sofortigen Stiftaufbau auf Zahn 43 und versorgte die Zähne 43 – 45 mit einer Brücke. Richtigerweise wäre die Extraktion des Zahns in Betracht gekommen, was aber auch die jetzige Situation ist, denn die Klägerin hat den Zahn nachfolgend verloren. Das Schmerzensgeld betrifft daher nur die Beschwerden, die mit der Fortsetzung der Behandlungsmaßnahmen durch Setzen des Stiftzahns entstanden sind und die durch die Brückenversorgung verursachten Beschwerden. Der Schmerzensgeldvorstellung lagen weitere, nicht bewiesene Fehler zugrunde.

AG München, Urt. v. 11.06.2012 – 231 C 7215/11, LMuR 2012, 184 E 1156

300,00 €

Zahnabbruch

Die Klägerin bestellte bei dem beklagten Pizzaservice eine vegetarische Pizza; als sie hinein biss, knirschte es im Bereich der hinteren linken Backenzähne. Sie fand im Mund ein Metallstück und einen Teil des Backenzahns, der abgebrochen war. Der beschädigte Zahn musste mit einer Vollkeramikteilkrone überzogen werden.

Das Gericht bejahte einen Fabrikationsfehler der Pizza; es sei denkbar, dass das Metallteil als Teil einer Dose in der Pizzeria auf die Pizza gelangt sei.

LG München II, Urt. v. 10.01.2008 – 8 S 4416/07, unveröffentlicht E 1157

400,00 € (7/10 Mitverschulden; Vorstellung: 1.500,00 €)

Zahnverlust – Nasenbruch

Der Beklagte schlug dem Kläger bei einer wechselseitig eskalierenden Auseinandersetzung einen Zahn aus und brach ihm die Nase.

AG München, Urt. v. 12.06.2007 – 155 C 4107/07, PatR 2008, 20 E 1158

500,00 €

Verletzung im Zahnbereich

Der Beklagte stieg in einem Bierzelt auf dem Oktoberfest zum Schunkeln, Singen und Tanzen auf eine Bank und verlor sein Gleichgewicht, weil er von einem Dritten angestoßen wurde. Dadurch stürzte er auf den Kläger, der durch den Aufprall im Zahnbereich verletzt wurde. Das Gericht bejahte eine Haftung; wer im Bierzelt auf eine Bank steige, müsse damit rechnen, sein Gleichgewicht zu verlieren, sei es durch Rempler eines Dritten oder durch eigenes Verhalten; er haftet daher auch dann, wenn er durch einen Dritten angestoßen wird.

LG Frankfurt am Main, Beschl. v. 14.11.2008 – 2-16 S 160/08, unveröffentlicht E 1159

500,00 € (Vorstellung: 1.000,00 €)

Lockerung der Oberkieferfrontzähne – Prellungen

Der Kläger schlug bei einem Verkehrsunfall mit der Frontpartie seines Körpers auf den sich infolge des Unfalls öffnenden Airbag seines Wagens auf. Hierdurch erlitt er eine Thoraxprellung sowie eine Prellung und Schwellung an beiden Unterschenkeln; hinzu kam eine Lockerung der Oberkiefer-Frontzähne. Da im Bereich der von dem Aufprall betroffenen Körperteile keine knöchernen Verletzungen oder Frakturen entstanden sind und der Kläger lediglich am Unfalltag selbst ein Krankenhaus und am darauf folgenden Tag einen Internisten und einen Zahnarzt zur Untersuchung seiner Beschwerden und zur ambulanten Behandlung aufsuchte und diese jeweils keine weiteren Behandlungsmaßnahmen für erforderlich gehalten haben, ging das Gericht davon aus, dass es sich bei den Verletzungen des Klägers insgesamt um leichtere gehandelt hat.

E 1160 **OLG Köln, Beschl. v. 16.08.2010 – 5 U 25/10, unveröffentlicht**

500,00 €

Durchführung unnötiger Infiltrationsanästhesien

Der beklagte Zahnarzt hatte im Rahmen einer – indizierten – parodontalen Behandlung zu viele Infiltrationsanästhesien durchgeführt. Der Senat, der nur über die Berufung der Klägerin zu entscheiden hatte, wertete das vom LG zuerkannte Schmerzensgeld als »keinesfalls zu niedrig«, im Gegenteil könnten die Spritzen wegen der Verwendung eines schmerzlindernden Gels keine nennenswerten Schmerzen hervorgerufen haben. »Allenfalls« ein »geringfügiger Anerkennungsbetrag« sei geschuldet.

E 1161 **OLG Köln, Beschl. v. 21.11.2011 – 5 U 109/11, MedR 2013, 246**

500,00 € (Vorstellung: 6.000,00 €)

Korrektur einer Prothese

Die Klägerin war bei dem Beklagten in zahnärztlicher Behandlung. Dieser erstellte eine mangelhafte Prothese mit unzureichender Okklusion und ästhetischen Mängeln. Das Schmerzensgeld wurde mit Blick auf die Beeinträchtigungen durch die erforderliche Korrektur der Prothetik bemessen, wobei der Senat gleichwohl darauf hinwies, dass ästhetische Probleme im Bezug auf Zahnprothetik als sehr belastend empfunden würden und die entsprechenden Korrekturen allein wegen der erneuten Arzttermine Unannehmlichkeiten und gesundheitliche Beeinträchtigungen in gewissem Ausmaß mit sich brächten.

E 1162 **AG Frankfurt am Main, Urt. v. 01.06.2006 – 31 C 3491/05, RRa 2006, 165**

1.000,00 €

Verlust von zwei Schneidezähnen

Die 7 Jahre alte Klägerin verletzte sich bei einer Urlaubsreise, weil eine Wasserrutsche, die sie nutzte, ohne Wasser betrieben worden war. Hierdurch verlor sie die beiden (bleibenden) oberen Schneidezähne; eine komplizierte zahnärztliche Wurzelbehandlung schloss sich an. Die Zähne mussten überkront werden; Unfall wie Behandlung waren mit starken Schmerzen verbunden; die Klägerin wird lebenslang mit den Kronen und dem Risiko weiterer Zahnbeschwerden leben müssen.

E 1163 **LG Mönchengladbach, Urt. v. 04.07.2007 – 2 S 124/06, unveröffentlicht**

1.000,00 €

Fehlerhafter Einsatz zweier Kronen

Der beklagte Zahnarzt setzte Kronen beim Kläger so ein, dass zwischen Kronenrand und Präparationsgrenze an beiden überkronten Zähnen eine Differenz von 1 – 2 mm verblieb. Bei der Bemessung wurde auf die erheblichen Schmerzen und Entfernung und Neuanfertigung der Kronen abgestellt, ferner die Notwendigkeit von örtlichen Betäubungen und des Abschleifens der Zahnstümpfe.

Körperteile von A – Z

OLG Oldenburg, Urt. v. 04.07.2007 – 5 U 31/05, VersR 2007, 1699 = MedR 2008, 296 E 1164

1.000,00 € (Vorstellung: 45.000,00 €)

Allergische Mundraum- und Gesichtserkrankungen

Bei der Klägerin lag eine im Allergiepass dokumentierte Allergie gegen Quecksilber und Palladiumchlorid vor. Der beklagte Zahnarzt setzte Brücken aus einer Legierung mit einem Palladiumanteil von 36,4 % ein, obwohl ihm der Allergiepass übergeben worden war. In der Folge kam es zu einer 2-wöchigen Erkrankung im Mundraum und im Gesicht der Klägerin, während derer sie unter Bläschen an den Lippen, Stippen auf der Schleimhaut, Zahnfleischentzündungen und Hautausschlägen litt.

Die Vorstellung beruhte auf der Behauptung weiterer, nicht nachgewiesener Dauerschäden.

LAG Rheinland-Pfalz, Urt. v. 25.07.2008 – 6 Sa 196/08, unveröffentlicht E 1165

1.000,00 € (Vorstellung: 1.500,00 €)

Zahnschmelzdefekt – Beschädigung der Zahnverblendung – Kieferprellung

Der Widerkläger war bei dem Widerbeklagten als Fahrer angestellt. Im Verlauf einer Auseinandersetzung schlug der Widerbeklagte den Widerkläger ohne Vorwarnung ins Gesicht; hierdurch erlitt dieser eine Kieferprellung. An zwei Zähnen platzte die Verblendung ab, an einem weiteren entstand ein Schmelzdefekt. Das Gericht stellte zwar die Häufigkeit der Zahnarzttermine heraus, berücksichtigte aber maßgeblich, dass das Anbringen von erneuten Verblendungen nur »lästig« sei und auch die Beseitigung des Schmelzdefekts – ebenso wie der Schlag selbst – nur zu temporären Schmerzen geführt habe.

OLG Köln, Urt. v. 15.04.2009 – 5 U 146/08, unveröffentlicht E 1166

1.000,00 €

Fehlerhafte Brücken- und Fehlerhafte Kroneneinsätze

Der beklagte Zahnarzt hatte die Klägerin ein halbes Jahr schwarz und gegen Barzahlung behandelt und dabei im Oberkiefer eine umfangreiche Sanierung mit Extraktion mehrerer Zähne und Eingliederung von Brücken sowie im Unterkiefer eine kleinere Sanierung mit Eingliederung von zwei Brücken im Backenzahnbereich vorgenommen. Die Brücken und Kronen, die der Beklagte bei der Klägerin eingesetzt hat, sind unbrauchbar und erneuerungsbedürftig; das Schmerzensgeld wurde für die Notwendigkeit einer erneuten Behandlung zuerkannt.

OLG Naumburg, Urt. v. 25.06.2009 – 1 U 27/09, VersR 2010, 73 = MedR 2010, 324 E 1167

1.000,00 € (Vorstellung: 10.000,00 €)

Verschiebung der Zahnmittellinie

Bei der damals 13 Jahre alten Klägerin kam es im Rahmen einer prothetischen Versorgung fehlerhaft zu einer asymmetrischen Fehlstellung der Schneidezähne. Die Mittellinie der Zähne im Ober- und Unterkiefer ist erkennbar verschoben, insb. die Frontzähne des Oberkiefers stehen schief. Der Gesamteindruck des Gesichts ist durch Verschiebung der Zahnmittellinie beeinträchtigt, nach Meinung des Senats aber nicht »erheblich« oder »optisch gravierend«. Bei der Bemessung wurde berücksichtigt, dass die Regulierungsverzögerung der Versicherung dazu führte, dass die Klägerin auch im Alter von 21 Jahren noch keine Korrekturversorgung hatte durchführen können; kritisch daher Jaeger, MedR 2010, 326, der angesichts dieses Zeitraums ein Schmerzensgeld von 3.000,00 € – 5.000,00 € fordert.

E 1168 **OLG Köln, Beschl. v. 18.01.2010 – 5 U 112/09, unveröffentlicht**

1.000,00 €

Unzureichende Verankerung zweier Implantate

Bei der Klägerin wurden zwei Implantate eingesetzt, die teilweise in die Kieferhöhe ragten und ungenügend im Knochen verankert waren. Bei einem Implantat stand die prothetische Versorgung nicht in Okklusion mit den Zähnen des Unterkiefers. Bei der Bemessung wurden die Unannehmlichkeiten und Schmerzen berücksichtigt, die mit dem Ersatz eines Implantats üblicherweise verbunden sind und die mit der Erneuerung des Implantats voraussichtlich einhergehen werden.

E 1169 **KG, Urt. v. 06.09.2010 – 20 U 221/08, ArztR 2011, 162 = NJOZ 2011, 1641**

1.000,00 €

Wiederholung der prothetischen Neuversorgung

Der Kläger wurde von dem beklagten Zahnarzt prothetisch behandelt. Wegen Unbrauchbarkeit der Leistungen musste dessen Arbeit wiederholt werden, da Implantatpfosten, die im Mund des Klägers verblieben waren, nur für ein Langzeitprovisorium, nicht aber für eine prothetische Neuversorgung tauglich waren. Das Schmerzensgeld wurde für die Notwendigkeit der Behandlungswiederholung (umfangreiche prothetische Arbeit nebst Implantatsetzung) zuerkannt.

E 1170 **LG Heidelberg, Urt. v. 16.02.2011 – 4 O 133/09, unveröffentlicht**

1.000,00 € (Vorstellung: 20.000,00 €)

Zahnverlust nach fehlerhafter Extraktion

Die 44 Jahre alte Klägerin verlor aufgrund einer behandlungsfehlerhaften Extraktion einen Zahn (Nr. 44). Das Gericht berücksichtigte bei der Bemessung, dass der Zahn zwar dauerhaft verloren sei, das Gebiss aber für das Alter der Klägerin weit überdurchschnittlich vorgeschädigt war.

Die Vorstellung beruhte auf der nicht bewiesenen Behauptung der behandlungsfehlerhaften Extraktion weiterer Zähne.

E 1171 **OLG Frankfurt, Urt. v. 31.03.2009 – 8 U 173/08, unveröffentlicht**

1.250,00 € (Vorstellung: 2.500,00 €)

Zahnverlust

Die Klägerin war bei dem beklagten Zahnarzt in Behandlung; dieser begann eine Wurzelbehandlung und setzte hierbei einen Wurzelanker falsch, nämlich nicht achsengerichtet, ein. Der Zahn musste – ebenso wie der Anker – daher zwei Monate später entfernt werden. Der Senat berücksichtigte die Schmerzen und Beeinträchtigungen, die die Klägerin als Folge des fehleingesetzten Radixankers einschließlich des Eingriffs zu dessen Entfernung erleiden musste, ferner, dass die Klägerin jedenfalls vorzeitig einen (allerdings erheblich vorgeschädigten) Zahn eingebüßt hatte und deshalb einer erneuten Versorgung bedurfte.

OLG Köln, Urt. v. 01.03.2006 – 5 U 148/04, OLGR 2007, 592 E 1172

1.500,00 €

Wurzelkanalentzündung – Zahnverlust

Nach einer Zahnwurzelbehandlung zweier Zähne klagte die Klägerin an 3 weiteren Terminen über einen Monat hin über fortdauernde Schmerzen. Der Senat sah in diesem Fall eine Pflicht des beklagten Zahnarztes, zum Ausschluss einer Wurzelkanalentzündung eine Röntgenkontrolle durchzuführen; das Unterlassen dieser Maßnahme führt zu einer Beweislastumkehr aus dem Gesichtspunkt eines Befunderhebungsmangels. Durch die unterlassene Diagnose verlor die Klägerin natürliche Zähne; auch die Nachbehandlung mit Implantaten war mit nicht unerheblichen Beschwerden verbunden.

OLG Frankfurt am Main, Urt. v. 18.08.2006 – 8 U 118/05, unveröffentlicht E 1173

1.500,00 € (Vorstellung: 5.000,00 €)

Unzureichende Zahnüberkronung

Die Klägerin suchte den beklagten Zahnarzt auf, weil ein Zahn, nachdem die zungenseitige Zahnwand gebrochen war, nur durch ein Provisorium versorgt wurde. Der Beklagte setzte eine Krone ein, ohne den Zahnstumpf vorher ordnungsgemäß zu präparieren. Dadurch lockerte sich die aufgesetzte Teilkrone. Die Klägerin musste in rund 2 Jahren nach der Behandlung immer wieder Schmerzen im Zusammenhang mit der gelockerten Teilkrone hinnehmen und siebenmal zur Wiedereingliederung einen Zahnarzt aufsuchen. Zur korrekten Behandlung des Zahns waren 4 weitere Zahnarztsitzungen erforderlich.

LG Dortmund, Urt. v. 11.02.2009 – 4 O 243/06, unveröffentlicht E 1174

1.500,00 € (Vorstellung: 4.000,00 €)

Mangelhaft sitzende Unterkieferprothese

Der beklagte Zahnarzt nahm an der Unterkieferprothese der Klägerin, nachdem diese wegen einer abgeplatzten Verblendung im Labor repariert worden war, zu stark ausgeprägte Einschleifmaßnahmen vor. Dadurch saß die Prothese nicht mehr richtig. Wegen dieses Umstandes kam es bei einigen weiteren Behandlungstagen zu einem eskalierenden Streit zwischen den Parteien, sodass die Behandlung abgebrochen wurde.

OLG Koblenz, Beschl. v. 29.06.2010 – 5 U 545/10, VersR 2010, 1323 E 1175

1.500,00 €

Vorübergehende Lockerung der Frontzähne

Der Kläger erlitt bei einer Schlägerei unter Jugendlichen einen Faustschlag ins Gesicht. Es kam zu einer vorübergehenden Lockerung der Frontzähne. Das Berufungsgericht hielt die landgerichtliche Bemessung für ausreichend, da zwar der Umstand einer vorsätzlichen Körperverletzung, aber auch das jugendliche Alter des Beklagten sowie dessen geringer Verdienst berücksichtigt worden seien, ebenso die letztlich vermiedene Extraktion der betroffenen Zähne. Kritisch hierzu Jaeger, VersR 2010, 1323, da das OLG – irrig – von einer nur eingeschränkten Überprüfung des Schmerzensgeldes in der Berufungsinstanz ausging und ebenfalls angreifbar die wirtschaftlichen Verhältnisse des Schädigers mindernd berücksichtigte.

E 1176 **OLG München, Urt. v. 22.11.2012 – 23 U 3830/12, MDR 2013, 281**

1.500,00 € (½ Mitverschulden)

Schneidezahnverlust

Der 13 Jahre alte Kläger wurde bei einem »Stockkampf« von dem 12 Jahre alten Beklagten verletzt, der ihn mit dem Stock traf. Er verlor einen Schneidezahn, was zu sehr starken Schmerzen führte und eine lebenslange prothetische Versorgung nötig macht.

E 1177 **OLG Naumburg, Urt. v. 05.04.2004 – 1 U 105/03, VersR 2004, 1460 = GesR 2004, 332**

2.000,00 €

Unnötige Zahnbehandlung

Bei einer Zahnbehandlung wurde der Kläger nicht über Alternativen zu einer festen Brücke aufgeklärt. Die Behandlung dauerte über einen Zeitraum von 3 Monaten mit mehreren Behandlungsterminen. Hinzu kam, dass dem Kläger ein »Experiment« mit einer die Mundsituation funktional und physisch verschlechternden Brückenkonstruktion zugemutet wurde. Die Entscheidung ist bedeutsam, weil – ohne, dass Behandlungsfehler vorlagen – allein die rechtswidrige Behandlung und die Verletzung der Wahrung der persönlichen Entscheidungsfreiheit des Patienten sanktioniert wurden.

E 1178 **OLG Dresden, Urt. v. 21.01.2008 – 4 W 28/08, NJW-RR 2009, 30**

2.000,00 € (Vorstellung: 8.000,00 €)

Schmerzen wegen fehlerhafter Zahnprothese

Der Antragsteller ließ beim Antragsgegner eine prothetische Versorgung vornehmen. Bei der Kronenversorgung und Herstellung des Zahnersatzes kam es zu Planungsfehlern; auch eine an sich gebotene Parodontosebehandlung wurde unterlassen. Es kam zu Schmerzen beim Tragen der Prothese, es bestand mangelnde Kaufähigkeit sowie eine optische Beeinträchtigung, ferner eine psychische Belastung wegen »Anspuckens« der Gesprächspartner. Es handelte sich um eine vorübergehende Beeinträchtigung bis zum Abschluss der Nachbehandlung.

E 1179 **OLG Brandenburg, Urt. v. 29.05.2008 – 12 U 241/07, unveröffentlicht**

2.000,00 €

Implantateinsetzung mit Einheilungsstörung

Der Beklagte setzte der Klägerin ein Implantat ein, ohne auf das Risiko von Einheilungsstörungen durch Implantatabstoßung hinzuweisen. Behandlungsfehler unterliefen ihm nicht. Es kam zu einer Einheilungsstörung, weswegen weitere Behandlungstermine erforderlich wurden. Schließlich musste das Implantat aufgrund der mit der nicht vollständigen Einheilung verbundenen Lockerung operativ entfernt werden. Als Behandlungsfolgen traten Zahnfleischentzündungen und Schwellungen im Gesicht der Klägerin auf.

E 1180 **OLG Koblenz, Urt. v. 10.10.2012 – 5 U 1505/11, GesR 2013, 224**

2.000,00 € (Mitverschulden (unbeziffert); Vorstellung: 6.000,00 €)

Zahnfleischentzündungen und Knochenabbau

Die Klägerin erhielt von der beklagten Zahnärztin eine unzureichende Oberkieferbrücke, die Beschwerden verursachte; eingesetzt. Die am Rand der Brücke eingebrachte Kunststoffplatte behinderte die Mundhygiene und verursachte Zahnfleischentzündungen und Knochenabbau.

Das Mitverschulden resultierte daraus, dass die Klägerin die Herausnahme der Brücke nachhaltig verweigerte, bis schließlich eine neue Prothetik implantiert wurde.

OLG Hamm, Urt. v. 23.05.2013 – 21 U 64/12, unveröffentlicht E 1181

2.000,00 €

Zahnschäden

Der Kläger hatte ein von der verklagten Firma in Form einer Colaflasche hergestelltes Fruchtgummi gekaut und dabei auf in der Masse befindliche Fremdkörper, Partikel aus Putzmaterialien, gebissen. Diese waren bei der Herstellung in das Fruchtgummi gelangt. Durch den Biss auf einen der Fremdkörper hatte der Kläger an zwei seiner Zähne Schäden erlitten, so dass sie überkront werden mussten.

AG Altötting, Urt. v. 08.11.2007 – 2 C 319/07, unveröffentlicht E 1182

2.500,00 € (3/5 Mitverschulden; Vorstellung: 4.250,00 €)

Abbruch der Frontzähne – Verletzungen des Gesichts

Der Kläger stürzte nachts über eine Kette, die die Einfahrt des Betriebsgrundstückes der Beklagten vom Gehweg abtrennte. Diese Einfahrt wurde oft von Fußgängern zum Abkürzen eines Weges benutzt, ohne dass die Beklagte dagegen vorgegangen war. Seine Frontzähne brachen ab, die Lippe platzte auf und es kam zu einer geschwollenen Nase sowie Blutergüssen und Hautabschürfungen. Er musste über ein Jahr in zahnärztlicher Behandlung bleiben und ein halbes Jahr eine partielle Zahnprothese tragen.

OLG Frankfurt am Main, Urt. v. 20.11.2007 – 3 U 91/06, NJW-RR 2008, 975 E 1183

2.500,00 € (Vorstellung: 2.500,00 €)

Schädigung eines Schneidezahns

Der 7 Jahre alte Kläger nahm an einem Fußballcamp teil, in dem während einer Pause Minigolf gespielt wurde. Eines der Kinder traf beim Ausholen mit dem Schläger den Kläger im Gesicht, wodurch dieser eine Schädigung des Schneidezahns (Zahn 11) erlitt. Diese war schmerzhaft und erforderte mehrere Behandlungen, es droht der Zahnverlust. Der beklagte Betreuer, der 100 m entfernt gestanden hatte, haftete aus Aufsichtspflichtverletzung.

OLG Frankfurt am Main, Urt. v. 06.01.2009 – 8 U 31/07, OLGR 2009, 599 E 1184

2.500,00 € (Vorstellung: 7.500,00 €)

Fehlerhafte Überkronung zweier Backenzähne

Die Klägerin war Patientin des beklagten Zahnarztes; sie ließ sich 2 fehlende Backenzähne im Unterkiefer durch zwei Brücken ersetzen. Hierbei war die Klägerin nach Anpassung der Prothese mit dem Zahnversatz nicht zufrieden und litt unter Schmerzen und Problemen bei der Nahrungsaufnahme. Die Prothese war unzureichend eingesetzt worden. Der Beklagte nahm mehrfache untaugliche Anpassungsversuche vor; die Klägerin unterzog sich schließlich einer prothetischen Neuversorgung bei einem neuen Arzt. Das Gericht stellte bei der Bemessung darauf ab, dass keine außerordentliche Beeinträchtigung vorgelegen hat und die Klägerin selbst die Leidenszeit verlängerte, weil sie erst 8 Monate später eine ordnungsgemäße Nachbehandlung in Angriff nahm.

E 1185 **OLG Frankfurt, Urt. v. 31.08.2010 – 8 U 31/10, ZMGR 2012, 335**

2.500,00 € (Vorstellung: 7.000,00 €)

Fünf Wurzelbehandlungen

Der Beklagte führte eine Zahnbehandlung und prothetische Neuversorgung der rechten Kieferseite durch, infolge derer die Notwendigkeit entstand, bei 5 Zähnen Wurzelbehandlungen durchzuführen. Hierüber war nicht hinreichend aufgeklärt worden.

Das Gericht berücksichtigte die Beeinträchtigungen aufgrund der zahnärztlichen Folgemaßnahmen, Behandlungen und Schmerzen.

E 1186 **AG Hohenstein-Ernstthal, Urt. v. 17.01.2006 – 4 C 1069/06, unveröffentlicht**

3.000,00 € (Vorstellung: 3.000,00 €)

Zahnverlust – Gesichtsverletzungen – Schädelhirntrauma

Der Kläger wurde bei einer Schlägerei verletzt. Die Beklagten verprügelten ihn grundlos, überraschend und brutal. Er erlitt ein Schädelhirntrauma, eine Risswunde der Unterlippe, einen Einriss des Ohres, Verletzungen der Oberlippe und starke Verletzungen im Bereich des Kieferknochens durch 2 ausgeschlagene Zähne. Erst nach Einsatz von Implantaten wird sein früheres Aussehen wiederhergestellt sein.

E 1187 **LG Dortmund, Urt. v. 31.01.2008 – 4 O 126/07, unveröffentlicht**

3.000,00 € (Vorstellung: 10.000,00 €)

Ungeeignete Prothethik

Bei dem 69 Jahre alten Kläger wurde eine Prothetik mit zwei Brücken im Oberkiefer geplant, ohne dass auf die vorzugswürdige Variante einer Teleskopprothetik hingewiesen wurde. Behandlungsfehlerhaft wurden sodann Zähne einbezogen, die hierfür nicht tauglich waren, sondern für die eine Einzelkrone hätte gefertigt werden müssen. Obwohl der Kläger nach Einsatz der 1. Brücke bereits über Beschwerden klagte, fertigte der Beklagte noch die 2. und 3. Brücke an, ohne die Planung zu überdenken.

Das Gericht bemaß das Schmerzensgeld dafür, dass der Kläger bei ordnungsgemäßer Aufklärung sofort eine Teleskopprothetik anfertigen lassen hätte, die nach einigen Wochen zum Behandlungserfolg hätte führen können. Dem Kläger wären damit eine Vielzahl von Behandlungsterminen zur Anfertigung der 1., 2. und 3. Brücke erspart geblieben, weiterhin Kaudruckschmerzen und Spannungsgefühle, unter denen er bis zur Neuversorgung gelitten hat.

E 1188 **OLG Hamm, Urt. v. 30.10.2009 – 26 U 149/05, unveröffentlicht**

3.000,00 € (Vorstellung: 30.000,00 €)

Bissverletzungen an der Zunge nach Implantat- und Kronenlösung

Der Kläger wurde an seinem über 30 Jahren zahnlosen linken Unterkiefer zahnärztlich behandelt, ohne dass über die Gefahr von Zungen- und Weichteilverletzungen aufgeklärt worden war. Nach Setzen von vier Implantaten mit einer prothetischen Oberkonstruktion aus vier Teleskopkronen klagte der Kläger über gravierende Beeinträchtigungen. Es kam zu Schmerzen durch Beißen auf die Zunge und Weichteile, die zu Reizungen im linksseitigen Zungenbereich führten. Der Vorstellung lag die nicht bewiesene Behauptung weiterer Behandlungsfehler und Verletzungen zugrunde.

OLG Frankfurt, Urt. v. 01.06.2010 – 8 U 126/09, unveröffentlicht E 1189

3.000,00 € (Vorstellung: 6.000,00 €)

Kieferklemme – Schmerzen im Gesicht

Der Beklagte führte umfassende zahnärztliche Maßnahmen bei der Klägerin durch; hierbei gelang trotz mehrfacher Nachbehandlungen eine korrekte Bestimmung der Bisslage nicht. Nachdem die Beklagte wegen starker Schmerzen vorstellig wurde, fertigte der Beklagte eine weiche Schiene, welche die Schmerzen verstärkte – hierzu erklärte der Beklagte, der Zahnersatz müsse sich erst »einbeißen«, und fuhr sodann in Urlaub. Bei der Klägerin dislozierte sich das Kiefergelenk, wodurch eine Kieferklemme eintrat. Sie hat weiterhin erhebliche Schmerzen in beiden Gesichtshälften. Das Gericht verwies darauf, dass nicht ausschließlich die Okklusionsstörung, sondern (so ein Sachverständiger) auch eine psychosomatische Ursache für die Beschwerden in Betracht kämen und der Beklagte die Okklusionsstörung nicht verursacht, sondern nur nicht behoben habe.

LG Köln, Urt. v. 31.07.2007 – 3 O 535/05, unveröffentlicht E 1190

3.150,00 € (Vorstellung: 4.500,00 €)

Verspätete Kariesbehandlung – Überkronung und endodontische Zahnbehandlung

Die zu Behandlungsbeginn 23 Jahre alte Klägerin war 7 Jahre in zahnärztlicher Behandlung beim Beklagten. Der Beklagte versäumte eine ausreichende Befunderhebung schon bei Behandlungsbeginn, sodass vorhandene kariöse Läsionen nicht behandelt wurden. Es kam daher zu umfangreichen kariösen Schädigungen der Zähne. Konkret waren an drei Zähnen Überkronungen nötig, drei weitere Zähne wurden endodontisch behandelt und überkront. Das Gericht bemaß das Schmerzensgeld mit jeweils 600,00 € pro endodontisch behandelten Zahns und weiteren jeweils 450,00 € pro überkronten Zahnes.

AG Meldorf, Urt. v. 31.05.2006 – 82 C 1769/05, unveröffentlicht E 1191

3.500,00 €

Verlust von zwei Schneidezähnen – Oberlippenplatzwunde

Der Kläger wurde von dem Beklagten bei einer Schlägerei in einer Diskothek verletzt; durch einen Faustschlag ins Gesicht verlor er 2 vordere Schneidezähne und erlitt eine klaffende Platzwunde an der Oberlippe. Die fehlenden Zähne sind vorübergehend durch eine Prothese ersetzt worden. Bei der Bemessung berücksichtigte das Gericht auch, dass der Beklagte (wörtlich: »2,02 m groß und 165 kg schwer«) dem Kläger (»1,76 m klein und 65 kg leicht«) körperlich eindeutig und massiv überlegen war und der Kläger »zu keinem Zeitpunkt auch nur den Hauch einer Chance« einer Verteidigung hatte. Ebenso wurde berücksichtigt, dass der Kläger zeitlebens unter den Verletzungsfolgen leiden wird, da die prothetische Versorgung der Weiterbehandlung und Erneuerung bedarf; auch sei damit zu rechnen, dass nach der Versorgung mit Implantaten eine Kieferentzündung oder ein Kieferknochenschwund auftrete.

OLG Naumburg, Urt. v. 29.11.2006 – 6 U 114/06, SP 2007, 354 E 1192

4.000,00 € (Vorstellung: 6.000,00 €)

Zahnverlust

Die Klägerin »an der Schwelle zum Erwachsenenalter« wurde im Bierzelt von einem Bierglas getroffen, welches der Beklagte, ohne auf die anderen Festbesucher zu achten, seitlich nach hinten geworfen hatte. Sie verlor einen Zahn mit der Folge einer langwierigen Behandlung. Der Senat verneinte auf die Berufung der Klägerin hin Ermessensfehler bei der

Schmerzensgeldbemessung, verkannte aber, dass in der Berufungs- (anders als in der Revisions-) instanz eine volle Kontrolle der Schmerzensgeldbemessung möglich ist.[76] Auch das Vorliegen einer Straftat wurde nicht berücksichtigt, weil – mangels Strafantrages der Klägerin – kein Strafverfahren durchgeführt worden war.

E 1193 **OLG Hamm, Urt. v. 04.01.2008 – 26 U 33/07, unveröffentlicht**

4.000,00 €

Unzureichende Implantatversorgung – Verlust von zwei Zähnen

Die Klägerin war vom Beklagten unzureichend bei der Implantatversorgung behandelt worden, weswegen eine neue Implantatversorgung erforderlich wurde. Die hierfür erforderliche Narkose ist wegen einer Herzerkrankung der Klägerin risikobehaftet. Die Kläger hatte langjährige Unannehmlichkeiten und Schmerzen, weil sie nur eingeschränkt kauen konnte. Trotz mehrfacher Nachbehandlungen des Beklagten gab es keine Besserung. Zudem kam es zum Verlust zweier Zähne.

E 1194 **OLG Oldenburg, Urt. v. 17.02.2010 – 5 U 156/09, unveröffentlicht**

4.000,00 € (Vorstellung: 5.000,00 €)

Zwei fehlerhafte Zahnimplantate

Bei der Klägerin wurden zwei enossale Implantate gesetzt; zugleich wurde als Knochenaufbaumaßnahme das sog. bone-splitting angewandt, bei dem der zahntragende Teil des Kieferknochens gespreizt wird. Zur Auffüllung wurde Knochenaufbaumasse eingebracht. Wegen der unzureichenden Knochenverhältnisse setzte der Beklagte die Implantate 3 mm weiter schädelwärts. Richtig wäre gewesen, zunächst für hinreichenden Knochenaufbau zu sorgen. Da der Knochenaufbau nicht wie erhofft gelungen war, musste die Lücke zu den Nachbarzähnen mithilfe einer Zahnfleischkeramikmaske verdeckt werden, die das Reinigen der Zahnzwischenräume deutlich erschwert.

Der Senat reduzierte auf die Berufung des Beklagten das vom LG zuerkannte Schmerzensgeld von 5.000,00 € und führte aus, es werde nicht verkannt, dass das Setzen der beiden Implantate und die durchgeführte Knochenaufbaumaßnahme mit Schmerzen und sonstigen Unannehmlichkeiten verbunden waren. Gleiches gelte für das künftig anstehende Entfernen der Implantate. Ebenso leide die Klägerin seit der Implantation unter Schwierigkeiten bei der Nahrungsaufnahme und nachfolgenden Schmerzen, dies sei aber überwiegend konstitutionell bedingt. Der Senat verwies darauf, dass zwar eine neue Behandlung erforderlich sei, die Klägerin diese aber eigenverantwortlich bislang nicht begonnen habe.

E 1195 **OLG Stuttgart, Urt. v. 12.07.2005 – 1 U 25/05, NJW-RR 2005, 1389**

5.000,00 €

Einsatz von Rinderknochenmaterial zum Zahnaufbau – fehlgeschlagene Implantation

Die Klägerin wurde bei einer Behandlung, bei welcher das Knochenaufbaumaterial »Bio-Oss« verwandt wurde, nicht hinreichend über Behandlungsalternativen für den Knochenaufbau vor der Implantation des Oberkiefers aufgeklärt. Auch sah das OLG die Notwendigkeit, über die Herkunft des Materials aus Rinderknochen aufzuklären. Die Klägerin hatte eine naturkundliche Ausbildung durchlaufen und es aufgrund einer homöopathischen Neigung strikt

---

76 Vgl. Rdn. 1662 ff. und BGH, Urt. v. 28.03.2006 – VI ZR 46/05, NJW 2006, 1589; OLG Köln, Urt. v. 09.10.2007 – 15 U 105/07, VersR 2008, 364; OLG Jena, Urt. v. 16.01.2008 – 4 U 318/06, NJW-Spezial 2008, 426.

abgelehnt, sich Rindermaterial nahe an ihr Gehirn einsetzen zu lassen. Das Schmerzensgeld berücksichtigte zudem, dass die implantologische Versorgung fehlschlug und es zu einem weiteren Eingriff zur Entfernung des Materials kam, sodass sich die Versorgung um insgesamt 13 Monate verzögerte.

LG Wiesbaden, Urt. v. 20.03.2006 – 7 O 55/05, unveröffentlicht E 1196

5.000,00 € (Vorstellung: 8.000,00 €)

Zahnhartsubstanzbeschädigung – Überkronung

Die Beklagte stellt Waffen, u. a. eine Selbstladepistole, her. Eine solche benutzte der Kläger, ein Polizeianwärter, im Rahmen einer Schussübung bei seiner Ausbildung. Hierbei löste sich ein Teil des Pistolenschlittens und verletzte den Kläger im Gesicht und an vier Zähnen. Es kam zu Beschädigungen der Zahnhartsubstanz und einer verbleibenden Überempfindlichkeit von zwei Zähnen; eine Wurzelbehandlung kann nötig werden. Ein Zahn bedurfte der Überkronung.

OLG Frankfurt am Main, Urt. v. 07.08.2007 – 8 U 108/05, unveröffentlicht E 1197

5.000,00 €

Fehlerhafte Implantatsetzung

Behandlungsfehlerhaft wurde bei der Klägerin in einem Termin ein Zahn gezogen und sofort ein Implantat eingesetzt. Die Klägerin erlitt durch die Sofortimplantation und die Nachfolgeeingriffe beträchtliche Schmerzen, die bei fachgerechtem Vorgehen in dieser Form nicht aufgetreten wären. Sie musste sich 2 operativen Nachfolgeeingriffen aussetzen, zu denen es bei korrektem Vorgehen nicht gekommen wäre. Zwar hätte auch ein zumindest 2-zeitiges oder sogar 3-zeitiges Vorgehen (Extraktion – Knochenaufbau – Implantateinbringung) Folgeeingriffe erforderlich gemacht, die mit hoher Wahrscheinlichkeit nicht völlig schmerzlos verlaufen wären. Die Klägerin hat aber infolge der Einbringung des Implantats in eine infektbeladene Region Wundheilungsstörungen und Schmerzen in einem Ausmaß erlitten, die bei korrekter Behandlung nicht entstanden wären.

Weitere gravierende Beschwerden wären der Klägerin erspart geblieben, wenn der Beklagte frühzeitig erkannt hätte, dass die Sofortimplantation – mit der er der Klägerin zwar ursprünglich mehrere Eingriffe ersparen wollte – fehlgeschlagen war und ein weiteres Zuwarten erfolglos und für die Klägerin unzumutbar sein würde.

Bei der Bemessung wurde berücksichtigt, dass die Klägerin über 5 Monate durch die ständigen Beschwerden in ihrer Lebensgestaltung erheblich eingeschränkt war, aber auch, dass der Beklagte die von der Klägerin geschilderten Schmerzen offensichtlich nicht hinreichend ernst genommen hat.

OLG Düsseldorf, Urt. v. 05.11.2008 – 18 U 7/08, unveröffentlicht E 1198

5.000,00 € (Vorstellung: 10.000,00 €)

Überkonturierung von Kronen – Sekundärkaries

Die Klägerin war bei dem Beklagten in zahnärztlicher Behandlung. Dieser setzte im Unterkiefer der Klägerin zehn Kronen im apikalen Bereich so überkonturiert ein, dass eine zufrieden stellende Reinigung der Interdentalräume nicht möglich war. Da er zugleich nicht über die Notwendigkeit einer weiteren therapeutischen Behandlung aufklärte, kam es zum Auftreten von Sekundärkaries und damit einhergehenden Schmerzen. Dies führte letztlich zur Notwendigkeit einer vollständigen zahnprothetischen Neuversorgung von Ober- und Unterkiefer. Die Kaufähigkeit des Gebisses bei der Einnahme von Speisen ist beeinträchtigt.

E 1199 **OLG Frankfurt, Urt. v. 12.05.2009 – 8 U 51/08, unveröffentlicht**

5.000,00 € (Vorstellung: 15.000,00 €)

Zahnverlust – Schädigung des nervus lingualis

Die Klägerin war bei dem beklagten Zahnarzt in Behandlung, der vor der Vornahme einer Weisheitszahnentfernung nicht über das Risiko einer Verletzung des nervus lingualis aufgeklärt hatte. Im Anschluss an die Behandlung kam es zu Komplikationen in Gestalt einer schweren Entzündung, die einen viertägigen Krankenhausaufenthalt erforderlich machte. Zahn Nr. 37 blieb aufgrund einer mechanischen Beschädigung beim Eingriff beschädigt, die erneute prothetische Versorgung zweier weiterer Zähne war nötig.

Die Klägerin ist dauerhaft nervgeschädigt, allerdings »nicht in besonders schwerwiegender Weise«; sie leidet unter einem Taubheitsgefühl der Zunge, bei welchem es sich um eine partielle, lokal begrenzte Sensibilitätsstörung ohne Schmerzsymptomatik handelt, bei der auch nicht das gesamte Ausbreitungsgebiet des nervus lingualis betroffen ist. Ein Rekonstruktionseingriff ist angesichts dessen Risiken nicht indiziert.

E 1200 **OLG Hamburg, Urt. v. 25.11.2005 – 1 U 6/05, OLGR 2006, 128**

6.000,00 € (Vorstellung: 7.500,00 €)

Unzureichender Einsatz einer Prothese – Druckschmerzen – Neuversorgung

Die 63 Jahre alte Klägerin trug nach einer Tumoroperation, der sie sich im Alter von 22 Jahren unterzogen und aufgrund derer sie sieben Zähne im Oberkiefer verloren hatte, eine Prothese. Diese deckte auch eine daumengroße Perforation zur Kieferhöhle (sog. Mund-Antrum-Verbindung) ab. Als sich an einem Zahn Schmerzen einstellten, zog die Klägerin den beklagten Zahnarzt zurate, der zu einer teleskopierenden Defektprothese riet. Der gefertigte Zahnersatz war unbrauchbar, weil er keinen ausreichenden Halt hatte. Es kommt zur Loslösung, beim Kauen drückt sich die Prothese in die Perforation im Oberkiefer und verursacht dort erhebliche Schmerzen. Die zur Stabilität erforderliche Saugfunktion war bei der Klägerin aufgrund der Mund-Antrum-Perforation nicht vorhanden, was der Beklagte behandlungsfehlerhaft übersehen hatte. Hierdurch löste sich die Prothese beim Kauen, Sprechen und Lachen. Beim Abbeißen von Brot saß sie nur auf dem ersten Schneidezahn. Aufgrund der scharfen Ränder der Prothese war es zu Zahnfleischentzündungen gekommen.

Bei der Bemessung stellte das Gericht auf die Notwendigkeit einer Neuversorgung ab, ebenso darauf, dass die Klägerin über einen längeren Zeitraum nur unter Schwierigkeiten Nahrung habe zerkleinern können und aufgrund des lockeren Sitzes der Prothese die Gefahr bestand, dass der Zahnersatz herausfalle, was zu einer erheblichen Belastung und einem Rückzug aus sozialen Kontakten geführt hatte.

E 1201 **OLG Köln, Beschl. v. 17.05.2006 – 19 U 37/06, NJW-RR 2007, 174 = NZV 2007, 204**

6.000,00 € (Vorstellung: 7.000,00 €)

Schneidezahnabbruch

Bei einer Schlägerei zwischen den Parteien schubste der 13 Jahre alte Beklagte den 9 Jahre alten Kläger so, dass dieser zu Fall kam; dann setzte er sich auf den Rücken des Klägers und schlug dessen Kopf auf das Pflaster. Hierdurch brachen zwei Schneidezähne ab. Im Hinblick auf das Alter des Klägers erfolgte zunächst eine Versorgung mit einem Langzeitprovisorium, eine endgültige Versorgung ist erst nach Abschluss der Wachstumsphase möglich. Der Kläger ist daher in fortwährender Behandlung. Bis er sich an das Provisorium gewöhnt hat, ist er erheblichen Unannehmlichkeiten und Einschränkungen beim Abbeißen ausgesetzt. Das Gericht stellte bei der Bemessung auf den aktuellen negativen Zustand der Zähne ab, von denen einer devital und verfärbt ist, der andere eine verzögerte Vitalität und eine geringe Verfärbung aufweist. Auch sei ein Zahnabbruch und eine prothetische Versorgung ein Dauerschaden, der gerade bei Kindern und Jugendlichen zu einem höheren Schmerzensgeld führen müsse. Zuletzt wurde erhöhend berücksichtigt, dass die Attacke des Beklagten aus nichtigem Anlass, nämlich einer Verballhornung seines Namens, erfolgte und mit großer Brutalität absichtlich ggü. dem deutlich jüngeren Kläger ausgeführt wurde.

OLG Koblenz, Urt. v. 20.07.2006 – 5 U 180/06, VersR 2007, 651 = MedR 2007, 553 E 1202

6.000,00 € (Vorstellung: 14.000,00 €)

Wurzelentzündungen nach Zahnprothese – Verlust von fünf Zähnen

Der beklagte Zahnarzt nahm ohne ausreichende Aufklärung über (allerdings: kostenpflichtige) Alternativen eine prothetische Versorgung (nur) im Leistungsniveau der gesetzlichen Krankenkasse bei der Klägerin vor, die zudem mit höheren Risiken behaftet war. fünf Zähne erhielten keramisch verblendete Metallkronen, die brückenförmig miteinander verblockt wurden; an zwei Zähnen wurden Wurzelstifte eingesetzt und links- und rechtsseitige Metallgussprothesen befestigt. Es kam zu Komplikationen, weil die Benutzung der Prothese mit Entzündungsprozessen begleitet war. Die Klägerin litt noch ein halbes Jahr unter Entzündungen, Schmerzen und Gesichtsschwellungen; 8 Monate nach der Behandlung frakturierte ein Metallblock zwischen zwei Zähnen, an dem zuvor ein Eckteil ausgebrochen war. Sämtliche fünf Zähne gingen im Verlauf eines Jahres nach der Behandlung verloren. Die Bemessung – bei der lediglich und ohne weitere Darstellung 13 Nummern der Hacks-Tabelle genannt werden – stellte auf die Beschädigung der Prothese, die Notwendigkeit der Neuversorgung und den Verlust sämtlicher Oberkieferzähne ab. Dieser resultierte aus einer von dem eingebrachten Wurzelstift ausgehenden apikalen Ostitis.

OLG Koblenz, Beschl. v. 19.06.2007 – 5 U 467/07, VersR 2008, 537 = NJW-RR 2008, 269 = MDR 2008, 211 E 1203

6.000,00 € (Vorstellung: 6.000,00 €)

Beiß- und Kauprobleme – schmerzhafte Zahnfleischentzündungen

Die Klägerin befand sich bei dem Beklagten in zahnärztlicher Behandlung. Sie ließ Ober- und Unterkiefer mit herausnehmbaren Teilprothesen versorgen. Vorbereitend wurden etliche Zähne verkront. Die Kronen hatten überstehende Ränder und die Prothesen saßen nicht fest. In der Folge ergaben sich Sprach-, Beiß- und Kauprobleme. Außerdem kam es zu langfristig anhaltenden schmerzhaften Zahnfleischentzündungen, weil die überstehenden Kronen Schäden an den marginalen Weichgeweben verursachten.

Die Kronen mussten ersetzt und neue angepasste Teilprothesen erstellt werden; die Klägerin musste sich weitreichenden, das gesamte Gebiss betreffenden Sanierungsmaßnahmen mit Gefahren für die vorhandene Zahnrestsubstanz unterziehen.

OLG Koblenz, Urt. v. 06.12.2007 – 5 U 709/07, GesR 2008, 537 E 1204

6.000,00 € (Vorstellung: 8.000,00 €)

Extraktion eines Weisheitszahns – Schädigung des nervus alveolaris

Der beklagte Zahnarzt extrahierte ohne ausreichende Röntgenbefunde einen Weisheitszahn; auch in der Nachsorge machte er erhebliche Fehler. Es kam zu einer irreversiblen Nervschädigung im Lippenbereich wegen einer erheblichen Schädigung des nervus alveolaris. Der Kläger leidet unter einer bleibenden Beeinträchtigung des Empfindens im Lippenbereich; die Nachbehandlung ist kompliziert und schmerzhaft.

E 1205 **LG Bonn, Urt. v. 01.02.2011 – 7 O 146/10, VersR 2012, 1269**

6.000,00 € (Vorstellung: 18.000,00 €)

Zahnschäden – Lippenverletzungen – Narben

Der 12 Jahre alte Kläger feierte seinen Geburtstag auf dem Zeltplatz des Beklagten. Zur Spannung einer Sonnenmarkise waren dort mehrere Stahlseile zwischen einem Partyraum und dem Boden gespannt, der sich in unmittelbarer Nähe zum Grillplatz befand. Als bei schwindendem Licht die Kinder abends herumtollten, lief der Kläger versehentlich gegen ein gespanntes Seil. Hierbei erlitt er eine Unterlippenprellung, Abschürfungen am Kinn und eine blutende Unterlippe. Ferner entstanden vier sichtbare Narben durch Perforation der Unterkieferfrontzähne an der Unterlippe, Narben an der Lippe und eine Narbe durch den Eckzahn am Mundwinkel. Acht Zähne, auch Schneidezähne, waren beschädigt und mussten mit Kunststoffaufbauten vorläufig gerichtet werden. Eine endgültige Behandlung mit Kronen und Veneers ist erst mit Volljährigkeit möglich. Der Kläger hatte 2-3 Wochen nach dem Unfall noch starke Schmerzen und konnte zunächst nur flüssige Nahrung aufnehmen. Bei der Bemessung wurde berücksichtigt, dass es zu an sich nur kleineren Beschädigungen, aber an einer Vielzahl von Zähnen gekommen war.

In der Berufung (OLG Köln 17 U 22/11) wurde im Vergleichswege ein Schmerzensgeld von 9.000,00 € gezahlt.

E 1206 **LG Köln, Urt. v. 28.02.2008 – 37 O 670/07, unveröffentlicht**

6.500,00 € (Vorstellung: 6.000,00 €)

Scheidekantenfrakturen der Zähne – Nasenbeinfraktur – Gehirnerschütterung

Bei einer Schlägerei unter Schulkindern schlug der Beklagte den Kläger so stark (mehrere »Kopfnüsse«), dass er wegen einer Gehirnerschütterung und eines Schädelhämatoms 3 Tage stationär behandelt wurde. Weiterhin erlitt der Kläger eine Nasenbeinfraktur und Verletzungen mehrerer Zähne. Wegen diverser Scheidekantenfrakturen der Zähne wurden insgesamt fünf Zähne mit Kunststoffaufbauten versorgt. An zwei Zähnen trat ein Füllungsverlust auf, bei 2 weiteren Zähnen ist dies noch möglich. Auch eine spätere Devitalisierung zweier Zähne (mit der Folge der Notwendigkeit einer Wurzelbehandlung) kann nicht ausgeschlossen werden.

Durch die Kunststoffaufbauten an den Zähnen ist der Kläger in seiner Lebensqualität beeinträchtigt, da er weit über das normale Maß hinaus im Umgang mit Gleichaltrigen verunsichert ist. Die Aufbauten, die für jedermann sichtbar sind, beeinträchtigen das äußere Erscheinungsbild nachhaltig, was den Kläger psychisch stark belastet.

Das Gericht berücksichtigte auch das prozessuale Verhalten des Beklagten, indem es ausführte: »Es läuft auf eine gewisse Verhöhnung des Opfers hinaus, wenn neben dem Bestreiten der erlittenen Nasenbeinfraktur, was zivilprozessual noch angehen mag, dem Kläger letztlich durch die Ankündigung, eigene strafrechtliche Konsequenzen tragen zu müssen, unterstellt wird, er würde einen versuchten Prozessbetrug begehen. Unter dem Gesichtspunkt der Genugtuungsfunktion des Schmerzensgeldes war hier eine gewisse Erhöhung des dem Kläger zuzubilligenden Schmerzensgeldes angezeigt.«

E 1207 **OLG Koblenz, Urt. v. 29.06.2006 – 5 U 1591/05, OLGR 2006, 951**

7.000,00 € (Vorstellung: 20.000,00 €)

Überflüssige Gesamtverblockung mehrerer Zähne

Die Klägerin war bei den Beklagten in zahnärztlicher Behandlung. Diese erneuerten eine Brücke zwischen den Zähnen 23 und 25 und überkronten die Zähne 11 – 26, wobei sämtliche

Zähne vollständig verblockt wurden. Aus parodontalprophylaktischer Sicht ist es aber geboten, möglichst viele Zähne unverblockt zu lassen; jedenfalls zwei Zähne waren nicht verblockungsbedürftig gewesen. Auch waren der Kronenrand und der Zusammenbiss nicht fachgerecht hergestellt. Die notwendige Entfernung der Restauration und die anschließende Neubehandlung führten zu einem Behandlungsaufwand von mindestens einem halben Jahr mit noch längerer Zeit bis zur völligen Schmerzfreiheit. Das Schmerzensgeld, welches das LG festgesetzt hatte, sei, so urteilte der Senat, zwar »hoch angesetzt, aber noch angemessen«, da die erheblichen Schmerzen nach der Behandlung, Zahnfleischbluten und Verspannungen sowie die zu erwartenden Schmerzen der langwierigen Nachbehandlung zu berücksichtigen seien.

OLG Frankfurt am Main, Urt. v. 23.01.2007 – 8 U 199/05, unveröffentlicht E 1208

7.000,00 € (Vorstellung: 20.000,00 €)

Unzureichende Zahnprothetik

Die Klägerin, die ein im Ober- und Unterkiefer völlig überkrontes Gebiss trug, erhielt vom beklagten Zahnarzt den Rat, sich sämtliche Zähne neu überkronen zu lassen. Sie erhielt dann eine herausnehmbare Oberkieferprothese; regelwidrig nutzte der Beklagte eine Oberprothese mit Freiendbrücken, die funktionale Schwächen hatte. Hierdurch ist die Klägerin, die prozessbedingt die Neuversorgung zurückgestellt hatte, seit 5 Jahren ohne fachgerechte Versorgung; sie leidet unter Bissschwierigkeiten, Kaubeschwerden und Kieferschmerzen.

OLG Hamm, Urt. v. 30.05.2011 – 3 U 205/10, unveröffentlicht E 1209

8.000,00 € (Vorstellung: 8.000,00 €)

Zahnmarkentzündung

Die 57 Jahre alte Klägerin ließ sich sog. »Veneers« an den Oberkieferfrontzähnen anbringen. Hierbei wurde sie nicht über das Risiko einer Zahnmarkentzündung (Pulpitis) aufgeklärt, die sich sodann entwickelte und in zwei Wurzelkanalentzündungen mündete. Die Frontzähne waren dauerhaft und teils hochgradig temperaturempfindlich. Die Pulpitis ist chronisch. Es kommt weiterhin zu Rötungen und Schwellungen im Bereich der behandelten Zähne, insb. bei der Nahrungsaufnahme. Die Klägerin muss mit der Sorge leben, dass ihre Frontzähne möglicherweise nicht zu erhalten sind.

LG Münster, Urt. v. 31.05.2007 – 11 O 1097/05, unveröffentlicht E 1210

10.000,00 €

Unzureichende Behandlung eines Tiefbisses – Mundbodenmuskulaturkrämpfe – Zahnverlust

Der jugendliche Kläger war bei dem Beklagten in kieferorthopädischer Behandlung. Ein bestehender Tiefbiss wurde im Stadium der Milchzähne vorwerfbar nicht behandelt, durch die Behandlung wurde vielmehr ein vorhandener leichter Überbiss verstärkt. Erst 4 Jahre verspätet und nach Abschluss des Längenwachstums wurde ein Aktivator verordnet. Es kam zu einem irreversiblen Schwund der Knorpelmasse und zu einer Dysfunktion des Kauorgans. Der Kläger hat schmerzhafte Krämpfe der Mundbodenmuskulatur, einen erhöhten Druck auf das Ohr bis hin zum Tinnitus, Kopf- und Rückenschmerzen. Die Rücklage des Unterkiefers ist sichtbar. Der Tiefbiss kann nun nur durch eine kombinierte kieferorthopädische und – chirurgische Behandlung mit erheblichen Eingriffen korrigiert werden, wobei 4 Zähne entfernt werden müssen.

E 1211 **LG Bielefeld, Urt. v. 10.07.2007 – 4 O 291/06, unveröffentlicht**

10.000,00 € (Vorstellung: 10.000,00 €)

Extraktion der Zähne 34 und 44

Bei der 12 Jahre alten Klägerin wurden aufgrund einer Verwechslung der Patientenkarte mit der ihrer Schwester anstatt der Milchzähne die bleibenden Zähne 34 und 44 gezogen. Eine Indikation zur Extraktion bestand nicht. Dies führt zu der Notwendigkeit einer späteren Implantatversorgung in beiden Regionen, verbunden mit zusätzlichen aufwendigen Knochenaufbaumaßnahmen aufgrund eines frühzeitigen Alveolarfortsatzkollapses.

Bei der Bemessung berücksichtigte das Gericht, dass die Lücken für eine spätere Implantatversorgung, die nicht vor dem 18. – 20. Lebensjahr erfolgen kann, über einen längeren Zeitraum freigehalten werden müssen. Dies bedeutet eine visuelle und psychische Beeinträchtigung der Klägerin, die auch durch die spätere Implantatversorgung weitere Belastungen wird erdulden müssen.

E 1212 **OLG Stuttgart, Urt. v. 24.01.2011 – 5 U 114/10, unveröffentlicht**

12.000,00 € (Vorstellung: 12.000,00 €)

Verlust von fünf Zähnen – Kieferbruch

Die 13 Jahre alte Klägerin war auf dem Pferdehof des Beklagten tätig; dieser wies sie an, zwei weitere Pferde zu überholen, als eines dieser Pferde erschrak und mit der rechten Hinterhand ausschlug. Die Klägerin erlitt einen Kieferbruch, verlor fünf Zähne und hat bis heute Probleme mit Gesichtsschwellungen. Sie trägt, so weit möglich, eine Zahnprothese und kann Zahnimplantate erst erhalten, wenn der Kiefer ausgewachsen ist.

E 1213 **OLG Köln, Urt. v. 23.08.2006 – 5 U 22/04, MedR 2008, 46**

15.000,00 € (Vorstellung: 15.000,00 €)

Bissfehlstellung – Zungen- und Kiefergelenkschmerzen

Die Klägerin war 2 Jahre bei dem beklagten Zahnarzt in Behandlung. Wegen Knackgeräuschen wurde das Tragen einer Knirscherschiene angeordnet. Im Januar 1991, ein Jahr später, nahm der Beklagte eine (nicht indizierte) umfassende prothetische Neuversorgung vor, die zum Einsatz von 18 Kronen und drei Brückengliedern sowie zur Extraktion eines Zahns führte.

Die Klägerin litt nach der Schienenbehandlung an Beschwerden an Zunge und Kiefergelenk. Die prothetische Versorgung führte zu einer Bissfehlstellung, die eine jahrelange Nach- und Weiterbehandlung erforderlich machte und auch nicht wirksam beseitigt worden war.

E 1214 **OLG Karlsruhe, Urt. v. 01.02.2010 – 1 U 137/09 – MDR 2010, 747 = NZV 2010, 352**

40.000,00 € (Vorstellung: 65.000,00 €)

Verlust von 12 Zähnen – schwere Schädelfrakturen

Der 23 Jahre alte Kläger wurde als LKW-Fahrer verletzt, als ein vorausfahrendes Fahrzeug einen Kanaldeckel hochschleuderte, der die Windschutzscheibe zerschlug und den Kläger im Gesicht traf. Dies wurde möglich, weil der Kanaldeckel von starkem Regen unterspült und daher aus der Fassung gehoben war; hierfür haftete die Beklagte nach § 2 HaftPflG.

Er erlitt durch den Unfall schwere Gesichtsschädelfrakturen, insb. eine Mittelgesichtsfraktur in Le Fort II-Ebene und eine paramediane Unterkieferfraktur links. Es kam zum Verlust und der Zerstörung von zwölf Zähnen, Rissquetschwunden im Bereich der Ober- und Unterlippe sowie einer Gehirnerschütterung. Die Verletzungen erstreckten sich in einem Bereich von ca. 12 x 12 cm (Unterkiefer – Augenhöhlenboden).

Diese Verletzungen machten zunächst einen zweiwöchigen Krankenhausaufenthalt notwendig. Der Kläger war bei Einlieferung in das Krankenhaus bei Bewusstsein; er lag eine Woche auf der Intensivstation. Der postoperative Heilungsverlauf war weitgehend unauffällig. Er musste jedoch zahlreiche Kliniken aufsuchen. Die Folgen des Unfalls waren 8 Monate nach dem Vorfall noch nicht völlig verheilt; der Kläger war 22 Monate arbeitsunfähig.

Neben den körperlichen Schmerzen stellte das Gericht auch auf die psychischen Folgewirkungen Schmerzensgeld erhöhend ab. Die Gesichtsverletzungen des Klägers führten über einen längeren Zeitraum – mindestens 8 Monate – zu einer erheblichen Entstellung des Gesichts. Es fehlten zahlreiche Zähne und das Gesicht war teilweise deformiert. Dem Kläger wurden bisher acht Implantate eingesetzt.

Der Kläger hat vier Narben im Mund-Nasen-Bereich. Diese befinden sich im Gesicht, sind allerdings verhältnismäßig klein und nicht besonders auffallend. Ferner wurde bei der Bemessung des Schmerzensgelds berücksichtigt, dass weitere Korrekturoperationen, die das Weichgewebe betreffen, erfolgen müssen. Bei der Höhe des Schmerzensgelds fielen auch die langzeitigen Ungelegenheiten durch die vielen Arztbesuche, die zahlreichen Zahnbehandlungen und Operationen, die psychischen Belastungen sowie die Entstellungen ins Gewicht.

Zunge

▶ Hinweis:

Hier sind nur physische Beeinträchtigungen der Zunge erfasst; das Sprachvermögen ist unter dem Punkt → Stimmband (E 1084 ff.) umfassend gesondert behandelt worden.

LG Aachen, Urt. v. 18.06.2003 – 11 O 423/01, unveröffentlicht — E 1215

250,00 €

Zungenverletzung

Bei der Klägerin kam es aufgrund eines Fehlers des Zahnarztes zu einem 2-maligen Abbrechen eines Teilstücks der Keramikverblendung an einer Metallkrone. Eine Teilfraktur ereignete sich während ihres Sommerurlaubs. Die Keramikabplatzung führte zu einer Zungenverletzung, die »Beschwerden und Unannehmlichkeiten« zur Folge hatte; mehrere Tage konnte die Klägerin keine gewürzten Speisen zu sich nehmen.

AG Neubrandenburg, Urt. v. 10.10.2000 – 18 C 160/00, NJW 2001, 902[77] — E 1216

300,00 € (Vorstellung: 360,00 €)

Zungenverletzung (Komplikationen nach Zungenpiercen)

Bei der Klägerin kam es nach einem Behandlungsfehler in Form einer Aufklärungspflichtverletzung vor dem Piercing der Zunge zu Komplikationen im Anschluss an die Behandlung. Das Piercing eiterte und geriet in das Zungenbändchen; die Zunge musste »um ein Haar« amputiert werden. Nach Beseitigung des Piercings und aseptischer Behandlung verheilte die Wunde. Schmerzensgeld mindernd wurde berücksichtigt, dass die Klägerin sich freiwillig für

77 Haas/Horcher, DStR 2001, 2118 (2120). Richtigerweise ist § 253 Abs. 2 BGB aber wohl als Klarstellung der Rechtsfolgen anzusehen; vgl. auch Wagner, NJW 2002, 2049 (2055).Eine ältere, aber wichtige Entscheidung.

die Gefahren des »Modeschmucks« entschieden hatte und sie zudem ein (nicht näher bezifferten) Mitverschulden traf, da sie erst nach einigen Tagen einen Arzt aufsuchte.

E 1217 **OLG Frankfurt, Urt. v. 12.05.2009 – 8 U 51/08, unveröffentlicht**

5.000,00 € (Vorstellung: 15.000,00 €)

Zungentaubheit – Schädigung des nervus lingualis – Zahnverlust

Die Klägerin war bei dem beklagten Zahnarzt in Behandlung, der vor der Vornahme einer Weisheitszahnentfernung nicht über das Risiko einer Verletzung des nervus lingualis aufgeklärt hatte. Im Anschluss an die Behandlung kam es zu Komplikationen in Gestalt einer schweren Entzündung, die einen viertägigen Krankenhausaufenthalt erforderlich machte. Zahn Nr. 37 blieb aufgrund einer mechanischen Beschädigung beim Eingriff beschädigt, die erneute prothetische Versorgung zweier weiterer Zähne war nötig.

Die Klägerin ist dauerhaft nervgeschädigt, allerdings »nicht in besonders schwerwiegender Weise«; sie leidet unter einem Taubheitsgefühl der Zunge, bei welchem es sich um eine partielle, lokal begrenzte Sensibilitätsstörung ohne Schmerzsymptomatik handelt, bei der auch nicht das gesamte Ausbreitungsgebiet des nervus lingualis betroffen ist. Ein Rekonstruktionseingriff ist angesichts dessen Risiken nicht indiziert.

E 1218 **OLG Koblenz, Urt. v. 13.05.2004 – 5 U 41/03, VersR 2005, 118 = MDR 2004, 1239 = NJW-RR 2004, 1026**

6.000,00 € (Vorstellung: 6.000,00 €)

Zungengefühlsstörung – Verletzung des nervus lingualis

Der Patient wurde vom Zahnarzt vor einer Leitungsanästhesie nicht über deren Risiko aufgeklärt. Es kam zu einer Beeinträchtigung des nervus lingualis; es stellten sich beim Kläger persistierende Beschwerden und Ausfälle im Bereich der Injektionsstelle und der rechten Zungenhälfte ein. Als Verkaufsleiter muss der Kläger oft ausgedehnte Kundengespräche führen. Dabei empfindet er die Gefühlsstörung der Zungen- und Mundhöhlenhälfte mit Mundtrockenheit als erhebliche Beeinträchtigung. Auch bei sonstigen Gesprächen stört die irreparable Nervschädigung.

Für die Bemessung des Schmerzensgeldes hat sich das Gericht auf die Entscheidung unter der laufenden Nr. 1687 in der 21. Aufl. der ADAC-Tabelle bezogen. In diesem Fall hatte das LG Kassel bereits Anfang 1992 in einem vergleichbaren Fall ein Schmerzensgeld von 7.500,00 € zuerkannt. Dem Umstand, dass der nervus lingualis durchtrennt war, kommt medizinisch keine ausschlaggebende Bedeutung zu.

E 1219 **LG Dortmund, Urt. v. 04.05.2011 – 4 O 55/09, unveröffentlicht**

10.000,00 € (Vorstellung: 30.000,00 €)

Zungentaubheit – Nervverletzungen – teilweiser Geschmacksverlust

Der beklagte Zahnarzt verletzte bei einer Leitungsanästhesie mehrere Nerven des Klägers, nämlich den nervus lingualis, den nervus buccalis und den nervus alveolaris inferiores.

Der Kläger hat nach wie vor eine taube rechte Zungenhälfte, in der weder ein taktiles noch ein gustatorisches Empfinden vorhanden ist. Betroffen ist auch die Hälfte der Wangenschleimhaut. Der Kläger kann feste Nahrung nur unter Schmerzen kauen und essen. Das Geschmacksempfinden des Klägers auf der rechten Seite ist dauerhaft verloren.

LG Tübingen, Urt. v. 29.09.2010 – 8 O 64/08, unveröffentlicht E 1220

15.000,00 € (Vorstellung: 10.000,00 €)

Hypästhesie der Mundschleimhaut und Zunge – Schädigung des nervus lingualis

Der 53 Jahre alte Kläger, der gelernter Koch war, erlitt bei einer Lokalanästhesie des beklagten Zahnarztes, der über Behandlungsalternativen nicht hinreichend aufgeklärt hatte, eine Hypästhesie beidseits der Mundschleimhaut und der Zunge. Es kam zum Verlust des Geschmackssinnes im Bereich der vorderen zwei Zungendrittel sowie einer Schädigung des nervus lingualis links.

Bei der Bemessung stellte das Gericht insbesondere darauf ab, dass der Kläger im Ergebnis seinen kompletten Geschmackssinn verloren hat mit der Folge, dass er seinem Beruf als Koch nicht mehr nachgehen kann.

LG Dortmund, Urt. v. 09.02.2011 – 4 O 124/08, unveröffentlicht E 1221

15.000,00 € (Vorstellung: 100.000,00 €)

Verspätete Diagnose eines Mundbodenkarzinoms

Bei dem 51 Jahre alten Erblasser wurden zwei Zähne extrahiert und eine Hypästhesie der Zunge antibiotisch behandelt. Es kam zu Wundheilungsstörungen, Schmerzsymptomatiken und einer nur eingeschränkten Mundöffnung. Trotz mehrerer Röntgenbilder wurden Knochenauflösungsprozesse im Unterkiefer übersehen. Auch einer Osteomyelitis wurde nicht hinreichend nachgegangen. Erst vier Monate nach Beginn der Behandlung wurde ein Mundbodenkarzinom diagnostiziert. Mehrere Operationen, Chemotherapien und Strahlungsbehandlungen blieben erfolglos; der Erblasser verstarb ein Jahr nach der Diagnose an den Folgen der Tumorbildung und deren Rezidive.

Bei rechtzeitiger Diagnose wäre zwar die Tumorresektion mit der Folge von Beeinträchtigungen in Zunge und Mundraum in jedem Fall erforderlich geworden. Es hätte aber das Überleben des Erblassers gesichert werden und Chemo- sowie Strahlentherapie vermieden werden können.

Das Gericht berücksichtigte auch, dass durch die Behandlungsverzögerung der Erblasser in begründeter Unsicherheit darüber war, ob er bei rechtzeitiger Behandlung gerettet hätte werden können.

OLG Naumburg, Urt. v. 13.03.2003 – 1 U 34/02, OLGR 2003, 348 (LS) E 1222

26.000,00 € (Vorstellung: mindestens 25.000,00 €)

Zungentaubheit – Schädigung des nervus hypoglossus und des nervus lingualis

Der Kläger wurde wegen Schwellungen im Unterkieferbereich und Schluckbeschwerden behandelt. Wegen eines vermuteten »Mundbodentumors mit Lymphknoten in beiden Gefäßscheiden« wurden der nervus hypoglossus links und der nervus lingualis links bewusst und ohne ausreichende diagnostische Absicherung »geopfert«; tatsächlich litt der Kläger lediglich unter einem Mundbodenabszess. Als Folge der Nervschädigung blieben 2/3 der Zunge des Klägers taub und bewegungsunfähig. Hieraus ergaben sich erhebliche Beeinträchtigungen bei der Nahrungsaufnahme, beim Sprechen und bei der Reinigung des Mundraums sowie der Zähne.

Abschnitt 2: Besondere Verletzungen

Amputationen (Arm/Hand/Finger – Oberschenkel – Unterschenkel – Fuß)

▶ Hinweis:

In diesem Kapitel wird nur die Amputation von Gliedmaßen behandelt, nicht aber auch z. B. die Amputation der weiblichen Brust, die unter dem Stichwort → Brust (E 442 ff.) dargestellt wird.

1. Arm/Hand/Finger

E 1223 **OLG Hamm, Urt. v. 17.10.2011 – 6 U 72/11, unveröffentlicht**

2.500,00 € (Mitverschulden ½; Vorstellung: mindestens 5.000,00 €)

Amputation des Endgliedes des Zeigefingers nach Hundebiss in die Hand

Der Hund der Klägerin wurde vom Hund der Beklagten angegriffen und gebissen. Die Klägerin versuchte, ihren Hund zu schützen und die Tiere zu trennen. Dabei wurde sie gebissen. Das Endglied des linken Zeigefingers musste amputiert werden. Der stationäre Aufenthalt dauerte 4 Tage. Die Beweglichkeit des Fingers ist nicht auf Dauer eingeschränkt.

E 1224 **LG Düsseldorf, Urt. v. 17.10.2005 – 3 O 648/03, unveröffentlicht**

65.000,00 € (Vorstellung: 60.000,00 € zzgl. 150,00 € monatliche Rente)

Amputation von zwei Fingern, Großzehe und Mittelfußstrahl

Infolge einer unzureichenden Diagnostik und Behandlung von Durchblutungsstörungen kam es bei der Klägerin zu einer Amputation des kleinen Fingers, des Ringfingers, einer Großzehe und des 1. Mittelfußstrahls des rechten Fußes. Die Klägerin ist in der Mobilität erheblich beeinträchtigt.

E 1225 **OLG Frankfurt am Main, Urt. v. 19.01.1994 – 7 U 189/92, ZfS 1994, 82;[78] LG Hanau, Urt. v. 15.07.1992 – 4 O 926/90, ZfS 1993, 50**

67.500,00 € (Mitverschulden: $^1/_{10}$)

Amputation des Unterarms

Bei einem Unfall erlitt der Kläger erhebliche Verletzungen. Sein linker Arm wurde amputiert, sein linkes Bein ist um 3,4 cm verkürzt. Zerstörung des Streckapparates im Kniegelenk. Es bestehen starke Bewegungseinschränkungen. 4 Monate stationäre Behandlung, 3 Wochen bestand Lebensgefahr.

Es verblieb eine MdE von 90 %. Der Verletzte ist zu 100 % schwerbehindert.

Regulierungsverhalten: Trotz Vorlage eindeutiger Gutachten wurde keine Abschlagszahlung geleistet. Die psychische Belastung durch die lange Prozessführung wirkte Schmerzensgeld erhöhend.

---

78 BT-Drucks. 14/7752, S. 24.Eine ältere Entscheidung, aber es gibt nur wenige Entscheidungen zu Amputationen: das Schmerzensgeld muss heute viel höher ausfallen.

LG Köln, Urt. v. 05.03.2008 – 25 O 197/02, KH 2009, 470 E 1226

70.000,00 € (Vorstellung: 125.000,00 €)

Fingergliedverluste – Ventrikelseptumdefekt

Die Klägerin wurde einen Monat nach ihrer Geburt wegen eines angeborenen Herzfehlers, nämlich einem Ventrikel-Septum-Defekt, in der Klinik der Beklagten operiert. Nach dem Thoraxverschluss wurden eskalierende Kreislaufparameter nicht zum Anlass genauerer Untersuchungen genommen, sodass das Wiederauftreten des Ventrikelseptumdefekts nicht erkannt wurde.

Es kam zu einer ausgeprägten Minderdurchblutung und Blaufärbung am rechten Fuß und an beiden Händen; nach ihrer Verlegung auf die Intensivstation kam es zu einem Kreislaufstillstand. Es verblieben Nekrosen im Bereich der Hände und des rechten Fußes. Der Ventrikelseptumdefekt musste erneut operiert werden.

Die Klägerin verlor an der rechten Hand den kleinen und den Ringfinger, den Mittelfinger bis zum Mittelglied und die Oberglieder zum Beginn der Nagelbetten, sowie an der linken Hand die Glieder bis zum Mittelglied von Ring- und Mittelfinger. Alle Zehen am rechten Fuß sind vernarbt und geschwollen. Die Verstümmelungen haben zu einer Schwerbehinderung von 100 % geführt. Bei der Bemessung wurden neben der mit der Verstümmelung einhergehenden Beeinträchtigung das geringe Lebensalter der Klägerin und die vorhersehbaren Einschränkungen bei der schulischen und beruflichen Entwicklung berücksichtigt. Gerade der Verlust zahlreicher Fingerglieder an beiden Händen führe zu Auswirkungen, die der Beeinträchtigung ein Gewicht weit jenseits der bisher veröffentlichten Entscheidungen zugrunde liegenden Sachverhalten gäben, wenn sie auch nicht dem Verlust der Hand gleichkämen.

OLG Celle, Urt. v. 07.10.2004 – 14 U 27/04, SP 2004, 407 E 1227

70.000,00 € zzgl. 200,00 € monatliche Rente = ca. 115.000,00 € (gesamt)
(Vorstellung: 70.000,00 € zzgl. 500,00 € monatliche Rente = ca. 182.500,00 € (gesamt))

Abriss des rechten Arms – Ausriss von Schlüsselbein und Schulterblattgelenk – Frakturen

Der 17 Jahre alte Kläger wurde bei einem Verkehrsunfall schwer verletzt. Er erlitt einen Abriss des rechten Arms, einen Ausriss der oberen Plexus brachialis und vena subclavia, einen Ausriss von Schlüsselbein und Schulterblattgelenk sowie eine Fraktur eines Ober- und Unterschenkels.

Der Kläger musste sich mehreren Operationen unterziehen und war 4 Monate in stationärer Behandlung. Er musste die 11. Klasse wiederholen und seinen Berufswunsch aufgeben, Pilot bei der Bundeswehr zu werden. Als Dauerschäden blieben: Funktions-, Kraft- und Gefühlsverlust des rechten Schultergürtels und des rechten Arms und Instabilität des Kniegelenks. Die MdE beträgt 80 %.

Das OLG hat bei der Bemessung des Schmerzensgeldes auf Entscheidungen zu Schädelhirntraumen und Hirnschäden Bezug genommen, die sämtlich mit der Verletzung des Klägers nicht vergleichbar sind, zu lange zurückliegen und zu niedrige Schmerzensgelder zusprechen. Berücksichtigt hat das Gericht zudem, dass der Kläger nicht auf die Hilfe Dritter angewiesen ist.

E 1228 **LG Lübeck, Urt. v. 09.07.2010 – 9 O 265/09, SP 2010, 431**

75.000,00 € (Vorstellung: 75.000,00 €)

Ausriss des Arms – Amputation

Der Kläger, ein Motorradfahrer, erlitt bei einem Verkehrsunfall einen Ausriss des linken Armes aus der Schulter mit Eröffnung der linksseitigen Achselregion auf ganzer Länge, ein Schädelhirntrauma 1. Grades mit Kopfplatzwunde, ein Thoraxtrauma mit Hämatopneu-mothorax links sowie eine Fraktur der linken Großzehe. Als Dauerfolgen sind der Verlust des Armes mit noch kurzem Oberarmstumpf verblieben. Der Kläger konnte den von ihm erlernten und ausgeübten Beruf des CNC-Drehers nicht mehr ausüben und ist nun als CNC-Programmierer tätig, wobei in seinem täglichen Arbeitsumfeld die Verletzung weiterhin schwerwiegende Nachteile verursacht.

2. Oberschenkel

E 1229 **LG Meiningen, Urt. v. 13.06.2001 – 3 O 1467/00, ZfS 2002, 18[79]**

90.000,00 € (Vorstellung: 90.000,00 €)

Oberschenkelamputation nach großflächiger Oberschenkeltrümmerfraktur

Der 19 Jahre alte Kläger erlitt bei einem Unfall eine großflächige Oberschenkeltrümmerfraktur mit einem großen Knochendefekt sowie diverse Luxations- und Trümmerfrakturen an drei Fingern. Der linke Oberschenkel musste amputiert werden. Die Narben verlaufen nach oben zur Leiste hin, sodass der Kläger keine Prothese dauerhaft tragen kann, weil die Narben so gereizt werden, dass die Prothese für einige Tage abgesetzt werden muss. Die Fingerfrakturen verheilten in Fehlstellung, die Bewegungsfähigkeit des Schultergelenks ist eingeschränkt.

Der Kläger, der bei dem Unfall viel Blut verloren hatte, schwebte in Lebensgefahr und musste zunächst 5-fach operiert werden. Über einen Zeitraum von rund 2 Jahren hat er nahezu jeden Tag damit verbracht, seinen Körper wieder einigermaßen ins Gleichgewicht zu bringen, was ihm in dieser Zeit nicht vollständig gelungen ist. Er leidet psychisch unter der Amputation, er leidet unter Schlafstörungen, Angstzuständen, Kopfschmerzen, Stimmungsschwankungen und unter Todesangst. Er hatte eine Ausbildung zum Baufacharbeiter begonnen und in seiner Freizeit verschiedene Sportarten betrieben, Breakdance getanzt und sich durch Gewichtheben fit gehalten.

Bei der Bemessung des Schmerzensgeldes wurden u. a. auch das Regulierungsverhalten des Versicherers und das schwere Verschulden des Versicherungsnehmers berücksichtigt.

E 1230 **OGH, Urt. v. 18.12.2009 – 2 Ob 105/09, ZVR 2011, 133 m. Anm. Kathrein**

100.000,00 €

Amputation im mittleren Drittel des Oberschenkels eines 14 Jahre alten Schülers

Der 14 Jahre alte Kläger wurde als Beifahrer auf einem Motorrad schwer verletzt. Prellungen des Schädels, der Leber und der Nieren und eine Beinverletzung, die dazu führte, dass das Bein im mittleren Drittel des Oberschenkels amputiert werden musste. Der verbliebene Stumpf ist verunstaltet, eine Korrekturoperation ist indiziert. Der Kläger hat noch Phantomschmerzen. Vor dem Unfall war er sportlich aktiv. Heute geht er nicht einmal schwimmen und meidet

79 BGH, Beschl. v. 06.07.1955 – GSZ 1/55, BGHZ 18, 149 = VersR 1955, 615 = NJW 1955, 1675 = MDR 1956, 19 m. Anm. Pohle.Eine ältere, aber wichtige Entscheidung.

Menschenansammlungen. Der Oberste Gerichtshof Österreichs erkannte auf ein Schmerzensgeld i. H. v. 80.000,00 € und zusätzlich auf Verunstaltungsentschädigung von 20.000,00 €.

OLG Hamm, Urt. v. 28.10.2002 – 3 U 200/01, VersR 2004, 200 E 1231

125.000,00 €

Beinamputation i. H. d. Oberschenkels bei einem Säugling

Die Klägerin wurde etwa 3 Wochen nach der Geburt bei Verdacht eines Nabelabszesses fehlerhaft mit Wasserstoffsuperoxyd behandelt, sodass infolge von massiven Durchblutungsstörungen ein Bein amputiert werden musste.

▶ Hinweis:

Die Entscheidung zeigt die deutliche Tendenz der Rechtsprechung zu höherem Schmerzensgeld. Das Schmerzensgeld ist natürlich deshalb höher als bisher üblich ausgefallen, weil die Klägerin ihr ganzes Leben mit dieser Behinderung leben muss.

3. Unterschenkel

LAG Baden-Württemberg, Urt. v. 18.06.2004 – 5 Sa 124/03, unveröffentlicht E 1232

25.000,00 € (Vorstellung: 25.000,00 €)

Verlust des Unterschenkels und des Knies

Bei einem Arbeitsunfall wurde der Unterschenkel des 68 Jahre alten Klägers zerquetscht und musste einschließlich Knie amputiert werden. Der Kläger leidet unter Phantomschmerzen.

OLG Koblenz, Urt. v. 25.07.2003 – 8 U 1275/02, OLGR 2003, 447 E 1233

40.000,00 €

Unterschenkelamputation nach Infektion mit Hospitalkeim Staphylokokkus aureus

Der Kläger stürzte nach erheblichem Alkoholgenuss und in Selbstmordabsicht aus ca. 11 m Höhe vom Dach des Hauses, in dem er wohnt. Nach operativer Behandlung der schweren Verletzungen stellte sich eine Infektion mit dem multiresistenten Hospitalkeim im Krankenhaus heraus. Eine Infizierung des Klägers mit diesen Keimen durch bzw. beim Sturz ist auszuschließen.

Zwar war die Behandlung der Infektion mit Vancomycin – zunächst – korrekt, weil es bei einer solchen Infektion das Mittel der Wahl darstellt. Ein grober Fehler war jedoch die von Anfang an geplante und auch tatsächlich viel zu kurz durchgeführte Behandlung von nur 5 Tagen statt der erforderlichen 10 – 14 Tage.

Dieser – grobe – Behandlungsfehler war auch kausal für die Amputation des rechten Unterschenkels des Klägers.

OLG Frankfurt am Main, Urt. v. 16.09.2004 – 3 U 235/03, NZV 2006, 150 = DAR 2006, 271 E 1234

40.000,00 € (Vorstellung: 40.000,00 €)

Abriss des Unterschenkels

Bei der Deutschen Amateur-Meisterschaft im Motocross wurde dem Kläger, einem Schlosser, der Unterschenkel unterhalb des Knies abgerissen, als er gegen einen ungesicherten

Metallpfosten prallte. Im Krankenhaus erfolgte eine Exartikulation im Kniegelenk. Der Kläger war etwa 5 Wochen in stationärer Behandlung und unterzog sich danach Rehabilitationsmaßnahmen. Er litt unter Schmerzen am Beinstumpf und unter Phantomschmerzen.

E 1235 **LG Wiesbaden, Urt. v. 15.04.2010 – 9 O 189/09, unveröffentlicht**

40.000,00 € (Vorstellung: 40.000,00 €)

Amputation Unterschenkel – Stichverletzung Oberschenkel

Der 34 Jahre alte drogenabhängige Beklagte verletzte den Kläger, der zu der ehemaligen Lebensgefährtin des Beklagten eine intime Beziehung unterhielt, durch einen tiefen, mit großer Wucht geführten Stich mit einem Finn-Messer mit einer Klingenlänge von gut 15 cm in die Rückseite des Oberschenkels vorsätzlich. Dadurch wurden Muskeln und Nervenfasern durchtrennt. Später wurde eine Amputation des Unterschenkels erforderlich.

E 1236 **OLG Düsseldorf, Urt. v. 01.12.2003 – 1 U 35/03, unveröffentlicht**

50.000,00 €

Amputation eines Unterschenkels

Dem 60 Jahre alten Kläger musste unfallbedingt der rechte Unterschenkel amputiert werden. Durch diesen gravierenden Verlust seiner körperlichen Unversehrtheit ist er zur Fortbewegung nunmehr auf Gehstützen angewiesen, was zu einer Schiefhaltung des gesamten Körpers führt und Schmerzen im gesamten Schulterbereich verursacht. Auch die sog. Stumpfsituation ist schwierig; das rechte Kniegelenk des Klägers weist eine deutliche Bewegungseinschränkung auf; die Muskeln im Oberschenkel sind abgemagert. Ferner besteht eine dauerhafte MdE von 50 %. Der Kläger, der vor dem Unfall ein selbstständiger und sehr mobiler Handwerksmeister war, ist nun in großen und wesentlichen Teilen seiner Lebensführung auf fremde Hilfe angewiesen.

E 1237 **OLG Frankfurt am Main, Urt. v. 22.03.2000 – 19 U 168/99, DAR 2001, 456**

75.000,00 € zzgl. 200,00 € monatliche Rente

Unterschenkelamputation in Kniemitte bei 7 Jahre altem Kind

Bei einem 7 Jahre alten Kind, das mit seinem Kinderfahrrad einen Unfall erlitt, kam es zu einem Überrolltrauma beider Unterschenkel mit schwersten Weichteilverletzungen, einer offenen Tibiafraktur 3. Grades und zur Amputation des Unterschenkels in Kniemitte.

E 1238 **KG, Beschl. v. 12.01.2006 – 12 U 261/04, VRS 111(2006), 10**

120.000,00 € (Mitverschulden: $^{1}/_{4}$; Vorstellung: 140.000,00 €)

Unterschenkelamputation

Dem Kläger, der zu dem alkoholisierten Beklagten ins Fahrzeug stieg, musste aufgrund eines Verkehrsunfalls ein Unterschenkel amputiert werden. Ihm wurde PKH für eine Klage auf Zahlung eines Schmerzensgeldes von 120.000,00 € bewilligt.

E 1239 **OLG München, Urt. v. 24.09.2010 – 10 U 2671/10, unveröffentlicht**

150.000,00 €

Kniegelenk- und Unterbein-Amputation

Der 16 Jahre alte Beifahrer wurde bei einem Verkehrsunfall schwer verletzt. Ihm musste einschließlich des Kniegelenks das Unterbein amputiert werden.

Der junge Kläger wurde in einem besonderen Entwicklungsabschnitt des Menschen (Pubertät) und in einem gesellschaftlichen Umfeld, das die Jugend, Sportlichkeit und Unversehrtheit zum Credo erhebt, schwerstens getroffen. Er büßte mit einem Schlag viele der gewohnten Lebensumstände und Vorlieben wie Tanzen und Eishockeyspielen ein. Diese Einschränkungen wirken fort. Er verfügt unfallbedingt über keine abgeschlossene Berufsausbildung.

Die Beklagte trug vor, dass sich der Kläger im Leben doch gut eingerichtet habe (und deshalb das Schmerzensgeld von 65.000,00 € ausreichend sei), er sogar durch den Kündigungsschutz für Schwerbehinderte durch den Unfall quasi einen Vorteil erlangt hat, verlässt sie den noch akzeptablem Rahmen verständlicher Rechtsverteidigung. Ein derartiges Verhalten muss Schmerzensgeld erhöhend berücksichtigt werden.

KG, Urt. v. 29.07.2004 – 8 U 54/04, KGR 2004, 510 E 1240

250.000,00 € zzgl. 500,00 € monatliche Rente = ca. 365.000,00 € (gesamt)

Unterschenkelamputation beidseitig – Schädelfraktur

Der 22 Jahre alte Kläger wurde von einem Unbekannten unvermittelt vor eine einfahrende U-Bahn gestoßen. Beide Unterschenkel und später beide Kniegelenke mussten amputiert werden. Daneben erlitt der Kläger eine Schädelfraktur und schwebte in akuter Lebensgefahr. Er befand sich 4 Monate in stationärer Behandlung und musste sich umfangreichen Rehabilitationsmaßnahmen unterziehen. Er ist zeitweise auf den Rollstuhl angewiesen. Wegen der ständig wiederkehrenden Leiden hielt das Gericht auch eine Schmerzensgeldrente für angemessen.

Schmerzensgeld erhöhend wirkte sich neben dem Genugtuungsbedürfnis das Alter des Klägers aus, der den Schicksalsschlag länger zu ertragen hat als ein älterer Mensch. Die Verurteilung des Täters zu einer Freiheitsstrafe von 13 Jahren bewirkte ebenso wenig ein geringeres Schmerzensgeld wie der Umstand, dass der Täter vermögenslos ist.

4. Fuß

LG Nürnberg-Fürth, Urt. v. 25.05.2012 – 12 O 589/12, NJW-RR 2013, 469 E 1241

7.500,00 €

Zehenamputation und Dekubiti

Der Erbe einer in einem Pflegeheim untergebrachten betagten Frau macht Schmerzensgeldansprüche geltend, weil die Mutter dort unsachgemäß gepflegt wurde. Bereits zwei Wochen nach der Aufnahme ins Heim wurden ihr auf Grund unzureichender Durchblutung mehrere Zehen amputiert, die abgefault waren. An den Außenknöcheln, den Fersen und am Steißbein waren Dekubiti aufgetreten. Obwohl die Mutter zwei Monate später verstarb, hielt das Gericht den Schmerzensgeldbetrag für angemessen, weil sie mit einiger Wahrscheinlichkeit die Situation leidend miterlebt und nicht unerhebliche Schmerzen erlitten hatte.

OLG Hamm, Urt. v. 24.06.1996 – 32 U 177/95, OLGR 1996, 187[80] E 1242

12.500,00 € (Mitverschulden: $^1/_2$)

Amputation des Vorfußes

Ein Lkw-Fahrer wurde durch einen umstürzenden Palettenstapel verletzt. Der linke Vorfuß musste insgesamt amputiert werden. Unfallbedingt kam es zu Schäden der HWS, wodurch

80 RG, Urt. v. 07.12.1911 – VI 240/11, RGZ 78, 239.Eine ältere, aber wichtige Entscheidung.

eine Dauerinvalidität von 15 % begründet ist. Der Verletzte wurde dreimal operiert und insgesamt mehr als 5 Monate behandelt.

E 1243 **OLG Hamm, Urt. v. 29.10.2007 – 6 U 34/07, unveröffentlicht**

15.000,00 € (Vorstellung 15.000,00 €)

Amputation von vier Zehen

Der 2 1/2 Jahre alte Kläger wurde von seinem Onkel mit einem Rasenmähtrecker angefahren, wobei sein Fuß in das Mähwerk geriet. vier Zehen mussten amputiert werden. Für die Bemessung des Schmerzensgeldes war ausschlaggebend, dass der Kläger für das gesamte Leben durch den Verlust der Zehen beeinträchtigt ist und orthopädisches Schuhwerk tragen muss.

E 1244 **OLG Nürnberg, Urt. v. 09.05.2012 – 12 U 1247/11, VRS 123, 13 = VerkMitt 2012, Nr. 83 – 85 = TranspR 2013, 163 – vgl. zur ersten Instanz: LG Nürnberg-Fürth, Urt. v 18.05.2011 – 2 O 8329/10, unveröffentlicht**

35.000,00 € (Mitverschulden: 1/3; Vorstellung: 60.000,00 €)

Amputation des Fußes ab der Ferse

Der fast 17 Jahre alte Kläger geriet infolge Eisglätte auf einem nur teilweise geräumten Bahnsteig ins Straucheln und dabei mit den Füßen über die Bahnsteigkante in den Schienenbereich. Der anfahrende Zug erfasste einen Fuß des Klägers, der dabei schwere Verletzungen erlitt, die mit extremen Schmerzen verbunden waren und nach mehreren Operationen schließlich zu einer Amputation des Fußes etwa ab der Ferse führten. Der Kläger war bis zum Unfall ein sehr sportbegeisterter Schüler, wählte im Gymnasium das Leistungsfach Sport und wollte nach dem Abitur ein Sportstudium mit dem Ziel des Lehramts an Gymnasien beginnen. Ferner war er aktiver Fußballspieler in der 1. Mannschaft eines Vereins in der Bayernliga und strebte eine Profikarriere an. Aufgrund des Unfalls ist dem Kläger die bisherige Lebensgestaltung, die durch seine sportlichen Freizeitaktivitäten geprägt waren, nicht mehr möglich.

E 1245 **LG Dortmund, Urt. v. 21.01.2010 – 4 O 77/05, unveröffentlicht**

50.000,00 €

Amputation des Vorfußes

Bei einer Liposuktion kam es zu groben Behandlungsfehlern, in deren Folge es zu einer Embolie kam, die zu einer Nekrose am Fuß führte. Bei der dann notwendigen Notoperation kam es zur Amputation des Vorfußes.

E 1246 **LG Düsseldorf, Urt. v. 17.10.2005 – 3 O 648/03, unveröffentlicht**

65.000,00 € (Vorstellung: 60.000,00 € zzgl. 150,00 € monatliche Rente)

Amputation Großzehe und Mittelfußstrahl und von zwei Fingern

Infolge einer unzureichenden Diagnostik und Behandlung von Durchblutungsstörungen kam es bei der Klägerin zur Amputation einer Großzehe, des 1. Mittelfußstrahls des rechten Fußes, des kleinen Fingers und des Ringfingers. Die Klägerin ist in der Mobilität erheblich beeinträchtigt.

LG Bielefeld, Urt. v. 22.11.2005 – 2 O 23/04, unveröffentlicht E 1247

75.000,00 € (Vorstellung: zunächst 75.000,00 € – prozessual: 50.000,00 €)

Amputation von Fuß und Zehen – innere Verletzungen – Dünndarmeinriss

Der Kläger wurde als Lokomotivführer schwer verletzt. Er wurde im Führerstand eingeklemmt und konnte erst nach mehreren Stunden befreit werden, nachdem man ihn in ein künstliches Koma versetzt und den linken Fuß amputiert hatte. Im linken Bein ist die Beweglichkeit des Gelenks aufgehoben. Auch der rechte Fuß wurde erheblich verletzt, zwei Zehen mussten amputiert werden.

Der Kläger erlitt erhebliche innere Verletzungen, weil Dünndarmschlingen einrissen und es zum Einriss von Darmgefäßen kam. Zurück blieb eine verminderte körperliche Leistungsfähigkeit mit der Folge der Dienstunfähigkeit, ferner zahlreiche Narben.

OLG Hamm, Urt. v. 10.09.2008 – 3 U 199/07, unveröffentlicht E 1248

175.000,00 € (Vorstellung: 210.000,00 € zzgl. 400,00 € monatliche Rente)

Amputation beider Füße und mehrerer Finger

Die Klägerin macht Schmerzensgeldansprüche wegen fehlerhafter Behandlung im Zusammenhang mit einer laparoskopischen Hysterektomie geltend. Eine intraoperativ verursachte Leckage des Dünndarms führte zu einer ausgedehnten Peritonitis. In der Re-Operation wurde die Läsion erkannt und behoben. Postoperativ ergaben sich Zeichen eines septischen Schocks. Die Klägerin wurde reanimationspflichtig. Es wurden Teilamputationen von sechs Fingern und die Amputation beider Füße oberhalb des Sprunggelenks erforderlich. Bislang sind insgesamt 24 operative Folgeeingriffe durchgeführt worden; weitere Eingriffe sind wahrscheinlich. Die Klägerin ist zu 100 % behindert.

Behandlungsverzögerungen

▶ Hinweis:

Behandlungsverzögerungen kommen täglich vor, ohne dass sie gesundheitliche Folgen haben müssen.

Dennoch: Die relativ geringe Zahl einschlägiger Entscheidungen zeigt, dass bei den Patienten und deren Angehörigen medizinische Kenntnisse fehlen, um aus solchen – oft groben Behandlungsfehlern – Konsequenzen zu ziehen.

Behandlungsverzögerungen können auch auf der Budgetierung beruhen, wodurch am Jahresende vermehrt – und nicht immer vertretbar – Operationen und Behandlungen in das folgende Kalenderjahr verschoben werden.

Nicht weniger problematisch ist das gegenteilige Verhalten von Ärzten, die eine – noch nicht gebotene – Behandlung vorziehen. Nicht selten wird z. B. eine Geburt eingeleitet, damit sie nicht »zur Unzeit« erfolgt, etwa Karneval oder am 24. oder 31.12. eines Jahres oder vor einer Familienfeier des Chefarztes. Auch Chirurgen und Zahnärzten wird gelegentlich vorgeworfen, vorschnell zu operieren bzw. Zähne zu ziehen.

Diese Fälle sind bekannt, wurden aber bisher nicht judiziert.

E 1249 **OLG Brandenburg, Urt. v. 09.07.2009 – 12 U 75/08, KRS 2009, 065**

200,00 €

Behandlungsverzögerung um 2 Tage bei einem Hygrom (Flüssigkeitserguss im Schädel)

Bei der Klägerin entstand nach einer Spinalanästhesie ein subduralen Hygrom (Flüssigkeitserguss) im Schädel, das bei der CT-Auswertung nicht erkannt und erst 2 Tage später in der Notaufnahme eines anderen Krankenhauses richtig diagnostiziert wurde.

Die Klägerin hatte geltend gemacht, dass sie i. R. d. Aufklärung auf die mögliche Bildung eines Hygroms als Folge der Spinalanästhesie hätte hingewiesen werden müssen. Bei der Klägerin bestehen Dauerbeeinträchtigungen, insb. eine Epilepsie.

Das Gericht hat die Verletzung der Aufklärungspflicht verneint. Der BGH hat sie bejaht. (Urt. v. 19.10.2010 – VI ZR 241/09, VersR 2011, 223 = MedR 2011, 244 m. Anm. Jaeger). Demnächst wird das zuständige OLG ein deutlich höheres Schmerzensgeld festsetzen müssen.

E 1250 **OLG Koblenz, Urt. v. 26.02.2009 – 5 U 1212/07, VersR 2010, 1452**

500,00 €

Verzögerung der Notsectio – Anspruch der Kindesmutter

Bei der 39 Jahre alten Schwangeren kam es zu einer verzögerten Schnittentbindung um 12 Minuten, sowie zu einem mehrfach erfolglosen Ansetzen der Saugglocke. Dadurch hat die Klägerin zusätzliche physische Schmerzen und psychische Sorgen um sich und das Kind erdulden müssen. Bei dem Kind kam es infolge des Behandlungsfehlers zu einem Sauerstoffmangel und dadurch zu einem Geburtsschaden mit Hirnschädigung (vgl. OLG Koblenz unter E 1300).

E 1251 **OLG Koblenz, Urt. v. 24.03.2011 – 5 U 167/09, MedR 2012, 673**

500,00 € (Vorstellung: 20.000,00 €)

Verzögerung (1/2 Tag) der Reaktion nach einer Herzkatheteruntersuchung

Beim Kläger wurde über die rechte Leiste eine Herzkatheteruntersuchung durchgeführt. Nach der Entlassung am Folgetag stellte der Kläger sich mit Taubheitsgefühlen im rechten Bein erneut im Krankenhaus vor. Es wurden Thromben aus der Beinarterie entfernt. Der Kläger wurde 7 Tage später aus dem Krankenhaus entlassen. Der Vorwurf gegen die Behandlungsseite bestand darin, dass der Gefäßverschluss am Tag der Herzkatheteruntersuchung nicht erkannt wurde. Dadurch wurde der Revisionseingriff um einen halben Tag verzögert. Die dadurch bedingten Schmerzen, Taubheitserscheinungen, eine Gehbehinderung und Ängste hätten dem Kläger erspart werden können.

E 1252 **AG Brandenburg a.d.H., Urt. v. 10.10.2011 – 31 C 139/08, unveröffentlicht**

500,00 € (Vorstellung: 2.000,00 €)

Dehydrierung einer Patientin über 5 Tage

Die 88 Jahre alte Klägerin wurde ins Krankenhaus eingeliefert. Im Verlauf der stationären Behandlung kam es zu einer akuten Diarrhö (Durchfallerkrankung) und zu einer Exsikkose, das ist eine Austrocknung durch Abnahme des Körperwassers als Folge der Dehydration. In der Folge wurde der Klägerin 4 Tage Infusionsflüssigkeit zum Ausgleich des Flüssigkeitsdefizits zugeführt.

LG Tübingen, Urt. v. 21.12.2005 – 8 O 35/04, unveröffentlicht E 1253

750,00 € (Vorstellung: 10.000,00 €)

Oberschenkelfraktur im Röntgenbild nicht erkannt – Behandlungsverzögerung 4 Tage

Der Kläger nimmt die Beklagten wegen fehlerhafter ärztlicher Behandlung in der Kinderklinik der Beklagten in Anspruch, nach einem Epilepsieanfall und einer Oberschenkelhalsfraktur links. Die Behandlung des Klägers war fehlerhaft, weil die Oberschenkelhalsfraktur schuldhaft verspätet diagnostiziert worden ist. Folge des Behandlungsfehlers ist, dass der Heilungsverlauf um max. 4 Tage verzögert wurde. Gesundheitliche Dauerschäden sind dem Kläger hieraus nicht erwachsen.

OLG Koblenz, Urt. v. 20.10.2005 – 5 U 1330/04, VersR 2006, 704 = NJW-RR 2006, 393 = MedR 2006, 289 E 1254

1.000,00 €

Verletzung der Hand durch Glassplitter

Der Kläger zog sich eine Schnittwunde an der Handkante zu, als er auf eine Glasscherbe fiel. Der Beklagte ließ keine Röntgenaufnahme fertigen, sodass ein in der Hand eingeschlossener Glassplitter nicht erkannt wurde. Erst nach 6 Wochen, als sich eine eitrige Wunde gebildet hatte, wurde der Glassplitter entfernt. Der Kläger konnte nicht beweisen, dass der Kausalverlauf bei früherem Erkennen des Splitters günstiger gewesen, dass ihm die zusätzliche Operation bei korrektem ärztlichen Vorgehen erspart geblieben wäre. Das Gericht ging von einem einfachen Behandlungsfehler, einem Diagnoseirrtum aus:

Der Leitsatz dazu: »Zeigt eine sensorische und motorische Prüfung der Hand nach einer Glassplitterverletzung keine Auffälligkeit, liegt kein vorwerfbarer Diagnoseirrtum des Unfallchirurgen vor, wenn er eine in dieser Form ungewöhnliche Durchtrennung des Nervus ulnaris nicht erkennt.«

Der Behandlungsfehler lag darin, dass der Unfallchirurg die gebotene Röntgenaufnahme unterlassen hat.

LG Köln, Urt. v. 15.08.2007 – 25 O 141/04, PflR 2007, 589 E 1255

2.000,00 €

Durchgangssyndrom nicht behandelt – Suizid

Bei dem 75 Jahre alten Patienten wurde ein Durchgangssyndrom nicht behandelt. Nachteile i. S. v. Schmerzen hatte er nicht. Ausgewirkt hat sich die Nichtbehandlung allerdings in dem Sturz aus dem Fenster. Zu entschädigen war damit die kurze Leidenszeit des Patienten von 2 Monaten und 9 Tagen bis zum Eintritt seines Todes.

OLG Frankfurt, Urt. v. 20.05.2008 – 8 U 171/07, unveröffentlicht E 1256

2.000,00 € (Vorstellung: 75.000,00 €)

Behandlungsverzögerung um 10 Tage nach einem Herzinfarkt

Die Klägerin suchte 25 Minuten vor dem Abflug die Flughafenambulanz auf. Dort wurde ein EKG gefertigt und sie wurde mit Medikamenten versorgt. Der Arzt hätte auf Grund der von ihm aus dem EKG zu gewinnenden Erkenntnisse dringend von der Flugreise abraten und zur Abklärung der Beschwerden raten müssen. Dann wäre die notwendige Herzkatheteruntersuchung sofort durchgeführt worden und der Klägerin wären für einen Zeitraum von 10 Tagen Beschwerden und Beeinträchtigungen erspart geblieben.

E 1257 **OLG Hamm, Urt. v. 27.10.2009 – 26 U 44/08, PflR 2010, 263 = RDG 2010, 78**

2.000,00 €

Unzureichende Sauerstoffversorgung während der Nacht

Der Sohn des Klägers hat in einer Nacht zusätzlich gelitten, weil er nicht ausreichend mit Sauerstoff versorgt und ihm nicht in adäquater Weise geholfen wurde. Für die nächtliche Leidenszeit des Sohnes betrug das Schmerzensgeld 2.000,00 €.

E 1258 **OLG Düsseldorf, Urt. v. 10.10.2002 – 8 U 3/02, NJOZ 2003, 2805**

2.500,00 € (Vorstellung: 15.000,00 €)

Unterbliebene Entfernung einer Herzschrittmachersonde

Dem 58 Jahre alten Kläger wurde Ende 1991 ein neuer Herzschrittmacher eingesetzt, nachdem sich an der alten Herzschrittmachersonde ein Staphylokokkenwachstum gezeigt hatte. Die alte Sonde wurde nicht entfernt. In der Folgezeit kam es wiederholt zu Reizungen und Entzündungen im Bereich der alten Sonde und zu Staphylokokkenwachstum, sodass der Kläger jeweils operativ behandelt werden musste. Erst 1998 wurde die alte Herzschrittmachersonde in einem Herzzentrum mittels eines intravaskulären Extraktionsgerätes entfernt. Bei sachgerechter Behandlung wären dem Kläger zwei Operationen erspart geblieben.

Das OLG hat den vom LG ausgeurteilten Betrag von 2.500,00 € als ausreichend angesehen, weil es sich bei den beiden Eingriffen nicht um schwerwiegende Operationen gehandelt habe, sondern um Eingriffe, die im Rahmen einer örtlichen Betäubung durchgeführt werden konnten.

E 1259 **OLG Brandenburg, Urt. v. 29.05.2008 – 12 U 81/06, RGD 2009, 84**

2.500,00 €

Zeichen eines Gefäßkrampfes nicht erkannt – Aphasie

Der Kläger wurde fehlerhaft behandelt, weil er nach einer Mandeloperation nicht von der Normal- auf die Intensivstation verlegt wurde, obwohl beginnende Sprach- und Orientierungsstörungen beim Kläger festgestellt und dokumentiert wurden. Diese ersten eindeutigen Zeichen einer klinischen Manifestation des Vasospasmus hätten zur Verlegung auf die Intensivstation führen müssen, da nur dort die erforderliche engmaschige und umfangreiche Verlaufskontrolle gewährleistet gewesen wäre. Ein weiterer Mangel der Behandlung bestand darin, dass das den Blutdruck steigernde Medikament Dopamin bereits abgesetzt und erst nach der Rückverlegung des Klägers auf die Intensivstation wieder verabreicht wurde. Der Kläger wurde erst verlegt, nachdem sich eine ausgeprägte sensomotorische Aphasie und eine armbetonte Hemiparese rechts ausgebildet hatten. Nach der Verlegung hat sich das durch die Behandlungsverzögerung gebildete Beschwerdebild in der Folgezeit gebessert und die neurologischen Defizite sind abgeklungen.

E 1260 **LG Koblenz, Urt. v. 09.12.2005 – 10 O 293/03, unveröffentlicht**

3.000,00 €

Fußheberparese

Der beklagte Arzt operierte die Klägerin, die einen Bandscheibenvorfall erlitten hatte. Eine postoperativ erstellte Röntgenaufnahme ließ nicht eindeutig erkennen, ob ein eingesetzter Knochenspan korrekt (ohne Raumforderung) saß. Die Röntgenaufnahme war insoweit als »sehr verdächtig« einzustufen. Der beklagte Arzt unterließ es, durch weitere bildgebende

Verfahren die Situation abzuklären. Bei frühzeitiger Revisionsoperation wäre die Fußheberparese möglicherweise vermieden worden.

Das LG Koblenz hat die fehlerhafte Auswertung der Röntgenaufnahme als Diagnosefehler und damit nicht als groben Behandlungsfehler angesehen, sodass der Klägerin keine Beweiserleichterungen zugutekamen.

OLG Koblenz, Urt. v. 31.08.2006 – 5 U 588/06, VersR 2006, 1547 = NJW-RR 2006, 1612 E 1261

3.000,00 € (Vorstellung: 3.000,00 €)

Fraktur und Subluxation des Ringfingers verkannt

Die Klägerin hatte sich bei einem Sturz eine Verletzung am Mittelglied des linken Ringfingers zugezogen. Bei dem Sturz war die palmare Basiskante im Mittelglied des Ringfingers abgesprengt worden und es war außerdem zu einer Subluxation des Mittelgliedgelenks gekommen; dieses war nunmehr in einer Weise verrenkt, dass sich die ursprünglich aufeinanderstehenden Gelenkflächen verschoben hatten. Der Beklagte verkannte den Befund, der sich aus einer von ihm erstellten Röntgenaufnahme ergab. Statt eine Operation zur Korrektur der Fehlstellung in den Gelenkflächen zu veranlassen, legte er eine Fingerschiene an, verordnete Ruhigstellung und nachfolgend Krankengymnastik. Später wurde bei einem operativen Eingriff eine Gelenkversteifung vorgenommen. Die damit verbundene Bewegungseinschränkung ist von dauerhaften Schmerzen begleitet.

Das Schmerzensgeld wurde danach bemessen, dass sich die Heilung durch die spätere Fingeroperation um fast 4 Monate verzögerte. Die Gelenkversteifung als Folgeschaden berücksichtigte das OLG nicht, weil es nicht feststellen konnte, dass der Heilungsverlauf bei sofortiger operativer Behandlung günstiger gewesen wäre. Einen groben Behandlungsfehler, bei dessen Vorliegen der Arzt hätte beweisen müssen, dass der Heilungsverlauf auch bei sofortiger Operation nicht günstiger gewesen wäre, hat das OLG (fehlerhaft) verneint.

LG Magdeburg, 13.12.2006 – 9 O 593/05, unveröffentlicht E 1262

3.000,00 € (Vorstellung: mindestens 6.000,00 €)

Oberschenkelfraktur nicht erkannt

Die Klägerin, der im Bereich des linken Hüftgelenks eine Prothese implantiert worden war, stellte sich nach einem Sturz mehrfach beim Beklagten vor, der jedoch keine Röntgenaufnahmen veranlasste. Nach Wechsel des Arztes wurde eine Fraktur des Oberschenkelknochens, etwa in Mitte des Prothesenschaftes, erkannt. Die Klägerin wurde operiert.

Schmerzhafte Bewegungs- und Belastungseinschränkungen des Beines über einen Zeitraum von 8 Wochen waren die Folge. Der Beklagte verweigerte über lange Zeit eine Regulierung.

OLG Koblenz, Urt. v. 24.04.2008 – 5 U 1236/07, NJW 2008, 3006 = VersR 2008, 1071 E 1263

3.000,00 € (Vorstellung: 15.000,00 €)

Behandlungsverzögerung – übersehene LWS-Verletzung

Bei der Klägerin wurde eine LWS-Verletzung nach einem Unfall versehentlich vom beklagten Krankenhaus nicht diagnostiziert; es kam zu einer Behandlungsverzögerung von 2 Monaten mit entsprechend längerer Leidenszeit. Es verblieb kein Dauerschaden, andererseits lag grobes Verschulden vor.

E 1264 **LG Köln, Urt. v. 18.04.2007 – 25 O 333/00, unveröffentlicht**

4.000,00 € (Vorstellung: rund 75.000,00 €)

Verzögerte Therapie einer Tumorbehandlung

Infolge nicht fortgeführter Diagnostik kam es bei Vorliegen eines Cervixkarzinoms zu einer Behandlungsverzögerung von 6 – 7 Wochen, ohne dass bei verstärkten Schmerzen der Klägerin die schwerwiegende Erkrankung abgeklärt wurde. Die Klägerin musste später als Notfall in die Klinik aufgenommen werden. Weitere Nachteile entstanden nicht. Eine Strahlentherapie hätte die spätere Operation nicht verhindert.

E 1265 **KG, Urt. v. 10.03.2008 – 20 U 224/04, NJW-RR 2008, 1557**

4.000,00 € (Vorstellung: 10.000,00 €)

Suizidversuch nach verweigertem Schwangerschaftsabbruch

Die Klägerin wandte sich an den Beklagten, um einen Schwangerschaftsabbruch nach § 218a StGB vornehmen zu lassen. Der Arzt verneinte eine psychiatrische Indikation und lehnte den Abbruch ab. Die Klägerin gab an, sich etwas antun zu wollen, um das Kind zu verlieren, auch wenn ihr Leben dadurch gefährdet werde.

Der Arzt handelte fehlerhaft, weil er die Gefahr für die Gesundheit der Klägerin nicht durch zumutbare Befunderhebung abwandte. Er hätte der Klägerin zumindest ein Gespräch mit einem anderen Arzt anbieten müssen. Dadurch kam es zum Selbstmordversuch der Klägerin, die nach Einnahme von Tabletten bewusstlos ins Krankenhaus eingeliefert wurde, wo der Magen ausgepumpt und die Klägerin auf der Intensivstation behandelt wurde.

E 1266 **LG Köln, Urt. v. 12.03.2008 – 25 O 123/05 – unveröffentlicht**

4.000,00 € (Vorstellung: 30.000,00 €)

Behandlungsverzögerung – nicht erkannte Oberarmfraktur

Der 5 Jahre alte Kläger stürzte auf einem Kinderspielplatz von einer Rutsche und erlitt eine Fraktur des Oberarms, die im Kinderkrankenhaus nicht erkannt wurde. Als Folge der fehlerhaften Behandlung litt der Kläger insbesondere bei dem Versuch des Beklagten, den Arm einzurenken und durch das Unterlassen der gebotenen Ruhigstellung zwei Wochen lang unnötige Schmerzen, zumal eine auf die Oberarmfraktur abgestimmte Schmerztherapie unterblieb. Bei einer späteren Röntgenuntersuchung wurde eine subcapitale Humerusfraktur diagnostiziert, die bereits in 30°-Stellung schief zusammen gewachsen war. Eine Korrekturoperation erfolgte nicht.

LG Köln, Urt. v. 12.03.2008 – 25 O 123/05 – unveröffentlicht

E 1267 **OLG Köln, Urt. v. 18.02.2009 – 5 U 101/07, VersR 2010, 117**

4.000,00 € (Vorstellung: 10.000,00 €)

Cervixkarzinom verkannt

Bei der Behandlung der Klägerin wurde ein Cervixkarzinom verkannt und die damit verbundene Diagnose und Behandlung verzögert. Die Klägerin hat nicht beweisen können, dass der Tumor bei der ersten Behandlung noch nicht in die Lymphgefäße eingebrochen war und dass die Behandlungsverzögerung für die dann erforderliche Strahlentherapie ursächlich geworden ist.

LG Wiesbaden, Urt. v. 26.04.2007 – 2 O 195/01, VersR 2007, 1567 E 1268

5.000,00 €

Operationsverzögerung um 5 Std. – Bauchfellentzündung – Rippenfellentzündung

Die Klägerin, der zuvor bereits wegen Krebs die Harnblase entfernt worden war, befand sich zur Entfernung der Gallenblase in der beklagten Klinik. Nachoperativ kam es zu einer Rippen- und Bauchfellentzündung und einer Leckage einer Darmschlinge, die 4 – 5 Std. unbehandelt blieb, ehe es zu einer Reoperation kam. Hierbei wurde der Dünndarm entfernt und die Bauchdecke mit einem implantierten Kunststoffnetz verschlossen. Die Klägerin blieb 8 Tage auf der Intensivstation, wo sie 4 Tage lang beatmet werden musste. Acht Bluttransfusionen wurden erforderlich, die Hautnaht musste wiedereröffnet werden und die Bauchdecke blieb über dem Kunststoffnetz offen, damit die Wunde verheilen konnte. 2 Wochen später musste die Bauchdecke punktiert werden, wobei 1,5 l Flüssigkeit freigesetzt wurden; erst 7 1/2 Monate später war die Wundheilung abgeschlossen.

Die Behandlungsverzögerung war nicht ursächlich für die Entfernung der Dünndarmteile und die Notwendigkeit eines Kunststoffnetzes; die Bemessung erfolgte daher dafür, dass die Klägerin während der fraglichen 4 – 5 Std. körperlichen und psychischen Leiden ausgesetzt war, die ihr bei sachgerechter Behandlung erspart worden wären. Während dieser Zeit ist weiterhin Dünndarminhalt in den Bauchraum der Klägerin ausgetreten. Bei der Bemessung wurde auch berücksichtigt, dass die Beklagte vorwerfbar die Herausgabe der Behandlungsunterlagen verzögert hatte.

LG München I, Urt. v. 24.02.2010 – 9 O 11012/09, unveröffentlicht E 1269

5.000,00 € (Vorstellung: mindestens 50.000,00 €)

Rektumresektion ohne Entfernung des Darmtumors

Bei einer Rektumresektion wurde lediglich die Basis eines früher abgetragenen Polypen entfernt, nicht aber ein Darmtumor, dessen Entfernung das eigentliche Ziel der Operation war. Die Operation wurde ein Jahr später wiederholt und es kam zu schwerwiegenden Komplikationen, die bei der Bemessung des Schmerzensgeldes nicht berücksichtigt wurden, weil der Zurechnungszusammenhang fehlte. Dieser Zurechnungszusammenhang wurde später vom OLG München (Urt. v. 21.04.2011 – 1 U 2363/10, unveröffentlicht) bejaht und das Schmerzensgeld auf 40.000,00 € erhöht.

LG Köln, Urt. v. 15.08.2007 – 25 O 177/04, unveröffentlicht E 1270

6.000,00 €

Harnblasenscheidenfistel nicht rechtzeitig erkannt

Bei der Klägerin unterblieb nach Durchführung einer abdominellen Hysterektomie die gebotene gynäkologische Untersuchung. Diese unzureichenden postoperativen Untersuchungen führten dazu, dass eine Harnblasenscheidenfistel nicht rechtzeitig erkannt wurde. Bei zeitnaher Diagnose hätte die nicht geringe Chance bestanden, durch eine lokale und orale Östrogentherapie unter Verwendung eines suprapubischen Dauerkatheters einen konservativen Fistelverschluss herbeizuführen, der nach 6 – 8 Wochen zu erwarten gewesen wäre. Durch den groben Behandlungsfehler in Form der unzureichenden Kontrolle wurde die Operation erst rund 4 Monate später durchgeführt. Sie erforderte einen stationären Aufenthalt von 10 Tagen sowie die sich anschließenden Beeinträchtigungen, nämlich eine 3-wöchige Arbeitsunfähigkeit sowie das Tragen eines suprapubischen und transurethralen Katheters. Der Klägerin wäre auch die Inkontinenz von rund 4 Monaten erspart geblieben.

E 1271 **LG Nürnberg-Fürth, Urt. v. 08.01.2008 – 11 O 8426/05, GesR 2008, 297**

6.000,00 € (Vorstellung: 6.000,00 €)

Eileiterschwangerschaft zu spät erkannt – Verlust des Eileiters

Der Beklagte hat es unterlassen, eine β-HCG-Bestimmung und weitere Maßnahmen durchzuführen oder zumindest einen Kontrolltermin innerhalb einer Frist von längstens einer Woche zu vereinbaren und dann diese Maßnahmen durchzuführen.

In jedem Fall wäre ein ausdrücklicher Hinweis auf den Verdacht auf eine Eileiterschwangerschaft erforderlich gewesen. Der Beklagte hat deshalb eine gebotene Befunderhebung unterlassen.

Infolge des Behandlungsfehlers kam es bei der Klägerin zu einer Ruptur des Eileiters (sog. Primärschädigung). Die Ruptur führte zu einem hämorrhagischen Schock. Infolgedessen musste eine Notoperation durchgeführt werden und es trat der Verlust des Eileiters aufgrund der Ruptur ein:

Ferner waren die Operationsnarben bei der Bemessung des Schmerzensgeldes zu berücksichtigen, weil die Operationsnarben durch die Laparotomie im Fall einer rechtzeitigen Befunderhebung durch eine laparoskopische Therapie hätten vermieden werden können. Schmerzensgeld verringernd war hingegen zu berücksichtigen, dass die bestehende Eileiterschwangerschaft auch im Fall einer rechtzeitigen Befunderhebung hätte behandelt werden müssen.

E 1272 **OLG Köln, Urt. v. 27.06.2012 – 5 U 38/10, VersR 2013, 113 = MDR 2012, 1463**

6.000,00 € (Vorstellung: 30.000,00 €)

Spülung einer Wunde mit Desinfektionsmittel – Regulierungsverhalten

Bei der Klägerin wurde im Krankenhaus ein Abszess in der Brust gespalten. Eine Ärztin spülte die Wunde versehentlich mit Terralin Liquid, einem Flächendesinfektionsmittel. Trotz mehrfacher Nachspülung hatte die Klägerin noch lange Schmerzen in der Brust.

Die Spülung mit dem Desinfektionsmittel, ein grober Behandlungsfehler, führte zu starken und brennenden Schmerzen und zu einer Verzögerung des Heilungsverlaufs von etwa einem halben Jahr, während die Schmerzen allmählich nachließen.

Das Schmerzensgeld wurde aus Gründen der Genugtuung nicht unerheblich erhöht, weil der Behandlungsfehler besonders grob und unverständlich gewesen sei. Die Regulierung in Form einer Abschlagszahlung von 500,00 € sei ersichtlich unzureichend und das Regulierungsverhalten sei unverständlich gewesen und habe die Klägerin zusätzlich beeinträchtigt.

E 1273 **OLG Bamberg, Urt. v. 04.07.2005 – 4 U 126/03, VersR 2005, 1292 m. krit. Anm. Jaeger zur Höhe des Schmerzensgeldes = NJW-RR 2005, 1266 = MDR 2006, 206**

7.000,00 € (Vorstellung erster Instanz: 30.000,00 €; Vorstellung zweiter Instanz: 7.000,00 €)

Unterlassen sofortiger Einweisung als Notfall bei drohendem Herzinfarkt – falsche Diagnose

Der Kläger wurde von einem Kardiologen untersucht, der keine Veränderungen am Herzen, sondern eine volle Belastbarkeit feststellte. Ggü. dem Beklagten schilderte der Kläger einen »enormen Druck in der Brust« und gab an, dass er kaum eine Treppe hochsteigen könne. Der Beklagte ließ ein EKG fertigen und verordnete blutdrucksenkende Medikamente sowie ein Nitrospray zur Erweiterung der Gefäße. Er riet dem Kläger, eine Herzkatheteruntersuchung durchführen zu lassen, unterließ es aber, den Kläger notfallmäßig in ein Krankenhaus einzuweisen.

Der Kläger erlitt einen Vorderwandinfarkt. Er befand sich 6 Wochen in stationärer Behandlung. Es traten diverse Komplikationen auf. Der Kläger lebt seither in der Angst, erneut einen Herzinfarkt zu erleiden. Seine Lebensqualität ist durch den Infarkt und seine Folgen erheblich vermindert.

OLG München, Urt. v. 14.10.2010 – 1 U 1657/10, unveröffentlicht E 1274

7.500,00 €

Verspätete Behandlung eines Kompartmentsandroms – Peronäusschädigung

Nach einer sechsstündigen Operation wurde bei dem Kläger im Bereich des Unterschenkels eine Schwellung festgestellt. Am folgenden Tag diagnostizierte der Beklagte ein im Bereich des Unterschenkels liegendes Kompartmentsyndrom, das operativ versorgt wurde. Die verspätete operative Behandlung des Kompartmentsyndroms war zumindest mitursächlich für den Umfang des Dauerschadens, der in einer diskreten Peronäusschädigung liegt.

OLG Zweibrücken, Urt. v. 20.08.2002 – 5 U 25/01, OLGR 2003, 92 E 1275

8.000,00 € (Vorstellung: 7.500,00 €)

Durch unzureichende Diagnostik zu spät erkannte Meningoencephalitis

Der 48 Jahre alte Kläger litt bei bekannten Vorerkrankungen unter starken Kopfschmerzen, Übelkeit und Fieber. Bei einem Hausbesuch diagnostizierte der Beklagte einen Virusinfekt (»Grippe«). Am folgenden Tag berichtete die Ehefrau des Klägers von Verwirrtheitszuständen des Klägers in der vorangegangenen Nacht. Der Beklagte injizierte nochmals Novaminsulfon. Eine vom Beklagten empfohlene Krankenhauseinweisung lehnte der Kläger ab.

Am frühen Nachmittag des gleichen Tages suchte der Beklagte den Kläger nochmals zu Hause auf und vereinbarte einen weiteren Hausbesuch für den Abend desselben Tages. Letzterer wurde vom Kläger fernmündlich abgesagt, da es ihm wesentlich besser ginge.

Am Morgen des folgenden Tages war der Kläger nicht mehr ansprechbar. In der neurologischen Klinik wurde eine Meningoencephalitis diagnostiziert.

Der Beklagte hat die Befunderhebung in der Klinik zu spät veranlasst. Eine Einweisung 24 Std. früher hätte die Infektion eingedämmt. Bleibende Schäden hat der Kläger nicht davongetragen.

OLG Hamm, Urt. v. 02.04.2001 – 3 U 160/00, VersR 2002, 578[81] E 1276

10.000,00 €

Wenige Wochen später erkanntes Bronchialkarzinom

Die Behandlung des Verstorbenen durch den Beklagten war fehlerhaft. Der Beklagte hat die computertomografisch gewonnenen Aufnahmen falsch ausgewertet und hat fehlerhaft die differenzialdiagnostisch zwingend zu beachtende Arbeitshypothese eines Bronchialkarzinoms nicht verfolgt.

81 Anders kann dies sein, wenn der Verkäufer eine vertragliche Nebenpflicht (§§ 311 Abs. 2, 280 BGB) verletzt oder neben dem Kauf- ein selbstständiger Beratervertrag zustande kommt. Ohne diese Besonderheit bejaht Diederichsen, VersR 2005, 433 (436) eine Haftung von Verkäufer oder Werkunternehmer, die die Lieferung einer mangelfreien Sache schuldeten.Eine ältere, aber wichtige Entscheidung.

Mehr als eine Lebenszeitverlängerung von 4 Monaten wäre auch durch einen frühzeitigeren Einsatz von adjuvanten Mitteln nicht zu erreichen gewesen. Dafür sprechen sowohl das Stadium des Tumors nebst Metastasierung als auch die konkrete Reaktion des Körpers des Verstorbenen auf den Einsatz der Chemotherapie. Diese hat sich nämlich als praktisch wirkungslos erwiesen. Der Erblasser verstarb nach nur etwas mehr als einem Jahr, nachdem die Krebserkrankung erstmals hätte erkannt werden können. Es spricht deshalb nichts dafür, dass sich bei einem um wenige Wochen früheren Einsatz einer adäquaten Therapie ein völlig anderer Behandlungsverlauf und -erfolg eingestellt hätte. Nicht auszuschließen ist jedoch, dass sich die Überlebenszeit des Verstorbenen um die maximalen 4 Monate verlängert hätte, die in diesen Fällen überhaupt noch erreicht werden kann.

Bei der Bemessung des Schmerzensgeldes wird nicht die Schwierigkeit verkannt, die besteht, wenn es um Fragen der Lebensverlängerung für einen todkranken Menschen geht, der sich psychisch mit dem Gedanken zu tragen hat, u. U. besser dazustehen, wäre der ärztliche Fehler unterblieben und wären frühzeitiger einschlägige Therapien eingeleitet worden.

Auch wenn der Erblasser 4 Monate länger gelebt hätte, wäre es kein unbeschwertes und im Rahmen einer Krebserkrankung von hinnehmbarer Qualität getragenes Leben gewesenen. Selbst wenn durch eine frühzeitigere Therapie die im letzten Stadium eingetretene Querschnittslähmung vermieden worden wäre, wären sowohl die zu erzielende Lebensverlängerung als auch die Verminderungen der Auswirkungen der Krebserkrankung nur durch den Einsatz massiver und stark beeinträchtigender Mittel möglich gewesen. Lebenszeit ist nicht mit Lebensqualität gleichzusetzen.

E 1277 **OLG Köln, Urt. v. 16.12.2002 – 5 U 166/01, NJW-RR 2003, 1031**[82]

10.000,00 € (Vorstellung: 20.000,00 €)

Gehirntumor wurde 2 Jahre zu spät entdeckt

Bei dem Kläger wurde ein gutartiger Tumor 2 Jahre zu spät entdeckt, weil ein gebotenes CCT nicht erstellt wurde. Wäre der Tumor früher entdeckt worden, hätte er möglicherweise vollständig entfernt werden können und der Kläger hätte nicht unter Anfällen leiden müssen. Es hätte eine gute Chance auf Heilung bestanden. Nun besteht die Gefahr von Rezidivbildungen mit der Folge einer verstärkten Epilepsieanfälligkeit.

E 1278 **LG Detmold, Urt. v. 26.03.2007 – 1 O 266/05, unveröffentlicht**

10.000,00 €

Tod nach einem Tag ohne ärztliche Behandlung

Bei einer rechtzeitigen und sachgerechten ärztlichen Intervention hätten dem Erblasser, der sich trotz seiner erkennbar bedrohlichen Situation nicht angemessen behandelt fühlte, bis zu seinem Ableben am folgenden Tag Schmerzen und Todesängste bei zunehmender Kurzatmigkeit erspart bleiben können. Wegen der Schwere der Lungenentzündung hätte er jedoch erhebliche Beeinträchtigungen erfahren.

82 So im Fall AG Zittau, Urt. v. 30.03.2005 – 5 C 389/04, NJW-RR 2006, 168, in welchem eine verkaufte Katze eine Sporeninfektion hatte, die zu Pilzinfektionen in der Familie des Käufers führte; das AG lehnte allerdings nach sachverständiger Begutachtung einen Mangel ab, da der Befall mit microsporum canis als »katzentypisch« gewertet worden war. Eine ältere, aber wichtige Entscheidung.

LG Arnsberg, Urt. v. 13.05.2007 – 5 O 45/05, unveröffentlicht E 1279

10.000,00 € (Vorstellung: 10.000,00 €)

Diagnose- und Befunderhebungsfehler bei Endokarditis

Infolge mehrerer Behandlungs- und Diagnosefehler und infolge eines groben Befunderhebungsfehlers kam es beim Kläger zu einer Zerstörung der Aortenklappen, die eine lebensnotwendige sofortige Operation erforderlich machte. Die ärztlichen Versäumnisse führten zu einer Verzögerung bei der Diagnose und der Therapie. Die Verzögerung war generell zur Herbeiführung des Schadens in Form einer notwendigen Aortenklappenersatzoperation, Störungen der Gedächtnisleistungen und der daraus resultierenden komplexen Leistungsminderung mit Herabsetzung des Selbstwertgefühls, Entwicklung einer Depression mit suizidaler Komponente sowie nativen Störungen geeignet.

LG Köln, Urt. v. 09.04.2008 – 25 O 526/05, unveröffentlicht E 1280

10.000,00 € (Vorstellung: 30.000,00 €)

Befunderhebungsfehler bei Brustwirbelkörperfraktur – Bandscheibenvorfall

Der 56 Jahre alte Kläger war bei dem beklagten Chirurgen wegen eines Fahrradsturzes vorstellig und klagte über Rückenschmerzen. Der Beklagte versäumte es, die Ursachen der Schmerzen abzuklären; dadurch wurde eine Fraktur des 12. Brustwirbelkörpers und ein Bandscheibenvorfall im Bereich des 5. Lendenwirbelkörpers um 3 Wochen verspätet diagnostiziert. Es verblieben Beschwerden mit einer Gesamtinvalidität von 30 %, von denen aber nur 10 % auf die Behandlungsverzögerung zurückzuführen waren; die restliche Beeinträchtigung beruhte auf Vorschäden und Sturzfolgen. Auch bei rechtzeitiger Behandlung wäre eine folgenlose Heilung überaus unwahrscheinlich gewesen.

OLG München, Urt. v. 21.08.2008 – 1 U 1654/08, unveröffentlicht E 1281

10.000,00 € (Vorstellung: 36.000,00 €)

Verzögerte Behandlung tuberkulöser Meningitis – Tod nach 4 Wochen

Der Ehemann der Klägerin erkrankte infolge eines Befunderhebungsfehlers an einer Meningitis. Er starb später innerhalb von 4 Wochen nach Einlieferung in ein Krankenhaus. Es steht fest, dass der Verstorbene in diesem Zeitraum Schmerzen erlitten hat. Er musste in dieser Zeit die letzte Phase einer schweren infektiösen Erkrankung des Gehirns mit allen damit verbundenen körperlichen und seelischen Beeinträchtigungen durchstehen. Offen ist, zu welchem Anteil diese Schmerzen auf die vorgenannte verzögerte Behandlung der tuberkulösen Meningitis einerseits oder das Grundleiden des Verstorbenen andererseits zurückgehen. Der Senat geht, nachdem der Sachverständige die Überlebenschance des Verstorbenen mit nur 10 % bemessen hat, davon aus, dass es diesem im vorgenannten Zeitraum auch bei kunstgerechter Behandlung schlecht gegangen wäre. Der Beklagte kann wegen des ihm zur Last fallenden groben Behandlungsfehlers den Ursachenzusammenhang zwischen diesem und den Schmerzen des Verstorbenen nicht ausräumen.

OLG Köln, Urt. v. 23.04.2012 – 5 U 144/08, MedR 2012, 798 E 1282

10.000,00 € (Vorstellung: 49.000,00 € zuzüglich 230,00 € monatliche Rente)

Behandlungsverzögerung – überflüssige Operationen nach Sprunggelenkverletzung — Nervenverletzung

Der Kläger erlitt bei einem Arbeitsunfall eine Verletzung am Sprunggelenk, die sich später als schwere Supinationsverletzung herausstellte. Bei der Untersuchung des Klägers in

Krankenhaus der Beklagten wurden gebotene Befunde nicht erhoben, so dass der zu diesem Zeitpunkt vorliegende doppelte Sehnenabriss, ein eindeutiges Krankheitsbild, nicht erkannt wurde. Die Differenzialdiagnostik war unzureichend. Eine durchgeführte Arthroskopie und eine Operation zur Bandrekonstruktion waren nicht indiziert, ihre Durchführung war behandlungsfehlerhaft. Bei der Operation kam es zu Nervenverletzungen.

Für die Bemessung des Schmerzensgeldes waren ausschlaggebend die überflüssige Arthroskopie, die zeitliche Verzögerung der Operation, die in diesem Zeitraum überflüssigen Behandlungsmaßnahmen, Schmerzen und Bewegungsbeeinträchtigungen, die bei der Operation entstandenen Nervenverletzungen und deren Folgen, die in einer Sensibilitätsminderung, einer Schwächung der Fußhebung, in Schmerzen und in einem Taubheitsgefühl bestehen. Dabei handelt es sich um bleibende Schäden, die zu einem Grad der Behinderung von 30% geführt haben, was nach Meinung des Senats nicht sehr schwerwiegend ist.

E 1283 **OLG Koblenz, Urt. v. 10.01.2008 – 5 U 1508/07, VersR 2008, 923 = NJW-RR 2008, 1055 = MedR 2008, 568**

15.000,00 €

Patienten als Simulanten abgestempelt

Ein lebensbedrohlich erkrankter und letztlich verstorbener Krankenhauspatient wird verdächtigt zu simulieren und leidet 6 Tage lang an Luftnot, Erstickungsgefühlen und Todesangst. Die Ärzte nahmen den Patienten nicht ernst und taten seine Beschwerden als psychisches Problem ab, statt angemessen zu reagieren.

E 1284 **LG Dortmund, Urt. v. 09.02.2011 – 4 O 124/08, unveröffentlicht**

15.000,00 € (Vorstellung: mindestens 100.000,00 €)

Tumorerkrankung nicht erkannt – Tod des Patienten

Der beklagte Zahnarzt sah in einer Hypästhesie (Taubheit) im Zungenbereich des 53 Jahre alten Patienten keinen Hinweis auf den Verdacht einer Tumorerkrankung, so dass eine umfangreiche Anamnese und nachfolgende Behandlung unterblieben. Zur Feststellung des Tumors kam es nach 4 Monaten. Wäre der Patient ordnungsgemäß behandelt worden, wären ihm erhebliche Beeinträchtigungen und Schmerzen und sogar der Tod erspart geblieben. Infolge der Behandlungsverzögerung verstarb der Patient ein Jahr und 4 Monate nach dem schwerwiegenden Behandlungsfehler.

E 1285 **KG, Urt. v. 07.03.2005 – 20 U 398/01, KGR 2006, 12**

17.500,00 € (Vorstellung: 15.000,00 €)

Kahnbeinfraktur vom Arzt übersehen – Kahnbeinarthrose

Der Kläger zog sich eine Kahnbeinfraktur zu, die der Beklagte nicht erkannte, weil er es unterließ, eine Röntgenaufnahme zu fertigen. Infolge der unterlassenen Befunderhebung kam es zur Behandlungsverzögerung und dadurch zu einer Kahnbeinpseudoarthrose, deren Ausmaß bei ordnungsgemäßem ärztlichen Vorgehen geringer ausgefallen wäre. Die dadurch bedingten Funktionseinschränkungen erschweren die Tätigkeit des Klägers im chirurgischen Bereich, sodass der Kläger in der Berufswahl und in der entsprechenden Ausbildung eingeschränkt ist. Bei rechtzeitiger Feststellung der Fraktur wäre eine konservative Behandlung möglich gewesen und die Entnahme eines Beckenkammspans mit dem Verbleib einer 7 cm langen Narbe wäre nicht erforderlich gewesen.

OLG Köln, Urt. v. 23.01.2002 – 5 U 85/01, OLGR 2003, 45[83] E 1286

<u>18.000,00 €</u> (Vorstellung: 25.000,00 €)

Verlust eines Hodens

Bei einem 15 Jahre alten Jungen wurde eine Hodentorsion zu spät erkannt. Es kam zum Verlust des Hodens. Das Schmerzensgeld wurde mit Blick auf die psychischen Folgereaktionen, die Angst um den verbliebenen Hoden und das leichtfertige Verhalten des Arztes festgesetzt.

OLG Koblenz, Urt. v. 17.02.2005 – 5 U 349/04, VersR 2005, 655 = MedR 2005, 294 E 1287

<u>25.000,00 €</u>

Nierenverlust durch zögerliches Handeln der Ärzte

Die Beklagte zögerte die gebotene Nierensteinentfernung in vorwerfbarer Weise hinaus. Der seinerzeit 41 Jahre alten Klägerin, durch den Morbus Crohn seit Langem nachhaltig beeinträchtigt und mit erheblichen Nierenproblemen belastet, wurde stattdessen zu einer 2-maligen Eigenblutspende vor Durchführung einer Operation geraten. Die Gewinnung der erforderlichen 2. Eigenblutspende war zudem angesichts des durch den Morbus Crohn dauerhaft beeinträchtigten Gesundheitszustandes der Klägerin unsicher. Eine weitere Verzögerung der Entfernung des Nierenbeckensteins war nicht mehr vertretbar. Die Niere der Klägerin wäre funktionstüchtig erhalten geblieben, wenn der Nierenstein rechtzeitig entfernt worden wäre.

OLG Oldenburg, Urt. v. 09.07.2008 – 5 U 32/08, OLGR 2009, 14 E 1288

<u>25.000,00 €</u>

Brustoperation an falscher Stelle

Bei der Klägerin wurde die Befundung eines im Rahmen einer stationären Brustoperation entnommenen Kalkherdes unterlassen, was das Gericht als einen groben Behandlungsfehler in Form eines Befunderhebungsfehlers des Operateurs ansah. Durch den Verzicht auf die Nachkontrolle bleibt das Erreichen des Behandlungsziels unklar. Als Folge der unterlassenen gebotenen Maßnahme wurde eine sonst entbehrliche Zweitoperation zur Lymphdrüsenentfernung erforderlich. Damit ging eine Therapieverzögerung einher, ohne die die Lymphdrüsenentfernung hätte vermieden werden können. Die Therapieverzögerung führte zudem zu einer zusätzlichen psychischen Belastung der Klägerin, die nun wegen Krebsangst in wöchentlicher psychologischer Behandlung ist. Die 2. Operation und die dort erfolgte Gewebeentfernung hatten eine nach außen sichtbare und dauerhafte Brustverkleinerung zur Folge, die bei fehlerfreier Behandlung geringer ausgefallen wäre.

OLG Brandenburg, Urt. v. 27.08.2009 – 12 U 233/08, unveröffentlicht E 1289

<u>25.000,00 €</u> (Vorstellung: 40.000,00 €)

Fehlerhafte Auswertung einer Röntgenaufnahme – übersehenes Lungenkarzinom

Auf einer Röntgenaufnahme der Lunge der Ehefrau des Klägers war eine flaue ca. 2 cm große rundliche unscharfe Verdichtung im rechten Unterfeld der Lunge erkennbar, die abklärungsbedürftig weil tumorverdächtig war. Der Herd war auch für ein ungeübtes Auge und auch für einen Anästhesisten, der mit Röntgenaufnahmen der Lunge zu tun hat, erkennbar, sodass eine weitere, auch nach der Operation noch durchführbare Abklärung hätte erfolgen müssen.

83 KG, Urt. v. 04.06.2009 – 20 U 49/07, MedR 2010, 35, etwa bei »Monopolstellung« des Arztes.Eine ältere, aber wichtige Entscheidung.

Die Patientin musste sich später einer Unterlappenresektion mit systematischer Lymphadenektomie sowie einer daran anschließenden palliativen Chemotherapie mit mehreren Zyklen unterziehen, in deren Verlauf sie sich mehrmals in stationäre Behandlung begeben musste. Sie wurde krankheitsbedingt in den Ruhestand versetzt und verstarb schließlich 2 Jahre und 7 Monate nach Durchführung der Lungenresektion im Alter von 62 Jahren. Bei der Bemessung des Schmerzensgeldes war zu berücksichtigen, dass auch bei einer rechtzeitigen Erkennung des Lungenkarzinoms 3 Jahre früher die Operation mit Teilresektion des Lungenflügels mit den damit verbundenen Schmerzen und Folgeerscheinungen notwendig geworden wäre. Dagegen steht nicht fest, dass eine Bestrahlung und eine nachfolgende Chemotherapie erforderlich gewesen wären. Auch wären bei einer rechtzeitigen Behandlung die Angst vor einem erneuten Rezidiv und die damit verbundenen psychischen Belastungen bei der Patientin vorhanden gewesen. Andererseits musste die Patientin bis zu ihrem Tode mit dem Gedanken leben, dass die Ausbreitung der Krankheit möglicherweise bei einer früheren Erkennung und entsprechender Behandlung hätte verhindert werden können.

E 1290 **OLG Düsseldorf, Urt. v. 06.03.2003 – 8 U 22/02, VersR 2003, 1310 = NJW-RR 2003, 1333**

30.000,00 € (Vorstellung: 30.000,00 €)

Entfernung der rechten Brust (Mastektomie)

Die 30 Jahre alte Klägerin suchte die Beklagte, ihre Frauenärztin, wegen auffälliger Veränderungen im Bereich der rechten Brustwarze – die Mamille war oberflächlich gerötet und blutete – auf. Die Beklagte diagnostizierte eine Mamillitis, verordnete eine Salbenbehandlung und bat um Wiedervorstellung der Klägerin nach 2 Wochen »bei Persistenz der Mamillitis«. Auch bei einem neuerlichen Besuch, der erst 8 Monate später erfolgte, diagnostizierte die Beklagte eine Mamillitis, überwies die Klägerin aber zu einem Radiologen, um eine Mammographie durchzuführen. Dieser Untersuchung unterzog sich die Klägerin allerdings nicht; erst auf die Empfehlung ihrer Hautärztin, die sie auf einen wegen der Veränderung der rechten Brust bestehenden Krebsverdacht hinwies, ließ sie ca. ein halbes Jahr später eine Mammographie durchführen. Weil sich dabei der Verdacht auf das Vorliegen eines Mammakarzinoms bestätigte, erfolgte eine Tumorektomie.

Wegen der Multizentrizität des Tumors musste sich die Klägerin kurze Zeit darauf einer modifizierten radikalen Mastektomie rechts (einer Entfernung der gesamten Brust) mit anschließender Chemotherapie und Strahlenbehandlung unterziehen.

Der Senat bejahte einen Behandlungsfehler, weil bereits der Erstbefund, jedenfalls aber der zweite Arztbesuch einer diagnostischen Abklärung bedurft hätte. Die Notwendigkeit der Brustentfernung wurde wegen grob fehlerhaft unterlassener Befunderhebung der Beklagten nach den Grundsätzen der arzthaftungsrechtlichen Beweislastverteilung als kausal auf dem Behandlungsfehler beruhend der Beklagten zugerechnet.

Bei der Bemessung des Schmerzensgeldes fiel maßgebend die von der Beklagten zu verantwortende Amputation der rechten Brust mit den damit naturgemäß für die Klägerin verbundenen körperlichen und psychischen Belastungen ins Gewicht. Der allein hierdurch bei der Klägerin eingetretene immaterielle Schaden wiege so schwer, dass er das zuerkannte Schmerzensgeld auch dann rechtfertige, wenn man berücksichtige, dass die weiter gehenden Beeinträchtigungen nicht auf die Verzögerung der indizierten Behandlung, sondern auf die Grunderkrankung zurückzuführen seien.

Ein (vom LG, welches nur 18.000,00 € zusprach, bejahtes) Mitverschulden sah der Senat nicht. Dass die Klägerin die Mammographie nicht unverzüglich durchführte, könne ihr nicht zur Last gelegt werden, da ihr die Bedeutung dieser Untersuchungsmaßnahme nicht klar gemacht worden sei.

OLG Zweibrücken, Urt. v. 20.11.2007 – 5 U 16/05, NJW-RR 2008, 539 E 1291

35.000,00 € (Vorstellung: 50.000,00 €)

Prostatakarzinom nicht erkannt

Bei dem 73 Jahre alten Kläger wurde eine gutartige Vergrößerung der Prostata diagnostiziert, ohne das tatsächlich vorliegende Prostatakarzinom auszuschließen. Dadurch wurde bei dem Kläger zunächst eine Teilresektion statt einer Totalresektion der Prostata vorgenommen. Bei korrektem Vorgehen wäre der Kläger von der Krebserkrankung geheilt worden und ihm wäre eine stationäre Strahlentherapie ebenso erspart geblieben, wie eine spätere Teilresektion der von Metastasen befallenen Leber. Auch der Penisschaft wäre nicht von Metastasen befallen worden und die seelischen Beeinträchtigungen nach dem Wissen um die Lebensverkürzung wären dem Kläger erspart geblieben.

OLG Hamm, Urt. v. 06.11.2002 – 3 U 50/02, VersR 2004, 1321 E 1292

40.000,00 €

Hepatitis B-Infektion – Leberzirrhose – Tod

Die Kläger, Erben des Ehemannes bzw. Vaters, nehmen die Behandlungsseite auf Schmerzensgeld in Anspruch, weil bei dem Patienten das Vorliegen einer Hepatitis B-Infektion nicht abgeklärt wurde, was zu einer Leberzirrhose und nach etwas mehr als einem Jahr zum Tod führte.

Die Bemessung des Schmerzensgeldes stellt einmal auf die Kürze der Leidenszeit ab, aber auch darauf, dass der Patient infolge des rapiden Krankheitsverlaufs, der in der Endphase zum rapiden körperlichen Verfall und zum Koma führte, Schmerzen erlitten und schließlich den Tod erfahren habe. Insb. das Wahrnehmen der Leiden, das Bewusstsein des nahen Todes und der Abschied von der Familie sind prägend für das Schmerzensgeld.

LG München I, Urt. v. 12.05.2006 – 9 O 18419/02, unveröffentlicht E 1293

40.000,00 €

Mammakarzinom übersehen – 3 Jahre Verzögerung

I. R. d. üblichen Krebsvorsorge wurde Mitte 1996 und im Herbst 1997 ein verdächtiger Befund übersehen. Der Knoten wurde erst Ende 1999 erkannt. Die Patientin starb trotz Knotenexstirpation und anschließender Chemotherapie Mitte 2004.

LG Hagen, Urt. v. 26.01.2006 – 6 O 368/02, unveröffentlicht E 1294

45.000,00 € (Vorstellung: 30.000,00 €)

Endokarditis nicht erkannt und nur Bronchitis behandelt – Infektion der Herzklappen

Die Behandlung des Klägers durch den Beklagten war aufgrund falscher Diagnose fehlerhaft. Er hat beim Kläger eine akute Bronchitis diagnostiziert und behandelt statt einer akuten Endokarditis, die durch den Erreger Streptococcus adjacens ausgelöst worden war. Diese Erkrankung führt im Laufe weniger Monate zu einer Zerstörung der Herzklappen. Der Erreger ist hochempfindlich gegen bestimmte Arten von Antibiotika, insb. gegen Penicillin. Durch die Fehlbehandlung waren der Austausch der Herzklappen mit dem Risiko neuer Operationen und eine lebenslange Marcumar-Therapie erforderlich. Zudem besteht eine Einschränkung der maximalen körperlichen Leistungsfähigkeit des Klägers um wenigstens 20 – 30 % sowie die Notwendigkeit intensiver ständiger ärztlicher Behandlung.

E 1295 **OLG München, Urt. v. 23.09.2004 – 1 U 5198/03, MedR 2006, 174**

50.000,00 € zzgl. 100,00 € monatliche Rente

Schädigung des Hüftgelenks – Hüftgelenksresektion

Bei der 36 Jahre alten Klägerin wurde bei einem erkannten Hüftgelenkserguss dem Verdacht auf Vorliegen eines Abszesses nicht nachgegangen. Die Nichtdurchführung der dringend gebotenen Diagnostik wurde als schwerwiegender Behandlungsfehler angesehen. Die Behandlungsverzögerung hatte zur Folge, dass die Klägerin sich 11 operativen Eingriffen unterziehen und dass das Hüftgelenk entfernt werden musste.

E 1296 **OLG München, Urt. v. 16.02.2012 – 1 U 2798/11, unveröffentlicht**

60.000,00 € (Vorstellung: 100.000,00 €)

Tumorentfernung um 18 Monate verzögert – Schädigung des Gesichtsnervs

Der Beklagte, ein Facharzt für Radiologie, verkannte auf Grund eines schweren Diagnosefehlers einen malignen Gehirntumor in einer Ausdehnung von 22 x 13 x 18 mm. Infolgedessen wurde bei der rd. 18 Monate später durchgeführten Entfernung des Tumors auch der Gesichtsnerv geschädigt. In dieser Zeit litt der Kläger unter erheblichen vermeidbaren Schmerzen.

E 1297 **LG Köln, Urt. v. 02.03.2005 – 25 O 115/00, unveröffentlicht**

100.000,00 €

Krebserkrankung 14 Monate zu spät erkannt

Der Beklagte, ein Histologe, befundete exzidiertes Material, das mit der Fragestellung: »blutender Naevus, Malignitätsverdacht« eingereicht worden war, als gutartig. Er schloss insb. einen Anhalt für ein invasives malignes Melanom sowie eine andersartige Krebserkrankung der Haut oder der Hautanhangsgebilde im betroffenen Bereich definitiv aus. Aufgrund dieser Diagnose des Beklagten wurde eine weiter gehende Diagnostik und Behandlung der Hautveränderung nicht eingeleitet.

Rd. 14 Monate später wurden bei dem noch jungen Patienten, einem Arzt, Metastasen eines Melanoms festgestellt. Im weiteren Verlauf streute das metastasierende Melanom Stadium IV in Lunge, Leber, Bronchus, Hirn, Bauchspeicheldrüse, Extremitäten etc. Der Kläger verstarb rund ein Jahr später. Er hat sich ein Jahr lang bis zu seinem Tod zahlreichen Untersuchungen, Operationen und Therapien unterziehen müssen, die mit erheblichen Schmerzen und Qualen verbunden waren.

E 1298 **OLG Jena, Urt. v. 23.05.2007 – 4 U 437/05, VersR 2008, 401 = GesR 2008, 49 = MedR 2008, 520 m. krit. Anm. L. Jaeger**

100.000,00 € (Vorstellung 200.000,00 €)

Mammakarzinom nicht erkannt

Die Mutter des Klägers starb im Alter von 31 Jahren an den Folgen eines bei der 6 Jahre zuvor durchgeführten Behandlung nicht erkannten Mammakarzinoms. Das OLG hielt das vom LG zuerkannte Schmerzensgeld i. H. v. 200.000,00 € für überhöht und reduzierte es auf die Berufung des Beklagten hin auf die Hälfte. Die Mutter des Klägers hatte sich mehreren stationären Chemotherapien mit erheblichen Nebenwirkungen unterziehen müssen. Diese Behandlungen waren mit großen Schmerzen und psychischen Belastungen verbunden. Im Laufe der Behandlung wusste die Patientin, dass sie tödlich erkrankt war, bald sterben würde und sich von ihrem 9 Jahre alten Sohn verabschieden musste. Trotz der schweren physischen und psychischen Belastungen hielt der Senat ein Schmerzensgeld von (nur) 100.000,00 € für gerechtfertigt.

LG Aurich, Urt. v. 18.11.2005 – 4 O 538/01, unveröffentlicht E 1299

250.000,00 €

Hydrocephalus

Beim Kläger lag bei der Geburt eine Nabelschnurumschlingung vor. Der Kopfumfang betrug 36 cm. Es bestand der Verdacht auf einen Herzfehler, der sich nicht bestätigte. Jedoch wurden u. a. Hirnblutungen festgestellt. Das Kopfwachstum des Klägers wurde nicht beachtet. Später zeigte sich ein ausgeprägter Hydrocephalus der Kopfumfang betrug 52 cm. Der Säugling wies Hirndruckzeichen wie Erbrechen auf. Die Hirnflüssigkeit wurde operativ abgeleitet.

Der Kläger weist eine schwere körperliche und geistige Behinderung auf. Zudem liegt ein cerebrales Anfallsleiden vor, das anti-konvulsiv behandelt werden muss. Im Alter von 4 1/2 Jahren entsprach der psychomentale Entwicklungsstand des Klägers dem eines Säuglings und der motorische Entwicklungsstand dem eines 7 – 9 Monate alten Kindes.

OLG Koblenz, Urt. v. 26.02.2009 – 5 U 1212/07, VersR 2010, 1452 E 1300

350.000,00 €

Verzögerung der Notsectio – Hirnschaden nach grobem Behandlungsfehler

Infolge der grob fehlerhaften Verzögerung des gebotenen Kaiserschnitts um 12 Minuten kam es beim Kläger infolge von Sauerstoffmangel zu einem Geburtsschaden mit Hirnschädigung, die ein freies Sitzen, Stehen, eine Fortbewegung oder Greifen unmöglich macht, begleitet von einem schweren Entwicklungsrückstand mit geistiger Behinderung, fehlendem Sprachvermögen und dauerhafter Pflegebedürftigkeit (vgl. zum Anspruch der Mutter E 1250).

LG Gera, Urt. v. 06.05.2009 – 2 O 15/05, VersR 2009, 1232 m. Anm. Jaeger VersR 2009, 1233 E 1301

600.000,00 € (Vorstellung: 500.000,00 €)

Hirnschädigung – Tetraparese – Geburtsschaden

Der Kläger erlitt bei seiner Geburt im Jahr 1993 infolge einer verzögerten medizinisch dringend gebotenen Notsectio einen schweren Hirnschaden. Bei vitaler kindlicher Gefährdung in einem Perinatalzentrum ist ein Zeitbedarf von mehr als 20 Minuten (hier: 30 Minuten) nicht akzeptabel und als grober Behandlungsfehler anzusehen.

Der Kläger leidet durch die Unterversorgung mit Sauerstoff u. a. an schwerster geistiger Behinderung und ist zudem schwerst körperlich behindert und blind. Gravierendere geistige und körperliche Beeinträchtigungen sind kaum vorstellbar. Ein Schmerzensgeld ist i. H. v. 600.000,00 € angemessen, weil der hinter dem beklagten Arzt stehende Haftpflichtversicherer auf die dem Geschädigten unzweifelhaft zustehenden Entschädigungsansprüche über einen Zeitraum von 1 1/2 – 2 1/2 Jahren keine Vorauszahlungen geleistet hat.

Dekubitus

▶ Hinweis:

Dekubiti im Altersheim treten 1000-fach auf. Es gibt Altersheime und Pflegeheime, in denen bei beginnenden Druckgeschwüren das Erforderliche veranlasst wird. Aber: Die gesetzlichen Krankenkassen sparen häufig am falschen Ende und verweigern Spezialmatratzen oder bewilligen sie erst mit zeitlicher Verzögerung. Dann ist der Dekubitus bereits entstanden.

Die Ausführungen der Entscheidungen sind eindeutig: Ein schwerer Dekubitus ist immer vermeidbar. Tritt ein schwerer Dekubitus auf, beruht dies immer auf **schweren** Versäumnissen in der Pflege. Die Beweislast dreht sich um. Das zu zahlende Schmerzensgeld ist hoch. Es muss eher über die hier ausgeurteilten Beträge hinausgehen.

E 1302 **LG Nürnberg-Fürth, Urt. v. 25.05.2012 – 12 O 589/12, NJW-RR 2013, 469**

7.500,00 €

Dekubiti und Zehenamputation

Der Erbe einer in einem Pflegeheim untergebrachten betagten Frau macht Schmerzensgeldansprüche geltend, weil die Mutter dort unsachgemäß gepflegt wurde. Bereits zwei Wochen nach der Aufnahme ins Heim wurden ihr auf Grund unzureichender Durchblutung mehrere Zehen amputiert, die abgefault waren. An den Außenknöcheln, den Fersen und am Steißbein waren Dekubiti aufgetreten. Obwohl die Mutter zwei Monate später verstarb, hielt das Gericht den Schmerzensgeldbetrag für angemessen, weil sie mit einiger Wahrscheinlichkeit die Situation leidend miterlebt und nicht unerhebliche Schmerzen erlitten hatte.

E 1303 **OLG Köln, Urt. v. 04.08.1999 – 5 U 19/99, VersR 2000, 767 = NJW-RR 2000, 1267**[84]

12.500,00 €

Dekubitus 4. Grades

Bei dem Kläger war es zu einem Dekubitus mit einem Durchmesser von 17 cm und einer Tiefe von 6 cm gekommen, sodass die Wirbelsäule sichtbar wurde, weil er nach akutem Herzversagen als moribund (im Sterben liegend) angesehen wurde. Der Sachverständige hatte ausgeführt, dass auch bei Schwerkrankheitsfällen Dekubiti – jedenfalls solche des vorliegenden Ausmaßes – ohne Weiteres vermeidbar seien, wenn häufige Lageänderungen durchgeführt oder Spezialbetten eingesetzt würden. Das OLG Köln hat auf dem Sachverständigengutachten aufbauend dazu ausgeführt, dass ein moribunder Patient die Ärzte und das Pflegepersonal nicht von der Anwendung der gebotenen pflegerischen Sorgfalt entbinden würde.

Dem Kläger ist das Sitzen und Gehen nur unter Schmerzen möglich. Das Schmerzensgeld i. H. v. 12.500,00 € ist – wie so oft – nicht ausreichend, aber das OLG Köln konnte den Betrag mangels Anschlussberufung des Klägers nicht erhöhen. Es hat jedoch ausgeführt, dass es eher an der unteren Grenze des Angemessenen liegt.

E 1304 **LG München I, Urt. v. 14.01.2009 – 9 O 10239/04, PflR 2009, 344 = KRS 09.024**

15.000,00 € (Vorstellung: 400.000,00 €)

2 Druckgeschwüre

Die 69 Jahre alte Klägerin hatte einen Schlaganfall erlitten und wurde einen Monat stationär behandelt. Nach der Entlassung wurden zwei Druckgeschwüre festgestellt, die fünfmal operiert werden mussten. Schließlich musste ein Oberschenkel amputiert werden, was aber nicht auf die Druckgeschwüre zurückgeführt werden konnte.

84 KG, Urt. v. 17.01.2005 – 12 U 302/03, NJW 2005, 1284 = VersR 2005, 698 = E 1374. Eine ältere, aber wichtige Entscheidung.

OLG Oldenburg, Urt. v. 14.10.1999 – 1 U 121/98, NJW-RR 2000, 762 E 1305

17.500,00 €

Dekubitus 4. Grades

Eine an Morbus Alzheimer erkrankte Patientin eines Pflegeheims litt infolge grober Pflegefehler an einem Dekubitus in einer Größe von 10 × 5 cm. Um eine Ausheilung des Geschwürs zu erreichen, musste ein anus praeter gelegt werden, der aus medizinischen Gründen nicht zurückverlegt werden konnte. Trotz der Alzheimererkrankung der 65 Jahre alten Klägerin hielt das OLG Oldenburg ein Schmerzensgeld i. H. v. 17.500,00 € für angemessen, weil die Klägerin imstande war, die Schmerzen und Bewegungsbeeinträchtigungen wahrzunehmen, diese allerdings infolge des Morbus Alzheimer »sofort vergessen« hat.

LG Köln, Urt. v. 06.12.2006 – 25 O 403/01, unveröffentlicht E 1306

17.500,00 € (Vorstellung: 15.000,00 €)

Dekubitus 3. Grades

Der Kläger wurde nach einem schweren Unfall, der u. a. eine komplette Querschnittslähmung zur Folge hatte, 6 Monate stationär behandelt. Nach Verlegung in ein anderes Krankenhaus wurde ein Decubitalulcus 3. Grades diagnostiziert. Erst nach 5 Monaten war die Wunde abgeheilt. Da beim Kläger schon bei der Einlieferung in das Krankenhaus mehrere Risikofaktoren vorlagen, war der Einsatz eines Wechseldrucksystems erforderlich. Als Folge ist ein minderbelastbares Gewebe verblieben, was für den Kläger besonders problematisch ist, weil seine Fähigkeit, im Rollstuhl zu sitzen, eingeschränkt ist.

LG Köln, Urt. v. 12.03.2008 – 25 O 303/06, RDG 2008, 116 E 1307

17.500,00 € (Vorstellung: 25.000,00 €)

Dekubitus 4. Grades durch fehlerhaften Rollstuhl

Die Beklagte lieferte dem Kläger, der an einer Spina bifida mit einem angeborenen Querschnitt litt, abredewidrig einen nicht mit einem Dekubitusschutz ausgestatteten Rollstuhl. Aufgrund der besonderen Risikokonstellation war eine angemessene Sitzversorgung für den Kläger von zentraler Bedeutung zur Vermeidung von Druckgeschwüren. Beim Kläger entstand infolge der Benutzung des mangelhaften Rollstuhls ein Dekubitus 4. Grades mit der sich daraus ergebenden notwendigen Folge einer stationären Krankenhausbehandlung.

LG Bonn, Urt. v. 23.12.2011 – 9 O 364/08, RDG 2012, 84 = PflR 2012, 304 – bestätigt durch Beschl. des OLG Köln nach § 522 ZPO v. 13.10.2012 – MedR 2012, 446 E 1308

20.000,00 € (Vorstellung: mindestens 10.000,00 €)

Sakraldekubitus

Der Kläger, der unter anderem an Adipositas, chronischer Niereninsuffizienz, Diabetes mellitus und einem Schlafapnoesyndrom litt, wurde wegen eines Schlaganfalls im Krankenhaus der Beklagten behandelt. Zu dem war er stuhlinkontinent und damit insgesamt ein Hochrisikopatient für das Auftreten von schwerwiegenden Dekubiti. Es entspricht ständiger Rechtsprechung, dass ein schwerwiegender Dekubitus bei einem Hochrisikopatienten immer vermeidbar ist, sei es durch häufige Umlagerung, durch Eincremen oder durch den Einsatz von Spezialbetten und Kissen. Das Entstehen des Dekubitus ist auf falsche oder unzureichende vorbeugende Maßnahmen zurückzuführen und beruht auf groben Pflege- und Lagerungsmängeln und unzureichenden ärztlichen Anordnungen und Überwachungen.

Bei der Bemessung des Schmerzensgeldes war insbesondere zu berücksichtigen, dass der Kläger zwei Jahre an dem Sakraldekubitus litt, der bis zur Entscheidung des Gerichts noch nicht ausgeheilt war.

Entzündungen

E 1309 **AG Gelsenkirchen, Urt. v. 23.06.2005 – 32 C 672/04, NJW-RR 2005, 1388**

400,00 €

Zehenentzündung

Die Klägerin, eine Kellnerin, wurde mit Bier begossen, als ein Glas umfiel; das Bier floss auf Kleidung und den mit einer Sandale bekleideten Fuß der Klägerin. Hierauf bot sich der Beklagte an, den Zeh abzulecken. Tatsächlich biss er aber hinein. Hierdurch entzündete sich der Zeh stark, und die Beklagte war 10 Tage arbeitsunfähig. Bei der Bemessung stellte das Gericht darauf ab, dass die Klägerin den Zeh zwar »nur zum Zwecke der Reinigung«, gleichwohl freiwillig habe lecken lassen; zwar sei es zu einer erheblichen Beeinträchtigung der Lebensqualität gekommen, die Klägerin habe sich teilweise nur mit Badeschuhen fortbewegen können; andererseits seien keine weiteren gesundheitlichen Konsequenzen zu erwarten, auch musste der Zehennagel nicht entfernt werden.

E 1310 **AG Gummersbach, Urt. v. 08.06.2009 – 10 C 238/08, unveröffentlicht**

500,00 € (Vorstellung: 1.000,00 €)

Entzündungen nach vergessener Klammer

Die Klägerin war bei dem beklagten Arzt in Behandlung, der nachoperativ versehentlich eine Klammer zu entfernen vergaß. Dies führte zu Entzündungen und Schmerzreaktionen, insbesondere bei körperlichen Arbeiten und dem Tragen eines Gürtels.

E 1311 **LG Münster, Urt. v. 25.03.2009 – 8 O 34/09, unveröffentlicht**

700,00 € (2/3 Mitverschulden; Vorstellung: 2.000,00 €)

Knieentzündung – Meniskusriss

Der Kläger stürzte mit seinem Rad über eine unzureichend abgesicherte Kante einer Brücke, deren Rad- und Fußgängerweg über eine 5 cm hohe Kante getrennt waren. Er fiel über den Lenker und zog sich Hautabschürfungen, einen Meniskusriss und eine Knieentzündung zu. Er hat bis heute erhebliche Schmerzen im Knie und Schwierigkeiten bei der Fortbewegung, da sein Bein öfter wegknickt; die erforderliche Operation des Meniskus kann erst stattfinden, wenn die Wunde im Kniebereich verheilt ist.

E 1312 **AG Bocholt, Urt. v. 24.02.2006 – 4 C 121/04, unveröffentlicht**

1.500,00 € (Vorstellung: 3.500,00 €)

Hautentzündung – Narbenbildung nach Laserbehandlung

Die Klägerin wollte bei der Beklagten ein Tattoo auf dem Oberarm, bestehend aus einem Herzmotiv und dem Wort »Panik«, entfernen lassen. Die Beklagte beriet die Klägerin dahin gehend, das alte Tattoo übertätowieren zu lassen. Nach der Tätowierung kam es zu einer Schwellung und einer Entzündung der tätowierten Hautpartie. Die Narbenbildung im tätowierten Bereich wurde durch Laserbehandlung in elf Terminen bekämpft, die mit Schmerzen und Hautreizungen verbunden sind.

OLG Köln, Urt. v. 01.03.2006 – 5 U 148/04, unveröffentlicht E 1313

1.500,00 €

Wurzelkanalentzündung – Zahnverlust

Nach einer Zahnwurzelbehandlung zweier Zähne klagte die Klägerin an drei weiteren Terminen über einen Monat hin über fortdauernde Schmerzen. Der Senat sah in diesem Fall eine Pflicht des beklagten Zahnarztes, zum Ausschluss einer Wurzelkanalentzündung eine Röntgenkontrolle durchzuführen; das Unterlassen dieser Maßnahme führt zu einer Beweislastumkehr aus dem Gesichtspunkt eines Befunderhebungsmangels. Durch die unterlassene Diagnose verlor die Klägerin natürliche Zähne; auch die Nachbehandlung mit Implantaten war mit nicht unerheblichen Beschwerden verbunden.

LG Stade, Urt. v. 04.01.2007 – 4 O 328/04, unveröffentlicht E 1314

1.500,00 € (Vorstellung: 10.000,00 €)

Schwellungen, Rötungen und Pusteln im Gesicht

Die Klägerin begab sich bei dem beklagten Zahnarzt in Behandlung, weil sie im Bereich dreier Zähne nach Versorgung mit einer Brücke, die 2 Jahre zuvor erfolgt war, Schmerzen im Unterkiefer verspürte. Behandlungsfehlerhaft wurde sie, obwohl sie angegeben hatte, unter einer Penicillinallergie zu leiden, während einer Implantatsetzung mit Amoxicillin behandelt. Hierdurch kam es zu 2-tägigen Krämpfen; ihr Gesicht war gerötet und angeschwollen, und 2 Tage später hatten sich Rötung, Schwellung und Pusteln über den ganzen Körper ausgedehnt. Die Haut an Händen und Füßen war so stark ausgetrocknet, dass sie sich abziehen ließ. 1 1/2 Wochen nach der Implantatsetzung klangen Rötung und Schwellung, die von starken Schmerzen begleitet waren, ab, die Ablösung der Haut zog sich aber noch über Wochen hin. Das Gericht stellte neben den Schmerzen bei der Bemessung auch auf die optische Beeinträchtigung durch die Schwellungen im Gesicht ab.

Die Schmerzensgeldvorstellung beruhte auf der nicht bewiesenen Behauptung einer Nervschädigung.

OLG Düsseldorf, Urt. v. 30.01.2003 – 8 U 192/01, GesR 2003, 272 E 1315

2.556,46 € (Vorstellung 30.000,00 €)

Bandscheibenentzündung

Die 53 Jahre alte Klägerin begab sich zur Behandlung anhaltender Beschwerden nach der Operation eines Bandscheibenvorfalls zum beklagten Krankenhaus. Dort wurde versäumt, eine Entzündung des Bandscheibenraums und des angrenzenden Wirbelknochens (Spondylodiszitis) zu diagnostizieren, welche sodann erst knapp 3 Monate später erkannt wurde. Nach Gabe verschiedener Antibiotika und Ruhigstellung der Klägerin kam es zu einer Besserung, es verblieb aber eine schwere Funktionseinschränkung der LWS »bei schwerer Discusdegeneration LS 2/LS 3 und Verblockung LS 4/LS 5«.

Angesichts der nicht rechtzeitigen gezielten Behandlung über mehrere Monate hinweg hat die Klägerin unter starken Schmerzen gelitten, was voraussichtlich nicht in diesem Umfang bzw. nicht solange der Fall gewesen wäre, wenn die Wirbelsäule rechtzeitig ruhiggestellt und eine gezielte (indizierte) Antibiotikabehandlung durchgeführt worden wäre. Eine solche gezielte Behandlung hätte zu einer um 3 – 5 Monate früheren Ausheilung geführt, die Dauerschäden allerdings nicht verhindert (dem vorgestellten Betrag lag eine behauptete Kausalität des Behandlungsfehlers auch für die Dauerschäden zugrunde).

E 1316 **OLG Oldenburg, Urt. v. 30.03.2005 – 5 U 66/03, VersR 2006, 517**

3.000,00 €

Rückenentzündung mit Abszessbildung

Dem Kläger wurde, nachdem er eine Kreuzbandruptur erlitten hatte, ein künstliches Kniegelenk implantiert. Bei einer anschließenden Schmerztherapie wurde ein Katheter angelegt; aufgrund groben Behandlungsfehlers kam es zu einer Infektion an der hierdurch entstandenen Einstichstelle am Rücken, welche eine Entzündung mit Abszessbildung zur Folge hatte. Für eine Revisionsoperation dieses Infektionsherdes war ein 11-tägiger stationärer Aufenthalt nötig.

E 1317 **OLG Düsseldorf, Urt. v. 06.03.2003 – 8 U 105/02, NJOZ 2004, 2185**

3.100,00 €

Blinddarmentzündung

Der Kläger erlitt, weil behandlungsfehlerhaft das Vorliegen einer Blinddarmentzündung verkannt worden war, einen Blinddarmdurchbruch. Er musste mehrere Tage lang Schmerzen erleiden, die in einer Nacht die Verabreichung von Morphin erforderlich machten. Hinzu kam, dass eine schwerere Operation erforderlich war, als sie bei einem rechtzeitigen Eingriff notwendig gewesen wäre. Zudem besteht die Gefahr von Verwachsungen im Bauchraum.

E 1318 **OLG Köln, Urt. v. 13.06.2012 – 5 U 18/11, MedR 2013, 30**

4.000,00 €

Entzündung eines Holzsplitters im Unterschenkel

Der Kläger war bei den beklagten Ärzten wegen eines Holzsplitters, der knapp unterhalb des Kniegelenks in den linken Unterschenkel eingedrungen war, in Behandlung. Diese versäumten eine explorative Revision der Wunde, weshalb ein Splitter übersehen wurde. Dieser entzündete sich und wurde erst später gefunden und entfernt.

Die Beklagten hatten für eine Verzögerung des Heilungsverlaufs über drei Monate einzustehen, die für den Kläger aufgrund des anhaltenden Entzündungsgeschehens mit erheblichen Schmerzen verbunden war; zwei Operationen mit stationären Aufenthalten über jeweils zwei Wochen wären vermieden worden.

E 1319 **OLG Düsseldorf, Urt. v. 02.09.2003 – I-4 U 238/02, unveröffentlicht**

4.500,00 € (1/5 Mitverschulden)

Schleimbeutelentzündung – Zahnverlust – Schürfwunden

Die Klägerin stürzte, weil die Beklagten ihre Verkehrssicherungspflicht im Hinblick auf den Zustand der Pflasterung an einer Regenrinne verletzt hatten. Sie fiel auf das Gesicht und die rechte Seite und trug dabei Schürfwunden am Gesicht, am Jochbein und an der rechten Hand davon. Das Gesicht war erheblich geschwollen und sie verlor zwei Zähne. An ihrer degenerativ schon vorgeschädigten Schulter kam es zu einer Schleimbeutelentzündung (Bursitis), die sehr schmerzhaft war und operiert werden musste. Das Gericht berücksichtigte bei der Bemessung, dass die Verletzungen schmerzhaft waren, andererseits aber die Vorschädigung der Schulter die Entzündung begünstigt hatte.

OLG Karlsruhe, Urt. v. 24.05.2006 – 7 U 242/05, OLGR 2006, 617 E 1320

4.500,00 €

Bauchfellentzündung

Bei der Klägerin wurde in der Klinik der Beklagten eine Laparoskopie zur Überprüfung der Durchgängigkeit der Eileiter vorgenommen. Im Anschluss daran wurden Warzen im Vaginalbereich entfernt. Bei der Laparoskopie kam es zu einer Perforation des Dünndarms und infolgedessen zu einer ausgedehnten Bauchfellentzündung, die von den Beklagten zunächst nicht erkannt wurde. Das LG hatte das Schmerzensgeld aufgespalten in 1.500,00 € für die Ausweitung des Eingriffs ohne Einwilligung der Klägerin und 3.000,00 € für die verspätete Diagnose der Peritonitis, die zu erheblichen Schmerzen und Todesangst der Klägerin geführt habe; der Senat hatte dies (nur die Klägerin hatte Berufung eingelegt) nicht beanstandet.

LG Wiesbaden, Urt. v. 26.04.2007 – 2 O 195/01, VersR 2007, 1567 E 1321

5.000,00 €

Bauchfellentzündung – Rippenfellentzündung

Die Klägerin, der zuvor bereits wegen einer Krebsdiagnose die Harnblase entfernt worden war, befand sich zur Entfernung der Gallenblase in der beklagten Klinik. Nachoperativ kam es zu einer Rippen- und Bauchfellentzündung und einer Leckage einer Darmschlinge, die 4 – 5 Std. unbehandelt blieb, ehe es zu einer Reoperation kam. Hierbei wurde der Dünndarm entfernt und die Bauchdecke mit einem implantierten Kunststoffnetz verschlossen. Die Klägerin blieb 8 Tage auf der Intensivstation, wo sie 4 Tage lang beatmet werden musste. Acht Bluttransfusionen wurden erforderlich, die Hautnaht musste wiedereröffnet werden und die Bauchdecke blieb über dem Kunststoffnetz offen, damit die Wunde verheilen konnte. 2 Wochen später musste die Bauchdecke punktiert werden, wobei 1,5 l Flüssigkeit freigesetzt wurden; erst 7 1/2 Monate später war die Wundheilung abgeschlossen.

Die Behandlungsverzögerung war nicht ursächlich für die Entfernung der Dünndarmteile und die Notwendigkeit eines Kunststoffnetzes; die Bemessung erfolgte daher dafür, dass die Klägerin während der fraglichen 4 – 5 Std. körperlichen und psychischen Leiden ausgesetzt war, die ihr bei sachgerechter Behandlung erspart worden wären. Während dieser Zeit ist weiterhin Dünndarminhalt in den Bauchraum der Klägerin ausgetreten. Bei der Bemessung wurde auch berücksichtigt, dass die Beklagte vorwerfbar die Herausgabe der Behandlungsunterlagen verzögert hatte.

OLG Brandenburg, Urt. v. 13.11.2008 – 12 U 104/08, KH 2009, 469 E 1322

5.000,00 € (Vorstellung: 18.000,00 €)

Knochenentzündung

Der Beklagte führte bei der Klägerin ohne hinreichende Aufklärung eine Operation eines sog. Hammerzehs durch. Es kam zu einer Knochenentzündung, nachdem sich die Wunde infiziert hatte. Diese heilte folgenlos aus, die Klägerin musste allerdings zwischenzeitlich fürchten, ihr Zeh werde amputiert.

OLG Schleswig, Urt. v. 15.04.2010 – 7 U 17/09, MDR 2010, 1253 = SP 2011, 4 E 1323

5.000,00 € (Vorstellung: 3.000,00 €)

Schleimbeutelentzündung nach Kniegelenksprellung

Die Klägerin verletzte sich als Radfahrerin, als sie der entgegenkommenden Beklagten auswich. Sie erlitt einen Anbruch der sechsten Rippe links und eine schwere Prellung des

Kniegelenks, an dem sich posttraumatisch eine persistierende Schleimbeutelentzündung (bursitis präpatellaris) ausbildete.

Seit dem Unfall kann sie nicht mehr Rad fahren und hat durchgängig Schmerzen im Knie, wogegen sie Medikamente nehmen muss. Das Gericht berücksichtigte ferner den Prozessvortrag der Gegenseite, die die Klägerin ohne Anlass der Lüge beschuldigt hatte, und den Umstand, dass die Klägerin und ihr schwerbehinderter Mann unfallbedingt ihr Haus nicht mehr halten und daher verkaufen mussten.

E 1324 **LG Tübingen, Urt. v. 16.02.2011 – 8 O 156/06, unveröffentlicht**

5.000,00 € (Vorstellung: 35.000,00 €)

Bauchfellentzündung

Der verstorbene Ehemann der Klägerin wurde wegen einer Hirnblutung stationär behandelt; unmittelbar nach der Operation wurde bei Anlage einer PEG-Sonde der Dünndarm perforiert, weswegen es zu einer Peritonitis kam. Trotz der schwerwiegenden Entzündung im retroperitonealen Fettgewebe wurde – grob behandlungsfehlerhaft – über eine PEG-Sonde Tee und Nahrungsflüssigkeit verabreicht. Das Gericht berücksichtigte trotz der erheblichen Folgen der Entzündung, dass der Verstorbene in einem Zustand der Empfindungsunfähigkeit bzw. Bewusstlosigkeit war, so dass er die Verschlechterung seines ohnehin kritischen Gesundheitszustandes allenfalls deutlich eingeschränkt erlebt habe.

E 1325 **OLG Koblenz, Urt. v. 20.07.2006 – 5 U 180/06, VersR 2007, 651 = MedR 2007, 553**

6.000,00 € (Vorstellung: 14.000,00 €)

Prothesenentzündung – Verlust von fünf Zähnen

Der beklagte Zahnarzt nahm ohne ausreichende Aufklärung über (allerdings: kostenpflichtige) Alternativen eine prothetische Versorgung (nur) im Leistungsniveau der gesetzlichen Krankenkasse bei der Klägerin vor, die zudem mit höheren Risiken behaftet war. fünf Zähne erhielten keramisch verblendete Metallkronen, die brückenförmig miteinander verblockt wurden; an zwei Zähnen wurden Wurzelstifte eingesetzt und links- und rechtsseitige Metallgussprothesen befestigt. Es kam zu Komplikationen, weil die Benutzung der Prothese mit Entzündungsprozessen begleitet war. Die Klägerin litt noch ein halbes Jahr unter Entzündungen, Schmerzen und Gesichtsschwellungen; 8 Monate nach der Behandlung frakturierte ein Metallblock zwischen zwei Zähnen, an dem zuvor ein Eckteil ausgebrochen war. Sämtliche fünf Zähne gingen im Verlauf eines Jahres nach der Behandlung verloren. Die Bemessung – bei der lediglich und ohne weitere Darstellung 13 Nummern der Hacks-Tabelle genannt werden – stellte auf die Beschädigung der Prothese, die Notwendigkeit der Neuversorgung und den Verlust sämtlicher Oberkieferzähne ab. Dieser resultierte aus einer von dem eingebrachten Wurzelstift ausgehenden apikalen Ostitis.

E 1326 **OLG Köln, Urt. v. 30.01.2002 – 5 U 106/01, VersR 2003, 1444**

7.500,00 € (Vorstellung: 12.500,00 €)

Harnwegsinfekt – schwere Entzündung

Der 84 Jahre alte Kläger wurde zur Abklärung einer Harnweginkontinenz stationär aufgenommen. Ihm wurde ein suprakubischer Katheter gelegt, dessen Verfallsdatum abgelaufen war. Es stellte sich ein Harnwegsinfekt ein, der zu einer schweren Sepsis führte, die eine mehrwöchige Krankenhausbehandlung erforderlich machte. Zur Bemessung des Schmerzensgeldes ist ausgeführt, dass der Patient erhebliche weitere Schmerzen erleiden musste und dass die Sepsis ihn in Todesgefahr gebracht und zu einer weiteren Reduktion des Allgemeinbefindens geführt habe. Seine Mobilität war erst nach Monaten wiederhergestellt. Die Genugtuungsfunktion ist deutlich zum Tragen gekommen.

OLG Frankfurt am Main, Urt. v. 19.08.2009 – 7U 23/08, NJW-RR 2009, 1684 = NZV 2010, 37 = SP 2010, 114 E 1327

7.500,00 €

Schleimbeutelentzündung nach Knöchelverletzung

Der 47 Jahre alte Kläger erlitt bei einem Verkehrsunfall einen knöchernen Ausriss des linken Innenknöchels. Er suchte am Tag nach dem Unfall einen Arzt auf. Darauf folgten weitere Konsultationen in recht regelmäßigen Abständen über fast ein Jahr. Überdies wurden krankengymnastische Behandlungen durchgeführt, die auch zum Zeitpunkt der Klageerhebung noch fortdauerten. Im Rahmen dieser unfallbedingten Behandlung trat eine Schleimbeutelentzündung auf, die zu einer Reizung und Verkürzung der Sehne am linken Sprunggelenk führte.

Infolge seiner erlittenen Verletzung war der Kläger etwa 6 Wochen lang zu 100 % arbeitsunfähig, sowie weitere 3 Wochen lang bestand eine MdE von 60 %. Durch den einsetzenden Heilungsprozess verbesserte sich der Zustand in den folgenden Monaten kontinuierlich. Allerdings ist von einer dauerhaften Bewegungseinschränkung des oberen und unteren Sprunggelenks auszugehen, was eine verbleibende MdE von 10 % nach sich zieht. Ferner verbleiben als dauerhafte Folgen des Unfalls Beschwerden bei einer längeren Belastung.

OLG Frankfurt am Main, Urt. v. 14.12.2010 – 8U 108/07, GesR 2011, 187 E 1328

7.500,00 € (1/2 Mitverschulden) (Vorstellung: 50.000,00 €)

Hirnhautentzündung

Die 21 Jahre alte Klägerin leidet an einer Autoimmunkrankheit; nach einer Rückenmarkserkrankung trat eine Querschnittsymptomatik auf. Die Klägerin ist auf die Einnahme verschiedener Medikamente, u. a. Cortison, angewiesen. Als sie die Beklagte, die als Geistheilerin tätig war, aufsuchte, riet diese zum Absetzen der Medikamente; nachfolgend verschlechterte sich der Gesundheitszustand der Klägerin, die letztlich notfallmäßig wegen Hirnhautentzündung mit Bewusstseinsstörungen und Atemnot behandelt werden musste. Sie wurde mit Intubation und Luftröhrenschnitt behandelt, es schlossen sich Reha-Behandlungen an, und es kam zu einer Beeinträchtigung der oberen Atemwege. Als Dauerschaden verbleibt (nur) die Narbe nach dem Luftröhrenschnitt.

Das Gericht berücksichtigte, dass die Klägerin in einen körperlich desolaten Zustand mit Todesgefahr geriet, wertete aber als Mitverschulden, das sie auf Empfehlung einer »Geistheilerin« ihre Medikamente abgesetzt hatte.

OLG Zweibrücken, Urt. v. 20.08.2002 – 5U 25/01, OLGR 2003, 92 E 1329

8.000,00 € (Vorstellung: 7.500,00 €)

Entzündung von Hirn und Hirnhäuten

Bei dem 49 Jahre alten Kläger wurde behandlungsfehlerhaft eine Hirnhautentzündung (Meningoencephalitis) verspätet diagnostiziert. Erst als er nicht mehr ansprechbar war, wurde seine Überweisung in eine neurologische Klinik veranlasst, wo er einen Monat stationär behandelt wurde. Eine rechtzeitige Behandlung hätte die Verstärkung und Ausweitung der Infektion eingedämmt oder verhindert, die stationäre Krankenhausbehandlung des Klägers wesentlich auf einen Zeitraum bis 10 Tage verkürzt und die schweren Folgen des

Krankheitsverlaufs – respiratorische Insuffizienz infolge einer Pneumonie mit Intubation über mehrere Tage und Somnolenz – vermieden.

Für die Bemessung eines angemessenen Schmerzensgeldes wurden die Dauer der möglichen Verkürzung des stationären Krankenhausaufenthalts, die Vermeidbarkeit der anschließenden Reha-Maßnahme wegen der erlittenen Lähmungssymptome und Sprachschwierigkeiten sowie die durch die schwere Verlaufsform der Krankheit erlittenen Beeinträchtigungen berücksichtigt. Bleibende Folgen hat der Kläger nicht erlitten.

E 1330 **OLG Zweibrücken, Urt. v. 01.06.2006 – 4 U 68/05, NJW-RR 2006, 1254**

8.000,00 € (Vorstellung: 25.000,00 €)

Lungenentzündung – Niereninsuffizienz nach Oberarmfraktur und Kopfverletzung

Der Kläger ist Alleinerbe seiner an den Folgen eines Sturzes im Altenpflegeheim verstorbenen Ehefrau, deren Schmerzensgeldansprüche er geltend machte. Diese war im Alter von 75 Jahren gestürzt, als die Pflegekraft sie an einem Waschbecken stehend zurückgelassen hatte, um einen Toilettenstuhl zu holen; dies wertete das Gericht als pflichtwidrig, da die sturzgefährdete Ehefrau auch sitzend oder liegend hätte warten können. Aufgrund des Sturzes erlitt sie eine Oberarmfraktur und eine Kopfverletzung. Hierdurch entwickelte sich ein subdurales Hämatom, welches operativ versorgt werden musste. Aufgrund einer Infektion, die sie sich im Krankenhaus zuzog, bekam die Ehefrau eine Lungenentzündung, die mit dem Mittel Vancomycin behandelt wurde. Dies verursachte eine Niereninsuffizienz, an der die Ehefrau letztlich 2 Monate nach dem Sturz starb.

Bei der Bemessung berücksichtigte das Gericht die beträchtlichen Komplikationen der Verletzungen, die zu Schmerzen und lang anhaltenden gesundheitlichen Beeinträchtigungen führten, die bis zu ihrem Tod andauerten. Die Komplikationen nach der Einnahme von Vancomycin bewirkten eine Bettlägerigkeit bis zu ihrem Tod; die lange Liegezeit hatte einen Dekubitus am Steißbein und an beiden Fersen zur Folge.

E 1331 **OLG Hamm, Urt. v. 30.05.2011 – 3 U 205/10, unveröffentlicht**

8.000,00 € (Vorstellung: 8.000,00 €)

Zahnmarkentzündung

Die 57 Jahre alte Klägerin ließ sich sog. »Veneers« an den Oberkieferfrontzähnen anbringen. Hierbei wurde sie nicht über das Risiko einer Zahnmarkentzündung (Pulpitis) aufgeklärt, die sich sodann entwickelte und in zwei Wurzelkanalentzündungen mündete. Die Frontzähne waren dauerhaft und teils hochgradig temperaturempfindlich. Die Pulpitis ist chronisch. Es kommt weiterhin zu Rötungen und Schwellungen im Bereich der behandelten Zähne, insb. bei der Nahrungsaufnahme. Die Klägerin muss mit der Sorge leben, dass ihre Frontzähne möglicherweise nicht zu erhalten sind.

E 1332 **OLG Düsseldorf, Urt. v. 29.08.2002 – 8 U 190/01, VersR 2004, 120 = NJW-RR 2003, 87**

10.000,00 €

Knieentzündung

Der 67 Jahre alte Kläger erlitt nach einer Infektion, die auf einem ärztlichen Behandlungsfehler beruhte, eine eitrige Entzündung im Knie. Es waren mehrfache schmerzhafte Operationen nötig; der Kläger war 7 Wochen in stationärer Behandlung. Zukünftig werden die Implantation einer Kniegelenksendoprothese und die Verwendung einer Gehhilfe erforderlich.

LG Koblenz, Urt. v. 24.01.2006 – 10 O 176/04, MedR 2007, 738 E 1333

10.000,00 € (Vorstellung: angemessenes Schmerzensgeld)

Brustentzündung

Die Klägerin ließ sich im Piercingstudio ein Brustwarzenpiercing an der linken Brustwarze stechen. Über Risiken wurde sie nicht belehrt. 8 Wochen später kam es zu Abszessen in der linken Brust, weswegen das Piercing entfernt wurde. 3 Monate später, nachdem die Wunde mit Antibiotika behandelt worden und zunächst reizlos war, vergrößerte sich der Abszess, was einen 2-tägigen stationären Aufenthalt erforderlich machte. Dabei wurde der Abszess gespalten und die Abszesshöhle entfernt. Trotz einer weiteren Antibiotikabehandlung kam es zu einer starken Entzündung (massive Mastitis) der linken Brust; eine Woche später wurde die Klägerin erneut eine Woche stationär behandelt, während dessen ein infizierter Bluterguss aus dem Wundgebiet entfernt und die Wunde gespült und drainiert wurde. In den folgenden Monaten wurde die Wunde ambulant gespült und mit Antibiotika behandelt, ein halbes Jahr später erfolgte wegen Zunahme der Beschwerden ein erneuter stationärer Aufenthalt mit der Diagnose eines rezidivierenden therapieresistenten Mamma-Abszesses. Es wurde eine Öffnung des Abszesses hinter dem linken Brustwarzenhof mit Einlegen einer Lasche durchgeführt; die Diagnose war erneut eine Brustentzündung.

Nach anschließender ambulanter Behandlung kam es ein weiteres Jahr später, über 1 1/2 Jahre nach dem Piercing, wieder zu einer Abszessbildung und einer 4. stationären Behandlung, bei der erneut eine Abszessöffnung unter Einlegung einer Lasche durchgeführt wurde. Die histologische Untersuchung ergab u. a. Anteile eines floriden, unspezifischen Abszesses, möglicherweise auf dem Boden eines infizierten, zystischen, retromamillären Milchgangs. Es kam zu einer mehrmonatigen antibiotischen und entzündungshemmenden Behandlung sowie einer operativen Sanierung des Wundgebietes i. S. e. Keilexzision der linken Brustwarze.

Das Gericht bejahte eine Haftung des Piercers, der seiner Aufklärungspflicht vor dem Eingriff nicht genügt habe.[85] Es berücksichtigte bei der Bemessung die erheblichen Schmerzen und die Notwendigkeit mehrerer stationärer Aufenthalte, andererseits aber auch, dass die Klägerin sich freiwillig einem Eingriff unterworfen hatte, der allein der Mode, nicht aber der Heilung diente.

OLG München, Urt. v. 21.08.2008 – 1 U 1654/08, unveröffentlicht E 1334

10.000,00 € (Vorstellung: 36.000,00 €)

Hirnhautentzündung

Die Klägerin ist Witwe des verstorbenen Geschädigten, der an Myasthenia gravis sowie an Diabetes litt. Er wurde über einen Zeitraum von 4 Monaten mehrfach im Krankenhaus der Beklagten wegen Bronchitis bzw. Pneumonie behandelt; tatsächlich litt er, was behandlungsfehlerhaft nicht diagnostiziert wurde, an tuberkulöser Hirnhautentzündung (Meningitis), an der er auch bei seinem letzten stationären Aufenthalt verstarb.

Das Gericht bemaß das Schmerzensgeld dafür, dass der Geschädigte im Zeitraum von einem Monat zusätzliche Schmerzen dadurch erlitt, dass die spezifische medikamentöse Meningitistherapie verspätet eingeleitet wurde. Es stehe fest, dass der Verstorbene im vorgenannten Zeitraum Schmerzen erlitten habe. Er musste in dieser Zeit die letzte Phase einer schweren infektiösen Erkrankung des Gehirns mit allen damit verbundenen körperlichen und seelischen Beeinträchtigungen durchstehen. Offen war, zu welchem Anteil diese Schmerzen auf die

85 Krit. daher Bernzen, MedR 2007, 739, da hier arzthaftungsrechtliche Maßnahmen auf ein Piercingstudio übertragen werden.

vorgenannte verzögerte Behandlung der tuberkulösen Meningitis einerseits oder das Grundleiden des Verstorbenen andererseits zurückgehen; die Bemessung berücksichtigte daher auch, dass es dem Geschädigten bei kunstgerechter Behandlung ebenfalls schlecht gegangen und er verstorben wäre (Überlebenswahrscheinlichkeit nur 10 %).

E 1335 **OLG Koblenz, Beschl. v. 14.04.2005 – 5 U 1610/04, NJW-RR 2005, 1111 = VersR 2006, 123**

20.000,00 € (Vorstellung: 20.000,00 €)

Bauchfellentzündung – baldiges Versterben

Eine Patientin wurde von ihrem Hausarzt mit der Empfehlung in ein Krankenhaus eingewiesen, einen suprapubischen Blasenkatheter legen zu lassen. Dies geschah, ohne die Patientin über die Gefahr einer Darmperforation aufzuklären. Nachdem sich ihr Zustand verschlechtert hatte, wurde sie in ein anderes Krankenhaus verlegt, wo der Katheter gezogen und nach einigen Tagen neu gelegt wurde. Infolge mehrerer Darmperforationen trat eine Bauchfellentzündung auf, an deren Folgen die Patientin 5 – 6 Wochen nach Legen des 1. Katheters starb. Die Patientin war stets bei Bewusstsein.

E 1336 **LG Freiburg (Breisgau), Urt. v. 30.10.2007 – 2 O 194/06, unveröffentlicht**

20.000,00 € (Vorstellung: 20.000,00 €)

Schultergelenksentzündung

Der beklagte Arzt gab der Klägerin im Rahmen einer Rehabilitationsbehandlung nach einer Schulteroperation mehrere intraartikuläre Injektionen, ohne sterile Handschuhe zu tragen und die Injektionsstelle hinreichend zu desinfizieren. Die Klägerin infizierte sich mit dem Staphylococcus aureus-Erreger. Es kam zu einer Schultergelenksentzündung, die zu einer Verklebung der Gelenkhäute führte. Dieser Zustand ist »hoch wahrscheinlich« dauerhaft. In Ruhestellung hat die Klägerin keine Schmerzen in der Schulter, aber sie muss ansonsten ständig Schmerzmittel einnehmen. Es besteht eine Bewegungseinschränkung dahin gehend, dass sie den linken Arm nicht mehr über die Horizontale heben kann. Sie kann nicht mehr vollzeitig arbeiten und muss sich einer umfangreichen Nachbehandlung unterziehen.

E 1337 **BGH, Urt. v. 20.03.2007 – VI ZR 158/06, VersR 2007, 847 = NJW 2007, 1682 = MDR 2007, 951**

25.000,00 € (Vorstellung: 25.000,00 €)

Spritzenabszess – Staphylokokken-Infektion

Die Klägerin suchte die orthopädische Praxis des Beklagten wegen einer Halsstarre auf. Sie erhielt mehrere Injektionen; hierbei zog sie sich wegen verschiedener Hygienemängel eine Staphylokokken-Infektion zu, die einen Spritzenabszess zur Folge hatte. Dieser führte zu Schmerzen im Nackenbereich, die von Schüttelfrost und Schweißausbrüchen begleitet waren. Der Beklagte versäumte zunächst eine richtige Diagnose. Einen Monat danach wurde die Klägerin 2 Wochen stationär behandelt; der Abszess wurde geöffnet und behandelt. In den 2 darauf folgenden Jahren kam es zu erneuten Klinikaufenthalten, denen die Unterbringung in einer Rehabilitationseinrichtung nachfolgte. Die Klägerin, die einen Catering-Betrieb leitete, musste diesen aufgeben. Sie leidet weiterhin unter Schmerzen, die sich vom Nacken in den Kopf erstrecken, Schlafstörungen und Depressivität.

OLG Karlsruhe, Beschl. v. 24.06.2005 – 7 W 28/05, NJW-RR 2006, 205 = MDR 2006, 332 E 1338

35.000,00 €

Peritonitis (Bauchfellentzündung)

Der Antragsteller begehrt PKH. Er wurde wegen einer Sigmadiverticulitis unter Resektion eines Teils des Darms operiert. Wegen einer Insuffizienz der Anastomose erfolgte eine Notoperation, bei der sich eine ausgeprägte Vierquadranten-Peritonitis zeigte. Der Antragsteller lag in der Folge zeitweise im Koma. Es entwickelte sich ein ausgeprägtes septisches Krankheitsbild im Sinn eines Systemic Inflammatory Response Syndrome (SIRS) sowie eine Aspergillus-Pneumonie und in der Folge ein komplett infizierter Platzbauch mit sekundärer Wundheilung. Mehrere Revisionsoperationen waren erforderlich.

Der Antragsteller behauptet den Verlust des Arbeitsplatzes und eine Schwerbehinderung von 70 %.

OLG München, Urt. v. 12.03.2009 – 1 U 2709/07, VersR 2009, 1408 = GesR 2009, 324 E 1339

40.000,00 € (Vorstellung: 60.000,00 €)

Gebärmutterentzündung – Bauchfellentzündung

Die 37 Jahre alte Klägerin, eine RAin, war bei der beklagten Klinik zur Entbindung ihres 1. Kindes. Nach der Geburt verkannte die Beklagte eine Gebärmutterentzündung und verzögerte die gebotene Behandlung um eine Woche, indem an einer – erfolglosen – Antibiotikabehandlung festgehalten wurde. Bei einer Operation wegen Verschlechterung der Symptome wurden eine völlige Dehiszenz der vorderen Gebärmutterhalswand, eine entzündete Gebärmutter sowie eine Bauchfellentzündung festgestellt. Es erfolgte eine explorative Laparotomie, und die Gebärmutter wurde entfernt. Wegen einer Bridenileus musste die Klägerin nach 2 Monaten erneut operiert werden; es folgte eine Darmentzündung. Die Klägerin muss zur Vermeidung von Beschwerden wie Krämpfen oder Blähungen dauerhaft auf ihre Ernährung achten und übermäßige Anstrengung vermeiden.

Das Gericht stellte maßgeblich auf den Verlust der Gebärmutter und der daraus folgenden Gebärunfähigkeit ab, ferner auf die ansonsten nicht notwendigen Operationen und Folgebeschwerden. Es kam hierzu psychosomatischen Darmbeschwerden und Erschöpfungszuständen.

LG Köln, Urt. v. 11.04.2007 – 25 O 93/05, unveröffentlicht E 1340

42.000,00 € (Vorstellung: 100.000,00 €)

Cholangitiden (Entzündungen) – Verletzung des Gallengangs

Bei der 31 Jahre alten Klägerin wurde bei einer Operation nicht erkannt, dass bei ihr keine Gallenblase angelegt war (Agenesie). Das hatte zur Folge, dass der Gallengang i. R. d. Laparoskopie durchtrennt wurde und rekonstruiert werden musste. Dadurch wurde der Krankenhausaufenthalt um 3 Wochen verlängert und es trat eine Gelbsucht auf. Weitere Operationen, u. a. eine Hepatico-Jejunostomie, wurden notwendig. Als deren Folge traten bei der Klägerin mehrfach Entzündungen (Cholangitiden) auf, die weitere Krankenhausaufenthalte zur Folge hatten. Wegen möglicher gesundheitlicher Risiken in der Zukunft unterliegt die Klägerin Einschränkungen.

E 1341 **LG Hagen, Urt. v. 26.01.2006 – 6 O 368/02, unveröffentlicht**

45.000,00 € (Vorstellung: 30.000,00 €)

Unterlassene Diagnose einer Herzklappenentzündung – Verlust beider Herzklappen

Der Kläger ließ sich in das Krankenhaus der Beklagten einliefern, weil er – durch Morbus Bechterew und Bluthochdruck vorbelastet – an Herzrasen und Atemnot litt. Dort wurde behandlungsfehlerhaft eine Herzklappenentzündung (akute Endokarditis) nicht erkannt, sondern eine Bronchitis diagnostiziert. Hierdurch wurde das akute Leiden des Klägers erheblich verlängert; erst über einen Monat später, nachdem der Kläger mehrfach wegen Pulsrasens die Beklagten aufgesucht hatte, erfolgte eine Notoperation, die eine dann schon drohende Lebensgefahr abwenden konnte. Er musste einen Monat auf der Intensivstation liegen. Sämtliche Zähne bis auf 2 mussten wegen einer Blutentzündung gezogen werden. Wegen der Notwendigkeit, sich nur im Rollstuhl fortzubewegen, musste er nach Abschluss der Behandlung erst wieder »atmen und laufen« lernen. Bei rechtzeitiger Diagnose hätten beide Herzklappen erhalten werden können; nun hat der Kläger künstliche Herzklappen erhalten und muss täglich zahlreiche Medikamente nehmen. Dies schränkt die Funktionsfähigkeit der Niere ein.

Freiheitsentziehung

▶ **Hinweis:**

Unter diesem Stichwort werden nicht nur die Fälle vorgestellt, in denen ein Strafgefangener zu Unrecht inhaftiert war, sondern auch die Fälle, in denen er auf zu engem Raum untergebracht war, obwohl Letztere auch unter dem Gesichtspunkt der Verletzung des Persönlichkeitsrechts betrachtet werden.

Besondere Bedeutung hat das Tatbestandsmerkmal der Freiheitsentziehung des § 253 Abs. 2 BGB n. F. im Blickwinkel der zwangsweisen Heranziehung von Zwangsarbeitern im Dritten Reich. Dazu erging eine Entscheidung des OLG Köln.[86] Dabei geht es um die Entschädigung wegen Zwangsarbeit in der NS-Diktatur, gestützt auf Art. 34 GG, § 839 BGB, Art. 131 WRV, § 8 BEG. Das OLG Köln hat dazu folgende LS aufgestellt:

1. Die Heranziehung von in Konzentrationslagern inhaftierten Opfern der nationalsozialistischen Verfolgung zur Zwangsarbeit stellte eine Amtspflichtverletzung i. S. v. § 839 BGB i. V. m. Art. 131 WRV dar.
2. Die Geltendmachung eines darauf gestützten Amtshaftungsanspruchs wie auch eines öffentlich-rechtlichen Entschädigungsanspruchs ist aber durch § 8 Abs. 1 BEG ausgeschlossen. Der Gesetzgeber hat mit dem BEG eine abschließende Regelung für alle Ansprüche der Opfer nationalsozialistischer Verfolgung getroffen und dabei eine Entschädigung für geleistete Zwangsarbeit nicht vorgesehen.
3. Ausgeschlossen sind auch Ansprüche von solchen Verfolgten, die in Anwendung des subjektiv-personalen Territorialitätsprinzips auch wegen anderer Verfolgungsmaßnahmen nicht entschädigungsberechtigt sind.

Auch das KG[87] hat eine Entschädigung für Zwangsarbeit polnischer Staatsangehöriger abgelehnt.

86 OLG Köln, Urt. v. 03.12.1998 – 7 U 222/97, VersR 2000, 590. Die Revision wurde zurückgewiesen (BGH: IX ZR 439/98).

87 KG, Beschl. v. 19.02.2001 – 9 W 7474/00, KGR 2001, 291.

BGH, Urt. v. 23.10.2003 – III ZR 9/03, VersR 2004, 332 m. Anm. Jaeger E 1342

Grundurteil – kein Betrag

Untersuchungshaft über rund 6 Wochen

Im Verlauf eines Ermittlungsverfahrens ordnete das AG auf Antrag der StA, die einen unvollständigen Aktenauszug vorlegte, gegen den Kläger (Beschuldigten) Untersuchungshaft an. Auf Beschwerde des Beschuldigten hob das LG den Haftbefehl nach rund 6 Wochen auf.

In der amtspflichtwidrig erwirkten Untersuchungshaft liegt eine schwerwiegende Persönlichkeitsrechtsverletzung. Über die Höhe der zu gewährenden Geldentschädigung hat das OLG nach Zurückverweisung zu entscheiden.

OLG Celle, Urt. v. 02.12.2003 – 16 U 116/03, NJW-RR 2004, 380 E 1343

0,00 €

Rechtswidrige Unterbringung eines Strafgefangenen in einem Gemeinschaftsraum für 2 Tage

Der Kläger, der eine Freiheitsstrafe verbüßt, wurde für 2 Tage in der Transportabteilung einer JVA in einem Gemeinschaftsraum mit vier weiteren Gefangenen untergebracht. Der Haftraum war 16 m^2 groß. Die Benutzung von Toilette und Waschgelegenheit war nur hinter einer nicht vollständigen räumlichen Abtrennung möglich. Diese Art der Unterbringung stellt eine schuldhafte Amtspflichtverletzung dar.

Das Gericht hat die Beeinträchtigungen des Klägers als nicht gravierend eingestuft. Der hafterfahrene Kläger habe trotz der unzureichenden Unterbringung keine körperlichen oder psychischen Beeinträchtigungen geltend gemacht und es fehlten Anhaltspunkte dafür, dass die Unterbringung den Kläger in sonstiger Weise nachhaltig beschwert oder beeindruckt haben könnte. Wenn überhaupt, käme eine symbolische Entschädigung i. H. v. 50,00 € in Betracht.

Der BGH hat die Revision des Klägers durch Urt. v. 04.11.2004 – III ZR 361/03 zurückgewiesen.

OLG Bamberg, Urt. v. 5.12.2011 – 4 U 72/11, NJW-RR 2012, 467 E 1344

0,00 € (Vorstellung > 9.000,00 €)

Fixierung und Sedierung eines zeitweise komatösen Patienten

Der Kläger wurde in lebensbedrohlichem Zustand – Bronchialasthma mit akuter Bronchitis, Herzinsuffizienz und Lungenödem – in das Krankenhaus der Beklagten eingeliefert und für mehrere Tage in einem künstlichen Koma gehalten. Auch danach fiel er durch agressives und unruhiges Verhalten auf und wurde deshalb sediert, zeitweise mit einem Bauchgurt und an beiden Händen fixiert.

Der Senat hat die Aufrechnung des Klägers mit einer Schmerzensgeldforderung gegen die Krankenhauskosten abgelehnt, soweit die Maßnahmen zeitweise vital indiziert waren, weil jegliche kompensationsbedürftige Beeinträchtigung des Klägers zu verneinen sei. Unabhängig davon, ob das Persönlichkeitsrecht des Klägers überhaupt verletzt worden sei, setze eine Haftung der Behandlungsseite voraus, dass dem Patienten ein Gesundheitsschaden entstanden sei. Bei einem Patienten in einer akut lebensbedrohlichen Verfassung, bei der jegliches Vermögen einer natürlichen Willensbildung bzw. –betätigung ausgeschlossen sei, und bei dem die strikte Ruhigstellung zwingend geboten sei, fehle es bereits am Tatbestand einer Freiheitsentziehung. Es komme auch nicht darauf an, ob jede Maßnahme ärztlich angeordnet oder nachträglich ärztlich gebilligt worden sei, weil das geschulte Pflegepersonal verpflichtet sei, ggfs. sofort in eigener Verantwortung die gesamte Bandbreite der Sicherheitsvorkehrungen einzusetzen.

Da die Maßnahmen eine Gesamtdauer von drei Tagen nicht überschritten hätten, hätte es auch keiner Genehmigung des Betreuungsgerichts bedurft.

E 1345 **OLG Bremen, Urt. v. 18.10.2006 – 1 U 34/06, OLGR 2006, 819**

30,00 € (Vorstellung: 300,00 €)

Freiheitsentziehung über 18,5 Std.

Der Kläger, ein inzwischen abgeschobener ausländischer Staatsbürger, wurde formell rechtswidrig für einen Zeitraum von etwa 18,5 Std. ohne richterliche Anordnung in polizeilichen Gewahrsam genommen. Für die Höhe des Schmerzensgeldes war ausschlaggebend, dass das Fehlverhalten der Beamten nur formell rechtswidrig war, nicht aber materiell, weil die Voraussetzungen für den Erlass eines Abschiebehaftbeschlusses erfüllt waren. Wäre der Kläger einem Richter vorgeführt worden, hätte dieser die Haft angeordnet und die Freiheitsentziehung wäre ebenfalls erfolgt.

E 1346 **OLG Stuttgart, Urt. v. 20.07.2005 – 4 U 71/05, OLGR 2005, 746**

143,00 €

13 Tage rechtswidriger Inhaftierung

Der Asylantrag des Klägers wurde abgelehnt, aber nicht ordnungsgemäß zugestellt. Der Kläger wurde in Abschiebehaft genommen, obwohl die Voraussetzungen nicht vorlagen. Die Inhaftierung war deshalb rechtswidrig. Der Betrag von 11,00 € je Tag ergibt sich aus § 5 Abs. 5 EMRK i. V. m. § 7 Abs. 3 StrEG. Die Entscheidung wurde bestätigt durch BGH, Urt. v. 18.05.2006 – III ZR 183/05, MDR 2006, 1284 = BGHR 2006, 1019.

E 1347 **LG Berlin, Beschl. v. 25.08.2010 – 86 O 12/10, unveröffentlicht**

150,00 € (Vorstellung: 1.500,00 €)

6 Tage dauernde menschenrechtswidrige Unterbringung in Strafhaft

Der Kläger war 6 Tage in einem besonders gesicherten Haftraum untergebracht. Das Gericht orientierte sich bei der Höhe der Entschädigung an § 7 Abs. 3 StrEG, der für jeden Tag der Haft einen Tagessatz von 25,00 Entschädigung vorsieht. Die Unterbringung in einem besonders gesicherten Haftraum, also bei unzulässigen Haftbedingungen, müsse nicht ohne weiteres schwerer wiegen, als der Verlust der Freiheit als solcher.

E 1348 **OLG Düsseldorf, Beschl. v. 18.12.2007 – 18 U 189/07, unveröffentlicht**

420,00 € (Vorstellung: 2.800,00 €)

28 Tage Haft in überbelegter Zelle

Der Kläger war 28 Tage mit drei Mitgefangenen in einer 20 m² großen Zelle untergebracht. Das LG hat ihm einen Schadensersatzanspruch von 15,00 €/Tag zugesprochen. Das OLG hat ihm PKH für einen Anspruch i. H. v. 100,00 €/Tag verweigert, weil 5 m² je Person bei abgemauerter Toilette noch akzeptabel seien. Das gelte auch, wenn die Mitgefangenen geraucht hätten.

OLG Celle, Beschl. v. 16.09.2002 – 16 W 47/02, NJW 2003, 2463 E 1349

500,00 €

5 Tage Haft in überbelegter kleiner Zelle

Dem Antragsteller wurde PKH bewilligt für eine Klage auf Schmerzensgeld wegen der rechtswidrigen, die in Art. 1 GG geschützte Menschenwürde verletzenden Unterbringung in einem Einzelhaftraum der JVA mit einer Grundfläche von rund 7,6 m² zusammen mit einem Mitgefangenen. Die Unterbringung des Antragstellers mit einem weiteren Mitgefangenen in einem Einzelhaftraum war rechtswidrig, darin ist eine Freiheitsentziehung zu sehen.

OLG Koblenz, Urt. v. 05.11.2003 – 1 U 611/03, OLGR 2004, 226 E 1350

500,00 €

Unberechtigte Unterbringung in der Psychiatrie

Die Klägerin wurde für 18 – 24 Std. in der Psychiatrie untergebracht, obwohl Anhaltspunkte für eine Eigengefährdung, die gesetzliche Voraussetzung für die Unterbringung sind, nicht vorlagen.

OLG Hamm, Beschl. v. 13.06.2008 – 11 W 87/07, unveröffentlicht E 1351

500,00 € (Vorstellung: 3.675,00 €)

25 Tage Haft in überbelegter Zelle

Der Haftraum, in dem der Antragsteller zusammen mit einem weiteren Gefangenen untergebracht war, hatte eine Größe von ca. 8 m². Die Toilette war nicht abgetrennt und nicht gesondert entlüftet. Die Erfolgsaussicht einer Klage des Antragstellers auf eine Entschädigung wurde für 25 Tage zu je 20,00 € = 500,00 € bejaht.

OLG Hamburg, Urt. v. 14.01.2005 – 1 U 43/04, OLGR 2005, 306 E 1352

550,00 € (22 Tage × 25,00 €) (Vorstellung: 2.200,00 € (100,00 € je Tag))

22 Tage Haft in einem doppelt belegten Einmannhaftraum

Der Kläger verbüßte eine Freiheitsstrafe in einer JVA. An 22 Tagen war er zusammen mit einem weiteren Gefangenen in einem Haftraum untergebracht, der grds. für eine Einzelbelegung vorgesehen ist. Die Fläche des Haftraums beträgt 8,58 m². Bei einer Höhe von 3,10 m in der Raummitte stand ein Luftraum von weniger als 26,6 m³ zur Verfügung. Die Ent- und Belüftung erfolgte über eine Fensterklappe. Der Raum war mit zwei Betten, einem Tisch, zwei Stühlen, zwei Schränken, einem Waschbecken mit Ablage sowie einem Toilettenbecken ohne gesonderte Entlüftung ausgestattet. Die sanitären Anlagen waren mit einem Schamvorhang abgetrennt.

Ein niedrigerer Betrag als 25,00 €/Tag kommt nicht in Betracht, zumal das LG Hannover (Urt. v. 15.07.2003 – 17 O 338/02, StV 2003, 568 = E 1265 in der 6. Aufl.) 100,00 € pro Tag zugesprochen hat.

E 1353 **LG Karlsruhe, Urt. v. 13.07.2004 – 2 O 1/04, StV 2004, 550**

650,00 €

3 Wochen U-Haft in einer Zelle mit einem Mitgefangenen

Der Kläger befand sich in U-Haft und beantragte Unterbringung in einer Einzelzelle. Diesem Antrag kam die JVA erst nach einiger Zeit nach. Dem Kläger wurde insgesamt für 3 Wochen die Unterbringung in einer Einzelzelle rechtswidrig verweigert.

E 1354 **LG Frankfurt am Main, Urt. v. 18.12.2006 – 2/4 O 152/06, unveröffentlicht**

1.000,00 €

5 Monate Unterbringung in überbelegtem Haftraum

Der Kläger war in Strafhaft während einer Zeit von rund 3 Monaten in einem mit fünf Personen belegten Haftraum untergebracht, der eine Größe von rund 23,41 m^2 hatte; anschließend erfolgte eine Unterbringung in einer 20 m^2 großen Zelle, die mit drei Mann belegt war. Die Unterbringung war rechtswidrig.

Für einen Zeitraum von insgesamt 5 Monaten steht dem Kläger das Schmerzensgeld i. H. v. 1.000,00 € zu, weil der Kläger in seinem Persönlichkeitsrecht verletzt wurde, weil die Menschenwürde nicht geachtet wurde.

E 1355 **LG Osnabrück, Urt. v. 08.02.2007 – 5 O 3363/05 unveröffentlicht**

1.200,00 €

Rechtswidrige Unterbringung in der Untersuchungshaft – 41 Tage in einer Gemeinschaftszelle mit bis zu 5 Personen

Der Kläger befand sich wegen des Vorwurfs der Steuerhinterziehung in Untersuchungshaft und war an 41 Tagen gemeinschaftlich mit anderen Gefangenen in einer Zelle untergebracht. In allen Hafträumen war die Toilette nur durch einen so genannten Schamsichtschutz abgetrennt. Über eine Entlüftung verfügten die Toiletten nicht. Während der Inhaftierung des Klägers fanden in der Justizvollzugsanstalt umfangreiche bauliche Maßnahmen statt. Die Unterbringung des Klägers in einer Gemeinschaftszelle war rechtswidrig, weil er sich in Untersuchungshaft befand. Dies erfüllt den objektiven Tatbestand einer Amtspflichtverletzung. Der Kläger hat in zahlreichen schriftlichen Stellungnahmen immer wieder auf die Rechtswidrigkeit einer Unterbringung hingewiesen und die Inhaftierung in einer Einzelzelle beantragt. Die Bemessung der Geldentschädigung muss nicht tageweise, sondern in einer objektiven Gesamtschau erfolgen. Besonders die objektiven Umstände der Unterbringung in der Zeit der Belegung mit bis zu fünf Personen sind deshalb belastend, weil die Zellengröße, die fehlende Entlüftung der Toilette und die ungenügende Wahrung der Intimsphäre für einen nicht unerheblichen Zeitraum bestand.

E 1356 **OLG Celle, Beschl. v. 03.11.2006 – 16 W 102/06, OLGR 2007, 303**

1.272,81 € (14,63 € je Tag) (Vorstellung: 17.400,00 € (22,00 € je Tag))

87 Tage rechtswidrige Abschiebehaft

Der Kläger wurde 87 Tage rechtswidrig in Abschiebehaft gehalten. Die Beklagte zahlte die Entschädigung i. H. v. 1.272,81 €. PKH für die weiter gehende Klage wurde nicht bewilligt.

KG, Beschl. v. 15.08.2005 – 9 W 39/05, NJW-RR 2005, 1478 E 1357

1.460,00 €

73 Tage Unterbringung in überbelegtem Haftraum

Der Kläger war 73 Tage zusammen mit einem Mithäftling in einem kleinen Haftraum ohne bauliche Abtrennung der Sanitäranlagen untergebracht. Dies stellt einen schweren und lang anhaltenden Eingriff in das Wohlbefinden und die Intimsphäre des Klägers dar. Seine erste Beschwerde erfolgte nach 45 Tagen. Der Entschädigungsbetrag wird mit 20,00 € je Tag angenommen.

OLG Stuttgart, Urt. v. 30.11.2000 – 1 U 32/00, OLGR 2001, 61[88] E 1358

2.000,00 €

Zurückhaltung eines Patienten im Zentrum für Psychiatrie für 3 Tage

Wegen der pflichtwidrigen Zurückhaltung des Klägers im Zentrum für Psychiatrie vom Mittag des 21.09.1996 – zum 23.09.1996 schulden die Beklagten nach Amtshaftungsgrundsätzen dem Kläger ein Schmerzensgeld von insgesamt 2.000,00 €. Die Folgen der Freiheitsentziehung beschränkten sich im Wesentlichen auf den Verbleib über ein Wochenende in einem psychiatrischen Krankenhaus. Weitere Folgen, insb. die behaupteten Nebenwirkungen von Neuroleptika, sind dieser kurzen Medikation nicht ursächlich zuzuordnen.

OLG Karlsruhe, Urt. v. 19.07.2005 – 12 U 300/04, VersR 2006, 270 = NJW-RR 2005, 1267, Vorentscheidung: LG Karlsruhe, Urt. v. 13.07.2004 – 2 O 1/04, StV 2004, 550 (650,00 €) E 1359

2.000,00 € (Vorstellung: 17.100,00 €)

Rechtswidrige Unterbringung in der Untersuchungshaft

Der Kläger wurde 157 Tage rechtswidrig und unter menschenunwürdigen Haftbedingungen in einer doppelt belegten Zelle untergebracht, die weniger als 9 m^2 groß war und deren Toilette nicht gesondert entlüftet und nur durch einen Vorhang abgetrennt war.

Der Senat ging über den Entschädigungsbetrag von 11,00 € pro Tag hinaus, wertete aber anspruchsmindernd den Umstand, dass der Kläger mit einem ihm vertrauten Mitbeschuldigten untergebracht war und dass durch die Entscheidung und die damit verbundene Publizität die gegenwärtigen rechtswidrigen und menschenunwürdigen Verhältnisse in der JVA angeprangert würden.

OLG Koblenz, Urt. v. 22.11.2006 – 1 U 666/06, unveröffentlicht E 1360

2.000,00 € (Vorstellung: 3.720,00 €)

186 Tage Haft in überbelegter Zelle

Der Kläger verbüßte eine mehrjährige Freiheitsstrafe. Er war an 186 Tagen gemeinschaftlich mit einem weiteren Gefangenen in Hafträumen untergebracht, die eine Grundfläche von 8,97 m^2 bzw. 9,15 m^2 sowie einen Rauminhalt von 28 m^3 bzw. 26,5 m^3 aufwiesen und in dem der Sanitärbereich mit Toilette vom übrigen Haftraum nicht vollständig abgetrennt war.

88 AG Hagen, Urt. v. 09.06.2008 – 140 C 26/08, unveröffentlicht.Eine ältere, aber wichtige Entscheidung.

E 1361 **OLG Naumburg, Urt. v. 27.12.2011 – 10 W 14/11, NVwZ-RR 2012, 366**

2.040,00 € = 40,00 € je Tag (Vorstellung: 10.500,00 €)

51 Tage Sicherungshaft veranlasst von der Ausländerbehörde

Der Antragsteller wurde auf Veranlassung der Ausländerbehörde zu Unrecht verhaftet und in Abschiebehaft genommen. Der Anspruch auf Entschädigung nach konventionswidriger Sicherungshaft fällt nicht in den Anwendungsbereich des StrEG.

E 1362 **OLG Hamm, Beschl. v. 13.06.2008 – 11 W 77/07, unveröffentlicht**

2.280,00 €

114 Tage Haft in überbelegter Zelle

Der Antragsteller im PKH-Verfahren war an 114 Tagen zusammen mit ein bis zwei weiteren Gefangenen in jeweils einem 14,88 m^2 großen Gemeinschaftsraum untergebracht. Dieser Raum war ausgestattet mit einem Doppelbett, einem Einzelbett, drei Stühlen, einem Tisch und drei Kleiderschränken. Ferner befand sich eine Toilette in dem Raum, die nur durch einen Vorhang mit einer kleinen Sichtschutzfläche abgetrennt war.

E 1363 **OLG Hamm, Urt. v. 18.03.2009 – 11 U 88/08, StV 2009, 262**

2.300,00 €

230 Tage Haft in überbelegter Zelle

Der Kläger war an 230 Tagen unter menschenunwürdigen Bedingungen inhaftiert. Eine Zelle mit einer Größe von 17,74 m^2 war mit vier Gefangenen, eine andere von 9,06 m^2 war mit zwei Gefangenen belegt. Die Toiletten boten jeweils ausreichenden Geräusch- und Sichtschutz und wurden über einen Aktivkohlefilter entlüftet. Die Unterbringung verstößt gegen die Menschenwürde, wenn jedem Gefangenen weniger als 5 m^2 zur Verfügung stehen. Als Untergrenze wird eine Größe von 7 m^2 ernsthaft erwogen. Wegen der nicht zu beanstandenden Toilettensituation hat der Senat einen nur an der unteren Grenze liegenden Entschädigungsbetrag von 10,00 €/Tag festgesetzt. Eine Aufrechnung des beklagten Landes mit Kosten des Strafverfahrens hat der Senat als Verstoß gegen Treu und Glauben angesehen.

E 1364 **OLG Hamm, Beschl. v. 13.06.2008 – 11 W 85/07, NJW-RR 2008, 1406**

2.420,00 €

66 und 143 Tage Haft in überbelegter Zelle

Der Antragsteller war an 66 Tagen in einer überbelegten Zelle ohne hinreichend abgetrennten Sanitärbereich und an 143 weiteren Tagen in einer Zelle mit abgetrennter Toilette untergebracht. Der Senat bemisst die Entschädigung im 1. Zeitraum mit 15,00 €/Tag, im 2. Zeitraum mit 10,00 €/Tag.

OLG Hamm, Urt. v. 09.01.2001 – 29 U 56/00, FamRZ 2001, 861[89] E 1365

2.500,00 €

Rechtswidrige Unterbringung eines Betreuten für rund 2 Monate

Der etwa 55 Jahre alte Kläger litt seit etwa 25 Jahren manifest an einer paranoiden Psychose, ohne seine Erkrankung zu erkennen. Der Beklagte, ein RA, genehmigte als Betreuer für den Kläger dessen Unterbringung in einem Landeskrankenhaus, ohne dass ihm dieser Aufgabenkreis übertragen worden war. Das Schmerzensgeld wurde mit 70,00 DM – 75,00 DM bemessen, etwa dem doppelt so hohen Betrag, wie der, der dem Kläger täglich durch Rente zum Unterhalt zur Verfügung stand.

OLG Schleswig, Urt. v. 29.01.2013 – 11 U 63/12, unveröffentlicht E 1366

2.500,00 €

Rechtswidriger Widerruf von Vollzugslockerungen im Maßregelvollzug

Der Kläger macht gegen das beklagte Land Amtshaftungsansprüche wegen des Widerrufs von Vollzugslockerungen im Rahmen des Maßregelvollzugs geltend. Bei der Bemessung des »Schmerzensgeldes« ging das Landgericht von einem Drittel der bei einem ungerechtfertigten vollständigen Freiheitsentzug nach dem Strafrechtsentschädigungsgesetz (StrEG) zu gewährenden Entschädigung von 25,00 € je Tag aus. Der Senat hielt die Bemessung des »Schmerzensgeldes« mit knapp 40% dieses Betrages für angemessen. Für 8 ½ Monate standen dem Kläger dann 2.500,00 € zu.

OLG Hamm, Beschl. v. 13.06.2008 – 11 W 86/07, unveröffentlicht E 1367

2.880,00 €

192 Tage Haft in überbelegter Zelle

Dem PKH-Gesuch des Antragstellers, der mit weiteren Gefangenen in einer rund 11 m^2 großen Zelle mit einer nur durch einen Vorhang abgetrennten Toilette untergebracht war, wurde für einen Zeitraum von 192 Tagen zu je 15,00 €/Tag stattgegeben.

OLG Hamm, Urt. v. 05.07.2006 – 11 W 73/05, unveröffentlicht E 1368

3.000,00 € (Vorstellung: 3.000,00 €)

30 Tage Haft in überbelegter Zelle

Der Antragsteller begehrt PKH für eine beabsichtigte Klage gegen das Land auf Zahlung von Schmerzensgeld wegen seiner Unterbringung in einem gemeinschaftlichen Haftraum in einer JVA in der Zeit v. 27.05.2003 – 28.05.2003 und in dem Zeitraum v. 11.06.2003 bis zum 10.07.2003.

In diesem Zeitraum von rund 30 Tagen war der Antragsteller in einem zu kleinen und nicht ausreichend ausgestatteten Gemeinschaftshaftraum untergebracht. Dies stellt eine Verletzung des allgemeinen Persönlichkeitsrechts und eine Verletzung von Menschenrechten des Antragstellers dar. I. R. d. im PKH-Verfahren gebotenen summarischen Prüfung erscheint es nicht fernliegend, dass dieser Eingriff bei einer Dauer von etwa einem Monat auch bereits das für einen Schmerzensgeldanspruch wegen Verletzung des allgemeinen Persönlichkeitsrechts bzw. für eine Geldentschädigung nach den Bestimmungen der EMRK notwendige Mindestmaß an

89 AG Bremen, Urt. v. 20.01.2011 – 25 C 278/10, NJW-RR 2011, 675.Eine ältere, aber wichtige Entscheidung.

Schwere erreicht. Die vom Antragsteller begehrte Geldentschädigung i. H. v. 100,00 € pro Tag erscheint unter Berücksichtigung seines z. T. noch aufklärungsbedürftigen Vorbringens nicht von vornherein unangemessen (vgl. dazu OLG Celle, NJW 2003, 2463, 2464).

E 1369 **OLG Schleswig, Urt. v. 19.06.2008 – 11 U 24/07, OLGR 2009, 373**

3.000,00 €

4 1/2 Monate Strafhaft in überbelegter Zelle mit Rauchern

Bei der Bemessung des Schmerzensgeldes war zu berücksichtigen, dass die objektiven Umstände der Unterbringung – wie die sehr geringe Zellengröße, der erzwungene enge Kontakt mit verschiedenen Mithäftlingen, die ungenügende Wahrung der Intimsphäre durch die nur mit einer mobilen Wand abgetrennte Toilette und die wochenlange Unterbringung des nicht rauchenden Klägers mit einem Raucher – den Kläger stark belasteten. Der Kläger hat sehr stark darunter gelitten, dass ein Mithäftling in dem gemeinsamen Haftraum rauchte, was beim Kläger zu Kopfschmerzen und Schlafstörungen führte. Ferner war zu berücksichtigen, dass der Kläger einen ganz erheblichen Zeitraum (ca. 4 1/2 Monate) menschenunwürdig – ca. 2 Monate mit einem Raucher – untergebracht war.

E 1370 **OLG Karlsruhe, Urt. v. 16.12.2008 – 12 U 39/08, VersR 2009, 360 = ZfS 2009, 146**

3.000,00 €

180 Tage Haft in überbelegter Zelle

Der Kläger war für rund 180 Tage in einer Gemeinschaftszelle mit einem weiteren Gefangenen untergebracht. Die Zelle hatte eine Grundfläche von 9,09 m² und war mit einem Doppelstockbett, zwei Schränken, einem Tisch, zwei Stühlen, zwei Regalen und einem Fernsehregal ausgestattet. Die nicht gesondert entlüftete Toilette war lediglich durch einen Vorhang abgetrennt.

Die vom beklagten Land hilfsweise erklärte Aufrechnung mit einem Anspruch auf Erstattung der vom Kläger zu tragenden Kosten seines Strafverfahrens i. H. v. 24.398,87 € hat der Senat nicht durchgreifen lassen, weil sie eine nach § 242 BGB unzulässige Rechtsausübung darstelle. Bei der i. R. d. Generalklausel des § 242 BGB immer erforderlichen Interessenabwägung komme den Grundrechten eine entscheidende Bedeutung zu, da sie das Ergebnis gesellschaftlicher und gesetzgeberischer Grundentscheidungen seien. Dabei sei das Grundrecht auf Menschenwürde aus Art. 1 Abs. 1 GG besonders hervorzuheben (Staudinger/Looschelders, BGB, 2005, § 242 Rn. 146).

E 1371 **OLG Hamm, Beschl. v. 13.06.2008 – 11 W 78/08, unveröffentlicht**

3.380,00 €

169 Tage Haft in überbelegter Zelle

Wenn sich keine Besonderheiten aus den konkreten Umständen der Unterbringung an 169 Tagen ergeben, die die Beeinträchtigung als besonders erschwerend oder andererseits als weniger gravierend erscheinen lassen, ist bei einer gemeinschaftlichen Unterbringung ohne hinreichend abgetrennten Sanitärbereich vielfach ein Mittelwert von 20,00 € pro Tag als Entschädigung als angemessen anzusehen, während eine Überbelegung in einer Zelle mit abgetrennter Toilette kaum einen über die untere Grenze der Bandbreite von 10,00 € pro Tag hinausgehenden Betrag zu rechtfertigen vermag.

OLG Hamm, Beschl. v. 13.06.2008 – 11 W 54/08, StRR 2009, 36 E 1372

3.675,00 €

245 Tage Haft in überbelegter Zelle

Der Antragsteller im PKH-Verfahren war an 245 Tagen in einem Gemeinschaftshaftraum bei räumlich nicht abgetrennter Toilette untergebracht, wobei eine Grundfläche von 5 m² je Insasse nicht unterschritten worden ist. Aus diesem Grund kommt eine höhere Entschädigung als 15,00 € je Kalendertag nicht in Betracht. Welche Entschädigung bis zu diesem Höchstbetrag im konkreten Fall angemessen ist, muss der Klärung im Hauptsacheverfahren vorbehalten bleiben.

LG Detmold, Urt. v. 02.01.2006 – 9 O 629/05, unveröffentlicht E 1373

5.000,00 €

16 1/2 Monate Haft in überbelegter Zelle

Der Kläger war rund 11 1/2 Monate in einem mit vier Personen belegten Gemeinschaftshaftraum und rund 5 Monate in einem mit zwei Häftlingen belegten Gemeinschaftsraum untergebracht. Diese Unterbringung entsprach nicht den Anforderungen an eine dem menschenrechtlichen Minimum entsprechende Dimensionierung und Ausstattung von Hafträumen.

KG, Urt. v. 17.01.2005 – 12 U 302/03, VersR 2005, 698 = NJW 2005, 1284 = StV 2005, 449 E 1374

7.000,00 € (erhebliches Mitverschulden des Klägers)

76 Tage Haft durch Fehler eines Anwalts

Eine Pflichtverletzung seines Strafverteidigers führte zu einer Freiheitsentziehung. Der Strafverteidiger hatte es trotz entsprechender Absprache mit dem angeklagten Mandanten versäumt, einen Antrag auf Verlegung des Termins zur Hauptverhandlung zu stellen und den Mandanten kurz vor dessen Reiseantritt zur Hochzeit in seinem Heimatland über das Risiko einer Verhaftung bei Versäumung des Termins aufzuklären. Der Mandant geriet daraufhin für fast 3 Monate in Haft.

BGH, Beschl. v. 11.07.2012 – 2 StR 60/12, NstZ-RR 2012, 340 E 1375

15.000,00 €

Freiheitsberaubung und gefährliche Körperverletzung am Kopf

Der Angeklagte schlug und trat die Nebenklägerin aus nichtigem Anlass und trat ihr mehrfach gegen den Kopf. Er schlug sie mit dem Kopf gegen Metallverstrebungen eines Bettes und gegen die Wände und riss ihr Haare aus. Er fesselte sie für mehrere Minuten an Händen und Füßen an einen Stuhl.

Das LG verurteilte den Angeklagten wegen gefährlicher Körperverletzung und vorsätzlicher Freiheitsberaubung zu einer Freiheitsstrafe von 5 Jahren. Der BGH hob den Schuldspruch auf.

E 1376 **LG München I, Urt. v. 07.01.2009 – 9 O 20622/06, FamRZ 2009, 1629**

20.000,00 €

Rechtswidrige Unterbringung eines kleinen Mädchens

Das Jugendamt hatte den Verdacht, dass ein kleines Mädchen, das ein blaues Auge hatte, misshandelt worden sei. Das Kind wurde den Eltern für 4 Wochen entzogen und in einer Kinderklinik untergebracht. Ärzte bestätigten, dass die Verletzung nur auf einer Kindesmisshandlung beruhen könne. Den Eltern wurde eine plausible harmlose Erklärung nicht geglaubt. Das Schmerzensgeld betrug insgesamt 20.000,00 €, und zwar jeweils 5.000,00 € für jedes Elternteil und 10.000,00 € für das Kind.

E 1377 **OLG Hamm, Beschl. v. 28.11.2012 – I-11 W 75/12, NstZ-RR 2013, 160**

43.575,00 €

Rechtswidrig verlängerte Sicherungsverwahrung um 1.744 Tage

Das Landgericht hatte dem Kläger Prozesskostenhilfe bewilligt für einen Entschädigungsbetrag in Höhe von 500,00 € je Monat, was einem Tagesbetrag von 16,50 € entspreche, den der Europäische Gerichtshof für Menschenrechte in vergleichbaren Fällen zuspreche. Nach § 7 Abs. 3 StrEG würden lediglich die üblichen Unzuträglichkeiten durch die Haft entschädigt, nämlich die Freiheitsentziehung. Eine Differenzierung sei nicht gerechtfertigt, so dass die Klage in Höhe von 25,00 € als Entschädigung für jeden Tag Aussicht auf Erfolg hätte.

E 1378 **OLG Karlsruhe, Urt. v. 29.11.2012 – 12 U 60/12, VersR 2013, 316**

65.000,00 € (Vorstellung: mindestens 98.900,00 €)

Rechtswidrig verlängerte Sicherungsverwahrung um fast 11 Jahre

Gegen den 1985 zu einer Freiheitsstrafe von 5 Jahren mit anschließender Sicherungsverwahrung verurteilten Kläger wurde nach der Verbüßung der Strafhaft ab 1989 Sicherungsverwahrung vollstreckt. Nach der damals geltenden Gesetzeslage durfte die erstmals angeordnete Unterbringung zur Sicherungsverwahrung die Dauer von 10 Jahren nicht überschreiten. Anfang 1998 wurde die Gesetzeslage dahin geändert, dass die Sicherungsverwahrung auch nach Ablauf von 10 Jahren unter bestimmten Voraussetzungen weiter vollzogen werden durfte. Der EGMR entschied 2010, dass diese Gesetzesänderung mit der EMRK nicht vereinbar sei. Als passiv legitimiert wurde das Land angesehen, das die nachträgliche Sicherungsverwahrung angeordnet und vollzogen hat.

Der Kläger war 3.956 Tage unrechtmäßig inhaftiert. Die zuerkannte Entschädigung entspricht einem Betrag von 500,00 € je Monat.

E 1379 **EGMR (III. Sektion), Urt. v. 16.06.2005 – 61603/00 (Storck/Deutschland), NJW-RR 2006, 508**

75.000,00 € (Vorstellung: mindestens 500.000,00 €)

20 Monate rechtswidrige Freiheitsentziehung in geschlossener Anstalt

Die 18 Jahre alte Beschwerdeführerin wurde 1977 – 1979 auf Veranlassung ihres Vaters auf der geschlossenen Station einer privaten psychiatrischen Klinik untergebracht. Sie wurde vom Klinikpersonal ununterbrochen überwacht und durfte die Klinik während des etwa 20 Monate dauernden Aufenthalts nicht verlassen. Der Gerichtshof hat festgestellt, dass der Beschwerdeführerin die Freiheit i. S. d. Art. 5 Abs. 1 EMRK entzogen worden und dass Art. 8 EMRK verletzt ist. Für die Höhe der immateriellen Entschädigung wurde nicht nur der Freiheitsentzug von 20 Monaten berücksichtigt, sondern auch die zwangsweise medizinische

Behandlung, die eine schwerwiegende und irreversible Gesundheitsschädigung verursacht hat und der Beschwerdeführerin die Möglichkeit genommen hat, ein selbstbestimmtes Berufs- und Privatleben zu führen.

OLG Frankfurt am Main, Urt. v. 02.10.2007 – 19 U 8/07, VersR 2008, 640 E 1380

150.000,00 € (Vorstellung: 311.259,21 €)

6 Jahre Freiheitsstrafe

Der Kläger wurde aufgrund eines objektiv falschen anthropologischen Vergleichsgutachtens in einem Strafprozess unschuldig zu einer mehrjährigen Freiheitsstrafe verurteilt. Er verbüßte zu Unrecht rund 6 Jahre Freiheitsstrafe. Das Gericht hielt einen Schmerzensgeldbetrag von 150.000,00 € für angemessen und rechnete die Entschädigung für die zu Unrecht erlittene Haft nicht auf den Schmerzensgeldanspruch an.

BGH, Urt. v. 19.11.2009 – 3 StR 87/09, BGHR StGB § 177 und § 232 E 1381

150.000,00 € und 5.000,00 €

Geiselnahme – Menschenhandel – Vergewaltigung – sexuelle Nötigung

Das LG hat einen Angeklagten wegen Geiselnahme in Tateinheit mit schwerem Menschenhandel, mit besonders schwerer Vergewaltigung, mit schwerer Vergewaltigung in acht rechtlich zusammentreffenden Fällen, mit Vergewaltigung in sechs rechtlich zusammentreffenden Fällen und sexueller Nötigung in zehn rechtlich zusammentreffenden Fällen (Tat zum Nachteil der Nebenklägerin T.), wegen Geiselnahme in Tateinheit mit schwerem Menschenhandel und mit sexueller Nötigung in 24 rechtlich zusammentreffenden Fällen (Tat zum Nachteil der Nebenklägerin E.), wegen schweren Menschenhandels (Tat zum Nachteil der Nebenklägerin Eg.) und wegen Verabredung zum schweren Menschenhandel und zur sexuellen Nötigung (Tat zum Nachteil der Zeugin F.) zu einer Gesamtfreiheitsstrafe von 14 Jahren verurteilt und gegen ihn die Sicherungsverwahrung angeordnet.

Einen weiteren Angeklagten hat es wegen ähnlicher Delikte zum Nachteil der Nebenklägerinnen zu einer Gesamtfreiheitsstrafe von 12 Jahren und 6 Monaten verurteilt.

Im Adhäsionsverfahren hat es die Angeklagten verurteilt, als Gesamtschuldner an die Nebenklägerin E. ein Schmerzensgeld i. H. v. 150.000,00 € und an die Nebenklägerin Eg. ein Schmerzensgeld i. H. v. 5.000,00 € nebst Zinsen zu zahlen. Den ersten Angeklagten hat es darüber hinaus zur Zahlung eines Schmerzensgeldes i. H. v. 150.000,00 € an die Nebenklägerin T. verurteilt.

Die Revision der Angeklagten hatte keinen Erfolg.

Besondere Verletzungen

E 1382 **LG Marburg, Urt. v. 19.07.1995 – 5 O 33/90, VersR 1995, 1199 = NJW-RR 1996, 216**[90]

250.000,00 € (Vorstellung: mehr als 1.500.000,00 €)

Langjährige Unterbringung in psychiatrischen Anstalten

Der Kläger war seit 1972 langjährig bis 1981 in psychiatrischen Krankenhäusern der Beklagten untergebracht und wurde mit Psychopharmaka fehlerhaft und ohne entsprechende Indikation behandelt, wodurch zahlreiche Nebenwirkungen entstanden sind, die bis heute fortbestehen. In den Jahren 1972 – 1978 wurde mehrfach seine Fixierung angeordnet. Beim Kläger trat eine Entwicklung zur Einsamkeit ein. Er wurde alkoholabhängig.

Geburtsschäden

▶ Hinweis:

Die Besonderheit von zumeist besonders schweren Schäden, die infolge diverser ärztlicher Behandlungsfehler bei der Geburt, Entbindung oder Sectio auftreten können, rechtfertigt die Darstellung unter einem gesonderten Punkt. Den Fällen ist gemein, dass eine Schädigung zum frühestmöglichen Zeitpunkt eingetreten ist und in aller Regel lebenslang verbleibt, was besondere Berücksichtigung beim angemessenen Schmerzensgeld finden muss.

E 1383 **OLG Karlsruhe, Urt. v. 22.12.2004 – 7 U 4/03, GesR 2005, 263**

25.000,00 €

Armplexusparese nach vaginaler Geburt eines makrosomen Kindes

Der Kläger erlitt bei seiner Geburt eine Nervschädigung im Arm/Schulterbereich. Die Mutter war über dieses Risiko und die Alternative einer Schnittentbindung nicht aufgeklärt worden.

Aufgrund der Schädigung der Armnervenwurzeln in den Segmenten C5 und C6 kam es zu einer inkompletten Lähmung des rechten Arms mit Schwächen besonders beim Heben und beim Ausdrehen des Arms. Die Beweglichkeit im Schultergelenk ist eingeschränkt, ebenso das Wachstum im Bereich des Arms. Der Schulterbereich weist eine diskrete Asymmetrie auf, der rechte Arm ist etwa 2 cm kürzer, der Oberarm etwas schmächtiger als der linke. Die Kraft ist herabgesetzt. Es besteht eine leichtgradige Einschränkung des Klägers bei den Verrichtungen des täglichen Lebens durch die Bewegungsstörung des rechten Arms. Der Schaden ist dauerhaft.

Soweit in der Rechtsprechung für eine Schulterdystokie höhere Beträge zugesprochen wurden, sind die Fälle nicht vergleichbar, da in jenen Fällen deutlich stärkere Beeinträchtigungen festgestellt wurden.

90 OLG Stuttgart, Urt. v. 12.12.2011 – 10 U 106/11, VersR 2012, 329: Entschädigung nach § 21 Abs. 2 S. 3 AGG für die nicht gerechtfertigte Diskriminierung (Verweigerung des Einlasses in Disko aufgrund Hautfarbe). Bei der Bemessung stellte der Senat zum einen auf den Aspekt der Abschreckung ab, weil die zuerkannte Entschädigung wirtschaftlich einem Eintritt von 150,00 € pro abgewiesener Person gleichstand; zum anderen aber auch darauf, dass andere männliche Personen dunkler Hautfarbe in der Disko waren, so dass Farbige nicht generell ausgeschlossen wurden.Eine ältere, aber wichtige Entscheidung.

LG Hechingen, Urt. v. 15.10.2004 – 2 O 285/02, unveröffentlicht E 1384

40.000,00 €

Horner-Syndrom nach Schulterdystokie

Während der Geburt der Klägerin kam es zu einer Schulterdystokie, die eine linksseitige Armplexusparese, einen Schulterschiefstand und einen fehlenden linksseitigen Patella- sowie Bicepssehnenreflex, eine Atrophie der linken Schulter-, Arm- und Handmuskulatur und außerdem ein Horner-Syndrom mit Lidspalten- und Pupillendifferenz sowie einem herabhängenden Oberlid zur Folge hatte. Der linke Arm weist ein vermindertes Wachstum auf, ist in der Motorik stark beschränkt, und die Hand kann nur noch i. S. e. Hilfshand eingesetzt werden. Dadurch ist die Klägerin dauerhaft und erheblich in ihrem Alltagsleben, in der Schule, bei sportlicher Betätigung, z. B. beim Fahrradfahren, sowie in ihrer künftigen Berufswahl beeinträchtigt. Sie wird darauf angewiesen sein, in regelmäßiger krankengymnastischer Behandlung zu bleiben, um ihren Status nicht zu verschlechtern, insb. auch, um Beschwerden etwa im Bereich der Wirbelsäule zu vermeiden.

Dadurch, dass das Horner-Syndrom mit der Lidlähmung eine Entstellung im Gesicht zur Folge hat, die für ein heranwachsendes Mädchen im gesellschaftlichen Bereich nachteilig und belastend ist, ist die Klägerin zusätzlich beeinträchtigt. Andererseits hat die Klägerin sich Techniken angeeignet, um sich im Alltag allein zurechtzufinden, etwa beim An- und Auskleiden. Folgeschäden etwa an der Wirbelsäule liegen bisher nicht vor. Nach Darstellung der Eltern hat die jetzt 10 Jahre alte Klägerin bisher keine psychischen Probleme. Ihre schulischen Leistungen sind gut.

OLG Düsseldorf, Urt. v. 30.01.2003 – 8 U 49/02, VersR 2005, 654 E 1385

50.000,00 € (Vorstellung: 50.000,00 €)

Plexusparese – Schulterdystokie

Bei der Geburt des Klägers kam es zu einer Schulterdystokie, weil der Kristeller-Handgriff eingesetzt wurde, bevor die verkeilte Schulter des Klägers gelöst war. Dadurch wurde die Schädigung des plexus brachialis verursacht. Postpartal wurde beim Kläger eine obere und untere Plexusparese mit gleichzeitigem Horner-Syndrom diagnostiziert.

OLG München, Urt. v. 08.07.2010 – 1 U 4550/08, VersR 2012, 111 E 1386

60.000,00 € (Vorstellung: 80.000,00 €)

Schulterdystokie – Plexusparese

Die Klägerin wurde bei ihrer Geburt verletzt; nachdem die Wehen nachließen, versuchte man erfolglos eine Entbindung mittels Saugglocke, ehe dann mithilfe einer Zange entbunden wurde. Die Klägerin blieb mit der rechten Schulter am Schambein der Mutter hängen; infolge der Kompression der Nabelschnur wurde die Sauerstoffversorgung unterbrochen. Die während der Geburt aufgetretene Schulterdystokie wurde nicht fachgerecht behoben. Die Klägerin leidet nun unter einer sog. Fallhand; es gibt keine Ellbogenfunktion und eine deutliche Schwächung der Schulteraktivität. Trotz dreier umfangreicher Operationen ist keine Besserung mehr zu erwarten. Die Gebrauchsfähigkeit des rechten Arms ist erheblich eingeschränkt, und der Arm ist optisch nachteilig verkürzt. Eine Plexusparese besteht weiterhin. Die Klägerin ist dauerhaft und erkennbar behindert; ähnlich einem armamputierten Menschen sind ihr zahlreiche Verrichtungen, die für einen gesunden Menschen selbstverständlich sind, ihr nicht möglich. Mit zusätzlichen psychischen Belastungen in der Pubertät muss gerechnet werden.

E 1387 **OLG Oldenburg, Urt. v. 06.02.2008 – 5 U 30/07, VersR 2008, 924**

70.000,00 € (Vorstellung: 150.000,00 €)

Hirnsubstanzstörung und Hirnsubstanzverlust

Die Mutter des Klägers wurde fehlerhaft nicht in ein Zentrum der Maximalversorgung (Perinatalzentrum) verlegt, was als grober Behandlungsfehler angesehen wurde, weil mit der Geburt eines Kindes vor der 28. Schwangerschaftswoche und/oder mit einem Geburtsgewicht von unter 1.000 g gerechnet werden musste. Der Kläger leidet an einem Hirnschaden, der mit einer ausgeprägten psychomotorischen Entwicklungsretardierung verbunden ist. Es liegt eine schwere und ausgedehnte Hirnsubstanzstörung mit Hirnsubstanzverlust vor. Der Kläger wird sein Leben lang unter einer überwiegend rechtsbetonten, weitgehend spastisch definierten Hemiplegie leiden. Seine sprachliche und psychointellektuelle Entwicklung stellt sich als deutlich verzögert dar. Inwieweit die Einschränkung der psychointellektuellen Möglichkeiten von Dauer ist, lässt sich derzeit noch nicht absehen.

Diese Umstände rechtfertigen jedenfalls das vom LG ausgeurteilte Schmerzensgeld von 70.000,00 €. Der Senat sah sich an der Zuerkennung eines höheren Schmerzensgeldes gehindert, weil der Kläger kein Rechtsmittel eingelegt hatte.

E 1388 **OLG Köln, Beschl. v. 05.09.2008 – 5 W 44/08, VersR 2009, 276**

75.000,00 €

Lungenbeeinträchtigung – Schädigung des nervus phrenicus und des plexus brachialis – Armlähmung

Die Antragstellerin erlitt bei ihrer Geburt durch die unsachgemäße Behandlung einer Schulterdystokie eine Schädigung des plexus brachialis rechts und des nervus phrenicus, verbunden mit einem Wurzelausriss. Durch die späteren Versuche, die Folgen der Schädigung in Grenzen zu halten, hat die Antragstellerin mehrere schmerzhafte Operationen mit langdauernden Krankenhausaufenthalten durchlitten. Die Nahrungsaufnahme war längerfristig gestört, was zu Entwicklungsverzögerungen führte. Als Dauerfolgen verblieb eine vollständige Funktionsuntüchtigkeit des rechten Arms mit einer nur in ganz geringem Umfang gebrauchstüchtigen Hand. Durch die Schädigung des nervus phrenicus wurde eine Zwerchfellschädigung verursacht, die die Atmung behindert und die Funktion des rechten Lungenflügels um 50 % reduziert.

E 1389 **OLG Naumburg, Urt. v. 11.03.2010 – 1 U 36/09, GesR 2010, 373**

110.000,00 €

Mehrfachbehinderung

Der Kläger wurde entgegen der Indikation nicht per Kaiserschnitt entbunden. Es kam bei der Spontanentbindung zu einem Nabelschnurkonglomerat, weswegen die Klägerin eine Hirnschädigung erlitt, die zu einer Mehrfachbehinderung führte. Dies äußert sich in einer rechts betonten Bewegungsstörung, einer deutlichen Störung des Sprachvermögens, der intellektuellen Leistungsfähigkeit und der Wahrnehmung. Es sind zwar Besserungen zu erwarten, die Behinderung bleibt aber lebenslang. Der Senat hatte nur über die Berufung der Beklagten zu entscheiden und verwies darauf, dass sich ein Rahmen von 170.000,00 € – 350.000,00 € für vergleichbare Fälle ergebe. Der vom LG zuerkannte Betrag bewege sich daher »im vertretbaren Rahmen«.

LG Dortmund, Urt. v. 03.05.2007 – 4 O 595/01, unveröffentlicht E 1390

150.000,00 € zzgl. 500,00 € monatliche Rente (Vorstellung: 325.000,00 €)

Hypoxischer Hirnschaden

Die Klägerin erlitt bei der Geburt einen schweren hypoxischen Hirnschaden. Sie ist schwerstbehindert, kann nicht sprechen und nur extrem begrenzt kommunizieren, indem sie Laute des Unwohlseins äußern kann. Die spastischen Bewegungen bereiten hierbei ebenfalls erhebliche Komplikationen. Bei der Klägerin liegt neben der geistigen Behinderung ein cerebrales Anfallsleiden (Epilepsie) vor. Zudem besteht eine Mikrozephalie. Die Klägerin leidet unter einer Cerebralparese und Störungen des visuellen Systems. In allen Aspekten, die die Lebensqualität ausmachen, ist sie schwerstbehindert.

OLG Schleswig, Urt. v. 10.09.2004 – 4 U 31/97, OLGR 2005, 273 E 1391

175.000,00 €

Hydrocephalus – Cerebralparese – Tetraparese

Die Klägerin erlitt einen Geburtsschaden, der schwerste lebenslange Behinderungen zur Folge hat. Es besteht ein Shunt-pflichtiger Hydrocephalus verbunden mit einer Cerebralparese und allgemeinen schweren Entwicklungsstörungen der Großhirnfunktionen, d. h. der psychomentalen, psychosozialen, psychomotorischen und der Sprachentwicklung. Ferner leidet die Klägerin unter einer Tetraparese, die Gehen und Aufrechtsitzen ausschließt.

Die Klägerin ist in der Lage, Kontakt zur Mutter aufzunehmen und reagiert eindeutig auf Ansprache. Sie kann lachen und bitterlich weinen und ist im Kinderheim eine persönliche Bindung eingegangen.

OLG Frankfurt am Main, Urt. v. 24.05.2005 – 8 U 129/04, unveröffentlicht E 1392

175.000,00 €

Periventrikuläre Leukomalazie und spastische Tetraparese

Der Klägerin wurde auf der Geburtsstation über eine Magensonde versehentlich die zehnfach überhöhte Menge an Tee und Glucose zugeführt; sie erbrach teilweise wieder, erlitt aber hierdurch eine periventrikuläre Leukomalazie (ein morphologisches Phänomen, was auf ein Trauma, nämlich den Untergang der sog. Marksubstanz im Gehirn, zurückzuführen ist) mit der Folge einer spastischen Tetraparese. Die Klägerin ist schwer gehbehindert und leidet unter Sehstörungen, Kleinwuchs und Lernschwierigkeiten.

OLG Köln, Beschl. v. 13.02.2006 – 5 W 181/05, unveröffentlicht E 1393

200.000,00 €

Zwerchfelllähmung – Ausfall einer Lungenhälfte

Der Kläger erlitt bei der Geburt durch einen ärztlichen Behandlungsfehler schwerste Schäden. Durch eine Verletzung des nervus phrenius kam es zu einer Zwerchfelllähmung. Die Funktion einer Lungenhälfte fiel aus. Der Kläger muss künstlich ernährt und maschinell beatmet werden. Er ist zeitlebens rund um die Uhr pflegebedürftig.

E 1394 **OLG Naumburg, Urt. v. 20.12.2007 – 1 U 95/06, MedR 2008, 442 = MDR 2008, 745**

200.000,00 €

Cerebralparese – Tetraparese

Der Kläger erlitt bei der Geburt einen schweren Hirnschaden. Die behandelnden Ärzte hatten die Eltern des Klägers nicht ausreichend über eine mögliche Behandlungsalternative des Abwartens aufgeklärt und sogleich eine Frühgeburt durch einen Kaiserschnitt bewusst eingeleitet. Der Kläger leidet heute unter einer Cerebralparese i. S. e. schweren rechts- und beinbetonten Tetraparese. Er ist auch geistig schwer behindert. Bei ihm liegen u. a. eine statomotorische Entwicklungsstörung und eine zentrale Sehbehinderung vor. Das Leben des Klägers wird stets relativ arm an Erfahrungen und Entfaltungsmöglichkeiten und voll von Einsamkeit sein.

Der Senat war gehindert, ein höheres Schmerzensgeld zuzuerkennen, weil nur die Beklagten Berufung gegen das Urteil des LG eingelegt hatten. Er hat aber darauf hingewiesen, dass in einem anderen vergleichbaren Fall das OLG Hamm für ein Kind gleichen Alters 500.000,00 DM Schmerzensgeld als angemessen erachtet habe (VersR 1999, 488) und dass das OLG Schleswig mit Urt. v. 10.09.2004 ein Schmerzensgeld von ca. 180.000,00 € zugesprochen habe.

E 1395 **OLG Hamm, Urt. v. 07.05.2007 – 3 U 30/05, unveröffentlicht**

225.000,00 €

Hirnschaden – Tetraparese

Wegen fehlerhafter ärztlicher Behandlung im Zusammenhang mit seiner Geburt erlitt der Kläger eine schwere sauerstoffmangelbedingte Hirnschädigung; er ist körperlich und geistig sehr schwer behindert und umfassend pflegebedürftig. Die beim Kläger eingetretene Versorgungsstörung des Gehirns führte zu einer schweren Hirnschädigung, aus der eine spastische Tetraparese mit nur gering ausgeprägten motorischen Fähigkeiten resultierte. Er ist deshalb zu seiner Fortbewegung auf den Rollstuhl angewiesen. Er ist motorisch und sensomotorisch massiv retardiert. Seine Erlebniswelt ist hierdurch erheblich eingeschränkt. Auch eine normale Nahrungsaufnahme ist ihm nicht möglich, er muss stets gefüttert werden. Zudem ist der Kläger wegen der erheblichen Sprachstörung nicht in der Lage, sprachlichen Kontakt zu seinen Mitmenschen aufzunehmen. Zwar sind im Laufe der seit seiner Geburt vergangenen 10 Jahre durchaus Therapieerfolge erzielt worden, eine deutliche Besserung oder Heilung seines Zustandes ist aber nicht zu erwarten.

E 1396 **LG Aurich, Urt. v. 18.11.2005 – 4 O 538/01, unveröffentlicht**

250.000,00 €

Hydrocephalus

Beim Kläger lag bei der Geburt eine Nabelschnurumschlingung vor. Der Kopfumfang betrug 36 cm. Es bestand der Verdacht auf einen Herzfehler, der sich nicht bestätigte. Jedoch wurden u. a. Hirnblutungen festgestellt. Das Kopfwachstum des Klägers wurde nicht beachtet. Später zeigte sich ein ausgeprägter Hydrocephalus, der Kopfumfang betrug 52 cm. Der Säugling wies Hirndruckzeichen wie Erbrechen auf. Die Hirnflüssigkeit wurde operativ abgeleitet.

Der Kläger weist eine schwere körperliche und geistige Behinderung auf. Zudem liegt ein cerebrales Anfallsleiden vor, dass anti-konvulsiv behandelt werden muss. Im Alter von 4 1/2 Jahren entsprach sein psychomentaler Entwicklungsstand dem eines Säuglings und der motorische Entwicklungsstand dem eines 7 – 9 Monate alten Kindes.

LG München I, Urt. v. 08.03.2006 – 9 O 12986/04, VersR 2007, 1139 E 1397

250.000,00 € zzgl. 500,00 € monatliche Rente (Vorstellung: 750,00 € monatliche Rente)

Hirnschädigung nach Sauerstoffmangel

Die Beklagten unterließen eine indizierte Mikroblutuntersuchung, sodass sie die gravierende Sauerstoffunterversorgung nicht erkannten, die zur Hirnschädigung führte. Der Klägerin ist ein freies Sitzen nicht möglich. Ihr geistiger Zustand entspricht dem eines 2 Jahre alten Kindes. Die Lebenserwartung schätzt das Gericht auf 75 Jahre.

Für die Bemessung des Schmerzensgeldes waren u. a. ausschlaggebend die lange Leidenszeit, die der Klägerin bevorsteht, und der Umstand, dass sie künftig das Ausmaß der Behinderung wahrnehmen und darunter zusätzlich leiden wird.

Der BGH (Beschl. v. 26.09.2006 – VI ZR 78/06) hat die Zubilligung der Rente und die Bemessung des Schmerzensgeldes nicht beanstandet.

OLG Hamm, Urt. v. 16.01.2006 – 3 U 207/02, VersR 2006, 512 = MedR 2006, 353 E 1398

260.000,00 €

Hirnschaden

Die Beklagte war als Hebamme an der Entbindung des Klägers beteiligt. Der ebenfalls verklagte Arzt wurde – nach Eröffnung des Insolvenzverfahrens – durch Versäumnisurteil zur Zahlung von Schmerzensgeld i. H. v. 260.000,00 € verurteilt.

Der Kläger erlitt infolge eines grob fehlerhaften Geburtsverlaufs ein schweres psycho-neurologisches Residualsyndrom aufgrund einer sehr schweren hypoxisch-ischämischen Enzephalopatie 3. Grades mit Atemstörungen, Muskeltonusanomalien und weiteren Einschränkungen. Der Kläger ist körperlich und geistig schwerbehindert und rund um die Uhr auf Betreuung und Zuwendung angewiesen. Eine eigenständige Nahrungsaufnahme ist nicht möglich. Er leidet unter seiner starken Lungenschädigung. Eine Kommunikation ist eingeschränkt, der Besuch einer Behindertenschule ist mit fremder Hilfe möglich.

OLG Brandenburg, Urt. v. 25.02.2010 – 12 U 60/09, VersR 2010, 1601 E 1399

275.000,00 €

Linksseitige spastische Lähmung-, Sprach- und Bewegungsstörungen

Durch einen groben Befunderhebungsfehler kam es bei der Geburt der Klägerin zu einer Überbeatmung und damit zu einer Sauerstoffunterversorgung, die zu einer Schädigung des Gehirns geführt hat. Hierdurch bildete sich bei der Klägerin eine linksseitige spastische Lähmung, die zu einer Störung der Grob- und Feinmotorik und der Sprache führte.

Bei der Klägerin besteht eine ausgeprägte spastisch-kinetische doppelte Hemiparese links, eine Hüftdysplasie, eine leichte mentale Retardierung und eine universelle Dyslalie sowie Störungen in der Zungen- und Lippenkoordination und Dysphonie. Sie befindet sich in ständiger physiotherapeutischer Behandlung und muss sich regelmäßig einer schmerzhaften Spritzenkur mit Botulinum unterziehen, um die Spastik zu mindern. Als sie 3 Jahre alt war, wurde bei ihr eine Zungenbandplastik durchgeführt. Sie musste sich im Alter zwischen 5 und 8 Jahren insgesamt elf stationären Krankenhausaufenthalten zur Behandlung ihrer Spitzfußstellung und Schäden an den Waden unterziehen.

Die Klägerin zwar mittlerweile in der Lage frei zu laufen, sie bedarf aber besonderes Schuhwerks und ist beim Treppensteigen auf Hilfe angewiesen. Sie kann ihren linken Arm nur eingeschränkt zum Halten oder Gegenhalten einsetzen, Drehbewegungen im Unterarm sind links nur eingeschränkt möglich. Feinmotorische Bewegungsabläufe sind schwierig auszuführen, und es bestehen Störungen der Hand-Mund, Hand-Hand-Koordination sowie der Hand-Augen-Koordination, was zu erheblichen Einschränkungen der Selbstständigkeit führt.

Sie benötigt beim Anziehen Hilfe, Essen ist nur mit Löffel oder Gabel möglich, nicht jedoch mit Messer und Gabel. Es zeigen sich Defizite in der Lippen-Zunge-Koordination, wobei sich die Klägerin trotz bestehender universeller Dyslalie unter Einsatz nonverbaler Mittel gut verständigen kann. Ihr kognitives Niveau liegt im unterdurchschnittlichen Bereich, wobei sie in der Lage ist, ihre Situation zu reflektieren. Sie ist demnach insgesamt in ihrer Entwicklung und ihrem täglichen Leben erheblich eingeschränkt und wird nicht nur physisch, sondern auch psychisch ihr Leben lang unter ihrer Behinderung leiden.

Kritisch zur vom Gericht vorgenommenen Bemessung Jaeger, VersR 2010, 1604: da nur die Beklagten Berufung eingelegt hatten, hätte das Gericht zwanglos unter Hinweis auf noch deutlich höhere Schmerzensgelder begründen können, warum der landgerichtlich zuerkannte Betrag nicht übersetzt war; statt dessen erklärte das Gericht unter Verweis auf durchweg ältere Entscheidungen das zuerkannte Schmerzensgeld für angemessen.

E 1400 **OLG Koblenz, Urt. v. 05.07.2004 – 12 U 572/97, VersR 2005, 1738 = NJW 2005, 1200 = MedR 2005, 601**

300.000,00 €

Hirnschädigung – psychomotorische Retardierung mit Tetraspastik

Der Kläger erlitt als neugeborenes Kind durch sich der Geburt unmittelbar anschließende ärztliche Kontroll- und Behandlungsdefizite eine schwerste psychomotorische Retardierung mit Tetraspastik und linksseitiger Hirnschädigung unter Einbeziehung der Sehrinde. Es entwickelte keine sprachliche Kommunikation, benötigt einen Rollstuhl und wird zeitlebens auf die Hilfe anderer in höchstem Maße angewiesen sein.

Der Kläger wurde nach Vorfördermaßnahmen in eine Schule für geistig Behinderte eingeschult. Er ist kommunikativ sehr reduziert, hört zwar gerne Musik, die ihn auch anspricht, verfügt aber über keine sprachliche Kommunikation. Wegen seiner Behinderung benötigt er einen Rollstuhl.

Bei der Schmerzensgeldbemessung können nur solche Umstände bewertet werden, die dem Schädiger zuzurechnen sind. Dies ist hier nicht die bereits intrauterin entstandene Wachstumsretardierung des Klägers. Dieser Umstand allein ist mit einem deutlich erhöhten Risiko (20 – 30 %) von »kleineren« neurologischen und psychomotorischen Spätschäden (z. B. Lernstörungen, Störungen der Feinmotorik, Hyperaktivitätssyndrome) verbunden. Das von dem kleineren Kind einer Zwillingsgeburt per se zu tragende höhere Risiko für Cerebralschäden betrifft aber Schäden von eher leichterer Natur wie z. B. neben Lernstörungen Aufmerksamkeitsdefizite. Mit größter Wahrscheinlichkeit hätte sich der Kläger auch mit diesem Risiko ohne die hier vorliegende weitere Schädigung so entwickeln können, dass er ein selbstständiges Leben hätte führen können.

E 1401 **LG Darmstadt, Urt. v. 12.04.2005 – 8 O 570/02, unveröffentlicht**

300.000,00 € (Vorstellung: 150.000,00 €)

Hirnschaden

Der Kläger, der bei seinen Eltern in den USA lebt, erlitt während der Geburt aufgrund einer Unterversorgung des Gehirns mit Sauerstoff einen massiven Hirnschaden. Er musste reanimiert werden und erlitt eine Schulterfraktur. Es ist zeitlebens auf intensivste Pflege angewiesen. Er ist nicht in der Lage, selbstständig Nahrung aufzunehmen und mit seiner Umwelt zu kommunizieren. Seine Extremitäten kann er nur in geringem Umfang kontrollieren und bewegen.

Das LG hat die beklagte Klinik zur Zahlung eines Schmerzensgeldes i. H. v. 300.000,00 € verurteilt. Das OLG Frankfurt am Main, Urt. v. 24.01.2006 – 8 U 102/05, NJW-RR 2006, 1171, hat das landgerichtliche Urteil aufgehoben, weil es einen Behandlungsfehler verneint hat.

OLG Celle, Urt. v. 27.02.2006 – 1 U 68/05, VersR 2007, 543 = MedR 2007, 42 E 1402

300.000,00 €

Hirnschaden

Die Klägerin wurde per sectio geboren. Die Indikation wurde zu spät gestellt, sodass es zur Sauerstoffunterversorgung kam. Die Diagnose nach der Geburt lautete: »Frühgeburt in der 34. Schwangerschaftswoche, perinatale Asphyxie, Hirnblutung 4. Grades, Nebennierenblutung, posthämorrhagischer Hydrocephalus, periventrikuläre Leukomalazie«. In der Folgezeit entwickelte sich bei der Klägerin eine schwere körperliche und geistige Behinderung.

Sie kann keine relevanten gesundheitlichen Fortschritte erwarten und wird aufgrund der mehrfachen – teils groben – Behandlungsfehler niemals ein »normales« Leben führen und empfinden können. Vielmehr wird sie stets auf die Hilfe und umfassende Pflege Dritter angewiesen sein, mit denen sie nicht einmal einen dauerhaften Blickkontakt aufnehmen kann. Eine verbale Kommunikation wird der Klägerin ebenfalls nicht möglich sein.

LG Dortmund, Urt. v. 15.11.2007 – 4 O 21/04, unveröffentlicht E 1403

300.000,00 €

Hypoxische Hirnschädigung

Der Kläger wurde infolge mehrerer grober Behandlungsfehler schwerstbehindert geboren. Er muss ständig durch ein Pulsoxymeter überwacht werden, und es müssen regelmäßig Absaugungen stattfinden. Bei dem Kläger wurden eine hypoxische Hirnschädigung nach Asphyxie unter der Geburt sowie eine intrauteriner Hypoxie festgestellt.

Der Kläger leidet unter Ernährungs- und Schluckstörungen. Eine PEG-Sonde war deswegen erforderlich. Es besteht eine schwerste Mehrfachbehinderung. Der Kläger ist in allen Aspekten, die die Lebensqualität ausmachen, schwerstbehindert. Es besteht die Notwendigkeit einer zeitaufwendigen Ernährung durch eine Magensonde. Der Kläger kann nicht allein sitzen oder stehen, er kann sich lediglich in den Vierfüßlerstand hochdrücken. Er ist zudem auch visuell und akustisch erheblich eingeschränkt. Er kann nicht sprechen, mit den Augen nicht fixieren, kaum hören. Es kommt immer wieder zu Krampfanfällen. Die Ernährung mit der Magensonde führt im Weiteren dazu, dass bei dem Kläger eine höhere Infektionsgefahr besteht. Er muss ständig inhalieren. Er muss dauerhaft Medikamente einnehmen. Die Eltern geben an, die Schreie des Klägers deuten zu können, ansonsten ist eine Kommunikation mit der Außenwelt nicht möglich. Der Kläger ist auf ständige Versorgung durch seine Eltern angewiesen.

OLG Oldenburg, Urt. v. 28.05.2008 – 5 U 28/06, OLGR 2008, 737 E 1404

300.000,00 € (Vorstellung: 300.000,00 €)

Schwere Zerebralparese – spastische Tetraparese

Bei der Mutter des Klägers, die in der 32. Schwangerschaftswoche verunfallte, kam es im Krankenhaus nach Einsetzen der Wehen zu einer Spontangeburt, die entgegen der Indikation nicht sofort beendet wurde. Der Kläger erlitt bereits am ersten Lebenstag tonische

Krampfanfälle; er leidet unter einer schwerwiegenden Hirnschädigung in Form einer schweren infantilen Zerebralparese i. V. m. einer ausgeprägten geistigen Behinderung. Es besteht eine neurale Störung der Blasenkontrolle sowie eine eindeutige Mikrozephalie. Der Kläger leidet unter einem Innenschielen und einer spastischen Tetraparese. Im Alter von 8 Jahren hat er im Bereich der Grobmotorik den Entwicklungsstand eines 16 Monate alten Jungen. Auch im Bereich der Sprachentwicklung besteht ein massiver Entwicklungsrückstand.

Der Kläger wird dauerhaft auf permanente Hilfe und krankengymnastische Therapien, orthopädische Kontrollen und medikamentöse Behandlungen angewiesen sein.

E 1405 **OLG München, Urt. v. 23.12.2011 – 1 U 3410/09, unveröffentlicht**

300.000,00 € (Vorstellung: 300.000,00 €)

Cerebralparese

Der Kläger ist aufgrund geburtshilflicher Fehler (Verkennen eines Nabelschnurvorfalles) schwerstbehindert; er erlitt eine schwerste intra- und postpartale Asphyxie und wurde mit APGAR 2-4-7 entbunden. Nach einem postpartalen Schock und cerebralen Anfällen leidet der Kläger nun unter einer Cerebralparese. Er kann weder sprechen noch selbständig essen, trinken oder gehen. Er wird nie ein selbständiges Leben führen können; eine Kommunikation ist nur mit Gebärden und nur mit vertrauten Personen möglich. Er bedarf lebenslang der Unterstützung Dritter.

E 1406 **OLG Düsseldorf, Urt. v. 26.04.2007 – I-8 U 37/05, VersR 2008, 534 = GesR 2008, 19**

300.000,00 € zzgl. 300,00 € monatliche Rente (Vorstellung: 400.000,00 € zzgl. 500,00 € monatliche Rente)

Infantile Zerebralparese – Tetraspastik

Die Klägerin erlitt wegen grob fehlerhafter Geburtsleitung aufgrund eines Sauerstoffmangels eine körperliche und geistige Schwerstbehinderung bei ihrer Geburt. Es kam zu einer infantilen Zerebralparese mit ausgeprägter psychomotorischer Retardierung und Tetraspastik. Die Klägerin ist praktisch blind und kann sich nicht artikulieren; sie kann nicht frei sitzen und ist auf einen Rollstuhl angewiesen. Körperliche Fehlstellungen an der Hüfte bereiten ihr Schmerzen, die in Zukunft zunehmen werden. Trotz medikamentöser Einstellung leidet die Klägerin an Epilepsie, die zu Anfällen in Form von milden Zuckungen mehrmals pro Tag führt. Es bestehen Ernährungs- und Schluckbeschwerden. Das Gericht verwies bei der Bemessung darauf, das ein Unterschied zu den Fällen der Schwerstbehinderung bestehe, in denen geistige Funktionen noch so weit erhalten sind, dass der Geschädigte die Lage seiner Behinderung erkennen könne.

E 1407 **OLG Nürnberg, Urt. v. 15.02.2008 – 5 U 103/07, VersR 2009, 71 = MedR 2008, 674**

300.000,00 € zzgl. 600,00 € monatliche Rente

Hohe Querschnittslähmung

Der Kläger erlitt bei der Geburt aus Beckenendlage eine Halsmarkläsion mit der Folge einer hohen Querschnittslähmung. Er ist lediglich in der Lage, die Arme zu bewegen und kann weder sitzen noch gehen. Auch die Feinmotorik der Hände ist nicht vorhanden. Er ist nicht in der Lage, sich auf natürliche Weise zu entleeren, leidet permanent unter Temperaturempfindungsstörungen und ist rund um die Uhr auf die Hilfe Dritter angewiesen. Hierunter leidet er zunehmend psychisch, denn geistig ist er normal entwickelt. Das Gericht hielt fest, ein höherer Betrag sei nicht geeignet, die gesundheitlichen Beeinträchtigungen auszugleichen, und höhere Beträge (»amerikanische Verhältnisse«) könnten nicht der Ausgleichsfunktion des Schmerzensgeldes gerecht werden, gerade auch unter Berücksichtigung der Interessen des Schädigers.

OLG Schleswig, Urt. v. 28.02.2003 – 4 U 10/01, OLGR 2003, 264 E 1408

325.000,00 €

Extrapyramidale Cerebralparese – Tetraparese mit multifokaler Epilepsie

Dem Kläger wurde bei seiner Geburt durch einen ärztlichen Behandlungsfehler eine extrapyramidale Cerebralparese in Form einer Tetraparese mit multifokaler Epilepsie zugefügt. Er ist lebenslang behindert. Die geistige Entwicklung des Klägers ist besser als seine motorische. Er ist zu emotionalen Empfindungen in der Lage und kann sich mit seinen Eltern durch Laute verständlich machen. Er ist zeitlich und örtlich orientiert und nimmt wahr, was um ihn herum geschieht. Dieser Kontrast zwischen motorischer und sprachlicher Behinderung einerseits und der emotionalen psychointellektuellen Auffassungsgabe andererseits wird der Kläger mit fortschreitendem Alter als besonders schwerwiegend und bedrückend und möglicherweise als kaum zu ertragendes Schicksal empfinden.

Auch diese Entscheidung zeigt – obwohl das OLG unter dem vom LG erkannten Betrag (350.000,00 €) blieb – die Tendenz der Rechtsprechung zu höherem Schmerzensgeld.

OLG Braunschweig, Urt. v. 22.04.2004 – 1 U 55/03, VersR 2004, 924 = MDR 2004, 1185 E 1409

350.000,00 €

Geistig-körperliche Schwerstbehinderung

Der Kläger ist infolge einer massiven Hirnblutung und eines posthämorrhagischen Hydrocephalus (sog. Wasserkopf) körperlich und geistig schwerst behindert. Er leidet an einer spastischen Tetraparese (inkomplette Lähmung aller vier Extremitäten), einer hochgradigen Sehbehinderung, einer Hüftgelenksluxation, einer BNS-Epilepsie und ist mental massiv retardiert.

In allen Lebensbereichen ist er vollständig auf Betreuung durch Dritte angewiesen. Er ist nahezu blind und muss gefüttert werden. Er ist nicht in der Lage, nach Gegenständen zu greifen, zeigt keine Gleichgewichtskoordination und seine Kopfkontrolle ist mangelhaft. Es fehlt ihm an Orientierung. Er kann zwar Freude, Angst und Schmerzen empfinden, ist aber zu einer verbalen Kommunikation nicht in der Lage. Aufgrund der Schwere der Hirnschädigung ist eine Besserung ausgeschlossen.

Prägend für die Bemessung des Schmerzensgeldes war der Umstand, dass der Kläger in der Wurzel seiner Persönlichkeit betroffen ist. Beeinträchtigungen dieses Ausmaßes verlangten wegen des hohen Wertes, den Art. 1 und 2 des GG der Persönlichkeit und der Würde des Menschen einräumen, eine herausragende Entschädigung. Darüber hinausgehende Schmerzensgeldbeträge hält der Senat für überhöht.

OLG Frankfurt am Main, Urt. v. 18.04.2006 – 8 U 107/05, unveröffentlicht E 1410

350.000,00 € (Vorstellung: 550.000,00 €)

Schwere hirnorganische Schäden hinsichtlich multipler Körperfunktionen

Die Klägerin wurde, nachdem eine Vakuum-Extraktion und der Versuch einer Zangengeburt scheiterten, durch Kaiserschnitt entbunden; es bestanden Apgar-Werte von 2/6/8 nach 1/5/10 Minuten, und sie wurde 4 Minuten assistiert beatmet. Sie hat schwere hirnorganische Schäden hinsichtlich multipler Körperfunktionen und wird voraussichtlich immer pflegebedürftig sein. Sie ist zu 100 % schwerbehindert. Sie kann sich nur im Knien und auch nur auf kurze

Distanz fortbewegen. Die Funktion der Hände und Arme ist stark beeinträchtigt, sodass sie sich nicht selbst an- und ausziehen kann. Sie ist auch nicht in der Lage, selbstständig Nahrung zum Mund zu führen. Die geistige Entwicklung sei weniger beeinträchtigt, was damit zusammenhänge, dass die hypoxiebedingte Schädigung hauptsächlich tiefere Strukturen des Gehirns betreffe, weniger die Hirnrinde. Allerdings leidet die Klägerin an einer Sprechstörung, sodass Kommunikationshilfen erforderlich sind.

Das Gericht führte zur Bemessung aus, auch wenn die Klägerin infolge ihrer schweren Beeinträchtigungen zeitlebens auf fremde Hilfe angewiesen sein werde und ohne fremde Hilfe nichts von dem realisieren könne, was Gleichaltrige zu tun in der Lage sind, erscheine der zuerkannte Schmerzensgeldbetrag angemessen und ausreichend. Höhere Beträge seien nur gerechtfertigt, wenn ein vollständiger Verlust der Persönlichkeit eingetreten sei, was bei der Klägerin, die jetzt in einer körperbehinderten Schule untergebracht ist, nicht der Fall sei. Bei der Bemessung wurde auch berücksichtigt, dass die Klägerin neben den massiven körperlichen Beeinträchtigungen ein hohes Maß an körperlicher und geistiger Empfindungsfähigkeit für ihre Lage besitzt, die es ihr ermöglicht, ihre Situation auch geistig zu reflektieren und mit den Fähigkeiten Gleichaltriger zu vergleichen, und dass ein verzögertes Regulierungsverhalten der Versicherung vorlag.

E 1411 **OLG Koblenz, Urt. v. 26.02.2009 – 5 U 1212/07, VersR 2010, 1452**

350.000,00 € (Vorstellung: 40.000,00 €)

Schwerstbehinderung nach Hirnschädigung

Der Kläger ist aufgrund eines verzögerten Kaiserschnitts nach Nabelschnurumschlingung des Halses schwerst- und mehrfach behindert. Infolge einer Hirnschädigung sind ihm freies Sitzen, Stehen, eine Fortbewegung oder Greifen nicht möglich; er hat einen schweren Entwicklungsrückstand mit geistiger Behinderung und fehlendem Sprachvermögen.

E 1412 **LG Dortmund, Urt. v. 24.09.2008 – 4 O 159/04, unveröffentlicht**

375.000,00 € (Vorstellung: 500.000,00 €)

Hirnschädigung – spastische Lähmungen

Bei der Geburt des Klägers kam es zu mehreren groben Behandlungsfehlern; auf ein auffälliges CTG wurde verspätet reagiert, ein Kaiserschnitt verzögerte sich, weil keine Oberärzte im Haus waren, das Kindernotarztteam wurde zu spät benachrichtigt und die Erstversorgung nach der Geburt war fehlerhaft, da der Kläger nicht mit Sauerstoff gebläht wurde, obwohl er nicht in der Lage war, selbstständig zu atmen.

Der Kläger hat bei der Geburt einen Sauerstoffmangel erlitten. Dies hat zur Folge, dass die Atmung des Klägers zu früh, nämlich bereits vor der eigentlichen Geburt eingesetzt hat. Folge einer zu früh einsetzenden Atmung ist, dass das nicht geborene Kind Fruchtwasser einatmet, das im Fall des Klägers durchsetzt war mit Mekonium, das sog. »Kindspech«, bei dem es sich um die 1. Darmentleerung des neugeborenen Kindes handelt. In der Folge dieses Sauerstoffmangels kam es zur Übersäuerung des Blutes. Bei dem Kläger bestand nach der Geburt eine unzureichende Spontanatmung, da der vor der Geburt bestehende Strömungswiderstand nicht vom Körper abgesenkt wurde. Die Lunge wurde hierdurch nicht ordnungsgemäß durchblutet. Der Kläger war deshalb reanimations- und beatmungspflichtig. Folge des Sauerstoffmangels war ebenfalls eine ausgeprägte Hirnblutung, wodurch es zu einer stark vermehrten Bildung von Gehirnflüssigkeit kam, die die Implantation eines Ventils zur Verhinderung eines Wasserkopfes notwendig machte. Folge der mangelnden Durchblutung der Lunge war ein Herzfehler, eine Trikuspidalinsuffizienz und eine kardiale Globalinsuffizienz, die in der fehlenden Durchblutung der Lungenflügel begründet war. Die Gehirntätigkeit des Klägers war in den ersten 2 Wochen nach Geburt erheblich beeinträchtigt.

Folge dieser geburtsschadensbedingten Erkrankungen ist, dass der Kläger sein Leben lang den Zustand völliger Hilflosigkeit nicht überwinden wird. Er leidet unter schwersten spastischen Lähmungen, die auch die Schluckmuskulatur betreffen, und einer Mikrozephalie. Er bedarf immer wieder der ergänzenden Beatmung über ein Sauerstoffgerät; diese Beatmung schädigt die Lunge und hat häufige Atemwegserkrankungen zur Folge. Bei ihm treten immer wieder epileptische Krämpfe auf, weswegen er zwei antiepileptische Medikamente einnehmen muss. Diese schwächen die Krämpfe ab, ohne sie grundlegend zu bessern. Der Kläger ist extrem kurzsichtig, aufgrund der Hirnschädigung ist auch sehr zweifelhaft, ob er optische Reize kognitiv umsetzen kann. Er ist auf dem linken Ohr schwerhörig. Er ist in der Lage, emotionale Zuwendung seitens der Eltern zu beantworten, also bei Wohlbefinden zu lachen, und zu weinen, wenn ihn etwas stört; andere Anteilnahme ist ihm nicht möglich.

Die Kammer berücksichtigte bei der Bemessung, dass der Kläger auch ohne Geburtsfehler an einem milden Down-Syndrom gelitten hätte, nun aber schwerste Folgen tragen muss, die ihn sein ganzes Leben in erheblichem Ausmaß beeinträchtigen. Er wird nie selbstständig leben können, die Beeinträchtigungen werden mit zunehmendem Alter noch zunehmen. Das Down-Syndrom fällt demgegenüber langfristig nicht maßgeblich ins Gewicht.

OLG Naumburg, Beschl. v. 10.12.2010 – 1 W 57/10, VersR 2011, 1273 = MedR 2012, 129 E 1413

<u>**400.000,00 €**</u> (Vorstellung: 500.000,00 €)

Mentale und statomotorische Retardierung – spastische Triparese

Die Antragstellerin leidet infolge von Geburtsfehlern an einem frühkindlichen Hirnschaden als Zustand nach einer perinatalen Asphyxie und einem Hirnödem zweiten Grades. Bei ihr liegt eine ausgeprägte mentale und statomotorische Retardierung vor. Die geistige und sprachliche Entwicklung der Antragstellerin ist schwer beeinträchtigt. Der intellektuelle Entwicklungsstand der 11 Jahre alten Antragstellerin entspricht dem eines zweijährigen Kindes. In der frühkindlichen Phase trat bei der Antragstellerin überdies zeitweilig eine Epilepsie auf, epileptische Anfälle waren in den letzten Jahren jedoch unter antikonvulsiver Schutzbehandlung nicht mehr zu verzeichnen. Bei der Antragstellerin besteht zudem eine Triparese, die ganz überwiegend als spastisch klassifiziert wird. Sie leidet darüber hinaus an einer Verkrümmung der Wirbelsäule, die zum Tragen einer Korsage zwingt. Selbständig kann sie nur in einer maßgefertigten Sitzschale im Rollstuhl sitzen, auf den sie zeitlebens angewiesen sein wird. Sie muss dabei ein Korsett und Unterschenkelorthesen tragen, die auch zur Nacht angelegt werden. Die Antragstellerin kann weder frei sitzen noch gehen oder stehen. Nach Gegenständen greift sie im Faustgriff, kann diese jedoch nur kurze Zeit halten.

Sie erkennt ihre Eltern, kann mit diesen aber nicht kommunizieren. Die Antragstellerin vermag sich nur sehr eingeschränkt zu artikulieren, nur einzelne Worte gelingen ihr. Im übrigen ist eine verbale Kommunikation mit ihr nicht möglich, sie verständigt sich über Mimik, Gestik und Lautäußerungen. Sie ist hochgradig pflegebedürftig und wird ihr Leben lang bei allen alltäglichen Verrichtungen besondere Anleitung und umfassende Hilfestellung benötigen. Das heißt, sie muss gewaschen, gewindelt, gekleidet und teilweise gefüttert werden. Eine aktive und handlungsorientierte Eigenbeschäftigung ist so gut wie nicht möglich. Die Antragstellerin bedarf rund um die Uhr einer Betreuung, da sie keiner Lebenssituation selbständig gewachsen und im Übrigen orientierungslos ist.

E 1414 **LG Bonn, Urt. v. 28.01.2013 – 9 O 266/11, unveröffentlicht**

400.000,00 € (Vorstellung: 400.000,00 €)

Spastische Cerebralparese

Der Kläger wurde in der 42. Schwangerschaftswoche nach unregelmäßiger Wehentätigkeit der Mutter nach Einleitung der Geburt notfallmäßig per Kaiserschnitt entbunden. Es kam zu einem Hirnschaden in Gestalt einer spastischen, beinbetonten Cerebralparese, cerebraler Myeliniserungsverzögerung und globaler Hirnvolumenminderung. Die Hirnschädigung führte zu einer globalen, erheblichen psychomotorischen Entwicklungsverzögerung.

E 1415 **LG Kleve, Urt. v. 09.02.2005 – 2 O 370/01, ZfS 2005, 235**

400.000,00 € zzgl. 500,00 € monatliche Rente = 520.000,00 €

Hirnschädigung – ausgeprägte Zentralparese

Die Klägerin leidet infolge eines groben Behandlungsfehlers bei ihrer Geburt unter einer max. ausgeprägten Zerebralparese bzw. hypoxischer Enzephalopathie mit ausgeprägter psychomotorischer Retardierung. Sie kann weder frei sitzen noch sich selbstständig fortbewegen, kann nicht sprechen und sich nicht verbal äußern. Sie ist in sehr begrenztem Umfang fähig, ihre Umwelt wahrzunehmen und auf Reize zu reagieren. Ihr ist jede Möglichkeit einer körperlichen und geistigen Entwicklung genommen, und sie wird ein Leben lang auf fremde Hilfe angewiesen sein.

Die Klägerin bietet das Bild eines völlig hilflosen Kindes mit schwersten Schädigungen und weitestgehender Zerstörung der Persönlichkeit, der Wahrnehmungs- und Empfindungsfähigkeit. Ihr Leben beschränkt sich überwiegend auf die Aufrechterhaltung vitaler Funktionen.

Das Schmerzensgeld besteht aus einem Kapitalbetrag von 400.000,00 € und einer Schmerzensgeldrente i. H. v. monatlich 500,00 €, was einem Kapitalbetrag von 120.000,00 € entspricht. Kapital und Rente stehen in einem ausgewogenen Verhältnis.

E 1416 **OLG Hamm, Urt. v. 21.05.2003 – 3 U 122/02, MDR 2003, 1291 = VersR 2004, 386**

500.000,00 €

Enzephalopathie

Der Kläger hat eine schwerste hypoxisch-ischämische Enzephalopathie 2. – 3. Grades erlitten. Seit der Geburt treten therapieresistente cerebrale Anfälle auf. Das Gehirn des Kindes hat sich praktisch nicht entwickelt. Der Kläger zeigt heute ein schwerstes neurologisches Residualsyndrom, eine schwerste Tetraspastik mit bereits eingetretenen multiplen Gelenkkontrakten. Seit 3 Jahren wird er über eine PEG-Sonde ernährt. Er ist rechts taub und zumindest schwerhörig links. Es besteht funktionale Blindheit. Ein aktives Fortbewegungsmuster ist nicht möglich. Eine Kontaktaufnahme über das Gehör besteht nicht. Lediglich auf Hautkontakte wird positiv reagiert.

Damit bietet der Kläger das Bild eines völlig hilflosen, praktisch blinden und tauben Kindes mit einer schwersten Schädigung bzw. weitestgehenden Zerstörung der Persönlichkeit, der Wahrnehmungs- und Empfindungsfähigkeit. Nach den Ausführungen des Neuropädiaters ist ein schlechterer Zustand nicht vorstellbar. Dem Kläger ist jede Möglichkeit einer körperlichen und geistigen Entwicklung genommen. Er wird nie Kindheit, Jugend, Erwachsensein und Alter bewusst erleben und seine Persönlichkeit entwickeln können. Sein Leben ist weitgehend auf die Aufrechterhaltung vitaler Funktionen, die Bekämpfung von Krankheiten und die Vermeidung von Schmerzen beschränkt. Der Kläger ist in der Wurzel seiner Persönlichkeit getroffen.

OLG Köln, Urt. v. 20.12.2006 und 31.01.2005 – 5 U 130/01, VersR 2007, 219 E 1417

500.000,00 € (Vorstellung: 500.000,00 €)

Schwere hypoxische Hirnschädigung – sekundäre Mikrozephalie

Der Kläger erlitt infolge eines ärztlichen Behandlungsfehlers eine schwere hypoxische Hirnschädigung mit der Folge einer sekundären Mikrozephalie. Er kann weder sprechen, noch sich äußern und sich nicht aktiv fortbewegen. In der normalen täglichen Lebensführung ist der Kläger max. behindert. Die Situation stellt sich als eine körperliche, psychische und intellektuelle Beeinträchtigung dar, wie sie größer und schlimmer schlechterdings nicht vorstellbar ist. Das Schmerzensgeld entspricht dem in der Rechtsprechung in diesen Fällen allgemein zuerkannten Betrag.

OLG Celle, Urt. v. 22.10.2007 – 1 U 24/06, VersR 2009, 500 E 1418

500.000,00 € (Vorstellung: 500.000,00 €)

Hypoxische Hirnschädigung – Cerebralparese

Der Kläger wurde durch eine Notsectio geboren. Er ist seit der Geburt schwerstbehindert. Es liegt eine hypoxische Hirnschädigung vor. Der Kläger leidet an einer Zerebralparese, einer Epilepsie und extremer Mikrozephalie. Der sog. Hirnmantel ist weitgehend zerstört. Der Kläger muss künstlich ernährt werden. Täglich treten etwa 10 Krampfanfälle auf. Er ist nahezu blind. Der motorische Entwicklungszustand entspricht dem eines Säuglings in den ersten beiden Lebensmonaten. Deshalb ist nach Ansicht des Gerichts der Höchstbetrag des Schmerzensgeldes gerechtfertigt.

LG Köln, Urt. v. 12.12.2007 – 25 O 592/01, unveröffentlicht E 1419

500.000,00 € (Vorstellung: 500.000,00 €)

Mikrocephalie – Epilepsie – spastische Tetraparese – mentale Retardierung

Die Klägerin leidet in Folge geburtshilflicher Fehler (verspätete Einleitung der Geburt wegen Verkennen des CTG-Befunds) an einer schweren Mikrocephalie und generellen Dystrophie sowie einer schwersten cerebralen Bewegungsstörung. An den Extremitäten findet sich eine schwere generalisierte Tetraspastik mit einem Rigor in Ruhe. Allein die Arme können aktiv gestreckt werden, nicht jedoch die Beine. Sie ist auf die Benutzung eines Spezialrollstuhls angewiesen.

Ihre Entwicklung ist geistig und körperlich erheblich verzögert; sie kann sich nur lautlich artikulieren, nicht aber aktiv sprechen oder in irgendeiner Form verbal kommunizieren. Die Klägerin reagiert auf Stimmen und kann mit dem rechten Auge besser als dem linken für sehr kurze Zeit eine Fixation leisten und auf Lichtschemata und Objekte reagieren. Ihr Zustand lässt sich mit den Diagnosen einer schweren Mikrocephalie, einer therapierefraktären Epilepsie, einer spastischen Tetraparese, einer C-Skoliose der Wirbelsäule mit Kontrakturen beider Kniegelenke, einer allgemeinen Dystrophie und einer schwersten mentalen Retardierung zusammenfassen.

OLG Stuttgart, Urt. v. 09.09.2008 – 1 U 152/07, VersR 2009, 80 = GesR 2008, 633 E 1420

500.000,00 € (Vorstellung: 500.000,00 €)

Hirnschädigung – Tetraparese

Der 1968 geborene Kläger hat wegen ärztlicher Behandlungsfehler vor und unmittelbar nach der Geburt schwerste hypoxische Hirnschäden erlitten, die in einem Bereich liegen, der die denkbar schwerste Schädigung eines Menschen charakterisiert. Der Kläger leidet an einer schweren spastischen Tetraparese sowie einer therapieresistenten Epilepsie mit bis zu 15 epileptischen Anfällen täglich. Hinzugekommen ist inzwischen auch eine hirnorganische Blindheit. Ein Reflux, unter dem der Kläger ebenfalls litt, konnte operativ behoben werden.

Der Kläger ist bei allen wiederkehrenden Verrichtungen des täglichen Lebens dauerhaft und ausschließlich auf fremde Hilfe angewiesen. Nur weil er regelmäßig von seinen Eltern und seinen 2 jüngeren Geschwistern gefüttert wird, war eine Umstellung auf Sondenernährung bislang nicht erforderlich. Die motorische Entwicklung entspricht dem Stand eines 3 – 4 Monate alten Kindes, die geistige Entwicklung nicht einmal einem Kind diesen Alters. Es ist so gut wie keine Kommunikation mit dem Kläger möglich, nur zu Schmerzbekundungen ist er in der Lage. Er kann aber weder lachen noch weinen. Seine Familie vermag zu erkennen, wenn er zufrieden ist oder sich freut. Mit hoher Wahrscheinlichkeit wird sich die Situation künftig nicht verbessern lassen.

Der Kläger zählt nach der Überzeugung des Senats zu den Fällen, bei denen dem Geschädigten aufgrund einer schwersten Gesundheitsschädigung die Basis für die Entwicklung einer eigenen Persönlichkeit genommen ist. Eine wesentlich schwerere Schädigung ist nicht vorstellbar. Angesichts der herausragenden Bedeutung, die dem Persönlichkeitsrecht zukommt (Art. 1 und 2 GG), hält der Senat unter Berücksichtigung aller Umstände daher auch ein Schmerzensgeld an der obersten Grenze in einem Betrag von 500.000,00 € für angemessen (vgl. auch OLG Köln, VersR 2007, 219; LG Berlin, VersR 2005, 1247 – bestätigt durch KG, GesR 2005, 499; OLG Hamm, VersR 2002, 1163; OLG Hamm, VersR 2004, 386; mit geringeren Schmerzensgeldbeträgen: OLG Düsseldorf, VersR 2008, 534; OLG Brandenburg, VersR 2004, 199; OLG Bremen, NJW-RR 2003, 1255).

E 1421 **OLG Hamm, Urt. v. 14.09.2009 – 3 U 9/08, unveröffentlicht**

500.000,00 €

Schwere Mehrfachbehinderung – Mikrozephalie und Hirnatrophie

Bei dem Kläger kam es wegen verschiedener geburtshilflicher Versäumnisse, insb. wegen falscher Reaktionen auf eine gravierende fetale Sauerstoffunterversorgung, zu einer Hirnschädigung in Gestalt einer schweren hypoxisch-ischämischen Enzephalopathie bei Mikrozephalie und Hirnatrophie. Es liegt nun eine schwerste Mehrfachbehinderung vor, die durch schwere spastisch-motorische Behinderungen, ein massives zerebrales Krampfanfallsleiden und eine schwerstgradige Seh- und Hörstörung verstärkt wird.

Diese äußert sich u. a. in einer starken Entwicklungsverzögerung mit beständiger Hilfs- und Pflegebedürftigkeit, nicht sicher einzuschätzenden Kontaktaufnahmemöglichkeiten, einer weitgehenden Blindheit, der Unfähigkeit zur Nahrungsaufnahme (bei künstlicher Magensondenernährung), spastischer Lähmung von Armen und Beinen mit Hüftgelenksverrenkung (bei Notwendigkeit orthopädischer Hilfsmittel) und einem seit der Geburt bestehenden Krampfanfallsleiden.

Der Kläger zeigt trotz wachen Zustandes keine sichtbare Reaktion auf Ansprache, sondern nur eine angestrengt wirkende Atmung, eine äußerst spärliche Spontanmotorik, keine Reaktion auf Licht- oder akustische Reize und beim passiven Herausheben aus der Sitzschale kurze ruckartige Extremitätenstreckungen sowie ein leises inkonstantes »Jammern«. Mehrmals täglich treten Krampfanfälle auf.

Der Kläger bietet auch nach Erreichen seines 10. Lebensjahres das Bild eines völlig hilflosen, praktisch blinden und tauben von Spastiken und Krampfanfällen gequälten Kindes, das selbst auf Hautkontakte kaum noch positiv reagiert. Eine weiter gehende Zerstörung der menschlichen Persönlichkeit und gravierendere Schädigung in allen Lebensqualitäten ist praktisch nicht vorstellbar. Dem Kläger ist jede Möglichkeit auf eine körperliche und geistige

Entwicklung genommen; sein Leben ist weitgehend auf die Aufrechterhaltung vitaler Funktionen, die Bekämpfung von Krankheiten und Vermeidung von Schmerzen beschränkt. Hierbei sind immer wieder auch stationäre Behandlungen und operative Eingriffe vonnöten, die den ohnehin in allen Belangen schwerst beeinträchtigten Kläger zusätzlich belasten.

OLG Zweibrücken, Urt. v. 22.04.2008 – 5 U 6/07, MedR 2009, 88 E 1422

500.000,00 € zzgl. 500,00 € monatliche Rente (Vorstellung: 500.000,00 € zzgl. 500,00 € monatliche Rente)

Schwerste Hirnschäden – Tetraspastik

Der Kläger erlitt bei seiner Geburt durch eine Sauerstoffunterversorgung eine schwere Hirnschädigung. Er ist geistig und körperlich schwerstbehindert und befindet sich auf dem Entwicklungsstand eines wenige Monate alten Kindes. Er ist nahezu blind. Er kann weder stehen, gehen noch mit den Händen greifen. Wenn er auf dem Rücken liegt, ist er nicht in der Lage, sich zu drehen. Er leidet an einer extremen Tetraspastik sämtlicher Extremitäten, die zu multiplen Kontrakturen geführt hat. An den Fingergelenken finden sich Beugekontrakturen.

Eine Kopf- oder Haltungskontrolle, ein Drehen und Fortbewegen sind nicht möglich. Der Kläger leidet an einer völligen Rumpfinstabilität, sitzen kann er nur mit Unterstützung. Er kann nur breiartige Nahrung zu sich nehmen; dies wird mit Unterstützung einer Ernährungssonde und Ernährungspumpe durchgeführt. Infolge der Hirnschädigung sind beim Kläger epileptische Anfälle aufgetreten, und als Folge mangelnder Bewegungsfähigkeit hat sich bei ihm ein Hüfthochstand entwickelt, der bereits operativ korrigiert werden musste.

Bei der Bemessung setzte das Gericht bei einer Kapitalisierung mit 5 % und einer unverkürzten Lebenserwartung (!) des Klägers einen Barwert der Rente von 119.000,00 € an, berücksichtigte aber auch, dass noch keinerlei Zahlungen auf immaterielle Schäden geleistet worden waren.

OLG Jena, Beschl. v. 14.08.2009 – 4 U 459/09, VersR 2009, 1676 E 1423

600.000,00 € (Vorstellung; 500.000,00 €)

Schwerste geistige und körperliche Behinderungen

Bei dem Kläger wurde trotz klarer Indikation erst 20 Minuten verspätet ein Notkaiserschnitt durchgeführt. Der Kläger wurde in einem blassen und schlaffasphyktischen Zustand aus Schädellage mit Apgar 0 entbunden, abgesaugt, intubiert und reanimiert. Er musste lange maschinell beatmet werden und konnte erst ein halbes Jahr später mit einer Atemhilfe nach Hause entlassen werden. Er erlitt eine hypoxisch-ischämishe Enzephalopathie, eine Zerebralparese, eine schwere spastische Tetraplegie, eine schwerste geistige Behinderung, eine schwere statomotorische Retardierung, pseudobulbäre Parese oropharyngeal und BNS-Krämpfen. Nach einem epileptischen Anfall tragen ein massives Hirnödem und ein Hirninfarkt auf, sodass schwerste neurovegetative Ausfälle festzustellen sind.

Seit seiner Geburt ist der Kläger schwerstbehindert und bedarf umfassender Betreuung und Pflege. Er liegt im Wachkoma, ist im schwersten Umfang geistig und körperlich behindert, bettlägerig, blind, an ein Atemüberwachungsgerät angeschlossen und rund um die Uhr auf fremde Pflege angewiesen.

Das Gericht berücksichtigte bei der Bemessung, dass gravierendere geistige und körperliche Beeinträchtigungen kaum vorstellbar seien; dem Kläger sei mit seiner Geburt jede Möglichkeit einer normalen körperlichen und geistigen Entwicklung genommen worden. Ferner wurde erhöhend berücksichtigt, dass die Beklagten trotz recht klarer Haftung über Jahre nicht einmal eine Vorauszahlung geleistet hatten.

Geschlechtskrankheiten

▶ Hinweis:

Bei dem Komplex Geschlechtskrankheiten existieren – bei offensichtlichen Beweisproblemen ggü. einem mutmaßlichen Verursacher – nur wenige Entscheidungen, weswegen nachfolgend durchweg auch ältere Entscheidungen wiedergegeben sind.

E 1424 **OLG Düsseldorf, Urt. v. 22.04.1993 – 8 U 23/92, MDR 1994, 44**

0,00 €

HIV-Infektion (Ehemann der Patientin)

Es gibt keinen (vertraglichen und deliktischen) Anspruch des unmittelbar Geschädigten gegen den Arzt, wenn die Schädigung in der Ansteckung durch den Patienten erfolgt. Hier wurde der Kläger von seiner verstorbenen Ehefrau infiziert, als diese schon nicht mehr beim beklagten Arzt in Behandlung war (daher Ausscheiden von vertraglichen Ansprüchen). Aufgrund des Umstandes, dass die Beziehung erst nach Beendigung der Behandlung begann, verneinte das Gericht auch deliktische Ansprüche. Für diese reiche es nicht aus, dass der behandelte Patient, bei dem der Arzt etwa eine ansteckende Krankheit übersehen hat, irgendwann zu einem späteren Zeitpunkt persönliche Beziehungen zu einem Dritten aufnimmt, die dann dazu führen, dass die Krankheit auf den Dritten übertragen wird. Ersatzansprüche des Dritten können nach Auffassung des Gerichts vielmehr nur dann gegeben sein, wenn schon im Zeitpunkt der haftungsbegründenden Handlung oder Unterlassung des Arztes eine personale Sonderbeziehung zu dem Patienten bestanden hat, die bei einer wertenden Betrachtung die Einbeziehung des Dritten in den Schutzbereich der Haftungsnorm rechtfertigt.

E 1425 **OLG München, Beschl. v. 18.08.1997 – 1 W 2239/97, OLGR 1998, 233**

0,00 €

Persönlichkeitsrechtsverletzung durch fälschliche Mitteilung einer HIV-Infektion

Das Gericht verneinte ein Schmerzensgeld, wenn ein (unrichtiger) positiver HIV-Test einem Dritten ohne rechtfertigenden Grund zur Kenntnis gebracht wird. Ein bloß unrichtiges Testergebnis genüge nicht, um eine schwerwiegende Verletzung des Persönlichkeitsrechts anzunehmen. Vielmehr sei eine Verletzung des Selbstbestimmungsrechts, der Privat- und Intimsphäre oder der Beziehungen zur Umwelt im öffentlichen, wirtschaftlichen oder beruflichen Wirken einer Person von nicht unerheblichem Gewicht erforderlich, was insb. bei Veröffentlichungen herabwürdigender Aussagen in Betracht komme. Vgl. aber AG Neuss, Urt. v. 24.10.1996 – 42 C 270/96, unveröffentlicht (E 1429), wo für den Fall der Bekanntgabe eines (ebenfalls unrichtigen) Testergebnisses an die damalige Freundin des Klägers eine Entschädigung von 750,00 € zuerkannt wurde.

E 1426 **OLG Koblenz, Urt. v. 12.11.1997 – 1 U 533/94, NJW-RR 1998, 167**

0,00 € (Vorstellung: 400.000,00 €)

Amtshaftung für HIV-verseuchte Blutpräparate

Der Kläger verlangte wegen einer HIV-Infektion durch eine verunreinigte Blutkonserve Schmerzensgeld vom Bund, welches er u. a. auf die Erklärung des damaligen Bundesgesundheitsministers, das Bundesgesundheitsamt habe bei der Bekämpfung von Aids »sträflich versagt«, stützte. Das Gericht sah hierin kein deklaratorisches Schuldanerkenntnis (ein konstitutives scheiterte bereits am Formmangel), da es am Rechtsbindungswillen fehle. Eine Haftung aus Amtspflichtverletzung wurde verneint, da hierfür – wofür der Geschädigte beweisfällig geblieben war – erforderlich gewesen wäre, dass seine Ansteckung sicher verhindert worden wäre, wenn das Gesundheitsamt rechtzeitig die als erforderlich behaupteten Maßnahmen ergriffen hätte.

Das Gericht konnte daher dahinstehen lassen, welche Maßnahmen die Behörde hätte ergreifen müssen, verwies aber inzident darauf, dass ein Amtshaftungsanspruch auch am Grundsatz der Subsidiarität gescheitert wäre: Der Kläger hätte gegen die Hersteller der Blutprodukte vorgehen können.

LG Lüneburg, Urt. v. 06.07.1994 – 2 O 20/93, unveröffentlicht — E 1427

500,00 €

Todesangst wegen Annahme einer Aids-Infektion

Ein Strafgefangener litt infolge einer unrichtigen Mitteilung darüber, dass er an Aids erkrankt sei, unter Todesangst und erheblichen psychischen Beschwerden. Es bestand Suizidgefahr. Die Berichtigung der falschen Diagnose erfolgte bereits nach 2 Wochen; kein besonders hohes Verschulden, aber langfristiges Verfahren bis zur Schmerzensgeldzahlung.

LG Köln, Urt. v. 08.02.1995 – 25 O 308/92, NJW 1995, 1621 — E 1428

750,00 €

Persönlichkeitsrechtsverletzung (Aidstest ohne Einwilligung)

Der beklagte Arzt nahm bei dem 40 Jahre alten, HIV-positiven Patienten ohne dessen Einwilligung einen Aidstest vor. Das Gericht wertete dies als Verstoß gegen das Selbstbestimmungsrecht des Patienten, der einen Schmerzensgeldanspruch auslöse. Dabei ist nicht die eigentliche Körperverletzung durch Blutentnahme oder die Mitteilung des Positiv-Ergebnisses ausschlaggebend, der Anspruchsgrund liegt vielmehr in der schweren Persönlichkeitsrechtsverletzung. Die medizinische Indikation (Aidserkrankung) vermag die fehlende Einwilligung nicht zu ersetzen.

AG Neuss, Urt. v. 24.10.1996 – 42 C 270/96, unveröffentlicht — E 1429

750,00 €

Persönlichkeitsrechtsverletzung durch fälschliche Mitteilung einer HIV-Infektion

Die beklagte Hausärztin verstieß gegen die ärztliche Schweigepflicht, indem sie – fälschlich – der ehemaligen Freundin des Klägers mitteilte, dieser sei HIV-positiv. Entscheidend war nach Auffassung des Gerichts in diesem Zusammenhang insb., dass der Befund der HIV-Infektion noch nicht durch einen Gegentest abgesichert war. Eine gesetzliche Pflicht oder Berechtigung zur Offenbarung der vermeintlichen HIV-Infektion des Klägers ggü. der ehemaligen Freundin war nicht ersichtlich (die Offenbarung des Geheimnisses ist erst erlaubt, wenn sie zum Schutz eines höherwertigen Rechtsgutes erforderlich ist).

Anspruchsmindernd wurde berücksichtigt, dass Anlass und Beweggrund des Handelns der Beklagten anerkennenswert gewesen wären und ihr kein schweres Verschulden vorzuwerfen war. Vgl. hierzu auch die Entscheidung des OLG München v. 18.08.1997 – 1 W 2239/97, OLGR 1998, 233 (E 1425), in der ein Anspruch verneint wurde.

E 1430 **LG Münster, Urt. v. 16.03.2000 – 8 S 11/00, unveröffentlicht**

1.500,00 €

Befürchtung einer HIV-Infektion – Oberschenkelbiss

Ein Polizeibeamter wurde vom Beklagten in den Oberschenkel gebissen. Er war 10 Tage arbeitsunfähig. Bei der Bemessung des Schmerzensgeldes wurde insb. auch berücksichtigt, dass der Geschädigte über einen längeren Zeitraum eine Infektion mit HIV I und II sowie Hepatitis befürchten musste.

E 1431 **LG Bonn, Urt. v. 14.02.2011 – 9 O 189/10, unveröffentlicht**

3.000,00 € (Vorstellung: 5.000,00 €)

Genitalherpes

Die Klägerin war bei der Beklagten in frauenärztlicher Behandlung. Diese verkannte einen Befall mit Genitalherpes, weswegen die Klägerin unzureichende Medikation erhielt; dadurch verzögerte sich der Zeitraum der Virusausscheidung von 8-9 Tagen auf 1-2 Tage; die Klägerin, die noch unter weiteren, allerdings der Beklagten nicht zurechenbaren Beschwerden der Herpeserkrankung mit Harnverhalt, Conus-Syndrom, Miktionsstörungen, sexuellen Störungen und Rezidiven litt, war in Ungewissheit, ob sie richtig behandelt worden sei und ob dauerhafte Schäden verbleiben würden. Das OLG Köln (Urt. v. 15.12.2011 – 5 U 53/11, MedR 2013, 171) hat die Klage abgewiesen, da sich ein Verzögerungsschaden bei Beschwerden von nur wenigen Tagen, die (wenngleich kürzer!) auch bei regelgerechter Behandlung aufgetreten wären, »nicht greifen lasse« – eine sehr fragliche Begründung, die das Moment der Behandlungsverzögerung und der hierdurch ebenfalls verursachten Sorgen um die Genesung zu Unrecht außer Acht lässt.

E 1432 **OLG Stuttgart, Urt. v. 02.04.1997 – 1 U 148/96, unveröffentlicht**

20.000,00 €

Vergewaltigung – Furcht vor HIV-Infektion

Der 6 Jahre alte Kläger wurde Opfer eines sexuellen Missbrauchs durch brutale Erzwingung des Analverkehrs. Es bestand über ca. 6 Wochen die nicht unbegründete Gefahr einer HIV-Infektion beim Kläger.

Bei der Bemessung des Schmerzensgeldes stellt das Gericht besonders auf die psychischen Auswirkungen der Gewalttat ab. Der Kläger leidet weiterhin unter den Folgen der Tat; früher ist er aufgeschlossen und fröhlich gewesen, seit der Tat ist er verschlossen und kontaktarm, insb. Erwachsenen ggü.; seine schulischen Leistungen haben nachgelassen, er hat extreme Angst vor dem Alleinsein. Der Kläger befindet sich zweimal wöchentlich in psychotherapeutischer Behandlung. Eine dauerhafte psychische Schädigung ist zu erwarten.

E 1433 **OLG Hamm, Urt. v. 23.03.2000 – 6 U 205/99, SP 2000, 346**

25.000,00 €

Befürchtung einer HIV-Infektion

Der Kläger überraschte den Beklagten bei einem Raubmord; bei einem längeren Kampf wurden beide erheblich verletzt. Infolge des Vorfalls entwickelte der Geschädigte eine posttraumatische Belastungsstörung; diese psychische Erkrankung hatte für ihn bereits in den beiden ersten Jahren nach dem Vorfall außerordentlich schwere Folgen. Er war völlig aus seiner bisher geordnet verlaufenden Lebensbahn geworfen worden, hatte seine Arbeitsfähigkeit und seinen Arbeitsplatz eingebüßt, seine sozialen Kontakte waren weitestgehend abgerissen, er geriet in wirtschaftliche Bedrängnis. Er hatte alle Lebensfreude verloren und einen Suizidversuch hinter sich. Nach der Aufforderung, sich einem HIV-Test zu unterziehen, erlitt er einen Zusammenbruch und musste zeitweise in der Angst leben, sich bei dem Kampf mit dem drogenabhängigen Beklagten eine HIV-Infektion zugezogen zu haben.

Das Gericht vertrat die Auffassung, dass gerade vorsätzliche schwere Gewalttaten, insb. solche mit schweren Folgen für die Betroffenen, hohe Schmerzensgelder erfordern. Die Begrenzung der Bemessung auf einen Zeitraum von 2 Jahren nach der Tat wurde für zulässig erachtet, da eine solche Begrenzung möglich sei, wenn die Zukunftsrisiken wegen der Ungewissheit der künftigen Entwicklung insgesamt ausgegrenzt werden. Dies sei hier der Fall.

BGH, Urt. v. 30.04.1991 – VI ZR 178/90, BGHZ 114, 284 = NJW 1991, 1948 = VersR 1991, 816 — E 1434

25.500,00 € zzgl. 500,00 € monatliche Rente

HIV-Infektion

Der 60 Jahre alte Kläger wurde mit HIV infiziert, weil sich seine Ehefrau durch eine HIV-kontaminierte Blutkonserve infiziert hatte und ihn in der Folgezeit ansteckte. Der BGH stellte fest, dass schon die HIV-Infektion als solche, nicht erst der Ausbruch von AIDS, Schmerzensgeld auslösend sei. Schon das Wissen um die Infektion beeinträchtige den Kläger in seinen Umweltbeziehungen und seiner psychischen Verfassung. Wegen dieser schwersten Belastungen sei die Zuerkennung einer Rente möglich.

OLG Frankfurt am Main, Urt. v. 06.09.2005 – 8 U 79/04, unveröffentlicht — E 1435

60.000,00 € (Vorstellung: 150.000,00 €)

Verspätete Diagnose von Neuro-Lues (Syphilis)

Der 42 Jahre alte Kläger befand sich bei den beklagten Ärzten in psychiatrisch-neurologischer Behandlung. Eine Luesinfektion 3. Grades wurde übersehen, stattdessen wurde er mit Antidepressiva behandelt. Bei dem Kläger hat sich nunmehr ein ausgeprägtes hirnorganisches Psychosyndrom mit deutlicher Auffassungs- und Konzentrationsschwäche, Beeinträchtigung von Kurz- und Langzeitgedächtnis sowie behindertem Sprechantrieb entwickelt. Er ist zu 60 % schwerbehindert und leidet seit 3 Jahren nach der Therapieverzögerung in zunehmendem Maße an epileptischen Anfällen. Der Kläger, der verheiratet war und eine 6-jährige Tochter hat, lebt nun allein, steht unter Betreuung und ist nicht mehr in der Lage, einer geregelten Berufstätigkeit oder einem eigenständigen geordneten Leben nachzugehen.

Die Beklagten hafteten nicht für die Grunderkrankung (Demenz), aber dafür, dass sich die Erkrankung des Klägers so erheblich verschlechtert hat, dass dieser nun »in seiner eigenen Welt« lebt. Die Schmerzensgeldvorstellung wurde erstinstanzlich zugesprochen, nur die Beklagten hatten Berufung eingelegt.

OLG Köln, Urt. v. 21.03.1994 – 5 U 17/94, VersR 1994, 1238 — E 1436

75.000,00 €

Luesinfektion während des 2 1/2-jährigen Krankenhausaufenthalts nicht erkannt

Die 39 Jahre alte Klägerin wurde ab Juni 1977 2 1/2 Jahre wegen schwerer Lumboischialgie, Bandscheibendegeneration, koronarer Minderdurchblutung des Herzens, ischialgiformem Schmerzsyndrom, Jammerdepression und vielem anderen mehr behandelt. Ihr Zustand verschlechterte sich erheblich. Erst im November 1985 wurde der luetische Befall des Rückenmarks erkannt.

E 1437 **BGH, Urt. v. 14.06.2005 – VI ZR 179/04, NJW 2005, 2614 = MDR 2005, 1347**[91]

125.000,00 € (Vorstellung: 125.000,00 €)

HIV-Infektion

Die 27 Jahre alte Klägerin wurde mit HIV infiziert, nachdem sich ihr Ehemann über verseuchte Blutprodukte diese Infektion zugezogen hatte. Die Immunschwächekrankheit gilt als unheilbare Krankheit, was einen hohen Leidensdruck bei der Klägerin bewirkt, auch wenn die Krankheit noch nicht zum Ausbruch gekommen ist. Das Berufungsgericht (OLG Koblenz, Urt. v. 07.06.2004 – 143 U 1527/04, OLGR 2004, 505) bezog sich zum Vergleich auf die Entscheidung des LG Bonn v. 02.05.1994 – 9 O 323/93 (E 1315), das einem 9 Jahre alten Jungen ein Schmerzensgeld i. H. v. 125.000,00 € zzgl. einer monatlichen Schmerzensgeldrente i. H. v. 500,00 € zugebilligt hatte. Warum das OLG in Kenntnis der Entscheidung des LG Bonn lediglich den von der Klägerin genannten Mindestbetrag zuerkannt hat, wurde nicht begründet.

E 1438 **LG Bonn, Urt. v. 02.05.1994 – 9 O 323/93, unveröffentlicht**

125.000,00 € zzgl. 500,00 € monatliche Rente

HIV-Infektion

Ein 9 Jahre alter Junge wurde aufgrund der Anwendung des infektiösen Präparats PPSB (Gerinnungspräparat) mit HIV infiziert. Das Gericht führte zur Bemessung aus, dass ein positives Testergebnis für die meisten Betroffenen »einen schon bestimmten Tod medizinisch und statistisch gesehen, nur aufgeschoben auf unbestimmte Zeit« bedeute. Der Geschädigte sei zudem in einem Lebensabschnitt, in dem ein Mensch in die Zukunft schaue. Die Möglichkeit, ein volles und erfülltes Leben zu führen, sei ihm von vornherein mit hoher Wahrscheinlichkeit genommen, was einen hohen Leidensdruck bewirke. Er müsse sich damit abfinden, dass seine Krankheit leicht zu einer sozialen Isolierung führe.

E 1439 **LG Frankfurt am Main, Urt. v. 28.07.1999 – 2/14 O 497/97, unveröffentlicht**

150.000,00 €

HIV-Infektion

Die 45 Jahre alte Klägerin wurde aufgrund einer Injektion mit einer unsterilen Spritze von einem Heilpraktiker mit Hepatitis C und HIV infiziert.

E 1440 **OLG Frankfurt am Main, Urt. v. 23.12.2003 – 8 U 140/99, unveröffentlicht**

150.000,00 € zzgl. 500,00 € monatliche Rente (Vorstellung: 150.000,00 € zzgl. 500,00 € monatliche Rente)

HIV-Infektion – Hepatitis C-Infektion

Die Klägerin litt seit 2 Jahren an Migräne, weswegen sie sich an die Beklagten wandte, welche eine Naturheilkundepraxis betrieben. Durch eine sog. Ozon-Therapie (Eigenblutinfusion, mit Ozon angereichert) wurde sie mit HIV und Hepatitis C infiziert, weil die Beklagten die Spritzen nicht sterilisiert hatten. Dies äußerte sich zunächst in Form einer massiven Virusinfektion, starkem Fieber, Lymphknotenschwellungen und starken Schmerzen. 2 Jahre später litt die Klägerin durchgängig an körperlichen Schwächezuständen, mangelnder Belastbarkeit, Stressempfindlichkeit, Leistungsabfall und Gewichtsabnahme. Es kam zu heftigen Schmerzattacken und schweren Depressionen. Sie erkrankte mehrfach, u. a. an einer

91 Vgl. Rdn. 356 ff. und E 1683 ff. Hierzu Katzenmeier, NJW 2005, 3391.

Lungenentzündung. Ihren Beruf musste sie aufgeben: Freizeitgestaltung und Kontakte zu Mitmenschen sind eingeschränkt. Die Klägerin »hat Mühe, ihren Alltag zu bewältigen«. Sie ist halbseitig gelähmt, die Funktion ihres Frontalhirns ist eingeschränkt.

Das Gericht stellte auf die Schwere des Behandlungsfehlers und die lebenslangen, schweren Beeinträchtigungen der Lebensqualität der Klägerin ohne Hoffnung auf Genesung ab und sprach das beantragte Schmerzensgeld zu.

Hundebiss

▶ Hinweis:

Durch einen Hundebiss können verschiedene Körperteile verletzt werden. Es bietet sich daher an, den Hundebiss als besondere Verletzungsart zu behandeln.

Von besonderer Bedeutung ist bei einem Hundebiss die Frage des Mitverschuldens des Verletzten, denn es kommt häufig zu einem Hundebiss, nachdem der Verletzte einen ihm nicht oder wenig bekannten Hund gestreichelt oder versucht hat, sich zankende Hunde zu trennen.

AG Offenbach am Main, Urt. v. 22.05.2002 – 39 C 6315/96, NJOZ 2005, 185[92] E 1441

250,00 €

Schürfbisswunden

Der Kläger wurde vom Rauhaardackel der Beklagten gebissen, wodurch 3 oberflächliche Schürfbisswunden entstanden. Das Gericht wertete die Verletzungen als »äußerst geringfügig« und »im Bereich von Bagatellen« liegend.

OLG Brandenburg, Urt. v. 13.10.2008 – 1 U 2/08, MDR 2009, 633 E 1442

300,00 € (Mitverschulden: $^1/_2$)

Bissverletzung

Die Klägerin führte ihren Hund, einen Rottweilermischling, ohne Leine aus. Der Hund der Klägerin und der Schäferhund eines Polizeibeamten verbissen sich ineinander. Bei dem Versuch, die Hunde zu trennen, zog sich die Klägerin eine Bissverletzung zu.

OLG Saarbrücken, Urt. v. 22.11.2005 – 4 U 382/04, OLGR 2006, 461 E 1443

500,00 € (Vorstellung: 5.000,00 €)

Schürfwunde am Knie

Die 12 Jahre alte Klägerin lief vor dem Hund der Beklagten weg, stolperte und fiel hin. Dabei erlitt sie eine Schürfwunde am Knie. Der Hund der Beklagten biss die auf dem Boden liegende Klägerin in den Rücken, die dabei 3 punktförmige blutende Verletzungen erlitt.

Aufgrund dieses Vorfalls entwickelte die Klägerin eine gesteigerte Angst vor Hunden; eine Hundephobie ist nicht erwiesen.

92 Palandt/Grüneberg, § 278 Rn. 20; krit. allerdings Brox/Walker, S. 300. Eine ältere, aber wichtige Entscheidung.

E 1444 **AG Berlin-Schöneberg, Urt. v. 20.02.2009 – 17b C 153/08, NJOZ 2009, 4748**

500,00 € (Vorstellung: 1.000,00 €)

Biss in die Wade

Der Hund der Beklagten biss die 8 Jahre alte Klägerin in die Wade. Die Klägerin erlitt zwei Hämatome an der Wade. Eine intensive ärztliche Behandlung war nicht erforderlich. Narben blieben nicht zurück. Bei der Bemessung des Schmerzensgeldes wurde berücksichtigt, dass die Klägerin einen besonderen Schrecken erlitten hat und einige Zeit ängstlich ggü. Hunden war.

E 1445 **VG Minden, Urt. v. 16.06.2010 – 11 K 835/10, unveröffentlicht**

800,00 €

Hundebiss in den Unterarm

Der Geschädigte wurde von einem Schäferhund, der von einem 1 1/2 Jahre alten Kind gehalten wurde, aber nicht angeleint war und keinen Maulkorb trug, in den Unterarm gebissen. Er erlitt zwei 1 cm lange Bisswunden. Der Versicherer des Hundehalters zahlte an den Kläger 800,00 €, sodass die Angelegenheit für den Kläger damit erledigt war.

E 1446 **LG Bielefeld, Urt. v. 21.03.2012 – 21 S 38/11, NJW-RR 2012, 1112**

1.250,00 €

Biss einer Katze in den Zeigefinger

Die Katze eines Hotelgastes gelangte in ein anderes Hotelzimmer. Als der Kläger versuchte, die Katze aufzunehmen und sie aus dem Zimmer zu bringen, biss sie ihn in den Zeigefinger der linken Hand. Dies hatte einen stationären Aufenthalt von 5 Tagen und mehrere ärztliche Behandlungen zur Folge. Der Schmerzensgeldbetrag wurde vorprozessual gezahlt, im Rechtsstreits ging es um die Feststellung von Zukunftsschäden.

E 1447 **LG Coburg, Urt. v. 16.01.2009 – 11 O 660/07, unveröffentlicht**

1.500,00 € (Mitverschulden $^1/_4$; Vorstellung: 12.500,00 €)

Bissverletzungen

Ein 8 Jahre alter Junge wurde von einem angeketteten Hund gebissen. Der Hund war als aggressiv aufgefallen und der Junge war vor dem Hund gewarnt worden. Die Verletzungen waren nicht gravierend und sind praktisch folgenlos verheilt.

E 1448 **AG Bad Segeberg, Urt. v. 29.11.2012 – 17a C 94/10, unveröffentlicht**

1.700,00 € (Mitverschulden: $^1/_2$;Vorstellung: 3.500,00 €)

Bisswunde in die rechte Hand

Der 64 Jahre alte Kläger wurde von einem Hund in die rechte Hand gebissen, als er diesem die Hand hinhielt. Die Bisswunde musste mehrfach medizinisch versorgt werden. Der Kläger war 1 Monat vollständig und 1 Monat zu 50% erwerbsunfähig. Zurückgeblieben sind druckempfindliche Narben und eine Einschränkung der Beweglichkeit der Hand, des Daumens und des Zeigefingers. Die Hand ist kälteempfindlich. Zudem ist der Kläger in seiner Berufstätigkeit eingeschränkt, weil es zu einer Einschränkung des Grob- und Kraftgriffes und der grobmotorischen Kraft gekommen ist.

Der Haftpflichtversicherer zahlte vorprozessual an den Kläger ein Schmerzensgeld in Höhe von 750,00 €.

AG Hoyerswerda, Urt. v. 13.12.2007 – 1 C 265/07, unveröffentlicht E 1449

1.900,00 €

Bissverletzungen an Wade und Schienbein

Der Kläger, dem ein Mitverschulden nicht vorgeworfen werden kann, wurde von dem Hund der Beklagten ins Bein gebissen. Durch den Hundebiss trug er Verletzungen an seiner Wade und am Schienbein davon, die genäht werden mussten. Die Verletzungen mussten auch mehrfach geöffnet, gespült und wiederum neu genäht werden. Die Behandlung und der komplizierte Heilungsverlauf waren mit Schmerzen verbunden. Der Kläger litt unter Fieber und einer Schwellung des Fußes. Narben blieben nicht zurück.

AG München, Urt. v. 02.08.2011 – 261 C 32374/10, ZMR 2012, 880 E 1450

2.000,00 € (Mitverschulden: Tiergefahr; Vorstellung: 3.000,00 €)

Hundebiss in die Hand

Zwei Münchnerinnen gingen mit ihren Hunden spazieren, zwischen denen es zu einer Rauferei kam. Als die Klägerin ihren Hund festhielt, biss sie der Hund der Beklagten in die Hand. Sie bekam eine Blutvergiftung, hatte Fieber und erhebliche Schmerzen. Erst nach drei Monaten war sie wieder voll arbeitsfähig. Zurück blieben Narben, Sensibilitätsstörungen und Spannungsschmerzen. Haftungsmindernd war die Tiergefahr des Hundes der Klägerin zu berücksichtigen.

OLG Köln, Urt. v. 25.04.1997 – 19 U 32/95, VersR 1998, 377[93] E 1451

2.500,00 €

Hundebiss ins Skrotum

Der Kläger erlitt durch einen Hundebiss eine schmerzhafte Wunde am Skrotum mit dauerhaftem Taubheitsgefühl im Bereich der linken Skrotalhälfte. Er wurde 10 Tage stationär behandelt und war 4 Wochen arbeitsunfähig.

Der Halter eines als Wachhund eingesetzten Hofhundes muss damit rechnen, dass der Hund Besucher angreift, wenn sie das frei zugängliche Hofgelände betreten. Er muss deshalb geeignete Vorkehrungen treffen, um die Besucher vor Angriffen des Tieres zu schützen.

OLG Hamm, Urt. v. 17.10.2011 – 6 U 72/11, unveröffentlicht E 1452

2.500,00 € (Mitverschulden ½; Vorstellung: mindestens 5.000,00 €)

Biss in die Hand – Amputation des Endgliedes des Zeigefingers

Der Hund der Klägerin wurde vom Hund der Beklagten angegriffen und gebissen. Die Klägerin versuchte, ihren Hund zu schützen und die Tiere zu trennen. Dabei wurde sie gebissen. Das Endglied des linken Zeigefingers musste amputiert werden. Der stationäre Aufenthalt dauerte 4 Tage. Die Beweglichkeit des Fingers ist nicht auf Dauer eingeschränkt.

93 Beispielsfall hierfür (Schmerzensgeld aus Werkvertrag mit Schutzwirkung zugunsten Dritter) etwa OLG Saarbrücken, Urt. v. 18.03.2010 – 8 U 3/09, MDR 2010, 919.Eine ältere, aber wichtige Entscheidung.

E 1453 **OLG Frankfurt am Main, Urt. v. 09.09.2004 – 26 U 15/04, MDR 2005, 273 = NJW-RR 2004, 1672**

3.000,00 € (Vorstellung: 7.500,00 €)

Biss in den Brustkorb – großflächige Narbe mit Hautverwulstung

Die fast 6 1/2 Jahre alte Klägerin wurde während eines Spiels von einem schottischen Schäferhund angesprungen und in den Brustkorb gebissen. Die linke Thoraxvorderwand wurde verletzt, es blieb eine großflächige Narbe mit deutlich sichtbarer Hautverwulstung zurück. Die Klägerin wurde 5 Tage stationär und 3 Wochen ambulant behandelt. Trotz chirurgischer Korrektur der Narbe wird die Klägerin als Frau gekennzeichnet bleiben. Mit einer Fehlentwicklung der Brustdrüse ist nicht zu rechnen.

E 1454 **OLG Koblenz; Urt. v. 08.04.2011 – 5 U 1354/10, RRa 2012, 9 = MDR 2011, 1159**

3.000,00 €

Sturz nach Angriff eines Kettenhundes – Oberarmfraktur

Der 72 Jahre alte Kläger nahm an einer Türkeireise teil. Als der Bus mit den Reisenden auf einem Parkplatz vor einem Juweliergeschäft anhielt, begab sich der Kläger an den Randbereich des Parkplatzes. Dort tauchte ein Wachhund auf, dessen Laufkette so lang war, dass er den Kläger fast erreichte. Er schnappte nach dem Fuß des Klägers, der zurückwich und zu Fall kam. Dabei zog er sich erhebliche Verletzungen zu, unter anderem eine Oberarmhalsfraktur. Er musste sofort nach Deutschland zurückfliegen, wo er sich einer plattenosteosynthetischen Versorgung unterzog. Die Verletzung führte zu viermonatigem Dauerschmerz mit Bewegungseinschränkungen.

E 1455 **LG Duisburg, Urt. v. 08.06.2006 – 8 O 38/06, unveröffentlicht**

4.000,00 € (Vorstellung: 8.000,0 €)

Bisswunde an der Brust – Narben

Die Klägerin spielte mit dem Hund des Beklagten. Als dieser die Klägerin ansprang, geriet sie in Panik, lief zum Sohn des Beklagten und umklammerte ihn von hinten. Daraufhin griff der 52 kg schwere Hund die Klägerin an, die einige Bisswunden erlitt, unter anderem eine 2,5 x 5 cm große Wunde im Bereich des rechten Busens. Die Klägerin behielt Narben an der rechten Brust, am Unterarm, am Handrücken und an der Schulter zurück. Eine Korrektur der Narben ist nicht möglich. Die Klägerin war insgesamt etwa 18 Tage arbeitsunfähig.

E 1456 **LG Bayreuth, Urt. v. 21.11.2007 – 12 S 80/07, NJW-RR 2008, 976**

4.000,00 €

Biss ins Gesicht

Die Klägerin wurde vom Hund des Beklagten ins Gesicht gebissen. Die 15 – 20 cm lange Bisswunde ist gut sichtbar verheilt.

E 1457 **OLG Naumburg, Urt. v. 05.08.2010 – 2 U 39/10, unveröffentlicht**

4.500,00 € (Mitverschulden: $^{1}/_{3}$)

Hundebiss in die Wade

Die schon ältere Klägerin wurde vom Hund der Beklagten in die Wade gebissen. Der stationäre Aufenthalt dauerte wegen einer Wundinfektion ca. 4 Wochen. Anschließend musste die Klägerin ca. 2 Wochen Gehhilfen benutzen.

LG Aachen, Urt. v. 28.02.2012 – 12 O 3/11, unveröffentlicht E 1458

5.000,00 € (Vorstellung: 10.000,00 €)

Hundebiss in die Oberkörperflanke – Narben

Mehrere Polizisten näherten sich einer Gruppe streitender Männer mit einem Polizeihund. Der Diensthund verbiss sich für 10 bis 15 Sekunden in die Oberkörperflanke des Klägers, der großflächige schwere Quetsch- und Bisswunden an der Flanke erlitt. Er war 3 Wochen arbeitsunfähig. Nach 1 ½ Jahren waren die Narben deutlich sichtbar und auffällig.

Schmerzensgeld erhöhend wurde das zögerliche und kleinliche, nicht nachvollziehbare Regulierungsverhalten des beklagten Landes berücksichtigt.

OLG Stuttgart, Beschl. v. 18.03.2010 – 8 W 132/10, JurBüro 2010, 212 E 1459

9.000,00 € (Vorstellung: 20.000,00 €)

Hundebiss

Der Kläger hatte gegen den Beklagten Ansprüche auf Schadensersatz und Schmerzensgeld wegen eines Hundebisses geltend gemacht. Der Rechtsstreit wurde 2009 durch Vergleich erledigt.

OLG Naumburg, Urt. vom 11.10.2010 – 10 U 25/09, MDR 2011, 293 E 1460

10.000,00 €

Hundebiss ins Gesicht

Die Klägerin wurde auf einer Gartenparty von einem frei herumlaufenden Hund ins Gesicht gebissen. Eine Frau, die auf einer Gartenparty durch den frei laufenden Hund des Gastgebers ins Gesicht gebissen wird, hat einen Schmerzensgeldanspruch in Höhe von 10.000 Euro. Es führt nicht zu einem Mitverschuldensanteil, dass sie sich zuvor dem Tier zugewandt hatte.

OLG Hamm, Urt. v. 26.09.2002 – 6 U 14/02, OLGR 2003, 50 E 1461

15.000,00 €

Mehrere Bissverletzungen – Abbiss der Nasenspitze

Die Klägerin, eine angestellte Tierärztin, wurde von einem in ihrer Behandlung befindlichen Schäferhund mehrfach gebissen. Der Hund biss ihr die Nasenspitze ab, die mit Knorpelanteil ausgerissen wurde. Am Ellenbogen entstand ein stumpfes Trauma mit Gewebequetschung; es blieb eine 3 × 3 cm große Narbe zurück. Die Klägerin ließ in der Folgezeit mehrere Operationen zur Nasenrekonstruktion vornehmen. Es bleiben aber Narben an Nase und Ohrmuschel zurück. Eine vollständige Rekonstruktion ist nicht möglich. Die Klägerin war und ist über Jahre durch die Entstellungen beeinträchtigt.

LG Essen, Urt. v. 17.03.2005 – 12 O 307/03, NJW-RR 2005, 1110 = NZV 2005, 532 E 1462

18.000,00 €

Gesichtsverletzung durch Hundebiss

Die knapp 1 1/2 Jahre alte Klägerin erlitt durch einen Hundebiss ausgedehnte Weichteilverletzungen im Gesicht mit zahlreichen klaffenden, tief in das Gewebe reichenden Riss- und Quetschwunden und weitere kleinere Riss-/Quetschwunden im linken Gesichtsbereich sowie Verletzungsnarben, die das Aussehen beeinträchtigen. Die Verletzungen mussten operativ versorgt werden, die Klägerin befand sich 9 Tage in stationärer Behandlung. Das Verhältnis von

Narben und Defektgröße zur Gesichtsgröße wird auch bei fortschreitendem Wachstum der Klägerin konstant bleiben. Verletzungsnarben und Wangenschwellungen werden voraussichtlich bis ins Erwachsenenalter fortbestehen. Darüber hinaus sind als Folge des Bisses Missempfindungen und Gefühlsstörungen im Bereich der linken Gesichtshälfte, Schmerzen, besonders bei Kälte und Temperaturwechsel und eine Abschwächung der mimischen Gesichtsmotorik im Bereich des linken Mundwinkels gegeben. Eine Verbesserung ist insoweit nur theoretisch denkbar.

All dies ist mit erheblichen seelischen Beeinträchtigungen der Klägerin im Verlauf ihrer Kindheit und Jugend verbunden.

E 1463 LG Berlin, Urt. v. 06.12.2005 – 10 O 415/05, VersR 2006, 499 = NJW 2006, 702 = NZV 2006, 206

22.000,00 € (Vorstellung: 20.000,00 €)

Entstelltes Gesicht durch Hundebiss – Versuch einer Erlassfalle

Der unbeaufsichtigt herumlaufende Schäferhund des Beklagten griff den 7 Jahre alten Kläger an und verbiss sich in dessen Gesicht. Hierdurch wurden schwerste Bissverletzungen verursacht. Als Folge der Bissverletzung wurde der Kläger 9 Tage stationär behandelt. Der Kläger wurde in der Schule gehänselt und litt unter andauernden Schmerzen.

Der Versicherer des Beklagten bot dem Kläger zur Klaglosstellung einen Betrag von 2.500,00 € an und übersandte, nachdem der Kläger Klage eingereicht hatte und das Gericht unter Hinweis auf einschlägige Rechtsprechung das geforderte Schmerzensgeld von 20.000,00 €, insb. bei schwerwiegenden bleibenden Schäden, als nicht unangemessen bezeichnet hatte, zur Klaglosstellung einen Scheck über 7.200,00 €. Der Kläger löste den Scheck nicht ein.

Als Dauerschaden verblieb eine hypertrophe Narbenbildung mit funktioneller Einschränkung im Bereich der linken Wange und Unterlippe als Folge der ausgedehnten, perforierenden Zerreißung der Wange. Zwar ist es im postoperativen Verlauf zu einer Abblassung der Rötung und einer Verminderung der narbigen Induration gekommen, jedoch findet sich als Folge der Narbenbildung der linken Wange eine Funktionsstörung der Unterlippenfunktion mit asymmetrischer Mundspaltbildung. Das ästhetische Ergebnis kann durch eine operative Narbenkorrektur noch verbessert werden, die Funktionsstörung der Unterlippenfunktion ist jedoch dauerhaft. Auch die Fehlstellung des Nasenflügels mit konsekutiver Asymmetrie der Nase und die Narben im Bereich der rechten Wange, des rechten Unterlides und der rechten Nase sind dauerhaft. Die Folgen der Zahnverletzungen, insb. von Zahnkeimen, kann noch nicht abgesehen werden.

Für derart erhebliche, bleibende, teilweise entstellende Schäden, die den jungen Kläger sein Leben lang begleiten werden und noch nicht abschätzbare Folgen auch für das Selbstwertgefühl des Kindes und des späteren Jugendlichen haben werden, ist ein Schmerzensgeld zwischen 18.000,00 € und 20.000,00 € angemessen, mithin 19.000,00 €.

Das zunächst ermittelte Schmerzensgeld ist im Hinblick auf die verzögerte Schmerzensgeldzahlung durch die Haftpflichtversicherung des Beklagten um 3.000,00 € zu erhöhen, weil das Gericht im Verhalten des Versicherers des Beklagten den Versuch gesehen hat, den Kläger in eine Erlassfalle zu locken.

HWS – Halswirbelsäule (Urteile zu den typischen Problemen des HWS-Prozesses – Urteilsteil)

▶ Hinweis:

Gerade bei Verletzungen der HWS ist die Tendenz offensichtlich, in einer Masse von (zumeist schon wegen ihres Alters nur eingeschränkt tauglichen) Urteilen zu »ertrinken«. Vielfach werden Prozesse wegen Verletzungen der HWS, so hat es den Anschein, nur noch mittels Textbausteinen in den Schriftsätzen geführt, wobei beide Seiten zu den zumeist streitigen Punkten der Unfallursächlichkeit, der Bagatellgrenze und der kollisionsbedingten Geschwindigkeitsänderung eine Vielzahl »einschlägiger« Urteile anführen können. Aber Quantität führt nicht schon zum Prozesserfolg. Der nachfolgende Aufbau stellt zunächst überblicksmäßig Urteile zu den typischen Problemfeldern des HWS-Prozesses dar; hieran erst schließt sich der Urteilsteil an.

1. Urteile zu den typischen Problemen des HWS-Prozesses

a) Keine Beweiskraft ärztlicher Atteste

Die nachfolgend dargestellten Urteile haben sämtlich mit nahezu identischer Begründung eine Beweiskraft von ärztlichen Attesten abgelehnt, da diese ohne objektivierbaren Befund lediglich subjektive Angaben des Patienten wiedergäben. Auch sei es nicht Aufgabe des Arztes, Kausalitätsfragen nachzugehen,[94] dieser müsse vielmehr auch einer Verdachtsdiagnose nachgehen. Selbst wenn eine HWS-Verletzung vorliege, sei damit angesichts der Häufung degenerativer Schäden nicht bewiesen, dass diese auf einem Unfall beruhe. Auch der BGH (BGH, Urt. v. 08.07.2008 – VI ZR 274/07, VersR 2008, 1126 [1128]) sieht in einem ärztlichen Attest kein Standardbeweismittel, mit dem sich in jedem Fall eine HWS-Verletzung beweisen lasse. Er erkennt aber an, dass mit dem Zusammenspiel von Zeitablauf, Zeugenaussagen und ärztlichen Untersuchungen der Beweis der HWS-Verletzung durchaus geführt werden kann. Vgl. ausführlich Rdn. 740.

KG, Urt. v. 12.05.2005 – 12 U 187/04, OLGR 2005, 698 E 1464

KG, Urt. v. 06.06.2005 – 12 U 55/04, OLGR 2005, 740 E 1465

KG, Urt. v. 21.11.2005 – 12 U 285/03, NZV 2006, 146 E 1466

AG Bottrop, Urt. v. 26.04.2007 – 11 C 16/06, SP 2008, 147 E 1467

OLG Frankfurt am Main, Urt. v. 28.02.2008 – 4 U 238/06, ZfS 2008, 264 E 1468

KG, Beschl. v. 03.12.2009 – 12 U 232/08, NZV 2010, 624 E 1469

b) Bagatellverletzungen

Die nachfolgenden Urteile betreffen Verletzungen, die von den Gerichten als entschädigungslos hinzunehmende Bagatellverletzungen eingestuft wurden, sodass kein Schmerzensgeld zuerkannt wurde:

94 So etwa OLG Hamm, Urt. v. 02.07.2001 – 13 U 224/00, VersR 2002, 992. Anders aber der gleiche 13. Senat des OLG Hamm, Urt. v. 28.02.2001 – 13 U 191/00, SP 2001, 337: Attest genügt zum Nachweis einer Schulterverletzung.

E 1470 OLG Hamm, Urt. v. 02.04.2001 – 1 3 U 148/00, OLGR 2003, 20 = SP 2001, 342

HWS-Verletzung

E 1471 AG Köln, Urt. v. 13.08.2001 – 264 C 236/00, SP 2002, 383

Muskelkater – Spannungskopfschmerzen – steifer Nacken

E 1472 AG Trier, Urt. v. 12.03.2002 – 5 C 362/01, SP 2002, 201

Seitenkollision auf stoßabgewandter Seite

E 1473 LG Karlsruhe, Urt. v. 05.06.2007 – 5 O 313/06, SP 2008, 263

Zerrung der HWS, die einem Muskelkater entspricht

c) Kausalität/Harmlosigkeitsgrenze

Der BGH (Urt. v. 28.01.2003 – VI ZR 139/02, VersR 2003, 474) hat der Tendenz vieler Gerichte, unterhalb einer starren »Harmlosigkeitsgrenze« eine HWS-Verletzung für unmöglich zu halten, einen Riegel vorgeschoben. Dennoch ist unklar, inwieweit die Gerichte von der starren Festlegung einer Harmlosigkeitsgrenze für kollisionsbedingte Geschwindigkeitsänderungen absehen werden, da der BGH einen Fall zu entscheiden hatte, in dem ein (möglicher) verletzungserschwerender Umstand in einer sog. »out of position«-Stellung des Klägers (schräg nach oben gewandter Kopf, um die Ampelanlage im Blick zu haben) lag. Nachfolgend wird daher exemplarisch und chronologisch geordnet die Entwicklung der »Harmlosigkeitsgrenzen« in der Judikatur dargestellt, wobei ins Auge fällt, dass es im Laufe der Zeit offenbar auch eine Tendenz zu höheren Harmlosigkeitsgrenzen gibt.

E 1474 OLG Brandenburg, Urt. v. 15.01.2004 – 12 U 117/03, OLGR 2005, 64

4 – 10 km/h

E 1475 LG Lüneburg, Urt. v. 23.02.2004 – 1 S 45/01, NZV 2004, 461 = SVR 2004, 348

7 km/h

E 1476 LG Bremen, Urt. v. 11.03.2004 – 6 O 277/03, unveröffentlicht

7 km/h

E 1477 OLG München, Beschl. v. 02.07.2004 – 24 U 747/03, VersR 2005, 424

1 – 2 km/h

E 1478 AG Böblingen, Urt. v. 10.01.2005 – 19 C 2735/04, SP 2005, 412

6 km/h

E 1479 AG Worms, Urt. v. 29.12.2005 – 9 C 377/04, SP 2006, 240

11 km/h

E 1480 KG, Urt. v. 04.09.2006 – 12 U 204/04, NZV 2007, 146 = KGR 2007, 222

4 km/h

LG Chemnitz, Urt. v. 23.11.2006 – 6 S 230/06, unveröffentlicht E 1481

6 – 8 km/h

AG Bottrop, Urt. v. 26.04.2007 – 11 C 16/06, SP 2008, 147 E 1482

10 km/h

AG Rheinberg, Urt. v. 17.06.2008 – 11 C 337/06, SP 2009, 145 E 1483

9 km/h

LG Berlin, Urt. v. 09.07.2008 – 58 S 190/07, SP 2009, 145 E 1484

5 km/h

OLG Hamm, Urt. v. 15.04.2010 – 6U 205/09, SP 2010, 388 E 1485

6 km/h

2. Urteilsteil

OLG Brandenburg, Urt. v. 15.01.2004 – 12U 117/03, OLGR 2005, 64 = OLG-NL 2005, 30 E 1486

0,00 €

HWS-Trauma

Das Gericht sah ein HWS-Trauma als nicht erwiesen an; dies folge zwar noch nicht allein aus dem technischen Gutachten, welches eine kollisionsbedingte Geschwindigkeitsänderung von 4 – 10 km/h feststellte, aber aus dem orthopädischen Gutachten, welches die Abwesenheit von verletzungserschwerenden Faktoren wie dem »Ampelblick« aus BGH, Urt. v. 28.01.2003 – VI ZR 139/02, VersR 2003, 474 diskutierte. Die Kopfhaltung habe im Fall keinen verletzungsfördernden Faktor dargestellt. Demgegenüber seien keine hinreichend objektivierten ärztlichen Befunde vorhanden, die auf ein unfallbedingtes HWS-Trauma schließen lassen könnten; die Angaben in den Attesten seien zu allgemein und beruhten auf den Angaben der Klägerin.

AG Böblingen, Urt. v. 27.07.2004 – 11 C 1450/04, SP 2005, 272 E 1487

0,00 €

HWS-Verletzung

Das Gericht nahm unter Bezugnahme auf ein Sachverständigengutachten an, dass bei einer kollisionsbedingten Geschwindigkeitsänderung von 5 – 7 km/h, die einer Beschleunigung eines Sprunges aus 50 cm Höhe entspreche, keine Verletzung entstehen könne. Jedenfalls aber sei eine Verletzung (die ärztlich attestiert worden war) derart gering und kurzfristig, dass sie unter die entschädigungslos hinzunehmende Bagatellgrenze falle.

E 1488 **KG, Urt. v. 09.05.2005 – 12 U 14/04, NZV 2005, 470 = DAR 2005, 621**

0,00 €

HWS-Verletzung

Die Klägerin konnte keine HWS-Verletzung beweisen; das Gericht bejahte einen Anscheinsbeweis für eine Verletzung erst bei einer kollisionsbedingten Geschwindigkeitsänderung ab 15 km/h, auch bei Vorliegen ärztlicher Atteste mit der Diagnose einer HWS-Verletzung. Allerdings verwies der Senat darauf, dass das LG fehlerhaft die Klage bereits aufgrund eines technischen Gutachtens (Ergebnis: kollisionsbedingte Geschwindigkeitsänderung zwischen 7 und 11,3 km/h) abgewiesen hatte. Ein medizinisches Gutachten sei erforderlich, welches geeignet sein müsse, dem Gericht die freie Überzeugung i. S. d. § 286 ZPO vermitteln zu können;[95] nicht erforderlich sei ein ursächlicher Nachweis »mit hundertprozentiger Sicherheit«.

E 1489 **LG Karlsruhe, Urt. v. 05.06.2007 – 5 O 313/06, SP 2008, 263**

0,00 € (Vorstellung: 250,00 €)

Zerrung der HWS

Der Kläger erlitt bei einem Unfall eine leichte unfallbedingte HWS-Zerrung, die vom Schmerzensgrad einem Muskelkater entsprach. Das Gericht wertete diese Beeinträchtigung als derart gering, dass ein Ausgleich durch ein Schmerzensgeld nicht geboten sei.

E 1490 **OLG Saarbrücken, Urt. v. 03.02.2009 – 4 U 402/08, OLGR 2009, 394**

120,00 € (1/5 Mitverschulden; Vorstellung: 500,00 €)

HWS-Distorsion – Verspannungen

Der Kläger erlitt bei einem Verkehrsunfall eine HWS-Distorsion, Verspannungen und Kopfsowie Muskelschmerzen, die eine Woche lang andauerten.

E 1491 **OLG Hamm, Urt. v. 13.01.2006 – 9 U 164/04, NZV 2006, 584**

150,00 € (1/2 Mitverschulden)

HWS-Syndrom

Der Kläger wurde bei einem Verkehrsunfall verletzt; das Gericht sah seine Verletzung in Form eines HWS-Syndroms durch ein hausärztliches Attest als hinreichend belegt an.

E 1492 **AG Siegburg, Urt. v. 14.10.2005 – 109 C 368/05, ZfS 2006, 264**

200,00 € (Vorstellung: 400,00 €)

HWS-Distorsion

Die Klägerin erlitt bei einem Unfall eine einfache und folgenlos ausgeheilte HWS-Distorsion.

---

95 Ebenso KG, Urt. v. 19.09.2005 – 12 U 288/01, VersR 2006, 1233. Krit. hierzu – weil medizinische Begutachtungen nur zeitnah Sinn machen und die Verletzung auch durch ärztliche Atteste und Zeugenbeweis nachgewiesen werden kann: Jaeger, VRR 2006, 185.

KG, Urt. v. 30.06.2008 – 22 U 13/08, NJW 2008, 2656 = NZV 2008, 516 E 1493

200,00 €

HWS-Verletzung

Der Kläger erlitt eine HWS-Verletzung, die zu einer 2-tägigen Arbeitsunfähigkeit und dem Tragen einer »Schanzschen Krawatte« für eine Woche führte. Das Gericht verneinte eine Bagatelle und bejahte die Unfallursächlichkeit der Beschwerden angesichts einer kollisionsbedingten Differenzgeschwindigkeit von 10 – 15 km/h, ohne ein Gutachten einzuholen.

OLG Rostock, Urt. v. 13.11.2009 – 5 U 52/09, SP 2010, 316 E 1494

200,00 € (3/5 Mitverschulden)

HWS-Schleudertrauma – Prellungen

Der Kläger erlitt bei einem Verkehrsunfall ein HWS-Trauma und Prellungen der linken Hand und des linken Armes. Er war 9 Tage arbeitsunfähig und litt mehrere Wochen an erheblichen Schmerzen und Beeinträchtigungen.

LG Kaiserslautern, Urt. v. 18.08.2004 – 2 O 724/03, SP 2005, 132 E 1495

250,00 € (Vorstellung: 750,00 €)

HWS-Verletzung – Schulterprellung

Der Kläger erlitt bei einem Auffahrunfall eine HWS-Verletzung und eine Prellung der linken Schulter, die folgenlos verheilten.

OLG Celle, Urt. v. 26.11.2008 – 14 U 45/08, SP 2009, 187 E 1496

250,00 € (1/2 Mitverschulden)

Zerrung der HWS

Die Klägerin erlitt bei einem Verkehrsunfall eine Zerrung der HWS mit Prellungen, die zu einer Woche Arbeitsunfähigkeit führte.

AG Montabaur, Urt. v. 26.01.2010 – 5 C 142/09, unveröffentlicht E 1497

250,00 €

HWS-Schleudertrauma

Der Kläger erlitt bei einem Verkehrsunfall ein Schleudertrauma der Halswirbelsäule. Es kam zu einer geringen Distorsion mit Beschwerden von 2 – 3 Wochen; er war 11 Tage arbeitsunfähig. Das Gericht berücksichtigte mindernd, dass es nur aufgrund von Vorschäden zu der Verletzung gekommen war; ein nicht vorgeschädigter Mensch hätte nach dem Ergebnis der sachverständigen Begutachtung mit großer Wahrscheinlichkeit keinerlei Verletzung erlitten.

AG Rudolstadt, Urt. v. 14.04.2010 – 3 C 549/09, unveröffentlicht E 1498

250,00 € (Vorstellung: höheres Schmerzensgeld)

HWS-Distorsion – Muskelverspannung

Die Klägerin erlitt eine leichte HWS-Distorsion und ein durch Muskelverspannung verursachtes Schmerzbild, welches innerhalb kürzester Zeit folgenlos ausheilte. Der vorgerichtlich gezahlte Betrag wurde für ausreichend gehalten, die auf eine weitere Zahlung gerichtete Klage abgewiesen.

E 1499 **KG, Urt. v. 29.09.2005 – 12 U 235/04, NZV 2006, 157 = DAR 2006, 151**

300,00 €

HWS-Distorsion

Der Geschädigte erlitt bei einem Verkehrsunfall eine HWS-Distorsion, die zu 2 Wochen unfallbedingtem Arbeitsausfall führte. Weitere 3 Wochen bestand eine MdE von 20 %.

E 1500 **OLG Koblenz, Urt. v. 29.01.2007 – 12 U 1183/05, MDR 2007, 1256**

300,00 € (2/5 Mitverschulden; Vorstellung: 600,00 €)

HWS-Distorsion 1. Grades

Der 49 Jahre alte Kläger erlitt eine leichte HWS-Distorsion, die folgenlos verheilte.

E 1501 **OLG Oldenburg, Urt. v. 01.03.2007 – 8 U 246/06, NJW-RR 2007, 522 = MDR 2007, 1369 = SP 2007, 292**

300,00 € (Vorstellung: 5.000,00 €)

HWS-Distorsion

Die Klägerin wurde bei einem Auffahrunfall verletzt. Sie erlitt eine HWS-Distorsion; Folge waren Nackenschmerzen, Verspannungen und eine eingeschränkte Beweglichkeit des Kopfes. Sie wurde mit Schmerzmitteln, Wärmeanwendungen und Physiotherapie behandelt. Drei Arztbesuche waren erforderlich; für 2 Wochen bestand Arbeitsunfähigkeit. Die Schmerzensgeldvorstellung beruhte auf nicht bewiesenen Spätschäden (Bandscheibenvorfall).

E 1502 **OLG Düsseldorf, Urt. v. 20.08.2007 – I-1 U 258/06, NJW-Spezial 2008, 10**

375,00 € (1/4 Mitverschulden)

HWS-Schleudertrauma – Rippenprellung

Der Kläger erlitt bei einem Verkehrsunfall ein HWS-Schleudertrauma und eine schmerzhafte Rippenprellung.

E 1503 **LG Kleve, Urt. v. 16.01.2004 – 5 S 160/03, SP 2004, 230**

400,00 €

HWS-Zerrung

Es kam zu einer unfallbedingten HWS-Verletzung in Form der Zerrung der Nacken- und Halsmuskeln. Die Geschädigte hat einige Tage nach dem Unfall unter Übelkeit und Kopfschmerzen gelitten und konnte längere Zeit Hals und Nacken nicht drehen.

E 1504 **AG Hersbruck, Urt. v. 11.05.2004 – 4 C 77/04, unveröffentlicht**

400,00 € (Vorstellung: 750,00 €)

HWS-Verletzung

Der Kläger erlitt bei einem Auffahrunfall eine HWS-Verletzung, die das Gericht als nachgewiesen ansah, weil angesichts einer Differenzgeschwindigkeit von 10 – 14 km/h andere Ursachen nicht in Betracht kämen. Bei der Bemessung wurden die »nicht übermäßig großen Beschwerden« und der Umstand, dass der Kläger 6 Tage arbeitsunfähig war, berücksichtigt.

AG Aachen, Urt. v. 14.03.2006 – 6 C 31/06, SP 2006, 241 E 1505

400,00 €

HWS-Distorsionen

Der Kläger erlitt eine HWS-Distorsion bei einem Verkehrsunfall. Diese führte zu einer Bewegungseinschränkung und einer Leistungsbeeinträchtigung von 1 – 2 Wochen sowie Beschwerden über weitere 2 Wochen.

OLG Saarbrücken, Urt. v. 27.02.2007 – 4 U 470/06, MDR 2007, 1190 = SP 2008, 51 E 1506

400,00 € (1/5 Mitverschulden; Vorstellung: 800,00 €)

HWS-Schleudertrauma

Der Kläger erlitt bei einem Unfall ein HWS-Schleudertrauma, welches zu einer Krankschreibung von einer Woche führte.

LG Gera, Urt. v. 01.04.2009 – 1 S 165/08, unveröffentlicht E 1507

400,00 € (1/4 Mitverschulden)

HWS-Schleudertrauma

Die Klägerin erlitt nach einem Verkehrsunfall ein HWS-Schleudertrauma, weswegen sie nach der Notaufnahme am Unfalltag noch viermal hausärztlich behandelt worden war. Sie war 11 Tage beeinträchtigt.

AG Mannheim, Urt. v. 15.05.2009 – 3 C 7/08, SP 2010, 111 E 1508

400,00 € (Vorstellung: 400,00 €)

HWS-Distorsion – Schädelprellung

Die Klägerin erlitt bei einem Verkehrsunfall eine HWS-Distorsion und eine Schädelprellung; sie war 4 Tage arbeitsunfähig.

LG Wuppertal, Urt. v. 11.01.2007 – 16 O 156/06, unveröffentlicht E 1509

450,00 €

HWS-Distorsion – Gehirnerschütterung – Gesichtsprellungen

Der Kläger prallte bei einem Auffahrunfall gegen das Armaturenbrett und erlitt eine initiale Bewusstlosigkeit, eine Gehirnerschütterung, eine HWS-Distorsion sowie Gesichtsprellungen. Nach dem Unfall befand er sich 3 Tage in stationärer Behandlung.

Die bei dem Unfall und noch während des stationären Aufenthalts erlittenen Beeinträchtigungen, zu denen auch der stationäre Aufenthalt selbst gehört, rechtfertigten nach Ansicht des Gerichts das geltend gemachte moderate Schmerzensgeld. Aus den von dem beklagten Land angeführten Umständen, dass der Kläger keine Knochenbrüche oder sonstige äußerlich sichtbare Verletzungen erlitten hat, er nicht arbeitsunfähig war und eine weitere Behandlung nicht erforderlich war, folgt nicht im Umkehrschluss, dass die unbestritten eingetretenen Beeinträchtigungen völlig unerheblich und deshalb als Bagatelle zu werten waren.

E 1510 **OLG Celle, Urt. v. 26.02.2004 – 14 U 200/03, SP 2004, 293**

500,00 € (2/5 Mitverschulden)

HWS-Distorsion – Prellungen

Der Kläger erlitt bei einem Auffahrunfall eine HWS-Distorsion und Prellungen. Die Beschwerden waren nach spätestens 3 Wochen abgeklungen.

E 1511 **OLG Koblenz, Urt. v. 11.07.2005 – 12 U 702/04, SP 2006, 8**

500,00 €

HWS-Distorsion – Unterarmverbrennung – Prellung des Schultergelenks

Der Kläger erlitt bei einem Unfall mit einem entgegenkommenden Pkw beim Aufprall des Airbags eine 4 × 5 cm große Verbrennung 2. Grades am linken Unterarm, ferner eine HWS-Distorsion und eine Prellung des linken Schultergelenks. Die vorgerichtliche Zahlung von 500,00 € wertete das Gericht als angemessen, da es sich »im Ganzen im Vergleich zu sonst vorkommenden Körperverletzungen durch Verkehrsunfälle um leichtere Verletzungen« gehandelt habe. Das Gericht wies ausdrücklich darauf hin, dass angesichts des Klägervortrages, der nur allgemein eine »Verbrennungswunde 2. Grades« vorgetragen hatte, nur eine oberflächliche dermale Verbrennung (Grad 2a) unterstellt worden sei; eine tiefere dermale Verbrennung (Grad 2b) heile zwar nur günstigstenfalls ohne Narbenbildung ab, könne aber der Bemessung nicht zugrunde gelegt werden, da der Kläger zu Wundgestaltung und Heilungsverlauf keine Angaben gemacht habe.

E 1512 **AG Bruchsal, Urt. v. 27.07.2007 – 6 C 45/07, ZfS 2007, 569**

500,00 € (Vorstellung: 1.200,00 €)

HWS-Distorsion

Der Kläger erlitt bei einem Unfall eine HWS-Distorsion und einen Unfallschock; er musste 14 Tage lang Schmerzmittel einnehmen.

E 1513 **KG, Urt. v. 03.12.2009 – 12 U 232/08, NZV 2010, 624 = VRS 118 (2010), 321**

500,00 €

HWS-Schleudertrauma

Der Kläger erlitt ein leichtes HWS-Schleudertrauma bei einem Auffahrunfall. Er war 7 Tage voll und weitere 14 Tage zu 20 % arbeitsunfähig. Das Gericht hielt den vorgerichtlich gezahlten Betrag für ausreichend.

E 1514 **LG Essen, Urt. v. 28.10.2010 – 10 S 233/10, unveröffentlicht**

500,00 € (Vorstellung: 1.500,00 €)

HWS-Schleudertrauma – Prellungen

Die Klägerin erlitt bei einem Verkehrsunfall ein HWS-Schleudertrauma mit Wurzelirritation sowie eine Prellung der linken Schulter, des Brustkorbs und des Unterschenkels. Die Beschwerden waren nach 4 Monaten abgeklungen. Das Gericht hielt den vorgerichtlich gezahlten Betrag von 500,00 € für ausreichend.

AG Bergisch Gladbach, Urt. v. 24.05.2006 – 63 C 394/05, unveröffentlicht E 1515

550,00 € (Vorstellung: 750,00 €)

HWS-Schleudertrauma

Die Klägerin erlitt bei einem Unfall ein Schleudertrauma, welches das Gericht nach Zeugenaussagen über ihre Beschwerden nach dem Unfall, auch des behandelnden Arztes, als bewiesen erachtete. Sie war eine Woche krankgeschrieben und litt 14 Tage an Kopf- Nacken- und Rückenschmerzen, die im Verlauf der 2. Woche abnahmen. Bei der Bemessung stellte das Gericht darauf ab, dass es sich um ein Schleudertrauma 1. Grades handele, für das ein mittleres Schmerzensgeld der Spanne von 350,00 € – 750,00 € zuzusprechen sei.

OLG Saarbrücken, Urt. v. 08.06.2010 – 4 U 468/09-134, NJW-RR 2011, 178 = SP 2010, 393 E 1516

600,00 €

HWS-Distorsion – Erbrechen

Die 42 Jahre alte Klägerin erlitt bei einem Verkehrsunfall eine HWS-Distorsion; es kam zu Schmerzen im Bereich der Muskulatur der HWS, die bis in die rechte Schulter ausstrahlten. Die Beschwerden zogen sich über eine Woche hin, die Klägerin litt auch unter Übelkeit und Erbrechen.

AG Bühl, Urt. v. 04.12.2009 – 7 C 232/08, NZV 2010, 159 E 1517

650,00 € (Vorstellung: 1.500,00 €)

HWS-Distorsion

Der 36 Jahre alte, frühverrentete Kläger erlitt bei einem Unfall eine HWS-Distorsion, die zu Verspannungen führte. Kopfbewegungen waren mit Schmerzen verbunden. Er war 12 Tage krankgeschrieben und wurde während dieser Zeit ambulant behandelt.

LG Weiden, Urt. v. 19.09.2008 – 22 S 55/08, NZV 2009, 41 E 1518

700,00 € (Vorstellung: 700,00 €)

HWS-Verletzung 1. Grades

Die 18 Jahre alte Klägerin litt nach einem Auffahrunfall, an welchem sie als Beifahrerin des Vorderfahrzeuges beteiligt war, an einer röntgenologisch nachweisbaren Steilstellung der HWS mit einer deutlichen Knickbildung. Nach dem Unfall klagte sie über Kopfschmerzen, Übelkeit und Schwindel. Sie war 17 Tage arbeitsunfähig. Die Kammer verwies auf das jugendliche Alter der Klägerin und das Fehlen einer Vorschädigung, weswegen sie sogar eine Beweislastumkehr hinsichtlich der Kausalität des Unfallgeschehens für die Verletzungen annahm.

AG Magdeburg, Urt. v. 01.03.2004 – 115 C 37/04, SP 2004, 408 E 1519

750,00 €

HWS-Schleudertrauma

Das unfallbedingte HWS-Schleudertrauma führte zu einer Erwerbsminderung von 20 %. Die begleitenden Beeinträchtigungen lagen unterhalb der Bagatellgrenze.

E 1520 **LG Ravensburg, Urt. v. 12.10.2006 – 1 S 10/06, unveröffentlicht**

750,00 € (Vorstellung: 2.500,00 €)

HWS-Distorsion – Schulter- und Knieprellung

Die Klägerin erlitt bei einem Verkehrsunfall eine HWS-Distorsion sowie Prellungen der Schulter und des Kniegelenks. Sie hatte einen Tag nach dem Unfall Schmerzen im Bereich der HWS, der rechten Schulter und des rechten Kniegelenks und ging daher zum Arzt. Im Bereich der HWS waren Bewegungseinschränkungen vorhanden. Sie musste Schmerzmittel nehmen; im weiteren Verlauf kam es zu einem Kraftverlust und einer Gefühlsstörung der rechten Hand. Das Gericht wertete das Schmerzempfinden zwar als »ungewöhnlich lange Latenzzeit«, sah aber aufgrund der Atteste der behandelnden Ärzte den Nachweis einer Verletzung als geführt an.

E 1521 **LG Kassel, Urt. v. 01.11.2006 – 6 O 1706/04, unveröffentlicht**

750,00 € (Vorstellung: 750,00 €)

HWS-Distorsion

Der Kläger wurde bei einem Verkehrsunfall verletzt, als der Beklagte mit einem Lkw auf seinen Pkw auffuhr. Der Kläger erlitt eine HWS-Distorsion, die 6 Wochen Beschwerden und Arbeitsunfähigkeit verursachte.

E 1522 **LG Saarbrücken, Urt. v. 04.01.2008 – 13 A S 31/07, unveröffentlicht**

750,00 € (Vorstellung: 1.000,00 €)

HWS-Verletzung

Die Klägerin erlitt bei einem Frontalzusammenstoß eine HWS-Verletzung, die das Gericht als durch ärztliche Atteste hinreichend nachgewiesen sah. Es bestand einen Monat Arbeitsunfähigkeit, eine weitere Woche bestand eine MdE von 50 % und mehrere weitere Wochen noch 20 – 25 %. Die Klägerin musste sich sechsmal in ambulante Behandlung begeben.

E 1523 **OLG Saarbrücken, Urt. v. 11.03.2008 – 4 U 228/07, NJW-RR 2008, 1611**

750,00 € (1/4 Mitverschulden; Vorstellung: 1.000,00 €)

HWS-Distorsion – Prellungen

Die Klägerin erlitt bei einem Verkehrsunfall eine HWS-Distorsion, eine Steißbein- und Knieprellung sowie eine Prellmarke vom Gurt. Sie war 6 Wochen krankgeschrieben.

E 1524 **OLG Brandenburg, Urt. v. 20.11.2008 – 12 U 113/08, unveröffentlicht**

750,00 € (1/2 Mitverschulden)

HWS-Verletzung – Schulterverletzung

Der Kläger erlitt bei einem Verkehrsunfall Verletzungen an Schulter und HWS; er war 4 Wochen arbeitsunfähig und litt unter erheblichen Schmerzen.

OLG Celle, Urt. v. 16.12.2009 – 14 U 113/09, unveröffentlicht E 1525

750,00 € (Vorstellung: 2.000,00 €)

HWS-Distorsion – Schulterprellung

Der Kläger erlitt infolge eines Verkehrsunfalls eine HWS-Distorsion 1. Grades und eine Schulterprellung. Er war einen Monat krankgeschrieben.

LG Bonn, Urt. v. 17.10.2008 – 18 O 151/08, unveröffentlicht E 1526

800,00 € (3/4 Mitverschulden; Vorstellung: 1.000,00 €)

HWS-Zerrung 1. Grades – Prellungen

Die Klägerin erlitt bei einem Verkehrsunfall, bei welchem sie als Radfahrerin beteiligt war, eine HWS-Zerrung 1. Grades sowie Prellungen im Bereich des linken Knies, der rechten Schulter und des linken Beckens. Diese Verletzungen beeinträchtigten sie 3 Wochen lang erheblich. Das Gericht hielt das vorprozessual gezahlte Schmerzensgeld von 800,00 € für »bereits ausreichend bemessen«.

AG Gießen, Urt. v. 04.05.2004 – 44 C 2871/03, SP 2004, 336 E 1527

1.000,00 €

HWS-Distorsion – Bewegungsstörungen der Hand

Der Kläger, ein Student, erlitt bei einem Auffahrunfall eine HWS-Distorsion nebst Muskelverspannungen, Übelkeit und Kopfschmerzen sowie Bewegungsstörungen in der Hand. Er war deshalb für eine Woche studierunfähig und musste für die Dauer von 5 Monaten ärztlich behandelt werden.

OLG Frankfurt am Main, Urt. v. 18.05.2006 – 16 U 153/05, RRa 2006, 217 E 1528

1.000,00 € (Vorstellung: 1.000,00 €)

HWS-Schleudertrauma – Halsschnittwunde – Hüft- und Schulterprellung

Der Kläger hatte bei der Beklagten eine Pauschalreise nach Ägypten gebucht. Bei einem Ausflug fuhr der Reisebus mit überhöhter Geschwindigkeit und mit Standlicht auf einen stehenden LKW auf, wodurch der Kläger verletzt wurde.

Er erlitt eine 4 cm lange Schnittwunde am Hals, eine Prellung des rechten Schultergelenks sowie der rechten Hüfte und ein HWS-Schleudertrauma; er war eine Woche arbeitsunfähig.

OLG München, Urt. v. 15.09.2006 – 10 U 3622/99, r+s 2006, 474 E 1529

1.000,00 € (Vorstellung: 26.000,00 €)

HWS-Distorsion

Die 39 Jahre alte Klägerin erlitt bei einem Auffahrunfall eine HWS-Distorsion 1. Grades. Sie war 3 Monate arbeitsunfähig. Die Schmerzensgeldvorstellung beruhte auf nicht bewiesenen weiteren Schäden (u. a. Tinnitus und organisches Psychosyndrom).

E 1530 **AG Bonn, Urt. v. 14.03.2007 – 11 C 502/06, unveröffentlicht**

1.000,00 € (Vorstellung: 5.000,00 €)

HWS-Distorsion – Gehirnerschütterung – Prellungen

Der Kläger machte weiteres Schmerzensgeld nach einer Seitaufprallkollision geltend, bei welcher er eine HWS-Distorsion, eine Gehirnerschütterung und einige Prellungen erlitt. Er war 3 Wochen krankgeschrieben. Das Gericht hielt die vorprozessuale Zahlung von 1.800,00 € für eine Überzahlung und stellte ausdrücklich klar, ein Schmerzensgeld von nur 1.000,00 € sei fallangemessen.

E 1531 **LG Wiesbaden, Urt. v. 21.03.2007 – 10 O 6/05, SP 2008, 155**

1.000,00 € (3/4 Mitverschulden)

HWS-Verletzung – Schmerzen

Die Widerklägerin erlitt eine HWS-Verletzung mit Kopf- und Nackenschmerzen; es wurde eine Schmerzindikation erforderlich. Sie war 18 Tage arbeitsunfähig.

E 1532 **AG Rüdesheim, Urt. v. 21.05.2008 – 3 C 394/05, SP 2008, 395**

1.000,00 € (Vorstellung: 1.000,00 €)

HWS-Verletzung

Die Klägerin erlitt bei einem Unfall eine HWS-Verletzung, die starke Schmerzen im gesamten Bereich von der HWS bis zur LWS hervorrief. Sie musste Schmerzmittel einnehmen und wurde einen Monat lang von ihrem Partner massiert, um die Beschwerden zu lindern. Es bestanden Druckschmerzhaftigkeiten, Drehbewegungen in alle Seiten waren kaum durchführbar, da äußerst schmerzhaft. Sie litt noch 10 Monate nach dem Unfall vereinzelt an Beschwerden. Das Gericht bejahte nach der Zeugenvernehmung u.a. des behandelnden Arztes die Kausalität der Beschwerden und auch das Vorliegen einer körperlichen Verletzung.

E 1533 **KG, Beschl. v. 09.10.2008 – 12 U 173/08, NJW 2009, 3040 = NZV 2009, 507 = VRS 116 (2009), 181**

1.000,00 € (Vorstellung: 2.000,00 €)

HWS-Distorsion – BWS-Kontusion – Knieverletzung

Der Kläger wurde als Motorradfahrer bei einem Verkehrsunfall verletzt. Er erlitt eine HWS-Distorsion mit Beschwerden über 2 Wochen, ferner eine Kontusion der Brust- und Lendenwirbelsäule sowie eine Knieverletzung, die 4 Wochen lang Beschwerden verursachte. Er war 16 Tage arbeitsunfähig. Bei der Bemessung verwies der Senat darauf, dass »regelmäßig« bei HWS-Distorsionen 1. Grades ein Schmerzensgeld von 1.000,00 €/Monat Arbeitsunfähigkeit gerechtfertigt sei.

E 1534 **LG Bochum, Urt. v. 02.10.2009 – 5 S 63/07, unveröffentlicht**

1.000,00 € (Vorstellung: 15.000,00 €)

HWS-Distorsion

Der Kläger erlitt bei einem Auffahrunfall eine HWS-Verletzung. Das Gericht hielt den hierauf vorprozessual gezahlten Betrag von 1.000,00 € für ausreichend; die Vorstellung beruhte auf der nicht bewiesenen Behauptung von Folge- und Dauerschäden.

LG Detmold, Urt. v. 20.10.2010 – 12 O 172/09, unveröffentlicht E 1535

1.000,00 € (3/10 Mitverschulden; Vorstellung: 2.000,00 €)

HWS-Schleudertrauma – multiple Prellungen

Der Kläger erlitt bei einem Verkehrsunfall ein HWS-Schleudertrauma und multiple Prellungen. Er hatte danach mehrere Wochen lang erhebliche Schmerzen.

LG Dortmund, Urt. v. 06.11.2012 – 4 S 8/11, ZfS 2013, 142 E 1536

1.000,00 €

HWS-Distorsion

Der Kläger litt drei Wochen unter den Folgen einer HWS-Distorsion in Form von Kopf-, Nacken- und Schulterschmerzen, Bewegungseinschränkungen sowie Schwindel. Er war 6 Wochen arbeitsunfähig.

LG Wiesbaden, Urt. v. 21.03.2007 – 10 O 6/05, SP 2008, 155 E 1537

1.100,00 € (1/4 Mitverschulden; Vorstellung: 1.500,00 €)

HWS-Distorsion 3. Grades – Prellungen

Der Kläger erlitt eine HWS-Distorsion 3. Grades, Kniegelenksprellungen und Stauchungen des Fersenbeines. Er war 20 Tage arbeitsunfähig und wurde neurologisch behandelt.

AG Fritzlar, Urt. v. 18.03.2013 – 8 C 385/11 (13), unveröffentlicht E 1538

1.100,00 € (Vorstellung: 2.500,00 €)

HWS-Distorsion

Die Klägerin erlitt bei einem Unfall eine HWS-Distorsion; sie war danach in physiotherapeutischer Behandlung, während derer Massagen und Fangopackungen erfolgten. Sie neigte konstitutionell zu Halsproblemen. Unfallbedingte Beschwerden bestanden sechs Wochen, diese wären jedoch nach Aussage eines Gutachters ohne die Vorerkrankungen auf zwei Wochen beschränkt gewesen. Entsprechend reduzierte das Gericht das Schmerzensgeld.

OLG Celle, Urt. v. 09.09.2004 – 14 U 32/04, NJW-RR 2004, 1673 = SP 2004, 371 E 1539

1.200,00 € (Vorstellung: 1.200,00 €)

HWS-Verletzung

Bei einem Verkehrsunfall erlitt der Kläger eine HWS-Verletzung 1. – 2. Grades, die zu einer 1-monatigen Arbeitsunfähigkeit führte und die durch Vorlage ärztlicher Atteste als nachgewiesen angesehen wurde.

KG, Urt. v. 04.12.2006 – 12 U 119/05, MDR 2007, 887 = VRS 112 (2007), 323 E 1540

1.200,00 €

HWS-Schleudertrauma – Prellungen – Schürfwunden

Nach einem Verkehrsunfall erlitt der Kläger ein HWS-Schleudertrauma 1. Grades sowie schmerzhafte Prellungen und Schürfwunden.

E 1541 **AG Ludwigsburg, Urt. v. 24.04.2009 – 10 C 151/09, VRR 2009, 282**

1.200,00 € (Vorstellung: 1.200,00 €)

HWS-Verletzung 1. Grades

Die Klägerin, eine junge Mutter, die den Haushalt überwiegend alleine erledigen musste und sich daneben noch um die zwei kleinen Kinder zu kümmern hatte, erlitt bei einem Verkehrsunfall eine HWS-Verletzung 1. Grades. Zum Zeitpunkt des Unfallgeschehens war das jüngste Kind gerade einmal 11 Monate alt. Die Klägerin war auf starke Schmerzmittel angewiesen, um ihre Mutterpflichten einigermaßen beschwerdefrei wahrnehmen zu können. Sie hatte in der ersten Woche nach dem Unfallgeschehen starke Schmerzen, die sie nur durch Einnahme von Schmerztabletten ertragen konnte. Danach hatte sie noch für weitere 3 Wochen unfallbedingte Schmerzen.

E 1542 **AG Güstrow, Urt. v. 14.05.2004 – 60 C 1228/02, unveröffentlicht**

1.250,00 € (Vorstellung: 3.000,00 €)

HWS-Distorsion

Die Klägerin, deren HWS durch einen Reitunfall vorgeschädigt war, erlitt bei einem Auffahrunfall eine HWS-Distorsion mit zeitweiser Bewegungseinschränkung. Das Gericht nahm angesichts einer sachverständigenseits ermittelten Fahrzeugbeschleunigung von 4,0 – 4,7 g (Kollisionsgeschwindigkeit Klägerin ca. 10 km/h, Beklagte ca. 12 – 17 km/h) an, dass eine HWS-Distorsion »nicht von vorneherein ausgeschlossen werden« könne. Der kurze, aber heftige Anstoß und die Aussagen der beteiligten Ärzte belegten die Primärverletzung. Bei der Bemessung wurden eine Erwerbsunfähigkeit von 14 Tagen und Beschwerden von max. 1/2 Jahr (Massagen, 20 manuelle Therapien) berücksichtigt.

E 1543 **OLG Frankfurt am Main, Urt. v. 28.02.2008 – 4 U 238/06, ZfS 2008, 264**

1.250,00 €

HWS-Verletzung – Schwindel

Die Klägerin erlitt bei einem Auffahrunfall eine HWS-Distorsion. 6 Wochen später traten Schwankschwindel, eine Geräuschempfindlichkeit und ein »Glockengefühl« im Kopf auf; es kam zu einer Vielzahl von ärztlichen Behandlungen in den folgenden 7 Monaten.

E 1544 **LG Aachen, Urt. v. 13.11.2009 – 6 S 122/09, SP 2010, 113**

1.250,00 €

HWS-Syndrom – Prellungen an Schädel, Ellbogen und Oberschenkel

Die Klägerin erlitt bei einem Verkehrsunfall eine Schädelprellung, eine Prellung des linken Ellbogens und des Oberschenkels sowie ein HWS-Syndrom. Sie war 4 Wochen arbeitsunfähig und musste insgesamt elf Massage- und Krankengymnastiktermine wahrnehmen.

E 1545 **OLG Saarbrücken, Urt. v. 15.03.2005 – 4 U 102/04, MDR 2005, 1287**

1.500,00 € (1/4 Mitverschulden; Vorstellung: 2.000,00 €)

HWS-Distorsion – Claviculafraktur – Thoraxprellung – Oberschenkelprellung

Der Kläger erlitt als Motorradfahrer einen Unfall und zog sich dabei eine HWS-Distorsion 1. Grades, eine Claviculafraktur, eine Thoraxprellung und eine Oberschenkelprellung zu. Er litt etwa 6 Wochen unter Schmerzen und Bewegungsbeeinträchtigungen im Bereich der

Schulter. Bei der Bemessung des Schmerzensgeldes stand die Fraktur des Schlüsselbeines im Vordergrund.

OLG Düsseldorf, Urt. v. 29.08.2005 – I-1 U 11/05, unveröffentlicht E 1546

1.500,00 € (Vorstellung: 1.250,00 €)

HWS-Distorsion

Der 44 Jahre alte Kläger, ein Fahrlehrer, war bei einem Auffahrunfall beteiligt. Wegen Beschwerden an der HWS war er 1 1/2 Monate arbeitsunfähig und wurde mit Ibuprofen, einer Schanzschen Krawatte und einer längeren physiotherapeutischen Maßnahme (12 Sitzungen mit Krankengymnastik, Massagen und Rotlichtbestrahlungen) behandelt. Nach Einholung eines interdisziplinären Gutachtens hatte das LG die Klage abgewiesen, da eine kollisionsbedingte Geschwindigkeitsänderung von 8 – 11 km/h vorgelegen habe, der Kläger lediglich ärztliche Atteste beigebracht und eine Röntgenuntersuchung am Nachmittag des Unfalltages keine Verletzungsanzeichen gezeigt habe.

Der Senat stellte klar, dass die bei den Erstuntersuchungen des Klägers erhobenen medizinischen Befunde »nicht einfach als nicht objektivierbare Angaben marginalisiert« werden dürften. Dem Kläger, der keinerlei orthopädische Vorbehandlung aufwies, könne nicht unterstellt werden, er habe die durch ihn angegebenen vielfältigen Beschwerden simuliert und die vorgelegten Unterlagen beschränkten sich auf das, was er ggü. den untersuchenden Ärzten fälschlich als Beschwerdesymptomatik angegeben habe. Auch dass kein röntgenologischer Befund vorliege, sei gerade ein typisches Kennzeichen einer Distorsionsschädigung 1. Grades. Vielmehr ergebe sich aus dem ärztlichen Erstbefund, dass sich ein Druckschmerz mit schmerzhafter Bewegungseinschränkung gezeigt habe. Ein Facharzt könne hierbei unterscheiden, ob es sich lediglich um subjektive Angaben des Untersuchten handele oder um eine in der klinischen Untersuchung feststellbare Befundkonstellation eines HWS-Schleudertraumas. Auch die weiteren Befunde (einen Tag nach dem Unfall: endgradige Bewegungsschmerzen beim Beugen und Strecken der HWS; Klopfschmerz über dem Hinterhaupt) seien typische Begleiterscheinungen einer Distorsionsschädigung.

Dass – wie der Sachverständige angeführt hatte, um eine Unfallursächlichkeit in seinem Gutachten abzulehnen – der Beschwerdeverlauf »untypisch« gewesen war, weil die Beschwerden im späteren Verlauf zunahmen, führte der Senat auf stille Vorschäden (altersbedingter degenerativer Verschleiß) zurück; dies entkräfte nicht den Umstand, dass der vorher beschwerdefreie Kläger in unmittelbarem Anschluss an den Unfall an den dargestellten Beschwerden gelitten habe und diese daher unfallursächlich gewesen seien. Maßgebend sei nicht die Zeit, die ein vor dem Unfall gesunder Mensch benötigt hätte, um wieder gesund zu werden; es sei vielmehr der Zustand vor und nach dem Unfall zu vergleichen und bei Abweichungen zu fragen, ob diese beim Wegdenken des Unfalls entfielen.

Die Bemessung berücksichtigte die nur leichtgradige HWS-Distorsion, aber auch den langen und behandlungsintensiven Genesungsverlauf.

LG Augsburg, Urt. v. 29.01.2008 – 4 S 2240/07, unveröffentlicht E 1547

1.500,00 € (Vorstellung: 2.000,00 €)

HWS-Distorsion

Die Klägerin erlitt eine HWS-Distorsion, die das Gericht aufgrund der Vernehmung der behandelnden Ärzte und des Bestehens von Vorschäden, die eine Verletzung auch nach niedriger kollisionsbedingter Geschwindigkeitsänderung möglich machten, als bewiesen ansah. Sie litt ein halbes Jahr unter den Folgen, insb. den Schmerzen, und musste langwierige Heilbehandlungsmaßnahmen (31 Termine zur physikalischen Behandlung) über sich ergehen lassen.

E 1548 **LG Ravensburg, Urt. v. 27.03.2008 – 1 S 216/07, SP 2008, 326**

1.500,00 € (Vorstellung: 1.500,00 €)

HWS-Verletzung

Der Kläger litt nach einem Auffahrunfall während der Weiterfahrt nach Hause schon an Kopfschmerzen. Später kamen Schmerzen im Nackenbereich, Übelkeit und stechende Schmerzen bei bestimmten Bewegungen mit dem Kopf hinzu.

Der Kläger hatte über einen erheblichen Zeitraum von 3 Monaten erhebliche Einschränkungen zu ertragen. Insb. in den ersten Tagen waren aufgrund der starken Verspannungen ein entspanntes Liegen und ein erholsamer Schlaf nicht möglich. Der Kläger musste Schmerzmittel einnehmen und war aufgrund der Schmerzen oftmals nicht imstande, selbst einfache Tätigkeiten schmerzfrei auszuführen. Er war deswegen insgesamt in seiner Lebensführung über einen langen Zeitraum erheblich eingeschränkt.

E 1549 **LG Köln, Urt. v. 15.04.2008 – 8 O 270/06, DAR 2008, 388**

1.500,00 € (Vorstellung: 3.000,00 €)

HWS-Syndrom – Brust- und Wirbelsäulenprellungen – Schürfwunden an den Beinen

Der 37 Jahre alte Kläger erlitt bei einem Verkehrsunfall eine HWS-Verletzung sowie Prellungen an der BWS und der Hüfte sowie Schürfwunden an den Knien und Unterschenkeln. Er hatte 6 Wochen lang Beschwerden, die aber nur die Einnahme von Schmerztabletten erforderlich machten. Der Vorstellung lag ein nicht bewiesener Folgeschaden (Bandscheibenvorfall) zugrunde.

E 1550 **AG Essen, Urt. v. 24.09.2008 – 29 C 161/08, unveröffentlicht**

1.500,00 € (Vorstellung: 2.500,00 €)

HWS-Distorsion – Prellung, Schürfung am Knie

Die Klägerin erlitt nach einem Unfall eine HWS-Distorsion, eine Knieprellung und eine Schürfwunde am Knie. Sie war siebenmal bei ihrem Arzt; es wurden 30 krankengymnastische Behandlungen verschrieben, außerdem wurde eine Medikation mit Ibuprofen angeraten. Nachdem sie zunächst noch unter Kopfschmerzen gelitten hatte, bestand 4 Monate nach dem Unfall noch ein Spannungsgefühl im Nacken am Abend.

E 1551 **OLG Düsseldorf, Urt. v. 30.11.2010 – 1 U 99/09, unveröffentlicht**

1.500,00 €

HWS-Distorsion – Schulterverspannung

Die Klägerin erlitt bei einem Verkehrsunfall Verletzungen am linken Oberarm und der linken Schulter, nämlich eine muskuläre Verspannung der Oberarmmuskulatur mit Bewegungseinschränkungen, sowie eine HWS-Distorsion. Die Ausheilungszeit lag bei 6-8 Wochen.

E 1552 **AG Erkelenz, Urt. v. 10.03.2009 – 6 C 93/07, SP 2009, 221**

1.700,00 € (Vorstellung: 1.700,00 €)

HWS-Zerrung

Die Klägerin erlitt bei einer Seitaufprallkollision eine HWS-Zerrung, die zu Schwindel, Kopfschmerzen und Dysasthesien geführt hat. Sie war einen Monat arbeitsunfähig und litt unter Schlafstörungen und Angstzuständen, die noch heute in bestimmten Verkehrssituationen auftreten. Erhöhend wurde berücksichtigt, dass die Versicherung 2 Jahre jede Schmerzensgeldzahlung verweigerte.

OLG München, Urt. v. 14.11.2008 – 10 U 3865/08, unveröffentlicht E 1553

1.800,00 € (Vorstellung: 1.800,00 €)

HWS-Distorsion – Prellungen

Der Kläger erlitt bei einem Verkehrsunfall eine HWS-Distorsion sowie Prellungen von Thorax und Unterarm. Er war 2 Wochen arbeitsunfähig.

KG, Urt. v. 15.03.2004 – 12 U 103/01, VersR 2005, 372 = NZV 2005, 311 E 1554

2.000,00 € (Vorstellung: 3.500,00 €)

HWS-Verspannung – Ellenbogenprellung – Unfallschock mit psychischen Folgen

Die Klägerin erlitt eine Ellenbogenprellung, als sie zwischen ihrem in 2. Reihe geparkten Auto und einem langsam vorbeifahrenden Polizeiwagen eingequetscht wurde. Dieses Berührungsgeschehen löste eine psychische Störung aus, aufgrund derer sie für ein Jahr an Verspannungen der HWS mit starkem Dauerkopfschmerz, sporadisch auftretendem Schwindel und Nackenschmerzen sowie Schmerzen im Brustbereich litt. Bei der Bemessung berücksichtigte das Gericht den langen Zeitraum, während dessen die Klägerin um Schmerzensgeld kämpfen musste; auch die Genugtuungsfunktion sei aufgrund des grob fahrlässigen Verhaltens nicht zu vernachlässigen. Dass der Unfall lediglich aufgrund einer paranoid-depressiven Persönlichkeitsstruktur (Verfolgungswahn) zu einer »narzisstischen Kränkung mit ichbezogener Überbewertung« geführt hatte, stelle noch keine unverhältnismäßige Reaktion auf das Unfallgeschehen dar.

BGH, Urt. v. 16.03.2004 – VI ZR 138/03, VersR 2004, 874 = NJW 2004, 1945 = VRS 106 (2004), 402 E 1555

2.000,00 € (Vorstellung: 4.000,00 €)

HWS-Schleudertrauma

Der Kläger erlitt bei einem Verkehrsunfall ein HWS-Schleudertrauma mit einer Veränderung der HWS. Er war 6 Wochen arbeitsunfähig.

Die Zurechnung einer nach einem Zweitunfall aufgetretenen Verschlimmerung seines Leidens wurde abgelehnt, da der Beitrag des Erstunfalls lediglich darin bestand, dass die anlagebedingte Neigung des Klägers zu psychischer Fehlverarbeitung geringfügig verstärkt wurde. Dies genüge nicht, um eine Haftung des Erstschädigers für die Folgen des Zweitunfalls zu begründen.

OLG Düsseldorf, Urt. v. 29.03.2004 – I-1 U 176/03, unveröffentlicht E 1556

2.000,00 € (Vorstellung: 3.800,00 €)

HWS-Distorsion

Die Klägerin erlitt bei einer Kollision einen Distorsionsschaden 1. Grades der HWS, der zu einer leichten Überstreckung der HWS und zu einer langanhaltenden gesundheitlichen Beeinträchtigung führte. Es waren über 40 krankengymnastische und 30 ärztliche Behandlungen nötig, als Dauerschaden verblieben Kopf- und Nackenschmerzen, Schwindel und Zittererscheinungen im rechten Arm und Schlafstörungen. Die Differenzgeschwindigkeit betrug 9 – 13 km/h und war nach Ansicht des Senats potenziell geeignet, jedenfalls eine leichte Distorsionsschädigung der HWS herbeizuführen. Die besondere Schadensanfälligkeit aufgrund degenerativer Vorschäden, die auch die Länge des Heilungsverlaufs beeinflusste, führte zur Reduzierung des Schmerzensgeldes.

E 1557 **AG Idar-Oberstein, Urt. v. 08.07.2004 – 3 C 155/01, SP 2005, 121**

2.000,00 €

HWS-/BWS-Distorsion

Die Klägerin, die an der HWS bereits vorgeschädigt war, erlitt durch einen Verkehrsunfall eine Distorsion von Hals- und Brustwirbelsäule, die nach einigen Wochen wieder abklang. Durch die Vorschädigung sind aber stärkere und länger andauernde Schmerzen als bei einem Gesunden entstanden (4 Monate Beschwerden, einen Monat stärkere, danach abklingend); die kontraindizierte Verordnung einer Schanzschen Krawatte wirkte ungünstig auf den Heilungsverlauf und führte zu Kribbelmissempfindungen an Händen und Beinen sowie Kopf- und Bauchschmerzen. Das Gericht rechnete diese falsche Therapie dem Schädiger zu, da es sich um keinen ungewöhnlichen Kausalverlauf gehandelt habe.[96] Bei der Bemessung wurden die stärkeren Schmerzen und der durch die falsche Behandlung verlängerte Heilungsverlauf berücksichtigt.

E 1558 **OLG Hamm, Urt. v. 10.10.2005 – 13 U 52/05, VersR 2006, 1281 = NJW-RR 2006, 168**

2.000,00 € (Vorstellung: 6.000,00 €)

HWS-Distorsion – LWS-Zerrung – Schulter- und Schienbeinprellung – Beckenverwringung

Nach einem Verkehrsunfall, bei dem die Klägerin, die bei der Bundeswehr tätig war, eine HWS-Distorsion, eine Schulterprellung links, eine Schienbeinprellung rechts, eine Zerrung der LWS und eine Beckenverwringung erlitt, war sie 6 Wochen dienstunfähig. Einen weiteren Monat konnte sie nur halbschichtig eingesetzt werden.

E 1559 **LG Tübingen, Urt. v. 31.08.2006 – 1 O 195/05, SP 2006, 419**

2.000,00 €

HWS-Distorsion 1. Grades – BWS-Distorsion – Brustwirbelquetschung – Rippenprellung

Die Klägerin erlitt bei einem Verkehrsunfall eine HWS-Distorsion 1. Grades mit Nackenmuskelzerrung, eine BWS-Distorsion, eine Rippenprellung und eine Brustwirbelquetschung. Die Verletzungen führten zu 100 % MdE für eine Woche, 20 % MdE für weitere 2 Wochen und 10 % MdE für einen Monat.

---

96 Generell werden Fehler bei der nachfolgenden ärztlichen Behandlung noch demjenigen zugerechnet, der die Verletzung verursacht hat, vgl. BGH, Urt. v. 28.01.1986 – VI ZR 83/85, NJW 1986, 2367 (2368); BGH, Urt. v. 20.09.1988 – VI ZR 37/88, NJW 1989, 767 (768); OLG Hamm, Urt. v. 01.09.1994 – 6 U 71/94, NJW 1996, 789 (790). Ausnahmsweise entfällt aber der Zurechnungszusammenhang, wenn ein ungewöhnlich grobes Fehlverhalten (regelmäßig bei schweren Kunstfehlern) vorliegt, vgl. BGH, Urt. v. 20.09.1988 – VI ZR 37/88, NJW 1989, 767 (768); BGH, Urt. v. 06.05.2003 – VI ZR 259/02, NJW 2003, 2311 (2314); OLG Braunschweig, Urt. v. 11.03.2004 – I U 77/03, SVR 2004, 305.

OLG Koblenz, Urt. v. 06.11.2006 – 12 U 342/02, unveröffentlicht E 1560

2.000,00 €

HWS-Distorsion

Die 34 Jahre alte Klägerin erlitt bei einem Verkehrsunfall eine Distorsion der HWS; sie war 6 Wochen krankgeschrieben und trug 4 Wochen eine Schanzsche Krawatte.

OLG Brandenburg, Beschl. v. 14.07.2008 – 12 W 15/07, unveröffentlicht E 1561

2.000,00 €

HWS-Distorsion – Schädelhirntrauma – posttraumatische Belastungsstörung

Der Antragsteller erlitt bei einem Verkehrsunfall ein Schädelhirntrauma, eine HWS-Distorsion und eine LWS-Kontusion, ferner Prellungen an der linken Schulter, am Brustkorb, an der linken Hüfte, am linken Oberschenkel sowie am rechten Fußgelenk.

Er litt 2 – 3 Monate unter Schmerzen und Bewegungseinschränkungen; nachfolgend litt er unter Albträumen, Einschränkungen der Fahrtüchtigkeit, Agoraphobie und Dysthymie, die zu einer 6-wöchigen stationären Behandlung geführt hatten.

OLG München, Urt. v. 26.10.2012 – 10 U 4531/11, unveröffentlicht E 1562

2.000,00 €

HWS-Distorsion – Prellungen

Die Klägerin erlitt durch einen Unfall eine HWS-Distorsion, Prellungen an Kinn, Thorax und Unterschenkel, eine Schürfwunde an der linken Hand sowie eine Gefühlsstörung im Kinn-Wangenbereich. Die Verletzungen heilten nach drei Monaten folgenlos aus.

OLG Brandenburg, Urt. v. 02.04.2009 – 12 U 214/08, VRS 117 (2009), 340 E 1563

2.400,00 € (1/5 Mitverschulden; Vorstellung: 7.500,00 €)

HWS-Distorsion – posttraumatische Belastungsstörung

Die Klägerin erlitt bei einem Verkehrsunfall eine Distorsion der HWS; hierdurch traten akute Schmerzen im Nackenbereich und im Bereich der LWS auf, ferner erhebliche Schmerzen in der LWS nach längeren Belastungen und eine eingeschränkte Beweglichkeit. Sie war 22 Tage arbeitsunfähig. Nach dem Unfall litt sie an innerer Unruhe, nächtlichen Schweißausbrüchen, Alpträumen, Angstattacken und Schlafstörungen, wegen derer die Klägerin mittlerweile in psychologischer Behandlung ist.

LG Kassel, Urt. v. 16.08.2006 – 6 O 333/06, unveröffentlicht E 1564

2.435,00 € (Vorstellung: 3.500,00 €)

HWS-Distorsion – Zerrung Oberschenkel

Die Klägerin wurde als Beifahrerin eines Pkw verletzt. Sie erlitt eine HWS-Distorsion und eine schmerzhafte Zerrung eines Oberschenkels. Als Folge der Ruhigstellung kam es zu einer Oberschenkelthrombose. Die Klägerin musste markumarisiert werden. Sie war 6 Monate in ärztlicher Behandlung und litt 2 Monate unter Schmerzen.

E 1565 **OLG München, Urt. v. 14.07.2006 – 10 U 2623/05, unveröffentlicht**

2.500,00 €

HWS-Distorsion – Gleichgewichtsstörungen

Die Klägerin erlitt bei einem Verkehrsunfall eine HWS-Distorsion 1. Grades. In der Folge kam es zu Gleichgewichtsstörungen. Sie war 4 Wochen zu 100 %, in den anschließenden 8 Wochen noch zu 40 % in der Erwerbstätigkeit gemindert.

E 1566 **KG, Urt. v. 03.09.2007 – 22 U 196/06, VersR 2007, 1708**

2.500,00 €

HWS-Distorsion 1. Grades – Begleitverletzungen

Die Klägerin erlitt bei einem Unfall eine HWS-Distorsion 1. Grades. Weitere, vom Gericht als »geringfügiger« bezeichnete Verletzungen waren eine Beckenprellung, eine Platzwunde auf dem Handrücken und eine Schürfwunde am linken Bein, die folgenlos ausheilten. Sie war 10 Wochen erwerbsunfähig, danach bestand ein Jahr eine MdE von 20 %. Der Senat bezifferte das Schmerzensgeld mit 1.000,00 € pro Monat Erwerbsunfähigkeit und errechnete so 2.500,00 €.

E 1567 **LG Traunstein, Urt. v. 20.10.2008 – 7 O 2602/06, SP 2009, 13**

2.500,00 € (Vorstellung: 5.500,00 €)

HWS-Verletzung 1. – 2. Grades

Die Klägerin erlitt bei einem Auffahrunfall eins HWS-Verletzung 1. – 2. Grades. Die unfallbedingten Verletzungen waren nach spätestens 3 Monaten ausgeheilt; nach ca. 6 Wochen war der unfallbedingte Beschwerdeanteil an ihren Gesamtbeschwerden (Vorschäden bestanden) nur noch 50 % und nahm im Laufe der Zeit immer weiter ab. Zudem war die Klägerin nicht während des gesamten Zeitraums völlig arbeitsunfähig.

E 1568 **OLG Saarbrücken, Urt. v. 21.10.2008 – 4 U 454/07, OLGR 2009, 126**

2.500,00 € (1/2 Mitverschulden; Vorstellung: 25.000,00 €)

HWS-Schleudertrauma – Prellungen – psychische Folgen

Die Klägerin wurde bei einem Verkehrsunfall verletzt und erlitt hierbei ein Schleudertrauma, Prellungen und Distorsionen im Bereich der unteren LWS, des Gesäßes und des Unterarms. Diese Verletzungen waren nach 4 Wochen ausgeheilt. In der Folge litt sie ein halbes Jahr an Kopfschmerzen, Schwindel und Übelkeit sowie einer generellen Antriebsschwäche und Anpassungsstörung (»der Unfall wurde zum Zentrum ihres Denkens«), die allerdings ihre Ursache auch in einer depressiven Vorerkrankung hatte.

Der Vorstellung lagen weitere psychische Beeinträchtigungen zugrunde, deren Unfallursächlichkeit jedoch nicht bewiesen werden konnte.

E 1569 **AG Erkelenz, Urt. v. 10.03.2009 – 6 C 93/07, SP 2009, 221**

2.500,00 € (Vorstellung: 2.500,00 €)

HWS-Schleudertrauma – BWS-Distorsion – Schädelprellung

Der Kläger erlitt bei einer Seitaufprallkollision ein HWS-Schleudertrauma, eine Distorsion der Brustwirbelsäule und eine schmerzhafte Schädelprellung. Aus Sorge um seinen gerade angetretenen Arbeitsplatz war er nur eine Woche krankgeschrieben und ging danach trotz

Schmerzen seiner Arbeit als Müllmann wieder nach. Er konnte nur unter Schmerzen laufen. Erhöhend wurde berücksichtigt, dass die Versicherung 2 Jahre jede Schmerzensgeldzahlung verweigerte.

OLG Düsseldorf, Urt. v. 28.12.2005 – I-1 U 149/05, unveröffentlicht E 1570

3.000,00 €

HWS-Distorsion – Prellungen der LWS – Prellungen der BWS

Der Kläger wurde bei einem Auffahrunfall verletzt; er erlitt eine HWS-Distorsion sowie Prellungen der Lenden- und der Brustwirbelsäule. Er litt 4 Monate lang unter teilweise starken Schmerzen sowie einer reaktiven depressiven Angststörung.

LG Köln, Urt. v. 13.02.2007 – 2 O 65/06, unveröffentlicht E 1571

3.000,00 € (Vorstellung: 3.000,00 €)

HWS-Distorsion – multiple Prellungen

Die Klägerin erlitt bei einem Verkehrsunfall eine HWS-Distorsion und multiple Prellungen. Sie musste sich einer physiotherapeutischen Behandlung unterziehen, die anschließend noch über 6 Monate in einem Fitnessstudio fortgesetzt wurde. Mehrfache ärztliche Untersuchungen und Kontrollen waren nötig; die Klägerin leidet immer noch zeitweise unter Belastungsschmerzen im rechten Arm und muss mehrfach wöchentlich physiotherapeutische Übungen durchführen, um nicht unter unfallbedingten Schmerzen im Rücken- und Nackenbereich zu leiden.

Schmerzensgeld erhöhend berücksichtigte das Gericht das erhebliche Verschulden des Unfallgegners (Unfallflucht und erhebliche Alkoholisierung) sowie das zögerliche Regulierungsverhalten der Versicherung.

OLG Düsseldorf, Urt. v. 30.06.2009 – 1 U 161/08, unveröffentlicht E 1572

3.000,00 € (Vorstellung: 5.000,00 €)

HWS-Distorsion – Nervwurzelirritation

Der Kläger erlitt bei einem Verkehrsunfall eine Distorsionsschädigung der Halswirbelsäule mit einer leichten Irritation der Nervenwurzeln. Begleiterscheinungen waren Kopfschmerzen, die sich aber gebessert haben und derzeit nur bei Überbeanspruchungssituationen auftreten.

KG, Beschl. v. 21.06.2010 – 12 U 20/10, SP 2011, 10 E 1573

3.000,00 € (Vorstellung: 13.000,00 €)

HWS-Distorsion – psychische Beeinträchtigungen

Der Kläger erlitt bei einem Verkehrsunfall eine leichte Distorsion der Halswirbelsäule (verbunden mit Kopfschmerzen, Schwindel und Bewegungseinschränkungen). Er war 2 – 2 1/2 Monate arbeitsunfähig; danach bestand noch 2 Monate eine MdE von 20 % sowie weitere 2 Monate 10 % MdE. Infolge der Prellung litt er unter linksseitigen Thoraxbeschwerden, die nach 2 – 3 Wochen folgenlos ausheilen. Unfallbedingt zeigte er eine »posttraumatische Belastungsreaktion«, die zeitlich begrenzt abgeklungen war.

E 1574 **OLG Saarbrücken, Urt. v. 28.02.2013 – 4 U 587/10, NJW-Spezial 2013, 299**

3.000,00 € (Vorstellung: 5.000,00 €)

HWS-Schleudertrauma – Folgebeschwerden

Der 39 Jahre alte Kläger erlitt bei einem Unfall ein HWS-Schleudertrauma sowie Prellungen der BWS und LWS. Er litt unter Nackenverspannungen, Kopfschmerzen und ziehenden Schmerzen im Bereich der Halswirbelsäule, die in den Kopf ausstrahlten. Es kam zu Beeinträchtigungen bei Lesen, Schreiben und ähnlichen Tätigkeiten.

Der Kläger war drei Wochen in stationärer Behandlung, an welche sich 30 ambulante Termine anschlossen. Hierbei waren unangenehme Infiltrationstherapien erforderlich. Er litt 10 Monate unter der Verletzung.

E 1575 **LG Dortmund, Urt. v. 14.10.2011 – 21 O 445/05, unveröffentlicht**

3.500,00 € (Vorstellung: 3.000,00 €)

HWS-Distorsion – Schmerzen an HWS und Nacken

Der Kläger erlitt bei einem Verkehrsunfall eine HWS-Verletzung. Er litt insgesamt ein Jahr nach dem Unfall an deutlichen Schmerzempfindungen und Problemen im Bereich der Halswirbelsäule, des Nackens und der Schulter. Seit dem Unfall ist er in fortdauernder ärztlicher und krankengymnastischer Behandlung. Bei der Bemessung wurde berücksichtigt, dass eine vorbestehende HWS-Verschleißerkrankung so stark war, dass die unfallbedingte Verletzung ohne diese in einem überschaubaren Zeitraum folgenlos ausgeheilt wäre.

E 1576 **OLG Celle, Urt. v. 08.07.2004 – 14 U 258/03, SP 2005, 159**

4.000,00 €

HWS-Distorsion – Schulterprellung – Schädelprellung

Der Kläger erlitt bei einem Verkehrsunfall eine mittelschwere Distorsion der HWS sowie Prellungen von Schädel und linker Schulter. Die HWS-Distorsion hat sich in »außergewöhnlich langfristiger« Form manifestiert und zu einer zeitaufwendigen krankengymnastischen Therapie geführt. 3 Monate war der Kläger arbeitsunfähig, danach ein Jahr nur eingeschränkt erwerbsfähig. Das Gericht erhöhte das Schmerzensgeld, welches das LG noch mit 1.500,00 € beziffert hatte und verwies nicht nur auf die bei der Berücksichtigung älterer Entscheidungen vorzunehmende Erhöhung zum Zwecke des Kaufkraftausgleichs, sondern auch darauf, dass der Senat bestrebt sei, Schmerzensgelder bei Verkehrsunfällen gemäß der Empfehlung des Verkehrsgerichtstages 2001 angemessen zu erhöhen.

E 1577 **LG Heidelberg, Urt. v. 11.09.2009 – 3 S 9/09, SP 2010, 112**

4.000,00 €

HWS-Distorsion – Mundöffnungsstörung

Die Klägerin erlitt bei einem Unfall eine HWS-Distorsion und Beschwerden im Bereich des rechten Kiefergelenks. Nachfolgend kam es zu 4 Wochen Arbeitsunfähigkeit und danach noch erheblichen Schmerzen im Bereich der Halswirbelsäule, Kopfschmerzen und Nackenschmerzen, die längere Zeit andauerten. Sie hat im Kiefergelenksbereich Schmerzen; das Gelenk knackt bei Bewegung. Sie leidet unter einer anterioren Diskusverlagerung mit eingeschränkter Mundöffnung; die maximale Mundöffnung, die sie selbst erreichen kann, beträgt 30 mm, die maximale Mundöffnung ansonsten 39 mm. Die Klägerin kann ein belegtes Brötchen nicht unzerkleinert essen und auch einen Apfel oder ein ähnliches Stück Obst nicht abbeißen.

LG Köln, Urt. v. 24.06.2010 – 29 O 290/09, SP 2011, 16 E 1578

4.000,00 € (Vorstellung: 5.000,00 €)

HWS-Distorsion – Wintersteinfraktur – Nasenprellung

Der noch schulpflichtige Kläger erlitt bei einem Verkehrsunfall eine Gehirnerschütterung, eine HWS-Distorsion und eine Wintersteinfraktur sowie erhebliche Prellungen und Schwellungen an Nasenbein und Jochbein, die längere Schmerzen auslösten. Er war 2 Tage stationär aufgenommen, die Wintersteinfraktur wurde ambulant operiert. Er musste sich 4 Wochen lang bei Körperpflege und Essen sowie bei Fahrten in die Schule von der Mutter helfen lassen und einen geplanten Radurlaub absagen.

KG, Urt. v. 04.06.2007 – 12 U 173/02, unveröffentlicht E 1579

4.500,00 € (Vorstellung: 15.000,00 €)

HWS-Distorsion 2. Grades

Der Kläger erlitt bei einem Unfall eine mittelgradige Distorsion der HWS (Schleudertrauma 2. Grades). Er war 5 Monate lang erwerbsunfähig; anschließend bestand für weitere 4 Monate eine MdE von 30 %, dann weitere 4 Monate 20 % MdE und ein Jahr noch 10 % MdE. Die Vorstellung beruhte auf nicht bewiesenen Folgeschäden.

OLG Köln, Urt. v. 25.10.2005 – 4 U 19/04, DAR 2006, 325 E 1580

5.000,00 € (Vorstellung: 5.000,00 €)

Behauptete HWS-Distorsion – somatoforme Schmerzstörung

Die Klägerin wurde bei einem Auffahrunfall verletzt. Zwar schloss ein orthopädisches Gutachten mit »zumindest sehr hoher Wahrscheinlichkeit« eine Verletzung aus; dies konnte nach Auffassung des Senats aber nicht dazu führen, dass die von der Klägerin geschilderten Beschwerden als nicht unfallbedingt qualifiziert werden konnten. Zwar sei eine HWS-Verletzung nicht bewiesen, unfallbedingt sei aber eine somatoforme Schmerzstörung aufgetreten, die als Primärverletzung angesehen wurde.

Aufgrund des Sachverständigengutachtens ging der Senat davon aus, dass das Auftreten der medizinisch nicht nachweisbaren Beschwerden dadurch begründet sei, dass sich aufgrund der familiären Geschichte und gerade auch der psychischen Verarbeitung ihrer Krebserkrankung bei der Klägerin Anzeichen für eine somatoforme Verarbeitung von Extremstress herausgebildet hatten. Die Klägerin nimmt aufgrund ihrer Entwicklungsgeschichte existenzielle Ängste ausschließlich in ihren vegetativen (= unbewusst ablaufenden) Anteilen wahr und diese werden somatisch (= körperlich) attribuiert. Die erworbene Tendenz zur somatoformen Verarbeitung kritischer Lebensereignisse zeigt sich dabei auch in der Verarbeitung des Unfallgeschehens. Dabei trägt zur Aufrechterhaltung der Schmerzsymptomatik auch eine erhebliche Zukunftsangst aufseiten der Klägerin bei, die darin besteht, die von ihr befürchteten Kosten der Behandlung in der Zukunft nicht zahlen zu können. Hieran gekoppelt ist die Erwartung der Verschlimmerung der Schmerzen.

Eine Bagatellverletzung lehnte das Gericht ebenso ab wie die Annahme einer Rentenneurose. Für die Bemessung sei entscheidend, dass das Krankheitsbild behandelbar sei.

E 1581 **OLG Celle, Beschl. v. 30.08.2007 – 14 W 19/07, OLGR 2007, 936**

5.000,00 € (Vorstellung: 5.000,00 €)

HWS-Distorsion – posttraumatische Belastungsstörung – somatoforme Schmerzstörung

Die Antragstellerin erlitt bei einem Verkehrsunfall eine HWS-Distorsion. Infolgedessen leidet sie unter Dauerkopfschmerz, einer muskulären Schwächung der rechten Körperseite, einem starken Erschöpfungsgefühl, erheblichen Konzentrationsstörungen, innerer Unruhe und Ängsten, Alpträumen, Einschlaf- und Durchschlafstörungen, erhöhter Reizempfindlichkeit, insb. durch Geräusche und Verlust des Geruchssinnes. Aufgrund dieser Beschwerden ist sie arbeitsunfähig geworden.

E 1582 **OLG Brandenburg, Urt. v. 11.11.2010 – 12 U 33/10, SP 2011, 141**

5.000,00 €

HWS-Verletzung – Bandscheibenprolaps

Die Klägerin erlitt bei einem Verkehrsunfall eine HWS-Verletzung; infolgedessen kam es zu einer Verschlechterung der bei der Klägerin bereits vorhandenen altersbedingten Vorschädigung der Halswirbelsäule und zu einem Bandscheibenprolaps. Die Klägerin war 3 Wochen krankgeschrieben und 12 Tage in stationärer Behandlung. Die Beschwerden dauerten auch 2 Jahre nach dem Unfallereignis noch an. Die Klägerin ist auf starke Schmerzmittel angewiesen; es verbleibt eine Dauer-MdE von 20 %.

E 1583 **OLG Saarbrücken, Urt. v. 21.07.2009 – 4 U 649/07-216, OLGR 2009, 897**

5.500,00 € (Vorstellung: 15.000,00 €)

HWS-Verletzung – somatoforme Schmerzstörung

Der 46 Jahre alte Kläger wurde als Insasse bei einem Unfall verletzt und erlitt ein HWS-Schleudertrauma sowie Prellungen des linken Ellbogens, der rechten Schläfe und des rechten Beines. Die operative Entfernung eines Schleimbeutels am Ellbogen wurde erforderlich. Nachfolgend litt er an somatoformer Schmerzstörung, infolgedessen es zu Kopfschmerzen, Übelkeit, Schlaf- und weiteren Befindlichkeitsstörungen kam. Trotz einer sachverständigen Begutachtung, die eine Begehrensneurose unterstellte und feststellte, der Unfall habe »nicht als wesentliche Mitursache« zur Schadensentstehung beigetragen, stellte das Gericht zu Recht darauf ab, dass die Zurechnung von Folgeschäden nach § 287 ZPO zu beurteilen ist und es für eine Kausalzurechnung genügt, wenn Mitursächlichkeit vorliegt, selbst wenn der Unfall nur »der Tropfen, der das Fass zum Überlaufen« bringe, gewesen sei.

Der Senat bemaß das Schmerzensgeld für die HWS-Verletzung und die Schleimbeutel-OP mit 2.500,00 €, die somatoforme Schmerzstörung mit 3.000,00 €, wobei maßgeblich berücksichtigt wurde, dass eine begünstigende Grunderkrankung vorlag; ansonsten, so der Senat, wäre ein Schmerzensgeld von 15.000,00 € angemessen.[97]

97 Hierbei wird aber übersehen, das ein einheitliches Schmerzensgeld für den konkreten Fall geschuldet ist und richtigerweise weder ein »an sich« angemessenes Schmerzensgeld besteht, von dem dann Abschläge zu machen wären, noch der Betrag aufgeteilt werden darf in ein Schmerzensgeld »für die HWS-Verletzung« und eines »für die somatoforme Schmerzstörung«. Eine »Gliedertaxe« beim Schmerzensgeld, also die Addition von Beträgen je nach Verletzungen, kennt das deutsche Recht gerade nicht.

OLG Saarbrücken, Urt. v. 28.06.2005 – 4 U 236/04 – 25/05, SP 2006, 134 E 1584

6.000,00 € (Vorstellung: 10.000,00 €)

HWS-Distorsion – Schwindelattacken

Der 39 Jahre alte Kläger erlitt bei einem Verkehrsunfall, bei welchem er in seitlicher Drehung nach vorne geneigt auf dem Fahrersitz saß, eine HWS-Distorsion. Er war 4 Monate arbeitsunfähig und hielt sich 3 Wochen stationär auf. Die HWS-Distorsion wurde mit Massagen und Krankengymnastik behandelt. Infolge der HWS-Distorsion leidet er unter starken Kopfschmerzen und einem dauerhaften Schwindelgefühl. Schwindelattacken in einer Dauer von ca. 3 Minuten ereilen ihn plötzlich und unvorhergesehen fünf – siebenmal am Tag; voraussichtlich sind diese Attacken lebenslang. Im linken kleinen Finger herrscht ein Taubheitsgefühl. Nachts wacht der Kläger infolge dieser Beschwerden auf und kann dann häufig nicht mehr durchschlafen.

OLG Frankfurt am Main, Urt. v. 18.05.2006 – 16 U 153/05, RRa 2006, 217 E 1585

6.000,00 € (Vorstellung: 6.000,00 €)

HWS-Schleudertrauma – Risswunde am Schädel – Kniegelenksprellung

Die Klägerin hatte bei der Beklagten eine Pauschalreise nach Ägypten gebucht. Bei einem Ausflug fuhr der Reisebus mit überhöhter Geschwindigkeit und mit Standlicht auf einen stehenden Lkw auf, wodurch die Klägerin verletzt wurde.

Sie erlitt eine 12 cm lange Risswunde an der rechten Schädelhälfte, die genährt werden musste. Möglicherweise verbleibt eine Narbe. Ferner kam es zu einem Hämatom am rechten Auge, einer Kniegelenksprellung sowie zu einem HWS-Schleudertrauma. Sie war 3 Monate arbeitsunfähig.

LG Dessau, Urt. v. 01.03.2007 – 7 S 118/05, unveröffentlicht E 1586

6.000,00 € (Vorstellung: 8.000,00 €)

HWS-Distorsion – Schmerzsymptomatik

Die 44 Jahre alte Klägerin erlitt bei einem Verkehrsunfall eine erstgradige Distorsion der HWS mit langem Heilungsverlauf; sie war 7 Monate arbeitsunfähig und wurde zweimal über insgesamt 22 Tage stationär behandelt. Es folge eine ambulante chirurgische Behandlung; eine Dauer-MdE von 150 % verbleibt, weil die Gelenkverbindung zwischen den beiden obersten Halswirbeln geschädigt ist, was auch Schmerzen und gelegentliche neurologische Ausfälle mit sich bringt.

OLG Celle, Beschl. v. 01.02.2011 – 14 W 47/10, unveröffentlicht E 1587

6.000,00 € (Vorstellung: 20.000,00 €)

HWS-Distorsion – Brustkorbprellung – Angstgefühle

Der Antragsteller erlitt bei einem Verkehrsunfall eine Brustkorbprellung mit noch 3 Wochen später sichtbaren Blutergüssen sowie eine HWS-/BWS-Distorsion, die nach 3 Monaten ohne bleibende Schäden ausgeheilt sind. Der Antragsteller macht ferner geltend, es seien durch den Unfall Angstgefühle wegen Thoraxschmerzen hervorgerufen worden, die ihre Ursache darin hätten, dass er 6 Jahre zuvor einen Herzinfarkt erlitten hatte. Das Gericht sah keine Erfolgsaussichten für ein 6.000,00 € übersteigendes Schmerzensgeld: die Angstgefühle seien, da sie auch nach dem Herzinfarkt vorgelegen hatten, als Folgen einer erheblichen Vorschädigung anzusehen, war mindernd zu berücksichtigen sei.

E 1588 **OLG Schleswig, Urt. v. 06.07.2006 – 7 U 148/01, NJW-RR 2007, 171 = NZV 2007, 203**

6.391,15 € (1/2 Mitverschulden; Vorstellung: 12.782,30 €)

HWS-Schleudertrauma – Kopfschmerz und Schlafstörungen

Der Kläger erlitt bei einem Auffahrunfall ein HWS-Trauma. Er wurde frühzeitig verrentet und leidet unter den Unfallfolgen, namentlich ständigem Kopfschmerz, der teilweise in die Arme ausstrahlt, Schwindel, insb. bei Drehungen des Kopfes, sowie Schlafstörungen.

Trotz eines interdisziplinären Gutachtens, welche eine Unfallursächlichkeit verneinte, nahm der Senat eine Primärverletzung an und stützte sich hierbei darauf, dass der Kläger vor dem Unfall keinerlei HWS-Beschwerden hatte. Das bestehende Krankheitsbild psychischer Art führte gleichwohl zum Ansatz eines Mitverschuldens von 1/2; denn die Fehlverarbeitung des Unfalls beruht auf psychosomatischen Vorerkrankungen.

E 1589 **OLG Stuttgart, Urt. v. 28.02.2007 – 3 U 209/06, unveröffentlicht**

7.000,00 €

HWS-Distorsion – BWS-Distorsion – Rippenprellung – Brustquetschung – Schmerzsymptomatik

Die 21 Jahre alte Klägerin erlitt bei einem Verkehrsunfall eine HWS-Distorsion 1. Grades, eine BWS-Distorsion, eine Rippenprellung und eine Brustquetschung. Hieraus resultierten Hals/Schulter-Symptome mit einer ausgeprägten Schmerzsymptomatik mit häufig auftretenden und teilweise massiven Kopfschmerzen. Die Klägerin ist immer wieder zur Einnahme höherer Dosen Schmerzmittel gezwungen, um ihre Arbeitsfähigkeit zu erhalten.

E 1590 **LG Bad Kreuznach, Urt. v. 22.10.2008 – 3 O 88/06, UV-R aktuell 2008, 86**

7.000,00 € (Vorstellung: 6.000,00 €)

Schwere HWS-Distorsion – Bewegungseinschränkungen

Die Klägerin erlitt bei einem Verkehrsunfall eine schwere HWS-Distorsion sowie eine Distorsion des lumbosacralen Übergangs mit konsekutiver Blockierung des Iliosacralgelenks rechts. Noch ein Jahr nach dem Unfall konnte sie schmerzbedingt die Schulter nicht voll heben. Sie leidet noch 6 Jahre nach dem Unfall unter Blockierungen und Verspannungen im Bereich der HWS sowie an Kopfschmerzen und Schmerzen im Hals- und Nackenbereich. Weiterhin besteht eine schmerzhafte Funktionsstörung des Beckenrings.

E 1591 **OLG Brandenburg, Urt. v. 08.04.2004 – 12 U 3/03, VRS 107 (2004), 85**

7.500,00 € (Vorstellung: 19.000,00 €)

HWS-Trauma

Der Kläger wurde bei einem Verkehrsunfall verletzt; er erlitt ein HWS-Schleudertrauma mittelschweren Grades, welches sich auch in Kopf- und Nackenschmerzen, Müdigkeit, Benommenheit, Schwindel und Konzentrationsschwierigkeiten äußerte. Diese somatoformen Beschwerden dauerten noch 9 Jahre nach dem Unfall fort, wohingegen das HWS-Trauma bei normalem Verlauf nach 3 – 6 Monaten vollständig ausgeheilt hätte sein sollen. Weitere Beschwerden, auf die der Kläger seine Vorstellung stützte, waren nicht unfallbedingt, sondern einer bestehenden Vorschädigung zuzuordnen. Das Gericht bejahte eine Haftung der Beklagten auch für psychische Schäden; eine Vorschädigung des Klägers hindere, da lediglich latent vorhanden, diese Kausalität nicht. Bei der Bemessung berücksichtigte das Gericht auch den langen Verlauf des Rechtsstreits mit einer Vielzahl ärztlicher Begutachtungen, die eine Bewältigung des Unfallgeschehens nicht ermöglicht, sondern vielmehr die Depressionen mit verstärkt hatten. Infolge der mangelnden Verarbeitung des Unfallgeschehens kam es zu einem Verlust an Lebensqualität und -freude; die persönliche Beziehung des Klägers zu seiner Lebensgefährtin ist zerbrochen.

OLG Saarbrücken, Urt. v. 25.01.2005 – 4 U 72/04 – 15/05, OLGR 2005, 489 E 1592

7.500,00 € (Vorstellung: 15.000,00 €)

HWS-Trauma – Bandscheibenvorfall

Der 41 Jahre alte Kläger erlitt bei einem Verkehrsunfall ein HWS-Trauma 1. Grades. Hierdurch wurde ein bis dato stummer Bandscheibenvorfall ausgelöst, dessen Vorliegen – da Schadensfolge – nur nach dem Maßstab des § 287 ZPO bewiesen werden musste. Zur Bemessung wurde die lebenslange Beeinträchtigung angeführt, zudem der Umstand, dass nicht hatte bewiesen werden können, dass der Bandscheibenvorfall auch unfallunabhängig irgendwann eingetreten wäre.

OLG Schleswig, Urt. v. 29.06.2006 – 7 U 94/05, OLGR 2007, 210 E 1593

8.500,00 € (Vorstellung: 10.000,00 €)

HWS-Schleudertrauma – Schwindel und Kopfschmerzen

Die Klägerin wurde bei einem Verkehrsunfall verletzt, als sie einem entgegenkommenden Überholer ausweichen musste. Sie prallte abschließend mit ihrer vorderen linken Fahrzeugecke gegen einen ebenfalls entgegenkommenden Bus. Sie erlitt ein HWS-Schleudertrauma und leidet seitdem unter Schwindelattacken und ständig wiederkehrenden Kopfschmerzen.

Der Senat verwies darauf, dass die kollisionsbedingte Geschwindigkeitsänderung »nur einer von vielen Faktoren« der Frage, ob eine HWS-Verletzung vorliege, sei. Bewiesen wurde die Verletzung dadurch, dass die Klägerin vorher beschwerdefrei war. Hätte die Verletzung bereits vor dem Unfall vorgelegen, hätte sie aber nach dem Ergebnis einer sachverständigen Begutachtung Beschwerden haben müssen.

OLG Frankfurt am Main, Urt. v. 01.10.2004 – 4 U 26/95, unveröffentlicht E 1594

10.000,00 € (Vorstellung: 15.000,00 €)

HWS-Distorsion – Prellungen – psychische Schäden

Die Klägerin wurde bei einem Auffahrunfall verletzt; sie erlitt Prellungen an Schädel, Knie und Ellenbogen sowie Zerrungen der Hals- und Lendenwirbelsäule. Unfallbedingt kam es zu weiteren Beschwerden (Kopfschmerzen, Schwindelgefühle, vegetative Störungen), die zu häufigen Krankschreibungen führten und u. a. ursächlich für den Arbeitsplatzverlust der Klägerin waren. Die Klägerin leidet an Leistungsschwäche und Erschöpfungszuständen und ist auf die Einnahme von Medikamenten angewiesen.

LG Hof, Urt. v. 15.11.2004 – 34 O 448/03, unveröffentlicht E 1595

10.000,00 € (Vorstellung: 3.000,00 €)

HWS-Schleudertrauma – cervikocephales Syndrom – Nackenverspannungen – Kopfschmerzen

Der 24 Jahre alte Kläger erlitt bei einem Auffahrunfall ein HWS-Schleudertrauma 2. Grades. Dieses hat zu einem cervikocephalen Syndrom geführt, unter dessen Beschwerden der Kläger immer noch leidet, und die einen – wenn auch leicht rückläufigen – chronischen Dauerzustand angenommen haben.

So leidet der Kläger an Schmerzen im Bereich der HWS sowie an Kopfschmerzen, wobei die Häufigkeit der Schmerzen von ein- bis dreimal pro Woche divergiert. Zur Linderung seiner Beschwerden, so vor allen Dingen um die Hals- und Nackenmuskulatur aufzubauen, muss der Kläger nahezu täglich zuhause Übungen ausführen; des Weiteren ist er bei sich einstellenden Schmerzen ca. zwei- bis dreimal pro Woche zur Einnahme von Medikamenten in Form von Kopfschmerztabletten gezwungen.

Der vor dem Unfall sportlich aktive Kläger (Fußball) musste sein Hobby aufgegeben; schließlich ist er in der Ausführung von Hausarbeiten, so ist ihm z. B. das Aufhängen von Lampen oder Gardinen nicht mehr möglich, eingeschränkt.

Seinen Beruf als Dachdecker musste er aufgeben, er ist nun als Textilmaschinenführer tätig.

Bei der Bemessung hat das Gericht Schmerzensgeld erhöhend berücksichtigt, dass der Kläger über einen Zeitraum von mehr als einem Jahr eine berufliche Umorientierung vornehmen musste, die »in den gegenwärtigen Zeiten hoher Arbeitslosigkeit mit erheblichen psychischen Belastungen verbunden« sei; ferner, dass der Kläger auch 2 1/2 Jahre nach dem Verkehrsunfall noch immer unter Kopf- sowie Nackenschmerzen leidet und zur Linderung derselben zur Einnahme von Medikamenten sowie zur Absolvierung eines entsprechenden Trainingsprogrammes gezwungen ist. Zu berücksichtigen seien zudem die Belastungen für den Kläger infolge der Tatsache, dass gegenwärtig noch nicht absehbar ist, wie sich seine Beschwerden in Zukunft entwickeln werden.

Auch das prozessuale Verhalten der Beklagten wurde erhöhend berücksichtigt, da diese dem Kläger unterstellten, dass »es offensichtlich dem Kläger am Willen fehlt, überhaupt gesund zu werden«. Das Gericht führte aus, angesichts der weitreichenden Folgen, welche der seitens der Beklagten allein verursachte und verschuldete Unfall für das weitere berufliche und private Leben des Klägers gehabt habe, erscheine die »dahin gehende Unterstellung der Beklagten vor dem Hintergrund des eindeutigen Ergebnisses der Beweisaufnahme nicht nur als vollkommen haltlos, sondern in Bezug auf den Kläger auch als unangebracht«. Zuletzt wurde die wirtschaftliche Leistungsfähigkeit der beklagten Haftpflichtversicherung berücksichtigt.

E 1596 OLG Düsseldorf, Urt. v. 22.09.2009 – 1 U 149/07, unveröffentlicht

11.000,00 € (Vorstellung: 11.000,00 €)

Chronifiziertes Halswirbelsäulensyndrom

Die Klägerin erlitt bei einem Verkehrsunfall eine Brustprellung und eine Halswirbelsäulenverletzung, woraus sich ein chronifiziertes Halswirbelsäulensyndrom ergab. Noch 7 Jahre später leidet sie unter erheblichen Schmerzen im Bereich der Halswirbelsäule, weswegen sie sich auch in regelmäßiger ärztlicher Behandlung befindet. Die Schmerzen sind teilweise so stark, dass die tagelang im Bett geblieben ist. Es kam auch zu Bandscheibenvorfällen.

E 1597 OLG Düsseldorf, Urt. v. 06.10.2009 – 1 U 23/07, unveröffentlicht

11.112,92 €

HWS-Syndrom – Bewegungseinschränkungen – Tinnitus

Der Kläger erlitt nach einem Unfall ein HWS-Syndrom, leichtere Prellungen sowie eine oberflächliche Wunde im Bereich der Wade und des kleinen Fingers der linken Hand. Es verblieben weiterhin Beschwerden mit Bewegungseinschränkungen der Halswirbelsäule und im Nackenbereich mit Ausstrahlung in Arme und Kopf sowie ein Tinnitus.

Der Senat sprach über vorprozessual gezahlte 5.112,92 € weitere 6.000,00 € zu.

LG Darmstadt, Urt. v. 09.12.2011 – 9 O 383/10, unveröffentlicht E 1598

12.000,00 € (Vorstellung: 15.000,00 €)

HWS-Distorsion – Kieferdiskusverlagerung

Die Klägerin erlitt bei einem Verkehrsunfall eine HWS-Distorsion mit zervokozephalem Syndrom und eine Thoraxprellung, ferner auch eine Schädigung des Kiefergelenks in Form einer Diskusverlagerung ohne Reposition, die zu myofascialem Schmerz führte. Bewegungseinschränkungen lagen nicht vor. Bereits die HWS-Distorsion, die Schultersymptomatik und die Prellung des Thorax waren schmerzhaft und mit einem Heilungsverlauf über zwei Monate hinweg verbunden. Die Verlagerung des Kieferknorpels führte zu erheblichen Kiefergelenksschmerzen und Kauproblemen und machte eine langwierige Behandlung mit einer Aufbissschiene erforderlich. Es droht die Notwendigkeit weiterer Behandlungen in Gestalt einer prothetischen Versorgung zur Bisshebung. Die Klägerin war vier Jahre lang in ihrer Lebensqualität erheblich beeinträchtigt.

OLG Celle, Urt. v. 07.12.2006 – 14 U 99/06, OLGR 2007, 131 E 1599

13.500,00 € (Vorstellung: 20.000,00 €)

HWS-Verletzung – Schmerzen und Bewegungseinschränkungen

Der Kläger, ein Lehrer, erlitt bei einem Verkehrsunfall neben kleineren Prellungen eine HWS-Verletzung mit stärkerer behindernder Störung und wesentlicher Einschränkung der Erlebnis- und Gestaltungsfähigkeit, die zu einer MdE von 30 % geführt hat. Er war zunächst 15 Monate krankgeschrieben und wurde in der Zeit 2 Wochen stationär in einer Reha-Einrichtung behandelt. Er ist nunmehr frühpensioniert und leidet unter Dauerfolgen in Form von Kopf- und Nackenschmerzen sowie Schmerzen im linken Arm und damit verbundenen Konzentrationsstörungen und einer eingeschränkten Kopfbeweglichkeit. Seine frühere sportliche Betätigung ist nicht mehr möglich, aber er muss sich dauernd krankengymnastischen Behandlungen unterziehen.

OLG München, Urt. v. 29.06.2007 – 10 U 4379/01, unveröffentlicht E 1600

14.000,00 € (Vorstellung: 50.000,00 €)

HWS-Schleudertrauma – posttraumatische Belastungsstörung – Konversionsneurose

Der im Unfallzeitpunkt 54 Jahre alte Kläger erlitt bei einem Verkehrsunfall ein leichtes Hirnerschütterungssyndrom und ein HWS-Schleudertrauma. Deswegen bestand für einen Monat eine MdE von 100 %; danach jeweils einen weiteren Monat eine MdE von 50 % bzw. 20 %. Danach war aus orthopädischer Sicht keine unfallbedingte MdE mehr vorhanden. Als Dauerschaden verblieben eine zentrale Gleichgewichtsstörung und eine Konversionsneurose infolge einer posttraumatischen Belastungsstörung, die zu einer Dauer-MdE von 20 % führt und an der der Kläger nun schon 20 Jahre leidet.

LG Leipzig, Urt. v. 30.09.2011 – 5 O 4189/06, NZV 2012, 329 E 1601

17.000,00 € (Vorstellung: 20.000,00 €)

HWS-Schleudertrauma – somatoforme Schmerzstörung

Der 25 Jahre alte Kläger erlitt bei einem Verkehrsunfall neben Prellungen und einer schmerzhaften Stauchung der Wirbelsäule ein HWS-Schleudertrauma 1. Grades. Die organischen Schäden wären regelmäßig nach sechs Monaten ausgeheilt. Der Kläger leidet aber weiterhin unter Folgebeschwerden, die auf eine psychische Fehlverarbeitung zurückzuführen sind. Infolge der Verbitterung des Klägers über das Fehlverhalten des Unfallgegners, der den Unfallort ohne jede Hilfeleistung verließ und sich hierfür auch später nicht entschuldigte, sowie der Dauer der Schmerzen über inzwischen 7 Jahre kam es zu einer somatoformen Schmerzstörung.

Diese äußert sich in regelmäßig wiederkehrendenden starken Nacken- und Kopfschmerzen, die »zeitweise unerträglich« werden und mit Nackeninjektionen behandelt werden. Es kam zu Missstimmungen, Schlafstörungen und Einschränkungen im beruflichen (Bäcker) sowie privaten Bereich. Über-Kopf-Arbeiten und Arbeiten in Zwangshaltungen sind nur eingeschränkt bis gar nicht möglich. Auch Sport kann er nicht mehr ausüben.

Bei der Bemessung wurde die Beeinträchtigung des Klägers, aber auch das Verhalten des Unfallgegners berücksichtigt.

E 1602 **OLG Saarbrücken, Urt. v. 14.03.2006 – 4 U 326/03-5/05, SP 2007, 174**

25.000,00 €

HWS-Distorsion – psychische Folgeschäden – Tinnitus und Schwerhörigkeit

Bei einem Auffahrunfall erlitt der Kläger ein HWS-Schleudertrauma. Er leidet nun unter einem chronifizierten Schmerzsyndrom, einem neurasthenischen Syndrom mit Ermüdbarkeit, Reizbarkeit und Schwäche, einer stark eingeschränkten Beweglichkeit im Kopf- und Halsbereich durch eine schmerzhafte muskuläre Verspannung, einer Commotio labyrinthi mit Hochtoninnenohrschwerhörigkeit und ständigem Tinnitus sowie Vertigo bei persistierender Schallempfindlichkeitsschwerhörigkeit, einem vegetativen Syndrom mit Schwindel, Übelkeit, Erbrechen und Obstipation und schließlich einem mittelgradigem gehemmt-depressiven Syndrom mit Rückzugstendenz und Interessenverlust. Eine Besserung des Zustandes ist nicht zu erwarten.

Zwar stufte der gerichtliche Sachverständige die vom Kläger als unfallursächlich behaupteten weiteren Beschwerden als »nicht mehr durch das initiale Trauma«, sondern als »psychogene Fehlverarbeitung des zunächst bestehenden organischen posttraumatischen Syndroms« ein; der Senat wertete dies aber als (unzutreffende) rechtliche Würdigung. Der Beklagte müsse nämlich für alle i. S. d. § 287 ZPO nachgewiesenen Folgeschäden der bewiesenen Primärverletzung haften; hierzu zähle auch die psychogene Fehlverarbeitung, die ohne den Unfall nicht ausgebrochen wäre. Dass eine Prädisposition des Klägers mitursächlich gewesen sei, sei unschädlich, da kein Anspruch darauf bestehe, so gestellt zu werden, als habe er einen Gesunden verletzt; auch eine Begehrensneurose lehnte das Gericht unter Bezugnahme auf das Gutachten ab.

Bei der Bemessung wurde auch berücksichtigt, dass der Kläger durch den unfallbedingten Verlust seines Arbeitsplatzes und der dauerhaften Einbuße seiner Erwerbsfähigkeit erheblich in der Lebensgestaltung eingeschränkt ist, zumal dies aufgrund seiner vielfältigen körperlichen und geistigen Leistungseinbußen, insb. der Depression, auch für seine sonstige Lebensgestaltung gilt.

E 1603 **OLG Düsseldorf, Urt. v. 02.03.2009 – 1 U 82/08, unveröffentlicht**

40.000,00 € (Vorstellung: 85.000,00 €)

HWS-Schleudertrauma – neurologische Ausfälle – Schmerzsymptomatik

Die Klägerin erlitt bei einem Verkehrsunfall ein HWS-Schleudertrauma und eine Thoraxprellung. Es kam zu weiteren Beschwerden in Gestalt von Gleichgewichtsstörungen, Hörstörungen, Tinnitus und Kribbelparästhesien beider Hände.

Infolge dieser Verletzungen traten eine chronische Schmerzsymptomatik und eine psychische Störung auf, die die Klägerin in erheblichem Maße in ihrer Lebensführung beeinträchtigen und zur Erwerbsunfähigkeit geführt haben.

Bei der Bemessung berücksichtigte das Gericht, dass bei der Klägerin Vorschäden bestanden, die bereits vor dem Unfall Beschwerden verursacht hatten (Bandscheibenvorfälle und psychische Probleme), andererseits aber auch ein grobes Verschulden der Gegenseite (starke Alkoholisierung) und ein zögerliches Regulierungsverhalten.

LG Köln, Urt. v. 03.07.2007 – 27 O 644/04, unveröffentlicht E 1604

50.000,00 € (Vorstellung: 90.000,00 €)

HWS-Wirbelfraktur – neurologische Schäden

Der 36 Jahre alte Kläger erlitt bei einem Verkehrsunfall eine Gehirnerschütterung sowie eine HWS-Wirbelfraktur. Es verblieb eine endgradige Einschränkung des Bewegungssegmentes HW 4/5. Wegen andauernder Beschwerden musste der Kläger mehrfach operiert werden, wodurch wiederholt stationäre Krankenhausaufenthalte erforderlich waren. Der Kläger leidet seit dem Unfall unter ständigen HWS-, Nacken- und Kopfschmerzen und zunehmend unter neurologischen Ausfallerscheinungen, Gefühlsstörungen, Konzentrationsstörungen, Ohrgeräuschen bis hin zu einem subjektiv störenden Tinnitus, unter Vergesslichkeit und Schlafstörungen. Es verblieben eine nur eingeschränkte Beweglichkeit der HWS und eine Dauer-MdE von 60 %. Das Gericht stellte besonders auf die Dauerschäden und die damit verbundene Einschränkung im alltäglichen Leben ab.

LG Münster, Urt. v. 13.09.2006 – 10 O 234/04, unveröffentlicht E 1605

140.000,00 € zuzüglich 200,00 € monatliche Rente (1/3 Mitverschulden; Vorstellung: 160.000,00 €)

HWS-Bruch – Querschnittslähmung

zuzüglich 250,00 € monatliche Rente

Der 54 Jahre alte Kläger erlitt bei einem Verkehrsunfall einen Bruch der HWS, eine Lungenquetschung und weitere Brüche, Prellungen und Schürfwunden. Er musste insgesamt 18 Monate im Krankenhaus bleiben; die ersten 3 Wochen lag er im Koma. Als Dauerschaden verbleibt eine Querschnittslähmung mit der Folge, dass der Kläger auf einen Rollstuhl angewiesen ist, seinen rechten Arm nicht mehr bewegen kann, eine eigenständige Blasen- und Darmentleerung nicht mehr möglich ist und er dauerhaft arbeitsunfähig und schwerstpflegebedürftig ist. Er leidet an ständigen Phantomschmerzen.

Impfschaden

> Hinweis: Nach § 630a Abs. 2 Ziff. 1 BGB (PatRG) muss die Aufklärung der Patienten **immer mündlich** erfolgen. Vor einer vom Gesundheitsamt vorgenommenen Schutzimpfung werden die Eltern üblicherweise durch ein Merkblatt aufgeklärt.
>
> Die mündliche Aufklärung erfolgt allenfalls auf besonderen Wunsch.
>
> Man wird annehmen können, dass die Impfung ohne mündliche Aufklärung dann auch ohne Einwilligung der Eltern erfolgt, also rechtswidrig ist, sodass die Anstellungskörperschaft des Impfarztes, der hoheitlich tätig wird, nach Art. 34 GG, § 839 BGB für jeden Impfschaden haftet, vgl. Jaeger Patientenrechtsgesetz, Kommentar zu § 630a–630h BGB, 2013, Rn. 206 ff.

E 1606 **OLG Düsseldorf, Urt. v. 19.09.1991 – 8 U 27/90, VersR 1992, 1132**[98]

10.000,00 €

Anfallleiden – Hirnschädigung

Führt der Arzt eine Keuchhustenimpfung durch, ohne bei Anzeichen einer Muskelhypotonie und einen daran anzuknüpfendem Verdacht auf eine Hirnstörung die Eltern des Kindes auf das erhöhte Impfrisiko hingewiesen zu haben, hat er wegen fehlerhafter Indikationsstellung für den nachfolgend aufgetretenen Impfschaden einzustehen.

In der Folgezeit sind bei der Klägerin innerhalb von rund 5 Jahren über 100 primär generalisierte Grand-mal-Anfälle aufgetreten. Dabei handelte es sich um schwerwiegende körperliche Beeinträchtigungen von im Einzelfall erheblicher Dauer und Intensität. Die Klägerin muss wegen des Anfallsleidens und der weiteren Auswirkungen der diffusen Hirnschädigung ständig medikamentös behandelt werden. Sie leidet unter motorischen und psychischen Störungen. Ein Schmerzensgeld i. H. v. 10.000,00 € zum Ausgleich dieses Schadens ist nach Ansicht des Senats keineswegs zu hoch bemessen.

E 1607 **KG, Urt. v. 20.02.1996 – 9 U 5492/94, NJWE-VHR 1996, 128**[99]

150.000,00 €

Poliomyelitisinfektion

Die Sorgeberechtigten eines Kindes wurden nach einer staatlichen Schutzimpfung gegen Kinderlähmung unter Verwendung von Polio-Lebendviren nicht auf das erhöhte Ansteckungsrisiko für besonders gefährdete Kontaktpersonen hingewiesen, sodass es zu einer Poliomyelitisinfektion kam.

Infektionen

E 1608 **OLG Frankfurt, Urt. v. 08.08.2011 – 2–24 O 126/10, RRa 2012, 51**

100,00 €

Infektion mit dem Norovirus

Bei einer Schiffskreuzfahrt infizierte sich die Klägerin mit einem Norovirus und litt rd. 2 Tage an heftigem Erbrechen und Durchfall. Danach klang die Erkrankung problemlos ab.

E 1609 **AG Gelsenkirchen, Urt. v. 23.06.2005 – 32 C 672/04, NJW-RR 2005, 1388**

400,00 €

Entzündliche Verletzung des Zehs

Der Beklagte verletzte die Klägerin dadurch, dass er sie heftig in den Zeh biss, der sofort blutete. Die Verletzung entzündete sich. Die Klägerin war 10 Tage arbeitsunfähig.

98 AG Bocholt, Urt. v. 24.02.2006 – 4 C 121/04, unveröffentlicht.Eine ältere, aber wichtige Entscheidung. Die meisten Entscheidungen zu Impfschäden weisen die Klage ab, weil die Kausalität zwischen Pflichtverletzung und Schaden nicht nachgewiesen sei.

99 LG Köln, Urt. v. 19.03.2003 – 16 O 143/02, unveröffentlicht. Der Rechtsstreit wurde vor dem OLG auf 7.500,00 € verglichen, weil die Beklagte zur Auswahl und Überwachung der Mitarbeiterin nichts vorgetragen hatte.Eine ältere, aber wichtige Entscheidung.

OLG München, Urt. v. 30.12.2004 – 1 U 2367/04, unveröffentlicht E 1610

1.000,00 € (Vorstellung: 5.000,00 €)

Komplikationen nach einer Zehenoperation

Der Beklagte führte beim Kläger eine Großzehenendgelenkrevision durch. Postoperativ litt der Kläger an einer schmerzhaften peripheren Durchblutungsstörung beider Beine. Die Beugung des Großzehenendgelenks ist eingeschränkt. Die Beschwerden sind auf eine Entzündung zurückzuführen, die der Beklagte nicht rechtzeitig erkannt und behandelt hat. Bei korrektem Verhalten wären dem Kläger die Knocheninfektion, eine Operation und mehrwöchige Schmerzen erspart geblieben.

OLG Nürnberg, Urt v. 28.09.2006 – 2 U 1145/06, ZM 2007, Nr. 8, 102 E 1611

2.000,00 € (Vorstellung: 5.000,00 €)

Entzündung der Ohrmuschel nach Piercing

Die Klägerin ließ sich ohne ausreichende Aufklärung bei den Beklagten das Ohr durchstechen und piercen. Sie wurde nicht darüber aufgeklärt, dass dies häufiger zu Entzündungen führen kann und der Klägerin war nicht bewusst, dass eine solche Entzündung nicht nur vorübergehend schmerzlich sein, sondern zu dauerhaften Veränderungen an der Ohrmuschel führen kann. Gerade die unterbliebene Aufklärung hat maßgeblich mitverursacht, dass die Klägerin den Verlauf der Entzündung nicht richtig einschätzen konnte. Die Entzündung führte im oberen Bereich der Ohrmuschel zu Verwachsungen.

BG Mödling (Österreich), Urt. v. 02.02.2006 – 3 C 291/05y, RRa 2006, 190 E 1612

2.700,00 – 3.600,00 €

Infektion von drei Reisenden mit Hepatitis A

Die Kläger machten eine von der Beklagten veranstaltete Urlaubsreise nach Hurghada/Ägypten. Der Reisekatalog enthielt u. a. den Hinweis: »Spezielle Impfungen sind zurzeit nicht vorgeschrieben.« Diesen Hinweis lasen die Kläger nicht. Der Erstkläger wusste, dass für Reisen nach Ägypten eine Impfung gegen Hepatitis A empfohlen war, er und seine Familie verzichteten aber darauf.

Nach dem Urlaub brach bei den Klägern innerhalb der üblichen Inkubationszeit von 15 – 30 Tagen Hepatitis A aus.

Aufgrund der Erkrankung befanden sich der Erstkläger von 27.08. – 04.09.2004 und die Zweitklägerin von 16.08. – 23.08.2004 in stationärer Spitalsbehandlung. Im Anschluss an den Krankenhausaufenthalt war die Zweitklägerin noch 14 Tage im Krankenstand und litt noch bis Anfang Oktober an starker Mattigkeit und Problemen mit der Fettverdauung. Insgesamt hatte die Zweitklägerin 8 Tage starke, 4 Tage mittlere und 14 Tage leichte Beschwerden. Der Erstkläger litt 7 Tage unter starken und 14 Tage unter leichten Beschwerden, wobei es etwa 5 Wochen bis zur annähernden Normalisierung seiner Leberwerte dauerte. Bei der Drittklägerin hielten die starken Beschwerden 3 Tage, die leichten Beschwerden weitere 3 Wochen an.

Unter Zugrundelegung der in ständiger Judikatur angewandten Sätze von 100,00 € pro Tag für leichte Schmerzen und 200,00 € für starke Schmerzen ergeben sich daher, ausgehend von der festgestellten Schmerzdauer und -intensität, für den Erstkläger 2.800,00 €, für die Zweitklägerin 3.600,00 € und für die Drittklägerin 2.700,00 € Schmerzensgeld.

E 1613 **OLG Oldenburg, Urt. v. 30.03.2005 – 5 U 66/03, VersR 2006, 517**

3.000,00 € (Vorstellung: höheres Schmerzensgeld)

Infektion einer Kathetereinstichstelle – Abszessbildung

Der Kläger verrenkte sich das bereits durch Arthrose vorgeschädigte Knie, wobei er eine Kreuzbandruptur erlitt. Im Krankenhaus der Beklagten wurde ein künstliches Kniegelenk implantiert. Anschließend unterzog sich der Kläger dort einer Schmerztherapie, wobei es zur Anlegung eines Periduralkatheters kam. Da sich eine Infektion der Kathetereinstichstelle mit Abszessbildung eingestellt hatte, musste der Kläger erneut stationär behandelt werden. Es wurde eine Revisionsoperation des Infektionsherdes durchgeführt. Die Behandlung der Kniebeschwerden blieb ohne Erfolg. Das Kniegelenk wurde versteift. Der Kläger hat jedoch nicht beweisen können, dass die Arthrodese und andere Beschwerden mit der Infektion in Zusammenhang stehen.

E 1614 **OLG Brandenburg, Urt. v. 13.11.2008 – 12 U 104/08, MDR 2009, 568**

5.000,00 € (Vorstellung: 18.000,00 €)

Wundinfektion – Knochenentzündung

Der Beklagte führte bei der Klägerin ohne hinreichende Aufklärung eine Operation eines sog. Hammerzehs durch. Es kam zu einer Knochenentzündung, nachdem sich die Wunde infiziert hatte. Diese heilte folgenlos aus, die Klägerin musste allerdings zwischenzeitlich fürchten, ihr Zeh werde amputiert.

E 1615 **OLG Köln, Urt. v. 30.01.2002 – 5 U 106/01, VersR 2003, 1444**[100]

7.500,00 € (Vorstellung: 12.500,00 €)

Sepsis nach Blasenspülung mit überaltertem Katheter

Der Patient (Erblasser) wurde u. a. zur Abklärung einer Harninkontinenz stationär aufgenommen. Nach Anlage eines suprapubischen Katheters wurde er nach Hause entlassen. Der Arzt wechselte den Katheter, dessen normale Liegezeit bei einwandfreier Funktion 3 – 4 Wochen beträgt, gegen einen Katheter aus, dessen Verfallsdauer seit rund 3 Jahren überschritten war. Nachdem dieser Katheter im Bereich der Bauchdecke abgebrochen war, brachte der Arzt einen neuen Katheter ein, dessen Verfallsdatum seit rund 2 Jahren abgelaufen war. Es stellte sich ein Harnwegsinfekt ein, der zu einer schweren Sepsis führte. Bei einer späteren Blasenspülung wurden Silikonreste ausgeschwemmt. Zur Wiederherstellung und Überwindung der Sepsis war eine mehrwöchige Krankenhausbehandlung erforderlich.

Für die Bemessung des Schmerzensgeldes war ausschlaggebend, dass der damals ohnehin schwer kranke 84-jährige Patient durch die Behandlung erhebliche weitere Schmerzen erleiden musste. Die Sepsis hat den Patienten in Todesgefahr gebracht; sie führte zu einer weiteren Verschlechterung seines Allgemeinzustandes und erforderte intensive Krankenhausbehandlung. Erst nach Monaten war seine Mobilität teilweise wiederhergestellt.

100 Palandt/Sprau, § 831 Rn. 1.Eine ältere, aber wichtige Entscheidung.

OLG Düsseldorf, Urt. v. 29.08.2002 – 8 U 190/01, VersR 2004, 120[101] E 1616

10.000,00 €

Kniegelenkinfektion: Dauerhafte Bewegungsbeeinträchtigung des altersbedingt vorgeschädigten Kniegelenks

Bei dem 65 Jahre alten Kläger, der sich wegen Kniebeschwerden seit fast 10 Jahren in orthopädischer Behandlung befand, kam es infolge eines Behandlungsfehlers zu einer Infektion mit Staphylokokkus aureus, die zu einer dauerhaften schmerzhaften Bewegungseinschränkung des Kniegelenks führte. Der Kläger leidet unter ständig ziehenden Schmerzen im Bein, die Belastbarkeit sowie hockende und knieende Tätigkeiten sind eingeschränkt. Es liegt eine Narbenbildung vor.

LG Koblenz, Urt. v. 24.01.2006 – 10 O 176/04, MedR 2007, 738 E 1617

10.000,00 €

Brustabszess nach Piercing

Die Klägerin ließ in dem von dem Beklagten betriebene Piercingstudio ein Brustwarzenpiercing vornehmen, ohne dass sie über ein mögliches Infektionsrisiko ausreichend aufgeklärt worden war. Etwa 8 Wochen nach dem Piercen fanden sich 2 Abszesse in der Brust. In der Folgezeit vergrößerte sich der Abszess und musste gespalten und die Abszesshöhle entfernt werden. Bei einer 2. stationären Behandlung wurde ein infizierter Bluterguss aus dem Wundgebiet entleert; die Wunde wurde gespült und drainiert. Nach Monaten kam es zu einer erneuten Zunahme der Beschwerden. Eine stationäre Behandlung ergab die Diagnose eines rezidivierenden therapieresistenten Mamma-Abszesses nach Piercing. Es wurde eine Öffnung des Abszesses hinter dem linken Brustwarzenhof mit Einlegen einer Lasche durchgeführt. Später kam es erneut zu einer Abszessbildung in der Brust, die erneut stationär behandelt werden musste. Es wurde erneut eine Abszesseröffnung durchgeführt, ohne dass die Behandlung abgeschlossen war.

OLG Karlsruhe, Urt. v. 21.05.2008 – 7 U 158/07, OLGR 2008, 558 E 1618

10.000,00 €

Meningitis

Der Kläger erlitt bei einem Sturz von einem Gerüst ein Schädelhirntrauma, das durch die Beklagten behandelt wurde. In der Folgezeit entwickelte sich infolge einer Infektion eine Meningitis. Zur Regulierung des Hirndrucks (Hydrozephalus) trägt der Kläger seitdem eine sog. Shunt-Anlage.

OLG München, Urt. v. 21.08.2008 – 1 U 1654/08, unveröffentlicht E 1619

10.000,00 € (Vorstellung: 36.000,00 €)

Diagnosefehler bei Hirnhautentzündung

Die Klägerin ist Witwe des verstorbenen Geschädigten, der an Myasthenia gravis sowie an Diabetes litt. Er wurde über einen Zeitraum von 4 Monaten mehrfach wegen Bronchitis bzw. Pneumonie im Krankenhaus der Beklagten behandelt; tatsächlich litt er, was

101 Allgemeine Ansicht, vgl. BGH, Urt. v. 19.05.1969 – VII ZR 9/67, BGHZ 52, 115; Palandt/Sprau, § 670 Rn. 9 bis 12. Gestritten wird lediglich um die dogmatische Begründung des Ergebnisses.Eine ältere, aber wichtige Entscheidung.

Besondere Verletzungen

behandlungsfehlerhaft nicht diagnostiziert wurde, an tuberkulöser Hirnhautentzündung (Meningitis), an der er auch bei seinem letzten stationären Aufenthalt verstarb.

Das Gericht bemaß das Schmerzensgeld dafür, dass der Geschädigte im Zeitraum von einem Monat zusätzliche Schmerzen dadurch erlitt, dass die spezifische medikamentöse Meningitistherapie verspätet eingeleitet wurde. Es stehe fest, dass der Verstorbene im vorgenannten Zeitraum Schmerzen erlitten hat. Er musste in dieser Zeit die letzte Phase einer schweren infektiösen Erkrankung des Gehirns mit allen damit verbundenen körperlichen und seelischen Beeinträchtigungen durchstehen. Offen war, zu welchem Anteil diese Schmerzen auf die vorgenannte verzögerte Behandlung der tuberkulösen Meningitis einerseits oder das Grundleiden des Verstorbenen andererseits zurückgehen; die Bemessung berücksichtigte daher auch, dass es dem Geschädigten bei kunstgerechter Behandlung ebenfalls schlecht gegangen und er verstorben wäre (Überlebenswahrscheinlichkeit nur 10 %).

E 1620 **OLG Naumburg, Urt. v. 20.08.2009 – 1U 86/08, VersR 2010, 216 = GesR 2010, 73**

10.000,00 €

Absterben des Bindegewebes an beiden Unterarmen – Verwachsungen – Narben

Infolge eines groben Behandlungsfehlers bei einer Injektionsbehandlung kam es zu einer Blutvergiftung (Sepsis) mit einer beatmungspflichtigen Störung der äußeren Atmung und beginnendem Funktionsversagen von Leber und Niere. Es wurde eine sechswöchige stationäre Behandlung, überwiegend intensivmedizinisch, erforderlich. Als Folge des Behandlungsfehlers kam es zum Absterben des Bindegewebes an beiden Unterarmen (sog. nekrotisierende Fascitis), welches mehrfache operative Wundbehandlungen sowie Entfernungen nekrotischen Gewebes (Wunddebridement, Fascienspaltung mit Nekrektomie) an beiden Unterarmen erforderlich machten. Anschließend traten Verwachsungen und Narbenbildung auf.

E 1621 **OLG Hamburg, Urt. v. 23.01.2004 – 1 U 24/00, OLGR 2004, 324**

12.250,00 € (Vorstellung: 17.500,00 €)

Spritzenabszess nach Cortisonspritze ohne wirksame Risikoaufklärung

Die Klägerin unterzog sich einer Injektionsbehandlung. Über das erhöhte Infektionsrisiko bei einer Verabreichung cortisonhaltiger Spritzen wurde sie nicht aufgeklärt. Es bildete sich ein Abszess, der operativ ausgeräumt werden musste. Diesem Eingriff ging eine Entwicklung voran, durch die die Klägerin in eine bedrohliche Situation geriet. Es ergab sich der Befund einer ausgedehnten »intraspinalen entzündlichen Reaktion«, sodass ein notfallmäßiges Eingreifen erforderlich wurde.

E 1622 **OLG Saarbrücken, Urt. v. 10.03.2007 – 4 U 338/06, MDR 2008, 261 = SP 2008, 209**

15.000,00 €

Keiminfektion nach Unterschenkelfraktur

Der 16 Jahre alte Kläger erlitt bei einem Verkehrsunfall eine stark dislozierte Unterschenkelfraktur, die zu ihrer Behandlung über einen Zeitraum von 18 Monaten mehr als zehn Operationen erforderte, weil Komplikationen wegen einer Keiminfektion auftraten. Die schulischen Leistungen des Klägers litten unter der aufwendigen Behandlung. Der Kläger, der vor dem Unfall Leistungssport im Bereich des Ringens ausübte, konnte keinen Sport mehr treiben.

OLG München, Urt. v. 12.07.2007 – 1 U 1616/07, unveröffentlicht E 1623

15.000,00 €

Verlust eines Neophallus durch Infektion

Der Kläger hatte einen Neophallus in einer Serie tiefgreifender Operationen erworben. Vor einer weiteren Operation hätte er über das Nekroserisiko aufgeklärt werden müssen. Eine Aufklärung über das Infektionsrisiko allein war nicht ausreichend, weil zum einen nicht allgemein bekannt ist, dass Infektionen eine Nekrose zur Folge haben können. Zum anderen war der Fall hier atypisch gelagert. Eine Nekrose konnte zum Verlust des Neophallus führen, hat also die Gefahr in sich geborgen, dass der Kläger das Glied, das er sich in einer Serie tiefgreifender Operationen erworben hatte, wieder verliert. Über ein im Hinblick auf das Behandlungsziel derart zentrales, tiefgreifendes und durchaus nicht völlig fernliegendes Risiko musste der Beklagte den Kläger explizit aufklären.

LG Freiburg, Urt. v. 30.10.2007 – 2 O 194/06, unveröffentlicht E 1624

20.000,00 € (Vorstellung: mindestens 20.000,00 €)

Infektion nach Schulteroperation – Schultergelenksentzündung

Die Klägerin befand sich nach einer Schulteroperation in einer Rehabilitationsmaßnahme-Klinik, weil sie unter anhaltenden Schmerzen litt. Nach mehreren intraartikulären Injektionen nahmen die Schmerzen zu und die Situation der Klägerin verschlechterte sich rasch. Es kam zu einer ausgedehnten Schwellung und Rötung der Schulter mit Ausdehnung bis zum Ellenbogen, weil eine Infektion mit dem Staphylococcus aureus eingetreten war. Der Eingriff war rechtswidrig, weil die Klägerin nicht hinreichend aufgeklärt worden war. Zudem wurde der medizinische Hygienestandard nicht eingehalten. Die Klägerin erlitt einen Dauerschaden. Es kam zu Verklebungen der Gelenkhäute im Schultergelenk. Die Bewegungseinschränkung der Klägerin besteht darin, dass sie einen Arm nicht über die Horizontale heben kann und auf eine Schmerzmedikation angewiesen ist.

OLG München, Urt. v. 30.04.2008 – 1 U 4679/07, unveröffentlicht E 1625

20.000,00 € (Vorstellung: 20.000,00 €)

Bakterielle Infektion des Knies nach Arthroskopie

Die 54 Jahre alte Klägerin hatte sich eine Verletzung am Kniegelenk zugezogen. Wegen des Verdachts einer Ruptur des vorderen Kreuzbandes sowie einer degenerativen Veränderung des Innenmeniskus wurde eine arthroskopische Operation mit Innenmeniskus-Teilresektion vorgenommen. Trotz Infektionszeichen wurde die Klägerin aus der stationären Behandlung entlassen. Nach 10 Tagen wurde in einem anderen Krankenhaus eine fortbestehende bakterielle Infektion des Knies festgestellt. Bei der Klägerin wurde eine operative Gelenkrevision mit arthroskopischer Lavage durchgeführt. Der stationäre Aufenthalt dauerte 5 Wochen.

OLG Koblenz, Urt. v. 22.06.2006 – 5 U 1711/05, NJW-RR 2006, 1401; bestätigt durch BGH, Urt. v. 20.03.2007 – VI ZR 158/06, VersR 2007, 847 = NJW 2007, 1682 = MDR 2007, 951 E 1626

25.000,00 € (Vorstellung: 25.000,00 €)

Spritzenabszess

Die Klägerin erhielt vom beklagten Arzt 2 Mal eine Spritze in den Nackenbereich. In der Folgezeit entwickelte sich ein Spritzenabszess, der eröffnet und wiederholt stationär behandelt werden musste. Der Abszess beruhte auf einer Staphylokokken-Infektion, die in der Praxis des behandelnden Arztes wiederholt auch bei anderen Patienten aufgetreten war.

Die Klägerin konnte ihren Beruf längere Zeit nicht ausüben. Sie leidet noch unter anhaltenden ziehenden und stechenden Schmerzen im Nacken- und Kopfbereich. Das schränkt ihre Beweglichkeit ein. Außerdem besteht eine starke Depressivität. Diese Beschwerden sind Folge einer psychischen Fehlentwicklung, die durch den Spritzenabszess und dessen Behandlung ausgelöst wurde. Der BGH hat die Revision der Beklagten zurückgewiesen.

E 1627 **OLG Karlsruhe, Beschl. v. 24.06.2005 – 7 W 28/05, NJW-RR 2006, 205 = GesR 2005, 555 = MDR 2006, 332**

35.000,00 €

Peritonitis (Bauchfellentzündung)

Der Antragsteller begehrt PKH. Er wurde wegen einer Sigma-Diverticulitis unter Resektion eines Teils des Darms operiert. Wegen einer Insuffizienz der Anastomose erfolgte eine Notoperation, bei der sich eine ausgeprägte Vierquadranten-Peritonitis zeigte. Der Antragsteller lag in der Folge zeitweise im Koma. Es entwickelte sich ein ausgeprägtes septisches Krankheitsbild i. S. e. Systemic Inflammatory Response Syndromes (SIRS) sowie eine Aspergillus-Pneumonie und in der Folge ein komplett infizierter Platzbauch mit sekundärer Wundheilung. Mehrere Revisionsoperationen waren erforderlich.

Der Antragsteller behauptet Verlust des Arbeitsplatzes und Schwerbehinderung von 70 %.

E 1628 **OLG Hamm, Urt. v. 02.12.2002 – 6 U 179/01, NJW-RR 2003, 1026 = r+s 2003, 82**

36.000,00 €

Hepatitis-Infektion

Die 34 Jahre alte Klägerin arbeitete als Reinigungskraft in einem Krankenhaus. Als sie einen Müllsack entfernte, stach sie sich an einer gebrauchten Injektionsnadel, die nicht über einen Müllsack entsorgt werden durfte. Die Klägerin zog sich eine Hepatitis C-Infektion zu. Sie wurde 3 Wochen stationär und anschließend 4 Wochen ambulant behandelt. Sie litt unter Schmerzen und Erschöpfungszuständen. Sie war mehrere Monate arbeitsunfähig. Sie leidet unter der Angst, ihre Familie angesteckt zu haben und künftig schwere Leberschäden zu erleiden. Als Spätfolge ist eine Leberzirrhose zu befürchten.

E 1629 **OLG Hamm, Urt. v. 06.11.2002 – 3 U 50/02, unveröffentlicht**

40.000,00 €

Hepatitis B-Infektion – Leberzirrhose – Tod

Die Kläger, Erben des Ehemannes bzw. Vaters, nehmen die Behandlungsseite auf Schmerzensgeld in Anspruch, weil bei dem Patienten das Vorliegen einer Hepatitis B-Infektion nicht abgeklärt wurde, was zu einer Leberzirrhose und nach etwas mehr als einem Jahr zum Tod führte.

Die Bemessung des Schmerzensgeldes stellt einmal auf die Kürze der Leidenszeit ab, aber auch darauf, dass der Patient infolge des rapiden Krankheitsverlaufs, der in der Endphase zum rapiden körperlichen Verfall und zum Koma führte, Schmerzen erlitten und schließlich den Tod erfahren habe. Insb. das Wahrnehmen der Leiden, das Bewusstsein des nahen Todes und der Abschied von der Familie sind prägend für das Schmerzensgeld.

OLG Koblenz, Urt. v. 25.07.2003 – 8U 1275/02, OLGR 2003, 447 E 1630

40.000,00 €

Infektion mit Hospitalkeim Staphylokokkus aureus – Unterschenkelamputation

Der Kläger stürzte nach erheblichem Alkoholgenuss und in Selbstmordabsicht aus ca. 11 m Höhe vom Dach des Hauses, in dem er wohnt. Nach operativer Behandlung der schweren Verletzungen stellte sich eine Infektion mit dem multiresistenten Hospitalkeim im Krankenhaus heraus. Eine Infizierung des Klägers mit diesen Keimen durch bzw. beim Sturz ist auszuschließen.

Zwar war die Behandlung der Infektion mit Vancomycin – zunächst – korrekt, weil es bei einer solchen Infektion das Mittel der Wahl darstellt. Ein grober Fehler war jedoch die von Anfang an geplante und auch tatsächlich viel zu kurz durchgeführte Behandlung damit von nur 5 Tagen statt der erforderlichen 10 – 14 Tage.

Dieser – grobe – Behandlungsfehler war auch kausal für die letztlich erfolgte Amputation des rechten Unterschenkels des Klägers.

OLG München, Urt. v. 12.03.2009 – 1 U 2709/07, GesR 2009, 324 E 1631

40.000,00 €

Verlust der Gebärmutter durch Infektion

Infolge eines Behandlungsfehlers bei der Entbindung wurden die Beschwerden der Klägerin nicht beachtet, eine Antibiosebehandlung unterblieb und Kontraktionsmittel wurden nicht gegeben. Wäre dies geschehen, wäre das Infektionsgeschehen bzw. die Entzündung der Gebärmutter konservativ beherrschbar gewesen. Der wesentliche gesundheitliche Schaden, den die Klägerin erlitten hat, ist der Verlust der Gebärmutter sowie als weitere Konsequenz der Verlust der Möglichkeit, weitere Kinder zu bekommen. Der Klägerin wären auch eine Bauchfellentzündung, eine Laparatomie und die Adhäsiolyse/Lavage erspart geblieben, die Beschwerden wären früher abgeklungen.

Für die Bemessung des Schmerzensgeldes waren neben den physischen auch die psychischen Folgen des Zwischenfalles maßgebend.

LG Hagen, Urt. v. 26.01.2006 – 6 O 368/02, unveröffentlicht E 1632

45.000,00 € (Vorstellung: 30.000,00 €)

Endokarditis nicht erkannt und nur Bronchitis behandelt – Infektion der Herzklappen

Die Behandlung des Klägers durch den Beklagten war aufgrund falscher Diagnose fehlerhaft. Er hat beim Kläger eine akute Bronchitis diagnostiziert und behandelt statt einer akuten Endokarditis, die durch den Erreger Streptococcus adjacens ausgelöst worden war. Diese Erkrankung führt im Laufe weniger Monate zu einer Zerstörung der Herzklappen. Der Erreger ist hochempfindlich gegen bestimmte Arten von Antibiotika, insb. gegen Penicillin. Durch die Fehlbehandlung waren der Austausch der Herzklappen mit dem Risiko neuer Operationen und die lebenslange Marcumar-Therapie erforderlich. Zudem besteht eine Einschränkung der maximalen körperlichen Leistungsfähigkeit des Klägers um wenigstens 20 – 30 % sowie die Notwendigkeit intensiver ständiger ärztlicher Behandlung.

E 1633 **OLG Bamberg, Urt. v. 27.11.2000 – 4 U 106/99, VersR 2002, 323**

50.000,00 €

Spritzenabszess

Der beklagte Heilpraktiker gab dem Kläger eine »Aufbauspritze« in die rechte Gesäßhälfte. Der Kläger erlitt eine massive Weichteilinfektion. Es bildete sich ein großflächiger Spritzenabszess, der sich auf die gesamte rechte Extremität und die Flanke bis zur Achselhöhle ausdehnte. Hinzu kamen eine nekrotisierende Fasziitis, Tabdomylose, eine Streptokokkensepsis mit septischem Schock sowie ein Multiorgandysfunktionssyndrom, wobei der Kläger mindestens 5 Wochen in akuter Lebensgefahr geschwebt hat.

Die Spritze war nicht indiziert, das Medikament hätte oral eingenommen werden können. Diese Einnahme wäre ebenso effektiv gewesen.

E 1634 **OLG Bremen, Urt. v. 07.03.2000 – 3 U 73/99, OLGR 2000, 236**[102]

75.000,00 € (Vorstellung: 37.500,00 €)

Infektion des Kniegelenks – Amputation des Oberschenkels

Die 23 Jahre alte Schuhverkäuferin wurde wegen eines Ulcus an der Kniescheibe operiert. Nach späterer Arthroskopie und anschließender Arthrotomie und Anbohrung des Knorpeldefekts kam es zu einer Infektion des Kniegelenks. Es kam immer wieder zu Infektionen, die 30 Operationen zur Folge hatten. Nach rund 4 Jahren wurde eine Oberschenkelamputation vorgenommen und 3 Jahre später eine Exartikulation im Hüftgelenk durchgeführt.

Bei der Bemessung des Schmerzensgeldes waren der lange Leidensweg und die Erwerbsunfähigkeit der noch jungen Klägerin von besonderer Bedeutung.

E 1635 **OLG Koblenz, Urt. v. 07.06.2004 – 13 U 1527/01, GesR 2004, 330, bestätigt durch BGH, Urt. v. 14.06.2005 – VI ZR 179/04, BGHR 2005, 1318**

125.000,00 € (Vorstellung: 125.000,00 €)

HIV-Infektion

Die 27 Jahre alte Klägerin wurde mit HIV infiziert, nachdem sich ihr Ehemann über verseuchte Blutprodukte diese Infektion zugezogen hatte. Die Immunschwächekrankheit gilt als unheilbare Krankheit, was einen hohen Leidensdruck bei der Klägerin bewirkt, auch wenn die Krankheit noch nicht zum Ausbruch gekommen ist. Das Gericht bezieht sich zum Vergleich auf eine nicht veröffentlichte Entscheidung des LG Bonn v. 02.05.1994 – 9 O 323/93, das einem 9 Jahre alten Jungen ein Schmerzensgeld i. H. v. 125.000,00 € zuzüglich einer monatlichen Schmerzensgeldrente i. H. v. 500,00 € zugebilligt hatte. Warum das OLG in Kenntnis der Entscheidung des LG Bonn lediglich den von der Klägerin genannten Mindestbetrag zuerkannt hat, wird nicht begründet. Der BGH hat die Revision der Beklagten durch Urt. v. 14.06.2005 – VI ZR 179/04 zurückgewiesen.

---

102 Dies bestreitet Stefan Müller, ZGS 2010, 538 (540) u. E. zu Unrecht: er verweist darauf, es handele sich nicht um eine originäre Schadensersatzhaftung, sondern um einen aufopferungsnahen Anspruch. Dagegen spricht aber, dass die Anwendung von § 670 BGB gerade auch auf Schadensersatz ausgedehnt wird.Eine ältere, aber wichtige Entscheidung.

OLG Frankfurt am Main, Urt. v. 23.12.2003 – 8 U 140/99, unveröffentlicht — E 1636

<u>150.000,00 € zuzüglich 500,00 € monatliche Rente</u> (Vorstellung: 150.000,00 € zuzüglich 500,00 € monatliche Rente)

Infektion mit Hepatitis C und AIDS infolge von Verwendung nicht sterilisierter Spritzen

Die Klägerin macht gegen die Beklagten Schadensersatzansprüche wegen der Übertragung von Hepatitis C und AIDS durch einen Behandlungsfehler bei einer Ozon-Therapie geltend. Sie verlangt einen Schmerzensgeldbetrag von 300.000,00 DM = 153.387,56 €, eine monatliche Schmerzensgeldrente i. H. v. 1.000,00 DM = 511,29 €.

Die Klägerin ist auf den Rollstuhl angewiesen. Sie ist aufgrund der cerebralen Toxoplasmose halbseitig gelähmt, die Funktion des Frontalhirns ist eingeschränkt. Außerdem leidet sie an heftigen Schmerzattacken. Im weiteren Verlauf der Krankheit sind schwere Depressionen zu erwarten. Die Klägerin leidet unter schwersten Beeinträchtigungen der Lebensqualität ohne Hoffnung auf Genesung. Vielmehr ist mit einer lebenslänglichen schweren Krankheit zu rechnen.

Obwohl die Erkrankung der Klägerin auf einem schweren Behandlungsfehler der Beklagten beruht, legt der Senat der Bemessung des Schmerzensgeldes kein schweres persönliches Verschulden der Beklagten zugrunde.

Lähmung

▶ Hinweis:

Die Lähmung von Körperteilen ist im Regelfall unter den jeweils betroffenen Körperteilen erfasst. Stets ist aber bei der Bemessung des Schmerzensgeldes zu berücksichtigen, dass es sich bei einer Lähmung um einen Dauerschaden handelt, der den Geschädigten über die bloße Verletzung (die ansonsten kurierbar sein mag) hinaus dauerhaft in seiner Lebensgestaltung einschränkt. Treten diese Einschränkungen offen zutage, etwa dort, wo vormals ausgeübte Sportarten nicht mehr betrieben werden können oder die Lähmung gar zur Berufsaufgabe zwingt, ist dies ein evidentes Kriterium, welches zur Erhöhung des Schmerzensgeldes führen muss, um den verstärkten Beeinträchtigungen des Geschädigten gerecht werden zu können.

Zu beachten ist ferner, dass in den Fällen schwerer Verletzungen (etwa Hirnschädigungen, Tetraplegien, Paraplegien) zu der Lähmung meist weitere, den Geschädigten stark beeinträchtigende Einschränkungen von Körper- und Hirnfunktionen hinzutreten. Die Bemessung erfolgt hier mit Blick auf die Gesamtheit der Schadensfolgen, von denen die Lähmung zumeist nicht die eindeutig schwerste ist. Dies rechtfertigt es, für diese Verletzungen eine eigene Fallgruppe zu bilden (»schwerste Verletzungen«, vgl. E 2067 ff.), unter der diese Fälle wegen ihrer Besonderheiten eine gesonderte Darstellung finden. Ebenso sind Lähmungen nach Geburtsschäden unter diesem gesonderten Stichwort erfasst.

OLG Brandenburg, Urt. v. 29.05.2008 – 12 U 81/06, RDG 2009, 84 — E 1637

<u>2.500,00 €</u>

Kurzzeitige Lähmungserscheinungen

Bei einer Operation des Klägers wegen einer Subarachnoidalblutung kam es zu einem Vasospasmus, der behandlungsfehlerhaft zu spät erkannt und behandelt wurde. Dadurch wurde der Kläger erst 4 Tage später zurück auf die Intensivstation verlegt. Bei dem Kläger trag ein neurologisches Defizit in Gestalt von Desorientiertheit, sensomotorischer Aphasie und einer armbetonten Hemiparese rechts auf, ferner kam es zu weiteren Sprachstörungen und

Lähmungserscheinungen. Diese wurden schuldhaft 2 Tage nicht behandelt; nach der Rückverlegung auf die Intensivstation besserte sich das Beschwerdebild, und die neurologischen Defizite klangen ab. Es kam nicht zu einer messbaren Verlängerung des Heilungsverlaufs insgesamt; auch verblieben keine Dauerschäden.

E 1638 **OLG Köln, Urt. v. 01.06.2005 – 5 U 91/03, VersR 2006, 124**

15.000,00 € (Vorstellung: 25.000,00 €)

Armplexuslähmung

Bei der Klägerin wurde im Bereich des rechten Halses ein Tumor entdeckt; es war unklar, ob dieser gutartig oder bösartig war, wenngleich eine gewisse Wahrscheinlichkeit für die Bösartigkeit sprach. Die Klägerin wurde nicht hinreichend darüber belehrt, dass die – letztlich durchgeführte – radikale Tumorentfernung zu Nervverletzungen mit Lähmungserscheinungen führen könne. Der Tumor stellte sich als gutartig heraus; bei der Entfernung hatten die beklagten Ärzte bewusst einen Teil des Nervengewebes im Bereich des Plexus brachialis durchtrennt, um hinreichenden Zugang zum Tumor zu haben. Hierdurch kam es zu einer Plexuslähmung des rechten Arms. Einen Monat später ließ die Klägerin eine Rekonstruktion der Nerven durchführen.

Bei der Bemessung wurde berücksichtigt, dass die Klägerin über ein halbes Jahr von einer vollständigen bzw. sehr weitgehenden Lähmung des rechten Arms betroffen war. Die Durchtrennung des Nervgewebes hatte zu erheblichen und lang andauernden Schmerzen geführt, und die Klägerin war lange Zeit in Ungewissheit darüber, ob die Lähmung sich wieder zurückbilden würde. Auch war ein weiterer Eingriff (Nervenplastik) nötig geworden, mit der Folge entsprechender Beschwerden und einer Vielzahl postoperativer Behandlungsmaßnahmen, etwa regelmäßiger Krankengymnastik. Ein sehr lang andauernder Schmerzzustand erforderte die Einnahme starker Schmerzmittel. Der Arm hat trotz erfolgreicher Rekonstruktion des betroffenen Nervs die volle Funktionsfähigkeit nicht wieder erlangt. Gewisse Bewegungen, die eine bestimmte Geschicklichkeit erfordern, etwa das Schließen von Kleidern auf dem Rücken, sind nicht mehr möglich.

E 1639 **OLG Koblenz, Urt. v. 26.08.2003 – 3 U 1840/00, NJW-RR 2004, 106**

20.000,00 €

Querschnittslähmung

Der 75 Jahre alte Geschädigte erlitt eine Querschnittslähmung ab Brustwirbelkörper 12, weil die Beklagten behandlungsfehlerhaft seinen Blasenentleerungsstörungen nicht nachgingen. Es kam zu einer Lähmung beider Beine sowie des Schließmuskels von Darm und Blase. Dauernde Bettlägerigkeit führte zu schweren Dekubituswunden, die Hauttransplantationen erforderlich machten. Der Geschädigte wurde depressiv, musste 15 Monate stationär behandelt werden und wurde danach von seiner Ehefrau, der Klägerin, gepflegt. Er verstarb 1 1/2 Jahre nach Eintritt der Querschnittslähmung.

Das Gericht konzedierte, dass Querschnittslähmungen zu den schwersten körperlichen Beeinträchtigungen eines Menschen überhaupt zählten und daher in der Rechtsprechung meist mit sehr hohen Schmerzensgeldbeträgen abgegolten würden. Habe der Geschädigte jedoch – wie hier – nach dem Schadensfall nur noch eine relativ geringe Zeit gelebt und stehe somit bei Schluss der mündlichen Verhandlung fest, dass er nicht weiter leiden muss, wirke sich dies schmerzensgeldmindernd aus. Eine direkte Proportionalität der Schmerzensgeldhöhe zu der Lebensdauer des Verletzten könne aber nicht angenommen werden.

Angesichts der extremen körperlichen Schädigung, der Beeinträchtigungen durch die äußerst langwierige nachfolgende stationäre Behandlung und der ungewöhnlich starken

Einschränkungen der Lebensqualität sowie unter Berücksichtigung der Vorschädigung des Geschädigten und einer durchschnittlichen Lebenserwartung von etwa 5 Jahren, wie sie dessen Alter bei Schadenseintritt damals entsprach, wäre nach Überzeugung des Senats im vorliegenden Fall ein Schmerzensgeld i. H. v. 50.000,00 € angemessen gewesen, wenn es nicht zum vorzeitigen Tod des Ehemannes der Klägerin gekommen wäre. Dabei wird berücksichtigt, dass dieser bei Eintritt des Schadens an arterieller Hypotonie, Diabetes mellitus, degenerativen Veränderungen der LWS und Magengeschwüren litt. Aufgrund der verkürzten Überlebenszeit wurde daher auch das Schmerzensgeld entsprechend reduziert.

OLG Hamm, Urt. v. 01.02.2006 – 3 U 182/05, MDR 2006, 1228 = NJOZ 2006, 3417 — E 1640

20.000,00 €

Inkomplette Querschnittslähmung

Die 73 Jahre alte Klägerin erlitt durch unsachgemäßen Transport ins Krankenhaus, wo sie wegen Komplikationen bei der Chemotherapie behandelt wurde, eine inkomplette Querschnittslähmung. Sie war – auf einer Liege fixiert – beim Einschieben in den Krankenwagen mit dem Kopf an die Oberkante des Fahrzeuges gestoßen, wodurch es zu einem Kopftrauma und der hieraus resultierenden Lähmung gekommen war. Bei der Bemessung wurde berücksichtigt, dass sich die durch die Vorerkrankungen bereits stark eingeschränkte Lebensqualität der Klägerin aufgrund der hinzukommenden Lähmungen in Armen und Beinen weiter erheblich verschlechterte. Ebenso wirkt sich die Behinderung nachteilig auf das psychische Wohlbefinden aus; mindernd fiel ins Gewicht, dass die Pflegebedürftigkeit nicht initial auf die Verletzung, sondern auf die schwere Grunderkrankung (Magenkarzinom) zurückzuführen war.

LG Bonn, Urt. v. 30.07.2004 – 1 O 119/03, NJW-RR 2005, 534 — E 1641

25.000,00 € (1/4 Mitverschulden; Vorstellung: 25.000,00 €)

Querschnittssymptomatik – HWS-Fraktur – Rückenmarkskontusion

Der 19 Jahre alte Kläger sprang – entsprechend alkoholisiert – bei einer »Beachparty« in einer Diskothek in ein mit Wasser gefülltes Kunststoffbassin. Beschilderungen oder Hinweise zur Wassertiefe wies dieses nicht auf. Hierbei erlitt er eine instabile Fraktur der HWS mit einer Rückenmarkskontusion i. H. d. 6. Halswirbelknochens. Diese Verletzung führte zunächst zu einer vollständigen Querschnittslähmung ab Brusthöhe nach unten. Der Kläger wurde intensivmedizinisch behandelt, zur Stabilisierung des Halswirbels wurde ein Stück aus der Hüfte transplantiert. Ein 4 Monate langes Rehabilitationstraining, insb. mit intensivem Blasen- und Mastdarmtraining, schloss sich an; danach war der Kläger noch weitere 10 Monate krankgeschrieben. Er leidet immer noch an den Folgen der Verletzungen; es bestehen Einschränkungen der Beinmotorik und Empfindungsstörungen sowie eine Neigung zu auffälligen Spasmen nach längerem Sitzen. Darm- und Blasenbereich sind weiterhin unkontrollierbar, es besteht permanente Einkotungsgefahr. Eine Dauer-MdE von 70 % verbleibt.

OLG Karlsruhe, Urt. v. 22.12.2004 – 7 U 4/03, VersR 2006, 515 — E 1642

25.000,00 € (Vorstellung: 50.000,00 €)

Armlähmung

Der Kläger wurde bei seiner Geburt geschädigt, wodurch es zu einer inkompletten Armlähmung rechts mit Schwächen beim Heben und Außendrehen und einer unwesentlichen Veränderung des Arms ggü. dem gesunden mit geringgradiger Kraftreduktion kam. Der Schaden ist dauerhaft, eine fixierte Fehlstellung der Wirbelsäule als Folge ist unwahrscheinlich, aber möglich.

E 1643 **OLG Oldenburg, Urt. v. 04.07.2007 – 5 U 106/06, VersR 2008, 124 = MedR 2008, 437**

25.000,00 €

Lähmungserscheinungen an der rechten Hand – Einschränkungen des Gesichtsfeldes – Gleichgewichts-, Trink-, Ess-, Sprach- und Gedächtnisstörungen – Inkontinenz

Die Klägerin hatte sich 1975 einer Gehirnoperation unterziehen müssen; 12 Jahre später erlitt sie einen Schlaganfall und war seitdem rechtsseitig gelähmt. Weitere 15 Jahre später, im Jahr 2002, traten Gehirnblutungen in Form beiderseitiger Ponsblutungen auf. Im September 2003 verstarb eine Nichte der Klägerin infolge einer Aneurysmenruptur. 2 Monate später begab sich die Klägerin wegen Kopfschmerzen im Hinterhaupt- und Scheitelbereich und einer Blutung rechtsparamedian im Ponsbereich in das Krankenhaus der Beklagten. Infolge einer wegen des erhöhten Schlaganfallrisikos aufklärungsdefizitären Angiographie erlitt die Klägerin Infarkte im Bereich des Thalamus beidseits sowie im Hirnstamm. Sie bekam Sprachstörungen, wurde somnolent und musste auf die Intensivstation verlegt werden. Seitdem ist das Gesichtsfeld der Klägerin stark eingeschränkt; die Lähmungserscheinungen an der rechten Hand haben zugenommen, beim Laufen treten massive Gleichgewichtsstörungen auf, sodass die Klägerin außerstande ist, selbstständig zu gehen. Es bestehen Trink-, Ess-, Sprach- und Gedächtnisstörungen sowie Inkontinenz. Der Senat hielt das Schmerzensgeld trotz der bestehenden Vorschäden wegen der weiteren Beeinträchtigungen, insb. der starken Lähmungserscheinungen und der Inkontinenz, für angemessen.

E 1644 **LG Bochum, Urt. v. 18.02.2010 – 6 O 368/07, unveröffentlicht**

30.000,00 € (Vorstellung: 100.000,00 € zuzüglich 300,00 € mtl. Rente)

Parese des nervus femoralis nach Hüftgelenks-OP

Die 75 Jahre alte Klägerin wurde wegen zunehmender Schmerzen im Hüftgelenk von der Beklagten operiert. Bei der Implantation einer Hüftgelenks-Totalendoprothese wurden mehrere Behandlungsfehler begangen, weswegen es zu einer irreversiblen Nervschädigung in Form einer Parese des nervus femoralis rechts gekommen ist. Die Klägerin ist in ihrer Beweglichkeit erheblich eingeschränkt. Im rechten Bein kann sie lediglich die Zehen bewegen, es sind noch erhebliche Schmerzen vorhanden. Das Gericht berücksichtigte, dass die Klägerin auch vor der Operation schon an erheblichen Bewegungseinschränkungen gelitten hat, da sie bereits seit mehreren Monaten sich nur noch mithilfe von Unterarmgehstützen fortbewegen konnte und das Haus praktisch nicht mehr verlassen hat.

E 1645 **LG Osnabrück, Urt. v. 20.01.2004 – 10 O 2174/03, unveröffentlicht**

40.000,00 € (Vorstellung: 50.000,00 €)

Lähmung nervus peronaeus – Unterschenkelfraktur

Der Kläger, ein Feuerwehrmann, wurde von dem Beklagten angefahren, als er eine Unfallstelle sicherte. Er erlitt eine offene verschobene Unterschenkelschaftfraktur links, eine Mehretagenunterschenkeltrümmerfraktur rechts, eine Fraktur der 5. Mittelhandknochenbasis, welche folgenlos verheilte, sowie eine partielle Lähmung des Nervus peronaeus links. Er war 2 Monate in stationärer Behandlung; weitere 6 Monate bestand eine MdE von 50 %. Eine Dauer-MdE von 30 % verbleibt. Nur aufgrund »erheblichen Entgegenkommens« des Arbeitgebers kann der Kläger in seinem Beruf verbleiben.

Bei der Bemessung stellte das Gericht auf die »ganz erheblichen offenen Beinfrakturen« ab, welche »eindeutig im Vordergrund« stünden. Es verblieben erhebliche Dauerschäden (starke Schmerzen im Beinbereich beim Gehen und Sitzen, das Empfinden, »auf Wasser zu laufen«

und belastungsabhängige Hautveränderungen sowie Bewegungseinschränkungen), die sowohl die private als auch die berufliche Lebensführung in starkem Maße beeinträchtigen.

LG Hechingen, Urt. v. 15.10.2004 – 2 O 285/02, unveröffentlicht E 1646

40.000,00 € (Vorstellung: 20.000,00 €)

Schulterdystokie – Armplexusparese

Bei der Geburt der Klägerin kam es zu einer Schulterdystokie, die eine linksseitige Armplexusparese, einen Schulterschiefstand und einen fehlenden linksseitigen Patellar- und Bizepssehnenreflex zur Folge hatte. Ferner besteht eine Atrophie der linken Schulter-, Arm- und Handmuskulatur sowie ein Horner-Syndrom mit Lidspalten- und Pupillendifferenz und Hängelid. Die Klägerin kommt bei Alltagstätigkeiten zurecht, leidet aber unter Einschränkungen beim Sport und Fahrradfahren. Ständige Krankengymnastik ist nötig. Die Bemessung erfolgte unter Berücksichtigung der starken Beeinträchtigung durch die Verschmächtigung des linken Arms. Die Entstellung im Gesicht durch das Horner-Syndrom mit Lidlähmung sei für ein heranwachsendes Mädchen im gesellschaftlichen Bereich nachteilig und belastend.

OLG Frankfurt am Main, Urt. v. 14.01.2003 – 8 U 135/01, NJW-RR 2003, 745 E 1647

50.000,00 €

Stimmbandnervlähmung – Atemnot

Die 72 Jahre alte Klägerin wurde 1961 im Alter von 38 Jahren erstmals wegen eines Schilddrüsenstrumas operiert. Bis 1995 hatte sich ein Rezidivstruma gebildet, was ein reduziertes Allgemeinbefinden, Atemnot und Herzrhythmusstörungen zur Folge hatte. Nach einer Folgeoperation und einem tags darauf vorgenommenen Luftröhrenschnitt litt sie unter Stimmverlust und anhaltender Atemnot. Es stellte sich heraus, dass beide Stimmbandnerven irreversibel gelähmt waren. In den folgenden Jahren wurden bei der Klägerin 8 weitere stationäre Krankenhausaufenthalte mit 7 operativen Nachbehandlungen erforderlich. Es trat Pflegebedürftigkeit ein; die Klägerin verstarb 4 Jahre später. Aufklärungsfehler der behandelnden Ärzte lagen vor, da alternative Eingriffsmöglichkeiten nicht dargestellt wurden. Bei der Bemessung wurden der Stimmverlust, die Atemnot bis hin zu Erstickungsanfällen sowie eine starke Verschleimung des Bronchialsystems und der Luftröhrenöffnung berücksichtigt. Diese Beschwerden dauerten bis zum Tod an und waren zumindest mitursächlich für das Versterben der Klägerin. Das Gericht stellte zudem auf die sieben Nachoperationen ab, insb. auf eine Tracheotomie, wobei sie längere Zeit eine Trachealkanüle tragen musste. Andererseits sei bei der Bestimmung der Höhe des Schmerzensgeldes zu beachten, dass den Beklagten kein Behandlungsfehler zur Last gelegt werde.

LG Baden-Baden, Urt. v. 24.10.2006 – 1 O 374/04, ZfS 2007, 375 E 1648

50.000,00 € (Vorstellung: 50.000,00 €)

Inkomplette Tetraplegie

Der 61 Jahre alte Kläger war Zeitungsausträger. Vor einer Wohnanlage übersah er, dass Unbekannte die Abdeckung eines Lüftungsschachtes entfernt hatten, und stürzte mit seinem Rad in den Schacht. Hierbei zog er sich schwerste Verletzungen an Kopf und Rücken zu. Er erlitt eine contusio spinalis sowie eine inkomplette linksbetonte Tetraplegie distal, wodurch es vorübergehend zu einer kompletten Querschnittslähmung sämtlicher Extremitäten kam. Er musste zur Behebung der neurologischen Ausfälle operiert werden, wobei eine dorsale Dekompression, eine Laminektomie und eine dorsale Spondylodese C 3 – C 6 durchgeführt wurde. Seither bedarf er regelmäßiger ärztlicher und krankengymnastischer Behandlungen, da durch das

Unfallereignis die Beweglichkeit seiner Beine sowie des linken Arms in erheblich spastischer Weise eingeschränkt ist. Er leidet an erheblichen Schmerzen und ist zu 100 % erwerbsunfähig.

Die Beklagten, Wohnungseigentümer und Hausverwaltung, hafteten wegen Verletzung der Verkehrssicherungspflicht, da bei einer 251 Wohneinheiten umfassenden Wohnanlage die Möglichkeit besteht, dass – wenn auch nur »scherzweise« – Abdeckungen entfernt werden. Die Verkehrssicherungspflichtigen hatten daher dafür zu sorgen, dass die Abdeckgitter durch besondere Vorrichtungen gegen ein unbefugtes Entfernen gesichert sind, was nicht geschehen war.

E 1649 LG Magdeburg, Urt. v. 18.04.2007 – 9 O 361/01, unveröffentlicht

50.000,00 €

Lähmungen – Schädigung des Rückenmarks – Impotenz

Der Kläger erlitt bei der Implantation eines intrathekalen Katheters zur Morphinapplikation durch den Beklagten eine schwere Schädigung des Rückenmarks. Die Haftung des Beklagten beruht nicht auf einem Behandlungsfehler, sondern darauf, dass der Eingriff mangels hinreichender Aufklärung nicht von einer wirksamen Einwilligung des Klägers gedeckt war.

Die schwere Schädigung des Rückenmarks führte zu einer Blasenstörung, zur Impotenz und zu einer schweren Gangstörung. Auch Empfindungsstörungen und Schmerzen an Rumpf und Beinen sind als Operationsfolge anzusehen.

E 1650 LG Köln, Urt. v. 19.12.2007 – 25 O 598/03, unveröffentlicht

50.000,00 € (Vorstellung: 75.000,00 €)

Halbseitenlähmung

Die Klägerin wurde mit Trisomie 21 und einem Herzfehler geboren und im Alter von 4 Monaten von den Beklagten wegen dieses Ventrikelseptumdefekts operiert. Es kam zu einer Fehlfunktion der Herz-Lungen-Maschine, wodurch ein retrograder Fluss eintrat, durch den sich das Gefäßsystem der Klägerin mit Luft füllte und diese über die vorhandenen Defekte in der Herzscheidewand in den Kreislauf der Klägerin übertrat. Hierdurch kam es zu einer dauerhaften, mäßiggradig ausgeprägten spastischen Halbseitenlähmung. Beim Einsatz der Hände wird die rechte bevorzugt, beim Laufen erfolgt ein Nachziehen des linken Beines; beim Stehen wird das linke Bein mehr durchgedrückt, um Stabilität zu erreichen. Hüpfen oder einbeiniges Stehen ist nicht möglich. Bei Toilettengängen und beim Spielen bedarf die Klägerin wegen der ständigen Sturzgefahr der Aufsicht.

E 1651 OLG Düsseldorf, Urt. v. 10.04.2003 – I-8 U 38/02, VersR 2005, 117

50.000,00 € zuzüglich 150,00 € monatliche Rente (Vorstellung: 150.000,00 €)

Beinlähmung – Blasen- und Mastdarmfunktionsbeeinträchtigung

Bei dem 61 Jahre alten Kläger wurden starke Rückenschmerzen falsch behandelt, weswegen ein Epiduralabszess übersehen wurde. Die verspätete Notfalloperation hatte die Lähmung beider Beine und eine Beeinträchtigung der Blasen- und Mastdarmfunktion zur Folge. Der Senat berücksichtigte die lebenslange Beeinträchtigung, deren Auswirkungen in »alle Bereiche des Lebens ausstrahlen und zu medizinischen, sozialen und in der Folge auch zu psychischen Beeinträchtigungen« führten. Auch die Dauer der Rehabilitation (3 1/2 Monate) und der Umstand ständiger Pflegebedürftigkeit wurden berücksichtigt. Ein höheres Schmerzensgeld sei nur in schwereren Fällen (komplette Lähmung jüngerer Menschen) gerechtfertigt.

KG, Urt. v. 02.09.2002 – 12 U 1969/00, VersR 2003, 606 = NJW-RR 2003, 24 E 1652

50.000,00 € zuzüglich 266,00 € monatliche Rente (1/4 Mitverschulden)

Halbseitenlähmung – Schädelhirntrauma

Ein 10 Jahre altes Kind wurde beim Überlaufen der Schienen von einer Straßenbahn erfasst. Es erlitt schwere Verletzungen (Schädelhirntrauma mit Einblutungen [apallisches Syndrom], Bauchtrauma, Thoraxtrauma, Lungenkontusion) mit der Folge einer spastischen Halbseitenlähmung und komplexer Sprachstörungen. Das Kind ist auf ständige Hilfe Dritter und einen Rollstuhl angewiesen (MdE 100 %). 9 Monate stationäre Behandlung; 20 Tage künstliche Beatmung. Nachhaltige Störung der Lebensführung des Geschädigten.

LG Itzehoe, Urt. v. 20.07.2006 – 7 O 88/04, unveröffentlicht E 1653

60.000,00 € (Vorstellung: 60.000,00 €)

Halbseitenlähmung – Schädelhirntrauma – Halbseitenblindheit

Der 3 Jahre alte Kläger machte mit seiner Mutter einen Krankenbesuch auf dem Klinikgelände des Beklagten, als er auf dem öffentlich zugänglichen Klinikgelände entlang des Fußweges ging. Neben diesem lief, durch einen 3 m breiten Grünstreifen getrennt, ein Treppenschacht, der bis zu 5,4 m tief und durch einen Mauersockel von 40 cm Höhe begrenzt ist. An diesem war ein Treppengeländer mit mehreren Sprossen.

Beim Spielen auf der Rasenfläche fiel der Kläger in den Schacht und erlitt hierbei ein offenes Schädelhirntrauma 3. Grades mit Subduralblutung, eine Kontusionsblutung, eine Felsenbeinfraktur rechts, ein Hirnödem und eine Femurschachtfraktur, eine Sepsis, eine Halbseitenlähmung links mit mittelschwerer Teillähmung in der linken Körperhälfte mit eingeschränkten Bewegungsaktivitäten im Arm, eine Halbseitenblindheit links, eine zentrale Sprachstörung sowie ein mittelschweres hirnorganisches Psychosyndrom.

Der Kläger wurde 7 1/2 Monate stationär behandelt; mehrere Schädeloperationen waren zwecks operativer Rekonstruktion des Schädeldaches nötig. Er hat durch den Unfall vielfältige Dauerschäden erlitten, u. a. eine halbseitige mittelschwere Teillähmung der linken Körperhälfte mit eingeschränkten Bewegungsaktivitäten, eine Einschränkung des Gesichtsfeldes beider Augen nach links, eine Sprach- und Gehörstörung sowie ein mittelschweres hirnorganisches Psychosyndrom. Der Oberschenkelbruch musste mit einem Fixateur extern stabilisiert werden.

Das Gericht bejahte eine Verkehrssicherungspflicht, weil der Schacht unzureichend gesichert gewesen sei; insb. habe die Umwehrung als »Steighilfe« dienen können.

Bei der Bemessung stellte das Gericht auf die für ein Kind besonders belastende sehr lange Dauer des Krankenhausaufenthalts sowie die Schwere der Verletzungen und der Dauerschäden (Halbseitenlähmung, Spastik der linken Hand; deutliches Hinken, störende Narbenbildung im Halsansatz und am Oberschenkel, Beinlängendifferenz und Seh- und Hörbehinderung) ab. Auch wurde die grobe Fahrlässigkeit des Beklagten berücksichtigt, ferner eine »zögerliche Sachbehandlung und unbegründetes Bestreiten, das z. T. schlechthin nicht nachvollziehbar und weit jenseits sachgerechter Interessenwahrnehmung ist«. Der kommunale Träger hatte Sicherheitsbestimmungen, die er als Baubehörde selbst erlassen hatte, nicht nur missachtet, sondern auch geleugnet und 4 Jahre lang jeden Ausgleich verweigert.

E 1654 **OLG München, Urt. v. 08.07.2010 – 1 U 4550/08, VersR 2012, 111**

60.000,00 € (Vorstellung: 80.000,00 €)

Plexusparese – Schulterdystokie

Die Klägerin wurde bei ihrer Geburt verletzt; nachdem die Wehen nachließen, versuchte man erfolglos eine Entbindung mittels Saugglocke, ehe dann mithilfe einer Zange entbunden wurde. Die Klägerin blieb mit der rechten Schulter am Schambein der Mutter hängen; infolge der Kompression der Nabelschnur wurde die Sauerstoffversorgung unterbrochen. Die während der Geburt aufgetretene Schulterdystokie wurde nicht fachgerecht behoben. Die Klägerin leidet nun unter einer sog. Fallhand; es gibt keine Ellbogenfunktion und eine deutliche Schwächung der Schulteraktivität. Trotz dreier umfangreicher Operationen ist keine Besserung mehr zu erwarten. Die Gebrauchsfähigkeit des rechten Arms ist erheblich eingeschränkt, und der Arm ist optisch nachteilig verkürzt. Eine Plexusparese besteht weiterhin. Die Klägerin ist dauerhaft und erkennbar behindert; ähnlich einem armamputierten Menschen sind ihr zahlreiche Verrichtungen, die für einen gesunden Menschen selbstverständlich sind, nicht möglich. Mit zusätzlichen psychischen Belastungen in der Pubertät muss gerechnet werden.

E 1655 **OLG München, Urt. v. 16.02.2012 – 1 U 2798/11, unveröffentlicht**

60.000,00 € (Vorstellung: 100.000,00 €)

Entfernung des nervus facialis – periphere Gesichtsnervlähmung

Der 38 Jahre alte Kläger war wegen anhaltenden Schmerzen hinter dem linken Ohr beim beklagten Radiologen in Behandlung. Dieser übersah einen Tumor im Bereich der Ohrspeicheldrüse. Aufgrund der verspäteten Operation wurde die Entfernung auch des inzwischen vom Tumor infizierten linken Gesichtsnervs (nervus facialis) erforderlich. Der Kläger, der bis zu dieser Operation, die erst zwei Jahre nach der Untersuchung durch den Beklagten erfolgte, unter starken Schmerzen hinter dem linken Ohr litt, die auch durch Schmerzmittel nur eingeschränkt gelindert werden konnten, ist nachoperativ insoweit beschwerdefrei. Er leidet aber nun unter einer kompletten peripheren Gesichtsnervenlähmung der linken Seite. Dadurch kommt es zu Veränderungen in Mimik und Gesichtsausdruck und Erschwernissen beim Essen, Trinken und Sprechen. Der Senat stellte bei der Bemessung auf die Dauerschäden, aber auch auf den langen Zeitraum der schmerzhaften OP-Verzögerung ab.

E 1656 **OLG Köln, Urt. v. 26.10.2011 – 5 U 46/11, MedR 2012, 813**

70.000,00 € (Vorstellung: 100:000,00 €)

Blasen- und Mastdarmlähmung – vorübergehende Lähmung der Beine

Die 13 Jahre alte Klägerin litt seit ihrem siebten Lebensjahr an einer Skoliose. Sie wurde im Krankenhaus der Beklagten zur Korrektur der Wirbelsäulenverkrümmung operiert. Bei der operativen Korrektur des Skoliosewirbels kam es zu einer Querschnittslähmung, die auch nach Revision der Korrektur verblieb. Die Klägerin litt zunächst unter Bein-, Blasen und Mastdarmlähmung. Nach neurologischer Rehabilitation kann die Klägerin ein Jahr später wieder ohne fremde Hilfe gehen und kurze Wegstrecken zurücklegen; die Blasen- und Mastdarmentleerungsstörungen bestehen, wenn auch nicht im ursprünglichen Umfang, fort. So kommt es bei bemerktem Harndrang vor Erreichen der Toilette zur Harnentleerung. Stuhldrang wird bei vorhandenem Verstopfungsgefühl selten bemerkt, was ein manuelles Ausräumen erfordert. Die Skoliose wurde zwei weitere Jahre später erfolgreich operativ korrigiert.

Der Senat ließ die Frage eines Behandlungsfehlers offen, weil dies jedenfalls nicht hinreichend aufgeklärt worden war.

Nur die Beklagten hatten Berufung eingelegt gegen die erstinstanzliche Entscheidung, die 70.000,00 € zuerkannt hatte. Der Senat bestätigte dieses Schmerzensgeld und stellte bei der Bemessung neben der vorübergehend fast vollständigen Lähmung der Beine mit Rollstuhlpflichtigkeit, der zunächst bestehenden Harn- und Stuhlinkontinenz, der mehrmonatigen Krankenhausbehandlung und der Notwendigkeit einer Revisionsoperation insgesamt 3 Jahre nach der ersten OP, die nach dem Misserfolg des Ersteingriffs psychisch sehr belastend sein musste, vor allem auf die Folgen ab, die für die im Operationszeitpunkt erst 13 Jahre alte Klägerin dauerhaft verblieben sind.

OLG Hamm, Urt. v. 05.02.2007 – 3 U 155/06, unveröffentlicht E 1657

75.000,00 €

Rechtsseitige Hemiparese

Der 34 Jahre alte Kläger erlitt, unzureichend aufgeklärt, nach einer Tumoroperation einen Schlaganfall. Es verblieb eine armbetonte rechtsseitige Hemiparese mit einer zum weitgehenden Funktionsverlust führenden dauernden Schädigung des rechten Arms. Eine ebenfalls bestehende Gehbehinderung ist nicht mehr ganz so schwerwiegend. Besonders schwer wiegt eine gravierende Sprachbehinderung, die den Kläger besonders stark und nachhaltig belastet.

OLG Köln, Beschl. v. 05.09.2008 – 5 W 44/08, VersR 2009, 276 E 1658

75.000,00 €

Armlähmung – Schädigung des nervus phrenicus und des plexus brachialis – Lungenbeeinträchtigung

Die Antragstellerin erlitt durch die unsachgemäße Behandlung einer Schulterdystokie eine Schädigung des plexus brachialis rechts und des nervus phrenicus, verbunden mit einem Wurzelausriss. Durch die späteren Versuche, die Folgen der Schädigung in Grenzen zu halten, hat die Antragstellerin mehrere schmerzhafte Operationen mit langdauernden Krankenhausaufenthalten durchlitten. Die Nahrungsaufnahme war längerfristig gestört, was zu Entwicklungsverzögerungen führte. Als Dauerfolgen verbleibt eine vollständige Funktionsuntüchtigkeit des rechten Arms mit einer nur in ganz geringem Umfang gebrauchstüchtigen Hand. Durch die Schädigung des nervus phrenicus wurde eine Zwerchfellschädigung verursacht, die die Atmung behindert und die Funktion des rechten Lungenflügels um 50 % reduziert.

LG Bielefeld, Urt. v. 15.04.2008 – 4 O 163/07, unveröffentlicht E 1659

80.000,00 € (Vorstellung: 100.000,00 €)

Muskelteillähmung in den Beinen – Wirbelkörperbogenbruch

Der 25 Jahre alte Geschädigte war nach einem Bandscheibenvorfall in ärztlicher Behandlung bei der Beklagten. Diese operierte, wobei eine Schraube so falsch positioniert wurde, dass ein Wirbelkörperbogen brach und sich nach innen drehte. Hierdurch kam es zu einer Kompression der Nervenwurzeln, wodurch der Kläger nun unter irreversiblen Taubheitsgefühlen im gesamten linken Bein und im rechten Oberschenkel leidet, die durch Muskelteillähmungen bedingt sind. Ein weiterer Behandlungsfehler lag in einer unzureichenden Lagerung des Gesichts, wodurch es zu Weichteilverletzungen kam; das Gesicht war eine Woche stark angeschwollen.

Der Kläger kann sämtliche Tätigkeiten, die mit Heben und Tragen von Gewichten über 10 kg zu tun haben, nicht mehr ausführen, er kann nicht mehr ständig sitzende Positionen ausüben und wird zeitlebens Krankengymnastik machen müssen.

Bei der Bemessung berücksichtigte das Gericht, dass der Kläger irreversible Schäden und Schmerzen erlitten hat, die angesichts seines Alters umso schwerer wiegen. Er wird, wenn überhaupt, nur eingeschränkt berufstätig sein können, wobei er ständig einen Wechsel zwischen Stehen und Gehen vollziehen und sich in klimatisierten Räumen aufhalten muss. Auch die Weichteilverletzung wurde in die Bemessung einbezogen.

E 1660 LG Köln, Urt. v. 06.09.2006 – 25 O 346/02, MedR 2008, 153

100.000,00 €

Cauda-Syndrom – Gefühlsstörungen – Inkontinenz – erektile Dysfunktion

Der Kläger ließ wegen eines Bandscheibenvorfalls in dem Krankenhaus der Beklagten eine Operation in Form der epiduralen Katheter-Behandlung nach Racz durchführen. Nach der Behandlung kam es durch eine Nervenschädigung zu einem sog. Cauda-Syndrom mit Gefühlsstörungen, starken Schmerzen, Bewegungseinschränkungen, erektiler Dysfunktion und Inkontinenz. Das Gericht bejahte eine Aufklärungspflichtverletzung: über die Racz-Methode als neuartige Behandlung mit noch völlig unabsehbaren Risiken hätte umfassend aufgeklärt werden müssen. Bei der Bemessung berücksichtigte das Gericht neben den zahlreichen Beeinträchtigungen durch das Cauda-Syndrom auch die aufgrund dessen eingetretene Erwerbsunfähigkeit und die Suizidgedanken des Klägers.

E 1661 OLG Hamm, Urt. v. 19.11.2007 – 3 U 83/07, unveröffentlicht

100.000,00 € (Vorstellung: 150.000,00 €)

Beinlähmung – Cauda-equina-Syndrom

Bei der 55 Jahre alten Klägerin traten nach der Rückenoperation wegen eines Tumorverdachts starke Schmerzen und Taubheitsgefühle sowie Sensibilitätsstörungen in beiden Füßen auf. Die verspätete Diagnose eines Epiduralhämatoms aufgrund unterbliebener neurologischer Untersuchungen führte zu einer postoperativen Cauda equina-Symptomatik. Als Dauerschäden verblieben eine Lähmung beider Beine sowie der Gesäßmuskulatur, Blasen- und Stuhlinkontinenz, ein Dekubitus wegen der Rollstuhlpflichtigkeit und spastische Störungen durch dauerndes Sitzen, ferner Wundheilungsstörungen aufgrund des Bewegungsmangels.

Die Klägerin ist durch den Dauerschaden in nahezu sämtlichen Lebensbereichen körperlich beeinträchtigt. Ihren Beruf als Krankenschwester musste sie wegen der Beinlähmungen aufgeben; im Haushalt, in der Freizeit und bei sonstigen Verpflichtungen ist sie wegen der Rollstuhlpflichtigkeit auf fremde Hilfe angewiesen. Ihr Hobby, die Gartenarbeit, kann sie nicht mehr ausüben.

E 1662 OLG Jena, Urt. v. 16.01.2008 – 4 U 318/06, SVR 2008, 464

100.000,00 €

Wadenbeinnervlähmung – Bauchtrauma mit Lungenkontusion – Hirnverletzung

Die Klägerin erlitt bei einem Verkehrsunfall eine Hirnverletzung, einen komplexen Kieferbruch, einen Unterschenkelbruch mit Lähmung des Wadenbeinnervs und ein Bauch- und Thoraxtrauma mit Lungenkontusion. Sie war 4 Wochen im Krankenhaus, woran sich eine sechswöchentliche Rehabilitation anschloss. OP-Narben sind verblieben. Sie ist zu 60 % schwerbehindert und muss wegen einer dauerhaften Nervenlähmung der Zehen orthopädische Schuhe tragen. Sie kann keine feste Nahrung zu sich nehmen. Es verbleiben Koordinations-, Gedächtnis- und Konzentrationsstörungen, ein stark erhöhter Ruhebedarf, Migräne, Kopfschmerzen, Übelkeit und Nackensteife. Wegen einer Verkürzung des linken Beines kommt es zu einer deutlichen Unterschenkelfehlstellung; der Mund kann nur 1,5 cm geöffnet werden und knackt bei Kieferbewegungen hörbar. Sie ist voll erwerbsunfähig.

OLG Hamm, Urt. v. 27.05.2009 – 11 U 175/07, unveröffentlicht E 1663

100.000,00 € (1/2 Mitverschulden; Vorstellung: 140.000,00 €)

Inkomplette Querschnittslähmung – Beinlähmung

Der Kläger wurde, als er alkoholisiert in einer Gaststätte randalierte, von der Polizei des beklagten Landes aus der Gaststätte geführt und dann, als er die Beamten beleidigte und es zu einem Gerangel kam, am Boden fixiert; hierbei kam es zu einer schwerwiegenden Verletzung des Klägers im Halsbereich, bei der eine Luxation des 5. Halswirbelkörpers eintrat, was eine Schädigung des Rückenmarks in diesem Bereich zur Folge hatte. Wegen der Alkoholisierung nahm der Kläger den hieraus resultierenden Schmerz nicht war, sodass auch die Beamten das Ausmaß der Verletzung verkannten; erst später, auf der Wache, wurde der Kläger in ein Krankenhaus gebracht, wo eine Operation erfolgte. Gleichwohl verblieb eine inkomplette Querschnittslähmung mit Lähmung der Beine, aufgrund derer er rollstuhlpflichtig ist.

Bei der Bemessung berücksichtigte das Gericht die schweren und dauerhaften Verletzungen, welche der Kläger als zuvor gesunder Mensch in relativ jungen Lebensjahren erlitten hat. Infolge der Querschnittslähmung wird der Kläger zeitlebens hilfebedürftig sein. Er kann seinem erlernten Beruf als Heizungsbauer nicht mehr nachgehen. Seine Behinderung hat maßgeblich zum Scheitern seiner Ehe beigetragen.

OLG München, Urt. v. 03.06.2004 – 1 U 5250/03, VersR 2005, 657 E 1664

100.000,00 € zuzüglich 100,00 € monatliche Rente

Halbseitenlähmung

Bei dem 39 Jahre alten Kläger wurde ein Schlaganfall nicht rechtzeitig diagnostiziert. Hierdurch verblieb es bei einer schweren Halbseitenlähmung, die auch das Sprachvermögen beeinträchtigte (Facialisparese und armbetonte Hemiparese). Die rechte Hand ist weitgehend funktionslos. Das Gehen ist aufgrund einer spastischen Gangstörung nur eingeschränkt möglich. Der Kläger wurde berufsunfähig (MdE 80 %) und ist in seinen Freizeitaktivitäten (Radfahren, Sport, Kfz-Reparaturen) stark eingeschränkt.

LG Münster, Urt. v. 13.09.2006 – 10 O 234/04, unveröffentlicht E 1665

140.000,00 € zuzüglich 200,00 € monatliche Rente (1/3 Mitverschulden; Vorstellung: 160.000,00 € zuzüglich 250,00 € monatliche Rente)

Querschnittslähmung – HWS-Bruch

Der 54 Jahre alte Kläger erlitt bei einem Verkehrsunfall einen Bruch der HWS, eine Lungenquetschung und weitere Brüche, Prellungen und Schürfwunden. Er musste insgesamt 18 Monate im Krankenhaus bleiben; die ersten 3 Wochen lag er im Koma. Als Dauerschaden verbleibt eine Querschnittslähmung mit der Folge, dass der Kläger auf einen Rollstuhl angewiesen ist, seinen rechten Arm nicht mehr bewegen kann, eine eigenständige Blasen- und Darmentleerung nicht mehr möglich ist und er dauerhaft arbeitsunfähig und schwerstpflegebedürftig ist. Er leidet an ständigen Phantomschmerzen.

E 1666 **OLG Koblenz, Urt. v. 29.10.2009 – 5 U 55/09, VersR 2010, 480**

180.000,00 € (Vorstellung: 250.000,00 €)

Weitreichende Lähmungserscheinungen der unteren Körperteile – Sexualstörungen – depressive Verstimmungen

Bei dem 56 Jahre alten Kläger, der als selbstständiger Ingenieur tätig war, wurde behandlungsfehlerhaft eine dringend indizierte Bandscheibenoperation aufgeschoben. Während der Operation kam es zu groben Behandlungsfehlern, weil eingedrungene Bandscheibenteile nicht entfernt und die Dura dreifach verletzt wurde. Der Kläger leidet nun dauerhaft unter Blasen- und Darmstörungen, Lähmungserscheinungen der unteren Extremitäten, Kältegefühlen, Erektionsstörungen und Depressionen.

E 1667 **LG München I, Urt. v. 23.08.2004 – 17 O 1089/03, SP 2005, 52**

185.000,00 €

Tetraplegie – Beckenringfraktur – Rippenserienfraktur

Die 61 Jahre alte Klägerin erlitt bei einem Verkehrsunfall eine inkomplette Tetraplegie nach einer Halswirbelkörper 5/6-Fraktur, eine Beckenringfraktur rechts mit Symphyseneinsprengung, eine Lendenwirbelkörper-Deckplattenimpression und eine Rippenserienfraktur. Es kam zu einer Milzruptur, die die nachfolgende Entfernung der Milz erforderlich machte. Neurogene Blasen- und Mastdarmentleerungsstörungen verblieben als Dauerschäden; Gesamt-MdE 85 %. Wegen einer ausgeprägten Schmerzsymptomatik im Bereich des Beckens kam es zu ausgeprägten psychischen Störungen. Sie bedarf fremder Hilfe im Alltag in einem zeitlichen Volumen von 3 Std./Tag.

E 1668 **OLG Köln, Beschl. v. 13.02.2006 – 5 W 181/05, unveröffentlicht**

200.000,00 €

Zwerchfelllähmung – funktionslose Lungenhälfte

Der Antragsteller wurde bei der Geburt verletzt; durch eine Schädigung des nervus phrenicus kam es zu einer Zwerchfelllähmung, die irreparabel ist. Eine Lungenhälfte ist funktionslos, sodass ständige maschinelle Beatmung und künstliche Ernährung erforderlich sind; hierdurch kommt es zu Verwachsungen im Kehlkopfbereich, Hospitalisierungserscheinungen mit Selbstverletzungscharakter und zu einer Vergrößerung des Herzmuskels.

Der Antragsteller ist rund um die Uhr pflege- und betreuungsbedürftig; er kann seine Magensäure nicht auf natürliche Art regulieren, erbricht alle 2 – 3 Std. und muss permanent abgesaugt werden. Er ist schwerst pflegebedürftig und zu einem normalen Leben selbst im Hinblick auf elementarste Bedürfnisse nicht in der Lage. Das Gericht ging von einem Dauerschaden aus; die Möglichkeit, dass spätere Fortschritte oder »glückliche Fügungen« der Medizin evtl. die Reanimation der funktionslosen Lunge ermöglichen könnten, sei für diese Beurteilung nicht von Bedeutung.

E 1669 **OLG Hamm, Urt. v. 09.03.2006 – 6 U 62/05, NJW-RR 2006, 1251 = NZV 2006, 590**

200.000,00 € zuzüglich 200,00 € monatliche Rente

Querschnittslähmung

Der 50 Jahre alte Kläger wurde verletzt, als er auf einer Baustelle mit Einschalungsarbeiten beschäftigt war, während dem Beklagten die Dacharbeiten oblagen. Hierzu hatten diese einen Anlegeaufzug am Rohbau angebracht, der unzureichend abgesichert war. Ein 20 kg schwerer Karton mit Haltetellern aus Aluzink fiel von der Ladefläche auf den Kläger, der sich gerade auf der Suche nach einem Einschalungsbrett unterhalb des Aufzuges befand. Der Kläger ist von der Hüfte abwärts querschnittsgelähmt. Der Senat stellte darauf ab, dass sich der kapitalisierte Gesamtbetrag von 231.000,00 € »im Rahmen« vergleichbarer Entscheidungen bewege.

OLG Köln, Urt. 12.01.2011 – 5 U 37/10, MedR 2012, 121 E 1670

200.000,00 € (Vorstellung: 150.000,00 €)

Inkomplettes Querschnittssyndrom

Der 50 Jahre alte Kläger war bei dem beklagten Orthopäden wegen degenerativer Veränderungen der Wirbelsäule in Behandlung; dieser führte eine Lumbalinfiltration durch. Unmittelbar nach der Injektion trat ein inkomplettes Querschnittssyndrom mit hochgradiger Caudalähmung, Paraplegie der Beine und ein Verlust der Blasen- und Mastdarmfunktion ein. Der Zustand hat sich insoweit gebessert, dass der Kläger wenige Schritte am Rollator gehfähig ist; ansonsten ist er auf einen Rollstuhl angewiesen, was Schmerzen am lumbosakralen Übergang verursacht. Er ist in der Pflegestufe I eingestuft; weiterhin sind regelmäßige ambulante und teilweise auch stationäre Kontrollen nötig. Der Kläger benötigt bei zahlreichen alltäglichen Verrichtungen Hilfe, was umso schwerer wiegt, als er alleinstehend ist.

OLG Köln, Urt. v. 06.06.2012 – 5 U 28/10, VersR 2013, 237 E 1671

200.000,00 € (Vorstellung: 10.000,00 €)

Absetzen der Herzmedikation – Wachkoma

Der 23 Jahre alte Kläger litt an einer Noncompaction Kardiomyopathie, einer angeborenen Herzerkrankung, die eine Herzmuskelschwäche und schwere Herzrhythmusstörungen zur Folge hat. Er trug einen implantierten Defibrillator und nahm den Betablocker Bisoprolol ein. Nach einer Herzrhythmusstörung wurde er im Krankenhaus der Beklagten aufgenommen, wo der Betablocker abgesetzt wurde. Drei Tage später kam es zu sechs Episoden mit schweren Herzrhythmusstörungen und einem Herz-Kreislauf-Stillstand. Der Kläger, der reanimiert wurde, erlitt eine hypoxische Hirnschädigung mit Tetraparese und befindet sich im Wachkoma.

OLG Hamm, Urt. v. 07.07.2004 – 3 U 264/03, VersR 2005, 942 E 1672

220.000,00 €

Querschnittslähmung

Die 37 Jahre alte Klägerin erlitt bei einer fehlerhaft durchgeführten Rückenoperation eine komplette Querschnittslähmung. Sie ist rollstuhlpflichtig und auf tägliche Hilfe angewiesen; Katheterisierung und künstliche Darmentleerung sind nötig. Ihre Ehe scheiterte. Das Gericht berücksichtigte dies und die lebenslange Behinderung der »noch recht jungen« Klägerin.

OLG Celle, Urt. v. 13.02.2003 – 14 U 11/01, OLGR 2003, 205 E 1673

250.000,00 €

Schädelhirntrauma mit offener Keilbeinfraktur

Der 5 Jahre alte Kläger erlitt mit seinem Kinderfahrrad einen Verkehrsunfall und zog sich dabei zahlreiche Verletzungen zu, insb. ein schweres Schädelhirntrauma mit offener Keilbeinfraktur. Er kann weder sprechen noch laufen und leidet unter einer spastischen linksseitigen Lähmung.

E 1674 **BGH, Urt. v. 12.07.2005 – VI ZR 83/04, VersR 2005, 1559 = NJW 2006, 1271 = BGHZ 163, 351**

250.000,00 € (Vorstellung: mehr als 250.000,00 €)

Querschnittslähmung

Die 43 Jahre alte Klägerin wurde auf einem Ausflugsschiff von einem herunterfallenden Sonnendach, welches die Beklagten unzureichend befestigt hatten, getroffen und schwer verletzt. Sie erlitt Frakturen des Lendenwirbelkörpers mit Rückenmarksschädigungen sowie Frakturen an Rippe und Querfortsatz. Es kam zu einer Querschnittslähmung unterhalb Lendenwirbelkörper 1, die zu dauernden psychischen und physischen Beeinträchtigungen geführt hat. Die Klägerin ist dauerhaft auf einen Rollstuhl angewiesen. Sie hat über Blase und Darm keine Kontrolle. Mehrere Monate litt sie an starken Schmerzen und Depressionen; mehrere Operationen und weitere, insb. physiotherapeutische, Behandlungen sind nötig. Das Gericht stellte auch auf die grob fahrlässige Unfallverursachung ab. Die Klägerin hatte ein höheres Schmerzensgeld unter Hinweis auf ihre gehobenen wirtschaftlichen Verhältnisse gefordert; dies lehnte das Berufungsgericht (OLG Brandenburg, Urt. v. 25.02.2004 – 7 U 86/03) aus dem Grund ab, dass ihre Situation gerade erkennen lasse, dass sie auf die Zuwendungen der Beklagten nicht angewiesen sei. Der BGH hat dies nicht beanstandet.

E 1675 **LG Koblenz, Urt. v. 21.01.2008 – 5 O 521/05, unveröffentlicht**

250.000,00 € (Vorstellung: 250.000,00 €)

Komplettes sensomotorisches Querschnittssyndrom

Die 22 Jahre alte und im Unfallzeitpunkt in der 29. SSW schwangere Klägerin, die durch einen umstürzenden Baum (da erkennbare Fäulnis, wertete das Gericht diesen als überwachungsbedürftigen »Gefahrenbaum«) vom Grundstück des Beklagten getroffen wurde, erlitt hierbei ein komplettes sensomotorisches Querschnittssyndrom und instabile Frakturen der Halswirbel. Sie wurde mehrfach operiert, u. a. wegen einer nachfolgenden Thrombose, blieb aber unfallbedingt ab dem Brustbereich querschnittsgelähmt und ist auf die Benutzung eines Rollstuhls angewiesen. Ihr Kind wurde per Kaiserschnitt entbunden. Sie ist nicht in der Lage, selbst einfachste Haushaltstätigkeit auszuführen. Sie leidet an Blasen- und Mastdarmlähmung, Sphinkterspastik, Obstipation sowie einer Becken- und Beinvenenthrombose. Sie befindet sich in einer nicht abgeschlossenen ärztlichen und ca. 3 x pro Woche durchgeführten krankengymnastischen Behandlung und erhält wegen der psychischen Unfallfolgen Antidepressiva.

Das Gericht führte zur Bemessung aus, die zum Unfallzeitpunkt erst 22-jährige Klägerin sei aus ihrem »normalen« Leben herausgerissen, nunmehr an die Benutzung eines Rollstuhles gebunden, musste umziehen, ihr Leben vollkommen neu gestalten, sei ständig auf Hilfe Dritte angewiesen, die ihr derzeit, nachdem sich ihr Ehemann inzwischen von ihr getrennt hat, noch überwiegend durch ihre Mutter zuteil wird, und könne nicht einmal richtig am Leben ihrer nach dem Unfall geborenen Tochter teilnehmen, sondern nur mit den Einschränkungen einer rollstuhlgebundenen Querschnittsgelähmten. Sie sei auf Dauer nicht in der Lage, eine angemessene Arbeit aufzunehmen und könne nicht einmal die normale Haushaltstätigkeit bewältigen: »Simpel ausgedrückt wurden alle von einer jungen Person an ein normales Leben gestellten Erwartungen unfallbedingt zunichte gemacht und die Klägerin in die Position einer Hilfsbedürftigen degradiert. Mit den aufgezeigten Beeinträchtigungen muss sie ihr ganzes Leben lang leben«.

LG Bonn, Urt. v. 20.01.2011 – 9 O 161/09, unveröffentlicht E 1676

300.000,00 €

Inkomplette Tetraparese

Der Kläger wurde wegen chronischer Beschwerden am Rücken operiert; nach Entfernung der Bandscheibe HW6/7 wurden Osteophyten und mehrere freie Sequester entfernt und es wurde ein PEEK-Cage mit der Höhe 6 mm eingesetzt. Postoperativ zeigte sich bei der Narkoseausleitung ein hochgradiges sensomotorisches Querschnittsyndrom mit Lähmung der Beine und teilweiser Lähmung der Arme. Über dieses Risiko war er nicht hinreichend aufgeklärt worden. Die Bemessung berücksichtigte die schweren Folgen einer inkompletten linksbetonten und beinbetonten Tetraparese (Rollstuhl), Spastiken, Sensibilitätsstörungen, Parästhesien sowie eine Blasen- und Mastdarmlähmung.

OLG Nürnberg, Urt. v. 15.02.2008 – 5 U 103/07, VersR 2009, 71 = MedR 2008, 674 E 1677

300.000,00 € zuzüglich 600,00 € monatliche Rente

Hohe Querschnittslähmung

Der Kläger erlitt bei der Geburt aus Beckenendlage eine Halsmarkläsion mit der Folge einer hohen Querschnittslähmung. Er ist lediglich in der Lage, die Arme zu bewegen und kann weder sitzen noch gehen. Auch die Feinmotorik der Hände ist nicht vorhanden. Er ist nicht in der Lage, sich auf natürliche Weise zu entleeren, leidet permanent unter Temperaturempfindungsstörungen und ist rund um die Uhr auf die Hilfe Dritter angewiesen. Hierunter leidet er zunehmend psychisch, denn geistig ist er normal entwickelt. Das Gericht hielt fest, ein höherer Betrag sei nicht geeignet, die gesundheitlichen Beeinträchtigungen auszugleichen, und höhere Beträge (»amerikanische Verhältnisse«) könnten nicht der Ausgleichsfunktion des Schmerzensgeldes gerecht werden, gerade auch unter Berücksichtigung der Interessen des Schädigers.

OLG Schleswig, Urt. v. 17.02.2005 – 7 U 168/03, OLGR 2005, 717 = VRR 2006, 82 E 1678

325.000,00 € (Vorstellung: 325.000,00 €)

Tetraplegie

Der 18 Jahre alte Kläger kollidierte mit seinem Kfz mit einem auf der Straße befindlichen und dem Beklagten gehörenden Pony. Dieses konnte aus der Koppel entweichen, weil der Zaun mit 90 cm zu niedrig war. Das Fahrzeug überschlug sich und blieb in einem Wassergraben liegen. Der Kläger erlitt schwerste Verletzungen und ist seit dem Unfall ab dem 5. Halswirbelkörper gelähmt (Tetraplegie).

Der Senat berücksichtigte bei der Bemessung, dass »der Kläger schuldlos im Alter von 18 Jahren denkbar schwerste Verletzungen bei dem Unfall erlitten hat, die irreparabel sind und sein gesamtes Leben bestimmen werden. Dem Kläger ist durch den Unfall unwiderruflich all das genommen, was sowohl im beruflichen als auch im persönlichen Bereich das ›normale Leben‹ eines gerade erst Erwachsenen kennzeichnet. Diese schwersten Beeinträchtigungen sind durch ein noch so hohes Schmerzensgeld allenfalls finanziell zu lindern, auszugleichen sind sie hingegen dadurch nicht.«

E 1679 OLG Düsseldorf, Urt. v. 11.02.2008 – I-1 U 128/07, SP 2008, 255

325.000,00 € (Vorstellung: 400.000,00 €)

Hohe Halsmarklähmung – Blasen- und Mastdarmlähmung – Tetraplegie

Die 15 Monate alte Klägerin wurde bei einem Verkehrsunfall verletzt. Sie erlitt eine HWS-Verletzung, die osteosynthetisch versorgt werden musste. Infolgedessen trat eine motorisch-funktionelle komplette hohe Halsmarklähmung unterhalb des 7. Halsmarksegmentes i. V. m. einer vollständigen Blasen- und Mastdarmlähmung ein. Die Klägerin ist von einer Tetraplegie betroffen, infolge derer sie nur ihre Arme bewegen kann. An den unteren Extremitäten fehlt jede Bewegungsfähigkeit und Schmerzempfindlichkeit. In gleicher Weise sind davon die Unterarme, die Hände und Finger betroffen. Die Klägerin kann mit ihren Händen nicht greifen und sie haben keine Spreizfunktion. Der Einsatz der Hände ist nur über die Handballen möglich. Die Brustmuskulatur und Zwischenrippenmuskulatur sind ebenfalls gelähmt. Die Klägerin, die etwa sieben Mal täglich katheterisiert werden muss, wird zeitlebens auf den Rollstuhl angewiesen und zu 100 % erwerbsunfähig sein. Ihre Mutter hat ihren Beruf als examinierte Krankenschwester aufgegeben, um sich ganztägig der Pflege zu widmen.

Das Gericht wertete bei der Bemessung, dass der Klägerin im Lebensalter von 15 Monaten unfallbedingt ein Schicksalsschlag widerfahren ist, der seither ihre Lebensumstände nachhaltig negativ verändert hat, ohne dass Aussicht auf eine grundlegende Besserung ihrer körperlichen Gebrechen besteht. Auch wurde die Belastung der inzwischen in der Pubertät befindlichen Klägerin durch die Blasen- und Darmlähmung berücksichtigt, ferner der Verlust der Sexualfunktion. Auch die absehbaren Spätschäden, nämlich chronische Atemwegsentzündungen wegen der lähmungsbedingt eingeschränkten Atemmechanik und eine Verkrümmung der Wirbelsäule sowie die Schädigung auch der Niere wegen der Blasenlähmung, wurden berücksichtigt. Da keine intellektuellen Beeinträchtigungen vorlagen, sah der Senat ein höheres Schmerzensgeld als nicht veranlasst an.

E 1680 BGH, Urt. v. 26.10.2010 – VI ZR 307/09, VersR 2011, 264 = MDR 2011, 99 = r+s 2011, 37

350.000,00 € zuzüglich 500,00 € mtl. Rente = kapitalisiert 468.000,00 €
(Vorstellung: 290.000,00 €)

Querschnittslähmung

Der im Unfallzeitpunkt 22 Jahre alte Kläger zog sich bei einem alkoholmotivierten Sprung in einen See eine Halswirbelsäulenfraktur zu, die die beklagten Ärzte behandlungsfehlerhaft nicht diagnostizierten. Daher unterblieben Stabilisierungsmaßnahmen; es kam zu einer Querschnittslähmung unterhalb C4.

Das Gericht berücksichtigte bei der Bemessung die bei dem Kläger im 22. Lebensjahr eingetretene Querschnittslähmung, deren gravierende und unstreitige Folgen für den Kläger schwerste und für einen gesunden Menschen kaum vorstellbare Auswirkungen auf die Gesundheit und die Lebensgestaltung im sozialen und familiären Bereich, in der Berufsausbildung und Berufsausübung wie auch in der Freizeitgestaltung mit sich brächten: Der bettlägerige Kläger ist an den Extremitäten und der Wirbelsäule gelähmt, kann sich ohne fremde Hilfe nicht bewegen und ist bei allen Verrichtungen des täglichen Lebens auf umfassende fremde Hilfe angewiesen. Infolge der Lähmung leidet er unter einer ausgeprägten Spastik der Arme und Beine, an Harn- und Stuhlinkontinenz, Schluckproblemen und muss rund um die Uhr auch im Rahmen einer notwendigen Pneumonieprophylaxe von einem Pflegedienst betreut werden.

Unter diesen Umständen sind soziale Kontakte und die Teilnahme am öffentlichen Leben schwerwiegend eingeschränkt und belastet. Eine partnerschaftliche Beziehung, eine

Familiengründung oder ein befriedigendes Sexualleben sind unter diesen Umständen so gut wie ausgeschlossen. Das Gericht berücksichtigte ferner, dass der Kläger aller Wahrscheinlichkeit nach nicht in der Lage sein werde, einen seinen intellektuellen Begabungen entsprechenden Beruf zu erlernen und auszuüben. Der ein Jahr lang währende Versuch, ein Studium der Architektur aufzunehmen, ist aufgrund der starken Behinderung gescheitert.

Die Berufungsentscheidung, die die maßgebenden Bemessungskriterien enthält, ist OLG Schleswig, Urt. v. 09.10.2009 – 4 U 149/08, SchlHA 2010, 78; der BGH hat die Revision der Beklagten zurückgewiesen.

OLG Frankfurt, Urt. v. 08.04.2009 – 21 U 50/08, unveröffentlicht E 1681

380.000,00 € (Vorstellung: 400.000,00 €)

Querschnittslähmung – Blasen-, Darmlähmung

Der Kläger fiel von seinem Rad, als er mit den durchgehenden Pferden des Beklagten kollidierte; er erlitt eine Querschnittslähmung ab dem dritten Halswirbel abwärts mit der Folge der Lähmung aller vier Gliedmaßen sowie von Blase und Darm. Es besteht nur noch eine geringe Beweglichkeit im rechten Arm. Der Kläger ist lebenslang rollstuhlpflichtig und auf umfassende Pflege- und Hilfeleistungen in allen seine körperlichen Funktionen betreffenden Lebenslagen angewiesen.

LG Hamburg, Urt. v. 26.07.2011 – 302 O 192/08, NJW-Spezial 2012, 11 E 1682

430.000,00 € (Vorstellung: 500.000,00 €)

Spastische Tetraparese – weitere Lähmungen von Gesicht und Zunge – schweres hirnorganisches Psychosyndrom

Die 19 Jahre alte Klägerin wurde bei einem Unfall verletzt; sie erlitt ein Schädelhirntrauma dritten Grades mit intraventrikulärer Blutung, kleineren rechts frontalen Kontusionen und einem Hirnödem, ein Thoraxtrauma mit rechtsseitiger Lungenkontusion sowie eine Unterschenkelfraktur rechts, ferner u. a. Myoklonien am rechten Arm, eine Thrombophlebitis im linken Unterarm, eine Unterlappenatelektase rechts, eine spastische Hemiparese links und eine wahrscheinlich medikamententoxisch ausgelöste Thrombozytopenie.

Nach 3 Monaten stationären Aufenthalts war die Klägerin 9 Monate in einer stationären Reha-Maßnahme; 1 ½ Jahre nach dem Unfall erfolgte die letzte Revisions-OP zur Entnahme von im Unterschenkel eingebrachten Materialien.

Als Dauerschaden verbleiben eine spastische linksseitig und beinbetonte Tetraparese, die in Bezug auf die linksseitigen Gliedmaßen eine Einschränkung der motorischen und koordinativen Funktionen beinhaltet und in Bezug auf die rechtsseitigen Gliedmaßen eine schwerste Funktionsbehinderung des rechten Arms mit Gebrauchsunfähigkeit und des rechten Beins mit hochgradiger Behinderung des Steh- und Gehvermögens zur Folge hat, ferner eine leichte Lähmung der Gesichts- und Zungenmuskulatur rechts, eine schwere Dysarthrie mit hochgradiger Behinderung der Sprechfähigkeit, eine Dysphonie mit stark heiserer monotoner und wenig modulierter Stimme, eine motorische Dysphasie (Broca-Aphasie) mit Beeinträchtigung der Spontansprache, des Nachsprechens und lauten Lesens sowie ein mittelschweres, in Teilfunktionen auch schweres hirnorganisches Psychosyndrom mit ausgeprägter Antriebsminderung, mittelschwerer Störung der Aufmerksamkeit, Konzentrationsfähigkeit und Orientierung, schwerer Störung der Merkfähigkeit und des Kurzzeitgedächtnisses sowie erheblicher Störung des Denkvermögens mit entsprechender Beeinträchtigung der Urteils- und Kritikfähigkeit.

Zur Bemessung verwies die Kammer darauf, dass die Verletzungen der Klägerin sehr schwerwiegend seien und sie ihr ganzes Leben daran zu tragen haben werde. Dies falle bei einer jungen Frau gesteigert ins Gewicht. Die Klägerin ist nicht nur in ihrer Bewegungsfähigkeit, sondern auch in ihrer geistigen Leistungsfähigkeit stark beeinträchtigt. Sie hat darüber hinaus in den ersten Monaten umfangreiche Behandlungen und Operationen über sich ergehen lassen müssen. Hinzu kommen psychische Folgeleiden und auch der Umstand, dass die Mutter-Kind-Beziehung wesentlich erschwert wird (Die Klägerin war Mutter eines im Unfallzeitpunkt 9 Monate alten Jungen; ihre Ehe scheiterte nach dem Unfall). Die Klägerin hat einen als vollständig zu bewertenden Verlust zuvor gekannter und gelebter Lebensqualität erfahren. Sie kann übliche alltägliche Verrichtungen teils nicht mehr, großteils nur mit Hilfe Dritter und in weiten Teilen nur eingeschränkt ausführen und ist vollständig von Anderen abhängig. Aufgrund dieser Umstände sei ein angemessenes Schmerzensgeld, das der Geschädigten einen einigermaßen angemessenen Ausgleich für die Schäden und Lebenshemmnisse nichtvermögensrechtlicher Art bietet, am oberen Rand des bekannten Spektrums anzusiedeln. Heftigkeit und Dauer der von der Klägerin erlittenen Schmerzen, Leiden und Behinderungen lägen ebenfalls am oberen Rande dessen, was einem Mensch widerfährt, der einen Verkehrsunfall wie den streitgegenständlichen noch überlebt.

Erhöhend wurde ferner berücksichtigt, dass die Beklagte trotz gutachterlich geklärten Bedarfs Pflegekosten von 104.040,00 € nicht reguliert hatte.

Mobbing – Stalking

► Hinweis:

Mobbing ist ein relativ neues Phänomen, welches im Textteil (Rdn. 356 ff.) ausführlich dargestellt wird. Auch das »Stalking«, also das zielgerichtete Verfolgen und Belästigen, verdient eine gesonderte Darstellung (Textteil Rdn. 452 ff.), die wegen der Sachnähe des Verhaltens zusammen mit dem Mobbing abgehandelt wird.

1. Mobbing

E 1683 **LAG Köln, Beschl. v. 21.12.2005 – 9 Ta 409/05, AE 2006, 260 (LS)**

0,00 € (Vorstellung: 5.000,00 €)

Vorwurf des Herunterladens pornografischer Dateien aus dem Internet

Der beklagte Arbeitgeber hatte in einem Kündigungsschutzprozess des Klägers den unberechtigten Vorwurf erhoben, dieser habe pornografische Dateien aus dem Internet heruntergeladen. Dies führte dazu, dass der Kläger sich wegen dieser Vorwürfe in eine depressive Verstimmung mit Bauchschmerzen und gelegentlichem Herzrasen »hineinsteigerte«.

Das Gericht wertete den Vorwurf als nicht schwerwiegend, zumal er zur Wahrung von Rechtspositionen vor Gericht abgegeben worden war. Ungeachtet dessen, ob der Vorwurf zu Recht erfolgte, könne der Kläger darauf vertrauen, die Vorwürfe im Kündigungsschutzprozess zu widerlegen; die depressive Verstimmung stelle eine »unverhältnismäßige Reaktion« dar, die keinen Schmerzensgeldanspruch begründen könne.

ArbG Bremen-Bremerhaven, Urt. v. 06.04.2006 – 7 Ca 7211/04, AE 2007, 70 E 1684

0,00 €

Schmähkritik der Geschäftsleitung

Die Klägerin ging gegen Äußerungen des Geschäftsführers vor, die Häuser (die sie zu leiten hatte) seien »führungslos und in einem desolaten Zustand«, und »der Fisch stinke vom Kopf her«. Das Gericht wertete diese Kritik, wenngleich in »wenig gesetzten Worten«, als doch noch einzelfallbezogene Kritik an der Arbeitsleistung der Klägerin, der – auch wenn die Klägerin danach u. a. angewiesen worden war, ihren Wochenkalender einzureichen – ein systematisch schikanierendes Verhalten fehle. Die Überprüfung ihrer Zeitplanung stelle eine zulässige Ausübung des Direktionsrechts dar.

LAG Nürnberg, Urt. v. 05.09.2006 – 6 Sa 537/04, LAGE Art. 2 GG Persönlichkeitsrecht Nr. 13 = AR-Blattei ES 1215 Nr. 6 E 1685

0,00 € (Vorstellung: 8.000,00 €)

Untersagen von Rauchen – fehlende Pausenzeiten

Der Kläger verlangte Schmerzensgeld wegen Mobbingvorwürfen während einer 4-tägigen Beschäftigung als Lkw-Fahrer, die er wegen fristloser Kündigung verlor. Er sei ständig kritisiert worden; das Rauchen im Lkw sei ihm, obwohl er starker Raucher sei, verboten worden; auch sei er wegen eines 5-minütigen Privatgespräches mit seiner Ehefrau während der Arbeitszeit kritisiert worden. Pausen und Erholungszeiten habe es nicht gegeben. Das Gericht wertete diese Maßnahmen als überwiegend vom Direktionsrecht gedeckt; der Vorwurf vereinzelter Beleidigungen sei ebenso wie der Vortrag fehlender Pausen unsubstanziiert.

LG Düsseldorf, wUrt. v. 20.09.2006 – 2b O 229/04, NVwZ-RR 2007, 265 E 1686

0,00 € (Vorstellung: 5.000,00 €)

Ausgrenzen bei der Bundeswehr

Der Kläger war Oberstabsarzt bei der Bundeswehr und sah sich gemobbt, weil man ihm ein Verhältnis mit einer Kollegin unterstellt habe, ihn von seiner Funktion als stellvertretender Staffelchef entbunden habe und dienstrechtlich gegen ihn vorgegangen sei. Auch seien ihm Informationen vorenthalten worden. Bei einer Geburtstagsfeier von Kollegen war er nicht eingeladen.

Das Gericht wies darauf hin, dass der Gemobbte darlegen müsse, dass er von seinem Vorgesetzten im Rahmen eines systematischen und fortgesetzten Verhaltens zielgerichtet schikaniert und diskriminiert worden sei; an einem solchen vorsätzlichen Verhalten fehle es. Ein Mobbingvorwurf bestehe auch deshalb nicht, weil es nur um einen Zeitraum von 2 Monaten gehe, der zu kurz sei, um ein fortgesetztes Verhalten annehmen zu können. Z. T. sei die Klage auch nicht hinreichend substanziiert, so habe der Kläger nicht vorgetragen welche relevanten Informationen ihm wann konkret vorenthalten worden seien.[103]

103 Die Frage allerdings bleibt, wie der Kläger das von Informationen, die ihm nach seiner Darstellung gerade nicht zugänglich waren, überhaupt wissen soll.

E 1687 **LAG Hamm, Urt. v. 07.11.2006 – 9 Sa 444/06, unveröffentlicht**

0,00 € (Vorstellung: 3.000,00 €)

Unterstellung des Alkoholismus

Die Klägerin war in einem Call-Center beschäftigt; im Rahmen einer psychotherapeutischen Behandlung nahm sie Tranquilizer zu sich, die zu Wirkungen führen, wie sie auch bei alkoholabhängigen Personen auftreten. Wegen Leistungsabfalls wurde sie vom verklagten Arbeitgeber zu ihrem Alkoholverhalten befragt; auch Kollegen wurden befragt, ob sie wegen Alkoholmissbrauchs bereits auffällig geworden wäre. Hierin sah das Gericht kein Mobbing, da es im Interesse des Arbeitgebers liege, vom Alkoholismus bei Mitarbeitern Kenntnis zu erlangen. Hierdurch sei auch nicht der Anschein von Alkoholabhängigkeit erzeugt worden.

E 1688 **LAG Hamm, Urt. v. 19.12.2006 – 9 Sa 836/06, unveröffentlicht**

0,00 € (Vorstellung: 20.000,00 €)

Sexuelle Anzüglichkeiten von Kollegen

Die Klägerin war in einem überwiegend männlich besetzten Schmiedebetrieb tätig. Sie wurde von mehreren Mitarbeiten dergestalt belästigt, dass diese sich in ihrem Büro umzogen, ihr Komplimente machten (»Sie duften aber wieder gut«) und bei einer privaten Feier aufdringlich wurden (Küsse). Auch während der Arbeit gab es Anzüglichkeiten; ein Kollege äußerte, als ihr ein Bohrer abbrach, ob sie »wieder einen Harten dazwischen hatte«. Ihr Foto wurde auf der Herrentoilette angebracht; auch gab es abwertende Bemerkungen ihr ggü. Die Vorwürfe bezogen sich auf einen Zeitraum von 4 Jahren.

Das Gericht führte aus, um Mobbing annehmen zu können, bedürfe es eines Fortsetzungszusammenhangs i. S. e. »roten Fadens« bei den Belästigungshandlungen, der vorliegend fehle. Auch fehle es an einem Verschulden des verklagten Arbeitgebers, der nicht von allen Handlungen Kenntnis erhalten habe. Das Gericht wertete zudem als widersprüchlich, dass die Klägerin mit einem der Kollegen, dem sie inkriminierende Handlungen vorwarf, einen Inlinerkurs besucht hatte.

E 1689 **LAG Rheinland-Pfalz, Urt. v. 27.02.2008 – 8 Sa 558/07, unveröffentlicht**

0,00 € (Vorstellung: 10.000,00 €)

Betrauung mit minderwertigen Tätigkeiten – Titulierung als »Ossi«

Der Kläger wurde nach einer Umsetzung in ein Service-Center, wo er als Montage-Disponent tätig werden sollte, nur mit, seiner Ansicht nach, niederen Tätigkeiten betraut. Das Gericht stellte darauf ab, er habe nur i. R. d. Umsetzung und damit auch nur als Montage-Disponent arbeiten dürfen; Tätigkeiten als Vertriebsingenieur hätten ihm daher gar nicht zugewiesen werden können. Dass der Kläger als »Ossi« bezeichnet wurde, überschreitet nach Ansicht des Gerichts »keinesfalls die Grenzen eines sozial adäquaten schmerzensgeldirrelevanten Verhaltens«; es handele sich um eine bloße und nicht besonders schwerwiegende Verbalentgleisung.

E 1690 **LAG Rheinland-Pfalz, Urt. v. 30.10.2008 – 10 Sa 340/08, unveröffentlicht**

0,00 € (Vorstellung: 10.000,00 €)

Forderung des Arbeitens trotz Erkrankung – »Abschussliste«

Der Kläger, der »wegen fortgesetzten Mobbings« sein Arbeitsverhältnis selbst fristlos gekündigt hatte, war als Verkäufer im Supermarkt tätig. Nachdem er wegen eines Rippenbruchs 6 Wochen arbeitsunfähig war, behauptete er, man habe ihm einen Aufhebungsvertrag vorgelegt, da er nicht »6 Wochen auf krank machen« hätte dürfen; es sei »5 vor 12«. Als er einen

Monat später wegen einer Schnittverletzung am Daumen erneut arbeitsunfähig war, habe man ihn zuhause angerufen, aufgefordert, zur Arbeit zu kommen und ihm später erklärt, er stehe »auf der Abschussliste«. Später habe man ihm eröffnet, dass es »so nicht weitergehe« und ihm eine Versetzung in einen Nachbarmarkt in Aussicht gestellt.

Das Gericht verneinte einen schlüssig vorgetragenen Ersatzanspruch wegen Mobbings. Ein verständiger Arbeitnehmer hätte wegen der geschilderten Vorwürfe nicht erkranken dürfen; es fehle an einer systematischen Schikane. Der Kläger hätte arbeitsrechtlich gegen die Versetzung vorgehen können. Das Gericht stellte ferner darauf ab, dass die behaupteten psychischen Folgen nach Krankenkassenbescheinigungen auch durch Cannabiskonsum hervorgerufen sein könnten, die »Monokausalität« der vom Kläger vorgetragenen Handlungsweisen seiner Vorgesetzten also »mehr als zweifelhaft« sei.[104]

LAG Köln, Urt. v. 20.11.2008 – 7 Sa 857/08, unveröffentlicht E 1691

0,00 €

Verbale Attacken und Entgleisungen

Der Beklagte war Vorgesetzter des Klägers in einer Backstube, in der es wegen Mitarbeiterabbaus zu Personalmangel und entsprechendem Arbeitsdruck gekommen war. Es kam zu verschiedenen verbalen Entgleisungen, der Kläger wurde in verächtlichem Ton, unangemessen laut oder unsachlich und herabwürdigend verbal attackiert (»Ich mach Dich so fertig, dass Du von selber gehst«). Das LAG sah kein systematisches herabwürdigendes Verhalten, da verbale Entgleisungen »tendenziell als weniger gravierend« empfunden würden und zudem noch Bezug zum Arbeitsverhalten des Klägers (etwa: Beanstandung angebrannter Puddingteilchen) bestand. Die Grenze vom sozialadäquaten Arbeitsplatzkonflikt sei noch nicht überschritten. Vielmehr handele sich nur um unreflektierte und gedankenlose Unmutsäußerungen oder um überzogene Versuche, das Arbeitsverhalten des Klägers anzutreiben, also eher um eine Überforderung des Beklagten in seiner Rolle als Vorgesetzter als um einen bewussten und systematischen Angriff gegen den Kläger.

ArbG Würzburg, Urt. v. 23.01.2009 – 3 Ca 664/08, AE 2009, 275 E 1692

0,00 €

»Ossi«

Das Gericht verneinte einen Entschädigungsanspruch aus § 15 AGG angesichts von Äußerungen wie »Ossi« oder »Lusche«. Weder die Bezeichnung als »Ossi« noch Bemerkungen bezogen auf die Herkunft eines Arbeitnehmers »aus dem Osten« verbunden mit der Bemerkung »Lusche« bzw. der Bemerkung, dass »die aus dem Osten nichts taugen« stelle eine Diskriminierung wegen ethnischer Herkunft i. S. d. § 1 AGG dar.

LAG Niedersachsen, Urt. v. 09.03.2009 – 9 Sa 378/08, PflR 2009, 496 E 1693

0,00 € (Vorstellung: 20.000,00 €)

Verschiedene Weisungen – beleidigender Ton

Die Klägerin war im Pflegeheim der Beklagten tätig. Sie bekam verschiedene Weisungen bei Teambesprechungen und Einzelgesprächen, die ihre Arbeitsführung betrafen und die

---

104 Hierbei übersieht das LAG, dass für eine Haftung die Mitursächlichkeit der Tathandlung zum schädigenden Erfolg ausreicht und »niemand einen Anspruch darauf hat, so gestellt zu werden, als habe er einen Gesunden verletzt«, BGH, Urt. v. 10.05.1990 – IX ZR 113/89, NJW 1990, 2882 (2883) und Rdn. 592.

unhöfliche und verbale Entgleisungen beinhalteten (etwa die Klägerin habe »den Mund zu halten«, Fortbildungen machten bei ihr »keinen Sinn mehr« und seien »Jüngeren vorbehalten«). Ihr Besprechungszimmer wurde leer geräumt, und sie wurde mehrfach von der Station verwiesen. Das Gericht wertete diese Handlungen zwar als »nicht mehr ganz sachlich«, sah aber in der Gesamtschau kein zielgerichtetes Mobbingverhalten. Konfliktsituationen, die im Arbeitsleben üblich sind (etwa über die Art und Weise der Arbeit oder die »notfallbedingte und stresssituative« Verweisung von der Station) schieden als Schikane von vornherein aus. Ein Schmerzensgeld werde erst geschuldet, wenn sie regelmäßig und ohne Besprechungsanlass beleidigt werde.

E 1694 LAG Koblenz, Urt. v. 14.08.2009 – 9 Sa 199/09, unveröffentlicht

0,00 €

Versetzen eines Kassierers

Der behauptete Vorwurf, als Kassierer nicht mehr im Bereich der Hauptkasse eingesetzt und auch bei entsprechenden Ausbildungen nicht mehr berücksichtigt worden zu sein, stellte aus Sicht des Senats kein Mobbing dar, sondern bewege sich innerhalb des Direktionsrechts. Soweit sich diesem nicht eindeutig eine schikanöse Tendenz entnehmen lasse, scheide Mobbing aus.
Das Gericht bemängelte i. Ü., die Vorlage eines »Mobbingtagebuchs«, welches auch Vorfälle ohne Mobbingcharakter enthalte, genüge nicht den Anforderungen an einen substantiierten Vortrag. Es fehlten auch Angaben dazu, welche betriebliche Funktion die dort benannten Personen hätten.

E 1695 ArbG Hamburg, Urt. v. 16.01.2007 – 16 Ca 460/07, unveröffentlicht

700,00 €

Zwang zur Eigenkündigung

Die Klägerin, die in einem Touristikunternehmen arbeitete, wurde unter Druck gesetzt, ihr wurden sinnlose Arbeiten übertragen und es wurde versucht, sie zur Kündigung zu bewegen, nachdem ihr Vorgesetzter geäußert hatte, sie nicht mehr haben zu wollen.

E 1696 LAG Köln, Urt. v. 27.10.2008 – 5 Sa 827/08, ZTR 2009, 222 (LS)

800,00 € (Vorstellung: 2.500,00 €)

Ohrfeige

Der beklagte vorgesetzte Schichtleiter versetzte dem klagenden Mitarbeiter im Rahmen eines Streits über Arbeitspflichten eine Ohrfeige, die ohne weitere Verletzungsfolgen blieb. Bei der Bemessung berücksichtigte das Gericht auch die Vorbildfunktion eines Vorgesetzten, der sich nicht zu einer körperlichen Auseinandersetzung habe hinreißen lassen dürfen. Die Vorstellung beruhte auf nicht nachgewiesenen weiteren Verletzungsfolgen.

E 1697 OLG Koblenz, Urt. v. 01.06.2005 – 1 U 1161/04, OLGR 2005, 745 (LS)

1.000,00 € (Vorstellung: 25.000,00 €)

»Scheibenwischergeste«

Die Klägerin, eine ehemalige Schulleiterin, verlangte von dem beklagten Land Schmerzensgeld mit der Behauptung, man habe sie durch verschiedene Maßnahmen und Verhaltensweisen aus dem Schuldienst gemobbt. Der Senat würdigte angesichts von rechtlich problematischen Verhaltensweisen beider Seiten (insb.: vorangegangene Dienstvergehen) die Interessenlagen so, dass es an einer für einen Ersatzanspruch erforderlichen systematischen, quantitativ und qualitativ erheblichen Missachtung, Schlechtbehandlung und Schikane fehle. Schmerzensgeld wurde nur dafür zugesprochen, dass ein Ministerialbeamter in einer Lehrerkollegiumsbesprechung, die in Abwesenheit der Klägerin stattfand, in Bezug auf diese eine »Scheibenwischergeste« gemacht hatte. Dies sei ein massiver Eingriff in Persönlichkeitsrechte der Klägerin.

BAG, Urt. v. 22.01.2009 – 8 AZR 906/07 und 8 AZR 73/08, BAGE 129, 181 = NZA 2009, 945 = MDR 2009, 1399 E 1698

1.000,00 € (Vorstellung: 4.000,00 €)

Benachteiligung wegen des Alters

Die 43 Jahre alte Klägerin, die als Kindergärtnerin tätig war, wurde von dem beklagten Land in einen »Personalüberhang« eingeordnet, in den Arbeitskräfte zugeschlagen wurden, die wegen Aufgabenfortfalls sonst keine Verwendung mehr gefunden hätten. Bei Erzieherinnen wie der Klägerin galt dies für den Abbau von Ist-Stellen nach einem Vermerk, wonach Erzieherinnen ab dem 40. Lebensjahr in die Auswahlgruppe aufzunehmen seien.

Das Gericht hielt fest, der Klägerin stehe eine Entschädigung nach § 15 Abs. 2 AGG zu, weil sie wegen ihres Alters diskriminiert worden sei. Dies sei auch durch das Ziel einer »Verjüngung« der Belegschaft nicht nach § 10 AGG legitimiert. Ein Verschulden sei für diesen Anspruch nicht erforderlich.

Bei der Festsetzung der angemessenen Entschädigung seien alle Umstände des Einzelfalles zu berücksichtigen. Zu diesen zählen etwa die Art und Schwere der Benachteiligung, ihre Dauer und Folgen, der Anlass und der Beweggrund des Handelns, der Grad der Verantwortlichkeit des Arbeitgebers, etwa geleistete Wiedergutmachung oder erhaltene Genugtuung und das Vorliegen eines Wiederholungsfalles, ferner auch der Sanktionszweck der Norm.

BAG, Urt. v. 18.03.2010 – 8 AZR 1044/08, NJW 2010, 2970 = NZA 2010, 1129 E 1699

1.000,00 €

Benachteiligung wegen des Alters

Die 48 Jahre alte Klägerin bewarb sich für befristete Hilfsarbeiten auf einer Messe (Besucherzahlenregistrierung). Nachdem sie nach einem Bewerbungsgespräch zunächst für eine Anstellung vorgemerkt war, erklärte ihr der Mitarbeiter der Beklagten, sie sei zu alt.

Nachdem sie anwaltlich vertreten Ansprüche wegen Diskriminierung geltend machte, entschuldigte sich die Beklagte und stellte sie ein.

Das Gericht stellte auf die recht schwerwiegende unmittelbare Benachteiligung ab, hob aber andererseits die letztliche Einstellung der Klägerin und die Entschuldigung der Beklagten hervor.

LAG Rheinland-Pfalz, Urt. v. 30.08.2007 – 4 Sa 522/05, unveröffentlicht E 1700

2.000,00 € (Vorstellung: 20.000,00 €)

Schreiattacken über ein Jahr

Der Beklagte hat als Abteilungsleiter vorsätzlich eine Persönlichkeitsrechtsverletzung begangen, weil er die Klägerin permanent anfeindete, als er sie über Jahre hinweg fast täglich angeschrien hat. Er war hierbei sehr laut und teilweise aggressiv, wobei sich dies auf alle Mitarbeiter in der Firma bezogen hat. Der Beklagte war immer hektisch gewesen. Das Gericht berücksichtigte bei der Bemessung der Entschädigung die Laufzeit von über einem Jahr, aber

Besondere Verletzungen

auch, dass die Klägerin nicht allein Opfer der lautstarken Attacken gewesen ist und sie sich als Betriebsratsmitglied die Behandlungsweise nicht stärker verbeten hatte.

E 1701 **ArbG Oldenburg, Urt. v. 26.03.2008 – 2 Ca 652/06, unveröffentlicht**

3.000,00 €

Zuweisen unpassender Arbeiten

Die als Bürokauffrau in einem Pflegeheim tätige Klägerin wurde aufgefordert, in der Betriebsküche als Küchenhilfe, später noch als Pflegekraft und Reinigungskraft zu arbeiten. Später wurde sie – obwohl sie keinerlei Erfahrung darin hatte – als Lohnbuchhalterin eingesetzt. Sie war ca. ein Jahr arbeitsunfähig und litt unter Übelkeit, Erbrechen, Schlafstörungen, Herz- und Tinnitusbeschwerden sowie nervlichen Zusammenbrüchen. Antidepressiva, Schlafmittel und psychotherapeutische Gespräche waren nötig.

E 1702 **LAG Köln, Urt. v. 12.07.2010 – 5 Sa 890/09, unveröffentlicht**

3.000,00 € (Vorstellung: 12.000,00 €)

Entzug des Arbeitsgebietes

Der Beklagte entzog der Klägerin wesentliche Tätigkeitsfelder und isolierte sie in ihrem beruflichen Umfeld. Sie war in einem Forschungszentrum für die Koordinierung von sog. School-Labs (Heranführung von Schülern an naturwissenschaftliches Arbeiten) zuständig, bis der Beklagte ihr schriftlich dies entzog und es auch den Leitern der School-Labs mitteilte. Sie war fortan nur für den Internetauftritt zuständig. Das Gericht wertete dies als Versuch, die Arbeit der Klägerin zu unterbinden. Der Fall sei durch die eine normale Konfliktsituation weit übersteigende Besonderheit geprägt, dass es keinerlei sachliche Gründe gab, die Klägerin im Bereich der Koordinierungsaufgaben nicht mehr einzusetzen und ihr große Teile des Arbeitsgebiets zu entziehen. Auch verzögerte der Beklagte schuldhaft die Erteilung eines von der Klägerin gewünschten Zwischenzeugnisses um mehr als 3 Monate, ohne hierfür Erklärungen vorzubringen. Das Gericht bemaß die »vorsätzlich herbeigeführte und über 16 Monate dauernde Unterbeschäftigung der Klägerin sowie die Pflichtverstöße bei der Zeugniserteilung« mit einem Schmerzensgeld »in Höhe von deutlich mehr als einem Monatsgehalt«.

E 1703 **OLG Oldenburg, Beschl. v. 11.06.2006 – 6 U 51/06, VersR 2008, 1115 = OLGR 2008, 516**

4.000,00 €

Schürfwunden und Blutergüsse an beiden Armen und Beinen – psychische Folgen

Die Beklagten, zwei Jungen und zwei Mädchen, waren zur Zeit der Vorfälle zwischen 11 und 13 Jahre alt. Sie drängten den 11 Jahre alten Kläger in den großen Pausen an den Rand des Schulhofs, um vom aufsichtsführenden Lehrer nicht gesehen zu werden, hielten den Kläger dann dort fest und traten und schlugen auf ihn ein. Dabei vermieden sie Schläge ins Gesicht nur, um keine Spuren zu hinterlassen. Erst nach 2 Monaten wurden die Eltern des Klägers aufmerksam und unterbanden die täglichen Misshandlungen. Der Kläger trug Blutergüsse und Schürfwunden an beiden Armen und Beinen davon; er musste sich wegen einer depressiven Verstimmung und einer Angsterkrankung in psychiatrische Behandlung begeben. Beim Schmerzensgeld – was der Senat nicht beanstandet hat – hatte das LG ausdrücklich auch Alter und Vermögensverhältnisse der Beklagten berücksichtigt.

LAG Baden-Württemberg, Urt. v. 17.06.2011 – 12 Sa 1/10, unveröffentlicht E 1704

4.500,00 € (Vorstellung: 4.500,00 €)

Unberechtigte Freistellung

Der Kläger ging nach einer Umsetzung im Betrieb der Beklagten arbeitsgerichtlich gegen diese vor. Während des laufenden Verfahrens stellte die Beklagte den Kläger ohne Grund frei. Das Gericht wertete die vertragswidrige Nichtbeschäftigung als Eingriff in das allgemeine Persönlichkeitsrecht des Klägers, zumal die Beklagte – die während des Verfahrens stets die Meinung vertreten hatte, die Umsetzung sei rechtens – gerade aus dieser Sicht heraus keinen Grund zur Freistellung des – beanstandungsfrei arbeitenden – Klägers gehabt hätte. Das Motiv der Freistellung sei vielmehr gewesen, dass der Kläger nicht zur Kündigung bereit gewesen war. Das Gericht bewertete diese »öffentliche Ausgrenzung« mit 1.000,00 € pro Monat Freistellung, was bei 4 ½ Monaten den tenorierten Betrag erklärt.

LAG Rheinland-Pfalz, Urt. v. 04.10.2005 – 5 Sa 140/05, GesR 2006, 552 = PflR 2006, 416 E 1705

6.900,00 € (Vorstellung: 25.000,00 €)

Beleidigungen (»Halt Dein großes Maul«)

Die Klägerin ist Ärztin, die von einem Kollegen bei zwei Gelegenheiten beleidigt wurde; im Operationssaal, jeweils in Anwesenheit anderer, hatte er bemerkt, die Klägerin sei »wohl nicht zufrieden, wenn sie nicht meckern« könne; sie solle »gefälligst ihre Arbeit machen, gefälligst ihre Schnauze halten« und »ihr großes Maul halten«. Bei einer weiteren Gelegenheit 3 Monate später hatte er einen zu Hilfe eilenden OP-Pfleger weggeschickt und der Klägerin gesagt, sie solle »ihren eigenen Pfleger« nehmen. Das Gericht wertete dies als schweren Eingriff in das Persönlichkeitsrecht, jedoch ohne Dauerfolgen und (wegen Arbeitsplatzwechsels) ohne Wiederholungsgefahr.

ArbG Siegburg, Urt. v. 11.10.2012 – 1 Ca 1310/12, BB 2013, 1076 E 1706

7.000,00 €

Zuweisung ungeeigneter Arbeiten – Wechsel des Arbeitsplatzes

Der 42 Jahre Kläger war bei der Beklagten als Bereichsleiter Softwareservice tätig, bis seine Position infolge von Umstrukturierungsmaßnahmen wegfiel. Er wurde dann u. a. mit der Beseitigung von EDV-Schrott betraut; sein Arbeitsplatz wurde einem Auszubildenden zugewiesen, und er musste mit dem Rücken zu den Kollegen sitzen. Es wurde ihm aufgegeben, täglich Arbeitsberichte zu fertigen, und ein Schonurlaub im Anschluss an eine Reha-Maßnahme wurde versagt. Bei der Bemessung wurde zwar berücksichtigt, dass eine wechselseitige Antipathie der Parteien mitursächlich für die Zuspitzung des Arbeitsplatzkonflikts war; zugunsten des Klägers wurde aber berücksichtigt, dass sich die Handlungen über einen langen Zeitraum von mehreren Monaten zogen und mit der klaren Missachtung sogar eindeutiger gesetzlicher Ansprüche des Klägers und subtiler bis offener Herabwürdigung einhergingen.

ArbG Magdeburg, Urt. v. 14.02.2008 – 10 Ca 3008/06, unveröffentlicht E 1707

8.000,00 €

Mehrfaches Umsetzen und Degradieren

Der Kläger war Bankangestellter und Abteilungsleiter. Über insgesamt 2 1/2 Jahre wurde er willkürlich umgesetzt und degradiert, um Änderungskündigungen und Lohnkürzungen zu erreichen.

E 1708 **LAG Baden-Württemberg, Urt. v. 28.06.2007 – 6 Sa 93/06, unveröffentlicht**

<u>10.000,00 €</u>

»Downgrading«

Der Kläger wurde nach einer Beschwerde über seinen Vorgesetzten beständig schikaniert. Sein Home-Office-Arbeitsplatz wurde beendet, und er wurde in eine Bürotätigkeit im Unternehmen eingewiesen. Er musste seinen »höhergruppierten« Dienstwagen in einen solchen niedrigerer Kategorie tauschen und verpflichtet, »lückenlose Tagesberichte« abzugeben. Sein Arbeitsvertrag wurde einseitig geändert, und er wurde unter Druck gesetzt, diesen gegenzuzeichnen. Dies mündete schließlich in 2-jähriger Arbeitsunfähigkeit und einer ärztlich-psychotherapeutischen Behandlung.

E 1709 **LAG Niedersachsen, Urt. v. 09.11.2009 – 9 Sa 1573/08, AE 2010, 199**

<u>10.000,00 €</u> (Vorstellung: 30.000,00 €)

Morddrohungen

Der Kläger war – nach erfolgreichem Kündigungsschutzprozess gegen eine unwirksame Kündigung – weiterhin im Betrieb tätig, allerdings an anderer Stelle. Ein ihm zur Einarbeitung zugewiesener Kollege tätigte u. a. – mit einem Messer vor dem Kläger stehend – die Äußerung, »wenn Du jetzt fällst und ich Dir die Kehle durchschneide, ist das ein Unfall«. Weiterhin wurde der Kläger 4 Wochen lang mit Reinigungsarbeiten in einer Halle beschäftigt, trotz kalter Witterung ohne Schutzkleidung und trotz Arbeitens mit Glaswolle ohne Atemschutz. Er war infolge der Morddrohung 1 1/2 Jahre arbeitsunfähig erkrankt und trug sich mit Suizidgedanken.

E 1710 **LAG Niedersachsen, Urt. v. 12.10.2005 – 6 Sa 2131/03, AE 2006, 258**

<u>24.000,00 €</u> (Vorstellung: 45.000,00 €)

Beleidigungen – Gehaltsrückstufung – psychische Folgen

Nach Übernahme der Firma, in der der Kläger als Kfz-Meister tätig war, durch den Beklagten wurden dem Kläger schwierige Aufträge entzogen; ihm wurde der Kundenkontakt verboten. Auch wurde ihm gesagt, seine Meinung interessiere nicht und man werde ihm das Leben zur Hölle machen. Nach 8 Jahren wurde der Kläger ohne rechtlichen Grund in eine niedrigere Gehaltsgruppe zurückgestuft; bei Gesprächen hierüber wurde er als »Arschloch, Pfeife, Idiot und Hampelmann« beschimpft. Der Kläger erlitt einen Nervenzusammenbruch und leidet unter Angstzuständen, Schlaflosigkeit, Depressionen und Konzentrationsstörungen, die ihn seit 2 1/2 Jahren – ärztlich attestiert – arbeitsunfähig machen. Das Gericht bemaß das Schmerzensgeld mit 800,00 € je Monat, also 24.000,00 €.

E 1711 **LAG Baden-Württemberg, Urt. v. 12.06.2006 – 4 Sa 68/05, AuA 2007, 122**

<u>25.000,00 €</u> (Vorstellung: 200.000,00 €)

Nichterfüllung des Beschäftigungsanspruchs

Der 41 Jahre alte Kläger war seit 15 Jahren bei der Beklagten beschäftigt und dort als Diplom-Kaufmann in der 2. Führungsebene tätig. Nach einem Projekt, welches er nicht zur Zufriedenheit der Beklagten erledigt hatte, wurden ihm 2 Jahre lang keine Anschlussaufgaben zugewiesen. Er behielt sein Büro, aber verlor seine Sekretärin und wurde aus dem E-Mail-Verteiler gestrichen und bekam keine Einladungen zu Besprechungen mehr. Auf Organigrammen der Firma war er nicht aufgeführt. Nach mehrfachen Bitten wurde ihm eine untergeordnete Aufgabe ohne Personalverantwortung zugewiesen.

Der Schmerzensgeldanspruch wurde darauf gestützt, dass die Beklagte schuldhaft über 2 Jahre lang den Beschäftigungsanspruch des Klägers nicht erfüllt hatte; dies stelle eine schwere Beeinträchtigung des Persönlichkeitsrechts dar, die auch zu einer Gesundheitsbeeinträchtigung (kolikartige Bauchschmerzen, akute Belastungsreaktion, ärztlich attestierte Arbeitsunfähigkeit) geführt hat. Bei der Bemessung berücksichtigte das Gericht, dass der Betrag einen »Hemmeffekt« haben müsse, die Beschwerden aber nicht mit denen einer schweren körperlichen Verletzung vergleichbar seien.

ArbG Cottbus, Urt. v. 08.07.2009 – 7 Ca 1960/08, PflR 2009, 608 E 1712

<u>30.000,00 €</u> (Vorstellung: 80.000,00 €)

Herausschikanieren eines Arbeitnehmers

Die Klägerin arbeitete im Pflegebereich und war dort für Qualitätssicherung zuständig. Nach einem Wechsel der Führungsebene erklärte ihr der nun beklagte Arbeitgeber, dies sei nur »Geldschneiderei«. In einem weiteren Gespräch äußerte er, »Frauen meckern nur und sind alle niederträchtig und boshaft und Sie gehören ja auch zu diesem Geschlecht. Es ist mit Männern immer einfacher«. Das Verhältnis war fortan zerrüttet.

Der Arbeitgeber versuchte nun, das Arbeitsverhältnis der Klägerin zu »torpedieren« in der Absicht, die Klägerin werde seinerseits sein Ansinnen und Bestreben auf Fortsetzung dessen aufgeben. Dies geschah, indem über die Kompetenzen der Klägerin hinweg ihre Entscheidungen hinter ihrem Rücken rückgängig gemacht wurden, der Klägerin zu Anschuldigungen und Anwürfen Dritter keine ausreichende Gelegenheit zur Stellungnahme und Rechtsverteidigung gegeben wurde, unberechtigt Hausverbote und Suspendierungen verfügt werden, ohne zuvor rechtliches Gehör gewährt zu haben, unbegründete Kündigungen erklärt werden, unbegründete Strafanzeigen und eigene gerichtliche Klagen eingeleitet und erhoben wurden und offensichtlich unbegründete Rückforderungsansprüche aufgemacht wurden.

Bei der Bemessung berücksichtigte das Gericht, dass die Klägerin langdauernd seelisch erkrankt ist und das Verfahren um die Beendigung des Arbeitsverhältnisses sich schließlich auf unterschiedlichen Ebenen über die Dauer von mehr als einem Jahr bis hin zur Auflösung im Rahmen eines gerichtlichen Vergleiches hinzog. Die Höhe des der Klägerin zuerkannten Schmerzensgeldes folge u. a. aus generalpräventiven Gesichtspunkten, denn »die Rechtsordnung verbietet es, ein Vertragsverhältnis absichtlich und vorsätzlich des Inhalts zu torpedieren, bis dass der Vertragspartner schließlich und endlich von seinem Ansinnen ablässt, die Fortsetzung des Vertragsverhältnisses weiter zu verfolgen. Das Arbeitsverhältnis als synallagmatisches Rechtsverhältnis, welches in dem Austausch der Arbeitsleistung gegen Zahlung der vertraglich geschuldeten Vergütung seinen Ursprung findet, unterliegt in der modernen Arbeits- und Wirtschaftswelt schließlich vielfältigen sozialen und wirtschaftlichen Verknüpfungen. Es bildet die wirtschaftliche und die soziale Existenzgrundlage des Arbeitnehmers, so dass die unberechtigte willentliche und beabsichtigte Vertragsauflösung gegen den Willen des Arbeitnehmers ein von der Rechtsordnung in besonderem Maße zu missbilligendes Ziel darstellt«.

ArbG Leipzig, Urt. v. 14.01.2013 – 9 Ca 3854/11, unveröffentlicht E 1713

<u>53.000,00 €</u>

Entzug von Tätigkeiten – Vorwurf schlechter Arbeit

Der Kläger war Oberarzt in einer Klinik; der verklagte Chefarzt hatte ihm verboten, weiterhin zu operieren, und setzte ihn nur noch in der Ausbildung ein. Unter Hinweis auf eine vermeintlich schlechte Arbeit wurde ihm nahegelegt, einen anderen Arbeitsplatz zu suchen. Das Gericht wertete dies als Degradierung auch in den Augen der anderen Beschäftigten und bemaß die Entschädigung mit dem 6 ½fachen Jahresgehalt.

2. Stalking

▶ **Hinweis:**

Das Recht tat sich schwer mit der Einordnung von Nachstellungen, die gemeinhin als »Stalking« bezeichnet werden. Vereinzelt fanden gerichtliche Klarstellungen statt, so etwa, dass Stalking in seiner Gesamtheit einen tätlichen Angriff i. S. d. § 1 OEG darstellen könne[105] oder dass der Straftatbestand einer Körperverletzung auch im Fall von »Psychoterror« erfüllt sein kann.[106] Bei Vorliegen der Voraussetzungen war auch eine Strafbarkeit nach §§ 1, 4 GewSchG möglich.[107] Der BGH[108] hat klargestellt, dass ein »Stalker« trotz Vorliegens einer psychischen Störung nicht schon vermindert schuldfähig sein muss.

Mit dem Gesetz zur Strafbarkeit beharrlicher Nachstellungen (BGBl. I, S. 354 v. 22.03.2007) ist Stalking, also das Verfolgen, Belästigen oder Terrorisieren eines Mitmenschen, als »Nachstellung« mit Wirkung zum 31.03.2007 zum Straftatbestand des § 238 StGB geworden.

Wer einem Menschen unbefugt nachstellt, indem er beharrlich seine räumliche Nähe aufsucht, unter Verwendung von Telekommunikationsmitteln oder sonstigen Mitteln der Kommunikation oder über Dritte Kontakt zu ihm herzustellen versucht, unter missbräuchlicher Verwendung von dessen personenbezogenen Daten Bestellungen von Waren oder Dienstleistungen für ihn aufgibt oder Dritte veranlasst, mit diesem Kontakt aufzunehmen, ihn mit der Verletzung von Leben, körperlicher Unversehrtheit, Gesundheit oder Freiheit seiner selbst oder einer ihm nahestehenden Person bedroht oder eine andere vergleichbare Handlung vornimmt und dadurch seine Lebensgestaltung schwerwiegend beeinträchtigt, wird mit Freiheitsstrafe bis zu 3 Jahren oder mit Geldstrafe bestraft. Die Abs. 2 und 3 sehen Qualifikationen vor; Stalking ist Antragsdelikt (§ 238 Abs. 4 StGB).

E 1714 **LG Flensburg, Beschl. v. 03.01.2011 – 1 T 69/10, unveröffentlicht**

1.000,00 € (Vorstellung: 2.000,00 €)

Nachstellungen und Beleidigungen

Der Antragsgegner bezeichnete die Beklagte als »hässlich und fett wie eine Kuh«, stellte ihr aber gleichwohl mehrfach in der Öffentlichkeit nach und sprach sie dort auch an.

E 1715 **OLG Saarbrücken, Urt. v. 18.01.2006 – 1 U 137/05, NJW-RR 2006, 747**

1.200,00 € (Vorstellung: 2.500,00 €)

Bauchschmerzen nach einem Tritt in den Bauch

Die Parteien wohnten in einem Mietshaus; die Beklagte ging davon aus, ihr, der Beklagten, Ehemann wäre der Vater des Kindes, mit welchem die Klägerin schwanger war. Die Beklagte trat die Klägerin daher im Rahmen einer Auseinandersetzung mit dem beschuhten Fuß in die linke Bauchhälfte. Die Klägerin kam darauf hin zu Fall. Sie litt in der Folge unter langanhaltenden Bauchschmerzen und war wegen des Vorfalls psychisch stark beeinträchtigt.

---

105 LSG Bremen, Urt. v. 22.06.2006 – L 13 VG 7/05, VersorgVerw 2007, 23 ff.

106 LG Bochum, Urt. v. 25.03.2006 – 14 Ns 63 Js 885/03, unveröffentlicht; AG Rheinbach, Urt. v. 09.03.2005 – 15 Ds 332 Js 206/04 – 519/04, Streit 2005, 126 ff. (intensive Belästigung durch persönliche Präsenz und versuchte Telefonkontakte, weswegen beim Opfer psychische und dann auch körperliche Krankheitssymptome auftraten).

107 AG Flensburg, Urt. v. 20.04.2004 – 42 Cs 112 Js 25223/02 (4/03), Streit 2005, 124 ff.

108 BGH, Beschl. v. 14.07.2004 – 2 StR 71/04, RuP 2005, 85 f.

Es handelt sich jedoch um eine singuläre Verletzungshandlung außerhalb des sozialen Nahbereichs. Im Verhältnis Täter-Opfer liegen über die Anlasstat hinaus keine Umstände vor, die Grund zur Annahme geben, dass weitere Übergriffe ernsthaft zu besorgen sind. Nur dann sind Schutzmaßnahmen unter Verhältnismäßigkeitsgesichtspunkten auch geboten. Solche Umstände hat die Klägerin nicht beweisen können.

AG Köln, Urt. v. 08.07.2005 – 263 C 509/04, unveröffentlicht E 1716

1.700,00 € (Vorstellung: mindestens 1.000,00 €)

Telefonterror

Die 55 Jahre alte Beklagte hatte sich auf eine Zeitungsannonce gemeldet, wurde aber vom Inserenten verschmäht. Sie rächte sich, indem sie diesen am Telefon beleidigte und jahrelang telefonisch belästigte und aufs Übelste beschimpfte. Nachdem sie wegen Beleidigung und Körperverletzung zu 40 Tagessätzen von 40,00 € (1.600,00 €) verurteilt worden war, forderte der Kläger ein angemessenes Schmerzensgeld. Die Beklagte wurde verurteilt, an den Kläger ein Schmerzensgeld i. H. v. rund 700,00 € und je 500,00 € an 2 gemeinnützige Organisationen zu zahlen.

LG Oldenburg, Urt. v. 20.02.2006 – 4 O 3620/04, unveröffentlicht E 1717

4.000,00 € (Vorstellung: 5.000,00 €)

Schlagen, Würgen durch Mitschüler

Der Kläger, ein Schulkind, wurde ca. 2 Monate lang täglich jeweils in den großen Pausen von den Beklagten heftig geschlagen und sodann am Hals gewürgt. Er bekam regelmäßig keine Luft mehr und hatte Angst, dass er sterben würde. Anschließend kam es noch zum sog. »Freischlagen«, wobei die Beklagten den Kläger an den Armen festhielten und die umstehenden Mitschüler aufforderten, den Kläger zu schlagen, was regelmäßig von bis zu zehn Mitschülern wahrgenommen wurde.

Bei dem Kläger stellte sich eine reaktive depressive Verstimmung und Angsterkrankung sowie eine Harnentleerungsstörung ein. Angesichts dieser erheblichen psychischen Beeinträchtigung des Klägers besteht auch zukünftig medizinischer und psychologischer Behandlungsbedarf.

LG Bochum, Urt. v. 23.03.2006 – 14 Ns 63 Js 885/03, unveröffentlicht E 1718

4.600,00 €

5 Jahre Stalking-Verhalten

Der Tatbestand der vorsätzlichen Körperverletzung ist erfüllt, wenn der Täter entgegen einem gerichtlichen Kontaktverbot ein Zusammentreffen mit seinem Opfer herbeiführt und ihm dadurch starke psychische Schäden zufügt. Die Tat des Angeklagten ist in ein Gesamtgeschehen eingebettet, das man als 5 Jahre lang währendes Stalking-Verhalten des Angeklagten ggü. der Nebenklägerin bezeichnen muss.

Ein Zivilprozess der Nebenklägerin gegen den Angeklagten wurde mit einem Vergleich beendet, in dem sich der Angeklagte zur Zahlung von 4.600,00 € als Schmerzensgeld und Schadensersatz verpflichtete.

Narben

▶ Hinweis:

Narbenbildungen nach Amputationen werden nicht dargestellt, weil die Amputation derart im Vordergrund steht, dass die Narbenbildung dahinter völlig zurücktritt. Es gibt schließlich keine Amputation ohne Narbenbildung.

E 1719 AG Hannover, Urt. v. 30.07.2004 – 546 C 13817/03, SP 2004, 372

1.500,00 €

Narbe nach Risswunde am Kinn – Schädelhirntrauma 1. Grades

Die Klägerin erlitt als Radfahrerin einen Unfall, bei dem sie ein Schädelhirntrauma und eine Risswunde am Kinn davontrug. Sie wurde 5 Tage stationär behandelt und litt etwa 8 Wochen an Beschwerden wie Schmerzen beim Atmen, Schmerzen an der HWS und Kopfschmerzen. Von der 4 cm langen Risswunde am Kinn blieb eine Narbe zurück.

E 1720 AG Bocholt, Urt. v. 24.02.2006 – 4 C 121/04, unveröffentlicht

1.500,00 € (Vorstellung: 3.500,00 €)

Narben nach Laserbehandlung eines Tattoos

Die Klägerin wollte ein Tattoo entfernen lassen. Nach Beratung durch die Beklagte entschloss sie sich, das Tattoo durch eine neue Tätowierung überdecken zu lassen. Diese neue Tätowierung wurde von der Beklagten nicht fachgerecht durchgeführt, weil sie zu viel Farbe in zu tiefe Hautschichten einbrachte. Dadurch entstand eine eitrige Entzündung am Oberarm und es blieb eine Vernarbung zurück. Die Klägerin ließ die neue Tätowierung in 12 Laserbehandlungen entfernen, bleibt aber dauerhaft entstellt.

E 1721 OLG Saarbrücken, Urt. v. 01.03.2011 – 4 U 355/10 – 107, NJW-RR 2011, 754 = SP 2011, 355 = NZV 2011, 612

1.500,00 € (Mitverschulden: 7/10; Vorstellung: 3.000,00 €)

Narben – 4-Fragmenthumeruskopffraktur

Eine 19 Jahre alte Fahrradfahrerin erlitt bei einem Verkehrsunfall eine subcapitale 4-Fragmenthumeruskopffraktur, die durch eine winkelstabile Philosplattenosteosynthese operativ versorgt wurde. Bei dem Eingriff brach der zum Bohren der insgesamt zehn Schraublöcher der Titanplatte verwendete Bohrer im Knochen der Patientin ab. Das abgebrochene Bohrerstück befindet sich weiter im Oberarmknochen und lässt sich nicht (mehr) entfernen. Die Patientin, die von Beruf Krankenschwester ist, befand sich 5 Tage in stationärer Behandlung. Es schlossen sich Krankengymnastik- und Rehabilitationsmaßnahmen an.

Für die Schmerzensgeldbemessung waren maßgebend die fortdauernden belastungs- und witterungsabhängigen Schmerzen und Funktionseinschränkungen im Bereich der rechten Schulter, die im beruflichen Alltag einer Krankenschwester belasten und beeinträchtigen. Hinzukommt der Folgeeingriff zur Entfernung der Titanplatte und die »sehr unschöne hypertrophe Narbenbildung« im Bereich der rechten Schulter, die nur im Wege operativer Exzision mit plastisch-chirurgischer Deckung behandelbar ist. Die **ausgedehnte Narbenbildung** im Schulterbereich wird gerade von einer jungen Frau als optisch besonders störend empfunden Unter

Berücksichtigung des Mitverursachungsanteils von 70 % ergibt sich demzufolge ein Schmerzensgeldanspruch von 1.500,00 €.

OLG Hamm, Urt. v. 05.02.2003 – 9 U 155/02, NZV 2003, 427 = MDR 2003, 830 E 1722

2.500,00 €

Ohrwunde – Narbe

Bei einer Wirtshausschlägerei erlitt der Kläger durch den Schlag mit einem Bierglas Schnittwunden im Gesicht. Besonders schmerzlich war eine 15 cm lange Wunde, die von der Mitte des rechten Unterkieferknochens bis zum rechten Ohr reicht. Die Bemessung berücksichtigt die besondere Schmerzhaftigkeit der Gesichtsverletzung und das Vorhandensein von (allerdings nicht mehr auffallenden) Narben. Der Senat überzeugte sich durch Inaugenscheinnahme davon, dass »die Narben gut verheilt und erst bei genauem Hinsehen erkennbar sind und wegen ihrer geringen Abweichung von der Gesichtsfarbe keinen entstellenden Eindruck vermitteln«.

▶ Hinweis:

Es ist nicht ersichtlich, wie »unauffällig« die Narben im Ergebnis waren. Das Vorhandensein einer Narbe als Dauerschaden, noch dazu im Gesicht, muss im Regelfall aber deutlich Schmerzensgeld erhöhend wirken.

AG Waldshut-Tiengen, Urt. v. 12.11.2004 – 7 C 163/04, SP 2005, 89 E 1723

3.000,00 €

Narbenkeloid – Commotio cerebri – multiple Abschürfungen und Prellungen – HWS-Distorsion

Der 19 Jahre alte Kläger erlitt bei einem Unfall eine Commotio cerebri, multiple Abschürfungen und Prellungen, eine HWS-Distorsion und ein Narbenkeloid über der Augenbraue. Die Narbe ist zwar nicht entstellend, für einen jungen Mann jedoch bedeutend, sodass das Gericht die Narbe als Schmerzensgeld erhöhend gewertet hat.

OLG Jena, Urt. v. 28.10.2008 – 5 U 596/06, NJW-RR 2009, 1248 E 1724

3.000,00 € (Vorstellung: 6.000,00 €)

Narben – Offene Wunde am Unterschenkel

Der schon ältere Kläger erlitt als Radfahrer bei einem Verkehrsunfall eine offene Wunde am Unterschenkel, großflächige Prellungen, Wundheilungsstörungen mit verzögertem Heilungsverlauf und deutlich sichtbare und druckschmerzhafte Narben sowie Hautverfärbungen. Der Kläger war ca. 3 Wochen arbeitsunfähig.

LG Duisburg, Urt. v. 08.06.2006 – 8 O 38/06, unveröffentlicht E 1725

4.000,00 € (Vorstellung: 8.000,0 €)

Narben an der Brust – Unterarm – Handrücken – Schulter

Die Klägerin spielte mit dem Hund des Beklagten. Als dieser die Klägerin ansprang, geriet sie in Panik, lief zum Sohn des Beklagten und umklammerte ihn von hinten. Daraufhin griff der 52 kg schwere Hund die Klägerin an, die einige Bisswunden erlitt, unter anderem eine 2,5 x 5 cm große Wunde im Bereich des rechten Busens. Die Klägerin behielt Narben an der rechten Brust, am Unterarm, am Handrücken und an der Schulter zurück. Eine Korrektur der Narben ist nicht möglich. Die Klägerin war insgesamt etwa 18 Tage arbeitsunfähig.

E 1726 **OLG Stuttgart, Beschl. v. 29.04.2008 – 5 W 9/08, NJW 2008, 2514 = VersR 2008, 1357 = NZV 2008, 523**

4.500,00 € (Vorstellung: 6.000,00 €)

Narben am Schienbein

Die 18 Jahre alte Klägerin stürzte auf dem Parkplatz einer Diskothek über einen ungesicherten Kanaldeckel. Sie trug Schürfungen und Prellungen an beiden Beinen, insb. den Schienbeinen, und eine Beschwerdesymptomatik der tiefen LWS und der BWS davon. Durch die Narbenbildung im Beinbereich ist ihr Selbstwertgefühl erheblich gestört. Die körperlichen Beeinträchtigungen dauern an.

E 1727 **LG München, Urt. v. 26.06.2008 – 12 O 140/07, SP 2009, 10**

4.500,00 € (Vorstellung: 7.000,00 €)

Narben – Glassplitterverletzungen – Gesichtsödem – Prellungen

Der Kläger erlitt bei einem Verkehrsunfall neben einer schwergradigen Schädelprellung mit HWS-Kontusion zahlreiche Glassplitterverletzungen im Gesicht, ein Gesichtsödem und eine Narbe an der Stirn als Dauerschaden. Ferner zog er sich eine Schulter-Arm-Prellung und Prellungen beider Knie mit Gesäß- und Rückenkontusion zu. Die Narbe im Gesicht war für die Bemessung des Schmerzensgeldes maßgeblich mitbestimmend.

E 1728 **OLG Köln, Urt. v. 23.02.2010 – 3 U 89/08, MDR 2010, 810**

4.500,00 € (Mitverschulden: 1/4; Vorstellung: 6.000,00 €)

Narben – Komplizierte Unterarmfraktur

Die 9 Jahre alte Klägerin erlitt beim Sturz von der Seitenwand einer Hüpfburg eine komplizierte Unterarmfraktur mit insgesamt mehr als dreiwöchigem stationärem Krankenhausaufenthalt und drei Operationen. Die Operationsnarben sind deutlich sichtbar.
Das Mitverschulden wurde darin gesehen, dass die Klägerin trotz ihres Alters die Gefährlichkeit des Spiels hätte erkennen können.

E 1729 **OLG Nürnberg, Urt. v. 14.03.2005 – 8 U 3212/04, unveröffentlicht**

5.000,00 € (Vorstellung: 15.000,00 €)

Narben durch Verbrennungen am Hals und der linken Schulter sowie am linken Oberarm
Die 14 Jahre alte Klägerin, der fast 11 Jahre alte Beklagte und die Zeugin A zündeten am 30.12.2001 auf der Straße Feuerwerkskörper. Der Beklagte warf einen von der Zeugin erhaltenen Feuerwerkskörper, eine sog. »Biene«, nach dem Anzünden weg. Diese fiel in die Kapuze des Mantels der Klägerin, wodurch diese Verbrennungen am Hals und an der linken Schulter sowie am linken Oberarm erlitt. Hierdurch entstanden bei der Klägerin irreversible Narben am Oberarm und an der Schulter. Die Behandlung der Verletzungsfolgen musste im Bereich der Schulter fortgeführt werden.

Die Klägerin befand sich mehr als 3 Jahre wegen der verbliebenen Narben in ärztlicher Behandlung. Eine spätere plastische Operation kann nicht ausgeschlossen werden. Zudem wird die Klägerin durch die von ihr als »Entstellung« empfundenen Narben psychisch belastet.

LG Aachen, Urt. v. 05.11.2010 – 7 O 127/10, unveröffentlicht E 1730

5.000,00 € (Vorstellung: 5.000,00 €)

Hautablederung – Narben – Absplitterung im Bereich des Mittelfußknochens

Der 11 Jahre alte Kläger wartete auf den Schulbus. Im Gedränge der Mitschüler kam der Kläger zu Fall, wurde durch das Rad der Mittelachse des Busses eingequetscht und vom Reifen ein Stück mitgeschleift, von dem Rad jedoch nicht überrollt. Dabei erlitt der Kläger eine Absplitterung im Bereich des Mittelfußknochens, eine schwere Unterschenkelprellung mit einer Hautablederung sowie eine große Wunde auf dem Spann des Fußes, nach deren Abheilen eine Narbe in Größe einer Handfläche zurückblieb. Der Kläger wurde 5 Tage stationär behandelt. Er versäumte 2 Wochen die Schule und musste 3 Wochen eine Gipsschiene tragen. 3 Monate konnte er keinen Sport treiben. Ein Dauerschaden ist nicht ausgeschlossen.

LG Aachen, Urt. v. 28.02.2012 – 12 O 3/11, unveröffentlicht E 1731

5.000,00 € (Vorstellung: 10.000,00 €)

Narben nach Hundebiss in die Oberkörperflanke

Mehrere Polizisten näherten sich einer Gruppe streitender Männer mit einem Polizeihund. Der Diensthund verbiss sich für 10 bis 15 Sekunden in die Oberkörperflanke des Klägers, der großflächige schwere Quetsch- und Bisswunden an der Flanke erlitt. Er war 3 Wochen arbeitsunfähig.

Nach 1 ½ Jahren waren die Narben deutlich sichtbar und auffällig.

Schmerzensgeld erhöhend wurde das zögerliche und kleinliche, nicht nachvollziehbare Regulierungsverhalten des beklagten Landes berücksichtigt.

OLG Frankfurt am Main, Urt. v. 11.10.2005 – 8 U 47/04, MedR 2006, 294 E 1732

6.000,00 €

Bauchdeckenstraffung – Narbe – Spannungsgefühle – Sensibilitätsstörungen

Die Klägerin wurde von den Beklagten nicht rechtzeitig vor einer Bauchdeckenstraffung (Abdominoplastik) aufgeklärt. Der Eingriff war rechtswidrig. Es verblieben eine 40 cm lange Narbe, Spannungsgefühle und Sensibilitätsstörungen. Mit dem kosmetischen Ergebnis ist die Klägerin nicht zufrieden.

LG Nürnberg-Fürth, Urt. v. 08.01.2008 – 11 O 8426/05, GesR 2008, 297 E 1733

6.000,00 € (Vorstellung: 6.000,00 €)

Narben nach Notoperation bei nicht erkannter Eileiterschwangerschaft

Bei der Klägerin wurden Anzeichen einer Schwangerschaft nicht erkannt. Durch diesen Behandlungsfehler kam es später zu einer Ruptur des Eileiters, einem hämorrhagischen Schock und dem Verlust des Eileiters. Als Sekundärschaden besteht ein seelischer Schock aufgrund der Notoperation mit anschließendem Aufenthalt in der Intensivstation eines Krankenhauses. Die Operationsnarben wurden bei der Bemessung des Schmerzensgeldes berücksichtigt.

Besondere Verletzungen

E 1734 **OLG Köln, Urt. v. 27.06.2012 – 11 U 33/12, unveröffentlicht**

6.000,00 € (Vorstellung: 6.000,00 €)

Schnittverletzung im Gesicht – Narbe

Die Parteien hielten sich in der Silvesternacht in einer Diskothek auf. Nach erheblichem Alkoholkonsum kam es gegen 4:30 Uhr zu einem Zusammenstoß. Der Beklagte führte mit einem scharfen Gegenstand einen Schlag in das Gesicht des Klägers. Dieser erlitt eine ausgedehnte Weichteilverletzung der Wange sowie kleinere Riss- und Quetschwunden intraorbital und an einer Augenbraue. Zurück blieb eine mehrere Zentimeter lange deutlich sichtbare Narbe.

E 1735 **OLG Düsseldorf, Urt. v. 01.08.2002 – 8 U 198/01, VersR 2003, 601**

7.500,00 € (Vorstellung: 12.500,00 €)

Perforation der Speiseröhre – 15 cm lange Narbe im Halsbereich

Der 55 Jahre alte Kläger wurde bei einer Echokardiographie (Schluckschalluntersuchung) verletzt, als es zu einer vermeidbaren Perforation der Speiseröhre kam. Der Kläger litt am Operationstag unter Schluck- und Atembeschwerden und Gefühlsstörungen. Die als »klein« beschriebene Verletzung musste operativ versorgt werden. Der Kläger wurde 4 Tage intravenös ernährt und musste 2 Wochen im Krankenhaus bleiben. Eine – nach Auffassung des Senats »allerdings nur kosmetische« – Beeinträchtigung hat er ferner dadurch erfahren, dass operationsbedingt im Halsbereich eine ca. 15 cm lange Narbe verblieben ist.

E 1736 **LG Aachen, Urt. v. 18.06.2003 – 11 O 72/00, unveröffentlicht**

7.500,00 €

Ohrnarben (nach missglückter Korrektur von Segelohren)

Der 10 Jahre alte Kläger wurde wegen abstehender Ohren operiert (Ohranlegeoperation). Die Operation schlug fehl, aufgrund von Behandlungsfehlern kam es zu einer schüsselförmigen Ohrform (»Telefonohr«). Der Junge wurde deswegen gehänselt und fiel in seinen schulischen Leistungen stark ab. Nach einer zweiten Operation verblieben Keloidnarben und Wulstnarben an den Nahtstellen.

E 1737 **OLG Saarbrücken, Urt. v. 02.03.2005 – 1 U 156/04, NJW-RR 2005, 973**

8.000,00 € (Mitverschulden: 1/2; Vorstellung: mindestens 10.000,00 €)

Narben nach Verlust eines Stücks behaarter Kopfhaut

Die Klägerin besuchte eine Kart-Bahn. Während der Fahrt mit einem Kart wickelten sich die langen Haare der Klägerin, die ihr bis zum unteren Rückenbereich reichten, auf der Hinterachse des Karts auf und rissen der Klägerin ein ca. 12 – 15 cm großes Stück Kopfhaut ab.

Bei der Bemessung des Schmerzensgeldes wurden die erlittenen Schmerzen, die Dauer des Heilungsprozesses, die erhebliche Entstellung und die andauernden Beschwerden der Klägerin berücksichtigt.

Den Beklagten fällt eine Verletzung der Verkehrssicherungspflicht zur Last, die Klägerin trifft ein hälftiges Mitverschulden, weil sie die langen Haare nicht unter dem Helm getragen hat.

OLG München, Urt. v. 21.11.2012 – 3 U 2072/12, NJW-RR 2013, 396 E 1738

9.000,00 € (Vorstellung: 12.250,00 €)

Narben im Gesicht

Der Beklagte verletzte den Kläger im Gesicht, der vom Augenwinkel bis zum Nasenflügel eine dauerhaft sichtbare, aber nicht entstellende Narbe zurückbehielt. Auch mehr als 2 Jahre nach der Tat leidet der Kläger unter Schmerzen bei Wetterwechsel.

OLG Hamm, Urt. v. 09.01.2009 – I-9 U 144/08, NJW-RR 2010, 31 = MDR 2009, 1044 E 1739

10.000,00 € (Vorstellung: 12.500,00 €)

Narben – Frakturen von Elle und Speiche – Gehirnerschütterung

Die Klägerin stürzte von einer Schaukel, die der Beklagte an einem ausladenden Ast eines in exponierter Lage stehenden Baumes am Rande eines Abhanges befestigt hatte. Sie erlitt eine offene Fraktur von Speiche und Elle, eine geschlossene Fraktur der Speiche jeweils mit Beeinträchtigung der Wachstumsfuge, eine Gehirnerschütterung und multiple Prellungen.

Die Klägerin war über einen beachtlichen Zeitraum völlig auf Hilfe Dritter angewiesen. Sie klagt noch über gewisse Belastungsschmerzen. Der externe Fixateur hat **sichtbare Narben** am Arm hinterlassen. Es besteht die Gefahr von Wachstumsstörungen, weil sich die Bruchstellen in der Nähe der Wachstumsfugen befinden. Schließlich kam es zu einer erneuten Fraktur, weil die ursprüngliche Knochenstabilität noch nicht wieder erreicht war.

OLG Naumburg, Urt. v. 20.08.2009 – 1U 86/08, VersR 2010, 216 = GesR 2010, 73 E 1740

10.000,00 €

Narben – Absterben des Bindegewebes an beiden Unterarmen – Verwachsungen

Infolge eines groben Behandlungsfehlers bei einer Injektionsbehandlung kam es zu einer Blutvergiftung (Sepsis) mit einer beatmungspflichtigen Störung der äußeren Atmung und beginnendem Funktionsversagen von Leber und Niere. Es wurde eine sechswöchige stationäre Behandlung, überwiegend intensivmedizinisch, erforderlich. Als Folge des Behandlungsfehlers kam es zum Absterben des Bindegewebes an beiden Unterarmen (sog. nekrotisierende Fascitis), welches mehrfache operative Wundbehandlungen sowie Entfernungen nekrotischen Gewebes (Wunddebridement, Fascienspaltung mit Nekrektomie) an beiden Unterarmen erforderlich machten. Anschließend traten Verwachsungen und Narbenbildung auf.

OLG München, Urt. v. 30.07.2010 – 10 U 2930/10, unveröffentlicht E 1741

10.000,00 €

Narben – Kopfverletzung

Die 18 Jahre alte Klägerin erlitt bei einem Unfall eine Kopfverletzung und behielt als Dauerfolge zwei Narben zurück. Eine Narbe am Körper verursacht dauerhafte Beschwerden, etwa beim Drauflegen während des Einschlafens, eine andere Narbe im Gesicht, die durch die Frisur nicht in allen Situationen, etwa beim Wassersport, verdeckt werden kann, löst bei der Klägerin Angst vor einer Aufdeckung psychische Probleme aus. Eine weitere dauerhafte Belastung besteht durch eine implantierte Metallplatte im Kopf, die immer wieder Kopfschmerzen auslöst.

E 1742 **OLG München, Urt. v. 14.06.2012 – 1 U 160/12, RDG 2012, 241 = GuP 2012, 238**

10.000,00 € (Vorstellung: 25.000,00 €)

Entstellende Narbe auf der Stirn

Bei der Klägerin musste kurz nach ihrer Geburt ein Zugang in eine Stirnvene mittels einer »Butterfly«-Kanüle gelegt werden. Über diesen Zugang wurde ein »Tris-Puffer« verabreicht, der zumindest teilweise paravenös verlief. In der Stirnmitte trat eine Nekrose auf. Zurückgeblieben ist eine entstellende Narbe, die schwer kaschierbar ist. Bemessungsgrundlage für die Höhe des Schmerzensgeldes bildeten vor allem das Ausmaß und die Schwere der physischen und psychischen Störungen, also das Maß der Lebensbeeinträchtigung. Bei der Klägerin liegt eine erhebliche dauerhafte ästhetische Beeinträchtigung im Gesichtsbereich vor, die das Verhalten Dritter zur Klägerin nachteilig beeinflussen kann.

E 1743 **OLG Saarbrücken, Urt. v. 31.05.2005 – 4 U 24/05, SP 2006, 233 = SVR 2006, 179**

12.500,00 € (Mitverschulden: $^1/_2$; Vorstellung: 25.000,00 €)

18 cm lange Narbe auf dem Rücken – Trümmerfraktur eines Lendenwirbelkörpers

Der 30 Jahre alte Kläger erlitt bei einem Verkehrsunfall eine Fraktur des Lendenwirbelkörpers 5 mit kompletter Verlegung des Spinalkanals. Er befand sich 3 Wochen in stationärer Behandlung und war über 3 Monate arbeitsunfähig.

Der Kläger hielt ein Schmerzensgeld i. H. v. 25.000,00 €, statt der vom LG zuerkannten 8.500,00 €, für angemessen im Hinblick auf den im Krankenhaus erzwungenen Verzicht auf jeglichen Lebensgenuss sowie das schlechte Krankenhausessen. Auch sei die Narbe nicht hinreichend berücksichtigt worden; verglichen mit einem Fahrzeug sei er nicht mehr fabrikneu, sondern repariert.

Das OLG hat das Schmerzensgeld mit Rücksicht auf die Narbe von 8.500,00 € auf 12.500,00 € erhöht, aber den Vergleich des Klägers mit einem Fahrzeug zurückgewiesen. Der Vergleich sei von der Diktion her abzulehnen und betreffe auch rechtlich die falschen Kategorien. Seine Auffassung, der übliche Schmerzensgeldbetrag liege in vergleichbaren Fällen bei 10.000,00 € – 25.000,00 €, sei ersichtlich falsch.

E 1744 **OLG Brandenburg, Urt. v. 23.07.2009 – 12 U 29/09, VersR 2009, 1284 = MDR 2009, 1274 = DAR 2009, 649**

14.000,00 € (Mitverschulden ja – eine Quote wird im Urteil nicht genannt; Vorstellung: 25.000,00 € zuzüglich monatliche Rente 250,00 €)

Narben – Kniegelenk – Risswunden – Verletzung des Unterschenkels

Der Kläger erlitt als Motorradfahrer bei einem unverschuldeten Verkehrsunfall im Bereich des Kniegelenks oberhalb der Kniescheibe eine waagerechte, 5 cm lange Riss-/Quetschwunde und unterhalb der Kniescheibe mehrere kleine Riss-/Quetschwunden mit Hautabschürfungen bis in die Lederhaut im Bereich des Kniegelenks und des Unterschenkels. Im Bereich vor dem Schienbein entstand ein Bluterguss über den gesamten Unterschenkel, eine Schwellung im Bereich des Wadenbeins, eine Druck- und Bewegungsschmerzhaftigkeit im Bereich des Sprunggelenks mit einem leichten Bluterguss, eine leicht herabgesetzte Empfindung von Sinnesreizen im Bereich des Fußrückens, eine nicht dislozierte Avulsionsfraktur der ventralen distalen Tibia. Er wurde ca. 6 Wochen stationär behandelt, war er insgesamt ca. 4 Monate arbeitsunfähig und behielt erhebliche Narben am linken Ober- und Unterschenkel.

Bei der Bemessung des Schmerzensgeldes wurde berücksichtigt, dass er außer dem Schutzhelm an den Beinen keine Schutzkleidung getragen hatte. Der Verzicht auf die Schutzkleidung begründet ein Verschulden gegen sich selbst, dessen Quote im Urteil nicht angegeben ist.

OLG Hamm, Urt. v. 26.09.2002 – 6U 14/02, OLGR 2003, 50 E 1745

15.000,00 €[109]

Mehrere Bissverletzungen – Abbiss der Nasenspitze

Die Klägerin, eine angestellte Tierärztin, wurde von einem in ihrer Behandlung befindlichen Schäferhund mehrfach gebissen. Der Hund biss ihr die Nasenspitze ab, die mit Knorpelanteil ausgerissen wurde. Am Ellenbogen entstand ein stumpfes Trauma mit Gewebequetschung; es blieb eine 3 × 3 cm große Narbe zurück. Die Klägerin ließ in der Folgezeit mehrere Operationen zur Nasenrekonstruktion vornehmen. Es blieben aber Narben an Nase und Ohrmuschel zurück. Eine vollständige Rekonstruktion ist nicht möglich. Die Klägerin war und ist über Jahre durch die Entstellungen beeinträchtigt.

OLG Jena, Urt. v. 23.10.2007 – 5U 146/06, VersR 2008, 1553 = NJW-RR 2008, 831 = MDR 2008, 975 E 1746

15.000,00 € (1/2 Mitverschulden; Vorstellung: höheres Schmerzensgeld; in Anschlussberufung)

Verbrennungen 2. und 3. Grades an Oberschenkel, Unterbauch und Genitalbereich

Die 12 Jahre alte Klägerin wurde in der Silvesternacht von einem durch die 16 Jahre alte Beklagte in unzureichendem Abstand angezündeten Feuerwerkskörper (»Bienchen«) getroffen. Sie erlitt Verbrennungen 2. und 3. Grades im Bereich beider Oberschenkelinnenseiten, des Unterbauchs und des Genitalbereichs, wovon insgesamt 10 % der Körperoberfläche betroffen waren. Sie wurde 7 Wochen stationär behandelt. Eine Hautverpflanzung wurde erforderlich, mehrere Ärzte und Krankenhäuser waren an der Nachbehandlung beteiligt. Wegen der erheblichen Schmerzhaftigkeit der Brandverletzungen konnten Verbandswechsel anfangs nur unter Narkose erfolgen. Umfangreiche Narbenbildung verblieb und erforderte u. a. krankengymnastische Maßnahmen. Eine Narbe im Schambereich kann möglicherweise kosmetisch durch eine Haartransplantation verbessert werden; die Entwicklung der Narben an Oberschenkelinnen- und außenseiten ist nicht absehbar. Es verbleibt eine MdE von 50 %; als Dauerschaden ist weiterhin eine posttraumatische Belastungsstörung in Form einer traumatischen Neurose eingetreten.

Der Senat sah ein Mitverschulden zum einen in der Teilnahme am Feuerwerk, insb. aber im Tragen ungeeigneter – nämlich leicht entzündlicher – synthetischer Kleidung, deren Brennen die besondere Schwere der Verletzungen, die ein »einfacher Feuerwerkskörper« ansonsten nicht hätte verursachen können, begünstigte.

Bei der Bemessung wurde berücksichtigt, dass die Versicherung der Beklagten die Einstandspflicht ablehnte, vorprozessual lediglich 7.500,00 € angeboten hatte und trotz eines »erkennbar begründeten« Anspruchs einen 5-jährigen Rechtsstreit mit mehrfacher Begutachtung der Klägerin führte. Als Vergleichsentscheidungen führte der Senat Urteile an, die überwiegend aus den 80er Jahren bzw. 1991 stammten.

109 Eine ältere, aber wichtige Entscheidung.

E 1747 **LG Lübeck, Urt. v. 17.11.2011 – 12 O 148/10, SP 2012, 148**

15.000,00 €

Schädelhirntrauma 2. Grades – Unterarmfraktur – Thoraxtrauma – Narben – Rippenserienfraktur

Die Klägerin erlitt bei einem Verkehrsunfall lebensgefährliche Verletzungen, musste künstlich beatmet werden und verbrachte 12 Tage auf der Intensivstation. Die Verletzungen am Brustkorb waren so schwerwiegend, dass es zu einem beidseitigen Pneumotorax kam. Die Verletzungen im Kopfbereich führten zu einem hirnorganischen Psychosyndrom. Eine Verletzung am Unterarm musste offen reponiert und mit einer Plattenosteosynthese versorgt werden.

Die Klägerin leidet unter Blockaden an der Wirbelsäule, Atemschwierigkeiten, eingeschränkter Kraftentwicklung am Unterarm und in der Hand, Schmerzen in den Narben und reduzierter Merkfähigkeit. Das Gericht hat das Schmerzensgeld bemessen nach einer Entscheidung des KG vom 30.05.1991 – 12 U 2228/90, das für eine weniger schwere Verletzung ein Schmerzensgeld von knapp 6.000,00 € zuerkannt hatte.

Diese alte Entscheidung ist zum Vergleich völlig ungeeignet.

E 1748 **LG Dortmund, Urt. v. 17.05.2000 – 21 O 22/00, ZfS 2000, 437**

16.000,00 €

Großflächige Hautspende

Eine junge Frau musste ihrer eineiigen Zwillingsschwester nach deren Unfall eine großflächige Hautspende, genommen von den Beinen, geben, da die Schwester anderenfalls gestorben wäre. Die stationäre Behandlung dauerte 2 Wochen. Die Klägerin war 6 Monate in physiotherapeutischer Behandlung, trug 2 Jahre eine Kompressionshose und leidet an den Hautentnahmestellen weiterhin an Juckreiz, Brennen, Taubheitsgefühlen und Narben- und Bläschenbildung. Im Beruf (Köchin) und in der Sportausübung ist sie beeinträchtigt. Es besteht 20 % Invalidität. Das Mitverschulden der Zwillingsschwester betrug 60 %; die Klägerin selbst traf kein Mitverschulden, da sie sich zur Hautspende herausgefordert fühlen durfte.

Das Gericht berücksichtigte die psychische Zwangslage der Klägerin und die dauernden Schmerzen sowie die Beeinträchtigung des gewohnten Lebens.

E 1749 **OLG Oldenburg, Urt. v. 20.06.2008 – 11 U 3/08, ZfS 2009, 436 = SVR 2009, 422**

16.000,00 € (Vorstellung: 20.000,00 €)

Narben – Unterarmfraktur – Daumenfraktur – Schnittverletzungen an Unterschenkel und Knie

Die Klägerin erlitt bei einem Verkehrsunfall schwere Schäden und Frakturen am Daumen sowie am Unterarm und multiple Schnittverletzungen am Unterschenkels und Knie. Die Heilung der Frakturen verzögerte sich, sodass ein weiterer Krankenhausaufenthalt von einer Woche erforderlich wurde. Bei einer weiteren Operation wurde der Klägerin Knochenmaterial aus dem Beckenkamm entnommen. Insgesamt wurde sie fünfmal stationär behandelt.

Die Klägerin leidet im Handgelenk an Bewegungseinschränkungen. Beim Faustschluss können zwei Finger nicht vollständig eingeschlagen werden. Über den Unterarm verläuft eine **16 cm lange Operationsnarbe** und es bestehen Gefühlsstörungen am Unterarm. – nicht fett

OLG Frankfurt am Main, Urt. v. 17.10.2001 – 23 U 212/00, NJW-RR 2002, 815[110] E 1750

17.500,00 € (Vorstellung: 35.000,00 €)

Unterschenkelfraktur – ausgedehnte Narben

Der Kläger ist durch die Unterschenkelfraktur weiterhin beeinträchtigt und massiv in seiner Bewegung eingeschränkt. Der Heilungsverlauf war lang und kompliziert; eine Pseudoarthrose heilte erst nach 5 Jahren aus. Die Berufsaussichten des Geschädigten, eines ungelernten Arbeiters, sind beeinträchtigt, weil er zu körperlich belastender Tätigkeit nicht mehr in der Lage ist. In den Möglichkeiten, Sport zu treiben, ist er beschränkt. Über Jahre bestand Amputationsangst. Weiterer Dauerschaden besteht darin, dass der Unterschenkelbruch in einer Fehlstellung verheilt ist, weshalb massiv starre Bewegungseinschränkungen des oberen Sprunggelenks und Wackelsteife im unteren Sprunggelenk gegeben sind. Ferner sind ausgedehnte Narben am Unterschenkel vorhanden, die zu Durchblutungsstörungen führen. Außerdem ist die Zehenbewegung links beeinträchtigt.

OLG Jena, Urt. v. 26.07.2011 – 4 U 13/11 – ZMGR 2012, 38 E 1751

20.000,00 € (Vorstellung: 20.000,00 €)

Narben – Oberschenkel Re-Operation

Die 10 Jahre alte Klägerin erlitt eine Oberschenkelschaftfraktur, die mittels geschlossener Reposition und Fixateur externe versorgt wurde. Nach dem Entfernen des Fixateurs kam es zu einer erneuten Fraktur des Oberschenkels. Die Refraktur wurde im Krankenhaus mit einer Plattenosteosynthese operativ versorgt. Im Folgenden kam es zu erheblichen Komplikationen, die weitere Operationen und Bluttransfusionen erforderlich machten.

Infolge der komplikationsbehafteten Behandlung der Fraktur blieb eine 25 cm lange und 1 bis 1,5 cm breite wulstige und stark gerötete Narbe zurück.

OLG Saarbrücken, Urt. v. 31.03.2009 – 4 U 26/08, NZV 2010, 77 E 1752

22.500,00 €

Gesichtsnarben – Frakturen von Beckenschaufel – Schlüsselbein – Rippe

Die Klägerin erlitt bei einem Verkehrsunfall eine Beckenschaufelfraktur, eine Fraktur des Schlüsselbeins und der Rippe, erhebliche Prellungen und Schürf- und Schnittwunden, die eine mehrwöchige Krankenhausbehandlung erforderlich machten und Dauerschäden in Form von Bewegungseinschränkungen der Beine und des Arms und ästhetische Beeinträchtigungen im Gesicht durch Narbenbildung sowie eine nachhaltige Traumatisierung zur Folge haben.

110 Insofern zumindest missverständlich AG Charlottenburg, Urt. v. 10.03.2004 – 231 C 701/03, VersR 2005, 1088, in welchem – da ein Altfall vorlag – zwar § 847 a. F. BGB angewandt wurde, gleichwohl aber das Verschulden des Hotelpersonals nach § 278 BGB dem Reiseveranstalter zugerechnet worden war (Unfall bei einer Feuerzangenbowle-Show im Urlaubshotel). Das Gericht verweist auf die nach neuem Recht einschlägige Anspruchsgrundlage (§§ 280 Abs. 1, 253 Abs. 2 BGB), zieht aber irrtümlich den Schluss, hierbei handele es sich um den »gleichen Regelungszustand« wie nach altem Recht. Dies ist, da im deliktischen Bereich eine Zurechnung von Drittverschulden nach § 278 BGB ausscheidet, nicht richtig.Eine ältere, aber wichtige Entscheidung.

E 1753 **OLG München, Urt. v. 26.05.2010 – 20 U 5620/09, unveröffentlicht**

25.000,00 € (Vorstellung: 80.000,00 €, in zweiter Instanz: 50.000,00 €)

Narben – Unterschenkelfraktur

Die Klägerin, eine junge Frau, zog sich bei einem Sportunfall eine komplette geschlossene distale Unterschenkelfraktur mit Beteiligung der tibialen Gelenkflächen mit Weichteilschaden Grad II zu. Das Bein ist nicht mehr belastbar, weist erhebliche Operationsnarben auf und schwillt bereits bei geringer Belastung an. Mit Folgebeschwerden wie einer posttraumatischen Arthrose ist zu rechnen.

E 1754 **LG Dortmund, Urt. v. 23.02.2007 – 21 O 323/06, ZfS 2008, 87**

30.000,00 € (Vorstellung: 30.000,00 €)

Narben – Rippenfrakturen – Polytrauma – Milz- und Nierenruptur – Lungenkontusion – Pneumothorax

Die Klägerin, eine alleinerziehende Mutter eines 5-jährigen Sohnes, betrat bei der Besichtigung eines Segelflughafens eine nur unzureichend abgesicherte Flugschneise. Sie wurde von einem von dem Segelflugzeug des Beklagten herabhängenden Schleppseil erfasst und ca. 15 m mitgerissen. Sie befand sich wegen einer schweren Lungenkontusion in Lebensgefahr und musste mehrere Tage auf der Intensivstation bleiben; insgesamt blieb sie einen Monat in stationärer Behandlung. Sie erlitt ein Polytrauma mit Zwerchfellriss, eine Rissverletzung der Leber, eine Milzruptur, eine Nierenparenchymruptur links, einen Bruch des 6. Halswirbels (Dornfortsatz), Rippenserienfrakturen der 7. – 12. Rippe links sowie der 11. und 12. Rippe rechts mit einem traumatischen Pneumothorax. Die Milz musste operativ entfernt werden.

Als Dauerschäden verblieben Narben am Arm und im Bereich des Oberbauchs bis zur Schambeingegend. Weitere fortbestehende Unfallschäden sind Verwachsungen des Darms mit Operationsnarben, Depressionen und Schlafstörungen sowie die Unfähigkeit, größere Lasten zu tragen.

Das Gericht stellte bei der Bemessung auf die lebensbedrohlichen und dauerhaften Folgen ab, insb. den Milzverlust, die Narben und die fortdauernde Anfälligkeit für Erkrankungen der Lunge, Leber und Niere. Die Klägerin, eine junge, alleinerziehende Frau, habe trotz Teilzeittätigkeit eine Position als Abteilungsleiterin eines Einzelhandelsunternehmens erreicht, die ohne das Unfallgeschehen gute Aufstiegschancen aufgewiesen hätte. Die Narbenbildung im Arm- und Thoraxbereich werde v. a. von einer jungen, attraktiven Frau als psychisch besonders belastend empfunden. Über die Schwierigkeit der Verarbeitung des Unfalls hinaus hat das Gericht auch Schmerzensgeld erhöhend berücksichtigt, dass die Klägerin im Umgang mit ihrem Sohn, mit dem sie nun nicht mehr ungehindert toben kann, stark beeinträchtigt ist und diesen nicht einmal in Gefahren- oder Trostsituationen hochheben kann. Auch der Umstand, dass der Beklagte trotz verschuldensunabhängiger (Luftverkehrs-) Haftung 2 Jahre nach dem Unfall keinerlei Leistungen an die finanziell nicht gut gestellte Klägerin erbracht hatte, wurde erhöhend berücksichtigt.

E 1755 **OLG Naumburg, Urt. v. 13.11.2003 – 4 U 136/03, VersR 2004, 1423 = SP 2004, 85 = SVR 2004, 315**

45.000,00 €

Multiple Verletzungen – mehrere großflächige Narben – verzögerliches Regulierungsverhalten

Der 33 Jahre alte Kläger erlitt als Motorradfahrer bei einem Verkehrsunfall ein schweres Schädelhirntrauma, eine offene Unterschenkelfraktur, eine Hüftgelenkluxation mit hinterem

Pfannenrandausriss, diverse Weichteilverletzungen am Bein, Knieverletzungen und eine Kontusion des Mittelgesichtsbereichs.

Der Kläger war insgesamt 3 Monate in stationärer Behandlung. Er musste seinen Beruf und seine Hobbys aufgeben. Der Kläger muss künftig mit mehreren großflächigen Narben und einer MdE von 30 % leben.

Die Beklagte warf dem Kläger vor, Schwarzarbeit zu verrichten, wofür sie keine Anhaltspunkte hatte. Das Gericht erhöhte wegen des Regulierungsverhaltens der Beklagten das an sich angemessene Schmerzensgeld von 30.000,00 € auf 45.000,00 €.

OLG Nürnberg, Urt. v. 14.01.2002 – 5 U 2628/01, OLGR 2002, 356 E 1756

50.000,00 €

Auffallende und entstellende Narben

Die Klägerin wurde bei einem Verkehrsunfall, bei dem sie überrollt wurde, verletzt und erlitt Weichteilverletzungen am Oberschenkel. Es verblieben Narben, Sitzbeschwerden und eine posttraumatische Belastungsreaktion (Kopfschmerzen, Konzentrationsdefizite, Angstzustände). Die Narben sind auffallend und entstellend. Die MdE beträgt 30 %. Schmerzensgeld erhöhend wurde das zögerliche Regulierungsverhalten bewertet.

OLG München, 26.03.2009 – 1 U 4878/07, unveröffentlicht E 1757

65.000,00 €

Deutliche Narben – Bauchtrauma – Milz- und Serosaeinriss – Oberschenkelhalsfraktur – LWK I Fraktur – Außenbandruptur des Sprunggelenks – Bandrupturen im Knie

Die 17 Jahre alte Klägerin erlitt bei einem Verkehrsunfall erhebliche Verletzungen, eine LWK I-Chance Fraktur, eine Oberschenkelhalsfraktur, eine Stauchungsfraktur des Schambeins, ein stumpfes Bauchtrauma mit Milz- und Serosaeinriss des Querkolons, eine Thoraxkontusion, eine komplette Außenbandruptur des Sprunggelenks sowie eine Ruptur des hinteren Kreuzbandes am Knie. Die Klägerin musste sich mehreren Operationen unterziehen. Die Verletzung am Knie wurde durch Einsatz einer hinteren Kreuzbandplastik mit Semitendinosus und Gracilis-Sehne operativ versorgt.

Die Klägerin war wiederholt in Rehabilitationsbehandlungen und längere Zeit arbeitsunfähig. Die Frakturen und Verletzungen sind weitgehend komplikationslos verheilt. Als dauerhafte Beeinträchtigung verbleiben teils keloidbedingt verbreiterte Operationsnarben, gewisse Druck- und Bewegungsschmerzen sowie als wesentlicher Faktor die Instabilität des Knies, die derzeit eine Minderung der Erwerbsfähigkeit von 30 % begründet. Die Klägerin kann ihren Beruf als technische Zeichnerin wieder ausüben. Die Folgen der Verletzung wirken sich auf das weitere Leben der Klägerin aus, sie ist in ihrer Mobilität und in den Möglichkeiten sportlicher Aktivitäten eingeschränkt, je nach Belastung empfindet sie Schmerzen und sie muss als junge Frau mit deutlichen Narben am Körper leben.

LG Köln, Urt. v. 19.03.2008 – 25 O 180/05, PflR 2008, 341 E 1758

75.000,00 € (Vorstellung: 40.000,00 € zuzüglich monatliche Rente 350,00 €)

Lange Narben am Unterschenkel – Kompartmentsandrom – Unterschenkel – Fuß

Die 15 Jahre alte Klägerin erlitt nach einer sehr lange dauernden Nierenoperatiom infolge grob fehlerhafter Behandlung eines postoperativ aufgetretenen Kompartment-Syndroms funktionelle Schäden und Umfangsveränderungen des Unterschenkels und Fußes und eine ausgeprägte Narbenbildung mit gravierenden gesundheitlichen Folgen, wie z. B. neurologischen Ausfällen und Belastungsschmerzen.

Eine Schmerzensgeldrente wurde nicht bewilligt, weil es an schwersten Beeinträchtigungen fehlen soll.

E 1759 **LG Bielefeld, Urt. v. 15.04.2008 – 4 O 163/07, unveröffentlicht**

80.000,00 €

Gesichtsnarben – Muskelteillähmungen des Oberschenkels und des Unterschenkels

Der 27 Jahre alte Kläger kann aufgrund von Behandlungsfehlern und dadurch entstandener irreversibler Muskelteillähmungen sämtliche Tätigkeiten, die mit Heben und Tragen von Gewichten über 10 kg zu tun haben, nicht mehr ausführen und nicht mehr ständig sitzen. Er wird zeitlebens Krankengymnastik machen müssen.

Infolge einer falschen Lagerung während der Operation kam es zu Weichteilverletzungen im Gesicht des Klägers, wodurch Narben zurückgeblieben sind.

Der Kläger wird sein Leben lang unter den Beeinträchtigungen der Muskelteillähmungen im gesamten linken Bein und im rechten Oberschenkel sowie unter Schmerzen leiden müssen. Er wird, wenn überhaupt, nur eingeschränkt berufstätig sein können, wobei er ständig einen Wechsel zwischen Stehen und Gehen vollziehen und sich in klimatisierten Räumen aufhalten muss. Auch ist nicht auszuschließen, dass er sich in Zukunft weiteren Operationen unterziehen muss, falls die Wirbelsäule nicht stabil bleibt.

E 1760 **OLG Jena, Urt. v. 16.01.2008 – 4 U 318/06, SVR 2008, 464**

100.000,00 €

Narben – Unterschenkelfraktur – Lähmung des Wadenbeinnervs – Sprunggelenkverletzung – Bauchtrauma – Thoraxtrauma – Unterkiefermehrfragmentsfraktur – Hirnschädigung

Die 31 Jahre alte Klägerin erlitt bei einem Verkehrsunfall schwere Verletzungen, u. a. eine Unterschenkelfraktur mit Lähmung des Wadenbeinnervs, eine Beschädigung des Sprunggelenks, ein stumpfes Bautrauma, ein stumpfes Thoraxtrauma mit Lungenkontusion beidseitig, eine Unterkiefermehrfachfragmentfraktur mit Verrenkung der Kiefergelenke und eine Hirnschädigung. Die stationäre Behandlung dauerte 4 Wochen, die Rehabilitationsmaßnahme 6 Wochen. Die Klägerin war durch die Operationen, den Einsatz von zwei Osteosyntheseplatten in das Bein, das Einlegen einer Osteosytheseplatte wegen Fraktur des Unterkiefers und durch andere Behandlungsmaßnahmen erheblich belastet.

Verblieben ist eine dauernde Behinderung von 60 %. Die Klägerin kann keine feste Nahrung zu sich nehmen, weil sie den Mund nur 1,5 cm weit öffnen kann. Sie muss orthopädische Schuhe tragen. Es besteht eine Nervenlähmung der Zehen, Koordinations-, Gedächtnis- und Konzentrationsstörungen und stark erhöhter Ruhebedarf. Sie leidet unter Migräne, Kopfschmerzen, Übelkeit und Nackensteife. Die Beeinträchtigung der Arbeitsfähigkeit beträgt 100 %.

Zudem ist das Erscheinungsbild durch die Operationsnarben, die Verkürzung des linken Beines, eine Unterschenkelfehlstellung mit deutlicher O-Beinverformung und durch deutliches Knacken in Kiefergelenken bei Kieferbewegungen erheblich beeinträchtigt.

OLG Frankfurt am Main, Urt. v. 09.04.2010 – 13 U 128/09, NZV 2011, 39 E 1761

250.000,00 €

Narben – Dünndarm – Niere – Milz – schwerste Verletzungen

Ein 32 Jahre alter Mann erlitt bei einem Verkehrsunfall eine komplette Zerreißung der linken Flanke und der Bauchdecke mit den darunter gelegenen Organen. Von Dünn- und Dickdarm verblieb nach mehreren Operationen nur noch ein 140 cm langer Dünndarm. Die Milz wurde entfernt, eine Niere ist nicht mehr funktionsfähig, die andere Niere weist Funktionsbeeinträchtigungen auf. Es verblieb eine entstellende große rautenförmige Narbenplatte auf dem Bauch. Die gerade Bauchmuskulatur ist bis zu 20 cm auseinander gewichen. Infolge des langen Krankheitsverlaufs ist von einer Verklebung zwischen den verbliebenen Dünndarmschlingen und der Narbenplatte auszugehen. Die operative Lösung der Verwachsungen birgt ein erhöhtes Risiko des weiteren Verlusts von Dünndarmabschnitten. Der Krankheitsverlauf war äußerst kompliziert. Der Kläger leidet unter erheblichen Dauerschäden.

Bei der Schmerzensgeldbemessung wurden der objektiv vorhersehbare Funktionsverlust der zweiten Niere, das Bestreben der Beklagten, die Entscheidung hinauszuzögern und eine Tendenz der Rechtsprechung bei gravierenden Verletzungen großzügiger zu verfahren, berücksichtigt.

Persönlichkeitsrecht

► Hinweis:

Die Verletzung des Persönlichkeitsrechts löst keinen Schmerzensgeldanspruch aus, sondern führt zu einer Geldentschädigung, die allerdings nur für schwere Verletzungen des Persönlichkeitsrechts zuerkannt wird.

Die folgenden Entscheidungen sind »Ausreißer«, die keinen Anspruch darauf erheben können, der Rechtslage und der Rechtsprechung zu entsprechen.[111]

BGH, Urt. v. 23.10.2003 – III ZR 9/03, VersR 2004, 332 m. Anm. Jaeger E 1762

Grundurteil – kein Betrag

Verdeckte Abhörmaßnahmen durch die Polizei über 20 Monate

Im Verlauf eines Ermittlungsverfahrens ordnete das AG auf Antrag der Kriminalpolizei befristet auf 3 Monate den verdeckten Einsatz technischer Mittel zur Erhebung personenbezogener Daten in einer Wohnung an. Diese Maßnahme wurde antragsgemäß wiederholt verlängert. Nach Bekanntgabe wurden die Beschlüsse als rechtswidrig aufgehoben.

In der amtspflichtwidrig beantragten und durchgeführten Abhörmaßnahme liegt eine schwerwiegende Persönlichkeitsrechtsverletzung. Über die Höhe der zu gewährenden Geldentschädigung hat das OLG nach Zurückverweisung zu entscheiden.

111 Vgl. i. Ü. zu dieser Problematik im Teil 1 Rdn. 487 ff.

E 1763 **LG Bonn, Urt. v. 06.06.2005 – 9 O 31/05, NJW-RR 2006, 1552**

kein Betrag

Anfertigung von Lichtbildern bei ärztlicher Untersuchung

Die Klägerin hatte eingewilligt, dass der medizinische Sachverständige Fotos u. a. auch von ihrem Intimbereich fertigte. Das allgemeine Persönlichkeitsrecht der Klägerin ist weder durch das Anfertigen der Lichtbilder im Rahmen einer ärztlichen Untersuchung noch durch die Mitteilung der Untersuchungsergebnisse an die Prozessbevollmächtigten der Klägerin verletzt worden.

E 1764 **BGH, Urt. v. 06.12.2005 – VI ZR 265/04, VersR 2006, 276 = NJW 2006, 605 = MDR 2006, 930**

kein Betrag

Postmortales Persönlichkeitsrecht

Der Sohn hat keinen Anspruch auf Geldersatz unter dem Gesichtspunkt der postmortalen Verletzung des Persönlichkeitsrechts der Mutter. Ein Kamerateam hatte den unbekleideten Leichnam der Mutter gefilmt, die von der Schwester des Klägers unter dem Einfluss einer Psychose getötet worden war. Der Anspruch auf Zahlung einer Geldentschädigung wegen Verletzung des Persönlichkeitsrechts steht nur dem Lebenden zu, weil die Genugtuung des Opfers im Vordergrund steht. Die Genugtuung kann durch eine Zahlung an einen Hinterbliebenen nicht erreicht werden.

E 1765 **LG Aurich, Beschl. v. 11.05.2009 – 1 S 66/09, NJOZ 2009, 3248**

0,00 €

Kopftuchschelte

Die türkische Studentin muslimischen Glaubens wurde von einer Lehrkraft angesprochen mit den Worten: »Mann, mann, mann, wir sind doch hier in Europa, nehmen Sie doch das Kopftuch ab«.

LG und OLG werteten die Äußerung nicht als Beleidigung und nicht als Verstoß gegen ein Schutzgesetz i. S. d. § 823 Abs. 2 BGB, so dass kein Schmerzensgeldanspruch gegeben sei.

E 1766 **LG Oldenburg, Beschl. v. 07.02.13 – 5 S 595/12; NJW-RR 2013, 927**

0,00 €

Beleidigung eines Polizisten

Der Kläger, ein Polizeibeamter, hatte den Beklagten, der 1,49 ‰ Alkohol im Blut hatte, zur Entnahme einer Blutprobe mit auf die Dienststelle genommen. Der Beklagte beleidigte den Kläger mit Äußerungen wie Wichser, Scheiß Bullenschwein, Arschwichser und dummes Arschloch.

Amtsgericht und Landgericht haben diese Beleidigungen nicht als schwerwiegende Eingriffe in das Persönlichkeitsrecht des Klägers gewertet. Die Beschimpfungen hätten sich nicht gegen den Kläger als Person gerichtet. Die Ahndung der Beleidigungen könnten im Strafverfahren erfolgen.

LG Münster, Urt. v. 29.08.2002 – 8 S 210/02, NJW-RR 2002, 1677 E 1767

250,00 €

Beleidigen und Anspucken eines Polizisten

Ein Polizeibeamter wurde bei einem Karnevalseinsatz von einem Betrunkenen angespuckt und beleidigt. Das Gericht wertete das Anspucken als Körperverletzung, die – wenngleich mehr als eine Bagatelle – nicht schwerwiegend gewesen sei. Die Beleidigungen blieben entschädigungslos, da es sich nicht um einen schwerwiegenden Eingriff in die Persönlichkeit gehandelt habe und der Geschädigte zudem im Wesentlichen in seiner Funktion als Polizist beleidigt worden sei.

AG Böblingen, Urt. v. 16.11.2006 – 3 C 1899/06, unveröffentlicht E 1768

300,00 €

Massive Beleidigung einer Polizistin

Die 25 Jahre alte Polizeimeisterin wurde vom Beklagten massiv beleidigt und als Frau in der Ehre gekränkt. Die Rohheit der Ausdrücke und die Gefühllosigkeit des Beklagten wertete das Gericht als besonders verwerflich. Das Verhalten des Beklagten rief bei der Klägerin eine tiefe innere Betroffenheit, Ekel und Abscheu hervor.

LAG Rheinland-Pfalz, Urt. v. 17.06.2011 – 7 Sa 2/11, unveröffentlicht E 1769

300,00 €

Diskreditierende Äußerungen über einen ehemaligen Arbeitnehmer

Die Beklagte äußerte in einem Telefonat mit der Personalleiterin der neuen Firma der Klägerin, sie könne vor dieser nur warnen; seit dem Weggang der Klägerin würde sie einige Dinge in ihrem Büro vermissen. Die neue Firma habe das Niveau der Klägerin nicht verdient.

Es liege eine schwerwiegende Verletzung des Persönlichkeitsrechts vor, die Beklagte habe die Klägerin nicht nur unerheblich herabgesetzt. Insbesondere die Äußerung, die neue Firma habe das Niveau der Klägerin nicht verdient, stelle eine massive Herabwürdigung der Klägerin dar. Die Beeinträchtigung könne auch nicht in anderer Weise befriedigend ausgeglichen werden.

AG Köln, Urt. v. 16.11.2011 – 123 C 260/11, unveröffentlicht E 1770

400,00 € (Vorstellung: 4.000,00 €)

Fernsehsendung: »Die 10 verrücktesten Deutschen«

Der Kläger ist durch zahlreiche Publikationen bundesweit bekannt. Er hat mehr als 10.000 Anzeigen wegen Verkehrsordnungswidrigkeiten erstattet. Mit seiner Einwilligung strahlte RTL Filmaufnahmen des Klägers aus, die mit seiner Einwilligung gefertigt worden waren. Vom Titel »Die 10 verrücktesten Deutschen« und vom sonstigen Inhalt der Sendung hatte der Kläger vor der Sendung keine Kenntnis. Als er im Bild erschien, hieß es: »Aber nicht alle Verrückten sind auch liebenswert«. Ein älterer Herr äußerte sich: »Wenn ich den Mann sehe, dann könnte ich gar nicht soviel essen, wie ich kotzen möchte«. Eine Frau fügte hinzu: »Der geht uns alle auf den Sack«.

Das Amtsgericht hat in der Darstellung des Klägers in der Sendung eine schwere Verletzung seines Persönlichkeitsrechts gesehen. Die Gesamtdarstellung sei verletzend und herabsetzend. Der Kläger werde durchweg negativ dargestellt.

Bei der Geldentschädigung stehe die Genugtuungsfunktion im Vordergrund; zudem solle sie der Prävention dienen. Obwohl ein erheblicher Eingriff bejaht werde, bedeute dies nicht notwendig einen Anspruch auf einen beträchtlichen Entschädigungsbetrag.

E 1771 **LG Berlin, Urt. v. 06.10.2009 – 65 S 121/09, Grundeigentum 2009, 1623**

500,00 €

Beleidigung – unsachliche Abmahnung

Ein Hausverwalter verließ in einer begründeten Abmahnung eines Mieters wegen Störung der Hausgemeinschaft die sachliche Ebene und verletzte durch beleidigende Äußerungen das Persönlichkeitsrecht des Mieters, indem er diesen und seine Familienangehörigen als »Asoziale« bezeichnete. Der Schmerzensgeldanspruch besteht jeweils i. H. v. 250,00 € ggü. dem Hausverwalter und dem Grundstückseigentümer.

E 1772 **LG Ulm, Urt. v. 28.01.2012 – 2 O 356/11, NJW-Spezial 22012, 392 = ZEV 2012, 541**

2 x 500,00 € (Vorstellung: angemessen, mindestens 500,00 €)

Unerlaubte Umbettung der Urnen der Eltern auf einen anderen Friedhof

Die Parteien sind Geschwister. Eine der Schwestern ließ ohne Zustimmung der Klägerinnen, denen das »Totenfürsorgerecht« zustand, die Urnen der Eltern auf einen anderen Friedhof umbetten. Darin sah das Gericht einen Eingriff in das allgemeine Persönlichkeitsrecht und einen Ausdruck der Missachtung gegenüber beiden Klägerinnen. Die darin liegenden seelischen Verletzungen und Schmerzen müssten durch einen Geldbetrag ausgeglichen werden.

E 1773 **AG Bremen, Urt. v. 23.09.2010 – 5 C 135/10, GesR 2011, 728**

600,00 €

HIV-Test ohne Einwilligung des Patienten

Ein ohne Einwilligung des Patienten vorgenommener HIV-Test mit negativem Ergebnis rechtfertigt ein Schmerzensgeld von 600,00 €. Es kommt nicht darauf an, ob der AIDS-Test medizinisch indiziert war, die Indikation kann die Einwilligung nicht ersetzen. Die Verletzung des Persönlichkeitsrechts kann nicht auf andere Weise ausgeglichen werden, weil sie nicht rückgängig gemacht werden kann.

Für die Höhe des Schmerzensgeldes war mit entscheidend, dass der Arzt nicht vorsätzlich handelte. Der Patient hatte in den Test eingewilligt, die Einwilligung aber später widerrufen, was der Arzt nicht bemerkt hatte.

Zum Widerruf der Einwilligung eines Patienten vgl. nun § 630d Abs. 3 BGB (PatRG): Die Einwilligung kann jederzeit und ohne Angabe von Gründen widerrufen werden.

E 1774 **OLG Stuttgart, Urt. v. 12.12.2011 – 10 U 106/11, VersR 2012, 329**

900,00 € (Vorstellung: 5.000,00 €)

Zugangsverweigerung zur Diskothek wegen Hautfarbe

Der Kläger wurde am Eingang einer Diskothek zurückgewiesen, weil er Jugendlicher mit schwarzer Hautfarbe sei. Darin hat das Gericht eine erhebliche Missachtung gegenüber der Persönlichkeit des Klägers gesehen. Das Schmerzensgeld in Höhe von 900,00 € sei auch zur Abschreckung geeignet, weil es dem Eintrittsentgelt von 150 Gästen entspreche.

LG Frankfurt an der Oder, Urt. v. 09.07.2004 – 17 O 540/03, unveröffentlicht E 1775

1.000,00 € (Vorstellung: 10.000,00 €)

Ehrverletzung eines Politikers im Wahlkampf

2 Tage vor der Kommunalwahl 2003 verteilte der Beklagte zusammen mit einem Wahl-Flyer ein Schreiben, in dem der Kläger u. a. als Wendehals bezeichnet wurde. Das Schreiben endete mit dem Fazit: »Den (Kläger) darf man nicht wählen, die SPD kann man wählen, die Alternative, Bü 90/Die Grünen, sollte man wählen«. Nach der Wahl verteilte der Beklagte ein weiteres Schreiben mit der Überschrift: »Anmerkungen zum Wahlausgang« und zum Kläger: »Kulturloser Bonze, mal eben gewendet, hat der seine DDR-Karriere je beendet?« ... und anderen abträglichen Äußerungen über den Kläger.

Der Kläger wurde einer tatsächlich nicht gegebenen Nähe zum SED-Regime bezichtigt. Er wurde in seiner Kandidatur für den neuen Gemeinderat in Misskredit gebracht und einer heute missbilligten Haltung bezichtigt.

Da eine Beeinflussung des Wahlergebnisses oder sonstige Nachteile für den Kläger weder feststellbar noch wahrscheinlich waren, reiche ein Schmerzensgeld (!) i. H. v. 1.000,00 € aus und werde den tatsächlichen wirtschaftlichen Verhältnissen in der Gemeinde gerecht. Ein höherer Betrag wäre den Gemeindemitgliedern und der Wählerschaft nicht zu vermitteln.

LG Essen, Urt. v. 17.12.2007 – 3 O 442/07, FamRZ 2008, 2032 E 1776

1.000,00 € (Vorstellung: 5.000,00 €)

Falsche Anschuldigung

Die Beklagte behauptete ggü. der Polizei wahrheitswidrig, ihr geschiedener Ehemann, der Kläger, randaliere vor ihrer Wohnung, habe vor die Tür getreten und die Wohnungsklingel zerstört. Aufgrund der unwahren Behauptungen hielten die eingesetzten Beamten den Kläger für einen Randalierer und verhängten gegen ihn einen Platzverweis. Der Kläger wurde in eine sog. Randaliererkartei aufgenommen. Ggü. den Polizeibeamten hat die Beklagte den Kläger verächtlich gemacht.

OLG Zweibrücken, Beschl. v. 21.02.2013 – 4 U 123/12, VersR 2013, 915 E 1777

1.000,00 € (Vorstellung: 6.000,00 €)

Heimliche Intimfotos durch den Gynäkologen

Der die Klägerin behandelnde Gynäkologe machte von der Klägerin bei 5 Untersuchungen 23 Aufnahmen des entblößten Ober- und Unterkörpers einschließlich des Intimbereichs. Die Verletzung des Persönlichkeitsrechts wurde als schwerwiegend angesehen, weil der Gynäkologe das Vertrauen der Klägerin in verwerflicher Weise missbraucht habe. Die Entschädigung solle fühlbarer sein als ein bloßes Unterlassungsgebot. Auch andere Patientinnen erstritten wegen im wesentlichen gleichgelagerter Taten ein Schmerzensgeld in Höhe von 1.000,00 €.

AG München, Urt. v. 15.06.2012 – 158 C 28716/11, ZUM 2013, 59 = CR 2013, 128 E 1778

1.200,00 € (Vorstellung: 4.000,00 €)

Abbildung in einer Tageszeitung als Partnerin eines »Sex-Phantoms«

Die Beklagte bildete in einer Tageszeitung die Klägerin und deren Ehemann, der wegen sexueller Nötigung und Vergewaltigung zu einer Freiheitsstrafe von 6 Jahren verurteilt worden war, in mehreren Aufnahmen ab, unter anderem die Klägerin mit dem Ehemann im Bett liegend. Bild und Text füllten rd. ¼ der Titelseite der Zeitung. Die Gesichter waren gepixelt. In einem gegen den Ehemann gerichteten Strafverfahren wurde die Klägerin im Zuschauerraum von anderen Zuschauern identifiziert.

Der Artikel insgesamt, die Fotos und die Bettszene verletzen das Persönlichkeitsrecht der Klägerin und stellen einen schwerwiegenden Eingriff dar.

E 1779 **OLG Karlsruhe, Urt. v. 26.05.2006 – 14 U 27/05, NJW-RR 2006, 1198**

2.500,00 € (Vorstellung: 12.000,00 €)

Verletzung des Persönlichkeitsrechts durch Fernsehsendung

Die 5 Jahre alte Klägerin zu 1) verbrachte den Urlaub mit ihrer Mutter, der Klägerin zu 2) auf einem Campingplatz. Sie hatte sich verlaufen und wurde von einem zufällig anwesenden Kamerateam gefilmt und wieder zur Mutter zurückgebracht. Diese gab ein kurzes Interview. Der Beitrag wurde zweimal zur Mittagszeit ausgestrahlt in der Rubrik »mit den kleinen Skurrilitäten des Alltags«.

Der Mutter wurde ein Schmerzensgeld i. H. v. 2.500,00 € zuerkannt, weil sie zu einer Sendung in dem Boulevardmagazin der Beklagten unter der Rubrik »mit den kleinen Skurrilitäten des Alltags« kein Einverständnis erklärt hatte.

E 1780 **OLG Köln, Urt. v. 19.01.2010 – I-24 U 51/09, WuM 2010, 81 = NJW 2010, 1676 = MDR 2010, 384**

2.500,00 € (Vorstellung: je 2.500,00 €)

Ablehnung eines Mietinteressenten

Die Wohnungsverwaltung wies die Kläger als Mietinteressenten ab mit der Begründung, »Die Wohnung wird nicht an Neger, äh ... Schwarzafrikaner und Türken vermietet«.

Die Menschenwürde der Kläger, die Teil ihres durch § 823 Abs. 1 BGB geschützten allgemeinen Persönlichkeitsrechts ist, wurde verletzt. Eine Verletzung des allgemeinen Persönlichkeitsrechts der Kläger liegt sowohl darin, dass die Vertreterin der Hausverwaltung sie als »Neger« bezeichnet hat, als auch darin, dass sie ihnen wegen ihrer Hautfarbe die Besichtigung und Vermietung der Wohnung verweigert hat. Die Bezeichnung einer Person als »Neger« ist nach inzwischen gefestigtem allgemeinen Sprachverständnis eindeutig diskriminierend und verletzt den Betroffenen in seinem allgemeinen Persönlichkeitsrecht. Es stellt auch einen Angriff auf die Menschenwürde der Kläger dar, dass ihnen allein wegen ihrer Hautfarbe die Möglichkeit zur Besichtigung und etwaigen Anmietung der Wohnung verweigert worden ist.

E 1781 **LG München I, Urt. v. 30.07.2003 – 21 O 4369/03, NJW 2004, 617**

3.000,00 €

Ungenehmigte Verwendung von Nacktaufnahmen in einer Fernsehsendung

Der Kläger wurde in einer Fernsehsendung mit dem Thema Nacktbaden 7 sec. lang unbekleidet gezeigt, wobei sein Gesicht und seine primären Geschlechtsmerkmale erkennbar waren. Die Aufnahmen wurden ohne Zustimmung und ohne Kenntnis des Klägers auf einem FKK-Gelände gedreht. Das »Schmerzensgeld« wurde dem Kläger wegen eines schwerwiegenden Eingriffs in sein Persönlichkeitsrecht zugesprochen. Der Betrag müsse weit über einer Honorarforderung eines Darstellers oder Models liegen.

E 1782 **OLG Frankfurt, Urt. v. 10.10.2012 – 1 U 201/11, NJW 2012, 75**

LG Frankfurt, Urt. v. 04.08.2011 – 2-04 O 521/05, JR 2012, 36

Ankündigung erheblicher Schmerzen durch Polizeibeamte – Fall Magnus G.

3.000,00 €

Dem Kläger wurden bei einer polizeilichen Vernehmung erhebliche Schmerzen angekündigt, falls er den Aufenthalt des von ihm entführten Kindes weiterhin verschweige. Die Polizeibeamten glaubten, dass das entführte Kind noch lebte. Der europäische Gerichtshof hielt die Vernehmungsmethode für nicht legitimiert, nicht entschuldigt, unerlaubt und amtspflichtwidrig und entschied, dass dem Kläger eine Entschädigung in Geld zu gewähren sei.

LAG Hamm, Urt. v. 30.10.2012 – 9 Sa 158/12, ZD 2013, 355 E 1783

4.000,00 € (Vorstellung: 15.000,00 €)

Videoüberwachung am Arbeitsplatz

Der Kläger war Mitglied des Betriebsrats bei der Beklagten. Der Betriebsrat hatte zwar einer Videoüberwachung zugestimmt, soweit diese zur Vermeidung von Diebstählen eingerichtet worden war. Die Beklagte hatte aber wesentlich mehr Überwachungskameras installieren lassen. Darin wurde eine erhebliche Verletzung des Persönlichkeitsrechts des Klägers gesehen, die für einen Zeitraum von rd. 20 Monaten zu entschädigen war.

LG Düsseldorf, Urt. v. 13.12.2006 – 12 O 194/05, unveröffentlicht E 1784

5.000,00 € (Vorstellung: 20.000,00 €)

Ungenehmigte Nacktfotos aus der Sauna

Die Klägerin wurde in einer von der Beklagten herausgegebenen unentgeltlichen Werbezeitung ohne ihre Zustimmung in unbekleidetem Zustand beim Saunabesuch gezeigt. Die Aufnahmen wurden heimlich gefertigt, nachdem die Klägerin ihre Zustimmung zu Aufnahmen im Bademantel gegeben hatte.

LAG Köln, Urt. v. 27.10.2011 – 7 Sa 147/11, unveröffentlicht E 1785

5.000,00 € (Vorstellung: 20.000,00 €)

Verletzung des Persönlichkeitsrechts durch eine Abfolge von systematischen Ereignissen mit Zielrichtung auf die Persönlichkeit

Die Beklagte sprach gegenüber dem 43 Jahre alten Kläger, der als Gepäckträger/Gepäckbetreuer beschäftigt war, eine fristlose Kündigung des Arbeitsverhältnisses aus und zahlte während der laufenden Kündigungsfrist kein Entgelt. Der Kläger erreichte vor dem Arbeitsgericht in zwei Instanzen eine Entscheidung zu seinen Gunsten. Die Beklagte bot ihm jedoch nur Hilfstätigkeiten bei der Bahnreinigung an. Das LAG bezeichnete die Kündigung als offensichtlich unwirksam. Nachdem der Kläger vor dem Arbeitsgericht ein Urteil zur Fortzahlung seiner Bezüge erstritten hatte, schaltete die Beklagte ein Inkassobüro ein, das vom Kläger die Rückzahlung überzahlter Entgelte in Höhe von rd. 600,00 € forderte.

Das LAG sah in dem Verhalten der Beklagten eine nachhaltige und schwerwiegende Verletzung der Persönlichkeitsrechte, die deshalb als hinreichend schwerwiegend angesehen wurde, weil die Gesamtschau der eine Systematik erkennen lassenden Abfolge der Ereignisse die Zielrichtung der Beeinträchtigung des Persönlichkeitsrechts erkennen lasse.

E 1786 **OLG Frankfurt am Main, Urt. v. 13.11.2007 – 11 U 16/07, ZUM-RD 2008, 230**

6.000,00 € (Vorstellung: 5.100,00 €)

Abbildung zu unzutreffendem Zeitungsartikel

Der Kläger ist Schlagzeuger einer bekannten Rockgruppe. In einem Zeitungsbericht wurde er irrtümlich abgebildet und mit einem Ereignis in Verbindung gebracht, mit dem er nichts zu tun hatte, sodass der Eindruck entstand, er habe Mitglieder für eine Erpressung engagiert.

E 1787 **LG Bielefeld, Urt. v. 07.12.2010 – 7 O 121/09, unveröffentlicht**

6.000,00 €

Beleidigung und üble Nachrede im Internet

Der Beklagte, der seit Jahren für eine Internetseite verantwortlich war, bezeichnete den Kläger dort unter anderem als korrupten deutschen Diplomaten und als korrupten Beamten, der wichtige Dokumente veruntreut und an Betrüger weitergegeben habe. In diesen und in weiteren ehrverletzenden und beleidigenden Äußerungen sah die Kammer eine üble Nachrede und eine schwerwiegende Verletzung des allgemeinen Persönlichkeitsrechts des Klägers.

E 1788 **OLG Frankfurt am Main, Urt. v. 26.04.2002 – 25 U 120/01, OLGR 2002, 183**

7.500,00 €

Unterbliebene Aufklärung über Möglichkeit einer Samenspende zur Kryokonservierung vor Einleitung einer fruchtbarkeitsgefährdenden Chemotherapie

Der 30 Jahre alte Kläger wurde vor Beginn einer Chemotherapie wegen eines Hodentumors, welche die Unfruchtbarkeit des Patienten zur Folge haben kann, ärztlicherseits nicht auf die Möglichkeit der Erhaltung der externen Zeugungsfähigkeit durch Abgabe einer Samenspende hingewiesen, die eingefroren und konserviert wird (sog. Kryokonservierung).

Deshalb hat der Kläger von einer solchen prächemotherapeutischen Samenspende abgesehen. Die Chemotherapie führte zu seiner Unfruchtbarkeit.

LG und OLG haben eine Entschädigung des Klägers wegen Verletzung des allgemeinen Persönlichkeitsrechts i. H. v. 7.500,00 € für angemessen gehalten.

E 1789 **OLG Celle, Urt. v. 19.06.2007 – 16 U 2/07, CR 2008, 123 = MMR 2008, 180 = NJW-RR 2008, 1262**

7.500,00 € (Vorstellung: 20.000,00 €)

Polizei eröffnet Internetforum zur Fahndung

Die Eröffnung eines Internetforums durch die Polizei zu einem Kapitalverbrechen, in dem die Öffentlichkeit ihre Meinung zu dem Verbrechen und möglichen Tätern äußern kann, ist amtspflichtwidrig und geeignet, dort als Täter bezeichnete Personen in ihrem Persönlichkeitsrecht zu verletzen. Dadurch haben die Strafverfolgungsbehörden das angeschlagene Ansehen des Klägers in der Öffentlichkeit über das Internet einer unbeschränkten Öffentlichkeit zugänglich gemacht und die Diskussion um seine mögliche Täterschaft als Mörder mindestens aufrechterhalten, ohne dass dies für eine sachgerechte Ermittlungsarbeit erforderlich gewesen wäre. Dadurch wurde der Kläger an einen »virtuellen Pranger« gestellt.

LG Frankfurt, 07.03.2011 – 2-04 O 584/09, unveröffentlicht E 1790

8.000,00 € (Vorstellung: 30.000,00 €)

Unberechtigter Vorwurf eines Dienstvergehens ggü. einem Polizeibeamten

Der Verdacht von Straftaten und Dienstvergehen muss ggü. den Mitarbeitern einer Behörde sachlich und ausgewogen kommuniziert werden. Der Dienstvorgesetzte darf nicht unter Verstoß gegen die Unschuldsvermutung zu erkennen geben, dass die Vorwürfe seiner Meinung nach gerechtfertigt sind. Psychische Beeinträchtigungen hat der Kläger nicht belegt.

Zu berücksichtigen war, dass die Äußerungen lediglich ggü. einem überschaubaren Kreis von Beamten getätigt wurden und dass insoweit keine Außenwirkung eintrat. Andererseits haben sich die Vorwürfe gegen den Kläger als gegenstandslos herausgestellt und er ist bislang von der Beklagten nicht angemessen rehabilitiert worden, insb. ist keine Entschuldigung oder sonstige Relativierung der Äußerungen erfolgt. Zudem wurden die Äußerungen während der gesamten Dauer des Ermittlungs- und Disziplinarverfahrens nicht zurückgenommen und der Kläger wird bis heute nicht adäquat beschäftigt. Zudem ist zu berücksichtigen, dass die Vorwürfe nicht von einem einfachen Behördenmitarbeiter, sondern von der Behördenspitze erhoben wurden und diese Auswirkungen auf das berufliche Umfeld des Klägers hatten.

OLG Dresden, Urt. v. 12.07.2011 – 4 U 188/11, NJW 2012, 782 = AfP 2012, 168 = ZUM-RD 2012, 275 E 1791

8.000,00 € (Vorstellung: 20.000,00 €)

Zeitungsbericht über Suizid des Sohnes einer ehemaligen Ministerin

Die Klägerin, eine frühere Ministerin der sächsischen Staatsregierung, hat die Beklagte wegen eines Artikels in einer Tageszeitung, die in Chemnitz und Dresden erscheint, unter anderem auf Zahlung einer Geldentschädigung in Anspruch genommen. Die Beklagte hatte die Klägerin und ihr Anwesen abgedruckt und über den Selbstmord des Sohnes berichtet und daraus hergeleitet, die Klägerin sei selbst suizidgefährdet. Durch diese Berichterstattung und die Illustration mit einem Foto der Klägerin hat die Beklagte die Privatsphäre der Klägerin verletzt. Für den Durchschnittsleser wird nicht der Sohn, sondern die Klägerin selbst in den Mittelpunkt der Berichterstattung gerückt und mehrfach darauf hingewiesen, dass sie selbst suizidgefährdet sei und als Karrierefrau auf den Sohn Erwartungsdruck ausgeübt habe, ein mögliches Motiv für dessen Suizid. Ein weiterer Eingriff in die Privatsphäre der Klägerin liege darin, dass deren Recht mit der Trauer um ihren verstorbenen Sohn alleine zu bleiben und in Ruhe gelassen zu werden verletzt werde. Schließlich wird das Recht der Klägerin am eigenen Bild verletzt, weil es für die Veröffentlichung des Bildnisses an deren Einwilligung fehle. Zudem sei zu berücksichtigen, dass die Beklagte in der Überschrift »Sohn (30) erhängte sich hinterm Haus« eine unwahre Tatsache behauptet habe, um einen Anlass für die Abbildung des Wohnhauses der Klägerin und damit zugleich für eine Berichterstattung über ihren Sohn zu schaffen.

Dieser Eingriff in die Privatsphäre der Klägerin sei hinreichend schwerwiegend, um die Zubilligung einer Geldentschädigung zu rechtfertigen. Der Angriff richtet sich gegen die Grundlage der Persönlichkeit der Klägerin.

Die von der Klägerin verlangte Geldentschädigung sei zu hoch bemessen, da keine rücksichtslose Zwangskommerzialisierung, die durch eine Erhöhung der Geldentschädigung abgeschätzt werden müsste, vorliege.

E 1792 LG Berlin, Urt. v. 13.08.2012 – 33 O 434/11, ZUM 2012, 997

8.000,00 € (Vorstellung: 100.000,00 €)

Ehrverletzende Äußerungen in sozialen Netzwerken

Die Klägerin begehrte eine hohe Geldentschädigung, weil der Beklagte ihr Persönlichkeitsrecht dadurch vorsätzlich schwerwiegend beeinträchtigt hat, indem er sie auf verschiedenen Sozialplattformen als »... du Nutte!!!!!!!«, »... du Kacke!!!«, »... sieht aus wie ne Mischung aus ..., ... und ...« sowie »... hat so nen ekligen Zellulitiskörper pfui Teufel« beschimpft hatte. Die Äußerungen hatten Auswirkungen auf die Psyche der Klägerin und erforderten deshalb eine Genugtuung. Die günstigen wirtschaftlichen Verhältnisse des Beklagten sind unstreitig.

E 1793 OLG Düsseldorf, Urt. v. 27.04.2005 – I-15 U 98/03, unveröffentlicht

10.000,00 € (Vorstellung: 100.000,00 €)

Persönlichkeitsrechtsverletzungen durch Pressemitteilungen der StA

Der Kläger war Vorstandsmitglied einer AG, die durch eine Übernahmeschlacht in die Schlagzeilen geriet. Die StA gab Pressemitteilungen heraus, in denen u. a. von der Käuflichkeit des Klägers die Rede war, was zur Erläuterung der Anklageschrift gänzlich überflüssig war. Ferner wurde der Kläger durch die Verbreitung einer Pressemitteilung »Selbstbedienungsladen ... AG – bis zu 111 Mio. DM Schaden« im Internet-Portal des Landes-Justizministeriums in seinem Persönlichkeitsrecht verletzt.

Das Gericht billigt dem Kläger wegen der schwerwiegenden Verletzung des allgemeinen Persönlichkeitsrechts ausdrücklich ein »Schmerzensgeld« und nicht eine Geldentschädigung zu. Der Betrag von 10.000,00 € sei gerechtfertigt, weil der Kläger über 2 Jahre hinweg immer wieder den Persönlichkeitsrechtsverletzungen ausgesetzt gewesen sei, die in hohem Maße ehrenrührig gewesen seien.

E 1794 OLG Schleswig, Urt. v. 21.04.2006 – 11 W 22/05, PStR 2006, 195

10.000,00 €

Amtspflichtverletzung eines Steuerfahnders

Jahrelange Ermittlungen und/oder Durchsuchungen von Privat- und Geschäftsräumen eines Bürgers und/oder die Bezeichnung des Betroffenen als »Straftäter« verletzen das allgemeine Persönlichkeitsrecht, wenn ein Steuerfahnder zumindest fahrlässig seine Pflichten verletzt und ggü. dem FA zumindest fahrlässig unzutreffende Angaben über tatsächlich nicht erfolgte Umsätze, verdeckte Gewinnausschüttungen und Einkünfte aus Gewerbebetrieb des Steuerpflichtigen macht. Nach der Sachdarstellung des Antragstellers hätte der Steuerfahnder bei ordnungsgemäßer Auswertung der Akten erkennen können und müssen, dass seine Angaben unzutreffend waren.

E 1795 KG, Beschl. v. 21.01.2011 – 9 W 76/10, VersR 2011, 1142

10.000,00 €

Gestattung von Fernsehaufnahmen bei einem Vollstreckungsversuch durch das Finanzamt

Zwei Vollziehungsbeamte betraten in Ausführung des ihnen erteilten Vollstreckungsauftrags die Wohnung des Antragstellers, in der sich dessen Ehefrau und der 3 Jahre alte Sohn aufhielten. Sie wurden von zwei Mitarbeitern einer TV-Firma begleitet, die Filmaufnahmen vom Einsatz fertigten, unter anderem vom Antragsteller, seinen Familienangehörigen, der Wohnung und der Einrichtung. Vor laufender Kamera wurde der Antragsteller zu seiner Steuerschuld und zu seinen Einkommensverhältnissen befragt.

Wegen der Schwere der Persönlichkeitsrechtsverletzung hielt das KG einen Entschädigungsanspruch des Antragstellers auf der Grundlage der §§ 839, 253 (!) BGB i. V. m. Art. 1 und 34 GG in Höhe von 10.000,00 € für aussichtsreich und bewilligte in dieser Höhe Prozesskostenhilfe.

OLG Düsseldorf, Urt. v. 26.10.2011 – I-15 U 101/11 – GesR 2012, 5 E 1796

10.000,00 €

Heimliche Film- und Tonbandaufnahmen in Arztpraxis

Das LG hat dem Kläger 10.000,00 € zugesprochen, das OLG Düsseldorf hat den Entschädigungsanspruch verneint, weil die erforderliche Schwere des Eingriffs nicht gegeben sei. Das OLG Düsseldorf hat vielmehr nur einen Anspruch auf Vernichtung der Aufnahmen ausgesprochen:

Werden in einer Arztpraxis heimlich ohne Wissen des Arztes Film- und Tonaufnahmen eines Arzt-Patienten-Gesprächs erstellt, löst die unbefugte Verletzung der Vertraulichkeit des nicht öffentlich gesprochenen Wortes des Arztes und damit die rechtswidrige Verletzung dessen allgemeinen Persönlichkeitsrechtes in Verfolgung des Rechtsgedankens nachhaltiger Störungsbeseitigung aus § 1004 BGB einen Anspruch auf Vernichtung der Aufnahme aus. Da das Wort des Arztes in jeglicher Form geschützt ist, muss sich dieser Anspruch über den Ton hinaus auch auf das Bild erstrecken, soweit als Untertitel die Worte des Arztes in Textform eingeblendet wurden.

LG Köln, Urt. v. 22.08.2012 – 28 O 33/12, unveröffentlicht E 1797

10.000,00 € (Vorstellung: 50.000,00 €)

Berichterstattung in der BILD-Zeitung über bekannte Schauspielerin nach dem Ende der Schwangerschaft

Die Beklagte berichtete über die Klägerin nach deren Schwangerschaft gestützt auf zwei Fotografien, die in unvorteilhafter Weise die Gewichtszunahme und die Figurprobleme der Klägerin sichtbar machten. Auch in der Wortberichterstattung wurde darauf drastisch aufmerksam gemacht. Lediglich weil die Berichterstattung nicht »in erster Linie« darauf gerichtet war, die Klägerin der Lächerlichkeit preiszugeben, wurde eine Geldentschädigung in Höhe von 10.000,00 € zuerkannt.

LG Kaiserslautern, Urt. v. 22.06.2007 – 2 O 970/05, unveröffentlicht E 1798

12.000,00 € (Vorstellung: 20.000,00 €)

Zeitungsabdruck eines Nacktfotos

Die Beklagte veröffentlichte ein Nacktfoto der Klägerin in ihrer Zeitung. Dies stellt eine schuldhafte Verletzung der allgemeinen Persönlichkeitsrechte der Klägerin dar und verstößt gegen § 22 KunstUrhG. Die Überschrift des Berichts enthält obszöne Details eines »Sexerlebnisses der Nymphomanin« und lenkt die Aufmerksamkeit des Lesers durch ihre großen, fettgedruckten Buchstaben auf den Bericht. Dieser beginnt sodann mit einer einleitende Zusammenfassung: »Sex ist ihr Leben. Und Hemmungen sind ihr fremd«. Dabei wird aufgrund der Aufmachung bei dem Leser eindeutig der Eindruck erweckt, dass die Klägerin die in dem »Tagebuch« erwähnte Nymphomanin oder eine andere Nymphomanin ist, also eine Frau mit gesteigertem Geschlechtstrieb.

Die Klägerin geriet durch die Veröffentlichung in einen klinisch relevanten und therapiebedürftigen Zustand, der zu einer fachpsychiatrischen Behandlung geführt hat.

E 1799 **LG Köln, Urt. v. 30.07.2008 – 28 O 148/08, unveröffentlicht**

15.000,00 €

Unerlaubte Veröffentlichung eines Hochzeitsfotos

Die Klägerin ist die Ehefrau eines Fernsehmoderators, die Beklagte verlegt eine Zeitschrift. Die Klägerin sieht ihr Persönlichkeitsrecht durch eine Veröffentlichung eines Hochzeitsfotos durch die Beklagte verletzt.

Die Bemessung der Geldentschädigung beruht auf den Umständen der Entstehung und Veröffentlichung des Bildes und auf dessen Beschaffenheit selbst unter Berücksichtigung der Ausgleichs- und Genugtuungsfunktion sowie der in Fällen vorsätzlicher, rücksichtsloser Zwangskommerzialisierung der Persönlichkeit hoch anzusetzenden Geldentschädigung. Der Präventionsaspekt (BVerfG NJW 2000, 2187) und die wirtschaftlichen Verhältnisse beider Parteien waren zu berücksichtigen. Auch der Verbreitungsgrad der Ausgabe, in der das Lichtbild abgedruckt war, mit über 1 Mio. Exemplaren, hat eine Rolle gespielt. Aufseiten der Klägerin hat weniger die Ausgleichs- sondern vielmehr die Genugtuungsfunktion, das schwere Verschulden der Beklagten und der Präventionsgedanke im Vordergrund gestanden.

E 1800 **OLG München, Urt. v. 04.02.2010 – 1 U 4650/08, MedR 2010, 645**

15.000,00 €

Persönlichkeitsrechtsverletzungen durch Weitergabe eines ärztlichen Attestes

Der Leiter und Chefarzt einer psychiatrischen Klinik erstellte im Auftrag der Ehefrau des Patienten ein fachpsychiatrisches Attest zur »Vorlage bei der zuständigen Polizeibehörde« zwecks Unterbringung in einem psychiatrischen Krankenhaus. In dem Attest riet er aufgrund der Diagnose einer schwerwiegenden psychischen Erkrankung zur sofortigen Unterbringung des Patienten. Er gab das Attest ohne Einwilligung des Untersuchten an dessen Ehefrau weiter, die das Attest bzw. dessen Inhalt über den privaten Bereich hinaus auch im geschäftlichen Bereich des Ehemannes, insb. der kreditgebenden Hausbank, bekannt machte. Darin hat das Gericht eine vorsätzliche schwerwiegende Persönlichkeitsrechtsverletzung gesehen, die die Zubilligung eines Schmerzensgeldes (sic.) erfordere.

E 1801 **OLG Hamburg, Urt. v. 21.02.2006 – 7 U 64/05, NJW-RR 2006, 1707**

20.000,00 € (Vorstellung: 250.000,00 €)

Zeitungsbericht über Ermittlungsverfahren der StA

Der Kläger nimmt die Beklagten wegen 3-facher Berichterstattungen in der »A-Zeitung«, deren Autor jeweils der Beklagte zu 2) war, u. a. auf Zahlung einer Geldentschädigung in Anspruch.

Die Berichterstattung betraf ein Ermittlungsverfahren gegen den Kläger, welches aufgrund einer Anzeige wegen Betrugsverdachts betreffend den Verkauf von Aktien zum Preis von etwa 150.000,00 € durch den Kläger und dessen Ehefrau eingeleitet worden war. Das Ermittlungsverfahren wurde von der StA rechtskräftig eingestellt. Die Berichterstattung verletzt den Kläger rechtswidrig schwerwiegend in seinem allgemeinen Persönlichkeitsrecht.

OLG Frankfurt am Main, Urt. v. 23.12.2008 – 8 U 146/06, GesR 2009, 270 E 1802

20.000,00 € (Vorstellung: 50.000,00 € zuzüglich 1.000,00 € monatliche Rente)

Behandlung mit überdosierten und hochriskanten Psychopharmaka

Die Klägerin wurde im Alter von 24 – 28 Jahren dadurch falsch behandelt, dass sie – bei unterstellter Diagnose Hebephrenie (= Schizophrenie bei jungen Patienten) – mit überdosierten hochriskanten Psychopharmaka behandelt worden ist. Der Senat wertet die dem Beklagten mit anzulastenden gravierenden Dyskinesien, die sich erst ganz allmählich zurückbildeten, als schwerwiegende Beeinträchtigungen der damals noch jungen Klägerin, die auf ihre Persönlichkeitsentwicklung von nachhaltigem Einfluss gewesen ist. Es muss auch davon ausgegangen werden, dass die – auch zwangsweisen – Behandlungsmaßnahmen des Beklagten durch Reaktionen der Klägerin auf überdosierte Medikamente jedenfalls mit zurückzuführen sind und die Klägerin hierdurch schwer beeinträchtigt wurde. Die Berechnung des Schmerzensgeldes bemisst sich an den Gesamtumständen. Hier sind die Auswirkungen für die körperliche und psychische Entwicklung der Klägerin, für die soziale Stellung in ihrem Umfeld, ihre Schmerzen durch die motorischen Störungen sowie die psychischen Empfindungen durch deren Wahrnehmung sowie nicht erreichte Ausbildungsziele einzubeziehen und zu werten.

LG München, Urt. vom 29.05.2013 – 9 O 659/13, unveröffentlicht E 1803

20.000,00 € Vorstellung: 25.000,00 €

Rechtswidrige Presseveröffentlichung einer schwangeren Schauspielerin in der Bildzeitung und unter Bild-online

Die Klägerin ist eine deutsche Schauspielerin. Sie hatte den Chefredakteur vor der Veröffentlichung angeschrieben, dass sie keine Bild- oder Wortberichterstattung über ihr Privatleben möchte. Wenn auch die Schwangerschaft der Klägerin als Ereignis der Zeitgeschichte gewertet wurde, standen der Veröffentlichung des Berichts und der Bilder, die die Klägerin in einer sehr privaten Situation zeigen, überwiegende berechtigte Interessen entgegen. Der Schutz der Persönlichkeit der Klägerin überwog, die Verletzung der Persönlichkeit wiegt schwer.

LG Kiel, Urt. v. 27.04.2006 – 4 O 251/05, NJW 2007, 1003 E 1804

25.000,00 € (Vorstellung: mindestens 11.000,00 €)

Veröffentlichung und Verbreitung erotischer Fotos im Internet

Nachdem der Beklagte sich von der Klägerin getrennt hatte, stellte er mehrere Fotos der Klägerin, auf denen diese mit entblößter Brust oder völlig entblößt zu sehen ist, auf einer Tauschbörse ins Internet mit weltweiter Zugriffsmöglichkeit. Dabei hatte er den Namen und die vollständige Adresse der Klägerin mit Telefonnummer eingeblendet. Die Klägerin erhielt mehrere Anrufe mit schlüpfrigem Inhalt und fühlt sich in den Dunstkreis der Prostitution gerückt. Der Beklagte wurde wegen Beleidigung rechtskräftig zu einer Geldstrafe verurteilt.

AG Marburg, Urt. v. 09.01.2006 – 51 Ls 2 Js 6842/04, unveröffentlicht E 1805

35.000,00 € (Vorstellung: 200.000,00)

Oralsex unbemerkt gefilmt und ins Internet gestellt

Der Angeklagte filmte die Nebenklägerin gegen deren Willen unbemerkt beim Oralsex und stellte den Videofilm zum Download ins Internet, sodass andere Internetnutzer jeden Tag ohne zeitliche Begrenzung – auch minderjährige Internetbenutzer – und ohne Zugriffsbeschränkung den Film herunterladen und einsehen konnten.

Damit verfolgte der Angeklagte das Ziel, die Nebenklägerin aus Rache öffentlich zu demütigen und sich abzureagieren. Er nahm billigend in Kauf, dass auch Minderjährige den Film herunterladen würden. Dies ist tatsächlich geschehen, gleichaltrige Freunde der minderjährigen Kinder der Nebenklägerin gelangten in den Besitz der Dateien.

Das Gericht hat sich bei der Bemessung des Schmerzensgeldes an der Berufsausbildung des Angeklagten und einem diesem auf lange Sicht allenfalls i. H. v. 1.700,00 € zur Verfügung stehenden monatlichen Nettoeinkommen und noch für einige Jahre bestehenden Unterhaltsverpflichtungen ggü. seinen Kindern orientiert. Es hat sich von der Überlegung leiten lassen, dass dem Angeklagten langfristig monatlich allenfalls 200,00 € zur Zahlung an die Nebenklägerin zur Verfügung stehen werden. Das führt bspw. bei einem verrentet betrachteten Betrag von 35.000,00 € zu einer finanziellen Belastung für die Dauer von fast 15 Jahren. 175 monatliche Raten zu mindestens je 200,00 € stehen einerseits noch in angemessenem zeitlichen Kontext zu den Taten, verschaffen andererseits aber der in bedrängten wirtschaftlichen Verhältnissen lebenden Nebenklägerin und ihren Kindern zumindest eine finanzielle Verbesserung, die sie in die bislang nicht bestehende Lage versetzt, Annehmlichkeiten wie Urlaub oder Ausbildungsmöglichkeiten zu finanzieren (vgl. zu solchen Verbesserungen u. a. Palandt/Heinrichs, § 253 Rn. 11). Einen Betrag von 35.000,00 € hält das Gericht aber auch deshalb für geboten, weil nur darin die Vergleichbarkeit mit anderen Fällen gravierender Tatfolgen einerseits und die Nachhaltigkeit und Vielzahl der Taten andererseits zum Ausdruck gelangt.

E 1806 **OLG Hamm, Urt. v. 04.02.2004 – 3 U 168/03, NJW-RR 2004, 919**

70.000,00 € (Vorstellung: 300.000,00 €)

Satire contra Persönlichkeitsrecht – Vermarktung der Persönlichkeit

Die 16 Jahre alte Klägerin gewann einen lokalen Schönheitswettbewerb und nahm später an einer Ausscheidungswahl zur Miss Allemagne teil. In der Fernsehsendung »TV-Total« wurde die Klägerin vorgestellt und durch Wortspiele mit ihrem Namen als Einsteigerin in das Pornogeschäft bezeichnet. In weiteren Sendungen wurde dieser Eindruck vertieft.

In der Folgezeit wurde die Klägerin zum Gespött der Mitschüler; sie erhielt obszöne Anrufe und musste sich in therapeutische Behandlung begeben.

Das Gericht hielt eine Geldentschädigung i. H. v. 70.000,00 € für angemessen, weil die Beklagte die Klägerin vorsätzlich und schwerwiegend in deren Persönlichkeitsrecht verletzt habe. Die Geldentschädigung müsse – auch ohne »Gewinnabschöpfung« – für die Beklagte fühlbar sein, dürfe sie andererseits aber nicht unverhältnismäßig einschränken. Es gehe nicht darum, Satire einzuschränken, sondern darum, eine Minderjährige nicht in die Nähe der Pornobranche zu rücken.

E 1807 **KG, Urt. v. 26.05.2003 – 10 U 40/02, ZUM-RD 2003, 527**

75.000,00 €

Paparazzifotos von Kindern einer absoluten Person der Zeitgeschichte

Die im Zeitpunkt der Entscheidung 3 1/2 Jahre alte Klägerin wurde als Baby aus großer Entfernung auf dem Grundstück ihrer Eltern fotografiert und in den Zeitschriften der Beklagten abgebildet mit den Schlagzeilen »Die ersten Fotos. Das heimliche Babyglück.« Mit insgesamt neun Veröffentlichungen hat die Beklagte das Persönlichkeitsrecht der Klägerin erheblich verletzt. Das allgemeine Persönlichkeitsrechts der Klägerin genießt Vorrang vor der Abbildungsfreiheit von absoluten oder relativen Personen der Zeitgeschichte, zumal sie minderjährig ist und die Entfaltung ihrer Persönlichkeit hierdurch gestört werden kann.

Die Höhe der Geldentschädigung beurteilt sich auch nach dem Gesichtspunkt der Spezialprävention und berücksichtigt, dass hinter der Beklagten eine Wirtschaftsmacht steht.

BGH, Urt. v. 05.10.2004 – VI ZR 255/03, BGHZ 160, 298 = NJW 2005, 215 = VersR 2005, 125 E 1808

75.000,00 € (Vorstellung: 150.000,00 €)

Bildveröffentlichung des Babys der Caroline von Monaco

Die im Sommer 1999 geborene Klägerin wurde in der Zeit von Juli 1999 – Juli 2000 von der Beklagten in neun Artikeln in 2 Zeitschriften ohne Zustimmung der Eltern auf zahlreichen Fotos abgebildet. Die Fotos waren heimlich und aus großer Entfernung auf einem Anwesen der Eltern der Klägerin aufgenommen worden.

Der BGH bestätigte das Urteil des KG nach Grund und Höhe, weil der Klägerin gegen die Verletzung des Rechts am eigenen Bild keine andere Abwehrmöglichkeit als ein Anspruch auf eine Geldentschädigung zustehe. Der Eingriff sei schwerwiegend gewesen, weil das Recht am eigenen Bild wiederholt und hartnäckig und um des wirtschaftlichen Vorteils willen verletzt worden sei. Die Absicht der Gewinnerzielung sei als Bemessungsfaktor zu berücksichtigen, andererseits dürfe die Entschädigung nicht so hoch sein, dass die Pressefreiheit unverhältnismäßig eingeschränkt werde.

OLG Hamburg, Urt. v. 30.07.2009 – 7 U 4/08, AfP 2009, 509 = GRUR-RR 2009, 438 = NJW-RR 2010, 624 = ZUM-RD 2010, 670 E 1809

400.000,00 €

Vielzahl unwahrer Presseveröffentlichungen über ein Mitglied eines Königshauses

In der Zeit von Januar 2000 – Juli 2004 veröffentlichte die Beklagte insgesamt 86 Beiträge über die Klägerin, Prinzessin eines Königshauses, die auf unstreitig unwahrer Tatsachengrundlage beruhten. Es befanden sich darunter: 77 Titelgeschichten, 42 der Klägerin zugeschriebene Falschzitate (davon sechs auf der Titelseite) und 52 Fotomontagen (drei davon zeigen die Klägerin mit einem Baby im Arm, neun in einem Hochzeitskleid). Ferner war der Wahrheit zuwider von drei bevorstehenden Verlobungen und 17 bevorstehenden Hochzeiten sowie von vier Schwangerschaften der Klägerin die Rede. In 45 Fällen wurden auf der Titelseite tatsächlich nicht bestehende Liebesverhältnisse der Klägerin thematisiert (u. a. mit Kronprinz Felipe von Spanien und Prinz William von England).

Platzwunden

▶ Hinweis:

Platzwunden sind, soweit es sich um die alleinige oder doch die wesentliche Verletzung handelt, stets von den entschädigungslos hinzunehmenden Bagatellschäden abzugrenzen. Kommen andererseits zu den Platzwunden, wie etwa bei Verkehrsunfällen typisch, noch weitere Verletzungen (Frakturen o. Ä.) hinzu, sind es zumeist diese, die die für die Bemessung ausschlaggebenden Faktoren darstellen, sodass den Platzwunden in diesen Fällen regelmäßig kein eigenes Gewicht bzw. keine eigenständige Bedeutung bei der Bemessung zukommt, mögen diese auch schmerzhaft gewesen sein.[112]

112 Vgl. etwa OLG Celle, Urt. v. 05.08.1999 – 14 U 209/98, OLGR 2000, 35.

Aus diesem Grund sind nachfolgend nur Urteile dargestellt, bei denen Platzwunden die alleinigen oder doch wesentlichen Verletzungen darstellen. Es liegt in der Natur der Sache, dass bei den in aller Regel niedrigen Beträgen, die für die durchgängig eher leichten Verletzungen zuerkannt werden, in Abweichung von dem Konzept des Buches auch (häufig: AG-) Entscheidungen referiert werden müssen, für die keine Fundstellen angegeben werden können.

E 1810 **AG Aachen, Urt. v. 10.11.2005 – 13 C 250/05, unveröffentlicht**

0,00 € (Vorstellung: 1.000,00 €)

Platzwunde an der Stirn

Der Kläger sah sich den Rosenmontagszug an, als eine geworfene Süßigkeit ihn an der Stirn traf und eine Platzwunde verursachte. Das Gericht wies die Klage ab, weil allgemein bekannt sei, dass bei Karnevalsumzügen Gegenstände in die Zuschauermenge geworfen würden; es habe sich daher ein Risiko verwirklicht, in das der Kläger durch seine Teilnahme konkludent eingewilligt habe.

E 1811 **AG München, Urt. v. 03.02.2009 – 343 C 27136/08, unveröffentlicht**

100,00 € (Vorstellung: 3.000,00 €)

Kopfplatzwunde – Schädelprellung

Der Kläger stürzte in der Straßenbahn aufgrund deren abrupten Bremsens. Er zog sich eine Kopfplatzwunde, eine Schädelprellung und ein Hämatom am Handrücken zu. Das Gericht stellte darauf ab, dass der Kläger weder krankgeschrieben war noch eine bleibende Verletzung erlitt, die Wunde allerdings genäht werden musste.

E 1812 **LG Berlin, Urt. v. 22.03.2007 – 52 S 159/06, GesR 2007, 407**

200,00 €

Kopfplatzwunde

Die Klägerin ist körperlich und geistig schwerbehindert. Sie erlitt eine stark blutende Kopfplatzwunde, die im Krankenhaus genäht werden musste, als sie im Pflegeheim (unzureichend gesichert) beim Umsetzen hinfiel. Das Gericht sah angesichts der »relativ geringfügigen« Verletzung 200,00 € als angemessen an.

E 1813 **LG Saarbrücken, Urt. v. 09.04.2010 – 13 S 15/09, unveröffentlicht**

250,00 € (1/3 Mitverschulden; Vorstellung: 1.000,00 €)

Kopfplatzwunde – Rippenprellungen

Der Kläger erlitt bei einem Verkehrsunfall eine Kopfplatzwunde sowie schmerzhafte Rippenprellungen. Er war nur kurzfristig krankgeschrieben.

E 1814 **AG München, Urt. v. 27.04.2007 – 172 C 20800/06, unveröffentlicht**

400,00 € (1/2 Mitverschulden; Vorstellung: 1.500,00 €)

Platzwunden an Unterschenkel und Ohrläppchen

Die 70 Jahre alte Klägerin besuchte den Vortrag eines Heilpraktikers. Haustür und Hausflur waren nicht beleuchtet. Auf der Suche nach einem Lichtschalter tastete sich die Klägerin die Wand entlang und stürzte kopfüber die Kellertreppe hinunter. Sie erlitt dadurch mehrere Blutergüsse und erhebliche Platzwunden am linken Unterschenkel und am rechten

Ohrläppchen, einen Schock sowie Prellungen im Bereich von Brust- und Lendenwirbelsäule sowie an Kniegelenk und Händen. Einen bereits gebuchten Skiurlaub musste sie absagen.

LG Magdeburg, Urt. v. 28.09.2010 – 10 O 299/10-072, unveröffentlicht E 1815

400,00 € (1/5 Mitverschulden; Vorstellung: 500,00 € (unquotiert))

Kopfplatzwunde

Die Klägerin verletzte sich auf einer von der Beklagten unterhaltenen Straße, weil am Ende eines bereits von Rollsplitt gereinigten, 2 km langen Abschnitts, zu dessen Beginn ein Schild vor Rollsplitt warnte, nach einer Kurve erstmalig Rollsplitt lag. Das Gericht bejahte eine Pflicht, an dieser Stelle erneut zu warnen. Die Klägerin war in der Kurve ins Schleudern geraten und hatte sich mit ihrem Wagen überschlagen. Sie erlitt eine 4 cm lange klaffende Kopfplatzwunde, die genäht werden musste. Sie wurde einen Tag stationär behandelt. Das Gericht hielt das vorgestellte Schmerzensgeld für »gerade noch angemessen«.

AG Kassel, Urt. v. 13.03.2012 – 435 C 4225/11, unveröffentlicht E 1816

600,00 € (Vorstellung: 600,00 €)

Kopfplatzwunde – Schädelprellung

Der Kläger kaufte einen gebrauchten PKW, ohne vom Beklagten darauf hingewiesen worden zu sein, dass die Heckklappe wegen eines Defektes nach dem Öffnen wieder herunterfiel. Als dies passierte und seinen Kopf traf, erlitt er eine Schädelprellung und Spannungskopfschmerzen sowie eine Platzwunde am Kopf. Er war zwei Tage arbeitsunfähig.

OLG Frankfurt am Main, Urt. v. 18.03.2010 – 14 U 74/08, unveröffentlicht E 1817

900,00 € (1/3 Mitverschulden; Vorstellung: 1.300,00 €)

Kopfplatzwunde

Der Kläger erlitt bei einem Verkehrsunfall durch den Aufprall auf seinem Lenkrad eine Platzwunde am Kopf und eine Halswirbeldistorsion. Er war eine Woche arbeitsunfähig erkrankt.

OLG Hamm, Urt. v. 02.03.2006 – 6 U 134/04, unveröffentlicht E 1818

1.000,00 €

Platzwunde am Hinterkopf – Schädelprellung

Der Kläger erlitt, weil er vom Hund des Beklagten angegriffen wurde, eine Schädelprellung mit einer Gehirnerschütterung sowie eine etwa 1,5 cm lange sternförmige scharfbegrenzte Platzwunde am Hinterkopf.

LG Köln, Urt. v. 09.12.2009 – 7 O 253/08, unveröffentlicht E 1819

2.000,00 € (Vorstellung: 4.000,00 €)

Augenbrauenplatzwunde – Prellungen

Der Kläger, der einen Kiosk führte, wurde ohne Anlass von dem Beklagten, einem Konkurrenten, mit mehreren anderen Tätern verprügelt. Sein Kiosk wurde verwüstet; er erlitt eine Augenbrauenplatzwunde links und multiple Prellungen. Das Gericht stellte über das objektive Ausmaß der Verletzungen darauf ab, dass es sich um eine Vorsatztat handele, für die der Beklagte Genugtuung schulde, auch weil der Kläger in der Furcht vor weiteren Angriffen lebe.

E 1820 **AG Meldorf, Urt. v. 31.05.2006 – 82 C 1769/05, unveröffentlicht**

3.500,00 €

Oberlippenplatzwunde – Verlust von zwei Schneidezähnen

Der Kläger wurde von dem Beklagten bei einer Schlägerei in einer Diskothek verletzt; durch einen Faustschlag ins Gesicht verlor er zwei vordere Schneidezähne und erlitt eine klaffende Platzwunde an der Oberlippe. Die fehlenden Zähne sind vorübergehend durch eine Prothese ersetzt worden. Bei der Bemessung berücksichtigte das Gericht auch, dass der Beklagte (wörtlich: »2,02 m groß und 165 kg schwer«) dem Kläger (»1,76 m klein und 65 kg leicht«) körperlich eindeutig und massiv überlegen war und der Kläger »zu keinem Zeitpunkt auch nur den Hauch einer Chance« einer Verteidigung hatte. Ebenso wurde berücksichtigt, dass der Kläger zeitlebens unter den Verletzungsfolgen leiden wird, da die prothetische Versorgung der Weiterbehandlung und Erneuerung bedarf; auch sei damit zu rechnen, dass nach der Versorgung mit Implantaten eine Kieferentzündung oder ein Kieferknochenschwund auftrete.

E 1821 **OLG Brandenburg, Urt. v. 16.11.2006 – 12 U 91/06, unveröffentlicht**

3.500,00 € (20.000,00 €)

Platzwunde – Hämatom – Schädelprellung/Schädelhirntrauma

Die Klägerin erlitt bei einem Sturz eine Platzwunde, ein schwappendes Hämatom darunter sowie ein großes Hämatom rechts occipital sowie eine schwere Schädelprellung bzw. ein Schädelhirntrauma geringen Grades. Sie befand sich 3 Tage zur neurologischen Überwachung in stationärer Behandlung und wurde dann ohne pathologischen Befund und ohne Restbeschwerden nach unauffälliger neurologischer Abschlussuntersuchung entlassen. Danach befand sie sich einen weiteren Monat in ambulanter ärztlicher Behandlung. Als Folge des erlittenen Schädelhirntraumas litt sie zunächst unter Störungen der Konzentrationsfähigkeit, Müdigkeit und Kopfschmerzen.

E 1822 **LG Coburg, Urt. v. 03.02.2009 – 23 O 249/06, unveröffentlicht**

4.000,00 €

Kopfplatzwunde – Schädelprellung – Tinnitus

Der Kläger besuchte regelmäßig das Fitnessstudio des Beklagten. Als er 90 kg Gewicht zum Ziehen auf ein Rückenzuggerät auflegte, hielt dem das Stahlseil, an dem die Gewichte hingen, nicht stand; es riss, die Gewichte fielen herunter und der Kläger wurde von der metallenen Querstange am Kopf getroffen.

Er erlitt eine klaffende Kopfplatzwunde und eine Schädelprellung. Die Hörfähigkeit ist auf Dauer eingeschränkt, und er leidet unter Tinnitus und Schwindel. Das Gericht bejahte eine Haftung, da den Betreiber hohe Sorgfaltsanforderungen hinsichtlich der Überprüfung der Sportgeräte träfen und am Stahlseil mit bloßem Auge brauner Rost und einzelne gebrochene Drähte zu erkennen waren.

E 1823 **LG Münster, Urt. v. 08.06.2006 – 8 O 58/05, unveröffentlicht**

7.500,00 € (Vorstellung: 15.000,00 €)

Platzwunden am Hinterkopf – Schädelprellung

Der Kläger war als Wachmann im Einsatz, als er mit einer Pistole bedroht, körperlich angegriffen und gefesselt wurde. Anschließend wurde er in den Kofferraum seines Pkw gesperrt, aus dem er sich bei einer Außentemperatur von 7 Grad unter Null erst nach einiger Zeit befreien konnte. Der Kläger erlitt durch den Angriff eine Schädelprellung und zwei Platzwunden am Hinterkopf. Zusätzlich leidet er unter einer posttraumatischen Belastungsstörung.

Prellungen/Quetschungen

▶ Hinweis:

Prellungen und Quetschungen sind, soweit es sich um die alleinige oder doch die wesentliche Verletzung handelt, stets von den entschädigungslos hinzunehmenden Bagatellschäden abzugrenzen. Kommen andererseits zu den Verletzungen, wie etwa bei Verkehrsunfällen typisch, noch weitere Verletzungen (Frakturen o. Ä.) hinzu, sind es zumeist diese, die die für die Bemessung ausschlaggebenden Faktoren darstellen, sodass den Prellungen in diesen Fällen regelmäßig kein eigenes Gewicht bzw. keine eigenständige Bedeutung bei der Bemessung zukommt, mögen diese auch schmerzhaft gewesen sein.

Aus diesem Grund sind nachfolgend nur Urteile dargestellt, bei denen Prellungen oder Quetschungen die alleinigen oder doch wesentlichen Verletzungen darstellen. Es liegt in der Natur der Sache, dass bei den in aller Regel niedrigen Beträgen, die für die durchgängig eher leichten Verletzungen zuerkannt werden, in Abweichung von dem Konzept des Buches auch (häufig: AG-) Entscheidungen referiert werden müssen, für die keine Fundstellen angegeben werden können.

AG München, Urt. v. 03.02.2009 – 343 C 27136/08, unveröffentlicht — E 1824

100,00 € (Vorstellung: 3.000,00 €)

Schädelprellung – Kopfplatzwunde

Der Kläger stürzte in der Straßenbahn aufgrund deren abrupten Bremsens. Er zog sich eine Kopfplatzwunde, eine Schädelprellung und ein Hämatom am Handrücken zu. Das Gericht stellte darauf ab, dass der Kläger weder krankgeschrieben war noch eine bleibende Verletzung erlitt, die Wunde allerdings genäht werden musste.

AG Kassel, Urt. v. 24.06.2010 – 434 C 2371/09, unveröffentlicht — E 1825

100,00 € (½ Mitverschulden; Vorstellung: 200,00 €)

Prellungen an Stirn und Schulter

Der Kläger erlitt bei einem Verkehrsunfall Prellungen an Stirn und Schulter, die einen Tag Arbeitsunfähigkeit und eine Woche Kopfschmerzen verursachten.

OLG Celle, Urt. v. 20.12.2005 – 14 U 54/05, OLGR 2006, 164 = SVR 2006, 227 — E 1826

150,00 €

Brustprellung

Der Kläger erlitt aufgrund eines leichten Verkehrsunfalls eine durch Attest nachgewiesene Brustbeinprellung. Es wurde Novalgin verschrieben, woraus das Gericht folgerte, die Verletzung könne »nicht völlig unerheblich« sein.

E 1827 **AG Sömmerda, Urt. v. 08.11.2011 – 1 C 102/11, unveröffentlicht**

200,00 € (Vorstellung: 400,00 €)

Griff an die Schulter – deutliche Ansprache

Der Beklagte war Vater eines 10 Jahre alten Sohnes, der zuvor von dem ebenfalls 10 Jahre alten Kläger, einem Schulkamerad, belästigt worden war. Der Beklagte fasste den Kläger »forsch« an der Schulter und stellte ihn lautstark zur Rede. Das Gericht bewertete dies als »psychische Beeinträchtigung in Form eines gehörigen Schreckens«, den der Beklagte auch intendiert habe. Er habe durch das Kräfteverhältnis eines »kräftigen Mannes mittleren Alters« gegen das Schulkind ein »erhebliches Bedrohungspotential« entwickeln wollen.

E 1828 **AG Köln, Urt. v. 24.06.2005 – 263 C 579/04, SP 2006, 7**

250,00 € (3/4 Mitverschulden; Vorstellung: 2.000,00 €)

Hämatome – Schürfwunden

Die Klägerin verletzte sich bei einem Verkehrsunfall; sie erlitt Hämatome und Schwellungen an den Unter- und Oberschenkeln. Es kam zu blutenden Schürfwunden an beiden Händen.

E 1829 **OLG Naumburg, Urt. v. 12.12.2008 – 6 U 106/08, VersR 2009, 373 = NJW-RR 2009, 744**

250,00 € (Vorstellung: 500,00 €)

Schädelprellung

Die 3 Jahre alte Klägerin erlitt bei einem Verkehrsunfall eine Schädelprellung. Das Gericht berücksichtigte, dass bei der Klägerin davon auszugehen sei, dass ihre nicht unerheblichen Schmerzen durch Schrecken und Angst nach dem Verkehrsunfall weiter verstärkt wurden. Andererseits kam es nicht zu weiteren Auffälligkeiten wie Übelkeit oder Erbrechen, und auch eine erneute ärztliche Vorstellung war nicht nötig.

E 1830 **LG Saarbrücken, Urt. v. 09.04.2010 – 13 S 15/09, unveröffentlicht**

250,00 € (1/3 Mitverschulden; Vorstellung: 1.000,00 €)

Rippenprellungen – Kopfplatzwunde

Der Kläger erlitt bei einem Verkehrsunfall eine Kopfplatzwunde sowie schmerzhafte Rippenprellungen. Er war nur kurzfristig krankgeschrieben.

E 1831 **AG Mannheim, Urt. v. 30.11.2007 – 9 C 437/07, unveröffentlicht**

300,00 € (1/2 Mitverschulden; Vorstellung: 1.400,00 €)

Knieprellungen – Beckenprellung – LWS-Prellung

Der Kläger erlitt bei einem Verkehrsunfall eine beidseitige Knie- und Unterschenkelprellung mit Hämatomen, eine Beckenprellung und eine Prellung der LWS; er war 3 Wochen arbeitsunfähig. Letzte Beschwerden waren 2 Monate nach dem Unfall abgeklungen.

LG Saarbrücken, Urt. v. 06.11.2009 – 13 S 166/09, unveröffentlicht E 1832

300,00 € (1/2 Mitverschulden; Vorstellung: 1.200,00 €)

Prellungen an Knie- und Prellungen an Sprunggelenk – Lymphödem

Der Kläger verletzte sich bei einem Verkehrsunfall, bei dem er als Motorradfahrer beteiligt war. Er erlitt Prellungen des linken Sprung- und Kniegelenkes sowie einen Bluterguss am linken Kniegelenk und ein Lymphödem am rechten Unterschenkel. Das Gericht berücksichtigte Schmerzensgeld erhöhend die vergleichsweise hohe Zahl von Arzt- und Krankengymnastikterminen, andererseits aber auch, dass sich die Verletzungen in »mäßigem Umfang« bewegten, keine Erwerbsunfähigkeit verursachten und ohne stationäre Behandlung innerhalb von 2 Monaten abklangen.

OLG Düsseldorf, Urt. v. 20.08.2007 – I-1 U 258/06, NJW-Spezial 2008, 10 E 1833

375,00 € (1/4 Mitverschulden)

Rippenprellung – HWS-Schleudertrauma

Der Kläger erlitt bei einem Verkehrsunfall ein HWS-Schleudertrauma und eine schmerzhafte Rippenprellung.

AG Halle (Saale), Urt. v. 17.02.2011 – 93 C 2236/10, unveröffentlicht E 1834

375,00 € (1/4 Mitverschulden; Vorstellung: 500,00 €)

Prellungen am Körper

Der Kläger erlitt bei einem Verkehrsunfall eine Prellung, wegen derer er zunächst »nicht unbeträchtliche« Schmerzen hatte und einige Wochen an Krücken laufen musste, weshalb er seine üblichen sportlichen Aktivitäten (Joggen, Radfahren) nicht ausüben konnte.

AG München, Urt. v. 27.04.2007 – 172 C 20800/06, unveröffentlicht E 1835

400,00 € (1/2 Mitverschulden; Vorstellung: 1.500,00 €)

Prellungen an Wirbelsäule, Knie und Händen – Platzwunden an Unterschenkel und Ohrläppchen

Die 70 Jahre alte Klägerin besuchte den Vortrag eines Heilpraktikers. Haustür und Hausflur waren nicht beleuchtet. Auf der Suche nach einem Lichtschalter tastete sich die Klägerin die Wand entlang und stürzte kopfüber die Kellertreppe hinunter. Sie erlitt dadurch mehrere Blutergüsse und erhebliche Platzwunden am linken Unterschenkel und am rechten Ohrläppchen, einen Schock sowie Prellungen im Bereich von Brust- und Lendenwirbelsäule sowie an Kniegelenk und Händen. Einen bereits gebuchten Skiurlaub musste sie absagen.

AG Mannheim, Urt. v. 15.05.2009 – 3 C 7/08, SP 2010, 111 E 1836

400,00 € (Vorstellung: 400,00 €)

Schädelprellung – HWS-Distorsion

Die Klägerin erlitt bei einem Verkehrsunfall eine HWS-Distorsion und eine Schädelprellung; sie war 4 Tage arbeitsunfähig.

E 1837 **AG Nürnberg, Urt. v. 10.09.2009 – 23 C 314/09, unveröffentlicht**

400,00 € (Vorstellung: 1.500,00 €)

Prellungen an Schädel, Thorax und Becken

Der Beklagte führte aus einem geparkten Wagen Geschwindigkeitsmessungen für die Stadt durch; nachdem der Kläger geblitzt worden war, hielt er und verdeckte die hintere Scheibe des Wagens, in dem der Beklagte saß, mit Prospekten, um ein weiteres Blitzen zu verhindern. Hierauf stieg der Beklagte aus, würgte den Kläger am Hals und trat mit voller Wucht gegen dessen Brust.

Der Kläger erlitt Prellungen an Schädel, Thorax, Rippen (links), Becken und Hüfte (rechts). Am Hals entstand eine Quetschung und es kam zu einer Schürfung am rechten Beckenkamm.

Das Gericht berücksichtigte bei der Bemessung die Vielzahl der allerdings komplikationslos verheilten Verletzungen, aber auch die Provokation des Angriffs durch das Verhalten des Klägers.

E 1838 **AG Wesel, Urt. v. 19.01.2010 – 30 C 318/09, unveröffentlicht**

400,00 € (Vorstellung: höheres Schmerzensgeld)

Schulterprellung – Kopfprellung – Thoraxprellung

Die Klägerin erlitt bei einem Verkehrsunfall eine Schulter- und Kopfprellung links, eine Thoraxprellung, Kopfschmerzen und eine HWS Distorsion; sie war 11 Tage arbeitsunfähig und litt an langsam ausklingenden Schmerzen. Das Gericht hielt angesichts dessen den vorgerichtlich gezahlten Betrag für ausreichend. Die Verletzungen seien »nach eigenem Vortrag nicht so schwerwiegend« und auch schnell wieder komplett ausgeheilt. Ferner wurde i. R. d. Genugtuungsfunktion des Schmerzensgeldes ausschlaggebend berücksichtigt, dass die Verletzungen auf einer leichten Fahrlässigkeit im Straßenverkehr beruhten, also einer »nur sehr wenig verwerflichen Handlung, die jedem Verkehrsteilnehmer passieren könnte«.

E 1839 **LG Wuppertal, Urt. v. 11.01.2007 – 16 O 156/06, unveröffentlicht**

450,00 €

Gesichtsprellungen – Gehirnerschütterung – HWS-Distorsion

Der Kläger prallte bei einem Auffahrunfall, für den das beklagte Land haftet, gegen das Armaturenbrett, erlitt eine initiale Bewusstlosigkeit, eine Gehirnerschütterung, eine HWS-Distorsion sowie Gesichtsprellungen. Nach dem Unfall befand er sich 3 Tage in stationärer Behandlung.

Die bei dem Unfall und noch während des stationären Aufenthalts erlittenen Beeinträchtigungen, zu denen auch der stationäre Aufenthalt selbst gehört, rechtfertigen das geltend gemachte moderate Schmerzensgeld. Aus den von dem beklagten Land angeführten Umständen, dass der Kläger keine Knochenbrüche oder sonstige äußerlich sichtbare Verletzungen erlitten hat, er nicht arbeitsunfähig war und eine weitere Behandlung nicht erforderlich war, folgte nach Ansicht des Gerichts nicht im Umkehrschluss, dass die unbestritten eingetretenen Beeinträchtigungen völlig unerheblich waren.

OLG Koblenz, Urt. v. 11.07.2005 – 12 U 702/04, OLGR 2005, 815 = SP 2006, 8 E 1840

500,00 €

Schultergelenksprellung – HWS-Distorsion – Unterarmverbrennung

Der Kläger erlitt bei einem Unfall mit einem entgegenkommenden Pkw beim Aufprall des Airbags eine 4 x 5 cm große Verbrennung 2. Grades am linken Unterarm, ferner eine HWS-Distorsion und eine Prellung des linken Schultergelenks. Die vorgerichtliche Zahlung von 500,00 € wertete das Gericht als angemessen, da es sich »im Ganzen im Vergleich zu sonst vorkommenden Körperverletzungen durch Verkehrsunfälle um leichtere Verletzungen« gehandelt habe. Das Gericht wies ausdrücklich darauf hin, dass angesichts des Klägervortrages, der nur allgemein eine »Verbrennungswunde 2. Grades« vorgetragen hatte, nur eine oberflächliche dermale Verbrennung (Grad 2a) unterstellt worden sei; eine tiefere dermale Verbrennung (Grad 2b) heile zwar nur günstigstenfalls ohne Narbenbildung ab, könne aber der Bemessung nicht zugrunde gelegt werden, da der Kläger zu Wundgestaltung und Heilungsverlauf keine Angaben gemacht habe.

OLG Köln, Beschl. v. 29.07.2005 – 19 U 96/05, VersR 2006, 416 E 1841

500,00 € (Vorstellung: 500,00 €)

Prellungen – Schock

Die Kläger, beide 3 Jahre alt, überquerten in Begleitung ihrer Mutter auf Kinderfahrrädern mit Stützrädern die Straße, als der beklagte Fahrer die Mutter anfuhr; diese fiel über die Motorhaube auf die Straße. Die Kläger erlitten Prellungen und einen Schock, der sich in Unruhe und nächtlichen Alpträumen äußerte. Das Gericht sprach – obwohl der Schockschaden streitig war – ein Schmerzensgeld zu und verwies darauf, das »Bestreiten der unfallbedingten Schock- und Unruhezustände der im Zeitpunkt des Unfalls gerade 3 Jahre alten Kläger« widerspreche »jeglicher Lebenserfahrung«. Die geltend gemachten seelischen Beeinträchtigungen der Kinder durch den Unfall lägen »derart auf der Hand, dass es einer ärztlichen Feststellung nicht bedarf«.

LG Frankfurt am Main, Beschl. v. 14.11.2008 – 2-16 S 160/08, unveröffentlicht E 1842

500,00 € (Vorstellung: 1.000,00 €)

Thoraxprellung – Unterschenkelprellung – Lockerung der Oberkieferfrontzähne

Der Kläger schlug bei einem Verkehrsunfall mit der Frontpartie seines Körpers auf den sich infolge des Unfalls öffnenden Airbag seines Wagens auf. Hierdurch erlitt er eine Thoraxprellung sowie eine Prellung und Schwellung an beiden Unterschenkeln; hinzu kam eine Lockerung der Oberkieferfrontzähne. Da im Bereich der von dem Aufprall betroffenen Körperteile keine knöchernen Verletzungen oder Frakturen entstanden sind, und der Kläger lediglich am Unfalltag selbst ein Krankenhaus und am darauffolgenden Tag einen Internisten und einen Zahnarzt zur Untersuchung seiner Beschwerden und zur ambulanten Behandlung aufsuchte, und diese jeweils keine weiteren Behandlungsmaßnahmen für erforderlich gehalten haben, ging das Gericht davon aus, dass es sich bei den Verletzungen des Klägers insgesamt um leichtere gehandelt hat.

E 1843 **OLG Brandenburg, Urt. v. 13.07.2010 – 2 U 13/09, NZV 2011, 26 = SP 2011, 67**

500,00 € (1/2 Mitverschulden; Vorstellung: 1.000,00 €)

Thoraxprellung – Hautabschürfen an Gesicht und Schulter

Die Klägerin erlitt bei einem Verkehrsunfall eine Thoraxprellung, mehrere kleine Hautabschürfungen an der rechten Wange bis zum Ohr und an der linken Schulter sowie kleine Hämatome am linken Oberarm. Sie war 2 Wochen arbeitsunfähig.

E 1844 **OLG Brandenburg, Urt. v. 04.11.2010 – 12 U 87/10, NJW-RR 2011, 243 = NZV 2011, 253 = ZfS 2011, 167**

500,00 € (Vorstellung: 1.600,00 €)

Schädelprellung – Prellungen der Lendenwirbelsäule – Prellungen und Schürfungen des Unterarms

Der Kläger erlitt bei einem Verkehrsunfall eine Schädelprellung, ein HWS-Schleudertrauma, Prellungen und Stauchungen der Lendenwirbelsäule sowie Prellungen und Schürfungen des linken Unterarms. Er war 13 Tage arbeitsunfähig, wobei keine schwereren Schäden oder neurologischen Defizite festgestellt worden sind. Das Gericht bemaß »das Zusammentreffen mehrerer leichter alltäglicher Verletzungen« mit 500,00 €.

E 1845 **LG Trier, Urt. v. 14.06.2005 – 1 S 36/05, NJW-RR 2006, 525**

600,00 €

Prellungen und Schnittwunden an Fuß und Unterschenkel

Die Klägerin wurde verletzt, als sie im Kaufhaus der Beklagten eine Glasflasche aus einem Karton entnahm. Dieser war – was als vorwerfbar instabile Lagerung gewürdigt wurde – auf einem weiteren Karton offen in einer Höhe von 1,90 m Höhe gestapelt. Bei der Entnahme fielen zwei weitere Glasflaschen auf die Klägerin und auf ihren rechten Fuß und Unterschenkel. Diese erlitt schwere Prellungen am rechten Sprunggelenk und am Unterschenkel, ferner Hämatome und diverse Schnittwunden. Mehrere ambulante Behandlungen waren erforderlich.

Das Gericht nahm eine Pflicht der Beklagten an, die Ware so anzuordnen, dass keine Gefahren für die Kunden entstehen. Bei der gewählten Lagerung habe der Kunde nicht erkennen können, ob und wie Flaschen im oberen Karton stünden. Die Waren in Selbstbedienungsläden müssten aber so aufgestellt sein, dass ein durchschnittlicher Kunde jedes Produkt problemlos erreichen könne.

E 1846 **AG Kassel, Urt. v. 13.03.2012 – 435 C 4225/11, unveröffentlicht**

600,00 € (Vorstellung: 600,00 €)

Schädelprellung – Kopfplatzwunde

Der Kläger kaufte einen gebrauchten PKW, ohne vom Beklagten darauf hingewiesen worden zu sein, dass die Heckklappe wegen eines Defektes nach dem Öffnen wieder herunterfiel. Als dies passierte und seinen Kopf traf, erlitt er eine Schädelprellung und Spannungskopfschmerzen sowie eine Platzwunde am Kopf. Er war zwei Tage arbeitsunfähig.

LAG Rheinland-Pfalz, Urt. v. 21.02.2005 – 7 Sa 891/04, unveröffentlicht E 1847

700,00 € (Vorstellung: 700,00 €)

Beinprellungen – Beinschürfwunden

Der Kläger war Vorarbeiter des Beklagten; bei einer Auseinandersetzung zwischen beiden hatte der Beklagte, als der Kläger in seinen Wagen einstieg, die Tür zugedrückt und hierbei das Bein des Klägers verletzt; dieser erlitt Prellungen und Abschürfungen sowie eine offene Wunde. Er musste fünfmal zum Arzt. Die Bemessung des Schmerzensgeldes, welche hier im Arbeitsgerichtsprozess getroffen wurde, orientierte sich an dem Ausmaß der Verletzungen und dem Vorliegen einer Vorsatztat.

OLG Frankfurt am Main, Urt. v. 15.05.2007 – 17 U 242/06, OLGR 2007, 932 E 1848

700,00 € (3/10 Mitverschulden; Vorstellung: 1.000,00 €)

Thoraxprellung – Rippenfrakturen

Der Kläger erlitt bei einem Verkehrsunfall eine Fraktur zweier Rippen und eine Thoraxprellung; auch renkte er sich drei Wirbelkörper aus. Bei der Bemessung wurden die besonders schmerzhafte Verletzung und die Arbeitsunfähigkeit von einem Monat, aber auch die lediglich fahrlässige Begehung berücksichtigt.

LG Essen, Urt. v. 12.05.2005 – 4 O 370/04, VD 2005, 332 E 1849

750,00 € (Vorstellung: 1.500,00 €)

Prellungen an der Schulter – Schürfwunde

Die Klägerin stürzte in einer Fußgängerzone und zog sich multiple Prellungen, insb. eine Prellung der linken Schulter, sowie eine Schürfwunde und Einrisse der Nägel der linken Hand zu. Sie wurde 3 Monate ambulant ärztlich behandelt, konnte über einen Monat ihren Arm nicht bewegen und musste 20 krankengymnastische Anwendungen besuchen.

AG Essen, Urt. v. 23.08.2005 – 24 C 436/04, DAR 2006, 218 E 1850

750,00 € (Vorstellung: 2.000,00 €)

Multiple Prellungen – HWS-Distorsion

Der Kläger wurde als Motorradfahrer bei einem Unfall verletzt; es bestand zunächst der Verdacht einer Querschnittslähmung, was zu einem eintägigen Krankenhausaufenthalt führte. Tatsächlich hatte er eine HWS-Distorsion und multiple Prellungen erlitten. Er war 5 Wochen arbeitsunfähig.

LG Ravensburg, Urt. v. 12.10.2006 – 1 S 10/06, unveröffentlicht E 1851

750,00 € (Vorstellung: 2.500,00 €)

Schulter- und Knieprellung – HWS-Distorsion

Die Klägerin erlitt bei einem Verkehrsunfall eine HWS-Distorsion sowie Prellungen der Schulter und des Kniegelenks. Sie hatte einen Tag nach dem Unfall Schmerzen im Bereich der HWS, der rechten Schulter und des rechten Kniegelenks und ging daher zum Arzt. Im Bereich der HWS waren Bewegungseinschränkungen vorhanden. Sie musste Schmerzmittel nehmen; im weiteren Verlauf kam es zu einem Kraftverlust und einer Gefühlsstörung der rechten Hand. Das Gericht wertete das Schmerzempfinden zwar als »ungewöhnlich lange Latenzzeit«, sah aber aufgrund der Atteste der behandelnden Ärzte den Nachweis einer Verletzung als geführt an.

E 1852 **OLG Saarbrücken, Urt. v. 11.03.2008 – 4 U 228/07, NJW-RR 2008, 1611**

750,00 € (1/4 Mitverschulden; Vorstellung: 1.000,00 €)

Prellungen an Steißbein und Knie – Gurtprellmarke – HWS-Distorsion

Die Klägerin erlitt bei einem Verkehrsunfall eine HWS-Distorsion, eine Steißbein- und Knieprellung sowie eine Prellmarke vom Gurt. Sie war 6 Wochen krankgeschrieben.

E 1853 **AG Wetzlar, Urt. v. 30.09.2008 – 36 C 1224/07 (36), unveröffentlicht**

750,00 € (1/2 Mitverschulden; Vorstellung: 750,00 €)

Quetschungen beider Beine

Die Klägerin wurde vom Pferd der Beklagten umgestoßen, welches alsdann mehrfach der Klägerin auf die Beine trat. Hierbei erlitt sie Quetschungen beider Beine mit Decollement und deutlicher Hämatomverfärbung an beiden Ober- und Unterschenkeln. Der Erguss am linken Oberschenkel wurde punktiert. Die Klägerin litt ein halbes Jahr unter erheblichen Schmerzen; es ist immer noch ein Hämatom in der Kniekehle sichtbar. Die Klägerin war 3 Wochen bettlägerig gewesen, Treppensteigen war unmöglich und jede Berührung schmerzhaft. Die Klägerin verspürt ein- bis zweimal wöchentlich ein Kribbeln im Bein, die Blutergüsse sind noch tastbar. Inlineskaten ist nicht mehr möglich.

E 1854 **LG Bonn, Urt. v. 17.10.2008 – 18 O 151/08, unveröffentlicht**

800,00 € (3/4 Mitverschulden; Vorstellung: 1.000,00 €)

Prellungen an Knie, Schulter und Becken – HWS-Zerrung

Die Klägerin erlitt bei einem Verkehrsunfall, bei welchem sie als Radfahrerin beteiligt war, eine HWS-Zerrung 1. Grades sowie Prellungen im Bereich des linken Knies, der rechten Schulter und des linken Beckens. Diese Verletzungen beeinträchtigten sie 3 Wochen lang erheblich. Das Gericht hielt das vorprozessual gezahlte Schmerzensgeld von 800,00 € für »bereits ausreichend bemessen«.

E 1855 **LG Waldshut-Tiengen, Urt. v. 07.05.2009 – 2 O 257/08, SP 2010, 109**

800,00 € (Vorstellung: 1.250,00 €; 1/4 Mitverschulden)

Prellungen an der linken Schulter, Ellbogen und Becken

Der Kläger erlitt bei einem Verkehrsunfall multiple Schürfungen und Prellungen an der linken Schulter, dem linken Ellbogen und dem linken Becken. Gerade die Heilung der Schulterverletzung erwies sich als langwierig und schmerzhaft. Bis zum Tag der mündlichen Verhandlung ist die Bewegungsfreiheit in der linken Schulter nicht vollständig hergestellt.

E 1856 **LG Aachen, Urt. v. 07.03.2012 – 8 O 385/11, unveröffentlicht**

850,00 € (Vorstellung: 850,00 €)

Prellungen – Schleudertrauma – Angstzustände

Die Klägerin erlitt bei einem Verkehrsunfall Prellungen, ein Schleudertrauma und Angstzustände; sie war 13 Tage arbeitsunfähig.

LG Darmstadt, Urt. v. 04.05.2011 – 25 S 77/10, unveröffentlicht E 1857

900,00 € (Vorstellung: 2.500,00 €)

Prellungen und Schürfwunden an Schulter und Arm – Bandruptur

Der Kläger stürzte auf der Außentreppe eines Einkaufsmarktes, deren Stufen materialbedingt glatt waren, ohne dass Warnhinweise bestanden. Er erlitt Prellungen und Schürfwunden der linken Schulter und des linken Armes. Das obere linke Sprunggelenk des Fußes verdrehte sich und es kam zu einer Bandruptur, weswegen der Kläger länger anhaltende Schmerzen hatte. Er war 6 Wochen arbeitsunfähig.

OLG Hamm, Urt. v. 02.03.2006 – 6 U 134/04, unveröffentlicht E 1858

1.000,00 €

Schädelprellung – Platzwunde

Der Kläger erlitt, weil er vom Hund des Beklagten angegriffen wurde, eine Schädelprellung mit einer Gehirnerschütterung sowie einer etwa 1,5 cm langen sternförmigen scharfbegrenzten Platzwunde am Hinterkopf.

OLG Frankfurt am Main, Urt. v. 18.05.2006 – 16 U 153/05, RRa 2006, 217 E 1859

1.000,00 € (Vorstellung: 1.000,00 €)

Hüft- und Schulterprellung – Schnittwunde am Hals – HWS-Schleudertrauma

Der Kläger hatte bei der Beklagten eine Pauschalreise nach Ägypten gebucht. Bei einem Ausflug fuhr der Reisebus mit überhöhter Geschwindigkeit und mit Standlicht auf einen stehenden Lkw auf, wodurch der Kläger verletzt wurde.

Er erlitt eine 4 cm lange Schnittwunde am Hals, eine Prellung des rechten Schultergelenks sowie der rechten Hüfte und ein HWS-Schleudertrauma; er war 1 Woche arbeitsunfähig.

LG Düsseldorf, Urt. v. 22.10.2007 – 3 O 50/05, unveröffentlicht E 1860

1.000,00 € (Vorstellung: 2.500,00 €)

Schädelprellung – Schulterprellung – HWS-Distorsion

Der Kläger erlitt bei einem Verkehrsunfall eine HWS-Distorsion, eine Schädelprellung und eine Prellung der linken Schulter. Er war drei Tage arbeitsunfähig.

LAG Rheinland-Pfalz, Urt. v. 25.07.2008 – 6 Sa 196/08, unveröffentlicht E 1861

1.000,00 € (Vorstellung: 1.500,00 €)

Kieferprellung – Zahnschmelzdefekt – Beschädigung der Zahnverblendung

Der Widerkläger war bei dem Widerbeklagten als Fahrer angestellt. Im Verlaufe einer Auseinandersetzung schlug der Widerbeklagte den Widerkläger ohne Vorwarnung ins Gesicht; hierdurch erlitt dieser eine Kieferprellung. An zwei Zähnen platzte die Verblendung ab, an einem weiteren entstand ein Schmelzdefekt. Das Gericht stellte zwar die Häufigkeit der Zahnarzttermine heraus, berücksichtigte aber maßgeblich, dass das Anbringen von erneuten Verblendungen nur »lästig« sei und auch die Beseitigung des Schmelzdefekts – ebenso wie der Schlag selbst – nur zu temporären Schmerzen geführt habe.

E 1862 **OLG Jena, Urt. v. 10.02.2010 – 4 U 594/09, MDR 2010, 867 = NZV 2011, 31**

1.000,00 € (Vorstellung: 1.500,00 €; »hohes« Mitverschulden)

Halsprellmarke – Schürfwunden im Gesicht und am Ellbogen

Der 20 Jahre alte Kläger erlitt auf dem Bolzplatz der Beklagten einen Unfall, bei welchem es zu einer querlaufenden Prellmarke am Hals und Schürfwunden mit Schwellungen im Gesicht, in Augenhöhe, und am linken Ellbogen kam. Der Bolzplatz war von einem Maschendraht umzäunt, der sich infolge Vandalismus in einem verwahrlosten Zustand befand. Als der Kläger einem Ball hinterher sprang, der über das Spielfeld geschossen worden war, lief er, weil er nur auf den Ball achtete, mit voller Wucht mit dem Hals auf einem freihängenden Spanndraht auf. Er wurde durch die Kraft des Aufpralls ungebremst zu Fall gebracht. Das Gericht bewertete die ungesicherte Gefahrenstelle, aber auch im Rahmen eines – nicht bezifferten – Mitverschuldens, dass der Kläger im Eifer des Gefechts die Gefahren nicht richtig abgeschätzt hatte.

E 1863 **LG Hannover, Urt. v. 09.09.2010 – 14 O 38/09, unveröffentlicht**

1.000,00 €

Rippenprellung – Knieprellung – Schürfwunde

Der Kläger hatte bei der Beklagten eine All-Inclusive-Reise nach Fuerteventura gebucht. Beim Beachvolleyballspielen schlug der Kläger auf dem Boden des Spielfeldes auf und zog sich eine Rippenprellung sowie eine schwere Knieprellung mit Schürfwunde zu. Dies hatte seine Ursache darin, dass die Beklagte entgegen der offiziellen Volleyballregeln keine Sandschicht von 40 cm aufgetragen hatte, sondern sich unter 2 cm Sand eine Felsplatte von 40 qcm befand, die optisch nicht erkennbar war.

Der Kläger brach den Urlaub ab. Ein intrapatellares Hämatom wurde bei einem dreitägigen stationären Aufenthalt im Heimatland operativ entlastet. Hiernach benötigte der Kläger Gehstützen, weil die Beweglichkeit und Belastbarkeit des Kniegelenks eingeschränkt war. 1 1/2 Jahre später war der Kläger beschwerdefrei.

E 1864 **AG Halle (Saale), Urt. v. 24.01.2013 – 93 C 4615/11, unveröffentlicht**

1.000,00 € (½ Mitverschulden Vorstellung (unquotiert): 2.000,00 €)

Prellungen an Unterschenkel, Hüfte und Bauch – Sprunggelenksdistorsion – Daumenbruch

Die 13 Jahre alte Klägerin wurde als Fußgängerin angefahren und verletzt; sie erlitt Prellungen an den Unterschenkeln, im Hüftbereich und am Bauch sowie eine Distorsion des linken Sprunggelenks und einen Bruch des Endgliedes des linken Daumens. Sie wurde 2 Tage stationär behandelt und konnte eine Zeitlang wegen einer Fußschiene nicht laufen, da aufgrund des Daumenbruchs Krücken nicht in Betracht kamen. Das Gericht berücksichtigte ebenfalls, dass die Klägerin wegen ihrer Verletzungen an einer Eiskunstlaufveranstaltung, für welche sie lange geprobt hatte und bei welcher sie die Rolle des »Pinocchio« hätte tanzen sollen, nicht teilnehmen konnte.

E 1865 **LG Wiesbaden, Urt. v. 21.03.2007 – 10 O 6/05, SP 2008, 155**

1.100,00 € (1/4 Mitverschulden; Vorstellung: 1.500,00 €)

Prellungen – HWS-Distorsion 3. Grades

Der Kläger erlitt eine HWS-Distorsion 3. Grades, Kniegelenksprellungen und Stauchungen des Fersenbeines. Er war 20 Tage arbeitsunfähig und wurde neurologisch behandelt.

KG, Urt. v. 04.12.2006 – 12 U 119/05, MDR 2007, 887 = VRS 112 (2007), 323 E 1866

1.200,00 €

Prellungen – Schürfwunden – HWS-Schleudertrauma

Nach einem Verkehrsunfall erlitt der Kläger ein HWS-Schleudertrauma 1. Grades sowie schmerzhafte Prellungen und Schürfwunden.

AG Kempten, Urt. v. 02.10.2007 – 2 C 241/07, DAR 2008, 271 E 1867

1.200,00 € (Vorstellung: 1.200,00 €)

Schädelprellung – Knieprellungen – Schürfwunden am Unterarm und Hand

Die Klägerin wurde als Fußgängerin von einem Wagen angefahren, dadurch stürzte sie. Sie erlitt eine Schädelprellung, oberflächliche Schürfwunden am linken Unterarm und an der rechten Hand sowie eine Prellung beider Knie, weshalb sie ca. einen Monat arbeitsunfähig war.

OLG Hamm, Urt. v. 25.11.2010 – 6 U 71/10, NJW-RR 2011, 464 = NZV 2011, 248 E 1868

1.200,00 € (1/5 Mitverschulden)

Prellungen – Brandwunde am Handrücken

Der Kläger erlitt bei einem Verkehrsunfall eine Brandwunde am Handrücken, die zu einer bleibenden Hautverfärbung führte. Ferner kam es zu einem Hämatom am Kinn und Bewegungseinschränkungen sowie Druckschmerz an der Halswirbelsäule.

LG Aachen, Urt. v. 13.11.2009 – 6 S 122/09, SP 2010, 113 E 1869

1.250,00 €

Prellungen an Schädel, Ellbogen und Oberschenkel – HWS-Syndrom

Die Klägerin erlitt bei einem Verkehrsunfall eine Schädelprellung, eine Prellung des linken Ellbogens und des Oberschenkels sowie ein HWS-Syndrom. Sie war 4 Wochen arbeitsunfähig und musste insgesamt elf Massage- und Krankengymnastiktermine wahrnehmen.

OLG Saarbrücken, Urt. v. 15.03.2005 – 4 U 102/04, MDR 2005, 1287 E 1870

1.500,00 € (1/4 Mitverschulden; Vorstellung: 2.000,00 €)

Prellungen an Thorax und Oberschenkel – Schlüsselbeinfraktur – HWS-Distorsion

Der Kläger erlitt als Motorradfahrer bei einem Verkehrsunfall eine HWS-Distorsion 1. Grades, eine Schlüsselbeinfraktur sowie eine Thorax- und Oberschenkelprellung. Noch 2 Monate nach dem Unfall litt er unter Schmerzen und Bewegungseinschränkungen.

OLG Frankfurt am Main, Urt. v. 18.05.2006 – 16 U 153/05, RRa 2006, 217 E 1871

1.500,00 € (Vorstellung: 1.500,00 €)

LWS-Prellung – Knieprellung – Schnittwunde am Zeh

Der Kläger hatte bei der Beklagten eine Pauschalreise nach Ägypten gebucht. Bei einem Ausflug fuhr der Reisebus mit überhöhter Geschwindigkeit und mit Standlicht auf einen stehenden Lkw auf, wodurch der Kläger verletzt wurde.

Er erlitt eine 2 cm lange Schnittwunde am großen Zeh des rechten Fußes, welche in den folgenden Tagen vereiterte, eine Prellung der unteren LWS und des linken Kniegelenks; er war 6 Wochen arbeitsunfähig.

E 1872 **OLG Frankfurt am Main, Urt. v. 20.06.2006 – 3 U 202/05, VersR 2007, 203**

1.500,00 €

Prellungen an Arm, Schulter und Knie

Der Kläger erlitt als Radfahrer bei einem Verkehrsunfall Prellungen am linken Arm, an der linken Schulter und auch am linken Knie.

E 1873 **LG Köln, Urt. v. 15.04.2008 – 8 O 270/06, DAR 2008, 388**

1.500,00 € (Vorstellung: 3.000,00 €)

Brust- und Wirbelsäulenprellungen – HWS-Syndrom – Schürfwunden an den Beinen

Der 37 Jahre alte Mann erlitt bei einem Verkehrsunfall eine HWS-Verletzung sowie Prellungen an der BWS und der Hüfte sowie Schürfwunden an den Knien und Unterschenkeln. Er hatte 6 Wochen lang Beschwerden, die aber nur die Einnahme von Schmerztabletten erforderlich machten. Der Vorstellung lag ein nicht bewiesener Folgeschaden (Bandscheibenvorfall) zugrunde.

E 1874 **LG Duisburg, Urt. v. 23.04.2009 – 5 S 140/08, unveröffentlicht**

1.500,00 €

Prellungen an Schulter, Schädel und Thorax

Die gehbehinderte Klägerin stürzte in der Straßenbahn; sie erlitt Prellungen an Schulter, Schädel und Thorax, die eine Woche lang schmerzhaft waren. Das Gericht bemaß »jede Prellung mit 500,00 €«.

E 1875 **LG Bochum, Urt. v. 21.06.2011 – I-9 S 61/11, unveröffentlicht**

1.500,00 €

Oberschenkelprellung – Stauchung und Zerrung der Brustwirbelsäule – HWS-Distorion – Fingerfraktur

Der Kläger erlitt bei einem Verkehrsunfall eine Fraktur des Kleinfingergrundgliedes links mit knöchernen Absprengungen und Fissur im Schaftbereich, eine HWS-Distorsion, eine Oberschenkelprellung (rechts) sowie eine Stauchung und Zerrung der Brustwirbelsäule. Er war sechs Wochen arbeitsunfähig; die Fraktur wurde mit Gipsschiene ruhig gestellt. Drei Monate war eine ambulante Behandlung nötig.

E 1876 **OLG München, Urt. v. 14.11.2008 – 10 U 3865/08, unveröffentlicht**

1.800,00 € (Vorstellung: 1.800,00 €)

Prellungen an Thorax und Unterarm – HWS-Distorsion

Der Kläger erlitt bei einem Verkehrsunfall eine HWS-Distorsion sowie Prellungen von Thorax und Unterarm. Er war 2 Wochen arbeitsunfähig.

OLG Hamm, Urt. v. 10.10.2005 – 13 U 52/05, VersR 2006, 1281 = NJW-RR 2006, 168 E 1877

2.000,00 € (Vorstellung: 6.000,00 €)

Schulter- und Schienbeinprellung – LWS-Zerrung – HWS-Distorsion – Beckenverwringung

Nach einem Verkehrsunfall, bei dem die Klägerin, die bei der Bundeswehr tätig war, eine HWS-Distorsion, eine Schulterprellung links, eine Schienbeinprellung rechts, eine Zerrung der LWS und eine Beckenverwringung erlitt, war sie 6 Wochen dienstunfähig. Einen weiteren Monat konnte sie nur halbschichtig eingesetzt werden.

OLG Koblenz, Urt. v. 26.06.2006 – 12 U 545/05, unveröffentlicht E 1878

2.000,00 € (Vorstellung: 5.000,00 €)

Schädelprellung – Schambeinastfraktur – Prellungen

Der 9 1/2 Jahre alte Kläger wurde beim Überqueren einer Landstraße als Fußgänger von dem Beklagten angefahren. Er erlitt eine Schambeinastfraktur, eine Kopfprellung und Prellungen am linken Ober- und Unterschenkel. Eine Minderung der Leistungsfähigkeit des Klägers ist durch die Schädelprellung nicht eingetreten.

LG Tübingen, Urt. v. 31.08.2006 – 1 O 195/05, SP 2006, 419 E 1879

2.000,00 €

Brustwirbelquetschung – Rippenprellung – HWS-Distorsion 1. Grades – BWS-Distorsion

Die Klägerin erlitt bei einem Verkehrsunfall eine HWS-Distorsion 1. Grades mit Nackenmuskelzerrung, eine BWS-Distorsion, eine Rippenprellung und eine Brustwirbelquetschung. Die Verletzungen führten zu 100 % MdE für eine Woche, 20 % MdE für weitere 2 Wochen und 10 % MdE für einen Monat.

OLG München, Urt. v. 15.02.2007 – 1 U 5048/06, NJW-RR 2007, 746 E 1880

2.000,00 € (Vorstellung: 9.000,00 €)

Quetschung von Hand und Fingern

Der 8 Jahre alte Kläger verletzte sich bei dem Versuch, ein umfallendes schweres Hockeytor aufzufangen und zu sichern. Seine Hand geriet unter das Tor, als dieses auf den Asphalt aufgeschlagen sei. Dadurch erlitt er eine schwere Quetschung von Mittelfinger und Ringfinger mit dislozierter Fraktur, einer Weichteilverletzung und eine Seitenbandruptur. Das Gericht urteilte, ein Hockeytor sei gegen Umfallen zu sichern.

OLG Saarbrücken, Urt. v. 03.11.2009 – 4 U 185/09, DAR 2010, 23 = SP 2010, 207 E 1881

2.000,00 € (Vorstellung: 2.000,00 €)

Prellung der linken Thoraxhälfte – Gehirnerschütterung – Schleudertrauma – Gesichtsschürfwunden

Die 35 Jahre alte Klägerin verletzte sich, als sie mit ihrem Fahrrad in ein tiefes Schlagloch auf der Straße fuhr, wobei das Vorderrad blockierte und sie sich mitsamt Rad überschlug. Sie erlitt eine schwere Gehirnerschütterung, ein HWS-Schleudertrauma, eine Prellung der linken Thoraxhälfte sowie Schürfwunden. Sie wurde 3 Tage stationär und anschließend noch ambulant behandelt.

Das Gericht bejahte eine Verkehrssicherungspflichtverletzung, der auch nicht dadurch begegnet worden sei, dass die Beklagte in einer Entfernung von mehr als 400 m zur Schadensstelle durch Verkehrsschulder vor Straßenschäden gewarnt habe. Bei der Bemessung wurde hervorgehoben, dass die »erst 35 Jahre alte Klägerin« die Schürfwunden im Gesicht für »einen nicht unerheblichen Zeitraum als Minderung ihres körperlichen Wohlbefindens empfinden musste«.

E 1882 **LG Köln, Urt. v. 09.12.2009 – 7 O 253/08, unveröffentlicht**

2.000,00 € (Vorstellung: 4.000,00 €)

Prellungen – Augenbrauenplatzwunde

Der Kläger, der einen Kiosk führte, wurde ohne Anlass von dem Beklagten, einem Konkurrenten, mit mehreren anderen Tätern verprügelt. Sein Kiosk wurde verwüstet; er erlitt eine Augenbrauenplatzwunde links und multiple Prellungen. Das Gericht stellte über das objektive Ausmaß der Verletzungen darauf ab, dass es sich um eine Vorsatztat handele, für die der Beklagte Genugtuung schulde, auch weil der Kläger in der Furcht vor weiteren Angriffen lebe.

E 1883 **LG Magdeburg, Urt. v. 15.12.2009 – 10 O 1367/09-321, unveröffentlicht**

2.000,00 € (Vorstellung: 2.750,00 €)

Prellungen an Brustbein, Brustkorb und Rippen

Die Klägerin wurde bei einem Verkehrsunfall verletzt, wobei sie Prellungen erlitten hat, die konservativ behandelt wurden. Die Prellungen erfolgten am Brustbein, am Brustkorb und an den Rippen. Sie war 15 Tage arbeitsunfähig und hatte wochenlang Schmerzen. Sie war in Sorge wegen einer bis dato erfolgreich durchgeführten Behandlung eines Bandscheibenvorfalls, dessen Therapieerfolg sie (allerdings zu Unrecht) durch den Unfall gefährdet sah.

E 1884 **LG Bochum, Urt. v. 11.02.2010 – 3 O 454/07, NJOZ 2011, 33**

2.000,00 € (Vorstellung: 2.000,00 €)

Hämatom im Beckenbereich – Sorge um Schwangerschaft

Die Klägerin wurde bei einem Unfall verletzt; sie war damals in der 19. Schwangerschaftswoche und bereits wegen Übelkeit in der Frühschwangerschaft krankgeschrieben. Ihre beiden vorigen Kinder waren mit Kaiserschnitt entbunden worden, das ungeborene Kind wurde später in der 37. SSW per Kaiserschnitt entbunden. Bei dem Unfall erlitt sie ein Hämatom im Beckenbereich. Hierdurch kam es zu leichten Blutungen und Unterbauchschmerzen. Sie war 10 Tage bettlägerig. Die Klägerin litt bis zur Entbindung, also 4 Monate lang, unter Angst um das ungeborene Kind, wodurch es auch zu Schlafstörungen kam. Eine Kausalität des Unfalls für die frühe Entbindung und die Notwendigkeit der Schnittentbindung bestand nicht.

E 1885 **LG Coburg, Urt. v. 23.07.2010 – 13 O 37/09, unveröffentlicht**

2.000,00 € (Vorstellung: 2.000,00 €)

Prellungen und Gesichtsverletzung

Der Kläger kam zu Fall, als er über den nicht angeleinten Hund des Beklagten stolperte, der ihm vor die Beine gelaufen war. Er erlitt eine schmerzhafte Prellung und eine Gesichtsverletzung, die 5 Tage die Einnahme von Schmerzmitteln erforderlich machten. Es bestand eine MdE von 100 % für 2 Wochen, weitere 2 Wochen 60 % MdE, sodann weitere 2 Wochen 30 % MdE.

AG Soest, Urt. v. 14.09.2011 – 13 C 202/11, unveröffentlicht E 1886

2.000,00 € (Vorstellung: 2.000,00 €)

Thorax- und Beckenprellung – Seitenbandruptur am Daumen

Die Klägerin erlitt bei einem Verkehrsunfall eine Thorax- und Beckenprellung sowie eine ulnare Seitenbandruptur am rechten Daumen. Diese musste operiert werden, was zu einem zweitägigen Krankenhausaufenthalt führte. Anschließend trug die Klägerin 16 Tage – in der Zeit über Weihnachten und Sylvester – einen Gipsverband. Zwei Monate Krankengymnastik schlossen sich an, es verblieben eine 3 cm lange Narbe und Schmerzen bei bestimmten Bewegungen. Bei der Bemessung wurde auch auf die Schmerzen aufgrund der Prellungen abgestellt, wobei die Thoraxprellung »nahezu bei jedem Atemzug« geschmerzt habe.

AG Bad Segeberg, Urt. v. 14.02.2013 – 17 C 219/12, unveröffentlicht E 1887

2.000,00 € (Vorstellung: 4.000,00 €)

Schädelprellung – HWS-Distorsion – Bauchtrauma

Die Klägerin stürzte in einem Linienbus; hierbei erlitt sie eine HWS-Distorsion, eine Schädelprellung und ein stumpfes Bauchtrauma. Es entwickelten sich neurologisch cervico-brachiale Beschwerden und Taubheitsgefühle in der rechten Schulter und dem Ellbogen. Zeitweise kam es zu verzerrtem Sehen im linken Gesichtsfeld. Die Klägerin war zweimal in stationärer Behandlung (jeweils drei Tage) und war 5mal ambulant vorstellig. Sie war 3 ½ Monate arbeitsunfähig.

AG Oberndorf, Urt. v. 12.11.2009 – 3 C 698/08, unveröffentlicht E 1888

2.300,00 € (Vorstellung: 2.500,00 €)

Diverse Prellungen – geringfügig dislozierter Brustbeinbruch

Die Klägerin erlitt bei einem Verkehrsunfall einen geringfügig dislozierten Brustbeinbruch/Sternumfraktur, eine HWS-Distorsion 1. Grades und diverse Prellungen. Sie befand sich 2 Tage stationär im Krankenhaus, der zunächst vorhandene Verdacht einer Herzkontusion bestätigte sich nicht. Sie war einen Monat arbeitsunfähig und litt 3 Wochen lang unter starken Schmerzen, insb. bei Bewegungen. Sie nahm Schmerzmittel nebst Magenschutzmitteln ein und benötigte 2 1/2 Wochen Hilfe beim Hinlegen, Aufstehen, Anziehen und Abtrocknen. Über diese erforderlichen Hilfestellungen hinausgehende Berührungen konnte sie, da diese ihr zusätzliche Schmerzen bereiteten, nicht ertragen. Die Schmerzmedikation wurde nach 3 Wochen schrittweise reduziert. Das Tragen schwerer Lasten und sportliche Betätigungen waren aber weitere 3 Wochen nicht möglich. Erst nach erneut weiteren 2 Wochen waren die Verletzungen gänzlich ausgeheilt.

KG, Urt. v. 25.04.2005 – 12 U 123/04, KGR 2005, 664 = SP 2005, 368 = NZV 2005, 636 E 1889

2.500,00 € (Vorstellung: 5.000,00 €)

Prellungen – Rippenfraktur

Der Kläger erlitt bei einem Verkehrsunfall eine Fraktur der 7. Rippe links, eine Prellung mit ausgedehnter Hämatombildung im Bereich des linken Unterschenkels und Fußes sowie Prellungen beider Handgelenke, eine Risswunde der Lippe und eine Schürfverletzung im Nasenbereich. Bei der Bemessung berücksichtigte das Gericht die Rippenfraktur als »erhebliche« Verletzung, hielt indes die klägerische Vorstellung für »völlig überhöht«. Der zuerkannte Betrag entsprach der ursprünglichen Schmerzensgeldvorstellung des Klägers.

E 1890 **OLG Jena, Urt. v. 01.03.2006 – 4 U 719/04, MDR 2006, 1289**

2.500,00 €

Hals-Schulter-Prellung – Kopfschmerzen

Der Kläger brach auf einem Parkplatz durch eine gelockerte Gehwegplatte, die hohl lag; deswegen nahm das Gericht eine erhöhte Aufmerksamkeitspflicht der verkehrssicherungspflichtigen beklagten Gemeinde an. Die Platte brach in mehrere Teile, als der Kläger sie betrat; hierdurch kam es zu Verletzungen, nämlich erheblichen Schmerzen im Hals-Schulter-Bereich, Kopfschmerzen und einer Wunde an der Hand.

E 1891 **LG Darmstadt, Urt. v. 28.08.2007 – 13 O 602/05, DAR 2008, 89**

2.500,00 € (Vorstellung: 2.500,00 €)

Erhebliche Prellungen – Mittelfußknochenbruch

Der Kläger erlitt infolge eines Verkehrsunfalls einen Bruch des Mittelfußknochens am rechten Fuß sowie Schürfwunden und erhebliche Prellungen der rechten Hüfte, des rechten Knies und des rechten Unterarms.

E 1892 **OLG Saarbrücken, Urt. v. 21.10.2008 – 4 U 454/07, OLGR 2009, 126**

2.500,00 € (1/2 Mitverschulden; Vorstellung: 25.000,00 €)

Prellungen an Wirbelsäule, Gesäß und Unterarm – HWS-Schleudertrauma – psychische Folgen

Die Klägerin wurde bei einem Verkehrsunfall verletzt und erlitt hierbei ein Schleudertrauma, Prellungen und Distorsionen im Bereich der unteren LWS, des Gesäßes und des Unterarms. Diese Verletzungen waren nach 4 Wochen ausgeheilt. In der Folge litt sie ein halbes Jahr an Kopfschmerzen, Schwindel und Übelkeit sowie an einer generellen Antriebsschwäche und Anpassungsstörung (»der Unfall wurde zum Zentrum ihres Denkens«), die allerdings ihre Ursache auch in einer depressiven Vorerkrankung hatte.

Der Vorstellung lagen weitere psychische Beeinträchtigungen zugrunde, deren Unfallursächlichkeit jedoch nicht bewiesen werden konnte.

E 1893 **AG Erkelenz, Urt. v. 10.03.2009 – 6 C 93/07, SP 2009, 221**

2.500,00 € (Vorstellung: 2.500,00 €)

Schädelprellung – HWS-Schleudertrauma – BWS-Distorsion

Der Kläger erlitt bei einer Seitaufprallkollision ein HWS-Schleudertrauma, eine Distorsion der Brustwirbelsäule und eine schmerzhafte Schädelprellung. Aus Sorge um seinen gerade angetretenen Arbeitsplatz war er nur eine Woche krankgeschrieben und ging danach trotz Schmerzen seiner Arbeit als Müllmann wieder nach. Er konnte nur unter Schmerzen laufen. Erhöhend wurde berücksichtigt, dass die Versicherung 2 Jahre jede Schmerzensgeldzahlung verweigerte.

E 1894 **AG Charlottenburg, Urt. v. 31.10.2012 – 215 C 116/10, unveröffentlicht**

2.625,00 € (¼ Mitverschulden; Vorstellung (unquotiert): 3.000,00 €

Großflächige Prellungen – Abriss am Dreiecksbein des linken Handgelenks

Die Klägerin stürzte auf einer schneeglatten Treppe. Sie erlitt Prellungen großer Bereiche der linken Körperhälfte, des Ellbogens, des Mittelfußknochens und des Hinterkopfs. Ferner kam es zu einem knöchernen Abriss am Dreiecksbein; das Handgelenk wurde durch – aufeinander folgend – eine Gipslonguette, einen Unterarmgips und einen Unterarmkunststoffgips über einen Monat lang ruhig gestellt. Noch 1 ½ Jahre nach dem Unfall trägt die Klägerin, die Linkshänderin ist, eine elastische Handgelenksorthese; leichte Bewegungs- und Kraftentwicklungseinschränkungen verbleiben.

AG Bergisch-Gladbach, Urt. v. 23.07.2005 – 46 Cs 49 Js 457/04, unveröffentlicht E 1895

3.000,00 €

Prellungen – Knieverletzung – Schmerzen im Knie

Die Klägerin im Adhäsionsverfahren wurde vom Angeklagten zweimal angegriffen. Er schlug sie mit der Faust ins Gesicht, sodass Schwellungen der Wange, der Jochbeinaußenkante und des Auges zurückblieben und trat nach ihr, wobei er sie am Knie traf. Eine Röntgenaufnahme ergab eine Fissurlinie im Bereich des Fibulaköpfchens. Die Klägerin war 3 Wochen krankgeschrieben und litt noch längere Zeit unter Kniebeschwerden.

OLG Düsseldorf, Urt. v. 28.12.2005 – I-1 U 149/05, unveröffentlicht E 1896

3.000,00 €

Prellungen der LWS – Prellungen der BWS – HWS-Distorsion

Der Kläger wurde bei einem Auffahrunfall verletzt; er erlitt eine HWS-Distorsion sowie Prellungen der Lenden- und der Brustwirbelsäule. Er litt 4 Monate lang unter teilweise starken Schmerzen sowie einer reaktiven depressiven Angststörung.

LG Köln, Urt. v. 13.02.2007 – 2 O 65/06, unveröffentlicht E 1897

3.000,00 € (Vorstellung: 3.000,00 €)

Multiple Prellungen – HWS-Distorsion

Die Klägerin erlitt bei einem Verkehrsunfall eine HWS-Distorsion und multiple Prellungen. Sie musste sich einer physiotherapeutischen Behandlung unterziehen, die anschließend noch über 6 Monate in einem Fitnessstudio fortgesetzt wurde. Mehrfache ärztliche Untersuchungen und Kontrollen waren nötig; die Klägerin leidet immer noch zeitweise unter Belastungsschmerzen im rechten Arm und muss mehrfach wöchentlich physiotherapeutische Übungen durchführen, um nicht unter unfallbedingten Schmerzen im Rücken- und Nackenbereich zu leiden.

Schmerzensgeld erhöhend berücksichtigte das Gericht das erhebliche Verschulden des Unfallgegners (Unfallflucht und erhebliche Alkoholisierung) sowie das zögerliche Regulierungsverhalten der Versicherung.

LG Dessau-Roßlau, Urt. v. 01.06.2012 – 4 O 50/07, unveröffentlicht E 1898

3.000,00 € (Vorstellung: 3.500,00 €)

Diverse Prellungen – Hypertonie und PTBS

Die Klägerin erlitt bei einem Unfall einen Schock, Prellmarken an der linken Brustseite, Hämatome an und in der linken Brust, eine Gurtprellung des Schlüsselbeins sowie eine Handgelenksprellung. Sie litt an anhaltenden Schmerzen im Rücken- und Schulterbereich. Ein Dauerschaden in Form einer arteriellen Hypertonie mit hypertensiver Herzkrankheit und posttraumatischer Belastungsstörung verblieben.

E 1899 **KG, Beschl. v. 26.10.2006 – 12 U 62/06, NZV 2007, 308**

<u>3.500,00 €</u> (Vorstellung: 6.500,00 €)

Handprellung – Schürfungen – Knöchelbruch – Schultergelenkszerrung

Der Kläger erlitt bei einem Verkehrsunfall multiple Schürfungen, einen Speichenköpfchenbruch rechts, einen Außenknöchelbruch am rechten Fuß, eine Zerrung des rechten Schultergelenks und eine Prellung an der linken Hand. Er wurde stationär behandelt.

E 1900 **OLG Brandenburg, Urt. v. 16.11.2006 – 12 U 91/06, unveröffentlicht**

<u>3.500,00 €</u> (Vorstellung: 20.000,00 €)

Schädelprellung/Schädelhirntrauma – Platzwunde – Hämatom

Die Klägerin erlitt bei einem Sturz eine Platzwunde, ein schwappendes Hämatom darunter sowie ein großes Hämatom rechts occipital sowie eine schwere Schädelprellung bzw. ein Schädelhirntrauma geringen Grades. Sie befand sich 3 Tage zur neurologischen Überwachung in stationärer Behandlung und wurde dann ohne pathologischen Befund und ohne Restbeschwerden nach unauffälliger neurologischer Abschlussuntersuchung entlassen. Danach befand sie sich einen weiteren Monat in ambulanter ärztlicher Behandlung. Als Folge des erlittenen Schädelhirntraumas litt sie zunächst unter Störungen der Konzentrationsfähigkeit, Müdigkeit und Kopfschmerzen.

E 1901 **LG Koblenz, Beschl. v. 13.08.2008 – 6 T 99/08, JurBüro 2008, 599**

<u>3.500,00 €</u> (Vorstellung: 3.500,00 €)

Prellungen und Schwellungen im Gesicht – Gehirnerschütterung

Der Kläger erlitt durch einen Faustschlag des Beklagten erhebliche Verletzungen, nämlich ein Monokelhämatom, diverse Prellungen und Schwellungen im Schädelbereich und eine Gehirnerschütterung. Er war 3 Tage stationär aufgenommen und 9 Tage arbeitsunfähig. Nach der Gehirnerschütterung litt er noch an Kopfschmerzen und einem funktionellen HWS-Syndrom und musste sich im Tatmonat noch einer manualtherapeutischen Behandlung unterziehen. Bei der Bemessung wurde auch das vorsätzliche Handeln des Beklagten berücksichtigt, der den Kläger unerwartet und ohne dessen Veranlassung geschlagen hatte.

E 1902 **OLG Oldenburg, Beschl. v. 11.06.2006 – 6 U 51/06, VersR 2008, 1115**

<u>4.000,00 €</u>

Blutergüsse und Schürfwunden an beiden Armen und Beinen – psychische Folgen

Die Beklagten, zwei Jungen und zwei Mädchen, waren zur Zeit der Vorfälle zwischen 11 und 13 Jahre alt. Sie drängten den 11 Jahre alten Kläger in den großen Pausen an den Rand des Schulhofs, um vom aufsichtsführenden Lehrer nicht gesehen zu werden, hielten den Kläger dann dort fest und traten und schlugen auf ihn ein. Dabei vermieden sie Schläge ins Gesicht nur, um keine Spuren zu hinterlassen. Erst nach 2 Monaten wurden die Eltern des Klägers aufmerksam und unterbanden die täglichen Misshandlungen. Der Kläger trug Blutergüsse und Schürfwunden an beiden Armen und Beinen davon; er musste sich wegen einer depressiven Verstimmung und einer Angsterkrankung in psychiatrische Behandlung begeben. Beim Schmerzensgeld – was der Senat nicht beanstandet hat – hatte das LG ausdrücklich auch Alter und Vermögensverhältnisse der Beklagten berücksichtigt.

LG Coburg, Urt. v. 03.02.2009 – 23 O 249/06, unveröffentlicht E 1903

4.000,00 €

Schädelprellung – Kopfplatzwunde – Tinnitus

Der Kläger besuchte regelmäßig das Fitnessstudio des Beklagten. Als er 90 kg Gewicht zum Ziehen auf ein Rückenzuggerät auflegte, hielt dem das Stahlseil, an dem die Gewichte hingen, nicht stand; es riss, die Gewichte fielen herunter und der Kläger wurde von der metallenen Querstange am Kopf getroffen.

Er erlitt eine klaffende Kopfplatzwunde und eine Schädelprellung. Die Hörfähigkeit ist auf Dauer eingeschränkt, und er leidet unter Tinnitus und Schwindel. Das Gericht bejahte eine Haftung, da den Betreiber hohe Sorgfaltsanforderungen hinsichtlich der Überprüfung der Sportgeräte träfen und am Stahlseil mit bloßem Auge brauner Rost und einzelne gebrochene Drähte zu erkennen waren.

LG Köln, Urt. v. 24.06.2010 – 29 O 290/09, SP 2011, 16 E 1904

4.000,00 € (Vorstellung: 5.000,00 €)

Nasenprellung – Wintersteinfraktur – HWS-Distorsion

Der noch schulpflichtige Kläger erlitt bei einem Verkehrsunfall eine Gehirnerschütterung, eine HWS-Distorsion und eine Wintersteinfraktur sowie erhebliche Prellungen und Schwellungen an Nasenbein und Jochbein, die längere Schmerzen auslösten. Er war 2 Tage stationär aufgenommen, die Wintersteinfraktur wurde ambulant operiert. Er musste sich 4 Wochen lang bei Körperpflege und Essen sowie bei Fahrten in die Schule von der Mutter helfen lassen und einen geplanten Radurlaub absagen.

OLG Stuttgart, Beschl. v. 29.04.2008 – 5 W 9/08, VersR 2008, 1357 = NJW 2008, 2514 = NZV 2008, 523 E 1905

4.500,00 € (Vorstellung: 6.000,00 €)

Prellungen – Schürfwunden – Beschwerden der unteren LWS

Die 18 Jahre alte Klägerin stürzte auf dem Parkplatz der von dem Beklagten betriebenen Diskothek in einen Kanalschacht, weil der marode Kanaldeckel unter der Belastung zu Bruch ging. Sie konnte sich am oberen Rand der Kanalöffnung festhalten, erlitt aber Prellungen und Schürfwunden, wobei Hautverletzungen vernarbten. Auch erlitt sie Beschwerden im Bereich der unteren LWS, die ein Jahr fortdauerten.

Die Entscheidung erging im PKH-Verfahren; das OLG wies darauf hin, dass höhere Schmerzensgelder i. d. R. nur bei Frakturen gewährt würden, aber auch darauf, dass keine Bindung des LG an den im PKH-Verfahren angesetzten Schmerzensgeldbetrag bestehe.

LG München II, Urt. v. 26.06.2008 – 12 O 140/07, SP 2009, 10 E 1906

4.500,00 € (10 % Mitverschulden; Vorstellung: 7.000,00 €)

Schädelprellung – Schulter-Arm-Prellung – Knieprellungen – Schnittverletzungen

Der Kläger erlitt bei einem Verkehrsunfall eine schwere Schädelprellung mit HWS-Kontusion sowie eine Schulter-Arm-Prellung, eine Prellung beider Knie und eine Gesäß- und Rückenkontusion. Es kam zu zahlreichen Glassplitterverletzungen im Gesicht; die Augenbewegungen waren durch das Gesichtsödem sehr schmerzhaft, und die linke äußere Ohrregion war erheblich druckempfindlich. Durch die Schnittverletzungen im Gesicht verblieb eine Narbe.

E 1907 **OLG Schleswig, Urt. v. 15.04.2010 – 7 U 17/09, MDR 2010, 1253 = SP 2011, 4**

5.000,00 € (Vorstellung: 3.000,00 €)

Schwere Kniegelenksprellung – Schleimbeutelentzündung

Die Klägerin verletzte sich als Radfahrerin, als sie der entgegenkommenden Beklagten auswich. Sie erlitt einen Anbruch der sechsten Rippe links und eine schwere Prellung des Kniegelenks, an dem sich posttraumatisch eine persistierende Schleimbeutelentzündung (bursitis präpatellaris) ausbildete.

Seit dem Unfall kann sie nicht mehr Radfahren und hat durchgängig Schmerzen im Knie, wogegen sie Medikamente nehmen muss. Das Gericht berücksichtigte ferner den Prozessvortrag der Gegenseite, die die Klägerin ohne Anlass der Lüge beschuldigt hatte, und den Umstand, dass die Klägerin und ihr schwerbehinderter Mann unfallbedingt ihr Haus nicht mehr halten und daher verkaufen mussten.

E 1908 **LG Aachen, Urt. v. 05.11.2010 – 7 O 127/10, NJW-RR 2011, 752**

5.000,00 € (Vorstellung: 5.000,00 €)

Schwere Unterschenkelprellung mit Hautablederung – Mittelfußknochenbruch

Der 11 Jahre alte Kläger wurde vor der Schulbushaltestelle bei Ankunft des Schulbusses durch das Rad der Mittelachse des Busses eingequetscht und ein Stück mitgeschleift. Hierbei erlitt er eine Absplitterung im Bereich des rechten Mittelfußknochens, eine schwere Unterschenkelprellung des rechten Beins mit einer Hautablederung sowie eine große Wunde auf dem Spann des rechten Fußes, die eine Narbe in der Größe einer Handfläche zur Folge hatte. Er wurde 5 Tage stationär behandelt, wobei er sich ein Zimmer mit zwei erwachsenen Patienten teilen musste. Er konnte 2 Wochen nicht zur Schule und trug 3 Wochen einen Gips; Gehhilfen waren knappe 2 Monate erforderlich. 3 Monate konnte der Kläger, der zuvor privat Fußballtraining hatte, nicht Sport betreiben.

Das Gericht führte aus, dass Schmerzensgelder in zuerkannter Höhe zwar regelmäßig erst bei längeren stationären Aufenthalten zuerkannt würden; es sei aber zu berücksichtigen, dass auf ein 11-jähriges Kind ein Krankenhausaufenthalt belastender wirke als auf einen Erwachsenen, weil die Trennung vom häuslichen Umfeld belastender empfunden werde. Auch wurde auf die Narbe abgestellt. Nach Hinweisbeschluss des OLG Köln v. 12.01.2011 – 11 U 209/10, MDR 2011, 594 hat die Beklagte die Berufung zurückgenommen.

E 1909 **OLG Frankfurt am Main, Urt. v. 18.05.2006 – 16 U 153/05, RRa 2006, 217**

6.000,00 € (Vorstellung: 6.000,00 €)

Kniegelenksprellung – Risswunde am Schädel – HWS-Schleudertrauma

Die Klägerin hatte bei der Beklagten eine Pauschalreise nach Ägypten gebucht. Bei einem Ausflug fuhr der Reisebus mit überhöhter Geschwindigkeit und mit Standlicht auf einen stehenden Lkw auf, wodurch die Klägerin verletzt wurde.

Sie erlitt eine 12 cm lange Risswunde an der rechten Schädelhälfte, die genäht werden musste. Möglicherweise verbleibt eine Narbe. Ferner kam es zu einem Hämatom am rechten Auge, einer Kniegelenksprellung sowie zu einem HWS-Schleudertrauma. Sie war 3 Monate arbeitsunfähig.

OLG Celle, Beschl. v. 01.02.2011 – 14 W 47/10, unveröffentlicht E 1910

6.000,00 € (Vorstellung: 20.000,00 €)

Brustkorbprellung – HWS-Distorsion – Angstgefühle

Der Antragsteller erlitt bei einem Verkehrsunfall eine Brustkorbprellung mit noch 3 Wochen später sichtbaren Blutergüssen sowie eine HWS-/BWS-Distorsion, die nach 3 Monaten ohne bleibende Schäden ausgeheilt sind. Der Antragsteller macht ferner geltend, es seien durch den Unfall Angstgefühle wegen Thoraxschmerzen hervorgerufen worden, die ihre Ursache darin hätten, dass er 6 Jahre zuvor einen Herzinfarkt erlitten hatte. Das Gericht sah keine Erfolgsaussichten für ein 6.000,00 € übersteigendes Schmerzensgeld: die Angstgefühle seien, da sie auch nach dem Herzinfarkt vorgelegen hatten, als Folgen einer erheblichen Vorschädigung anzusehen, was mindernd zu berücksichtigen sei.

LG Kassel, Urt. v. 15.02.2005 – 8 O 2358/02, SP 2005, 410 E 1911

7.000,00 €

Prellungen Oberschenkel/Knie/Schädel – Gehirnerschütterung – posttraumatisches Belastungssyndrom

Die Klägerin wurde als Fußgängerin angefahren. Hierbei erlitt sie stärkere Prellungen im Bereich der linken Oberschenkelregion und des rechten Kniegelenks, eine Schädelprellung mit Kopfschwartenhämatom und Hautabschürfungen sowie multiple weitere Prellungen. Sie wurde 2 Wochen stationär behandelt. 4 Monate später wurde ein posttraumatisches Erschöpfungssyndrom in Zusammenhang mit einer Herz-Angstneurose und Panikzuständen sowie Depressionen diagnostiziert. Nervenärztliche Behandlungen und psychopharmakatherapeutische Maßnahmen werden empfohlen. Zudem verbleibt eine geringgradige Instabilität des rechten Knies.

OLG Stuttgart, Urt. v. 28.02.2007 – 3 U 209/06, unveröffentlicht E 1912

7.000,00 €

Rippenprellung – Brustquetschung – HWS/BWS-Distorsion – Schmerzsymptomatik

Die 21 Jahre alte Klägerin erlitt bei einem Verkehrsunfall eine HWS-Distorsion 1. Grades, eine BWS-Distorsion, eine Rippenprellung und eine Brustquetschung. Hieraus resultierten Hals/Schulter-Symptome mit einer ausgeprägten Schmerzsymptomatik mit häufig auftretenden und teilweise massiven Kopfschmerzen. Die Klägerin ist immer wieder zur Einnahme höherer Dosen Schmerzmittel gezwungen, um ihre Arbeitsfähigkeit zu erhalten.

LG Paderborn, Urt. v. 29.08.2007 – 4 O 551/05, unveröffentlicht E 1913

7.000,00 € (Vorstellung: 7.000,00 €)

Prellungen – Schulterprellung – Schädelhirntrauma – Rippenfrakturen

Die Widerklägerin wurde als Radfahrerin vom Widerbeklagten angefahren und erlitt unfallbedingt Prellungen und Stauchungen, ein Schädelhirntrauma 1. Grades, eine Zerrung der HWS, eine Fraktur der 5. und 6. Rippe links sowie eine Schulterprellung links. Die körperlichen Beschwerden sind vollständig ausgeheilt und hatten allenfalls 4 Monate körperliche Beschwerden zur Folge; jedoch hat das Unfallgeschehen bei der Widerklägerin eine vorangelegte depressive Störung mit Angstsyndromen und somatischen Syndromen insb. in Form von Schwindel und Kopfschmerzen zum Ausbruch gebracht, die sich trotz dauerhafter medikamentöser Behandlung chronifiziert und zu einer MdE von 80 % geführt hat. Das Gericht betonte, dass dies »faktisch zu einer Erwerbsunfähigkeit« führe, weil »eine Person mit einer derartigen Behinderung keine Chance auf Erlangung eines Arbeitsplatzes« habe.

E 1914 **LG Münster, Urt. v. 08.06.2006 – 8 O 58/05, unveröffentlicht**

7.500,00 € (Vorstellung: 15.000,00 €)

Schädelprellung – Platzwunden am Hinterkopf

Der Kläger war als Wachmann im Einsatz, als er mit einer Pistole bedroht, körperlich angegriffen und gefesselt wurde. Anschließend wurde er in den Kofferraum seines Pkw gesperrt, aus dem er sich bei einer Außentemperatur von 7 Grad erst nach einiger Zeit befreien konnte. Der Kläger erlitt durch den Angriff eine Schädelprellung und zwei Platzwunden am Hinterkopf. Zusätzlich leidet er unter einer posttraumatischen Belastungsstörung.

E 1915 **LAG Niedersachsen, Urt. v. 20.05.2010 – 9 Sa 1914/08, unveröffentlicht**

8.000,00 € (Vorstellung: 24.350,00 €)

Faustschlag ins Gericht – Prellungen – depressive Reaktion

Die Beklagte schlug den Kläger, ihren Arbeitskollegen, nach einer Auseinandersetzung im Aufenthaltsraum mit der Faust ins Gesicht. Hierdurch erlitt der Beklagte eine depressive Reaktion, die zu 14 Monaten Arbeitsunfähigkeit führte.

E 1916 **OLG Düsseldorf, Urt. v. 24.10.2005 – I-1 U 217/04, unveröffentlicht**

9.000,00 € (1/4 Mitverschulden)

Multiple Prellungen und Schürfwunden – Rippenfrakturen – Oberschenkelfraktur

Der 50 Jahre alte Kläger erlitt bei einem Verkehrsunfall ein Schädelhirntrauma 1. Grades, eine Unfallschockreaktion, Frakturen zweier Rippen, multiple Prellungen und Schürfungen an Hand und Gesicht, ein stumpfes Thoraxtrauma sowie eine Oberschenkelfraktur. Wegen der Oberschenkelfraktur musste er operiert werden; er befand sich für etwa einen Monat in stationärer Behandlung, erhielt Unterarmgehstützen, durfte das Bein für 6 Monate nicht belasten und leidet noch heute unter den Folgen der Verletzungen.

E 1917 **OLG Karlsruhe, Urt. v. 18.05.2012 – 9 U 128/11, VersR 2012, 1186 = NJW-RR 2012, 1237 = VRS 123 (2012), 201**

10.000,00 € (Vorstellung: 10.000,00 €)

Prellungen – Angststörung

Die Klägerin erlitt aufgrund eines Verkehrsunfalls erhebliche Prellungen an der rechten Hüfte und am rechten Oberschenkel mit Schmerzen und Ausstrahlungen. Sie war acht Wochen arbeitsunfähig. Außerdem stellte sich bei der Klägerin auf Grund der traumatischen Erfahrung eine Angststörung ein. Monatelange Alpträume und sich aufdrängende Wiedererlebnisse des Unfallereignisses waren die Folge. Diese Beeinträchtigungen sind zwar nach etwa drei Monaten abgeklungen. Es ist aber als dauerhafte Beeinträchtigung eine Störung verblieben, die dazu führt, dass die Klägerin immer wieder Situationen mit Angstzuständen im Straßenverkehr erlebt, sowohl als Autofahrerin als auch als Fußgängerin, insbesondere dann, wenn ein Fahrzeug zu eng an ihr vorbeifährt.

Im Vordergrund der Bemessung standen für den Senat, der auf die Berufung der Klägerin hin das Schmerzensgeld erhöhte, die psychischen Folgen der Angststörung, die weiterhin behandlungsbedürftig ist und eine dauerhafte Beeinträchtigung der Lebensführung hervorgerufen hat.

OLG Brandenburg, Urt. v. 23.07.2009 – 12 U 29/09, VersR 2009, 1284 = NJW-RR 2010, 538 = NZV 2010, 409 E 1918

14.000,00 € (Vorstellung: 25.000,00 € zuzüglich 250,00 € Rente)

Riss- und Quetschwunden am Knie – Avulsionsfraktur des Schienbeins

Der Kläger erlitt bei einem Verkehrsunfall im Bereich des linken Kniegelenks oberhalb der Kniescheibe eine waagerechte, 5 cm lange Riss-/Quetschwunde und unterhalb der Kniescheibe mehrere kleine Riss-/Quetschwunden mit Hautabschürfungen bis in die Lederhaut im Bereich des linken Kniegelenks und des linken Unterschenkels, im Bereich vor dem Schienenbein einen Bluterguss über den gesamten Unterschenkel, eine Schwellung im Bereich des Wadenbeins, eine Druck- und Bewegungsschmerzhaftigkeit im Bereich des Sprunggelenks mit einem leichten Bluterguss, eine leicht herabgesetzte Empfindung von Sinnesreizen im Bereich des linken Fußrückens sowie eine nicht dislozierte Avulsionsfraktur der ventralen distalen Tibia links. Er wurde 18 Tage stationär behandelt; eine chirurgische Behandlung der Wunden war erforderlich. Im Verlauf der stationären Behandlung hatte sich krankhaftes von gesundem Gewebe am linken Unterschenkel getrennt und es kam zu einer trockenen Hautnekrose, die entfernt werden musste. Im Nachgang hierzu wurde großflächig Spalthaut vom linken Oberschenkel an den linken Unterschenkel transplantiert. Nach seiner Entlassung wurde der Kläger ambulant weiterbehandelt und war weitere 3 Monate arbeitsunfähig. Es sind erhebliche Narben am linken Ober- und Unterschenkel zurückgeblieben, ebenso eine Bewegungseinschränkung und Schwellneigung des linken Beines. Eine altersgerechte sportliche Betätigung ist nicht möglich.

Das Gericht berücksichtigte bei der Bemessung auch ein (nicht beziffertes) Mitverschulden, weil der Kläger als Motorradfahrer keine Schutzkleidung getragen hatte.

OLG Brandenburg, Beschl. v. 18.02.2009 – 12 W 18/08, unveröffentlicht E 1919

15.000,00 € (Vorstellung: 15.000,00 €)

Schädelprellung – Ohr-, Handprellung – Dauerschäden

Die Antragstellerin erlitt bei einem Verkehrsunfall neben einer Risswunde über dem rechten Ohr, einer Prellung der linken Ohrmuschel und der rechten Hand eine Schädelprellung und Gehirnerschütterung, die zu erheblichen Gesundheitsbeeinträchtigungen, nämlich Tinnitus, Schwindelgefühlen, Angstzuständen, Konzentrationsstörungen, Kopfschmerzen und Schlafstörungen geführt hat, die weiterhin vorliegen.

LG Essen, Urt. v. 17.03.2005 – 12 O 307/03, NJW-RR 2005, 1110 = NZV 2005, 532 E 1920

18.000,00 €

Quetsch- und Risswunden im Gesicht

Die 1 1/2 Jahre alte Klägerin wurde durch einen Hundebiss im Gesicht verletzt; sie erlitt klaffende, tief ins Gewebe reichende Riss- und Quetschwunden sowie weitere kleinere, das Aussehen beeinträchtigende Riss- und Quetschwunden im linken Gesichtsbereich. Es verblieben Narben mit Schmerzen, Missempfindungen und Gefühlsstörungen. Die optischen Beeinträchtigungen bleiben bis ins Erwachsenenalter; als Dauerschaden verblieben auch Schmerzen, gerade bei Temperaturwechsel, und eine Abschwächung der mimischen Gesichtsmotorik.

E 1921 **LG Wuppertal, Urt. v. 10.03.2011 – 16 O 151/07, unveröffentlicht**

20.000,00 € (Vorstellung: 40.000,00 €)

Prellungen – posttraumatische Belastungsstörung

Ein Sondereinsatzkommando der Polizei versuchte wegen des (irrtümlichen) Verdachts, es sei ein Gewaltverbrecher anwesend, die Wohnung der 34 Jahre alten Klägerin aufzubrechen; als diese wegen des Lärms (Rammbock) die Tür einen Spalt öffnete, wurde die Tür aufgedrückt und »gesichert«. Körperliche Schäden erlitt die Klägerin, abgesehen von oberflächlichen Prellungen, hierbei nicht. Das Gericht bejahte eine Verletzung der psychischen Gesundheit, infolge der es zu einer posttraumatischen Belastungsstörung kam. Die Klägerin leidet unter niedergedrückter Stimmung, stark verminderter Lebensfreude, Rückgang der Interessen, sozialem Rückzug, Schuldgefühlen, Gedächtnisstörungen, Schlafstörungen sowie vermindertem Selbstwertgefühl. Es ist fraglich, ob zukünftige Therapien die Klägerin gesunden lassen werden. Die Klägerin wird voraussichtlich noch lange unter den Einschränkungen zu leiden haben, so dass aus Sicht der Kammer »ein erhebliches Schmerzensgeld« angemessen sei. Mindernd wurde berücksichtigt, dass die Klägerin bereits vorher ein »ängstliches und asthenisches« Wesen hatte.

E 1922 **OLG Brandenburg, Beschl. v. 02.09.2010 – 12 U 42/10, unveröffentlicht**

23.000,00 € (Vorstellung: 23.000,00 €)

Diverse Prellungen – Nasenbeinfraktur – Fingerfraktur – psychische Folgen

Die Beklagten brachen in die Wohnung der Klägerin ein und überraschten diese im Schlaf. Die Klägerin wurde gefesselt und geknebelt, ihr wurden die Augen verbunden. Dann wurde sie geschlagen und zur Benennung von Geldverstecken aufgefordert. Hierbei wurde ihr angedroht, man werde sie erstechen. Sie erlitt neben diversen Schürfwunden und Schwellungen im gesamten Körperbereich eine Nasenbeinfraktur, eine Prellung im Mittelgesicht mit Fraktur links, eine Prellung des linken Thorax sowie eine Fraktur des kleinen Fingers der rechten Hand. Die Verletzungen und der Heilungsverlauf waren mit erheblichen Schmerzen verbunden. Die Klägerin litt während des Überfalls unter Todesangst, es verblieben Angstzustände, Schlafstörungen, Kopfschmerzen, Schwindelattacken, Depressionen und Suizidgedanken.

Das Gericht hielt – i. R. d. PKH-Verfahrens – unter Berücksichtigung besonders der Art und Weise der Tatbegehung (Überfall im Schlaf im eigenen Haus unter Anwendung erheblicher körperlicher Gewalt und Todesdrohungen) und somit der Genugtuungsfunktion – den vom LG für erfolgreich gehaltenen Betrag für angemessen.

E 1923 **OLG Schleswig, Urt. v. 15.01.2009 – 7 U 76/07, NJW-RR 2009, 1325 = NZV 2010, 96 = SP 2010, 324**

30.000,00 € (Vorstellung: 30.000,00 €)

Prellungen an Bauch und Becken – Nasenbeinfraktur – Schädelhirntrauma – posttraumatische Belastungsstörung

Die Klägerin erlitt bei einem Verkehrsunfall eine HWS-Distorsion, eine Nasenbeinfraktur, multiple Prellungen, Schürf- und Schnittwunden, ein Schädelhirntrauma 1. Grades, ein Bauchtrauma mit Sternumprellung, Beckenprellungen beiderseits, eine distale Radiusfraktur und erhebliche Schädigungen von zwei Zähnen. Es kam zu einer posttraumatischen Belastungsstörung, weswegen sie ihren erlernten Beruf als Arzthelferin aufgeben musste. Alles, was mit Straßenverkehr zu tun hat, erzeugt bei ihr Angst. Sie kann nicht alleine die Wohnung verlassen. Schmerzensgeld erhöhend fiel ins Gewicht, dass die beklagte Versicherung trotz eines von ihr selbst eingeholten Gutachtens, welches die PTBS attestierte, nur 2.750,00 €

vorgerichtliche Zahlung leistete und im Prozess durchgängig den Einwand erhob, die Beschwerden seien nur simuliert und vorgespielt.

OLG Hamm, Beschl. v. 23.05.2006 – 27 W 31/06, OLGR 2006, 787 E 1924

35.000,00 €

Schwerste Prellungen – Kieferbruch – posttraumatische Belastungsstörung

Der Antragsteller wurde von den Antragsgegnern zusammengeschlagen. Er erlitt als Primärverletzung einen Knochenbruch im Kieferhöhlenbereich, schwerste Prellungen und Blutergüsse im Gesicht, eine Platzwunde im Bereich der rechten Oberlippe und eine (schwere) Prellung der LWS, als sekundäre Gesundheitsbeeinträchtigung eine anhaltende posttraumatische Belastungsstörung. Als physischer Dauerschaden verblieb bei dem Antragsteller eine schmerzhafte Kiefergelenkverletzung mit fehlendem Zahnreihenschluss.

Die Behandlung dieser Gesundheitsschäden erforderte insgesamt 3 Wochen stationären Krankenhausaufenthalt, 13 Wochen stationäre Rehabilitationsmaßnahmen sowie zahlreiche ambulante ärztliche, physio- und psychotherapeutische Behandlungen, hauptsächlich wegen posttraumatischer Belastungsstörung mit anhaltendem Schmerzempfinden, anhaltenden Kaustörungen und dergleichen.

Bei der Bemessung des Schmerzensgeldes hat der Senat insb. die Folgen der posttraumatischen Belastungsstörung einbezogen.

Produkthaftung

OLG Hamm, Beschl. v. 14.02.2001 – 9 W 23/00, MDR 2001, 690 = NJW 2001, 1654[113] E 1925

0,00 €

Alkoholkrankheit

Der Antragsteller beantragte PKH für einen Schadensersatzprozess gegen eine Brauerei mit der Begründung fehlender Warnhinweise vor den Folgen des Alkoholkonsums auf den Flaschen. Das Gericht urteilte, eine Brauerei sei nicht verpflichtet, auf Bierflaschen vor den Gefahren übermäßigen Alkoholkonsums zu warnen; die Informationspflicht des Herstellers erstrecke sich nämlich nicht auf Risiken, die allgemein bekannt sind. Die Folgen übermäßigen Alkoholkonsums gehörten nach Auffassung des Gerichts zum »Allgemeinwissen«. Auch ein Produktfehler nach ProdHaftG wurde verneint, da dieser nur in den (hier nicht einschlägigen) Abweichungen des Produktes von den berechtigten Sicherheitserwartungen der Verbraucher liegen könne.

113 OLG Köln, Urt. v. 18.12.2006 – 16 U 40/06, RRa 2007, 65.Eine ältere, aber wichtige Entscheidung.

E 1926 **OLG Karlsruhe, Urt. v. 29.03.2001 – 4U 22/00, NJW-RR 2001, 1174 = MDR 2001, 751**[114]

0,00 €

Tod durch Feuerzeuggasschnüffeln

Der 13-jährige Sohn der klagenden Eheleute verstarb an den Folgen einer Butangas-Intoxikation. Das von der Beklagten in Nachfüllflaschen portionierte und vertriebene Feuerzeuggas war von dem Jungen wegen seiner berauschenden Wirkung auf Kleidungsstücke gesprüht und eingeatmet (»geschnüffelt«) worden. Die eingesogenen Dämpfe haben bei ihm einen Atemstillstand bewirkt, der zu seinem Tod führte.

Die Kläger sind der Auffassung, die Beklagte hätte auf die Gefährlichkeit der direkten Inhalation des Gases hinweisen müssen. Dies hat der Senat verneint. Vor Gefahren, die bei einer zweckwidrigen Produktverwendung auftreten können, hat der Hersteller dann zu warnen, wenn bei naheliegendem Fehlgebrauch erhebliche Körper- oder Gesundheitsschäden zu besorgen sind. Allerdings müssen Gefahren, die nur bei bestimmungswidrigem Gebrauch eines Produktes auftreten, dann nicht Gegenstand einer besonderen Instruktion des Herstellers sein, wenn den Verwendern bekannt ist, wie es bestimmungsgemäß zu gebrauchen ist.

Vollends zurücktreten müsse die allgemeine Pflicht zur Aufklärung dann, wenn es sich um einen völlig zweckfremden, bewussten Missbrauch eines Produktes als Rauschmittel handelt. Nicht nur unter dem Gesichtspunkt der Zumutbarkeit für den Hersteller, sondern auch wegen des durch einen Hinweis auf die Gefahren des Missbrauchs möglicherweise erst geschaffenen Anreiz hierfür sei eine Warnung vor den Folgen des »Schnüffelns« nicht zu fordern.

E 1927 **OLG Hamm, Beschl. v. 04.06.2004 – 3U 16/04, NJW 2005, 295**

0,00 €

Lungenschäden – kardiovaskuläre Erkrankung

Der Kläger, ein durch übermäßigen Zigarettenkonsum (»Nikotinabusus«) in seiner Gesundheit geschädigter Raucher, verlangte Schmerzensgeld vom Zigarettenhersteller. Das Gericht lehnte die Klage ab; es sei nicht ersichtlich, dass der Zigarettenhersteller durch sein Verhalten (die rechtmäßige Herstellung und den rechtmäßigen Vertrieb seiner Zigaretten) in rechtswidriger Weise eine Erkrankung des aus eigener Entscheidung rauchenden Klägers verursacht hat. Es kämen daher weder Schadensersatzansprüche wegen Körperverletzung aus § 823 Abs. 1 BGB noch solche unter dem Gesichtspunkt der Produzentenhaftung, der Schutzgesetzverletzung gem. § 823 Abs. 2 BGB oder der sittenwidrigen Schädigung i. S. v. § 826 BGB in Betracht. Selbst wenn man eine Hinweispflicht des Zigarettenherstellers auf den Zusatz suchtfördernder (zulässiger) Stoffe (Acetaldehyd, Ammoniak bzw. Ammoniakderivate) bejahen wollte, sei die Ursächlichkeit eines Verstoßes gegen eine derartige Hinweispflicht für die Gesundheitsbeschädigung nicht nachgewiesen; es könne nicht davon ausgegangen werden, dass der Betroffene durch derartige Warnhinweise vom Rauchen abgehalten worden wäre. Auch Produkt- oder Konstruktionsfehler schieden aus, da die Beifügung gesetzlich zulässiger Stoffe nicht haftungsbegründend sei.

114 OLG Hamm, Urt. v. 23.06.2009 – 9U 192/08, NJW-RR 2010, 129.Eine ältere, aber wichtige Entscheidung.

OLG Schleswig, Urt. v. 07.04.2005 – 11 U 132/98, ZfS 2006, 442[115] E 1928

0,00 €

Krebserkrankung

Die Kläger sind die Erben des im Alter von 34 Jahren verstorbenen Erblassers; sie werfen der Beklagten als Herstellerin eines Kühlschleifmittels vor, dieses, welches am Arbeitsplatz des Erblassers benutzt wurde, habe krebserregende Substanzen enthalten, was zum Tod des Erblassers aufgrund eines Dickdarmkarzinoms geführt habe.

Der Senat wies die Klage ab, weil sich zwar eine unzulässig hohe Zahl möglicherweise krebserregender Bestandteile in dem Mittel fand, aber nicht bewiesen war, dass diese Exposition zur Krebserkrankung geführt habe.

LG Essen, Urt. v. 12.05.2005 – 16 O 265/01, NJW 2005, 2713 E 1929

0,00 €

Diabetes mellitus

Der Kläger nahm die Beklagte, die u. a. »Coca-Cola« herstellt, wegen angeblich durch den Konsum dieses Getränkes entstandener Gesundheitsschäden in Anspruch. Er leidet unter Diabetes mellitus Typ 2 (sog. Altersdiabetes). Das Gericht wies die Klage ab, weil die Gefahren des übermäßigen Konsums zuckerhaltiger Getränke jedermann bekannt seien und vom Verbraucher daher in Kauf genommen würden.

OLG Köln, Urt. v. 07.09.2005 – 27 U 12/04, NJW 2005, 3292 E 1930

0,00 € (Vorstellung: 6.000,00 €)

Herzkammerflimmern

Die Klägerin, die unter Bluthochdruck litt, erlitt nach dem Verzehr von Lakritzprodukten der Beklagten einen Zusammenbruch, nach dem sich Herzkammerflimmern einstellte. Sie musste reanimiert werden.

Das Gericht führte aus, bei einer Lakritzmischung, die lediglich Glycyrrhizin-Werte zwischen 0,08 und 0,18 % aufwies, sei ein Warnhinweis auf Gesundheitsschäden nicht erforderlich. Dies sei erst ab 0,2 % geboten.

BGH, Urt. v. 05.04.2006 – VIII ZR 283/05, VersR 2006, 1258 = NJW 2006, 2262 = MDR 2006, 1246 E 1931

0,00 €

Zahnabbruch

Der Kläger verzehrte im Lokal des Beklagten einen Grillteller, bei dem er u. a. ein Hackfleischröllchen aß. Dabei brach ein Zahn des Klägers ab, was dieser darauf zurückführte, dass sich in dem Röllchen ein harter Fremdkörper befunden habe. Der Beklagte bestritt dies und verwies darauf, dass der Zahn auch nach dem Biss auf ein Knochen- oder Knorpelteilchen abgebrochen sein könne. Das Gericht verneinte eine Haftung, weil kein Anscheinsbeweis dafür spreche, dass der Zahn aufgrund eines Fremdkörpers abgebrochen sei; hierfür fehle es an einem typischen Geschehensablauf, da der Zahn ebenso wahrscheinlich etwa aufgrund eines

115 AG Frankfurt am Main, Urt. v. 01.06.2006 – 31 C 3491/05, RRa 2006, 165. Grundlegend zu diesen Fällen: Jaeger, RRa 2010, 58.Der BGH (Beschl. v. 07.02.2006 – VI ZR 86/05) hat die Nichtzulassungsbeschwerde zurückgewiesen.

Knochenteilchens im Fleisch habe abbrechen können. Daher schieden Ansprüche aus § 280 BGB, § 1 ProdHaftG mangels Nachweises einer Pflichtverletzung bzw. eines Produktfehlers aus.

E 1932 **OLG Köln, Beschl. v. 06.04.2006 – 3 U 184/05, NJW 2006, 2272**

0,00 €

Gebissschaden

Der Kläger hatte bei dem Biss in eine schokoladenummantelte Erdnuss in eine überharte Nuss gebissen; hierdurch wurde seine Prothese zerstört. Das Gericht verneinte einen Produktfehler, da die Erdnuss ein Naturprodukt sei und durch die Schokolade lediglich veredelt werde. Bei Naturprodukten müsse der Verbraucher aber mit Abweichungen rechnen. Weil es sich nicht um eine im Verantwortungs- und Gefahrenbereich des Herstellers liegende Gefahr, sondern um eine Verwirklichung des allgemeinen Lebensrisikos handelte, bestehe keine Haftung.

E 1933 **BGH, Urt. v. 17.03.2009 – VI ZR 176/08, VersR 2009, 649 = NJW 2009, 1669 = MDR 2009, 627**

0,00 € (Vorstellung: 200,00 €)

Zahnverletzung

Der Kläger nimmt die Beklagte, die eine Bäckerei und Konditorei betreibt, in Anspruch, weil er einen »Kirschtaler«, ein Gebäckstück mit Kirschfüllung und Streuselbelag, verzehrt hatte. Zur Herstellung der Füllung verwendet die Beklagte Dunstsauerkirschen, die im eigenen Saft liegen und über einen Durchschlag abgesiebt werden. Beim Verzehr dieses Gebäckstücks biss der Kläger auf einen darin eingebackenen Kirschkern. Dabei brach ein Teil seines oberen linken Eckzahns ab. Der BGH verneinte einen Produktfehler:

Da es sich bei einem Gebäckstück um ein für den Endverbraucher bestimmtes Lebensmittel handelt, muss es zwar grds. erhöhten Sicherheitsanforderungen genügen, selbst dann, wenn es sich um ein Naturprodukt handelt. Der Verbraucher, der ein verarbeitetes Naturprodukt verzehrt, darf davon ausgehen, dass sich der Hersteller i. R. d. Verarbeitungsprozesses eingehend mit dem Naturprodukt befasst und dabei Gelegenheit gehabt hat, von dem Naturprodukt ausgehende Gesundheitsrisiken zu erkennen und zu beseitigen, soweit dies möglich und zumutbar ist. Aus Sicht des Konsumenten kann aber bei einer aus Steinobst bestehenden Füllung eines Gebäckstücks nicht ganz ausgeschlossen werden, dass dieses in seltenen Fällen auch einmal einen kleinen Stein oder Teile davon enthält. Eine vollkommene Sicherheit wäre nur dann zu erreichen, wenn der Hersteller entweder die Kirschen durch ein engmaschiges Sieb drücken würde, wodurch nur Kirschsaft hervorgebracht würde, mit dem die Herstellung eines Kirschtalers nicht möglich wäre, oder wenn er jede einzelne Kirsche auf evtl. noch vorhandene Kirschsteine untersuchen würde. Ein solcher Aufwand ist dem Hersteller nicht zumutbar. Er ist aber auch objektiv nicht erforderlich, da dem Verbraucher, der auf einen eingebackenen Kirschkern beißt, keine schwerwiegende Gesundheitsgefahr droht, die um jeden Preis und mit jedem erdenklichen Aufwand vermieden oder beseitigt werden müsste.

Bei einem als »Kirschtaler« angebotenen Gebäck geht der Verbraucher davon aus, dass es unter Verwendung von Kirschen hergestellt wird. Der Verbraucher weiß auch, dass die Kirsche eine Steinfrucht ist und dass ihr Fruchtfleisch mithin einen Stein (Kirschkern) enthält. Seine Sicherheitserwartung kann deshalb berechtigterweise nicht ohne Weiteres darauf gerichtet sein, dass das Gebäckstück »Kirschtaler« zwar Kirschen, aber keinerlei Kirschkerne enthält.

LG Kleve, Urt. v. 06.07.2011 – 5 S 47/11, NJW-RR 2011, 1473 E 1934

0,00 €

Zahnabbruch

Der Kläger biss auf ein von der Beklagten hergestelltes Stück Cevapcici. Durch den Biss auf ein 2 mm großes Knochenstück brach ein Stück des Oberkieferzahns Nr. 16 ab. Das Gericht verneinte einen Produktfehler, weil bei Hackfleisch nie ganz ausgeschlossen werden könne, dass Knochen- oder Knorpelstücke enthalten seien. Eine vollkommene Produktsicherheit sei nur mit unzumutbarem Aufwand erreichbar.

AG München, Urt. v. 11.06.2012 – 231 C 7215/11, LMuR 2012, 184 E 1935

300,00 €

Zahnabbruch

Die Klägerin bestellte bei dem beklagten Pizzaservice eine vegetarische Pizza; als sie hinein biss, knirschte es im Bereich der hinteren linken Backenzähne. Sie fand im Mund ein Metallstück und einen Teil des Backenzahns, der abgebrochen war. Der beschädigte Zahn musste mit einer Vollkeramikteilkrone überzogen werden.

Das Gericht bejahte einen Fabrikationsfehler der Pizza; es sei denkbar, dass das Metallteil als Teil einer Dose in der Pizzeria auf die Pizza gelangt sei.

Besondere Verletzungen

OLG Hamm, Urt. vom 23.05.2013 – 21 U 64/12, unveröffentlicht E 1936

2.000,00 €

Zahnschäden

Der Kläger hatte ein von der verklagten Firma in Form einer Colaflasche hergestelltes Fruchtgummi gekaut und dabei auf in der Masse befindliche Fremdkörper, Partikel aus Putzmaterialien, gebissen. Diese waren bei der Herstellung in das Fruchtgummi gelangt. Durch den Biss auf einen der Fremdkörper hatte der Kläger an zwei seiner Zähne Schäden erlitten, so dass sie überkront werden mussten.

BGH, Urt. v. 28.03.2006 – VI ZR 46/05, VersR 2006, 710 = NJW 2006, 1589 = MDR 2006, 1123 E 1937

4.000,00 €

Handgelenksverletzung

Der Kläger erlitt Schnittverletzungen an der linken Hand, als er eine Tapetenkleistermaschine reinigte. Die Gratkanten der Kleisterwanne waren »messerscharf«, eine Reinigung nur durch Ausspülen war nicht möglich, und Warnhinweise existierten nicht. An der Hand des Klägers wurden die Sehnen des linken Handgelenks ebenso wie die Nerven der Hand teilweise durchtrennt. An der Daumenwurzel des Klägers verblieb eine sichtbare Narbe, auch leidet er weiterhin unter Gefühlsminderungen.

LG Wiesbaden, Urt. v. 20.03.2006 – 7 O 55/05, unveröffentlicht E 1938

5.000,00 € (Vorstellung: 8.000,00 €)

Zahnhartsubstanzbeschädigung – Überkronung

Die Beklagte stellt Waffen, u. a. eine Selbstladepistole, her. Eine solche benutzte der Kläger, ein Polizeianwärter, im Rahmen einer Schussübung bei seiner Ausbildung. Hierbei löste sich ein Teil des Pistolenschlittens und verletzte den Kläger im Gesicht und an vier Zähnen. Es kam zu Beschädigungen der Zahnhartsubstanz und einer verbleibenden Überempfindlichkeit von zwei Zähnen; eine Wurzelbehandlung kann nötig werden. Ein Zahn bedurfte der Überkronung.

E 1939 **OLG Bamberg, Urt. v. 26.10.2009 – 4 U 250/08, VersR 2010, 403 = ZfS 2010, 194 = NJW-RR 2010, 902 = MDR 2010, 153**

6.000,00 € (1/3 Mitverschulden)

Verätzungen der Hautpartien an den Kniegelenken

Der Kläger erlitt durch die Verarbeitung eines Betons mit einem zu hohen ph-Wert – insoweit hatte der Hersteller seine Instruktionspflicht verletzt – Verätzungen an den Beinen, jeweils eine großflächige Hautpartie, die sich schon vom äußeren Umfang her deutlich gravierender darstellen als die Verbrennungen 3. Grades. Es waren mehrere Hauttransplantationen erforderlich. Die Hautschädigung hat sich in zwei Bereichen bis auf das Muskelgewebe ausgewirkt. Der Dauerschaden umfasst eine eingeschränkte Beweglichkeit beider Kniegelenke beim Beugen, Sensibilitätsstörungen an beiden Unterschenkeln sowie eine Beeinträchtigung der physiologischen Hautfunktion im Bereich des Narbengewebes.

E 1940 **LG Berlin, Urt. v. 09.12.2008 – 5 O 467/07, unveröffentlicht**

7.000,00 € (Vorstellung: 10.000,00 €)

Implantation eines fehlerhaften künstlichen Hüftgelenks

Die Beklagte stellt Hüftendoprothesen her, die sie nach Reklamationen wegen erhöhter Bruchauffälligkeit vom Markt nehmen musste. Bei dem Kläger war eine solche Prothese implantiert worden. Das Gericht sprach Schmerzensgeld aus Produkthaftung bereits dafür zu, dass die Prothese implantiert war. Der Umstand, dass die Hüftprothese fehlerhaft ist und brechen kann, sei geeignet, psychische Belastungen auszulösen.

Der Kläger muss ständig mit der Angst leben, dass infolge eines möglichen Bruchs eine weitere Operation zum Zwecke des Wechsels des Hüftimplantats oder Teilen davon durchgeführt werden muss. Auch belasten den Kläger die empfohlenen regelmäßigen Kontrolluntersuchungen und die hierdurch bedingten Strahlenbelastungen.

Der Kläger hat seine Situation dahin beschrieben, man müsse sich vorstellen, »man sitze auf einem Stuhl mit angesägten Beinen. Ebenso wie man auf einem solchen Stuhl nicht unbesorgt Platz nehmen wolle, gehe es ihm beim Gehen, da er aus Angst vor einem Bruch nicht wage, unbeschwert aufzutreten«.

Bei der Bemessung berücksichtigte das Gericht das Bestehen einer Haftpflichtversicherung aufseiten der Beklagten, aber auch, dass der Kläger völlig im Ungewissen darüber ist, wann es zu einem Bruch des Hüftimplantats kommen kann.

E 1941 **LG Göttingen, Urt. v. 02.03.2011 – 2 O 218/09, unveröffentlicht**

7.500,00 € (Vorstellung: 10.000,00 €)

Verbrennungen 2. Grades an Gesicht und Händen

Der Kläger verletzte sich bei dem Betrieb eines Kamins, für dessen Konstruktionsfehler die Beklagte haftet (die Befüllung mit Brenn-Ethanol war unzureichend abgesichert), als beim Anzünden eine Stichflamme hervorschoss und ihn traf. Er erlitt Verbrennungen 2. Grades an Gesicht und Händen, die lebenslange Narben an den Händen zur Folge hatten. Eine mehrwöchige stationäre Behandlung schloss sich an.

OLG Brandenburg, Urt. v. 13.12.2006 – 13 U 156/05, GesR 2007, 181 E 1942

20.000,00 € (Vorstellung: 22.500,00 €)

Erblindung auf einem Auge

Die Klägerin trug von der Beklagten hergestellte weiche Kontaktlinsen, wodurch sie auf einem Auge erblindete. Die Beklagte haftet aus Produzentenhaftung, weil sie ihre Instruktionspflicht verletzt hat. Sie hätte darauf hinweisen müssen, dass beim Tragen weicher Kontaktlinsen eine erheblich größere Gefahr besteht, an einer Hirnhautentzündung zu erkranken, als beim Tragen harter Kontaktlinsen.

Das Schmerzensgeld soll unter Berücksichtigung des Alters der Klägerin, der Dauer der stationären und ambulanten Behandlung, der Arbeitsunfähigkeit, der Heftigkeit und Dauer der Schmerzen, der verbleibenden Folgeschäden und der Lebensbeeinträchtigung durch Erblindung auf einem Auge angemessen sein.

LG Dortmund, Urt. v. 15.10.2004 – 3 O 292/03, NJW-RR 2005, 678 = NZV 2005, 375 E 1943

45.000,00 € (Vorstellung: 45.000,00 €)

Erblindung rechtes Auge

Der Kläger verlangte von der Beklagten Schmerzensgeld, weil sie ein fehlerhaftes Produkt in Verkehr gebracht hatte: Der neu gekaufte Spaten war beim erstmaligen Gebrauch am Stiel durchgebrochen und abgesplittert. Aufgrund der Hebelwirkung ist der obere Spatenteil nach oben geschnellt und hat sich in das rechte Auge des Klägers gebohrt. Der Kläger war insgesamt 3 Monate in ärztlicher Behandlung, davon 3 Wochen stationär. Es verblieben als Dauerschaden eine Behinderung von 30 %, eine psychische Beeinträchtigung durch die Schielstellung des rechten Auges sowie Beeinträchtigungen in der Koordination. Das Gericht wies bei der Bemessung auf den nahezu völligen Ausfall eines Sinnesorgans hin, ebenso auf die starken Schmerzen und den langen Zeitraum der Behandlung.

OLG Hamm, Urt. v. 21.12.2010 – 21 U 14/08, unveröffentlicht E 1944

50.000,00 € (Vorstellung: 50.000,00 €)

Verbrennungen 2. und 3. Grades an Kopf und Körper

Der 1 1/2 Jahre alte Kläger wurde beim Grillen auf dem zur elterlichen Wohnung gehörenden Balkon durch eine brennende Grillpaste schwer in Gesicht und Körper verletzt. Die Beklagte ist Herstellerin dieser Grillpaste. Der Vater des Klägers hatte beim Öffnen der Flasche, die sich verklemmt hatte, das Dosierventil mit herausgezogen; hierdurch ergoss sich die Brennpaste aus der ruckartig geöffneten Flasche in einem Schwall über den Grill und entzündete sich, wobei die Flamme den gerade auf den Balkon getretenen Kläger traf.

Das Gericht bejahte einen Konstruktionsfehler des Dosenventils, welches ohne Kraftaufwand abgehebelt werden konnte. Es bestand die Gefahr des Austretens der Paste und von Stichflammen.

Der Kläger erlitt Verbrennungen 2. und 3. Grades am Kopf und am rechten Unterarm, insb. in der rechten Gesichtshälfte, hinter dem rechten Ohr, an der rechten und linken Ohrmuschel und am rechten Handgelenk. Es sind dabei 15 % der Körperoberfläche betroffen. Der Kläger ist einen Monat lang stationär behandelt worden, wobei er wegen der großen Schmerzen in ein künstliches Koma versetzt worden ist. Es sind mehrere operative Eingriffe, insb. Eigen- und Fremdhauttransplantationen erfolgt. Der Kläger hat 2 Jahre lang eine Gesichtsmaske und eine Unterarmbandage zur Kompressionsbehandlung tragen müssen. Es sind entstellende Narben, insb. im Gesicht zurückgeblieben, die einer ständigen Pflege und Behandlung bedürfen. Da sich der Kläger noch im Wachstum befindet, ist die Narbenbildung noch nicht vollständig abgeschlossen. Es ist nicht auszuschließen, dass es im Bereich der Verbrennungsnarben zu Bewegungseinschränkungen kommen wird, die weitere operative Eingriffe notwendig machen. Nach den Angaben der Mutter des Klägers sind die psychischen Auswirkungen bislang gering gewesen, was auf das kindliche Alter des Klägers zurückzuführen ist.

Bei der Bemessung zog das Gericht – ohne das kindliche Alter besonders bei den Vergleichsentscheidungen zu beachten – Urteile aus Anfang der 90er Jahre sowie eines aus 1978 heran.

Psychische Schäden

1. Schock

▶ **Hinweis:**

Es gibt nach deutschem Recht kein Schmerzensgeld für den Tod und damit auch grds. kein Schmerzensgeld für die Hinterbliebenen. Dass für einen Schmerzensgeldanspruch der Hinterbliebenen ein Bedürfnis besteht, ist allgemein anerkannt, vgl. hierzu Teil 1 Rdn. 463 ff., 825 ff., 883 ff. Die Rechtsprechung hilft hier in eher seltenen Fällen, wenn die Hinterbliebenen geltend machen können, dass sie infolge des Verlustes des Angehörigen einen psychischen Schaden erlitten haben, dem ein selbstständiger Krankheitswert zukommt. Dies kann der Fall sein, wenn der Hinterbliebene, der den Tod des nahen Angehörigen miterlebt oder dem die Nachricht vom Tod überbracht wird, einen Schock erleidet, der über die üblichen Empfindungen hinausgeht und ärztlicher Behandlung bedarf. Hierzu hat das KG[116] ausgeführt:

»Der Eintritt eines »schweren seelischen Schocks« begründet keineswegs notwendigerweise einen ausgleichspflichtigen immateriellen Schaden. Ein Unfallereignis oder eine Unfallnachricht begründet erst dann einen Anspruch auf Zahlung eines Schmerzensgeldes, wenn sie zu psycho-pathologischen Auswirkungen im Sinne einer Neurose oder – in schweren Fällen – einer Psychose führen (BGH, BGHZ 56, 163 [167] = MDR 1971, 919). Die Beeinträchtigungen müssen das Ausmaß desjenigen überschreiten, was nahe Angehörige bei einer Todesnachricht erfahrungsgemäß erleiden. Diese Voraussetzungen haben die Kläger nicht hinreichend dargetan. Zwar sind die Kläger im Anschluss an die Nachricht vom Unfalltod ihres Sohnes einen Monat lang arbeitsunfähig krankgeschrieben gewesen, doch fehlt jeder Vortrag dazu, wann und wie oft sie sich wegen der behaupteten physisch-psychischen Beeinträchtigung in ärztlicher Behandlung befunden haben, was der behandelnde Arzt diagnostiziert hat und welche Therapiemaßnahmen durchgeführt wurden.«

Auch das Leid eines Angehörigen, der mit ansehen muss, wie ein Patient unter dem Verfall der Persönlichkeitsstruktur dahinsiecht und bei dem sich zusätzlich wegen unzureichender Pflege ein Dekubitus entwickelt hat, ist nicht durch ein Schmerzensgeld zu entschädigen, weil es regelmäßig nicht möglich ist, einen Teil der pathologisch fassbaren Missempfindungen auf Mängel der medizinischen Versorgung zurückzuführen und das hierfür verantwortliche Krankenhauspersonal zur Zahlung von Schmerzensgeld heranzuziehen.[117]

---

116 Das KG hat die (von Anwälten) sog. »Substanziierungskeule« geschwungen. Das KG hätte die Kläger auch fragen können. Volltext bei KG, Urt. v. 30.10.2000 – 12 U 5/20/99, KGR 2001, 245.

117 OLG Düsseldorf, Urt. v. 19.01.1995 – 8 U 17/94, NJW-RR 1996, 214.

Ebenso wenig steht einer Ehefrau ggü. einer Krankenschwester ein Schmerzensgeldanspruch zu, weil diese vor der Polizei wahrheitswidrig erklärt hatte, den Ehemann umgebracht zu haben.[118]

Die Trauerreaktion auf den Tod eines geliebten Tieres begründet keinen Schmerzensgeldanspruch.[119]

OLG Wien, Urt. v. 15.10.2010 – 12 R 146/10, ZVR 2012, 62 E 1945

0,00 €

Kein Trauerschmerzensgeld bei Tötung eines Haustiers

Eine psychische Beeinträchtigung mit Krankheitswert, die ein Tierhalter deshalb erleidet, weil er die tödliche Verletzung seines innig geliebten Hundes durch einen anderen Hund miterleben muss, liegt innerhalb der Adäquanz. Der beeinträchtigte Tierhalter kann jedoch kein besonderes Schmerzensgeld für den Verlust des Haustiers verlangen.

BGH, Urt. v. 20.03.2012 – VI ZR 114/11, MDR 2012, 642 – Vorinstanz OLG Köln, Urt. v. 16.03.2011 – 16 U 93/10, unveröffentlicht E 1946

0,00 € (Vorstellung: 10.000,00 €)

Kein Trauerschmerzensgeld bei Tötung eines Hundes

Die 14 Monate alte Labradorhündin der Klägerin wurde von einem Traktorgespann überrollt. Der Hund wurde so schwer verletzt, dass er eingeschläfert werden musste. Das Landgericht Aachen und das OLG Köln haben die Klage abgewiesen. Die zugelassene Revision hatte keinen Erfolg.

Leitsatz des BGH: Die Rechtsprechung zu Schmerzensgeldansprüchen in Fällen psychisch vermittelter Gesundheitsbeeinträchtigungen mit Krankheitswert bei der Verletzung oder Tötung von Angehörigen oder sonst nahestehenden Personen (sog. Schockschäden) ist nicht auf Fälle psychischer Gesundheitsbeeinträchtigungen im Zusammenhang mit der Verletzung oder Tötung von Tieren zu erstrecken.

OLG Köln, Beschl. v. 29.07.2005 – 19 U 96/05, VersR 2006, 416 E 1947

500,00 €

Schock nach Unfall der Mutter

Die Kläger, zwei 3 Jahre alte Kinder, mussten mit ansehen, wie ihre Mutter beim Überqueren der Fahrbahn vom Fahrzeug der Beklagten erfasst wurde. Dabei wurde die Mutter auf die Motorhaube des Pkw »geladen«. Anschließend fiel sie im Zuge eines von der Fahrerin eingeleiteten Bremsmanövers auf die Straße. Sie zog sich eine Unterschenkelfraktur zu, wurde zweimal stationär behandelt, war längere Zeit in der Gehfähigkeit eingeschränkt und war auf die Benutzung von Gehhilfen angewiesen. Die beiden Kläger erlitten unfallbedingt Schock- und Unruhezustände. Ansicht des Gerichts:

Das Bestreiten der unfallbedingten Schock- und Unruhezustände der im Zeitpunkt des Unfalls gerade 3 Jahre alten Kinder durch die Beklagte widerspricht jeglicher Lebenserfahrung. Die geltend gemachten seelischen Beeinträchtigungen der Kinder liegen derart auf der Hand, dass es dazu einer ärztlichen Feststellung nicht bedarf.

118 OLG Düsseldorf, Urt. v. 13.01.1994 – 13 U 78/93, NJW-RR 1995, 159.

119 Van Bühren/Jahnke, Anwalts-Handbuch Verkehrsrecht, 2003, Teil 4 Rn. 232; AG Meppen, Urt. v. 09.12.1994 – s 3 C 1226/94, unveröffentlicht.

E 1948 **KG, Urt. v. 15.04.2004 – 12 U 103/01, NZV 2005, 311 = VersR 2005, 372 = VRS 106 (2004), 414**

2.000,00 € (Vorstellung: 3.500,00 €)

Schock – psychische Folgeschäden – Ellenbogenprellung

Die Klägerin erlitt infolge der Fahrweise eines Polizeiwagens eine Ellenbogenprellung, als dieser sehenden Auges in eine Engstelle hineinfuhr. Der Fahrer wurde u. a. wegen fahrlässiger Körperverletzung verurteilt.

Das Berührungsgeschehen löste bei der Klägerin eine psychische Störung aus oder vertiefte eine bereits vorhandene psychische Störung mit der Folge, dass die Klägerin für einen Zeitraum von etwa einem Jahr unfallbedingt Verspannungen unterhalb der HWS mit starkem Dauerkopfschmerz und sporadisch auftretendem Schwindel sowie Nackenschmerzen und Schmerzen im Brustkorbbereich erlitten hat.

Das Gericht sah in dem ärztlich bescheinigten unfallbedingten phobischen Syndrom mit Panikattacken und kognitiven Störungen eine Primärverletzung. Die Beschwerden stellten auch keine unverhältnismäßige Reaktion der Klägerin auf eine Bagatellverletzung dar.

E 1949 **OLG Bamberg, Urt. v. 24.03.2003 – 4 U 172/02, OLGR 2003, 215**

2.500,00 €

Schockschaden mit Angstzuständen nach Mitteilung einer falschen Diagnose durch den Arzt

Der Arzt teilte dem Kläger die unrichtige Diagnose »ganz dringender Verdacht eines malignen Tumors« mit. Diese Mitteilung enthielt nach Auffassung des Gerichts eine existenzielle Aussage, die zu Schockreaktionen, panischem Verhalten und zu Trennungs-, Todes- und Verlustzuständen führen kann, die nicht mehr ohne Weiteres rückgängig zu machen sind. Bei der Bemessung des Schmerzensgeldes spielte die unerhebliche (nicht mitgeteilte) Länge des Zeitraums, in dem der Kläger im Ungewissen blieb, eine Rolle.

E 1950 **OLG Köln, Urt. v. 27.05.1993 – 12 U 230/92, OLGR 1993, 182**[120]

2.500,00 € und 5.000,00 €

Geringe Schmerzensgeldbeträge bei Tötung naher Angehöriger nach türkischem Recht

Nach türkischer Rechtsprechung und Lehre richtet sich die Bemessung des Schmerzensgeldes, ohne dass es feste Regeln gibt, im Wesentlichen nach dem Maß des Verschuldens des Schädigers, nach dem Verwandtschaftsgrad zwischen Opfer und Angehörigem, nach der sozialen und wirtschaftlichen Stellung von Schädiger und Angehörigem sowie nach dem Ausmaß des zugefügten Leids (vgl. KG, VersR 1983, 495; Krüger, VersR 1975, 680, 684).

Bei der Bemessung eines Schmerzensgeldanspruchs naher Angehöriger nach Art. 47 türk. OR ist auch die soziale Stellung zu berücksichtigen, die der Geschädigte und dessen Angehörige infolge eines langjährigen Aufenthalts in der BRD erlangt haben.

Die Kläger haben den Tod ihres Sohnes bzw. Ehemannes nicht unmittelbar miterleben müssen. Bei dem Getöteten handelte es sich um einen Mann in der Mitte des Lebens, also um eine Person, die sich normalerweise bereits einen von den Eltern unabhängigen Lebenskreis aufgebaut hat, was auch durch die von ihm ca. ein Jahr vor dem Unfall eingegangene Ehe deutlich wird. Dem Umstand, dass diese »junge Ehe« durch den Unfalltod auseinandergerissen

120 OLG Düsseldorf, Urt. v. 04.07.2005 – I-24 W 20/05, MDR 2006, 327.Eine ältere Entscheidung zu einem Thema, zu dem nur wenige Entscheidungen vorliegen.

wurde, und der hierdurch ausgelösten besonderen Betroffenheit bei der Klägerin zu 3), die ihre vorgestellte Lebensplanung nicht mehr verwirklichen konnte, hat die Beklagte dadurch hinreichend Rechnung getragen, dass sie der Klägerin zu 3) ein Schmerzensgeld gezahlt hat, das die an die Eltern geleisteten Beträge um das Doppelte übersteigt.

OLG Karlsruhe, Urt. v. 18.10.2011 – 1 U 28/11, VersR 2012, 456 = DAR 2012, 20 = NZV 2012, 41 = SP 2012, 69 mit Anmerkung Wenker in jurisPR-VerkR 24/2011 E 1951

3.000,00 € (Vorstellung: mindestens 5.000,00 €)

Unfalltod der getrennt lebenden Ehefrau

Durch die Nachricht vom Unfalltod der Ehefrau erlitt der Kläger, der seit mehreren Monaten von seiner Ehefrau getrennt lebte, aber immer noch hoffte, dass die Eheleute wieder zusammenkommen würden, einen Schockschaden im Sinne einer akuten Belastungsreaktion und eine mittelgradige depressive Episode, die reaktiv durch den Tod der Ehefrau ausgelöst wurde und über einen längeren Zeitraum andauerte und dazu führte, dass der Kläger arbeitsunfähig wurde.

Die Klage der Tochter der Frau wurde abgewiesen, weil ihr Vortrag zur Trauerreaktion nicht hinreichend substantiiert gewesen sei und weil sie sich nicht in ärztliche Behandlung begeben hatte.

LG Köln, Urt. v. 08.07.2008 – 8 O 15/08, unveröffentlicht E 1952

3.500,00 €

Unfall in 23. Schwangerschaftswoche

Die 38 Jahre alte Klägerin wurde bei einem Unfall verletzt und 2 Tage stationär behandelt. Sie war zum Unfallzeitpunkt in der 23. Woche mit Zwillingen schwanger. Infolge des Unfalls kam es zu vorzeitigen Wehen und einem Zusammenkrampfen der Kinder im Mutterleib. Erst nach 7 Jahren Ehe hatte sich der Kinderwunsch der Klägerin verwirklicht und sie befand sich nicht nur einen Monat lang – bis zur Geburt der Kinder – in ständiger und quälender Ungewissheit über das Schicksal der Kinder, sondern hatte schon direkt nach dem Unfall alle Symptome eines Schocks. Infolge der Frühgeburt schlossen sich weitere Sorgen um die Kinder an.

OLG Hamm, Urt. v. 02.04.2001 – 6 U 231/99, OLGR 2001, 362[121] E 1953

5.000,00 €

Schock eines Lokführers nach Unfall

Der 40 Jahre alte Kläger, der im Laufe seines Dienstes acht Betriebsunfälle – 3 mit tödlichem Ausgang (Suizid) – miterlebte, befuhr am 15.12.1994 als Lokomotivführer mit einem Personenzug eine eingleisige Strecke und stieß mit einem Klein-Lkw zusammen, dessen Fahrzeugführer an einem unbeschrankten Bahnübergang die blinkende Signalanlage und das akustische Signal des Zuges missachtet hatte. Der LKW wurde beschädigt; Fahrer und Beifahrer blieben unverletzt. Der Kläger setzte nach der polizeilichen Unfallaufnahme die Fahrt noch für ca. 100 m bis zum Bahnhof fort, begab sich dann aber aufgrund des beim Unfall erlittenen Schocks in ärztliche Behandlung. An eine stationäre Behandlung schloss sich eine Kurmaßnahme an. Er wurde nicht wieder dienstfähig. Nach 1 1/2 Jahren wurde er wegen eines chronischen psycho-physischen Erschöpfungszustandes mit Angstzuständen und wegen

121 LG Saarbrücken, Urt. v. 11.12.2009 – 10 S 26/08, MietRB 2010, 132.Eine ältere, aber wichtige Entscheidung.

psychosomatischer Beschwerden pensioniert. LG und OLG haben den bei dem letzten Unfall erlittenen Schock als kausal für die Dienstunfähigkeit angesehen.

E 1954 OLG Köln, Beschl. v. 16.09.2010 – 5 W 30/10, GesR 2011, 156

5.000,00 €

Tod des Lebensgefährten nach 3 Tagen

Die Antragstellerin behauptet, ihr Lebensgefährte sei infolge fehlerhafter, ärztlicher Behandlung nach 3 Tagen verstorben. Das Gericht beschränkt die in der Rechtsprechung entwickelten Grundsätze zum sog. Schockschaden nicht auf nahe Angehörige oder auf Verwandte eines bestimmten Grades. Hierzu zählen ohne Weiteres auch Lebensgefährten. An die Darlegung eines psychisch vermittelten Schadens sind maßvolle Anforderungen zu stellen.

Ihr Antrag auf Bewilligung von PKH hatte Erfolg.

E 1955 LG Nürnberg-Fürth, Urt. v. 08.01.2008 – 11 O 8426/05, GesR 2008, 297

6.000,00 €.(Vorstellung: 6.000,00 €)

Notoperation nach nicht erkannter Eileiterschwangerschaft

Bei der Klägerin wurden Anzeichen einer Schwangerschaft nicht erkannt. Durch diesen Behandlungsfehler kam es später zu einer Ruptur des Eileiters, einem hämorrhagischen Schock und zum Verlust des Eileiters. Als Sekundärschaden besteht ein seelischer Schock aufgrund der Notoperation mit anschließendem Aufenthalt in der Intensivstation eines Krankenhauses. Die Operationsnarben wurden bei der Bemessung des Schmerzensgeldes berücksichtigt.

E 1956 LG Heidelberg, Urt. v. 01.08.2012 – 4 O 79/07, GuP 2012, 200

6.000,00 € (Vorstellung: 20.000,00 €)

Ungewollte Schwangerschaft eines 17 Jahre alten Mädchens

Der noch in der Berufsausbildung stehenden 15 Jahre alten Klägerin wurde von der beklagten Ärztin zur Empfängnisverhütung das Präparat Implanon implantiert. Die Beklagte unterließ es grob fehlerhaft zweifelsfrei gebotene medizinische Befunde zu erheben, nämlich Blutuntersuchungen, die ergeben hätten, dass durch Implanon eine Schwangerschaft nicht sicher verhütet würde. 17 Monate später wurde bei der Klägerin eine Schwangerschaft diagnostiziert. Die Klägerin entschloss sich zum Schwangerschaftsabbruch.

Für die Bemessung des Schmerzensgeldes war unter anderem maßgebend, dass die Klägerin erst 17 Jahre alt war, als sie sich mit der Entscheidung über den Schwangerschaftsabbruch konfrontiert sah. Sie war über einen Zeitraum von 6 Monaten seelisch belastet und ist im Wesen verändert.

E 1957 OLG Köln, Urt. v. 18.12.2006 – 16 U 40/06, RRa 2007, 65

6.500,00 € (Vorstellung: 30.000,00 €)

Schock nach Tod des Ehemannes, der in der Türkei beim Sturz vom Balkon tödlich verunglückte

Der alkoholisierte Ehemann der Klägerin stürzte nachts vom Balkon, weil die Brüstung nur 56 cm hoch war und starb noch an der Unfallstelle.

Die Klägerin, die bereits vor dem Unfall an depressiver Verstimmung litt, insoweit in ärztlicher Behandlung war und medikamentös behandelt wurde, leidet unter Depressionen und psychotischen Symptomen, ausgeprägten Unruhezuständen, Affektdurchbrüchen und

Hoffnungslosigkeit. Sie ist weiterhin in ambulanter und stationärer Behandlung. Bei der Höhe des Schmerzensgeldes wurde zulasten der Klägerin berücksichtigt, dass der Tod des Mannes sie in einer Zeit traf, in der sie sich bereits in einer instabilen psychischen Verfassung befand.

OLG Braunschweig, Urt. v. 26.06.2007 – 1 U 11/07, MedR 2008, 372 E 1958

9.000,00 €

Depressionen nach Schwangerschaftsabbruch

Der beklagte Gynäkologe unterließ es, durch einen Schwangerschaftstest festzustellen, ob die Klägerin schwanger war. Durch das Verabreichen von Medikamenten, deren Einnahme bei einer Schwangerschaft kontraindiziert ist, provozierte er einen Abbruch der Schwangerschaft. Die Klägerin litt infolge des Schwangerschaftsabbruchs lange Zeit unter schweren Depressionen.

LG Paderborn, Urt. v. 24.11.2011 – 3 O 230/11, unveröffentlicht E 1959

9.200,00 € (Vorstellung: weitere 7.500,00 €)

Tod des Lebensgefährten – Frakturen – Narbe

Die Klägerin erlitt bei einem Verkehrsunfall, bei dem ihr Lebensgefährte getötet wurde, mehrere Frakturen. Am Oberarm blieb eine 23 cm lange Narbe zurück. Sie befand sich 16 Tage in stationärer Behandlung, an die sich eine 4 Wochen dauernde REHA anschloss.

Dadurch dass die Klägerin den Unfalltod ihres Lebensgefährten miterleben musste, erlitt sie zwar eine posttraumatische Belastungsstörung, ein schwerer Schock wurde jedoch nicht diagnostiziert. Eine fachärztliche Weiterbehandlung lehnte die Klägerin nach der Rehabehandlung ab.

BGH, Urt. v. 18.06.2002 – VI ZR 136/01, BGHZ 151, 133 = NJW 2002, 3379 = NJW-RR 2002, 1597 = VersR 2002, 1148 E 1960

10.000,00 €

Depressionen der Mutter nach Geburt eines schwerst behinderten Kindes

Bei pflichtgemäßer ärztlicher Aufklärung hätte sich die Klägerin zu einem legalen Schwangerschaftsabbruch gem. § 218a Abs. 2 StGB entschlossen. Dessen Voraussetzungen hätten vorgelegen, da angesichts der schweren Behinderung des Kindes nach ärztlicher Prognose auch bei einer bis dahin psychisch gesunden Frau sowohl eine Suizidgefahr als auch eine schwerwiegende Beeinträchtigung des seelischen Gesundheitszustandes der Mutter zu befürchten gewesen wäre. Die Geburt des behinderten Kindes führte tatsächlich zu einer entsprechenden schwerwiegenden gesundheitlichen Beeinträchtigung der Klägerin. Diese leidet seit der Geburt an einer depressiven Störung, die Krankheitswert erreicht, wobei jedenfalls in den ersten Monaten eine mittelschwere Depression und während der ersten Wochen eine zumindest latente Selbstmordgefahr vorgelegen habe, während der Zustand danach als leichtere, aber sicher behandlungsbedürftige depressive Verstimmung zu bezeichnen sei und voraussichtlich noch sehr lange Zeit fortbestehen werde. Für die Bemessung des Schmerzensgeldes wurde berücksichtigt, dass der Klägerin die Belastung durch einen Abtreibungseingriff erspart wurde.

E 1961 **OLG Saarbrücken, Urt. v. 30.06.2004 – 1 U 386/02-92, ZfS 2005, 20**

10.000,00 € (Vorstellung: 50.000,00 €)

Depressionen nach Geburt eines schwerstbehinderten Kindes

Die 35 Jahre alte Klägerin erhielt von dem Befund einer Fehlbildung des Kindes erst nach dessen Geburt Kenntnis, sodass der für diesen Fall vorgesehene Schwangerschaftsabbruch unterblieb. Die Klägerin leidet infolge der Geburt des behinderten Kindes unter dem Krankheitsbild einer subdepressiven Persönlichkeitsänderung mit intermittierenden Phasen stärkergradiger Depressivität, einer Beeinträchtigung von Krankheitswert. Die Einbuße an Lebensqualität rechtfertigt das vom LG zuerkannte und von der Klägerin mit der Berufung nicht angegriffene Schmerzensgeld i. H. v. 10.000,00 €.

E 1962 **LG Dortmund, Urt. v. 24.06.2005 – 3 O 170/04, unveröffentlicht**

10.000,00 € (Vorstellung: 35.000,00 € Klägerin – 20.000,00 € Kläger)

Tod eines 14 Jahre alten Jungen durch Ertrinken im Freibad

Die Kläger sind die Eltern eines 14 Jahre alten Jungen, der in einem Freibad ertrank. Sein rechtes Bein geriet in eine 2,4 m unter der Wasseroberfläche liegende nicht mit einem Gitter abgedeckte Ansaugöffnung der Umwälzanlage. Er konnte sich daraus weder aus eigener Kraft noch durch Mithilfe Dritter befreien. Es dauerte mindestens 10 Minuten, bis er sein Bewusstsein verlor.

Die Klägerin leidet, verursacht durch den Tod ihres Sohnes, an einer längeren depressiven Reaktion. Die dadurch verursachten Symptome sind erheblich und gehen sowohl vom Ausmaß als auch von der Dauer her weit darüber hinaus, was Nahestehende oder mittelbar Betroffene in derartigen Fällen erfahrungsgemäß an Beeinträchtigungen erleiden. Ihre Stimmung ist tief dysphorisch und affektiv, eingeschränkt schwingungsfähig, geprägt von tiefer Resignation und Hoffnungslosigkeit. Ihre Aufmerksamkeit und ihre Konzentration sind deutlich gestört. Ihr Denken verlangsamt. Ihre Sozialkontakte sind gestört.

Der Kläger leidet an einer posttraumatischen Belastungsstörung. Die dadurch verursachten Symptome sind erheblich und gehen sowohl vom Ausmaß als auch von der Dauer her weiter darüber hinaus, was Nahestehende als mittelbar Betroffene in derartigen Fällen erfahrungsgemäß an Beeinträchtigungen erleiden. Seine Stimmung ist stark dysphorisch, antriebsgemindert, wenig expressiv und wenig schwingungsfähig.

Anhaltspunkte für eine Aggravation oder Begehrenshaltung sind bei den Klägern nicht festzustellen.

E 1963 **OLG Köln, Beschl. v. 29.07.2005 – 19 U 96/05, VersR 2006, 416**

10.000,00 €

Schock – Unterschenkelfraktur – Prellungen nach Fußgängerunfall

Die Klägerin wollte mit ihren 3 Jahre alten Kindern die Fahrbahn überqueren. Dabei wurde sie von einem Pkw erfasst. Sie wurde auf die Motorhaube des Pkw »geladen« und fiel anschließend im Zuge eines von der Fahrerin eingeleiteten Bremsmanövers auf die Straße. Sie zog sich eine Unterschenkelfraktur zu, wurde zweimal stationär behandelt und war längere Zeit in der Gehfähigkeit eingeschränkt und auf die Benutzung von Gehhilfen angewiesen. Die beiden Kinder erlitten unfallbedingt ebenfalls Schock- und Unruhezustände.

LG Saarbrücken, Urt. v. 15.02.2012 – 5 O 17/11, NJW 2012, 1456 = NZV 2012, 543 = SP 2012, 429 E 1964

10.000,00 €

Tod der Mutter eines Kleinkindes nach einem Verkehrsunfall

Die Mutter des Klägers kam bei einem Verkehrsunfall ums Leben. Der für den Unfall verantwortliche Fahrer hatte die Fahrbahnmitte um mindestens 1,6 Meter überfahren. Die Kollision der beiden Fahrzeuge ereignete sich auf der Fahrbahnseite der Mutter des Klägers. Deren Fahrzeug kam kollisionsbedingt nach rechts von der Straße ab und blieb etwa 5 Meter neben der Straße auf dem Dach liegen. Die Mutter des Klägers, wurde durch den Unfall schwer verletzt und verstarb infolge ihrer Verletzungen.

OLG Saarbrücken, Urt. v. 31.01.2013 – 4 U 349/11, unveröffentlicht E 1965

10.000,00 € (Vorstellung: 300.000,00 €)

Depressionen rd. 17 Jahre nach einem Verkehrsunfall

Der Kläger erlitt rd. 17 Jahre vor dieser Entscheidung bei einem Verkehrsunfall unter anderem eine geschlossene Oberschenkelfraktur und ein Schädelhirntrauma I. Grades. Er wurde mit einem Schmerzensgeld in Höhe von 30.000,00 DM entschädigt. Er behauptete, dass das Unfallereignis für ihn psychische Folgen gehabt habe, er leide unter diffusen Ängsten, an Zukunfts- und Versorgungsängsten, an Schlafstörungen, einem Erschöpfungszustand, Antriebslosigkeit und Nervosität und habe Suizidgedanken. All das hat das OLG als mittelschwere Depressionen gewertet und ein weiteres Schmerzensgeld von 10.000,00 € zuerkannt.

OLG Frankfurt am Main, Urt. v. 11.03.2004 – 26 U 28/98, ZfS 2004, 452 E 1966

15.000,00 €, 5.000,00 € und 2.500,00 € (Mitverschulden: 1/2)

Schock nach Unfalltod der Ehefrau und Mutter

Eine Bürgerin der USA, Ehefrau und Mutter dreier Kinder, wurde in Deutschland beim Aussteigen aus einem gerade anfahrenden Zug vom Zug überrollt. Der Ehemann musste aus nächster Nähe mitansehen, wie der Körper seiner Frau geradezu in zwei Hälften geteilt wurde. Er hat wegen fortdauernder psychischer Probleme seinen Arbeitsplatz verloren und wurde in der Folgezeit alkoholabhängig.

Der Schmerz der Kinder über den Verlust der Mutter in einem fremden Land war besonders ausgeprägt. Sie erlitten einen schweren Schock. Ein Kind erlitt einen schweren Nervenzusammenbruch, der einen stationären Aufenthalt erforderlich machte. Dieses Kind wurde in der Folgezeit drogen- und alkoholabhängig.

Das Schmerzensgeld für den Vater wurde auf 15.000,00 €, für das schwerstgeschädigte Kind auf 5.000,00 € und für die beiden anderen Kinder auf je 2.500,00 € festgesetzt.

OLG Frankfurt, Urt. v. 19.07.2012 – 1 U 32/12, NJW-RR 2013, 140 = VRR 2012, 466 mit Anm. Luckey E 1967

15.000,00 € (Vorstellung und Entscheidung des LG: 35.000,00 €)

Tod der Tochter bei einem Verkehrsunfall

Die Klägerin, eine Lehrerin wenige Jahre vor dem Ruhestand, erkrankte infolge des tödlichen Unfalls der Tochter schwerwiegend psychisch. Sie leidet an einer posttraumatischen Belastungsstörung, einer schweren depressiven Episode und anhaltenden somatoformen Schmerzstörungen.

Die Begründung des OLG Frankfurt ist unhaltbar:

»Der Verlust eines nahen Angehörigen (Kindes) und die darauf beruhenden psychischen und physischen Störungen können durch eine Geldzahlung schon vom gedanklichen Ansatz her nicht ausgeglichen werden. Der Sinn einer solchen Zahlung kann im Wesentlichen darin bestehen, dem mittelbar geschädigten Angehörigen eine angenehme Ablenkung zu verschaffen und den Übergang in eine neue Lebensphase zu erleichtern. Hierfür ist derzeit eine Zahlung in der Größenordnung von 15.000,00 € erforderlich.«

Die soziale Isolierung der Klägerin ist Symptom der psychischen Erkrankung. Gemeint ist damit:

Ohne soziale Isolierung hätte die Klägerin kein Schmerzensgeld bekommen. Verzögerliches Regulierungsverhalten könne den Beklagten nicht vorgeworfen werden, weil sie das medizinische Gutachten zum psychischen Schaden der Klägerin im Rechtsstreit abwarten durften. Zudem wird der Schmerzensgeldanspruch der Klägerin für rd. 4 Jahre mit 5% über dem Basiszinssatz verzinst.

E 1968 **LG Köln, Urt. v. 17.03.2005 – 8 O 264/04, NJW-RR 2005, 704 = RRa 2005, 124, bestätigt durch OLG Köln, Urt. v. 12.09.2005 – 16 U 25/05, VersR 2006, 941 = NJW 2005, 307. Der BGH, Urt. v. 18.07.2006 – X ZR 142/05, hat die Revision zurückgewiesen, vgl. VersR 2006, 1653 = NJW 2006, 3268 = MDR 2007, 258**

20.000,00 € (Vorstellung: 20.000,00 €)

Schock nach Tod des 11 Jahre alten Kindes und Bruders

Je 20.000,00 € wurden den Eltern und Geschwistern eines 11 Jahre alten Jungen zuerkannt, der im Schwimmbecken eines Hotels in Griechenland ertrank, als er unterhalb einer Wasserrutsche mit dem Arm in ein Ansaugrohr geriet und sich nicht mehr befreien konnte. Die Eltern des Jungen leiden u. a. unter schweren depressiven Störungen, Angst- und Panikattacken, erheblichen Selbstwertstörungen und Schuldgefühlen, Schlafstörungen, Alpträumen sowie suizidalen Gedanken. Bei beiden Geschwistern, dem Bruder und Zwillingsbruder, die unter posttraumatischen Belastungsstörungen mit depressiver Begleitsymptomatik und psychovegetativen Beschwerden leiden, war ein erheblicher schulischer Leistungsabfall zu verzeichnen.

E 1969 **LG Bochum, Urt. v. 08.12.2005 – 8 O 506/05, unveröffentlicht**

25.000,00 € (Vorstellung: mindestens 25.000,00 €)

Posttraumatische Belastungsstörungen nach Ermordung des Vaters

Der 34 Jahre alte Vater des 8 Jahre alten Klägers wurde durch mindestens 16 Schüsse getötet, als der Kläger zu Hause schlief. Der Täter und die Mutter des Klägers hatten zu dieser Zeit eine intime Beziehung, sie wurden wegen gemeinschaftlichen Mordes verurteilt. Der Kläger, der durch die Schüsse aufwachte, erlitt eine posttraumatische Belastungsstörung. Für die Höhe des Schmerzensgeldes war ferner entscheidend, dass dem Kläger durch die Tat Vater und Mutter genommen wurden.

E 1970 **LG Bonn, Urt. v. 15.02.2008 – 1 O 414/03, unveröffentlicht**

30.000,00 €

Rechtswidriges Vorgehen eines SEK

Der Kläger erlitt infolge des übermäßigen und rechtswidrigen Einsatzes eines SEK mit körperlicher Gewalt nicht nur multiple Prellungen, Hautabschürfungen und zwei Rippenfrakturen. Es besteht vielmehr nach Jahren noch eine posttraumatische Belastungsstörung mit leichtem Schweregrad. Für den Kläger bestand bei dem Zugriff des SEK eine Situation schwerer Verletzung und Bedrohung, auf die er mit intensiver Angst, Hilflosigkeit und Entsetzen reagierte. Mit dem Geschehen setzt er sich immer noch ständig auseinander. Zudem liegt eine somatoforme Schmerzstörung bzw. eine Somatisierungsstörung vor und es ist i. R. d. erlebnisreaktiven Fehlverarbeitung zu einer Akzentuierung der paranoiden Persönlichkeitsstörung gekommen. Für die Höhe des Schmerzensgeldes ist darüber hinaus der Umstand von Bedeutung, dass der Kläger an den vorgenannten psychischen und psychosomatischen Beeinträchtigungen seit mehr als 7 Jahren leidet und eine Besserung nicht abzusehen ist. Erschwerend kommt hinzu, dass das beklagte Land nach wie vor ein Fehlverhalten in Abrede stellt, den Einsatz ggü. dem Kläger vielmehr bagatellisiert. Auf diese Weise wird dem Kläger die gebotene Genugtuung vorenthalten.

OLG Nürnberg, Urt. v. 01.08.1995 – 3 U 468/95, ZfS 1995, 370 = r+s 1995, 384 = DAR 1995, 447 = VRS 91 (1996), 453[122] **E 1971**

35.000,00 € und 20.000,00 € (Vorstellung: höheres Schmerzensgeld)

Gleichzeitiger Tod von drei Kindern

Die Eltern verloren bei einem Unfall ihre drei Kinder. Das LG billigte dem Vater ein Schmerzensgeld i. H. v. insgesamt 35.000,00 € zu, der Mutter insgesamt 20.000,00 €. Das OLG Nürnberg hat diese Beträge als ausreichend und angemessen bestätigt, der BGH hat die Revision der Kläger, die ein wesentlich höheres Schmerzensgeld begehrten, nicht angenommen. Diese Entscheidung ist wiederholt mit den Entschädigungssummen bei Fällen der Persönlichkeitsrechtsverletzung (Fall: Caroline von Monaco) verglichen und daher kritisiert worden.[123]

Das BVerfG hat die Verfassungsbeschwerde der Eltern nicht angenommen.[124] Es hat (völlig zu Recht) den Vergleich mit Fällen der Verletzung des allgemeinen Persönlichkeitsrechts nicht gelten lassen und die Auffassung des BGH bestätigt, dass der geltend gemachte Anspruch aus § 847 BGB a. F. von dem besonderen Entschädigungsanspruch wegen Verletzung des Persönlichkeitsrechts zu unterscheiden sei und dass zwischen den beiden Fallkonstellationen sachlich begründete Unterschiede bestünden, die eine unterschiedliche Behandlung rechtfertigten.[125] Die Entscheidung des BVerfG enthält jedoch einen deutlichen Hinweis, die Entschädigungssummen für beide Fallgruppen nicht zu sehr auseinander laufen zu lassen. Das kann natürlich nur gelten, soweit die Entschädigung für den immateriellen Schaden gewährt wird, nicht aber, soweit kommerzielle Aspekte (Gewinnabschöpfung aus der Vermarktung des Persönlichkeitsrechts) darin enthalten sind.[126]

2. Konversionsneurose

▶ Hinweis:

Im Haftpflicht- und Unfallrecht hat der Schädiger keinen »Anspruch« darauf, so gestellt zu werden, als habe er einen in jeder Hinsicht völlig gesunden Menschen geschädigt.[127]

122 BGH, Urt. v. 21.07.2010 – XII ZR 189/08, NJW 2010, 3152 = MDR 2010, 1103.Eine ältere, aber sehr wichtige Entscheidung.

123 Vgl. Wagner, VersR 2000, 1305 ff.

124 BVerfG, Beschl. v. 08.03.2000 – 1 BvR 1127/96, VersR 2000, 897 f. = NJW 2000, 2187 f.

125 So auch Steffen, NJW 1997, 10 (11).

126 Müller, VersR 2003, 1 (5).

127 BGH, Urt. v. 30.04.1996 – VI ZR 55/95, NJW 1996, 2426; BGH, Urt. v. 11.03.1986 – VI ZR 64/85, NJW 1986, 2762 (2763); BGH, Urt. v. 29.02.1956 – VI ZR 352/54, NJW 1956, 1108.

Deshalb muss er nach einem Unfall grds. auch dann haften, wenn es beim Verletzten zu besonders ausgeprägten psychischen Schäden kommt, selbst wenn dies daran liegt, dass diese sich erst aufgrund einer schon vor dem Unfall vorhandenen psychischen Labilität des Verletzten ergeben. Wird also eine – zwar schon vorhandene, aber nach außen noch nicht in Erscheinung getretene – Krankheitsanlage durch den Unfall erst aktiviert, liegt gleichwohl ein ausreichender adäquater Kausalzusammenhang vor.

In zwei Entscheidungen v. 11.11.1997 hat der BGH[128] eine deutliche Ausweitung der Haftung des Schädigers vorgenommen. Eine sog. Bagatelle, bei der eine Haftung für den psychischen Folgeschaden ausscheiden soll, wird bereits dann abgelehnt, wenn »nur« eine Schädelprellung mit HWS-Schleudertrauma vorliegt. Geringfügigkeit des auslösenden Ereignisses scheidet immer schon dann aus, wenn dafür ein – wenn auch geringes – Schmerzensgeld zu zahlen wäre.

E 1972 **OLG Saarbrücken, Urt. v. 21.07.2009 – 4 U 646/07, NJW-Spezial 2009, 761**

5.500,00 € (Vorstellung: 15.000,00 €)

Gesundheitliche Prädisposition – Konversionsneurose – Rentenneurose

Voluntative Einflüsse auf die Krankheitsdynamik, die die Grenzen zur Renten- bzw. Begehrensneurose nicht übersteigen, können aus Billigkeitsgründen die Erwartungshaltung des Geschädigten als Faktor bei der Bemessung der Schmerzensgeldhöhe eliminieren. Eine Korrektur der Schadenshöhe ist auch unterhalb der Schwelle des Mitverschuldens möglich.

Der 56 Jahre alte Kläger erlitt bei einem Verkehrsunfall als Insasse eines Taxis ein HWS-Schleudertrauma, Prellungen am Ellenbogen mit Bursitits OP und Prellungen der Schläfe und des Beins. Er macht erhebliche Dauerschäden geltend, u. a. eine völlige Arbeitsunfähigkeit.

Das Vorliegen einer Begehrensneurose konnte nicht eindeutig festgestellt werden, allerdings besteht beim Kläger der Wunsch nach Erhalt einer Entschädigung, der zwangsläufig dazu führt, den Kläger in die schon fixierte Vorstellung zu treiben, ungerecht behandelt zu werden. Diese psychodynamischen Vorgänge beeinflussen das Krankheitsverhalten des Klägers negativ. Als Folge der Nichterfüllung seines Schadensersatzbegehrens tritt eine immer stärkere Chronifizierung des Krankheitsbildes auf, die insoweit als Verschlechterung anzusehen ist. Die Möglichkeiten einer positiven Einwirkung auf den Kläger durch eine zielgerichtete Therapie sind immer stärker limitiert.

Wegen der somatoformen Schmerzstörung war dem Kläger ein um 3.000,00 € erhöhtes Schmerzensgeld zuzuerkennen.

E 1973 **OLG Hamm, Urt. v. 20.06.2001 – 13 U 136/99, VersR 2002, 491 = SP 2002, 381**

13.750,00 €

Schmerzen und Depressionen aufgrund konversionsneurotischer Fehlverarbeitung

Der Kläger glitt auf dem Weg von seiner Arbeitsstelle zu seinem Pkw auf einer Eisschicht aus und stürzte. Dabei schlug er mit dem Steißbein hart auf dem Boden auf, wobei der Kopf nach hinten geschleudert wurde. Er erlitt eine Stauchung der HWS sowie eine Steißbein- und Beckenprellung mit Hämatombildung.

---

128 BGH, Urt. v. 11.11.1997 – VI ZR 376/96, VersR 1998, 201 = BGHZ 137, 142 = NJW 1998, 810 = MDR 1998, 157 und BGH, Urt. v. 11.11.1997 – VI ZR 146/96, VersR 1998, 200 = NJW 1998, 813 = MDR 1998, 159.

Die weiteren Beeinträchtigungen des Klägers – eine somatoforme Schmerzstörung mit reaktiv depressiven Symptomen i. S. e. Fehlverarbeitung des Unfalls – sind als konversionsneurotische Fehlverarbeitung auf das Unfallereignis zurückzuführen. Aufgrund der komplexen psychosozialen Belastungssituation nach dem Unfall, die von langen Krankheitszeiten, langer Arbeitslosigkeit und privaten sowie beruflichen Problemen geprägt war, fing der Kläger an, über seine Situation zu grübeln und geriet infolgedessen in einen Kreislauf, der zu entsprechenden Fehlvorstellungen führte. Die seelische Verfassung des Klägers führte unbewusst zu wesentlichen Auswirkungen auf sein Schmerzempfinden.

Die vom Kläger erlittenen Verletzungen sind nicht als geringfügig i. S. e. Bagatellschadens einzuordnen. An die Annahme eines Bagatellunfalls sind strenge Anforderungen zu stellen, weil es sich bei dieser Haftungsbegrenzung ersichtlich um eine Ausnahme von der an sich mit dem Schadensereignis verbundenen haftungsrechtlichen Zurechnung handelt. Von einem Bagatellschaden kann allenfalls dann ausgegangen werden, wenn es sich nur um vorübergehende, im Alltagsleben typische und häufig auch aus anderen Gründen als einem besonderen Schadensfall entstehende Beeinträchtigungen des Körpers oder des seelischen Wohlbefindens handelt. Damit sind also Beeinträchtigungen gemeint, die sowohl von der Intensität als auch der Art der Primärverletzung her nur ganz geringfügig sind und üblicherweise den Verletzten nicht nachhaltig beeindrucken, weil er schon aufgrund des Zusammenlebens mit anderen Menschen daran gewöhnt ist, vergleichbaren Störungen seiner Befindlichkeit ausgesetzt zu sein (BGH, VersR 1992, 504 = NJW 1992, 1043). Über ein derartiges Schadensbild gehen die vorliegend festgestellten Verletzungen des Klägers offensichtlich hinaus. Denn unstreitig erlitt er eine Stauchung der HWS, eine Steißbein- und Beckenprellung mit Hämatombildung und eine Absprengung des Dornfortsatzes Halswirbelkörper 7. Solche Verletzungen sind aber für das Alltagsleben nicht typisch, sondern regelmäßig mit einem besonderen Schadensfall verbunden. Sie hatten eine mehrtägige Arbeitsunfähigkeit des Klägers zur Folge.

Eine Zurechnung des psychischen Folgeschadens entfällt auch nicht unter dem Gesichtspunkt einer sog. Begehrens- oder Rentenneurose.

OLG München, Urt. v. 29.06.2007 – 10 U 4379/01, unveröffentlicht E 1974

14.000,00 € (Vorstellung: 50.000,00 €)

Konversionsneurose nach HWS-Schleudertrauma – posttraumatische Belastungsstörung

Der im Unfallzeitpunkt 54 Jahre alte Kläger erlitt bei einem Verkehrsunfall ein leichtes Hirnerschütterungssyndrom und ein HWS-Schleudertrauma. Deswegen bestand für einen Monat eine MdE von 100 %; danach jeweils einen weiteren Monat eine MdE von 50 % bzw. 20 %. Danach war aus orthopädischer Sicht keine unfallbedingte MdE mehr vorhanden. Als Dauerschaden verblieben eine zentrale Gleichgewichtsstörung und eine Konversionsneurose infolge einer posttraumatischen Belastungsstörung, die zu einer Dauer-MdE von 20 % führt und an der der Kläger nun schon seit 20 Jahren leidet.

OLG Celle, Urt. v. 26.04.2001 – 14 U 164/99, OLGR 2001, 280 E 1975

20.000,00 € (Vorstellung: 20.000,00 €)

Konversionsneurose nach zwei Unfällen

Der Kläger erlitt am 03.07.1992 bei einem Unfall, für den die Beklagte haftet, eine Kontusion der LWS und einen Bruch des Daumens. Er wurde 3 Tage stationär behandelt und war bis Mitte September 1992 arbeitsunfähig. Am 14.09.1992 wurde der Kläger erneut unverschuldet in einen Auffahrunfall verwickelt, bei dem er eine HWS-Distorsion 1. Grades und eine Rückenprellung erlitt. Er wurde für 6 Wochen krankgeschrieben.

Der zum Zeitpunkt des ersten Unfalls 40 Jahre alte Kläger, der als Lehrer für Fachpraxis, Fachrichtung Elektrotechnik, an einer berufsbildenden Schule arbeitete, war in der Folgezeit durch Krankschreibungen verschiedentlich dienstunfähig. Er unterzog sich wegen einer anhaltenden Schmerzsymptomatik unterschiedlichen Untersuchungen und Therapiemaßnahmen, u. a. auch solchen auf neurologischem und psychiatrischem Gebiet. 3 Jahre nach dem ersten Unfall wurde der Kläger wegen Dienstunfähigkeit in den Ruhestand versetzt.

Der Kläger leidet infolge der beim 1. Unfall erlittenen Kontusion der LWS und der nachfolgenden HWS-Distorsion 1. Grades durch den 2. Unfall unter schmerzbedingten Bewegungseinschränkungen im Bereich der Hals- und Lendenwirbelsäule sowie an Schwindel und Nystagmus bei schnellen Drehbewegungen des Kopfes. Derartige anhaltende somatoforme Schmerzstörungen entsprechen im Zusammenhang mit einer mittelgradigen depressiven Episode mit somatischen Symptomen dem Bild einer Konversionsneurose.

Weder der Erst- noch der Zweitunfall jeweils für sich allein waren geeignet, die Konversionsneurose beim Kläger hervorzurufen. Vielmehr bedurfte es beider Unfälle gemeinsam, um das Ausmaß einer psychiatrischen Störung beim Kläger zu erreichen. Die psychische Symptomatik des Klägers hat mit dem Erstunfall, den der Kläger psychisch zunächst gut verkraftet hat, begonnen und ist durch den folgenden Unfall verstärkt und chronifiziert worden, sodass erst im Zusammenspiel der Folgen beider Unfälle das Leben des Klägers richtungsweisend verändert und eine psychiatrische Störung mit Krankheitswert hervorgerufen worden ist. Diese Störung wäre bei unbeeinträchtigter Entwicklung des Klägers, d. h. ohne die beiden Unfallereignisse, nicht aufgetreten.

Da beide Unfälle als Ursache in Betracht kommen, haften beide Schädiger gesamtschuldnerisch, nachdem das Gericht gem. § 287 ZPO vergeblich versucht hatte, die Anteile der Schädiger an der Verursachung des Gesamtschadens im Wege der Schätzung zu ermitteln.

3. Posttraumatische Belastungsstörungen (PTBS)

E 1976 **OLG Brandenburg, Beschl. v. 14.07.2008 – 12 W 15/07, unveröffentlicht**

2.000,00 €

HWS-Distorsion – Schädelhirntrauma – posttraumatische Belastungsstörung

Der Antragsteller erlitt bei einem Verkehrsunfall ein Schädelhirntrauma, eine HWS-Distorsion und eine LWS-Kontusion, ferner Prellungen an der linken Schulter, am Brustkorb, an der linken Hüfte, am linken Oberschenkel sowie am rechten Fußgelenk.

Er litt 2 – 3 Monate unter Schmerzen und Bewegungseinschränkungen; nachfolgend litt er unter Albträumen, Einschränkungen der Fahrtüchtigkeit, Agoraphobie und Dysthymie, die zu einer 6-wöchigen stationären Behandlung geführt hatten.

E 1977 **OLG Brandenburg, Urt. v. 02.04.2009 – 12 U 214/08, unveröffentlicht**

2.400,00 € (1/5 Mitverschulden; Vorstellung: 7.500,00 €)

HWS-Distorsion – posttraumatische Belastungsstörung

Die Klägerin erlitt bei einem Verkehrsunfall eine Distorsion der HWS; hierdurch traten akute Schmerzen im Nackenbereich und im Bereich der LWS auf, ferner erhebliche Schmerzen in der LWS nach längeren Belastungen und eine eingeschränkte Beweglichkeit. Sie war 22 Tage arbeitsunfähig. Nach dem Unfall litt sie an innerer Unruhe, nächtlichen Schweißausbrüchen, Alpträumen, Angstattacken und Schlafstörungen, wegen derer die Klägerin mittlerweile in psychologischer Behandlung ist.

KG, Beschl. v. 21.06.2010 – 12 U 20/10, unveröffentlicht E 1978

3.000,00 € (Vorstellung: 13.000,00 €)

HWS-Distorsion – psychische Beeinträchtigungen

Der Kläger erlitt bei einem Verkehrsunfall eine leichte Distorsion der Halswirbelsäule (verbunden mit Kopfschmerzen, Schwindel und Bewegungseinschränkungen). Er war 2 – 2 1/2 Monate arbeitsunfähig; danach bestand noch 2 Monate eine MdE von 20 % sowie weitere 2 Monate 10 % MdE. Infolge der Prellung litt er unter linksseitigen Thoraxbeschwerden, die nach 2 – 3 Wochen folgenlos ausheilen. Unfallbedingt zeigte er eine »posttraumatische Belastungsreaktion«, die zeitlich begrenzt abgeklungen war.

OLG Hamm, Urt. v. 25.02.2003 – 27 U 211/01, NZV 2003, 331 E 1979

4.000,00 € (Vorstellung: 7.500,00 €)

HWS-Zerrung – psychische Folgen

Bei der Klägerin wurde nach einem Verkehrsunfall eine Zerrung der HWS festgestellt; ihr wurde eine Schanzsche Krawatte verordnet. Noch 9 Jahre später litt sie infolge des Unfalls an täglichen Kopfschmerzen und Schwindelgefühlen, unter Gefühllosigkeit im rechten Arm, Panikattacken, ständig latenter Aggressivität sowie unter Konzentrations-, Seh- und Durchblutungsstörungen und einer Wesensveränderung. Der Senat bejahte einen psychisch vermittelten Schaden.

OLG Köln, Urt. v. 25.10.2005 – 4 U 19/04, DAR 2006, 325 E 1980

5.000,00 € (Vorstellung: 5.000,00 €)

Behauptete HWS-Distorsion – somatoforme Schmerzstörung

Die Klägerin wurde bei einem Auffahrunfall verletzt. Zwar schloss ein orthopädisches Gutachten mit »zumindest sehr hoher Wahrscheinlichkeit« eine Verletzung aus; dies konnte nach Auffassung des Senats aber nicht dazu führen, dass die von der Klägerin geschilderten Beschwerden als nicht unfallbedingt qualifiziert werden konnten. Zwar sei eine HWS-Verletzung nicht bewiesen, unfallbedingt sei aber eine somatoforme Schmerzstörung aufgetreten, die als Primärverletzung angesehen wurde.

Aufgrund des Sachverständigengutachtens ging der Senat davon aus, dass das Auftreten der medizinisch nicht nachweisbaren Beschwerden dadurch begründet sei, dass sich aufgrund der familiären Geschichte und gerade auch der psychischen Verarbeitung ihrer Krebserkrankung bei der Klägerin Anzeichen für eine somatoforme Verarbeitung von Extremstress herausgebildet hatten. Die Klägerin nimmt aufgrund ihrer Entwicklungsgeschichte existenzielle Ängste ausschließlich in ihren vegetativen (= unbewusst ablaufenden) Anteilen wahr und diese werden somatisch (= körperlich) attribuiert. Die erworbene Tendenz zur somatoformen Verarbeitung kritischer Lebensereignisse zeigt sich dabei auch in der Verarbeitung des Unfallgeschehens. Dabei trägt zur Aufrechterhaltung der Schmerzsymptomatik auch eine erhebliche Zukunftsangst aufseiten der Klägerin bei, die darin besteht, die von ihr befürchteten Kosten der Behandlung in der Zukunft nicht zahlen zu können. Hieran gekoppelt ist die Erwartung der Verschlimmerung der Schmerzen.

Eine Bagatellverletzung lehnte das Gericht ebenso ab wie die Annahme einer Rentenneurose. Für die Bemessung sei entscheidend, dass das Krankheitsbild behandelbar sei.

E 1981 **OLG Celle, Beschl. v. 30.08.2007 – 14 W 19/07, OLGR 2007, 936**

5.000,00 € (Vorstellung: 5.000,00 €)

HWS-Distorsion – posttraumatische Belastungsstörung – somatoforme Schmerzstörung

Die Antragstellerin erlitt bei einem Verkehrsunfall eine HWS-Distorsion. Infolgedessen leidet sie unter Dauerkopfschmerz, einer muskulären Schwächung der rechten Körperseite, einem starken Erschöpfungsgefühl, erheblichen Konzentrationsstörungen, innerer Unruhe und Ängsten, Alpträumen, Einschlaf- und Durchschlafstörungen, erhöhter Reizempfindlichkeit, insb. durch Geräusche und Verlust des Geruchssinnes. Aufgrund dieser Beschwerden ist sie arbeitsunfähig geworden.

E 1982 **LG Kassel, Urt. v. 15.02.2005 – 8 O 2358/02, SP 2005, 410**

7.000,00 €

Prellungen Oberschenkel/Knie/Schädel – Gehirnerschütterung – posttraumatisches Belastungssyndrom

Die Klägerin wurde als Fußgängerin angefahren. Hierbei erlitt sie stärkere Prellungen im Bereich der linken Oberschenkelregion und des rechten Kniegelenks, eine Schädelprellung mit Kopfschwartenhämatom und Hautabschürfungen sowie multiple weitere Prellungen. Sie wurde 2 Wochen stationär behandelt. 4 Monate später wurde ein posttraumatisches Erschöpfungssyndrom in Zusammenhang mit einer Herz-Angstneurose und Panikzuständen sowie Depressionen diagnostiziert. Nervenärztliche Behandlungen und psychopharmakatherapeutische Maßnahmen werden empfohlen. Zudem verbleibt eine geringgradige Instabilität des rechten Knies.

E 1983 **LG Münster, Urt. v. 08.06.2006 – 8 O 58/05, unveröffentlicht**

7.500,00 € (Vorstellung: 15.000,00 €)

Platzwunden am Hinterkopf – Schädelprellung – posttraumatisches Belastungssyndrom

Der Kläger war als Wachmann im Einsatz, als er mit einer Pistole bedroht, körperlich angegriffen und gefesselt wurde. Anschließend wurde er in den Kofferraum seines Pkw gesperrt, aus dem er sich bei einer Außentemperatur von 7 Grad unter Null erst nach einiger Zeit befreien konnte. Der Kläger erlitt durch den Angriff eine Schädelprellung und zwei Platzwunden am Hinterkopf. Zusätzlich leidet er unter einer posttraumatischen Belastungsstörung.

E 1984 **LG Dortmund, Urt. v. 24.06.2005 – 3 O 170/04, unveröffentlicht**

10.000,00 € (Vorstellung: 35.000,00 € Klägerin – 20.000,00 € Kläger)

Tod eines 14 Jahre alten Jungen durch Ertrinken im Freibad

Die Kläger sind die Eltern eines 14 Jahre alten Jungen, der in einem Freibad ertrank. Sein rechtes Bein geriet in eine 2,4 m unter der Wasseroberfläche liegende nicht mit einem Gitter abgedeckte Ansaugöffnung der Umwälzanlage. Er konnte sich daraus weder aus eigener Kraft noch durch Mithilfe Dritter befreien. Es dauerte mindestens 10 Minuten, bis er sein Bewusstsein verlor.

Die Klägerin leidet, verursacht durch den Tod ihres Sohnes, an einer längeren depressiven Reaktion. Die dadurch verursachten Symptome sind erheblich und gehen sowohl vom Ausmaß als auch von der Dauer her weit darüber hinaus, was Nahestehende oder mittelbar Betroffene in derartigen Fällen erfahrungsgemäß an Beeinträchtigungen erleiden. Ihre Stimmung ist tief dysphorisch und affektiv, eingeschränkt schwingungsfähig, geprägt von tiefer Resignation und

Hoffnungslosigkeit. Ihre Aufmerksamkeit und ihre Konzentration sind deutlich gestört. Ihr Denken verlangsamt. Ihre Sozialkontakte sind gestört.

Der Kläger leidet an einer posttraumatischen Belastungsstörung. Die dadurch verursachten Symptome sind erheblich und gehen sowohl vom Ausmaß als auch von der Dauer her weiter darüber hinaus, was Nahestehende als mittelbar Betroffene in derartigen Fällen erfahrensgemäß an Beeinträchtigungen erleiden. Seine Stimmung ist stark dysphorisch, antriebsgemindert, wenig expressiv und wenig schwingungsfähig.

Anhaltspunkte für eine Aggravation oder Begehrenshaltung sind bei den Klägern nicht festzustellen.

OLG München, Urt. v. 29.06.2007 – 10 U 4379/01, unveröffentlicht E 1985

<u>14.000,00 €</u> (Vorstellung: 50.000,00 €)

HWS-Schleudertrauma – posttraumatische Belastungsstörung – Konversionsneurose

Der im Unfallzeitpunkt 54 Jahre alte Kläger erlitt bei einem Verkehrsunfall ein leichtes Hirnerschütterungssyndrom und ein HWS-Schleudertrauma. Deswegen bestand für einen Monat eine MdE von 100 %; danach jeweils einen weiteren Monat eine MdE von 50 % bzw. 20 %. Danach war aus orthopädischer Sicht keine unfallbedingte MdE mehr vorhanden. Als Dauerschaden verblieben eine zentrale Gleichgewichtsstörung und eine Konversionsneurose infolge einer posttraumatischen Belastungsstörung, die zu einer Dauer-MdE von 20 % führt und an der der Kläger nun schon 20 Jahre leidet.

BGH, Urt. v. 18.07.2006 – X ZR 142/05, VersR 2006, 1653 = NJW 2006, 3268 = MDR 2007, 258 E 1986

<u>20.000,00 €</u> (Vorstellung: 20.000,00 €)

Schock nach Tod des 11 Jahre alten Kindes und Bruders

Je 20.000,00 € wurden den Eltern und Geschwistern eines 11 Jahre alten Jungen zuerkannt, der im Schwimmbecken eines Hotels in Griechenland ertrank, als er unterhalb einer Wasserrutsche mit dem Arm in ein Ansaugrohr geriet und sich nicht mehr befreien konnte. Die Eltern des Jungen leiden u. a. unter schweren depressiven Störungen, Angst- und Panikattacken, erheblichen Selbstwertstörungen und Schuldgefühlen, Schlafstörungen, Alpträumen sowie suizidalen Gedanken. Bei beiden Geschwistern, dem Bruder und Zwillingsbruder, die unter posttraumatischen Belastungsstörungen mit depressiver Begleitsymptomatik und psychovegetativen Beschwerden leiden, war ein erheblicher schulischer Leistungsabfall zu verzeichnen.

LG Bochum, Urt. v. 08.12.2005 – 8 O 506/05, unveröffentlicht E 1987

<u>25.000,00 €</u> (Vorstellung: mindestens 25.000,00 €)

Posttraumatische Belastungsstörungen nach Ermordung des Vaters

Der 34 Jahre alte Vater des 8 Jahre alten Klägers wurde durch mindestens 16 Schüsse getötet, als der Kläger zu Hause schlief. Der Täter und die Mutter des Klägers hatten zu dieser Zeit eine intime Beziehung, sie wurden wegen gemeinschaftlichen Mordes verurteilt. Der Kläger, der durch die Schüsse aufwachte, erlitt eine posttraumatische Belastungsstörung. Für die Höhe des Schmerzensgeldes war ferner entscheidend, dass dem Kläger durch die Tat Vater und Mutter genommen wurden.

E 1988 **OLG Saarbrücken, Urt. v. 14.03.2006 – 4 U 326/03-5/05, SP 2007, 174**

25.000,00 €

HWS-Distorsion – psychische Folgeschäden – Tinnitus und Schwerhörigkeit

Bei einem Auffahrunfall erlitt der Kläger ein HWS-Schleudertrauma. Er leidet nun unter einem chronifizierten Schmerzsyndrom, einem neurasthenischen Syndrom mit Ermüdbarkeit, Reizbarkeit und Schwäche, einer stark eingeschränkten Beweglichkeit im Kopf- und Halsbereich durch eine schmerzhafte muskuläre Verspannung, einer Commotio labyrinthi mit Hochtoninnenohrschwerhörigkeit und ständigem Tinnitus sowie Vertigo bei persistierender Schallempfindlichkeitsschwerhörigkeit, einem vegetativen Syndrom mit Schwindel, Übelkeit, Erbrechen und Obstipation und schließlich einem mittelgradigem gehemmt-depressiven Syndrom mit Rückzugstendenz und Interessenverlust. Eine Besserung des Zustandes ist nicht zu erwarten.

Zwar stufte der gerichtliche Sachverständige die vom Kläger als unfallursächlich behaupteten weiteren Beschwerden als »nicht mehr durch das initiale Trauma«, sondern als »psychogene Fehlverarbeitung des zunächst bestehenden organischen posttraumatischen Syndroms« ein; der Senat wertete dies aber als (unzutreffende) rechtliche Würdigung. Der Beklagte müsse nämlich für alle i. S. d. § 287 ZPO nachgewiesenen Folgeschäden der bewiesenen Primärverletzung haften; hierzu zähle auch die psychogene Fehlverarbeitung, die ohne den Unfall nicht ausgebrochen wäre. Dass eine Prädisposition des Klägers mitursächlich gewesen sei, sei unschädlich, da kein Anspruch darauf bestehe, so gestellt zu werden, als habe er einen Gesunden verletzt; auch eine Begehrensneurose lehnte das Gericht unter Bezugnahme auf das Gutachten ab.

Bei der Bemessung wurde auch berücksichtigt, dass der Kläger durch den unfallbedingten Verlust seines Arbeitsplatzes und der dauerhaften Einbuße seiner Erwerbsfähigkeit erheblich in der Lebensgestaltung eingeschränkt ist, zumal dies aufgrund seiner vielfältigen körperlichen und geistigen Leistungseinbußen, insb. der Depression, auch für seine sonstige Lebensgestaltung gilt.

E 1989 **OLG Celle, Urt. v. 15.04.2009 – 14 U 39/05, unveröffentlicht**

25.000,00 €

Nasenbeinfraktur – Narben auf dem Nasenrücken – Posttraumatisches Belastungssyndrom

Die Klägerin erlitt bei einem Verkehrsunfall eine gering-dislozierte Nasenbeinfraktur, verschiedene Schnittwunden im Bereich beider Kniegelenke, eine Prellung des rechten Kniegelenks mit verbliebener geringer Bandinstabilität des medialen Seitenbandes, eine Luxation (Verrenkung) des rechten Großzehengrundgelenks mit beginnender Arthrose, zwei Narben auf dem Nasenrücken und dem linken Augenlid (die aber das äußere Erscheinungsbild der Klägerin nicht deutlich beeinträchtigen und schon aus einer Entfernung von ca. 1 – 2 m nicht mehr erkennbar sind), eine Prellung des rechten Ellenbogens, Hämatome im Gesicht, eine Gehirnerschütterung und eine HWS-Distorsion.

Nachfolgend kam es zu einer posttraumatischen Belastungsstörung, infolge derer die Klägerin unter Alpträumen litt und sich 9 Monate nicht ins Auto wagte. Depressive Symptome traten auf, die Klägerin hatte Versagensängste, Wutausbrüche und fürchtete, nicht mehr gesund zu werden. Allerdings lag eine erhebliche Prädisposition der Klägerin durch eine narzisstisch geprägte Persönlichkeitsstruktur vor. Das Gericht hielt daher die vorgerichtlich gezahlte Summe von 25.000,00 € für ausreichend.

OLG Schleswig, Urt. v. 15.01.2009 – 7 U 76/07, NJW-RR 2009, 1325 E 1990

30.000,00 € (Vorstellung: 30.000,00 €)

Nasenbeinfraktur – posttraumatisches Belastungssyndrom

Die Klägerin erlitt bei einem Unfall eine Nasenbeinfraktur, eine HWS-Distorsion, ein Schädelhirntrauma 1. Grades, multiple Prellungen, Schürf- und Schnittwunden, ein Bauchtraume mit Sternumprellung und Beckenprellungen beiderseits, eine distale Radiusfraktur und erhebliche Schädigungen zweier Zähne. Die psychischen Unfallfolgen sind erheblich, zwar nicht »in schlimmster Weise ausgeprägt«, aber gravierend für die Klägerin. Sie konnte infolge ihrer Ängste den erlernten Beruf als Arzthelferin nicht mehr ausüben; alles, was mit Straßenverkehr zu tun hat, macht ihr Angst. Sie kann nicht alleine die Wohnung verlassen und ist ggü. ihrem Leben vor dem Unfall stark eingeschränkt. Ebenfalls wurde die zögerliche Regulierung der Versicherung berücksichtigt, die trotz vorgerichtlicher Gutachten zu den psychischen Folgen nur 2.750,00 € auf das Schmerzensgeld gezahlt hatte.

OLG Hamm, Beschl. v. 23.05.2006 – 27 W 31/06, OLGR 2006, 787 E 1991

35.000,00 €

Schwerste Prellungen – Kieferbruch – posttraumatische Belastungsstörung

Der Antragsteller wurde von den Antragsgegnern zusammengeschlagen. Er erlitt als Primärverletzung einen Knochenbruch im Kieferhöhlenbereich, schwerste Prellungen und Blutergüsse im Gesicht, eine Platzwunde im Bereich der rechten Oberlippe und eine (schwere) Prellung der LWS, als sekundäre Gesundheitsbeeinträchtigung eine anhaltende posttraumatische Belastungsstörung. Als physischer Dauerschaden verblieb bei dem Antragsteller eine schmerzhafte Kiefergelenkverletzung mit fehlendem Zahnreihenschluss.

Die Behandlung dieser Gesundheitsschäden erforderte insgesamt 3 Wochen stationären Krankenhausaufenthalt, 13 Wochen stationäre Rehabilitationsmaßnahmen sowie zahlreiche ambulante ärztliche, physio- und psychotherapeutische Behandlungen, hauptsächlich wegen posttraumatischer Belastungsstörung mit anhaltendem Schmerzempfinden, anhaltenden Kaustörungen und dergleichen.

Bei der Bemessung des Schmerzensgeldes hat der Senat insb. die Folgen der posttraumatischen Belastungsstörung einbezogen.

OLG Schleswig, Urt. v. 23.02.2011 – 7 U 106/09, unveröffentlicht E 1992

70.000,00 € (Vorstellung: 60.000,00 €)

Schwerste Verletzungen an beiden Unterschenkeln

Die 38 Jahre alte Klägerin wurde, als sie am Stand spazieren ging, bei einer Vorbereitungsfahrt zu einer Standregatta von dem Standsegelwagen des Beklagten von hinten angefahren; hierdurch erlitt sie schwerste Verletzungen an beiden Unterschenkeln, die nahezu abgetrennt wurden. Es kam an beiden Beinen zu drittgradigen offenen Unterschenkelfrakturen; die Klägerin wurde unmittelbar nach dem Unfall in die Unfallklinik verbracht, wo sie am Unfalltage und alsbald darauf ein weiteres Mal operiert werden musste. In der Folgezeit konnte sie sich nur im Rollstuhl bzw. mit Gehhilfen fortbewegen, erst 5 Monate nach dem Unfall konnte sie ihre Berufstätigkeit als Richterin in eingeschränktem Umfange (50 %) wieder aufnehmen. Es kam dann zu einem erneuten Bruch des rechten Unterschenkels mit einer weiteren Operation und erneutem stationären Krankenhausaufenthalt. 10 Monate nach dem Unfall war die Klägerin wieder zu 50 % berufstätig, bevor sie sich erneut einer Operation unterziehen musste.

Nach schrittweiser Wiedereingliederung (50 %/90 %) ist sie knapp 2 Jahre nach dem Unfall wieder voll berufstätig. Eine posttraumatische Belastungsstörung musste psychotherapeutisch behandelt werden. Neben einer andauernden, lebenslangen Gehbehinderung sind bei der Klägerin entstellende Narben insb. am linken Bein und am linken Unterarm verblieben. Sie ist dauerhaft zu 50 % schwerbehindert.

Das Gericht urteilte, bereits die schweren Verletzungen infolge des Unfalles, die nicht nur mehrere schwerwiegende Operationen, langfristige Krankenhausaufenthalte und erhebliche lebenslange Folgen für die Klägerin bedeuteten, sondern die auch erhebliche psychische Schädigungen, die mittlerweile weitgehend therapiert worden sind, hervorgerufen hätten, zudem die jetzt schon absehbaren lebenslangen Einschränkungen beim Gehen und Stehen, die mit der Zeit eher noch gravierender würden, rechtfertigten ein Schmerzensgeld i. H. d. Betragsvorstellung. Der Senat erhöhte diesen Betrag ausdrücklich um weitere 10.000,00 €[129] wegen »der nicht nachvollziehbaren hartnäckigen Verweigerungshaltung des Beklagten«, der nicht auch nur einen kleinen Abschlag auf das Schmerzensgeld für den 7 Jahre zurückliegenden Unfall gezahlt hatte.

E 1993 **LG Düsseldorf, Urt. v. 10.05.2010 – 11 U 334/07, unveröffentlicht**

75.000,00 € (Vorstellung: 50.000,00 €)

Tiefe Schnittverletzungen an beiden Beinen – Kniekehlenwunde – Nervläsion – Tibiaschaftbrüche

Die 36 Jahre alte Klägerin wurde vom Beklagten, ihrem Exfreund, nach einem Streit anlässlich ihrer Trennung an den Rhein gefahren, wo er ihr den Mund zuklebte und ihr dann mehrfach mit einem Hammer auf die Schienenbeine schlug. Anschließend schnitt er mit einem Messer in die rechte Kniekehle. Die Klägerin drohte zu verbluten und konnte nicht mehr gehen; der Beklagte fuhr sie in ein Krankenhaus und lud sie dort ab, nachdem auf sein Hupen hin Personal erschienen war.

Die Klägerin erlitt lebensgefährliche Verletzungen, die ohne ärztliche Hilfe zum Tode geführt hätten. Sie hatte auf beiden Seiten offene Tibiaschaftbrüche sowie stark gequetschte Wunden an beiden Beinen, multiple tiefe Schnittverletzungen und eine große, quer verlaufende klaffende Wunde in der rechten Kniekehle mit einer partiellen Läsion des nervus peronaeus sowie teilweiser Durchtrennung der Unterschenkelsehne. Es waren über 7 Wochen drei stationäre Behandlungen nötig; insgesamt wurde sie im Zeitraum von 2 Jahren achtmal operiert und befand sich 2 Monate in Reha. Die Klägerin leidet immer noch und Schmerzen, Krämpfen und Taubheitsgefühlen in beiden Beinen. Sie ist arbeitsunfähig und kann nicht mehr lange sitzen, Sport treiben oder Auto fahren. Es verblieben lange und gut sichtbare Narben an beiden Beinen, die überwiegend kosmetisch nicht beseitigt werden können. Die Klägerin muss täglich Krankengymnastik machen und ist lebenslang zur Vermeidung von Thrombosen auf Stützstrümpfe angewiesen. Als psychische Folge stellte sich eine posttraumatische Belastungsstörung ein, die zur einer MdE von 30 % führte.

Das Gericht berücksichtigte die Tatumstände und auch die langwierige und psychisch belastende Heilbehandlung sowie die Dauerschäden, insb. auch die Narben. Das Gericht führte hierzu aus, entgegen der Auffassung des Beklagten komme es dabei nicht entscheidend darauf an, ob die Klägerin vor dem Vorfall beinfreie Kleidungsstücke getragen habe oder nicht. Maßgebend sei vielmehr, dass die Narben auffällig sind und Einfluss auf das Selbstwertgefühl der

129 Zwar ist dies Vorgehen dogmatisch nicht korrekt, da ein einheitliches Schmerzensgeld unter Berücksichtigung aller Bemessungsumstände auszuurteilen ist. Es zeigt aber, in welchen Anteilen eine verzögerte Regulierung berücksichtigt werden kann (hier: 15 %).

36 Jahre alten Klägerin haben, die sich nun nicht mehr traut, mit kurzem Rock oder kurzer Hose in der Öffentlichkeit aufzutreten oder ins Schwimmbad zu gehen. Auch eine Frau, die bislang nur lange Hosen getragen hat, fühle sich dadurch beeinträchtigt, dass sie keine kurzen Kleidungsstücke mehr tragen kann, selbst wenn sie es jetzt wollte. Nur die geringe wirtschaftliche Leistungsfähigkeit des Beklagten, die zwar an sich »keine entscheidende Rolle« gespielt habe, führe dazu, dass sich das Schmerzensgeld »nicht sogar in der Nähe einer sechsstelligen Summe« bewege.

Schönheitsoperationen

▶ Hinweis:

Bei fehlgeschlagenen Schönheitsoperationen ist zwischen dem vom Patienten verlangten Schmerzensgeld und den geltend gemachten Kosten für die Wiederherstellung mindestens des früheren Zustandes zu unterscheiden. Die Kosten einer Korrekturoperation, auch wenn diese medizinisch nicht geboten ist, sind über §§ 823, 249 Satz 2 BGB zu ersetzen, nicht aus § 253 BGB n. F. = § 847 BGB a. F. Die Kosten dieser Heilbehandlung sind »Herstellungskosten« bei Verletzung einer Person. Allerdings kann der Patient nicht den Weg der fiktiven Schadensberechnung wählen, sondern kann nur die Behandlungskosten ersetzt verlangen, die tatsächlich angefallen sind.[130]

OLG Bremen, Urt. v. 04.03.2003 – 3 U 65/02, OLGR 2003, 335 E 1994

Grundurteil – ohne Betrag

Erfolglose Laser-Augenoperation ohne wirksame Aufklärung

Die Klägerin unterzog sich wegen angeborener extremer Kurzsichtigkeit einer Laser-Augenoperation (photorefraktive Keratektomie). Sie wurde nicht darüber aufgeklärt, dass der Erfolg der Operation ungewiss sein könnte und dass neben einer Narbenbildung auf der Hornhaut eine erhöhte Blendempfindlichkeit und eine Minderung des Dämmerungs- und Kontrastsehens eintreten könnten. Die Operation brachte nicht den gewünschten Erfolg. Zudem blieb bei der Klägerin eine erhöhte Blendempfindlichkeit zurück.

Der Eingriff war medizinisch nicht indiziert, sodass die Klägerin schonungslos hätte aufgeklärt werden müssen. Das Verfahren ist wissenschaftlich noch nicht anerkannt. Solche Behandlungen stehen in der Nähe einer kosmetischen Operation und erfordern deshalb eine Aufklärung mit hinreichender Dringlichkeit und Offenheit.

OLG Düsseldorf, Urt. v. 01.08.2002 – 8 U 206/01, VersR 2003, 599[131] E 1995

1.000,00 € (Vorstellung: 9.000,00 €)

Fehlgeschlagene Schönheitsoperation – Narbenbildung nach Entfernung von Gesichtsfalten

Die Klägerin hatte mit dem beklagten Arzt einen Vergleich geschlossen, in dem es hieß: »Ich habe nach einer Behandlung von Dr. S. Vernarbungen im Bereich der Oberlippe bekommen. Ich habe mit Herrn Dr. S. vereinbart, dass er die Kosten weiterer Behandlungen trägt. Ich bekomme 1.000,00 € zurückerstattet und verzichte auf weitere Ansprüche.«

130 OLG Köln, Beschl. v. 21.08.1997 – 5 W 58/97, VersR 1998, 1510.

131 OLG Hamm, Beschl. v. 17.11.1992 – 9 W 41/92, OLGR 1993, 211.Eine ältere, aber wichtige Entscheidung.

Das OLG Düsseldorf hat weiter gehende Ansprüche der Klägerin verneint, weil gegen die Wirksamkeit dieser Individualvereinbarung keine grundsätzlichen Bedenken bestünden.

E 1996 **AG Bocholt, Urt. v. 24.02.2006 – 4 C 121/04, unveröffentlicht**

1.500,00 € (Vorstellung: 3.500,00 €)

Fehlerhaftes Tattoo

Die Klägerin wollte ein Tattoo entfernen lassen. Nach Beratung durch die Beklagte entschloss sie sich, das Tattoo durch eine neue Tätowierung überdecken zu lassen. Diese neue Tätowierung wurde von der Beklagten nicht fachgerecht durchgeführt, weil sie zu viel Farbe in zu tiefe Hautschichten einbrachte. Dadurch entstand eine eitrige Entzündung am Oberarm und es blieb eine Vernarbung. zurück. Die Klägerin ließ die neue Tätowierung in 12 Laserbehandlungen entfernen, bleibt aber dauerhaft entstellt.

E 1997 **OLG Köln, Urt. v. 27.11.2002 – 5 U 101/02, OLGR 2003, 81**

2.500,00 €

Kapselfibrose nach Implantation von Silikonkissen

Die Klägerin ließ zwecks Brustvergrößerung beidseits Silikonkissen implantieren. In der Folgezeit stellte sich eine Kapselfibrose ein.

Die Beklagte haftet, weil die Klägerin nicht ordnungsgemäß aufgeklärt wurde und die Beklagte eine hypothetische Einwilligung nicht beweisen konnte.

E 1998 **OLG Hamburg, Urt. v. 29.12.2005 – 1 W 85/05, MDR 2006, 872**

2.500,00 €

Misslungene Bauchstraffung

Die Klägerin begehrt PKH u. a. für einen Schmerzensgeldanspruch wegen einer misslungenen Bauchstraffung. Sie macht geltend, dass die vom Beklagten durchgeführte Methode der Bauchstraffung, bei der ein Schnitt quer über den Bauch gelegt und die Bauchdecke dann über diesen Schnitt heraufgezogen und vernäht werde, angesichts der bereits fortgeschrittenen Erschlaffung der Haut von vornherein nicht geeignet gewesen sei, zu einem kosmetisch ansprechenden Ergebnis zu führen.

E 1999 **OLG Düsseldorf, Urt. v. 21.03.2002 – 8 U 117/01, NJW-RR 2003, 89 = VersR 2004, 386**

3.000,00 €

Erfolglose Laser-Augenoperationen ohne wirksame Aufklärung

Die 58 Jahre alte Klägerin unterzog sich mehreren Augenoperationen mittels Laser (Excimer-Laser-Keratektomie), durch die ihre Weitsichtigkeit beseitigt werden sollte. Sie wurde nicht darüber aufgeklärt, dass der Erfolg der Operation ungewiss sein könne und dass neben einer Narbenbildung auf der Hornhaut eine erhöhte Blendempfindlichkeit eintreten könne. Die Operationen brachten nicht den gewünschten Erfolg. Zudem blieb bei der Klägerin eine erhöhte Blendempfindlichkeit zurück. Für die mit den Operationen verbundenen Schmerzen und für die Blendempfindlichkeit wurde das Schmerzensgeld mit 3.000,00 € bemessen.

Der Eingriff war medizinisch nicht indiziert, sodass die Klägerin schonungslos hätte aufgeklärt werden müssen. Das Verfahren ist wissenschaftlich noch nicht anerkannt. Solche

Behandlungen stehen in der Nähe einer kosmetischen Operation und erfordern deshalb eine Aufklärung mit hinreichender Dringlichkeit und Offenheit.

LG Kassel, Urt. v. 23.10.2006 – 2 O 427/06, unveröffentlicht E 2000

3.000,00 €

Misslungene kosmetische Behandlung von Gesichtspigmenten

Die 37 Jahre alte aus Afghanistan stammende Klägerin ließ sich in einem Institut für medizinisch-ästhetische Kosmetik von der Beklagten behandeln. Die Beklagte nahm eine punktuelle Fruchtsäurebehandlung an beiden Wangen vor. Zuvor hatte sie die Klägerin nicht darüber aufgeklärt, dass durch die Behandlung zusätzliche Hautflecken (Hyperpigmentierungen) entstehen könnten. Unmittelbar nach Auftragen der Maske fing die Gesichtshaut der Klägerin an zu brennen, was der Klägerin erhebliche Schmerzen verursachte. Entlang der behandelten kleinen Hautpunkte entwickelten sich großflächige dunkle Flecken, die nicht mehr beseitigt werden können. Dadurch ist die Klägerin in nicht unerheblichem Umfang entstellt.

OLG Düsseldorf, Urt. v. 20.03.2003 – 8 U 18/02, VersR 2003, 1579 = NJW-RR 2003, 1331 = GesR 2003, 236 E 2001

4.000,00 €

Aufklärung vor Liposuktion/Fettabsaugung

Die 48 Jahre alte Klägerin ließ eine Liposuktion im Bereich von Bauch, Hüfte, Taille und Oberschenkeln durchführen. Sie war mit dem Ergebnis nicht zufrieden und ließ eine Korrekturliposuktion vornehmen. Die Liposuktion war medizinisch nicht indiziert und die Klägerin wurde unzureichend aufgeklärt.

Die Bemessung des Schmerzensgeldes ist auf die Rechtswidrigkeit der Eingriffe und ihrer Folgeerscheinungen im Rücken-, Flanken- und Hüftbereich der Klägerin in Form von unregelmäßigen Konturen und starken Eindellungen, die als Dauerschaden anzusehen sind, gestützt.

OLG Frankfurt, Urt. v. 12.05.2009 – 8 U 255/08, unveröffentlicht E 2002

4.000,00 €

Unvollständige Aufklärung bei Wangenaugmentation und Silikonimplantaten

Die Patientin hat widerklagend ein angemessenes Schmerzensgeld nach missglückter Silikonimplantation begehrt. Das Gericht hat einen Behandlungsfehler verneint, aber die Aufklärung über Behandlungsalternativen beanstandet. Wäre die Patientin über eine mögliche alternative Schnittführung bei der Wangenaugmentation und eine alternative Anästhesie aufgeklärt worden, wäre sie in einen Entscheidungskonflikt geraten, so dass die unzureichende Aufklärung dazu führte, dass die Behandlung rechtswidrig war.

LG Bonn, Urt. v. 08.02.2010 – 9 O 325/08, unveröffentlicht E 2003

4.000,00 € (Vorstellung: 6.000,00 €)

Verbrennungen an beiden Unterschenkeln – Depigmentierung

Die Klägerin suchte das Kosmetikstudio der Beklagten auf, um sich mittels einer »IPL« (Impulslichtverfahren)-Behandlung dauerhaft die Haare an den Beinen entfernen zu lassen. Die Behandlung wurde ohne hinreichende Aufklärung und grob fehlerhaft durchgeführt. Erst nach 20 Impulslichtschüssen brach die Beklagte die Behandlung ab, nachdem sie die Schmerzschreie der Klägerin zuvor mit der Bemerkung, diese sei »wehleidig«, abgetan hatte.

Die Haarentfernung hat auf der Vorderseite der Unterschenkel zu ganz erheblichen Verbrennungen geführt, die mit massivsten Schmerzen einhergegangen sind. Es kam zu einer völligen Depigmentierung bestimmter Hautstellen der dunkelhäutigen Klägerin. Diese sind auch 2 Jahre nach der Behandlung noch in einem Zebrastreifenmuster erkennbar und werden voraussichtlich noch 5 – 10 Jahre verbleiben. Die Bemessung berücksichtigte, dass die Behandlung in mehrfacher Hinsicht grob fehlerhaft war, führte aber aus, dass sich die Verbrennungen an den Unterschenkel und damit einem »meistens durch Kleidung verdeckten« Körperteil befänden.

E 2004 **OLG Nürnberg, Urt. v. 25.07.2008 – 5 U 124/08, VersR 2009, 786**

<u>5.000,00 €</u> (Vorstellung: 7.000,00 €)

Optische Beeinträchtigung nach Brust-OP

Die Klägerin ließ bei den Beklagten zwei Brustvergrößerungsoperationen durchführen, zu denen sie mit Hinweis auf ein »Sonderangebot« und ohne hinreichende Aufklärung gebracht worden war. Die Erstoperation war »durch Täuschung motiviert«, brachte Schmerzen und – nach Einsicht darin – auch psychische Folgen mit sich. Nach der Zweitoperation entstand ein einseitiges »Double Bubble«-Syndrom, sodass die Operationen letztlich eine Verschlechterung der vorigen Situation bewirkt haben.

E 2005 **OLG Düsseldorf, Urt. v. 06.03.2003 – 8 U 72/02, NJOZ 2003, 2377**

<u>6.000,00 €</u> (Vorstellung: mindestens 5.000,00 €)

Nasenverunstaltung

Der Kläger unterzog sich einer kosmetischen Nasenoperation (Rhinoplastik). Aufgrund des Fehlschlagens der Operation wurde die Nase »nachhaltig verunstaltet«; Revisionsoperationen wurden nötig. Das vom LG zuerkannte Schmerzensgeld wurde in 2. Instanz nicht angegriffen.

E 2006 **OLG Frankfurt am Main, Urt. v. 11.10.2005 – 8 U 47/04, MedR 2006, 294**

<u>6.000,00 €</u>

Bauchdeckenstraffung – Narbe – Spannungsgefühle – Sensibilitätsstörungen

Die Klägerin wurde von den Beklagten nicht rechtzeitig vor einer Bauchdeckenstraffung (Abdominoplastik) aufgeklärt. Der Eingriff war rechtswidrig. Es verblieben eine 40 cm lange Narbe, Spannungsgefühle und Sensibilitätsstörungen. Mit dem kosmetischen Ergebnis ist die Klägerin nicht zufrieden.

E 2007 **OLG Frankfurt am Main, Urt. v. 19.12.2006 – 8 U 268/05, unveröffentlicht**

<u>6.000,00 €</u>

Misslungene Oberschenkelstraffung

Die 69 Jahre alte Klägerin hat eine fehlerhafte Operation sowie eine Revisionsoperation mit Granulatentfernung über sich ergehen lassen müssen und leidet noch unter dem sowohl kosmetisch als auch gesundheitlich mangelhaften Ergebnis. Die falsche Schnittführung des Beklagten hat einen funktionell und ästhetisch störenden Hautwulst oberhalb der Operationsnarbe hinterlassen. Sie endet oberhalb des Hautfettwulstes beider Knieinnenseiten und betont die postoperative Deformität der Oberschenkel.

Bei der Bemessung des Schmerzensgeldes wurde berücksichtigt, dass eine Korrekturoperation erforderlich werden wird, die allerdings kein optimales Ergebnis erbringen kann und die mit Komplikationen verbunden sein wird.

Bei der Bemessung des Schmerzensgeldes wurde weiter berücksichtigt, dass der Beklagte durch seine unzureichende präoperative Diagnostik die langwierige Wundheilungsstörung zumindest mitverursacht hat. Zugunsten des Beklagten sprach, dass die kosmetischen Nachteile im Alter der Klägerin keine so schwerwiegenden Auswirkungen haben, wie dies bei einer jungen Frau der Fall gewesen wäre.

LG Hagen, Urt. v. 19.12.2002 – 4 O 358/02, unveröffentlicht[132] E 2008

7.000,00 €

Missglückte Korrektur von Segelohren

Bei dem 11 Jahre alten Kläger wurden die Segelohren operativ korrigiert. Die 1. Operation hatte zur Folge, dass die Ohren »wie angeklebt« aussahen und der Kläger keine Brille mehr tragen konnte; die 2. Operation misslang dem beklagten Arzt erneut. Da Hautstreifen aus der Lendengegend hinter die Ohren verpflanzt wurden, ist die verpflanzte Haut dauerhaft andersfarbig und dem Kläger wachsen Schamhaare hinter den Ohren.

OLG Zweibrücken, Urt. v. 28.02.2012 – 5 U 8/08, GesR 2012, 503 = ZMGR 2012, 340 E 2009

7.000,00 €

Dellen und Narben nach Liposuktion

Die Klägerin ließ bei den Beklagten eine Liposuktion (Fettabsaugung) im Bereich des Unterbauchs, der Hüfte, der Taille und der Außen- und Innenschenkel vornehmen. Nach den Behandlungen zeigten sich eine Delle im Bereich eines Oberschenkels und asymmetrische Bereiche an Hüfte, Taille und Unterschenkel. Ferner sind an der Rückseite eines Oberschenkels Vernarbungen vorhanden.

Die Klägerin wurde vor den Eingriffen nicht ordnungsgemäß aufgeklärt.

Die Beklagten wurden ferner verurteilt, das Honorar in Höhe von 22.680,00 € an die Klägerin zurück zu zahlen.

LG Aachen, Urt. v. 18.06.2003 – 11 O 72/00, unveröffentlicht E 2010

7.500,00 €

Ohrnarben (nach missglückter Korrektur von Segelohren)

Der 10 Jahre alte Kläger wurde wegen abstehender Ohren operiert (Ohranlegeoperation). Die Operation schlug fehl, aufgrund von Behandlungsfehlern kam es zu einer schüsselförmigen Ohrform (»Telefonohr«). Der Junge wurde deswegen gehänselt und fiel in seinen schulischen Leistungen stark ab. Nach einer 2. Operation verblieben Keloidnarben und Wulstnarben an den Nahtstellen.

LG Dortmund, Urt. v. 20.10.2005 – 4 O 25/03, unveröffentlicht E 2011

8.000,00 €

Fehlerhafte Fettabsaugung

Die Klägerin wünschte eine Fettabsaugung an Bauch, Hüfte, Taille, Oberschenkel und Knie. Diese wurde sehr unregelmäßig ausgeführt, sodass es zu Löchern im Gewebe, Verfärbungen,

132 BGH, Urt. v. 03.07.2002 – XII ZR 327/00, NZM 2002, 784 = NJW 2002, 3232; Wagner, S. 40; Joachim, NZM 2003, 387 (388).Eine ältere, aber wichtige Entscheidung.

Verhärtungen und Vernarbungen kam. Die Taille und die linke Flanke sind unterschiedlich abgesaugt und nun unterschiedlich dick.

Die Klägerin leidet noch unter Wundschmerzen und unter dem optischen Eindruck.

E 2012 **OLG Hamm, Beschl. v. 01.02.2006 – 3 U 250/05, VersR 2006, 1509 m. zust. Anm. Jaeger**

8.000,00 € (Vorstellung: höheres Schmerzensgeld)

Misslungene Fettabsaugung (Liposuktion) – Beeinträchtigungen im Bereich der Knieinnenseiten

Nach einer Fettabsaugung (Liposuktion) bestehen bei der 32 Jahre alten Klägerin Beeinträchtigungen im Bereich der Knieinnenseiten, der Oberschenkel, des Bauchs, der Taille und der Flanken. Diese haben auch dauerhafte psychische Beeinträchtigungen zur Folge. Zudem bestehen v. a. im Kniebereich nicht mehr zu korrigierende Dauerschäden, wobei Bewegungseinschränkungen nicht vorliegen.

E 2013 **OLG Hamm, Urt. v. 29.03.2006 – 3 U 263/05, VersR 2006, 1511**

10.000,00 € (Vorstellung: 25.000,00 €)

Optische und schmerzhafte Beeinträchtigungen nach Bruststraffung

Die 36 Jahre alte Klägerin wünschte sich nach der Geburt und dem Stillen zweier Kinder eine Vergrößerung der erschlafften Brüste mit gleichzeitiger Straffung. Die schlanke und körperlich zierlich gebaute Klägerin entschied sich für eine optisch weniger auffällige Implantation unter dem Brustmuskel und eine periareoläre Straffung.

Bei der Klägerin entwickelten sich postoperativ rund um die Brustwarzenvorhöfe breite Narben. Die Brustwarzenvorhöfe erscheinen vergrößert und sind asymmetrisch ausgebildet (rechts oval/links rund). Die Brustwarzenhöfe sind beidseitig so hoch oberhalb der natürlichen Position gelegen, dass sie aus einem Halbschalen-BH herausschauen. Zudem zeigt sich bei der Klägerin auch in normaler Körperhaltung das auf ein Implantat hinweisende sog. »Double-Bubble-Phänomen«. Neben diesen optischen Beeinträchtigungen leidet die Klägerin unter Berührungsunempfindlichkeit im Bereich der Brustwarzen und darunter, dass vorwiegend im Bereich der rechten Brust stechende Schmerzen bei Belastungen des Brustmuskels – etwa durch Putzarbeiten, Tragen von Einkaufstüten etc. – auftreten sowie unter psychischen Belastungen durch Beeinträchtigungen ihres Sexualerlebens und des Selbstwertgefühls und unter der Unförmigkeit ihrer Brüste.

Das Gericht hat ein Teilschmerzensgeld zuerkannt, das es nicht nur für die kosmetischen Behandlungsfehlerfolgen, sondern für alle bei der Klägerin eingetretenen nachteiligen Gesundheitsfolgen bemessen hat, die bis zum Schluss der Verhandlung eingetreten sind.

E 2014 **OLG Düsseldorf, Urt. v. 07.12.2006 – 8 U 43/04, unveröffentlicht**

15.000,00 €

Misslungene Bruststraffung und Brustverkleinerung – Narben und Deformierungen

Dem Beklagten unterliefen bei einer Schönheitsoperation (Brustverkleinerung) Ausführungsfehler, die für die Fehlstellung der Brustwarzen und die Deformierungen im Bereich beider Brüste verantwortlich sind. Besonders der Höhenunterschied der Brustwarzen von ca. 2 cm ist auf einen Fehler bei der Ausmessung der Brustwarzenhöhe zurückzuführen. Hinzu kommt, dass auf der linken Seite lediglich eine quere Raffung mit senkrecht herunterlaufender Narbe vorgenommen wurde, während auf der rechten Seite ein Y-förmiger Schnitt über der Unterbrustfalte angelegt wurde, der einen Hautüberschuss auch in der Länge verkürzt. Gründe für die unterschiedliche Schnittführung bestanden nicht. Durch den Y-förmigen Schnitt rechts ist darüber hinaus ein unterschiedliches Sackungsverhalten der Brust sehr viel wahrscheinlicher geworden, als bei einer lediglich queren Straffung auch auf der rechten Seite; insgesamt ist durch die unterschiedliche Straffung in der Quere eine Asymmetrie von vornherein möglich gemacht worden.

Im Ergebnis kann von einem schrecklichen Bild mit Verziehung des Mamillen-Areolen-Komplexes und völlig unverständlichen Narbenverläufen im Bereich der intramammären Umschlagsfalte gesprochen werden. Infolge der Fehlbehandlung waren zahlreiche Folgeeingriffe erforderlich, wobei jedenfalls die 1. vom Beklagten selbst vorgenommene Korrekturoperation ebenfalls fehlerhaft durchgeführt wurde.

Die Klägerin ist psychisch erheblich beeinträchtigt.

OLG Brandenburg, Urt. v. 28.02.2008 – 12 U 157/07, unveröffentlicht E 2015

15.000,00 €

Brustimplantat

Die Klägerin ließ beim Beklagten eine beidseitige Augmentationsplastik durchführen. Eine solche Schönheitsoperation erfordert eine besonders sorgfältige Aufklärung über die Risiken der kosmetischen Operation. Aus der Dokumentation ergibt sich nicht, dass die Klägerin über das erhöhte, dem Stacking innewohnende Risiko des Verrutschens der Prothese aufgeklärt worden ist. Damit war der Eingriff rechtswidrig.

OLG Koblenz, Urt. v. 14.06.2007 – 5 U 1370/06, VersR 2008, 492 = MedR 2008, 161 = GesR 2007, 488 = NJW-RR 2007, 1622 = MDR 2008, 84 E 2016

30.000,00 € (Vorstellung: 75.000,00 €)

Verletzung des nervus supraorbitalis nach Operation eines nicht vorhandenen Exophthalmus

Der (Wider-) Beklagte operierte die (Wider-) Klägerin nach falscher Diagnosestellung, wonach sie unter einem Exophthalmus mit einer Oberlidreaktion leide. Dabei verletzte er den nervus supraorbitalis, dessen Funktion durch eine Revisionsoperation nicht wiederhergestellt werden konnte. Die Beeinträchtigungen äußern sich in Taubheitsgefühlen, mangelnden Empfindungen, Schmerzen am Kopf und im Gesicht. Das führt reaktiv zu einer Minderung der Mimik. Die ausgeprägte Beschwerdesymptomatik bedeutet ein schweres Belastungspotenzial mit Schwierigkeiten für die Kommunikation und das Sexualleben. Die berufliche Leistungsfähigkeit ist behindert.

Schürf-/Schnittwunden

▶ **Hinweis:**

Schürf- bzw. Schnittwunden sind, soweit es sich um die alleinige oder doch die wesentliche Verletzung handelt, stets von den entschädigungslos hinzunehmenden Bagatellschäden abzugrenzen. Kommen andererseits zu den Wunden, wie etwa bei Verkehrsunfällen typisch, noch weitere Verletzungen (Frakturen o. Ä.) hinzu, sind es zumeist diese, die die für die Bemessung ausschlaggebenden Faktoren darstellen, sodass den Schürf- und Schnittwunden in diesen Fällen regelmäßig kein eigenes Gewicht bzw. keine eigenständige Bedeutung bei der Bemessung zukommt, mögen diese auch schmerzhaft gewesen sein.[133] Aus diesem Grund sind nachfolgend nur Urteile dargestellt, bei denen Schürf- oder Schnittwunden die alleinigen oder doch wesentlichen Verletzungen darstellen. Es liegt in der Natur der Sache, dass bei den in aller Regel niedrigen Beträgen, die für die durchgängig eher leichten Verletzungen zuerkannt werden, in Abweichung von dem Konzept des Buches auch (häufig: AG-) Entscheidungen referiert werden müssen, für die keine Fundstellen angegeben werden können.

Hierbei muss allerdings beachtet werden, dass Schnittwunden zu Narben, also Dauerschäden, führen können; zuletzt mag eine Rolle spielen, ob die Verletzung, wie bei Schnittwunden häufig, durch eine vorsätzliche Körperverletzung des Beklagten verursacht worden ist.

E 2017 **AG Köln, Urt. v. 24.06.2005 – 263 C 579/04, SP 2006, 7**

250,00 € (3/4 Mitverschulden; Vorstellung: 2.000,00 €)

Schürfwunden – Hämatome

Die Klägerin verletzte sich bei einem Verkehrsunfall; sie erlitt Hämatome und Schwellungen an den Unter- und Oberschenkeln. Es kam zu blutenden Schürfwunden an beiden Händen.

E 2018 **AG Frankfurt an der Oder, Urt. v. 21.05.2008 – 25 C 1090/07, unveröffentlicht**

400,00 € (1/3 Mitverschulden; Vorstellung: 2.000,00 €)

Schnittverletzung am linken Daumen

Der 74 Jahre alte Kläger war Kunde im Heimwerkermarkt der Beklagten. Dort interessierte sich der Kläger für einen Rasenkantenschneider »Accu 45«, welcher im Regal ausgepackt auf der Verpackung lag. Der Kläger nahm den Rasenkantenschneider in die Hand, um sich das Gerät näher anzuschauen. Dabei kam der Kläger an den Ein-/Ausschalter des Gerätes. Da es sich um ein geladenes Akku-Gerät handelte, ging der Rasenkantenschneider an und der Kläger schnitt sich in die linke Daumenkuppe, wobei eine Wunde von etwa 2 cm Größe entstand. Diese war nach 4 Wochen ohne äußerlich sichtbare Folgen ausgeheilt, es verblieb aber eine Sensibilitätsstörung. Diese bewertete das Gericht als nicht sonderlich relevant, da es sich um den linken Daumen eines Rechtshänders handelte und auch berufliche Beeinträchtigungen angesichts des Alters des Klägers ausschieden.

Das Gericht sah das Ausstellen eines betriebsbereiten Rasenkantenschneiders ohne Warnhinweis als Verstoß gegen die Verkehrssicherungspflicht an.

E 2019 **OLG Saarbrücken, Urt. v. 22.11.2005 – 4 U 382/04, OLGR 2006, 461**

500,00 € (Vorstellung: 5.000,00 €)

Schürfwunde am Knie

Die 12 Jahre alte Klägerin lief vor dem Hund der Beklagten weg, stolperte und fiel hin. Dabei erlitt sie eine Schürfwunde am Knie. Der Hund der Beklagten biss die auf dem Boden liegende Klägerin in den Rücken, die dabei 3 punktförmige blutende Verletzungen erlitt. Aufgrund dieses Vorfalls entwickelte die Klägerin eine gesteigerte Angst vor Hunden; eine Hundephobie ist nicht erwiesen.

133 Vgl. etwa OLG Celle, Urt. v. 05.08.1999 – 14 U 209/98, OLGR 2000, 35.

AG Dorsten, Urt. v. 11.12.2006 – 3 C 170/06, unveröffentlicht E 2020

500,00 € (1/2 Mitverschulden; Vorstellung: 4.000,00 €)

Schnittwunden an Stirn und Augenbrauen

Der Kläger erlitt bei einem Verkehrsunfall Ohrensausen, Übelkeit und Schwindel sowie multiple kleine und oberflächliche Schnittwunden an Stirn und Augenbrauen, vielfach mit Glaseinsprengungen, ferner eine Prellung am linken Kniegelenk, die zu einem Hämatom und Schmerzen beim Beugen und Strecken des Beines führte.

OLG Brandenburg, Urt. v. 13.07.2010 – 2 U 13/09, NZV 2011, 26 = SP 2011, 67 E 2021

500,00 € (1/2 Mitverschulden; Vorstellung: 1.000,00 €)

Hautabschürfen an Gesicht und Schulter – Thoraxprellung

Die Klägerin erlitt bei einem Verkehrsunfall mehrere kleine Hautabschürfungen an der rechten Wange bis zum Ohr und an der linken Schulter, kleine Hämatome am linken Oberarm und eine Thoraxprellung. Sie war 2 Wochen arbeitsunfähig.

LG Trier, Urt. v. 14.06.2005 – 1 S 36/05, NJW-RR 2006, 525 E 2022

600,00 €

Schnittwunden an Fuß und Unterschenkel – Prellungen

Die Klägerin wurde verletzt, als sie im Kaufhaus der Beklagten eine Glasflasche aus einem Karton entnahm. Dieser war – was als vorwerfbar instabile Lagerung gewürdigt wurde – auf einem weiteren Karton offen in einer Höhe von 1,90 m Höhe gestapelt. Bei der Entnahme fielen 2 weitere Glasflaschen auf die Klägerin und auf ihren rechten Fuß und Unterschenkel. Diese erlitt schwere Prellungen am rechten Sprunggelenk und am Unterschenkel, ferner Hämatome und diverse Schnittwunden. Mehrere ambulante Behandlungen waren erforderlich.

Das Gericht nahm eine Pflicht der Beklagten an, die Ware so anzuordnen, dass keine Gefahren für die Kunden entstehen. Bei der gewählten Lagerung habe der Kunde nicht erkennen können, ob und wie Flaschen im oberen Karton stünden. Die Waren in Selbstbedienungsläden müssten aber so aufgestellt sein, dass ein durchschnittlicher Kunde jedes Produkt problemlos erreichen könne.

LAG Rheinland-Pfalz, Urt. v. 21.02.2005 – 7 Sa 891/04, unveröffentlicht E 2023

700,00 € (Vorstellung: 700,00 €)

Beinschürfwunden – Beinprellungen

Der Kläger war Vorarbeiter des Beklagten; bei einer Auseinandersetzung zwischen beiden hatte der Beklagte, als der Kläger in seinen Wagen einstieg, die Tür zugedrückt und hierbei das Bein des Klägers verletzt; dieser erlitt Prellungen und Abschürfungen sowie eine offene Wunde. Er musste fünfmal zum Arzt. Die Bemessung des Schmerzensgeldes, welche hier im Arbeitsgerichtsprozess getroffen wurde, orientierte sich an dem Ausmaß der Verletzungen und dem Vorliegen einer Vorsatztat.

E 2024 **LG Essen, Urt. v. 12.05.2005 – 4 O 370/04, VD 2005, 332**

750,00 € (Vorstellung: 1.500,00 €)

Schürfwunde – Prellungen an der Schulter

Die Klägerin stürzte in einer Fußgängerzone und zog sich multiple Prellungen, insb. eine Prellung der linken Schulter, sowie eine Schürfwunde und Einrisse der Nägel der linken Hand zu. Sie wurde 3 Monate ambulant ärztlich behandelt, konnte über einen Monat ihren Arm nicht bewegen und musste 20 krankengymnastische Anwendungen besuchen.

E 2025 **LG Osnabrück, Urt. v. 11.02.2004 – 2 S 841/03, NJOZ 2005, 1532**

1.000,00 €

Skrotumsschnittwunde – Skrotumsquetschung

Der 5 Jahre alte Kläger verletzte sich beim Klettern an einem unzureichend abgesicherten Leiterwagen; er rutschte ab und fiel auf einen Metallhaken, wodurch er eine Schnitt- und Quetschwunde des Skrotums mit Blutungen erlitt. Außerdem verlor er ein Stück des Skrotums in der Größe von 2 × 2 cm. Er musste notfallmäßig operiert werden, wobei erschwerend eine Skrotumsschwellung und ein leichtes Fieber hinzutraten. Bei der Bemessung verwies das Gericht auf die sehr schmerzhafte Verletzung, die eine operative Behandlung erforderlich machte. Auch sei es in den nachfolgenden Wochen noch zu Schmerzen und Beschwerden gekommen.

E 2026 **OLG Koblenz, Urt. v. 20.10.2005 – 5 U 1330/04, VersR 2006, 704 = NJW-RR 2006, 393**

1.000,00 €

Schnittwunde an der Hand – Verletzung des nervus ulnaris

Der Kläger zog sich, als er auf eine Glasscherbe fiel, eine Schnittwunde an der rechten Handkante zu. Hierbei war der nervus ulnaris (Ringfinger und kleiner Finger) beeinträchtigt worden, auch waren Glassplitter in die Hand gelangt. Deswegen suchte er die Ambulanz des Beklagten auf; dieser vernähte die Wunde. Die Verletzung des Nervs wurde erstmalig 3 Monate nach der Verletzung diagnostiziert, obwohl der Kläger noch am gleichen Tag erneut in der Ambulanz erschienen war und über große Schmerzen geklagt hatte. Weitere 5 Monate später wurde, weil die Hand eiterte, ein Glassplitter aus der Hand entfernt; die Entfernung weiterer Splitter erachtete man für zu riskant. Dem Beklagten wurde nicht zur Last gelegt, die Nervverletzung übersehen zu haben; anspruchsbegründend war indes, wegen Verzichts auf eine Röntgenaufnahme die Glassplitter in der Hand übersehen zu haben. Die deswegen entstandenen Beeinträchtigungen des Klägers (also die Verzögerung der Operation) hätten so vermieden werden können.

E 2027 **OLG Frankfurt am Main, Urt. v. 18.05.2006 – 16 U 153/05, RRa 2006, 217**

1.000,00 € (Vorstellung: 1.000,00 €)

Schnittwunde am Hals – HWS-Schleudertrauma – Hüf- und Schulterprellung

Der Kläger hatte bei der Beklagten eine Pauschalreise nach Ägypten gebucht. Bei einem Ausflug fuhr der Reisebus mit überhöhter Geschwindigkeit und mit Standlicht auf einen stehenden Lkw auf, wodurch der Kläger verletzt wurde.

Er erlitt eine 4 cm lange Schnittwunde am Hals, eine Prellung des rechten Schultergelenks sowie der rechten Hüfte und ein HWS-Schleudertrauma; er war eine Woche arbeitsunfähig.

LG Lübeck, Urt. v. 21.08.2007 – 6 O 141/06, Jagdrechtliche Entscheidungen XX Nr. 63 E 2028

1.000,00 € (Vorstellung: 3.500,00 €)

Schnittverletzungen an Gesicht und Oberkörper

Der Beklagte veranstaltete eine Treibjagd, ohne die durch das Jagdgebiet führende Straße abgesichert oder Warnungen ausgesprochen zu haben. Die 20 Jahre alte Klägerin fuhr mit ihrem Wagen auf der Straße, als ein fliehender Hirsch von oben auf den Wagen der Klägerin sprang und die Windschutzscheibe zerstörte. Durch die Zersplitterung der Scheibe erlitt die Klägerin diverse Schnittverletzungen im Gesicht und am Oberkörper und wurde deshalb stationär behandelt. Infolge der Verletzungen war die Klägerin eine Woche arbeitsunfähig krank. Die Schnittwunden waren erst 6 Wochen später weitgehend verheilt. Zwischenzeitlich litt die Klägerin noch unter Schmerzen und unter der optischen Beeinträchtigung.

Es verblieb eine immer noch gerötete Narbe auf dem rechten Oberarm der Klägerin, ebenso zwei Stellen an den Augenbrauen, an denen splitterbedingt die Augenbrauen, nicht wieder nachwachsend, fehlten, und zu leichten lichten Lücken führten. Hier ist jeweils eine leichte narbige Veränderung, durch das Herausziehen der Splitter bedingt, verblieben. Außerdem verblieb eine kleinere fast nicht mehr sichtbare Narbe in der Mitte der Oberlippe der Klägerin. Das Gericht berücksichtigte diese Schäden, das Alter der Klägerin und auch den Schock angesichts des lebensgefährlichen Unfalls, sprach aber gleichwohl und ohne Begründung nur 1.000,00 € zu.

OLG Jena, Urt. v. 10.02.2010 – 4 U 594/09, MDR 2010, 867 = NZV 2011, 31 E 2029

1.000,00 € (Vorstellung: 1.500,00 €; »hohes« Mitverschulden)

Schürfwunden im Gesicht und am Ellbogen – Halsprellmarke

Der 20 Jahre alte Kläger erlitt auf dem Bolzplatz der Beklagten einen Unfall, bei welchem es zu einer quer laufenden Prellmarke am Hals und Schürfwunden mit Schwellungen im Gesicht, in Augenhöhe, und am linken Ellbogen kam. Der Bolzplatz war von einem Maschendraht umzäunt, der sich infolge Vandalismus in einem verwahrlosten Zustand befand. Als der Kläger einem Ball hinterher sprang, der über das Spielfeld geschossen worden war, lief er, weil er nur auf den Ball achtete, mit voller Wucht mit dem Hals auf einem freihängenden Spanndraht auf. Er wurde durch die Kraft des Aufpralls ungebremst zu Fall gebracht. Das Gericht bewertete die ungesicherte Gefahrenstelle, aber auch im Rahmen eines – nicht bezifferten – Mitverschuldens, dass der Kläger im Eifer des Gefechts die Gefahren nicht richtig abgeschätzt hatte.

KG, Urt. v. 04.12.2006 – 12 U 119/05, MDR 2007, 887 = VRS 112 (2007), 323 E 2030

1.200,00 €

Schürfwunden – HWS-Schleudertrauma – Prellungen

Nach einem Verkehrsunfall erlitt der Kläger ein HWS-Schleudertrauma 1. Grades sowie schmerzhafte Prellungen und Schürfwunden.

AG Kempten, Urt. v. 02.10.2007 – 2 C 241/07, DAR 2008, 271 E 2031

1.200,00 € (Vorstellung: 1.200,00 €)

Schürfwunden an Unterarm und Hand – Prellungen

Die Klägerin wurde als Fußgängerin von einem Wagen angefahren, dadurch stürzte sie. Sie erlitt eine Schädelprellung, oberflächliche Schürfwunden am linken Unterarm und an der rechten Hand sowie eine Prellung beider Knie, weshalb sie ca. einen Monat arbeitsunfähig war.

E 2032 **OLG Frankfurt am Main, Urt. v. 18.05.2006 – 16 U 153/05, RRa 2006, 217**

1.500,00 € (Vorstellung: 1.500,00 €)

Schnittwunde am Zeh – LWS-Prellung – Knieprellung

Der Kläger hatte bei der Beklagten eine Pauschalreise nach Ägypten gebucht. Bei einem Ausflug fuhr der Reisebus mit überhöhter Geschwindigkeit und mit Standlicht auf einen stehenden Lkw auf, wodurch der Kläger verletzt wurde.

Er erlitt eine 2 cm lange Schnittwunde am großen Zeh des rechten Fußes, welche in den folgenden Tagen vereiterte, eine Prellung der unteren LWS und des linken Kniegelenks; er war 6 Wochen arbeitsunfähig.

E 2033 **LG Köln, Urt. v. 15.04.2008 – 8 O 270/06, DAR 2008, 388**

1.500,00 € (Vorstellung: 3.000,00 €)

Schürfwunden an Knie und Unterschenkeln – Brust- und Wirbelsäulenprellungen – HWS-Syndrom

Der 37 Jahre alte Kläger erlitt bei einem Verkehrsunfall eine HWS-Verletzung sowie Prellungen an der BWS und an der Hüfte sowie Schürfwunden an den Knien und Unterschenkeln. Er hatte 6 Wochen lang Beschwerden, die aber nur die Einnahme von Schmerztabletten erforderlich machten. Der Vorstellung lag ein nicht bewiesener Folgeschaden (Bandscheibenvorfall) zugrunde.

E 2034 **OLG Saarbrücken, Urt. v. 03.11.2009 – 4 U 185/09, DAR 2010, 23 = SP 2010, 207 = DAR 2010, 23**

2.000,00 € (Vorstellung: 2.000,00 €)

Schürfwunden im Gesicht – Prellung der linken Thoraxhälfte – Gehirnerschütterung – Schleudertrauma

Die 35 Jahre alte Klägerin verletzte sich, als sie mit ihrem Fahrrad in ein tiefes Schlagloch auf der Straße fuhr, wobei das Vorderrad blockierte und sie sich mitsamt Rad überschlug. Sie erlitt eine schwere Gehirnerschütterung, ein HWS-Schleudertrauma, eine Prellung der linken Thoraxhälfte sowie Schürfwunden. Sie wurde 3 Tage stationär und anschließend noch ambulant behandelt.

Das Gericht bejahte eine Verkehrssicherungspflichtverletzung, der auch nicht dadurch begegnet worden sei, dass die Beklagte in einer Entfernung von mehr als 400 m zur Schadensstelle durch Verkehrsschilder vor Straßenschäden gewarnt habe. Bei der Bemessung wurde hervorgehoben, dass die »erst 35 Jahre alte Klägerin« die Schürfwunden im Gesicht für »einen nicht unerheblichen Zeitraum als Minderung ihres körperlichen Wohlbefindens empfinden musste«.

E 2035 **AG München, Urt. v. 02.08.2011 – 111 C 31658/08, ZMR 2012, 880**

2.000,00 € (Vorstellung: 3.000,00 €)

Schnittverletzungen an Hand, Finger und Gesicht

Die Klägerin, die als Orthopädin auf funktionsfähige Finger angewiesen ist, erlitt Schnittverletzungen im Gesicht, an der Hand und am Finger, als in einem Hotel beim Öffnen der Glastür der Dusche diese explosionsartig barst. Am Finger kam es zu einer rosinengroßen Verhärtung, die operativ entfernt werden musste, so dass eine Narbe verblieb.

OLG Düsseldorf, Urt. v. 08.11.2004 – I-18 U 101/02, RRa 2005, 121 E 2036

2.500,00 € (Vorstellung: 5.000,00 €)

Schürfwunden an Becken und Rücken – Prellungen

Der Kläger wurde bei einer Reise, die von der Beklagten organisiert war, bei einer Jeepsafari aufgrund eines Unfalls aus dem offenen Jeep herausgeschleudert. Er wurde zunächst in eine örtliche Ambulanz und sodann in ein staatliches Krankenhaus verbracht. Er erlitt zahlreiche Schürfungen und Prellungen mit Blutergüssen am Rücken und im Bereich des Kreuzbeines mit Ausbreitung auch in beide Flanken und in die Nierenregionen. Der Bluterguss wurde noch in Venezuela punktiert. In Deutschland suchte der Kläger erneut ein Krankenhaus auf, wo er wiederum punktiert wurde. Anschließend begab er sich in ärztliche Behandlung. 4 Monate später war der erhebliche Schwellungszustand noch nicht abgeschlossen. Als Folge des Unfalls verblieben im Bereich der rechten Flanke kopfwärts des knöchernen Beckenkamms feinstreifige, gänzlich oberflächlich im Hautniveau gelegene Vernarbungen und ein anhaltendes Taubheitsgefühl über dem Gesäß. Der Kläger war 5 Wochen lang arbeitsunfähig.

LG Detmold, Urt. v. 12.06.2009 – 12 O 227/08, unveröffentlicht E 2037

2.500,00 € (Vorstellung: 2.500,00 €)

Gesichtsabschürfungen – Bauchtrauma – Milzruptur

Der 6 Jahre alte Kläger balancierte auf dem Spielplatz der Beklagten auf einem Steg, der mit einem Halteseil gesichert war. Die Schraube, die das Seil hielt, riss aus der Verankerung, weswegen der Kläger fiel und ein schmerzhaftes stumpfes Bauchtrauma mit mehrfacher Milzruptur sowie starke Abschürfungen im Gesicht erlitt. Aufgrund der Verletzungen konnte er 127 Tage lang nicht am Sportunterricht teilnehmen.

LG Kaiserslautern, Urt. v. 31.10.2005 – 3 O 1/01, unveröffentlicht E 2038

3.500,00 € (1/2 Mitverschulden; Vorstellung: 7.500,00 €)

Schnittwunden an Wange, Hals und Hand

Der Kläger war als Lichtmeister im Rathaus tätig, als der 1. FC Kaiserslautern gerade den Gewinn der deutschen Fußballmeisterschaft feierte. Er sollte von einer Galerie aus die Ausleuchtung vornehmen. Der Galerieraum ist durch Glaselemente von einem als Flachdach ausgestalteten Vorbau getrennt. Als der Kläger dieses betreten wollte, geriet er gegen ein Glaselement, wodurch die Festverglasung zerbrach. Durch herabfallende Glasstücke erlitt der Kläger eine Schnittwunde an der rechten Wange und eine 4 cm lange Schnittwunde am Hals. Des Weiteren erlitt er eine 3 cm lange Schnittwunde am rechten Oberschenkel, eine 10 cm lange am Daumen und Handballen links sowie eine 4 cm lange am rechten Unterarm. Er war 6 Wochen arbeitsunfähig.

Eine Verkehrssicherungspflichtverletzung wurde bejaht, weil nach den Unfallverhütungsvorschriften bruchsicheres Glas hätte eingesetzt sein müssen.

Bei der Bemessung wurden die schmerzhaften Schnittverletzungen mit Narbenbildung in Gesicht, Hals, Oberschenkel, Daumen, Handballen und Unterarm sowie die mehrwöchige Heilbehandlung berücksichtigt. Insb. die Narbe an der rechten Wange ist deutlich sichtbar; die Narbenbildung an der linken Hand kann (minimal) beeinträchtigen.

E 2039 **OLG Düsseldorf, Urt. v. 20.02.2006 – I-1 U 137/05, NZV 2006, 415 = SP 2006, 418**

3.500,00 € (2/5 Mitverschulden; Vorstellung: 5.000,00 €)

Schürfwunden an Schulter und Ellbogen – Impressionsfraktur 6. Brustwirbelkörper – Thoraxtrauma

Der Kläger war als Motorradfahrer an einem Unfall beteiligt; hierbei erlitt er tiefe Schürfwunden an der linken Schulter, am linken und rechten Ellbogen und an den Händen sowie eine Impressionsfraktur des 6. Brustwirbels, ein Thoraxtrauma, eine HWS-Distorsion und eine offene Knieverletzung. Er war 10 Tage in stationärer Behandlung und danach noch eine Woche arbeitsunfähig.

E 2040 **KG, Beschl. v. 26.10.2006 – 12 U 62/06, NZV 2007, 308**

3.500,00 € (Vorstellung: 6.500,00 €)

Schürfungen – Knöchelbruch – Handprellung – Schultergelenkszerrung

Der Kläger erlitt bei einem Verkehrsunfall multiple Schürfungen, einen Speichenköpfchenbruch rechts, einen Außenknöchelbruch am rechten Fuß, eine Zerrung des rechten Schultergelenks und eine Prellung an der linken Hand. Er wurde stationär behandelt.

E 2041 **BGH, Urt. v. 28.03.2006 – VI ZR 46/05, NJW 2006, 1589 = VersR 2006, 710 = MDR 2006, 1123**

4.000,00 €

Schnittverletzungen an der Hand

Der Kläger erlitt Schnittverletzungen an der linken Hand, als er eine Tapetenkleistermaschine reinigte. Die Gratkanten der Kleisterwanne waren »messerscharf«, eine Reinigung nur durch Ausspülen war nicht möglich, und Warnhinweise existierten nicht. An der Hand des Klägers wurden die Sehnen des linken Handgelenks ebenso wie die Nerven der Hand teilweise durchtrennt. An der Daumenwurzel des Klägers verblieb eine sichtbare Narbe, auch leidet er weiterhin unter Gefühlsminderungen.

E 2042 **OLG Oldenburg, Beschl. v. 11.06.2006 – 6 U 51/06, VersR 2008, 1115**

4.000,00 €

Schürfwunden und Blutergüsse an beiden Armen und Beinen – psychische Folgen

Die Beklagten, zwei Jungen und zwei Mädchen, waren z. Zt. der Vorfälle zwischen 11 und 13 Jahre alt. Sie drängten den 11 Jahre alten Kläger in den großen Pausen an den Rand des Schulhofs, um vom aufsichtsführenden Lehrer nicht gesehen zu werden, hielten den Kläger dann dort fest und traten und schlugen auf ihn ein. Dabei vermieden sie Schläge ins Gesicht nur, um keine Spuren zu hinterlassen. Erst nach 2 Monaten wurden die Eltern des Klägers aufmerksam und unterbanden die täglichen Misshandlungen. Der Kläger trug Blutergüsse und Schürfwunden an beiden Armen und Beinen davon; er musste sich wegen einer depressiven Verstimmung, Harnentleerungsstörungen und einer Angsterkrankung in psychiatrische Behandlung begeben, die 2 Jahre andauerte. Beim Schmerzensgeld – was der Senat nicht beanstandet hat – hatte das LG ausdrücklich auch Alter und Vermögensverhältnisse der Beklagten berücksichtigt.

LG Bonn, Urt. v. 19.10.2012 – 23 KLs 555 Js 199/12 P – 23/12, unveröffentlicht E 2043

4.000,00 €

Messerstich in den Oberschenkel

Der Angeklagte war im Rahmen einer eskalierenden Demonstration um das Zeigen der »Mohammed-Karikaturen« gegen zwei Polizeibeamte vorgegangen. Mit einem zuvor mitgebrachten, 22 cm langen Messer versuchte er zunächst erfolglos, einen Beamten zu treffen, und er ging auch weiter vor, nachdem der ebenfalls anwesende »Rat der Muslime« per Lautsprecher zur Mäßigung aufrief. Er stach die Nebenklägerin zweifach in der Innenseite der Oberschenkel. Diese erlitt eine 10 cm lange sowie eine 3cm lange Schnittwunde; bei der langen Wunde war es zu einer Faszienöffnung gekommen. Bei einem Eindringen um einen weiteren Zentimeter wäre die Oberschenkelarterie verletzt worden. Als Dauerschaden verblieben Narben.

Die Nebenklägerin war einen Monat in stationärer Behandlung und 3 weitere Wochen arbeitsunfähig.

Die Entscheidung erging im Adhäsionsverfahren, welches auf Vergleichsentscheidungen aus dem Jahr 1991 Bezug nahm und die eingeschränkte wirtschaftliche Leistungsfähigkeit des Angeklagten betonte.[134]

OLG Stuttgart, Beschl. v. 29.04.2008 – 5 W 9/08, VersR 2008, 1357 = NJW 2008, 2514 = NZV 2008, 523 E 2044

4.500,00 € (Vorstellung: 6.000,00 €)

Schürfwunden – Prellungen – Beschwerden der unteren LWS

Die 18 Jahre alte Klägerin stürzte auf dem Parkplatz der von dem Beklagten betriebenen Diskothek in einen Kanalschacht, weil der marode Kanaldeckel unter der Belastung zu Bruch ging. Sie konnte sich am oberen Rand der Kanalöffnung festhalten, erlitt aber Prellungen und Schürfwunden, wobei Hautverletzungen vernarbten. Auch erlitt sie Beschwerden im Bereich der unteren LWS, die ein Jahr fortdauerten.

Die Entscheidung erging im PKH-Verfahren; das OLG wies darauf hin, dass höhere Schmerzensgelder i. d. R. nur bei Frakturen gewährt würden, aber auch darauf, dass keine Bindung des LG an den im PKH-Verfahren angesetzten Schmerzensgeldbetrag bestehe.

LG München II, Urt. v. 26.06.2008 – 12 O 140/07, SP 2009, 10 E 2045

4.500,00 € (10 % Mitverschulden; Vorstellung: 7.000,00 €)

Schnittverletzungen – Schädelprellung – Schulter-Arm-Prellung – Knieprellungen

Der Kläger erlitt bei einem Verkehrsunfall eine schwere Schädelprellung mit HWS-Kontusion sowie eine Schulter-Arm-Prellung, eine Prellung beider Knie und eine Gesäß- und Rückenkontusion. Es kam zu zahlreichen Glassplitterverletzungen im Gesicht; die Augenbewegungen waren durch das Gesichtsödem sehr schmerzhaft, und die linke äußere Ohrregion war erheblich druckempfindlich. Durch die Schnittverletzungen im Gesicht verblieb eine Narbe.

134 Beide Faktoren hätten indes richtigerweise nicht zu einer Verminderung des Schmerzensgeldes führen dürfen, vgl. Rdn. 1361. Es zeigt sich hier wieder die Gefahr von »Fehlbeurteilungen« im strafrechtlichen Adhäsionsverfahren, vgl. Rdn. 1428.

E 2046 **LG Rostock, Urt. v. 28.05.2008 – 4 O 3/08, unveröffentlicht**

5.000,00 € (Vorstellung: 6.000,00 €)

Skalpierungsverletzung am Schädel – Schwindel

Die Klägerin erlitt bei einem Sturz auf einer Straße, für welche die Beklagte verkehrssicherungspflichtig war, eine schwere Kopfverletzung. Aus dem Gehweg ragten 7 cm lange Metallbolzen heraus, die nur teilweise durch weiße Holzleisten abgedeckt waren und die im Sommer zur Befestigung von Parkbänken dienten. Die Klägerin erlitt durch den Aufprall mit dem Kopf auf einen Metallmülleimer eine Skalpierung der Kopfschwarte. Diese verheilte oberflächlich problemlos, die Klägerin litt aber lange Zeit an anfallsweise auftretendem Schwindel, Gangunsicherheiten, Ängstlichkeit und starken Kopfschmerzen. Mehrere Monate traten lokale Parästhesien der Kopfhaut auf.

Das Gericht berücksichtigte die schmerzhafte Verletzung durch die Skalpierung und die anhaltenden Schmerzen, zudem das »unverständliche Regulierungsverhalten« der kommunalen Beklagten und den Umstand, dass eine »absolut unnötige Stolperfalle auf dem neu angelegten Gehweg« von einem »hohen Maß an Sorglosigkeit« zeuge.

E 2047 **BGH, Urt. vom 12.01.2012 – 4 StR 290/11, NstZ 2012, 439**

5.000,00 €

Schnittverletzungen am Mittelfinger und am Handballen

Die Klägerin wehrte sich bei einem Raubüberfall, indem sie versuchte, ein Messer, das der Täter ihr an den Hals drückte, wegzuschieben. Dabei zog sie sich Schnittverletzungen am Mittelfinger und am Handballen zu. Der Täter verpflichtete sich im Strafverfahren freiwillig, an die Klägerin 5.000,00 € zuzüglich Zinsen zu zahlen.

E 2048 **OLG Frankfurt am Main, Urt. v. 18.05.2006 – 16 U 153/05, RRa 2006, 217**

6.000,00 € (Vorstellung: 6.000,00 €)

Risswunde am Schädel – Kniegelenksprellung – HWS-Schleudertrauma

Die Klägerin hatte bei der Beklagten eine Pauschalreise nach Ägypten gebucht. Bei einem Ausflug fuhr der Reisebus mit überhöhter Geschwindigkeit und mit Standlicht auf einen stehenden LKW auf, wodurch die Klägerin verletzt wurde.

Sie erlitt eine 12 cm lange Risswunde an der rechten Schädelhälfte, die genäht werden musste. Möglicherweise verbleibt eine Narbe. Ferner kam es zu einem Hämatom am rechten Auge, einer Kniegelenksprellung sowie zu einem HWS-Schleudertrauma. Sie war 3 Monate arbeitsunfähig.

E 2049 **OLG Hamm, Urt. v. 07.11.2012 – 30 U 80/11, NJW-RR 2013, 349**

6.500,00 € (Vorstellung: 10.000,00 € bis 15.000,00 €)

Stichverletzungen an Händen und Oberschenkeln

Der Kläger war Gast im Hotel des Beklagten. Der Kläger teilte dem Beklagten mit, er werde eine Feier besuchen und erst spät zurückkommen; daraufhin überließ der Beklagte dem Kläger einen Hotelschlüssel, ohne allerdings hierüber die türkische Reinigungskraft zu informieren, die abends allein vor Ort war. Als der Kläger alkoholisiert Einlass begehrte, wollte ihn der Mitarbeiter nicht einlassen. Der Kläger drückte die Tür dann gegen dessen Widerstand auf und fügte dem Mitarbeiter eine Kopfwunde zu. Darauf holte dieser ein Messer und verletzte den Kläger mit diversen Messerstichen.

Der Kläger erlitt dabei eine 2,5 cm lange Schnittverletzung an der linken Handfläche zwischen Daumen und Zeigefinger, eine Stichverletzung an der Vorderseite des linken Oberschenkels, eine 4 cm lange Stichverletzung an der Rückseite des linken Oberschenkels, die genäht werden musste, eine 1 cm lange tiefe Stichverletzung an der Rückseite des rechten Oberschenkels, die ebenfalls genäht werden musste, eine Stichverletzung im Unterbauch links. Daneben erlitt der Kläger bei der Abwehr der Angriffe diverse Prellungen, Hautunterblutungen und Kratzer in allen Bereichen des Körpers. Der Kläger musste für eine Woche stationär im Krankenhaus aufgenommen werden. Der Heilungsverlauf dauerte vier Monate.

Aufgrund der lebensbedrohlichen Situation traten bei dem Kläger psychische Probleme auf, die die Durchführung einer psychotherapeutischen Behandlung erforderlich machten. Weil keine spürbare Besserung auftrat, brach der Kläger diese Behandlung vor ihrem Abschluss ab. Zurzeit verspürt der Kläger sieben Jahre nach der Tat gelegentlich noch Narbenschmerzen aufgrund der an den Rückseiten der Oberschenkel erlittenen Verletzungen, insbesondere beim Hinsetzen. Aufgrund der erlittenen Verletzungen und der erforderlichen Behandlungen musste der Kläger sein Studium für ein Semester unterbrechen und konnte es auch erst entsprechend später abschließen.

OLG Karlsruhe, Urt. v. 03.04.2009 – 14 U 140/07, MDR 2009, 1043 E 2050

7.000,00 € (Vorstellung: 10.000,00 €)

Schnittverletzung an der rechten Hand – Durchtrennung des nervus medianus

Der 24 Jahre alte Kläger rutschte auf dem nassen Boden in der Diskothek der Beklagten aus. Hierbei fiel er, da auf dem Boden zerbrochenes Glas lag, in die Scherben und erlitt eine tiefe Schnittwunde im rechten Handgelenk mit einer arteriell spritzenden Blutung. Der nervus medianus wurde durchtrennt. Der Kläger wurde operiert und 3 Tage stationär behandelt. Die Sensibilität im Bereich des mit einer Nervennaht operativ versorgten Nervs ist eingeschränkt. Es liegt eine ausgedehnte Medianusschädigung vor, mit einer völligen Herstellung des Nervenverlaufs ist nicht zu rechnen. Die Feinmotorik und die grobe Kraft der rechten Hand sind vermindert, der Daumen kann nur teilweise eingesetzt werden, beim Beugen und Strecken von Handgelenk und Finger entstehen ganz erhebliche Schmerzen. drei Narben am Handgelenk verblieben. Der Kläger ist in seinem Beruf als Heizungsbauer nicht mehr einsetzbar. Das Gericht bejahte eine Verkehrssicherungspflichtverletzung, auch in einer vollen Diskothek den Boden von Scherben frei zu halten.

LG Bonn, Urt. v. 19.10.2012 – 23 KLs 555 Js 199/12 P – 23/12, unveröffentlicht E 2051

8.000,00 €

Messerstich in den Oberschenkel – posttraumatische Belastungsstörung

Der Angeklagte war im Rahmen einer eskalierenden Demonstration um das Zeigen der »Mohammed-Karikaturen« gegen zwei Polizeibeamte vorgegangen. Mit einem zuvor mitgebrachten, 22cm langen Messer versuchte er zunächst erfolglos, einen Beamten zu treffen, und er ging auch weiter vor, nachdem der ebenfalls anwesende »Rat der Muslime« per Lautsprecher zur Mäßigung aufrief. Er stach den Nebenkläger an der Außenseite des linken Oberschenkels; durch die Wucht des Angriffs wurde der Nebenkläger zurückgestoßen. Der Nebenkläger erlitt eine 5 cm breit klaffende, 16 cm lange und 4cm tiefe Schnittwunde; die Faszie war eröffnet und der musculus vastus lateralis war teilweise längs durchtrennt. Eine Operation unter Vollnarkose war nötig; der Nebenkläger wurde 6 Tage stationär behandelt und war 3 ½ Monate arbeitsunfähig. Der Nebenkläger erlitt eine posttraumatische Belastungsstörung, wegen derer er noch in Behandlung ist; er arbeitet in einer Wiedereingliederungsmaßnahme.

Die Entscheidung erging im Adhäsionsverfahren, welches auf Vergleichsentscheidungen aus dem Jahr 1991 Bezug nahm und die eingeschränkte wirtschaftliche Leistungsfähigkeit des Angeklagten betonte.[135]

E 2052 **OLG Düsseldorf, Urt. v. 24.10.2005 – I-1 U 217/04, unveröffentlicht**

9.000,00 € (1/4 Mitverschulden)

Multiple Prellungen und Schürfwunden – Rippenfrakturen – Oberschenkelfraktur

Der 50 Jahre alte Kläger erlitt bei einem Verkehrsunfall ein Schädelhirntrauma 1. Grades, eine Unfallschockreaktion, Frakturen zweier Rippen, multiple Prellungen und Schürfungen an Hand und Gesicht, ein stumpfes Thoraxtrauma sowie eine Oberschenkelfraktur. Wegen der Oberschenkelfraktur musste er operiert werden; er befand sich für etwa einen Monat in stationärer Behandlung, erhielt Unterarmgehstützen, durfte das Bein für 6 Monate nicht belasten und leidet noch heute unter den Folgen der Verletzungen.

E 2053 **OLG Koblenz, Beschl. v. 12.10.2006 – 12 W 471/06, OLGR 2007, 517**

10.000,00 € (Vorstellung: 15.000,00 €)

Schnittwunde am Bauch

Der Kläger war Busfahrer. Bei einer Fahrt nach Ungarn geriet er mit dem Beklagten, einem seiner Passagiere, aneinander, weil dieser »durch sein ungepflegtes Äußeres« mehrfach unangenehm aufgefallen sei, zumal er sich während der Reise weder gewaschen noch die Kleider gewechselt habe.

Nachdem der Kläger dem Beklagten mitgeteilt hatte, wenn dieser sich nicht wasche, werde er nicht weiter befördert, erschien letzterer am Folgetag gleichwohl unverändert. Als der Kläger ihn am Besteigen des Busses hindern wollte, kam es zu einer Rangelei, im Verlauf derer der Beklagte ein Messer zog und dem Kläger eine Schnittwunde unterhalb der Rippe zufügte.

Der Kläger wurde vom Notarzt in ein ungarisches Krankenhaus gebracht und dort operiert, was wegen unzureichender Narkose schmerzhaft war. Die Krankenhausbehandlung war ferner wegen mangelhafter hygienischer Verhältnisse unangenehm. Am Folgetag ließ er sich daher von einem Kollegen in dessen Bus nach Deutschland heimfahren.

Auch wenn die Wunde selbst nicht schwerwiegend war und insb. den Bauchraum nicht geöffnet hatte, stellte das Gericht bei der Bemessung auf die subjektiv als lebensbedrohend empfundene physische Verletzung, die durch Sprachunkenntnis erschwerte Lage des Klägers im Krankenhaus, die auch darauf beruhende Rückreise am Tag nach der Operation im Bus, die nachfolgende Arbeitsunfähigkeit aus Gründen der physischen Beeinträchtigung, der Arbeitsplatzverlust wegen einer andauernden psychischen Beeinträchtigung, die lange Verfahrensdauer im Strafverfahren und im Haftungsprozess sowie die grob uneinsichtige Haltung des Beklagten bis zur Verfahrenserledigung, verbunden mit massiven Vorwürfen gegen den Kläger, ab. Auch seien die relativ guten wirtschaftlichen Verhältnisse des Klägers von Bedeutung; er bewohnt ein Haus mit großem unbelasteten Grundstück und bezieht eine »auskömmliche Rente«.

135 Beide Faktoren hätten indes richtigerweise nicht zu einer Verminderung des Schmerzensgeldes führen dürfen, vgl. Rdn. 1361 . Es zeigt sich hier wieder die Gefahr von »Fehlbeurteilungen« im strafrechtlichen Adhäsionsverfahren, vgl. Rdn. 1428.

OLG Celle, Urt. v. 25.04.2006 – 14 U 230/05, SP 2006, 278 E 2054

12.000,00 €

Unterschenkelschnittwunde – Beckenprellung – Knieverletzungen

Der Kläger erlitt bei einem Verkehrsunfall multiple Verletzungen, nämlich eine Gehirnerschütterung, eine Thoraxprellung mit ausgedehnter Ablederung des Rückens und des Gesäßes, eine Beckenprellung, eine tiefe Schnittwunde am rechten Unterschenkel, eine Kreuzbandruptur am linken Knie mit Teilruptur des Außenbandes und des Innenbandes, eine Steißbeinfraktur, Schäden am Gesäßmuskel mit erheblicher Narbenbildung und eine Hüftmuskelverletzung.

OLG Düsseldorf, Urt. v. 14.03.2005 – I-1 U 149/04, unveröffentlicht E 2055

20.000,00 €

Schnitt- und Schürfwunden – Unterschenkelschaftfraktur – Schienbeinkopffraktur – traumatisches Kompartmentsyndrom

Der 29 Jahre alte Kläger erlitt bei einem Verkehrsunfall eine Fraktur des linken Unterschenkelschafts, eine Schienbeinkopffraktur, ein traumatisches Kompartmentsyndrom am linken Bein sowie mehrere Schnitt- und Schürfwunden am linken äußeren Oberschenkel und Unterschenkel bis hinab zum Sprunggelenk. Die stationären Behandlungen dauerten 3 Wochen, 3 Tage, 6 Tage und 5 Tage. Danach befand sich der Kläger für rund 6 Monate in ambulanter Behandlung. Er war 17 Monate arbeitsunfähig. Es besteht eine dauerhafte MdE von 10 %. Beide Beine sind von Narben gekennzeichnet.

OLG Saarbrücken, Urt. v. 31.03.2009 – 4 U 26/08, NZV 2010, 77 E 2056

22.500,00 €

Gesichtsschnittwunden mit Narben – Frakturen von Beckenschaufel – Schlüsselbein– Rippe

Die Klägerin erlitt bei einem Verkehrsunfall eine Beckenschaufelfraktur, eine Fraktur des Schlüsselbeins und der Rippe, erhebliche Prellungen und Schürf- und Schnittwunden, die eine mehrwöchige Krankenhausbehandlung erforderlich machten und Dauerschäden in Form von Bewegungseinschränkungen der Beine und des Arms und ästhetische Beeinträchtigungen im Gesicht durch Narbenbildung sowie eine nachhaltige Traumatisierung zur Folge haben.

LG Hechingen, Urt. v. 13.03.2006 – 1 O 264/05, NJOZ 2006, 2688 E 2057

25.000,00 € (Vorstellung: 25.000,00 €)

Messerstiche in Hals und Bauch

Die Parteien waren Klassenkameraden; der Beklagte war in die 18 Jahre alte Klägerin verliebt, die diese Gefühle nicht erwiderte. Daher wollte der Beklagte sie im Anschluss an eine Verabredung töten; hierzu fasste er sie von hinten und zog mit einem Messer über ihren Hals. Die Klägerin setzte sich zur Wehr und erlitt hierbei Stiche in den Oberbauch, die Hände und das Knie; schließlich konnte sie sich befreien. Ein zufällig in der Nähe wohnender Arzt verhinderte einen Kreislaufkollaps, bis der Notarzt eintraf.

Die Klägerin erlitt Stichwunden im Epigastrium mit Verletzung des linken Lederlappens sowie multiple Stichwunden im Bereich der rechten Halsseite, wobei auch die innere Drosselvene verletzt wurde. Sie hatte multiple Schnittwunden an den Händen; an der rechten Hand wurde eine Sehne am kleinen Finger durchtrennt. Die Stiche in Leber und Hals wären ohne sofortige ärztliche Hilfe tödlich gewesen. Die Klägerin befand sich 12 Tage in stationärer Behandlung; es verblieben ein erhebliches Beugedefizit im kleinen Finger und erhebliche

Narben, insb. im gut sichtbaren Halsbereich. Eine Dauer-MdE von 10 % verbleibt; die Klägerin ist psychisch nachhaltig traumatisiert. Sie schläft schlecht und leidet unter beständiger Angst, dem Beklagten zu begegnen. Im Umgang mit Männern ist sie übervorsichtig und in ständiger Spannung; die hierdurch hervorgerufenen körperlichen Belastungen führen zu einer erhöhten Ermüdbarkeit und Einschränkungen der Aktivität. Das Gericht berücksichtigte die Schwere der Stichverletzungen und den Umstand, dass die jugendliche Klägerin lebenslang durch die dauerhaft wahrnehmbaren Beeinträchtigungen und Verletzungen gezeichnet bleiben wird. Schmerzensgeld erhöhend fiel die Vorsatztat ins Gewicht.

E 2058 BGH, Urt. v. 18.07.2006 – X ZR 44/04, NJW 2006, 2918 = VersR 2006, 1504 = NZV 2006, 538

25.000,00 € (Vorstellung: 75.000,00 €)

Schnittverletzungen beider Sprunggelenke – Dauerschäden

Die 8 Jahre alte Klägerin lief während eines Urlaubs, den ihre Eltern bei der Beklagten gebucht hatten, gegen die Glasschiebetür des von ihrer Familie bewohnten Appartements, als sie nach draußen zu ihren Eltern wollte. Die Glastür zersplitterte; hierdurch erlitt sie erhebliche Verletzungen an beiden Unterschenkeln und Füßen. Aufgrund schwerer Schnittverletzungen im Bereich beider Sprunggelenke und Unterschenkel wurden Sehnen und Nerven durchgetrennt; die primäre Versorgung in einem Krankenhaus auf Menorca war unzureichend, sodass nach der Rückkehr der Klägerin eine erneute operative Wundversorgung mit Sehnennähten und Nervennähten sowie plastischer Rekonstruktion zerschnittener Gewebsanteile notwendig wurde. Die anschließende Wundverheilung war verzögert und gestört, weil über Monate immer wieder Fadenanteile der Wundversorgung vom Krankenhaus auf Menorca die verheilenden Wunden durchbrachen. Die Entfernung der Fadenreste war schwierig, erfolgte ambulant und war z. T. mit erheblichen Schmerzen verbunden; sie ist noch nicht abgeschlossen. Die Klägerin musste ca. 1/2 Jahr nach dem Unfall einen Rollstuhl benutzen und befürchtete zunächst, nie wieder laufen zu können. Krankengymnastik und Rehabilitationsmaßnahmen sind weiter nötig; es bestand zunächst eine erhebliche Einschränkung der Beweglichkeit im linken oberen und unteren Sprunggelenk, wobei sich beim Gehen ein deutliches Hinken des linken Beines zeigte. Die Klägerin musste links einen Kompressionsstrumpf tragen.

Diese Bewegungseinschränkungen haben sich mittlerweile verbessert. Dennoch ist die Klägerin in ihrer Mobilität nach wie vor stark eingeschränkt. Sie ist vom Schulsportunterricht befreit und kann derzeit ihren sportlichen Aktivitäten – sie spielte Tennis und war in einem Fußballverein – noch immer nicht nachgehen. Auch wenn eine Besserung eingetreten ist, verbleiben nach wie vor, insb. nach Belastungen des linken Beines, erhebliche Beschwerden. Eine Korrektur der Narben, insb. die der immer noch deutlich sichtbaren Narbe im Bereich des linken Sprunggelenks und Unterschenkels, kann erst erfolgen, wenn die Klägerin ausgewachsen ist. Der linke Fuß der Klägerin muss jeden Abend massiert werden, um das Narbengewebe geschmeidig zu halten. Es besteht weiterhin ein Taubheitsgefühl auf dem Rücken des linken Fußes. Die Beweglichkeit der Zehen dieses Fußes hat sich verbessert, ist aber immer noch eingeschränkt. Die Klägerin leidet unter den deutlich sichtbaren Narben am linken Fuß und hat Furcht vor großen Glasflächen. Der Senat stellte besonders auf das junge Alter der Klägerin und die Dauerschäden bei Freizeitaktivitäten und Aussehen ab.

E 2059 LG Freiburg, Urt. v. 31.07.2012 – 5 O 85/12, unveröffentlicht

30.000,00 € (Vorstellung: 30.000,00 €)

Stichwunden im Bauch – Nieren- und Dickdarmverletzungen

Zwischen den Parteien kam es zu Rangeleien, weil sich der Beklagte mit mehreren Freunden abends lautstark vor einem Laden unterhielt, der sich neben dem Haus des Beklagten befand.

Im Verlaufe der zunächst verbal geführten Auseinandersetzung über die Ruhestörung zog der 66 Jahre alte Beklagte ein unter dem Bademantel verborgenes Messer und stieß damit wuchtig gegen den linken Oberbauch des 30 Jahre alten Klägers. Hierbei traf er Niere und Dickdarm. Große Teile des Bauchfellnetzes traten durch den Stichkanal aus. Als der Kläger dies sah, packte ihn Todesangst, bis er im Rettungswagen das Bewusstsein verlor und erst auf der Intensivstation wieder aufwachte. Er hatte nachoperativ starke Schmerzen im Bauchraum und konnte nur auf dem Rücken liegen. Zwei Monate lang konnte er nur mit Schmerzmitteln schlafen. Husten, Stuhlgang und Blähungen verursachten besondere Schmerzen. Erst nach einem Jahr normalisierte sich der Zustand; der Kläger hat nunmehr nur noch ab und zu Beschwerden in der Bauchregion. Es verblieben deutlich sichtbare Narben in einer Breite von 30cm, weil der Bauchraum zur operativen Versorgung voll geöffnet werden musste. Der Kläger, der zuvor Rad fuhr und Fußball spielte, kann sich nun körperlichen Belastungen kaum aussetzen. Wegen der psychischen Belastung ist er in therapeutischer Behandlung. Bei der Bemessung berücksichtigte das Gericht besonders die Genugtuungsfunktion für den Einsatz eines Messers ohne Vorwarnung. Die vorangegangene Provokation durch den Kläger sei berücksichtigt, ansonsten hätte, so das Gericht, das Schmerzensgeld noch höher ausfallen müssen.

LG Wiesbaden, Urt. v. 15.04.2010 – 9 O 189/09, unveröffentlicht E 2060

40.000,00 € (Vorstellung: 40.000,00 €)

Messerstich in den Oberschenkel – Amputation

Der 21 Jahre alte Kläger wurde von dem 34 Jahre alten Beklagten mit einem Messer angegriffen, weil der Kläger eine Beziehung mit der ehemaligen Lebensgefährtin des Beklagten unterhielt. Beide Parteien waren seit Jahren drogenabhängig und wohnsitzlos. Bei der Auseinandersetzung stach der Beklagte mit einem Messer mit einer Klingenlänge von 15 cm mit großer Wucht tief in die Rückseite des linken Oberschenkels.

Der Kläger verlor sehr viel Blut; bei der Attacke wurden der nervus ischiadicus und der musculus bizeps femoris durchtrennt. Dies erforderte nervenärztliche Versorgung; der Muskel konnte schichtweise rekonstruiert werden. Der Schutz der Nervennaht machte eine Immobilisierung des Klägers mittels Becken-Bein-Ortthese für 3 Wochen erforderlich, zudem erhielt er eine Peronaeus-Schiene.

Der Kläger wurde 3 Wochen stationär behandelt, es schloss sich eine sechswöchige stationäre Rehabilitation an. An der linken Ferse des Klägers entwickelte sich ein Dekubitus, der erst ein Jahr später abheilte. Das linke Bein des Klägers blieb gelähmt und ist ab dem Knie taub. In der Folgezeit verschlimmerten sich die ohnehin bestehenden entzündlichen Veränderungen an der linken Ferse des Klägers, auch deshalb, weil er deren Folgen wegen der durch die Stichverletzung bewirkten Gefühllosigkeit nicht wahrnahm. Es wurde daher ein weiterer stationärer Krankenhausaufenthalt des Klägers erforderlich, bei welchem die entzündlichen Wunden des Klägers operativ revidiert wurden. Die dem Kläger überlassenen Gehhilfen waren irgendwann »durchgelaufen«; der nicht krankenversicherte Kläger konnte sich indes keine neuen besorgen, sodass er sich seitdem in Socken oder barfuß hinkend fortbewegen musste. Bei einem weiteren stationären Krankenhausaufenthalt 3 Jahre nach der Tat wurde bei dem Kläger eine persistierende chronische Osteomyelitis Kalkaneus diagnostiziert. Deswegen wurde linksseitig eine Unterschenkelamputation durchgeführt. 2 Monate später erfolgte eine Nachamputation.

Bei der Bemessung berücksichtigte das Gericht die schweren und dauerhaften Tatfolgen, aber auch, dass der Beklagte die Tat im Zustand verminderter Schuldfähigkeit begangen hatte.

E 2061 LG Düsseldorf, Urt. v. 10.05.2010 – 11 O 334/07, unveröffentlicht

75.000,00 € (Vorstellung: 50.000,00 €)

Tiefe Schnittverletzungen an beiden Beinen – Kniekehlenwunde – Nervläsion – Tibiaschaftbrüche

Die 36 Jahre alte Klägerin wurde vom Beklagten, ihrem Exfreund, nach einem Streit anlässlich ihrer Trennung an den Rhein gefahren, wo er ihr den Mund zuklebte und ihr dann mehrfach mit einem Hammer auf die Schienenbeine schlug. Anschließend schnitt er mit einem Messer in die rechte Kniekehle. Die Klägerin drohte zu verbluten und konnte nicht mehr gehen; der Beklagte fuhr sie in ein Krankenhaus und lud sie dort ab, nachdem auf sein Hupen hin Personal erschienen war.

Die Klägerin erlitt lebensgefährliche Verletzungen, die ohne ärztliche Hilfe zum Tode geführt hätten. Sie hatte auf beiden Seiten offene Tibiaschaftbrüche sowie stark gequetschte Wunden an beiden Beinen, multiple tiefe Schnittverletzungen und eine große, quer verlaufende klaffende Wunde in der rechten Kniekehle mit einer partiellen Läsion des nervus peronaeus sowie teilweiser Durchtrennung der Unterschenkelsehne. Es waren über 7 Wochen drei stationäre Behandlungen nötig; insgesamt wurde sie im Zeitraum von 2 Jahren achtmal operiert und befand sich 2 Monate in Reha. Die Klägerin leidet immer noch unter Schmerzen, Krämpfen und Taubheitsgefühlen in beiden Beinen. Sie ist arbeitsunfähig und kann nicht mehr lange sitzen, Sport treiben oder Auto fahren. Es verblieben lange und gut sichtbare Narben an beiden Beinen, die überwiegend kosmetisch nicht beseitigt werden können. Die Klägerin muss täglich Krankengymnastik machen und ist lebenslang zur Vermeidung von Thrombosen auf Stützstrümpfe angewiesen. Als psychische Folge stellte sich eine posttraumatische Belastungsstörung ein, die zur einer MdE von 30 % führte.

Das Gericht berücksichtigte die Tatumstände und auch die langwierige und psychisch belastende Heilbehandlung sowie die Dauerschäden, insb. auch die Narben. Das Gericht führte hierzu aus, entgegen der Auffassung des Beklagten komme es dabei nicht entscheidend darauf an, ob die Klägerin vor dem Vorfall beinfreie Kleidungsstücke getragen habe oder nicht. Maßgebend sei vielmehr, dass die Narben auffällig sind und Einfluss auf das Selbstwertgefühl der 36 Jahre alten Klägerin haben, die sich nun nicht mehr traut, mit kurzem Rock oder kurzer Hose in der Öffentlichkeit aufzutreten oder ins Schwimmbad zu gehen. Auch eine Frau, die bislang nur lange Hosen getragen hat, fühle sich dadurch beeinträchtigt, dass sie keine kurzen Kleidungsstücke mehr tragen kann, selbst wenn sie es jetzt wollte. Nur die geringe wirtschaftliche Leistungsfähigkeit des Beklagten, die zwar an sich »keine entscheidende Rolle« gespielt habe, führe dazu, dass sich das Schmerzensgeld »nicht sogar in der Nähe einer sechsstelligen Summe« bewege.

Schwangerschaft, ungewollte

► Hinweis:

Bei unerwünschter Schwangerschaft infolge eines ärztlichen Behandlungsfehlers wird das Schmerzensgeld gewährt für

– die Belastung, die mit dem Austragen und der Geburt des Kindes verbunden ist und
– eine besondere Schmerzbelastung, die die mit einer natürlichen, komplikationslosen Geburt verbundenen Beschwerden übersteigt.[136]

136 BGH, Urt. v. 30.05.1995 – VI ZR 68/94, VersR 1995, 1060; BGH, Urt. v. 18.01.1983 – VI ZR 114/81, VersR 1983, 396, 398 = NJW 1983, 1371, 1373.

Kein Schmerzensgeld wird gewährt für

- ein schweres psychisches Überlastungssyndrom nach der Geburt des Kindes, weil die ausgleichspflichtige Beeinträchtigung mit der Geburt des Kindes abgeschlossen ist und weil diese Belastungen außerhalb des Zurechnungszusammenhangs stehen und
- die Beeinträchtigung der Lebensführung und Lebensplanung durch das Großziehen des Kindes, weil es sich dabei nicht um körperliche oder gesundheitliche Beeinträchtigungen handelt.

Zum Stichwort Schwangerschaft liegen nur wenige Entscheidungen vor, sodass auch ältere Entscheidungen in der Tabelle verbleiben; das darin zuerkannte Schmerzensgeld muss heute deutlich höher ausfallen.

OLG Bamberg, Urt. v. 18.02.2002 – 4 U 126/01, OLGR 2002, 184 E 2062

1.500,00 € (Mitverschulden: 1/2; Vorstellung: 5.000,00 €)

Frühgeburt nach Behandlungsfehler

Die Klägerin ließ wegen unterlassener Fruchtwasseruntersuchung die Schwangerschaft nicht abbrechen und erlitt eine Frühgeburt in der 31. Woche. Beeinträchtigungen hatte sie seit der 18. Woche.

Maßgeblich für die Höhe des Schmerzensgeldes war auch der Umstand, dass die gesundheitlichen Beeinträchtigungen infolge der nicht abgebrochenen Schwangerschaft nur verhältnismäßig kurz waren. Es handelte sich um eine Frühgeburt in der 31. Schwangerschaftswoche, sodass die geltend gemachten Beeinträchtigungen nur von der 18. bis zur 31. Schwangerschaftswoche gedauert haben. Darüber hinaus hat sich die Klägerin zu 1) nicht etwa auf einen besonders lästigen Verlauf der Schwangerschaft und eine besonders schwere Geburt berufen.

KG, Urt. v. 10.03.2008 – 20 U 224/04, NJW-RR 2008, 1557 E 2063

4.000,00 €

Suizidversuch nach Verneinung einer Indikationslage

Für einen folgenlos überlebten Suizidversuch einer Schwangeren mittels Tabletteneinnahme aufgrund der Verneinung einer psychiatrischen bzw. medizinisch-sozialen Indikation für einen Schwangerschaftsabbruch wegen mangelnder ärztlicher Befunderhebung trotz eindeutiger Hinweise auf eine mögliche Suizidalität, ist ein Schmerzensgeld i. H. v. 4.000,00 € gerechtfertigt.

Die Verweigerung des Schwangerschaftsabbruchs führte zunächst zum Selbstmordversuch der Klägerin, wobei nicht geklärt werden konnte, ob der Selbstmordversuch geeignet war, das Leben der Klägerin ernsthaft zu gefährden. I. R. d. Bemessung des Schmerzensgeldes war zu berücksichtigen, dass eine ernsthafte Lebensgefahr für die Klägerin bestand. Fest steht auch, dass die Klägerin bewusstlos ins Krankenhaus eingeliefert, ihr der Magen ausgespült wurde und sie zunächst auf der Intensivstation betreut werden musste.

Bei der Bemessung des Schmerzensgeldes wurde i. R. d. Genugtuungsfunktion berücksichtigt, dass der Beklagte keinerlei Einsicht oder Bedauern hinsichtlich der von ihm verursachten Situation der Klägerin gezeigt hat, sondern ihr vielmehr herabwürdigend unterstellt, den Prozess aus Rache und Hass zu führen und dabei unhaltbare Vorwürfe zu formulieren.

E 2064 **OLG Köln, Beschl. v. 18.11.2011 – 5 U 21/11, VersR 2011, 1325 = MedR 2011, 822**

4.500,00 € (Vorstellung: 12.000,00 €)

Ungewollte Schwangerschaft

Die Klägerin macht nach einem behaupteten Behandlungs- und Aufklärungsfehler und eine daraus resultierende ungewollte Schwangerschaft und Abtreibung Schmerzensgeldansprüche geltend. Vorprozessual wurden 4.500,00 € an die Klägerin gezahlt.

Der Eingriff selbst war komplikationslos. Das OLG hat die psychischen und physischen Beeinträchtigungen der Klägerin ebenso bewertet, wie den von der Klägerin behaupteten belastenden Entscheidungskonflikt vor der Abtreibung, den seelischen Konflikt mit ihrem Glauben, die ständige Konfrontation mit dem Geschehen im Alltag beim Anblick von Kindern, Eheproblemen und Selbstzweifeln wegen des gestörten Sexuallebens, Gewichtsverlust, Nachtschweiß, Alpträume, starke Schlafstörungen, Erschöpfungszustände und Apathie. Diese durchaus schwerwiegenden Beeinträchtigungen rechtfertigen kein höheres Schmerzensgeld, weil die Klägerin Konkretes zum Ausmaß dieser Beeinträchtigungen und deren Auswirkungen auf ihre Lebensführung nicht vorgebracht habe und sich auch nicht wegen der Beeinträchtigungen in ärztliche Behandlung begeben habe. In der weiteren Begründung spekuliert der Senat über mögliche andere Ursachen der Beeinträchtigungen und greift zum Vergleich zur Höhe des Schmerzensgeldes unter anderem auf eine Jahrzehnte alte Entscheidung zurück.

E 2065 **LG Heidelberg, Urt. v. 01.08.2012 – 4 O 79/07, GuP 2012, 200**

6.000,00 € (Vorstellung: 20.000,00 €)

Ungewollte Schwangerschaft eines 17 Jahre alten Mädchens

Der noch in der Berufsausbildung stehenden 15 Jahre alten Klägerin wurde von der beklagten Ärztin zur Empfängnisverhütung das Präparat Implanon implantiert. Die Beklagte unterließ grob fehlerhaft zweifelsfrei gebotene medizinische Befunde, nämlich Blutuntersuchungen, die ergeben hätten, dass durch Implanon eine Schwangerschaft nicht sicher verhütet würde. 17 Monate später wurde bei der Klägerin eine Schwangerschaft diagnostiziert. Die Klägerin entschloss sich, die Schwangerschaft nicht auszutragen.

Für die Bemessung des Schmerzensgeldes war unter anderem maßgebend, dass die Klägerin erst 17 Jahre alt war, als sie sich mit der Entscheidung über den Schwangerschaftsabbruch konfrontiert sah. Sie war über einen Zeitraum von 6 Monaten seelisch belastet und ist im Wesen verändert.

E 2066 **OLG Saarbrücken, Urt. v. 30.06.2004 – 1 U 386/02 – 92, ZfS 2005, 20**

10.000,00 € (Vorstellung 50.000,00 €)

Depressionen nach Geburt eines schwerstbehinderten Kindes

Die 35 Jahre alte Klägerin erhielt von dem Befund einer Fehlbildung des Kindes erst nach dessen Geburt Kenntnis, sodass der für diesen Fall vorgesehene Schwangerschaftsabbruch unterblieb. Die Klägerin leidet infolge der Geburt des behinderten Kindes unter dem Krankheitsbild einer subdepressiven Persönlichkeitsänderung mit intermittierenden Phasen stärkergradiger Depressivität, einer Beeinträchtigung von Krankheitswert. Die Einbuße an Lebensqualität rechtfertigt das vom LG zuerkannte und von der Klägerin mit der Berufung nicht angegriffene Schmerzensgeld i. H. v. 10.000,00 €.

Schwerste Verletzungen (Schwere innere Verletzungen – Zerstörung der Persönlichkeit/Hirnschäden – Querschnittslähmung)

▶ Hinweis:

Unter dieser Überschrift werden schwerste Verletzungen abgehandelt, die meist auf ärztlichen Behandlungsfehlern (Hirnschäden) oder Unfällen beruhen. Die Darstellung erfolgt deshalb in einem Kapitel, weil dadurch leichter dargestellt werden kann, wie sich die Rechtsprechung entwickelt hat und dass die zuerkannten Beträge seit 1992 schnell gestiegen sind.

Lag die Grenze der Schmerzensgelder bis 1979 bei bis zu 50.000,00 €, stieg sie dann recht schnell im Jahr 1981 auf 100.000,00 €. Seit 1985 wurden 150.000,00 € und mehr zuerkannt.[137] Später lag eine unsichtbare Grenze bei 250.000,00 € und erst 2001 hat das LG München I[138] die Schallmauer von 500.000,00 € durchbrochen.

Diese Entwicklung einer deutlichen Anhebung der Schmerzensgelder für schwerste Verletzungen ist als sehr erfreulich zu bezeichnen. Die dafür angegebenen Begründungen überzeugen. Die Anhebungen der Höchstbeträge wird dem weitverbreiteten Anliegen gerecht, schwere und schwerste Personenschäden sehr viel großzügiger auszugleichen, als dies bisher und v. a. früher der Fall war, und damit dem Personenschaden im Verhältnis zum Sachschaden ein größeres Gewicht beizumessen. In Deutschland liegt der Anteil am Sachschaden sehr viel höher als der für Personenschaden geleistete Aufwand.[139]

▶ Prozesstaktik:

Eine Klage auf Zahlung von Schmerzensgeld in Fällen schwerster Verletzungen sollte sich deshalb unbedingt an den zuletzt zuerkannten Beträgen orientieren und im Einzelfall ggf. ein noch höheres Schmerzensgeld anstreben. Das Kostenrisiko für den Verletzten ist dabei kalkulierbar, wenn der Kläger einen Mindestbetrag nennt, i. Ü. die Höhe des Schmerzensgeldes in das Ermessen des Gerichts stellt, aber auf die Tendenz der Rechtsprechung zu höherem Schmerzensgeld bei schwersten Verletzungen hinweist und die folgenden Entscheidungen zum Beleg anführt. Ein Antrag auf Streitwertfestsetzung schafft dann Klarheit über die Vorstellung des Richters/Spruchkörpers von der Höhe des zu erwartenden Schmerzensgeldes, wenn sich der Sachvortrag des Klägers in vollem Umfang als zutreffend erweist.

Immer wieder sollten Richter darauf hingewiesen werden, dass sie bei der Bemessung des Schmerzensgeldes eine große Verantwortung tragen. Sie können sich die Entscheidung durch Benutzung von Entscheidungssammlungen und durch EDV erleichtern, abwälzen können sie die Verantwortung dadurch nicht. Der dem Richter eingeräumte Ermessensspielraum muss künftig Schmerzensgeld erweiternd gerecht genutzt werden.[140]

Bei einer **Zerstörung der Persönlichkeit** infolge schwerster Hirnverletzung hat der BGH ursprünglich nur den Sühne-Charakter des Schmerzensgeldes berücksichtigt und sich darauf beschränkt, dem Schädiger ein fühlbares Geldopfer aufzuerlegen.[141] Fehlendes Leiden

137 Scheffen, ZRP 1999, 189 ff., 190.

138 LG München I, Urt. v. 29.03.2001 – 19 O 8647/00, VersR 2001, 1124 f. = NJW-RR 2001, 1246 = ZfS 2001, 356; das Verfahren wurde durch Vergleich beendet.

139 Scheffen, ZRP 1999, 189 ff., 190 und Scheffen, NZV 1995, 218 ff., 220.

140 Berger, VersR 1977, 877 ff., 881.

141 Beispiele bei Staudinger/Schäfer, BGB, § 847 Rn. 46.

nach körperlicher oder seelischer Beeinträchtigung ist also bei der Bemessung der Höhe des Schmerzensgeldes mindernd berücksichtigt worden.

Diese Auffassung hat der BGH aufgegeben[142] und dazu ausgeführt:

»Das Berufungsgericht verkürzt die Funktion des Schmerzensgeldes, wenn es selbst in Fällen, in denen die Persönlichkeit fast vollständig zerstört oder ihr, wie hier, durch ein Verschulden des Geburtshelfers die Basis für ihre Entfaltung genommen worden ist, dem Empfinden dieses Schicksals die zentrale Bedeutung für die Bemessung des Schmerzensgeldes beilegt und gerade diesen Zustand, der die besondere Schwere der zu entschädigenden Beeinträchtigung für den Betroffenen ausmacht, zum Anlass für eine entscheidende Minderung des Schmerzensgeldes nimmt. Fälle, in denen der Verletzte durch den weitgehenden Verlust der Sinne in der Wurzel seiner Persönlichkeit getroffen worden ist, verlangen nach einer eigenständigen Bewertung. Eine Reduzierung des Schmerzensgeldes auf eine lediglich symbolhafte Entschädigung hält der Senat nach erneuter Prüfung nicht mehr für gerechtfertigt und gibt seine bisherige Rechtsprechung auf.«

In jüngster Zeit werden besonders hohe Schmerzensgeldbeträge bei folgenden Fallgestaltungen zuerkannt:
– Schwere innere Verletzungen nach einem Verkehrsunfall,
– hohe Querschnittslähmung,[143]
– Zerstörung der Persönlichkeit.

Es liegt auf der Hand, dass bei solch schweren Gesundheitsverletzungen zur Begründung des Schmerzensgeldes nicht zum Vergleich auf ältere Entscheidungen zurückgegriffen werden darf. Bei diesen Verletzungen kann man aus jeder Schmerzensgeldtabelle getrost alle Entscheidungen streichen, die älter als 1 oder 2 Jahre sind. Hier müssen Richter und RA den Blick nach vorn richten. Selbst die Schmerzensgeldbeträge aus jüngsten Entscheidungen müssen überboten werden, beruhen diese doch wieder auf einem Vergleich mit früheren Entscheidungen, deren Schmerzensgeldausspruch nach der Rechtsprechung des BGH nur in vertretbarem Umfang überboten werden durfte. Um hier zu angemessenen Beträgen zu gelangen, muss auch auf die jüngste Schmerzensgeldentscheidung ein deutlicher Aufschlag erfolgen. Vgl. zur Entwicklung der Rspr. zu hohen Schmerzensgeldern Jaeger, VersR 2013, 134 ff.

In neuerer Zeit sind folgende Entscheidungen ergangen:

Das LG München I[144] erkannte auf ein Schmerzensgeld von 500.000,00 € (Kapital und Rente) in einem Fall, in dem der Verletzte u. a. schwerste Hirnschäden erlitt und an allen vier Extremitäten gelähmt ist.

Das OLG Hamm[145] erkannte in 2 weiteren Entscheidungen ebenfalls einen Betrag i. H. v. 500.000,00 € zu. In beiden Fällen war durch einen Behandlungsfehler bei der Geburt ein schwerster Hirnschaden entstanden. Das höchste Schmerzensgeld sprach bis 2011 das LG

142 S. dazu Leibholz/Rinck/Hesselberger, GG, Art. 2 Rn. 26.

143 OLG Stuttgart, Urt. v. 29.04.1997 – 10 U 260/93, VersR 1998, 1169: 100.000,00 € und 250,00 € Schmerzensgeldrente bei Tetraspastik und inkomplettem Locked-in-Syndrom bei 70 % Mitverschulden des Verletzten.

144 LG München I, Urt. v. 29.03.2001 – 19 O 8647/00, VersR 2001, 1124 f. = NJW-RR 2001, 1246 = ZfS 2001, 356; das Verfahren wurde durch Vergleich beendet.

145 OLG Hamm, Urt. v. 16.01.2002 – 3 U 156/00 = VersR 2002, 1163 = OLGR 2002, 324 = NJW-RR 2002, 1604 (E 2083) und OLG Hamm, Urt. v. 21.05.2003 – 3 U 122/02 = OLGR 2003, 282 = MDR 2003, 1291 = VersR 2004, 386 (E 2084).

Kiel mit 614.000,00 € zu, vgl. E 2181. Derzeit liegt der höchste Betrag bei 660,00 €, vgl. E 2143.

Die folgenden Entscheidungen sind – wie in allen Kapiteln – nach Beträgen aufwärtssteigend geordnet. Diese Reihenfolge stimmt bei vergleichbaren Verletzungen mit einer Ordnung nach Entscheidungsdaten (leider) oft überein.

1. Schwere innere Verletzungen

OLG Köln, Urt. v. 09.01.2002 – 5 U 91/01, VersR 2003, 602 = NJW-RR 2003, 308 E 2067

150.000,00 € (Vorstellung: 17.500,00 € zuzüglich monatliche Rente bis zum Tod)

Entfernung des gesamten Darms

Einem 6 Jahre alten Mädchen musste wegen verspäteter Diagnose eines Darmverschlusses durch einen Volvulus der gesamte Darm entfernt werden. Es behielt eine große Narbe vom Schambein bis zum Brustkorb und musste fortan in einer sterilen Umgebung total parenteral durch einen implantierten Dauerkatheter ernährt werden. Zur Vermeidung eines ständigen Erbrechens musste sie mehrere Stunden des Tages und der Nacht an einem Tropf verbringen, ansonsten Windeln tragen. Schulbesuch und sonstige normale Entwicklung waren unmöglich. Infolge weiterer Komplikationen wurden Galle, Leber und Milz geschädigt. Schmerzen und ständiger Juckreiz entwickelten sich; es starb im Alter von 9 Jahren.

Das Gericht sah diese Folgen als überaus gravierend an und wertete insb. die Zerstörung eines normalen Lebens bei vollem Bewusstsein (psychische/seelische Seite) nebst den erheblichen körperlichen Leiden. Andererseits müsse Berücksichtigung finden, dass die Dauer des Leidens – wenn auch durch den Tod des Mädchens – begrenzt war. Aus diesem Grund schied auch eine Rente aus (fehlende dauernde Beeinträchtigung).

OLG Köln, Beschl. v. 13.02.2006 – 5 W 181/05, unveröffentlicht E 2068

200.000,00 €

Zwerchfelllähmung – Ausfall einer Lungenhälfte

Der Kläger erlitt bei der Geburt durch einen ärztlichen Behandlungsfehler schwerste Schäden. Durch eine Verletzung des nervus phrenius kam es zu einer Zwerchfelllähmung. Die Funktion einer Lungenhälfte fiel aus. Der Kläger muss künstlich ernährt und maschinell beatmet werden. Er ist zeitlebens rund um die Uhr pflegebedürftig.

OLG Frankfurt am Main, Urt. v. 09.04.2010 – 13 U 128/09, NZV 2011, 39 E 2069

250.000,00 €

Narben – Dünndarm – Niere – Milz – schwerste Verletzungen

Ein 32 Jahre alter Mann erlitt bei einem Verkehrsunfall eine komplette Zerreißung der linken Flanke und der Bauchdecke mit den darunter gelegenen Organen. Von Dünn- und Dickdarm verblieb nach mehreren Operationen nur noch ein 140 cm langer Dünndarm. Die Milz wurde entfernt, eine Niere ist nicht mehr funktionsfähig, die andere Niere weist Funktionsbeeinträchtigungen aus. Es verblieb eine entstellende große rautenförmige Narbenplatte auf dem Bauch. Die gerade Bauchmuskulatur ist bis zu 20 cm auseinander gewichen. Infolge des langen Krankheitsverlaufs ist von einer Verklebung zwischen den verbliebenen Dünndarmschlingen und der Narbenplatte auszugehen. Die operative Lösung der Verwachsungen birgt ein erhöhtes Risiko des weiteren Verlusts von Dünndarmabschnitten. Der Krankheitsverlauf war äußerst kompliziert. Der Kläger leidet unter erheblichen Dauerschäden.

Bei der Schmerzensgeldbemessung wurden der objektiv vorhersehbare Funktionsverlust der zweiten Niere, das Bestreben der Beklagten, die Entscheidung hinauszuzögern und eine Tendenz der Rechtsprechung bei gravierenden Verletzungen großzügiger zu verfahren, berücksichtigt.

E 2070 **OLG München, Urt. v. 26.04.2013 – 10 U 4118/11, unveröffentlicht**

250.000,00 € (Vorstellung: 300.000,00 €)

Schwere Verletzungen, Gesamt-MdE 80 – 100%

Der Kläger wurde bei einem Verkehrsunfall schwer verletzt mit der Folge, dass eine Gesamt-MdE von 100%, mindestens aber 80% besteht. Für die Bemessung waren insbesondere die körperlichen und seelischen Beeinträchtigungen maßgebend.

E 2071 **OLG Köln, Urt. v. 04.10.2011 – 5 U 184/10, VersR 2012, 863, Vorinstanz: LG Aachen, Urt. v. 17.11.2010 – 11 O 415/07, unveröffentlicht**

200.000,00 € (Vorstellung: 746.000,00 € zuzüglich monatliche 600,00 € Rente)

Herzschädigung nach Operation ohne Einwilligung

Der 40 Jahre alte Kläger, der bis zu einer Operation als Betriebsleiter und Mitglied der Geschäftsführung einer Firma beruflich tätig war, ist nun dauerhaft erwerbsunfähig und zu 100% schwerbehindert. Er befand sich nach der Herzklappenoperation noch fünfmal in stationärer Behandlung bei der Beklagten. Da er nicht rechtzeitig über die möglichen Risiken der Herzklappenoperation aufgeklärt wurde, war der Eingriff rechtswidrig.

Das Schmerzensgeld wurde auf 200.000,00 € bemessen, weil der Kläger aus seinem beruflichen und privaten Leben jäh herausgerissen wurde. Seine Tätigkeit als Betriebsleiter und Mitglied der Geschäftsführung wurde dauerhaft beendet und sein Leben stattdessen von Krankenhausaufenthalten und existenziellen Sorgen um seine gesundheitliche Zukunft geprägt unter massiver Beeinträchtigung des Familienlebens sowie seiner Beziehung zu seinem damals zehnjährigen Sohn.

2. Zerstörung der Persönlichkeit/Hirnschäden

E 2072 **OLG Köln, Urt. v. 18.01.2006 – 5 U 178/04, unveröffentlicht**

25.000,00 € (Vorstellung: 50.000,00 €)

Hirnschädigung – Hemiparese

Beim Kläger wurde 2 Tage nach der Geburt eine Sepsis nicht erkannt, obwohl sich Auffälligkeiten zeigten. Das führt zur Beweislastumkehr wegen unterlassener Befunderhebung.

Der Kläger leidet unter einer leichten rechtsseitigen spastischen Hemiparese, die bei Linkshändigkeit gut kompensiert wird, sowie einem Spitzfuß. Ferner besteht eine Lernbehinderung im Grenzbereich zur leichten Intelligenzminderung. Diese dauerhaften körperlichen und geistigen Beeinträchtigungen behindern den Kläger in nicht unerheblichem Maß in seiner Lebensführung. Der Kläger ist in der Lage, die körperlichen Beeinträchtigungen gut zu kompensieren und kann sich sozial integrieren. Er wird in Zukunft selbst für sein Einkommen sorgen können!

OLG Saarbrücken, Urt. v. 27.07.2010 – 4 U 585/09, SP 2011, 13 E 2073

25.000,00 € (Mitverschulden: 25 $^1/_4$; Vorstellung: 52.000,00 €)

Oberschenkelhalsfraktur – Subdurales Hämatom – Zerstörung des Großhirns

Ein 77 Jahre alter Fahrradfahrer wurde bei einem Verkehrsunfall schwer verletzt. Er erlitt eine Oberschenkelhalsfraktur und befand sich rund 4 1/2 Monate in stationärer Behandlung. Anschließend wurde er in eine geriatrische Fachklinik eingeliefert. Dort wurde ein subdurales Hämatom festgestellt, welches weite Bereiche des Großhirns zerstört hatte. Er starb nach rund 4 Jahren in vollstationärer Pflege.

Das subdurale Hämatom führte zu einer massiven Halbseitenlähmung mit nahezu vollständiger Aufhebung der Bewegungsfähigkeit. Unter diesem Zustand musste der Verletzte bis zu seinem Tod nahezu 5 Jahre leiden. Dieser lange Zeitraum relativiert den Umstand, dass den Geschädigten aufgrund seines hohen Alters die Beeinträchtigung seiner Lebensführung bei objektiver Betrachtung nicht in gleichem Maße traf wie einen jungen Menschen.

KG, Urt. v. 20.01.2005 – 20 U 401/01, VersR 2006, 1366 m. krit. Anm. Jaeger zur Höhe des Schmerzensgeldes = MedR 2006, 182 E 2074

50.000,00 € (Vorstellung: angemessenes Schmerzensgeld, mindestens 50.000,00 €)

Apallisches Syndrom

Die Klägerin sollte in eine Rehabilitationsklinik verlegt werden. Da sie unruhig wurde und über das Bettgitter steigen wollte, wurde sie in einen Rollstuhl gesetzt und mit einem Bauchtuch angebunden. Als die Klägerin aufstehen wollte, fiel sie mit dem Rollstuhl um.

Der Sturz mit dem Rollstuhl führte zu einem akuten subduralen Hämatom über der rechten Hirnhälfte und zu einer raschen Kompression des Gehirns. Hierdurch ist es zu einem apallischen Syndrom gekommen, bei dem das Großhirn vom Stammhirn i. H. d. Mittelhirns abgekoppelt wird. Zwar lag bei der Klägerin schon eine primäre Schädigung durch eine Aneurysmablutung vor, die zu einer gewissen Hilfsbedürftigkeit bei ihrer Versorgung und bei alltäglichen Verrichtungen geführt hatte, jedoch ist das Vorliegen der Pflegestufe 3 als Schwerstpflegefall auf den Sturz zurückzuführen. Vor dem Unfallereignis konnte die Klägerin mit Gehwagen laufen. Sie aß und trank mit wenig Hilfe.

Insgesamt ist es durch die weitere Gehirnblutung zu einer ungünstigen Verstärkung und zu neuen Schädigungen gekommen.

KG, Urt. v. 02.09.2002 – 12 U 1969/00, VersR 2003, 606 = NJW-RR 2003, 24 E 2075

50.000,00 € zuzüglich 266,00 € monatliche Rente (Mitverschulden: $^1/_4$)

Schädelhirntrauma – Hirnverletzungen – spastische Halbseitenlähmung – Ataxie des Rumpfes

Der 10 1/2 Jahre alte Kläger erlitt bei einem Verkehrsunfall: ein Schädelhirntrauma mit zahlreichen Einblutungen (Hirnverletzungen; anfangs sog. apallisches Syndrom), ein Bauchtrauma, ein Thoraxtrauma, eine Lungenkontusion; Folge: spastische Halbseitenlähmung links und Ataxie des Rumpfes, insb. der rechten Hand und eine komplexe Sprachstörung. Er ist auf die ständige Hilfe eines Dritten sowie auf einen Rollstuhl angewiesen; vorerst auf Dauer 100 % MdE. Die stationäre Behandlung belief sich auf mehr als 9 Monate; seither ist eine ständige ambulante Behandlung erforderlich.

Es bestehen neben den Bewegungsbeeinträchtigungen Artikulationsstörungen.

E 2076 **OLG Frankfurt am Main, Urt. v. 03.06.2008 – 8 U 50/06, OLGR 2009, 172**

51.129,19 €

Apallisches Syndrom – Tod nach 11 Monaten in einem Pflegeheim

Der Ehemann der Klägerin und Vater der Kläger war selbstständiger Planungsingenieur für Kälte- und Klimatechnik. Er wurde am 08.10.1998 nach einer Entzündung an den Beinen wegen Kreislaufbeschwerden, Schwindels und Fiebers im Hause der Beklagten notfallmäßig behandelt. Es kam zu einem Kreislaufstillstand, der zu einem apallischen Syndrom führte. Er verstarb nach 11 Monaten in einem Pflegeheim.

E 2077 **OLG Oldenburg, Urt. v. 06.02.2008 – 5 U 30/07, VersR 2008, 924**

70.000,00 € (Vorstellung: 150.000,00 €)

Hirnsubstanzstörung und Hirnsubstanzverlust – Geburtsschaden

Die Mutter des Klägers wurde fehlerhaft nicht in ein Zentrum der Maximalversorgung (Perinatalzentrum) verlegt, was als grober Behandlungsfehler angesehen wurde, weil mit der Geburt eines Kindes vor der 28. Schwangerschaftswoche und/oder mit einem Geburtsgewicht von unter 1.000 g gerechnet werden musste. Der Kläger leidet an einem Hirnschaden, der mit einer ausgeprägten psychomotorischen Entwicklungsretardierung verbunden ist. Es liegt eine schwere und ausgedehnte Hirnsubstanzstörung mit Hirnsubstanzverlust vor. Der Kläger wird sein Leben lang unter einer überwiegend rechtsbetonten, weitgehend spastisch definierten Hemiplegie leiden. Seine sprachliche und psychointellektuelle Entwicklung stellt sich als deutlich verzögert dar. Inwieweit die Einschränkung der psychointellektuellen Möglichkeiten von Dauer ist, lässt sich derzeit noch nicht absehen. Diese Umstände rechtfertigen jedenfalls das vom LG ausgeurteilte Schmerzensgeld von 70.000,00 €.

Der Senat sah sich an der Zuerkennung eines höheren Schmerzensgeldes gehindert, weil der Kläger kein Rechtsmittel eingelegt hatte.

E 2078 **OLG Düsseldorf, Urt. v. 21.11.2002 – 8 U 155/00, VersR 2003, 1407**

70.000,00 € zuzüglich 200,00 € monatliche Rente

Hirnschaden nach Schädelfraktur bei der Entbindung

Die kinderärztliche Versorgung des Klägers nach seiner Geburt war in erheblichem Maß fehlerhaft. Trotz eindeutiger klinischer Symptome wurde die Gefahrenlage, in der sich der Kläger aufgrund der bei der Zangengeburt eingetretenen umfangreichen Schädelfraktur mit einer nachhaltigen Verletzung der Gehirnsubstanz befand, nicht erkannt; dringend erforderliche diagnostische und therapeutische Maßnahmen i. S. e. unverzüglichen operativen Versorgung unterblieben.

Der Kläger leidet an einer bleibenden geistigen Behinderung, angesichts derer er im Lebensalter von 11 Jahren der Entwicklung eines etwa 6-Jährigen entspricht. Aufgrund seiner intellektuellen Schwäche ist dem Kläger das Erlernen von Lesen, Schreiben und Rechnen nahezu unmöglich. Er wird keinen Ausbildungsberuf ergreifen, aufgrund seiner Behinderung niemals völlig selbstständig leben können und dauerhaft einer Betreuung bedürfen. Andererseits ist der Kläger nicht schwerstbehindert und eine Teilhabe am täglichen Leben ist ihm nicht versagt. Er lebt im Haushalt seiner Mutter, besucht eine Schule für geistig Behinderte und nimmt an altersüblichen Freizeitveranstaltungen teil.

OLG Hamm, Urt. v. 12.09.2003 – 9U 50/99, ZfS 2005, 122 E 2079

75.000,00 € zuzüglich 200,00 € monatliche Rente = 120.000,00 € (Vorstellung in erster Instanz: bis 30.000,00 €)

Offenes Schädelhirntrauma mit Subarachnoidalblutungen – frontobasale Fraktur

Der 23 Jahre alte Kläger erlitt bei einem Verkehrsunfall ein schweres offenes Schädelhirntrauma mit Subarachnoidalblutungen, eine frontobasale Fraktur, Nasoliquorrhö, einen posttraumatischen Hydrocephalus internus durch Erweiterung des Ventrikelsystems/Gehirnkammersystems.

Diese Verletzungen führten zu Hirnwerkzeugstörungen und zu einer dauerhaften Schädigung der persönlichkeitsformenden Hirnstrukturen im Bereich des Großhirns mit Störung des Antriebs und des Affekts. Es besteht hochgradige Sehschwäche und Schwerhörigkeit.

OLG Düsseldorf, Urt. v. 21.03.2002 – 8U 8/01, unveröffentlicht E 2080

90.000,00 € zuzüglich 250,00 € monatliche Rente

Geburtsbedingte spastische Hemiparese

Der Kläger erlitt infolge verzögerter Geburt eine unzureichende Sauerstoffversorgung, die zu einer Hirnschädigung führte. Er leidet unter erheblichen motorischen Schwierigkeiten und muss zeitlebens eine Peronaeusschiene tragen. Er leidet an einem Beckenschiefstand. Die Sensibilität der rechten Körperhälfte ist gedämpft, er kann sich nicht selbstständig anziehen und zur Toilette gehen. Die Sprachentwicklung ist beeinträchtigt, er ist nicht in der Lage, selbst einfache Zusammenhänge zu verstehen.

LG Lüneburg, Urt. v. 26.01.2005 – 5 O 302/03, SP 2005, 159 E 2081

100.000,00 €

Schwere Hirnschädigung – apallisches Syndrom

Der Kläger erlitt bei einem Verkehrsunfall erhebliche Hirnschäden sowie eine vollständige Lähmung i. S. e. apallischen Syndroms und damit den Verlust der gesamten Persönlichkeit. Es sind keine Zeichen dafür erkennbar, dass der Kläger in wesentlichem Umfang Gefühlsregungen verspürt oder sich seiner Situation bewusst sein könnte. Gerade der Umstand, ob der Verletzte sich seiner Situation bewusst ist, ist aber für die Bemessung des Schmerzensgeldes von besonderer Bedeutung, sodass hier ein Vergleich mit Fällen der Querschnittslähmung nicht möglich ist. Seelisches Leid und psychische Missempfindungen sind hier nicht zu kompensieren, für eine Genugtuungsfunktion ist kein Raum.

Das Gericht hat besonders berücksichtigt, dass der Kläger nach der statistischen Lebenserwartung nicht noch über Jahrzehnte in diesem Zustand verbleiben wird und hat infolgedessen das Schmerzensgeld niedriger bemessen als in Fällen schwerst hirngeschädigt geborener Kinder.

OLG Hamm, Urt. v. 01.09.2008 – 3U 245/07, unveröffentlicht E 2082

100.000,00 € (Vorstellung: 519.000,00 €)

Hirnschädigung nach langem Sauerstoffmangel – Tod nach 3 1/2 Jahren

Aufgrund mehrerer und teilweise grober Behandlungsfehler (Diagnosefehler) haben die Beklagten es versäumt, wegen der bei dem verstorbenen Patienten aufgetretenen Symptome eines akuten Koronarsyndroms eine weiterführende Diagnostik durchzuführen, die zu einer vorzeitigeren Behandlung in einer kardiologischen Spezialklinik – insb. zu einer Herzkatheteruntersuchung – und so zu einer Vermeidung des akuten Myokardinfarkts und dessen Folgen geführt hätte. Wäre er als Koronarpatient erkannt worden, wäre der gesamte weitere tatsächliche Ablauf des Behandlungsgeschehens an dieser Stelle gestoppt worden, die Koronarkrankheit wäre auf Anhieb erkannt und die beiden EKG wären neu bewertet worden.

2 Tage später führte ausschließlich die weiter behandlungsfehlerhafte Reanimation des Patienten zu einem langen Sauerstoffmangel und in der Folge zu den persistierenden neurologischen Ausfällen.

Der Patient verstarb rund 3 1/2 Jahre später.

E 2083 **LG Coburg, Urt. v. 19.01.2011 – 12 U 541/08, unveröffentlicht**

100.000,00 € (Vorstellung: 175.000,00 €)

Schädelhirntrauma 3. Grades

Der 20 Jahre alte Kläger erlitt bei einem Verkehrsunfall ein schweres Schädelhirntrauma 3. Grades mit einer Impressionsfraktur bis temporal-basal, eine Hirnkontusion sowie eine Obitalwandfraktur. Ferner erlitt er eine Dachfraktur des 7. Wirbelkörpers. Die stationäre Behandlung dauerte mehr als 6 Monate. Weitere stationäre Aufenthalte schlossen sich später an.

Es zeichnen sich beim Kläger kognitive Beeinträchtigungen ab, er leidet unter Wortfindungsstörungen, das verbale Gedächtnis ist deutlich beeinträchtigt. Der Kläger ist insgesamt intellektuell verlangsamt. Er ist antriebsgemindert, reizbar und agressiv. Insgesamt leidet der Kläger unter einem hirnorganischen Psychosyndrom.

E 2084 **OLG München, Urt. v. 03.06.2004 – 1 U 5250/03, VersR 2005, 657**

100.000,00 € zuzüglich 100,00 € monatliche Rente

Hirnschaden nach Fehldiagnose zu bevorstehendem Schlaganfall

Der 39 Jahre alte Kläger, ein Maschinenbauingenieur, erlitt eine transitorische ischämische Attacke (TIA). Der Beklagte, ein Facharzt für Neurologie und Psychiatrie, stellte die Verdachtsdiagnose einer komplizierten Migräne. Am folgenden Tag erlitt der Kläger einen Schlaganfall.

Der Kläger leidet seitdem unter einer schweren Halbseitenlähmung, die auch das Sprachvermögen beeinträchtigt, zu einer MdE von 80 % geführt hat, die Ausübung des bisherigen Berufs in einer verantwortlichen Stellung unmöglich macht und die Freizeitaktivitäten erheblich einschränkt.

E 2085 **OLG Nürnberg, Urt. v. 12.12.2008 – 5 U 593/04, VersR 2009, 1079 = MDR 2009, 986 m. Anm. L. Jaeger, VersR 2009, 1084**

100.000,00 € zuzüglich 375,00 € monatliche Rente (Kapitalwert: 85.653,00 €) (LG-Urteil: 150.000,00 € zuzüglich 500,00 € monatliche Rente)

Hirnsubstanzschädigung und Anfallsleiden nach ärztlichem Behandlungsfehler

Der Kläger litt an einer angeborenen rezessiv vererbten hämophagozytischen Lymphohistiozytose (Morbus Farquhar), die bei ihm im Alter von 9 Jahren diagnostiziert wurde. Diese Krankheit ist durch Infiltration und schließlich Zerstörung aller Organe durch Histiozyten und Lymphozyten charakterisiert. Nachdem der Kläger 20 Jahre alt geworden war, wies ihn der Beklagte nicht darauf hin, dass die Krankheit durch eine Knochenmarkstransplantation geheilt werden konnte. Im Alter von 23 Jahren kam es beim Kläger zu einer Gehirnblutung, die zu Lähmungen, Sprachstörungen und Krampfanfällen führte. Diese Folgen konnten durch eine sodann erfolgreich durchgeführte Knochenmarkstransplantation nicht mehr rückgängig gemacht werden. Der Kläger leidet seither u. a. an Epilepsie, der Einschränkung der Sehfähigkeit und einem Hirnsubstanzverlust. Er hatte seine Ausbildung zum Arzt erfolgreich abgeschlossen, konnte aber wegen des Anfallsleidens keine Approbation erlangen. Deshalb studierte er Jura und steht vor dem Abschluss des 2. Staatsexamens.

Das OLG hat ein geringeres Schmerzensgeld als das LG für angemessen gehalten. Es hat jahrelange extreme Schmerzen, Todesangst, Epilepsie, die gravierende Sehbeeinträchtigung, derzeitige und künftige Dauerschmerzen und eine Angsterkrankung bei der Bemessung des Schmerzensgeldes ausdrücklich berücksichtigt und das Regulierungsverhalten des Beklagten als Schmerzensgeld erhöhend angesehen. Unerwähnt blieben u. a. bei der Begründung zur Schmerzensgeldhöhe die erektile Dysfunktion (Impotenz) des Klägers und der Umstand, dass der Kläger nicht in der Lage ist, eine Beziehung zu einer Frau aufzubauen und auf herkömmlichem Wege Kinder zu zeugen.

Obwohl dem OLG Nürnberg die 4. Aufl. dieses Buches vorgelegen hat, wurde das Schmerzensgeld mit Entscheidungen aus den Jahren 1991, 1993 und 1999 begründet. Das Schmerzensgeld ist unvertretbar niedrig.

OLG Jena, Urt. v. 16.01.2008 – 4 U 318/06, VRR 2008, 464 E 2086

101.355,03 €

Hirnverletzungen – Unterschenkelfraktur – Nervenlähmungen

Die 31 Jahre alte Klägerin wurde bei einem Verkehrsunfall verletzt und erlitt eine Hirnverletzung, einen momplexen Kieferbruch, eine Unterschenkelfraktur mit Lähmung des Wadenbeines sowie Bauch- und Thoraxtrauma mit Lungenkontusion. Sie ist zu 60 % schwerbehindert. Sie kann keine feste Nahrung zu sich nehmen, weil sie den Mund nur 1,5 cm öffnen kann, leidet an Koordinations-, Gedächtnis- und Konzentrationsstörungen, an einer dauerhaften Nervenlähmung der Zehen, an Migräne, Kopfschmerzen, Übelkeit und Nackensteife. Der stationäre Krankenhausaufenthalt dauerte 4 Wochen, die Rehabilitationsmaßnahme 6 Wochen. Sie wurde mehrfach am Bein operiert, das verkürzt ist und ihr äußeres Erscheinungsbild beeinträchtigt.

KG, Urt. v. 02.09.2002 – 12 U 1969/00, NZV 2003, 416 E 2087

110.000,00 € = 50.000,00 € Kapital zuzüglich 266,00 € monatliche Rente (1/4 Mitverschulden)

Schädelhirntrauma mit zahlreichen eingebluteten Kontusionsherden

Der 10 1/2 Jahre alte Kläger wurde von einer Straßenbahn erfasst und schwer verletzt. Er erlitt u. a. ein Schädelhirntrauma mit zahlreichen eingebluteten Kontusionsherden im Bereich beider Hirnhemisphären und im Bereich des Hirnstammes, ein Thoraxtrauma und eine Lungenkontusion. Er wurde 5 Monate stationär und anschließend 6 Wochen überwiegend krankengymnastisch, neuropsychologisch, ergotherapeutisch und logopädisch behandelt. Der Kläger ist Rollstuhlfahrer, kann den Rollstuhl aber nicht allein verlassen. Ohne Unterstützung kann er nur wenige Schritte gehen. Die körperliche Behinderung ist geprägt durch eine spastische Halbseitenlähmung und durch eine Ataxie (Störung der Koordination). Die linke Hand kann der Kläger kaum, die rechte nur sehr eingeschränkt benutzen. Seine Sprache ist unverständlich. Hygienische Maßnahmen kann er nicht allein treffen. Er besucht eine Schule für Schwerbehinderte unter erschwerten Bedingungen; bedingt kann er am Computer schreiben.

Für die Bemessung des Schmerzensgeldes hat sich das Gericht auf Entscheidungen des OLG Frankfurt am Main (Urt. v. 22.09.1994 – 1 U 14/91, VersR 1996, 764) und des LG Dortmund (s. die folgende Entscheidung) gestützt. In diesen Entscheidungen wurden Schmerzensgelder i. H. v. 150.000,00 € bzw. 112.500,00 € zugesprochen. Ohne ein Mitverschulden hätte das Gericht dem Kläger unter Berücksichtigung der Geldentwertung ein Schmerzensgeld i. H. v. 135.000,00 € – 140.000,00 € zugesprochen.

E 2088 OLG Naumburg, Urt. v. 11.03.2010 – 1 U 36/09, GesR 2010, 373

110.000,00 €

Hirnschädigung – Mehrfachbehinderung

Infolge einer fehlerhaften Geburtsleitung liegt bei der Klägerin eine Mehrfachbehinderung vor, die sich v. a. in einer rechtsbetonten Bewegungsstörung, sowie einer deutlichen Störung des Sprachvermögens, der intellektuellen Leistungsfähigkeit und der Wahrnehmung äußert. Weitere Fortschritte sind zu erwarten, jedoch wird die Behinderung zeitlebens bestehen

E 2089 OLG Hamburg, Urt. v. 14.02.2003 – 1 U 186/00, OLGR 2003, 267

125.000,00 € zuzüglich 250,00 € monatliche Rente

Fenstersturz eines psychisch Kranken

Der 20 Jahre alte Kläger stürzte aus dem Fenster eines Behandlungszimmers im 2. Stockwerk der psychiatrischen Abteilung des Beklagten, in der er einstweilen ohne gerichtliche Entscheidung untergebracht war. Es bestand der Verdacht auf eine juvenile Psychose und eine akute Suizidgefahr. Der Kläger öffnete gewaltsam ein Fenster und stürzte hinaus. Der Kläger erlitt u. a. ein Schädelhirntrauma mit Schädelfraktur, Subarachnoidalblutung, ein Hirnödem, Verletzungen der Lunge und der Wirbelsäule. Nach einer stationären intensiv-medizinischen Behandlung wurde der Kläger in das Zentrum für Schwerst-Schädel-Hirnverletzte verlegt und befand sich zu einer stationären Behandlung im neurologischen Rehabilitationszentrum für Kinder und Jugendliche. Danach wird der Kläger zu Hause von seinem Vater betreut.

E 2090 OLG Köln, Urt. v. 09.01.2002 – 5 U 91/01, VersR 2003, 602 = NJW-RR 2003, 308

150.000,00 €

Ärztliche Fehlbehandlung und Tod nach 4 Jahren

Die 6 Jahre alte Klägerin wurde in der Notfallaufnahme des Krankenhauses falsch behandelt. Infolgedessen musste ihr fast der gesamte Darm entfernt werden. Zurück blieben Narben vom Schambein bis zum Brustkorb. Sie musste durch einen Dauerkatheter, der mehrfach operativ ersetzt werden musste, ernährt werden. Die Infusionen erfolgten unter vollkommen sterilen Bedingungen täglich über einen Zeitraum von 16 – 22 Std. Mehrere Stunden täglich musste die Klägerin am Tropf verbringen. Die Klägerin starb im Alter von fast 10 Jahren. Das Leid ist fast unbeschreiblich.

Maßgeblich für die Bemessung des Schmerzensgeldes waren zunächst die Schwere der Verletzungen und das Leid, das die Klägerin ertragen musste. Dazu gehört auch das Bewusstsein, dass sie keine Hoffnung mehr auf ein Weiterleben hatte und ihr Tod bevorstand. Die Tatsache, dass die Leidenszeit auf 3 Jahre und fast 10 Monate begrenzt war, hat das Gericht Schmerzensgeld mindernd bewertet.

E 2091 OLG Stuttgart, Urt. v. 11.06.2002 – 14 U 83/01, VersR 2003, 376

150.000,00 €

Hypoxischer Hirnschaden nach extremer Überbeatmung eines asphyktischen Neugeborenen

Der Kläger wurde asphyktisch geboren und mindestens über einen Zeitraum von einer Stunde mit einer Verminderung des Kohlendioxydpartialdrucks beatmet. Dadurch kam es zu einem hypoxischen Hirnschaden, einer schweren und dauerhaften Schädigung des Klägers.

OLG Frankfurt am Main, Urt. v. 25.02.2009 – 4 U 210/08, NJW-RR 2009, 894 E 2092

150.000,00 €

Schädelverletzung – Wachkoma

Die 12 Jahre alte Klägerin erlitt bei einem Reitunfall schwerste Verletzungen, insb. des Schädels. Sie befindet sich im Wachkoma, eine Kommunikation ist nicht möglich. Sie wird Zeit ihres Lebens pflegebedürftig sein.

LG Naumburg, Urt. v. 14.09.2004 – 1 U 97/03, VersR 2005, 1401 = MedR 2005, 232 E 2093

150.000,00 € zuzüglich 250,00 € monatliche Rente (Vorstellung: 100.000,00 € zuzüglich 250,00 € monatliche Rente)

Irreversibler Hirnschaden – erhebliche Bewegungsstörungen

Der Kläger erlitt nach einer Phimose-Operation einen Atem- und Kreislaufstillstand. Als Folge verblieben ein irreversibler Hirnschaden und erhebliche Bewegungsstörungen. Insb. an den Kniescheiben und an der Wirbelsäule wird er weitere Gesundheitsschäden erleiden. Er kann keine Regelschule besuchen und ist sein Leben lang auf fremde Hilfe angewiesen. Die Ausbildung des Sprachvermögens ist reduziert.

LG Dortmund, Urt. v. 03.05.2007 – 4 O 595/01, unveröffentlicht E 2094

150.000,00 € zuzüglich 500,00 € monatliche Rente (Kapitalwert rund 120.000,00 €) (Vorstellung: 325.000,00 €)

Hypoxischer Hirnschaden – Geburtsschaden

Die Klägerin erlitt bei der Geburt einen schweren hypoxischen Hirnschaden. Sie ist schwerstbehindert, kann nicht sprechen und nur extrem begrenzt kommunizieren, indem sie Laute des Unwohlseins äußern kann. Die spastischen Bewegungen bereiten hierbei ebenfalls erhebliche Komplikationen. Bei der Klägerin liegt neben der geistigen Behinderung ein cerebrales Anfallsleiden (Epilepsie) vor. Zudem besteht eine Mikrozephalie. Die Klägerin leidet unter einer Cerebralparese. Zudem bestehen Störungen des visuellen Systems. In allen Aspekten, die die Lebensqualität ausmachen, ist sie schwerstbehindert.

LG Landshut, Urt. v. 03.02.2004 – 72 O 402/00, unveröffentlicht E 2095

175.000,00 € (3/10 Mitverschulden; Vorstellung: mindestens 250.000,00 €)

Apallisches Syndrom nach Verkehrsunfall – Wachkoma

Der 24 Jahre alte Kläger wurde bei einem Verkehrsunfall schwerst verletzt. Er erlitt u. a. ein Schädelhirntrauma 3. Grades mit Einblutungen im Stammganglienbereich, im Thalamus und im frontalen Marklager. Bei ihm liegt ein apallisches Syndrom vor. Er ist bettlägerig. Seine Psyche ist wach, eine sichere Reaktion auf Ansprache ist nicht festzustellen. Der Kläger ist rund um die Uhr pflegebedürftig, es besteht Harn- und Stuhlinkontinenz.

Der Kläger lag bei dem Unfall auf dem Rücksitz des Pkw und war nicht angeschnallt. Zu den schwersten Verletzungen wäre es nicht gekommen, wenn der Kläger den Sicherheitsgurt benutzt hätte. Trotz dieses kausalen Mitverschuldens wurde das Mitverschulden des Klägers (nur) mit 30 % bewertet, weil den Schädiger ein schweres Verschulden traf.

Das Gericht stellt formelhaft auch darauf ab, dass der zugesprochene Betrag den aus der Rechtsprechung ersichtlichen Rahmen nicht sprengen und – soweit Versicherungen beteiligt seien – die Gemeinschaft der Versicherten nicht über Gebühr belasten dürfe. Inwieweit diese

Formel sich auf den Schmerzensgeldbetrag ausgewirkt hat, wird nicht deutlich, jede Begründung fehlt.

E 2096 **OLG Schleswig, Urt. v. 10.09.2004 – 4 U 31/97, OLGR 2005, 273**

175.000,00 €

Hydrocephalus – Cerebralparese – Tetraparese

Die Klägerin erlitt einen Geburtsschaden, der schwerste lebenslange Behinderungen zur Folge hat. Es besteht ein Shunt-pflichtiger Hydrocephalus verbunden mit einer Cerebralparese und allgemeinen schweren Entwicklungsstörungen der Großhirnfunktionen, d.h. der psychomentalen, psychosozialen, psychomotorischen und der Sprachentwicklung. Ferner leidet die Klägerin unter einer Tetraparese, die Gehen und Aufrechtsitzen ausschließt.

Die Klägerin ist in der Lage, Kontakt zur Mutter aufzunehmen und reagiert eindeutig auf Ansprache. Sie kann lachen und bitterlich weinen und ist im Kinderheim eine persönliche Bindung eingegangen.

E 2097 **OLG Frankfurt am Main, Urt. v. 24.05.2005 – 8 U 129/04, unveröffentlicht**

175.000,00 €

Periventrikuläre Leukomalazie und spastische Tetraparese

Der Klägerin wurde auf der Geburtsstation über eine Magensonde versehentlich die zehnfach überhöhte Menge an Tee und Glucose zugeführt; sie erbrach teilweise wieder, erlitt aber hierdurch eine periventrikuläre Leukomalazie (ein morphologisches Phänomen, was auf ein Trauma, nämlich den Untergang der sog. Marksubstanz im Gehirn, zurückzuführen ist) mit der Folge einer spastischen Tetraparese. Die Klägerin ist schwer gehbehindert und leidet unter Sehstörungen, Kleinwuchs und Lernschwierigkeiten.

E 2098 **OLG Hamm, Urt. v. 24.01.2002 – 6 U 169/01, r+s 2002, 285**

190.000,00 € zuzüglich 225,00 € monatliche Rente = 240.000,00 € (gesamt) (1/3 Mitverschulden)

Schädelhirntrauma 3. Grades – spastische Teilparese

Der 8 Jahre alte Kläger wurde als Fußgänger von einem Pkw erfasst und erlitt ein schweres axiales Schädelhirntrauma. Als Dauerschaden hat sich ein schweres posttraumatisches hirnorganisches Psychosyndrom entwickelt. Ferner liegen eine Tetraspastik und eine Hemiataxie und caudale Hirnnervstörungen vor.

Der Kläger, der sich vor dem Unfall normal entwickelt hatte, steht nun in der geistigen Entwicklung einem 6 – 8 Jahre alten Kind gleich. Es ist ihm möglich, sich sprachlich verständlich zu machen. Er kann im Rollstuhl sitzen und diesen in einen anderen Raum bewegen. Er kann auch mit einem behindertengerechten Computer spielen. Seine sozialen Kontakte sind auf die Schule und das Elternhaus reduziert. Er ist im täglichen Leben auf fremde Hilfe angewiesen.

E 2099 **OLG Hamm, Urt. v. 06.05.2002 – 3 U 31/01, VersR 2004, 516**

200.000,00 €

Hypoxischer Hirnschaden als Folge einer Embolie

Der Kläger, der bei einem Verkehrsunfall eine offene Unterschenkelfraktur erlitten hatte, die operativ versorgt wurde, erhielt eine Thromboseprophylaxe von 2 × 5.000 Einheiten Heparin pro Tag. Einen Tag später erlitt er eine Lungenembolie. Durch die auf der Intensivstation eingeleiteten Reanimationsmaßnahmen konnte sein Leben gerettet werden, jedoch erlitt er als Folge der Embolie und einer darauf beruhenden vorübergehenden Unterversorgung des Gehirns mit Sauerstoff einen hypoxischen Hirnschaden. Dadurch wurden verschiedene Körperfunktionen außer Kraft gesetzt. Eine aktive Bewegung der Gliedmaßen ist ihm nur eingeschränkt möglich, was von dauerndem Zittern und Krämpfen begleitet wird. Die Funktion des Darms und der Blase sind aufgehoben und der Verletzte ist völlig auf fremde Hilfe angewiesen. Er kann ohne Hilfe keine Nahrung zu sich nehmen, seine Umgebung nicht wahrnehmen und auch nicht mit anderen kommunizieren.

OLG München, Urt. v. 08.07.2004 – 1 U 3882/03, MedR 2006, 105 E 2100

200.000,00 € (Vorstellung: 175.000,00 €)

Hypoxischer Hirnschaden nach Behandlungsfehler bei Magersucht – apallisches Syndrom

Die Klägerin litt unter Magersucht. Vor der Behandlung durch die beklagte Klinik war eine stationäre Behandlung der Klägerin mit einer anschließenden Betreuung durch eine Selbsthilfegruppe für Anorexie und Bulimie erfolgt, die jedoch eine weitere Gewichtsabnahme der Klägerin nicht verhindert hatte. Bei der Aufnahme wurde bei einer Körpergröße von 168 cm ein Gewicht von 34,5 kg gemessen. Trotz Einleitung einer Ernährungstherapie sank das Körpergewicht der Klägerin über 31,3 kg auf 29,6 kg, weshalb sie auf die Intensivstation und später auf die speziell für Ernährungs- und Stoffwechselkrankheiten eingerichtete Intensivstation verlegt wurde. Auf eigenen Wusch wurde die Klägerin aus dem Krankenhaus entlassen, wenige Tage später aber wieder aufgenommen. Der Anregung des Vaters, sie wieder auf die Intensivstation zu verlegen, kam das Krankenhaus nicht nach. Nach einigen Tagen fand man die Klägerin bewusstlos und mit Schnappatmung auf. Es bestand eine hypoxische Hirnschädigung bei Ateminsuffizienz. Aus diesem Zustand entwickelte sich ein apallisches Syndrom.

OLG Hamm, Urt. v. 30.05.2005 – 3 U 297/04, GesR 2005, 462 E 2101

200.000,00 €

Hirnschaden nach der Entbindung

Die Klägerin wurde während der Entbindung asphyktisch und musste intubiert werden. Wegen des unter der Geburt eingetretenen Sauerstoffmangels erlitt sie einen Hirnschaden und ist infolgedessen mehrfach behindert.

LG Freiburg, Urt. v. 18.05.2007 – 17 O 524/03, DAR 2008, 29 E 2102

200.000,00 € (Vorstellung: 250.000,00 €)

Apallisches Syndrom – Schädelhirntrauma

Die Klägerin wurde bei einem Verkehrsunfall schwer verletzt. Sie erlitt u. a. eine Hirnverletzungen: Kontisionsblutungen mit Einbruch ins Ventrikelsystem (traumatische Subarachnoidalblutung), eine Stammhirnkontusion mit transientem Mittelhirnsyndrom, danach Übergang ins apallische Syndrom. Ferner erlitt sie eine Rippenserienfraktur beidseits, Pleuraergüsse, ein stumpfes Bautrauma mit subcapsulärem Hämatom der Leber und ein Milzhämatom. Bei der Bemessung des Schmerzensgeldes war nicht nur auf die rein körperlichen Beeinträchtigungen abzustellen, vielmehr war ganz maßgeblich der Umstand zu bewerten, dass die Klägerin durch den Unfall in ihrem Lebensweg praktisch »aus der Bahn geworfen« worden ist. Ihr Leben hat eine ganz entscheidende Wende genommen. Vorher zweifellos entwickelte Perspektiven für sich und ihre Familie waren auf einen Schlag überholt.

E 2103 **OLG Naumburg, Urt. v. 20.12.2007 – 1 U 95/06, MedR 2008, 442 = MDR 2008, 745**

200.000,00 €

Hirnschaden – Geburtsschaden

Der Kläger erlitt bei der Geburt einen schweren Hirnschaden. Die behandelnden Ärzte hatten die Eltern des Klägers nicht ausreichend über eine mögliche Behandlungsalternative des Abwartens aufgeklärt und sogleich eine Frühgeburt durch einen Kaiserschnitt bewusst eingeleitet. Der Kläger leidet heute unter einer Cerebralparese i. S. e. schweren rechts- und beinbetonten Tetraparese. Er ist auch geistig schwer behindert. Bei ihm liegen u. a. eine statomotorische Entwicklungsstörung und eine zentrale Sehbehinderung vor.

Der Senat war gehindert, ein höheres Schmerzensgeld zuzuerkennen, weil nur die Beklagten Berufung gegen das Urteil des LG eingelegt hatte. Er hat aber darauf hingewiesen, dass das OLG Hamm in einem anderen vergleichbaren Fall für ein Kind gleichen Alters 500.000,00 DM Schmerzensgeld als angemessen erachtet habe (VersR 1999, 488) und dass das OLG Schleswig mit Urt. v. 10.09.2004 ein Schmerzensgeld von ca. 180.000,00 € zugesprochen habe.

E 2104 **LG München I, Urt. v. 28.05.2003 – 9 O 14993/99, VersR 2004, 649 = NJW-RR 2003, 1179**

200.000,00 € zuzüglich 150,00 € monatliche Rente = 231.115,00 € (gesamt)

Hypoxischer Hirnschaden mit apallischem Syndrom nach Verkehrsunfall – Wachkoma

Bei dem 34 Jahre alten verheirateten Kläger, Vater von zwei Kindern, wurde vom Notarzt ein bevorstehender Herzinfarkt nicht erkannt. Nach Reanimation liegen ein hypoxischer Hirnschaden und ein apallisches Syndrom vor. Er ist bettlägrig und rund um die Uhr pflegebedürftig, es besteht Harn- und Stuhlinkontinenz. Alle 4 Extremitäten sind spastisch gelähmt. Er wird über eine Sonde ernährt. Er ist zu Empfindungen in der Lage und reagiert auf lautes Ansprechen und Berührungen schreckhaft.

E 2105 **OLG Hamm, Urt. v. 07.05.2007 – 3 U 30/05, unveröffentlicht**

225.000,00 €

Hirnschaden – Tetraparese – Geburtsschaden

Wegen fehlerhafter ärztlicher Behandlung im Zusammenhang mit seiner Geburt erlitt der Kläger eine schwere sauerstoffmangelbedingte Hirnschädigung; er ist körperlich und geistig sehr schwer behindert und umfassend pflegebedürftig. Die beim Kläger eingetretene Versorgungsstörung des Gehirns führte zu einer schweren Hirnschädigung, aus der eine spastische Tetraparese mit nur gering ausgeprägten motorischen Fähigkeiten resultierte. Er ist deshalb zu seiner Fortbewegung auf den Rollstuhl angewiesen. Er ist motorisch und sensomotorisch massiv retardiert. Seine Erlebniswelt ist hierdurch erheblich eingeschränkt. Auch eine normale Nahrungsaufnahme ist ihm nicht möglich, er muss stets gefüttert werden. Zudem ist der Kläger wegen der erheblichen Sprachstörung nicht in der Lage, sprachlichen Kontakt zu seinen Mitmenschen aufzunehmen. Zwar sind im Laufe der seit seiner Geburt vergangenen 10 Jahre durchaus Therapieerfolge erzielt worden, eine deutliche Besserung oder Heilung seines Zustandes ist aber nicht zu erwarten.

OLG Brandenburg, Urt. v. 09.10.2002 – 1 U 7/02, VersR 2004, 199 E 2106

230.000,00 € zuzüglich 360,00 € monatliche Rente = 315.000,00 € (gesamt)

Schwere Hirnschädigung durch verzögerten Kaiserschnitt

Bei dem inzwischen 10 Jahre alten Kläger kam es durch die verzögerte Entscheidung, einen Kaiserschnitt vorzunehmen, unmittelbar vor der Entbindung zu einer Sauerstoffunterversorgung des Gehirns. Der Kläger ist schwer beeinträchtigt. Er ist bei starker Überstreckung der Wirbelsäule an das Bett gefesselt, erleidet Krämpfe und kann sich nicht koordiniert bewegen. Er kann nur hell und dunkel unterscheiden. Die Ernährung erfolgt über eine Magensonde. Ständig besteht das Risiko von Lungenabszessen. Er ist in der Lage, seine Umwelt wahrzunehmen, zu empfinden und durch Lachen und Weinen Gefühle zu äußern.

OLG Celle, Urt. v. 13.02.2003 – 14 U 11/01, OLGR 2003, 205 E 2107

250.000,00 €

Schädelhirntrauma mit offener Keilbeinfraktur

Der 5 Jahre alte Kläger erlitt mit seinem Kinderfahrrad einen Verkehrsunfall und zog sich dabei zahlreiche Verletzungen zu, insb. ein schweres Schädelhirntrauma mit offener Keilbeinfraktur. Er kann weder sprechen noch laufen und leidet unter einer spastischen linksseitigen Lähmung.

LG Aurich, Urt. v. 18.11.2005 – 4 O 538/01, unveröffentlicht E 2108

250.000,00 €

Hydrocephalus

Beim Kläger lag bei der Geburt eine Nabelschnurumschlingung vor. Der Kopfumfang betrug 36 cm. Es bestand der Verdacht auf einen Herzfehler, der sich nicht bestätigte. Jedoch wurden u. a. Hirnblutungen festgestellt. Das Kopfwachstum des Klägers wurde nicht beachtet. Später zeigte sich ein ausgeprägter Hydrocephalus der Kopfumfang betrug 52 cm. Der Säugling wies Hirndruckzeichen wie Erbrechen auf. Die Hirnflüssigkeit wurde operativ abgeleitet.

Der Kläger weist eine schwere körperliche und geistige Behinderung auf. Zudem liegt ein cerebrales Anfallsleiden vor, dass anti-konvulsiv behandelt werden muss. Im Alter von 4 1/2 Jahren entsprach sein psychomentaler Entwicklungsstand dem eines Säuglings und der motorische Entwicklungsstand dem eines 7 – 9 Monate alten Kindes.

LG München I, Urt. v. 08.03.2006 – 9 O 12986/04, VersR 2007, 1139 E 2109

250.000,00 € zuzüglich 500,00 € monatliche Rente (Vorstellung: 750,00 € monatliche Rente)

Hirnschädigung nach Sauerstoffmangel in der Geburt

Die Beklagten unterließen eine indizierte Mikroblutuntersuchung, sodass sie die gravierende Sauerstoffunterversorgung nicht erkannten, die zur Hirnschädigung führte. Der Klägerin ist ein freies Sitzen nicht möglich. Ihr geistiger Zustand entspricht dem eines 2 Jahre alten Kindes. Die Lebenserwartung schätzt das Gericht auf 75 Jahre.

Für die Bemessung des Schmerzensgeldes waren u. a. ausschlaggebend die lange Leidenszeit, die der Klägerin bevorsteht und der Umstand, dass sie künftig das Ausmaß der Behinderung wahrnehmen und darunter zusätzlich leiden wird.

E 2110 **OLG Nürnberg, Urt. v. 25.03.2011 – 5 U 1786/10, PflR 2011, 358 = KHE 2011, 168**

250.000,00 € (Vorstellung: 250.000,00 €)

Hirnschädigung eines Neugeborenen

Den Beklagten unterliefen bei der Geburt schwere organisatorische Fehler und Behandlungsfehler von Hebamme und Arzt. Die Gynäkologen haben es schuldhaft unterlassen, eine Notsectio vorzunehmen und eine Mikroblutuntersuchung zu veranlassen. Sie hätten veranlassen müssen, den Kläger in eine Kinderklinik zu verlegen. Der Hebamme war ebenfalls ein grober Behandlungsfehler vorzuwerfen, weil sie die CTG-Registrierung verspätet aufgenommen und die Mutter nicht ausreichend überwacht habe.

Beim Kläger liegt in allen Bereichen ein deutlicher Entwicklungsrückstand vor. Er ist bei der Sprachentwicklung und bei der Entwicklung der Motorik mehrere Jahre zurückgeblieben. Es ist damit zu rechnen, dass der Kläger bei der Einschulung als geistig behindert eingestuft werden wird. Der neurologische Befund zeigt eine diffuse Hirnschädigung in Form eines Hirnödems nach einer Mangelversorgung des Gehirns mit Sauerstoff. Ob er sich künftig selbst versorgen kann und ob er ein von Hilfestellung unabhängiges Leben führen kann, ist ungewiss.

Der Schmerzensgeldanspruch des Klägers wurde zwischen den Instanzen erfüllt.

E 2111 **LG Detmold, Urt. v. 15.05.2003 – 9 O 265/98, NZV 2004, 198**

258.365,00 € zuzüglich 410,00 € monatliche Rente = 350.000,00 € (3/10 Mitverschulden; Vorstellung: 383.468,91 € zuzüglich 410,00 € monatliche Rente)

Schweres Schädelhirntrauma 3. Grades – apallisches Syndrom

Der Kläger erlitt als alkoholisierter Fußgänger bei einem Unfall ein schweres Schädelhirntrauma 3. Grades mit multiplen Hirnblutungen. Die Hirnfunktionen sind i. S. e. apallischen Syndroms gestört. Es bestehen nur geringe Restfunktionen (sog. Locked-in-Syndrom). Der Kläger kann nicht mehr schlucken und nicht mehr sprechen.

E 2112 **OLG Hamm, Urt. v. 16.01.2006 – 3 U 207/02, VersR 2006, 512 = MedR 2006, 353**

260.000,00 €

Hirnschaden nach Entbindung

Die Beklagte war als Hebamme an der Entbindung des Klägers beteiligt. Der ebenfalls verklagte Arzt wurde – nach Eröffnung des Insolvenzverfahrens – durch Versäumnisurteil zur Zahlung von Schmerzensgeld i. H. v. 260.000,00 € verurteilt.

Der Kläger erlitt infolge eines grob fehlerhaften Geburtsverlaufs ein schweres psycho-neurologisches Residualsyndrom aufgrund einer sehr schweren hypoxisch-ischämischen Enzephalopatie 3. Grades mit Atemstörungen, Muskeltonusanomalien und weiteren Einschränkungen. Der Kläger ist körperlich und geistig schwerbehindert und rund um die Uhr auf Betreuung und Zuwendung angewiesen. Eine eigenständige Nahrungsaufnahme ist nicht möglich. Er leidet unter seiner starken Lungenschädigung. Eine Kommunikation ist eingeschränkt, der Besuch einer Behindertenschule ist mithilfe möglich.

OLG Brandenburg, Urt. v. 25.02.2010 – 12 U 60/09, VersR 2010, 1601 m. Anm. Jaeger E 2113

275.000,00 €

Geburtsschaden

Aufgrund einer auf einem Behandlungsfehler beruhenden Sauerstoffunterversorgung bildete sich bei der Klägerin eine linksseitige spastische Lähmung, die zu einer Störung der Grobmotorik, der Feinmotorik und der Sprache führte. Es besteht eine ausgeprägte spastisch-kinetische doppelte Hemiparese links, eine Hüftdysplasie, eine leichte mentale Retardierung und eine universelle Dyslalie sowie Störungen in der Zungen- und Lippenkoordination und Dysphonie. Die Klägerin befindet sich in ständiger physiotherapeutischer Behandlung. Sie muss sich regelmäßig einer schmerzhaften Spritzenkur mit Botulinum unterziehen, um die Spastik zu mindern. Im Jahr 2000 wurde bei der Klägerin eine Zungenbandplastik durchgeführt. Sie musste sich zwischen 2002 und 2005 neun stationären Krankenhausaufenthalten zur Behandlung ihrer Spitzfußstellung unterziehen. 2003 wurde sie an der linken Wade und 2004 am linken Oberschenkel operiert.

Eine Erhöhung des Schmerzensgeldes wegen verzögerlichen Regulierungsverhaltens scheidet aus, weil die Klägerin dadurch keine seelische Beeinträchtigung erfahren hat.

OLG Koblenz, Urt. v. 05.07.2004 – 12 U 572/97, VersR 2005, 1738 = NJW 2005, 1200 = MedR 2005, 601 E 2114

300.000,00 €

Hirnschädigung – psychomotorische Retardierung mit Tetraspastik

Ein neugeborenes Kind erlitt durch sich der Geburt unmittelbar anschließende ärztliche Kontroll- und Behandlungsdefizite eine schwerste psychomotorische Retardierung mit Tetraspastik und linksseitiger Hirnschädigung unter Einbeziehung der Sehrinde. Es entwickelte keine sprachliche Kommunikation, benötigt einen Rollstuhl und wird zeitlebens auf die Hilfe anderer in höchstem Maße angewiesen sein.

Der Kläger wurde nach Vorfördermaßnahmen in eine Schule für geistig Behinderte eingeschult. Er ist kommunikativ sehr reduziert, hört zwar gerne Musik, die ihn auch anspricht, verfügt aber über keine sprachliche Kommunikation. Wegen seiner Behinderung benötigt er einen Rollstuhl.

Bei der Schmerzensgeldbemessung können nur solche Umstände bewertet werden, die dem Schädiger zuzurechnen sind. Dies ist hier nicht die bereits intrauterin entstandene Wachstumsretardierung des Klägers. Dieser Umstand allein ist mit einem deutlich erhöhten Risiko (20 – 30 %) von »kleineren« neurologischen und psychomotorischen Spätschäden (z. B. Lernstörungen, Störungen der Feinmotorik, Hyperaktivitätssyndrome) verbunden. Das von dem kleineren Kind einer Zwillingsgeburt per se zu tragende höhere Risiko für Cerebralschäden betrifft aber Schäden von eher leichterer Natur wie z. B. neben Lernstörungen Aufmerksamkeitsdefizite. Mit größter Wahrscheinlichkeit hätte sich der Kläger auch mit diesem Risiko ohne die hier vorliegende weitere Schädigung so entwickeln können, dass er ein selbstständiges Leben hätte führen können.

E 2115 **LG Darmstadt, Urt. v. 12.04.2005 – 8 O 570/02, unveröffentlicht**

300.000,00 € (Vorstellung: 150.000,00 €)

Hirnschaden nach Entbindung

Der Kläger, der bei seinen Eltern in den USA lebt, erlitt während der Geburt aufgrund einer Unterversorgung des Gehirns mit Sauerstoff einen massiven Hirnschaden. Er musste reanimiert werden und erlitt eine Schulterfraktur. Es ist zeitlebens auf intensivste Pflege angewiesen. Er ist nicht in der Lage, selbstständig Nahrung aufzunehmen und mit seiner Umwelt zu kommunizieren. Seine Extremitäten kann er nur in geringem Umfang kontrollieren und bewegen.

Das LG hat die beklagte Klinik zur Zahlung eines Schmerzensgeldes i. H. v. 300.000,00 € verurteilt. Das OLG Frankfurt am Main, Urt. v. 24.01.2006 – 8 U 102/05, NJW-RR 2006, 1171 = OLGR 2006, 1070, hat das LG-Urteil aufgehoben, weil es einen Behandlungsfehler verneint hat.

E 2116 **OLG Celle, Urt. v. 27.02.2006 – 1 U 68/05, VersR 2007, 543 = MedR 2007, 42**

300.000,00 €

Hirnschaden

Die Klägerin wurde per sectio geboren. Die Indikation wurde zu spät gestellt, sodass es zur Sauerstoffunterversorgung kam. Die Diagnose nach der Geburt lautete: »Frühgeburt in der 34. Schwangerschaftswoche, perinatale Asphyxie, Hirnblutung 4. Grades, Nebennierenblutung, posthämorrhagischer Hydrocephalus, periventrikuläre Leukomalazie«. In der Folgezeit entwickelte sich bei der Klägerin eine schwere körperliche und geistige Behinderung.

Sie kann keine relevanten gesundheitlichen Fortschritte erwarten und wird aufgrund der mehrfachen – teils groben – Behandlungsfehler niemals ein »normales« Leben führen und empfinden können. Vielmehr wird sie stets auf die Hilfe und umfassende Pflege Dritter angewiesen sein, mit denen sie nicht einmal einen dauerhaften Blickkontakt aufnehmen kann. Eine verbale Kommunikation wird der Klägerin ebenfalls nicht möglich sein.

E 2117 **LG Dortmund, Urt. v. 15.11.2007 – 4 O 21/04, unveröffentlicht**

300.000,00 €

Hypoxische Hirnschädigung – Geburtsschaden

Der Kläger wurde infolge mehrerer grober Behandlungsfehler schwerstbehindert geboren. Er muss ständig durch ein Pulsoxymeter überwacht werden und es müssen regelmäßig Absaugungen stattfinden. Bei dem Kläger wurden eine hypoxische Hirnschädigung nach Asphyxie unter Geburt sowie eine intrauteriner Hypoxie festgestellt. Der Kläger leidet unter Ernährungs- und Schluckstörungen. Eine PEG-Sonde war deswegen erforderlich. Es besteht eine schwerste Mehrfachbehinderung. Der Kläger ist in allen Aspekten, die die Lebensqualität ausmachen, schwerstbehindert. Es besteht die Notwendigkeit einer zeitaufwendigen Ernährung durch eine Magensonde. Der Kläger kann nicht allein sitzen oder stehen, sich lediglich in den Vierfüßlerstand hochdrücken. Er ist zudem auch visuell und akustisch erheblich eingeschränkt. Er kann nicht sprechen, mit den Augen nicht fixieren, kaum hören. Es kommt immer wieder zu Krampfanfällen. Die Ernährung mit der Magensonde führt im Weiteren dazu, dass bei dem Kläger eine höhere Infektionsgefahr besteht. Er muss ständig inhalieren. Er muss dauerhaft Medikamente einnehmen. Die Eltern geben an, die Schreie des Klägers deuten zu können, ansonsten ist eine Kommunikation mit der Außenwelt nicht möglich. Der Kläger ist auf ständige Versorgung durch seine Eltern angewiesen.

OLG Oldenburg, Urt. v. 28.05.2008 – 5 U 28/06, OLGR 2008, 737 E 2118

<u>300.000,00 €</u> (Vorstellung: 300.000,00 €)

Cerebralparese – Geburtsschaden

Die Mutter des Klägers wurde nach einem Unfall im Jahr 1995 im Krankenhaus der Beklagten stationär aufgenommen. Zu diesem Zeitpunkt befand sie sich rechnerisch in der 32. Schwangerschaftswoche. Nach rund 5 Wochen kam es zu einem Abgang von klarem Fruchtwasser; die Wehen setzten ein. Die Geburt wurde nicht sofort eingeleitet, vielmehr wurde der Kläger erst nach 7 1/2 Std. geboren.

Infolge der nicht rechtzeitig beendeten Geburt erlitt der Kläger eine bleibende Hirnschädigung in Form einer schweren infantilen Cerebralparese i. V. m. einer ausgeprägten geistigen Behinderung. Es ist eine neurale Störung der Blasenkontrolle sowie eine eindeutige Mikrocephalie festzustellen. Der Kläger leidet unter einem Innenschielen und einer spastischen beinbetonten und vorwiegend rechtsbetonten Tetraparese. Im Alter von ca. 8 Jahren hatte der Kläger im Bereich der Grobmotorik den Entwicklungsstand eines nur 16 – 17 Monate alten Jungen erreicht. Im Bereich Sprachentwicklung bestand ein massiver Entwicklungsrückstand.

OLG Düsseldorf, Urt. v. 26.04.2007 – I-8 U 37/05, VersR 2008, 534 = GesR 2008, 19 E 2119

<u>300.000,00 € zuzüglich 300,00 € monatliche Rente (Kapitalwert rund 70.000,00 €)</u>
(Vorstellung: 400.000,00 € Kapital und 700,00 € monatliche Rente)

Hirnschädigungen – Geburtsschaden

Den Beklagten sind schwerwiegende Versäumnisse bei der Betreuung der Geburt der Klägerin anzulasten. Infolgedessen leidet die Klägerin an einer Hirnschädigung. Sie wird nie in der Lage sein, eine Persönlichkeit zu entwickeln und mit ihrer Umwelt Kontakt aufzunehmen. Bei der Bemessung des Schmerzensgeldes wurde auch berücksichtigt, dass ihr Schicksal nicht – zusätzlich – von einem besonderen persönlichen Leidensdruck gekennzeichnet ist. Insoweit besteht nach der Auffassung des Senats ein Unterschied zu den Fällen, in denen der Geschädigte aus einer normalen Entwicklung und Lebensführung heraus in schwerste Behinderung, die mit völliger Hilflosigkeit verbunden ist, gerät, seine geistigen Funktionen aber noch so weit erhalten sind, dass er in der Lage ist, die Bedeutung seiner Behinderung zu erkennen und zu verspüren.

OLG Schleswig, Urt. v. 28.02.2003 – 4 U 10/01, OLGR 2003, 264 E 2120

<u>325.000,00 €</u> (LG Lübeck: 350.000,00 €)

Extrapyramidale Cerebralparese – Tetraparese mit multifokaler Epilepsie

Dem Kläger wurde bei seiner Geburt durch einen ärztlichen Behandlungsfehler eine extrapyramidale Cerebralparese in Form einer Tetraparese mit multifokaler Epilepsie zugefügt. Er ist lebenslang behindert. Die geistige Entwicklung des Klägers ist besser als seine motorische. Er ist zu emotionalen Empfindungen in der Lage und kann sich mit seinen Eltern durch Laute verständlich machen. Er ist zeitlich und örtlich orientiert und bekommt mit, was um ihn herum geschieht. Dieser Kontrast zwischen motorischer und sprachlicher Behinderung einerseits und der emotionalen psychointellektuellen Auffassungsgabe andererseits wird der Kläger mit fortschreitendem Alter als besonders schwerwiegend und bedrückend und möglicherweise als kaum zu ertragendes Schicksal empfinden.

Auch diese Entscheidung zeigt – obwohl das OLG unter dem vom LG erkannten Betrag blieb – die Tendenz der Rechtsprechung zu höherem Schmerzensgeld.

E 2121 LG Mannheim, Urt. v. 13.02.2004 – 3 O 247/03, unveröffentlicht

346.612,00 € (Vorstellung: 250.000,00 €)

Weitgehende Zerstörung der Persönlichkeit

Der 5 Jahre alten Klägerin wurden die Mandeln entfernt. Es kam zu einer Nachblutung und durch einen Behandlungsfehler zu einem Herzstillstand, der zu schwersten zerebralen Schädigungen führte. Die Klägerin ist geistig und körperlich schwerstbehindert, es besteht eine tetraspastische Bewegungsstörung. Die Klägerin ist 16 Std. pro Tag auf fremde Hilfe angewiesen, wird über eine Magensonde ernährt und kann Lageänderungen nicht selbstständig vornehmen.

Das Gericht hat das Schmerzensgeld nach der Ausgleichsfunktion bemessen, weil die Genugtuungsfunktion völlig zurücktrete.

E 2122 LG München I, Urt. v. 16.01.2003 – 19 O 20638/01, unveröffentlicht

350.000,00 € (Vorstellung: 500.000,00 €)

Schädelhirntrauma – subdurales Hämatom und Subarachonoidalblutung – apallisches Durchgangssyndrom – hochgradige spastische Tetraparese

Die 19 Jahre alte Klägerin zog sich ein schweres Schädelhirntrauma mit subduralem Hämatom und Subarachonoidalblutung zu und leidet derzeit noch an einem apallischen Durchgangssyndrom und hochgradiger spastischer Tetraparese. Es bestehen Gehunfähigkeit und Bettlägerigkeit bei Tetraspastik sowie Schluckstörungen mit Zustand nach Anlage einer Ernährungssonde durch die Bauchhaut. Die Klägerin befindet sich in einem wachen, jedoch nicht ansprechbaren Zustand (Coma Vigile), sie wird auf Dauer zu 100 % erwerbsgemindert bleiben.

Die Klägerin wird von ihren Eltern betreut und gepflegt. Sie ist in der Lage, Schmerz zu empfinden und dies durch entsprechende Signale, wie z. B. Veränderungen der Mimik, zu zeigen. Die Fähigkeit, Schmerz zu empfinden, bedeutet aber, dass das tägliche mehrmalige Umbetten, das Absaugen, um die Verschleimung der Lunge zu vermeiden, sowie die Hilfestellung bei der regelmäßigen Stuhlentleerung von ihr wahrgenommen und empfunden werden. Zeitweise schien es darüber hinaus, als würde sie versuchen, mit der Mutter zu sprechen bzw. zu kommunizieren.

I. R. d. Genugtuungsfunktion war zu berücksichtigen, dass der beklagte Fahrer sich grob verkehrswidrig und rücksichtslos über die bestehende Geschwindigkeitsbeschränkung hinweggesetzt hat.

E 2123 OLG Braunschweig, Urt. v. 22.04.2004 – 1 U 55/03, VersR 2004, 924 = MDR 2004, 1185

350.000,00 €

Geistig und körperlich schwerst behindertes Kind nach fehlerhafter postnataler Betreuung

Der Kläger ist infolge einer massiven Hirnblutung und eines posthämorrhagischen Hydrocephalus (sog. Wasserkopf) körperlich und geistig schwerst behindert. Er leidet an einer spastischen Tetraparese (inkomplette Lähmung aller vier Extremitäten), einer hochgradigen Sehbehinderung, einer Hüftgelenksluxation, einer BNS-Epilepsie und ist mental massiv retardiert.

In allen Lebensbereichen ist er vollständig auf Betreuung durch Dritte angewiesen. Er ist nahezu blind und muss gefüttert werden. Er ist nicht in der Lage, nach Gegenständen zu greifen, zeigt keine Gleichgewichtskoordination und seine Kopfkontrolle ist mangelhaft. Es fehlt ihm an Orientierung. Er kann zwar Freude, Angst und Schmerzen empfinden, ist aber zu einer verbalen Kommunikation nicht in der Lage. Aufgrund der Schwere der Hirnschädigung ist eine Besserung ausgeschlossen.

Prägend für die Bemessung des Schmerzensgeldes war der Umstand, dass der Kläger in der Wurzel seiner Persönlichkeit betroffen ist. Beeinträchtigungen dieses Ausmaßes verlangten wegen des hohen Wertes, den Art. 1 und 2 des GG der Persönlichkeit und der Würde des Menschen einräumen, eine herausragende Entschädigung. Darüber hinausgehende Schmerzensgeldbeträge hält der Senat für überhöht.

OLG Oldenburg, Urt. v. 13.10.2004 – 5 U 62/04, unveröffentlicht E 2124

350.000,00 € (Vorstellung: 350.000,00 €)

Periventrikuläre Leukomalazie – Mikrozephalus – spastische Tetraplegie

Der Kläger erlitt infolge eines Behandlungsfehlers schwere Hirnschädigungen, verbunden mit einer periventrikulären Leukomalazie, einem Mikrozephalus und spastischer Tetraplegie.

OLG München, Urt. v. 19.09.2005 – 1 U 2640/05, MedR 2006, 211 (LS) E 2125

350.000,00 € zuzüglich 500,00 € monatliche Rente (Vorstellung: Kapital knapp 120.000,00 €)

Schwere perinatale Hirnschädigung – tief greifende Entwicklungsstörungen

Der Mutter des Klägers wurde ein Schmerzmittel verabreicht, gegen dessen Wirkstoffe eine der Klinik bekannte Allergie der Mutter bestand. Infolge des Kreislaufschocks der Mutter kam es zu einer schweren perinatalen Hirnschädigung, die zu einer komplexen, tief greifenden körperlichen und mentalen Entwicklungsstörung mit erheblicher Behinderung der Sprachentwicklung, Kommunikationsfähigkeit, Koordination und Autonomie geführt hat. Es besteht zunehmende Invalidisierung und vollständige Immobilität, Tetraparese, Athetose, ein Krampfleiden sowie Stuhl- und Harninkontinenz.

OLG Frankfurt am Main, Urt. v. 18.04.2006 – 8 U 107/05, unveröffentlicht E 2126

350.000,00 € (Vorstellung: 550.000,00 €)

Schwere hirnorganische Schäden hinsichtlich multipler Körperfunktionen

Die Klägerin wurde, nachdem eine Vakuum-Extraktion und der Versuch einer Zangengeburt scheiterten, durch Kaiserschnitt entbunden; es bestanden Apgar-Werte von 2/6/8 nach 1/5/10 Minuten, und sie wurde 4 Minuten assistiert beatmet. Sie hat schwere hirnorganische Schäden hinsichtlich multipler Körperfunktionen und wird voraussichtlich immer pflegebedürftig sein. Sie ist zu 100 % schwerbehindert. Sie kann sich nur im Knien und auch nur auf kurze Distanz fortbewegen. Die Funktion der Hände und Arme ist stark beeinträchtigt, sodass sie sich nicht selbst an- und ausziehen kann. Sie ist auch nicht in der Lage, selbstständig Nahrung zum Mund zu führen. Die geistige Entwicklung sei weniger beeinträchtigt, was damit zusammenhänge, dass die hypoxiebedingte Schädigung hauptsächlich tiefere Strukturen des Gehirns betreffe, weniger die Hirnrinde. Allerdings leidet die Klägerin an einer Sprechstörung, sodass Kommunikationshilfen erforderlich sind.

Das Gericht führte zur Bemessung aus, auch wenn die Klägerin infolge ihrer schweren Beeinträchtigungen zeitlebens auf fremde Hilfe angewiesen sein werde und ohne fremde Hilfe nichts von dem realisieren könne, was Gleichaltrige zu tun in der Lage sind, erscheine der zuerkannte Schmerzensgeldbetrag angemessen und ausreichend. Höhere Beträge seien nur gerechtfertigt, wenn ein vollständiger Verlust der Persönlichkeit eingetreten sei, was bei der Klägerin, die jetzt in einer körperbehinderten Schule untergebracht ist, nicht der Fall sei. Bei der Bemessung wurde auch berücksichtigt, dass die Klägerin neben den massiven körperlichen

Beeinträchtigungen ein hohes Maß an körperlicher und geistiger Empfindungsfähigkeit für ihre Lage besitzt, die es ihr ermöglicht, ihre Situation auch geistig zu reflektieren und mit den Fähigkeiten Gleichaltriger zu vergleichen, und dass ein verzögertes Regulierungsverhalten der Versicherung vorlag.

E 2127 **OLG Koblenz, Urt. v. 26.02.2009 – 5 U 1212/07, VersR 2010, 1452**

350.000,00 €

Hirnschaden nach grobem Behandlungsfehler – Verzögerung der Notsectio

Infolge der grob fehlerhaften Verzögerung des gebotenen Kaiserschnitts um 12 Minuten kam es beim Kläger infolge von Sauerstoffmangel zu einem Geburtsschaden mit Hirnschädigung, die ein freies Sitzen, Stehen, eine Fortbewegung oder Greifen unmöglich macht, begleitet von einem schweren Entwicklungsrückstand mit geistiger Behinderung, fehlendem Sprachvermögen und dauerhafter Pflegebedürftigkeit.

E 2128 **OLG Schleswig, Urt. v. 09.10.2009 – 4 U 149/08, SchlHA 2010, 78 – Die Revisionsentscheidung ist: BGH, Urt. v. 26.10.2010 – VI ZR 307/09, VersR 2011, 264 = MDR 2011, 99 = r+s 2011, 37**

350.000,00 € zuzüglich Schmerzensgeldrente monatlich 500,00 € = 118.000,00 € Kapitalwert (Vorstellung: 290.000,00 € zuzüglich monatliche Rente von 562,00 €)

Hohe Querschnittslähmung unterhalb von C 4

Der 22 Jahre alte Kläger war als Zivildienstleistender tätig und zog sich gegen 03.00 Uhr morgens eine Fraktur der Halswirbelsäule zu, als er sich anlässlich eines Klassentreffens nach dem Genuss von Alkohol zusammen mit Freunden zum Baden in einen See begab.

Der Kläger ist infolge eines Behandlungsfehlers, der darin liegt, dass infolge unzureichender Diagnose die Halswirbelfraktur nicht erkannt wurde, querschnittsgelähmt. Er war insgesamt 13 Monate im Krankenhaus. Aufgrund seiner Lähmung im Bereich der Halswirbel 3 und 4 ist er nicht in der Lage, Arme, Beine oder die Wirbelsäule zu bewegen, er ist bettlägerig, stuhl- und harninkontinent und auf umfassende pflegerische Betreuung rund um die Uhr angewiesen. Es treten immer wieder schmerzhafte Spastiken auf. Das Studium der Architektur musste der Kläger nach ca. einem Jahr aufgrund der physischen und psychischen Belastungen infolge der Querschnittslähmung aufgeben.[146]

E 2129 **LG Kleve, Urt. v. 09.02.2005 – 2 O 370/01, ZfS 2005, 235 geändert durch OLG Düsseldorf, Urt. v. 26.04.2007 – 8 U 37/05 – VersR 2008, 534 = GesR 2008, 19 – in 300.000,00 € zuzüglich Rente 300,00 € = rd. 71.000,00 € = 371.000,00 €**

400.000,00 € zuzüglich 500,00 € monatliche Rente = 520.000,00 €

Hirnschädigung – ausgeprägte Zentralparese

Die Klägerin leidet unter einer max. ausgeprägten Zerebralparese bzw. hypoxischer Enzephalopathie mit ausgeprägter psychomotorischer Retardierung. Sie kann weder frei sitzen noch sich selbstständig fortbewegen, kann nicht sprechen und sich nicht verbal äußern. Sie ist in sehr begrenztem Umfang fähig, ihre Umwelt wahrzunehmen und auf Reize zu reagieren. Ihr ist jede Möglichkeit einer körperlichen und geistigen Entwicklung genommen und sie wird ein Leben lang auf fremde Hilfe angewiesen sein.

146 Die Impotenz des Klägers wird nicht erwähnt.

Die Klägerin bietet das Bild eines völlig hilflosen Kindes mit schwersten Schädigungen und weitestgehender Zerstörung der Persönlichkeit, der Wahrnehmungs- und Empfindungsfähigkeit. Ihr Leben beschränkt sich überwiegend auf die Aufrechterhaltung vitaler Funktionen.

Das Schmerzensgeld besteht aus einem Kapitalbetrag von 400.000,00 € und einer Schmerzensgeldrente i. H. v. monatlich 500,00 €, was einem Kapitalbetrag von 120.000,00 € entspricht. Kapital und Rente stehen in einem ausgewogenen Verhältnis.

LG Bielefeld, Urt. v. 25.09.2007 – 4 O 522/05, unveröffentlicht E 2130

400.000,00 € (Vorstellung: 519.000,00 €)

Wachkoma nach Herzinfarkt mit Herz-Kreislauf-Stillstand

Der 41 Jahre alte Kläger begab sich wegen linksseitiger Schmerzen in Arm, Rücken und Brust in die stationäre Behandlung der Beklagten. Dort wurden ein EKG und ein Röntgen-Thorax angefertigt; ein Belastungs-EKG wurde nach akuter Erschöpfung des Klägers abgebrochen. Nach Gabe eines Analgetikums gingen die Schmerzen des Klägers zurück. Für eine 24-h-Blutdrucküberwachung blieb der Kläger im Krankenhaus, sollte aber mangels akuter Beschwerden am nächsten Tag entlassen werden. Am Morgen meldete sich der Kläger wegen Brustschmerzen; hierauf wurde eine EKG-Schreibung veranlasst. In der Folgezeit erlitt der Kläger einen fulminanten Vorderwandinfarkt, bei dem ein Herz-Kreislauf-Stillstand eintrat. Der Kläger zeigt dauerhaft Symptome eines Wachkomapatienten mit Locked-in-Syndrom. Sein Leben ist auf die Aufrechterhaltung vitaler Funktionen beschränkt.

Die Beklagte hatte die EKG-Aufnahmen unzureichend ausgewertet und es daher unterlassen, den Kläger als Hochrisikopatienten einzustufen und sofort zu behandeln. Auch die fehlende Diagnostik des beginnenden Infarktes war grob behandlungsfehlerhaft, zuletzt erfolgte die Reanimation verspätet.

Der Bemessung hat die Kammer zugrunde gelegt, dass der Kläger Hilfe bei sämtlichen Verrichtungen des täglichen Lebens benötigt, ihm als Härtefall Pflegestufe III bewilligt wurde und sein Leben auf die Aufrechterhaltung der vitalen Funktionen beschränkt ist. Ganz erheblich wurde auch berücksichtigt, dass es aufgrund einer Kette von Behandlungsfehlern, die mehrfache, überwiegend grobe Verstöße gegen elementare Regeln der ärztlichen Heilkunde darstellten, zu einem andauernden schweren Hirnschaden gekommen sei. Durch den Schaden muss der Kläger eine fast vollständige Einbuße an Lebensqualität dadurch hinnehmen, dass er in der Wurzel seiner Persönlichkeit getroffen ist.

OLG Naumburg, Beschl. v. 10.12.2010 – 1 W 57/10, MedR 2012, 129 E 2131

400.000,00 € Vorstellung: 500.000,00 €

Behandlungsfehler bei der Geburt – Hirnschädigung

Die 1999 geborene Antragstellerin des PKH-Verfahrens leidet an einem frühkindlichen Hirnschaden als Zustand nach einer perinatalen Asphyxie und einem Hirnödem 2. Grades. Bei ihr liegt eine ausgeprägte mentale und statomotorische Retardierung vor. Ihre geistige und sprachliche Entwicklung ist schwer beeinträchtigt. Der intellektuelle Entwicklungsstand entspricht dem eines zweijährigen Kindes. Es besteht eine Triparese, und eine Verkrümmung der Wirbelsäule, die zum Tragen einer Korsage zwingt. Selbständig kann sie nur in einer maßgefertigten Sitzschale im Rollstuhl sitzen, auf den sie zeitlebens angewiesen sein wird. Sie muss dabei ein Korsett und Unterschenkelorthesen tragen, die auch zur Nacht angelegt werden. Die Antragstellerin kann weder frei sitzen noch gehen oder stehen. Nach Gegenständen greift sie im Faustgriff, kann diese jedoch nur kurze Zeit halten. Sie vermag sich nur sehr eingeschränkt zu artikulieren, eine verbale Kommunikation ist nicht möglich, sie verständigt sich über Mimik, Gestik und Lautäußerungen. Sie ist hochgradig pflegebedürftig. Eine aktive und handlungsorientierte Eigenbeschäftigung ist so gut wie nicht möglich. Sie bedarf rund um die Uhr einer Betreuung, da sie keiner Lebenssituation selbständig gewachsen und im Übrigen orientierungslos ist.

Zur Schmerzensgeldbemessung ist ausgeführt: Ein immaterieller Schaden besteht nicht nur in körperlichen und seelischen Schmerzen als Reaktion auf die Verletzung des Körpers oder die Beschädigung der Gesundheit. In Fällen schwerster Schädigung kann eine ausgleichspflichtige immaterielle Beeinträchtigung gerade darin liegen, dass die Persönlichkeit ganz oder weitgehend zerstört ist. Es handelt sich insoweit um eine eigenständige Fallgruppe, bei der die Einbuße der Persönlichkeit bzw. der Wegfall der Basis für ihre Entfaltung durch den Verlust der Empfindungs- und Wahrnehmungsfähigkeit im Vordergrund steht und deshalb auch bei der Bemessung der Entschädigung nach § 253 Abs. 2 BGB (richtig: § 827 a. F.) einer eigenständigen Bewertung zugeführt werden muss.

E 2132 **LG Köln, Urt. vom 23.03.2011 – 25 O 65/08, unveröffentlicht**

450.000,00 € Vorstellung: 500.000,00 €

Schwerste Hirnsubstanzdefekte – Epilepsie – Tetraparese

Der 22 Monate alte Kläger, der mit schweren multiplen Fehlbildungen geboren wurde, leidet nach einem groben Behandlungsfehler unter anderem an schwersten Hirnsubstanzdefekten, einer Epilepsie und Tetraparese. Er ist praktisch bewegungsunfähig, leidet an wiederholt auftretenden therapierefraktären epileptischen Anfällen und es ist nicht auszuschließen, dass er für sein gesamtes Leben auf die Pflege durch andere Personen angewiesen bleiben wird. Für die Bemessung des Schmerzensgeldes ist die Kammer davon ausgegangen, dass der Kläger in Folge der grob fehlerhaften Behandlung aufs Schwerste behindert ist. Er leidet an den Folgen einer hypoxisch-ischämischen Enzephalopathie mit multiplen Hirnsubstanzdefekten, einem Hydrozephalus internus mit ventrikulo-peritonealer Shuntanlage, einer spastischen Tetraparese, einer symptomatisch multifokalen therapieresistenten Epilepsie mit häufigen, teils mehrfach täglich auftretenden tonisch-myoklonischen Anfällen und Absencen, schwersten motorischen Störungen mit einem motorischen Entwicklungsstand von ca. 3 Monaten, schwersten kognitiven Störungen mit einem kognitiven Entwicklungsstand von maximal 3 Monaten, schwersten Störungen der kommunikativen Entwicklung und des Sozialverhaltens mit lediglich rudimentären Interaktionsmöglichkeiten, schwerster Beeinträchtigung der Selbständigkeitsentwicklung mit vollständiger Hilflosigkeit. Der Kläger kann nicht sprechen und hat keinerlei Eigenmobilität entwickelt. Es besteht keine Kopfkontrolle. Er reagiert lediglich auf Geräusche und Licht. Er ist bei allen Verrichtungen des täglichen Lebens dauerhaft und ausschließlich auf fremde Hilfe angewiesen.

Andererseits hat die Kammer aber auch die Grundbeeinträchtigung des Klägers, das Goldenhar-Syndrom, bei der Bemessung des Schmerzensgeldes berücksichtigt. Dabei sind jedoch nur solche Umstände berücksichtigt worden, die sicher zu einer Beeinträchtigung des Klägers geführt hätten.

E 2133 **LG München I, Urt. v. 27.07.2011 – 9 O 24797/07, VersR 2011, 1576**

400.000,00 € (Vorstellung: mindestens 125.000,00 €)

Cerebrale Schädigung eines an körperlichen Beeinträchtigungen leidenden Kindes

Der wenige Monate alten Klägerin musste wegen Nekrosen ein Bein im körpernahen Drittel des Oberschenkels amputiert werden. Nach rd. 2 Monaten traten bei der Klägerin epileptische Anfälle auf, und wenig später wurde eine globale Atrophie des gesamten Telencephalons diagnostiziert. Diese Gehirnschädigung beruhte auf einer unterbliebenen Blutgasanalyse. Die Klägerin kann nach Vollendung des 4. Lebensjahres nicht sprechen, nicht richtig sitzen, nicht laufen, ist inkontinent und muss gefüttert werden. Sie bedarf einer ganztägigen Betreuung. Sie nimmt die Umwelt wahr, wird aber kein selbstbestimmtes Leben führen können. Irrelevant ist, dass die Klägerin auf Grund der schicksalhaften Missbildungen ihrer unteren Extremitäten auch ohne den Behandlungsfehler kein normales Leben hätte führen können. Das Leben einer Körperbehinderten ist nicht weniger lebenswert, als das einer im Wesentlichen Gesunden.

OLG Hamm, Urt. v. 16.01.2002 – 3 U 156/00, VersR 2002, 1163 = NJW-RR 2002, 1604 E 2134

500.000,00 €

Behandlungsfehler bei der Geburt – malignes Hirnödem – Hirnschwellung

Die Betreuung der Geburt des Klägers wurde über Stunden hin einem Arzt im Praktikum und einer Hebamme überlassen, ohne dass ein Facharzt im Hintergrunddienst anwesend war.

Der Kläger stand als Folge der fehlerhaften Geburtsleitung »knapp vor dem Hirntod«. Er erlitt eine schwere ausgeprägte, als malignes Hirnödem bezeichnete Hirnschwellung, musste intubiert und beatmet werden. Es stellte sich ein schweres neonatales neurologisches Durchgangssyndrom ein. Der derzeitige Zustand des Klägers ist durch eine sekundäre Mikrozephalie schwersten Ausmaßes gekennzeichnet. Eine aktive Fortbewegung ist nicht möglich. Es findet sich das ausgeprägte Bild einer schwersten Tetraspastik. Der Kläger ist blind. Trotz antikonvulsiver Medikation treten täglich kaum zählbare tonische Anfälle auf, in denen der Kläger plötzlich die Arme auseinanderreißt und einen starren Blick bekommt. Zur Schleimlösung für die Lunge und besseren Abhustmöglichkeit ist die Gabe von Fluimuzil und verschiedenen Hustensäften erforderlich.

Insgesamt bietet der Kläger das Bild eines völlig hilflosen, blinden Kindes mit schwersten Allgemeinveränderungen, dem Vollbild der schwersten Tetraspastik und kaum behandelbaren cerebralen Krampfanfällen. Er ist auf ständige intensive Pflege angewiesen. Der erfahrene pädiatrische Sachverständige hat vom schlechtesten neurologischen Bild, das man sich vorstellen könne, gesprochen.

Dem Kläger ist jede Möglichkeit einer körperlichen und geistigen Entwicklung genommen. Er wird nie Kindheit, Jugend, Erwachsensein und Alter bewusst erleben und seine Persönlichkeit entwickeln können. Sein Leben ist weitgehend auf die Aufrechterhaltung der vitalen Funktionen, die Bekämpfung von Krankheiten und die Vermeidung von Schmerzen beschränkt. Der Kläger ist in der Wurzel seiner Persönlichkeit getroffen. Unter Berücksichtigung des Umstandes, dass die Schädigung durch eine grob fehlerhafte Behandlung verursacht worden ist und angesichts des Bestehens einer Haftpflichtversicherung hält der Senat insgesamt ein Schmerzensgeld von 500.000,00 € für gerechtfertigt.

OLG Hamm, Urt. v. 21.05.2003 – 3 U 122/02, MDR 2003, 1291 = VersR 2004, 386 E 2135

500.000,00 €

Behandlungsfehler bei der Geburt – Enzephalopathie

Der Kläger hat eine schwerste hypoxisch-ischämische Enzephalopathie 2. – 3. Grades erlitten. Seit der Geburt treten therapieresistente cerebrale Anfälle auf. Das Gehirn des Kindes hat sich praktisch nicht entwickelt. Der Kläger zeigt heute ein schwerstes neurologisches Residualsyndrom, eine schwerste Tetraspastik mit bereits eingetretenen multiplen Gelenkkontrakten. Seit 3 Jahren wird er über eine PEG-Sonde ernährt. Er ist rechts taub und zumindest schwerhörig links. Es besteht funktionale Blindheit. Ein aktives Fortbewegungsmuster ist nicht möglich. Eine Kontaktaufnahme über das Gehör besteht nicht. Lediglich auf Hautkontakte wird positiv reagiert.

Damit bietet der Kläger das Bild eines völlig hilflosen, praktisch blinden und tauben Kindes mit einer schwersten Schädigung bzw. weitestgehenden Zerstörung der Persönlichkeit, der Wahrnehmungs- und Empfindungsfähigkeit. Nach den Ausführungen des Neuropädiaters ist ein schlechterer Zustand nicht vorstellbar. Dem Kläger ist jede Möglichkeit einer körperlichen und geistigen Entwicklung genommen. Er wird nie Kindheit, Jugend, Erwachsensein und Alter bewusst erleben und seine Persönlichkeit entwickeln können. Sein Leben ist weitgehend auf die Aufrechterhaltung vitaler Funktionen, die Bekämpfung von Krankheiten und die Vermeidung von Schmerzen beschränkt. Der Kläger ist in der Wurzel seiner Persönlichkeit getroffen.

E 2136 LG Berlin, Urt. v. 20.11.2003 – 6 O 272/01, VersR 2005, 1247[147]

500.000,00 € (Vorstellung 500.000,00 € zuzüglich 750,00 € monatliche Rente)

Hirnödem nach fehlerhafter Diabetesbehandlung bei 6 Jahre altem Jungen

Der 6 Jahre alte Kläger wurde mit erhöhten Blutzuckerwerten in ein Krankenhaus eingeliefert, dort aber in mehrfacher Hinsicht grob fehlerhaft behandelt. Durch zu aggressive Flüssigkeitssubstitution kam es zu einem Hirnödem, bei dessen Behandlung den beklagten Ärzten weitere schwere Behandlungsfehler unterliefen. Der Kläger verfiel in ein Wachkoma, aus dem er nach knapp 2 Jahren erwachte.

Infolge des Hirnödems kam es bei dem Kläger zu einer Hirnschädigung, v. a. des Mittelhirns. Es liegt eine schwerste geistige und körperliche Behinderung vor. Der Kläger ist absolut hilfsbedürftig und bedarf voraussichtlich für das ganze Leben 24 Std. der Betreuung. Er leidet unter spastischen Krämpfen, das Sehen ist beeinträchtigt. Die Kommunikation kann lediglich über Gestik und Mimik, akustische Signale sowie Weinen und Lachen, teilweise über Lautäußerungen stattfinden. Sein Sprachverständnis nimmt zu, und es ist eine positive intellektuelle und physische Weiterentwicklung mit der Erlernung neuer Fähigkeiten und zunehmender Qualität zu erwarten. Der Kläger kann mittlerweile eine Schule besuchen und erkennt, dass ihm nur beschränkte Möglichkeiten zur Verfügung stehen, sich der Außenwelt verständlich mitzuteilen, worunter er zusätzlich leidet und zeitweise verzweifelt ist.

Die Nahrungsaufnahme erfolgt inzwischen püriert und schlückchenweise.

Das Gericht bezeichnet den Kapitalbetrag als Höchstgrenze und als herausragende Entschädigung, die zum Ausdruck bringt, dass der Kläger in seiner Persönlichkeit tief getroffen ist. Gerade weil der Kläger ein unbeschwertes Leben kennengelernt hat, unterscheidet sich der Fall von dem eines schwerst hirngeschädigt geborenen Kindes, bei dem noch weitere Funktionen beeinträchtigt sind als beim Kläger.

Eine zusätzliche Schmerzensgeldrente wurde dem Kläger versagt, weil das Schmerzensgeld dem beantragten und zuerkannten Kapitalbetrag entspricht. Zu einer Minderung des Kapitalbetrages hat sich die Kammer nicht entschlossen, weil die Lebensdauer des Klägers ungewiss ist und eine Rente den Kläger möglicherweise eher benachteiligt hätte.

147 Vgl. Jaeger/Luckey, MDR 2002, 1168 (1169).Das KG hat die Berufung der Beklagten durch Beschl. v. 11.04.2005 – 20 U 23/04 gem. § 522 ZPO zurückgewiesen und dabei ausdrücklich offengelassen, ob der Senat auf die hinfällig gewordene Anschlussberufung ein höheres Schmerzensgeld zuerkannt hätte.

KG, Beschl. v. 11.04.2005 – 20 U 23/04, GesR 2005, 499 E 2137

500.000,00 €

Hirnödem mit schwerer Hirnschädigung des Mittelhirns

Der 7 Jahre alte Kläger erlitt infolge eines Behandlungsfehlers ein Hirnödem mit schwerer Hirnschädigung des Mittelhirns. Dadurch ist er körperlich und geistig schwerstbehindert. Er leidet unter spastischen Krämpfen. Die Kommunikation findet über Mimik, Gesten, Lachen und Weinen statt. Panikattacken und Weinanfälle sind zurückgegangen. Er besucht eine Schule für geistig behinderte Kinder. Sein körperlicher Zustand hat sich verschlechtert. Er kann Nahrung nur in pürierter Form zu sich nehmen.

Infolge der Verbesserung des geistigen Zustandes wird dem Kläger mehr und mehr bewusst, dass das Fehlverhalten der Beklagten seine Lebensführung bereits in früher Kindheit zerstört hat.

OLG Köln, Urt. v. 20.12.2006 und 31.01.2005 – 5 U 130/01, VersR 2007, 219 E 2138

500.000,00 € (Vorstellung: 500.000,00 €)

Schwerst hirngeschädigt geborenes Kind – ärztlicher Behandlungsfehler

Der Kläger erlitt infolge eines ärztlichen Behandlungsfehlers eine schwere hypoxische Hirnschädigung mit der Folge einer sekundären Mikrozephalie. Er kann weder sprechen, noch sich äußern und sich auch nicht aktiv fortbewegen. In der normalen täglichen Lebensführung ist der Kläger max. behindert. Die Situation stellt sich als eine körperliche, psychische und intellektuelle Beeinträchtigung dar, wie sie größer und schlimmer schlechterdings nicht vorstellbar ist. Das Schmerzensgeld entspricht dem in der Rechtsprechung in diesen Fällen allgemein zuerkannten Betrag.

OLG Celle, Urt. v. 22.10.2007 – 1 U 24/06, VersR 2009, 500 E 2139

500.000,00 € (Vorstellung: 500.000,00 €)

Hypoxische Hirnschädigung – Cerebralparese – Geburtsschaden

Der Kläger wurde durch eine Notsectio geboren. Er ist seit der Geburt schwerstbehindert. Es liegt eine hypoxische Hirnschädigung vor. Der Kläger leidet an einer Zerebralparese, einer Epilepsie und extremer Mikrozephalie. Der sog. Hirnmantel ist weitgehend zerstört. Der Kläger muss künstlich ernährt werden. Täglich treten etwa 10 Krampfanfälle auf. Er ist nahezu blind. Der motorische Entwicklungszustand entspricht dem eines Säuglings in den ersten beiden Lebensmonaten. Deshalb sei der Höchstbetrag des Schmerzensgeldes gerechtfertigt.

OLG Zweibrücken, Urt. v. 22.04.2008 – 5 U 6/07, MedR 2009, 88 E 2140

500.000,00 € (Vorstellung: 500.000,00 € zuzüglich 500,00 € monatliche Schmerzensgeldrente (Kapitalwert rund 119.000,00 € = 619.000,00 gesamt = höchstes Schmerzensgeld))

Hypoxische Hirnschädigung – Tetraparese – Geburtsschaden

Der 1996 geborene Kläger erlitt bei seiner Geburt im Krankenhaus infolge eines ärztlichen Behandlungsfehlers durch eine Sauerstoffunterversorgung eine schwere Hirnschädigung. Die Geburtsschäden des Klägers sind durch grobe ärztliche Pflichtverletzungen bei der Überwachung der Geburt des Klägers und bei der Geburtshilfe verursacht worden. Der Kläger ist sein Leben lang stets auf fremde Hilfe und intensive Pflege angewiesen. Er ist in einem Ausmaß beeinträchtigt, dass die Persönlichkeit weitgehend zerstört ist.

E 2141 **OLG Stuttgart, Urt. v. 09.09.2008 – 1 U 152/07, VersR 2009, 80 = GesR 2008, 633**

500.000,00 € (Vorstellung: 500.000,00 €)

Hirnschädigung – Tetraparese – Geburtsschaden

Der 1998 geborene Kläger hat wegen ärztlicher Behandlungsfehler vor und unmittelbar nach der Geburt schwerste hypoxische Hirnschäden erlitten, die in einem Bereich liegen, der die denkbar schwerste Schädigung eines Menschen charakterisiert. Der Kläger leidet an einer schweren spastischen Tetraparese sowie einer therapieresistenten Epilepsie mit bis zu 15 epileptischen Anfällen täglich. Hinzu gekommen ist inzwischen auch eine hirnorganische Blindheit. Ein Reflux, unter dem der Kläger ebenfalls litt, konnte operativ behoben werden. Der Kläger ist bei allen wiederkehrenden Verrichtungen des täglichen Lebens dauerhaft und ausschließlich auf fremde Hilfe angewiesen. Nur weil er regelmäßig von seinen Eltern und seinen 2 jüngeren Geschwistern gefüttert wird, war eine Umstellung auf Sondenernährung bislang nicht erforderlich. Die motorische Entwicklung entspricht dem Stand eines 3 – 4 Monate alten Kindes, die geistige Entwicklung nicht einmal einem Kind dieses Alters. Es ist so gut wie keine Kommunikation mit dem Kläger möglich, nur zu Schmerzbekundungen ist er in der Lage. Er kann aber weder lachen noch weinen. Seine Familie vermag zu erkennen, wenn er zufrieden ist oder sich freut. Mit hoher Wahrscheinlichkeit wird sich die Situation künftig nicht verbessern lassen.

Der Kläger zählt nach der Überzeugung des Senats zu den Fällen, bei denen dem Geschädigten aufgrund einer schwersten Gesundheitsschädigung die Basis für die Entwicklung einer eigenen Persönlichkeit genommen ist. Eine wesentlich schwerere Schädigung ist nicht vorstellbar. Angesichts der herausragenden Bedeutung, die dem Persönlichkeitsrecht zukommt (Art. 1 und 2 GG), hält der Senat unter Berücksichtigung aller Umstände daher auch ein Schmerzensgeld an der obersten Grenze in einem Betrag von 500.000,00 € für angemessen (vgl. auch OLG Köln, VersR 2007, 219; LG Berlin, VersR 2005, 1247 – bestätigt durch KG, GesR 2005, 499; OLG Hamm, VersR 2002, 1163; OLG Hamm, VersR 2004, 386; mit geringeren Schmerzensgeldbeträgen: OLG Düsseldorf, VersR 2008, 534; OLG Brandenburg, VersR 2004, 199; OLG Bremen, NJW-RR 2003, 1255).

E 2142 **OLG Hamm, Urt. v. 14.09.2009 – 3 U 9/08, unveröffentlicht**

500.000,00 €

Schwerste Hirnschädigung

Beim Kläger kam es wegen der bei seiner Geburt begangenen ärztlichen Behandlungsfehler zu einer Hirnschädigung, die sich in einer schweren hypoxisch-ischämischen Enzephalopathie bei Mikrozephalie und Hirnatrophie manifestierte. Bei ihm liegt eine schwerste Mehrfachbehinderung in allen Belangen vor, wobei sein massiver Residualzustand keinerlei Selbstständigkeit aufweist; verstärkt wird sein Leiden durch schwere spastisch-motorische Behinderungen, ein massives cerebrales Krampfanfallsleiden und eine schwerstgradige Seh- wie Hörstörung.

Es liegt eine weitergehende Zerstörung der menschlichen Persönlichkeit und gravierende Schädigung in allen Lebensqualitäten vor, ein Zustand, der für den Senat – der des Öfteren mit schweren bis schwersten Geburtsschädigungen befasst ist – praktisch nicht vorstellbar ist. Dem Kläger ist jede Möglichkeit auf eine körperliche und geistige Entwicklung genommen; sein Leben ist weitgehend auf die Aufrechterhaltung vitaler Funktionen, die Bekämpfung von Krankheiten und Vermeidung von Schmerzen beschränkt. Hierbei sind immer wieder auch stationäre Behandlungen und operative Eingriffe vonnöten, die den ohnehin in allen Belangen schwerst beeinträchtigten Kläger zusätzlich belasten.

KG Berlin, Urt. v. 16.02.2012 – 20 U 157/10, MedR 2012,596 mit Anmerkung L. Jaeger = VersR 2012, 766 E 2143

500.000,00 € zuzüglich 650,00 € monatliche Rente – kapitalisiert 153.660,00 = 653.660,00 € = höchstes Schmerzensgeld. (Vorstellung: 652.000,00 €)

Schwerer Hirnschaden nach ärztlichem Behandlungsfehler

Die 4 ½ Jahre alte Klägerin brach sich bei einem Sturz den Arm. Bei der operativen Versorgung der Fraktur kam es zu einem Anästhesiezwischenfall, als dessen Folge der Hirndruck anstieg und ein diskretes Hirnödem entstand.

Die Klägerin ist zu 100% schwerbeschädigt und leidet auf Grund eines schweren Hirnschadens an einem apallischen Syndrom mit erheblichen Ausfallerscheinungen der Großhirnfunktion und einer Tetraspastik – Spastik aller 4 Gliedmaßen. Sie wird über eine PET-Sonde ernährt.

Die Bemessung des Schmerzensgeldes erfolgte in Anlehnung an die Entscheidung des OLG Zweibrücken vom 22.04.2008 – 5 U 6/07 (vgl. E 2140 .), das einen Gesamtbetrag von 619.000,00 € zuerkannte. Das Schmerzensgeld musste aber höher ausfallen, weil der Senat nicht ausschließen konnte, dass die Klägerin, die im Zeitpunkt der Operation 4 ½ Jahre alt war, eine Erinnerung an ihren früheren Zustand hat, so dass ihr die Ausweglosigkeit der jetzigen Situation in gewisser Weise bewusst ist. Die Möglichkeit, dass eine, wenn auch noch so rudimentäre, Erinnerung an das frühere Leben besteht, stelle eine Abweichung von den sog. »Geburtsschadensfällen« dar und rechtfertigten ein höheres SG.

LG Gera, Urt. v. 06.05.2009 – 2 O 15/05, VersR 2009, 1232 m. Anm. L. Jaeger in VersR 2009, 1233 E 2144

600.000,00 € (Vorstellung: 500.000,00 €)

Hirnschädigung – Tetraparese – Geburtsschaden

Der Kläger erlitt bei seiner Geburt im Jahr 1993 infolge einer verzögerten Notsectio einen schweren Hirnschaden. Er leidet durch die Unterversorgung mit Sauerstoff u. a. an schwerster geistiger Behinderung und ist zudem schwerst körperlich behindert und blind. Gravierendere geistige und körperliche Beeinträchtigungen sind kaum vorstellbar. Ein Schmerzensgeld ist i. H. v. 600.000,00 € angemessen, weil der hinter dem beklagten Arzt stehende Haftpflichtversicherer auf die dem Geschädigten unzweifelhaft zustehenden Entschädigungen über einen Zeitraum von 1 1/2 – 2 1/2 Jahren keine Vorauszahlungen geleistet hat.

OLG Jena, Urt. v. 14.08.2009 – 4 U 459/09, VersR 2009, 1676 E 2145

600.000,00 €

Hirnschädigung – Geburtsschaden

Bei der Entbindung des Klägers kam es infolge einer schuldhaft verzögerten Notsectio zu einer massiven Sauerstoffunterversorgung, in deren Folge der Kläger geistig schwerst und körperlich behindert ist. Er ist blind und bettlägerig und im Wachkoma liegend, an ein Atemüberwachungsgerät angeschlossen und rund um die Uhr auf fremde Hilfe angewiesen. Ihm ist jede Möglichkeit einer normalen körperlichen und geistigen Entwicklung genommen worden. Bei einer so massiven, gravierender kaum vorstellbaren schwersten Schädigung von Geburt an, die mit dem weitgehenden Erlöschen sämtlicher geistiger und körperlicher Fähigkeiten, mit der die Zerstörung der Persönlichkeit des Klägers einhergeht, verlangt die Ausgleichsfunktion des Schmerzensgeldes nach einer »herausragenden« Entschädigung.

3. Lähmungen/Querschnittslähmung

E 2146 **OLG Hamm, Urt. v. 01.02.2006 – 3 U 182/05, VersR 2007, 1525 = MDR 2006, 1228**

20.000,00 €

Inkomplette Querschnittslähmung

Die Klägerin wurde beim unsachgemäßen Krankentransport verletzt, als sie beim Einschieben in einen Krankenwagen mit dem Kopf gegen das Wagendach geschoben wurde. Dabei wurden Wirbel gestaucht und es kam zu neurologischen Ausfällen. Es liegt eine inkomplette Querschnittslähmung vor. Schmerzensgeld mindernd wurde berücksichtigt, dass die Klägerin infolge ihrer schweren Grunderkrankung ohnehin pflegebedürftig war.

Das Instanzgericht (LG Bochum, Urt. v. 03.08.2005 – 6 O 150/05, unveröffentlicht) hatte auf 25.000,00 € erkannt.

E 2147 **OLG Brandenburg, Urt. v. 09.02.2006 – 12 U 116/05, r+s 2006, 260[148]**

50.000,00 €

Inkomplette Querschnittssymptomatik

Die Klägerin wurde als Insassin eines Pkw bei einem Verkehrsunfall erheblich verletzt. Sie leidet an einer inkompletten Querschnittssymptomatik.

E 2148 **OLG Naumburg, Urt. v. 15.10.2007 – 1 U 46/07, VersR 2008, 652 = NJW-RR 2008, 693**

50.000,00 €

Inkomplette Querschnittslähmung – Impotenz – Inkontinenz

Der 44 Jahre alte, verheiratete Kläger, Vater von drei Kindern, litt nach einem Arbeitsunfall an einem chronischen Schmerzsyndrom. Der beklagte Arzt empfahl ihm die Implantation einer Morphinpumpe. Er versäumte es, den Kläger über das Risiko einer ggf. partiellen Querschnittslähmung aufzuklären. Infolge der Operation kam es zu einer Einblutung in den Hirnwasserraum der Wirbelsäule – sog. subarachnoidale Blutung – im mittleren und oberen BWS-Bereich. Der Kläger leidet unter dauerhaften Funktionsstörungen, Blaseninkontinenz, Impotenz und schweren Gehstörungen sowie unter Empfindungsstörungen und schweren Schmerzen in Rumpf und Beinen. Die MdE beträgt 100 %. Das Regulierungsverhalten des Beklagten wurde Schmerzensgeld erhöhend berücksichtigt, weil dieser 4 1/2 Jahre nach der Rechtskraft des Grundurteils keine Leistungen erbracht hatte.

E 2149 **OLG Koblenz, Urt. v. 09.01.2006 – 12 U 958/04, OLGR 2006, 530**

62.202,45 € (Mitverschulden: 1/3; Vorstellung: 150.000,00 €)

Wirbelfraktur – inkomplette Querschnittslähmung (Paraplegie)

Der Kläger erlitt bei einem Verkehrsunfall einen Wirbelkörperbruch mir der Folge einer inkompletten Querschnittlähmung (Paraplegie) mit Blasen- und Mastdarmstörung sowie impotentia coeundi, ferner eine Schulterluxation mit einem Abriss des tuberculum maius und einer Läsion des nervus auxiliaris. Er befand sich 2 1/2 Monate in stationärer Behandlung. Es

148 AMG i. d. F. der Bekanntmachung v. 12.12.2005 (BGBl. I, S. 3394), zuletzt geändert durch Gesetz v. 19.07.2011 (BGBl. I, S. 1398).Das Urteil ist besprochen von Jahnke, r+s 2006, 228.

verblieb eine dauernde Behinderung von 80 %. Er kann sich nur mithilfe von Unterarmgehstützen über kürzere Strecken fortbewegen.

OLG Köln, Urt. v. 26.10.2011 – 5 U 46/11, MedR 2012, 813 E 2150

70.000,00 € (Vorstellung: 100.000,00 €)

Lähmung der Beine – Inkontinenz

Die 13 Jahre alte Klägerin litt an einer Skoliose. Die Wirbelsäulenverkrümmung sollte operativ beseitigt werden. Über das Operationsrisiko einer Querschnittslähmung wurde die Klägerin nicht aufgeklärt. Nach dem Aufwachen aus der Narkose konnte die Klägerin die Beine nicht bewegen. Es musste sofort eine Revisionsoperation durchgeführt werden, wodurch die Korrektur der Skoliose wieder aufgehoben wurde. Postoperativ bestand eine Lähmung der Beine sowie eine Blasen- und Mastdarmlähmung.

Die vollständige Lähmung der Beine mit Rollstuhlpflichtigkeit, die zunächst bestehende Harn- und Stuhlinkontinenz, die mehrmonatige Krankenhausbehandlung und die Revisionsoperation, die nach dem Misserfolg des Ersteingriffs psychisch sehr belastend war, sind bei der Bemessung des Schmerzensgeldes ebenso zu berücksichtigen wie die nunmehr noch bestehenden Blasen- und Darmentleerungsstörungen und die Schwierigkeiten, sich über längere Strecken fortzubewegen.

OLG Koblenz, Urt. v. 26.01.2004 – 12 U 1439/02, DAR 2005, 403 = VRS 108 (2005), 408 = ZfS 2005, 381 = NZV 2005, 413 E 2151

75.000,00 € (Mitverschulden: $^2/_3$)

Querschnittslähmung ab 6. Brustwirbel

Der 25 Jahre alte Kläger erlitt als überholender Kraftradfahrer mit dem Beklagten als Linksabbieger einen Verkehrsunfall. Der Kläger machte eine Vollbremsung und kam zu Fall, als der Beklagte zum Abbiegen ansetzte. Der Kläger rutschte mit seinem Motorrad gegen das Auto des Beklagten und zog sich eine Querschnittslähmung vom 6. Brustwirbel an abwärts zu. Er ist wegen Lähmung beider Beine ständig auf einen Rollstuhl angewiesen und hat weitere erhebliche Beeinträchtigungen auf Dauer hinzunehmen.

LG Köln, Urt. v. 06.09.2006 – 25 O 346/02, unveröffentlicht E 2152

100.000,00 € (Vorstellung: 100.000,00 €)

Inkomplettes cauda-Syndrom – Impotenz – Inkontinenz

Bei dem 38 Jahre alten Kläger trat nach einer epiduralen Katheter-Behandlung nach Racz, die ohne ausreichende Aufklärung über die Risiken der Behandlung durchgeführt wurde, ein inkomplettes rechtsseitiges cauda-Syndrom auf. Dies führte zu starken Schmerzen in Rücken, Gesäß und in den Beinen, zu eingeschränkter Blasentätigkeit (Inkontinenz) und erektiler Impotenz. Der Kläger hat sich mehrere Jahre einer psychotherapeutischen Behandlung unterzogen und etwa 4 Jahre Antidepressiva eingenommen.

OLG Hamm, Urt. v. 19.11.2007 – 3 U 83/07, unveröffentlicht E 2153

100.000,00 € (Vorstellung: 150.000,00 €)

Querschnittslähmung nach fehlerhafter Bandscheibenoperation

Die 54 Jahre alte Klägerin erlitt infolge eines groben Behandlungsfehlers bei einer Bandscheibenoperation ein cauda equina-Syndrom. Es verblieb eine Parese der Beine und der Gesäßmuskulatur, Blasen- und Stuhlinkontinenz, eine perianale Fistel durch Dekubitus bei

Rollstuhlpflichtigkeit, spastische Störungen durch dauerndes Sitzen und Wundheilungsstörungen bei Bewegungsmangel.

Die bis zur Operation als Krankenschwester tätige und in der Freizeit aktive Klägerin ist in nahezu sämtlichen Lebensbereichen körperlich beeinträchtigt und hat ihren Beruf aufgeben müssen. Sie leidet körperlich und seelisch unter den Folgen der fehlerhaften Behandlung.

E 2154 OLG Hamm, Urt. v. 27.05.2009 – 11 U 175/07, unveröffentlicht

100.000,00 € (Mitverschulden: 1/2; Vorstellung: 140.000,00 €)

Querschnittslähmung durch Polizeieinsatz

Der relativ junge Kläger wurde bei seiner Festnahme durch Polizeibeamte aufgrund der dabei erfolgten Gewaltanwendung verletzt und erlitt eine Luxation im Halswirbelbereich und Einblutungen im Augenbereich. Die Luxation der HWS erfordert eine Gewalteinwirkung von sehr hoher Intensität, die der Belastung der HWS bei einem Verkehrsunfall mit einer Kollisionsgeschwindigkeit von über 80 km/h vergleichbar ist. Sie tritt bei einer Verschiebung des Kopfes gegen den Rumpf auf, wobei es zu einer Dehnung und Reizung der Bänder der Wirbelsäule gekommen sein muss.

Nach der Luxation der Halswirbelkörper kam es aufgrund der dadurch erfolgten Verletzung des Rückenmarks schlagartig zu neurologischen Ausfallerscheinungen.

Infolge der Querschnittslähmung wird der Kläger zeitlebens hilfebedürftig sein. Er kann seinem erlernten Beruf als Heizungsbauer nicht mehr nachgehen. Es erscheint darüber hinaus plausibel, wenn der Kläger vorträgt, dass seine Behinderung maßgeblich zum Scheitern seiner Ehe beigetragen hat.

E 2155 OLG Hamm, Urt. v. 14.05.2012 – 6 U 187/11, VRR 2012, 423

100.00,00 € (Mitverschulden: 3/10)

Lendenwirbelfraktur mit schweren Dauerschäden

Die 60 Jahre alte Klägerin erlitt bei einer von den Beklagten durchgeführten Busreise eine Lendenwirbelkörperfraktur, die dadurch entstand, dass der Busfahrer doppelte Bahngleise überquert hatte, wobei die Klägerin aus ihrem Sitz hochgeschleudert und dann wieder auf den Sitz herab gefallen war.

Die Klägerin hat ihre Mobilität weit gehend eingebüßt und kann das Haus nur noch mit einem Rollstuhl kurz verlassen. In der Wohnung ist sie auf einen Rollator angewiesen, mit dem sie sich einige Schritte selbstständig bewegen kann. Sie braucht pflegende Hilfe durch Dritte, insbesondere bei der Körperhygiene. Darm– und Blasenfunktionsstörungen bestehen nicht.

E 2156 LG Münster, Urt. v. 13.09.2006 – 10 O 234/04, unveröffentlicht

140.000,00 € zuzüglich 200,00 € monatliche Rente (Mitverschulden: 1/3; Vorstellung: 160.000,00 € zuzüglich 250,00 € monatliche Rente)

Querschnittslähmung – Halswirbelfraktur

Der Kläger erlitt bei einem Verkehrsunfall eine Fraktur des Halswirbels C 6, eine Lungenquetschung und zahlreiche Frakturen. Er wurde 3 Wochen in ein künstliches Koma versetzt und ist querschnittsgelähmt. Als Rechtshänder kann er den rechten Arm nicht mehr einsetzen. Nachts muss er künstlich beatmet werden. Der Kläger wurde rund 18 Monate stationär behandelt. Seinen Beruf als Pfarrer kann er nur stundenweise als Krankenhauspfarrer ausüben.

OLG Koblenz, Urt. v. 26.01.2004 – 12 U 1439/02, NZV 2005, 413 = DAR 2005, 403 E 2157

150.000,00 € (Mitverschulden: 1/3; Vorstellung: 175.000,00 €)

Querschnittslähmung eines 25 Jahre alten Mannes

Der 25 Jahre alte Kläger erlitt als Motorradfahrer bei einem Unfall eine Querschnittslähmung vom 6. Brustwirbel an abwärts. Der stationäre Aufenthalt dauerte mehr als 5 1/2 Monate. Der Kläger ist wegen der Lähmung beider Beine ständig auf einen Rollstuhl angewiesen und hat weitere erhebliche Beeinträchtigungen auf Dauer hinzunehmen.

Der Senat hält das vom LG zuerkannte Schmerzensgeld, das sich bei voller Haftung auf 225.000,00 € belaufen würde, für angemessen; es halte sich i. R. d. 1995 (!) – 1997 (!) veröffentlichten Rechtsprechung, die teilweise darüber liege (?).

OLG Koblenz, Urt. v. 29.10.2009 – 5 U 55/09, VersR 2010, 480 = GesR 2010, 199 E 2158

180.000,00 €

Weitreichende Lähmungserscheinungen – Sexualstörungen

Ein 56 Jahre alter selbstständiger Ingenieur, leidet infolge des Aufschiebens einer dringend indizierten Bandscheibenoperation sowie eines groben Behandlungsfehlers während der Operation – Nichtentfernen eingedrungener Bandscheibenteile und dreifacher Duraverletzung – dauerhaft unter Blasen- und Darmstörungen, Lähmungserscheinungen der unteren Extremitäten, Kältegefühlen, Erektionsstörungen und Depressionen.

LG München I, Urt. v. 23.08.2004 – 17 O 1089/03, SP 2005, 52 E 2159

185.000,00 € (Vorstellung: 185.000,00 €)

Inkomplette Tetraplegie – Beckenringfraktur – Rippenserienfraktur – Milzverlust

Der 61 Jahre alte Kläger wurde bei einem Verkehrsunfall schwer verletzt. U. a. erlitt er infolge einer Fraktur des 5./6. Halswirbelkörpers eine inkomplette Tetraplegie. Außerdem kam es zu einer Beckenringfraktur mit Symphysensprengung, einer Lendenwirbelkörper-Deckplattenimpression und Rippenserienfrakturen. Nach einem Hämatothorax musste die Milz entfernt werden. Es bestehen neurogene Blasen- und Mastdarmentleerungsstörungen und eine ausgeprägte Schmerzsymptomatik.

LG Paderborn, Urt. v. 28.07.2005 – 3 O 33/04, SP 2006, 96 E 2160

200.000,00 € (Vorstellung: 250.000,00 €)

Hemiparese – Schädelhirntrauma 3. Grades – Impressionsfraktur occipital – posttraumatischer Hydrocephalus

Der 21 Jahre alte Kläger erlitt als Beifahrer einen Verkehrsunfall, bei dem er geringfügig verletzt wurde. Noch bevor er das Fahrzeug verlassen hatte, fuhr ein anderes Fahrzeug auf das zunächst verunfallte Fahrzeug auf.

Dadurch erlitt der Kläger ein Schädelhirntrauma 3. Grades, eine Impressionsfraktur occipital, eine Hemiparese sowie einen posttraumatischen Hydrocephalus. Er musste am Unfallort reanimiert werden. Der Grad der Behinderung beträgt 100 %.

Als Unfallfolge besteht ferner eine Sehstörung i. S. e. Diplopie und eine dysarthrische Sprechstörung. Der Kläger leidet unter Blasenentleerungsstörungen und täglich auftretenden occipital stechenden Cephalgien. Er ist eingeschränkt belastbar, ermüdet schnell und ist reizbar. Es ist davon auszugehen, dass die Beeinträchtigungen lebenslang bestehen bleiben.

E 2161 **OLG Brandenburg, Urt. v. 22.02.2006 – 13 U 107/05, DVP 2007, 83 (LS)**

200.000,00 € (Mitverschulden: 1/2; Vorstellung: 200.000,00 €)

Fraktur des 5. Halswirbelkörpers

Die 13 Jahre alte Klägerin und weitere Kinder badeten – wie schon mehrfach zuvor – in einem Teich. Die Kinder sprangen in das etwa 1,50 m tiefe Wasser. Bei einem der Sprünge kam die Klägerin auf dem Teichboden auf, dabei zog sie sich eine Fraktur des 5. Halswirbelkörpers mit Luxation ggü. dem 6. Halswirbelkörper und schwerer Rückenmarksverletzung zu. Sie ist unterhalb des Segmentes C 5 vollständig querschnittsgelähmt mit kompletter Lähmung und vollständigem Sensibilitätsverlust beider Beine sowie Lähmung und Sensibilitätsverlust der Hände bei Restfunktion im Bereich von Schulter- und Ellenbogengelenken. Die Klägerin ist zu 100 % schwerbehindert, sie ist fortlaufend auf Hilfe im Alltag angewiesen, namentlich bei der zur Harnblasenentleerung mehrmals täglich erforderlichen Fremdkatheterisierung. Die Kraftverhältnisse im Bereich der Arme konnten soweit verbessert werden, dass sie in der Lage ist, sich mithilfe eines Rollstuhls mit elektrischem Antrieb fortzubewegen und mit besonderen Hilfsmitteln selbstständig zu essen. Die Klägerin kann einen PC mit normaler Tastatur bedienen.

E 2162 **LG Magdeburg, Urt. v. 21.02.2007 – 9 O 753/04, unveröffentlicht**

200.000,00 € (Vorstellung: 200.000,00 €)

Querschnittslähmung

Der 20 Jahre alte Kläger erlitt als Beifahrer einen Verkehrsunfall, bei dem er aus dem Pkw geschleudert wurde. Beim Kläger liegt eine Querschnittslähmung vor.

Die Schmerzensgeldvorstellung des Klägers ist angemessen. Der noch junge Kläger wird den Rest seines Lebens auf Pflege angewiesen sein. Die Beklagte hat fast 8 Jahre nach der schuldhaften Herbeiführung der Querschnittslähmung nichts reguliert.

E 2163 **OLG Hamm, Urt. v. 09.03.2006 – 6 U 62/05, NJW-RR 2006, 1251 = NZV 2006, 590**

200.000,00 € zuzüglich 200,00 € monatliche Rente

Querschnittslähmung

Der 50 Jahre alte Kläger, der auf einer Baustelle beschäftigt war, wurde von einem schweren Karton getroffen, der von einem Aufzug herabstürzte. Er erlitt eine Querschnittslähmung und ist von der Hüfte abwärts gelähmt.

E 2164 **OLG Köln, Urt. v. 12.01.2011 – 5 U 37/10, VersR 2012, 1565 = MedR 2012, 121 mit Anm. Steffen**

200.000,00 € (Vorstellung: 134.172,84 € zuzüglich vierteljährliche Rente 4.797,57 €)

Inkomplettes Querschnittssyndrom nach periradikulärer Lumbalinfiltration

Die Beklagte führte beim 50 Jahre alten Kläger eine periradikuläre Lumbalinfiltration durch, ohne den Kläger zuvor hinreichend aufgeklärt zu haben. Unmittelbar nach der Injektion trat ein inkomplettes Querschnittssyndrom mit hochgradiger Caudalähmung, Paraplegie der Beine und Verlust der Blasen- und Mastdarmfunktion ein.

Bei der Bemessung des Schmerzensgelds wurde die schwer wiegende Behinderung berücksichtigt. Der Kläger ist in die Pflegestufe I eingestuft. Er leidet unter Schmerzen. Der alleinstehende Kläger war mehr als zwei Jahre arbeitsunfähig und musste sich zahlreichen Rehabilitationsmaßnahmen und regelmäßiger ambulanter Krankengymnastik unterziehen. Auch weiterhin muss sich der Kläger regelmäßig in ambulante, einmal jährlich auch in stationäre Behandlung zu umfangreichen Kontrollen begeben. Er ist auf Dauer rollstuhlpflichtig und benötigt für zahlreiche alltägliche Verrichtungen Hilfe. Das wiegt im Privatleben besonders schwer, weil er alleinstehend ist. Es ist zu erwarten, dass es wegen der mangelnden Mobilität zu weiteren ärztlichen Behandlungen, eventuell auch operativen Eingriffen kommen wird. Er ist nicht mehr in der Lage vollschichtig zu arbeiten. Seine Position als Filialleiter ist im Innenverhältnis auf einen jüngeren Kollegen übertragen.

OLG Köln, Urt. v. 06.06.2012 – 5 U 28/10, VersR 2013, 237 E 2165

200.000,00 € (Vorstellung: mindestens 10.000,00 €)

Tetraparese bei Wachkoma

Infolge eines Behandlungsfehlers kam es beim Kläger zu einer Hirnschädigung mit Tetraparese bei Wachkoma. Der Behandlungsfehler bestand darin, dass der Kläger aus dem Krankenhaus ohne ausreichende Sicherungsaufklärung entlassen wurde. Die Angemessenheit des Schmerzensgeldes hat die Beklagte nicht in Zweifel gezogen.

OLG Hamm, Urt. v. 07.07.2004 – 3 U 264/03, VersR 2005, 942 E 2166

220.000,00 €

Komplette Querschnittslähmung

Bei einer 37 Jahre alten Frau kam es bei einer nicht indizierten Operation infolge eines ärztlichen Behandlungsfehlers zu einer kompletten Querschnittslähmung. Die Klägerin litt vor der Operation an einem möglicherweise therapierbaren erheblichen Wirbelsäulenleiden, wodurch ihre Lebensqualität nicht unbeträchtlich eingeschränkt war.

LG Münster, Urt. v. 26.02.2004 – 11 O 1027/02, unveröffentlicht E 2167

250.000,00 €

Hemiparese und Aphasie nach ischämischem Mediainfarkt – Hirnschaden

Die 63 Jahre alte Klägerin erlitt einen ischämischen Mediainfarkt mit Hemiparese und sensomotorischer Aphasie. Sie war weitgehend gelähmt, konnte nicht mehr sprechen und zielgerichtet denken. Nun besteht eine Hemiparese, eine Peronäuslähmung, eine Aphasie und deutliche Wortfindungsstörungen. Es bestehen erhebliche geistige Defizite. Die Klägerin bedarf ständiger Betreuung und Pflege, sie ist rollstuhlpflichtig und kann maximal 15 m laufen.

BGH, Urt. v. 12.07.2005 – VI ZR 83/04, VersR 2005, 1559 = NZV 2005, 629 m. Anm. Huber, NZV 2005, 620 = r+s 2005, 528 = VRR 2006, 64 = NJW 2006, 1271 = BGHZ 163, 351 E 2168

250.000,00 € (Vorstellung: 250.000,00 €)

Querschnittslähmung

Die Klägerin wurde während einer Kreuzfahrt durch das Zusammenstürzen eines unvollständig gesicherten Sonnendaches auf einem Binnenmotorschiff schwer verletzt und ist seitdem querschnittsgelähmt.

E 2169 **LG Bonn, Urt. v. 15.03.2006 – 1 O 552/04, NWVBl. 2007, 197**

250.000,00 € (Vorstellung: 250.000,00 €)

Querschnittslähmung

Der 37 Jahre alte Kläger, Vater von drei Kindern, stürzte wegen gravierender Sicherheitsmängel des Balkons aus dem 1. Stockwerk in die Tiefe und erlitt eine Fraktur des 5. und 6. Brustwirbelkörpers. Er hat die Gemeinde aus Amtshaftung in Anspruch genommen. Infolge des Unfalls besteht eine Querschnittslähmung, nämlich Lähmung der Beine, der Harnblase, des Mastdarms und es besteht Impotenz. Der Kläger befand sich 1/2 Jahr lang in stationärer Behandlung.

E 2170 **LG Koblenz, Urt. v. 21.01.2008 – 5 O 521/05, unveröffentlicht**

250.000,00 € (Vorstellung: 250.000,00 €)

Komplettes sensomotorisches Querschnittssyndrom

Die 22 Jahre alte und im Unfallzeitpunkt in der 29. SSW schwangere Klägerin, die durch einen umstürzenden Baum (da erkennbare Fäulnis, wertete das Gericht diesen als überwachungsbedürftigen »Gefahrenbaum«) vom Grundstück des Beklagten getroffen wurde, erlitt hierbei ein komplettes sensomotorisches Querschnittssyndrom und instabile Frakturen der Halswirbel. Sie wurde mehrfach operiert, u. a. wegen einer nachfolgenden Thrombose, blieb aber unfallbedingt ab dem Brustbereich querschnittsgelähmt und ist auf die Benutzung eines Rollstuhls angewiesen. Ihr Kind wurde per Kaiserschnitt entbunden. Sie ist nicht in der Lage, selbst einfachste Haushaltstätigkeit auszuführen. Sie leidet an Blasen- und Mastdarmlähmung, Sphinkterspastik, Obstipation sowie einer Becken- und Beinvenenthrombose. Sie befindet sich in einer nicht abgeschlossenen ärztlichen und ca. 3 x pro Woche durchgeführten krankengymnastischen Behandlung und erhält wegen der psychischen Unfallfolgen Antidepressiva.

Das Gericht führte zur Bemessung aus, die zum Unfallzeitpunkt Klägerin sei aus ihrem »normalen« Leben herausgerissen, nunmehr an die Benutzung eines Rollstuhles gebunden und habe ihr Leben vollkommen neu gestalten müssen. Sie sei ständig auf Hilfe Dritter angewiesen und könne nicht einmal richtig am Leben ihrer nach dem Unfall geborenen Tochter teilnehmen und sei auf Dauer nicht in der Lage, eine angemessene Arbeit aufzunehmen: »Simpel ausgedrückt wurden alle von einer jungen Person an ein normales Leben gestellten Erwartungen unfallbedingt zunichte gemacht und die Klägerin in die Position einer Hilfsbedürftigen degradiert.«.

E 2171 **LG Frankfurt an der Oder, Urt. v. 19.10.2004 – 12 O 404/02, SP 2005, 376**

260.000,00 €

Querschnittslähmung

Der Kläger, ein junger Mann, erlitt infolge eines Verkehrsunfalls eine Querschnittslähmung. Dadurch ist seine gesamte Lebensführung umfassend betroffen. Wegen verzögerlichen Regulierungsverhaltens wurde das Schmerzensgeld um 10.000,00 € erhöht. Eine neben dem Schmerzensgeldkapital beantragte Schmerzensgeldrente hat das Gericht u. a. deshalb nicht zuerkannt, weil es vermeiden wollte, dem Kläger durch den monatlichen Kontoauszug vor Augen zu führen, was seine Behinderung wert sei.

OLG Hamm, Urt. v. 11.09.2002 – 9 W 7/02, VersR 2003, 780 = DAR 2003, 172[149] E 2172

270.000,00 € zuzüglich 500,00 € monatliche Rente = 415.000,00 € (gesamt)

Schwerste Schädigung eines 2 Jahre alten Mädchens

Ein knapp 2 Jahre altes Mädchen erlitt bei einem Verkehrsunfall eine Querschnittslähmung zwischen dem letzten Hals- und Brustwirbel. Es kann nur noch den rechten Arm einschließlich der rechten Schulter sowie den Kopfbereich bewegen. Verschiedene Organe wurden schwer geschädigt und die Klägerin erlitt eine Hirnatrophie, wodurch sie äußerst anfallgefährdet ist.

Neben einem Schmerzensgeldkapital von 250.000,00 € hielt das Gericht eine monatliche Schmerzensgeldrente von 500,00 € für angemessen, woraus sich ein Kapitalbetrag von insgesamt rund 395.000,00 € errechnen soll. Das Argument der Klägerin, ihre Lebenserwartung sei infolge der schweren körperlichen Schäden wesentlich geringer als die statistische Lebenserwartung, sodass der Kapitalbetrag nur bei einer höheren Rente erreicht würde, ließ das Gericht nicht gelten. Fehler in der Prognose der Lebenserwartung könnten sich zugunsten oder zulasten der Klägerin auswirken.

▶ Hinweis:

Der Senat hat sich hier eine nicht vorhandene Sachkunde angemaßt, denn die Frage, ob die Lebenserwartung eines im Alter von 2 Jahren querschnittsgelähmten Mädchens auch nur annähernd der eines gesunden Kindes entsprechen kann, kann nur ein medizinischer Sachverständiger beantworten. Bei den schweren Verletzungen des Kindes, das unfallbedingt äußerst anfallgefährdet ist und immer wieder unter schweren Lungenerkrankungen litt und künstlich beatmet werden musste, liegt es auf der Hand, dass das Kind in jungen Jahren sterben wird. Darüber hinaus hat der Senat den Kapitalisierungsfaktor mit 24,376 angegeben, woraus folgt, dass der Senat (völlig unüblich) zum Nachteil der Klägerin einen Zinsfuß von 4 % angenommen hat. Hätte der Senat – wie allgemein üblich – den Kapitalwert der Rente aus einem Zinsfuß von 5 % abgeleitet, hätte die Rente mehr als 600,00 € betragen.

Das OLG Hamm hätte eine nach seinem Ermessen angemessene monatliche Rente ohne Rücksicht auf die Höhe des kapitalisierten Betrages festsetzen sollen. Der Klägerin wäre dann für die Dauer des Leidens der Ausgleich gewährt worden.

Ein Teilbetrag von zusätzlich 20.000,00 € wurde der Klägerin wegen des zögerlichen Regulierungsverhaltens der Beklagten zusätzlich zuerkannt.

OLG Nürnberg, Urt. v. 15.02.2008 – 5 U 103/07, VersR 2009, 71 = MedR 2008, 674 m. Anm. L. Jaeger E 2173

300.000,00 € zuzüglich 600,00 € monatliche Rente (Kapitalwert: 160.000,00 €)

Halsmarkläsion – Querschnittslähmung – Geburtsschaden

Der Kläger ist infolge eines Behandlungsfehlers bei seiner Geburt ab der HWS weitestgehend querschnittsgelähmt. Die Schädigung des Klägers – eine Halsmarkläsion – entstand durch einen objektiv zu starken Zug am Rumpf des Klägers. Der Kläger kann nicht sitzen und nicht gehen und ist lediglich in der Lage, die Arme zu bewegen, wobei die Feinmotorik der Hände nicht vorhanden ist. Er kann sich auf natürlichem Weg nicht entleeren, ist rund um die Uhr

149 Zum Sonderfall von Schmerzensgeldansprüchen bei der klinischen Prüfung von Arzneimitteln vor Inverkehrbringen vgl. Gödicke/Purnhagen, MedR 2007, 139.Eine ältere, aber wichtige Entscheidung.

auf die Hilfe dritter Personen angewiesen und wird lebenslang an den Rollstuhl gefesselt sein. Er leidet permanent unter Temperaturempfindungsstörungen erheblichen Ausmaßes. Neben bereits erfolgten operativen Eingriffen zur Versteifung der HWS sind weitere Operationen zu erwarten. Er leidet zunehmend auch psychisch unter seiner Schädigung. Der Kläger ist geistig normal entwickelt. Er hat es geschafft, eine Realschule zu besuchen. Sein Verbleib dort ist aber mittlerweile fraglich geworden, weil er aufgrund seiner körperlichen Beeinträchtigungen nicht in der Lage ist, adäquat am Unterrichtsgeschehen teilzunehmen. Neben der Kapitalentschädigung ist eine monatliche Schmerzensgeldrente zum Ausgleich erforderlich, weil sich der Kläger seiner dauerhaften Schädigung stets bewusst sein wird und er seine Schädigung immer wieder schmerzlich aufs Neue erleben wird. Den Kapitalwert der Rente hat der Senat – abweichend vom allgemein angewandten Zinssatz von 5 % – nach einem Zinssatz von 4 % berechnet.

E 2174 **LG Bonn, Urt. v. 20.01.2011 – 9 O 161/09, unveröffentlicht**

300.000,00 € (Vorstellung: angemessenes Schmerzensgeld)

Querschnittsyndrom nach Wirbelsäulenoperation

Der unzureichend aufgeklärte Kläger erlitt bei einer Wirbelsäulenoperation ein Querschnittsyndrom und ist nun inkomplett einseitig an einer beinbetonten Tetraparese. Er ist rollstuhlpflichtig, leidet an Spastiken, Sensibilitätsstörungen, Paresthesien, Blasen- und Mastdarmlähmung.

Eine Schmerzensgeldrente hat das Landgericht nicht zuerkannt, weil der Kläger dazu unsubstantiiert vorgetragen habe. Was die Kammer in diesem Zusammenhang und bei diesen Operationsfolgen unter substantiiertem Vortrag verstehen mag, bleibt unerfindlich.

E 2175 **OLG Schleswig, Urt. v. 17.02.2005 – 7 U 168/03, OLGR 2005, 717**

325.000,00 € (Vorstellung: 325.000,00 €)

Hohe Querschnittslähmung (Tetraplegie)

Das Fahrzeug des Klägers kollidierte mit einem auf der Straße befindlichen und dem Beklagten gehörenden Pony. Das Fahrzeug überschlug sich und blieb in einem Wassergraben liegen.

Der 18 Jahre alte Kläger erlitt denkbar schwerste Verletzungen, die irreparabel sind und sein gesamtes Leben bestimmen werden. Der Kläger ist seit dem Unfall ab dem 5. Halswirbelkörper gelähmt (sog. Tetraplegie). Ihm ist durch den Unfall unwiderruflich all das genommen, was sowohl im beruflichen als auch im persönlichen Bereich das »normale« Leben eines gerade erst Erwachsenen kennzeichnet. Diese schwersten Beeinträchtigungen sind durch ein noch so hohes Schmerzensgeld allenfalls finanziell zu lindern, auszugleichen sind sie dadurch hingegen nicht.

E 2176 **OLG Düsseldorf, Urt. v. 11.02.2008 – I-1 U 128/07, SP 2008, 255**

325.000,00 € (Vorstellung: 400.000,00 €)

Hohe Halsmarklähmung

Die 15 Monate alte Klägerin wurde bei einem Verkehrsunfall schwer verletzt. Sie erlitt eine HWS-Verletzung in deren Folge eine komplette hohe Halsmarklähmung unterhalb des 7. Halsmarksegmentes i. V. m. einer vollständigen Blasen- und Mastdarmlähmung eintrat. Die Klägerin ist von einer Tetraplegie betroffen und kann nur ihre Arme bewegen. An den Unterarmen, Händen und Fingern und an den unteren Extremitäten fehlt jede Bewegungsfähigkeit und Schmerzempfindlichkeit. Der Einsatz der Hände ist nur über die Handballen möglich. Die Brustmuskulatur und Zwischenrippenmuskulatur sind ebenfalls gelähmt. Die Klägerin, die etwa siebenmal täglich katheterisiert werden muss, wird zeitlebens auf den Rollstuhl angewiesen und zu 100 % erwerbsunfähig sein. Ihre Mutter hat ihren Beruf als examinierte Krankenschwester aufgegeben, um sich ganztägig der Pflege zu widmen.

OLG Frankfurt, Urt. v. 08.04.2009 – 21 U 50/08, unveröffentlicht E 2177

380.000,00 € (Vorstellung: 400.000,00 €)

Querschnittslähmung vom dritten Halswirbel abwärts

Der etwa 53 Jahre alte Kläger erlitt als Mountainbikefahrer wegen durchgehender Pferde durch einen Sturz eine Querschnittslähmung vom dritten Halswirbel abwärts. Alle Gliedmaßen sind gelähmt, eine geringe Restbeweglichkeit des rechten Arms besteht noch. Ferner sind Mastdarm und Blase gelähmt. Der Kläger ist dauerhaft auf einen Rollstuhl und auf fremde Hilfe angewiesen.

LG Mainz, Urt. v. 15.02.2007 – 1 O 133/02, unveröffentlicht E 2178

383.468,61 € zuzüglich 511,29 € monatliche Rente (Kapitalwert rund 90.000,00 €)
(Vorstellung: 750.000,00 DM zuzüglich 1.000,00 DM monatliche Rente)

Querschnittslähmung – Schädelhirntrauma – Tetraparese

Der Kläger, ein kreativer Fernsehredakteur, wurde von einem Pkw erfasst und zu Boden geschleudert. Er schlug mit dem Kopf auf eine Bordsteinkante auf und erlitt ein schweres Polytrauma mit schwerem Schädelhirntrauma 3. Grades mit Hirnkontusion, Subarachnoidalblutungen und einer Kalottenfraktur. Am Jochbogen und am Unterkiefer erlitt er Gesichtsschädelfrakturen. Ferner trug er eine Beckenfraktur, eine Acetalbulumfraktur und eine Hüftkopffraktur davon. Klinisch standen im Vordergrund ein schweres Psychosyndrom und eine Tetraparese. An die 7 Wochen dauernde stationäre Behandlung schloss sich eine Rehabilitationsmaßnahme von rund 5 Wochen an. Es folgten mehrere stationäre Behandlungen.

Der Kläger ist querschnittsgelähmt, ein Dauerpflegefall und geistig behindert, hat aber noch Einsicht in die Defizite und nimmt seine Situation wahr. Er befindet sich in einer schweren Depression. Seine Lebensqualität und seine Persönlichkeit sind weitgehend zerstört.

LG Bonn, Urt. v. 28.01.2013 – 9 O 266/11, unveröffentlicht E 2179

400.00,00 € angemessen, mindestens 400.000,00 €

Schwerer Hirnschaden nach behandlungsfehlerhafter Geburt

Die Indikation zum notfallmäßigen Kaiserschnitt wurde zu spät gestellt und es dauerte zu lange, bis der Kaiserschnitt abgeschlossen war. Statt höchstens 20 Minuten dauerte die Operation 28 Minuten, obwohl es um jede Minute geht. Der Kläger erlitt eine spastische, beinbetonte Cerebralparese, cerebrale Myelinisierungsverzögerung und globale Hirnvolumenminderung. Die Hirnschädigung führte zu einer globalen und erheblichen psychomitorischen Entwicklungsverzögerung. Der Kläger wird immer pflege- und behandlungsbedürftig bleiben.

Die Begründung zur Höhe des Schmerzensgeldes besteht aus einem Satz, der lautet: Zum Ausgleich der Schäden des Klägers ist ein Schmerzensgeld in Höhe von 400.000,00 € erforderlich und ausreichend.

E 2180 **LG Hamburg, Urt. v. 26.07.2011 – 302 O 192/08, NJW-Spezial 2012, 11**

430.000,00 € (Vorstellung: 500.000,00 €)

Schädelhirntrauma – Lähmungen – 10 Stunden täglicher Pflegebedarf

Die 19 Jahre alte Klägerin und deren kleiner Sohn wurden bei einem Verkehrsunfall schwer verletzt. Die Klägerin erlitt ein Schädelhirntrauma dritten Grades, ein Hirnödem, ein Thoraxtrauma mit Lungenkontusion sowie eine Unterschenkelfraktur. Als Unfallfolgen verblieben unter anderem eine spastische linksseitige Tetraparese mit schwersten Funktionsänderungen des Arms und Unfähigkeit des Beins und hochgradiger Behinderung des Steh- – und Gehvermögens. Aufgrund der schweren spastischen Lähmung der rechten Seite liegt eine Körperhaltung vor, in der der rechte Arm im Schultergelenk ständig adduziert und im Ellbogengelenk gebeugt und Hand und Finger gekrümmt gehalten werden. Das rechte Bein befindet sich in Streckstellung besonders im Knie und Fußgelenk (Spitzfußstellung), wobei das Bein beim Versuch zu gehen nur in einem seitlich ausholenden Bogen nach vorne geschwungen werden kann. Das Gehen ist nur für wenige Schritte mit Unterstützung von Personen möglich.

Die Klägerin wird aufgrund der Beeinträchtigungen dauerhaft auf Pflege angewiesen sein.

LG Hamburg, Urt. v. 26.07.2011 – 302 O 192/08, NJW-Spezial 2012, 11

E 2181 **LG Kiel, Urt. v. 11.07.2003 – 6 O 13/03, VersR 2006, 279 m. Anm. L. Jaeger = DAR 2006, 396**

500.000,00 € zuzüglich 500,00 € monatliche Rente = ca. 614.000,00 € (gesamt)

Hohe Querschnittslähmung

Der 3 1/2 Jahre alte Kläger erlitt bei einem Verkehrsunfall eine hohe Querschnittslähmung. Er ist ab dem 1. Halswirbel abwärts gelähmt. Dadurch ist er nicht mehr in der Lage, sich selbstständig zu bewegen. Eine Atemlähmung ist eingetreten, der Kläger muss beatmet werden. Bei dem Unfall erlitt er weitere Verletzungen sowie ein vorübergehendes Mittelhirnsyndrom. Er litt und leidet unter erheblichen Schmerzen. Der Kläger ist depressiv, er ist sich bei vollständig erhaltenen geistigen Fähigkeiten seines Zustandes ständig bewusst. Er weint oft, wenn er andere Kinder sieht, die sich bewegen können.

Der Kläger wurde aus seiner Entwicklung gerissen mit Folgen, die schwerwiegender kaum vorstellbar sind. Aufgrund der Erinnerung an sein Leben vor dem Unfall ist ihm die Grausamkeit und Ausweglosigkeit seines Zustandes bewusst, wodurch er ständig seelische Qualen erleidet.

Bei der Berechnung des Kapitalwertes der Rente ging das Gericht von einer (utopischen) Lebenserwartung des Klägers von 70 Jahren aus.

E 2182 **LG Köln, Urt. v. 12.12.2007 – 25 O 592/01, unveröffentlicht**

500.000,00 €

Cerebralparese nach der Geburt

Die Klägerin wurde im Jahre 1996 von ihrer damals 43 Jahre alten Mutter als deren zweites Kind geboren. Infolge ärztlicher Behandlungsfehler vor, während und nach der Geburt der Klägerin kam es zu einer Asphyxie. Die Klägerin leidet an einer schweren Epilepsie, einer zerebralen Parese und einer schweren seitenbetonten Tetraparese. Sie ist auf eine Betreuung rund um die Uhr angewiesen. Die geistige und körperliche Entwicklung der Klägerin ist erheblich verzögert. Sie kann sich nur artikulieren, nicht aber aktiv sprechen oder in irgendeiner Form verbal kommunizieren. Sie reagiert auf Stimmen und kann mit dem rechten Auge, besser als mit dem linken, für sehr kurze Zeit eine Fixation leisten und auf Licht und Objekte reagieren. Ferner besteht eine Skoliose der Wirbelsäule mit Kontrakttouren beider Kniegelenke.

OLG Celle, Urt. v. 30.11.2011 – 14 U 182/10, NZV 2012, 547 E 2183

500.000,00 € zuzüglich monatliche Rente 500,00 € – kapitalisiert: 112.000,00 € = 612.000,00 € Gesamtschmerzensgeld

Querschnittslähmung ab Halswirbel 1-2

Die 24 Jahre alte Klägerin ist nach einem Verkehrsunfall ab dem Halswirbel 1-2 abwärts komplett gelähmt und muss künstlich ernährt und beatmet werden. Sie kann nicht sprechen. Die Kommunikation erfolgt durch einen Computer, der mit Hilfe eines Augenlides und des Mundwinkels bedient wird. Die Beklagten haben den Schmerzensgeldanspruch vorprozessual anerkannt.

Besondere Verletzungen

Tod, baldiger

▶ Hinweis:

Für den Tod und für die Verkürzung des Lebens sieht das Gesetz kein Schmerzensgeld und keine Entschädigung vor.[150] Die Bestimmungen des § 847 BGB a. F., bzw. § 253 Abs. 2 BGB n. F. nennen das Leben als Rechtsgut nicht, sodass der Eintritt des Todes keinen Schmerzensgeldanspruch begründet.[151] Der Gesetzgeber hat in § 847 BGB a. F. für den Fall der Tötung, der schwersten immateriellen Rechtsgutverletzung, keinen Anspruch des Geschädigten bzw. seiner Erben auf Zahlung von Schmerzensgeld gegen den Schädiger aufgenommen. Eine Gesetzeslücke liegt nicht vor.

Für einen Anspruch auf Schmerzensgeld ist vorauszusetzen, dass der Verletzte noch eine gewisse Zeit gelebt hat, weil § 847 BGB a. F., bzw. § 253 Abs. 2 BGB n. F. weder für den Tod noch für die Verkürzung der Lebenserwartung eine Entschädigung vorsehen. Es kommt deshalb immer darauf an, ob die Körperverletzung ggü. dem nachfolgenden Tod eine immaterielle Beeinträchtigung darstellt, die nach Billigkeitsgrundsätzen einen Ausgleich in Geld erforderlich macht. Das kann ebenso wie in Fällen, in denen die Verletzung sofort zum Tod führt, selbst bei schwersten Verletzungen dann zu verneinen sein, wenn diese bei durchgehender Empfindungslosigkeit des Geschädigten alsbald den Tod zur Folge haben und dieser nach den konkreten Umständen des Falles, insb. wegen der Kürze der Zeit zwischen Verletzung und Tod sowie nach dem Ablauf des Sterbevorgangs derart im Vordergrund steht, dass eine immaterielle Beeinträchtigung durch die Körperverletzung als solche nicht fassbar ist und folglich auch die Billigkeit keinen Ausgleich in Geld gebietet.

LG Duisburg, Urt. v. 05.09.2005 – 2 O 143/03, unveröffentlicht E 2184

0,00 €

Sofort eingetretener Tod nach Verkehrsunfall

Die Kläger machen Ansprüche aus ererbtem Recht geltend. Sie behaupten, dass die Schwester eine Stunde nach dem Unfall verstorben ist. Es steht jedoch medizinisch fest, dass sie binnen kürzester Zeit nach dem Unfallereignis verstorben ist, ohne zuvor das Bewusstsein

---

150 BGH, Urt. v. 12.05.1998 – VI ZR 182/97, MDR 1998, 1029 = NZV 1998, 370 f. = VersR 1998, 1034 = r+s 1998, 332; s. o. Teil 1 Rdn. 454 ff.

151 OLG Karlsruhe, Urt. v. 25.01.2000 – U 5/99 BSch, VersR 2001, 1123 f.; OLG München, Urt. v. 11.05.2000 – 1 U 1564/00, OLGR 2000, 352; Deutsch/Ahrens, Rn. 483.

wiedererlangt zu haben. Ein Schmerzensgeldanspruch entsteht dann nicht, wenn die schädigende Handlung unmittelbar den Tod herbeigeführt hat, denn nach der Wertung des Gesetzgebers ist weder für den Tod selbst noch für die Verkürzung der Lebenserwartung eine Entschädigung vorgesehen. Dementsprechend entfällt nach der Rechtsprechung des BGH der Anspruch auf Zahlung eines Schmerzensgeldes selbst bei schwersten Verletzungen dann, wenn diese bei durchgehender Empfindungslosigkeit des Verletzten alsbald den Tod zur Folge gehabt haben und dieser nach den konkreten Umständen des Falles, insb. wegen der Kürze der Zeit zwischen Schadensereignis und Tod derart im Vordergrund steht, dass eine immaterielle Beeinträchtigung durch die Körperverletzung als solche nicht fassbar ist.

E 2185 **OLG Düsseldorf, Urt. v. 06.03.2006 – I-1 U 141/00, unveröffentlicht**

0,00 €

Sofort eingetretener Tod nach Verkehrsunfall

Die Erben des Unfallopfers begehren Schmerzensgeld aus übergegangenem Recht. Der Anspruch wurde verneint, weil sich nicht feststellen lasse, dass der Erblasser den Unfall auch nur kurze Zeit überlebt habe. Es kam nämlich bei dem Unfall zu mehreren Anstößen an Straßenbäume, das Fahrzeug überschlug sich, der Erblasser wurde teilweise auf die Motorhaube herausgeschleudert und zwischen dem Fahrzeug und dem Erdreich eingequetscht. Bei der Bergung des Erblassers bestand bereits Atemstillstand.

Dieser Sachverhalt ist dem Sterbevorgang zuzurechnen.

E 2186 **OLG Düsseldorf, Urt. v. 14.01.2008 – I-1 U 79/06, unveröffentlicht**

0,00 €

Unfalltod nach 2 Std. ohne Bewusstsein

Der 32 Jahre alte Erblasser, ein Motorradfahrer, leitete verkehrsbedingt eine Vollbremsung ein, stürzte mit dem Motorrad zunächst auf die Fahrbahn und kollidierte mit einem Fahrzeug im Bereich des hinteren linken Kotflügels. Er zog sich bei dem Aufprall auf das Fahrzeug u. a. schwere Schädelverletzungen zu, verlor sofort das Bewusstsein und verstarb ca. 2 Std. später, ohne das Bewusstsein wiedererlangt zu haben.

Mit Rücksicht auf den unstreitig mit dem Unfall erlittenen Bewusstseinsverlust und den bereits nach 2 1/4 Std. eingetretenen Tod des Erblassers vermag der Senat eine abgrenzbare und somit ausgleichspflichtige immaterielle Beeinträchtigung durch die vorherige Körperverletzung nicht zu bejahen.

E 2187 **LG Erfurt: Urt. v. 07.06.2010 – 3 O 2066/09, RuS 2010, 532**

0,00 €

Tod nach 45 Minuten

Der Verletzte hat das Unfallereignis max. 45 Minuten überlebt. Die Behauptung, dass er Qualen und Schmerzen körperlicher und seelischer Natur bewusst wahrgenommen haben könnte, ist nicht erwiesen. Schon die Qualität der zum Tode führenden Verletzungen und der sonstigen Verletzungen spricht dagegen, dass er nach dem Unfall bei Bewusstsein gewesen sein könnte. Vielmehr spricht vieles dafür, dass jedenfalls wenige Minuten nach dem eigentlichen Unfallereignis ein verminderter Bewusstseinszustand eingetreten war.

Vor diesem tatsächlichen Hintergrund kommt bei Berücksichtigung der Wertungen aus der gängigen höchstrichterlichen Rechtsprechung ein Schmerzensgeldanspruch nicht in Betracht. Generell ist der Umstand, dass der Geschädigte die Verletzungen nur kurze Zeit überlebt hat, mindestens Schmerzensgeld mindernd zu berücksichtigen. Davon ist auch nicht abzuweichen, falls sich der Verletzte bis zu seinem Tode durchgehend oder überwiegend in einem Zustand der Empfindungsunfähigkeit oder Bewusstlosigkeit befunden hat.

LG Stade, Urt. v. 04.01.2007 – 4 O 434/04, unveröffentlicht E 2188

500,00 € (Mitverschulden: 1/2; Vorstellung: 1.000,00 €)

Tod an der Unfallstelle

Die Kläger sind die Eltern und Erben des Verletzten, der als Motorradfahrer einen Unfall erlitt, bei dem er innerhalb einiger Sekunden bewusstlos wurde und noch an der Unfallstelle starb.

LG Köln, Urt. v. 15.08.2007 – 25 O 141/04, PflR 2007, 589 E 2189

2.000,00 €

Tod nach 2 Monaten und 9 Tagen

Bei dem 75 Jahre alten Patienten wurde ein Durchgangssyndrom nicht behandelt. Nachteile i. S. v. Schmerzen hatte er nicht. Ausgewirkt hat sich die Nichtbehandlung allerdings in dem Sturz aus dem Fenster. Zu entschädigen war damit die kurze Leidenszeit des Patienten von 2 Monaten und 9 Tagen bis zum Eintritt seines Todes.

LG Magdeburg, Urt. v. 01.06.2004 – 6 O 617/04, unveröffentlicht E 2190

2.500,00 € (Mitverschulden: 3/4; Vorstellung: 10.000,00 €)

Tod nach 7 Wochen Koma

Die Erblasserin überquerte bei Dunkelheit als Fußgängerin eine Straße und prallte mit einem Pkw zusammen. Sie erlag nach 7 Wochen Koma ihren Verletzungen.

AG Schwalmstadt, Urt. v. 21.01.2005 – 8 C 537/04, SP 2005, 119 E 2191

3.740,00 € (Mitverschulden: 1/4; Vorstellung: 7.250,00 €)

Tod kurze Zeit nach einem Verkehrsunfall

Der Sohn der Kläger wurde bei einem Verkehrsunfall schwer verletzt und erlag später im Krankenhaus den Verletzungen.

LG Limburg, Urt. v. 16.05.2007 – 2 O 368/06, SP 2007, 389 E 2192

4.000,00 €

Tod nach 3 Std. bei Bewusstsein

Infolge eines von einem Fußgänger leicht fahrlässig verursachten Verkehrsunfalls verstarb dieser 3 Std. nach dem Unfall infolge seiner äußerst schwerwiegenden Verletzungen. Der Verletzte war in der Zeit bis zu seinem Tod bei Bewusstsein und hatte den lebensbedrohlichen Zustand, in dem er sich befand, realisiert, ohne noch Kontakt zu seinen Angehörigen aufnehmen zu können. Ob er unter akuter Todesangst gelitten hat, steht nicht fest.

E 2193 **OLG Köln, Beschl. v. 16.09.2010 – 5 W 30/10, GesR 2011, 156**

5.000,00 €

Tod nach 3 Tagen

Der Antragsteller behauptet, sein Vater sei infolge fehlerhafter ärztlicher Behandlung nach 3 Tagen verstorben. Sein Antrag auf Bewilligung von PKH hatte Erfolg.

E 2194 **OLG Koblenz, Urt. v. 18.11.2002 – 12 U 566/01, ZfS 2003, 73 = NJW 2003, 442**

6.000,00 € (Vorstellung: 16.000,00 €)

Überlebenszeit 8 Tage bei Bewusstlosigkeit

Der Sohn der Kläger erlitt bei einem Verkehrsunfall u. a. ein Schädelhirntrauma mit Einblutungen in den Hirnstamm und ein Hirnödem. Er verlor noch an der Unfallstelle das Bewusstsein und verstarb, ohne dieses wiedererlangt zu haben, nach 8 Tagen.

E 2195 **OLG Frankfurt am Main, Urt. v. 14.09.2009 – 1 U 309/08, VRR 2009, 402**

6.000,00 € (Vorstellung: 6.000,00 €)

Tod nach 2 Stunden

Ein Motorradfahrer überlebte einen Verkehrsunfall knapp 2 Stunden, hatte starke Schmerzen und war nicht gleich bewusstlos geworden.

Das von den Klägern aus eigenem Recht geltend gemachte Schmerzensgeld wurde nicht zuerkannt, weil ein Angehörigenschmerzensgeld im deutschen Recht nicht anerkannt ist. Der »normale« Kummer über den Verlust des Angehörigen bleibt ohne Entschädigung.

E 2196 **OLG Köln, Urt. v. 14.01.2008 – 5 U 119/07, unveröffentlicht**

7.500,00 € (Vorstellung: mindestens 40.000,00 €)

Tod infolge eines Behandlungsfehlers nach 3 1/2 Monaten

Infolge einer Fehldiagnose (Gastroenteritis) des beklagten Arztes wurde bei dem Notfallpatienten ein drohender Herzinfarkt nicht erkannt. Am folgenden Tag wurde der Patient bewusstlos auf einer Intensivstation aufgenommen. Dort wurde ein schwerer Hinter- und Vorderwandinfarkt diagnostiziert. Er verstarb rund 3 1/2 Monate später an den Folgen der Infarkte.

E 2197 **BGH, Urt. v. 12.05.1998 – VI ZR 182/97, VersR 1998, 1034 = MDR 1998, 1029 = NZV 1998, 370 = r+s 1998, 332[152]**

14.000,00 € und 1.500,00 € (Vorstellung: 27.500,00 € bzw. 10.000,00 €)

Schmerzensgeldbemessung bei alsbaldigem Tod des Verletzten – Überlebenszeit 9 Tage

Der Vater des Klägers erlitt ein Schädelhirntrauma 1. Grades mit mehreren Hämatomen, ein stumpfes Thoraxtrauma mit Rippenserienfraktur links und rechts, eine Lungenkontusion, eine Claviculafraktur, ein stumpfes Bauchtrauma und eine Radiusfraktur rechts. Er war unmittelbar nach dem Unfall bei Bewusstsein und ansprechbar, klagte über Schmerzen im Brustbereich und wiederholte vielfach türkische Wörter unter mehrfacher Nennung des Namens seiner Ehefrau. Etwa 20 Minuten nach dem Unfall wurde ihm gegen 22.30 Uhr ein

---

152 OLG Brandenburg, Urt. v. 11.11.2009 – 13 U 73/07, MedR 2010, 789.Eine ältere, aber grundlegende BGH-Entscheidung.

schmerzstillendes Medikament verabreicht. Ab 22.45 Uhr wurde er in ein künstliches Koma versetzt, das eine bewusste Wahrnehmung sowie die Empfindung von Schmerzen ausschloss. Am 8. Tag nach dem Unfall verstarb er an den Unfallfolgen, ohne das Bewusstsein wiedererlangt zu haben.

Die Mutter des Klägers erlitt lebensgefährliche Verletzungen u. a. im Brustbereich, an denen sie trotz eingeleiteter Notbehandlung etwa 1 Std. nach dem Unfall verstarb, ohne das Bewusstsein wiedererlangt zu haben. Die Beklagte hat ein Schmerzensgeld von 11.500,00 € bezahlt, und zwar 1.500,00 € für die Mutter und 10.000,00 € für den Vater.

Der BGH hält das für den Vater gezahlte Schmerzensgeld für zu hoch. Einen Anspruch der Mutter sieht er kaum als gegeben an.

LG Dortmund, Urt. v. 24.06.2005 – 3 O 170/04, unveröffentlicht — E 2198

10.000,00 € (Vorstellung: 60.000,00 €)

Tod eines 14 Jahre alten Jungen durch Ertrinken im Freibad

Die Kläger sind die Eltern eines 14 Jahre alten Jungen, der in einem Freibad ertrank. Sein rechtes Bein geriet in eine 2,4 m unter der Wasseroberfläche liegende nicht mit einem Gitter abgedeckte Ansaugöffnung der Umwälzanlage. Er konnte sich daraus weder aus eigener Kraft noch durch Mithilfe Dritter befreien. Es dauerte mindestens 10 Minuten, bis er sein Bewusstsein verlor.

Die Kläger begehren aus übergegangenem Recht ihres verstorbenen Sohnes Schmerzensgeld. Der Haftpflichtversicherer zahlte an die Kläger 10.000,00 € zur Abgeltung des Schmerzensgeldanspruchs des verstorbenen Sohnes. Ein höheres Schmerzensgeld wurde verneint.

Bei der Bemessung des Schmerzensgeldes wurde berücksichtigt, dass die Zeitspanne bis zum Eintritt der Bewusstlosigkeit des Jungen mindestens 10 Minuten betrug und dass er in dieser Zeit unter großen Schmerzen und panischer Todesangst litt. Er kam grauenvoll zu Tode, indem er miterleben musste, dass er trotz eigener Bemühungen und vergeblicher Versuche der Rettungsschwimmer nicht aus dem Ansaugrohr befreit werden konnte und ertrinken musste. Das Ausmaß des Verschuldens der Beklagten war in diesem Zusammenhang von untergeordneter Bedeutung.

OLG Stuttgart, Urt. v. 26.07.2006 – 3 U 65/06, NJW 2007, 1367 — E 2199

10.000,00 €

Tod nach 25 Tagen bei Bewusstlosigkeit

Die Klägerin macht einen ererbten Schmerzensgeldanspruch geltend. Der Erblasser unternahm mit der Beklagten und anderen Personen eine Bergwanderung. Die Beklagte fiel im Rahmen ihres Sturzes von oben gegen den Ehemann der Klägerin, der dadurch das Gleichgewicht verlor und in die Tiefe stürzte. Er zog sich im Verlauf des Sturzes schwerste Verletzungen zu und verlor das Bewusstsein. Nach zehn Operationen verstarb er nach 25 Tagen ohne das Bewusstsein wiedererlangt zu haben.

LG Detmold, Urt. v. 26.03.2007 – 1 O 266/05, unveröffentlicht — E 2200

10.000,00 €

Tod nach einem Tag

Bei einer rechtzeitigen und sachgerechten ärztlichen Intervention hätten dem Erblasser, der sich trotz seiner erkennbar bedrohlichen Situation nicht angemessen behandelt fühlte, bis zu seinem Ableben am folgenden Tag Schmerzen und Todesängste bei zunehmender

Kurzatmigkeit erspart bleiben können. Wegen der Schwere der Lungenentzündung hätte er jedoch ohnehin erhebliche Beeinträchtigungen erfahren.

E 2201 **OLG München, Urt. v. 21.08.2008 – 1 U 1654/08, unveröffentlicht**

10.000,00 € (Vorstellung: 36.000,00 €)

Tod nach 4 Wochen

Der Ehemann der Klägerin erkrankte infolge eines Befunderhebungsfehlers an einer Meningitis. Er starb später innerhalb von 4 Wochen nach Einlieferung in ein Krankenhaus. Es steht fest, dass der Verstorbene in diesem Zeitraum Schmerzen erlitten hat. Er musste in dieser Zeit die letzte Phase einer schweren infektiösen Erkrankung des Gehirns mit allen damit verbundenen körperlichen und seelischen Beeinträchtigungen durchstehen. Offen ist, zu welchem Anteil diese Schmerzen auf die vorgenannte verzögerte Behandlung der tuberkulösen Meningitis einerseits oder das Grundleiden des Verstorbenen andererseits zurückgehen. Der Senat geht, nachdem der Sachverständige die Überlebenschance des Verstorbenen mit nur 10 % bemessen hat, davon aus, dass es diesem im vorgenannten Zeitraum auch bei kunstgerechter Behandlung schlecht gegangen wäre. Der Beklagte kann wegen des ihm zur Last fallenden groben Behandlungsfehlers den Ursachenzusammenhang zwischen diesem und den Schmerzen des Verstorbenen nicht ausräumen.

E 2202 **LG Dortmund, Urt. v. 09.02.2011 – 4 O 124/08, unveröffentlicht**

15.000,00 € (Vorstellung: mindestens 100.000,00 €)

Tod des Patienten nach 16 Monaten – Tumorerkrankung nicht erkannt

Der beklagte Zahnarzt sah in einer Hypästhesie (Taubheit) im Zungenbereich des 53 Jahre alten Patienten keinen Hinweis auf den Verdacht einer Tumorerkrankung, so dass eine umfangreiche Anamnese und nachfolgende Behandlung unterblieben. Zur Feststellung des Tumors kam es nach 4 Monaten. Wäre der Patient ordnungsgemäß behandelt worden, wären ihm erhebliche Beeinträchtigungen und Schmerzen und sogar der Tod erspart geblieben. Infolge der Behandlungsverzögerung verstarb der Patient ein Jahr und 4 Monate nach dem schwerwiegenden Behandlungsfehler.

E 2203 **LG Potsdam, Urt. v. 05.05.2011 – 11 O 187/08, RDG 2012, 78 ff.**

15.000,00 € (Vorstellung: 50.000,00 €)

Tod zwei Tage nach grobem Behandlungsfehler und Luftnot der Patientin

Die Ehefrau des Klägers kam beim Fahrradfahren zu Fall und zog sich eine Fraktur des Oberschenkels zu. Weil eine Thromboseprophylaxe unterblieb, kam es bei der Patientin nach einem Lungeninfarkt zu Luftnot, so dass sie zu ersticken drohte. Bei Eintritt der Komplikation erlitt sie erhebliche Schmerzen. Bei der Entscheidung sei davon auszugehen, dass die Patientin die Luftnot noch über einen gewissen Zeitraum miterlebt habe. Trotz Reanimation erlitt sie ein hochgradiges Hirnödem. Nach zwei Tagen verstarb sie an der Hirnschädigung.

Die Kammer beruft sich bei der Bemessung des Schmerzensgeldes zum Vergleich auf die BGH-Entscheidung von 1955 (BGHZ 18, 388); dort sei dem Kläger, der 10 Tage nach einem Verkehrsunfall starb, ohne das Bewusstsein wieder zu erlangen, ein Schmerzensgeld von 28.000 DM zuerkannt worden. Ferner bezieht sie sich auf OLG Koblenz (NJW-RR 2005, 1111), das ein Schmerzensgeld von 20.000 € zuerkannte für den Tod einer Patientin nach 5-6 Wochen bei vollem Bewusstsein.

OLG Koblenz, Beschl. v. 14.04.2005 – 5 U 1610/04, VersR 2006, 123 = NJW-RR 2005, 1111 E 2204

20.000,00 € (Vorstellung: 20.000,00 €)

Tod 5 – 6 Wochen nach ärztlichem Behandlungsfehler

Eine Patientin wurde von ihrem Hausarzt mit der Empfehlung in ein Krankenhaus eingewiesen, einen suprapubischen Blasenkatheter legen zu lassen. Dies geschah, ohne die Patientin über die Gefahr einer Darmperforation aufzuklären. Nachdem sich ihr Zustand verschlechtert hatte, wurde sie in ein anderes Krankenhaus verlegt, wo der Katheter gezogen und nach einigen Tagen neu gelegt wurde. Infolge mehrerer Darmperforationen trat eine Bauchfellentzündung auf, an deren Folgen die Patientin 5 – 6 Wochen nach Legen des 1. Katheters starb. Die Patientin war stets bei Bewusstsein.

OLG Naumburg, Beschl. v. 07.03.2005 – 12 W 118/04, NJW-RR 2005, 900 = NZV 2005, 530 E 2205

20.000,00 €

Tod 1 1/2 Tage nach brutaler Misshandlung

Zwar war der Geschädigte den auf die Tat zurückzuführenden Leiden nur für einen kurzen Zeitraum von etwa 1 1/2 Tagen ausgesetzt. Während dieser Zeit war er überwiegend bei Bewusstsein, sodass er über Schmerzempfindungen verfügte. Zu berücksichtigen ist auch die Leidenszeit des Geschädigten während der Tatbegehung. Er hat zunächst versucht, aus dem Keller heraus seinen Peinigern zu entkommen und war wahrscheinlich bereits zu diesem Zeitpunkt panischer Angst ausgesetzt. Nachdem die Täter ihn eingeholt hatten, führten sie eine Vielzahl von Schlägen und Tritten gegen ihn, wobei es dem am Boden liegenden Opfer mehrfach gelang, wieder aufzustehen.

LG Bochum, Urt. v. 27.01.2010 – 6 O 78/08, unveröffentlicht E 2206

20.000,00 €

Tod nach 10 Tagen

Bei der Bemessung des Schmerzensgeldes einer aufgrund einer fehlerhaften Behandlung verstorbenen Patientin ist zu berücksichtigen, dass diese bereits 10 Tage nach der Behandlung verstorben ist und zuvor unter einem teilweisen Verlust ihrer Wahrnehmungs- und Empfindungsfähigkeit im Koma verbracht hat.

OLG Hamm, Urt. v. 06.11.2002 – 3 U 50/02, VersR 2004, 1321[153] E 2207

40.000,00 €

Hepatitis B-Infektion – Leberzirrhose – Tod nach ca. einem Jahr

Die Kläger, Erben des Ehemannes bzw. Vaters, nehmen die Behandlungsseite auf Schmerzensgeld in Anspruch, weil bei dem Patienten das Vorliegen einer Hepatitis B-Infektion nicht abgeklärt wurde, was zu einer Leberzirrhose und nach etwas mehr als einem Jahr zum Tod führte.

Die Bemessung des Schmerzensgeldes stellt einmal auf die Kürze der Leidenszeit ab, aber auch darauf, dass der Patient infolge des rapiden Krankheitsverlaufs, der in der Endphase zum rapiden körperlichen Verfall und zum Koma führte, Schmerzen erlitten und schließlich den Tod

153 BGH, Urt. v. 26.03.2013 – VI ZR 109/12, EBE/BGH 2013, BGH-Ls 406/13.Eine ältere, aber wichtige Entscheidung.

Besondere Verletzungen

erfahren habe. Insb. das Wahrnehmen der Leiden, das Bewusstsein des nahen Todes und der Abschied von der Familie sind prägend für das Schmerzensgeld.

E 2208 **OLG Köln, Urt. v. 21.09.2011 – 5 U 8/11, VersR 2012, 1044 mit Anm. Jaeger**

Vorentscheidung LG Köln Urt. v. 14.12.2010 – 3 O 257/08 – s. u. 100.000,00 €

Tod eines Patienten nach 5 monatiger Leidenszeit nach grobem Behandlungsfehler

40.000,00 € 100.000,00 €

Die beklagten Ärzte versäumten es aufgrund mehrerer grober Behandlungsfehler die Ausweitung einer Infektion und den Tod des Patienten zu vermeiden. Nachdem der Patient einen septischen Schock erlitten hatte, befand er sich 5 Wochen im Koma. Während der Zeit bis zu seinem Tod hat er seine Krankheit und die ständige Verschlechterung seines Gesundheitszustandes bewusst erlebt. Er wurde ununterbrochen stationär behandelt und litt unter erheblichen Schmerzen, weil er sich schmerzhafte Dekubiti zugezogen hatte.

Der Senat verweist zur Bemessung des Schmerzensgeldes auf eine Entscheidung des OLG Hamm vom 06.11.2002 (E 2207), ohne zu beachten, dass in diesem Fall die Leidenszeit keineswegs 1 Jahr betrug, sondern nur kurz war, weil es erst in der Endphase zum körperlichen Verfall des Patienten kam. Das Zitat – Jaeger/Luckey in Wenzel, Handbuch Fachanwalt Medizinrecht, 2. Aufl., Kap. 7 Renten. 712 – gibt für die Annahme des Senats zur Leidenszeit nichts her.

E 2209 **LG München I, Urt. v. 03.04.2003 – 19 O 1627/02, unveröffentlicht**

50.000,00 € (Mitverschulden: $^1/_5$)

Polytrauma und Tod nach einem Jahr Wachkoma

Ein verletzter Mann lag ein Jahr in einem Wachkoma. Da kein appalisches Syndrom vorlag, reagierte der Verletzte auf äußere Reize und man kann davon ausgehen, dass er seine Umwelt wahrnehmen konnte. Er litt häufig unter vegetativen Symptomen, wie Schwitzen, Erbrechen und Tachykardien, was sich teilweise auch als Reaktion auf vorhandene Schmerzen ergab.

E 2210 **OLG Bremen, Beschl. v. 16.03.2012 – 3 U 6/12, NJW-RR 2012, 868 = VersR 2012, 1046 = NJW-RR 2012, 858**

50.000,00 € (Vorstellung: mindestens 50.000,00 € zuzüglich 250,00 € monatliche Rente)

Tod nach 30 Minuten – vorsätzliche gefährliche Körperverletzung – Vergewaltigung anal

Die Klägerin, die Mutter und Alleinerbin ihrer 28 Jahre alten Tochter, nimmt den Beklagten in Anspruch, der die Tochter misshandelt und gewürgt hat, so dass diese rd. 30 Minuten nach Beginn der Tat an den Verletzungen verstarb. Der Beklagte hat die Tochter über längere Zeit misshandelt und dabei mindestens 5 Minuten gewürgt. Er brachte ihr – wahrscheinlich mittels einer Flasche – eine schwere Afterverletzung bei, die zum Zerreißen des Schließmuskels führte und die sie mindestens 20 Minuten überlebt hat. Die Leiche wies zahlreiche Hämatome und Schürfwunden am ganzen Körper, insbesondere im Gesicht auf. Ferner wurden massive Einblutungen in die Zungenmuskulatur und den Gaumen wahrscheinlich durch Einführung eines Gegenstandes und eine Fraktur des Zungenbeins festgestellt.

Angesichts der Brutalität des Beklagten musste die Getötete davon ausgehen, dass der Beklagte sie auf jeden Fall töten würde, so dass sie in den letzten Minuten ihres Lebens nicht nur körperliche und seelische Schmerzen, sondern auch schwerste Todesängste erlitt.

Der Angriff stellte nicht nur eine körperliche, sondern auch eine seelische Erniedrigung der Tochter der Klägerin dar; der Beklagte wusste, dass das Opfer aus familiär-religiösen Gründen

den Analverkehr ablehnte. Das Eindringen in den After mit einem Gegenstand komme einer Vergewaltigung durch Analverkehr gleich, wobei der Beklagte den Widerwillen der Getöteten gegen diese Art des Geschlechtsverkehrs kannte und sie erniedrigen wollte.

Der Senat hat das Prozesskostenhilfegesuch des Beklagten für eine Berufung, mit der er eine Ermäßigung des Schmerzensgeldbetrages auf 25.000,00 € erstrebte, zurückgewiesen und auch die schlechten finanziellen Verhältnisse des Beklagten als Begründung nicht gelten lassen.

OLG Frankfurt am Main, Urt. v. 03.06.2008 – 8 U 50/06, OLGR 2009, 172 E 2211

51.129,19 €

Tod nach 11 Monaten in einem Pflegeheim

Der Ehemann der Klägerin und Vater der Kläger war selbstständiger Planungsingenieur für Kälte- und Klimatechnik. Er wurde am 08.10.1998 nach einer Entzündung an den Beinen wegen Kreislaufbeschwerden, Schwindels und Fiebers im Hause der Beklagten notfallmäßig behandelt. Es kam zu einem Kreislaufstillstand, der zu einem apallischen Syndrom führte. Er verstarb nach 11 Monaten in einem Pflegeheim.

Besondere Verletzungen

OLG Karlsruhe, Urt. v. 11.07.1997 – 10 U 15/97, OLGR 1997, 22[154] E 2212

75.000,00 € (Vorstellung: höheres Schmerzensgeld)

Überlebenszeit 21 Monate

Der Erblasser erlitt einen schweren Verkehrsunfall mit Kopfverletzungen, als dessen Folge er im Wesentlichen seine Persönlichkeit – seine personale Qualität – eingebüßt hat.

OLG Düsseldorf, Urt. v. 25.05.2009 – I-1 U 130/08, SP 2009, 396 E 2213

75.000,00 € (Vorstellung: 92.000,00 €)

Tod 2 Jahre nach einem Verkehrsunfall – Schädel-Hirn-Trauma – Dekubiti

Die Mutter der Klägerin wurde als Fußgängerin bei einem Verkehrsunfall schwer verletzt. Der ehemalige Nachbar setzte in die Garagenzufahrt des Hauses der Mutter zurück, erfasste sie, so dass sie stürzte und ein Schädel-Hirn-Trauma 3. Grades erlitt und sofort einer Nachoperation unterzogen wurde. Es wurde ein Luftröhrenschnitt vorgenommen, die Mutter der Klägerin musste künstlich beatmet und ernährt werden. Infolge der langen Bettlägrigkeit traten verschiedene Dekubituswunden an Kopf, Gesäß, Armen und Beinen auf. Ferner kam es unter anderem zu einer Epilepsie, zu Atemnot durch Verschleimung, zu einer Lungenentzündung, zu einer Wundrose und zur Niereninsuffizienz.

Der Unfall führte zu einem fast zweijährigen Leidensweg mit wiederholter Todesgefahr und zahlreichen Folgeerkrankungen und Komplikationen, was die Verletzte anfänglich bewusst miterlebte. Die Mutter der Klägerin wurde aus einem relativ guten Gesundheits- und Allgemeinzustand, aus einem weitgehend aktiv und sozial reich ausgefüllten Lebensabend herausgerissen und musste erleben, schlagartig zu einem Schwerstpflegefall mit immer weiter abnehmenden Vitalfunktionen und wiederholter konkreter Todesgefahr zu werden. Sie war nach dem Unfall nur noch in stationärer Behandlung, von der Familie getrennt und stand vor einem unübersehbaren Krankheitsverlauf. Dies alles nahm die Mutter der Klägerin für einen Zeitraum von fast zwei Monaten wahr, ehe eine Untersuchung ergab, dass die Hirnleistung aufgehoben, ihre Persönlichkeit zerstört war.

---

154 OLG Frankfurt, Urt. v. 21.06.2012 – 22 U 89/10, MPR 2012, 169.Eine ältere, aber wichtige Entscheidung.

E 2214 **LG Köln, Urt. v. 14.12.2010 – 3 O 257/08, VersR 2012, 1044 mit Anm. Jaeger**

100.000,00 € (Vorstellung: 200.000,00 €)

Tod nach 5 Monaten infolge mehrerer grober Behandlungsfehler

Die Klägerin ist Erbin des im Alter von 71 Jahren infolge mehrerer grober Behandlungsfehler verstorbenen Patienten der Beklagten. Die Kammer hat das Schmerzensgeld nach der durch die fehlerhafte Behandlung hervorgerufenen Lebensbeeinträchtigung des Patienten und dem Zeitraum zwischen Verletzung und Tod festgesetzt.

Der Erblasser litt unter erheblichen Schmerzen, gegen die er schwerste Schmerzmittel erhielt. Im Anschluss an die erste Operation lag er 5 Wochen im Koma. Das Krankenhaus und eine Rehabilitationsklinik hat er für die letzten 5 Monate seines Lebens nicht mehr verlassen. Er hat seinen eigenen körperlichen Verfall bewusst miterlebt.

Das OLG Köln hat auf die Berufung der Beklagten mit unzutreffender Begründung das Schmerzensgeld auf 40.000,00 € herabgesetzt, vgl. E 2208.

Verbrennungen/Verätzungen

▶ Hinweis:

Es erscheint gerechtfertigt, Verletzungen durch Verbrennungen und Verätzungen gesondert zu behandeln, da hier für die Bemessung nicht nur das jeweils verletzte Körperteil, sondern ebenso die Art der Verletzung entscheidend ist; so zeichnen sich Brandwunden regelmäßig durch einen schmerzhaften Heilungsprozess und dauerhafte Narbenbildung aus.

Ein Sonderfall von Verbrennungsverletzungen betrifft den Einsatz eines Hochfrequenz- oder Elektrochirurgiegerätes bei Operationen, durch welches es zu Verbrennungen kommen kann; vgl. hierzu Riedel, MedR 2009, 83 ff.

E 2215 **AG München, Urt. v. 12.07.2006 – 132 C 36019/05, PatR 2007, 77**

0,00 € (Vorstellung: 500,00 €)

Brandwunden an den Beinen

Die Klägerin wollte sich im »Wellness- und Beautycenter« der Beklagten die Beinhaare dauerhaft entfernen lassen. Hierfür setzte die Beklagte ein Photosilkgerät ein, was sie mit »Dauerhafte Haarentfernung ... alle Haare werden sanft und problemlos entfernt« beworben hatte. Dass bei 20 % der Behandelten keine dauerhafte Haarentfernung eintritt, verschwieg die Beklagte. Bei der 2. Behandlung trug die Klägerin Brandwunden davon, die einige Tage schmerzhaft waren und für 3 Wochen einen »unschönen Eindruck« der Beine erzeugten, weswegen sich die Klägerin genierte. Das Gericht wertete dies als Beeinträchtigung unterhalb der Geringfügigkeitsgrenze, sodass kein Schmerzensgeld zuzusprechen sei.

E 2216 **AG Bremen, Urt. v. 01.10.2008 – 23 C 227/08, unveröffentlicht**

0,00 € (Vorstellung: 1.500,00 €)

Verbrennungen 1. Grades am Körper

Die Klägerin nutzte das Sonnenstudio der Beklagten, wobei sie darauf hingewiesen hatte, dass sie ein heller Hauttyp mit empfindlicher Haut sei. Trotz entsprechenden Rats, sie solle die schwächste Sonnenbank nutzen, ging sie 15 Minuten auf eine mittelstarke Sonnenbank mit neuen Röhren. Hierdurch erlitt sie Verbrennungen 1. Grades am gesamten Körper, wegen derer sie 2 Tage stationär behandelt wurde. Das Gericht verneinte eine Haftung; nachdem die Klägerin sich über den Rat hinweggesetzt hatte, war ein weiterer Hinweis vor »Übersonnung« nicht nötig, da es allgemeiner Lebenserfahrung entspreche, dass eine Übersonnung zu Hautverbrennungen führe.

OLG Koblenz, Urt. v. 11.07.2005 – 12 U 702/04, SP 2006, 8 E 2217

500,00 €

Unterarmverbrennung – Prellung des Schultergelenks – HWS-Distorsion

Der Kläger erlitt bei einem Unfall mit einem entgegenkommenden Pkw beim Aufprall des Airbags eine 4 × 5 cm große Verbrennung 2. Grades am linken Unterarm, ferner eine HWS-Distorsion und eine Prellung des linken Schultergelenks. Die vorgerichtliche Zahlung von 500,00 € wertete das Gericht als angemessen, da es sich »im Ganzen im Vergleich zu sonst vorkommenden Körperverletzungen durch Verkehrsunfälle um leichtere Verletzungen« gehandelt habe. Das Gericht wies ausdrücklich darauf hin, dass angesichts des Klägervortrages, in dem nur allgemein eine »Verbrennungswunde 2. Grades« vorgetragen wurde, nur eine oberflächliche dermale Verbrennung (Grad 2a) unterstellt worden sei; eine tiefere dermale Verbrennung (Grad 2b) heile zwar nur günstigstenfalls ohne Narbenbildung ab, könne aber der Bemessung nicht zugrunde gelegt werden, da der Kläger zu Wundgestaltung und Heilungsverlauf keine Angaben gemacht habe.

AG Düsseldorf, Urt. v. 18.10.2011 – 230 C 2126/11, unveröffentlicht E 2218

500,00 € (2/3 Mitverschulden; Vorstellung: 1.800,00 €)

Verbrennungen 1. Grades

Die fast 16 Jahre alte und ungebräunte Klägerin benutzte erstmalig in dem von der Beklagten betriebenen Sonnenstudio für 30 Minuten eine leistungsstarke Sonnenbank, obwohl deren Nutzung für Minderjährige untersagt war (§ 4 NiSG).

Sie erlitt Verbrennungen ersten Grades auf mehr als 20% der Hautoberfläche und war anschließend zwei Tage im Krankenhaus, wobei das Gericht darauf hinwies, dass »letztlich nur eine Übernachtung im Krankenhaus stattgefunden« habe.

LG Frankfurt am Main, Urt. v. 16.12.2005 – 2-01 S 182/01, NJW-RR 2006, 704 = NZV 2006, 379 E 2219

1.000,00 € (Vorstellung: 6.000,00 €)

Verbrennungen 2. Grades an Bauch und Oberschenkel

Die Klägerin, eine Rentnerin, erlitt Verbrennungen des Grades 2a an Bauch und Oberschenkel, als eine Stewardess auf einem Ägyptenflug versehentlich heißen Kaffee auf ihr verschüttete. Die Verletzung ist narbenlos verheilt. Bei der Bemessung (nach ägyptischem Recht, wobei das Gericht aber in der Sache die aus dem deutschen Recht bekannten Kriterien anwandte) stellte die Kammer darauf ab, dass die akute Beeinträchtigung nach verhältnismäßig kurzer Zeit behoben war und die Klägerin schnell wieder den Speisesaal aufsuchen konnte. Dass sie in der Folgezeit »Ängste« bekam, wenn eine Bedienung »schwungvoll Heißgetränke« servierte, sei nachvollziehbar, aber irrelevant, da dies keine psychotherapeutische Behandlung erforderte.

E 2220 **AG Berlin-Tiergarten, Urt. v. 24.07.2007 – 6 C 381/06, NJW 2008, 237 = NZV 2008, 206**

1.000,00 €

Verbrennungen 2. Grades am Arm

Die Klägerin fuhr in einem ICE in den Urlaub, als der Zugbegleiter versehentlich heißen Kaffee über den linken Arm der Klägerin verschüttete. Aufgrund der dadurch verursachten Schmerzen geriet die Klägerin in einen schockähnlichen Zustand; ein mitreisender Arzt diagnostizierte eine Verbrennung 2. Grades. Die Klägerin musste am Urlaubsort während des gesamten Urlaubs (eine Woche) täglich zum Arzt, um den Arm versorgen zu lassen. Noch nach über 2 Wochen war keine Abheilung erfolgt; ärztliche Behandlungen dauerten über mehr als 3 Monate an. Es verblieb eine Narbe, die, wenn die Klägerin nicht langärmelige Kleidung trägt, deutlich zu sehen ist.

Das Gericht bejahte eine Haftung der beklagten Bahn nach § 1 HaftPflichtG; ein innerer Zusammenhang des Unfalls mit dem Bahnbetrieb gründe schon aus der räumlichen Enge des Abteils.

E 2221 **OLG Hamm, Urt. v. 25.11.2010 – 6 U 71/10, NJW-RR 2011, 464 = NZV 2011, 248**

1.200,00 € (1/5 Mitverschulden)

Brandwunde am Handrücken – Prellungen

Der Kläger erlitt bei einem Verkehrsunfall eine Brandwunde am Handrücken, die zu einer bleibenden Hautverfärbung führte. Ferner kam es zu einem Hämatom am Kinn und Bewegungseinschränkungen sowie Druckschmerz an der Halswirbelsäule.

E 2222 **OLG Frankfurt am Main, Urt. v. 29.05.2007 – 8 U 10/07, unveröffentlicht**

1.500,00 € (Vorstellung: 12.000,00 €)

Röntgenbestrahlung

Die 82 Jahre alte Klägerin wurde von der Beklagten 2 Wochen lang wegen Rheumas in den Händen bestrahlt. Die Beklagte klärte nicht über mögliche Folgen der Bestrahlung, insb. über Verbrennungen, auf; die Klägerin hat die Kausalität der Bestrahlung für geltend gemachte Beschwerden und spätere Amputationen, die auch der Vorstellung zugrunde lagen, jedoch nicht beweisen können.

Das Gericht sprach das Schmerzensgeld lediglich für die unterbliebene Grundaufklärung über mögliche Strahlungsfolgen, nicht jedoch für die umfangreiche Nekrosebildung und die damit sowie für die mit den Amputationen verbundenen Schmerzen zu. Die Beklagte muss nur dafür einstehen, dass sie die Klägerin ohne deren Einwilligung einer – wenn auch indizierten und lege artis durchgeführten – Bestrahlung und den damit einhergehenden Beeinträchtigungen ausgesetzt hat.

E 2223 **OLG Celle, Urt. v. 17.06.2010 – 8 U 25/10, unveröffentlicht**

1.800,00 € (1/4 Mitverschulden; Vorstellung: 3.500,00 €)

Verbrühungen 2. Grades an der Hand

Die 58 Jahre alte Klägerin besuchte die Dampfsauna der Beklagten. Dort befand sich zwischen den Sitzbänken eine Säule mit einem vasenähnlichen Behälter, in dem das Rohr eines Dampfausströmers angebracht war. Durch ausströmenden Dampf erlitt die Klägerin Verbrühungen 2. Grades an der rechten Hand. Das Gericht bejahte eine Verkehrssicherungspflichtverletzung:

bei nur schwacher Beleuchtung in der Sauna habe der Betreiber den Dampfausströmer nicht so dicht zwischen die Sitzbänke installieren dürfen, dass die Gefahr besteht, dass sich Nutzer der Sauna beim Setzen oder Aufstehen mit der Hand an dem Dampfauslassgefäß abstützen. Dies gelte umso eher, als dass in der Sauna mit schlechten Sichtverhältnissen und feuchtem Boden die Nutzer in besonderem Maße ein Bedürfnis hätten, sich abzustützen.

Bei der Bemessung berücksichtigte das Gericht, dass die Verletzung 2. Grades zu einer Arbeitsunfähigkeit von 4 Wochen geführt hat und auch die private Lebensführung erheblich eingeschränkt war. Die Verbrennungen waren sehr schmerzhaft und beeinträchtigten eine Reha-Maßnahme, die die Klägerin gerade durchführte. Andererseits war der Heilungsverlauf komplikationslos; Einschränkungen der Nutzung der Hand waren in nur geringem Umfang verblieben, Narben verblieben nicht.

OLG Naumburg, Urt. v. 25.04.2007 – 6 U 191/06, VersR 2008, 1505 E 2224

3.500,00 € (1/2 Mitverschulden)

Verbrennungen 1. und 2. Grades an Bauch und Hals

Die 39 Jahre alte Klägerin, eine Zahnärztin, war im Hotel des Beklagten zu Gast. Als sie in der Sauna war, fand sie dort einen leeren Holzeimer, der – wie sie richtig erkannte – der Zubereitung von Aufgüssen diente. Daraufhin entnahm sie im Saunavorraum einem offenen Holzregal eine mit Aufgusskonzentrat gefüllte Plastikflasche, die mit Warn- und Benutzungshinweisen versehen war, und goss den Inhalt (hinweiswidrig) unverdünnt auf den erhitzten Saunaofen. Die ätherischen Öle verpufften, was eine Stichflamme hervorrief. Sie erlitt Verbrennungen 1. und 2. Grades und hatte in den Wochen nach dem Unfall erhebliche Schmerzen. Hauttransplantationen waren nicht erforderlich, aber sie darf nicht mehr Sonnenbaden. An Bauch und Hals sind deutlich sichtbare Brandnarben zurückgeblieben, aufgrund derer sie geschlossene Kleidung trägt.

Das Gericht bejahte eine Verkehrssicherungspflicht des Hoteliers, den Saunabetrieb so zu organisieren, dass Saunaaufguss nur von eingewiesenen Mitarbeitern hergestellt und das entsprechende Konzentrat unerreichbar aufbewahrt wird.

LG Dortmund, Urt. v. 07.05.2008 – 4 O 115/06, unveröffentlicht E 2225

4.000,00 € (Vorstellung: 5.000,00 €)

Gesäßverbrennungen

Die 48 Jahre alte Klägerin wurde im beklagten Krankenhaus wegen eines Uterus myomatosus und eines Zystovars operiert. Hierbei kam es durch den Einsatz von Hochfrequenzstrom zu einer Verbrennung, weil die Klägerin nicht trocken gelagert worden war. Die Klägerin wurde im Gesäßbereich verbrannt, wo sich am 1. postoperativen Tag Rötungen zeigten, die sich dann auf beiden Gesäßseiten zu offenen Wundstellen in der Größenordnung von mehrern Zentimetern (6x5 cm bzw. 3x1,5 cm) entwickelten. Eine wochenlange Wundbehandlung durch einen Pflegedienst war erforderlich, ehe die Stellen nach einigen Monaten abheilten. Die Klägerin war während der mehrmonatigen Abheilungszeit beim Sitzen und Liegen erheblich beeinträchtigt und konnte längere Zeit gar nicht Auto fahren, was die Betreuung ihres pflegebedürftigen Sohnes erschwerte.

Die Wunde im linken Gesäßbereich ist folgenlos abgeheilt; im rechten Gesäßbereich ist eine deutliche größere Narbenstelle zu erkennen. Der Bereich ist sehr empfindlich, schuppt und platzt immer wieder auf. Er muss dann durch mehrmaliges Cremen behandelt werden, die Abheilung zieht sich dann über 2 – 3 Wochen hin. Die Kammer berücksichtigte diese Wunde, die lange Wundheilung und die langfristige Narbenpflege, wenngleich die »zur Routine werdende Cremung« von »geringem Umfang« sei.

E 2226 **LG Bonn, Urt. v. 08.02.2010 – 9 O 325/08, unveröffentlicht**

4.000,00 € (Vorstellung: 6.000,00 €)

Verbrennungen an beiden Unterschenkeln – Depigmentierung

Die Klägerin suchte das Kosmetikstudio der Beklagten auf, um sich mittels einer »IPL« (Impulslichtverfahren)-Behandlung dauerhaft die Haare an den Beinen entfernen zu lassen. Die Behandlung wurde ohne hinreichende Aufklärung und grob fehlerhaft durchgeführt. Erst nach 20 Impulslichtschüssen brach die Beklagte die Behandlung ab, nachdem sie die Schmerzschreie der Klägerin zuvor mit der Bemerkung, diese sei »wehleidig«, abgetan hatte.

Die Haarentfernung hat auf der Vorderseite der Unterschenkel zu ganz erheblichen Verbrennungen geführt, die mit massivsten Schmerzen einhergegangen sind. Es kam zu einer völligen Depigmentierung bestimmter Hautstellen der dunkelhäutigen Klägerin. Diese sind auch 2 Jahre nach der Behandlung noch in einem Zebrastreifenmuster erkennbar und werden voraussichtlich noch 5 – 10 Jahre verbleiben. Die Bemessung berücksichtigte, dass die Behandlung in mehrfacher Hinsicht grob fehlerhaft war, führte aber aus, dass sich die Verbrennungen an den Unterschenkel und damit einem »meistens durch Kleidung verdeckten« Körperteil befänden.

E 2227 **OLG Bremen, Urt. v. 11.07.2011 – 3 U 69/10, NJW-RR 2012, 92 = MDR 2011, 1232**

4.000,00 € (Vorstellung: 5.000,00 €)

Hautverätzungen – Verlust des Haupthaares

Die Klägerin war bei der Beklagten, die einen Friseursalon für Rastazöpfe und Haarverlängerung betreibt, gewesen, um sich die Haare dort entkrausen zu lassen. Aufgrund einer mangelhaften Behandlung kam es zu Hautveränderungen, Hautverätzungen und letztlich dem Verlust des Haupthaares. Der Senat stellte darauf ab, dass zwar kein Dauerschaden vorlag, die Klägerin aber über einen erheblichen Zeitraum an Schmerzen gelitten hat. Sie war über Monate gezwungen, eine Perücke zu tragen, was der Senat gerade nicht als Kompensation des Haarverlustes, sondern als weitere erhebliche psychische Beeinträchtigung wertete. Weiterhin berücksichtigte der Senat, dass die Beklagte in erster Instanz wahrheitswidrig unterstellt hatte, die Klägerin hätte selbst eine unfachmännische Haarglättung vorgenommen und ihren – der Beklagten – Salon gar nicht aufgesucht, was als zusätzliche Kränkung der Klägerin gewertet wurde.

E 2228 **AG Wuppertal, Urt. v. 27.04.2012 – 94 C 28/11, unveröffentlicht**

4.000,00 € (Vorstellung: 2.000,00 €)

Hypopigmentierung im Intimbereich

Die 23 Jahre alte Klägerin ließ bei der Beklagten eine Xenonbehandlung der Intimzone vornehmen, um dort die Haare dauerhaft zu entfernen. Obwohl die Klägerin angegeben hatte, Johanniskraut einzunehmen, und die Behandlung für diesen Fall nicht möglich war, führte die Beklagte mehrfach die Xenonbehandlung durch. Die Haut der Klägerin war nach den Behandlungen gerötet und stark erwärmt. Gleichwohl und ohne Warnungen wurde die Behandlung weiter durchgeführt. Bei der 12. Behandlung trat eine Hypopigmentierung auf; auch auf dieses Risiko war die Klägerin nicht hingewiesen worden.

Bei der Bemessung wurde berücksichtigt, dass die junge Klägerin lange unter den Folgen der derzeit nicht mit Erfolg therapierbaren Hypopigmentierung leiden werde müssen, zumal diese in einem besonders sensiblen Bereich entstanden sei. Hierdurch sei das Intimverhalten beeinflusst, aber auch beim Tragen eines Bikinis bestehen optische Beeinträchtigungen.

LG Freiburg, Urt. v. 09.10.2006 – 6 O 489/04, VersR 2007, 654 = NJW-RR 2007, 534 E 2229

5.000,00 € (Vorstellung: 5.500,00 €)

Verbrennungen und Verätzungen im Dammbereich

Der 10 Jahre alte Kläger wurde nach einem Sportunfall wegen eines Oberschenkelbruchs im beklagten Krankenhaus behandelt. Er wurde in einer Notoperation operiert, danach lag er 2 Tage auf der Intensivstation. Dort wurden zwar ein Hämatom im Dammbereich und ein Hodenödem bemerkt, aber nichts veranlasst. Tatsächlich hatte der Kläger dort eine 12 cm lange und weitverzweigte Wunde, die sich als Verbrennung 2. – 3. Grades mit massiver bakterieller Superinfektion herausstellte. Ursache hierfür war Desinfektionsflüssigkeit, die sich vor der Operation im Gesäßbereich angesammelt hatte, und später bei der Anwendung eines Elektrokauter-Gerätes zur Blutstillung zu den Verätzungen führte. Der Kläger litt unter starken Dauerschmerzen und musste 4 Monate lang eine regelmäßige Wundbehandlung mit täglichen Verbandswechseln erdulden. Er konnte nicht sitzen und für mehrere Wochen die Schule nicht besuchen; als Dauerschaden verblieb eine derbe Narbe.

OLG Bamberg, Urt. v. 26.10.2009 – 4 U 250/08, VersR 2010, 403 = ZfS 2010, 194 = NJW-RR 2010, 902 = MDR 2010, 153 E 2230

6.000,00 € (1/3 Mitverschulden)

Verätzungen der Hautpartien an den Kniegelenken

Der Kläger erlitt durch die Verarbeitung eines Betons mit einem zu hohen ph-Wert – insoweit hatte der Hersteller sein Instruktionspflicht verletzt – Verätzungen an den Beinen, jeweils eine großflächige Hautpartie, die sich schon vom äußeren Umfang her deutlich gravierender darstellen als die Verbrennungen 3. Grades. Es waren mehrere Hauttransplantationen erforderlich. Die Hautschädigung hat sich in zwei Bereichen bis auf das Muskelgewebe ausgewirkt. Der Dauerschaden umfasst eine eingeschränkte Beweglichkeit beider Kniegelenke beim Beugen, Sensibilitätsstörungen an beiden Unterschenkeln sowie eine Beeinträchtigung der physiologischen Hautfunktion im Bereich des Narbengewebes.

OLG Köln, Urt. v. 27.06.2012 – 5 U 38/10, VersR 2013, 113 = MDR 2012, 1463 E 2231

6.000,00 € (Vorstellung: 30.500,00 €)

Oberflächliche Verätzungen in der linken Brust

Bei der 35 Jahre alten Klägerin waren rezidivierende Abszesse in der linken Brust im Krankenhaus der Beklagten operativ gespalten worden. Die Wunde wurde täglich gespült, wobei einmal versehentlich mit einem Flächendesinfektionsmittel gespült worden war. Es kam zu einer oberflächlichen Verätzung des Gewebes, was mit starken Schmerzen (massives Brennen) verbunden war. Der Heilungsverlauf wurde um ein halbes Jahr verzögert.

Der Senat berücksichtigte bei der Bemessung die Genugtuungsfunktion, da der Fehler besonders unverständlich und der vorprozessual geleistete Betrag von 500,00 € ersichtlich unzureichend sei.

LG Göttingen, Urt. v. 02.03.2011 – 2 O 218/09, unveröffentlicht E 2232

7.500,00 € (Vorstellung: 10.000,00 €)

Verbrennungen 2. Grades an Gesicht und Händen

Der Kläger verletzte sich bei dem Betrieb eines Kamins, für dessen Konstruktionsfehler die Beklagte haftet (die Befüllung mit Brenn-Ethanol war unzureichend abgesichert), als beim Anzünden eine Stichflamme hervorschoss und ihn traf. Er erlitt Verbrennungen 2. Grades an

Gesicht und Händen, die lebenslange Narben an den Händen zur Folge hatten. Eine mehrwöchige stationäre Behandlung schloss sich an.

E 2233 **LG Bochum, Urt. v. 07.12.2011 – 6 O 284/10, unveröffentlicht**

7.500,00 € (Vorstellung: 25.000,00 €)

Verätzung des Pos

Der Kläger – ein Baby – erhielt wegen eines Windelausschlages vom Kinderarzt ein Rezept zur Behandlung mit Kaliumpermanganat. Die beklagte Apotheke versäumte den ausreichenden Hinweis darauf, dass das Pulver zu verdünnen sei. Die Mutter betupfte den Po des Klägers an den mit Hautausschlag betroffenen Stellen direkt mit dem Mittel, worauf der Kläger lautstark zu weinen und vor Schmerzen zu schreien begann. Der Po verfärbte sich schwarz. Der Kläger wurde notfallmäßig stationär aufgenommen und verbrachte 5 Tage im Krankenhaus. Dort wurden mehrere Verätzungsareale aufgrund Kaliumpermanganatverätzung diagnostiziert, intensiv gereinigt und mit Spülungen, Kompressen und Salben behandelt. Die betroffenen Hautstellen sind 20 Monate später »weitgehend« abgeheilt.

E 2234 **OLG Jena, Urt. v. 23.10.2007 – 5 U 146/06, VersR 2008, 1553 = NJW-RR 2008, 831 = MDR 2008, 975**

15.000,00 € (1/2 Mitverschulden; Vorstellung: höheres Schmerzensgeld (in Anschlussberufung))

Verbrennungen 2. und 3. Grades an Oberschenkel, Unterbauch und Genitalbereich

Die 12 Jahre alte Klägerin wurde in der Silvesternacht von einem durch die 16 Jahre alte Beklagte in unzureichendem Abstand angezündeten Feuerwerkskörper (»Bienchen«) getroffen. Sie erlitt Verbrennungen 2. und 3. Grades im Bereich beider Oberschenkelinnenseiten, des Unterbauchs und des Genitalbereichs, wovon insgesamt 10 % der Körperoberfläche betroffen waren. Sie wurde 7 Wochen stationär behandelt. Eine Hautverpflanzung wurde erforderlich, mehrere Ärzte und Krankenhäuser waren an der Nachbehandlung beteiligt. Wegen der erheblichen Schmerzhaftigkeit der Brandverletzungen konnten Verbandswechsel anfangs nur unter Narkose erfolgen. Umfangreiche Narbenbildung verblieb und erforderte u. a. krankengymnastische Maßnahmen. Eine Narbe im Schambereich kann möglicherweise kosmetisch durch eine Haartransplantation verbessert werden; die Entwicklung der Narben an Oberschenkelinnen- und außenseiten ist nicht absehbar. Es verbleibt eine MdE von 50 %; als Dauerschaden ist weiterhin eine posttraumatische Belastungsstörung in Form einer traumatischen Neurose eingetreten.

Der Senat sah ein Mitverschulden zum einen in der Teilnahme am Feuerwerk, insb. aber im Tragen ungeeigneter – nämlich leicht entzündlicher – synthetischer Kleidung, deren Brennen die besondere Schwere der Verletzungen, die ein »einfacher Feuerwerkskörper« ansonsten nicht hätte verursachen können, begünstigte.

Bei der Bemessung wurde berücksichtigt, dass die Versicherung der Beklagten die Einstandspflicht ablehnte, vorprozessual lediglich 7.500,00 € angeboten hatte und trotz eines »erkennbar begründeten« Anspruchs einen 5-jährigen Rechtsstreit mit mehrfacher Begutachtung der Klägerin führte. Als Vergleichsentscheidungen führte der Senat Urteile an, die überwiegend aus den 80er Jahren bzw. 1991 stammten.

OLG Brandenburg, Urt. v. 19.04.2007 – 12 U 215/06, unveröffentlicht E 2235

20.000,00 € (1/3 Mitverschulden)

Verätzungen in Mund und Speiseröhre

Der Kläger trank bei einer Party, die der Beklagte im gemeinsam bewohnten Lehrlingswohnheim ausrichtete, aus einer dem Beklagten gehörenden Flasche, in welcher dieser eine Reinigungslauge für das Tischlerhandwerk aufbewahrte.

Hierdurch kam es zu schweren Verätzungen des Klägers in Mund, Rachen und Speiseröhre. 5 Tage lang bestand Lebensgefahr; er war 3 Wochen in stationärer Behandlung, wobei er unter ständigen starken Schmerzen im Mund- und Rachenbereich litt und zunächst künstlich ernährt werden musste. Erst nach 10 Tagen konnte er erste flüssige Nahrung aufnehmen, es dauerte ein halbes Jahr, ehe in begrenztem Umfang die Aufnahme fester Nahrung möglich wurde. Nach der Entlassung wurden in zunächst 2-tägigem Abstand ambulante Gastroskopien durchgeführt. Er muss weiterhin in ärztlicher Behandlung bleiben, um Blutwerte und Magengegend zu kontrollieren. Das Gericht bezog sich bei der Bemessung auf Entscheidungen aus den Jahren 1978 (dort: 7.500,00 DM) und 1974 (!!) (dort: 70.000,00 DM), nahm aber immerhin wegen des »erheblichen Zeitraums« über die inflationsbedingte Anpassung noch einen weiteren Zuschlag aufgrund des »zwischenzeitlich allgemein angehobenen Niveaus von Schmerzensgeldzahlungen« vor.

ArbG Oberhausen, Urt. v. 17.02.2010 – 1 Ca 1181/09, unveröffentlicht E 2236

20.000,00 € (Vorstellung: 20.000,00 €)

Lebensgefährliche Verbrennungen 2. Grades

Die Parteien waren Arbeitskollegen im Supermarkt. Als der Kläger die Mitarbeitertoilette benutzte, kam der Beklagte hinein, beschwerte sich im Gespräch mit einem weiteren Kollegen über die vom Kläger verursachten Gerüche und sprühte dann zwei bis drei Dosen Raumspray in den Toilettenraum. Hierbei manipulierte er die Sprühöffnung so, dass sie auf »Dauerbetrieb« sprühte, und verließ dann das Klo.

Es kam zu einer Explosion aus ungeklärter Ursache; hierdurch wurde der Kläger lebensgefährlich verletzt und erlitt Verbrennungen 2. Grades an 31 % seines Körpers. Er wurde 3 Wochen auf der Intensivstation behandelt. Eine weitere Woche stationären Aufenthalts schloss sich an. Der Kläger leidet nach wie vor unter den Folgen der Verbrennung in Form von Juckreiz und schmerzhaften Beeinträchtigungen beim Schwitzen. Der Heilungsverlauf ist hinsichtlich der Verbrennungsfolgen noch ungewiss, evtl. wird eine Hauttransplantation nötig. Der Kläger musste sich wegen seines Schocks psychologisch behandelt werden.

Das Gericht nannte das Schmerzensgeld »relativ gering«, begründete es aber mit den schlechten wirtschaftlichen Verhältnissen des »noch relativ jungen« (27 Jahre) und arbeitslosen Beklagten und mit dem Umstand, dass die schweren Folgen des »Streichs« von dem Beklagten nicht gewollt gewesen waren.

OLG Saarbrücken, Urt. v. 27.11.2007 – 4 U 276/07, NJW 2008, 1166 = SP 2008, 257 E 2237

25.000,00 € (Vorstellung: 10.000,00 €)

Verbrennungen am rechten Oberschenkel – Beckenbruch – Schädel- und Kieferverletzungen

Der 39 Jahre alte Kläger geriet als Radfahrer mit dem 77 Jahre alten Beklagten in seinem Pkw in Streit, nachdem er diesem den Mittelfinger gezeigt hatte. Im Verlaufe dessen überholte der Kläger den Beklagten und schlug ihm auf die Motorhaube. Der Beklagte fuhr den Kläger dann an, nachdem dieser wieder vor den Wagen eingeschert hatte, und überfuhr ihn. Er schleifte diesen noch 20 m mit, ehe er – den Kläger unter dem Wagen eingeklemmt – stehen blieb und mit laufendem Wagen im Auto sitzen blieb, ehe Zeugen intervenierten.

Der Kläger erlitt einen Beckenbruch, eine distale Radiusfraktur, einen Schädelbruch und eine Orbitaboden- sowie Unterkieferfraktur. Es entstanden Verbrennungen am rechten Oberschenkel durch das Festklemmen am heißen Auspuffrohr. Diese Verletzungen machten mehrere Operationen erforderlich: Die Stabilisierung des Beckenrings mit externer Fixatur, eine offene Frakturreposition des rechten Jochbeinkörpers, eine Okklusionssicherung der Unterkieferfraktur und aufgrund der Hautnekrose das Abtragen einer handgroßen Fläche verbrannten Gewebes bis zu einer Tiefe von 1 cm und das Transplantieren neuen, vom Oberschenkel entnommenen Gewebes. Der Kläger war 2 Monate arbeitsunfähig, weitere 4 Monate zu 70 %; es folgten weitere krankengymnastische Behandlungen. Er leidet nach wie vor an Schmerzen im Beckenbereich und im linken Handgelenk, an Taubheitsgefühlen in der Wade und an der Hauttransplantationsstelle und an den Backenzähnen im Oberkiefer. Er konnte 3 1/2 Monate keine feste Nahrung zu sich nehmen. Am Bein sind deutlich sichtbare erhebliche Narben verblieben, und der Kläger leidet an Angstträumen mit Todesangst sowie Ein- und Durchschlafstörungen.

Das Gericht berücksichtigte die Todesangst während des Unfalls und die schweren Folgen, insb. aber auch die Vorsatztat, mindernd indes die Provokation durch den Kläger. Das als Bewährungsauflage im Strafprozess bereits an den Kläger gezahlte Geld wurde auf das Schmerzensgeld angerechnet.

E 2238 **OLG Hamm, Urt. v. 21.12.2010 – 21 U 14/08, unveröffentlicht**

50.000,00 € (Vorstellung: 50.000,00 €)

Verbrennungen 2. und 3. Grades an Kopf und Körper

Der 1 1/2 Jahre alte Kläger wurde beim Grillen auf dem zur elterlichen Wohnung gehörenden Balkon durch eine brennende Grillpaste schwer in Gesicht und Körper verletzt. Die Beklagte ist Herstellerin dieser Grillpaste. Der Vater des Klägers hatte beim Öffnen der Flasche, die sich verklemmt hatte, das Dosierventil mit herausgezogen; hierdurch ergoss sich die Brennpaste aus der ruckartig geöffneten Flasche in einem Schwall über den Grill und entzündete sich, wobei die Flamme den gerade auf den Balkon getretenen Kläger traf.

Das Gericht bejahte einen Konstruktionsfehler des Dosenventils, welches ohne Kraftaufwand abgehebelt werden konnte. Es bestand die Gefahr des Austretens der Paste und von Stichflammen.

Der Kläger erlitt Verbrennungen 2. und 3. Grades am Kopf und am rechten Unterarm erlitten hat, insb. in der rechten Gesichtshälfte, hinter dem rechten Ohr, an der rechten und linken Ohrmuschel und am rechten Handgelenk. Es sind dabei 15 % der Körperoberfläche betroffen. Der Kläger ist einen Monat lang stationär behandelt worden, wobei er wegen der großen Schmerzen in ein künstliches Koma versetzt worden ist. Es sind mehrere operative Eingriffe, insb. Eigen- und Fremdhauttransplantationen erfolgt. Der Kläger hat 2 Jahre lang eine Gesichtsmaske und eine Unterarmbandage zur Kompressionsbehandlung tragen müssen. Es sind entstellende Narben, insb. im Gesicht, zurückgeblieben, die einer ständigen Pflege und Behandlung bedürfen. Da sich der Kläger noch im Wachstum befindet, ist die Narbenbildung noch nicht vollständig abgeschlossen. Es ist nicht auszuschließen, dass es im Bereich der Verbrennungsnarben zu Bewegungseinschränkungen kommen wird, die weitere operative Eingriffe notwendig machen. Nach den Angaben der Mutter des Klägers sind die psychischen Auswirkungen bislang gering gewesen, was auf das kindliche Alter des Klägers zurückzuführen ist.

Bei der Bemessung zog das Gericht – ohne das kindliche Alter besonders bei den Vergleichsentscheidungen zu beachten – Urteile aus Anfang der 90er Jahre sowie eines aus 1978 heran.

LG Köln, Urt. v. 19.08.2011 – 7 O 638/09, unveröffentlicht E 2239

100.000,00 €

Großflächige Verbrennungen 2. und 3. Grades von 40% der Hautfläche

Die Parteien waren Mitglieder einer italienischen Gruppe in Köln-Kalk; weil der Kläger wahrheitswidrig einem der Beklagten das Handeln mit Drogen unterstellt hatte, wollten die Beklagten dem Kläger einen »Denkzettel« verpassen. Unter einem Vorwand lockten sie den Kläger in ein Waldstück, wo sie ihn unter vorgehaltener Waffe zwangen, sich auszuziehen, und ihn sodann fesselten, mit Benzin übergossen und anzündeten. Der Kläger brannte vor allem am Rücken, am linken Arm, an den Beinen, an den Genitalien, am Gesäß und am Kreuzbein. In diesem Zustand lief er schreiend durch das Waldstück, bis er sich schließlich zu Boden warf und sich dort wälzte, um die Flammen zu ersticken. Der Kläger wurde sodann von den Beklagten weggefahren und ausgesetzt, ohne dass sie Hilfe geholt hätten. Der Kläger erlitt infolge der großflächigen Verbrennungen 2. und 3. Grades von 40% der Hautfläche einen massiven Flüssigkeits- und Eiweißverlust, der ohne unverzügliche ärztliche Intervention zum Tode durch Ersticken geführt hätte.

Um eine Behandlung zu ermöglichen, wurde der Kläger zwei Wochen in ein künstliches Koma versetzt. In dieser Zeit und auch nach seinem Erwachen aus dem Koma wurden zahlreiche Operationen durchgeführt, in denen Hautstücke auf die zerstörten Stellen transplantiert wurden. Während der gesamten Behandlungszeit traten darüber hinaus wiederholt Nekrosen mit schwerwiegenden Entzündungen auf, die in ständigen Operationen immer wieder weggeschnitten wurden. Der Kläger nahm über ein Jahr durchgehend Schmerzmittel. Weiterhin trat bei ihm während der Behandlung ein langandauerndes Durchgangssyndrom in Form einer ausgeprägten Psychose mit Verfolgungsängsten, Wahrnehmungsstörungen und Aggressionsdurchbrüchen auf.

Heute ist der Körper des Klägers an Rücken, Arm, Beinen, Gesäß und Kreuzbein mit Verbrennungsnarben übersät, was bei ihm ein starkes Schamgefühl auslöst; er trägt aus Angst vor den Reaktionen seiner Umwelt im Sommer weder kurzärmlige Oberteile noch kurze Hosen. Die zahlreichen Narben werden ihn zeitlebens täglich an das traumatische Tatgeschehen erinnern, das ihm darüber hinaus bis heute unverändert Alpträume beschert. Der Kläger ist dadurch in seiner Lebensfreude und Lebensqualität erheblich eingeschränkt. Weil auch die Nervenzellen in den stark verbrannten Bereichen zerstört sind, leidet er desweiteren regelmäßig an unkontrollierten Zuckungen. Ferner muss der Kläger zeitlebens direkte Sonneneinstrahlung meiden, weil seine Haut an den verbrannten Stellen nach wie vor empfindlich ist und weil durch die Verbrennungen auch Schweißdrüsen zerstört wurden und er Schweiß deshalb nicht mehr absorbieren kann. Dies hat zur Folge, dass der Kläger bei Schweißbildung unvermeidlich einen starken Juckreiz verspürt, der für ihn kaum zu ertragen ist. Es ist zudem eine ständige Pflege der Narbenbereiche erforderlich, damit dieser Juckreiz dort nicht auftritt. Ein Kratzen der geschädigten Haut birgt die Gefahr von Infektionen in sich.

Auch der bei der Tat verbrannte Arm ist durch verdicktes und verwachsenes Gewebe bis heute stark eingeschränkt. Weil es als Folge der Verbrennungen zu einer ausgeprägten Narbenbildung mit Kontrakturen in der linken Achselhöhle gekommen ist, die zu einer zunehmenden Bewegungseinschränkung im linken Schultergelenk geführt haben, musste sich der Kläger drei Jahre nach der Tat diesbezüglich einer Operation unterziehen. Es ist nicht auszuschließen, dass er auch in Zukunft, insbesondere mit steigendem Alter, an Folgeerscheinungen der Tat zu leiden haben wird, die gegebenenfalls operativ behandelt werden müssen. Bei weiteren Operationen besteht jedoch die erhöhte Gefahr eines Wiederauftretens des Durchgangssyndroms.

Zuletzt wies das Gericht auf die vorsätzliche Tatbegehung hin, die bei der Bemessung ebenfalls Berücksichtigung fand.

Vergewaltigung und sexueller Missbrauch

▶ **Hinweis:**

Vergewaltigung und sexueller Missbrauch sind ein Thema, das bei Juristen und Nicht-Juristen Emotionen weckt, Emotionen, die bei Frauen oder Männern unterschiedlich heftig ausfallen können.

Betrachtet man die zu Vergewaltigungsfällen ergangenen Entscheidungen, fällt auf, dass ein Schmerzensgeld i. H. v. 20.000,00 DM (10.000,00 €) erstmals 1986 zuerkannt wurde, allerdings in einem Fall mit der Besonderheit, dass ein 15-jähriges Mädchen mehrfach vergewaltigt wurde.

In früheren Jahren hat es auch bei schlimmen Taten stets nur Schmerzensgelder in einer Größenordnung von meist 6.000,00 € – 7.500,00 € gegeben. Vielfach fielen die Schmerzensgeldbeträge noch geringer aus, insb. dann, wenn der zuerkannte Betrag dem Klageantrag entsprach.

Erst in jüngerer Zeit werden diese Beträge deutlich überschritten und es sind Autoren wach geworden, die diese Tendenz erkannt haben und aufbereiten. Vgl. hierzu E 2279. Das LG Wuppertal hat sehr gut begründet auf 100.000,00 € erkannt. Vgl. im übrigen Jaeger, VersR 2013, 134.

Wegen der geringen Zahl veröffentlichter Entscheidungen zu diesem Thema werden auch ältere Entscheidungen abgedruckt. Bei diesen ist das zuerkannte Schmerzensgeld jedoch vielfach zu erhöhen.

Prozesstaktik:

Die Konsequenz dieser Erkenntnis muss darin bestehen, dass bei der Bemessung des Schmerzensgeldes nach Vergewaltigung immer geprüft werden muss, welche seelischen Schäden zurückgeblieben sind. Geschieht dies nicht, werden Schmerzensgelder immer absolut unzulänglich sein, teilweise sogar als in der Dimension verfehlt erscheinen.

E 2240 **OLG Naumburg, Urt. v. 20.08.2003 – 5 U 53/03, VersR 2004, 122**

Grundurteil ohne Betrag

Vollzug des Geschlechtsverkehrs mit minderjährigem Mädchen

Ein 26 Jahre alter Mann vollzog mit der 13 1/3 Jahre alten Klägerin mit deren Einverständnis den Geschlechtsverkehr. Er wurde zu einer Freiheitsstrafe von 15 Monaten auf Bewährung verurteilt.

Der Klägerin ist allein durch den Geschlechtsverkehr und den damit verbundenen Eingriff in die vor sexuellen Erlebnissen und deren Folgen geschützte freie kindliche Gesamtentwicklung ein immaterieller Schaden entstanden. Sie leidet seither unter Anfällen von Aggressivität und Zerstörungswut.

OVG Niedersachsen, Anerkenntnisurt. v. 12.01.2010 – 20 LD 13/07, DVBl. 2010, 324 E 2241

1.500,00 € (Vorstellung: 1.500,00 €)

Sexuelle Handlungen eines Lehrers mit einer minderjährigen Schülerin

Ein Lehrer begann und unterhielt während seiner Abordnung an die Haupt- und Realschule mit Orientierungsstufe mit der von ihm damals unterrichteten minderjährigen Schülerin ein sexuell geprägtes Verhältnis, das er auch nach dem Ende seiner Abordnung fortsetzte.

Er wurde wegen sexuellen Missbrauchs von Schutzbefohlenen in Tateinheit mit sexuellem Missbrauch von Jugendlichen in zwölf Fällen sowie des sexuellen Missbrauchs von Jugendlichen in weiteren vier Fällen für schuldig befunden und zu einer Gesamtfreiheitsstrafe von 11 Monaten verurteilt, deren Vollstreckung zur Bewährung ausgesetzt wurde. Den im Adhäsionsverfahren geltend gemachten Schmerzensgeldantrag der Schülerin erkannte er an.

LG Flensburg, Urt. v. 07.05.1992 – 2 O 21/92, VersR 1993, 979[155] E 2242

2.500,00 € (Vorstellung: 12.500,00 €)

Vergewaltigung eines 16 1/2 Jahre alten Mädchens

Zur Bemessung des Schmerzensgeldes führt das LG aus: »Die Klägerin hat durch die gegen sie verübte Tat nicht unerhebliche seelische Schmerzen davongetragen. Schon ein erzwungener Geschlechtsverkehr an sich trifft eine Frau schwer und kann zu psychischen Beeinträchtigungen führen.« Im vorliegenden Fall kommt hinzu, dass die Klägerin sich noch voll in einer pubertären Entwicklungsphase befunden hatte, in der junge Menschen auch in geschlechtlicher Hinsicht noch »zu sich selbst« finden müssen. Darüber hinaus war auch die besonders brutale Art des Vorgehens des Beklagten, der die Klägerin nicht nur in ihrer Geschlechtsehre entwürdigend getroffen hat, sondern sie auch noch – aus ihrer Sicht – in Todesangst versetzte, zu berücksichtigen.

Bei der Bemessung des Schmerzensgeldes wegen einer Vergewaltigung ist zu berücksichtigen, dass der Täter strafgerichtlich verurteilt wurde und einen erheblichen Teil der Freiheitsstrafe verbüßte.

▶ Hinweis:

An dieser Entscheidung ist alles falsch. Es beginnt damit, dass das LG Flensburg bei der Bemessung des Schmerzensgeldes berücksichtigt haben will, dass das Opfer der Vergewaltigung erst 16 1/2 Jahre alt war, sich noch voll in der pubertären Entwicklung befunden hat, das Vorgehen des Täters besonders brutal war, das Opfer in Todesangst versetzt wurde, im Ermittlungsverfahren wiederholt mit dem Geschehen konfrontiert wurde, dieses noch nicht voll verarbeitet hat und deshalb statt der geforderten 12.500,00 € ein Schmerzensgeld i. H. v. 2.500,00 € erhielt. Dabei hielt das LG der Klägerin noch vor, sie habe nicht substanziiert vorgetragen, »dass sie über das in solchen Fällen – leider – übliche Maß an psychischer Beeinträchtigung hinaus Dauerschäden behalten habe«. Der Vortrag der Klägerin, die Folgen der Tat seien »katastrophal« und »sie habe sie noch nicht verarbeitet« reichte dem LG nicht aus. Kein Wunder, dass das LG dann auch noch die strafrechtliche Verurteilung des Täters i. R. d. Genugtuungsfunktion unter Berufung auf durchweg mehr als 15 Jahre zurückliegende Rechtsprechung und, wie sich aus dieser Entscheidung ergibt,

Besondere Verletzungen

155 OLG Köln, Urt. v. 26.01.2011 – 5 U 81/10, NJW-RR 2011, 1319.Eine ältere, aber wichtige Entscheidung.

in Kenntnis der neueren Rechtsprechung des BGH und der Instanzgerichte zugunsten des Täters berücksichtigte.

E 2243 **BGH, Beschl. v. 16.09.2009 – 2 StR 311/09, NStZ-RR 2010, 23**

2.500,00 €

Vergewaltigung

Der BGH hat die Entscheidung des LG bestätigt, das den Angeklagten wegen Vergewaltigung unter Einbeziehung anderer Strafen zu einer Gesamtfreiheitsstrafe von 4 Jahren und 6 Monaten dazu verurteilt hat, an die Nebenklägerin ein Schmerzensgeld i. H. v. 2.500,00 € zu zahlen. Der Adhäsionsantrag i. Ü. wurde zurückgewiesen. Die Umstände der Tat werden in der Entscheidung nicht mitgeteilt.

E 2244 **BGH, Urt. v. 02.02.2006 – 4 StR 570/05, NJW 2006, 1890 = NStZ 2006, 394**

3.000,00 €

Sexueller Missbrauch

Das LG hat den Angeklagten wegen schweren sexuellen Missbrauchs von Kindern in drei Fällen und wegen Sichverschaffens kinderpornographischer Schriften in Tateinheit mit sexuellem Missbrauch von Kindern in fünf Fällen zu einer Gesamtfreiheitsstrafe von 3 Jahren und 6 Monaten verurteilt. Ferner hat es den Angeklagten zur Zahlung eines Schmerzensgeldes i. H. v. 3.000,00 € an den Nebenkläger verurteilt.

Der BGH hat das Urteil teilweise aufgehoben.

Der Adhäsionsausspruch hat Bestand, weil der Angeklagte in der Hauptverhandlung den vom Nebenkläger geltend gemachten Schmerzensgeldanspruch i. H. v. 3.000,00 € anerkannt (§ 406 Abs. 2 StPO) und die Wirksamkeit des Anerkenntnisses auch nicht infrage gestellt hat. Zudem hatte der Nebenkläger auf die Geltendmachung seiner darüber hinausgehenden Ansprüche gegen den Angeklagten verzichtet.

E 2245 **LG Paderborn, Urt. v. 08.02.2012 – 3 O 83/10, unveröffentlicht**

3.000,00 €

Versuchte Vergewaltigung – sexuelle Nötigung

Der Kläger bedrängte die Klägerin auf dem Nachhauseweg von einer Diskothek und versuchte, sie gegen deren Willen zu küssen. Er drückte sie gegen die Wand einer Lagerhalle, öffnete seine Hose, aus der er seinen erigierten Penis herausholte und fasste mit der Hand in die Hose der Klägerin, die sich dagegen heftig zur Wehr setzte. Er manipulierte sodann im Schambereich der Klägerin und führte einen Finger in deren Scheide ein. Nachdem er von der Klägerin Oralverkehr verlangt hatte, trat diese ihm schmerzhaft gegen die Genitalien, wodurch es ihr gelang, sich zu befreien.

E 2246 **OLG Düsseldorf, Urt. v. 27.07.2004 – I-14 U 24/04, NJW 2004, 3640 = MDR 2005, 147**

4.000,00 €

Unterlassene Hilfeleistung bei Vergewaltigung

Die Klägerin wurde von zwei Männern vergewaltigt, während drei weitere Männer dagegen nicht einschritten, obwohl ihnen dies möglich und zumutbar gewesen wäre. Diese wurden wegen unterlassener Hilfeleistung gesamtschuldnerisch verurteilt. Einer der Täter wurde zur

Zahlung eines Schmerzensgeldes von 8.000,00 € verurteilt, wobei der Senat davon ausgeht, dass auch insoweit eine Gesamtschuld besteht.

OLG Hamm, Beschl. v. 03.05.2012 – 9 U 182/11, unveröffentlicht E 2247

4.000,00 €

Sexueller Missbrauch

Der Beklagte wurde wegen eines nicht näher beschriebenen sexuellen Missbrauchs des Klägers verurteilt. Zu dem sexuellen Missbrauch kam es in Zusammenhang mit einem Spiel, bei dem Bekleidungsstücke abgelegt wurden.

KG, Urt. v. 13.04.1995 – 11 U 663/95, KGR 1995, 148[156] E 2248

5.000,00 €

Versuchte Vergewaltigung und vorsätzliche Körperverletzung eines 16 Jahre alten Mädchens

Der Beklagte ist durch rechtskräftiges Urteil wegen versuchter Vergewaltigung in Tateinheit mit vorsätzlicher Körperverletzung zu einer Freiheitsstrafe von einem Jahr und 6 Monaten verurteilt worden, deren Vollstreckung das Gericht für 3 Jahre zur Bewährung ausgesetzt hat.

Bei der Bemessung des Schmerzensgeldes ist hinsichtlich der Ausgleichsfunktion in erster Linie auf das Ausmaß der erlittenen Beeinträchtigung abzustellen. Vorliegend hat der damals 30 Jahre alte Beklagte der zur Tatzeit erst 16 Jahre alten Klägerin mehrere Schläge mit der flachen Hand in das Gesicht versetzt, um sie gefügig zu machen. Auf das Flehen der Klägerin, er möge sie nicht umbringen, hat er erklärt, er werde sie solange schlagen, bis sie still sei, um anschließend den Geschlechtsverkehr mit ihr auszuführen. Es ist dabei nicht dem Beklagten zugutezuhalten, dass es nicht zu einer vollendeten Vergewaltigung gekommen ist. Denn er hat nicht etwa ein Einsehen mit der völlig verängstigten Klägerin gehabt und freiwillig von ihr abgelassen. Vielmehr ist ihr in einem günstigen Moment die Flucht gelungen, nachdem sie dem Beklagten Reizgas in das Gesicht gesprüht hatte. Auch die Folgen des Sturzes der Klägerin auf ihrer Flucht aus dem dritten Stock sind dem Beklagten entgegen seiner Auffassung zuzurechnen. Denn er allein hat die Ursache gesetzt, die die Klägerin zu dieser Reaktion veranlasst hat. Der Sturz hat mit Sicherheit – wenn auch nur für Bruchteile von Sekunden – weitere Todesängste bei der Klägerin ausgelöst. Außerdem hat sie dadurch erhebliche Verletzungen erlitten, wobei die Verletzungen im Bereich der Wirbelsäule besonders schwer wiegen. Immerhin waren eine 2-tägige intensivmedizinische Behandlung sowie eine anschließende 2-wöchige Nachsorge in der Traumatologie erforderlich.

Zu diesen körperlichen Folgen kommen die seelischen Beeinträchtigungen hinzu, die die Klägerin erduldet hat, wie Angstzustände, Aggressionen und freiwillige Isolation als Folgeerscheinung.

Der Senat hatte nur über ein PKH-Gesuch des Beklagten zu entscheiden. Das Schmerzensgeld liegt nach Auffassung des Senats auch unter Berücksichtigung der schlechten wirtschaftlichen Verhältnisse des Beklagten eher im unteren Bereich dessen, was das Opfer eines Sexualdelikts regelmäßig an Genugtuung und Ausgleich erwarten kann.

156 BGH, Urt. v. 29.03.2011 – VI ZR 117/10, NJW 2011, 1815.Eine ältere, aber für die Entwicklung des Schmerzensgeldes wichtige Entscheidung.

E 2249 **BGH, Urt. v. 08.02.2004 – 2 StR 462/03, NStZ 2004, 630**

5.000,00 €

Sexuelle Handlungen eines Arztes an Patientinnen

Als außerplanmäßiger Professor an einer Universitätsklinik verging sich der Angeklagte an vier Patientinnen, indem er im Rahmen neurologischer Untersuchungen sexuelle Handlungen an ihnen vornahm, insb. Untersuchungshandlungen an den Brüsten und im Genitalbereich vortäuschte, die z. T. mit einer Stimmgabel, z. T. mit den Fingern durchgeführt wurden. Er wurde zu einer Gesamtfreiheitsstrafe von 3 Jahren und zur Zahlung von 5.000,00 € Schmerzensgeld an eine Nebenklägerin verurteilt.

E 2250 **OLG Jena, Urt. v. 05.04.2005 – 1 Ws 109/05, JurBüro 2005, 479**

5.000,00 €

Sexueller Missbrauch an Kindern

Die Strafkammer des LG verurteilte den Angeklagten wegen sexuellen Missbrauchs von Kindern in vier Fällen, davon in einem Fall in Tateinheit mit sexueller Nötigung, wegen Vergewaltigung und wegen sexuellem Missbrauchs von Schutzbefohlenen in je einem Fall zu einer Freiheitsstrafe von 7 Jahren und 6 Monaten und im Adhäsionsverfahren zur Zahlung eines Schmerzensgeldes an die Nebenklägerin i. H. v. 5.000,00 € nebst Zinsen.

E 2251 **OLG Bamberg, Beschl. v. 08.08.2007 – 4 W 42/07, VersR 2008, 986**

5.000,00 € (Vorstellung: 5.000,00 €)

Wiederholte Vergewaltigung der ehemaligen Ehefrau

Der Antragsteller begehrt PKH zur Verteidigung gegen eine Klage seiner (ehemaligen) Ehefrau, die ihn wegen Vergewaltigung in zwei Fällen auf Zahlung eines angemessenen Schmerzensgeldes i. H. v. mindestens 5.000,00 € in Anspruch nimmt. Auch unter dem Gesichtspunkt der Höhe des Schmerzensgeldes wurde der Antrag zurückgewiesen, weil der von der Klägerin beanspruchte Mindestbetrag von 5.000,00 € schon im Hinblick darauf, dass eine wiederholte Vergewaltigung im Raum steht, im unteren Bereich der Bemessungsskala liege.

E 2252 **OLG Brandenburg, Urt. v. 03.11.2008 – 1 Ws 205/08, unveröffentlicht**

5.000,00 €

Vergewaltigung

Der Angeklagte wurde wegen Vergewaltigung zu einer Freiheitsstrafe von 6 Jahren und 6 Monaten sowie zur Zahlung von Schmerzensgeld i. H. v. 5.000,00 € verurteilt.

E 2253 **BGH, Urt. v. 28.10.2009 – 5 StR 419/09, NStZ 2010, 290 und NStZ 2010, 100**

5.000,00 €

Vergewaltigung in zwei Fällen

Das LG hat den Angeklagten wegen Vergewaltigung in zwei Fällen, davon in einem Fall in Tateinheit mit vorsätzlicher Körperverletzung, zu einer Gesamtfreiheitsstrafe von 4 Jahren verurteilt. Ferner hat es ihn zur Zahlung eines Schmerzensgeldes an die Nebenklägerin i. H. v. 5.000,00 € verurteilt.

Das Urteil wurde auf die Revision des Angeklagten aufgehoben.

BGH, Beschl. v. 03.11.2011 – 3 StR 267/11, NStZ-RR 2012, 43 = StV 2012, 151 E 2254

5.000,00

Sexueller Missbrauch und Vergewaltigung

Der Angeklagte wurde wegen schweren sexuellen Missbrauchs und Vergewaltigung eines Kindes zu einer Freiheitsstrafe von 3 Jahren verurteilt. Zugunsten des Angeklagten wurde berücksichtigt, dass er geständig war und dem Kind die Aussage vor Gericht erspart hatte und dass er sich entschuldigt und ungeachtet seiner finanziellen Verhältnisse zur Zahlung eines Schmerzensgeldes in Höhe von 5.000,00 € verpflichtet hatte. Bei der Entscheidung über seine Revision hatte er noch keine Zahlungen auf das Schmerzensgeld geleistet.

Der Senat sah den Betrag als an der unteren Grenze des Vertretbaren liegend an.

BGH, Beschl. v. 07.02.2012 – 4 StR 552/11, unveröffentlicht E 2255

5.000,00 €

Vergewaltigung in Tateinheit mit Körperverletzung

Der Angeklagte wurde wegen Vergewaltigung in Tateinheit mit Körperverletzung zu einer Freiheitsstrafe von 2 Jahren und 6 Monaten verurteilt. Im Adhäsionsverfahren wurde dem Opfer ein Schmerzensgeld in Höhe von 5.000,00 € zugebilligt.

BGH, Beschl. v. 09.09.2008 – 1 StR 449/08, StraFo 2008, 505 E 2256

6.000,00 €

Sexueller Missbrauch und versuchte Vergewaltigung Minderjähriger

Der Angeklagte wurde wegen einer Reihe schwerwiegender Sexualdelikte zum Nachteil von Kindern (Strafe wegen schweren sexuellen Missbrauchs von Kindern zweimal je 4 Jahre) oder Jugendlichen (Strafe für drei versuchte Vergewaltigungen eines Jugendlichen jeweils 3 Jahre) zu 7 Jahren Gesamtfreiheitsstrafe verurteilt. Die Anordnung von Sicherungsverwahrung blieb vorbehalten (§ 66a StGB). Außerdem wurde der Angeklagte verurteilt, dem Nebenkläger, dem Opfer der Vergewaltigungsversuche, 6.000,00 € Schmerzensgeld zu zahlen.

BGH, Beschl. v. 23.05.2012 – 5 StR 174/12, NStZ-RR 2012, 353 = StV 2012, 582 = StraFo 2012, 268 E 2257

6.000,00 €

Vergewaltigung vaginal und anal

Der 65 Jahre alte Angeklagte, der mit der Nebenklägerin vor und nach der Tat zusammen wohnte, vergewaltigte die 58 Jahre alte Nebenklägerin vaginal und anal. Auch nach den Taten kam es gelegentlich zum einvernehmlichen Geschlechtsverkehr. Die Beteiligten schlossen zum Schmerzensgeld einen Vergleich über 6.000,00 €. Der Angeklagte zahlte bisher 1.000,00 € an die Nebenklägerin.

OLG Brandenburg, Beschl. v. 20.12.2006 – 11 W 56/06, unveröffentlicht E 2258

7.000,00 €

Sexueller Missbrauch

Die Klägerinnen nehmen den Beklagten mit der Behauptung in Anspruch, dass er an ihnen 15 Monate mehrfach sexuelle Handlungen vorgenommen und sie mehrfach pornografisch fotografiert habe. Dadurch hätten sie eine Reifeverzögerung von einem Jahr erlitten. Der

Beklagte wurde inzwischen zu einer Freiheitsstrafe von 3 Jahren und 6 Monaten rechtskräftig verurteilt. Sein Antrag, ihm zur Abwehr der Schmerzensgeldklage PKH zu bewilligen, wurde zurückgewiesen.

E 2259 **OLG Hamm, Beschl. v. 27.05.2008 – 9 W 11/08, NJW-RR 2009, 959**

7.500,00 € (Vorstellung: 7.500,00 €)

Inzest mit geistig behinderter Frau – Schwangerschaft

Die Klägerin wurde durch ihren Vater sexuell missbraucht und wurde schwanger.

Im PKH-Verfahren macht der Antragsteller geltend, dass die Klägerin weder die Verletzung ihres Rechts auf sexuelle Selbstbestimmung noch die Austragung des dabei gezeugten Kindes als solche verstandesmäßig überhaupt wahrgenommen hat, und aus dem Erhalt eines Schmerzensgeldes keine Genugtuung empfinden kann.

Dem Antragsteller wurde PKH verweigert, weil der Klägerin ein immaterieller Schaden entstanden sei, der einen Ausgleich erfordere. Ungeachtet ihrer massiven geistigen Behinderung sei die Klägerin Trägerin des aus ihrer Menschenwürde begründeten Selbstbestimmungsrechts jedenfalls soweit geblieben, dass sie trotz ihrer Widerstandsunfähigkeit nicht als Objekt für sexuelle, noch weniger für inzestuöse Übergriffe zur Verfügung gestanden habe. Die durch den sexuellen Missbrauch unmittelbar zugefügte Einbuße an personaler Würde stelle schon für sich einen auszugleichenden immateriellen Schaden dar, unabhängig davon, ob sie die Beeinträchtigung so empfunden habe.

Die allgemeinen körperlichen Beschwerlichkeiten einer Schwangerschaft habe die Klägerin ebenfalls empfunden. Auch die in Vollnarkose durchgeführte Schnittentbindung sei körperlich belastend und jedenfalls nach dem Ende der Betäubung eine Zeit lang schmerzhaft.

Eine Kompensation sei nicht deshalb sinnentleert, weil die Klägerin deren Bedeutung nicht erfassen würde. Es sei ihrer Betreuerin möglich, der Klägerin, die nicht empfindungsunfähig ist, mit dem Schmerzensgeld Annehmlichkeiten und so ein Mehr an Lebensfreude zu verschaffen, die ihr in dem gewöhnlichen Lebensablauf im Pflegeheim sonst nicht zur Verfügung stünden und die zumindest die körperlichen Beschwerden von Schwangerschaft und Entbindung ausgleichen könnten.

E 2260 **LG Osnabrück, Urt. v. 07.02.2011 – 12 O 2381/10, unveröffentlicht**

7.500,00 € (Vorstellung: 10.000,00 €)

Sexueller Missbrauch

Der heute 34 Jahre alte Kläger begehrt Schmerzensgeld vom heute 73 Jahre alten Nachbarn seiner Großeltern, der ihn 1988 – 1990 sexuell missbraucht hat. Die Einzelheiten des sexuellen Missbrauchs sind teilweise unstreitig. Bis zu einer Familienfeier im Jahr 2005 habe er das Geschehen vollständig verdrängt. Bei dieser Feier habe ihm seine Schwester offenbart, von dem Beklagten missbraucht worden zu sein, wodurch bei ihm alles wieder hochgekommen sei.

Der Kläger hat bewiesen, dass er vom Eintritt der Volljährigkeit an bis zum Jahr 2005 das Geschehen verdrängt hat, und daher in diesem Zeitraum keine Kenntnis von der Person des Schädigers und den anspruchsbegründenden Umständen hatte.

Dass der Kläger noch heute unter den Folgen der Taten leidet, ist durch ein Sachverständigengutachten bewiesen. Der Sachverständige hat festgestellt, dass der Kläger unter einer posttraumatischen Belastungsstörung nach ICD 10 leidet. Er leidet unter intrusiven Erinnerungen und zeigt ein deutliches Vermeidungsverhalten.

Diese Folgen des Missbrauchs, die Ausführung der Taten, der Umstand, dass der Beklagte ausnutzte, ein Freund der Familie zu sein, sowie das Alter des Klägers bei der Begehung der Taten waren bei der Bemessung der Höhe des Schmerzensgeldes zu berücksichtigen. Das Gericht hat auch berücksichtigt, dass die Taten bereits lange zurückliegen, und der Beklagte die Taten als solche nicht bestreitet.

BGH, Urt. v. 15.12.2005 – 4 StR 314/05, NStZ 2006, 274 = SVR 2006, 349 E 2261

8.000,00 €

Sexueller Missbrauch

Das LG hat den Angeklagten nach § 177 Abs. 1 Nr. 2 StGB verurteilt, weil dieser den Kläger durch Drohung mit gegenwärtiger Gefahr für Leib oder Leben genötigt hat, sexuelle Handlungen zu dulden. Der Beklagte wurde zu einer Freiheitsstrafe von 3 Jahren sowie zur Zahlung eines Schmerzensgeldes i. H. v. 8.000,00 € an den Nebenkläger verurteilt.

Das LG hat nicht strafverschärfend berücksichtigt, dass der Angeklagte mit dem Tatopfer den ungeschützten Oral- bzw. Analverkehr vollzogen hat. Zwar kann auch dann, wenn es bei einem solchen Verkehr – wie hier – nicht zum Samenerguss gekommen ist, die ungeschützte Vornahme solcher sexuellen Handlungen grds. strafverschärfend berücksichtigt werden, wobei sich erschwerend insb. der Umstand auswirkt, dass eine solche Tatausführung mit der erhöhten Gefahr einer Infektion verbunden sein kann (vgl. BGHR StGB § 177 Abs. 1 Strafzumessung 14). Das LG hat die Infektionsgefahr deshalb nicht strafverschärfend berücksichtigt, weil hier keine konkreten Anhaltspunkte dafür bestanden, »dass der Angeklagte tatsächlich unter irgendeiner ansteckenden (Geschlechts-) Krankheit leidet«. Diese Wertung ist rechtlich nicht zu beanstanden.

LG Arnsberg, Urt. v. 21.07.2009 – 2 KLs 292 Js 165/06, unveröffentlicht E 2262

8.000,00 €

Vergewaltigung

Der Täter wurde wegen Vergewaltigung in Tateinheit mit gefährlicher Körperverletzung zu einer Freiheitsstrafe von 2 Jahren verurteilt, die zur Bewährung ausgesetzt wurde. Er hatte die Verletzte am Hals gewürgt und so ihrem Widerstand gebrochen. Er zahlte zur Wiedergutmachung vor der Hauptverhandlung einen Schmerzensgeldbetrag i. H. v. 8.000,00 €, was strafmildernd berücksichtigt wurde.

LG Oldenburg, Urt. v. 22.07.2002 – 5 O 278/02, unveröffentlicht E 2263

10.000,00 € (Vorstellung: 10.000,00 €)

Vergewaltigung einer 17 Jahre alten Frau

Die 17 Jahre alte Klägerin wurde von dem Beklagten vergewaltigt. Er hatte sie, die seit mehreren Jahren regelmäßig auf dem Ponyhof des Beklagten die Pferde reiten und versorgen durfte, schon zuvor – wie andere junge Mädchen auch – mehrfach zwischen den Beinen und am Busen angefasst. Er lockte sie in sein Auto und fuhr mit ihr in ein Waldstück. Dort verriegelte er nach dem Anhalten die Autotüren, zog ihr gegen ihren Widerstand die Hose aus und vollzog auf dem Beifahrersitz, obwohl sie weiter Widerstand leistete, gegen ihren Willen den Geschlechtsverkehr. Anschließend verbot er ihr, etwas über den Vorfall zu erzählen. Noch am gleichen Tag wollte er die Klägerin veranlassen, ein Schriftstück zu unterschreiben, nach dem sie den Geschlechtsverkehr mit ihm freiwillig ausgeübt habe.

Neben den ganz unmittelbaren Folgen einer Vergewaltigung, den Schmerzen, der Demütigung und der Scham, die die Klägerin erlitten hat, hat sie auch erhebliche psychische Schäden davongetragen, deretwegen sie sich nach wie vor in ärztlicher Behandlung befindet. Die Verarbeitung des traumatischen Erlebnisses ist äußerst schwierig und noch nicht abgeschlossen. Daneben ist auch das Nachtatverhalten des Beklagten Schmerzensgeld erhöhend zu berücksichtigen.

E 2264 **BGH, Urt. v. 21.12.2005 – 2 StR 245/05, BGHR StGB § 177 Abs. 1 Schutzlose Lage 10**

10.000,00 €

Sexueller Missbrauch von Kindern

Das LG hat den Angeklagten wegen Vergewaltigung in Tateinheit mit schwerem sexuellen Missbrauch von Kindern und mit sexuellem Missbrauch von Schutzbefohlenen in sechs Fällen, schwerem sexuellen Missbrauch von Kindern in Tateinheit mit sexuellem Missbrauch von Schutzbefohlenen in einem Fall und Körperverletzung zu einer Gesamtfreiheitsstrafe von 6 Jahren verurteilt und im Adhäsionsverfahren ein Schmerzensgeld i. H. v. 10.000,00 € für die Nebenklägerin festgesetzt. Die Nebenklägerin ist die im Zeitpunkt der Taten 8 – 11 Jahre alte Stieftochter des Angeklagten.

E 2265 **LG Düsseldorf, 20.03.2002 – 10 O 315/99, unveröffentlicht**

12.500,00 €

»Mittelschwere« Vergewaltigung

Die Klägerin, eine 20 Jahre alte Türkin, wurde von ihrem Adoptivbruder vergewaltigt. Sie war im Zeitpunkt der Tat mit dem Bruder des Täters nach türkischem Recht verheiratet und noch Jungfrau. Die psychische Belastung war für die Klägerin enorm, insb. litt sie unter der unterschiedlichen Beurteilung der Vorgänge im Familienverband.

Die Klägerin war bis zum Tatzeitpunkt ein lebensfrohes und mitteilsames Mädchen, das sich jedoch nach der Tat zusehends veränderte. Sie aß nur noch wenig und magerte ab. Ihr war im Bewusstsein der Tat häufig so übel, dass sie sich erbrechen musste. Sie duschte drei – fünfmal am Tag in dem Bestreben, sich rein zu waschen. Sie weinte oft, verschloss sich ggü. ihren Eltern und brach den Kontakt zu Freunden ab, denen sie schlecht gelaunt, blass und krank erschien. Sie blieb des Öfteren dem Unterricht in der Fachoberschule für Sozialpädagogik fern und brach diese Ausbildung ab, die sie nach dem Realschulabschluss begonnen hatte. Die Mutter bemerkte diese Veränderungen. Auf ihre Frage, was mir ihr los sei, erwiderte die Klägerin stets, sie fühle sich dreckig. Sie habe ein Problem, mit dem sie allein fertig werden müsse.

E 2266 **KG, Urt. v. 16.07.2004 – 21 U 274/01, KGR 2004, 550**

12.500,00 €

Vergewaltigung eines 16 Jahre alten Mädchens mit Bedrohung

Bemessungsgrundlage waren dabei aufseiten der Klägerin einerseits die Tatumstände (Alter zur Tatzeit: 16 Jahre; die Anwesenheit zweier gleichaltriger Begleiter während der Tat; die – ggf. vermeintliche – Lebensbedrohung mit einer Waffe; der Vollzug von Anal- und Vaginalverkehr, der den ersten sexuellen Kontakt der Klägerin darstellte) und andererseits die Tatfolgen (Alpträume, Aggressionszustände, Konzentrationsschwierigkeiten, anfangs auftretendes Erbrechen) sowie aufseiten des Beklagten seine zum Ausdruck gebrachte Reue und sein im Strafverfahren abgelegtes Geständnis.

Das Gericht, das nur über die Berufung der Beklagten zu entscheiden hatte, hielt eine nähere Substanziierung zu den Tatfolgen durch die Klägerin und/oder eine entsprechende Beweisaufnahme nicht für erforderlich, denn »die Tatfolgen sind die regelmäßigen Folgen einer Vergewaltigung, wie sie hier vom Beklagten begangen wurde. Nur wenn das zugesprochene

Schmerzensgeld den Wert übersteigen würde, der für das Erleiden vergleichbarer Vergewaltigungen regelmäßig zugesprochen wird, müssten besondere Folgen der Tat vorher dargelegt und bewiesen werden. Das ist hier nicht der Fall, wie die Heranziehung der neueren Rechtsprechung zeigt, die Beträge zumeist über 25.000,00 DM für vergleichbare Fälle als angemessen betrachtet.«

OLG Schleswig, Urt. v. 20.12.2012 – 16 U 108/11, SchlHA 2013, 274 E 2267

15.000,00 € (Vorstellung:)

Sexueller Missbrauch zwischen dem 6. und 12. Lebensjahr eines Mädchens

Der Beklagte missbrauchte die Klägerin zwischen dem 6. und 12. Lebensjahr sexuell, ohne dass der Senat die Einzelheiten schildert. Die Klägerin leidet unter einer posttraumatischen Belastungsstörung, wodurch ihr weitgehend Lebensfreude genommen wurde.

Der Senat hat die Schmerzensgeldansprüche der Klägerin nicht als verjährt angesehen, weil sie aus psychotherapeutischer Sicht nicht in der Lage gewesen sei, gegen den Beklagten wegen der Missbrauchsfälle rechtliche Schritte einzuleiten. Niemand aus der Familie, dem sie die Missbrauchsfälle geschildert habe, habe ihr geglaubt oder gar ermutigt, gegen den Beklagten vorzugehen.

LG Bonn, Urteil Anfang 2007 – Aktenzeichen unbekannt, zitiert nach Kölner Stadtanzeiger v. 01.02.2007 E 2268

20.000,00 €

7 Std. Vergewaltigung durch acht Mittäter

Die 20 Jahre alte Klägerin im Adhäsionsverfahren wurde im Mai 2006 durch die acht Angeklagten 7 Std. lang vergewaltigt, geschlagen, getreten und mit dem Tod bedroht. Drei Angeklagte wurden wegen schwerer Vergewaltigung und gefährlicher Körperverletzung zu 11 Jahren Freiheitsstrafe verurteilt. Ferner wurden die acht Angeklagten verurteilt, der Klägerin alle aus der Vergewaltigung resultierenden Folgeschäden und ein Schmerzensgeld i. H. v. 20.000,00 € zu zahlen.

Anm.: Das bedeutet, dass die Angeklagten als Gesamtschuldner verurteilt sind. Im Innenverhältnis entfallen auf jeden Täter rein rechnerisch 2.500,00 €, ein Ergebnis, das für sich selbst spricht. In der Literatur wird vertreten, dass die Täter in solchen Vergewaltigungsfällen zur Zahlung von mehreren 100.000,00 € Schmerzensgeld verurteilt werden müssten. Ob die Täter jemals überhaupt eine Zahlung leisten können und werden, ist natürlich sehr fraglich. Hätten sie einen materiellen Schaden i. H. v. mehreren Mio. € angerichtet, würde danach niemand fragen und das Urteil würde auf eine entsprechende Zahlung lauten.

OLG Zweibrücken, Beschl. v. 11.08.2009 – 4 W 54/09, MDR 2009, 1242 und OLG Zweibrücken, Urt. v. 01.07.2010 – 4 U 7/10, NJW-RR 2011, 496 = VRR 2010, 403 E 2269

20.000,00 €

Mehrfache Vergewaltigung

Mit der Behauptung, der Beklagte habe sie im Jahr 2004 mehrfach vergewaltigt und außerdem genötigt, für ihn der Prostitution nachzugehen, beansprucht die Klägerin die Zahlung eines angemessenen Schmerzensgeldes von wenigstens 20.000,00 €.

Der Beklagte wurde wegen Vergewaltigung in zwei Fällen und schweren Menschenhandels jeweils zum Nachteil der Klägerin (geahndet mit Einzelfreiheitsstrafen von zweimal 4 Jahren und 6 Monaten und von 3 Jahren) und wegen weiterer Straftaten zu einer Gesamtfreiheitsstrafe von 9 Jahren und 10 Monaten verurteilt worden; zudem hat die Strafkammer seine Unterbringung in der Sicherungsverwahrung angeordnet. Dieses Urteil ist rechtskräftig. Seine Rechtsverteidigung wurde auch bzgl. der Höhe des geforderten Schmerzensgeldes als nicht Erfolg versprechend angesehen, weil der geltend gemachte Betrag unter Berücksichtigung der im Strafurteil getroffenen Feststellungen zu Art und Weise der Tatbegehung sowie zu den Begleitumständen nicht von vornherein übersetzt erschien.

Durch das Urteil des OLG Zweibrücken wurde das erstinstanzliche Urteil des LG Frankenthal vom 09.12.2009 – 4 O 312/07 – bestätigt.

E 2270 **BGH, Urt. v. 07.12.2010 – 5 StR 487/10, unveröffentlicht**

<u>20.000,00 €</u>

Sexueller Missbrauch einer Schutzbefohlenen

Das LG hat den Angeklagten wegen sexuellen Missbrauchs einer Schutzbefohlenen in 20 Fällen, neunmal tateinheitlich mit schwerem sexuellem Missbrauch eines Kindes (insoweit – als Einsatzstrafen – Einzelfreiheitsstrafen von jeweils 1 Jahr und 3 Monaten), einmal tateinheitlich mit sexuellem Missbrauch eines Kindes, zu einer Gesamtfreiheitsstrafe von zwei Jahren bei Strafaussetzung zur Bewährung verurteilt. Die Taten lagen zwischen 2001 und 2008. Opfer war die 1992 geborenen leibliche Tochter des Angeklagten. In den massivsten Fällen hatte der Angeklagte die Nebenklägerin am Unterleib gestreichelt und war mit einem Finger in ihre Scheide eingedrungen.

Der Angeklagte hat ggü. der Nebenklägerin die Zahlung eines Schmerzensgeldes von 20.000,00 € anerkannt.

E 2271 **OLG Saarbrücken, Urt. v. 01.07.2008 – 4 U 392/07, OLGR 2009, 51**

<u>25.000,00 €</u> (Vorstellung: 40.000,00 €)

Vergewaltigung – Fesselung – Körperverletzung

Die Klägerin wurde vom Beklagten gefesselt, mit einem Messer bedroht und verletzt. Sie erlitt einen Flankenstich von 7 – 8 cm Tiefe in den Rücken und einen oberflächlichen Stich in den Unterbauch. Danach wurde sie vom Beklagten vergewaltigt. Dieser wurde zu einer Freiheitsstrafe von 5 Jahren und 3 Monaten verurteilt.

Auf seine Berufung hat das OLG das Urteil des LG abgeändert und das Schmerzensgeld von 30.000,00 € auf 25.000,00 € herabgesetzt. Für die Bemessung des Schmerzensgeldes seien die Stichverletzungen der Klägerin maßgeblich, die im Vordergrund stünden. Desgleichen war die Vergewaltigung der Klägerin zu berücksichtigen, die die Klägerin deshalb als besonders erniedrigend empfinden musste, weil der Beklagte sie zuvor durch Bedrohung von Leib und Leben zum Beischlaf bestimmen wollte. Auch der Umstand, dass der Beklagte die freie Willensbestimmung der Klägerin durch eine schmerzhafte Fesselung überwinden wollte, fällt bei der Bemessung des Schmerzensgeldes ins Gewicht. Sodann litt die Klägerin nach dem Tatgeschehen unter psychischen Beeinträchtigungen, die jedenfalls für 5 Monate eine psychotherapeutische Behandlung erforderlich werden ließen. Schließlich verlangt die Genugtuungsfunktion im vorliegenden Fall die Zuerkennung eines empfindlichen Schmerzensgeldes. Andererseits ist in die Schmerzensgeldbemessung einzubeziehen, dass beide Parteien zum Tatzeitpunkt erheblich alkoholisiert waren und sich die Klägerin aus freier Entscheidung in eine für sie erkennbar verfängliche Situation begab, die – ohne dass dies der Klägerin zum Vorwurf gemacht werden kann – für sie nicht mehr beherrschbar eskalierte.

OLG Köln, Beschl. v. 30.09.2002 – 19 W 38/02, VersR 2003, 652 = NJW-RR 2003, 743[157] E 2272

30.000,00 €

Vergewaltigung einer Frau

Für den Klageantrag auf Zahlung von Schmerzensgeld genügt die Angabe einer Größenordnung. Der Kläger ist nicht verpflichtet, diese Größenordnung nach oben zu begrenzen. Bei der Bemessung von Schmerzensgeldern wegen einer brutalen Vergewaltigung ist ferner der in § 253 BGB n. F. zum Ausdruck gekommene Wertewandel bzgl. des Rechts auf sexuelle Selbstbestimmung zu berücksichtigen, um dem gewandelten Verständnis in der Bevölkerung vom Wert des allgemeinen Persönlichkeitsrechts besser Geltung verschaffen zu können.

OLG Stuttgart, Urt. v. 01.08.1997 – 2 U 75/97, NJW-RR 1998, 534[158] E 2273

Besondere Verletzungen

35.000,00 € (Vorstellung: 60.000,00 €)

Vergewaltigung eines 11 Jahre alten Mädchens mit schweren Folgen

Ein 11 Jahre altes Mädchen wurde von einem 2 m großen und 130 kg schweren Mann mit Tetrachlorkohlenwasserstoff betäubt und vergewaltigt. Es erlitt einen Damm- und einen Scheidenriss und – infolge der Betäubung – eine lebensbedrohliche Leberentzündung sowie Verätzungen am Hals, die erst nach einigen Monaten abheilten. Eine spätere Leberzirrhose kann nicht ausgeschlossen werden. Das Mädchen ist psychisch erheblich beeinträchtigt.

Das Gericht stellte trotz der Schwere des Falles darauf ab, dass in vergleichbaren Fällen nach der Tabelle auch nur Beträge von 12.500,00 € – 25.000,00 € zugesprochen worden sind und zudem die Vermögenslosigkeit des Beklagten als ermäßigender Umstand angesetzt werden kann.

LG Dresden, Urt. v. 07.04.2006 – 10 O 3131/05, unveröffentlicht E 2274

35.000,00 € (Vorstellung: mindestens 35.000,00 €)

Vergewaltigung in einem besonders schweren Fall

Der Beklagte wurde vom LG wegen besonders schwerer Vergewaltigung (§ 177 Abs. 4 StGB) in vier Fällen jeweils in Tateinheit mit gefährlicher Körperverletzung (§ 224 StGB) sowie wegen Vergewaltigung (§ 177 Abs. 1 und 2 StGB) in zwei Fällen jeweils in Tateinheit mit vorsätzlicher Körperverletzung zu einer Gesamtfreiheitsstrafe von 9 Jahren verurteilt.

Bemessungsgrundlage sind dabei das Alter der Klägerin zzt. der Taten, nämlich 18 bzw. 19 Jahre und der Umstand, dass die Taten vorsätzlich begangen wurden. Es kam zum brutalen schmerzhaften Vollzug von Analverkehr bzw. Vaginalverkehr – teilweise mit Fesselung der Klägerin und wiederholt zur Zufügung schmerzhaftester Nadelstiche im Genitalbereich und zur Verursachung von Schmerzen durch Tropfen heißen Wachses auf empfindsame intimste Körperstellen mit Hautrötungen sowie Verletzung der Vagina durch ein ca. 5 cm tief eingeführtes Steakmesser. Mehrfach wurde der Geschlechtsverkehr mit zusätzlich eingeführter Injektionskanüle mit an der Spitze 6 cm langer Nadel erzwungen. Als Tatfolgen bestehen Alpträume, Angst, abends das Haus alleine zu verlassen, die Sorge bei Fahrten in unbekannte

157 Etwa BGH, Beschl. v. 26.01.2010 – VI ZR 72/09, unveröffentlicht; ferner auch Vogeler, MedR 2011, 81.Eine ältere, aber wichtige Entscheidung.

158 BGH, Urt. v. 16.03.2010 – VI ZR 64/09, VersR 2010, 627; BGH, Urt. v. 26.03.2013 – VI ZR 109/12, EBE/BGH 2013, BGH-Ls 406/13.Eine ältere, aber wichtige Entscheidung.

Gegenden sogar in Begleitung des Lebensgefährten, Schwierigkeiten, die sexuelle Erlebnisfähigkeit wieder herzustellen und die Sorge um die Empfängnisfähigkeit.

Es bedarf vorliegend keiner näheren Substanziierung der o. g. Tatfolgen durch die Klägerin oder einer entsprechenden Beweisaufnahme. Denn die Tatfolgen sind die regelmäßigen Folgen von Vergewaltigungen, wie sie hier vom Beklagten begangen wurden. Nur wenn das zugesprochene Schmerzensgeld den Wert übersteigen würde, der für das Erleiden vergleichbarer Vergewaltigungen regelmäßig zugesprochen wird, müssten besondere Folgen der Tag vorher dargelegt und bewiesen werden (KG, Urt. v. 16.07.2004 – 21 U 274/01, KGR 2004, 550).

Diese Auffassung ist falsch. Die Klägerin hat einen Mindestbetrag genannt und nicht, wie das Gericht irrig ausführt, ein Schmerzensgeld i. H. v. 35.000,00 € beantragt. Diesen Mindestbetrag konnte und musste das Gericht überschreiten, wenn die Voraussetzungen – notfalls durch Beweisaufnahme – geklärt waren. Es hätte also Beweis erhoben werden müssen und das Schmerzensgeld hätte – wie es das Gericht auch für richtig hielt – deutlich höher ausfallen müssen.

E 2275 **OLG Hamm, Beschl. v. 29.12.2005 – 6 W 52/05, Streit 2006, 118**

38.000,00 €

Brutale Vergewaltigung

Der Beklagte wendet sich gegen das durch das LG durch Versäumnisurteil ausgeurteilte Schmerzensgeld und erstrebt PKH für eine Anfechtung des Urteils, soweit das Schmerzensgeld 3.000,00 € übersteigt. Das LG hat teilweise PKH bewilligt, soweit das Schmerzensgeld den Betrag von 23.000,00 € übersteigt. Die Beschwerde des Antragstellers hatte keinen Erfolg, weil es sich um eine brutale Vorsatztat handelte, die körperliche und psychische Schäden bei der Klägerin hervorgerufen hatte. Das Schmerzensgeld müsse mindestens 25.000,00 € betragen. Die Bestrafung des Beklagten mit 7 Jahren und 9 Monaten wegen Vergewaltigung in einem besonders schweren Fall spiele dabei keine Rolle.

E 2276 **LG Bielefeld, Urt. v. 14.09.2005 – 8 O 310/05, NJW-RR 2006, 746**

40.000,00 € (Vorstellung: mindestens 30.000,00 €)

Brutale mehrfache Vergewaltigung

Die 19 Jahre alte Klägerin wurde von zwei Jugendlichen mehrfach brutal anal und vaginal vergewaltigt. Im Tatgeschehen kam eine unbarmherzige, menschen- und insb. frauenverachtende Gesinnung der Täter zum Ausdruck. Die Klägerin wurde mehrfach in hochgradige Todesangst versetzt. Der Haupttäter wurde wegen Vergewaltigung von insgesamt drei Frauen zu einer Gesamtjugendstrafe von 8 Jahren verurteilt.

Die Klägerin leidet gravierend unter den psychischen Folgen der Tat. Nichts ist in der Familie mehr so wie früher. Sie lebt in ständiger Angst, kann nicht allein im Zimmer bleiben und ist nicht in der Lage, das Haus allein zu Fuß zu verlassen. Sie reagiert auf psychische Belastungen mit Erkrankungen. Mehrere Wochen konnte sie vor Angst nicht einschlafen und schlafen.

Das OLG Hamm, Beschl. v. 29.05.2005 – 6 U 143/05, hat den Antrag des Beklagten auf Bewilligung von PKH zurückgewiesen mit der Begründung, das Schmerzensgeld sei zwar hoch, bewege sich aber noch i. R. d. Ermessens.

LG Frankfurt am Main, Urt. v. 24.02.1998 – 2/26 O 564/96, NJW 1998, 2294[159] E 2277

50.000,00 € (Vorstellung: 7.500,00 €)

Brutale Vergewaltigung

Die Klägerin wurde vom Beklagten über 1/2 Jahr im Rahmen einer Beziehung mehrfach brutal anal, oral und vaginal vergewaltigt sowie gefesselt, geschlagen und gequält, u. a. mit »russischem Roulette« und dem Einführen von Spraydosen und Baseballschlägern in die Vagina. Sie wurde mit dem Baseballschläger geschlagen und mehrere Tage im Keller eingesperrt. Das Gericht würdigte das Genugtuungsbedürfnis, das mit strafrechtlicher Verurteilung nicht erfüllt sei; die grausame, sadistische und menschenverachtende Verhaltensweise habe zu erheblichen psychischen und körperlichen Dauerschäden (Narben) geführt. Zwar war die Geschädigte während der Misshandlungen freiwillig bei dem Beklagten geblieben, jedoch habe dieser auch keinerlei Reue gezeigt.

OLG Bremen, Beschl. v. 16.03.2012 – 3 U 6/12, VersR 2012, 1046 = NJW-RR 2012, 858 E 2278

50.000,00 € (Vorstellung: mindestens 50.000,00 € zuzüglich 250,00 € monatliche Rente)

Vergewaltigung anal – Tod nach 30 Minuten – vorsätzliche gefährliche Körperverletzung

Die Klägerin, die Mutter und Alleinerbin ihrer 28 Jahre alten Tochter, nimmt den Beklagten in Anspruch, der die Tochter misshandelt und gewürgt hat, so dass diese rd. 30 Minuten nach Beginn der Tat an den Verletzungen verstarb. Der Beklagte hat die Tochter über längere Zeit misshandelt und dabei mindestens 5 Minuten gewürgt. Er brachte ihr – wahrscheinlich mittels einer Flasche – eine schwere Afterverletzung bei, die zum Zerreißen des Schließmuskels führte und die sie mindestens 20 Minuten überlebt hat. Die Leiche wies zahlreiche Hämatome und Schürfwunden am ganzen Körper, insbesondere im Gesicht auf. Ferner wurden massive Einblutungen in die Zungenmuskulatur und den Gaumen wahrscheinlich durch Einführung eines Gegenstandes und eine Fraktur des Zungenbeins festgestellt.

Angesichts der Brutalität des Beklagten musste die Getötete davon ausgehen, dass der Beklagte sie auf jeden Fall töten würde, so dass sie in den letzten Minuten ihres Lebens nicht nur körperliche und seelische Schmerzen, sondern auch schwerste Todesängste erlitt.

Der Angriff stellte nicht nur eine körperliche, sondern auch eine seelische Erniedrigung der Tochter der Klägerin dar; der Beklagte wusste, dass das Opfer aus familiär-religiösen Gründen den Analverkehr ablehnte. Das Eindringen in den After mit einem Gegenstand komme einer Vergewaltigung durch Analverkehr gleich, wobei der Beklagte den Widerwillen der Getöteten gegen diese Art des Geschlechtsverkehrs kannte und sie erniedrigen wollte.

Der Senat hat das Prozesskostenhilfegesuch des Beklagten für eine Berufung, mit der er eine Ermäßigung des Schmerzensgeldbetrages auf 25.000,00 € erstrebte, zurückgewiesen und auch die schlechten finanziellen Verhältnisse des Beklagten als Begründung nicht gelten lassen.

LG Wuppertal, Urt. v. 05.02.2013 – 16 O 95/12, VersR 2013, 591 mit Anm. L. Jaeger E 2279

100.000,00 € (Vorstellung: mindestens 80.000,00 €)

Mehrfache Vergewaltigung – vorsätzliche Körperverletzung – Freiheitsberaubung

Eine 16 Jahre alte Frau, die im 4. Monat schwanger war, wurde von einem jungen Mann gekidnappt, in dessen Wohnung geschleppt, dort gefesselt und 72 Stunden lang immer wieder

159 BGH, Beschl. v. 01.07.2008 – VI ZR 287/07, NJW 2008, 2994 (»VIOXX«).Eine ältere, aber wichtige Entscheidung.

Besondere Verletzungen

mit dem Tode bedroht und vielfach, oft stundenlang brutal vergewaltigt – die Klägerin schilderte detailliert fünf sexuelle Übergriffe.

Die strafrechtliche Verurteilung des Vergewaltigers hat auch dann keinen Einfluss auf die Höhe des Schmerzensgeldes, wenn dieser die Freiheitsstrafe von 12 ½ Jahren als exorbitant hoch empfindet.

Endlich ein Ansatz zum Quantensprung bei der Schmerzensgeldbemessung in Fällen brutaler Vergewaltigung, vgl. im Textteil Rdn. 345.

E 2280 **LG Stuttgart, Urt. v. 16.04.2003 – 27 O 113/03, unveröffentlicht**

50.000,00 € zuzüglich 50,00 € monatliche Rente

Mehrfache Vergewaltigung eines 9 Jahre alten Jungen

Der nichteheliche Sohn wurde vom Ehemann der Mutter insgesamt sechsmal vergewaltigt (anal und oral). Sein Schweigen wurde mit der Drohung erzwungen, er werde mit der Mutter nach Kenia zurückgeschickt.

Als Folge der Vergewaltigung leidet der Junge an Schlafstörungen und unter Alpträumen.

E 2281 **BGH, Urt. v. 19.11.2009 – 3 StR 87/09, BGHR StGB § 177 und § 232**

150.000,00 € und 5.000,00 €

Vergewaltigung – sexuelle Nötigung – Geiselnahme – Menschenhandel

Das LG hat einen Angeklagten wegen Geiselnahme in Tateinheit mit schwerem Menschenhandel, mit besonders schwerer Vergewaltigung, mit schwerer Vergewaltigung in acht rechtlich zusammentreffenden Fällen, mit Vergewaltigung in sechs rechtlich zusammentreffenden Fällen und sexueller Nötigung in zehn rechtlich zusammentreffenden Fällen (Tat zum Nachteil der Nebenklägerin T.), wegen Geiselnahme in Tateinheit mit schwerem Menschenhandel und mit sexueller Nötigung in 24 rechtlich zusammentreffenden Fällen (Tat zum Nachteil der Nebenklägerin E.), wegen schweren Menschenhandels (Tat zum Nachteil der Nebenklägerin Eg.) und wegen Verabredung zum schweren Menschenhandel und zur sexuellen Nötigung (Tat zum Nachteil der Zeugin F.) zu einer Gesamtfreiheitsstrafe von 14 Jahren verurteilt und gegen ihn die Sicherungsverwahrung angeordnet.

Einen weiteren Angeklagten hat es wegen ähnlicher Delikte zum Nachteil der Nebenklägerinnen zu einer Gesamtfreiheitsstrafe von 12 Jahren und 6 Monaten verurteilt.

Im Adhäsionsverfahren hat es die Angeklagten verurteilt, als Gesamtschuldner an die Nebenklägerin E. ein Schmerzensgeld i. H. v. 150.000,00 € und an die Nebenklägerin Eg. ein Schmerzensgeld i. H. v. 5.000,00 € nebst Zinsen zu zahlen. Den ersten Angeklagten hat es darüber hinaus zur Zahlung eines Schmerzensgeldes i. H. v. 150.000,00 € an die Nebenklägerin T. verurteilt.

Die Revision der Angeklagten hatte keinen Erfolg.

Verkehrssicherungspflicht

OLG Düsseldorf, Urt. v. 15.12.2005 – I-12 U 129/05, RRa 2006, 112 E 2282

0,00 €

Rippenbruch

Der Kläger hatte bei der Beklagten eine Pauschalreise in die Türkei gebucht und begehrte Schmerzensgeld, weil er sich bei einem Ausflug in ein türkisches Bad (Hamam) bei der dort stattfindenden Massage einen Rippenbruch zugezogen hatte. Das Gericht verneinte eine Verantwortlichkeit des Reiseveranstalters, da der Haman nicht in dessen Organisationsbereich gelegen habe; die Verletzung von Sorgfaltspflichten hätte vorausgesetzt, dass bedenkliche Zustände oder mangelhafte Ausbildung der Masseure bereits bekannt gewesen wären.

BGH, Urt. v. 31.10.2006 – VI ZR 223/05, VersR 2007, 72 = NJW 2007, 762 = MDR 2007, 463 E 2283

0,00 €

Explosion einer Limonadenflasche

Der Kläger wurde erheblich verletzt, als in einem von der Beklagten betriebenen Verbrauchermarkt im Bereich der offen gelagerten Erfrischungsgetränke eine Limonadenflasche explodierte. Der BGH verneinte eine Haftung aus Verkehrssicherungspflicht und wies darauf hin, dass neben der Temperatur (Unfall im Sommer) auch – nicht feststellbare – Haarrisse der Flasche zur Explosion beitragen können und auch die spontane Erwärmung dadurch, dass eine Flasche in die Hand genommen wird, zu einer Drucksteigerung beitragen kann. Es gibt daher keine Pflicht des Verkäufers, solche Flaschen stets kühl zu lagern.

OLG Karlsruhe, Urt. v. 18.04.2007 – 7 U 73/06, NJW-RR 2007, 1356 = OLGR 2007, 931 = MDR 2008, 146 E 2284

0,00 €

Gehirnerschütterung – Ohrverletzung

Die 7 Jahre und 4 Monate alte Klägerin war mit ihren Eltern in einem Pauschalurlaub aus dem Angebot der Beklagten in der Türkei. In dem ihnen zugeteilten Zimmer befand sich ein Hochbett, deren oberes Etagenbett sie bezog; das untere nutzte die größere Schwester. Die Absturzsicherung am Bett reichte nicht über die gesamte Bettlänge. In der 2. Nacht fiel die Klägerin aus dem Bett, verletzte sich im Bereich des rechten Ohres und zog sich eine Gehirnerschütterung zu. Das Gericht verneinte einen Verstoß gegen eine Verkehrssicherungspflicht des Veranstalters; dass das Bett nicht vollumfänglich gegen das Abstürzen kleinerer Kinder gesichert gewesen sei, sei augenfällig und offenkundig gewesen.

OLG Hamm, Urt. v. 17.01.2006 – 9 U 102/05, NZV 2007, 576 = VM 2006, 68 E 2285

167,00 € (2/3 Mitverschulden; Vorstellung (unquotiert): 500,00 €)

Verletzung am linken Auge

Die Klägerin stürzte über einen Pflanzkübel am Straßenrand, den sie wegen zeitweilig abgeschalteter Straßenbeleuchtung nicht mehr hinreichend sehen konnte. Sie schlug am Pflaster auf und erlitt eine Verletzung im Bereich des linken Auges und am Auge selbst. Ihre Brille ging zu Bruch. Das Gericht bejahte einen Verkehrssicherungsverstoß wegen des Abschaltens der Beleuchtung, nahm aber ein erhebliches Mitverschulden an, da eine Pflicht bestehe, sich bei tiefer Dunkelheit vorsichtig den Weg zu ertasten.

E 2286 **AG München, Urt. v. 27.04.2007 – 172 C 20800/06, unveröffentlicht**

400,00 € (1/2 Mitverschulden; Vorstellung: 1.500,00 €)

Platzwunden an Unterschenkel und Ohrläppchen – Prellungen an Wirbelsäule, Knie und Händen

Die 70 Jahre alte Klägerin besuchte den Vortrag eines Heilpraktikers. Haustür und Hausflur waren nicht beleuchtet. Auf der Suche nach einem Lichtschalter tastete sich die Klägerin die Wand entlang und stürzte kopfüber die Kellertreppe hinunter. Sie erlitt dadurch mehrere Blutergüsse und erhebliche Platzwunden am linken Unterschenkel und am rechten Ohrläppchen, einen Schock sowie Prellungen im Bereich von Brust- und Lendenwirbelsäule sowie Kniegelenk und Händen. Einen bereits gebuchten Skiurlaub musste sie absagen.

E 2287 **AG Frankfurt an der Oder, Urt. v. 21.05.2008 – 25 C 1090/07, unveröffentlicht**

400,00 € (1/3 Mitverschulden; Vorstellung: 2.000,00 €)

Schnittverletzung am linken Daumen

Der 74 Jahre alte Kläger war Kunde im Heimwerkermarkt der Beklagten. Dort interessierte sich der Kläger für einen Rasenkantenschneider »Accu 45«, welcher im Regal ausgepackt auf der Verpackung lag. Der Kläger nahm den Rasenkantenschneider in die Hand, um sich das Gerät näher anzuschauen. Dabei kam der Kläger an den Ein-/Ausschalter des Gerätes. Da es sich um ein geladenes Akku-Gerät handelte, ging der Rasenkantenschneider an und der Kläger schnitt sich in die linke Daumenkuppe, wobei eine Wunde von etwa 2 cm Größe entstand. Diese war nach 4 Wochen ohne äußerlich sichtbare Folgen ausgeheilt, es verblieb aber eine Sensibilitätsstörung. Diese bewerte das Gericht als nicht sonderlich relevant, da es sich um den linken Daumen eines Rechtshänders handelte und auch berufliche Beeinträchtigungen angesichts des Alters des Klägers ausschieden.

Das Gericht sah das Ausstellen eines betriebsbereiten Rasenkantenschneiders ohne Warnhinweis als Verstoß gegen die Verkehrssicherungspflicht an.

E 2288 **LG Magdeburg, Urt. v. 28.09.2010 – 10 O 299/10-072, unveröffentlicht**

400,00 € (1/5 Mitverschulden; Vorstellung: 500,00 € (unquotiert))

Kopfplatzwunde

Die Klägerin verletzte sich auf einer von der Beklagten unterhaltenen Straße, weil am Ende eines bereits von Rollsplitt gereinigten, 2 km langen Abschnitts, zu dessen Beginn ein Schild vor Rollsplitt warnte, nach einer Kurve erstmalig Rollsplitt lag. Das Gericht bejahte eine Pflicht, an dieser Stelle erneut zu warnen. Die Klägerin war in der Kurve ins Schleudern geraten und hatte sich mit ihrem Wagen überschlagen. Sie erlitt eine 4 cm lange klaffende Kopfplatzwunde, die genäht werden musste. Sie wurde einen Tag stationär behandelt. Das Gericht hielt das vorgestellte Schmerzensgeld für »gerade noch angemessen«.

E 2289 **LG Köln, Urt. v. 15.03.2007 – 6 S 324/06, unveröffentlicht**

500,00 €

Rippenbrüche

Der Kläger stürzte auf einem von den Beklagten nicht vom Schnee geräumten Gehweg. Er verstauchte sich das rechte Handgelenk, prellte sich den Brustkorb und brach sich einige Rippen. Die Rippenbrüche wurden, nachdem zunächst nur eine starke Brustkorbprellung diagnostiziert worden war, erst einige Monate später festgestellt.

LG Trier, Urt. v. 14.06.2005 – 1 S 36/05, NJW-RR 2006, 525 E 2290

600,00 €

Prellungen und Schnittwunden an Fuß und Unterschenkel

Die Klägerin wurde verletzt, als sie im Kaufhaus der Beklagten eine Glasflasche aus einem Karton entnahm. Dieser war – was als vorwerfbar instabile Lagerung gewürdigt wurde – auf einem weiteren Karton offen in einer Höhe von 1,90 m Höhe gestapelt. Bei der Entnahme fielen 2 weitere Glasflaschen auf die Klägerin und auf ihren rechten Fuß und Unterschenkel. Diese erlitt schwere Prellungen am rechten Sprunggelenk und am Unterschenkel, ferner Hämatome und diverse Schnittwunden. Mehrere ambulante Behandlungen waren erforderlich.

Das Gericht nahm eine Pflicht der Beklagten an, die Ware so anzuordnen, dass keine Gefahren für die Kunden entstehen. Bei der gewählten Lagerung habe der Kunde nicht erkennen können, ob und wie Flaschen im oberen Karton stünden. Die Waren in Selbstbedienungsläden müssten aber so aufgestellt sein, dass ein durchschnittlicher Kunde jedes Produkt problemlos erreichen könne.

LG Münster, Urt. v. 25.03.2009 – 8 O 34/09, unveröffentlicht E 2291

700,00 € (2/3 Mitverschulden; Vorstellung: 2.000,00 €)

Knieentzündung – Meniskusriss

Der Kläger stürzte mit seinem Rad über eine unzureichend abgesicherte Kante einer Brücke, deren Rad- und Fußgängerweg über eine 5 cm hohe Kante getrennt waren. Er fiel über den Lenker und zog sich Hautabschürfungen, einen Meniskusriss und eine Knieentzündung zu. Er hat bis heute erhebliche Schmerzen im Knie und Schwierigkeiten bei der Fortbewegung, da sein Bein öfter wegknickt; die erforderliche Operation des Meniskus kann erst stattfinden, wenn die Wunde im Kniebereich verheilt ist.

OLG Frankfurt am Main, Urt. v. 06.04.2011 – 4 U 249/10, unveröffentlicht E 2292

750,00 € (1/2 Mitverschulden; Vorstellung: 3.500,00 €)

Innenbandteilruptur des Knies – Einriss des Innenmeniskus

Der Kläger kam in einem von der Beklagten betriebenen Baumarkt zu Fall und erlitt hierbei einen Knieinnenschaden, der in einer Innenbandteilruptur mit geringem Gelenkerguss und einem kleinen horizontalen Einriss des Innenmeniskus bestand. Er musste 11 Tage eine Bandage tragen und hat weiterhin Bewegungseinschränkungen durch Schmerzen. Er war über eine unzureichend gesicherte Kette, die auf den Boden reichte und an der ein Messgerät hing, gefallen. Das Gericht wertete dies als verdeckte Stolperfalle

LG Darmstadt, Urt. v. 04.05.2011 – 25 S 77/10, unveröffentlicht E 2293

900,00 € (Vorstellung: 2.500,00 €)

Prellungen und Schürfwunden an Schulter und Arm – Bandruptur

Der Kläger stürzte auf der Außentreppe eines Einkaufsmarktes, deren Stufen materialbedingt glatt waren, ohne dass Warnhinweise bestanden. Er erlitt Prellungen und Schürfwunden der linken Schulter und des linken Armes. Das obere linke Sprunggelenk des Fußes verdrehte sich und es kam zu einer Bandruptur, weswegen der Kläger länger anhaltende Schmerzen hatte. Er war 6 Wochen arbeitsunfähig.

E 2294 **OLG Hamm, Urt. v. 13.01.2006 – 9 U 143/05, VersR 2007, 518 = NJW-RR 2006, 1100**

1.000,00 € (Vorstellung: 2.500,00 €)

Handfraktur

Die beklagte Stadt hatte auf dem Marktplatz eine umlaufende Stufenablage errichtet, die farblich dunkler gehalten war als die Plattierung des Markplatzes und mit orangefarbenen passiven Leuchtpünktchen in der Größe einer Euromünze bestückt war. Die Stufenanlage ist in einem Bereich fast ebenerdig und steigt von dort an stetig an. An der höchsten Stelle besteht sie aus drei Treppenstufen. An einem Markttag stolperte die Klägerin in einem Bereich, in welchem die Stufe eine 3 cm hohe Kante bildet, und brach sich dabei die rechte Hand.

Das Gericht hielt die Stufen für unzureichend abgesichert, da an Markttagen die Aufmerksamkeit durch die Vielzahl eng stehender Stände abgelenkt sei und der farbliche Absatz und das gestalterische »Große und Ganze« optisch verloren gingen. Ein Mitverschulden der Klägerin wurde verneint.

E 2295 **OLG Jena, Urt. v. 10.02.2010 – 4 U 594/09, MDR 2010, 867 = NZV 2011, 31**

1.000,00 € (Vorstellung: 1.500,00 €; 1/2 Mitverschulden)

Schürfwunden im Gesicht und am Ellbogen – Halsprellmarke

Der 20 Jahre alte Kläger erlitt auf dem Bolzplatz der Beklagten einen Unfall, bei welchem es zu einer quer laufenden Prellmarke am Hals und Schürfwunden mit Schwellungen im Gesicht, in Augenhöhe, und am linken Ellbogen kam. Der Bolzplatz war von einem Maschendraht umzäunt, der sich infolge Vandalismus in einem verwahrlosten Zustand befand. Als der Kläger einem Ball hinterher sprang, der über das Spielfeld geschossen worden war, lief er, weil er nur auf den Ball achtete, mit voller Wucht mit dem Hals auf einem freihängenden Spanndraht auf. Er wurde durch die Kraft des Aufpralls ungebremst zu Fall gebracht. Das Gericht bewertete die ungesicherte Gefahrenstelle, aber auch im Rahmen eines hälftigen Mitverschuldens, dass der Kläger im Eifer des Gefechts die Gefahren nicht richtig abgeschätzt hatte.

E 2296 **LG Hannover, Urt. v. 09.09.2010 – 14 O 38/09, unveröffentlicht**

1.000,00 €

Rippenprellung – Knieprellung – Schürfwunde

Der Kläger hatte bei der Beklagten eine All-Inclusive-Reise nach Fuerteventura gebucht. Beim Beachvolleyballspielen schlug der Kläger auf dem Boden des Spielfeldes auf und zog sich eine Rippenprellung sowie eine schwere Knieprellung mit Schürfwunde zu. Dies hatte seine Ursache darin, dass die Beklagte entgegen der offiziellen Volleyballregeln keine Sandschicht von 40 cm aufgetragen hatte, sondern sich unter 2 cm Sand eine Felsplatte von 40 qcm befand, die optisch nicht erkennbar war.

Der Kläger brach den Urlaub ab. Ein intrapatellares Hämatom wurde bei einem dreitägigen stationären Aufenthalt im Heimatland operativ entlastet. Hiernach benötigte der Kläger Gehstützen, weil die Beweglichkeit und Belastbarkeit des Kniegelenks eingeschränkt war. 1 1/2 Jahre später war der Kläger beschwerdefrei.

AG Köln, Urt. v. 05.07.2005 – 135 C 497/03, unveröffentlicht E 2297

1.500,00 € (Vorstellung: 2.000,00 €)

Rippenbruch

Die Klägerin hatte bei der Beklagten eine 1-wöchige Reise nach Fuerteventura gebucht. Am Abend des Ankunftstages stolperte die Klägerin in der Hausbar des gebuchten Hotels gegen 22.00 Uhr über eine nicht erkennbare Treppenstufe, die quer durch den Raum verlief, stürzte und brach sich dadurch die 5. und 6. Rippe. Sie litt – mit abnehmender Tendenz – 6 Wochen unter Schmerzen und musste vom Ehemann versorgt werden.

LG Mühlhausen, Urt. v. 04.03.2008 – 3 O 351/07, unveröffentlicht E 2298

1.500,00 € (1/3 Mitverschulden; Vorstellung: 3.000,00 €)

Sprunggelenksdistorsion

Die Klägerin stolperte über einen um 10 cm abgesackten Gully auf der Straße, für die die beklagte Gemeinde verkehrssicherungspflichtig war. Sie erlitt eine schwere Distorsion des rechten Sprunggelenks mit einem Hämatom und knöchernen Ausrissen. Sie litt über einen längeren Zeitraum an »ganz erheblichen« Schmerzen und benötigte einen Monat lang Unterarmstützen. Danach war ein Kompressionsstrumpf erforderlich, um das Sprunggelenk zu stützen und Schwellungen zu vermeiden. Die Stelle wird dauerhaft eine Schwachstelle sein. Bei der Bemessung berücksichtigte das Gericht das prozessuale Bestreiten einer Absackung wider besseren Wissens der Beklagten Schmerzensgeld erhöhend.

OLG München, Urt. v. 18.09.2008 – 1 U 3081/08, unveröffentlicht E 2299

1.500,00 € (1/4 Mitverschulden; Vorstellung: 2.000,00 €)

Schädelhirntrauma – Hämatome

Die Klägerin fuhr mit ihrem Fahrrad in ein Schlagloch auf der Straße, für welche die Beklagte verkehrssicherungspflichtig war. Sie stürzte und fiel auf den Kopf, wobei sie ein Schädelhirntrauma mit starken Kopfschmerzen sowie diverse Hämatome erlitt. Ein Hämatom über dem rechten Auge der Klägerin musste 2-fach punktiert und schließlich operativ entlastet werden. Dies wurde bei der Bemessung besonders berücksichtigt.

LG Düsseldorf, Urt. v. 06.10.2009 – 2b O 212/08, VRR 2010, 106 E 2300

1.500,00 € (Vorstellung: 2.000,00 €)

Schlüsselbeinbruch

Der Kläger verletzte sich auf einem nicht gestreuten, vereisten Gehweg; er stürzte und erlitt einen Schlüsselbeinbruch mit Prellungen. Er musste einen Monat einen Desault-Verband tragen.

OLG Brandenburg, Urt. v. 21.10.2009 – 3 U 120/08, VersR 2010, 1046 E 2301

1.500,00 € (1/2 Mitverschulden; Vorstellung (unquotiert): 3.000,00 €)

Sprunggelenksfraktur

Die Klägerin trat beim Verlassen einer Bäckereifiliale der Beklagten auf eine abschüssig verlegte Außenfliese, die vereist war. Hierbei verletzte sie sich das linke Sprunggelenk und erlitt eine Sprunggelenksfraktur vom Typ Weber B und wurde 16 Tage stationär behandelt.

E 2302 OLG Hamburg, Urt. v. 05.09.2012 – 8 U 160/11, NJW-RR 2013, 598 = MDR 2013, 340

1.500,00 €

Kopfwunde

Der Kläger war bei einer Tanzveranstaltung zugegen und wurde verletzt, als ein von der Beklagten aufgestellter und nicht richtig gesicherter Lautsprecher umfiel. Dieser traf den Kopf des Klägers.

E 2303 AG Westerstede, Urt. v. 29.06.2006 – 28 C 1188/05, SpuRt 2007, 39

1.600,00 € (3/5 Mitverschulden; Vorstellung: 1.800,00 €)

Brustverletzung

Die Klägerin war auf einem Sportplatz auf dem Weg zu einer Sportzeichengruppe, als sie von einem von dem Beklagten geworfenen Speer seitlich im Brustbereich getroffen wurde. Der Speer durchdrang die rechte Brust der Klägerin glatt (Tunnelung) und verletzte ihren Oberbauch; die Wunden mussten genäht werden. Der Trainer des Beklagten wurde ebenfalls erfolgreich in Anspruch genommen; er hatte nach Ansicht des Gerichts seine Verkehrssicherungspflicht verletzt, da das Sportgelände nicht von einem festen Zaun umgeben war und er daher den Wurfsektor hätte kenntlich machen müssen, etwa durch Flatterband. Das Mitverschulden resultierte aus einem unvorsichtigen Durchqueren des Wurfbereichs.

E 2304 OLG Celle, Urt. v. 17.06.2010 – 8 U 25/10, unveröffentlicht

1.800,00 € (1/4 Mitverschulden; Vorstellung: 3.500,00 €)

Verbrühungen 2. Grades an der Hand

Die 58 Jahre alte Klägerin besuchte die Dampfsauna der Beklagten. Dort befand sich zwischen den Sitzbänken eine Säule mit einem vasenähnlichen Behälter, in dem das Rohr eines Dampfausströmers angebracht war. Durch ausströmenden Dampf erlitt die Klägerin Verbrühungen 2. Grades an der rechten Hand. Das Gericht bejahte eine Verkehrssicherungspflichtverletzung: bei nur schwacher Beleuchtung in der Sauna habe der Betreiber den Dampfausströmer nicht so dicht zwischen die Sitzbänke installieren dürfen, dass die Gefahr besteht, dass sich Nutzer der Sauna beim Setzen oder Aufstehen mit der Hand an dem Dampfauslassgefäß abstützen. Dies gelte umso eher, als dass in der Sauna mit schlechten Sichtverhältnissen und feuchtem Boden die Nutzer in besonderem Maße ein Bedürfnis hätten, sich abzustützen.

Bei der Bemessung berücksichtigte das Gericht, dass die Verletzung 2. Grades zu einer Arbeitsunfähigkeit von 4 Wochen geführt hat und auch die private Lebensführung erheblich eingeschränkt war. Die Verbrennungen waren sehr schmerzhaft und beeinträchtigten eine Reha-Maßnahme, die die Klägerin gerade durchführte. Andererseits war der Heilungsverlauf komplikationslos; Einschränkungen der Nutzung der Hand waren in nur geringem Umfang verblieben, Narben verblieben nicht.

E 2305 OLG München, Urt. v. 12.01.2005 – 7 U 3820/04, OLGR 2005, 155

2.000,00 €

Ellenbogenbruch

Der Kläger fuhr nachts mit seinem Rad gegen eine unzureichend abgesicherte provisorische Wasserversorgungsleitung. Bei dem Sturz erlitt er eine Radiusköpfchenfraktur am linken Ellenbogen. Eine Operation war nötig, die Resektion des Radiusköpfchens resultierte in 5-monatigen Bewegungseinschränkungen.

OLG München, Urt. v. 15.02.2007 – 1 U 5048/06, NJW-RR 2007, 746 E 2306

2.000,00 € (Vorstellung: 9.000,00 €)

Quetschung von Hand und Fingern

Der 8 Jahre alte Kläger verletzte sich bei dem Versuch, ein umfallendes schweres Hockeytor aufzufangen und zu sichern. Seine Hand geriet unter das Tor, als dieses auf den Asphalt aufschlug. Dadurch erlitt er eine schwere Quetschung von Mittelfinger und Ringfinger mit dislozierter Fraktur, eine Weichteilverletzung und eine Seitenbandruptur. Das Gericht urteilte, ein Hockeytor sei gegen Umfallen zu sichern.

OLG Hamm, Urt. v. 19.03.2009 – 6 U 157/08, DVP 2011, 128 E 2307

2.000,00 € (3/5 Mitverschulden; Vorstellung: angemessenes Schmerzensgeld)

Lendenwirbelkörperfraktur

Der 69 Jahre alte Kläger kam der Aufforderung seines 5 Jahre alten Enkels nach, auf dem Spielplatz der Beklagten die Röhrenrutsche zu benutzen. Am Ende der Rutschfläche kam er nicht in den Stand, sondern prallte mit dem Gesäß auf den nur unzureichend mit Sand aufgefüllten Untergrund (Betonkiesfundament). Er erlitt eine Lendenwirbelkörperfraktur. Diese verheilte knöchern nach konservativen therapeutischen Maßnahmen, die Vorderkante des ersten Lendenwirbelkörpers ist aber nun höhengemindert, was zu einer Bewegungsbehinderung und zu schmerzhaften Bewegungseinschränkungen und hieraus resultierenden Beeinträchtigungen beim Spazieren und Radfahren führt. Es besteht eine MdE von 20 %.

Das Gericht bejahte einen Verstoß gegen Verkehrssicherungspflichten, da bei Rutschen verstärkte Fallgefahr bestehe; die unbefugte Nutzung der Rutsche, die, wie der gesamte Spielplatz, nur für Kinder bis 12 Jahren freigegeben war, ändere nichts an der Verkehrssicherungspflicht für den eröffneten Verkehr, sondern könne nur beim Mitverschulden berücksichtigt werden.

OLG Saarbrücken, Urt. v. 03.11.2009 – 4 U 185/09, DAR 2010, 23 = SP 2010, 207 E 2308

2.000,00 € (Vorstellung: 2.000,00 €)

Prellung der linken Thoraxhälfte – Gehirnerschütterung – Schleudertrauma – Gesichtsschürfwunden

Die 35 Jahre alte Klägerin verletzte sich, als sie mit ihrem Fahrrad in ein tiefes Schlagloch auf der Straße fuhr, wobei das Vorderrad blockierte und sie sich mitsamt Rad überschlug. Sie erlitt eine schwere Gehirnerschütterung, ein HWS-Schleudertrauma, eine Prellung der linken Thoraxhälfte sowie Schürfwunden. Sie wurde 3 Tage stationär und anschließend noch ambulant behandelt.

Das Gericht bejahte eine Verkehrssicherungspflichtverletzung, der auch nicht dadurch begegnet worden sei, dass die Beklagte in einer Entfernung von mehr als 400 m zur Schadensstelle durch Verkehrsschulder vor Straßenschäden gewarnt habe. Bei der Bemessung wurde hervorgehoben, dass die »erst 35 Jahre alte Klägerin« die Schürfwunden im Gesicht für »einen nicht unerheblichen Zeitraum als Minderung ihres körperlichen Wohlbefindens empfinden musste«.

E 2309 **OLG Saarbrücken, Urt. v. 10.11.2010 – 5 U 501/08, unveröffentlicht**

2.000,00 € (½ Mitverschulden; Vorstellung: 4.000,00 €)

Schulterfraktur

Die Klägerin kam in dem Treppenhaus der Beklagten, in welchem vier Arztpraxen betrieben wurden, zu Fall, weil die Treppenhausbeleuchtung nach Zeitschaltung wieder erlosch, als sie noch auf der Treppe war. Sie ging im Dunkeln weiter, verfehlte eine Stufe und stürzte auf den rechten Arm. Hierbei erlitt sie eine subcapitale Humeruskopfluxationsfraktur der rechten Schulter mit Riss der Supraspintussehne mit Pully-Verlust. Als Dauerschaden erlitt sie eine mäßiggradige Bewegungseinschränkung der rechten Schulter. Eine vorzeitige Arthrose im Schultergelenk ist zu erwarten.

Der Senat sah (anders als das LG) ein Mitverschulden darin, dass die Klägerin nicht nach Erlöschen des Lichts zugewartet hatte, bis sich ihre Augen an die Resthelligkeit besser gewöhnt hatten.

E 2310 **OLG Naumburg, Urt. v. 16.09.2011 – 10 U 3/11, MDR 2012, 346**

2.000,00 € (½ Mitverschulden)

Mittelfußknochenfraktur – Schwellneigung im Sprunggelenk

Die Klägerin stürzte über einen unzureichend abgesicherten höher gelegenen Gullyeinlauf auf einer Straße. Sie erlitt eine Fraktur des Mittelfußknochens, eine knöcherne Absprengung im Bereich des Mittelfußknochens sowie ein Supinationstrauma im Bereich ihres linken oberen Sprunggelenks. Deswegen wurde sie 5 Tage stationär behandelt. Es verbleibt eine eingeschränkte Beweglichkeit im Bereich des linken Sprunggelenkes gegenüber dem rechten. Ferner ist ihr linkes Sprunggelenk deutlich dicker als das rechte, was auf eine chronische Schwellneigung hinweist.

Die Klägerin ist daher nicht mehr in der Lage, längere Strecken zu laufen, zu joggen oder zu walken. Sie wird für immer Beschwerden im Bereich des Mittelfußes bzw. der Fußwurzelknochen haben.

E 2311 **OLG Hamburg, Urt. v. 05.09.2012 – 8 U 160/11, NJW-RR 2013, 598 = MDR 2013, 340**

2.000,00 €

Kopfwunde – Narbe

Die Klägerin war bei einer Tanzveranstaltung zugegen und wurde verletzt, als ein von der Beklagten aufgestellter und nicht richtig gesicherter Lautsprecher umfiel. Dieser traf den Kopf der Klägerin. Sie litt unter Schmerzen und psychischen Problemen; es verblieb eine sichtbare Narbe im Stirnbereich.

E 2312 **AG Bernau, Urt. v. 04.10.2006 – 11 C 191/05, unveröffentlicht**

2.200,00 € (1/3 Mitverschulden)

Sprunggelenksfraktur

Der Kläger stürzte über einen Holzbohlenüberweg an den Bahngleisen, der nach einem Regen unzureichend gesäubert war. Er erlitt eine Fraktur des oberen Sprunggelenks. Er war 2 Wochen in stationärer Behandlung und 3 Monate arbeitsunfähig.

LG Köln, Urt. v. 09.12.2009 – 7 O 13/08, unveröffentlicht E 2313

2.200,00 € (Vorstellung: 5.000,00 €)

Nasenbeinbruch

Die Klägerin rutschte auf der unzureichend gereinigten Bowlingbahn des Beklagten aus. Sie fiel auf das Gericht und erlitt einen Nasenbeinbruch, der eine Operation und eine Krankschreibung von 20 Tagen zur Folge hatte. Das Gericht berücksichtigte, dass die Klägerin anlässlich des für sie vergnüglichen Umstandes eines Betriebsausfluges plötzlich und unvermittelt verletzt wurde. Der Vorstellung lagen – unbewiesene – Spätschäden zugrunde.

OLG München, Urt. v. 31.10.2007 – 1 U 3776/07, unveröffentlicht E 2314

2.250,00 € (1/2 Mitverschulden; Vorstellung: 4.500,00 €)

Sprunggelenksfraktur

Die 67 Jahre alte Klägerin besuchte Ende Januar den Friedhof der Beklagten. Auf dem Weg zu einem Abfallplatz, an dem sie ein Blumengebinde entsorgen wollte, stürzte sie und erlitt eine Sprunggelenksfraktur am rechten Bein, die mittels einer Plattenosteosynthese operativ versorgt werden musste. Zur Entfernung der Metallplatte wird ein weiterer Eingriff erforderlich werden.

Das Gericht bejahte eine Streupflicht. Da gerade ältere, teils auch sehr alte Menschen Anlass und Bedürfnis haben, ihrer verstorbenen Angehörigen auf dem Friedhof zu gedenken und deren Gräber zu pflegen, muss der Betreiber eines Friedhofs auch außerhalb von größeren Veranstaltungen mit Nutzern seiner Einrichtung rechnen, die größere Mühe haben, winterliche Verhältnisse zu bewältigen. Bei einem großen Friedhof, durch den große, breite und geteerte Hauptwege führen, kann von dem Betreiber erwartet werden, dass zumindest diese Hauptwege im Winter bei Schnee bzw. Glätte geräumt und gestreut werden.

OLG Hamm, Urt. v. 14.01.2005 – 9 U 116/03, NZV 2005, 526 E 2315

2.500,00 € (1/2 Mitverschulden; Vorstellung: 2.500,00 €)

Sprunggelenksluxationsfraktur

Der Kläger kam beim Aussteigen aus einem Bus auf der unzureichend gestreuten, schneeglatten Straße zu Fall und zog sich insb. eine komplizierte – trimalleoläre – Sprunggelenksluxationsfraktur zu.

OLG Jena, Urt. v. 01.03.2006 – 4 U 719/04, MDR 2006, 1289 = NZV 2007, 573 E 2316

2.500,00 € (Vorstellung: 2.500,00 €)

Hals-Schulter-Prellung – Kopfschmerzen

Der Kläger brach auf einem Parkplatz durch eine gelockerte Gehwegplatte, die hohl lag; deswegen nahm das Gericht eine erhöhte Aufmerksamkeitspflicht der verkehrssicherungspflichtigen beklagten Gemeinde an. Die Platte brach in mehrere Teile, als der Kläger sie betrat; hierdurch kam es zu Verletzungen, nämlich erheblichen Schmerzen im Hals-Schulter-Bereich, Kopfschmerzen und einer Wunde an der Hand.

E 2317 **AG Altötting, Urt. v. 08.11.2007 – 2 C 319/07, unveröffentlicht**

2.500,00 € (3/5 Mitverschulden; Vorstellung: 4.250,00 €)

Abbruch der Frontzähne – Verletzungen des Gesichts

Der Kläger stürzte nachts über eine Kette, die die Einfahrt des Betriebsgrundstückes der Beklagten vom Gehweg abtrennte. Diese Einfahrt wurde oft von Fußgängern zum Abkürzen eines Weges benutzt, ohne dass die Beklagte dagegen vorgegangen war. Seine Frontzähne brachen ab, die Lippe platzte auf und es kam zu einer geschwollenen Nase sowie Blutergüssen und Hautabschürfungen. Er musste über ein Jahr in zahnärztlicher Behandlung bleiben und ein halbes Jahr eine partielle Zahnprothese tragen.

E 2318 **OLG Nürnberg, Urt. v. 29.08.2008 – 3 U 1274/08, r+s 2009, 168 = MDR 2008, 1335**

2.500,00 € (2/3 Mitverschulden)

Fersenbeinbruch

Die Klägerin machte bei dem Beklagten auf dessen Hof »Ferien auf dem Bauernhof«. Dort war sie schon im Vorjahr mit ihrer Familie gewesen. Am 1. Urlaubstag wollte sie junge Katzen auf dem Heuboden besichtigen; dieser befand sich mit einem Höhenabstand von 3 m über dem mit einer Betondecke versehenen darunter liegenden Raum und war mit einer Aluminiumleiter frei zugänglich. Diese Leiter stand ohne weitere Befestigung auf dem Fußboden und war an die Eingangsöffnung des Heubodens gelehnt. Die Klägerin stürzte beim Herabsteigen vom Heuboden von der Leiter, als diese verrutschte, und zog sich einen komplizierten Fersenbeinbruch zu.

Das Gericht nahm eine Sicherungspflicht an, da die Leiter »treppenähnlich« genutzt werde; allerdings überwiege das Mitverschulden der Klägerin, die die Leiter festhalten oder auf ihre Nutzung hätte verzichten können.

Bei der Bemessung wurde berücksichtigt, dass die Klägerin fast 2 Wochen im Krankenhaus stationär behandelt werden musste und über viele Wochen einer deutlichen, mit Schmerzen verbundenen empfindlichen Einschränkung der körperlichen Beweglichkeit ausgesetzt war.

E 2319 **LG Detmold, Urt. v. 12.06.2009 – 12 O 227/08, unveröffentlicht**

2.500,00 € (Vorstellung: 2.500,00 €)

Bauchtrauma – Milzruptur – Gesichtsabschürfungen

Der 6 Jahre alte Kläger balancierte auf dem Spielplatz der Beklagten auf einem Steg, der mit einem Halteseil gesichert war. Die Schraube, die das Seil hielt, riss aus der Verankerung, weswegen der Kläger fiel und ein schmerzhaftes stumpfes Bauchtrauma mit mehrfacher Milzruptur sowie starken Abschürfungen im Gesicht erlitten. Aufgrund der Verletzungen konnte er 127 Tage lang nicht am Sportunterricht teilnehmen.

Das Gericht bejahte – obgleich die Ursache der gelösten Schraube offenblieb – eine Verkehrssicherungspflicht, für die jederzeitige Sicherheit des Halteseiles zu sorgen.

E 2320 **OLG München, Urt. v. 14.03.2013 – 1 U 3769/11, unveröffentlicht**

2.500,00 € (½ Mitverschulden Vorstellung: 8.000,00 €)

Oberarmkopfbruch

Die Klägerin stürzte mit ihrem Fahrrad aufgrund eines Lochs in der Straße. Sie erlitt einen Oberarmkopfbruch links mit Beteiligung des Oberarmknochens sowie eine knöcherne Verletzung des Schultergelenks (Bankart-Läsion). Sie war 5 Tage in stationärer Behandlung und wurde danach noch physiotherapeutisch behandelt. Gleichwohl verbleiben Bewegungseinschränkungen der linken Schulter.

AG Charlottenburg, Urt. v. 31.10.2012 – 215 C 116/10, unveröffentlicht E 2321

2.625,00 € (¼ Mitverschulden Vorstellung (unquotiert): 3.000,00 €)

Großflächige Prellungen – Abriss am Dreiecksbein des linken Handgelenks

Die Klägerin stürzte auf einer schneeglatten Treppe. Sie erlitt Prellungen großer Bereiche der linken Körperhälfte, des Ellbogens, des Mittelfußknochens und des Hinterkopfs. Ferner kam es zu einem knöchernen Abriss am Dreiecksbein; das Handgelenk wurde durch – aufeinander folgend – eine Gipslonguette, einen Unterarmgips und einen Unterarmkunststoffgips über einen Monat lang ruhig gestellt. Noch 1 ½ Jahre nach dem Unfall trägt die Klägerin, die Linkshänderin ist, eine elastische Handgelenksorthese; leichte Bewegungs- und Kraftentwicklungseinschränkungen verbleiben.

OLG Köln, Urt. v. 08.11.2012 – 7 U 66/12, unveröffentlicht E 2322

2.800,00 € (1/5 Mitverschulden Vorstellung: 6.000,00 €)

Rippenbrüche – Schlüsselbeinfraktur

Die 58 Jahre alte Klägerin stürzte im Ladenlokal des Beklagten eine Treppe hinunter, die durch einen Kleiderständer mit Waren verdeckt war. Sie erlitt eine Schlüsselbeinfraktur sowie Brüche der 3.-7. Rippe links. Sie war 13 Tage in stationärer Behandlung. Der Senat erhöhte das landgerichtlich zuerkannte Schmerzensgeld (von 2.000,00 €) unter Hinweis auf die Schmerzen bis zur vollständigen Ausheilung.

OLG Celle, Urt. v. 25.01.2007 – 8 U 161/06, NJOZ 2007, 3881 = VersR 2008, 1553 (LS) E 2323

3.000,00 € (1/4 Mitverschulden)

Unterarmfraktur

Die 63 Jahre alte Klägerin stürzte über einen Gullydeckel, der mindestens 1,5 cm aus dem Pflaster herausragte.

Sie erlitt bei dem Sturz eine distale Unterarmfraktur des linken Arms ohne Dislokation. Nach kürzerer Krankenhausbehandlung musste sie mehrere Wochen Gips tragen und sich Massagebehandlungen unterziehen. 8 Monate nach dem Unfall war die Behandlung abgeschlossen. Als Dauerschaden verblieb die Beeinträchtigung, dass die Klägerin die Faust nicht mehr richtig schließen kann, was beim Greifen und Autofahren behindert.

Das Gericht nahm eine Verkehrssicherungspflichtverletzung an, da der Gully eine bekannte »Stolperfalle« war und in Fußgängerzonen aufgrund vielfältiger Ablenkung der Aufmerksamkeit ein größerer Sorgfaltsmaßstab für die Verkehrssicherung bestehe.

LG Gießen, Urt. v. 06.03.2009 – 1 S 284/08, NZV 2009, 452 = SP 2010, 4 E 2324

3.000,00 € (Vorstellung: 3.000,00 €)

Hüftfraktur

Der Kläger nahm an einem Mountainbike-Rennen teil und verletzte sich in einer Linkskurve an einem mitten auf dem Weg stehenden Pfosten. Er überschlug sich mehrfach und erlitt eine Hüftfraktur rechts. Er war 9 Tage in stationärer Behandlung und konnte die Hüfte 12 Wochen nicht belasten. Er war ein halbes Jahr arbeitsunfähig und musste danach eine Reha durchführen. Das Gericht entschied, der Teilnehmer eines Rennens dürfe darauf vertrauen, dass auf der Strecke keine Absperrpfosten stünden.

E 2325 LG Düsseldorf, Urt. v. 11.06.2010 – 2b O 159/07, unveröffentlicht

3.000,00 € (Vorstellung: 8.000,00 €)

Kniegelenksdistorsion – Innenmeniskusriss

Die Klägerin verletzte sich, als sie auf von dem Beklagten frisch gewischten Flur an ihrer Arbeitsstelle ausrutschte. Sie erlitt eine Kniegelenksdistorsion mit Innenmeniskusriss. Es kam zu einer operativen Arthroskopie mit Innenmeniskusteilresektion. Über einen Zeitraum von 3 Monaten schlossen sich zehn krankengymnastische Behandlungen und eine Kältetherapie an, um die Beweglichkeit des Knies wieder herzustellen. Sie war 2 1/2 Monate arbeitsunfähig und litt währenddessen unter Schwellungen, Schmerzen und einer eingeschränkten Beweglichkeit des Knies.

Bei der Bemessung berücksichtigte das Gericht, dass die fehlende Belastbarkeit des linken Kniegelenks und damit des gesamten linken Beines zu einer Beeinträchtigung im alltäglichen Leben führte; so sei eine ungehinderte Fortbewegung nicht mehr möglich, ein in die Hocke gehen gänzlich unmöglich, die Ausübung von Sport, etwa in Form von Wandern und Schwimmen, nicht praktizierbar. Auch wurde berücksichtigt, dass ein Nordseeurlaub zwar angetreten werden konnte, aber wegen der weitgehenden Immobilität nur von eingeschränktem Urlaubswert war.

Andererseits stellte das Gericht darauf ab, dass die Verletzung ohne weitere Folgen komplikationslos ausgeheilt war und sich die Schmerzen auf ein »erträgliches Maß« beschränkten.

E 2326 LG Bonn, Urt. v. 04.04.2012 – 1 O 424/11, unveröffentlicht

3.000,00 € (Vorstellung: 3.000,00 €)

Nasenbeinfraktur

Die Klägerin stürzte in einer Fußgängerzone aufgrund einer unzureichend gekennzeichneten Stufe; sie erlitt eine Nasenbeinfraktur, eine 3 cm große oberflächliche Hautabschürfung am Handgelenk sowie eine Schürfwunde am Knie. Sie war in ärztlicher Behandlung und bekam schmerzstillende Medikamente; zwei Monate medizinischer Nachbetreuung schlossen sich an.

E 2327 LG Kaiserslautern, Urt. v. 31.10.2005 – 3 O 1/01, unveröffentlicht

3.500,00 € (1/2 Mitverschulden; Vorstellung: 7.500,00 €)

Schnittwunden an Wange, Hals und Hand

Der Kläger war als Lichtmeister im Rathaus tätig, als der 1. FC Kaiserslautern gerade den Gewinn der deutschen Fußballmeisterschaft feierte. Er sollte von einer Galerie aus die Ausleuchtung vornehmen. Der Galerieraum ist durch Glaselemente von einem als Flachdach ausgestalteten Vorbau getrennt. Als der Kläger dieses betreten wollte, geriet er gegen ein Glaselement, wodurch die Festverglasung zerbrach. Durch herabfallende Glasstücke erlitt der Kläger eine Schnittwunde an der rechten Wange und eine 4 cm lange Schnittwunde am Hals. Des Weiteren erlitt er eine 3 cm lange Schnittwunde am rechten Oberschenkel, eine 10 cm lange am Daumen und Handballen links sowie eine 4 cm lange am rechten Unterarm. Er war 6 Wochen arbeitsunfähig.

Eine Verkehrssicherungspflichtverletzung wurde bejaht, weil nach den Unfallverhütungsvorschriften bruchsicheres Glas hätte eingesetzt sein müssen.

Bei der Bemessung wurden die schmerzhaften Schnittverletzungen mit Narbenbildung in Gesicht, an Hals, Oberschenkel, Daumen, Handballen und Unterarm sowie die mehrwöchige Heilbehandlung berücksichtigt. Insb. die Narbe an der rechten Wange ist deutlich sichtbar; die Narbenbildung an der linken Hand kann (minimal) beeinträchtigen.

OLG Hamm, Urt. v. 07.02.2006 – 9 U 62/05, NZV 2007, 140 E 2328

3.500,00 € (Vorstellung: 5.000,00 €)

Fraktur des Würfelbeines

Die Klägerin trat in ein Loch im Bürgersteig, knickte mit dem Fuß um und zog sich eine Abrissfraktur des Würfelbeins zu. Die Gemeinde hatte dieses, ca. 30 × 30 cm große Loch im Asphalt vor der Straße nicht beseitigt.

OLG Naumburg, Urt. v. 25.04.2007 – 6 U 191/06, VersR 2008, 1505 E 2329

3.500,00 € (1/2 Mitverschulden)

Verbrennungen 1. und 2. Grades an Bauch und Hals

Die 39 Jahre alte Klägerin, eine Zahnärztin, war im Hotel des Beklagten zu Gast. Als sie in der Sauna war, fand sie dort einen leeren Holzeimer, der – wie sie richtig erkannte – der Zubereitung von Aufgüssen diente. Daraufhin entnahm sie im Saunavorraum einem offenen Holzregal eine mit Aufgusskonzentrat gefüllte Plastikflasche, die mit Warn- und Benutzungshinweisen versehen war, und goss den Inhalt (hinweiswidrig) unverdünnt auf den erhitzten Saunaofen. Die ätherischen Öle verpufften, was eine Stichflamme hervorrief. Sie erlitt Verbrennungen 1. und 2. Grades und hatte in den Wochen nach dem Unfall erhebliche Schmerzen. Hauttransplantationen waren nicht erforderlich, aber sie darf nicht mehr Sonnenbaden. An Bauch und Hals sind deutlich sichtbare Brandnarben zurückgeblieben, aufgrund derer sie geschlossene Kleidung trägt.

Das Gericht bejahte eine Verkehrssicherungspflicht des Hoteliers, den Saunabetrieb so zu organisieren, dass der Saunaaufguss nur von eingewiesenen Mitarbeitern hergestellt und das entsprechende Konzentrat unerreichbar aufbewahrt wird.

OLG Brandenburg, Urt. v. 21.12.2007 – 2 U 7/07, unveröffentlicht E 2330

3.600,00 € (2/3 Mitverschulden; Vorstellung: 15.000,00 €)

Schultergelenksverletzung

Die Klägerin stürzte wegen starker Glätte auf dem nicht gestreuten Gelände der Beklagten. Sie erlitt eine Verletzung des rechten Schultergelenks, die ihren mehrfachen stationären Aufenthalt erforderlich machte und eine langfristige Arbeitsunfähigkeit verursacht hat. Sie leidet dauerhaft unter einer Bewegungseinschränkung im rechten Schultergelenk. Es verbleibt eine Dauer-MdE von 20 %.

OLG Hamm, Urt. v. 09.12.2005 – 9 U 170/04, NZV 2006, 550 = NVwZ-RR 2006, 718 E 2331

4.000,00 € (3/5 Mitverschulden; Vorstellung: 15.000,00 €)

Oberschenkelhalsfraktur

Die Klägerin fuhr mit ihrem Mountainbike auf einem Radweg der beklagten Gemeinde, der durch vermodertes Laub glitschig geworden war. Sie geriet ins Rutschen und fiel, wobei sie eine Oberschenkelhalsfraktur erlitt. Es besteht das Risiko einer Gelenkarthrose; als Dauerschaden ist eine eingeschränkte Beweglichkeit der Hüfte verblieben. Eine Haftung aus Verkehrssicherung wurde bejaht, weil die turnusmäßig wöchentliche Reinigung wegen

Kapazitätserschöpfung der Kehrmaschine nicht bis zum Unfallbereich durchgeführt worden war. Das Mitverschulden wurde erhöht, weil die Klägerin ggü. der Unfallstelle wohnte und daher die Gefahr besonders deutlich vor Augen hatte.

E 2332 **OLG Hamm, Urt. v. 03.02.2009 – 9 U 101/07, NJW-RR 2010, 33**

4.000,00 € (Vorstellung: 4.000,00 €)

Nasenbeinfraktur – Kieferbruch – Prellungen

Der Kläger fuhr mit seinem Fahrrad gegen eine nur unzureichend abgesicherte Kette, die die Fußgängerzone der Innenstadt absperrte. Er erlitt Prellungen an den Knien und Verletzungen im Gesicht, insb. einen komplizierten Kieferbruch und eine Nasenbeinfraktur. Der Sturz ging mit einem Blutverlust und Weichteilschwellungen einher, der Senat bezeichnete die Verletzungen als »naturgemäß äußerst schmerzhaft«.

E 2333 **OLG Stuttgart, Urt. v. 06.05.2009 – 3 U 239/07, unveröffentlicht**

4.000,00 € (2/3 Mitverschulden; Vorstellung: 25.000,00 €)

Sprunggelenksverrenkungsbruch

Der Kläger stürzte auf einem nicht gestreuten und vereisten Gehweg (das Mitverschulden gründete aus dem Tragen von Sommerschuhen mit glatter Sohle).

Er erlitt einen Sprunggelenksverrenkungsbruch links (Typ Weber B/V). Er wurde während eines 10 Tage langen stationären Aufenthalts operiert, wobei der Bruch mit interfragmentärer Verschraubung und Stellschraube versorgt wurde. Diese Schraube brach, sodass wegen Komplikationen zwei weitere anfielen. Der Kläger war 9 1/2 Monate arbeitsunfähig; im Nachgang zu der Verletzung kam es unfallbedingt zu einem weiteren Sturz, der erneut 10 Tage stationären Aufenthalts zur Folge hatte. Der Kläger war längere Zeit auf zwei Unterarmgehstützen angewiesen. Als Dauerschaden verbleiben eine eingeschränkte Beweglichkeit im Bereich des linken oberen Sprunggelenks, eine Schwellung am Unterschenkel, eine 11 cm lange schmale Narbe mit Hyperpigmentierungen sowie generative Veränderungen, die zu einer posttraumatischen Arthrose führen werden. Der Heilungsverlauf verzögerte sich über 4 Jahre.

E 2334 **OLG Hamm, Urt. v. 23.06.2009 – 9 U 192/08, MDR 2010, 137 = NJW-RR 2010, 129**

4.000,00 € (1/2 Mitverschulden; Vorstellung: 5.000,00 €)

Oberarmknochenfraktur – Schädigung des nervus radialis

Die 71 Jahre alte Klägerin stolperte beim Verlassen ihres Zimmers im Vertragshotel des beklagten Reiseveranstalters über eine mehrere Zentimeter hohe Stufe zwischen Zimmerflur und Hotelzimmer, die nicht auffällig kenntlich gemacht war. Hierbei erlitt sie einen dislozierten Bruch des Oberarmknochens, der operativ gerichtet wurde. Ein knapp zweiwöchiger Krankenhausaufenthalt am Urlaubsort, der Schweiz, schloss sich an. Bei der Operation war der Radialisnerv geschädigt worden, weswegen die Klägerin ihre rechte Hand kaum noch bewegen konnte. Mit großer Wahrscheinlichkeit wird sie die Hand auch künftig nie mehr voll benutzen können. Sie hat die Kraft in sämtlichen Fingern der rechten Hand verloren und kann nur noch Zeige- und Mittelfinger bewusst bewegen. Ein Faustschluss ist nicht mehr komplett möglich (sog. »Fallhand«). Schon der Oberarmbruch hatte belastende krankengymnastische Maßnahmen über mehrere Monate zur Folge, Verbesserungen an der Hand sind auch mit physiotherapeutischer Unterstützung nicht mehr zu erzielen.

Das Gericht bejahte einen Reisemangel, weil eine Absicherungspflicht der Stolperkante bestanden habe, und sprach Schmerzensgeld aus Reisevertrag zu.

OLG Koblenz, Beschl. v. 16.12.2009 – 2 U 904/09, MDR 2010, 630 E 2335

4.000,00 € (Vorstellung: 5.000,00 €)

Außenknöchelfraktur

Die Klägerin hatte bei der Beklagten eine Nilkreuzfahrt gebucht und war auf dem Schiff beim Heruntergehen einer Marmortreppe ausgerutscht, weil die Treppe nach der Reinigung noch glitschig war; Warnhinweise fehlten. Sie erlitt eine Außenknöchelfraktur vom Typ Weber B am linken Fuß.

LG Köln, Urt. v. 24.02.2010 – 7 O 363/09, unveröffentlicht E 2336

4.000,00 € (Vorstellung: 5.000,00 €)

Ober- und Unterarmfraktur

Der 6 Jahre alte Kläger spielte im Indoorspielpark des Beklagten. Als er von einem »Softmountain-Springberg«; eine Art Hüpfburg ohne seitliche Begrenzungen, absteigen wollte, wurde er durch das Hüpfen eines anderen Kindes heruntergeschleudert. Er fiel und erlitt eine Ober- und Unterarmfraktur. Um den Softmountain herum lagen keine Fallschutzmatten oder Ähnliches.

Nach Scheitern einer konservativen Behandlung wurde die Fraktur operiert, wobei Kirschnerdrähte verwandt wurden. Der Kläger trug eine Oberarmgipsschiene und war 5 Monate in ärztlicher Behandlung. Hierbei wurde er über vierzigmal behandelt, wobei schwerpunktmäßig krankengymnastische Übungen in überwiegend wöchentlichem Rhythmus stattfanden. Als Dauerschaden verblieb eine Narbe am Ellbogen

Bei der Bemessung stellte das Gericht auf die Notwendigkeit einer Gipsschiene für einen längeren Zeitraum ab, ferner darauf, dass den Besonderheiten eines kindlichen Verletzten Rechnung getragen werden müsse. Diesem sei die Notwendigkeit behandlungsbedingter Beeinträchtigungen und Schmerzen nicht so vermittelbar wie einem Erwachsenen, auch führe das kindliche Zeitempfinden zu einer anderen Wahrnehmung einer langwierigen Behandlung. Zuletzt sei ein Kind in dem dem klägerischen Alter innewohnenden Bewegungsdrang schwerer eingeschränkt als ein Erwachsener.

AG Schöneberg, Urt. v. 07.06.2011 – 3 C 37/11, unveröffentlicht E 2337

4.000,00 € (Vorstellung: 5.000,00 €)

Radiusfraktur des Unterarms

Der Kläger stürzte auf einem unzureichend vom Schnee gereinigten Treppenabsatz des Gebäudes der Beklagten; hierbei erlitt er einen distalen Bruch des Radius im linken Unterarm. Er war 4 Tage in stationärer Behandlung, während dessen eine Platte eingesetzt wurde. Diese wurde ein Jahr später entfernt. Den Kläger als Linkshänder trifft eine eingeschränkte Beweglichkeit der linken Hand über einen längeren Zeitraum besonders.

OLG Stuttgart, Beschl. v. 29.04.2008 – 5 W 9/08, VersR 2008, 1357 = NJW 2008, 2514 = NZV 2008, 523 E 2338

4.500,00 € (Vorstellung: 6.000,00 €)

Prellungen – Schürfwunden – Beschwerden der unteren LWS

Die 18 Jahre alte Klägerin stürzte auf dem Parkplatz der von dem Beklagten betriebenen Diskothek in einen Kanalschacht, weil der marode Kanaldeckel unter der Belastung zu Bruch ging. Sie konnte sich am oberen Rand der Kanalöffnung festhalten, erlitt aber Prellungen und

Schürfwunden, wobei Hautverletzungen vernarbten. Auch erlitt sie Beschwerden im Bereich der unteren LWS, die ein Jahr fortdauerten.

Die Entscheidung erging im PKH-Verfahren; das OLG wies darauf hin, dass höhere Schmerzensgelder i. d. R. nur bei Frakturen gewährt würden, aber auch darauf, dass keine Bindung des LG an den im PKH-Verfahren angesetzten Schmerzensgeldbetrag bestehe.

E 2339 **LG München I, Urt. v. 04.06.2009 – 25 O 9420/08, unveröffentlicht**

4.500,00 € (1/2 Mitverschulden)

Armbruch

Der Kläger war nachts auf einem unbeleuchteten Weg auf dem Gelände der Beklagten über einen 30 cm hohen Betonklotz gestürzt. Er bracht sich einen Arm; eine Operation war nötig, und die Gebrauchstauglichkeit des Arms ist dauerhaft um 4/10 gemindert. Das Gericht war der Auffassung, die Betonklötze – die der Blockade der Einfahrt dienen sollten – müssten farblich gekennzeichnet oder beleuchtet werden.

E 2340 **LG Rostock, Urt. v. 28.05.2008 – 4 O 3/08, unveröffentlicht**

5.000,00 € (Vorstellung: 6.000,00 €)

Skalpierungsverletzung am Schädel – Schwindel

Die Klägerin erlitt bei einem Sturz auf einer Straße, für welche die Beklagte verkehrssicherungspflichtig war, eine schwere Kopfverletzung. Aus dem Gehweg ragten 7 cm lange Metallbolzen heraus, die nur teilweise durch weiße Holzleisten abgedeckt waren und die im Sommer zur Befestigung von Parkbänken dienten. Die Klägerin erlitt durch den Aufprall mit dem Kopf auf einem Metallmülleimer eine Skalpierung der Kopfschwarte. Diese verheilte oberflächlich problemlos, die Klägerin litt aber lange Zeit an anfallsweise auftretendem Schwindel, an Gangunsicherheiten, Ängstlichkeit und starken Kopfschmerzen. Mehrere Monate traten lokale Parästhesien der Kopfhaut auf.

Das Gericht berücksichtigte die schmerzhafte Verletzung durch die Skalpierung und die anhaltenden Schmerzen, zudem das »unverständliche Regulierungsverhalten« der kommunalen Beklagten und den Umstand, dass eine »absolut unnötige Stolperfalle auf dem neu angelegten Gehweg« von einem »hohen Maß an Sorglosigkeit« zeuge.

E 2341 **LG Neubrandenburg, Urt. v. 02.07.2010 – 3 O 70/09, unveröffentlicht**

6.000,00 € (Vorstellung: 10.000,00 €)

Unterschenkelbruch

Der Kläger stürzte auf einem nicht gestreuten Fußgängerüberweg wegen Eisglätte. Er erlitt einen komplizierten Unterschenkelbruch mit Unterschenkel-Kompartment-Syndrom. Die Fraktur wurde operiert, der Kläger war 17 Tage stationär. Als Dauerfolge ist eine posttraumatische Arthrose mit einem GdB von 20 % zu erwarten.

E 2342 **LG Bonn, Urt. v. 01.02.2011 – 7 O 146/10, VersR 2012, 1269**

6.000,00 € (Vorstellung: 18.000,00 €)

Lippenverletzungen – Zahnschäden – Narben

Der 12 Jahre alte Kläger feierte seinen Geburtstag auf dem Zeltplatz des Beklagten. Zur Spannung einer Sonnenmarkise waren dort mehrere Stahlseile zwischen einem Partyraum und dem Boden gespannt, der sich in unmittelbarer Nähe zum Grillplatz befand. Als bei schwindendem

Licht die Kinder abends herumtollten, lief der Kläger versehentlich gegen ein gespanntes Seil. Hierbei erlitt er eine Unterlippenprellung, Abschürfungen am Kinn und eine blutende Unterlippe. Ferner entstanden vier sichtbare Narben durch Perforation der Unterkieferfrontzähne an der Unterlippe, Narben an der Lippe und eine Narbe durch den Eckzahn am Mundwinkel. Acht Zähne, auch Schneidezähne, waren beschädigt und mussten mit Kunststoffaufbauten vorläufig gerichtet werden. Eine endgültige Behandlung mit Kronen und Veneers ist erst mit Volljährigkeit möglich. Der Kläger hatte 2-3 Wochen nach dem Unfall noch starke Schmerzen und konnte zunächst nur flüssige Nahrung aufnehmen. Bei der Bemessung wurde berücksichtigt, dass es zu an sich nur kleineren Beschädigungen, aber an einer Vielzahl von Zähnen gekommen war.

In der Berufung (OLG Köln 17 U 22/11) wurde im Vergleichswege ein Schmerzensgeld von 9.000,00 € gezahlt.

OLG Köln, Urt. v. 18.12.2006 – 16 U 40/06, RRa 2007, 65 E 2343

6.500,00 € (Vorstellung: 30.000,00 €)

Schock

Die Klägerin und ihr Ehemann hatten bei der Beklagten eine Urlaubsreise gebucht. Der alkoholisierte Ehemann der Klägerin stürzte nachts vom Balkon, weil die Brüstung nur 56 cm hoch war – dies wurde als Verletzung der Verkehrssicherungspflicht gewertet – und starb noch an der Unfallstelle.

Die Klägerin, die bereits vor dem Unfall an depressiver Verstimmung litt, insoweit in ärztlicher Behandlung war und medikamentös behandelt wurde, leidet unter Depressionen und psychotischen Symptomen, ausgeprägten Unruhezuständen, Affektdurchbrüchen und Hoffnungslosigkeit. Sie ist weiterhin in ambulanter und stationärer Behandlung. Bei der Höhe des Schmerzensgeldes wurde zulasten der Klägerin berücksichtigt, dass der Tod des Mannes sie in einer Zeit traf, in der sie sich bereits in einer instabilen psychischen Verfassung befand.

LG Paderborn, Urt. v. 04.02.2008 – 2 O 384/06, unveröffentlicht E 2344

6.500,00 € (Vorstellung: 8.000,00 €)

Beckenringbruch – Rippenbrüche

Die Klägerin passierte das Metalltor zum Großhandel der Beklagten, als das Tor mit so viel Schwung von einem Mitarbeiter geschlossen wurde, dass es über den (nicht für ein Tor dieser Größe ausreichenden) Stopper hinauslief und zur Straßenseite hinüber kippte. Die Klägerin wurde von dem Tor erfasst und blieb darunter liegen. Sie erlitt einen vorderen Beckenringbruch, Brüche der 4. und 5. Rippe links sowie Prellungen. 4 Wochen nach dem Unfall litt sie noch an posttraumatischen Beschwerden in Form von Alpträumen. Die Brüche sind verheilt, allerdings leidet die Klägerin noch unter unfallbedingten Schmerzen in der Leistengegend.

OLG Hamm, Urt. v. 18.12.2007 – 9 U 129/06, NJW-RR 2008, 1554 E 2345

7.000,00 € (1/3 Mitverschulden; Vorstellung: 10.000,00 €)

Lendenwirbelkörperbruch

Der Kläger befuhr eine Hallenrodelbahn, als er irrtümlich einen Sprunghügel überfuhr und dann mit seinem Schlitten abhob. Beim Aufsetzen brach er sich den 2. Lendenwirbelkörper. In der Folge wurde u. a. ein überbrückender Fixateur eingebaut, der vom 1. bis zum 3. Lendenwirbelkörper reicht. Der Senat bejahte eine Verkehrssicherungspflichtverletzung, da der von Menschenhand geschaffene Hügel eine atypische Pistengefahr dargestellt habe, vor der hätte gewarnt werden müssen. Bei der Bemessung wurden zunächst die aufwendige Operation und eine dauerhafte Teilversteifung im unteren Wirbelsäulenbereich berücksichtigt. Der Kläger leidet unter einem Postfusionssyndrom, einer unangenehmen Folgeerscheinung nach Bandscheibenoperationen, wobei es »kaum ein orthopädisches Krankheitsbild der Wirbelsäule gebe, das mit derart unangenehmen, schmerzhaften und beeinträchtigenden Irritationserscheinungen der Nervenwurzeln einhergehe«. Es besteht lokale Schmerzhaftigkeit, eingeschränkte Beweglichkeit mit Rotationsschmerzen und lokalen Druckschmerzhaftigkeiten.

Bei dem Kläger ist eine Störung der Wirbelsäulenstatik eingetreten, die zu einer vermehrten Kyphorisierung geführt hat. Der Kläger ist infolge des Unfalls Einschränkungen in seinem Alltag, insb. bei seiner Tätigkeit als Elektroinstallateur, ausgesetzt, da er keine Lasten über 20 kg mehr heben oder die Wirbelsäule belastende Tätigkeiten ausüben darf.

E 2346 **OLG Karlsruhe, Urt. v. 03.04.2009 – 14 U 140/07, MDR 2009, 1043**

7.000,00 € (Vorstellung: 10.000,00 €)

Schnittverletzung an der rechten Hand – Durchtrennung des nervus medianus

Der 24 Jahre alte Kläger rutschte auf dem nassen Boden in der Diskothek der Beklagten aus. Hierbei fiel er, da auf dem Boden zerbrochenes Glas lag, in die Scherben und erlitt eine tiefe Schnittwunde am rechten Handgelenk mit einer arteriell spritzenden Blutung. Der nervus medianus wurde durchtrennt. Der Kläger wurde operiert und 3 Tage stationär behandelt. Die Sensibilität im Bereich des mit einer Nervennaht operativ versorgten Nervs ist eingeschränkt. Es liegt eine ausgedehnte Medianusschädigung vor, mit einer völligen Herstellung des Nervenverlaufs ist nicht zu rechnen. Die Feinmotorik und die grobe Kraft der rechten Hand sind vermindert, der Daumen kann nur teilweise eingesetzt werden, beim Beugen und Strecken von Handgelenk und Finger entstehen ganz erhebliche Schmerzen. drei Narben am Handgelenk verblieben. Der Kläger ist in seinem Beruf als Heizungsbauer nicht mehr einsetzbar. Das Gericht bejahte eine Verkehrssicherungspflichtverletzung dahin gehend, auch in einer vollen Diskothek der Boden von Scherben frei zu halten.

E 2347 **OLG München, Urt. v. 26.06.2013 – 3 U 479/13, unveröffentlicht**

7.000,00 €

Kopfverletzung

Der 11 Jahre alte Kläger fiel bei einer Bootstour aus dem von dem Beklagten geführten und unzureichend gesicherten Boot. Er erlitt eine Kopfverletzung, die eine Narbe mit sich brachte. Diese ist bei entsprechend kurzem Haarschnitt sichtbar. Der Kläger leidet auch vier Jahre nach dem Unfall noch – je nach Wetterlage – drei- bis viermal in der Woche an Kopfschmerzen, die mit homöopathischen Mitteln behandelt werden können.

E 2348 **OLG Saarbrücken, Urt. v. 18.10.2011 – 4 U 400/10, NJW-RR 2012, 152**

7.500,00 € (¼ Mitverschulden Vorstellung: 15.000,00 €)

Radiusköpfchenmehrfragmentfraktur

Die Klägerin kam auf dem Parkplatz der Beklagten auf einer ungestreuten Eisfläche zu Fall.

Sie erlitt eine Radiusköpfchenmehrfragmentfraktur (Bruch des rechten Ellenbogens), wurde deshalb operiert und zwei Wochen stationär behandelt, während dessen sie eine Oberarmgipsschiene tragen musste. Sie war mehrere Monate arbeitsunfähig; zwei Nachoperationen nach jeweils einem halben Jahr waren nötig, um die operativ eingesetzten Schrauben und eine Titanplatte zu entfernen. Es verblieb eine Beugefähigkeitsbeeinträchtigung des rechten Ellbogens und Taubheitsgefühle in den Fingern der rechten Hand, die ebenfalls bewegungseingeschränkt waren. Sie muss eine Dauerkrankengymnastik durchführen; 20% MdE.

OLG Saarbrücken, Urt. v. 02.03.2005 – 1 U 156/04, NJW-RR 2005, 973 = NZV 2006, 196 E 2349

8.000,00 € (1/2 Mitverschulden; Vorstellung: mindestens 10.000,00 €)

Verlust von Haaren mit einem Stück Kopfhaut – Narben

Die Klägerin besuchte eine Kart-Bahn. Während der Fahrt mit einem Kart wickelten sich die langen Haare der Klägerin, die ihr bis zum unteren Rückenbereich reichten, auf der Hinterachse des Karts auf und rissen der Klägerin ein ca. 12 – 15 cm großes Stück Kopfhaut ab. Den Beklagten fällt eine Verletzung der Verkehrssicherungspflicht zur Last, die Klägerin trifft ein hälftiges Mitverschulden, weil sie die langen Haare nicht unter dem Helm getragen hat.

Bei der Bemessung des Schmerzensgeldes wurden die erlittenen Schmerzen, die Dauer des Heilungsprozesses, die erhebliche Entstellung und die andauernden Beschwerden der Klägerin berücksichtigt.

OLG Celle, Urt. v. 30.11.2006 – 14 U 157/05, OLGR 2007, 43 E 2350

8.000,00 € (1/2 Mitverschulden)

Schädelhirntrauma – Schambeinfraktur – Schlüsselbeinfraktur

Der beklagte Landwirt versäumte es, den durch den Einsatz von Landmaschinen auf einer Kreisstraße entstandenen »groben Dreck« auf der Fahrbahn zu beseitigen. Das Gericht hielt bei einer in der Erntezeit durch eine Vielzahl von landwirtschaftlichen Betrieben genutzten Kreisstraße zwar für ausreichend, dass unter Einsatz eigener Maschinen die Straße soweit gereinigt wird, dass keine größeren Dreckanhaftungen mehr vorhanden sind; auf Restschmutz müsse der Landwirt aber bspw. durch Warnschilder hinweisen. Der Beklagte hatte allerdings eine dicke, sehr rutschige Matschschicht hinterlassen. Hierauf rutschte der Kläger mit seinem Motorrad aus; ein Mitverschulden ergab sich aus unangemessen hoher Geschwindigkeit.

Der Kläger erlitt ein Schädelhirntrauma mit Einblutungen in Form eines ausgeprägten Frontalhirnsyndroms, eine Kopfplatzwunde an der rechten Stirnseite, eine Schenkelhals- und Schambeinfraktur rechts, eine Schlüsselbeinfraktur rechts sowie ein Thoraxtrauma mit erheblicher Lungenprellung. Er lag 2 Wochen im Koma und wurde 1 1/2 Monate stationär behandelt; eine 4-monatige stationäre neurologische Rehabilitation schloss sich an. Er leidet weiterhin unter kognitiven Einschränkungen (geminderte Aufmerksamkeit) und Wesensänderungen (vermehrte Reizbarkeit, verbale Ausbrüche, Antriebsminderung, Neigung zur Weitschweifigkeit). Als körperliche Dauerschäden verblieben eine Bewegungseinschränkung des rechten Hüftgelenks und des rechten Schultergelenks, ein Schulterschiefstand und das verstärkte Risiko einer Arthrose. Es sei zu befürchten, dass der – im Zeitpunkt der Verhandlung wieder voll erwerbstätige – Kläger seinem Beruf als Maurer und Fassadensanierer langfristig nicht mehr nachgehen kann.

OLG Frankfurt am Main, Urt. v. 10.09.2008 – 1 U 184/07, MDR 2009, 263 = SpuRt 2009, 35 E 2351

8.000,00 €

3-fache Unterschenkelfraktur

Der Kläger fiel gegen einen fest im Boden verankerten Metallpfosten an der Talstation eines Skiliftes. Hierbei erlitt er eine Unterschenkelverletzung. Es kam zu einem 3-fachen Bruch des rechten Unterschenkels und einem Haarriss unter der Kniescheibe. Das Gericht nahm eine Pflicht an, diese Pfosten zum Schutz gegen Verletzungen der Skifahrer abzupolstern.

Zur Bemessung wurde ausgeführt, die Leiden des Klägers seien »erheblich«, aber das Verschulden des Beklagten nicht schwer.

E 2352 **OLG Brandenburg, Beschl. v. 02.11.2006 – 12 W 30/06, unveröffentlicht**

8.250,00 € (1/4 Mitverschulden; Vorstellung: 8.250,00 €)

Nasenbeinfraktur – Oberkieferfraktur – Schädelhirntrauma – Verlust des Geruchs- und Geschmackssinnes

Der Antragsteller verunfallte bei der Rückfahrt von der Arbeit auf seinem Fahrrad. Im Fahrbahnbereich befand sich eine ungesicherte und unbeleuchtete Baugrube. Er fiel mit seinem Fahrrad kopfüber in die Baugrube und zog sich bei diesem Sturz schwere Verletzungen im Gesichtsbereich zu. Er erlitt zentrale Mittelgesichtsfrakturen rechts und links, eine Nasenbeinfraktur, eine Oberkieferfraktur sowie ein Schädelhirntrauma 1. Grades. Nach 12 Tagen Krankenhausaufenthalt und 4-monatiger Arbeitsunfähigkeit verbleibt eine Dauer-MdE von 15 %. Als Dauerschaden verblieben ein weitgehendes Erlöschen des Geruchs- und Geschmackssinnes, eine deutliche Behinderung der Nasenatmung sowie eine verminderte Sensibilität der Nasenspitze. Der Senat bejahte (die Entscheidung erging im PKH-Verfahren) hinreichende Erfolgsaussichten für den vorgestellten Schmerzensgeldbetrag und betonte, dass, wenn eine Baustelle in verkehrsunsicherem Zustand verlassen wird, die Verkehrssicherungspflicht so lange fortdauere, bis ein anderer die Sicherung der Gefahrenquelle tatsächlich und ausreichend übernimmt. Dies war vorliegend beim Wechsel der Bauunternehmer nicht geschehen, weswegen beide in die Verantwortung genommen wurden.

E 2353 **OLG Köln, Urt. v. 17.03.2005 – 7 U 126/04, unveröffentlicht**

10.000,00 € (Vorstellung: mindestens 20.000,00 €)

Gesichtsfrakturen – Nasenbeinfraktur – Zahnfraktur

Der 7 Jahre alte Kläger verletzte sich auf Skateranlage, die er – obwohl sie nur unzureichend dagegen gesichert war – mit einem Fahrrad benutzte. Hierbei stürzte er, weil eine Abfahrtrampe demontiert worden war.

Bei dem Unfallereignis erlitt der Kläger eine Mittelgesichtsfraktur, verschiedene Frakturen der Schädel- und Gesichtsschädelknochen, eine Alveolarfortsatzfraktur, eine Orbitabodenfraktur, eine Kalottenfraktur, eine Nasenbeinfraktur, eine Stirnhöhlenvorderwandfraktur und eine Zahnfraktur. Er verlor vier Zähne und erlitt eine Platzwunde. Der Kläger befand sich 18 Tage und später noch einmal 4 Tage in stationärer Behandlung. Seit dem Unfall weist das Gesicht des Klägers eine leichte Schiefstellung auf.

E 2354 **OLG Frankfurt am Main, Urt. v. 28.06.2005 – 8 U 185/04, unveröffentlicht**

10.000,00 € (Vorstellung: 10.000,00 €)

Knieteilluxation

Die Klägerin war im Krankenhaus der Beklagten am Knie operiert worden, wobei ihr ein künstliches Kniegelenk eingesetzt worden war. 4 Tage nach der Operation stürzte sie beim Verlassen des Sanitätsraums, weil dieser unsachgemäß gereinigt und der Boden noch »glitschig« war, als die Klägerin mit ihren Krücken drauftrat und ausrutschte. Sie erlitt eine Teilluxation des (behandelten) rechten Knies mit Innenbandläsion, die zwei weitere Operationen, physiotherapeutische Behandlungen über einen längeren Zeitraum und multiple Beschwerden nach sich zog. Der Heilungsverlauf verzögerte sich erheblich, da Haut, Unterhalt und Bindegewebe um das Kniegelenk stark verklebt und sehr fest waren und die Narbe über dem Kniegelenk starr und wenig durchblutet war.

OLG Hamm, Urt. v. 20.01.2006 – 9 U 169/04, NZV 2006, 587 = NVwZ-RR 2006, 815 E 2355

10.000,00 € (1/2 Mitverschulden; Vorstellung: 50.000,00 €)

Komplizierte Trümmerfraktur des Unterschenkels und des Sprunggelenks

Der Kläger kam bei Glätte auf einer nicht gestreuten Straße ins Schleudern und prallte gegen eine Straßenlaterne. Das morgens aufgebrachte Tausalz war wegen starker Verdünnung durch Schmelzwasser wirkungslos geworden; die Gemeinde hätte aber durch vorbeugendes Streuen eine Glatteisbildung verhindern können. Er zog sich eine komplizierte Trümmerfraktur des Unterschenkels und des Sprunggelenks zu.

OLG Saarbrücken, Urt. v. 09.05.2006 – 4 U 175/05-114, NJW-RR 2006, 1255 E 2356

10.000,00 €

Brustbeinbruch – Fersenbeinbruch – Gehirnerschütterung

Der 16 Jahre alte Kläger stürzte von einem Garagendach einer Grundschule, welches – als Flachdach ausgestaltet – von der rückwärtigen Seite aufgrund einer Hanglage ebenerdig begehbar war. Am Ende des Daches befand sich ein nur im Boden verankertes Geländer; die Höhe dort waren 3,5 m. Als eine Freundin des Klägers über dieses Geländer kletterte, auf die wenige Zentimeter breite Brüstung trat und verkündete, sie wolle herunterspringen, eilte ihr der Kläger zu Hilfe, um sie vom Sprung abzuhalten; er versuchte, sie wieder über das Geländer zu ziehen, wobei dieses abbrach und beide in die Tiefe stürzten. Ursache war die Durchrostung der Befestigungsschienen.

Der Kläger erlitt hierbei einen Fersenbeinbruch, einen Brustbeinbruch, eine Gehirnerschütterung, eine Platzwunde am Hinterkopf sowie eine weitere Platzwunde am Ellenbogen. Er war 5 Tage in stationärer Behandlung und danach noch 6 Wochen auf einen Rollstuhl angewiesen.

Das Gericht bejahte eine Verkehrssicherungspflichtverletzung, da die Korrosion der Geländersicherung vorhersehbar war, der Verkehrssicherungspflichtige müsse daher der Korrosion vorbeugen oder durch geeignete Kontrollmaßnahmen sicherstellen, dass eine Schwächung des Geländers sofort entdeckt werden könne. Da die Schule nicht nur einen korrosionsfesten Anstrich unterlassen hatte, sondern das Dach auch so mit Kies aufgeschüttet hatte, dass die Einspannstellen verdeckt waren, lag eine Verletzung der Überwachungspflicht vor.

Der Senat stellte bei der Bemessung nicht nur auf die 2-monatige Arbeitsunfähigkeit ab, sondern insb. darauf, dass ein Sturz von einem Dach mit den dabei erlittenen schweren Verletzungen für den jugendlichen Kläger ein elementares und prägendes Ereignis darstelle. Auch sei die Tatsache, dass der Kläger über Wochen hinweg an den Rollstuhl gebunden war, eine schwere und einschneidende Einbuße an Lebensqualität.

OLG Saarbrücken, Urt. v. 16.05.2006 – 4 UH 711/04-196, NJW-RR 2006, 1165 = NZV 2006, 581 E 2357

10.000,00 € (Vorstellung: 10.000,00 €)

Nierenruptur – Harnleiterruptur

Die 7 Jahre alte Klägerin wurde bei einem Fußballturnier in der Sporthalle der Beklagten verletzt; sie gelangte in den Bereich unterhalb der Tribüne, an deren Gestänge sich Kinder festhalten, schaukeln und auch klettern konnten. Hierbei kam sie zu Fall. Sie erlitt an drei Stellen eine Nierenruptur und eine Ruptur des Harnleiters und war deswegen vom Unfalltag an 1 1/2 Monate in stationärer Behandlung. Noch 2 Monate nach dem Unfall litt die Klägerin unter erheblichen Fieberattacken, die wochenlange Medikation mit Antibiotika erforderlich machten. 3 Jahre nach dem Unfall ist die Klägerin immer noch in ärztlicher Behandlung.

Das Gericht stellte insb. darauf ab, dass ein Krankenhausaufenthalt im kindlichen Alter, der notwendig mit einer Trennung von Familie und vertrauter Umgebung verbunden ist, als besonders belastend empfunden wird.

E 2358 **OLG Stuttgart, Urt. v. 26.07.2006 – 3 U 65/06, NJW 2007, 1367**

10.000,00 €

Tod nach 25 Tagen bei Bewusstlosigkeit

Die Klägerin macht einen ererbten Schmerzensgeldanspruch geltend. Der Erblasser unternahm mit der Beklagten und anderen Personen eine Bergwanderung. Die Beklagte fiel im Rahmen ihres Sturzes von oben gegen den Ehemann der Klägerin, der dadurch das Gleichgewicht verlor und in die Tiefe stürzte. Sie hatte gegen ihre Verkehrssicherungspflichten verstoßen, weil sie auf einem schmalen und wegen Feuchte rutschigen Bergweg ihre noch nicht 4-jährige Tochter an der Hand führte. Der Erblasser zog sich im Verlauf des Sturzes schwerste Verletzungen zu und verlor das Bewusstsein. Nach seinem Sturz war er nicht mehr ansprechbar und hatte massivste innere und äußere Verletzungen. Nach zehn Operationen verstarb er nach 25 Tagen, ohne das Bewusstsein wiedererlangt zu haben.

E 2359 **OLG Karlsruhe, Urt. v. 30.12.2008 – 14 U 107/07, WuM 2009, 256**

10.000,00 €

Knöchelfraktur

Die 68 Jahre alte Klägerin stürzte wegen Glatteises auf der Rampe der Tiefgarage ihres Wohnhauses, weil diese nicht gestreut war. Sie erlitt eine Verletzung des linken Knöchels (bimalleoläre OSG-Luxationsfraktur mit geschlossenem Weichteilschaden 3. Grades). Sie wurde eine Woche später operiert und befand sich noch eine weitere Woche in stationärer Behandlung. Zu Hause benötigte die Klägerin rund 4 Wochen einen Rollstuhl, da ihr Gang auch mit zwei Gehstützen unsicher war. Die Wundheilung verzögerte sich um 3 Monate, weil sich ein Ödem im Wundheilungsgebiet gebildet hatte; die Wundnaht zog sich auseinander und es kam zu einer Vereiterung und einer starken Adduktorenreizung.

Noch rund 8 Monate nach dem Unfall benötigte die Klägerin zwei Gehstützen. Als Folgeschaden wird etwa 5 Jahre nach dem Unfall mit Sicherheit eine Arthrose auftreten. Das Gericht stellte bei der Bemessung insb. auf den langwierigen Heilungsverlauf und die rund 8 Monate andauernde gravierende Gehbehinderung ab.

E 2360 **OLG Hamm, Urt. v. 09.01.2009 – 9 U 144/08, NJW-RR 2010, 31 = MDR 2009, 1044**

10.000,00 € (Vorstellung: 12.500,00 €)

Speichen- und Ellenfrakturen

Die 10 Jahre alte Klägerin verletzte sich, als sie von einer unzureichend gesicherten, weil in exponierter Hanglage angebrachten, Tellerschaukel herunterfiel. Sie erlitt eine offene Fraktur von Speiche und Elle rechts sowie eine geschlossene Fraktur der Speiche links jeweils mit Beeinträchtigung der Wachstumsfuge, eine Gehirnerschütterung und Prellungen.

Das Gericht berücksichtigte, dass die Klägerin wegen der Verletzung beider Arme über einen beachtlichen Zeitraum völlig auf die Hilfe Dritter angewiesen war. Der externe Fixateur hat sichtbare Narben am linken Arm hinterlassen. Es besteht die Gefahr von Wachstumsstörungen, weil sich die Bruchstellen in der Nähe der Wachstumsfugen befinden. Weil die ursprüngliche Knochenstabilität noch nicht erreicht war, kam es zu einem weiteren Bruch.

LG Düsseldorf, Urt. v. 18.02.2009 – 2b O 213/06, VRR 2009, 162 E 2361

12.000,00 € (Vorstellung: 20.000,00 €)

Schädelfraktur – Verlust des Geruchssinnes

Die 54 Jahre alte Klägerin stürzte auf einem unzureichend gestreuten Grundstück der Beklagten. Sie erlitt eine Gehirnerschütterung und eine Schädelfraktur mit nachfolgender traumatischer Subarachnoidalblutung und kurzfristiger retrograder Amnesie sowie Druckschmerz in Projektion auf das Steißbein. Sie war eine Woche in stationärer Behandlung und litt außerdem noch einige Tage unter Kopfschmerzen und an 5 Monate anhaltenden Schwindelanfällen, die die Ausübung ihrer Hobbies – Wandern, Radfahren – vereitelten. Im Vordergrund der die Klägerin treffenden Verletzungsfolgen steht jedoch der irreparable Verlust des Geruchssinnes als Dauerschaden. Zur Einbuße an Lebensqualität berücksichtigte das Gericht ferner, dass der Geruchssinn ein wichtiges Alarmsignal des Körpers vor Gefahren (verdorbene Speisen, Gas, Brand) darstelle, der nun ausfalle. Es verbleibt eine MdE von 15 %. Bei der Bemessung wertete das Gericht die vollständig fehlende Regulierungsbereitschaft der Beklagten schmerzensgeld erhöhend.

OLG Brandenburg, Urt. v. 10.06.2008 – 11 U 32/07, unveröffentlicht E 2362

13.000,00 € (Vorstellung: 20.000,00 €)

Schienbeinkopffraktur – Kniescheibenfraktur – Sprunggelenksfraktur

Die Klägerin stürzte auf einer defekten Treppenstufe im Hotel der Beklagten. Sie erlitt Frakturen des Schienbeinkopfes und der Kniescheibe rechts sowie des linken Sprunggelenks. Sie wurde dreimal operiert; die Wiederherstellung der Beweglichkeit war erheblich verzögert, weil beide Beine verletzt waren. Die Klägerin war einen Monat in einem Rehabilitationskrankenhaus und benötigte weitere 6 Wochen Unterarmstützen. Bei der Bemessung berücksichtigte das Gericht, dass 3 Jahre keine Zahlungen geleistet worden waren.

OLG Köln, Urt. v. 29.09.2006 – 19 U 193/05, VersR 2007, 259 E 2363

15.000,00 €

Schulterbruch

Der 77 Jahre alte Kläger stürzte in der Spielhalle des Beklagten beim Verlassen einer Spielkabine über ein unzureichend gesichertes, auf dem dunklen Teppichboden liegendes schwarzes Staubsaugerkabel. Dabei zog sich der Kläger, dessen rechter Arm durch eine Kriegsverletzung versteift war, einen Bruch der linken Schulter zu. Er war 3 Wochen in stationärer Behandlung und wurde anschließend von mehreren Ärzten ambulant weiterbehandelt; 3 weitere Wochen waren intensive Pflegeleistungen nötig. Der verletzte linke Arm bleibt bewegungsbeeinträchtigt; der Kläger ist nicht mehr in der Lage, ohne Hilfestellungen Dritter seine täglichen Verrichtungen auszuführen, insb. i. V. m. den kriegsbedingten Vorschäden, die nun zusammen mit dem Unfall zu einer Beeinträchtigung beider Arme führen. Der Senat führte aus, angesichts der Schmerzen, des Krankenhausaufenthalts und der fortdauernden Pflegebedürftigkeit sei »zunächst« ein Schmerzensgeld von 12.000,00 € als angemessen erschienen; angesichts des fortgeschrittenen Alters des Klägers und des erkennbar zögerlichen Regulierungsverhaltens der Beklagten, gerade auch im Lichte der eindeutigen Feststellungen, sei eine maßvolle Erhöhung auf 15.000,00 € sachgerecht.[160]

160 Allerdings ist es dogmatisch unrichtig, ein »an sich angemessenes« Schmerzensgeld zu erhöhen; vielmehr ist bei der Bemessung ein für **diesen Einzelfall** unter Berücksichtigung aller konkreten Bemessungsumstände angemessenes Schmerzensgeld auszuurteilen.

E 2364 **OLG Celle, Urt. v. 14.05.2009 – 8U 191/08, VersR 2009, 1508 = NZV 2010, 86 = SP 2010, 136**

15.000,00 €

Brustwirbelknochenrotationsberstungsfraktur

Die Klägerin, eine Fahrradfahrerin, wurde von einem umstürzenden Baum getroffen, der wegen Kanalarbeiten der Beklagten seine Wurzeln verloren hatte. Sie erlitt eine Rotationsberstungsfraktur am Brustwirbelknochen 12. Der Brustwirbelkörper wurde versteift, was eine endgradige Bewegungseinschränkung und weitere Funktionsstörungen der Wirbelsäule zur Folge hatte. Als weitere Unfallfolge verblieb eine geringfügige Angststörung mit spezifischen Ängsten vor Fahrradfahren bei Wind sowie Schreckhaftigkeit.

E 2365 **BGH, Urt. v. 18.07.2006 – XZR 142/05, NJW 2006, 3268 = VersR 2006, 1653 = MDR 2007, 258**

20.000,00 €

Schockschaden bei Tod des Kindes

Die Klägerin war in Griechenland im Urlaub. Wegen unzureichender Absicherung der Wasserrutsche im Poolbereich geriet ihr 11-jähriger Sohn mit dem rechten Arm in ein nicht mit einem Abdeckgitter geschütztes Ansaugrohr und ertrank. Das Berufungsgericht[161] hatte allen vier Hinterbliebenen (Eltern und zwei Geschwister) jeweils 20.000,00 € Schmerzensgeld zugesprochen, wobei ausgeführt wurde, der Senat »verkenne nicht, dass zu ähnlich gelagerten Konstellationen in der Vergangenheit von Gerichten teilweise deutlich niedrigere Beträge zugesprochen worden sind, aber auch deutlich höhere«. Im Hinblick darauf, dass seelisches Leid über Jahre hinweg einen Menschen in hohem Maße belaste, erfordere die Ausgleichsfunktion indes den zuerkannten Betrag. Der BGH wertete dies als frei von Rechtsfehlern.

E 2366 **OLG Hamm, Beschl. v. 27.04.2010 – 7U 98/09, unveröffentlicht**

20.000,00 €

Brüche an beiden Unterschenkeln

Der 60 Jahre alte Kläger erlitt einen Unfall auf der Wasserrutsche im Schwimmbad der Beklagten, als er in ein leeres Becken rutschte. Hierbei befand sich auf der ersten Ebene des Treppenturmes zur Rutsche neben der Treppe zur zweiten Ebene ein Schild mit der Aufschrift »Gesperrt«, welches von dem Kläger jedoch nicht bewusst wahrgenommen wurde. Da es an diesem Morgen geregnet hatte, befand sich ein Wasserfilm auf der Rutsche, welcher ein Gleiten ermöglichte. Die am Rutscheneinstieg befindliche Ampel war nicht in Betrieb, d. h. sie zeigte weder »grün« noch »rot«. Der Kläger machte sich hierüber keine Gedanken. Er bestieg schließlich die Rutsche und rutschte sie in Rückenlage hinab. Als er unten angelangt war, prallte er in dem leeren Becken mit seinen Füßen gegen die hintere Beckenwand und zog sich hierbei an beiden Unterschenkeln komplizierte Trümmerbrüche zu. Im Einzelnen kam es zu einer Trümmerfraktur der distalen Tibia und Fibula links (Wadenbeinbruch) mit Einstauchung der Fragmente und Absprengung eines großen Volkmannschen Dreiecks (dreieckige Absprengung der hinteren unteren Schienbeinkante), einer Zerreißung des Nervus peronaeus superficialis (Wadenbeinnerv) und einer nicht dislozierten (nicht verschobenen) Innenknöchelfraktur rechts.

Der Kläger wurde mehrfach operiert und war 3 Wochen in stationärer Behandlung; einen weiteren Monat blieb er zur Kurzzeitpflege stationär aufgenommen, weil er im Rollstuhl

161 OLG Köln, Urt. v. 12.09.2005 – 16U 25/05, VersR 2006, 941.

sitzen musste und eine Pflege bei ihm zuhause nicht möglich war. Anschließend war er einen Monat in einer stationären Rehabilitationsmaßnahme, es schloss sich eine ambulante Reha-Maßnahme an.

Der Kläger war ein halbes Jahr arbeitsunfähig und konnte danach 3 weitere Monate nur 4 Stunden pro Tag in seiner Apotheke arbeiten. Eine weitere Operation zur Entfernung von Metall in den Beinen steht noch aus; die Wiederbelastung seiner Beine war aufgrund der Tatsache, dass bei Beine gebrochen waren, erschwert. In den ersten Monaten nach dem Unfall konnte er seine zuvor ausgeübten Freizeitaktivitäten wie z. B. Spaziergänge, Wanderungen, Radfahren und Schwimmen nicht ausüben. Ab mittags schwellen seine Fußknöchel trotz des Tragens von Kompressionsstrümpfen an. Bei Witterungswechsel verspürt der Kläger Schmerzen. Zudem befürchtet er den Eintritt von Spätschäden wie einer posttraumatischen Arthrose.

Das Gericht bejahte eine Verkehrssicherungspflichtverletzung; angesichts des hohen Risikos einer Nutzung der Rutsche sei das Aufstellen eines Schildes für sich genommen völlig unzureichend.

Das OLG hat die Berufung der Beklagten durch Beschluss zurückgewiesen, ohne zur Höhe des Schmerzensgelds weitere Ausführungen zu machen. Diese finden sich in der erstinstanzlichen Entscheidung LG Münster, Urt. v. 18.11.2009 – 12 O 287/09, unveröffentlicht.

BGH, Urt. v. 18.07.2006 – XZR 44/04, VersR 2006, 1504 = NJW 2006, 2918 = NZV 2006, 538 **E 2367**

25.000,00 € (Vorstellung: 75.000,00 €)

Schnittverletzungen beider Sprunggelenke – Dauerschäden

Die 8 Jahre alte Klägerin lief während eines Urlaubs, den ihre Eltern bei der Beklagten gebucht hatten, gegen die Glasschiebetür des von ihrer Familie bewohnten Appartements, als sie nach draußen zu ihren Eltern wollte. Die Glastür zersplitterte; hierdurch erlitt sie erhebliche Verletzungen an beiden Unterschenkeln und Füßen. Aufgrund schwerer Schnittverletzungen im Bereich beider Sprunggelenke und Unterschenkel wurden Sehnen und Nerven durchgetrennt; die primäre Versorgung in einem Krankenhaus auf Menorca war unzureichend, sodass nach der Rückkehr der Klägerin eine erneute operative Wundversorgung mit Sehnennähten und Nervennähten sowie plastischer Rekonstruktion zerschnittener Gewebsanteile notwendig wurde. Die anschließende Wundverheilung war verzögert und gestört, weil über Monate immer wieder Fadenanteile der Wundversorgung vom Krankenhaus auf Menorca die verheilenden Wunden durchbrachen. Die Entfernung der Fadenreste war schwierig, erfolgte ambulant und war z. T. mit erheblichen Schmerzen verbunden; sie ist noch nicht abgeschlossen. Die Klägerin musste ca. für ein halbes Jahr nach dem Unfall einen Rollstuhl benutzen und befürchtete zunächst, nie wieder laufen zu können. Krankengymnastik und Rehabilitationsmaßnahmen sind weiter nötig; es bestand zunächst eine erhebliche Einschränkung der Beweglichkeit im linken oberen und unteren Sprunggelenk, wobei sich beim Gehen ein deutliches Hinken des linken Beines zeigte. Die Klägerin musste links einen Kompressionsstrumpf tragen. Diese Bewegungseinschränkungen haben sich mittlerweile verbessert. Dennoch ist die Klägerin in ihrer Mobilität nach wie vor stark eingeschränkt. Sie ist vom Schulsportunterricht befreit und kann derzeit ihren sportlichen Aktivitäten – sie spielte Tennis und war in einem Fußballverein – noch immer nicht nachgehen. Auch wenn eine Besserung eingetreten ist, verbleiben nach wie vor, insb. nach Belastungen des linken Beines, erhebliche Beschwerden. Eine Korrektur der Narben, insb. die der immer noch deutlich sichtbaren Narbe im Bereich des linken Sprunggelenks und Unterschenkels, kann erst erfolgen, wenn die Klägerin ausgewachsen ist. Der linke Fuß der Klägerin muss jeden Abend massiert werden, um das Narbengewebe geschmeidig zu halten. Es besteht weiterhin ein Taubheitsgefühl auf dem Rücken des linken Fußes. Die Beweglichkeit der Zehen dieses Fußes hat sich verbessert, ist aber immer noch eingeschränkt. Die Klägerin leidet unter den deutlich sichtbaren Narben am linken Fuß und hat Furcht vor großen Glasflächen. Der Senat stellte besonders auf das junge Alter der Klägerin und die Dauerschäden bei Freizeitaktivitäten und Aussehen ab.

E 2368 **KG, Urt. v. 13.09.2012 – 20 U 193/11, VersR 2013, 776**

25.000,00 € (¾ Mitverschulden; Vorstellung: 150.000,00 €)

Schädelfraktur – kognitive und sonstige Dauerschäden

Die in der Berufsausbildung befindliche Klägerin ging an einem Bauzaun entlang, der parallel zu Straßenbahnschienen lief. Gegen Ende des Bauzauns lief sie, um ein Taxi zu erreichen, und übersah das Ende des Bauzauns und eine Straße mit Querverkehr – hiervor war nicht ausreichend mit Hinweisschildern gewarnt worden. Sie wurde von einem passierenden LKW angefahren und schwer verletzt.

Die Klägerin erlitt eine Schädeldach- und –basisfraktur, die mehrere Operationen und eine bilaterale Schädeltrepanation zur Hirnentlastung mit Implantation des Knochendeckels in den Bauchraum erforderlich machten. Sie wurde 34 Tage beatmet und erlitt Dauerschäden in Form von Persönlichkeitsveränderungen, einer epileptischen Anfallsneigung, die Dauermedikation erfordert, Störungen der Konzentrationsfähigkeit sowie kognitive und sprachliche Störungen.

E 2369 **OLG Celle, Urt. v. 14.07.2005 – 14 U 17/05, VersR 2006, 1085**

30.000,00 € (1/5 Mitverschulden; Vorstellung: 30.000,00 € zuzüglich 250,00 € monatliche Rente)

Augenverletzung

Der 11 Jahre alte Kläger verletzte sich im Rahmen eines Kindergeburtstages im Außenbereich einer Turnhalle auf dem Grundstück einer Schule. Als er seinen heruntergefallenen und in ein mit Eiben bewachsenes Beet gerollten Fahrradhelm aufheben wollte, zog er sich an einem in 1,20 m Höhe im Mauerwerk angebrachten Metallanker von 6 – 10 cm Länge erhebliche Verletzungen seines rechten Auges zu. Es kam zu einer Bulbusverletzung, die 3 stationäre Operationen nach sich zog. Eine dauerhafte Sichtminderung und eine erhöhte Lichtempfindlichkeit verblieben als Dauerschäden. Auch fehlt das Akkomodationsvermögen, und das Stereosehen ist beeinträchtigt. Das Gericht bejahte eine Verkehrssicherungspflicht, da auf dem Gelände mit spielenden Kindern gerechnet werden müsse und der aus der Backsteinmauer hervorragende Anker ein erhebliches Verletzungsrisiko bedeute. Angesichts der lebenslangen Dauerfolgen sei der Kapitalbetrag geschuldet, wobei der Senat bestrebt sei, Schmerzensgelder »großzügig zu bemessen«; die Zubilligung einer Rente sprenge aber den Maßstab vergleichbarer Entscheidungen.

E 2370 **OLG Düsseldorf, Urt. v. 14.01.2005 – I-22 U 81/04, VersR 2006, 666 = DAR 2006, 153**

40.000,00 €

Schulterfraktur – Rippenserienfraktur – Lendenwirbelfraktur – Oberschenkelhalsfraktur

Die 78 Jahre alte Klägerin, die mit Tochter und Enkelkind unterwegs war, überquerte eine Baustelle. An einer Straße wurden Ausschachtungsarbeiten vorgenommen, und ein hierdurch entstehender 90 cm breiter und 3 m tiefer Graben wurde durch Metallplatten überbrückt. Diese waren seitlich mit Absperrbaken, die durch eine Querlatte in Handlaufhöhe verbunden waren, gesichert.

Die Klägerin geriet auf den Metallplatten ins Stolpern, blieb dann an einer Platte hängen und stürzte in die Grube, als die Querlatte bei ihrem Versuch, sich daran festzuhalten, nachgab. Der Senat nahm – anders als das LG – eine Verkehrssicherungspflicht von Bauherr und Bauleitung an, da keine hinreichende Absturzsicherung zur Seite hin bestanden habe.

Bei der Bemessung stellte das Gericht darauf ab, dass die Klägerin durch den Sturz in die 3 m tiefe Grube nicht nur einen Schock, sondern auch eine Schulterfraktur, eine Rippenserienfraktur, eine Kopfplatzwunde sowie Blutergüsse und Schürfwunden am ganzen Körper erlitten hatte. Erst weitere 2 – 3 Monate später wurden noch eine Lendenwirbelfraktur und eine Oberschenkelkopffraktur diagnostiziert, die ebenfalls auf dem Unfall beruhten. Diese Folgen machten mehrere Operationen sowie stationäre Aufenthalte wegen der Rippen- und Wirbelsäulenverletzungen erforderlich und erzwangen »praktisch ununterbrochene Aufenthalte in Krankenhäusern und Rehabilitationskliniken« über einen Zeitraum von knapp 4 Monaten. Rehabilitationsmaßnahmen schlossen sich an. Die bis dahin aktive Klägerin, deren Hobbies Golfspielen und Reisen waren, kann sich nun nur mithilfe eines Rollators innerhalb der Wohnung bewegen und muss erhebliche Beschränkungen bei auch leichtesten Haushaltsarbeiten sowie Einschränkungen im Bereich der Freizeitgestaltung hinnehmen.

LG Baden-Baden, Urt. v. 24.10.2006 – 1 O 374/04, ZfS 2007, 375 E 2371

<u>50.000,00 €</u> (Vorstellung: 50.000,00 €)

Inkomplette Tetraplegie

Der 61 Jahre alte Kläger war Zeitungsausträger. Vor einer Wohnanlage übersah er, dass Unbekannte die Abdeckung eines Lüftungsschachtes entfernt hatten, und stürzte mit seinem Rad in den Schacht. Hierbei zog er sich schwerste Verletzungen an Kopf und Rücken zu. Er erlitt eine contusio spinalis sowie eine inkomplette linksbetonte Tetraplegie distal, wodurch es vorübergehend zu einer kompletten Querschnittslähmung sämtlicher Extremitäten kam. Er musste zur Behebung der neurologischen Ausfälle operiert werden, wobei eine dorsale Dekompression, eine Laminektomie und eine dorsale Spondylodese C 3 bis C 6 durchgeführt wurden. Seither bedarf er regelmäßiger ärztlicher und krankengymnastischer Behandlungen, da durch das Unfallereignis die Beweglichkeit seiner Beine sowie des linken Arms in erheblich spastischer Weise eingeschränkt ist. Er leidet an erheblichen Schmerzen und ist zu 100 % erwerbsunfähig.

Die Beklagten, Wohnungseigentümer und Hausverwaltung, hafteten wegen Verletzung der Verkehrssicherungspflicht, da bei einer 251 Wohneinheiten umfassenden Wohnanlage die Möglichkeit besteht, dass – wenn auch nur »scherzweise« – Abdeckungen entfernt werden. Die Verkehrssicherungspflichtigen hatten daher dafür zu sorgen, dass die Abdeckgitter durch besondere Vorrichtungen gegen ein unbefugtes Entfernen gesichert sind, was nicht geschehen war.

LG Itzehoe, Urt. v. 20.07.2006 – 7 O 88/04, unveröffentlicht E 2372

<u>60.000,00 €</u> (Vorstellung: 60.000,00 €)

Schädelhirntrauma – Halbseitenlähmung – Halbseitenblindheit

Der 3 Jahre alte Kläger machte mit seiner Mutter einen Krankenbesuch auf dem Klinikgelände des Beklagten, als er auf dem öffentlich zugänglichen Klinikgelände entlang des Fußweges ging. Neben diesem lief, durch einen 3 m breiten Grünstreifen getrennt, ein Treppenschacht, der bis zu 5,4 m tief ist und durch einen Mauersockel von 40 cm Höhe begrenzt wird. An diesem befand sich ein Treppengeländer mit mehreren Sprossen.

Beim Spielen auf der Rasenfläche fiel der Kläger in den Schacht und erlitt hierbei ein offenes Schädelhirntrauma 3. Grades mit Subduralblutung, eine Kontusionsblutung, eine

Felsenbeinfraktur rechts, ein Hirnödem und eine Femurschachtfraktur, eine Sepsis, eine Halbseitenlähmung links mit mittelschwerer Teillähmung in der linken Körperhälfte mit eingeschränkten Bewegungsaktivitäten im Arm, eine Halbseitenblindheit nach links, eine zentrale Sprachstörung sowie ein mittelschweres hirnorganisches Psychosyndrom.

Der Kläger wurde 7 1/2 Monate stationär behandelt; mehrere Schädeloperationen waren zwecks operativer Rekonstruktion des Schädeldachdefekts nötig. Er hat durch den Unfall vielfältige Dauerschäden erlitten, u. a. eine halbseitige, mittelschwere Teillähmung der linken Körperhälfte mit eingeschränkten Bewegungsaktivitäten, eine Einschränkung des Gesichtsfeldes beider Augen nach links, eine Sprach- und Gehörstörung sowie ein mittelschweres hirnorganisches Psychosyndrom. Der Oberschenkelbruch musste mit einem Fixateur externa stabilisiert werden.

Das Gericht bejahte eine Verkehrssicherungspflicht, weil der Schacht unzureichend gesichert gewesen sei; insb. habe die Umwehrung als »Steighilfe« dienen können.

Bei der Bemessung stellte das Gericht auf die für ein Kind besonders belastende sehr lange Dauer des Krankenhausaufenthalts ab sowie auf die Schwere der Verletzungen und der Dauerschäden (Halbseitenlähmung, Spastik der linken Hand; deutliches Hinken, störende Narbenbildung am Halsansatz und am Oberschenkel, Beinlängendifferenz und Seh- und Hörbehinderung). Auch wurde die grobe Fahrlässigkeit des Beklagten berücksichtigt, ferner eine »zögerliche Sachbehandlung und unbegründetes Bestreiten, das z. T. schlechthin nicht nachvollziehbar und weit jenseits sachgerechter Interessenwahrnehmung ist«. Der kommunale Träger hatte Sicherheitsbestimmungen, die er als Baubehörde selbst erlassen hatte, nicht nur missachtet, sondern auch geleugnet und 4 Jahre lang jeden Ausgleich verweigert.

E 2373 **OLG Schleswig, Urt. v. 23.02.2011 – 7 U 106/09, unveröffentlicht**

70.000,00 € (Vorstellung: 60.000,00 €)

Schwerste Verletzungen an beiden Unterschenkeln

Die 38 Jahre alte Klägerin wurde, als sie am Strand spazieren ging, bei einer Vorbereitungsfahrt zu einer Strandregatta von dem Standsegelwagen des Beklagten von hinten angefahren; hierdurch erlitt sie schwerste Verletzungen an beiden Unterschenkeln, die nahezu abgetrennt wurden. Es kam an beiden Beinen zu drittgradigen offenen Unterschenkelfrakturen; die Klägerin wurde unmittelbar nach dem Unfall in die Unfallklinik verbracht, wo sie am Unfalltage und alsbald darauf ein weiteres Mal operiert werden musste. In der Folgezeit konnte sie sich nur im Rollstuhl bzw. mit Gehhilfen fortbewegen, erst 5 Monate nach dem Unfall konnte sie ihre Berufstätigkeit als Richterin in eingeschränktem Umfange (50 %) wieder aufnehmen. Es kam dann zu einem erneuten Bruch des rechten Unterschenkels mit einer weiteren Operation und erneutem stationären Krankenhausaufenthalt. 10 Monate nach dem Unfall war die Klägerin wieder zu 50 % berufstätig, bevor sie sich erneut einer Operation unterziehen musste.

Nach schrittweiser Wiedereingliederung (50 %/90 %) ist sie knapp 2 Jahre nach dem Unfall wieder voll berufstätig. Eine posttraumatische Belastungsstörung musste psychotherapeutisch behandelt werden. Neben einer andauernden, lebenslangen Gehbehinderung sind bei der Klägerin entstellende Narben insb. am linken Bein und am linken Unterarm verblieben. Sie ist dauerhaft zu 50 % schwerbehindert.

Das Gericht urteilte, bereits die schweren Verletzungen infolge des Unfalles, die nicht nur mehrere schwerwiegende Operationen, langfristige Krankenhausaufenthalte und erhebliche lebenslange Folgen für die Klägerin bedeuteten, sondern die auch erhebliche psychische Schädigungen, die mittlerweile weitgehend therapiert worden sind, hervorgerufen hätten, zudem die jetzt schon absehbaren lebenslangen Einschränkungen beim Gehen und Stehen, die mit der Zeit eher noch gravierender würden, rechtfertigten ein Schmerzensgeld i. H. d.

Betragsvorstellung. Der Senat erhöhte diesen Betrag ausdrücklich um weitere 10.000,00 €[162] wegen »der nicht nachvollziehbaren hartnäckigen Verweigerungshaltung des Beklagten«, der nicht auch nur einen kleinen Abschlag auf das Schmerzensgeld für den 7 Jahre zurückliegenden Unfall gezahlt hatte.

OLG Hamm, Urt. v. 09.03.2006 – 6 U 62/05, NJW-RR 2006, 1251 = NZV 2006, 590 E 2374

200.000,00 € zuzüglich 200,00 € monatliche Rente

Querschnittslähmung

Der 50 Jahre alte Kläger wurde verletzt, als er auf einer Baustelle mit Einschalungsarbeiten beschäftigt war, während den Beklagten die Dacharbeiten oblagen. Hierzu hatten diese einen Anlegeaufzug am Rohbau angebracht, der unzureichend abgesichert war. Ein 20 kg schwerer Karten mit Haltetellern aus Aluzink fiel von der Ladefläche auf den Kläger, der sich gerade auf der Suche nach einem Einschalungsbrett unterhalb des Aufzuges befand. Der Kläger ist von der Hüfte abwärts querschnittsgelähmt. Der Senat stellte darauf ab, dass sich der kapitalisierte Gesamtbetrag von 231.000,00 € »im Rahmen« vergleichbarer Entscheidungen bewege.

LG Koblenz, Urt. v. 21.01.2008 – 5 O 521/05, unveröffentlicht E 2375

250.000,00 € (Vorstellung: 250.000,00 €)

Komplettes sensomotorisches Querschnittssyndrom

Die 22 Jahre alte und im Unfallzeitpunkt in der 29. SSW schwangere Klägerin, die durch einen umstürzenden Baum (da erkennbare Fäulnis, wertete das Gericht diesen als überwachungsbedürftigen »Gefahrenbaum«) vom Grundstück des Beklagten getroffen wurde, erlitt hierbei ein komplettes sensomotorisches Querschnittssyndrom und instabile Frakturen der Halswirbel. Sie wurde mehrfach operiert, u. a. wegen einer nachfolgenden Thrombose, blieb aber unfallbedingt ab dem Brustbereich querschnittsgelähmt und ist auf die Benutzung eines Rollstuhls angewiesen. Ihr Kind wurde per Kaiserschnitt entbunden. Sie ist nicht in der Lage, selbst einfachste Haushaltstätigkeit auszuführen. Sie leidet an Blasen- und Mastdarmlähmung, Sphinkterspastik, Obstipation sowie einer Becken- und Beinvenenthrombose. Sie befindet sich in einer nicht abgeschlossenen ärztlichen und ca. 3 x pro Woche durchgeführten krankengymnastischen Behandlung und erhält wegen der psychischen Unfallfolgen Antidepressiva.

Das Gericht führte zur Bemessung aus, die zum Unfallzeitpunkt erst 22-jährige Klägerin sei aus ihrem »normalen« Leben herausgerissen, nunmehr an die Benutzung eines Rollstuhles gebunden, musste umziehen, ihr Leben vollkommen neu gestalten, sei ständig auf Hilfe Dritte angewiesen, die ihr derzeit, nachdem sich ihr Ehemann inzwischen von ihr getrennt hat, noch überwiegend durch ihre Mutter zuteilwird, und könne nicht einmal richtig am Leben ihrer nach dem Unfall geborenen Tochter teilnehmen, sondern nur mit den Einschränkungen einer rollstuhlgebundenen Querschnittsgelähmten. Sie sei auf Dauer nicht in der Lage, eine angemessene Arbeit aufzunehmen und könne nicht einmal die normale Haushaltstätigkeit bewältigen: »Simpel ausgedrückt wurden alle von einer jungen Person an ein normales Leben gestellten Erwartungen unfallbedingt zunichte gemacht und die Klägerin in die Position einer Hilfsbedürftigen degradiert. Mit den aufgezeigten Beeinträchtigungen muss sie ihr ganzes Leben lang leben«.

162 Zwar ist dies Vorgehen dogmatisch nicht korrekt, da ein einheitliches Schmerzensgeld unter Berücksichtigung aller Bemessungsumstände auszuurteilen ist. Es zeigt aber, in welchen Anteilen eine verzögerte Regulierung berücksichtigt werden kann (hier: 15 %).

Verspannung/Zerrung

▶ **Hinweis:**

Bei Verspannungen und Zerrungen handelt es sich um »alltägliche« Verletzungen, für die i. d. R. kein hoher Schmerzensgeldbetrag angemessen ist. Höhere Beträge werden zumeist erst zuerkannt, wenn zu der Zerrung oder Verspannung noch weitere Verletzungen hinzutreten (Frakturen o. Ä.); typischerweise ist aber in diesen Fällen die Zerrung oder Verspannung auch nicht mehr der die Bemessung bestimmende Faktor, weswegen die Fälle, in denen »auch« eine Zerrung vorlag (ohne dass sich dies ausdrücklich in der Bemessung niedergeschlagen hätte) nicht hier, sondern unter der jeweiligen »Schwerpunktverletzung« erfasst sind. Es liegt in der Natur der Sache, dass bei den in aller Regel niedrigen Beträgen, die für die durchgängig eher leichten Verletzungen zuerkannt werden, in Abweichung von dem Konzept des Buches auch (häufig: AG-) Entscheidungen referiert werden müssen, für die keine Fundstelle angegeben werden kann.

Wie generell bei »Kleinverletzungen« ist zudem darauf zu achten, dass je nach Ausmaß der Beeinträchtigung ein Schmerzensgeld schon aus dem Grund zur Gänze versagt werden kann, dass nur eine (entschädigungslos hinzunehmende) sog. Bagatellverletzung vorliege.

Gesonderte Behandlung erfahren die Verletzungen der → HWS (Distorsion/Zerrung der HWS, EE 1486 ff.), da diese auch und gerade beweisrechtlich Sonderprobleme aufweisen.

E 2376 **LG Karlsruhe, Urt. v. 05.06.2007 – 5 O 313/06, SP 2008, 263**

<u>0,00 €</u> (Vorstellung: 250,00 €)

Zerrung der HWS

Der Kläger erlitt bei einem Unfall eine leichte unfallbedingte HWS-Zerrung, die vom Schmerzensgrad einem Muskelkater entsprach. Das Gericht wertete diese Beeinträchtigung als derart gering, dass ein Ausgleich durch ein Schmerzensgeld nicht geboten sei.

E 2377 **OLG Saarbrücken, Urt. v. 03.02.2009 – 4 U 402/08, OLGR 2009, 394**

<u>120,00 €</u> (1/5 Mitverschulden; Vorstellung: 500,00 €)

Verspannungen – HWS-Distorsion

Der Kläger erlitt bei einem Verkehrsunfall eine HWS-Distorsion, Verspannungen und Kopf- sowie Muskelschmerzen, die eine Woche lang andauerten.

E 2378 **OLG Celle, Urt. v. 26.11.2008 – 14 U 45/08, SP 2009, 187**

<u>250,00 €</u> (1/2 Mitverschulden)

Zerrung der HWS

Die Klägerin erlitt bei einem Verkehrsunfall eine Zerrung der HWS mit Prellungen, die zu einer Woche Arbeitsunfähigkeit führte.

E 2379 **OLG Düsseldorf, Urt. v. 12.12.2005 – I-1 U 100/05, unveröffentlicht**

<u>800,00 €</u> (1/5 Mitverschulden)

Wirbelsäulenzerrung und -stauchung

Der Kläger erlitt bei einem Verkehrsunfall Stauchungen und Zerrungen von weiten Teilen der Wirbelsäule, insb. im Brust- und Lendenbereich. Dies war mit einer erheblichen

Schmerzbeeinträchtigung verbunden, die sich – mit abnehmender Tendenz – bei Alltagsbelastungen bemerkbar machte. Er war eine Woche arbeitsunfähig erkrankt.

AG Essen, Urt. v. 15.04.2008 – 9 C 1/08, SP 2008, 280 E 2380

1.333,33,00 € (1/3 Mitverschulden; Vorstellung: 2.000,00 €)

Zerrung des Knieinnenbandes – Kniegelenksdistorsion – Prellung

Der bei einem Verkehrsunfall verletzte Kläger erlitt eine Kniegelenksdistorsion mit Zerrung des Innenbandes und eine Prellung. Es waren 17 ambulante Behandlungen und eine Operation erforderlich, die zu einer Arbeitsunfähigkeit von 54 Tagen führte.

OLG Düsseldorf, Urt. v. 30.11.2010 – 1 U 99/09, unveröffentlicht E 2381

1.500,00 €

Schulterverspannung – HWS-Distorsion

Die Klägerin erlitt bei einem Verkehrsunfall Verletzungen am linken Oberarm und der linken Schulter, nämlich eine muskuläre Verspannung der Oberarmmuskulatur mit Bewegungseinschränkungen, sowie eine HWS-Distorsion. Die Ausheilungszeit lag bei 6-8 Wochen.

LG Bochum, Urt. v. 21.06.2011 – I-9 S 61/11, unveröffentlicht E 2382

1.500,00 €

Stauchung und Zerrung der Brustwirbelsäule – Oberschenkelprellung – HWS-Distorsion – Fingerfraktur

Der Kläger erlitt bei einem Verkehrsunfall eine Fraktur des Kleinfingergrundgliedes links mit knöchernen Absprengungen und einer Fissur im Schaftbereich, eine HWS-Distorsion, eine Oberschenkelprellung (rechts) sowie eine Stauchung und Zerrung der Brustwirbelsäule. Er war sechs Wochen arbeitsunfähig; die Fraktur wurde mit Gipsschiene ruhig gestellt. Drei Monate war eine ambulante Behandlung nötig.

OLG Hamm, Urt. v. 10.10.2005 – 13 U 52/05, VersR 2006, 1281 = NJW-RR 2006, 168 E 2383

2.000,00 € (Vorstellung: 6.000,00 €)

LWS-Zerrung – HWS-Distorsion – Schulter- und Schienbeinprellung – Beckenverwringung

Nach einem Verkehrsunfall, bei dem die Klägerin, die bei der Bundeswehr tätig war, eine HWS-Distorsion, eine Schulterprellung links, eine Schienbeinprellung rechts, eine Zerrung der LWS und eine Beckenverwringung erlitt, war sie 6 Wochen dienstunfähig. Einen weiteren Monat konnte sie nur halbschichtig eingesetzt werden.

KG, Beschl. v. 26.10.2006 – 12 U 62/06, NZV 2007, 308 E 2384

3.500,00 € (Vorstellung: 6.500,00 €)

Schultergelenkszerrung – Schürfungen – Knöchelbruch – Handprellung

Der Kläger erlitt bei einem Verkehrsunfall multiple Schürfungen, einen Speichenköpfchenbruch rechts, einen Außenknöchelbruch am rechten Fuß, eine Zerrung des rechten Schultergelenks und eine Prellung an der linken Hand. Er wurde stationär behandelt.

Abschnitt 3: Übersicht Arzthaftung

▶ Hinweis:

Zur erleichterten Auffindbarkeit bestimmter Verletzungssituationen sind die in diesem Buch enthaltenen Entscheidungen nachfolgend nach den zwei typischen Situationen eines Personenschadensfalles – Arzthaftung und Verkehrsunfall – erneut tabellarisch erfasst. Die Verletzung ist lediglich stichwortartig wiedergegeben, über die Entscheidungsnummer ist die Langversion der Entscheidung aber schnell auffindbar. Aus Gründen der Übersichtlichkeit ist nachfolgend zudem nur eine Fundstelle angegeben, weitere Fundstellen finden sich bei der jeweiligen Langversion.

Diese Übersichten ermöglichen es, Entscheidungen zu finden, die bestimmte Haftungssituationen betreffen.

Da die Kategorie der besonderen Verletzungen ohnehin schon auf bestimmte Haftungssituationen, etwa den Geburtsschaden oder den Impfschaden, zugeschnitten ist, wurde auf eine tabellarische Wiederholung dieser Stichworte verzichtet. Auch Körperteile, die nur ganz vereinzelt Gegenstand von Arzthaftungs- bzw. Verkehrsunfallsachen wurden, sind nicht in die Zusammenfassung aufgenommen wurden.

Arm

Betrag in €	Sachverhalt	Fundstelle	E-Nr.
10.000	Absterben des Bindegewebes an beiden Armen nach Blutvergiftung; Verwachsungen und Narbenbildung.	OLG Naumburg, VersR 2010, 216	71
15.000	Plexuslähmung des Arms nach Tumoroperation. Ein Jahr fast vollständige Lähmung, nach Nervenplastik und einer Vielzahl von Operationen eine relativ erfolgreiche Rekonstruktion mit fortbestehenden Funktionsbeeinträchtigungen.	OLG Köln, VersR 2006, 124	11
25.000	Nervschädigung des Neugeborenen im Armschulterbereich; inkomplette Armlähmung rechts mit Bewegungs- und Wachstumseinschränkungen.	OLG Karlsruhe, OLGR 2005, 273	12
25.000	Nervschädigung mit chronischer Schmerzstörung des rechten Arms nach Fehlern in der Lagerung.	OLG Köln, unveröffentlicht	7
50.000	Schulterdystokie und Plexusparese mit Horner-Syndrom.	OLG Düsseldorf, VersR 2005, 654	13
60.000	Armplexusparese nach Geburtsschaden.	OLG München, VersR 2012, 111	15
62.500	Läsion des oberen und unteren Armplexus.	OLG Hamm, VersR 2003, 1312	16

Auge

Betrag in €	Sachverhalt	Fundstelle	E-Nr.
1.500	Verbleibende Altersweitsichtigkeit nach OP.	LG Köln, NJW-RR 2006, 1614	82

3.000	Mehrere erfolglose Laser-OPs des Auges ohne Erfolg; Aufklärungsfehler.	OLG Düsseldorf, NJW-RR 2003, 89	83
3.000	LASIK-Operation; erhebliche Bildverzerrung und Notwendigkeit einer Korrektur-OP.	LG Magdeburg, unveröffentlicht	84
4.000	Abducensparese mit Liquorverlust.	OLG Celle, unveröffentlicht	85
5.000	Augenentzündung wegen vergessenen Nylonfadens nach OP.	OLG Frankfurt am Main, unveröffentlicht	86
7.000	Augenverletzung nach Kieferhöhlen OP.	OLG Koblenz, unveröffentlicht	87
10.000	Blendempfindlichkeit des Auges nach Laser-OP trotz zweier Folge-OP.	OLG Köln, VersR 2011, 226	89
20.000	Erblindung auf einem Auge nach Hirnhautentzündung.	OLG Brandenburg, GesR 2007, 181	92
25.000	Minimierte Sehfähigkeit auf beiden Augen nach Durchführung einer wissenschaftlich nicht anerkannten Laserbehandlung.	OLG Karlsruhe, VersR 2004, 244	90
30.000	Minderung der Sehkraft durch Laser-OP. 70 % Schwerbehinderung.	OLG München, unveröffentlicht	93
40.000	Verstärkung eines Keratokonus und Astigmatismus nach kontraindizierter LASIK-Operation; Sehfähigkeit ist um die Hälfte gesunken.	OLG Koblenz, NJW-RR 2007, 21	91
40.000	Erblindung auf einem Auge einer 65 Jahre alten Klägerin, die auf dem anderen bereits blind war, nach LASIK-Behandlung.	OLG Köln, MedR 2010, 716	94
80.000	Unzureichende Kontrolle auf Frühgeborenenretinopathie; Verlust von 80 % der Sehkraft auf einem und Erblindung auf dem anderen Auge.	OLG Nürnberg, OLGR 2006, 10	95
90.000 zzgl. 260 Rente	Erblindung und Entfernung beider Augen wegen verzögerter Diagnose von Augentumoren.	OLG Karlsruhe, VersR 2008, 545	89
100.000	Fehlerhafte ärztliche Behandlung eines Gehirntumors führte nahezu zur Erblindung.	OLG Stuttgart, OLGR 2003, 420	97
100.000	Erblindung nach Herz-Atemstillstand aufgrund fehlerhafter Kontrolle der Unterzuckerung nach der Geburt des Klägers.	OLG Bremen, OLGR 2006, 745	98
100.000	Erblindung wegen übersehener diabetischer Retinopathie	OLG Koblenz, unveröffentlicht	99
100.000	Erblindung nach der Geburt.	OLG Düsseldorf, AHRS 2590/310	100

Bauch/Innere Organe

Betrag in €	Sachverhalt	Fundstelle	E-Nr.
100	Dreitägige anästhesiebedingte Übelkeit mit Erbrechen.	OLG Koblenz, VersR 2012, 1304	119
2.000	Bauchschnitt ohne wirksame Einwilligung, Narben.	LG Köln, unveröffentlicht	120

3.100	Blinddarmperforation wegen unzureichender Abklärung des Krankheitsbildes; Verzögerung der nötigen OP, erhöhte Gefahr von Verwachsungen im Bauchraum.	OLG Düsseldorf, VersR 2004, 1563	142
3.500	Iatrogene Dünndarmverletzung nach Laparoskopie.	LG Osnabrück, unveröffentlicht	143
4.500	Perforation des Dünndarms bei Laparoskopie; verspätete Diagnose der dadurch eingetretenen Peritonitis (3.000,00 €; weitere 1.500,00 € wurden für Vaginalwarzenentfernung ohne Einwilligung zuerkannt).	OLG Karlsruhe, OLGR 2006, 617	144
7.000	Harnwegsinfekt und Urosepsis nach Nierenstauung; drei Tage Intensivstation und lange psychische Folgen.	OLG Rostock, VersR 2013, 465	175
7.500	Sepsis nach Blasenspülung mit überaltertem Katheder; mehrwöchiger stationärer Aufenthalt.	OLG Köln, VersR 2003, 1444	137
8.000	Bei OP im Bauchraum wurde ein Tuchband vergessen, welches erst nach 17 Jahren entdeckt und entfernt wurde.	LG Braunschweig, NJW-RR 2005, 28	122
10.000	Ureterverletzung nach rechtswidriger Operation.	OLG Köln, MedR 2007, 599	138
10.000	Beginnendes Organversagen von Leber und Niere nach Blutvergiftung	OLG Dresden, VersR 2010, 216	158
12.000	Fehlerhafte Behandlung von Morbus Crohn, daher Darmdurchbruch, Verlust eines Teils des Darms und eitrige Peritonitis. Es musste für einige Monate ein künstlicher Darmausgang gelegt werden.	OLG Zweibrücken, OLGR 2008, 98	145
18.000	Wiederholtes Harnverhalten und dauerhafte Stressharninkontinenz nach Prostata-OP.	OLG Bremen, GesR 2004, 238 (LS)	139
20.000	Darmdurchbruch mit Sepsis, Langzeitbeatmung und Rückverlagerung des Darms mit Resektion von 30 cm Dünndarm. Schwerer Bauchwanddauerschaden.	OLG München, unveröffentlicht	147
20.000	Verwachsungsbauch und mehrfache Laparotomien.	LG Köln, unveröffentlicht	148
20.000	Entfernung der Harnleiter und künstlicher Harnausgang; Versterben des an Blasenkarzinom leidenden Patienten fünf Monate später.	LG Kleve, unveröffentlicht	140
25.000 zzgl. 150 Rente	Blasenlähmung nach Myelographie.	OLG Brandenburg, VersR 2000, 1283	141
25.000	Nierenverlust.	OLG Koblenz, OLGR 2005, 572	179
25.000	Nierenversagen, 2 Jahre Dialysepflicht.	OLG Hamm, unveröffentlicht	180
30.000 zzgl. 100 Rente	Entfernung des Magens.	OLG Düsseldorf, OLGR 1996, 253	165

35.000	Behandlungsfehler: Durchtrennung des Hauptgallengangs. Ein Jahr Arbeitsunfähigkeit, Notwendigkeit ständiger Antibiotika und mehrerer Revisions-OPs.	OLG Hamm, OLGR 2000, 322	161
35.000	Wegen Insuffizienz der Anastomose nach Darmteilresektion kam es zu einer Peritonitis; zeitweises Koma und ausgeprägtes septisches Krankheitsbild. Mehrere Revisions-OPs.	OLG Karlsruhe, NJW-RR 2006, 205	125
40.000	Verkennung einer Hepatitis-B-Infektion; Leberzirrhose und nachfolgender Tod.	OLG Hamm, VersR 2004, 1321	164
40.000	Rektumresektion nach unzureichender Entfernung eines Tumors	OLG München, VersR 2011, 1012	152
42.000	Verletzung des Gallengangs, Gelbsucht, Entzündungen.	LG Köln, unveröffentlicht	164
75.000	Dünndarmverlust; neun Operationen, MdE 100 %.	OLG Oldenburg, unveröffentlicht	154
150.000	Notwendigkeit der Entfernung des gesamten Darms nach verspäteter Diagnose eines Darmverschlusses. Galle-, Leber- und Milzschädigung und Tod 3 Jahre später.	OLG Köln, VersR 2003, 602	155
175.000	Dünndarmleckage, Peritonitis und septischer Schock. Amputationen von Fingern und beiden Füßen, 24 OPs und MdE 100 %.	OLG Hamm, unveröffentlicht	156

Bein

Betrag in €	Sachverhalt	Fundstelle	E-Nr.
500	Taubheitserscheinungen im Bein nach einer Herzkathederuntersuchung; 1 Woche Beschwerden.	OLG Koblenz, MedR 2012, 653	297
1.000	Abgebrochene Bohrerspitze in Schienbein.	OLG München, VersR 2002, 985	300
1.000	Durchblutungsstörungen beider Beine, Knocheninfektion.	OLG München, unveröffentlicht	383
1.500	Instabilität des Kniegelenks nach OP	OLG München, ArztR 2011, 192	237
2.000	Spreizfußstellung nach Hallux-Valgus-OP.	LG Köln, unveröffentlicht	393
3.000	Fußheberparese.	LG Koblenz, unveröffentlicht	401
3.000	Schmerzhafte Einblutung unter das laterale Retinaculum.	OLG München, unveröffentlicht	243
4.000	Knieinfektion, da ein Kirschnerdraht nach einer Kreuzbandoperation nicht entfernt wurde.	OLG Zweibrücken, GesR 2009, 88	249
4.000	Entzündung nach unzureichender Wundrevision eines Holzsplitters im Knie; drei Monate Heilungsverzögerung und zwei Operationen.	OLG Köln, MedR 2013, 30	316
5.000	Spreizfußstellung nach Hallux-Valgus-OP. Klägerin muss Spezialschuhe tragen.	OLG Brandenburg, MDR 2009, 568	413

7.500	Operation am falschen Knie.	OLG Nürnberg, AHRS 2745/338	263
7.500	Peronaeusschädigung nach Kompartmentsyndrom.	OLG München, unveröffentlicht	327
8.000	Knie- und Oberschenkelschäden nach Liposuktion.	OLG Hamm, VersR 2006, 1509	265
8.000	Oberschenkel-Wachstumsstörungen; deutliche Fehlstellung.	OLG Frankfurt am Main, unveröffentlicht	185
10.000	Infektion des Kniegelenks – Bewegungseinschränkung.	OLG Düsseldorf, VersR 2004, 120	267
10.000	Verletzung des Peronaeusnervs, Fußheberschwäche.	OLG Hamm, unveröffentlicht	334
10.000	Fehlerhafte Fuß-OP; Morbus Sudeck.	LG Stade, unveröffentlicht	422
10.000	Fehlerhafte Kreuzband-OP; Bewegungseinschränkungen und Präarthrose am Knie.	OLG Frankfurt am Main, unveröffentlicht	268
10.000	Nervverletzungen, Sensibilitätsminderung und Fußheberschwächen (30% GdB) nach unzureichender Behandlung einer Sprunggelenksverletzung.	OLG Köln, unveröffentlicht	425
15.000	Übersehene Unterschenkelthrombose.	OLG München, unveröffentlicht	344
15.000	Beinlängendifferenz nach OP.	OLG Hamburg, OLGR 2006, 199	186
15.000	Atrophie des Fußes, Gangunsicherheit und motorische Schwächen nach Hallux-Valgus-Operation.	KG, GesR 2013, 229	427
20.000	Läsion des Ischiasnervs.	LG Itzehoe, unveröffentlicht	188
20.000	Übersehen von Infektionszeichen nach Kreuzbandruptur und OP. Erneute OP und 5 Wochen stationäre Behandlung.	OLG München, unveröffentlicht	281
20.000	Fehlerhafte Behandlung einer Oberschenkelschaftfraktur führte zur Notwendigkeit weiterer Operationen und Narben; 10 Jahre alte Klägerin.	OLG Jena ZMGR 2012, 38	212
25.000	Infektion des Kniegelenks, Bewegungseinschränkungen.	LG Heilbronn, unveröffentlicht	285
25.000	Infektion des Mittelfußknochens nach Hallus-Valgus-OP.	OLG Oldenburg, OLGR 2007, 473	434
25.000	Läsion des nervus femoralis nach Tumorverdacht-OP; Hüft- und Kniegelenksbeeinträchtigungen.	OLG Köln, OLGR 2009, 9	285
30.000	Kniegelenkseingriff; Verletzung des nervus peronaeus, Instabilität des Knies und Fußheberschwäche.	OLG Köln, GesR 2009, 268	287
40.000	Misslungene Kreuzbandplastik führte zu erheblichen Bewegungseinschränkungen des Knies.	OLG Koblenz, MedR 2012, 465	293

40.000	Hüftkopfnekrose, eine partielle Zerstörung und eine Arthrose des Hüftgelenks nach Befunderhebungsfehler (13 Jahre alte Klägerin).	LG Köln, unveröffentlicht	219
50.000	Amputation des Vorfußes nach Embolie bei Liposuktion.	LG Dortmund, unveröffentlicht	439
75.000	Fußfehlstellung; Kompartmentsyndrom und neurologische Beeinträchtigungen. 15 Jahre altes Mädchen.	LG Köln, PflR 2008, 341	441
85.000	4 Jahre alter Kläger; verspätete Diagnose und Behandlung eines Kompartmentsyndroms; Schmerzen und Missempfindungen in beiden Beinen.	LG Köln, unveröffentlicht	372

Brust/Rippe

Betrag in €	Sachverhalt	Fundstelle	E-Nr.
500	Verspätete Drainage eines Pleuraergusses nach Brust-OP; 25 Jahre alte Klägerin.	LG Nürnberg-Fürth, unveröffentlicht	446
5.000	Optische Beeinträchtigung nach Brust-OP; double-bubble-Effekt.	OLG Nürnberg, VersR 2009, 786	465
6.000	Zweitoperation an der Brust, da betroffener Bereich unzureichend markiert wurde.	OLG Koblenz, NJW-RR 2005, 815	467
6.000	Spülung einer Brust-OP-Wunde mit Flächendesinfektionsmittel; Verätzungen und massive Schmerzen.	OLG Köln VersR 2013, 113	470
10.000	Aufklärungsfehler bei Brustimplantation; Vereiterung der Nahtfäden, asymmetrische Brustwarzen, breite Narben und Schiefstand der Brust.	OLG Hamm, VersR 2006, 1511	479
10.000	Brustmuskeldurchtrennung, Schmerzsyndrom und double-bubble-Effekt nach Brust-OP.	LG Dortmund, unveröffentlicht	481
15.000	Misslungene Bruststraffung, Narben und Deformierungen.	OLG Düsseldorf, unveröffentlicht	485
15.000	Bei der Klägerin verrutschte ein Impulsgeber, der zur Tiefenhirn-Stimulation gegen Zwangsstörungen eingesetzt worden war; Schmerzen und Sichtbarkeit.	OLG Köln, unveröffentlicht	487
25.000	Brustverkleinerung nach verspäteter Tumorbehandlung. Notwendigkeit einer weiteren OP und Lymphdrüsenentfernung mit hormonellen Folgen.	OLG Oldenburg, OLGR 2009, 14	493
40.000	Verspätete Brustkrebsdiagnose, Tod nach 7 Jahren.	LG München I, unveröffentlicht	499
60.000	Entfernung beider Brüste wegen unzureichender Abklärung eines Tumorverdachts; 51 Jahre alte Klägerin.	OLG Köln, VersR 2011, 81	504
70.000	Brustentfernung und Schwangerschaftsabbruch binnen eines Jahres wegen verspäteter Krebsdiagnose, Tod wenige Monate nach 2. Operation.	OLG Hamm, VersR 2003, 1259	507

100.000	Verspätete Diagnose eines Brustkarzinoms; Versterben trotz nachfolgender Chemo im Alter von 31 Jahren.	OLG Jena, VersR 2008, 401	508
125.000	Aufgrund fehlerhafter Diagnose zu einem Tumorverdacht wurden beide Brüste und Lymphknoten entfernt.	OLG Hamm, NJW-RR 2003, 807	509
130.000	Verlust der rechten Brust einer 52 Jahre alten Klägerin aufgrund schwerer Behandlungsfehler.	LG Coburg VersR 2011, 534	510

Gehör-, Geruchs-, Geschmackssinn

Betrag	Sachverhalt	Fundstelle	E-Nr.
1.000	Geschmacksstörungen, Übelkeit.	OLG Köln, VersR 1999, 1498	547
6.000	Gefühlsstörungen an der Zunge.	OLG Koblenz, NJW-RR 2004, 1026	548
10.000	Verlust des Geschmackssinnes	OLG München, VersR 1995, 464	549
10.000	Geschmacksverlust auf der rechten Seite sowie taube rechte Zungenhälfte und Wangenschleimhaut nach Leitungsanästhesie.	LG Dortmund, unveröffentlicht	550
15.000	Verlust des Geschmackssinnes im Bereich der vorderen Zungendrittel nach Leitungsanästhesie; der Kläger ist Koch und kann nun seinen Beruf nicht mehr ausüben.	LG Tübingen, unveröffentlicht	551
20.000	Verlust des Geruchssinns nach Verbleiben einer Tamponade in der Nase.	OLG München, GesR 2010, 206	541
28.000	Bei dem Kläger wurde als Baby eine hochgradige Schwerhörigkeit übersehen, so dass nun eine Linderung der Schwerhörigkeit nicht mehr möglich ist.	LG Mönchengladbach, unveröffentlicht	534
40.000	Ertaubung auf einem Ohr (63 Jahre alte Klägerin).	OLG Oldenburg, unveröffentlicht	535

Genitalien

Betrag in €	Sachverhalt	Fundstelle	E-Nr.
1.000	Fehlerhafte Behandlung einer Eileiterschwangerschaft führte zu Verzögerung der Sanierung, Unterbauchschmerzen und psychischen Beeinträchtigungen.	OLG Köln VersR 2012, 109	552
2.500	Ein Monat Angst wegen Falschdiagnose eines bösartigen Hodentumors.	OLG Bamberg, VersR 2004, 198	575
3.000	Entfernung der Gebärmutter.	OLG Frankfurt am Main, unveröffentlicht	553
3.750	Verlust der Möglichkeit einer Samenspende nach Unfruchtbarkeit aufgrund Chemotherapie.	OLG Frankfurt am Main, MDR 2002, 1192	593

4.000	Verlust eines Eileiters nach unterlassener Feststellung einer Eileiterschwangerschaft.	OLG Brandenburg, VersR 2009, 1540	562
4.000	Teilamputation des Penis, Miktionsschwierigkeiten.	OLG Düsseldorf, AHRS 2680/308	577
4.500	3.000,00 € für eine Perforation des Dünndarms bei einer Laparoskopie, weitere 1.500,00 € für Entfernung von Vaginalwarzen der Klägerin ohne Einwilligung.	OLG Karlsruhe, OLGR 2006, 617	555
7.669,38	Sterilisation ohne Einwilligung; relativ niedriges Schmerzensgeld, weil die Geschädigte ggü. dem Arzt unwahre Behauptungen aufgestellt hatte, die zu einem Strafverfahren führten.	OLG München, VersR 2002, 717	564
10.000	Hodenverlust nach nicht erkannter Hodentorsion (13 Jahre alter Junge).	OLG Hamm, unveröffentlicht	579
10.000	Hoden- und Leistenverletzung durch Katheder bei ambulanter Blasenspiegelung.	OLG Hamm, MedR 2006, 43	578
15.000	Verkürzung des Penis, Vernarbungen (30 Jahre alter Mann).	OLG Köln, unveröffentlicht	587
15.000	Sterilisation (Frau) ohne Einwilligung	OLG Koblenz, NJW 2006, 2928	565
15.000	Verlust eines Neophallus, der erst nach einer Vielzahl tief greifender Operationen erworben worden war, durch Nekrose.	OLG München, unveröffentlicht	588
15.000	Hodenverlust nach Leistenhernieoperation; 19 Jahre alter Kläger.	OLG Brandenburg, VersR 2011, 267	582
16.000	Erektionsstörungen nach aufklärungsfehlerhafter Penisverlängerung (28 Jahre alter Mann).	OLG Hamburg, OLGR 2004, 444	589
18.000	Hodenverlust wegen verspäteter Diagnose einer Hodentorsion.	OLG Köln, VersR 2003, 860	583
18.000	Unzureichende Aufklärung über Außenseitermethode (Laserverfahren) bei Prostataoperation. Dauerhafte Stressharnkontinenz.	OLG Bremen, OLGR 2004, 320	594
20.000	Aufklärungsmangel bei Penisverlängerung.	KG, KGR 2001, 142	590
20.000	Unzureichende Aufklärung über Impotenz nach Lasernervenwurzeldekompression wegen Bandscheibenprolapses.	BGH, VersR 2001, 592	595
20.000	Hodenverlust (35 Jahre alter Mann) nach Leistenhernieoperation; Impotenz und extreme Schmerzen.	OLG Koblenz, MDR 2006, 992	584
25.000	Kontraindizierte Operation und Einsatz einer Penisprothese; Erektionsverlust (45 Jahre alter Mann).	OLG Nürnberg, VersR 1988, 299	591
25.000	Verlust der Gebärmutter durch Diagnosefehler (Krebs).	OLG Köln, VersR 2004, 926	556
25.000	Entfernung der Eileiter und Verlust der Fortpflanzungsfähigkeit.	OLG Brandenburg, unveröffentlicht	5617
25.000	Nicht indizierte Entfernung der Gebärmutter (43 Jahre alte Klägerin); Vorschäden des Uterus.	LG Berlin, VersR 2010, 482	557

25.000	Der Kläger – in den Mittdreißigern – litt unter einer Harnröhrenverengung, deren fehlerhafte Operation zur retrograden Ejakulation führte; der Samen fließt nun in die Blase, eine Zeugung ist nicht mehr möglich.	OLG Frankfurt, unveröffentlicht	597
35.000	Durch verzögerte Diagnose eines Prostatakarzinoms Befall des Penisschaftes von Metastasen; ebenso der Leber.	OLG Zweibrücken, OLGR 2008, 258	592
40.000	Verlust der Gebärmutter nach Ausschabung.	OLG Köln, VersR 2008, 1072	558
40.000	Verlust der Gebärmutter wegen Behandlungsfehlern bei der Entbindung. Bauchfellentzündung und Laparotomie.	OLG München, GesR 2009, 324	559
45.000	Eigenmächtige Sterilisation (Frau).	LG Oldenburg, NJW-RR 2007, 1468	569
50.000	Inkontinenz, Impotenz und völliger Verlust der sexuellen Aktivität (Mann) nach nicht indizierter Prostataoperation wegen Verdachtsdiagnose Krebs.	OLG Celle, OLGR 2001, 250	598
50.000	Impotenz, Blasenstörung und Gangstörung durch Schädigung des Rückenmarks nach Kathederisierung.	OLG Naumburg, VersR 2008, 652	599
50.000	Entfernung von Prostata und Samenblasen, dadurch Verlust der Ejakulationsfähigkeit, erektile Dysfunktion und Harnstressinkontinenz.	OLG München, unveröffentlicht	600
100.000	Nach epiduraler Katheder-Behandlung inkomplettes rechtsseitiges Cauda-Syndrom; Inkontinenz und erektile Impotenz sowie Rückenschmerzen.	LG Köln, unveröffentlicht.	601
100.000	Entfernung der weiblichen Geschlechtsmerkmale bei andrenogenitalem Syndrom.	LG Köln, unveröffentlicht	561
100.000 zzgl. 375 Rente	Erektile Dysfunktion sowie schwere zentrale Hirnschädigung und Epilepsie.	OLG Nürnberg, VersR 2009, 1079	602

Gesicht

Betrag in €	Sachverhalt	Fundstelle	E-Nr.
1.500	Entfernung des Weisheitszahns mit nachfolgender Kieferknochenmarkentzündung, die nach wenigen Wochen folgenlos ausheilte.	OLG Köln, VersR 2005, 795	634

Hals

Betrag in €	Sachverhalt	Fundstelle	E-Nr.
7.500	Arterienverletzung bei »Einrenken« des Halses mit der Folge von Durchblutungsstörungen einzelner Hirnareale. 6 Monate Marcumarisierung.	OLG Oldenburg, VersR 2008, 1496	662
8.000	Hals-Densfraktur, Pseudarthrose.	KG, KGR 2004, 261	663

Hand

Betrag in €	Sachverhalt	Fundstelle	E-Nr.
1.000	Unterlassene Diagnose eines Glassplitters, der nach einer Schnittverletzung in der Hand verblieben war; 6 Wochen Behandlungsverzögerung und eitrige Wunde.	OLG Koblenz, VersR 2006, 704	670
4.000	Ein Finger der falschen Hand wurde operiert, so dass eine erneute OP erforderlich war.	AG Detmold, unveröffentlicht	680
5.000	Verwechselung von Mittel- und Ringfinger bei Ringbandspaltung; Notwendigkeit einer 2. OP und Entzündungen.	OLG Hamburg, OLGR 2002, 232	713
5.000	Übersehen einer Sehnenverletzung der Beugesehne des Mittelfingers nach Schnittverletzung: dauerhafte Bewegungseinschränkungen.	OLG Stuttgart, VersR 2002, 1563	714
6.000	Schmerzen nach Karpaltunnelsyndrom-OP. 7 Wochen postoperative Schmerzen und 2. umfangreiche Revisions-OP.	LG Köln, unveröffentlicht	702
17.500	Übersehene Kahnbeinfraktur; Kahnbeinpseudoarthrose mit Funktionseinschränkungen.	KG, KGR 2006, 12	706
20.000	Strahlenschäden an beiden Händen, Krebsangst.	LG Erfurt, unveröffentlicht	687

Herz

Betrag in €	Sachverhalt	Fundstelle	E-Nr.
500	Beschwerden (Taubheits- und Behinderungsgefühle) nach Herzkathederuntersuchung wegen Perforation der arteria femoralis.	OLG Koblenz, MedR 2012, 653	721
2.000	Verzögerung der Diagnose einer eingeschränkten Pumpfunktion; deshalb war die Klägerin während eines 10tägigen Auslandsaufenthalts ohne die Möglichkeit einer Versorgung.	OLG Frankfurt, unveröffentlicht	723
2.500	Verspätete Entfernung einer Herzschrittmachersonde (3 Jahre).	OLG Düsseldorf, unveröffentlicht	724
3.000	Infolge einer fehlerhaften Magnetresonanztomographie kam es zu einer Beschädigung eines Herzrhythmusregulators, der dann ausgetauscht werden musste.	OLG Koblenz, VersR 2011, 1268	725
7.000	Versäumte Diagnose eines Herzinfarkts trotz eindeutiger Beschwerdesymptomatik; 6 Wochen stationäre Behandlung mit zahlreichen Komplikationen.	OLG Bamberg, VersR 2005, 1292	726
10.000	Endokarditis verspätet diagnostiziert, dadurch Zerstörung der Aortenklappe. Berufsaufgabe und Leistungsminderung.	LG Arnsberg, unveröffentlicht	727
20.000	Nicht indizierte Operation eines Aortenaneurysmas; nachfolgende Beschwerden und erneute OP.	LG Köln, unveröffentlicht	728
45.000	Verlust beider Herzklappen.	LG Hagen, unveröffentlicht	731

50.000	Retrograder Fluss einer Herzlungenmaschine in das Herzgefäßsystem führt zur spastischen Halbseitenlähmung.	LG Köln, unveröffentlicht	732
70.000	Operation eines Ventrikel-Septum-Defekts, wobei das erneute Auftreten des Defekts übersehen wurde. Es kam zur Minderdurchblutung an Fuß und Händen und zum Verlust mehrerer Finger. Einen Monat altes Mädchen.	LG Köln, KH 2009, 470	734
100.000	Fehldiagnose eines akuten Koronarsyndroms mit der Folge eines Vorderwandinfarkts und einem hypoxischen Hirnschaden; Tod 3 1/2 Jahre später.	OLG Hamm, unveröffentlicht	735
100.000	Verschluss der Koronararterie und kardiogener Schock, der zum Verlust des Herzens führte; 3 Jahre Kunstherz, danach Spenderorgan.	OLG Hamm, unveröffentlicht	736
150.000	Herzmuskelschäden und Lungengewebsschädigung sowie Wachstumsstillstand nach Fehlbehandlung der Sichelzellkrankheit (6 Jahre alter Kläger).	LG Bielefeld, unveröffentlicht	737
200.000	Absetzen der Herzmedikation eines 23 Jahre alten Klägers führte zu Herz-Kreislauf-Stillstand; der Kläger wurde reanimiert, erlitt eine hypoxische Hirnschädigung und befindet sich im Wachkoma.	OLG Köln, VersR 2013, 237	738

Hüfte/Becken

Betrag in €	Sachverhalt	Fundstelle	E-Nr.
4.000	Deformierungen nach Fettabsaugen an Bauch, Hüfte, Taille und Oberschenkel (Frau).	OLG Düsseldorf, VersR 2003, 1579	746
5.000	Hüftnekrose nach Verkennen einer Sepsis.	OLG Naumburg, GesR 2013, 56	750
7.000	Implantation eines fehlerhaften künstlichen Hüftgelenks. Ständige Gefahr des Prothesenbruchs.	LG Berlin, unveröffentlicht	752
15.000	Korrekturoperation einer Beinverkürzung führte zu einer neuerlichen Beinlängendifferenz und Nervschäden.	OLG Hamburg, OLGR 2006, 199	758
20.000	Leistenhernieoperation; keine Aufklärung über das Risiko einer postoperativen ischämischen Orchitis. Extreme Schmerzen und weitere OP mit der Folge von Hodennekrose und Impotenz.	OLG Koblenz, MDR 2006, 992	762
20.000	Hüftgelenksfehlstellung nach OP.	LG Köln, unveröffentlicht	763
23.000	Hüftnekrose nach übersehener Fraktur; 61 Jahre alte Klägerin.	OLG Hamm, unveröffentlicht	767
25.000	Läsion des nervus femoralis und Hüft- sowie Kniegelenksbeeinträchtigungen. Sensibilitätsstörungen.	OLG Köln, OLGR 2009, 9	770

30.000	Parese des nervus femoralis nach Hüftgelenks-OP; 75 Jahre alte Klägerin.	LG Bochum, unveröffentlicht	774
40.000	Erst mit vier Monaten Verspätung wurde ein Abrutschen der rechten Hüftkopfkalotte durch Verschieben in die Epiphysenfuge bei der 13 Jahre alten Klägerin diagnostiziert; mehrfache Operationen, Beinlängenverkürzung und Nekrotisierungen des Hüftkopfes.	OLG Köln, unveröffentlicht	775
60.000	Beidseitige Hüftnekrose wegen Cortisonverabreichung. Erhebliche Behinderung.	OLG Frankfurt am Main, OLGR 2008, 499	779

Lunge

Betrag in €	Sachverhalt	Fundstelle	E-Nr.
500	Verspätete Drainage eines Pleuraergusses; Schmerzen von einem Tag.	LG Nürnberg-Fürth, unveröffentlicht	783
2.000	Pneumothorax nach einer Narkose; fünf Tage Krankenhaus.	OLG Koblenz, VersR 2013, 236	784
10.000	Lungenentzündung, die verspätet diagnostiziert wurde, daher Tod nach 6 Tagen.	LG Detmold, unveröffentlicht	791
15.000	Lungenembolien nach unzureichender Thromboseprophylaxe. Lebensgefahr, Notwendigkeit von Stützstrümpfen und Marcumarbehandlung.	OLG Düsseldorf, VersR 2009, 403	792
25.000	Verspätete Diagnose eines Lungenkarzinoms; Tod 2 1/2 Jahre nach Erkennen des Tumors.	OLG Brandenburg, unveröffentlicht	794
75.000	Lungenbeeinträchtigung nach Schulterdystokie bei Geburt. Schädigung des plexus brachialis und des nervus phrenicus, gebrauchsunfähiger rechter Arm und Zwerchfellschädigung.	OLG Köln, VersR 2009, 276	798
100.000	Undine-Fluch-Syndrom (Hypoventilation im Schlaf wegen zentraler Schlafapnoe).	OLG Hamm, r+s 2009, 43	799
150.000	Herzmuskelschäden und Lungengewebsschädigung sowie Wachstumsstillstand nach Fehlbehandlung der Sichelzellkrankheit (6 Jahre alter Kläger).	LG Bielefeld, unveröffentlicht	800
200.000	Schädigung des nervus phrenicus mit Zwerchfelllähmung und Lungenschaden. Eine Lungenhälfte ist funktionslos; Notwendigkeit maschineller Beatmung und künstlicher Ernährung bei totalem Pflegebedarf.	OLG Köln, unveröffentlicht	801

Mund/Lippe

Betrag in €	Sachverhalt	Fundstelle	E-Nr.
1.000	Allergische Mundraumerkrankungen wegen Einsatzes einer Palladiumlegierung bei Zahnbehandlung.	OLG Oldenburg, VersR 2007, 1699	803

4.000	Taubheitsgefühle in der Unterlippe wegen Verletzung des nervus mandibularis (Zahnarzthaftung).	OLG Frankfurt am Main, unveröffentlicht	805
4.000	Aufklärungsfehler hinsichtlich zu erwartender Schmerzen bei Wangenstraffung in einer bereits mehrfach operierten Zone.	OLG Frankfurt am Main, unveröffentlicht	806
6.000	Verletzung des nervus lingualis nach Leitungsanästhesie; Gefühlsstörungen in Mund und Zunge.	OLG Koblenz, VersR 2005, 118	808
6.000	Empfindungsstörungen an der Lippe nach Schädigung des nervus alveolaris (Zahnarzthaftung).	OLG Koblenz, OLGR 2008, 922	809
10.000	Mundbodenmuskulaturkrämpfe wegen unzureichender zahnärztlicher Behandlung eines Tiefbisses – Zahnverlust und Notwendigkeit einer erneuten langwierigen Behandlung.	LG Münster, unveröffentlicht	811
15.000	Hypästhesie beidseits der Mundschleimhaut und der Zunge. Es kam zum Verlust des Geschmackssinnes im Bereich der vorderen zwei Zungendrittel sowie einer Schädigung des nervus lingualis links. Der Kläger ist Koch und musste seinen Beruf aufgeben.	LG Tübingen, unveröffentlicht	814

Nase

Betrag in €	Sachverhalt	Fundstelle	E-Nr.
1.000	Der beklagte Kinderarzt übersah bei einem Kleinkind eine Uhrenbatterie in der Nase; schmerzhafte OP einen Monat später im Urlaub; Batterie war bereits leicht eingewachsen.	LG Ellwangen, unveröffentlicht	819

Nerven

Betrag in €	Sachverhalt	Fundstelle	E-Nr.
4.000	Verletzung des nervus mandibularis; Taubheitsgefühle in der Unterlippe.	OLG Frankfurt am Main, unveröffentlicht	841
5.000	Taubheitsgefühl der Zunge ohne Schmerzsymptomatik nach Schädigung des nervus lingualis.	OLG Frankfurt am Main, unveröffentlicht	843
6.000	Schädigung des nervus alveolaris bei Extraktion eines Weisheitszahns; Beeinträchtigung der Empfindung im Lippenbereich.	OLG Koblenz, OLGR 2008, 922	844
6.000	Fehlerhaft behandeltes Karpaltunnelsyndrom; Bewegungseinschränkungen und Kraftminderung.	LG Köln, unveröffentlicht	845
7.500	Peronaeusschädigung und Kompartmentsyndrom nach Unterschenkel-OP.	OLG München, unveröffentlicht	847
10.000	Schädigung des Peronaeusnervs; erschwerter Heilungsverlauf wegen vermeidbarer Nekrosen, dauerhafte Fußheberschwäche (46 Jahre alter Mann).	OLG Hamm, unveröffentlicht	850

10.000	Zungentaubheit und taube Wangenhälfte nach Verletzung des nervus lingualis, des nervus buccalis und des nervus alveolaris inferiores bei einer Leitungsanästhesie.	LG Dortmund, unveröffentlicht	852
10.000	Der Kläger erlitt aufgrund einer fehlerhaften Behandlung einer Sprunggelenksverletzung Nervverletzungen des nervus peronaeus, nervus tibialis und nervus suralis links. Diese führten zu einer Sensibilitätsminderung, einer Schwächung der Fußhebung, Schmerzen und einem Taubheitsgefühl.	OLG Köln, MedR 2012, 798	853
15.000	Durchtrennung von Nerven im Bereich des plexus brachialis und folgende Armplexuslähmung, leichte Bewegungseinschränkung als Dauerschaden (Frau).	OLG Köln, VersR 2006, 124	855
15.000	Schädigung des nervus ischiadicus und nervus peronaeus bei Beinverlängerung.	OLG Hamburg, OLGR 2006, 199	856
15.000	Traumatisierung des Hautnervs.	BGH, VersR 2006, 838	857
15.000	Der Kläger erlitt eine Hypästhesie beidseits der Mundschleimhaut und der Zunge. Es kam zum Verlust des Geschmackssinnes im Bereich der vorderen zwei Zungendrittel sowie einer Schädigung des nervus lingualis links. Der Kläger, der Koch ist, kann seinen Beruf nicht mehr ausüben.	LG Tübingen, unveröffentlicht	858
15.000	Bei der Operation einer Ellbogenfraktur kam es zu einer Schädigung des nervus ulnaris links; der Kläger kann den Ellbogen nicht mehr richtig beugen, strecken und stützen und leidet unter Taubheitsgefühlen.	OLG München, unveröffentlicht	859
25.000	Läsion des nervus femoralis nach Tumorverdachts-OP; Hüft- und Kniegelenksbeeinträchtigungen.	OLG Köln, OLGR 2009, 9	861
25.000	Nervschädigung am Arm und Schmerzstörung nach fehlerhafter Lagerung bei OP.	OLG Köln, unveröffentlicht	862
30.000	OP nach fehlerhafter Diagnose eines Exophthalmus; irreparable Verletzung des nervus supraorbitalis. Taubheitsgefühle und Schmerzen in Kopf und Gesicht mit ausgeprägter Einschränkung der Mimikfunktionen.	OLG Koblenz, VersR 2008, 492	863
30.000	Verletzung beider nervi recurrentes mit Stimmbandlähmung.	OLG Köln, VersR 2009, 261	864
30.000	Verletzung des nervus peronaeus, Fußheberschwäche.	OLG Köln, OLGR 2009, 7	865
30.000	Parese des nervus femoralis nach Hüftgelenks-OP; 75 Jahre alte Klägerin.	LG Bochum, unveröffentlicht	866
60.000	Verletzung des nervus phrenicus bei einer nicht indizierten Operation. Stimmbandlähmung und Zwerchfellhochstand, Thrombose und Bronchitis nach der OP.	OLG Naumburg, OLGR 2008, 649	867

60.000	Aufgrund verspäteter Diagnose eines Ohrspeicheldrüsentumors musste der nervus facialis links entfernt werden; komplette periphere Gesichtsnervenlähmung mit Erschwernissen in Mimik, Essen und Sprechen.	OLG München, unveröffentlicht	868
75.000	Kompartmentsyndrom mit neurologischen Ausfällen im Fuß. 15 Jahre altes Mädchen.	LG Köln, PflR 2008, 341	869
75.000	Schädigung des nervus phrenicus und des plexus brachialis, Armlähmung und Lungenbeeinträchtigung nach einer Schulterdystokie.	OLG Köln, VersR 2009, 276	870
100.000	Cauda-Syndrom mit Gefühlsstörungen, Inkontinenz und erektiler Dysfunktion.	LG Köln, MedR 2008, 153	872
100.000	Cauda-equina-Syndrom nach Rückenoperation. Lähmung beider Beine, Inkontinenz und spastische Störungen.	OLG Hamm, unveröffentlicht	873
200.000	Verletzung des nervus phrenicus bei Geburt; Zwerchfelllähmung.	OLG Köln, unveröffentlicht	874

Ohr

Betrag in €	Sachverhalt	Fundstelle	E-Nr.
1.000	Nadelakupunktur in beiden Ohren mit aufklärungsfehlerbehaftetem Verbleib der Nadeln.	OLG Naumburg, OLGR 2008, 859	877
7.000	Missglückte Segelohr-OP.	LG Hagen, unveröffentlicht	881
7.500	Ohrnarben nach missglückter Segelohr-OP.	LG Aachen, unveröffentlicht	882

Schilddrüse

Betrag in €	Sachverhalt	Fundstelle	E-Nr.
10.000	Folgenlose Schilddrüsen-OP nach falschem Krebsverdacht.	OLG Naumburg, unveröffentlicht	1008
50.000	Nach Operation eines Rezidivstrumas litt die Geschädigte unter Stimmverlust, Atemnot und Verschleimen. Beide Stimmbandnerven irreparabel geschädigt, acht weitere stationäre Aufenthalte mit sieben Operationen, Versterben nach 4 Jahren.	OLG Frankfurt am Main, VersR 2004, 1053	1009

Schulter

Betrag in €	Sachverhalt	Fundstelle	E-Nr.
10.000	»Wallenberg-Syndrom« (neurologische Ausfälle) nach chiropraktischer Behandlung.	OLG Düsseldorf, VersR 1994, 218	1056
15.000	Fehlerhafte Behandlung einer Schultereckgelenkssprengung; ständige Schmerzen, Muskelatrophie und Bewegungseinschränkungen.	OLG Brandenburg, unveröffentlicht	1062

20.000	Staphylokokkeninfektion nach Schulter-OP; Verklebung der Gelenkhäute und Bewegungseinschränkungen.	LG Freiburg, unveröffentlicht	1063
25.000	Schulterdystokie nach vaginaler Geburt mit der Folge einer inkompletten Lähmung des rechten Arms. Asymmetrie der Schulterbereiche, geringgradige Bewegungseinschränkungen.	OLG Karlsruhe, VersR 2006, 515	1065
30.000	Dauerhafte Bewegungseinschränkungen an der Schulter.	OLG München, unveröffentlicht	1066
40.000	Horner-Syndrom nach Schulterdystokie.	LG Hechingen, unveröffentlicht	1067
50.000	Claviculafraktur und Erbsche Lähmung nach Schulterdystokie. 80 % Schwerbehinderung.	OLG Frankfurt am Main, OLGR 2003, 55	1070
50.000	Schulterdystokie und Plexusparese mit Horner-Syndrom.	OLG Düsseldorf, VersR 2005, 654	1071
60.000	Armplexusparese und Schulterdystokie nach geburtshilflichen Fehlern.	OLG München, VersR 2012, 111	1073
62.500	Schulterdystokie; Läsion des oberen und unteren Armplexus.	OLG Hamm, OLGR 2003, 72	1074
285.000	Schulterdystokie und Querschnittslähmung.	OLG Koblenz, OLGR 2002, 303	1079

Speiseröhre

Betrag in €	Sachverhalt	Fundstelle	E-Nr.
7.500	Kleine Verletzung der Speiseröhre bei Schluckschalluntersuchung. Schluck- und Atembeschwerden; Narbe als Dauerschaden.	OLG Düsseldorf, VersR 2003, 601	1080

Stimmband

Betrag in €	Sachverhalt	Fundstelle	E-Nr.
600	Vier Tage Atemnot und Heiserkeit wegen Verzögerung einer Stridorbehandlung nach operativer Entfernung der Schilddrüse.	LG Dortmund, unveröffentlicht	1083
2.500	Strumaoperation führte zur Schädigung des nervus recurrens mit länger andauernder Stimmbandbeeinträchtigung. Mehrmonatige logopädische Behandlung, nach einem Jahr folgenlose Ausheilung.	OLG Köln, VersR 1998, 1510	1084
15.000	Stimmbandlähmung einer Telefonistin; es verbleiben dauerhafte geringfügige Stimmbeeinträchtigungen.	OLG Koblenz, GesR 2013, 120	1085
16.000	Stimmbandbeeinträchtigung; kraftlose und »springende« Stimme, die dünn klingt.	OLG Düsseldorf, VersR 2010, 1503	1086
30.000	Stimmbandlähmung nach Schädigung der nervi recurrentes.	OLG Köln, VersR 2009, 261	1087

50.000	Nach Operation eines Rezidivstrumas litt die Geschädigte unter Stimmverlust, Atemnot und Verschleimen. Beide Stimmbandnerven irreparabel geschädigt, acht weitere stationäre Aufenthalte mit sieben Operationen, Versterben nach 4 Jahren.	OLG Frankfurt am Main, NJW-RR 2003, 745	1088
60.000	Stimmbandlähmung nach Verletzung des nervus phrenicus und Durchtrennung des nervus laryngeus recurrens bei einer nicht indizierten OP. Zwerchfellhochstand, nach OP Thrombose und Bronchitis.	OLG Naumburg, OLGR 2008, 649	1089

Wirbelsäule

Betrag in €	Sachverhalt	Fundstelle	E-Nr.
800	Bei dem Kläger wurden nach einer Bandscheibenoperation fehlerhafte Metallteile der Nadelöse nach einem Nadelbruch im Rückenbereich zurückgelassen. Die Nadelösen reizen allerdings durch den Druck auf die Knochenhaut zusätzlich und beeinträchtigen ein MRT durch Schattenwurf.	OLG Hamm, unveröffentlicht	1092
1.000	Unnötige Bandscheibenoperation, die ansonsten folgenlos blieb.	OLG München, OLGR 2006, 297	1093
2.500	Epiduralbehandlung, aufklärungsfehlerhaft, aber folgenlos.	LG Köln, unveröffentlicht	1096
2.500	Unnötige, aber folgenlose Bandscheibenoperation.	LG Magdeburg, unveröffentlicht	1099
3.000	Bei einer erneuten Wirbelsäulen-OP wurde ein Span zur Wirbelkörperverblockung falsch platziert und dies erst 4 Tage zu spät in einem Revisionseingriff behoben.	OLG Koblenz, OLGR 2007, 93	1101
3.000	Übersehene LWS-Verletzung mit 2 Monaten Behandlungsverzögerung.	OLG Koblenz, VersR 2008, 1071	1102
4.000	Rückengeschwulst nach Verbleib von Kirschnerdraht im Rücken.	OLG Zweibrücken, NJW-RR 2009, 1110	1106
5.000	Nicht indizierte Bandscheibenoperationen. Fehlerfrei durchgeführt.	LG Magdeburg, unveröffentlicht	1109
7.500	Arterienverletzung nach Halswirbeleinrenkung; Kopfschmerzen und Übelkeit.	OLG Oldenburg, VersR 2008, 1496	1112
10.000	Brustwirbelkörperfraktur und Bandscheibenvorfall, die um 3 Wochen verzögert erkannt wurden. 10 % Invalidität deswegen.	LG Köln, unveröffentlicht	1118

15.000	Schrauben eines Fixateur interne wurden falsch positioniert, teilweise durch den Spinalkanal und in unmittelbarer Nähe zu den Nervenwurzeln; gleichwohl wurden diese trotz CT-Kontrolle zunächst im Körper belassen und erst einen Monat später in einem anderen Krankenhaus entfernt. Sehr heftige Schmerzen aufgrund des Liegenlassens des fehlpositionierten und nutzlosen Fixateurs. Es kam zu Duraverletzungen. Als Dauerschaden verblieb eine fortbestehende Taubheit im linken Bein.	OLG Köln, unveröffentlicht	1122
25.000	LWS-Beschwerden, Bewegungseinschränkungen und neurologische Ausfälle nach einer nicht indizierten Chemonukeolyse zur Behandlung eines Bandscheibenvorfalls.	OLG Stuttgart, VersR 2008, 1373	1128
25.000	Dauerhafte neuropathische Flankenschmerzen, die sich in der linken Flanke lokalisieren und durch Korsett und Medikamente abgemildert werden.	OLG Köln, VersR 2012, 1445	1130
40.000	Durchführung zweier Außenseitermethoden bei Rückenschmerzen nach Bandscheiben-OP; 6 Jahre Beschwerden und zwei Versteifungsoperationen.	OLG Köln, MedR 2013, 298	1132
70.000	Querschnittslähmung nach Skoliosekorrektur; Blasen- und Mastdarmlähmung.	OLG Köln, MedR 2012, 813	1135
80.000	Wirbelkörperbogenbruch, Muskellähmungen in den Beinen. Kläger kann nicht mehr Tätigkeiten in ständig sitzender Position ausüben und wird zeitlebens Krankengymnastik machen müssen.	LG Bielefeld, unveröffentlicht	1137
100.000	Cauda-Syndrom mit Gefühlsstörungen, Inkontinenz und erektiler Dysfunktion.	LG Köln, MedR 2008, 153	1138
180.000	Fehlerhafte Bandscheiben-OP, die zu weitreichender Lähmung der unteren Körperteile und Sexualstörungen führte; 56 Jahre alter Kläger.	OLG Koblenz, VersR 2010, 480	1140

Zahn

Betrag in €	Sachverhalt	Fundstelle	E-Nr.
0	Zahnentzündung nach Abbruch des Wurzelkanalinstruments.	AG Braunschweig, unveröffentlicht	1144
0	Unterlassene Allergietests vor Einsatz einer Zahnprothese.	OLG Oldenburg, VersR 2007, 1567	1147
0	Karies und Knochenabbau wegen mangelhafter Mundhygiene. Keine Pflicht des Zahnarztes auf entsprechende Hinweise.	OLG Düsseldorf, MedR 2007, 433	1148
0	Einsatz von Titanimplantaten im Zahn ist nicht aufklärungsbedürftig.	OLG München, unveröffentlicht	1149
0	Freiliegende Zahnhälse nach Zahnprothetik.	OLG Naumburg, NJW-RR 2008, 1056	1151

250	Fehlerhafter Stiftaufbau und Brückenversorgung anstelle der gebotenen Zahnextraktion.	OLG München, unveröffentlicht	1155
500	Durchführung unnötig vieler Infiltrationsanästhesien ohne nennenswertes Schmerzempfinden hierdurch.	OLG Köln, unveröffentlicht	1160
500	Korrekturbeschwerden aufgrund Revision einer unzureichenden Prothetik.	OLG Köln MedR 2013, 246	1161
1.000	Allergische Mundraum- und Gesichtserkrankungen nach Einsatz einer Palladiumlegierung in einer Brücke.	OLG Oldenburg, VersR 2007, 1699	1164
1.000	Verschieben der Zahnmittellinie und Schiefstehen der Frontzähne nach prothetischer Versorgung; 13 Jahre alte Klägerin.	OLG Naumburg, VersR 2010, 73	1167
1.000	Notwendigkeit der Wiederholung einer umfangreichen prothetischen Versorgung.	KG, ArztR 2011, 162	1169
1.000	Fehlerhafte Brücken- und Kroneneinsätze bei Schwarzarbeit des Zahnarztes.	OLG Köln, unveröffentlicht	1166
1.000	Fehlerhafter Einsatz von zwei Kronen, Notwendigkeit der Erneuerung.	LG Mönchengladbach, unveröffentlicht	1163
1.000	Unzureichende Verankerung von zwei Implantaten.	OLG Köln, unveröffentlicht	1168
1.000	Zahnverlust nach fehlerhafter Extraktion.	LG Heidelberg, unveröffentlicht	1170
1.250	Zahnverlust nach fehlerhafter Wurzelbehandlung; es bestand eine Vorschädigung des Zahns.	OLG Frankfurt, unveröffentlicht	1171
1.500	Aufklärungsfehler: Kieferknochenmarksentzündung nach Weisheitszahn-OP; Abheilung nach wenigen Wochen.	OLG Köln, VersR 2005, 795	634
1.500	Unzureichende Zahnüberkronung, 2 Jahre Schmerzen und 4 weitere Behandlungen.	OLG Frankfurt am Main, unveröffentlicht	1173
1.500	Mangelhaft sitzende Unterkieferprothese.	LG Dortmund, unveröffentlicht	1174
2.000	Aufklärungsfehler: »experimenteller« Einsatz einer festen Brücke, die die Mundsituation deutlich verschlechterte.	OLG Naumburg, VersR 2004, 1460	1177
2.000	Schmerzen wegen fehlerhafter Zahnprothese.	OLG Dresden, NJW-RR 2009, 30	1178
2.000	Implantateinsetzung mit Einheilungsstörung; operative Entfernung und Zahnfleischentzündungen.	OLG Brandenburg, unveröffentlicht	1179
2.000	Zahnfleischentzündungen und Knochenabbau aufgrund unzureichend eingebrachter Oberkieferbrücke.	OLG Koblenz, GesR 2013, 224	1180
2.500	Fehlerhafte Überkronung zweier Backenzähne.	OLG Frankfurt am Main, OLGR 2009, 599	1184
2.500	Fünf Wurzelbehandlungen aufgrund einer prothetischen Neuversorgung des Kiefers, über die nicht hinreichend aufgeklärt worden war.	OLG Frankfurt am Main, ZMGR 2012, 335	1185

3.000	Ungeeignete Prothetik.	LG Dortmund, unveröffentlicht	1187
3.000	Bissverletzungen an der Zunge nach fehlerhafter Implantat- und Kronenlösung.	OLG Hamm, unveröffentlicht	1188
3.000	Starke Schmerzen und Kieferklemme aufgrund fehlerhafter Bestimmung der Bisslage bei Einsetzen einer Schiene.	OLG Frankfurt am Main, unveröffentlicht	1189
3.150	Fehlerhafte Kariesbehandlungen; umfangreiche kariöse Schädigung und Überkronung von sechs Zähnen.	LG Köln, unveröffentlicht	1190
4.000	Verlust von zwei Zähnen nach unzureichender Implantatversorgung.	OLG Hamm, unveröffentlicht	1193
4.000	Einsatz von zwei fehlerhaften Zahnimplantaten.	OLG Oldenburg, unveröffentlicht	1194
5.000	Aufklärungsfehler: Einsatz von Rinderknochenmaterial zum Zahnaufbau wurde nicht erläutert, Klägerin hatte starke homöopathische Neigung.	OLG Stuttgart, NJW-RR 2005, 1389	1195
5.000	Fehlerhafte Implantatsetzung. Beträchtliche Schmerzen und 2 operative Nacheingriffe.	OLG Frankfurt am Main, unveröffentlicht	1197
5.000	Überkonturierung von zehn Kronen führte zur Sekundärkaries und letztlich einer vollständigen zahnprothetischen Neuversorgung von Ober- und Unterkiefer.	OLG Düsseldorf, unveröffentlicht	1198
5.000	Verlust eines Zahnes sowie Beschädigung zweier weiterer bei Weisheitszahnentfernung; Schädigung des nervus lingualis mit der Folge eines Taubheitsgefühls der Zunge.	OLG Frankfurt am Main, unveröffentlicht	1199
6.000	Unzureichender Einsatz einer Prothese mit erheblichen Schmerzen beim Beißen und Sprechen; Zahnfleischentzündungen.	OLG Hamburg, OLGR 2006, 128	1200
6.000	Wurzelentzündungen nach Zahnprothese; Abbruch eines Zahns und Verlust der Restzähne im Oberkiefer.	OLG Koblenz, VersR 2007, 651	1102
6.000	Beiß- und Kauprobleme und schmerzhafte Zahnfleischentzündungen nach unzureichender Zahnverkronung.	OLG Koblenz, VersR 2008, 537	1203
6.000	Extraktion eines Weisheitszahns und Nervschädigung; Beeinträchtigung im Lippenbereich.	OLG Koblenz, OLGR 2008, 922	1204
7.000	Nicht indizierte Gesamtverblockung mehrerer Zähne bei Erneuerung einer Brücke; Restauration und Neubehandlung von einem halben Jahr.	OLG Koblenz, OLGR 2006, 951	1207
7.000	Unzureichende Zahnprothetik, 5 Jahre Bissschwierigkeiten und Kaubeschwerden.	OLG Frankfurt am Main, unveröffentlicht	1208
8.000	Zahnmarkentzündung nach Anbringen von Veneers mit der Folge chronischer Pulpitis und Rötungen und Schwellungen; dauerhafte Temperaturempfindlichkeit.	OLG Hamm, unveröffentlicht	1209

10.000	Unzureichende Behandlung eines Tiefbisses; Mundbodenmuskulaturkrämpfe, Zahnverlust und Notwendigkeit eines umfangreichen erneuten Eingriffs.	LG Münster, unveröffentlicht	1210
10.000	Extraktion zweier Zähne beim falschen Patienten wegen Verwechselung der Unterlagen.	LG Bielefeld, unveröffentlicht	1211
15.000	Bissfehlstellung, Zungen- und Kieferschmerzen wegen nicht indizierter prothetischer Neuversorgung und Schienenbehandlung.	OLG Köln, MedR 2008, 46	1213

Zunge

Betrag in €	Sachverhalt	Fundstelle	E-Nr.
250	Zungenverletzung, Beschwerden über mehrere Tage.	LG Aachen, unveröffentlicht	1215
5.000	Verlust eines Zahnes sowie Beschädigung zweier weiterer bei Weisheitszahnentfernung; Schädigung des nervus lingualis mit der Folge eines Taubheitsgefühls der Zunge.	OLG Frankfurt am Main, unveröffentlicht	1217
6.000	Irreparable Verletzung des nervus lingualis mit Gefühlsstörungen in der Mundhöhle, die bei Gesprächen erheblich beeinträchtigen.	OLG Koblenz, VersR 2005, 118	1218
10.000	Durch Verletzung mehrerer Nerven bei einer Leitungsanästhesie kam es zu einer tauben rechten Zungenhälfte, in der weder taktiles noch gustatorisches Empfinden vorhanden sind; betroffen ist auch die rechte Wangenschleimheit. Essen nur unter Schmerzen möglich.	LG Dortmund, unveröffentlicht	1219
15.000	Verlust des Geschmackssinnes im Bereich der vorderen zwei Zungendrittel; Kläger war Koch und musste Beruf aufgeben.	LG Tübingen, unveröffentlicht	1220
15.000	Bei dem 51 Jahre alten Erblasser wurde ein Mundbodenkarzinom nicht rechtzeitig erkannt.	LG Dortmund, unveröffentlicht	1221
26.000	Schädigung von nervus hypoglossus und nervus lingualis ohne hinreichende diagnostische Absicherung eines vermuteten Mundbodentumors; 2/3 der Zunge blieben taub und bewegungsunfähig, erhebliche Beeinträchtigung bei Essen, Sprechen und Zahnreinigung.	OLG Naumburg, OLGR 2003, 348	1222

Abschnitt 4: Übersicht Verkehrsunfallhaftung

Arm

Betrag in €	Sachverhalt	Fundstelle	E-Nr.
500	Stauchungen, Prellungen und Schürfungen am Unterarm.	OLG Brandenburg, NZV 2011, 253	51
600	Schulter-Arm-Syndrom und HWS-Distorsion; 43 Jahre alte Klägerin.	OLG Saarbrücken, NJW-RR 2011, 178	1
1.000	Schnittwunden am Oberarm und am Gesicht; gerötete Narbe am Oberarm.	LG Lübeck, unveröffentlicht	18
1.000	Luxation des Ellbogengelenks, Riss des Kollateralbandes und Ellenhakenfraktur,	OLG Naumburg, OLGR-Ost 2012, Nr. 46, Anm. 7	38
1.500	1/2 Mitverschulden; Abrissbruch am rechten Oberarmkopf. 7 Wochen arbeitsunfähig, weiterhin Bewegungseinschränkungen und Schmerzen in der Schulter.	AG Halle, SP 2007, 207	19
1.500	7/10 Mitverschulden. Oberarmfraktur; ein Stück des Bohrers brach bei OP ab und verblieb im Knochen. Unschöne Narben. 19 Jahre alte Klägerin.	OLG Saarbrücken, NJW-RR 2011, 754	20
2.000	Ellbogenprellung und psychische Störung (1 Jahr).	KG, VersR 2005, 372	39
2.000	Radiusköpfchenfraktur des Ellbogens; 5 Monate Beeinträchtigungen.	OLG München, MDR 2005, 1050	40
2.500	1/2 Mitverschulden. Humerusfraktur mit Beteiligung des Oberarmknochens. 7 Monate arbeitsunfähig.	OLG München, unveröffentlicht	22
3.000	Oberarmkopf-Mehrfragmentluxationsfraktur sowie Prellungen.	OLG Koblenz, OLGR 2005, 484	23
3.500	Speichenköpfchenfraktur Unterarm, Schürfwunden und weitere Frakturen.	KG, NZV 2007, 308	55
3.500	Unterarm- und Mittelhandfraktur, 10 Tage stationäre Behandlung.	OLG Brandenburg, SP 2008, 100	56
3.750	Trümmerfraktur der Speiche am Unterarm, folgenlose Ausheilung.	OLG Celle, OLGR 2003, 62	57
5.000	Schädelhirntrauma, Nasenbeinfraktur und Oberarmfraktur; 5 Monate arbeitsunfähig.	OLG Naumburg, NJW-RR 2003, 677	28
5.000	Radiusköpfchenfraktur; 26 Tage stationär, 3 Wochen Gipsschiene; Morbus Sudeck.	LG Kassel, SP 2010, 325	59
5.500	Ellbogenprellung mit Schleimbeutelentzündung, die operiert werden musste.	OLG Saarbrücken OLGR 2009, 897	44
5.500	Unterarmschaftfraktur, offene Risswunde, Narben an Speiche und Elle.	LG Wuppertal, unveröffentlicht	63
6.000	Unterarmfraktur mit Speichenabriss. Zwei Operationen, posttraumatische Arthrose und eingeschränkte Beweglichkeit der Hand.	OLG Karlsruhe, SP 2010, 325	64

6.000	Frakturen des Oberarms und Verletzung des Ellbogens; MdE 20%, sechs Wochen 40% MdE.	LG Madgeburg, unveröffentlicht	30
6.500	1/2 Mitverschulden. Fraktur im Bereich der Speiche.	OLG Koblenz, NJW-RR 2013, 86	65
7.000	3/10 Mitverschulden. Radiusköpfchenmeißelfraktur im Ellbogengelenk; 7 Wochen krankgeschrieben.	OLG Celle, OLGR 2009, 1003	66
7.500	Radiusköpfchenfraktur des Ellbogens, Fraktur des Dreieckbeins am Handgelenk. 2 1/2 Monate arbeitsunfähig, weitere 2 1/2 Monate MdE 40%. Dauerschaden: Streckdefizit und Beugebeeinträchtigung sowie Funktionsbeeinträchtigungen und Schmerzen des Arms. Dauer-MdE 10%.	LG Bremen, unveröffentlicht	46
8.000	Radiustrümmerfraktur der Hand; 10 Tage stationär, dauernde Beschwerden.	LG Traunstein, SP 2010, 220	68
8.500	3/10 Mitverschulden. Frakturen an Unterschenkel und Oberarm. Regelmäßige Physiotherapie, Dauer-MdE 20%.	OLG Oldenburg, VersR 2012, 1052	32
9.000	Ellenbogentrümmerfraktur links, eine Fraktur des Radiusköpfchens und multiple Prellungen. Die Frakturen mussten osteosynthetisch behandelt werden. 12 Tage stationär, 2 Operationen. Die ambulante Behandlung mit Krankengymnastik und Lymphdrainage erstreckte sich über ein Jahr. Die volle Arbeitsunfähigkeit dauerte 4 Monate, danach war die Klägerin weitere 5 Monate nur eingeschränkt arbeitsfähig. Dauerschaden: Streckhemmung des linken Ellenbogens endgradig gehemmte Unterarmdrehung, Belastungsschmerzen und posttraumatische Arthrose.	LG Münster, SP 2011, 326	47
9.200	Oberarmfraktur, Humerusschaftfraktur und Mittelfußfrakturen; 16 Tage stationär, 4 Wochen Reha, Narben verbleiben.	LG Paderborn, unveröffentlicht	33
10.000	Humeruskopfluxationsfraktur und diverse Prellungen; MdE 20 %.	KG, VersR 2005, 237	34
10.000	Oberarmkopf-Mehrfragmentfraktur; es verbleibt eine Bewegungseinschränkung der Schulter.	LG Bochum, SP 2005, 194	5
10.000	7/10 Mitverschulden. Bilaterale Beckenringfraktur mit Rotationsinstabilität und vertikaler Verschiebung, Tibia-Etagenfraktur mit einem segmentalen Zwischenfragment, epidurale Blutung, Skalpierungsverletzung, Schädeldachfraktur, Gehirnerschütterung und Schädelbasisfraktur. 1 Jahr ambulante Behandlung.	LG Schwerin, SVR 2013, 225	339
12.000	Dislozierte Armfraktur der Speiche in Gelenknähe.	OLG Celle, MDR 2005, 504	73
15.000	1/2 Mitverschulden. Frakturen von Ober- und Unterschenkel, Handknochen und Radiusextensionsfraktur. Vier Operationen und Reha; MdE 30 %.	OLG Brandenburg, NZV 2010, 154	74

15.000	Unterarmfraktur, Brustverletzungen, hirnorganisches Psychosyndrom; 12 Tage Intensivstation, weiterhin eingeschränkte Kraftentwicklung und Schmerzen,	LG Lübeck, SP 2012, 148	76
16.000	Frakturen an Unterarm und Daumen sowie multiple Schnittwunden an Knie und Unterschenkel. Pseudarthrose. Narbe; Bewegungseinschränkungen.	OLG Oldenburg, ZfS 2009, 436	77
20.000	Ellbogengelenktrümmerfraktur, Zerstörung der Unterarmstreckmuskulatur, Decollment des Arms.	KG, ZfS 2002, 513	50
20.000	Knöcherner Abbruch am Griffelfortsatz der Elle; eingeschränkte Beweglichkeit der Hand, MdE 10 %. Ferner Verlust der Sehkraft auf einem Auge.	LG Dortmund, SP 2009, 290	78
20.451,68	1/5 Mitverschulden. Unterarmfraktur; Beeinträchtigung von Kraft und Greiffunktion. MdE 20 %.	OLG Celle, OLGR 2007, 218	79
25.000	Radiusfraktur, Beckenfraktur, Schädel- und Orbitabodenfraktur sowie Verbrennungen. Fortdauernde Schmerzen und Taubheitsgefühle. Vorsatztat.	OLG Saarbrücken, NJW 2008, 1166	80
25.000	1/2 Mitverschulden. Wurzelausrisse des Arms und Rippenfrakturen; der linke Arm kann kaum mehr gebraucht werden, die Hand ist kraftlos.	LG Paderborn, unveröffentlicht	6
30.000	1/4 Mitverschulden. Oberarmfraktur, Kniescheibenfraktur, Schulterverletzung, Schädel-Hirn-Trauma, Rippenserienfraktur und Weichteilverletzungen im Bereich des Handgelenks und der Hand; GdB 30%, sechs Monate stationär.	LG Detmold, SP 2011, 182	35
36.000	Mehrfachtrümmerfraktur des Oberarms, Beeinträchtigung der Armfunktion.	OLG Braunschweig, OLGR 2008, 442	36
50.000	Oberarm- und Ellbogenfraktur sowie Frakturen von Beckenring, Rippen, Schlüsselbein und Knie; 7 Wochen stationär und eingeschränkte Beweglichkeit der Schulter.	LG Köln, unveröffentlicht	37
70.000 zzgl. 200 Rente	Abriss des rechten Arms, Ausriss von Schlüsselbein und Schulterblattgelenk.	OLG Celle, OLGR 2005, 22	9
75.000	Ausriss des linken Arms aus der Schulter.	LG Lübeck, SP 2010, 431	10
100.000	Schädelhirntrauma, mit Kalottenmehrfachfraktur, Femurschaftfraktur und isolierte proximale Fibulafraktur. 2 1/2 Monate stationär, länger als 1 Jahr arbeitsunfähig. Es verbleiben Kopfschmerzen und Bewegungseinschränkungen des Ellenbogengelenkes, Herabsetzung der groben Kraft des Armes und der Hand, Muskelminderung im Bereich des Ober- und Unterarmes sowie Bewegungseinschränkungen der Hüfte.	OLG Rostock, SVR 2008, 468	81

Augen

Betrag in €	Sachverhalt	Fundstelle	E-Nr.
20.000	Verlust der Sehkraft auf einem Auge.	LG Dortmund, SP 2009, 290	104
72.000 zzgl. 100 Rente	Erblindung auf einem Auge, hirnorganisches Psychosyndrom; Verlust von Geruchs- und Geschmackssinn; Entstellung der Gesichtspartie.	OLG Jena, ZfS 1999, 419	111
75.000	Verlust eines Auges; Mittelgesichtsfraktur, Schädelhirntrauma, multiple Frakturen.	OLG Köln, VersR 2002, 908	112
75.000 zzgl. 200 Rente	Augenhöhlenfraktur mit Erblindung eines Auges, diverse Gesichtsfrakturen.	OLG Celle, unveröffentlicht	113
250.000 zzgl. 200 Rente	Schwerbehinderung, erhebliche Gehbehinderung, Verlust von Geruchs- und Geschmackssinn und Erblindung.	OLG Frankfurt am Main, SP 2008, 11	118

Bauch/Innere Organe

Betrag in €	Sachverhalt	Fundstelle	E-Nr.
6.500	1/2 Mitverschulden. Kreuzbandriss, Rippenserienfraktur und Nierenverlust. MdE 30 %.	OLG Celle, OLGR 2008, 274	174
7.500	Milzverlust und Schlüsselbeinfraktur.	OLG Brandenburg, unveröffentlicht	167
9.000	Milzverletzung, Narben, 6 Monate Beschwerden.	OLG Brandenburg, unveröffentlicht	168
12.500	Dünndarmruptur und Milzhämatom sowie Lungenkontusion. 2 Wochen stationäre Behandlung.	OLG München, unveröffentlicht	146
13.000	Nierenschädigung, Nierenbeckenentzündung war die Folge. Neprozirrhose.	OLG Koblenz, OLGR 2007, 892	177
13.000	Milzverlust einer 12 Jahre alten Klägerin.	OLG Köln, VRR 2013, 105	169
13.500	Verletzung der Milz, Dünndarmruptur, Brustbeinfraktur.	OLG München, unveröffentlicht	170
16.500	1/4 Mitverschulden. Bauchtrauma, Leberriss und Pankreas- und Lungenkontusion, Rippenserienfrakturen.	OLG Düsseldorf, r+s 2006, 85	129
20.000	Stumpfes Bauchtrauma mit Milzkapseleinriss; Narben, posttraumatische Belastungsstörung.	OLG Brandenburg, VRR 2007, 468	130
22.000	Leber- und Nierenruptur, Schädelhirntrauma und Frakturen. Einen Monat stationäre Behandlung, mehrere Folgeoperationen, Dauerschäden.	OLG Brandenburg, SP 2008, 105	127
25.000	Bauchtrauma, Querriss des Lederlappens, multiple innere Verletzungen von Zwerchfell, Lunge, Gallenblase und Niere; Rippenserienfraktur, Schulterplexusausriss, diverse Frakturen. Dauerschaden: Armlähmung, Rückenprobleme, Verlust von Gallenblase und Niere.	OLG Celle, OLGR 2001, 185	131

30.000	Milzruptur, Polytrauma, Leberriss, Nierenparenchymruptur, Rippenserienfrakturen. Narben und Verwachsungen des Darms.	LG Dortmund, ZfS 2008, 87	171
35.000	3/10 Mitverschulden. Leber- und Bauchspeicheldrüsenruptur, Herzkontusion mit Abriss der Trikuspidalklappe, Schlüsselbeinfraktur und Schädelhirntrauma. 40cm lange Narbe.	OLG Nürnberg, OLGR 2007, 112	162
35.000	Schwere Verletzungen innerer Organe und diverse Frakturen. Narbenbruch.	OLG München, VersR 2008, 799	128
45.000	Dickdarmriss mit Bauchfellentzündung, dreifacher Dünndarmriss, Rippenserienfraktur, Schlüsselbeinfraktur, Brustbeinfraktur, Lungenkontusion, Pneumotorax, cervicales Wurzelreizsyndrom. 4 Wochen stationär, 5 Wochen Reha; 50% MdE. Es verbleiben im Bauchraum Verwachsungen, äußere Narben im Bereich von Bauch und Brust und posttraumatische Belastungsstörungen sowie eine leichte depressive Störung.	OLG Hamm, unveröffentlicht	151
65.000	Bauchtrauma mit Milz- und Serosaeinrissen sowie Frakturen; mehrere OPs, Narben und Knieinstabilität; MdE 30 %.	OLG München, unveröffentlicht	133
100.000	Stumpfes Bauchtrauma mit Darmverletzungen, multiple Frakturen im Bein. Rollstuhlpflichtigkeit und ständige erhebliche Schmerzen. Zögerliches Regulierungsverhalten.	OLG München, AGS 2011, 46	134
250.000	Zerreißung der linken Flanke und der Bauchdecke; Verlust von großen Teilen des Darms, der Niere und der Milz. Erhebliche Dauerschäden.	OLG Frankfurt am Main, NZV 2011, 39	157

Bein

Betrag in €	Sachverhalt	Fundstelle	E-Nr.
300	1/4 Mitverschulden. Lymphödem im Unterschenkel; Prellungen an Sprung- und Kniegelenk.	LG Saarbrücken, unveröffentlicht	296
650	3/4 Mitverschulden. Unterschenkelfraktur; Mittelfußfraktur; Quetschungen und Prellungen.	AG Essen, SVR 2010, 422	298
1.000	Knieverletzung, die folgenlos ausheilte; Prellungen.	KG, KGR 2009, 415	234
1.333,33	1/3 Mitverschulden. Zerrung des Knieinnenbandes, Kniegelenksdistorsion und Prellungen. 17 ambulante Behandlungen, 54 Tage arbeitsunfähig.	AG Essen, SP 2008, 280	240
1.500	Schnittwunde am Zeh, Prellung des Kniegelenks.	OLG Frankfurt am Main, RRa 2006, 217	386
2.000	2/3 Mitverschulden. Mehrfache Frakturen des Oberschenkelknochens sowie multiple Prellungen; 6 Monate arbeitsunfähig.	OLG Hamm, NZV 2010, 566	192

2.000	Distale Radiustrümmerfraktur des Unterschenkels.	OLG Köln, unveröffentlicht	303
2.000	Knöcherne Absprengung über der Außenknöchelspitze; 6 Wochen Gips.	LG Kassel, unveröffentlicht	391
2.000	1/2 Mitverschulden. Fibularköpfchenfraktur.	OLG Brandenburg, unveröffentlicht	238
2.200	7 Jahre alter Kläger. Schienbeinfraktur und eine Schädelfraktur. Objektiv ungefährliche Kopfoperation.	OLG Koblenz, OLGR 2004, 405	305
2.500	Fraktur des Mittelfußknochens und Distorsion des Fußgelenks, einen Monat Gips.	AG Düsseldorf, unveröffentlicht	398
2.500	Schwere Verletzungen an beiden Beinen, folgenlose Ausheilung. Einige Wochen Schmerzen.	OLG München, SVR 2006, 180	183
3.000	Unterschenkelfraktur (4 Jahre alter Junge).	AG Brilon, SP 2004, 156	309
3.000	1/2 Mitverschulden; Unterschenkelfraktur.	LG Görlitz, SVR 2004, 231	310
3.000	Mittelfußfraktur, kompliziert; 42 Tage arbeitsunfähig.	LG Hagen, SP 2008, 394	402
3.000	Offene Wunde an Unterschenkel; Prellungen und Narben. 3 Wochen arbeitsunfähig.	OLG Jena, NJW-RR 2009, 1248	312
3.500	Offene Knieverletzung, Brustwirbelfraktur, Thoraxtrauma.	OLG Düsseldorf, NZV 2006, 415	314
3.500	Außenknöchelfraktur und Fraktur des Speichenköpfchens.	KG, NZV 2007, 308	405
4.000	Mediale Oberschenkelhalsfraktur.	OLG Hamm, OLGR 2006, 417	193
4.000	1/2 Mitverschulden. Luxationsfraktur des oberen Sprunggelenks, 1 Jahr arbeitsunfähig.	KG, NZV 2010, 254	410
4.000	Weichteilkontusion am Oberschenkel mit Riss-Quetsch-Wunden sowie Schädelhirntrauma 1. Grades. Die Wunde am Oberschenkel musste genäht werden. Der Kläger litt unter starken Schmerzen am ganzen Körper, insbesondere im Bein.	OLG Celle, VRR 2011, 442	195
4.000	Beim Kläger aktivierte sich durch den Unfall eine Arthrose, die auch ohne Unfallgeschehen zeitnah eingetreten wäre; das Schmerzensgeld bemaß daher nur den ansonsten beschwerdefreien Zustand.	OLG Naumburg, SP 2011, 359	250
4.500	1/2 Mitverschulden. Unterschenkelfraktur; 2 Wochen stationär. Bewegungseinschränkungen im Sprung- und Kniegelenk.	LG Wuppertal, unveröffentlicht	319
5.000	Kreuz- und Innenbandruptur; Oberschenkelprellung.	KG, unveröffentlicht	258
5.000	5/6 Mitverschulden. Fraktur beider Unterschenkel.	OLG Nürnberg, ZfS 2003, 230	321
5.000	Oberschenkelfraktur.	OLG Karlsruhe, VersR 2004, 664	196
5.000	Innenmeniskusriss.	LG Essen, SP 2005, 51	252

5.000	Oberschenkelfraktur; 3 Operationen und Narben. 8 Jahre alte Klägerin.	LG Hagen, unveröffentlicht	197
5.000	7/10 Mitverschulden. Kreuzband- und Sprunggelenksverrenkung; vier Krankenhausaufenthalte.	OLG Saarbrücken, MDR 2007, 1069	253
5.000	Großzehenendgliedfraktur mit Gelenkbeteiligung.	OLG Oldenburg, VersR 2009, 797	414
5.000	Absplitterungen im Bereich des Mittelfußknochens; 3 Wochen Gipsschiene. 11 Jahre alter Kläger.	LG Aachen, NJW-RR 2011, 752	416
5.000	Kniegelenksprellung; Schleimbeutelentzündung und Rippeninfraktion.	OLG Schleswig, SP 2011, 4	257
5.625	1/4 Mitverschulden. Zweietagenfraktur des Unterschenkels; 2 Monate stationär, ein Jahr Erwerbsminderung. Empfindsamkeitsstörung am Schienbeinkopf verbleibt.	OLG Düsseldorf, unveröffentlicht	324
6.250	1/2 Mitverschulden. 5 cm lange klaffende Risswunde über dem Fußrücken und eine weitere 3 cm lange Risswunde über dem Außenknöchel. Die stationäre und ambulante Behandlung war langwierig, der 11 Jahre alte Kläger musste sich mehrfach einer Wundversorgung unter Vollnarkose unterziehen. Er leidet unter Taubheitsgefühlen am Fuß, der im Wachstum zurückbleibt.	OLG Koblenz, unveröffentlicht	417
6.500	Kniegelenksverletzung; 8 Wochen Bewegungseinschränkungen.	LG Bonn, NJW-RR 2008, 1344	261
6.500	1/2 Mitverschulden; Kreuzbandriss, Innenbandriss am Knie; Meniskusriss und Innenbandruptur am anderen Knie. Rippenserienfraktur und Nierenverlust. MdE 30 %.	OLG Celle, OLGR 2008, 274	262
7.000	Oberschenkel- und Knieprellungen.	LG Kassel, SP 2005, 410	18478
7.500	Knöcherner Ausriss des Innenknöchels, Schleimbeutelentzündung. 6 Wochen arbeitsunfähig.	OLG Frankfurt am Main, NZV 2010, 37	419
8.000	1/5 Mitverschulden. Kniebänderschaden; Kreubandersatz-OP und Dauerschäden, 16 Jahre alter Junge.	LG Münster, SP 2004, 372	264
8.000	1/2 Mitverschulden. Oberschenkelhalsfraktur, Frakturen von Schambein und Schlüsselbein, Thoraxtrauma und Schädelhirntrauma.	OLG Celle, SVR 2007, 22	201
8.000	Tibiakopf- und nicht dislozierte Wadenbeinfraktur; massive Ergussbildung, 14 Tage stationär, 6 Monate Gehhilfen erforderlich.	OLG Hamm, unveröffentlicht	330
8.500	Frakturen an Unterschenkel und Oberarm; MdE 20%.	OLG Oldenburg, VersR 2012, 1052	331
9.000	Kreuzbandruptur; 6 Wochen Nachbehandlung und Dauerschaden.	OLG Celle, unveröffentlicht	266
9.000	1/4 Mitverschulden. Oberschenkelfraktur und Schädelhirntrauma, Rippenfrakturen. Längere Immobilität des Beines.	OLG Düsseldorf, unveröffentlicht	203
9.000	Tibiakopffraktur; Operation.	LG Köln, VA 2007, 81	332

10.000	1/2 Mitverschulden. Oberschenkelfraktur, MdE 30 %.	LG München I, unveröffentlicht.	204
10.000	Unterschenkelfraktur, Schock.	OLG Köln, VersR 2006, 416	333
10.000	Kniescheibenfraktur und Gelenkknorpelverschleißerkrankung. Kniebeugebelastungsschmerzen.	LG Köln, SP 2008, 395	269
10.000	Unterschenkelschafttrümmerfraktur; Pseudoarthrose. 2 1/2 Jahre Heilbehandlung wegen nachfolgender ärztlicher Behandlungsfehler.	OLG Naumburg, NJW-RR 2008, 407	336
10.000	Innenknöchelfraktur des Sprunggelenks sowie Schädelhirntrauma: Dauerschaden: Bewegungsbeeinträchtigung.	KG, MDR 2010, 1318	424
10.000	Dislozierte offene Unterschenkelfraktur 2. Grades; verzögerte Heilung, Bewegungseinschränkungen, MdE 20 %.	OLG München, VD 2009, 25	337
11.500	Mehrfach dislozierte Schien- und Wadenbeinfraktur.	OLG München, DAR 2006, 394	340
12.000	Bänderruptur im Knie, Schnittwunde Unterschenkel. Erhebliche Narbenbildung.	OLG Celle, SP 2006, 278	757
12.000	Unterschenkelmehrfragmentfraktur.	OLG München, unveröffentlicht	341
12.500	1/2 Mitverschulden. Offene Unterschenkelfraktur 3. Grades; Kompartmentsyndrom und Decollement.	OLG Brandenburg, SP 2010, 75	342
13.500	Offene Unterschenkelfraktur, Thoraxtrauma und Hirnquetschung. 16 Jahre alter Junge, Dauerschaden durch Hirnbeeinträchtigung.	OLG Frankfurt am Main, OLGR 2006, 673	343
13.500	2/3 Mitverschulden. Komplexer Knieinnenschaden und Schädelhirntrauma. 5 Wochen stationär, Belastungsschmerzen des Knies; Ersatz des Kniegelenks ist zu erwarten.	OLG Hamm, NJW-Spezial 2010, 362	943
14.000	Risswunde an der Kniescheibe; weitere Risswunden; 6 Wochen stationär, 4 Monate arbeitsunfähig. Narben verblieben.	OLG Brandenburg, VersR 2009, 1284	1744
15.000	Oberschenkelhalsbruch mit der Folge eines künstlichen Hüftgelenks.	OLG Frankfurt am Main, NJW-RR 2004, 1167	205
15.000	Mehrfragmentfraktur der Patella, Schulterblatt- und Schlüsselbeinfrakturen sowie Prellungen. Dauerschäden im Knie.	LG Duisburg, unveröffentlicht	813
15.000	Schienbeinfraktur; Dauerschaden.	KG, KGR 2006, 749	345
15.000	Luxationstrümmerfraktur des Sprunggelenks mit Fraktur des Pilontibiale. Ein Jahr arbeitsunfähig.	LG Regensburg, SP 2006, 167	426
15.000	Kniegelenksverletzung mit Schienbeinkopf-, Meniskus- und Kreuzbandruptur.	OLG Düsseldorf, unveröffentlicht	278
15.000	Stark dislozierte Unterschenkelfraktur, 10 OPs wegen Keiminfektion.	OLG Saarbrücken, OLGR 2008, 2	346

15.000	1/3 Mitverschulden. Offene Unterschenkelfraktur, beginnendes Kompartmentsyndrom. Beeinträchtigung des Gangbildes und Narben; MdE 10 %.	OLG Brandenburg, DAR 2008, 620	347
15.000	1/2 Mitverschulden. Ober- und Unterschenkelfraktur sowie weitere Frakturen und Prellungen; 1 Jahr arbeitsunfähig. MdE 30 %.	OLG Brandenburg, NZV 2010, 154	207
16.000	Multiple Schnittverletzungen am Unterschenkel und Knie; schwere Frakturen an Daumen und Unterarm. Bewegungseinschränkungen im Handgelenk.	OLG Oldenburg, ZfS 2009, 436	349
16.800	1/5 Mitverschulden. Komplexe Mehrfachfraktur des Fußes; posttraumatische Arthrose und Bewegungseinschränkungen sowie Kraftminderung des Beines.	OLG Koblenz, NJW-RR 2012, 228	428
17.000	Wadenbeinfraktur, Kreuzbandriss, Schleimbeutelentzündung im Knie sowie Prellungen.	OLG Frankfurt am Main, SP 2010, 220	350
17.500	Ober- und Unterschenkelfraktur, Schädelhirntrauma, Teilskalpierung der Stirn.	OLG Celle, unveröffentlicht	208
18.000	Oberschenkelfraktur; Verrenkungsfraktur im Fußgelenk; Narben.	OLG Celle, unveröffentlicht	209
19.000	Mehrfragment-Tibiakopffraktur; Komplettruptur des Kreuzbandes und Schädelhirntrauma. 2 Monate arbeitsunfähig.	OLG Naumburg, VersR 2012, 118	351
20.000	Kniescheibenzertrümmerung, Bewegungsbeeinträchtigungen.	OLG Düsseldorf, SP 2004, 157	279
20.000	Oberschenkelfraktur, große Skalpierungsverletzung, 3 Jahre alter Junge.	OLG Celle, VersR 2004, 526	210
20.000	Kniegelenksverletzung, Patellafraktur, diverse Frakturen; Behinderungen beim Laufen und Gehen.	OLG Brandenburg, SP 2008, 47	189
20.000	Unterschenkelschaftfraktur; Schienbeinkopffraktur; Kompartementsyndrom. MdE 10 %, Narben	OLG Düsseldorf, unveröffentlicht	352
20.000	3/5 Mitverschulden. Tibiafraktur, Schädelbasisfrakturen und posttraumatisches Psychosyndrom (11 Jahre alter Junge).	OLG Hamm, NZV 2006, 151	353
20.000	Oberschenkelfrakturen, Bauchtrauma. Narben und Bewegungseinschränkungen an der Wirbelsäule.	OLG Brandenburg, VRR 2007, 468	211
20.000	Multiple Knieverletzungen, Fingerfraktur. Mehrwöchiger stationärer Aufenthalt, beeinträchtigte Bewegung.	OLG Brandenburg, SP 2008, 47	280
20.000	Knieanfalltrauma, Knorpelfrakturen, kaum Dauerschäden.	LG Duisburg, SP 2009, 11	282
20.000	Sprunggelenks-Luxations-Fraktur; postoperative Beschwerden durch Wundheilstörungen und Infekten (81 Jahre alter Kläger).	LG Gießen, SP 2010, 394	430

22.000	Unterschenkelschaftfraktur und Mehretagenunterschenkeltrümmerfraktur. MdE 30 %; erhebliche Dauerschäden und starke Schmerzen beim Gehen.	LG Osnabrück, unveröffentlicht	355
25.000	Knieverletzung mit langwierigem Heilungsverlauf, diverse Frakturen.	OLG Brandenburg, unveröffentlicht	283
25.000	Beinverkürzung.	KG, VersR 2006, 384	190
25.000	Komplexe Kniegelenksverletzung; Schienbeinverletzung; Kreuzbandriss. Dauerschaden: Beugeverlust des Knies von 20 %.	OLG Frankfurt am Main, SP 2010, 66	286
25.000	1/4 Mitverschulden. Oberschenkelhalsfraktur, subdurales Hämatom und Zerstörung der Großhirnrinde. Tod nach 4 Jahren (77 Jahre alter Geschädigter).	OLG Saarbrücken, SP 2011, 13	213
28.000	Oberschenkelfraktur; Schienbeinkopffraktur. Langwierige Behandlung, Dauerschäden.	OLG Rostock, OLGR 2007, 478	214
30.000	Schienbeinkopftrümmerfraktur, fünf Operationen, 7 Monate arbeitsunfähig. Dauerschäden: umfängliche Narben am Schenkel, eingeschränkte Bewegung des Knies, mittelgradige Instabilität. MdE 40 %.	KG, KGR 2004, 356	358
30.000	Oberschenkelfraktur, Kreuzbandruptur, Unterschenkelfraktur und Schädelhirntrauma. Dauerschaden: schmerzhaftes Ziehen in Bein und Wirbelsäule.	OLG Saarbrücken, OLGR 2008, 296	215
30.000	Kniescheiben- und Hüftpfannenfraktur; 3 Monate arbeitsunfähig; Bewegungseinschränkungen in Knie und Hüfte sowie Arthrose.	OLG Stuttgart, SP 2010, 150	288
30.000	Zweitgradige Trümmerfraktur des Unterarms, Frakturen der Mittelhandknochen 4 und 5, Basisfraktur des Mittelhandknochens 5, Y-Fraktur der Grundgliedbasis des 5. Fingers sowie Verrenkung im Endgelenk des 5. Fingers mit einer Freilegung der Beugesehne. Der linke Fuß wies Grundgliedfrakturen im Bereich der Glieder D 3 und D 2, eine Grundphalanxfraktur des Gliedes 4 sowie eine Grundgliedtrümmerfraktur der Großzehe auf. Das Sprunggelenk war durch eine bimalleoläre Sprunggelenkfraktur geschädigt. 7 Wochen stationäre Behandlung mit 4 OPs. Die Funktionsfähigkeit des linken Fußes ist eingeschränkt (hinkendes Gangbild, Druckempfindlichkeit und Schmerzen).	OLG Düsseldorf, unveröffentlicht	437
30.000	1/3 Mitverschulden; schwere Verletzung des Kniegelenks, Oberschenkelfraktur sowie Verletzungen des Kopfs und Brustkorbs.	OLG München, unveröffentlicht	290
35.000	Oberschenkelfraktur, zahlreiche Knochenbrücke und schwere Verletzungen innerer Organe.	OLG München, VersR 2008, 799	128

40.000	1/3 Mitverschulden. Offene Frakturen an Unterschenkel, Oberschenkel und Unterarm, Fraktur des 7. Brustwirbelkörpers und Nierenkontusion. Amputation des linken Unterschenkels. Pseudoarthrose an beiden Knochen des Unterarms.	OLG Hamm, OLGR 2002, 247	191
40.000	Offene Unterschenkelfraktur und großer Weichteildefekt. MdE 40 %, lange Zeit Rollstuhlpflicht.	OLG Brandenburg, SP 2007, 140	361
40.000	1/2 Mitverschulden. Kompartmentsyndrom Unterschenkel; Polytrauma und multiple Frakturen auch des Gesichts. Verheilung des Unterschenkels in Fehlstellung, unregelmäßiges Gangbild und Fußfehlstellung.	OLG Köln, VerkMitt 2010, Nr. 42	363
40.000	Unterschenkelfraktur, Hüftkopfluxation sowie Rippenserienfrakturen. 81 Jahre alte Klägerin.	OLG Karlsruhe, NZV 2010, 26	362
42.500	Posttraumatisches Kopfschmerzsyndrom nach Schädelhirntrauma, knöcherne, nicht vollständig konsolidierte körperferne Oberschenkelfraktur nach Falschgelenkbildung, Beinverkürzung links, posttraumatische Arthrose des linken Kniegelenks, Bewegungseinschränkungen im linken Hüft-, Knie- und oberen Sprunggelenk, Instabilität des linken Kniegelenks, gestörtes Gangbild. 40 % MdE; Vielzahl von operativen Eingriffen am linken Bein mit längeren Krankenhausaufenthalten in verschiedenen Kliniken.	OLG Köln, OLGR 2002, 290	220
45.000	Oberschenkel- und Gelenkfrakturen, Bauchtrauma, Lungenquetschung. Einen Monat Lebensgefahr; Dauerschaden: Gehbehinderung.	OLG Hamm, VersR 2002, 499	221
45.000	Chronische Schmerzen in den Fußgelenken nach Frakturen von Sprunggelenken und Mittelfußgelenken.	OLG Celle, OLGR 2004, 271	438
45.000	Unterschenkeltrümmerfraktur mit beidseitigen Knieverletzungen, Verletzungen von Muskel- und Nervenbahnen am linken Bein; Schädelhirntrauma, Narben, MdE 30 %.	OLG Naumburg, VersR 2004, 1423	365
50.000	Weichteilverletzungen am Oberschenkel, entstellende Narben und Schmerzen. 30 % MdE, verzögerte Regulierung.	OLG Nürnberg, VersR 2003, 333	222
50.000 zzgl. 50 Rente	1/5 Mitverschulden. Offene Unterschenkelfraktur mit erheblichen Dauerfolgen und psychischen Folgen.	LG Bückeburg, DAR 2004, 274	367
50.000	Quetschung des Oberschenkels mit Fraktur des Oberschenkelschaftes, Schenkelhalsfraktur, Dauerschäden.	OLG Saarbrücken, ZfS 2005, 287	223
60.000	Oberschenkeltrümmerfraktur, Unterschenkelfraktur, Schädelhirntrauma, Hüftpfannenfraktur, erhebliche Dauerschäden an den Beinen; Beinlängenverkürzung und 50 % Schwerbehinderung.	LG Kleve, SP 2006, 60	224

65.000	Bauchtrauma mit Milz- und Serosaeinrissen sowie Frakturen; mehrere OPs, Narben und Knieinstabilität. MdE 30 %.	OLG München, unveröffentlicht	133
75.000	Schwere Unterschenkelfraktur 3. Grades; 4 Monate Heilbehandlung mit stationären Aufenthalten; Dauerschäden durch erhebliche Behinderung-	OLG Stuttgart, VRS 120 (2011), 193	371
75.000	Fersenbeintrümmerfraktur beidseitig mit Versteifung eines Fußgelenks. Beide Füße sind erheblich beeinträchtigt, Rollstuhlpflicht.	OLG München, VersR 2005, 1745	440
90.000	Oberschenkelfraktur; Unterschenkelfraktur, Knieinstabilität, Schädel- und Hirnverletzungen, Rollstuhlpflicht.	OLG Celle, unveröffentlicht.	227
90.000	Frakturen an Fersen-, Schienenbein und Tibiakopf. Ellbogenschaden mit Bewegungseinschränkungen; Deformierung der Ferse, die längeres Stehen und Gehen unmöglich macht.	OLG München, unveröffentlicht	373
100.000	Unterschenkelfraktur, Lähmung des Wadenbeinnervs, Sprunggelenkverletzung, Bauch- und Thoraxtrauma, Unterkiefermehrfragmentsfraktur und Hirnschädigung. MdE 60 %; Klägerin kann keine feste Nahrung aufnehmen und leidet unter Dauerschäden.	OLG Jena, SVR 2008, 464	374
100.000	Schädelhirntrauma, mit Kalottenmehrfachfraktur, Femurschaftfraktur und isolierte proximale Fibulafraktur. 2 1/2 Monate stationär, länger als 1 Jahr arbeitsunfähig. Es verbleiben Kopfschmerzen und Bewegungseinschränkungen des Ellenbogengelenkes, Herabsetzung der groben Kraft des Armes und der Hand, Muskelminderung im Bereich des Ober- und Unterarmes sowie Bewegungseinschränkungen der Hüfte.	OLG Rostock, SVR 2008, 468	229
100.000	Stumpfes Bauchtrauma mit Darmverletzungen, multiple Frakturen im Bein. Rollstuhlpflichtigkeit und ständige erhebliche Schmerzen. Zögerliches Regulierungsverhalten.	OLG München, AGS 2011, 46	134
101.355,03	Unterschenkelfraktur mit Beinverkürzung; Hirn- und Mundverletzungen, feste Nahrungsaufnahme ist unmöglich.	OLG Jena, VRR 2008, 464	2086
149.000	Unterschenkelfraktur, Femurschaftfraktur, Tibiakopffraktur sowie weitere Frakturen und Skalpierungsverletzung der Kopfhaut.	OLG Brandenburg, VersR 2010, 274	375
150.000	Unterschenkelamputation einschließlich Kniegelenk; 16 Jahre alter Kläger.	OLG München, unveröffentlicht	295

Brust/Rippe

Betrag in €	Sachverhalte	Fundstelle	E-Nr.

150	Brustprellung.	OLG Celle, OLGR 2006, 164	443
250	1/3 Mitverschulden. Rippenprellungen, Kopfplatzwunde.	LG Saarbrücken, unveröffentlicht	444
700	3/10 Mitverschulden. Rippenfrakturen und Thoraxprellung.	OLG Frankfurt am Main, OLGR 2007, 932	447
933	1/3 Mitverschulden. Rippenfraktur, Schulterprellungen und 10 Tage arbeitsunfähig.	LG Mannheim, SP 2008, 143	448
1.200	Fraktur von drei Brustwirbeln. 15 Jahre alter Kläger.	AG Mayen, NZV 2008, 624	450
1.500	Schwere Thoraxprellung; Rippenbrüche.	LG Bielefeld, unveröffentlicht	453
1.500	Brustprellung, Claviculafraktur, Oberschenkelprellung und HWS-Distorsion; 6 Wochen Schmerzen.	OLG Saarbrücken, OLGR 2005, 481	451
1.500	Rippenfraktur und Brustkorbtrauma, 1 1/2 Monate Beschwerden.	OLG Naumburg, NJW 2012, 1232	454
1.750	1/2 Mitverschulden. Rippenserienfraktur, Schädelhirntrauma, Pneumothorax und Pleuraerguss. 5 Tage stationär.	OLG Brandenburg, SP 2010, 173	456
2.000	Brustwirbelquetschung, BWS-Distorsion, Rippenprellungen.	LG Tübingen, SP 2006, 419	457
2.000	Prellungen an Brustbein, Brustkorb und Rippen.	OLG Naumburg, NJW-RR 2011, 245	458
2.300	Geringfügig dislozierter Brustbeinbruch, diverse Prellungen. 1 Monat arbeitsunfähig.	AG Oberndorf, unveröffentlicht	459
2.500	Rippenfraktur und Prellungen.	KG, SP 2005, 368	460
4.500	1/4 Mitverschulden. Brustbeinfraktur und Fraktur des 12. Brustwirbelkörpers. MdE 5 %.	OLG München, unveröffentlicht	464
6.000	Brustkorbprellung; Angstgefühle wegen Sorge um Herzinfarkt.	OLG Celle, unveröffentlicht	468
6.000	3/5 Mitverschulden; Bruch des Nasen- und Schlüsselbeins sowie dreier Rippen, Pneumothorax und Nierenkontusion. 4 OP, 4 Monate arbeitsunfähig.	OLG Karlsruhe, VersR 2012, 1124	469
7.000	Rippenfrakturen, Schädelhirntrauma und depressive Störung.	LG Paderborn, unveröffentlicht	473
7.000	HWS-Distorsion 1. Grades, BWS-Distorsion, Rippenprellung und Brustquetschung. Hieraus resultierten Hals/Schulter-Symptome mit einer ausgeprägten Schmerzsymptomatik mit häufig auftretenden und teilweise massiven Kopfschmerzen.	OLG Stuttgart, unveröffentlicht	472
9.000	1/4 Mitverschulden. Rippenfraktur, Oberschenkelfraktur und Schädelhirntrauma. Dauerschaden.	OLG Düsseldorf, unveröffentlicht	475
9.000	Rippen- und Brustbeinbruch, Lungenverletzung und Schlüsselbeinbruch.	LG Kassel, SP 2007, 11	476

9.200	Dislozierte distale Humerusschaft-Mehrfachfragmentut links, dislozierte Olecranonfraktur links, Rippenserienfraktur links 8. bis 10. Rippe, Platzwunde am linken Unterschenkel, subcapitale Mittelfußfraktur sowie Halswirbeldistorsion. 16 Tage in stationärer Behandlung; Reha-Maßnahme von einem Monat. Eine Narbe von 23 cm am Oberarm und eine MdE von 7% verblieben.	LG Paderborn, unveröffentlicht	477
12.500	Brustbeinfraktur, Dünndarmruptur und Lungenkontusion. Verzögerte Regulierung.	OLG München, unveröffentlicht.	483
14.000	Brustwirbelfraktur und Prellungen; MdE 30 %. Anhaltende Schmerzen.	OLG Brandenburg, SP 2009, 71	484
15.000	Rippenserienfraktur; beidseitiger Pneumothorax, hirnorganisches Psychosyndrom. Die Klägerin erlitt lebensgefährliche Verletzungen, musste künstlich beatmet werden und verbrachte 12 Tage auf der Intensivstation. Sie leidet an eingeschränkter Kraftentwicklung am Unterarm und in der Hand, Schmerzen in den Narben, Blockaden der Wirbelsäule, Atemschwierigkeiten und reduzierter Merkfähigkeit.	LG Lübeck, SP 2012, 148	488
16.500	1/4 Mitverschulden. Rippenserienfraktur und Bauchtrauma sowie diverse Frakturen. Bewegungseinschränkungen als Dauerschaden.	OLG Düsseldorf, r+s 2006, 85	489
20.000	Rippenserienfraktur, Beckenringfraktur und Skalpierungsverletzungen.	LG Wiesbaden, SP 2008, 216	490
22.500	Beckenschaufelfraktur, Schlüsselbeinfraktur; Rippenfraktur, Prellungen und Schürfwunden. Dauerschaden; Bewegungseinschränkungen der Beine und des Arms sowie Gesichtsnarben.	OLG Saarbrücken, NZV 2010, 77	491
24.000	Brustwirbelfraktur, klinische Instabilität und Schmerzen.	OLG Köln, SP 2008, 364	492
30.000	1/2 Mitverschulden. Kniegelenksluxattion, Kreuzbandrisse, Thoraxtrauma, Lungenkontusion und Rippenserienfraktur sowie dislozierte Beckenfraktur. 8 Wochen stationär, 13 Monate arbeitsunfähig.	KG, MDR 2010, 1049	496
40.000	Unterschenkelfraktur, Hüftkopfluxation sowie Rippenserienfrakturen. 81 Jahre alte Klägerin.	OLG Karlsruhe, NZV 2010, 26	500
40.000	Dickdarmriss mit Bauchfellentzündung, Dünndarmriss, Rippenserienfraktur der 7., 8. und 9. Rippe links, Schlüsselbeinbruch links, Brustbeinfraktur, beidseitige Lungenkontusion sowie Hämatopneumothorax. Erhebliche äußere Narbenbildung und posttraumatische Belastungsstörung.	OLG Hamm, unveröffentlicht	796
45.000	Rippenserienfrakturen, Thoraxtrauma und Lungenkontusion; Narben und Bewegungseinschränkungen.	OLG Düsseldorf, unveröffentlicht	797

50.000	Rippenserienfraktur, Beckenringfraktur, Ellbogen- und Schlüsselbeinfrakturen. 6 Wochen stationär. Eingeschränkte Beweglichkeit der Schulter.	LG Köln, unveröffentlicht	503
65.000	Rippenserienfraktur, Schulterluxation und Morbus Sudeck.	OLG Köln, MDR 2011, 290	506

Gehör-, Geruchs- und Geschmackssinn

Betrag in €	Sachverhalt	Fundstelle	E-Nr.
1.500	1/2 Mitverschulden. Tinnitus und psychische Beeinträchtigung.	OLG Schleswig, OLGR 2005, 131	522
5.000	Verlust des Geruchssinnes, somatoforme Schmerzstörung nach HWS-Distorsion; posttraumatische Belastungsstörung.	OLG Celle, OLGR 2007, 936	538
12.500	Verlust von Geruchs- und Geschmackssinn; Rippenfrakturen.	OLG Schleswig, VersR 1994, 615	517
12.500	Geruchssinnverlust und teilweiser Verlust des Geschmackssinnes nach Gehirnerschütterung.	LG Braunschweig, unveröffentlicht	540
15.000	Schädelprellung; Handprellung; Tinnitus und Schwindelgefühle.	OLG Brandenburg, unveröffentlicht	1919
17.500	Verlust des Geruchssinnes, Beeinträchtigung des Geschmackssinnes nach Schädelfraktur.	OLG Hamm, OLGR 1997, 180	519
25.000	Tinnitus und posttraumatische Belastungsstörung nach HWS-Verletzung.	OLG Saarbrücken, OLGR 2006, 761	1988
30.000	Verlust des Geruchssinnes, Beeinträchtigung des Geschmacksinnes, Konzentrations- und Gedächtnisstörungen.	LG Wuppertal, ZfS 1997, 370	520
30.000	1/4 Mitverschulden. Schädelverletzungen, Verlust des Geruchssinnes.	OLG Frankfurt am Main, SP 2007, 275	542
32.500	Tinnitus, Geschmacks- und Gehörstörungen. MdE 15 %.	OLG Nürnberg, NJW-RR 1998, 1040	512
40.000	1/2 Mitverschulden. Verlust des Geruchssinns, Tibiakopfmehrfragmentfraktur, Tibiaschaftfraktur, Kompartmentsyndrom des Unterschenkels und Gesichtsfrakturen. Verheilung des Unterschenkels in Fehlstellung.	OLG Köln, VerKMitt 2010, Nr. 42	629
40.000 zzgl. 175 Rente	Verlust von Geruchssinn, Beeinträchtigung von Geschmack und Gehör, schweres hirnorganisches Psychosyndrom. MdE 50 %.	OLG Oldenburg, OLGR 1998, 256	513
46.000	Verlust des Geruchssinnes nach offenem Schädelhirntrauma.	LG Bielefeld, unveröffentlicht	545
72.000 zzgl. 100 Rente	Verlust von Geruchs- und Geschmackssinn, hirnorganisches Psychosyndrom und Erblindung auf einem Auge.	OLG Jena, ZfS 1999, 419	521
90.000	Verlust des Geruchs- und Geschmackssinnes nach Schädelhirntrauma; Gehörminderung, Arm- und Beinverletzungen, Rollstuhlpflicht.	OLG Celle, unveröffentlicht	515

Gesicht

Betrag in €	Sachverhalt	Fundstelle	E-Nr.
450	Gesichtsprellungen und Gehirnerschütterung.	LG Wuppertal, unveröffentlicht	604
1.000	Schnittwunden in Gesicht und am Oberarm; lichte Stellen an den Augenbrauen.	LG Lübeck, unveröffentlicht	605
2.000	1/3 Mitverschulden. Jochbeinfraktur mit Notwendigkeit stationärer Behandlung, Schulterverletzung mit Narbenbildung.	LG Berlin, SP 2003, 418	611
4.000	Glassplitterverletzung im Gesicht. Glassplitter im Augenlid wurden nicht entfernt.	LG Köln, SP 2008, 108	614
4.500	Schwere Schädelprellung; Glassplitterverletzungen im Gesicht, Gesichtsödem und Narbe auf der Stirn.	LG München, SP 2009, 10	615
10.000	Kopfverletzung mit zwei Narben, die Beschwerden auslösen und sichtbar sind; implantierte Metallplatte im Kopf verursacht immer wieder Kopfschmerzen.	OLG München, unveröffentlicht	621
10.000	Mittelgesichtsfraktur, diverse schwere Schädelfrakturen.	OLG Köln, unveröffentlicht	834
11.500	Nasenbeinfraktur, Gehirnerschütterung.	LG Heilbronn, SP 2005, 233	623
22.500	Gesichtsnarbe, diverse Frakturen und Schnittwunden. Dauerschäden: Bewegungseinschränkungen an Arm und Bein.	OLG Saarbrücken, NZV 2010, 77	627
40.000	1/2 Mitverschulden. Verlust des Geruchssinns, Tibiakopfmehrfragmentfraktur, Tibiaschaftfraktur, Kompartmentsyndrom des Unterschenkels und Gesichtsfrakturen. Verheilung des Unterschenkels in Fehlstellung.	OLG Köln, VerKMitt 2010, Nr. 42	629
45.000	Kieferverletzung, erhebliche Beschädigung, künstliches Kiefergelenk nötig.	OLG Celle, OLGR 2004, 271	639
100.000	Schädelhirntrauma, mit Kalottenmehrfachfraktur, Femurschaftfraktur und isolierte proximale Fibulafraktur. 2 1/2 Monate stationär, länger als 1 Jahr arbeitsunfähig. Es verbleiben Kopfschmerzen und Bewegungseinschränkungen des Ellenbogengelenkes, Herabsetzung der groben Kraft des Armes und der Hand, Muskelminderung im Bereich des Ober- und Unterarmes sowie Bewegungseinschränkungen der Hüfte.	OLG Rostock, SVR 2008, 468	631
115.000	Schädelhirntrauma – Mittelgesichts- und Unterkieferfraktur. Deformierung der Gesichtskonturen und Hirnschädigung, 70 % Schwerbehinderung.	OLG Brandenburg, NJW 2011, 2219	632

Hals

Betrag in €	Sachverhalt	Fundstelle	E-Nr.
1.000	Schnittwunde am Hals, Hüft- und Schulterprellung und Schleudertrauma.	OLG Frankfurt am Main, RRa 2006, 217	657
10.000	Kehlkopfbandabriss und Schluckbeschwerden, die lebenslang verbleiben.	OLG Köln, VersR 2008, 364	664

Hand

Betrag in €	Sachverhalt	Fundstelle	E-Nr.
1.000	Mittelfingerfraktur.	AG Düren, SP 2007, 209	709
1.000	Handgelenksverletzung.	OLG Karlsruhe, NZV 2010, 472	691
1.000	1/2 Mitverschulden. Distorsion beider Handgelenke, Gehirnerschütterung.	OLG Düsseldorf, unveröffentlicht	672
1.250	Handgelenksfraktur, längerer Heilungsverlauf wegen Alters des Geschädigten.	AG Hanau, SP 2006, 7	692
1.500	Mittelhandknochenspiral- und Schrägfraktur, Radiusfraktur.	LG Köln, unveröffentlicht	673
1.500	1/4 Mitverschulden. Fraktur der Wachstumsfuge am Handgelenk.	AG Düsseldorf, SP 2006, 427	694
2.000	Ulnare Seitenbandruptur des Daumens; zwei Wochen Gips, erhöhte und nicht übersehbare Narbe.	AG Soest, ZfS 2012, 141	677
2.500	Handgelenksfraktur und Distorsion des anderen Handgelenks.	LG Karlsruhe, unveröffentlicht	695
3.000	Kahnbeinfraktur; Rippenbruch und Hüftgelenksprellung. 6 Wochen Gipsverband.	OLG Koblenz, unveröffentlicht	678
4.000	Handgelenkfraktur; Bewegungseinschränkungen als Dauerschaden.	LG Leipzig, NZV 2011, 41	700
4.000	Mittelhandfraktur, Schwellungen und Prellungen über dem Nasenbein, Gehirnerschütterung und HWS-Distorsion.	LG Köln, SP 2011, 16	679
5.000	Mittelhandfrakturen, Rippenfrakturen und Nierenquetschungen. 2 Monate arbeitsunfähig.	OLG Saarbrücken, ZfS 2003, 118	681
6.000	1/2 Mitverschulden. Daumengrundgelenkluxation und Rippenserienfraktur.	OLG Celle, OLGR 2004, 609	715
6.000	1/5 Mitverschulden. Frakturen des 4. und 5. Mittelhandknochens, Ruptur der Patellasehne und Knochenmarksödem, Operation und zweimonatige Arbeitsunfähigkeit.	OLG Saarbrücken NJW 2011, 3169	684
7.000	Handgelenksfraktur; völlige Durchtrennung des Handgelenks sowie offene Nasenbeinfraktur, Schnittwunden und Gehirnerschütterung. 6 Tage stationäre Behandlung.	LG Wiesbaden, SP 2008, 216	703
8.000	Daumengrundgliedfraktur; Ellbogenprellung. Es bestehen noch Beschwerden der Hand.	LG Traunstein, SP 2010, 220	716

20.000	Handwurzelknochenfraktur, Ringfingermehrgelenksfraktur; rechter Arm und rechtes Bein bleiben beeinträchtigt.	OLG Brandenburg, SP 2008, 47	280
20.000	Ringfingergrundgliedmehrfragmentfraktur, schwere Knieverletzungen. Mehrere mehrwöchige Krankenhausaufenthalte, mehrere Operationen, nachhaltige Bewegungsbeeinträchtigungen.	OLG Brandenburg, SP 2008, 47	688
25.000	Kahnbeinfraktur; Schmerzen bei bestimmten Bewegungen; Schädelhirntrauma und HWS-Verletzung mit psychischen Folgeschäden.	OLG Celle, DAR 2011, 136	689
30.000	Zweitgradige Trümmerfraktur des Unterarms, Frakturen der Mittelhandknochen 4 und 5, Basisfraktur des Mittelhandknochens 5, Y-Fraktur der Grundgliedbasis des 5. Fingers, Verrenkung im Endgelenk des 5. Fingers mit einer Freilegung der Beugesehne sowie diverse Verletzungen an Fuß- und Sprunggelenk. 7 Wochen stationär, 4 Operationen; eingeschränkte Funktion der Hand in Motorik und Beweglichkeit.	OLG Düsseldorf, unveröffentlicht	690

Hüfte/Becken

Betrag in €	Sachverhalt	Fundstelle	E-Nr.
300	1/2 Mitverschulden. Beckenprellung, LWS-Prellung und Knieprellungen.	AG Mannheim, unveröffentlicht	739
1.000	Hüftprellung und Schnittwunde am Hals.	OLG Frankfurt am Main, RRa 2006, 217	740
2.000	Beckenverwringung, LWS-Zerrung und Prellungen.	OLG Hamm, VersR 2006, 1281	741
2.000	Beckenhämatom und Unterbauchschmerzen; Sorge um Schwangerschaft (19. SSW).	LG Bochum, NJOZ 2011, 33	742
2.000	Thorax- und Beckenprellung sowie Seitenbandruptur am Daumen, die operiert werden musste. Gips über 16 Tage, Schmerzen bei jedem Atemzug nach den Prellungen.	AG Soest, unveröffentlicht	743
2.625	1/4 Mitverschulden. Hüft- und Rückenschmerzen und unfallbedingte Frühgeburt von Zwillingen.	LG Köln, unveröffentlicht	744
4.000	1/5 Mitverschulden. Hüftpfannenfraktur und diverse Prellungen.	OLG Celle, OLGR 2007, 585	747
4.500	1/2 Mitverschulden. Spaltberstungsbruch des Beckenwirbelknochens; 8 Tage stationär, 6 Monate MdE 50%.	OLG Naumburg, NJW-RR 2012, 275	748
5.000	1/2 Mitverschulden. Frakturen des vorderen und hinteren rechten Beckenrings und eine Schlüsselbein-Mehrfachfraktur sowie Prellungen, Abschürfungen und Hämatome. 5 Tage stationär, Bewegungseinschränkungen der Schulter.	LG Kleve, unveröffentlicht	749

7.000	3/10 Mitverschulden. Lendenwirbelkörperfraktur I (Spaltungsbruch mit Hinterkantenverlängerung), Luxation der Lendenwirbelsäule und des Beckens. Die Wirbel wurden mit einem Metallgestänge versteift; in einer weiteren Operation wurde der erste Lendenwirbelkörper mit einem Knochenspan aus dem Beckenkamm ersetzt. 14 Monate Beeinträchtigungen.	LG Kassel, unveröffentlicht	753
9.000	Spaltberstungsbruch des Beckenwirbelknochens mit Hinterkantenbeteiligung; 5 Monate MdE 50%.	OLG Naumburg, NJW-RR 2012, 275	754
10.000	Erhebliche Hüftprellungen; 8 Wochen arbeitsunfähig; Angstörung im Verkehr.	OLG Karlsruhe, VersR 2012, 1186	755
10.000	7/10 Mitverschulden. Bilaterale Beckenringfraktur mit Rotationsinstabilität und vertikaler Verschiebung, Tibia-Etagenfraktur mit einem segmentalen Zwischenfragment, epidurale Blutung, Skalpierungsverletzung, Schädeldachfraktur, Gehirnerschütterung und Schädelbasisfraktur. 1 Jahr ambulante Behandlung.	LG Schwerin, SVR 2013, 225	756
12.000	Beckenprellung, Steißbeinfraktur, erhebliche Narben am Gesäß.	OLG Celle, SP 2006, 278	757
15.000	Hüftluxation mit Acetabulumfraktur. MdE 10%.	OLG Naumburg, OLGR 2008, 537	759
15.000	Sprengung der Schambeinfuge, die osteosynthetisch versorgt wurde, sowie Bruch der linken Kreuzdarmbeinfuge, Verstauchung und Zerrung der Lendenwirbelsäule, zahlreiche Prellungen im Bereich der Beine, ein stumpfes Bauchtrauma und ein Bluterguss mit Lymphansammlung im Oberschenkel. 2 Wochen in stationärer Behandlung, völlige Genesung nach 8 Monaten.	LG Dortmund, SP 2012, 73	760
20.000	7/10 Mitverschulden. Beckenringfraktur, Hüftpfannenbruch und Schädelhirntrauma. Rollstuhlpflicht.	OLG Koblenz, NJW-RR 2005, 970	761
20.000	Beckenringfraktur und Rippenserienfraktur sowie Skalpierungsverletzung.	LG Wiesbaden, SP 2008, 216	764
22.000	Beckenfraktur, LWS-Fraktur; Deformation des Hüftgelenks, Narben, MdE 40%.	OLG Brandenburg, SP 2008, 105	765
22.500	Beckenschaufelfraktur, Rippen- und Schlüsselbeinfraktur sowie Gesichtsnarben. Dauerschäden durch Bewegungseinschränkungen des Arms und der Beine.	OLG Saarbrücken, NZV 2010, 77	766
25.000	Hüftgelenkpfannenvielfragmentfraktur und Ileosacralfugensprengung. Neun Operationen. Bakterielle Infektion, daher Tod 9 Wochen nach dem Unfall.	OLG Celle, OLGR 2007, 465	768
25.000	Beckenbruch, Schädel- und Kieferverletzungen sowie Verbrennungen am rechten Oberschenkel. Schmerzen, Taubheitsgefühle und Narben. Vorsatztat.	OLG Saarbrücken, NJW 2008, 1166	769

30.000	Hüftgelenksverletzung und Kreuzbandruptur soweit Prellungen. Dauerhaftes Hinken, Bewegungsbeeinträchtigung und Arthrose.	OLG Hamm, unveröffentlicht	771
30.000	1/2 Mitverschulden. Rippenserienfraktur, Kniegelenksverletzungen mit Kreuzbrandrissen, Beckenfraktur und Thoraxtrauma mit Lungenkontusion. 13 Monate arbeitsunfähig.	KG, MDR 2010, 1049	773
50.000	Rippenserienfraktur, Beckenringfraktur, Ellbogen- und Schlüsselbeinfrakturen. 6 Wochen stationär. Eingeschränkte Beweglichkeit der Schulter.	LG Köln, unveröffentlicht	776
57.000	Beckenbruch, Hüftgelenksbruch und Dauerschaden am Becken.	OLG München, unveröffentlicht	777
60.000	Hüftpfannenfraktur, Oberschenkeltrümmerfraktur und Unterschenkelfraktur sowie Schädelhirntrauma. 2 Monate stationäre Behandlung. Dauernde Schmerzen in Hüfte und Beinen. MdE 50 %.	LG Kleve, SP 2006, 60	778
90.000	Hüftluxationsfraktur mit Beteiligung der Hüftgelenkspfanne, Verlust der Milz und diverse Frakturen. Künstliches Hüftgelenk, Bewegungseinschränkungen.	LG Duisburg, SP 2008, 362	781

HWS

Betrag	Sachverhalt	Fundstelle	E-Nr.
0	Leichte HWS-Zerrung (wie Muskelkater).	LG Karlsruhe, SP 2008, 263	1488
120	1/5 Mitverschulden. HWS-Distorsion, Verspannungen und Muskelschmerzen für eine Woche.	OLG Saarbrücken, OLGR 2009, 394	1490
150	1/2 Mitverschulden. HWS-Syndrom.	OLG Hamm, NZV 2006, 584	1491
200	Einfache und folgenlose HWS-Distorsion.	AG Siegburg, ZfS 2006, 264	1492
200	HWS-Verletzung. Eine Woche Schanzsche Krawatte.	KG, NJW 2008, 2656	1493
200	3/5 Mitverschulden. HWS-Träume und Prellungen; 9 Tage arbeitsunfähig.	OLG Rostock, SP 2010, 316	1494
250	HWS-Verletzung, Schulterprellung.	LG Kaiserslautern, SP 2005, 132	1495
250	1/2 Mitverschulden. Zerrung der HWS und Prellungen, eine Woche arbeitsunfähig.	OLG Celle, OLGR 2009, 354	1496
250	HWS-Schleudertrauma; 11 Tage arbeitsunfähig.	AG Montabaur, unveröffentlicht	1497
300	HWS-Distorsion, 2 Wochen arbeitsunfähig.	KG, KGR 2006, 127	1499
300	2/5 Mitverschulden. HWS-Distorsion 1. Grades.	OLG Koblenz, OLGR 2007, 485	1500
300	HWS-Distorsion, Nackenschmerzen, 2 Wochen arbeitsunfähig.	OLG Oldenburg, NJW-RR 2007, 522	1501

375	1/4 Mitverschulden. HWS-Schleudertrauma und schmerzhafte Rippenprellung.	OLG Düsseldorf, NJW-Spezial 2008, 10	1502
400	HWS-Zerrung, einige Tage Übelkeit und Kopfschmerz.	LG Kleve, SP 2004, 230	1503
400	HWS-Verletzung, 6 Tage arbeitsunfähig.	AG Hersbruck, unveröffentlicht	1504
400	HWS-Distorsion, 2 Wochen Beeinträchtigungen.	AG Aachen, SP 2006, 241	1505
400	1/5 Mitverschulden. HWS-Schleudertrauma, eine Woche krankgeschrieben.	OLG Saarbrücken, MDR 2007, 1190	1506
400	HWS-Distorsion und Schädelprellung, 4 Tage arbeitsunfähig.	AG Mannheim, unveröffentlicht	1508
400	1/4 Mitverschulden. HWS-Schleudertrauma, 11 Tage beeinträchtigt.	LG Gera, unveröffentlicht	1507
450	HWS-Distorsion, Gehirnerschütterung und Prelllungen; 3 Tage stationäre Behandlung.	LG Wuppertal, unveröffentlicht	1509
500	2/5 Mitverschulden. HWS-Distorsion und Prellungen, nach 3 Wochen abgeklungen.	OLG Celle, OLGR 2004, 327	1510
500	HWS-Distorsion, Unterarmverbrennung und Schulterprellung.	OLG Koblenz, OLGR 2005, 815	1511
500	HWS-Distorsion, Schock, 14 Tage Schmerzmittel.	AG Bruchsal, ZfS 2007, 569	1512
500	HWS-Schleudertrauma; 1 Woche arbeitsunfähig.	KG, NZV 2010, 624	1513
500	HWS-Schleudertrauma mit Wurzelirritation, Prellungen; 4 Monate Beschwerden.	LG Essen, unveröffentlicht	1514
550	HWS-Schleudertrauma, eine Woche arbeitsunfähig, 14 Tage Schmerzen.	AG Bergisch Gladbach, unveröffentlicht	1515
600	HWS-Distorsion; Erbrechen, 1 Woche Beschwerden.	OLG Saarbrücken, NJW-RR 2011, 178	1516
650	HWS-Distorsion; 12 Tage krankgeschrieben, Schmerzen bei Kopfbewegungen	AG Bühl, NZV 2010, 159	1517
700	HWS-Verletzung 1. Grades, Kopfschmerzen und Übelkeit, 17 Tage arbeitsunfähig.	LG Weiden, NZV 2009, 41	1518
750	HWS-Schleudertrauma.	AG Magdeburg, SP 2004, 408	1519
750	HWS-Distorsion, Prellungen an Schulter und Knie.	LG Ravensburg, unveröffentlicht	1520
750	HWS-Distorsion, 6 Wochen arbeitsunfähig.	LG Kassel, unveröffentlicht	1521
750	HWS-Verletzung, einen Monat arbeitsunfähig, danach noch weitere Beschwerden.	LG Saarbrücken, unveröffentlicht	1522
750	1/4 Mitverschulden. HWS-Distorsion und Prellungen, 6 Wochen krankgeschrieben.	OLG Saarbrücken, NJW-RR 2008, 1611	1523
750	1/2 Mitverschulden. HWS- und Schulterverletzung, 4 Wochen arbeitsunfähig und erhebliche Schmerzen.	OLG Brandenburg, unveröffentlicht	1524

750	HWS-Distorsion, Schulterprellung, 1 Monat krankgeschrieben.	OLG Celle, unveröffentlicht	1525
800	3/4 Mitverschulden; HWS-Zerrung und Prellungen an Knie, Schulter und Becken. 3 Wochen erhebliche Beeinträchtigungen.	LG Bonn, unveröffentlicht	1526
1.000	HWS-Distorsion, Bewegungsstörungen in der Hand. 5 Monate ärztliche Behandlung.	AG Gießen, SP 2004, 336	1527
1.000	HWS-Schleudertrauma, Halsschnittwunde und Prellungen.	OLG Frankfurt am Main, RRa 2006, 217	1528
1.000	HWS-Distorsion, 3 Monate arbeitsunfähig.	OLG München, r+s 2006, 474	1529
1.000	3/4 Mitverschulden. HWS-Verletzung mit Schmerzen in Kopf und Nacken. 18 Tage arbeitsunfähig.	LG Wiesbaden, SP 2008, 155	1531
1.000	HWS-Verletzung, starke Schmerzen für einen Monat, 10 Monate vereinzelt noch Beschwerden.	AG Rüdesheim, SP 2008, 395	1532
1.000	HWS-Distorsion 1. Grades mit Prellungen; 16 Tage arbeitsunfähig, 4 Wochen Beschwerden.	KG, KGR 2009, 415	1533
1.000	HWS-Distorsion, Prellungen und Gehirnerschütterung. 3 Wochen krankgeschrieben.	AG Bonn, unveröffentlicht	1530
1.000	HWS-Distorsion.	LG Bochum, unveröffentlicht	1534
1.000	3/10 Mitverschulden; HWS-Schleudertrauma, multiple Prellungen, mehrere Wochen erhebliche Schmerzen.	LG Detmold, unveröffentlicht	1535
1.000	HWS-Distorsion, 6 Wochen arbeitsunfähig.	LG Dortmund, ZfS 2013, 142	1536
1.100	1/4 Mitverschulden. HWS-Distorsion 3. Grades und Prellungen. 20 Tage arbeitsunfähig; neurologische Behandlungen.	LG Wiesbaden, SP 2008, 155	1537
1.100	HWS-Distorsion; 2 Wochen Beschwerden.	AG Fritzlar, unveröffentlicht	1538
1.200	HWS-Verletzung, einen Monat arbeitsunfähig.	OLG Celle, OLGR 2004, 523	1539
1.200	HWS-Schleudertrauma und schmerzhafte Prellungen.	KG, MDR 2007, 887	1540
1.200	HWS-Verletzung 1. Grades, starke Schmerzmittel für eine Woche, 3 weitere Wochen Beschwerden.	AG Ludwigsburg, unveröffentlicht	1541
1.250	HWS-Distorsion mit zeitweisen Bewegungseinschränkungen. 14 Tage arbeitsunfähig, 6 Monate Beschwerden.	AG Güstrow, unveröffentlicht	1542
1.250	HWS-Distorsion, 7 Monate Schwankschwindel und ein »Glockengefühl« im Kopf.	OLG Frankfurt am Main, ZfS 2008, 264	1543
1.250	HWS-Syndrom, Prellungen an Schädel, Ellbogen und Oberschenkel; 4 Wochen arbeitsunfähig.	LG Aachen, SP 2010, 113	1544

1.500	1/4 Mitverschulden. HWS-Distorsion, Claviculafraktur und Prellungen. 6 Wochen Schmerzen.	OLG Saarbrücken, OLGR 2005, 481	1545
1.500	HWS-Verletzung; 6 Wochen arbeitsunfähig, Schanzsche Krawatte.	OLG Düsseldorf, unveröffentlicht	1546
1.500	HWS-Distorsion, 6 Monate Beschwerden, langwierige Heilbehandlung.	LG Augsburg, unveröffentlicht	1547
1.500	HWS-Verletzung, 3 Monate Schmerzen und Übelkeit.	LG Ravensburg, SP 2008, 326	1548
1.500	HWS-Syndrom, Brust- und Wirbelsäulenprellungen, 6 Wochen Beschwerden.	LG Köln, DAR 2008, 388	1549
1.500	HWS-Distorsion, Knieprellung; Schürfwunde. Spannungsgefühle im Nacken noch 4 Monate nach dem Unfall.	AG Essen, unveröffentlicht	1550
1.500	HWS-Distorsion, Verletzungen an Oberarm und Schulter, 6-8 Wochen Ausheilung.	OLG Düsseldorf, unveröffentlicht	1551
1.700	HWS-Zerrung, Schwindel, Kopfschmerzen; 1 Monat arbeitsunfähig, Schlafstörungen.	AG Erkelenz, SP 2009, 221	1552
1.800	HWS-Distorsion, Prellungen, 2 Wochen arbeitsunfähig.	OLG München, unveröffentlicht	1553
2.000	HWS-Verspannung, Ellbogenprellung. Psychische Störung mit Dauerkopfschmerz und Schwindel.	KG, KGR 2004, 403	1554
2.000	HWS-Schleudertrauma, 6 Wochen arbeitsunfähig.	BGH, VersR 2004, 874	1555
2.000	HWS-Distorsion 1. Grades, lang anhaltende Beeinträchtigung, dauerhaft Kopfschmerzen, Schwindel und Zittererscheinungen. Degenerative Vorschäden.	OLG Düsseldorf, unveröffentlicht	1556
2.000	HWS-BWS-Distorsion, 4 Monate Beschwerden.	AG Idar-Oberstein, SP 2005, 121	1557
2.000	HWS-Distorsion, Prellungen und Beckenverwringung. 6 Wochen arbeitsunfähig.	OLG Hamm, VersR 2006, 1281	1558
2.000	HWS-Distorsion 1. Grades, Prellungen und Quetschungen. 7 Wochen Beschwerden.	LG Tübingen, SP 2006, 419	1559
2.000	HWS-Distorsion, 4 Wochen Schanzsche Krawatte, 6 Wochen arbeitsunfähig.	OLG Koblenz, unveröffentlicht	1560
2.000	HWS-Distorsion, Schädelhirntrauma und Prellungen. 2 Monate Schmerzen und posttraumatische Belastungen mit 6 Wochen stationärem Aufenthalt.	OLG Brandenburg, unveröffentlicht	1561
2.000	HWS-Distorsion, Prellungen an Kinn und Thorax sowie Schürfwunden. 3 Monate Ausheilung.	OLG München, unveröffentlicht	1562
2.400	1/5 Mitverschulden. HWS-Distorsion und posttraumatische Belastungsstörung, Alpträume und Schlafstörungen. 22 Tage arbeitsunfähig.	OLG Brandenburg, unveröffentlicht	1563
2.435	HWS-Distorsion, Zerrungen des Oberschenkels. Wegen Ruhigstellung des Beines kam es zu einer Thrombose und zur Notwendigkeit der Markumarisierung; 6 Monate ärztliche Behandlung.	LG Kassel, unveröffentlicht	1564

2.500	HWS-Distorsion 1. Grades, Gleichgewichtsstörungen. Einen Monat arbeitsunfähig.	OLG München, unveröffentlicht	1565
2.500	HWS-Distorsion 1. Grades, Begleitverletzungen, 10 Wochen arbeitsunfähig.	KG, KGR 2007, 1032	1566
2.500	HWS-Verletzungen 1. – 2. Grades; 3 Monate Beschwerden.	LG Traunstein, SP 2009, 13	1567
2.500	1/2 Mitverschulden. HWS-Schleudertrauma, Prellungen. Psychische Folgen.	OLG Saarbrücken, OLGR 2009, 126	1568
2.500	HWS-Schleudertrauma; BWS-Distorsion; Schädelprellung. 1 Woche krankgeschrieben, danach unter Schmerzen wieder zur Arbeit aus Sorge um Arbeitsplatzverlust.	AG Erkelenz, SP 2009, 221	1569
3.000	HWS-Distorsion, Prellungen, 4 Monate Beschwerden und depressive Angststörung.	OLG Düsseldorf, unveröffentlicht	1570
3.000	HWS-Distorsion, multiple Prellungen, zeitweise noch Schmerzen. Grobes Verschulden und verzögerte Regulierung.	LG Köln, unveröffentlicht	1571
3.000	HWS-Distorsion, Kopfschmerzen, Schwindel; 2 Monate Arbeitsunfähig. Zeitlich begrenzte Belastungsstörung.	KG, SP 2011, 10	1573
4.000	HWS-Distorsion, Prellungen. 3 Monate arbeitsunfähig und langer Heilungsverlauf.	OLG Celle, SP 2005, 159	1576
4.000	HWS-Distorsion; Kieferbeschwerden und eingeschränkte Mundöffnung.	LG Heidelberg, SP 2010, 112	1577
4.000	Mittelhandfraktur, Schwellungen und Prellungen über dem Nasenbein, Gehirnerschütterung und HWS-Distorsion.	LG Köln, SP 2011, 16	1578
4.500	HWS-Distorsion 2. Grades, 5 Monate erwerbsunfähig, Beeinträchtigungen für ein weiteres Jahr.	KG, unveröffentlicht	1579
5.000	HWS-Distorsion, posttraumatische Belastungsstörung und somatoforme Schmerzstörung.	OLG Celle, OLGR 2007, 936	1581
5.000	HWS-Verletzung; Verschlechterung von HWS-Beschwerden und Bandscheibenprolaps. 3 Wochen arbeitsunfähig, Dauer-MdE 20 %.	OLG Brandenburg, SP 2011, 141	1582
5.500	HWS-Verletzung; Prellungen; somatoforme Schmerzstörung mit Übelkeit, Kopfschmerzen, Schlafstörungen.	OLG Saarbrücken, OLGR 2009, 897	1583
6.000	HWS-Distorsion, 4 Monate arbeitsunfähig. Schwindelattacken.	OLG Saarbrücken, OLGR 2005, 740	1584
6.000	HWS-Schleudertrauma, Risswunde am Schädel. 3 Monate arbeitsunfähig.	OLG Frankfurt am Main, RRa 2006, 217	1585
6.000	HWS-Distorsion. Schmerzsymptomatik und neurologische Ausfälle. 7 Monate arbeitsunfähig.	LG Dessau, unveröffentlicht	1586
6.000	HWS-Distorsion, Brustkorbprellung, die nach 3 Monaten ausgeheilt waren; Angstgefühle wegen Sorge um Herzinfarkt.	OLG Celle, unveröffentlicht	1587
6.391,15	1/2 Mitverschulden; HWS-Trauma, ständiger Kopfschmerz und Schwindel.	OLG Schleswig, OLGR 2006, 821	1588

7.000	Schwere HWS-Distorsion mit Bewegungseinschränkungen und Blockierungen noch 6 Jahre nach dem Unfall.	LG Bad Kreuznach, UV-R Aktuell 2008, 86	1590
7.000	HWS-Distorsion 1. Grades, BWS-Distorsion, Rippenprellung und Brustquetschung. Hieraus resultierten Hals/Schulter-Symptome mit einer ausgeprägten Schmerzsymptomatik mit häufig auftretenden und teilweise massiven Kopfschmerzen.	OLG Stuttgart, unveröffentlicht	1589
7.500	Mittelschweres HWS-Trauma. 9 Jahre somatoforme Beschwerden (Müdigkeit, Kopfschmerz, Benommenheit, Schwindel, Konzentrationsschwächen).	OLG Brandenburg, VRS 107 (2004), 85	1591
7.500	HWS-Trauma, Bandscheibenvorfall.	OLG Saarbrücken, OLGR 2005, 489	1592
8.500	HWS-Schleudertrauma, seitdem Schwindelattacken und Kopfschmerzen.	OLG Schleswig, OLGR 2007, 210	1593
10.000	HWS-Distorsion, Kopfschmerzen, vegetative Störungen und psychische Schäden.	OLG Frankfurt am Main, unveröffentlicht	1594
10.000	HWS-Schleudertrauma, cercikocephales Syndrom und Schmerzen.	LG Hof, unveröffentlicht	1595
11.000	Brustprellung und eine Halswirbelsäulenverletzung, woraus sich ein chronifiziertes Halswirbelsäulensyndrom ergab. Noch 7 Jahre später erhebliche Schmerzen.	OLG Düsseldorf, unveröffentlicht	1596
11.112,92	HWS-Syndrom; es verblieben weiterhin Beschwerden mit Bewegungseinschränkungen der Halswirbelsäule und im Nackenbereich mit Ausstrahlung in Arme und Kopf sowie ein Tinnitus.	OLG Düsseldorf, unveröffentlicht	1597
12.000	HWS-Distorsion mit 2 Monaten Beschwerden, ferner Kieferdiskusverlagerung mit erheblichen Schmerzen, Kauproblemen und langwieriger Heilbehandlung.	LG Darmstadt, unveröffentlicht	1598
13.500	HWS-Verletzung, Schmerzen und Bewegungseinschränkungen sowie Konzentrationsschwächen. MdE 30 %.	OLG Celle, OLGR 2007, 131	1599
14.000	HWS-Schleudertrauma, posttraumatische Belastungsstörung, Konversionsneurose, MdE 20 %.	OLG München, unveröffentlicht	1600
17.000	HWS-Schleudertrauma; somatoforme Schmerzstörungen mit wiederkehrendem Kopfschmerz, Schlafstörungen und Missstimmungen.	LG Leipzig, NZV 2012, 329	1601
25.000	HWS-Distorsion, chronifiziertes Schmerzsyndrom und psychische Folgeschäden. Tinnitus, Schwindel und depressives Syndrom.	OLG Saarbrücken, OLGR 2006, 761	1602
40.000	HWS-Schleudertrauma, neurologische Ausfälle und chronische Schmerzsymptomatik.	OLG Düsseldorf, unveröffentlicht	1603
50.000	HWS-Wirbelfraktur; Bewegungseinschränkungen, ständige Schmerzen und neurologische Ausfallerscheinungen. MdE 60 %.	LG Köln, unveröffentlicht	1604

140.000 zzgl. 200 Rente	1/3 Mitverschulden. Querschnittslähmung nach HWS-Bruch. 3 Wochen Koma, 18 Monate Krankenhaus. Ständiger Phantomschmerz.	LG Münster, unveröffentlicht	1605

Lunge

Betrag in €	Sachverhalt	Fundstelle	E-Nr.
2.500	Lungenkontusion und Rippenserienfraktur; 2 Monate Schmerzen.	LG Dortmund, SP 2004, 301	785
6.000	1/2 Mitverschulden. Pneumothorax, Rippenserienfraktur.	OLG Celle, OLGR 2004, 609	786
9.000	Lungenschädigung, Schlüsselbein-, Rippen- und Brustbeinfrakturen.	LG Kassel, SP 2007, 11	790
22.000	Lungenkontusion, Becken- und LWS-Frakturen sowie Schädelhirntrauma. Hüfte ist nur eingeschränkt beweglich, MdE 40 %.	OLG Brandenburg, SP 2008, 105	793
40.000	Dickdarmriss mit Bauchfellentzündung, Dünndarmriss, Rippenserienfraktur der 7., 8. und 9. Rippe links, Schlüsselbeinbruch links, Brustbeinfraktur, beidseitige Lungenkontusion, Hämatopneumothorax, cervicales Wurzelreizsyndrom sowie diverse Körperprellungen. Die Verletzungen führten zu erheblicher äußerer Narbenbildung; die Klägerin litt unter Todesangst und entwickelte eine posttraumatische Belastungsstörung.	OLG Hamm, unveröffentlicht	796
45.000	Lungenkontusion, Hämatopneumothorax, Thoraxtrauma mit Rippenserienfrakturen. Narben und Störungen der Lungenfunktion, Depression. MdE 50 %.	OLG Düsseldorf, unveröffentlicht	797

Nase

Betrag in €	Sachverhalt	Fundstelle	E-Nr.
4.000	Mittelhandfraktur, Schwellungen und Prellungen über dem Nasenbein, Gehirnerschütterung und HWS-Distorsion.	LG Köln, SP 2011, 16	826
6.000	Nasenbeinbruch, Schlüsselbeinbruch und Rippenbrüche; 4 OP, 4 Monate arbeitsunfähig.	OGL Karlsruhe, VerSR 2012, 1124	827
7.000	Offene Nasenbeinfraktur und distale Radiusfraktur.	LG Wiesbaden, unveröffentlicht	829
11.500	Nasenbeinfraktur, Schädelhirntrauma und periodisch auftretender Narben- und Wetterfühligkeitskopfschmerz.	LG Heilbronn, SP 2005, 233	835
20.000	Nasengerüstfraktur, Schädelbasisfraktur und Tibiafraktur. Posttraumatisches Psychosyndrom. Narbe am Kopf.	OLG Hamm, NZV 2006, 151	836

25.000	Nasenbeinfraktur; Narben auf dem Nasenrücken, Prellungen; posttraumatische Belastungsstörung bei psychischer Prädisposition.	OLG Celle, unveröffentlicht	837
30.000	Nasenbeinfraktur, multiple Prellungen und Radiusfraktur; posttraumatische Belastungsstörung.	OLG Schleswig, NJW-RR 2009, 1325	838

Nerven

Betrag in €	Sachverhalt	Fundstelle	E-Nr.
10.000	Läsion des nervus ulnaris; Prellungen und Innenbandriss am Knie. Psychische Fehlverarbeitung.	LG Dortmund, unveröffentlicht	851
12.500	1/2 Mitverschulden. Radikuläre Nervschädigung mit Fuß- und Zehenheberparese. Dauerschäden.	OLG Saarbrücken, OLGR 2005, 701	854

Schädel

Betrag	Sachverhalt	Fundstelle	E-Nr.
500	Kopfplatzwunde	LG Magdeburg, unveröffentlicht	883
1.000	Gehirnerschütterung und Handgelenksdistorsionen.	OLG Düsseldorf, unveröffentlicht	885
1.200	Schädelprellung und Schürfwunden, 4 Wochen arbeitsunfähig.	AG Kempten, DAR 2008, 271	887
1.500	Schädelhirntrauma 1. Grades, 5 Wochen stationäre Behandlung.	AG Hannover, SP 2004, 372	923
1.750	1/2 Mitverschulden. Schädelhirntrauma 1. Grades, Rippenserienfraktur; 6 Wochen arbeitsunfähig.	OLG Brandenburg, unveröffentlicht	925
2.000	Schädelprellung, Schambeinastfraktur und Prellungen.	OLG Koblenz, unveröffentlicht	889
2.000	Gehirnerschütterung und Schürfwunden im Gesicht; 3 Tage stationär.	OLG Saarbrücken, DAR 2010, 23	890
2.200	7 Jahre alter Kläger. Schädelfraktur und Schienbeinfraktur. Kopfoperation, kaum erkennbare Narben.	OLG Koblenz, OLGR 2004, 405	305
3.000	Gehirnerschütterung und Prellungen.	AG Waldshut-Tiengen, SP 2005, 89	893
3.000	Schädelhirntrauma; Kalottenfraktur. 4 Tage stationär, 4 Jahre alter Kläger.	KG, VersR 2011, 274	927
3.000	9/10 Mitverschulden. Schädelhirntrauma mit inneren Blutungen; 3 1/2 Wochen stationär; epileptische Anfälle, retrograde Anmesie, Angstörung und Traumatisierung.	LG Köln, unveröffentlicht	928
4.000	Gehirnerschütterung, Mittelhandfraktur, Schwellungen und Prellungen über dem Nasenbein und HWS-Distorsion.	LG Köln, SP 2011, 16	895

4.000	Weichteilkontusion am Oberschenkel mit Riss-Quetsch-Wunden sowie multiple Prellungen und multiple Schürfwunden und ein Schädelhirntrauma 1. Grades. 4 Tage stationär bei starken Schmerzen.	OLG Frankfurt, NJW-RR 2012, 276	896
4.000	1/2 Mitverschulden. Frakturen im Gesicht, eine Jochbeinfraktur, eine Orbitabodenfraktur und eine Oberkieferfraktur. 2 OP, 10 Tage stationär; ein Taubheitsgefühl in einer Gesichtshälfte verbleibt.	OLG Celle, VRR 2011, 442	930
4.500	1/10 Mitverschulden. Schwere Schädelprellung, Prellungen an Schulter, Arm und Knie und Schnittverletzungen im Gesicht.	LG München II, SP 2009, 10	897
5.000	Schädelhirntrauma, Oberarm- und Nasenbeinfraktur. 5 Monate arbeitsunfähig.	OLG Naumburg, NJW-RR 2003, 677	1980
6.000	Hämatom am Auge, Risswunde am Schädel und Prellungen am Kniegelenk.	OLG Frankfurt am Main, RRa 2006, 217	1032
7.000	Schädelhirntrauma, Prellungen und Stauchungen sowie Rippenfrakturen. Psychische Folgen (Angst, somatische Symptome).	LG Paderborn, unveröffentlicht	473
8.000	1/2 Mitverschulden. Schädelhirntrauma mit Einblutungen in Form eines ausgeprägten Frontalhirnsyndroms; Frakturen an Schenkelhals, Schambein und Schlüsselbein sowie Thoraxtrauma. 9 Monate arbeitsunfähig. Dauerschaden: kognitive Einschränkungen und Bewegungsbeeinträchtigungen.	OLG Celle, OLGR 2007, 43	936
9.000	1/4 Mitverschulden. Schädelhirntrauma und Oberschenkelfraktur.	OLG Düsseldorf, unveröffentlicht	203
9.000	Schädelhirntrauma mit traumatischer Subarachnoidalblutung, Lungenkontusion und Thoraxtrauma. Kopfschmerzen und Schwindel.	LG Duisburg, SVR 2007, 181	938
9.000	Gehirnerschütterung, Gehörgangsblutung, Schlüsselbeinfraktur. 2 OP, 3 Wochen arbeitsunfähig, Narbe in Decolletebereich und in Fehlstellung verheiltes Schlüsselbein.	OLG Hamm, SP 2010, 361	904
10.000	Schädelprellung, HWS-Distorsion und Konversionsneurose.	OLG Schleswig, OLGR 2003, 155	905
10.000	Schädelprellung, Distorsionen von HWS und LWS, Prellungen; 3 Monate arbeitsunfähig.	OLG Frankfurt am Main, unveröffentlicht	906
10.000	Mittelgesichtsfraktur, diverse Schädelfrakturen. Leichte Gesichtsschiefstellung, 7 Jahre alter Junge.	OLG Köln, unveröffentlicht	907
10.000	Schädelhirntrauma 1. Grades; Innenknöchelfraktur des Sprunggelenks. Dauerschaden: Bewegungsbeeinträchtigungen.	KG, MDR 2010, 1318	939

10.000	7/10 Mitverschulden. Bilaterale Beckenringfraktur mit Rotationsinstabilität und vertikaler Verschiebung, Tibia-Etagenfraktur mit einem segmentalen Zwischenfragment, epidurale Blutung, Skalpierungsverletzung, Schädeldachfraktur, Gehirnerschütterung und Schädelbasisfraktur. 1 Jahr ambulante Behandlung.	LG Schwerin, SVR 2013, 225	339
11.500	Schädelhirntrauma, Gehirnerschütterung, Nasenbeinfraktur und Kopfschmerzsymptomatik.	LG Heilbronn, SP 2005, 233	908
13.500	Hirnquetschung und Thoraxtrauma. Unterschenkelfraktur mit Dauerschäden, unfallbedingte funktionelle Hirnschädigung mit gering ausgeprägtem Psychosyndrom.	OLG Frankfurt am Main, OLGR 2006, 673	942
13.500	2/3 Mitverschulden. Komplexer Knieinnenschaden und Schädelhirntrauma. 5 Wochen stationär, Belastungsschmerzen des Knies; Ersatz des Kniegelenks ist zu erwarten.	OLG Hamm, NJW-Spezial 2010, 362	943
15.000	Schädelhirntrauma 3. Grades, Rippenserienfraktur und diverse Frakturen.	OLG Celle, SP 2003, 54	944
15.000	Schädelprellung, Handprellung, psychische Schäden (Tinnitus, Konzentrationsschwächen, Schwindel und Kopfschmerzen).	OLG Brandenburg, unveröffentlicht	911
15.000	Schädelhirntrauma 2. Grades, Unterarmfraktur, Thoraxtrauma, Narben und Rippenserienfraktur. 12 Tage stationär, Dauerschäden an Unterarm und Hand sowie reduzierte Merkfähigkeit.	LG Lübeck, SP 2012, 148	946
17.000	Gehirnerschütterung, Wadenbeinfraktur, Kreuzbandriss, Schleimbeutelentzündung im Knie sowie Prellungen.	OLG Frankfurt am Main, SP 2010, 220	912
19.000	Schädelhirntrauma 1. Grades und Tibiakopffraktur sowie Kreuzbandriss. 13 Tage stationär; 2 Monate arbeitsunfähig, voraussichtlich Dauerschäden	OLG Naumburg, VersR 2012, 118	947
20.000	3/5 Mitverschulden. Schädelbasis- und Kalottenfraktur, Nasengerüstfraktur und deutliche Kopfnarbe.	OLG Hamm, NZV 2006, 151	353
20.000	7/10 Mitverschulden. Schädelhirntrauma, diverse Frakturen. Rollstuhlpflicht.	OLG Koblenz, NJW-RR 2005, 970	761
20.000	1/3 Mitverschulden; Schädelhirntrauma 2. Grades.	OLG Brandenburg, unveröffentlicht	950
22.000	Schädelhirntrauma 2. Grades; Lungenkontusion, Leberruptur und Nierenparenchymruptur sowie Beckenfrakturen. Lebensgefahr, diverse Operationen. MdE 40 %.	OLG Brandenburg, SP 2008, 105	793
23.000	Schädelhirntrauma 1. Grades, multiple Schnittverletzungen im Kopfbereich. Erhebliche Wesensveränderung, die auf einem hirnorganischen Psychosyndrom beruhte. Tägliche Kopfschmerzen, beidseitiger Tinnitus in Form eines lauten, hohen Pfeiftons, Erschöpfung, Müdigkeit und Sprachschwierigkeiten.	OLG Dresden, DAR 2003, 35	952

25.000	Schädelhirntrauma 1. Grades; Thoraxkontusion und offene Ellbogengelenksluxationstrümmerfraktur 3. Grades. Dauerschaden: Knieverletzung.	OLG Brandenburg, VRS 106 (2004), 9	954
25.000	Schädelfraktur, lebensbedrohliche Kopfverletzung, Lähmungen im Mundraum, erhebliche Entstellung durch Narben im Gesicht.	LG Braunschweig, SP 2004, 86	955
25.000	1/2 Mitverschulden. Schädelhirntrauma mit subduralem Hämatom; drei OPs und Magensondenernährung.	LG Krefeld, NZV 2006, 205	957
25.000	Schädelfraktur, Jochbeinfraktur Orbitabodenfraktur, Unterkieferfraktur, Beckenfraktur und Verbrennungen am Oberschenkel. 2 Monate völlig erwerbsunfähig und weitere 3 Monate zu 70%. Dauerhafte Bewegungseinschränkungen an der Hand, Entstellung durch Narben.	OLG Saarbrücken, NJW 2008, 219	917
25.000	Kahnbeinfraktur; Schmerzen bei bestimmten Bewegungen; Schädelhirntrauma und HWS-Verletzung mit psychischen Folgeschäden.	OLG Celle, DAR 2011, 136	959
30.000	1/4 Mitverschulden. Schwerste Schädel-, Gesichts- und Kieferverletzungen; Kopfschmerzen, Verlust des Geruchssinnes und epileptische Anfälle.	OLG Frankfurt am Main, SP 2007, 275	961
30.000	1/2 Mitverschulden. Schädelhirntrauma, Rippenserienfraktur, Kniegelenksverletzungen mit Kreuzbrandrissen, Beckenfraktur und Thoraxtrauma mit Lungenkontusion. 13 Monate arbeitsunfähig.	KG, MDR 2010, 1049	289
35.000	3/10 Mitverschulden. Schädelhirntrauma, Herzkontusion mit Abriss der Trikuspidalklappe, Leber- und Pankreasruptur. Verwachsungen im Bauchraum und geschwächtes Immunsystem.	OLG Nürnberg, NZV 2007, 301	730
40.000	Schädelhirntrauma 3. Grades mit akutem subduralem Hämatom; diffuse axonale Schädigung des Mittelhirns. Hirnleistungsstörungen.	LG Düsseldorf, SP 2003, 235	966
45.000	Schädelhirntrauma, Zellriss mit Doppelbildsehen, diverse Beinverletzungen, Narben. MdE 30 %.	OLG Naumburg, VersR 2004, 1423	365
46.200	3/10 Mitverschulden. Schweres gedecktes Schädelhirntrauma mit ausgedehnter Hirnkontusion. Neuropsychologische Defizite, MdE 80 %.	LG Stralsund, SP 2007, 389	969
50.000	Schädelhirntrauma mit Gehirnblutungen; Abriss aller Sehnen der Schulter, diverse Frakturen. Depressive Anpassungsstörungen und Bewegungseinschränkungen.	OLG Köln, unveröffentlicht	973

50.000 zzgl. 266 Rente	1/2 Mitverschulden. Schädelhirntrauma mit zahlreichen Einblutungen (anfangs ein apallisches Syndrom), erhebliche innere Verletzungen. 9 Monate stationäre Behandlung. Dauerschaden: spastische Halbseitenlähmung, Ataxie des Rumpfes, insb. einer Hand und komplexe Sprachstörung. Die Klägerin ist auf ständige Hilfe und auf einen Rollstuhl angewiesen.	KG, KGR 2003, 23	974
60.000	1/5 Mitverschulden. Schädelhirntrauma 2. Grades mit schweren Hirnschädigungen sowie später auftretende Epilepsie und Fußheber- und Zehenheberparese.	OLG Hamm, OLGR 2003, 70	975
60.000	Schädelhirntrauma, Hüftpfannen- und Oberschenkeltrümmerfraktur sowie Unterschenkelfrakturen. Erhebliche Beeinträchtigungen im Beinbereich, 50 % Schwerbehinderung.	LG Kleve, SP 2006, 60	224
60.000	Schädelhirntrauma, Kalottenmehrfragmentfraktur, diverse Gesichts- und Armfrakturen. Ein Jahr arbeitsunfähig. Zentral-vegetative Störungen und Muskelminderung des Arms, Beckenschiefstand. MdE 50 %.	OLG Rostock, OLGR 2009, 115	977
70.000	1/4 Mitverschulden. Offenes Schädelhirntrauma und Gehirnquetschung. Gravierende Teilleistungsstörung mit Lernbehinderung.	OLG Koblenz, unveröffentlicht	979
75.000	Schädelhirntrauma 3. Grades; Künstliche Beatmung und Ernährung, diverse Folgeerkrankungen und Versterben 2 Jahre später.	OLG Düsseldorf SP 2009, 396	984
75.000	1/2 Mitverschulden. Schädelhirntrauma mit Hirnkontusion, hirnorganisches Psychosyndrom und weitere Beschwerden sowie diverse Frakturen. 100% MdE, Knie und Arm sind nahezu funktionslos.	OLG Brandenburg, SP 2011, 361	985
75.000 zzgl. 200 Rente	Offenes Schädelhirntrauma mit Subarachnoidalblutungen sowie posttraumatischer Hydrocephalus. Dauerhafte Schädigung der persönlichkeitsformenden Hirnstrukturen.	OLG Hamm, ZfS 2005, 122	2079
100.000	Schädelhirntrauma; Hemispastik und kognitive Verlangsamung.	OLG München, unveröffentlicht	988
100.000	Unterschenkelfraktur, Lähmung des Wadenbeinnervs, Sprunggelenkverletzung, Bauch- und Thoraxtrauma, Unterkiefermehrfragmentsfraktur und Hirnschädigung. MdE 60 %; Klägerin kann keine feste Nahrung aufnehmen und leidet unter Dauerschäden.	OLG Jena, SVR 2008, 464	1662
115.000	Schädelhirntrauma – Mittelgesichts- und Unterkieferfraktur. Deformierung der Gesichtskonturen und Hirnschädigung, 70 % Schwerbehinderung.	OLG Brandenburg, NJW 2011, 2219	632
150.000	Offenes Schädelhirntrauma mit Schädelbasisfraktur. Beeinträchtigung von Intellekt und Gehör sowie Wesensveränderung.	LG Saarbrücken, ZfS 2001, 255	998

190.000 zzgl. 225 Rente	Schädelhirntrauma 3. Grades, hirnorganisches Psychosyndrom und Tetraspastik. 8 Jahre alter Junge.	OLG Hamm, r+s 2002, 285	1000
200.000	Schädelhirntrauma 3. Grades, Hemiparese und posttraumatischer Hydrocephalus. Blasenentleerungsstörungen und Hirnschäden.	LG Paderborn, SP 2006, 96	1001
200.000	Schädelhirntrauma, diverse Frakturen. Stammhirnkontusion mit Übergang in ein apallisches Syndrom.	LG Freiburg, DAR 2008, 29	2102
200.000	Apallisches Syndrom; Hirnstammkontusion, Polytrauma. Klägerin im Wachkoma.	LG Schwerin, SP 2010, 251	1003
250.000	Schädelhirntrauma mit offener Keilbeinfraktur; spastische linksseitige Lähmung. Der Kläger kann weder sprechen noch laufen (5 Jahre alter Junge).	OLG Celle, OLGR 2003, 205	1673
250.000 zzgl. 500 Rente	Schweres Schädelhirntrauma, Gehirnschädigung, spastische Tetraparese. 17 Jahre alter Kläger.	LG Würzburg, DAR 2002, 74	1005
430.000	Die 19 Jahre alte Klägerin erlitt ein Schädelhirntrauma dritten Grades, ein Hirnödem, ein Thoraxtrauma mit Lungenkontusion sowie einer Unterschenkelfraktur. Es verblieben unter anderem eine spastische linksseitige Tetraparese mit schwersten Funktionsbehinderungen des Arms und Gebrauchsunfähigkeit des Beins und hochgradiger Behinderung des Steh- und Gehvermögens. Die Sprechfähigkeit ist hochgradig behindert und es hat sich ein schweres hirnorganisches Psychosyndrom (Hirnschädigung mit weniger schweren Ausfallerscheinungen und Affektlabilität) entwickelt.	LG Hamburg, NJW-Spezial 2012, 11	1006

Schlüsselbein

Betrag in €	Sachverhalt	Fundstelle	E-Nr.
3.500	Schlüsselbeinfraktur; Stirnschnittwunde. Fünf Wochen Beeinträchtigungen.	OLG Düsseldorf, VersR 2012, 120	1014
5.000	1/2 Mitverschulden. Schlüsselbeinmehrfachfraktur und Beckenringfrakturen. Beweglichkeitseinschränkungen verbleiben.	LG Kleve, unveröffentlicht	1016
6.000	3/5 Mitverschulden. Schlüsselbeinbruch, Nasenbeinbruch, Rippenbrüche. 4 OP, 4 Monate arbeitsunfähig.	OLG Karlsruhe, VersR 2012, 1124	1017
9.000	Schlüsselbeinbruch, Rippen- und Brustbeinbruch sowie Lungenschädigung.	LG Kassel, SP 2007, 11	1019
9.000	Gehirnerschütterung, Gehörgangsblutung, Schlüsselbeinfraktur. 2 OP, 3 Wochen arbeitsunfähig, Narbe in Decolletebereich und in Fehlstellung verheiltes Schlüsselbein.	OLG Hamm, SP 2010, 361	1020

22.500	Beckenschaufelfraktur, Rippen- und Schlüsselbeinfraktur sowie Gesichtsnarben. Dauerschäden durch Bewegungseinschränkungen des Arms und der Beine.	OLG Saarbrücken, NZV 2010, 77	1022
22.500	1/2 Mitverschulden. Schlüsselbeinfraktur links, Serienfrakturen der Rippen 1-6 links mit Einstichen in das Lungenspitzengebiet sowie geschlossene Frakturen der scapula. Erhebliche Schmerzen im Bereich Schulter und Brustwirbelsäule, ferner erhebliche Schmerzen bei Bewegungen und Drehen des Kopfes sowie beim Liegen. Es verblieb eine 14 cm lange Narbe am oberen Rücken.	LG Köln, unveröffentlicht	1023
35.000	3/10 Mitverschulden. Schlüsselbeinfraktur, Herzkontusion und Schädelhirntrauma. Verwachsungen im Bauchraum und geschwächtes Immunsystem. Verzögerte Regulierung.	OLG Nürnberg, OLGR 2007, 112	1024
40.000	Dickdarmriss mit Bauchfellentzündung, Dünndarmriss, Rippenserienfraktur der 7., 8. und 9. Rippe links, Schlüsselbeinbruch links, Brustbeinfraktur, beidseitige Lungenkontusion, Hämatopneumothorax, cervicales Wurzelreizsyndrom sowie diverse Körperprellungen. Die Verletzungen führten zu erheblicher äußerer Narbenbildung; die Klägerin litt unter Todesangst und entwickelte eine posttraumatische Belastungsstörung.	OLG Hamm, unveröffentlicht	1026
50.000	Rippenserienfraktur, Beckenringfraktur, Ellbogen- und Schlüsselbeinfrakturen. 6 Wochen stationär. Eingeschränkte Beweglichkeit der Schulter.	LG Köln, unveröffentlicht	1027
90.000	Schlüsselbeinbruch, Hüftgelenksluxationsfraktur mit Beteiligung der Hüftgelenkspfanne. Beckenverletzung und Milzverlust. Bewegungseinschränkungen.	LG Duisburg, SP 2008, 362	1028

Schulter

Betrag in €	Sachverhalt	Fundstelle	E-Nr.
900	Absprengung und Kapselriss der Schulter sowie Schulterprellung.	AG Seesen, SP 2005, 11	1030
1.000	1/2 Mitverschulden. Schultereckgelenkssprengung Typ Tossy III.	LG Schwerin, NZV 2004, 581	1031
1.000	Prellung des Schultergelenks und der Hüfte sowie Schnittwunde am Hals.	OLG Frankfurt am Main, RRa 2006, 217	1032
1.500	1/2 Mitverschulden. Abrissbruch am rechten Oberarmkopf, Schmerzen in der Schulter.	AG Halle, SP 2007, 207	1034
1.750	Schultereckgelenkssprengung Typ Tossy I.	LG Berlin, unveröffentlicht	1036
3.500	Verletzung am Schultergelenk und am Knie.	OLG Düsseldorf, unveröffentlicht	1041

4.000	Schulterprellung, Schädelprellung. 3 Monate arbeitsunfähig.	OLG Celle, SP 2005, 159	1044
4.000	Schulterverletzung bei erheblichen degenerativen Vorschäden durch Verschleiß.	OLG Schleswig, NJW-RR 2004, 238	1054
4.000	Schulterluxation, die operativ eingerenkt werden musste.	OLG Schleswig, SP 2012, 177	1047
4.500	1/5 Mitverschulden. Schultergelenksprellung; Fehlstellung des linken Schultereckgelenks, MdE unter 10 %.	LG Duisburg, unveröffentlicht	1049
5.000	Schulterprellung und bleibende Einschränkung der Linksrotation bei schmerzhaftem Muskelhartspann.	OLG Köln, VersR 2005, 1743	1050
5.000	Verletzung der Schulter Typ Tpssy II, inkomplette Bandzerreißung Schlüsselbein-Schulterblatt. 3 Monate arbeitsunfähig, 6 1/2 Monate Krankengymnastik, MdE 10 %.	OLG Düsseldorf, unveröffentlicht	1051
7.500	Schultereckgelenksprengung und Verletzung des Diskus im Schultereckgelenk. Erhebliche Bewegungseinschränkungen und Schmerzen.	OLG Karlsruhe, unveröffentlicht	1053
10.000	Humeruskopfluxationsfraktur und Prellungen. MdE 20 %.	KG, VersR 2005, 237	1057
10.000	Schultereckgelenkssprengung Tossy II; mittelgradige Bewegungseinschränkungen. MdE 20 %.	OLG Düsseldorf, NJW 2011, 1152	1059
50.000	Schädelhirntrauma; Gehirnblutungen; Abriss aller Schultersehnen, Querfraktur der Gelenkpfanne und Mehrfragmentfraktur des Schulterblattes. Bewegungseinschränkungen von Arm und Schulter und depressive Anpassungsstörungen.	OLG Köln, unveröffentlicht	1072
65.000	Schulterluxation; Morbus Sudeck; Rippenserienfraktur und contusio cordis mit Herzrhythmusstörungen.	OLG Köln, MDR 2011, 290	1076
70.000 zzgl. 200 Rente	Ausriss von Schlüsselbein- und Schulterblattgelenk, Abriss des rechten Arms. MdE 80 % und Funktionsbeeinträchtigungen des Arms.	OLG Celle, NZV 2006, 95	1077
75.000	Schulterdystokie und Nervverletzungen. Arm ist funktionsuntüchtig, Lungenfunktion eines Lungenflügels um 50 % eingeschränkt. Geburtsfehler.	OLG Köln, VersR 2009, 276	1078

Wirbelsäule

Betrag in €	Sachverhalt	Fundstelle	E-Nr.
300	1/2 Mitverschulden. LWS-Prellung und Knie- sowie Beckenprellungen.	AG Mannheim, unveröffentlicht	1090
1.500	LWS-Prellung und Knieprellung sowie Schnittwunde am Zeh.	OLG Frankfurt am Main, RRa 2006, 217	1094

2.500	1/2 Mitverschulden. LWS-Prellung, Prellungen an Gesäß und Unterarm sowie psychische Folgen (Antriebsschwäche, Anpassungsstörung).	OLG Saarbrücken, OLGR 2009, 126	1097
2.625	1/4 Mitverschulden. Rücken- und Hüftschmerzen und unfallbedingte Frühgeburt von Zwillingen.	LG Köln, unveröffentlicht	1100
3.500	2/5 Mitverschulden. Impressionsfraktur des 6. Brustwirbelkörpers, Thoraxtrauma und Schürfwunden.	OLG Düsseldorf, NZV 2006, 415	1103
3.500	1/5 Mitverschulden. Deckplattenimpressionsfraktur der Lendenwirbelkörper 1 und 2 sowie Prellungen an Schädel und linkem Oberschenkel. Drei Wochen Schmerztherapie.	OLG Karlsruhe, VersR 2012, 1270	1105
4.500	1/4 Mitverschulden. Brustwirbelkörperfraktur und Brustbeinfraktur. MdE 5 %.	OLG München, unveröffentlicht	1107
8.000	Brustwirbelkörperfraktur; 4 Wochen Reha und chronische Rückenschmerzen.	OLG Celle, SP 2011, 215	1114
9.000	Brustwirbelkörperbruch; Bauchtrauma; Prellungen. 4 1/2 Monate Beschwerden. Dauerhafte Belastungsbeschwerden bei Beanspruchung.	LG Köln, unveröffentlicht	1116
10.000	Brustwirbelkörperbruch, Fehlstatik der Wirbelsäule mit Dauerschäden.	OLG Celle, VuR 2007, 158	1117
14.000	Brustwirbelfraktur (Kneifzangenbruch) und Prellungen. Dauerschmerzen im BWS-Bereich, MdE 30 %.	OLG Brandenburg, SP 2009, 71	1121
22.000	LWS-Fraktur, Schädelhirntrauma und Lungenkontusion sowie Typ III Beckenfraktur. Narben und eingeschränkte Beweglichkeit, MdE 40 %.	OLG Brandenburg, SP 2008, 105	1125
24.000	Brustwirbelfraktur, klinische Instabilität und Schmerzen.	OLG Köln, SP 2008, 364	1127
50.000	HWS-Wirbelfraktur und neurologische Schäden, MdE 60 %.	LG Köln, unveröffentlicht	1133
100.000	Lendenwirbelkörperfraktur; Rollstuhlpflichtigkeit der 60 Jahre alten Klägerin.	OLG Hamm, SP 2012, 397	1139

Teil 3 Lexikon medizinischer Fachbegriffe

Abdomen	Bauch, Bauchregion, Unterleib
Abdominoplastik	Bauchplastik
Abduktion	seitliches Wegführen eines Körperteils von der Medianebene (Längsachse)
abducens	von der Mittellinie wegziehend
Abducensparese	Augenmuskellähmung
Abrasio	Abschabung, Ausschabung (der Gebärmutter)
Abszess	Eiterherd, Eiteransammlung in einem Gewebshohlraum
Abusus	Missbrauch
Acetabulum	Hüftgelenkspfanne
AC-Gelenk	Acromio-Clavicular-Gelenk: Das Gelenk zwischen dem sog. Acromion und dem Schlüsselbein (Clavicula), Schulter-Eck-Gelenk
Adduktion	Heranführen eines Körperteils an die Medianebene
Adhäsion	Haftung fester Stoffe oder Flüssigkeiten
adhäsiv	anhaftend
adipös	übergewichtig, fett
Adipositas	Fettsucht, Fettleibigkeit
– permagna	erhebliche Fettleibigkeit
adjuvant	unterstützend
Adnexe	Anhänge
Agenesie	Fehlen einer Gewebe- oder Organanlage als früheste und schwerste Form einer Hemmungsfehlbildung – s. ductus hepaticus communis
Aggravation	im Verhältnis zum objektiven Befund übertriebene u. U. zweckgerichtete Präsentation von Symptomen, nicht Simulation
Agoraphobie	Angst vor großen, weiten Plätzen
Aids	aquired immune deficiency syndrome – zelluläre Abwehrschwäche
Aircast-Schiene	Plastikschiene mit Luftkammern zur Stabilisierung des Knöchels
Akkomodation(svermögen)	Fähigkeit des Auges, den Brechwert der Linse der Entfernung des fixierten Gegenstandes so anzupassen, dass er scharf gesehen wird
akut	plötzlich auftretend, von heftigem und kurz dauerndem Verlauf im Gegensatz zu chronisch
Algesie	Schmerzempfindung
Algopareunie	Schmerzen beim Koitus
allergisch	krankhaft auf Reize reagierend, die von körperfremden Stoffen ausgehen
Alveolarfortsatz	der am Kieferkörper sitzende Knochenbogen
Alveolarnerv	Kiefernerv
Amalgam	Legierung von Quecksilber mit anderen Metallen, in der Zahnmedizin Anwendung als Füllmaterial
Amaurose	vollständige Erblindung

amaurotisch	blind, erblindet
amblyop, Amblyopie	schwachsichtig, Schwachsichtigkeit, Herabsetzung der zentralen Sehschärfe
ambulante Behandlung	Durchgangsbehandlung in der Praxis oder Klinik ohne Aufnahme der Patienten in eine Bettenstation; Behandlung, bei der der Patient den Arzt aufsucht im Gegensatz zur stationären Behandlung
Amnesie	Erinnerungslücke nach Bewusstseinsstörungen
– anterograde	nach dem schädigenden Ereignis
– retrograde	vor dem schädigenden Ereignis
Amputation	operative Abtrennung (Absetzung) eines Körperteils
anal	den After betreffend
Analgetika	schmerzstillende Medikamente
Anämie	Blutarmut, Verminderung der roten Blutkörperchen und der Hämoglobinkonzentration (= roter Blutfarbstoff) unter dem altersentsprechenden bzw. geschlechtsspezifischen Normwert
Anamnese	Krankheitsgeschichte
Anarthrie	Sprechstörung, bei der keine lautliche Äußerung möglich ist
Anästhesie	Unempfindlichkeit, Schmerzausschaltung
Anästhesist	Narkosefacharzt
Anastomose	Verbindung zwischen Blut, Lymphgefäßen oder Nerven
Aneurysma	Ausweitung eines arteriellen Blutgefäßes
Angina pectoris	akute Schmerzen im Brustkorb, die in die linke Schulter, Arm, Hand oder in den Bauch ausstrahlen
Angiographie	röntgenologische Gefäßdarstellung nach Injektionen von Kontrastmitteln
Angiom	geschwulstartige Neubildung von Gefäßgewebe – Gefäßgeschwulst
Angststörung, reaktive depressive	Im Gegensatz zu einer neurotischen Störung liegt bei einer reaktiven Störung der Auslöser für die depressive Angststörung in einem einzigen traumatischen Ereignis.
Anisometropie	Ungleiche Refraktion beider Augen
Anorexie	Appetitlosigkeit
Anorgasmie	sexuelle Funktionsstörung mit Fehlen des Orgasmus
Anosmie	Verlust des Geruchssinnes
anteromedial	eine von mehreren Zugangsmöglichkeiten zum Kniegelenk, zusammengesetzt aus anterior und medial: »weiter vorne/zur Mitte hin«
Anthelixfalte	die der Ohrmuschel gegenüberliegende Windung
Antibiotikum	biologischer Wirkstoff aus Stoffwechselprodukten von Mikroorganismen, der andere Mikroorganismen im Wachstum hemmt oder abtötet, z. B. Penicillin
Antihormontherapie	Therapie durch den Einsatz von antihormonellen Mitteln, besonders in der Krebstherapie
Antikoagulanzien	Hemmstoffe der Blutgerinnung
antikonvulsiv	gegen Krämpfe geeignet
Antrum	eine Ausbuchtung bzw. -weitung verschiedener Strukturen

Anus After
– praeter künstlich angelegter Darmausgang
Aorta Hauptschlagader
Aortenisthmusstenose Verengung der Hauptschlagader
Aortenklappe Taschenklappe im Herz, die am Beginn der Aorta sitzt
Apallisches Syndrom Ausfallerscheinungen infolge doppelseitiger Ausschaltung der Großhirnrinde durch Unterbrechung der Verbindungen zwischen Großhirn und Hirnstamm
Aphasie Sprachstörung, Sprachverlust
Apikal die Spitze eines Organs betreffend
Appendix Anhangsgebilde an Organen, Kurzbezeichnung für den Wurmfortsatz des Blinddarms
Appendizitis Entzündung des Wurmfortsatzes des Blinddarms, »Blinddarmentzündung«
Arachnoidea Hirn- und Rückenmarkshaut
Armplexus verschiedene Nerven des Schultergürtels und des Arms
Armplexusparese Lähmung der Nerven des Armplexus
Arteria Schlagader
– carotis Arterien beiderseits der Luftröhre und des Kehlkopfes – Halsschlagadern
– ulnaris Ellenschlagader
– vertebralis Wirbelarterie, ein Ast der Schlüsselbeinarterie
Arterie Schlagader, Pulsader; Blutgefäß, das das Blut vom Herzen weg zu einem Organ oder Gewebe hinführt
arteriell die Arterien betreffend, zu einer Arterie gehörend
Arteriosklerose Arterienverkalkung
Arthritis Gelenkentzündung
Arthrodese operative Gelenkversteifung
Arthrographie Röntgenaufnahme eines Gelenks mit Darstellung des Gelenkinnenraums
Arthrose degenerative, chronische Erkrankung eines Gelenks
Arthroskop optisches Spezialinstrument zur Untersuchung des Gelenkinneren
Arthroskopie Untersuchung des Gelenkinneren mit dem Arthroskop oder Endoskop – Gelenkspiegelung
Arthrotomie operative Eröffnung eines Gelenks
Articulus Gelenk
Asherman-Syndrom intrauterine Adhäsionen durch Bildung bindegewebiger Narbenzüge
Asomnie Schlaflosigkeit
Aspergillus Schimmelpilz
Aspergillose Lungenentzündung durch Infektion mit Schimmelpilzen
asphyktisch ohne Puls

Asphyxie	Pulslosigkeit infolge eines Herz-Kreislauf-Versagens
Aspiration	Einatmen von Flüssigkeit oder Fremdkörpern
Aspirationspneunomie	durch Einatmen von Luft oder Flüssigkeit ausgelöste Lungenentzündung
Astigmatismus	Stabsichtigkeit – Sehschwäche infolge Hornhautverkrümmung
Ataxie	Störung der Koordination von Bewegungsabläufen
Atelektase	nicht entfalteter oder kollabierter Aveolarraum der Lunge
Ateminsuffizienz	Atemfunktionsschwäche
Athetose	Syndrom mit unaufhörlichen, ungewollten, langsamen, bizarren Bewegungen der Gliedmaßenenden, weniger des Gesichts und des Halses
athetotisch	Krankheitsbild mit unwillkürlichen, unaufhörlichen, langsamen, bizarren Bewegungen der Gliedmaßen
Atrophie	Gewebeschwund, Organschwund
axial	in Richtung der Achse
Axilarlinie	Orientierungslinien an der seitlichen Brustwand
Axilla	Achselhöhle
axillär	zur Achsel bzw. zur Achselhöhle gehörend
Balanoposthitis	= Balanitis: Entzündung im Bereich der Eichel und im inneren Vorhautblatt
Balken	(Corpus callosum): quere Faserverbindung zwischen den beiden Hemisphären des Gehirns
Bankart-Läsion	spezielle Verletzung des Schultergelenkes, bei der die Gelenklippe des vorderen Pfannenrandes der Schultergelenkspfanne teilweise oder subtotal abgerissen ist
basal	an der Basis (z. B. des Gehirns) liegend
Basisfraktur	Bruch der Schädelbasis
Bauchtrauma	Verletzung des Bauchraums, Wunde, Verletzung, Schaden, durch äußere Gewalteinwirkung entstandene Verletzung, auch in psychischer Hinsicht
Beckenschaufelfraktur	durch direkte Gewalteinwirkung entstehender Bruch mit Kontinuitätserhaltung des Beckenrings
Begehrensneurose	zur Erreichung bestimmter Wünsche und Ziele (z. B. einer Rente) gerichtete Reaktionsweise ohne Krankheitswert
Beta-HCG-Wert	Messwert eines Schwangerschaftstests; positiver Wert auch bei Eileiterschwangerschaft
Beugesehne	eine der Sehnen in den Fingern
bi ...	Vorsilbe für doppelt, 2-fach
biliär	gallig, die Galle betreffend
Bimalleolär	Zweiknöchelbruch, Sprunggelenk
Blasenatonie	Blasenerschlaffung
Blasenruptur	Riss der Harnblase
Blephar	Wortteil mit der Bedeutung Augenlid

Blindheit, funktionelle psychogen bedingte Blindheit ohne objektivierbaren pathologischen Befund an Auge oder Sehbahn

Blow-out-Fraktur Fraktur des Orbitabodens (Auge) durch isolierte Gewalteinwirkung (z. B. Ball, Faustschlag)

BNS-Epilepsie Blitz-Nick-Salaam-Krämpfe, schwere Form von Anfallsleiden (Epilepsieform)

Bone bruise Ausdruck für Mikrofrakturen

brachial zum Oberarm gehörend

Bradykardie langsame Schlagfolge des Herzens

Bragard-Zeichen durch Flexion des Fußes ausgelöste Schmerzen, Anzeichen für Ischiassyndrom

Brideníleus mechanischer Darmverschluss

Brillenhämatom symmetrischer Bluterguss in das die Augen umgebende Bindegewebe (Augenhöhlen)

Broca-Aphasie Sprachstörung, bei der hauptsächlich die Sprachproduktion betroffen ist

Bronchialkarzinom Lungenkarzinom – maligner Tumor

Bronchie Luftröhre

Bronchitits Entzündung der Bronchialschleimhaut

Bronchoskopie Untersuchung des Trachebronchialsystems mittels Endoskop

Bulbus Medulla oblongata – verlängertes Mark – Nachhirn

Bulimie Heißhunger, Esssucht, Fresssucht

Bursektomie operative Entfernung eines Schleimbeutels

Bursitis chronische Schleimbeutelentzündung

Butterfly-Kanüle Besondere Form einer Venenkanüle, dient der Blutentnahme

BWK Brustwirbelkörper

BWS Brustwirbelsäule

Caecum Blinddarm

Calcaneus Fersenbein, hinterster Fußwurzelknochen

Callus das im Spalt eines Knochenbruchs neu gebildete Gewebe

Carcinom Krebs

Carotis Halsschlagader

Carpus Handwurzel

Cauda-Syndrom s. Cauda-equina-Syndrom

Cauda equina, caudal cauda = lat. Schwanz – steht für Nervenfaserbündel, das den unteren Teil des Wirbelkanals durchläuft

Cauda-equina-Syndrom Kombination mehrerer neurologischer Ausfallstörungen, die auf einer massiven Quetschung der cauda equina beruhen

Cavum Höhle, Hohlraum

– subdurale Hohlraum zwischen harter und weicher Hirnhaut

Cephalgie Kopfschmerz

cerebral das Hirn betreffend, zum Hirn gehörend

Cerebralparese	Bewegungsstörung aufgrund frühkindlicher Hirnschädigung
cervical	s. zervikal
Cervicobrachialgie	Irritation des Plexus brachialis bei HWS-Verletzungen
cervikocephales Syndrom	Schmerz im Hals- und Nackenbereich; teilweise als Synonym für HWS-Syndrom benutzt
Cervix	Hals, Nacken
– uteri	Gebärmutterhals
Chemotherapie	Einsatz natürlich oder chemisch hergestellter Substanzen zur Hemmung des Wachstums von Tumorzellen im Organismus
Chiro	Bestimmungswort von Zusammensetzungen mit der Bedeutung »Hand«
Chiropraktik	Methode der Behandlung krankhafter Störungen im Bereich der Wirbelsäule mit bestimmten Einrenkungshandgriffen
Chirurgie	Lehre von der operativen Behandlung krankhafter Störungen und Veränderungen
chirurgisch	die Chirurgie betreffend, operativ
Chol	Wortteil mit der Bedeutung Galle
Cholangitis	Entzündung der Gallenwege
chronifiziert	chronisch geworden
chronisch	langsam verlaufend, sich langsam entwickelnd im Gegensatz zu akut
circumcision	(Vorhaut-) Beschneidung
Clavicula	Schlüsselbein
Clivus	Hügel
Collum	Hals
Coma vigile	s. apallisches Syndrom
Commotio	Erschütterung, stumpfe Gewalteinwirkung auf Organe; übliche Kurzbezeichnung für Commotio cerebri
Commotio cerebri	Gehirnerschütterung
Concha nasalis	Nasenmuschel
Concha nasalis inferior	untere Nasenmuschel (selbstständiger Knochen mit Fortsätzen)
Contre Coup Blutung	Blutung an der dem Aufprall gegenüberliegenden Gehirnseite
Contusio	Prellung als stumpfe Organverletzung, Quetschung
Contusion	Quetschung, Prellung, stumpfe Verletzung durch Gewalteinwirkung mit einem stumpfen Gegenstand
– cerebri	Hirnprellung, Hirnquetschung
Conus-Syndrom	Gefühllosigkeit an der Innenseite der Oberschenkel, Inkontinenz und Störung der Sexualfunktion
Cor	Herz
Cor pulmonale	Reaktion des Herzens auf eine durch eine Erkrankung der Lunge bedingte Drucksteigerung im Lungenkreislauf
Corpus cavernosum penis	Schwellkörper des männlichen Glieds
Costotransversalgelenk	kleines Gelenk in der Wirbelsäule

Coxa	Hüfte
Coxarthrose	deformierende, chronische Erkrankung des Hüftgelenks, meist abnutzungsbedingt
Coxitis	Hüftgelenkentzündung
Crus	Schenkel
C-Skoliose	nach Krümmungsmuster differenzierte Skoliose
CT	Computertomographie
Cyanose	bläuliche Verfärbung der Haut, Sauerstoffmangel
Deafferentierung	Durchtrennung der hinteren Wurzeln eines Nervs zur Schmerzausschaltung
Debridement	Wundexzision
Deckplattenimpression	Einbruch der Deckplatte
Decubitalulcus	s. Dekubitus
Decollement	Abscherung; flächenhafte Ablederung der Haut infolge Rotation und Quetschung
Defibrillator	Elektrisches Gerät zur Durchbrechung eines Herz-Kreislauf-Stillstands
Degeneration	1. Abbau und Verschlechterung von Zellen, Organen oder Körperteilen mit Funktions- und Leistungsminderung durch natürlichen Verschleiß, Nichtgebrauch, Altern und Krankheit
	2. Anhäufung ungünstiger Erbmerkmale durch Inzucht
Dehiszenz	pathologisches Auseinanderweichen zweier benachbarter Gewebestrukturen
Dehydration	Austrocknung
Dekompensation	Nachlassen der eine Organschwäche ausgleichenden Kräfte
Dekompression	Druckentlastung, Druckabfall
Dekubitalgeschwür	Geschwür durch Wundliegen
Decubitus/Dekubitus	Wundliegen, Druckgeschwür
1. Grades	Haut intakt, jedoch gerötet
2. Grades	Hautdefekt
3. Grades	tiefer Hautdefekt; Muskeln, Sehnen und Bänder sind sichtbar
4. Grades	Haut- und Gewebedefekt mit Knochenbeteiligung
Denervierung	partieller oder kompletter Funktionsausfall eines Organs bzw. Organsystems
Densfraktur	Fraktur eines Zahns
Depression	Niedergeschlagenheit – psychiatrisch: Verstimmung, unspezifische Störung der Grundstimmung
Devitalisation	Abtötung der erkrankten Zahnpulpa als Notfallbehandlung
Diabetes Mellitus	Zuckerkrankheit
Diagnose	Erkennung und systematische Bezeichnung einer Krankheit
diagnostizieren	eine Krankheit erkennen und systematisch benennen
Dialyse	Blutreinigung mittels künstlicher Niere; Blutwäsche

Differentialdiagnose	Unterscheidung und Abgrenzung einander ähnlicher Krankheitsbilder
diffus	ausgebreitet, ausgedehnt, ohne bestimmte Grenzen
Diplegie	doppelseitige Lähmung
Diplopie	doppelt sehen, Auftreten von Doppelbildern
Diskographie	Kontrastmitteldarstellung eines Bandscheibenvorfalls
Discusdegeneration	Schädigung der Bandscheibe
Diskusverlagerung	Verrutschen der Knorpelscheibe nach vorn
Dislokation, Dislozierung	Verschiebung, Veränderung der normalen Lage
Dissektion	Spaltung oder Zerschneidung von Gewebe
distal	körperfern, weiter als andere Körperteile von der Körpermitte entfernt liegend
Distorsion	Zerrung, Verdrehung, Verrenkung, Verstauchung eines Gelenks – Überdehnung von Bändern
Divertikel	Ausstülpungen – vorwiegend im Darm – Sigmadiverticulitis
Dopplersonographie	Verfahren der Ultraschalldiagnostik zur Bestimmung der Blutflussgeschwindigkeit in arteriellen und venösen Gefäßen sowie im Herzen
dorsal	zum Rücken, zur Rückseite gehörend, am Rücken, an der Rückseite gelegen, zur Rückseite hin
dorsoventral	bauch-rückenseitig gelegen
double-bubble-Phänomen	röntgenologisch sichtbare Doppelblase im Magen
Drainage	Ableitung krankhaft vermehrter Körperflüssigkeiten
Dreipunktkorsett	abnehmbares Stützkorsett zur Ruhigstellung einer stabilen Wirbelkörperfraktur
ductus hepaticus communis	Ausführungsgänge der Leber für die Galle
Dupuytren'sche Kontraktur	Beugekontraktur der Finger
Dura	Kurz für dura mater – harte Hirnhaut
– dura mater encephali	harte Hirnhaut
– dura mater spinalis	harte Rückenmarkshaut
Durchgangssyndrom	akute Psychose ohne Bewusstseins- oder Orientierungsstörungen – speziell nach Gehirnerschütterung
Dys ...	Vorsilbe mit der Bedeutung Störung
Dysarthrie	Störung der Artikulation infolge Schädigung des Zentralnervensystems
Dysarthophonie	Sprechstörung
Dysfunktion	Funktionsstörung
Dyskinesie	motorische Fehlfunktion, Bewegungsstörung
Dyslalie	Stammeln, Artikulationsstörungen
Dysphagie	Schluckbeschwerden infolge Schleimhautatrophie im Bereich von Mund und Rachen (auch: Plummer-Vinson-Syndrom)
Dysphasie	Minderung der Sprechfähigkeit
Dysphonie	Stimmstörung

dysphorisch	Störung der Affektivität, gereizt, missgelaunt
Dysregulation	Fehlsteuerung
Dysthymie	chronische Form einer depressiven Verstimmung
Dystokie	gestörter Geburtsverlauf
Dystrophie – dystrophisch	Ernährungsstörung, mangelhafte Versorgung eines Organs mit Nährstoffen – pathologische Veränderung von Zellen
Echokardiographie	Ultraschalluntersuchung des Herzens
Elektrokauter	elektrisches Gerät zur Gewebezerstörung durch Hitze
Elektroresektion	Abtragung von Gewebe durch Einsatz von Hochfrequenzstrom
Elongation	Verlängerung
Embolie	Verschluss eines Blutgefäßes, meist durch einen Blutpfropfen
Embolisation	künstlicher Verschluss von Blutgefäßen, z. B. mit Kunststoffkügelchen
Embolus	ein in die Blutbahn verschlepptes, nicht im Plasma lösliches Gebilde, das eine Embolie verursacht
Embryo	Frucht in der Gebärmutter während der ersten beiden Schwangerschaftsmonate
Eminentia	Erhebung, Vorwölbung
Empyem	Eiteransammlung
Endokarditis	entzündliche Veränderungen der Herzklappensegel, führt zu Herzklappenfehlern
Endometriose	Wucherungen der Gebärmutterschleimhaut (Endometrium)
Endonasal	Innerhalb der Nase
Endoprothese	Ersatzstück, das im Organismus den beschädigten Körperteil ganz oder teilweise ersetzt
Endoskopie	Ausleuchtung und Inspektion von Körperhohlräumen
Enophthalmus	Zurücksinken des Augapfels in die Augenhöhle
Enossal	im Inneren des Knochen befindlich
Enureses nocturna	Bettnässen bei Kindern
Enzephalopathie	nicht entzündliche, diffuse Erkrankung oder Schädigung des Gehirns
Epidermis	Oberhaut
– Hyperblasie	Vergrößerung der Oberhaut durch Zunahme der Zellenzahl
Epidural	auf der harten Hirnhaut gelegen
Epiduralabszess	Abszess zwischen äußerem Blatt der Dura mater und Knochen
Epigastrium	Magengrube, Oberbauchgegend
Epilepsie	Anfallsleiden, anfallartige Störung der Empfindung, Motorik, des subjektiven Befindens und des Verhaltens durch abnorme Aktivitäten des zentralen Nervensystems
Epiphysenablösung	Ablösung einer Epiphyse (Zirbeldrüse) in der Epiphysenlösung, u. U. mit Verschiebung ggü. den übrigen Knochen
Epiphyseolysis capitis femoris	Hüftkopfgleiten, besonders bei pubertierenden männlichen Jugendlichen wegen Wachstumsphase häufig auftretend

Episode, depressive	Depression von unterschiedlicher Dauer und Schwere, die weder durch körperliche Erkrankung noch durch äußere Ursachen begründbar ist
Epistaxis	Habituelles Nasenbluten
Erb'sche Lähmung	Erb-Duchenne-Lähmung – Synonym für obere Armplexusparese
Eryspel	Wundrose
Excimer-Laserbehandlung	Gaslaserbehandlung zur Korrektur von Kurz- oder Weitsichtigkeit
Exophthalmus	Hervortreten eines oder beider Augäpfel aus der orbita mit Bewegungseinschränkungen
Explorative Revision	erforschende Wiederholung eines Eingriffs
Extension	Streckung
Exstirpation	operative Entfernung eines Gewebes, Tumors oder Organs
extra	außerhalb
Extraktion	Herausziehen
Extremitäten	Gliedmaßen (Arme, Beine)
Exzision	Ausschneidung
facialis	zum Gesicht gehörend; auch: übliche Kurzbezeichnung für Nervus facialis = Gesichtsnerv
Falschgelenkbildung	Ausbleiben der knöchernen Überbrückung nach einer Fraktur
Faszie	wenig dehnbare, aus gekreuzt verlaufenden kollagenen Fasern und elastischen Netzen aufgebaute Hülle einzelner Organe, Muskeln oder Muskelgruppen
Fasziitis	Entzündung einer Faszie (= bindegewebige Hülle der Skelettmuskeln)
Fasziotomie	Faszienspaltung – Entlastung der unter Druck stehenden Muskelloge durch Auftrennung der Faszie
Fazialisparese/Facialisparese	Gesichtslähmung
Felsenbein	Teil des Schläfenbeines, enthält das Innenohr
Femoralarterie	Oberschenkelarterie
femoralis	zum Oberschenkel gehörend
Femur/Femurkondyle	Oberschenkelknochen
Fertilitätsstörungen	Störungen der Fruchtbarkeit
Fibromyalgie	s. Tendomyopathie
Fibroplasie	Endstadium der Retinopathie = nicht entzündlich bedingte Netzhauterkrankung
Fibrosarkom	harte, bösartige Geschwulst
Fibula	Wadenbein, seitlich hinter dem Schienbein im Unterschenkel gelegener Knochen
Fimbriektomie	Sterilisation mit operativem Entfernen der Fimbrien, der Eileiter, und Verschluss der freien Tubenenden
Fissur	Spalte, Knochenriss
Fistel	röhrenförmiger Verbindungsgang einer Körperhöhle oder eines Ganges im Körperinneren mit einer anderen Körperhöhle oder einem anderen Organ oder mit der Körperoberfläche

Fixateur externa	äußerer Spanner zur Knochenbruchstabilisierung
Fixation	Befestigung
floride	blühend
Fluimuzil	Medikament gegen Bronchitis und/oder Husten
fokal	den Krankheitsherd betreffend
Follikel, lat. folliculus	Ledersack, Schlauch; Bläschen; Ovarialfollikel: Einheit aus Eizelle und den sie umgebenden Hilfszellen im Eierstock
Fragment	Bruchstück eines Knochens
Fraktur	Bruch, insb. Knochenbruch
frontal	stirnseits
Frontalhirnsyndrom	Schädigung der frontalen Konvexität des Hirns
frontobasal	in der vorderen Schädelgrube
frontotemporal	bezeichnet eine Stelle (häufig: im Schädel), die seitlich-vorn liegt
Funktionsstörung	Störung der Aufgabe oder Betätigungsweise eines Organs oder Gewebes i. R. d. Gesamtorganismus
Fusionsoperation	Versteifungsoperation am Wirbel
Fußheberparese	Schwierigkeit oder Unmöglichkeit, die Füße zu heben
Gangrän	fressendes Geschwür, Nekrose – Absterben von Gewebe durch Sauerstoffmangel
Gastritis	Entzündung der Magenschleimhaut
Gastrokopie	Magenspiegelung
Gefügestörung	Störung (meist Lockerung) des anatomisch-funktionellen Gefüges im Bewegungssegment
Gehörsturz	Gehörverlust infolge einer Mangeldurchblutung des Höranteils des Ohres
Gelbkörperruptur	entsteht im Ovar nach der Ovulation aus dem gesprungenen Follikel
Gelenkkontrakt	Zusammenziehung des Gelenks
Gestose	früher übliche Bezeichnung für alle durch eine Schwangerschaft bedingten Krankheitszustände
Glans penis	Eichel des Penis
Glasknochenkrankheit	(osteogenesis imperfecta) erbliche Bindegewebserkrankung, die zu vermehrter Knochenbrüchigkeit führt
Glomustumor	Knäueltumor
Gluteal	Wortteil mit der Bedeutung Gesäß
Goldenhar-Syndrom	Angeborene Fehlbildung einer Seite des Gesichts
Gonarthrose	Arthrose des Kniegelenks
Gracilis-Sehne	Sehne an der Innenseite des Oberschenkels/Knie
Grand mal	epileptische Anfälle mit tonisch-klonischen Krämpfen
Granulom	Gewebereaktion auf allergisch-infektiöse oder chronisch-entzündliche Prozesse in Form einer knötchenförmigen Zellenneubildung
Gravidität	Schwangerschaft

Halbseitenlähmung, Halbseitensymptomatik	vollständige Lähmung einer Körperhälfte
Hallux	Großzehe
Hallux valgus	Belastungsdeformität des Spreizfußes, begünstigt durch enge, spitze Schuhe
ham-...	Vorsilbe für: zum Blut gehörig
Hämathorax, Hämatopneumothorax	Bluterguss und Luftansammlung im Brustfellraum
Hämato-	Blut-
Hämatom	Bluterguss, Blutbeule, Einblutung
– epidurales	zwischen Schädelknochen und harter Hirnhaut
– subdurales	zwischen harter und weicher Hirnhaut
Hämatomsinus	traumatische Schädigung des Gehirns
Hämofiltrationspatrone	Patrone bei einem extrakorporalen Blutreinigungsverfahren
Hämoperikard	Blutung in das Herz
Hämoptoe	Aushusten größerer Blutmengen
Hämorrhagie	Blutung
hämorrhagischer Schock	Schock infolge starker Blutungen
Handkahnbein	Teil der Knochen der Hand
Harninkontinenz	unwillkürlicher Harnabgang
Harnverhalt	Harnblockade, in der die gefüllte Harnblase nicht spontan entleert werden kann
Hebephrenie	im jugendlichen Alter beginnende Schizophrenie
hemi ...	Vorsilbe für: halbseitig, einseitig
Hemiataxie	einseitige Ataxie, Symptom einer Kleinhirnstörung
Hemiparese	unvollständige Halbseitenlähmung
Hemiplegie	s. Halbseitenlähmung
Hemisphärektomie	Entfernung einer Großhirnsphäre(-hälfte) bei Epilepsie
Hepar	Leber
Heparin	Stoff zur Senkung der Blutgerinnungsfähigkeit
Hepatitis	akute Entzündung der Leber
Hepatitis B	ansteckende Leberentzündung
Hepatitis C	früher NON-A-NON B-Hepatitis
Hepatose	allergisch-toxisch bedingte Verquellung der Gallenwege mit Gallenstau (= Behinderung des Abflusses des Gallensekrets) und daraus resultierender Leberschädigung, meistens mit Gelbsucht und starkem Juckreiz, Krankheitsgefühl und manchmal Fieber
Hirnödem	vermehrte Einlagerung von Wasser in den Gewebsspalten des Gehirns (Hirndrucksteigerung)
histologisch	zu den Geweben des Körpers gehörig
HIV	human immunodeficiency virus, s. Aids

Hodentorsion	Drehung des Hodens mit dem Samenstrang (Samenleiter und Gefäße) schraubenförmig um seine Längsachse
Homöopathie	medikamentöses Therapiekonzept bei dem Medikamente meist in niedriger Dosierung verabreicht werden
Horner-Syndrom (oder Horner-Trias)	Lähmung des Halsteils des Nervus sympathikus (s. Sympathikus)
Hörsturz	Gehörverlust infolge einer Mangeldurchblutung des Höranteils des Ohrs
Hüftdysplasie	Mangelentwicklung (Abflachung) der Hüftgelenkpfanne mit der Gefahr eines Austritts des Hüftkopfes
Hüftkamm	Ansatzpunkt für den Ellbogen
Humerus	Oberarmknochen (= Os humeri)
Humeruskopf	Spitze des Oberarmknochens
HWS	Halswirbelsäule
HWS-Blockierung	Störung der Gelenkfunktion der Halswirbelsäule
HWS-Syndrom	Halswirbelsäulensyndrom bzw. Schleudertrauma, Verrenkung der HWS
HWS-Verletzung	Schweregrad: leicht, mittelschwer, schwer
Hydrocephalus	Wasserkopf oder Flüssigkeitszunahme im Bereich der Liquorräume des Gehirns
Hygrom	Flüssigkeitserguss im Schädel
Hymen	sog. Jungfernhäutchen
Hyperästhesie	herabgesetzte Berührungsempfindlichkeit
Hyperalgesie	gesteigerte Schmerzempfindlichkeit
Hyperanteflexion	übermäßige, spitzwinklige Beugung des Gebärmutterkörpers gegen die Zervix
Hypernatriämie	Erhöhung der Serum-Natrium-Konzentration mit dadurch bedingtem Anstieg der Stoffmenge und möglichem Koma
Hyperpathie	Überempfindlichkeit für sensible Reize bei gleichzeitig jedoch erhöhter Reizschwelle
Hyperplasie	Vergrößerung des Gewebes (Organs) durch Zunahme der Zellzahl
Hypertensiv	blutdrucksteigernd
Hyperthermie	erhöhte Kerntemperatur des Körpers
Hypertonie	Bluthochdruck
Hypertrophie	Vergrößerung von Organen oder Gewebe
Hypoaldosteronismus	generalisierte Nebennierenrinden-Insuffizienz
Hypogeusie	herabgesetzte Geschmacksempfindung
Hypopigmentierung	verminderte Pigmentierung der Haut
Hypotonie	niedriger Blutdruck
Hypoventilation	Minderbelüftung infolge verringerten Atemminutenvolumens
Hypoxie	Verminderung des Sauerstoffpartialdrucks im arteriellen Blut
Hysterektomie	Entfernung der Gebärmutter

Iatrogen	durch den Arzt hervorgerufen, durch ärztliche Einwirkung ausgelöst
IGS	Iliosakralgelenk
Ileus	Darmverschluss oder Darmlähmung
iliacal	zum Darmbein (Weichenbein) gehörend
iliosacral	im Bereich des Darm- und Kreuzbeines gelegen
Imbalance	Ungleichgewicht
Implantat	Fremdteil zum Einfügen in den Körper
Implantation	Einpflanzung in den Körper
Impotenz/impotentia coeundi	Unfähigkeit des Mannes, den Beischlaf auszuüben
Impressionsfraktur	Knochenbruch, bei dem Knochenteile in darunterliegende Weichteile hineingedrückt werden
indizieren	die Anwendung bestimmter Heilmittel oder Heilmaßnahmen als angezeigt erscheinen lassen
indiziert	angezeigt, ratsam, erforderlich
Induration	Verhärtung von Geweben oder Organen
Infarzierung	hochgradige Blutstauung in einem Gewebe
Infekt, Infektion	Übertragung und Eindringen von Mikroorganismen (z. B. Viren, Bakterien, Pilze)
Infraktion	unvollständiger Knochenbruch, Knickbruch
Infraktur	Anbruch
Injektion	Einspritzung von Flüssigkeiten in den Körper
Inkontinenz	Unvermögen, Harn oder Stuhl willkürlich im Körper zurückzuhalten
Insuffizienz	Funktionsschwäche, ungenügende Arbeitsleistung eines Organs
– respiratorische	Störung der äußeren Atmung
internus	innen (gelegen)
intermittierend	zeitweise (aussetzend), stoßweise, zwischenzeitlich nachlassend
Intima	innerste Schicht der Gefäßwand der Arterien
intraartikulär	im Inneren eines Gelenks
intracerebral	im Großhirn gelegen, im Gehirn stattfindend
intrakapsulär	im Innern einer Organ- oder Gelenkkapsel gelegen, in die Organ- oder Gelenkkapsel hinein
intraoperativ	während einer Operation
Intrapartal	während der Geburt
intraspinal	innerhalb der Wirbelsäule
intrathecal	innerhalb der Theca (innere, zellreiche Schicht)
intrauterin	in der Gebärmutter
Intrauterinpessar	in die Uterushöhle eingelegte Gebilde unterschiedlicher Form zur Kontrazeption
intravaskulär	innerhalb der (Blut-)gefäße

Intubation, Intubierung	Einführen eines Spezialtubus in die Trachea oder eines Hauptbronchus zum Beatmen
Intubationsgranulom	Bindegewebsreaktion nach einer Intubation
Intubieren	einen Tubus einführen, u. a. zur künstlichen Beatmung
invasiv	eindringend
In-Vitro-Fertilisation	extrakorporale Befruchtung einer Eizelle
Inzision	chirurgischer Eingriff
Iris	Regenbogenhaut
irreversibel	nicht rückgängig zu machen
Ischämie	Verminderung oder Unterbrechung der Durchblutung eines Organs
Ischiadicus	zum Sitzbein gehörend
Ischialgie	Schmerzen im Bereich des Ischiasnervs
Isthmus	Verbindungsstück
Jejunostomie	chirurgisch angelegte Öffnung durch die Bauchdecke in den Darm
Jejunum	an den 12-Fingerdarm anschließender Teil des Dünndarms
Jochbein (os zygomaticum)	Wangenknochen des Gesichts
juvenil	jugendlich
Kahnbein	Knochen der Hand- bzw. Fußwurzel
Kaiserschnitt	Schnittentbindung, geburtshilfliche Operation zur raschen Entbindung bei Geburtshindernissen, wobei die Gebärmutter eröffnet wird
Kalotte	Schädeldach
Kalottenfraktur okzipital	Hinterkopffraktur
Kalottenfraktur temporopolare	Schädeldachfraktur unter Beteiligung des schläfenwärts gelegenen Teils des Großhirns
Kapselfibrose	Komplikation der Mammaplastik bei Verwendung von Silikonprothesen
kardial	das Herz betreffend
kardiogen	das Herz betreffend
kardiovaskulär	Herz und Gefäße betreffend
Karpaldachspaltung	Maßnahme, um ein Karpaltunnelsyndrom (Karpaltunnel = tunnelartige Röhre, die sich in der Tiefe des Handtellers zwischen der Daumenballen- und der Kleinfingermuskulatur befindet) operativ zu beheben
Karpaltunnelsyndrom	Sensibilitätsstörungen in Hand und Fingern infolge einer Kompression des nervus medianus (Motoriknerv) – druckbedingte Schädigung des zur Mitte gelegenen Handnervs
Karzinom	Krebsgeschwür
Katarakt	grauer Star – Trübung der Augenlinse
Katheter	Instrument zur Einführung in Körper(hohl)organe
Kaudasyndrom	schlaffe Lähmung der unteren Extremitäten mit Schmerzen und Sensibilitätsstörungen, oft Blasen- und Mastdarmstörungen infolge von Schädigung des untersten Rückenmarkabschnitts

Kauter	elektrisches Gerät zur Gewebezerstörung durch Hitze
Keilbein	Knochenteil des Schädels oder der Fußwurzel
Keilexzision	keilförmiges Entfernen von Gewebe aus dem Körper
Keloid	Wulstnarbe; derbe, bindegewebige, strangförmige Hautwülste
Keratektomie, photoreaktive	flächige Abtragung von Hornhautschichten des Auges mittels Laser zur Behebung von Refraktionsanomalien des Auges
Keratokonus	kugelförmige Vorwölbung der Hornhaut – Hornhautschwäche
Kirschnerdraht	Draht, der bei der Behandlung eines Oberschenkelbruchs operativ in das Ende des Oberschenkelknochens eingeführt und mit einer Zugvorrichtung verbunden wird
Klaustrophobie	Angst vor Aufenthalt in geschlossenen Räumen
Koagulation	Gerinnung, Übergang kolloidaler Stoffe in den Gel-Zustand durch Hitzeeinfluss
Kollateralband	auf derselben Seite des Körpers liegendes Band
Koma	tiefe Bewusstlosigkeit, durch äußere Reize nicht erweckbar
Kompartmentsyndrom	schmerzhafte muskuläre Bewegungseinschränkung als Komplikation eines Bruches
Komplexe	Vereinigung gefühlsbetonter Vorstellungen, Zwangsvorstellungen
Komplikation	ungünstige Beeinflussung oder Verschlimmerung eines normalerweise überschaubaren Krankheitszustandes, chirurgischen Eingriffs oder biologischen Prozesses durch einen unvorhergesehenen Umstand
Kompression	Quetschung, Zusammendrückung, Stauchung
Kompressionsfraktur	Bruch durch Stauchung oder Zusammenquetschung
Kondylom	Feigwarze, Wucherung
Konglomerattumor	Verwachsung von Organen, die den Eindruck einer größeren Tumorbildung entstehen lassen
Konkremente	z. B. Gallen- oder Blasensteine
konservative Behandlung	erhaltende Behandlung, v. a. i. S. e. Schonung und Erhaltung z. B. eines verletzten Organs, im Gegensatz zur operativen Behandlung
konsolidieren	verfestigen, medizinisch i. S. e. nicht weiter fortschreitenden oder abheilenden Krankheit; bei Brüchen: die knöcherne Verfestigung einer Fraktur
kontraindiziert	nicht anwendbar, obwohl an sich zweckmäßig oder zur Heilung notwendig, im Gegensatz zu indiziert
Kontraktur	dauerhafte Verkürzung eines Muskels mit Bewegungsbehinderungen
Kontusion	Quetschung, Prellung, stumpfe Verletzung durch Gewalteinwirkung mit einem stumpfen Gegenstand
Kontusionsherd	Schwerpunkt einer Prellung oder Quetschung
Konussyndrom	Blasenlähmung
Konversion	Umsetzung eines seelischen Konflikts in körperliche Symptome, ohne dass ein organischer Befund dafür vorliegt
Konversionsneurose	Organfunktionsstörungen, die durch Konversion entstehen
konzentrativ-mnestisch	das Gedächtnis betreffend

Kopfschwartenablederung	Skalpierungsverletzung
Koronar	Herz-
Kortison	aus der Nebennierenrinde isoliertes Hormon
Kreislaufdysregulation	Regulationsstörungen des Kreislaufs
Kreuzband	vorderes und hinteres Kreuzband im Kniegelenk
Kreuzbein	Teil der Wirbelsäule, gebildet aus fünf miteinander verschmolzenen Wirbeln
Kristeller-Handgriff	geburtshilflicher Handgriff zum Ersatz ungenügender Kraft der Bauchpresse bei der Geburt des Kopfes, Entwicklung der Schultern und bei Beckenendlage
kryo-...	Teilsilbe für: kältebedingt, vereisend
Kryokoagulation	Koagulation durch Kälte
Kryokonservierung	Tiefgefrieren
Küntscher-Marknagelung	Küntscher Nagelung = operative Knochenbruchbehandlung, bei der ein Metallnagel in die Markhöhle des gebrochenen Knochens eingeführt wird
Kürette	chirurgisches Werkzeug zur Gewinnung von Gewebe (vorwiegend aus der Gebärmutter)
Kyphorisierung	Verkrümmung der Wirbelsäule
Labyrinth	Teil des Innenohres – Gleichgewichtsorgan
Laparoskopie	Operation oder Untersuchung der Bauchhöhle mithilfe eines optischen Instruments
Laparotomie	operative Eröffnung der Bauchdecke
Larynx	Kehlkopf
Lasègue-Zeichen	durch Drehen des gestreckten Beines ausgelöster Schmerz (des Ischiasnervs) im Gesäß und im Oberschenkel der erkrankten Seite
LASIK	laser assisted in situ keratomileusis; Operationsmethode zur Hornhautkorrektur
Läsion	Verletzung oder Funktionsstörung eines Organs oder Körperglieds
Latenz	zeitweiliges Verborgenbleiben von Krankheiten
lateral	seitlich, seitwärts (gelegen)
Le Fort II Fraktur	Pyramidenfraktur des Oberkiefers
Le Fort III Fraktur	Abriss des Gesichtsschädels von der Schädelbasis
Leberzirrhose	s. Zirrhose
lege artis	nach den Regeln der (ärztlichen) Kunst
Leistenhernie	Leistenbruch
Leitvenen	große Sammelvenen an Ober- und Unterschenkel
Leukom	Weiße Hornhautnarbe
Leukomalazie	Durch erheblichen Sauerstoffmangel verursachte Schädigung der weißen Substanz im Gehirn. Sie tritt besonders häufig bei frühgeborenen Kindern im Säuglingsalter auf.
Libido	Sexualtrieb

Ligamentum collaterale ulnare	Kollateralband des Ellenbogens
Ligatur	Unterbindung mittels Naht, so von Blutgefäßen
Liposuktion	Absaugen von Depot-Fettansammlungen
Liquor	Gehirn- und Rückenmarkflüssigkeit
Liquorkissen	Flüssigkeitskissen
Locked-in-Syndrom	Unfähigkeit zu sprechen oder sich zu bewegen bei völliger Bewusstseinsklarheit (nach Thrombose der Arteria basilaris)
Logopäde	Stimm- und Sprachtherapeut
Lorenzgips	Gips in maximaler Beuge-Abspreizstellung der Hüfte
Lues	s. Syphilis
lumbal	zu den Lenden gehörend, sie betreffend
Lumbo-	die Lendenregion betreffend
lumbosacral	LWS und Kreuzband betreffend
Lungenembolie	Form des Verschlusses der arteriellen Lungenstrombahn durch einen Thrombus
Luxation	Verrenkung, Ausrenkung eines Gelenks
Luxationsdysplasie	Fehlbildung eines Organs oder Glieds nach einer Gelenkverletzung
Luxationsfraktur	Kombination von Luxation (Verrenkung) und Knochenfraktur an einem Gelenk
LWK	Lendenwirbelkörper
LWS	Lendenwirbelsäule
Lymphadenektomie	Operative Entfernung von Lymphknoten
Lymphödem	Verdickung der Haut und des Unterhautzellgewebes infolge Lymphstauung
Lymphohistiozytose, familiäre, hämophagozytische (FHL) auch morbus Farquhar	sehr seltene rezessiv vererbte Krankheit, die durch Infiltration alle Organe durch Histiozyten und Lymphozyten zerstört
Lysetherapie	Lyse: Lösung, Auflösung von Bakterien
Makrosomie	Hochwuchs
Makulaödem	Schwellung der Netzhaut im Bereich der Makula (Stelle des schärfsten Sehens) mit Sehschärfeverlust
maligne	bösartig
Malignität	Bösartigkeit (meist von Tumoren)
Mallolar	Knöchel
Malleolus	Fußknöchel
Malleolus medialis	Knöchel – zur Mittelebene des Körpers gelegen
Mamma	die weibliche Brust
Mamille	Brustwarze
Mamillen-Areolen-Komplex	Komplex des Warzenhofs der Brust
Mamillitis	Brustwarzenentzündung

Mammakarzinom	Brustkrebs
Mantelpneumothorax	kleiner Pneumothorax
Marcumar	Medikament zur Herabsetzung der Blutgerinnungsfähigkeit
Massa lateralis	1. Halswirbel (Atlaswirbel) kopfwärts
Mastektomie	operative Entfernung der weiblichen Brust
medial	in der Mitte liegend, mittelwärts, einwärts
Medianebene	Längsachse des Körpers
Mediastinitis	Entzündung des lockeren Bindegewebes im Mediastinum (mittleres Gebiet des Brustraums)
Mediastinoskopie	Methode zur Entnahme und Untersuchung i. R. d. Lungendiagnostik von Lymphknoten im vorderen oberen Mediastinum
Mediastinotomie	Eröffnung des Mittelfellraums (Brustraum)
Mediastinum	Mittelfellraum, zwischen den Lungen gelegener mittlerer Teil der Brusthöhlen
Mekonium	»Kindspech«, erster Stuhlgang eines Neugeborenen
Melanom	Tumor an der Haut
Meningitis	Hirnhautentzündung
Meningoencephalitis	Hirnhautentzündung
Meniskus	Knorpel im Kniegelenk
Mesenterialeinriss	Einriss des Darms mit Blutungen aus Darmgefäßen in die freie Bauchhöhle
Mesenterium	Dünndarmabschnitt
Metastase	Tochtergeschwulst durch Absiedlung von Gewebszellen vom primären Tumor – Tochtergeschwulst
Metastasierung	Ausbreitung von Krebszellen, die zur Bildung von Tochtergeschwüren führen
metatarsal	den Mittelfuß betreffend
Microzephalie	Form der Schädelfehlbildung durch Verkleinerung des Schädelfangs
– primäre	Microzephalie ohne erkennbare Ursache
– sekundäre	Microzephalie infolge pränataler Erkrankung, die häufig zu einem Wasserkopf führen kann
Migraine Cervicale	Kopfschmerz und Schwindel nach Schleudertrauma
Miktion	Harnentleerung aus der Blase
Milzruptur	Zerreissung der Milz bei stumpfen Bauchtrauma
Monokelhämatom	einseitiges Brillenhämatom
Morbus	Krankheit
Morbus Bechterew	chronisch entzündliche rheumatische Erkrankung mit Schmerzen und Versteifung von Gelenken (auch: Spondylitis ankylosans)
Morbus Farquhar = Lymphohistiozytose, familiäre, hämophagozytische (FHL)	sehr seltene rezessiv vererbte Krankheit, die durch Infiltration alle Organe durch Histiozyten und Lymphozyten zerstört
Morbus Sudeck	s. Sudeck'sche Dystrophie
moribund	im Sterben liegend, sterbend

MRT	Magnetresonanztomographie (zur Erstellung von Schnittbildern des Körpers)
musculus vastus lateralis	einer der vorderen Muskeln des Oberschenkels
mucus	Schleim
Mukoviszidose	Stoffwechselerkrankung; in vielen Organen des Körpers wird ein zähflüssiger Schleim gebildet
multifokal	fokal: von einem Herd ausgehend; multifokal: von mehreren (vielen) Herden ausgehend
multipel, multiple	mehrfach, vielfach, an vielen Stellen auftretend
Multiple Sklerose	entzündliche Erkrankung des Zentralnervensystems, die zu zerebralen und spinalen Symptomen, insb. Paresen, führen kann
Multisegmental	viele Segmente betreffend
Multizentrizität	multiple, unabhängig voneinander entstandene Tumore
musculus bizeps femoris	zweiköpfiger Muskel des Oberschenkels
Muskelhartspann	reflektorischer (= als Reflex ablaufender) Dauertetanus eines quergestreiften Muskels
Myalgie	Muskelschmerz
Myasthenia gravis	neurologische Erkrankung, abnorme belastungsabhängige Muskelschwäche
Myel	Rückenmark
Myelin	Ummantelung von Nervenbahnen
Myelitis	Rückenmarksentzündung
Myelographie	Röntgenkontrastdarstellung des Wirbelkanals
Myelopathie	Rückenmarkserkrankung
Myofascial	im Bereich der Muskeln
Myoklonie	rasche unwillkürliche Muskelzuckungen
Myom	gutartiger Tumor, der überwiegend aus Muskelgewebe besteht
Myolyse	Muskelzelluntergang infolge Degeneration oder Nekrose
Nasolabial	Nasen-Lippenbereich
Nekrose	örtlicher Gewebstod, Absterben von Zellen, Geweben und Organen
nekrotisch	zellverändernd nach irreversiblem Ausfall der Zellfunktionen
neonatal	neugeboren
Nephrektomie	operative Entfernung der Niere
Nervus	Nerv
– accessorius	Hirnnerv, der hinter dem Lymphknoten am Hals verläuft
– alveolaris	Kiefernerv
– axillaris	durch die Achselhöhle verlaufender Nerv
– cutaneus antebrachii lateralis	auf der Radialseite (Speichenseite) des Unterarms verlaufender Nerv
– cutaneus antebrachii lateralis superior	Oberarmnerv

– cutaneus antebrachii medialis	Nerv, der die Haut des ellenseitigen Unterarms versorgt
– femoralis	Nerv am Hüftgelenk, Oberschenkel, Knie, Unterschenkel bis zum medialen Fußrand
– hypoglossus	XII. Hirnnerv, unter der Zunge liegend
– ischiadicus	ein peripherer Nerv des Plexus lumbosacralis (Lenden-Kreuz-Geflecht), auch »Sitzbeinnerv« oder »Hüftnerv«
- lagyngeus recurrens	rückläufiger Kehlkopfnerv, Stimmnerv
– lingualis	Zungennerv
- mandibularis	Unterkiefernerv
– medianus	Teil des peripheren Nervensystems, zieht von der Achselhöhle über die Innenseite des Oberarms auf die Handflächenseite des Unterarms
– mentalis	Kiefernerv
– peronaeus	einer der beiden Hauptäste des nervus ischiadicus. Er zieht seitlich des Knies, am Fibulakopf vorbei zur vorderen seitlichen Unterschenkelmuskulatur
– peroneus communis	Nerv am medialen Rand des zweiköpfigen Schenkelmuskels zum Tibiakopf
– phrenicus	Rückenmarksnerv, der vom Hals zum Zwerchfell verläuft
– radialis	Nerv zum radius gehörend, radius = Speiche = daumenseitiger Unterarmknochen
– recurrens	Nerv an der Hinterfläche der Schilddrüse
– supraorbitalis	eine Abzweigung des Stirnnervs, der am Oberrand der Orbita verläuft, versorgt sensorisch Stirn- und Kopfhaut bis zum Scheitel
– sympaticus	Leitungsnerv
– tiberalis	Schienbeinnerv
– tibialis	Nerv in der Kniekehle
– trigeminus	Trigeminusnerv, einer der im Kopf verlaufenden Nerven
– ulnaris	ein Nerv des Armgeflechts, der an der Innenseite des Oberarms zum Ellbogenhöcker verläuft
Neuralgie	Nervenschmerz, anfallweise auftretende Schmerzen im Ausbreitungsgebiet eines Nervs
neurasthenisches Syndrom	Begleiterscheinung eines Schädelhirntraumas durch depressive Verstimmung, neuropsychologische Leistungseinbußen, Reizbarkeit, Schlafstörungen
neurochirurgisch	ein Teilgebiet der Chirurgie, welches sich mit der operativen Behandlung von Nervensystemserkrankungen befasst, umfassend
Neurodermitis	ekzemartige Hauterkrankung
neurogen	einen Nerv (oder: Nervensystem) betreffend, vom Nerv ausgehend
Neurologie	Fachgebiet, das sich mit der Erforschung, Diagnostik und Behandlung der Erkrankungen des Nervensystems und der Muskulatur befasst
Neurom	überschießende knotenförmige Regeneration nach Durchtrennung eines Nervs

Neuron	Ganglienzelle mit zugehörigen Fortsätzen
Neuropathie	Nervenleiden
Neuropathisch	Erkrankungen des peripheren Nervensystems betreffend
Neuropsychologie	Spezialgebiet der Psychologie, das sich mit der Wechselwirkung zwischen Gehirn und Verhalten im weiteren Sinne befasst
Neurose	krankhafte Verhaltensabweichung mit seelischen Ausnahmezuständen und verschiedenen körperlichen Funktionsstörungen ohne organische Ursache, entstanden aus gestörter Erlebnisverarbeitung
Nierenparenchym	Organmasse der Niere
Noncompaction Kardiomyopathie	seltene, genetisch bedingte Störung der Herzmuskel-Verdichtung während der embryonalen Organentwicklung
Nystagmus	Augenzittern
Obstipation	Stuhlverstopfung
Occipitalis	das Hinterhaupt betreffend, Abkürzung für Nervus occipitalis
Oculus	Auge
Ödem	Ansammlung wässriger Flüssigkeit in Gewebespalten
Okklusion	Verschluss
olecranon	Ellenbogen, Ellenhaken
olfaktorisch	das Riechen betreffend
Olfaktorius	Riechnerv
Oligophrenie	veralterte Bezeichnung für geistige Behinderung, Schwachsinn
Ölzyste(n)	mit Fett gefüllter Hohlraum im Gewebe
oral	zum Mund gehörig, durch den Mund
Orbita	Augenhöhle
Orbitabodenfraktur	s. Blow-Out-Fraktur
orbital	zur Augenhöhle gehörend
Orchitis	Hodenentzündung
Oreotomie	operative Knochenumstellung
Orthese	eine abnehmbare und verstellbare Schiene für das Gelenk zum Schutz nach einer OP
Os	Knochen
OSG	oberes Sprunggelenk
os naviculare	Kahnbein
os pubis	Schambein
os sacrum	Kreuzbein
Oshamatum	Hakenbein an der Hand
ossa carpi	Handwurzelknochen
ossa metacarpale	die fünf ossa metacarpalia (I bis V) bilden die knöcherne Grundlage der Mittelhand
Osteochondrose	Knochen- und Knorpeldegeneration
Osteolyse	Auflösung und Abbau von Knochengewebe

Osteomyelitis	Knochenmarksentzündung
Osteoporose	Erkrankung des Skelettsystems mit Verlust bzw. Verminderung der Knochensubstanz
Osteosynthese (material)	Material zur schnellen Wiederherstellung der Funktionsfähigkeit frakturierter Knochen
Osteotomie	Knochenumstellung, operative Knochendurchtrennung
Ostitis	Knochenentzündung
oto	Wortteil »Ohr(en)«, »Gehör«
Ovarialkarzinom	Tumor des Eierstocks
Ovulation	Eisprung
Pädiatrie	Kinderheilkunde
palliativ	gegen die Symptome, nicht gegen die Ursache der Erkrankung gerichtet
Pankreas	Bauchspeicheldrüse
Paralyse	vollständige Lähmung
Paranoia	Erkrankung mit systematischem Wahn, früher Bezeichnung für Schizophrenie
Paraparese	beidseitige unvollständige Gliedmaßenlähmung
Paraphasie	Sprachstörung, die durch das Ersetzen, Auslassen, Hinzufügen oder Umstellen einzelner Laute in einem Wort gekennzeichnet ist
Paraplegie	vollständige Lähmung zweier symmetrischer Extremitäten (Querschnittslähmung)
Pararektalschnitt	Bauchschnitt
Parästhesie	anormale Körperempfindung, z. B. Kribbeln, Einschlafen der Glieder
Parenchym	spezifisches Gewebe eines Organs, das dessen Funktion bedingt
parenteral	unter Umgehung des Magen-Darm-Kanals
Parese	motorische Schwäche, unvollständige Lähmung
parietal	zur Wand eines Organs oder zur Leibeswand gehörig
Parodontalprophylaxe	vorbeugende Maßnahme gegen Parodontitis (Zahnfleischentzündung)
Parodontitis	Entzündung des Zahnfleischsaumes mit Ablagerung von Zahnstein, Bildung eitriger Zahnfleischtaschen und Lockerung der Zähne
Parodontium	Zahnbett, gesamter Zahnhalteapparat
Parodontologie	Behandlung eines entzündlichen Vorgangs im Bereich der Wurzelspitze eines Zahns
Parodontose	Zahnfleischschwund, nicht entzündliche Erkrankung des Zahnbetts mit Lockerung der Zähne
Parotis	Ohrspeicheldrüse
partial	teilweise
Patella	Kniescheibe
PEG-Sonde	Sonde bei einer perkutanen endoskopischen Gastrostomie (Magensonde)

penil den Penis betreffend

Perforation Durchbruch eines Krankheits- oder Verletzungsprozesses durch eine Organwand, Durchbohrung

peri Wortteil: um ... herum, in der Umgebung von, überschreitend, übermäßig

periaredäre Bruststraffung innerhalb der Brustfalte

periartikulär um ein Gelenk herum

Periduralkatheter Anästhesie mittels Katheter in den Wirbelkanal – Epiduralraum

peripher außenliegend, zu den Randgebieten des Körpers gehörend

Peritoneum Bauchfell

Peritonitis Bauchfellentzündung

periventrikulär im Bereich der Seitenventrikel

perkutan durch die Haut hindurch

Peroneus zum Wadenbein gehörend, auch Kurzbezeichnung für Wadenbeinnerv

Peroneusparese Lähmung des nervus Peroneus

persistieren anhalten, fortbestehen

Pessar s. Intrauterinpessar

Petrosektomie Entfernung des Felsenbeines

Pfannenfraktur Bruch eines pfannenartigen Gelenkendes von Knochen

Phalanx Finger-, Zehenglied

Phantomschmerz Schmerzen in amputierten Gliedmaßen

Philosplattenosteosynthese Osteosynthese proximaler Humerusfraktur mit der winkelstabilen PHILOS-Platte

Phimose Verengung der Vorhaut (Präputium) des Penis

Phlebitis Venenentzündung

Phlebographie s. Angiographie

Phlebothrombose Venenthrombose

Phlegmone eitrige Entzündung des Zellgewebes

Phobie exzessive Angstreaktion

photorefraktiv seinen Brechwert verändernd bei Licht/Laserbestrahlung

Physiotherapie Behandlung von Krankheiten mit sog. natürlichen Mitteln

physisch körperlich

Pigment in Körperzellen auftretender Stoff mit eigener Farbe

Pilontibiale Stauchungsbruch des Schienbeines

Plastik operative Formung, Wiederherstellung von Organen und Gewebeteilen

Plattenosteosynthese operatives Verfahren zur schnellen Wiederherstellung gebrochener Knochenplatten

Pleura Brustfell, die inneren Wände des Brustkorbes auskleidende Haut

Pleuraerguss abnorme Flüssigkeitsansammlung in der Pleurahöhle (Brusthöhle)

Pleuraraum	Brusthöhle
Plexus	Geflecht, netzartige Verknüpfung von Venen, Nerven oder Blutgefäßen
Plexus brachialis	Armgeflecht, Armplexus; aus den Spinalnervenwurzeln C4 bis Th2 sich formierendes Geflecht verschiedener Nerven des Schultergürtels und Arms
Plexus lumbosacralis	Lendenkreuzgeflecht; zwei Nervengeflechte der unteren Körperregion
Plexusparese	Lähmungen im Bereich dieses Geflechts
Pneumatozephalus	Luftansammlung im Schädel, z. B. nach Fraktur
Pneumonie	Lungenentzündung
Pneumothorax	Luftansammlung im Pleurarraum (zwischen Lungen- und Rippenfell)
Poliomyelitis	Kinderlähmung
poly-	Teilsilbe für: viel, mehr, zahlreich
Polyneuropathie	Erkrankung peripherer Nerven aus nichttraumatischer Ursache
Polyp	Schleimhautgeschwulst, Schleimhautvorwölbung
Polyposis	zahlreiche Polypen
polyradikulär	zahlreiche Wurzeln betreffend
Polytrauma	Mehrfachverletzung – mindestens eine von lebensbedrohlichem Charakter
Pons	Abschnitt des Gehirns, Teil des Hinterhirns (Brücke)
post-...	Teilsilbe für: danach, hinter
Postfusionssyndrom	fusionsspezifische Beschwerden der Wirbelsäule, die auch nach gelungener Fusionsoperation auftreten können
Postganglionär	vegetative Nervenfasern nach Umschalten in einem peripheren Ganglion
posthämorrhagisch	nach einer Blutung
postnatal	nach der Geburt
postoperativ	nach einer Operation auftretend, einer Operation folgend
postpartal	(Zeitraum) nach der Geburt
posttraumatisch	nach dem Unfall oder der Verletzung
prä-...	Teilsilbe für: vor
präarthrotisch	Oberbegriff für Vorgänge, die im makro- oder mikrostrukturellen Bereich die Gewebeanteile des Gelenks beeinträchtigen und damit der eigentlichen Arthrose vorausgehen – ausgelöst z. B. durch Traumata.
Prädisposition, psychische	psychischer, eine Krankheit begünstigender Zustand
Processus, proc.	Fortsatz, Vorsprung
Processus styloides ossis ulnae	Fortsatz der Basis des 3. Mittelhandknochens zur Elle
Progredient	fortschreitent, progressiv
Prolaps	»Vorfall«, Heraustreten von Teilen eines inneren Organs aus einer natürlichen Körperöffnung

Prophylaxe	Vorbeugung – zusammenfassende Bezeichnung für die medizinischen und sozialhygienischen Maßnahmen, die der Verhütung von Krankheiten dienen
Prostata	Vorsteherdrüse
Prostataektomie	Entfernung der Prostata
Prothese	künstlicher Ersatz für Körperteile
proximal	näher zur Körpermitte
Pseudarthrose	Scheingelenk, falsches Gelenk an Bruchstellen von Knochen bei ausbleibender Heilung
pseudo-	Wortteil mit der Bedeutung falsch, Lügen-, Schein-
Psyche	Seele, Seelenleben
Psychiatrie	Wissenschaft von den Seelenstörungen und Geisteskrankheiten
psychiatrisch	die Psychiatrie betreffend
psychisch	seelisch
psychogen	seelisch bedingt
Psychomotorik	durch psychische Vorgänge ausgelöste Bewegungen
psychopathologisch	krankhafte psychische Störungen und Veränderungen
Psychopharmaka	Substanzen, die psychische Funktionen beeinflussen
Psychose	Geisteskrankheit, Seelenstörung, die innerhalb des Lebenslaufs zeitlich abgrenzbar ist
Psychosomatik	Wissenschaft von der Bedeutung seelischer Vorgänge für Entstehung und Ablauf körperlicher Erkrankungen
Psychosyndrom	diffuse oder lokale Hirnschädigung mit weniger schweren Ausfallserscheinungen und Affektlabilität
– hirnorganisches	Leistungs-, Verhaltens- oder Antriebsstörung nach Hirnläsion
Pulmo	Lunge
pulmonal	zur Lunge gehörig
pulmonalis	Lungenfell
Pulpa	Zahnmark, füllt die Zahnhöhle
Pulpitis	Zahnmarkentzündung
Punktion	Entnahme von Flüssigkeiten nach Einstich mit einer Hohlnadel
Pyramide	pyramidenartige Vorwölbung des Rückenmarks
Quadrant	Viertel
Quercolon	colon: Dickdarm
radial	1. zum Radius (Speiche) gehörend, 2. daumenwärts
radikuläre Symptomatik	direkte Wurzelschäden an den Nerven, die zu Schmerzen im Rücken führen
Radikulolyse	röntgenologische Darstellung der Nervenwurzeln
radio	Wortteil: Strahl, Stab, Speiche
Radius	Speiche daumenseitiger Unterarmknochen
Radix	Wurzel
Readaptation	Wiedereingliederung

Reanimationsmaßnahme	Wiederbelebungsmaßnahme
rechtsparamedian	rechts neben der Mitte gelegen
Redressement	Wiedereinrichtung von Knochenbrüchen und Verrenkungen
Reizsynovitis	Entzündung der Gelenkinnenhaut
Rektum	Mastdarm, Endabschnitt des Dickdarms
Rektum-Scheidenfistel	Fistelgang zwischen Rektum und Vagina (Scheide) s. Fistel
Rekurrensparese	Lähmung des nervus laryngeus recurrens, der die meisten Kehlkopfmuskeln versorgt
Relaparotomie	wiederholte Öffnung der Bauchhöhle
Rentenneurose	s. Begehrensneurose
Reposition, Reponierung	Wiedereinrichten von gebrochenen Knochen oder verrenkten Gliedern, Zurückschiebung von Eingeweidebrüchen in die Bauchhöhle
Resaktat	das Entfernte
Resektion	operative Entfernung kranker oder defekter Teile eines Organs oder Körperteils
residual	zurückbleibend, resistent, widerstandsfähig
Residualsyndrom	Restsyndrom
Respiration	Atmung
Respirator	Gerät zur maschinellen Beatmung
Restauration	Wiederherstellung (z. B. von Zähnen)
Restschadensyndrom, psychoneurales	Restschadensyndrom mit psychischen Folgen
Retardierung	Verzögerung, Verlangsamung
Retinakulum	Halteband
Retinopathie	nicht entzündliche Netzhauterkrankung
Retorquierung	erneute Drehung
retromamillär	hinter der Brustwarze gelegen
Retropattelar	hinter der Kniescheibe liegend
Retroperitoneal	hinter dem rückseitigen Bauchfell liegend
Revascularisation	Wiederherstellung der Blutversorgung eines Gewebes
reversibel	umkehrbar, heilbar
Revisionsoperation	erneuter operativer Eingriff
Rezeptor	Sinneszelle zur Reizaufnahme
Rezidiv	Rückfall, Wiederauftreten einer Erkrankung nach Abheilung
Rhabdomyolyse	Myolyse der quergestreiften Herzmuskulatur mit Muskelschwäche
Rhinitis	Schnupfen
Rhinoplastik	Nasenplastik
-rhoe/-rhö/-rhoea/-rhe	Wortteil mit der Bedeutung Fließen, Strömung, Flut
Rigor	Muskelstarre
Ringbandspaltung	Operation zur Beseitigung einer Stenose (Verengung) der Hand
Rotationsbeeinträchtigung	Beeinträchtigung des Drehens

Rotatorenmanschette	die aus den Oberarmmuskeln bestehende Muskelmanschette des Schultergelenks
Ruptur	Zerreißung, insb. eines Gefäßes oder einer Gewebsstruktur
Sarkom	maligner Tumor – bösartige Krebsgeschwulst, die frühzeitig metastasiert
Scaphoidfraktur	Kahnbein-, Mittelhandfraktur
scapula	Schulterblatt
scapula corpusfraktur	Schulterblattfraktur
Schädelhirntrauma	Oberbegriff für gedeckte oder offene Schädelverletzungen mit Gehirnbeteiligung, drei Gradstufungen (Schädelprellung ohne Bewusstlosigkeit, Gehirnerschütterung mit Bewusstlosigkeit und contusio cerebri)
Schädelkalotte	Schädeldach
Schallleitungsschwerhörigkeit	Schwerhörigkeit aufgrund einer gestörten Schallleitung im Gehörgang
Schanz'sche Krawatte	Watteverband um den Hals zur Ruhigstellung der Wirbelsäule
Schenkelhalsfraktur	Fraktur des Femurhalses
Scheuermann morbus	Scheuermannkrankheit – Verknöcherungsstörung im Bereich der BWS
Schlafapnoesyndrom	schlafbezogene Atemstörung
Schlagaderruptur	Schlagaderriss
Schmerzsyndrom	Oberbegriff für Beschwerdebilder, die mit chronischen (d. h. seit mehr als 6 Monaten bestehenden, dauernden oder rezidivierenden) Schmerzen einhergehen
Schmetterlingsfraktur	beidseitige Beckenringfraktur
Schulterdystokie	gestörter Geburtsverlauf, bei dem nach Geburt des Kopfes die vordere Schulter über der Symphyse hängen bleibt
Schultergelenksprengung Typ Tossy III	s. Tossy III-Verletzung
Scotchcast	Kunststoffgipsverband, Stützverband
Scrotum/Skrotum	Hodensack
sekundär	an zweiter Stelle, nachfolgend
Sella	Sattel, Sessel (hier: im Schädelbereich)
semitendinosus musculus	Halbsehnenmuskel im hinteren Gelenk des Oberschenkelmuskels
sensibel	empfindlich, Empfindungen betreffend
sensorische Aphasie	Störung des Sprachverständnisses
Sepsis	Blutvergiftung
Septum	Scheidewand
Serom	Ansammlung von Wundsekret in nicht vorgebildeten Gewebehohlräumen
Serosa	Sero: Wortteil mit der Bedeutung Serum, Blutwasser
Serum-Hypo-Kaliämie	Elektrolytstörung, bei der das Blutserum mit Kalium unterversorgt ist

Shunt	Kurzschlussverbindung zwischen arteriellen und venösen Blutgefäßen und Gefäßsystemen (z. B. zwischen großem und kleinem Kreislauf)
Siebbein	die Nasen- von der Hirnhöhle trennender Knochen
Sigma	Hauptanteil des Dickdarms
Sigma-Diverticulitis	Ausstülpungen – vorwiegend im Darm
Silikon	Implantate zur Brustrekonstruktion oder -vergrößerung
Silikonom	Ausbildung von mitunter schmerzhaften Knoten um Silikonpartikel, wenn diese bei defekter Implantathülle in das Körpergewebe gelangen
Sinus	Vertiefung, Höhle; auch für geschlossene Kanäle, Erweiterungen von Venen und Lymphgefäßen und für lufthaltige Räume in Knochen
– frontalis	Stirnhöhle, Nasennebenhöhle
Sinusitis	Entzündung eines Sinus (Entzündung der Nasennebenhöhlen, eines Hirnsinus)
SIRS	Systemic Inflammatory Response Syndrome: körpereigene entzündliche Abwehrreaktion des gesamten Organismus
Situs	Lage
Skalpierung	völliger Abriss der Kopfhaut
Skoliose	seitliche Verkrümmung der Wirbelsäule
Skrotum	s. Scrotum
somatisch	körperlich
somatoform	körperbedingt
Somnolenz	Form der Bewusstseinsstörung, die durch einen schläfrigen Grundzustand gekennzeichnet ist
Spasmus	Krampf, Muskelzusammenziehungen
Spastik	Krampfzustand, Vermehrung der Muskelanspannung
spastisch	krampfartig
Speiche	Radius, anatomische Bezeichnung für den auf der Daumenseite liegenden Röhrenknochen des Unterarms
Speichenköpfchen	am Ellenbogen
Sphinkterplastik	Wiederherstellung der Schließmuskelfunktionen
Spina	hervorstehende Struktur
spina bifida	Sammelbegriff für alle angeborenen Spaltbildungen im hinteren (spina bifida posterior) oder vorderen (spina bifida anterior) Teil der Wirbelsäule
Spina scapulae	Schulterblattgräte
spinal	zum Rückenmark, zur Wirbelsäule gehörend
Spiralfraktur	Torsionsfraktur, Rotationsfraktur am langen Röhrenknochen
Spondylitis	Wirbelentzündung
Spondylodese	operative Versteifung bestimmter Wirbelsäulensegmente
Spondylodiszitis	Entzündung des Wirbelknochens im Bandscheibenraum

Spondylolisthesis	Wirbelabgleiten
Spondylose	Arthrose der Wirbelkörper
Spongiosa	Knochensubstanz, die Teil des Knochengewebes ist
Spongiosaplastik	Form der Knochentransplantation
Spritzenabszess	Eiterherd, Eiteransammlung in einem Gewebshohlraum
Staphylokokken	Eiterbakterien
Stauungspapille	Veränderung des Augenhintergrundes mit Schwellung und Trübung der Sehnervenpapille
Stenose	Verengung von Körperkanälen
Stereosehen	Fähigkeit, die Raumtiefe optisch einzuschätzen
Sterilisation	1. Unfruchtbarmachung von Männern und Frauen 2. Keimfreimachung von Operationsinstrumenten etc.
Sterno-Claviculargelenk	Gelenk zwischen Schlüsselbein und Brustbein
Sternum	Brustbein
Strabismus	Schielen
Streptokokken	Bakterien, die zu schwerer Krankheit führen können
Streptokokkeninfektion	Ansteckung mit den Streptokokkenbakterien; Folge u. a. Sepsis, Fieber, teilweise tödlich
Stressharninkontinenz	Inkontinenz bei Belastung, häufigste Form weiblicher Inkontinenz
Stridor	Krankhafte Atemgeräusche durch Verengung der Luftwege
Struma	Kropf, krankhafte Vergrößerung der Schilddrüse
Sturge-Weber-Syndrom	epileptische Anfälle
sub-	Wortteil mit der Bedeutung: unter, unterhalb, nahe bei
Subarachnoidalblutung	akute Blutung unter der weichen Hirnhaut
Subcapital	unterhalb des Gelenkkopfes
subcapitale Fragmenthumeruskopffraktur	intraartikuläre Fraktur dicht unterhalb des Gelenkkopfes
Subdural	unter der harten Hirnhaut befindlich
Subkutan	unter der Haut liegend
Subluxation	unvollständige Verrenkung, Gelenkflächen bleiben in Verbindung
subokzipital	unter dem Hinterhaupt gelegen
Subtotal	nahezu vollständig
Sudeck'sche Dystrophie	posttraumatische Dystrophie bzw. Atrophie von Extremitäten = Ernährungsstörung und Veränderung von Weichteilgeweben und Knochen, auch Morbus Sudeck
Supination	Auswärtsdrehung
Supinationstrauma	Verletzung durch Auswärtsdrehung
suprapubisch	oberhalb der Schamgegend
Supraspintussehne	Sehne am oberen Teil der Rotatorenmanschette
Surditas	Taubheit
sutura	unbewegliche Knochenverbindung

Sympathikusblockadeoperation	Ausschaltung sympathischer Nerven durch Injektion eines Lokalanästhetikums
Symphyse	Schambeinfuge, aber auch feste, faserig-knorpelige Verbindung zweier Knochenflächen
Symptom	Krankheitszeichen, für eine bestimmte Krankheit charakteristische Veränderung
Syndesmophytenfraktur	Bruch von Verknöcherungen im Bandscheibenbereich
Syndesmose	bandhafte Verbindung zweier Knochen durch kollagenes oder elastisches Bindegewebe
Syndrom	Krankheitsbild mit mehreren charakteristischen Krankheitszeichen
Synovectomie	Entfernung von Bindegewebszellen
Synovitis	Entzündung der Gelenkkapselmembran (auch: Synovialitis)
Syphilis	harter Schanker, Geschlechtskrankheit
Syringomyelitis	Rückenmarkserkrankung mit der Folge neurologischer Symptome bis zu Lähmungen und Ausfallerscheinungen
Tachykardie	anhaltende Pulsbeschleunigung auf über 100 regelmäßige Schläge pro Minute, ohne dass ein vermehrter Bedarf an Herzpumpkraft besteht
Talofibulare	Verstärkungsband des oberen Sprunggelenks
Talus	Ferse, Knöchel, Sprungbein
Tamponade	Ausstopfen von Hohlräumen oder Einlegen von Tampons zur Blutstillung
Telencephalon	Teil des zentralen Nervensystems, der größte der 5 Hirnabschnitte
teleskopierend	Methode der Zahnprothetik, bei der die Brückenglieder auf den Kronenkäppchen praktisch reibungslos gleiten
temporal	zu den Schläfen gehörend
Tendomyopathie	= Fibromyalgie: generalisierende Schmerzen im Bereich der Muskulatur, des Bindegewebes und der Knochen
Tentorium cerebelli	Kleinhirnzelt, querverlaufende Struktur zwischen Groß- und Kleinhirn
terminal	das Ende, eine Grenze betreffend
Testis	Hoden
Tetanus	Wundstarrkrampf
Tetraparese	inkomplette Lähmung aller vier Extremitäten
Tetraplegie	hohe Querschnittslähmung, gleichzeitige Lähmung aller vier Gliedmaßen
Tetraspastik	Spastik aller vier Extremitäten
Thalamus	größter Teil des Zwischenhirns, wo die Signale der Sinnesorgane zusammenlaufen
Thenar	Daumenballen
Therapeut	behandelnder Arzt, Heilkundiger
Therapie	Behandlung von Krankheiten
thermisch	Wärme betreffend, Temperatur
thorako-lumbal	am Brustwirbelsäule (thorako) und Lendenwirbelsäule (lumbal)

Thorakotomie	operative Öffnung der Brusthöhle
Thorax	Brust, Brustkorb
Thoraxtrauma	Mehrfachverletzung der Brustorgane (Lunge, Herz, Gefäße), kann lebensgefährlich sein
Thrombophlebitis	durch Blutgerinnsel verursachte Entzündung der Venenwand
Thrombose	teilweiser oder völliger Verschluss eines Gefäßes durch Blutpfropfenbildung, Gerinnung von Blut innerhalb der Gefäße
Thrombozytopenie	Mangel an Thrombozyten (Blutplättchen) im Blut
TIA	transitorische ischämische Attacke: Stadium einer Hirndurchblutungsstörung
Tibia	Schienbein, der stärkere der beiden Unterschenkelknochen
Tibiakopffraktur	Fraktur im oberen Drittel des Schienbeines mit ins Kniegelenk reichendem Frakturspalt
Tinnitus (aurium)	Ohrensausen oder Ohrenklingen, subjektiv empfundenes sausendes oder klingendes Geräusch in den Ohren
tonisch	den Tonus (Grad der Anspannung eines Organs oder Organteils) betreffend
Tonus	Anspannungszustand eines Organs – Muskeln, Gefäße, Nerven
Torsion	Drehung, Achsendrehung
Torsionsfraktur	Drehungsbruch
Tossy I, II oder III-Verletzung	Verletzung des Schultereckgelenks – Einteilung nach Schweregrad
Trachea	Luftröhre
Trachealkanüle	in die Luftröhre eingeführte Kanüle, um diese offen zu halten
Tracheostoma	künstliche Öffnung der Luftröhre nach außen
Tracheotomie	Luftröhrenschnitt
transitorisch	vorübergehend auftretend
Transposition	Gewebe- oder Organverlagerung; verkehrte Organlage
Trapezius	sog. Kappenmuskel
Trauma	Wunde, Verletzung, Schaden durch äußere Gewalteinwirkung entstandene Verletzung, auch in psychischer Hinsicht
Trepanation	neurochirurgisches Verfahren zur Öffnung des Schädels
Trikuspidalklappe	dreizipflige Segelklappe zwischen rechtem Vorhof und rechter Herzklappe
Tris-Puffer	Standardkomponente für DNA-Lösungen
Trochanter major	Rollhügel außen am Oberschenkelknochen
Trümmerfraktur	Mehrfachfraktur mit Zersplitterung und Zerstörung der Bruchfragmente (schwer rekonstruierbar)
Tuben	Eileiter
Tubenkoagulation	Sterilisation der Frau durch Unterbrechen und Verschweißen der Eileiter
Tuberkulose	weltweit verbreitete Infektionskrankheit vornehmlich der Atemorgane

Tuberculum maius	Muskelansatzhöcker am Oberarmknochen (humerus)
Tubus	Röhre aus Metall, Gummi oder Kunststoff zur Einführung in die Luftröhre
Tumor	Geschwulst, örtlich umschriebene Zunahme des Gewebevolumens, gewebliche Neubildung durch irreversibles Überschusswachstum
Tumorektomie	Herausschneiden eines Tumors
Tympanon	Paukenhöhle im Innenohr
Tympanoskopie	Untersuchung des Innenohres
Ulceration	geschwürartige Veränderung
Ulcus	Geschwür
ulnar	zur Elle, zum Ellenbogenknochen gehörend
Ulnafraktur	Fraktur der Elle
Undine-Fluch-Syndrom	Hypoventilation im Schlaf infolge zentraler Schlafapnoe – Ausfall der zentralen Atemregulation
unspezifisch	nicht charakteristisch
Unterlappenatelektase	kollabierter unterer Lungenabschnitt
Unterlidblepharoplastik	operative »Korrektur« der unteren Augenlider
Ureter	Harnleiter
urologisches Syndrom	chronische Nieren- und Beckenentzündung mit Steinbildung
Uterus	Gebärmutter
Vagina	Scheide
Vancomycin	Reserveantibiotikum, wird bei starker Sepsis verwendet
Valgisierung	Herstellung einer Valgusstellung des Schenkelhalses
Valgusstellung	nach lateral konkave Stellung von Knochen und Gelenken (X-Stellung)
Vasomotoren	Gefäßnerven
Vasospasmus	Gefäßkrampf
vegetativ	das autonome Nervensystem und seine Funktion betreffend
Vena subclavia	unter dem Schlüsselbein verlaufende Vene
Veneers	Verblendschalen zur Korrektur leichter Zahnfehlstellungen oder -lücken
ventral	zum Bauch hin gelegen – bauchwärts
Ventrikelsystem	Kammersystem (z. B. des Zentralnervensystems)
Verblockung	Gelenkversteifung
Vertigo	Schwindel
Vestibularapparat	Teil des inneren Ohres, Gleichgewichtsorgan
Vestibularisausfall	Ausfall des Gleichgewichtsorgans
viscidus	zäh
Visus	Sehen, Gesichtssinn, Sehschärfe
Visusminderung	Minderung der Sehkraft

Volumenmangelschock	Hypovolämie = Verminderung der zirkulierenden Blutmenge – Blutverluste nach außen oder in Körperhöhlen
Volvulus	Stiel- oder Achsendrehung eines Organs (Darm)
Vulnerabilität	Verletzbarkeit
Wallenberg-Syndrom	Hirnstammsyndrom
Weber	Klassifikation von Sprunggelenkfrakturen
– Weber A	Die Außenknöchelfraktur liegt auf Höhe des oberen Sprunggelenks. Die Syndesmose und die membrana interossea sind stets unverletzt. An der Innenseite des Sprunggelenks finden sich fallweise Verletzungen des Bandapparates oder Frakturen des Innenknöchels.
– Weber B	Die Fibulafraktur beginnt auf Höhe des oberen Sprunggelenks und zieht schräg nach proximal. Die vordere Syndesmose ist häufig in die Verletzung mit einbezogen. Die membrana interossea bleibt dagegen i. d. R. unverletzt. Am Innenknöchel findet sich häufig eine quere Abrissfraktur.
– Weber C 1	Fraktur ohne Beteiligung der membrana interossea. Die Fibulafraktur liegt grds. neben der Syndesmose. Die Syndesmose (bandhafte Verbindung zweier Knochen durch Bindegewebe) ist regelmäßig mitverletzt. An der Medialseite des oberen Sprunggelenks finden sich Bandverletzungen oder Abrissfrakturen des Innenknöchels.
– Weber C 2	Fraktur mit Beteiligung der membrana interossea. Die membrana interossea kann in variabler Ausdehnung zerrissen sein und erstreckt sich stets vom oberen Sprunggelenk bis zur Fibulafraktur. Im Sonderfall reicht die Verletzung der membrana interossea bis auf Höhe des Fibulaköpfchens.
Wintersteinfraktur	Mittelhandfraktur
Wirbelsäulendistorsion	Verrenkung von Wirbelsäulenabschnitten, z. B. nach Schleudertrauma
Würfelbein	Fußwurzelknochen – ossa tarsi
Wundrevision	Inspektion einer Wunde
Wurzelkompressionssyndrom	durch Zusammendrücken bedingte Schädigung von Spinalnervenwurzeln mit neurologischen Ausfallerscheinungen
Zerebral	s. cerebral
Zervikal	die HWS betreffend
Zervikalstütze	Halsstütze
Zervix	Nacken, Hals
Zervix uteri	Gebärmutterhals
Zirrhose	Umwandlung von Gewebe mit Verhärtung und Aufhebung der normalen Struktur des Organs
Zyste	mit Flüssigkeit gefüllter Hohlraum im Gewebe
Zystisch	einer Zyste entsprechend

Stichwortverzeichnis

Die Zahlen verweisen auf die Randnummern.